MÉMOIRES D'OUTRE-TOMBE

François-René de

CHATEAUBRIAND

MÉMOIRES D'OUTRE-TOMBE • 2

QUARTO
GALLIMARD

LIVRE XXIX

Madame Récamier[1] (a).

Paris, 1839.

Nous *(b)* passons à l'ambassade de Rome, à cette Italie le rêve de mes jours. Avant de continuer mon récit, je dois parler d'une femme qu'on ne perdra plus de vue jusqu'à la fin de ces *Mémoires.* Une correspondance va s'ouvrir de Rome à Paris entre elle et moi : il faut donc savoir à qui j'écris, comment et à quelle époque j'ai connu madame Récamier.

Elle rencontra aux divers rangs de la société des personnages plus ou moins célèbres engagés sur la scène du monde ; tous lui ont rendu un culte. Sa beauté mêle son existence idéale aux faits matériels de notre histoire : lumière sereine éclairant un tableau d'orage.

Revenons encore sur des temps écoulés ; essayons à la clarté de mon couchant de dessiner un portrait sur le ciel où ma nuit qui s'approche va bientôt répandre ses ombres.

Une lettre, publiée dans le *Mercure* après ma rentrée en France en 1800, avait frappé madame de Staël[2]. Je n'étais pas encore rayé de la liste des émigrés ; *Atala* me tira de mon obscurité. Madame Bacciochi (Élisa Bonaparte), à la prière de M. de Fontanes, sollicita et obtint ma radiation

1.
Sur Juliette Récamier, voir notamment *Lettres à Madame Récamier*, éd. M. Levaillant ; M.-J. Durry, *La Vieillesse de Chateaubriand* ; É. Herriot, *Madame Récamier et ses amis* ; F. Wagener, *Madame Récamier (1777-1849).*

2.
Il s'agit d'une part de la *Lettre au Citoyen Fontanes sur la seconde édition de l'ouvrage de Mme de Staël*, 1er nivôse an IX (22 décembre 1800), signée : « L'auteur du *Génie du Christianisme* » et reprise dans le *Génie* (Pléiade, pp. 1265-1280), et d'autre part du livre de Mme de Staël, *De la littérature considérée dans ses rapports avec les institutions sociales* (mai 1800).

dont madame de Staël s'était occupée; j'allai la remercier. Je ne me souviens plus si ce fut Christian de Lamoignon ou l'auteur de *Corinne* qui me présenta à madame Récamier son amie; celle-ci demeurait alors dans sa maison de la rue du Mont-Blanc[3]. Au sortir de mes bois et de l'obscurité de ma vie, j'étais encore tout sauvage; j'osai à peine lever les yeux sur une femme entourée d'adorateurs[4] *(c)*.

Environ un mois après[5], j'étais un matin chez madame de Staël; elle m'avait reçu à sa toilette; elle se laissait habiller par Mlle Olive, tandis qu'elle causait en roulant dans ses doigts une petite branche verte. Entre tout à coup madame Récamier, vêtue d'une robe blanche; elle s'assit au milieu d'un sofa de soie bleue. Madame de Staël, restée debout, continua sa conversation fort animée, et parlait avec éloquence; je répondais à peine, les yeux attachés sur madame Récamier. Je n'avais jamais inventé rien de pareil, et plus que jamais je fus découragé: mon admiration se changea en humeur contre ma personne *(d)*. Madame Récamier sortit et je ne la revis plus que douze ans après[6].

Douze ans! quelle puissance ennemie coupe et gaspille ainsi nos jours, les prodigue ironiquement à toutes les indifférences appelées attachements, à toutes les misères surnommées félicités! Puis, par une autre dérision, quand elle en a flétri et dépensé la partie la plus précieuse, elle vous ramène au point de départ de vos courses. Et comment vous y ramène-t-elle?

3.

La rue du Mont-Blanc était le nom porté par la rue de la Chaussée-d'Antin entre 1793 et 1816. Le 16 octobre 1798, Juliette s'installa dans l'ancien l'hôtel Necker, que les Récamier conserveront jusqu'en 1808. Cet hôtel était situé entre l'hôtel de Mme d'Épinay – l'amie de Rousseau et du baron de Grimm – et l'hôtel de Mlle Guimard (1743-1816), fort célèbre danseuse de l'Opéra qui, usant de la générosité de ses nombreux amants, fit construire par Ledoux ce fastueux bâtiment, auquel on donna le nom de Temple de Terpsychore, avec une salle de spectacle pouvant accueillir 500 personnes, inaugurée en décembre 1772. Accablée de dettes, Mlle Guimard vendit sa propriété en loterie (1786), dont le gagnant fut le banquier Jean-Frédéric Perregaux. Trois beaux hôtels, une belle rue, qui malheureusement disparaîtra vers 1860, au moment des grands travaux d'Haussmann. Le tout-Paris se rendit en foule pour admirer ce nouveau temple du goût. C'est là, en 1801, que Chateaubriand rencontra pour la première fois – il n'était encore que l'auteur d'*Atala*, ce petit «roman des savanes» – Juliette; il n'osa pas lever les yeux sur elle.

4.

On y croisait non seulement des émigrés, des artistes, des hommes de lettres, mais aussi des soldats, dont certains furent éperdument amoureux de Juliette: Bernadotte, Adrien de Montmorency, Benjamin Constant, Matthieu de Montmorency et Lucien Bonaparte – qui lui écrivit des lettres enflammées (voir *infra*, l. XXIX, chap. 3, notes 10, p. 1869 et 14, p. 1872).

5.

Vers la fin mai, moment où Mme de Staël repartit pour Coppet.

6.

D'après le témoignage de Ballanche, en juin ou juillet 1814, lorsqu'il donna lecture chez elle des *Aventures du dernier Abencérage*.

l'esprit obsédé des idées étrangères, des fantômes importuns, des sentiments trompés ou incomplets d'un monde qui ne vous a laissé rien d'heureux. Ces idées, ces fantômes, ces sentiments s'interposent entre vous et le bonheur que vous pourriez encore goûter. Vous revenez le cœur souffrant de regrets, désolé de ces erreurs de jeunesse si pénibles au souvenir dans la pudeur des années. Voilà comme je revins après avoir été à Rome, en Syrie, après avoir vu passer l'empire, après être devenu l'homme du bruit, après avoir cessé d'être l'homme du silence *(e)*. Madame Récamier qu'avait-elle fait? quelle avait été sa vie?

Je n'ai point connu la plus grande partie de l'existence à la fois éclatante et retirée dont je vais vous entretenir : force m'est donc de recourir à des autorités différentes de la mienne, mais elles seront irrécusables. D'abord madame Récamier m'a raconté des faits dont elle a été témoin et m'a communiqué des lettres précieuses. Elle a écrit, sur ce qu'elle a vu, des notes dont elle m'a permis de consulter le texte, et trop rarement de le citer[7]. Ensuite madame de Staël dans sa correspondance[8], Benjamin Constant dans ses souvenirs, les uns imprimés[9], les autres manuscrits, M. Ballanche dans une notice sur notre commune amie[10], madame la duchesse d'Abrantès[11] dans ses esquisses, madame de Genlis dans les siennes, ont abondamment fourni les matériaux de ma narra-

7.
De ces « souvenirs » ébauchés sous la Restauration, ne nous restent que quelques fragments soigneusement passés au crible du conformisme moral par la fille adoptive de Mme Récamier, Amélie Cyvoct, devenue Mme Lenormant.

8.
Voir M. Levaillant, *Une amitié amoureuse : Mme de Staël et Mme Récamier.*

9.
Benjamin Constant avait entrepris d'écrire pendant l'hiver 1814-1815 une sorte de *Vie* de Mme Récamier, qu'il appelle dans ses lettres les *Mémoires de Juliette*, et qui demeura inachevée. Des fragments en avaient paru en 1832, au t. VII du *Livre des Cent et un*. En 1831, le libraire Ladvocat était menacé de faillite. En août, les journaux publièrent la « Déclaration des cent et un », dont les signataires, « voulant donner à M. Ladvocat libraire un témoignage de l'intérêt qu'il leur inspire, ont résolu de venir à son aide, et lui offrent chacun au moins deux chapitres d'un livre appelé *Le livre des Cent et un*. En même temps, ils invitent tous les hommes de lettres à se joindre à eux [...] ». La promesse de 15 volumes in-8 fut tenue (le 15e parut en 1835), ce qui n'empêcha pas la faillite de Ladvocat en 1832, puis en 1834. Il avait cédé la propriété littéraire des *Cent et un* le 8 novembre 1831 à Amédée Pichot (voir N. Felkay, *Balzac et ses éditeurs, 1822-1837, essai sur la librairie romantique*, p. 264 *sqq.*).

10.
Cette notice, écrite entre 1819 et 1825, remaniée vers 1834, constitue selon M. Levaillant « la principale source » suivie par Chateaubriand dans ce livre.

11.
Chateaubriand ne fait pas allusion aux *Mémoires* de la duchesse d'Abrantès, parus de 1831 à 1834 chez Ladvocat, en 18 volumes, mais aux pages qu'elle a consacrées à l'Abbaye-aux-Bois en 1831, dans le *Livre des Cent et un* (t. I, pp. 345-380).

tion : je n'ai fait que nouer les uns aux autres tant de beaux noms, en remplissant les vides par mon récit, quand quelques anneaux de la chaîne des événements étaient sautés ou rompus.

Montaigne dit que les hommes vont béant aux choses futures[12] : j'ai la manie de béer aux choses passées. Tout est plaisir, surtout lorsque l'on tourne les yeux sur les premières années de ceux que l'on chérit : on allonge une vie aimée ; on étend l'affection que l'on ressent sur des jours que l'on a ignorés et que l'on ressuscite ; on embellit ce qui fut de ce qui est ; on recompose de la jeunesse *(f)*.

12.
Montaigne a écrit dans les *Essais* (l. I, chap. 3) : « Ceux qui accusent les hommes d'aller toujours béant après les choses futures [...] touchent la plus commune des humaines erreurs. »

Enfance de madame Récamier.

J'ai vu à Lyon le *Jardin des Plantes* établi sur les ruines de l'amphithéâtre antique et dans les jardins de l'ancienne *abbaye de la Déserte*, maintenant abattue[1] : le Rhône et la Saône sont à vos pieds ; au loin s'élève la plus haute montagne de l'Europe, première colonne milliaire de l'Italie, avec son écriteau blanc au-dessus des nuages. Madame Récamier fut mise dans cette abbaye, elle y passa son enfance derrière une grille qui ne s'ouvrait sur l'église extérieure qu'à l'élévation de la messe. Alors on apercevait dans la chapelle intérieure du couvent des jeunes filles prosternées. La fête de l'abbesse était la fête principale de la communauté ; la plus belle des pensionnaires faisait le compliment d'usage : sa parure était ajustée, sa chevelure nattée, sa tête voilée et couronnée des mains de ses compagnes ; et tout cela en silence, car l'heure du lever était une de celles qu'on appelait du *grand silence* dans les monastères. Il va de suite que Juliette avait les honneurs de la journée. Son père et sa mère s'étant établis à Paris rappelèrent leur enfant auprès d'eux. Sur des brouillons écrits par madame Récamier je recueille cette note :

« La veille du jour où ma tante devait venir me chercher, je fus conduite dans la chambre de madame l'abbesse pour recevoir sa bénédiction. Le lendemain, baignée de larmes, je venais de franchir la porte que je ne me souvenais pas d'avoir vu s'ouvrir pour me laisser entrer, je me trouvai dans une voiture avec ma tante, et nous partîmes pour Paris.

1. Voir *supra*, l. XIV, chap. 2, p. 817.

« Je quitte à regret une époque si calme et si pure pour entrer dans celle des agitations. Elle me revient quelquefois comme dans un vague et doux rêve, avec ses nuages d'encens, ses cérémonies infinies, ses processions dans les jardins, ses chants et ses fleurs. »

Ces heures sorties d'un pieux désert se reposent maintenant dans une autre solitude religieuse, sans avoir rien perdu de leur fraîcheur et de leur harmonie.

Jeunesse de madame Récamier.

Benjamin Constant[1], l'homme qui a eu le plus d'esprit après Voltaire, cherche à donner une idée de la première jeunesse de madame Récamier : il a puisé dans le modèle dont il prétendait retracer les traits une grâce qui ne lui était pas naturelle *(a)*.

« Parmi les femmes de notre époque, dit-il, que des avantages de figure, d'esprit ou de caractère ont rendues célèbres, il en est une que je veux peindre. Sa beauté l'a d'abord fait admirer ; son âme s'est ensuite fait connaître, et son âme a encore paru supérieure à sa beauté. L'habitude de la société a fourni à son esprit le moyen de se déployer, et son esprit n'est resté au-dessous ni de sa beauté ni de son âme.

« À peine âgée de treize ans, mariée à un homme[2] qui, occupé d'affaires immenses, ne pouvait guider son extrême jeunesse, madame Récamier se trouva presque entièrement livrée à elle-même dans un pays qui était encore un chaos[3].

« Plusieurs femmes de la même époque ont rempli l'Europe de leurs diverses célébrités. La plupart ont payé le tribut à leur siècle, les unes par des amours sans délicatesse, les autres par de coupables condescendances envers les tyrannies successives.

---

1. Le texte des *Mémoires de Juliette*, de Benjamin Constant, auquel Chateaubriand fait de larges emprunts dans les chapitres qui suivent a été réédité par E. Harpaz, *in* Benjamin Constant, *Portraits, mémoires, souvenirs*, p. 273 *sqq.*

2. Jacques Récamier.

Julie Bernard, Madame Récamier (1777-1849).

3.
Benjamin Constant poursuit : « Toutes les sociétés étaient mêlées, tous les rangs étaient confondus ; les familles anciennes étaient détruites, les nouvelles fortunes précaires ; les lois qui avaient régi le passé n'existaient plus ; les lois qui devaient régir le présent n'étaient basées sur aucune habitude ; l'opinion, qui remplace les lois, n'avait plus de centre ; personne ne croyait à soi ni aux autres ; les individus des classes élevées n'échappaient à la persécution qu'en se perdant dans les classes parvenues. Celles-ci, qui sentaient que tout ce qui les avait précédées était en opposition avec elles, prenaient pour autant d'ennemis la religion, les mœurs, les souvenirs, et même les convenances. La morale ne commandait plus l'estime ; la puissance était séparée de la considération » (*Portraits, mémoires, souvenirs*, éd. Harpaz, pp. 273-274).

«Celle que je peins sortit brillante et pure de cette atmosphère qui flétrissait ce qu'elle ne corrompait pas. L'enfance fut d'abord pour elle une sauvegarde, tant l'auteur de ce bel ouvrage faisait tourner tout à son profit. Éloignée du monde dans une solitude embellie par les arts, elle se faisait une douce occupation de toutes ces études charmantes et poétiques qui restent le charme d'un autre âge.

«Souvent aussi, entourée de jeunes compagnes, elle se livrait avec elles à des jeux bruyants. Svelte et légère, elle les devançait à la course ; elle couvrait d'un bandeau ses yeux qui devaient un jour pénétrer toutes les âmes. Son regard aujourd'hui si expressif et si profond, et qui semble nous révéler des mystères qu'elle-même ne connaît pas, n'étincelait alors que d'une gaieté vive et folâtre. Ses beaux cheveux, qui ne peuvent se détacher sans nous remplir de trouble, tombaient alors, sans danger pour personne, sur ses blanches épaules. Un rire éclatant et prolongé interrompait souvent ses conversations enfantines ; mais déjà l'on eût pu remarquer en elle cette observation fine et rapide qui saisit le ridicule, cette malignité douce qui s'en amuse sans jamais blesser, et surtout ce sentiment exquis d'élégance, de pureté, de bon goût, véritable noblesse native, dont les titres sont empreints sur les êtres privilégiés.

«Le grand monde d'alors était trop contraire à sa nature pour qu'elle ne préférât pas la retraite. On ne la vit jamais dans les maisons ouvertes à tout venant, seules réunions possibles quand toute société fermée eût été suspecte ; où toutes les classes se précipitaient, parce qu'on pouvait y parler sans rien dire, s'y rencontrer sans se compromettre ; où le mauvais ton tenait lieu d'esprit et le désordre de gaieté. On ne la vit jamais à cette cour du Directoire, où le pouvoir était tout à la fois terrible et familier, inspirant la crainte sans échapper au mépris[4].

«Cependant madame Récamier sortait quelquefois de sa retraite pour aller au spectacle ou dans les promenades publiques, et, dans ces lieux fréquentés par tous, ces rares apparitions étaient de véritables événements. Tout autre but de ces réunions immenses était oublié, et chacun s'élançait sur son passage. L'homme assez heureux pour la conduire avait à surmonter l'admiration comme un obstacle ; ses pas étaient à chaque instant ralentis par les spectateurs pressés autour d'elle ; elle jouissait de ce succès avec la gaieté d'un enfant et la timidité d'une jeune

4.
Ce qui n'empêcha pas Mme Récamier de fréquenter les merveilleuses de l'époque (Fortunée Hamelin, Joséphine de Beauharnais), se distinguant d'elles par la froideur de son tempérament, rendu manifeste par les mousselines blanches ; désir de séduire sans jamais céder.

fille ; mais la dignité gracieuse, qui dans sa retraite la distinguait de ses jeunes amies, contenait au dehors la foule effervescente. On eût dit qu'elle régnait également par sa seule présence sur ses compagnes et sur le public. Ainsi se passèrent les premières années du mariage de madame Récamier, entre des occupations poétiques, des jeux enfantins dans la retraite, et de courtes et brillantes apparitions dans le monde. »

Interrompant le récit de l'auteur d'*Adolphe*, je dirai que, dans cette société succédant à la terreur, tout le monde craignait d'avoir l'air de posséder un foyer. On se rencontrait dans les lieux publics, surtout au *Pavillon d'Hanovre*[5] : quand je vis ce pavillon, il était abandonné comme la salle d'une fête d'hier, ou comme un théâtre dont les acteurs étaient à jamais descendus. Là, s'étaient retrouvées des jeunes échappées de prison à qui André Chénier avait fait dire :

Je ne veux point mourir encore[6].

Madame Récamier avait rencontré Danton allant au supplice, et elle vit bientôt après quelques-unes des belles victimes dérobées à des hommes devenus eux-mêmes victimes de leur propre fureur.

Je reviens à mon guide Benjamin Constant :

« L'esprit de madame Récamier avait besoin d'un autre aliment. L'instinct du beau lui faisait aimer d'avance, sans les connaître, les hommes distingués par une réputation de talent et de génie.

« M. de Laharpe, l'un des premiers, sut apprécier cette femme qui devait un jour grouper autour d'elle toutes les célébrités de son siècle. Il l'avait rencontrée dans son enfance, il la revit mariée, et la conversation de cette jeune personne de quinze ans eut mille attraits pour un homme que son excessif amour-propre et l'habitude des entretiens avec les hommes les plus spirituels de France rendaient fort exigeant et fort difficile.

5.
Ce pavillon, construit en 1760 pour le maréchal de Richelieu, au bout de l'ancien hôtel d'Antin, avait été vendu en 1780. Il s'élevait au n° 33 de l'actuel boulevard des Italiens. Il servit de bal public, fut la propriété du Napolitain Velloni, dont les salons du café-glacier étaient le rendez-vous des merveilleuses, puis devint le dépôt central de l'orfèvrerie Christofle, avant d'être démonté et transporté dans le parc de Sceaux.

6.
Vers de *La Jeune captive*, ode la plus célèbre d'André Chénier, composée en 1794 à la prison de Saint-Lazare pour Aimée de Coigny, emprisonnée avec le poète. Publiée en janvier par les soins de son frère Marie-Joseph, elle était oubliée quand Chateaubriand, qui la tenait de Mme de Beaumont, la fit connaître à nouveau. Aimée de Coigny sortit de prison après Thermidor et épousa M. de Montrond.

«M. de Laharpe se dégageait auprès de madame Récamier de la plupart des défauts qui rendaient son commerce épineux et presque insupportable. Il se plaisait à être son guide: il admirait avec quelle rapidité son esprit suppléait à l'expérience et comprenait tout ce qu'il lui révélait sur le monde et sur les hommes. C'était au moment de cette conversion fameuse que tant de gens ont qualifiée d'hypocrisie. J'ai toujours regardé cette conversion comme sincère. Le sentiment religieux est une faculté inhérente à l'homme; il est absurde de prétendre que la fraude et le mensonge aient créé cette faculté. On ne met rien dans l'âme humaine que ce que la nature y a mis. Les persécutions, les abus d'autorité en faveur de certains dogmes peuvent nous faire illusion à nous-mêmes et nous révolter contre ce que nous éprouverions si on ne nous l'imposait pas; mais, dès que les causes extérieures ont cessé, nous revenons à notre tendance primitive: quand il n'y a plus de courage à résister, nous ne nous applaudissons plus de notre résistance. Or, la révolution ayant ôté ce mérite à l'incrédulité, les hommes que la vanité seule avait rendus incrédules purent devenir religieux de bonne foi.
«M. de Laharpe était de ce nombre; mais il garda son caractère intolérant, et cette disposition amère qui lui faisait concevoir de nouvelles haines sans abjurer les anciennes. Toutes ces épines de sa dévotion disparaissaient cependant auprès de madame Récamier.»
Voici quelques fragments des lettres de M. de Laharpe à madame Récamier, dont Benjamin Constant vient de parler:

«Samedi, 28 septembre[7].
«Quoi, madame, vous portez la bonté jusqu'à vouloir honorer d'une visite un pauvre proscrit comme moi! C'est pour cette fois que je pourrai dire comme les anciens patriarches, à qui d'ailleurs je ressemble si peu, “qu'un ange est venu dans ma demeure”. Je sais bien que vous aimez à faire *œuvres de miséricorde*; mais, par le temps qui court, tout *bien* est difficile, et celui-là comme les autres. Je dois vous prévenir, à mon grand regret, que venir seule est d'abord impossible pour bien des raisons; entre autres, qu'avec votre jeunesse et votre figure dont l'éclat vous suivra partout, vous ne sauriez voyager sans une femme de chambre à qui la prudence me défend de confier le secret de ma retraite

7.
28 septembre 1797, l'en-tête étant: «De ma retraite de Corbeil, le samedi 28 septembre 1797». Passé à la contre-révolution, La Harpe fut proscrit lors du coup d'État de Fructidor et se réfugia à Corbeil, où il reçut la visite de Mme Récamier et d'où il ne sortit qu'après le coup d'État du 18 Brumaire.

qui n'est pas à moi seul. Vous n'auriez donc qu'un moyen d'exécuter votre généreuse résolution, ce serait de vous consulter avec madame de Clermont[8] qui vous amènerait un jour dans son petit castel champêtre, et de là il vous serait très-aisé de venir avec elle. Vous êtes faites toutes deux pour vous apprécier et pour vous aimer l'une et l'autre...

«Je fais dans ce moment-ci beaucoup de vers. En les faisant, je songe souvent que je pourrai les lire un jour à cette belle et charmante Juliette dont l'esprit est aussi fin que le regard, et le goût aussi pur que son âme. Je vous enverrais bien aussi le fragment d'Adonis que vous aimez, quoique devenu un peu profane pour moi; mais je voudrais la promesse qu'il ne sortira pas de vos mains *(b)*...

«Adieu, madame; je me laisse aller avec vous à des idées que toute autre que vous trouverait bien extraordinaire d'adresser à une personne de seize ans, mais je sais que vos seize ans ne sont que sur votre figure.»

«Samedi.

«Il y a bien longtemps, madame, que je n'ai eu le plaisir de causer avec vous, et si vous êtes sûre, comme vous devez l'être, que c'est une de mes privations, vous ne m'en ferez pas de reproches...

«Vous avez lu dans mon âme; vous y avez vu que j'y portais le deuil des malheurs publics et celui de mes propres fautes, et j'ai dû sentir que cette triste disposition formait un contraste trop fort avec tout l'éclat qui environne votre âge et vos charmes. Je crains même qu'il ne se soit fait apercevoir quelquefois dans le peu de moments qu'il m'a été permis de passer avec vous, et je réclame là-dessus votre indulgence. Mais à présent, madame, que la Providence semble nous montrer de bien près un meilleur avenir[9], à qui pourrais-je confier mieux qu'à vous la joie que me donnent des espérances si douces et que je crois si prochaines? Qui tiendra une plus grande place que vous dans les jouissances particulières qui se mêleront à la joie publique? Je serai alors plus susceptible et moins indigne des douceurs de votre charmante société, et combien je m'estimerai heureux de pouvoir y être encore pour quelque chose! Si vous daignez mettre le même prix au fruit de mon travail, vous serez toujours la première à qui je m'empresserai d'en faire hommage. Alors plus de

8. La marquise de Clermont-Tonnerre.

9. Sans doute La Harpe fait-il allusion au coup d'État du 18 Brumaire, qui ne lui fut guère favorable. Bonaparte, soucieux de préserver une «impérieuse moyenne» (Vandal) entre les partis, jugea qu'il attaquait trop fort les philosophes et le fit de nouveau exiler à Corbeil.

contradictions et d'obstacles; vous me trouverez toujours à vos ordres, et personne, je l'espère, ne pourra me blâmer de cette préférence. Je dirai: Voilà celle qui, dans l'âge des illusions et avec tous les avantages brillants qui peuvent les excuser, a connu toute la noblesse et la délicatesse des procédés de la plus pure amitié, et au milieu de tous les hommages s'est souvenue d'un proscrit. Je dirai: Voilà celle dont j'ai vu croître la jeunesse et les grâces au milieu d'une corruption générale qui n'a jamais pu les atteindre; celle dont la raison de seize ans a souvent fait honte à la mienne: et je suis sûr que personne ne sera tenté de me contredire.»

La tristesse des événements, de l'âge et de la religion, cachée sous une expression attendrie *(c)*, offre dans ces lettres un singulier mélange de pensée et de style. Revenons encore au récit de Benjamin Constant:

«Nous arrivons à l'époque où madame Récamier se vit pour la première fois l'objet d'une passion forte et suivie. Jusqu'alors elle avait reçu des hommages unanimes de la part de tous ceux qui la rencontraient, mais son genre de vie ne présentait nulle part des centres de réunion où l'on fût sûr de la retrouver. Elle ne recevait jamais chez elle et ne s'était point encore formé de société où l'on pût pénétrer tous les jours pour la voir et essayer de lui plaire.

«Dans l'été de 1799, madame Récamier vint habiter le château de Clichy, à un quart de lieue de Paris. Un homme célèbre depuis par divers genres de prétentions, et plus célèbre encore par les avantages qu'il a refusés que par les succès qu'il a obtenus, Lucien Bonaparte, se fit présenter à elle.

«Il n'avait aspiré jusqu'alors qu'à des conquêtes faciles, et n'avait étudié pour les obtenir que les moyens de romans que son peu de connaissance du monde lui représentait comme infaillibles. Il est possible que l'idée de captiver la plus belle femme de son temps l'ait séduit d'abord. Jeune, chef d'un parti dans le conseil des Cinq-Cents, frère du premier général du siècle, il fut flatté de réunir dans sa personne les triomphes d'un homme d'État et les succès d'un amant.

«Il imagina de recourir à une fiction pour déclarer son amour à madame Récamier; il supposa une lettre de *Roméo à Juliette*, et l'envoya comme un ouvrage de lui à celle qui portait le même nom[10].»

Voici cette lettre de Lucien, connue de Benjamin Constant; au milieu des révolutions qui ont agité le monde réel, il est piquant de voir un Bonaparte s'enfoncer dans le monde des fictions.

10.
Lucien Bonaparte n'écrivit pas moins de 33 lettres à Juliette Récamier (voir P. Riberette, «Vingt lettres inédites de Lucien Bonaparte à Madame Récamier», *BSC*, n° 21, 1978).

LETTRE DE ROMÉO À JULIETTE PAR L'AUTEUR DE *LA TRIBU INDIENNE*[11]

« Venise, 29 juillet.

« Roméo vous écrit, Juliette : si vous refusiez de me lire, vous seriez plus cruelle que nos parents dont les longues querelles viennent enfin de s'apaiser : sans doute ces affreuses querelles ne renaîtront plus… Il y a peu de jours je ne vous connaissais encore que par la renommée. Je vous avais aperçue quelquefois dans les temples et dans les fêtes ; je savais que vous étiez la plus belle, mille bouches répétaient vos éloges, et vos attraits m'avaient frappé sans m'éblouir… Pourquoi la paix m'a-t-elle livré à votre empire ? la paix ! elle est dans nos familles, mais le trouble est dans mon cœur…

« Rappelez-vous ce jour où pour la première fois je vous fus présenté. Nous célébrions dans un banquet nombreux la réconciliation de nos pères. Je revenais du sénat où les troubles suscités à la République avaient produit une vive impression *(d)*… Vous arrivâtes ; tous alors s'empressaient. Qu'elle est belle ! s'écriait-on *(e)*…

«La foule remplit dans la soirée les jardins de Bedmar[12]. Les importuns, qui sont partout, s'emparèrent de moi. Cette fois je n'eus avec eux ni patience ni affabilité : ils me tenaient éloigné de vous !… Je voulus me rendre compte du trouble qui s'emparait de moi. Je connus l'amour et je voulus le maîtriser… Je fus entraîné et je quittait avec vous ce lieu de fêtes.

« Je vous ai revue depuis ; l'amour a semblé me sourire. Un jour assise au bord de l'eau, immobile et rêveuse, vous effeuilliez une rose ; seul avec vous j'ai parlé… j'ai entendu un soupir… vaine illusion ! Revenu de mon erreur, j'ai vu l'indifférence au front tranquille assise entre nous deux… La passion qui me maîtrise s'exprimait dans mes discours, et les vôtres portaient l'aimable et cruelle empreinte de l'enfance et de la plaisanterie.

« Chaque jour je voudrais vous voir, comme si le trait n'était pas assez fixé dans mon cœur. Les moments où je vous vois seule sont bien rares, et ces jeunes Vénitiens qui vous entourent et vous parlent fadeur et galanterie me sont insupportables. Peut-on parler à Juliette comme aux autres femmes !

---

11. *La Tribu indienne, ou Édouard et Célina*, roman en 2 volumes (1799).

12. Il faut comprendre ici : les jardins de Tivoli. La première rencontre avait eu lieu à Bagatelle, au printemps 1799, à un dîner offert pour Sapey, ami de Lucien.

«J'ai voulu vous écrire; vous me connaîtrez, vous ne serez plus incrédule. Mon âme est inquiète; elle a soif de sentiment. Si l'amour n'a pas ému le vôtre, si Roméo n'est à vos yeux qu'un homme ordinaire, oh! je vous en conjure par les liens que vous m'avez imposés, soyez avec moi sévère par bonté; ne me souriez plus, ne me parlez plus, repoussez-moi loin de vous. Dites-moi de m'éloigner, et si je puis exécuter cet ordre rigoureux, souvenez-vous au moins que Roméo vous aimera toujours; que personne n'a jamais régné sur lui comme Juliette, et qu'il ne peut plus renoncer à vivre pour elle au moins par le souvenir.»

Pour un homme de sang-froid, tout cela est un peu moquable: les Bonapartes vivaient de théâtres, de romans et de vers; la vie de Napoléon lui-même est-elle autre chose qu'un poème[13]?

Benjamin Constant continue en commentant cette lettre: «Le style de cette lettre est visiblement imité de tous les romans qui ont peint les passions, depuis *Werther* jusqu'à *la Nouvelle Héloïse.* Madame Récamier reconnut facilement à plusieurs circonstances de détail qu'elle-même était l'objet de la déclaration qu'on lui présentait comme une simple lecture. Elle n'était pas assez accoutumée au langage direct de l'amour pour être avertie par l'expérience que tout dans les expressions n'était peut-être pas sincère; mais un instinct juste et sûr l'en avertissait; elle répondit avec simplicité, avec gaieté même, et montra bien plus d'indifférence que d'inquiétude et de crainte. Il n'en fallut pas davantage pour que Lucien éprouvât réellement la passion qu'il avait d'abord un peu exagérée.

«Les lettres de Lucien deviennent plus vraies, plus éloquentes, à mesure qu'il devient plus passionné; on y voyait bien toujours l'ambition des ornements, le besoin de se mettre en attitude; il ne peut s'endormir sans se *jeter dans les bras de Morphée.* Au milieu de son désespoir, il se décrit livré aux grandes occupations qui l'entourent; il s'étonne de ce qu'un homme comme lui verse des larmes; mais dans tout cet alliage de déclamation et de phrases il y a pourtant de l'éloquence, de la sensibilité et de la douleur. Enfin, dans une lettre pleine de passion où il écrit à madame Récamier: "Je ne puis vous haïr, mais je puis me tuer", il dit tout à coup en réflexion générale: "J'oublie que l'amour ne s'arrache pas, il s'obtient." Puis il ajoute: "Après la réception de votre billet, j'en ai reçu plusieurs diplomatiques; j'ai appris une nouvelle que le bruit public vous

13.
Dans son jugement de Napoléon, Chateaubriand n'a-t-il pas dit que l'empereur était «un poète en action»?

aura sans doute apprise *(f)*. Les félicitations m'entourent, m'étourdissent... on me parle de ce qui n'est pas vous!" Puis encore une exclamation: "Que la nature est faible, comparée à l'amour!"

«Cette nouvelle qui trouvait Lucien insensible était pourtant une nouvelle immense: le débarquement de Bonaparte à son retour d'Égypte.

«Un destin nouveau venait de débarquer avec ses promesses et ses menaces; le dix-huit brumaire ne devait pas se faire attendre plus de trois semaines *(g)*.

«À peine échappé au danger de cette journée, qui tiendra toujours une si grande place dans l'histoire, Lucien écrivait à madame Récamier: "Votre image m'est apparue!... Vous auriez eu ma dernière pensée[14]."»

14.
Les adieux se répéteront jusqu'au printemps 1800: «Adieu, Juliette; adieu, Madame... mon âme se brise à ce mot d'adieu!... mes pleurs roulent dans mes yeux... je voudrais effacer ce que j'ai écrit... [...] on me trouvera toujours près de vous lorsque vous croirez avoir besoin du pauvre Roméo. Je me jette à vos pieds... Que ce ruban baigné de mes larmes vous porte mes baisers d'idolâtrie, de douleur, d'adieu... » (cité par P. Riberette, «Vingt lettres inédites... », p. 50).

Suite du récit de Benjamin Constant.

« MADAME DE STAËL

Madame Récamier contracta, avec une femme bien autrement illustre que M. de Laharpe n'était célèbre, une amitié qui devint chaque jour plus intime et qui dure encore.

«M. Necker, ayant été rayé de la liste des émigrés, chargea madame de Staël, sa fille, de vendre une maison qu'il avait à Paris. Madame Récamier l'acheta, et ce fut une occasion pour elle de voir madame de Staël[1].

«La vue de cette femme célèbre la remplit d'abord d'une excessive timidité. La figure de madame de Staël a été fort discutée. Mais un superbe regard, un sourire doux, une expression habituelle de bienveillance, l'absence de toute affectation minutieuse et de toute réserve gênante; des mots flatteurs, des louanges un peu directes, mais qui semblent échapper à l'enthousiasme, une variété inépuisable de conversation, étonnent, attirent et lui concilient presque tous ceux qui l'approchent. Je ne connais aucune femme et même aucun homme qui soit plus convaincu de son immense supériorité sur tout le monde, et qui fasse moins peser cette conviction sur les autres[2].

1.
Mme de Staël était venue à Clichy, chez les Récamier, pour tenter d'obtenir la radiation de son père de la liste des émigrés et la restitution des 2 millions que celui-ci avait, en 1789, prêtés au trésor royal. Avant de repartir pour Coppet, elle avait négocié la vente de l'hôtel que Necker possédait dans la Chaussée-d'Antin. Le 25 vendémiaire an VII (16 octobre 1798), cette maison (7, rue du Mont-Blanc) fut vendue aux Récamier, qui en prirent possession vers la mi-décembre 1799. Juliette avait reçu sans s'y être préparée la visite de Germaine de Staël. Ses impressions sur celle qui allait devenir sa plus intime amie apparaissent dans cette page d'elle, reproduite par Mme Lenormant: «Un jour, et ce jour fait époque dans ma vie, M. Récamier arriva à Clichy

Anne-Louise-Germaine Necker, baronne de Staël-Holstein (1766-1817).

avec une dame qu'il ne me nomma pas et qu'il laissa seule avec moi dans le salon, pour aller rejoindre quelques personnes qui étaient dans le parc. Cette dame venait pour parler de la vente et de l'achat d'une maison ; sa toilette était étrange ; elle portait une robe du matin et un petit chapeau paré, orné de fleurs : je la pris pour une étrangère. Je fus frappée de la beauté de ses yeux et de son regard ; je ne pouvais me rendre compte de ce que j'éprouvais, mais il est certain que je songeais plus à la reconnaître et, pour ainsi dire, à la deviner, qu'à lui faire les premières phrases d'usage, lorsqu'elle me dit avec une grâce vive et pénétrante, qu'elle était vraiment ravie de me connaître, que M. Necker, son père... À ces mots, je reconnus Mme de Staël ! je n'entendis pas le reste de sa phrase, je rougis, mon trouble fut extrême. Je venais de lire ses *Lettres sur Rousseau*, je m'étais passionnée pour cette lecture. J'exprimai ce que j'éprouvais plus encore par mes regards que par mes paroles : elle m'intimidait et m'attirait à la fois. On sentait tout de suite en elle une personne parfaitement naturelle dans une nature supérieure. De son côté, elle fixait sur moi ses grands yeux, mais avec une curiosité pleine de bienveillance, et m'adressa sur ma figure des compliments qui eussent paru exagérés et trop directs, s'ils n'avaient pas semblé lui échapper, ce qui donnait à ses louanges une séduction irrésistible. Mon trouble ne me nuisit point ; elle le comprit et m'exprima le désir de me voir beaucoup à son retour à Paris, car elle partait pour Coppet. Ce ne fut alors qu'une apparition dans ma vie, mais l'impression fut vive. Je ne pensai plus qu'à Mme de Staël, tant j'avais ressenti l'action de cette nature si ardente et si forte » (*Souvenirs et correspondance... de Mme Récamier*, t. I, pp. 24-25).

2.

Voir Benjamin Constant, *Portraits, mémoires, souvenirs* (éd. E. Harpaz, pp. 280-282).

«Rien n'était plus attachant que les entretiens de madame de Staël et de madame Récamier. La rapidité de l'une à exprimer mille pensées neuves, la rapidité de la seconde à les saisir et à les juger ; cet esprit mâle et fort qui dévoilait tout, et cet esprit délicat et fin qui comprenait tout ; ces révélations d'un génie exercé communiquées à une jeune intelligence digne de les recevoir : tout cela formait une réunion qu'il est impossible de peindre sans avoir eu le bonheur d'en être témoin soi-même.

«L'amitié de madame Récamier pour madame de Staël se fortifia d'un sentiment qu'elles éprouvaient toutes deux, l'amour filial. Madame Récamier était tendrement attachée à sa mère, femme d'un rare mérite, dont la santé donnait déjà des craintes, et que sa fille ne cesse de regretter depuis qu'elle l'a perdue[3]. Madame de Staël avait voué à son père un culte que la mort n'a fait que rendre plus exalté. Toujours entraînante dans sa manière de s'exprimer, elle le devient encore surtout quand elle parle de lui. Sa voix émue, ses yeux prêts à se mouiller de larmes, la sincérité de son enthousiasme, touchaient l'âme de ceux mêmes qui ne partageaient pas son opinion sur cet homme célèbre. On a fréquemment jeté du ridicule sur les éloges qu'elle lui a donnés dans ses écrits ; mais quand on l'a entendue sur ce sujet, il est impossible d'en faire un objet de moquerie, parce que rien de ce qui est vrai n'est ridicule.»

Les lettres de Corinne[4] à son amie madame Récamier commencèrent à l'époque rappelée ici par Benjamin Constant : elles ont un charme qui tient presque de l'amour ; j'en ferai connaître quelques-unes.

LETTRES DE MADAME DE STAËL À MADAME RÉCAMIER

«Coppet, 9 septembre[5].

«Vous souvenez-vous, belle Juliette, d'une personne que vous avez comblée de marques d'intérêt cet hiver, et qui se flatte de vous engager à redoubler l'hiver prochain ? Comment gouvernez-vous l'empire de la beauté ? On vous l'accorde avec plaisir, cet empire, parce que vous êtes éminemment bonne, et qu'il semble naturel qu'une âme si douce ait un

---

3. Il s'agit de Mme Bernard.

4. Chateaubriand donne ici à Mme de Staël le nom de l'héroïne de son roman *Corinne*, où, sur un fond d'Italie quelque peu convenu, Mme de Staël développe l'un de ses grands thèmes : le sacrifice de la femme amoureuse, victime des lois de la société, bien que supérieure par la générosité et le génie.

5. 9 septembre 1801.

charmant visage pour l'exprimer. De tous vos admirateurs, vous savez que je préfère Adrien de Montmorency. J'ai reçu de ses lettres, remarquables par l'esprit et la grâce, et je crois à la solidité de ses affections, malgré le charme de ses manières. Au reste, ce mot de solidité convient à moi, qui ne prétends qu'à un rôle bien secondaire dans son cœur. Mais vous, qui êtes l'héroïne de tous les sentiments, vous êtes exposée aux grands événements dont on fait les tragédies et les romans. Le mien s'avance au pied des Alpes[6]. J'espère que vous le lirez avec intérêt. Je me plais à cette occupation *(a)*... Au milieu de tous ces succès, ce que vous êtes et ce que vous resterez, c'est un ange de pureté et de beauté, et vous aurez le culte des dévots comme celui des mondains... Avez-vous revu l'auteur d'*Atala*? Êtes-vous toujours à Clichy? Enfin je vous demande des détails sur vous. J'aime à savoir ce que vous faites, à me représenter les lieux que vous habitez. Tout n'est-il pas tableau dans les souvenirs que l'on garde de vous? Je joins à cet enthousiasme si naturel pour vos rares avantages, beaucoup d'attrait pour votre société. Acceptez, je vous prie, avec bienveillance, tout ce que je vous offre, et promettez-moi que nous nous verrons souvent l'hiver prochain.»

«Coppet, 30 avril[7].
«Savez-vous que mes amis, belle Juliette, m'ont un peu flattée de l'idée que vous viendriez ici? Ne pourriez-vous pas me donner ce grand plaisir? Le bonheur ne m'a pas gâtée depuis quelque temps, et ce serait un retour de fortune que votre arrivée, qui me donnerait de l'espoir pour tout ce que je désire. Adrien et Matthieu[8] disent qu'ils viendront. Si vous veniez avec eux, un mois de séjour ici suffirait pour vous montrer notre éclatante nature. Mon père dit que vous devriez choisir Coppet pour domicile, et que de là nous ferions nos courses. Mon père est très-vif dans le désir de vous voir. Vous savez ce qu'on a dit d'Homère:

Par la voix des vieillards tu louas la beauté.

«Et indépendamment de cette beauté vous êtes charmante.»

6.
Delphine, que Mme de Staël publia en 1802: roman épistolaire qui offre, à travers les amours contrariées de Delphine et Léonce, une illustration du conflit entre les «préjugés» de l'ancienne société et les aspirations de la nouvelle.

7.
Le 30 avril 1803.

8.
Les deux cousins Adrien et Matthieu de Montmorency.

Voyage de madame Récamier en Angleterre.

Pendant la courte paix d'Amiens[1], madame Récamier fit avec sa mère un voyage à Londres. Elle eut des lettres de recommandation du vieux duc de Guignes, ambassadeur en Angleterre trente ans auparavant. Il avait conservé des correspondances avec les femmes les plus brillantes de son temps : la duchesse de Devonshire, lady Melbourne, la marquise de Salisbury, la margrave d'Anspach dont il avait été amoureux. Son ambassade était encore célèbre, son souvenir tout vivant chez ces respectables dames.

Telle est la puissance de la nouveauté en Angleterre, que le lendemain les gazettes furent remplies de l'arrivée de la beauté étrangère. Madame Récamier reçut les visites de toutes les personnes à qui elle avait envoyé ses lettres. Parmi ces personnes, la plus remarquable était la duchesse de Devonshire, âgée de quarante-cinq à cinquante ans. Elle était encore à la mode et belle, quoique privée d'un œil qu'elle couvrait d'une boucle de ses cheveux. La première fois que madame Récamier parut en public, ce fut avec elle. La duchesse la conduisit à l'opéra dans sa loge, où se trouvaient le prince de Galles, le duc d'Orléans[2] et ses frères, le duc de Montpensier et le comte de Beaujolais : les deux premiers devaient devenir rois ; l'un touchait au trône, l'autre en était encore séparé par un abîme.

---

1. La paix d'Amiens, conclue le 25 mars 1802 entre la France et l'Angleterre à la suite des préliminaires de Londres (1er octobre 1801), fut rompue dès 1803.

2. Les futurs George IV d'Angleterre et Louis-Philippe, roi des Français.

Les lorgnettes et les regards se tournèrent vers la loge de la duchesse. Le prince de Galles dit à madame Récamier que si elle ne voulait être étouffée, il fallait sortir avant la fin du spectacle. À peine fut-elle debout, que les portes des loges s'ouvrirent précipitamment; elle n'évita rien et fut portée par le flot de la foule jusqu'à sa voiture.

Le lendemain madame Récamier alla au parc de Kensington accompagnée du marquis de Douglas, plus tard duc d'Hamilton et qui depuis a reçu Charles X à Holy-Rood, et de sa sœur la duchesse de Somerset. La foule se précipitait sur les pas de l'étrangère. Cet effet se renouvela toutes les fois qu'elle se montra en public; les journaux retentissaient de son nom; son portrait, gravé par Bartolozzi, fut répandu dans toute l'Angleterre. L'auteur d'*Antigone*[3], M. Ballanche, ajoute que des vaisseaux le portèrent jusque dans les îles de la Grèce: la beauté retournait aux lieux où l'on avait inventé son image[4]. On a de madame Récamier une esquisse par David[5], un portrait en pied par Gérard[6], un buste par Canova[7]. Le portrait est le chef-d'œuvre de Gérard; mais il ne me plaît pas parce que j'y reconnais les traits sans y reconnaître l'expression du modèle[8].

3.
Poème mystique en prose, publié par Ballanche en 1813.

4.
Le fait, déjà mentionné par Chateaubriand, est confirmé par le dernier chapitre de la *Notice* de Ballanche. N'est-ce pas ce portrait qu'Adalbert de Chamisso, voyageur, l'auteur du célèbre *Peter Schlemihl*, familier du cercle de Coppet, admira chez un Américain, M. Clarke, perdu au sud-est de la presqu'île du Kamtchatka, alors que lui-même participait à l'expédition russe de Kotzebue (1817-1820)? «J'ai vu pour la première fois chez Monsieur Clarke un tableau que j'ai souvent revu par la suite sur des bateaux américains, et répandu par leur commerce, dans les îles et sur les côtes du Grand Océan: le portrait peint délicatement sur verre, par une main chinoise, de Madame Récamier, l'aimable amie de Madame de Staël [...]. Comme je contemplais ce portrait, tout notre voyage ne me parut qu'une joyeuse anecdote, seulement racontée parfois de manière ennuyeuse et rien de plus» (A. de Chamisso, *Voyage autour du monde, 1815-1818*, pp. 120-121).

5.
L'histoire de ce tableau demeure incertaine. Dans une lettre du 27 juin 1800, David apprenait à Mme de Verninac qu'il s'occupait du portrait de Mme Récamier; celui-ci était assez avancé pour qu'il envisageât de l'exposer au Salon qui s'ouvrait le 2 septembre suivant. Mais les séances de pose se multipliant, l'illustre modèle s'impatienta et finit par se brouiller avec le peintre; le portrait demeurera inachevé. Delécluze, élève de David, a prétendu que Mme Récamier aurait été choquée d'être représentée les pieds nus; les malveillants prétendaient qu'ils n'étaient pas en harmonie avec la beauté du modèle. Mme Lenormant donne une autre version: «Ce commencement de portrait d'une personne que sa beauté rendait alors la reine de la mode ne parut pas à la plupart de ceux qui le virent exprimer le charme de sa figure. L'ébauche fut critiquée; David lui-même n'en était pas entièrement satisfait: le portrait fut interrompu; non point, comme on l'a dit, par un caprice de Mme Récamier, mais par la volonté du peintre. [...]» (*Souvenirs et correspondance... de Mme Récamier*, t. I, pp. 94-96). Restée chez David, la toile fut mise en vente en 1826 par les héritiers du peintre et achetée 6 000 frs par Charles Lenormant, pour être quelques mois plus tard cédée pour la même somme au musée du Louvre. La célébrité de ce portrait sera

Madame Récamier, lithographie de Buckhorn.

telle que le peintre Dejuinne, 25 ans plus tard, transférera dans le cadre de l'Abbaye-aux-Bois, la belle et son illustre siège, entre la bibliothèque, le clavecin et la harpe, le grand vase de Sèvres sur la table ronde, le miroir où se reflète le lit angélique dans la blanche alcôve et le tableau de *Corinne au cap Misène.* Quant à la méridienne sur laquelle posa Mme Récamier, elle appartient aux collections de la Maison de Chateaubriand, à La Vallée-aux-Loups (M. 986*3).

6.

Le portrait de Gérard est daté de 1805, avec ses tendres couleurs d'automne – l'étoffe des coussins est gris-violet et jaune le manteau de la jolie femme, la tête penchée comme une fleur. L'Allemand Reichardt, qui rencontra Mme Récamier à Paris dans l'hiver 1802-1803, avant de voir, plus tard, cette peinture dans l'atelier de Gérard, a noté que, « cette fois, l'artiste [était] resté au-dessous de son charmant modèle » (A. Laquiante, *Un hiver à Paris sous le Consulat, 1802-1803, d'après les lettres de J.-F. Reichardt*, pp. 217-218).

7.

Voir *infra*, l. XXIX, chap. 13, p. 1908 *sqq.*

8.

Chateaubriand oublie le plus célèbre des bustes représentant Mme Récamier, celui de Chinard, buste en marbre exécuté à Carrare entre 1805 et 1806, d'après une terre cuite modelée par le sculpteur en 1801-1802. Le nez mutin, la bouche appétissante, les yeux baissés : tout – jusqu'à la coiffure, faite à la diable d'un fichu d'organdi, dit véhoule, dont la mode était venue des îles avec Joséphine de Beauharnais – est là pour inspirer la sensualité, non pour donner la sensation divine de la beauté souveraine. Ce buste, reproduit en terre cuite, est le plus connu de Mme Récamier. Il existe aussi beaucoup d'autres portraits par Dejuinne, Isabey, Mlle Ledoux, Eulalie Morin, Massot de Genève, des miniatures d'Augustin, une gravure de Pierre Michel Adam, de Minardi, de Riffaut, de Pulchérie de Valence, et pour finir un Devéria représentant Mme Récamier sur son lit de mort, dessin à la mine de plomb.

La veille du départ de madame Récamier, le prince de Galles et la duchesse de Devonshire lui demandèrent de les recevoir et d'amener chez elle quelques personnes de leur société. On fit de la musique. Elle joua avec le chevalier Marin, premier harpiste de cette époque, des variations sur un thème de Mozart. Cette soirée fut citée dans les feuilles publiques comme un concert que la belle étrangère avait donné en partant au prince de Galles *(a)*.

Le lendemain elle s'embarqua pour La Haye, et mit trois jours à faire une traversée de seize heures. Elle m'a raconté que, pendant ces jours mêlés de tempêtes, elle lut de suite le *Génie du Christianisme*; je lui fus *révélé*, selon sa bienveillante expression : je reconnais là cette bonté que les vents et la mer ont toujours eue pour moi.

Près de La Haye elle visita le château du prince d'Orange. Ce prince, lui ayant fait promettre d'aller voir cette demeure, lui écrivit plusieurs lettres dans lesquelles il parle de ses revers et de l'espoir de les vaincre : Guillaume IV[9] est en effet devenu monarque ; en ce temps-là on intriguait pour être roi comme aujourd'hui pour être député ; et ces candidats à la souveraineté se pressaient aux pieds de madame Récamier comme si elle disposait des couronnes.

Ce billet de Bernadotte, qui règne aujourd'hui sur la Suède, termina le voyage de madame Récamier en Angleterre.

« ....

«Les journaux anglais, en calmant mes inquiétudes sur votre santé, m'ont appris les dangers auxquels vous avez été exposée. J'ai blâmé d'abord le peuple de Londres dans son grand empressement ; mais, je vous l'avoue, il a été bientôt excusé, car je suis partie intéressée lorsqu'il faut justifier les personnes qui se rendent indiscrètes pour admirer les charmes de votre céleste figure.

« Au milieu de l'éclat qui vous environne et que vous méritez à tant de titres, daignez vous souvenir quelquefois que l'être qui vous est le plus dévoué dans la nature est

« BERNADOTTE. »

9.
Le prince d'Orange – dont le père, Guillaume V, stathouder de Hollande, avait été dépossédé de ses États en 1794 – obtint au congrès de Vienne (1814), grâce à son courage et à son opiniâtreté, outre la Hollande, les anciens Pays-Bas autrichiens, ainsi que la principauté de Liège et le duché de Bouillon, et régna sous le nom de Guillaume Ier (et non de Guillaume IV, comme l'écrit Chateaubriand par erreur).

Premier voyage de madame de Staël en Allemagne. – Madame Récamier à Paris.

Madame de Staël, menacée de l'exil, tenta de s'établir à Maffliers, campagne à huit lieues de Paris[1]. Elle accepta la proposition que lui fit madame Récamier, revenue d'Angleterre, de passer quelques jours à Saint-Brice avec elle ; ensuite elle retourna dans son premier asile. Elle rend compte de ce qui lui arriva alors, dans les *Dix années d'exil*[2].

« J'étais à table, dit-elle, avec trois de mes amis, dans une salle où l'on voyait le grand chemin et la porte d'entrée. C'était à la fin de septembre, à quatre heures : un homme en habit gris, à cheval, s'arrête et sonne ; je fus certaine de mon sort ; il me fit demander ; je le reçus dans le jardin. En avançant vers lui, le parfum des fleurs et la beauté du soleil me frappèrent. Les sensations qui nous viennent par les combinaisons de la société sont si différentes de celles de la nature ! Cet homme me dit qu'il était le commandant de la gendarmerie de Versailles... Il me montra une lettre, signée de Bonaparte, qui portait l'ordre de m'éloigner à quarante

1. Les faits évoqués ici remontent à septembre-octobre 1803. À 10 km de Pontoise, Benjamin Constant possédait une propriété. Mme de Staël, compromise par sa liaison avec Constant, exclu le 17 janvier 1802 du Tribunat ; trop liée avec des généraux rivaux tels que Moreau et Bernadotte ; critiquable d'avoir un père qui venait de publier, la même année, *Dernières Vues de politique et de finances*, ouvrage qui irrita fort Bonaparte, qui considérait Necker comme un piètre politique responsable des événements de 1789 ; auteur enfin d'un ouvrage, *Delphine*, dont les idées sociales et politiques étaient contraires à la politique de restauration catholique, devint la cible du Premier Consul, qui lui ordonna le 15 octobre 1803 de s'éloigner de 40 lieues de la capitale, distance qui sera maintenue jusqu'en 1810.

2. Voir l'édition critique établie par S. Balayé et M. Vianello-Bonifacio, pp. 152-157.

lieues de Paris, et enjoignait de me faire partir dans les vingt-quatre heures, en me traitant cependant avec tous les égards dus à une femme d'un nom connu... Je répondis à l'officier de gendarmerie que partir dans les vingt-quatre heures convenait à des conscrits, mais non pas à une femme et à des enfants. En conséquence je lui proposai de m'accompagner à Paris où j'avais besoin de trois jours pour faire les arrangements nécessaires à mon voyage. Je montai donc dans ma voiture avec mes enfants et cet officier qu'on avait choisi comme le plus littéraire des gendarmes. En effet, il me fit des compliments sur mes écrits. "Vous voyez, lui dis-je, monsieur, où cela mène d'être une femme d'esprit. Déconseillez-le, je vous prie, aux personnes de votre famille, si vous en avez l'occasion." J'essayais de me monter par la fierté, mais je sentais la griffe dans mon cœur.

« Je m'arrêtai quelques instants chez madame Récamier. Je trouvai le général Junot, qui, par dévouement pour elle, promit d'aller le lendemain parler au premier Consul. Il le fit en effet avec la plus grande chaleur...

« La veille du jour qui m'était accordé, Joseph Bonaparte fit encore une tentative...

« Je fus obligée d'attendre la réponse dans une auberge à deux lieues de Paris, n'osant pas rentrer chez moi dans la ville. Un jour se passa sans que cette réponse me parvînt. Ne voulant pas attirer l'attention sur moi en restant plus longtemps dans l'auberge où j'étais, je fis le tour des murs de Paris pour en aller chercher une autre, de même à deux lieues de Paris, mais sur une route différente. Cette vie errante, à quatre pas de mes amis et de ma demeure, me causait une douleur que je ne puis me rappeler sans frissonner. »

Madame de Staël, au lieu de retourner à Coppet, partit pour son premier voyage d'Allemagne. À cette époque elle m'écrivit, sur la mort de madame de Beaumont, la lettre que j'ai citée dans mon premier voyage de Rome[3].

Madame Récamier réunissait chez elle, à Paris, ce qu'il y avait de plus distingué dans les partis opprimés et dans les opinions qui n'avaient pas tout cédé à la victoire. On y voyait les illustrations de l'ancienne monarchie et du nouvel empire : les Montmorency, les Sabran, les Lamoignon, les généraux Masséna, Moreau et Bernadotte ; celui-là destiné à l'exil, celui-ci au trône. Les étrangers illustres s'y rendaient aussi ; le prince d'Orange, le prince de Bavière[4], le frère de la reine de

---

3. Voir *supra*, l. XV, chap. 6, pp. 884-885.

4. Le prince Maximilien-Joseph, électeur de Bavière, puis roi en 1806 sous le nom de Maximilien Ier.

Prusse[5] l'environnaient, comme à Londres le prince de Galles était fier de porter son châle. L'attrait était si irrésistible qu'Eugène de Beauharnais et les ministres mêmes de l'empereur allaient à ces réunions. Bonaparte ne pouvait souffrir le succès, même celui d'une femme. Il disait : «Depuis quand le conseil se tient-il chez madame Récamier ?»

5. Le duc de Mecklembourg-Strelitz.

Projets des généraux. – Portrait de Bernadotte. – Procès de Moreau. – Lettres de Moreau et de Masséna à madame Récamier.

Je reviens maintenant au récit de Benjamin Constant: «Depuis longtemps Bonaparte, qui s'était emparé du gouvernement, marchait ouvertement à la tyrannie. Les partis les plus opposés s'aigrissaient contre lui, et tandis que la masse des citoyens se laissait énerver encore par le repos qu'on lui promettait, les républicains et les royalistes désiraient un renversement. M. de Montmorency appartenait à ces derniers par sa naissance, ses rapports et ses opinions. Madame Récamier ne tenait à la politique que par son intérêt généreux pour les vaincus de tous les partis. L'indépendance de son caractère l'éloignait de la cour de Napoléon dont elle avait refusé de faire partie[1]. M. de Montmorency imagina de lui confier ses espérances, lui peignit le rétablissement des Bourbons sous des couleurs propres à exciter son enthousiasme, et la chargea de rapprocher deux hommes importants alors en France, Bernadotte et Moreau, pour voir s'ils pouvaient se réunir contre Bonaparte. Elle connaissait beaucoup Bernadotte qui depuis est devenu prince royal de Suède. Quelque chose de chevaleresque dans la figure, de noble dans les manières, de très-fin dans l'esprit, de déclamatoire dans la conversation, en font un homme remarquable. Courageux dans les combats, hardi dans le propos, mais timide dans les actions qui ne sont pas militaires, irrésolu dans tous ses projets: une chose qui le rend

1.
Le salon de Mme Récamier, apparaissant comme un foyer d'opposition, avait été fermé en 1803 sur ordre du gouvernement. Juliette avait par ailleurs, ainsi que le précise Benjamin Constant, refusé une place de dame du palais aux Tuileries.

très-séduisant à la première vue, mais qui en même temps met un obstacle à toute combinaison de plan avec lui, c'est une habitude de haranguer, reste de son éducation révolutionnaire qui ne le quitte pas. Il a parfois des mouvements d'une véritable éloquence; il le sait, il aime ce genre de succès, et quand il est entré dans le développement de quelque idée générale, tenant à ce qu'il a entendu dans les clubs ou à la tribune, il perd de vue tout ce qui l'occupe et n'est plus qu'un orateur passionné. Tel il a paru en France dans les premières années du règne de Bonaparte, qu'il a toujours haï et auquel il a toujours été suspect, et tel il s'est encore montré dans ces derniers temps au milieu du bouleversement de l'Europe dont on lui doit toutefois l'affranchissement, parce qu'il a rassuré les étrangers en leur montrant un Français prêt à marcher contre le tyran de la France et sachant ne dire que ce qui pouvait influer sur sa nation[2].

«Tout ce qui offre à une femme le moyen d'exercer sa puissance lui est toujours agréable. Il y avait d'ailleurs, dans l'idée de soulever contre le despotisme de Bonaparte des hommes importants par leurs dignités et leur gloire, quelque chose de généreux et de noble qui devait tenter madame Récamier. Elle se prêta donc au désir de M. de Montmorency. Elle réunit souvent Bernadotte et Moreau chez elle. Moreau hésitait, Bernadotte déclamait. Madame Récamier prenait les discours indécis de Moreau pour un commencement de résolution, et les harangues de Bernadotte comme un signal de renversement de la tyrannie. Les deux généraux, de leur côté, étaient enchantés de voir leur mécontentement caressé par tant de beauté, d'esprit et de grâce. Il y avait en effet quelque chose de romanesque et de poétique dans cette femme si jeune, si séduisante, leur parlant de la liberté de leur patrie. Bernadotte répétait sans cesse à madame Récamier qu'elle était faite pour électriser le monde et pour créer des séides.»

En remarquant la finesse de cette peinture de Benjamin Constant, il faut dire que madame Récamier ne serait jamais entrée dans ces intérêts politiques sans l'irritation qu'elle ressentait de l'exil de madame de Staël. Le futur Roi de Suède avait la liste des généraux qui tenaient encore au parti de l'indépendance, mais le nom de Moreau n'y était pas; c'était le seul qu'on pût opposer à celui de Napoléon: seulement Bernadotte ignorait quel était ce Bonaparte dont il attaquait la puissance.

2.
On remarquera la magnanimité de Chateaubriand: il ne retranche rien de ce long passage apologétique de Bernadotte, qui se montra très hostile, en 1814, à sa nomination comme ambassadeur de France en Suède.

Madame Moreau donna un bal; toute l'Europe s'y trouva, excepté la France; elle n'y était représentée que par l'opposition républicaine. Pendant cette fête, le général Bernadotte conduisit madame Récamier dans un petit salon où le bruit de la musique seul les suivit et leur rappelait où ils étaient. Moreau passa dans ce salon; Bernadotte lui dit après de longues explications: «Avec un nom populaire, vous êtes le seul parmi nous qui puisse se présenter appuyé de tout un peuple; voyez ce que vous pouvez, ce que nous pouvons guidés par vous.» Moreau répéta ce qu'il avait dit souvent: «Qu'il sentait le danger dont la liberté était menacée, qu'il fallait surveiller Bonaparte, mais qu'il craignait la guerre civile.»
Cette conversation se prolongeait et s'animait; Bernadotte s'emporta et dit au général Moreau: «Vous n'osez pas prendre la cause de la liberté; eh bien! Bonaparte se jouera de la liberté et de vous. Elle périra malgré nos efforts, et vous, vous serez enveloppé dans sa ruine sans avoir combattu.» Paroles prophétiques!
La mère de madame Récamier était liée avec madame Hulot, mère de madame Moreau, et madame Récamier avait contracté avec cette dernière une de ces liaisons d'enfance qu'on est heureux de continuer dans le monde.
Pendant le procès du général Moreau[3], madame Récamier passait sa vie chez madame Moreau. Celle-ci dit à son amie que son mari se plaignait de ne l'avoir pas encore vue parmi le public qui remplissait la salle et le tribunal. Madame Récamier s'arrangea pour assister le lendemain de cette conversation à la séance. Un des juges, M. Brillat-Savarin, se chargea de la faire entrer par une porte particulière qui s'ouvrait sur l'amphithéâtre. En entrant elle releva son voile, et parcourut d'un coup d'œil les rangs des accusés, afin d'y trouver Moreau. Il la reconnut, se leva et la salua. Tous les regards se tournèrent vers elle; elle se hâta de descendre les degrés de l'amphithéâtre pour arriver à la place qui lui était destinée. Les accusés étaient au nombre de quarante-sept; ils remplissaient les gradins placés en face des juges du tribunal. Chaque accusé était placé entre deux gendarmes: ces soldats montraient au général Moreau de la déférence et du respect.

3.
Compromis dans un complot royaliste qui, d'après la police, l'unissait à Cadoudal et Pichegru, Moreau fut arrêté le 15 février 1804 et traduit en justice le 28 mai, avec Cadoudal. Faute de preuves, il ne fut condamné qu'à 2 ans de prison. Bonaparte, apprenant la nouvelle, entra en fureur: «Ces animaux me déclarent qu'il ne peut se soustraire à une condamnation capitale; que sa complicité est évidente, et voilà qu'on me le condamne comme un voleur de mouchoir. [...]» (*in Dictionnaire Napoléon*, art. de J.-P. Bertaud, p. 1199). Moreau, gracié, se retirera aux États-Unis. Voir *supra*, l. XVI, chap. 1, note 3, p. 900.

On remarquait MM. de Polignac et de Rivière, mais surtout Georges Cadoudal. Pichegru, dont le nom restera lié à celui de Moreau, manquait pourtant à côté de lui, ou plutôt on y croyait voir son ombre, car on savait qu'il manquait aussi dans la prison.
Il n'était plus question de républicains, c'était la fidélité royaliste *(a)* qui luttait contre le pouvoir nouveau ; toutefois, cette cause de la légitimité et de ses partisans nobles avait pour chef un homme du peuple, Georges Cadoudal. On le voyait là, avec la pensée que cette tête si pieuse, si intrépide, allait tomber sur l'échafaud ; que lui seul peut-être, Cadoudal, ne serait pas sauvé, car il ne ferait rien pour l'être. Il ne défendait que ses amis ; quant à ce qui le regardait particulièrement, il disait tout. Bonaparte ne fut pas aussi généreux qu'on le suppose : onze personnes dévouées à Georges périrent avec lui.
Moreau ne parla point. La séance terminée, le juge qui avait amené madame Récamier vint la reprendre. Elle traversa le parquet du côté opposé à celui par lequel elle était entrée, et longea les bancs des accusés. Moreau descendit suivi de ses deux gendarmes ; il n'était séparé d'elle que par une balustrade. Il lui dit quelques paroles que dans son saisissement elle n'entendit point : elle voulut lui répondre, sa voix se brisa.
Aujourd'hui que les temps sont changés, et que le nom de Bonaparte semble seul les remplir, on n'imagine pas à combien peu encore paraissait tenir sa puissance. La nuit qui précéda la sentence, et pendant laquelle le tribunal siégea, tout Paris fut sur pied. Des flots de peuple se portaient au Palais de Justice. Georges ne voulut point de grâce ; il répondit à ceux qui voulaient la demander : « Me promettez-vous une plus belle occasion de mourir ? »
Moreau, condamné à la déportation, se mit en route pour Cadix, d'où il devait passer en Amérique. Madame Moreau alla le rejoindre. Madame Récamier était auprès d'elle au moment de son départ. Elle la vit embrasser son fils dans son berceau, et la vit revenir sur ses pas pour l'embrasser encore : elle la conduisit à sa voiture et reçut son dernier adieu.
Le général Moreau écrivit de Cadix cette lettre à sa généreuse amie :

« Chiclana (près Cadix), le 12 octobre 1804.
« Madame,
« Vous apprendrez sans doute avec quelque plaisir des nouvelles de deux fugitifs auxquels vous avez témoigné tant d'intérêt. Après avoir essuyé des fatigues de tout genre, sur terre et sur mer, nous espérions nous reposer à Cadix, quand la fièvre jaune, qu'on peut en quelque sorte comparer aux maux que nous venions d'éprouver, est venue nous assiéger dans cette ville.
« Quoique les couches de mon épouse nous aient forcés d'y rester plus

d'un mois pendant la maladie, nous avons été assez heureux pour nous préserver de la contagion ; un seul de nos gens en a été atteint.

« Enfin nous sommes à Chiclana, très-joli village à quelques lieues de Cadix, jouissant d'une bonne santé, et mon épouse en pleine convalescence après m'avoir donné une fille très-bien portante.

« Persuadée que vous prendrez autant d'intérêt à cet événement qu'à tout ce qui nous est arrivé, elle me charge de vous en faire part et de la rappeler à votre amitié.

« Je ne vous parle pas du genre de vie que nous menons, il est excessivement ennuyeux et monotone ; mais au moins nous respirons en liberté, quoique dans le pays de l'inquisition.

« Je vous prie, madame, de recevoir l'assurance de mon respectueux attachement, et de me croire pour toujours.

« Votre très-humble et très-obéissant serviteur,

« V. MOREAU. »

Cette lettre est datée de Chiclana[4], lieu qui sembla promettre avec de la gloire un règne assuré à M. le duc d'Angoulême : et pourtant il n'a fait que paraître sur ce bord aussi fatalement[5] que Moreau, qu'on a cru dévoué aux Bourbons. Moreau au fond de l'âme était dévoué à la liberté ; lorsqu'il eut le malheur de se joindre à la coalition[6], il s'agissait uniquement à ses yeux de combattre le despotisme de Bonaparte. Louis XVIII disait à M. de Montmorency qui déplorait la mort de Moreau comme une grande perte pour la couronne : « Pas si grande : Moreau était républicain. » Ce général ne repassa en Europe que pour trouver le boulet sur lequel son nom avait été gravé par le doigt de Dieu.

Moreau me rappelle un autre illustre capitaine, Masséna. Celui-ci allait à l'armée d'Italie ; il demanda à madame Récamier un ruban blanc de sa parure. Un jour elle reçut ce billet de la main de Masséna :

« Le charmant ruban donné par madame Récamier a été porté par le général Masséna aux batailles et au blocus de Gênes : il n'a jamais quitté le général et lui a constamment favorisé la victoire. »

4.

Pendant le siège de Cadix, en septembre 1823, le duc d'Angoulême avait établi son quartier général à Chiclana.

5.

Fatalité qui pousse et l'un et l'autre à l'exil ; reconnaissons que le rapprochement est pour le moins spécieux.

6.

Arrivé à Prague en 1813, Moreau rencontra les souverains coalisés et se joignit à eux dans leur offensive sur Dresde, où il fut tué.

Les antiques mœurs percent à travers les mœurs nouvelles dont elles font la base. La galanterie du chevalier noble se retrouvait dans le soldat plébéien ; le souvenir des tournois et des croisades était caché dans ces faits d'armes par qui la France moderne a couronné ses vieilles victoires. Cisher, compagnon de Charlemagne, ne se parait point aux combats des couleurs de sa dame : « Il portait, dit le moine de Saint-Gall, sept, huit et même neuf ennemis enfilés à sa lance comme des grenouillettes[7]. » Cisher[8] précédait, et Masséna suivait la chevalerie.

7.
De Gestis Caroli Magni (*Des Faits et Gestes de Charles le Grand*), chronique composée par un moine de l'abbaye de Saint-Gall, près de Constance, en Suisse (IXe siècle).

8.
Cisher était un géant d'une force redoutable.

Mort de M. Necker. – Retour de madame de Staël. – Madame Récamier à Coppet. – Le prince Auguste de Prusse (a).

Madame de Staël apprit à Berlin la maladie de son père; elle se hâta de revenir, mais M. Necker était mort avant son arrivée en Suisse[1]. En ce temps-là arriva la ruine de M. Récamier[2]; madame de Staël fut bientôt instruite de ce malheureux événement. Elle écrivit sur-le-champ à madame Récamier, son amie:

«Genève, 17 novembre.

«Ah! ma chère Juliette, quelle douleur j'ai éprouvée par l'affreuse nouvelle que je reçois! que je maudis l'exil qui ne me permet pas d'être auprès de vous, de vous serrer contre mon cœur! Vous avez perdu tout

1. Le 10 avril 1804.

2. Sous le Directoire, Récamier avait été l'un des plus grands banquiers de la capitale. Il participait aux fournitures du gouvernement et à toutes les opérations financières de l'époque. Il fut banquier du Trésor public avec Mallet, Perregaux, Fulchiron et Doyen, jusqu'en 1803. Toutefois, dès 1802, des rumeurs annonçaient sa faillite, qui ne se produira qu'en 1805, lors de la crise provoquée par les spéculations d'Ouvrard. Il aurait suffi d'une aide du gouvernement pour le sauver. Napoléon refusa, sans doute par grief envers Juliette Récamier. M. Récamier abandonna à ses créanciers tout ce qu'il possédait et reçut d'eux ce témoignage de confiance et d'estime d'être mis à la tête de la liquidation de ses affaires. Sa femme vendit jusqu'à son dernier bijou. On se défit de l'argenterie; l'hôtel de la rue du Mont-Blanc fut mis en vente et acheté par le financier Mosselmann. «Régent de la Banque de France depuis sa fondation, [M. Récamier] fut remplacé le 17 octobre 1806. Réunis le 4 février 1806, ses créanciers lui accordèrent par concordat une remise de 65%» (*Dictionnaire Napoléon*, art. de R. Szramkiewicz, pp. 1443-1444). Ce n'est qu'en 1809 que Récamier retrouva la libre gestion de ses affaires.

ce qui tient à la facilité, à l'agrément de la vie ; mais s'il était possible d'être plus aimée, plus intéressante que vous ne l'étiez, c'est ce qui vous serait arrivé. Je vais écrire à M. Récamier, que je plains et que je respecte. Mais, dites-moi, serait-ce un rêve que de vous voir ici cet hiver ? Si vous vouliez, trois mois passés ici, dans un cercle étroit où vous seriez passionnément soignée ; mais à Paris aussi vous inspirez ce sentiment. Enfin, au moins à Lyon, ou jusqu'à mes *quarante lieues*, j'irai pour vous voir, pour vous embrasser, pour vous dire que je me suis sentie pour vous plus de tendresse que pour aucune femme que j'aie jamais connue. Je ne sais rien vous dire comme consolation, si ce n'est que vous serez aimée et considérée plus que jamais, et que les admirables traits de votre générosité et de votre bienfaisance seront connus malgré vous par ce malheur, comme ils ne l'auraient jamais été sans lui. Certainement, en comparant votre situation à ce qu'elle était, vous avez perdu ; mais s'il m'était possible d'envier ce que j'aime, je donnerais bien tout ce que je suis pour être vous. Beauté sans égale en Europe, réputation sans tache, caractère fier et généreux, quelle fortune de bonheur encore dans cette triste vie où l'on marche si dépouillé ! Chère Juliette, que notre amitié se resserre ; que ce ne soit plus simplement des services généreux qui sont tous venus de vous, mais une correspondance suivie, un besoin réciproque de se confier ses pensées, une vie ensemble. Chère Juliette, c'est vous qui me ferez revenir à Paris, car vous serez toujours une personne toute-puissante, et nous nous verrons tous les jours ; et comme vous êtes plus jeune que moi, vous me fermerez les yeux, et mes enfants seront vos amis. Ma fille[3] a pleuré ce matin de mes larmes et des vôtres. Chère Juliette, ce luxe qui vous entourait, c'est nous qui en avons joui ; votre fortune a été la nôtre et je me sens ruinée parce que vous n'êtes plus riche. Croyez-moi, il reste du bonheur quand on s'est fait aimer ainsi.

« Benjamin veut vous écrire ; il est bien ému. Matthieu de Montmorency m'écrit sur vous une lettre bien touchante. Chère amie, que votre cœur soit calme au milieu de tant de douleurs. Hélas ! ni la mort ni l'indifférence de vos amis ne vous menacent, et voilà les blessures éternelles. Adieu, cher ange, adieu ! J'embrasse avec respect votre visage charmant... »

Un intérêt nouveau se répandit sur madame Récamier : elle quitta la société sans se plaindre, et sembla faite pour la solitude comme pour le monde. Ses amis lui restèrent, « et cette fois, a dit M. Ballanche, *la fortune se retira seule* ».

3. Albertine de Staël (1798-1838).

Madame de Staël attira son amie à Coppet[4]. Le prince Auguste de Prusse, fait prisonnier à la bataille d'Eylau, se rendant en Italie, passa par Genève : il devint *(b)* amoureux de madame Récamier[5]. La vie intime et particulière appartenant à chaque homme continuait son cours sous la vie générale, l'ensanglantement des batailles et la transformation des empires. Le riche, à son réveil, aperçoit ses lambris dorés, le pauvre ses solives enfumées ; pour les éclairer il n'y a qu'un même rayon de soleil. Le prince Auguste, croyant que madame Récamier pourrait consentir au divorce, lui proposa de l'épouser[6] *(c)*. Il reste un monument de cette passion dans le tableau de Corinne que le prince obtint de Gérard ; il en fit présent à madame Récamier, comme un immortel souvenir du sentiment qu'elle lui avait inspiré, et de l'intime amitié qui unissait Corinne et Juliette[7].

L'été se passa en fêtes : le monde était bouleversé ; mais il arrive que le retentissement des catastrophes publiques, en se mêlant aux joies de la jeunesse, en redouble le charme ; on se livre d'autant plus vivement aux plaisirs qu'on se sent près de les perdre[8].

Madame de Genlis a fait un roman sur cet attachement du prince Auguste. Je la trouvai un jour dans l'ardeur de la composition. Elle

---

4.

Mme Récamier y arriva le 10 juillet 1807.

5.

Le prince Auguste de Prusse avait 24 ans et était donc de 5 ans plus jeune que Mme Récamier.

6.

On lit à ce sujet dans le livre de Mme Lenormant : « Le prince Auguste était remarquablement beau, brave, chevaleresque ; à l'ardeur passionnée de ses sentiments, se joignaient une loyauté et une sorte de candeur toutes germaniques. [...] La passion qu'il conçut pour l'amie de Mme de Staël était extrême ; protestant et né dans un pays où le divorce est autorisé par la loi civile et par la loi religieuse, il se flatta que la belle Juliette consentirait à faire rompre le mariage qui faisait obstacle à ses vœux, et il lui proposa de l'épouser. [...] Mme Récamier était émue, ébranlée : elle accueillit un moment la proposition d'un mariage, preuve insigne, non seulement de la passion, mais de l'estime d'un prince de maison royale fortement pénétré des prérogatives et de l'élévation de son rang. Une promesse fut échangée. La sorte de lien qui avait uni la belle Juliette à M. Récamier était de ceux que la religion catholique elle-même proclame nuls. Cédant à l'émotion du sentiment qu'elle inspirait au prince Auguste, Juliette écrivit à M. Récamier pour lui demander la rupture de leur union. Il lui répondit qu'il consentirait à l'annulation de leur mariage si telle était sa volonté, mais faisant appel à tous les sentiments du noble cœur auquel il s'adressait, il rappelait l'affection qu'il lui avait portée dès son enfance, il exprimait même le regret d'avoir respecté des susceptibilités et des répugnances sans lesquelles un lien plus étroit n'eût pas permis cette pensée de séparation ; enfin il demandait que cette rupture de leur lien, si Mme Récamier persistait dans un tel projet, n'eût pas lieu à Paris, mais hors de France où il se rendrait pour se concerter avec elle. Cette lettre digne, paternelle et tendre, laissa quelques instants Mme Récamier immobile : elle revit en pensée ce compagnon des premières années de sa vie dont l'indulgence, si elle ne lui avait pas donné le bonheur, avait toujours respecté ses sentiments et sa liberté ; elle le revit vieux, dépouillé de la grande fortune dont il avait pris plaisir à la faire jouir, et l'idée de l'abandon d'un homme mal-

MADAME DE GENLIS À 80 ANS.

heureux lui parut impossible. Elle revint à Paris à la fin de l'automne ayant pris sa résolution, mais n'exprimant pas encore ouvertement au prince Auguste l'inutilité de ses instances. Elle compta sur le temps et l'absence pour lui rendre moins cruelle la perte d'une espérance à laquelle il allait travailler avec ardeur en retournant à Berlin [...]» (*Souvenirs et correspondance... de Mme Récamier*, t. I, pp. 140-142; voir aussi pp. 143-152).

7.

Voir *supra*, l. XXVI, chap. 1, note 13, p. 1665.

8.

En cet été 1807, la saison de Coppet fut une des plus brillantes. Sainte-Beuve écrit que c'était une «sorte d'Élysée intellectuel pour plusieurs générations». Mme d'Haussonville ajoute: «Exilée à Coppet, Mme de Staël s'entoure des esprits les plus rares; hommes de lettres, philosophes, artistes constituent un groupe cohérent et informel dont elle est l'âme brûlante. On se sépare peu, on vit chez Mme de Staël, ou plutôt avec Mme de Staël. [...] aux Français Montmorency, Prosper de Barante et Mme Récamier, aux Suisses Benjamin Constant, Bonstetten, Sismondi ou Mme Necker de Saussure, se joignent peu à peu des Allemands: les deux Schlegel, Tieck, des Anglais: Byron, Mackintosh, une Russe, Mme de Krüdener. [...] La conversation est l'instrument d'un incessant labeur intellectuel. Chacun, stimulé par l'autre, s'attelle à son œuvre et en soumet les ébauches à la critique du groupe: écrire, parler, partout, au salon, dans les chambres, à table, à la promenade. *Il se dépense à Coppet plus d'esprit en un jour que dans le reste de l'Europe en un an*, constate Bonstetten, qui ajoute, épuisé par cette débauche d'intelligence: *J'en suis si fatigué que je gis à demi mort et ma chambre me paraît un tombeau.* À Coppet sont conçus les grands ouvrages: *Adolphe, Corinne, De l'Allemagne*, qui ouvrent la France à une littérature nouvelle. À partir de ces rencontres, de ces œuvres, se dessine l'esprit de Coppet, chantre du libéralisme et précurseur du romantisme. [...]» (O. d'Haussonville, *in Il y a cent quatre-vingt-cinq ans Chateaubriand s'installait à La Vallée-aux-Loups*, p. 61).

demeurait à l'Arsenal[9], au milieu de livres poudreux, dans un appartement obscur. Elle n'attendait personne ; elle était vêtue d'une robe noire ; ses cheveux blancs offusquaient[10] son visage ; elle tenait une harpe entre ses genoux, et sa tête était abattue sur sa poitrine. Appendue aux cordes de l'instrument, elle promenait deux mains pâles et amaigries sur l'autre côté du réseau sonore, dont elle tirait des sons affaiblis, semblables aux voix lointaines et indéfinissables de la mort. Que chantait l'antique sibylle[11] ? elle chantait madame Récamier. Elle l'avait d'abord haïe[12], mais dans la suite elle avait été vaincue par la beauté et le malheur. Madame de Genlis venait d'écrire cette page sur madame Récamier, en lui donnant le nom d'Athénaïs :

« Le prince entra dans le salon, conduit par madame de Staël. Tout à coup la porte s'entr'ouvre, Athénaïs[13] s'avance. À l'élégance de sa taille, à l'éclat éblouissant de sa figure, le prince ne peut la méconnaître, mais il s'était fait d'elle une idée toute différente : il s'était représenté cette femme si célèbre par sa beauté, fière de ses succès, avec un maintien assuré, et cette espèce de confiance que ne donne que trop souvent ce genre de célébrité ; et il voyait une jeune personne timide s'avancer avec embarras et rougir en paraissant. Le plus doux sentiment se mêla à sa surprise.

« Après dîner on ne sortit point, à cause de la chaleur excessive ; on descendit dans la galerie pour faire de la musique jusqu'à l'heure de la promenade. Après quelques accords brillants et des sons harmoniques d'une douceur enchanteresse, Athénaïs chanta en s'accompagnant sur la harpe. Le prince l'écouta avec ravissement, et, lorsqu'elle eut fini, il la regarda avec un trouble inexprimable en s'écriant : "Et des talents !" »

9.

Les bâtiments qui abritent aujourd'hui la Bibliothèque de l'Arsenal à Paris constituaient avant la Révolution l'hôtel du grand maître de l'artillerie. À partir de 1757, le marquis d'Argenson y réunit une extraordinaire bibliothèque qu'il vendit en 1785 au comte d'Artois afin d'en assurer la pérennité. Les collections furent séquestrées en 1793 et ouvertes au public en 1797. Le Premier Consul, qui offrait à Mme de Genlis une pension en échange d'« informations », lui accorda un logement dans la bibliothèque où, sous la Restauration, Charles Nodier réunit un célèbre cénacle romantique.

10.

Offusquer signifie ici cacher, dissimuler.

11.

F. Barrière, l'éditeur de la *Collection des Mémoires sur le XVIIIe et le XIXe siècle*, eut l'occasion, vers la même époque, de visiter Mme de Genlis. Il décrit en ces termes l'appartement de l'« antique sibylle » : « Nous la trouvâmes dans un appartement de bien médiocre apparence et surtout bien mal tenu. Mme de Genlis était assise devant une table de bois de sapin, noircie par le temps et l'usage. Cette table offrait le bizarre assemblage d'une foule d'objets en désordre ; on y voyait pêle-mêle des brosses à dents, un tour en cheveux, deux pots

AUGUSTE DE PRUSSE (1790-1843).

de confitures entamés, des coquilles d'œufs, des peignes, un petit pain, de la pommade, un demi-rouleau de sirop de capillaire, un reste de café au lait dans une tasse ébréchée, des fers propres à gaufrer des feuilles en papier, un bout de chandelle, une guirlande commencée à l'aquarelle, un peu de fromage de Brie, un encrier en plomb, deux volumes bien gras et deux carrés de papier sur lesquels étaient griffonnés des vers» (Avant-Propos des *Mémoires de Mme de Genlis*, cité par E. Biré, *in Mémoires d'outre-tombe*, t. IV, p. 413, note).

12.

Voir Mme de Genlis, *Mémoires inédits sur le XVIIIe siècle et la Révolution française, depuis 1756 jusqu'à nos jours*, 1825, t. VI, pp. 100-102.

13.

Athénaïs, ou le Château de Coppet en 1807, Nouvelle historique par Mme la comtesse de Genlis (1832), fut présenté par l'auteur elle-même comme une relation fidèle des amours de Juliette Récamier et du prince Auguste de Prusse. La nouvelle est, selon É. Herriot, «pleine d'erreurs», d'une «platitude désolante», et «très inférieure en intérêt à la vérité» (*Madame Récamier et ses amis*, t. I, pp. 174-175).

Madame de Staël dans la force de la vie aimait madame Récamier; madame de Genlis dans sa décrépitude retrouvait pour elle les accents de sa jeunesse; l'auteur de *Mademoiselle de Clermont*[14] plaçait la scène de son roman à Coppet, chez l'auteur de Corinne, rivale qu'elle détestait; c'était une merveille. Une autre merveille est de me voir écrire ces détails. Je parcours des lettres qui me rappellent des temps où je vivais solitaire et inconnu *(d)*. Il fut du bonheur sans moi, aux rivages de Coppet, que je n'ai pas vus depuis sans quelque mouvement d'envie *(e)*. Les choses qui me sont échappées sur la terre, qui m'ont fui, que je regrette, me tueraient si je ne touchais à ma tombe; mais, si près de l'oubli éternel, vérités et songes sont également vains; au bout de la vie tout est jour perdu.

14. Chef-d'œuvre de Mme de Genlis, paru en 1802, ce roman s'inscrit directement dans la tradition de Mme de La Fayette. Sainte-Beuve en a cependant critiqué le sentimentalisme, le «faux sensible» et le «faux élégant» qui s'exercent aux dépens de la vérité.

Second voyage de madame de Staël en Allemagne.

Madame de Staël partit une seconde fois pour l'Allemagne[1]. Ici recommence une série de lettres à madame Récamier, peut-être encore plus charmantes que les premières *(a)*.

Il n'y a rien dans les ouvrages imprimés de madame de Staël qui approche de ce naturel, de cette éloquence, où l'imagination prête son expression aux sentiments. La vertu de l'amitié de madame Récamier devait être grande, puisqu'elle sut faire produire à une femme de génie ce qu'il y avait de caché et de non révélé encore dans son talent. On devine au surplus dans l'accent triste de madame de Staël un déplaisir secret, dont la beauté devait être naturellement la confidente, elle qui ne pouvait jamais recevoir de pareilles blessures.

1. Après le succès de *Corinne*, qui déplut à Napoléon, Mme de Staël quitta Coppet pour l'Allemagne du Sud (décembre 1807), puis Vienne, d'où elle écrivit à Talleyrand pour réclamer les 2 millions prêtés autrefois par son père au Trésor royal. Après une visite à Dresde et Weimar, elle se trouvait de nouveau à Coppet au début de juillet 1808. Son premier voyage en Allemagne remontait à novembre 1803-avril 1804.

Château de Chaumont. – Lettre de madame de Staël à Bonaparte.

Madame de Staël étant rentrée en France vint, au printemps de 1812, habiter le château de Chaumont[1] sur les bords de la Loire, à quarante lieues de Paris, distance déterminée pour le rayon de son bannissement. Madame Récamier la rejoignit dans cette campagne.

Madame de Staël surveillait alors l'impression de son ouvrage sur l'Allemagne : lorsqu'il fut près de paraître, elle l'envoya à Bonaparte avec cette lettre :

« Sire,

« Je prends la liberté de présenter à Votre Majesté mon ouvrage sur l'Allemagne. Si elle daigne le lire, il me semble qu'elle y trouvera la preuve d'un esprit capable de quelques réflexions et que le temps a mûri. Sire, il y a douze ans que je n'ai vu Votre Majesté et que je suis exilée. Douze ans de malheurs modifient tous les caractères, et le destin enseigne la résignation à ceux qui souffrent. Prête à m'embarquer, je

1.
Il faut lire : « 1810 ». Le château de Chaumont (Loir-et-Cher) appartenait à la famille Leray. Le père avait été intendant de l'hôtel des Invalides et protecteur de Jean-Baptiste Nini, auteur de médaillons de terre cuite retraçant le profil des personnages célèbres ou familiers de Chaumont, parmi lesquels Benjamin Franklin. Son fils aîné partira en Amérique rejoindre La Fayette, participera à la guerre d'Indépendance et, à la tête d'une colonie française, fondera la petite ville de Chaumont. En 1810, les propriétaires passant une partie de leur temps en Amérique, le château fut prêté à Mme de Staël, de retour d'exil mais à qui Napoléon avait interdit le séjour à moins de 40 lieues de Paris. Elle était en train de terminer *De l'Allemagne.* Elle regroupa autour d'elle le petit cénacle composé de Mme Récamier, Benjamin Constant,

Napoléon devant le tombeau de Frédéric II, à Potsdam, le 25 octobre 1806.

Schlegel et Chamisso. Celui-ci écrira à Wilhem Neumann, le 1er août 1810 : « [...] Ce vieux château abrite donc actuellement des esprits distingués : le malin et coquet, mais froid et lourd Schlegel ; la grosse et ardente Staël aux allures vives, gaies, gracieuses ; le doux et pieux Matthieu de Montmorency ; la belle et agréable Récamier ; le vilain petit Sabran, qui observe tout sans mot dire et pétille d'esprit ; le beau et délicat Bölk, un véritable homme du nord ; une dure et froide Anglaise, ronde comme une boule ; un bon diable d'artiste italien, naïf, joyeux, timide et bavard ; – et moi à la façon d'un magicien, j'encense à cœur joie cette troupe de beaux esprits, ce qui leur fait faire la plus étrange figure [...]. On travaille tout le temps et l'on ne se voit, en règle générale, que trois fois par jour, à l'heure des repas. La Staël, en réalité, me plaît plus que l'Allemand [Schlegel] ; elle a plus que lui le sens de la vie, bien qu'elle s'entende moins bien peut-être à la disséquer ; elle a ainsi plus d'animation, plus de bonté d'âme. Elle a les qualités des Français : légèreté de force, grâce et science de la vie » (cité par B. Champigneulle, *Promenades aux châteaux de la Loire*, pp. 132-133).

supplie Votre Majesté de m'accorder une demi-heure d'entretien. Je crois avoir des choses à lui dire qui pourront l'intéresser, et c'est à ce titre que je la supplie de m'accorder la faveur de lui parler avant mon départ. Je me permettrai seulement une chose dans cette lettre : c'est l'explication des motifs qui me forcent à quitter le continent, si je n'obtiens pas de Votre Majesté la permission de vivre dans une campagne assez près de Paris pour que mes enfants y puissent demeurer. La disgrâce de Votre Majesté jette sur les personnes qui en sont l'objet une telle défaveur en Europe, que je ne puis faire un pas sans en rencontrer les effets. Les uns craignent de se compromettre en me voyant, les autres se croient des Romains en triomphant de cette crainte. Les plus simples rapports de la société deviennent des services qu'une âme fière ne peut supporter. Parmi mes amis, il en est qui se sont associés à mon sort avec une admirable générosité ; mais j'ai vu les sentiments les plus intimes se briser contre la nécessité de vivre avec moi dans la solitude, et j'ai passé ma vie depuis huit ans entre la crainte de ne pas obtenir des sacrifices, et la douleur d'en être l'objet. Il est peut-être ridicule d'entrer ainsi dans le détail de ses impressions avec le souverain du monde ; mais ce qui vous a donné le monde, Sire, c'est un souverain génie. Et en fait d'observation sur le cœur humain, Votre Majesté comprend depuis les plus vastes ressorts jusqu'aux plus délicats. Mes fils n'ont point de carrière, ma fille a treize ans ; dans peu d'années il faudra l'établir : il y aurait de l'égoïsme à la forcer de vivre dans les insipides séjours où je suis condamnée. Il faudrait donc aussi me séparer d'elle ! Cette vie n'est pas tolérable et je n'y sais aucun remède sur le continent. Quelle ville puis-je choisir où la disgrâce de Votre Majesté ne mette pas un obstacle invincible à l'établissement de mes enfants comme à mon repos personnel ? Votre Majesté ne sait peut-être pas elle-même la peur que les exilés font à la plupart des autorités de tous les pays, et j'aurais dans ce genre des choses à lui raconter qui dépassent sûrement ce qu'elle aurait ordonné. On a dit à Votre Majesté que je regrettais Paris à cause du Musée et de Talma : c'est une agréable plaisanterie sur l'exil, c'est-à-dire sur le malheur que Cicéron et Bolingbroke[2] ont déclaré le plus insupportable de tous ; mais quand j'aimerais les chefs-d'œuvre des arts que la France doit aux conquêtes de Votre Majesté, quand j'aimerais ces belles tragédies, images de l'héroïsme, serait-ce à vous, Sire, à m'en blâmer ? Le

2.
Dans ses *Réflexions sur l'exil.* Favori de la reine Anne et principal auteur du traité d'Utrecht de 1713, Bolingbroke fut proscrit par le Parlement à la mort de la reine, et séjourna en France de 1714 à 1723.

bonheur de chaque individu ne se compose-t-il pas de la nature de ses facultés ? et si le ciel m'a donné du talent, n'ai-je pas l'imagination qui rend les jouissances des arts et de l'esprit nécessaires ? Tant de gens demandent à Votre Majesté des avantages réels de toute espèce ! pourquoi rougirais-je de lui demander l'amitié, la poésie, la musique, les tableaux, toute cette existence idéale dont je puis jouir sans m'écarter de la soumission que je dois au monarque de la France[3] ? »

Cette lettre inconnue méritait d'être conservée. Madame de Staël n'était pas, ainsi qu'on l'a prétendu, une ennemie aveugle et implacable. Elle ne fut pas plus écoutée que moi, lorsque je me vis obligé de m'adresser aussi à Bonaparte pour lui demander la vie de mon cousin Armand. Alexandre et César auraient été touchés de cette lettre d'un ton si haut, écrite par une femme si renommée ; mais la confiance du mérite qui se juge et s'égalise à la domination suprême, cette sorte de familiarité de l'intelligence qui se place au niveau du maître de l'Europe pour traiter avec lui de couronne à couronne, ne parurent à Bonaparte que l'arrogance d'un amour-propre déréglé. Il se croyait bravé par tout ce qui avait quelque grandeur indépendante ; la bassesse lui semblait fidélité, la fierté révolte ; il ignorait que le vrai talent ne reconnaît de Napoléons que dans le génie *(a)* ; qu'il a ses entrées dans les palais comme dans les temples, parce qu'il est immortel.

3.
M. Levaillant précise que le texte de cette lettre à l'empereur n'a été connu que par les *Mémoires.* « D'une lettre de Matthieu de Montmorency, en date du 2 octobre (*Souvenirs et Correspondance*, t. I, pp. 160-161), il résulte, dit-il, que Mme Récamier se chargea de remettre l'original de la supplique à la reine Hortense ; celle-ci la présenta à l'empereur. » Napoléon répondit en faisant saisir le manuscrit du livre *De l'Allemagne* (26 septembre) et en menaçant de supprimer l'ouvrage. Le 3 ou 4 octobre, de Fontainebleau (où il résidait et où Mme de Staël lui avait fait tenir une demande d'audience « d'une demi-heure »), l'empereur prit soudain la décision de jeter le livre *De l'Allemagne* au pilon et de renvoyer son auteur en surveillance à Coppet.

Madame Récamier et M. Matthieu de Montmorency sont exilés. – Madame Récamier à Châlons.

Madame de Staël *(a)* quitta Chaumont[1] et retourna à Coppet; madame Récamier s'empressa de nouveau de se rendre auprès d'elle; M. Matthieu de Montmorency lui resta également dévoué; l'un et l'autre en furent punis; ils furent frappés de la peine même qu'ils étaient allés consoler; les quarante lieues de distance de Paris leur furent infligées[2] *(b)*. Madame Récamier se retira à Châlons-sur-Marne[3], décidée dans son choix par le voisinage de Montmirail, qu'habitaient MM. de La Rochefoucauld-Doudeauville[4].

Mille détails de l'oppression de Bonaparte se sont perdus dans la tyrannie générale: les persécutés redoutaient de voir leurs amis, crainte de les compromettre; leurs amis n'osaient les visiter, crainte de leur attirer quelque accroissement de rigueur. Le malheureux proscrit, devenu un pestiféré, séquestré du genre humain, demeurait en quarantaine dans la haine du despote. Bien reçu tant qu'on ignorait votre indépendance d'opinion, sitôt qu'elle était connue, tout se retirait; il ne restait autour de vous que des autorités épiant vos liaisons, vos sentiments, vos correspondances, vos démarches: tels étaient ces temps de bonheur et de liberté.

1. Plus exactement Fossé, propriété des Salabberry, près de Chaumont. Les 3 volumes de *l'Allemagne* étaient à peine achevés d'imprimer que Savary, ministre de la Police, faisait détruire les 10 000 exemplaires qu'on avait tirés et signifiait à l'auteur l'ordre de quitter la France sous trois jours. Ayant lu dans les journaux que des vaisseaux américains étaient arrivés dans les ports de la Manche, Mme de Staël se décida à faire usage d'un passeport qu'elle avait pour l'Amérique, en espérant qu'il lui serait possible de relâcher en Angleterre. Savary lui accorda huit jours et lui disait dans sa lettre du 3 octobre: «Il m'a

Le duc de La Rochefoucauld-Doudeauville (1765-1827).

paru que l'air de ce pays-ci ne vous convenait point, et nous n'en sommes pas encore réduits à chercher des modèles dans les peuples que vous admirez. Votre dernier ouvrage n'est point français ; c'est moi qui en ai arrêté l'impression [...]. Je demande à M. Corbigny [préfet de Loir-et-Cher] de tenir la main à l'exécution de l'ordre que je lui ai donné, lorsque le délai que je vous ai accordé sera expiré [...].» La lettre se terminait par un post-scriptum qui lui indiquait que les ports de Lorient, La Rochelle, Bordeaux et Rochefort étaient les seuls où elle pouvait embarquer. On interdisait ainsi les ports de la Manche afin d'empêcher Mme de Staël d'aller en Angleterre. Dans ces conditions, elle prit le parti de retourner à Coppet, où elle arriva dans la seconde quinzaine d'octobre 1810.

2.

L'ordre d'exil datait du 30 août 1811 ; Mme Récamier en eut connaissance le 3 septembre. Voir Mme Lenormant, *Souvenirs et correspondance... de Mme Récamier*, t. I, pp. 169-180 ; É. Herriot, *Madame Récamier et ses amis*, t. I, pp. 275-280.

3.

Elle s'installa à l'hôtel de la Pomme d'Or, puis dans un modeste appartement de la rue du Cloître.

4.

Le duc et son fils Sosthènes.

Les lettres de madame de Staël révèlent les souffrances de cette époque où les talents étaient menacés à chaque instant d'être jetés dans un cachot, où l'on ne s'occupait que des moyens de s'échapper, où l'on aspirait à la fuite comme à la délivrance : quand la liberté a disparu, il reste un pays, mais il n'y a plus de patrie.
En écrivant à son amie qu'elle ne désirait pas la voir, dans l'appréhension du mal qu'elle lui pourrait apporter, madame de Staël ne disait pas tout : elle était mariée secrètement à M. de Rocca, d'où résultait une complication d'embarras dont la police impériale profitait. Madame Récamier, à qui madame de Staël croyait devoir taire ses nouveaux soucis, s'étonnait à bon droit de l'obstination qu'elle mettait à lui interdire l'entrée de son château de Coppet : blessée de la résistance de madame de Staël pour laquelle elle s'était déjà sacrifiée, elle n'en persistait pas moins dans sa résolution de la rejoindre *(c)*.
Toutes les lettres qui auraient dû retenir madame Récamier ne firent que la confirmer dans son dessein : elle partit et reçut à Dijon ce billet fatal[5] :
« Je vous dis adieu, cher ange de ma vie, avec toute la tendresse de mon âme. Je vous recommande Auguste : qu'il vous voie et qu'il me revoie. Vous êtes une créature céleste. Si j'avais vécu près de vous, j'aurais été trop heureuse : le sort m'entraîne. Adieu. »
Madame de Staël ne devait plus retrouver Juliette que pour mourir.
Le billet de madame de Staël frappa d'un coup de foudre la voyageuse : fuir subitement, s'en aller avant d'avoir pressé dans ses bras celle qui accourait pour se jeter dans ses adversités, n'était-ce point de la part de madame de Staël une résolution cruelle ? Il paraissait à madame Récamier que l'amitié aurait pu être moins *entraînée par le sort*.

5.
Ce billet, du 10 juillet 1812, de Mme de Staël (qui avait fui Coppet le 23 mai et se trouvait aux limites de la Moravie) à Mme Récamier (installée à Lyon depuis la mi-juin), ne répond guère à ce terme. En revanche, il faut sans doute considérer comme « fatal » le billet qui annonçait à Juliette le départ de Mme de Staël : « Je suis fâchée, chère amie, de partir sans vous dire adieu. Je vous serre contre mon cœur. Courage pour ce que vous croyez le devoir. La conscience seule de chacun en décide et il y a du malheur qui menace ceux qui la bravent. Je vous aime plus que vous ne croyez et je me tais parce que trop de sentiments m'agitent sur vous deux » (s.d., *in* É. Herriot, *Mme Récamier et ses amis*, t. I, p. 286). Parmi les raisons de la brouille entre les deux femmes, il y a certes le mécontentement de Mme de Staël de voir Auguste, son fils, épris de Mme Récamier : « [...] pour notre bonheur à tous il vaudrait mieux que cet élément d'amour ne fût point entre nous », avait-elle écrit à Mme Récamier (lettre que M. Levaillant date de mars ou début avril 1812). Autre raison de cet éloignement : la naissance, le 17 avril 1812, d'un enfant qu'elle avait eu de John Rocca.

Madame de Staël alla chercher l'Angleterre en traversant l'Allemagne et la Suède : la puissance de Napoléon était une autre mer qui séparait Albion de l'Europe, comme l'océan la sépare du monde[6].
Auguste, fils de madame de Staël, avait perdu son frère[7], tué en duel d'un coup de sabre *(d)*; il se maria et eut un fils : ce fils, âgé de quelques mois, l'a suivi dans la tombe[8]. Avec Auguste de Staël s'est éteinte la postérité masculine d'une femme illustre, car elle ne revit pas dans le nom honorable, mais inconnu, de Rocca[9].

6.
Ce voyage est relaté dans *Dix années d'exil.* Mme de Staël séjourna en Suède du 24 septembre 1812 à la fin de mai 1813 ; en juin, elle arrivait en Angleterre.
7.
Albert de Staël, mort à 21 ans. Il était sous-lieutenant de hussards auprès du régent Bernadotte. Il fut tué en duel par un officier russe, à Doberau (Mecklembourg).
8.
Le fils d'Auguste de Staël ne vécut que deux ans (1827-1829).
9.
Allusion au fils de Mme de Staël et de John Rocca : Louis-Alphonse Rocca (1812-1842).

Madame Récamier à Lyon. – Madame de Chevreuse. – Prisonniers espagnols.

Madame Récamier demeurée seule, pleine de regrets, chercha d'abord à Lyon[1], sa ville natale, un premier abri : elle y rencontra madame de Chevreuse, autre bannie. Madame de Chevreuse avait été forcée par l'Empereur et ensuite par sa propre famille d'entrer dans la nouvelle société. Vous trouveriez à peine un nom historique qui ne consentît à perdre son honneur plutôt qu'une forêt. Une fois engagée aux Tuileries, madame de Chevreuse avait cru pouvoir dominer dans une cour sortie des camps : cette cour cherchait, il est vrai, à s'instruire des airs de jadis, dans l'espoir de couvrir sa récente origine ; mais l'allure plébéienne était encore trop rude pour recevoir des leçons de l'impertinence aristocratique. Dans une révolution qui dure et qui a fait son dernier pas, comme par exemple à Rome, le Patriciat, un siècle après la chute de la république, put se résigner à n'être plus que le sénat des empereurs ; le passé n'avait rien à reprocher aux empereurs du présent, puisque ce passé était fini ; une égale flétrissure marquait toutes les existences. Mais en France les nobles qui se transformèrent en chambellans se hâtèrent trop ; l'empire nouvellement né disparut avant eux, et ils se retrouvèrent en face de la vieille monarchie ressuscitée.

Madame de Chevreuse, attaquée d'une maladie de poitrine, sollicita et n'obtint pas la faveur d'achever ses derniers jours à Paris ; on n'expire

1. Mme Récamier avait quitté Châlons en juin 1812 pour aller à Lyon, auprès d'une sœur de son mari, Mme Delphine Récamier. Elle demeura à l'hôtel de l'Europe, de la mi-juin 1812 à la fin de février 1813.

pas quand et où l'on veut: Napoléon, qui faisait tant de décédés, n'en aurait pas fini avec eux s'il leur eût laissé le choix de leur tombeau[2].
Madame Récamier ne parvenait à oublier ses propres chagrins qu'en s'occupant de ceux des autres; par la connivence charitable d'une sœur de la Miséricorde, elle visitait secrètement à Lyon les prisonniers espagnols[3] *(a)*. Un d'entre eux, brave et beau, chrétien comme le Cid, s'en allait à Dieu: assis sur la paille, il jouait de la guitare; son épée avait trompé sa main. Sitôt qu'il apercevait sa bienfaitrice, il lui chantait des romances de son pays, n'ayant pas d'autre moyen de la remercier. Sa voix affaiblie et les sons confus de l'instrument se perdaient dans le silence de la prison. Les compagnons du soldat, à demi enveloppés de leurs manteaux déchirés, leurs cheveux noirs pendants sur leurs visages hâves et bronzés, levaient des yeux fiers du sang castillan, humides de reconnaissance, sur l'exilée qui leur rappelait une épouse, une sœur, une amante, et qui portait le joug de la même tyrannie.
L'Espagnol mourut. Il put dire comme Zaviska[4], le jeune et valeureux poète polonais: « Une main inconnue fermera ma paupière; le tintement d'une cloche étrangère annoncera mon trépas, et des voix qui ne seront pas celles de ma patrie prieront pour moi. »
Matthieu de Montmorency vint à Lyon visiter madame Récamier. Elle connut alors M. Camille Jordan et M. Ballanche, dignes de grossir le cortège des amitiés attachées à sa noble vie *(b)*.

2.
La duchesse de Chevreuse, née Narbonne-Pelet, devenue, contre son gré, dame du palais de l'impératrice Joséphine (1806), avait refusé, lors de l'arrestation de la famille royale d'Espagne, le rôle de suivante que Napoléon entendait lui confier auprès de la reine captive; elle répondit qu'elle pouvait bien être prisonnière, mais qu'elle ne serait jamais geôlière. Cette réponse lui valut son exil à Lyon, dont elle devait mourir. En passant par Lyon, Mme de Boigne fut frappée de « l'effroyable changement » qui était intervenu sur sa personne (voir *Mémoires*, t. I, p. 264 *sqq.*).

3.
Cette anecdote est empruntée à la *Notice* de Ballanche; elle fait l'objet d'une gravure de Philippoteaux, reproduite dans l'éd. Biré des *Mémoires d'outre-tombe.*

4.
« Le poète Arthur Zawisza-Czarny venait, le 27 novembre 1833, d'être condamné par les Russes au supplice de la potence pour crime d'insurrection; il avait 25 ans. Partant pour l'exil en 1830, il avait écrit un poème, *Adieux à la Pologne*, d'où ces strophes ont été extraites par Ballanche pour sa *Notice*; une traduction française en avait paru le 18 janvier 1834 dans *Le Polonais, Journal des intérêts de la Pologne* qui se publiait alors à Paris » (M. Levaillant).

Madame Récamier à Rome. – Albano. – Canova : ses lettres.

Madame Récamier était trop fière pour demander son rappel. Fouché l'avait longtemps et inutilement pressée d'orner la cour de l'empereur : on peut voir les détails de ces négociations de palais dans les écrits du temps. Madame Récamier se retira en Italie ; M. de Montmorency l'accompagna jusqu'à Chambéry. Elle traversa le reste des Alpes n'ayant pour compagne de voyage qu'une petite nièce âgée de sept ans, aujourd'hui madame Lenormant.

Rome était alors une ville de France, capitale du département du Tibre. Le pape gémissait prisonnier à Fontainebleau, dans le palais de François Ier. Fouché, en mission en Italie, commandait dans la cité des Césars, de même que le chef des eunuques noirs dans Athènes : il n'y fit que passer ; on installa M. de Norvins en qualité de préfet de police : le mouvement était sur un autre point de l'Europe.

Conquise sans avoir vu son second Alaric, la Ville éternelle se taisait plongée dans ses ruines. Des artistes demeuraient seuls sur cet amas de siècles. Canova reçut madame Récamier comme une statue grecque que la France rendait au musée du Vatican : pontife des arts, il l'inaugura[1] aux honneurs du Capitole, dans Rome abandonnée.

Canova avait une maison à Albano ; il l'offrit à madame Récamier ; elle y passa l'été. La fenêtre à balcon de sa chambre était une de ces grandes croisées de peintre qui encadrent le paysage. Elle s'ouvrait sur les ruines

---

1. Néologisme inventé par Chateaubriand.

de la *villa de Pompée*; au loin, par-dessus des oliviers, on voyait le soleil se coucher dans la mer[2]. Canova revenait à cette heure ; ému de ce beau spectacle, il se plaisait à chanter, avec un accent vénitien et une voix agréable, la barcarolle : *O pescator dell'onda*[3] ; madame Récamier l'accompagnait sur le piano. L'auteur de *Psyché* et de la *Madeleine* se délectait à cette harmonie, et cherchait dans les traits de Juliette le type de la Béatrix qu'il rêvait de faire un jour[4]. Rome avait vu jadis Raphaël et Michel-Ange couronner leurs modèles dans de poétiques orgies trop librement racontées par Cellini[5] : combien leur était supérieure cette petite scène décente et pure entre une femme exilée et ce Canova, si simple et si doux !

Plus solitaire que jamais, Rome en ce moment portait le deuil de veuve : elle ne voyait plus passer en la bénissant ces paisibles souverains qui rajeunissaient ses vieux jours de toutes les merveilles des arts. Le bruit du monde s'était encore une fois éloigné d'elle ; Saint-Pierre était désert comme le Colisée.

J'ai lu les lettres éloquentes qu'écrivait à son amie la femme la plus illustre de nos jours passés ; lisez les mêmes sentiments de tendresse exprimés avec la plus charmante naïveté, dans la langue de Pétrarque, par le premier sculpteur des temps modernes. Je ne commettrai pas le sacrilège d'essayer de les traduire.

2.

Description faite d'après les souvenirs de Mme Récamier, et aussi d'après une peinture sur bois du peintre romain Bassi, qui appartint à la famille Lenormant. La ruine antique qui s'y entrevoit est appelée par les guides soit « le tombeau d'Ascagne », soit le tombeau de Pompée, du nom de la villa (M. Levaillant).

3.

Cette chanson populaire, alors fort célèbre à Venise, met en scène un compagnon qui vient réveiller le pêcheur Fidelin : *« Ô pêcheur de l'onde, Fidelin, déjà le soleil apparaît ; c'est l'heure de pêcher, Ô pêcheur, holà ! Fidelin ! »*

4.

En 1813, Canova avait modelé en terre deux bustes de Mme Récamier, l'un coiffé en cheveux, l'autre avec la tête à demi couverte d'un voile. Dans les deux bustes, le regard était levé vers le ciel. Mme Récamier ne fut satisfaite ni de l'un ni de l'autre. « J'ignore, écrit Mme Lenormant, ce qu'est devenu le buste coiffé en cheveux ; pour celui qui portait un voile, Canova y ajouta une couronne d'olivier ; mais quand un peu plus tard la belle Française lui demanda ce qu'il avait fait de son buste dont il n'était plus question, il répondit : "Il ne vous avait pas plu, j'en ai fait une Béatrice." » Telle est en effet l'origine de ce buste de la Béatrice de Dante (musée de Lyon). Sur les mésaventures de ce buste, voir É. Herriot, *Madame Récamier et ses amis.*

5.

Vie de Benvenuto Cellini..., écrite par lui-même et traduite par D.-D. Farjasse (1833, 2 vol.). Cellini a confondu Michel-Ange avec un homonyme, et Raphaël avec son principal élève, Jules Romain.

«Domenica mattina.
«Dio eterno! siamo vivi, o siamo morti? Io voglio esser vivo, almeno per scrivervi; sí lo vuole il mio cuore, anzi mi comanda assolutamente di farlo. Oh! se'l conoscete bene a fondo questo povero cuor mio, quanto, quanto mai ví ne persuaderesta! Ma per disgrazia mia pare ch'egli sia alquanto all'oscuro per voi. Pazienza! Ditemi almeno come state di salute, se di più non volete dire; benchè mi abbiate promesso di scrivere e di scrivermi dolce. Io davvero che avrei voluto vedervi personalmente in questi giorni, ma non vi poteva essere alcuna via di poterlo fare; anzi su di questo vi dirò a voce delle cose curiose. Conviene dunque che mi contenti, a forza, di vedervi in spirito. In questo modo sempre mi siete presente, sempre vi veggo, sempre vi parlo, vi dico tante, tante cose, ma tutte, tutte al vento, tutte! Pazienza anche di questo! gran fatto che la cosa abbia d'andare sempre in questo modo! Voglio intanto però che siate certa, certissima che l'anima mia vi ama molto più assai di quello che mai possiate credere ed imaginare[6].»

6.
Cette lettre ne figure pas dans le manuscrit de 1839, qui en cite quatre autres en italien, que nous ne reproduisons pas ici (voir M. Levaillant, *Deux livres...*, t. II, p. 52). Cette 5e lettre figurait dans une version plus ancienne de ce même livre, en plus des quatre mentionnées ci-dessus. M. Levaillant (*ibid.*, p. 103) en a reproduit un texte, meilleur sous l'aspect de la langue. En voici la traduction: «Dieu éternel! Sommes-nous vivants ou sommes-nous morts? Je veux être vivant, au moins pour vous écrire; ainsi le veut mon cœur, et même il me condamne absolument à le faire. Oh! si vous le connaissiez bien, bien à fond mon pauvre cœur que voici, combien vous en seriez persuadée! Mais, par malheur pour moi, il semble qu'il soit quelque peu caché pour vous. Patience! Dites-moi au moins comment vous êtes pour la santé, si vous ne voulez pas en dire davantage; bien que vous m'ayez promis d'écrire, et d'écrire avec douceur pour moi. Il est bien vrai que j'aurais voulu vous voir en personne ces jours-ci, mais il n'y avait aucun moyen de pouvoir le faire; et même sur ce point, je vous dirai de vive voix des choses curieuses. Il convient donc que je me contente par force de vous voir en esprit. De cette manière, vous m'êtes toujours présente, toujours je vous vois, toujours je vous parle, toujours je vous dis tant, tant de choses, mais toutes jetées au vent, toutes! patience pour cela aussi! Il serait curieux que la chose dût toujours aller de cette manière! Je veux pourtant que, en attendant, vous soyez sûre, tout à fait sûre, que mon âme vous aime beaucoup plus que vous ne pouvez le croire et l'imaginer.»

Le pêcheur d'Albano.

Madame Récamier avait secouru les prisonniers espagnols à Lyon ; une autre victime de ce pouvoir qui la frappait la mit à même d'exercer à Albano son humeur compatissante : un pêcheur, accusé d'intelligence avec les sujets du pape, avait été jugé et condamné à mort. Les habitants d'Albano supplièrent l'étrangère réfugiée chez eux d'intercéder pour ce malheureux. On la conduisit à la geôle ; elle y vit le prisonnier ; frappée du désespoir de cet homme, elle fondit en larmes. Le malheureux la supplia de venir à son secours, d'intercéder pour lui, de le sauver : prière d'autant plus déchirante, qu'il y avait impossibilité de l'arracher au supplice. Il faisait déjà nuit, et il devait être fusillé au lever du jour[1].

Cependant madame Récamier, bien que persuadée de l'inutilité de ses démarches, n'hésita pas. On lui amène une voiture, elle y monte sans l'espérance qu'elle laissait au condamné. Elle traverse la campagne infestée de brigands, parvient à Rome, et ne trouve point le directeur de la police. Elle l'attendit deux heures au palais Fiano ; elle comptait les minutes d'une vie dont la dernière approchait. Quand M. de Norvins arriva, elle lui expliqua l'objet de son voyage. Il lui répondit que l'arrêt était prononcé, et qu'il n'avait pas les pouvoirs nécessaires pour le faire suspendre.

Madame Récamier repartit le cœur navré : le prisonnier avait cessé de vivre lorsqu'elle approcha d'Albano. Les habitants attendaient la

1. C'est en septembre 1813 que fut fusillé le pêcheur d'Albano. Un mois après, Napoléon perdait son empire dans les plaines de Leipzig.

Française sur le chemin; aussitôt qu'ils la reconnurent, ils coururent à elle. Le prêtre qui avait assisté le patient lui en apportait les derniers vœux: il remerciait *la dama*, qu'il n'avait cessé de chercher des yeux en allant au lieu de l'exécution; il lui recommandait de prier pour lui, car un chrétien n'a pas tout fini et n'est pas hors de crainte quand il n'est plus. Madame Récamier fut conduite par l'ecclésiastique à l'église, où la suivit la foule des belles paysannes d'Albano. Le pêcheur avait été fusillé à l'heure où l'aurore se levait sur la barque, maintenant sans guide, qu'il avait coutume de conduire sur les mers, et aux rivages qu'il avait accoutumé de parcourir.

Pour se dégoûter des conquérants, il faudrait savoir tous les maux qu'ils causent; il faudrait être témoin de l'indifférence avec laquelle on leur sacrifie les plus inoffensives créatures dans un coin du globe où ils n'ont jamais mis le pied. Qu'importaient aux succès de Bonaparte les jours d'un pauvre faiseur de filets des États romains? Sans doute il n'a jamais su que ce chétif pêcheur avait existé; il a ignoré, dans le fracas de sa lutte avec les rois, jusqu'au nom de sa victime plébéienne.

Le monde n'aperçoit en Napoléon que des victoires; les larmes dont les colonnes triomphales sont cimentées ne tombent point de ses yeux. Et moi, je pense que de ces souffrances méprisées, de ces calamités des humbles et des petits, se forment dans les conseils de la Providence les causes secrètes qui précipitent du faîte le dominateur. Quand les injustices particulières se sont accumulées de manière à l'emporter sur le poids de la fortune, le bassin descend. Il y a du sang muet et du sang qui crie: le sang des champs de bataille est bu en silence par la terre; le sang pacifique répandu jaillit en gémissant vers le ciel; Dieu le reçoit et le venge. Bonaparte tua le pêcheur d'Albano; quelques mois après il était banni chez les pêcheurs de l'île d'Elbe, et il est mort parmi ceux de Sainte-Hélène.

Mon souvenir vague, à peine ébauché dans les pensées de madame Récamier, lui apparaissait-il au milieu des steppes du Tibre et de l'Anio? J'avais déjà passé à travers ces solitudes mélancoliques; j'y avais laissé une tombe honorée des larmes des amis de Juliette. Lorsque la fille de M. de Montmorin (madame de Beaumont) mourut en 1803, madame de Staël et M. Necker m'écrivaient des lettres de regrets; on a vu ces lettres[2]. Ainsi je recevais à Rome, avant presque d'avoir connu madame Récamier, des lettres datées de Coppet; c'est le premier indice d'une affi-

2. Voir *supra*, l. XV, chap. 6, pp. 882-885.

nité de destinée. Madame Récamier m'a dit aussi que ma lettre de 1803 à M. de Fontanes lui servait de guide en 1814, et qu'elle relisait assez souvent ce passage :

« Quiconque n'a plus de lien dans la vie doit venir demeurer à Rome. Là, il trouvera pour société une terre qui nourrira ses réflexions et occupera son cœur, et des promenades qui lui diront toujours quelque chose. La pierre qu'il foulera aux pieds lui parlera ; la poussière que le vent élèvera sous ses pas renfermera quelque grandeur humaine. S'il est malheureux, s'il a mêlé les cendres de ceux qu'il aima à tant de cendres illustres, avec quel charme ne passera-t-il pas du sépulcre des Scipions au dernier asile d'un ami vertueux !... S'il est chrétien, ah ! comment pourrait-il alors s'arracher de cette terre qui est devenue sa patrie, de cette terre qui a vu naître un second empire, plus saint dans son berceau, plus grand dans sa puissance que celui qui l'a précédé ; de cette terre où les amis que nous avons perdus, dormant avec les martyrs aux catacombes, sous l'œil du père des fidèles, paraissent devoir se réveiller les premiers dans leur poussière et semblent plus voisins des cieux[3] ? »

Mais en 1814 je n'étais pour madame Récamier qu'un *cicerone* vulgaire, appartenant à tous les voyageurs ; plus heureux en 1823[4], j'avais cessé de lui être étranger, et nous pouvions causer ensemble des ruines romaines *(a)*.

---

3. Voir *CG*, t. I, p. 302.

4. Il faut lire : « 1828 ».

Madame Récamier à Naples[1].

À Naples, où madame Récamier se rendit en automne[2], cessèrent les occupations de la solitude *(a)*. À peine fut-elle descendue à l'auberge, que les ministres du roi Joachim[3] accoururent. Murat, oubliant la main qui changea sa cravache en sceptre, était prêt à se joindre à la coalition. Bonaparte avait planté son épée au milieu de l'Europe, comme les Gaulois plantaient leur glaive au milieu du *mallus*[4] : autour de l'épée de Napoléon s'étaient rangés en cercle des royaumes qu'il distribuait à sa famille.

Caroline avait reçu celui de Naples. Madame Murat n'était pas un camée antique aussi élégant que la princesse Borghèse[5] ; mais elle avait plus de

1.
L'édition Penaud fait un seul chapitre de ce qui, dans le manuscrit de 1839, en constitue deux. Nous rétablissons les deux chapitres, et ne conservons donc ici que la première partie du titre : « Madame Récamier à Naples ».

2.
En fait dans les premiers jours de décembre 1813.

3.
Joachim Murat.

4.
« [...] pour indiquer le centre du Mallus ou du conseil » (*Les Martyrs*, l. IX, Pléiade, p. 254). « Ce *mallus* m'a coûté bien des recherches inutile. C'était le nom donné par nos ancêtres à la réunion des Francs qui a précédé les grandes assemblées nationales convoquées par Pépin et Charlemagne. Ici c'est un souvenir de l'épisode de *Velléda*. Dans une note du commentaire des *Martyrs* l'auteur nous a expliqué lui-même que de *mallus* est venu le mot *mail*, et que mail est encore aujourd'hui un lieu planté d'arbres » (Marcellus, *Chateaubriand et son temps*, pp. 321-322).

5.
Pauline Bonaparte, qui passait pour une des plus belles femmes d'Europe.

physionomie et plus d'esprit que sa sœur. À la fermeté de son caractère on reconnaissait le sang de Napoléon. Si le diadème n'eût pas été pour elle l'ornement de la tête d'une femme, il eût encore été la marque du pouvoir d'une reine.

Caroline reçut madame Récamier avec un empressement d'autant plus affectueux que l'oppression de la tyrannie se faisait sentir jusqu'à Portici. Cependant, la ville qui possède le tombeau de Virgile et le berceau du Tasse, cette ville où vécurent Horace et Tite-Live, Boccace et Sannazar, où naquirent Durante et Cimarosa, avait été embellie par son nouveau maître. L'ordre s'était rétabli : les lazzaroni ne jouaient plus à la boule avec des têtes pour amuser l'amiral Nelson et lady Hamilton. Les fouilles de Pompéi s'étaient étendues ; un chemin serpentait sur le Pausilippe dans les flancs duquel j'avais passé en 1803 pour aller m'enquérir à Literne de la retraite de Scipion. Ces royautés nouvelles d'une dynastie militaire avaient fait renaître la vie dans des pays où se manifestait auparavant la moribonde langueur d'une vieille race. Robert Guiscard, Guillaume Bras de Fer, Roger et Tancrède semblaient être revenus, moins la chevalerie.

Madame Récamier était à Naples au mois de février 1814 : où étais-je ? dans ma *Vallée aux Loups*, commençant l'histoire de ma vie. Je m'occupais des jeux de mon enfance au bruit des pas des soldats étrangers. La femme dont le nom devait clore ces *Mémoires* errait sur les marines[6] de Baïes. N'avais-je pas un pressentiment du bien qui m'arriverait un jour de cette terre, alors que je peignais la séduction parthénopéenne[7] dans *les Martyrs* :

« Chaque matin[8], aussitôt que l'aurore commençait à paraître, je me rendais sous un portique. Le soleil se levait devant moi ; il illuminait de ses feux les plus doux la chaîne des montagnes de Salerne, le bleu de la mer parsemé des voiles blanches du pêcheur, les îles de Caprée, d'Œnaria et de Prochyta, le cap de Misène et Baïes avec tous ses enchantements.

« Des fleurs et des fruits humides de rosée sont moins suaves et moins frais que le paysage de Naples sortant des ombres de la nuit. J'étais toujours surpris, en arrivant au portique, de me trouver au bord de la mer,

6.
Le terme de « marines » désignait jusqu'au XVIe siècle le rivage de la mer ou la plage.

7.
Parthénope : nom gréco-romain de Naples. Le 26 janvier 1799, le Directoire proclama la République napolitaine ou parthénopéenne, dont l'existence fut éphémère. Événements qui servent de trame au roman de Dumas *La San Felice* (1863-1865, rééd. « Quarto », 1996).

8.
Cette citation est découpée dans le l. V des *Martyrs* (Pléiade, pp. 175-178).

car les vagues dans cet endroit faisaient à peine entendre le léger murmure d'une fontaine; en extase devant ce tableau, je m'appuyais contre une colonne, et sans pensée, sans désir, sans projet, je restais des heures entières à respirer un air délicieux. Le charme était si profond, qu'il me semblait que cet air divin transformait ma propre substance, et qu'avec un plaisir indicible je m'élevais vers le firmament comme un pur esprit... Attendre ou chercher la beauté, la voir s'avancer dans une nacelle et nous sourire du milieu des flots; voguer avec elle sur la mer, dont nous semions la surface de fleurs; suivre l'enchanteresse au fond de ces bois de myrte et dans les champs heureux où Virgile plaça l'Élysée: telle était l'occupation de nos jours...

«Peut-être est-il des climats dangereux à la vertu par leur extrême volupté; et n'est-ce point ce que voulut enseigner une fable ingénieuse en racontant que Parthénope fut bâtie sur le tombeau d'une sirène? L'éclat velouté de la campagne, la tiède température de l'air, les contours arrondis des montagnes, les molles inflexions des fleuves et des vallées, sont, à Naples, autant de séductions pour les sens, que tout repose et que rien ne blesse[9]...

«Pour éviter les ardeurs du Midi, nous nous retirions dans la partie du palais bâtie sous la mer. Couchés sur des lits d'ivoire, nous entendions murmurer les vagues au-dessus de nos têtes; si quelque orage nous surprenait au fond de ces retraites, les esclaves allumaient des lampes pleines du nard le plus précieux de l'Arabie. Alors entraient de jeunes Napolitaines qui portaient des roses de Paestum dans des vases de Nola; tandis que les flots mugissaient au dehors, elles chantaient en formant devant nous des danses tranquilles qui me rappelaient les mœurs de la Grèce: ainsi se réalisaient pour nous les fictions des poètes; on eût cru voir les jeux des Néréides dans la grotte de Neptune.»

Lecteur, si tu t'impatientes de ces citations, de ces récits, songe d'abord que tu n'as peut-être pas lu mes ouvrages, et qu'ensuite je ne t'entends plus; je dors dans la terre que tu foules; si tu m'en veux, frappe cette terre, tu n'insulteras que mes os. Songe de plus que mes écrits font partie essentielle de cette existence dont je déploie les feuilles. Ah! que mes tableaux napolitains n'avaient-ils un fonds de vérité! Que la fille du Rhône n'était-elle la femme réelle de mes délices imaginaires! Mais non: si j'étais Augustin, Jérôme, Eudore, je l'étais seul, mes jours devan-

---

9. Ces derniers mots, qui ne figurent pas dans le manuscrit de 1839, se trouvent dans *Les Martyrs* (Pléiade, p. 176).

cèrent les jours de l'amie de Corinne en Italie. Heureux si j'avais pu *(b)* étendre ma vie entière sous ses pas comme un tapis de fleurs ! Mais ma vie est rude, et ses aspérités blessent *(c)*. Puissent du moins mes heures expirantes refléter l'attendrissement et le charme dont elle les a remplies sur celle qui fut aimée de tous et dont personne n'eut jamais à se plaindre[10] !

10. L'édition Penaud a mal placé ce paragraphe, en le situant à la fin du chapitre suivant. Nous corrigeons conformément au manuscrit de 1839.

Le duc de Rohan-Chabot.

Madame Récamier rencontra à Naples le comte de Neipperg et le duc de Rohan-Chabot : l'un devait monter au nid de l'aigle[1], l'autre revêtir la pourpre. On a dit de celui-ci qu'il avait été voué au rouge, ayant porté l'habit de chambellan, l'uniforme de chevau-léger de la garde, et la robe de cardinal.

Le duc de Rohan était fort joli[2] ; il roucoulait la romance, lavait de petites aquarelles et se distinguait par une étude coquette de toilette. Quand il fut abbé, sa pieuse chevelure, éprouvée au fer, avait une élégance de martyr. Il prêchait à la brune, dans des oratoires sombres, devant des dévotes, ayant soin, à l'aide de deux ou trois bougies artistement placées, d'éclairer en demi-teinte, comme un tableau, son visage pâle[3] *(a)*.

On ne s'explique pas de prime abord comment des hommes que leurs noms rendaient bêtes à force d'orgueil s'étaient mis aux gages d'un *parvenu*. En y regardant de près, on trouve que cette aptitude à entrer en

1.
« C'est ce même comte de Neipperg qui devait monter au nid de l'aigle [c'est-à-dire devenir le second mari de l'ex-impératrice Marie-Louise]. Ce mot dont j'avais reçu la première confidence, accompagnée de plusieurs autres aussi hardis et plus rudes, avait dû paraître d'abord dans le *Congrès de Vérone*. Sur ce que je savais et racontais du général autrichien, que j'avais rencontré en Italie, l'auteur y substitua ceci : "La Cour de Marie-Louise avait un certain air délabré, vieilli, excepté M. de Neipperg, homme de bon ton." Mais le mot ne fut pas perdu ; et les *Mémoires d'outre-tombe* en ont hérité » (Marcellus, *Chateaubriand et son temps*, p. 323).

2.
« M. de Chateaubriand poursuit sans pitié, le fouet à la main, la race des chambellans jusque sur le plus pieux des cardinaux. Je ne connais pas la cause secrète, s'il y en a eu, qui, à propos de madame Récamier et de la reine Caroline Murat, lui fait verser tant d'amertume sur

Château ruiné à Castell'amare (Naples).

le plus doux et le plus inoffensif des hommes. S'il n'eût attaqué que les toilettes rouges du chambellan, du chevau-léger et du prince de l'Église, le duc de Rohan en aurait ri lui-même comme de ce dernier trait non moins méchant que pittoresque: "Quand il fut abbé, sa pieuse chevelure, éprouvée au fer, avait une élégance de martyr."» (*ibid.*, p. 322).

3.

«[...] son choix de l'état ecclésiastique ne l'empêcha pas de conserver toutes les habitudes du dandysme le plus outré, ses recherches de toilette étaient sans nombre. Il entama avec la Cour de Rome une longue et vive négociation pour faire donner à la chasuble une coupe nouvelle qui lui paraissait élégante. Au reste, il faut reconnaître qu'il disait la messe plus gracieusement qu'aucune autre personne et pourtant très convenablement» (Mme de Boigne, *Mémoires*, t. II, p. 358). Auparavant, la mémorialiste rapporte que M. de Rohan aurait eu une brève aventure avec Caroline Murat, alors reine de Naples.

condition découlait naturellement de leurs mœurs : façonnés à la domesticité, point n'avaient souci du changement de livrée, pourvu que le maître fût logé au château à la même enseigne. Le mépris de Bonaparte leur rendait justice : ce grand soldat, abandonné des siens, disait avec reconnaissance à une grande dame *(b)* : « Au fond, il n'y a que vous autres qui sachiez servir *(c)*. »

La religion et la mort ont passé l'éponge sur quelques faiblesses, après tout bien pardonnables, du cardinal de Rohan. Prêtre chrétien, il a consommé à Besançon son sacrifice, secourant le malheureux, nourrissant le pauvre, vêtissant[4] l'orphelin et usant en bonnes œuvres sa vie dont une santé déplorable abrégeait naturellement le cours.

4.
Il faut remarquer dans ce chapitre qu'à la coquetterie du cardinal correspond la coquetterie du biographe chargé d'en parler. Ici, l'emploi du verbe vêtir, conjugué comme finir et non comme sentir, est conforme à l'usage des bons écrivains du XVIIe siècle, mais est condamné par les grammairiens. Cet errement calculé sera repris par Lamartine dans les *Harmonies* et Sainte-Beuve.

Le roi Murat[1] : ses lettres.

Murat, roi de Naples, né le 25 mai 1771[2] à la Bastide, près Cahors, fut envoyé à Toulouse pour y faire ses études. Il se dégoûta des lettres, s'enrôla dans les chasseurs des Ardennes, déserta et se réfugia à Paris. Admis dans la garde constitutionnelle de Louis XVI, il obtint, après le licenciement de cette garde, une sous-lieutenance dans le 11e régiment de chasseurs à cheval. À la mort de Robespierre, il fut destitué comme terroriste ; même chose arriva à Bonaparte, et les deux soldats demeurèrent sans ressources. Murat rentra en grâce au 13 vendémiaire[3], et devint aide de camp de Napoléon. Il fit sous lui les premières campagnes d'Italie, prit la Valteline et la réunit à la République Cisalpine ; il eut part à l'expédition d'Égypte *(a)* et se signala à la bataille d'Aboukir. Revenu en France avec son maître, il fut chargé de jeter à la porte le conseil des Cinq-Cents. Bonaparte lui donna en mariage sa sœur Caroline. Murat commandait la cavalerie à la bataille de Marengo. Gouverneur de Paris lors de la mort du duc d'Enghien, il gémit tout bas d'un assassinat qu'il n'eut pas le courage de blâmer tout haut.

1.
Dans ce chapitre, Chateaubriand emprunte l'essentiel de ses renseignements à la notice de la *Biographie universelle* de Michaud (t. XXX, 1821, pp. 421-432), rédigée par A. de Beauchamp. À sa manière, il la résume, la transcrit, ou traduit lyriquement les phrases du rédacteur.

2.
Erreur : Murat est né le 25 mars 1767.

3.
Lors de la canonnade de Saint-Roch contre les royalistes, le 5 octobre 1795.

Beau-frère de Napoléon et maréchal de l'empire, Murat entra à Vienne en 1806[4]; il contribua aux victoires d'Austerlitz, d'Iéna, d'Eylau et de Friedland, devint grand-duc de Berg et envahit l'Espagne en 1808.
Napoléon le rappela et lui donna la couronne de Naples. Proclamé roi des Deux-Siciles le 1er août 1808, il plut aux Napolitains par son faste, son costume théâtral, ses cavalcades et ses fêtes.
Appelé en qualité de grand vassal de l'empire à l'invasion de la Russie, il reparut dans tous les combats et se trouva chargé du commandement de la retraite de Smolensk à Wilna. Après avoir manifesté son mécontentement, il quitta l'armée à l'exemple de Bonaparte, et vint se réchauffer au soleil de Naples, comme son capitaine au foyer des Tuileries. Ces hommes de triomphe ne pouvaient s'accoutumer aux revers. Alors commencèrent ses liaisons avec l'Autriche. Il reparut encore aux camps de l'Allemagne en 1813, retourna à Naples après la perte de la bataille de Leipzig et renoua ses négociations austro-britanniques. Avant d'entrer dans une alliance complète, Murat écrivit à Napoléon une lettre que j'ai entendu lire à M. de Mosbourg: il disait à son beau-frère, dans cette lettre, qu'il avait retrouvé la Péninsule fort agitée, que les Italiens réclamaient leur indépendance nationale, que si elle ne leur était pas rendue, il était à craindre qu'ils ne se joignissent à la coalition de l'Europe et n'augmentassent ainsi les dangers de la France. Il suppliait Napoléon de faire la paix, seul moyen de conserver un empire si puissant et si beau. Que si Bonaparte refusait de l'écouter, lui Murat, abandonné à l'extrémité de l'Italie, se verrait forcé de quitter son royaume ou d'embrasser les intérêts de la liberté italienne. Cette lettre très-raisonnable resta plusieurs mois sans réponse; Napoléon n'a donc pu reprocher justement à Murat de l'avoir trahi.
Murat, obligé de choisir promptement, signa le 11 janvier 1814, avec la cour de Vienne, un traité: il s'obligeait à fournir une corps de trente mille hommes aux alliés. Pour prix de cette défection on lui garantissait son royaume napolitain et son droit de conquête sur les Marches pontificales. Madame Murat avait révélé cette importante transaction à madame Récamier. Au moment de se déclarer ouvertement, Murat, fort ému, rencontra madame Récamier chez Caroline et lui demanda ce qu'elle pensait du parti qu'il avait à prendre; il la priait de bien peser les intérêts du peuple dont il était devenu le souverain. Madame Récamier lui dit: «Vous êtes Français, c'est aux Français que vous devez rester fidèle.» La figure

4. Le 13 novembre 1805, et non pas 1806.

de Murat se décomposa ; il repartit : « Je suis donc un traître ? qu'y faire ? il est trop tard ! » Il ouvrit avec violence une fenêtre et montra de la main une flotte anglaise entrant à pleines voiles dans le port.

Le Vésuve venait d'éclater et jetait des flammes. Deux heures après, Murat était à cheval à la tête de ses gardes ; la foule l'environnait en criant : « Vive le roi Joachim ! » Il avait tout oublié ; il paraissait ivre de joie. Le lendemain, grand spectacle au théâtre Saint-Charles ; le Roi et la Reine furent reçus avec des acclamations frénétiques inconnues des peuples en deçà des Alpes. On applaudit aussi l'envoyé de François II : dans la loge du ministre de Napoléon, il n'y avait personne ; Murat en parut troublé comme s'il eût vu au fond de cette loge le spectre de la France.

L'armée de Murat, mise en mouvement le 16 février 1814, force le prince Eugène à se replier sur l'Adige. Napoléon, ayant d'abord obtenu des succès inespérés en Champagne, écrivait à sa sœur Caroline des lettres qui furent surprises par les alliés et communiquées au Parlement d'Angleterre par lord Castlereagh ; il lui disait : « Votre mari est très-brave sur le champ de bataille ; mais il est plus faible qu'une femme ou qu'un moine quand il ne voit pas l'ennemi. Il n'a aucun courage moral. Il a eu peur et il n'a pas hasardé de perdre en un instant ce qu'il ne peut tenir que par moi et avec moi. »

Dans une autre lettre adressée à Murat lui-même, Napoléon disait à son beau-frère : « Je suppose que vous n'êtes pas de ceux qui pensent que le lion est mort, si vous faisiez ce calcul, il serait faux... Vous m'avez fait tout le mal que vous pouviez depuis votre départ de Wilna. Le titre de Roi vous a tourné la tête ; si vous désirez le conserver, conduisez-vous bien. »

Murat ne poursuivit pas le vice-roi sur l'Adige ; il hésitait entre les alliés et les Français, selon les chances que Bonaparte semblait gagner ou perdre.

Dans les champs de Brienne, où Napoléon fut élevé par l'ancienne monarchie, il donnait en l'honneur de celle-ci le dernier et le plus admirable de ses sanglants tournois. Favorisé des *carbonari*, Joachim tantôt veut se déclarer libérateur de l'Italie, tantôt espère la partager entre lui et Bonaparte devenu vainqueur.

Un matin le courrier apporta à Naples la nouvelle de l'entrée des Russes à Paris. Madame Murat était encore couchée, et madame Récamier, assise à son chevet, causait avec elle ; on déposa sur le lit un énorme tas de lettres et de journaux. Parmi ceux-ci se trouvait mon écrit *De Bonaparte et des Bourbons*. La Reine s'écria : « Ah ! voilà un ouvrage de M. de Chateaubriand ; nous le lirons ensemble. » Et elle continua à décacheter ses lettres.

Madame Récamier prit la brochure, et, après y avoir jeté les yeux au hasard, elle la remit sur le lit et dit à la Reine : « Madame, vous la lirez seule, je suis obligée de rentrer chez moi. »

Napoléon fut relégué à l'île d'Elbe; l'Alliance, avec une rare habileté, l'avait placé sur les côtes de l'Italie. Murat apprit qu'on cherchait au Congrès de Vienne à le dépouiller des États qu'il avait néanmoins achetés si cher; il s'entendit secrètement alors avec son beau-frère, devenu son voisin. On est toujours étonné que les Napoléon aient des parents: qui sait le nom d'Aridée, frère d'Alexandre? Pendant le cours de l'année 1814, le Roi et la Reine de Naples donnèrent une fête à Pompéi; on exécuta une fouille[5] au son de la musique: les ruines que faisaient déterrer Caroline et Joachim ne les instruisaient pas de leur propre ruine; sur les derniers bords de la prospérité on n'entend que les derniers concerts du songe qui passe.

Lors de la paix de Paris, Murat faisait partie de l'Alliance, le Milanais ayant été rendu à l'Autriche: les Napolitains se retirèrent dans les Légations romaines. Quand Bonaparte, débarqué à Cannes, fut entré à Lyon, Murat perplexe, ayant changé d'intérêts, sortit des Légations et marcha avec quarante mille hommes vers la haute Italie, pour faire diversion en faveur de Napoléon. Il refusa à Parme les conditions que les Autrichiens effrayés lui offraient encore: pour chacun de nous il est un moment critique; bien ou mal choisi, il décide de notre avenir. Le baron de Firmont repousse les troupes de Murat, prend l'offensive et les mène battant jusqu'à Macerata[6]. Les Napolitains se débandèrent; leur général-roi rentre dans Naples accompagné de quatre lanciers. Il se présente à sa femme et lui dit: «Madame, je n'ai pu mourir.» Le lendemain, un bateau le conduit vers l'île d'Ischia; il rejoint en mer une pinque[7] chargée de quelques officiers de son état-major et fait voile avec eux pour la France.

5.

D'après Mme Lenormant, la fouille aurait été organisée par le roi à l'intention de Mme Récamier: «Le roi sachant combien Mme Récamier aimait les arts, et l'intérêt qu'avaient à ses yeux les monuments de l'antiquité, voulut lui donner le divertissement d'une fouille. M. de Clarac et Mazois l'architecte reçurent l'ordre de la préparer, et, au jour désigné, Joachim, la reine et toute la cour se rendirent à Pompéï. Les ambassadeurs des diverses puissances, quelques étrangers de distinction, au nombre desquels se trouvaient Mme Récamier et M. de Rohan, avaient été convoqués à cette fête, que le roi mit beaucoup de galanterie à dédier à sa belle compatriote. Un déjeuner très élégant fut servi dans les ruines; on parcourut, sous la direction de M. de Clarac, les principaux monuments de Pompéï, et la fouille donna quelques beaux objets en bronze» (*Souvenirs et correspondance... de Mme Récamier*, t. I, p. 247).

6.

Dans les États pontificaux, à 170 km au nord de Rome, le 3 mai 1815.

7.

Du danois *pink*: navire de commerce à fond plat, assez large, ayant trois mâts à voiles latines, c'est-à-dire triangulaires, et une poupe qui se prolonge par deux ailes que réunissent quelques planches ou une plate-forme à claire-voie.

Madame Murat, demeurée seule, montra une présence d'esprit admirable. Les Autrichiens étaient au moment de paraître : dans le passage d'une autorité à l'autre un intervalle d'anarchie pouvait être rempli de désordres. La Régente ne précipite point sa retraite ; elle laisse le soldat allemand occuper la ville et fait pendant la nuit éclairer ses galeries. Le peuple, apercevant du dehors la lumière, pensant que la Reine est encore là, reste tranquille. Cependant Caroline sort par un escalier secret et s'embarque. Assise à la poupe du vaisseau, elle voyait sur la rive resplendir illuminé le palais désert dont elle s'éloignait, image du rêve brillant qu'elle avait eu pendant son sommeil dans la région des fées *(b)*.

Caroline rencontra la frégate qui ramenait Ferdinand. Le vaisseau de la Reine fugitive fit le salut, le vaisseau du Roi rappelé ne le rendit pas : la prospérité ne reconnaît pas l'adversité sa sœur. Ainsi les illusions évanouies pour les uns recommencent pour les autres ; ainsi se croisent dans les vents et sur les flots les inconstantes destinées humaines : riantes ou funestes, le même abîme les porte et les engloutit.

Murat accomplissait ailleurs sa course. Le 25 mai 1815, à dix heures du soir, il aborda au golfe Juan, où son beau-frère avait abordé. La fortune faisait jouer à Joachim la parodie de Napoléon. Celui-ci ne croyait pas à la force du malheur et au secours qu'il apporte aux grandes âmes : il défendit au Roi détrôné l'accès de Paris ; il mit au lazaret cet homme attaqué de la peste des vaincus ; il le relégua dans une maison de campagne, appelée *Plaisance*, près de Toulon. Il eût mieux fait de moins redouter une contagion dont il avait été lui-même atteint : qui sait ce qu'un soldat comme Murat aurait pu changer à la bataille de Waterloo ?

Le roi de Naples, dans son chagrin, écrivait à Fouché le 19 juillet 1815 : « Je répondrai, à ceux qui m'accusent d'avoir commencé les hostilités trop tôt, qu'elles le furent sur la demande formelle de l'Empereur, et que depuis trois mois il n'a cessé de me rassurer sur ses sentiments, en accréditant des ministres près de moi, en m'écrivant qu'il comptait sur moi et qu'il ne m'abandonnerait jamais. Ce n'est que lorsqu'on a vu que je venais de perdre avec le trône les moyens de continuer la puissante diversion qui durait depuis trois mois, qu'on veut égarer l'opinion publique en insinuant que j'ai agi pour mon propre compte et à l'insu de l'Empereur. »

Il y eut dans le monde une femme généreuse et belle[8] ; lorsqu'elle arriva

---

8.
Ces mots, estime M. Levaillant, ne désignent pas Mme Récamier, comme l'a cru É. Herriot (*Madame Récamier et ses amis*, t. I, p. 356-357), mais Mme de Civrieux, amie dévouée du roi Murat et de Mme Récamier. Il s'appuie sur une note retrouvée dans les archives Lenormant.

à Paris, madame Récamier la reçut et ne l'abandonna point dans des temps de malheur. Parmi les papiers qu'elle a laissés, on a trouvé deux lettres de Murat du mois de juin 1815; elles sont utiles à l'histoire.

«6 juin 1815.

«J'ai perdu pour la France la plus belle existence; j'ai combattu pour l'Empereur; c'est pour sa cause que mes enfants et ma femme sont en captivité. La patrie est en danger, j'offre mes services; on en ajourne l'acceptation. Je ne sais si je suis libre ou prisonnier. Je dois être enveloppé dans la ruine de l'Empereur s'il succombe, et on m'ôte les moyens de le servir et de servir ma propre cause. J'en demande les raisons; on répond obscurément et je ne puis me faire juge de ma position. Tantôt je ne puis me rendre à Paris où ma présence ferait tort à l'Empereur; je ne saurais aller à l'armée où ma présence réveillerait trop l'attention du soldat. Que faire? attendre: voilà ce qu'on me répond. On me dit d'un autre côté qu'on ne me pardonne pas d'avoir abandonné l'Empereur l'année dernière, tandis que des lettres de Paris disaient quand je combattais récemment pour la France: "*Tout le monde ici est enchanté du Roi.*" L'Empereur m'écrivait: "*Je compte sur vous, comptez sur moi: je ne vous abandonnerai jamais.*" Le roi Joseph m'écrivait: "*L'Empereur m'ordonne de vous écrire de vous porter rapidement sur les Alpes.*" Et quand en arrivant je lui témoigne des sentiments généreux, et que je lui offre de combattre pour la France, je suis envoyé dans les Alpes. Pas un mot de consolation n'est adressé à celui qui n'eut jamais d'autre tort envers lui que d'avoir trop compté sur des sentiments généreux, sentiments qu'il n'eut jamais pour moi.

«Mon amie, je viens vous prier de me faire connaître l'opinion de la France et de l'armée à mon égard. Il faut savoir tout supporter, et mon courage me rendra supérieur à tous les malheurs. Tout est perdu hors l'honneur: j'ai perdu le trône, mais j'ai conservé toute ma gloire; je fus abandonné par mes soldats qui furent victorieux dans tous les combats, mais je ne fus jamais vaincu. La désertion de vingt mille hommes me mit à la merci de mes ennemis; une barque de pêcheur me sauva de la captivité, et un navire marchand me jeta en trois jours sur les côtes de France.»

«Sous Toulon, 18 juin 1815.

«Je viens de recevoir votre lettre. Il m'est impossible de vous dépeindre les différentes sensations qu'elle m'a fait éprouver. J'ai pu un instant oublier mes malheurs. Je ne suis occupé que de mon amie, dont l'âme noble et généreuse vient me consoler et me montrer sa douleur. Rassurez-vous, tout est perdu, mais l'honneur reste, ma gloire survivra à tous mes malheurs, et mon courage saura me rendre supérieur à toutes les rigueurs de ma destinée : n'ayez rien à craindre de ce côté. J'ai perdu trône et famille sans m'émouvoir ; mais l'ingratitude m'a révolté. J'ai tout perdu pour la France, pour son empereur, par son ordre, et aujourd'hui il me fait un crime de l'avoir fait. Il me refuse la permission de combattre et de me venger, et je ne suis pas libre sur le choix de ma retraite : concevez-vous tout mon malheur ? que faire ? quel parti prendre ? Je suis Français et père : comme Français, je dois servir ma patrie ; comme père, je dois aller partager le sort de mes enfants : l'honneur m'impose le devoir de combattre et la nature me dit que je dois être à mes enfants. À qui obéir ? Ne puis-je satisfaire à tous deux ? Me sera-t-il permis d'écouter l'un ou l'autre ? Déjà l'Empereur me refuse des armées ; et l'Autriche m'accordera-t-elle les moyens d'aller rejoindre mes enfants ? les lui demanderai-je, moi qui n'ai jamais voulu traiter avec ses ministres ? Voilà ma situation : donnez-moi des conseils. J'attendrai votre réponse, celle du duc d'Otrante et de Lucien, avant de prendre une détermination. Consultez bien l'opinion sur ce que l'on croit qu'il me convient de faire, car je ne suis pas libre sur le choix de ma retraite ; on revient sur le passé et on me fait un crime d'avoir, par ordre, perdu mon trône, quand ma famille gémit dans la captivité. Conseillez-moi ; écoutez la voix de l'honneur, celle de la nature, et, en juge impartial, ayez le courage de m'écrire ce qu'il faut que je fasse. J'attendrai votre réponse sur la route de Marseille à Lyon. »

Laissant de côté les vanités personnelles et ces illusions qui sortent du trône, même d'un trône où l'on ne s'est assis qu'un moment, ces lettres nous apprennent quelle idée Murat se faisait de son beau-frère.
Bonaparte perd une seconde fois l'empire ; Murat vagabonde sans asile sur ces mêmes plages qui ont vu errer la duchesse de Berry. Des contrebandiers consentent, le 22 août 1815, à le passer, lui et trois autres, à l'île de Corse. Une tempête l'accueille : la balancelle *(c)* qui faisait le service entre Bastia et Toulon le reçoit à son bord. À peine a-t-il quitté son embarcation, qu'elle s'entr'ouvre. Surgi à Bastia le 25 août, il court se cacher au village de Vescovato, chez le vieux Colonna-Ceccaldi. Deux cents officiers le rejoignirent avec le général Franceschetti. Il marche sur Ajaccio : la ville maternelle de Bonaparte seule tenait encore pour son fils ; de tout son empire, Napoléon ne possédait plus que son berceau. La garnison de la citadelle salue Murat, et le veut proclamer roi de Corse : il s'y refuse ; il ne trouve d'égal à sa grandeur que le sceptre des Deux-Siciles. Son aide de camp Mucirone lui apporte de Paris la décision de l'Autriche en vertu de laquelle il doit quitter le titre de roi et se retirer à volonté dans la Bohême ou la Moldavie. « Il est trop tard, répon-

dit Joachim; mon cher Mucirone, le dé en est jeté.» Le 28 septembre, Murat cingle vers l'Italie; sept bâtiments étaient chargés de ses deux cent cinquante serviteurs: il avait dédaigné de tenir à royaume l'étroite patrie de l'homme immense; plein d'espoir, séduit par l'exemple d'une fortune au-dessus de la sienne, il partait de cette île d'où Napoléon était sorti pour prendre possession du monde: ce ne sont pas les mêmes lieux, ce sont les génies semblables qui produisent les mêmes destinées. Une tempête disperse la flottille; Murat fut jeté le 8 octobre dans le golfe de Sainte-Euphémie, presque au moment où Bonaparte abordait le rocher de Sainte-Hélène.

De ses sept prames il ne lui en restait plus que deux, y compris la sienne. Débarqué avec une trentaine d'hommes, il essaie de soulever les populations de la côte; les habitants font feu sur sa troupe. Les deux prames gagnent le large; Murat était trahi. Il court à un bateau échoué; il essaie de le mettre à flot; le bateau reste immobile. Entouré et pris, Murat outragé du même peuple qui se tuait naguère à crier: «Vive le Roi Joachim!» est conduit au château de Pizzo. On saisit sur lui et ses compagnons des proclamations insensées: elles montraient de quels rêves les hommes se bercent jusqu'à leur dernier moment.

Tranquille dans sa prison, Murat disait: «Je ne garderai que mon royaume de Naples: mon cousin Ferdinand conservera la seconde Sicile.» Et dans ce moment une commission militaire condamnait Murat à mort. Lorsqu'il apprit son arrêt, sa fermeté l'abandonna quelques instants; il versa des larmes et s'écria: «Je suis Joachim, Roi des Deux-Siciles!» Il oubliait que Louis XVI avait été Roi de France, le duc d'Enghien petit-fils du grand Condé, et Napoléon arbitre de l'Europe: la mort compte pour rien ce que nous fûmes.

Un prêtre est toujours un prêtre, quoi qu'on dise et qu'on fasse; il vient rendre à un cœur intrépide la force défaillie. Le 13 octobre 1815, Murat, après avoir écrit à sa femme, est conduit dans une salle du château de Pizzo, renouvelant dans sa personne romanesque les aventures brillantes ou tragiques du Moyen Âge. Douze soldats, qui peut-être avaient servi sous lui, l'attendaient disposés sur deux rangs. Murat voit charger les armes, refuse de se laisser bander les yeux, choisit lui-même, en capitaine expérimenté, le poste où les balles le peuvent mieux atteindre.

Couché en joue, au moment du feu il dit: «Soldats, sauvez le visage; visez au cœur!» Il tombe tenant dans ses mains les portraits de sa femme et de ses enfants: ces portraits ornaient auparavant la garde de son épée. Ce n'était qu'une affaire de plus que le brave venait de vider avec la vie.

Les genres de mort différents de Napoléon et de Murat conservent les caractères de leur existence *(d)*.
Murat si fastueux fut enterré sans pompe à Pizzo, dans une de ces églises chrétiennes dont le sein charitable reçoit miséricordieusement toutes les cendres.

Madame Récamier revient en France. – Lettre de madame de Genlis.

Madame Récamier, revenant en France, traversa Rome au moment où le pape y rentrait *(a)*. Dans une autre partie de ces *Mémoires*, vous avez conduit Pie VII, mis en liberté à Fontainebleau, jusqu'aux portes de Saint-Pierre. Joachim, encore vivant, allait disparaître, et Pie VII reparaissait. Derrière eux, Napoléon était frappé : la main du conquérant laissait tomber le roi et relevait le pontife.

Pie VII fut reçu[1] avec des cris qui ébranlaient les ruines de la ville des ruines. On détela sa voiture, et la foule le traîna jusqu'aux degrés de l'église des Apôtres. Le Saint-Père ne voyait rien, n'entendait rien ; ravi en esprit, sa pensée était loin de la terre ; sa main se levait seulement sur le peuple par la tendre habitude des bénédictions. Il pénétra dans la basilique au bruit des fanfares, au chant du *Te Deum*, aux acclamations des Suisses de la religion de Guillaume Tell. Les encensoirs lui envoyaient des parfums qu'il ne respirait pas ; il ne voulut point être porté sur le pavois à l'ombre du dais et des palmes[2] ; il marcha comme un naufragé accomplissant un vœu à Notre-Dame de Bon-Secours, et chargé par le Christ d'une mission qui devait renouveler la face de la terre. Il était vêtu d'une robe blanche ; ses cheveux, restés noirs malgré le malheur et les ans, contrastaient avec la pâleur de l'anachorète. Arrivé au tombeau des Apôtres, il se prosterna : il demeura plongé, immobile et comme mort dans les abîmes des conseils de

1. Le 24 mai 1814.

2. C'est-à-dire sur le pallium.

la Providence. L'émotion était profonde, des protestants témoins de cette scène pleuraient à chaudes larmes.

Quel sujet de méditations ! Un prêtre infirme, caduc, sans force, sans défense, enlevé du Quirinal, transporté captif au fond des Gaules ; un martyr qui n'attendait plus que sa tombe, délivré des mains de Napoléon qui pressait le globe, reprenant l'empire d'un monde indestructible quand les planches d'une prison d'outre-mer se préparaient pour ce formidable geôlier des peuples et des rois !

Pie VII survécut à l'empereur ; il vit revenir au Vatican les chefs-d'œuvre, amis fidèles qui l'avaient accompagné dans son exil. Au retour de la persécution, le pontife septuagénaire, prosterné sous la coupole de Saint-Pierre, montrait à la fois toute la faiblesse de l'homme et la grandeur de Dieu *(b)*.

En descendant les Alpes de la Savoie, madame Récamier trouva au Pont-de-Beauvoisin[3] le drapeau blanc et la cocarde blanche. Les processions de la Fête-Dieu, parcourant les villages, semblaient être revenues avec le Roi très-chrétien. À Lyon, la voyageuse tomba au milieu d'une fête pour la Restauration. L'enthousiasme était sincère. À la tête des réjouissances paraissaient Alexis de Noailles[4] et le colonel Clary, beau-frère de Joseph Bonaparte. Ce qu'on raconte aujourd'hui de la froideur et de la tristesse dont la légitimité fut accueillie à la première Restauration est une impudente menterie. La joie fut générale dans les diverses opinions, même parmi les conventionnels, même parmi les impérialistes *(c)*, les soldats exceptés ; leur noble fierté souffrait de ces revers. Aujourd'hui que le poids du gouvernement militaire ne se sent plus, que les vanités se sont réveillées, il faut nier les faits parce qu'ils ne s'arrangent pas avec les théories du moment. Il convient à un système que la nation ait reçu les Bourbons avec horreur, et que la Restauration ait été un temps d'oppression et de misère. Cela conduit à de tristes réflexions sur la nature humaine. Si les Bourbons avaient eu le goût et la force d'opprimer, ils se pouvaient flatter de conserver longtemps le trône. Les violences et les injustices de Bonaparte, dangereuses à son pouvoir en apparence, le servirent en effet : on s'épouvante des iniquités, mais on s'en forge une grande idée ; on est disposé à regarder comme un être supérieur celui qui se place au-dessus des lois.

3.
Le Piémont avait été annexé en 1802. Dès l'effondrement de l'Empire, Victor-Emmanuel Ier rentra dans ses États. Pont-de-Beauvoisin était le premier bourg français que l'on rencontrait en revenant d'Italie.

4.
Il avait été emprisonné en 1809 pour avoir répandu la bulle d'excommunication de Pie VII contre les auteurs et complices de l'usurpation des États romains. Au mois de mai 1814, lorsque Mme Récamier traversa Lyon, Alexis y était avec le titre de « commissaire royal ».

Madame de Staël, arrivée à Paris avant madame Récamier, lui avait écrit plusieurs fois ; ce billet seul était parvenu à son adresse :

« Paris, 20 mai 1814.
« Je suis honteuse d'être à Paris sans vous, cher ange de ma vie : je vous demande vos projets. Voulez-vous que j'aille au-devant de vous à Coppet, où je vais rester quatre mois ? Après tant de souffrances, ma plus douce perspective c'est vous, et mon cœur vous est à jamais dévoué. Un mot sur votre départ et votre arrivée. J'attends ce mot pour savoir ce que je ferai. Je vous écris à Rome, à Naples, etc. »

Madame de Genlis, qui n'avait jamais eu de rapports avec madame Récamier, s'empressa de s'approcher d'elle. Je trouve dans un passage l'expression d'un vœu qui, réalisé, eût épargné au lecteur mon récit.

« 11 octobre[5].
« Voilà, madame, le livre que j'ai eu l'honneur de vous promettre. J'ai marqué les choses que je désire que vous lisiez… Venez, madame, pour me conter votre histoire *en ces termes*, comme on fait dans les romans. Puis ensuite je vous demanderai de l'écrire en forme de souvenirs qui seront remplis d'intérêt, parce que dans la plus grande jeunesse vous avez été jetée, avec une figure ravissante, un esprit plein de finesse et de pénétration, au milieu de ces tourbillons d'erreurs et de folies ; que vous avez tout vu, et qu'ayant conservé, durant ces orages, des sentiments religieux, une âme pure, une vie sans tache, un cœur sensible et fidèle à l'amitié, n'ayant ni envie, ni passions haineuses, vous peindrez tout avec les couleurs les plus vraies. Vous êtes un des phénomènes de ce temps-ci, et certainement le plus aimable.
« Vous me montrerez *vos souvenirs* ; ma vieille expérience vous offrira quelques conseils, et vous ferez un ouvrage utile et délicieux. N'allez pas me répondre : *Je ne suis pas capable, etc., etc.* ; je ne vous passerai jamais des lieux communs ; ils sont indignes de votre esprit. Vous pouvez jeter sans remords les yeux sur le passé ; c'est en tout temps le plus beau des droits ; dans celui où nous sommes, c'est inappréciable. Profitez-en pour l'instruction de la jeune personne que vous élevez ; ce sera pour elle votre plus grand bienfait.
« Adieu, madame, permettez-moi de vous dire que je vous aime et que je vous embrasse de toute mon âme. »

5.
Cette lettre, sans date, a été publiée par la nièce de Mme de Genlis dans *Paris en province* (1831).

Lettres de Benjamin Constant.

Maintenant que madame Récamier est rentrée dans Paris, je vais retrouver pendant quelque temps mes premiers guides.

La reine de Naples, inquiète des résolutions du congrès de Vienne, écrivit à madame Récamier pour qu'elle lui découvrît un homme capable de traiter des intérêts à Vienne. Madame Récamier s'adressa à Benjamin Constant, et le pria de rédiger un mémoire[1]. Cette circonstance eut sur l'auteur de ce mémoire l'influence la plus malheureuse ; un sentiment orageux fut la suite d'une entrevue[2]. Sous l'empire de ce sentiment, Benjamin Constant, déjà violent antibonapartiste, comme on le voit dans *l'Esprit de conquête*[3], laissa déborder des opinions dont les événements changèrent bientôt le cours. De là une réputation de mobilité politique funeste aux hommes d'État.

Madame Récamier, tout en admirant Bonaparte, était restée fidèle à sa haine contre l'oppresseur de nos libertés et contre l'ennemi de madame

---

1. *«Idées sur la conservation du royaume de Naples au roi Joachim Ier»*, adressé à Mme Récamier le 1er septembre 1814. Voir Benjamin Constant et Juliette Récamier, *Lettres, 1807-1830*, éd. E. Harpaz, pp. 46-48.

2. Le 27 ou, plus probablement, le 31 août 1814, selon les versions de Benjamin Constant. Cette entrevue, qui le rendit violemment antibonapartiste, suscita aussi un amour fou pour Mme Récamier.

3. *De l'esprit de conquête et de l'usurpation dans leur rapport avec la civilisation européenne*, 1814 (voir *supra*, l. XXII, chap. 15, note 9, p. 1347).

de Staël. Quant à ce qui la regardait elle-même, elle n'y pensait pas et elle eût fait bon marché de son exil. Les lettres que Benjamin Constant lui écrivit à cette époque serviront d'étude sinon du cœur humain, du moins de la tête humaine *(a)*: on y voit tout ce que pouvait faire d'une passion un esprit ironique et romanesque, sérieux et poétique. Rousseau n'est pas plus véritable, mais il mêle à ses amours d'imagination une mélancolie sincère et une rêverie réelle.

Articles de Benjamin Constant au retour de Bonaparte de l'île d'Elbe.

Cependant Bonaparte était débarqué à Cannes ; la perturbation de son approche commençait à se faire sentir[1]. Benjamin Constant envoya ce billet à madame Récamier :

« Pardon si je profite des circonstances pour vous importuner ; mais l'occasion est trop belle. Mon sort sera décidé dans quatre ou cinq jours sûrement ; car quoique vous aimiez à ne pas le croire pour diminuer votre intérêt, je suis certainement, avec Marmont, Chateaubriand et Lainé, l'un des quatre hommes les plus compromis de France. Il est donc certain que si nous ne triomphons pas, je serai dans huit jours ou proscrit et fugitif, ou dans un cachot, ou fusillé. Accordez-moi donc, pendant les deux ou trois jours qui précéderont la bataille, le plus que vous pourrez de votre temps et de vos heures. Si je meurs, vous serez bien aise de m'avoir fait ce bien, et vous seriez fâchée de m'avoir affligé *(a)*. Mon sentiment pour vous est ma vie ; un signe d'indifférence me fait plus de mal que ne pourra le faire dans quatre jours mon arrêt de mort. Et quand je sens que le danger est un moyen d'obtenir de vous un signe d'intérêt, je n'en éprouve que de la joie.

« Avez-vous été contente de mon article, et savez-vous ce qu'on en dit ? »

Benjamin Constant avait raison, il était aussi compromis que moi : attaché à Bernadotte, il avait servi contre Napoléon ; il avait publié son écrit *De l'esprit de conquête*, dans lequel il traitait le *tyran* plus mal que je ne le traitais dans ma brochure *De Bonaparte et des*

1. La nouvelle du débarquement de Napoléon au Golfe Juan fut connue à Paris le 5 mars.

Bourbons. Il mit le comble à ses périls en parlant dans les gazettes. Le 19 mars, au moment où Bonaparte était aux portes de la capitale, il fut assez ferme pour signer dans le *Journal des Débats* un article terminé par cette phrase : « Je n'irai pas, misérable transfuge, me traîner d'un pouvoir à l'autre, couvrir l'infamie par le sophisme, et balbutier des mots profanes *(b)* pour racheter une vie honteuse[2]. »

Benjamin Constant écrivait à celle qui lui avait inspiré ces nobles sentiments : « Je suis bien aise que mon article ait paru ; on ne peut au moins en soupçonner aujourd'hui la sincérité. Voici un billet que l'on m'écrit après l'avoir lu : si j'en recevais un pareil d'une autre, je serais gai sur l'échafaud. »

Madame Récamier s'est toujours reproché d'avoir eu, sans le vouloir, une pareille influence sur une destinée honorable[3]. Rien en effet n'est plus malheureux que d'inspirer à des caractères mobiles ces résolutions énergiques qu'ils sont incapables de tenir.

Benjamin Constant démentit le 20 mars son article du 19. Après avoir fait quelques tours de roues pour s'éloigner, il revint à Paris et se laissa prendre aux séductions de Bonaparte. Nommé conseiller d'État, il effaça ses pages généreuses en travaillant à la rédaction de *l'acte additionnel*[4]. Depuis ce moment il porta au cœur une plaie secrète ; il n'aborda plus avec assurance la pensée de la postérité ; sa vie attristée et défleurie n'a pas peu contribué à sa mort. Dieu nous garde de triompher des misères dont les natures les plus élevées ne sont point exemptes ! Le ciel ne nous donne des talents qu'en y attachant des infirmités : expiations offertes à la sottise et à l'envie. Les faiblesses d'un homme supérieur sont ces victimes noires que l'Antiquité sacrifiait aux dieux infernaux, et pourtant ils ne se laissent jamais désarmer.

2.
À propos de cet article, Louis XVIII écrivit à Decazes le 14 février 1818 : « Te souvient-il d'un article que B. C. mit dans le *Journal des débats* du 19 mars 1815 ? Il était sûrement bien anti-bonapartiste, mais il était détestable en lui-même, et si le tourbillon du moment n'eût tout entraîné, cet article aurait fait bien du mal par la suite » (*in* P. Bastid, *Benjamin Constant et sa doctrine*, t. I, p. 281).

3.
E. Harpaz a daté ce billet du 11 mars 1815, jour où Benjamin Constant publia dans le *Journal de Paris* un article hostile à Napoléon et prônant le ralliement aux Bourbons (*in* Benjamin Constant et Juliette Récamier, *Lettres, 1807-1830*, p. 179, note). À propos des palinodies de Benjamin Constant, Duvergier de Hauranne affirme avec Delécluze que c'est Mme Récamier qui agit sur Constant pour lui faire écrire le fameux article des *Débats*. Auparavant, c'est elle qui, usant de son charme, lui avait fait rédiger un mémoire pour le roi de Naples (voir *supra*, l. XXIX, chap. 19, note 1, p. 1933).

4.
Benjamin Constant quitta Paris le 23 mars pour se rendre à Nantes ; mais le 25, à Ancenis, apprenant que Nantes était « aux bonapartistes », il reprit la route de Paris, où il arriva le 26. Le 14 avril, il se rendait à une convocation de l'empereur (voir *supra*, l. XXIII, chap. 12, note 10, pp. 1468-1469), après avoir rencontré Fouché, Savary et Caulaincourt.

Madame de Krudener[1]. – Le duc de Wellington.

Madame Récamier était restée en France pendant les Cent-Jours, où la reine Hortense l'invitait à demeurer; la reine de Naples lui offrait au contraire un asile en Italie. Les Cent-Jours passèrent. Madame de Krudener suivit les alliés arrivés de nouveau à Paris. Elle était tombée du roman dans le mysticisme; elle exerçait un grand empire sur l'esprit de l'empereur de Russie[2] *(a)*.

Madame de Krudener logeait dans un hôtel du faubourg Saint-Honoré. Le jardin de cet hôtel s'étendait jusqu'aux Champs-Élysées. Alexandre arrivait *incognito* par une porte du jardin, et des conversations politico-religieuses finissaient par de ferventes prières. Madame de Krudener m'avait invité à l'une de ces sorcelleries célestes: moi, l'homme de toutes les chimères, j'ai la haine de la déraison, l'abomination du nébuleux et le dédain des jongleries; on n'est pas parfait. La scène m'ennuya; plus je voulais prier, plus je sentais la sécheresse de mon âme. Je ne trouvais rien à dire à Dieu, et le diable me poussait à rire[3]. J'avais mieux

1.
Le manuscrit de 1839 écrit: «Mme de Krüdner». L'orthographe correcte est: «Krüdener». Pour ce chapitre, voir F. Ley, *Madame de Krüdener, 1764-1824, romantisme et Sainte-Alliance*, p. 281 *sqq.*

2.
Lors du congrès de Vienne, on avait eu l'idée d'une proclamation solennelle exaltant les principes du christianisme, et c'est au tsar Alexandre Ier qu'en revint l'initiative (10 septembre 1815). Le texte donna lieu à une formulation d'un mysticisme exacerbé qui embarrassa, semble-t-il, les destinataires (l'empereur d'Autriche et le roi de Prusse). On y lisait entre autres: «Les trois princes alliés ne s'envisageant eux-mêmes que comme délégués de la Providence

Juliana de Vietinghoff, baronne de Krüdener (1764-1824).

pour gouverner trois branches d'une même famille, savoir : l'Autriche, la Prusse et la Russie; confessant ainsi que la nation chrétienne dont eux et leurs peuples font partie, n'a réellement d'autre souverain que celui à qui seul appartient en propriété la puissance, parce qu'en lui seul se trouvent tous les trésors de l'amour, de la science et de la sagesse infinie, c'est-à-dire Dieu, notre divin sauveur Jésus-Christ, le verbe du très haut, la parole de vie.» Le pacte du 26 septembre, qui prendra le nom de Sainte-Alliance et qui connaîtra la fortune polémique que l'on sait, est un mélange de politique, de mysticisme, de tactique et de foi. Il s'ajoute aux traités d'alliance antérieurs (notamment la Quadruple Alliance) sans y apporter autre chose qu'une union mystique inspirée de l'illuminisme européen, tendue vers une régénération de l'Europe sur la base du christianisme. Il ne faut pas exagérer, comme on l'a fait, le rôle de Mme de Krüdener, qui ferait d'elle l'inspiratrice de la Sainte-Alliance. L'idée était déjà en germe dans l'esprit d'Alexandre lorsqu'il la rencontra, le 4 juin 1815, deux semaines avant Waterloo. Mais elle conforta certainement le tsar dans ses intentions, lorsque Alexandre installa la baronne dans un petit hôtel voisin de l'Élysée, où il était lui-même descendu. Passèrent dans le salon de Mme de Krüdener Chateaubriand, Benjamin Constant, la reine Hortense, le duc de Richelieu, la comtesse de Boigne, la duchesse de Duras, Mme Récamier, le baron de Stein, Ampère, Bergasse. On ne semble pas s'y être beaucoup diverti et ceux qui le fréquentaient ne prisaient pas toujours les incantations auxquelles on s'y livrait. Le 11 septembre, à une fastueuse revue des troupes à la plaine de Vertus, près de Châlons-sur-Marne, on vit Mme de Krüdener paradant aux côtés d'Alexandre. Déjà cependant un refroidissement se manifestait dans leurs rapports. Au mois d'octobre, ils se séparèrent.

3.

Sur le scepticisme de Chateaubriand à l'égard de toutes les formes d'illuminisme, voir l'épisode de Saint-Martin, *supra*, l. XIV, chap. 1, pp. 810-813.

aimé madame de Krudener lorsque, environnée de fleurs et habitante encore de cette chétive terre, elle composait *Valérie*. Seulement je trouvais que mon vieil ami M. Michaud[4], mêlé bizarrement à cette idylle, n'avait pas assez du berger, malgré son nom[5]. Madame de Krudener, devenue séraphin, cherchait à s'entourer d'anges; la preuve en est dans ce billet charmant de Benjamin Constant à madame Récamier:

«Jeudi[6].

«Je m'acquitte avec un peu d'embarras d'une commission que madame de Krudener vient de me donner. Elle vous supplie de venir la moins belle que vous pourrez[7]. Elle dit que vous éblouissez tout le monde, et que par là toutes les âmes sont troublées et toutes les attentions impossibles. Vous ne pouvez pas déposer votre charme; mais ne le rehaussez pas. Je pourrais ajouter bien des choses sur votre figure à cette occasion, mais je n'en ai pas le courage. On peut être ingénieux sur le charme qui plaît, mais non sur celui qui tue. Je vous verrai tout à l'heure; vous m'avez indiqué cinq heures, mais vous ne rentrerez qu'à six, et je ne pourrai vous dire un mot. Je tâcherai pourtant d'être aimable encore cette fois.»

Le duc de Wellington ne prétendait-il pas aussi à l'honneur d'attirer un regard de Juliette[8]? Un de ses billets[9] que je transcris n'a de curieux que la signature:

4.

Dans le *Mercure* du 18 brumaire an XII (10 novembre 1803), on trouve un article chaleureux de Michaud sur *Valérie*, que Chateaubriand appelait «la sœur cadette de René» ou «la fille naturelle de René et de Delphine», et dont le succès fut considérable (voir l'étude de Sainte-Beuve, dans *Portraits de femmes, in Œuvres*, Pléiade, t. II, pp. 764-783).

5.

Il est vraisemblable que par ses traits physiques ou moraux, Michaud ne pouvait entrer dans l'univers romanesque et bucolique qu'évoque Mme de Krüdener dans son roman *Valérie*. Qu'on en juge par cet extrait, où l'un des personnages, Ernest, raconte que se rendant à la fête de la Saint-Jean, il descendit pour déjeuner dans le jardin, où il trouva Ida, «avec une couronne d'épis, que de jeunes paysannes avaient posée sur ses cheveux. Elle était sous ce grand sapin près de la fontaine qui est dans la cour; une multitude de jeunes filles et de jeunes garçons l'environnaient, chacun lui avait apporté son présent; les premières avaient posé sur la fontaine des fraises dans des paniers d'écorce de bouleaux; d'autres, comme les filles d'Israël, y avaient placé de grandes cruches de lait, tandis que d'autres encore lui offraient des rayons de miel. Ida remerciait chacune d'elles avec une grâce charmante, et passait quelquefois ses doigts délicats sur les joues vermeilles des jeunes paysannes» (éd. Klincksieck, pp. 60-61).

6.

Billet daté par E. Harpaz du 28 septembre 1815 (*in* Benjamin Constant et Juliette Récamier, *Lettres, 1807-1830*, pp. 264-265).

Arthur Wellesley, duc de Wellington (1769-1852).

7.
Aux séances religieuses organisées par Mme de Krüdener (*ibid.*, p. 265, note 2).

8.
Ambassadeur d'Angleterre à Paris, ses relations avec Mme Récamier furent plus longues que Chateaubriand ne le laisse entendre. Voir Mme Lenormant, *Souvenirs et correspondance... de Mme Récamier*, t. I, pp. 266-268.

9.
Marcellus s'étonne que Chateaubriand cite ce billet du duc de Wellington, qui « n'a rien de curieux ». « M. de Chateaubriand n'avait jamais eu à Londres comme à Vérone, avec le duc de Wellington que les rapports les plus polis, mais les plus froids : "C'est, me disait-il un jour, un instrument passif que Dieu inventa pour servir de barrière au despotisme. Il a été un autre Fabius opposé à un autre Annibal ; et le bon sens a triomphé du génie. Malgré l'ancienne ardeur de ma lutte contre son antagoniste, tout ce que je puis faire quand je le vois, c'est d'oublier sa victoire." » (*Chateaubriand et son temps*, pp. 326-327).

«À Paris, ce 13 janvier.
«J'avoue, madame, que je ne regrette pas beaucoup que les affaires m'empêchent de passer chez vous après dîner, puisque, à chaque fois que je vous vois, je vous quitte plus pénétré de vos agréments et moins disposé à donner mon attention *à la politique*!!!
«Je passerai chez vous demain à mon retour de chez l'abbé Sicard, en cas que vous vous y trouvassiez et malgré l'effet que ces visites dangereuses produisent sur moi.
«Votre très-fidèle serviteur,
«Wellington.»

À son retour de Waterloo, entrant chez madame Récamier, le duc de Wellington s'écria: «Je l'ai bien battu!» Dans un cœur français, son succès lui aurait fait perdre la victoire, eût-il pu jamais y prétendre.

Je retrouve madame Récamier. – Mort de madame de Staël.

Ce fut à une douloureuse époque pour l'illustration de la France que je retrouvai madame Récamier ; ce fut à l'époque de la mort de madame de Staël. Rentrée à Paris après les *Cent-Jours*, l'auteur de *Delphine* était revenue souffrante ; je l'avais revue chez elle et chez madame la duchesse de Duras. Peu à peu son état empirant, elle fut obligée de garder le lit[1]. Un matin j'étais allé chez elle rue Royale ; les volets des fenêtres étaient aux deux tiers fermés ; le lit, rapproché du mur du fond de la chambre, ne laissait qu'une ruelle à gauche ; les rideaux, retirés sur les tringles, formaient deux colonnes au chevet. Madame de Staël, à demi assise, était soutenue par des oreillers. Je m'approchai, et quand mon œil se fut un peu accoutumé à l'obscurité, je distinguai la malade. Une fièvre ardente animait ses joues. Son beau regard me rencontra dans les ténèbres, et elle me dit : « *Bonjour, my dear Francis.* Je souffre, mais cela ne m'empêche pas de vous aimer. » Elle étendit sa main que je pressai et baisai. En relevant la tête, j'aperçus au bord opposé de la couche, dans la ruelle, quelque chose qui se levait blanc et maigre : c'était M. de Rocca, le visage défait, les joues creuses, les yeux

1. Mme de Staël était rentrée en France en mai 1814, « dans les bagages des alliés [...]. On doit penser, écrit Michaud, de quelle joie fut suivie la restitution de deux millions que Louis XVIII [...] ordonna sur-le-champ. Toute la famille fut alors royaliste, et cela dura près d'un an » (*Biographie universelle*, t. LXXXIII, p. 10). Ce bonheur fut de courte durée. Alors qu'elle écrivait les *Considérations sur la Révolution française* et *Dix années d'exil*, qui seront publiés après sa mort, elle fut saisie d'une attaque de paralysie lors d'un bal chez Decazes. Elle mourut quelques mois plus tard, le 14 juillet 1817.

brouillés, le teint indéfinissable; il se mourait; je ne l'avais jamais vu, et ne l'ai jamais revu. Il n'ouvrit pas la bouche; il s'inclina en passant devant moi; on n'entendait point le bruit de ses pas: il s'éloigna à la manière d'une ombre. Arrêtée un moment à la porte, *la nueuse idole frôlant les doigts* se retourna vers le lit pour ajourner madame de Staël. Ces deux spectres qui se regardaient en silence, l'un debout et pâle, l'autre assis et coloré d'un sang prêt à redescendre et à se glacer au cœur, faisaient frissonner.

Peu de jours après, madame de Staël changea de logement. Elle m'invita à dîner chez elle, rue Neuve-des-Mathurins[2]: j'y allai; elle n'était point dans le salon et ne put même assister au dîner; mais elle ignorait que l'heure fatale était si proche. On se mit à table. Je me trouvai assis auprès de madame Récamier. Il y avait douze ans que je ne l'avais rencontrée, et encore ne l'avais-je aperçue qu'un moment. Je ne la regardais point, elle ne me regardait pas; nous n'échangions pas une parole. Lorsque, vers la fin du dîner, elle m'adressa timidement quelques paroles sur la maladie de madame de Staël, je tournai un peu la tête et je levai les yeux *(a)*. Je craindrais de profaner aujourd'hui par la bouche de mes années un sentiment qui conserve dans ma mémoire toute sa jeunesse, et dont le charme s'accroît à mesure que ma vie se retire. J'écarte mes vieux jours pour découvrir derrière ces jours des apparitions célestes, pour entendre du bas de l'abîme les harmonies d'une région plus heureuse.

Madame de Staël mourut[3]. Le dernier billet qu'elle écrivit à madame de Duras était tracé en grandes lettres dérangées comme celles d'un enfant. Un mot affectueux s'y trouvait pour *Francis*. Le talent qui expire saisit

---

2.

Elle s'y était installée au début de mai, dans un hôtel plus confortable, agrémenté d'un jardin. On connaît la date du dîner par un jeune Américain de Boston qui y fut convié: ce fut le 28 mai (voir G. Ticknor, *Life, Letters and Journals*, 1876, t. I, p. 137, cité par M. Levaillant). «Elle faisait des plans de vie pour l'hiver suivant. Elle voulait rester plus souvent chez elle, donner des dîners fréquents. Elle désignait par avance des habitués. Cherchait-elle à s'étourdir elle-même? Je ne sais. Mais le contraste de cet aspect si plein de mort et de ces paroles si pleines de vie était déchirant; j'en sortis navrée. C'était sans se lever de dessus son sopha que Mme de Staël animait tout un cercle [...]» (Mme de Boigne, *Mémoires*, t. II, p. 367).

3.

Le 14 juillet 1817. Sainte-Beuve rapporte dans *Portraits de femmes*, dans un article consacré à Mme de Staël, qu'il vit un billet dicté par elle pour Mme de Duras, daté du 26 juin 1817: «Elle avait ajouté en bas, de sa propre main, d'une grosse écriture inégale et défaillante: *Bien des compliments de ma part à René.* [...] et c'est à Chateaubriand, précise Sainte-Beuve, que dans sa dernière maladie Mme de Staël a pu dire ces belles paroles: "J'ai toujours été la même, vive et triste; j'ai aimé Dieu, mon père et la liberté."» (*in Œuvres*, Pléiade, t. II, p. 1097).

davantage que l'individu qui meurt: c'est une désolation générale dont la société est frappée; chacun au même moment fait la même perte. Avec madame de Staël s'abattit une partie considérable du temps où j'ai vécu: telles de ces brèches, qu'une intelligence supérieure en tombant forme dans un siècle, ne se referment jamais. Sa mort fit sur moi une impression particulière à laquelle se mêlait une sorte d'étonnement mystérieux: c'était chez cette femme illustre que j'avais connu madame Récamier, et, après de longs jours de séparation, madame de Staël réunissait deux personnes voyageuses devenues presque étrangères l'une à l'autre: elle leur laissait à un repas funèbre son souvenir et l'exemple de son attachement immortel.

J'allai voir madame Récamier rue Basse-du-Rempart, et ensuite rue d'Anjou[4]. Quand on s'est rejoint à sa destinée, on croit ne l'avoir jamais quittée: la vie, selon l'opinion de Pythagore, n'est qu'une réminiscence. Qui, dans le cours de ses jours, ne se remémore quelques petites circonstances indifférentes à tous, hors à celui qui se les rappelle? À la maison de la rue d'Anjou il y avait un jardin, dans ce jardin un berceau de tilleuls entre les feuilles desquels j'apercevais un rayon de lune, lorsque j'attendais madame Récamier: ne me semble-t-il pas que ce rayon est à moi, et que si j'allais sous les mêmes abris, je le retrouverais? Je ne me souviens guère du soleil que j'ai vu briller sur bien des fronts.

4.
De 1808 à 1818, M. et Mme Récamier habitèrent le 32 rue Basse-du-Rempart, en contrebas du boulevard des Capucines. C'est là qu'en 1814 Chateaubriand fit la lecture de l'*Abencérage*, et qu'un peu plus tard commencèrent ses visites. En 1817, une nouvelle ruine de M. Récamier obligea Juliette à des sacrifices plus importants encore. Sur l'héritage de sa mère, elle acheta un petit hôtel avec jardin, 31 rue d'Anjou-Saint-Honoré (aujourd'hui rue d'Anjou), où elle espérait finir ses jours (le percement du boulevard Malesherbes, commencé sous Napoléon Ier et prolongé sous le Second Empire, a fait disparaître plusieurs hôtels de la rue d'Anjou, dont celui de Mme Récamier et celui du chancelier Pasquier). Moins d'un an après l'achat de cette demeure, une nouvelle banqueroute de M. Récamier obligea Juliette à un nouveau sacrifice: elle vendit l'hôtel (octobre 1819) et s'installa 16 rue de Sèvres, à l'Abbaye-aux-Bois, au 3e étage, dans une aile du bâtiment que les religieuses louaient à des laïques.

L'Abbaye-aux-Bois.

J'étais au moment d'être obligé de vendre *la Vallée aux Loups* que madame Récamier avait louée de moitié avec M. de Montmorency[1]. De plus en plus éprouvée par la fortune, madame Récamier se retira bientôt à l'Abbaye-aux-Bois[2].
La duchesse d'Abrantès parle ainsi de cette demeure :

« L'Abbaye-aux-Bois avec toutes ses dépendances, ses beaux jardins, ses vastes cloîtres dans lesquels jouaient de jeunes filles de tous les âges, au regard insoucieux, à la parole folâtre, l'Abbaye-aux-Bois n'était connue que comme une sainte demeure à laquelle une famille pouvait confier son espoir, encore ne l'était-elle que par les mères ayant un intérêt au delà de sa haute muraille. Mais, une fois que la sœur Marie avait fermé la petite porte surmontée d'un attique, limite du saint domaine, on traversait la grande cour qui sépare le couvent de la rue, non-seulement comme un terrain neutre, mais étranger.

1.
Chateaubriand, après l'échec de la loterie, loua La Vallée le 18 mars 1818, pour une durée de trois ans, à Mme Récamier, location à laquelle Matthieu de Montmorency participa pour moitié ; c'est lui qui acheta le domaine mis aux enchères le 21 juillet suivant, pour la somme de 50 100 frs.

2.
L'installation de Mme Récamier à l'Abbaye-aux-Bois (16, rue de Sèvres) correspondit à la seconde ruine de M. Récamier. Elle décida de sauver ce qu'il lui restait encore et de vivre dans l'un des « appartements extérieurs » au couvent, que les religieuses louaient volontiers à des dames seules. Son mari et son père toujours vivant, M. Bernard, se logeraient

L'ABBAYE-AUX-BOIS.

dans le voisinage et viendraient presque chaque jour prendre leurs repas avec elle. Le couvent de l'Abbaye-aux-Bois (démoli en grande partie au début de ce siècle pour le percement du boulevard Raspail) appartenait alors à des cisterciennes, qui furent remplacées en 1827 par des religieuses de Notre-Dame, chanoinesses de Saint-Augustin. M. Levaillant précise qu'en octobre 1819, lorsqu'elle s'installa dans le petit appartement situé au 3e étage, desservi par un escalier rude et incommode, Juliette pensait n'y rester que peu de temps, les religieuses lui cédant à vie l'usage du grand appartement du 1er étage, occupé à cette date par la marquise de Montmirail, belle-mère du duc de Doudeauville. La marquise vécut dix ans encore et c'est seulement en octobre 1829 que Mme Récamier put s'installer dans son appartement. Il comportait un grand salon, où eurent lieu, à partir de 1834, les lectures fragmentaires des *Mémoires d'outre-tombe.* Dans le premier appartement, Juliette Récamier ne disposait pour recevoir ses amis que d'une pièce très étroite et mal commode; c'est la «petite cellule» dont Chateaubriand parle souvent dans ses lettres et qui a été peinte par Dejuinne. Il se peut que dans la description reproduite par Chateaubriand, Mme d'Abrantès (*Histoire des Salons de Paris, Tableaux et portraits du grand monde sous Louis XVI, le Directoire, le Consulat et l'Empire, la Restauration et le règne de Louis-Philippe Ier*, 1838, t. VII) ait mêlé des traits pris à l'un et à l'autre des décors.

«Aujourd'hui il n'en va pas ainsi: le nom de l'Abbaye-aux-Bois est devenu populaire; sa renommée est générale et familière à toutes les classes. La femme qui y vient pour la première fois en disant à ses gens: "À l'Abbaye-aux-Bois", est sûre de n'être pas questionnée par eux pour savoir de quel côté ils doivent tourner...

«D'où lui est venue, en aussi peu de temps, une renommée si positive, une illustration si connue? Voyez-vous deux petites fenêtres tout en haut, dans les combles, là, au-dessus des larges fenêtres du grand escalier? c'est une des petites chambres de la maison. Eh bien! c'est pourtant dans son enceinte que la renommée de *l'Abbaye-aux-Bois* a pris naissance, c'est de là qu'elle est descendue, qu'elle est devenue populaire. Et comment ne l'aurait-elle pas été lorsque toutes les classes de la société savaient que dans cette chambre habitait un être *(a)* dont la vie était déshéritée de toutes les joies, et qui néanmoins avait des paroles consolantes pour tous les chagrins, des mots magiques pour adoucir toutes les douleurs, des secours pour toutes les infortunes?

«Lorsque du fond de sa prison Coudert entrevit l'échafaud* [* Il était compromis dans l'affaire de Bories.], quelle fut la pitié qu'il invoqua? "Va chez madame Récamier, dit-il à son frère, dis-lui que je suis innocent devant Dieu... elle comprendra ce témoignage *(b)*..." et Coudert fut sauvé. Madame Récamier associa à son action libérale cet homme qui possède en même temps le talent et la bonté: M. Ballanche seconda ses démarches, et l'échafaud dévora une victime de moins[3].

«C'était presque une merveille présentée à l'étude de l'esprit humain que cette petite cellule dans laquelle une femme, dont la réputation est plus qu'européenne, était venue chercher du repos et un asile convenable. Le monde est ordinairement oublieux de ceux qui ne le convient plus à leurs festins; il ne le fut pas pour celle qui, jadis au milieu de ses joies, écoutait encore plus une plainte que l'accent du plaisir. Non-seulement la petite chambre du troisième de l'Abbaye-aux-Bois fut toujours le but des courses des amis de madame Récamier; mais comme si le prestigieux pouvoir d'une fée eût adouci la raideur de la montée, ces mêmes étrangers, qui réclamaient comme une faveur d'être admis dans l'élégant hôtel de la Chaussée-d'Antin, sollicitaient encore la même grâce. C'était pour eux un spectacle vraiment aussi remarquable qu'aucune rareté de Paris, de voir, dans un espace de dix pieds sur vingt,

3. Chateaubriand confond la tentative de soulèvement d'inspiration bonapartiste de Coudert, maréchal des logis, avec le complot carbonari des quatre sergents de La Rochelle, en 1822.

toutes les opinions, réunies sous une même bannière, marcher en paix et se donner presque la main. Le vicomte de Chateaubriand racontait à Benjamin Constant les merveilles inconnues de l'Amérique. Matthieu de Montmorency, avec cette urbanité personnelle à lui-même, cette politesse chevaleresque de tout ce qui porte son nom, était aussi respectueusement attentif pour madame Bernadotte allant régner en Suède, qu'il l'aurait été pour la sœur d'Adélaïde de Savoie, fille d'Humbert aux blanches mains[4], cette veuve de Louis le Gros qui avait épousé un de ses ancêtres. Et l'homme des temps féodaux n'avait aucune parole amère pour l'homme des jours libres.

« Assises à côté l'une de l'autre sur le même divan, la duchesse du faubourg Saint-Germain devenait polie pour la duchesse impériale ; rien n'était heurté dans cette cellule unique *(c)*. Lorsque je revis madame Récamier dans cette chambre, je revenais à Paris, d'où j'avais été longtemps absente. C'était un service que j'avais à lui demander et j'allais à elle avec confiance. Je savais bien par des amis communs à quel degré de force s'était porté son courage ; mais j'en manquais en la voyant là, sous les combles, aussi paisible, aussi calme que dans les salons dorés de la rue du Mont-Blanc.

« Eh quoi ! me dis-je, toujours des souffrances ! Et mon œil humide s'arrêtait sur elle avec une expression qu'elle dut comprendre. Hélas ! mes souvenirs franchissaient les années, ressaisissaient le passé ! Toujours battue de l'orage, cette femme, que la renommée avait placée tout en haut de la couronne de fleurs du siècle, depuis dix ans voyait sa vie entourée de douleurs, dont le choc frappait à coups redoublés sur son cœur et la tuait !...

« Lorsque, guidée par d'anciens souvenirs et un attrait constant, je choisis l'Abbaye-aux-Bois pour mon asile, la petite chambre du troisième n'était plus habitée par celle que j'aurais été y chercher : madame Récamier occupait alors un appartement plus spacieux. C'est là que je l'ai vue de nouveau. La mort avait éclairci les rangs des combattants autour d'elle, et, de tous ces champions politiques, M. de Chateaubriand était, parmi ses amis, presque le seul qui eût survécu. Mais vint à sonner aussi pour lui l'heure des mécomptes et de l'ingratitude royale. Il fut sage ; il dit adieu à ces faux semblants de bonheur et abandonna l'incertaine puissance tribunitienne pour en ressaisir une plus positive.

4.
Il ne s'agit pas de Humbert aux Blanches Mains mais de Humbert le Renforcé, comte de Savoie (1080-1103). Sa fille (Adélaïde ou Alix) épousa en secondes noces le premier connétable Mathieu de Montmorency.

«On a déjà vu que dans ce salon de l'Abbaye-aux-Bois il s'agite d'autres intérêts que des intérêts littéraires, et que ceux qui souffrent peuvent tourner vers lui un regard d'espérance. Dans l'occupation constante où je suis depuis quelques mois de ce qui a rapport à la famille de l'empereur, j'ai trouvé quelques documents qui ne me paraissent pas hors d'œuvre en ce moment.

«La Reine d'Espagne[5] se trouvait dans l'obligation absolue de rentrer en France. Elle écrivit à madame Récamier pour la prier de s'intéresser à la demande qu'elle faisait de venir à Paris. M. de Chateaubriand était alors au ministère, et la Reine d'Espagne, connaissant la loyauté de son caractère, avait toute confiance dans la réussite de sa sollicitation. Cependant la chose était difficile, parce qu'il y avait une loi qui frappait toute cette famille malheureuse, même dans ses membres les plus vertueux. Mais M. de Chateaubriand avait en lui ce sentiment d'une noble pitié pour le malheur, qui lui fit écrire plus tard ces mots touchants :

Sur le compte des grands je ne suis pas suspect :
Leurs malheurs seulement attirent mon respect.
Je hais ce Pharaon, que l'éclat environne ;
Mais s'il tombe, à l'instant j'honore sa couronne ;
Il devient, à mes yeux, roi par l'adversité ;
Des pleurs je reconnais l'auguste autorité :
Courtisan du malheur, etc., etc.[6].

«M. de Chateaubriand écouta les intérêts d'une personne malheureuse ; il interrogea son devoir, qui ne lui imposa pas la crainte de redouter une faible femme, et, deux jours après la demande qui lui fut adressée, il écrivit à madame Récamier que madame Joseph Bonaparte pouvait rentrer en France, demandant où elle était, afin de lui adresser par M. Durand de Mareuil[7], notre ministre alors à Bruxelles, la permission de venir à Paris sous le nom de la comtesse de Villeneuve. Il écrivit en même temps à M. de Fagel[8].

5.
L'épouse de Joseph Bonaparte, reine de Naples puis d'Espagne, qui se faisait appeler comtesse de Survilliers.

6.
Moïse, acte III, scène 2.

7.
Durand de Mareuil était alors ministre de France au royaume uni des Pays-Bas, en 1823.

8.
Le baron Fagel était ministre des Pays-Bas à Paris en 1823.

«J'ai rapporté ce fait avec d'autant plus de plaisir qu'il honore à la fois celle qui demande et le ministre qui oblige: l'une par sa noble confiance, l'autre par sa noble humanité[9].»

Madame d'Abrantès loue beaucoup trop ma conduite, qui ne valait même pas la peine d'être remarquée; mais comme elle ne raconte pas tout sur l'Abbaye-aux-Bois, je vais suppléer à ce qu'elle a oublié ou omis:
Le capitaine Roger, autre Coudert, avait été condamné à mort[10]. Madame Récamier m'avait associé à son œuvre pie pour le sauver. Benjamin Constant était également intervenu en faveur de ce compagnon de Caron, et il avait remis au frère du condamné la lettre suivante pour madame Récamier:

«Je ne me pardonnerais pas, madame, de vous importuner toujours, mais ce n'est pas ma faute s'il y a sans cesse des condamnations à mort. Cette lettre vous sera remise par le frère du malheureux Roger, condamné avec Caron. C'est l'histoire la plus odieuse et la plus connue. Le nom seul mettra M. de Chateaubriand au fait. Il est assez heureux pour être à la fois le premier talent du ministère et le seul ministre sous lequel le sang n'ait pas coulé. Je n'ajoute rien; je m'en remets à votre cœur. Il est bien triste de n'avoir presque à vous écrire que pour des affaires douloureuses; mais vous me pardonnez, je le sais, et je suis sûr que vous ajouterez un malheureux de plus à la nombreuse liste de ceux que vous avez sauvés.
«Mille tendres respects.
«B. Constant.
«Paris, 1er mars 1823.»

Quand le capitaine Roger fut mis en liberté, il s'empressa de témoigner sa reconnaissance à ses bienfaiteurs. Un après-dîner j'étais chez madame Récamier, comme de coutume: tout à coup apparaît cet officier. Il nous dit, avec un accent du midi: «Sans votre intercession m'a tête roulait sur l'échafaud.» Nous étions stupéfaits, car nous avions oublié nos mérites; il s'écriait rouge comme un coq: «Vous ne vous sou-

---

9. Duchesse d'Abrantès, «L'Abbaye-aux-Bois» (*in Livre des Cent et un*, 1831, p. 345 *sqq.*, repris *in Histoire des Salons de Paris...*, t. VII).

10. Ancien lieutenant, il avait pris part en juillet 1822, avec le lieutenant-colonel Caron, au complot bonapartiste de Colmar. Le 23 février 1823, il fut condamné à mort mais sa peine fut commuée en 20 ans de travaux forcés. Envoyé au bagne de Toulon, il obtint la grâce entière au bout de deux ans. Par contre, le principal instigateur, Caron, fut fusillé le 1er octobre.

venez pas?... Vous ne vous souvenez pas?...» Nous faisions vainement mille excuses de notre peu de mémoire: il partit, entre-choquant les éperons de ses bottes, furieux de ce que nous ne nous souvenions pas de notre bonne action, comme s'il eût eu à nous reprocher sa mort.

Vers cette époque Talma demanda à madame Récamier à me rencontrer chez elle pour s'entendre avec moi sur quelques vers de l'*Othello* de Ducis[11], qu'on ne lui permettait pas de dire tels qu'ils étaient. Je laissai les dépêches et je courus au rendez-vous; je passai la soirée à refaire, avec le moderne Roscius, les vers malencontreux: il me proposait un changement, je lui en proposais un autre; nous rimions à l'envi; nous nous retirions à la croisée ou dans un coin pour tourner et retourner un hémistiche. Nous eûmes beaucoup de peine à tomber d'accord pour le sens ou pour l'harmonie. Il eût été assez curieux de me voir, moi, ministre de Louis XVIII, lui, Talma, roi de la scène, oubliant ce que nous pouvions être, jouter de verve en donnant au diable la censure et toutes les grandeurs du monde. Mais si Richelieu faisait représenter ses drames en lâchant Gustave-Adolphe sur l'Allemagne, ne pouvais-je pas, humble secrétaire d'État, m'occuper des tragédies des autres en allant chercher l'indépendance de la France à Madrid?

Madame la duchesse d'Abrantès, dont j'ai salué le cercueil dans l'église de Chaillot, n'a peint que la demeure *habitée* de madame Récamier; je parlerai de l'asile *solitaire*. Un corridor noir séparait deux petites pièces. Je prétendais que ce vestibule était éclairé d'un jour doux. La chambre à coucher était ornée d'une bibliothèque, d'une harpe, d'un piano, du portrait de madame de Staël et d'une vue de Coppet au clair de lune; sur les fenêtres étaient des pots de fleurs. Quand, tout essoufflé après avoir grimpé trois étages, j'entrais dans la cellule aux approches du soir, j'étais ravi: la plongée des fenêtres était sur le jardin de l'Abbaye, dans la corbeille verdoyante duquel tournoyaient des religieuses et couraient des pensionnaires. La cime d'un acacia arrivait à la hauteur de l'œil. Des clochers pointus coupaient le ciel et l'on apercevait à l'horizon les collines de Sèvres. Le soleil couchant dorait le tableau et entrait par les fenêtres ouvertes. Madame Récamier était à son piano; l'*angelus* tintait: les sons de la cloche, «qui semblait pleurer le jour qui se mourait», *il giorno pianger che si muore*[12], se mêlaient aux derniers accents de l'in-

11. C'est-à-dire la version déformée et édulcorée du drame de Shakespeare dont Ducis (1733-1816) fut le premier à adapter quelques pièces pour la scène française. Cet *Othello* date de 1792.

12. Voir *supra*, l. XII, chap. 5, note 24, p. 729.

vocation à la nuit de *Roméo et Juliette*[13] de Steibelt. Quelques oiseaux se venaient coucher dans les jalousies relevées de la fenêtre ; je rejoignais au loin le silence et la solitude, par-dessus le tumulte et le bruit d'une grande cité.

Dieu, en me donnant ces heures de paix, me dédommageait de mes heures de trouble ; j'entrevoyais le prochain repos que croit ma foi, que mon espérance appelle. Agité au dehors par les occupations politiques ou dégoûté par l'ingratitude des cours, la placidité du cœur m'attendait au fond de cette retraite, comme le frais des bois au sortir d'une plaine brûlante. Je retrouvais le calme auprès d'une femme de qui la sérénité s'étendait autour d'elle sans que cette sérénité eût rien de trop égal, car elle passait au travers d'affections profondes. Hélas ! les hommes que je rencontrais chez madame Récamier, Matthieu de Montmorency, Camille Jordan, Benjamin Constant, le duc de Laval, ont été rejoindre Hingant, Joubert, Fontanes, autres absents d'une autre société absente. Parmi ces amitiés successives se sont élevés de jeunes amis, rejetons printaniers d'une vieille forêt où la coupe est éternelle. Je les prie, je prie M. Ampère qui lira ceci quand j'aurai disparu, je leur demande à tous *(d)* de me conserver quelque souvenir : je leurs remets le fil de la vie dont Lachésis[14] laisse échapper le bout sur mon fuseau. Mon inséparable camarade de route, M. Ballanche, s'est trouvé seul au commencement et à la fin de ma carrière ; il a été témoin de mes liaisons rompues par le temps, comme j'ai été témoin des siennes entraînées par le Rhône : les fleuves minent toujours leurs bords.

Le malheur de mes amis a souvent penché sur moi, et je ne me suis jamais dérobé au fardeau sacré : le moment de la rémunération est arrivé ; un attachement sérieux daigne m'aider à supporter ce que leur multitude ajoute de pesanteur à des jours mauvais. En approchant de ma fin, il me semble que tout ce qui m'a été cher, m'a été cher *(e)* dans madame Récamier, et qu'elle était la source cachée de mes affections.

13.

« Le nom de Juliette, si bien porté par madame Récamier, explique la prédilection de l'auteur pour cet opéra que devaient effacer dans la suite une ou deux autres œuvres lyriques du même nom. Steibelt le fit représenter au mois de septembre 1793 à Paris, lorsque le sang y coulait à flots. M. de Chateaubriand partageait l'affection que nos grand-mères ont portée à cet habile pianiste, au point qu'il me fallut pour lui plaire chercher à Londres une romance de Steibelt, intitulée : "La plus belle des belles", et la lui faire entendre sur mon piano dans nos soirées de solitude. N'était-ce pas encore dans sa pensée un hommage à madame Récamier ? » (Marcellus, *Chateaubriand et son temps*, p. 328).

14.

Une des Parques.

Mes souvenirs de divers âges, ceux de mes songes comme ceux de mes réalités, se sont pétris, mêlés, confondus, pour faire un composé de charmes et de douces souffrances dont elle est devenue la forme visible. Elle règle mes sentiments *(f)*, de même que l'autorité du ciel[15] a mis le bonheur, l'ordre et la paix dans mes devoirs.

Je l'ai suivie, la voyageuse, par le sentier qu'elle a foulé à peine ; je la devancerai bientôt dans une autre patrie. En se promenant au milieu de ces *Mémoires*, dans les détours de la basilique que je me hâte d'achever, elle pourra rencontrer la chapelle qu'ici je lui dédie ; il lui plaira peut-être de s'y reposer : j'y ai placé son image.

15.
Mme de Chateaubriand, ainsi comparée à une sorte d'émanation divine ! Voir variante *(f)*, p. 3149.

Livre XXX

AMBASSADE DE ROME.

Trois espèces de matériaux[1].

Revu le 22 février 1845.

Le livre précédent, que je viens d'écrire en 1839, rejoint ce livre de mon ambassade de Rome, écrit en 1828 et 1829, il y a dix ans. Mes *Mémoires*, comme Mémoires, ont gagné au récit de la vie de madame Récamier : d'autres personnages ont été amenés sur la scène ; on a vu Naples sous Murat, Rome sous Bonaparte, le pape délivré revenu à Saint-Pierre ; des lettres inédites de madame de Staël, de Benjamin Constant, de Canova, de Laharpe, de madame de Genlis, de Lucien Bonaparte, de Moreau, de Bernadotte, de Murat *(a)*, sont conservées ; des récits de Benjamin Constant le montrent sous un jour nouveau. J'ai introduit le lecteur dans un petit *canton détourné*[2] de l'empire, tandis que cet empire accomplissait son mouvement universel ; je me trouve maintenant conduit à mon ambassade de Rome. On aura été délassé de moi par la distraction d'un sujet étranger : c'est tout profit pour le lecteur.

Pour ce livre de mon ambassade de Rome, les matériaux ont abondé *(b)* ; ils sont de trois sortes :

Les premiers contiennent l'histoire de mes sentiments intimes et de ma vie privée racontée dans les lettres adressées à madame Récamier.

1.
L'édition Penaud ajoute : « Journal de route », et réunit en un seul ce qui correspond à deux chapitres dans le manuscrit de 1847. Nous rétablissons l'agencement du manuscrit de 1847, meilleur : c'est là une correction minime à l'édition Penaud qui, dans l'ordonnancement des textes, se révèle parfois fautive, comme on l'a vu au livre précédent.

2.
« Qu'il [l'homme] se regarde comme égaré dans ce canton détourné de la nature [...] » (Pascal, *Pensées*, « Les deux infinis », éd. L. Brunschvicg, 72).

Les seconds exposent ma vie publique *(c)*; ce sont mes dépêches.
Les troisièmes sont un mélange de détails historiques sur les papes, sur l'ancienne société de Rome, sur les changements arrivés de siècles en siècles dans cette société, etc.
Parmi ces investigations se trouvent des pensées et des descriptions, fruit de mes promenades. Tout cela a été écrit dans l'espace de sept mois, temps de la durée de mon ambassade au milieu des fêtes ou des occupations sérieuses*. [* En relisant ces manuscrits, j'ai seulement ajouté quelques passages d'ouvrages publiés postérieurement à la date de mon ambassade de Rome.] Néanmoins, ma santé était altérée : je ne pouvais lever les yeux sans éprouver des éblouissements ; pour admirer le ciel, j'étais obligé de le placer autour de moi, en montant au haut d'un palais ou d'une colline. Mais je guéris la lassitude du corps par l'application de l'esprit : l'exercice de ma pensée renouvelle mes forces physiques ; ce qui tuerait un autre homme me fait vivre.
Au revu de tout cela, une chose m'a frappé : à mon arrivée dans la ville éternelle, je sens une certaine déplaisance, et je crois un moment que tout est changé ; peu à peu la fièvre des ruines me gagne, et je finis, comme mille autres voyageurs, par adorer ce qui m'avait laissé froid d'abord. La nostalgie est le regret du pays natal : aux rives du Tibre on a aussi le *mal du pays*, mais il produit un effet opposé à son effet accoutumé : on est saisi de l'amour des solitudes et du dégoût de la patrie. J'avais déjà éprouvé ce *mal* lors de mon premier séjour, et j'ai pu dire :

Agnosco veteris vestigia flammae[3].

Vous savez qu'à la formation du ministère Martignac le seul nom de l'Italie avait fait disparaître le reste de mes répugnances, mais je ne suis jamais sûr de mes dispositions en matière de joie : je ne fus pas plutôt parti avec madame de Chateaubriand que ma tristesse naturelle me rejoignit en chemin. Vous allez vous en convaincre par mon journal de route.

3.
Didon, « blessée d'un mal inguérissable » et se consumant « d'un feu caché » qu'elle porte à Énée, avoue à sa suivante : « [...] après le trépas du malheureux Sychée, mon époux, [...] celui-là seul a touché mon cœur, ému mon âme ébranlée ; je reconnais les signes d'une ardeur oubliée » (*Énéide*, l. IV, v. 20 *sqq.*).

Journal de route.

« Lausanne, 22 septembre 1828.
«J'ai quitté Paris le 16 de ce mois[1]: j'ai passé le 17[2] à Villeneuve-sur-Yonne: que de souvenirs! Joubert a disparu; le château abandonné de Passy[3] a changé de maître; il m'a été dit: "Soyez la cigale des nuits." *Esto cicada noctium.*»

«Arona, 25 septembre.
«Arrivé à Lausanne le 22, j'ai suivi la route par laquelle ont disparu deux autres femmes qui m'avaient voulu du bien et qui, dans l'ordre de la nature, me devaient survivre: l'une, madame la marquise de Custine, est venue mourir à Bex; l'autre, madame la duchesse de Duras, il n'y a pas encore un an, courait au Simplon, fuyant devant la mort qui l'atteignit à Nice[4].

1.
On s'est longtemps demandé pourquoi l'ambassadeur nommé auprès du pape à la fin de mai 1828, n'avait pris possession de son poste que quatre mois et demi plus tard, au milieu d'octobre, alors que les ordonnances de Charles X sur les petits séminaires soulevaient en France une grande agitation et exigeaient impérieusement des négociations entre Paris et le Vatican. G. de Bertier de Sauvigny a apporté sur ce point les éclaircissements nécessaires. Les ordonnances interdisaient l'enseignement aux membres des congrégations non autorisées (aux jésuites notamment); le tollé dans les milieux ecclésiastiques et ultramontains fut considérable et La Ferronnays chargea Blacas, alors ambassadeur à Naples, d'obtenir du pape une attitude conciliante, jouant sur le crédit qu'il possédait à Rome. La Ferronnays n'ayant pu joindre Blacas, il prépara des instructions destinées au nouvel ambassadeur. Le 3 août, en Conseil des ministres, Charles X expliqua qu'il ne voulait pas que Chateaubriand se mêlât de l'affaire. Une lettre adressée à La Ferronnays, de Saint-Cloud, le dimanche au soir, exprime de manière crue

Le col du Simplon, par W. Miller.

la haine que Charles X portait à Chateaubriand : « D'après ce que j'ai dit au conseil, vous ne serez pas étonné, mon cher La Ferronnays, non seulement que je désapprouve le projet d'instructions pour l'ignoble ami, mais que je défende qu'elles lui soient remises. » Finalement, un M. Lazani, envoyé officieux, obtint au cours d'une audience du pape tous les apaisements que l'on pouvait souhaiter. P. Clarac, qui rapporte cette communication (*À la recherche de Chateaubriand*, p. 178 *sqq.*), écrit : « À son insu [de Chateaubriand], on a imaginé des prétextes pour retarder son départ. On savait que les malveillants ne manqueraient pas de mettre sa lenteur à partir sur le compte de sa légèreté, de son inconstance. »

2.

M. Levaillant rectifie : non pas 16 et 17, mais 14 et 15 septembre.

3.

Joubert était mort en 1824. Au château de Passy s'attachait le souvenir de Pauline de Beaumont, qui en 1793-1794 y avait reçu l'hospitalité de M. et Mme de Sérilly. Chateaubriand écrivait de Villeneuve-sur-Yonne, à Mme Récamier, le 15 septembre 1828 : « Je ne sais si je pourrai vous écrire jamais sur ce papier qu'on me donne à l'auberge. Je suis bien triste ici. J'ai vu en arrivant le château qu'avait habité Mme de Beaumont pendant les années de la révolution. Ce pauvre ami Joubert me montrait souvent un chemin de sable qu'on aperçoit sur une colline au milieu des bois et par où il allait voir sa voisine fugitive. Quand il me racontait cela, Mme de Beaumont n'était déjà plus. Nous la regrettions ensemble. Joubert a disparu à son tour. Le château a changé de maître. Toute la famille de Sérilly est dispersée. Si vous ne me restiez pas que deviendrais-je ? » (*Lettres à Madame Récamier*, p. 188).

4.

Elle y mourut le 16 janvier 1828.

Noble Clara, *digne et constante amie,*
Ton souvenir ne vit plus en ces lieux ;
De ce tombeau l'on détourne les yeux,
Ton nom s'efface et le monde t'oublie[5] *!*

« Le dernier billet que j'ai reçu de madame de Duras fait sentir l'amertume de cette dernière goutte de la vie qu'il nous faudra tous épuiser :

"Nice, 14 novembre 1828[6].

"Je vous ai envoyé un *asclepias carnata*[7] : c'est un laurier grimpant de pleine terre qui ne craint pas le froid et qui a une fleur rouge comme le camélia, qui sent excellent ; mettez-le sous les fenêtres de la bibliothèque du Bénédictin[8].

"Je vous dirai un mot de mes nouvelles : c'est toujours la même chose ; je languis sur mon canapé toute la journée, c'est-à-dire tout le temps où je ne suis pas en voiture ou à marcher dehors ; ce que je ne puis faire au delà d'une demi-heure. Je rêve au passé ; ma vie a été si agitée, si variée, que je ne puis dire que j'éprouve un violent ennui : si je pouvais seulement coudre ou faire de la tapisserie, je ne me trouverais pas malheureuse. Ma vie présente est si éloignée de ma vie passée, qu'il me semble que je lis des mémoires, ou que je regarde un spectacle."

« Ainsi, je suis rentré dans l'Italie privé de mes appuis, comme j'en sortis il y a vingt-cinq ans. Mais à cette première époque je pouvais réparer mes pertes ; aujourd'hui qui voudrait s'associer à quelques vieux jours ? Personne ne se soucie d'habiter une ruine.

« Au village même du Simplon, j'ai vu le premier sourire d'une heureuse aurore. Les rochers, dont la base s'étendait noircie à mes pieds, res-

---

5.
Vers extraits d'une « Complainte sur le tombeau d'Emma », « pleine, dit Chateaubriand, de cette douce mélancolie qui caractérise les écrits du seul poète élégiaque de la France » (*Mercure de France*, 1801, repris *in OC*, t. XXI, p. 38). Ici Chateaubriand a remplacé « Charmante Emma, jeune et... », par « Noble Clara, digne et... »

6.
Il faut lire, selon M. Levaillant : 14 novembre 1827.

7.
L'asclepias n'est pas un « laurier grimpant de pleine terre », même s'il existe certaines ressemblances. C'est une grande plante vivace, aux feuilles ovales très tomenteuses en dessous. Les fleurs sont roses ou rouges, réunies en ombelles terminales. Le fruit est remarquable par sa forme qui le fait ressembler à une perruche. Ses graines sont munies d'abondantes aigrettes soyeuses d'où la plante tire son nom : herbe à la ouate. Contrairement à ce que prétend Mme de Duras, c'est une plante peu rustique, qui craint le gel.

8.
Surnom que se donnait plaisamment Chateaubriand.

plendissaient de rose au haut de la montagne, frappés des rayons du soleil. Pour sortir des ténèbres, il suffit de s'élever vers le ciel.
«Si l'Italie avait déjà perdu pour moi de son éclat lors de mon voyage à Vérone en 1822, dans cette année 1828 elle m'a paru encore plus décolorée; j'ai mesuré les progrès du temps. Appuyé sur le balcon de l'auberge à Arona, je regardais les rivages du lac Majeur, peints de l'or du couchant et bordés de flots d'azur. Rien n'était doux comme ce paysage que le château bordait de ses créneaux. Ce spectacle ne me portait ni plaisir ni sentiment. Les années printanières marient à ce qu'elles voient leurs espérances; un jeune homme va errant avec ce qu'il aime, ou avec les souvenirs du bonheur absent. S'il n'a aucun lien, il en cherche; il se flatte à chaque pas de trouver quelque chose; des pensées de félicité le suivent: cette disposition de son âme se réfléchit sur les objets.
«Au surplus, je m'aperçois moins du rapetissement *(a)* de la société actuelle lorsque je me trouve seul. Laissé à la solitude dans laquelle Bonaparte a laissé le monde, j'entends à peine les générations débiles qui passent et vagissent au bord du désert.»

«Bologne, 28 septembre 1828.
«À Milan, en moins d'un quart d'heure, j'ai compté dix-sept bossus passant sous la fenêtre de mon auberge. La schlague allemande a déformé la jeune Italie.
«J'ai vu dans son sépulcre saint Charles Borromée dont je venais de toucher la crèche à Arona. Il comptait deux cent quarante-quatre années de mort. Il n'était pas beau *(b)*.
«À Borgo San Donnino, madame de Chateaubriand est accourue dans ma chambre au milieu de la nuit: elle avait vu tomber ses robes et son chapeau de paille des chaises où ils étaient suspendus. Elle en avait conclu que nous étions dans une auberge hantée des esprits ou habitée par des voleurs. Je n'avais éprouvé aucune commotion dans mon lit; il était pourtant vrai qu'un tremblement de terre s'était fait sentir dans l'Apennin: ce qui renverse les cités peut faire tomber les vêtements d'une femme. C'est ce que j'ai dit à madame de Chateaubriand; je lui ai dit aussi que j'avais traversé sans accident en Espagne, dans la Vega du Xenil, un village culbuté la veille par une secousse souterraine. Ces hautes consolations n'ont pas eu le moindre succès, et nous nous sommes empressés de quitter cette caverne d'assassins.
«La suite de ma course m'a montré partout la fuite des hommes et l'inconstance des fortunes. À Parme, j'ai trouvé le portrait de la veuve de Napoléon; cette fille des Césars est maintenant la femme du comte de Neipperg; cette mère du fils du conquérant a donné des frères à ce fils:

elle fait garantir les dettes qu'elle entasse par un petit Bourbon qui demeure à Lucques, et qui doit, s'il y a lieu, hériter du duché de Parme[9].

«Bologne[10] me semble moins désert qu'à l'époque de mon premier voyage. J'y ai été reçu avec les honneurs dont on assomme les ambassadeurs. J'ai visité un beau cimetière : je n'oublie jamais les morts ; c'est notre famille.

«Je n'avais jamais si bien admiré les Carrache qu'à la nouvelle galerie de Bologne. J'ai cru voir la sainte Cécile de Raphaël pour la première fois, tant elle était plus divine qu'au Louvre, sous notre ciel barbouillé de suie.»

«Ravenne[11], 1er octobre 1828.

«Dans la Romagne, pays que je ne connaissais pas, une multitude de villes, avec leurs maisons enduites d'une chaux de marbre, sont perchées sur le haut de diverses petites montagnes comme des compagnies de pigeons blancs. Chacune de ces villes offre quelques chefs-d'œuvre des arts modernes ou quelques monuments de l'antiquité. Ce canton de l'Italie renferme toute l'histoire romaine ; il faudrait le parcourir Tite-Live, Tacite et Suétone à la main.

«J'ai traversé Imola, évêché de Pie VII, et Faenza *(c)*. À Forli je me suis détourné de ma route pour visiter à Ravenne le tombeau de Dante. En approchant du monument j'ai été saisi de ce frisson d'admiration que donne une grande renommée, quand le maître de cette renommée a été malheureux. Alfieri, qui avait sur le front *il pallor della morte e la speranza*[12], se prosterna sur ce marbre et lui adressa ce sonnet : *O gran Padre Alighier !* Devant le tombeau je m'appliquais ce vers du *Purgatoire* :

9.
Chateaubriand avait rencontré Marie-Louise lors du congrès de Vérone : «Nous refusâmes d'abord une invitation de l'archiduchesse de Parme ; elle insista, et nous y allâmes. Nous la trouvâmes fort gaie : l'univers s'étant chargé de se souvenir de Napoléon, elle n'avait plus la peine d'y songer. Nous lui dîmes que nous avions rencontré ses soldats à Plaisance, et qu'elle en avait autrefois davantage ; elle répondit : "Je ne songe plus à cela." Elle prononça quelques mots légers et comme en passant, sur le roi de Rome : elle était grosse. Sa cour avait un certain air délabré et vieilli, excepté M. Neipperg, homme de bon ton. Il n'y avait là de singulier que nous, dînant auprès de Marie-Louise, et les bracelets faits de la pierre du sarcophage de Juliette, que portait la veuve de Napoléon» (*Congrès de Vérone*, p. 37). Charles-Louis, duc de Lucques, régna sur Parme de 1824 à 1847. Voir supra, livre XXIX, chapitre 16, note 1, p. 1918.

10.
C'est à Bologne que l'on pénétrait dans les États pontificaux.

11.
D'après M. Levaillant, ce développement sur Ravenne s'inspire de plusieurs pages du livre de Valéry, *Voyages historiques et littéraires en Italie*, t. III, pp. 248-251. Ce livre n'ayant paru qu'en 1832, il conjecture donc «que Chateaubriand a revu et étoffé son "journal de voyage" après cette date».

12.
«La pâleur de la mort et aussi son espérance.» Vers tiré des *Sepolcri*, *Les Tombeaux* (1807), œuvre proche des *Nuits* de Young et du *Cimetière de campagne* de Gray, qui rendit célèbre dans toute l'Europe le poète Ugo Foscolo (1778-1827).

> ... *Frate,*
> *Lo mondo è cieco, è tu vien ben da lui*[13].

« Béatrice m'apparaissait ; je la voyais telle qu'elle était lorsqu'elle inspirait à son poète le désir *de soupirer et de mourir de pleurs* :

> *Di sospirare, e di morir di pianto.*

« "Ô ma pieuse chanson, dit le père des muses modernes, va pleurant à présent ! va retrouver les femmes et les jeunes filles à qui tes sœurs avaient accoutumé de porter la joie ! Et toi, qui es fille de la tristesse, va-t-en, inconsolée, demeurer avec Béatrice."

« Et pourtant le créateur d'un nouveau monde de poésie oublia Béatrice quand elle eut quitté la terre ; il ne la retrouva, pour l'adorer dans son génie, que quand il fut détrompé. Béatrice lui en fait le reproche, lorsqu'elle se prépare à montrer le ciel à son amant : "Je l'ai soutenu (Dante), dit-elle aux puissances du paradis, je l'ai soutenu quelque temps par mon visage et mes yeux d'enfant ; mais quand je fus sur le seuil de mon second âge et que je changeai de vie, il me quitta et se donna à d'autres."

« Dante refusa de rentrer dans sa patrie au prix d'un pardon. Il répondit à l'un de ses parents : "Si pour retourner à Florence il n'est d'autre chemin que celui qui m'est ouvert, je n'y retournerai point. Je puis partout contempler les astres et le soleil." Dante dénia ses jours aux Florentins, et Ravenne leur a dénié ses cendres, alors même que Michel-Ange, génie ressuscité du poète, se promettait de décorer à Florence le monument funèbre de celui qui avait appris *come l'uom s'eterna*[14].

« Le peintre du *Jugement dernier*, le sculpteur de *Moïse*, l'architecte de la *Coupole de Saint-Pierre*, l'ingénieur du *vieux bastion de Florence*, le poète des *Sonnets adressés à Dante*, se joignit à ses compatriotes et appuya de ces mots la requête qu'ils présentèrent à Léon X : "*Io, Michel Agnolo, scultore, il medesimo a Vostra Santità supplico, offerendomi al divin poeta fare la sepoltura sua condecente e in loco onorevole in questa città*[15]."

13.
Dante, le *Purgatoire*, chant XVI, v. 65-66 : « ... Frère, / Le monde est aveugle et tu viens bien de lui. » Exilé de Florence, Dante mourut à Ravenne en 1321.

14.
« Comment l'homme s'éternise » (Dante, l'*Enfer*, chant XV, v. 85).

15.
« Moi, Michel-Ange, sculpteur, j'adresse la même requête à Votre Sainteté en m'offrant pour élever au divin poète un tombeau convenable et en un lieu honorable en cette cité. »

« Michel-Ange, dont le ciseau fut trompé dans son espérance, eut recours à son crayon pour élever à cet autre lui-même un autre mausolée. Il dessina les principaux sujets de la *Divina Commedia* sur les marges d'un exemplaire in-folio des œuvres du grand poète ; un navire, qui portait de Livourne à Civita-Vecchia ce double monument, fit naufrage.

« Je m'en revenais tout ému et ressentant quelque chose de cette commotion mêlée d'une terreur divine que j'éprouvai à Jérusalem, lorsque mon *cicerone* m'a proposé de me conduire à la maison de lord Byron. Eh ! que me faisaient Childe-Harold et la signora Giuccioli[16] en présence de Dante et de Béatrice ! Le malheur et les siècles manquent encore à Childe-Harold ; qu'il attende l'avenir. Byron a été mal inspiré dans sa prophétie de Dante.

« J'ai retrouvé Constantinople à Saint-Vital et à Saint-Apollinaire[17]. Honorius et sa poule[18] ne m'importaient guère ; j'aime mieux Placidie[19] et ses aventures, dont le souvenir me revenait dans la basilique de Saint-Jean-Baptiste ; c'est le roman chez les barbares. Théodoric reste grand, bien qu'il ait fait mourir Boèce[20]. Ces Goths étaient d'une race supérieure ; Amalasonte, bannie dans une île du lac de Bolsène, s'efforça, avec son ministre Cassiodore, de conserver ce qui restait de la civilisation romaine. Les Exarques[21] apportèrent à Ravenne la décadence de leur empire. Ravenne fut lombarde sous Astolphe ; les Carlovingiens la rendirent à Rome. Elle devint sujette de son archevêque, puis elle se changea de république en tyrannie ; finalement, après avoir été guelfe ou gibeline, après avoir fait partie des États vénitiens, elle est retournée à l'Église sous le pape Jules II, et ne vit plus aujourd'hui que par le nom de Dante.

« Cette ville, que Rome enfanta dans son âge avancé, eut dès sa naissance quelque chose de la vieillesse de sa mère. À tout prendre, je vivrais bien ici ;

16.
L'idylle entre Byron et la signora Guiccioli se déroula à Ravenne.

17.
Saint-Vital : basilique de plan octogonal, de style byzantin, bâtie sous Justinien (482-565). Saint-Apollinaire in Classe (du nom du port de Ravenne, Classis, dont cet édifice est le seul vestige), érigé sous Théodoric au début du VIe siècle, est également de style byzantin ; les 24 colonnes de marbre grecques qui divisent l'église en trois nefs furent transportées de Constantinople à Ravenne. Ces deux basiliques contiennent de splendides mosaïques.

18.
Né à Constantinople en 384 et mort à Ravenne en 423, Honorius devint le premier empereur d'Occident (395-423) lorsque, à la mort de son père Théodose Ier, l'Empire romain fut partagé. Ayant abandonné Rome, il transféra le siège de la puissance impériale à Milan, puis à Ravenne. Faible et incapable, il se soumit à la tutelle de chefs militaires mercenaires. Si l'on en croit l'historien Procope, dans sa *Guerre gothique* (544-550) (I, 1, c. 2), le soin et la nourriture d'une basse-cour, qui comptait une poule nommée Rome, devinrent sa principale occupation.

Le mausolée de Théodoric à Ravenne.

19.
Galla Placidia (389/92-450). Fille de Théodose le Grand, sœur d'Honorius et mère de Valentinien III. Née à Constantinople, elle fut prise au siège de Rome par Alaric et emmenée en captivité. Le beau-frère d'Alaric s'éprit d'elle et l'épousa. Veuve, elle épousa en secondes noces Constance, le généralissime d'Honorius qui, coempereur avec celui-ci, prit le nom de Constance III. Après avoir été esclave, puis reine de Wisigoths, elle gouverna l'Empire d'Occident au nom de son fils encore enfant. Elle a son tombeau (supposé) à Ravenne, dont, régnant avec faste, elle favorisa l'essor artistique et religieux. C'est à elle que l'on doit la belle église S. Giovanni Evangelista, où son souvenir revient à Chateaubriand.

20.
Théodoric le Grand, qui avait nommé Boèce consul pour l'année 510, fit emprisonner et condamner l'écrivain à mort en 524 : il lui reprochait d'avoir pris la défense du sénateur Albinus, que Théodoric accusait de conspiration contre lui. C'est durant son emprisonnement que Boèce (480-524) écrivit *De la consolation philosophique.*

21.
Gouverneurs militaires et civils, représentant l'empereur d'Orient en Afrique et en Italie.

j'aimerais à aller à la colonne[22] des Français, élevée en mémoire de la bataille de Ravenne. Là se trouvèrent le cardinal de Médicis (Léon X) et Arioste, Bayard et Lautrec, frère de la comtesse de Chateaubriand[23]. Là fut tué à l'âge de vingt-quatre ans le beau Gaston de Foix: "Nonobstant toute l'artillerie tirée par les Espagnols, les Français marchoient toujours, dit *le Loyal serviteur*; depuis que Dieu créa ciel et terre, ne fut un plus cruel ne plus dur assaut entre François et Espagnols. Ils se reposoient les uns devant les autres pour reprendre leur haleine; puis, baissant la vue, ils recommençoient de plus belle en criant: France et Espagne! Il ne resta de tant de guerriers que quelques chevaliers, qui alors affranchis de la gloire endossèrent le froc."

«On voyait aussi dans quelque chaumière une jeune fille qui, en tournant son fuseau, embarrassait ses doigts délicats dans du chanvre; elle n'avait pas l'habitude d'une pareille vie: c'était une Trivulce[24]. Quand à travers sa porte entrebâillée elle voyait deux lames se rejoindre dans l'étendue des flots, elle sentait sa tristesse s'accroître: cette femme avait été aimée d'un grand roi. Elle continuait d'aller tristement, par un chemin isolé, de sa chaumière à une église abandonnée et de cette église à sa chaumière *(d)*.

«L'antique forêt que je traversais était composée de pins esseulés; ils ressemblaient à des mâts de galères engravées dans le sable. Le soleil était près de se coucher lorsque je quittai Ravenne *(e)*; j'entendis le son lointain d'une cloche qui tintait: elle appelait les fidèles à la prière.»

«Ancône, 3 et 4 octobre.

«Revenu à Forli, je l'ai quitté de nouveau sans avoir vu sur ses remparts croulants l'endroit d'où la duchesse Catherine Sforze déclara à ses ennemis, prêts à égorger son fils unique, qu'elle pouvait encore être mère. Pie VII, né à Césène, fut moine dans l'admirable couvent de la *Madona del Monte*.

«Je traversai près de Savignano la ravine d'un petit torrent: quand on me dit que j'avais passé le Rubicon, il me sembla qu'un voile se levait et que j'apercevais la terre du temps de César. Mon Rubicon, à moi, c'est la vie: depuis longtemps j'en ai franchi le premier bord.

22.
Pilastre de marbre blanc, élevé en 1557 près de Ravenne, pour commémorer la bataille remportée en 1512 par les troupes de Louis XII sur celles du pape Jules II et de Ferdinand d'Aragon.

23.
Née Françoise de Foix; aimée par François Ier puis supplantée par la duchesse d'Étampes dans la faveur royale. Voir dans le *Supplément à mes Mémoires* (éd. Penaud, t. XII, p. 248 *sqq.*) comment Chateaubriand relate cette aventure.

24.
Grande famille de condottiere dont certains des membres les plus illustres devinrent maréchaux de France sous Charles VIII et Louis XII.

« À Rimini, je n'ai rencontré ni Françoise, ni l'autre ombre sa compagne, *qui au vent semblaient si légères* :

E pajon si al vento esser leggieri[25].

« Rimini, Pesaro, Fano, Sinigaglia, m'ont amené à Ancône sur des ponts et sur des chemins laissés par les Augustes. Dans Ancône on célèbre aujourd'hui la fête du Pape ; j'en entends la musique à l'arc triomphal de Trajan : double souveraineté de la ville éternelle. »

« Lorette, 5 et 6 octobre.

« Nous sommes venus coucher à Lorette. Le territoire offre un *specimen* parfaitement conservé de la *colonie romaine.* Les paysans fermiers de *Notre-Dame* sont dans l'aisance et paraissent heureux ; les paysannes, belles et gaies, portent une fleur dans leur chevelure. Le prélat-gouverneur nous a donné l'hospitalité. Du haut des clochers et du sommet de quelques éminences de la ville, on a des perspectives riantes sur les campagnes, sur Ancône et sur la mer. Le soir nous avons eu une tempête. Je me plaisais à voir la *valentia muralis* et la fumeterre[26] des chèvres s'incliner au vent sur les vieux murs. Je me promenais sous les galeries à double étage, élevées d'après les dessins de Bramante. Ces pavés seront battus des pluies de l'automne ; ces brins d'herbe frémiront au souffle de l'Adriatique longtemps après que j'aurai passé.

« À minuit j'étais retiré dans un lit de huit pieds carrés, consacré par Bonaparte ; une veilleuse éclairait à peine la nuit de ma chambre ; tout à coup une petite porte s'ouvre, et je vois entrer mystérieusement un homme menant avec lui une femme voilée. Je me soulève sur le coude et le regarde ; il s'approche de mon lit et se hâte, en se courbant jusqu'à terre, de me faire mille excuses de troubler ainsi le repos de M. l'ambassadeur : mais il est veuf ; il est un pauvre intendant ; il désire marier sa *ragazza*, ici présente : malheureusement il lui manque quelque chose pour la dot. Il relève le voile de l'orpheline : elle était pâle, très-jolie et tenait les yeux baissés avec une modestie convenable. Ce père de famille avait l'air de vouloir s'en aller et laisser la fiancée m'achever son histoire. Dans ce pres-

---

25.

L'*Enfer*, chant V, v. 75.

26.

Plante grimpante, touffue ; fleurs en grappes, à couleur variant du rose-pourpre au blanc-crème. Le feuillage grisâtre évoque le nom d'une fumée, d'où son nom de fumeterre. On la trouve dans les jachères, les terrains vagues et les ruines.

sant danger, je ne demandai point à l'obligeant infortuné, comme demanda le bon chevalier à la mère de la jeune fille de Grenoble, si elle était vierge[27]; tout ébouriffé, je pris quelques pièces d'or sur la table près de mon lit; je les donnai, pour faire honneur au Roi mon maître, à la *zitella, dont les yeux n'étaient pas enflés à force d'avoir pleuré.* Elle me baisa la main avec une reconnaissance infinie. Je ne prononçai pas un mot, et retombant sur mon immense couche, comme si je voulais dormir, la vision de saint Antoine disparut. Je remerciai mon patron saint François dont c'était la fête; je restai dans les ténèbres moitié riant, moitié regrettant, et dans une admiration profonde de mes vertus[28].

«C'était pourtant ainsi que je semais l'or, que j'étais ambassadeur, hébergé en toute pompe chez le gouverneur de Lorette, dans cette même ville où le Tasse était logé dans un mauvais bouge et où, faute d'un peu d'argent, il ne pouvait continuer sa route. Il paya sa dette à Notre-Dame-de-Lorette par sa *canzone*:

Ecco fra le tempeste e i fieri venti[29].

«Madame de Chateaubriand fit amende honorable de ma passagère fortune, en montant à genoux les degrés de la santa Chiesa. Après ma victoire de la nuit, j'aurais eu plus de droit que le Roi de Saxe de déposer mon habit de noces au trésor de Lorette[30]; mais je ne me pardonnerai jamais,

27.
Le chevalier Bayard, blessé, se rendit en 1512 à Grenoble, où il pria son valet de chambre de lui trouver «quelque belle fille», estimant qu'il s'en «trouverait mieux». Celui-ci s'adressa à une pauvre femme de la ville qui, moyennant finances, consentit à «bailler» sa fille de 15 ans au bon chevalier. Éplorée, la malheureuse avoua sa virginité à Bayard qui, attendri par «son noble courage», la ramena à sa mère: «Venez ça, m'amye; ne me mentez point: vostre fille est elle pucelle?» lui demanda-t-il. Honteuse, la femme justifia son acte par son extrême indigence. «[...] ne faictes jamais ung si lasche tour que de vendre vostre fille, qui estes gentil femme, on vous en debveroit plus griefvement pugnir», répliqua le chevalier, lui remettant quelque argent afin de marier la jeune fille et de la vêtir décemment (voir les *Mémoires* du Loyal Serviteur, coll. Petitot, 1re série, t. XVI, pp. 61-63).

28.
Marcellus s'étonne avec humour de cet amalgame singulier «où une étrange anecdocte réunit les souvenirs de Bayard, de Notre-Dame de Lorette et de la culotte du roi de Saxe, avec les tentations de saint Antoine dans un lit consacré par Bonaparte, le tout rencontré par un ambassadeur qui va visiter le tombeau de Scipion. Peut-être est-ce là l'humaine nature surprise dans toute sa naïveté» (*Chateaubriand et son temps*, pp. 330-331).

29.
«Me voici à travers les tempêtes et les vents sauvages [...].»

30.
Les dons et ex-voto réunis dans le trésor de Notre-Dame de Lorette forment un assemblage assez bizarre; Jules II, à son passage, consacra un boulet dont il fut préservé au siège de La Mirandole. Et le roi de Saxe, cité ici, y laissa en 1828 son habit, sa veste et sa culotte couleur chair.

à moi chétif enfant des muses, d'avoir été si puissant et si heureux, là où le chantre de la Jérusalem avait été si faible et si misérable ! Torquato[31], ne me prends pas dans ce moment extraordinaire de mes inconstantes prospérités ; la richesse n'est pas mon habitude ; vois-moi dans mon passage à Namur, dans mon grenier à Londres, dans mon infirmerie à Paris, afin de me trouver avec toi quelque lointaine ressemblance.

«Je n'ai point, comme Montaigne, laissé mon portrait en argent à Notre-Dame de Lorette[32], ni celui de ma fille, *Leonora Montana, filia unica*; je n'ai jamais désiré me survivre : mais pourtant une fille, et qui porterait le nom de Léonore !»

«Spoleto

«Après avoir quitté Lorette, passé Macerata, laissé Tolentino qui marque un pas de Bonaparte et rappelle un traité[33], j'ai gravi les derniers redans de l'Apennin. Le plateau de la montagne est humide et cultivé comme une houblonnière. À gauche étaient les mers de la Grèce, à droite celles de l'Ibérie ; je pouvais être pressé du souffle des brises que j'avais respirées à Athènes et à Grenade. Nous sommes descendus vers l'Ombrie en circulant dans les volutes des gorges exfoliées où sont suspendus dans des bouquets de bois les descendants de ces montagnards qui fournirent des soldats à Rome après la bataille de Trasimène[34].

«Foligno possédait une vierge de Raphaël qui est aujourd'hui au Vatican *(f)*. *Vene*, dans une position charmante, est à la source du Clitumne. Le Poussin a reproduit ce site chaud et suave[35] ; Byron l'a froidement chanté[36].

31.

Le Tasse.

32.

Notre-Dame de Lorette – qui est un des plus célèbres centres de pèlerinage d'Italie – est censée abriter la maison *(Santa Casa)* où la Vierge naquit à Nazareth et où eut lieu l'Annonciation. Elle aurait été déposée en ce lieu par des anges, le 10 décembre 1294. Au cours de son voyage en Italie, Montaigne y «offrit un vœu» le 25 avril 1581 : un tableau où il y avait quatre figures d'argent attachées : celle de Notre-Dame, la sienne, celles de sa femme et de sa fille. Montaigne décrit longuement le sanctuaire et relate la guérison miraculeuse survenue à un gentilhomme de sa connaissance. Un épisode qui scandalisa fort les «philosophes» lorsque le Journal de ce voyage fut publié, en 1774. Voir Montaigne, *Œuvres*, éd. P. Villey, pp. 505-506.

33.

Voir *supra*, l. XIX, chap. 12, notes 9 et 10, p. 1129.

34.

Lac d'Ombrie, où eut lieu la victoire d'Hannibal sur les Romains, en 217 av. J.-C. Chateaubriand avait vu ce lac en revenant de Florence, avec Mme de Beaumont, en 1803.

35.

Le site a été reproduit par Poussin dans son tableau *Paysage avec les funérailles de Phocion* (voir *infra*, l. XXX, chap. 6, p. 1984).

36.

Pèlerinage de Childe-Harold, chant IV.

«Spoleto a donné le jour au pape actuel. Selon mon courrier Giorgini[37], Léon XII a placé dans cette ville les galériens pour honorer sa patrie. Spoleto osa résister à Annibal. Elle montre plusieurs ouvrages de Lippi l'ancien, qui, nourri dans le cloître, esclave en Barbarie, espèce de Cervantès chez les peintres, mourut à soixante ans passés du poison que lui donnèrent les parents de Lucrèce[38], séduite par lui, croyait-on.»

«Civita Castellana.

«À Monte-Lupo, le comte Potoski s'ensevelit dans des laures charmantes[39]; mais les pensées de Rome ne l'y suivirent-elles point? Ne se croyait-il pas transporté au milieu des *chœurs des jeunes filles?* Et moi aussi, comme saint Jérôme, "j'ai passé, dans mon temps, le jour et la nuit à pousser des cris, à frapper ma poitrine jusqu'au moment où Dieu me renvoyait la paix". Je regrette de ne plus être ce que j'ai été, *plango me non esse quod fuerim.*

«Après avoir dépassé les ermitages de Monte-Lupo, nous avons commencé à contourner la Somma. J'avais déjà suivi ce chemin dans mon premier voyage de Florence à Rome par Pérouse, en accompagnant une femme mourante[40].

«À la nature de la lumière et à une sorte de vivacité du paysage, je me serais cru sur une des croupes des Alleghanis[41], n'était qu'un haut aqueduc, surmonté d'un pont étroit, me rappelait un ouvrage de Rome auquel les ducs lombards de Spoleto avaient mis la main: les Américains n'en

---

37.

«Giorgini fut aussi mon courrier, avant de passer au service plus lucratif de l'ambassadeur. Il était la terreur des postillons italiens "mols et paresseux par nature", comme du temps de Montaigne; mais quand, au lieu de précéder une calèche diplomatique, il portait lui-même la dépêche de bidet en bidet, sa course tenait du vol de l'oiseau, et il se surpassait lui-même dès qu'il allait annoncer un pape à l'Europe impatiente; il a fallu l'invention du télégraphe pour éclipser sa renommée» (Marcellus, *Chateaubriand et son temps*, p. 331).

38.

Lucrèce Borgia. D'abord frère convers, Filippo Lippi (1406-1469) mena effectivement une vie aventureuse; mais sa captivité en «Barbarie» (après avoir été enlevé par les Maures) et sa mort (empoisonné par les Borgia) sont sans doute le fruit de l'imagination de Vasari.

39.

Il ne s'agit pas de Monte-Lupo, mais de Monte-Luco. Le souvenir du comte Potocki demeura vivace jusque dans la *Vie de Rancé*, où Chateaubriand écrit: «À Monte-Luco, parmi des bois d'yeuses, Rancé [en 1665] put apercevoir des ermitages blancs déjà habités de son temps, et où le comte Potoski s'est depuis caché» (l. II, Pléiade, p. 1056).

40.

Pauline de Beaumont, en 1803.

41.

Longue chaîne de montagnes, appelée aussi monts Appalaches, parallèle à la côte atlantique, et qui s'étend depuis l'embouchure du Saint-Laurent jusqu'à celle de l'Alabama.

sont pas encore à ces monuments qui viennent après la liberté. J'ai monté la Somma à pied, près des bœufs du Clitumne[42] qui traînaient madame l'ambassadrice à son triomphe. Une jeune chevrière maigre, légère et gentille comme sa bique, me suivait, avec son petit frère, dans ces opulentes campagnes, en me demandant la *carità*: je la lui ai faite en mémoire de madame de Beaumont dont ces lieux ne se souviennent plus.

Alas! regardless of their doom,
The little victims play!
No sense have they of ills to come,
Nor care beyond to-day[43].

«Hélas! sans souci de leur destinée, folâtrent les petites victimes! Elles n'ont ni prévision des maux à venir, ni soin d'outre-journée.»

«J'ai retrouvé Terni et ses cascades. Une campagne plantée d'oliviers m'a conduit à Narni; puis, en passant par Otricoli, nous sommes venus nous arrêter à la triste Civita Castellana. Je voudrais bien aller à *Santa-Maria di Falleri*[44] pour voir une ville qui n'a plus que la peau, son enceinte: à l'intérieur elle était vide: *misère humaine, à Dieu ramène.* Laissons passer mes grandeurs et je reviendrai chercher la ville des Falisques. Du tombeau de Néron[45], je vais montrer bientôt à ma femme la croix de Saint-Pierre qui domine la ville des Césars.»

42.
Virgile a chanté les bœufs blancs dans les prés du Clitumne, «qui conduisaient aux temples des dieux les triomphateurs de Rome» (*Géorgiques*, II, v. 146 *sqq.*). Marcellus dépoétise quelque peu le passage, en écrivant: «En langage un peu moins figuré, cela veut dire que l'auteur marchait à côté de la voiture de madame de Chateaubriand que remorquaient, en avant des chevaux de poste, une ou deux paires de bœufs. Ces bœufs sont destinés de tout temps à faire franchir la Somma aux lourds équipages des voyageurs. Mais petits, maigres et efflanqués, ils n'ont rien de commun avec les grands troupeaux voués aux triomphes antiques du Latium, ni même avec la forte race qui peuple seule aujourd'hui l'*Agro romano*» (*Chateaubriand et son temps*, pp. 331-332). Un tel attelage figure dans le tableau de Poussin évoqué.

43.
Thomas Gray, *Ode sur une perspective lointaine du collège d'Eton* (1747).

44.
Abbaye du XIIe siècle, établie parmi les ruines de l'ancienne ville romaine de Faléries, dont ne subsistent que les murailles.

45.
Nom donné par la coutume à un sarcophage romain du IIe siècle ap. J.-C., aux environs de Rome.

Lettres à madame Récamier[1].

Vous venez de parcourir mon journal de route, vous allez lire mes lettres à madame Récamier, entremêlées, comme je l'ai annoncé, de pages historiques. Parallèlement vous trouverez mes dépêches. Ici paraîtront distinctement les deux hommes qui existent en moi.

À MADAME RÉCAMIER[2]

« Rome, ce 11 octobre 1828.

« J'ai traversé cette belle contrée, remplie de votre souvenir ; il me consolait, sans pourtant m'ôter la tristesse de tous les autres souvenirs[3] que je rencontrais à chaque pas. J'ai revu cette mer Adriatique que j'avais traversée il y a plus de vingt ans[4]. Dans quelle disposition d'âme ! À Terni,

---

1.
Ces lettres ont été publiées par E. Beau de Loménie, *Lettres de Chateaubriand à Mme Récamier pendant son ambassade à Rome*, puis par M. Levaillant, avec le concours de E. Beau de Loménie, *in* Chateaubriand, *Lettres à Madame Récamier [1821-1847]*. C'est à ce dernier ouvrage que nous renvoyons pour les notes suivantes.

2.
La lettre est précédée de cette phrase liminaire : « Vous devez être contente, je vous ai écrit de tous les points de l'Italie où je me suis arrêté » (*Lettres à Madame Récamier*, p. 192).

3.
Allusion au voyage fait par Mme Récamier en Italie, de 1824 à 1825, lors de la grande bouderie avec Chateaubriand, à l'époque du ministère.

4.
Pour se rendre en Grèce.

je m'étais arrêté avec une pauvre expirante[5]. Enfin je suis entré dans Rome. Ses monuments, après ceux d'Athènes, comme je le craignais, m'ont paru moins parfaits. Ma mémoire des lieux, étonnante et cruelle à la fois, ne m'avait pas laissé oublier une seule pierre[6].

« Je n'ai vu personne encore, excepté le secrétaire d'État, le cardinal Bernetti. Pour avoir à qui parler, je suis allé chercher Guérin[7], hier au coucher du soleil : il a paru charmé de ma visite. Nous avons ouvert une fenêtre sur Rome et admiré l'horizon. C'est la seule chose qui soit restée, pour moi, telle que je l'ai vue : mes yeux ou les objets ont changé ; peut-être les uns et les autres[8]. »

5.

Mme de Beaumont.

6.

La fièvre des ruines était provisoirement tombée : « Enfin Rome m'a laissé froid : ses monuments, après ceux d'Athènes, comme je le craignais, m'ont paru grossiers. Ma mémoire des lieux, qui est étonnante et cruelle à la fois, ne m'a pas laissé oublier une seule pierre. J'ai parcouru seul et à pied cette grande ville délabrée, n'aspirant qu'à en sortir, ne pensant qu'à me retrouver à l'Abbaye et dans la rue d'Enfer » (*Lettres à Madame Récamier*, p. 193).

7.

Pierre Guérin était directeur de l'Académie de France à Rome depuis 1822.

8.

La lettre poursuit : « Le pauvre Guérin, qui déteste Rome, était si ravi de me trouver dans les mêmes dispositions que lui qu'il en pleurait presque. Voilà exactement mon histoire. Mme de Chateaubriand n'est pas plus contente. Jetée seule dans une grande maison, n'ayant pas rencontré un chat qui lui dît : "Dieu vous bénisse" [...] » (*Lettres à Madame Récamier*, p. 194).

Léon XII et les cardinaux[1].

Les premiers moments de mon séjour à Rome furent employés à des visites officielles *(a)*. Sa Sainteté me reçut en audience privée; les audiences publiques ne sont plus d'usage et coûtent trop cher. Léon XII, prince d'une grande taille et d'un air à la fois serein et triste, est vêtu d'une simple soutane blanche; il n'a aucun faste et se tient dans un cabinet pauvre, presque sans meubles. Il ne mange presque pas; il vit, avec son chat, d'un peu de *polenta*. Il se sait très-malade et se voit dépérir avec une résignation qui tient de la joie chrétienne: il mettrait volontiers, comme Benoît XIV, son cercueil sous son lit. Arrivé à la porte des appartements du Pape, un abbé me conduit par des corridors noirs jusqu'au refuge ou au sanctuaire de Sa Sainteté. Elle ne se donne pas le temps de s'habiller, de peur de me faire attendre; elle se lève, vient audevant de moi, ne me permet jamais de mettre un genou en terre pour baiser le bas de sa robe au lieu de sa mule, et me conduit par la main jusqu'au siège placé à droite de son indigent fauteuil. Assis, nous causons.

Le lundi je me rends à sept heures du matin chez le secrétaire d'État, Bernetti, homme d'affaires et de plaisir. Il est lié avec la princesse Doria; il connaît le siècle et n'a accepté le chapeau de cardinal qu'à son corps défendant. Il a refusé d'entrer dans l'Église, n'est sous-diacre qu'à brevet, et se pourrait marier demain en rendant son chapeau. Il croit à des

1. Ici aussi, l'édition Penaud réunit en un seul chapitre ce qui en constitue deux dans le manuscrit de 1847. Pour la même raison que précédemment, nous la corrigeons.

révolutions et il va jusqu'à penser que si sa vie est longue, il a des chances de voir la chute temporelle de la papauté.

Les cardinaux sont partagés en trois *factions*:

La première se compose de ceux qui cherchent à marcher avec le temps et parmi lesquels se rangent Benvenuti et Opizzoni. Benvenuti s'est rendu célèbre par l'extirpation du brigandage et sa mission à Ravenne après le cardinal Rivarola; Opizzoni, archevêque de Bologne, s'est concilié les diverses opinions dans cette ville industrielle et littéraire, difficile à gouverner.

La seconde *faction* se forme des *zelanti*, qui tentent de rétrograder *(b)*: un de leurs chefs est le cardinal Odescalchi.

Enfin la troisième *faction* comprend les immobiles, vieillards qui ne veulent ou ne peuvent aller ni en avant ni en arrière: parmi ces vieux on trouve le cardinal Vidoni, espèce de gendarme du traité de Tolentino: gros et grand, visage allumé, calotte de travers. Quand on lui dit qu'il a des chances à la papauté, il répond: *Lo santo Spirito sarebbe dunque ubriaco*[2] *!* Il plante des arbres à Ponte-Mole, où Constantin fit le monde chrétien[3]. Je vois ces arbres lorsque je sors de Rome par la porte du Peuple pour rentrer par la porte Angélique. Du plus loin qu'il m'aperçoit le cardinal me crie: *Ah! ah! signor ambasciadore di Francia!* puis il s'emporte contre les planteurs de ses pins. Il ne suit point l'étiquette cardinaliste; il se fait accompagner par un seul laquais dans une voiture à sa guise: on lui pardonne tout, en l'appelant *madama Vidoni**. [* Quand j'ai quitté Rome il a acheté ma calèche et m'a fait l'honneur d'y mourir, en allant à Ponte-Mole. (Note de Paris, 1836.)]

2.
« Le Saint Esprit serait donc devenu fou ! »

3.
Chateaubriand avait décrit la beauté de ce paysage dans sa *Lettre à Fontanes* du 10 janvier 1804: « J'ai souvent aussi remonté le Tibre à Ponte-Mole, pour jouir de cette grande scène de la fin du jour. Les sommets des montagnes de la Sabine apparaissent alors de lapis lazuli et d'or pâle, tandis que leurs bases et leurs flancs sont noyés dans une vapeur d'une teinte violette ou purpurine. Quelquefois de beaux nuages comme des chars légers, portés sur le vent du soir avec une grâce inimitable, font comprendre l'apparition des habitants de l'Olympe sous ce ciel mythologique; quelquefois l'antique Rome semble avoir étendu dans l'occident toute la pourpre de ses Consuls et de ses Césars, sous les derniers pas du dieu du jour. Cette riche décoration ne se retire pas aussi vite que dans nos climats: lorsque vous croyez que les teintes vont s'effacer, elle se ranime sur quelque autre point de l'horizon; un crépuscule succède à un crépuscule, et la magie du couchant se prolonge. Il est vrai qu'à cette heure du repos des campagnes, l'air ne retentit plus de chants bucoliques; les bergers n'y sont plus: *Dulcia linquimus arva!* mais on voit encore les grandes victimes du Clytumne, des bœufs blancs ou des troupeaux de cavales demi-sauvages, qui descendent au bord du Tibre et viennent s'abreuver dans ses eaux. Vous vous croiriez transporté au temps des vieux Sabins ou au siècle de l'Arcadien Évandre, […] "Pasteurs des peuples" (Homère, *Iliade*, II, 243)] alors que le Tibre s'appelait *Albula*, et que le pieux Énée remonta ses ondes inconnues. » (*Lettre à Fontanes sur la campagne romaine*, *in Voyage en Italie*, Pléiade, pp. 1479-1480).

Les ambassadeurs.

Mes collègues d'ambassade sont le comte Lutzow, ambassadeur d'Autriche, homme poli : sa femme chante bien, toujours le même air, et parle toujours de ses *petits enfants*; le savant baron Bunsen, ministre de Prusse et ami de l'historien Niebuhr (je négocie auprès de lui la résiliation en ma faveur du bail de son palais sur le Capitole) ; le ministre de Russie, prince Gagarin, exilé dans les grandeurs passées de Rome, pour des amours évanouies : s'il fut préféré par la belle madame Narischkin[1], un moment habitante de mon ancien ermitage d'Aulnay, il y aurait donc un charme dans la mauvaise humeur ; on domine plus par ses défauts que par ses qualités.

M. de Labrador, ambassadeur d'Espagne, homme fidèle, parle peu, se promène seul, pense beaucoup, ou ne pense point, ce que je ne sais démêler.

1.
Maîtresse du tsar Alexandre. Chateaubriand écrit dans le *Congrès de Vérone* : « Alexandre avait eu des faiblesses ; de ces faiblesses variables sortit un attachement qui dura près de onze années. Un aide de camp de l'empereur, de confident intime devint rival préféré. Ces misères, dont sont semées les vies obscures comme les vies glorieuses, firent du prince choisi un collègue de notre ambassade à Rome, et de la princesse volage une hermitaine de notre Vallée aux loups : la princesse, encore belle, porta le deuil d'Alexandre sous des arbres qui n'étaient plus à nous et que nous avions plantés au jour de nos illusions évanouies comme les siennes. Une fille avait été le fruit d'une liaison tenue longtemps secrète. Alexandre chérissait d'autant plus cette enfant naturelle, qu'il n'avait point d'enfants légitimes. Élevée à Paris, revenue à Pétersbourg, elle touchait à sa seizième année ; prête à se marier sous les yeux de son père, elle manqua tout à coup à l'autel : quand les parures de noces, commandées en France, arrivèrent, la jeune fiancée n'existait plus. Alexandre apprit cette mort à la parade, il pâlit et dit : "Je reçois ma punition." » (rééd. Slatkine, p. 107).

Le vieux comte Fuscaldo représente Naples comme l'hiver représente le printemps. Il a une grande pancarte de carton sur laquelle il étudie avec des lunettes, non les champs de roses de Paestum, mais les noms des étrangers suspects dont il ne doit pas viser les passeports. J'envie son palais (Farnèse), admirable structure inachevée, que Michel-Ange couronna, que peignit Annibal Carrache aidé d'Augustin son frère, et sous le portique duquel s'abrite le sarcophage de Cecilia Metella, qui n'a rien perdu au changement de mausolée. Fuscaldo, en loques d'esprit et de corps, a, dit-on, une maîtresse.

Le comte de Celles, ambassadeur du roi des Pays-Bas, avait épousé mademoiselle de Valence, aujourd'hui morte : il en a eu deux filles[2], qui par conséquent sont petites-filles de madame de Genlis. M. de Celles est resté préfet, parce qu'il l'a été ; caractère mêlé du loquace, du tyranneau, du recruteur et de l'intendant, qu'on ne perd jamais. Si vous rencontrez un homme qui, au lieu d'arpents, de toises et de pieds, vous parle d'*hectares*, de *mètres* et de *décimètres*, vous avez mis la main sur un préfet.

M. de Funchal, ambassadeur demi-avoué du Portugal, est ragotin, agité, grimacier, vert comme un singe du Brésil, et jaune comme une orange de Lisbonne[3] : il chante pourtant sa négresse, ce nouveau Camoëns ! Grand amateur de musique, il tient à sa solde une espèce de Paganini, en attendant la restauration de son roi.

Par-ci, par-là, j'ai entrevu de petits finauds de ministres de divers petits États, tout scandalisés du bon marché que je fais de mon ambassade : leur importance boutonnée, gourmée, silencieuse, marche les jambes serrées et à pas étroits : elle a l'air prête à crever de secrets, qu'elle ignore.

2. Mme de Celles était fille du général et de la vicomtesse de Valence, celle-ci fille de Mme de Genlis. Ses filles, Pulchérie et Antonine, admiraient beaucoup Chateaubriand. La seconde, âgée de 16 ans, a tenu un journal où Chateaubriand à Rome est représenté à plusieurs reprises (voir duc de La Force, « Chateaubriand à Rome », *Revue des Deux Mondes*, 1er janvier 1932).

3. « Il est [...] impossible de ne pas reconnaître à ces vives couleurs le noble ambassadeur de Portugal. Mais, si le peintre avait retranché à sa propre malice pour ajouter à la malice innée du modèle, le portrait eût été encore plus ressemblant » (Marcellus, *Chateaubriand et son temps*, p. 334).

Les anciens artistes et les artistes nouveaux.

Ambassadeur en Angleterre dans l'année 1822, je recherchai les lieux et les hommes que j'avais jadis connus à Londres en 1793; ambassadeur auprès du Saint-Siège en 1828, je me suis hâté de parcourir les palais et les ruines, et de redemander les personnes que j'avais vues à Rome en 1803: des palais et des ruines, j'en ai retrouvé beaucoup; des personnes, peu. Le palais Lancelotti, autrefois loué au cardinal Fesch, est maintenant occupé par ses vrais maîtres, le prince Lancelotti et la princesse Lancelotti, fille du prince Massimo. La maison où demeura madame de Beaumont, à la place d'Espagne, a disparu. Quant à madame de Beaumont, elle est demeurée dans son dernier asile, et j'ai prié avec le pape Léon XII à sa tombe.

Canova a pris également congé du monde[1]. Je le visitai deux fois dans son atelier en 1803; il me reçut le maillet à la main. Il me montra de l'air le plus naïf et le plus doux son énorme statue de Bonaparte et son Hercule lançant Lycas[2]

1.
Le 13 octobre 1822.

2.
Nessus, se sentant mourir, avait donné à Déjanire sa tunique ensanglantée en lui disant que si elle pouvait persuader son mari de la porter, ce serait un moyen sûr de se l'attacher pour toujours. La jeune épouse trop crédule accepta ce présent à dessein de s'en servir à l'occasion. Peu de temps après, ayant appris que Hercule était retenu en Eubée par les charmes d'Iole, elle lui envoya la tunique de Nessus par un jeune esclave appelé Lychas, à qui elle recommanda de dire à son époux les choses les plus tendres et les plus touchantes. Lorsque Hercule essaya la tunique, elle resta incorporée à ses membres et lui déchira la peau et la chair. Dans cet état, il poussait des cris effroyables et les plus terribles imprécations contre sa perfide épouse. Dans sa fureur, il saisit Lychas et le lança à la mer, où il se changea en rocher. Sur la statue de Bonaparte, voir *supra*, l. XXVII, chap. 3, p. 1734.

dans les flots : il tenait à vous convaincre qu'il pouvait arriver à l'énergie de la forme ; mais alors même son ciseau se refusait à fouiller profondément l'anatomie ; la nymphe restait malgré lui dans les chairs, et l'Hébé[3] se retrouvait sous les rides de ses vieillards. J'ai rencontré sur ma route le premier sculpteur de mon temps ; il est tombé de son échafaud, comme Goujon de l'échafaud du Louvre ; la mort est toujours là pour continuer la Saint-Barthélemy éternelle, et nous abattre avec ses flèches[4].

Mais qui vit encore, à ma grande joie, c'est mon vieux Boguet, le doyen des peintres français à Rome. Deux fois il a essayé de quitter ses campagnes aimées ; il est allé jusqu'à Gênes ; le cœur lui a failli et il est revenu à ses foyers adoptifs. Je l'ai choyé à l'ambassade, ainsi que son fils pour lequel il a la tendresse d'une mère. J'ai recommencé avec lui nos anciennes excursions ; je ne m'aperçois de sa vieillesse qu'à la lenteur de ses pas ; j'éprouve une sorte d'attendrissement en contrefaisant le jeune, et en mesurant mes enjambées sur les siennes. Nous n'avons plus ni l'un ni l'autre longtemps à voir couler le Tibre.

Les grands artistes, à leur grande époque, menaient une tout autre vie que celle qu'ils mènent aujourd'hui : attachés aux voûtes du Vatican, aux parois de Saint-Pierre, aux murs de la Farnésine, ils travaillaient à leurs chefs-d'œuvre suspendus avec eux dans les airs. Raphaël marchait environné des ses élèves, escorté des cardinaux et des princes, comme un sénateur de l'ancienne Rome suivi et devancé de ses clients. Charles-Quint posa trois fois devant le Titien ; il ramassait son pinceau et lui cédait la droite à la promenade, de même que François Ier assistait Léonard de Vinci sur son lit de mort. Titien alla en triomphe à Rome ; l'immense Buonarotti l'y reçut : à quatre-vingt-dix-neuf ans, Titien tenait encore d'une main ferme, à Venise, son pinceau d'un siècle, vainqueur des siècles.

Le grand-duc de Toscane fit déterrer secrètement Michel-Ange, mort à Rome après avoir posé, à quatre-vingt-huit ans, le faîte de la coupole de Saint-Pierre. Florence, par des obsèques magnifiques, expia sur les cendres de son grand peintre l'abandon où elle avait laissé la poussière de Dante, son grand poète.

3.
Fille de Jupiter et de Junon. Elle servait à boire à la table des dieux. Elle attelait le char de Junon, et Hercule, devenu immortel, ayant pris place parmi les dieux, épousa Hébé dans le ciel.

4.
D'après une tradition que cite M. Levaillant et « que rien ne confirme », Jean Goujon, calviniste, aurait été tué le jour de la Saint-Barthélemy, sur l'échafaudage où il travaillait aux décorations du vieux Louvre.

Vélasquez visita deux fois l'Italie, et l'Italie se leva deux fois pour le saluer : le précurseur de Murillo reprit le chemin des Espagnes chargé des fruits de cette Hespérie ausonienne[5], qui s'étaient détachés sous sa main : il emporta un tableau de chacun des douze peintres les plus célèbres de cette époque. Ces fameux artistes passaient leurs jours dans des aventures et des fêtes ; ils défendaient les villes et les châteaux ; ils élevaient des églises, des palais et des remparts ; ils donnaient et recevaient de grands coups d'épée, séduisaient des femmes, se réfugiaient dans les cloîtres, étaient absous par les papes et sauvés par les princes. Dans une orgie que Benvenuto Cellini a racontée, on voit figurer les noms d'un Michel-Ange et de Jules Romain[6].

Aujourd'hui la scène est bien changée ; les artistes à Rome vivent pauvres et retirés. Peut-être y a-t-il dans cette vie une poésie qui vaut la première. Une association de peintres allemands[7] a entrepris de faire remonter la peinture au Pérugin, pour lui rendre son inspiration chrétienne. Ces jeunes néophytes de Saint-Luc prétendent que Raphaël dans sa seconde manière est devenu païen, et que son talent a dégénéré. Soit ; soyons païens comme les vierges raphaéliques ; que notre talent dégénère et s'affaiblisse comme dans le tableau de la *Transfiguration*[8] ! Cette erreur honorable de la nouvelle école sacrée n'en est pas moins une erreur ; il

---

5.
L'Hespérie était dans l'Antiquité une partie de l'Espagne proche des Colonnes d'Hercule, limite du monde connu des Anciens, et signifie « contrée du Soir ». L'Ausonie (en latin *Ausonia*), partie méridionale de l'Italie, est aussi, par extension, le nom donné par les Anciens, et surtout en poésie, à l'Italie tout entière, du nom des Ausones, peuple guerrier établi aux confins du Latium et de la Campanie, autour de Cumes.

6.
Voir *supra*, l. XXIX, chap. 13, note 5, p. 1909.

7.
Chateaubriand fait allusion à Friedrich Overbeck (1789-1869) et à son école, la guilde de Saint-Luc, fondée à Vienne en 1809 et qui, à l'encontre du classicisme académique, se proposait de renouveler l'art sur la base de l'histoire nationale et de la religion ; puis la même année, à Rome, avec des membres de cette guilde, une confrérie picturale autant que religieuse, qui, installée dans les ruines du couvent de Saint-Isidore, sur le Pincio, préludait chaque matin au travail par une invocation à l'Esprit saint. On trouvait autour de lui Johannes et Philipp Veit, von Schadow, Vogel, Schnorr et, le plus illustre de tous, Peter von Cornelius, auteur d'un célèbre *Jugement dernier*. Ces peintres reçurent par dérision (à l'origine en tout cas) le nom de nazaréens. Leur particularité était d'associer l'étude des maîtres de la Renaissance (Fra Angelico, le Pérugin, Raphaël) aux leçons du gothique allemand et de Dürer. Leur art et leur sensibilité mystique, imitant la technique des primitifs, leur valurent de leur temps un grand succès et une influence européenne malgré certaine disproportion entre la noblesse des intentions et le rendu.

8.
Le dernier chef-d'œuvre de Raphaël (1517-1520, Vatican), presque achevé lorsqu'il mourut, et qui fut exposé au-dessus de son catafalque.

s'ensuivrait que la raideur et le mal dessiné des formes seraient la preuve de la vision intuitive, tandis que cette expression de foi, remarquable dans les ouvrages des peintres qui précèdent la Renaissance, ne vient point de ce que les personnages sont posés carrément et immobiles comme des sphinx, mais de ce que le peintre *croyait* comme son siècle. C'est sa pensée, non sa peinture, qui est religieuse; chose si vraie, que l'école espagnole est éminemment *pieuse* dans ses expressions, bien qu'elle ait les grâces et les mouvements de la peinture depuis la Renaissance. D'où vient cela? de ce que *les Espagnols sont chrétiens.*

Je vais voir travailler séparément les artistes: l'élève sculpteur demeure dans quelque grotte, sous les chênes verts de la villa Médicis[9], où il achève son enfant de marbre qui fait boire un serpent dans une coquille. Le peintre habite quelque maison délabrée dans un lieu désert; je le trouve seul, prenant à travers sa fenêtre ouverte quelque vue de la campagne romaine. La *Brigande* de M. Schnetz est devenue la mère qui demande à une madone la guérison de son fils. Léopold Robert, revenu de Naples, a passé ces jours derniers par Rome, emportant avec lui les scènes enchantées de ce beau climat, qu'il n'a fait que coller sur sa toile.

Guérin est retiré, comme une colombe malade, au haut d'un pavillon de la villa Médicis. – Il écoute, la tête sous son aile, le bruit du vent du Tibre; quand il se réveille, il dessine à la plume la mort de Priam[10].

Horace Vernet[11] s'efforce de changer sa manière; y réussira-t-il? Le serpent qu'il enlace à son cou, le costume qu'il affecte, le cigare qu'il fume, les masques et les fleurets dont il est entouré, rappellent trop le bivouac.

Qui a jamais entendu parler de mon ami M. Quecq, successeur de Jules III dans le casin[12] de Michel-Ange, de Vignole et de Thadée Zuccari? et

---

9.
Villa romaine sur le Pincio, construite au milieu du XVIe siècle et agrandie par le futur pape Léon XI. À partir de 1803, la villa fut le siège de l'Académie de France à Rome, qui recevait en pension les lauréats des premiers Grands Prix de Rome, architectes, peintres, sculpteurs, graveurs et musiciens. Ces prix ont été supprimés en 1971, mais l'institution héberge toujours de jeunes artistes.

10.
Premières esquisses de la grande toile *La Mort de Priam*, ou la *Dernière Nuit de Troie* (musée d'Angers), que Guérin, rentré à Paris en 1829, devait laisser inachevée. Atteint d'une grave maladie, le peintre reviendra en février 1833 à la Villa Médicis, où il mourut le 16 juillet.

11.
Horace Vernet avait succédé à Guérin, en 1829, à la tête de la Villa Médicis.

12.
La villa ou «casin» de Jules III, sur le Monte-Mario, construite par Michel-Ange et ornée d'un nymphée peint par Taddeo Zuccari (1529-1566), servait d'Académie, où la papauté logeait les artistes.

pourtant il a peint pas trop mal, dans son nymphée en décret[13], la mort de Vitellius. Les parterres en friche sont hantés par un animal futé que s'occupe à chasser M. Quecq : c'est un renard, arrière-petit-fils de Goupil-Renart, premier du nom et neveu d'Ysengrin-le-Loup.

Pinelli, entre deux ivresses, m'a promis douze scènes de danses, de jeux et de voleurs. C'est dommage qu'il laisse mourir de faim son grand chien couché à sa porte. – Thorwaldsen et Camuccini sont les deux princes des pauvres artistes de Rome.

Quelquefois ces artistes dispersés se réunissent, ils vont ensemble à pied à Subiaco. Chemin faisant, ils barbouillent sur les murs de l'auberge de Tivoli des grotesques. Peut-être un jour reconnaîtra-t-on quelque Michel-Ange au charbonné qu'il aura tracé sur un ouvrage de Raphaël. Je voudrais être né artiste : la solitude, l'indépendance, le soleil parmi des ruines et des chefs-d'œuvre, me conviendraient. Je n'ai aucun besoin ; un morceau de pain, une cruche de *l'Aqua Felice*[14], me suffiraient. Ma vie a été misérablement accrochée aux buissons de ma route ; heureux si j'avais été l'oiseau libre qui chante et fait son nid dans ces buissons !

Nicolas Poussin acheta, de la dot de sa femme, une maison sur le monte Pincio, en face d'un autre casino qui avait appartenu à Claude Gelée, dit le Lorrain[15] *(a)*.

13.
Sanctuaire consacré aux nymphes, aménagé en rocailles, et que l'on trouve dans de nombreuses villas italiennes des XVIe-XVIIIe siècles.

14.
La fontaine de l'Acqua Felice, près de la place des Thermes, érigée sous Sixte Quint, est alimentée par un aqueduc qui part des monts Albains.

15.
Nicolas Poussin et Claude Gelée sont les deux peintres préférés de Chateaubriand. Tous deux sont morts à Rome : le premier le 19 novembre 1665, le second le 21 novembre 1682. Claude Gelée fut enterré dans l'église de la Trinité-des-Monts. Chateaubriand élèvera à Nicolas Poussin, dans l'église San Lorenzo in Lucina, un monument digne du peintre (voir *infra*, l. XXX, chap. 14, pp. 2036-2038). Poussin habitait via Paolina, à peu près en face du collège des Grecs (l'église Saint-Athanase), vers le milieu de la rue. C'était une maison modeste (il n'en subsiste aucun vestige) ; sa femme Anne suffisait à entretenir le tout, peut-être avec l'aide de quelques femmes du voisinage. Les contemporains remarquèrent que même devenu riche, Poussin n'avait pas de domestiques. Il préférait vivre sans tracas dans l'intimité de sa femme et de son beau-frère. C'est ce qu'il appelle dans une lettre d'août 1639 « la paix et la douceur de ma petite maison », expression que Chateaubriand a peut-être rencontrée et qui l'a fait rêver. À la variante *(a)* donnée *infra* sur cette page (voir pp. 3150-3151), on peut comparer le passage suivant de la *Vie de Rancé* : « [...] L'abbé Antoine Arnauld, de la génération de Port-Royal, affilié depuis à la Trappe, avait aussi fréquenté l'auteur du tableau du Déluge. Ce tableau rappelle quelque chose de l'âge délaissé et de la main du vieillard : admirable tremblement du temps ! Souvent les hommes de génie ont annoncé leur fin par des chefs-d'œuvre : c'est leur âme qui s'envole » (Pléiade, p. 1063). Chateaubriand savait que la main du peintre, dans les derniers temps de sa vie, était affectée d'un tremblement (voir J. Thuillier, *Nicolas Poussin*, p. 273).

Mon autre compatriote Claude mourut aussi sur les genoux de la reine du monde. Si Poussin reproduit la campagne de Rome lors même que la scène de ses paysages est placée ailleurs, le Lorrain reproduit les ciels de Rome lors même qu'il peint des vaisseaux et un soleil couchant sur la mer.

Que n'ai-je été le contemporain de certaines créatures privilégiées pour lesquelles je me sens de l'attrait dans les siècles divers! Mais il m'eût fallu ressusciter trop souvent. Le Poussin et Claude le Lorrain ont passé au Capitole; des rois y sont venus et ne les valaient pas. De Brosses y rencontra le prétendant d'Angleterre[16]; j'y trouvai en 1803 le roi de Sardaigne abdiqué, et aujourd'hui, en 1828, j'y vois le frère de Napoléon, roi de Westphalie. Rome déchue offre un asile aux puissances tombées; ses ruines sont un lieu de franchise pour la gloire persécutée et les talents malheureux.

16.
Jacques-Édouard Stuart, dit le Vieux Prétendant, fils du roi détrôné Jacques II et père de Charles-Édouard. Les *Lettres historiques et critiques écrites d'Italie* par le président de Brosses parurent pour la première fois en l'an VIII (1800, 3 vol.). Sainte-Beuve écrit à leur propos: «Dans cette course rapide et ce séjour de dix mois à travers l'Italie, il y a certes des côtés qu'il n'a fait qu'entrevoir en courant, et où d'autres talents trouveront matière à conquête; la Campagne romaine, par exemple, les collines d'alentour, Tibur, la villa Adriana, sont des lieux dont Chateaubriand un jour évoquera le génie attristé et nous peindra les mélancoliques splendeurs: de Brosses reste le premier critique pénétrant, fin, gai et de grand coup d'œil, qui a bien vu dans ses contradictions et ses merveilles ce monde d'Italie» (*Causeries du lundi*, t. VII, pp. 103-104).

Ancienne société romaine.

Si j'avais peint la société de Rome il y a un quart de siècle, de même que j'ai peint la Campagne romaine, je serais obligé de retoucher mon portrait ; il ne serait plus ressemblant. Chaque génération est de trente-trois années, la vie du Christ (le Christ est le type de tout) ; chaque génération dans notre monde occidental varie sa forme. L'homme est placé dans un tableau dont le cadre ne change point, mais dont les personnages sont mobiles. Rabelais était dans cette ville en 1536 avec le cardinal du Bellay ; il faisait l'office de maître d'hôtel de Son Éminence ; *il tranchait et présentait*[1].

Rabelais, changé en frère *Jean des Entommeures*, n'est pas de l'avis de Montaigne, qui n'a presque point ouï de cloches à Rome et *beaucoup moins que dans un village de France* ; Rabelais, au contraire, en entend beaucoup dans l'*isle Sonnante* (Rome), *doutant que ce fut Dodone avec ses chaudrons*[2]. Quarante-quatre ans après Rabelais, Montaigne[3] trouva les bords du Tibre plantés, et il remarque que le 16 mars il y avait des roses et des artichauts

1. Après un premier voyage à Rome en 1534, Rabelais y séjourna de nouveau d'août 1535 au mois d'avril 1536. Accompagnant le cardinal Jean du Bellay, envoyé par François Ier comme ambassadeur auprès du Saint-Siège pour tenter d'éviter l'excommunication du roi d'Angleterre, Henri VIII, il sollicita du pape l'absolution de la faute dont il s'était rendu coupable en quittant l'habit bénédictin. Rabelais n'a pas tenu de journal ni laissé de relations de voyage. Nous ne disposons que de trois lettres, les seules qui aient été conservées, celles que Rabelais adressa à son protecteur, Geoffroy d'Estissac, évêque-abbé de Maillezais. Elles donnent des informations de seconde main, qui touchent à la politique internationale des années 1530. (Voir Rabelais, *Œuvres complètes*, Pléiade, pp. 1748-1749.)

TRIOMPHE ROMAIN, PAR OORTMAN (1814).

2.
Rabelais : « Et entendismes un bruit de loing venant fréquent et tumultueux, et ne semblait à l'ouïr que fussent cloches grosses, petites et médiocres, ensemble sonnantes comme l'on fait à Paris, à Tours, Gergeau, Nantes et ailleures, jours de grandes festes. Plus approchions, plus entendions cette sonnerie renforcée » (*Pantagruel*, l. V, chap. 1 : « Comment Pantagruel arriva en l'isle sonnante, et du bruit qu'entendismes »). Montaigne : « Nous remarquâmes en Italie, et notamment à Rome, qu'il n'y a quasi point de cloches pour le service de l'église, et moins à Rome qu'au moindre village de France » (*Œuvres*, p. 491).

3.
Lors du long voyage en Italie par la Suisse et l'Allemagne, qu'il fit en 1580 et 1581, après la publication des *Essais*, Montaigne séjourna deux fois à Rome : du 30 novembre 1580 au 19 avril 1581, puis du 1er au 15 octobre 1581. Il fut fait citoyen romain et eut une audience du pape Grégoire XIII. Le *Journal* de ce voyage, découvert dans un château en 1769 ou 1770, fut publié pour la première fois en 1774.

à Rome. Les églises étaient nues, sans statues de saints, sans tableaux, moins ornées et moins belles que les églises de France. Montaigne était accoutumé à la *vastité sombre de nos cathédrales gothiques*; il parle plusieurs fois de Saint-Pierre sans le décrire, insensible ou indifférent qu'il paraît être aux arts. En présence de tant de chefs-d'œuvre, aucun nom ne s'offre au souvenir de Montaigne; sa mémoire ne lui parle ni de Raphaël, ni de Michel-Ange, mort il n'y avait pas encore seize ans.

Au reste, les idées sur les arts, sur l'influence philosophique des génies qui les ont agrandis ou protégés, n'étaient point encore nées. Le temps fait pour les hommes ce que l'espace fait pour les monuments; on ne juge bien des uns et des autres qu'à distance et au point de la perspective; trop près on ne les voit pas, trop loin on ne les voit plus.

L'auteur des *Essais* ne cherchait dans Rome que la Rome antique: «Les bâtiments de cette Rome bastarde, dit-il, qu'on voit à cette heure, attachant à ces masures, quoiqu'ils aient de quoi ravir en admiration nos siècles présens, me font ressouvenir des nids que les moineaux et les corneilles vont suspendant en France aux voûtes et parois des églises que les huguenots viennent d'y démolir.»

Quelle idée Montaigne se faisait-il donc de l'ancienne Rome, s'il regardait Saint-Pierre comme un nid de moineaux suspendu aux parois du Colisée? Le nouveau citoyen romain par bulle authentique de l'an 1581 depuis J.-C. avait remarqué que les Romaines ne portaient point de *loup* ou de masque comme les Françaises; elles paraissaient en public couvertes de perles et de pierreries, mais leur *ceinture était trop lâche* et elles ressemblaient à des *femmes enceintes*. Les hommes étaient habillés de noir, «et bien qu'ils fussent ducs, comtes et marquis, ils *avoient l'apparence un peu vile*».

N'est-il pas singulier que saint Jérôme remarque la démarche des Romaines qui les fait ressembler à des femmes enceintes: *solutis genibus fractus incessus*, «à pas brisés, les genoux fléchissants»?

Presque tous les jours, lorsque je sors par la porte Angélique, je vois une chétive maison assez près du Tibre, avec une enseigne française enfumée représentant un ours: c'est là que Michel, seigneur de Montaigne, débarqua en arrivant à Rome, non loin de l'hôpital qui servit d'asile à ce pauvre fou, homme *formé à l'antique et pure poésie* que Montaigne avait visité dans sa *loge* à Ferrare, qui lui avait causé encore *plus de dépit que de compassion*[4].

4.
Si le *Journal de voyage* de Montaigne est muet sur cette visite au Tasse, on en trouve un écho dans les *Essais*: «J'eus plus de dépit encore que de compassion de le voir à Ferrare en aussi piteux état, survivant à soi-même, méconnaissant et soi et ses ouvrages [...]» (l. II, chap. 12).

Ce fut un événement mémorable, lorsque le XVIIe siècle députa son plus grand poète protestant et son plus sérieux génie pour visiter, en 1638, la grande Rome catholique. Adossée à la croix, tenant dans ses mains les deux Testaments, ayant derrière elle les générations coupables sorties d'Éden, et devant elle les générations rachetées descendues du jardin des Olives, elle disait à l'hérétique né d'hier: «Que veux-tu à ta vieille mère?» Leonora, la Romaine, enchanta Milton[5]. A-t-on jamais remarqué que Leonora se retrouve dans les *Mémoires* de madame de Motteville, aux concerts du cardinal Mazarin?

L'ordre des dates amène l'abbé Arnauld à Rome après Milton. Cet abbé, qui avait porté les armes, raconte une anecdote curieuse par le nom d'un des personnages, en même temps qu'elle fait revoir les mœurs des courtisanes. Le *héros de la fable*, le duc de Guise, petit-fils du Balafré, allant en quête de son aventure de Naples, passa par Rome en 1647: il y connut la Nina Barcarola. Maison-Blanche, secrétaire de M. Deshayes, ambassadeur à Constantinople, s'avisa de vouloir être le rival du duc de Guise. Mal lui en prit; on substitua (c'était la nuit, dans une chambre sans lumière) une hideuse vieille à Nina. «Si les ris furent grands d'un côté, la confusion le fut de l'autre autant qu'on se le peut imaginer, dit Arnauld. L'Adonis, s'étant démêlé avec peine des embrassements de sa déesse, s'enfuit tout nu de cette maison comme s'il eût eu le diable à ses trousses[6].»

Le cardinal de Retz[7] n'apprend rien sur les mœurs romaines. J'aime mieux le *petit* Coulanges et ses deux voyages en 1656 et 1689: il célèbre ces *vignes* et ces *jardins* dont les noms seuls sont un charme.

Dans la promenade à la *Porta Pia* je retrouve presque toutes les personnes nommées par Coulanges: les personnes? Non! leurs petits-fils et petites-filles.

5.
Milton n'a consigné nulle part les impressions qu'il avait reçues de son voyage en Italie et il n'a laissé d'autre trace que les vers galants écrits en latin et adressés à la belle cantatrice Léonora: *Ad Leonoram Romae canentem.* Voir *Essai sur la littérature anglaise* (éd. Garnier, p. 635), où Chateaubriand cite quatre de ces vers.

6.
Voir *Mémoires* de l'abbé Arnauld, fils aîné d'Arnauld d'Andilly, coll. Petitot, 2e série, t. XXXIV, pp. 253-255.

7.
Et pourtant, dans la IIIe partie de ses *Mémoires*, Retz raconte avec beaucoup de brio, et non sans pénétration, le conclave – auquel il participa – qui, en 1655, élit pape Alexandre VII. Dans la *Vie de Rancé*, Chateaubriand a tracé de lui un portrait grinçant: «C'est l'idole des mauvais sujets», dit-il, non sans lui reconnaître «du talent comme écrivain (et c'était là sa vraie supériorité)» (Pléiade, p. 1061).

Madame de Sévigné reçoit les vers de Coulanges ; elle lui répond du château des Rochers dans ma pauvre Bretagne à dix lieues de Combourg : « Quelle triste date auprès de la vôtre, mon aimable cousin ! Elle convient à une solitaire comme moi, et celle de Rome à celui dont l'étoile est errante. Que la fortune vous a traité doucement, comme vous dites, quoiqu'elle vous ait fait querelle[8] !!!... »

Entre le premier voyage de Coulanges à Rome, en 1655, et son second voyage, en 1689, il s'était écoulé trente-trois ans : je n'en compte que vingt-cinq de perdus depuis mon premier voyage à Rome, en 1803, et mon second voyage en 1828. Si j'avais connu madame de Sévigné, je l'aurais guérie du chagrin de vieillir.

Spon, Misson, Dumont, Addison suivent successivement Coulanges. Spon avec Wheller, son compagnon, m'ont guidé sur les débris d'Athènes.

Il est curieux de lire dans Dumont comment les chefs-d'œuvre que nous admirons étaient disposés à l'époque de son voyage en 1690 : on voyait au Belvédère les fleuves du Nil et du Tibre, l'Antinoüs, la Cléopâtre, le Laocoon et le torse supposé d'Hercule. Dumont place dans le jardin du Vatican *les paons de bronze qui étaient sur le tombeau de Scipion l'Africain.*

Addison voyage en *scholar*, sa course se résume en citations classiques empreintes de souvenirs anglais : en passant à Paris il avait offert ses poésies latines à M. Boileau.

Le père Labat suit l'auteur de Caton : c'est un singulier homme que ce moine parisien de l'ordre des Frères Prêcheurs. Missionnaire aux Antilles, flibustier, habile mathématicien, architecte et militaire, brave artilleur pointant le canon comme un grenadier, critique savant et ayant remis les Dieppois en possession de leur découverte primitive en Afrique, il avait l'esprit enclin à la raillerie et le caractère à la liberté. Je ne sache aucun voyageur qui donne des notions plus exactes et plus claires sur le gouvernement pontifical. Labat court les rues, va aux processions, se mêle de tout et se moque à peu près de tout.

Le frère prêcheur raconte qu'on lui a donné chez les capucins, à Cadix, des draps de lit tout neufs depuis dix ans, et qu'il a vue un saint Joseph habillé à l'espagnole, épée au côté, chapeau sous le bras, cheveux pou-

8.
Lettre datée « Aux Rochers, le [dimanche] 8 janvier 1690 ». Chateaubriand l'abrège un peu, sans doute pour la mettre en harmonie avec son ton élégiaque. « [...] à celui dont l'étoile est errante et libertine et qui *Promène son oisiveté / Aux deux bouts de la terre* », écrit Mme de Sévigné citant deux vers d'un couplet de Fustel de Coulanges sur son arrivée à Rome, avant de faire allusion à une autre chanson de son cousin dont l'un des couplets se terminait ainsi : « *Fortune tu m'as fais querelle / Mais tu ne m'as point maltraité !* » (voir Mme de Sévigné, *Correspondance*, Pléiade, t. III, pp. 802 et 784).

drés et lunettes sur le nez. À Rome, il assiste à une messe. « Jamais, dit-il, je n'ai tant vu de musiciens mutilés ensemble et une symphonie si nombreuse. Les connaisseurs disaient qu'il n'y avait rien de si beau. Je disais la même chose pour faire croire que je m'y connaissais ; mais si je n'avais pas eu l'honneur d'être du cortège de l'officiant, j'aurais quitté la cérémonie qui dura au moins trois bonnes heures, qui m'en parurent bien six. »

Plus je descends vers le temps où j'écris, plus les usages de Rome deviennent semblables aux usages d'aujourd'hui.

Du temps de de Brosses les Romaines portaient de faux cheveux ; la coutume venait de loin : Properce demande à sa *vie* pourquoi elle se plaît à orner ses cheveux :

Quid juvat ornato procedere, vita, capillo[9] ?

Les Gauloises, nos mères, fournissaient la chevelure des Sévérine, des Prisca, des Faustine, des Sabine. Velléda dit à Eudore, en parlant de ses cheveux[10] : « C'est mon diadème et je l'ai gardé pour toi. » Une chevelure n'était pas la plus grande conquête des Romains ; mais elle en était une des plus durables : on retire souvent des tombeaux de femmes cette parure entière qui a résisté aux ciseaux des filles de la nuit, et l'on cherche en vain le front élégant qu'elle couronna. Les tresses parfumées, objet de l'idolâtrie de la plus volage des passions, ont survécu à des empires ; la mort, qui brise toutes les chaînes, n'a pu rompre ce léger réseau. Aujourd'hui les Italiennes portent leurs propres cheveux, que les femmes du peuple nattent avec une grâce coquette.

Le magistrat voyageur de Brosses a, dans ses portraits et dans ses écrits, un faux air de Voltaire avec lequel il eut une dispute comique à propos d'un champ[11]. De Brosses causa plusieurs fois au bord du lit d'une princesse Borghèse. En 1803, j'ai vu dans le palais Borghèse une autre princesse qui brillait de tout l'éclat de la gloire de son frère : Pauline

9.
« Quel plaisir, ô ma vie, de te promener avec des ornements dans tes cheveux ? » (Properce, *Élégies*, l. I, élégie II, v. 1).

10.
Les Martyrs, l. X (Pléiade, p. 267).

11.
La correspondance de Voltaire et du président de Brosses venait d'être publiée en 1836 par Th. Foisset. Cette « dispute comique » n'était pas à propos d'un champ, mais de coupes de bois que Voltaire refusait de payer. Elle entraîna la rupture entre les deux hommes. Voir Sainte-Beuve, *Causeries du lundi*, t. VII, pp. 105-126.

Bonaparte n'est plus ! Si elle eût vécu aux jours de Raphaël, il l'aurait représentée sous la forme d'un de ces amours qui s'appuient sur le dos des lions à la Farnésine, et la même langueur eût emporté le peintre et le modèle. Que de fleurs ont déjà passé dans ces steppes où j'ai fait errer Jérôme, Augustin, Eudore et Cymodocée !

De Brosses représente les Anglais à la place d'Espagne à peu près comme nous les voyons aujourd'hui, vivant ensemble, faisant grand bruit, regardant les pauvres humains du haut en bas et s'en retournant dans leur taudis rougeâtre à Londres, sans avoir jeté à peine un coup d'œil sur le Colisée. De Brosses obtint l'honneur de faire sa cour à Jacques III :

« Des deux fils du prétendant, dit-il, l'aîné est âgé d'environ vingt ans, l'autre de quinze. J'entends dire à ceux qui les connaissent à fond que l'aîné vaut beaucoup mieux et qu'il est plus chéri dans son intérieur ; qu'il a de la bonté de cœur et un grand courage ; qu'il sent vivement sa situation, et que, s'il n'en sort pas un jour, ce ne sera pas faute d'intrépidité. On m'a raconté qu'ayant été mené tout jeune au siège de Gaëte, lors de la conquête du royaume de Naples par les Espagnols, dans la traversée son chapeau vint à tomber dans la mer. On voulut le ramasser : "Non, dit-il, ce n'est pas la peine ; il faudra bien que j'aille le chercher un jour moi-même." »

De Brosses croit que si le prince de Galles tente quelque chose, il ne réussira pas, et il en donne les raisons. Revenu à Rome après ses vaillantes apertises[12], Charles-Édouard, qui portait le nom de comte d'Albany, perdit son père ; il épousa la princesse de Stolberg-Goedern, et s'établit en Toscane. Est-il vrai qu'il visita secrètement Londres en 1753 et 1761, comme Hume le raconte, qu'il assista au couronnement de George III, et qu'il dit à quelqu'un qui l'avait reconnu dans la foule : « L'homme qui est l'objet de toute cette pompe est celui que j'envie le moins. »

L'union du prétendant ne fut pas heureuse ; la comtesse d'Albany se sépara de lui et fixa son séjour à Rome : ce fut là qu'un autre voyageur, Bonstetten, la rencontra ; le gentilhomme bernois, dans sa vieillesse, me faisait entendre à Genève qu'il avait des lettres de la première jeunesse de la comtesse d'Albany.

Alfieri vit à Florence la femme du prétendant et il l'aima pour la vie : « Douze ans après, dit-il, au moment où j'écris toutes ces pauvretés, à cet âge déplorable où il n'y a plus d'illusions, je sens que je l'aime tous les

12. « Preuves d'adresse, de courage et de force » *(Littré)*. Mot que l'on trouve chez Froissart, Christine de Pisan, Rabelais...

jours davantage, à mesure que le temps détruit le seul charme qu'elle ne doit pas à elle-même, l'éclat de sa passagère beauté. Mon cœur s'élève, devient meilleur et s'adoucit par elle, et j'oserais dire la même chose du sien, que je soutiens et fortifie[13]. »

J'ai connu madame d'Albany à Florence ; l'âge avait apparemment produit chez elle un effet opposé à celui qu'il produit ordinairement : le temps ennoblit le visage, et, quand il est de race antique, il imprime quelque chose de sa race sur le front qu'il a marqué : la comtesse d'Albany, d'une taille épaisse, d'un visage sans expression, avait l'air commun. Si les femmes des tableaux de Rubens vieillissaient, elles ressembleraient à madame d'Albany à l'âge où je l'ai rencontrée[14]. Je suis fâché que ce cœur, *fortifié* et *soutenu* par Alfieri, ait eu besoin d'un autre appui[15]. Je rappellerai ici un passage de ma lettre sur Rome à M. de Fontanes :

« Savez-vous que je n'ai vu qu'une seule fois le comte Alfieri dans ma vie, et devineriez-vous comment ? Je l'ai vu mettre dans sa bière : on me dit qu'il n'était presque pas changé ; sa physionomie me parut noble et grave ; la mort y ajoutait sans doute une nouvelle sévérité ; le cercueil étant un peu trop court, on inclina la tête du mort sur sa poitrine, ce qui lui fit faire un mouvement formidable[16]. »

Rien n'est triste comme de relire vers la fin de ses jours ce que l'on a écrit dans sa jeunesse : tout ce qui était au présent se trouve au passé.

13.

Dans *Histoire de ma propre vie*, ouvrage qui parut après sa mort.

14.

Lamartine, qui, lui aussi, vit la comtesse d'Albany à Florence en 1810, traça d'elle ce portrait : « Rien ne rappelait en elle à cette époque déjà un peu avancée de sa vie [elle avait 57 ans] ni la reine d'un empire, ni la reine d'un cœur. C'était une petite femme dont la taille un peu affaissée sous son poids, avait perdu toute légèreté et toute élégance. Les traits de son visage, trop arrondi et trop obtus aussi, ne conservaient aucune ligne pure de beauté idéale ; mais ses yeux avaient une lumière, ses cheveux cendrés une teinte, sa bouche un accueil, sa physionomie une intelligence et une grâce d'expression qui faisaient souvenir, si elles ne faisaient plus admirer. Sa parole suave, ses manières sans apprêt, sa familiarité rassurante, élevaient tout de suite ceux qui l'approchaient à son niveau. On ne savait si elle descendait au vôtre ou si elle vous élevait au sien, tant il y avait de naturel en sa personne » (*Souvenirs et portraits*, t. I, p. 130).

15.

Allusion au peintre François-Xavier Fabre (1766-1837), élève de David, qui rencontra la comtesse d'Albany à Florence, où elle tenait un salon réputé, et devint son chevalier servant. Comme elle avait fait de lui son légataire universel, le peintre hérita de ses belles collections et de celles d'Alfieri. Il en fit don à Montpellier, sa ville natale, et fut ainsi le véritable fondateur du musée qui porte aujourd'hui son nom.

16.

Voir *Voyage en Italie* (Pléiade, p. 1494).

J'aperçus un moment, en 1803, à Rome, le cardinal d'York, cet Henri IX, dernier des Stuarts, âgé de soixante-dix-neuf ans. Il avait eu la faiblesse d'accepter une pension de George III[17] : la veuve de Charles Ier en avait en vain sollicité une de Cromwell. Ainsi, la race des Stuarts a mis cent dix-neuf ans à s'éteindre, après avoir perdu le trône qu'elle n'a jamais retrouvé. Trois prétendants se sont transmis dans l'exil l'ombre d'une couronne : ils avaient de l'intelligence et du courage ; que leur a-t-il manqué ? la main de Dieu.

Au surplus, les Stuarts se consolèrent à la vue de Rome ; ils n'étaient qu'un léger accident de plus dans ces vastes décombres, une petite colonne brisée, élevée au milieu d'une grande voirie de ruines. Leur race, en disparaissant du monde, eut encore cet autre réconfort : elle vit tomber la vieille Europe, la fatalité attachée aux Stuarts entraîna avec eux dans la poussière les autres rois, parmi lesquels se trouvait Louis XVI, dont l'aïeul avait refusé un asile au descendant de Charles Ier, et Charles X est mort dans l'exil à l'âge du cardinal d'York ! et son fils et son petit-fils sont errants sur la terre !

Le voyage de Lalande en Italie, en 1765 et 1766, est encore ce qu'il y a de mieux et de plus exact sur la Rome des arts et sur la Rome antique. « J'aime à lire les historiens et les poètes, dit-il, mais on ne saurait les lire avec plus de plaisir qu'en foulant la terre qui les portait, en se promenant sur les collines qu'ils décrivent, en voyant couler les fleuves qu'ils ont chantés. » Ce n'est pas trop mal pour un astronome qui mangeait des araignées.

Duclos[18], à peu près aussi décharné que Lalande, fait cette remarque fine : « Les pièces de théâtre des différents peuples sont une image assez vraie de leurs mœurs. L'arlequin, valet et personnage principal des comédies italiennes, est toujours représenté avec un grand désir de manger, et qui part d'un besoin habituel. Nos valets de comédie sont communément ivrognes, ce qui peut supposer crapule, mais non pas misère. »

L'admiration déclamatoire de Dupaty n'offre pas de compensation pour l'aridité de Duclos et de Lalande, elle fait pourtant sentir la présence de

17.
Il est certain en tout cas que le monument qui recouvre à Saint-Pierre la tombe du cardinal et de son frère – œuvre de Canova – fut payé par le roi George IV.

18.
Le *Voyage en Italie, ou Considérations sur l'Italie* de Duclos ne parut qu'en 1791, près de 20 ans après sa mort, comme ses célèbres *Mémoires secrets sur le règne de Louis XIV, la régence et le règne de Louis XV.*

Rome ; on s'aperçoit par un reflet que l'éloquence du style descriptif est née sous le souffle de Rousseau, *spiraculum vitae*[19]. Dupaty touche à cette nouvelle école qui bientôt allait substituer le sentimental, l'obscur et le maniéré, au vrai, à la clarté et au naturel de Voltaire. Cependant, à travers son jargon affecté, Dupaty observe avec justesse : il explique la patience du peuple de Rome par la vieillesse de ses souverains successifs. « Un pape, dit-il, est toujours pour lui un Roi qui se meurt. »

À la villa Borghèse, Dupaty voit approcher la nuit : « Il ne reste qu'un rayon du jour qui meurt sur le front d'une Vénus. » Les poètes de maintenant diraient-ils mieux ? Il prend congé de Tivoli : « Adieu, vallon ! je suis un étranger ; je n'habite point votre belle Italie. Je ne vous reverrai jamais ; mais peut-être mes enfants ou quelques-uns de mes enfants viendront vous visiter un jour : soyez-leur aussi charmant que vous l'avez été à leur père. » *Quelques-uns des enfants* de l'érudit et du poète ont visité Rome, et ils auraient pu voir le dernier rayon du jour mourir sur le front de la *Venus genitrix* de Dupaty[20].

À peine Dupaty avait quitté l'Italie que Goethe vint le remplacer. Le président au Parlement de Bordeaux entendit-il jamais parler de Goethe[21] ? Et néanmoins le nom de Goethe vit sur cette terre où celui de Dupaty s'est évanoui. Ce n'est pas que j'aime le puissant génie de l'Allemagne ; j'ai peu de sympathie pour le poète de la matière : je sens Schiller, j'entends Goethe. Qu'il y ait de grandes beautés dans l'enthousiasme que Goethe éprouve à Rome pour Jupiter, d'excellents critiques le jugent ainsi, mais je préfère le Dieu de la Croix au Dieu de l'Olympe. Je cherche en vain l'auteur de *Werther* le long des rives du Tibre ; je ne le retrouve que dans cette phrase : « Ma vie actuelle est comme un rêve de jeunesse ; nous verrons si je suis destiné à le goûter ou à reconnaître que celui-ci est vain comme tant d'autres l'ont été[22]. »

19.
« Dieu forma l'homme de la poussière de la terre, il souffla dans ses narines un souffle de vie et l'homme devint un être vivant » (Genèse, II, 7).

20.
Le lecteur trouvera des pages des voyageurs français cités par Chateaubriand au fil de ce chapitre dans Y. Hersant, *Italie, Anthologie des voyageurs français aux XVIIIe et XIXe siècles.*

21.
Un an après Dupaty, Goethe visita l'Italie, de la fin de 1786 au printemps de 1788. Il fit deux séjours à Rome.

22.
Contrairement à ce que prétend Chateaubriand, Goethe ne s'adonna pas seulement aux études « sérieuses », selon l'expression de ce dernier, classant les époques et ne recherchant dans l'histoire de Rome qu'un répertoire extrêmement riche de nature à inspirer peintres, sculpteurs et graveurs. Durant ses séjours (du 29 octobre 1786 au 22 février 1787,

TIVOLI, PAR JAMES B. ALLEN.

puis du 6 juin 1787 au 14 avril 1788), la visite érudite de Goethe se passa tout entière sous le signe de l'enthousiasme : « Et cette merveille agit sur nous tout doucement, à mesure que nous parcourons la ville à la hâte pour arriver aux objets les plus grands. En d'autres lieux il faut chercher ce qui est remarquable : ici il nous surcharge et nous accable. Qu'on chemine ou qu'on s'arrête, il s'offre au regard des paysages de toute sorte, palais et ruines, jardins et déserts, vastes espaces et étroits passages, maisonnettes, étables, arcs de triomphe, colonnes, souvent tout ensemble et si près qu'on pourrait mettre le tout sur la même feuille. Il faudrait écrire avec mille burins : que peut faire ici une plume ? Et puis, le soir on est épuisé et lassé de voir et d'admirer » (*Voyage en Italie*, p. 150). Et un peu plus loin, quelques lignes qui ne sont pas sans résonance avec Chateaubriand : « Il faut s'être promené dans Rome au clair de lune, pour concevoir la beauté d'un pareil spectacle. Tous les détails sont effacés par les grandes masses d'ombre et de lumière ; l'ensemble des plus grands objets se présente seul au regard [...] » (*ibid.*, p. 195).

Quand l'aigle de Napoléon laissa Rome échapper de ses serres, elle retomba dans le sein de ses paisibles pasteurs : alors Byron parut aux murs croulants des Césars ; il jeta son imagination désolée sur tant de ruines, comme un manteau de deuil. Rome ! tu avais un nom, il t'en donna un autre ; ce nom te restera : il t'appela « *la Niobé*[23] *des nations* privée de ses enfants et de ses couronnes, sans voix pour dire ses infortunes, portant dans ses mains une urne vide dont la poussière est depuis longtemps dispersée[24] ».

Après ce dernier orage de poésie, Byron ne tarda pas de mourir. J'aurais pu voir Byron à Genève, et je ne l'ai point vu ; j'aurais pu voir Goethe à Weimar, et je ne l'ai point vu ; mais j'ai vu tomber madame de Staël qui, dédaignant de vivre au delà de sa jeunesse, passa rapidement au Capitole avec Corinne : noms impérissables, illustres cendres, qui se sont associés au nom et aux cendres de la ville éternelle*. [* J'invite à lire dans la *Revue des deux mondes*, 1er et 15 juillet 1835, deux articles de M. J.-J. Ampère, intitulés *Portraits de Rome à différents âges*. Ces curieux documents compléteront un tableau dont on ne voit ici qu'une esquisse[25]. (Note de Paris, 1837.)]

23.
Fille de Tantale, elle épousa Amphion, roi de Thèbes, et eut un grand nombre d'enfants : Homère lui en donna 12, Hésiode 20, Apollodore 14 (autant de filles que de garçons). Mère de tant d'enfants, elle s'en glorifiait et méprisait Latone. Celle-ci, offensée de l'orgueil de Niobé, eut recours à ses propres enfants pour s'en venger. Apollon et Diane, voyant un jour dans les plaines voisines de Thèbes les fils de Niobé qui faisaient leurs exercices, les tuèrent à coups de flèches. La mère au désespoir accourut auprès du corps de ses enfants. La douleur la rend immobile, elle ne donne plus aucun signe de vie ; la voilà changée en rocher.

24.
Byron, *Pèlerinage de Childe-Harold*, chant IV, stance 79.

25.
Ces deux articles ont été repris dans *La Grèce, Rome et Dante*, études littéraires publiées par J.-J. Ampère en 1848.

Mœurs actuelles de Rome.

Ainsi ont marché les changements de mœurs et de personnages, de siècle en siècle, en Italie ; mais la grande transformation a surtout été opérée par notre double occupation de Rome.

La République *romaine* établie sous l'influence du Directoire, si ridicule qu'elle ait été avec ses deux *consuls* et ses *licteurs* (méchants *facchini* pris parmi la populace), n'a pas laissé que d'innover heureusement dans les lois civiles : c'est des préfectures, imaginées par cette République *romaine*, que Bonaparte a emprunté l'institution de ses préfets.

Nous avons porté à Rome le germe d'une administration qui n'existait pas ; Rome, devenue le chef-lieu du département du Tibre, fut supérieurement réglée. Le système hypothécaire lui vient de nous. La suppression des couvents, la vente des biens ecclésiastiques sanctionnée par Pie VI, ont affaibli la foi dans la permanence de la consécration des choses religieuses. Ce fameux *index*[1], qui fait encore un peu de bruit de ce côté-ci des Alpes, n'en fait aucun à Rome : pour quelques bajocchi[2] on obtient la permission de lire, en sûreté de conscience, l'ouvrage défendu. L'*index* est au nombre de ces

---

1. Liste officielle des livres dont la publication, la lecture et la vente étaient interdites aux catholiques. Le premier livre condamné comme dangereux par l'Église fut un ouvrage d'Arius, au concile de Nicée (325). L'Index s'exerça contre les artisans de la Réforme : en 1575, fut créée par Pie V une congrégation de l'Index, réorganisée à plusieurs reprises, de Sixte Quint (1588) à Benoît XV (1917). L'Index a été supprimé par Paul VI (1965).

2. Ou *baoicchi* : ancienne monnaie en bronze des États pontificaux, équivalant à la centième partie d'un écu.

usages qui restent comme des témoins des anciens temps au milieu des temps nouveaux. Dans les républiques de Rome et d'Athènes, les titres de *Roi*, les noms des grandes familles tenant à la monarchie, n'étaient-ils pas respectueusement conservés ? Il n'y a que les Français qui se fâchent sottement contre leurs tombeaux et leurs annales, qui abattent les croix, dévastent les églises, en rancune du clergé de l'an de grâce 1000 ou 1100. Rien de plus puéril ou de plus bête que ces outrages de réminiscence ; rien qui porterait davantage à croire que nous ne sommes capables de quoi que ce soit de sérieux, que les vrais principes de la liberté nous demeureront à jamais inconnus. Loin de mépriser le passé, nous devrions, comme le font tous les peuples, le traiter en vieillard vénérable qui raconte à nos foyers ce qu'il a vu : quel mal nous peut-il faire ? Il nous instruit et nous amuse par ses récits, ses idées, son langage, ses manières, ses habits d'autrefois ; mais il est sans force, et ses mains sont débiles et tremblantes. Aurions-nous peur de ce contemporain de nos pères, qui serait déjà avec eux dans la tombe s'il pouvait mourir, et qui n'a d'autorité que celle de leur poussière ?

Les Français en traversant Rome y ont laissé leurs principes : c'est ce qui arrive toujours quand la conquête est accomplie par un peuple plus avancé en civilisation que le peuple qui subit cette conquête, témoin les Grecs en Asie sous Alexandre, témoin les Français en Europe sous Napoléon. Bonaparte, en enlevant les fils à leurs mères, en forçant la noblesse italienne à quitter ses palais et à porter les armes, hâtait la transformation de l'esprit national.

Quant à la physionomie de la société romaine, les jours de concert et de bal on pourrait se croire à Paris. L'Altieri, la Palestrina, la Zagarola, la Del Drago, la Lante, la Lozzano[3], etc., ne seraient pas étrangères dans les salons du faubourg Saint-Germain : pourtant quelques-unes de ces femmes ont un certain air effrayé qui, je crois, est du climat. La charmante Falconieri, par exemple, se tient toujours auprès d'une porte, prête à s'enfuir sur le mont Marius, si on la regarde : la villa Mellini[4] est

---

3.
« Pourquoi la "del Drago", que l'ambassadeur distinguait, courtisait même, gît-elle perdue dans la foule des Romaines, quand la Falconieri, qu'il ne regardait jamais, est seule mise en relief ? » s'étonne Marcellus (*Chateaubriand et son temps*, p. 336). Le comte d'Haussonville (*Ma Jeunesse…*, pp. 121, 192 et 213) rapporte que lui et ses autres attachés eurent souvent mission de porter des bouquets de la part de l'ambassadeur à la princesse Del Drago (voir *supra*, l. XIV, chap. 8, note 2, p. 852). À noter que l'article qui précède les noms des dames romaines citées par Chateaubriand est conforme à l'usage d'alors.

4.
La villa Mellini, sur le Monte-Mario, au nord du Janicule, doit son nom à Mario Mellini qui, à la fin du XVe siècle, sous Sixte IV, la fit bâtir. Berthier (futur prince de Wagram) y reçut le 11 février 1798 les avocats, banquiers et hommes politiques qui devaient instituer la nouvelle République romaine. La villa appartenait à la princesse Falconieri.

à elle ; un roman placé dans ce casin abandonné, sous des cyprès à la vue de la mer, aurait son prix.

Mais, quels que soient les changements de mœurs et de personnages de siècle en siècle en Italie, on y remarque une habitude de grandeur, dont nous autres, mesquins barbares, n'approchons pas. Il reste encore à Rome du sang romain et des traditions des maîtres du monde. Lorsqu'on voit des étrangers entassés dans de petites maisons nouvelles à la porte du Peuple, ou gîtés dans des palais qu'ils ont divisés en cases et percés de cheminées, on croirait voir des rats gratter au pied des monuments d'Apollodore[5] et de Michel-Ange, et faisant, à force de ronger, des trous dans les pyramides.

Aujourd'hui les nobles romains, ruinés par la révolution, se renferment dans leurs palais, vivent avec parcimonie et sont devenus leurs propres gens d'affaires. Quand on a le bonheur (ce qui est fort rare) d'être admis chez eux le soir, on traverse de vastes salles sans meubles, à peine éclairées, le long desquelles des statues antiques blanchissent dans l'épaisseur de l'ombre, comme des fantômes ou des morts exhumés. Au bout de ces salles, le laquais déguenillé qui vous mène vous introduit dans une espèce de gynécée : autour d'une table sont assises trois ou quatre vieilles ou jeunes femmes mal tenues, qui travaillent à la lueur d'une lampe à de petits ouvrages en échangeant quelques paroles avec un père, un frère, un mari à demi couchés obscurément en retraite[6], sur des fauteuils déchirés. Il y a pourtant je ne sais quoi de beau, de souverain, qui tient de la haute race, dans cette assemblée retranchée derrière des chefs-d'œuvre et que vous avez prise d'abord pour un sabbat. L'espèce des sigisbées[7] est finie, quoiqu'il y ait encore des abbés porte-châles et porte-chaufferettes : par-ci, par-là, un cardinal s'établit encore à demeure chez une femme comme un canapé.

Le népotisme et le scandale des pontifes ne sont plus possibles, comme les rois ne peuvent plus avoir de maîtresses en titre et en honneurs. À présent que la politique et les aventures tragiques d'amour ont cessé de remplir la vie des grandes dames romaines, à quoi passent-elles leur temps dans l'intérieur de leur ménage ? Il serait curieux de pénétrer au fond de ces mœurs nouvelles : si je reste à Rome, je m'en occuperai.

5.

Apollodore de Damas était l'architecte favori de Trajan ; il éleva la colonne dite « trajane », dont les 17 tambours de marbre sculptés en spirale racontent les guerres de l'empereur contre les Daces.

6.

C'est-à-dire « en retrait ».

7.

De l'italien *cicisbeo* : chevalier servant d'une dame (ironique).

Les lieux et le paysage.

Je visitai Tivoli[1] le 10 décembre 1803; à cette époque je disais dans une narration qui fut imprimée alors: «Ce lieu est propre à la réflexion et à la rêverie; je remonte dans ma vie passée; je sens le poids du présent; je cherche à pénétrer mon avenir: où serai-je, que ferai-je et que serai-je *dans vingt ans d'ici*[2]?»

Vingt ans! cela me semblait un siècle; je croyais bien habiter ma tombe avant que ce siècle se fût écoulé. Et ce n'est pas moi qui ai passé, c'est le maître du monde et son empire qui ont fui!

Presque tous les voyageurs anciens et modernes n'ont vu dans la campagne romaine que ce qu'ils appellent *son horreur et sa nudité.* Montaigne lui-même, à qui certes l'imagination ne manquait pas, dit: «Nous avions loin sur notre main gauche l'Apennin, le prospect du pays malplaisant, bossé, plein de profondes fendasses… le terroire nud, sans arbres, une bonne partie stérile[3].» Le protestant Milton porte sur la campagne de Rome un regard aussi sec et aussi aride que sa foi. Lalande et le président de Brosses sont aussi aveugles que Milton.

1. Longtemps, depuis la Rome antique, Tibur, devenue Tivoli, à 30 km à l'est de Rome, fut un lieu de villégiature. On y trouve notamment la villa d'Hadrien et la villa d'Este. Chateaubriand resta à Tivoli du 10 au 12 décembre 1803.Voir *supra*, l. VIII, chap. 5, note 20, p. 489.

2. Voir *Voyage en Italie* (Pléiade, p. 1439).

3. Montaigne, *Œuvres complètes* (éd. P. Villey, p. 488). Ce n'est pas la seule impression que Montaigne a notée de la campagne romaine. Mais Chateaubriand en a retenu la plus négative.

On ne retrouve guère que dans le *Voyage sur la scène des six derniers livres de l'Énéide*[4], de M. de Bonstetten, publié à Genève en 1804, un an après ma lettre à M. de Fontanes (imprimé dans le *Mercure* vers la fin de l'année 1803[5]), quelques sentiments vrais de cette admirable solitude, encore sont-ils mêlés d'objurgations : « Quel plaisir de lire Virgile sous le ciel d'Énée, et pour ainsi dire en présence des dieux d'Homère ! dit M. Bonstetten ; quelle solitude profonde dans ces déserts, où l'on ne voit que la mer, des bois ruinés, des champs, de grandes prairies, et pas un habitant ! Je ne voyais dans une vaste étendue de pays qu'une seule maison, et cette maison était près de moi, sur le sommet de la colline. J'y vais, elle était sans porte ; je monte un escalier, j'entre dans une espèce de chambre, un oiseau de proie y avait son nid...

« Je fus quelque temps à une fenêtre de cette maison abandonnée. Je voyais à mes pieds cette côte, au temps de Pline si riche et si magnifique, maintenant sans cultivateurs. »

Depuis ma description de la campagne romaine, on a passé du dénigrement à l'enthousiasme. Les voyageurs anglais et français qui m'ont suivi ont marqué tous leurs pas de la Storta à Rome par des extases. M. de Tournon, dans ses études statistiques[6], entre dans la voie d'admiration que j'ai eu le bonheur d'ouvrir : « La campagne romaine, dit-il, développe à chaque pas plus distinctement la sérieuse beauté de ses immenses lignes, de ses plans nombreux, et son bel encadrement de montagnes. Sa monotone grandeur frappe et élève la pensée. »

Je n'ai point à mentionner M. Simond[7], dont le voyage semble une gageure, et qui s'est amusé à regarder Rome à l'envers. Je me trouvais à Genève lorsqu'il mourut presque subitement. Fermier, il venait de couper ses foins et de recueillir joyeusement ses premiers grains, et il est allé rejoindre son herbe fauchée et ses moissons abattues.

4.
Le titre exact de l'ouvrage de Bonstetten est *Voyage sur la scène des six derniers livres de l'Énéide, suivi de quelques observations sur le Latium moderne* (1804).

5.
Non pas à la fin de l'année 1803 mais le 3 mars 1804.

6.
Comte de Tournon, *Études statistiques sur Rome et la partie occidentale des États romains*, 1831.

7.
Sur le *Voyage en Italie* de M. Simond, voir Jean-Jacques Ampère, *La Grèce, Rome et Dante, Études littéraires d'après nature* (1848). Ampère fait cette remarque savoureuse : « Cet excellent M. Simond, écrit-il, trouve les chefs-d'œuvre de Raphaël et de Michel-Ange souverainement ridicules et il ne s'en cache point. Il dit de la fresque de Raphaël représentant l'*Incendie du Borgo* : "Le dessin n'est pas correct, l'expression est médiocre, le coloris froid et sans harmonie." Il dit du *Jugement dernier* de Michel-Ange : "Dos et visages, bras et jambes, se confondent ; c'est un véritable poudding de ressuscités." »

Nous avons quelques lettres des grands paysagistes; Poussin et Claude Lorrain ne disent pas un mot de la campagne romaine. Mais si leur plume se tait, leur pinceau parle; l'*agro romano* était une source mystérieuse de beautés, dans laquelle ils puisaient, en la cachant par une sorte d'avarice de génie, et comme par la crainte que le vulgaire ne la profanât. Chose singulière, ce sont des yeux français qui ont le mieux vu la lumière de l'Italie *(a)*. J'ai relu ma lettre à M. de Fontanes sur Rome, écrite il y a vingt-cinq ans, et j'avoue que je l'ai trouvée d'une telle exactitude qu'il me serait impossible d'y retrancher ou d'y ajouter un mot. Une compagnie étrangère est venue cet hiver (1829) proposer le défrichement de la campagne romaine: ah! messieurs, grâce de vos cottages et de vos jardins anglais sur le Janicule! si jamais ils devaient enlaidir les friches où le soc de Cincinnatus s'est brisé, sur lesquelles toutes les herbes penchent au souffle des siècles, je fuirais Rome pour n'y remettre les pieds de ma vie. Allez traîner ailleurs vos charrues perfectionnées; ici la terre ne pousse et ne doit pousser que des tombeaux. Les cardinaux ont fermé l'oreille aux calculs des bandes noires[8] accourues pour démolir les débris de Tusculum[9] qu'elles prenaient pour des châteaux d'aristocrates: elles auraient fait de la chaux avec le marbre des sarcophages de Paul Émile, comme elles ont fait des gargouilles avec le plomb des cercueils de nos pères. Le Sacré Collège tient au passé; de plus il a été prouvé, à la grande confusion des économistes, que la campagne romaine donnait au propriétaire cinq pour cent en pâturages et qu'elle ne rapporterait que un et demi en blé. Ce n'est point par paresse, mais par un intérêt positif, que le cultivateur des plaines accorde la préférence à la *pastorizia* sur le *maggesi*[10]. Le revenu d'un hectare dans le territoire romain est presque égal au revenu de la même mesure dans un des meilleurs départements de la France: pour se convaincre de cela, il suffit de lire l'ouvrage de monsignor Nicolaï[11].

8.
Assimilation aux «bandes noires» qui, sous la Restauration, ont dévasté maints châteaux et églises pour en faire des carrières et les revendre à des entrepreneurs de construction.

9.
Ancienne ville de l'Italie péninsulaire, près de Frascati, sur les monts Albains. Elle aurait été fondée par Télégone, fils de Circé et d'Ulysse.

10.
Pastorizia: élevage de moutons. *Maggese*: terre en jachère.

11.
L'ouvrage de Mgr Nicolas-Marie Nicolaï faisait alors autorité à Rome en matière économique. Il avait paru en 1803 avec ce titre: *Memorie leggi ed osservazioni sulle campagne et sull'anonna di Roma.*

Lettre à M. Villemain.

Je vous ai dit que j'avais éprouvé d'abord de l'ennui au début de mon second voyage à Rome et que je finis par reprendre aux ruines et au soleil : j'étais encore sous l'influence de ma première impression lorsque, le 3 novembre 1828, je répondis à M. Villemain :

« Votre lettre, monsieur, est venue bien à propos dans ma solitude de Rome : elle a suspendu en moi le mal du pays que j'ai fort. Ce mal n'est autre chose que mes années qui m'ôtent les yeux pour voir comme je voyais autrefois : mon débris n'est pas assez grand pour se consoler avec celui de Rome. Quand je me promène seul à présent au milieu de tous ces décombres des siècles, ils ne me servent plus que d'échelle pour mesurer le temps : je remonte dans le passé, je vois ce que j'ai perdu et le bout de ce court avenir que j'ai devant moi ; je compte toutes les joies qui pourraient me rester, je n'en trouve aucune ; je m'efforce d'admirer ce que j'admirais, et je n'admire plus. Je rentre chez moi pour subir mes honneurs accablé du *scirocco* ou percé par la *tramontane.* Voilà toute ma vie, à un tombeau près que je n'ai pas encore eu le courage de visiter[1]. On s'occupe beaucoup de monuments croulants ; on les appuie ; on les dégage de leurs plantes et de leurs fleurs ; les femmes que j'avais laissées jeunes sont devenues vieilles, et les ruines se sont rajeunies : que voulez-vous qu'on fasse ici ?

---

1. Le tombeau de Mme de Beaumont, à Saint-Louis-des-Français. Mais dès le lendemain 4 novembre, eut lieu à Saint-Louis l'office de la Saint-Charles, cérémonie grandiose qu'honora de sa présence le pape venu vers la fin de la messe.

« Aussi je vous assure, monsieur, que je n'aspire qu'à rentrer dans ma rue d'Enfer pour ne plus en sortir. J'ai rempli envers mon pays et mes amis tous mes engagements. Quand vous serez dans le conseil d'État[2] avec M. Bertin de Vaux, je n'aurai plus rien à demander, car vos talents vous auront bientôt porté plus haut. Ma retraite a contribué un peu, j'espère, à la cessation d'une opposition redoutable ; les libertés publiques sont acquises à jamais à la France. Mon sacrifice doit maintenant finir avec mon rôle. Je ne demande rien que de retourner à mon *Infirmerie.* Je n'ai qu'à me louer de ce pays : j'y ai été reçu à merveille ; j'ai trouvé un gouvernement plein de tolérance et fort instruit des affaires hors de l'Italie, mais enfin rien ne me plaît plus que l'idée de disparaître entièrement de la scène du monde : il est bon de se faire précéder dans la tombe du silence que l'on y trouvera.

« Je vous remercie d'avoir bien voulu me parler de vos travaux. Vous ferez un ouvrage digne de vous et qui augmentera votre renommée[3]. Si vous aviez quelques recherches à faire faire ici, soyez assez bon pour me les indiquer : une fouille au Vatican pourrait vous fournir des trésors. Hélas ! Je n'ai que trop vu ce pauvre M. Thierry ! je vous assure que je suis poursuivi par son souvenir : si jeune, si plein de l'amour de son travail, et s'en aller ! et, comme il arrive toujours au vrai mérite, son esprit s'améliorait et la raison prenait chez lui la place du système : j'espère encore un miracle. J'ai écrit pour lui ; on ne m'a pas même répondu. J'ai été plus heureux pour vous, et une lettre de M. de Martignac me fait enfin espérer que justice, bien que tardive et incomplète, vous sera faite[4]. Je ne vis plus, monsieur, que pour mes amis ; vous me permettrez de vous mettre au nombre de ceux qui me restent. Je demeure, monsieur, avec autant de sincérité que d'admiration, votre plus dévoué serviteur*. [* Grâce à Dieu, M. Thierry est revenu à la vie et il a repris avec des forces nouvelles ses beaux et importants travaux ; il travaille dans la nuit, mais comme la chrysalide :

La nymphe s'enferme avec joie
Dans ce tombeau d'or et de soie
Qui la dérobe à tous les yeux, etc.]

« CHATEAUBRIAND. »

2.
Sous Decazes, Villemain avait été nommé maître des requêtes au Conseil d'État. S'étant élevé contre le projet de loi dit par dérision « de justice et d'amour » censurant la presse, il dut résigner ces fonctions.

FRANÇOIS VILLEMAIN (1773-1854).

3.
Il s'agit de l'*Histoire de Grégoire VII*, de Villemain, œuvre médiocre qui ne paraîtra qu'en 1873.

4.
On se souvient que l'Académie avait protesté contre la loi Peyronnet, dite «de justice et d'amour». Michaud, Lacretelle et Villemain avaient été sanctionnés; Villemain, Guizot et Victor Cousin avaient vu leurs cours suspendus à la Sorbonne.

À madame Récamier.

« Rome, samedi 8 novembre 1828[1].

« M. de La Ferronnays m'apprend la reddition de Varna[2] que je savais. Je crois vous avoir dit autrefois que toute la question me semblait dans la chute de cette place, et que le Grand Turc ne songerait à la paix que quand les Russes auraient fait ce qu'ils n'avaient pas fait dans leurs guerres précédentes. Nos journaux ont été bien misérablement turcs dans ces derniers temps. Comment ont-ils pu jamais oublier la noble cause de la Grèce et tomber en admiration devant des barbares qui répandent sur la patrie des grands hommes et la plus belle partie de l'Europe l'esclavage et la peste ? Voilà comme nous sommes, nous autres Français : un peu de mécontentement personnel nous fait oublier nos principes et les sentiments les plus généreux. Les Turcs battus me feront peut-être quelque pitié ; les Turcs vainqueurs me feraient horreur.

« Voilà mon ami M. de La Ferronnays resté au pouvoir[3]. Je me flatte que

---

1. On trouvera le texte intégral de cette lettre dans Chateaubriand, *Lettres à Madame Récamier*, pp. 207-209.

2. Le 11 octobre 1828, les Russes s'étaient emparés de Varna, en Bulgarie, afin de protester contre le non-respect du traité de Bucarest de 1812, conclu entre la Russie et la Porte ottomane.

3. Malade, M. de La Ferronnays avait pris un congé de plusieurs semaines hors de Paris, et on avait craint qu'il ne pût demeurer ministre – ce qui se produira d'ailleurs quelques mois plus tard. Chateaubriand écrit à Mme Récamier le 27 janvier 1829 : « Avant que mon pauvre ami La Ferronnays fût malade on l'estimait sans doute, mais on n'en était pas aux hymnes ; c'est aujourd'hui le plus grand ministre qu'on ait vu sous le soleil. Qu'il se guérisse et il redeviendra un ministre de niveau avec des collègues qu'on traite si rigoureusement » (*Lettres à Madame Récamier*, p. 260).

ma détermination de le suivre a éloigné les concurrents à son portefeuille. Mais enfin il faudra que je sorte d'ici; je n'aspire plus qu'à rentrer dans ma solitude et à quitter la carrière politique. J'ai soif d'indépendance pour mes dernières années. Les générations nouvelles sont élevées, elles trouveront établies les libertés publiques pour lesquelles j'ai tant combattu: qu'elles s'emparent donc, mais qu'elles ne mésusent pas de mon héritage, et que j'aille mourir en paix auprès de vous.
«Je suis allé avant-hier me promener à la villa Panfili: la belle solitude!»

«Rome, ce samedi 15 novembre[4].
«Il y a eu un premier bal chez Torlonia. J'y ai rencontré tous les Anglais de la terre. Je me croyais encore ambassadeur à Londres. Les Anglaises ont l'air de figurantes engagées pour danser l'hiver à Paris, à Milan, à Rome, à Naples, et qui retournent à Londres après leur engagement expiré au printemps. Les sautillements sur les ruines du Capitole, les mœurs uniformes que la *grande* société porte partout, sont des choses bien étranges: si j'avais encore la ressource de me sauver dans les déserts de Rome!
«Ce qu'il y a de vraiment déplorable ici, ce qui jure avec la nature des lieux, c'est cette multitude d'insipides Anglaises[5] et de frivoles dandys qui, se tenant enchaînés par les bras comme des chauves-souris par les

4.
Cette lettre, que Chateaubriand transcrit partiellement en y faisant un ajout considérable, se trouve dans les *Lettres à Madame Récamier*, pp. 211-212.

5.
Chateaubriand savait aussi se montrer accueillant envers les «insipides Anglaises». Les «nobles insulaires» tenaient des «albums de voyage» et se montraient avides d'un entretien avec l'auteur de *René*. Chateaubriand se livrait avec parcimonie, tout en laissant une impression ineffaçable: «Vous ne sauriez imaginer à quel point il a été brillant, comme inspiré et si aimable!!! rapporte d'Haussonville. – [...] de quoi vous a-t-il parlé? demandait celui-ci. [...] – Du Vatican. – Ah! très bien.» D'Haussonville savait d'expérience «que la conversation avait débuté par un morceau à effet sur le torse antique dont Michel-Ange, devenu aveugle, aimait sur ses vieux jours à palper les formes de ses mains, ne pouvant plus le contempler avec ses yeux; qu'on avait passé de là à Laocoon, puis à l'Apollon du Belvédère, puis à la comparaison entre l'art romain, grandiose mais froid [...], et l'art grec, tout plein de délicatesse, de charme et de poésie». Puis, invariablement, l'orateur, après quelques digressions sur la Grèce et l'Italie, en venait à la campagne romaine, qu'il comparait aux «plaines de l'Attique ondulées et gracieuses, toutes souriantes à la mer et au soleil». Ainsi expliquait-il, par ce contraste des lieux et des climats, l'art des sculpteurs grecs enveloppés dans la douce lumière, et dont le ciseau était d'une si grande agilité qu'ils pouvaient rendre «les formes enchanteresses d'une nature incomparable». Le tout, ajoute d'Haussonville, était «entremêlé, comme de juste, de quelques retours sur lui-même, sur son pèlerinage à Athènes et à Jérusalem, et, pour peu que la figure de la dame s'y prêtât, de quelques compliments bien tournés pour la fille d'Ève à laquelle il s'adressait». Il apportait parfois quelques variantes; la Vénus du Capitole faisait son apparition, mais, à partir du musée du Vatican, tout le reste était, ajoute d'Haussonville, «comme ci-dessus» (comte d'Haussonville, *Ma Jeunesse*..., pp. 187-189).

ailes, promènent leur bizarrerie, leur ennui, leur insolence dans vos fêtes, et s'établissent chez vous comme à l'auberge. Cette Grande-Bretagne vagabonde et déhanchée, dans les solennités publiques, saute sur vos places et boxe avec vous pour vous en chasser : tout le jour elle avale à la hâte les tableaux et les ruines, et vient avaler, en vous faisant beaucoup d'honneur, les gâteaux et les glaces de vos soirées. Je ne sais pas comment un ambassadeur peut souffrir ces hôtes grossiers et ne les fait pas consigner à sa porte[6]. »

6. Tout ce paragraphe est un ajout fait au texte de la lettre (voir *Lettres à Madame Récamier*, p. 212).

Explication sur le Mémoire *qu'on va lire.*

J'ai parlé dans *le Congrès de Vérone* de l'existence de mon *Mémoire* sur l'Orient[1]. Quand je l'envoyai de Rome en 1828 à M. le comte de La Ferronnays, alors ministre des affaires étrangères, le monde n'était pas ce qu'il est : en France, la légitimité existait ; en Russie, la Pologne n'avait pas péri ; l'Espagne était encore bourbonienne ; l'Angleterre n'avait pas encore l'honneur de nous protéger. Beaucoup de choses ont donc vieilli dans ce *Mémoire* : aujourd'hui ma politique extérieure, sous plusieurs rapports, ne serait plus la même ; douze années ont changé les relations diplomatiques, mais le fond des vérités est demeuré. J'ai inséré ce *Mémoire* en entier, pour venger une fois de plus la Restauration des reproches absurdes qu'on s'obstine à lui adresser malgré l'évidence des faits. La Restauration, aussitôt qu'elle choisit ses ministres parmi ses amis, ne cessa de s'occuper de l'indépendance et de l'honneur de la France : elle s'éleva contre les traités de Vienne, elle réclama des frontières protectrices, non pour la gloriole de s'étendre jusqu'au bord du Rhin, mais pour chercher sa sûreté ; elle a ri lorsqu'on lui parlait de l'équilibre de l'Europe, équilibre si injustement rompu envers elle : c'est pourquoi elle désira d'abord se couvrir au midi, puisqu'il avait plu de la désarmer au nord.

1. Le 22 novembre 1828, Chateaubriand écrivit à Juliette Récamier : « Je viens d'achever, sur l'état actuel des affaires en Europe, une note assez longue que La Ferronnays me demandait » (*Lettres à Madame Récamier*, p. 217). Ce *Mémoire* est cité dans le *Congrès de Vérone* sous le titre : *Mémoire sur les affaires d'Orient* (rééd. Slatkine, pp. 191-192).

À Navarin elle retrouva une marine et la liberté de la Grèce ; la question d'Orient ne la prit point au dépourvu[2].

J'ai gardé trois opinions sur l'Orient depuis l'époque où j'écrivis ce *Mémoire* :

1° Si la Turquie d'Europe doit être dépecée, nous devons avoir un lot dans ce morcellement par un agrandissement de territoire sur nos frontières et par la possession de quelque point militaire dans l'Archipel. Comparer le partage de la Turquie au partage de la Pologne est une absurdité.

2° Considérer la Turquie telle qu'elle était au règne de François Ier, comme une puissance utile à notre politique, c'est retrancher trois siècles de l'histoire[3].

3° Prétendre civiliser la Turquie en lui donnant des bateaux à vapeur et des chemins de fer, en disciplinant ses armées, en lui apprenant à manœuvrer ses flottes, ce n'est pas étendre la civilisation en Orient, c'est introduire la barbarie en Occident : des Ibrahim futurs pourront ramener l'avenir au temps de Charles Martel, ou au temps du siège de Vienne, quand l'Europe fut sauvée par cette héroïque Pologne sur laquelle pèse l'ingratitude des rois.

Je dois remarquer que j'ai été le seul, avec Benjamin Constant, à signaler l'imprévoyance des gouvernements chrétiens : un peuple dont l'ordre social est fondé sur l'esclavage et la polygamie est un peuple qu'il faut renvoyer aux steppes des Mongols.

En dernier résultat, la Turquie d'Europe, devenue vassale de la Russie en vertu du traité d'Unkiar-Skelessi[4], n'existe plus : si la question doit se décider immédiatement, ce dont je doute, il serait peut-être mieux qu'un

---

2.
La question d'Orient domine les relations internationales du XIXe siècle. Elle est liée à la décadence aggravée de l'Empire ottoman, à l'éveil des nationalités et à la volonté de la Russie de se frayer un chemin vers les mers chaudes.

3.
Contre les prétentions de Charles Quint, François Ier s'assura l'alliance de la papauté, hostile à la politique italienne de l'empereur, la neutralité du roi d'Angleterre, l'appui des princes protestants allemands, et surtout, ce qui fit scandale à l'époque, des Turcs, voisins immédiats et dangereux de l'empereur. Un premier traité des « Capitulations » (1536) fixa les bases des relations de la France avec les sultans de Constantinople, et fut confirmé et renouvelé onze fois de 1569 à 1740 ; il accordait à la France d'importants privilèges commerciaux et la protection des catholiques de l'Empire ottoman. Cette alliance fut efficace. Ainsi les armées de François Ier remportèrent-elles des succès en Italie (Cérisoles, 1544) sur les Impériaux, les alliés turcs menaçant assez Charles Quint pour l'empêcher d'utiliser toutes ses forces contre la France.

4.
Le traité d'Unkiar-Skelessi, entre la Russie et la Turquie, fut signé le 8 juin 1833. C'était un traité d'alliance défensive et offensive conclu pour 8 ans. Une clause secrète fermait éventuellement les Dardanelles aux puissances européennes, tout en laissant ce détroit ouvert, ainsi que le Bosphore, à la seule Russie.

empire indépendant eût son siège à Constantinople et fît un tout de la Grèce. Cela est-il possible ? je l'ignore. Quand à Méhémet-Ali, fermier et douanier impitoyable, l'Égypte, dans l'intérêt de la France, est mieux gardée par lui qu'elle ne le serait par les Anglais.

Mais je m'évertue à démontrer l'honneur de la Restauration ; eh ! qui s'inquiète de ce qu'elle a fait, surtout qui s'en inquiétera dans quelques années ? Autant vaudrait m'échauffer pour les intérêts de Tyr et d'Ecbatane[5] : ce monde passé n'est plus et ne sera plus. Après Alexandre, commença le pouvoir romain ; après César, le christianisme changea le monde ; après Charlemagne, la nuit féodale engendra une nouvelle société ; après Napoléon, néant : on ne voit venir ni empire, ni religion, ni barbares. La civilisation est montée à son plus haut point, mais civilisation matérielle, inféconde, qui ne peut rien produire, car on ne saurait donner la vie que par la morale ; on n'arrive à la création des peuples que par les routes du ciel : les chemins de fer nous conduiront seulement avec plus de rapidité à l'abîme.

Voilà les prolégomènes qui me semblaient nécessaires à l'intelligence du *Mémoire* qui suit, et qui se trouve également aux affaires étrangères.

5.
Tout comme Tyr, la célèbre ville d'Ecbatane, ancienne capitale de la Médie, citée dans la Bible par Hérodote, devrait son origine à Sémiramis. Déjà dans l'Antiquité, Diodore de Sicile et Strabon hésitaient sur l'emplacement à lui attribuer !

Lettre à monsieur le comte de La Ferronnays.

« Rome, ce 30 novembre 1828.
« Dans votre lettre particulière du 10 de novembre, mon noble ami, vous me disiez :
"*Je vous adresse un court résumé de notre situation politique, et vous serez assez aimable pour me faire connaître en retour vos idées, toujours si bonnes à connaître en pareille matière.*"
« Votre amitié, noble comte, me juge avec trop d'indulgence ; je ne crois pas du tout vous éclairer en vous envoyant le mémoire ci-joint : je ne fais que vous obéir. »

MÉMOIRE
première partie

« À la distance où je suis du théâtre des événements et dans l'ignorance presque totale où je me trouve de l'état des négociations, je ne puis guère raisonner convenablement. Néanmoins, comme j'ai depuis longtemps un système arrêté sur la politique intérieure de la France, comme j'ai pour ainsi dire été le premier à réclamer l'émancipation de la Grèce, je soumets volontiers, noble comte, mes idées à vos lumières.
« Il n'était point encore question du traité du 6 de juillet[1] lorsque je publiai ma *Note sur la Grèce*. Cette *Note*[2] renfermait le germe du traité : je proposais aux cinq grandes puissances de l'Europe d'adresser une dépêche collective au Divan pour lui demander impérativement la cessation de toute hostilité entre la Porte et les Hellènes. Dans le cas d'un

Le comte de La Ferronnays (1777-1842).

1.

En mars 1826, le tsar Nicolas Ier avait adressé au sultan un ultimatum : sans soulever la question de la Grèce, il revendiquait l'application exacte du traité de Bucarest de 1812, c'est-à-dire des réformes d'autonomie en faveur des Serbes et des Moldo-Valaques. L'Angleterre, qui avait toujours protégé le sultan pour faire pièce aux visées expansionnistes de la Russie, signa le 4 avril 1826 avec la Russie, à Saint-Pétersbourg, le protocole qui stipulait la médiation anglaise sur les affaires découlant de l'ultimatum de mars. L'adhésion du gouvernement français, envisagée dans les entretiens de Paris de septembre-octobre et vue par la France comme l'occasion d'une rupture de la Quadruple Alliance, devint définitive par le traité de Londres (6 juillet 1827). Par ce traité, les trois puissances contractantes signifiaient à la Porte ottomane que si dans le délai d'un mois, la médiation proposée par les cabinets de Londres, de Paris et de Saint-Pétersbourg n'était pas acceptée, ceux-ci ouvriraient des négociations commerciales avec les Grecs et s'opposeraient s'il le fallait par la force à de nouvelles collisions entre les parties belligérantes ; elles autoriseraient leurs représentants, à la conférence de Londres, à assurer la pacification de l'Orient par toutes mesures qu'ils jugeraient nécessaires.

2.

La *Note* de Chateaubriand date de 1825.

refus, les cinq puissances auraient déclaré qu'elles reconnaissaient l'indépendance du gouvernement grec, et qu'elles recevraient les agents diplomatiques de ce gouvernement.

« Cette *Note* fut lue dans les divers cabinets. La place que j'avais occupée comme ministre des affaires étrangères donnait quelque importance à mon opinion : ce qu'il y a de singulier, c'est que le prince de Metternich se montra moins opposé à l'esprit de ma *Note* que M. Canning.

« Le dernier, avec lequel j'avais eu des liaisons assez intimes, était plus orateur que grand politique, plus homme de talent qu'homme d'État. Il avait en général une certaine jalousie des succès et surtout de ceux de la France. Quand l'opposition parlementaire blessait ou exaltait son amour-propre, il se précipitait dans de fausses démarches, se répandait en sarcasmes ou en vanteries. C'est ainsi qu'après la guerre d'Espagne il rejeta la demande d'intervention que j'avais arrachée avec tant de peine au cabinet de Madrid, pour l'arrangement des affaires d'outre-mer : la raison secrète en était qu'il n'avait pas fait lui-même cette demande, et il ne voulait pas voir que même dans son système (si toutefois il en avait un), l'Angleterre représentée dans un Congrès général ne serait nullement liée par les actes de ce Congrès et resterait toujours libre d'agir séparément. C'est encore ainsi que lui, M. Canning, fit passer des troupes en Portugal, non pour défendre une charte dont il était le premier à se moquer, mais parce que l'opposition lui reprochait la présence de nos soldats en Espagne, et qu'il voulait pouvoir dire au Parlement que l'armée anglaise occupait Lisbonne comme l'armée française occupait Cadix. Enfin, c'est ainsi qu'il a signé le traité du 6 juillet contre son opinion particulière, contre l'opinion de son propre pays, défavorable à la cause des Grecs. S'il accéda à ce traité, ce fut uniquement parce qu'il eut peur de nous voir prendre avec la Russie l'initiative de la question et recueillir seuls la gloire d'une résolution généreuse. Ce ministre, qui après tout laissera une grande renommée, crut aussi gêner les mouvements de la Russie par ce traité même : cependant il était clair que le texte de l'acte n'enchaînait point l'empereur Nicolas, ne l'obligeait point à renoncer à une guerre particulière avec la Turquie.

« Le traité du 6 de juillet est une pièce informe, brochée à la hâte, où rien n'est prévu et qui fourmille de dispositions contradictoires.

« Dans ma *Note sur la Grèce*, je supposais l'adhésion des cinq grandes puissances ; l'Autriche et la Prusse s'étant unies à l'écart, leur neutralité les laisse libres, selon les événements, de se déclarer pour ou contre l'une des parties belligérantes.

« Il ne s'agit plus de revenir sur le passé, il faut prendre les choses telles qu'elles sont. Tout ce à quoi les gouvernements sont obligés, c'est à tirer le meilleur parti des faits lorsqu'ils sont accomplis. Examinons donc ces faits.

«Nous occupons la Morée, les places de cette péninsule sont tombées entre nos mains. Voilà pour ce qui nous concerne[3].

«Varna est pris, Varna devient un avant-poste placé à soixante-dix heures de marche de Constantinople. Les Dardanelles sont bloquées; les Russes s'emparent pendant l'hiver de Silistrie et de quelques autres forteresses; de nombreuses recrues arriveront. Aux premiers jours du printemps, tout s'ébranlera pour une campagne décisive; en Asie le général Paskewitsch a envahi trois pachaliks[4], il commande les sources de l'Euphrate et menace la route d'Erzeroum. Voilà pour ce qui concerne la Russie.

«L'empereur Nicolas eût-il mieux fait d'entreprendre une campagne d'hiver en Europe? Je le pense, s'il en avait la possibilité. En marchant sur Constantinople, il aurait tranché le nœud gordien, il aurait mis fin à toutes les intrigues diplomatiques; on se range du côté des succès; le moyen d'avoir des alliés, c'est de vaincre.

«Quant à la Turquie, il m'est démontré qu'elle nous eût déclaré la guerre si les Russes eussent échoué devant Varna. Aura-t-elle le bon sens aujourd'hui d'entamer des négociations avec l'Angleterre et la France pour se débarrasser au moins de l'une et de l'autre? L'Autriche lui conseillerait volontiers ce parti; mais il est bien difficile de prévoir quelle sera la conduite d'une race d'hommes qui n'ont point les idées européennes. À la fois rusés comme des esclaves et orgueilleux comme des tyrans, la colère n'est jamais chez eux tempérée que par la peur. Le sultan Mahmoud II, sous quelques rapports, paraît un prince supérieur aux derniers sultans; il a surtout le courage politique; mais a-t-il le courage personnel? Il se contente de passer des revues dans les faubourgs de sa capitale, et se fait supplier par les grands de n'aller pas même jusqu'à Andrinople. La populace de Constantinople serait mieux contenue par les triomphes que par la présence de son maître.

«Admettons toutefois que le Divan consente à des pourparlers sur les bases du traité du 6 juillet. La négociation sera très-épineuse; quand il

---

3.
La victoire de Navarin (1827) fut suivie par l'envoi, en août 1828, de 12 régiments français commandés par le général Maison. Les 15 000 hommes débarquèrent dans le golfe de Coron, en Morée. Plusieurs garnisons turques occupaient encore des places et des châteaux forts dans la péninsule. En quelques semaines, les Français les en chassèrent. La Morée et les Cyclades furent placées sous la protection commune des puissances, et le général Maison, élevé au maréchalat, retourna en France, ne laissant que deux brigades en Grèce pour aider le pays à se réorganiser.

4.
Divisions administratives de l'ancien Empire ottoman, plus fréquemment désignées sous le nom de vilayets et qui étaient gouvernées par un pacha.

n'y aurait à régler que les limites de la Grèce, c'est à n'en pas finir. Où ces limites seront-elles posées sur le continent ? Combien d'îles seront-elles rendues à la liberté ? Samos, qui a si vaillamment défendu son indépendance, sera-t-elle abandonnée ? Allons plus loin, supposons les conférences établies : paralyseront-elles les armées de l'empereur Nicolas ? Tandis que les plénipotentiaires des Turcs et des trois puissances alliées négocieront dans l'Archipel, chaque pas des troupes envahissantes dans la Bulgarie changera l'état de la question. Si les Russes étaient repoussés, les Turcs rompraient les conférences ; si les Russes arrivaient aux portes de Constantinople, il s'agirait bien de l'indépendance de la Morée ! Les Hellènes n'auraient besoin ni de protecteurs ni de négociateurs[5].

« Ainsi donc, amener le Divan à s'occuper du traité du 6 de juillet, c'est reculer la difficulté, et non la résoudre. La coïncidence de l'émancipation de la Grèce et de la signature de la paix entre les Turcs et les Russes est, à mon avis, nécessaire pour faire sortir les cabinets de l'Europe de l'embarras où ils se trouvent.

« Quelles conditions l'empereur Nicolas mettra-t-il à la paix ?

« Dans son manifeste, il déclare qu'il renonce à des conquêtes, mais il parle d'indemnités pour les frais de la guerre : cela est vague et peut mener loin.

« Le cabinet de Saint-Pétersbourg, prétendant régulariser les traités d'Akerman[6] et d'Yassy, demandera-t-il 1° l'indépendance complète des deux principautés ; 2° la liberté du commerce dans la mer Noire, tant pour la nation russe que pour les autres nations ; 3° le remboursement des sommes dépensées dans la dernière campagne ?

« D'innombrables difficultés se présentent à la conclusion d'une paix sur ces bases.

5.

Chateaubriand espérait qu'une alliance franco-russe permettrait à la France de regagner la rive gauche du Rhin. Mais la Russie aurait-elle été prête à s'engager dans un conflit avec l'Autriche et la Prusse ? Le projet d'une alliance franco-russe reprendra de l'actualité à l'extrême fin de la Restauration : un plan, préparé par Bois-le-Comte, directeur des affaires politiques au ministère des Affaires étrangères, proposait à la Russie et aux puissances européennes un partage de l'Empire ottoman dont chacune serait bénéficiaire, la France obtenant, elle, une partie des Pays-Bas (la Belgique actuelle) ; les territoires de la rive gauche du Rhin formeraient un État-tampon qui passerait sous le contrôle du roi de Saxe. Ce projet fut écarté par le tsar, qui préférait conserver une Porte ottomane faible, toujours menacée par la révolte des sujets chrétiens et prête à céder aux injonctions de la Russie.

6.

À Akkerman (Bessarabie) fut conclu, en 1826, un traité entre la Russie et la Turquie, dont la violation par les Turcs causa la guerre de 1828. La guerre fut engagée du côté du

CONSTANTINOPLE, PAR J. SCHROEDER.

Caucase, où Paskievitch s'empara d'une partie de l'Arménie turque. Les Russes occupèrent sans difficulté les provinces danubiennes, où ils furent arrêtés à la fois par la largeur du Danube et les forteresses qu'ils gardaient (voir ci-dessous, note 20). Ils s'emparèrent de Varna, au sud du delta. Mais avec l'hiver, ils durent se retirer sur Iassi. Au printemps 1829, ils remportèrent à Koulevtchar une victoire qui leur ouvrit les défilés du mont Balkan. En juillet, les troupes russes commencèrent le siège d'Andrinople et, de son côté, Paskievitch marchait sur Trébizonde. Le 19 août, Andrinople se rendait et les cavaliers russes, descendant vers le sud, apparaissaient de part et d'autre de Constantinople. Le sultan, voyant sa capitale menacée, se décida à traiter. Le 14 septembre 1829, le traité d'Andrinople obtenait confirmation de l'influence russe en Moldavie et en Valachie, et l'autonomie de la Serbie. Les Turcs leur cédaient les bouches du Danube et la liberté de commerce en mer Noire et dans les détroits ; enfin, les Russes obtenaient des cessions de territoires dans le Caucase et en Arménie. La Sublime Porte adhéra au traité du 6 juillet (voir ci-dessus, note 1) et au protocole de Londres (22 mars 1829), définissant les frontières de la Grèce et le gouvernement du nouvel État – monarchique et héréditaire. Toutefois, la Grèce restait sous la suzeraineté de la Porte ottomane.

«Si la Russie veut donner aux principautés des souverains de son choix, l'Autriche regardera la Moldavie et la Valachie comme deux provinces russes, et s'opposera à cette transaction politique.

«La Moldavie et la Valachie passeront-elles sous la domination d'un prince indépendant de toute grande puissance, ou d'un prince installé sous le protectorat de plusieurs souverains?

«Dans ce cas, Nicolas préférerait des hospodars nommés par Mahmoud, car les principautés, ne cessant pas d'être turques, demeureraient vulnérables aux armes de la Russie.

«La liberté du commerce de la mer Noire, l'ouverture de cette mer à toutes les flottes de l'Europe et de l'Amérique, ébranleraient la puissance de la Porte dans ses fondements. Octroyer le passage des vaisseaux de guerre sous Constantinople, c'est, par rapport à la géographie de l'empire ottoman, comme si l'on reconnaissait le droit à des armées étrangères de traverser en tout temps la France le long des murs de Paris.

«Enfin, où la Turquie prendrait-elle de l'argent pour payer les frais de la campagne? Le prétendu trésor des sultans est une vieille fable. Les provinces conquises au delà du Caucase pourraient être, il est vrai, cédées comme hypothèque de la somme demandée: des deux armées russes, l'une, en Europe, me semble être chargée des intérêts de l'honneur de Nicolas; l'autre, en Asie, de ses intérêts pécuniaires. Mais si Nicolas ne se croyait pas lié par les déclarations de son manifeste, l'Angleterre verrait-elle d'un œil indifférent le soldat moscovite s'avancer sur la route de l'Inde? N'a-t-elle pas déjà été alarmée, lorsqu'en 1827 il a fait un pas de plus dans l'empire persan?

«Si la double difficulté qui naît et de la mise à exécution du traité, et de la pertinence des conditions d'une paix entre la Turquie et la Russie; si cette double difficulté rendait inutiles les efforts tentés pour vaincre tant d'obstacles; si une seconde campagne s'ouvrait au printemps, les puissances de l'Europe prendraient-elles parti dans la querelle? Quel serait le rôle que devrait jouer la France? C'est ce que je vais examiner dans la seconde partie de cette *Note.*»

seconde partie

«L'Autriche et l'Angleterre ont des intérêts communs, elles sont naturellement alliées pour leur politique extérieure, quelles que soient d'ailleurs les différentes formes de leurs gouvernements et les maximes opposées de leur politique intérieure. Toutes deux sont ennemies et jalouses de la Russie, toutes deux désirent arrêter les progrès de cette puissance; elles s'uniront peut-être dans un cas extrême; mais elles sentent que si la Russie ne se laisse pas imposer, elle peut braver cette union plus formidable en apparence qu'en réalité.

«L'Autriche n'a rien à demander à l'Angleterre; celle-ci à son tour n'est bonne à l'Autriche que pour lui fournir de l'argent. Or l'Angleterre, écrasée sous le poids de sa dette, n'a plus d'argent à prêter à personne. Abandonnée à ses propres ressources, l'Autriche ne saurait, dans l'état actuel de ses finances, mettre en mouvement de nombreuses armées, surtout étant obligée de surveiller l'Italie et de se tenir en garde sur les frontières de la Pologne et de la Prusse. La position actuelle des troupes russes leur permettrait d'entrer plus vite à Vienne qu'à Constantinople.

«Que peuvent les Anglais contre la Russie? Fermer la Baltique, ne plus acheter le chanvre et les bois sur les marchés du Nord, détruire la flotte de l'amiral Heyden dans la Méditerranée, jeter quelques ingénieurs et quelques soldats dans Constantinople, porter dans cette capitale des provisions de bouche et des munitions de guerre, pénétrer dans la mer Noire, bloquer les ports de la Crimée, priver les troupes russes en campagne de l'assistance de leurs flottes commerçantes et militaires?

«Supposons tout cela accompli (ce qui d'abord ne se peut faire sans des dépenses considérables, lesquelles n'auraient ni dédommagement ni garantie), resterait toujours à Nicolas son immense armée de terre. Une attaque de l'Autriche et de l'Angleterre contre la Croix en faveur du Croissant augmenterait en Russie la popularité d'une guerre déjà nationale et religieuse. Des guerres de cette nature se font sans argent, ce sont celles qui précipitent, par la force de l'opinion, les nations les unes sur les autres. Que les papas commencent à évangéliser à Saint-Pétersbourg, comme les ulémas mahométisent à Constantinople, ils ne trouveront que trop de soldats; ils auraient plus de chances de succès que leurs adversaires dans cet appel aux passions et aux croyances des hommes. Les invasions qui descendent du nord au midi sont bien plus rapides et bien plus irrésistibles que celles qui gravissent du midi au nord: la pente des populations les incline à s'écouler vers les beaux climats.

«La Prusse demeurerait-elle spectatrice indifférente de cette grande lutte, si l'Autriche et l'Angleterre se déclaraient pour la Turquie? Il n'y a pas lieu de le croire.

«Il existe sans doute dans le cabinet de Berlin un parti qui hait et qui craint le cabinet de Saint-Pétersbourg; mais ce parti, qui d'ailleurs commence à vieillir, trouve pour obstacle le parti anti-autrichien et surtout des affections domestiques.

«Les liens de famille, faibles ordinairement entre les souverains, sont très-forts dans la famille de Prusse: le Roi Frédéric-Guillaume III aime tendrement sa fille, l'Impératrice actuelle de Russie[7], et il se plaît à penser que son petit-fils montera sur le trône de Pierre le Grand; les princes Frédéric, Guillaume, Charles, Henri-Albert, sont aussi très-attachés à leur sœur Alexandra, le prince royal héréditaire ne faisait pas de difficulté de déclarer dernièrement à Rome qu'il était *turcophage.*

«En décomposant ainsi les intérêts, on s'aperçoit que la France est dans une admirable position politique: elle peut devenir l'arbitre de ce grand débat; elle peut à son gré garder la neutralité ou se déclarer pour un parti, selon le temps et les circonstances. Si elle était jamais obligée d'en venir à cette extrémité, si ses conseils n'étaient pas écoutés, si la noblesse et la modération de sa conduite ne lui obtenaient pas la paix qu'elle désire pour elle et pour les autres; dans la nécessité où elle se trouverait de prendre les armes, tous ses intérêts la porteraient du côté de la Russie.

«Qu'une alliance se forme entre l'Autriche et l'Angleterre contre la Russie, quel fruit la France recueillerait-elle de son adhésion à cette alliance?

«L'Angleterre prêterait-elle des vaisseaux à la France?

«La France est encore, après l'Angleterre, la première puissance maritime de l'Europe; elle a plus de vaisseaux qu'il ne lui en faut pour détruire, s'il le fallait, les forces navales de la Russie.

«L'Angleterre nous fournirait-elle des subsides?

«L'Angleterre n'a point d'argent; la France en a plus qu'elle, et les Français n'ont pas besoin d'être à la solde du Parlement britannique.

«L'Angleterre nous assisterait-elle de soldats et d'armes?

«Les armes ne manquent point à la France, encore moins les soldats.

«L'Angleterre nous assurerait-elle un accroissement de territoire insulaire ou continental?

«Où prendrons-nous cet accroissement, si nous faisons, au profit du Grand Turc, la guerre à la Russie? Essaierons-nous des descentes sur les côtes de la mer Baltique, de la mer Noire et du détroit de Behring? Aurions-nous une autre espérance? Penserions-nous à nous attacher l'Angleterre afin qu'elle accourût à notre secours si jamais nos affaires intérieures venaient à se brouiller?

«Dieu nous garde d'une telle prévision et d'une intervention étrangère dans nos affaires domestiques! L'Angleterre, d'ailleurs, a toujours fait bon marché des Rois et de la liberté des peuples; elle est toujours prête

7. Le tsar avait épousé en 1817 une fille du roi de Prusse Frédéric-Guillaume III.

à sacrifier sans remords monarchie ou république à ses intérêts particuliers. Naguère encore, elle proclamait l'indépendance des colonies espagnoles, en même temps qu'elle refusait de reconnaître celle de la Grèce ; elle envoyait ses flottes appuyer les insurgés du Mexique, et faisait arrêter dans la Tamise quelques chétifs bateaux à vapeur destinés pour les Hellènes ; elle admettait la légitimité des droits de Mahmoud, et niait celle des droits de Ferdinand[8] ; vouée tour à tour au despotisme ou à la démocratie selon le vent qui amenait dans ses ports les vaisseaux des marchands de la cité.

« Enfin, en nous associant aux projets guerriers de l'Angleterre et de l'Autriche contre la Russie, où irions-nous chercher notre ancien adversaire d'Austerlitz ? il n'est point sur nos frontières. Ferions-nous donc partir à nos frais cent mille hommes bien équipés, pour secourir Vienne ou Constantinople ? Aurions-nous une armée à Athènes pour protéger les Grecs contre les Turcs, et une armée à Andrinople[9] pour protéger les Turcs contre les Russes ? Nous mitraillerions les Osmanlis en Morée, et nous les embrasserions aux Dardanelles ! Ce qui manque de sens commun dans les affaires humaines ne réussit pas.

« Admettons néanmoins, en dépit de toute vraisemblance, que nos efforts fussent couronnés d'un plein succès dans cette triple alliance contre nature, supposons que la Prusse demeurât neutre pendant tout ce démêlé, ainsi que les Pays-Bas, et que, libres de porter nos forces au dehors, nous ne fussions pas obligés de nous battre à soixante lieues de Paris : eh bien ! quel profit retirerions-nous de notre croisade pour la délivrance du tombeau de Mahomet ? Chevaliers des Turcs, nous reviendrions du Levant avec une pelisse d'honneur ; nous aurions la gloire d'avoir sacrifié un milliard et deux cent mille hommes pour calmer les terreurs de l'Autriche, pour satisfaire aux jalousies de l'Angleterre, pour conserver dans la plus belle partie du monde la peste et la barbarie attachées à l'empire ottoman. L'Autriche aurait peut-être augmenté ses États du côté de la Valachie et de la Moldavie, et l'Angleterre aurait peut-être obtenu de la Porte quelques privilèges commerciaux, privilèges pour nous d'un faible intérêt si nous y participions,

8. Ferdinand VII d'Espagne.

9. Ville de Thrace, reconstruite par Hadrien, qui fut un grand centre de commerce et de fabrication d'armes avant de devenir un enjeu militaire qui en faisait l'avant-poste fortifié de Constantinople. Prise par les Russes en 1829, Andrinople vit signer le traité qui reconnaissait l'indépendance de la Grèce (voir ci-dessous, note 20). Grecque à la fin de la Première Guerre mondiale, elle sera restituée à la Turquie en 1923.

puisque nous n'avons ni le même nombre de navires marchands que les Anglais, ni les mêmes ouvrages manufacturés à répandre dans le Levant. Nous serions complètement dupes de cette triple alliance qui pourrait manquer son but, et qui, si elle l'atteignait, ne l'atteindrait qu'à nos dépens.

«Mais si l'Angleterre n'a aucun moyen direct de nous être utile, ne saurait-elle du moins agir sur le cabinet de Vienne, engager l'Autriche, en compensation des sacrifices que nous ferions pour elle, à nous laisser reprendre les anciens départements situés sur la rive gauche du Rhin?

«Non: l'Autriche et l'Angleterre s'opposeront toujours à une pareille concession; la Russie seule peut nous la faire, comme nous le verrons ci-après. L'Autriche nous déteste et s'épouvante de nous, encore plus qu'elle ne hait et ne redoute la Russie; mal pour mal, elle aimerait mieux que cette dernière puissance s'étendît du côté de la Bulgarie que la France du côté de la Bavière.

«Mais l'indépendance de l'Europe serait menacée si les czars faisaient de Constantinople la capitale de leur empire?

«Il faut expliquer ce que l'on entend par l'indépendance de l'Europe: veut-on dire que, tout équilibre étant rompu, la Russie, après avoir fait la conquête de la Turquie européenne, s'emparerait de l'Autriche, soumettrait l'Allemagne et la Prusse, et finirait par asservir la France?

«Et d'abord, tout empire qui s'étend sans mesure perd de sa force; presque toujours il se divise; on verrait bientôt deux ou trois Russies ennemies les unes des autres.

«Ensuite l'équilibre de l'Europe existe-t-il pour la France depuis les derniers traités?

«L'Angleterre a conservé presque toutes les conquêtes qu'elle a faites dans les colonies de trois parties du monde pendant la guerre de la Révolution; en Europe elle a acquis Malte et les îles Ioniennes[10]; il n'y a pas jusqu'à son électorat de Hanovre qu'elle n'ait enflé en royaume et agrandi de quelques seigneuries.

«L'Autriche a augmenté ses possessions d'un tiers de la Pologne et des

10.
Malte avait été conquise en 1800 par les Anglais, qui refusèrent de la rendre à l'Ordre de Malte. L'Angleterre conservera cette possession jusqu'au référendum qui sanctionnera son indépendance, le 21 septembre 1964. Quant aux îles Ioniennes (Corfou, Ithaque, Zante, Cythère...), elles furent occupées par les Anglais en 1809, sauf Corfou, et transformées en protectorat britannique (novembre 1815). La population demande l'union à la Grèce; la Céphalonie se souleva même (1849). À l'avènement de Georges Ier de Grèce, la Grande-Bretagne les lui céda pour le rallier à sa politique (mars 1864).

rognures de la Bavière, d'une partie de la Dalmatie et de l'Italie[11]. Elle n'a plus, il est vrai, les Pays-Bas ; mais cette province n'a point été dévolue à la France, et elle est devenue contre nous une auxiliaire redoutable de l'Angleterre et de la Prusse.

« La Prusse s'est agrandie du duché ou palatinat de Posen, d'un fragment de la Saxe et des principaux cercles du Rhin ; son poste avancé est sur notre propre territoire, à dix journées de marche de notre capitale[12].

« La Russie a recouvré la Finlande et s'est établie sur les bords de la Vistule.

« Et nous, qu'avons-nous gagné dans tous ces partages ? Nous avons été dépouillés de nos colonies ; notre vieux sol même n'a pas été respecté : Landau détaché de la France, Huningue rasé, laissent une brèche de plus de cinquante lieues dans nos frontières ; le petit État de Sardaigne n'a pas rougi de se revêtir de quelques lambeaux volés à l'empire de Napoléon et au royaume de Louis le Grand.

« Dans cette position, quel intérêt avons-nous à rassurer l'Autriche et l'Angleterre contre les victoires de la Russie ? Quand celle-ci s'étendrait vers l'Orient et alarmerait le cabinet de Vienne, en serions-nous en danger ? Nous a-t-on assez ménagés, pour que nous soyons si sensibles aux inquiétudes de nos ennemis ? L'Angleterre et l'Autriche ont toujours été et seront toujours les adversaires naturels de la France ; nous les verrions demain s'allier de grand cœur à la Russie, s'il s'agissait de nous combattre et de nous dépouiller.

« N'oublions pas que, tandis que nous prendrions les armes pour le prétendu salut de l'Europe, mise en péril par l'ambition supposée de Nicolas, il arriverait probablement que l'Autriche, moins chevaleresque et plus rapace, écouterait les propositions du cabinet de Pétersbourg : un

11.
Vienne avait réussi à étendre son influence sur une bonne partie des États qui composaient l'Italie. Il est vrai que le royaume de Sardaigne et les États pontificaux lui échappaient. Mais la Vénétie et la Lombardie lui avaient été attribuées par le congrès de Vienne, et dans maintes capitales son action s'exerçait par personnes interposées : l'archiduc Ferdinand d'Autriche régnait sur la Toscane ; l'ex-impératrice Marie-Louise possédait les duchés de Parme, de Plaisance et de Guastala ; l'archiduc François d'Este exerçait son pouvoir sur les duchés de Modène, de Reggio et de Mirandola ; l'archiduchesse Marie-Béatrix d'Este gouvernait le duché de Massa et la principauté de Carrare. Des garnisons autrichiennes étaient installées à Ferrare. Et le roi de Naples, Ferdinand de Bourbon, avait pris l'engagement par un accord secret de ne pas introduire dans ses États d'institutions incompatibles avec celles du royaume lombard-vénitien. Sans pouvoir se flatter de dominer toute la péninsule, l'Autriche était au moins assurée d'une position prépondérante qu'aucune puissance ne semblait en état de lui disputer.

12.
Voir *supra*, l. XXIII, chap. 11, note 6, p. 1460.

revirement brusque de politique lui coûte peu. Du consentement de la Russie, elle se saisirait de la Bosnie et de la Servie[13], nous laissant la satisfaction de nous évertuer pour Mahmoud.

« La France est déjà dans une demi-hostilité avec les Turcs ; elle seule a déjà dépensé plusieurs millions et exposé vingt mille soldats dans la cause de la Grèce ; l'Angleterre ne perdrait que quelques paroles en trahissant les principes du traité du 6 de juillet ; la France y perdrait honneur, hommes et argent : notre expédition ne serait plus qu'une vraie cacade politique[14].

« Mais, si nous ne nous unissons pas à l'Autriche et à l'Angleterre, l'empereur Nicolas ira donc à Constantinople ? l'équilibre de l'Europe sera donc rompu ?

« Laissons, pour le répéter encore une fois, ces frayeurs feintes ou vraies à l'Angleterre et à l'Autriche. Que la première craigne de voir la Russie s'emparer de la traite du Levant et devenir puissance maritime, cela nous importe peu. Est-il donc si nécessaire que la Grande-Bretagne reste en possession du monopole des mers, que nous répandions le sang français pour conserver le sceptre de l'océan aux destructeurs de nos colonies, de nos flottes et de notre commerce ? Faut-il que la race légitime mette en mouvement des armées afin de protéger la maison qui s'unit à l'illégitimité et qui réserve peut-être pour des temps de discorde les moyens qu'elle croit avoir de troubler la France ? Bel équilibre pour nous, que celui de l'Europe, lorsque toutes les puissances, comme je l'ai déjà montré, ont augmenté leurs masses et diminué d'un commun accord le poids de la France ! Qu'elles rentrent comme nous dans leurs anciennes limites ; puis nous volerons au secours de leur indépendance, si cette indépendance est menacée. Elles ne se firent aucun scrupule de se joindre à la Russie, pour nous démembrer et pour s'incorporer les fruits de nos victoires ; qu'elles souffrent donc aujourd'hui que nous resserrions les liens formés entre nous et cette même Russie pour reprendre des limites convenables et rétablir la véritable balance de l'Europe !

« Au surplus, si l'empereur Nicolas voulait et pouvait aller signer la paix à Constantinople, la destruction de l'empire ottoman serait-elle la consé-

---

13.
Le *Larousse du XIXe siècle* connaît encore le nom de Servie pour Serbie.

14.
Le terme ne manque pas de verdeur puisqu'il signifie, au sens propre, « décharge du ventre ». Mais il s'employait aussi au figuré : « *Il a fait une vilaine cacade*, pour dire il a manqué par imprudence ou par lâcheté une entreprise où il s'était flatté de réussir » (*Dictionnaire de l'Académie française*, 1789).

quence rigoureuse de ce fait? La paix a été signée les armes à la main à Vienne, à Berlin, à Paris; presque toutes les capitales de l'Europe dans ces derniers temps ont été prises: l'Autriche, la Bavière, la Prusse, la France, l'Espagne ont-elles péri? Deux fois les Cosaques et les Pandours sont venus camper dans la cour du Louvre; le royaume de Henri IV a été occupé militairement pendant trois années, et nous serions tout émus de voir les Cosaques au sérail, et nous aurions pour l'honneur de la Barbarie cette susceptibilité que nous n'avons pas eue pour l'honneur de la civilisation et pour notre propre patrie! Que l'orgueil de la Porte soit humilié, et peut-être alors l'obligera-t-on à reconnaître quelques-uns de ces droits de l'humanité qu'elle outrage.

«On voit maintenant où je vais, et la conséquence que je m'apprête à tirer de tout ce qui précède. Voici cette conséquence:

«Si les puissances belligérantes ne peuvent arriver à un arrangement pendant l'hiver; si le reste de l'Europe croit devoir au printemps se mêler de la querelle; si des alliances diverses sont proposées, si la France est absolument obligée de choisir entre ces alliances, si les événements la forcent de sortir de sa neutralité, tous ses intérêts doivent la décider à s'unir de préférence à la Russie; combinaison d'autant plus sûre, qu'il serait facile, par l'offre de certains avantages, d'y faire entrer la Prusse.

«Il y a sympathie entre la Russie et la France; la dernière a presque civilisé la première dans les classes élevées de la société; elle lui a donné sa langue et ses mœurs. Placées aux deux extrémités de l'Europe, la France et la Russie ne se touchent point par leurs frontières; elles n'ont point de champ de bataille où elles puissent se rencontrer; elles n'ont aucune rivalité de commerce, et les ennemis naturels de la Russie (les Anglais et les Autrichiens) sont aussi les ennemis naturels de la France. En temps de paix, que le cabinet des Tuileries reste l'allié du cabinet de Saint-Pétersbourg, et rien ne peut bouger en Europe. En temps de guerre, l'union des deux cabinets dictera des lois au monde.

«J'ai fait voir assez que l'alliance de la France avec l'Angleterre et l'Autriche contre la Russie est une alliance de dupe, où nous ne trouverions que la perte de notre sang et de nos trésors. L'alliance de la Russie, au contraire, nous mettrait à même d'obtenir des établissements dans l'Archipel et de reculer nos frontières jusqu'aux bords du Rhin. Nous pouvons tenir ce langage à Nicolas:

«Vos ennemis nous sollicitent; nous préférons la paix à la guerre, nous désirons garder la neutralité. Mais enfin, si vous ne pouvez vider vos différends avec la Porte que par les armes, si vous voulez aller à Constantinople, entrez avec les puissances chrétiennes dans un partage équitable de la Turquie européenne. Celles de ces puissances qui ne sont pas placées de manière à s'agrandir du côté de l'Orient recevront ailleurs des dédommagements. Nous, nous voulons avoir la ligne du Rhin, depuis Strasbourg jusqu'à Cologne. Telles sont nos justes prétentions. La Russie a un intérêt (votre frère Alexandre l'a dit) à ce que la France soit forte. Si vous consentez à cet arrangement et que les autres puissances s'y refusent, nous ne souffrirons pas qu'elles interviennent dans votre démêlé avec la Turquie. Si elles vous attaquent malgré nos remontrances, nous les combattrons avec vous, toujours aux mêmes conditions que nous venons d'exprimer.

« Voilà ce qu'on peut dire à Nicolas. Jamais l'Autriche, jamais l'Angleterre ne nous donneront la limite du Rhin pour prix de notre alliance avec elles : or c'est pourtant là que tôt ou tard la France doit placer ses frontières, tant pour son honneur que pour sa sûreté.

« Une guerre avec l'Autriche et avec l'Angleterre a des espérances nombreuses de succès et peu de chances de revers. Il est d'abord des moyens de paralyser la Prusse, de la déterminer même à s'unir à nous et à la Russie ; ce cas arrivé, les Pays-Bas ne peuvent se déclarer ennemis. Dans la disposition actuelle des esprits, quarante mille Français défendant les Alpes soulèveraient toute l'Italie.

« Quant aux hostilités avec l'Angleterre, si elles devaient jamais commencer, il faudrait ou jeter vingt-cinq mille hommes de plus en Morée ou en rappeler promptement nos troupes et notre flotte. Renoncez aux escadres, dispersez vos vaisseaux un à un sur toutes les mers ; ordonnez de couler bas toutes les prises après en avoir retiré les équipages, multipliez les lettres de marque dans les ports des quatre parties du monde, et bientôt la Grande-Bretagne, forcée par les banqueroutes et les cris de son commerce, sollicitera le rétablissement de la paix. Ne l'avons-nous pas vue capituler en 1814 devant la marine des États-Unis[15], qui ne se compose pourtant aujourd'hui que de neuf frégates et de onze vaisseaux ?

---

15. Sous la présidence de Madison, une guerre anglo-américaine (1812-1814), répliquant à la politique d'embargo pratiquée par les États-Unis à l'égard des belligérants (France et Angleterre) et aux mesures de rétorsion prises par la Grande-Bretagne, fut déclarée le 1er juin 1812. Les Américains connurent des revers : en 1814, après l'abdication de Napoléon, une puissante flotte anglaise resserra le blocus des ports américains, et chassa les quelques bâtiments américains. Au mois d'août, une flotte anglaise entra dans la baie de Chesapeake et marcha sur Washington ; les Anglais prirent la ville et l'incendièrent, avant de se retirer. Toutefois, à la fin de 1814, les pourparlers entre les gouvernements aboutirent à un traité : la Grande-Bretagne ne réclama aucun territoire et le statu quo fut rétabli sans qu'aucune question de fond ne fût réglée.

«Considérée sous le double rapport des intérêts généraux de la société et de nos intérêts particuliers, la guerre de la Russie contre la Porte ne doit nous donner aucun ombrage. En principe de grande civilisation, l'espèce humaine ne peut que gagner à la destruction de l'Empire ottoman : mieux vaut mille fois pour les peuples la domination de la Croix à Constantinople que celle du Croissant. Tous les éléments de la morale et de la société politique sont au fond du christianisme, tous les germes de la destruction sociale sont dans la religion de Mahomet. On dit que le sultan actuel a fait des pas vers la civilisation : est-ce parce qu'il a essayé, à l'aide de quelques renégats français, de quelques officiers anglais et autrichiens, de soumettre ses hordes fanatiques à des exercices réguliers ? Et depuis quand l'apprentissage machinal des armes est-il la civilisation ? C'est une faute énorme, c'est presque un crime d'avoir initié les Turcs dans la science de notre tactique : il faut baptiser les soldats qu'on discipline, à moins qu'on ne veuille élever à dessein des destructeurs de la société.

«L'imprévoyance est grande : l'Autriche, qui s'applaudit de l'organisation des armées ottomanes, serait la première à porter la peine de sa joie : si les Turcs battaient les Russes, à plus forte raison seraient-ils capables de se mesurer avec les impériaux leurs voisins ; Vienne cette fois n'échapperait pas au grand-vizir. Le reste de l'Europe, qui croit n'avoir rien à craindre de la Porte, serait-il plus en sûreté ? Des hommes à passions et à courte vue veulent que la Turquie soit une puissance militaire régulière, qu'elle entre dans le droit commun de paix et de guerre des nations civilisées, le tout pour maintenir je ne sais quelle balance, dont le mot vide de sens dispense ces hommes d'avoir une idée : quelles seraient les conséquences de ces volontés réalisées ? Quand il plairait au sultan, sous un prétexte quelconque, d'attaquer un gouvernement chrétien, une flotte constantinopolitaine bien manœuvrée, augmentée de la flotte du pacha d'Égypte et du contingent maritime des puissances barbaresques, déclarerait les côtes de l'Espagne ou de l'Italie en état de blocus, débarquerait cinquante mille hommes à Carthagène ou à Naples. Vous ne voulez pas planter la croix sur Sainte-Sophie : continuez de discipliner des hordes de Turcs, d'Albanais, de Nègres et d'Arabes, et avant vingt ans peut-être le Croissant brillera sur le dôme de Saint-Pierre. Appellerez-vous alors l'Europe à une croisade contre des infidèles armés de la peste, de l'esclavage et du Coran ? il sera trop tard.

«Les intérêts généraux de la société trouveraient donc leur compte au succès des armes de l'empereur Nicolas.

«Quant aux intérêts particuliers de la France, j'ai suffisamment prouvé qu'ils existaient dans une alliance avec la Russie et qu'ils pouvaient être singulièrement favorisés par la guerre même que cette puissance soutient aujourd'hui en Orient.»

résumé, conclusion et réflexions sur le mémoire

«Je me résume :
«1° La Turquie consentît-elle à traiter sur les bases du traité du 6 de juillet, rien ne serait encore décidé, la paix n'étant pas faite entre la Turquie et la Russie ; les chances de la guerre dans les défilés du Balkan changeraient à chaque instant les données et la position des plénipotentiaires occupés de l'émancipation de la Grèce.
«2° Les conditions probables de la paix entre l'empereur Nicolas et le sultan Mahmoud sont sujettes aux plus grandes objections.
«3° La Russie peut braver l'union de l'Angleterre et de l'Autriche, union plus formidable en apparence qu'en réalité.
«4° Il est probable que la Prusse se réunirait plutôt à l'empereur Nicolas, gendre de Frédéric-Guillaume III, qu'aux ennemis de l'Empereur.
«5° La France aurait tout à perdre et rien à gagner en s'alliant avec l'Angleterre et l'Autriche contre la Russie.
«6° L'indépendance de l'Europe ne serait point menacée par les conquêtes des Russes en Orient. C'est une chose passablement absurde, c'est ne tenir compte d'aucun obstacle, que de faire accourir les Russes du Bosphore pour imposer leur joug à l'Allemagne et à la France : tout empire s'affaiblit en s'étendant. Quant à l'équilibre des forces, il y a longtemps qu'il est rompu pour la France ; – elle a perdu ses colonies, elle est resserrée dans ses anciennes limites, tandis que l'Angleterre, la Prusse, la Russie et l'Autriche se sont prodigieusement agrandies.
«7° Si la France était obligée de sortir de sa neutralité, de prendre les armes pour un parti ou pour un autre, les intérêts généraux de la civilisation, comme les intérêts particuliers de notre patrie, doivent nous faire entrer de préférence dans l'alliance russe. Par elle nous pourrions obtenir le cours du Rhin pour frontières et des colonies dans l'Archipel, avantages que ne nous accorderont jamais les cabinets de Saint-James et de Vienne.
«Tel est le résumé de cette *Note*. Je n'ai pu raisonner qu'hypothétiquement ; j'ignore ce que l'Angleterre, l'Autriche et la Russie proposent ou ont proposé au moment même où j'écris ; il y a peut-être un renseignement, une dépêche qui réduisent à des généralités inutiles les vérités exposées ici : c'est l'inconvénient des distances et de la politique conjecturale. Il reste néanmoins certain que la position de la France est forte ; que le gouvernement est à même de tirer le plus grand parti des événements s'il se rend bien compte de ce qu'il veut, s'il ne se laisse intimider par personne, si, à la fermeté du langage, il joint la vigueur de l'action. Nous avons un Roi vénéré, un héritier du trône qui accroîtrait sur les bords du Rhin avec trois cent mille hommes la gloire qu'il a recueillie en Espagne ; notre expédition

de Morée nous fait jouer un rôle plein d'honneur; nos institutions politiques sont excellentes, nos finances sont dans un état de prospérité sans exemple en Europe: avec cela on peut marcher tête levée. Quel pays que celui qui possède le génie, le courage, les bras et l'argent!

« Au surplus je ne prétends pas avoir tout dit, tout prévu ; je n'ai point la présomption de donner mon système comme le meilleur; je sais qu'il y a dans les affaires humaines quelque chose de mystérieux, d'insaisissable. S'il est vrai qu'on puisse annoncer assez bien les derniers et généraux résultats d'une révolution, il est également vrai qu'on se trompe dans les détails, que les événements particuliers se modifient souvent d'une manière inattendue, et qu'en voyant le but, on y arrive par des chemins dont on ne soupçonnait pas même l'existence. Il est certain, par exemple, que les Turcs seront chassés de l'Europe; mais quand et comment? La guerre actuelle délivrera-t-elle le monde civilisé de ce fléau? Les obstacles que j'ai signalés à la paix sont-ils insurmontables? Oui, si l'on s'en tient aux raisonnement analogues; non, si l'on fait entrer dans ses calculs des circonstances étrangères à celles qui ont occasionné la prise d'armes.

«Presque rien aujourd'hui ne ressemble à ce qui a été: hors la religion et la morale, la plupart des vérités sont changées, sinon dans leur essence, du moins dans leurs rapports avec les choses et les hommes. D'Ossat reste encore comme un négociateur habile, Grotius comme un publiciste de génie, Puffendorf comme un esprit judicieux; mais on ne saurait appliquer à nos temps les règles de leur diplomatie, ni revenir pour le droit politique de l'Europe au traité de Westphalie. Les peuples se mêlent actuellement de leurs affaires, conduites autrefois par les seuls gouvernements. Ces peuples ne sentent plus les choses comme ils les sentaient jadis; ils ne sont plus affectés des mêmes événements; ils ne voient plus les objets sous le même point de vue; la raison chez eux a fait des progrès aux dépens de l'imagination; le positif l'emporte sur l'exaltation et sur les déterminations passionnées; une certaine raison règne partout. Sur la plupart des trônes, et dans la majorité des cabinets de l'Europe, sont assis des hommes las de révolutions, rassasiés de guerre, et antipathiques à tout esprit d'aventures: voilà des motifs d'espérance pour des arrangements pacifiques. Il peut exister aussi chez les nations des embarras intérieurs qui les disposeraient à des mesures conciliatrices.

«La mort de l'impératrice douairière de Russie[16] peut développer des semences de troubles qui n'étaient pas parfaitement étouffées. Cette prin-

16.
La tsarine Maria Fédorovna, veuve de Paul Ier, mère d'Alexandre Ier et de Nicolas Ier. Elle était morte dans la nuit du 4 au 5 novembre 1828.

cesse se mêlait peu de la politique extérieure, mais elle était un lien entre ses fils ; elle a passé pour avoir exercé une grande influence sur les transactions qui ont donné la couronne à l'empereur Nicolas. Toutefois il faut avouer que si Nicolas recommençait à craindre, ce serait pour lui un motif de plus de pousser ses soldats hors du sol natal et de chercher sa sûreté dans la victoire.

« L'Angleterre, indépendamment de sa dette qui gêne ses mouvements, est embarrassée dans les affaires d'Irlande : que l'émancipation des catholiques passe ou ne passe pas dans le Parlement, ce sera un événement immense. La santé du roi George est chancelante[17], celle de son successeur immédiat n'est pas meilleure ; si l'accident prévu arrivait bientôt, il y aurait convocation d'un nouveau Parlement, peut-être changement de ministres, et les hommes capables sont rares aujourd'hui en Angleterre ; une longue régence pourrait peut-être venir. Dans cette position précaire et critique, il est probable que l'Angleterre désire sincèrement la paix, et qu'elle craint de se précipiter dans les chances d'une grande guerre, au milieu de laquelle elle se trouverait surprise par des catastrophes intérieures.

« Enfin nous-mêmes, malgré nos prospérités réelles et indisputables, bien que nous puissions nous montrer avec éclat sur un champ de bataille, si nous y sommes appelés, sommes-nous tout à fait prêts à y paraître ? Nos places fortes sont-elles réparées ? Avons-nous le matériel nécessaire pour une nombreuse armée ? Cette armée est-elle même au complet du pied de paix ? Si nous étions réveillés brusquement par une déclaration de guerre de l'Angleterre, de la Prusse et des Pays-Bas, pourrions-nous nous opposer efficacement à une troisième invasion ? Les guerres de Napoléon ont divulgué un fatal secret : c'est qu'on peut arriver en quelques journées de marche à Paris après une affaire heureuse ; c'est que Paris ne se défend pas ; c'est que ce même Paris est beaucoup trop près de la frontière. La capitale de la France ne sera à l'abri que quand nous posséderons la rive gauche du Rhin. Nous pouvons donc avoir besoin d'un temps quelconque pour nous préparer.

« Ajoutons à tout cela que les vices et les vertus des princes, leur force et leur faiblesse morale, leur caractère, leurs passions, leurs habitudes mêmes, sont des causes d'actes et de faits rebelles aux calculs, et qui ne rentrent dans aucune formule politique : la plus misérable influence détermine quelquefois le plus grand événement dans un sens contraire à la

---

17. George IV d'Angleterre mourra le 26 juin 1830. Guillaume IV, troisième fils de George III, régnera jusqu'en 1837. Sans postérité, il aura pour successeur sa nièce, la reine Victoria.

vraisemblance des choses; un esclave peut faire signer à Constantinople une paix que toute l'Europe, conjurée ou à genoux, n'obtiendrait pas.

«Que si donc quelqu'une de ces raisons placées hors de la prévoyance humaine amenait, durant cet hiver, des demandes de négociations, faudrait-il les repousser si elles n'étaient pas d'accord avec les principes de cette *Note*? Non sans doute: gagner du temps est un grand art quand on n'est pas prêt. On peut savoir ce qu'il y aurait de mieux, et se contenter de ce qu'il y a de moins mauvais; les vérités politiques, surtout, sont relatives; l'absolu, en matière d'État, a de graves inconvénients. Il serait heureux pour l'espèce humaine que les Turcs fussent jetés dans le Bosphore, mais nous ne sommes pas chargés de l'expédition et l'heure du mahométisme n'est peut-être pas sonnée: la haine même doit être éclairée pour ne pas faire de sottises. Rien ne doit donc empêcher la France d'entrer dans des négociations, en ayant soin de les rapprocher le plus possible de l'esprit dans lequel cette *Note* est rédigée. C'est aux hommes qui tiennent le timon des empires à les gouverner selon les vents, en évitant les écueils.

«Certes, si le puissant souverain du Nord consentait à réduire les conditions de la paix à l'exécution du traité d'Akerman[18] et à l'émancipation de la Grèce, il serait possible de faire entendre raison à la Porte; mais quelle probabilité y a-t-il que la Russie se renferme dans des conditions qu'elle aurait pu obtenir sans tirer un coup de canon? Comment abandonnerait-elle des prétentions si hautement et si publiquement exprimées? Un seul moyen, s'il en est un, se présenterait: proposer un congrès général où l'empereur Nicolas céderait ou aurait l'air de céder au vœu de l'Europe chrétienne. Un moyen de succès auprès des hommes, c'est de sauver leur amour-propre, de leur fournir une raison de dégager leur parole et de sortir d'un mauvais pas avec honneur.

«Le plus grand obstacle à ce projet d'un congrès viendrait du succès inattendu des armes ottomanes pendant l'hiver. Que, par la rigueur de la saison, le défaut de vivres, par l'insuffisance des troupes ou par toute autre cause, les Russes soient obligés d'abandonner le siège de Silistrie[19]; que

18. Voir ci-dessus, note 6.

19. Cette ville du Danube, à 310 km au nord-ouest de Constantinople, fut l'objet de trois sièges: l'un en 1773, le dernier en 1849 et celui qui nous occupe en 1829. Lors de la campagne de 1828, les Russes, commandés par le général Roth, puis par le général Schilder, vont faire le siège de la place, appuyés par l'armée de Diebitsch. Silistrie, commandée par Hadgi Achmet pacha, se rendit le 30 juin 1829. Les Russes évacuèrent la place l'année suivante (11 septembre 1830), après le paiement de l'indemnité de guerre imposée au gouvernement ottoman.

Varna (ce qui cependant n'est guère probable) retombe entre les mains des Turcs, l'empereur Nicolas se trouverait dans une position qui ne lui permettrait plus d'entendre à aucune proposition, sous peine de descendre au dernier rang des monarques ; alors la guerre se continuerait, et nous rentrerions dans les éventualités que cette *Note* a déduites. Que la Russie perde son rang comme puissance militaire, que la Turquie la remplace dans cette qualité, l'Europe n'aurait fait que changer de péril. Or, le danger qui nous viendrait par le cimeterre de Mahmoud serait d'une espèce bien plus formidable que celui dont nous menacerait l'épée de l'empereur Nicolas. Si la fortune assied par hasard un prince remarquable sur le trône des sultans, il ne peut vivre assez longtemps pour changer les lois et les mœurs, en eût-il d'ailleurs le dessein. Mahmoud mourra : à qui laissera-t-il l'empire avec ses soldats fanatiques disciplinés, avec ses ulémas ayant entre leurs mains, par l'initiation à la tactique moderne, un nouveau moyen de conquête pour le Coran ?
« Tandis que, épouvantée enfin de ces faux calculs, l'Autriche serait obligée de se garder sur des frontières où les janissaires ne lui laissaient rien à craindre, une nouvelle insurrection militaire, résultat possible de l'humiliation des armes de Nicolas, éclaterait peut-être à Pétersbourg, se communiquerait de proche en proche, mettrait le feu au nord de l'Allemagne. Voilà ce que n'aperçoivent pas des hommes qui en sont restés, pour la politique, aux frayeurs vulgaires comme aux lieux communs. De petites dépêches, de petites intrigues, sont les barrières que l'Autriche prétend opposer à un mouvement qui menace tout. Si la France et l'Angleterre prenaient un parti digne d'elles, si elles notifiaient à la Porte que, dans le cas où le sultan fermerait l'oreille à toute proposition de paix, il les trouvera sur le champ de bataille au printemps, cette résolution aurait bientôt mis fin aux anxiétés de l'Europe. »

L'existence de ce mémoire, ayant transpiré dans le monde diplomatique, m'attira une considération que je ne rejetais pas, mais que je n'ambitionnais point. Je ne vois pas trop ce qui pouvait surprendre les *positifs*[20] : ma guerre d'Espagne était une chose *très-positive.* Le travail incessant de la révolution générale qui s'opère dans la vieille société, en amenant parmi nous la chute de la légitimité, a dérangé des calculs subordonnés à la permanence des faits tels qu'ils existaient en 1828.

20.
Toujours ce plaidoyer *pro domo,* où nous saisissons là Chateaubriand au vif de sa pensée : il se prétend doué pour les choses positives en tant que ministre et diplomate, et en même temps méprise suprêmement ceux qui font de cet art des choses pratiques une fin en soi.

Voulez-vous convaincre de l'énorme différence de mérite et de gloire entre un grand écrivain et un grand politique ? Mes travaux de diplomate ont été sanctionnés par ce qui est reconnu l'habileté suprême, c'est-à-dire par le *succès.* Quiconque pourtant lira jamais ce *Mémoire* le sautera sans doute à pieds joints, et j'en ferais autant à la place des lecteurs. Eh bien, supposez qu'au lieu de ce petit chef-d'œuvre de chancellerie, on trouvât dans cet écrit quelque épisode à la façon d'Homère ou de Virgile, le ciel m'eût-il accordé leur génie, pensez-vous qu'on fût tenté de sauter les amours de Didon à Carthage ou les larmes de Priam dans la tente d'Achille ?

«M

À MADAME RÉCAMIER

ercredi. Rome, ce 10 décembre 1828.

«Je suis allé à l'Académie tibérine[1] dont j'ai l'honneur d'être membre. J'ai entendu des discours fort spirituels et de très-beaux vers. Que d'intelligence perdue! Ce soir j'ai mon grand *ricevimento*[2]; j'en suis consterné en vous écrivant[3].»

«11 décembre.

«Le grand *ricevimento* s'est passé à merveille. Madame de Ch. est ravie, parce que nous avons eu tous les cardinaux de la terre[4]. Toute l'Europe, à Rome, était là avec Rome. Puisque je suis condamné pour quelques jours à ce métier, j'aime mieux le faire aussi bien qu'un autre ambassadeur. Les ennemis n'aiment aucune espèce de succès, même les plus misérables, et c'est les punir que de réussir dans un genre où ils se croient eux-mêmes sans égal. Samedi prochain je me transforme en chanoine de Saint-Jean de Latran[5], et dimanche je donne à dîner à mes confrères. Une réunion plus de mon goût

---

1. L'Académie du Tibre, société littéraire de Rome (comme plusieurs autres), avait demandé à Chateaubriand d'accepter d'être de ses membres.

2. Grande réception. Voir ci-dessous, en note 4, l'extrait du *Courrier français* du 25 décembre 1828.

3. Il ne s'agit là que d'un court extrait d'une lettre datée en fait du 9 décembre 1828, et dont l'essentiel concerne la représentation de *Moïse* (*Lettres à Madame Récamier*, pp. 226-227).

4. La lettre ajoute «et que de mémoire d'homme on n'avait jamais vu de *ricevimento* plus nombreux et plus brillant» (*ibid.*, p. 228). M. Levaillant a reproduit l'extrait suivant du *Courrier*

Portrait de Madame Récamier par A. Claude.

---

français du 25 décembre 1828: «Une lettre arrivée récemment de Rome contient le passage suivant: "Le *Ricevimento* est le jour de gloire des ambassadeurs. C'est celui où, à leur arrivée, ils donnent audience aux grands et à la noblesse de Rome. Jamais on n'en a vu de pareil à celui de M. de Chateaubriand. Tous les cardinaux couverts de la pourpre, les diplomates en grand costume, les nobles dans leurs habits de gala, jusqu'aux puissances déchues qui se cachent dans l'ombre, le fameux Godoy, en habit de généralissime d'Espagne et des Indes, tout ce que Rome enfin compte de plus distingué par l'éclat de la naissance et des talents, se pressait dans les salons pour saluer l'envoyé de la France. Son premier soin en arrivant à Rome avait été d'envoyer complimenter le cardinal Fesch, avec qui il avait eu d'anciennes relations, et de lui offrir ses services avec toute la grâce possible. Cette démarche a flatté d'autant plus l'opinion que jusqu'ici les ambassadeurs français avaient suivi une conduite toute différente envers les membres de la famille Napoléon. M. de Chateaubriand s'occupe des artistes. Il est allé plusieurs fois visiter l'Académie de France."» (*ibid.*, p. 228, note).

5.

Le roi de France était chanoine de Saint-Jean-de-Latran et son ambassadeur le représentait en certaines occasions. Chateaubriand écrivait: «Samedi, Rome, ce 6 décembre 1828. Je suis réduit à vous répéter ce que je vous dis chaque poste, que je suis bien malheureux ici sans vous. [...] Samedi 13, je serai transformé en chanoine. Cela enchantait le duc de Laval et moi je suis au supplice. De fête en fête j'arriverai, j'espère à la bonne, à la véritable, je vous retrouverai» (*ibid.*, p. 225).

est celle qui a lieu aujourd'hui : je dîne chez M. Guérin avec tous les artistes, et nous allons arrêter *votre* monument pour le Poussin[6]. Un jeune élève plein de talent, M. Desprez, fera le bas-relief pris d'un tableau du grand peintre et M. Lemoyne fera le buste. Il ne faut ici que des mains françaises[7].

« Pour compléter mon histoire de Rome, madame de Castries est arrivée. C'est encore une de ces petites filles que j'ai fait sauter sur mes genoux comme Césarine[8] (madame de Barante). Cette pauvre femme est bien changée ; ses yeux se sont remplis de larmes quand je lui ai rappelé son enfance à Lormois. Il me semble que l'enchantement n'est plus chez la voyageuse. Quel isolement ! et pour qui ? Voyez-vous, ce qu'il y a de mieux, c'est d'aller vous retrouver le plus tôt possible. Si mon *Moïse*[9] descendait bien de la montagne, je lui emprunterais un de ses rayons, pour paraître à vos yeux tout brillant et tout rajeuni[10]. »

« Samedi, 13.

« Mon dîner[11] à l'Académie s'est passé à merveille. Les jeunes gens étaient satisfaits : un ambassadeur dînait *chez eux* pour la première fois. Je leur ai annoncé le monument au Poussin : c'était comme si j'honorais déjà leurs cendres[12]. »

À LA MÊME

« Jeudi, 18 décembre 1828.

« Au lieu de perdre mon temps et le vôtre à vous raconter les faits et gestes

---

6.

Pour la stèle à la gloire de Nicolas Poussin, Chateaubriand fit appel à de jeunes élèves de l'Académie de France, à l'architecte Vaudoyer et aux sculpteurs Desprez et Lemoyne. Il choisit parmi les toiles du maître celle qui, par la sobriété de ses lignes et la netteté pensive des attitudes, se prêtait le mieux à être traduite dans la pierre. Desprez représenta les *Bergers d'Arcadie*, la célèbre toile où les pasteurs se penchent dans la campagne pour lire sur une pierre les mots à demi effacés : *Et in Arcadio ego.* Il n'y a de vraiment moderne qu'un buste de Poussin, travail confié à Lemoyne. Chateaubriand, ayant trouvé dans ses fouilles un beau bloc de marbre grec, le destina au buste. Une inscription, échelonnée sur plusieurs lignes, sert de dédicace ; telle que la citent les *Mémoires* : *F.-A. de Chateaubriand à Nicolas Poussin, pour la gloire des arts et l'honneur de la France*, elle est discrète. « Sur la pierre, le nom du dédicant parle plus fort et s'étale en toutes lettres, isolé sur une ligne, la première, un peu plus longue, et presque aussi haut que le Nicolas Poussin de la troisième » (M.-J. Durry, *L'Ambassade romaine de Chateaubriand*).

7.

La lettre porte : « Il ne faut ici que des artistes français » (*Lettres à Madame Récamier*, p. 228).

8.

À l'époque du Consulat ; lorsqu'il fréquentait en compagnie de Pauline de Beaumont les châteaux de Méréville et du Marais.

Monument funéraire de Nicolas Poussin à Rome.

9.

Chateaubriand ne désespérait pas faire représenter au Théâtre-Français sa tragédie biblique, pour laquelle il entretenait des démarches auprès du baron Taylor, commissaire royal près le Théâtre-Français.

10.

Ce paragraphe comporte plusieurs modifications de style par rapport à la lettre, où il se finit ainsi : « Voyez-vous ce qu'il y a de mieux c'est de vous aimer toujours davantage ; c'est d'aller vous retrouver le plus tôt possible. Si mon *Moïse* descend bien de la Montagne, je lui emprunterai un de ses rayons pour reparaître à vos yeux tout brillant et tout rajeuni » (*ibid.*, p. 229).

11.

Le dîner à l'Académie de France à Rome se tint le 11 décembre 1828 : « M. de Chateaubriand a été pour nous d'une bienveillance extrême », manda Vaudoyer à son père (voir « Chateaubriand et le tombeau du Poussin », *Revue de Paris*, 1er janvier 1935). L'ambassadeur porta un toast à la santé de « Messieurs les pensionnaires, aux gloires futures de la France ». Dans une lettre à Mme Récamier, du 13 décembre 1828, Chateaubriand écrit : « Mon dîner chez Guérin s'est passé à merveille. Tous ces jeunes gens étaient dans la joie : c'est la première fois qu'un ambassadeur dînait chez eux. Je leur ai annoncé le monument du Poussin. C'était comme si j'honorais déjà leurs cendres » (*Lettres à Madame Récamier*, pp. 229-230).

12.

Dans la lettre adressée à Mme Récamier le 13 décembre 1828, ce paragraphe se poursuit ainsi : « Je vais aussi souscrire au monument qu'on élève au Tasse, votre ami. [...] » (*ibid.*, p. 230).

de ma vie, j'aime mieux vous les envoyer tout consignés dans le journal de Rome[13]. Voilà encore douze mois qui achèvent de tomber sur ma tête. Quand me reposerai-je ? Quand cesserai-je de perdre sur les grands chemins les jours qui m'étaient prêtés pour en faire un meilleur usage ? J'ai dépensé sans regarder tant que j'ai été riche ; je croyais le trésor inépuisable. Maintenant, en voyant combien il est diminué et combien peu de temps il me reste à mettre à vos pieds[14], il me prend un serrement de cœur. Mais n'y a-t-il pas une longue existence après celle de la terre[15] ? Pauvre et humble chrétien, je tremble devant le *jugement dernier* de Michel-Ange ; je ne sais où j'irai, mais partout où vous ne serez pas je serai bien malheureux. Je vous ai cent fois mandé mes projets et mon avenir[16]. Ruines, santé, perte de toute illusion, tout me dit : "Va-t-en, retire-toi, finis." Je ne retrouve au bout de ma journée que vous[17]. Vous avez désiré que je marquasse mon passage à Rome, c'est fait : le tombeau du Poussin restera. Il portera cette inscription : *F.-A. de Ch. à Nicolas Poussin, pour la gloire des arts et l'honneur de la France*[18]. Qu'ai-je maintenant à faire ici ? Rien, surtout après avoir souscrit pour la somme de cent ducats au monument de l'homme que vous aimez le plus, dites-vous, *après moi* : le Tasse[19]. »

13.
La lettre poursuit : « Il n'y a de bon dans tout cela que notre monument du Poussin. Hélas ! voilà encore [...] » (*ibid.*, p. 232).

14.
La lettre porte « à vous aimer » *(ibid.)*.

15.
Le lettre porte : « Mais n'y a-t-il pas de longues années après celles de la terre ? Si j'avais la philosophie de Cousin, je vous ferais la description de ce ciel où je vous attendrai, où vous me retrouverez plein de grâces, de beauté et de jeunesse. Pauvre et humble [...] » *(ibid.)*.

16.
La lettre poursuit : « la rue d'Enfer auprès de vous, voilà tous les souhaits de bonne année que je me fais. Ruines, années, santé [...] » *(ibid.)*.

17.
La lettre poursuit : « et dans un coin de mon imagination, *Moyse* ; encore, pour peu qu'on le voulût, je le jetterais très bien au feu » *(ibid.)*.

18.
La lettre porte : *« la gloire et l'honneur de la France » (ibid.)*. Le monument ne fut complètement achevé qu'en 1831, aux frais de Chateaubriand.

19.
La lettre se terminait par ce paragraphe d'une ironie piquante : « Grand merci de votre petit mot du 3 qui m'arrive à l'instant. Je n'ai pas besoin de cette porcelaine pour penser à vous, et franchement, je ne sais pas si j'en ferai jamais usage à Rome. Soyez aussi victorieuse pour *Moyse* auprès de ce M. de La Rochefoucauld qui me semble un fier lion. Cet Assuérus briserait mon fragile ouvrage comme une saucière » (*ibid.*, p. 233). Le service était celui de Sèvres, destiné à l'ambassade, pour l'acquisition duquel le directeur des Beaux-Arts, Sosthènes de La Rochefoucauld, était intervenu à la demande, semble-t-il, de Mme Récamier (voir *supra*, l. X, chap. 7, note 2, p. 628).

«Rome, le samedi 3 janvier 1829.
«Je recommence mes souhaits de bonne année: que le ciel vous accorde santé et longue vie! Ne m'oubliez pas: j'ai espérance[20], car vous vous souvenez bien de M. de Montmorency et de madame de Staël; vous avez la mémoire aussi bonne que le cœur. Je disais hier à madame Salvage que je ne connaissais rien dans le monde d'aussi beau et de meilleur que vous.
«J'ai passé hier une heure avec le Pape. Nous avons parlé de tout et des sujets les plus hauts et les plus graves. C'est un homme très-distingué et très-éclairé et un prince plein de dignité. Il ne manquait aux aventures de ma vie politique que d'être en relations avec un souverain pontife; cela complète ma carrière.
«Voulez-vous savoir exactement ce que je fais? Je me lève à cinq heures et demie[21], je déjeune à sept heures; à huit heures je reviens dans mon cabinet: je vous écris ou je fais quelques affaires quand il y en a (les détails pour les établissements français et pour les pauvres français sont assez grands); à midi je vais errer deux ou trois heures parmi des ruines, ou à Saint-Pierre, ou au Vatican. Quelquefois je fais une visite obligée avant ou après la promenade; à cinq heures je rentre; je m'habille pour la soirée; je dîne à six heures; à sept heures et demie je vais à une soirée avec madame de Ch., ou je reçois quelques personnes chez moi. Vers onze heures je me couche, ou bien je retourne encore dans la campagne malgré les voleurs et la *malaria*: qu'y fais-je? Rien: j'écoute le silence, et je regarde passer mon ombre de portique en portique, le long des aqueducs éclairés par la lune[22].

20.
La lettre porte: «[...] longue vie. Aimez-moi surtout et ne m'oubliez pas quand je ne serai plus. J'ai bonne espérance [...]» (*ibid.*, p. 241).

21.
La lettre porte «six heures et demie», et fixe le déjeuner à sept heures et demie (*ibid.*, p. 242).

22.
Ces deux dernières phrases sont une adjonction à la lettre, dont le texte pour ce paragraphe est le suivant: «[...] À midi je m'habille, à une heure je prends une grande tasse de lait d'ânesse qui me fait un bien infini; ensuite je vais me promener deux heures avec Hyacinthe dans la campagne romaine. Quelquefois, je fais une visite obligée avant ou après la promenade. À quatre heures, je rentre, je me rhabille pour la soirée. Je dîne à cinq heures, à sept heures et demie je vais à une soirée avec Mme de Chateaubriand ou je reçois quelques personnes chez moi. Entre dix et onze heures je me couche et toujours je pense à vous. Les Romains sont déjà si accoutumés à ma vie méthodique que je leur sers d'heures pour marquer le temps comme j'en servais à vos voisins de l'Abbaye. Voilà n'est-il pas vrai un bien ennuyeux ambassadeur et bien différent de M. le duc de Laval. Jamais on n'a vu tant d'étrangers à Rome que dans cette année. Mardi dernier le monde entier était dans mon salon» (*ibid.*, p. 242).

« Les Romains sont si accoutumés à ma vie *méthodique*, que je leur sers à compter les heures. Qu'ils se dépêchent ; j'aurai bientôt achevé le tour du cadran[23]. »

À MADAME RÉCAMIER

« Rome, jeudi 8 janvier 1829.
« Je suis bien malheureux ; du plus beau temps du monde nous sommes passés à la pluie, de sorte que je ne puis plus faire mes promenades. C'était pourtant là le seul bon moment de ma journée. J'allais pensant à vous dans ces campagnes désertes ; elles liaient dans mes sentiments l'avenir et le passé, car autrefois je faisais aussi les mêmes promenades[24]. Je vais une ou deux fois la semaine à l'endroit où l'Anglaise s'est noyée : qui se souvient aujourd'hui de cette pauvre jeune femme, miss Bathurst[25] ? ses compatriotes galopent le long du fleuve sans penser à elle. Le Tibre, qui a vu bien d'autres choses, ne s'en embarrasse pas du tout. D'ailleurs, ses flots se sont renouvelés : ils sont aussi pâles et aussi tranquilles que quand ils ont passé sur cette créature pleine d'espérance, de beauté et de vie[26].
« Me voilà guindé bien haut sans m'en être aperçu. Pardonnez à un pauvre lièvre retenu et mouillé dans son gîte. Il faut que je vous raconte une petite historiette de mon dernier *mardi*. Il y avait à l'ambassade une foule immense : je me tenais le dos appuyé contre une table de marbre, saluant les personnes qui entraient et qui sortaient. Une Anglaise, que je ne

---

23.
Haussonville a raconté plus tard dans ses souvenirs que les soirées de l'ambassade étaient assez mornes : le soir dans son salon Chateaubriand passait des quarts d'heure entiers face à la cheminée, à se regarder sans rien dire dans la glace, ou bien à jouer aux échecs avec un de ses secrétaires, cependant que Mme de Chateaubriand parlait avec l'abbé Delacroix, attaché à l'église Saint-Louis-des-Français, des affaires ecclésiastiques de la cour de Rome (voir *Ma Jeunesse...*, p. 181 *sqq.*).

24.
La lettre ajoute : « et c'est le souvenir le plus agréable qui me soit resté de Rome » (*Lettres à Madame Récamier*, p. 245).

25.
Chateaubriand fait allusion à un événement qui s'était produit au mois de mars 1824 : miss Bathurst, lors d'une promenade à cheval au bord du Tibre, avait été précipitée dans le fleuve par un faux pas et y avait péri. Elle avait 17 ans. Elle avait été deux ou trois ans, écrit M. Levaillant, « l'une des reines du monde romain ». Voir sur elle Stendhal, *Pages d'Italie*, p. 226 ; *Promenades dans Rome*, t. I, p. 244 ; *Rome, Naples et Florence*, t. I, p. 51 ; et Delécluze, *Impressions romaines*.

26.
La lettre poursuit : « mais ce ne sont plus les mêmes flots. Quel abîme de néant que tout ce monde et qui jamais arrêtera cette fuite ? » (*Lettres à Madame Récamier*, p. 245).

connaissais ni de nom ni de visage, s'est approchée de moi, m'a regardé entre les deux yeux, et m'a dit avec cet accent que vous savez : "Monsieur de Chateaubriand, vous êtes bien malheureux !" Étonné de l'apostrophe et de cette manière d'entrer en conversation, je lui ai demandé ce qu'elle voulait dire. Elle m'a répondu : "Je veux dire que je vous plains." En disant cela elle a accroché le bras d'une autre Anglaise, s'est perdue dans la foule, et je ne l'ai pas revue du reste de la soirée. Cette bizarre étrangère n'était ni jeune ni jolie : je lui sais gré pourtant de ses paroles mystérieuses[27].

« Vos journaux continuent à rabâcher de moi. Je ne sais quelle mouche les pique. Je devais me croire oublié autant que je le désire.

« J'écris à M. Thierry par le courrier. Il est à Hyères, bien malade. Pas un mot de réponse de M. de La Bouillerie. »

À M. THIERRY

« Rome, ce 8 janvier 1828.

« J'ai été bien touché, monsieur, de recevoir la nouvelle édition de vos *Lettres*[28] avec un mot qui prouve que vous avez pensé à moi. Si ce mot était de votre main, j'espérerais pour mon pays que vos yeux se rouvriraient aux études dont votre talent tire un si merveilleux parti. Je lis, ou plutôt relis avec avidité cet ouvrage trop court. Je fais des cornes à toutes les pages afin de mieux rappeler les passages dont je veux m'appuyer. Je vous citerai beaucoup, monsieur, dans le travail que je prépare depuis tant d'années sur les deux premières races. Je mettrai à l'abri mes idées et mes recherches derrière votre haute autorité ; j'adopterai souvent votre réforme des noms ; enfin j'aurai le bonheur d'être presque toujours de votre avis, en m'écartant, bien malgré moi sans doute, du système proposé par M. Guizot ; mais je ne puis, avec cet ingénieux écrivain, renverser les monuments les plus authentiques, faire de tous les Francs des *nobles* et des *hommes libres*, et de tous les Romains-Gaulois des *esclaves des Francs*[29]. La loi salique et la loi ripuaire ont

27.
La lettre porte : « Ne vous inquiétez pas ; cette bizarre étrangère n'était ni jeune ni jolie. Je lui sais gré pourtant de ces paroles mystérieuses qui sont en intelligence avec ce que je vous écris et ma position » (*ibid.*, p. 246).

28.
Lettres sur l'histoire de France (la 1re édition remontait à 1820).

29.
C'est bien d'un « système Guizot » qu'il convient de parler, auquel se rattachent Augustin Thierry, Barante, Thiers et Mignet. « J'avais à cœur, dira Guizot en parlant de ses travaux historiques de la période 1820-1830, de faire entrer la vieille France dans la mémoire

Clovis à cheval, à la bataille de Tolbiac (496).

et l'intelligence des générations nouvelles» *(Mémoires...*, t. I, p. 314). Contrairement à Chateaubriand, Guizot estime qu'il n'y a pas de rupture dans l'histoire de France. Le sens de l'histoire est donné par la lente ascension du tiers état. Dans les quatrièmes et dernières leçons de son *Histoire de la civilisation en France* (1828-1830), il conclut: «Le tiers-état a été l'élément le plus actif et le plus décisif de la civilisation française, celui qui a déterminé en dernière analyse la direction et le caractère» (t. IV, p. 2). «Le tiers-état est sans exemple dans le monde» (*ibid.*, p. 6) et la Révolution française marque l'assomption de ce tiers état. Guizot se trouve en étroite harmonie avec Augustin Thierry, qui écrivait en 1820: «[...] pourquoi, descendants des vaincus, n'avons-nous écrit que l'histoire des vainqueurs? Pourquoi passer sous un dédaigneux silence ces révolutions communales, première explosion de l'esprit de liberté? La roture, aussi bien que la noblesse de France, n'avait-elle pas droit à son livre et à ses ancêtres?» (cité *in Augustin Thierry d'après sa correspondance et ses papiers de famille*, p. 53). La synthèse paraîtra en 1853 dans une *Histoire du tiers état.* Alors que Chateaubriand montre la royauté en prise aux libertés aristocratiques qu'elle tend à annihiler à son profit, Guizot au contraire insiste sur la convergence naturelle «du développement de la royauté et de l'émancipation de la bourgeoisie. Sortis de la société féodale pour la combattre, ces deux pouvoirs sont également producteurs d'unification sociale» (P. Rosanvallon, *Le Moment Guizot*, p. 199). En revanche, Guizot et Chateaubriand se retrouvent, bien que partis d'horizons différents – l'un aristocratique, l'autre bourgeois – pour estimer que la Charte de 1814, loin d'être un compromis de circonstance, marque au contraire l'aboutissement d'une longue victoire.

une foule d'articles fondés sur la différence des conditions entre les Francs : « Si quis ingenuus *ingenuum* ripuarium extra solum vendiderit, etc., etc.[30] »

« Vous savez, monsieur, que je vous désirais vivement à Rome. Nous nous serions assis sur des ruines : là vous m'auriez enseigné l'histoire ; vieux disciple, j'aurais écouté mon jeune maître avec le seul regret de n'avoir plus devant moi assez d'années pour profiter de ses leçons :

Tel est le sort de l'homme : il s'instruit avec l'âge.
Mais que sert d'être sage,
Quand le terme est si près[31] ?

« Ces vers sont d'une ode inédite faite par un homme qui n'est plus, par mon bon et ancien ami Fontanes. Ainsi, monsieur, tout m'avertit, parmi les débris de Rome, de ce que j'ai perdu, du peu de temps qui me reste, et de la brièveté de ces espérances qui me semblaient si longues autrefois : *spem longam*[32].

« Croyez, monsieur, que personne ne vous admire et ne vous est plus dévoué que votre serviteur. »

30.
« Si un homme libre a vendu un homme libre des Ripuaires hors de leur territoire, etc. » La loi ripuaire était celle des peuples francs qui occupaient une région s'étendant « sur Metz, Toul, Verdun, les Ardennes et la Meuse, depuis Tongres et Maastricht jusqu'à Dinant » (M. Rouche, *Clovis*, p. 181). Elle est postérieure à la loi salique (511), mais présente aussi des rappels d'une législation plus ancienne. Elle est marquée par une influence plus prononcée de l'Église et de Rome que dans la loi salique.

31.
Extrait de l'ode intitulée *Mon Anniversaire* (Fontanes, *Œuvres*, t. I, pp. 84-85). Voir *supra*, l. XI, chap. 3, note 9, p. 679.

32.
Sur cette citation d'Horace, voir *supra*, l. I, chap. 1, note 4, p. 74.

Dépêche à M. le comte de La Ferronnays.

« Rome, ce 12 janvier 1829.

« Monsieur le comte,

« J'ai vu le Pape le 2 de ce mois ; il a bien voulu me retenir tête à tête pendant une heure et demie. Je dois vous rendre compte de la conversation que j'ai eue avec Sa Sainteté.

« Il a d'abord été question de la France. Le Pape a commencé par l'éloge le plus sincère du Roi. "Dans aucun temps, m'a-t-il dit, la famille royale de France n'a offert un ensemble aussi complet de qualités et de vertus. Voilà le calme rétabli parmi le clergé : les évêques ont fait leur soumission[1].

« – Cette soumission, ai-je répondu, est due en partie aux lumières et à la modération de Votre Sainteté.

« – J'ai conseillé, a répliqué le Pape, de faire ce qui me semblait raisonnable. Le spirituel n'était point compromis par les ordonnances ; les évêques auraient peut-être mieux fait de ne pas écrire leur première

1.
Par les ordonnances du 16 juin 1828, le nouveau ministre des Cultes du cabinet Martignac, Mgr Feutrier, évêque de Beauvais, soumettait les petits séminaires au régime de l'Université, avec interdiction d'employer des membres de congrégations non autorisées. La seconde limitait le nombre de leurs élèves à 20 000 pour l'ensemble du territoire, décidait de n'accorder le grade de bachelier qu'à ceux qui étaient déjà engagés dans les ordres, et les obligeait tous à porter l'habit ecclésiastique à partir de 15 ans. Ces ordonnances suscitèrent l'opposition des ultras et de prélats tels que Mgr de Quélen, archevêque de Paris, et Mgr de Clermont-Tonnerre, qui rédigèrent une protestation collective. Le 22 septembre, une lettre du cardinal secrétaire d'État invitait les évêques à s'en remettre à la « piété du roi ». Seul le cardinal de Clermont-Tonnerre, qui avait écrit une lettre outrecuidante à Mgr Feutrier, refusa de se soumettre.

lettre ; mais, après avoir dit *non possumus*[2], il leur était difficile de reculer. Ils ont tâché de montrer le moins de contradiction possible entre leurs actions et leur langage au moment de leur adhésion : il faut le leur pardonner. Ce sont des hommes pieux, très-attachés au Roi et à la monarchie ; ils ont leur faiblesse comme tous les hommes."

« Tout cela, monsieur le comte, était dit en français très-clairement et très-bien.

« Après avoir remercié le Saint-Père de la confiance qu'il me témoignait, je lui ai parlé avec considération du cardinal secrétaire d'État[3] :

« "Je l'ai choisi, m'a-t-il dit, parce qu'il a voyagé, qu'il connaît les affaires générales de l'Europe et qu'il m'a semblé avoir la sorte de capacité que demande sa place. Il n'a écrit, relativement à vos deux ordonnances, que ce que je pensais et que ce que je lui avais recommandé d'écrire.

« – Oserais-je communiquer à Sa Sainteté, ai-je repris, mon opinion sur la situation religieuse de la France ?

« – Vous me ferez grand plaisir", m'a répondu le Pape.

« Je supprime quelques compliments que S. S. a bien voulu m'adresser.

« "Je pense donc, Très-Saint-Père, que le mal est venu dans l'origine d'une méprise du clergé : au lieu d'appuyer les institutions nouvelles, ou du moins de se taire sur ces institutions, il a laissé échapper des paroles de blâme, pour ne rien dire de plus, dans des mandements et dans des discours. L'impiété, qui ne savait que reprocher à de saints ministres, a saisi ces paroles et en a fait une arme ; elle s'est écriée que le catholicisme était incompatible avec l'établissement des libertés publiques, qu'il y avait guerre à mort entre la charte et les prêtres. Par une conduite opposée, nos ecclésiastiques auraient obtenu tout ce qu'ils auraient voulu de la nation. Il y a un grand fonds de religion en France, et un penchant visible à oublier nos anciens malheurs au pied des autels ; mais aussi il y a un véritable attachement aux institutions apportées par les fils de saint Louis. On ne saurait calculer le degré de puissance auquel serait parvenu le clergé, s'il s'était montré à la fois l'ami du Roi et de la Charte. Je n'ai cessé de prêcher cette politique dans mes écrits et dans mes discours ; mais les passions du moment ne voulaient pas m'entendre et me prenaient pour un ennemi."

---

2. Mots latins signifiant « nous ne pouvons pas ». Réponse de saint Pierre et de saint Jean aux « chefs du peuple, aux sénateurs et aux scribes » qui voulaient leur interdire de prêcher l'Évangile (voir Actes des Apôtres, IV, 19-20). L'expression est devenue proverbiale, pour exprimer un refus sur lequel on ne peut revenir.

3. Le cardinal Bernetti.

« Le Pape m'avait écouté avec la plus grande attention.
« "J'entre dans vos idées, m'a-t-il dit après un moment de silence. J.-C. ne s'est point prononcé sur la forme des gouvernements. *Rendez à César ce qui est à César* veut seulement dire : obéissez aux autorités établies. La religion catholique a prospéré au milieu des républiques comme au sein des monarchies ; elle fait des progrès immenses aux États-Unis ; elle règne seule dans les Amériques espagnoles[4]."
« Ces mots sont très-remarquables, monsieur le comte, au moment même où la cour de Rome incline fortement à donner l'institution aux évêques nommés par Bolivar.
« Le Pape a repris : "Vous voyez quelle est l'affluence des étrangers protestants à Rome : leur présence fait du bien au pays ; mais elle est bonne encore sous un autre rapport : les Anglais arrivent ici avec les plus étranges notions sur le Pape et la papauté, sur le fanatisme du clergé, sur l'esclavage du peuple dans ce pays : ils n'y ont pas séjourné deux mois qu'ils sont tout changés. Ils voient que je ne suis qu'un évêque comme un autre évêque, que le clergé romain n'est ni ignorant ni persécuteur, et que mes sujets ne sont pas des bêtes de somme."
« Encouragé par cette espèce d'effusion du cœur et cherchant à élargir le cercle de la conversation, j'ai dit au souverain Pontife : "Votre Sainteté ne penserait-elle pas que le moment est favorable à la recomposition de l'unité catholique, à la réconciliation des sectes dissidentes, par de légères concessions sur la discipline ? Les préjugés contre la cour de Rome s'effacent de toutes parts, et, dans un siècle encore ardent, l'œuvre de la réunion avait déjà été tentée par Leibnitz et Bossuet[5].
« – Ceci est une grande chose, m'a dit le Pape ; mais je dois attendre le moment fixé par la Providence. Je conviens que les préjugés s'effacent ; la division des sectes en Allemagne a amené la lassitude de ces sectes. En Saxe, où j'ai résidé trois ans, j'ai le premier fait établir un hôpital des

4.
Après ses victoires sur les Espagnols, Simon Bolivar réunit un congrès panaméricain avec le dessein, consigné dans le Code bolivien, de former une immense République composée de la Colombie, du Pérou, de la Bolivie, de La Plata et du Chili. Il échoua, et son œuvre allait, dans les années qui suivirent, s'émietter, malgré une tentative de prise du pouvoir en Colombie (1828). Il mourut en 1830. Le pape, dans l'échange rapporté par Chateaubriand, prend acte de cette situation, et affirme simultanément l'indépendance de l'Église vis-à-vis des régimes politiques, « légitimes » ou « révolutionnaires ».

5.
Bossuet et Leibniz, après la révocation de l'édit de Nantes, entretinrent une correspondance entre 1691 et 1698, relative à la réunification des Églises catholique et protestantes, mais le dialogue épistolaire échoua. Voir à ce sujet P. Hazard, *La Crise de la conscience européenne*, p. 203 *sqq.*

enfants trouvés et obtenu que cet hôpital serait desservi par des catholiques. Il s'éleva alors un cri général contre moi parmi les protestants; aujourd'hui ces mêmes protestants sont les premiers à applaudir à l'établissement et à le doter. Le nombre des catholiques augmente dans la Grande-Bretagne; il est vrai qu'il s'y mêle beaucoup d'étrangers."

«Le Pape ayant fait un moment de silence, j'en ai profité pour introduire la question des catholiques d'Irlande[6].

«"Si l'émancipation a lieu, ai-je dit, la religion catholique s'accroîtra encore dans la Grande-Bretagne.

«– C'est vrai d'un côté, a répliqué Sa Sainteté, mais de l'autre il y a des inconvénients. Les catholiques irlandais sont bien ardents et bien inconsidérés. O'Connel, d'ailleurs homme de mérite, n'a-t-il pas été dire dans un discours qu'il y avait un concordat proposé entre le Saint-Siège et le gouvernement britannique? Il n'en est rien; cette assertion, que je ne puis contredire publiquement, m'a fait beaucoup de peine. Ainsi pour la réunion des dissidents, il faut que les choses soient mûres, et que Dieu achève lui même son ouvrage. Les Papes ne peuvent qu'attendre."

«Ce n'était pas là, monsieur le comte, mon opinion; mais s'il m'importait de faire connaître au Roi celle du Saint-Père sur un sujet aussi grave, je n'étais pas appelé à la combattre.

«"Que diront vos journaux, a repris le Pape avec une sorte de gaieté?, ils parlent beaucoup! ceux des Pays-Bas encore davantage; mais on me mande qu'une heure après avoir lu leurs articles, personne n'y pense plus dans votre pays.

«– C'est la pure vérité, Très-Saint-Père: vous voyez comme *la Gazette de France*[7] m'arrange (car je sais que Sa Sainteté lit tous nos journaux, sans

---

6.
Trois *bills* furent votés coup sur coup en 1829. Le premier supprimait l'Association catholique créée par O'Connel; c'était «une formalité, qui donnait satisfaction aux amis de l'ordre et ne gênait personne, puisque l'Association, une fois l'émancipation votée, perdait toute raison d'être» (É. Halévy, *Histoire du peuple anglais au XIXe siècle*, t. II, p. 250 *sqq.*). Le deuxième *bill* abrogeait toutes les lois pénales qui limitaient les droits civiques des catholiques. Le troisième, copié sur le *bill* de 1825, relevait de 40 shillings à 10 livres sterling, dans les comtés irlandais, le cens électoral des francs-tenanciers. Seul comptait bien sûr le deuxième *bill*, qui accordait ce que les Irlandais réclamaient depuis longtemps: l'émancipation pure et simple des catholiques de Grande-Bretagne et d'Irlande.

7.
La *Gazette de France*, organe des ultras, inspirée par Villèle, était devenue fort hostile à Chateaubriand depuis ce qu'elle considérait comme sa défection, c'est-à-dire la lutte à outrance qu'il avait menée contre Villèle. Le 24 mars 1828, alors qu'on parlait de l'opportunité de faire entrer Chateaubriand au gouvernement, les rédacteurs s'élevèrent avec véhémence: «M. de Chateaubriand, auteur du *Génie du Christianisme* et des pamphlets de la société *Aide-toi, le ciel t'aidera*, le poète des vieilles monarchies et des jeunes républiques,

LÉON XII (1760-1829).

pourra, dans son ministère, faire triompher à la fois la religion et l'impiété, le pouvoir et la licence, la royauté et la révolution, ce sera vraiment l'âge d'or du journalisme ! Les loups et les moutons iront brouter ensemble. » Le renom politique de Chateaubriand était tel que la *Gazette* – « l'infâme *Gazette de France* », dit Mme de Chateaubriand – s'inquiétait réellement de son éventuel retour au pouvoir : « [...] L'*illustre écrivain*, tribun par calcul, aristocrate par goût, a l'air de se préparer comme Mirabeau à faire naître assez de troubles dans l'État pour confondre les rangs de l'estime aussi bien que tous les autres, pouvait-on lire le 23 octobre. On n'obtiendra jamais de lui qu'il renonce à sa force démagogique avant que cette force l'ait conduit à la tête du gouvernement. Peu lui importe de faire descendre le char de l'État jusqu'à lui pourvu qu'il y monte. [...] » Et le 7 décembre, la *Gazette* reprenait ses assauts : « [...] Il reviendra, qu'on le lui permette ou non. Pendant son absence, ses lieutenants agissent comme au temps de son départ pour Vérone. Et le ministère de coalition sera prêt pour le jour où M. de Chateaubriand débarquera à Fréjus ou au Golfe-Juan. La révolution aura aussi son 18 brumaire. Tout est prêt, disent les coalisés, le ministère est encore plus faible que ne l'était le directoire. En attendant, le roi des lettres, le chef du journalisme croit que la chute d'un ministère ne suffit pas à sa gloire, il veut que sa tragédie de *Moïse* soit représentée au Théâtre-Français avant son retour. Au lieu de bulletins de victoire, il faut des feuilletons de triomphe à ce nouvel aspirant au pouvoir. Buonaparte voulait dominer l'Europe par l'épée, c'est par la plume que M. de Chateaubriand veut la conduire. Les gouvernements absolus ont d'autres principes et d'autres moteurs que les gouvernements représentatifs. M. de Chateaubriand ne veut pas vaincre l'Europe, il veut la constitutionnaliser. [...] » (*in* M.-J. Durry, *L'Ambassade romaine de Chateaubriand*, appendice IV, pp. 159-162).

en excepter *le Courrier*[8]) ; le souverain Pontife me traite pourtant avec une extrême bonté ; j'ai donc lieu de croire que *la Gazette* ne lui fait pas un grand effet." Le Pape a ri en secouant la tête. "Eh bien ! Très-Saint-Père, il en est des autres comme de V. S. ; si le journal dit vrai, la bonne chose qu'il a dite reste ; s'il dit faux, c'est comme s'il n'avait rien dit du tout. Le Pape doit s'attendre à des discours pendant la session ; l'extrême droite soutiendra que M. le cardinal Bernetti n'est pas un prêtre, et que ses lettres sur les ordonnances ne sont pas articles de foi ; l'extrême gauche déclarera qu'on n'avait pas besoin de prendre les ordres de Rome. La majorité applaudira à la déférence du conseil du Roi, et louera hautement l'esprit de sagesse et de paix de V. S."

« Cette petite explication a paru charmer le Saint-Père, content de trouver quelqu'un instruit du jeu des rouages de notre machine constitutionnelle. Enfin, monsieur le comte, pensant que le Roi et son conseil seraient bien aises de connaître la pensée du Pape sur les affaires actuelles de l'Orient, j'ai répété quelques nouvelles de journaux, n'étant point autorisé à communiquer au Saint-Siège ce que vous m'avez mandé de positif dans votre dépêche du dix-huit décembre sur le rappel de notre expédition de Morée.

« Le Pape n'a point hésité à me répondre ; il m'a paru alarmé de la discipline militaire imprudemment enseignée aux Turcs. Voici ses propres paroles :

« "Si les Turcs sont déjà capables de résister à la Russie, quelle sera leur puissance quand ils auront obtenu une paix glorieuse ? Qui les empêchera, après quatre ou cinq années de repos et de perfectionnement dans leur tactique nouvelle, de se jeter sur l'Italie ?" »

« Je vous l'avouerai, monsieur le comte, en retrouvant ces idées et ces inquiétudes dans la tête du souverain le plus exposé à ressentir le contre-coup de l'énorme erreur que l'on a commise, je me suis applaudi de vous avoir montré avec plus de détails, dans ma *Note sur les affaires d'Orient*, les mêmes idées et les mêmes inquiétudes.

« "Il n'y a, a ajouté le Pape, qu'une résolution ferme de la part des puissances alliées qui puisse mettre un terme au malheur dont l'avenir est menacé. La France et l'Angleterre sont encore à temps pour tout arrêter ; mais si une nouvelle campagne s'ouvre, elle peut communiquer le feu à l'Europe, et il sera trop tard pour l'éteindre.

8.
Le *Courrier français* était un des journaux de l'opposition de la gauche libérale. Il avait commencé à paraître le 21 juin 1819, sous le simple titre de *Courrier* ; il avait pris le titre de *Courrier français* en février 1820 et ses principaux rédacteurs étaient : Jacquelin, Avenel et Alexis de Jussieu.

«– Réflexion d'autant plus juste, ai-je reparti, que si l'Europe se divisait, ce qu'à Dieu ne plaise, cinquante mille Français en Italie remettraient tout en question."

«Le Pape n'a point répondu; il m'a paru seulement que l'idée de voir les Français en Italie ne lui inspirait aucune crainte. On est las partout de l'inquisition de la cour de Vienne, de ses tracasseries, de ses empiétements continuels et de ses petites trames pour unir, dans une confédération contre la France, des peuples qui détestent le joug autrichien.

«Tel est, monsieur le comte, le résumé de ma longue conversation avec Sa Sainteté. Je ne sais si l'on a jamais été à même de connaître plus à fond les sentiments intimes d'un Pape, si l'on a jamais entendu un prince qui gouverne le monde chrétien s'exprimer avec tant de netteté sur des sujets aussi vastes, aussi en dehors du cercle étroit des lieux communs diplomatiques. Ici point d'intermédiaire entre le souverain Pontife et moi, et il était aisé de voir que Léon XII, par son caractère de candeur, par l'entraînement d'une conversation familière, ne dissimulait rien et ne cherchait point à tromper.

«Les penchants et les vœux du Pape sont évidemment pour la France: lorsqu'il a pris les clefs de Saint-Pierre, il appartenait à la faction des *zelanti*[9]; aujourd'hui il a cherché sa force dans la modération: c'est ce qu'enseigne toujours l'usage du pouvoir. Par cette raison, il n'est point aimé de la faction cardinaliste qu'il a quittée. N'ayant trouvé aucun homme de talent dans le clergé séculier, il a choisi ses principaux conseils dans le clergé régulier; d'où il arrive que les moines sont pour lui, tandis que les prélats et les simples prêtres lui font une espèce d'opposition. Ceux-ci, quand je suis arrivé à Rome, avaient tous l'esprit plus ou moins infecté des mensonges de notre congrégation; aujourd'hui ils sont infiniment plus raisonnables; tous, en général, blâment la levée de boucliers de notre clergé. Il est curieux de remarquer que les jésuites ont autant d'ennemis ici qu'en France: ils ont surtout pour adversaires les autres religieux et les chefs d'ordre. Ils avaient formé un plan au moyen duquel ils se seraient emparés exclusivement de l'instruction publique à Rome: les dominicains ont déjoué ce plan. Le Pape n'est pas très-populaire, parce qu'il administre bien. Sa petite armée est composée de vieux soldats de Bonaparte qui ont une tenue très-militaire, et font bonne police sur les grands chemins. Si Rome matérielle a perdu sous le rapport pittoresque, elle a gagné en pro-

9. Ultra-conservateurs, partisans de l'Autriche et du royaume de Piémont-Sardaigne (faction sarde).

preté et en salubrité. Sa Sainteté fait planter des arbres, arrêter des ermites et des mendiants: autre sujet de plaintes pour la populace. Léon XII est grand travailleur; il dort peu et ne mange presque point. Il ne lui est resté de sa jeunesse qu'un seul goût, celui de la chasse, exercice nécessaire à sa santé qui d'ailleurs semble s'affermir. Il tire quelques coups de fusil dans la vaste enceinte des jardins du Vatican. Les *zelanti* ont bien de la peine à lui pardonner cette innocente distraction. On reproche au Pape de la faiblesse et de l'inconstance dans ses affections.

«Le vice radical de la constitution politique de ce pays est facile à saisir: ce sont des vieillards qui nomment pour souverain un vieillard comme eux. Ce vieillard, devenu maître, nomme à son tour cardinaux des vieillards. Tournant dans ce cercle vicieux, le suprême pouvoir énervé est toujours ainsi au bord de la tombe. Le prince n'occupe jamais assez longtemps le trône pour exécuter les plans d'amélioration qu'il peut avoir conçus. Il faudrait qu'un pape eût assez de résolution pour faire tout à coup une nombreuse promotion de jeunes cardinaux, de manière à assurer la majorité à l'élection future d'un jeune pontife. Mais les règlements de Sixte-Quint qui donnent le chapeau à des charges du palais, l'empire de la coutume et des mœurs, les intérêts du peuple qui reçoit des gratifications à chaque mutation de la tiare, l'ambition individuelle des cardinaux qui veulent des règnes courts afin de multiplier les chances de la papauté, mille autres obstacles trop longs à déduire, s'opposent au rajeunissement du sacré collège.

«La conclusion de cette dépêche, monsieur le comte, est que, dans l'état actuel des choses, le Roi peut compter entièrement sur la cour de Rome.

«En garde contre ma manière de voir et de sentir, si j'ai quelque reproche à me faire dans le récit que j'ai l'honneur de vous transmettre, c'est d'avoir plutôt affaibli qu'exagéré l'expression des paroles de Sa Sainteté. Ma mémoire est très-sûre; j'ai écrit la conversation en sortant du Vatican, et mon secrétaire intime n'a fait que la copier mot à mot sur ma minute. Celle-ci, tracée rapidement, était à peine lisible pour moi-même. Vous n'auriez jamais pu la déchiffrer*. [* Peu de temps après la date de cette lettre, M. de La Ferronnays, malade, partit pour l'Italie et laissa *par interim* aux mains de M. Portalis le portefeuille des affaires étrangères[10].]

«J'ai l'honneur d'être, etc.»

10.
L'ordonnance du 4 janvier confiait l'intérim à Portalis, mais M. de La Ferronnays demeurait ministre titulaire.

«R

À MADAME RÉCAMIER

Rome, mardi 13 janvier 1829.

«Hier au soir je vous écrivais à huit heures la lettre que M. de Viviers[1] vous porte; ce matin, à mon réveil, je vous écris encore par le courrier ordinaire qui part à midi. Vous connaissez les pauvres dames de Saint-Denis: elles sont bien abandonnées depuis l'arrivée des grandes dames de la Trinité-du-Mont: sans être l'ennemi de celles-ci, je me suis rangé avec madame de Ch. du côté du faible[2]. Depuis un mois les dames de Saint-Denis voulaient donner une fête à M. l'*ambassadeur* et à madame l'*ambassadrice*: elle a eu lieu hier à midi. Figurez-vous un théâtre arrangé dans une espèce de sacristie qui avait une tribune sur l'église; pour acteurs une douzaine de petites filles, depuis l'âge de huit jusqu'à quatorze ans, jouant les Machabées[3]. Elles s'étaient fait elles-mêmes leurs casques et leurs manteaux. Elles déclamaient leurs vers français avec une verve et un accent italien le plus drôle du monde; elles tapaient

1.
Dans cette lettre du 12 janvier 1829, Chateaubriand annonça à Mme Récamier qu'il envoyait à Paris M. du Vivier, porteur d'un «récit d'une longue conversation que j'ai eue avec le Saint Père». Dans cette lettre familière, Chateaubriand traitait de tous les sujets qui l'occupaient alors: sa tragédie *Moïse*, la publication qu'il espérait prochaine de son *Histoire*, le monument qu'il élevait à Poussin; il se réjouissait que M. de Blacas, qui attirait tout à lui, perdît de sa puissance et que M. de Vitrolles, nommé ministre à Florence, trouvât ainsi moindre matière pour ses intrigues. Phrase à retenir: «Mes lettres dont je vous accable sont la peinture fidèle de l'état de mon âme ici. J'ai tout ce qu'on peut désirer en succès, en prévenances, [...] mais je sens de plus en plus que ma vie sociale et politique est finie. C'est vous et la retraite la plus profonde qu'il me faut désormais» (*Lettres à Madame Récamier*, p. 247 *sqq.*).

Gloire de Moïse.

2.

Mme de Chateaubriand était très favorable aux dames de Saint-Denis, que dirigeait Mlle de Baudémont. Celle-ci était une dissidente des dames du Sacré-Cœur, liées à la Cour et richement dotées, que Mme de Chateaubriand oppose aux dames de Saint-Denis, « restées pauvres et point secourues parce ce n'était pas de mode ». Le conflit était à son comble puisque, en 1828, à la suite d'intrigues menées auprès du roi par Blacas, les dames du Sacré-Cœur venaient de s'installer à la Trinité-des-Monts, en obtenant de conserver pour elles les revenus de 36 000 frs attachés à ce couvent et qui jusqu'alors servaient à soulager les « pauvres Français qui se trouvaient à Rome ou qui y venaient en pèlerins » (*Mémoires*..., p. 144). Voir aussi *infra*, l. XXXI, chap. 5, note 16, p. 2105.

3.

Machabées [sic], *ou Le Martyre*, tragédie en cinq actes d'Alexandre Guiraud, créée le 4 juin 1822 à l'Odéon, avec notamment Joanny, Frédéric et Mlles Georges et Anaïs. Voir à ce sujet L. Séché, *Le cénacle de la Muse française*, p. 29 *sqq.* La pièce, que Guiraud a dédiée à sa mère, a été publiée la même année.

du pied dans les moments énergiques : il y avait une nièce de Pie VII, une fille de Thorwaldsen et une autre fille de Chauvin le peintre. Elles étaient jolies incroyablement dans leurs parures de papier. Celle qui jouait le grand-prêtre avait une grande barbe noire qui la charmait, mais qui la piquait, et qu'elle était obligée d'arranger continuellement avec une petite main blanche de treize ans. Pour spectateurs, nous, quelques mères, les religieuses, madame Salvage, deux ou trois abbés et une autre vingtaine de petites pensionnaires, toutes en blanc avec des voiles. Nous avions fait apporter de l'ambassade des gâteaux et des glaces. On jouait du piano dans les entre-actes. Jugez des espérances et des joies qui ont dû précéder cette fête dans le couvent, et des souvenirs qui la suivront ! Le tout a fini par *Vivat in aeternum*[4], chanté par trois religieuses dans l'église[5]. »

À LA MÊME

« Rome, le 15 janvier 1829.

« À vous encore ! Cette nuit nous avons eu du vent et de la pluie comme en France : je me figurais qu'ils battaient votre petite fenêtre ; je me trouvais transporté dans votre petite chambre, je voyais votre harpe, votre piano, vos oiseaux ; vous me jouiez mon air favori ou celui de Shakespeare[6] : et j'étais à Rome, loin de vous ! Quatre cents lieues et les Alpes nous séparaient !

« J'ai reçu une lettre de cette dame spirituelle[7] qui venait quelquefois me voir au ministère ; jugez comme elle me fait bien la cour : elle est turque enragée ; Mahmoud est un grand homme qui a devancé sa nation[8] !

« Cette Rome, au milieu de laquelle je suis, devrait m'apprendre à mépriser la politique. Ici la liberté et la tyrannie ont également péri ; je vois les

---

4.
« Que le nom du Seigneur vive éternellement ! »

5.
La lettre poursuit : « C'est pour vous que je voudrais éternellement vivre. Je finis. Vous devez être lasse de mes lettres et de mes fadeurs. J'ai vu dans les journaux mon dîner chez Guérin et l'histoire de votre tombeau du Poussin » (*Lettres à Madame Récamier*, p. 251).

6.
Il s'agit de l'air du *Roméo et Juliette* de Steibelt (voir *supra*, l. XXIX, chap. 23, note 13, p. 1952).

7.
D'après Marcellus (*Chateaubriand et son temps*, p. 354), la dame dont il est question serait la comtesse de Castellane, qui avait eu une liaison brève et ardente avec Chateaubriand au temps de son ambassade ; liaison qui avait justifié en grande partie le départ de Mme Récamier pour Rome (voir *infra*, l. XXXI, chap. 5, note 1, p. 2099).

ROME, PAR SCHROEDER.

8.
La lettre, que n'avait pas transcrite le manuscrit de 1847, poursuit : « Le fait est que tous les bonapartistes détestent les Russes contre lesquels la puissance de leur maître est venue se briser. Et, par un instinct de despotisme, ils aiment encore les Turcs et n'aiment point la mémoire d'Alexandre qui a tant contribué à faire donner à la France ses institutions actuelles. Ils voient donc dans cette canaille esclave de Constantinople les vengeurs de la retraite de Moscou et les ennemis de la Charte. Sur ce dernier point ils sont d'accord secrètement avec *la Quotidienne.* Ils ne prêchent la Charte aujourd'hui que comme un instrument de dommage contre la légitimité ; mais ils y seront pris. La Charte sauvera tout, et ils auront, en dépit d'eux, la liberté et les Bourbons » (*Lettres à Madame Récamier*, pp. 252-253).

ruines confondues de la République romaine et de l'Empire de Tibère; qu'est-ce aujourd'hui que tout cela dans la même poussière! Le capucin qui balaye en passant cette poussière avec sa robe ne semble-t-il pas rendre plus sensible encore la vanité de tant de vanités? Cependant je reviens malgré moi aux destinées de ma pauvre patrie. Je lui voudrais religion, gloire et liberté, sans songer à mon impuissance pour la parer de cette triple couronne.»

À LA MÊME

«Rome, jeudi 5 février 1829[9].

«*Torre Vergata* est un bien de moines situé à une lieue à peu près du *tombeau de Néron*, sur la gauche en venant de Rome, dans l'endroit le plus beau et le plus désert: là, est une immense quantité de ruines à fleur de terre recouvertes d'herbe et de chardons. J'y ai commencé une fouille avant-hier mardi, en cessant de vous écrire. J'étais accompagné d'Hyacinthe et de Visconti qui dirige la fouille. Il faisait le plus beau temps du monde. Une douzaine d'hommes armés de bêches et de pioches, qui déterraient des tombeaux et des décombres de maisons et de palais dans une profonde solitude, offrait un spectacle digne de vous. Je faisais un seul vœu: c'était que vous fussiez là. Je consentirais volontiers à vivre avec vous sous une tente au milieu de ces débris[10].

9.
Chateaubriand avait initialement introduit cette lettre dans le livre consacré à Mme Récamier (voir *infra*, variante *(a)* sur le chap. 14 du l. XXIX, pp. 3139-3140, où nous en avons donné le texte d'après le manuscrit de 1839). On pourra s'y reporter, tout comme au texte publié par M. Levaillant (*Lettres à Madame Récamier*, pp. 267-268) pour mesurer les corrections faites ultérieurement par Chateaubriand. Avec son accord, Juliette Récamier l'avait transmise à Latouche, qui la publia en août 1829 dans un article intitulé «Sur les fouilles de Rome en 1829» (*in Revue de Paris*, t. VIII, pp. 23-29), avec ces lignes de présentation: «Nous n'indiquons pas à quelle mystérieuse Égérie le billet qu'on va lire est adressé; mais, selon les sympathies d'esprit et de goût que de telles confidences supposent, et d'après les sentiments qu'elle sait inspirer, nous n'avons pu lui promettre qu'on ne la reconnaîtrait pas.» Et il ajoutait: «L'auteur de l'*Itinéraire*... a, comme on sait, promis d'écrire un voyage en Italie. Les impressions de son dernier séjour, dispersées dans plusieurs lettres confidentielles, sont destinées peut-être à devenir les pages d'un beau livre. Espérons que l'indiscrétion qui nous permet de profiter ici de l'une de ces notes, deviendra, par le plaisir même qu'y vont prendre nos lecteurs, un engagement de l'auteur envers le public...» (M. Levaillant, *Deux livres*..., t. II, p. 274).

10.
Chateaubriand ayant reçu M. de Marcellus, qui était ministre à Lucques, il le pria de l'accompagner à ces fameuses fouilles: «"Voulez-vous que demain, pour nous distraire du lugubre spectacle qu'un pape vient de nous donner, nous allions voir mes fouilles de Torre-Vergata? La campagne romaine déjà belle au début du printemps et les souvenirs des siècles passés nous feront oublier

Les fouilles de Torre Vergata.

pour quelques heures nos sollicitudes du présent et nos tristesses ?" [...] après un long silence, arrivés au tombeau de Néron, il m'a dit : "Je n'ai jamais prêté aucune attention à ce sarcophage falsifié, pas plus que s'il était véritablement le sépulcre de l'empereur parricide. La tombe d'un tyran n'excite que mon mépris. Mais retournons-nous ; et d'ici contemplons Saint-Pierre, l'immortelle coupole, et cette croix qui brille au-dessus de toutes les collines : elle va consoler, par delà le désert d'Ostie, les regards du nautonier quand il lutte contre les flots. C'est là un sublime spectacle parce qu'il emporte avec lui vers les cieux l'imagination de l'homme et son espérance." – Un peu plus loin. – "Croyez-moi, laissons notre voiture sur cette route qui ramène à Paris et aux joies du monde. Entrons résolument et à pied dans le désert de la campagne maudite auquel j'ai toujours trouvé tant de charme." Après un rapide coup d'œil sur ses fouilles où on ne travaillait pas ce jour-là, "Voilà, m'a-t-il dit, des frustes méconnaissables presque autant que leurs énigmatiques possesseurs ; j'ai risqué quelque argent à cette loterie des morts. Il y avait autour de ces marbres qui ne sont plus, des despotes, de prétendus affranchis, des esclaves, une foule d'ambitieux ; et, dans ces trois classes d'hommes que le temps a également emportés, on se disputait le pouvoir, on s'égorgeait pour l'Empire. Il me semble voir surgir de ces ronces les ruines confondues de la République romaine et de l'affreuse domination de Tibère..." – Une petite fleur que M. de Chateaubriand a cueillie à ses pieds est venue le distraire de ces sombres réflexions : – "Combien la nature, si marâtre pour les hommes sous tant de climats, est partout une douce mère pour ses filles les plus innocentes, les herbes des champs ! Voyez cette violette blanche ; elle n'a pas le demi-éclat et le parfum de la violette de Virgile, *violae sublucet purpura nigrae*, mais elle est la première à m'annoncer le printemps." Puis, revenus à ma voiture, le silence a recommencé : seulement, comme nous nous rapprochions de la porte du Peuple et du tumulte de Rome, "Ici, comme chez nous, a-t-il dit, la tyrannie et la liberté ont également péri. Mais, à Rome, la robe de ce capucin qui soulève en passant une poussière antique achève de mettre en relief la vanité de tant de vanités." – Et cette réflexion a clos la promenade, dont je me hâtai de consigner sur mon journal le minutieux récit.» (*Chateaubriand et son temps*, pp. 347-349).

«J'ai mis moi-même la main à l'œuvre; j'ai découvert des fragments de marbre: les indices sont excellents, j'espère trouver quelque chose qui me dédommagera de l'argent perdu à cette loterie des morts; j'ai déjà un bloc de marbre grec assez considérable pour faire le buste du Poussin. Cette fouille va devenir le but de mes promenades; je vais aller m'asseoir tous les jours au milieu de ces débris. À quel siècle, à quels hommes appartenaient-ils ? Nous remuons peut-être la poussière la plus illustre sans le savoir. Une inscription viendra peut-être éclairer quelque fait historique, détruire quelque erreur, établir quelque vérité. Et puis, quand je serai parti avec mes douze paysans demi-nus, tout retombera dans l'oubli et le silence. Vous représentez-vous toutes les passions, tous les intérêts qui s'agitaient autrefois dans ces lieux abandonnés ? Il y avait des maîtres et des esclaves, des heureux et des malheureux, de belles personnes qu'on aimait et des ambitieux qui voulaient être ministres. Il y reste quelques oiseaux et moi, encore pour un temps fort court; nous nous envolerons bientôt. Dites-moi, croyez-vous que cela vaille la peine d'être un des membres du conseil d'un petit roi des Gaules, moi, barbare de l'Armorique, voyageur chez des sauvages d'un monde inconnu des Romains, et ambassadeur auprès de ces prêtres qu'on jetait aux lions ? Quand j'appelai Léonidas à Lacédémone, il ne me répondit pas[11]: le bruit de mes pas à *Torre Vergata* n'aura réveillé personne. Et quand je serai à mon tour dans mon tombeau, je n'entendrai pas même le son de votre voix. Il faut donc que je me hâte de me rapprocher de vous et de mettre fin à toutes ces chimères de la vie des hommes. Il n'y a de bon que la retraite, et de vrai qu'un attachement comme le vôtre.»

À LA MÊME

«Rome, le 7 février 1829.

«J'ai reçu une longue lettre du général Guilleminot[12]; il me fait un récit

11.
«Sparte était donc sous mes yeux [...] je montai en courant sur la colline de la citadelle. Comme j'arrivais à son sommet, le soleil se levait derrière les monts Ménélaïons. Quel beau spectacle! mais qu'il était triste! L'Eurotas coulant solitaire sous les débris du pont Babyx; des ruines de toutes parts, et pas un homme parmi ces ruines! Je restai immobile, dans une espèce de stupeur, à contempler cette scène. Un mélange d'admiration et de douleur arrêtait mes pas et ma pensée; le silence était profond autour de moi: je voulus du moins faire parler l'écho dans ces lieux où la voix humaine ne se faisait plus entendre, et je criai de toute ma force: Léonidas! Aucune ruine ne répéta ce grand nom, et Sparte même sembla l'avoir oublié» (*Itinéraire*, Pléiade, p. 822).

12.
Ambassadeur à Constantinople de 1824 à 1831.

lamentable de ce qu'il a souffert dans des courses sur les côtes de la Grèce : et pourtant Guilleminot était ambassadeur ; il avait de grands vaisseaux et une armée à ses ordres. Aller, après le départ de nos soldats[13], dans un pays où il ne reste pas une maison et un champ de blé parmi quelques hommes épars, forcés à devenir brigands par la misère, ce n'est pas pour une femme (madame Lenormant) un projet possible[14]. « J'irai ce matin à ma fouille : hier nous avons trouvé le squelette d'un soldat goth et le bras d'une statue de femme[15]. C'était rencontrer le destructeur avec la ruine qu'il avait faite ; nous avons une grande espérance de retrouver ce matin la statue. Si les débris d'architecture que je découvre en valent la peine, je ne les renverserai pas pour vendre les briques comme on fait ordinairement ; je les laisserai debout et ils porteront mon nom : ils sont du temps de Domitien. Nous avons une inscription qui nous l'indique : c'est le beau temps des arts romains. »

13.
Les troupes du général Maison évacuèrent progressivement la Morée après la signature du protocole d'accord signé à Londres le 22 mars 1829 (voir *supra*, l. XXX, chap. 13, note 6, p. 2017).

14.
L'archéologue Charles Lenormant, époux d'Amélie Cyvoct, faisait partie de la mission qui accompagna l'expédition du général Maison en Morée. Mme Lenormant avait souhaité accompagner son mari, mais ce projet avait été vivement déconseillé par Chateaubriand, qui en estimait les dangers trop grands.

15.
Le comte d'Haussonville, dans ses *Souvenirs*, rapporte sur Chateaubriand cette anecdote : « [...] "Bizarre coïncidence ! étranges jeux de la destinée ! Un Gaulois tombe frappé dans les plaines de cette Rome qu'il venait saccager, et c'est moi, l'ambassadeur de France, qui vient pieusement recueillir ici les os de nos ancêtres. Mais regardez donc, monsieur d'Haussonville ! C'étaient des géants que nos aïeux ; ils avaient au moins sept pieds, nous sommes des pygmées en comparaison, nous ne leur irions pas au genou. Quels gens ! et combien nous sommes dégénérés." Ce que disant il m'avait passé le collier de bronze et la bague. Tout en l'écoutant avec l'admiration qui lui était due, je m'étais mis à manipuler le collier, et, comme il arrive toujours en pareil cas, à vouloir passer mon doigt dans l'anneau. Impossible de l'y faire entrer. "Ah ! monsieur l'ambassadeur, regardez à votre tour ; je ne suis pas un géant, je n'ai pas sept pieds, mais l'anneau est trop étroit pour moi, je ne peux pas y faire entrer mon doigt. – Méchant garçon que vous êtes ! répliqua M. de Chateaubriand en me frappant amicalement sur l'épaule, je ne vous amènerai plus ici avec moi : vous avez gâté toute ma tirade." » (*Ma Jeunesse*..., pp. 205-206).

Dépêche à M. le comte Portalis.

MORT DE LÉON XII[1]

« Rome, ce lundi 9 février 1829.

« Monsieur le comte,

« Sa Sainteté a ressenti subitement une attaque du mal auquel elle est sujette : sa vie est dans le plus imminent danger. On vient d'ordonner de fermer tous les spectacles. Je sors de chez le cardinal secrétaire d'État, qui lui-même est malade et qui désespère des jours du Pape. La perte de ce souverain pontife si éclairé et si modéré serait dans ce moment une vraie calamité pour la chrétienté et surtout pour la France[2]. J'ai cru, monsieur le comte, qu'il importait au gouvernement du Roi d'être prévenu de cet événement probable afin qu'il pût prendre d'avance les mesures qu'il jugerait nécessaires. En conséquence, j'ai expédié pour Lyon un courrier à cheval. Ce courrier porte une lettre que j'écris à M. le préfet du Rhône, avec une dépêche télégraphique qu'il vous transmettra et une autre lettre que je le

---

1. Le pape mourut le 10 février 1829.

2. La Ferronnays n'avait pas eu le temps de lire la fameuse dépêche du 12 janvier 1829 rapportant la conversation avec le pape. Portalis s'était cru obligé de dispenser à Chateaubriand quelques louanges et d'exprimer le contentement royal : « [...] le Pape, en vous parlant avec autant de candeur et d'abondance [...] vous a donné un noble gage de confiance et d'estime, et s'est plu, sans doute, à honorer l'illustre écrivain et l'homme d'État qui, après avoir si puissamment contribué à rappeler en France le sentiment des vérités du christianisme et le souvenir de ses nombreux bienfaits, a retracé avec la même supériorité de talent les principes fondamentaux de la monarchie constitutionnelle » (dépêche n° 10, 6 février 1829, *in* M.-J. Durry, *L'Ambassade romaine de Chateaubriand*, p. 60, note 4).

prie de vous envoyer par estafette. Si nous avons le malheur de perdre Sa Sainteté, un nouveau courrier vous portera jusqu'à Paris tous les détails[3].
« J'ai l'honneur, etc. »

« Huit heures du soir.
« La congrégation des cardinaux déjà rassemblée a défendu au cardinal secrétaire d'État de délivrer des permis pour des chevaux de poste. Mon courrier ne pourra partir qu'après le départ du courrier du Sacré Collège, en cas de mort du Pape. J'ai essayé d'envoyer un homme porter mes dépêches à la frontière de la Toscane. Les mauvais chemins et le manque de chevaux de louage ont rendu ce dessein impraticable. Forcé d'attendre dans Rome, devenue une espèce de prison fermée, j'espère toujours que la nouvelle, au moyen du télégraphe, vous parviendra quelques heures avant qu'elle soit connue des autres gouvernements au delà des Alpes. Il pourrait se faire néanmoins que le courrier envoyé au nonce, et qui sera parti nécessairement avant le mien, vous donnât lui-même, en passant à Lyon, la nouvelle par le télégraphe. »

« Mardi, 10 février, neuf heures du matin.
« *Le Pape vient d'expirer*; mon courrier part. Dans quelques heures il sera suivi de M. le comte de Montebello, attaché à l'ambassade. »

DÉPÊCHE À M. LE COMTE PORTALIS

« Rome, ce 10 février 1829.
« Monsieur le comte,
« J'ai expédié à Lyon, il y a environ deux heures, le courrier extraordinaire à cheval qui vous transmettra la nouvelle imprévue et déplorable de la mort de Sa Sainteté. Maintenant je fais partir monsieur le comte de Montebello[4], attaché à l'ambassade, pour vous porter quelques détails nécessaires.

3.
Le courrier à cheval, chargé de porter la dépêche à Lyon, d'où elle serait transmise par le télégraphe optique, ne partit que le dimanche, avec 10 heures de retard, en raison des « ordres bizarres » donnés aussitôt après la mort du pape, qui interdisaient aux maîtres de poste des premiers relais après Rome de fournir des chevaux (*ibid.*, pp. 62-63).

4.
L'ambassade comptait donc à la fois des légitimistes et un bonapartiste tel Montebello, qui un jour, en présence de Marcellus, demanda la permission à l'ambassadeur d'aller voir sa marraine, la duchesse de Saint-Leu (la reine Hortense) : « Allez, monsieur, allez, lui dit l'ambassadeur, à Dieu ne plaise que je vous en empêche ! Portez-lui mes hommages. La liberté n'a plus rien à craindre de la gloire » (*Chateaubriand et son temps*, p. 345).

« Le Pape est mort de cette affection hémorroïdale à laquelle il était sujet. Le sang, s'étant porté sur la vessie, occasionna une rétention qu'on essaya de soulager au moyen de la sonde. On croit que Sa Sainteté a été blessée dans l'opération. Quoi qu'il en soit, après quatre jours de souffrances, Léon XII a expiré ce matin à neuf heures comme j'arrivais au Vatican, où un agent de l'ambassade avait passé la nuit. La lettre partie par mon premier courrier vous informe, monsieur le comte, de mes inutiles efforts pour obtenir le permis des chevaux de poste avant la mort du Pape.

« Hier je me rendis chez le cardinal secrétaire d'État, encore très-souffrant d'un violent accès de goutte ; j'eus avec lui un assez long entretien sur les suites du malheur dont nous étions menacés. Je déplorai la perte d'un prince dont les sentiments modérés et la connaissance des affaires de l'Europe étaient si utiles au repos de la chrétienté. "C'est, me répondit le secrétaire d'État, non-seulement un grand malheur pour la France, mais un plus grand malheur pour l'État romain que vous ne l'imaginez. Le mécontentement et la misère sont grands dans nos provinces, et, pour peu que les cardinaux croient devoir suivre un autre système que celui de Léon XII, ils verront comment ils s'en tireront. Quant à moi, mes fonctions cessent avec la vie du Pape, et je n'aurai rien à me reprocher."

« Ce matin j'ai revu le cardinal Bernetti qui, en effet, a cessé ses fonctions de secrétaire d'État : il m'a tenu le langage de la veille. Je lui ai demandé à le rencontrer avant qu'il s'enfermât dans le conclave. Nous sommes convenus que nous parlerions du choix d'un souverain Pontife qui pourrait être le continuateur du système de modération de Léon XII. J'aurai l'honneur de vous transmettre tous les renseignements que je recueillerai.

« Il est probable que la mort du Pape et la chute du cardinal Bernetti vont réjouir les ennemis des *ordonnances*[5] ; ils proclameront cet événement malheureux une punition du ciel. Il est aisé déjà de lire cette pensée sur quelques visages français à Rome.

« Je regrette doublement le Pape ; j'avais eu le bonheur de gagner sa confiance ; les préjugés que l'on avait pris soin de faire naître contre moi dans son esprit, avant mon arrivée, s'étaient dissipés, et il me faisait l'honneur de témoigner hautement et publiquement, en toute occasion, l'estime qu'il voulait bien me porter.

« Maintenant, monsieur le comte, permettez-moi d'entrer dans l'explication de quelques faits.

---

5. Voir *supra*, l. XXX, chap. 15, note 1, p. 2044.

« J'étais ministre des affaires étrangères à l'époque de la mort de Pie VII. Vous trouverez dans les cartons du ministère, si vous jugez à propos d'en prendre connaissance, la suite de mes relations avec M. le duc de Laval. L'usage est, à la mort d'un pape, d'envoyer un ambassadeur extraordinaire, ou d'accréditer l'ambassadeur résidant par de nouvelles lettres auprès du Sacré Collège. C'est ce dernier parti que je proposai de suivre à feu S. M. Louis XVIII. Le Roi ordonnera ce qu'il croira de meilleur pour son service. Quatre cardinaux français vinrent à Rome pour l'élection de Léon XII. La France en compte aujourd'hui cinq ; c'est certainement un nombre de voix qui n'est pas à dédaigner dans le conclave. J'attends, M. le comte, les ordres du Roi. M. de Montebello, chargé de vous remettre cette dépêche, restera à votre disposition.

« J'ai l'honneur, etc., etc. »

À MADAME RÉCAMIER

« Rome, 10 février 1829, onze heures du soir.

« Je voulais vous écrire une longue lettre, mais la dépêche que j'ai été obligé d'écrire de ma propre main et la fatigue de ces derniers jours m'ont épuisé.

« Je regrette le Pape ; j'avais obtenu sa confiance. Me voilà maintenant chargé d'une grande mission. Il m'est impossible de savoir quel en sera le résultat, et quelle influence elle aura sur ma destinée.

« Les conclaves durent ordinairement deux mois, ce qui me laissera toujours libre pour Pâques. Je vous parlerai bientôt à fond de tout cela.

« Imaginez-vous qu'on a trouvé ce pauvre Pape, jeudi dernier, avant qu'il fût malade, écrivant son épitaphe. On a voulu le détourner de ces tristes idées : "Mais non, a-t-il dit, cela sera fini dans peu de jours[6]." »

6.
La lettre poursuit : « Pour m'achever, Mme de Chateaubriand est assez malade et dans son lit depuis trois jours. Toutes les joies du carnaval, grâce à Dieu, sont finies. Plus de dîners, plus de bals. Les Anglais partent et vont danser à Naples et à Florence. Je vais avoir maintenant une multitude de courriers, j'en profiterai ; profitez-en à votre tour. Je vous prie de faire venir Bertin et de lui dire quelque chose de cette lettre, en lui disant qu'il m'est impossible, dans les embarras où je suis, d'écrire à personne. Recommandez-lui, de ma part, l'éloge du Pape et de Bernetti. Il n'y avait rien de plus tolérant et de plus modéré, témoin leur conduite pour les ordonnances et la confiance et l'estime que le Pape me témoignait en toute occasion. Bernetti est tout à fait un homme d'État » (*Lettres à Madame Récamier*, pp. 271-272).

À MADAME RÉCAMIER

«Jeudi, Rome, 12 février 1829.

«Je lis vos journaux. Ils me font souvent de la peine. Je vois dans le *Globe* que M. le comte Portalis est, selon ce journal, mon ennemi déclaré[7]. Pourquoi? Est-ce que je demande sa place? Il se donne trop de peine; je ne pense point à lui. Je lui souhaite toutes les prospérités possibles; mais pourtant, s'il était vrai qu'il voulût la guerre, il me trouverait. On me semble déraisonner sur tout, et sur l'*immortel Mahmoud*, et sur l'évacuation de la Morée.

«Dans les chances les plus probables, cette évacuation remettra la Grèce sous le joug des Turcs, avec la perte pour nous de notre honneur et de quarante millions. Il y a prodigieusement d'esprit en France, mais on manque de tête et de bon sens: deux phrases vous enivrent, on nous mène avec des mots, et, ce qu'il y a de pis, c'est que nous sommes toujours prêts à dénigrer nos amis et à élever nos ennemis. Au reste, n'est-il pas curieux que l'on fasse tenir au Roi, dans un discours, mon propre langage, sur l'*accord des libertés publiques et de la royauté*[8], et qu'on

---

7.
Les journaux d'extrême droite racontaient que Portalis était très hostile à Chateaubriand et ne manquerait pas, au conclave, de faire voter contre les vœux de l'ambassadeur. Quant au *Globe*, cette «pépinière d'hommes d'État» (E. Hatin, *Bibliographie historique et critique de la presse française*), organe de la jeunesse née au tournant du siècle, il fut fondé en 1824 par Pierre Leroux, et animé par Paul Dubois. Journal philosophique et littéraire, jusqu'en 1830, date à laquelle il fut, après la révolution, racheté par les saint-simoniens, *Le Globe* s'est opposé tout à la fois aux ultras et aux libéraux du *Constitutionnel*, refusant ensemble l'Ancien Régime et la Révolution. Des rédacteurs brillants, de sensibilités différentes mais unis par une même volonté de «fonder un avenir neuf» (F. Furet, *La Révolution, 1770-1880*), comme Charles de Rémusat, Prosper de Barante, Auguste Blanqui, Armand Carrel, Antoine Fontaney, Latouche, Gustave Planche, Edgard Jouffroy, Prosper Duvergier de Hauranne, Stendhal, Sainte-Beuve... lui assurèrent un important magistère. Favorable au romantisme, il était ouvert aux lettres étrangères, et contribua à la connaissance des idées d'Adam Smith, Malthus ou Ricardo. Son ambition était de «fonder la liberté sur la raison» *(ibid.)*. Voir J.-J. Goblot, *Le Globe, 1824-1830*, et *La Jeune France libérale, Le Globe, et son groupe littéraire, 1824-1830.* 12 lettres de Chateaubriand à Paul Dubois, écrites entre le 8 septembre 1826 et le 17 mars 1831, ont été publiées par G. Faure, *in Chateaubriand, Dubois et Le Globe.* Le 14 octobre 1828, Chateaubriand écrivait de Rome à Dubois (qui ne put se rendre à l'invitation): «Je suis arrivé, Monsieur, et je vous attends, votre logement est prêt», et, le 3 janvier 1829: «M. Duvergier de Hauranne a passé quelques jours ici; il est maintenant à Naples; je regrette bien son absence. J'avais enfin trouvé un voyageur qui sût faire autre chose que de danser au Capitole» (*op. cit.*, pp. 48 et 51).

8.
Dans le discours du Trône prononcé lors de la rentrée des Chambres, le 27 janvier, se trouve en effet la phrase suivante: «La France sait bien sur quelles bases son bonheur repose, et ceux qui le chercheraient ailleurs que dans l'union sincère de l'autorité royale et des libertés que la Charte a consacrées seraient hautement désavoués par elle.»

m'en ait tant voulu pour avoir tenu ce langage ? Et les hommes qui font parler ainsi la couronne étaient les plus chauds partisans de la censure ! Au surplus, je vais voir l'élection du chef de la chrétienté ; ce spectacle est le dernier grand spectacle auquel j'assisterai dans ma vie* [* Je me trompais. (Note de 1837.)] ; il clora ma carrière[9].

« Maintenant que les plaisirs de Rome sont finis, les affaires commencent. Je vais être obligé d'écrire d'un côté au gouvernement tout ce qui se passe, et de l'autre de remplir les devoirs de ma position nouvelle ; il faut complimenter le Sacré Collège, assister aux funérailles du Saint-Père, auquel je m'étais attaché parce qu'on l'aimait peu, et d'autant plus qu'ayant craint de trouver en lui un ennemi, j'ai trouvé un ami qui, du haut de la chaire de Saint-Pierre, a donné un démenti formel à mes calomniateurs *chrétiens*. Puis vont me tomber sur la tête les cardinaux de France. J'ai écrit pour faire des représentations au moins sur l'archevêque de Toulouse[10].

« Au milieu de tous ces tracas le monument du Poussin s'exécute ; la fouille réussit ; j'ai trouvé trois belles têtes, un torse de femme drapé, une inscription funèbre d'un frère pour une jeune sœur, ce qui m'a attendri.

« À propos d'inscription, je vous ai dit que le pauvre Pape avait fait la sienne la veille du jour où il est tombé malade, prédisant qu'il allait bientôt mourir ; il a laissé un écrit où il recommande sa famille indigente au gouvernement romain : il n'y a que ceux qui ont beaucoup aimé qui aient de pareilles vertus[11]. »

---

9. La lettre, dont Chateaubriand n'a pas reproduit le premier paragraphe ni le post-scriptum, ajoute ici : « et je rentrerai avec une joie que je ne puis dire dans ma petite maison de la rue d'Enfer » (*Lettres à Madame Récamier*, p. 273).

10. Le cardinal de Clermont-Tonnerre, si hostile aux ordonnances de Mgr Feutrier et l'un des chefs « zélantistes » de la délégation française. La lettre poursuit : « vieux petit libertin fanatique qui ne croit en Dieu que couci-couça » *(ibid.)*.

11. Souvenir de l'Évangile ; expression appliquée par Jésus à la pécheresse Madeleine (Luc, VIII, 47).

LIVRE XXXI

Suite de l'ambassade de Rome[1]. *[Obsèques de Léon XII. – Dépêche à M. le comte Portalis.]*

Rome, ce 17 février 1829.

Avant de passer aux choses importantes je rappellerai quelques faits.

Au décès du souverain pontife le gouvernement des États romains tombe aux mains des trois cardinaux chefs d'ordre, diacre, prêtre et évêque, et au cardinal camerlingue[2]. L'usage est que les ambassadeurs aillent complimenter, dans un discours, la congrégation des cardinaux réunis avant l'ouverture du conclave à Saint-Pierre. Le corps de Sa Sainteté, exposé d'abord dans la chapelle Sixtine, fut porté vendredi dernier, 13 février, dans la chapelle du Saint-Sacrement à Saint-Pierre; il y est resté jusqu'au dimanche 15. Alors il a été placé dans le monument qu'occupaient les cendres de Pie VII, et celles-ci ont été descendues dans l'église souterraine *(a)*.

---

1. Ce titre, donné tant par le manuscrit de 1847 que par l'édition Penaud comme celui de ce chapitre, correspond en fait au livre entier. En retour, plusieurs titres de chapitre manquent dans ce livre, dont celui du chap. 1. Nous suivons ici M. Levaillant, et reprenons, entre crochets, les titres qu'il a proposé d'introduire.

2. Fonction de deux cardinaux de la cour pontificale, l'un chargé de l'administration temporelle du Saint-Siège (spécialement lors de la vacance du siège), l'autre chargé d'en administrer les biens.

À MADAME RÉCAMIER

« Rome, ce 17 février 1829[3].

« J'ai vu Léon XII exposé[4], le visage découvert, sur un chétif lit de parade au milieu des chefs-d'œuvre de Michel-Ange ; j'ai assisté à la première cérémonie funèbre dans l'église de Saint-Pierre. Quelques vieux cardinaux commissaires, ne pouvant plus voir, s'assurèrent de leurs doigts tremblants que le cercueil du pape était bien cloué. À la lumière des flambeaux, mêlée à la clarté de la lune, le cercueil fut enfin enlevé par une poulie et suspendu dans les ombres pour être déposé dans le sarcophage de Pie VII.

« On vient de m'apporter le petit chat du pauvre Pape[5] ; il est tout gris et fort doux comme son ancien maître[6]. »

DÉPÊCHE À M. LE COMTE PORTALIS[7]

« Rome, ce 17 février 1829.

« Monsieur le comte,

« J'ai eu l'honneur de vous mander dans ma première lettre portée à

3.
Voir *infra*, variante *(a)* sur ce chapitre, pp. 3151-3152. Le texte entier de cette longue lettre se trouve dans les *Lettres à Madame Récamier*, pp. 277-281.

4.
Voici le texte de la lettre du 17 février, que Chateaubriand a ici quelque peu modifié : « J'ai assisté à la première cérémonie funèbre pour le pape dans l'église de Saint-Pierre. C'était un étrange mélange d'indécence et de grandeur. Des coups de marteau qui clouaient le cercueil d'un pape, quelques chants interrompus, le mélange de la lumière des flambeaux et de celle de la lune, le cercueil enfin enlevé par une poulie et suspendu dans les ombres, pour le déposer au-dessus d'une porte dans le sarcophage de Pie VII dont les cendres faisaient place à celles de Léon XII ; vous figurez-vous tout cela et les idées que cette scène faisait naître ? » (*ibid.*, p. 279).

5.
Ce chat, qui s'appelait Micetto, suivit les Chateaubriand à Paris et finit ses jours choyé par les pensionnaires de l'infirmerie Marie-Thérèse.

6.
Une version antérieure ajoutait un autre passage de la même lettre, rétabli par M. Levaillant : « Du Viviers arrive avec vos deux petites lettres du 7. Grand merci. Bertin m'écrit que *je suis ministre* et Hyde de Neuville presque la même chose. Le Roi a lu le grand *Mémoire*. Il a lu aussi ma grande dépêche sur ma conversation avec le Pape. Il est enchanté et les dépêches mêmes de Portalis, apportées par Du Viviers sont des hymnes à ma louange. Allons ! qu'est-ce que tout cela deviendra ? » La lettre poursuit ici : « En attendant le Pape est mort. Quelle étrange vie que la mienne ! Mais si vous m'aimez, si je vous revois bientôt, qu'importe le reste ! Hyde me dit que tout le monde dans le ministère est pour moi. Le croyez-vous ? » (*ibid.*, pp. 280-281).

7.
Le texte intégral de cette dépêche a été reproduit *in* M.-J. Durry, *L'Ambassade romaine de Chateaubriand*, pp. 64-69.

Lyon avec la dépêche télégraphique, et dans ma dépêche n° 15, les difficultés que j'ai rencontrées pour l'expédition de mes deux courriers du 10 de ce mois. Ces gens-ci en sont encore à l'histoire des Guelfes et des Gibelins, comme si la mort d'un pape connue une heure plus tôt ou une heure plus tard pouvait faire entrer une armée impériale en Italie.

«Les obsèques du Saint-Père seront terminées dimanche 22, et le conclave ouvrira lundi soir 23, après avoir assisté le matin à la messe du Saint-Esprit: on meuble déjà les cellules du palais Quirinal.

» Je ne vous entretiendrai pas, monsieur le comte, des vues de la cour d'Autriche, des désirs des cabinets de Naples, de Madrid et de Turin. M. le duc de Laval, dans la correspondance qu'il eut avec moi en 1823, a peint le personnel des cardinaux qui sont en partie ceux d'aujourd'hui. On peut voir le n° 5 et son annexe, les n°s 34, 55, 70 et 82. Il y a aussi dans les cartons du ministère quelques notes venues par une autre voie. Ces portraits, assez souvent de fantaisie, peuvent amuser, mais ne prouvent rien. Trois choses ne font plus les papes: les intrigues de femmes, les menées des ambassadeurs, la puissance des cours. Ce n'est pas non plus de l'intérêt général de la société qu'ils sortent, mais de l'intérêt particulier des individus et des familles qui cherchent dans l'élection du chef de l'Église des places et de l'argent.

«Il y aurait des choses immenses à faire aujourd'hui par le Saint-Siège: la réunion des sectes dissidentes, le raffermissement de la société européenne, etc. Un pape qui entrerait dans l'esprit du siècle, et qui se placerait à la tête des générations éclairées, pourrait rajeunir la papauté; mais ces idées ne peuvent point pénétrer dans les vieilles têtes du Sacré Collège; les cardinaux arrivés au bout de la vie se transmettent une royauté élective qui expire bientôt avec eux: assis sur les doubles ruines de Rome, les papes ont l'air de n'être frappés que de la puissance de la mort[8].

«Ces cardinaux avaient élu le cardinal Della Genga (Léon XII) après l'exclusion[9] donnée au cardinal Severoli, parce qu'ils croyaient qu'il allait mourir; Della Genga s'étant avisé de vivre, ils l'ont détesté cordia-

---

8.

On a vu en variante *(a)* sur ce chapitre (*infra*, pp. 3151-3152), une autre version de cette considération. L'original de la dépêche à Portalis donne le texte suivant: «Mais ces idées ne pénètrent pas dans les vieilles têtes du Sacré Collège: hommes du passé et antipathiques à l'avenir, des cardinaux arrivés au bout de la vie, ne cherchent qu'à se transmettre une espèce de royauté élective qui expire tous les quatre ou cinq ans avec eux: assis sur les doubles ruines de Rome, ils ont l'air de n'être frappés que de la puissance de la mort, et de n'aspirer qu'à cette puissance» (*in* M.-J. Durry, *op. cit.*, p. 65).

9.

Voir *infra*, l. XXXI, chap. 4, note 5, p. 2093.

lement pour cette tromperie. Léon XII choisissait dans les couvents des administrateurs capables ; autre sujet de murmure pour les cardinaux. Mais, d'une autre part, ce pape défunt, en avançant les moines, voulait de la régularité dans les monastères, de sorte qu'on ne lui savait aucun gré du bienfait. Les ermites vagabonds qu'on arrêtait, les gens du peuple qu'on forçait de boire debout dans la rue afin d'éviter les coups de couteau au cabaret ; des changements peu heureux dans la perception des impôts, des abus commis par quelques familiers du Saint-Père, la mort même de ce pape arrivant à une époque qui fait perdre aux théâtres et aux marchands de Rome le bénéfice des folies du carnaval, ont fait anathématiser la mémoire d'un prince digne des plus vifs regrets : à Civita-Vecchia on a voulu brûler la maison de deux hommes que l'on pensait avoir été honorés de sa faveur.

« Parmi beaucoup de concurrents, quatre sont particulièrement désignés : le cardinal Capellari, chef de la propagande, le cardinal Pacca, le cardinal De Gregorio et le cardinal Giustiniani.

« Le cardinal Capellari est un homme docte et capable. Il sera repoussé, dit-on, par les cardinaux comme trop jeune, comme moine et comme étranger aux affaires du monde. Il est autrichien et passe pour obstiné et ardent dans ses opinions religieuses. Cependant c'est lui qui, consulté par Léon XII, n'a rien vu dans les ordonnances du Roi qui pût autoriser la réclamation de nos évêques ; c'est encore lui qui a rédigé le concordat de la cour de Rome avec les Pays-Bas et qui a été d'avis de donner l'institution canonique aux évêques des républiques espagnoles : tout cela annonce un esprit raisonnable, conciliant et modéré. Je tiens ces détails du cardinal Bernetti, avec qui j'ai eu, vendredi 13, une des conversations que je vous ai annoncées dans ma dépêche n° 15.

« Il importe au corps diplomatique, et surtout à l'ambassadeur de France, que le secrétaire d'État à Rome soit un homme de relations faciles et habitué aux affaires de l'Europe. Le cardinal Bernetti est le ministre qui nous convient sous tous les rapports ; il est compromis pour nous avec les *zelanti* et les congréganistes ; nous devons désirer qu'il soit repris par le pape futur. Je lui ai demandé avec lequel des quatre cardinaux il aurait le plus de chances de revenir au pouvoir, il m'a répondu : "Avec Capellari."

« Les cardinaux Pacca et De Gregorio sont peints d'une manière fidèle dans l'annexe du n° 5 de la correspondance déjà citée ; mais le cardinal Pacca est très-affaibli par l'âge, et la mémoire, comme celle du cardinal doyen della Somaglia, commence totalement à lui manquer.

« Le cardinal De Gregorio serait un pape convenable. Quoique rangé au nombre des *zelanti*, il n'est pas sans modération ; il repousse les Jésuites qui ont ici, autant qu'en France, des adversaires et des ennemis. Tout sujet napolitain qu'il est, le cardinal De Gregorio est rejeté par Naples, et encore plus par le cardinal Albani, l'exécuteur des hautes œuvres de l'Autriche au conclave. Le cardinal est légat à Bologne ; il a plus de quatre-vingts ans et il est malade : il y a donc quelque chance pour qu'il ne vienne pas à Rome.

« Enfin, le cardinal Giustiniani est le cardinal de la noblesse romaine ; il a pour neveu le cardinal Odescalchi, et il aura vraisemblablement un assez bon nombre de voix. Mais d'un autre côté il est pauvre et il a des parents pauvres ; Rome craindrait les besoins de cette indigence.

« Vous savez, monsieur le comte, tout le mal que le nonce Giustiniani a fait en Espagne, et je le sais plus qu'un autre par les embarras qu'il m'a causés après la délivrance du roi Ferdinand. Dans l'évêché d'Imola, que le cardinal gouverne actuellement, il n'a pas été plus modéré ; il a fait revivre les règlements de saint Louis contre les blasphémateurs : ce n'est pas le Pape de notre époque. Au surplus, c'est un homme assez savant, hébraïsant, helléniste, mathématicien, mais plus propre aux travaux du cabinet qu'aux affaires. Je ne le crois pas poussé par l'Autriche. Après tout, la prévoyance humaine est souvent trompée ; souvent un homme change en arrivant au pouvoir ; le *zelante* cardinal Della Genga a été le pape conciliant Léon XII. Peut-être surgira-t-il, au milieu des quatre compétiteurs, un pape auquel personne ne pense dans ce moment. Le cardinal Castiglioni, le cardinal Benvenuti, le cardinal Galeffi, le cardinal Arezzo, le cardinal Gamberini, et jusqu'au vieux et vénérable doyen du Sacré Collège della Somaglia, malgré sa demi-enfance ou plutôt à cause d'elle, se mettent sur les rangs. Le dernier a même quelque espoir, parce qu'étant évêque et prince d'Ostie, son exaltation amènerait un mouvement qui laisserait cinq grandes places libres.

« On suppose que le conclave sera très-long ou très-court : il n'y aura pas de combat de système comme à l'époque du décès de Pie VII ; les *conclavistes* et les *anticonclavistes* ont totalement disparu : ce qui peut rendre l'élection plus facile. Mais, d'une autre part, il y aura des luttes personnelles entre les prétendants qui réunissent un certain nombre de voix, et comme il ne faut qu'un tiers des voix du conclave, plus une, pour donner l'*exclusive* qu'il ne faut pas confondre avec le droit d'*exclusion*, le ballottage entre les candidats se pourra prolonger.

« La France veut-elle exercer le droit d'*exclusion* qu'elle partage avec l'Autriche et l'Espagne ? L'Autriche l'a exercé dans le précédent conclave contre Severoli, par l'intermédiaire du cardinal Albani. Contre qui la couronne de France voudrait-elle exercer ce droit ? Serait-ce contre le cardinal Fesch, si par aventure on songeait à lui, ou contre le cardinal

Giustiniani ? Celui-ci vaudrait-il la peine d'être frappé de ce *veto*, toujours un peu odieux en ce qu'il entrave l'indépendance de l'élection ?

« À quel cardinal le gouvernement du Roi veut-il confier l'exercice de son droit d'exclusion ? Veut-on que l'ambassadeur de France paraisse armé du secret de son gouvernement et comme prêt à frapper l'élection du conclave si elle déplaisait à Charles X ? Enfin, le gouvernement a-t-il un choix de prédilection ? Est-ce à tel ou tel cardinal qu'il veut prêter son appui ? Certes, si tous les cardinaux de famille, c'est-à-dire les cardinaux espagnols, napolitains et même piémontais, voulaient réunir leurs voix à celles des cardinaux français, si l'on pouvait former un parti des couronnes, nous l'emporterions au conclave ; mais ces réunions sont des chimères et nous avons dans les cardinaux des diverses cours des ennemis plutôt que des amis.

« On assure que le primat de Hongrie et l'archevêque de Milan viendront au conclave. L'ambassadeur d'Autriche à Rome, le comte Lutzow, tient de très-bons propos sur le caractère de conciliation que doit avoir le Pape futur. Attendons les instructions de Vienne.

« Au surplus je suis persuadé que tous les ambassadeurs de la terre ne font rien aujourd'hui à l'élection du souverain pontife et que nous sommes tous d'une parfaite inutilité à Rome. Je ne vois au reste aucun intérêt pressant à accélérer ou à retarder (ce qui n'est d'ailleurs au pouvoir de personne) les opérations du conclave. Que les cardinaux étrangers à l'Italie assistent ou n'assistent pas à ce conclave, cela peut convenir plus ou moins à la dignité des cours ; mais cela est du plus mince intérêt pour le résultat de l'élection. Si l'on avait des millions à distribuer, il serait encore possible de faire un Pape : je n'y vois que ce moyen, et il n'est pas à l'usage de la France.

« Dans mes instructions confidentielles à M. le duc de Laval (13 septembre 1823) je lui disais : "Nous demandons que l'on mette sur le trône pontifical un prélat distingué par sa piété et ses vertus. Nous désirons seulement qu'il soit assez éclairé et d'un esprit assez conciliant pour qu'il puisse juger la position politique des gouvernements et ne les jette pas, par des exigences inutiles, dans des difficultés inextricables, aussi fâcheuses pour l'Église que pour le trône… Nous voulons un membre du parti italien *zelante* modéré, capable d'être agréé par tous les partis. Tout ce que nous leur demandons dans notre intérêt, c'est de ne pas chercher à profiter des divisions qui peuvent se former dans notre clergé pour troubler nos affaires ecclésiastiques."

« Dans une autre lettre confidentielle, écrite à propos de la maladie du nouveau Pape Della Genga, le 28 janvier 1824, je disais encore à M. le duc de Laval : "Ce qu'il nous importe d'obtenir (supposant un nouveau conclave), c'est que le Pape soit, par ses inclinations, indépendant des autres puissances; c'est que ses principes soient sages et modérés et qu'il soit ami de la France."

«Aujourd'hui, M. le comte, dois-je suivre comme ambassadeur l'esprit de ces instructions que je donnais comme ministre?

«Cette dépêche renferme tout. Je n'aurai plus qu'à instruire le Roi succinctement des opérations du conclave et des accidents qui pourraient survenir; il ne s'agira plus que du compte des votes et de la variation des suffrages.

«Les cardinaux favorables aux jésuites sont: Giustiniani, Odescalchi, Pedicini et Bertazzoli.

«Les cardinaux opposés aux jésuites par diverses causes et diverses circonstances sont: Zurla, De Gregorio, Bernetti, Capellari, Micara.

«On croit que, sur cinquante-huit cardinaux, quarante-huit ou quarante-neuf seulement assisteront au conclave. Dans ce cas, trente-trois ou trente-quatre voix feraient l'élection.

«Le ministre d'Espagne, M. de Labrador, homme solitaire et caché, que je soupçonne léger sous l'apparence de la gravité, est fort embarrassé de son rôle. Les instructions de sa cour n'ont rien prévu; il en écrit dans ce sens au chargé d'affaires de S. M. C. à Lucques.

«J'ai l'honneur, etc.

«P. S. Le cardinal Benvenuti a, dit-on, déjà douze voix d'assurées. Ce choix, s'il réussissait, serait très-bon. Benvenuti connaît l'Europe, et a montré de la capacité et de la modération dans divers emplois.

Conclaves.

Puisque le conclave va s'ouvrir, je veux tracer rapidement l'histoire de cette grande loi d'élection *(a)*, qui compte déjà plus de dix-huit cents ans de durée. D'où viennent les Papes ? Comment de siècles en siècles ont-ils été élus ?

Au moment où la liberté, l'égalité et la république achevaient d'expirer vers le temps d'Auguste, naissait à Bethléem le tribun universel des peuples, le grand représentant sur la terre de l'égalité, de la liberté et de la république, le Christ, qui après avoir planté la croix pour servir de limite à deux mondes, après s'être fait attacher à cette croix, y être mort, symbole, victime et rédempteur des souffrances humaines, transmit son pouvoir à son premier apôtre. Depuis Adam jusqu'à Jésus-Christ, c'est la société avec des esclaves, avec l'inégalité des hommes entre eux *(b)*; depuis Jésus-Christ jusqu'à nous, c'est la société avec l'égalité des hommes entre eux, l'égalité sociale de l'homme et de la femme, c'est la société sans esclaves, ou du moins sans le principe de l'esclavage. L'histoire de la société moderne commence au pied et de ce côté-ci de la croix.

Pierre, évêque de Rome, initia la papauté : tribuns-dictateurs successivement élus par le peuple, et la plupart du temps choisis parmi les classes les plus obscures du peuple, les Papes tinrent leur puissance temporelle de l'ordre démocratique, de cette nouvelle société de frères qu'était venu fonder Jésus de Nazareth, ouvrier, fabricant de jougs et de charrues, né d'une femme selon la chair, et pourtant Dieu et fils de Dieu, comme ses œuvres le prouvent.

Les Papes eurent mission de venger et de maintenir les droits de l'homme ; chefs de l'opinion humaine, ils obtinrent, tout faibles qu'ils étaient, la force de détrôner les rois avec une parole et une idée : ils n'avaient pour soldat qu'un plébéien, la tête couverte d'un froc et la main armée d'une croix. La papauté, marchant à la tête de la civilisation, s'avança vers le but de la société *(c)*. Les hommes chrétiens, dans toutes les régions du globe, obéirent à un prêtre dont le nom leur était à peine connu, parce que ce prêtre était la personnification d'une vérité fondamentale ; il représentait en Europe l'indépendance politique détruite presque partout ; il fut dans le monde gothique le défenseur des franchises populaires, comme il devint dans le monde moderne le restituteur des sciences, des lettres et des arts. Le peuple s'enrôla dans ses milices sous l'habit d'un frère mendiant.

La querelle de l'empire et du sacerdoce est la lutte des deux principes sociaux au Moyen Âge, le pouvoir et la liberté. Les Papes, favorisant les Guelfes, se déclaraient pour les gouvernements des peuples ; les empereurs, adoptant les Gibelins, poussaient au gouvernement des nobles : c'était précisément le rôle qu'avaient joué les Athéniens et les Spartiates dans la Grèce. Aussi, lorsque les papes se rangèrent du côté des rois, lorsqu'ils se firent Gibelins, ils perdirent leur pouvoir, parce qu'ils se détachèrent de leur principe naturel ; et, par une raison opposée, et cependant analogue, les moines ont vu décroître leur autorité lorsque la liberté politique est revenue directement aux peuples, parce que les peuples n'ont plus eu besoin d'être remplacés par les moines, leurs représentants.

Ces trônes déclarés vacants et livrés au premier occupant dans le Moyen Âge ; ces empereurs qui venaient à genoux implorer le pardon d'un pontife[1] ; ces royaumes mis en interdit ; une nation entière privée de culte par un mot magique ; ces souverains frappés d'anathème, abandonnés non-seulement de leurs sujets, mais encore de leurs serviteurs et de leurs proches ; ces princes évités comme des lépreux, séparés de la race mortelle, en attendant leur retranchement de l'éternelle race ; les aliments dont ils avaient goûté, les objets qu'ils avaient touchés passés à travers les flammes ainsi que choses souillées : tout cela n'était que les effets énergiques de la souveraineté populaire déléguée à la religion et par elle exercée.

---

1. Allusion à Canossa, ville d'Italie où l'empereur germanique Henri IV vint solliciter (janvier 1077) son pardon auprès du pape Grégoire VII qui l'avait excommunié lors de la fameuse querelle des Investitures. Cet événement a donné naissance à la locution « aller à Canossa », c'est-à-dire s'humilier devant son adversaire.

La plus vieille loi d'élection du monde[2] est la loi en vertu de laquelle le pouvoir pontifical a été transmis de saint Pierre au prêtre qui porte aujourd'hui la tiare : de ce prêtre vous remontez de pape en pape jusqu'à des saints qui touchent au Christ ; au premier anneau de la chaîne pontificale se trouve un Dieu. Les évêques étaient élus par l'Assemblée générale des fidèles ; dès le temps de Tertullien, l'évêque de Rome est nommé l'évêque des évêques. Le clergé, faisant partie du peuple, concourait à l'élection. Comme les passions se trouvent partout, comme elles détériorent les plus belles institutions et les plus vertueux caractères, à mesure que la puissance papale s'accrut, elle tenta davantage, et des rivalités humaines produisirent de grands désordres. À Rome païenne, de pareils troubles avaient éclaté pour l'élection des tribuns : des deux Gracchus, l'un fut jeté dans le Tibre, l'autre poignardé par un esclave dans un bois consacré aux Furies. La nomination du pape Damase, en 336, produisit une rixe sanglante : 137 personnes succombèrent dans la Basilique Sicinienne, aujourd'hui Sainte-Marie-Majeure. On voit saint Grégoire élu pape par le *clergé*, le *sénat* et le *peuple romain*. Tout chrétien pouvait parvenir à la tiare : Léon IV fut promu au souverain pontificat le 12 avril 847 pour défendre Rome contre les Sarrasins, et son ordination différée jusqu'à ce qu'il eût donné des preuves de son courage. Autant en arrivait aux autres évêques : Simplicius monta au siège de

2.
Les documents de l'Antiquité chrétienne ne présentent aucune prescription concernant la désignation des premiers papes. Assez vite l'évêque de Rome est élu par le clergé romain, par le peuple et par les évêques de la province, ceux-ci ratifiant le choix des premiers. L'audience universelle du pape, les dissensions opposant nobles et plébéiens romains, les empiétements du pouvoir civil, amenèrent peu à peu les papes à restreindre le corps électoral en éliminant tout élément laïque, mais aussi le clergé inférieur. Le futur Grégoire VII (1073-1085) joua à cet égard un rôle décisif ; c'est probablement sous son influence que Nicolas II (Gérard de Bourgogne, v. 980-1061), pape de 1059 à 1061, par la bulle *in nomine Domini*, déclara que l'élection du pape appartiendrait désormais aux cardinaux-évêques, l'empereur ne gardant qu'un pouvoir de confirmation. Alexandre III, dans la constitution *Licet de vitenda*, promulguée lors du IIIe concile du Latran (2-22 mars 1179), statuera que tous les cardinaux (évêques, prêtres, diacres) auront désormais le droit de suffrage dans les élections papales, mais que, pour la validité de l'élection, il faudra que les deux tiers des voix soient réunis sur le même nom. Ces mesures, ainsi que le dit Chateaubriand, ne suffiront pas à empêcher les abus, les compétitions des partis et de longues vacances du Saint-Siège. C'est ainsi que 18 mois après la mort de Clément IV (29 novembre 1268, et non 1258), aucun successeur ne lui avait encore été donné, le Sacré Collège, réuni à Viterbe, étant divisé sur le choix d'un candidat. Si bien que le podestat de Viterbe mit les cardinaux au pain et à l'eau. Grégoire X enfin élu (1271), voulant prévenir le retour de pareils retards, lors du IIe concile de Lyon, promulgua la bulle *Ubi periculum* (1274, et non 1270), qui formule les règles des futurs conclaves : *cum clave* (« sous clef »), règle stricte qui oblige physiquement les cardinaux à hâter l'élection d'un pontife. Cette règle fut suspendue par Adrien V (1276), puis rétablie par Célestin V en 1294 ; Grégoire XV (1621-1623) promulguera un minutieux cérémonial qui sera en usage jusqu'à nos jours.

Bourges, tout laïque qu'il était. Même aujourd'hui (ce qu'en général on ignore) le choix du conclave pourrait tomber sur un laïc, fût-il marié : sa femme entrerait en religion, et lui recevrait, avec la papauté, tous les ordres. Les empereurs grecs et latins voulurent opprimer la liberté de l'élection papale populaire ; ils l'usurpèrent quelquefois, et ils exigèrent souvent que cette élection fût au moins confirmée par eux : un capitulaire de Louis le Débonnaire rend à l'élection des évêques sa liberté primitive qui s'accomplit selon un traité du même temps par le *consentement unanime du clergé et du peuple.*

Ces dangers d'une élection proclamée par les masses populaires ou dictée par les empereurs obligèrent à faire des changements à la loi. Il existait à Rome des prêtres et des diacres appelés *cardinaux*, soit que leur nom leur vînt de ce qu'ils servaient aux *cornes* ou coins de l'autel, *ad cornua altaris*, soit que le mot *cardinal* dérivât du latin *cardo*, pivot ou gond. Le pape Nicolas II, dans un concile tenu à Rome en 1059, fit décider que les cardinaux seuls éliraient les Papes et que le clergé et le peuple ratifieraient l'élection. Cent vingt ans après, le concile de Latran enleva la ratification au clergé et au peuple et rendit l'élection valide à une majorité des deux tiers des voix dans l'assemblée des cardinaux.

Mais ce canon du concile ne fixant ni la durée ni la forme de ce collège électoral, il arriva que la discorde s'introduisit parmi les électeurs et il n'y avait aucun moyen dans la nouvelle modification de la loi de faire cesser cette discorde. En 1258, après la mort de Clément IV, les cardinaux réunis à Viterbe ne purent s'entendre, et le Saint-Siège resta vacant pendant deux années. Le podestat et le peuple de la ville furent obligés d'enfermer les cardinaux dans leur palais, et même, dit-on, de découvrir ce palais pour forcer les électeurs à en venir à un choix. Grégoire X sortit enfin du scrutin, et, pour remédier à l'avenir à un tel abus, établit alors le conclave, CUM CLAVE, *sous clef* ou *avec une clef* ; il régla les dispositions intérieures de ce conclave à peu près de la manière qu'elles existent aujourd'hui : cellules séparées, chambre commune pour le scrutin, fenêtres extérieures murées, à l'une desquelles on vient proclamer l'élection, en démolissant les plâtres dont elle est close, etc. Le concile tenu à Lyon en 1270 confirme et améliore ces dispositions. Un article de ce règlement est pourtant tombé en désuétude : il y était dit que si après trois jours de clôture le choix du Pape n'était pas fait, pendant cinq jours après ces trois jours les cardinaux n'auront plus qu'un seul plat à leur repas et qu'ensuite ils n'auront plus que du pain, du vin et de l'eau jusqu'à l'élection du souverain pontife.

Aujourd'hui la durée d'un conclave n'est plus limitée et les cardinaux ne sont plus punis par la diète comme des enfants mis en pénitence. Leur dîner, placé dans des corbeilles portées sur des brancards, leur arrive du dehors accompagné de laquais en livrée; un dapifère suit le convoi l'épée au côté et traîné par des chevaux caparaçonnés, dans le carrosse armorié du cardinal reclus. Arrivés au tour du conclave, les poulets sont éventrés, les pâtés sondés, les oranges mises en quartiers, les bouchons des bouteilles dépecés, dans la crainte que quelque Pape ne s'y trouve caché. Ces anciennes coutumes, les unes puériles, les autres ridicules, ont des inconvénients. Le dîner est-il somptueux? le pauvre qui meurt de faim, en le voyant passer, compare et murmure. Le dîner est-il chétif? par une autre infirmité de la nature l'indigent s'en moque et méprise la pourpre romaine. On fera bien d'abolir cet usage qui n'est plus dans les mœurs actuelles; le christianisme est remonté vers sa source; il est revenu au temps de la Cène et des Agapes, et le Christ doit seul aujourd'hui présider à ces festins.

Les intrigues des conclaves sont célèbres; quelques-unes eurent des suites funestes. On vit pendant le schisme d'Occident différents Papes et antipapes se maudire et s'excommunier du haut des murs en ruines de Rome. Ce schisme parut prêt à s'éteindre, lorsque Pierre de Lune[3] le ranima en 1304 par une intrigue du conclave à Avignon. Alexandre VI acheta en 1492 les suffrages de 22 cardinaux qui lui prostituèrent la tiare, laissant après lui les souvenirs de Lucrèce *(d)*. Sixte-Quint n'eut d'intrigue dans le conclave qu'avec ses béquilles, et quand il fut Pape son génie n'eut plus besoin de ces appuis. J'ai vu dans une villa de Rome un portrait de la sœur de Sixte-Quint, femme du peuple, que le terrible pontife dans tout l'orgueil plébéien se plut à faire peindre. «Les premières armes de notre maison, disait-il à cette sœur, sont des lambeaux *(lambels)*.»

C'était encore le temps où quelques souverains dictaient des ordres au Sacré Collège. Philippe II faisait entrer au conclave des billets portant: *Su Magestad no quiere que N. sea Papa; quiere que N. lo tenga*[4]. Après cette époque, les intrigues des conclaves ne sont plus guère que des agitations sans résultats généraux. Du Perron et d'Ossat obtinrent néanmoins la réconciliation d'Henri IV avec le Saint-Siège, ce qui fut un grand événement. Les *Ambassades* de du Perron sont fort inférieures aux *Lettres* de d'Ossat. Avant eux, du Bellay[5] avait été au moment de pré-

3.

En 1394 (et non en 1304), Pedro da Luna fut élu sous le nom de Benoît XIII († 1423) par les cardinaux résidant en Avignon après la mort de l'antipape Clément VII (1378-1394).

4.

«Sa Majesté ne désire pas que N. soit pape; elle désire que N. occupe la place.»

5.

Le cardinal Jean du Bellay.

venir le schisme de Henri VIII. Ayant obtenu de ce tyran, avant sa séparation de l'Église, qu'il se soumettrait au jugement du Saint-Siège, il arriva à Rome au moment où la condamnation d'Henri VIII allait être prononcée. Il obtint un délai pour envoyer un homme de confiance en Angleterre; les mauvais chemins retardèrent la réponse. Les partisans de Charles-Quint firent rendre la sentence, et le porteur des pouvoirs de Henri VIII arriva deux jours après. Le retard d'un courrier a rendu l'Angleterre protestante, et changé la face politique de l'Europe. Les destinées du monde ne tiennent pas à des causes plus puissantes: une coupe trop large, vidée à Babylone, fit disparaître Alexandre.

Vient ensuite à Rome, du temps d'Olimpia, le cardinal de Retz[6], qui, dans le conclave après la mort d'Innocent X, s'enrôla dans *l'escadron volant*, nom que l'on donnait à dix cardinaux indépendants; ils portaient avec eux *Sachetti*, qui n'était *bon qu'à peindre*, pour faire passer Alexandre VII, *savio col silenzio*, et qui, Pape, se trouva n'être pas grand'chose.

Le président de Brosses raconte la mort de Clément XII dont il fut témoin, et vit l'élection de Benoît XIV, – comme j'ai vu Léon XII le pontife, mort sur son lit abandonné: le cardinal camerlingue avait frappé deux ou trois fois Clément XII au front, selon l'usage, avec un petit marteau, en l'appelant par son nom *Lorenzo Corsini*: «Il ne répondit point», dit de Brosses, et il ajoute: «*Voilà ce qui fait que votre fille est muette*[7].» Et voilà comme en ce temps-là on traitait les choses les plus graves: un pape mort que l'on frappe à la tête comme à la porte de l'entendement, en appelant l'homme décédé et muet par son nom, pouvait, ce me semble, inspirer à un témoin autre chose qu'une raillerie, fût-elle empruntée de Molière. Qu'aurait dit le léger magistrat de Dijon si Clément XII lui eût répondu des profondeurs de l'éternité: «Que me veux-tu?»

Le président de Brosses envoie à son ami l'abbé Courtois une liste des cardinaux du conclave avec un mot sur chacun d'eux en son honneur:

6.
Chateaubriand résume ici les intrigues du cardinal de Retz. Celui-ci s'était entendu avec 10 cardinaux, qui résolurent «de ne s'attacher qu'à leur devoir et de faire une profession publique, en entrant dans le conclave, de toutes sortes d'indépendance et de faction et de couronne. Comme celle d'Espagne était, en ce temps-là, la plus forte à Rome, et par le nombre des cardinaux et par l'adjonction des sujets qui s'étaient assujettis à la maison de médecine, ce fut celle aussi qui éclata le plus contre cette indépendance de l'*Escadron* volant: c'est le nom que l'on donna à ces dix cardinaux que je viens de vous nommer [...]» (*Mémoires*, Pléiade, p. 824 *sqq.*). Ils firent semblant de soutenir le cardinal Sachetti, qui n'avait que peu de chance, pour y rallier ensuite les partisans du cardinal Chigi, qui était leur véritable candidat, alors que les autres cardinaux français votaient pour Rapaccioli, qui leur avait promis d'obtenir la démission de Retz. Celui-ci soutint Chigi (ennemi de Mazarin), qui fut élu le 7 avril 1655, sous le nom d'Alexandre VII, et trompa ses espérances.

Le Vatican, par Chaillot.

7.

Toute la lettre consacrée à la mort du pape Clément XII est marquée par la même irrévérence : « Je viens de voir au palais pontifical une triste image des grandeurs humaines : tous les appartements étaient ouverts et désertés, je les ai traversés, sans y trouver un chat, jusqu'à la chambre du pape, dont j'ai trouvé le corps couché à l'ordinaire dans son lit, et gardé par quatre Jésuites de la pénitencerie, qui récitaient des prières ou en faisaient semblant. Le cardinal Camerlingue était venu sur les neuf heures faire sa fonction : il a frappé à diverses reprises d'un petit marteau sur le front du défunt, l'appelant par son nom : *Lorenzo Corsini*; et, voyant qu'il ne répondait pas, il a dit : *Voilà ce qui fait que votre fille est muette*; et lui ayant ôté l'anneau du doigt du pêcheur, il l'a brisé selon l'usage. » Sur le même ton, le président de Brosses continue : « Aussitôt après, comme le corps du pape doit rester longtemps exposé au public, on est venu lui raser le visage, lui mettre un peu de rouge aux joues, pour adoucir cette grande pâleur de la mort. Je vous assure qu'en cet état il a meilleure mine que je ne lui ai jamais vue durant sa maladie. Il a naturellement les traits assez irréguliers ; c'était un fort beau vieillard : son corps doit être embaumé ce soir. Un continent va s'occuper de beaucoup de choses qui mettront la ville en mouvement : les obsèques, le catafalque, les préparatifs du conclave » (*Lettres* du président de Brosses, p. 236).

« Guadagni, bigot, papelard, sans esprit, sans goût, pauvre moine.
« Aquaviva d'Aragon, figure noble et un peu épaisse, l'esprit comme la figure.
« Ottoboni, sans mœurs, sans crédit, débauché, ruiné, amateur des arts.
« Alberoni, plein de feu, inquiet, remuant, méprisé, sans mœurs, sans décence, sans considération, sans jugement : selon lui, un cardinal est un… habillé de rouge[8]. »
Le reste de la liste est à l'avenant ; le cynisme est ici tout l'esprit.
Une bouffonnerie singulière eut lieu : de Brosses alla dîner avec des Anglais à la porte Saint-Pancrace ; on simula l'élection d'un pape : sir Ashewd ôta sa perruque et représenta le cardinal doyen ; on chanta des *oremus*, et le cardinal Alberoni fut élu au scrutin de cette orgie. Les soldats protestants de l'armée du connétable de Bourbon nommèrent pape, dans l'église de Saint-Pierre, Martin Luther. Aujourd'hui les Anglais, qui sont tout à la fois la plaie et la providence de Rome, respectent le culte catholique qui leur a permis d'élever un prêche en dehors de la porte du Peuple. Le gouvernement et les mœurs ne souffriraient plus de pareil scandale.
Aussitôt qu'un cardinal est prisonnier au conclave, la première chose qu'il fait, c'est de se mettre, lui et ses domestiques, à gratter durant l'obscurité les murs fraîchement maçonnés, jusqu'à ce qu'ils aient fait un petit trou pour prendre *(e)* par là durant la nuit des ficelles au moyen desquelles les avis vont et viennent du dedans au dehors. Au surplus, le cardinal de Retz, dont l'opinion n'est pas suspecte, après avoir parlé des misères du conclave dont il fit partie, termine son récit par ces belles paroles :
« On y vécut (dans le conclave) toujours ensemble avec le même respect et la même civilité que l'on observe dans les cabinets des rois ; avec la même politesse qu'on avait dans la cour de Henri III ; avec la même familiarité que l'on voit dans les collèges ; avec la même modestie qui se remarque dans les noviciats, et avec la même charité, au moins en apparence, qui pourrait être entre des frères parfaitement unis[9]. »
Je suis frappé, en achevant l'épitome[10] d'une immense histoire, de la manière grave dont elle commence et de la manière presque burlesque

8.
Chateaubriand a abrégé les descriptions du président de Brosses (voir *ibid.*, pp. 229-231).
9.
Voir cardinal de Retz, *Mémoires*, p. 824 *sqq.*
10.
Résumé.

dont elle finit : la grandeur du fils de Dieu ouvre la scène qui, se rétrécissant par degrés à mesure que la religion catholique s'éloigne de sa source, se termine à la petitesse du fils d'Adam. On ne retrouve plus guère la hauteur primitive de la croix qu'au décès du souverain Pontife : ce Pape, sans famille, sans amis, dont le cadavre est délaissé sur sa couche, montre que l'homme était compté pour rien dans le chef du monde évangélique. Comme prince temporel, on rend des honneurs au Pape expiré ; comme homme, son corps abandonné est jeté à la porte de l'église, où jadis le pécheur faisait pénitence.

Dépêches à M. le comte Portalis et lettre à Madame Récamier.

« DÉPÊCHE À M. LE COMTE PORTALIS

Rome, 17 février 1829.

« Monsieur le comte,

« J'ignore s'il plaira au Roi d'envoyer un ambassadeur extraordinaire à Rome ou s'il lui conviendra de m'accréditer auprès du Sacré Collège. Dans ce dernier cas, j'aurai l'honneur de vous faire observer que j'allouai à M. le duc de Laval, pour frais de service extraordinaire en pareille circonstance, en 1823, une somme qui s'élevait, autant que je m'en puis souvenir, de quarante à cinquante mille francs. L'ambassadeur d'Autriche, M. le comte d'Appony, reçut d'abord de sa cour une somme de 36 000 francs pour les premiers besoins, un supplément de 7 200 francs par mois à son traitement ordinaire pendant la durée du conclave, et pour frais de cadeaux, chancellerie, etc., 10 000 francs. Je n'ai point, monsieur le comte, la prétention de lutter de magnificence avec M. l'ambassadeur d'Autriche, comme le fit M. le duc de Laval ; je ne louerai ni chevaux, ni voitures, ni livrées pour éblouir la populace de Rome ; le Roi de France est un assez grand seigneur pour payer la pompe de ses ambassadeurs, s'il en veut une : magnificence d'emprunt, c'est misère. J'irai donc modestement au conclave avec mes gens et mes voitures ordinaires. Reste seulement à savoir si Sa Majesté ne pensera pas que pendant la durée du conclave je serai obligé à une représentation à laquelle mon traitement ordinaire ne pourra suffire. Je ne demande rien, je soumets simplement une question à votre jugement et à la décision royale.

« J'ai l'honneur, etc. »

DÉPÊCHE À M. LE COMTE PORTALIS

«Rome, ce 19 février 1829.
«Monsieur le comte,
«J'ai eu l'honneur d'être présenté hier au Sacré Collège et de prononcer le petit discours[1] dont je vous ai d'avance envoyé copie dans ma dépêche n° 17, partie mardi, 17 de ce mois, par un courrier extraordinaire. J'ai été écouté avec des marques de satisfaction du meilleur augure, et le cardinal doyen, le vénérable Della Somaglia, m'a répondu dans les termes les plus affectueux pour le Roi et pour la France.
«Vous ayant tout mandé dans ma dernière dépêche, je n'ai absolument rien de nouveau à vous dire aujourd'hui, sinon que le cardinal Bussi est arrivé hier de Bénévent; on attend aujourd'hui les cardinaux Albani, Macchi et Opizzoni.
«Les membres du Sacré Collège s'enfermeront au palais Quirinal lundi soir, 23 de ce mois. Dix jours s'écouleront ensuite pour attendre les cardinaux étrangers, après quoi les opérations sérieuses du conclave commenceront, et, si l'on s'entendait tout d'abord, le pape pourrait être élu dans la première semaine de carême.
«J'attends, monsieur le comte, les ordres du Roi. Je suppose que vous m'avez expédié un courrier après l'arrivée de M. de Montebello à Paris. Il est urgent que je reçoive ou l'annonce d'un ambassadeur extraordinaire, ou mes nouvelles lettres de créance avec les instructions du gouvernement.
«Les cinq cardinaux français viendront-ils[2]? Politiquement parlant, leur présence est ici fort peu nécessaire. J'ai écrit à monseigneur le cardinal de Latil pour lui offrir mes services dans le cas où il se déterminerait à venir.
«J'ai l'honneur, etc.

1.
Ce premier discours, prononcé par Chateaubriand le 18 février 1829 et dont il n'a pas été gardé de trace, nous est connu par Marcellus: «Éminentissimes Seigneurs, Il n'y a pas encore six ans que M. le duc de Laval-Montmorency vint au milieu de vous pour unir sa douleur à la vôtre, lorsque Pie VII, de religieuse mémoire, fut rappelé auprès du chef invisible de l'Église. Le roi Louis XVIII, au nom duquel mon noble prédécesseur vous porta la parole, est allé lui-même se placer auprès de saint Louis. J'étais alors ministre du vénérable monarque restaurateur des libertés de la France. Mon nom eut l'insigne honneur de paraître dans les lettres qui furent adressées au sacré collège, et c'est moi qui viens aujourd'hui, ambassadeur de Charles X, roi non moins magnanime que son frère, vous exprimer le regret qu'éprouvera mon auguste maître pour la perte d'un souverain pontife que vos suffrages n'avaient point encore revêtu de l'autorité suprême à l'époque que je rappelle. Ici Vos Éminences reconnaîtront les voies cachées de la Providence, et cette fragilité des choses humaines qui doivent être surtout présentes à la pensée de cette assemblée des princes de l'Église, où j'aperçois tant de courageux confesseurs de la foi. Que vous dirai-je, messeigneurs, que vous ne sentiez mieux que moi? La mémoire de Léon XII sera vénérée par la France. Le royaume que gouverne si glorieusement le fils aîné de

LE COMTE PORTALIS (1778-1858).

l'Église n'oubliera pas les conseils pacifiques qui ont empêché la discorde de troubler même passagèrement les nouvelles prospérités de ma patrie. Léon XII joignait à ses vertus apostoliques cette modération d'esprit et cette connaissance de son siècle, si nécessaires aux chefs des Empires. Éminentissimes seigneurs, vos lumières assureront au Saint-Siège, dans le prochain conclave, un successeur digne de ce pontife conciliateur. Si vous êtes des princes puissants, vous êtes aussi les ministres de cette religion charitable qui abolit l'esclavage parmi les hommes, qui, simple et sublime à la fois, est également appropriée aux besoins de la société naissante et à ceux de la société perfectionnée. Vos suffrages indépendants iront bientôt chercher parmi vos pairs un vrai pasteur pour la chrétienté, un souverain éclairé pour la plus illustre portion de cette noble Italie qui dicta des lois au monde antique, qui civilisa le monde moderne, qui, toujours féconde et jamais épuisée, nourrit aujourd'hui à l'ombre de sa gloire le souvenir de ses grandeurs. Qu'il me soit permis, éminentissimes seigneurs, d'offrir en particulier au sacré collège l'hommage de ma profonde vénération» (*Chateaubriand et son temps*, pp. 350-351).

2.

Cinq cardinaux français faisaient partie du conclave : Latil, archevêque de Reims ; Clermont-Tonnerre, archevêque de Toulouse ; La Fare, archevêque de Sens ; Croÿ, archevêque de Rouen ; Isoard, archevêque d'Auch. Tous étaient ultras. Or le gouvernement Martignac aurait souhaité l'élection d'un pape modéré, et surtout son indépendance vis-à-vis de l'Autriche de Metternich.

«P. S. Je joins ici la copie d'une lettre que m'a écrite M. le comte de Funchal. Je n'ai point répondu par écrit à cet ambassadeur, je suis seulement allé causer avec lui[3].»

À MADAME RÉCAMIER.

«Rome, lundi 23 février 1829.

«Hier ont fini les obsèques du Pape. La pyramide de *papier* et les quatre candélabres étaient assez beaux, parce qu'ils étaient d'une proportion immense et atteignaient à la corniche de l'église. Le dernier *Dies irae* était admirable. Il est composé par un homme inconnu qui appartient à la chapelle du Pape, et qui me semble avoir un génie d'une tout autre espèce que Rossini. Aujourd'hui nous passons de la tristesse à la joie; nous chantons le *Veni creator* pour l'ouverture du conclave; puis nous irons voir chaque soir si les scrutins sont brûlés, si la fumée sort d'un certain poêle[4]: le jour où il n'y aura pas de fumée, le Pape sera nommé, et j'irai vous retrouver; voilà tout le fond de mon affaire. Le discours du roi d'Angleterre est bien insolent pour la France[5]! Quelle déplorable expédition que cette expédition de Morée! commence-t-on à le sentir? Le général Guilleminot m'a écrit une lettre à ce sujet, qui me fait rire; il n'a pu m'écrire ainsi que parce qu'il me présumait ministre[6].»

3.
Ces deux dépêches à Portalis ne figurent pas dans le manuscrit de 1847.

4.
Suivant la coutume, pendant la durée du conclave, un scrutin a lieu chaque jour. Après le dépouillement du vote, les bulletins sont brûlés. Il faut au candidat une majorité des deux tiers des voix pour être élu. Tant que le résultat n'est pas atteint, une épaisse fumée noire, obtenue en brûlant de la paille humide avec les bulletins, annonce chaque soir aux Romains que le nouveau pape n'est pas encore élu. Le jour où la majorité est atteinte, la fumée est blanche.

5.
Dans le discours du Trône, lu par George IV devant le Parlement le 5 février, se trouvait à propos des affaires d'Orient le passage suivant: «La Morée a été délivrée de la pression des troupes turques et égyptiennes. Cet important changement a été accompli par les heureux efforts des troupes navales de Sa Majesté et de ses alliés, qui ont vaincu le pacha d'Égypte, et enfin par la conduite exemplaire de l'armée française agissant d'après les ordres de Sa Majesté Très Chrétienne, en accord avec l'Alliance. Les troupes de Sa Majesté Très Chrétienne ayant rempli la tâche qui leur était confiée par les alliés, ont commencé à effectuer leur rentrée en France.» Le corps expéditionnaire français en effet, pour ne pas déplaire à l'Angleterre, quitta la Grèce en laissant deux détachements. «Pauvre Grèce, écrivait Chateaubriand le 22 janvier 1829 à Mme Récamier. Que de millions dépensés pour rien! Ah! si j'étais encore dans l'opposition!» (*Lettres à Madame Récamier*, p. 258).

Soldats de l'expédition du Péloponnèse (1828).

6.
La lettre poursuit: «Écoutez bien ceci; voilà quelque chose de plus explicite. Si par hasard on m'offrait de me rendre le portefeuille des affaires étrangères (ce que je ne crois nullement) *je ne le refuserais pas.* J'irais à Paris, je parlerais au Roi, *j'arrangerais un ministère dont je ne serais rien*, et je proposerais pour moi et pour m'attacher à mon ouvrage, une position qui vous conviendrait. Je pense, vous le savez, qu'il convient à mon honneur *ministériel* et pour laver l'insulte que m'a faite Villèle, que le portefeuille des affaires étrangères me soit un moment rendu. C'est la seule manière honorable que j'aie de rentrer dans l'administration. Mais cela fait, je me retire aussitôt, à la grande satisfaction de tous les prétendants, et je passe en paix auprès de vous le reste de ma vie» (*Lettres à Madame Récamier*, pp. 284-285).

«25 février.

«La mort est ici: Torlonia est parti hier au soir après deux jours de maladie: je l'ai vu tout peinturé sur son lit funèbre, l'épée au côté. Il prêtait sur gages; mais quels gages! sur des antiques, sur des tableaux renfermés pêle-mêle dans un vieux palais poudreux. Ce n'est pas là le magasin où l'Avare serrait *un luth de Bologne garni de toutes ses cordes ou peu s'en faut, la peau d'un lézard de trois pieds, et le lit de quatre pieds à bandes de points de Hongrie.*

«On ne voit que des défunts que l'on promène habillés dans les rues; il en passe un régulièrement sous mes fenêtres quand nous nous mettons à table pour dîner[7]. Au surplus, tout annonce la séparation du printemps; on commence à se disperser; on part pour Naples; on reviendra un moment pour la semaine sainte, et puis on se quittera pour toujours. L'année prochaine ce seront d'autres voyageurs, d'autres visages, une autre société. Il y a quelque chose de triste dans cette course sur des ruines: les Romains sont comme les débris de leur ville: le monde passe à leurs pieds[8]. Je me figure ces personnes rentrant dans leurs familles, dans les diverses contrées de l'Europe, ces jeunes *Misses* retournant au milieu de leurs brouillards. Si par hasard, dans trente ans d'ici, quelqu'une d'entre elles est ramenée en Italie, qui se souviendra de l'avoir vue dans les palais dont les maîtres ne seront plus? Saint-Pierre et le Colisée, voilà tout ce qu'elle-même reconnaîtrait.»

7.
Cette phrase provient d'une autre lettre à Juliette Récamier, écrite le 28 février (*ibid.*, p. 287). La lettre du 25 commence ainsi: «Je suis sans nouvelles de Paris depuis le départ de mon premier courrier porteur de l'annonce de la mort du Pape. Jugez de mon impatience; j'ignore ce qu'on veut et si les cardinaux français viendront. En attendant, je fais ce que je puis et les choses vont leur train. Tout fait espérer une élection prompte et un pape modéré. C'est tout ce que je puis désirer. Mes courriers sont déjà prêts. La mort est ici. Torlonia est mort hier au soir, après deux jours de maladie. C'est une grande perte pour Rome. C'était, comme vous le savez, la seule maison de *prince* ouverte aux étrangers. Au surplus, tout annonce la séparation [...]» (*ibid.*, pp. 285-286).

8.
La lettre ajoute: «Mais moi qui ne veux ni ne puis arrêter le monde, c'est auprès de vous que j'irai trouver quelque chose qui ne passe point et qui me restera» (*ibid.*, p. 286).

[À M. le Comte Portalis. – À madame Récamier.]

« DÉPÊCHE À M. LE COMTE PORTALIS.

Rome, ce 3 mars 1829[1].

« Monsieur le comte,

« Mon premier courrier étant arrivé à Lyon le 14 du mois dernier à 9 heures du soir, vous avez pu apprendre le 15 au matin, par le télégraphe, la mort du Pape. Nous sommes aujourd'hui au 3 de mars et je suis encore sans instructions[2] et sans réponse officielle. Les journaux ont annoncé le départ de deux ou trois cardinaux. J'avais écrit à Paris à M. le cardinal de Latil, pour mettre à sa disposition le palais de l'ambassade ; je viens de lui écrire encore à divers points de sa route, pour lui renouveler mes offres[3].

« Je suis fâché d'être obligé de vous dire, monsieur le comte, que je remarque ici de petites intrigues pour éloigner nos cardinaux de l'ambassade, pour les loger là où ils pourraient être placés plus à la portée des influences que l'on espère exercer sur eux[4].

1.
Le même jour, Chateaubriand écrivait à Marcellus, ministre de France à Lucques : « Rien de nouveau ici. Des scrutins nuls et variés [voir ci-dessous, note 5]. De la pluie, du vent, des rhumatismes, et Torlonia enterré l'épée au côté, en habit noir et chapeau bordé. Voilà tout. Ce soir, chez moi, on chante à neuf heures, on soupe à dix, puis à minuit on jeûne pour les cendres de demain ; avec un peu de pénétration, vous devinerez que je vous écris le mardi-gras. [...] » (cité par E. Biré, *in Mémoires d'outre-tombe*, t. V, p. 160).

2.
Les instructions du 6 mars laissaient à l'ambassadeur une marge importante de manœuvre. Portalis lui écrivait : « Vous trouverez aisément vous-même les moyens de neutraliser de telles manœuvres [celles de l'Autriche], de réfuter les sophismes et les faux bruits de la malveillance ; et il ne vous sera pas difficile de prouver aux cardinaux italiens qui de la France ou de l'Autriche

Le cardinal Latil (1761-1839).

doit leur inspirer le plus de confiance, qui de l'une ou de l'autre est le plus franchement intéressée à l'indépendance du Saint-Siège et à celle de l'Italie […].» Par ailleurs, les cardinaux français recevaient l'ordre de partir et de s'entendre étroitement avec l'ambassadeur. Toutefois, pour contrer l'influence de l'Autriche, Charles X et son ministre comptaient plus sur les ambassadeurs de France à Turin ou à Naples (La Tour du Pin et Blacas) que sur Chateaubriand pour rassembler la famille bourbonienne (Espagne et Deux-Siciles).

3.

Le 9 mars 1829, Chateaubriand écrira au cardinal Latil (copie des Affaires étrangères, f° 281, minute à l'ambassade): «Monseigneur, j'ai eu l'honneur de vous écrire à Paris, et je vous ai encore écrit à Gênes et à Lucques pour vous prier en mon nom et en celui de Mme de Chateaubriand, d'accepter un appartement chez moi. Vous ne serez pas aussi bien que je le désirerais, mais vous trouverez du moins bons visages d'hôtes et des personnes empressées à vous rendre tous les hommages et tous les soins qui vous sont dus. M. de Rossi vous a préparé un autre logement chez monsieur l'Auditeur de Rote, vous jugerez peut-être, Monseigneur, que le bien du *service du roi*, demande que vous donniez à l'ambassade une préférence à laquelle je serai très sensible, qui me rendra très reconnaissant et dont je me tiendrai particulièrement honoré.»

4.

La presse ultra prétendait que les cardinaux ne descendraient pas à l'ambassade, jugeant Chateaubriand trop libéral: le vicaire général se promettait que Mgr de La Fare logerait au couvent de la Transpontine; les auditeurs de Rote (tribunal ordinaire du Saint-Siège) assuraient que le cardinal Latil descendrait au palais Mattei, etc.

«En ce qui me concerne, cela m'est fort indifférent. Je rendrai à MM. les cardinaux tous les services qui dépendront de moi. S'ils m'interrogent sur des choses qu'il sera bon de connaître, je leur dirai ce que je sais ; si vous me transmettez pour eux les ordres du Roi, je leur en ferai part ; mais s'ils arrivaient ici dans un esprit hostile aux vues du gouvernement de Sa Majesté, si l'on s'apercevait qu'ils ne marchent pas d'accord avec l'ambassadeur du Roi, s'ils tenaient un langage contraire au mien, s'ils allaient jusqu'à donner leurs voix dans le conclave à quelque homme exagéré, s'ils étaient même divisés entre eux, rien ne serait plus funeste. Mieux vaudrait pour le service du Roi que je donnasse à l'instant ma démission que d'offrir ce spectacle public de nos discordes. L'Autriche et l'Espagne ont, par rapport à leur clergé, une conduite qui ne laisse rien à l'intrigue. Tout prêtre, tout cardinal ou évêque autrichien ou espagnol, ne peut avoir pour agent et pour correspondant à Rome que l'ambassadeur même de sa cour ; celui-ci a le droit d'écarter à l'instant de Rome tout ecclésiastique de sa nation qui lui ferait obstacle.

«J'espère, monsieur le comte, qu'aucune division n'aura lieu, que MM. les cardinaux auront l'ordre formel de se soumettre aux instructions que je ne tarderai pas à recevoir de vous ; que je saurai celui d'entre eux qui sera chargé d'exercer l'exclusion[5], en cas de besoin, et quelles têtes cette exclusion doit frapper.

«Il est bien nécessaire de se tenir en garde ; les derniers scrutins[6] ont annoncé le réveil d'un parti. Ce parti, qui a donné de vingt à vingt et une voix aux cardinaux della Marmora et Pedicini, forme ce qu'on appelle ici la faction de Sardaigne[7]. Les autres cardinaux effrayés veulent porter tous

5.
Le droit d'exclusion était un droit non écrit par lequel un souverain s'opposait à l'élection d'une personnalité considérée par lui comme *non grata*. L'usage de ce privilège, réservé aux trois grandes puissances catholiques (Autriche, Espagne, France), leur permettait, au conclave, d'exclure de la papauté le nom d'un cardinal ; c'est le plus souvent l'Autriche qui cherchera à en user (encore en 1903). Ce droit a été aboli au début du XXe siècle, après l'élection de Pie X. Mais l'exclusion était également exercée par les membres mêmes du conclave qui, réunissant un tiers des voix plus une, signifiaient qu'ils refusaient un candidat à la majorité des deux tiers nécessaires pour l'élection d'un pape.

6.
Le 23 février, après les longues cérémonies funèbres et sans attendre l'arrivée des prélats étrangers, les 37 cardinaux présents à Rome avaient ouvert le conclave. Bien que revêtues d'un secret absolu, les conditions dans lesquelles l'élection aura lieu sont connues par un précieux journal que tient au cours du conclave un ecclésiastique assistant l'un des cardinaux, journal que Chateaubriand avait réussi à se procurer. Voir *infra*, l. XXXI, chap. 6, note 4, p. 2113.

7.
Les cardinaux les plus conservateurs et pro-autrichiens. Le roi de Sardaigne, Charles-Félix (1756-1831) était l'un des souverains les plus réactionnaires d'Europe.

leurs suffrages sur Opizzoni, homme ferme et modéré à la fois. Quoique Autrichien, c'est-à-dire Milanais, il a tenu tête à l'Autriche à Bologne. Ce serait un excellent choix. Les voix des cardinaux français pourraient, en se fixant sur l'un ou sur l'autre candidat, décider l'élection. À tort ou à raison, on croit ces cardinaux ennemis du système actuel du gouvernement du Roi, et la faction de Sardaigne compte sur eux.
« J'ai l'honneur, etc. »

À MADAME RÉCAMIER

« Rome, le 3 mars 1829.
« Vous me surprenez sur l'histoire de ma fouille[8] ; je ne me souvenais pas de vous avoir écrit rien de si bien à ce propos. Je suis, comme vous le pensez, fortement occupé : laissé sans direction et sans instructions, je suis obligé de prendre tout sur moi. Je crois cependant que je puis vous promettre un pape modéré et éclairé. Dieu veuille seulement qu'il soit fait à l'expiration de l'*interim* du ministère de M. Portalis. »

« 4 mars[9].
« Hier, mercredi des Cendres[10], j'étais à genoux seul dans cette église de *Santa Croce*[11], appuyée sur les murailles de Rome, près de la porte de Naples. J'entendais le chant monotone et lugubre des religieux dans l'intérieur de cette solitude : j'aurais voulu être aussi sous un froc, chantant parmi ces débris. Quel lieu pour mettre en paix l'ambition et contempler

---

8.
À Torre Vergata (voir *supra*, l. XXX, chap. 16, note 10, pp. 2056-2057).

9.
La lettre est en réalité datée du lendemain, fait remarquer M. Levaillant. Chateaubriand, ici, remodèle deux extraits de cette lettre, où l'on peut lire : « [...] mais vous verrez que je me retrouverai *Gros Jean comme devant.* Une illusion dont il faut bien se défendre et qui me ferait un *grand tort*, c'est celle qui mènerait à croire que je puis faire un pape à ma guise. On ne *fait plus les papes* ; on peut en *écarter* un, mais on ne peut en faire un » (*Lettres à Madame Récamier*, pp. 290-291).

10.
Dans le Nouveau Testament, symbole de pénitences nationales dans la cérémonie du mercredi des Cendres, premier mercredi de carême où le célébrant bénit les cendres des rameaux brûlés le dimanche des Rameaux de l'année précédente et les impose aux assistants en traçant avec elles une croix sur le front et en disant à chacun : « Homme, souviens-toi que tu es poussière et que tu retourneras poussière. »

11.
L'église Sainte-Croix-de-Jérusalem était desservie par des bernardins de la congrégation de Lombardie.

les vanités de la terre! Je ne vous parle pas de ma santé, parce que cela est extrêmement ennuyeux. Tandis que je souffre[12], on me dit que M. de La Ferronnays se guérit; il fait des courses à cheval, et sa convalescence passe dans le pays pour un miracle: Dieu veuille qu'il en soit ainsi, et qu'il reprenne le portefeuille au bout de l'*interim:* que de questions cela trancherait, pour moi!»

DÉPÊCHE À M. LE COMTE PORTALIS

«Jeudi[13], ce 15 mars 1829.

«Monsieur le comte,

«J'ai eu l'honneur de vous instruire de l'arrivée successive de MM. les cardinaux français. Trois d'entre eux, MM. de Latil, de Lafare et de Croï, m'ont fait l'honneur de descendre chez moi. Le premier est entré au conclave jeudi soir 12, avec M. le cardinal Isoard; les deux autres s'y sont renfermés vendredi soir, 13[14].

«Je leur ai fait part de tout ce que je savais; je leur ai communiqué des notes importantes sur la minorité et la majorité du conclave, sur les sentiments dont les différents partis sont animés. Nous sommes convenus qu'ils porteraient les candidats dont je vous ai déjà parlé, savoir: les cardinaux Cappellari, Opizzoni, Benvenuti, Zurla, Castiglione, enfin Pacca et De Gregorio; qu'ils repousseraient les cardinaux de la faction sarde: Pedicini, Giustiniani, Galeffi et Cristaldi.

«J'espère que cette bonne intelligence entre les ambassadeurs et les cardinaux aura le meilleur effet: du moins n'aurai-je rien à me reprocher si des passions ou des intérêts venaient à tromper mes espérances.

12.
Chateaubriand écrivait dans une lettre à Mme Récamier: «Je ne m'occupe que d'une chose c'est de ma santé, car j'ai une envie extrême de vivre encore quelque temps pour vous. Le lait d'ânesse et la promenade me font merveilles, et, au printemps qui approche, j'espère que vous me trouverez tout ressuscité» (12 janvier 1829, *Lettres à Madame Récamier*, pp. 248-249).

13.
Indication fautive, en contradiction avec le calendrier: il s'agit du dimanche 15 mars 1829.

14.
Chateaubriand écrivait à Mme Récamier le 12 mars 1829: «Tous mes cardinaux arrivent successivement, je les loge tous. Samedi ils seront enfermés dans le conclave, et Dieu aidant, la semaine prochaine, nous pourrons avoir un bon pape. Cette union va bien désappointer les furibonds de la *Gazette de France*. Il est certain qu'ils comptaient sur des divisions hautement annoncées et ils m'ont fait passer de bien mauvaises nuits» (*Lettres à Madame Récamier*, pp. 294-295).

«J'ai découvert, monsieur le comte, de méprisables et dangereuses intrigues entretenues de Paris à Rome par le canal de M. le nonce Lambruschini. Il ne s'agissait rien moins que de faire lire en plein conclave la copie de prétendues instructions secrètes divisées en plusieurs articles et données (assurait-on impudemment) à M. le cardinal de Latil. La majorité du conclave s'est prononcée fortement contre de pareilles machinations; elle aurait voulu qu'on écrivît au nonce de rompre toute espèce de relations avec ces hommes de discorde qui, en troublant la France, finiraient par rendre la religion catholique odieuse à tous. Je fais, monsieur le comte, un recueil de ces révélations authentiques, et je vous l'enverrai après la nomination du Pape: cela vaudra mieux que toutes les dépêches du monde. Le Roi apprendra à connaître ses amis et ses ennemis, et le gouvernement pourra s'appuyer sur des faits propres à le diriger dans sa marche[15].

«Votre dépêche n° 14 me donna avis des empiétements que le nonce de Sa Sainteté a voulu renouveler en France au sujet de la mort de Léon XII. La même chose était déjà arrivée lorsque j'étais ministre des affaires étrangères à la mort de Pie VII: heureusement on a toujours les moyens de se défendre contre ces attaques publiques; il est bien plus difficile d'échapper aux trames ourdies dans l'ombre.

«Les conclavistes qui accompagnent nos cardinaux m'ont paru des hommes raisonnables: le seul abbé Coudrin, dont vous m'avez parlé, est un de ces esprits compacts et rétrécis dans lesquels rien ne peut entrer, un de ces hommes qui se sont trompés de profession. Vous n'ignorez pas qu'il est moine, chef d'ordre, et qu'il a même des bulles d'institution[16]: cela ne s'accorde guère avec nos lois civiles et nos institutions politiques.

«Il se pourrait faire que le Pape fût élu à la fin de cette semaine. Mais si les

---

15.
Dans une dépêche du 10 mars 1829, non reprise dans les *Mémoires*, Chateaubriand écrivait: «On assure qu'il y a eu ces jours derniers des discussions assez vives au conclave; qu'un parti ne demandait rien moins que l'examen préalable des ordonnances du Roi [voir *supra*, l. XXX, chap. 15, note 1, p. 2044], que ce parti blâmait les conseils pacifiques de Léon XII, répétait les folles déclamations de la *Gazette de France* et des feuilles de cette sorte, et qu'il allait jusqu'à s'occuper de notre loi municipale. Ce parti osait dire hautement qu'il comptait sur le vote et les sentiments des cardinaux français. Une immense majorité a dit-on répondu qu'un conclave n'était pas rassemblé pour délibérer sur les lois des Royaumes étrangers, pour stigmatiser la mémoire d'un Pape, mais pour nommer un Souverain Pontife» (voir M.-J. Durry, *L'Ambassade romaine de Chateaubriand*, pp. 77-78).

16.
L'abbé Coudrin était l'abbé d'un monastère et non pas d'une paroisse. Lorsqu'il fut nommé chef d'ordre, le pape a confirmé cette nomination, entraînant un acte de chancellerie pontificale l'instituant dans la mission désormais la sienne.

cardinaux français manquent le premier effet de leur présence, il deviendra impossible d'assigner un terme au conclave. De nouvelles combinaisons amèneraient peut-être une nomination inattendue : on s'arrangerait, pour en finir, de quelque cardinal insignifiant, tel que Dandini.

«Je me suis jadis, monsieur le comte, trouvé dans des circonstances difficiles, soit comme ambassadeur à Londres, soit comme ministre pendant la guerre d'Espagne, soit comme membre de la Chambre des pairs, soit comme chef de l'opposition ; mais rien ne m'a donné autant d'inquiétude et de souci que ma position actuelle au milieu de tous les genres d'intrigues. Il faut que j'agisse sur un corps invisible renfermé dans une prison dont les abords sont strictement gardés. Je n'ai ni argent à donner, ni places à promettre ; les passions caduques d'une cinquantaine de vieillards ne m'offrent aucune prise sur elles. J'ai à combattre la bêtise dans les uns, l'ignorance du siècle dans les autres ; le fanatisme dans ceux-ci, l'astuce et la duplicité dans ceux-là ; dans presque tous l'ambition, les intérêts, les haines politiques, et je suis séparé par des murs et par des mystères de l'assemblée où fermentent tant d'éléments de division. À chaque instant la scène varie ; tous les quarts d'heure des rapports contradictoires me plongent dans de nouvelles perplexités. Ce n'est pas, monsieur le comte, pour me faire valoir que je vous entretiens de ces difficultés, mais pour me servir d'excuse dans le cas où l'élection produirait un Pape contraire à ce qu'elle semble promettre et à la nature de nos vœux. À la mort de Pie VII, les questions religieuses n'avaient point encore agité l'opinion : ces questions sont venues aujourd'hui se mêler à la politique, et jamais l'élection du chef de l'Église ne pouvait tomber plus mal à propos.

«J'ai l'honneur, etc.»

À MADAME RÉCAMIER

«Rome, 17 mars 1829.

«Le roi de Bavière[17] est venu me voir en *frac*[18]. Nous avons parlé de vous. Ce souverain *grec*, en portant une couronne, semble savoir ce qu'il a sur la tête, et comprendre qu'on ne cloue pas le temps au passé. Il dîne chez moi jeudi et ne veut personne.

---

17. Louis Ier de Wittelsbach, roi de Bavière (1786-1868), sympathique à Chateaubriand en raison de son philhellénisme.

18. C'est-à-dire en costume bourgeois.

« Au reste, nous voilà au milieu de grands événements : un Pape à faire ; que sera-t-il ? L'émancipation des catholiques passera-t-elle[19] ? Une nouvelle campagne en Orient ; de quel côté sera la victoire ? Profiterons-nous de cette position ? Qui conduira nos affaires ? y a-t-il une tête capable d'apercevoir tout ce qui se trouve là-dedans pour la France et d'en profiter selon les événements ? Je suis persuadé qu'on n'y pense seulement pas à Paris, et qu'entre les salons et les chambres, les plaisirs et les lois, les joies du monde et les inquiétudes ministérielles, on se soucie de l'Europe comme de rien du tout. Il n'y a que moi qui, dans mon exil, ai le temps de songer creux et de regarder autour de moi. Hier je suis allé me promener par une espèce de tempête sur l'ancien chemin de Tivoli. Je suis arrivé à l'ancien pavé romain, si bien conservé qu'on croirait qu'il a été posé nouvellement. Horace avait pourtant foulé les pierres que je foulais : où est Horace ? »

19.
Le *bill* d'émancipation des catholiques d'Irlande et de Grande-Bretagne (voir *supra*, l. XXX, chap. 15, note 6, p. 2047).

[Lettres. – Dépêche.]
Le marquis Capponi.

Le marquis Capponi arrivant de Florence m'apporta des lettres de recommandation de ses amies de Paris. Je répondis à l'une de ces lettres le 21 mars 1829[1] :

« J'ai reçu vos deux lettres : les services que je puis rendre ne sont rien, mais je suis tout à vos ordres. Je n'en étais pas à savoir ce que c'était que le marquis Capponi : je vous annonce qu'il est toujours beau ; il a tenu bon contre le temps. Je n'ai point répondu à votre première lettre toute pleine d'enthousiasme pour le sublime Mahmoud et pour la barbarie *disciplinée*, pour ces esclaves *bâtonnés* en soldats. Que les femmes soient transportées d'admiration pour les hommes qui en épousent à la fois des centaines, qu'elles prennent cela pour le progrès des lumières et de la civilisation, je le conçois ; mais moi je tiens à mes pauvres Grecs ; je veux leur liberté comme celle de la France ; je veux aussi des frontières qui couvrent Paris, qui assurent notre indépendance, et ce n'est pas avec

1. Quel est le nom de la destinataire ? Cordélia de Castellane ? Marcellus le croit : « Le voile que l'auteur a jeté sur le nom de sa correspondante, il le soulève lui-même en rappelant qu'elle était remplie d'enthousiasme pour le sublime Mahmoud : il est évident que c'est la même dame spirituelle "qui venait quelquefois le voir au ministère". [...] En tout cas, avant de le livrer à l'impression, il a dû, si je ne me trompe, en effacer quelque chose. Je n'en dirai pas plus moi-même sur cette Française séduisante et enjouée à qui Shakespeare et le roi Lear avaient prêté le doux nom de Cordelia » (*Chateaubriand et son temps*, pp. 353-354). M. Levaillant de son côté estime que Marcellus se trompe : il pourrait s'agir de l'ancienne merveilleuse Fortunée Hamelin, amie de Juliette et de Joséphine de Beauharnais, bonapartiste ardente et qui avait hanté l'Hôtel du Ministre, boulevard des Capucines au temps de Chateaubriand.

la triple alliance du pal de Constantinople, de la schlague de Vienne et des coups de poing de Londres[2] que vous aurez la rive du Rhin. Grand merci de la pelisse d'honneur que notre gloire pourrait obtenir de l'invincible chef des croyants, lequel n'est pas encore sorti des faubourgs de son sérail : j'aime mieux cette gloire toute nue ; elle est femme et belle : Phidias se serait bien gardé de lui mettre une robe de chambre turque. »

À MADAME RÉCAMIER

« Rome, le 21 mars 1829.

« Eh bien ! j'ai raison contre vous ! Je suis allé hier, entre deux scrutins et en attendant un Pape, à Saint-Onuphre[3] : ce sont bien deux *orangers* qui sont dans le *cloître* et point un chêne *vert.* Je suis tout fier de cette fidélité de ma mémoire. J'ai couru, presque les yeux fermés, à la petite pierre qui recouvre votre ami[4] ; je l'aime mieux que le grand tombeau qu'on va lui élever. Quelle charmante solitude ! quelle admirable vue ! quel bonheur de reposer là entre les fresques du Dominicain et celles de Léonard de Vinci ! Je voudrais y être, je n'ai jamais été plus tenté. Vous a-t-on laissé entrer dans l'intérieur du couvent Avez-vous vu, dans un long corridor, cette tête ravissante, quoique à moitié effacée, d'une madone de Léonard de Vinci[5] ? Avez-vous vu dans la bibliothèque le masque du Tasse, sa couronne de laurier flétrie, un miroir

---

2.
Emblématique dérisoire par lequel Chateaubriand représente les trois puissances, chacun de ces emblèmes correspondant au génie propre de chaque pays : le pal consistait, chez les peuples d'Orient, à enfoncer un pieu dans le corps du condamné et à laisser mourir ainsi le supplicié ; la schlague, peine disciplinaire usitée alors en Allemagne dans les écoles de l'armée ainsi que dans les établissements pénitentiaires, qui consistait en coups de baguette appliqués sur le dos du fautif ; et les coups de poing : référence à la manière dont les autorités en Angleterre réprimaient, sans armes, les émeutes populaires qui jalonnaient cette première moitié du XIXe siècle.

3.
Le couvent de Saint-Onuphre (ermite égyptien du IVe siècle), sur la pente du Janicule, où le Tasse (1544-1595) mourut au moment où son protecteur, le pape Clément VIII, voulait renouveler pour lui le triomphe du couronnement au Capitole, vieille coutume de la Rome païenne remise en honneur pour Pétrarque près de deux siècles auparavant. Chateaubriand espérait avoir un jour une cellule à Saint-Onuphre pour y achever ses *Mémoires.*

4.
L'auteur de *La Jérusalem délivrée* était le poète préféré de Mme Récamier.

5.
Ce passage des *Mémoires* a été reproduit sur le mur de l'église attenant au cloître où Chateaubriand aurait aimé finir ses jours. L'église contient des fresques du Dominiquin illustrant la vie de saint Jérôme, mais pas de fresques de Léonard de Vinci comme le croit Chateaubriand.

dont il se servait, son écritoire, sa plume et la lettre écrite de sa main, collée sur une planche qui pend au bas de son buste ? Dans cette lettre d'une petite écriture raturée, mais facile à lire, il parle d'*amitié* et du *vent de la fortune*: celui-là n'avait guère soufflé pour lui et l'amitié lui avait souvent manqué.

« Point de Pape encore, nous l'attendons d'heure en heure ; mais si le choix a été retardé, si des obstacles se sont élevés de toutes parts, ce n'est pas ma faute : il aurait fallu m'écouter un peu davantage et ne pas agir tout juste en sens contraire de ce qu'on paraissait désirer. Au reste à présent il me semble que tout le monde veut être en paix avec moi. Le cardinal de Clermont-Tonnerre lui-même vient de m'écrire qu'il réclame mes anciennes bontés pour lui, et après tout cela il descend chez moi résolu à voter pour le Pape le plus modéré.

« Vous avez lu mon second discours[6]. Remerciez M. Kératry qui a parlé si obligeamment du premier ; j'espère qu'il sera encore plus content de l'autre. Nous tâcherons tous les deux de rendre la *liberté* chrétienne, et nous y parviendrons. Que dites-vous de la réponse que le cardinal Castiglione m'a faite ? Suis-je assez loué *en plein conclave ?* Vous n'auriez pas mieux dit dans vos jours de gâterie. »

« 24 mars 1829.

« Si j'en croyais les bruits de Rome, nous aurions un pape demain ; mais je suis dans un moment de découragement, et je ne veux pas

6.
Chateaubriand avait adressé le 18 février un premier « petit discours » (voir *supra*, l. XXXI, chap. 3, note 1, pp. 2086-2087) aux cardinaux avant leur entrée au conclave. Le second fut prononcé le 10 mars pour les membres du conclave auprès desquels Chateaubriand venait d'être nommé plénipotentiaire par le roi ; il leur présentait, en cette qualité, ses lettres de créance. Ce fut le cardinal Castiglioni (le futur Pie VIII, successeur de Léon XII) qui répondra à l'ambassadeur. Marcellus a heureusement conservé le texte de ce discours, non recueilli dans les *Œuvres complètes*; on y trouve l'expression d'un christianisme progressif : « Lumière quand elle se mêle aux facultés intellectuelles, sentiment quand elle s'associe aux mouvements de l'âme, la religion chrétienne croît avec la civilisation, et marche avec le temps ; un des caractères de la perpétuité qui lui est promise, c'est d'être toujours du siècle qu'elle voit passer, sans passer elle-même. La morale évangélique, raison divine, appuie la raison humaine dans ses progrès vers un but qu'elle n'a point encore atteint : après avoir traversé les âges des ténèbres et de force, le christianisme devient chez les peuples modernes le perfectionnement même de la société » (*Chateaubriand et son temps*, pp. 354-357). Quel fut l'accueil de ce discours ? Dans le *Journal d'un conclave*, le ravissement du rédacteur, remarque M.-J. Durry, est à son comble : « Quelle noblesse d'expression ! Quelle élévation de pensées ! [...] Tout le Sacré Collège a tressailli d'une sainte joie [...]. » Mme de Boigne prétend que le Sacré Collège fut « scandalisé ». Stendhal fut, lui, sensible à la « distinction flatteuse » accordée à l'ambassadeur : « Son discours est fort libéral ; il y a un peu trop de *je* et de *moi*; à cela près il est charmant et a le plus grand succès. Il a déplu aux cardinaux.

Le Duc de Laval-Montmorency (1767-1837).

Quelle que soit l'opinion personnelle du gouvernement français, sous peine de n'être rien, il est forcément en Italie le protecteur du parti libéral. Ce soir on a lu dans tous les salons des copies du discours de M. de Chateaubriand» (*Promenades dans Rome*, 10 mars 1829). Sur l'autre bord, la *Gazette de France* toujours véhémente estimait que Chateaubriand avait professé des opinions «hérétiques». Mais en publiant le texte du discours et la réponse du cardinal, les *Débats* mirent fin à cette polémique. Castiglioni, chargé de répondre à l'ambassadeur, fit remarquer que Dieu, espérait-il, opposerait une digue «au désir immodéré de se soustraire à son autorité, éclairerait les esprits de ceux qui se flattent d'obtenir le respect pour les lois humaines en dehors de la puissance divine», et opposa au christianisme «progressif» de Chateaubriand une thèse orthodoxe de l'Église, «vénérable tradition», unique école d'un bon gouvernement, politique par conséquent si élevée au-dessus de toute politique humaine que le ciel l'est au-dessus de la terre (discours publié en entier dans le *Diaro di Roma* et dans H. de Viel-Castel, *Histoire de la Restauration*, t. XIX, pp. 222-223).

croire à un tel bonheur. Vous comprenez bien que ce bonheur n'est pas le bonheur politique, la joie d'un triomphe, mais le bonheur d'être libre et de vous retrouver. Quand je vous parle tant de conclave, je suis comme les gens qui ont une idée fixe et qui croient que le monde n'est occupé que de cette idée. Et pourtant à Paris qui pense au conclave, qui s'occupe d'un pape et de mes tribulations ? La légèreté française, les intérêts du moment, les discussions des chambres, les ambitions émues, ont bien autre chose à faire. Lorsque le duc de Laval m'écrivait aussi ses soucis sur son conclave[7], tout préoccupé de la guerre d'Espagne que j'étais, je disais, en recevant ses dépêches : *Eh ! bon Dieu, il s'agit bien de cela !* M. Portalis doit aujourd'hui me faire subir la peine du talion. Il est vrai de dire cependant que les choses à cette époque n'étaient pas ce qu'elles sont aujourd'hui : les idées religieuses n'étaient pas mêlées aux idées politiques comme elles le sont dans toute l'Europe ; la querelle n'était pas là ; la nomination d'un pape ne pouvait pas, comme à cette heure, troubler ou calmer les États.

« Depuis la lettre qui m'annonçait la prolongation du congé de M. de La Ferronnays et son départ pour Rome, je n'ai rien appris : je crois pourtant cette nouvelle vraie.

« M. Thierry m'a écrit d'Hyères une lettre touchante ; il dit qu'il se meurt, et pourtant il veut une place à l'Académie des inscriptions et me demande d'écrire pour lui[8]. Je vais le faire. Ma fouille continue à me donner des sarcophages ; la mort ne peut fournir que ce qu'elle a. Le monument du Poussin avance. Il sera noble et élégant. Vous ne sauriez croire combien le *tableau des Bergers d'Arcadie* était fait pour un bas-relief et convient à la sculpture[9]. »

« 28 mars.

« M. le cardinal de Clermont-Tonnerre, descendu chez moi[10], entre

7. Adrien de Montmorency, duc de Laval, fut ambassadeur à Rome de 1821 à 1828.

8. Augustin Thierry ne sera élu qu'après une seconde tentative, le 7 mai 1830, où Chateaubriand intervint de nouveau en sa faveur.

9. Le sculpteur Desprez venait d'achever, pour la stèle élevée par Chateaubriand en l'honneur de Poussin, un bas-relief d'après le tableau célèbre, les *Bergers d'Arcadie*, dont Chateaubriand était très satisfait.

10. L'ambassade était installée dans l'imposant palais Simonetti, situé sur le Corso, non loin de la place d'Espagne, devenu par la suite le Banco di Roma.

aujourd'hui au conclave[11]; c'est le siècle des merveilles[12]. J'ai auprès de moi le fils du maréchal Lannes et le petit-fils du chancelier[13]; *messieurs du Constitutionnel*[14] dînent à ma table auprès de *messieurs de la Quotidienne*[15]. Voilà l'avantage d'être sincère; je laisse chacun penser ce qu'il veut, pourvu qu'on m'accorde la même liberté; je tâche seulement que mon opinion ait la majorité, parce que je la trouve, comme de raison, meilleure que les autres. C'est à cette sincérité que j'attribue le penchant qu'ont les opinions les plus divergentes à se rapprocher de moi. J'exerce envers elles le droit d'asile: on ne peut les saisir sous mon toit.»

À M. LE DUC DE BLACAS

«Rome, 24 mars 1829.

«Je suis bien fâché, monsieur le duc, qu'une phrase de ma lettre ait pu vous causer quelque inquiétude[16]. Je n'ai point du tout à me plaindre d'un homme de sens et d'esprit (M. Fuscaldo), qui ne m'a dit que des lieux communs de diplomatie. Nous autres ambassadeurs, disons-nous autre chose? Quant au cardinal dont vous me faites l'honneur de me parler, le gouvernement français n'a désigné particulièrement personne; il s'en est entièrement rapporté à ce que je lui ai mandé. Sept ou huit cardinaux modérés ou pacifiques, qui semblent attirer également les vœux de toutes les cours, sont les candidats entre lesquels nous dési-

11.
Chateaubriand écrivait à son ministre, le 28 mars 1829: «M. le Cardinal de Clermont-Tonnerre est venu hier au soir, 27, descendre au palais de l'Ambassade, et il m'a fait l'honneur de me déclarer qu'il comptait s'y établir en sortant du conclave, avec toute sa suite. Sur le conseil de M. de Marcellus, S. Ém. ayant voulu prendre un chemin plus court entre Lucques et Sienne, il lui est arrivé un accident: au passage du bac de l'Arno, elle est tombée. La jambe droite de M. le Cardinal a été si rudement froissée qu'il ne peut ni marcher, ni se tenir debout et que l'on est obligé de le porter: il n'en est pas moins gai et, tout estropié qu'il est, il entre, dès aujourd'hui, au Quirinal avec ses deux conclavistes, M. l'Abbé Berger et M. l'Abbé de Clausel [frère des deux Clausel de Coussergues]. J'ai causé longtemps avec lui; il paraît très décidé à suivre ses instructions. Je ne doute pas qu'il ne tienne sa parole comme Prêtre et comme gentilhomme, et alors nous aurons un Pape ces jours-ci» (*in* M.-J. Durry, *L'Ambassade romaine de Chateaubriand*, p. 82).

12.
Chateaubriand écrivait à Mme Récamier: «N'est-il pas singulier que M. le cardinal de Clermont-Tonnerre soit venu descendre chez moi et que nous vivions dans la meilleure intelligence du monde? Il entre aujourd'hui au conclave et j'espère que *sa voix* donnera la majorité à un pape *tel que nous le désirons*. Benvenuti, Pacca, Cappellari, de Gregorio, Oppizzoni, etc. C'est le siècle des merveilles...» (*Lettres à Madame Récamier*, pp. 302-303).

13.
Le duc de Montebello et le petit-fils du chancelier Dambray, le vicomte de Sesmaisons.

Le duc de Blacas d'Aulps (1771-1839).

14.
Le Constitutionnel (1819-1866), journal d'inspiration libérale et bonapartiste, était dominé par la personnalité de Thiers ; y collaboraient Cauchois-Lemaire, Léon Thiessé, Benaben... Le journal connut son apogée en 1830, où il devint l'un des centres de la vie politique.

15.
Journal ultra-royaliste (1792-1847) dirigé par Michaud de 1796 à 1797, puis de nouveau à partir du 1er juin 1814. *La Quotidienne*, acquise aux idées ultras, combattait avec ardeur les libéraux, tout en affirmant son attachement à la Charte. Elle tenait Chateaubriand en suspicion et se montra d'une rare malveillance à son égard lorsqu'il fut nommé ambassadeur à Rome (1828-1829), désignant Chateaubriand comme un dangereux libéral. Dans un *Tableau de la presse en 1817*, cité par E. Hatin (*Histoire politique et littéraire de la presse en France*, t. VIII, p. 191 *sqq.*), l'auteur écrit : « Prenez en tout point l'inverse de la *Quotidienne*, et vous aurez la définition du *Constitutionnel*. [...] Jetez les yeux sur leurs registres : sur ceux de la première, vous allez trouver des évêques, des prêtres, des duchesses, des émigrés, des anciens nobles, etc. ; sur ceux de l'autre, vous allez trouver de nouveaux grands seigneurs, des généraux et colonels en demi-solde, des préfets destitués, des ci-devant auditeurs, de vieux républicains. »

16.
Les relations étaient mauvaises entre Chateaubriand et le duc de Blacas. En avril, l'ancien favori de Louis XVIII, favorable aux *zelanti*, avait traversé Rome et s'était permis de demander une audience au pape sans passer par le truchement de l'ambassadeur. Chateaubriand au comble de la colère se plaignit de cette mauvaise manière au secrétaire d'État et à Portalis. Autre sujet de litige : le traité « de la Trinité-des-Monts » conclu par Blacas au profit de la congrégation du Sacré-Cœur (voir M.-J. Durry, *L'Ambassade romaine de Chateaubriand*, p. 95, note).

rons voir se fixer les suffrages. Mais si nous n'avons pas la prétention d'imposer un choix à la majorité du conclave, nous repoussons de toutes nos forces et par tous les moyens trois ou quatre cardinaux fanatiques, intrigants ou incapables, que porte la minorité.
« Je n'ai, monsieur le duc, aucun moyen possible de vous faire passer cette lettre ; je la mets donc tout simplement à la poste, parce qu'elle ne renferme rien que vous et moi ne puissions avouer tout haut.
« J'ai l'honneur, etc. »

À MADAME RÉCAMIER

« Rome, le 31 mars 1829.
« M. de Montebello est arrivé et m'a apporté votre lettre avec une lettre de M. Bertin et de M. Villemain.
« Mes fouilles vont bien, je trouve force sarcophages vides ; j'en pourrai choisir un pour moi, sans que ma poussière soit obligée de chasser celle de ces vieux morts que le vent a déjà emportée. Les sépulcres dépeuplés offrent le spectacle d'une résurrection et pourtant ils n'attestent qu'une mort plus profonde. Ce n'est pas la vie, c'est le néant qui a rendu ces tombes désertes.
« Pour achever mon petit journal du moment, je vous dirai que je suis monté avant-hier à la boule de Saint-Pierre[17] pendant une tempête. Vous ne sauriez vous figurer ce que c'était que le bruit du vent au milieu du ciel, autour de cette coupole de Michel-Ange, et au-dessus de ce temple des chrétiens, qui écrase la vieille Rome. »

À MADAME RÉCAMIER

« 31 mars au soir.
« Victoire ! j'ai un des papes que j'avais mis sur ma liste : c'est Castiglione[18], le cardinal même que je portais à la papauté en 1823, lorsque j'étais

---

17.
Chateaubriand veut parler du lanternon qui, au sommet de la basilique, est à 120 m au-dessus de la place Saint-Pierre (ce lanternon est lui-même surmonté d'une croix de 12,50 m de haut).

18.
Il était évêque de Frascati. Alors qu'il avait d'abord refusé la tiare, alléguant sa santé déplorable, le 23, tout à coup le 29 mars il reparaissait dans les scrutins ; et le 30 mars, on vit le cardinal Albani s'appliquer avec beaucoup d'ardeur à recueillir les suffrages pour l'élection de celui-ci,

Pie VIII (1761-1830).

en faveur duquel votèrent les cardinaux français. Castiglioni n'allait régner, sous le nom de Pie VIII, que 20 mois et mourir le 30 novembre 1830. Chateaubriand peut-il vraiment crier victoire ? A-t-il exercé une influence déterminante sur le choix du nouveau pape ? On s'est souvent gaussé de son « triomphe ». La lecture du *Journal d'un conclave* (que Chateaubriand adressera avec une juste fierté à son ministre) montre que l'élection d'un pape modéré – choix conforme au vœu de Chateaubriand – était le fruit d'un compromis (la majorité des cardinaux étaient opposés à l'influence dominante de l'Autriche). Un pacte unissait le cardinal Albani, futur secrétaire d'État, et le cardinal Castiglioni ; le premier décidant la nomination du second pour être en retour investi par lui du pouvoir. Castiglioni n'était que le cinquième sur la liste des candidats à soutenir. La préférence de Chateaubriand allait au cardinal De Gregorio, candidat sérieux et pour lequel l'ambassadeur s'était employé avant l'arrivée des cardinaux français dont il se méfiait. Donc, si le « triomphe » présumé de Chateaubriand ne fut qu'un demi-succès, la nomination ultérieure du cardinal Albani, qui accablera l'ambassadeur de protestations et de bons offices, ne fut pas, au fond, une si mauvaise chose. Pour devenir secrétaire d'État, le cardinal s'était détaché de la « faction sarde » et rallié à Castiglioni et aux cardinaux modérés.

ministre, celui qui m'a répondu dernièrement au conclave de 1829, en me donnant *force louanges*. Castiglione est modéré et dévoué à la France : c'est un triomphe complet. Le conclave, avant de se séparer, a ordonné d'écrire au nonce à Paris, pour lui dire d'exprimer au Roi la satisfaction que le Sacré Collège a éprouvée de ma conduite. J'ai déjà expédié cette nouvelle à Paris par le télégraphe. Le préfet du Rhône est l'intermédiaire de cette correspondance aérienne, et ce préfet est M. de Brosses, fils de ce comte de Brosses, le léger voyageur à Rome, souvent cité dans les notes que je rassemble en vous écrivant. Le courrier qui vous porte cette lettre porte ma dépêche à M. Portalis[19].

« Je n'ai plus deux jours de suite de bonne santé ; cela me fait enrager, car je n'ai cœur à rien au milieu de mes souffrances. J'attends pourtant avec quelque impatience ce qui résultera à Paris de la nomination de mon pape, ce qu'on dira, ce qu'on fera, ce que je deviendrai. Le plus sûr, c'est le congé demandé. J'ai vu par les journaux la grande querelle du *Constitutionnel* sur mon discours ; il accuse le *Messager*[20] de ne l'avoir pas imprimé, et nous avons à Rome des *Messagers* du 22 mars (la querelle est du 24 et 25) qui ont le discours. N'est-ce pas singulier ? Il paraît clair qu'il y a eu *deux* éditions, l'une pour Rome et l'autre pour Paris. Pauvres gens ! je pense au mécompte d'un autre journal[21] ; il assure que le conclave aura été très-mécontent de ce discours : qu'aura-t-il dit quand il aura vu les éloges que me donne le cardinal Castiglione, qui est devenu pape ?

« Quand cesserai-je de vous parler de toutes ces misères ? Quand ne m'occuperai-je plus que d'achever les mémoires de ma vie et ma vie aussi, comme dernière page de mes *Mémoires* ? J'en ai bien besoin ; je suis bien las, le poids des jours augmente et se fait sentir sur ma tête ; je m'amuse à l'appeler un *rhumatisme*, mais on ne guérit pas de celui-là. Un seul mot me soutient quand je le répète : À bientôt. »

19.
Chateaubriand expédia deux dépêches officielles, portées par courrier à cheval jusqu'au télégraphe de Lyon. La première à deux heures et demie de l'après-midi : « Le cardinal Castiglioni vient d'être élu pape, sous le nom de Pie VIII. C'est le cardinal que la France portait en 1823 au souverain Pontificat. » La seconde, à cinq heures du soir : « Le cardinal Albani est nommé secrétaire d'État. »

20.
Dans son numéro du 24 mars, *Le Constitutionnel* avait publié un article où il faisait remarquer que *Le Messager*, un des journaux ultras, n'avait pas publié le discours de Chateaubriand parce que, disait-il, les ultras avaient dû le trouver trop libéral. *Le Messager* avait répliqué. *Le Constitutionnel* avait répondu à nouveau.

21.
Sans doute la *Gazette de France*, journal ultra.

«3 avril.
«J'oubliais de vous dire que le cardinal Fesch s'étant très-bien conduit dans le conclave, et ayant voté avec nos cardinaux, j'ai franchi le pas et je l'ai invité à dîner. Il a refusé par un billet plein de mesure[22].»

DÉPÊCHE À M. LE COMTE PORTALIS

«Rome, ce 2 avril 1829.
«Monsieur le comte,
«Le cardinal Albani a été nommé secrétaire d'État, ainsi que j'ai eu l'honneur de vous le mander dans ma première lettre portée à Lyon par le courrier à cheval expédié le 31 mars au soir. Le nouveau ministre ne plaît ni à la faction sarde, ni à la majorité du Sacré Collège, ni même à l'Autriche, parce qu'il est violent, antijésuite, rude dans son abord, et Italien avant tout. Riche et excessivement avare, le cardinal Albani se trouve mêlé dans toutes sortes d'entreprises et de spéculations. J'allai hier lui faire ma première visite; aussitôt qu'il m'aperçut, il s'écria: "Je suis un cochon! (Il était en effet fort sale.) Vous verrez que je ne suis pas un ennemi." Je vous rapporte, monsieur le comte, ses propres paroles. Je lui répondis que j'étais bien loin de le regarder comme un ennemi. "À vous autres, reprit-il, il faut de l'eau et non pas du feu: ne connais-je pas votre pays? n'ai-je pas vécu en France? (Il parle français comme un Français.) Vous serez content et votre maître aussi. Comment se porte le Roi? Bonjour! Allons à Saint-Pierre."
«Il était huit heures du matin; j'avais déjà vu S. S., et tout Rome courait à la cérémonie de l'adoration.
«Le cardinal Albani est un homme d'esprit, faux par caractère et franc par humeur; sa violence déjoue sa ruse; on peut en tirer parti en flattant son orgueil et satisfaisant son avarice.
«Pie VIII est très-savant, surtout en matière de théologie; il parle français, mais avec moins de facilité et de grâce que Léon XII. Il est attaqué sur le côté droit d'une demi-paralysie et sujet à des mouvements convulsifs: la suprême puissance le guérira. Il sera couronné dimanche prochain, jour de la Passion, 5 avril.
«Maintenant, monsieur le comte, que la principale affaire qui me retenait à Rome est terminée, je vous serai infiniment obligé de m'obtenir de

22. Le cardinal Fesch répondit du palais Falconieri, le 4 avril 1829 (voir *infra*, l. XXXI, chap. 8, pp. 2130-2131).

la bienveillance de Sa Majesté un congé de quelques mois. Je ne m'en servirai qu'après avoir remis au pape la lettre par laquelle le Roi répondra à celle que Pie VIII lui a écrite ou va lui écrire pour lui annoncer son élévation sur la chaire de Saint-Pierre. Permettez-moi de solliciter de nouveau en faveur de mes deux secrétaires de légation, M. Bellocq et M. de Givré, les grâces que je vous ai demandées pour eux.

«Les intrigues du cardinal Albani dans le conclave, les partisans qu'il s'était acquis, même dans la majorité, m'avaient fait craindre quelque coup imprévu pour le porter au souverain pontificat. Il me paraissait impossible de se laisser ainsi surprendre et de permettre au chargé d'affaires de l'Autriche de ceindre la tiare sous les yeux de l'ambassadeur de France: je profitai donc de l'arrivée de M. le cardinal de Clermont-Tonnerre pour le charger à tout événement de la lettre ci-jointe dont je prenais les dispositions sous ma responsabilité. Heureusement il n'a point été dans le cas de faire usage de cette lettre; il me l'a rendue et j'ai l'honneur de vous l'envoyer.

«J'ai l'honneur, etc., etc.»

Lettre à Mgr le cardinal de Clermont-Tonnerre. [Dépêches à M, le comte Portalis. – Lettres à Mme Récamier.]

« À SON ÉMINENCE MONSEIGNEUR
LE CARDINAL DE CLERMONT-TONNERRE

Rome, ce 28 mars 1829.

« Monseigneur,

« Ne pouvant plus communiquer avec vos collègues MM. les cardinaux français renfermés au palais de Monte-Cavallo ; étant obligé de tout prévoir pour l'avantage du service du Roi et dans l'intérêt de notre pays ; sachant combien de nominations inattendues ont eu lieu dans les conclaves, je me vois à regret dans la fâcheuse nécessité de confier à Votre Éminence une exclusion éventuelle.

« Bien que M. le cardinal Albani ne paraisse avoir aucune chance, il n'en est pas moins un homme de capacité sur lequel, dans une lutte prolongée, on pourrait jeter les yeux ; mais il est le cardinal chargé au conclave des instructions de l'Autriche : M. le comte de Lutzow, dans son discours, l'a déjà désigné officiellement en cette qualité. Or il est impossible de laisser porter au souverain pontificat un cardinal appartenant ouvertement à une couronne, pas plus à la couronne de France qu'à toute autre.

« En conséquence, monseigneur, je vous charge, en vertu de mes pleins pouvoirs, comme ambassadeur de Sa Majesté Très-Chrétienne et prenant sur moi seul toute la responsabilité, de donner l'exclusion[1] à M. le cardinal Albani, si d'un côté par une rencontre fortuite, et de l'autre par une combinaison secrète, il venait à obtenir la majorité des suffrages.

« Je suis, etc., etc. »

---

1. Voir *supra*, l. XXXI, chap. 4, note 5, p. 2093.

Cette lettre d'exclusion, confiée à un cardinal par un ambassadeur qui n'y est pas autorisé formellement, est une témérité en diplomatie[2] : il y a là de quoi faire frémir tous les hommes d'État à domicile, tous les chefs de division, tous les premiers commis, tous les copistes aux affaires étrangères ; mais puisque le ministre ignorait sa chose au point de ne pas même songer au cas éventuel d'exclusion, force m'était d'y songer pour lui. Supposez qu'Albani eût été nommé Pape par aventure, que serais-je devenu ? J'aurais été à jamais perdu comme homme politique.

Je me dis ceci non pour moi qui me soucie peu du renom d'homme politique, mais pour la génération future des écrivains à qui on ferait du bruit de mon accident et qui expieraient mon malheur aux dépens de leur carrière, comme on donne le fouet au menin[3] quand M. le dauphin a fait une sottise. Mais il ne faudrait pas trop non plus admirer ma prévoyante audace, en prenant sur moi la lettre d'exclusion : ce qui paraît une énormité, mesuré à la courte échelle des vieilles idées diplomatiques, n'était au fond rien du tout, dans l'ordre actuel de la société. Cette audace me venait, d'un côté de mon insensibilité pour toute disgrâce, de l'autre de ma connaissance des opinions de mon temps : le monde tel qu'il est fait aujourd'hui ne donne pas deux sous de la nomination d'un Pape, des rivalités des couronnes et des intrigues de l'intérieur d'un conclave.

DÉPÊCHE À M. LE COMTE PORTALIS

Confidentielle

« Rome, ce 2 avril 1829.

« Monsieur le comte,

« J'ai l'honneur de vous envoyer aujourd'hui des documents importants que je vous ai annoncés. Ce n'est rien moins que le journal officiel et

---

2. Marcellus confirme : « Il y avait [...] dans cette heureuse hardiesse diplomatique une combinaison fortuite assez singulière, car elle mettait l'exclusion, avec l'ordre d'en user contre un cardinal autrichien, dans les mains du cardinal français que l'on supposait le plus favorable à la politique rétrograde de l'Autriche [Mgr de Clermont-Tonnerre] » (*Chateaubriand et son temps*, p. 360).

3. Terme utilisé en Espagne pour désigner un jeune noble, compagnon des enfants de la famille royale.

secret du conclave[4]. Il est traduit mot pour mot sur l'original italien ; j'en ai fait disparaître seulement tout ce qui pouvait indiquer avec trop de précision les sources où j'ai puisé. S'il transpirait la moindre chose de ces révélations dont il n'y a peut-être pas un autre exemple, il en coûterait la fortune, la liberté et la vie peut-être à plusieurs personnes. Cela serait d'autant plus déplorable que ces révélations ne sont point dues à l'intérêt et à la corruption, mais à la confiance dans l'honneur français. Cette pièce, monsieur le comte, doit donc demeurer à jamais secrète, après avoir été lue dans le conseil du Roi : car, malgré les précautions que j'ai prises de taire les noms et de retrancher les choses directes, elle en dit encore assez pour compromettre ses auteurs. J'y ai joint un commentaire, afin d'en faciliter la lecture. Le gouvernement pontifical est dans l'usage de tenir un registre où sont notés jour par jour, et pour ainsi dire heure par heure, ses décisions, ses gestes et ses faits : quel trésor historique si l'on pouvait y fouiller en remontant vers les premiers siècles de la papauté ! Il m'a été entrouvert un moment pour l'époque actuelle. Le Roi verra, par les documents que je vous transmets, ce qu'on n'a jamais vu, l'intérieur d'un conclave ; les sentiments les plus intimes de la cour de Rome lui seront connus, et les ministres de Sa Majesté ne marcheront pas dans l'ombre.

« Le commentaire que j'ai fait du journal me dispensant de toute autre réflexion, il ne me reste plus qu'à vous offrir la nouvelle assurance de la haute considération avec laquelle j'ai l'honneur, etc., etc. »

L'original italien du document précieux annoncé dans cette dépêche confidentielle a été brûlé à Rome sous mes yeux ; je n'ai point gardé copie de la traduction de ce document que j'ai envoyé aux affaires étrangères ; j'ai seulement une copie du *commentaire* ou des *remarques* jointes par moi à cette traduction[5]. Mais la même discrétion qui m'a fait

---

4.
Ce document a été publié par L. Thomas d'après les archives des Affaires étrangères *(Journal d'un conclave)*, avec les remarques et commentaires que Chateaubriand y ajouta et dont il parle plus loin. Manifestement, l'abbé conclaviste était un admirateur de Chateaubriand : « Il exprime pour l'ambassadeur les sentiments d'une vénération si totale, si confiante, si naïve même, que son enthousiasme admiratif a bien pu lui arracher seul ses confidences. Son récit est criant de vérité. Il suit pas à pas les événements [...] » (M.-J. Durry, *L'Ambassade romaine de Chateaubriand*, p. 87).

5.
Remarques d'où ressort l'antijésuitisme de Chateaubriand. Qu'on en juge. Le 22 mars, l'auteur du *Journal* note un incident assez curieux : « Ce matin on a été informé qu'un cardinal (Odescalchi) s'entretenait par signes avec des jésuites qui se trouvaient dans un jardin de la Compagnie, situé vis-à-vis l'édifice du Conclave. On s'est posté en observation : impossible de rien comprendre à ce langage par signes... Le cardinal a été prévenu de

Élévation du pape Pie VIII.

s'abstenir de semblables manœuvres, et sur-le-champ des ordres ont été donnés pour les empêcher désormais… Après le scrutin du soir, il a été décidé que l'on adresserait une lettre ferme et sérieuse au vicaire général des Jésuites, et qu'on réglerait sur sa réponse la conduite à tenir ultérieurement.» Chateaubriand inscrit en marge: «Il serait impossible de s'empêcher de rire du cardinal Odescalchi et du télégraphe des jésuites, si la gravité de la matière ne formait un contraste déplorable avec ces tours d'écoliers. Voilà donc à quelles ressources en est réduite une Compagnie qui se dit pieuse et un cardinal dont on loue la régularité, pour asseoir dans la chaire de Saint-Pierre quelque pontife passionné, perturbateur du repos des nations!» Le lendemain 23 mars, à l'occasion de la réponse du père Pavani, vicaire général de la Compagnie de Jésus, à la lettre du conclave, Chateaubriand revient sur l'incident de la veille: «[...] J'ai jadis été leur défenseur [...]. J'avais pris Pascal pour un calomniateur de génie, qui nous avait laissé un immortel mensonge; je suis obligé de reconnaître qu'il n'a rien exagéré. La lettre du père Pavani [...] a l'air d'être échappée à Escobar lui-même, elle figurerait merveilleusement dans les *Lettres provinciales*! [...] Cette Congrégation, à peine rétablie, repoussée de toute part, suspecte au Sacré-Collège lui-même, n'en aspire pas moins à donner la tiare et à se mêler de toutes les affaires du monde.»

recommander au ministre de garder la pièce à jamais secrète m'oblige de supprimer ici mes propres remarques ; car, quelle que soit l'obscurité dont ces remarques sont enveloppées, par l'absence du document auquel elles se rapportent, cette obscurité serait encore de la lumière à Rome. Or, les ressentiments sont longs dans la ville éternelle ; il se pourrait faire que dans cinquante ans d'ici ils allassent frapper quelque arrière-neveu des auteurs de la mystérieuse confidence. Je me contenterai donc de donner un *aperçu général* du contenu du *commentaire*, en insistant sur quelques passages qui ont un rapport direct avec les affaires de France.

On voit premièrement combien la cour de Naples trompait M. de Blacas, ou combien elle était elle-même trompée ; car, pendant qu'elle me faisait dire que les cardinaux napolitains voteraient avec nous, ils se réunissaient à la minorité ou à la faction dite de Sardaigne.

La minorité de cardinaux se figurait que le vote des cardinaux français influerait sur la *forme de notre gouvernement.* Comment cela ? Apparemment par les ordres secrets dont on les supposait chargés et par leurs votes en faveur d'un pape exalté.

Le nonce Lambruschini affirmait au conclave que le cardinal de Latil avait le secret du Roi : tous les efforts de la faction tendaient à faire croire que Charles X et son gouvernement n'étaient pas d'accord.

Le 13 mars, le cardinal de Latil annonce qu'il a à faire au conclave une déclaration *purement* de conscience ; il est renvoyé devant quatre cardinaux-évêques : les actes de cette confession secrète[6] demeurent à la garde du grand pénitencier[7]. Les autres cardinaux français ignorent la matière de cette confession et le cardinal Albani cherche en vain à la découvrir : le fait est important et curieux.

6.
Mme de Boigne écrit à ce sujet : « Le premier jour de l'année fut remarquable par le discours du Nonce au Roi, où il sembla lui donner des conseils d'une politique ultramontaine [...]. Cette circonstance fit renouveler le bruit qui circulait tout bas que ce nonce, Lambruschini, assisté du cardinal de Latil avait, avec l'autorisation du Pape, relevé Charles X des serments prononcés à son sacre » (*Mémoires*, t. III, p. 284). Une autre hypothèse peut être évoquée, d'ordre personnel et non politique : Charles X, après une jeunesse galante, aurait-il souhaité obtenir de l'autorité spirituelle suprême absolution de son passé et de sa liaison d'exil avec Mme de Polastron ? L'abbé de Latil était présent pour recueillir les dernières paroles de la maîtresse du comte d'Artois, adjurant son amant de mettre un terme à ses dissipations.

7.
Le grand pénitencier (ou pénitencier majeur), dont l'origine remonte au XIIe-XIIIe siècle, est le cardinal préfet du tribunal de la pénitencerie apostolique, dont les pouvoirs subsistent même pendant la vacance du siège apostolique afin d'assurer en tout temps la paix des consciences. La pénitencerie est chargée de gérer la rémission de certaines peines particulièrement graves et dont le siège apostolique s'est réservé la dispense.

La minorité est composée de seize voix compactes. Les cardinaux de cette minorité s'appellent les *Pères de la Croix*; ils mettent sur leur porte une croix de Saint-André pour annoncer que, déterminés dans leur choix, ils ne veulent plus communiquer avec personne. La majorité du conclave montre des sentiments raisonnables et la ferme résolution de ne se mêler en rien de la politique étrangère.

Le procès-verbal dressé par le notaire du conclave est digne d'être remarqué: «Pie VIII, y est-il dit à la conclusion, s'est déterminé à nommer le cardinal Albani secrétaire d'État, afin de satisfaire aussi le cabinet de Vienne.» Le Souverain Pontife partage les lots entre les deux couronnes; il se déclare le Pape de la France et donne à l'Autriche la secrétairerie d'État.

À MADAME RÉCAMIER

«Rome, mercredi 8 avril 1829.

«J'ai donné aujourd'hui même à dîner à tout le conclave. Demain je reçois la grande-duchesse Hélène. Le mardi de Pâques, j'ai un bal pour la clôture de la session; et puis je me prépare à aller vous voir[8]; jugez de mon anxiété: au moment où je vous écris, je n'ai point encore de nouvelles de mon courrier à cheval annonçant la mort du Pape, et pourtant le Pape est déjà couronné, Léon XII est oublié; j'ai repris les affaires avec le nouveau secrétaire d'État Albani; tout marche comme s'il n'était rien arrivé, et j'ignore si vous savez même à Paris qu'il y a un nouveau pontife! Que cette cérémonie de la bénédiction papale est belle! La Sabine à l'horizon, puis la campagne déserte de Rome, puis Rome elle-même, puis la place Saint-Pierre et tout le peuple tombant à genoux sous la main d'un vieillard: le Pape est le seul prince qui bénisse ses sujets.

«J'en étais là de ma lettre lorsqu'un courrier qui m'arrive de Gênes m'apporte une dépêche télégraphique de Paris à Toulon, laquelle dépêche, qui répond à celle que j'avais fait passer, m'apprend que le 4 avril, à onze heures du matin, on a reçu à Paris ma dépêche télégraphique de Rome à Toulon, dépêche qui annonçait la nomination du cardinal Castiglione, et que le Roi est fort content.

«La rapidité de ces communications est prodigieuse; mon courrier est parti le 31 mars, à huit heures du soir, et le 8 avril, à huit heures du soir, j'ai reçu la réponse de Paris.»

8. La lettre poursuit: «ou à vous *ordonner* de venir» (*Lettres à Madame Récamier*, p. 310).

«11 avril 1829.
«Nous voilà au 11 avril: dans huit jours nous aurons Pâques, dans quinze jours mon congé et puis vous voir! Tout disparaît dans cette espérance; je ne suis plus triste; je ne songe plus aux ministres ni à la politique. Demain nous commençons la semaine sainte. Je penserai à tout ce que vous m'avez dit. Que n'êtes-vous ici pour entendre avec moi les beaux chants de douleur! Nous irions nous promener dans les déserts de la campagne de Rome, maintenant couverts de verdure et de fleurs. Toutes les ruines semblent rajeunir avec l'année: je suis du nombre.»

«Mercredi saint, 15 avril.
«Je sors de la chapelle Sixtine, après avoir assisté à ténèbres et entendu chanter le *Miserere*[9]. Je me souvenais que vous m'aviez parlé de cette cérémonie et j'en étais à cause de cela cent fois plus touché.
«Le jour s'affaiblissait; les ombres envahissaient lentement les fresques de la chapelle et l'on n'apercevait plus que quelques grands traits du pinceau de Michel-Ange. Les cierges, tour à tour éteints, laissaient échapper de leur lumière étouffée une légère fumée blanche, image assez naturelle de la vie que l'Écriture compare à *une petite vapeur*. Les cardinaux étaient à genoux, le nouveau pape prosterné au même autel où quelques jours avant j'avais vu son prédécesseur; l'admirable prière de pénitence et de miséricorde, qui avait succédé aux Lamentations du prophète, s'élevait par intervalles dans le silence et la nuit. On se sentait accablé sous le grand mystère d'un Dieu mourant pour effacer les crimes des hommes. La catholique héritière sur ses sept collines était là avec tous ses souvenirs; mais, au lieu de ces pontifes puissants, de ces cardinaux qui disputaient la préséance aux monarques, un pauvre vieux pape paralytique, sans famille et sans appui, des princes de l'Église sans éclat, annonçaient la fin d'une puissance qui civilisa le monde moderne. Les chefs-d'œuvre des arts disparaissaient avec elle, s'effaçaient sur les murs et sur les voûtes du

9.
Miserere mei, Deus! «Ayez pitié de moi, mon Dieu!» (Psaume LI, l'un des sept de la pénitence). Durant l'office des Ténèbres (qui couvrirent la terre quand le Christ expira), on exécutait à Rome, en alternance, le *Miserere* d'Allegri (1582-1652), celui, à 5 voix, de Tommaso Bai (1650-1714), et celui, à 10 voix, de Giuseppe Baini (1775-1844), composé en 1821 et fortement marqué, comme le précédent, par Palestrina. Parfois même, on mêlait les trois *Miserere*. Le *Miserere* d'Allegri, pour deux chœurs, à 9 voix, était le plus réputé; il eut un tel succès que le pape voulut s'en réserver l'exclusivité en en interdisant la publication. Mme de Staël rapporte qu'il était «vanté dans toute l'Europe» (*Corinne*, l. X, chap. 4). C'est vraisemblablement celui qu'a entendu Chateaubriand.

Vatican, palais à demi abandonné. De curieux étrangers, séparés de l'unité de l'Église, assistaient en passant à la cérémonie et remplaçaient la communauté des fidèles. Une double tristesse s'emparait du cœur. Rome chrétienne en commémorant l'agonie de J.-C. avait l'air de célébrer la sienne, de redire pour la nouvelle Jérusalem les paroles que Jérémie adressait à l'ancienne. C'est une belle chose que Rome pour tout oublier, mépriser tout et mourir[10]. »

DÉPÊCHE À M. LE COMTE PORTALIS

« Rome, ce 16 avril 1829.

« Monsieur le comte,

« Les choses se développent ici comme j'avais eu l'honneur de vous le faire pressentir ; les paroles et les actions du nouveau souverain pontife sont parfaitement d'accord avec le système pacificateur suivi par Léon XII : Pie VIII va même plus loin que son prédécesseur ; il s'exprime avec plus de franchise sur la Charte dont il ne craint pas de prononcer le mot et de conseiller aux Français de suivre l'esprit. Le nonce, ayant encore écrit sur nos affaires, a reçu sèchement l'ordre de se mêler des siennes. Tout se conclut pour le concordat des Pays-Bas, et M. le comte de Celles mettra fin à sa mission le mois prochain.

10.
Marcellus écrit à propos de cette page magnifique : « On dirait un chapitre du *Génie du Christianisme* ; le pendant de la Fête-Dieu, par exemple ; mais plus mélancolique pour être écrit plus tard dans la vie. Je crois voir encore à Rome le cabinet étroit et reculé, au haut du palais de l'ambassade, où fut tracée cette merveilleuse page. C'est là qu'elle m'a été lue quand elle était toute fraîche encore des couleurs qu'y ajoutait le peintre, en repassant sur les premiers traits de son tableau. "Le jour s'affaiblissait, etc.", jusqu'à : "une petite vapeur". – Ici le lecteur s'interrompit : "Il y a aussi, me dit-il, quelque chose de pareil dans le *Livre de la Sagesse*. Vous en souvenez-vous ? *Umbrae enim transitus est tempus nostrum*." Puis il continua. "Les cardinaux, etc.", jusqu'à : "le silence et la nuit". Il avait mis d'abord "la nuit et le silence". "Cette phrase, dit-il en s'arrêtant, a trop de désinences féminines, il faut pour l'harmonie la finir par un son masculin, et lire 'le silence et la nuit'." – "On se sentait accablé, etc.", jusqu'à : "des fidèles". Il avait corrigé lui-même sous mes yeux cette négligence "de curieux étrangers" qui cependant se trouve encore dans le texte et a résisté à tous les protes ; et il avait mis "des étrangers curieux" pour désigner les Anglais. "Une double tristesse, etc.", jusqu'à : "et mourir". À ces mots la lecture finit ; et l'impression de ce que je venais d'entendre demeura chez moi si triste et si profonde, que j'oubliai d'applaudir » (*Chateaubriand et son temps*, pp. 361-362). Chateaubriand publia cette page avec quelques variantes dans sa *Lettre à MM. les rédacteurs de la Revue européenne* du 15 décembre 1831. Dans cette version, le charme intimiste et mélancolique s'estompe et le souvenir se fige dans un tableau historiquement bien daté. Voir *Grands Écrits politiques*, t. II, p. 737 *sqq.*

«Le cardinal Albani, dans une position difficile, est obligé de l'expier : les protestations qu'il me fait de son dévouement à la France blessent l'ambassadeur d'Autriche qui ne peut cacher son humeur. Sous les rapports religieux nous n'avons rien à craindre du cardinal Albani ; fort peu religieux lui-même, il ne sera poussé à nous troubler ni par son propre fanatisme, ni par l'opinion modérée de son souverain.

«Quant aux rapports politiques, ce n'est pas avec une intrigue de police et une correspondance chiffrée que l'on escamotera aujourd'hui l'Italie : laisser occuper les légations, ou mettre garnison autrichienne à Ancône[11] sous un prétexte quelconque, ce serait remuer l'Europe et déclarer la guerre à la France : or nous ne sommes plus en 1814, 1815, 1816 et 1817 ; on ne satisfait pas impunément sous nos yeux une ambition avide et injuste. Ainsi, que le cardinal Albani ait une pension du prince de Metternich ; qu'il soit le parent du duc de Modène, auquel il prétend laisser son énorme fortune ; qu'il trame avec ce prince un petit complot contre l'héritier de la couronne de Sardaigne[12] ; tout cela est vrai, tout cela aurait été dangereux à l'époque où des gouvernements secrets et absolus faisaient marcher obscurément des soldats derrière une obscure dépêche : mais aujourd'hui, avec des gouvernements publics, avec la liberté de la presse et de la parole, avec le télégraphe et la rapidité de toutes les communications, avec la connaissance des affaires répandue dans les diverses classes de la société, on est à l'abri des tours de gobelet[13] et des finesses de la vieille diplomatie. Toutefois il ne faut pas se dissimuler qu'un *chargé d'affaires d'Autriche*, secrétaire d'État à Rome, a des inconvénients ; il y a même certaines notes (par exemple celles qui seraient relatives à la puissance impériale en Italie) qu'on ne pourrait mettre entre les mains du cardinal Albani.

«Personne n'a encore pu pénétrer le secret d'une nomination qui déplaît à tout le monde, même au cabinet de Vienne. Cela tient-il à des intérêts étrangers à la politique ? On assure que le cardinal Albani offre dans ce moment au Saint-Père de lui avancer 200 000 piastres dont le

---

11.
Pour rétablir l'ordre en Romagne et dans la marche d'Ancône, en pleine insurrection, le successeur de Pie VIII fera appel à l'Autriche. Toutefois, en janvier 1832, le gouvernement français enverra un corps expéditionnaire occuper la ville papale d'Ancône pour contraindre les Autrichiens à abréger leur occupation de Bologne.

12.
Charles-Albert de Carignan, de tendance libérale.

13.
Escamotage, par prestidigitation, de la petite boule de liège appelée muscade ou de tout autre objet.

gouvernement de Rome a besoin ; d'autres prétendent que cette somme serait prêtée par un banquier autrichien. Le cardinal Macchi me disait samedi dernier que Sa Sainteté, ne voulant pas reprendre le cardinal Bernetti et désirant néanmoins lui donner une grande place, n'avait trouvé d'autre moyen d'arranger les choses que de rendre vacante la légation de Bologne. De misérables embarras deviennent souvent les motifs des plus importantes résolutions. Si la version du cardinal Macchi est la véritable, tout ce que dit et fait Pie VIII pour la *satisfaction* des couronnes de France et d'Autriche ne serait qu'une raison apparente, à l'aide de laquelle il chercherait à masquer à ses propres yeux sa propre faiblesse. Au surplus, on ne croit point à la durée du ministère d'Albani. Aussitôt qu'il entrera en relation avec les ambassadeurs, les difficultés naîtront de toutes parts.

« Quant à la position de l'Italie, monsieur le comte, il faut lire avec précaution ce qu'on vous en mandera de Naples[14] ou d'ailleurs. Il est malheureusement trop vrai que le gouvernement des Deux-Siciles est tombé au dernier degré du mépris. La manière dont la cour[15] vit au milieu de ses gardes, toujours tremblante, toujours poursuivie par les fantômes de la peur, n'offrant pour tout spectacle que des chasses ruineuses et des gibets, contribue de plus en plus dans ce pays à avilir la royauté. Mais on prend pour des *conspirations* ce qui n'est que le malaise de tous, le produit du siècle, la lutte de l'ancienne société avec la nouvelle, le combat de la décrépitude des vieilles institutions contre l'énergie des jeunes générations[16] ; enfin, la comparaison que chacun fait de ce qui est à ce qui pourrait être. Ne nous le dissimulons pas : le grand spectacle de la France puissante, libre et heureuse, ce grand spectacle qui frappe les yeux des nations restées ou retombées sous le joug, excite des regrets ou nourrit des espérances. Le mélange des gouvernements représentatifs et des monarchies absolues ne saurait durer ; il faut que les unes ou les autres périssent, que la politique

---

14.

Où Blacas était en poste.

15.

Ferdinand II de Bourbon, roi des Deux-Siciles, monarque absolutiste.

16.

Chateaubriand écrivait dans *Le Conservateur* : « Il y a deux moyens de produire des révolutions : c'est de trop abonder dans le sens d'une institution nouvelle, ou de trop résister. En cédant à l'impulsion populaire, on arrive à l'anarchie, aux crimes qui en sont la suite, au despotisme qui en est le châtiment. En voulant trop se roidir contre l'esprit d'un siècle, on peut également tout briser, marcher par une autre voie à la confusion, et puis à l'anarchie » (30 mars 1820, t. VI, pp. 630-631).

reprenne un égal niveau ainsi que du temps de l'Europe gothique. La douane d'une frontière ne peut désormais séparer la liberté de l'esclavage ; un homme ne peut plus être pendu de ce côté-ci d'un ruisseau pour des principes réputés sacrés de l'autre côté de ce même ruisseau. C'est dans ce sens, monsieur le comte, et uniquement dans ce sens, qu'il y a *conspiration* en Italie ; c'est dans ce sens encore que l'Italie est *française*. Le jour où elle entrera en jouissance des droits que son intelligence aperçoit et que la marche progressive du temps lui apporte, elle sera tranquille et purement italienne. Ce ne sont point quelques pauvres diables de *carbonari*, excités par des manœuvres de police et pendus sans miséricorde, qui soulèveront ce pays. On donne aux gouvernements les idées les plus fausses du véritable état des choses ; on les empêche de faire ce qu'ils devraient faire pour leur sûreté, en leur montrant toujours comme les conspirations particulières d'une poignée de Jacobins ce qui est l'effet d'une cause permanente et générale[17].

« Telle est, monsieur le comte, la position réelle de l'Italie : chacun de ses États, outre le travail commun des esprits, est tourmenté de quelque maladie locale : le Piémont est livré à une faction fanatique[18] ; le Milanais est dévoré par les Autrichiens[19] ; les domaines du Saint-Père sont ruinés par la mauvaise administration des finances ; l'impôt s'élève à près de cinquante millions et ne laisse pas au propriétaire un pour cent de son revenu ; les douanes ne rapportent presque rien ; la contrebande est générale ; le prince de Modène a établi dans son duché (lieu de franchise

17.
Analyse qui était déjà la sienne lorsqu'il publia en 1797 l'*Essai sur les révolutions* : pour lui les grands bouleversements procèdent de la nature des choses, de la « lente conspiration des temps », et non de tel complot ou de telle machination.

18.
Après 1814, en Piémont-Sardaigne, le roi Victor-Emmanuel avait rétabli les privilèges féodaux et les cours ecclésiastiques, mis les protestants et les juifs hors-la-loi, ne gardant du régime français que la police et la centralisation. Une tentative de soulèvement avait eu lieu en 1820 (en même temps que l'insurrection de Naples), avec l'appui du prince Charles-Albert de Carignan. Cette tentative échoua et Charles-Félix, qui avait succédé à son frère Victor-Emmanuel, rejeta toutes les réformes édictées par le régent Charles-Albert (voir *supra*, l. XXVI, chap. 7, note 9, p. 1692).

19.
Dans le royaume lombard-vénitien, les Autrichiens avaient introduit leurs propres lois ; les postes élevés étaient réservés à des Autrichiens ou à des Allemands, ou encore à des Tyroliens. On avait repris et intensifié l'enrôlement dans les armées autrichiennes et les troupes qui occupèrent le pays se montrèrent brutales et arrogantes. Les Autrichiens occupèrent Turin et Gênes. Mais il n'y avait pas eu de mouvements populaires comme dans le sud, et l'idée d'une Italie indépendante – telle que l'avaient pensée Foscolo et Alfieri – demeurait limitée à de petits cercles éclairés.

pour tous les anciens abus) des magasins de marchandises prohibées, lesquelles il fait entrer la nuit dans la légation de Bologne[20].

« Je vous ai déjà, monsieur le comte, parlé de Naples, où la faiblesse du gouvernement n'est sauvée que par la lâcheté des populations.

« C'est cette absence de la vertu militaire qui prolongera l'agonie de l'Italie. Bonaparte n'a pas eu le temps de faire revivre cette vertu dans la patrie de Marius et de César. Les habitudes d'une vie oisive et le charme du climat contribuent encore à ôter aux Italiens du Midi le désir de s'agiter pour être mieux. Les antipathies nées des divisions territoriales ajoutent aux difficultés d'un mouvement intérieur; mais si quelque impulsion venait du dehors, ou si quelque prince en deçà des Alpes accordait une charte à ses sujets, une révolution aurait lieu, parce que tout est mûr pour cette révolution. Plus heureux que nous et instruits par notre expérience, les peuples économiseraient les crimes et les malheurs dont nous avons été prodigues.

« Je vais sans doute, monsieur le comte, recevoir bientôt le congé que je vous ai demandé: peut-être en ferai-je usage. Au moment donc de quitter l'Italie, j'ai cru devoir mettre sous vos yeux quelques aperçus généraux, pour fixer les idées du conseil du Roi et afin de le tenir en garde contre les rapports des esprits bornés ou des passions aveugles.

« J'ai l'honneur, etc., etc. »

À M. LE COMTE PORTALIS

« Rome, ce 16 avril 1829.

« Monsieur le comte,

« MM. les cardinaux français sont fort empressés de connaître quelle somme leur sera accordée pour leurs dépenses et leur séjour à Rome: ils

---

20.
Marcellus rapporte ce propos comique du duc de Modène (ami et protecteur de la duchesse de Berry), rencontré en 1828 et qui « se défendait de cette accusation »: « C'est, me dit-il, un reproche que me font les Anglais, car ils veulent absolument être les seuls marchands en Europe. Voici un exemple de leur tactique commerciale. Je m'aperçus, il y a deux ans, que ces grands chênes que vous avez dû remarquer dans nos campagnes où ils sont d'un si bel effet disparaissaient journellement. Je m'en inquiétai: on m'apprit alors que d'imperceptibles commis nomades, se glissant chez le cultivateur, le payaient fort cher pour couper au pied l'arbre qu'ils lui revendaient à vil prix ensuite. Je ne devinai pas du premier coup la raison de cette mystérieuse manœuvre; mais bientôt elle me fut révélée. Le commerce britannique s'était alarmé de la saveur supérieure que le gland de nos chênes donne à nos salaisons. C'était une guerre intestine et à mort entre le jambon d'York et le cervelas de Modène. Une fois averti, je parai cette botte peu loyale. Un décret prohibitif en fit l'affaire; nos saucissons triomphants de la ruse ont retrouvé la faveur publique, et luttent de nouveau avec succès contre les importations des trois royaumes » (*Chateaubriand et son temps*, p. 363).

m'ont prié plusieurs fois de vous écrire à ce sujet; je vous serai donc infiniment obligé de m'instruire le plus tôt possible de la décision du Roi.

«Pour ce qui me regarde, monsieur le comte, lorsque vous avez bien voulu m'allouer un secours de trente mille francs, vous avez supposé qu'aucun cardinal ne logerait chez moi : or, M. de Clermont-Tonnerre s'y est établi avec sa suite, composée de deux conclavistes, d'un secrétaire ecclésiastique, d'un secrétaire laïque, d'un valet de chambre, de deux domestiques et d'un cuisinier français, enfin d'un maître de chambre romain, d'un maître de cérémonies, de trois valets de pied, d'un cocher, et de toute cette maison italienne qu'un cardinal est obligé d'avoir ici. M. l'archevêque de Toulouse, qui ne peut marcher[21], ne dîne point à ma table; il faut deux ou trois services à différentes heures, des voitures et des chevaux pour les commensaux et les amis. Mon respectable hôte ne payera certainement pas sa dépense ici : il partira, et les mémoires me resteront; il me faudra acquitter non-seulement ceux du cuisinier, de la blanchisseuse, du loueur de carrosses, etc., etc., mais encore ceux des deux chirurgiens qui visitent la jambe de Monseigneur, du cordonnier qui fait ses mules blanches et pourpres, et du tailleur qui a *confectionné* les manteaux, les soutanes, les rabats, l'ajustement complet du cardinal et de ses abbés.

«Si vous joignez à cela, monsieur le comte, mes dépenses extraordinaires pour frais de représentation avant, pendant et après le conclave, dépenses augmentées par la présence de la grande-duchesse Hélène, du prince Paul de Wurtemberg et du roi de Bavière, vous trouverez sans doute que les trente mille francs que vous m'avez accordés seront de beaucoup dépassés. La première année de l'établissement d'un ambassadeur est ruineuse, les secours accordés pour cet établissement étant fort au-dessous des besoins. Il faut presque trois ans de séjour pour qu'un agent diplomatique ait trouvé le moyen d'acquitter les dettes qu'il a contractées d'abord et de mettre ses dépenses au niveau de ses recettes. Je connais toute la pénurie du budget des affaires étrangères; si j'avais par moi-même quelque fortune, je ne vous importunerais pas : rien ne m'est plus désagréable, je vous assure, que ces détails d'argent dans lesquels une rigoureuse nécessité me force d'entrer, bien malgré moi.

«Agréez, monsieur le comte, etc.»

---

21. Voir *supra*, l. XXXI, chap. 5, note 11, p. 2104.

Fête de la villa Médicis[1], *pour la grande-duchesse Hélène.*

J'avais donné des bals et des soirées à Londres et à Paris, et, bien qu'enfant d'un autre désert, je n'avais pas trop mal traversé ces nouvelles solitudes ; mais je ne m'étais pas douté de ce que pouvaient être des fêtes à Rome : elles ont quelque chose de la poésie antique qui place la mort à côté des plaisirs. À la villa Médicis, dont les jardins sont déjà une parure et où j'ai reçu la grande-duchesse Hélène, l'encadrement du tableau est magnifique : d'un côté la villa Borghèse[2] avec la maison de Raphaël ; de l'autre la villa de Monte-Mario et les coteaux qui bordent le Tibre ; au-dessous du spectateur, Rome entière comme un vieux nid d'aigle abandonné. Au milieu des bosquets se pressaient, avec les descendants des Paula et des Cornélie[3], les beautés venues de Naples, de

1.
Le 28 ou 29 avril 1829. La relation de cette fête parut aussitôt dans un journal de Rome, *Le Notizie del Giorno* du jeudi 30, et fut reproduite dans *Le Moniteur* du 15 mai. La réception devait avoir lieu sous une vaste tente richement ornée et de proportions grandioses. Mais le vent qui soufflait ayant abattu la tente, l'ambassadeur reçut ses invités dans la grande salle du palais. Rosa Taddei, membre de l'Académie tibérine, improvisa sur le sujet d'Attilius Regulus, puis fit entendre un chant sur « les plaisirs et les déplaisirs d'un voyageur, sujet qui lui avait été fourni par S. E. le vicomte de Chateaubriand » *(Le Notizie)*. Puis, alors que les invités se rafraîchissaient dans les jardins, on vit s'élever trois montgolfières décorées « des armes de France, et d'une inscription portant ces mots : *Académie de France*, écrite en français, en russe et en italien. Ces trois globes n'étaient que les précurseurs d'un quatrième ballon, beaucoup plus grand, aux armoiries du pape, de la famille impériale de Russie et du roi de Wurtemberg » *(ibid.)*. Un tableau représentant l'arrivée de la grande-duchesse reçue par l'ambassadeur fut exécuté par les peintres Louis Dupré et Norblin. La belle-sœur du tsar est représentée au centre du tableau, en robe blanche, entourée de Chateaubriand à droite et d'Horace Vernet, directeur de l'Académie, à gauche. Carle Vernet, père d'Horace, dans une lettre du 8 mai 1829, écrivait à sa fille que c'était un architecte

La Villa Médicis, par Uchard.

romain qui avait été chargé de l'exécution de la fête. «Il n'a eu que six jours pour tout faire, il a commencé par dire que la beauté du palais et les admirables points de vue qui se présentent de tous les côtés feraient les premiers frais de la fête, mais ce qui est vrai aussi, c'est qu'il y a mis beaucoup de zèle et de talent. La terrasse du petit Bois a été choisie pour le lieu du repas. [...] Vingt-deux colonnes y ont été plantées pour supporter l'immense Banne qui devait couvrir cette salle à manger. Un régiment d'ouvrières a été mis en réquisition pour coudre les toiles blanches et bleues qui devaient couvrir ce vaste local. [...] les tapissiers ont placé avec beaucoup de goût des rideaux de couleur orange et relevés par des guirlandes de fleurs. [...] La table de la princesse devait être de cinquante couverts. Elle devait en faire les honneurs. Un seul homme y a été admis, c'est le prince de Wuztinberg *[sic]*. [...] Chaque table devait avoir sa présidente pour en faire les honneurs. Mme de Chateaubriand présidait la première [...]. L'or, l'argent et les fleurs y brillaient de toutes parts. Il était sept heures du matin quand tout a été fini, mais au moment où nous autres [...] admirions ce beau coup d'œil, un vent impétueux s'est levé avec une telle violence qu'en une demi-heure les toiles, les guirlandes et la plupart des vases de fleurs ont été déchirés et emportés au loin. Juge ma chère Camille quel désappointement! [...] M. et Mme de Chateaubriand sont arrivés à la hâte, et allaient tout abandonner quand il est venu dans l'idée à Horace de prier les jeunes architectes pensionnaires de l'Académie d'essayer de tirer parti de ce qui n'avait pas été trop endommagé. Enfin, la fête a eu lieu mais la salle de la Terrasse n'étant

CHATEAUBRIAND RECEVANT LA GRANDE DUCHESSE HÉLÈNE DE RUSSIE.

pas réparable c'est dans les vestibules et salons de l'Académie que tout s'est passé. En deux heures tout l'intérieur du palais a été orné magnifiquement. Il y a dans les garde-meubles beaucoup de belles tapisseries, des lustres, même des candélabres qui ont servi dans d'autres fêtes. [...] deux cents personnes y travaillaient à la fois. L'intendant, l'officier et le cuisinier de M. de Chateaubriand ont fait de leur côté des prodiges. [...] À deux heures la grande-duchesse est arrivée. Elle avait été prévenue du désastre du matin et elle a paru émerveillée de la promptitude de la réparation. Elle s'est mise à table ainsi que toutes les dames de sa suite. [...] Le déjeuner fini, la princesse s'est levée de table et, accompagnée par M. de Chateaubriand et par le directeur de l'Académie, elle s'est promenée dans les jardins pendant qu'on débarrassait les salles où le repas avait eu lieu. Après cette promenade les danses italiennes ont commencé. On avait choisi dans Rome et dans les environs les meilleurs danseurs et danseuses de saltareto et de tarentella. [...] Tout ceci s'est fait en plein air. [...] Un petit théâtre [...] avait été dressé en quelques instants et on y a joué deux proverbes de Carmontel *[sic]*.» (J. Suffel *in BSC*, 1965-1966, pp. 61-62).

2.

Maison de plaisance située à quelque distance de la porte du Peuple, bâtie au début du XVIIe siècle pour le cardinal Caffarelli Borghese, par Vansanzio.

3.

La *Gens Cornelia* était une importante famille romaine, dont la plus célèbre fut la fille de Scipion l'Africain.

Florence et de Milan : la princesse Hélène semblait leur reine. Borée[4], tout à coup descendu de la montagne, a déchiré la tente du festin, et s'est enfui avec des lambeaux de toile et de guirlandes, comme pour nous donner une image de tout ce que le temps a balayé sur cette rive. L'ambassade était consternée ; je sentais je ne sais quelle gaieté ironique à voir un souffle du ciel emporter mon or d'un jour et mes joies d'une heure. Le mal a été promptement réparé. Au lieu de déjeuner sur la terrasse, on a déjeuné dans l'élégant palais : l'harmonie des cors et des hautbois, dispersée par le vent, avait quelque chose du murmure de mes forêts américaines. Les groupes qui se jouaient dans les rafales, les femmes dont les voiles tourmentés battaient leurs visages et leurs cheveux, le *sartarello*[5] *(a)* qui continuait dans la bourrasque, l'improvisatrice[6] qui déclamait aux nuages, le ballon qui s'envolait de travers avec le chiffre de la fille du Nord, tout cela donnait un caractère nouveau à ces jeux où semblaient se mêler les tempêtes accoutumées de ma vie. Quel prestige pour tout homme qui n'eût pas compté son monceau d'années, et qui eût demandé des illusions au monde et à l'orage ! J'ai bien de la peine à me souvenir de mon automne, quand, dans mes soirées, je vois passer devant moi ces femmes du printemps qui s'enfoncent parmi les fleurs, les concerts et les lustres de mes galeries successives : on dirait des cygnes qui nagent vers des climats radieux. À quel désennui vont-elles ? Les unes cherchent ce qu'elles ont déjà aimé, les autres ce qu'elles n'aiment pas encore. Au bout de la route, elles tomberont dans ces sépulcres toujours ouverts ici, dans ces anciens sarcophages qui servent de bassins à des fontaines suspendues à des portiques ; elles iront augmenter tant de poussières légères et charmantes. Ces flots de beautés, de diamants, de fleurs et de plumes roulent au son de la musique de Rossini qui se répète et s'affaiblit d'orchestre en orchestre. Cette mélodie est-elle le soupir de la brise que j'entendais dans les savanes des Florides, le gémissement que j'ai ouï dans le temple d'Érechthée[7]

---

4. Personnification du vent du nord, fils d'Éos.

5. Danse italienne, vive, sur un rythme de 3/8, née des danses bachiques pratiquées par les paysans de la campagne romaine.

6. Mme Taddei (voir ci-dessus, note 1).

7. Temple construit entre 421 et 406 av. J.-C. sur l'Acropole d'Athènes, pour abriter les cultes de la cité. Au nord, un grand portique s'ouvrait par une porte décorée sur les salles de Poséidon, Érechthée, Héphaïstos ; sur le mur sud, le portique des cariatides recouvre en partie le tombeau de Cécrops, fondateur légendaire d'Athènes. À l'extérieur, l'enceinte de Pandrose, fille de Cécrops, abritait l'olivier sacré d'Athéna.

à Athènes ? Est-ce la plainte lointaine des aquilons qui me berçaient sur l'océan ? Ma sylphide serait-elle cachée sous la forme de quelques-unes de ces brillantes Italiennes ? Non : ma Dryade est restée unie au saule des prairies où je causais avec elle de l'autre côté de la futaie de Combourg. Je suis bien étranger à ces ébats de la société attachée à mes pas vers la fin de ma course ; et pourtant il y a dans cette féerie une sorte d'enivrement qui me monte à la tête : je ne m'en débarrasse qu'en allant rafraîchir mon front à la place solitaire de Saint-Pierre ou au Colisée désert. Alors les petits spectacles de la terre s'abîment, et je ne trouve d'égal au brusque changement de la scène que les anciennes tristesses de mes premiers jours.

Mes relations avec la famille Bonaparte.

Je consigne ici maintenant mes rapports comme ambassadeur avec la famille Bonaparte, afin de laver la Restauration d'une de ces calomnies qu'on lui jette sans cesse à la tête.

La France n'a pas agi seule dans le bannissement des membres de la famille impériale ; elle n'a fait qu'obéir à la dure nécessité imposée par la force des armes ; ce sont les alliés qui ont provoqué ce bannissement : des conventions diplomatiques, des traités formels prononcent l'exil des Bonapartes, leur prescrivent jusqu'aux lieux qu'ils doivent habiter, ne permettent pas à un ministre ou à un ambassadeur des cinq puissances de délivrer *seul* un passeport aux parents de Napoléon ; le visa des *quatre* autres ministres ou ambassadeurs des *quatre* autres puissances contractantes est exigé. Tant ce sang de Napoléon épouvantait les alliés, lors même qu'il ne coulait pas dans ses propres veines[1] !

1.
La loi du 12 janvier 1816 bannissait à perpétuité tous les membres de la famille impériale. Pour ce qui a trait à la surveillance de la famille Bonaparte et de ses affidés par la police de la Restauration, on peut consulter avec réserve E. Daudet, *La Police politique, chronique du temps de la Restauration, d'après les rapports des agents secrets et les papiers du Cabinet noir, 1815-1820*, pp. 99-149. Les relations de l'ambassadeur avec les Bonaparte exilés sont évoquées dans la brochure relative au bannissement de Charles X (*in Grands Écrits politiques*, t. II, p. 666 *sqq.*), dont Chateaubriand reprend d'ailleurs certains fragments pour les *Mémoires d'outre-tombe.* Se manifeste ici l'indépendance de Chateaubriand : en 1804, jeune secrétaire de légation, il faisait scandale en rendant visite au souverain abdicataire de Sardaigne, renversé par les troupes françaises ; en 1829, l'ambassadeur de Charles X invitait à l'ambassade le cardinal Fesch, oncle de Napoléon.

Grâce à Dieu, je ne me suis jamais soumis à ces mesures. En 1823 j'ai délivré sans consulter personne, en dépit des traités et sous ma propre responsabilité comme ministre des affaires étrangères, un passe-port à madame la comtesse de Survilliers, alors à Bruxelles, pour venir à Paris soigner un de ses parents malade. Vingt fois j'ai demandé le rappel de ces lois de persécution; vingt fois j'ai dit à Louis XVIII que je voudrais voir le duc de Reichstadt capitaine de ses gardes et la statue de Napoléon replacée au haut de la colonne de la place Vendôme[2]. J'ai rendu, comme ministre et comme ambassadeur, tous les services que j'ai pu à la famille Bonaparte. C'est ainsi que j'ai compris largement la monarchie légitime: la liberté peut regarder la gloire en face. Ambassadeur à Rome, j'ai autorisé mes secrétaires et mes attachés à paraître au palais de madame la duchesse de Saint-Leu[3], j'ai renversé la séparation élevée entre des Français qui ont également connu l'adversité. J'ai écrit à M. le cardinal Fesch pour l'inviter à se joindre aux cardinaux qui devaient se réunir chez moi; je lui ai témoigné ma douleur des mesures politiques qu'on avait cru devoir prendre; je lui ai rappelé le temps où j'avais fait partie de sa mission auprès du Saint-Siège; et j'ai prié mon ancien ambassadeur d'honorer de sa présence le banquet de son ancien secrétaire d'ambassade. J'en ai reçu cette réponse pleine de dignité, de discrétion et de prévoyance:

«Du palais Falconieri, 4 avril 1829.

«Le cardinal Fesch est bien sensible à l'invitation obligeante de M. de Chateaubriand, mais sa position à son retour à Rome lui conseilla d'abandonner le monde et de mener une vie tout à fait séparée de toute société étrangère à sa famille. Les circonstances qui se succédèrent lui prouvèrent qu'un tel parti était indispensable à sa tranquillité; et les douceurs du moment ne le garantissant point des désagréments de l'avenir, il est obligé de ne point changer de manière de vivre. Le cardi-

---

2. Voir *supra*, l. XXII, chap. 23, note 1, p. 1387. La statue de l'empereur fut rétablie sur la colonne en 1833.

3. Le comte d'Haussonville, attaché d'ambassade, fréquentait «assidûment» le salon de la reine Hortense, devenue en exil duchesse de Saint-Leu, non sans que son père, qui avait été chambellan à la cour de Napoléon, ait consulté l'ambassadeur: «"Nul obstacle de ma part, répondit M. de Chateaubriand, et je voudrais bien pouvoir aller moi-même chez la duchesse de Saint-Leu. Menez-y monsieur votre fils; j'ai dit à M. de M… (l'un de nos attachés) que pour lui, c'était un devoir." Par le fait, je ne me souviens pas d'y avoir jamais rencontré ce mien collègue. Pour moi, je devins assez vite un hôte habituel de ce petit cercle, tout français, infiniment plus gai que celui de l'ambassade» (*Souvenirs*, p. 196).

nal Fesch prie M. de Chateaubriand d'être convaincu que rien n'égale sa reconnaissance, et que c'est avec bien de la peine qu'il ne se rendra pas chez Son Excellence aussi fréquemment qu'il l'aurait désiré.
« Le très-humble, etc.
« Cardinal Fesch. »

La phrase de ce billet : *Les douceurs du moment ne le garantissant pas des désagréments de l'avenir*, fait allusion à la menace de M. de Blacas, qui avait donné l'ordre de jeter M. le cardinal Fesch du haut en bas de ses escaliers, s'il se présentait à l'ambassade de France : M. de Blacas oubliait trop qu'il n'avait pas toujours été si grand seigneur. Moi qui pour être, autant que je puis, ce que je dois être dans le présent, me rappelle sans cesse mon passé, j'ai agi d'une autre sorte avec M. l'archevêque de Lyon[4] : les petites mésintelligences[5] qui existèrent autrefois entre lui et moi à Rome m'obligent à des convenances d'autant plus respectueuses que je suis à mon tour dans le parti triomphant, et lui dans le parti abattu.
De son côté, le prince Jérôme m'a fait l'honneur de réclamer mon intervention en m'envoyant copie d'une requête qu'il adresse au cardinal secrétaire d'État ; il me dit dans sa lettre :

« L'exil est assez affreux dans son principe comme dans ses conséquences pour que cette généreuse France qui l'a vu naître (le prince Jérôme), cette France qui possède toutes ses affections, et qu'il a servie vingt ans, veuille aggraver sa situation en permettant à chaque gouvernement d'abuser de la délicatesse de sa position.
« Le prince Jérôme de Montfort, confiant dans la loyauté du gouvernement français et dans le caractère de son noble représentant, n'hésite pas à penser que justice lui soit rendue.
« Il saisit cette occasion, etc.
« JÉRÔME. »

4.
Le cardinal Fesch (1763-1839) avait refusé de démissionner de ses fonctions d'archevêque de Lyon ; banni, il s'était installé le 15 août 1815 à Rome, avec sa sœur Laetitia, mère de Napoléon. Il résultait que le diocèse de Lyon n'aurait pas d'archevêque résidant tant que le cardinal Fesch ne donnerait pas sa démission. Le cardinal Consalvi négocia en vain la renonciation du prélat. Pour en finir, le pape Pie VII se détermina à préconiser M. de Bernis comme administrateur spirituel du diocèse de Lyon. Fesch protesta de nouveau mais finit par se soumettre. Il passa les 24 dernières années de sa vie dans une aimable retraite ornée de tableaux mal acquis, qu'il légua en partie à la ville de Lyon.
5.
C'est un euphémisme. Voir *supra*, l. XIV, chap. 7, note 6, p. 850 et chap. 8, note 4, p. 854.

J'ai adressé, en conséquence de cette requête, une note confidentielle au secrétaire d'État, le cardinal Bernetti ; elle se termine par ces mots :

« Les motifs déduits par le prince Jérôme de Montfort ayant paru au soussigné fondés en droit et en raison, il n'a pu refuser l'intervention de ses bons offices au réclamant, persuadé que le gouvernement français verra toujours avec peine aggraver par d'ombrageuses mesures la rigueur des lois politiques.
« Le soussigné mettrait un prix tout particulier à obtenir, dans cette circonstance, le puissant intérêt de S. E. le cardinal secrétaire d'État.
« CHATEAUBRIAND. »

J'ai répondu en même temps au prince Jérôme ce qui suit :

« Rome, 9 mai 1829.
« L'ambassadeur de France près le Saint-Siège a reçu copie de la note que le prince Jérôme de Montfort lui a fait l'honneur de lui envoyer. Il s'empresse de le remercier de la confiance qu'il a bien voulu lui témoigner ; il se fera un devoir d'appuyer, auprès du secrétaire d'État de Sa Sainteté, les justes réclamations de Son Altesse.
« Le vicomte de Chateaubriand, qui a aussi été banni de sa patrie, serait trop heureux de pouvoir adoucir le sort des Français qui se trouvent encore placés sous le coup d'une loi politique. Le frère exilé de Napoléon, s'adressant à un émigré, jadis rayé de la liste des proscrits par Napoléon lui-même, est un de ces jeux de la fortune qui devait avoir pour témoin les ruines de Rome.
« Le vicomte de Chateaubriand a l'honneur, etc. *(a)* »

DÉPÊCHE À M. LE COMTE PORTALIS

« Rome, 4 mai 1829.
« J'ai eu l'honneur de vous dire, dans ma lettre du 30 avril, en vous accusant réception de votre dépêche n° 25, que le Pape m'avait reçu en audience particulière le 29 avril à midi. Sa Sainteté m'a paru jouir d'une très-bonne santé. Elle m'a fait asseoir devant elle et m'a gardé à peu près cinq quarts d'heure. L'ambassadeur d'Autriche avait eu avant moi une audience publique pour remettre ses nouvelles lettres de créance.
« En quittant le cabinet de Sa Sainteté au Vatican, je suis descendu chez le secrétaire d'État, et, abordant franchement la question avec lui, je lui ai dit : "Eh bien, vous voyez comme nos journaux vous arrangent ! Vous

êtes *Autrichien, vous détestez la France*, vous voulez lui jouer de mauvais tours : que dois-je croire de tout cela ?"

«Il a haussé les épaules et m'a répondu : "Vos journaux me font rire ; je ne puis pas vous convaincre par mes paroles si vous n'êtes pas convaincu ; mais mettez-moi à l'épreuve et vous verrez si je n'aime pas la France, si je ne fais pas ce que vous me demanderez au nom de votre Roi !" Je crois, monsieur le comte, le cardinal Albani sincère. Il est d'une indifférence profonde en matière religieuse ; il n'est pas prêtre ; il a même songé à quitter la pourpre et à se marier ; il n'aime pas les jésuites, ils le fatiguent par le bruit qu'ils font ; il est paresseux, gourmand, grand amateur de toutes sortes de plaisirs : l'ennui que lui causent les mandements et les lettres pastorales le rend extrêmement peu favorable à la cause des auteurs de ces lettres et de ces mandements : ce vieillard de quatre-vingts ans veut mourir en paix et en joie.

« J'ai l'honneur, etc.[6]. »

6.
Chateaubriand ne donne que quelques fragments d'une dépêche plus importante, où se détachent les qualités professionnelles de l'ambassadeur : sa clairvoyance, son habileté, son don de saisir la psychologie des hommes, la qualité des portraits, des analyses politiques dont il tire des maximes... M.-J. Durry a publié cette dépêche dans son intégralité (*L'Ambassade romaine de Chateaubriand*, pp. 96-100).

Pie VII.

10 mars 1829.

Je visite souvent Monte-Cavallo[1]; la solitude des jardins s'y accroît de la solitude de la campagne romaine que la vue va chercher par-dessus Rome, en amont de la rive droite du Tibre. Les jardiniers sont mes amis ; des allées mènent à la Paneterie ; pauvre laiterie, volière ou ménagerie dont les habitants sont indigents et pacifiques comme les papes actuels. En regardant en bas du haut des terrasses de l'enceinte quirinale, on aperçoit dans une rue étroite des femmes qui travaillent aux différents étages de leurs fenêtres : les unes brodent, les autres peignent dans le silence de ce quartier retiré. Les cellules des cardinaux du dernier conclave ne m'intéressent pas du tout. Lorsqu'on bâtissait Saint-Pierre, que l'on commandait des chefs-d'œuvre à Raphaël, qu'en même temps les rois venaient baiser la mule du pontife, il y avait quelque chose digne d'attention dans la papauté temporelle. Je verrais volontiers la loge d'un Grégoire VII, d'un Sixte-Quint, comme je chercherais la fosse aux lions dans Babylone ; mais des trous noirs, délaissés d'une obscure compagnie de septuagénaires, ne me représentent que ces *colombarii*[2] de l'ancienne Rome, vides aujourd'hui de leur poussière et d'où s'est envolée une famille de morts.

---

1. Place sur laquelle s'élève le palais du Quirinal, où s'était réuni le conclave.

2. Nom donné par les Latins aux caveaux mortuaires composés de petites loges, appelées aussi *ollaria*, pratiquées dans les parois de la chambre sépulcrale pour recevoir les urnes contenant les cendres des morts.

Je passe donc rapidement ces cellules déjà à moitié abattues pour me promener dans les salles du palais : là, tout me parle d'un événement dont on ne retrouve de trace qu'en remontant jusqu'à Sciarra Colonna[3], Nogaret et Boniface VIII.
Mon premier et mon dernier voyage de Rome se rattachent par les souvenirs de Pie VII, dont j'ai raconté l'histoire en parlant de madame de Beaumont et de Bonaparte. Mes deux voyages sont deux pendentifs esquissés sous la voûte de mon monument. Ma fidélité à la mémoire de mes anciens amis doit donner confiance aux amis qui me restent : rien ne descend pour moi dans la tombe ; tout ce que j'ai connu vit autour de moi : selon la doctrine indienne, la mort, en nous touchant, ne nous détruit pas ; elle nous rend seulement invisibles.

3.
Sciarra Colonna souffleta Boniface VIII à Anagni (1303). Chateaubriand a conté dans les *Études historiques* l'enlèvement du pape sur l'ordre de Philippe le Bel (voir *supra*, l. XX, chap. 9, p. 1213 *sqq.*), le rapprochant de l'enlèvement, en 1809, du pape Pie VII sur l'ordre de Napoléon.

À M. le comte Portalis. – [À Mme Récamier.]

« Rome, le 7 mai 1829[1].

« Monsieur le comte,

« Je reçois enfin par MM. Desgranges et Franqueville votre dépêche n° 25[2]. Cette dépêche dure, rédigée par quelque commis mal élevé des affaires étrangères, n'était pas celle que je devais attendre après les services que j'avais eu le bonheur de rendre au Roi pendant le conclave, et surtout on aurait dû un peu se souvenir de la personne à qui on l'adressait. Pas un mot obligeant pour M. Bellocq, qui a obtenu de si rares documents ; rien sur la demande que je faisais pour lui ; d'inutiles commentaires sur la nomination du cardinal Albani, nomination faite dans le conclave et qu'ainsi personne n'a pu ni prévoir ni prévenir ; nomination sur laquelle je n'ai cessé d'envoyer des éclaircissements. Dans ma dépêche n° 34, qui sans doute vous est parvenue à présent, je vous offre encore un moyen

1. L'édition Penaud la date par erreur du 7 ; il s'agit du 11 mai 1829.

2. Cette dépêche de Portalis, du 25 avril, annoncée de loin par le ministre, arriva à Rome le 11 mai. Portalis y repoussait les explications de Chateaubriand qui « [...] sont pour lui des défaites ; il les oppose entre elles ou les réfute en des paragraphes excellemment écrits et blessants à souhait. De l'audience donnée par Albani il ne félicite pas ; sans esprit il n'y relève que des manques aux convenances ; à peine s'il a un mot de remerciement pour le journal du conclave ; il critique avec aigreur la lettre d'exclusion dont Chateaubriand se faisait gloire. Pour finir, il décoche une flèche de Parthe : l'annonce de la retraite définitive de La Ferronnays. La colère s'empara de Chateaubriand. Il se cabra, et, prenant sa bonne plume, sans hésitation, il rompit par un admirable réquisitoire [...] » (M.-J. Durry, *L'Ambassade romaine de Chateaubriand*, pp. 101-102 et 152-154).

très-simple de vous débarrasser de ce cardinal, s'il fait si grand peur à la France, et ce moyen sera déjà à moitié exécuté lorsque vous recevrez cette lettre: demain je prends congé de Sa Sainteté; je remets l'ambassade à M. Bellocq, comme chargé d'affaires, d'après les instructions de votre dépêche n° 24, et je pars pour Paris.
«J'ai l'honneur, etc.»

Ce dernier billet est rude, et finit brusquement ma correspondance avec M. Portalis.

À MADAME RÉCAMIER

«14 mai 1829.
«Mon départ est fixé au 16. Des lettres de Vienne arrivées ce matin annoncent que M. de Laval a refusé le ministère des affaires étrangères; est-ce vrai[3]? S'il tient à ce premier refus, qu'arrivera-t-il? Dieu le sait. J'espère que le tout sera décidé avant mon arrivée à Paris. Il me semble que nous sommes tombés en paralysie et que nous n'avons plus que la langue de libre.
«Vous croyez que je m'entendrais avec M. de Laval; j'en doute. Je suis disposé à ne m'entendre avec personne. J'allais arriver dans les dispositions les plus pacifiques, et ces gens s'avisent de me chercher querelle. Tandis que j'ai eu des chances de ministère, il n'y avait pas assez d'éloges et de flatteries pour moi dans les dépêches; le jour où la place a été prise, ou censée prise, on m'annonce sèchement la nomination de

---

3.
Pour remplacer La Ferronnays démissionnaire (le Garde des sceaux, Portalis, n'exerçait que l'intérim des Affaires étrangères), le roi penchait pour M. de Rayneval, diplomate de carrière, étranger à la vie parlementaire, et dont la présence serait sans poids dans un ministère qu'il avait condamné. Martignac s'opposa au choix de Rayneval et, faute de faire appel à Chateaubriand ou Pasquier, tous deux récusés par le roi, on appela le duc de Laval, «constamment employé, depuis la Restauration, dans d'importantes ambassades». Mais, remarque Viel-Castel, cet «homme d'esprit [...] n'était nullement préparé à jouer un rôle parlementaire, d'autant plus qu'il bégayait, qu'il était un peu sourd, qu'il avait la vue très basse et que ses distractions étaient proverbiales» (H. de Viel-Castel, *Histoire de la Restauration*, t. XIX, p. 215). Mais Laval refusa. En attendant l'arrivée au pouvoir de Polignac, annoncée de toutes parts, on se contenta de «replâtrer» le ministère. Portalis échangea le ministère de la Justice pour celui des Affaires étrangères; connaissant les intentions du roi, il accepta contre la promesse de la succession du premier président de la Cour de cassation: «Acceptez, lui dit le roi, le portefeuille des Affaires étrangères; voilà l'ordonnance qui vous nomme premier président. Vous la garderez et la mettrez au jour quand il sera temps.» Les sceaux furent confiés à Bourdeau, de centre gauche.

M. de Laval dans la dépêche la plus rude et la plus bête à la fois. Mais, pour devenir si plat et si insolent d'une poste à l'autre, il fallait un peu songer à qui on s'adressait, et M. de Portalis en aura été averti par un mot de réponse que je lui ai envoyé ces jours derniers. Il est possible qu'il n'ait fait que signer sans lire, comme Carnot signait de confiance des centaines d'exécutions à mort.»

Présomption.

L'ami du grand L'Hospital, le chancelier Olivier, dans sa langue du XVIe siècle, laquelle bravait l'honnêteté, compare les Français à des guenons qui grimpent au sommet des arbres et qui ne cessent d'aller en avant qu'elles ne soient parvenues à la plus haute branche, pour y montrer ce qu'elles doivent cacher. Ce qui s'est passé en France depuis 1789 jusqu'à nos jours prouve la justesse de la similitude : chaque homme, en gravissant la vie, est aussi le singe du chancelier ; on finit par exposer sans honte ses infirmités aux passants. Voilà qu'au bout de mes dépêches je suis saisi du désir de me vanter : les grands hommes qui pullulent à cette heure démontrent qu'il y a duperie à ne pas proclamer soi-même son immortalité.

Avez-vous lu dans les archives des affaires étrangères les correspondances diplomatiques relatives aux événements les plus importants à l'époque de ces correspondances ? – Non.

Du moins vous avez lu les correspondances imprimées ; vous connaissez les négociations de Du Bellay, de d'Ossat, de Du Perron, du président Jeannin, les *Mémoires d'État* de Villeroy[1], les *Économies royales* de Sully[2] ; vous avez lu les *Mémoires* du cardinal de Richelieu[3], nombre de lettres de Mazarin, les pièces et les documents relatifs au traité de Westphalie, de la paix de Munster ? Vous connaissez les dépêches de Barillon[4] sur les

1. Les *Mémoires d'État servant à l'histoire de notre temps depuis 1567 jusqu'à 1604* ont été publiés en 1622 et insérés dans les t. L et LII de l'ancienne collection des *Mémoires relatifs à l'histoire de France.*

Maximilien de Béthune, duc de Sully (1560-1641).

2.

Les *Économies royales, ou Mémoires du duc de Sully*, publiées en 1638 par l'auteur lui-même, sont l'ouvrage de trois secrétaires; commencées plusieurs années après la mort d'Henri IV, elles couvrent les années 1570 à 1605. L'ouvrage venait d'être publié dans le recueil de Petitot et dans celui de Michaud et Poujoulat (2e série).

3.

Les huit in-8 du manuscrit sont en fait une compilation de documents réunis par Richelieu, qui projetait d'écrire une histoire à la gloire du règne de Louis XIII, mais que les «soucis de l'État», selon son expression, ne lui permirent pas de mener à bien; le travail fut repris par Achille de Harlay, à la demande d'une nièce de Richelieu. Les *Mémoires* (1638) ne furent publiés qu'en 1823.

4.

Barillon était ambassadeur de France en Angleterre, auprès du roi Charles II. Il s'agit de sa *Correspondance avec Louis XIV*, publiée à la suite de l'*Histoire de Jacques II*, de Fox.

affaires d'Angleterre; les négociations pour la succession d'Espagne ne vous sont pas étrangères; le nom de madame des Ursins ne vous a pas échappé; le pacte de famille[5] de M. de Choiseul est tombé sous vos yeux; vous n'ignorez pas Ximenès, Olivarès et Pombal, Hugues Grotius sur la liberté des mers[6], ses lettres aux deux Oxenstiern, les négociations du grand-pensionnaire de Witt avec Pierre Grotius, second fils de Hugues; enfin la collection des traités diplomatiques a peut-être attiré vos regards?
– Non.

Ainsi, vous n'avez rien lu de ces sempiternelles élucubrations? Eh bien! lisez-les; quand cela sera fait, passez ma guerre d'Espagne dont le succès vous importune, bien qu'elle soit mon premier titre à mon classement d'homme d'État; prenez mes dépêches de Prusse, d'Angleterre et de Rome, placez-les auprès des autres dépêches que je vous indique: la main sur la conscience, dites alors quelles sont celles qui vous ont le plus ennuyé; dites si mon travail et celui de mes prédécesseurs n'est pas tout semblable; si l'entente des petites choses et du *positif* n'est pas aussi manifeste de mon côté que du côté des ministres passés et des défunts ambassadeurs?

D'abord vous remarquerez que j'ai l'œil à tout; que je m'occupe de Reschid-Pacha et de M. de Blacas; que je défends contre tout venant mes privilèges et mes droits d'ambassadeur à Rome; que je suis cauteleux, faux (éminente qualité!), fin jusque-là que M. de Funchal, dans une position équivoque, m'ayant écrit, je ne lui réponds point; mais que je vais le voir par une politesse astucieuse, afin qu'il ne puisse montrer une ligne de moi et néanmoins qu'il soit satisfait. Pas un mot imprudent à reprendre dans mes conversations avec les cardinaux Bernetti et Albani, les deux secrétaires d'État; rien ne m'échappe; je descends aux plus petits détails; je rétablis la comptabilité dans les affaires des Français à Rome, d'une manière telle

5. Alliance offensive et défensive conclue entre la France et l'Espagne, le 15 août 1761. Elle avait été préparée par le ministre Choiseul dans le but de faire pièce à la suprématie de l'Angleterre. Par cette union entre les branches de la maison de Bourbon, les deux puissances se garantissaient réciproquement, sans réserve ni exception, leurs possessions territoriales et leurs colonies, et s'engageaient à se défendre mutuellement contre leurs ennemis respectifs. Quoique tombé en désuétude, le pacte de famille fut invoqué à diverses reprises: il servit de prétexte à l'Espagne en 1793 dans ses réclamations en faveur de Louis XVI et dans la guerre qu'elle fit à la République française; Louis XVIII l'invoqua également en 1823 lorsqu'il intervint en faveur de Ferdinand VII.

6. Hugo de Groot, dit Grotius, avait publié en 1609 son *Mare liberum* pour défendre contre les Espagnols et les Portugais, puis contre les Anglais, le principe de la liberté des mers.

qu'elle subsiste encore sur les bases que je lui ai données. D'un regard d'aigle, j'aperçois que le traité de la Trinité du Mont, entre le Saint-Siège et les ambassadeurs Laval et Blacas, est abusif, et qu'aucune des deux parties n'avait eu le droit de le faire[7]. De là, montant plus haut et arrivant à la grande diplomatie, je prends sur moi de donner l'exclusion à un cardinal, parce qu'un ministre des affaires étrangères me laissait sans instructions et m'exposait à voir nommer pour pape une créature de l'Autriche. Je me procure le journal secret du conclave : chose qu'aucun ambassadeur n'avait jamais pu obtenir ; j'envoie jour par jour la liste nominative des scrutins. Je ne néglige point la famille de Bonaparte ; je ne désespère pas d'amener, par de bons traitements, le cardinal Fesch à donner sa démission d'archevêque de Lyon. Si un *carbonaro* remue, je le sais, et je juge du plus ou du moins de vérité de la conspiration ; si un abbé intrigue, je le sais, et je déjoue les plans que l'on avait formés pour éloigner les cardinaux de l'ambassadeur de France. Enfin je découvre qu'un secret important a été déposé par le cardinal Latil dans le sein du grand pénitencier[8]. Êtes-vous content ? Est-ce là un homme qui sait son métier ? Eh bien ! voyez-vous, je brochais cette besogne diplomatique comme le premier ambassadeur venu, sans qu'il m'en coûtât une idée, de même qu'un niais de paysan de Basse-Normandie fait des chausses en gardant ses moutons : mes moutons à moi étaient mes songes.

Voici maintenant un autre point de vue : si l'on compare mes lettres officielles aux lettres officielles de mes prédécesseurs, on s'apercevra que dans les miennes les affaires générales sont traitées autant que les affaires privées ; que je suis entraîné par le caractère des idées de mon siècle dans une région plus élevée de l'esprit humain. Cela se peut observer surtout dans la dépêche où je parle à M. Portalis de l'état de l'Italie, où je montre la méprise des cabinets qui regardent comme des conspirations particulières ce qui n'est que le développement de la civilisation. Le *Mémoire sur la guerre de l'Orient* expose aussi des vérités d'un ordre politique qui sortent des voies communes. J'ai causé avec deux Papes d'autre chose que des intrigues de cabinet ; je les ai obligés de parler avec moi de religion, de liberté, des destinées futures du monde. Mon discours prononcé au guichet du conclave a le même caractère. C'est à des vieillards que j'ai osé

---

7. Voir *supra*, l. XXXI, chap. 5, note 16, p. 2105.

8. Voir *supra*, l. XXXI, chap. 6, note 7, p. 2115.

dire d'avancer, et de replacer la religion à la tête de la marche de la société.

Lecteurs, attendez que j'aie terminé mes vanteries pour arriver ensuite au but, à la manière du philosophe Platon faisant sa randonnée autour de son idée. Je suis devenu le vieux Sidrac, l'âge m'allonge le chemin[9]. Je poursuis: je serai long encore. Plusieurs écrivains de nos jours ont la manie de dédaigner leur talent littéraire pour suivre leur talent politique, l'estimant fort au-dessus du premier. Grâce à Dieu, l'instinct contraire me domine, je fais peu de cas de la politique par la raison même que j'ai été heureux à ce lansquenet[10]. Pour être un homme supérieur en affaires, il n'est pas question d'acquérir des qualités, il ne s'agit que d'en perdre. Je me reconnais effrontément l'aptitude aux choses positives, sans me faire la moindre illusion sur l'obstacle qui s'oppose en moi à ma réussite complète. Cet obstacle ne vient pas de la muse; il naît de mon indifférence de tout. Avec ce défaut, il est impossible d'arriver à rien d'achevé dans la vie pratique.

L'indifférence, j'en conviens, est une qualité des hommes d'État, mais des hommes d'État sans conscience. Il faut savoir regarder d'un œil sec tout événement, avaler des couleuvres comme de la malvoisie[11], mettre au néant, à l'égard des autres, morale, justice, souffrance, pourvu qu'au milieu des révolutions on sache trouver sa fortune particulière. Car à ces esprits transcendants l'accident, bon ou mauvais, est obligé de rapporter quelque chose; il doit financer à raison d'un trône, d'un cercueil, d'un serment, d'un outrage; le tarif est marqué par les Mionnet[12] des catastrophes et des affronts: je ne suis pas connaisseur en cette numismatique. Malheureusement mon insouciance est double; je ne suis pas

---

9.
Réminiscence du *Lutrin* de Boileau, chant I: «*[...] Quand Sidrac, à qui l'âge allonge le chemin, / Arrive dans la chambre, un bâton à la main [...].*» «M. de Chateaubriand, qui citait l'*Art poétique* très rarement, savait par cœur le poème héroï-comique de Boileau [...]» (Marcellus, *Chateaubriand et son temps*, p. 368).

10.
Venu d'Allemagne et très apprécié des soldats, ce jeu de cartes fit fureur au XVIe siècle et jusque sous Louis XIV, qui le défendit ainsi que tous les jeux de hasard. Il se réfugia dans les tripots et les salons de grands seigneurs. Tombé en désuétude, il revint à la mode au début du règne de Louis-Philippe.

11.
Nom donné à un vin doux et liquoreux, de différents pays, obtenu avec le cépage malvoisie: malvoisie de Chypre, de Samos, de Madère, etc.

12.
Théodore Mionnet (1770-1842), numismate fameux, auteur de la *Description des médailles grecques et romaines, avec leur degré de rareté et leur estimation* (15 vol.), parue de 1806 à 1837.

plus échauffé pour ma personne que pour le fait. Le mépris du monde venait à saint Paul ermite de sa foi religieuse ; le dédain de la société me vient de mon incrédulité politique. Cette incrédulité me porterait haut dans une sphère d'action ; si, plus soigneux de mon sot individu, je savais en même temps l'humilier et le vêtir. J'ai beau faire, je reste un benêt d'honnête homme, naïvement hébété et tout nu, ne sachant ni ramper, ni prendre.

D'Andilly[13], parlant de lui, semble avoir peint un côté de mon caractère : « Je n'ai jamais eu aucune ambition, dit-il, parce que j'en avais trop, ne pouvant souffrir cette dépendance qui resserre dans des bornes si étroites les effets de l'inclination que Dieu m'a donnée pour des choses grandes, glorieuses à l'État et qui peuvent procurer la félicité des peuples, sans qu'il m'ait été possible d'envisager en tout cela mes intérêts particuliers. Je n'étais propre que pour un Roi qui aurait régné par lui-même et qui n'aurait eu d'autre désir que de rendre sa gloire immortelle. » Dans ce cas, je n'étais pas propre aux rois du jour.

Maintenant que je vous ai conduit par la main dans les plus secrets détours de mes mérites, que je vous ai fait sentir tout ce qu'il y a de rare dans mes dépêches, comme un de mes confrères de l'Institut qui chante incessamment sa renommée et qui enseigne aux hommes à l'admirer, maintenant je vous dirai où j'en veux venir par mes vanteries : en montrant ce qu'ils peuvent faire dans les emplois, je veux défendre les gens de lettres contre les gens de diplomatie, de comptoir et de bureaux.

Il ne faut pas que ceux-ci s'avisent de se croire au-dessus d'hommes dont le plus petit les surpasse de toute la tête ; quand on sait tant de choses, comme messieurs les positifs, on devrait au moins ne pas dire des âneries. Vous parlez de *faits*, reconnaissez donc les *faits* : la plupart des grands écrivains de l'Antiquité, du Moyen Âge, de l'Angleterre moderne, ont été de grands hommes d'État, quand ils ont daigné descendre jusqu'aux affaires. « Je ne voulus pas leur donner à entendre, dit Alfieri refusant une ambassade, que leur diplomatie et leurs dépêches me paraissaient et étaient certainement pour moi moins importantes que mes tragédies ou même celles des autres ; mais il est impossible de ramener cette espèce de gens-là : ils ne peuvent et ne doivent pas se convertir[14]. »

13.

Dans ses *Mémoires*, parus en 1734.

14.

Vittorio Alfieri (1749-1803), *Mémoires de ma vie*, publiés en 1804.

Qui fut jamais plus littéraire en France que L'Hospital[15], survivancier[16] d'Horace, que d'Ossat[17], cet habile ambassadeur, que Richelieu, cette forte tête, lequel, non content de dicter des *traités de controverse*, de rédiger des *mémoires* et des *histoires*, inventait incessamment des sujets dramatiques, rimaillait avec Malleville et Boisrobert, accouchait, à la sueur de son front, de l'Académie et de *la grande pastorale*[18] ? Est-ce parce qu'il était méchant écrivain qu'il fut grand ministre ? Mais la question n'est pas du plus ou du moins de talent ; elle est de la passion de l'encre et du papier : or jamais M. de l'Empirée[19] ne montra plus d'ardeur, ne fit plus de frais que le cardinal pour ravir la palme du Parnasse, jusque-là que la mise en scène de sa *tragi-comédie* de *Mirame*[20] lui coûta deux cent mille écus ! Si dans un personnage à la fois politique et littéraire la médiocrité du poète fait la supériorité de l'homme d'État, il faudrait en conclure que la faiblesse de l'homme d'État résulterait de la force du poète : cependant le génie des lettres a-t-il détruit le génie politique de Solon, élégiaque égal à Simonide[21] ; de Périclès dérobant aux muses l'éloquence avec laquelle il subjuguait les Athéniens ; de Thucydide et de Démosthène qui portèrent si haut la gloire de l'écrivain et de l'orateur, tout en consacrant leurs jours à la guerre et à la place publique ? A-t-il détruit le génie de Xénophon qui opérait la retraite des dix-mille, tout en rêvant la *Cyropédie* ; des deux Scipions, l'un l'ami de Lélius, l'autre associé à la renommée de Térence ; de Cicéron, roi des lettres, comme il était père de la patrie ; de César enfin, auteur d'ouvrages de grammaire, d'astronomie, de religion, de littérature, de César, rival d'Archiloque dans la satire, de Sophocle dans la tragédie, de Démosthène dans l'éloquence, et dont les *Commentaires*[22] sont le désespoir des historiens ?

15.
« Ses vers, dit Villemain, expriment des pensées si nobles qu'on ne peut les lire sans attendrissement [...]. C'est une âme antique qui s'exprime dans l'ancienne langue des Romains. » Ses amis Pibrac, de Thou, Scévole de Sainte-Marthe se réunirent pour faire une édition de ses *Poésies intimes*, qui furent publiées par Michel Hurault de Lhopital (Paris, 1585).

16.
Dans l'ancien droit, le survivancier était le bénéficiaire d'une survivance, c'est-à-dire d'un privilège que le roi accordait, moyennant finances, au titulaire d'une charge non vénale et intransmissible, de pouvoir désigner d'avance comme successeur son ascendant ou une personne de son choix. Ici et par analogie, il faut entendre : héritier spirituel.

17.
Auteur d'un recueil de *Lettres* (1624), un classique de la diplomatie.

18.
À côté de ses ouvrages politiques, les *Mémoires* (voir ci-dessus, note 3), le *Testament politique*, on possède de nombreux textes de Richelieu. Évêque de Luçon, il avait publié avec un grand retentissement un livre de controverses contre les protestants et d'austères traités de morale. Toute sa vie, les problèmes théologiques ne cesseront de l'intéresser et l'on

Hugo De Groot dit Grotius (1583-1645).

trouvera dans ses papiers, après sa mort, un *Traité qui contient la méthode la plus facile et la plus assurée pour convertir ceux qui seront séparés de l'Église.* Passionné par le théâtre, il ébauchait des canevas de tragédies qu'il faisait rédiger par son entourage ; de cette collaboration sortirent *La Comédie des Tuileries, L'Aveugle de Smyrne* et *La Grande Pastorale.* Rappelons enfin que ce fut lui qui, en 1634, fonda l'Académie française.

19.

Sobriquet dont Chateaubriand coiffe l'illustre Lebrun-Pindare (voir *supra*, l. IV, chap. 12, p. 280). Mais l'expression trouve son origine dans la *Métromanie* de Piron, où le héros Damis s'attribue plaisamment ce titre : « Mondor : *Votre nom maintenant c'est donc ?* Damis : *De l'Empyrée ; / Et j'en oserais bien garantir la durée* » (acte I, scène 8).

20.

Ce fut Desmarets de Saint-Sorlin qui confectionna pour lui *Roxane, Europe* et *Mirame*, où se trouvent maintes allusions à la reine Anne d'Autriche.

21.

« M. de Chateaubriand revenait souvent à Simonide dont il avait lu les fragments mélancoliques. Il nommait M. de Fontanes le Simonide français » (Marcellus, *Chateaubriand et son temps*, p. 368).

22.

César est l'auteur des *Commentaires de la guerre de Gaules* et des *Commentaires de la guerre civile.*

Nonobstant ces exemples et mille autres, le talent littéraire, bien évidemment le premier de tous parce qu'il n'exclut aucune autre faculté, sera toujours dans ce pays un obstacle au succès politique : à quoi bon en effet une haute intelligence ? cela ne sert à quoi que ce soit. Les sots de France, espèce particulière et toute nationale, n'accordent rien aux Grotius, aux Frédéric[23], aux Bacon, aux Thomas Morus, aux Spencer[24], aux Falkland, aux Clarendon, aux Bolingbroke, aux Burke et aux Canning de France. Jamais notre vanité ne reconnaîtra à un homme, même de génie, deux aptitudes, et la faculté de faire aussi bien qu'un esprit commun des choses communes. Si vous dépassez d'une ligne les conceptions vulgaires, mille imbéciles s'écrient : « Vous vous perdez dans les nues ! » ravis qu'ils se sentent d'habiter en bas, où ils s'entêtent à penser. Ces pauvres envieux, en raison de leur secrète misère, se rebiffent contre le mérite ; ils renvoient avec compassion Virgile, Racine, Lamartine[25] à leurs vers. Mais, superbes sires, à quoi faut-il vous renvoyer ? à l'oubli : il vous attend à vingt pas de votre logis, tandis que vingt vers de ces poètes les porteront à la dernière postérité.

23.
Frédéric II de Prusse avait écrit en 1739 un *Anti-Machiavel* qu'il avait envoyé à Voltaire en signe d'admiration pour qu'il le corrigeât. Il est aussi l'auteur de *Principes généraux de la guerre*, d'un *Testament militaire* et d'*Instructions militaires*. Il a également brossé dans sa correspondance un très intéressant tableau de la société du XVIIIe siècle. Il est même l'auteur de deux comédies, dont *L'École du monde (Die Schule der Welt)*. Sainte-Beuve écrit : « Aujourd'hui il s'agit de sortir une bonne fois des petites idées d'une rhétorique par trop littéraire, de retrouver l'homme et le roi dans l'écrivain, et de saluer en lui l'un des meilleurs historiens que nous possédions » (*Causeries du lundi*, t. III, p. 145).

24.
Allusion à Edmund Spenser (v. 1552-1599), favori de la reine Élisabeth Ire, qu'il a glorifiée dans son chef-d'œuvre inachevé *The Faerie Queene* : Spencer avait été secrétaire du gouverneur de l'Irlande en 1580. Chateaubriand écrit dans l'*Essai sur la littérature anglaise* : « On a de Spencer une espèce de mémoire sur les mœurs et les antiquités de l'Irlande, que je préfère à la *Fairie Queen (Vue sur la situation d'Irlande*, 1633) » (éd. Garnier, p. 575).

25.
« Je me flatte d'être pour quelque chose dans cette mention subreptice du nom de mon ami Lamartine, si glorieuse pour sa muse. Ceci fut écrit après une conversation du soir où j'osai soutenir et essayai de démontrer, devant mon maître et quelques littérateurs, que, depuis Racine, nul poète n'avait fait le vers français avec autant de perfection que Lamartine. M. de Chateaubriand écoutait sans mot dire, comme c'était assez souvent son usage ; mais le nom propre fut ajouté aux *Mémoires d'Outre-Tombe* [...] » (Marcellus, *Chateaubriand et son temps*, p. 369).

Les Français à Rome[1].

La première invasion des Français à Rome, sous le Directoire, fut infâme et spoliatrice ; la seconde, sous l'Empire, fut inique : mais, une fois accomplie, l'ordre régna.

La République demanda à Rome, pour un armistice, vingt-deux millions, l'occupation de la citadelle d'Ancône, cent tableaux et statues, cent manuscrits au choix des commissaires français. On voulait surtout avoir le buste de *Brutus* et celui de *Marc-Aurèle* : tant de gens en France s'appelaient alors *Brutus* ! il était tout simple qu'ils désirassent posséder la pieuse image de leur père putatif ; mais Marc-Aurèle, de qui était-il parent ? Attila, pour s'éloigner de Rome, ne demanda qu'un certain nombre de livres de poivre et de soie : de notre temps, elle s'est un moment rachetée avec des tableaux. De grands artistes, souvent négligés et malheureux, ont laissé leurs chefs-d'œuvre pour servir de rançon aux ingrates cités qui les avaient méconnus.

1.
Chateaubriand s'est inspiré de l'ouvrage du comte de Tournon : *Études statistiques sur Rome et la partie occidentale des États romains* (1831). M.-J. Durry explique la méthode : « [...] Il enlève les détails inutiles, ajoute des précisions, introduit des souvenirs personnels ; il fait planer sur tout le récit l'ombre gigantesque de "Bonaparte" le "triomphateur", dont le comte de Tournon ne parlait qu'incidemment ; il condense la pensée diffuse en formules définitives [...] ; il change les descriptions incolores en images résumées et magnifiques [...] » (*L'Ambassade romaine de Chateaubriand*, pp. 136-137). Par ailleurs, les développements que ce chapitre renferme sur les voyageurs en Italie, et qui occupent 19 pages, sont postérieurs à la fin de l'ambassade. L'idée de cette course à travers les narrations des quatre siècles derniers est venue à Chateaubriand de deux articles publiés par Jean-Jacques Ampère, en juin-juillet 1835, dans la *Revue des Deux Mondes*.

Les Français de l'Empire eurent à réparer les ravages qu'avaient faits à Rome les Français de la République ; ils devaient aussi une expiation à ce sac de Rome accompli par une armée que conduisait un prince français[2] : c'était à Bonaparte qu'il convenait de mettre de l'ordre dans des ruines qu'un autre Bonaparte avait vues croître et dont il a décrit le bouleversement. Le plan que suivit l'administration française pour le déblaiement du Forum fut celui que Raphaël avait proposé à Léon X ; elle fit sortir de terre les trois colonnes du temple de Jupiter tonnant ; elle mit à nu le portique du temple de la Concorde ; elle découvrit le pavé de la voie sacrée ; elle fit disparaître les constructions nouvelles dont le temple de la Paix était encombré ; elle enleva les terres qui recouvraient l'emmarchement du Colisée, vida l'intérieur de l'arène et fit reparaître sept ou huit salles des bains de Titus.

Ailleurs le Forum de Trajan fut exploré ; on répara le Panthéon, les Thermes de Dioclétien, le temple de la Pudicité patricienne. Des fonds furent assignés pour entretenir, hors de Rome, les murs de Falériés et le tombeau de Cecilia Metella.

Les travaux d'entretien pour les édifices modernes furent également suivis : Saint-Paul-hors-des-Murs, qui n'existe plus, vit restaurer sa toiture ; Sainte-Agnès, San-Martino-ai-Monti, furent défendus contre le temps. On refit une partie des combles et des pavés de Saint-Pierre ; des paratonnerres mirent à l'abri de la foudre le dôme de Michel-Ange. On marqua l'emplacement de deux cimetières à l'est et à l'ouest de la ville, et celui de l'est, près du couvent de Saint-Laurent, fut terminé.

Le Quirinal revêtit son indigence intérieure du luxe des porphyres et des marbres romains : désigné pour le palais impérial, Bonaparte, avant de l'habiter, voulut y faire disparaître les traces de l'enlèvement du Pontife, captif à Fontainebleau. On se proposait d'abattre la partie de la ville située entre le Capitole et Monte-Cavallo, afin que le triomphateur montât par une immense avenue à sa demeure césarienne : les événements firent évanouir ces songes gigantesques en détruisant d'énormes réalités.

Dans les projets arrêtés était celui de construire une suite de quais depuis *Ripetta* jusqu'à *Ripa grande* : ces quais auraient été plantés ; les quatre îlots de maisons entre le château Saint-Ange et la place Rusticucci étaient achetés en partie et auraient été démolis. Une large allée eût été ainsi ouverte sur la place Saint-Pierre, qu'on eût aperçue du pied du château Saint-Ange.

---

2. Le connétable de Bourbon, en 1527. Voir A. Chastel, *Le Sac de Rome.*

Les Français font partout des promenades : j'ai vu au Caire un grand carré qu'ils avaient planté de palmiers et environné de cafés, lesquels portaient des noms empruntés aux cafés de Paris : à Rome, mes compatriotes ont créé le Pincio ; on y monte par une rampe. En descendant cette rampe, je vis, l'autre jour, passer une voiture dans laquelle était une femme encore de quelque jeunesse : à ses cheveux blonds, au galbe mal ébauché de sa taille, à l'inélégance de sa beauté, je l'ai prise pour une grasse et blanche étrangère de la Westphalie ; c'était madame Guiccioli : rien ne s'arrangeait moins avec le souvenir de lord Byron. Qu'importe ? la fille de Ravenne (dont au reste le poète était las lorsqu'il prit le parti de mourir) n'en ira pas moins, conduite par la Muse, se placer dans l'Élysée en augmentant les divinités de la tombe.

La partie occidentale de la place du Peuple devait être plantée dans l'espace qu'occupent des chantiers et des magasins ; on eût aperçu, de l'extrémité du cours, le Capitole, le Vatican et Saint-Pierre au delà des quais du Tibre, c'est-à-dire Rome antique et Rome moderne.

Enfin, un bois, création des Français, s'élève aujourd'hui à l'orient du Colisée ; on n'y rencontre jamais personne : quoiqu'il ait grandi, il a l'air d'une broussaille croissant au pied d'une haute ruine.

Pline le jeune écrivait à Maxime :

« On vous envoie dans la Grèce, où la politesse, les lettres, l'agriculture même, ont pris naissance. Respectez les Dieux leurs fondateurs, la présence de ces Dieux ; respectez l'ancienne gloire de cette nation, et la vieillesse, sacrée dans les villes comme elle est vénérable dans les hommes ; faites honneur à leurs antiquités, à leurs exploits fameux, à leurs fables même. N'entreprenez rien sur la dignité, sur la liberté, ni même sur la vanité de personne. Ayez continuellement devant les yeux que nous avons puisé notre droit dans ce pays ; que nous n'avons pas imposé des lois à ce peuple après l'avoir vaincu, mais qu'il nous a donné les siennes après l'en avoir prié. C'est à Athènes, c'est à Lacédémone que vous devez commander ; il y aurait de l'inhumanité, de la cruauté, de la barbarie, à leur ôter l'ombre et le nom de liberté qui leur restent[3]. »

Lorsque Pline écrivait ces nobles et touchantes paroles à Maxime, savait-il qu'il rédigeait des instructions pour des peuples alors barbares, qui viendraient un jour dominer sur les ruines de Rome ?

3. Pline le Jeune, *Lettres*, l. VIII, lettre 24.

Promenades[1].

Je vais bientôt quitter Rome[2], et j'espère y revenir. Je l'aime de nouveau passionnément, cette Rome si triste et si belle : j'aurai un panorama au Capitole où le ministre de Prusse me cédera le petit palais Caffarelli ; à Saint-Onuphre je me suis ménagé une autre retraite. En attendant mon départ et mon retour, je ne cesse d'errer dans la campagne ; il n'y a pas de petit chemin entre deux haies que je ne connaisse mieux que les sentiers de Combourg. Du haut du Mont Marius et des collines environnantes, je découvre l'horizon de la mer vers Ostie ; je me repose sous les légers et croulants portiques de la Villa Madama[3]. Dans ces architectures changées en fermes je ne trouve souvent qu'une jeune fille sauvage, effarouchée et grimpante comme ses chèvres. Quand je sors par la *Porta Pia*, je vais au

1. L'édition Penaud a fusionné deux chapitres, celui-ci et le suivant. On la corrige ici.

2. La Ferronnays ayant définitivement résigné ses fonctions, le duc de Laval fut pressenti pour le remplacer. Chateaubriand était volontairement oublié à Rome. Il songea un temps à passer l'été à Rome. Il écrit à Marcellus, le 29 avril 1829 : « J'ai le congé que j'avais demandé, et me sens peu disposé à m'en servir. Si madame de Chateaubriand veut aller à Paris toute seule, je pourrais bien passer ici mon été. Je traite pour cela avec M. Bunsen, le ministre de Prusse, la cession de son logement au Capitole. Qu'irais-je voir chez nous ? Le tumulte des antichambres, peut-être des rues ; des luttes de vanité. Après mon conclave et son tapage, j'ai repris goût aux ruines et à la solitude » (*Chateaubriand et son temps*, p. 371). Mais il semblait décidé, de toute façon, à résigner son ambassade, l'élection du pape accomplie, et avant que ne surviennent les admonestations de Portalis.

3. Bâtie sur la pente nord du mont Marius, d'après les plans de Raphaël, par Jules Romain, la Villa Madama tient son nom d'avoir appartenu à « Madame », Marguerite de Parme (1522-1586).

pont *Lamentano* sur le Teverone ; j'admire en passant à Sainte-Agnès une tête de Christ par Michel-Ange[4], qui garde le couvent presque abandonné. Les chefs-d'œuvre des grands maîtres ainsi semés dans le désert remplissent l'âme d'une mélancolie profonde. Je me désole qu'on ait réuni les tableaux de Rome dans un musée ; j'aurais bien plus de plaisir par les pentes du Janicule, sous la chute de l'*Aqua Paola*, au travers de la rue solitaire *delle Fornaci*, à chercher la *Transfiguration* dans le monastère des Récollets de Saint-Pierre *in Montorio*[5]. Lorsqu'on regarde la place qu'occupait, sur le maître-autel de l'église, l'ornement des funérailles de Raphaël, on a le cœur saisi et attristé.

Au delà du pont *Lamentano*, des pâturages jaunis s'étendent à gauche jusqu'au Tibre ; la rivière qui baignait les jardins d'Horace y coule inconnue. En suivant la grande route vous trouvez le pavé de l'ancienne voie Tiburtine. J'y ai vu cette année arriver la première hirondelle.

J'herborise au tombeau de Cecilia Metella : le réséda ondé et l'anémone apennine font un doux effet sur la blancheur de la ruine et du sol. Par la route d'Ostie je me rends à Saint-Paul, dernièrement la proie d'un incendie[6] ; je me repose sur quelque porphyre calciné, et je regarde les ouvriers qui rebâtissent en silence une nouvelle église ; on m'en avait montré quelque colonne déjà ébauchée à la descente du Simplon : toute l'histoire du christianisme dans l'Occident commence à *Saint-Paul-hors-des-Murs*.

En France, lorsque nous élevons quelque bicoque, nous faisons un tapage effroyable ; force machines, multitude d'hommes et de cris ; en Italie, on entreprend des choses immenses presque sans se remuer. Le Pape fait dans ce moment même refaire la partie tombée du Colisée ; une demi-douzaine de gougeats[7] sans échafaudage redressent le colosse sur les épaules duquel mourut une nation changée en ouvriers esclaves[8]. Près de Vérone,

---

4.

Cette attribution a été, depuis, discutée.

5.

L'église S. Pietro in Montorio, précise M. Levailant, élevée à la fin du XVe siècle sur le lieu présumé du martyre de l'apôtre, à l'extrémité sud du Janicule, d'où elle domine tout Rome, conserva longtemps sur son maître-autel le dernier tableau de Raphaël, *La Transfiguration du Christ au Thabor*, qui fut transféré en 1797 au musée du Vatican.

6.

L'ancienne basilique, édifiée par Théodose en 386, et qui contenait le tombeau de saint Paul, avait été détruite par un incendie en 1823 ; la reconstruction avait été immédiatement entreprise par Léon XII et sera continuée par ses successeurs.

7.

Chateaubriand utilise ce terme dans le sens vieilli d'apprentis maçons.

8.

Allusion aux juifs ramenés à Rome par Titus comme prisonniers de guerre, après la prise de Jérusalem (70 ap. J.-C.).

je me suis souvent arrêté pour regarder un curé qui construisait seul un énorme clocher; sous lui le fermier de la cure était le maçon.

J'achève souvent le tour des murs de Rome à pied; en parcourant ce chemin de ronde, je lis l'histoire de la reine de l'univers païen et chrétien écrite dans les constructions, les architectures et les âges divers de ces murs.

Je vais encore à la découverte de quelque villa délabrée en dedans des murs de Rome. Je visite Sainte-Marie-Majeure, Saint-Jean-de Latran avec son obélisque, Sainte-Croix-de-Jérusalem avec ses fleurs; j'y entends chanter; je prie: j'aime à prier à genoux; mon cœur est ainsi plus près de la poussière et du repos sans fin: je me rapproche de ma tombe.

Mes fouilles ne sont qu'une variété des mêmes plaisirs. Du plateau de quelque colline on aperçoit le dôme de Saint-Pierre. Que paie-t-on au propriétaire du lieu où sont enfouis des trésors? La valeur de l'herbe détruite par la fouille. Peut-être rendrai-je mon argile à la terre en échange de la statue qu'elle me donnera: nous ne ferons que troquer une image de l'homme contre une image de l'homme.

On n'a point vu Rome quand on n'a point parcouru les rues de ses faubourgs mêlées d'espaces vides, de jardins pleins de ruines, d'enclos plantés d'arbres et de vignes, de cloîtres où s'élèvent des palmiers et des cyprès, les uns ressemblant à des femmes de l'Orient, les autres à des religieuses en deuil. On voit sortir de ces débris de grandes Romaines, pauvres et belles, qui vont acheter des fruits ou puiser de l'eau aux cascades versées par les aqueducs des empereurs et des papes. Pour apercevoir les mœurs dans leur naïveté, je fais semblant de chercher un appartement à louer; je frappe à la porte d'une maison retirée; on me répond: *Favorisca*[9]. J'entre: je trouve, dans des chambres nues, ou un ouvrier exerçant son métier, ou une *zitella* fière, tricotant ses laines, un chat sur ses genoux, et me regardant errer à l'aventure sans se lever.

Quand le temps est mauvais, je me retire dans Saint-Pierre ou bien je m'égare dans les musées de ce Vatican aux onze mille chambres et aux dix-huit mille fenêtres (Juste-Lipse). Quelles solitudes de chefs-d'œuvre! On y arrive par une galerie dans les murs de laquelle sont incrustées des épitaphes et d'anciennes inscriptions: la mort semble née à Rome.

Il y a dans cette ville plus de tombeaux que de morts. Je m'imagine que les décédés, quand ils se sentent trop échauffés dans leur couche de marbre, se glissent dans une autre restée vide, comme on transporte un malade d'un lit dans un autre lit. On croirait entendre les squelettes passer durant la nuit de cercueil en cercueil.

---

9. «Entrez!»

La première fois que j'ai vu Rome c'était à la fin de juin : la saison des chaleurs augmente le délaisser de la cité ; l'étranger fuit, les habitants du pays se renferment chez eux ; on ne rencontre pendant le jour personne dans les rues. Le soleil darde ses rayons sur le Colisée où pendent des herbes immobiles, où rien ne remue que les lézards. La terre est nue ; le ciel sans nuages paraît encore plus désert que la terre. Mais bientôt la nuit fait sortir les habitants de leurs palais et les étoiles du firmament ; la terre et le ciel se repeuplent ; Rome ressuscite ; cette vie recommencée en silence dans les ténèbres, autour des tombeaux, a l'air de la vie et de la promenade des ombres qui redescendent à l'Érèbe[10] aux approches du jour.
Hier j'ai vagué au clair de la lune dans la campagne entre la Porte Angélique et le Mont Marius. On entendait un rossignol dans un étroit vallon balustré[11] de cannes. Je n'ai retrouvé que là cette tristesse mélodieuse dont parlent les poètes anciens, à propos de l'oiseau du printemps. Le long sifflement que chacun connaît, et qui précède les brillantes batteries du musicien ailé, n'était pas perçant comme celui de nos rossignols ; il avait quelque chose de voilé comme le sifflement du bouvreuil de nos bois. Toutes ses notes étaient baissées d'un demi-ton ; sa romance à refrain était transposée du majeur au mineur ; il chantait à demi-voix ; il avait l'air de vouloir charmer le sommeil des morts et non de les réveiller. Dans ces parcours incultes, la Lydie[12] d'Horace, la Délie[13] de Tibulle, la Corinne[14] d'Ovide, avaient passé ; il n'y restait que la Philomèle[15] de Virgile. Cet hymne d'amour était puissant dans ce lieu

10.
Un des fleuves des Enfers dans la mythologie grecque.

11.
L'utilisation de ce terme d'architecture est sans doute là pour marquer cette intime fusion entre la beauté classique du paysage et les créations des artistes de l'Antiquité et de la Renaissance.

12.
Égérie d'Horace. Quatre odes de ce poète ont été inspirées par cette beauté et nous font assister aux péripéties de cet amour. « Horace : *Du temps où tu m'aimais Lydie, / De ces bras nul autre que moi / N'entourait ta gorge arrondie ; / J'ai vécu plus heureux qu'un roi.* Lydie : *Du temps où j'étais ta maîtresse / Tu me préférais à Chloé ; / Je m'endormais à ton côté / Plus heureuse qu'une déesse.* »

13.
Dame romaine, inspiratrice de Tibulle, pour laquelle il composa la première de ses *Élégies*, dont Mirabeau disait à sa maîtresse Sophie, en lui envoyant la traduction : « Il faut le lire, le relire, le savoir par cœur et le relire encore. » La Harpe appelait cet ouvrage « le livre des amants ».

14.
La Corinne des *Amours* d'Ovide fut probablement une femme imaginaire.

15.
Fille de Pandion, roi d'Athènes, poursuivie par Térée et que les dieux transformèrent en hirondelle, Philomèle a fourni au poète, dans les *Géorgiques*, l'une de ses pages les plus touchantes (l. IV, v. 551 *sqq.*).

et à cette heure ; il donnait je ne sais quelle passion d'une seconde vie : selon Socrate, l'amour est le désir de renaître par l'entremise de la beauté ; c'était ce désir que faisait sentir à un jeune homme une jeune fille grecque en lui disant : « S'il ne me restait que le fil de mon collier de perles, je le partagerais avec toi. »

Si j'ai le bonheur *(a)* de finir mes jours ici, je me suis arrangé pour avoir à Saint-Onuphre un réduit joignant la chambre où le Tasse expira. Aux moments perdus de mon ambassade, à la fenêtre de ma cellule, je continuerai mes *Mémoires*. Dans un des plus beaux sites de la terre, parmi les orangers et les chênes verts, Rome entière sous mes yeux, chaque matin, en me mettant à l'ouvrage, entre le lit de mort et la tombe du poète, j'invoquerai le génie de la gloire et du malheur.

Mon neveu Christian de Chateaubriand.

Dans les premiers jours de mon arrivée à Rome, lorsque j'errais ainsi à l'aventure, je rencontrai entre les bains de Titus et le Colisée une pension de jeunes garçons. Un maître à chapeau rabattu, à robe traînante et déchirée, ressemblant à un pauvre frère de la Doctrine chrétienne[1], les conduisait. Passant près de lui, je le regarde, je lui trouve un faux air de mon neveu Christian de Chateaubriand, mais je n'osais en croire mes yeux. Il me regarde à son tour, et, sans montrer aucune surprise, il me dit : « Mon oncle ! » Je me précipite tout ému et je le serre dans mes bras. D'un geste de la main il arrête derrière lui son troupeau obéissant et silencieux. Christian était à la fois pâle et noirci, miné par la fièvre et brûlé par le soleil. Il m'apprit qu'il était chargé de la préfecture des études au collège des Jésuites, alors en vacances à Tivoli. Il avait presque oublié sa langue, il s'énonçait difficilement en français, ne parlant et n'enseignant qu'en italien. Je contemplais les yeux pleins de larmes ce fils de mon frère devenu étranger, vêtu d'une souquenille[2] noire, poudreuse, maître d'école à Rome, et couvrant d'un feutre de cénobite son noble front qui portait si bien le casque.

1.
Communauté religieuse d'hommes, fondée en 1592 par César de Bus, approuvée par Clément VIII en 1597 et qui dura jusqu'à la Révolution. Une branche italienne s'est réformée en 1805.

2.
Blouse en grosse toile que portaient les cochers, les palefreniers pour panser les chevaux aux XVIIe et XVIIIe siècles.

J'avais vu naître Christian ; quelques jours avant mon émigration j'assistais à son baptême. Son père, son grand-père, le président de Rosambo, et son bisaïeul, M. de Malesherbes, étaient présents. Celui-ci le tint sur les fonts et lui donna son nom, *Christian*. L'église Saint-Laurent était déserte et déjà à demi dévastée. La nourrice et moi nous reprîmes l'enfant des mains du curé.

> *Io piangendo ti presi, e in breve cesta*
> *Fuor ti portai*[3].
> TASSO.

Le nouveau-né fut reporté à sa mère, placé sur son lit où cette mère et sa grand'mère, madame de Rosambo, le reçurent avec des pleurs de joie. Deux ans après, le père, le grand-père, le bisaïeul, la mère et la grand-mère avaient péri sur l'échafaud, et moi, témoin du baptême, j'errais exilé. Tels étaient les souvenirs que l'apparition subite de mon neveu fit revivre dans ma mémoire au milieu des ruines de Rome. Christian a déjà passé orphelin la moitié de sa vie ; il a voué l'autre moitié aux autels : foyers toujours ouverts du père commun des hommes.

Christian avait pour Louis, son digne frère, une amitié ardente et jalouse : lorsque Louis se fut marié, Christian partit pour l'Italie ; il y connut le duc de Rohan-Chabot, et il y rencontra madame Récamier : comme son oncle, il est revenu habiter Rome, lui dans un cloître, moi dans un palais. Il entra en religion pour rendre à son frère une fortune qu'il ne croyait pas posséder légitimement par les nouvelles lois : ainsi Malesherbes est maintenant, avec Combourg, à Louis[4].

Après notre rencontre inattendue au pied du Colisée, Christian, accompagné d'un frère jésuite, me vint voir à l'ambassade : il avait le maintien

---

3.
« En pleurant, je te pris, dans une menue corbeille, je t'emportai » (Le Tasse, *La Jérusalem délivrée*, chap. XII, 29, v. 1-2).

4.
Après la mort de Malesherbes, le domaine passa à ses arrière-petits-enfants, Louis et Christian de Chateaubriand. Restés orphelins très jeunes, ils seront élevés par leur oncle et le comte de Tocqueville, père de l'auteur de *la Démocratie en Amérique*. Christian étant entré au séminaire, le propriétaire effectif de Malesherbes sera Louis de Chateaubriand, jusqu'à sa mort, en 1873. Sa fille, Marie-Antoinette, qui avait épousé Alfred de Beaufort en 1842, héritera du château, qu'elle laissera à son tour à sa fille, mariée à Adrien de Lévis-Mirepoix. Son fils Guy épousa en 190, Marie de Cossé-Brissac, à qui il laissa Malesherbes. Son fils unique, Emmanuel de Lévis-Mirepoix, prince de Robech, s'éteignit quelques mois avant elle, en 1951 ; ainsi Malesherbes échut-il à sa belle-fille, la princesse de Robech, qui restaura les bâtiments et le parc et ouvrit le château à la visite en 1955 (voir E. Deschodt, *Malesherbes*).

triste et l'air sérieux; jadis il riait toujours. Je lui demandai s'il était heureux; il me répondit: «J'ai souffert longtemps; maintenant mon sacrifice est fait et je me trouve bien.»

Christian a hérité du caractère de fer de son aïeul paternel, M. de Chateaubriand mon père, et des vertus morales de son bisaïeul maternel, M. de Malesherbes. Ses sentiments sont renfermés, bien qu'il les montre, sans égard aux préjugés de la foule, quand il s'agit de ses devoirs: dragon dans la garde, en descendant de cheval il allait à la Sainte-Table; on ne s'en moquait point, car sa bravoure et sa bienfaisance étaient l'admiration de ses camarades. On a découvert, depuis qu'il a renoncé au service, qu'il secourait secrètement un nombre considérable d'officiers et de soldats; il a encore des pensionnaires dans les greniers de Paris, et Louis acquitte les dettes fraternelles. Un jour, en France, je m'enquérais de Christian s'il se marierait: «Si je me mariais, répondit-il, j'épouserais une de mes petites parentes, la plus pauvre.»

Christian passe les nuits à prier; il se livre à des austérités dont ses supérieurs sont effrayés: une plaie qui s'était formée à l'une de ses jambes lui était venue de sa persévérance à se tenir à genoux des heures entières; jamais l'innocence ne s'est livrée à tant de repentir.

Christian n'est point un homme de ce siècle: il me rappelle ces ducs et ces comtes de la cour de Charlemagne, qui, après avoir combattu contre les Sarrasins, fondaient des couvents sur les sites déserts de Gellone ou de Malavalle[5], et s'y faisaient moines. Je le regarde comme un saint: je l'invoquerais volontiers. Je suis persuadé que ses bonnes œuvres, unies à celles de ma mère et de ma sœur Julie, m'obtiendraient grâce auprès du souverain Juge. J'ai aussi du penchant au cloître; mais mon heure étant venue, c'est à la Portioncule[6], sous la protection de mon patron, appelé *François* parce qu'il parlait français, que j'irais demander une solitude.

Je veux traîner seul mes sandales; je ne souffrirais pour rien au monde qu'il y eût deux têtes dans mon froc.

5.
Guillaume, compagnon de Charlemagne, comte de Toulouse, duc d'Aquitaine, ayant renoncé au monde, bâtit dans la vallée de Gellone, près de Lodève (Hérault), le monastère de Saint-Guilhem-du-Désert, vers 808. Son homonyme saint Guillaume, gentilhomme français, fonda en 1053 dans la vallée de Malavalle, près de Sienne (Italie), un monastère d'où sortit plus tard la congrégation des Guillaumites.

6.
Petite chapelle à l'intérieur de la basilique de Sainte-Marie-des-Anges, près d'Assise, que saint François restaura en 1208 et près de laquelle il établit la première communauté de disciples.

«Jeune encore, dit le Dante, le soleil d'Assise épousa une femme à qui, comme à la mort, personne n'ouvre la porte du plaisir: cette femme, veuve de son premier mari depuis plus de onze cents ans, avait langui obscure et méprisée: en vain elle était montée avec le Christ sur la Croix. Quels sont les amants que te désignent ici mes paroles mystérieuses? FRANÇOIS et la PAUVRETÉ: *Francesco e Povertà*[7].» (*Paradiso*, cant. XI.)

7. Chateaubriand résume ici huit stances du *Paradis* (chant XI, v. 52-75) et en rapproche les vers les plus significatifs.

À Madame Récamier.

« Rome, 16 mai 1829.

« Cette lettre partira de Rome quelques heures après moi, et arrivera quelques heures avant moi à Paris[1]. Elle va clore cette correspondance qui n'a pas manqué un seul courrier, et qui doit former un volume entre vos mains[2]. J'éprouve un mélange de joie et de tristesse que je ne puis vous dire ; pendant trois ou quatre mois je me suis assez déplu à Rome ; maintenant j'ai repris à ces nobles ruines, à cette solitude si profonde, si paisible et pourtant si pleine d'intérêt et de souvenir. Peut-être aussi le succès inespéré que j'ai obtenu ici m'a attaché : je suis arrivé au milieu de toutes les préventions suscitées contre moi, et j'ai tout vaincu ; on paraît me regretter. Que vais-je retrouver en France ? du bruit au lieu de silence, de l'agitation au lieu de repos, de la déraison, des ambitions, des combats de place et de vanité. Le système politique que j'ai adopté est tel que personne n'en voudrait peut-être, et que d'ailleurs on ne me mettrait pas à même de l'exécuter. Je me chargerais encore de donner une grande gloire à la France, comme j'ai contribué à lui obtenir une grande liberté ; mais me ferait-on table rase ? me dirait-on : "Soyez le maître, disposez de tout au péril de votre tête" ? Non ; on est si loin de vouloir me dire une pareille chose, que l'on prendrait tout le monde avant moi, que

1. Chateaubriand arriva à Paris le 28 mai 1829.

2. La lettre poursuit : « La vôtre est bien petite. En la serrant hier au soir et voyant comme elle tenait peu de place, j'avais le cœur mal assuré » (*Lettres à Madame Récamier*, p. 331).

l'on ne m'admettrait qu'après avoir essuyé les refus de toutes les médiocrités de la France, et qu'on croirait me faire une grande grâce en me reléguant dans un coin obscur[3]. Je vais vous chercher ; ambassadeur ou non, c'est à Rome que je voudrais mourir. En échange d'une petite vie, j'aurais du moins une grande sépulture jusqu'au jour où j'irai remplir mon cénotaphe dans le sable qui m'a vu naître. Adieu ; j'ai déjà fait plusieurs lieues vers vous. »

3.
La lettre s'achève ainsi : « [...] dans un coin obscur d'un ministère obscur. Chère amie, je vais vous chercher, je vais vous ramener avec moi à Rome. Ambassadeur ou non, c'est là que je veux mourir auprès de vous. J'aurai du moins un grand tombeau en échange d'une petite vie. Je vais pourtant vous voir. Quel Bonheur ! » *(ibid.)*.

Livre XXXII

Retour de Rome à Paris. – Mes projets. – Le Roi et ses dispositions. – M. Portalis. – M. de Martignac. – Départ pour Rome. – Les Pyrénées. – Aventure.

Paris, août et septembre 1830,
rue d'Enfer.

J'eus un grand plaisir à revoir mes amis[1] : je ne rêvais qu'au bonheur de les emmener avec moi et de finir mes jours à Rome *(a)*. J'écrivis pour mieux m'assurer encore du petit palais Caffarelli que je projetais de louer sur le Capitole, et de la cellule que je postulais à Saint-Onuphre. J'achetai des chevaux anglais et je les fis partir pour les prairies d'Évandre[2]. Je disais déjà adieu dans ma pensée à ma patrie avec une joie qui méritait d'être punie. Lorsqu'on a voyagé dans sa jeunesse et qu'on a passé beaucoup d'années hors de son pays, on s'est accoutumé à placer partout sa mort : en traversant les mers de la Grèce, il me sem-

---

1. Chateaubriand reprit ses visites quotidiennes à l'Abbaye-aux-Bois. Le 27 juin, Mme Récamier organisa une lecture de *Moïse* en présence de gens du monde et d'écrivains : Villemain, Lamartine, Cousin, Mérimée, Latouche, Barante, Pasquier, Mme de Boigne... La lecture fut gâchée par l'acteur Lafond, qui n'était pas préparé : « [...] c'était un écho de Racine et de David, ce n'était ni David ni Racine, écrit Lamartine : c'était leur ombre, un pastiche d'homme de génie, mais pastiche : cela ressemblait aux tragédies en monologue du Piémontais Alfieri, ce faux Sénèque d'une fausse Rome. À la fin Chateaubriand, impatienté d'entendre anonnés ses vers, arracha le manuscrit à Lafond et se mit à lire lui-même. L'effet fut plus saisissant mais non plus heureux » (*Cours familier de littérature*, t. IX, p. 34 *sqq.*). Latouche fit dans la *Revue de Paris* un article fort élogieux, mais conseilla de ne point tenter l'épreuve de la scène.

2. Évandre, roi venu d'Arcadie, était considéré par les Latins comme un civilisateur qui leur enseigna l'alphabet, les techniques agricoles, etc. Énée et son fils visitèrent le site futur de Rome où paissaient ses troupeaux : « Ainsi devisant, ils s'approchaient de la demeure du pauvre Évandre et voyaient çà et là des troupeaux mugir sur le forum romain [...] » (Virgile, *Énéide*, l. VIII, v. 360-361).

blait que tous ces monuments que j'apercevais sur les promontoires étaient des hôtelleries où mon lit était préparé[3].

J'allai faire ma cour au Roi à Saint-Cloud: il me demanda quand je retournais à Rome. Il était persuadé que j'avais un bon cœur et une mauvaise tête *(b)*. Le fait est que j'étais précisément l'inverse de ce que Charles X pensait de moi: j'avais une tête très-froide et très-bonne tête, et le cœur cahin-caha pour les trois quarts et demi du genre humain.

Je trouvai le Roi dans une fort mauvaise disposition à l'égard de son ministère[4]: il le faisait attaquer par certains journaux royalistes, ou plutôt, lorsque les rédacteurs de ces feuilles allaient lui demander s'il ne les trouvait pas trop hostiles, il s'écriait: «Non, non, continuez.» Quand M. de Martignac avait parlé: «Eh bien, disait Charles X, avez-vous entendu la Pasta[5]?» Les opinions libérales de M. Hyde de Neuville lui étaient antipathiques; il trouvait plus de complaisance dans M. Portalis le fédéré, qui portait sa cupidité sur son visage: c'est à M. Portalis *(c)* que la France doit ses malheurs. Quand je le vis à Passy, je m'aperçus de ce que j'avais en partie deviné: le garde des sceaux, en faisant semblant de tenir *par interim* le ministère des affaires étrangères, mourait d'envie de le conserver, bien qu'il se fût pourvu, à tout événement, de la place de président de la Cour de cassation[6]. Le Roi, quand il s'était agi de disposer des affaires étrangères, avait prononcé: «Je ne dis pas que Chateaubriand ne sera pas mon ministre; mais pas à présent.» Le prince de Laval[7] avait refusé; M. de La Ferronnays ne se pouvait plus livrer à un travail suivi. Dans l'espoir que de guerre lasse le portefeuille lui resterait, M. Portalis ne faisait rien pour déterminer le Roi.

Plein de mes délices futures de Rome, je m'y laissai aller sans trop sonder l'avenir; il me convenait assez que M. Portalis gardât l'*interim* à l'abri duquel ma position politique restait la même. Il ne me vint pas un

---

3.

Sur ce rêve de tombeau au bord de la mer, qui ne prit corps qu'en 1823, voir *supra*, Avant-Propos, p. 65, note 5.

4.

Abandonné par la gauche libérale, attaqué par les ultras, le ministère Martignac venait d'essuyer un échec parlementaire cuisant (voir ci-dessous, note 12).

5.

Giuditta Pasta (1797-1865), une des figures légendaires de l'histoire du chant, pour laquelle Bellini avait écrit les rôles d'Amina et de Norma, triomphait alors sur les grandes scènes d'Europe.

6.

Voir *supra*, l. XXXI, chap. 10, note 3, p. 2137.

7.

Le duc de Laval-Montmorency, et non le prince.

seul instant dans l'idée que M. de Polignac pourrait être investi du pouvoir : son esprit borné, fixe et ardent, son nom fatal et impopulaire[8], son entêtement, ses opinions religieuses exaltées jusqu'au fanatisme, me paraissaient des causes d'une éternelle exclusion. Il avait, il est vrai, souffert pour le Roi ; mais il en était largement récompensé par l'amitié de son maître et par la haute ambassade de Londres que je lui avais donnée sous mon ministère, malgré l'opposition de M. de Villèle.

De tous les ministres en place que je trouvai à Paris, excepté l'excellent M. Hyde de Neuville, pas un ne me plaisait : je sentais en eux une capacité implacable *(d)* qui me laissait de l'inquiétude sur la durée de leur empire. M. de Martignac, d'un talent de parole agréable, avait une voix douce et épuisée comme celle d'un homme à qui les femmes ont donné quelque chose de leur séduction et de leur faiblesse ! Pythagore se souvenait d'avoir été une courtisane charmante nommée Alcée[9]. L'ancien secrétaire d'ambassade de l'abbé Sieyès avait aussi une suffisance contenue, un esprit calme un peu jaloux. Je l'avais, en 1823, envoyé en Espagne dans une position élevée et indépendante, mais il aurait voulu être ambassadeur[10]. Il était choqué de n'avoir pas reçu un emploi qu'il croyait dû à son mérite.

Mon goût ou mes déplaisances[11] importaient peu. La Chambre commit une faute en renversant un ministère qu'elle aurait dû conserver à tout

8.
Le nom était impopulaire depuis le règne de Louis XVI, où la duchesse de Polignac, favorite de la reine, avait attiré sur elle la haine de l'opinion en abusant de son crédit en faveur de sa famille.

9.
« On ne voit guère d'analogie entre ce souvenir un peu trop galant de Pythagore et M. de Martignac. En tout cas, dans les transformations primitives rêvées par le philosophe, Diogène Laërce ne nomme point Alcée qu'on trouve seulement dans Aulu-Gelle » (Marcellus, *Chateaubriand et son temps*, p. 372).

10.
En 1823, Martignac avait été le correspondant de Villèle en Espagne qui, se méfiant de Chateaubriand, l'avait dessaisi de ce qui concernait l'expédition militaire proprement dite en décidant que toute la correspondance serait adressée au président du Conseil. Avant l'entrée en campagne et le départ du duc d'Angoulême, il avait fallu rédiger les instructions qu'il devait suivre et lui former un conseil politique. Martignac avait été choisi pour être le chef de ce conseil et avait reçu à cette occasion le titre de commissaire civil près l'armée d'Espagne.

11.
Si Chateaubriand n'aimait guère Martignac, Mme de Chateaubriand, qui ne joue jamais dans la nuance, le haïssait ; en témoigne cette note de mars 1830 : « Martignac est un misérable, ancien valet de Villèle, puis faisant partie du ministère qui a succédé à celui où son ancien maître a commencé la ruine de la monarchie, que maître Polignac saura bien achever. [...] lorsque les empires finissent, les hommes comme Martignac, Polignac, Villèle, La Bourdonnaye, etc., sont toujours, et tour à tour, appelés à achever l'œuvre de la colère de Dieu » (*Mémoires...*, p. 135).

prix[12]. Ce ministère modéré servait de garde-fou à des abîmes; il était aisé de le jeter bas, car il ne tenait à rien et le Roi lui était ennemi; raison de plus pour ne faire aucune chicane à ces hommes, pour leur donner une majorité à l'aide de laquelle ils se fussent maintenus et auraient fait place un jour, sans accident, à un ministère fort. En France, on ne sait rien attendre; on a horreur de tout ce qui a l'apparence du pouvoir, jusqu'à ce qu'on le possède. Au surplus, M. de Martignac a démenti noblement ses faiblesses en dépensant avec courage le reste de sa vie dans la défense de M. de Polignac[13]. Les pieds me brûlaient à Paris; je ne pouvais m'habituer au ciel gris et triste de la France, ma *patrie*; qu'aurais-je donc pensé du ciel de la Bretagne, ma *matrie*, pour parler grec? Mais là, du moins, il y a des vents de mer ou des calmes: *Tumidis albens fluctibus*[14], ou *venti posuere*[15]. Mes ordres étaient donnés pour exécuter dans mon jardin et dans ma maison, rue d'Enfer, les changements et les accroissements nécessaires, afin qu'à ma mort le legs que je voulais faire de cette maison à l'infirmerie de madame de Chateaubriand fût plus profitable. Je destinais cette propriété à la retraite de quelques artistes et de quelques gens de lettres malades. Je regardais le soleil pâle, et je lui disais: «Je vais bientôt te retrouver avec un meilleur visage, et nous ne nous quitterons plus *(e).*»

Ayant pris congé du Roi, et espérant le débarrasser pour toujours de moi, je montai en calèche *(f).* J'allais d'abord aux Pyrénées prendre les eaux de Cauterets; de là, traversant le Languedoc et la Provence, je devais me rendre à Nice, où je rejoindrais madame de Chateaubriand. Nous passions ensemble la corniche, nous arrivions à la ville éternelle que nous traversions sans nous arrêter, et, après deux mois de séjour à

12.
Le 9 février 1829, Martignac présenta deux projets de loi destinés à réorganiser l'administration municipale et départementale. La loi départementale fut discutée la première. Dans la séance du 8 avril, malgré les efforts de Martignac, d'Hyde de Neuville, de Vatimesnil, la Chambre des députés adopta un amendement qui supprimait les conseils d'arrondissement. De manière inattendue, Martignac retira les deux projets, Charles X n'attendant que ce moment pour se séparer d'un ministre qui lui déplaisait. Martignac tint cependant à faire voter le budget et à rester à son poste jusqu'à la fin de la session (30 juillet). Le 8 août, il faisait place au ministère Polignac.

13.
En 1831, lors du jugement des ministres par la Chambre des pairs constituée en Haute Cour.

14.
«La mer blanchissante aux flots gonflés» (Ovide, *Métamorphoses*, XI).

15.
«[...] quand les vents expirèrent, soudain tout souffle retomba, les rames luttent sur un marbre indolent» (Virgile, *Énéide*, l. VII, v. 27).

Naples, au berceau du Tasse, nous revenions à sa tombe à Rome. Ce moment est le seul de ma vie où j'aie été complètement heureux, où je ne désirais plus rien, où mon existence était remplie, où je n'apercevais jusqu'à ma dernière heure qu'une suite de jours de repos. Je touchais au port; j'y entrais à pleines voiles comme Palinure : *inopina quies*[16].

Tout mon voyage jusqu'aux Pyrénées fut une suite de rêves[17] : je m'arrêtais quand je voulais; je suivais sur ma route les chroniques du Moyen Âge que je retrouvais partout; dans le Berry, je voyais ces petites routes bocagères que l'auteur de *Valentine*[18] nomme des traînes[19], et qui me rappelaient ma Bretagne. Richard Cœur de Lion avait été tué à Chalus, au pied de cette tour[20] : « *Enfant musulman, paix là! voici le roi Richard!* » À Limoges, j'ôtai mon chapeau par respect pour Molière[21] ; à Périgueux, les perdrix dans leurs tombeaux de faïence[22] ne chantaient plus de différentes voix comme au temps d'Aristote. Je rencontrai là mon vieil ami Clausel de Coussergues[23] ; il portait avec lui quelques-unes des pages de ma vie. À Bergerac, j'aurais pu regarder le nez de Cyrano sans être obligé de me battre contre ce cadet aux gardes : je le laissai dans sa poussière avec *ces dieux que l'homme a faits et qui n'ont pas fait l'homme*[24].

À Auch, j'admirai les stalles[25] sculptées sur des cartons venus de Rome à la belle époque des arts. D'Ossat, mon devancier à la cour du Saint-Père, était né près d'Auch[26]. Le soleil ressemblait déjà à celui de l'Italie. À Tarbes j'aurais voulu héberger à l'hôtel de l'*Étoile* où Froissart descendit avec

16.
Palinure, le pilote d'Énée, est endormi par un dieu : « À peine *la surprise de ce repos* avait-elle commencé de relâcher ses membres que, s'abattant sur lui, il le précipita dans les ondes transparentes avec une partie de la poupe arrachée et avec son gouvernail, tête en avant et de cris répétés appelant en vain ses compagnons » (Virgile, *Énéide*, l. V, v. 857 *sqq.*).

17.
Chateaubriand quitta Paris le 18 juillet, s'arrêta le 19 à Étampes, où l'attendait Hortense Allart : « Nous dînâmes comme cachés au désert. Il était heureux, riait, me disait mille choses aimables et tendres, car sa manière d'être heureux, c'était d'aimer, de louer, de répéter sur tous les tons combien il était enchanté et reconnaissant. Jamais plus élégante, plus gracieuse nature ne peut se rencontrer » (*Les Enchantements de Mme Prudence de Saman l'Esbatx*, 1872, p. 125).

18.
Valentine, de George Sand, ne parut qu'en novembre 1832, six mois après *Indiana*, qui l'avait révélée.

19.
En Berry, la traîne est un chemin creux bordé de haies et ombragé; une petite vallée resserrée entre des bois. Dans *Valentine*, on peut lire : « Il suivait un de ces petits chemins verts qu'on appelle, en langage villageois, traîne; chemin si étroit, que l'étroite voiture touchait de chaque côté les branches des arbres qui le bordaient. »

20.
Chalus se trouve en Haute-Vienne. On observe dans la ville basse une tour cylindrique d'où partit, suivant la tradition, la flèche qui blessa à mort Richard Cœur de Lion (10 avril 1199).

CHATEAUBRIAND VERS 1830.

21.
Allusion à *M. de Pourceaugnac*, gentilhomme limousin.
22.
Évocation des célèbres pâtés de perdrix de Périgueux.
23.
Député jusqu'en 1827, Clausel démissionna de la Cour de cassation après la révolution de Juillet et se retira dans son domaine de Coussergues (Aveyron).
24.
Vers extrait de *La Mort d'Agrippine*. À Térentius, son confident, qui le prévient: *«Respecte et crains des dieux l'effroyable tonnerre [...] / Qui les craint, ne craint rien»*, Séjanus, qui conspire contre Tibère, rétorque: *«Ces enfants de l'effroi, / Ces beaux riens qu'on adore, et sans savoir pourquoi, / Ces altérés du sang des bêtes qu'on assomme, / Ces dieux que l'homme a faits, et qui n'ont point fait l'homme, / Des plus fermes États ce fantasque soutien, / Va, va, Térentius, qui les craint, ne craint rien.»* Térentius: *«Mais s'il n'en était point, cette Machine ronde...?»* Séjanus: *«Oui, mais s'il en était, serais-je encore au monde?»* (acte II, scène 5, pp. 64-65).
25.
Les stalles de la cathédrale d'Auch, gigantesque chef-d'œuvre de huchiers, demandèrent 50 ans de travail (vers 1500-1552). Les 113 stalles de chêne, dont 69 stalles hautes abritées par un baldaquin flamboyant, sont peuplées de 1 500 personnages: la Bible, l'histoire profane, la mythologie et la légende y mêlent leurs motifs.
26.
Au bourg de Laroque-Magnoac.

messire Espaing de Lyon, «vaillant homme et sage et beau chevalier», et où il trouva de «bon foin, de bonnes avoines et de belle rivière».

Au lever des Pyrénées sur l'horizon, le cœur me battait: du fond de vingt-trois années sortirent des souvenirs embellis dans les lointains du temps[27]: je revenais de la Palestine et de l'Espagne, lorsque, de l'autre côté de leur chaîne, je découvris le sommet de ces mêmes montagnes. Je suis de l'avis de madame de Motteville; je pense que c'est dans un de ces châteaux des Pyrénées qu'habitait Urgande la Déconnue[28]. Le passé ressemble à un musée d'antiques; on y visite les heures écoulées; chacun peut y reconnaître les siennes. Un jour, me promenant dans une église déserte, j'entendis des pas se traînant sur les dalles, comme ceux d'un vieillard qui cherchait sa tombe. Je regardai et n'aperçus personne; c'était moi qui m'étais révélé à moi.

Plus j'étais heureux à Cauterets[29], plus la mélancolie de ce qui était fini me plaisait. La vallée étroite et resserrée est animée d'un gave; au delà de la ville et des fontaines minérales, elle se divise en deux défilés dont l'un,

27.
À propos des souvenirs de 1807, voir *supra*, l. XVIII, chap. 3, p. 1011 et note 2, p. 1014.

28.
Mme de Motteville fait plusieurs fois allusion dans ses *Mémoires* à la légende d'Urgande, une des fées familières aux romans de la chevalerie: «Cette Urgande la Déconnue qui ainsi se nomme parce que souvent se transforme et fuit inconnue.» (*in Amadis de Gaule*, mis en vers par le seigneur des Essarts, l. I, chap. 12). Comme M. Levaillant nous pensons qu'ici «déconnue» signifie insaisissable et invisible (Mlle de Villeneuve, qu'il va voir à Cauterets). Dans ses lettres à l'Occitanienne, Chateaubriand l'appelle souvent sa «fée invisible»; il proteste (lettre du 1er février 1828) qu'il n'est «plus assez jeune pour rester, comme Amadis, une vingtaine d'années sur la *Roche Pauvre*, à pleurer».

29.
Les eaux de Cauterets étaient particulièrement célèbres. Gaston Phébus, atteint de surdité, se rendit à Cauterets et en cours de route retrouva l'ouïe miraculeusement à Salles. Marguerite de Navarre y composa une partie de l'*Heptaméron* en soignant ses rhumatismes et y conduisit sa fille, Jeanne d'Albret, qui craignait d'être stérile. Sous l'Empire et la Restauration, vinrent y séjourner la reine Hortense, George Sand, Alfred de Vigny, Victor Hugo et Chateaubriand qui y rencontra le duc de Broglie, sa femme Albertine (fille de Germaine de Staël) et leur petite fille Louise, âgée de 11 ans. L'enfant, un peu sotte, a noté ses impressions saisies sur le vif: «Je ne me souviens guère de la conversation de M. de Chateaubriand. Je me retirais de trop bonne heure pour en jouir. Il me paraissait guindé et gêné, la tête prise dans les épaules, s'écoutant parler. Il serait bon enfant, écrivait ma mère, si sa gloire ne le gênait pas, mais il a l'air d'attendre un mélange d'admiration et de malveillance qui le met mal à l'aise. Nous fîmes avec lui une course au Pont-d'Espagne; toute sa prétention était de tourner en ridicule les émotions pittoresques. Il appelait les eaux bouillonnantes des cascades se précipitant de rochers en rochers "la grande marmite de la nature". [...] Il se plaisait mieux dans une société de jeunes femmes légitimistes, élégantes, qui lui faisaient la cour et se disputaient ses faveurs. Le soir, au clair de lune, elles se réunissaient cachées dans un petit bois adossé à la montagne et lui chantaient en chœur sa romance "Combien j'ai douce souvenance", mais nous n'étions pas invités à ces fêtes» (voir Mme d'Andlau, «Souvenirs inédits d'un jeune attaché d'ambassade sur Chateaubriand à Rome en 1828-1829», *BSC*, nouv. série, n° 4, 1960, p. 39).

célèbre par ses sites, aboutit au pont d'Espagne et aux glaciers. Je me trouvai bien des bains ; j'achevais seul de longues courses, en me croyant dans les escarpements de la Sabine. Je faisais tous mes efforts pour être triste et je ne le pouvais. Je composai quelques strophes sur les Pyrénées ; je disais :

J'avais vu fuir les mers de Solyme et d'Athènes,
D'Ascalon et du Nil les mouvantes arènes,
Carthage abandonnée et son port blanchissant :
Le vent léger du soir arrondissait ma voile,
Et de Vénus l'étoile
Mêlait sa perle humide à l'or pur du couchant.

Assis au pied du mât de mon vaisseau rapide,
Mes yeux cherchaient de loin ces colonnes d'Alcide
Où choquent leurs tridents deux Neptune irrités.
De l'antique Hespérie abordant le rivage,
Du noble Abencérage
Le mystère m'ouvrit les palais enchantés.

Comme une jeune abeille aux roses engagée,
Ma Muse revenait de son butin chargée,
Et cueilli sur la fleur des plus beaux souvenirs :
Dans les monts que Roland brisa par sa vaillance,
Je contais à sa lance
L'orgueil de mes dangers, tentés pour des plaisirs.

De l'âge délaissé quand survient la disgrâce,
Fuyons, fuyons les bords qui, gardant notre trace,
Nous font dire du temps en mesurant le cours :
« Alors j'avais un frère, une mère, une amie ;
« Félicité ravie[30] !
« Combien me reste-t-il de parents et de jours ? »

Il me fut impossible d'achever mon ode[31] : j'avais drapé lugubrement mon tambour pour battre le rappel des rêves de mes nuits passées ; mais

30.
Évocation de Natalie de Noailles (voir note ci-dessous).
31.
Or M.-J. Durry en a publié six strophes (*En marge...*, pp. 73-76), considérant qu'il s'agissait d'une première version des strophes publiées par Chateaubriand. Depuis, la Maison de Chateaubriand

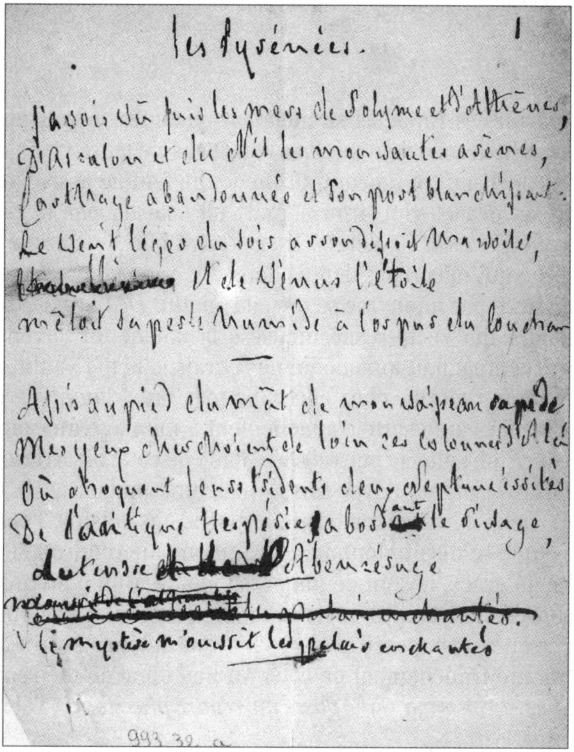

Les Pyrénées. 1

J'avois vu fuir les mers de Solyme et d'Athènes,
D'Ascalon et du Nil les mouvantes arènes,
Carthage abandonnée et son port blanchissant.
Le vent léger du soir arrondissoit ma voile,
[illegible] et de Vénus l'étoile
mêloit sa perle humide à l'or pur du couchant

—

Assis au pied du mât de mon vaisseau [illegible]
Mes yeux cherchoient de loin ces colonnes d'Alcide
Où choquent leurs tridents deux neptunes irrités
De l'antique Hespérie abordant le rivage,
du tendre [illegible] Abencérage
[illegible]
Le mystère m'ouvrit les palais enchantés

Page manuscrite du poème « Les Pyrénées »

a acquis une copie autographe de ce poème. Après les quatre strophes citées, on peut lire: «*Songes évanouis! La voilà la montagne / Immobile rempart de l'immuable Espagne, / Où mon cœur se berça de l'espoir le plus doux! / Vous me parliez alors, lieux chers à ma mémoire / De passions, de gloire: / maintenant, froids témoins, que me racontez-vous? / Elle va murmurant cette eau qui toujours tombe / Que ma jeunesse a fui; que déjà dans la tombe / Dort tout ce que j'aimai sans réveil, sans retour. / La neige s'est fondue, et les fleurs sont fanées / parmi ces Pyrénées: / Ainsi j'ai vu passer l'innocence et l'amour.*» Et les dernières strophes: «*Tels sont nos vains regrets. Que me fait la cascade? / Que me veulent ces lacs? Que me font les cascades? / Et le Lac? Qui voudrait traverser ma promenade / Qui voudrait partager ma longue promenade / À l'aire des vautours, aux glaciers de l'Hymet? / Sous mon luth dédaigné ma blanche chevelure, / Cédant à l'aventure / Ne se soulève plus qu'aux brises du désert. / Seul, au flambeau des nuits, j'irai gravir la cime / De ces rocs: le soleil y brillera sublime; / Mon front en recevra la première splendeur / Ah! que ce front n'est-il celui du vieil Homère! / Il saurait à la terre / De ces pompes de Dieu réfléchir la grandeur. / France qui par degrés à mes yeux se colore / Que de ses doigts charmants semble éveiller l'aurore, / Est-ce un dernier regard que je jette sur toi? / Sois libre, sois heureuse, ô ma belle patrie! / Mais nation chérie / Un jour il te faudra défaillir comme moi. / Avant qu'aucune oreille existât pour entendre / Torrent! les astres seuls t'ont vu longtemps descendre / De cet âpre sommet dans ces vallons flétris; / L'homme vint: tu poursuis ton cours bruyant et rude / Dans cette solitude, / Et du peuple Romain les flots se sont taris. / Du Capitole allons retrouver la ruine: / À mes os fatigués, à mon corps qui s'incline, / Ses cercueils fracassés, ses tombeaux sont ouverts. / Là je disparaîtrai: dans les débris de Rome / La poussière d'un homme, / Est une goutte d'eau dans l'abyme des mers.*»

toujours parmi ces rappelés se mêlaient quelques songes du moment dont la mine heureuse déjouait l'air consterné de leurs vieux confrères. Voilà qu'en poétisant je rencontrai une jeune femme assise au bord du gave; elle se leva et vint droit à moi: elle savait, par la rumeur du hameau, que j'étais à Cauterets. Il se trouva que l'inconnue était une Occitanienne qui m'écrivait depuis deux ans sans que je l'eusse jamais vue: la mystérieuse anonyme se dévoila: *patuit Dea*[32].

J'allais rendre ma visite respectueuse à la naïade du torrent. Un soir qu'elle m'accompagnait lorsque je me retirais, elle me voulut suivre; je fus obligé de la reporter chez elle dans mes bras. Jamais je n'ai été si honteux: inspirer une sorte d'attachement à mon âge me semblait une véritable dérision; plus je pouvais être flatté de cette bizarrerie, plus j'en étais humilié, la prenant avec raison pour une moquerie. Je me serais volontiers caché de vergogne parmi les ours, nos voisins. J'étais loin de me dire ce que se disait Montaigne: «L'amour me rendroit la vigilance, la sobriété, la grâce, le soin de ma personne...» Mon pauvre Michel, tu dis des choses charmantes, mais à notre âge, vois-tu, l'amour ne nous rend pas ce que tu supposes ici. Nous n'avons qu'une chose à faire; c'est de nous mettre franchement de côté. Au lieu donc de me remettre aux *estudes sains et sages* par où *je pusse me rendre plus aimé*[33], j'ai laissé s'ef-

32.
Souvenir de Virgile, *Énéide*, l. I, v. 405: «[...] jusqu'à ses pieds les plis de la robe descendirent et vraie déesse [Vénus], à sa démarche, elle apparut.» Est évoquée ici Léontine de Villeneuve qui, par l'intermédiaire de parents, avait adressé à Chateaubriand, vers la mi-novembre 1827, une lettre signée *«Adèle de X.»*, lettre exaltée, à laquelle Chateaubriand répondit avec quelque méfiance, puis plus d'abandon, lorsqu'il apprit la noble origine de la correspondante. Les lettres se multiplièrent jusqu'en janvier 1828 et traduisent, dit M. Levaillant, des «sentiments furieusement romantiques: ennui, jalousie, exaltation». Chateaubriand et la belle inconnue se retrouvèrent à Cauterets, où l'auteur décrit sa rencontre avec la «fée» comme l'effet du hasard. Léontine de Villeneuve semble avoir mal pris cette page des *Mémoires* et s'en déclara offensée. Le secret de cet amour aurait été enseveli si la petite-fille de Léontine, la comtesse de Saint-Roman, n'avait publié dans *Le Figaro* (30 nov.-28 déc. 1924), puis dans un volume, les *Mémoires de l'Occitanienne* (1927), les *Confidences* de sa grand-mère, ainsi qu'un autre ouvrage, *Le Roman de l'Occitanienne et Chateaubriand* (1925). De son côté, Chateaubriand sera quelque peu déçu que la jeune Occitanienne – l'Occitanie était, au temps du premier romantisme, un mot à la mode pour désigner les pays de langue d'Oc – ait obtempéré aussi rapidement au conseil paternel qu'il lui donna, celui d'épouser le comte de Castelbajac. Lorsqu'il apprit le mariage, il gémit : « Trahir des cheveux blancs ! Ce n'est pas bien : c'est manquer à la charité. Il ne faut rien leur promettre, ou tenir quand on leur a promis » (*in* M.-J. Durry, *La Vieillesse de Chateaubriand*, t. I, p. 503).

33.
« L'amour ne me semble proprement et naturellement en sa saison qu'en l'âge voisin de l'enfance. » Arrangements de plusieurs phrases extraites de Montaigne, *Essais*, l. III, chap. 5).

facer l'impression fugitive de ma Clémence Isaure[34] ; la brise de la montagne a bientôt emporté ce caprice d'une fleur ; la spirituelle, déterminée et charmante étrangère de seize ans, m'a su gré de m'être rendu justice : elle est mariée.

34. Toulousaine qui aurait vécu au XIVe siècle et fondé le Consistoire du Gai Savoir, mais dont l'existence historique est douteuse. Le nom de Dama Clamensa apparaît au XVe siècle et correspond probablement à la personnification poétique d'un des attributs de la Vierge.

Ministère Polignac. – Ma consternation. – Je reviens à Paris.

Des bruits de changement de ministres étaient parvenus dans nos sapinières. Les gens bien instruits allaient jusqu'à parler du prince de Polignac; mais j'étais d'une incrédulité complète[1]. Enfin, les journaux arrivent: je les ouvre, et mes yeux sont frappés de l'ordonnance officielle[2] qui confirme les bruits répandus. J'avais bien éprouvé des changements de fortune depuis que j'étais au monde, mais je n'étais jamais tombé d'une pareille hauteur. Ma destinée avait encore une fois soufflé sur mes chimères; ce souffle du sort n'effaçait pas seulement mes illusions, il enlevait la monarchie. Ce coup me fit un mal affreux; j'eus un moment de désespoir, car mon parti fut pris à l'instant, je sentis que je me devais retirer. La poste m'apporta une foule de lettres; toutes m'enjoignaient d'envoyer ma démission. Des personnes même que je connaissais à peine se crurent obligées de me prescrire la retraite.

1.
« Au mois d'août 1829, j'étais à Cauterets avec M. de Chateaubriand, écrit Clausel dans ses notes de 1832. On annonçait l'arrivée prochaine de M. de Polignac au Ministère; je lui écrivis une lettre de *quatre pages*, bien *méditée*, pour lui démontrer qu'il ne pouvait pas former un ministère sans M. de Chateaubriand. Lorsque ma lettre arriva à Paris, le ministère était déjà formé... » (M.-J. Durry, *En marge*..., p. 32).

2.
Le Moniteur du 9 août 1829 annonça la formation du nouveau ministère. Il était ainsi composé: Polignac, présidence du Conseil et Affaires étrangères; La Bourdonnaye, Intérieur; Courvoisier, Justice; Chabrol, Finances; Bourmont, Guerre; l'amiral de Rigny, Marine; Montbel, Affaires ecclésiastiques et Instruction publique. Neveu du baron Louis, Rigny, un des vainqueurs de Navarin, devait apporter le lustre à l'équipe ministérielle. Nommé ministre sans avoir été consulté, il arriva le 15 à Paris et refusa d'entrer dans le cabinet. Il fut

JULES DE POLIGNAC (1780-1847).

remplacé par le baron d'Haussez, préfet de Bordeaux. Mme de Chateaubriand, dans ses *Cahiers*, fulmine à l'annonce de cette nomination et écrit : « Personne ne veut attaquer, mais tout le monde se prépare à la défense. Que veulent ces oiseaux sinistres ? [...] Au surplus c'est fort bien de vouloir renverser les institutions quand on ne les croit pas bonnes, mais il faut en avoir le moyen. Il faut d'abord commencer par inspirer de la confiance à cette nation qu'on veut tromper ; il ne faut [pas] s'entourer d'espèces ou de personnes sans nom, sans fortune, sans considération, enfin sorties de sous terre ou misérablement connues par leur servile adulation pour tous les pouvoirs passés, présents et à venir ; je ne parle ici ni des voleurs ni des assassins. Bonaparte seul savait niveler les partis à la hauteur de sa volonté et encore a-t-il trouvé quelque résistance, qui n'a pas nui à sa chute » (*Mémoires*..., pp. 121-122).

Je fus choqué de cet officieux intérêt pour ma bonne renommée. Grâce à Dieu, je n'ai jamais eu besoin qu'on me donnât des conseils d'honneur ; ma vie a été une suite de sacrifices qui ne m'ont jamais été commandés par personne ; en fait de devoir j'ai l'esprit primesautier. Les chutes me sont des ruines, car je ne possède rien que des dettes, dettes que je contracte dans des places où je ne demeure pas assez de temps pour les payer[3] ; de sorte que toutes les fois que je me retire, je suis réduit à travailler aux gages d'un libraire. Quelques-uns de ces fiers obligeants, qui me prêchaient l'honneur et la liberté par la poste, et qui me les prêchèrent encore bien plus haut lorsque j'arrivai à Paris, donnèrent leur démission de conseillers d'État ; mais les uns étaient riches, les autres ne se démirent pas des places secondaires qu'ils possédaient et qui leur laissèrent les moyens d'exister. Ils firent comme les protestants, qui rejettent quelques dogmes des catholiques et qui en conservent d'autres tout aussi difficiles à croire. Rien de complet dans ces oblations ; rien d'une pleine sincérité : on quittait douze ou quinze mille livres de rente, il est vrai, mais on rentrait chez soi opulent de son patrimoine, ou du moins pourvu de ce pain quotidien qu'on avait prudemment gardé. Avec ma personne, pas tant de façons ; on était rempli pour moi d'abnégation, on ne pouvait jamais assez se dépouiller pour moi de tout ce que je possédais : « Allons, Georges Dandin[4], le cœur au ventre ; corbleu ! mon gendre, ne forlignez[5] pas ; habit bas ! Jetez par la fenêtre deux cent mille livres de rente, une place selon vos goûts, une haute et magnifique place, l'empire des arts à Rome, le bonheur d'avoir enfin reçu la récompense de vos luttes longues et laborieuses. Tel est notre bon plaisir. À ce prix, vous aurez notre estime. De même que nous nous sommes dépouillés d'une casaque sous laquelle nous avons un bon gilet de flanelle, de même vous quitterez votre manteau de velours, pour rester nu. Il y a égalité parfaite, parité d'autel et d'holocauste. »

Et, chose étrange ! dans cette ardeur généreuse à me pousser dehors, les hommes qui me signifiaient leur volonté n'étaient ni mes amis réels, ni

---

3.
« Exceptons-en l'ambassade de Londres, où je fis des économies pour l'auteur en son lieu et place. Car je lui rapportai, somme ronde, soixante mille francs dont il ne se doutait guère [...]. Il est vrai que le ministre de 1823 consomma rapidement ce que l'ambassadeur de 1822 avait épargné ; deux mois après, il ne restait plus que la bourse vide et pendante sur la cheminée. M. de Chateaubriand me pria en souriant de la peser dans ma main, moi qui savais ce qu'elle avait été, pour mieux me convaincre de ce qu'elle était » (Marcellus, *Chateaubriand et son temps*, pp. 374-375).

4.
Voir *Georges Dandin*, acte I, scène 8 ; acte II, scène 9 ; et la fin de l'acte III.

5.
« Dégénérer de la vertu de ses ancêtres » *(Littré)*.

les copartageants de mes opinions politiques. Je devais m'immoler sur-le-champ au libéralisme, à la Doctrine[6] qui m'avait continuellement attaqué ; je devais courir le risque d'ébranler le trône légitime, pour mériter l'éloge de quelques poltrons d'ennemis, qui n'avaient pas le courage entier de mourir de faim.

J'allais me trouver noyé dans une longue ambassade ; les fêtes que j'avais données m'avaient ruiné, je n'avais pas payé les frais de mon premier établissement. Mais ce qui me navrait le cœur, c'était la perte de ce que je m'étais promis de bonheur pour le reste de ma vie.

Je n'ai point à me reprocher d'avoir octroyé à personne ces conseils catoniens qui appauvrissent celui qui les reçoit et non celui qui les donne ; bien convaincu que ces conseils sont inutiles à l'homme qui n'en a point le sentiment intérieur. Dès le premier moment, je l'ai dit, ma résolution fut arrêtée ; elle ne me coûta pas à prendre, mais elle fut douloureuse à exécuter. Lorsqu'à Lourdes, au lieu de tourner au midi et de rouler vers l'Italie, je pris le chemin de Pau, mes yeux se remplirent de larmes ; j'avoue ma faiblesse[7]. Qu'importe si je n'en ai pas moins accepté

6.

La Doctrine fait allusion aux doctrinaires, dont l'origine exacte est discutée. D'aucuns ont avancé que leur doctrine consistait précisément à ne pas en avoir. Guizot s'en expliquera plus tard en qualifiant ses amis et lui-même de «novateurs modérés», qui, tout en acceptant franchement la nouvelle société française (telle que l'avait faite toute l'histoire nationale, et non seulement 1789), entreprirent de fonder son gouvernement sur des bases rationnelles. Leurs principaux chefs furent de Serre, Camille Jordan, Guizot, Barante, Broglie, et la «tête pensante» Royer-Collard. Guizot, Broglie et Barante se rallieront à la monarchie de Juillet pour devenir les chefs de file du juste milieu, soucieux à la fois de se garder à gauche et à droite des ultras et du danger contre-révolutionnaire. Pour eux, la monarchie constitutionnelle de Juillet ramenait la Révolution à son principe pur (l'égalité devant la loi, c'est-à-dire la liberté pour tous) et la monarchie à sa raison d'être (la manifestation de l'unité nationale dans le temps). Elle est donc indissociablement un compromis politique et une synthèse historique au sens où elle constitue une forme politique parfaitement adéquate à l'accomplissement du mouvement de la civilisation.

7.

On lit dans *Le Moniteur* du 27 août 1829 : «On écrit de Pau, le 20 août : – "M. le vicomte de Chateaubriand est arrivé hier à Pau. L'illustre auteur du *Génie du Christianisme* a visité une partie de la ville et a longtemps contemplé le château d'Henri IV. Vers neuf heures une sérénade a été donnée au noble pair par les musiciens de la ville. Une foule considérable couvrait la cour de l'hôtel de France et les allées attenantes à la place royale. Un grand nombre de citoyens ont été admis dans les appartements du noble vicomte. Parmi les morceaux qui ont été exécutés dans cette sérénade improvisée, on a surtout remarqué la délicieuse romance du *Dernier des Abencérages : Combien j'ai douce souvenance* ! M. de Chateaubriand s'est rendu à l'empressement dont il était l'objet, et s'est montré à l'une des fenêtres. Des acclamations l'ont aussitôt accueilli et il y a répondu par ces paroles : Messieurs, je suis extrêmement sensible à l'honneur que vous voulez bien me faire ; je reconnais ne le mériter que par mon amour pour mon pays. Il est bien naturel que la ville qui a vu naître Henri IV ait bien voulu se souvenir de mon dévouement aux descendants de cet illustre roi." De nouvelles acclamations se sont fait entendre et la foule s'est ensuite paisiblement dispersée. – M. de Chateaubriand est parti ce matin à neuf heures pour Paris.»

et soutenu le cartel que m'envoyait la fortune ? Je ne revins pas vite, afin de laisser les jours s'écouler. Je dépelotonnai lentement le fil de cette route que j'avais remontée avec tant d'allégresse il y avait à peine quelques semaines.

Le prince de Polignac craignait ma démission. Il sentait qu'en me retirant je lui enlèverais aux chambres des votes royalistes, et que je mettrais son ministère en question. On lui suggéra la pensée de m'envoyer une estafette aux Pyrénées avec ordre du Roi de me rendre immédiatement à Rome, pour recevoir le Roi et la Reine de Naples qui venaient marier leur fille en Espagne[8]. J'aurais été fort embarrassé si j'avais reçu cet ordre. Peut-être me serais-je cru obligé d'y obéir, quitte à donner ma démission après l'avoir rempli. Mais, une fois à Rome, que serait-il arrivé ? Je me serais peut-être attardé ; les fatales journées m'auraient pu surprendre au Capitole. Peut-être aussi l'indécision où j'aurais pu rester aurait-elle donné la majorité parlementaire à M. de Polignac qui ne lui faillit que de quelques voix. L'adresse alors ne passait pas ; les ordonnances, résultat de cette adresse, n'auraient peut-être pas paru nécessaires à leurs funestes auteurs : *Dis aliter visum*[9].

---

8. Marie-Christine de Bourbon (1806-1878).

9. « Les dieux ont eu d'autres desseins » (Virgile, *Énéide*, l. II, v. 428).

Entrevue avec M. de Polignac. – Je donne ma démission de mon ambassade de Rome.

Je trouvai à Paris madame de Chateaubriand toute résignée. Elle avait la tête tournée d'être ambassadrice à Rome, et certes une femme l'aurait à moins ; mais, dans les grandes circonstances, ma femme n'a jamais hésité d'approuver ce qu'elle pensait propre à mettre de la consistance dans ma vie et à rehausser mon nom dans l'estime publique : en cela elle a plus de mérite qu'une autre *(a)*. Elle aime la représentation, les titres et la fortune ; elle déteste la pauvreté et le ménage chétif ; elle méprise ces susceptibilités, ces excès de fidélité et d'immolation qu'elle regarde comme de vraies duperies dont personne ne vous sait gré ; elle n'aurait jamais crié vive le Roi *quand même*[1] ; mais quand il s'agit de moi, tout change ; elle accepte d'un esprit ferme mes disgrâces en les maudissant *(b)*.

Il me fallait toujours jeûner, veiller, prier pour le salut de ceux qui se gardaient bien de se vêtir du cilice dont ils s'empressaient de m'affubler. J'étais l'âne saint, l'âne chargé des arides reliques de la liberté[2] ; reliques qu'ils adoraient en grande dévotion, pourvu qu'ils n'eussent pas la peine de les porter *(c)*.

1.
Formule qui clôt le Post-scriptum de *la Monarchie selon la Charte* (1816), au moment où Chateaubriand apprit la dissolution de la Chambre introuvable (voir *supra*, l. XXV, chap. 3, note 4, pp. 1611-1612).

2.
Chateaubriand aimait les ânes. « C'est nous, nation rieuse, qui avons fait de l'âne un animal abject, disait-il à Marcellus. Est-ce donc parce qu'il est l'auxiliaire et le compagnon de la pauvreté qu'on le méprise ? Il était à son origine aussi noble que les autres véhicules animés des

CHARLES X (1757-1836).

humains, l'éléphant, le chameau, le cheval. Plus patient, plus sobre, presque aussi courageux que le dernier, moins docile, plus opiniâtre ; sa décadence date des croisades ; et pourtant nos aïeux ont pu voir ce qu'il était en Orient : les poètes primitifs seuls lui ont rendu justice. Souvenez-vous de l'âne de l'*Iliade* rapproché d'Ajax et de tout ce que dit Job sur la vitesse, la beauté et l'indépendance de ce fils du désert. Je me ferais volontiers l'avocat de certaines œuvres de Dieu en disgrâce auprès des hommes ; et en première ligne figureraient l'âne et le chat» (*Chateaubriand et son temps*, pp. 431-432). «L'âne chargé de reliques» renvoie à La Fontaine, *Fables*, l. V, fable 14 : *L'Âne portant des reliques*.

Le lendemain de mon retour à Paris, je me rendis chez M. de Polignac. Je lui avais écrit cette lettre en arrivant :

« Paris, ce 28 août 1829.
« Prince,
« J'ai cru qu'il était plus digne de notre ancienne amitié, plus convenable à la haute mission dont j'étais honoré, et avant tout plus respectueux envers le Roi, de venir déposer moi-même ma démission à ses pieds, que de vous la transmettre précipitamment par la poste. Je vous demande un dernier service, c'est de supplier Sa Majesté de vouloir bien m'accorder une audience, et d'écouter les raisons qui m'obligent à renoncer à l'ambassade de Rome. Croyez, prince, qu'il m'en coûte, au moment où vous arrivez au pouvoir, d'abandonner cette carrière diplomatique que j'ai eu le bonheur de vous ouvrir.
« Agréez, je vous prie, l'assurance des sentiments que je vous ai voués et de la haute considération avec laquelle j'ai l'honneur d'être, prince,
« Votre très-humble et très-obéissant
« serviteur,
« CHATEAUBRIAND. »

En réponse à cette lettre, on m'adressa ce billet des bureaux des affaires étrangères :

« Le prince de Polignac a l'honneur d'offrir ses compliments à M. le vicomte de Chateaubriand, et le prie de passer au ministère demain dimanche, à neuf heures précises, si cela lui est possible.
« Samedi, quatre heures. »

J'y répliquai sur-le-champ par cet autre billet :

« Paris, ce 29 août 1829 au soir.
« J'ai reçu, prince, une lettre de vos bureaux qui m'invite à passer demain 30, à neuf heures précises, au ministère, si cela m'est possible. Comme cette lettre ne m'annonce pas l'audience du Roi que je vous avais prié de demander, j'attendrai que vous ayez quelque chose d'officiel à me communiquer sur la démission que je désire mettre aux pieds de Sa Majesté.
« Mille compliments empressés,
« CHATEAUBRIAND. »

Alors M. de Polignac m'écrivit ces mots de sa propre main :

« J'ai reçu votre petit mot, mon cher vicomte ; je serai charmé de vous voir demain sur les dix heures, si cette heure peut vous convenir.

« Je vous renouvelle l'assurance de mon ancien et sincère attachement.

« LE PRINCE DE POLIGNAC. »

Ce billet me parut de mauvais augure ; sa réserve diplomatique me fit craindre un refus du Roi. Je trouvai le prince de Polignac dans le grand cabinet que je connaissais si bien[3]. Il accourut au-devant de moi, me serra la main avec une effusion de cœur que j'aurais voulu croire sincère, et puis, me jetant un bras sur l'épaule, nous commençâmes à nous promener lentement d'un bout à l'autre du cabinet. Il me dit qu'il n'acceptait point ma démission ; que le Roi ne l'acceptait pas ; qu'il fallait que je retournasse à Rome. Toutes les fois qu'il répétait cette dernière phrase, il me crevait le cœur : « Pourquoi, me disait-il, ne voulez-vous pas être dans les affaires avec moi comme avec La Ferronnays[4] et Portalis ? Ne suis-je pas votre ami ? Je vous donnerai à Rome tout ce que vous voudrez ; en France, vous serez plus ministre que moi, j'écouterai vos conseils. Votre retraite peut faire naître de nouvelles divisions. Vous ne voulez pas nuire au gouvernement ? Le Roi sera fort irrité si vous persistez à vouloir vous retirer. Je vous en supplie, cher vicomte, ne faites pas cette sottise. »

Je répondis que je ne faisais pas une sottise ; que j'agissais dans la pleine conviction de ma raison ; que son ministère était très-impopulaire ; que ces préventions pouvaient être injustes, mais qu'enfin elles existaient ; que la France entière était persuadée qu'il attaquerait les libertés publiques, et que moi, défenseur de ces libertés, il m'était impossible de m'embarquer avec ceux qui passaient pour en être les ennemis. J'étais

---

3.

Celui des Affaires étrangères, puisque Polignac cumulait les fonctions de ministre et de président du Conseil. Il faudra attendre le XXe siècle pour qu'apparaisse dans les usages politiques une règle nouvelle, qui donne au président du Conseil ou au Premier ministre un rôle spécifique, distinct de la détention d'un portefeuille ministériel.

4.

La mauvaise santé de La Ferronnays avait compromis la stabilité du cabinet Martignac. Par un paradoxe curieux, La Ferronnays, dont l'état s'était amélioré, acceptera de Polignac de remplacer Chateaubriand à Rome. D'où le courroux de Mme de Chateaubriand, qui écrit : « Pourquoi le ministère actuel a-t-il nommé M. de La Ferronnays à l'ambassade de Rome [...] ? M. de La Ferronnays faisait aussi partie de l'ancien ministère ! il a pris part à toutes ses opérations, surtout à celle qui lui a fait donner le nom d'infâme par l'infâme *Gazette de France*. Mais M. de La Ferronnays est le beau-frère de M. de Blacas et par ce bonheur, notre ami (?) a été lavé de toutes les iniquités ; car autrement on n'expliquerait pas comment notre ministère de saints aurait chargé un renégat (car enfin La Ferronnays est comme les autres) de la réussite de ses affaires religieuses avec Rome » (*Mémoires*..., p. 121).

assez embarrassé dans cette réplique, car au fond je n'avais rien à objecter d'immédiat aux nouveaux ministres ; je ne pouvais les attaquer que dans un avenir qu'ils étaient en droit de nier. M. de Polignac me jurait qu'il aimait la Charte autant que moi ; mais il l'aimait à sa manière, il l'aimait de trop près. Malheureusement la tendresse que l'on montre à une fille que l'on a déshonorée lui sert peu.

La conversation se prolongea sur le même texte près d'une heure. M. de Polignac finit par me dire que, si je consentais à reprendre ma démission, le Roi me verrait avec plaisir et écouterait ce que je voudrais lui dire contre son ministère ; mais que si je persistais à vouloir donner ma démission, Sa Majesté pensait qu'il lui était inutile de me voir, et qu'une conversation entre elle et moi ne pouvait être qu'une chose désagréable. Je répliquai : « Regardez donc, prince, ma démission comme donnée. Je ne me suis jamais rétracté de ma vie, et, puisqu'il ne convient pas au Roi de voir son fidèle sujet, je n'insiste plus. » Après ces mots je me retirai. Je priai le prince de rendre à M. le duc de Laval l'ambassade de Rome, s'il la désirait encore, et je lui recommandai ma légation. Je repris ensuite à pied, par le boulevard des Invalides, le chemin de mon Infirmerie, pauvre blessé que j'étais. M. de Polignac me parut, lorsque je le quittai, dans cette confiance imperturbable qui faisait de lui un muet éminemment propre à étrangler un empire[5].

Ma démission d'ambassadeur à Rome étant donnée, j'écrivis au Souverain Pontife :

5.
« Hélas ! c'est cette même confiance dont j'ai entendu tant de fois l'expression s'échapper des lèvres de l'aveugle ministre », commente Marcellus, qui rapporte assez longuement les propos désabusés de Chateaubriand tenus à Mme Récamier à l'issue de cet important entretien : « "Aveugle ministre, disait-il, qui, appelé au sein des périls, se croise les bras après s'être frotté les mains, et croit la France satisfaite et sauvée par le fait seul de ce joyeux avènement ! Sous le régime de la Charte, si c'est encore le caprice d'un roi qui nomme les ministres, c'est la popularité seule qui les fait durer. Il ne faut pas plus un Polignac sous Charles X qu'il ne fallait un Decazes sous Louis XVIII. Le favoritisme n'est pas un rouage constitutionnel. [...]" Puis, après un moment de silence [...] : "Mais pourtant, me dit-il, mon cher ami, ne prenez point modèle sur moi, car je ne ressemble à personne. [...] Mes inconséquences n'ont-elles pas cent fois frappé votre esprit ? [...] Moi qui vois si juste dans les affaires des autres, me croyez-vous aveugle pour les miennes ? Je me creuse un abîme où je m'enfonce tous les jours plus avant. Je n'arriverai jamais à ce ministère où j'aspire encore après l'avoir trouvé si amer. Le cœur des princes est blessé ; j'y retourne le poignard plus profondément chaque jour. Et quand la France entière demanderait pour moi le portefeuille des affaires étrangères, les Tuileries ne cesseraient de dire : *Jamais !* [...] Eh bien ! s'ils ne m'entraînent bientôt avec eux dans une chute commune, le temps n'est pas loin où je pourrai couvrir encore de mon nom et de ma popularité ces ingrats qui m'oublient. On m'appellera au secours de la dynastie mourante, mais pourrai-je retarder son dernier soupir ?" » (*Chateaubriand et son temps*, pp. 376 et 381-384).

«Très-Saint-Père,

«Ministre des affaires étrangères en France en 1823, j'eus le bonheur d'être l'interprète des sentiments du feu Roi Louis XVIII pour l'exaltation désirée de Votre Sainteté à la chaire de Saint-Pierre. Ambassadeur de Sa Majesté Charles X près la cour de Rome, j'ai eu le bonheur plus grand encore de voir votre Béatitude élevée au souverain Pontificat, et de l'entendre m'adresser des paroles qui seront la gloire de ma vie. En terminant la haute mission que j'avais l'honneur de remplir auprès d'elle, je viens lui témoigner les vif regrets dont je ne cesserai d'être pénétré. Il ne me reste, très-Saint-Père, qu'à mettre à vos pieds sacrés ma sincère reconnaissance pour vos bontés, et à vous demander votre bénédiction apostolique.

«Je suis, avec la plus grande vénération et le plus profond respect,

«De Votre Sainteté

«Le très-humble et très-obéissant serviteur,

«CHATEAUBRIAND.»

J'achevai pendant plusieurs jours de me déchirer les entrailles dans mon Utique[6]; j'écrivis des lettres[7] pour démolir l'édifice que j'avais élevé avec tant d'amour. Comme dans la mort d'un homme ce sont les petits détails, les actions domestiques et familières qui touchent, dans la mort d'un songe les petites réalités qui le détruisent sont plus poignantes. Un exil éternel sur les ruines de Rome avait été ma chimère. Ainsi que Dante, je m'étais arrangé pour ne plus rentrer dans ma patrie. Ces élucidations testamentaires n'auront pas, pour les lecteurs de ces *Mémoires*, l'intérêt qu'elles ont pour moi. Le vieil oiseau tombe de la branche où il se réfugie; il quitte la vie pour la mort. Entraîné par le courant, il n'a fait que changer de fleuve.

6.
Pour Plutarque, Caton d'Utique incarne le patriotisme et l'amour de la liberté *(Vies des hommes illustres)*. Chateaubriand se guinde dans un stoïcisme politique qui l'amène à se dépouiller de ce qui lui est le plus cher.

7.
L'une d'entre elles, adressée au duc de Laval, a été publiée par V. Giraud, *Chateaubriand, Études littéraires*, pp. 269-270.

Flagorneries des journaux.

Quand les hirondelles approchent du moment de leur départ, il y en a une qui s'envole la première pour annoncer le passage prochain des autres : j'étais la première aile qui devançait le dernier vol de la légitimité. Les éloges dont m'accablaient les journaux me charmaient-ils ? pas le moins du monde. Quelques-uns de mes amis croyaient me consoler en m'assurant que j'étais au moment de devenir premier ministre ; que ce coup de partie joué si franchement décidait de mon avenir : ils me supposaient de l'ambition dont je n'avais pas même le germe. Je ne comprends pas qu'un homme qui a vécu seulement huit jours avec moi ne se soit pas aperçu de mon manque total de cette passion, au reste fort légitime, laquelle fait qu'on pousse jusqu'au bout la carrière politique. Je guettais toujours l'occasion de me retirer : si j'étais tant passionné pour l'ambassade de Rome, c'est précisément parce qu'elle ne menait à rien, et qu'elle était une retraite dans une impasse.

Enfin, j'avais au fond de la conscience une certaine crainte d'avoir déjà poussé trop loin l'opposition ; j'en allais forcément devenir le lien, le centre et le point de mire : j'en étais effrayé, et cette frayeur augmentait les regrets du tranquille abri que j'avais perdu.

Quoi qu'il en soit, on brûlait force encens devant l'idole de bois descendue de son autel. M. de Lamartine, nouvelle et brillante illustration de la France, m'écrivait au sujet de sa candidature à l'Académie[1], et terminait ainsi sa lettre :

« M. de La Noue, qui vient de passer quelques moments chez moi, m'a dit qu'il vous avait laissé occupant vos nobles loisirs à élever un monument à

Alphonse de Lamartine (1790-1869).

1.
Lamartine s'était présenté une première fois en 1824. Il fut élu en 1829, l'emportant sur le général Louis-Philippe de Ségur, l'historien des guerres napoléoniennes, et Azaïs, plume stipendiée de Decazes, auteur d'ouvrages curieux dont *Compensation dans les destinées humaines.* Lamartine sera élu au 1er tour de scrutin par 19 voix, dont celle de Chateaubriand (contre 14 à Ségur). Chateaubriand lui avait promis sa voix mais Lamartine, injustement méfiant, en doutait.

la France. Chacune de vos disgrâces volontaires et courageuses apportera ainsi son tribut d'estime à votre nom, et de gloire à votre pays.»

Cette noble lettre de l'auteur des *Méditations poétiques*[2] fut suivie de celle de M. de Lacretelle[3]. Il m'écrivait à son tour:

«Quel moment ils choisissent pour vous outrager[4], vous l'homme des sacrifices, vous à qui les belles actions ne coûtent pas plus que les beaux ouvrages *(a)*! Votre démission et la formation du nouveau ministère m'avaient paru d'avance deux événements liés. Vous nous avez familiarisés aux actes de dévouement, comme Bonaparte nous familiarisait avec la victoire; mais il avait, lui, beaucoup de compagnons, et vous ne comptez pas beaucoup d'imitateurs *(b)*.»

Deux hommes fort lettrés et écrivains d'un grand mérite, M. Abel Rémusat et M. Saint-Martin, avaient seuls alors la faiblesse de s'élever contre moi; ils étaient attachés à M. le baron de Damas. Je conçois qu'on soit un peu irrité contre ces gens qui méprisent les places: ce sont là de ces insolences qu'on ne doit pas tolérer.

M. Guizot lui-même daigna visiter ma demeure; il crut pouvoir franchir l'immense distance que la nature a mise entre nous; en m'abordant il me dit ces paroles pleines de tout ce qu'il se devait: «Monsieur, *c'est bien différent aujourd'hui!*» Dans cette année 1829, M. Guizot eut besoin de moi pour son élection; j'écrivis aux électeurs de Lisieux; il fut nommé[5]; M. de Broglie m'en remercia par ce billet:

2.
Les *Méditations poétiques* de Lamartine avaient été saluées de louanges unanimes à leur parution en 1820. L'auteur était devenu la «coqueluche» des salons ultras du faubourg Saint-Germain.

3.
Il s'agit de Charles-Jean-Dominique de Lacretelle, dit Lacretelle le Jeune.

4.
La *Gazette de France* s'était déchaînée contre Chateaubriand à Rome, dénonçant ses intrigues, son incapacité et son libéralisme odieux. La démission fut considérée comme sans excuse. En témoigne un violent article dans la *Gazette*, du 31 août: «La démission de M. de Chateaubriand n'a surpris personne. Elle est la conséquence forcée de la faute qu'il a commise envers son pays et envers son Roi, quand, abjurant ses principes, ses écrits et la conduite honorable qu'il avait tenue depuis la Restauration, il résolut d'ébranler la monarchie, afin de faire tomber le ministère qui avait eu le tort de ne pas se laisser renverser par lui. Dès lors M. de Chateaubriand appartint à la cause du mal; dès lors il perdit toute la liberté de son esprit et de son jugement; l'ordre monarchique qui l'accusait lui devint odieux. Ses derniers écrits sur les Stuarts ont prouvé toute la profondeur de la blessure que l'orgueil avait fait *[sic]* à cette âme déchue. Sous un ministère libéral, M. de Chateaubriand accepta un poste éclatant, dans lequel il trouvait, au milieu des arts, des fêtes et des prestiges du luxe et de la grandeur, une diversion aux tourments de son esprit, c'est une trêve que lui laissait le génie du chaos qui devait plus tard le posséder tout entier. Dans cette position élevée, M. de Chateaubriand n'a pu rien faire pour sa gloire. Sa politique heureusement déçue, et son discours au conclave, ne

François Guizot (1787-1874).

changeront point l'idée qu'on avait sur sa capacité diplomatique. Cette ambassade n'aura été pour lui qu'une distraction passagère et un moyen d'exercer les habitudes de libéralité qui lui sont propres, et d'accomplir cette devise qu'il a empruntée à l'ancienne famille des Chateaubriand : *Je sème l'or.* On ne savait pas comment se réaliserait la chute politique de M. de Chateaubriand, quoique cet événement fût prévu de tout le monde. Déjà on a pu remarquer dans la session dernière le peu de consistance qu'avaient les espérances ambitieuses de ce personnage arrivé de Rome sur la foi de ses amis qui lui promettaient un ministère de coalition. Quelques jours après son arrivée à Paris, M. de Chateaubriand se trouvait dans la situation où eût été Buonaparte s'il eût manqué son 18 brumaire. En donnant aujourd'hui sa démission, il rompt le dernier chaînon qui le rattachait à la cause de l'ordre, il perd tous les avantages de la situation qu'on appliquait à ses anciens services, il s'associe à tous les esprits de l'abîme. Il s'est déclaré pour le journalisme contre la royauté ; qu'il subisse donc la destinée qu'il s'est faite ! » (*in L'Ambassade romaine de Chateaubriand*, appendice IV, p. 163).

5.

Après la mort du savant chimiste Vauquelin (15 octobre 1829), Guizot se présentant au siège vacant (arrondissements de Lisieux et de Pont-l'Évêque), fut élu le 23 janvier 1830, à une forte majorité. La lettre de recommandation de Chateaubriand, diffusée par le duc de Broglie, lui permit sans doute d'élargir son assise électorale au-delà des libéraux, et donc d'être élu. Voir Ch.-H. Pouthas, *Guizot sous la Restauration*, p. 403 *sqq.*

«Permettez-moi de vous remercier, monsieur, de la lettre que vous avez bien voulu m'adresser. J'en ai fait l'usage que j'en devais faire et je suis convaincu que, comme tout ce qui vient de vous, elle portera ses fruits et des fruits salutaires. Pour ma part, j'en suis aussi reconnaissant que s'il s'agissait de moi-même, car il n'est aucun événement auquel je sois plus identifié et qui m'inspire un plus vif intérêt.»

Les journées de juillet ayant trouvé M. Guizot député, il en est résulté que je suis devenu en partie la cause de son élévation politique : la prière de l'humble est quelquefois écoutée du ciel.

Les premiers collègues de M. de Polignac.

Les premiers collègues de M. de Polignac furent MM. de Bourmont, de La Bourdonnaye, de Chabrol, Courvoisier et Montbel.

Le 17 juin 1815, étant à Gand et descendant de chez le Roi, je rencontrai au bas de l'escalier un homme en redingote et en bottes crottées, qui montait chez Sa Majesté. À sa physionomie spirituelle, à son nez fin, à ses beaux yeux doux de couleuvre, je reconnus le général Bourmont ; il avait déserté l'armée de Bonaparte le 14. Le comte de Bourmont est un officier de mérite, habile à se tirer des pas difficiles ; mais un de ces hommes qui, mis en première ligne, voient les obstacles et ne les peuvent vaincre, faits qu'ils sont pour être conduits, non pour conduire : heureux dans ses fils, Alger lui laissera un nom.

Le comte de La Bourdonnaye, jadis mon ami, est bien le plus mauvais coucheur qui fut oncques : il vous lâche des ruades, sitôt que vous approchez de lui ; il attaque les orateurs à la Chambre, comme ses voisins à la campagne ; il chicane sur une parole, comme il fait un procès pour un fossé. Le matin même du jour où je fus nommé ministre des affaires étrangères, il vint me déclarer qu'il rompait avec moi : j'étais ministre. Je ris et je laissai aller ma mégère masculine, qui, riant elle-même, avait l'air d'une chauve-souris contrariée.

M. de Montbel, ministre d'abord de l'instruction publique, remplaça M. de La Bourdonnaye à l'intérieur quand celui-ci se fut retiré, et M. Guernon-Ranville suppléa M. de Montbel à l'instruction publique.

Des deux côtés on se préparait à la guerre : le parti du ministère faisait paraître des brochures ironiques contre le *Représentatif* ; l'opposition s'organisait et parlait de refuser l'impôt en cas de violation de la Charte.

Il se forma une association publique pour résister au pouvoir, appelée l'*Association bretonne*[1]: mes compatriotes ont souvent pris l'initiative dans nos dernières révolutions[2]; il y a dans les têtes bretonnes quelque chose des vents qui tourmentent les rivages de notre péninsule.

Un journal[3], composé dans le but avoué de renverser l'ancienne dynastie, vint échauffer les esprits. Le jeune et beau libraire Sautelet, poursuivi de la manie du suicide, avait eu plusieurs fois l'envie de rendre sa mort utile à son parti par quelque coup d'éclat; il était chargé du matériel de la feuille républicaine: MM. Thiers, Mignet et Carrel en étaient les rédacteurs. Le patron du *National*, M. le prince de Talleyrand, n'apportait pas un sou à la caisse; il souillait seulement l'esprit du journal en versant au fonds commun son contingent de trahison et de pourriture. Je reçus à cette occasion le billet suivant de M. Thiers:

«Monsieur,

«Ne sachant si le service d'un journal qui débute sera exactement fait, je vous adresse le premier numéro du *National*. Tous mes collaborateurs s'unissent à moi pour vous prier de vouloir bien vous considérer, non comme souscripteur, mais comme notre lecteur bénévole. Si dans ce premier article, objet de grand souci pour moi, j'ai réussi à exprimer des opinions que vous approuviez, je serai rassuré et certain de me trouver dans une bonne voie.

«Recevez, monsieur, mes hommages,

«A. THIERS.»

Je reviendrai sur les rédacteurs du *National*; je dirai comment je les ai connus; mais dès à présent je dois mettre à part M. Carrel: supérieur à MM. Thiers et Mignet, il avait la simplicité de se regarder, à l'époque où je me liai avec lui, comme venant après les écrivains qu'il devançait: il soutenait avec son épée les opinions que ces gens de plume dédaignaient.

1.
Le *Journal du commerce* du 11 septembre 1829 publia sous ce titre *Association bretonne*, le prospectus d'une société dont les membres s'engageaient à ne plus payer l'impôt dans le cas où la Charte serait violée. Le *Courrier français* reproduisit l'article du *Journal du commerce*. Les gérants des deux journaux furent condamnés en première instance à un mois de prison et 500 frs d'amende. Ce jugement fut confirmé par la Cour royale, le 11 mars 1830.

2.
Chateaubriand se souvient que les députés aux États généraux avaient constitué à Versailles le club breton, le premier des clubs politiques, d'où sortit le célèbre club des Jacobins.

3.
Le National, dont le 1er numéro parut le 3 janvier 1830, avait été fondé par Thiers, Mignet et Armand Carrel.

Expédition d'Alger.

Pendant qu'on se disposait au combat, les préparatifs de l'expédition d'Alger s'achevaient[1]. Le général Bourmont, ministre de la guerre, s'était fait nommer chef de cette expédition : voulut-il se soustraire à la responsabilité du coup d'État qu'il sentait venir ? Cela serait assez probable d'après ses antécédents et sa finesse ; mais ce fut un malheur pour Charles X. Si le général s'était trouvé à Paris lors de la catastrophe, le portefeuille vacant du ministère de la guerre ne serait pas tombé aux mains de M. de Polignac. Avant de frapper le coup, dans le cas où il y eût consenti, M. de Bourmont eût sans doute rassemblé à Paris toute la garde royale ; il aurait préparé l'argent et les vivres nécessaires pour que le soldat ne manquât de rien.

Notre marine ressuscitée[2] au combat de Navarin sortit de ces ports de France, naguère si abandonnés. La rade était couverte de navires qui saluaient la terre en s'éloignant. Des bateaux à vapeur, nouvelle décou-

1.
L'expédition, décidée le 31 janvier 1830, dénoncée par les libéraux et menée en dépit de l'Angleterre, fut engagée du 25 au 27 mai 1830. Le débarquement dans la baie de Sidi-Ferruch, à 20 km d'Alger, eut lieu le 14 juin au matin. Dominés par un ennemi supérieur en nombre mais mal armé, les Français progressèrent rapidement. Le 5 juillet, le drapeau français fut hissé sur la Casbah et sur les forts d'Alger. « Vingt jours ont suffi, dit fièrement Bourmont dans sa proclamation aux troupes, pour la destruction d'un État dont l'existence fatiguait l'Europe depuis trois siècles. » Allusion aux exactions répétées des pirates barbaresques.

2.
Après les défaites navales de la Révolution et de l'Empire, la marine sembla renaître sous la Restauration, avec la bataille de Navarin, en 1827 (voir *supra*, l. XXVIII, chap. 16, note 12, p. 1836).

verte du génie de l'homme, allaient et venaient portant des ordres d'une division à l'autre, comme des sirènes ou comme les aides de camp de l'amiral. Le Dauphin se tenait sur le rivage où toutes les populations de la ville et des montagnes étaient descendues : lui, qui, après avoir arraché son parent le roi d'Espagne aux mains des révolutions, voyait se lever le jour par qui la chrétienté devait être délivrée, aurait-il pu se croire si près de sa nuit[3] ?

Ils n'étaient plus ces temps où Catherine de Médicis sollicitait du Turc l'investiture de la principauté d'Alger pour Henri III, non encore roi de Pologne ! Alger allait devenir notre fille et notre conquête, sans la permission de personne, sans que l'Angleterre osât nous empêcher de prendre ce *château de l'Empereur*, qui rappelait Charles-Quint et le changement de sa fortune[4]. C'était une grande joie et un grand bonheur pour les spectateurs français assemblés de saluer, du salut de Bossuet, les généreux vaisseaux prêts à rompre de leur proue la chaîne des esclaves ; victoire agrandie par ce cri de l'aigle de Meaux, lorsqu'il annonçait le succès de l'avenir au grand Roi, comme pour le consoler un jour dans sa tombe de la dispersion de sa race[5] :

« Tu céderas ou tu tomberas sous ce vainqueur, Alger, riche des dépouilles de la chrétienté. Tu disais en ton cœur avare[6] : Je tiens la mer sous mes lois et les nations sont ma proie. La légèreté de tes vaisseaux te donnait de la confiance, mais tu te verras attaqué dans tes murailles comme un oiseau ravissant qu'on irait chercher parmi ses rochers et

---

3.

Le 5 mai 1830, à Toulon, le duc d'Angoulême passa en revue la flotte prête à mettre les voiles. Elle s'élevait à 675 bâtiments de guerre et de commerce et ne comptait pas moins de 11 vaisseaux, 24 frégates et 70 navires de guerre de moindre force. La flotte était commandée par le vice-amiral Duperré.

4.

En 1535, pour vaincre Khayr al-Dinn (Barberousse), marin de génie qui disputait à Andrea Doria la suprématie en Méditerranée, Charles Quint réunit une flotte de 400 voiles et 25 000 hommes ; commandant lui-même cette armée, il s'empara de Tunis mais n'osa point aller mettre le siège devant Alger et les corsaires barbaresques reprirent leur course avec une audace croissante. Une nouvelle expédition, réunissant l'Espagne, l'Italie et l'Ordre de Malte, débarqua le 26 octobre 1541 à l'est d'Alger. La résistance d'Alger fut acharnée et Charles Quint, privé de munitions – une tempête effroyable avait eu raison de son « Armada » –, fit retraite en présence d'un ennemi qui harcelait les troupes, égorgeait les traînards, massacrait les blessés. À travers le souvenir de Charles Quint humilié, l'opinion s'établit que personne ne pouvait réussir là où le puissant rival de François Ier n'avait essuyé que des revers.

5.

Oraison funèbre de la reine Marie-Thérèse, 1er septembre 1683.

6.

Au sens du latin *avarus* : avide.

dans son nid, où il partage son butin à ses petits. Tu rends déjà tes esclaves. Louis a brisé les fers dont tu accablais ses sujets, qui sont nés pour être libres sous son glorieux empire[7]. Les pilotes étonnés s'écrient par avance : *Qui est semblable à Tyr ? Et toutefois elle s'est tue dans le milieu de la mer*[8]. »

Paroles magnifiques, n'avez-vous pu retarder l'écroulement du trône ? Les nations marchent à leurs destinées ; à l'instar de certaines ombres du Dante, il leur est impossible de s'arrêter, même dans le bonheur.

Ces vaisseaux, qui apportaient la liberté aux mers de la Numidie, emportaient la légitimité ; cette flotte sous pavillon blanc, c'était la monarchie qui appareillait, s'éloignant des ports où s'embarqua saint Louis[9], lorsque la mort l'appelait à Carthage. Esclaves délivrés des bagnes d'Alger, ceux qui vous ont rendus à votre pays ont perdu leur patrie ; ceux qui vous ont arrachés à l'exil éternel sont exilés. Le maître de cette vaste flotte a traversé la mer sur une barque en fugitif, et la France pourra lui dire ce que Cornélie disait à Pompée : « C'est bien une œuvre de ma fortune, non pas de la tienne, que je te vois maintenant réduit à une seule pauvre petite nave, là où tu voulois cingler avec cinq cents voiles[10]. »

Parmi cette foule qui au rivage de Toulon suivait des yeux la flotte partant pour l'Afrique, n'avais-je pas des amis ? M. du Plessis, frère de mon beau-frère[11], ne recevait-il pas à son bord une femme charmante, madame Lenormant, qui attendait le retour de l'ami de Champollion[12] ? Qu'est-il résulté de ce vol exécuté en Afrique à tire-d'ailes ? Écoutons M. de Penhoen, mon compatriote : « Deux mois ne s'étaient pas écoulés depuis que nous avions vu ce même pavillon flotter en face de ces mêmes rivages au-dessus de cinq cents navires. Soixante mille hommes

---

7. Alger avait été bombardée par les galiotes à bombes de l'ingénieur Petit-Renaud, le 28 octobre 1681, sous le commandement de Duquesne.

8. *Quis est ut Tyrus...* Prophétie d'Ézéchiel (XXVII, 32).

9. Le 1er juillet 1270, à Aigues-Mortes (voir *Itinéraire*, Pléiade, p. 1204 *sqq.*).

10. Plutarque, *Vie de Pompée* (trad. d'Amyot), chap. CV.

11. Le chevalier du Plessis-Parscau, frère du comte du Plessis (qui avait épousé la sœur de Mme de Chateaubriand).

12. Charles Lenormant, après avoir accompagné Champollion en Égypte et fait partie de l'expédition scientifique en Morée, était à la veille de revenir en France.

étaient alors impatients de l'aller déployer sur le champ de bataille de l'Afrique. Aujourd'hui quelques malades, quelques blessés se traînant péniblement sur le pont de notre frégate, étaient son unique cortège... Au moment où la garde prit les armes pour saluer comme de coutume le pavillon à son ascension ou à sa chute, toute conversation cessa sur le pont. Je me découvris avec autant de respect que j'eusse pu le faire devant le vieux Roi lui-même. Je m'agenouillai au fond du cœur devant la majesté des grandes infortunes dont je contemplais tristement le symbole* [13].» [* *Mémoires d'un officier d'état-major*, par le baron Barchou de Penhoen ; page 427.]

13.
Villemain rapporte la réaction de Chateaubriand à l'annonce de l'expédition d'Alger : « Voilà [...] de ces choses qui appartiennent à la tradition de l'ancienne France, à l'hérédité de saint Louis et de Louis XIV ; voilà ce que fait la Royauté légitime. Dans sa crise actuelle, avec ses misérables instruments, malgré ses peurs exagérées, je le veux, elle conçoit une entreprise généreuse et chrétienne, ce que je conseillais dès 1816 [*Proposition faite à la Chambre des pairs, dans la séance du 9 avril 1816, relative aux Puissances barbaresques*, *OC*, t. XXIII, pp. 155-158], ce qu'elle aurait fait plus tard, avec moi, si elle avait eu le bon sens de me garder. [...] Rien ne m'étonne de la valeur française. Seulement, cela me ravit, sans me rassurer. Qui connaît les abîmes de la Providence ? Elle peut du même coup abattre le vainqueur à côté du vaincu, agrandir un Royaume et renverser une Dynastie » (*Monsieur de Chateaubriand...*, p. 447).

Ouverture de la session de 1830. – Adresse. – La Chambre est dissoute.

La session de 1830 s'ouvrit le 2 mars. Le discours du trône faisait dire au Roi : « Si de coupables manœuvres suscitent à mon gouvernement des obstacles que je ne peux pas, que je ne veux pas prévoir, je trouverai la force de les surmonter. » Charles X prononça ces mots du ton d'un homme qui, habituellement timide et doux, se trouve par hasard en colère, s'anime au son de sa voix : plus les paroles étaient fortes, plus la faiblesse des résolutions apparaissait derrière.

L'adresse en réponse fut rédigée par MM. Étienne et Guizot. Elle disait : « Sire, la Charte consacre comme un droit l'intervention du pays dans la délibération des intérêts publics. Cette intervention fait du concours permanent des vues de votre gouvernement avec les vœux du peuple la condition indispensable de la marche régulière des affaires publiques. Sire, notre loyauté, notre dévouement, nous condamnent à vous dire que ce CONCOURS N'EXISTE PAS. »

L'adresse fut votée à la majorité de deux cent vingt et une voix contre cent quatre-vingt-une. Un amendement de M. de Lorgeril faisait disparaître la phrase sur le *refus du concours*[1]. Cet amendement n'obtint que vingt-huit suffrages. Si les deux cent vingt et un avaient pu prévoir le résultat de leur vote, l'adresse eût été rejetée à une immense majorité. Pourquoi la Providence ne lève-t-elle pas quelquefois un coin du voile qui couvre l'avenir ! Elle en donne, il est vrai, un pressentiment à certains hommes *(a)* ; mais ils n'y voient pas assez clair pour bien s'assurer de la route ; ils craignent de s'abuser, ou, s'ils s'aventurent dans des prédictions qui s'accomplissent, on ne les croit pas. Dieu n'écarte point la nuée du fond de laquelle il agit ; quand il permet de grands maux, c'est

Le Grand Écart. « Enfoncé !! Gare la dessous ».

1.
Cet amendement était ainsi conçu : « Cependant notre honneur, notre conscience, la fidélité que nous avons jurée et que nous vous garderons toujours, nous imposent le devoir de faire connaître à Votre Majesté qu'au milieu des sentiments unanimes de respect et d'affection dont votre peuple vous entoure, de vives inquiétudes se sont manifestées à la suite des changements survenus depuis la dernière session. C'est à la haute sagesse de Votre Majesté qu'il appartient de les apprécier et d'y apporter le remède qu'elle croira convenable. Les prérogatives de la couronne placent dans ses mains augustes les moyens d'assurer cette harmonie constitutionnelle aussi nécessaire à la force du trône qu'au bonheur de la France. » Inspiré par Martignac, il fut combattu à gauche par Guizot, qui lui reprochait de tenir un langage trop faible au roi, et à droite par Berryer, comme attaquant les droits de la Couronne.

qu'il a de grands desseins; desseins étendus dans un plan général, déroulés dans un profond horizon hors de la portée de notre vue et de l'atteinte de nos générations rapides.

Le Roi, en réponse à l'adresse, déclara que sa résolution était immuable, c'est-à-dire qu'il ne renverrait pas M. de Polignac. La dissolution de la Chambre fut résolue: MM. de Peyronnet et de Chantelauze remplacèrent MM. de Chabrol et Courvoisier, qui se retirèrent; M. Capelle fut nommé ministre du commerce. On avait autour de soi vingt hommes capables d'être ministres; on pouvait faire revenir M. de Villèle; on pouvait prendre M. Casimir Périer et le général Sébastiani. J'avais déjà proposé ceux-ci au Roi, lorsqu'après la chute de M. de Villèle l'abbé Frayssinous fut chargé de m'offrir le ministère de l'instruction publique. Mais non; on avait horreur des gens capables. Dans l'ardeur qu'on ressentait pour la nullité, on chercha, comme pour humilier la France, ce qu'elle avait de plus petit afin de le mettre à sa tête. On avait déterré M. Guernon de Ranville, qui pourtant se trouva le plus courageux de la bande ignorée, et le Dauphin avait supplié M. de Chantelauze de sauver la monarchie.

L'ordonnance de dissolution[2] convoqua les collèges d'arrondissement pour le 23 juin 1830, et les collèges de département pour le 3 de juillet, vingt-sept jours seulement avant l'arrêt de mort de la branche aînée.

Les partis, fort animés, poussaient tout à l'extrême: les ultra-royalistes parlaient de donner la dictature à la couronne; les républicains songeaient à une République avec un Directoire ou sous une Convention.

2.
La Chambre des députés fut dissoute le 16 mai. L'ouverture de la nouvelle Chambre était fixée au 3 août. Rappelons que la Charte donnait au roi le pouvoir de dissoudre la Chambre des députés (art. 50), sauf obligation pour lui d'en convoquer une nouvelle dans le délai de trois mois. La dissolution, considérée comme une des manifestations du pouvoir modérateur du roi, fut fréquemment employée: ainsi le 13 juillet 1815, contre la Chambre des Cent-Jours, et le 5 septembre 1816, contre la Chambre introuvable. D'autres dissolutions suivirent jusqu'en 1830. Ce qui, en revanche, était plus contestable dans le conflit ouvert entre le ministère Polignac et les 221, «[...] ce fut la nouvelle dissolution immédiatement prononcée contre la Chambre élue et non encore réunie. Si elle ne violait pas la lettre judaïquement interprétée de l'article 50, elle en violait certainement l'esprit, tel que la coutume antérieure l'avait dégagé. On était entré, à la faveur des textes ambigus de la Charte, dans la pratique du régime parlementaire. Dès lors, la dissolution ne pouvait plus apparaître comme un caprice du souverain; elle n'avait qu'un but: la consultation du corps électoral et elle ne se justifiait que s'il était tenu compte du verdict rendu par lui. Une fois la sentence prononcée, il n'y avait plus, selon le mot prononcé plus tard par Gambetta, qu'à se soumettre ou à se démettre. De toute évidence dissolution sur dissolution ne vaut» (P. Bastid, *Les Institutions politiques de la monarchie parlementaire française, 1814-1848*, p. 202).

La Tribune[3], journal de ce parti, parut, et dépassa *le National.* La grande majorité du pays voulait encore la royauté légitime, mais avec des concessions et l'affranchissement des influences de cour; toutes les ambitions étaient éveillées, et chacun espérait devenir ministre: les orages font éclore les insectes.

Ceux qui voulaient forcer Charles X à devenir monarque constitutionnel pensaient avoir raison. Ils croyaient des racines profondes à la légitimité *(b)*; ils avaient oublié la faiblesse de l'*homme*; la *royauté* pouvait être pressée, le *Roi* ne le pouvait pas: l'individu nous a perdus, non l'institution.

3. *La Tribune des départements* (8 juin 1829-11 mai 1835), fondée par Auguste et Victorien Fabre, après avoir combattu Polignac, fut sous la monarchie de Juillet l'un des fers de lance de l'opposition républicaine. Son ton d'une extrême violence contre Barthe, Thiers, Persil, d'Argout, etc., lui valut d'être condamnée une vingtaine de fois, «formant au total quelque chose comme une cinquantaine d'années de prison et 160 000 fr. d'amende» (E. Hatin, *Bibliographie historique et critique de la presse française*, p. 368).

Nouvelle Chambre. – Je pars pour Dieppe. – Ordonnances du 25 juillet. – Je reviens à Paris. – Réflexions pendant ma route. – Lettre à madame Récamier.

Les députés de la nouvelle Chambre étaient arrivés à Paris : sur les deux cent vingt et un, deux cent deux avaient été réélus ; l'opposition comptait deux cent soixante-dix voix ; le ministère cent quarante-cinq : la partie de la couronne était donc perdue. Le résultat naturel était la retraite du ministère : Charles X s'obstina à tout braver, et le coup d'État fut résolu.

Je partis pour Dieppe[1] le 26 juillet, à quatre heures du matin, le jour même où parurent les ordonnances. J'étais assez gai, tout charmé d'aller revoir la mer, et j'étais suivi, à quelques heures de distance, par un effroyable orage. Je soupai et je couchai à Rouen sans rien apprendre, regrettant de ne pouvoir aller visiter Saint-Ouen[2], et m'agenouiller devant la belle Vierge du Musée, en mémoire de Raphaël et de Rome.

J'arrivai le lendemain, 27, à Dieppe, vers midi. Je descendis dans l'hôtel[3] où M. le comte de Boissy, mon ancien secrétaire de légation, m'avait arrêté un logement. Je m'habillai et j'allai chercher madame Récamier. Elle occupait un appartement dont les fenêtres s'ouvraient sur la grève. J'y passai quelques heures à causer et à regarder les flots. Voici tout à

---

1. En compagnie de Mme Récamier.

2. L'église Saint-Ouen de Rouen, ancienne abbatiale bénédictine reconstruite à partir de 1318, conserve de beaux vitraux des XIVe et XVIe siècles.

3. L'hôtel d'Albion.

coup venir Hyacinthe[4]; il m'apporte une lettre que M. de Boissy avait reçue, et qui annonçait les ordonnances avec de grands éloges. Un moment après, entre mon ancien ami, Ballanche; il descendait de la diligence et tenait en main les journaux. J'ouvris le *Moniteur* et je lus, sans en croire mes yeux, les pièces officielles. Encore un gouvernement qui de propos délibéré se jetait du haut des tours de Notre-Dame! Je dis à Hyacinthe de demander des chevaux, afin de repartir pour Paris. Je remontai en voiture, vers sept heures du soir, laissant mes amis dans l'anxiété. On avait bien depuis un mois murmuré quelque chose d'un coup d'État, mais personne n'avait fait attention à ce bruit, qui semblait absurde *(a)*. Charles X avait vécu des illusions du trône: il se forme autour des princes une espèce de mirage qui les abuse en déplaçant l'objet et en leur faisant voir dans le ciel des paysages chimériques.

J'emportai le *Moniteur*. Aussitôt qu'il fit jour, le 28, je lus, relus et commentai les ordonnances[5]. Le rapport au Roi servant de prolégomènes me frappait de deux manières: les observations sur les inconvénients de la presse étaient justes; mais en même temps l'auteur de ces observations montrait une ignorance complète de l'état de la société actuelle. Sans doute les ministres, depuis 1814, à quelque opinion qu'ils aient appartenu, ont été harcelés par les journaux; sans doute la presse tend à subjuguer la souveraineté, à forcer la royauté et les Chambres à lui obéir; sans doute, dans les derniers jours de la Restauration, la presse, n'écoutant que sa passion, a, sans égard aux intérêts et à l'honneur de la France, attaqué l'expédition d'Alger, développé les causes, les moyens,

---

4.
Hyacinthe Pilorge, secrétaire de Chateaubriand.

5.
Les ordonnances du 26 juillet furent prises en vertu de l'art. 14 de la Charte (voir ci-dessous, note 7). La première suspendait la liberté de la presse; la seconde prononçait la dissolution de la Chambre nouvellement élue; la troisième réduisait le corps électoral de 100 000 à 18 000 électeurs; la dernière convoquait les collèges électoraux pour de nouvelles élections. Ces divers actes étaient contresignés par tous les ministres; ils étaient accompagnés d'un rapport justificatif du roi, rédigé par Chantelauze, où l'on faisait valoir les signes de désorganisation et les symptômes d'anarchie qui se manifestaient presque partout dans le royaume «malgré une prospérité matérielle dont nos annales n'avaient jamais offert d'exemple». La presse y était donnée comme la grande responsable: «À toutes les époques en effet, la presse périodique a été et il est dans sa mesure de n'être qu'un instrument de désordre et de sédition [...]. Une démocratie turbulente, qui a pénétré jusque dans nos lois, tend à se substituer au pouvoir légitime. Elle dispose de la majorité des électeurs par le moyen de ces journaux et le concours d'affiliations nombreuses. [...] Par cela même la constitution de l'État est ébranlée [...] Nul gouvernement sur la terre ne resterait debout s'il n'avait le droit de pourvoir à sa propre sûreté. Ce pouvoir est préexistant aux lois, parce qu'il est dans la nature des choses» (*Archives parlementaires*, 2e série, t. LXII, p. 636 *sqq.*).

les préparatifs, les chances d'un non-succès ; elle a divulgué les secrets de l'armement, instruit l'ennemi de l'état de nos forces, compté nos troupes et nos vaisseaux, indiqué jusqu'au point de débarquement. Le cardinal de Richelieu et Bonaparte auraient-ils mis l'Europe aux pieds de la France, si l'on eût révélé ainsi d'avance le mystère de leurs négociations, ou marqué les étapes de leurs armées ?

Tout cela est vrai et odieux ; mais le remède ? La presse est un élément jadis ignoré, une force autrefois inconnue, introduite maintenant dans le monde ; c'est la parole à l'état de foudre ; c'est l'électricité sociale. Pouvez-vous faire qu'elle n'existe pas ? Plus vous prétendrez la comprimer, plus l'explosion sera violente. Il faut donc vous résoudre à vivre avec elle, comme vous vivez avec la machine à vapeur. Il faut apprendre à vous en servir, en la dépouillant de son danger, soit qu'elle s'affaiblisse peu à peu par un usage commun et domestique, soit que vous assimiliez graduellement vos mœurs et vos lois aux principes qui régiront désormais l'humanité. Une preuve de l'impuissance de la presse dans certains cas se tire du reproche même que vous lui faites à l'égard de l'expédition d'Alger : vous l'avez pris, Alger, malgré la liberté de la presse, de même que j'ai fait faire la guerre d'Espagne en 1823 sous le feu le plus ardent de cette liberté[6].

Mais ce qui n'est pas tolérable dans le rapport des ministres, c'est cette prétention effrontée, savoir : que le ROI A UN POUVOIR PRÉEXISTANT AUX LOIS. Que signifient alors les constitutions ? pourquoi tromper les peuples par des simulacres de garantie, si le monarque peut à son gré changer l'ordre du gouvernement établi ? Et toutefois les signataires du rapport sont si persuadés de ce qu'ils disent, qu'à peine citent-ils l'article 14, au profit duquel j'avais depuis longtemps annoncé[7] que l'on *confisquerait la Charte* ; ils le rappellent, mais seulement pour mémoire, et comme une superfétation de droit dont ils n'avaient pas besoin.

6.

Fierté partagée par Mme de Chateaubriand, qui écrit dans ses *Cahiers* : « Lorsque la guerre d'Espagne est arrivée, les journaux étaient libres. Cette guerre n'était pas populaire, cependant nous l'avions faite glorieuse et sans obstacle : pourquoi cela ? Parce qu'alors on nous croyait de bonne foi, on prêchait la Charte et les honnêtes gens et tout le monde voulaient être honnêtes gens avec le Roi et la Charte » (*Mémoires*..., p. 117).

7.

Dans *De la monarchie selon la Charte* : « [...] je ne suis pas du tout tranquille. En vertu de l'article 14 de la Charte, [...] les ministres ne pourront-ils pas voir la sûreté de l'État partout où ils verront le triomphe de leurs systèmes. Il y a tant de constitutionnels qui veulent gouverner aujourd'hui avec des ordonnances, qu'il est possible qu'un beau matin toute la Charte soit confisquée au profit de l'article 14 » (Post-scriptum, *in Grands Écrits politiques*, t. II, pp. 463-464).

La première ordonnance établit la suppression de la liberté de la presse dans ses diverses parties ; c'est la quintessence de tout ce qui s'était élaboré depuis quinze ans dans le cabinet noir de la police.

La seconde ordonnance refait la loi d'élection. Ainsi, les deux premières libertés, la liberté de la presse et la liberté électorale, étaient radicalement extirpées : elles l'étaient, non par un acte inique et cependant légal, émané d'une puissance législative corrompue, mais par des *ordonnances*, comme au temps du bon plaisir. Et cinq hommes qui ne manquaient pas de bon sens se précipitaient, avec une légèreté sans exemple, eux, leur maître, la monarchie, la France et l'Europe, dans un gouffre. J'ignorais ce qui se passait à Paris. Je désirais qu'une résistance, sans renverser le trône, eût obligé la couronne à renvoyer les ministres et à retirer les ordonnances. Dans le cas où celles-ci eussent triomphé, j'étais résolu à ne pas m'y soumettre, à écrire, à parler contre ces mesures inconstitutionnelles *(b)*.

Si les membres du corps diplomatique n'influèrent pas directement sur les ordonnances, ils les favorisèrent de leurs vœux ; l'Europe absolue avait notre Charte en horreur. Lorsque la nouvelle des ordonnances arriva à Berlin et à Vienne, et que pendant vingt-quatre heures on crut au succès, M. Ancillon s'écria que l'Europe était sauvée, et M. de Metternich témoigna une joie indicible[8]. Bientôt, ayant appris la vérité, ce dernier fut aussi consterné qu'il avait été ravi : il déclara qu'il s'était trompé, que l'opinion était décidément libérale, et il s'accoutumait déjà à l'idée d'une constitution autrichienne.

Les nominations de conseillers d'État[9] qui suivent les ordonnances de juillet jettent quelque jour sur les personnes qui, dans les antichambres, ont pu, par leurs avis ou par leur rédaction, prêter aide aux ordonnances. On y remarque les noms des hommes les plus opposés au système représentatif. Est-ce dans le cabinet même du Roi, sous les yeux du monarque, qu'ont été libellés ces documents funestes ? est-ce dans le

8.
Chateaubriand se laisse égarer par son hostilité systématique au chancelier Metternich qui, beaucoup plus lucide, disait à l'ambassadeur de France, M. de Rayneval : « Vos deux grandes plaies sont, je le sais, la loi électorale et la liberté de la presse, mais vous n'y pouvez toucher que par les Chambres. Un coup d'État perdrait la dynastie » (*in* H. de Viel-Castel, *Histoire de la Restauration*, t. XX, 1878, p. 535).

9.
Une dernière ordonnance rappelait au Conseil d'État plusieurs membres qui en avaient été éliminés sous les précédents ministères (Delavau, Vaublanc, Dudon, Forbin des Issarts, Frénilly, Franchet d'Esperey, Castelbajac, Sirieys de Marinhac, Cornet d'Incourt, Formont, Cony) et ajoutait le titre de conseiller d'État honoraire à M. Bergasse, l'ancien constituant. De tels noms, dit Viel-Castel, étaient « l'équivalent d'un manifeste contre-révolutionnaire » (*ibid.*, t. XX, p. 539).

cabinet de M. de Polignac? est-ce dans une réunion de ministres seuls, ou assistés de quelques bonnes têtes anticonstitutionnelles? est-ce *sous les plombs*, dans quelque séance secrète des *Dix*[10], qu'ont été minutés ces arrêts de juillet, en vertu desquels la monarchie légitime a été condamnée à être étranglée sur le *Pont des Soupirs*? L'idée était-elle de M. de Polignac seul? C'est ce que l'histoire ne nous révélera peut-être jamais.
Arrivé à Gisors, j'appris le soulèvement de Paris, et j'entendis des propos alarmants; ils prouvaient à quel point la Charte avait été prise au sérieux par les populations de la France. À Pontoise, on avait des nouvelles plus récentes encore, mais confuses et contradictoires. À Herblay, point de chevaux à la poste. J'attendis près d'une heure. On me conseilla d'éviter Saint-Denis, parce que je trouverais des barricades. À Courbevoie, le postillon avait déjà quitté sa veste à boutons fleurdelisés. On avait tiré le matin sur une calèche qu'il conduisait à Paris par l'avenue des Champs-Élysées. En conséquence, il me dit qu'il ne me mènerait pas par cette avenue, et qu'il irait chercher, à droite de la barrière de l'Étoile, la barrière du Trocadéro[11]. De cette barrière on découvre Paris. J'aperçus le drapeau tricolore flottant; je jugeai qu'il ne s'agissait pas d'une émeute, mais d'une révolution. J'eus le pressentiment que mon rôle allait changer: qu'étant accouru pour défendre les libertés publiques, je serais obligé de défendre la royauté. Il s'élevait çà et là des nuages de fumée blanche parmi des groupes de maisons. J'entendis quelques coups de canon et des feux de mousqueterie mêlés au bourdonnement du tocsin. Il me sembla que je voyais tomber le vieux Louvre du haut du plateau désert destiné par Napoléon à l'emplacement du palais du roi de Rome[12]. Le lieu de l'observation offrait une de ces consolations philosophiques qu'une ruine apporte à une autre ruine.
Ma voiture descendit la rampe. Je traversai le pont d'Iéna[13], et je remontai

---

10.
Le Conseil des Dix était un tribunal secret, fonctionnant sans appel, et un corps politique de la République de Venise, institué au XIVe siècle, dont le *Larousse du XIXe siècle* compare l'action à une sorte de « dictature occulte ».

11.
La prise du Trocadéro, un des forts qui protégeaient Cadix, fut le rare fait d'armes de la guerre d'Espagne de 1823.

12.
C'est-à-dire à la hauteur de Chaillot, là où en 1826 on avait posé la première pierre d'une caserne pour la garde royale, à l'emplacement du palais du roi de Rome dont Napoléon avait entrepris de couronner la colline de Chaillot et qui s'appelait caserne du Trocadéro.

13.
Le pont d'Iéna, ainsi nommé par un décret daté de Varsovie, du 13 janvier 1807, ne fut terminé qu'en 1813. Ce pont avait failli être détruit par Blücher. Louis XVIII parvint à le sauver en lui donnant le nom de pont des Invalides, qu'il conserva jusqu'en 1830.

l'avenue pavée qui longe le Champ-de-Mars. Tout était solitaire. Je trouvai un piquet de cavalerie placé devant la grille de l'École militaire; les hommes avaient l'air tristes et comme oubliés là. Nous prîmes le boulevard des Invalides et le boulevard du Mont-Parnasse. Je rencontrai quelques passants qui regardaient avec surprise une voiture conduite en poste comme dans un temps ordinaire. Le boulevard d'Enfer était barré par des ormeaux abattus. Dans ma rue[14], mes voisins me virent arriver avec plaisir: je leur semblais une protection pour le quartier. Madame de Chateaubriand était à la fois bien aise et alarmée de mon retour.

Le jeudi matin, 29 juillet, j'écrivis à madame Récamier, à Dieppe, cette lettre[15] prolongée par des *post-scriptum*:

«Jeudi matin, 29 juillet 1830.

«Je vous écris sans savoir si ma lettre vous arrivera, car les courriers ne partent plus.

«Je suis entré dans Paris au milieu de la canonnade, de la fusillade et du tocsin. Ce matin, le tocsin sonne encore, mais je n'entends plus les coups de fusil; il paraît qu'on s'organise, et que la résistance continuera tant que les ordonnances ne seront pas rappelées. Voilà le résultat immédiat (sans parler du résultat définitif) du parjure dont les ministres ont donné le tort, du moins apparent, à la couronne!

«La garde nationale, l'École polytechnique, tout s'en est mêlé. Je n'ai encore vu personne. Vous jugez dans quel état j'ai trouvé madame de Ch... Les personnes qui, comme elle, ont vu le 10 août et le 2 septembre, sont restées sous l'impression de la terreur. Un régiment, le 5e de ligne, a déjà passé du côté de la Charte. Certainement M. de Polignac est bien coupable[16]; son incapacité est une mauvaise excuse; l'ambition dont on n'a pas les talents est un crime. On dit la cour à Saint-Cloud, et prête à partir.

«Je ne vous parle pas de moi; ma position est pénible, mais claire[17]. Je ne

---

14. Chateaubriand demeurait dans la petite maison attenant à l'infirmerie Marie-Thérèse, 84 rue d'Enfer (aujourd'hui 92 bd Denfert-Rochereau).

15. L'original de cette lettre, qui se trouve dans le volume contenant la notice de Ballanche sur Mme Récamier, a été reproduit par É. Herriot dans *Madame Récamier et ses amis* (t. II, pp. 260-262).

16. La lettre porte: «Certainement M. de Polignac et son ministère est *[sic]* le plus grand coupable qui ait existé» (*Lettres à Madame Récamier*, p. 335).

17. La lettre, comme l'exemplaire de la Bibliothèque Sainte-Geneviève, ajoute: «Le *drapeau tricolore* est arboré. Je ne puis reconnaître que le *drapeau blanc*» *(ibid.)*.

trahirai pas plus le Roi que la Charte, pas plus le pouvoir légitime que la liberté. Je n'ai donc rien à dire et à faire ; attendre et pleurer sur mon pays. Dieu sait maintenant ce qui va arriver dans les provinces : on parle déjà de l'insurrection de Rouen. D'un autre côté, la congrégation armera les chouans et la Vendée. À quoi tiennent les empires ! Une ordonnance et six ministres sans génie[18] ou sans vertu suffisent pour faire du pays le plus tranquille et le plus florissant le pays le plus troublé et le plus malheureux. »

« Midi.
« Le feu recommence. Il paraît qu'on attaque le Louvre où les troupes du Roi se sont retranchées. Le faubourg que j'habite commence à s'insurger. On parle d'un gouvernement provisoire dont les chefs seraient le général Gérard, le duc de Choiseul et M. de La Fayette.
« Il est probable que cette lettre ne partira pas, Paris étant déclaré en état de siège. C'est le maréchal Marmont qui commande pour le Roi. On le dit tué, mais je ne le crois pas. Tâchez de ne pas trop vous inquiéter. Dieu vous protège ! Nous nous retrouverons ! »

« Vendredi.
« Cette lettre était écrite d'hier ; elle n'a pu partir. Tout est fini : la victoire populaire est complète ; le Roi cède sur tous les points ; mais j'ai peur qu'on aille maintenant bien au delà des concessions de la couronne. J'ai écrit ce matin à S. M. Au surplus, j'ai pour mon avenir un plan complet de sacrifices[19] qui me plaît. Nous en causerons quand vous serez arrivée.
« Je vais moi-même mettre cette lettre à la poste et parcourir Paris. »

18.
La lettre porte : « six ministres misérables sans génie » (*ibid.*, p. 336).

19.
Ce « plan complet de sacrifices » a donné lieu à conjectures. Chateaubriand reviendra (*infra*, l. XXXIII, chap. 7, p. 2237) sur la lettre écrite à Charles X, mais en la datant du 29 : « Mon plan était arrêté : je voulais agir, mais je ne le voulais que sur un ordre écrit de la main du Roi, et qui me donnât les pouvoirs nécessaires pour parler aux autorités du moment. » Le plan de sacrifices est-il le même que le plan présenté au Roi, ou bien est-il né du refus du roi ? Le 31 juillet, il écrit à Mme Récamier : « J'ai été *traîné hier en triomphe par les rues* ; je n'ose plus sortir aujourd'hui. Venez donc quand vous aurez dormi. Malheureusement on (ne) peut aller qu'à pied. J'ai les choses les plus importantes à vous dire. J'espère que je vais jouer un rôle digne de vous et de moi, mais qui me fera peut-être massacrer. » (*Lettres à Madame Récamier*, p. 338) ; et, le même jour, à Mme de Boigne : « [...] je vais entrer dans une carrière périlleuse où je me trouverai presque seul, mais où je me ferai tuer, s'il le faut. Je veux rester fidèle à mes serments, même envers des parjures » (Mme de Boigne, *Mémoires...*, t. III, p. 439 ; voir *infra*, l. XXXIII, chap. 13, note 3, pp. 2260-2261). Ne peut-on faire simplement l'hypothèse d'une parfaite cohérence du propos de Chateaubriand ? Le premier plan, présenté à Charles X, consistait, comme il le dira à la Chambre des pairs le 7 août à proposer, comme « grand moyen de consolidation », que le duc d'Orléans fût régent du royaume

Louis Viesse de Marmont (1774-1852).

jusqu'à la majorité d'Henri V. Le refus de Charles X, ou son absence de réponse, ce qui revenait au même, l'aura alors déterminé au «plan complet de sacrifices» que constituera ce même discours à la Chambre des pairs, renoncement à toute fonction dans le régime nouveau, au terme duquel il restera «nu comme un petit saint Jean». Position dont on ne pouvait exclure, le 31 juillet, qu'elle pût être dangereuse – «poésie de l'honneur», à laquelle il demeurera fidèle jusqu'à ses derniers jours, en dépit de sa piètre opinion sur les «parjures».

Livre XXXIII

RÉVOLUTION DE JUILLET.

Journée du 26.

Les ordonnances, datées du 25 juillet, furent insérées dans le *Moniteur* du 26. Le secret en avait été si profondément gardé, que ni le maréchal duc de Raguse[1], major général de la garde, de service, ni M. Mangin, préfet de police, ne furent mis dans la confidence. Le préfet de la Seine ne connut les ordonnances que par le *Moniteur*, de même que le sous-secrétaire d'État de la guerre[2]; et néanmoins c'étaient ces divers chefs qui disposaient des différentes forces armées. Le prince de Polignac, chargé par intérim du portefeuille de M. de Bourmont, était si loin de s'occuper de cette minime affaire des ordonnances, qu'il passa la journée du 26 à présider une adjudication au ministère de la guerre.

Le Roi partit pour la chasse le 26, avant que le *Moniteur* fût arrivé à Saint-Cloud, et il ne revint de Rambouillet qu'à minuit.

Enfin le duc de Raguse reçut ce billet de M. de Polignac:

«Votre Excellence a connaissance des mesures extraordinaires que le Roi, dans sa sagesse et dans son sentiment d'amour pour son peuple, a jugé nécessaire de prendre pour le maintien des droits de sa couronne et de l'ordre public. Dans ces importantes circonstances, Sa Majesté compte sur votre zèle pour assurer l'ordre et la tranquillité dans toute l'étendue de votre commandement.»

---

1. Marmont.

2. Le comte de Chabrol-Volvic, préfet de la Seine de 1812 à 1830. Le vicomte de Champagny (1780-1833), sous-secrétaire d'État à la Guerre.

Cette audace des hommes les plus faibles qui furent jamais, contre cette force qui allait broyer un empire, ne s'explique que par une sorte d'hallucination, résultat des conseils d'une misérable coterie que l'on ne trouva plus au moment du danger. Les rédacteurs des journaux, après avoir consulté MM. Dupin, Odilon Barrot, Barthe et Mérilhou, se résolurent de publier leurs feuilles sans autorisation, afin de se faire saisir et de plaider l'illégalité des ordonnances. Ils se réunirent au bureau du *National*: M. Thiers rédigea une protestation qui fut signée de quarante-quatre rédacteurs, et qui parut, le 27 au matin, dans le *National* et le *Temps*[3]. À la chute du jour quelques députés se réunirent chez M. de Laborde[4]. On convint de se retrouver le lendemain chez M. Casimir Périer. Là parut, pour la première fois, un des trois pouvoirs qui allaient occuper la scène: la monarchie était à la Chambre des députés, l'usurpation au Palais-Royal, la République à l'Hôtel-de-Ville. Dans la soirée, il se forma des rassemblements au Palais-Royal; on jeta des pierres à la voiture de M. de Polignac. Le duc de Raguse ayant vu le Roi à Saint-Cloud, à son retour de Rambouillet, le Roi lui demanda des nouvelles de Paris: «La rente est tombée. – De combien? dit le Dauphin. – De trois francs, répondit le maréchal. – Elle remontera», repartit le Dauphin; et chacun s'en alla.

3.
Les journalistes, cibles principales des ordonnances, ripostèrent par un véhément manifeste rédigé par Thiers, Châtelain et Cauchois-Lemaire; les 44 signataires représentaient *Le National, Le Courrier français, Le Globe, Le Constitutionnel, Le Temps, Le Figaro, La Tribune des départements, La Révolution, Le Journal du commerce, Le Journal de Paris, Le Sylphe* et *Le Courrier des électeurs*: «Le régime légal est interrompu, celui de la force est commencé. Le gouvernement a violé la légalité, nous sommes dispensés d'obéir [...]. Nous lui résistons pour ce qui nous concerne; c'est à la France à juger jusqu'où doit s'étendre sa propre résistance.» Les tribunaux furent les premiers à seconder les efforts de la presse. À la demande de plusieurs journaux, le tribunal civil et le tribunal de commerce de Paris condamnaient les imprimeurs à tirer les numéros du jour, «l'ordonnance du 25, contraire à la Charte, disait cette dernière juridiction, ne pouvant être obligatoire ni pour la personne sacrée et inviolable du roi, ni pour les citoyens au droit desquels elle portait atteinte».

4.
Étaient présents, outre Laborde, 13 députés: Bavoux, Bérard, Bernard, Chardel, Daunou (l'idéologue survivant des assemblées révolutionnaires), Jacques Lefebvre, Marchal, Mauguin, Casimir Périer, Persil, Schonen, Vassal et Villemain. Bérard, appuyé par Schonen, proposa de rédiger et de voter une protestation, combattue avec succès par Périer, qui fit admettre qu'on se reverrait le lendemain chez lui.

Journée du 27 juillet.

La journée du 27 commença mal. Le Roi investit du commandement de Paris le duc de Raguse[1] : c'était s'appuyer sur la mauvaise fortune. Le maréchal se vint installer à une heure à l'état-major de la garde, place du Carrousel. M. Mangin envoya saisir les presses du *National*[2] ; M. Carrel résista ; MM. Mignet et Thiers, croyant la partie perdue, disparurent pendant deux jours : M. Thiers alla se cacher dans la vallée de Montmorency, chez une madame de Courchamp, parente des deux MM. Becquet, dont l'un a travaillé au *National*, et l'autre au *Journal des Débats*.

1.
La nouvelle s'était répandue que Marmont était chargé du commandement de Paris. Le maréchal désapprouvait les ordonnances ; mais il les avait acceptées par discipline, en donnant d'ailleurs des ordres modérés. Les souvenirs de 1814 le rendaient odieux : commandant alors l'avant-garde de l'armée, il avait dirigé ses troupes vers la Normandie, décidant ainsi de l'abdication de Napoléon. On commençait à dresser des barricades ; la troupe intervint et le sang coula. Polignac proclama l'état de siège tout en écrivant à Charles X une lettre rassurante : « Nous viendrons aisément à bout de bruits exagérés, qui ne sont au fond qu'une simple émeute. »

2.
Les presses furent saisies et démontées mais les commissaires ne trouvèrent pas un seul des exemplaires imprimés pendant la nuit et qui étaient déjà en circulation. Et à peine les commissaires s'étaient-ils retirés que les rédacteurs du *National*, plus courageux que ne le dit Chateaubriand, trouvèrent un moyen de faire imprimer une feuille séparée où ils qualifiaient sévèrement ce qui venait de se passer : « Nous voulons, disaient-ils, parler encore aujourd'hui à la France. Hier, la Charte a été déchirée ; hier, ceux qui trouvaient en elle leurs garanties les ont perdues ; hier, chacun s'en est remis à ses forces et doit n'attendre son salut que de ces forces. Nous comptons sur celles de la France [...]. Il n'y a pas d'exemple d'un coup d'État resté impuni. »

Au *Temps* la chose prit un caractère plus sérieux : le véritable héros des journalistes est incontestablement M. Coste.

En 1823, M. Coste dirigeait les *Tablettes historiques*[3] ; accusé par ses collaborateurs d'avoir vendu ce journal, il se battit et reçut un coup d'épée. M. Coste me fut présenté au ministère des affaires étrangères ; en causant avec lui de la liberté de la presse, je lui dis : « Monsieur, vous savez combien j'aime et respecte cette liberté ; mais comment voulez-vous que je la défende auprès de Louis XVIII, quand vous attaquez tous les jours la royauté et la religion ! Je vous supplie, dans votre intérêt et pour me laisser ma force entière, de ne plus saper des remparts aux trois quarts démolis, et qu'en vérité un homme de courage devrait rougir d'attaquer. Faisons un marché : ne vous en prenez plus à quelques vieillards faibles que le trône et le sanctuaire protègent à peine ; je vous livre en échange ma personne. Attaquez-moi soir et matin ; dites de moi tout ce que vous voudrez, jamais je ne me plaindrai ; je vous saurai gré de votre attaque légitime et constitutionnelle contre le ministre, en mettant à l'écart le Roi. »

M. Coste m'a conservé de cette entrevue un souvenir d'estime.

Une parade constitutionnelle eut lieu au bureau du *Temps* entre M. Baude et un commissaire de police[4].

Le procureur du roi[5] de Paris décerna quarante-quatre mandats d'amener contre les signataires de la protestation des journalistes.

3.

Le titre exact du journal que dirigeait Coste en 1823 était *Tablettes universelles, ou Répertoire de documents historiques, politiques, scientifiques et littéraires, avec une bibliographie raisonnée.* Le bulletin politique était fait par Thiers. Les autres rédacteurs étaient Cauchois-Lemaire, Dubois, Mahul, Dumon, Rabbe, Charles de Rémusat, Théodore Jouffroy, Damiron... En janvier 1824, Coste, pressé par ses créanciers, vendit le journal à Sosthènes de La Rochefoucauld, qui poursuivait alors avec les fonds de la liste civile – et aussi parfois ses propres fonds – sa campagne de rachat des journaux d'opposition. L'un des rédacteurs, Rabbe, l'auteur de *L'Album d'un pessimiste*, adressa alors à Coste une lettre fort dure qui fut insérée dans *Le Courrier français* et amena un duel entre les deux journalistes.

4.

Lorsque le commissaire de police se présenta au bureau du *Temps*, dans la rue de Richelieu, pleine d'une foule de curieux, Baude refusa d'ouvrir les portes de l'imprimerie. Un serrurier fut requis ; Baude lui lut à haute voix l'art. 384 du Code pénal, qui punit de travaux forcés le vol par effraction. L'ouvrier intimidé se retira. Le commissaire menaça alors Baude de le faire arrêter. Celui-ci rouvrit son Code et lut l'art. 341, qui punit de travaux forcés l'arrestation arbitraire. Un second serrurier ayant été requis pour remplacer le premier, il relut l'art. 384 et cette fois encore l'ouvrier se retira. La lutte se prolongea ainsi longtemps ; il fallut enfin recourir au serrurier chargé de river les fers des forçats.

5.

Le procureur du roi Billot avait lancé des mandats d'arrêt contre les 44 signataires de la protestation et les avait transmis à la préfecture de Police, qui ne put exécuter les ordres : on ne connaissait pas toutes les adresses et l'ordre d'arrestation fut ajourné ; la plupart des prévenus eurent le temps de trouver un refuge.

Vers deux heures la fraction monarchique de la révolution se réunit chez M. Périer, comme on en était convenu la veille : on ne conclut rien[6]. Les députés s'ajournèrent au lendemain, 28, chez M. Audry de Puyraveau. M. Casimir Périer, homme d'ordre et de richesse, ne voulait pas tomber dans les mains populaires[7] ; il ne cessait de nourrir encore l'espoir d'un arrangement avec la royauté légitime ; il dit vivement à M. de Schonen : « Vous nous perdez en sortant de la légalité ; vous nous faites quitter une position superbe. » Cet esprit de légalité était partout ; il se montra dans deux réunions opposées, l'une chez M. Cadet-Gassicourt, l'autre chez le général Gourgaud. M. Périer appartenait à cette classe bourgeoise qui s'était faite héritière du peuple et du soldat. Il avait du courage, de la fixité dans les idées ; il se jeta bravement en travers du torrent révolutionnaire pour le barrer ; mais sa santé préoccupait trop sa vie, et il soignait trop sa fortune[8]. « Que voulez-vous faire d'un homme, me disait M. Decazes, qui regarde toujours sa langue dans une glace ? »

La foule augmentant et commençant à paraître en armes, l'officier de la gendarmerie vint avertir le maréchal de Raguse qu'il n'avait pas assez

---

6.

L'hésitation était grande chez les députés qui se réunirent chez Casimir Périer, dans son hôtel du 27, rue Neuve-du-Luxembourg. Ils étaient 37. Parmi eux les chefs de file de l'opposition : Guizot, Villemain, Gérard, Delessert, Schonen ; mais aussi – et le fait est significatif – le représentant des *Débats*, Bertin de Vaux, et le duc de Broglie qui, bien que ne faisant pas partie de la Chambre, participa à la réunion. Il y eut autant d'opinions que d'opinants. Il fut décidé qu'une nouvelle réunion aurait lieu le lendemain, rue du Faubourg-Poissonnière, au centre des quartiers populaires, dans une maison de roulage, chez Audry de Puyraveau, député d'extrême gauche.

7.

Les députés bourgeois ne voulaient plus de Charles X mais ne voulaient pas davantage de la république, dont les menaçait la victoire du peuple.

8.

Rémusat, qui écrivit une notice biographique sur Casimir Périer (1838), a dans ses *Mémoires* donné quelques indications précieuses concernant la personnalité complexe de Casimir Périer, dont il trace un portrait beaucoup plus fouillé que celui de Chateaubriand, qui semble être taillé à la serpe : « J'ai dit qu'il était sévère pour le ministère Martignac, quoiqu'à cette époque il désirât fort une transaction. Il voyait venir une crise formidable, et ce ne fut pas de gaieté de cœur qu'il se jeta dans la révolution de 1830 ; par devoir, par fierté et par tempérament, il s'y montra dans les occasions décisives aussi énergique et aussi résolu que le reste du temps il paraissait soucieux et sombre. Tel il fut encore en arrivant au pouvoir. Il n'était pas de la catégorie des hommes d'État optimistes. [...] Ces ombrages, ces sévérités, ces alarmes ne sont pas assurément la meilleure des dispositions pour arriver au pouvoir, au moins dans les temps ordinaires. [...] En présence des difficultés de chaque jour, il craignait de se compromettre par inexpérience et employait toutes sortes d'adresses pour s'épargner la peine de vouloir. On retrouvait le Dauphinois. J'ai dit : circonspect et hardi, paresseux et agissant ; de là mille combats intérieurs, dans lesquels la circonspection et la paresse reprenaient le dessus toutes les fois qu'il n'était pas excité par l'honneur ou la passion » (Charles de Résumat, *Mémoires de ma vie*, t. II, pp. 455-465).

de monde et qu'il craignait d'être forcé : alors le maréchal fit ses dispositions militaires.

Le 27, il était déjà quatre heures et demie du soir, lorsqu'on reçut dans les casernes l'ordre de prendre les armes. La gendarmerie de Paris, appuyée de quelques détachements de la Garde, essaya de rétablir la circulation dans les rues Richelieu et Saint-Honoré. Un de ces détachements fut assailli dans la rue du *Duc-de-Bordeaux*[9] d'une grêle de pierres. Le chef de ce détachement évitait de tirer, lorsqu'un coup parti de l'*Hôtel royal*, rue des Pyramides, décida la question : il se trouva qu'un M. Fox, habitant de cet hôtel, s'était armé de son fusil de chasse, et avait fait feu sur la Garde à travers sa fenêtre[10]. Les soldats répondirent par une décharge sur la maison, et M. Fox tomba mort avec deux domestiques. Ainsi ces Anglais, qui vivent à l'abri dans leur île, vont porter les révolutions chez les autres ; vous les trouvez mêlés dans les quatre parties du monde à des querelles qui ne les regardent pas : pour vendre une pièce de calicot, peu leur importe de plonger une nation dans toutes les calamités. Quel droit ce M. Fox avait-il de tirer sur des soldats français ? Était-ce la Constitution de la Grande-Bretagne que Charles X avait violée ? Si quelque chose pouvait flétrir les combats de Juillet, ce serait d'avoir été engagés par la balle d'un Anglais.

Ces premiers combats, qui dans la journée du 27 n'avaient guère commencé que vers les cinq heures du soir, cessèrent avec le jour. Les armuriers cédèrent leurs armes à la foule, les réverbères furent brisés ou restèrent sans être allumés ; le drapeau tricolore se hissa dans les ténèbres au haut des tours de Notre-Dame : l'envahissement des corps de garde, la prise de l'arsenal et des poudrières, le désarmement des fusiliers sédentaires, tout cela s'opéra sans opposition au lever du jour le 28, et tout était fini à huit heures *(a)*.

Le parti démocratique et prolétaire de la révolution, en blouse ou demi-

---

9.

Débaptisée et nommée depuis le 19 août 1830 la rue du Vingt-Neuf-Juillet, elle joint la rue de Rivoli à la rue Saint-Honoré, à la hauteur de l'église Saint-Roch.

10.

A. Nettement, historien villéliste, raconte différemment l'événement : « Il était alors six heures du soir. La garde royale vint apporter un secours nécessaire à la gendarmerie et à la ligne, dont les efforts demeuraient impuissants. Des coups de feu répondirent à la grêle de pierres qui tombaient sur la troupe ; ils étaient tirés par un détachement du 5e régiment de ligne qui entrait dans la rue Saint-Honoré par la rue de Rivoli. Cette décharge coûta la vie à un jeune étudiant anglais, nommé Folks, qui était allé se réfugier à l'*Hôtel Royal*, situé à l'angle de la rue des Pyramides. Il avait eu l'imprudence de se mettre à la fenêtre pour suivre les progrès du mouvement insurrectionnel : une des premières balles l'atteignit » (*Histoire de la Restauration*, 1872, t. VIII, p. 608).

nu, était sous les armes ; il ne ménageait pas sa misère et ses lambeaux. Le peuple, représenté par des électeurs qu'il s'était choisis dans divers attroupements, était parvenu à faire convoquer une assemblée chez M. Cadet-Gassicourt[11].

Le parti de l'usurpation ne se montrait pas encore : son chef[12], caché hors de Paris, ne savait s'il irait à Saint-Cloud ou au Palais-Royal. Le parti bourgeois ou de la monarchie, les députés, délibérait et répugnait à se laisser entraîner au mouvement.

M. de Polignac se rendit à Saint-Cloud et fit signer au Roi, le 28, à cinq heures du matin, l'ordonnance qui mettait Paris en état de siège.

11.
H. de Viel-Castel écrit : « L'idée de la possibilité d'une révolution pénétrait dans beaucoup d'esprits qui, naguère encore, en étaient bien éloignés. À l'agitation de la rue avait succédé celle d'un certain nombre de réunions où bourgeois, étudiants, ouvriers s'excitaient aux résolutions énergiques. Dans celle qui eut lieu chez M. Cadet Gassicourt et que présidèrent successivement MM. Maurice Duval et Chevalier, quelqu'un proposa, dit-on, de mettre hors-la-loi tous les ennemis de la nation, le Roi et les gendarmes » (*Histoire de la Restauration*, t. XX, p. 580).

12.
Le duc d'Orléans, qui résidait avec sa famille au château de Neuilly. Le parti d'Orléans – tant s'en faut – n'était pas une création de toutes pièces. À diverses époques, depuis 1789, on avait préconisé un simple changement de dynastie (voir *supra*, l. XXIII, chap. 11, p. 1458). Le futur Louis-Philippe, officiellement réconcilié avec Charles X, s'était cantonné durant la Restauration dans une réserve discrète. Son salon, que fréquentaient des notabilités libérales déjà consacrées, était devenu un foyer d'opposition académique. Depuis l'avènement du ministère Polignac, il représentait un espoir. La presse remuait complaisamment les souvenirs de la révolution anglaise de 1688, qui avait maintenu les libertés en déplaçant la couronne. Les Bourbons étaient censés se comparer aux Stuarts. C'était une véritable hantise historique (voir en particulier Chateaubriand, *Les Quatre Stuarts*, mais aussi Armand Carrel, Guizot, Saint-Simon., qui ont écrit sur ce sujet). Cette fois, les circonstances étaient favorables au duc d'Orléans. La branche aînée était sans force ; Napoléon n'existait plus ; la république n'avait pas encore cause gagnée : pour bien des gens, elle évoquait la Terreur. Il suffisait au prince, qui répugnait par tempérament à la violence et au coup d'État, de ménager diplomatiquement les transitions. Les députés se chargèrent de lui faciliter la tâche.

Journée militaire du 28 juillet.

Les groupes s'étaient reformés le 28[1] plus nombreux ; au cri de : *Vive la Charte !* qui se faisait encore entendre, se mêlait déjà le cri de : *Vive la liberté ! à bas les Bourbons !* On criait aussi : *Vive l'Empereur ! vive le Prince noir !* mystérieux prince des ténèbres qui apparaît à l'imagination populaire dans toutes les révolutions. Les souvenirs et les passions étaient descendus ; on abattait et l'on brûlait les armes de France ; on les attachait à la corde des lanternes cassées ; on arrachait les plaques fleurdelisées des conducteurs de diligences et des facteurs de la poste ; les notaires retiraient leurs panonceaux, les huissiers leurs rouelles[2], les voituriers leurs estampilles, les fournisseurs de la cour leurs écussons. Ceux qui jadis avaient recouvert les aigles napoléo-

1.
L'insurrection s'était organisée dans les quartiers populaires. Une foule mêlée de gardes nationaux, d'ouvriers, de jeunes gens des écoles, d'anciens militaires, descendit dans la rue, abattit des arbres, déchaussa les pavés, éleva les premières barricades en arborant le drapeau tricolore. Une partie des gardes nationaux, dissous en 1827 mais qui avaient conservé leurs armes, allait se joindre à eux. Puis l'Arsenal, l'Hôtel de Ville, Notre-Dame étant occupés, Marmont écrivit alors au roi : « Ce n'est plus une émeute, c'est une révolution. Il est urgent que Votre Majesté prenne des mesures de pacification. L'honneur de la Couronne peut encore être sauvé ; demain peut-être il ne sera plus temps. » Le roi ne répondit pas. Marmont essaya de prendre l'offensive ; mais un régiment passa à l'insurrection. De nouveau sur la demande d'une députation de la Chambre, composée de Casimir Périer, Gérard, Lobau et Mauguin, il écrivit à Charles X. Il lui fut répondu : « Tenir bon et attendre des ordres jusqu'au lendemain. »

2.
Enseigne en forme de roue.

niennes peintes à l'huile de lis bourboniens détrempés à la colle n'eurent besoin que d'une éponge pour nettoyer leur loyauté : avec un peu d'eau on efface aujourd'hui la reconnaissance et les empires.

Le maréchal de Raguse écrivit au Roi qu'il était urgent de prendre des moyens de pacification, et que demain, 29, il serait trop tard. Un envoyé du préfet de police était venu demander au maréchal s'il était vrai que Paris fût déclaré en état de siège : le maréchal, qui n'en savait rien, parut étonné ; il courut chez le président du conseil ; il y trouva les ministres assemblés, et M. de Polignac lui remit l'ordonnance. Parce que l'homme qui avait foulé le monde aux pieds avait mis des villes et des provinces en état de siège, Charles X avait cru pouvoir l'imiter. Les ministres déclarèrent au maréchal qu'ils allaient venir s'établir à l'état-major de la garde. Aucun ordre n'étant arrivé de Saint-Cloud, à neuf heures du matin, le 28, lorsqu'il n'était plus temps de tout garder, mais de tout reprendre, le maréchal fit sortir des casernes les troupes qui s'étaient déjà en partie montrées la veille. On n'avait pris aucune précaution pour faire arriver des vivres au Carrousel, quartier général. La manutention, qu'on avait oublié de faire suffisamment garder, fut enlevée. M. le duc de Raguse, homme d'esprit et de mérite, brave soldat, savant, mais malheureux général, prouva pour la millième fois qu'un génie militaire est insuffisant aux troubles civils : le premier officier de police eût mieux su ce qu'il y avait à faire que le maréchal. Peut-être aussi son intelligence fut-elle paralysée par ses souvenirs ; il resta comme étouffé sous le poids de la fatalité de son nom.

Le maréchal, qui n'avait qu'une poignée d'hommes, conçut un plan pour l'exécution duquel il lui aurait fallu trente mille soldats. Des colonnes étaient désignées pour de grandes distances, tandis qu'une autre s'emparerait de l'Hôtel-de-Ville. Les troupes, après avoir achevé leur mouvement pour faire régner l'ordre de toutes parts, devaient converger à la maison commune. Le Carrousel demeurait le quartier général : les ordres en sortaient, et les renseignements y aboutissaient. Un bataillon de Suisses, pivotant sur le marché des Innocents, était chargé d'entretenir la communication entre les forces du centre et celles qui circulaient à la circonférence. Les soldats de la caserne Popincourt s'apprêtaient par différents rameaux à descendre sur les points où ils pouvaient être appelés. Le général Latour-Maubourg était logé aux Invalides. Quand il vit l'affaire mal engagée, il proposa de recevoir les régiments dans l'édifice de Louis XIV ; il assurait qu'il les pouvait nourrir, et défiait les Parisiens de le forcer. Il n'avait pas impunément laissé ses membres sur les champs de bataille de l'Empire, et les redoutes de Borodino savaient qu'il tenait parole. Mais qu'importait l'expérience et le courage d'un vétéran mutilé ? On n'écouta point ses conseils.

Sous le commandement du comte de Saint-Chamans, la première colonne de la garde partit de la Madeleine pour suivre les boulevards jusqu'à la Bastille. Dès les premiers pas, un peloton que commandait M. Sala[3] fut attaqué ; l'officier royaliste repoussa vivement l'attaque. À mesure qu'on avançait, les postes de communication laissés sur la route, trop faibles et trop éloignés les uns des autres, étaient coupés par le peuple et séparés les uns des autres par des abattis d'arbres et des barricades. Il y eut une affaire sanglante aux portes Saint-Denis et Saint-Martin. M. de Saint-Chamans, passant sur le théâtre des exploits futurs de Fieschi[4], rencontra à la place de la Bastille des groupes nombreux de femmes et d'hommes. Il les invita à se disperser, en leur distribuant quelque argent ; mais on ne cessait de tirer des maisons environnantes. Il fut obligé de renoncer à rejoindre l'Hôtel-de-Ville par la rue Saint-Antoine, et, après avoir traversé le pont d'Austerlitz, il regagna le Carrousel le long des boulevards du Sud. Turenne devant la Bastille non encore démolie avait été plus heureux pour la mère de Louis XIV enfant[5].

La colonne chargée d'occuper l'Hôtel-de-Ville suivit les quais des Tuileries, du Louvre et de l'École, passa la moitié du Pont-Neuf, prit le quai de l'Horloge, le marché aux Fleurs, et se porta à la place de Grève par le pont Notre-Dame. Deux pelotons de la garde firent une diversion en filant jusqu'au nouveau pont suspendu. Un bataillon du 15e léger appuyait la garde, et devait laisser deux pelotons sur le Marché-aux-Fleurs.

On se battit au passage de la Seine sur le pont Notre-Dame. Le peuple, tambour en tête, aborda bravement la garde. L'officier qui commandait l'artillerie royale fit observer à la masse populaire qu'elle s'exposait inutilement, et que n'ayant pas de canons elle serait foudroyée sans aucune chance de succès. La plèbe s'obstina ; l'artillerie fit feu. Les sol-

---

3.
Alexandre Sala, officier du 6e régiment d'infanterie de la garde, est l'auteur d'un ouvrage intitulé *Dix jours de 1830*, relation des événements auxquels il avait assisté. En 1832, il sera avec la duchesse de Berry sur le *Carlo-Alberto* ; traduit de ce chef devant la Cour d'assises de Montbrison, il sera acquitté. En 1848, il fonda avec Alfred Nettement et Arnaud de Pontmartin *L'Opinion publique*, dont il sera jusqu'à la suppression de cette feuille, en 1852, un des principaux rédacteurs. Associé pour les affaires de librairie avec son ancien camarade Delloye, il devint bientôt seul gérant et administrateur de la société propriétaire des *Mémoires d'outre-tombe*.

4.
Chateaubriand fait allusion à l'attentat de Fieschi contre Louis-Philippe, bd du Temple, qui, le 28 janvier 1835, fera 40 victimes dont le président du Conseil, le maréchal Mortier.

5.
Rallié à Mazarin, Turenne, après avoir battu Condé à Gien, puis lors du fameux combat du faubourg Saint-Antoine qui rouvrit Paris au roi (1652), le contraignit à sortir de France.

dats inondèrent les quais et la place de Grève, où débouchèrent par le pont d'Arcole deux autres pelotons de la garde. Ils avaient été obligés de forcer des rassemblements d'étudiants du faubourg Saint-Jacques. L'Hôtel-de-Ville fut occupé[6].

Une barricade s'élevait à l'entrée de la rue du Mouton : une brigade de Suisses emporta cette barricade ; le peuple, se ruant des rues adjacentes, reprit son retranchement avec de grands cris. La barricade resta finalement à la garde.

Dans tous ces quartiers pauvres et populaires on combattit instantanément, sans arrière-pensée : l'étourderie française, moqueuse, insouciante, intrépide, était montée au cerveau de tous ; la gloire a, pour notre nation, la légèreté du vin de Champagne. Les femmes, aux croisées, encourageaient les hommes dans la rue ; des billets promettaient le bâton de maréchal au premier colonel qui passerait au peuple ; des groupes marchaient au son d'un violon. C'étaient des scènes tragiques et bouffonnes, des spectacles de tréteaux et de triomphe : on entendait des éclats de rire et des jurements au milieu des coups de fusil, du sourd mugissement de la foule, à travers des masses de fumée. Pieds nus, bonnet de police en tête, des charretiers improvisés conduisaient avec un laisser-passer de chefs inconnus des convois de blessés parmi les combattants qui se séparaient.

Dans les quartiers riches régnait un autre esprit. Les gardes nationaux, ayant repris les uniformes dont on les avait dépouillés[7], se rassemblaient en grand nombre à la mairie du 1er arrondissement pour maintenir l'ordre. Dans ces combats, la garde souffrait plus que le peuple, parce qu'elle était exposée au feu des ennemis invisibles enfermés dans les maisons. D'autres nommeront les vaillants des salons qui, reconnaissant des officiers de la garde, s'amusaient à les abattre, en sûreté qu'ils étaient derrière un volet ou une cheminée. Dans la rue, l'animosité de l'homme de peine ou du soldat n'allait pas au delà du coup porté : blessé, on se secou-

---

6.
« Ce mouvement de retraite livrait de nouveau à l'insurrection l'hôtel-de-ville avec la plus grande partie de la capitale. Le maréchal, encore en possession des Tuileries et du Louvre, se croyait dans une position inexpugnable, mais il n'avait plus aucun espoir de soumettre Paris. » (H. de Viel-Castel, *Histoire de la Restauration*, t. XX, p. 597).

7.
Le soir du 29 avil 1827, après une revue devant le Champ-de-Mars, la garde nationale conspua les ministres, la duchesse d'Angoulême et la duchesse de Berry. Le soir même, une ordonnance prononça la dissolution de toute la garde nationale de Paris : « Çà et là, aux devantures des boutiques parisiennes, on vit exposés des uniformes de la garde nationale, avec l'étiquette : *Habit à vendre, fusil à garder* » (G. de Bertier de Sauvigny, *Histoire de la Restauration*, p. 392).

rait mutuellement. Le peuple sauva plusieurs victimes. Deux officiers, M. de Goyon et M. Rivaux, après une défense héroïque, durent la vie à la générosité des vainqueurs. Un capitaine de la garde, Kaumann, reçoit un coup de barre de fer sur la tête : étourdi et les yeux sanglants, il relève avec son épée les baïonnettes de ses soldats qui mettaient en joue l'ouvrier. La garde était remplie des grenadiers de Bonaparte. Plusieurs officiers perdirent la vie, entre autres le lieutenant Noirot, d'une bravoure extraordinaire, qui avait reçu du prince Eugène la croix de la Légion d'Honneur en 1813 pour un fait d'armes accompli dans une des redoutes de Caldiera[8]. Le colonel de Pleinselve, blessé mortellement à la porte Saint-Martin, avait été aux guerres de l'Empire, en Hollande, en Espagne, à la grande armée et dans la garde impériale. À la bataille de Leipsick, il fit prisonnier de sa propre main le général autrichien Merfeld. Porté par ses soldats à l'hôpital du Gros-Gaillou, il ne voulut être pansé que le dernier des blessés de juillet. Le docteur Larrey[9], qui l'avait rencontré sur d'autres champs de bataille, lui amputa la cuisse ; il était trop tard pour le sauver[10]. Heureux ces nobles adversaires qui avaient vu tant de boulets passer sur leur tête, s'ils ne succombèrent pas sous la balle de quelques-uns de ces forçats libérés que la justice a retrouvés depuis la victoire dans les rangs des vainqueurs ! Ces galériens n'ont pu polluer le triomphe national républicain ; ils n'ont été nuisibles qu'à la royauté de Louis-Philippe. Ainsi s'abîmèrent obscurément dans les rues de Paris les restes de ces soldats fameux, échappés au canon de la Moskowa, de Lutzen et de Leipsick : nous massacrions, sous Charles X, ces braves que nous avions tant admirés sous Napoléon. Il ne leur manquait qu'un homme : cet homme avait disparu à Sainte-Hélène. Au tomber de la nuit, un sous-officier déguisé vint apporter l'ordre aux troupes de l'Hôtel-de-Ville de se replier sur les Tuileries. La retraite était rendue hasardeuse à cause des blessés que l'on ne voulait pas abandonner, et de l'artillerie difficile à passer à travers les barricades. Elle s'opéra cependant sans accident. Lorsque les troupes revinrent des différents quar-

---

8.
Bourg de Lombardie où Masséna défit les Autrichiens, empêchant l'archiduc Charles de secourir Vienne (1805).

9.
Chateaubriand a pris le père pour le fils, Félix-Hippolyte Larrey, âgé de 20 ans, élève au Val-de-Grâce, qui pansa, sur les ordres de son père, chirurgien en chef du Gros-Caillou, les blessés de Juillet.

10.
Ce colonel a vraisemblablement inspiré Alfred de Vigny, dans *La Vie et la mort du capitaine Renaud, ou La canne de jonc* (voir *Servitude et Grandeur militaires*, 1835).

tiers de Paris, elles croyaient le Roi et le Dauphin arrivés de leur côté comme elles[11] : cherchant en vain des yeux le drapeau blanc sur le pavillon de l'Horloge, elles firent entendre le langage énergique des camps.

Il n'est pas vrai, comme on le voit, que l'Hôtel-de-Ville ait été pris par la garde sur le peuple, et repris sur la garde par le peuple. Quand la garde y entra, elle n'éprouva aucune résistance, car il n'y avait personne, le préfet même était parti. Ces vantances[12] affaiblissent et font mettre en doute les vrais périls. La garde fut mal engagée dans des rues tortueuses ; la ligne, par son espèce de neutralité d'abord, et ensuite par sa défection, acheva le mal que des dispositions belles en théorie, mais peu exécutables en pratique, avaient commencé. Le 50e de ligne était arrivé pendant le combat à l'Hôtel-de-Ville ; harassé de fatigue, on se hâta de le retirer dans l'enceinte de l'hôtel, et il prêta à des camarades épuisés ses entières et inutiles cartouches.

Le bataillon suisse resté au marché des Innocents fut dégagé par un autre bataillon suisse : ils vinrent l'un et l'autre aboutir au quai de l'École, et stationnèrent dans le Louvre.

Au reste, les barricades sont des retranchements qui appartiennent au génie parisien : on les retrouve dans tous nos troubles, depuis Charles V jusqu'à nos jours.

« Le peuple voyant ces forces disposées par les rues, dit L'Estoile, commença à s'esmouvoir, et se firent les *barricades* en la manière que tous sçavent : plusieurs Suisses furent tués, qui furent enterrés en une fosse faicte au parvis de Notre-Dame ; le duc de Guyse passant par les rues, c'estoit à qui crieroit le plus haut : Vive Guyse ! et lui, baissant son grand chapeau, leur dict : *Mes amis, c'est assez ; messieurs, c'est trop ; criez vive le Roi*[13] ! »

Pourquoi nos dernières barricades, dont le résultat a été puissant, gagnent-elles si peu à être racontées, tandis que les barricades de 1588, qui ne produisirent presque rien, sont si intéressantes à lire ? Cela tient à la différence des siècles et des personnages : le XVIe siècle menait tout devant lui ; le XIXe a laissé tout derrière : M. de Puyraveau n'est pas encore le Balafré.

11.
Ce qui n'était pas le cas : la famille royale était toujours à Saint-Cloud.

12.
Ignoré de Littré, ne signifie rien d'autre que vanteries ; emprunt vraisemblable à Montaigne.

13.
Le *Journal* de L'Estoile (coll. Petitot, 1re série, t. XLV, pp. 359-360), que Chateaubriand venait d'utiliser dans ses *Études historiques*, où il raconte la « journée des barricades » de 1588, tout en tirant des conclusions opposées : « L'histoire vivante, écrit-il, a rapetissé ces faits de l'histoire morte, si fameux autrefois. [...] Et, comme je m'occupais de ces barricades qui chassèrent un roi de Paris, d'autres barricades faisaient disparaître en quelques heures trois générations de rois. L'histoire n'attend plus l'historien ; il trace une ligne, elle emporte un monde » (voir *OC*, t. V ter, p. 316).

Journée civile du 28 juillet.

Durant qu'on livrait ces combats, la révolution civile et politique suivait parallèlement la révolution militaire. Les soldats détenus à l'Abbaye furent mis en liberté; les prisonniers pour dette, à Sainte-Pélagie, s'échappèrent, et les condamnés pour fautes politiques furent élargis: une révolution est un jubilé; elle absout de tous les crimes, en en permettant de plus grands.

Les ministres tinrent conseil à l'état-major: ils résolurent de faire arrêter, comme chefs du mouvement, MM. Laffitte, La Fayette, Gérard, Marchais, Salverte et Audry de Puyraveau; le maréchal en donna l'ordre; mais quand plus tard ils furent députés vers lui, il ne crut pas de son honneur de mettre son ordre à exécution.

Une réunion du parti monarchique[1], composée de pairs et de députés, avait eu lieu chez M. Guizot: le duc de Broglie s'y trouva; MM. Thiers et

1. Cette réunion du «parti monarchique» est antérieure à l'arrestation des meneurs cités plus haut. À ce sujet, Victor de Broglie écrit: «L'auteur de cette insertion a été mal informé; la réunion fut fortuite; MM. Thiers et Mignet ne s'y trouvèrent pas. Il n'y fut question de M. le duc d'Orléans ni directement ni indirectement.» Voici ce qu'il rapporte sur cette réunion, qui se tint dans la matinée du 28: «[...] en allant vers les dix heures, chez M. Guizot, qui demeurait rue de la Ville-l'Évêque, je ne remarquai aucun symptôme d'agitation. Je trouvai M. Guizot dans son cabinet à mettre au net le projet de protestation dont il avait été chargé la veille [dans la réunion chez Casimir Périer]; à côté, dans le salon, se trouvaient plusieurs de nos amis, entre autres M. de Rémusat et M. Cousin disputant assez vivement; nous vîmes entrer au bout d'un quart d'heure, un rédacteur du *National* qui depuis s'est fait un nom, M. Carrel [...] "Tout est fini pour cette fois, nous dit-il tristement; le gouvernement est maître du terrain; mais, patience, il n'est pas au bout!"» (V. de Broglie, *Souvenirs*, t. III, pp. 287-288). Quant à Rémusat, après être allé surveiller

DÉLUGE DE 1830. LES EMBOURBÉS !

l'impression du *Globe*, dont il était l'un des principaux rédacteurs, il réussit à franchir une des barricades et «passa» chez Guizot, où il trouva «le général Sébastiani, Broglie, Cousin, Carrel, Thiers, Guizard et, ce [lui] semble, Mignet». On voit donc que Rémusat confirme la participation de Thiers et Mignet du *National* à cette réunion, contrairement à Broglie. «Il était environ 10 heures. Cette réunion fortuite [là, c'est le point de vue de Broglie qui l'emporte sur celui de Chateaubriand] venait, je crois, de ce que Thiers et Carrel étaient allés chez Sébastiani lui parler de ce qu'il y aurait à faire et de penser au duc d'Orléans. Le général, qui n'aimait pas les coups de tête, les avait menés chez Guizot, qu'il consultait souvent. Quand j'entrai, il n'était pas question du duc d'Orléans, son nom ne fut pas prononcé. On discutait seulement sur le caractère de la situation. Les choses étaient-elles assez avancées, le mouvement de Paris assez fort pour qu'on dût cesser de se borner à de vaines protestations parlementaires, et le moment était-il venu pour les hommes politiques de s'engager plus avant? [...] La discussion ne marchait pas et commençait évidemment à fatiguer tout le monde, lorsque Casimir Périer entra. On ne l'attendait pas. Il s'arrêta un moment, nous regarda tous, et s'avança avec cette lenteur et cet air de réserve qu'il avait quelquefois. [...] Il s'assit donc, ne dit rien et écouta. On recommença devant lui à dire les mêmes choses. Les objections contre toute résolution compromettante avaient évidemment le dessus, et je ne doutais pas que Périer ne fût juste arrivé pour nous achever: mais quel coup de théâtre, quand, partant comme un ressort qui se débande: "Messieurs, je ne sais pas ce qu'il adviendra de tout ceci. Mais ce que je sais, c'est qu'après ce qu'a fait la population de Paris depuis deux jours, dussions-nous y jouer notre tête, nous serions déshonorés si nous ne nous mettions pas avec elle." Cette seule parole mit fin à la conversation; personne n'avait plus rien à dire; et, en effet, on ne dit plus rien. Comme il arrive souvent, tout se réduisit cependant à un effet moral, chacun se leva, les uns un peu ébranlés et forcés de reconnaître que l'heure de l'action approchait, les autres confiants et ranimés et portant à Périer une reconnaissance que Carrel lui-même n'a jamais oubliée et à laquelle, dans sa franchise, il a fait quelque allusion, même après qu'il est devenu républicain. On ne s'en alla pas moins comme on était venu, et je rentrai chez moi» (Ch. de Rémusat, *Mémoires de ma vie*, t. II, pp. 330-332).

Mignet, qui avaient reparu, et M. Carrel, quoique ayant d'autres idées, s'y rendirent. Ce fut là que le parti de l'usurpation prononça le nom du duc d'Orléans pour la première fois. M. Thiers et M. Mignet allèrent chez le général Sébastiani lui parler du prince. Le général répondit d'une manière évasive; le duc d'Orléans, assura-t-il, ne l'avait jamais entretenu de pareils desseins et ne l'avait autorisé à rien.

Vers midi, toujours dans la journée du 28, la réunion générale des députés eut lieu chez M. Audry de Puyraveau. M. de La Fayette, chef du parti républicain, avait rejoint Paris le 27; M. Laffitte, chef du parti orléaniste, n'arriva que dans la nuit du 27 au 28; il se rendit au Palais-Royal, où il ne trouva personne; il envoya à Neuilly: le Roi en herbe n'y était pas. Chez M. de Puyraveau, on discuta le projet d'une protestation contre les ordonnances. Cette protestation, plus que modérée, laissait entières les grandes questions.

M. Casimir Périer fut d'avis de dépêcher vers le duc de Raguse; tandis que cinq députés[2] choisis se préparaient à partir, M. Arago était chez le maréchal: il s'était décidé, sur un billet de madame de Boigne, à devancer les commissaires[3]. Il représenta au maréchal la nécessité de mettre un terme aux malheurs de la capitale. M. de Raguse alla prendre langue chez M. de Polignac; celui-ci, instruit de l'hésitation des troupes, déclara que si elles passaient au peuple, on tirerait sur elles comme sur les insurgés. Le général Tromelin, témoin de ces conversations, s'emporta contre le général d'Ambrugeac. Alors arriva la députation. M. Laffitte porta la parole: «Nous venons, dit-il, vous demander d'arrêter l'effusion du sang. Si le combat se prolongeait, il entraînerait non-seulement les plus cruelles calamités, mais une véritable révolution.» Le maréchal se renferma dans une question d'honneur militaire, prétendant que le peuple devait, le premier, cesser le combat; il ajouta néanmoins ce post-scriptum à une lettre qu'il écrivit au Roi: «Je pense qu'il est urgent que Votre Majesté profite sans retard des ouvertures qui lui sont faites.»

2.
Les commissaires désignés furent le général Gérard, le comte de Lobau (maréchal Mouton), Casimir Périer, Mauguin et Laffitte.

3.
Mme de Boigne raconte dans ses *Mémoires* que son «très cher» Pasquier lui demanda de communiquer avec Marmont pour «lui faire savoir que des gens bien instruits pensaient que la résistance militaire [...] amènerait des catastrophes effroyables, quel qu'en fût le résultat». Connaissant l'ascendant que le républicain Arago exerçait sur le maréchal, elle lui écrivit «pour l'engager à se rendre tout de suite à l'état-major et à y user de son influence pour sauver le pays, le trône et son ami de la ruine prochaine dont ils étaient menacés» (*Mémoires*, t. III, pp. 332-337).

L'aide de camp du duc de Raguse, le colonel Konierowski, introduit dans le cabinet du Roi à Saint-Cloud, lui remit la lettre; le Roi dit: «Je lirai cette lettre.» Le colonel se retira et attendit les ordres; voyant qu'ils n'arrivaient pas, il pria M. le duc de Duras d'aller chez le Roi les demander. Le duc répondit que, d'après l'étiquette, il lui était impossible d'entrer dans le cabinet. Enfin, rappelé par le Roi, M. Konierowski fut chargé d'enjoindre au maréchal de *tenir bon*[4].

Le général Vincent accourut de son côté à Saint-Cloud; ayant forcé la porte qu'on lui refusait, il dit au Roi que tout était perdu: «Mon cher, répondit Charles X, vous êtes un bon général, mais vous n'entendez rien à cela[5].»

4.

La réponse complète était la suivante: «Mon cher maréchal, j'apprends avec grand plaisir la bonne conduite des troupes sous vos ordres. Remerciez-les de ma part, et accordez-leur un mois et demi de solde. Réunissez vos troupes en tenant bon et attendez mes ordres de demain.» «Par une autre lettre, il était ordonné au duc de Raguse de rassembler toutes les forces entre la place des Victoires, la place Vendôme et les Tuileries, de protéger les ministères des affaires étrangères, des finances et de la marine, d'assurer le voyage des ministres à Saint-Cloud où ils devaient se rendre le lendemain matin entre dix et onze heures, d'attendre dans la position qu'on lui indiquait les ordres qu'il recevrait ultérieurement [...]» (H. de Viel-Castel, *Histoire de la Restauration*, t. XX, pp. 591-593).

5.

La «journée civile» du 28 fut plus riche que Chateaubriand ne le dit car les 5 députés, après leur entrevue avec le maréchal Marmont, s'étaient transportés chez le député Bérard, où il fut décidé que la «protestation» rédigée le matin porterait non seulement le nom des signataires présents, mais aussi de tous ceux qui avaient participé aux réunions précédentes. Le nombre des signataires fut ainsi porté à 74, et furent effacées de la protestation les expressions de fidélité au roi. Pendant que les députés délibéraient, les pairs présents à Paris (en très petit nombre) tentèrent de se réunir chez Pasquier et Sémonville. Mais ces tentatives n'eurent aucune prise sur les événements. Les combats continuèrent, avec des alternatives de succès et de revers. Le roi «semblait décidé à ne rien croire de ce qui pouvait lui déplaire et il recevait avec humeur les nouvelles défavorables. [...] Une confiance aussi extraordinaire reposait, à ce qu'on assure, sur la conviction qu'avait Charles X, qu'en dépit de toutes les vraisemblances la Providence interviendrait en sa faveur. Quelques jours après, le commandant de l'école de Saint-Cyr, le prince Amédée de Broglie, ancien émigré et royaliste dévoué, racontait à M. Pasquier que le Roi, pour lui faire comprendre sa sécurité, lui avait parlé d'une apparition de la Sainte Vierge qui, pendant la nuit, avait enjoint à M. de Polignac de persévérer en lui promettant son assistance» (H. de Viel-Castel, *Histoire de la Restauration*, t. XX, p. 599). Dans la soirée, tout était tranquille à Saint-Cloud: «Dans le salon, le Roi jouait au whist et le Dauphin aux échecs, sans parler d'autre chose que des incidents du jeu. [...] Au moment où Charles X allait se retirer, le duc de Mortemart arriva, après avoir traversé, non sans peine, Versailles et les environs qui, suivant l'exemple de Paris, était déjà en insurrection. Il demanda à entretenir sur-le-champ le Roi, mais l'heure du coucher était venue, et Charles X remit l'entretien au lendemain» (*ibid.*, p. 600).

Journée militaire du 29 juillet[1].

Le 29 vit paraître de nouveaux combattants : les élèves de l'École polytechnique, en correspondance avec un de leurs anciens camarades, M. Charras, forcèrent la consigne et envoyèrent quatre d'entre eux, MM. Lothon, Berthelin, Pinsonnière et Tourneux, offrir leurs services à MM. Laffitte, Périer et La Fayette. Ces jeunes gens, distingués par leurs études, s'étaient déjà fait connaître aux alliés, lorsque ceux-ci se présentèrent devant Paris en 1814 ; dans les trois jours ils devinrent les chefs du peuple, qui les mit à sa tête avec une parfaite simplicité. Les uns se rendirent sur la place de l'Odéon, les autres au Palais-Royal et aux Tuileries.

L'ordre du jour publié le 29 au matin offensa la garde : il annonçait que le Roi, voulant témoigner sa satisfaction à ses braves serviteurs, leur accordait un mois et demi de paye ; inconvenance que le soldat français ressentit : c'était le mesurer à la taille de ces Anglais qui ne marchent pas ou s'insurgent s'ils n'ont pas touché leur solde.

Dans la nuit du 28 au 29, le peuple dépava les rues de vingt pas en vingt pas, et le lendemain, au lever du jour, il y avait quatre mille barricades élevées dans Paris.

Le Palais-Bourbon était gardé par la ligne, le Louvre par deux bataillons suisses, la rue de la Paix, la place Vendôme et la rue Castiglione par le

1. Le 29 juillet 1830 sera le jour de débâcle pour la monarchie. Marmont, qui n'avait que 5 500 hommes sur les 8 000 dont il disposait à l'origine, se replia vers l'Étoile, abandonnant les Tuileries.

5e et le 53e de ligne. Il était arrivé de Saint-Denis, de Versailles et de Ruel, à peu près douze cents hommes d'infanterie.

La position militaire était meilleure : les troupes se trouvaient plus concentrées, et il fallait traverser de grands espaces vides pour arriver jusqu'à elles. Le général Exelmans, qui jugea bien ces dispositions, vint à onze heures mettre sa valeur et son expérience à la disposition du maréchal de Raguse, tandis que de son côté le général Pajol se présentait aux députés pour prendre le commandement de la garde nationale. Les ministres eurent l'idée de convoquer la cour royale aux Tuileries, tant ils vivaient hors du moment où ils se trouvaient ! Le maréchal pressait le président du conseil de rappeler les ordonnances. Pendant leur entretien, on demande M. de Polignac ; il sort et rentre avec M. Berthier, fils de la première victime sacrifiée en 1789[2]. Celui-ci, ayant parcouru Paris, affirmait que tout allait au mieux pour la cause royale : c'est une chose fatale que ces races qui ont droit à la vengeance, jetées à la tombe dans nos premiers troubles, et évoquées par nos derniers malheurs. Ces malheurs n'étaient plus des nouveautés ; depuis 1793, Paris était accoutumé à voir passer les événements et les rois.

Tandis que, au rapport des royalistes, tout allait si bien, on annonce la défection du 5e et du 53e de ligne qui fraternisaient avec le peuple[3].

Le duc de Raguse fit proposer une suspension d'armes : elle eut lieu sur quelques points et ne fut pas exécutée sur d'autres. Le maréchal avait envoyé chercher un des deux bataillons suisses stationnés dans le Louvre. On lui dépêcha celui des deux bataillons qui garnissait la colonnade. Les Parisiens, voyant cette colonnade déserte, se rapprochèrent des murs et entrèrent, par les fausses portes qui conduisent du jardin de l'Infante dans l'intérieur ; ils gagnèrent les croisées et firent feu sur le bataillon arrêté dans la cour. Sous la terreur du souvenir du 10 août[4], les Suisses se ruè-

---

2.
Le fils de l'intendant de Paris assassiné en juillet 1789 (voir *supra*, l. V, chap. 9, p. 326).

3.
« Mais le Louvre, gardé par des bataillons suisses, aurait pu résister longtemps si une circonstance inattendue n'était venue désorganiser la défense. Deux régiments de ligne, le 5e et le 53e, occupaient la place Vendôme, et la foule qui les entourait cherchait à les détourner de prendre part à la lutte. Ils étaient déjà ébranlés lorsque M. Casimir Périer, se présentant à eux, les entraîna par une vive allocution. Bientôt, le colonel Heymez, envoyé par le général Gérard, vint se mettre à leur tête et les conduisit au bruit des acclamations populaires, chez M. Laffitte où se rassemblaient les députés » (H. de Viel-Castel, *Histoire de la Restauration*, t. XX, pp. 608-609).

4.
Le 10 août 1792, où les Suisses qui gardaient les Tuileries, après avoir cessé le feu sur ordre de Louis XVI, furent massacrés par les émeutiers.

rent du palais et se jetèrent dans leur troisième bataillon placé en présence des postes parisiens, mais avec lesquels la suspension d'armes était observée. Le peuple, qui du Louvre avait atteint la galerie du Musée, commença de tirer du milieu des chefs-d'œuvre sur les lanciers alignés au Carrousel. Les postes parisiens, entraînés par cet exemple, rompirent la suspension d'armes. Précipités sous l'Arc-de-Triomphe, les Suisses poussent les lanciers au portique du pavillon de l'Horloge et débouchent pêle-mêle dans le jardin des Tuileries. Le jeune Farcy[5] fut frappé à mort dans cette échauffourée : son nom est inscrit au coin du café où il est tombé ; une manufacture de betteraves existe aujourd'hui aux Thermopyles. Les Suisses eurent trois ou quatre soldats tués et blessés : ce peu de morts s'est changé en une effroyable boucherie.

Le peuple entra dans les Tuileries avec MM. Thomas, Bastide, Guinard, par le guichet du Pont-Royal. Un drapeau tricolore fut planté sur le pavillon de l'Horloge, comme au temps de Bonaparte, apparemment en mémoire de la liberté. Des meubles furent déchirés, des tableaux hachés de coups de sabre ; on trouva dans des armoires le journal des chasses du Roi et les beaux coups exécutés contre les perdrix : vieil usage des gardes-chasse de la monarchie. On plaça un cadavre sur le trône vide, dans la salle du Trône : cela serait formidable si les Français, aujourd'hui, ne jouaient continuellement au drame. Le musée d'artillerie, à Saint-Thomas-d'Aquin, était pillé, et les siècles passaient le long du fleuve, sous le casque de Godefroi de Bouillon, et avec la lance de François Ier.

Alors le duc de Raguse quitta le quartier général, abandonnant cent vingt mille francs en sacs. Il sortit par la rue de Rivoli et rentra dans le jardin des Tuileries. Il donna l'ordre aux troupes de se retirer, d'abord aux Champs-Élysées, et ensuite jusqu'à l'Étoile. On crut que la paix était faite, que le Dauphin arrivait ; on vit quelques voitures des écuries et un fourgon traverser la place Louis XV : c'étaient les ministres s'en allant après leurs œuvres.

Arrivé à l'Étoile, Marmont reçut une lettre : elle lui annonçait que le Roi avait donné à M. le Dauphin le commandement en chef des troupes, et que lui, maréchal, servirait sous ses ordres.

Une compagnie du 3e de la garde avait été oubliée dans la maison d'un chapelier, rue de Rohan ; après une longue résistance, la maison fut emportée. Le capitaine Meunier, atteint de trois coups de feu, sauta de la fenêtre d'un troisième étage, tomba sur un toit au-dessous, et fut transporté à l'hôpital

5. Élève de l'École normale et l'un des rédacteurs du *Globe*.

du Gros-Caillou : il a survécu. La caserne Babylone[6], assaillie entre midi et une heure par trois élèves de l'École polytechnique, Vanneau, Lacroix et d'Ouvrier, n'était gardée que par un dépôt de recrues suisses d'environ une centaine d'hommes ; le major Dufay, Français d'origine, les commandait : depuis trente ans il servait parmi nous ; il avait été acteur dans les hauts faits de la République et de l'Empire. Sommé de se rendre, il refusa toute condition et s'enferma dans la caserne. Le jeune Vanneau périt. Des sapeurs-pompiers mirent le feu à la porte de la caserne ; la porta s'écroula ; aussitôt, par cette bouche enflammée, sort le major Dufay, suivi de ses montagnards, baïonnette en avant ; il tombe atteint de la mousquetade d'un cabaretier voisin : sa mort protégea ses recrues suisses ; ils rejoignirent les différents corps auxquels ils appartenaient.

6.

A. Nettement raconte la prise de la caserne Babylone sous des couleurs plus sombres. Le major Dufay, commandant de la caserne, ayant refusé de se rendre, « [...] les émeutiers résolurent de recourir à l'incendie. [...] des bottes de paille et des fagots arrosés de térébenthine servirent à réaliser le sinistre projet que l'imagination pervertie des insurgés avait enfanté. La flamme et la fumée aveuglèrent bientôt les assiégés [qui] tentèrent d'opérer une sortie [...], la baïonnette en avant. Les insurgés se précipitèrent vers eux, et un combat corps à corps s'engagea ; les Suisses refusèrent de se rendre ; ils furent impitoyablement massacrés. Le brave commandant Dufay périt, et son corps fut traîné dans les rues par les insurgés. Quelques Suisses seulement parvinrent à échapper au massacre ; la caserne envahie par le peuple fut livrée au pillage. La lutte héroïque de la caserne Babylone devait être l'adieu des Suisses à la France ; comme leurs pères en 1792, ils tinrent jusqu'au bout le serment qu'ils avaient prêté au Roi, et moururent pour lui [...] » (A. Nettement, *Histoire de la Restauration*, t. VIII, pp. 663-664).

Journée civile du 29 juillet. – M. Baude, M. de Choiseul, M. de Sémonville, M. de Vitrolles, M. Laffitte et M. Thiers[1].

M. le duc de Mortemart était arrivé à Saint-Cloud le mercredi 28, à dix heures du soir, pour prendre son service comme capitaine des cent-suisses : il ne put parler au Roi que le lendemain. À onze heures, le 29, il fit quelques tentatives auprès de Charles X, afin de l'engager à rappeler les ordonnances ; le Roi lui dit : « Je ne veux pas monter en charrette comme mon frère ; je ne reculerai pas d'un pied. » Quelques minutes après, il allait reculer d'un royaume.

Les ministres étaient arrivés : MM. de Sémonville, d'Argout, Vitrolles, se trouvaient là. M. de Sémonville raconte qu'il eut une longue conversation avec le Roi[2] ; qu'il ne parvint à l'*ébranler dans sa résolution qu'après avoir passé par son cœur en lui parlant des dangers de madame la Dauphine.* « Il lui dit : "Demain, à midi, il n'y aura plus ni roi, ni dauphin, ni duc de Bordeaux." Et le Roi lui répondit : "Vous me donnerez bien jusqu'à une heure." » Je ne crois pas un mot de tout cela. La hâblerie est notre défaut : interrogez un Français et fiez-vous à ses récits, il aura toujours tout fait. Les ministres entrèrent chez le Roi après M. de Sémonville ; les ordon-

1. Le manuscrit de 1847 ajoute un titre complémentaire, renvoyant à un paragraphe plus tard retranché (voir *infra*, l. XXXV, chap. 2, p. 2342 *sqq.*) : « Pillage de l'Archevêché ».

2. « "En fait de hâblerie, me disait l'auteur qui me lisait ce passage, M. de Sémonville était sujet à caution." J'adoucis le terme. "Souple à tous les régimes, ajoutait-il, il a passé du Sénat à la pairie héréditaire, puis déshéritée ; peu lui importent les hommes pourvu qu'il garde ses traitements." » (Marcellus, *Chateaubriand et son temps*, p. 386). Voir également H. de Viel-Castel, *Histoire de la Restauration*, t. XX, pp. 605-607.

nances furent rapportées, le ministère dissous, M. de Mortemart nommé président du nouveau conseil.

Dans la capitale, le parti républicain venait enfin de déterrer un gîte. M. Baude[3] (l'homme de la parade des bureaux du *Temps*), en courant les rues, n'avait trouvé l'Hôtel-de-Ville occupé que par deux hommes, M. Dubourg et M. Zimmer. Il se dit aussitôt l'envoyé d'un *gouvernement provisoire* qui s'allait venir installer. Il fit appeler les employés de la Préfecture; il leur ordonna de se mettre au travail, comme si M. de Chabrol[4] était présent. Dans les gouvernements devenus machines, les poids sont bientôt remontés; chacun accourt pour se nantir des places délaissées: qui se fit secrétaire général, qui chef de division, qui se donna la comptabilité, qui se nomma au personnel et distribua ce personnel entre ses amis; il y en eut qui firent apporter leur lit afin de ne pas désemparer, et d'être à même de sauter sur la place qui viendrait à vaquer. M. Dubourg, surnommé le général, et M. Zimmer, étaient censés les chefs de la partie *militaire* du *gouvernement provisoire*. M. Baude, représentant le *civil* de ce gouvernement inconnu, prit des arrêtés et fit des proclamations. Cependant on avait vu des affiches provenant du parti républicain, et portant création d'un autre gouvernement, composé de MM. de La Fayette, Gérard et Choiseul. On ne s'explique guère l'association du dernier nom avec les deux autres; aussi M. de Choiseul a-t-il protesté. Ce vieillard libéral, qui, pour faire le vivant, se tenait raide comme un mort, émigré et naufragé à Calais, ne retrouva pour foyer paternel, en rentrant en France, qu'une loge à l'Opéra.

À trois heures du soir, nouvelle confusion. Un ordre du jour convoqua les députés réunis à Paris, à l'Hôtel-de-Ville, pour y conférer sur les mesures à prendre. Les maires devaient être rendus à leurs mairies; ils devaient aussi envoyer un de leurs adjoints à l'Hôtel-de-Ville, afin d'y composer une *commission consultative*. Cet ordre du jour était signé: *J. Baude*, pour le *gouvernement provisoire*, et le colonel *Zimmer, par ordre du général Dubourg*. Cette audace de trois personnes, qui parlent au nom d'un gouvernement qui n'existait qu'affiché par lui-même au coin des rues, prouve la rare intelligence des Français en révolution: de pareils hommes sont évidemment les chefs destinés à mener les autres peuples. Quel malheur qu'en nous délivrant d'une pareille anarchie, Bonaparte nous eût ravi la liberté!

---

3. Voir *supra*, l. XXXIII, chap. 2, note 4, p. 2216.

4. Le préfet de la Seine.

Les députés s'étaient rassemblés chez M. Laffitte. M. de La Fayette, reprenant 1789, déclara qu'il reprenait aussi le commandement de la garde nationale. On applaudit, et il se rendit à l'Hôtel-de-Ville. Les députés nommèrent une *commission* municipale composée de cinq membres, MM. Casimir Périer, Laffitte, de Lobau, de Schonen et Audry de Puyraveau. M. Odilon Barrot fut élu secrétaire de cette commission, qui s'installa à l'Hôtel-de-Ville comme avait fait M. de La Fayette. Tout cela siégea pêle-mêle auprès du gouvernement provisoire de M. Dubourg. M. Mauguin, envoyé en mission vers la *commission*, resta avec elle. L'ami de Washington fit enlever le drapeau noir arboré sur l'Hôtel-de-Ville par l'invention de M. Dubourg.

À huit heures et demie du soir débarquèrent de Saint-Cloud M. de Sémonville, M. d'Argout et M. de Vitrolles. Aussitôt qu'ils avaient appris à Saint-Cloud le rappel des ordonnances, le renvoi des anciens ministres, et la nomination de M. de Mortemart à la présidence du conseil, ils étaient accourus à Paris. Ils se présentèrent en qualité de mandataires du Roi devant la commission municipale. M. Mauguin demanda au grand référendaire s'il avait des pouvoirs écrits ; le grand référendaire répondit *qu'il n'y avait pas pensé*. La négociation des officieux commissaires finit là.

Instruit à la réunion Laffitte de ce qui s'était fait à Saint-Cloud, M. Laffitte signa un laisser-passer pour M. de Mortemart, ajoutant que les députés assemblés chez lui l'attendraient jusqu'à une heure du matin. Le noble duc n'étant pas arrivé, les députés se retirèrent.

M. Laffitte, resté seul avec M. Thiers, s'occupa du duc d'Orléans[5] et des proclamations à faire. Cinquante ans de révolution en France avaient donné aux hommes de pratique la facilité de réorganiser des gouvernements, et aux hommes de théorie l'habitude de ressemeler des chartes, de préparer les machines et les bers[6] avec lesquels s'enlèvent et sur lesquels glissent ces gouvernements *(a)*.

5.
Si la journée du 29 avait été la journée du peuple de Paris, la journée du 30 sera celle du duc d'Orléans.

6.
Marcellus rapporte que Chateaubriand, après lui avoir lu ce passage, lui déclara : « Si vous étiez né à Saint-Malo comme moi, vous sauriez que les bers, terme d'arsenal, sont ce berceau composé de soliveaux et de poutres sur lequel se construit le vaisseau. Il flotte quelque temps autour du navire qu'on vient de jeter à l'eau, le suit un moment ; puis la mer l'engloutit, car il n'est plus bon à rien. Ne vous semble-t-il pas que je suis le véritable bers de la légitimité ? » (*Chateaubriand et son temps*, p. 387).

J'écris au Roi à Saint-Cloud : sa réponse verbale. – Corps aristocratiques. – Pillage de la maison des missionnaires, rue d'Enfer.

Cette journée du 29, lendemain de mon retour à Paris, ne fut pas pour moi sans occupation. Mon plan était arrêté : je voulais agir, mais je ne le voulais que sur un ordre écrit de la main du Roi, et qui me donnât les pouvoirs nécessaires pour parler aux autorités du moment ; me mêler de tout et ne rien faire ne me convenait pas. J'avais raisonné juste, témoin l'affront essuyé par MM. d'Argout, Sémonville et Vitrolles.

J'écrivis donc à Charles X à Saint-Cloud. M. de Givré se chargea de porter ma lettre. Je priais le Roi de m'instruire de sa volonté. M. de Givré revint les mains vides. Il avait remis ma lettre à M. le duc de Duras, qui l'avait remise au Roi, lequel me faisait répondre qu'il avait nommé M. de Mortemart son premier ministre, et qu'il m'invitait à m'entendre avec lui. Le noble duc, où le trouver ? Je le cherchai vainement le 29 au soir[1].

Repoussé de Charles X, ma pensée se porta vers la Chambre des pairs ; elle pouvait, en qualité de cour souveraine, évoquer le procès et juger le différend. S'il n'y avait pas sûreté pour elle dans Paris, elle était libre de se transporter à quelque distance, même auprès du Roi, et de prononcer de là un grand arbitrage. Elle avait des chances de succès ; il y en a toujours dans le courage. Après tout, en succombant, elle aurait subi une défaite utile aux principes. Mais aurais-je trouvé dans cette Chambre

1. À Saint-Cloud, M. de Mortemart, épuisé par la fatigue, s'était jeté sur un canapé et avait fini par s'endormir.

vingt hommes prêts à se dévouer ? Sur ces vingt hommes, y en avait-il quatre qui fussent d'accord avec moi sur les libertés publiques ?
Les assemblées aristocratiques règnent glorieusement lorsqu'elles sont souveraines et seules investies de droit et de fait de la puissance : elles offrent les plus fortes garanties ; mais, dans les gouvernements mixtes, elles perdent leur valeur et sont misérables quand arrivent les grandes crises… Faibles contre le Roi, elles n'empêchent pas le despotisme ; faibles contre le peuple, elles ne préviennent pas l'anarchie. Dans les commotions publiques, elles ne rachètent leur existence qu'aux prix de leurs parjures ou de leur esclavage. La Chambre des lords sauva-t-elle Charles Ier ? Sauva-t-elle Richard Cromwell, auquel elle avait prêté serment ? Sauva-t-elle Jacques II ? Sauvera-t-elle aujourd'hui les princes de Hanovre[2] ? Se sauvera-t-elle elle-même ? Ces prétendus contrepoids aristocratiques ne font qu'embarrasser la balance, et seront jetés tôt ou tard hors du bassin. Une aristocratie ancienne et opulente, ayant l'habitude des affaires, n'a qu'un moyen de garder le pouvoir quand il lui échappe : c'est de passer du Capitole au Forum, et de se placer à la tête du nouveau mouvement, à moins qu'elle ne se croie encore assez forte pour risquer la guerre civile[3].
Pendant que j'attendais le retour de M. de Givré, je fus assez occupé à défendre mon quartier. La banlieue et les carriers de Montrouge affluaient par la barrière d'Enfer. Les derniers ressemblaient à ces carriers de Montmartre qui causèrent de si grandes alarmes à mademoiselle de Mornay lorsqu'elle fuyait les massacres de la Saint-Barthélemy. En passant devant la communauté des missionnaires, située dans ma rue, ils y entrèrent : une vingtaine de prêtres furent obligés de se sauver ; le repaire de ces fanatiques fut philosophiquement pillé, leurs lits et leurs livres brûlés dans la rue. On n'a point parlé de cette misère. Avait-on à s'embarrasser de ce que la prêtraille pouvait avoir perdu ? Je donnai l'hospitalité à sept ou huit fugitifs ; ils restèrent plusieurs jours cachés sous mon toit. Je leur obtins des passeports par l'intermédiaire de mon voisin M. Arago[4], et ils allèrent ailleurs prêcher la parole de Dieu : « La fuite des saints a souvent été utile aux peuples, *utilis populis fuga sanctorum.* »

2.
Allusion à la réforme électorale qui agitait l'Angleterre en 1831 et qui se heurtait à la résistance acharnée de la Chambre des lords.

3.
Conclusion désabusée d'un Chateaubriand qui s'était fait le porte-parole d'un gouvernement mixte, où le pouvoir monarchique et le « pouvoir républicain » trouvaient dans le pouvoir aristocratique de la Chambre des pairs le contrepoids nécessaire. Son « système » politique tel qu'il s'exprime dans les *Réflexions politiques* était en grande partie bâti sur l'idée d'une monarchie fécondée par l'aristocratie.

Barricade sur le boulevard.

4.

« Le laboratoire de l'astronome touchait au cabinet de l'auteur, rue d'Enfer. "Je suis si las, me disait-il un jour, des misérables intrigues des hommes que je les abandonnerais volontiers pour me perdre dans le ciel avec mon voisin M. Arago, ou pour tomber dans un puits comme l'astrologue de La Fontaine : *Charlatans, faiseurs d'horoscope, / Quittez les cours des princes de l'Europe*." » (Marcellus, *Chateaubriand et son temps*, p. 387). Les missionnaires de la rue d'Enfer dont parle ici Chateaubriand étaient les prêtres de la Société des Missions de France, fondée par le père Rauzan. Le 29 juillet, leur maison fut envahie et dévastée par les émeutiers. Les missionnaires purent s'échapper, en se réfugiant les uns à l'hospice des Enfants-Trouvés, les autres sous le toit de Chateaubriand. Voir aussi Mme de Chateaubriand, *Mémoires*..., p. 143.

Chambre des députés. – M. de Mortemart.

La commission municipale, établie à l'Hôtel-de-Ville, nomma le baron Louis commissaire provisoire aux finances, M. Baude à l'intérieur, M. Mérilhou à la justice, M. Chardel aux postes, M. Marchal au télégraphe, M. Bavoux à la police, M. de Laborde[1] à la Préfecture de la Seine. Ainsi le gouvernement provisoire *volontaire* se trouva détruit en réalité par la promotion de M. Baude, qui s'était créé membre de ce gouvernement. Les boutiques se rouvrirent; les services publics reprirent leur cours.

Dans la réunion chez M. Laffitte il avait été décidé que les députés s'assembleraient à midi, au palais de la Chambre: ils s'y trouvèrent réunis au nombre de trente ou trente-cinq, présidés par M. Laffitte. M. Bérard annonça qu'il avait rencontré MM. d'Argout, de Forbin-Janson et de Mortemart, qui se rendaient chez M. Laffitte, croyant y trouver les députés; qu'il avait invité ces messieurs à le suivre à la Chambre, mais que M. le duc de Mortemart, accablé de fatigue, s'était retiré pour aller voir M. de Sémonville. M. de Mortemart, selon M. Bérard, avait dit qu'il avait un blanc-seing et que le Roi consentait à tout[2].

En effet, M. de Mortemart apportait cinq ordonnances: au lieu de les communiquer d'abord aux députés, sa lassitude l'obligea de rétrograder

1. Alexandre de Laborde, frère de Natalie de Noailles.

2. Pour se rendre à Paris, Mortemart rencontra bien des traverses, en partie dues au Dauphin qui, mécontent des concessions du roi, avait défendu de laisser sortir aucun cheval des écuries royales. Le nouveau président du Conseil dut emprunter une voiture particulière,

JACQUES LAFFITTE (1767-1844).

ne put se faire ouvrir la porte du bois de Boulogne, longea le mur de clôture jusqu'à la route de Versailles; arrivé à la porte de Passy, on refusa de le laisser passer. Enfin il réussit à s'engouffrer dans une brèche ouverte rue de Vaugirard, dans le mur d'octroi, et se dirigea vers l'hôtel de Laffitte par l'esplanade des Invalides, la place Louis-XV et la rue de la Madeleine. Chateaubriand a quelque raison de se gausser de ce curieux homme d'État qui, pour se remettre de la dureté de son trajet, s'était arrêté un moment à Auteuil, chez son beau-frère, pour s'y reposer et y déjeuner. On était au 30 juillet. Les retards accumulés seront tels que lorsque Mortemart arrivera enfin à Paris, la solution «orléaniste» était déjà presque entrée dans les faits.

jusqu'au Luxembourg. À midi, il envoya les ordonnances à M. Sauvo; celui-ci répondit qu'il ne les pouvait publier dans le *Moniteur* sans l'autorisation de la Chambre des députés ou de la commission municipale.
M. Bérard s'étant expliqué, comme je viens de le dire, à la Chambre, une discussion s'éleva pour savoir si l'on recevrait ou si l'on ne recevrait pas M. de Mortemart. Le général Sébastiani insista pour l'affirmative; M. Mauguin déclara que, si M. de Mortemart était présent, il demanderait qu'il fût entendu, mais que les événements pressaient et que l'on ne pouvait pas dépendre du bon plaisir de M. de Mortemart.
On nomma cinq commissaires chargés d'aller conférer avec les pairs: ces cinq commissaires furent MM. Augustin Périer, Sébastiani, Guizot, Benjamin Delessert et Hyde de Neuville.
Mais bientôt le comte de Sussy fut introduit dans la chambre élective. M. de Mortemart l'avait chargé de présenter les ordonnances aux députés. S'adressant à l'assemblée, il lui dit: «En l'absence de M. le chancelier[3], quelques pairs, en petit nombre, étaient réunis chez moi; M. le duc de Mortemart nous a remis la lettre ci-jointe, adressée à M. le général Gérard ou à M. Casimir Périer. Je vous demande la permission de vous la communiquer. Voici la lettre: "Monsieur, parti de Saint-Cloud dans la nuit, je cherche vainement à vous rencontrer. Veuillez me dire où je pourrai vous voir. Je vous prie de donner connaissance des ordonnances dont je suis porteur depuis hier." »
M. le duc de Mortemart était parti dans la nuit de Saint-Cloud; il avait les ordonnances dans sa poche depuis douze ou quinze heures, *depuis hier*, selon son expression; il n'avait pu rencontrer ni le général Gérard, ni M. Casimir Périer: M. de Mortemart était bien malheureux! M. Bérard fit l'observation suivante sur la lettre communiquée:
«Je ne puis, dit-il, m'empêcher de signaler ici un manque de franchise: M. de Mortemart, qui se rendait ce matin chez M. Laffitte lorsque je l'ai rencontré, m'a formellement dit qu'il viendrait ici.»
Les cinq ordonnances furent lues. La première rappelait les ordonnances du 25 juillet, la seconde convoquait les Chambres pour le 3 août, la troisième nommait M. de Mortemart ministre des affaires étrangères et président du conseil, la quatrième appelait le général Gérard au ministère de la guerre, la cinquième M. Casimir Périer au ministère des finances. Lorsque je trouvai enfin M. de Mortemart chez le grand référendaire, il m'assura qu'il avait été obligé de rester chez M. de

3. Pastoret.

Sémonville, parce qu'étant revenu à pied de Saint-Cloud, il s'était vu forcé de faire un détour et de pénétrer dans le bois de Boulogne par une brèche : sa botte ou son soulier lui avait écorché le talon. Il est à regretter qu'avant de produire les actes du trône, M. de Mortemart n'ait pas essayé de voir les hommes influents et de les incliner à la cause royale. Ces actes tombant tout à coup au milieu de députés non prévenus, personne n'osa se déclarer. On s'attira cette terrible réponse de Benjamin Constant : « Nous savons d'avance ce que la Chambre des pairs nous dira : elle acceptera purement et simplement la révocation des ordonnances. Quant à moi, je ne me prononce pas positivement sur la question de dynastie ; je dirai seulement qu'il serait trop commode pour un roi de faire mitrailler son peuple, et d'en être quitte pour dire ensuite : *Il n'y a rien de fait.* »

Benjamin Constant, qui ne se prononçait pas *positivement sur la question de dynastie*, aurait-il terminé sa phrase de la même manière si on lui eût fait entendre auparavant des paroles convenables à ses talents et à sa juste ambition ? Je plains sincèrement un homme de courage et d'honneur, comme M. de Mortemart, quand je viens à penser que la monarchie légitime a peut-être été renversée parce que le ministre chargé des pouvoirs du Roi n'a pu rencontrer dans Paris deux députés, et que, fatigué d'avoir fait trois lieues à pied, il s'est écorché le talon. L'ordonnance de nomination à l'ambassade de Saint-Pétersbourg a remplacé pour M. de Mortemart les ordonnances de son vieux maître[4]. Ah ! comment ai-je refusé à Louis-Philippe d'être son ministre des affaires étrangères ou de reprendre ma bien-aimée ambassade de Rome ? Mais, hélas ! de *ma bien-aimée*, qu'en eussé-je fait au bord du Tibre ? J'aurais toujours cru qu'elle me regardait en rougissant.

---

4. Mortemart, ambassadeur à Saint-Pétersbourg, reparti avec les mêmes fonctions et un serment de plus, rejoindra son poste diplomatique.

Course dans Paris. – Le général Dubourg. – Cérémonie funèbre sous les colonnades du Louvre. – Les jeunes gens me rapportent à la Chambre des pairs.

Le 30 au matin, ayant reçu le billet du grand référendaire qui m'invitait à la réunion des Pairs, au Luxembourg, je voulus apprendre auparavant quelques nouvelles. Je descendis par la rue d'Enfer, la place Saint-Michel et la rue Dauphine. Il y avait encore un peu d'émotion autour des barricades ébréchées. Je comparais ce que je voyais au grand mouvement révolutionnaire de 1789, et cela me semblait de l'ordre et du silence : le changement des mœurs était visible.

Au Pont-Neuf, la statue d'Henri IV tenait à la main, comme un guidon[1] de la Ligue, un drapeau tricolore. Des hommes du peuple disaient en regardant le roi de bronze : « Tu n'aurais pas fait cette bêtise-là, mon vieux. » Des groupes étaient rassemblés sur le quai de l'École ; j'aperçois de loin un général accompagné de deux aides de camp également à cheval. Je m'avançai de ce côté. Comme je fendais la foule, mes yeux se portaient sur le général : ceinture tricolore par-dessus son habit, chapeau de travers renversé en arrière, corne en avant. Il m'avise à son tour et s'écrie : « Tiens, le vicomte ! » Et moi, surpris, je reconnais le colonel ou capitaine Dubourg, mon compagnon de Gand, lequel allait pendant notre retour à Paris prendre les villes ouvertes au nom de Louis XVIII, et nous apportait, ainsi que je vous l'ai raconté, la moitié d'un mouton pour dîner dans un bouge, à Arnouville[2]. C'est cet officier que les journaux avaient représenté comme

1. Étendard et, par extension, nom de l'officier qui portait l'enseigne.

2. Voir *supra*, l. XXIII, chap. 20, note 18, p. 1510.

un austère soldat républicain à moustaches grises, lequel n'avait pas voulu servir sous la tyrannie impériale, et qui était si pauvre qu'on avait été obligé de lui acheter à la friperie un uniforme râpé du temps de La Réveillère-Lepaux. Et moi de m'écrier : « Eh ! c'est vous ! comment... » Il me tend les bras, me serre la main sur le cou de Flanquine[3] ; on fit cercle : « Mon cher, me dit à haute voix le chef militaire du gouvernement provisoire, en me montrant le Louvre, ils étaient là-dedans douze cents : nous leur en avons flanqué des pruneaux dans le derrière ! et de courir, et de courir !... » Les aides de camp de M. Dubourg éclatent en gros rires ; et la tourbe de rire à l'unisson, et le général de piquer sa mazette qui caracolait comme une bête éreintée, suivie de deux autres Rossinantes[4] glissant sur le pavé et prêtes à tomber sur le nez entre les jambes de leurs cavaliers.

Ainsi, superbement emporté, m'abandonna le Diomède de l'Hôtel-de-Ville, brave d'ailleurs et spirituel. J'ai vu des hommes qui, prenant au sérieux toutes les scènes de 1830, rougissaient à ce récit, parce qu'il déjouait un peu leur héroïque crédulité. J'étais moi-même honteux en voyant le côté comique des révolutions les plus graves et de quelle manière on peut se moquer de la bonne foi du peuple.

M. Louis Blanc, dans le premier volume de son excellente *Histoire de dix ans*[5], publiée après ce que je viens d'écrire ici, confirme mon récit: « Un homme, dit-il, d'une taille moyenne, d'une figure énergique, traversait, en uniforme de général et suivi par un grand nombre d'hommes armés, le marché des Innocents. C'était de M. Évariste Dumoulin, rédacteur du *Constitutionnel*, que cet homme avait reçu son uniforme, pris chez un fripier ; et les épaulettes qu'il portait lui avaient été données par l'acteur Perlet : elles venaient du magasin de l'Opéra-Comique. Quel est ce général ? demandait-on de toutes parts. Et quand ceux qui l'entouraient avaient répondu : "C'est le général Dubourg", "Vive le général Dubourg!" criait le peuple, devant qui ce nom n'avait jamais retenti. » [J'ai reçu, le 9 janvier de cette année 1841, une lettre de M. Dubourg ; on y lit ces phrases : « Combien j'ai désiré vous voir depuis notre rencontre sur le quai du Louvre ! combien de fois j'ai désiré verser dans votre sein les chagrins qui déchiraient mon âme ! qu'on est malheureux d'aimer avec passion son pays, son honneur, son bonheur, sa gloire, quand l'on vit à une telle époque ! ....

3.
Flanquine : nom du cheval que montait Dubourg.

4.
Mazette : mauvais cheval. Rossinante : nom du cheval de Don Quichotte, cheval maigre et poussif.

5.
Histoire de dix ans, 1830-1840, publiée en 5 volumes de 1841 à 1844. Voir t. I, p. 244.

[« Avais-je tort, en 1830, de ne pas vouloir me soumettre à ce que l'on faisait ? Je voyais clairement l'avenir odieux que l'on préparait à la France ; j'expliquais comment le mal seul pouvait surgir d'arrangements politiques aussi frauduleux : mais personne ne me comprenait. »
[Le 5 juillet de cette même année 1841, M. Dubourg m'écrivait encore pour m'envoyer le brouillon d'une note qu'il adressait en 1828 à MM. de Martignac et de Caux pour les engager à me faire entrer au conseil. Je n'ai donc rien avancé sur M. Dubourg qui ne soit de la plus exacte vérité. (Paris, note de 1841.)]
Un autre spectacle m'attendait à quelques pas de là : une fosse était creusée devant la colonnade du Louvre ; un prêtre, en surplis et en étole, disait des prières au bord de cette fosse : on y déposait les morts. Je me découvris et fis le signe de la croix. La foule silencieuse regardait avec respect cette cérémonie, qui n'eût rien été si la religion n'y avait comparu. Tant de souvenirs et de réflexions s'offraient à moi, que je restais dans une complète immobilité. Tout à coup je me sens pressé ; un cri part : « Vive le défenseur de la liberté de la presse ! » Mes cheveux m'avaient fait reconnaître. Aussitôt des jeunes gens me saisissent et me disent : « Où allez-vous ? nous allons vous porter. » Je ne savais que répondre ; je remerciais ; je me débattais ; je suppliais de me laisser aller. L'heure de la réunion à la Chambre des pairs n'était pas encore arrivée. Les jeunes gens ne cessaient de crier : « Où allez-vous ! où allez-vous ? » Je répondis au hasard : « Eh bien, au Palais-Royal ! » Aussitôt j'y suis conduit aux cris de : Vive la Charte ! vive la liberté de la presse ! vive Chateaubriand ! Dans la cour des Fontaines, M. Barba, le libraire, sortit de sa maison et vint m'embrasser.
Nous arrivons au Palais-Royal ; on me bouscule dans un café sous la galerie de bois. Je mourais de chaud. Je réitère à mains jointes ma demande en rémission de ma gloire : point ; toute cette jeunesse refuse de me lâcher. Il y avait dans la foule un homme en veste à manches retroussées, à mains noires, à figure sinistre, aux yeux ardents, tel que j'en avais tant vu au commencement de la révolution : il essayait continuellement de s'approcher de moi, et les jeunes gens le repoussaient toujours. Je n'ai su ni son nom ni ce qu'il me voulait.
Il fallut me résoudre à dire enfin que j'allais à la Chambre des pairs. Nous quittâmes le café ; les acclamations recommencèrent. Dans la cour du Louvre diverses espèces de cris se firent entendre : on disait : « Aux Tuileries ! aux Tuileries ! » les autres : « Vive le premier consul ! » et semblaient vouloir me faire l'héritier de Bonaparte républicain. Hyacinthe, qui m'accompagnait, recevait sa part des poignées de main et des embrassades. Nous traversâmes le pont des Arts et nous prîmes la rue

de Seine. On accourait sur notre passage; on se mettait aux fenêtres. Je souffrais de tant d'honneurs, car on m'arrachait les bras. Un des jeunes gens qui me poussaient par derrière passa tout à coup sa tête entre mes jambes et m'enleva sur ses épaules. Nouvelles acclamations; on criait aux spectateurs dans la rue et aux fenêtres: «À bas les chapeaux! vive la Charte!» et moi je répliquais: «Oui, messieurs, vive la Charte! mais vive le Roi!» On ne répétait pas ce cri, mais il ne provoquait aucune colère. Et voilà comme la partie était perdue! Tout pouvait encore s'arranger, mais il ne fallait présenter au peuple que des hommes populaires: dans les révolutions, un nom fait plus qu'une armée.

Je suppliai tant mes jeunes amis qu'ils me mirent enfin à terre. Dans la rue de Seine, en face de mon libraire, M. Le Normant, un tapissier offrit un fauteuil pour me porter; je le refusai et j'arrivai au milieu de mon triomphe dans la cour d'honneur du Luxembourg. Ma généreuse escorte me quitta alors après avoir poussé de nouveaux cris de *Vive la Charte! vive Chateaubriand!* J'étais touché des sentiments de cette noble jeunesse: j'avais crié *vive le Roi* au milieu d'elle, tout aussi en sûreté que si j'eusse été seul enfermé dans ma maison; elle connaissait mes opinions; elle m'amenait elle-même à la Chambre des pairs où elle savait que j'allais parler et rester fidèle à mon Roi; et pourtant c'était le 30 juillet, et nous venions de passer près de la fosse dans laquelle on ensevelissait les citoyens tués par les balles des soldats de Charles X[6] *(a)*!

6.
Apponyi, ambassadeur de Vienne à Paris, goguenarde le récit de Chateaubriand: «Ah! quel jour que celui-là, nous disait-il; savez-vous ce que c'est que d'être porté en triomphe par le peuple? Je m'en vais vous en donner une idée: j'étais descendu de voiture, car on ne pouvait entrer à Paris autrement qu'à pied; on me reconnut; d'abord ce n'étaient que quelques polissons qui me suivaient en criant de toute leur force: "Vive Chateaubriand!" Ne pouvant les en empêcher, je cherchais à me dérober à ces ovations en passant par les rues les moins populeuses, mais la foule devenait toujours plus grande derrière moi; bientôt j'en fus entouré et pressé de tous les côtés. Ses cris épouvantables me forçaient à me taire. Cependant, une tête assez mal peignée s'introduit entre mes jambes, deux bras vigoureux entourent mes mollets et me voilà à califourchon sur les épaules d'un de mes prétendus amis. J'avais beau représenter, prier, conjurer; tout fut inutile, il fallut subir ce triomphe. Je fus porté ainsi, passant d'un dos sur un autre, car chaque fois que le porteur était fatigué, il se courbait, retirait sa tête d'entre mes jambes et un autre le remplaçait. Cette promenade à travers les rues de Paris fut aussi longue que fatigante. Je demandai enfin qu'on me laissât prendre un peu de repos dans un café; on le fit et je me crus sauvé. Mais point du tout; on m'attendait à la porte et ma cavalcade improvisée recommença. Ce n'est qu'au déclin du jour que j'arrivai tout éreinté dans ma rue d'Enfer et dans ma maison. Je vous assure [...] que ce n'est point la manière de voyager la plus commode, ni la plus agréable» (*Vingt-cinq ans à Paris, 1826-1850, Journal* du comte Rodolphe Apponyi, 1913, t. II, pp. 82-83).

Réunion des pairs[1].

Le bruit que je laissais en dehors contrastait avec le silence qui régnait dans le vestibule du palais du Luxembourg. Ce silence augmenta dans la galerie sombre qui précède les salons de M. de Sémonville. Ma présence gêna les vingt-cinq ou trente pairs qui s'y trouvaient rassemblés : j'empêchais les douces effusions de la peur, la tendre consternation à laquelle on se livrait. Ce fut là que je vis enfin M. de Mortemart. Je lui dis que, d'après le désir du Roi, j'étais prêt à m'entendre avec lui. Il me répondit, comme je l'ai déjà rapporté, qu'en revenant, il s'était écorché le talon : il rentra dans le flot de l'Assemblée. Il nous donna connaissance des ordonnances comme il les avait fait communiquer aux députés par M. de Sussy. M. de Broglie déclara qu'il venait de parcourir Paris ; que nous étions sur un volcan ; que les bourgeois ne pouvaient plus contenir leurs ouvriers ; que si le nom de Charles X était seulement prononcé, on nous couperait la gorge à tous, et qu'on démolirait le Luxembourg comme on avait démoli la Bastille : « C'est vrai ! c'est vrai ! » murmuraient d'une voix sourde les prudents, en secouant la tête. M. de Caraman, qu'on avait fait duc, apparemment parce qu'il avait été valet de M. de Metternich, soutenait avec chaleur qu'on ne pouvait reconnaître les ordonnances : « Pourquoi donc, lui dis-je, monsieur ? » Cette froide question glaça sa verve.

1.
La réunion des pairs avait lieu au moment où M. de Sussy, porte-parole du duc de Mortemart, se rendait au Palais-Bourbon, devant la Chambre, pour lire les cinq ordonnances signées par Charles X.

Arrivent les cinq députés commissaires. M. le général Sébastiani débute par sa phrase accoutumée: «Messieurs, c'est une grosse affaire.» Ensuite il fait l'éloge de la haute modération de M. le duc de Mortemart; il parle des dangers de Paris, prononce quelques mots à la louange de S. A. R. monseigneur le duc d'Orléans, et conclut à l'impossibilité de s'occuper des ordonnances. Moi et M. Hyde de Neuville, nous fûmes les seuls d'un avis contraire. J'obtins la parole: «M. le duc de Broglie nous a dit, messieurs, qu'il s'est promené dans les rues, et qu'il a vu partout des dispositions hostiles: je viens aussi de parcourir Paris, trois mille jeunes gens m'ont rapporté dans la cour de ce palais; vous avez pu entendre leurs cris: ont-ils soif de votre sang ceux qui ont ainsi salué l'un de vos collègues? Ils ont crié *Vive la Charte!* j'ai répondu *Vive le Roi!* ils n'ont témoigné aucune colère et sont venus me déposer sain et sauf au milieu de vous. Sont-ce là des symptômes si menaçants de l'opinion publique? Je soutiens, moi, que rien n'est perdu, que nous pouvons accepter les ordonnances. La question n'est pas de considérer s'il y a péril ou non, mais de garder les serments que nous avons prêtés à ce Roi dont nous tenons nos dignités, et plusieurs d'entre nous leur fortune. Sa Majesté, en retirant les ordonnances et en changeant son ministère, a fait tout ce qu'elle a dû; faisons à notre tour ce que nous devons. Comment? dans tout le cours de notre vie, il se présente un seul jour où nous sommes obligés de descendre sur le champ de bataille, et nous n'accepterions pas le combat? Donnons à la France l'exemple de l'honneur et de la loyauté; empêchons-la de tomber dans des combinaisons anarchiques où sa paix, ses intérêts réels et ses libertés iraient se perdre: le péril s'évanouit quand on ose le regarder[2].»

On ne me répondit point; on se hâta de lever la séance. Il y avait une impatience de parjure dans cette assemblée que poussait une peur intrépide; chacun voulait sauver sa guenille de vie, comme si le temps n'allait pas, dès demain, nous arracher nos vieilles peaux, dont un juif bien avisé n'aurait pas donné une obole.

2.
Le duc de Broglie s'inscrit en faux contre Chateaubriand: «Je ne sais, en vérité, si j'ai placé quatre paroles [...]; mais ce dont je suis parfaitement sûr, c'est de n'avoir jamais dit que je venais de parcourir tout Paris, que nous étions sur un volcan; que les maîtres ne pouvaient plus contenir leurs ouvriers; que, si le nom du roi était désormais prononcé, on couperait la gorge à qui le prononcerait; que nous serions tous massacrés; qu'on prendrait d'assaut le Luxembourg comme la Bastille en 1789; et, quant au discours par lequel M. de Chateaubriand aurait foudroyé ce langage, c'est ma faute peut-être, mais je regrette de n'en avoir pas entendu le premier mot» (*Souvenirs*, t. III, pp. 325-326).

Les républicains. – Les orléanistes. – M. Thiers est envoyé à Neuilly. – (a) Convocation des pairs chez le grand référendaire : la lettre m'arrive trop tard.

Les trois partis commençaient à se dessiner et à agir les uns contre les autres : les députés qui voulaient la monarchie par la branche aînée étaient les plus forts légalement ; ils ralliaient à eux tout ce qui tendait à l'ordre ; mais, moralement, ils étaient les plus faibles : ils hésitaient, ils ne se prononçaient pas : il devenait manifeste, par la tergiversation de la cour, qu'ils tomberaient dans l'usurpation plutôt que de se voir engloutis dans la république.

Celle-ci fit afficher un placard qui disait : « La France est libre. Elle n'accorde au gouvernement provisoire que le droit de la consulter, en attendant qu'elle ait exprimé sa volonté par de nouvelles élections. Plus de royauté. Le pouvoir exécutif confié à un président temporaire. Concours médiat ou immédiat de tous les citoyens à l'élection des députés. Liberté des cultes. »

Ce placard résumait les seules choses justes dans l'opinion républicaine ; une nouvelle assemblée de députés aurait décidé s'il était bon ou mauvais de céder à ce vœu, *plus de royauté* ; chacun aurait plaidé sa cause, et l'élection d'un gouvernement quelconque par un congrès national eût eu le caractère de la légalité[1].

---

1. Idée que Chateaubriand exprime dans sa brochure *Du bannissement de Charles X et de sa famille* (voir *Grands Écrits politiques*, t. II, p. 652 *sqq.*) : « On avoue qu'après les journées de juillet, deux des trois pouvoirs étaient absents de Paris, que quelques membres de la Chambre des députés qui se trouvaient dans la capitale, s'assemblèrent non comme *Chambre*, mais comme *réunion* ; que des pairs en petit nombre, s'associèrent à eux individuellement. [...] Le peuple de Paris, à l'Hôtel-de-Ville, avait rédigé un programme en six

Le 30 juillet 1830, par Leguay.

articles ; le dernier portait : *Adopté provisoirement et devant être soumis à la sanction de la nation, seule capable de s'imposer le système de gouvernement qui lui conviendra.* Le peuple de Paris avait donc lui-même fait ses réserves. La nation a-t-elle au moins paru approuver ce présent de la couronne, que fit une poignée de *ci-devant* députés [...] ? Non. [...] Dans tous les cas, *un congrès national réuni pour examiner ce qu'il y avait à faire*, aurait été préférable, selon moi, à un gouvernement improvisé de ville en ville, pour 33 millions d'hommes, avec le passage d'une diligence surmontée d'un drapeau » (*De la nouvelle proposition relative au bannissement de Charles X et de sa famille*, 31 octobre 1831, *in Grands Écrits politiques*, t. II, pp. 652-654).

Sur une autre affiche républicaine du même jour, 30 juillet, on lisait en grosses lettres : « Plus de Bourbons… Tout est là, grandeur, repos, prospérité publique, liberté. »

Enfin parut une adresse à MM. les membres de la commission municipale composant un gouvernement provisoire ; elle demandait : « Qu'aucune proclamation ne fût faite pour désigner un chef, lorsque la forme même du gouvernement ne pouvait être encore déterminée ; que le gouvernement provisoire restât en permanence jusqu'à ce que le vœu de la majorité des Français pût être connu ; toute autre mesure étant intempestive et coupable. »

Cette adresse émanant des membres d'une commission nommée par un grand nombre de citoyens de divers arrondissements de Paris, était signée par MM. Chevalier, président, Trélat, Teste, Lepelletier, Guinard, Hingray, Cauchois-Lemaire, etc.[2]

Dans cette réunion populaire, on proposait de remettre par acclamation la présidence de la République à M. de La Fayette ; on s'appuyait sur les principes que la Chambre des représentants de 1815 avait proclamés en se séparant. Divers imprimeurs refusèrent de publier ces proclamations, disant que défense leur en était faite par M. le duc de Broglie. La république jetait par terre le trône de Charles X ; elle craignait les inhibitions de M. de Broglie, lequel n'avait aucun caractère.

Je vous ai dit que, dans la nuit du 29 au 30, M. Laffitte avec MM. Thiers et Mignet avaient tout préparé pour attirer les yeux du public sur M. le duc d'Orléans[3]. Le 30 parurent des proclamations et des adresses, fruit de ce conciliabule : « Évitons la République », disaient-elles. Venaient ensuite les faits d'armes de Jemmapes et de Valmy, et l'on assurait que M. le duc d'Orléans n'était pas *Capet*, mais *Valois*.

2.

Ces jeunes républicains, anciens carbonari, appartenant à la réunion Lointier, redoublaient d'efforts à mesure que le dénouement approchait. Réunis chez le restaurateur Lointier, ils délibéraient le fusil à la main. Le 30 juillet, ils envoyèrent au gouvernement provisoire, siégeant à l'Hôtel de Ville, une adresse qui commençait par ces mots : « Le peuple hier a reconquis ses droits sacrés au prix de son sang. Le plus précieux de ses droits est de choisir librement son gouvernement. Il faut empêcher qu'aucune proclamation ne soit faite qui désigne un chef lorsque la forme même du gouvernement ne peut être déterminée. Il existe une représentation provisoire de la nation. Qu'elle reste en permanence jusqu'à ce que le vœu de la majorité des Français ait pu être connu […]. » La monarchie de Juillet devait trouver devant elle, au premier rang de ses ennemis, les principaux membres de la réunion Lointier : Trélat, Guinard, Charles Teste, Bastide, Poubelle, Charles Hingray, Chevalier, Hubert. Ce dernier fut chargé de remettre au général La Fayette l'adresse votée par la réunion ; il la portait au bout d'une baïonnette. Ce sera lui qui, le 15 mai 1848, prononcera la dissolution de l'Assemblée nationale.

LE MARQUIS DE SÉMONVILLE (1754-1839).

3.

Dès le 29, Laffitte avait écrit au duc d'Orléans qu'il lui restait à choisir entre le trône et l'exil. Le même jour, Thiers rédigeait le manifeste qui, le lendemain, allait couvrir les murs : « Charles X ne peut plus rentrer dans Paris ; il a fait couler le sang du peuple. La République nous exposerait à d'affreuses divisions ; elle nous brouillerait avec l'Europe. Le duc d'Orléans est un prince voué à la cause de la révolution. [...] Le duc d'Orléans ne se prononce pas ; il attend notre vœu ; proclamons ce vœu, et il acceptera la Charte comme nous l'avons toujours entendue et voulue. C'est du peuple français qu'il tiendra sa couronne. » En même temps, Laffitte faisait décider que les députés présents à Paris tiendraient séance au Palais-Bourbon. Il voulait aller vite, car les républicains étaient maîtres de l'Hôtel de Ville et il fallait les empêcher d'organiser un gouvernement parallèle. Le 30 juillet, le placard de Thiers produisit un grand effet : les députés réunis, au nombre d'une soixantaine, décidèrent alors de confier au prince la lieutenance générale du royaume.

Et cependant M. Thiers, envoyé par M. Laffitte, chevauchait vers Neuilly avec M. Scheffer: S. A. R. n'y était pas. Grands combats de paroles entre mademoiselle d'Orléans et M. Thiers: Il fut convenu qu'on écrirait à M. le duc d'Orléans pour le décider à se rallier à la révolution. M. Thiers écrivit lui-même un mot au prince, et madame Adélaïde promit de devancer sa famille à Paris. L'orléanisme avait fait des progrès, et dès le soir même de cette journée il fut question parmi les députés de conférer les pouvoirs de lieutenant général à M. le duc d'Orléans.

M. de Sussy, avec les ordonnances de Saint-Cloud, avait été encore moins bien reçu à l'Hôtel-de-Ville qu'à la Chambre des députés. Muni d'un *récépissé* de M. de La Fayette, il vint retrouver M. de Mortemart qui s'écria: «Vous m'avez sauvé plus que la vie; vous m'avez sauvé l'honneur[4].»

La commission municipale fit une proclamation dans laquelle elle déclarait que *les crimes de son pouvoir* (de Charles X) *étaient finis* et que *le peuple aurait un gouvernement qui lui devrait* (au peuple) *son origine*: phrase ambiguë qu'on pouvait interpréter comme on voulait. MM. Laffitte et Périer ne signèrent point cet acte. M. de La Fayette, alarmé un peu tard de l'idée de la royauté orléaniste, envoya M. Odilon Barrot à la Chambre des députés annoncer que le peuple, auteur de la révolution de juillet, n'entendait pas la terminer par un simple changement de personnes, et que le sang versé valait bien quelques libertés. Il fut question d'une proclamation des députés afin d'inviter S. A. R. le duc d'Orléans à se rendre dans la capitale: après quelques communications avec l'Hôtel-de-Ville, ce projet de proclamation fut anéanti. On n'en tira pas moins au sort une députation de douze membres pour aller offrir au châtelain de Neuilly cette lieutenance générale qui n'avait pu trouver passage dans une proclamation[5].

4.
M. de Sussy «remit les ordonnances à M. de La Fayette. À peine la première avait-elle été lue que de violentes clameurs s'élevèrent. "Qui ose apporter ici les ordres de Charles X? s'écriait-on. Il n'y a plus de roi en France. À bas les Bourbons!" La personne même de M. de Sussy était menacée [...]» (H. de Viel-Castel, *Histoire de la Restauration*, t. XX, pp. 645-646).

5.
«Le général Sébastiani et M. Benjamin Constant furent chargés de rédiger le message qui devait annoncer cette décision au premier prince du sang»: il s'agit de l'invitation adressée à Louis-Philippe de se rendre à Paris pour exercer les fonctions de lieutenant général du royaume. La rédaction était la suivante: «La réunion des députés actuellement à Paris a pensé qu'il était urgent de prier Son Altesse Royale Monseigneur le duc d'Orléans de se rendre dans la capitale pour y exercer les fonctions de lieutenant général du royaume et de lui exprimer le vœu de conserver les couleurs nationales; elle a, de plus, senti la nécessité de s'occuper sans relâche d'assurer à la France, dans la prochaine session des Chambres, toutes les garanties indispensables pour la pleine et entière exécution de la Charte» (*ibid.*, t. XX, p. 649).

Dans la soirée, M. le grand référendaire rassemble chez lui les pairs[6] : sa lettre, soit négligence ou politique, m'arriva trop tard. Je me hâtai de courir au rendez-vous ; on m'ouvrit la grille de l'allée de l'Observatoire ; je traversai le jardin du Luxembourg : quand j'arrivai au palais, je n'y trouvai personne. Je refis le chemin des parterres les yeux attachés sur la lune. Je regrettais les mers et les montagnes où elle m'était apparue, les forêts dans la cime desquelles, se dérobant elle-même en silence, elle avait l'air de me répéter la maxime d'Épicure : « Cache ta vie. »

6.
Le grand référendaire alla trouver Mortemart, réfugié dans une « mansarde » du palais du Luxembourg, qui « l'autorisa à déclarer qu'il ne faisait aucune opposition à la lieutenance générale du duc d'Orléans » (*ibid.*, t. XX, pp. 651-652).

Saint-Cloud. – Scène : monsieur le Dauphin et le maréchal de Raguse.

J'ai laissé les troupes, le 29 au soir, se retirant sur Saint-Cloud. Les bourgeois de Chaillot et de Passy les attaquèrent, tuèrent un capitaine de carabiniers, deux officiers, et blessèrent une dizaine de soldats. Le Motha[1], capitaine de la garde, fut frappé d'une balle par un enfant qu'il s'était plu à ménager. Ce capitaine avait donné sa démission au moment des ordonnances ; mais, voyant qu'on se battait le 27, il rentra dans son corps pour partager les dangers de ses camarades. Jamais, à la gloire de la France, il n'y eut un plus beau combat dans les partis opposés entre la liberté et l'honneur.

Les enfants, intrépides parce qu'ils ignorent le danger, ont joué un triste rôle dans les trois journées : à l'abri de leur faiblesse, ils tiraient à bout portant sur les officiers qui se seraient crus déshonorés en les repoussant. Les armes modernes mettent la mort à la disposition de la main la plus débile. Singes laids et étiolés, libertins avant d'avoir le pouvoir de l'être, cruels et pervers, ces petits héros des trois journées se livraient à des assassinats avec tout l'abandon de l'innocence. Donnons-nous garde, par des louanges impru-

1. En fait, Armand-Philippe Lemotheux (1795-1830), ancien élève de Saint-Cyr, lieutenant de la garde en juillet 1814, qui avait fait la campagne d'Espagne de 1823. Il était capitaine depuis 1829. Vigny a retracé son histoire et sa fin tragique (Lemotheux fut tué en 1830 par une bille d'agate partie du pistolet d'un gamin de 13 ans) dans *La Vie et la mort du capitaine Renaud, ou La canne de jonc* (*in Servitude et Grandeur militaires*, 1835).

dentes, de faire naître l'émulation du mal. Les enfants de Sparte allaient à la chasse aux ilotes[2].

Monsieur le Dauphin reçut les soldats à la porte du village de Boulogne, dans le bois, puis il rentra à Saint-Cloud.

Saint-Cloud était gardé par les quatre compagnies des gardes du corps. Le bataillon des élèves de Saint-Cyr était arrivé : en rivalité et en contraste avec l'École polytechnique, il avait embrassé la cause royale. Les troupes exténuées, qui revenaient d'un combat de trois jours, ne causaient, par leurs blessures et leur délabrement, que de l'ébahissement aux domestiques titrés, dorés et repus qui mangeaient à la table du Roi. On ne songea point à couper les lignes télégraphiques ; passaient librement sur la route courriers, voyageurs, malles-postes, diligences, avec le drapeau tricolore qui insurgeait les villages en les traversant. Les embauchages par le moyen de l'argent et des femmes commencèrent. Les proclamations de la commune de Paris étaient colportées çà et là. Le Roi et la cour ne se voulaient pas encore persuader qu'ils fussent en péril. Afin de prouver qu'ils méprisaient les gestes de quelques bourgeois mutinés, et qu'il n'y avait point de révolution, ils laissaient tout aller : le doigt de Dieu se voit dans tout cela.

À la tombée de la nuit du 30 juillet, à peu près à la même heure où la commission des députés partait pour Neuilly, un aide-major fit annoncer aux troupes que les ordonnances étaient rapportées. Les soldats crièrent : Vive le Roi ! et reprirent leur gaieté au bivouac mais cette annonce de l'aide-major, envoyé par le duc de Raguse, n'avait pas été communiquée au Dauphin, qui, grand amateur de discipline, entra en fureur. Le Roi dit au maréchal : « Le Dauphin est mécontent ; allez vous expliquer avec lui. »

Le maréchal ne trouva point le Dauphin chez lui, et l'attendit dans la salle de billard avec le duc de Guiche et le duc de Ventadour, aides de camp du prince. Le Dauphin rentra : à l'aspect du maréchal, il rougit jusqu'aux yeux, traverse son antichambre avec ses grands pas si singuliers, arrive à son salon, et dit au maréchal : « Entrez ! » La porte se referme : un grand bruit se fait entendre ; l'élévation des voix s'accroît ; le duc de Ventadour, inquiet, ouvre la porte ; le maréchal sort, poursuivi par le Dauphin, qui l'appelle double traître. « Rendez votre épée ! rendez votre épée ! » et, se jetant sur lui, il lui arrache son épée. L'aide de camp du maréchal, M. Delarue, se veut pré-

2.
Il se peut, note M. Levaillant, que Chateaubriand ait lu dans la *Revue des Deux Mondes* de 1831 (t. III, p. 275) le récit de Godefroy Cavaignac, *Le Vieux Canonnier*, où un enfant de 13 ans décharge, à bout portant, un pistolet sur un vieux grenadier pour venger son grand-père, victime des combats de Juillet.

cipiter entre lui et le Dauphin, il est retenu par M. de Montgascon ; le prince s'efforce de briser l'épée du maréchal et se coupe les mains. Il crie : « À moi, gardes du corps ! qu'on le saisisse ! » Les gardes du corps accoururent ; sans un mouvement de tête du maréchal, leurs baïonnettes l'auraient atteint au visage. Le duc de Raguse est conduit aux arrêts dans son appartement[3].

Le roi arrangea tant bien que mal cette affaire, d'autant plus déplorable, que les acteurs n'inspiraient pas un grand intérêt. Lorsque le fils du Balafré occit Saint-Pol, maréchal de la Ligue, on reconnut dans ce coup d'épée la fierté et le sang des Guises[4] ; mais quand monsieur le Dauphin, plus puissant seigneur qu'un prince de Lorraine, aurait pourfendu le maréchal Marmont, qu'est-ce que cela eût fait ? Si le maréchal eût tué monsieur le Dauphin, c'eût été seulement un peu plus singulier. On verrait passer dans la rue César, descendant de Vénus, et Brutus, arrière-neveu de Junius, qu'on ne les regarderait pas. Rien n'est grand aujourd'hui, parce que rien n'est haut.

Voilà comme se dépensait à Saint-Cloud la dernière heure de la monarchie : cette pâle monarchie, défigurée et sanglante, ressemblait au portrait que nous fait d'Urfé d'un grand personnage expirant : « Il avait les yeux hâves et enfoncés ; la mâchoire inférieure, couverte seulement d'un peu de peau, paraissait s'être retirée ; la barbe hérissée, le teint jaune, les regards lents, les souffles abattus. De sa bouche il ne sortait déjà plus de paroles humaines, mais des oracles. »

3.

Le ministre Guernon-Ranville, qui était à Saint-Cloud, raconte cette triste scène : « Le soir, le Dauphin fit appeler le maréchal pour expliquer sa conduite ; ils étaient seuls dans le salon vert. Après quelques paroles vives, le Dauphin s'écria : *Est-ce que vous voulez nous trahir aussi...?* À ce mot, le maréchal porte la main à son épée ; le prince, qui voit le mouvement, s'élance, arrache l'épée du fourreau, en se blessant légèrement à la main, et, la jetant sur le parquet, il saisit le maréchal au collet et le renverse sur un canapé en appelant à lui les gardes qui se trouvaient dans la pièce voisine. À ce même moment, l'officier de service, accouru au bruit, ouvrait la porte du salon. Le prince lâcha le maréchal et ordonna à l'officier de l'arrêter et de le conduire aux arrêts forcés dans sa chambre. Le Roi, instruit de cette scène étrange, en fit quelque reproche au Dauphin, et exigea qu'il se réconciliât avec Marmont ; ce dernier fut immédiatement appelé et fit quelques excuses au Dauphin qui lui pardonna aisément et lui dit : *"J'ai quelques torts moi-même, j'ai été trop vif, mais votre épée m'a tiré du sang ; ainsi nous sommes quittes..."* et il lui tendit la main avec bonté » (*Journal d'un ministre*, 1873, p. 260).

4.

On reconnaît ici la nostalgie que Chateaubriand partage avec un Alexandre Dumas pour l'époque des Valois, riche en hauts faits d'armes, où la noblesse avait encore un tempérament analogue à son principe, c'est-à-dire l'honneur, une vivacité de sang qu'elle a désormais perdue. Il fait ici allusion à l'affrontement entre le duc de Guise et le maréchal de Saint-Pol à propos de l'installation d'une garnison espagnole, survenu à Reims, le 25 avril 1594. « Le duc alors, d'un seul coup qu'il lui donna dans la mamelle gauche, le fit tomber mort à ses pieds. » Chateaubriand en a eu connaissance par la collection Petitot ; en particulier au t. XLVII (1re série, pp. 48-49), où se trouve le *Journal* de L'Estoile.

Neuilly. – M. le duc d'Orléans. – Le Raincy. – Le prince vient à Paris.

M. le duc d'Orléans avait eu, sa vie durant, pour le trône ce penchant que toute âme bien née sent pour le pouvoir. Ce penchant se modifie selon les caractères: impétueux et aspirant, mou et rampant; imprudent, ouvert, déclaré dans ceux-ci, circonspect, caché, honteux et bas dans ceux-là: l'un, pour s'élever, peut atteindre à tous les crimes; l'autre, pour monter, peut descendre à toutes les bassesses. M. le duc d'Orléans appartenait à cette dernière classe d'ambitieux. Suivez ce prince dans sa vie, il ne dit et ne fait jamais rien de complet, et laisse toujours une porte ouverte à l'évasion. Pendant la Restauration, il flatte la cour et encourage l'opinion libérale; Neuilly est le rendez-vous des mécontentements et des mécontents. On soupire, on se serre la main en levant les yeux au ciel, mais on ne prononce pas une parole assez significative pour être reportée en haut lieu. Un membre de l'opposition meurt-il, on envoie un carrosse au convoi[1], mais ce carrosse est vide; la livrée est admise à

1. Il s'agit du général Foy, leader de l'opposition antidynastique, dont les funérailles eurent lieu le 30 novembre 1825. «Le corps fut porté de son hôtel à l'église Notre-Dame de Lorette, écrit Alexandre Dumas dans ses *Mémoires*; malgré une pluie battante qui ne cessa de tomber de midi à quatre heures du soir, trente mille personnes suivirent le convoi, entre deux haies de cent mille spectateurs chacune. Au milieu des voitures de deuil, on remarquait une voiture à la livrée du duc d'Orléans.» Le lendemain du convoi, une chanson courut dans Paris, dirigée contre le prince: *«Philippe de ton père / Ne te souvient-il pas? / Dans la même carrière / Tu marches sur ses pas. / Tu crois mener, tu suis la horde libérale; / Elle rit sous ce corbillard, / En voyant derrière son char / Ton Altesse royale»* (Alexandre Dumas, *Mes Mémoires*, t. II, pp. 766-768).

toutes les portes et à toutes les fosses. Si, au temps de mes disgrâces de cour, je me trouve aux Tuileries sur le chemin de M. le duc d'Orléans, il passe en ayant soin de saluer à droite, de manière que, moi étant à gauche, il me tourne l'épaule. Cela sera remarqué, et fera bien.

M. le duc d'Orléans connut-il d'avance les ordonnances de juillet? En fut-il instruit par une personne qui tenait le secret de M. Ouvrard[2]? Qu'en pensa-t-il? Quelles furent ses craintes et ses espérances? Conçut-il un plan? Poussa-t-il M. Laffitte à faire ce qu'il fit, ou laissa-t-il faire M. Laffitte? D'après le caractère de Louis-Philippe, on doit présumer qu'il ne prit aucune résolution, et que sa timidité politique, se renfermant dans sa fausseté, attendit l'événement comme l'araignée attend le moucheron qui se prendra dans sa toile. Il a laissé le moment conspirer; il n'a conspiré lui-même que par ses désirs, dont il est probable qu'il avait peur.

Il y avait deux partis à prendre pour M. le duc d'Orléans: le premier, et le plus honorable, était de courir à Saint-Cloud, de s'interposer entre Charles X et le peuple, afin de sauver la couronne de l'un et la liberté de l'autre; le second consistait à se jeter dans les barricades, le drapeau tricolore au poing, et à se mettre à la tête du mouvement du monde. Philippe avait à choisir entre l'honnête homme et le grand homme: il a préféré escamoter la couronne du Roi et la liberté du peuple. Un filou, pendant le trouble et les malheurs d'un incendie, dérobe subtilement les objets les plus précieux du palais brûlant, sans écouter les cris d'un enfant que la flamme a surpris dans son berceau[3].

2.
Chateaubriand insinue que Mme du Cayla aurait pu instruire le duc d'Orléans des ordonnances de juillet. Dans ce cas, elle jouait un double jeu lorsqu'on sait qu'elle et Ouvrard, que liaient «le goût de l'intrigue et celui de l'argent» et que réunissait une «fort tendre liaison» (Mme de Boigne, *Mémoires*, t. IV, p. 127), seront (toujours si l'on en croit la mémorialiste) «l'inventeur» d'un mari convenable pour la duchesse de Berry lorsqu'on apprendra la naissance, à Blaye, d'un enfant de père inconnu.

3.
«[...] dans sa conversation intime la verve flétrissante de l'auteur allait plus loin encore» (Marcellus, *Chateaubriand et son temps*, p. 389). Mme de Boigne, proche des Orléans, rapporte non sans malignité la colère de Chateaubriand à l'occasion d'une visite qu'elle lui rendit avec Mme Récamier, en 1830: «Nous le trouvâmes dans une extrême âpreté. Mme Récamier l'amena à me lire le discours qu'il préparait pour la Chambre. Il était de la dernière violence. Je me rappelle, entre autres, un passage, inséré depuis dans une de ses brochures, où il représentait M. le duc d'Orléans s'avançant vers le trône deux têtes à la main; tout le reste répondait à cette phrase. Nous écoutâmes cette lecture dans le plus grand silence; et quand il eut fini, je lui demandai si cette œuvre, dont je reconnaissais la supériorité littéraire, était, à son avis, celle d'un bon citoyen? "Je n'ai pas la prétention d'être un bon citoyen! – S'il croyait que ce fût le moyen de faire rentrer le Roi aux Tuileries? – Dieu nous en garde! Je serais bien fâché de l'y revoir! – Mais alors, ne serait-il pas plus prudent de se rallier à ce qui se présente comme pouvant arrêter ces calamités anarchiques, si raisonnables à prévoir, dont vous faites la terrifiante

Le château de Neuilly-sur-Seine en 1823.

peinture?" Mme Récamier profita de cette ouverture pour dire que j'avais été au Palais-Royal le matin. Elle se hasarda à ajouter qu'on y attachait un grand prix à son suffrage, à sa coopération. On comprenait les objections qu'il pourrait avoir à prendre une part active au gouvernement; mais on pensait qu'il consentirait peut-être à retourner à Rome. Il se leva en disant: "Jamais!" Et il se mit à se promener à l'autre extrémité de la petite galerie [...]. Mme Récamier et moi continuâmes à causer, entre nous, des convenances de son séjour à Rome; des services qu'il pouvait y rendre à la religion; du rôle, tout naturel et si utile, que l'auteur du *Génie du Christianisme* avait à y jouer, dans de pareils prédicaments, etc. Il feignait de ne pas nous écouter. Cependant il s'adoucissait, sa marche se ralentissait; lorsque tout à coup, s'arrêtant devant une planche chargée de livres et se croisant les bras, il s'écria: "Et ces trente volumes, qui me regardent en face, que leur répondrais-je? Non... non... ils me condamnent à attacher mon sort à celui de ces misérables! Qui les connaît? Qui les méprise? Qui les hait plus que moi?" Et alors, décroisant ses bras, appuyant les mains sur les bouts de cette longue table qui nous séparait, il fit une diatribe contre les princes et la Cour. Il laissa tomber sur eux les expressions de cet âpre mépris, que sa haine sait enfanter, avec une telle violence que j'en fus presque épouvantée.» (Mme de Boigne, *Mémoires*, t. III, pp. 428-430).

La riche proie une fois saisie, il s'est trouvé force chiens à la curée : alors sont arrivées toutes ces vieilles corruptions des régimes précédents, ces receleurs d'effets volés, crapauds immondes à demi écrasés sur lesquels on a cent fois marché, et qui vivent, tout aplatis qu'ils sont. Ce sont là pourtant les hommes que l'on vante et dont on exalte l'habileté ! Milton pensait autrement lorsqu'il écrivait ce passage d'une lettre sublime : « Si Dieu versa jamais un amour ferme de la beauté morale dans le sein d'un homme, il l'a versé dans le mien. Quelque part que je rencontre un homme méprisant la fausse estime du vulgaire, osant aspirer, par ses sentiments, son langage et sa conduite, à ce que la haute sagesse des âges nous a enseigné de plus excellent, je m'unis à cet homme par une sorte de nécessaire attachement. Il n'y a point de puissance dans le ciel ou sur la terre qui puisse m'empêcher de contempler avec respect et tendresse ceux qui ont atteint le sommet de la dignité et de la vertu. »

La cour aveugle de Charles X ne sut jamais où elle en était et à qui elle avait affaire : on pouvait mander M. le duc d'Orléans à Saint-Cloud, et il est probable que dans le premier moment il eût obéi ; on pouvait le faire enlever à Neuilly, le jour même des ordonnances : on ne prit ni l'un ni l'autre parti. Sur des renseignements que lui porta madame de Bondy à Neuilly dans la nuit du mardi 27, Louis-Philippe se leva à trois heures du matin, et se retira en un lieu connu de sa seule famille. Il avait la double crainte d'être atteint par l'insurrection de Paris ou arrêté par un capitaine des gardes. Il alla donc écouter dans la solitude du Raincy[4] les coups de canon lointains de la bataille du Louvre, comme j'écoutais sous un arbre ceux de la bataille de Waterloo. Les sentiments qui sans doute agitaient le prince ne devaient guère ressembler à ceux qui m'oppressaient dans les campagnes de Gand.

Je vous ai dit que, dans la matinée du 30 juillet, M. Thiers ne trouva point le duc d'Orléans à Neuilly ; mais madame la duchesse d'Orléans

4.
Le domaine du Raincy appartenait à la maison d'Orléans depuis 1750, époque où le duc d'Orléans, grand-père du roi Louis-Philippe, voulant faire du Raincy une résidence princière, transforma le château (construit au XVIIe siècle) et créa un vaste jardin à l'anglaise. Il ne laissa qu'une majestueuse allée de peupliers conduisant au château, plantée à double rang et composée d'arbres d'une hauteur et d'une grosseur rares. Lors de la Révolution, le château du Raincy fut compris dans le décret qui ordonnait de conserver les maisons royales et de les entretenir aux dépens de la République. Racheté comme bien national par le marquis de Livry, qui pendant les dernières années du Directoire y donna des fêtes brillantes que fréquentèrent Mme Tallien et Mme Récamier, le Raincy rentra dans la famille d'Orléans sous la Restauration. En 1852, à la suite du décret qui confisquait les biens des Orléans, le château fut détruit, le parc déboisé, vendu par lots et couvert d'un grand nombre de ce qu'on appelait des « chalets de villégiature ».

envoya chercher S. A. R.: M. le comte Anatole de Montesquiou fut chargé du message. Arrivé au Raincy, M. de Montesquiou eut toutes les peines du monde à déterminer Louis-Philippe à revenir à Neuilly pour y attendre la députation de la Chambre des députés.

Enfin, persuadé par le chevalier d'honneur de la duchesse d'Orléans, Louis-Philippe monta en voiture. M. de Montesquiou partit en avant; il alla d'abord assez vite; mais quand il regarda en arrière, il vit la calèche de S. A. R. s'arrêter et rebrousser chemin vers le Raincy. M. de Montesquiou revient en hâte, implore la future majesté qui courait se cacher au désert, comme ces illustres chrétiens fuyant jadis la pesante dignité de l'épiscopat: le serviteur fidèle obtint une dernière et malheureuse victoire.

Le soir du 30, la députation des douze membres de la Chambre des députés, qui devait offrir la lieutenance générale du royaume au prince, lui envoya un message à Neuilly. Louis-Philippe reçut ce message à la grille du parc, le lut au flambeau et se mit à l'instant en route pour Paris, accompagné de MM. de Berthois, Haymès et Oudart[5]. Il portait à sa boutonnière une cocarde tricolore: il allait enlever une vieille couronne au garde-meuble.

5. Les aides de camp du duc d'Orléans.

Une députation de la Chambre élective offre à M. le duc d'Orléans la lieutenance générale du royaume. – Il accepte. – Efforts des républicains.

À son arrivée au Palais-Royal, M. le duc d'Orléans envoya complimenter M. de La Fayette.

La députation des douze députés se présenta au Palais-Royal. Elle demanda au prince s'il acceptait la lieutenance générale du royaume; réponse embarrassée: «Je suis venu au milieu de vous partager vos dangers... J'ai besoin de réfléchir. Il faut que je consulte diverses personnes. Les dispositions de Saint-Cloud ne sont point hostiles; la présence du Roi m'impose des devoirs.» Ainsi répondit Louis-Philippe. On lui fit rentrer ses paroles dans le corps, comme il s'y attendait: après s'être retiré une demi-heure, il reparut portant une proclamation en vertu de laquelle il acceptait les fonctions de lieutenant général du royaume, proclamation finissant par cette déclaration: «La Charte sera désormais une vérité[1].»

Portée à la Chambre élective, la proclamation fut reçue avec cet enthousiasme révolutionnaire âgé de cinquante ans: on y répondit par une autre proclamation[2] de la rédaction de M. Guizot. Les députés retournèrent au Palais-Royal; le prince s'attendrit, accepta de nouveau, et ne put

---

1.
Voir *supra*, l. XXXIII, chap. 11, note 5, p. 2254. Louis-Philippe reçut la députation de la Chambre, accepta le titre de lieutenant général et, d'accord avec Sébastiani et Dupin, rédigea une proclamation où il déclarait n'avoir pas balancé «à venir partager les dangers de l'héroïque population parisienne»; il annonçait que les Chambres allaient se réunir pour aviser «au moyen d'assurer le règne des lois et le maintien des droits de la Nation». «La Charte, terminait-il, sera désormais une vérité» (voir Thureau-Dangin, *Histoire de la monarchie de Juillet*, t. I, p. 29).

Arrivée du Duc d'Orléans sur la place de l'Hôtel-de-Ville, 1830.

2.
Le même jour, 93 députés rédigeaient une proclamation annonçant l'acceptation du duc d'Orléans, prenant acte de ses engagements et promettant la création d'institutions libérales. On était, il est vrai, en pleine illégalité. Les grands bourgeois qui dirigeaient le mouvement se comportaient comme des révolutionnaires. Les députés n'avaient aucun pouvoir pour désigner le lieutenant général. L'autorité qu'ils s'arrogeaient ne procédait que d'une usurpation. De plus, ils ne représentaient que les classes aisées du pays. Ainsi éprouvèrent-ils le besoin de colorer la nomination du prince grâce à un semblant de ratification populaire : ce sera l'épisode de l'Hôtel-de-Ville.

s'empêcher de gémir sur les déplorables circonstances qui le forçaient d'être lieutenant général du royaume.

La république, étourdie des coups qui lui étaient portés, cherchait à se défendre[3]; mais son véritable chef, le général La Fayette, l'avait presque abandonnée[4]. Il se plaisait dans ce concert d'adorations qui lui arrivaient de tous côtés; il humait le parfum des révolutions; il s'enchantait de l'idée qu'il était l'arbitre de la France, qu'il pouvait à son gré, en frappant du pied, faire sortir de terre une république ou une monarchie; il aimait à se bercer dans cette incertitude où se plaisent les esprits qui craignent les conclusions, parce qu'un instinct les avertit qu'ils ne sont plus rien quand les faits sont accomplis.

Les autres chefs républicains s'étaient perdus d'avance par divers ouvrages: l'éloge de la terreur, en rappelant aux Français 1793, les avait fait reculer. Le rétablissement de la garde nationale tuait en même temps, dans les combattants de juillet, le principe ou la puissance de l'insurrection. M. de La Fayette ne s'aperçut pas qu'en rêvassant la république, il avait armé contre elle trois millions de gendarmes.

Quoi qu'il en soit, honteux d'être sitôt pris pour dupes, les jeunes gens essayèrent quelque résistance. Ils répliquèrent par des proclamations et des affiches aux proclamations et aux affiches du duc d'Orléans. On lui disait que si les députés s'étaient abaissés à le supplier d'accepter la lieutenance générale du royaume, la Chambre des députés, nommée sous une loi aristocratique, n'avait pas le droit de manifester la volonté populaire. On prouvait à Louis-Philippe qu'il était fils de Louis-Philippe-Joseph; que Louis-Philippe-Joseph était fils de Louis-Philippe; que Louis-Philippe était fils de Louis, lequel était fils de Philippe II, régent; que Philippe II était fils de Philippe Ier, lequel était frère de Louis XIV: donc Louis-Philippe d'Orléans était *Bourbon* et *Capet*, non *Valois*. M. Laffitte

---

3.

À l'Hôtel-de-Ville, qui était un des hauts lieux de la république militante, l'agitation demeurait très grande. La commission municipale avait fait une adresse aux habitants de Paris qui annonçait, en termes d'une extrême violence, la déchéance de Charles X; la population, réunie autour de l'Hôtel-de-Ville, accueillit avec colère la proclamation du duc d'Orléans. Les mots, «la Charte sera désormais une vérité», étaient surtout signalés comme la déclaration que la France n'obtiendrait aucune extension des libertés consacrées par la Charte octroyée et que celle-ci serait maintenue tout entière.

4.

En fait La Fayette avait pris son parti: il était résolu à ne point s'opposer à l'autorité de la Chambre, composée de 60 députés et donc tronquée dans sa légitimité représentative. Et la commission municipale elle-même, qui en réalité n'avait d'autre mandat que celui qui avait été conféré par un petit nombre de députés, annonçait l'intention d'abdiquer dès qu'un pouvoir régulier serait constitué.

n'en continuait pas moins à le regarder comme étant de la race de Charles IX et de Henri III, et disait: «Thiers sait cela[5].»

Plus tard, la réunion Lointier[6] s'écria que la nation était en armes pour soutenir ses droits par la force. Le comité central du douzième arrondissement déclara que le peuple n'avait point été consulté sur le mode de sa Constitution; que la Chambre des députés et la Chambre des pairs, tenant leurs pouvoirs de Charles X, étaient tombées avec lui; qu'elles ne pouvaient, en conséquence, représenter la nation; que le douzième arrondissement ne reconnaissait point la lieutenance générale; que le gouvernement provisoire devait rester en permanence, sous la présidence de La Fayette, jusqu'à ce qu'une Constitution eût été délibérée et arrêtée comme base fondamentale du gouvernement.

Le 30 au matin, il était question de proclamer la République. Quelques hommes déterminés menaçaient de poignarder la commission municipale si elle ne conservait pas le pouvoir. Ne s'en prenait-on pas aussi à la Chambre des pairs? On était furieux de son audace. L'audace de la Chambre des pairs! Certes, c'était là le dernier outrage et la dernière injustice qu'elle eût dû s'attendre à éprouver de l'opinion.

Il y eut un projet: vingt jeunes gens des plus ardents devaient s'embusquer dans une petite rue donnant sur le quai de la Ferraille, et faire feu sur Louis-Philippe, lorsqu'il se rendrait du Palais-Royal à la maison de ville. On les arrêta en leur disant: «Vous tuerez en même temps Laffitte, Pajol et Benjamin Constant.» Enfin on voulait enlever le duc d'Orléans et l'embarquer à Cherbourg: étrange rencontre si Charles X et Philippe se fussent retrouvés dans le même port, sur le même vaisseau, l'un expédié à la rive étrangère par les bourgeois, l'autre par les républicains!

5.

À ce sujet, Viel-Castel écrit: «Comme un des reproches qu'on lui faisait pour détourner de lui la faveur populaire était d'être un Bourbon, des amis en qui le zèle surpassait l'adresse et le sentiment de la dignité avaient fait afficher d'immenses placards où l'on disait qu'il appartenait à la race des *Valois*, non à celle des *Capet*, mais d'autres placards n'avaient pas tardé à réfuter ce ridicule mensonge» (*Histoire de la Restauration*, t. XX, p. 680).

6.

Voir *supra*, l. XXXIII, chap. 11, note 2, p. 2252.

M. le duc d'Orléans va à l'Hôtel-de-Ville[1].

Le duc d'Orléans, ayant pris le parti d'aller faire confirmer son titre par les tribuns de l'Hôtel-de-Ville, descendit dans la cour du Palais-Royal, entouré de quatre-vingt-neuf députés en casquettes, en chapeaux ronds, en habits, en redingotes. Le candidat royal est monté sur un cheval blanc ; il est suivi de Benjamin Constant dans une chaise à porteurs[2] *(a)* ballottée par deux Savoyards. MM. Méchin et Viennet, couverts de sueur et de poussière, marchent entre le cheval blanc du monarque

---

1.
Le 31 juillet 1830. Toute l'écriture de ce chapitre est de nature caricaturale. À partir de 1829-1830, on trouve dans les *Mémoires* ce goût de la dérision graphique : tout est un Daumier légitimiste, jusqu'à la qualification infamante du duc, qui joue sur l'homophonie fi-lou/Lou-is-Phi-lippe, comme les légendes des journaux de Philipon *(La Caricature)* qui déforment le nom du roi autant que son visage. Au fond, l'histoire de la France privée de sa légitimité par le départ de la branche aînée apparaît à Chateaubriand comme un carnaval permanent : le roi de Juillet est un roi de Mardi gras. Voir *Caricatures politiques, 1829-1848.*

2.
Il s'agit en fait de Laffitte, qui, le 28 juillet, s'était fait une entorse en escaladant une barricade. Le 31, il n'était pas encore rétabli, et dut se faire transporter en chaise à porteurs, le passage d'une voiture étant impossible du fait des barricades (voir David H. Pinkney, *La Révolution de 1830 en France*, pp. 171 et 194-195). Mais Benjamin Constant, souffrant d'une jambe, s'y rendit aussi sur « un brancard garni de matelas » (Mme de Boigne, *Mémoires*, t. III, p. 375). Il mourut le 8 décembre 1830, « après une courte maladie ; mais il avait depuis quelque temps des infirmités graves qui, dans les journées de la révolution, l'obligèrent à aller en chaise à porteurs. J'ai peu parlé de lui, quoique l'ayant beaucoup rencontré. [...] Il était, à la lettre, épuisé. La société du parti où il vivait n'avait point ce goût désintéressé pour l'esprit qui excite et soutient. Il se contentait de leur servir les restes du sien, et ses discours de tribune n'étaient que des redites intelligentes et faciles, assaisonnées de malices usées » (Charles de Rémusat, *Mémoires de ma vie*, t. II, p. 422).

futur et la brouette du député goutteux, se querellant avec les deux crocheteurs pour garder les distances voulues. Un tambour à moitié ivre battait la caisse à la tête du cortège. Quatre huissiers servaient de licteurs. Les députés les plus zélés meuglaient : Vive le duc d'Orléans ! Autour du Palais-Royal ces cris eurent quelque succès ; mais, à mesure qu'on avançait vers l'Hôtel-de-Ville, les spectateurs devenaient moqueurs ou silencieux. Philippe se démenait sur son cheval de triomphe, et ne cessait de se mettre sous le bouclier de M. Laffitte, en recevant de lui, chemin faisant, quelques paroles protectrices. Il souriait au général Gérard, faisait des signes d'intelligence à M. Viennet et à M. Méchin, mendiait la couronne en quêtant le peuple avec son chapeau orné d'une aune du ruban tricolore, tendant la main à quiconque voulait en passant aumôner cette main. La monarchie ambulante arrive sur la place de Grève, où elle est saluée des cris : Vive la République !

Quand la matière électorale royale pénétra dans l'intérieur de l'Hôtel-de-Ville, des murmures plus menaçants accueillirent le postulant : quelques serviteurs zélés qui criaient son nom reçurent des gourmades. Il entre dans la salle du Trône ; là se pressaient les blessés et les combattants des trois journées : une exclamation générale : *Plus de Bourbons ! vive La Fayette !* ébranla les voûtes de la salle. Le prince en parut troublé. M. Viennet lut à haute voix pour M. Laffitte la déclaration des députés ; elle fut écoutée dans un profond silence. Le duc d'Orléans prononça quelques mots d'adhésion. Alors M. Dubourg dit rudement à Philippe : « Vous venez de prendre de grands engagements. S'il vous arrivait jamais d'y manquer, nous sommes gens à vous les rappeler. » Et le Roi futur de répondre tout ému : « Monsieur, je suis honnête homme. » M. de La Fayette, voyant l'incertitude croissante de l'assemblée *(b)*, se mit tout à coup en tête d'abdiquer la présidence : il donne au duc d'Orléans un drapeau tricolore, s'avance sur le balcon de l'Hôtel-de-Ville, et embrasse le prince aux yeux de la foule ébahie, tandis que celui-ci agitait le drapeau national. Le baiser républicain de La Fayette fit un roi. Singulier résultat de toute la vie *du héros des Deux-Mondes !*

Et puis, *plan ! plan !* la litière de Benjamin Constant *(c)* et le cheval blanc de Louis-Philippe rentrèrent moitié hués, moitié bénis, de la fabrique politique de la Grève au Palais-Marchand[3]. « Ce jour-là même, dit encore M. Louis Blanc (31 juillet), et non loin de l'Hôtel-de-Ville, un bateau

3. À la fois palais du duc d'Orléans, qui avait « brocanté » la couronne, mais aussi, au sens littéral du terme, en souvenir de son père, le régicide qui avait créé les galeries marchandes du Palais-Royal.

placé au bas de la Morgue, et surmonté d'un pavillon noir, recevait des cadavres qu'on descendait sur des civières. On rangeait ces cadavres par piles en les couvrant de paille; et, rassemblée le long des parapets de la Seine, la foule regardait en silence[4].»

À propos des États de la Ligue et de la confection d'un roi, Palma Cayet s'écrie: «Je vous prie de vous représenter quelle réponse eût pu faire ce petit bonhomme maître Matthieu Delaunay et M. Boucher, curé de Saint-Benoît, et quelque autre de cette étoffe, à qui leur eût dit qu'ils dussent être employés pour installer un roi en France à leur fantaisie?... Les vrais Français ont toujours eu en mépris cette forme d'élire les rois qui les rend maîtres et valets tout ensemble.»

4. Louis Blanc, *Histoire de dix ans*, t. I, p. 350.

Les républicains au Palais-Royal.

Philippe[1] n'était pas au bout de ses épreuves ; il avait encore bien des mains à serrer, bien des accolades à recevoir ; il lui fallait encore envoyer bien des baisers, saluer bien bas les passants, venir bien des fois, au caprice de la foule, chanter la Marseillaise sur le balcon des Tuileries.

Un certain nombre de républicains s'étaient réunis le matin du 31 au bureau du *National*: lorsqu'ils surent qu'on avait nommé le duc d'Orléans lieutenant général du royaume, ils voulurent connaître les opinions de l'homme destiné à devenir leur Roi malgré eux. Ils furent conduits au Palais-Royal par M. Thiers : c'étaient MM. Bastide, Thomas, Joubert, Cavaignac, Marchais, Degousée, Guinard. Le prince dit d'abord de fort belles choses sur la liberté : « Vous n'êtes pas encore Roi, répliqua Bastide, écoutez la vérité ; bientôt vous ne manquerez pas de flatteurs. » « Votre père, ajouta Cavaignac, est régicide comme le mien ; cela vous sépare un peu des autres. » Congratulations mutuelles sur le régicide, néanmoins avec cette remarque judicieuse de Philippe, qu'il y a des choses dont il faut garder le souvenir pour ne pas les imiter.

Des républicains qui n'étaient pas de la réunion du *National* entrèrent. M. Trélat dit à Philippe : « Le peuple est le maître ; vos fonctions sont provisoires ; il faut que le peuple exprime sa volonté : le consultez-vous, oui ou non ? »

M. Thiers, frappant sur l'épaule de M. Thomas et interrompant ces discours dangereux : « Monseigneur, n'est-ce pas que voilà un beau colonel ?

1. Après « l'adoubement » républicain de l'Hôtel-de-Ville, le duc d'Orléans n'est plus pour Chateaubriand que « Philippe » et le demeurera dans la polémique, qui s'exprime par les pamphlets de 1831, la correspondance et les *Mémoires*.

– C'est vrai, répond Louis-Philippe. – Qu'est-ce qu'il dit donc ? s'écrie-t-on. Nous prend-il pour un troupeau qui vient se vendre ?» et l'on entend de toutes parts ces mots contradictoires : «C'est la tour de Babel ! Et l'on appelle cela un Roi citoyen ! la République ? Gouvernez donc avec des républicains !» Et M. Thiers de s'écrier : «J'ai fait là une belle ambassade.» Puis M. de La Fayette descendit au Palais-Royal : le citoyen faillit d'être étouffé sous les embrassements de son Roi. Toute la maison était pâmée[2]. Les vestes étaient aux postes d'honneur, les casquettes dans les salons, les blouses[3] à table avec les princes et les princesses ; dans le conseil, des chaises, point de fauteuils ; la parole à qui la voulait ; Louis-Philippe, assis entre M. de La Fayette et M. Laffitte, les bras passés sur l'épaule de l'un et de l'autre, s'épanouissait d'égalité et de bonheur *(a)*.

J'aurais voulu mettre plus de gravité dans la description de ces scènes qui ont produit une grande révolution, ou, pour parler plus correctement, de ces scènes par lesquelles sera hâtée la transformation du monde ; mais je les ai vues ; des députés qui en étaient les acteurs ne pouvaient s'empêcher d'une certaine confusion, en me racontant de quelle manière, le 31 juillet, ils étaient allés forger – un roi.

On faisait à Henri IV, non catholique, des objections qui ne le ravalaient pas et qui se mesuraient à la hauteur même du trône : on lui remontrait «que saint Louis n'avoit pas été canonisé à Genève, mais à Rome ; que si le Roi n'étoit catholique, il ne tiendroit pas le premier rang des Rois en la chrétienté ; qu'il n'étoit pas beau que le Roi priât d'une sorte et son peuple d'une autre ; que le Roi ne pourroit être sacré à Reims et qu'il ne pourroit être enterré à Saint-Denis s'il n'étoit catholique».

Qu'objectait-on à Philippe avant de le faire passer au dernier tour de scrutin ? On lui objectait qu'il n'était pas assez *patriote*.

Aujourd'hui que la révolution est consommée, on se regarde comme offensé lorsqu'on ose rappeler ce qui se passa au point de départ ; on craint de dimi-

---

2.
Accusé par les républicains d'avoir abandonné la république sans contrepartie et sans poser de conditions, La Fayette se rendit le lendemain au Palais-Royal pour rendre la visite qu'il avait reçue, et saisissant cette occasion d'avoir une explication avec le lieutenant général : «"Vous savez, lui dit-il, que je suis républicain et que je regarde la constitution des États-Unis comme la plus parfaite qui ait existé. – Je pense comme vous, répondit le duc d'Orléans : il est impossible d'avoir passé deux ans en Amérique et de n'être pas de cet avis ; mais vous, croyez-vous, dans la situation de la France et d'après l'opinion générale, qu'il nous convienne de l'adopter ? – Non, répliqua M. de La Fayette, ce qu'il faut aujourd'hui au peuple français, c'est un trône populaire entouré d'institutions républicaines. – C'est bien ainsi que je l'entends", reprit le prince [...]» (H. de Viel-Castel, *Histoire de la Restauration*, t. XX, pp. 682-683).

3.
Les ouvriers.

nuer la solidité de la position qu'on a prise, et quiconque ne trouve pas dans l'origine du fait commençant la gravité du fait accompli, est un détracteur. Lorsqu'une colombe descendait pour apporter à Clovis l'huile sainte, lorsque les rois chevelus étaient élevés sur un bouclier, lorsque saint Louis tremblait, par sa vertu prématurée, en prononçant à son sacre le serment de n'employer son autorité que pour la gloire de Dieu et le bien de son peuple, lorsque Henri IV, après son entrée à Paris, alla se prosterner à Notre-Dame, que l'on vit ou que l'on crut voir, à sa droite, un bel enfant qui le défendait et que l'on prit pour son ange gardien, je conçois que le diadème était sacré; l'oriflamme reposait dans les tabernacles du ciel. Mais depuis que sur une place publique un souverain, les cheveux coupés, les mains liées derrière le dos, a abaissé sa tête sous le glaive, au son du tambour; depuis qu'un autre souverain, environné de la plèbe, est allé mendier des votes pour son *élection*, au bruit du même tambour, sur une autre place publique, qui conserve la moindre illusion sur la couronne? Qui croit que cette royauté meurtrie et souillée puisse encore imposer au monde? Quel homme, sentant un peu son cœur battre, voudrait avaler le pouvoir dans ce calice de honte et de dégoût que Philippe a vidé d'un seul trait sans vomir *(b)*? La monarchie européenne aurait pu continuer sa vie si l'on eût conservé en France la monarchie mère, fille d'un saint et d'un grand homme; mais on en a dispersé les semences: rien n'en renaîtra[4].

4.
Chateaubriand exprime là les raisons du légitimisme profond qui est le sien et qu'il exprimera tout au long de la monarchie de Juillet, aussi bien dans ses pamphlets de 1831 que dans la conclusion superbe de l'*Essai sur la littérature anglaise*, où il écrit: «Il n'y avait qu'une seule monarchie en Europe, la monarchie française; toutes les autres en étaient filles, toutes s'en iront avec leur mère. Les rois, jusqu'ici, à leur insu, avaient vécu derrière cette monarchie de mille ans, à l'abri d'une race incorporée, pour ainsi dire, avec les siècles. Quand le souffle de la Révolution eût jeté à bas cette race, Bonaparte vint; il soutint les princes chancelants sur des trônes par lui abattus et relevés. Bonaparte passé, les monarques restants vivent tapis dans les ruines du Colisée napoléonien, comme les ermites à qui l'on fait l'aumône dans le Colisée de Rome; mais bientôt ces ruines mêmes leur manqueront. La légitimité eût pu encore conduire le monde pendant plus d'un siècle à une transformation insensiblement accomplie, sans secousse et sans catastrophe: plus d'un siècle était encore nécessaire pour achever, sous une tutelle paternelle, l'éducation libre des peuples. Contre des fautes très réparables se sont armées des passions qui n'ont pas vu d'abord que tout pouvait s'arranger, et que le monde pouvait être encore redevable à la légitimité d'un immense et dernier bienfait. Au lieu de descendre sur une pente douce et facile, il faudra donc continuer de marcher par des voies fangeuses ou coupées d'abîmes. [...] Tout pouvoir renversé, non par le hasard, mais par le temps, par un changement graduellement opéré dans les convictions ou dans les idées, ne se rétablit plus; en vain vous essayeriez de le relever sous un autre nom, de le rajeunir sous une forme nouvelle, il ne peut rajuster ses membres disloqués dans la poussière où il gît, objet d'insulte ou de risée. De la divinité qu'on s'était forgée, devant laquelle on avait fléchi le genou, il ne reste que d'ironiques misères: lorsque les chrétiens brisèrent les dieux de l'Égypte, ils virent s'échapper des rats de la tête des idoles. Tout s'en va [...]» (*Essai sur la littérature anglaise*, 1836, éd. Garnier, pp. 790-791).

Livre XXXIV

Le Roi quitte Saint-Cloud. – Arrivée de madame la Dauphine à Trianon. – Corps diplomatique[1].

Vous venez de voir la royauté de la Grève s'avancer poudreuse et haletante sous le drapeau tricolore, au milieu de ses insolents amis; voyez maintenant la royauté de Reims se retirer à pas mesurés au milieu de ses aumôniers et de ses gardes, marchant dans toute l'exactitude de l'étiquette, n'entendant pas un mot qui ne fût un mot de respect, et révérée même de ceux qui la détestaient. Le soldat, qui l'estimait peu, se faisait tuer pour elle; le drapeau blanc, placé sur son cercueil avant d'être reployé pour jamais, disait au vent: Saluez-moi: j'étais à Ivry[2]; j'ai vu mourir Turenne; les Anglais me connurent à Fontenoy; j'ai fait triompher la liberté sous Washington; j'ai délivré la Grèce et je flotte encore sur les murailles d'Alger!

Le 31, à l'aube du jour, à l'heure même où le duc d'Orléans, arrivé à Paris, se préparait à l'acceptation de la 7 générale, les gens du service de Saint-Cloud se présentèrent au bivouac du pont de Sèvres, annonçant

1. La Maison de Chateaubriand conserve une chemise cartonnée dans laquelle fut renfermé un premier état de ce livre. Sur cette chemise est collée une feuille de papier, comprenant, de la main d'un secrétaire, avec un ajout autographe de Chateaubriand, le sommaire du livre: l'ensemble est biffé. La mention 9e volume, correspondant manifestement à l'édition Penaud, paraît avoir été portée ultérieurement. Sur la chemise elle-même est écrit: «Copie. Mémoires. 3e Partie [Livre 36e: biffé] 1re Époque.» Nous indiquons ci-dessous les variantes présentées par ce sommaire au fur et à mesure des chapitres. Pour le premier, cette chemise porte: «Le Roi quitte St Cloud. Arrivée de Madame à Trianon. Corps diplomatique.»

2. Évocation de la bataille remportée à Ivry par Henri IV, le 14 mars 1590, sur les troupes de la Ligue commandées par le duc de Mayenne.

qu'ils étaient congédiés, et que le Roi était parti à trois heures et demie du matin. Les soldats s'émurent, puis ils se calmèrent à l'apparition du Dauphin : il s'avançait à cheval, comme pour les enlever par un de ces mots qui mènent les Français à la mort ou à la victoire ; il s'arrête au front de la ligne, balbutie quelques phrases, tourne court et rentre au château. Le courage ne lui faillit pas, mais la parole. La misérable éducation de nos princes de la branche aînée depuis Louis XIV les rendait incapables de supporter une contradiction, de s'exprimer comme tout le monde, et de se mêler au reste des hommes.

Cependant les hauteurs de Sèvres et les terrasses de Bellevue se couronnaient d'hommes du peuple : on échangea quelques coups de fusil. Le capitaine qui commandait à l'avant-garde du pont de Sèvres passa à l'ennemi ; il mena une pièce de canon et une partie de ses soldats aux bandes réunies sur la route du *Point du jour*. Alors les Parisiens et la garde convinrent qu'aucune hostilité n'aurait lieu jusqu'à ce que l'évacuation de Saint-Cloud et de Sèvres fût effectuée. Le mouvement rétrograde commença ; les Suisses furent enveloppés par les habitants de Sèvres, jetèrent bas leurs armes, bien que dégagés presque aussitôt par les lanciers, dont le lieutenant-colonel fut blessé. Les troupes traversèrent Versailles, où la garde nationale faisait le service depuis la veille avec les grenadiers de La Rochejaquelein, l'une sous la cocarde tricolore, les autres avec la cocarde blanche. Madame la Dauphine arriva de Vichy et rejoignit la famille royale à Trianon, jadis séjour préféré de Marie-Antoinette. À Trianon, M. de Polignac se sépara de son maître.

On a dit que madame la Dauphine était opposée aux ordonnances : le seul moyen de bien juger les choses, c'est de les considérer dans leur essence ; le plébéien sera toujours d'avis de la liberté, le prince inclinera toujours au pouvoir. Il ne faut leur en faire ni un crime ni un mérite ; c'est leur nature. Madame la Dauphine aurait peut-être désiré que les ordonnances eussent paru dans un moment plus opportun, alors que de meilleures précautions eussent été prises pour en garantir le succès ; mais au fond elles lui plaisaient, et lui devaient plaire. Madame la duchesse de Berry en était ravie. Ces deux princesses crurent que la royauté, hors de page, était enfin affranchie des entraves que le gouvernement représentatif attache au pied du souverain.

On est étonné dans ces événements de juillet de ne pas rencontrer le corps diplomatique, lui qui n'était que trop consulté de la cour, et qui se mêlait trop de nos affaires.

Il est question deux fois des ambassadeurs étrangers dans nos derniers troubles. Un homme fut arrêté aux barrières, et le paquet dont il était porteur envoyé à l'Hôtel-de-Ville : c'était une dépêche de M. de Loevenhielm au roi de Suède. M. Baude fit remettre cette dépêche à la légation suédoise sans l'ouvrir. La correspondance de lord Stuart étant tombée entre les mains de meneurs populaires, elle lui fut pareillement renvoyée sans avoir été ouverte, ce qui fit merveille à Londres. Lord Stuart, comme ses compatriotes, adorait le désordre chez l'étranger : sa diplomatie était de la *police*, ses dépêches des *rapports*. Il m'aimait assez lorsque j'étais ministre, parce que je le traitais sans façon, et que ma porte lui était toujours ouverte ; il entrait chez moi en bottes à toute heure, crotté et vêtu comme un voleur, après avoir couru sur les boulevards et chez les dames qu'il payait mal, et qui l'appelaient *Stuart*[3].

J'avais conçu la diplomatie sur un nouveau plan : n'ayant rien à cacher, je parlais tout haut ; j'aurais montré mes dépêches au premier venu, parce que je n'avais aucun projet pour la gloire de la France que je ne fusse déterminé à accomplir en dépit de tout opposant.

J'ai dit cent fois à sir Charles Stuart en riant, et j'étais sérieux : « Ne me cherchez pas querelle : si vous me jetez le gant, je le relève. La France ne vous a jamais fait la guerre avec l'intelligence de votre position ; c'est pourquoi vous nous avez battus ; mais ne vous y fiez pas*. » [* C'est à peu près ce que j'écrivais à M. Canning en 1823. (Voyez le *Congrès de Vérone*[4].)]

Lord Stuart vit donc nos *troubles de juillet* dans toute cette bonne nature qui jubile de nos misères[5] ; mais les autres membres du corps diplomatique, ennemis de la cause populaire, avaient plus ou moins poussé Charles X aux ordonnances, et cependant, quand elles parurent, ils ne firent rien pour sauver le monarque ; que si M. Pozzo di Borgo se montra inquiet d'un coup d'État, ce ne fut ni pour le Roi ni pour le peuple.

Deux choses sont certaines :

3.

« [...] voici un entr'acte d'un tout autre genre. L'auteur a négligé de citer la source [...] c'est moi-même [...] qui osai soulever à ses yeux [...] un coin du voile qui cachait ces mystères galants de la diplomatie. J'avais reçu à Londres dans mon cabinet attenant à la chancellerie, la visite de deux élégantes Parisiennes unies alors sans nulle rivalité dans un même vouloir. Elles me demandaient d'envoyer à Stuart, c'est, en effet, ainsi qu'elles l'appelaient, pour leur être remises ensuite par ses mains, quelques étoffes anglaises prohibées chez nous, à qui notre portefeuille bi-hebdomadaire pouvait seul faire franchir sans péril la ligne de nos douanes » (Marcellus, *Chateaubriand et son temps*, pp. 389-390).

4.

Chateaubriand modère son propos dans le *Congrès de Vérone* : « L'Angleterre est un géant, soit : nous ne lui disputons point la taille qu'elle se donne ; mais ce géant ne fait aucune frayeur à la France : un colosse a quelquefois les pieds d'argile. L'Angleterre est Éole : nous y consentons ; mais Éole n'aurait-il point des tempêtes dans son empire ? il est imprudent de parler des mécontents qui peuvent se trouver en d'autres pays, quand on a chez soi cinq millions de catholiques opprimés, cinq millions d'hommes que l'on contient à peine par un camp permanent en Irlande, quand on est dans la nécessité de faire fusiller des populations

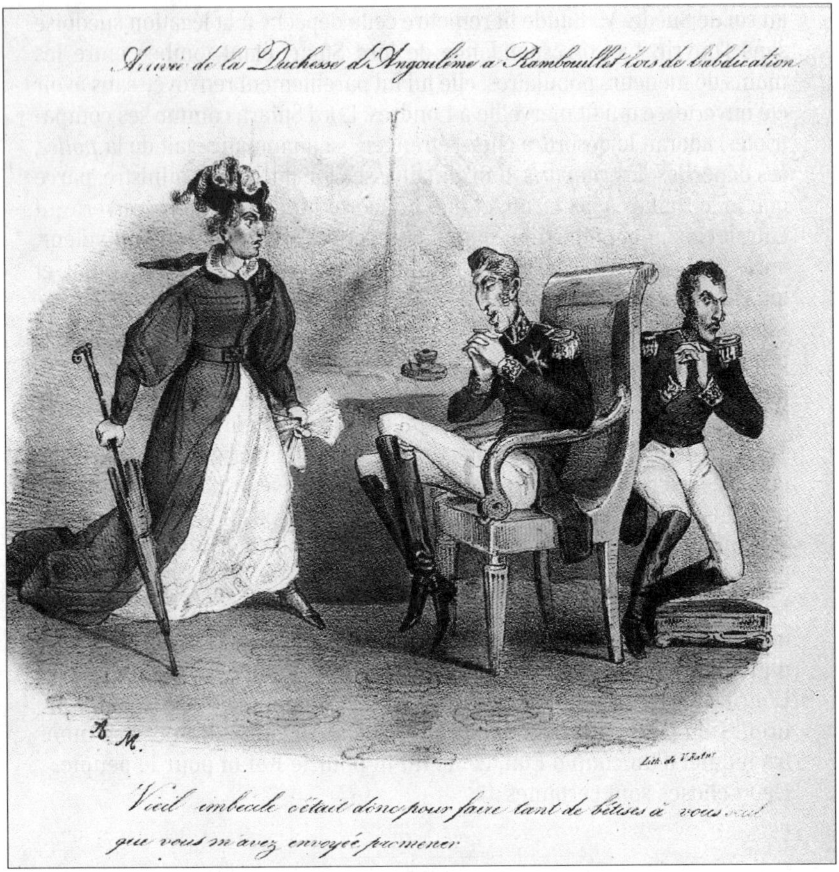

Arrivée de la Duchesse d'Angoulême à Rambouillet lors de l'abdication.

ouvrières mourant de faim, quand une taxe des pauvres, sans cesse augmentée, annonce une misère croissant toujours. Eh quoi ! si l'étendard britannique se levait, on verrait se ranger autour de lui tous les mécontents du globe ? [...] » (*Congrès de Vérone*, rééd. Slatkine, 2e partie, chap. IX, pp. 390-391).

5.

Il faut ajouter que l'Angleterre gardait rancune à la France de la guerre d'Espagne, qui s'était montée contre elle, de même que de l'expédition d'Alger, qui venait d'être couronnée par la prise de la Casbah. Le redressement diplomatique et militaire opéré par les gouvernements de la Restauration portait ombrage à l'Angleterre. Dans ces conditions, rien ne l'attachait aux Bourbons, tout la détournait de la monarchie légitime : la politique étrangère de la France (projet d'une alliance franco-russe contre l'Angleterre et l'Autriche) et les principes ultra-royalistes du gouvernement Polignac.

Premièrement, la révolution de juillet attaquait les traités de la quadruple alliance : la France des Bourbons faisait partie de cette alliance ; les Bourbons ne pouvaient donc être dépossédés violemment sans mettre en péril le nouveau droit politique de l'Europe.

Secondement, dans une monarchie, les légations étrangères ne sont point accréditées auprès du *gouvernement*; elles le sont auprès du monarque. Le strict devoir de ces légations était donc de se réunir à Charles X, et de le suivre tant qu'il serait sur le sol français.

N'est-il pas singulier que le seul ambassadeur à qui cette idée soit venue ait été le représentant de Bernadotte, d'un roi qui n'appartenait pas aux vieilles familles de souverains ? M. de Loevenhielm allait entraîner le baron de Werther dans son opinion, quand M. Pozzo di Borgo s'opposa à une démarche qu'imposaient les lettres de créance et que commandait l'honneur.

Si le corps diplomatique se fût rendu à Saint-Cloud, la position de Charles X changeait[6] : les partisans de la légitimité eussent acquis dans la Chambre élective une force qui leur manqua tout d'abord ; la crainte d'une guerre possible eût alarmé la classe industrielle ; l'idée de conserver la paix en gardant Henri V eût entraîné dans le parti de l'enfant royal une masse considérable de populations[7].

M. Pozzo di Borgo s'abstint pour ne pas compromettre ses fonds à la Bourse ou chez des banquiers, et surtout pour ne pas exposer sa place. Il a joué au cinq pour cent sur le cadavre de la légitimité capétienne, cadavre qui communiquera la mort aux autres rois vivants. Il ne manquera plus dans quelque temps d'ici que d'essayer, selon l'usage, de faire passer cette faute irréparable d'un intérêt personnel pour une combinaison profonde.

6.
Il est curieux de voir Chateaubriand s'inspirer des principes de la Sainte-Alliance, « sans le dire », pour justifier une intervention certes diplomatique, et non militaire, des puissances européennes dans les affaires intérieures de la France.

7.
C'est ce que reconnaît l'orléaniste de gauche Duvergier de Hauranne lui-même : « Les pairs les plus dévoués à la royauté des Bourbons [...] se demandaient si le trône, perdu pour Charles X et pour le dauphin, l'était également pour le duc de Bordeaux, et si la meilleure solution n'était pas une minorité et une régence. Ils envoyaient donc à Charles X des conseils dans ce sens, et M. Alexandre de Girardin partait pour Rambouillet, avec la mission d'engager le roi à faire entrer à Paris le duc de Bordeaux dans le plus grand incognito, à le conduire au Palais-Royal et à le jeter dans les bras de la duchesse d'Orléans. Mais, pour qu'une telle combinaison pût réussir, l'appui du corps diplomatique était nécessaire, et cet appui manquait » (Duvergier de Hauranne, *Histoire du gouvernement parlementaire...*, t. X, p. 628).

Les ambassadeurs qu'on laisse trop longtemps à la même cour prennent les mœurs du pays où ils résident: charmés de vivre au milieu des honneurs, ne voyant plus les choses comme elles sont, ils craignent de laisser passer dans leurs dépêches une vérité qui pourrait amener un changement dans leur position. Autre chose est, en effet, d'être Esterhazy[8], Werther, Pozzo à Vienne, à Berlin, à Pétersbourg, ou bien LL. EE. les ambassadeurs à la cour de France. On a dit que M. Pozzo avait des rancunes contre Louis XVIII et Charles X, à propos du cordon bleu et de la pairie. On eut tort de ne pas le satisfaire; il avait rendu aux Bourbons des services, en haine de son compatriote Bonaparte. Mais si à Gand il décida la question du trône en provoquant le départ subit de Louis XVIII pour Paris, il se peut vanter qu'en empêchant le corps diplomatique de faire son devoir dans les journées de juillet, il a contribué à faire tomber de la tête de Charles X la couronne qu'il avait aidé à replacer sur le front de son frère.

Je le pense depuis longtemps, les corps diplomatiques nés dans des siècles soumis à un autre droit des gens ne sont plus en rapport avec la société nouvelle: des gouvernements publics, des communications faciles font qu'aujourd'hui les cabinets sont à même de traiter directement ou sans autre intermédiaire que des agents consulaires, dont il faudrait accroître le nombre et améliorer le sort[9]: car à cette heure l'Europe est industrielle. Les espions titrés, à prétentions exorbitantes, qui se mêlent de tout pour se donner une importance qui leur échappe, ne servent qu'à troubler les cabinets près desquels ils sont accrédités, et à nourrir leurs maîtres d'illusions. Charles X eut tort, de son côté, en n'invitant pas le corps diplomatique à se rendre à sa cour; mais ce qu'il voyait lui semblait un rêve; il marchait de surprise en surprise. C'est ainsi qu'il ne manda pas auprès de lui M. le duc d'Orléans; car, ne se croyant en danger que du côté de la république, le péril d'une usurpation ne lui vint jamais en pensée.

8.
Depuis 1826, le prince Paul Esterhazy avait été remplacé comme ambassadeur à Paris par le comte Rodolphe Apponyi.

9.
Chateaubriand ministre avait créé une caisse de retraite pour les agents et employés du ministère des Affaires étrangères (voir son *Rapport au Roi portant règlement des retenues à faire sur les traitements dépendant du ministère des Affaires étrangères, et des pensions à assigner à ses agents et employés sur ce fonds de retenue*, daté du 19 novembre 1823, ainsi que l'ordonnance signée par Louis XVIII le même jour).

Rambouillet[1].

Charles X partit dans la soirée pour Rambouillet avec les princesses et M. le duc de Bordeaux. Le nouveau rôle de M. le duc d'Orléans fit naître dans la tête du Roi les premières idées d'abdication. Monsieur le Dauphin, toujours à l'arrière-garde, mais ne se mêlant point aux soldats, leur fit distribuer à Trianon ce qui restait de vin et de comestibles. À huit heures et un quart du soir, les divers corps se mirent en marche. Là expira la fidélité du 5e léger. Au lieu de suivre le mouvement, il revint à Paris: on rapporta son drapeau à Charles X, qui refusa de le recevoir, comme il avait refusé de recevoir celui du 50e.

Les brigades étaient dans la confusion, les armes mêlées; la cavalerie dépassait l'infanterie et faisait ses haltes à part. À minuit, le 31 juillet expirant, on s'arrêta à Trappes. Le Dauphin coucha dans une maison en arrière de ce village.

Le lendemain, 1er août, il partit pour Rambouillet, laissant les troupes bivouaquées à Trappes. Celles-ci levèrent leur camp à onze heures. Quelques soldats, étant allés acheter du pain dans les hameaux, furent massacrés.

Arrivée à Rambouillet, l'armée fut cantonnée autour du château.

Dans la nuit du 1er au 2 août, trois régiments de la grosse cavalerie reprirent le chemin de leurs anciennes garnisons. On croit que le général

1. Le 31 juillet, à 16 heures, Charles X quitta Trianon pour Rambouillet, où il arriva vers 22 heures. La duchesse d'Angoulême, venant de Vichy, y rejoignit sa famille. Le roi disposait encore de 12 000 hommes de troupe fidèles, avec 40 canons. Certains l'engageaient à se diriger avec elle sur les provinces de l'Ouest pour y organiser la résistance.

Bordesoulle, commandant la grosse cavalerie de la garde, avait fait sa capitulation à Versailles. Le 2e de grenadiers partit aussi le 2 au matin, après avoir renvoyé ses guidons chez le Roi. Le Dauphin rencontra ces grenadiers déserteurs ; ils se formèrent en bataille pour rendre les honneurs au prince, et continuèrent leur chemin. Singulier mélange d'infidélité et de bienséance ! Dans cette révolution des trois journées, personne n'avait de passion ; chacun agissait selon l'idée qu'il s'était faite de son droit ou de son devoir : le droit conquis, le devoir rempli, nulle inimitié comme nulle affection ne restait ; l'un craignait que le droit ne l'entraînât trop loin, l'autre que le devoir ne dépassât les bornes. Peut-être n'est-il arrivé qu'une fois, et peut-être n'arrivera-t-il plus, qu'un peuple se soit arrêté devant sa victoire, et que des soldats qui avaient défendu un roi, tant qu'il avait paru vouloir se battre, lui aient remis leurs étendards *(a)* avant de l'abandonner. Les ordonnances avaient affranchi le peuple de son serment ; la retraite, sur le champ de bataille, affranchit le grenadier de son drapeau.

Ouverture de la session, le 3 août. – Lettre de Charles X à monsieur le duc d'Orléans.

Charles X se retirant, les républicains reculant, rien n'empêchait la monarchie élue d'avancer. Les provinces, toujours moutonnières et esclaves de Paris, à chaque mouvement du télégraphe ou à chaque drapeau tricolore perché sur le haut d'une diligence, criaient: Vive Philippe, ou: Vive la Révolution[1] !

L'ouverture de la session fixée au 3 août[2], les pairs se transportèrent à la Chambre des députés: je m'y rendis, car tout était encore provisoire. Là fut représenté un autre acte de mélodrame: le trône resta vide et l'anti-Roi[3] s'assit à côté. On eût dit du chancelier ouvrant par procuration une session du parlement anglais, en l'absence du souverain.

1.
Dans une brochure verbeuse, un brin cynique, intitulée *La Monarchie de 1830* (1831, *in Grands Écrits politiques*, t. II, p. 713, note 11), réfutation des thèses de Chateaubriand, Thiers affirme que la monarchie de Juillet était une «nécessité»; il n'y aurait pas eu «conspiration d'Orléans» mais «entraînement des esprits» pour un «prince libéral, éclairé, soldat de Jemmapes» et père «d'une belle famille, libéralement élevée». «La légitimité de cette révolution, affirme-t-il, est dans le besoin qui l'a produite.» Quant aux hypothèses de substitutions envisagées par Chateaubriand de préférence à la monarchie élective, Thiers les écarte sans ménagements: Napoléon II ne fut «qu'un instant de la mémoire du peuple»; la République, dont Thiers sous-estime volontairement l'imminence, n'aurait été que la «pensée de quelques jeunes gens imaginatifs rassemblés autour d'un vieillard irrésolu» (La Fayette). Quant au duc de Bordeaux, il fut victime de «l'impopularité de sa famille». La régence – solution prônée par Chateaubriand – eût été «ridicule» et aurait donné lieu à «d'énormes équivoques». Il fallait surtout, estime Thiers, expurger ce qui restait d'Ancien Régime dans la Charte, et faire du roi un monarque bourgeoisement contractuel. Enfin, l'auteur rejette d'un revers de plume toute idée de sanction populaire: «La légitimité de la monarchie de Juillet est tout entière renfermée dans la révolution elle-même.» Si ratification il y a, elle est venue de la province: votes de soutien des assemblées délibératives, pétitions en masse, etc.

9 août 1830. Serment du roi. Séance de la Chambre des Députés.

2.
Le 3 août, devant la Chambre des députés, le lieutenant général prit la parole. Il flétrissait l'article 14 de la Charte «si audacieusement interprété», rappelait son passé militaire au temps de la patrie en danger et de Jemmapes, quand il portait les couleurs tricolores, et annonçait la révision de la Charte, s'en remettant, avec une insinuante modestie, à la Chambre pour le guider. Du petit duc de Bordeaux, le «chef futur» n'avait pas dit un mot. Le succès de l'opération exigeait qu'on l'oubliât. Le titre de lieutenant général du royaume était une dignité temporaire qui conférait, dans l'ancienne France, une partie de l'autorité royale équivalant à celle de régent. Après le désastre de Saint-Quentin, en 1557, Henri II nomma lieutenant général du royaume le duc de Guise. Sous Charles IX, Antoine de Bourbon remplit momentanément ces fonctions. En 1589, la Ligue proclama le duc de Mayenne lieutenant général de l'État royal. À l'avènement de Louis XIV, le Parlement investit Gaston d'Orléans du double titre de régent et de lieutenant général du royaume. Enfin le comte d'Artois, en 1814, fut investi de cette dernière dignité avant le retour de son frère Louis XVIII. Le recours à cette dignité avait le grand avantage d'écarter la notion même de régence, qui aurait dû normalement revenir à la duchesse de Berry, et surtout d'écarter l'héritier légitime du trône, le jeune duc de Bordeaux.

3.
Formule composée sur le modèle des antipapes qu'avait connus le Moyen Âge au temps des rivalités entre l'empereur et la papauté.

Philippe parla de la funeste nécessité où il s'était trouvé d'accepter la lieutenance générale pour nous sauver tous, de la révision de l'article 14 de la Charte, de la liberté que lui, Philippe, portait dans son cœur et qu'il allait faire déborder sur nous, comme la paix sur l'Europe. Jongleries de discours et de constitution répétées à chaque phase de notre histoire, depuis un demi-siècle. Mais l'attention devint très-vive quand le prince fit cette déclaration :

« Messieurs les pairs et messieurs les députés,
« Aussitôt que les deux Chambres seront constituées, je ferai porter à votre connaissance l'acte d'abdication de S. M. le Roi Charles X. Par ce même acte, Louis-Antoine de France, Dauphin, renonce également à ses droits. Cet acte a été remis entre mes mains hier, 2 août, à onze heures du soir. J'en ordonne ce matin le dépôt dans les archives de la Chambre des pairs, et je le fais insérer dans la partie officielle du *Moniteur*[4]. »

Par une misérable ruse et une lâche réticence, le duc d'Orléans supprime ici le nom de Henri V, en faveur duquel les deux rois avaient abdiqué. Si à cette époque chaque Français[5] eût pu être consulté individuellement, il est probable que la majorité se fût prononcée en faveur de Henri V ; une partie des républicains même l'aurait accepté, en lui donnant La Fayette pour mentor. Le germe de la légitimité resté en France, les deux vieux rois allant finir leurs jours à Rome, aucune des difficultés qui entourent une usurpation et qui la rendent suspecte aux divers partis n'aurait existé. L'adoption des cadets de Bourbon était non-seulement un péril, c'était un contre-sens politique : la France nouvelle est républicaine ; elle ne veut point de roi, du moins elle ne veut point un roi de la vieille race. Encore quelques années, nous verrons ce que deviendront nos libertés et ce que

4.
Le 1er août, le roi avait nommé le duc d'Orléans lieutenant général ; et le 2 août, après avoir reçu la réponse de celui-ci, déclarant qu'il tenait son pouvoir des représentants du pays et qu'il ne pouvait accepter d'autre investiture, le roi réunit son conseil de famille et décida d'abdiquer en faveur de son petit-fils, le duc de Bordeaux, que Chateaubriand appelle plus loin Henri V. La session des Chambres, en présence de 240 députés et de 60 pairs, fut ouverte le 3, à 13 heures, alors que dans le même temps une opération, montée par La Fayette et par les commissaires envoyés par le duc d'Orléans à Rambouillet, s'organisait pour effrayer et faire fuir Charles X.

5.
Jugement vraisemblable, mais la politique de la Restauration était allée constamment à contre-courant, en élevant le cens et en établissant un système d'élection à deux degrés qui se révéla funeste pour elle puisqu'il donna le pouvoir à la haute bourgeoisie libérale et orléaniste.

sera cette paix dont le monde se doit réjouir. Si l'on peut juger de la conduite du nouveau personnage élu, par ce que l'on connaît de son caractère, il est présumable que ce prince ne croira pouvoir conserver sa monarchie qu'en opprimant au dedans et en rampant au dehors *(a)*.

Le tort réel de Louis-Philippe n'est pas d'avoir accepté la couronne (acte d'ambition dont il y a des milliers d'exemples et qui n'attaque qu'une institution politique) ; son véritable délit est d'avoir été tuteur infidèle, d'avoir dépouillé *l'enfant* et *l'orphelin*, délit contre lequel l'Écriture n'a pas assez de malédictions : or, jamais la *justice morale* (qu'on la nomme fatalité ou Providence, je l'appelle, moi, conséquence inévitable du mal) n'a manqué de punir les infractions à la *loi morale*[6].

Philippe, son gouvernement, tout cet ordre de choses impossibles et contradictoires, périra, dans un temps plus ou moins retardé par des cas fortuits, par des complications d'intérêts intérieurs et extérieurs, par l'apathie et la corruption des individus, par la légèreté des esprits, l'indifférence et l'effacement des caractères ; mais, quelle que soit la durée du régime actuel, elle ne sera jamais assez longue pour que la branche d'Orléans puisse pousser de profondes racines.

Charles X, apprenant les progrès de la révolution, n'ayant rien dans son âge et dans son caractère de propre à arrêter ces progrès, crut parer le coup porté à sa race en abdiquant avec son fils, comme Philippe l'annonça aux députés. Dès le premier août il avait écrit un mot approuvant l'ouverture de la session, et, comptant sur le sincère attachement de son cousin le duc d'Orléans, il le nommait, de son côté, lieutenant général

6.
On était en fait en pleine équivoque : le duc d'Orléans ne pouvait invoquer la légitimité comme l'avait fait Louis XVIII en 1814 ; le trône n'était vacant que par le fait de la violence, qui entachait de nullité l'abdication de Charles X (d'ailleurs conditionnelle). Au surplus, le duc d'Orléans ne songea jamais à invoquer la légitimité. Son langage même était en sens opposé. Il parlait des trois couleurs, « qui pour la seconde fois ont marqué parmi nous le triomphe de la liberté ». Sans doute il avait parlé du rétablissement de l'empire des lois. Mais était-ce à dire qu'il pût fonder son droit sur la Charte ? Celle-ci avait été octroyée par une dynastie qu'il venait d'évincer ; et, même si on la considérait comme devenue un contrat alliant le roi à la nation, on ne pouvait faire sortir de son texte l'autorité du nouvel aspirant au trône. Le duc d'Orléans, qui ne possédait pas de droit propre, pouvait-il se présenter comme l'élu du pays, comme le délégué de la souveraineté nationale ? Certes les événements poussaient à renouer avec la tradition issue de l'époque révolutionnaire. Mais cette tradition elle-même avait subi deux interprétations différentes : il y avait eu l'investiture donnée par les représentants de la nation en 1791 et l'investiture plébiscitaire du régime napoléonien. Or aucune des deux ne paraissait aisément réalisable. En outre, les Chambres en fonction n'avaient aucune mission constituante. Bref, les difficultés étaient à peine moins pour sacrer le duc d'Orléans en représentant de la nation que pour voir en lui un représentant de la légitimité. On eut recours en fin de compte à une solution bâtarde qui consistait à faire introniser le prince par les députés en exercice sans qu'il parût tirer d'eux l'origine de son pouvoir.

du royaume. Il alla plus loin le 2, car il ne voulait plus que s'embarquer et demandait des commissaires pour le protéger jusqu'à Cherbourg. Ces appariteurs ne furent point reçus d'abord par la maison militaire. Bonaparte eut aussi pour gardes des commissaires, la première fois russes, la seconde fois français; mais il ne les avait pas demandés.
Voici la lettre de Charles X:

«Rambouillet, ce 2 août 1830.
«Mon cousin, je suis trop profondément peiné des maux qui affligent ou qui pourraient menacer mes peuples pour n'avoir pas cherché un moyen de les prévenir. J'ai donc pris la résolution d'abdiquer la couronne en faveur de mon petit-fils le duc de Bordeaux.
«Le Dauphin, qui partage mes sentiments, renonce aussi à ses droits en faveur de son neveu.
«Vous aurez donc, par votre qualité de lieutenant général du royaume, à faire proclamer l'avènement de Henri V à la couronne. Vous prendrez d'ailleurs toutes les mesures qui vous concernent pour régler les formes du gouvernement pendant la minorité du nouveau roi. Ici je me borne à faire connaître ces dispositions; c'est un moyen d'éviter encore bien des maux.
«Vous communiquerez mes intentions au corps diplomatique, et vous me ferez connaître le plus tôt possible la proclamation par laquelle mon petit fils sera reconnu roi sous le nom de Henri V...
«Je vous renouvelle, mon cousin, l'assurance des sentiments avec lesquels je suis votre affectionné cousin
«CHARLES.»

Si M. le duc d'Orléans eut été capable d'émotion ou de remords, cette signature: *Votre affectionné cousin*, n'aurait-elle pas dû le frapper au cœur? On doutait si peu à Rambouillet de l'efficacité des abdications, que l'on préparait le jeune prince à son voyage: la cocarde tricolore, son égide, était déjà façonnée par les mains des plus grands zélateurs des ordonnances. Supposez que madame la duchesse de Berry, partie subitement avec son fils, se fût présentée à la Chambre des députés au moment où M. le duc d'Orléans y prononçait le discours d'ouverture, il restait deux chances; chances périlleuses! mais du moins, une catastrophe arrivant, l'enfant enlevé au ciel n'aurait pas traîné de misérables jours en terre étrangère.
Mes conseils, mes vœux, mes cris, furent impuissants; je demandais en vain Marie-Caroline: la mère de Bayard, prêt à quitter le château paternel, «ploroit», dit le Loyal serviteur. «La bonne gentil femme sortit par le derrière de la tour, et fit venir son fils auquel elle dit ces paroles:

“Pierre, mon ami, soyez doux et courtois en ostant de vous tout orgueil; *soyez humble et serviable à toutes gens; soyez loyal en faicts et dits; soyez secourable aux pauvres veufves et orphelins, et Dieu le vous guerdonnera...*” Alors la bonne dame tira hors de sa manche une petite boursette en laquelle avoit seulement six écus en or et un en monnoie qu’elle donna à son fils[7].»

Le chevalier sans peur et sans reproche partit avec six écus d’or dans une petite boursette pour devenir le plus brave et le plus renommé des capitaines. Henri, qui n’a peut-être pas six écus d’or, aura bien d’autres combats à rendre; il faudra qu’il lutte contre le malheur, champion difficile à terrasser. Glorifions les mères qui donnent de si tendres et de si bonnes leçons à leurs fils! Bénie donc soyez-vous, ma mère, de qui je tiens ce qui peut avoir honoré et discipliné ma vie.

Pardon de tous ces souvenirs; mais peut-être la tyrannie de ma mémoire, en faisant entrer le passé dans le présent, ôte à celui-ci une partie de ce qu’il a de misérable.

Les trois commissaires députés vers Charles X étaient MM. de Schonen, Odilon Barrot et le maréchal Maison. Renvoyés par les postes militaires, ils reprirent la route de Paris. Un flot populaire les reporta vers Rambouillet.

7.
Mémoires du Loyal Serviteur, coll. Petitot, 1re série, t. XV, pp. 154-155.

Départ du peuple pour Rambouillet. – Fuite du Roi. – Réflexions.

Le bruit se répandit le 2 au soir à Paris que Charles X refusait de quitter Rambouillet jusqu'à ce que son petit-fils eût été reconnu. Une multitude s'assembla le 3 au matin aux Champs-Élysées, criant : « À Rambouillet ! à Rambouillet[1] ! Il ne faut pas qu'un seul Bourbon en réchappe. » Des hommes riches se trouvaient mêlés à ces groupes, mais, le moment arrivé, ils laissèrent partir la *canaille*, à la tête de laquelle se plaça le général Pajol, qui prit le colonel Jacqueminot pour son chef d'état-major. Les commissaires qui revenaient ayant rencontré les éclaireurs de cette colonne retournèrent sur leurs pas et furent introduits alors à Rambouillet. Le Roi les questionna alors sur la force des insurgés, puis, s'étant retiré, il fit appeler Maison, qui lui devait sa fortune et le bâton de maréchal : « Maison, je vous demande sur l'honneur de me dire, foi de soldat, si ce que les commissaires ont raconté est vrai ? » Le maréchal répondit : « Ils ne vous ont dit que la moitié de la vérité *(a)*. »

1.
Il fallait « déloger » Charles X de Rambouillet. On nomma trois commissaires : Odilon Barrot, le maréchal Maison et M. de Schonen. Pour appuyer leurs démarches, on décida qu'une « bande informe d'insurgés » (A. Nettement), renforcée d'une troupe de gardes nationaux, marcherait sur Rambouillet. Le général Pajol dirigeait cette cohue qui, ainsi qu'il le reconnaissait lui-même, à la moindre attaque de Charles X, se serait enfuie « comme une volée de moineaux effarouchés ». « [...] Charles X voulut entretenir en particulier un des trois commissaires qu'on avait envoyés de Paris, écrit le royaliste Nettement, pour lui arracher la promesse de son éloignement. Il croyait pouvoir compter sur le maréchal Maison, car récemment encore il l'avait élevé à la dignité du maréchalat à la suite de la campagne de Morée, Charles X lui demanda, sur sa parole d'honneur, s'il était vrai que quatre-vingt mille Parisiens marchassent sur Rambouillet ? M. le maréchal Maison répondit : "Sire, je ne les ai

Départ de la populace pour Rambouillet.

pas comptés, mais ils sont beaucoup ! – Enfin, reprit le Roi, croyez-vous qu'ils soient quatre-vingt mille ? – J'ai l'honneur de répondre à Votre Majesté que je ne les ai pas comptés ; mais il y en a beaucoup. Ils peuvent être quatre-vingt mille." Le maréchal Maison savait cependant que l'expédition de Rambouillet se composait à peine de six mille hommes, mal armés et incapables de tenir devant un régiment. En sortant de cet entretien on assure qu'il dit : "Nous l'emportons, le Roi consent à partir ; mais, si j'étais à sa place et à celle du maréchal Marmont, et que j'eusse à ma disposition ces douze mille hommes d'excellentes troupes et ces quarante-deux pièces de canon qui n'attendent qu'un signal, ce sont ces étourdis de Parisiens qui s'envoleraient." [...] le Roi, voulant éviter une effusion de sang qu'il croyait inutile, consentait à prendre la route de Cherbourg, où il devait s'embarquer pour quitter son royaume. Les trois commissaires envoyés de Paris avaient reçu l'ordre de l'accompagner jusqu'au lieu de son embarquement» (*Histoire de la Restauration*, t. VIII, pp. 710-712). Alexandre Dumas participa à cette «marche» sur Rambouillet, dont il a laissé des souvenirs truculents (*in Mes mémoires*, t. II, pp. 219-220).

Il restait encore, le 3 août, à Rambouillet, trois mille cinq cents hommes de l'infanterie de la garde, quatre régiments de cavalerie légère, formant vingt escadrons, et présentant deux mille hommes. La maison militaire, gardes du corps, etc., cavalerie et infanterie, se montait à treize cents hommes ; en tout huit mille huit cents hommes, sept batteries attelées et composées de quarante-deux pièces de canon. À dix heures du soir on fait sonner le boute-selle[2] ; tout le camp se met en route pour Maintenon[3], Charles X et sa famille marchant au milieu de la colonne funèbre qu'éclairait à peine la lune voilée.

Et devant qui se retirait-on ? Devant une troupe presque sans armes, arrivant en omnibus, en fiacres, en petites voitures de Versailles et de Saint-Cloud. Le général Pajol se croyait bien perdu lorsqu'il fut forcé de se mettre à la tête de cette multitude, laquelle, après tout, ne s'élevait pas au delà de quinze mille individus, avec l'adjonction des Rouennais arrivés. La moitié de cette troupe restait sur les chemins. Quelques jeunes gens exaltés, vaillants et généreux, mêlés à ce ramas, se seraient sacrifiés ; le reste se fût probablement dispersé. Dans les champs de Rambouillet, en rase campagne, il eût fallu aborder le feu de la ligne et de l'artillerie ; une victoire, selon toutes les apparences, eût été remportée. Entre la victoire du peuple à Paris et la victoire du Roi à Rambouillet, des négociations se seraient établies.

Quoi ! parmi tant d'officiers, il ne s'en est pas trouvé un assez résolu pour se saisir du commandement au nom de Henri V ? Car, après tout, Charles X et le Dauphin n'étaient plus Rois !

Ne voulait-on pas combattre : que ne se retirait-on à Chartres ? Là on eût été hors de l'atteinte de la populace de Paris ; encore mieux à Tours, en s'appuyant sur des provinces légitimistes. Charles X demeuré en France, la majeure partie de l'armée serait demeurée fidèle. Les camps de Boulogne et Lunéville étaient levés et marchaient à son secours. Mon neveu, le comte Louis[4], amenait son régiment, le 4e chasseurs, qui ne se débanda qu'en apprenant la retraite de Rambouillet. M. de Chateaubriand fut réduit à escorter sur un *pony* le monarque jusqu'au

2.
Signal donné avec la trompette pour avertir les cavaliers de placer la selle et de monter à cheval.

3.
Voir *infra*, p. 3247 *sqq.*, variante du l. XLII, chap. 7, le chapitre consacré à Maintenon, où Chateaubriand raconte l'arrivée de la « colonne » au château de Maintenon, première et décisive étape du roi vers l'exil.

4.
Louis-Geoffroy, le fils aîné de Jean-Baptiste de Chateaubriand.

lieu de son embarcation. Si, rendu dans une ville, à l'abri d'un premier coup de main, Charles X eût convoqué les deux Chambres, plus de la moitié de ces Chambres aurait obéi. Casimir Périer, le général Sébastiani et cent autres avaient attendu, s'étaient débattus contre la cocarde tricolore; ils redoutaient les périls d'une révolution populaire: que dis-je? le lieutenant général du royaume, mandé par le Roi et ne voyant pas la bataille gagnée, se serait dérobé à ses partisans et conformé à l'injonction royale. Le corps diplomatique, qui ne fit pas son devoir, l'eût fait alors en se rangeant autour du monarque. La République, installée à Paris au milieu de tous les désordres, n'aurait pas duré un mois en face d'un gouvernement régulier constitutionnel, établi ailleurs. Jamais on ne perdit la partie à si beau jeu, et quand on l'a perdue de la sorte, il n'y a plus de revanche: allez donc parler de liberté aux citoyens et d'honneur aux soldats après les ordonnances de juillet et la retraite de Saint-Cloud!

Viendra peut-être le temps, quand une société nouvelle aura pris la place de l'ordre social actuel, que la guerre paraîtra une monstrueuse absurdité, que le principe même n'en sera plus compris; mais nous n'en sommes pas là. Dans les querelles armées, il y a des philanthropes qui distinguent les espèces et sont prêts à se trouver mal au seul nom de *guerre civile*: «Des compatriotes qui se tuent! des frères, des pères, des fils en face les uns des autres!» Tout cela est fort triste, sans doute; cependant un peuple s'est souvent retrempé et régénéré dans les discordes intestines. Il n'a jamais péri par une guerre civile, et il a souvent disparu dans des guerres étrangères. Voyez ce qu'était l'Italie au temps de ses divisions, et voyez ce qu'elle est aujourd'hui. Il est déplorable d'être obligé de ravager la propriété de son voisin, de voir ses foyers ensanglantés par ce voisin; mais, franchement, est-il beaucoup plus humain de massacrer une famille de paysans allemands que vous ne connaissez pas, qui n'a eu avec vous de discussion d'aucune nature, que vous volez, que vous tuez sans remords, dont vous déshonorez en sûreté de conscience les femmes et les filles, parce que *c'est la guerre*? Quoi qu'on en dise, les guerres civiles sont moins injustes, moins révoltantes et plus naturelles que les guerres étrangères, quand celles-ci ne sont pas entreprises pour sauver l'indépendance nationale. Les guerres civiles sont fondées au moins sur des outrages individuels, sur des aversions avouées et reconnues; ce sont des duels avec des seconds, où les adversaires savent pourquoi ils ont l'épée à la main. Si les passions ne justifient pas le mal, elles l'excusent, elles l'expliquent, elles font concevoir pourquoi il existe. La guerre étrangère, comment est-elle justifiée? Des nations s'égorgent ordinairement parce qu'un roi s'ennuie, qu'un ambitieux se veut élever, qu'un ministre cherche à supplanter un rival. Il est temps de faire justice de ces vieux lieux communs de sensiblerie, plus convenables aux poètes qu'aux historiens : Thucydide, César, Tite-Live se contentent d'un mot de douleur et passent.

La guerre civile, malgré ses calamités, n'a qu'un danger réel : si les factions ont recours à l'étranger ou si l'étranger, profitant des divisions d'un peuple, attaque ce peuple ; la conquête pourrait être le résultat d'une telle position. La Grande-Bretagne, l'Ibérie, la Grèce constantinopolitaine, de nos jours la Pologne, nous offrent des exemples qu'on ne doit pas oublier. Toutefois, pendant la Ligue, les deux partis appelant à leur aide des Espagnols et des Anglais, des Italiens et des Allemands, ceux-ci se contrebalancèrent et ne dérangèrent point l'équilibre que les Français armés maintenaient entre eux[5].

Charles X eut tort d'employer les baïonnettes au soutien des ordonnances ; ses ministres ne peuvent se justifier d'avoir fait, par obéissance ou non, couler le sang du peuple et des soldats, sans qu'aucune haine les divisât, de même que les terroristes de théorie reproduiraient volontiers le système de la terreur lorsqu'il n'y a plus de terreur. Mais Charles X eut tort aussi de ne pas accepter la guerre lorsque, après avoir cédé sur tous les points, on la lui apportait. Il n'avait pas le droit, après avoir attaché le diadème au front de son petit-fils, de dire à ce nouveau Joas[6] : « Je t'ai fait monter au trône pour te traîner dans l'exil, pour qu'infortuné, banni, tu portes le poids de mes ans, de ma proscription et de mon sceptre. » Il ne fallait pas au même instant donner à Henri V une couronne et lui ôter la France. En le faisant Roi, on l'avait condamné à mourir sur le sol où s'est mêlée la poussière de saint Louis et de Henri IV.

Au surplus, après ce bouillonnement de mon sang, je reviens à ma raison, et je ne vois plus dans ces choses que l'accomplissement des destins de l'humanité. La cour, triomphante par les armes, eût détruit les libertés publiques ; elle n'en aurait pas moins été écrasée un jour ; mais elle eût retardé le développement de la société pendant quelques

5.
Le point de vue de Chateaubriand sur la guerre civile, qui peut surprendre, explique sa prédilection pour la Renaissance et les guerres de Religion. Cette geste de la France du XVIe siècle, composée de grandeur et d'abjection, où certains personnages apparaissent sur le devant de la scène dans tout le caractère flamboyant d'une indépendance irréductible, nourrit chez Chateaubriand cette vieille nostalgie de la France aristocratique (voir *Études historiques*).

6.
Huitième successeur de Salomon sur le trône de Jérusalem. Rescapé du massacre de la famille royale de David, ordonné par Athalie, il est élevé en secret pendant six ans dans l'enceinte du Temple par sa tante, à qui il devait son salut (voir Livre des Rois ; Chroniques, III, 11).

années ; tout ce qui avait compris la monarchie d'une manière large eût été persécuté par la congrégation rétablie. En dernier résultat, les événements ont suivi la pente de la civilisation. Dieu fait les hommes puissants conformes à ses desseins secrets : il leur donne les défauts qui les perdent quand ils doivent être perdus, parce qu'il ne veut pas que des qualités mal appliquées par une fausse intelligence s'opposent aux décrets de sa providence.

Palais-Royal[1]. – *Conversations.* – *Dernière tentation politique.* – *M. de Saint-Aulaire.*

La famille royale, en se retirant, réduisait mon rôle à moi-même. Je ne songeais plus qu'à ce que je serais appelé à dire à la Chambre des pairs. Écrire était impossible : si l'attaque fût venue des ennemis de la couronne ; si Charles X eût été renversé par une conspiration du dehors, j'aurais pris la plume, et, m'eût-on laissé l'indépendance de la pensée, je me serais fait fort de rallier un immense parti autour des débris du trône ; mais l'attaque était descendue de la couronne ; les ministres avaient violé les deux principales libertés ; ils avaient rendu la royauté parjure, non d'intention sans doute, mais de fait ; par cela même ils m'avaient enlevé ma force. Que pouvais-je hasarder en faveur des ordonnances ? Comment aurais-je pu vanter encore la sincérité, la candeur[2], la chevalerie de la monarchie légitime ? Comment aurais-je pu dire qu'elle était la plus forte garantie de

---

1.
La chemise citée plus haut (l. XXXIV, chap. 1, note 1, p. 2277) porte : « Monsieur le Duc et Madame la Duchesse d'Orléans désirent me voir. Je me rends au Palais-Royal ».

2.
Candeur ou inconscience de Charles X, qu'un de ses adversaires, Charles de Rémusat, définit avec subtilité dans ses *Mémoires* : « Il ne faut pas rendre trop odieux le roi Charles X en le grandissant. Il ne croyait pas former dans l'ombre un grand dessein et conspirer une révolution. Sans doute, l'idée d'un coup d'État ne lui répugnait en rien ; mais il ne l'appelait pas un coup d'État. [...] le simple fait de la Restauration [...] paraissait rendre si évident que la Révolution devait se rendre pour vaincue, qu'il ne regardait pas comme une grande affaire de briser les petits obstacles que des simagrées constitutionnelles pouvaient mettre sur son chemin. [...] Ce qu'il voulait, c'est avoir des ministres de son goût, non pas tant gouverner que pouvoir gouverner à sa guise, instituer le bon plaisir plutôt que d'en

LE ROI CITOYEN.

user. Il n'aimait de la tyrannie que le principe. [...] Il allait devant lui prêt à faire ce qu'il faudrait quand il le faudrait, se faisant sans doute une joie et un devoir de prendre sa revanche de la Révolution française, mais plus désireux de l'humilier que de la punir, incrédule aux difficultés, infatué du prestige royal, et toujours persuadé que cette résistance de la France et de l'opinion n'était qu'une fantasmagorie forgée par des niais, des ambitieux ou des scélérats [...]. Il ne vit donc qu'une indigne tactique dans la clameur qui accueillait la formation du ministère du 8 août. L'impopularité du nom de Polignac n'était qu'une vieillerie révolutionnaire, que des jalousies de la cour de Versailles avaient inventée» (Charles de Rémusat, *Mémoires de ma vie*, t. II, pp. 277-278).

nos intérêts, de nos lois et de notre indépendance? Champion de la vieille royauté, cette royauté m'arrachait mes armes et me laissait nu devant mes ennemis.

Je fus donc tout étonné quand, réduit à cette faiblesse, je me vis recherché par la nouvelle royauté. Charles X avait dédaigné mes services; Philippe fit un effort pour m'attacher à lui. D'abord M. Arago me parla avec élévation et vivacité de la part de madame Adélaïde; ensuite le comte Anatole de Montesquiou vint un matin chez madame Récamier, et m'y rencontra. Il me dit que madame la duchesse d'Orléans et monsieur le duc d'Orléans seraient charmés de me voir, si je voulais aller au Palais-Royal. On s'occupait alors de la déclaration qui devait transformer la lieutenance générale du royaume en royauté. Peut-être, avant que je me prononçasse, S. A. R. avait-elle jugé à propos d'essayer d'affaiblir mon opposition. Elle pouvait aussi penser que je me regardais comme dégagé par la fuite des trois rois.

Ces ouvertures de M. de Montesquiou me surprirent. Je ne les repoussai cependant pas; car, sans me flatter d'un succès, je pensai que je pouvais faire entendre des vérités utiles. Je me rendis au Palais-Royal avec le chevalier d'honneur de la reine future. Introduit par l'entrée qui donne sur la rue de Valois, je trouvai madame la duchesse d'Orléans et madame Adélaïde dans leurs petits appartements. J'avais eu l'honneur de leur être présenté autrefois. Madame la duchesse d'Orléans me fit asseoir auprès d'elle, et sur-le-champ elle me dit: «Ah! monsieur de Chateaubriand, nous sommes bien malheureux! Si tous les partis voulaient se réunir, peut-être pourrait-on encore se sauver. Que pensez-vous de tout cela?

«– Madame, répondis-je, rien n'est si aisé: Charles X et monsieur le Dauphin ont abdiqué: Henri est maintenant le Roi; monseigneur le duc d'Orléans est lieutenant général du royaume: qu'il soit régent pendant la minorité de Henri V, et tout est fini.

«– Mais, monsieur de Chateaubriand, le peuple est très-agité; nous tomberons dans l'anarchie.

«– Madame, oserai-je vous demander quelle est l'intention de monseigneur le duc d'Orléans? Acceptera-t-il la couronne si on la lui offre?»

Les deux princesses hésitèrent à répondre. Madame la duchesse d'Orléans repartit après un moment de silence:

«Songez, monsieur de Chateaubriand, aux malheurs qui peuvent arriver. Il faut que tous les honnêtes gens s'entendent pour nous sauver de la République. À Rome, monsieur de Chateaubriand, vous pourriez rendre de si grands services, ou même ici, si vous ne vouliez plus quitter la France!

«– Madame n'ignore pas mon dévouement au jeune Roi et à sa mère[3] ?
«– Ah ! monsieur de Chateaubriand, ils vous ont si bien traité !
«– Votre Altesse Royale ne voudrait pas que je démentisse toute ma vie.
«– Monsieur de Chateaubriand, vous ne connaissez pas ma nièce : elle est si légère !... pauvre Caroline !... Je vais envoyer chercher M. le duc d'Orléans, il vous persuadera mieux que moi. »
La princesse donna des ordres, et Louis-Philippe arriva au bout d'un demi-quart d'heure. Il était mal vêtu et avait l'air extrêmement fatigué. Je me levai, et le lieutenant général du royaume en m'abordant :
«– Madame la duchesse d'Orléans a dû vous dire combien nous sommes malheureux. »
Et sur-le-champ il fit une idylle sur le bonheur dont il jouissait à la campagne, sur la vie tranquille et selon ses goûts qu'il passait au milieu de ses enfants. Je saisis le moment d'une pose entre deux strophes pour prendre à mon tour respectueusement la parole, et pour répéter à peu près ce que j'avais dit aux princesses.
«– Ah ! s'écria-t-il, c'est là mon désir ! Combien je serais satisfait d'être le tuteur et le soutien de cet enfant ! Je pense tout comme vous, monsieur de Chateaubriand : prendre le duc de Bordeaux serait certainement ce qu'il y aurait de mieux à faire. Je crains seulement que les événements ne soient plus forts que nous. – Plus forts que nous, monseigneur ? N'êtes-vous pas investi de tous les pouvoirs ? Allons rejoindre Henri V ; appelez auprès de vous hors de Paris les Chambres et l'armée. Sur le seul bruit de votre départ, toute cette effervescence tombera, et l'on cherchera un abri sous votre pouvoir éclairé et protecteur. »
Pendant que je parlais, j'observais Philippe. Mon conseil le mettait mal à l'aise ; je lus écrit sur son front le désir d'être Roi. « Monsieur de Chateaubriand, me dit-il sans me regarder, la chose est plus difficile que vous ne le pensez ; cela ne va pas comme cela. Vous ne savez pas dans quel péril nous sommes. Une bande furieuse peut se porter contre les Chambres aux derniers excès, et nous n'avons rien encore pour nous défendre. »
Cette phrase échappée à M. le duc d'Orléans me fit plaisir parce qu'elle me fournissait une réplique péremptoire. « Je conçois cet embarras,

---

3.
La famille royale n'avait marqué qu'indifférence, ingratitude, voire hostilité à l'égard de Chateaubriand. Dans le malheur, elle fit appel à son dévouement. Mme de Chateaubriand écrit : « Le samedi 31, le Roi charge M. de Cony de venir dire à M. de Chateaubriand qu'il reconnaît combien son gouvernement a été injuste envers lui, et Mme la duchesse de Berry ajoute : "Qu'il se souvienne que c'est lui qui a écrit la vie de mon mari et que je lui recommande mon fils." » (*Mémoires...*, p. 140). Le comte de Cony était un des intimes de Charles X.

monseigneur ; mais il y a un moyen sûr de l'écarter. Si vous ne croyez pas pouvoir rejoindre Henri V comme je le proposais tout à l'heure, vous pouvez prendre une autre route. La session va s'ouvrir : quelle que soit la première proposition qui sera faite par les députés, déclarez que la Chambre actuelle n'a pas les pouvoirs nécessaires (ce qui est la vérité pure) pour disposer de la forme du gouvernement ; dites qu'il faut que la France soit consultée, et qu'une nouvelle assemblée soit élue avec des pouvoirs *ad hoc* pour décider une aussi grande question. Votre Altesse Royale se mettra de la sorte dans la position la plus populaire ; le parti républicain, qui fait aujourd'hui votre danger, vous portera aux nues. Dans les deux mois qui s'écouleront jusqu'à l'arrivée de la nouvelle législature, vous organiserez la garde nationale ; tous vos amis et les amis du jeune Roi travailleront avec vous dans les provinces. Laissez venir alors les députés, laissez se plaider publiquement à la tribune la cause que je défends. Cette cause, favorisée en secret par vous, obtiendra l'immense majorité des suffrages. Le moment d'anarchie étant passé, vous n'aurez plus rien à craindre de la violence des républicains. Je ne vois pas même qu'il soit très-difficile d'attirer à vous le général La Fayette et M. Laffitte. Quel rôle pour vous, monseigneur ! vous pouvez régner quinze ans sous le nom de votre pupille ; dans quinze ans l'âge du repos sera arrivé pour nous tous ; vous aurez eu la gloire unique dans l'histoire d'avoir pu monter au trône et de l'avoir laissé à l'héritier légitime ; en même temps vous aurez élevé cet enfant dans les lumières du siècle, et vous l'aurez rendu capable de régner sur la France : une de vos filles pourrait un jour porter le sceptre avec lui. »

Philippe promenait ses regards vaguement au-dessus de sa tête *(a)* : « Pardon, me dit-il, monsieur de Chateaubriand ; j'ai quitté pour m'entretenir avec vous une députation auprès de laquelle il faut que je retourne. Madame la duchesse d'Orléans vous aura dit combien je serais heureux de faire ce que vous pourriez désirer ; mais, croyez-le bien, c'est moi qui retiens seul une foule menaçante. Si le parti royaliste n'est pas massacré, il ne doit sa vie qu'à mes efforts.

« – Monseigneur, répondis-je à cette déclaration si inattendue et si loin du sujet de notre conversation, j'ai vu des massacres : ceux qui ont passé à travers la révolution sont aguerris. Les moustaches grises ne se laissent pas effrayer par les objets qui font peur aux conscrits. »

S. A. R. se retira, et j'allai retrouver mes amis :

« Eh bien ? s'écrièrent-ils.

« – Eh bien, il veut être Roi.

« – Et madame la duchesse d'Orléans ?

«– Elle veut être Reine[4].
«– Ils vous l'ont dit?
«– L'un m'a parlé de bergeries, l'autre des périls qui menaçaient la France et de la légèreté de la *pauvre Caroline*; tous deux ont bien voulu me faire entendre que je pourrais leur être utile, et ni l'un ni l'autre ne m'a regardé en face.»
Madame la duchesse d'Orléans désira me voir encore une fois. M. le duc d'Orléans ne vint pas se mêler à cette conversation. Madame Adélaïde s'y trouva comme à la première[5]. Madame la duchesse d'Orléans s'expliqua plus clairement sur les faveurs dont monseigneur le duc d'Orléans se proposait de m'honorer. Elle eut la bonté de me rappeler ce qu'elle nommait ma puissance sur l'opinion, les sacrifices que j'avais faits, l'aversion que Charles X et sa famille m'avaient toujours montrée, malgré mes services. Elle me dit que si je voulais rentrer au ministère des affaires étrangères, S. A. R. se ferait un grand bonheur de me réintégrer dans cette place; mais que j'aimerais peut-être mieux retourner à Rome, et qu'elle (madame la duchesse d'Orléans) me verrait prendre ce dernier parti avec un extrême plaisir, dans l'intérêt de notre sainte religion.
«Madame, répondis-je sur-le-champ avec une sorte de vivacité, je vois que le parti de monsieur le duc d'Orléans est pris, qu'il en a pesé les conséquences, qu'il a vu les années de misères et de périls divers qu'il aura à traverser; je n'ai donc plus rien à dire. Je ne viens point ici pour manquer de respect au sang des Bourbons; je ne dois, d'ailleurs, que de la reconnaissance aux bontés de *madame*. Laissant donc de côté les grandes objections, les raisons puisées dans les principes et les événements, je supplie V. A. R. de consentir à m'entendre en ce qui me touche.
«Elle a bien voulu me parler de ce qu'elle appelle ma puissance sur l'opinion. Eh bien! si cette puissance est réelle, elle n'est fondée que sur l'estime publique; or, je la perdrais, cette estime, au moment où je changerais de drapeau. Monsieur le duc d'Orléans aurait cru acquérir un

4.
Marie-Amélie de Bourbon (1782-1866), duchesse d'Orléans, tante de la duchesse de Berry, n'accepta la couronne qu'avec amertume. «[...] elle me disait: "Maintenant que cette couronne d'épines est sur notre front, nous ne devons plus la quitter qu'avec la vie; et nous nous y ferons tuer s'il le faut." [...] Elle a prié, bien sincèrement, que ce calice s'éloignât d'elle. Mais, une fois ce parti pris, elle l'a accepté complètement» (Mme de Boigne, *Mémoires*, t. III, pp. 403, 404).

5.
Mme de Boigne, très proche de la famille d'Orléans, avait conseillé à Mme Adélaïde ces deux entrevues (du 2 août 1830) pour rallier Chateaubriand à Louis-Philippe. «Je le connaissais trop pour le croire un auxiliaire fort utile, mais je le savais un adversaire formidable», écrit-elle avec un brin de cynisme dans ses *Mémoires* (t. III, p. 414).

appui, et il n'aurait à son service qu'un misérable faiseur de phrases, qu'un parjure dont la voix ne serait plus écoutée, qu'un renégat à qui chacun aurait le droit de jeter de la boue et de cracher au visage. Aux paroles incertaines qu'il balbutierait en faveur de Louis-Philippe, on lui opposerait les volumes entiers qu'il a publiés en faveur de la famille tombée. N'est-ce pas moi, madame, qui ai écrit la brochure *De Bonaparte et des Bourbons*, les articles sur l'*arrivée de Louis XVIII à Compiègne*, le *Rapport dans le conseil du Roi à Gand*, l'*Histoire de la vie et de la mort de M. le duc de Berry*? Je ne sais s'il y a une seule page de moi où le nom de mes anciens Rois ne se trouve pour quelque chose, et où il ne soit environné de mes protestations d'amour et de fidélité ; chose qui porte un caractère d'attachement individuel d'autant plus remarquable, que *madame* sait que je ne crois pas aux Rois. À la seule pensée d'une désertion le rouge me monte au visage ; j'irais le lendemain me jeter dans la Seine. Je supplie *madame* d'excuser la vivacité de mes paroles ; je suis pénétré de ses bontés ; j'en garderai un profond et reconnaissant souvenir, mais elle ne voudrait pas me déshonorer : plaignez-moi, madame, plaignez-moi ! »

J'étais resté debout et, m'inclinant, je me retirai. Mademoiselle d'Orléans n'avait pas prononcé un mot. Elle se leva et, en s'en allant, elle me dit : « Je ne vous plains pas, monsieur de Chateaubriand, je ne vous plains pas ! » Je fus étonné de ce peu de mots et de l'accent avec lequel ils furent prononcés.

Voilà ma dernière tentation politique ; j'aurais pu me croire un juste selon saint Hilaire, car il affirme que les hommes sont exposés aux entreprises du diable en raison de leur sainteté : *Victoria ei est magis, exacta de sanctis* : « sa victoire est plus grande remportée sur des saints. » Mes refus étaient d'une dupe ; où est le public pour les juger ? n'aurais-je pas pu me ranger au nombre de ces hommes, fils vertueux de la terre, qui servent le *pays* avant tout ? Malheureusement, je ne suis pas une créature du présent, et je ne veux point capituler avec la fortune. Il n'y a rien de commun entre moi et Cicéron[6] ; mais sa fragilité n'est pas une excuse : la postérité n'a pu pardonner un moment de faiblesse à un grand homme pour un autre grand homme ; que serait-ce que ma pauvre vie perdant son seul bien, son intégrité, pour Louis-Philippe d'Orléans ?

Le soir même de cette dernière conversation au Palais-Royal, je rencontrai chez madame Récamier M. de Saint-Aulaire. Je ne m'amusai point

6.
Cicéron se rallia à César après la victoire de celui-ci sur Pompée, à Pharsale (9 août 48 av. J.-C.).

à lui demander son secret, mais il me demanda le mien. Il débarquait de la campagne encore tout chaud des événements qu'il avait lus : « Ah ! s'écria-t-il, que je suis aise de vous voir ! voilà de belle besogne ! J'espère que nous autres, au Luxembourg, nous ferons notre devoir. Il serait curieux que les pairs disposassent de la couronne de Henri V ! J'en suis bien sûr, vous ne me laisserez pas seul à la tribune. »

Comme mon parti était pris, j'étais fort calme ; ma réponse parut froide à l'ardeur de M. de Saint-Aulaire. Il sortit, vit ses amis, et me laissa seul à la tribune : vivent les gens d'esprit, à cœur léger et à tête frivole !

Dernier soupir du parti républicain.

Le parti républicain se débattait encore sous les pieds des amis qui l'avaient trahi. Le 6 août, une députation de vingt membres désignés par le comité central des douze arrondissements de Paris se présenta à la Chambre des députés pour lui remettre une adresse que le général Thiars et M. Dury-Dufresne escamotèrent à la bénévole députation. Il était dit dans cette adresse : « que la nation ne pouvait reconnaître comme pouvoir constitutionnel, ni une Chambre élective nommée durant l'existence et sous l'influence de la royauté qu'elle a renversée, ni une Chambre aristocratique, dont l'institution est en opposition directe avec les principes qui ont mis (à elle, la nation), les armes à la main ; que le comité central des douze arrondissements n'accordant, comme nécessité révolutionnaire, qu'un pouvoir de fait et très-provisoire à la Chambre des députés actuels, pour aviser à toute mesure d'urgence, appelle de tous ses vœux l'élection libre et populaire de mandataires qui représentent réellement les besoins du peuple ; que les assemblées primaires seules peuvent amener ce résultat. S'il en était autrement, la nation frapperait de nullité tout ce qui tendrait à la gêner dans l'exercice de ses droits. »

Tout cela était la pure raison, mais le lieutenant général du royaume aspirait à la couronne, et les peurs et les ambitions avaient hâte de la lui donner. Les plébéiens d'aujourd'hui voulaient une révolution et ne savaient pas la faire ; les Jacobins, qu'ils ont pris pour modèles, auraient jeté à l'eau les hommes du Palais-Royal et les bavards des deux Chambres. M. de La Fayette était réduit à des désirs impuissants : heureux d'avoir fait revivre la garde nationale, il se laissa jouer comme un vieux maillot[1] par Philippe, dont il croyait être la nourrice; il s'engourdit dans cette félicité. Le vieux général n'était plus que la liberté endormie, comme la république de 1793 n'était plus qu'une tête de mort.

La vérité est qu'une Chambre sans mandat et tronquée n'avait aucun droit de disposer de la couronne: ce fut une Convention exprès réunie, formée de la chambre des lords et d'une chambre des communes nouvellement élue, qui disposa du trône de Jacques second[2]. Il est encore certain que ce *croupion*[3] de la Chambre des députés, que ces 221, imbus sous Charles X des traditions de la monarchie héréditaire, n'apportaient aucune disposition propre à la monarchie élective; ils l'arrêtent dès son début, et la forcent de rétrograder vers des principes de quasi-légitimité. Ceux qui ont forgé l'épée de la nouvelle royauté ont introduit dans sa lame une paille qui tôt ou tard la fera éclater.

1.
Par métonymie, il faut entendre ici: «comme un vieil enfant en maillot».

2.
Après la fuite de Jacques II, les pairs, menés par les whigs, présentèrent deux adresses à Guillaume (stathouder des Provinces-Unies, gendre du roi Stuart): l'une pour le charger provisoirement de l'administration du gouvernement, l'autre pour lui demander de convoquer, par lettres circulaires revêtues de son seing, les représentants de tous les corps électoraux du royaume afin qu'ils se réunissent en «convention». Des adresses semblables furent adoptées par les communes, les bourgs et les comtés. La convention fut précédée d'une intense campagne d'opinion où toutes les thèses s'exprimèrent, y compris celle du rappel sans condition de Jacques II. Elle se réunit à Londres, le 22 janvier 1689. L'hypothèse d'une régence de Guillaume en attendant la majorité du fils de Jacques II, Jacques-Édouard, fut âprement discutée au sein même du parti whig. Pendant plusieurs jours, les tories, encore puissants à la Chambre des lords, pensèrent l'emporter. Finalement, après de longs et vétilleux débats juridiques, la convention établit, avec l'assentiment des lords, le fameux *Bill of Rights* – résumé des lois fondamentales et des libertés anglaises – et décida solennellement que Guillaume et Marie, prince et princesse d'Orange, seraient roi et reine d'Angleterre. Sur le caractère de cette révolution, Macaulay estime, admiratif, qu'elle s'effectua «avec une stricte attention aux anciennes formes», la «moins violente et la plus conservatrice de toutes les révolutions» (T. B. Macaulay, *Histoire d'Angleterre*, t. II, p. 871).

3.
Surnom que reçut le Parlement anglais épuré par Cromwell: «La poignée de séditieux conservée par la dérision des soldats retint le nom de parlement: le mépris populaire y ajouta le surnom de *rump* [croupion] qui lui est resté» (Chateaubriand, *Les Quatre Stuarts, in OC*, t. XXII, p. 155).

Journée du 7 août. – Séance à la Chambre des pairs. – Mon discours. – Je sors du palais du Luxembourg pour n'y plus rentrer. – Mes démissions.

Le 7 d'août est un jour mémorable pour moi ; c'est celui où j'ai eu le bonheur de terminer ma carrière politique comme je l'avais commencée ; bonheur assez rare aujourd'hui pour qu'on puisse s'en réjouir. On avait apporté à la Chambre des pairs la déclaration de la Chambre des députés concernant la vacance du trône[1]. J'allai m'asseoir à ma place dans le plus haut rang des fauteuils, en face du président. Les pairs me semblèrent à la fois affairés et abattus. Si quelques-uns portaient sur leur front l'orgueil de leur prochaine infidélité, d'autres y portaient la honte des remords qu'ils n'avaient pas le courage d'écouter. Je me disais, en regardant cette triste assemblée : Quoi ! ceux qui ont reçu les bienfaits de Charles X dans sa prospérité vont le déserter dans son infortune ! Ceux dont la mission spéciale était de défendre le trône héréditaire, ces hommes de cour qui vivaient dans l'intimité du roi, le trahiront-ils ? Ils veillaient à sa porte à Saint-Cloud ; ils l'ont embrassé à

1.
Le 7 août, la Chambre des députés, se considérant comme seule déléguée légitime de la souveraineté nationale, déclarait le trône vacant. La déclaration, ratifiée par les pairs, établissait entre le futur « roi des Français » et la nation, censément représentée par la Chambre – et au nom de la Nation – les termes d'un pacte impliquant des consentements à égalité. Louis-Philippe ne prendra place sur le trône qu'après que le président de la Chambre aura lu la déclaration du 7 août et que lui-même aura juré la formule du serment, le « droit contractuel » se substituant au droit « héréditaire ». On entrait dans la quasi-légitimité : « Ce que l'on possède, écrit Chateaubriand, est un je ne sais quoi, qui n'est ni république, ni monarchie, ni légitimité, ni illégitimité, une quasi-chose qui tient de tout et de rien, qui ne vit pas, qui ne meurt pas ; une usurpation sans usurpateur [...] » (*Proposition relative au bannissement de Charles X et de sa famille*, 1831, *in Grands Écrits politiques*, t. II, p. 629). La Chambre avait non seulement décidé que la branche aînée des

Chateaubriand quittant le ministère des Affaires étrangères.

Bourbons avait cessé de régner sur la France, supprimé le préambule «d'octroi» de la Charte, mais elle précisait qu'un certain nombre d'articles de la Charte devraient être supprimés ou modifiés. Après quoi figurait la formule suivante: «Moyennant l'acceptation de ces dispositions et propositions, la Chambre des députés déclare enfin que l'intérêt universel et pressant du peuple français appelle au trône S. A. R. Louis-Philippe d'Orléans, duc d'Orléans, lieutenant général du royaume, et ses descendants à perpétuité, de mâle en mâle, par ordre de primogéniture, et à l'exclusion perpétuelle des femmes et de leur descendance [...]. En conséquence S. A. R. Louis-Philippe d'Orléans, duc d'Orléans, lieutenant général du royaume, sera invité à accepter et à jurer les clauses et engagements ci-dessus énoncés, l'observation de la Charte constitutionnelle et des modifications indiquées, et, après l'avoir fait devant les Chambres assemblées, prendre le titre de roi des Français.» Le texte fut adopté par 219 voix contre 33, avec rejet d'un amendement de Corcelles prévoyant l'acceptation du peuple. Le résultat fut aussitôt transmis à la Chambre des pairs.

Rambouillet; il leur a pressé la main dans un dernier adieu; vont-ils lever contre lui cette main, toute chaude encore de cette dernière étreinte? Cette Chambre, qui retentit pendant quinze années de leurs protestations de dévouement, va-t-elle entendre leur parjure? C'est pour eux, cependant, que Charles X s'est perdu; c'est eux qui le poussaient aux ordonnances; ils trépignaient de joie lorsqu'elles parurent et lorsqu'ils se crurent vainqueurs dans cette minute muette qui précède la chute du tonnerre.

Ces idées roulaient confusément et douloureusement dans mon esprit. La pairie était devenue le triple réceptacle des corruptions de la vieille Monarchie, de la République et de l'Empire. Quant aux républicains de 1793, transformés en sénateurs, quant aux généraux de Bonaparte, je n'attendais d'eux que ce qu'ils ont toujours fait: ils déposèrent l'homme extraordinaire auquel ils devaient tout, ils allaient déposer le roi qui les avait confirmés dans les biens et dans les honneurs dont les avait comblés leur premier maître. Que le vent tourne, et ils déposeront l'usurpateur auquel ils se préparaient à jeter la couronne.

Je montai à la tribune[2]. Un silence profond se fit; les visages parurent embarrassés, chaque pair se tourna de côté sur son fauteuil, et regarda la terre. Hormis quelques pairs résolus à se retirer comme moi, personne n'osa lever les yeux à la hauteur de la tribune. Je conserve mon discours parce qu'il résume ma vie, et que c'est mon premier titre à l'estime de l'avenir.

«Messieurs,

«La déclaration apportée à cette Chambre est beaucoup moins compliquée pour moi que pour ceux de MM. les pairs qui professent une opinion différente de la mienne. Un fait, dans cette déclaration, domine à

2. A. Nettement raconte ainsi la scène: «La séance de la Chambre des pairs avait été suspendue en attendant l'arrivée du message de la Chambre des députés. La délibération s'ouvrit à neuf heures du soir. Le président fit la lecture de la déclaration de la Chambre élective; puis M. de Chateaubriand demanda la parole. Il allait renouveler devant la Chambre des pairs la démarche qu'il avait faite au Palais-Royal, en indiquant la royauté du duc de Bordeaux, avec la régence du duc d'Orléans, comme la solution la plus avantageuse pour le pays. La Chambre des pairs n'aurait pas mieux demandé que d'entrer dans la voie qu'il indiquait; mais qu'était-ce que la pairie, depuis que la royauté, qu'il avait constituée sans la fonder, était tombée? [...] La révolution de Juillet était encore plus anti-aristocratique qu'anti-monarchique, et la pairie, loin de pouvoir sauver l'hérédité royale, allait être contrainte de voter elle-même, par un suicide aussi étrange que nécessaire, la suppression de sa propre hérédité. C'était un pouvoir constitutionnel sans être une force sociale; elle était donc entraînée, comme un wagon armorié mais inerte, à la suite de la locomotive révolutionnaire» (*Histoire de la Restauration*, t. VIII, p. 722).

mes yeux tous les autres, ou plutôt les détruit. Si nous étions dans un ordre de choses régulier, j'examinerais sans doute avec soin les changements qu'on prétend opérer dans la Charte. Plusieurs de ces changements ont été par moi-même proposés. Je m'étonne seulement qu'on ait pu entretenir cette Chambre de la mesure réactionnaire touchant les pairs de la création de Charles X. Je ne suis pas suspect de faiblesse pour les fournées[3], et vous savez que j'en ai combattu même la menace ; mais nous rendre les juges de nos collègues, mais rayer du tableau des pairs qui l'on voudra, toutes les fois que l'on sera le plus fort, cela ressemble trop à la proscription. Veut-on détruire la pairie ? Soit : mieux vaut perdre la vie que de la demander.

« Je me reproche déjà ce peu de mots sur un détail qui, tout important qu'il est, disparaît dans la grandeur de l'événement. La France est sans direction, et j'irais m'occuper de ce qu'il faut ajouter ou retrancher aux mâts d'un navire dont le gouvernail est arraché ! J'écarte donc de la déclaration de la Chambre élective tout ce qui est d'un intérêt secondaire, et, m'en tenant au seul fait énoncé de la vacance vraie ou prétendue du trône, je marche droit au but.

« Une question préalable doit être traitée : si le trône est vacant, nous sommes libres de choisir la forme de notre gouvernement.

« Avant d'offrir la couronne à un individu quelconque, il est bon de savoir dans quelle espèce d'ordre politique nous constituerons l'ordre social. Établirons-nous une république ou une monarchie nouvelle ?

«Une république ou une monarchie nouvelle offre-t-elle à la France des garanties suffisantes de durée, de force et de repos ?

«Une république aurait d'abord contre elle les souvenirs de la république même[4]. Ces souvenirs ne sont nullement effacés. On n'a pas oublié le

3.
Sous la seconde Restauration, la Chambre des pairs, réduite à 115 membres, s'accrut de 95 noms, dont Chateaubriand, par l'ordonnance du 17 août 1815. Une nouvelle promotion comportait, à côté de personnalités légitimistes ou vendéennes (Avaray, Autichamp, Vibraye...), les fils aînés des maréchaux de l'Empire : Berthier, Bessières, Lannes... En 1819, Decazes décida d'une nouvelle « fournée » de 60 pairs pour changer la majorité. Villèle retourna contre la gauche le système appliqué par son prédécesseur contre la droite : 28 nouveaux pairs en 1823, et 76 en 1827 (qui seront invalidés en 1830).

4.
En 1831, dans *De la proposition relative au bannissement de Charles X et de sa famille*, Chateaubriand, s'interrogeant – les journées de Juillet advenues, « que pouvait-on établir ? » –, sera plus nuancé sur la question de la République, tout en la jugeant prématurée (comme beaucoup de républicains eux-mêmes). Ses accointances avec Arago, Béranger, les coalitions occultes qui s'esquissèrent entre légitimistes et républicains y sont pour quelque chose. «Et pourquoi donc la république serait-elle une chimère ? s'interrogera-t-il. [...] Le gouvernement républicain a des avantages incontestables : il est à bon marché ; il est fort noble ; il assigne aux

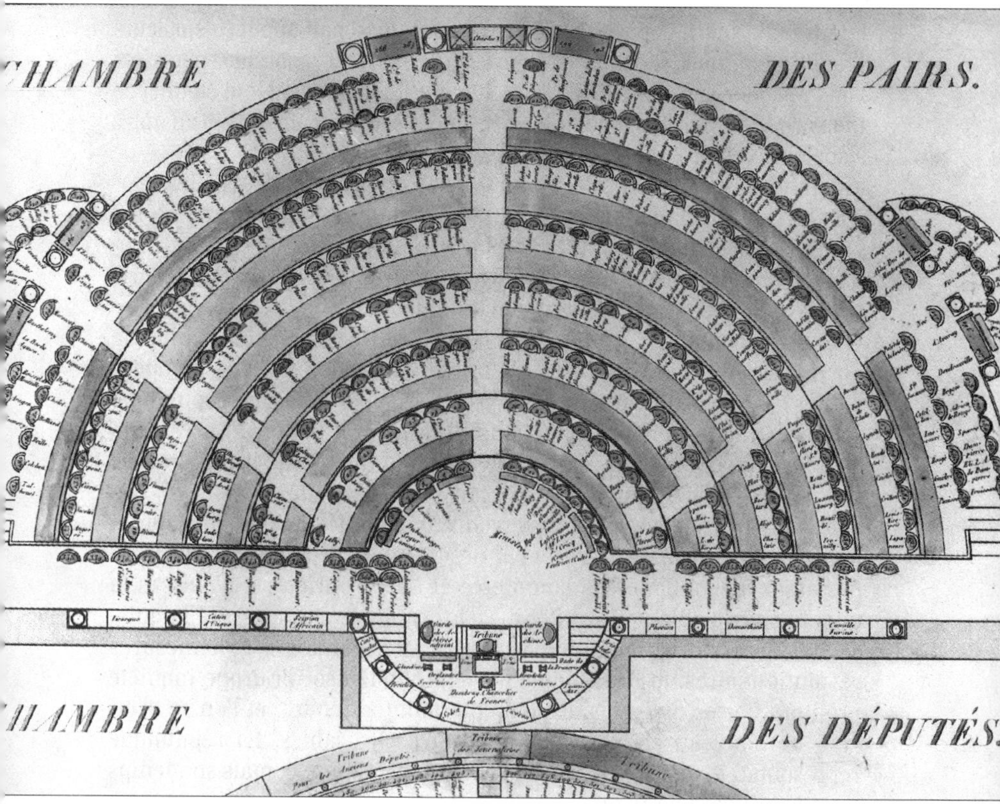

Schéma de la Chambre des Pairs (session de 1829).

intelligences leur rang naturel. [...] Si le gouvernement républicain fût résulté de la révolution de juillet, il aurait mis à l'aise bien des consciences : en lui prêtant serment, on n'aurait rien trahi, car c'eût été un changement de principe, et non un roi substitué à un roi ; il n'y eût pas eu usurpation, mais un autre ordre de choses. Quant à moi, qui suis républicain par nature, monarchiste par raison, et bourboniste par honneur, je me serais beaucoup mieux arrangé d'une démocratie, si je n'avais pu conserver la monarchie légitime, que de la monarchie bâtarde octroyée de je ne sais qui. » Et il ajoutait : « Il n'est donc pas vrai que la république soit une chimère, dans le sens absolu de ce mot ; il paraît vrai seulement qu'après les journées de juillet, la France ne l'eût pas adoptée ; il paraît encore plus vrai que nos mœurs ne l'eussent pas soutenue. Les éloges de la Terreur et des Terroristes avaient épouvanté les esprits et les souvenirs : nos parents massacrés se levaient de la tombe, et nous demandaient si nous allions boire à la mémoire de leurs bourreaux. La France pendant les seize années de la Restauration a fait des progrès en politique, mais il nous eût fallu trente ou quarante ans de monarchie constitutionnelle sans révolution, pour nous apprendre le sobre usage des libertés » (*De la proposition relative au bannissement de Charles X et de sa famille, in Grands Écrits politiques*, t. II, pp. 619-621).

temps où la mort, entre la liberté et l'égalité, marchait appuyée sur leurs bras. Quand vous seriez tombés dans une nouvelle anarchie, pourriez-vous réveiller sur son rocher l'Hercule qui fut seul capable d'étouffer le monstre *(a)*? Dans quelque mille ans, votre postérité pourra voir un autre Napoléon. Quant à vous, ne l'attendez pas.

« Ensuite, dans l'état de nos mœurs et dans nos rapports avec les gouvernements qui nous environnent, la république, sauf erreur, ne me paraît pas exécutable maintenant. La première difficulté serait d'amener les Français à un vote unanime. Quel droit la population de Paris aurait-elle de contraindre la population de Marseille ou de telle autre ville de se constituer en république ? Y aurait-il une seule république ou vingt ou trente républiques ? Seraient-elles fédératives ou indépendantes ? Passons par-dessus ces obstacles. Supposons une république unique : avec notre familiarité naturelle, croyez-vous qu'un président, quelque grave, quelque respectable, quelque habile qu'il puisse être, soit un an à la tête des affaires sans être tenté de se retirer ? Peu défendu par les lois et par les souvenirs, contrarié, avili, insulté soir et matin par des rivaux secrets et par des agents de trouble, il n'inspirera pas assez de confiance au commerce et à la propriété ; il n'aura ni la dignité convenable pour traiter avec les cabinets étrangers, ni la puissance nécessaire au maintien de l'ordre intérieur. S'il use de mesures révolutionnaires, la République deviendra odieuse ; l'Europe inquiète profitera de ces divisions, les fomentera, interviendra, et l'on se trouvera de nouveau engagé dans des luttes effroyables, La république représentative est sans doute *(b)* l'état futur du monde, mais son temps n'est pas encore arrivé.

« Je passe à la monarchie.

« Un roi nommé par les Chambres ou élu par le peuple sera toujours, quoi qu'on fasse, une nouveauté. Or, je suppose qu'on veut la liberté, surtout la liberté de la presse, par laquelle et pour laquelle le peuple vient de remporter une si étonnante victoire. Eh bien ! toute monarchie nouvelle sera forcée, ou plus tôt ou plus tard, de bâillonner cette liberté[5]. Napoléon, lui-même, a-t-il pu l'admettre ? Fille de nos malheurs et esclave de notre gloire, la liberté de la presse ne vit en sûreté qu'avec un gouvernement dont les racines sont déjà profondes. Une monarchie, bâtarde d'une nuit sanglante, n'aurait-elle rien à redouter de l'indépen-

5. Ce qui adviendra dès 1835, après l'attentat de Fieschi.

dance des opinions ? Si ceux-ci peuvent prêcher la république, ceux-là un autre système, ne craignez-vous pas d'être bientôt obligés de recourir à des lois d'exception, malgré l'anathème contre la censure ajouté à l'article 8 de la Charte[6] ?

«Alors, amis de la liberté réglée, qu'aurez-vous gagné au changement qu'on vous propose ? Vous tomberez de force dans la république, ou dans la servitude légale. La monarchie sera débordée et emportée par le torrent des lois démocratiques, ou le monarque par le mouvement des factions.

« Dans le premier enivrement d'un succès, on se figure que tout est aisé ; on espère satisfaire toutes les exigences, toutes les humeurs, tous les intérêts ; on se flatte que chacun mettra de côté ses vues personnelles et ses vanités ; on croit que la supériorité des lumières et la sagesse du gouvernement surmonteront des difficultés sans nombre ; mais, au bout de quelques mois, la pratique vient démentir la théorie.

« Je ne vous présente, messieurs, que quelques-uns des inconvénients attachés à la formation d'une république ou d'une monarchie nouvelle. Si l'une et l'autre ont des périls, il restait un troisième parti, et ce parti valait bien la peine qu'on en eût dit quelques mots.

« D'affreux ministres ont souillé la couronne, et ils ont soutenu la violation de la loi par le meurtre ; ils se sont joués des serments faits au ciel, des lois jurées à la terre.

« Étrangers, qui deux fois êtes entrés à Paris sans résistance, sachez la vraie cause de vos succès ; vous vous présentiez au nom du pouvoir légal. Si vous accouriez aujourd'hui au secours de la tyrannie, pensez-vous que les portes de la capitale du monde civilisé s'ouvriraient aussi facilement devant vous[7] ? La nation française a grandi, depuis votre départ, sous le régime des lois constitutionnelles, nos enfants de quatorze ans sont des géants ; nos conscrits à Alger, nos écoliers à Paris, viennent de vous révéler les fils des vainqueurs d'Austerlitz, de Marengo et d'Iéna ; mais les fils fortifiés de tout ce que la liberté ajoute à la gloire.

« Jamais défense ne fut plus légitime et plus héroïque que celle du peuple de Paris. Il ne s'est point soulevé contre la loi ; tant qu'on a respecté le pacte social, le peuple est demeuré paisible ; il a supporté sans

---

6. Les députés avaient ajouté ces quelques mots : « La censure ne pourra être rétablie. »

7. On sait que Chateaubriand était hostile à toute intervention étrangère destinée à rétablir Charles X sur son trône. Or, la Russie de Nicolas Ier, très hostile à la révolution de Juillet, et des émissaires de Charles X, tel Ferdinand de Bertier, envisageaient d'intervenir en France, de même que l'Autriche dans les États de Naples, en 1820.

se plaindre les insultes, les provocations, les menaces; il devait son argent et son sang en échange de la Charte, il a prodigué l'un et l'autre[8].

«Mais lorsqu'après avoir menti jusqu'à la dernière heure, on a tout à coup sonné la servitude; quand la conspiration de la bêtise et de l'hypocrisie a soudainement éclaté; quand une terreur de château organisée par des eunuques a cru pouvoir remplacer la terreur de la République et le joug de fer de l'Empire, alors ce peuple s'est armé de son intelligence et de son courage; il s'est trouvé que ces *boutiquiers* respiraient assez facilement la fumée de la poudre, et qu'il fallait plus de *quatre soldats et un caporal* pour les réduire. Un siècle n'aurait pas autant mûri les destinées d'un peuple que les trois derniers soleils qui viennent de briller sur la France. Un grand crime a eu lieu; il a produit l'énergique explosion d'un principe: devait-on, à cause de ce crime et du triomphe moral et politique qui en a été la suite, renverser l'ordre de choses établi? Examinons:

«Charles X et son fils sont déchus ou ont abdiqué[9], comme il vous plaira de l'entendre; mais le trône n'est pas vacant: après eux venait un enfant; devait-on condamner son innocence[10]?

«Quel sang crie aujourd'hui contre lui? oseriez-vous dire que c'est celui de son père *(c)*? Cet orphelin, élevé aux écoles de la patrie dans l'amour du gouvernement constitutionnel et dans les idées de son

---

8.
Chateaubriand considérait donc que la Charte octroyée était devenue un véritable «contrat» entre le roi et le peuple. Forgée avec le temps, produit d'une coutume progressivement instituée, la notion de «pacte social» ne renvoie nullement à la théorie du droit naturel de Locke ou de Jean-Jacques Rousseau.

9.
Le duc d'Angoulême avait regimbé au moment de signer son acte d'abdication mais fini par se soumettre. Après 1830, l'opinion légitimiste se divisera donc en diverses tendances. Les «henriquinquistes», s'en tenant aux renonciations de Charles X et de son fils le duc d'Angoulême (à Rambouillet, en 1830), appelèrent le duc de Bordeaux Henri V. Toutefois, une petite fraction de légitimistes rejetait la validité de ces actes: pour eux, le règne de Charles X n'était pas interrompu, d'où leur appellation de «carlistes». En 1836, à la mort de Charles X, c'est son fils le duc d'Angoulême qui sera considéré par eux comme son successeur légitime, sous le nom de Louis XIX; Henri V ne devenant *de jure* le cinquième du nom qu'en 1844, à la mort du duc.

10.
Henri V (1820-1883), fils posthume du duc de Berry et de Marie-Caroline de Naples, célébré comme «l'enfant du miracle» car seul descendant mâle de la branche aînée (le duc d'Angoulême, fils cadet de Charles X, n'ayant pas de postérité). Aux yeux des «carlistes», Chateaubriand anticipait de manière choquante sur le cours des choses, récidivant en 1832 dans son *Mémoire sur la captivité de Madame la duchesse de Berry*, avec cette trouvaille qui fit fortune: «Madame, votre fils est mon roi.» En 1843, le duc de Bordeaux prendra le titre de comte de Chambord (du nom du domaine qui lui avait été offert par souscription, voir *supra*, l. XIX, chap. 13, note 4, p. 1134), qu'il avait déjà porté à Rome en 1839.

siècle, aurait pu devenir un roi en rapport avec les besoins de l'avenir. C'est au gardien de sa tutelle que l'on aurait fait jurer la déclaration sur laquelle vous allez voter ; arrivé à sa majorité, le jeune monarque aurait renouvelé le serment. Le roi présent, le roi actuel aurait été M. le duc d'Orléans, régent du royaume, prince qui a vécu près du peuple, et qui sait que la monarchie ne peut être aujourd'hui qu'une monarchie de consentement et de raison. Cette combinaison naturelle m'eût semblé un grand moyen de conciliation, et aurait peut-être sauvé à la France ces agitations qui sont la conséquence des violents changements d'un État.

« Dire que cet enfant, séparé de ses maîtres, n'aurait pas le temps d'oublier jusqu'à leurs noms avant de devenir homme ; dire qu'il demeurerait infatué de certains dogmes de naissance après une longue éducation populaire, après la terrible leçon qui a précipité deux rois en deux nuits, est-ce bien raisonnable[11] ?

« Ce n'est ni par un dévouement sentimental ni par un attendrissement de nourrice transmis de maillot en maillot depuis le berceau de Henri IV *(d)* jusqu'à celui du jeune Henri, que je plaide une cause où tout se tournerait de nouveau contre moi, si elle triomphait. Je ne vise ni au roman, ni à la chevalerie, ni au martyre ; je ne crois pas au droit divin de la royauté[12], et je crois à la puissance des révolutions et des faits[13]. Je n'invoque pas même la Charte, je prends mes idées plus haut ; je les tire de la sphère philosophique de l'époque où ma vie expire : je propose le duc

---

11.
La thèse de la régence fut défendue à l'époque de Jacques II par les tories. Elle fut écartée, reconnaît Macaulay, pour des raisons de pure opportunité : « Si l'enfant qu'on avait conduit en France [...] héritait par la suite de ce droit imprescriptible et divin au titre de roi, [...] ce même droit se transmettrait probablement de papiste en papiste [...] » (T. B. Macaulay, *Histoire d'Angleterre*, t. I, p. 850). Les libéraux de 1830 écartèrent le duc de Bordeaux pour des motifs assez comparables, voyant dans le prétendant le prince de la contre-révolution.

12.
Dans *De Buonaparte et des Bourbons* (1814), Chateaubriand avait justifié le droit à régner des Bourbons par deux raisons : l'une positive, « l'antiquité de la race » : leur histoire se confond avec celle de la nation ; l'autre négative : « dans l'espace de neuf siècles [...] on ne trouve qu'un seul tyran » (Louis XI). Et il écrivait avec habileté : « Certes, l'Antiquité, plus reconnaissante que nous, n'aurait pas manqué d'appeler divine une race qui, commençant par un roi brave et prudent, et finissant par un martyr, a compté dans l'espace de neuf siècles quarante-trois [2e éd. : trente-trois] monarques, parmi lesquels on ne trouve qu'un seul tyran : exemple unique dans l'histoire du monde, et éternel sujet d'orgueil pour notre patrie » (*De Buonaparte et des Bourbons*, avril 1814, *in Grands Écrits politiques*, t. I, p. 93).

13.
Reprise du thème incessamment martelé par Chateaubriand depuis les *Réflexions politiques* de novembre 1814 : « un fait est un fait », on ne peut « rétrograder », il faut être l'homme de son siècle pour bien servir la patrie...

de Bordeaux tout simplement, comme une nécessité de meilleur aloi[14] que celle dont on argumente.

« Je sais qu'en éloignant cet enfant, on veut établir le principe de la souveraineté du peuple : niaiserie de l'ancienne école, qui prouve que, sous le rapport politique, nos vieux démocrates n'ont pas fait plus de progrès que les vétérans de la royauté. Il n'y a de souveraineté absolue nulle part ; la liberté ne découle pas du droit politique, comme on le supposait au XVIIIe siècle ; elle vient du droit naturel, ce qui fait qu'elle existe dans toutes les formes de gouvernement, et qu'une monarchie peut être libre et beaucoup plus libre qu'une république ; mais ce n'est ni le temps ni le lieu de faire un cours de politique.

« Je me contenterai de remarquer que, lorsque le peuple a disposé des trônes, il a souvent aussi disposé de sa liberté ; je ferai observer que le principe de l'hérédité monarchique, absurde au premier abord, a été reconnu, par l'usage, préférable au principe de la monarchie élective. Les raisons en sont si évidentes, que je n'ai pas besoin de les développer. Vous choisissez un roi aujourd'hui : qui vous empêchera d'en choisir un autre demain ? La loi, direz-vous. La loi ? et c'est vous qui la faites !

« Il est encore une manière plus simple de trancher la question, c'est de dire : Nous ne voulons plus de la branche aînée des Bourbons. Et pourquoi n'en voulez-vous plus ? Parce que nous sommes victorieux ; nous avons triomphé dans une cause juste et sainte ; nous usons d'un double droit de conquête.

« Très-bien : vous proclamez la souveraineté de la force. Alors gardez soigneusement cette force ; car si dans quelques mois elle vous échappe, vous serez mal venus à vous plaindre. Telle est la nature humaine ! Les esprits les plus éclairés et les plus justes ne s'élèvent pas toujours au-

---

14.
On voit que cette poésie de l'honneur, dont on crédite Chateaubriand ou dont on lui fait grief, se nuance d'un réalisme qui fait de l'avènement du duc de Bordeaux une « nécessité de meilleur aloi ». L'honneur qui le lie à une dynastie tient sa place mais la monarchie, pour Chateaubriand, est affaire de raison ; de raison historique, pourrait-on dire : c'est une phase indispensable qui prépare l'émancipation des peuples. Dès l'*Essai sur les révolutions* de 1797, il avait écarté la référence à la souveraineté populaire (voir *Essai sur les révolutions*, IIe partie, chap. III, Pléiade, pp. 277-279) pour la condamner à nouveau dans ses commentaires de 1826 pour la publication de ses *Œuvres complètes* chez Ladvocat : « [...] le droit divin pour le prince, la souveraineté pour le peuple, sont des mystères qu'aucun esprit raisonnable ne doit essayer de sonder. Il est tout aussi aisé, après tout, de nier la souveraineté du peuple que de l'admettre. Ce principe, que le peuple existait avant le gouvernement, n'a aucune solidité ; on répond fort bien que c'est au contraire le gouvernement qui, constituant les hommes en société, fait le peuple : supposez le gouvernement absent, il y a des individus, il n'y a point de nation. » (*Essai sur les révolutions*, Pléiade, p. 279).

dessus d'un succès. Ils étaient les premiers, ces esprits, à invoquer le droit contre la violence ; ils appuyaient ce droit de toute la supériorité de leur talent, et, au moment même où la vérité de ce qu'ils disaient est démontrée par l'abus le plus abominable de la force et par le renversement de cette force, les vainqueurs s'emparent de l'arme qu'ils ont brisée ! Dangereux tronçons, qui blesseront leur main sans les servir.

« J'ai transporté le combat sur le terrain de mes adversaires ; je ne suis point allé bivouaquer dans le passé sous le vieux drapeau des morts, drapeau qui n'est pas sans gloire, mais qui pend le long du bâton qui le porte, parce qu'aucun souffle de la vie ne le soulève. Quand je remuerais la poussière des trente-cinq Capets, je n'en tirerais pas un argument qu'on voulût seulement écouter. L'idolâtrie d'un nom est abolie ; la monarchie n'est plus une religion : c'est une forme politique préférable dans ce moment à toute autre, parce qu'elle fait mieux entrer l'ordre dans la liberté.

« Inutile Cassandre, j'ai assez fatigué le trône et la patrie[15] de mes avertissements dédaignés ; il ne me reste qu'à m'asseoir sur les débris d'un naufrage que j'ai tant de fois prédit. Je reconnais au malheur toutes les sortes de puissances, excepté celle de me délier de mes serments de fidélité. Je dois aussi rendre ma vie uniforme : après tout ce que j'ai fait, dit et écrit pour les Bourbons, je serais le dernier des misérables si je les reniais au moment où, pour la troisième et dernière fois, ils s'acheminent vers l'exil.

« Je laisse la peur à ces généreux royalistes qui n'ont jamais sacrifié une obole ou une place à leur loyauté ; à ces champions de l'autel et du trône, qui naguère me traitaient de renégat, d'apostat et de révolutionnaire. Pieux libellistes, le renégat vous appelle ! Venez donc balbutier un mot, un seul mot avec lui pour l'infortuné maître qui vous combla de ses dons et que vous avez perdu ! Provocateurs de coups d'État, prédicateurs du pouvoir constituant, où êtes-vous ? Vous vous cachez dans la boue du fond de laquelle vous leviez vaillamment la tête pour calomnier les vrais serviteurs du Roi ; votre silence d'aujourd'hui est digne de votre langage d'hier. Que tous ces preux, dont les exploits projetés ont fait chasser les descendants d'Henri IV à coups de fourches, tremblent maintenant accroupis sous la cocarde tricolore : c'est tout naturel. Les nobles couleurs dont ils se parent protégeront leur personne, et ne couvriront pas leur lâcheté[16].

15.
Erreur de transcription reportée d'une édition à l'autre. Il faut lire : « [...] j'ai assez fatigué le trône et la pairie [...] ».

16.
La même vivacité de ton se retrouve chez Mme de Chateaubriand (*Mémoires...*, p. 141).

« Au surplus, en m'exprimant avec franchise à cette tribune, je ne crois pas du tout faire un acte d'héroïsme. Nous ne sommes plus dans ces temps où une opinion coûtait la vie ; y fussions-nous, je parlerais cent fois plus haut. Le meilleur bouclier est une poitrine qui ne craint pas de se montrer découverte à l'ennemi. Non, messieurs, nous n'avons à craindre ni un peuple dont la raison égale le courage, ni cette généreuse jeunesse que j'admire, avec laquelle je sympathise de toutes les facultés de mon âme, à laquelle je souhaite, comme à mon pays, honneur, gloire et liberté.

« Loin de moi surtout la pensée de jeter des semences de division dans la France, et c'est pourquoi j'ai refusé à mon discours l'accent des passions. Si j'avais la conviction intime qu'un enfant doit être laissé dans les rangs obscurs et heureux de la vie, pour assurer le repos de trente-trois millions d'hommes, j'aurais regardé comme un crime toute parole en contradiction avec le besoin des temps : je n'ai pas cette conviction. Si j'avais le droit de disposer d'une couronne, je la mettrais volontiers aux pieds de M. le duc d'Orléans. Mais je ne vois de vacant qu'un tombeau à Saint-Denis, et non un trône.

« Quelles que soient les destinées qui attendent M. le lieutenant général du royaume, je ne serai jamais son ennemi s'il fait le bonheur de ma patrie. Je ne demande à conserver que la liberté de ma conscience et le droit d'aller mourir partout où je trouverai indépendance et repos.

« Je vote contre le projet de déclaration. »

J'avais été assez calme en commençant ce discours ; mais peu à peu l'émotion me gagna ; quand j'arrivai à ce passage : *Inutile Cassandre, j'ai assez fatigué le trône et la patrie*[17] *de mes avertissements dédaignés*, ma voix s'embarrassa, et je fus obligé de porter mon mouchoir à mes yeux pour supprimer des pleurs de tendresse et d'amertume. L'indignation me rendit la parole dans le paragraphe qui suit : *Pieux libellistes, le renégat vous appelle ! Venez donc balbutier un mot, un seul mot avec lui pour l'infortuné maître qui vous combla de ses dons et que vous avez perdu !* Mes regards se portaient alors sur les rangs à qui j'adressais ces paroles. Plusieurs pairs semblaient anéantis ; ils s'enfonçaient dans leur fauteuil au point que je ne les voyais plus derrière leurs collègues assis immobiles devant eux. Ce discours eut quelque retentissement[18] : tous les par-

17.

Voir ci-dessus, note 15.

18.

Le discours de Chateaubriand causa une forte impression sur l'auditoire, sans pour autant modifier la majorité qui, sur 114 présents, vota par 89 contre 10 et 14 bulletins blancs pour la déclaration qui lui était soumise ; un bulletin fut considéré comme nul. Après quoi une

Le duc de Bordeaux («Le petit montagnard exilé»).

«grande députation» de l'Assemblée rejoignit aussitôt au Palais-Royal la Chambre des députés, qui s'y était transportée encore, pour «féliciter le Prince Lieutenant-général». Pour la prestation de serment au nouveau roi, 172 pairs la souscrivirent et 27 la refusèrent (les pairs de France, qui étaient au nombre de 364 avant juillet 1830, n'étaient plus que 189, 175 étant partis, soit par exclusion à la suite de la révision de la Charte, soit pour refus de serment). Le 9 août, le duc d'Orléans vint prêter serment. Puis il signa et reçut ensuite les insignes de la royauté que lui présentèrent quatre maréchaux. Le 14 août, la Charte révisée était publiée au *Bulletin des lois*, précédée d'un préambule ainsi libellé: «Louis-Philippe, roi des Français, à tous, présents et à venir, salut. Nous avons ordonné et ordonnons que la Charte constitutionnelle de 1814, telle qu'elle a été amendée par les deux Chambres le 7 août et acceptée par nous le 9, soit de nouveau publiée dans les termes suivants.» Le nouveau roi prit le nom de Louis-Philippe Ier, «roi des Français», et non celui de Louis XIX ou de Philippe VII, qui l'auraient rattaché à l'ancien ordre de choses.

tis y étaient blessés, mais tous se taisaient, parce que j'avais placé auprès de grandes vérités un grand sacrifice. Je descendis de la tribune; je sortis de la salle, je me rendis au vestiaire, je mis bas mon habit de pair, mon épée, mon chapeau à plumet; j'en détachai la cocarde blanche *(e)*; je la mis dans la petite poche du côté gauche de la redingote noire que je revêtis et que je croisai sur mon cœur. Mon domestique emporta la défroque de la pairie, et j'abandonnai, en secouant la poussière de mes pieds, ce palais des trahisons, où je ne rentrerai de ma vie[19].

Le 10 et le 12 août, j'achevai de me dépouiller et j'envoyai ces diverses démissions:

«Paris, ce 10 août 1830.

«Monsieur le président de la Chambre des pairs[20],

«Ne pouvant prêter serment de fidélité à Louis-Philippe d'Orléans comme roi des Français, je me trouve frappé d'une incapacité légale qui m'empêche d'assister aux séances de la Chambre héréditaire. Une seule marque des bontés du Roi Louis XVIII et de la munificence royale me reste: c'est une pension de pair de douze mille francs, laquelle me fut donnée pour maintenir, sinon avec éclat, du moins avec l'indépendance des premiers besoins, la haute dignité à laquelle j'avais été appelé. Il ne serait pas juste que je conservasse une faveur attachée à l'exercice de fonctions que je ne puis remplir. En conséquence, j'ai l'honneur de résigner entre vos mains ma pension de pair.»

«Paris, ce 12 août 1830.

«Monsieur le ministre des finances[21],

«Il me reste des bontés de Louis XVIII et de la munificence nationale une pension de pair de douze mille francs, transformée en rentes viagères inscrites au grand-livre de la dette publique et transmissibles seulement à la première génération directe du titulaire. Ne pouvant prêter

---

19. Chateaubriand remonta les allées du Luxembourg et de l'Observatoire en compagnie de son ami Hyde de Neuville, se dirigeant vers l'infirmerie Marie-Thérèse, puis écrivit, en date du 8 août, à Fraser Frisell: «J'ai réclamé pour l'honneur de ma vie et de mes serments; je me suis sacrifié une dernière fois pour une famille ingrate qui m'éloignerait encore, si elle revenait, mais j'étais dans une de ces positions qui ne laissent pas le choix. [...]» (*in* E. Biré, *Les Dernières Années de Chateaubriand*, pp. 30-31).

20. Le président de la Chambre des pairs était alors, et depuis le 4 août, Pasquier.

21. Le baron Louis, une «vieille connaissance»; il était ministre à nouveau depuis le 1er août.

serment à monseigneur le duc d'Orléans comme roi des Français, il ne serait pas juste que je continuasse de toucher une pension attachée à des fonctions que je n'exerce plus. En conséquence, je viens la résigner entre vos mains : elle aura cessé de courir pour moi depuis le jour (10 août) où j'ai écrit à M. le président de la Chambre des pairs qu'il m'était impossible de prêter le serment exigé.
« J'ai l'honneur d'être avec une haute, etc. »

«Paris, ce 12 août 1830.
« Monsieur le grand référendaire[22],
« J'ai l'honneur de vous envoyer copie des deux lettres que j'ai adressées, l'une à M. le président de la Chambre des pairs, l'autre à M. le ministre des finances. Vous y verrez que je renonce à ma pension de pair, et qu'en conséquence mon fondé de pouvoirs n'aura à toucher de cette pension que la somme échue au 10 août, jour où j'ai annoncé que j'ai refusé le serment.
« J'ai l'honneur d'être avec une haute, etc. »

«Paris, ce 12 août 1830.
« Monsieur le ministre de la justice[23],
« J'ai l'honneur de vous envoyer ma démission de ministre d'État.
« Je suis avec une haute considération,
« Monsieur le ministre de la justice,
« Votre très-humble et très-obéissant serviteur. »

Je restai nu comme un petit saint Jean ; mais depuis longtemps j'étais accoutumé à me nourrir du miel sauvage, et je ne craignais pas que la fille d'Hérodiade eût envie de ma tête grise.
Mes broderies, dragonnes[24], franges, torsades, épaulettes, vendues à un juif, et par lui fondues, m'ont rapporté sept cents francs, produit net de toutes mes grandeurs[25].

22.
Sémonville gardera cette fonction jusqu'en 1834 (sur les attributions du grand référendaire, voir *supra*, l. XXVIII, chap. 6, note 1, p. 1793).
23.
Dupont de l'Eure.
24.
Une dragonne est une courroie attachée à la poignée d'un sabre, d'une épée, servant à assurer l'arme dans la main et à empêcher cette arme de tomber à terre.
25.
Chateaubriand écrivit au *National*, le 26 décembre 1831, une lettre où il rappelait qu'à l'époque de la révolution de Juillet, hormis sa pension de pair de France à laquelle il

Charles X, le duc de Bordeaux et la duchesse de Berry embarquant en 1830.

renonçait, il ne jouissait « d'aucune autre pension, ni à titre de ministre d'État, ni à titre d'ancien ministre à portefeuille, ni à titre d'ancien ambassadeur, bien que je fusse absolument sans fortune ; toutes les fois que j'ai été frappé, ou que je me suis dépouillé de mes emplois pour la cause des libertés publiques, les lettres seules se sont chargées de me nourrir ». Il aurait même souhaité se débarrasser des 900 frs attachés à son fauteuil académique mais, ajoutait-il, « [...] on m'a assuré qu'on ne donnait point sa démission de membre de l'Académie, et que si je ne faisais pas toucher la somme susdite, elle resterait toujours à mon nom et à mon compte dans le budget de l'Institut » (*in* E. Biré, *Les Dernières Années de Chateaubriand*, p. 100).

Charles X s'embarque à Cherbourg.

Maintenant, qu'était devenu Charles X ? Il cheminait vers son exil, accompagné de ses gardes du corps, surveillé par ses trois commissaires, traversant la France sans exciter même la curiosité des paysans qui labouraient leurs sillons sur le bord du grand chemin. Dans deux ou trois petites villes, des mouvements hostiles se manifestèrent ; dans quelques autres, des bourgeois et des femmes donnèrent des signes de pitié. Il faut se souvenir que Bonaparte ne fit pas plus de bruit en se rendant de Fontainebleau à Toulon, que la France ne s'émut pas davantage, et que le gagneur de tant de batailles faillit d'être massacré à Orgon[1]. Dans ce pays fatigué, les plus grands événements ne sont plus que des drames joués pour notre divertissement : ils occupent le spectateur tant que la toile est levée, et, lorsque le rideau tombe, ils ne laissent qu'un vain souvenir. Parfois Charles X et sa famille s'arrêtaient dans de méchantes stations de rouliers, pour prendre un repas sur le bout d'une table sale où des charretiers avaient dîné avant lui. Henri V et sa sœur s'amusaient dans la cour avec les poulets et les pigeons de l'auberge. Je l'avais dit : la monarchie s'en allait, et l'on se mettait à la fenêtre pour la voir passer[2].

Le ciel en ce moment se plut à insulter le parti vainqueur et le parti vaincu. Tandis que l'on soutenait que la France *entière* avait été indignée

1. Allusion à Napoléon en 1814 (voir *supra*, l. XXII, chap. 20, p. 1367).

2. Voir l'article du *Conservateur* du 5 décembre 1818, cité *supra*, l. XXV, chap. 9, note 8, p. 1636.

des ordonnances, il arriva au roi Philippe des adresses de la province, envoyées au roi Charles X pour féliciter celui-ci *sur les mesures salutaires qu'il avait prises et qui sauvaient la monarchie.*

Le bey de Tittery[3], de son côté, expédiait au monarque détrôné, qui cheminait vers Cherbourg, la soumission suivante.

«Au nom de Dieu, etc., etc., je reconnais pour seigneur et souverain absolu le grand Charles X, le victorieux; je lui payerai le tribut, etc.» On ne peut se jouer plus ironiquement de l'une et de l'autre fortune. On fabrique aujourd'hui les révolutions à la machine; elles sont faites si vite qu'un monarque, roi encore sur la frontière de ses États, n'est déjà plus qu'un banni dans sa capitale.

Dans cette insouciance du pays pour Charles X, il y a autre chose que de la lassitude: il y faut reconnaître le progrès de l'idée démocratique et de l'assimilation des rangs. À une époque antérieure, la chute d'un roi de France eût été un événement énorme; le temps a descendu le monarque de la hauteur où il était placé, il l'a rapproché de nous, il a diminué l'espace qui le séparait des classes populaires. Si l'on était peu surpris de rencontrer le fils de saint Louis sur le grand chemin comme tout le monde, ce n'était point par un esprit de haine ou de système, c'était tout simplement par ce sentiment du niveau social, qui a pénétré les esprits et qui agit sur les masses sans qu'elles s'en doutent.

Malédiction, Cherbourg, à tes parages sinistres! C'est auprès de Cherbourg que le vent de la colère jeta Édouard III pour ravager notre pays[4]; c'est non loin de Cherbourg que le vent d'une victoire ennemie brisa la flotte de Tourville; c'est à Cherbourg que le vent d'une prospérité menteuse repoussa Louis XVI vers son échafaud; c'est à Cherbourg[5] que le vent de ne sais quelle rive a emporté nos derniers princes. Les côtes de la Grande-Bretagne, qu'aborda Guillaume le Conquérant, ont

3.
Le beylicat turc de Titteri (capitale Médéa) avait été pris et le bey, ignorant les événements survenus en France, faisait soumission au roi déchu.

4.
Le 12 juillet 1346, «les Français, écrit Chateaubriand, [...] allaient à leur tour sentir l'abomination de la conquête [...]. Les mille vaisseaux anglais parurent devant La Hogue-Saint-Wast en Cotentin. Couvert de ses armes, entouré de ses chevaliers, Édouard, monté sur son grand vaisseau [...], déployait au vent les couleurs de l'Angleterre; elles étaient blanches alors, et nous portions le rouge» (voir *Études historiques*, *OC*, t. V ter, p. 47 *sqq.*).

5.
Les travaux du port de Cherbourg furent commencés par Vauban en 1686, puis repris sous Louis XVI, et poussés vigoureusement sous Napoléon Ier. Venu à Cherbourg les 22 et 25 juillet 1786 pour présider à l'inauguration de la digue, Louis XVI fut accueilli, comme dans toute la Normandie, avec enthousiasme.

vu débarquer Charles le dixième sans pennon et sans lance; il est allé retrouver à Holy-Rood les souvenirs de sa jeunesse, appendus aux murailles du château des Stuarts, comme de vieilles gravures jaunies par le temps[6].

6.
«Le premier séjour des Bourbons en Angleterre fut Lullworth. Ce château, situé dans le Dorsetshire, leur avait été offert par la famille catholique et jacobite des Weld, qui avait conservé dans son cœur la religion des trônes tombés et ce culte de fidélité qui survit à la puissance. [...] Le roi Charles X prit à Lullworth le titre de duc de Milan; la duchesse de Berry porta celui de comtesse de Rosny: c'était un souvenir de France. Ce fut à Lullworth que Charles X renouvela son abdication, en faisant ajouter aux actes de Rambouillet une protestation au sujet de l'avènement du prince Lieutenant-général du royaume, comme roi des Français. Cet acte fut notifié aux différents cabinets. Peu de temps après, le roi d'Angleterre fit offrir aux Bourbons exilés le château d'Holy-Rood situé à l'une des extrémités de la ville d'Édimbourg [...]» (A. Nettement, *Histoire de la Restauration*, t. VIII, pp. 730-732).

Ce que sera la révolution de Juillet[1].

J'ai peint les trois journées à mesure qu'elles se sont déroulées devant moi ; une certaine couleur de contemporanéité[2], vraie dans le moment qui s'écoule, fausse après le moment écoulé, s'étend donc sur le tableau. Il n'est révolution si prodigieuse qui, décrite de minute en minute, ne se trouvât réduite aux plus petites proportions. Les événements sortent du sein des choses, comme les hommes du sein de leurs mères, accompagnés des infirmités de la nature. Les misères et les grandeurs sont sœurs jumelles, elles naissent ensemble ; mais quand les couches sont vigoureuses, les misères à une certaine époque meurent, les grandeurs seules vivent. Pour juger impartialement de la vérité qui doit rester, il faut donc se placer au point de vue d'où la postérité contemplera le fait accompli.

Me dégageant des mesquineries de caractère et d'action dont j'avais été le témoin, ne prenant des journées de juillet que ce qui en demeurera, j'ai dit avec justice dans mon discours à la Chambre des pairs : « Ce peuple s'étant armé de son intelligence et de son courage, il s'est trouvé que ces boutiquiers respiraient assez facilement l'odeur de la poudre, et qu'il fallait plus de quatre soldats et un caporal pour les réduire. Un

1. Sur la chemise citée (voir *supra*, l. XXXIV, chap. 1, note 1, p. 2277), de la main de Chateaubriand : « Ce que sera la révolution de juillet dans l'avenir. »

2. Il semble que Chateaubriand soit le premier qui ait utilisé ce terme, repris ensuite par les Goncourt, Baudelaire et Jean-Paul Sartre.

siècle n'aurait pas autant mûri les destinées d'un peuple que les trois derniers soleils qui viennent de briller sur la France. »

En effet, le peuple proprement dit a été brave et généreux dans la journée du 28. La garde avait perdu plus de trois cents hommes, tués ou blessés ; elle rendit pleine justice aux classes pauvres, qui seules se battirent dans cette journée, et parmi lesquelles se mêlèrent des hommes impurs, mais qui n'ont pu les déshonorer. Les élèves de l'École polytechnique, sortis trop tard de leur école le 28 pour prendre part aux affaires, furent mis par le peuple à sa tête le 29, avec une simplicité et une naïveté admirables.

Des champions absents des luttes soutenues par ce peuple vinrent se réunir à ses rangs le 29, quand le plus grand péril fut passé ; d'autres, également vainqueurs, ne rejoignirent la victoire que le 30 et le 31.

Du côté des troupes, ce fut à peu près la même chose, il n'y eut guère que les soldats et les officiers d'engagés ; l'état-major, qui avait déjà déserté Bonaparte à Fontainebleau, se tint sur les hauteurs de Saint-Cloud, regardant de quel côté le vent poussait la fumée de la poudre. On faisait queue au lever de Charles X ; à son coucher il ne trouva personne.

La modération des classes plébéiennes *(a)* égala leur courage ; l'ordre résulta subitement de la confusion. Il faut avoir vu des ouvriers demi-nus, placés en faction à la porte des jardins publics, empêcher selon leur consigne d'autres ouvriers déguenillés de passer, pour se faire une idée de cette puissance du devoir qui s'était emparée des hommes demeurés les maîtres. Ils auraient pu se payer le prix de leur sang, et se laisser tenter par leur misère. On ne vit point, comme au 10 août 1792, les Suisses massacrés dans la fuite[3]. Toutes les opinions furent respectées ; jamais, à quelques exceptions près, on n'abusa moins de la victoire. Les vainqueurs, portant les blessés de la garde à travers la foule, s'écriaient : « Respect aux braves ! » Le soldat venait-il à expirer, ils disaient : « Paix aux morts ! » Les quinze années de la Restauration, sous un régime constitutionnel, avaient fait naître parmi nous cet esprit d'humanité, de légalité et de justice, que vingt-cinq années de l'esprit révolutionnaire et guerrier n'avaient pu produire *(b)*. Le droit de la force introduit dans nos mœurs semblait être devenu le droit commun *(c)*.

Les conséquences de la révolution de juillet seront mémorables. Cette révolution a prononcé un arrêt contre tous les trônes ; les rois ne pourront régner aujourd'hui que par la violence des armes *(d)* ; moyen

3.
Si l'on excepte la prise de la caserne Babylone (voir *supra*, l. XXXIII, chap. 5, note 6, p. 2233).

assuré pour un moment, mais qui ne saurait durer : l'époque des janissaires successifs est finie.

Thucydide et Tacite ne nous raconteraient pas bien les événements des trois jours ; il nous faudrait Bossuet pour nous expliquer les événements dans l'ordre de la Providence ; génie qui voyait tout, mais sans franchir les limites posées à sa raison et à sa splendeur, comme le soleil qui roule entre deux bornes éclatantes, et que les Orientaux appellent l'*esclave* de Dieu.

Ne cherchons pas si près de nous le moteur d'un mouvement placé plus loin : la médiocrité des hommes, les frayeurs folles, les brouilleries inexplicables, les haines, les ambitions, la présomption des uns, le préjugé des autres, les conspirations secrètes, les ventes[4], les mesures bien ou mal prises, le courage ou le défaut de courage ; toutes ces choses sont les accidents, non les causes de l'événement. Lorsqu'on dit que l'on ne voulait plus les Bourbons, qu'ils étaient devenus odieux parce qu'on les supposait imposés par l'étranger à la France, ce dégoût superbe n'explique rien d'une manière suffisante.

Le mouvement de juillet ne tient point à la politique proprement dite ; il tient à la révolution sociale qui agit sans cesse[5]. Par l'enchaînement de cette révolution générale, le 28 juillet 1830 n'est que la suite forcée du 21 janvier 1793[6]. Le travail de nos premières assemblées délibérantes avait été suspendu, il n'avait pas été terminé. Dans le cours de vingt années, les Français s'étaient accoutumés, de même que les Anglais sous Cromwell, à être gouvernés par d'autres maîtres que par leurs anciens souverains. La chute de Charles X est la conséquence de la décapitation de Louis XVI, comme le détrônement de Jacques II est la conséquence de l'assassinat de Charles Ier. La révolution parut s'éteindre dans la gloire de Bonaparte et dans les libertés de Louis XVIII, mais son germe n'était pas détruit : déposé au fond de nos mœurs, il s'est développé quand les fautes de la Restauration l'ont réchauffé, et bientôt il a éclaté.

Les conseils de la Providence se découvrent dans le changement antimonarchique qui s'opère. Que des esprits superficiels ne voient dans la révolution des trois jours qu'une échauffourée, c'est tout simple ; mais les hommes réfléchis savent qu'un pas énorme a été fait : le principe de la sou-

4.
Cellules de base de la charbonnerie (voir *infra*, l. XLIII, chap. 3, note 4, p. 2901).

5.
Thème qui sera repris dans l'article à la *Revue européenne* (1831), dans l'*Essai sur la littérature anglaise* (1838), puis dans la conclusion des *Mémoires d'outre-tombe.*

6.
Jour de l'exécution de Louis XVI.

veraineté du peuple est substitué au principe de la souveraineté royale, la monarchie héréditaire changée en monarchie élective. Le 21 janvier avait appris qu'on pouvait disposer de la tête d'un roi; le 29 juillet a montré qu'on peut disposer d'une couronne[7]. Or, toute vérité bonne ou mauvaise qui se manifeste demeure acquise à la foule. Un changement cesse d'être inouï, extraordinaire; il ne se présente plus comme impie à l'esprit et à la conscience, quand il résulte d'une idée devenue populaire. Les Francs exercèrent collectivement la souveraineté, ensuite ils la déléguèrent à quelques chefs; puis ces chefs la confièrent à un seul; puis ce chef unique l'usurpa au profit de sa famille. Maintenant on rétrograde de la royauté héréditaire à la royauté élective, de la monarchie élective on glissera dans la république. Telle est l'histoire de la société; voilà par quels degrés le gouvernement sort du peuple et y rentre.

Ne pensons donc pas que l'œuvre de juillet soit une superfétation d'un jour; ne nous figurons pas que la légitimité va venir rétablir incontinent la succession par droit de primogéniture; n'allons pas non plus nous persuader que juillet mourra tout à coup de sa belle mort. Sans doute la branche d'Orléans ne prendra pas racine; ce ne sera pas pour ce résultat que tant de sang, de calamité et de génie aura été dépensé depuis un demi-siècle! Mais juillet, s'il n'amène pas la destruction finale de la France avec l'anéantissement de toutes les libertés, juillet portera son fruit naturel: ce fruit est la démocratie. Ce fruit sera peut-être amer et sanglant; mais la monarchie est une greffe étrangère qui ne prendra pas sur une tige républicaine.

Ainsi, ne confondons pas le roi improvisé avec la révolution dont il est né par hasard: celle-ci, telle que nous la voyons agir, est en contradiction avec ses principes; elle ne semble pas née viable parce qu'elle est mulctée[8] d'un trône; mais qu'elle se traîne seulement quelques années,

---

7.
Dupin, avocat et homme politique, reflète bien cette opinion quand, définissant le caractère du gouvernement de Juillet, il écrit: «Le duc d'Orléans n'a pas été choisi dans la maison royale comme successeur de ses aînés, ni comme appelé en vertu d'un droit qui lui fut propre. Si sa naissance a été pour lui un *heureux accident*, elle n'a pas été la source d'un *droit*: il a été choisi (c'est mon avis du moins), non *comme Bourbon*, mais *quoique Bourbon* [...], parce qu'on savait qu'il avait aimé la Révolution française, arboré ses couleurs, combattu dans ses rangs; *qu'il avait pour ennemis jurés les ennemis de la Révolution* [...]. En lui, tout a commencé *à titre nouveau*. Il a été librement choisi, librement accepté par le vœu national: ç'a été là sa *légitimité*; la plus pure, la plus honorable, la plus vraie, la plus éloignée de l'usurpation: c'est cette légitimité toute populaire qui lui a valu le beau titre de *Roi-citoyen*» (*Mémoires de M. Dupin*, 1856, t. I, p. 69 *sqq.*).

8.
Condamnée à quelque peine, punie; du latin *mulctare*: amende.

cette révolution, ce qui sera venu, ce qui s'en sera allé changera les données qui restent à connaître. Les hommes faits meurent ou ne voient plus les choses comme ils les voyaient; les adolescents atteignent l'âge de raison; les générations nouvelles rafraîchissent des générations corrompues; les langes trempés des plaies d'un hôpital, rencontrés par un grand fleuve, ne souillent que le flot qui passe sous ces corruptions: en aval et en amont le courant garde ou reprend sa limpidité.

Juillet, libre dans son origine, n'a produit qu'une monarchie enchaînée; mais viendra le temps où, débarrassé de sa couronne, il subira ces transformations qui sont la loi des êtres; alors il vivra dans une atmosphère appropriée à sa nature *(e)*.

L'erreur du parti républicain, l'illusion du parti légitimiste sont l'une et l'autre déplorables, et dépassent la démocratie et la royauté: le premier croit que la violence est le seul moyen de succès; le second croit que le passé est le seul port de salut. Or, il y a une loi morale qui règle la société, une légitimité générale qui domine la légitimité particulière. Cette grande loi et cette grande légitimité sont la jouissance des droits naturels de l'homme, réglés par les devoirs; car c'est le devoir qui crée le droit, et non le droit qui crée le devoir; les passions et les vices vous relèguent dans la classe des esclaves. La légitimité générale n'aurait eu aucun obstacle à vaincre, si elle avait gardé, comme étant de même principe, la légitimité particulière[9].

Au surplus, une observation suffira pour nous faire comprendre la prodigieuse et majestueuse puissance de la famille de nos anciens souverains: je l'ai déjà dit et je ne saurais trop le répéter, toutes les royautés mourront avec la royauté française.

En effet, l'idée monarchique manque au moment même où manque le monarque; on ne trouve plus autour de soi que l'idée démocratique. Mon jeune Roi emportera dans ses bras la monarchie du monde. C'est bien finir *(f)*.

Lorsque j'écrivais tout ceci sur ce que pourrait être la révolution de 1830 dans l'avenir, j'avais de la peine à me défendre d'un instinct qui me parlait contradictoirement au raisonner. Je prenais cet instinct pour le mouvement de ma déplaisance des troubles de 1830; je me défiais de moi-même, et peut-être, dans mon impartialité trop loyale, exagérai-je les provenances

---

9.
Reprise ici, sous une autre forme, de la même pensée qui circule à travers toute l'œuvre de Chateaubriand et qui trouve son plus bel épanouissement dans son article *De la morale des intérêts et de celle des devoirs* (voir *supra*, l. XXV, chap. 10, p. 1638 *sqq.*).

futures des trois journées. Or, dix années se sont écoulées depuis la chute de Charles X : Juillet s'est-il assis ? Nous sommes maintenant au commencement de décembre 1840, à quel abaissement la France est-elle descendue ! Si je pouvais goûter quelque plaisir dans l'humiliation d'un gouvernement d'origine française, j'éprouverais une sorte d'orgueil à relire dans *le Congrès de Vérone* ma correspondance avec M. Canning[10] : certes, ce n'est pas celle dont on vient de donner connaissance à la Chambre des députés[11]. D'où vient la faute ? est-elle du prince élu ? est-elle de l'impéritie de ses ministres ? est-elle de la nation même, dont le caractère et le génie paraissent usés ? Nos idées sont progressives, mais nos mœurs les soutiennent-elles ? Il ne serait pas étonnant qu'un peuple âgé de quatorze siècles, qui a terminé cette longue carrière par une explosion de miracles, fût arrivé à son terme. Si vous allez jusqu'à la fin de ces *Mémoires*, vous verrez qu'en rendant justice à tout ce qui m'a paru beau, aux diverses époques de notre histoire, je pense qu'en dernier résultat la vieille société finit. *(Note. Paris, 3 décembre 1840.)*

10.
Voir, dans le *Congrès de Vérone*, notamment le chap. LVII (*in OC*, t. XII, p. 202 *sqq.*).

11.
Allusion à la seconde guerre turco-égyptienne qui éclata en avril 1839 (voir *infra*, l. XLIII, chap. 2, note 17, pp. 2896-2897).

Fin de ma carrière politique.

Ici se termine ma *carrière politique.* Cette carrière devait aussi clore mes *Mémoires*, n'ayant plus qu'à résumer les expériences de ma course. Trois catastrophes ont marqué les trois parties précédentes de ma vie : j'ai vu mourir Louis XVI pendant ma carrière de voyageur et de soldat ; au bout de ma carrière littéraire, Bonaparte a disparu ; Charles X, en tombant, a fermé ma carrière politique.

J'ai fixé l'époque d'une révolution dans les lettres, et de même dans la politique j'ai formulé les principes du gouvernement représentatif[1] ; mes correspondances diplomatiques valent, je crois, mes compositions littéraires. Il est possible que les unes et les autres ne soient rien, mais il est sûr qu'elles sont équipollentes.

En France, à la tribune de la Chambre des pairs et dans mes écrits, j'exerçai une telle influence, que je fis entrer d'abord M. de Villèle au ministère, et qu'ensuite il fut contraint de se retirer devant mon opposition, après s'être fait mon ennemi. Tout cela est prouvé par ce que vous avez lu.

Le grand événement de ma carrière politique est la guerre d'Espagne. Elle fut pour moi, dans cette carrière, ce qu'avait été le *Génie du Christianisme* dans ma carrière littéraire. Ma destinée me choisit pour me charger de la puissante aventure qui, sous la Restauration, aurait pu régulariser la marche du monde vers l'avenir. Elle m'enleva à mes songes, et me transforma en conducteur des faits. À la table où elle me

1. Dans *De la monarchie selon la Charte* (1816).

fit jouer, elle plaça comme adversaires les deux premiers ministres du jour, le prince de Metternich et M. Canning; je gagnai contre eux la partie. Tous les esprits sérieux que comptaient alors les cabinets convinrent qu'ils avaient rencontré en moi un homme d'État*. [* Voyez les lettres et dépêches des diverses cours, dans le *Congrès de Vérone;* consultez aussi l'*Ambassade de Rome*.] Bonaparte l'avait prévu avant eux, malgré mes livres. Je pourrais donc, sans me vanter, croire que le politique a valu en moi l'écrivain; mais je n'attache aucun prix à la renommée des affaires; c'est pour cela que je me suis permis d'en parler.

Si, lors de l'entreprise péninsulaire, je n'avais pas été jeté à l'écart par des hommes aveugles, le cours de nos destinées changeait; la France reprenait ses frontières, l'équilibre de l'Europe était rétabli; la Restauration, devenue glorieuse, aurait pu vivre encore longtemps, et mon travail diplomatique aurait aussi compté pour un degré dans notre histoire. Entre mes deux vies il n'y a que la différence du résultat. Ma carrière littéraire, complètement accomplie, a produit tout ce qu'elle pouvait produire, parce qu'elle n'a dépendu que de moi. Ma carrière politique a été subitement arrêtée au milieu de ses succès, parce qu'elle a dépendu des autres.

Néanmoins, je le reconnais, ma politique n'était applicable qu'à la Restauration. Si une transformation s'opère dans les principes, dans les sociétés et les hommes, ce qui était bon hier est périmé et caduc aujourd'hui. À l'égard de l'Espagne, les rapports des familles royales ayant cessé par l'abdication de la loi salique[2], il ne s'agit plus de créer au delà des Pyrénées des frontières impénétrables; il faut accepter le champ de bataille que l'Autriche et l'Angleterre y pourront un jour nous ouvrir; il faut prendre les choses au point où elles sont arrivées; abandonner, non sans regret, une conduite ferme mais raisonnable, dont les bénéfices certains étaient, il est vrai, à longue échéance. J'ai la conscience d'avoir servi la légitimité comme elle devait l'être. Je voyais l'avenir aussi clairement que je le vois à cette heure; seulement j'y voulais atteindre par une route moins périlleuse, afin que la légitimité, utile à notre ensei-

2.
Ferdinand VII mourut le 20 septembre 1833 et institua héritière du trône sa fille Isabelle, âgée de 3 ans. Cette transmission de père en fille, contraire à la loi salique, avait eu pour conséquence de priver du trône don Carlos, le frère de Ferdinand. Appartenant essentiellement à la paysannerie et au clergé, les défenseurs de la légitimité masculine bafouée, les carlistes, se soulevèrent en 1834 dans le Pays basque, en Biscaye, sous la direction de don Carlos lui-même et de son principal lieutenant, Zumalacarreguy. Leurs adversaires libéraux, les Christinos, soit les fidèles de Marie-Christine, la mère d'Isabelle et la régente du royaume, avaient pour chef un certain Rodil. Il s'ensuivit une guerre civile de 7 ans.

gnement constitutionnel, ne trébuchât pas dans une course précipitée. Maintenant mes projets ne sont plus réalisables : la Russie va se tourner ailleurs. Si j'allais actuellement dans la péninsule dont l'esprit a eu le temps de changer, ce serait avec d'autres pensées : je ne m'occuperais que de l'alliance des peuples, toute suspecte, jalouse, passionnée, incertaine et versatile qu'elle est, et je ne songerais plus aux relations avec les Rois. Je dirais à la France : « Vous avez quitté la voie battue pour le sentier des précipices ; eh bien ! explorez-en les merveilles et les périls. À nous, innovations, entreprises, découvertes ! venez, et que les armes, s'il le faut, vous favorisent. Où y a-t-il du nouveau ? Est-ce en Orient ? marchons-y. Où faut-il porter notre courage et notre intelligence ? courons de ce côté. Mettons-nous à la tête de la grande levée du genre humain ; ne nous laissons pas dépasser ; que le nom français devance les autres dans cette croisade, comme il arriva jadis au tombeau du Christ[3]. » Oui, si j'étais admis au conseil de ma patrie, je tâcherais de lui être utile dans les dangereux principes qu'elle a adoptés : la retenir à présent ce serait la condamner à une mort ignoble. Je ne me contenterais pas de discours : joignant les œuvres à la foi, je préparerais des soldats et des millions, je bâtirais des vaisseaux, comme Noé, en prévision du déluge, et si l'on me demandait pourquoi, je répondrais : « Parce que tel est le bon plaisir de la France. » Mes dépêches avertiraient les cabinets de l'Europe que rien ne remuera sur le globe sans notre intervention ; que si l'on se distribue les lambeaux du monde, la part du lion nous revient. Nous cesserions de demander humblement à nos voisins la permission d'exister ; le cœur de la France battrait libre, sans qu'aucune main osât s'appliquer sur ce cœur pour en compter les palpitations ; et puisque nous cherchons de nouveaux soleils, je me précipiterais au-devant de leur splendeur et n'attendrais plus le lever naturel de l'aurore.

Fasse le ciel que ces intérêts industriels[4], dans lesquels nous devons trouver une prospérité d'un genre nouveau, ne trompent personne, qu'ils soient aussi féconds, aussi civilisateurs que ces intérêts moraux d'où sortit l'ancienne société ! Le temps nous apprendra s'ils ne seraient point le songe infécond de ces intelligences stériles qui n'ont pas la faculté de sortir du monde matériel.

Bien que mon rôle ait fini avec la légitimité, tous mes vœux sont pour la

---

3. Par d'autres voies, Chateaubriand reprend en quelque sorte la grande idée de Michelet, héritier de la Révolution, qui place la France dans une position privilégiée, comme porte-étendard de la liberté et de l'émancipation des peuples à travers le monde. L'un au nom du réalisme, l'autre en vertu d'une foi sacrée qui s'enracine dans les hauts faits de la Révolution.

L'Angleterre, la Russie, l'Autriche et la Prusse
me donnent toujours des témoignages de leur parfaite alliance...

4.
Devenus «l'idée fixe» de l'Angleterre et de l'Amérique, que Chateaubriand récuse, de même que l'utilitarisme philosophique qui sous-tend ces intérêts matériels. La prédominance des intérêts, industriels ou non, ouvre la voie à une «société physique» annoncée dès le *Génie du christianisme* et qui marque pour lui l'arrêt de mort de toute forme d'aristocratie, de tout ce qui distingue, de toute supériorité – qu'elle soit sociale ou intellectuelle, celle du prince ou du génie –, de la civilisation en somme. La société physique ramène à la barbarie ; si l'intérêt est la seule loi, les lois elles-mêmes doivent se ployer à cet intérêt pour les mieux servir. Ce refus des «intérêts industriels» s'accommode toutefois d'une admiration sincère pour les grandes entreprises humaines, dont le Nouveau Monde offre tant d'exemples. Il transparaît dans maintes pages des *Mémoires d'outre-tombe*, mais aussi dans un article des *Débats* du 24 octobre 1825, rédigé à l'occasion du voyage triomphal de La Fayette aux États-Unis (*Journal des Débats*, 24 octobre 1825, *in OC*, t. XXVI, pp. 477-479).

France, quels que soient les pouvoirs à qui son imprévoyant caprice la fasse obéir. Quant à moi, je ne demande plus rien; je voudrais seulement ne pas trop dépasser les ruines écroulées à mes pieds. Mais les années sont comme les Alpes: à peine a-t-on franchi les premières, qu'on en voit d'autres s'élever. Hélas! ces plus hautes et dernières montagnes sont déshabitées, arides et blanchies.

Livre XXXV

Infirmerie Marie-Thérèse[1],
Paris, octobre 1830.

INTRODUCTION

Au sortir du fracas des trois journées, je suis tout étonné d'ouvrir dans un calme profond la quatrième partie de cet ouvrage; il me semble que j'ai doublé le cap des tempêtes[2], et pénétré dans une région de paix et de silence. Si j'étais mort le 7 août de cette année, les dernières paroles de mon discours à la Chambre des pairs eussent été les dernières lignes de mon histoire; ma catastrophe étant celle même d'un passé de douze siècles aurait agrandi ma mémoire. Mon drame eût magnifiquement fini *(a)*.

Mais je ne suis pas demeuré sous le coup, je n'ai pas été jeté à terre. Pierre de L'Estoile[3] écrivait cette page de son journal le lendemain de l'assassinat de Henri IV:

«Et icy je finis avec la vie de mon roy (Henry IV) le deuxième registre de mes passe-temps mélancholiques et de mes vaines et curieuses recherches, tant publiques que particulières, interrompues souvent depuis un mois par les veilles des tristes et fascheuses nuicts que j'ai souffert, mesmement cette dernière, pour la mort de mon roy *(b)*.

«Je m'estois proposé de clore mes éphémérides par ce registre; mais

1. Sur l'infirmerie Marie-Thérèse et la demeure où les Chateaubriand s'étaient installés depuis l'été 1826, voir *infra*, l. XXXVII, chap. 1, p. 2535 *sqq.*

2. Cap des Tempêtes ou «des Tourmentes». Anciens noms du cap de Bonne-Espérance, promontoire de l'Afrique australe doublé en 1497 par Vasco de Gama.

3. Coll. Petitot, 1re série, t. XLVIII, pp. 438-439.

tant d'occurrences nouvelles et curieuses se sont présentées par cette insigne mutation, que je passe à un autre qui ira aussi avant qu'il plaira à Dieu : et me doute que ce ne sera pas bien long. »

L'Estoile vit mourir le premier Bourbon ; je viens de voir tomber le dernier : ne devrais-je pas *clore ici le registre de mes passe-temps mélancholiques et de mes vaines et curieuses recherches ?* Peut-être ; *mais tant d'occurrences nouvelles et curieuses se sont présentées par cette insigne mutation, que je passe à un autre registre.*

Comme L'Estoile, je lamente[4] les adversités de la race de saint Louis ; pourtant, je suis obligé de l'avouer, il se mêle à ma douleur un certain contentement intérieur ; je me le reproche, mais je ne puis m'en défendre : ce contentement est celui de l'esclave dégagé de ses chaînes. Quand je quittai la carrière de soldat et de voyageur[5], je sentis de la tristesse ; j'éprouve maintenant de la joie, forçat libéré que je suis des galères du monde et de la cour. Fidèle à mes principes et à mes serments, je n'ai trahi ni la liberté ni le Roi ; je n'emporte ni richesses ni honneurs ; je m'en vais pauvre comme je suis venu[6]. Heureux de terminer une carrière politique qui m'était odieuse, je rentre avec amour dans le repos.

Bénie soyez-vous, ô ma native et chère indépendance, âme de ma vie ! Venez, rapportez-moi mes *Mémoires*, cet *alter ego* dont vous êtes la confidente, l'idole et la muse. Les heures de loisir sont propres aux récits : naufragé, je continuerai de raconter mon naufrage aux pêcheurs de la rive[7]. Retourné à mes instincts primitifs, je redeviens libre et voyageur ; j'achève ma course comme je la commençai. Le cercle de mes jours, qui se ferme, me ramène au point du départ. Sur la route, que j'ai jadis parcourue conscrit insouciant, je vais cheminer vétéran expérimenté, cartouche de congé[8] dans mon shako, chevrons du temps sur le

---

4.

Déplorer avec lamentation et pleurs (peu usité).

5.

Soldat, voyageur et écrivain, c'est en 1814 que Chateaubriand entre dans la lice politique, « la torche et le glaive à la main », ainsi que le dit plaisamment Sainte-Beuve, avec la publication de *De Buonaparte et des Bourbons.*

6.

Image reprise peut-être de la célèbre *Épitaphe d'un paresseux* (1660), de La Fontaine, publiée dans ses *Œuvres posthumes* sous le titre d'*Épitaphe de M. de La Fontaine faite par lui-même* : *« Jean s'en alla, comme il était venu… / Mangea le fonds avec le revenu… »* (voir La Fontaine, *Œuvres diverses*, Pléiade, pp. 495-496).

7.

Voir *infra*, l. XXXV, chap. 6, p. 2366.

8.

« Carte de congé, portant le sceau du régiment et contenant l'état des services du porteur » (*Littré*).

bras, havresac[9] rempli d'années sur le dos. Qui sait? peut-être retrouverai-je d'étape en étape les rêveries de ma jeunesse? J'appellerai beaucoup de songes à mon secours, pour me défendre contre cette horde de vérités qui s'engendrent dans les vieux jours, comme des dragons se cachent dans des ruines. Il ne tiendra qu'à moi de renouer les deux bouts de mon existence, de confondre des époques éloignées, de mêler des illusions d'âges divers, puisque le prince que je rencontrai exilé en sortant de mes foyers paternels, je le rencontre banni en me rendant à ma dernière demeure.

9.
Le shako, coiffure militaire, fut introduit en France comme une imitation de la coiffure des hussards hongrois. D'abord porté par les régiments de hussards, il consistait en un long cylindre sans visière, appelé mirliton. Donné en 1792 aux élèves de l'école de Mars, il devint vers 1805 la coiffure des troupes à pied. Le shako reçut alors une visière et sa forme devint tronconique. Il a été maintenu dans la garde républicaine et à Saint-Cyr. Chevrons : galons en V renversé, portés sur la manche de l'uniforme militaire. Institué en 1771, aboli en 1791, rétabli sous le Consulat, le chevron disparut avec l'adoption du service militaire obligatoire. Il fut de nouveau porté sur les manches de l'uniforme pendant la Première Guerre mondiale et est encore porté par la Légion étrangère pour indiquer l'ancienneté. Havresac : allusion à celui qu'il portait dans les Ardennes et qui contenait *Atala* et ses rêves de gloire.

Procès des ministres. – Saint-Germain-l'Auxerrois. – Pillage de l'archevêché.

Paris, avril 1831.

Je traçai rapidement, au mois d'octobre de l'année précédente, la petite introduction de cette partie de mes *Mémoires*; mais je ne puis continuer ce travail, parce que j'en avais un autre sur les bras : il s'agissait de l'ouvrage qui terminait l'édition de mes *Œuvres complètes*[1]. De ce travail même j'ai été détourné, d'abord par le procès des ministres, ensuite par le sac de Saint-Germain-l'Auxerrois[2].

Le procès des ministres[3] et l'émoi de Paris ne m'ont pas fait grand chose : après le procès de Louis XVI et les insurrections révolutionnaires, tout est petit en fait de jugement et d'insurrection. Les ministres, venant de Vincennes à leur prison du Luxembourg et retournant à Vincennes pendant qu'on prononçait leur sentence, s'acheminèrent par la rue d'Enfer. Du fond de ma retraite j'entendis le roulement de leur voiture. Que d'événements ont passé devant ma porte ! Les défenseurs de ces hommes sont restés au-dessous de leur besogne[4]. Personne ne prit la

1. *Études ou discours historiques sur la chute de l'Empire romain, la naissance et les progrès du christianisme et l'invasion des barbares, suivis d'une analyse raisonnée de l'histoire de France* (1831). Voir *infra*, chap. 4, p. 2354 *sqq.*

2. La révolution de 1830 donna lieu à de violentes manifestations anticléricales : pillage de l'archevêché de Paris, enlèvement du crucifix dans les tribunaux, croix abattues, etc. Le 14 février 1831, à Saint-Germain-l'Auxerrois, paroisse des rois de France, les carlistes firent célébrer avec ostentation une messe pour l'anniversaire de la mort du duc de Berry ; on y quêta pour les familles des Suisses tués en juillet 1830. La foule envahit l'église et la saccagea. Le lendemain, Mardi gras, elle pilla l'archevêché, jetant livres et ornements sacrés dans la Seine.

L'abbé de Quélen (1778-1839).

Montalembert, témoin de ces «dégoûtantes orgies», écrit: «Le sacrilège s'est promené partout avec une audacieuse impudence; il a régné impunément pendant toute cette journée de honte et de douleur. Partout les croix qui surmontaient les églises ont été arrachées, traînées dans la boue et jetées dans la rivière aux acclamations de la hideuse multitude. [...] non rien au monde ne peut égaler l'horreur de cette scène, tout pillé et dévasté, ornements, vases sacrés, livres, vitraux, chapiteaux, colonnes, meubles, etc., tout est détruit. Et la garde nationale a laissé faire! Elle a été infâme en général, les propos qu'elle faisait entendre ont été de nature à révolter tout le monde – Elle s'est aussi déshonorée» (Montalembert, *Journal intime*, t. II, p. 147).

3.

La mise en jugement des ministres signataires du 25 juillet fut imposée par l'opinion publique aux bénéficiaires de la révolution de Juillet, qui s'en souciaient assez peu. Pendant l'émeute, tout le ressentiment des insurgés s'était concentré sur les ministres; la personne de Charles X était demeurée hors de cause, comme si elle eût été protégée par l'inviolabilité que proclamait la Charte. Polignac en revanche faisait l'objet d'une exécration furieuse, bouc émissaire des haines de la foule. Trois ministres avaient réussi à quitter la France: Montbel, d'Haussez et Capelle. Polignac, Peyronnet, Chantelauze et Guernon-Ranville furent moins heureux: ils furent arrêtés et internés à Vincennes. Cette capture causa au régime encore mal établi un rare embarras: dès le 6 août, Salverte, député d'extrême gauche, déposa auprès de la Chambre une proposition: «La Chambre des députés accuse de haute trahison les ministres signataires du rapport au roi et des ordonnances en date du 25 juillet 1830.» Salverte leur reprochait non seulement d'avoir attenté

NÉ POUR ÊTRE ÉPICIER ET DEVENIR GENDARME !

à la Constitution, mais aussi d'avoir causé des actes de violence matérielle, et les rendait responsables des massacres de Paris. Afin de ne pas céder aux fureurs populaires, tout en châtiant les coupables, le gouvernement de Juillet déféra les ministres à la Chambre des pairs constituée en Cour, selon l'article 55 de la Charte de 1814. Le procès commença le 15 décembre 1830 et se termina le 21, dans une atmosphère d'émeute latente. La compétence de la Cour n'était rien moins que sûre, sa jurisprudence incertaine, et la condamnation à perpétuité des ministres forgée de toutes pièces car inconnue dans la législation française. Le jugement fut un jugement de pure opportunité. Louis-Philippe fut soulagé car on avait évité la peine de mort. Le soir de la condamnation, le ministre de l'Intérieur, appuyé par la garde nationale et La Fayette, dut faire preuve pour une fois de vigueur pour sauver la vie des condamnés. «Nous étions pendant ce temps-là [pendant le procès] rassemblés dans le salon de Mme Récamier, tremblante, non seulement de crainte pour les malheureux prisonniers, mais pour nous-mêmes ; car l'Abbaye-aux-Bois est bien près du Luxembourg. [...] Enfin, à six heures un quart à peu près, un domestique apporta un billet à Mme Récamier : "Réjouissez-vous ! Ils sont sauvés ! Je viens de les voir passer sous mes fenêtres. Remercions Dieu !..." Ce billet était de M. de Chateaubriand» (Mme d'Abrantès, *Mémoires sur la Restauration*, t. VI, pp. 490-491).

4.

Martignac, ancien ministre de Charles X, et le jeune Sauzet, âgé de 30 ans, furent les principaux défenseurs, l'un de Polignac, l'autre de l'ancien garde des sceaux, M. de Chantelauze. Sauzet défendra M. de Saint-Priest dans l'affaire du *Carlo-Alberto* (voir *infra*, l. XXXVI, chap. 3, note 1, p. 2431, et l. XLI, chap. 4, note 1, p. 2817).

chose d'assez haut: l'avocat domina trop dans ces plaidoiries. Si mon ami le prince de Polignac m'eût choisi pour son second, de quel œil j'aurais regardé ces parjures s'érigeant en juges d'un parjure: «Quoi! leur aurais-je dit, c'est vous qui osez être les juges de mon client! c'est vous qui, tout souillés de vos serments, osez lui faire un crime d'avoir perdu son maître en croyant le servir; vous, les provocateurs; vous qui le poussiez à rendre les ordonnances! Changez de place avec celui que vous prétendez juger: d'accusé il devient accusateur. Si nous avons mérité d'être frappés, ce n'est pas par vous; si nous sommes coupables, ce n'est pas envers vous, mais envers le peuple: il nous attend dans la cour de votre palais, et nous allons lui porter notre tête[5].»

Après le procès des ministres est venu le scandale de Saint-Germain-l'Auxerrois. Les royalistes, pleins d'excellentes qualités, mais quelquefois bêtes et souvent taquins, ne calculant jamais la portée de leurs démarches, croyant toujours qu'ils rétabliraient la légitimité en affectant de porter une couleur à leur cravate ou une fleur à leur boutonnière, ont amené des scènes déplorables. Il était évident que le parti révolutionnaire profiterait du service à l'occasion de la mort du duc de Berry pour faire du train; or, les légitimistes n'étaient pas assez forts pour s'y opposer, et le gouvernement n'était pas assez établi pour maintenir l'ordre; aussi l'église a-t-elle été pillée. Un apothicaire voltairien[6] et progressif[7] a triomphé intrépidement d'un clocher de l'an 1300 et d'une croix déjà abattue par d'autres Barbares vers la fin du IXe siècle.

Comme suite des hauts faits de cette pharmaceutique éclairée, sont arrivées la dévastation de l'archevêché, la profanation des choses saintes et les processions renouvelées de celles de Lyon. Il y manquait le bourreau et les victimes; mais il y avait force polichinelles, masques et diverses joies du carnaval. Le cortège burlesquement sacrilège marchait d'un

5.
«Ce langage provocateur substitué aux plaidoiries des défenseurs de M. de Polignac qui venait de redevenir l'ami de l'auteur par la grâce de l'infortune n'eût pas fait condamner l'accusé à une plus forte peine; et peut-être l'eût-il fait absoudre.» (Marcellus, *Chateaubriand et son temps*, p. 398). On peut en douter, si ce n'est que Louis-Philippe ne voulait pas de la condamnation à mort des ministres, soucieux qu'il était de se faire accepter par les Cours étrangères.

6.
Cadet de Gassicourt; voir *infra*, l. XXXVI, chap. 1, p. 2423 *sqq.*

7.
Épithète utilisée volontiers par Chateaubriand, et dans un sens non péjoratif. Ainsi écrit-il des États-Unis: «Placé sur la route des océans, à la tête des opinions progressives aussi neuves que son pays, l'Américain semble avoir reçu de Colomb plutôt la mission de découvrir d'autres univers que de les créer.» (*supra*, l. VIII, chap. 6, p. 500).

côté de la Seine, tandis que de l'autre défilait la garde nationale qui faisait semblant d'accourir au secours. La rivière séparait l'ordre et l'anarchie. On assure qu'un homme de talent était là comme curieux et qu'il disait, en voyant flotter les chasubles et les livres sur la Seine : « Quel dommage qu'on n'y ait pas jeté l'archevêque[8] ! » Mot profond, car, en effet, un archevêque qu'on noie doit être une chose plaisante ; cela fait faire un si grand pas à la liberté et aux lumières ! Nous, vieux témoins des vieux faits, nous sommes obligés de vous dire que vous n'apercevez là que de pâles et misérables copies. Vous avez encore l'instinct révolutionnaire ; mais vous n'en avez plus l'énergie ; vous ne pouvez être criminels qu'en imagination ; vous voudriez faire le mal, mais le courage vous manque au cœur et la force au bras ; vous verriez encore massacrer, mais vous ne mettriez plus la main à la besogne. Si vous voulez que la révolution de juillet soit grande et reste grande, que M. Cadet de Gassicourt n'en soit pas le héros réel et *Mayeux* le personnage idéal[9].

8.
Mgr de Quélen, fort impopulaire, s'était exclamé, en 1830, s'adressant à Charles X lors du *Te Deum* célébrant la prise d'Alger : « Vous avez remporté une première victoire, vous allez en obtenir bientôt une autre... », etc. « On crut qu'il connaissait les ordonnances », note Mme de Chateaubriand (*Mémoires...*, p. 129).

9.
Un des types de la caricature très populaire dans les années 1830, placé entre Robert Macaire et M. Prudhomme. Il fut inventé par Charles Traviès pour incarner la bêtise et la vanité du petit bourgeois fier d'avoir participé aux Trois Glorieuses ; portant l'habit de la garde nationale, il est patriote, grivois et porté à la gaudriole.

Ma brochure sur la Restauration et la monarchie élective.

Paris, fin de mars 1831.

J'étais loin de compte lorsqu'en sortant des journées de juillet je croyais entrer dans une région de paix. La chute de trois souverains[1] m'avait obligé de m'expliquer à la Chambre des pairs. La proscription de ces rois[2] ne me permettait pas de rester muet. D'une autre part, les journaux de Philippe[3] me demandaient pourquoi je refusais de servir une révolution qui consacrait des principes que j'avais défendus et propagés. Force m'a été de prendre la parole pour les vérités générales et pour expliquer ma conduite personnelle. Un extrait d'une petite brochure qui

1. Charles X, Louis XIX (duc d'Angoulême) et Henri V (duc de Bordeaux). Après l'abdication de Charles X et de son fils le duc d'Angoulême, qui aurait régné sous le nom de Louis XIX, les légitimistes plaçaient leurs espoirs d'une troisième Restauration dans le petit-fils de Charles X, le jeune duc de Bordeaux, proclamé par eux sous le nom de Henri V.

2. Voir *supra*, l. XIV, chap. 10, p. 2384 *sqq.*

3. Les journaux orléanistes feignaient de s'étonner de son abstention et mêlaient flatteries, accusations et reproches blessants : « Que le drapeau décoloré des lys serve de linceul à son génie, puisqu'il a déserté la cause nationale, M. de Chateaubriand a cessé d'appartenir à la France », lisait-on dans *Le Corsaire* du 29 janvier 1831. Il est vrai que dans la période qui va du procès des ministres de Charles X au pillage de l'archevêché de Paris, Chateaubriand s'était abstenu. Mais lorsque le député Baude proposa à la Chambre le bannissement de Charles X et de ses descendants, le polémiste bondit : « La proscription de ces rois ne me permet pas de rester muet. » De ces fureurs devait sortir une brochure, mise en vente chez Le Normant le 24 mars 1831, et promise à un retentissement considérable. « L'auteur tire à droite et à gauche et tue à chaque coup », s'exclame Marcellus, admiratif (*Souvenirs de la Restauration*, p. 426).

se perdra *(De la Restauration et de la Monarchie élective*[4]) continuera la chaîne de mon récit et celle de l'histoire de mon temps :

« Dépouillé du présent, n'ayant qu'un avenir incertain au delà de ma tombe, il m'importe que ma mémoire ne soit pas grevée de mon silence. Je ne dois pas me taire sur une Restauration à laquelle j'ai pris tant de part, qu'on outrage tous les jours, et que l'on proscrit enfin sous mes yeux. Au Moyen Âge, dans les temps de calamités, on prenait un religieux, on l'enfermait dans une tour où il jeûnait au pain et à l'eau pour le salut du peuple. Je ne ressemble pas mal à ce moine du XIIe siècle : à travers la lucarne de ma geôle expiatoire, j'ai prêché mon dernier sermon aux passants. Voici l'épitome de ce sermon ; je l'ai prédit dans mon dernier discours à la tribune de la pairie : La monarchie de juillet est dans une condition absolue de gloire ou de lois d'exception ; elle vit par la presse, et la presse la tue ; sans gloire elle sera dévorée par la liberté ; si elle attaque cette liberté, elle périra. Il ferait beau nous voir, après avoir chassé trois rois avec des barricades pour la liberté de la presse, élever de nouvelles barricades contre cette liberté ! Et pourtant, que faire ? L'action redoublée des tribunaux et des lois suffira-t-elle pour contenir les écrivains ? Un gouvernement nouveau est un enfant qui ne peut marcher qu'avec des lisières. Remettrons-nous la nation au maillot ? Ce terrible nourrisson, qui a sucé le sang dans les bras de la victoire à tant de bivouacs, ne brisera-t-il pas ses langes ? Il n'y avait qu'une vieille souche profondément enracinée dans le passé qui pût être battue impunément des vents de la liberté de la presse...

....

« À entendre les déclamations de cette heure, il semble que les exilés d'Édimbourg[5] soient les plus petits compagnons du monde, et qu'ils ne fassent faute nulle part. Il ne manque aujourd'hui au présent que le passé : c'est peu de chose ! Comme si les siècles ne se servaient pas de base les uns aux autres, et que le dernier arrivé se pût tenir en l'air.

4.
Cette « petite brochure qui se perdra » (*dixit* Chateaubriand), intitulée *De la Restauration et de la monarchie élective*, « fait partie des œuvres qui demeurent immortelles », ajoute Marcellus (*Chateaubriand et son temps*, p. 400). Elle commençait ainsi : « Une question obligeante m'a été faite à diverses reprises dans les feuilles publiques. On a demandé pourquoi je refusais de servir une Révolution qui consacre des principes que j'ai défendus et propagés. Je n'avais pas oublié cette question, mais je m'étais déterminé à n'y pas répondre ; je voulais sortir en paix du monde politique [...]. "À quoi bon, me disais-je, armer de nouveau les passions contre moi ? Ma vie n'a-t-elle pas été assez agitée ? Ne pourrais-je trouver quelques heures de repos au bord de ma fosse ?" Une Proposition faite à la Chambre des Députés est venue changer ma résolution. [...] je ne puis l'éviter » (*De la Restauration et de la monarchie élective*, *in Grands Écrits politiques*, t. II, p. 559).

CHÂTEAU DE LULWORTH (ANGLETERRE).

5.
Accueillis d'abord à Lullworth par une famille jacobite, les Weld, Charles X et sa famille, après avoir hésité entre Laybach et Trieste, s'étaient décidés à partir pour l'Écosse (16 octobre 1830) et s'installèrent à Holy-Rood, ancienne résidence des rois achevée sous Charles II et qui s'étendait à l'extrémité du Canongate, dans l'est de l'ancien Édimbourg. « Ce vieux palais de Holy-Rood, qui pleurait ses rois, convenait bien aux Bourbons qui pleuraient leur patrie », écrit l'historien royaliste Alfred Nettement.

Notre vanité aura beau se choquer des souvenirs, gratter les fleurs de lis, proscrire les noms et les personnes, cette famille, héritière de mille années, a laissé par sa retraite un vide immense : on le sent partout. Ces individus, si chétifs à nos yeux, ont ébranlé l'Europe dans leur chute. Pour peu que les événements produisent leurs effets naturels, et qu'ils amènent leurs rigoureuses conséquences, Charles X en abdiquant aura fait abdiquer avec lui tous ces rois gothiques, grands vassaux du passé sous la suzeraineté des Capets[6] ....

....

« Nous marchons à une révolution générale[7]. Si la transformation qui s'opère suit sa pente et ne rencontre aucun obstacle, si la raison populaire continue son développement progressif, si l'éducation des classes intermédiaires ne souffre point d'interruption, les nations se nivelleront dans une égale liberté ; si cette transformation est arrêtée, les nations se nivelleront dans un égal despotisme. Ce despotisme durera peu, à cause de l'âge avancé des lumières, mais il sera rude, et une longue dissolution sociale le suivra[8].

« Préoccupé que je suis de ces idées, on voit pourquoi j'ai dû demeurer fidèle, comme individu, à ce qui me semblait la meilleure sauvegarde des libertés publiques, la voie la moins périlleuse par laquelle on pouvait arriver au complément de ces libertés.

« Ce n'est pas que j'aie la prétention d'être un larmoyant prédicant de politique sentimentale, un rabâcheur de panache blanc et de lieux communs à la Henri IV. En parcourant des yeux l'espace qui sépare la tour du Temple du château d'Édimbourg, je trouverais, sans doute, autant de calamités entassées qu'il y a de siècles accumulés sur une noble race. Une femme de douleur[9] a surtout été chargée du fardeau le plus lourd, comme la plus forte ; il n'y a cœur qui ne se brise à son souvenir : ses souffrances sont montées si haut, qu'elles sont devenues une des gran-

---

6. *De la Restauration et de la monarchie élective, in Grands Écrits politiques*, t. II, pp. 568-569.

7. C'est un des grands thèmes de Chateaubriand ; alors que la Restauration était une chance de renouer avec la chaîne des temps, la monarchie de Juillet se trouve entre deux impossibilités : celle du passé et celle de l'avenir.

8. Chateaubriand ajoutait dans le même paragraphe : « Il ne peut résulter des journées de Juillet, à une époque plus ou moins reculée, que des républiques permanentes ou des gouvernements militaires passagers, que remplacerait le chaos. Les Rois pourraient encore sauver l'ordre et la Monarchie en faisant les concessions nécessaires : les feront-ils ? Point ne le pense » (*ibid.*, t. II, p. 569).

9. La duchesse d'Angoulême, fille de Louis XVI et de Marie-Antoinette.

deurs de la révolution. Mais enfin on n'est pas obligé d'être roi. La Providence envoie les afflictions particulières à qui elle veut, toujours brèves, parce que la vie est courte ; et ces afflictions ne sont point comptées dans les destinées générales des peuples[10]...

« Mais que la proposition qui bannit à jamais la famille déchue du territoire français soit un corollaire de la déchéance de cette famille, ce corollaire n'amène pas la conviction pour moi. Je chercherais en vain ma place dans les diverses catégories de personnes qui se sont rattachées à l'ordre de choses actuel[11] ....

« Il y a des hommes qui, après avoir prêté serment à la République une et indivisible, au Directoire en cinq personnes, au Consulat en trois, à l'Empire en une seule, à la première Restauration, à l'Acte additionnel aux constitutions de l'Empire, à la seconde Restauration, ont encore quelque chose à prêter à Louis-Philippe : je ne suis pas si riche.

« Il y a des hommes qui ont jeté leur parole sur la place de Grève, en juillet, comme ces chevriers romains qui jouent à *pair ou non*, parmi des ruines : ils traitent de niais et sot quiconque ne réduit pas la politique à des intérêts privés : je suis un niais et un sot.

10.
Entre les deux paragraphes cités, Chateaubriand avait déclaré qu'il ne s'apitoyait pas sur « une catastrophe provoquée », ayant combattu l'égalitarisme qu'il sentait sous-jacent dans la révolution de Juillet : « Nous remettrons-nous entre les mains de ces vétérans révolutionnaires, de ces invalides coupe-têtes de 1793, qui ne trouvent rien de si beau que les batailles de la guillotine, que les victoires remportées par le bourreau sur les jeunes filles de Verdun et sur le vieillard Malesherbes ? » Le parti royaliste, par ailleurs, n'était pas épargné : « [...] que voudrait ce vieux parti [...], plein d'honneur et de probité, mais dont l'entendement est comme un cachot voûté et muré, sans porte, sans fenêtre, sans soupirail, sans aucune issue à travers laquelle se pût glisser le moindre rayon de lumière ? Ce vieux et respectable parti retomberait demain dans les fautes qu'il a faites hier : toujours dupe des hypocrites, des intrigants, des escrocs, et des espions, il passe sa vie dans de petites manigances, qu'il prend pour de grandes conspirations. » Et d'ajouter : « Entre les hommes qui livreraient toutes nos libertés pour une place de garçon de peine au service de la Légitimité, et ceux qui les vendraient pour du sang à une usurpation de leur choix, et ceux qui n'étant ni de l'un ni de l'autre bord restent immobiles au milieu, on est bien embarrassé » (*De la Restauration et de la monarchie élective*, in *Grands Écrits politiques*, t. II, pp. 570, 571-572). Ensuite il proposait la réunion d'un « Congrès national [...] pour examiner ce qu'il y avait à faire » et qui « aurait été préférable [...] à un Gouvernement improvisé de ville en ville, pour 33 millions d'hommes, avec le passage d'une diligence surmontée d'un drapeau » (*ibid.*, t. II, p. 574).

11.
La grande philippique contre tous les opportunismes s'achevait par cette déclaration de foi politique : « Il y a des hommes qui, croyant à la souveraineté du peuple, ont voulu faire triompher ce principe suranné de la vieille école politique : moi, je ne crois point au droit divin, mais je ne crois pas davantage à la souveraineté du peuple. Je puis très volontiers me passer d'un Roi, mais je ne me reconnais pas le droit d'imposer à personne le Roi que j'aurais choisi. Monarque pour Monarque, Henri de Béarn me paraissait préférable pour l'ordre et la Liberté de la France. J'ai donc donné ma voix à Henri V, comme mon voisin de droite a pu choisir Louis-Philippe Ier, mon voisin de gauche Napoléon II, mon voisin en face la République » (*ibid.*, t. II, pp. 576-577).

«Il y a des peureux qui auraient bien voulu ne pas jurer, mais qui se voyaient égorgés, eux, leurs grands-parents, leurs petits-enfants et tous les propriétaires s'ils n'avaient trembloté leur serment : ceci est un effet physique que je n'ai pas encore éprouvé ; j'attendrai l'infirmité et, si elle m'arrive, j'aviserai.

«Il y a des grands seigneurs de l'empire unis à leurs pensions par des liens sacrés et indissolubles, quelle que soit la main dont elles tombent[12] : une pension est à leurs yeux un sacrement ; elle imprime caractère comme la prêtrise et le mariage ; toute tête pensionnée ne peut cesser de l'être : les pensions étant demeurées à la charge du Trésor, ils sont restés à la charge du même Trésor : moi j'ai l'habitude du divorce avec la fortune ; trop vieux pour elle, je l'abandonne, de peur qu'elle ne me quitte.

«Il y a de hauts barons du Trône et de l'Autel, qui n'ont point trahi les ordonnances ; non ! mais l'insuffisance des moyens employés pour mettre à exécution ces ordonnances a échauffé leur bile ; indignés qu'on ait failli au despotisme, ils ont été chercher une autre antichambre : il m'est impossible de partager leur indignation et leur demeure.

«Il y a des gens de conscience qui ne sont parjures que pour être parjures, qui cédant à la force n'en sont pas moins pour le droit[13] ; ils pleurent sur ce pauvre Charles X, qu'ils ont d'abord entraîné à sa perte par leurs conseils, et ensuite mis à mort par leur serment ; mais si jamais lui ou sa race ressuscite, ils seront des foudres de légitimité : moi j'ai toujours été dévot à la mort, et je suis le convoi de la vieille monarchie comme le chien du pauvre.

«Enfin il y a de loyaux chevaliers qui ont dans leur poche des dispenses d'honneur et des permissions d'infidélité[14] : je n'en ai point.

12.
Chateaubriand vise des hommes tels que Pasquier – ministre «à toutes selles» (Frénilly) – réputé pour être l'homme de France qui avait «le plus de serments de rechange dans sa poche», Sémonville, Molé, Soult, etc.

13.
À la date du 23 juin 1831, Céleste de Chateaubriand note : «Aujourd'hui la mode est de prêter serment à Philippe en même temps qu'on reste fidèle à Charles X. Mais ces nouveaux casuistes pensent-ils sérieusement que Dieu ait dit : "Vous jurerez à haute voix ce que vous renierez mentalement."» (*Mémoires*..., p. 157).

14.
«Ceci est à l'adresse du duc de Fitz-James, lequel m'a dit ne s'être jamais pardonné d'avoir prononcé le serment à Louis-Philippe, même pour garder le privilège de faire entendre à la France quelques paroles généreuses [...]» (Marcellus, *Chateaubriand et son temps*, pp. 401-402). Le 10 août, le «noble pair», après avoir invoqué «Louis XVI de sainte mémoire», sa famille où l'on «sait ce que c'est que de rester fidèle à une cause désespérée», et pris la Chambre à témoin qu'il «confessait jusqu'au dernier souffle de [sa] vie, tant qu'une goutte de sang fera battre [son cœur] jusque sur l'échafaud [...] amour et respect pour [son] vieux maître», avait prêté serment «en considération du salut de la France» (*Moniteur parlementaire*, p. 884, supplément au n° 223, du 11 août 1830).

« J'étais l'homme de la Restauration *possible*, de la Restauration avec toutes les sortes de libertés. Cette restauration m'a pris pour un ennemi ; elle s'est perdue[15] : je dois subir son sort. Irai-je attacher quelques années qui me restent à une fortune nouvelle, comme ces bas de robes que les femmes traînent de cours en cours, et sur lesquels tout le monde peut marcher ? À la tête des jeunes générations, je serais suspect ; derrière elles, ce n'est pas ma place. Je sens très-bien qu'aucune de mes facultés n'a vieilli ; mieux que jamais je comprends mon siècle ; je pénètre plus hardiment dans l'avenir que personne : mais la fatalité a prononcé ; finir sa vie à propos est une condition nécessaire de l'homme public. »

15. Conviction ardemment partagée par Céleste : « Si le Roi avait donc soutenu M. de Chateaubriand comme l'opinion le désirait, il serait resté ministre et il est probable que la Révolution ne serait pas arrivée [...] » (*Mémoires*..., p. 150).

ÉTUDES HISTORIQUES[1].

Enfin les *Études historiques* viennent de paraître[2] ; j'en reporte ici l'*Avant-propos*: c'est une véritable page de mes *Mémoires*, il contient mon histoire au moment même où j'écris :

AVANT-PROPOS

« Souvenez-vous, pour ne pas perdre de vue le train du monde, qu'à cette époque *(la chute de l'Empire romain)*... il y avait des citoyens qui fouillaient

1. Le manuscrit de 1847 ajoute une date : « Paris, mai 1831 ».

2. Au lendemain de la parution de la brochure, la *Revue de Paris* donna un long fragment des *Études historiques*, qui paraîtront le 20 avril pour former, avec la tragédie *Moïse* et un volume de tables, la dernière livraison des *Œuvres complètes* en cours de publication depuis 1826 chez Ladvocat (t. IV, V, V bis et V ter). Aux *Discours historiques*, qui ne devaient être que le prologue, Chateaubriand avait ajouté une *Analyse raisonnée de l'histoire de France* depuis Clovis jusqu'à Louis XVI et y avait inséré les fragments complètement rédigés de son œuvre. Les *Études historiques*, ouvrage composite qui fut entrepris de 1811 à 1814, repris de 1816 à 1818, continué à l'ambassade de Rome, poursuivi après la démission, furent publiées après sept mois de travail, au prix, d'une « violence presque sans trêve exercée sur lui-même [...]. On devine sans peine à quel labeur ingrat furent consacrés ces sept mois maudits. Faire encore vérifier des références, minutieusement retoucher, jusque sur les épreuves, le style ou même le plan, changer la place de tel ou tel paragraphe, choisir, parmi l'amas des manuscrits anciens, les fragments dignes de suppléer à l'ample projet d'histoire de France autrefois conçu, les réunir par des sommaires ou autres transitions [...] » (M.-J. Durry, *La Vieillesse de Chateaubriand*, t. I, pp. 38-39). En 1807, Chateaubriand donnait mission aux Tacite modernes

CHATEAUBRIAND.

de « prononcer les arrêts qui sont du ressort de [leur] dernier et suprême tribunal » *(Mercure de France)*. En 1831, sa conception se fait plus modeste : « La connaissance du passé varie sans cesse, elle s'affine et progresse, réforme les jugements » ; et parce qu'elle se « compose de faits acquis et de vérités trouvées », elle évolue avec les sociétés elles-mêmes : pour avancer, « on ne peut se dispenser de recourir aux originaux, car ces écrivains les lisaient autrement que nous et dans un autre esprit ». D'où l'importance que Chateaubriand attache aux grandes écoles historiques de son temps – françaises et étrangères (Hegel, Herder, Vico) – auxquelles il consacre de longs développements dans la préface. Mais c'est moins en commentateur impartial qu'en politique qu'il les apprécie. Pour interpréter l'histoire, Chateaubriand dégage trois vérités – religieuse, philosophique, politique – qui balisent le chemin de l'humanité, il réintroduit le progrès – version « évangélisée » de la perfectibilité philosophique, chère à Mme de Staël – qui engrène chaque génération à l'autre, et il rétablit dans son mouvement l'unité de l'homme et son indépendance personnelle. « Cette société, tout en ayant l'air de rétrograder quelquefois, ne cesse de marcher en avant. » Cet optimisme chrétien ne s'identifie pas avec le « millénarisme » à la Lamennais, populiste, révolutionnaire et romantique... Pour Chateaubriand, le changement est la loi du monde ; à Dieu seul appartient l'éternité. Philosophe de l'histoire, Chateaubriand se double également d'un historien qui sait mettre en lumière, avant Tocqueville, le rôle joué par l'État capétien, rôle qu'il avait esquissé dans *Le Conservateur* et qu'il reprend là de manière plus ample. Pour lui, la Révolution est très largement l'œuvre de la monarchie absolue ; elle procède de son génie, essentiellement autoritaire et centralisateur. Dans les *Études historiques*, il décrit cette

CLOVIS.

marche incessante de la monarchie vers l'absolutisme, depuis Louis XI, ce «personnage unique dans les annales», qui «vint faire l'essai de la monarchie absolue sur le cadavre palpitant de la féodalité», jusqu'aux Bourbons, qui n'auront plus qu'à renverser les ultimes remparts des libertés aristocratiques: Richelieu, ce «génie du despotisme», y pourvoira. Avec le Roi-Soleil, «toutes les libertés meurent à la fois, libertés politiques, religieuses»; Chateaubriand a même cette formule qui relève de l'ordre de ses «futuritions» les plus chères, beaucoup plus que de l'analyse réelle de la monarchie de Louis XIV: «Tout devient individuel [...] on eût dit d'une nouvelle conquête, d'une nouvelle irruption des Barbares, et ce n'était que l'invasion d'un seul homme» (*OC*, t. V ter, p. 433). Atomisation de l'individu, croissance de l'État, ce sont les deux caractéristiques des démocraties alors en gestation dans l'Europe du XVIIe siècle. Ensuite, la monarchie absolue, estime-t-il, va dégénérer, parce que absolue: «Après le tombeau de [Louis XIV], on n'aperçoit plus que deux monuments de la monarchie Absolue: l'oreiller des débauches de Louis XV et le billot de Louis XVI» (*ibid.*, p. 443). Ainsi, l'absolutisme se nie lui-même et finit par une révolution. «Quand la lutte de l'aristocratie avec la couronne finit, la lutte de la démocratie avec cette même couronne commença. La royauté, qui avait favorisé le peuple afin de se débarrasser des grands, s'aperçut qu'elle avait élevé un autre rival moins tracassier, mais plus formidable. Le combat s'établit sur le terrain de l'égalité» (*ibid.*, p. 433).

comme moi les archives du passé au milieu des ruines du présent, qui écrivaient les annales des anciennes révolutions au bruit des révolutions nouvelles; eux et moi prenant pour table, dans l'édifice croulant, la pierre tombée à nos pieds, en attendant celle qui devait écraser nos têtes.» (*Études historiques*, tome V bis, page 175.)

«Je ne voudrais pas, pour ce qui me reste à vivre, recommencer les dix-huit mois qui viennent de s'écouler. On n'aura jamais une idée de la violence que je me suis faite; j'ai été forcé d'abstraire mon esprit, dix, douze et quinze heures par jour, de ce qui se passait autour de moi, pour me livrer puérilement à la composition d'un ouvrage dont personne ne parcourra une ligne. Qui lirait quatre gros volumes, lorsqu'on a bien de la peine à lire le feuilleton d'une gazette? J'écrivais l'histoire ancienne, et l'histoire moderne frappait à ma porte; en vain je lui criais: "Attendez, je vais à vous"; elle passait au bruit du canon, en emportant trois générations de rois.
«Et que le temps concorde heureusement avec la nature même de ces *Études*! on abat la croix, on poursuit les prêtres; et il est question de rois et de prêtres à toutes les pages de mon récit; on bannit les Capets, et je publie une histoire dont les Capets occupent huit siècles. Le plus long et le dernier travail de ma vie, celui qui m'a coûté le plus de recherches, de soins et d'années, celui où j'ai peut-être remué le plus d'idées et de faits, paraît lorsqu'il ne peut trouver de lecteurs; c'est comme si je le jetais dans un puits où il va s'enfoncer sous l'amas des décombres qui le suivront. Quand une société se compose et se décompose, quand il y va de l'existence de chacun et de tous, quand on n'est pas sûr d'un avenir d'une heure, qui se soucie de ce que fait, dit et pense son voisin? Il s'agit bien de Néron, de Constantin, de Julien, des Apôtres, des Martyrs, des Pères de l'Église, des Goths, des Huns, des Vandales, des Francs, de Clovis, de Charlemagne, de Hugues Capet et de Henri IV; il s'agit bien du naufrage de l'ancien monde, lorsque nous nous trouvons engagés dans le naufrage du monde moderne? N'est-ce pas une sorte de radotage, une espèce de faiblesse d'esprit, que de s'occuper de lettres dans ce moment? Il est vrai: mais ce radotage ne tient pas à mon cerveau, il vient des antécédents de ma méchante fortune. Si je n'avais pas tant fait de sacrifices aux libertés de mon pays, je n'aurais pas été obligé de contracter des engagements[3] qui s'achèvent de

3.
Engagements envers l'éditeur de ses *Œuvres complètes*, qu'il abandonne «sans joie, avec une amère prévision d'inutilité et d'échec. Comment trouver un auditoire, quand tout n'est que naufrage, sédition, arbitraire, incertitude [...]?» (M.-J. Durry, *La Vieillesse de Chateaubriand*, t. I, p. 37).

remplir dans des circonstances doublement déplorables pour moi *(a)*. Aucun auteur n'a été mis à une pareille épreuve ; grâce à Dieu elle est à son terme : je n'ai plus qu'à m'asseoir sur des ruines et à mépriser cette vie que je dédaignais dans ma jeunesse.

« Après ces plaintes bien naturelles et qui me sont involontairement échappées, une pensée me vient consoler ; j'ai commencé ma carrière littéraire par un ouvrage où j'envisageais le christianisme sous les rapports poétiques et moraux ; je la finis par un ouvrage où je considère la même religion sous ses rapports philosophiques et historiques : j'ai commencé ma carrière politique sous la Restauration, je la finis avec la Restauration. Ce n'est pas sans une secrète satisfaction que je me trouve ainsi conséquent avec moi-même. »

Avant mon départ de Paris.

Paris, mai 1831.

La résolution que je conçus au moment de la catastrophe de Juillet n'a point été abandonnée par moi[1]. Je me suis occupé des moyens de vivre en terre étrangère, moyens difficiles, puisque je n'ai rien. L'acquéreur de mes œuvres m'a fait à peu près banqueroute[2] et mes dettes m'empêchent de trouver quelqu'un qui veuille me prêter.

Quoi qu'il en soit, je vais me rendre à Genève[3] avec la somme qui m'est survenue de la vente de ma dernière brochure *(De la Restauration et de la monarchie élective)*. Je laisse ma procuration[4] pour vendre la maison ou j'écris cette page pour ordre de date. Si je trouve marchand à mon lit, je pourrai trouver un autre lit hors de France. Dans ces incertitudes et ces mouvements, jusqu'à ce que je sois établi quelque part, il me sera

1.
La résolution d'achever ses *Mémoires* en Italie, en compagnie de Mme Récamier.

2.
Voir *supra*, l. XXVIII, chap. 9, note 6, p. 1806. L'éditeur Pourrat, remarque M. Levaillant, avait racheté l'édition des *Œuvres complètes* à Ladvocat et versé 25 000 frs à Chateaubriand pour les *Études historiques.*

3.
L'adieu tout temporaire à la politique et aux lettres s'accompagnait d'un congé donné à son ingrate patrie. Dans son discours à la Chambre des pairs (7 août 1830), Chateaubriand avait réclamé le droit d'aller mourir partout où il trouverait indépendance et repos. Cette brochure (tirée à 15 000 exemplaires) lui procura la somme nécessaire à son départ pour la Suisse. Il laissait une procuration pour vendre sa maison de la rue d'Enfer. Partis le 16 mai 1831, les Chateaubriand arrivèrent à Genève le 23.

4.
À Juliette Récamier.

impossible de reprendre la suite de mes *Mémoires* à l'endroit où je les ai interrompus*. [* Ceci se rapporte à ma carrière littéraire et à ma carrière politique laissées en arrière, lacunes qui sont maintenant comblées par ce que je viens d'écrire dans ces dernières années, 1838 et 1839. (Paris, note de 1839.)] Je continuerai donc d'écrire les choses du moment actuel de ma vie; je ferai connaître ces choses par les lettres qu'il m'arrivera d'écrire sur les chemins ou pendant mes divers séjours; je lierai les faits intermédiaires par un *journal* qui remplira les temps laissés entre les dates de ces lettres.

Lettres et vers à madame Récamier.

[*À MADAME RÉCAMIER*

Hyacinthe a l'habitude de copier, presque malgré moi, mes lettres et celles qu'on m'adresse, parce qu'il prétend avoir remarqué que j'étais souvent attaqué par des personnes qui m'avaient écrit des admirations sans fin ou qui s'étaient adressées à moi pour des demandes de service. Quand cela arrive, il fouille dans des liasses à lui seul connues, et, comparant l'article injurieux avec l'épître louangeuse, il me dit: «Voyez-vous, monsieur, que j'ai bien fait!» Je ne trouve pas cela du tout: je n'attache ni la moindre foi ni la moindre importance à l'opinion des hommes; je les prends pour ce qu'ils sont et je les estime ce qu'ils valent. Jamais je ne leur opposerai pour mon compte ce qu'ils ont dit publiquement de moi et ce qu'ils m'ont dit en secret; mais cela divertit Hyacinthe. Je n'avais point de copie de mes lettres à madame Récamier; elle a eu la bonté de me les prêter. (Note de Paris, 1836.)]

«Lyon, mercredi 18 mai 1831.
«Me voilà trop loin de vous. Je n'ai jamais fait de voyage si triste: temps admirable, nature toute parée, rossignol chantant, nuit étoilée: et tout cela, pour qui? Il faudra bien que je retourne où vous êtes, à moins que vous ne veniez à mon secours.»

À MADAME RÉCAMIER

«Lyon[1], vendredi 20 mai.
«J'ai passé hier le jour à errer au bord du Rhône; je regardais la ville où vous êtes née, la colline où s'élevait le couvent[2] où vous aviez été choisie

GENÈVE, HÔTEL DES ÉTRANGERS AUX PÂQUIS ET FÊTE DE LA NAVIGATION.

1.
Chateaubriand séjourna à Lyon du 18 mai jusqu'au dimanche soir 22. Pilorge ne le rejoignit à Genève que le 5 juin. Sur ce séjour en Suisse, voir F. Bouchardy, *Monsieur et madame de Chateaubriand et les Genevois, avec des documents inédits.*

2.
Le couvent de la Déserte.

comme la plus belle : espérance que vous n'avez point démentie ; et vous n'êtes point ici, et des années se sont écoulées, et vous avez été jadis exilée[3] dans votre berceau, et madame de Staël n'est plus, et je quitte la France ! De ces anciens temps un personnage singulier m'a apparu : je vous envoie son billet à cause de l'inattendu et de la surprise. Ce personnage[4], que je n'avais jamais vu, plante des pins dans les montagnes du Lyonnais. Il y a bien loin de là à la rue *Feydeau* et à *Maison à vendre*[5] : comme les rôles changent sur la terre !

« Hyacinthe m'a mandé les regrets et les articles de journaux[6] ; je ne vaux pas tout cela. Vous savez que je le crois sincèrement vingt-trois heures sur vingt-quatre ; la vingt-quatrième est consacrée à la vanité, mais elle ne tient guère et passe vite. Je n'ai voulu voir personne ici ; M. Thiers, qui se rendait dans le midi, a forcé ma porte. »

Billet inclus dans cette lettre.

« Un voisin, votre compatriote, qui n'a d'autre titre auprès de vous qu'une profonde admiration pour votre beau talent et votre admirable caractère, désirerait avoir l'honneur de vous voir et de vous présenter l'hommage de son respect. Ce voisin de chambre dans l'hôtel, ce compatriote, s'appelle *Elleviou.* »

3.
En septembre 1811 (voir *supra*, l. XXIX, chap. 12, pp. 1906-1907).

4.
Le chanteur Elleviou (1772-1842), né à Rennes, fut l'une des grandes vedettes du théâtre Feydeau sous le Consulat et l'Empire. Célébré par les journaux comme « l'Orphée moderne », il faisait « prédominer le chant sur le dialogue », écrit Lanzac de Laborie, et, dans le chant même, « prodiguait hors de propos les fioritures, les roulades, les exercices de virtuosité [...]. La masse du public se pâmait [...] sans témoigner le moindre symptôme de lassitude » *(Paris sous Napoléon, Spectacles et musées)*. Séducteur, galant, choyé des auteurs, des compositeurs et du public, il prit, le 10 mars 1813, le parti de se retirer. Il vécut près de trente ans encore, dans les environs de Lyon.

5.
Maison à vendre, opéra-comique de Dalayrac. À la seconde représentation, Duval, le librettiste, avait réuni dans sa loge quelques amis parmi lesquels le peintre Carle Vernet, célèbre pour son esprit. On arrivait à la fin de la pièce et Vernet ne s'était pas encore déridé. « Qu'avez-vous donc, lui dit l'auteur, et pourquoi faire ainsi grise mine ? » Et Carle Vernet de répondre d'un ton bourru : « Eh bien ! oui, je suis furieux. Vous m'annoncez une maison à vendre et je ne vois qu'une pièce à louer. »

6.
Notamment dans le *Journal des Débats* du 16 mai : « [...] Quel que soit le séjour qu'adoptera M. de Chateaubriand, la postérité en retiendra le nom, comme elle a conservé les noms autrefois si inconnus de Ferney et de l'île Saint-Pierre [...] l'éloquence, les lumières, l'expérience de M. de Chateaubriand sont des produits indigènes, qui appartiennent au sol. La terre natale les réclame. M. de Chateaubriand ne restera point insensible à sa voix maternelle. »

« Lyon, dimanche 22 mai.
« Nous partons demain pour Genève où je trouverai d'autres souvenirs de vous. Reverrai-je jamais la France, quand une fois j'aurai passé la frontière ? Oui, si vous le voulez, c'est-à-dire si vous y restez. Je ne souhaite pas les événements qui pourraient m'offrir une autre chance de retour ; je ne ferai jamais entrer les malheurs de mon pays au nombre de mes espérances. Je vous écrirai mardi, 24, de Genève. Quand reverrai-je votre petite écriture, sœur cadette de la mienne[7] ? »

« Genève, mardi 24 mai.
« Arrivés hier ici, nous cherchons des maisons[8]. Il est probable que nous nous arrangerons d'un petit pavillon au bord du lac[9]. Je ne puis vous dire comme je suis triste en m'occupant de ces arrangements[10]. Encore un autre avenir ! encore recommencer une vie quand je croyais avoir fini ! Je compte vous écrire une longue lettre quand je serai un peu en repos ; je crains ce repos, car alors je verrai sans distraction ces années obscures dans lesquelles j'entre le cœur si serré. »

7.
« Ah ! bien cadette sans doute ; car M. de Chateaubriand écrivait en caractères d'un demi-pouce de haut, et comme s'il n'y avait que des majuscules dans l'alphabet » (Marcellus, *Chateaubriand et son temps*, p. 406).

8.
Les Chateaubriand avaient retenu une chambre à l'hôtel des Étrangers, dans le faubourg des Pâquis, situé sur la rive droite du lac. Le quartier aujourd'hui entièrement reconstruit avait alors un caractère très particulier : « Un chemin le réunit à la ville et un pont de fil de fer, réservé aux piétons, franchit les fossés [...]. À gauche et à droite de ce chemin, quelques maisons et de grandes villas plantées de vieux et beaux arbres ; les propriétés situées du côté du lac vont jusqu'à la grève sans être interrompues par aucun passage public. Pour pénétrer en voiture dans la ville, ou pour ne pas acquitter le péage du pont il faut faire le détour de la porte de Cornavin » (P. Moreau, « Chateaubriand et la Suisse », *Revue de Genève*, juillet 1927, p. 45 *sqq.*).

9.
La lettre ajoute : « Auprès, il y a d'autres appartements plus beaux où nous serions à merveille » (*Lettres à Madame Récamier*, p. 351).

10.
Chateaubriand louera (sur les conseils de Rosalie de Constant, cousine de Benjamin Constant), à l'angle d'un jardin, devant la place de la Navigation et le Léman, une maison meublée d'époque Louis XVI. Les propriétaires se réservaient l'usage d'un salon et d'une petite chambre, la jouissance du jardin et de ses produits. « Ces cohabitations sont pénibles » (M.-J. Durry, *La Vieillesse de Chateaubriand*, t. I, p. 53).

À MADAME RÉCAMIER

« 9 juin 1831.

« Vous savez qu'il s'est établi une secte *réformée* au milieu des protestants. Un des nouveaux pasteurs de cette nouvelle église est venu me voir et m'a écrit deux lettres dignes des premiers apôtres[11]. Il veut me convertir à sa foi, et je veux en faire un *papiste*. Nous joutons comme au temps de Calvin, mais en nous aimant en fraternité chrétienne et sans nous brûler. Je ne désespère pas de son salut ; il est tout ébranlé de mes arguments pour les papes. Vous n'imaginez pas à quel point d'exaltation il est monté, et sa candeur est admirable. Si vous m'arrivez, accompagnée de mon vieil ami Ballanche, nous ferons des merveilles. Dans un des journaux de Genève, on annonce un ouvrage de controverse protestante. On engage les auteurs à *se tenir fermes*, parce que l'*auteur du* Génie du christianisme *est là tout près*.

« Il y a quelque chose de consolant à trouver une petite peuplade libre, administrée par les hommes les plus distingués et chez laquelle les idées religieuses sont la base de la liberté et la première occupation de la vie.

« J'ai déjeuné chez M. de Constant[12] auprès de madame Necker, sourde malheureusement, mais femme rare, de la plus grande distinction ; nous n'avons parlé que de vous. J'avais reçu votre lettre, et j'ai dit à M. de Sismondi[13] ce que vous écrivez d'aimable pour lui. Vous voyez que je prends de vos leçons.

« Enfin, voici des vers. Vous êtes mon *étoile* et je vous attends pour aller à cette île enchantée.

« Delphine mariée : ô muses[14] ! Je vous ai dit dans ma dernière lettre pourquoi je ne pouvais écrire ni sur la pairie, ni sur la guerre : j'attaquerais un corps ignoble dont j'ai fait partie, et je prêcherais l'honneur à qui n'en a plus.

« Il faut un marin pour lire les vers et les comprendre. Je me recommande à M. Lenormant. Votre intelligence suffira aux trois dernières strophes et le mot de l'énigme est au bas. »

11.
Il s'agissait du pasteur Amy Bost, qui contera ses relations avec Chateaubriand dans ses *Mémoires* publiés en 1854-1855.

12.
Charles de Constant, cousin de Benjamin Constant.

13.
Dans la préface des *Études historiques*, Chateaubriand se montre sévère à l'égard de Sismondi : « Les élucubrations de ce savant annaliste doivent être lues avec précaution, mais étudiées avec fruit » (*OC*, t. IV, p. LXXXII). Sur Sismondi, voir aussi *supra*, l. XXIII, chap. 12, p. 1468, où Chateaubriand le qualifie de « niais ».

14.
Delphine de Girardin, fille de Sophie Gay, que ses hymnes et odes avaient rendue célèbre, venait enfin de toucher au port après une quête éperdue d'un mari : à 27 ans, elle épousait Émile de Girardin, le fondateur de *La Presse* (1er juin 1831).

LE NAUFRAGÉ.

Rebut de l'aquilon, échoué sur le sable,
Vieux vaisseau fracassé dont finissait le sort,
Et que, dur charpentier, la mort impitoyable
Allait dépecer dans le port!

Sous tes ponts désertés un seul gardien habite:
Autrefois tu l'as vu sur ton gaillard d'avant,
Impatient d'écueils, de tourmente subite,
Siffler pour ameuter le vent.

Tantôt sur ton beaupré, cavalier intrépide,
Il riait quand, plongeant la tête dans les flots,
Tu bondissais; tantôt du haut du mât rapide,
Il criait: Terre! aux matelots.

Maintenant retiré dans ta carène usée,
Teint hâlé, front chenu, main goudronnée, yeux pers,
Sablier presque vide et boussole brisée
Annoncent l'ermite des mers.

Vous pensiez défaillir amarrés à la rive,
Vieux vaisseau, vieux nocher! vous vous trompiez tous deux:
L'ouragan vous saisit et vous traîne en dérive
Hurlant sur les flots noirs et bleus.

Dès le premier récif votre course bornée
S'arrêtera; soudain vos flancs s'entr'ouvriront;
Vous sombrez! c'en est fait! et votre ancre écornée
Glisse et laboure en vain le fond.

Ce vaisseau, c'est ma vie, et ce nocher, moi-même:
Je suis sauvé! mes jours aux mers sont arrachés:
Un astre m'a montré sa lumière que j'aime,
Quand les autres se sont cachés.

Cette étoile du soir qui dissipe l'orage,
Et qui porte si bien le nom de la beauté,
Sur l'abîme calmé conduira mon naufrage
À quelque rivage enchanté.

Jusqu'à mon dernier port, douce et charmante étoile,
Je suivrai ton rayon toujours pur et nouveau;
Et quand tu cesseras de luire pour ma voile,
Tu brilleras sur mon tombeau.

À MADAME RÉCAMIER

«Genève, 18 juin 1831.

«Vous avez reçu toutes mes lettres. J'attends incessamment quelques mots de vous; je vois bien que je n'aurai rien, mais je suis toujours surpris quand la poste ne m'apporte que les journaux. Personne au monde ne m'écrit que vous; personne ne se souvient de moi que vous, et c'est un grand charme. J'aime votre lettre solitaire qui ne m'arrive point comme elle arrivait au temps de mes grandeurs, au milieu des paquets de dépêches et de toutes ces lettres d'attachement, d'admiration et de bassesse qui disparaissent avec la fortune. Après vos petites lettres je verrai votre belle personne si je ne vais pas la rejoindre. Vous serez mon exécutrice testamentaire; vous vendrez ma pauvre retraite; le prix vous servira à voyager vers le soleil. Dans ce moment il fait un temps admirable: j'aperçois, en vous écrivant, le mont Blanc[15] dans sa splendeur; du haut du mont Blanc on voit l'Apennin: il me semble que je n'ai que trois pas pour arriver à Rome où nous irons, car tout s'arrangera en France.

«Il ne manquait plus à notre glorieuse patrie, pour avoir passé par toutes les misères, que d'avoir un gouvernement de couards; elle l'a et la jeunesse va s'engloutir dans la doctrine[16], la littérature et la débauche, selon le caractère particulier des individus. Reste le chapitre des accidents;

15.
Chateaubriand n'aimait guère les montagnes vues de près, les trouvant lourdes et disproportionnées (voir *Voyage au Mont-Blanc*, 1804); mais il estimait qu'il n'y avait point de beau paysage sans un horizon de montagnes: «Leurs têtes chenues, leurs flancs décharnés, leurs membres gigantesques, hideux quand on les contemple de trop près, sont admirables, lorsqu'au fond d'un horizon vaporeux, ils s'arrondissent et se colorent dans une lumière fluide et dorée» (*OC*, t. VII, p. 319).

16.
Chateaubriand commençait à déchanter de la jeunesse de Juillet, qui déjà «pantouflait» dans la monarchie constitutionnelle. Ainsi écrit-il à Mme Récamier le 27 mai: «Je désespère de notre Liberté quand je vois cette jeunesse qui promettait tant, insensible à l'honneur de la France, prêcher le juste milieu et la paix à tout prix, c'est-à-dire la bastonnade des nations soulevées en notre nom, et la liberté avec des sous-préfectures, des places d'inspecteurs aux universités et de commis aux lettres: d'un autre côté, les beautés de la Convention et l'admiration de la hache» (*in* M.-J. Durry, *La Vieillesse de Chateaubriand*, t. I, pp. 60-61).

mais quand on traîne comme je le fais sur le chemin de la vie, l'accident le plus probable, c'est la fin du voyage.

« Je ne travaille point, je ne puis rien faire : je m'ennuie ; c'est ma nature et je suis comme un poisson dans l'eau : si pourtant l'eau était un peu moins profonde, je m'y plairais peut-être mieux. »

JOURNAL DU 12 JUILLET[1] AU 1er SEPTEMBRE 1831. Commis de M. de Lapanouze. – Lord Byron. – Ferney et Voltaire.

Aux Paquis, près Genève.

Je suis établi aux Paquis avec madame de Chateaubriand ; j'ai fait la connaissance de M. Rigaud, premier syndic de Genève[2] : au-dessus de sa maison, au bord du lac, en remontant le chemin de Lausanne, on trouve la villa de deux commis de M. de Lapanouze, qui ont dépensé 1 500 000 francs à la faire bâtir et à planter leurs jardins. Quand je passe à pied devant leur demeure, j'admire la Providence qui, dans eux et dans moi, a placé à Genève des témoins de la Restauration. Que je suis bête ! que je suis bête ! le sieur de Lapanouze faisait du royalisme et de la misère

1. Le 12 juillet, Chateaubriand avait écrit à Ballanche : « L'ennui, mon cher et ancien ami, produit une fièvre intermittente ; tantôt il engourdit mes doigts et mes idées, et tantôt il me fait écrire, écrire comme l'abbé Trublet. C'est ainsi que j'accable Mme Récamier de lettres et que je laisse la vôtre sans réponse. Voilà les élections [celles du 5 juillet 1831], comme je l'avais toujours prévu et annoncé, *ventrues* et *reventrues*. La France est à présent toute en bedaine, et la fière jeunesse est entrée dans cette rotondité. Grand bien lui fasse ! [...] » (*in* E. Biré, *Les Dernières Années de Chateaubriand*, pp. 59-60).

2. Le syndic Rigaud, premier magistrat de la République de Genève, écrira à Chateaubriand le 3 novembre 1831 : « Vous savez, Monsieur, que nous sommes un petit peuple vaniteux. Le temps que vous avez passé à Genève et l'intérêt que vous avez bien voulu montrer à nos institutions publiques, sont devenus un titre de plus d'orgueil pour mes concitoyens. Ils aiment à penser que cette grande renommée littéraire, en s'éloignant de sa patrie, avait choisi pour lieu de repos les rives de notre lac. En pensant à Voltaire, Byron et Chateaubriand, nous avons en effet quelques droits de nous enorgueillir pour notre pays » (cité *in* M.-J. Durry, *La Vieillesse de Chateaubriand*, t. I, p. 55). Chateaubriand participera aux fêtes officielles : la fête des Promotions (13 juin) et la fête de la Navigation (24 juillet), au cours desquelles sa présence sera remarquée et saluée (voir F. Bouchardy, *Monsieur et madame de Chateaubriand et les Genevois*, pp. 17-18).

avec moi : voyez où sont parvenus ses commis pour avoir favorisé la conversion des rentes[3] que j'avais la bonhomie de combattre, et en vertu de laquelle je fus chassé. Voilà ces messieurs ; ils arrivent dans un élégant tilbury, chapeau sur l'oreille, et je suis obligé de me jeter dans un fossé pour que la roue n'emporte pas un pan de ma vieille redingote. J'ai pourtant été pair de France, ministre, ambassadeur, et j'ai dans une boîte de carton tous les premiers ordres de la chrétienté, y compris le Saint-Esprit et la Toison d'or[4]. Si les commis du sieur César de Lapanouze, millionnaires, voulaient m'acheter ma boîte de rubans pour leurs femmes, ils me feraient un sensible plaisir.

Pourtant tout n'est pas roses pour MM. B.[5] : ils ne sont pas encore nobles genevois, c'est-à-dire qu'ils ne sont pas encore à la seconde génération, que leur mère *(a)* habite encore le bas de la ville et n'est pas montée dans le quartier de Saint-Pierre, le faubourg Saint-Germain de Genève ; mais, Dieu aidant, noblesse viendra après argent.

Ce fut en 1805 que je vis Genève pour la première fois. Si deux mille ans s'étaient écoulés entre les deux époques de mes deux voyages, seraient-elles plus séparées l'une de l'autre qu'elles ne le sont ? Genève appartenait à la France ; Bonaparte brillait dans toute sa gloire, madame de Staël dans toute la sienne ; il n'était pas plus question des Bourbons que s'ils n'eussent jamais existé. Et Bonaparte et madame de Staël et les Bourbons, que sont-ils devenus ? et moi, je suis encore là !

M. de Constant, cousin de Benjamin Constant, et mademoiselle de Constant, vieille fille pleine d'esprit, de vertu et de talent, habitent leur

---

3.
Voir *supra*, l. XXVIII, chap. 2, note 2, pp. 1776-1777.

4.
Chateaubriand avait reçu l'Ordre de la Toison d'or après le succès de l'expédition d'Espagne. « M. de Chateaubriand m'a dit en me montrant à Rome cette boîte de carton qui s'était remplie en deux ans, "de tous ces colifichets qui témoignent de la faveur des cours, et non des services rendus au pays, de tous ces jouets qui devraient marquer la distance entre le courtisan qui les brigue, et le patriote qui les dédaigne ; de toutes ces décorations amoncelées sur ma poitrine, je n'estime que ma croix du Saint-Sépulcre : Je l'ai conquise à Jérusalem, quand je rouvrais pour les chrétiens la route de la Palestine ; et celle-là atteste au moins quelque chose de réel dans ma vie, mon pèlerinage." » (Marcellus, *Chateaubriand et son temps*, p. 408). Chateaubriand en habit de pair de France, toutes ses décorations en sautoir et portant le collier de la Toison d'or, a été représenté par M. de Laval.

5.
Les deux commis s'appelaient Bartholony : « [...] selon une tradition de médisance qui n'a pas changé depuis Aristophane, les bonnes langues répétaient que leur mère vendait des légumes. Leur fils, mécène, fonda le Conservatoire de Genève. Leur villa leur avait coûté, dit Chateaubriand, 1 500 000 francs avec ses jardins. C'est elle que l'on a détruite pour élever sur son emplacement le palais de la Société des Nations. » (M.-J. Durry, *La Vieillesse de Chateaubriand*, t. II, p. 46).

cabane de *Souterre* au bord du Rhône : ils sont dominés par une autre maison de campagne jadis à M. de Constant : il l'a vendue à la princesse Belgiojoso, exilée milanaise que j'ai vue passer comme une pâle fleur[6] à travers la fête que je donnai à Rome à la grande-duchesse Hélène[7].
Pendant mes promenades en bateau, un vieux rameur me raconte ce que faisait lord Byron, dont on aperçoit la demeure sur la rive savoyarde du lac. Le noble pair attendait qu'une tempête s'élevât pour naviguer ; du bord de sa balancelle, il se jetait à la nage et allait au milieu du vent aborder aux prisons féodales de Bonivar : c'était toujours l'acteur et le poète. Je ne suis pas si original ; j'aime aussi les orages ; mais mes amours avec eux sont secrets, et je n'en fais pas confidence aux bateliers[8].
J'ai découvert derrière Ferney[9] une étroite vallée où coule un filet d'eau de sept à huit pouces de profondeur ; ce ruisselet lave la racine de quelques saules, se cache çà et là sous des plaques de cresson et fait trembler des joncs sur la cime desquels se posent des demoiselles aux ailes bleues. L'homme des trompettes a-t-il jamais vu cet asile de silence tout contre sa retentissante maison ? Non, sans doute : eh bien ! l'eau est là ; elle fuit encore ; je ne sais pas son nom ; elle n'en a peut-être pas : les jours de Voltaire se sont écoulés ; seulement sa renommée fait encore un peu de bruit dans un petit coin de notre petite terre, comme ce ruisselet se fait entendre à une douzaine de pas de ses bords.
On diffère les uns des autres : je suis charmé de cette rigole déserte ; à la vue des Alpes, une palmette de fougère que je cueille me ravit ; le susurrement d'une vague parmi des cailloux me rend tout heureux ; un insecte imperceptible qui ne sera vu que de moi et qui s'enfonce sous une mousse, ainsi que dans une vaste solitude, occupe mes regards et me fait rêver. Ce sont là d'intimes misères, inconnues du beau génie qui,

---

6.
Sa pâleur et sa froideur avaient rendu célèbre dans tous les salons ce mot de Musset, qui la surnommait « la belle morte » : *« Elle était belle, si la Nuit [...] / Immobile peut être belle. [...] / Elle pensait, si le vain bruit [...] / Peut faire croire à la pensée. »* (*Sur une morte*, *in* *Revue des Deux Mondes*, octobre 1842, cité *in* B. A. Brombert, *La Princesse Belgiojoso ou l'engagement romantique*, p. 323).

7.
Voir *supra*, l. XXXI, chap. 7, p. 2124 *sqq.*

8.
Sur les aventures « légendaires » de Byron, voir C.-E. Engel, *Byron et Shelley en Suisse et en Savoie*, pp. 36-38.

9.
Chef-lieu du canton de l'Ain, dans le pays de Gex, sur la frontière suisse, devenu le faubourg français de Genève. Voltaire acheta la terre de Ferney en 1759 et y résida en « souverain » jusqu'en 1778.

près d'ici, déguisé en Orosmane[10], jouait ses tragédies, écrivait aux princes de la terre et forçait l'Europe à venir l'admirer dans le hameau de Ferney. Mais n'était-ce pas là aussi des misères ? La transition du monde ne vaut pas le passage de ces flots, et, quant aux rois, j'aime mieux ma fourmi.

Une chose m'étonne toujours quand je pense à Voltaire : avec un esprit supérieur, raisonnable, éclairé, il est resté complètement étranger au christianisme ; jamais il n'a vu ce que chacun voit : que l'établissement de l'Évangile, à ne considérer que le rapport humain, est la plus grande révolution qui se soit opérée sur la terre. Il est vrai de dire qu'au siècle de Voltaire cette idée n'était venue dans la tête de personne. Les théologiens défendaient le christianisme comme un fait accompli, comme une vérité fondée sur des lois émanées de l'autorité spirituelle et temporelle ; les philosophes l'attaquaient comme un abus venu des prêtres et des rois : on n'allait pas plus loin que cela. Je ne doute pas que si l'on eût pu présenter tout à coup à Voltaire l'autre côté de la question, son intelligence lucide et prompte n'en eût été frappée : on rougit de la manière mesquine et bornée dont il traitait un sujet qui n'embrasse rien moins que la transformation des peuples, l'introduction de la morale, un principe nouveau de société, un autre droit des gens, un autre ordre d'idées, le changement total de l'humanité. Malheureusement le grand écrivain *(b)* qui se perd en répandant des idées funestes entraîne beaucoup d'esprits d'une moindre étendue dans sa chute : il ressemble à ces anciens despotes de l'Orient sur le tombeau desquels on immolait des esclaves. Là, à Ferney, où il n'entre plus personne, à ce Ferney autour duquel je viens rôder seul, que de personnages célèbres sont accourus ! Ils dorment, rassemblés pour jamais, au fond des lettres de Voltaire, leur temple hypogée[11] : le souffle d'un siècle s'affaiblit par degrés et s'éteint dans le silence éternel à mesure que l'on commence à entendre la respiration d'un autre siècle.

10.
Principal personnage de la tragédie *Zaïre* (1732), de Voltaire. Le héros adore Zaïre, la tue la croyant infidèle et se poignarde sur son corps en apprenant qu'elle était innocente.

11.
L'hypogée est un mode de sépulture utilisé avant notre ère dans le bassin méditerranéen. On y accédait par un puits ou par un escalier. Les murs étaient décorés de peintures ou de textes. Le terme d'hypogée est également utilisé pour désigner des lieux de culte souterrains.

SUITE DU JOURNAL.

Course inutile à Paris[1].

Aux Paquis, près Genève,
15 septembre 1831.

Oh! argent que j'ai tant méprisé et que je ne puis aimer quoi que je fasse, je suis forcé d'avouer que tu as pourtant ton mérite: source de la liberté, tu arranges mille choses dans notre existence, où tout est difficile sans toi. Excepté la gloire, que ne peux-tu pas procurer? Avec toi on est beau, jeune, adoré; on a considération, honneurs, qualités, vertus. Vous me direz qu'avec de l'argent on n'a que l'apparence de tout cela: qu'importe, si je crois vrai ce qui est faux? trompez-moi bien et je vous tiens quitte du reste: la vie est-elle autre chose qu'un mensonge? Quand on n'a point d'argent, on est dans la dépendance de toutes choses et de tout le monde. Deux créatures qui ne se conviennent pas pourraient aller chacune de son côté; eh bien! faute de quelques pistoles, il faut qu'elles restent là en face l'une de l'autre à se bouder, à se maugréer, à s'aigrir l'humeur, à s'avaler la langue d'ennui, à se manger l'âme et le blanc des yeux, à se faire, en enrageant, le sacrifice mutuel de leurs goûts, de leurs penchants, de leurs façons naturelles de vivre[2]: la misère les serre l'une contre l'autre, et, dans ces liens de gueux, au lieu de s'embrasser elles se mordent, mais non pas comme Flora[3] mordait Pompée. Sans argent nul moyen de fuite; on ne peut aller chercher un autre soleil, et, avec une âme fière, on porte incessamment des chaînes. Heureux juifs, marchands de crucifix, qui gouvernez aujourd'hui la chrétienté, qui décidez de la paix ou de la guerre, qui mangez du cochon après avoir vendu

1. Nous rétablissons dans ce livre, conformément au manuscrit, le découpage de chapitres qui a été partiellement omis par l'édition Penaud.

Monsieur et Mme de Chateaubriand.

2.

L'ennui et la détresse financière qui assaillaient les Chateaubriand, renfermés aux Paquis et devaient aigrir quelque peu leurs relations, expliquent cette phrase sans la rendre moins terrible.

3.

« On dit aussi que la courtisane Flora, étant devenue vieille, prenait grand plaisir à conter ordinairement la fréquentation qu'elle avait eue en ses jeunes ans avec Pompée, disant qu'il était impossible, quand elle couchait avec lui, qu'elle s'en départît sans le mordre » (Plutarque, *Vie de Pompée*, Pléiade, t. II, pp. 224-225).

de vieux chapeaux, qui êtes les favoris des rois et des belles, tout laids et tout sales que vous êtes ! ah ! si vous vouliez changer de peau avec moi ! si je pouvais au moins me glisser dans vos coffres-forts, vous voler ce que vous avez dérobé à des fils de famille, je serais le plus heureux homme du monde !
J'aurais bien un moyen d'exister : je pourrais m'adresser aux monarques ; comme j'ai tout perdu pour leur couronne, il serait assez juste qu'ils me nourrissent. Mais cette idée qui devrait leur venir ne leur vient pas, et à moi elle vient encore moins. Plutôt que de m'asseoir aux banquets des rois, j'aimerais mieux recommencer la diète que je fis autrefois à Londres avec mon pauvre ami Hingant[4]. Toutefois l'heureux temps des greniers est passé, non que je m'y trouvasse fort bien, mais j'y manquerais d'aise, j'y tiendrais trop de place avec les falbalas de ma renommée ; je n'y serais plus avec ma seule chemise et la taille fine d'un inconnu qui n'a pas dîné. Mon cousin de La Bouëtardais n'est plus là pour jouer du violon sur mon grabat dans sa robe rouge de conseiller au parlement de Bretagne, et pour se tenir chaud la nuit couvert d'une chaise en guise de courte-pointe ; Pelletier n'est plus là pour nous donner à dîner avec l'argent du roi Christophe, et surtout la magicienne n'est plus là, la Jeunesse, qui par un sourire change l'indigence en trésor, qui vous amène pour maîtresse sa sœur cadette l'Espérance ; celle-ci aussi trompeuse que son aînée, mais revenant encore quand l'autre a fui pour toujours.
J'avais oublié les détresses de ma première émigration et je m'étais figuré qu'il suffisait de quitter la France pour conserver en paix l'honneur dans l'exil : les alouettes ne tombent toutes rôties qu'à ceux qui moissonnent le champ, non à ceux qui l'ont semé : s'il ne s'agissait que de moi, dans un hôpital je me trouverais à merveille ; mais madame de Chateaubriand ? Je n'ai donc pas été plutôt fixé qu'en jetant les yeux sur l'avenir, l'inquiétude m'a pris. On m'écrivait de Paris qu'on ne trouvait à vendre ma maison, rue d'Enfer, qu'à des prix qui ne suffiraient pas pour purger les hypothèques dont cet ermitage est grevé[5] ; que cependant quelque chose pourrait s'arranger si

4.
Voir *supra*, l. X, chap. 6, p. 623 *sqq.*

5.
En dépit du zèle de Mme de Chateaubriand et des dons (de 1819 à 1826, l'infirmerie avait reçu 240 000 frs en dons, legs, souscriptions), les achats de terrains, les travaux et la gestion de l'établissement grevaient lourdement les finances de l'infirmerie. Céleste en fera l'aveu dans une lettre à Mme Joubert (28 août 1832) : « L'Infirmerie me donne plus de soucis que de richesse. Trente-trois personnes à nourrir, deux maisons à payer, et pas un sou dans la caisse. On dit que la Providence viendra à mon secours, et que c'est une grande preuve de prospérité, dans les bonnes œuvres, que de manquer de tout ; j'entends bien cela, mais je doute de le faire entendre à mes malades, qui ne veulent manquer ni du nécessaire ni du superflu : les uns sont absents, les autres sont grands-maîtres. » Voir *infra*, l. XXXVII, chap. 1, note 2.

j'étais là. D'après ce mot, j'ai fait à Paris une course inutile[6], car je n'ai trouvé ni bonne volonté ni acquéreur ; mais j'ai revu l'Abbaye-aux-Bois et quelques-uns de mes nouveaux amis. La veille de mon retour ici j'ai dîné au *café de Paris*[7] avec MM. Arago[8], Pouqueville, Carrel et Béranger[9], tous plus ou moins mécontents et déçus par la *meilleure des républiques*[10].

6.
Chateaubriand rentra dans la première moitié de septembre à Paris pour vendre ses meubles et sa maison à l'encan. Peine perdue. Point d'acquéreur. C'est à son retour à Genève qu'il eut ses plus furieux accès d'amertume.

7.
Le Café de Paris ouvrit en 1822, boulevard des Italiens, et fut considéré jusqu'à sa disparition (en 1856) comme « le temple de l'Élégance » : être admis parmi les dandys et les élégants qui le fréquentaient (avec Musset, Balzac, Dumas, Gautier, le docteur Véron) donnait un brevet de parisianisme. « Les directeurs successifs mirent à l'honneur une cuisine spectaculaire, faisant "truffée belle alliance" ou "bartavelle sur piédestal". Mais aucun noctambule y fut jamais admis car la propriétaire, la marquise d'Hertford, avait spécifié dans le bail que le café fermerait ses portes en toute saison à dix heures du soir » (*in* R. Courtine, *Larousse gastronomique*).

8.
Après 1830, Arago fut élu député des Pyrénées-Orientales et siégea à l'extrême gauche de la Chambre.

9.
C'est en 1829, à son retour de Rome, que Chateaubriand était « entré en coquetterie » de gloire avec le chantre de *Lisette*, le « poète national ». Au moment de repartir pour Genève, il dînera donc au Café de Paris avec ses amis républicains, et à la fin du repas Béranger entonnera son « admirable chanson » : *« Chateaubriand pourquoi fuir ta patrie, / Fuir son amour, notre encens et nos soins ? »* La chanson n'était hélas pas encore achevée, Chateaubriand ne put l'emporter ! Aussi, le 14 septembre, avant de se remettre en route, il écrivait ce billet pressant : « Eh bien ! Monsieur, ma chanson ? Je pars ; si vous voulez que je revienne, il faut bien que j'emporte vos ordres. Il faut aussi que je vous réponde, et j'ai besoin d'avoir sous les yeux mon acte d'accusation. Hyacinthe est chargé de vous faire mes sommations respectueuses, et de réclamer mon trésor » (voir M.-J. Durry, *La Vieillesse de Chateaubriand*, t. I, p. 67 *sqq.*).

10.
« La monarchie constitutionnelle, c'est la meilleure des républiques. » Phrase que La Fayette aurait criée à la foule, du balcon de l'Hôtel de Ville, le 30 juillet 1830. Toutefois, dans son discours à la Chambre du 3 janvier 1834, il niera l'avoir prononcée.

SUITE DU JOURNAL.

M. A. Carrel[1].

Aux Paquis, près de Genève,
26 septembre 1831.

Mes *Études historiques* me mirent en rapport avec M. Carrel, comme elles m'ont fait connaître MM. Thiers et Mignet. J'avais copié, dans la préface de ces *Études*, un assez long passage de la *Guerre de Catalogne*, par M. Carrel, et surtout ce paragraphe : « Les choses, dans leurs continuelles et fatales transformations, n'entraînent point avec elles toutes les intelligences ; elles ne domptent point tous les caractères avec une égale facilité ; elles ne prennent pas même soin de tous les intérêts ; c'est ce qu'il faut comprendre, et pardonner quelque chose aux protestations qui s'élèvent en faveur du passé. Quand une époque est finie, le moule est brisé, et il suffit à la Providence qu'il ne se puisse refaire ; mais des débris restés à terre, il en est quelquefois de beaux à contempler. »

À la suite de ces belles paroles, j'ajoutais moi-même ce résumé. « L'homme qui a pu écrire ces mots a de quoi sympathiser avec ceux qui ont foi à la Providence, qui respectent la religion du passé, et qui ont aussi les yeux attachés sur des débris[2]. »

M. Carrel vint me remercier. Il était à la fois le courage et le talent du *National*, auquel il travaillait avec MM. Thiers et Mignet. M. Carrel

---

1. Le manuscrit de 1847 porte : « MM. Carrel et Béranger ».

2. Chateaubriand écrivait dans la préface des *Études historiques* : « On sent dans M. Carrel une opinion fixe qui ne l'empêche pas de comprendre l'opinion qu'il n'a pas, et d'être juste envers tous » (*OC*, t. IV, p. LXXV).

appartient à une famille de Rouen pieuse et royaliste : la légitimité aveugle, et qui rarement distinguait le mérite, méconnut M. Carrel. Fier et sentant sa valeur, il se réfugia dans des opinions généreuses *(a)*, où l'on trouve une compensation aux sacrifices qu'on s'impose : il lui est arrivé ce qui arrive à tous les caractères aptes aux grands mouvements. Quand des circonstances imprévues les obligent à se renfermer dans un cercle étroit, ils consument des facultés surabondantes en efforts qui dépassent les opinions et les événements du jour. Avant les révolutions, des hommes supérieurs meurent inconnus : leur public n'est pas encore venu ; après les révolutions, des hommes supérieurs meurent délaissés : leur public s'est retiré.

M. Carrel n'est pas heureux : rien de plus positif que ses idées, rien de plus romanesque que sa vie. Volontaire républicain en Espagne en 1823, pris sur le champ de bataille, condamné à mort par les autorités françaises, échappé à mille dangers, l'amour se trouve mêlé aux troubles de son existence privée[3]. Il lui faut protéger une passion qui soutient sa vie ; et cet homme de cœur, toujours prêt au grand jour à se jeter sur la pointe d'une épée, met devant lui des guichets et les ombres de la nuit ; il se promène dans les campagnes silencieuses avec une femme aimée, à cette première aube où la diane[4] l'appelait à l'attaque des tentes de l'ennemi.

Je quitte M. Armand Carrel pour tracer quelques mots sur notre célèbre chansonnier[5]. Vous trouverez mon récit trop court, lecteur, mais j'ai droit à votre indulgence : son nom et ses chansons doivent être gravés dans votre mémoire.

M. DE BÉRANGER

M. de Béranger n'est pas obligé, comme M. Carrel, de cacher ses amours. Après avoir chanté la liberté et les vertus populaires en bravant

3.
Chateaubriand fait allusion à la liaison passionnée de Carrel avec une femme mariée, Émilie Antoine, dont il partagea la vie (voir *infra*, l. XXXIX, chap. 10, note 9, p. 2719). Après sa mort, Émilie Antoine se retira à Verdun dans sa famille.

4.
Batterie de tambours qui se fait à la pointe du jour.

5.
Chateaubriand partageait l'admiration de ses contemporains (Arago, Louis Blanc, Victor Hugo, Alfred de Vigny) pour le « poète national ». Voir J. Touchard, *La Gloire de Béranger*.

la geôle des rois, il met ses amours dans un couplet et voilà *Lisette*[6] immortelle *(b)*.

Près de la barrière des Martyrs, sous Montmartre, on voit la rue de La Tour-d'Auvergne. Dans cette rue à moitié bâtie, à demi pavée, dans une petite maison retirée derrière un petit jardin et calculée sur la modicité des fortunes actuelles, vous trouverez l'illustre chansonnier[7]. Une tête chauve, un air un peu rustique, mais fin et voluptueux, annoncent le poète *(c)*. Je repose avec plaisir mes yeux sur cette figure plébéienne, après avoir regardé tant de faces royales; je compare ces types si différents: sur les fronts monarchiques on voit quelque chose d'une nature élevée, mais flétrie, impuissante, effacée; sur les fronts démocratiques paraît une nature physique commune, mais on reconnaît une nature intellectuelle haute: le front monarchique a perdu la couronne; le front populaire l'attend.

Je priais un jour Béranger (qu'il me pardonne s'il me rend aussi familier que sa renommée), je le priais de me montrer quelques-uns de ses ouvrages inconnus: «Savez-vous, me dit-il, que j'ai commencé *(d)* par être votre disciple? j'étais fou du *Génie du Christianisme* et j'ai fait des idylles chrétiennes: ce sont des scènes de curé de campagne, des tableaux du culte dans les villages et au milieu des moissons.»

M. Augustin Thierry m'a dit que la bataille des Francs dans les *Martyrs*

6.

Symbole de la pauvreté choisie, insoucieuse, gaie et infidèle, héroïne des chansons de Béranger: *«Lisette, ma Lisette / Tu m'as trompé toujours mais vive la grisette! / Je veux, Lisette, / Boire à nos amours.»* Lisette avait été, avant Béranger, chantée au XVIIIe siècle par les chansonniers du Caveau.

7.

Les relations entre le vicomte, pair de France, et le «pourfendeur de rois et de prêtres», Béranger, furent toujours cérémonieuses et circonspectes, en dépit de l'entregent d'Hortense Allart, maîtresse de l'un et amie de l'autre. Il fallut plusieurs visites de part et d'autre, au début de 1830, pour que Béranger, séduit par Chateaubriand, écrive à Hortense Allart: «M. de Chateaubriand sort de chez moi. En vérité, c'est plus que je ne mérite, dussiez-vous encore me trouver trop humble! Chargez-vous un peu d'être mon interprète, car je suis si bête que je crains que je n'aie pas bien compris les sentiments qu'il m'a inspirés. [...] Je lui ai chanté *le Juif errant* [inédit en 1831, publié en 1833]; il a voulu que je le lui répétasse. Il m'a paru en être content. J'en suis bien aise, car j'aime cette chanson» (*Correspondance Allart*, pp. 34-35). Chateaubriand, de son côté, parle le premier de la «gloire» de Béranger; le simple chansonnier est devenu un «grand poète», un «homme de raison». Après 1833, les relations entre les deux hommes seront moins suivies que pendant la période antérieure, Béranger vivant éloigné de Paris entre 1835 et 1840. Mais Chateaubriand le cite encore dans l'*Essai sur la littérature anglaise*, paru en 1836: «Ainsi que La Fontaine dans la fable, Béranger dans la chanson s'élève au plus haut style. Sa popularité attachée à des vers de circonstance, à des moqueries spirituelles passera, mais des beautés supérieures resteront. [...] [S]es couplets [...] seront de toutes les Frances futures et redits dans tous les temps» (éd. Garnier, p. 773).

lui avait donné l'idée d'une nouvelle manière d'écrire l'histoire[8] : rien ne m'a plus flatté que de trouver mon souvenir placé au commencement du talent de l'historien Thierry et du poète Béranger *(e)*.

Notre chansonnier a les diverses qualités que Voltaire exige pour la chanson : « Pour bien réussir à ces petits ouvrages, dit l'auteur de tant de poésies gracieuses, il faut dans l'esprit de la finesse et du sentiment, avoir de l'harmonie dans la tête, ne point trop s'élever, ne point trop s'abaisser, et savoir n'être pas trop long[9]. »

Béranger a plusieurs muses, toutes charmantes ; et quand ces muses sont des femmes, il les aime toutes. Lorsqu'il en est trahi, il ne tourne point à l'élégie ; et pourtant un sentiment de pieuse tristesse est au fond de sa gaieté : c'est une figure sérieuse qui sourit ; c'est la philosophie qui prie *(f)*.

Mon amitié pour Béranger m'a valu bien des étonnements de la part de ce qu'on appelait mon parti ; un vieux chevalier de Saint-Louis, qui m'est inconnu, m'écrivait du fond de sa tourelle : « Réjouissez-vous, monsieur, d'être loué par celui qui a souffleté votre roi et votre Dieu » Très-bien, mon brave gentilhomme ! vous êtes poète aussi.

8.
Voir Augustin Thierry, *Récits des temps mérovingiens*, pp. 24-25.

9.
La Connaissance des beautés et des défauts de la poésie et de l'éloquence dans la langue française, 1749. « On a longtemps été tenté de l'attribuer à Voltaire [...] l'hypothèse d'un autre auteur, un de ses disciples sans doute, est plus probable [...] » (art. de S. Menant *in Inventaire Voltaire*, p. 306).

SUITE DU JOURNAL.
Chanson de Béranger : ma réponse. – Retour à Paris pour la proposition Briqueville.

À la fin d'un dîner au café à Paris, dîner que je donnais à MM. Béranger et Armand Carrel avant mon départ pour la Suisse, M. Béranger nous chanta l'admirable chanson imprimée :

Chateaubriand, pourquoi fuir ta patrie,
Fuir son amour, notre encens et nos soins ?

On y remarquait cette strophe sur les Bourbons :

Et tu voudrais t'attacher à leur chute !
Connais donc mieux leur folle vanité :
Au rang des maux qu'au ciel même elle impute,
Leur cœur ingrat met ta fidélité.

À cette chanson, qui est de l'histoire du temps, je répondis de la Suisse par une lettre qu'on voit imprimée en tête de ma brochure sur la proposition Briqueville[1]. Je lui disais : « Du lieu où je vous écris, monsieur,

1.
Cette lettre ouverte, datée de Genève, 24 septembre 1831, parut vers le 15 octobre dans le *Livre des Cent-un* (Ladvocat, t. I, p. 219 ; voir *supra*, l. XXIX, chap. 1, note 9, p. 1859), en même temps que les vers de Béranger, puis le 26 dans *Le National* ; et Chateaubriand la plaça en tête de sa brochure sur le bannissement de Charles X et de sa famille (voir *Grands Écrits politiques*, t. II, pp. 610-615). Dans cette lettre très louangeuse, on pouvait lire notamment : « Enfin, Monsieur, les organes de l'opinion, presque tous les journaux ont témoigné de

Pierre-Jean de Béranger (1780-1857).

mon absence des regrets dont je me trouve singulièrement honoré. Votre éloquence, *prodigue fée*, vient à son tour orner de *fleurs et de diamants* non pas mon *vieux trône*, je n'en ai point, mais mon vieux bâton de pèlerin : comment serais-je invulnérable à la flatterie d'une muse qui a dédaigné de flatter les rois ? Quand cette muse me *somme d'un prompt retour*, je me sens très disposé à la suivre dans son temple, c'est-à-dire dans ma patrie. »

j'aperçois la maison de campagne qu'habita lord Byron, et les toits du château de madame de Staël. Où est le barde de *Childe-Harold*? où est l'auteur de *Corinne*? Ma trop longue vie ressemble à ces voies romaines bordées de monuments funèbres.»

Je retournai à Genève ; je ramenai ensuite madame de Chateaubriand à Paris[2], et rapportai le manuscrit contre la proposition Briqueville sur le bannissement des Bourbons, proposition prise en considération dans la séance des députés du 17 septembre de cette année 1831 : les uns attachent leur vie au succès, les autres au malheur.

2.
Il quitta Genève le 13 octobre pour arriver à Paris le 16. La «mise en scène» de la chanson de Béranger publiée dans *Le National* démontrait brillamment que Chateaubriand n'était pas oublié et que sa patrie l'attendait. Le couple arriva à Paris le 16. Pilorge, parti au début du mois, avait porté le manuscrit à l'éditeur Le Normant.

Proposition Baude et Briqueville sur le bannissement de la branche aînée des Bourbons.

Paris, rue d'Enfer,
fin de novembre 1831.

De retour à Paris le 11 octobre, je publiai ma brochure vers la fin du même mois ; elle a pour titre : *De la nouvelle proposition relative au bannissement de Charles X et de sa famille, ou suite de mon dernier écrit : De la Restauration et de la Monarchie élective*[1].

Quand ces mémoires posthumes paraîtront, la polémique quotidienne, les événements pour lesquels on se passionne à l'heure actuelle de ma vie, les adversaires que je combats, même l'acte du bannissement de Charles X et de sa famille, compteront-ils pour quelque chose ? c'est là l'inconvénient de tout journal : on y trouve des discussions animées sur des sujets devenus indifférents ; le lecteur voit passer comme des ombres une foule de personnages dont il ne retient pas même le nom : figurants muets qui remplissent le fond de la scène. Toutefois c'est dans ces parties arides des chroniques que l'on recueille les observations et les faits de l'histoire de l'homme et des hommes.

1.
La proposition de bannissement des Bourbons, acceptée par la Chambre des députés, puis légèrement modifiée par la Chambre des pairs, avait été reprise et aggravée au Palais-Bourbon à l'instigation de M. de Briqueville. En 1814, ce dernier, qui passait alors pour un des «séides de Napoléon» (Vitrolles), s'était jeté sous les pas du monarque «restauré» pour lui exprimer «son bonheur et son dévouement». Passant d'une «exaltation à l'autre», il demandait en 1831 que toute infraction au bannissement de la famille des Bourbons fût punie de mort. Chateaubriand, impatient de mettre un terme à un exil et d'en découdre avec le juste milieu et les proscripteurs, publia sa brochure le 31 octobre 1831. *Du bannissement* reprenait les thèmes du discours du 7 août 1830, en l'enrichissant des «futuritions» qui trouveront leur apothéose orchestrale dans les pages finales des *Mémoires d'outre-tombe.* Au siècle des brochures c'est un poème épique, que l'on «dévorera jusque dans les omnibus». Les légitimistes applaudirent: «Une voix sortie du

VUE DU PALAIS D'HOLY-ROOD, EN ÉCOSSE.

sanctuaire, un pontife, un simple ermite quelquefois remuait d'un seul mot la nation et les pouvoirs; ils faisaient marcher les armées… Cette place n'est point vide, M. de Chateaubriand l'occupe…» (*La Quotidienne*, 5 novembre). En dépit de ses méfiances, la famille royale exilée, pouvant difficilement se passer d'un tel jouteur, fit mine d'oublier les griefs anciens. Chateaubriand en prit acte: «Oui, écrivit-il à sa sœur en janvier 1832, toutes les fâcheries sont finies. Mais il fallait m'écouter plutôt. On ne serait pas là où l'on est aujourd'hui. On reconnaît que j'avais raison et que je ne suis pas un *renégat*; – On a besoin de moi; on me caresse. Que le bonheur revienne, et l'on oubliera mes derniers services, comme on avait oublié les premiers. L'ingratitude est le caractère dominant de cette race, et de cette troupe d'imbéciles courtisans qui l'ont perdue» (lettre du 30 janvier 1832 à Mme de Marigny, *in* M.-J. Durry, *La Vieillesse de Chateaubriand*, t. I, p. 87). Voir *Grands Écrits politiques*, t. II, pp. 599-607.

Je mis d'abord au commencement de la brochure le décret proposé successivement par MM. Baude et Briqueville[2]. Après avoir examiné les cinq partis que l'on avait à prendre après la révolution de Juillet, je dis[3] : « La pire des périodes que nous ayons parcourues semble être celle où nous sommes, parce que l'anarchie règne dans la raison, la morale et l'intelligence. L'existence des nations est plus longue que celle des individus : un homme paralytique reste quelquefois étendu sur sa couche plusieurs années avant de disparaître ; une nation infirme demeure longtemps sur son lit avant d'expirer. Ce qu'il fallait à la royauté nouvelle, c'était de l'élan, de la jeunesse, de l'intrépidité, tourner le dos au passé, marcher avec la France à la rencontre de l'avenir.

« De cela elle[4] n'a cure ; elle s'est présentée amaigrie, débiffée[5] par les docteurs qui la médicamentaient. Elle est arrivée piteuse, les mains vides, n'ayant rien à donner, tout à recevoir, se faisant pauvrette, demandant grâce à chacun, et cependant hargneuse, déclamant contre la légitimité et singeant la légitimité, contre le républicanisme et tremblant devant lui. Ce *système* pansu ne voit d'ennemis que dans deux oppositions qu'il menace[6]. Pour se soutenir il s'est composé une phalange de vétérans réengagistes : s'ils portaient autant de chevrons qu'ils ont fait de serments, ils auraient la manche plus bariolée que la livrée des Montmorency[7].

2.

« Art. Ier. L'ex-roi Charles X, ses descendants, les épouses et époux de ses descendants, sont bannis à perpétuité du territoire français, et ne pourront y acquérir, à titre onéreux ou gratuit, aucun bien, y jouir d'aucune rente ou pension. L'infraction au bannissement prononcé par le présent article, constitue le crime défini par l'article 91 du Code pénal (la mort) » (*ibid.*, t. II, p. 616).

3.

Chateaubriand écrit : « On pouvait faire une de ces cinq choses : proclamer la république ; perpétuer la forme monarchique en élevant au trône une race toute nouvelle ; rappeler la dynastie de Napoléon dans la personne du duc de Reichstadt ; maintenir celle de saint Louis dans la personne du duc de Bordeaux ; la perpétuer dans la branche cadette » (*ibid.*, t. II, p. 619). Le texte qui suit est une sorte d'abrégé de la brochure, sans souci particulier de cohérence. Les extraits donnés par Chateaubriand sont parfois assez sensiblement différents du texte. On pourra lire le texte original dans les *Grands Écrits politiques*, t. II, pp. 615-686.

4.

La monarchie de Juillet.

5.

Débiffer (vieux et familier) : mettre en mauvais état ; un estomac débiffé (détraqué).

6.

Les républicains et les légitimistes.

7.

Reprise sous une autre forme de la philippique *De la Restauration et de la monarchie élective...* : « Il y a des hommes qui... » (voir *supra*, l. XXXV, chap. 3, note 11, p. 2351).

«Je doute que la liberté se plaise longtemps à ce pot-au-feu d'une monarchie domestique. Les Francs l'avaient placée, cette liberté, dans un camp; elle a conservé chez leurs descendants le goût et l'amour de son premier berceau; comme l'ancienne royauté, elle veut être élevée sur le pavois[8] et ses députés sont soldats.»

De cette argumentation je passe au détail du système suivi dans nos relations extérieures. La faute immense du congrès de Vienne est d'avoir mis un pays militaire comme la France dans un état forcé d'hostilité avec les peuples riverains. Je fais voir tout ce que les étrangers ont acquis en territoire et en puissance, tout ce que nous pouvions reprendre en Juillet. Grande leçon! preuve frappante de la vanité de la gloire militaire et des œuvres des conquérants! Si l'on faisait une liste des princes qui ont augmenté les possessions de la France, Bonaparte n'y figurerait pas; Charles X y occuperait une place remarquable[9]!

Passant de raisonnement en raisonnement, j'arrive à Louis-Philippe[10]: «Louis-Philippe est roi, dis-je, il porte le sceptre de l'enfant dont il était héritier immédiat, de ce pupille que Charles X avait remis entre les mains du lieutenant-général du royaume, comme à un tuteur expérimenté, un dépositaire fidèle, un protecteur généreux. Dans ce château des Tuileries, au lieu d'une couche innocente, sans insomnie, sans remords, sans apparition, qu'a trouvé le prince? un trône vide que lui présente un spectre décapité portant dans sa main sanglante la tête d'un autre spectre[11]...

8.
Image fréquente que cette liberté sur le pavois, opposée à la liberté bourgeoise du «pot-au-feu». Faut-il y voir en filigrane la querelle, mythique, toujours renaissante entre Francs et Gaulois, ces «deux nations ennemies» (Thiers), les uns libres par droit de conquête (les fameux Sicambres de Clodowig) – «Pour nous tout est droit, pour vous tout est grâce», affirmait le comte de Montlosier –, les autres cherchant à s'émanciper au terme d'un long combat marqué par le triomphe de 1789: «revanche et vengeance d'une majorité longtemps opprimée sur une minorité longtemps maîtresse» (Guizot)? Pour Chateaubriand, il vaut sans doute mieux descendre des Francs si l'on veut connaître ce qu'est la «vraie» liberté, même s'il conteste la vérité historique de cette division et la juge trop abrupte (voir lettre à A. Thierry, *supra*, l. XXX, chap. 14, 2034 *sqq.*).

9.
Chateaubriand pense à la conquête de l'Algérie.

10.
Voir *Grands Écrits politiques*, t. II, p. 664.

11.
Allusion au père de Louis-Philippe, Philippe-Égalité, régicide décapité en 1794. Mme de Boigne rapporte que cette phrase d'un flamboiement tout shakespearien figurait dans le texte du discours du 7 août 1830, mais fut retirée sur ses instances et celles de Mme Récamier.

« Faut-il, pour achever, emmancher le fer de Louvel[12] dans une loi, afin de porter le dernier coup à la famille proscrite ? Si elle était poussée à ces bords par la tempête ; si, trop jeune encore, Henri n'avait pas les années requises à l'échafaud, eh bien ! vous, les maîtres, accordez-lui dispense d'âge pour mourir. »

Après avoir parlé au gouvernement de la France, je me retourne vers Holy-Rood et j'ajoute : « Oserai-je prendre, en finissant, la respectueuse liberté d'adresser quelques paroles aux hommes de l'exil ? Ils sont rentrés dans la douleur comme dans le sein de leur mère : le malheur, séduction dont j'ai peine à me défendre, me semble avoir toujours raison ; je crains de blesser son autorité sainte et la majesté qu'il ajoute à des grandeurs insultées, qui désormais n'ont plus que moi pour flatteur. Mais je surmonterai ma faiblesse, je m'efforcerai de faire entendre un langage qui, dans un jour d'infortune, pourrait préparer une espérance à ma patrie.

« L'éducation d'un prince doit être en rapport avec la forme du gouvernement et les mœurs de son pays. Or, il n'y a en France ni chevalerie, ni chevaliers, ni soldats de l'oriflamme, ni gentilshommes bardés de fer, prêts à marcher à la suite du drapeau blanc. Il y a un peuple qui n'est plus le peuple d'autrefois, un peuple qui, changé par les siècles, n'a plus les anciennes habitudes et les antiques mœurs de nos pères. Qu'on déplore ou qu'on glorifie les transformations sociales advenues, il faut prendre la nation telle qu'elle est, les faits tels qu'ils sont, entrer dans l'esprit de son temps, afin d'avoir action sur cet esprit.

« Tout est dans la main de Dieu, excepté le passé qui, une fois tombé de cette main puissante, n'y rentre plus.

« Arrivera sans doute le moment où l'orphelin sortira de ce château des Stuarts, asile de mauvais augure qui semble étendre l'ombre de la fatalité sur sa jeunesse[13] : le dernier né du Béarnais doit se mêler aux

---

12.
Rappel de l'assassinat du duc de Berry (13 février 1820), qui risquait de priver les Bourbons de la branche aînée de toute descendance mâle. Ce n'est que le 29 septembre que naîtra le duc de Bordeaux, fils posthume du duc de Berry et surnommé « l'enfant du miracle ».

13.
« Calmes et mélancoliques » : c'est ainsi que A. Nettement décrit les journées du jeune duc de Bordeaux durant son exil en Angleterre et en Écosse (*Henri de France ou Histoire des Bourbons de la branche aînée pendant quinze ans d'exil, 1830-1845*, 1845-1846, t. I, p. 114). L'exil outre-Manche, au milieu d'une famille abattue de tristesse, fut dominé par le souvenir des Stuarts : de la résidence de Lullworth, prêtée à Charles X par une famille jacobite, au château de Holy-Rood, « ruine majestueuse et vraiment royale » où « l'ombre charmante et plaintive de la reine d'Écosse semble errer sous les lambris noircis » (*ibid.*, t. I, p. 71), ou encore sur le champ de la bataille de Culloden, le « malheur [des Stuarts] brilla devant lui [Henri] comme un fanal allumé sur le rivage, et, plus tard, quand les années eurent mûri son intelligence, il médita plus d'une fois sur les impressions qui, tombant avec les ombres de la nuit, descendaient sur son jeune front [...] » (*ibid.*, t. I, p. 74).

enfants de son âge, aller aux écoles publiques[14], apprendre tout ce que l'on sait aujourd'hui. Qu'il devienne le jeune homme le plus éclairé de son temps ; qu'il soit au niveau des sciences de l'époque ; qu'il joigne aux vertus d'un chrétien du siècle de saint Louis les lumières d'un chrétien de notre siècle. Que des voyages l'instruisent des mœurs et des lois ; qu'il ait traversé les mers, comparé les institutions et les gouvernements, les peuples libres et les peuples esclaves ; que simple soldat, s'il en trouve l'occasion à l'étranger, il s'expose aux périls de la guerre, car on n'est point apte à régner sur des Français sans avoir entendu siffler le boulet. Alors on aura fait pour lui ce qu'humainement parlant on peut faire. Mais surtout gardez-vous de le nourrir dans les idées du droit invincible ; loin de le flatter de remonter au rang de ses pères, préparez-le à n'y remonter jamais ; élevez-le pour être homme, non pour être roi : là sont ses meilleures chances.

« C'est assez : quel que soit le conseil de Dieu, il restera au candidat de ma tendre et pieuse fidélité une majesté des âges que les hommes ne lui peuvent ravir. Mille ans noués à sa jeune tête le pareront toujours d'une pompe au-dessus de celle de tous les monarques. Si dans la condition privée il porte bien ce diadème de jours, de souvenirs et de gloire, si sa main soulève sans effort ce sceptre du temps que lui ont légué ses aïeux, quel empire pourrait-il regretter ? »

M. le comte de Briqueville, dont je combattis ainsi la proposition, imprima quelques réflexions sur ma brochure[15] ; il me les envoya avec ce billet :

« Monsieur,

« J'ai cédé au besoin, au devoir de publier les réflexions qu'ont fait naître dans mon esprit vos pages éloquentes sur ma proposition. J'obéis à un sentiment non moins vrai en déplorant de me trouver en opposition avec vous, monsieur, qui, à la puissance du génie, joignez tant de titres à la considération publique. Le pays est en danger, et dès lors je ne puis plus croire à une dissension sérieuse entre nous : cette France nous invite à nous réunir pour la sauver ; aidez-la de votre génie ; nous manœuvrerons, nous l'aiderons de nos bras. Sur ce terrain, monsieur,

14.
Ce qu'avait fait de manière un peu ostentatoire le duc d'Orléans pour ses propres fils.

15.
La brochure suscita une pluie de libelles, dont une *Lettre à M. de Chateaubriand, en réponse à sa brochure intitulée: De la nouvelle proposition relative au bannissement de Charles X et de sa famille, etc.*, par M. A. de Briqueville, député de la Manche (1831).

n'est-il pas vrai, nous ne serons pas longtemps sans nous entendre ? Vous serez le Tyrtée d'un peuple dont nous sommes les soldats, et ce sera avec bonheur que je me proclamerai alors le plus ardent de vos adhérents politiques, comme je suis déjà le plus sincère de vos admirateurs.

« Votre très-humble et obéissant serviteur,

« Le comte Armand DE BRIQUEVILLE

« Paris, 15 novembre 1831. »

Je ne restai pas en demeure, et je rompis contre le champion une seconde lance mort-née[16].

« Paris, ce 15 novembre 1831.

« Monsieur,

« Votre lettre est digne d'un gentilhomme : pardonnez-moi ce vieux mot, qui va à votre nom, à votre courage, à votre amour de la France. Comme vous, je déteste le joug étranger : s'il s'agissait de défendre mon pays, je ne demanderais pas à porter la lyre du poète, mais l'épée du vétéran dans les rangs de vos soldats.

« Je n'ai point encore lu, monsieur, vos réflexions ; mais si l'état de la politique vous conduisait à retirer la proposition qui m'a si étrangement affligé, avec quel bonheur je me rencontrerais près de vous, sans obstacle, sur le terrain de la liberté, de l'honneur, de la gloire de notre patrie !

« J'ai l'honneur d'être, monsieur, avec la considération la plus distinguée, votre très-humble et très-obéissant serviteur,

« CHATEAUBRIAND. »

16.
L'édition Penaud est conforme au manuscrit de 1847 ; il faut néanmoins vraisemblablement lire : « mornée » : émoussée, garnie d'une morne, c'est-à-dire d'un anneau servant à rendre la lance inoffensive.

Lettre à l'auteur de la Némésis[1].

Paris, rue d'Enfer, infirmerie de Marie-Thérèse, décembre 1831.

Un poète, mêlant les proscriptions des muses à celles des lois, dans une improvisation énergique, attaqua la veuve et l'orphelin. Comme ces vers étaient d'un écrivain de talent, ils acquirent une sorte d'autorité qui ne me permit pas de les laisser passer : je fis volte-face contre un autre ennemi*. [* M. Barthélemy a passé depuis au juste-milieu, non sans force imprécations de beaucoup de gens qui se sont ralliés *(a)* seulement un peu plus tard. (Note de Paris, 1837.)]
On ne comprendrait pas ma réponse si on ne lisait le libelle du poète ; je vous invite donc à jeter les yeux sur ces vers ; ils sont très-beaux et on les trouve partout. Ma réponse n'a pas été rendue publique : elle paraît pour la première fois dans ces *Mémoires*. Misérables débats où aboutissent les révolutions ! Voilà à quelle lutte nous arrivons, nous faibles successeurs de ces hommes qui, les armes à la main, traitaient les grandes

1.
Recueil de satires hebdomadaires qui parurent du 27 mars 1831 au 1er avril 1832, dirigé par le poète marseillais Barthélemy, aidé de son compatriote Méry. Chacune des 52 satires qui forme le recueil, composées de vers alexandrins admirablement frappés, s'en prend aux hommes du juste milieu et aux légitimistes. On trouve parmi les cibles favorites : d'Argout, Guizot, Casimir Périer et Persil. Les actes passés et présents des ministres, la curée des places et des honneurs, les intrigues et les corruptions électorales, les débats tumultueux des Chambres, la nullité des pairs, l'avidité du clergé, la vénalité de la magistrature, les scandales de la Bourse, servent tour à tour de prétexte au pamphlétaire. Les attaques cessèrent quand le gouvernement s'avisa de payer le silence de Barthélemy. Discrédité, il entreprit cependant de reprendre en 1844 une *Nouvelle Némésis* (24 numéros), qui échoua. Dans la mythologie grecque, Némésis, fille de Nyx (la nuit), personnifiait la vengeance divine ; elle châtiait les crimes et punissait aussi les amants cruels.

questions de gloire et de liberté en agitant l'univers ! Des pygmées font entendre aujourd'hui leur petit cri parmi les tombeaux des géants ensevelis sous les monts qu'ils ont renversés sur eux.

« Paris, mercredi soir, 9 novembre 1831.

« Monsieur,

« J'ai reçu ce matin le dernier numéro de la *Némésis*[2] que vous m'avez fait l'honneur de m'envoyer. Pour me défendre de la séduction de ces éloges donnés avec tant d'éclat, de grâce et de charme, j'ai besoin de me rappeler les obstacles qui s'élèvent entre nous. Nous vivons dans deux mondes à part ; nos espérances et nos craintes ne sont pas les mêmes ; vous brûlez ce que j'adore, et je brûle ce que vous adorez. Vous avez grandi, monsieur, au milieu d'une foule d'avortons de Juillet ; mais de même que toute l'influence que vous supposez à ma prose ne fera pas, selon vous, remonter une race tombée ; de même, selon moi, toute la puissance de votre poésie ne ravalera pas cette noble race : serions-nous ainsi placés l'un et l'autre dans deux impossibilités ?

« Vous êtes jeune, monsieur, comme cet avenir que vous songez et qui vous pipera[3] ; je suis vieux comme ce temps que je rêve et qui m'échappe. Si vous veniez vous asseoir à mon foyer, dites-vous obligeamment, vous reproduiriez mes traits sous votre burin : moi je m'efforcerais de vous rendre chrétien et royaliste. Puisque votre lyre au premier accord de son harmonie chantait *mes Martyrs* et *mon pèlerinage*, pourquoi n'achèveriez-vous pas la course ? Entrez dans le lieu saint ; le temps ne m'a arraché que les cheveux, comme il effeuille un arbre en hiver, mais la sève est restée au cœur : j'ai encore la main assez ferme pour tenir le flambeau qui guiderait vos pas sous les voûtes du sanctuaire.

« Vous affirmez, monsieur, qu'il faudrait un peuple de poètes pour comprendre mes contradictions *de royaumes éteints et de jeunes républiques*[4] ; n'auriez-vous pas aussi célébré la *liberté* et trouvé quelques magnifiques paroles pour les tyrans qui l'opprimaient ? Vous citez les Du Barry, les Montespan, les Fontanges, les La Vallière ; vous rappelez des faiblesses

2.
Le poème de Barthélemy parut le 6 novembre 1831, dans la 31e livraison de la *Némésis*.

3.
Qui vous trompera.

4.
« Avec ces mots froissés dans ta magique voix / De royaumes éteints, de jeunes républiques, / Au siècle où la raison conseille les esprits, / Tu parles mieux qu'un homme et tu n'es pas compris [...]. »

royales ; mais ces faiblesses ont-elles coûté à la France ce que les débauches des Danton et des Camille Desmoulins lui ont coûté ? Les mœurs de ces Catilina plébéiens se réfléchissaient jusque dans leur langage, ils empruntaient leurs métaphores à la porcherie des infâmes et des prostituées. Les fragilités de Louis XIV et de Louis XV ont-elles envoyé les pères et les époux au gibet après avoir déshonoré les filles et les épouses ? Les bains de sang ont-ils rendu l'impudicité d'un révolutionnaire plus chaste que les bains de lait ne rendaient virginale la souillure d'une Poppée ? Quand les regrattiers[5] de Robespierre auraient détaillé au peuple de Paris le sang des baignoires de Danton, comme les esclaves de Néron vendaient aux habitants de Rome le lait des thermes de sa courtisane, pensez-vous que quelque vertu se fût trouvée dans la lavure des obscènes bourreaux de la terreur ?

« La rapidité et la hauteur du vol de votre muse vous ont trompé, monsieur : le soleil qui rit à toutes les misères aura frappé les vêtements d'une veuve ; ils vous auront semblé *dorés* : j'ai vu ces vêtements ; ils étaient de deuil ; ils ignoraient les fêtes ; l'enfant dans les entrailles qui le portaient[6] n'a été bercé que du bruit des larmes ; s'il eût *dansé neuf mois dans le sein de sa mère*, comme vous le dites, il n'aurait eu donc de joie qu'avant de naître, entre la conception et l'enfantement, entre l'assassinat et la proscription ! *La pâleur de redoutable augure* que vous avez remarquée sur le visage de Henri est le résultat de la saignée paternelle, et non la lassitude d'un bal de 270 nuits *(b)*. L'antique malédiction a été maintenue pour la fille de Henri IV : *in dolore paries filios*[7]. Je ne connais que la déesse de la Raison dont les couches, hâtées par des adultères, aient eu lieu dans les danses de la mort. Il tombait de ses flancs publics des reptiles immondes qui ballaient à l'instant même avec les tricoteuses autour de l'échafaud, au son du coutelas, remontant et redescendant, refrain de la danse diabolique.

5.
Ceux qui font le commerce de produits de seconde main en petite quantité, ou des restes de restaurants ou de grandes maisons. L'image violente doit être rapprochée des boyaudiers, terme utilisé contre les terroristes montagnards (voir *supra*, l. IX, chap. 4, p. 539).

6.
Barthélemy tirait de l'inconduite prétendue de sa mère de tristes présages pour le jeune Henri : « *Notre histoire de France a fait luire à nos yeux / L'image de l'enfant au miroir des aïeux ; / Et de plus, celui-ci porte sur sa figure / La nerveuse pâleur de redoutable augure [...] / Même, avant d'entamer son existence amère, / Il a dansé neuf mois dans le sein de sa mère, / Sa mère jeune et vive, au cœur évaporé,/ Qui, secouant au bal son veuvage doré / Et s'épanouissant aux profanes délices, / Oubliait son époux tombé dans les coulisses [...].* »

7.
« Tu enfanteras dans la douleur » (Genèse, III, 16).

« Ah ! monsieur, je vous en conjure, au nom de votre rare talent, cessez de récompenser le crime et de punir le malheur par les sentences improvisées de votre muse ; ne condamnez pas le premier au ciel, le second à l'enfer. Si en restant attaché à la cause de la liberté et des lumières vous donniez asile à la religion, à l'humanité, à l'innocence, vous verriez apparaître à vos veilles une autre espèce de Némésis digne de tous les hommages de la terre. En attendant que vous versiez mieux que moi sur la vertu *tout l'océan de vos fraîches idées*, continuez, avec la vengeance que vous vous êtes faite, de traîner aux gémonies nos turpitudes ; renversez les faux monuments d'une révolution qui n'a pas édifié le temple propre à son culte ; labourez leurs ruines avec le soc de votre satire ; semez le sel dans ce champ pour le rendre stérile, afin qu'il ne puisse y germer de nouveau aucune bassesse. Je vous recommande surtout, monsieur, ce gouvernement prosterné qui chevrote la fierté des obéissances, la victoire des défaites, et la gloire des humiliations de la patrie.

« CHATEAUBRIAND. »

Conspiration de la rue des Prouvaires.

Paris, rue d'Enfer,
fin de mars.

Ces voyages et ces combats finirent pour moi l'année 1831 : au commencement de cette année 1832, autre tracasserie.

La Révolution de Paris avait laissé sur le pavé de Paris une foule de Suisses, de gardes du corps, d'hommes de tous états nourris par la cour, qui mouraient de faim et que de bonnes têtes monarchiques, jeunes et folles sous leurs cheveux gris, imaginèrent d'enrôler pour un coup de main.

Dans ce formidable complot il ne manquait pas de personnes graves, pâles, maigres, transparentes, courbées, le visage noble, les yeux encore vifs, la tête blanchie ; ce passé ressemblait à l'honneur ressuscité venant essayer de rétablir, avec ses mains d'ombre, la famille qu'il n'avait pu soutenir de ses vivantes mains. Souvent des gens à béquilles prétendent étayer les monarchies croulantes ; mais, à cette époque de la société, la restauration d'un monument du Moyen Âge est impossible, parce que le génie qui animait cette architecture est mort : on ne fait que du vieux en croyant faire du gothique.

D'un autre côté, les héros de Juillet, à qui le juste-milieu avait filouté la République, ne demandaient pas mieux que de s'entendre avec les carlistes pour se venger d'un ennemi commun, quittes à s'égorger après la victoire[1]. M. Thiers ayant préconisé le système de 1793, comme l'œuvre

1.
L'avènement du ministère Casimir Périer (1831), dit de « résistance », avait été un échec pour les républicains et les bonapartistes. Ceux-ci pactisèrent alors avec les légitimistes, qui s'étaient eux-mêmes infiltrés chez les républicains depuis janvier 1831 à la Société des Amis du peuple et à la Société parisienne. « Cette alliance carlo-républicaine qui fait du

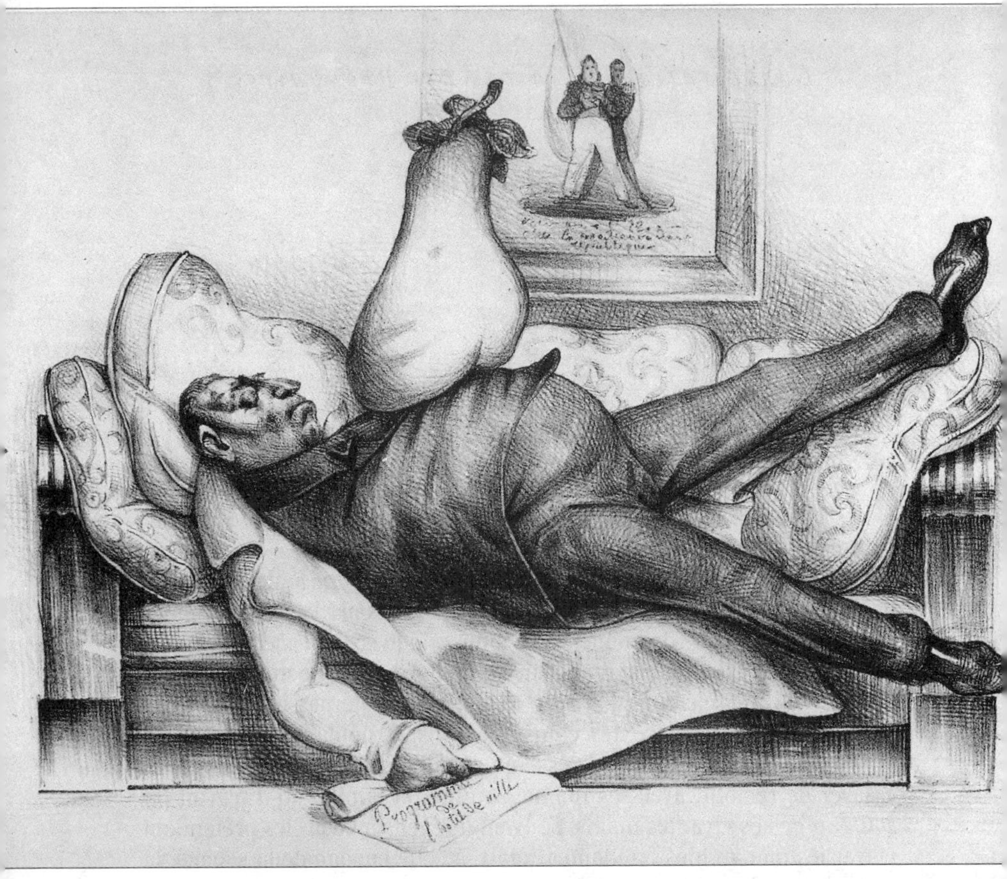

Le Cauchemar de La Fayette.

faubourg Saint-Germain le foyer de conspirateurs légitimistes contre le nouvel usurpateur, fut favorisée par les relations amicales qui, à Sainte-Pélagie ou à la Force, se nouèrent entre militants républicains et royalistes : le vicomte Sosthènes de La Rochefoucauld était devenu à Sainte-Pélagie l'ami de Sarrut, l'un des rédacteurs de la *Tribune* républicaine » (Thureau-Dangin, *Histoire de la monarchie de Juillet*, t. II, p. 145). C'est ainsi qu'allait naître ce complot dit « de la rue des Prouvaires » (1er-2 février 1832), lié au renforcement des organisations populaires, légitimistes dans la capitale, sous le contrôle de Ferdinand de Bertier et de Pressigny. La rue des Prouvaires, qui se terminait dans l'actuelle rue Rambuteau avant que sa partie nord n'ait été absorbée par les Halles, passait au Moyen Âge pour l'une des plus belles de Paris. Elle devint ensuite une rue commerçante et populaire, où fut construit sous la Restauration un marché de la viande, et disparut vers 1860 lors de la construction des Halles centrales.

de la liberté, de la victoire et du génie, de jeunes imaginations se sont allumées au feu d'un incendie dont elles ne voyaient que la réverbération lointaine; elles en sont à la poésie de la terreur: affreuse et folle parodie qui fait rebrousser l'heure de la liberté. C'est méconnaître à la fois le temps, l'histoire et l'humanité; c'est obliger le monde à reculer jusque sous le fouet du garde-chiourme pour se sauver de ces fanatiques de l'échafaud.
Il fallait de l'argent pour nourrir tous ces mécontents, héros de Juillet éconduits, ou domestiques sans place: on se cotisa. Des conciliabules carlistes et républicains avaient lieu dans tous les coins de Paris, et la police, au fait de tout, envoyait ses espions prêcher, d'un club à un grenier, l'égalité et la légitimité. On m'informait de ces menées que je combattais. Les deux partis voulaient me déclarer leur chef au moment certain du triomphe: un club républicain me fit demander si j'accepterais la présidence de la République; je répondis: «Oui, très-certainement; mais après M. de La Fayette»; ce qui fut trouvé modeste et convenable. Le général La Fayette venait quelquefois chez madame Récamier; je me moquais un peu de *sa meilleure des républiques*; je lui demandais s'il n'aurait pas mieux fait de proclamer Henri V et d'être le véritable président de la France pendant la minorité du royal enfant. Il en convenait et prenait bien la plaisanterie, car il était homme de bonne compagnie. Toutes les fois que nous nous retrouvions, il me disait: «Ah! vous allez recommencer votre querelle.» Je lui faisais convenir qu'il n'y avait pas eu d'homme plus attrapé que lui par son bon ami Philippe.
Au milieu de cette agitation et de ces conspirations extravagantes, arrive un homme déguisé. Il débarqua *(a)* chez moi, perruque de chiendent sur l'occiput, lunettes vertes sur le nez masquant ses yeux qui voyaient très-bien sans lunettes. Il avait ses poches pleines de lettres de change qu'il montrait; et tout de suite instruit que je voulais vendre ma maison et arranger mes affaires, il me fit offre de ses services; je ne pouvais m'empêcher de rire de ce monsieur (homme d'esprit et de ressource d'ailleurs) qui se croyait obligé de m'acheter pour la légitimité. Ses offres devenant trop pressantes, il vit sur mes lèvres un dédain qui l'obligea de faire retraite, et il écrivit à mon secrétaire ce petit billet que j'ai gardé:

«Monsieur,
«Hier au soir j'ai eu l'honneur de voir M. le vicomte de Chateaubriand, qui m'a reçu avec sa bonté habituelle; néanmoins, j'ai cru m'apercevoir qu'il n'avait plus son abandon ordinaire. Dites-moi, je vous prie, ce qui aurait pu me retirer sa confiance à laquelle je tenais plus qu'à toute autre chose; si on lui a fait sur mon compte des *cancans*, je ne crains pas

de mettre ma conduite au grand jour et je suis prêt à répondre à tout ce qu'on pourrait lui avoir dit; il connaît trop la méchanceté des intrigants pour me condamner sans vouloir m'entendre. Il y a même des peureux qui en font aussi; mais il faut espérer que le jour arrivera où l'on verra les gens qui sont véritablement dévoués. Il m'a donc dit qu'il était inutile de me mêler de ses affaires; j'en suis désolé, car j'aime à croire qu'elles auraient été arrangées selon ses désirs. Je me doute à peu près quelle est la personne qui sur cet article l'a fait changer; si dans le temps j'avais été moins discret, elle n'aurait pas été à même de me nuire chez votre excellent *patron.* Enfin je ne lui en suis pas moins dévoué, vous pouvez l'en assurer de nouveau en lui présentant mes hommages respectueux. J'ose espérer qu'un jour viendra où il pourra me connaître et me juger.

« Agréez, je vous prie, monsieur, etc. »

Hyacinthe fit à ce billet cette réponse que je lui dictai :

« Mon patron n'a rien du tout de particulier contre la personne qui m'a écrit; mais il veut vivre hors de tout, et ne veut accepter aucun service. »

Bientôt après la catastrophe arriva.

Connaissez-vous la rue des *Prouvaires*[2], rue étroite, sale, populeuse, dans le voisinage de Saint-Eustache et des halles ? C'est là que se donna le fameux souper de la troisième restauration. Les convives étaient armés de pistolets, de poignards et de clefs; on devait, après boire, s'introduire dans la galerie du Louvre, et, passant à minuit entre deux rangs de chefs-d'œuvre, aller frapper le monstre usurpant au milieu d'une fête. La conception était romantique; le XVIIe siècle[3] était revenu, on pouvait se croire au temps des Borgia, des Médicis de Florence et des Médicis de Paris, aux hommes près.

2.

« On avait enrôlé, à grands frais, et organisé, à peu près comme les carbonari, quinze cents hommes de main, écrit Thureau-Dangin, généralement aventuriers de carrefours. Leurs chefs apparents étaient un cordonnier et un passementier. Quels étaient les chefs réels ? On a parlé du maréchal duc de Bellune; il est problable qu'on se servait de son nom malgré lui. En somme, les recherches de la police n'ont pu guère remonter, dans cette affaire, plus haut qu'un comité qui se prétendait en rapport avec la duchesse de Berry, et dont faisaient partie des gentilshommes peu connus [d'après L. de La Hodde, *Histoire des sociétés secrètes et du parti républicain de 1830 à 1848*, 1850, p. 79 *sqq*.]. Les conspirateurs [« comité, formé de douze membres, parmi lesquels le comte de Floirac, le baron de Maistre, le duc de Rivière, le comte de Fourmont, le comte de Bruslard, Charbonnier de la Quesnerie » (L. de La Hodde, *ibid*., p. 79)] avaient résolu de faire leur coup dans la nuit du 2 février. Un bal était annoncé aux Tuileries, pour cette date. On devait cerner le palais, y pénétrer par le Louvre et s'emparer de la famille royale. » Des *marrons*, espèce de petites bombes, auraient été lancés au milieu des voitures stationnant aux portes du palais; des *chevalets*, morceaux de bois garnis de pointes de fer, auraient été semés sous les pieds des chevaux; enfin on se croyait en droit d'espérer que des pièces d'artifice seraient disposées dans la salle de spectacle, de manière à pouvoir, en mettant le feu à la charpente,

La Police tenait le fil du complot.

augmenter la confusion. Mais la police était de moitié dans le secret. Quelques heures avant le moment fixé, les principaux conjurés devaient se réunir à onze heures du soir, en armes, chez un restaurateur de la rue des Prouvaires (Larcher), au n° 12 de cette rue. Ils y étaient rassemblés au nombre d'une centaine lorsque tout à coup la rue se remplit de gardes municipaux et de sergents de ville. Il y eut une velléité de résistance ; des coups de feu tirés, dont un qui tua un malheureux agent de police. Tout était manqué. En dépit des 200 prisonniers arrêtés, il n'y avait que des comparses ; le duc de Rivière, le comte Sémallé furent relâchés faute de preuves, tandis que Montholon, Fourmont, le comte de Bruslard et Thomassin réussissaient à s'échapper. Les républicains étaient ulcérés ; les royalistes, eux, plus convaincus que jamais que la victoire couronnerait la « cause sacrée » d'Henri V. Parmi les individus arrêtés, 56 furent renvoyés en Cour d'assises. Le procès s'ouvrit devant la Cour d'assises de la Seine, le 5 juillet 1832. 27 condamnations furent prononcées, dont 6 à la déportation et 2 par contumace à la peine de mort (voir Thureau-Dangin, *Histoire de la monarchie de Juillet*, t. II, p. 150). Voir *Conspiration dite de la rue des Prouvaires, 2 février 1832* (1832), qui donne *in extenso* les débats devant la Cour d'assises de la Seine.

3.

Même millésime dans le manuscrit de 1847 ; il faut lire : « XVIe ».

Le 1er février, à neuf heures du soir, j'allais me coucher lorsqu'un homme zélé et l'individu aux lettres de change forcèrent ma porte, rue d'Enfer, pour me dire que tout était prêt, que dans deux heures Louis-Philippe aurait disparu ; ils venaient s'informer s'ils pouvaient me déclarer le chef principal du gouvernement provisoire, et si je consentais à prendre, avec un conseil de régence, les rênes du gouvernement provisoire au nom de Henri V. Ils avouaient que la chose était périlleuse, mais que je n'en recueillerais que plus de gloire, et que comme je convenais à tous les partis, j'étais le seul homme de France en position de jouer un pareil rôle. C'était me serrer de près, deux heures pour me décider à ma couronne ! Deux heures pour aiguiser le grand sabre de mamelouk que j'avais acheté au Caire en 1806[4] ! Pourtant je n'éprouvai aucun embarras et je leur dis : « Messieurs, vous savez que je n'ai jamais approuvé cette entreprise, qui me paraît folle. Si j'avais à m'en mêler, j'aurais partagé vos périls et n'aurais pas attendu votre victoire pour accepter le prix de vos dangers. Vous savez que j'aime sérieusement la liberté, et il m'est évident, par les meneurs de toute cette affaire, qu'ils ne veulent point de liberté, qu'ils commenceraient, demeurés maîtres du champ de bataille, par établir le règne de l'arbitraire. Ils n'auraient personne, ils ne m'auraient pas surtout pour les soutenir dans ces projets ; leur succès amènerait une complète anarchie, et l'étranger profitant de nos discordes viendrait démembrer la France. Je ne puis donc entrer dans tout cela. J'admire votre dévouement, mais le mien n'est pas de la même nature. Je vais me coucher ; je vous conseille d'en faire autant, et j'ai bien peur d'apprendre demain matin le malheur de vos amis. »

Le souper eut lieu ; l'hôte du logis, qui ne l'avait préparé qu'avec l'autorisation de la police, savait à quoi s'en tenir. Les mouchards à table trinquaient le plus haut à la santé de Henri V ; les sergents de ville arrivèrent, empoignèrent les convives et renversèrent encore une fois la coupe de la royauté légitime. Le Renaud[5] des aventuriers royalistes était

---

4.

C'est le fameux sabre que Chateaubriand avait rapporté de Turquie, qu'il avait arboré en 1814, s'attirant les railleries de Mme de Boigne : « Dès le lendemain de l'entrée des Alliés, il [Chateaubriand] s'était affublé d'un uniforme de fantaisie ; par-dessus lequel un gros cordon de soie rouge, passé en bandoulière, supportait un immense sabre turc qui traînait sur tous les parquets avec un bruit formidable. Il avait certainement beaucoup plus l'apparence d'un capitaine de forbans que d'un pacifique écrivain ; ce costume lui valut quelques ridicules, même aux yeux de ses admirateurs les plus dévoués » (Mme de Boigne, *Mémoires*, t. I, p. 349).

5.

Héros de l'*Orlando furioso* de l'Arioste.

un savetier[6] de la rue de Seine, décoré de Juillet, qui s'était battu vaillamment dans les trois journées, et qui blessa grièvement, pour Henri V, un agent de la police de Louis-Philippe, comme il avait tué des soldats de la garde, pour chasser le même Henri V et les deux vieux rois.
J'avais reçu pendant cette affaire un billet de madame la duchesse de Berry qui me nommait *membre d'un gouvernement secret*[7], qu'elle établissait en qualité de régente de France. Je profitai de cette occasion pour écrire à la princesse la lettre suivante :

LETTRE À MADAME LA DUCHESSE DE BERRY*.

[* J'ai repris quelques passages de la longue lettre pour les placer dans mes *Explications sur mes 12 000 fr.* ; et depuis dans mon *Mémoire sur la captivité de madame la duchesse de Berry.*]

« Madame,
« C'est avec la plus profonde reconnaissance que j'ai reçu le témoignage de confiance et d'estime dont vous avez bien voulu m'honorer ; il impose à ma fidélité le devoir de redoubler de zèle, en mettant toujours sous les yeux de Votre Altesse Royale ce qui me paraîtra la vérité.
« Je parlerai d'abord des prétendues conspirations dont le bruit sera peut-être parvenu jusqu'à Votre Altesse Royale. On affirme qu'elles ont été fabriquées ou provoquées par la police. Laissant de côté le fait, et sans insister sur ce que les conspirations (vraies ou fausses) ont en elles-mêmes de répréhensible, je me contenterai de remarquer que notre caractère national est à la fois trop léger et trop franc pour réussir à de pareilles besognes. Aussi depuis quarante années ces sortes d'entreprises coupables ont-elles constamment échoué. Rien de plus ordinaire que d'entendre un Français se vanter publiquement d'être d'un complot ; il en raconte tout le détail, sans oublier le jour, le lieu et l'heure, à quelque espion qu'il prend pour un confrère ; il dit tout haut, ou plutôt il crie aux passants : "Nous avons quarante mille hommes bien

6. Ce savetier s'appelait Louis Poncelet ; il fut condamné à la déportation.

7. La duchesse de Berry s'était décidée à entreprendre son débarquement en France au printemps de 1832. Elle désigna un gouvernement « provisoire » qui comprenait le maréchal Victor, le chancelier Pastoret, Latour-Maubourg, Chateaubriand et le comte de Florac. On leur adjoindrait, en cas d'absence de l'un ou de l'autre, Mgr de Quélen (archevêque de Paris), Hyde de Neuville, Fitz-James, de Sèze, Conny, et Berryer faisant fonction de secrétaire général.

comptés, nous avons soixante mille cartouches, telle rue, numéro tant, dans la maison qui fait le coin." Et puis ce Catilina va danser et rire.

« Les sociétés secrètes ont seules une longue portée, parce qu'elles procèdent par révolutions et non par conspirations ; elles visent à changer les doctrines, les idées et les mœurs avant de changer les hommes et les choses ; leurs progrès sont lents, mais les résultats certains. La publicité de la pensée détruira l'influence des sociétés secrètes ; c'est l'opinion publique qui maintenant opérera en France ce que les congrégations occultes accomplissent chez les peuples non encore émancipés.

« Les départements de l'Ouest et du Midi, qu'on a l'air de vouloir pousser à bout par l'arbitraire et la violence, conservent cet esprit de fidélité qui distingua les antiques mœurs ; mais cette moitié de la France ne conspirera jamais, dans le sens étroit de ce mot : c'est une espèce de camp au repos sous les armes. Admirable comme réserve de la légitimité, elle serait insuffisante comme avant-garde et ne prendrait jamais avec succès l'offensive. La civilisation a fait trop de progrès pour qu'il éclate une de ces guerres intestines à grands résultats, ressource et fléau des siècles à la fois plus chrétiens et moins éclairés.

« Ce qui existe en France n'est point une monarchie, c'est une république, à la vérité du plus mauvais aloi. Cette république est plastronnée[8] d'une royauté qui reçoit les coups et les empêche de porter sur le gouvernement même.

« De plus, si la légitimité est une force considérable, l'élection est aussi un pouvoir prépondérant, même lorsqu'elle n'est que fictive, surtout en ce pays où l'on ne vit que de vanité : la passion française, l'égalité, est flattée par l'élection.

« Le gouvernement de Louis-Philippe se livre à un double excès d'arbitraire et d'obséquiosité auquel le gouvernement de Charles X n'avait jamais songé. On supporte cet excès, pourquoi ? Parce que le peuple supporte plus facilement la tyrannie d'un gouvernement qu'il a créé que la rigueur légale des institutions qui ne sont pas son ouvrage.

« Quarante années de tempêtes ont brisé les plus fortes âmes ; l'apathie est grande, l'égoïsme presque général ; on se ratatine pour se soustraire au danger, garder ce qu'on a, vivoter en paix. Après une révolution il reste aussi des hommes gangrenés qui communiquent à tout leur souillure, comme après une bataille il reste des cadavres qui corrompent l'air. Si par un souhait Henri V pouvait être transporté aux Tuileries

8. Allusion au plastron d'un escrimeur, qui protège des coups.

sans dérangement, sans secousse, sans compromettre le plus léger intérêt, nous serions bien près d'une Restauration ; mais pour l'avoir s'il faut seulement ne pas dormir une nuit, les chances diminuent[9].

« Les résultats des journées de Juillet n'ont tourné ni au profit du peuple, ni à l'honneur de l'armée, ni à l'avantage des lettres, des arts, du commerce et de l'industrie. L'État est devenu la proie des ministériels de profession et de cette classe qui voit la patrie dans son pot-au-feu, les affaires publiques dans son ménage : il est difficile, madame, que vous connaissiez de loin ce qu'on appelle ici le *juste-milieu*[10] ; que Son Altesse Royale se figure une absence complète d'élévation d'âme, de noblesse de cœur, de dignité de caractère ; qu'elle se représente des gens gonflés de leur importance, ensorcelés de leurs emplois, affolés de leur argent, décidés à se faire tuer pour leurs pensions : rien ne les en détachera ; c'est à la vie et à la mort ; ils y sont mariés comme les Gaulois à leurs épées, les chevaliers à l'oriflamme, les huguenots au panache blanc de Henri IV, les soldats de Napoléon au drapeau tricolore ; ils ne mourront qu'épuisés de serments à tous les régimes, après en avoir versé la dernière goutte sur leur dernière place. Ces eunuques de la quasi-légitimité[11] dogmatisent l'indépendance en faisant assommer les citoyens dans les rues et en entassant les écrivains dans les geôles ; ils entonnent des chants de triomphe en évacuant la Belgique sur l'injonction d'un ministre anglais[12], et bientôt Ancône[13] sur l'ordre d'un caporal autrichien. Entre les huis de Sainte-Pélagie[14] et les portes des cabinets de l'Europe, ils se prélassent tout guindés de liberté et tout crottés de gloire.

9.

Dès septembre 1830, des émissaires se rendirent en Angleterre, entre autres Ferdinand de Bertier, spécialiste de l'action clandestine. Dans son *Rapport sur les chances et les dangers d'une Restauration*, il préconisait un soulèvement intérieur et une intervention étrangère. La duchesse de Berry, influencée par ses chevaliers d'honneur, le comte de Mesnard et le colonel de Brissac, et Auguste de La Rochejaquelein, frère de « Monsieur Henri », n'avait pas renoncé à reconquérir la France. La romanesque princesse souhaitait faire de Chateaubriand, qu'elle appelait son « cher Fénelon », le « grand auxiliaire de ses projets ». Chateaubriand, s'il participa à un fantomatique conseil de régence, était – on le voit ici – foncièrement hostile à toute idée de conspiration.

10.

Si Louis-Philippe n'est pas l'inventeur de ce mot de « juste milieu », il le mit en tout cas à l'honneur, le 21 janvier 1831, en répondant à une députation de la ville de Gaillac : « Quant à la politique intérieure, nous chercherons à nous tenir dans un juste milieu. » Il était situé entre les deux systèmes antagonistes qui se partageaient l'orléanisme, le parti de la « résistance » et le parti du « mouvement ».

11.

Si l'on veut donner une interprétation positive de la monarchie « amphibie » de Juillet, on la trouve chez Guizot, théoricien de la quasi-légitimité. Louis-Philippe n'est pas un roi « élu », mais un prince « heureusement trouvé près du trône brisé, et que la nécessité a fait roi » (discours du 21 décembre 1831).

TRÈS HUMBLES, TRÈS SOUMIS, TRÈS OBÉISSANTS ET SURTOUT TRÈS VORACES SUJETS.

12.
Soulevée contre la domination hollandaise en août 1830, la Belgique, devenue indépendante avec l'aide de troupes françaises, offrit la couronne au duc de Nemours, fils de Louis-Philippe. Les Anglais s'y opposèrent. Louis-Philippe céda à l'Angleterre, et Talleyrand trouvera à Londres un arrangement : le prince de Saxe-Cobourg, naturalisé anglais lorsqu'il avait épousé Augustine-Charlotte, héritière présomptive de la couronne d'Angleterre – la princesse était morte en couches –, après avoir failli régner sur la Grèce, deviendra le premier roi des Belges. Le 3 août 1832, il épousera en secondes noces la fille aînée du roi des Français. Chateaubriand reprochera vivement à Louis-Philippe de s'être abaissé devant les Anglais : « Vous aurez la paix à présent, je le crois ; on ne peut pas donner de l'épée dans le ventre de celui qui tourne le dos » (voir *De la nouvelle proposition relative au bannissement de Charles X et de sa famille, in Grands Écrits politiques*, t. II, p. 640 *sqq.*).

13.
Pour contrer l'occupation par les Autrichiens de la ville de Bologne, située dans les États du pape, Casimir Périer décida d'occuper Ancône, le 23 février 1832 (voir *supra*, l. XXXI, chap. 6, note 11, p. 2119).

14.
Prison de Paris, installée en 1792 dans un établissement fondé pour les filles repenties, par Mme de Miramion. Après avoir renfermé dans ses geôles Mme Roland, Rouget de Lisle, André Chénier, ce fut dans la période dite « héroïque » de la liberté d'opinion, sous la Restauration, la monarchie de Juillet et le Second Empire, un brevet de célébrité que d'y séjourner. Y furent détenus Béranger, Paul-Louis Courier, puis Blanqui, Barbès, Cavaignac, Raspail et, sous le Second Empire, Rochefort, Clemenceau. Elle a été démolie en 1898.

«Ce que j'ai dit concernant les dispositions de la France ne doit pas décourager Votre Altesse Royale; mais je voudrais que l'on connût mieux la route qui conduit au trône de Henri V.

«Vous savez ma manière de penser relativement à l'éducation de mon jeune roi: mes sentiments se trouvent exprimés à la fin de la brochure que j'ai déposée aux pieds de Votre Altesse Royale: je ne pourrais que me répéter. Que Henri V soit élevé pour son siècle, avec et par les hommes de son siècle; ces deux mots résument tout mon système. Qu'il soit élevé surtout pour n'être pas roi. Il peut régner demain, il peut ne régner que dans dix ans, il peut ne régner jamais: car si la légitimité a les diverses chances de retour que je vais à l'instant déduire, néanmoins l'édifice actuel pourrait crouler sans qu'elle sortît de ses ruines. Vous avez l'âme assez ferme, madame, pour supposer, sans vous laisser abattre, un jugement de Dieu qui replongerait votre illustre race dans les sources populaires; de même que vous avez le cœur assez grand pour nourrir de justes espérances sans vous en laisser enivrer. Je dois maintenant vous présenter cette autre partie du tableau.

«Votre Altesse Royale peut tout défier, tout braver avec son âge; il lui reste plus d'années à parcourir qu'il ne s'en est écoulé depuis le commencement de la révolution. Or, que n'ont point vu ces dernières années? Quand la république, l'empire, la légitimité ont passé, l'amphibie[15] du juste-milieu ne passerait point! Quoi! ce serait pour arriver à la misère d'hommes et de choses de ce moment que nous aurions traversé et dépensé tant de crimes, de malheur, de talent, de liberté, de gloire! Quoi! l'Europe bouleversée, les trônes croulant les uns sur les autres, les générations précipitées à la fosse le glaive dans le sein, le monde en travail pendant un demi-siècle, tout cela pour enfanter la quasi-légitimité! On concevrait une grande République émergeant de ce cataclysme social; du moins serait-elle habile à hériter des conquêtes de la Révolution, à savoir, la liberté politique, la liberté et la publicité de la pensée, le nivellement des rangs, l'admission à tous les emplois, l'égalité de tous devant la loi, l'élection et la souveraineté populaire. Mais comment supposer qu'un troupeau de sordides médiocrités sauvées du naufrage puissent employer ces principes? À quelle proportion ne les ont-elles pas déjà réduits! elles les détestent et ne soupirent qu'après les lois d'exception; elles voudraient prendre toutes ces libertés sous la cou-

15.
Qui tient d'un genre et d'un autre; qui à la fois se réclame de la légitimité monarchique – Louis-Philippe n'est-il pas un descendant des Bourbons par une branche cadette? – et de la légitimité révolutionnaire, celle de la souveraineté nationale.

ronne qu'elles ont forgée, comme sous une trappe; puis on niaiserait béatement avec des canaux, des chemins de fer, des tripotages d'arts, des arrangements de lettres; monde de machines, de bavardage et de suffisance surnommé *société modèle*[16]. Malheur à toute supériorité, à tout homme de génie ambitieux de préférence, de gloire et de plaisir, de sacrifice et de renommée, aspirant au triomphe de la tribune, de la lyre ou des armes, qui s'élèverait un jour dans cet univers d'ennui!

« Il n'y a qu'une chance, madame, pour que la quasi-légitimité continuât de végéter: ce serait que l'état actuel de la société fût l'état naturel de cette société même à l'époque où nous sommes. Si le peuple vieilli se trouvait en rapport avec son gouvernement décrépit; si entre le gouvernant et le gouverné il y avait harmonie d'infirmité et de faiblesse, alors, madame, tout serait fini pour Votre Altesse Royale, comme pour le reste des Français. Mais si nous ne sommes pas arrivés à l'âge du radotage national, et si la république immédiate est impossible, c'est la légitimité qui semble appelée à renaître. Vivez votre jeunesse, madame, et vous aurez les royaux haillons de cette pauvresse appelée monarchie de Juillet. Dites à vos ennemis ce que votre aïeule, la reine Blanche, disait aux siens pendant la minorité de Saint Louis: "Point ne me chaut d'attendre". Les belles heures de la vie vous ont été données en compensation de vos malheurs, et l'avenir vous rendra autant de félicités que le présent vous aura dérobé de jours.

« La première raison qui milite en votre faveur, madame, est la justice de votre cause et l'innocence de votre fils. Toutes les éventualités ne sont pas contre le bon droit. »

Après avoir détaillé les raisons d'espérance que je ne nourrissais guère, mais que je cherchais à grossir pour consoler la princesse, je continue:

« Voilà, madame, l'état précaire de la quasi-légitimité à l'intérieur; à l'extérieur sa position n'est pas plus assurée. Si le gouvernement de Louis-Philippe avait senti que la révolution de Juillet biffait les transactions antécédentes[17], qu'une autre constitution nationale amenait un autre droit politique et changeait les intérêts sociaux; s'il avait eu au début de sa carrière jugement et courage, il aurait pu, sans brûler une seule amorce, doter la France de la frontière qui lui a été enlevée, tant était vif l'assentiment des peuples, tant était grande la stupéfaction des rois *(b)*. La quasi-légitimité aurait payé sa couronne argent comptant avec un

16.
Allusion au système des doctrinaires (voir *supra*, l. 32 chap. 2, note 6, p. 2179).

17.
Les traités de 1814.

accroissement de territoire et se serait retranchée derrière ce boulevard. Au lieu de profiter de son élément républicain pour marcher vite, elle a eu peur de son principe ; elle s'est traînée sur le ventre ; elle a abandonné les nations soulevées pour elle et par elle ; elle les a rendues adverses de clientes qu'elles étaient ; elle a éteint l'enthousiasme guerrier, elle a changé en un pusillanime souhait de paix un désir éclairé de rétablir l'équilibre des forces entre nous et les États voisins, de réclamer au moins auprès de ces États, démesurément agrandis, les lambeaux détachés de notre vieille patrie. Par faillance[18] de cœur et défaut de génie, Louis-Philippe a reconnu des traités qui ne sont point de la nature de la révolution, traités avec lesquels elle ne peut vivre, et que les étrangers ont eux-mêmes violés.

« Le juste-milieu a laissé aux cabinets étrangers le temps de se reconnaître et de former leurs armées. Et comme l'existence d'une monarchie démocratique est incompatible avec l'existence des monarchies continentales, les hostilités, malgré les protocoles, les embarras de finances, les peurs mutuelles, les armistices prolongés, les gracieuses dépêches, les démonstrations d'amitié, les hostilités, dis-je, pourraient sortir de cette incompatibilité. Si notre royauté bourgeoise est résignée aux insultes, si les hommes rêvent la paix, les choses pourront imposer la guerre.

« Mais que la guerre brise ou ne brise pas la quasi-légitimité, je sais que vous ne mettrez jamais, madame, votre espérance dans l'étranger ; vous aimeriez mieux qu'Henri V ne régnât jamais que de le voir arriver sous le patronage d'une coalition européenne : c'est de vous-même, c'est de votre fils que vous tirez votre espérance. De quelque manière qu'on raisonne sur les ordonnances, elles ne pouvaient jamais atteindre Henri V ; innocent de tout, il a pour lui l'élection des siècles et ses infortunes natales. Si le malheur nous touche dans la solitude d'une tombe, il nous attendrit encore davantage quand il veille auprès d'un berceau : car alors il n'est plus le souvenir d'une chose passée, d'une créature misérable, mais qui a cessé de souffrir ; il est une pénible réalité ; il attriste un âge qui ne devait connaître que la joie ; il menace toute une vie qui ne lui a rien fait et n'a pas mérité ses rigueurs.

« Pour vous, madame, il y a dans vos adversités une autorité puissante. Vous, baignée du sang de votre mari, avez porté dans votre sein le fils que la politique appela l'*enfant de l'Europe* et la Religion l'*enfant du*

18. Faillance est un néologisme que ne reconnaît pas Littré, composé à partir du verbe faillir, c'est-à-dire qui manque, qui fait défaut.

miracle. Quelle influence n'exercez-vous pas sur l'opinion, quand on vous voit garder seule, à l'orphelin exilé, la pesante couronne que Charles X secoua de sa tête blanchie, et au poids de laquelle se sont dérobés deux autres fronts assez chargés de douleurs pour qu'il leur fût permis de rejeter ce nouveau fardeau ! Votre image se présente à notre souvenir avec ces grâces de femme qui, assises sur le trône, semblent occuper leur place naturelle. Le peuple ne nourrit contre vous aucun préjugé ; il plaint vos peines, il admire votre courage ; il garde la mémoire de vos jours de deuil ; il vous sait gré de vous être mêlée plus tard à ses plaisirs, d'avoir partagé ses goûts et ses fêtes ; il trouve un charme à la vivacité de cette Française étrangère, venue d'un pays cher à notre gloire par les journées de Fornoue, de Marignan, d'Arcole et de Marengo[19]. Les muses regrettent leur protectrice née sous ce beau ciel de l'Italie, qui lui inspira l'amour des arts, et qui fit d'une fille d'Henri IV une fille de François Ier.

« La France, depuis la révolution, a souvent changé de conducteurs, et n'a point encore vu une femme au timon de l'État. Dieu veut peut-être que les rênes de ce peuple indomptable, échappées aux mains dévorantes de la Convention, rompues dans les mains victorieuses de Bonaparte, inutilement saisies par Louis XVIII et Charles X, soient renouées par une jeune princesse ; elle saurait les rendre à la fois moins fragiles et plus légères. »

Rappelant enfin à Madame qu'elle a bien voulu songer à moi pour faire partie du gouvernement secret, je termine ainsi ma lettre :

« À Lisbonne s'élève un magnifique monument sur lequel on lit cette épitaphe : *Ci-gît Basco Fuguera contre sa volonté.* Mon mausolée sera modeste, et je n'y reposerai pas malgré moi.

« Vous connaissez, madame, l'ordre d'idées dans lequel j'aperçois la possibilité d'une Restauration ; les autres combinaisons seraient au-dessus de la portée de mon esprit ; je confesserais mon insuffisance. C'est *ostensiblement,* et en me proclamant l'homme de votre aveu, de votre confiance, que je trouverais quelque force ; mais, ministre plénipotentiaire de nuit, chargé d'affaires accrédité auprès des ténèbres, c'est à quoi je ne me sentirais aucune aptitude. Si Votre Altesse Royale me nom-

---

19.
Chateaubriand n'hésite pas à mêler les victoires de l'ancienne France – des Valois de préférence –, Fornoue (1495) et Marignan (1515), aux victoires de la nouvelle France, Arcole (1796) et Marengo (1800) ; mais les ennemis – les Autrichiens – sont les mêmes. À noter qu'aucune des quatre batailles ne s'est déroulée dans le royaume des Deux-Siciles, où naquit la future duchesse de Berry.

mait patemment[20] son ambassadeur auprès du peuple de la *nouvelle France*[21], j'inscrirais en grosses lettres sur ma porte: *Légation de l'ancienne France.* Il en arriverait ce qu'il plairait à Dieu; mais je n'entendrais rien aux dévouements secrets; je ne sais me rendre coupable de fidélité que par le flagrant délit.

«Madame, sans refuser à Votre Altesse Royale les services qu'elle aurait le droit de me commander, je la supplie d'agréer le projet que j'ai formé d'achever mes jours dans la retraite. Mes idées ne peuvent convenir aux personnes qui ont la confiance des nobles exilés d'Holyrood[22]: le malheur passé, l'antipathie naturelle contre mes principes et ma personne renaîtrait avec la prospérité[23]. J'ai vu repousser les plans que j'avais présentés pour la grandeur de ma patrie, pour donner à la France des frontières dans lesquelles elle pût exister à l'abri des invasions, pour la soustraire à la honte des traités de Vienne et de Paris. Je me suis entendu traiter de renégat quand je défendais la religion, de révolutionnaire quand je m'efforçais de fonder le trône sur la base des libertés publiques. Je retrouverais les mêmes obstacles augmentés de la haine que les fidèles de cour, de ville et de province, auraient conçue de la leçon que leur infligea ma conduite au jour de l'épreuve[24]. J'ai trop peu d'ambition, trop besoin de repos pour faire de mon attachement un fardeau à la couronne, et lui imposer ma présence importune. J'ai rempli

---

20.

Par lettre patente, officiellement.

21.

La «nouvelle France», ou son synonyme «Jeune France», a servi à désigner la jeunesse travaillée par le romantisme, celle qui avait porté Chateaubriand en triomphe en juillet 1830 (voir *supra*, l. XXXIII, chap. 9, note 6). C'est très précisément à cette jeunesse que Victor Hugo dédiera l'ode primitivement intitulée *Aux trois écoles*, puis, lors de sa publication dans *Le Globe* du 19 août 1830, *À la Jeune France*: *«Oh! l'avenir est magnifique! / Jeunes Français, jeunes amis, / Un siècle pur et pacifique / S'ouvre à vos pas mieux affermis.»* Des expressions similaires ont couru dans l'Europe entière, pour désigner la jeunesse libérale. La plus connue est celle de Jeune Italie, société secrète fondée par le «patriote» Mazzini (voir *supra*, p. 773).

22.

Voir *supra*, l. XXXV, chap. 3, note 5, p. 2349.

23.

Chateaubriand reprend ici un développement qui se trouve dans son opuscule relatif au bannissement de Charles X: «Au jour même de l'adversité, la fidélité ne se doit pas rendre importune [...]. Si le duc de Bordeaux remontait demain sur le trône, pense-t-on que je me berce du songe d'être auprès de lui un personnage important? Non; je serais écarté, et le timon de l'État serait justement confié à des pilotes plus habiles que moi» (*in Grands Écrits politiques*, t. II, pp. 684-685).

24.

Lorsque Chateaubriand, refusant de se rallier à Louis-Philippe, renonça à toutes ses charges dans son discours du 7 août 1830 (voir *supra*, l. XXXIV, chap. 7, p. 2307 *sqq.*).

mes devoirs sans penser un seul moment qu'ils me donnassent droit à la faveur d'une famille auguste : heureux qu'elle m'ait permis d'embrasser ses adversités ! Je ne vois rien au-dessus de cet honneur ; elle ne trouvera pas de serviteur plus zélé que moi ; elle en trouvera de plus jeunes et de plus habiles. Je ne me crois pas un homme nécessaire, et je pense qu'il n'y a plus d'hommes nécessaires aujourd'hui : inutile au présent, je vais aller dans la solitude m'occuper du passé. J'espère, madame, vivre encore assez pour ajouter à l'histoire de la Restauration la page glorieuse que promettent à la France vos futures destinées.

« Je suis avec le plus profond respect, madame, de Votre Altesse Royale le très-humble et très-obéissant serviteur.

« CHATEAUBRIAND[25]. »

La lettre fut obligée d'attendre un courrier sûr ; le temps marcha et j'ajoutai à ma dépêche ce post-scriptum :

Paris, 12 avril 1832.

« Madame,

« Tout vieillit vite en France ; chaque jour ouvre de nouvelles chances à la politique et commence une autre série d'événements. Nous en sommes maintenant à la maladie de M. Périer[26] et au fléau de Dieu. J'ai envoyé à M. le préfet de la Seine la somme de 12 000 fr. que la fille proscrite de saint Louis et de Henri IV a destinée au soulagement des infortunés : quel digne usage de sa noble indigence ! Je m'efforcerai, madame, d'être le fidèle interprète de vos sentiments. Je n'ai reçu de ma vie une mission dont je me sentisse plus honoré.

« Je suis avec le plus profond respect, etc. »

Avant de parler de l'affaire des 12 000 fr. pour les *cholériques*, mentionnés dans ce post-scriptum, il faut parler du choléra. Dans mon voyage en Orient je n'avais point rencontré la peste, elle est venue me trouver à domicile ; la fortune après laquelle j'avais couru m'attendait assise à ma porte.

25. Le manuscrit de 1847 ajoute la date : « Paris, ce 25 mars 1832 ».

26. Le fléau fit son apparition à Paris le 26 mars. Casimir Périer, qui avait accompagné le duc d'Orléans dans sa visite aux hôpitaux, y contracta la maladie dont il fut saisi le 4 avril, et qui l'emporta le 16 mai.

INCIDENCES.

Pestes.

À l'époque de la peste d'Athènes, l'an 431 avant notre ère, vingt-deux grandes pestes avaient déjà ravagé le monde. Les Athéniens se figurèrent qu'on avait empoisonné leurs puits ; imagination populaire renouvelée dans toutes les contagions. Thucydide nous a laissé du fléau de l'Attique une description copiée chez les anciens par Lucrèce, Virgile, Ovide, Lucain, chez les modernes par Boccace et Manzoni[1]. Il est remarquable qu'à propos de la peste d'Athènes, Thucydide ne dit pas un mot d'Hippocrate, de même qu'il ne nomme pas Socrate à propos d'Alcibiade. Cette peste donc attaquait d'abord la tête, descendait dans l'estomac, de là dans les entrailles, enfin dans les jambes ; si elle sortait par les pieds après avoir traversé tout le corps, comme un long serpent, on guérissait. Hippocrate l'appela le mal divin, et Thucydide le *feu sacré* ; ils la regardèrent tous deux comme le feu de la colère céleste. Une des plus épouvantables pestes fut celle de Constantinople au Ve siècle[2], sous le règne de Justinien : le christianisme avait déjà modifié l'imagination des peuples et donné un nouveau caractère à une calamité, de même qu'il avait changé la poésie ; les malades croyaient voir errer autour d'eux des spectres et entendre des voix menaçantes.

1.
Thucydide, *Histoire du Péloponnèse*, chap. XLVII-LIV. Lucrèce, *De natura rerum*, l. VI, v. 1138. Virgile, *Géorgiques*, l. III, v. 474 *sqq.* Ovide, *Métamorphoses*, l. VII, v. 518 *sqq.* Lucain, *La Pharsale*, chant VI, v. 80 *sqq.* (peste au camp de Pompée). Pour la peste de 1348 à Florence, voir le *Décaméron* de Boccace ; pour celle de 1629 à Milan, *Les Fiancés* de Manzoni.

2.
Coquille pour VIe siècle (542).

La peste noire du XIVe siècle, connue sous le nom de la *mort noire*, prit naissance à la Chine : on s'imaginait qu'elle courait sous la forme d'une vapeur de feu en répandant une odeur infecte. Elle emporta les quatre cinquièmes des habitants de l'Europe[3].

En 1575 descendit sur Milan la contagion qui rendit immortelle la charité de saint Charles Borromée. Cinquante-quatre ans plus tard, en 1629, cette malheureuse ville fut encore exposée aux calamités dont Manzoni a fait une peinture bien supérieure au célèbre tableau de Boccace.

En 1660 le fléau se renouvela en Europe, et dans ces deux pestes de 1629 et 1660 se reproduisirent les mêmes symptômes de délire de la peste de Constantinople.

« Marseille, dit M. Lemontey, sortait en 1720 du sein des fêtes qui avaient signalé le passage de mademoiselle de Valois[4], mariée au duc de Modène. À côté de ces galères encore décorées de guirlandes et chargées de musiciens, flottaient quelques vaisseaux apportant des ports de la Syrie la plus terrible calamité. »

Le navire fatal dont parle M. Lemontey, ayant exhibé une patente nette, fut admis un moment à la pratique[5]. Ce moment suffit pour empoisonner l'air ; un orage accrut le mal et la peste se répandit à coups de tonnerre.

Les portes de la ville et les fenêtres des maisons furent fermées. Au milieu du silence général on entendait quelquefois une fenêtre s'ouvrir et un cadavre tomber ; les murs ruisselaient de son sang gangrené, et des chiens sans maître l'attendaient en bas pour le dévorer. Dans un quartier dont tous les habitants avaient péri, on les avait murés à domicile, comme pour empêcher la mort de sortir. De ces avenues de grands tombeaux de famille, on passait à des carrefours dont les pavés étaient couverts de malades et de mourants étendus sur des matelas et abandonnés sans secours. Des carcasses gisaient à demi pourries avec de vieilles hardes mêlées de boue ; d'autres corps restaient debout appuyés contre les murailles, dans l'attitude où ils étaient expirés.

3.

La Peste noire aurait emporté près de 25 millions d'habitants en Europe. Chateaubriand a tiré les détails de la peste à Marseille chez Pierre-Édouard Lemontey (1762-1826), dont on venait de faire paraître une *Histoire de la Régence et de la minorité de Louis XV jusqu'au ministère du cardinal Fleury* (1832).

4.

Mlle de Valois était l'une des filles du Régent (voir index).

5.

Liberté de communiquer avec un port ou une ville, accordée aux navigateurs qui, venus d'un pays suspect de maladie contagieuse, ont fait une quarantaine.

Tout avait fui, même les médecins ; l'évêque, M. de Belzunce, écrivait : « On devrait abolir les médecins, ou du moins nous en donner de plus habiles ou de moins peureux. J'ai eu bien de la peine à faire tirer cent cinquante cadavres à demi pourris qui étaient autour de ma maison. »

Un jour, des galériens hésitaient à remplir leurs fonctions funèbres : l'apôtre monte sur l'un des tombereaux, s'assied sur un tas de cadavres et ordonne aux forçats de marcher : la mort et la vertu s'en allaient au cimetière conduites par le crime et le vice épouvantés et admirant. Sur l'esplanade de Tourette, au bord de la mer, on avait pendant trois semaines porté des corps, lesquels, exposés au soleil et fondus par ses rayons, ne présentaient plus qu'un lac empesté. Sur cette surface de chairs liquéfiées, les vers seuls imprimaient quelque mouvement à des formes pressées, indéfinies, qui pouvaient avoir été des effigies humaines.

Quand la contagion commença de se ralentir, M. de Belzunce, à la tête de son clergé, se transporta à l'église des *Accoules* : monté sur une esplanade d'où l'on découvrait Marseille, les campagnes, les ports et la mer, il donna la bénédiction, comme le pape, à Rome, bénit la ville et le monde : quelle main plus courageuse et plus pure pouvait faire descendre sur tant de malheurs les bénédictions du ciel ?

C'est ainsi que la peste dévasta Marseille, et cinq ans après ces calamités on plaça sur la façade de l'Hôtel-de-Ville l'inscription suivante, comme ces épitaphes pompeuses qu'on lit sur un sépulcre :

Massilia Phocensium filia, Romae soror, Carthaginis terror, Athenarum aemula[6].

---

6. « Marseille, fille de Phocée, sœur de Rome, terreur de Carthage, émule d'Athènes. »

LE CHOLÉRA.

Paris, rue d'Enfer, mai 1832.

Le choléra, sorti du delta du Gange en 1817, s'est propagé dans un espace de deux mille deux cents lieues, du nord au sud, et de trois mille cinq cents de l'orient à l'occident; il a désolé quatorze cents villes, moissonné quarante millions d'individus. On a une carte de la marche de ce conquérant. Il a mis quinze années à venir de l'Inde à Paris: c'est aller aussi vite que Bonaparte: celui-ci-employa à peu près le même nombre d'années à passer de Cadix à Moscou, et il n'a fait périr que deux ou trois millions d'hommes[1].

Qu'est-ce que le choléra[2]? Est-ce un vent mortel? Sont-ce des insectes que nous avalons et qui nous dévorent? Qu'est-ce que cette grande mort noire armée de sa faux, qui, traversant les montagnes et les mers, est

1.
M. Levaillant remarque qu'en rédigeant cet alinéa, Chateaubriand avait vraisemblablement lu un article de la *Revue de Paris*, du début de juillet 1831 (t. XXVIII), d'Amédée Pichot: «Itinéraire du Choléra Morbus, depuis le Bengale jusqu'en Europe. Extraits des divers rapports des médecins anglais, et accompagnés d'une carte gravée par M. Ambroise Tardieu». Le rédacteur de la *Revue* insistait sur la gravité du fléau, apparu à Varsovie en pleine insurrection et qui suivait sa marche depuis qu'en août 1817, il avait éclaté à l'embouchure du Gange, affirmant que le fléau «parcourt en moyenne de quatre à six lieues par jour». De nombreux articles avaient paru à la suite, à mesure que le mal gagnait l'Europe (Londres le 12 février, Calais le 15 mars, Paris le 26). L'épidémie ne prit fin que le 30 septembre. Sa durée totale fut de 189 jours, pendant lesquels le chiffre des morts atteignit plus de 18 000.

2.
C'est une maladie infectieuse et épidémique due au vibrion cholérique. Elle s'accompagne chez l'homme de douleurs abdominales, de vomissements incoercibles, d'une chute de la température et d'une diarrhée intense (comme le savent les lecteurs du *Hussard sur le toit*, le roman de Giono, qui se déroule pendant une épidémie de choléra en Provence, vers 1838).

venue comme une de ces terribles pagodes adorées aux bords du Gange nous écraser aux rives de la Seine sous les roues de son char ? Si ce fléau fût tombé au milieu de nous dans un siècle religieux, qu'il se fût élargi dans la poésie des mœurs et des croyances populaires, il eût laissé un tableau frappant. Figurez-vous un drap mortuaire flottant en guise de drapeau au haut des tours de Notre-Dame, le canon faisant entendre par intervalles des coups solitaires pour avertir l'imprudent voyageur de s'éloigner ; un cordon de troupes cernant la ville et ne laissant entrer ni sortir personne, les églises remplies d'une foule gémissante, les prêtres psalmodiant jour et nuit les prières d'une agonie perpétuelle, le viatique porté de maison en maison avec des cierges et des sonnettes, les cloches ne cessant de faire entendre le glas funèbre, les moines, un crucifix à la main, appelant dans les carrefours le peuple à la pénitence, prêchant la colère et le jugement de Dieu, manifestés sur les cadavres déjà noircis par le feu de l'enfer.

Puis les boutiques fermées, le pontife entouré de son clergé, allant, avec chaque curé à la tête de sa paroisse, prendre la châsse de sainte Geneviève[3] ; les saintes reliques promenées autour de la ville, précédées de la longue procession des divers ordres religieux, confréries, corps de métiers, congrégations de pénitents, théories de femmes voilées, écoliers de l'Université, desservants des hospices, soldats sans armes ou les piques renversées ; le *Miserere* chanté par les prêtres, se mêlant aux cantiques des jeunes filles et des enfants ; tous, à certains signaux, se prosternant en silence et se relevant pour faire entendre de nouvelles plaintes.

Rien de tout cela : le choléra nous est arrivé dans un siècle de philanthropie, d'incrédulité, de journaux, d'administration matérielle[4]. Ce fléau sans imagination n'a rencontré ni vieux cloîtres, ni religieux, ni caveaux, ni

---

3.
« Conservée dans l'église Sainte-Geneviève, la châsse de la patronne de Paris était promenée par les chanoines affectés à sa garde, en une procession solennelle, en cas de calamité déclarée ou de danger public » (M. Levaillant).

4.
Victor Hugo, dans *Les Misérables*, a bien rendu le climat psychologique étouffant du printemps 1832, cette fermentation, ce bouillonnement. Gouvernement et administration demeuraient à la tâche ; la famille royale se consacrait à soulager les misères des malades et de leur famille par ses visites et ses secours. Mais, « saisi de spasmes de fureur, le Paris populaire trouvait dans l'agitation politique l'exutoire d'une tourmente publique où se mêlaient émeutes chiffonnières et lynchages collectifs [...]. Tout au long du mois d'avril et dans les premiers jours de mai, au prix d'une mobilisation constante des forces de l'ordre, la préfecture de police contint le désordre. Gisquet l'avait annoncé le 23 avril 1832 : "Une fois l'orage épidémique apaisé, les passions révolutionnaires s'éveilleront" » (H. Robert, *La Monarchie de Juillet*, p. 16).

tombes gothiques; comme la terreur en 1793, il s'est promené d'un air moqueur à la clarté du jour, dans un monde tout neuf, accompagné de son bulletin, qui racontait les remèdes qu'on avait employés contre lui, le nombre des victimes qu'il avait faites, où il en était, l'espoir qu'on avait de le voir encore finir, les précautions qu'on devait prendre pour se mettre à l'abri, ce qu'il fallait manger, comment il était bon de se vêtir. Et chacun continuait de vaquer à ses affaires, et les salles de spectacle étaient pleines. J'ai vu des ivrognes à la barrière, assis devant la porte du cabaret, buvant sur une petite table de bois et disant en élevant leur verre: «À ta santé, *Morbus*!» Morbus, par reconnaissance, accourait, et ils tombaient morts sous la table. Les enfants jouaient au *choléra*, qu'ils appelaient le *Nicolas Morbus*[5] et le *scélérat Morbus*. Le choléra avait pourtant sa terreur: un brillant soleil, l'indifférence de la foule, le train ordinaire de la vie, qui se continuait partout, donnaient à ces jours de peste un caractère nouveau et une autre sorte d'épouvante. On sentait un malaise dans tous les membres; un vent du nord, sec et froid, vous desséchait; l'air avait une certaine saveur métallique qui prenait à la gorge[6]. Dans la rue du Cherche-Midi, des fourgons du dépôt d'artillerie faisaient le service des cadavres. Dans la rue de Sèvres, complètement dévastée, surtout d'un côté, les corbillards allaient et venaient de porte en porte; ils ne pouvaient suffire aux demandes; on leur criait par les fenêtres: «Corbillard, ici!» Le cocher répondait qu'il était chargé et ne pouvait servir tout le monde. Un de mes amis, M. Pouqueville, venant dîner chez moi le jour de Pâques, arrivé au boulevard du Mont-Parnasse, fut arrêté par une succession de bières presque toutes portées à bras. Il aperçut, dans cette procession, le cercueil d'une jeune fille sur lequel était déposée une couronne de roses blanches. Une odeur de chlore formait une atmosphère empestée à la suite de cette ambulance fleurie.

Sur la place de la Bourse, où se réunissaient des cortèges d'ouvriers en chantant *la Parisienne*[7], on vit souvent jusqu'à onze heures du soir défiler

---

5.
Allusion sarcastique au tsar de Russie, Nicolas, puisque le choléra venait de Russie, bien qu'étant parti de l'Inde, où cette maladie existait à l'état endémique.

6.
Fait confirmé par Charles de Rémusat qui, rapportant les derniers moments de Casimir Périer, parle également d'«un de ces temps métalliques de la saison qui irritent les nerfs et donnent comme de l'âpreté au sentiment de la vie» (*Mémoires de ma vie*, t. II, p. 556).

7.
Cet hymne, composé par Casimir Delavigne (1793-1843) à la gloire de la révolution de Juillet, commençait par ce couplet inspiré: *«Peuple français! Peuple de braves! / La liberté rouvre ses bras! / On nous disait: soyez esclaves; / Nous avons dit: soyons soldats! / Soudain Paris, dans sa mémoire, / A retrouvé son cri de gloire; / En avant! Marchons, marchons contre leur canon / À travers le fer, le feu des bataillons. / Courons à la victoire. / Courons à la victoire.»*

des enterrements vers le cimetière Montmartre à la lueur de torches de goudron. Le Pont-Neuf était encombré de brancards chargés de malades pour les hôpitaux ou de morts expirés dans le trajet. Le péage cessa quelques jours sur le pont des Arts. Les échoppes disparurent, et comme le vent de nord-est soufflait, tous les étalagistes et toutes les boutiques des quais fermèrent. On rencontrait des voitures enveloppées d'une banne et précédées d'un *corbeau*[8] ayant en tête un officier de l'état civil, vêtu d'un habit de deuil, tenant une liste en main. Ces tabellions manquèrent ; on fut obligé d'en appeler de Saint-Germain, de La Villette, de Saint-Cloud. Ailleurs, les corbillards étaient encombrés de cinq ou six cercueils retenus par des cordes. Des omnibus et des fiacres servaient au même usage ; il n'était pas rare de voir un cabriolet orné d'un mort couché sur sa devantière. Quelques décédés étaient présentés aux églises ; un prêtre jetait de l'eau bénite sur ces fidèles de l'éternité réunis.

À Athènes, le peuple crut que les puits voisins du Pirée avaient été empoisonnés ; à Paris, on accusa les marchands d'empoisonner le vin, les liqueurs, les dragées et les comestibles. Plusieurs individus furent déchirés, traînés dans le ruisseau, précipités dans la Seine. L'autorité a eu à se reprocher des avis maladroits ou coupables[9].

Comment le fléau, étincelle électrique, passa-t-il de Londres à Paris ? on ne le saurait expliquer. Cette mort fantasque s'attache souvent à un point du sol, à une maison, et laisse sans y toucher les alentours de ce point infesté ; puis elle revient sur ses pas et reprend ce qu'elle avait oublié. Une nuit je me sentis attaqué : je fus saisi d'un frisson avec des crampes dans les jambes ; je ne voulus pas sonner de peur d'effrayer madame de Chateaubriand. Je me levai ; je chargeai mon lit de tout ce que je rencontrai dans la chambre et, me remettant sous mes couvertures, une

---

8.
Nom donné aux gens qui, dans un temps de contagion, enlevaient les pestiférés, soit pour les porter à l'hôpital, soit pour les enterrer.

9.
Henri Heine a laissé une description très réaliste du choléra à Paris. Le bruit s'étant répandu dans Paris que le fléau était dû à des empoisonneurs, la colère parisienne gronda et retentit rue Saint-Denis du fameux cri *À la lanterne !* « Et quelques voix, tremblantes de rage, m'apprirent qu'on pendait un empoisonneur. Les uns disaient que c'était un carliste [...] les autres que c'était un prêtre et [...] un misérable [...] capable de tout. Dans la rue Vaugirard, où l'on massacra deux hommes qui étaient porteurs d'une poudre blanche, je vis un de ces infortunés au moment où il râlait encore et où les vieilles femmes tirèrent leurs sabots de leurs pieds pour l'en frapper sur la tête jusqu'à ce qu'il mourût. Il était presque nu et couvert de sang et de meurtrissures ; on lui déchira non seulement ses habits, mais les cheveux, les lèvres et le nez ; puis vint un homme dégoûtant qui lia une corde autour des pieds du cadavre et le traîna par les rues en criant sans relâche : Voilà le choléra Morbus ! » (H. Heine, *De la France*).

sueur abondante me tira d'affaire. Mais je demeurai brisé, et ce fut dans cet état de malaise que je fus forcé d'écrire ma brochure sur les 12 000 francs de madame la duchesse de Berry[10].

Je n'aurais pas été trop fâché de m'en aller emporté sous le bras de ce fils aîné de Vischnou, dont le regard lointain tua Bonaparte sur son rocher, à l'entrée de la mer des Indes[11]. Si tous les hommes atteints d'une contagion générale venaient à mourir, qu'arriverait-il ? Rien : la terre, dépeuplée, continuerait sa route solitaire, sans avoir besoin d'autre astronome pour compter ses pas que celui qui les a mesurés de toute éternité ; elle ne présenterait aucun changement aux habitants des autres planètes ; ils la verraient accomplir ses fonctions accoutumées ; sur sa surface, nos petits travaux, nos villes, nos monuments seraient remplacés par des forêts rendues à la souveraineté des lions ; aucun vide ne se manifesterait dans l'univers. Et cependant il y aurait de moins cette intelligence humaine qui sait les astres et s'élève jusqu'à la connaissance de leur auteur. Qu'êtes-vous donc, ô immensité des œuvres de Dieu, où le génie de l'homme, qui équivaut à la nature entière, s'il venait à disparaître, ne ferait pas plus faute que le moindre atome retranché de la création !

10.

La brochure parut le 14 avril.

11.

La mort de Napoléon n'a aucun rapport avec la peste ou le choléra (voir *supra*, l. XXIV, chap. 11, note 2, p. 1563).

Livre XXXVI

Les 12 000 fr. de madame la duchesse de Berry[1].

Paris, rue d'Enfer, mai 1832.

Madame de Berry a son petit conseil à Paris, comme Charles X a le sien: on recueillait en son nom de chétives sommes pour secourir les plus pauvres royalistes. Je proposai de distribuer aux cholériques une somme de douze mille francs de la part de la mère d'Henri V. On écrivit à Massa[2], et non-seulement la princesse approuva la disposition des fonds, mais elle aurait voulu qu'on eût réparti une somme plus considérable: son approbation arriva le jour même où j'envoyai l'argent aux mairies. Ainsi tout est rigoureusement vrai dans mes explications sur le don de l'exilée. Le 14 d'avril j'envoyai au préfet de la Seine la somme entière pour être distribuée à la classe indigente de la population de Paris atteinte de la contagion *(a)*. M. de Bondy ne se trouva point à l'Hôtel-de-Ville lorsque ma lettre lui fut portée. Le secrétaire général ouvrit ma missive, ne se crut pas autorisé à recevoir l'argent. Trois jours s'écoulèrent; M. de Bondy me répondit enfin qu'il ne pouvait accepter les douze mille francs parce que l'on verrait, sous une bienfaisance apparente, *une combinaison politique contre laquelle la population parisienne protesterait tout entière par son refus*[3]. Alors

1.
L'affaire des 12 000 frs de Mme la duchesse de Berry donna lieu à une brochure que publia Chateaubriand: *Courtes explications sur les 12 000 francs offerts par Mme la duchesse de Berry aux indigents attaqués de la contagion*, Paris, Le Normant, avril 1832, in-8°, 46 pages.
2.
Résidence de la duchesse de Berry, d'où elle préparait son débarquement en France. Sur Massa, voir *supra*, l. XXX, chap. 13, note 11, p. 2023.

mon secrétaire passa aux douze mairies. Sur cinq maires présents, quatre acceptèrent le don de mille francs; un le refusa[4]. Des sept maires absents, cinq gardèrent le silence; deux refusèrent. Je fus aussitôt assiégé d'une armée d'indigents: bureaux de bienfaisance et de charité, ouvriers de toutes les espèces, femmes et enfants, Polonais et Italiens exilés, littérateurs, artistes, militaires, tous écrivirent, tous réclamèrent une part de bienfait. Si j'avais eu un million, il eût été distribué en quelques heures. M. de Bondy avait tort de dire *que la population parisienne tout entière protesterait par son refus*; la population de Paris prendra toujours l'argent de tout le monde *(b)*. L'effarade du gouvernement était à mourir de rire; on eût dit que ce perfide argent légitimiste allait soulever les cholériques, exciter dans les hôpitaux une insurrection d'agonisants pour marcher à l'assaut des Tuileries, cercueil battant, glas tintant, suaire déployé sous le commandement de la Mort. Ma correspondance avec les maires se prolongea par la complication du refus du préfet de Paris. Quelques-uns m'écrivirent pour me renvoyer mon argent ou pour me redemander leurs reçus des dons de madame la duchesse de Berry. Je les leur renvoyai loyalement et je délivrai cette quittance à la mairie du douzième arrondissement: «J'ai reçu de la mairie du douzième arrondissement la somme de mille francs qu'elle avait d'abord acceptée et qu'elle m'a renvoyée par l'ordre de M. le préfet de la Seine.»
Paris, ce 22 avril 1832.

Le maire du neuvième arrondissement, M. Cronier, fut plus courageux, il garda les mille francs et fut destitué. Je lui écrivis ce billet:

«29 avril 1832.
«Monsieur,
«J'apprends avec une sensible peine la disgrâce dont le bienfait de madame la duchesse de Berry a été envers vous la cause ou le prétexte. Vous aurez, pour vous consoler, l'estime publique, le sentiment de votre

---

3. Dans une lettre du 16 avril 1832.

4. *Le Constitutionnel* annonça que M. Berger, maire du IIe arrondissement, avait proposé à l'envoyé de la princesse, ancien aide de camp du duc de Berry, de donner les 1 000 frs offerts au nom de la duchesse à la veuve d'un combattant de Juillet, mère de trois enfants, à qui ce secours serait bien utile. L'envoyé que *Le Constitutionnel* transformait ainsi en aide de camp du duc de Berry n'était autre que Hyacinthe Pilorge, le secrétaire de Chateaubriand. Pilorge protesta aussitôt dans les colonnes de *La Quotidienne* (20 avril 1832).

indépendance et le bonheur de vous être sacrifié à la cause des malheureux.
«J'ai l'honneur, etc., etc.»

Le maire du quatrième arrondissement est tout un autre homme: M. Cadet de Gassicourt, poète pharmacien, faisant des petits vers, écrivant dans son temps, du temps de la liberté et de l'empire, une agréable déclaration classique contre ma prose romantique et contre celle de madame de Staël, M. Cadet de Gassicourt est le héraut *(c)* qui a pris d'assaut la croix du portail Saint-Germain-l'Auxerrois, et qui, dans une proclamation sur le choléra, a fait entendre que ces méchants carlistes pourraient bien être les empoisonneurs du vin dont le peuple avait déjà fait bonne justice[5]. L'illustre champion m'a donc écrit la lettre suivante:

«Paris, le 18 mars 1832.
«Monsieur,
«J'étais absent de la mairie quand la personne envoyée par vous s'y est présentée: cela vous expliquera le retard qu'a éprouvé ma réponse.
«M. le préfet de la Seine, n'ayant point accepté l'argent que vous vous êtes chargé de lui offrir, me semble avoir tracé la conduite que doivent suivre les membres du conseil municipal. J'imiterai d'autant plus l'exemple de M. le préfet que je crois connaître et que je partage entièrement les sentiments qui ont dû motiver son refus.
«Je ne relèverai qu'en passant le titre d'*Altesse Royale* donné avec quelque affectation à la personne dont vous constituez l'organe: la belle-fille de Charles X n'est pas plus *Altesse Royale* en France que son beau-père n'y est

5.
Dans sa proclamation du 4 avril, qui fut affichée sur les murs de Paris, Cadet de Gassicourt écrivait: «Les agents de ceux que vous avez chassés se glissent au milieu du peuple et le poussent à la révolte, pour venger la défaite de Charles X et le ramener de son exil, avec son petit-fils, sous la protection des baïonnettes étrangères et à la faveur de la guerre civile. S'il est des *empoisonneurs*, ce ne peuvent être que les *incendiaires de la Restauration*; s'il est des misérables qui, soit *par des crimes*, soit par des calomnies atroces, cherchent à organiser le désordre et à exploiter un déplorable fléau, *ce sont les alliés des chouans, les assassins de l'Ouest et du Midi*. Quelle joie, quel triomphe pour eux, s'ils parvenaient à déchirer le sein de la France par la main des Français! Vous les verriez bientôt rentrer sur vos cadavres, *à la tête des Verdets* [troupes de volontaires royalistes qui s'étaient signalés pendant la terreur blanche de 1814] *et à la suite des hordes barbares*, arracher le drapeau tricolore, le remplacer par le drapeau blanc et par la croix des *missionnaires*! C'est ainsi qu'ils ont nourri de tous temps leurs trames [...].» Puis, après avoir évoqué les deux autres spectres (le «milliard» des émigrés et le «fer des Suisses»), le maire du IVe arrondissement terminait par ces mots: «Citoyens, défiez-vous de vos anciens tyrans, qui sont habiles à prendre tous les moyens et ne rougissent pas d'avoir pour auxiliaire un horrible fléau!» Sur Cadet de Gassicourt fils, voir *supra*, l. XVIII, chap. 8, note 2, p. 1049.

roi! Mais, monsieur, il n'est personne qui ne soit moralement convaincu que cette dame agit très-activement, et répand des sommes bien autrement considérables que celles dont elle vous a confié l'emploi, pour exciter des troubles dans notre pays et y faire éclater la guerre civile. L'aumône qu'elle a la prétention de faire n'est qu'un moyen d'attirer sur elle et sur son parti une attention et une bienveillance que ses intentions sont loin de justifier. Vous ne trouverez donc pas extraordinaire qu'un magistrat, fermement attaché à la royauté constitutionnelle de Louis-Philippe, refuse des secours qui viennent d'une source pareille, et cherche, auprès de vrais citoyens, des bienfaits plus purs adressés sincèrement à l'humanité et à la patrie.

«Je suis, avec une considération très-distinguée, monsieur, etc.,

«F. CADET DE GASSICOURT.»

Cette révolte de M. Cadet de Gassicourt contre cette *dame* et contre son *beau-père* est bien fière : quel progrès des lumières et de la philosophie! quelle indomptable indépendance! MM. Fleurant et Purgon[6] n'osaient regarder la face des gens qu'à genoux; lui, M. Cadet, dit comme le Cid :

... *Nous nous levons alors*[7]!

Sa liberté est d'autant plus courageuse que ce *beau-père* (autrement le fils de saint Louis) est proscrit. M. de Gassicourt est au-dessus de tout cela; il méprise également la noblesse du temps et du malheur. C'est avec le même dédain des préjugés aristocratiques qu'il me retranche le *de* et s'en empare comme une conquête faite sur la gentilhommerie. Mais n'y aurait-il point quelques anciennes rivalités, quelques anciens démêlés historiques entre la maison des Cadet et la maison des Capet? Henri IV, aïeul de ce *beau-père*, qui n'est pas plus roi que cette *dame* n'est Altesse Royale, traversait un jour la forêt de Saint-Germain; huit seigneurs s'y étaient embusqués pour tuer le Béarnais; ils furent pris. «Un de ces galans, dit L'Étoile, estoit un apothicaire qui demanda de parler au roy, auquel Sa Majesté s'étant enquis de quel état il estoit, il lui répondit qu'il estoit apothicaire. – Comment! dit le roy, a-t-on accoutumé de faire ici un état d'apothicaire? Guettez-vous les

---

6. L'apothicaire et le médecin du *Malade imaginaire* de Molière. Chateaubriand fait allusion à une réplique de Béralde à M. Fleurant (acte III, scène 4) : *« On voit bien que vous n'avez pas accoutumé de parler à des visages. »*

7. Corneille, *Le Cid*, acte III, scène 4 : *« [...] nous nous levons alors et tous en même temps / Poussons jusques au ciel mille cris éclatants. »*

passants pour…[8]?» Henri IV était un soldat, la pudeur ne l'embarrassait guère, et il ne reculait pas plus devant un mot que devant l'ennemi.
Je soupçonne M. de Gassicourt, à cause de son humeur contre le petit-fils d'Henri IV, d'être le petit-fils du pharmacien ligueur. Le maire du quatrième arrondissement m'avait sans doute écrit dans l'espoir que j'engagerais le fer avec lui ; mais je ne veux rien engager avec M. Cadet : qu'il me pardonne ici de lui laisser une petite marque de mon souvenir[9].
Depuis ces jours où j'avais vu passer les grandes révolutions et les grands révolutionnaires, tout s'était bien racorni. Les hommes qui ont fait tomber un chêne, replanté trop vieux pour qu'il reprît racine, se sont adressés à moi ; ils m'ont demandé quelques deniers de la veuve afin d'acheter du pain : la lettre du Comité des *décorés de Juillet*[10] est un document utile à noter pour l'instruction de l'avenir.

Paris, le 20 avril 1832.
Réponse, s.-v.-p., à M. Gibert-Arnaud,
gérant-secrétaire du Comité,
rue Saint-Nicaise, n° 3.
«Monsieur le vicomte,
«Les membres de notre Comité viennent avec confiance vous prier de vouloir bien les honorer d'un don en faveur des décorés de Juillet. Pères

---

8.
Le mot qui effarouche Chateaubriand est : « [...] pour leur donner des clystères ? » (*Journal* de L'Estoile, coll. Petitot, 1re série, t. XLVII, p. 98).
9.
Cadet de Gassicourt était devenu la *bête noire* des feuilles royalistes : « Un jour, écrivait *La Mode*, journal légitimiste, M. Cadet, le père, eut un fils, celui-là même qui nous occupe. Ce fils avait peine à pousser ; plante étiolée, bonne, au plus, à mettre dans un bocal. Le fils de M. Cadet faisait le désespoir de ses grands parents : "Cadet, lui disaient-ils, tu ne seras jamais un homme !…" Cela faisait pleurer le petit Cadet. Mais en vain s'étirait-il les membres pour s'allonger, court il resta, le pauvre gas ! … On eut beau faire, on eut beau dire, petit Cadet ne devint pas grand ; tant qu'à la fin, le père Cadet, emporté par la douleur, s'écria : "Grand Dieu ! pourquoi m'avez-vous donné un *gas (sic) si court ?*" – Ainsi se lamentait le père, lorsqu'une pratique entra. On sait quelles étaient, à cette époque, les fonctions d'un apothicaire… La pratique s'inclina… le jeune Cadet se mit en besogne. "Loué soit Dieu, qui m'a donné un *gas si court*, dit alors le père, le voilà juste à la hauteur du *visage…*" La pratique se retira satisfaite, et le *gas si court* garda son surnom. – Depuis, M. Cadet-Gassicourt n'a pas grandi d'un demi-pied, et il est toujours à hauteur de *visage* » (*in Mémoires d'outre-tombe*, éd. Biré, t. V, p. 495, note).
10.
Une lithographie de Becquet, parue dans *La Caricature* (6 septembre 1832), intitulée *Je n'ai pu atraper que ça pour ma compagnie……. ma foi tant pis !*, raille la libéralité excessive avec laquelle le régime de Juillet distribuait les décorations pour flatter les vanités et récompenser les fidélités. Dans cette caricature, la Légion d'honneur, instituée par Napoléon pour récompenser les dévouements militaires ou civils à la patrie, n'est plus qu'une breloque dérisoire qu'on ramasse par brassées : Juillet démonétise les valeurs morales.

de famille malheureux, dans ce moment de fléau et de misère, la bienfaisance inspire la plus sincère gratitude. Nous osons espérer que vous consentirez à laisser mettre votre illustre nom à côté de celui de MM. le général Bertrand, le général Exelmans, le général Lamarque, le général La Fayette, de plusieurs ambassadeurs, de Paris de France et de Députés.
«Nous vous prions de nous honorer d'un mot de réponse, et si, contre notre attente, un refus succédait à notre prière, soyez assez bon pour nous faire le renvoi de la présente.
«Dans les plus doux sentiments nous vous prions, monsieur le vicomte, d'agréer l'hommage de nos respectueuses salutations.
«Les membres actifs du comité constitutif des décorés de Juillet:
«Le membre visiteur: FAURE.
«Le commissaire spécial: CYPRIEN DESMAREST.
«Le gérant secrétaire: GIBERT-ARNAUD.
«Membre adjoint: TOUREL.»

Je n'avais garde de perdre l'avantage que me donnait ici sur elle la révolution de Juillet. En distinguant entre les personnes, on créerait des ilotes parmi les infortunés, lesquels, pour certaines opinions politiques, ne pourraient jamais être secourus. Je me hâtai d'envoyer cent francs à ces messieurs, avec ce billet:

Paris, ce 22 avril 1832.
«Messieurs,
«Je vous remercie infiniment de vous être adressés à moi pour venir au secours de quelques pères de famille malheureux. Je m'empresse de vous envoyer la somme de cent francs: je regrette de n'avoir pas un don plus considérable à vous offrir.
«J'ai l'honneur, etc.,
«CHATEAUBRIAND.»

Le reçu suivant me fut à l'instant envoyé:

«Monsieur le vicomte,
«J'ai l'honneur ne vous remercier et de vous accuser réception de la somme de cent francs que vos bontés destinent à secourir les malheureux de Juillet.
«Salut et respect.
«Le gérant secrétaire du Comité:
«GIBERT-ARNAUD.»
23 avril.

Ainsi, madame la duchesse de Berry aura fait l'aumône à ceux qui l'ont chassée. Les transactions montrent à nu le fond des choses. Croyez donc à quelque réalité dans un pays où personne ne prend soin des invalides de son parti, où les héros de la veille sont les délaissés du lendemain, où un peu d'or fait accourir la multitude, comme les pigeons d'une ferme s'empressent sous la main qui leur jette le grain.
Il me restait encore quatre mille francs sur les douze. Je m'adressai à la religion ; monseigneur l'archevêque de Paris m'écrivit cette noble lettre :

« Paris, le 26 avril 1832.
«Monsieur le vicomte,
«La charité est catholique comme la foi, étrangère aux passions des hommes, indépendante de leurs mouvements : un des principaux caractères qui la distinguent est, selon saint Paul, de ne point penser le mal, *non cogitat malum*[11]. Elle bénit la main qui donne et la main qui reçoit, sans attribuer au généreux bienfaiteur d'autre motif que celui de bien faire, et sans demander au pauvre nécessiteux d'autre condition que celle du besoin. Elle accepte avec une profonde et sensible reconnaissance le don que l'auguste veuve vous a chargé de lui confier pour être employé au soulagement de nos malheureux frères victimes du fléau qui désole la capitale.
«Elle fera avec la plus exacte fidélité la répartition des quatre mille francs que vous m'avez remis de sa part, dont ma lettre est une nouvelle quittance, mais dont j'aurai l'honneur de vous envoyer l'état de distribution, lorsque les intentions de la bienfaisance auront été remplies.
«Veuillez, monsieur le vicomte, faire agréer à madame la duchesse de Berry les remercîments d'un pasteur et d'un père qui, chaque jour, offre à Dieu sa vie pour ses brebis et ses enfants, et qui appelle de tout côté les secours capables d'égaler leurs misères. Son cœur royal a trouvé déjà en lui-même sans doute sa récompense du sacrifice qu'elle consacre à nos infortunes ; la religion lui assure de plus l'effet des divines promesses consignées au livre des béatitudes, pour ceux qui *font miséricorde*[12].
«La répartition a été faite sur-le-champ entre MM. les curés des douze principales paroisses de Paris, auxquels j'ai adressé la lettre dont je joins ici la copie.
«Recevez, monsieur le vicomte, l'assurance, etc.
«HYACINTHE, archevêque de Paris. »

---

11. Saint Paul, Iʳᵉ Épître aux Corinthiens, XIII, 5.

12. Matthieu, V, 7 (Sermon sur la Montagne).

On est toujours émerveillé de savoir à quel point la religion convient au style, et donne même aux lieux communs une gravité et une convenance que l'on sent tout d'abord. Ceci contraste avec le tas des lettres anonymes qui se sont mêlées aux lettres que je viens de citer. L'orthographe de ces lettres anonymes est assez correcte, l'écriture jolie ; elles sont, à proprement parler, *littéraires*, comme la révolution de Juillet. Ce sont les jalousies, les haines, les vanités écrivassières, à l'aise sous l'inviolabilité d'une poltronnerie qui, ne montrant pas son visage, ne peut pas être rendue visible par un soufflet.

ÉCHANTILLONS

«Voudrais-tu bien nous dire, vieux républiquinquiste[13], le jour que tu voudras graisser tes maucassines ? il nous sera facile de te procurer de la graisse de chouans, et si tu voulais du sang de tes amis pour écrire leur histoire, il n'en manque pas dans la boue de Paris, son élément.

«Vieux brigand, demande à ton scélérat et digne ami Fitz-James si la pierre qu'il a reçue dans la partie féodale lui a fait plaisir. Tas de canailles, nous vous arracherons les tripes du ventre, etc., etc.»

Dans une autre missive, on voit une potence très-bien dessinée avec ces mots :

«Mets-toi aux genoux d'un prêtre, fais acte de contrition, car on veut ta vieille tête pour finir tes trahisons.»

Au surplus le choléra dure encore : la réponse que j'adresserais à un adversaire connu ou inconnu lui arriverait peut-être lorsqu'il serait couché sur le seuil de sa porte. S'il était au contraire destiné à vivre, où sa réplique me parviendrait-elle ? peut-être dans ce lieu de repos, dont aujourd'hui personne ne peut s'effrayer, surtout nous autres hommes qui avons étendu nos années entre la terreur et la peste, premier et dernier horizon de notre vie. Trêve : laissons passer les cercueils.

---

13. Chateaubriand est accusé d'être à la fois républicain et « henriquinquiste », c'est-à-dire partisan d'Henri V.

Convoi du général Lamarque[1].

Paris, rue d'Enfer, 10 juin 1832.

Le convoi du général Lamarque a amené deux journées sanglantes et la victoire de la quasi-légitimité sur le parti républicain. Ce parti incomplet et divisé a fait une résistance héroïque.

On a mis Paris en état de siège: c'est la censure sur la plus grande échelle possible, la censure à la manière de la Convention, avec cette différence qu'une commission militaire remplace le tribunal révolutionnaire. On fait fusiller *(a)* en juin 1832 les hommes qui remportèrent la victoire en juillet 1830; cette même école polytechnique, cette même artillerie de la garde nationale, on les sacrifie; elles conquirent le pouvoir pour ceux qui les foudroient, les désavouent et les licencient. Les républicains ont certainement le tort d'avoir préconisé des mesures

1. Les funérailles du général Lamarque – député d'extrême gauche, décédé du choléra – eurent lieu le 5 juin 1832. Les membres des sociétés secrètes, les écoles, les condamnés politiques, la garde nationale, les réfugiés politiques étrangers, s'y étaient donné rendez-vous. Au signal donné par un drapeau rouge, les républicains désarmèrent des postes, élevèrent des barricades, pillèrent l'Arsenal et les boutiques, mais ils ne purent entraîner ni les ouvriers ni la garde nationale. Aussi les chefs des associations républicaines, réunis à la rédaction du *National*, renoncèrent à déclencher le soulèvement général (Carrel le premier). Le général Lobau et le préfet Gisquet, à la tête de forces importantes, balayèrent les grandes avenues et cernèrent l'insurrection entre le marché des Innocents et le faubourg Saint-Antoine. Le 6 au matin, elle était réduite à l'impuissance et abandonnée par ses propres chefs; la journée n'en fut pas moins meurtrière, surtout au cloître Saint-Merri et dans la rue des Arcis; le dernier carré d'irréductibles qui tenait les abords du cloître céda sous les boulets d'artillerie. Ces émeutes marquaient la rupture des orléanistes avec les républicains qui s'étaient un temps, et non sans circonspection, ralliés à la «meilleure des républiques».

d'anarchie et de désordre ; mais que n'employâtes-vous d'aussi nobles bras à nos frontières ? ils nous auraient délivrés du joug ignominieux de l'étranger. Des têtes généreuses, exaltées, ne seraient pas restées à fermenter dans Paris, à s'enflammer contre l'humiliation de notre politique extérieure et contre la foi-mentie de la royauté nouvelle. Vous avez été impitoyables, vous qui, sans partager les périls des trois journées, en avez recueilli le fruit. Allez maintenant avec les mères reconnaître les corps de ces décorés de Juillet, de qui vous tenez places, richesses, honneurs. Jeunes gens, vous n'obtenez pas tous le même sort sur le même rivage ! Vous avez un tombeau sous la colonnade du Louvre et une place à la morgue ; les uns pour avoir ravi, les autres pour avoir donné une couronne. Vos noms, qui les sait, vous sacrificateurs et victimes à jamais ignorés d'une révolution mémorable ? Le sang dont sont cimentés les monuments que les hommes admirent est-il connu ? Les ouvriers qui bâtirent la grande pyramide pour le cadavre d'un roi sans gloire dorment oubliés dans le sable auprès de l'indigente racine qui servit à les nourrir pendant leur travail.

Madame la duchesse de Berry descend en Provence et arrive dans la Vendée.

Paris, rue d'Enfer, fin juillet 1832.

Madame la duchesse de Berry n'a pas eu plutôt sanctionné la mesure des 12 000 francs qu'elle s'est embarquée pour sa fameuse aventure[1]. Le soulèvement de Marseille a manqué ; il ne restait plus qu'à tenter l'Ouest : mais la gloire vendéenne est une gloire à part ; elle vivra dans nos fastes ; toutefois les trois quarts et demi de la France ont choisi une autre gloire, objet de jalousie ou d'antipathie ; la Vendée est une oriflamme vénérée et admirée dans le trésor de Saint-Denis, sous laquelle désormais la jeunesse et l'avenir ne se rangeront plus.

Madame, débarquée comme Bonaparte sur la côte de Provence, n'a pas vu le drapeau blanc voler de clocher en clocher : trompée dans son attente, elle s'est trouvée presque seule à terre avec M. de Bourmont. Le maréchal voulait lui faire repasser sur-le-champ la frontière ; elle a demandé la nuit pour y penser ; elle a bien dormi parmi les rochers au bruit de la mer ; le matin en se réveillant elle a trouvé un noble songe dans sa pensée : « Puisque je suis sur le sol de la France, je ne m'en irai pas : partons pour la Vendée. » M. de ***[2], averti par un homme fidèle, l'a prise dans sa voiture comme sa femme, a traversé avec elle toute la France et est venu la déposer à ***[3] ; elle

1. Le 24 avril 1832, Caroline s'embarqua à Massa avec une troupe de partisans (parmi lesquels le maréchal de Bourmont, Adolphe Sala, Kergorlay, Saint-Priest, Emmanuel de Brissac, Mesnard) et sa suivante Mathilde Le Beschu, sur un vapeur sarde, le *Carlo-Alberto*. Le 29 avril, vêtue en pêcheur, elle aborda en canot, par une mer houleuse et grand vent, dans la calanque de Sainte-Croix. Le 30 avril, avertie que Marseille ne s'était point soulevée en sa faveur et que le mouvement avait « manqué », elle décida contre l'avis de ses conseillers de rallier la Vendée au lieu de repasser la frontière, comme lui proposait le maréchal de Bourmont.

Notre-Dame-de-la-Garde.

2.
La duchesse dut prendre la décision d'aller en Vendée le 1er ou 2 mai. M. Alban de Villeneuve-Bargemont (1789-1850) – ancien préfet et futur théoricien du catholicisme social – s'était muni d'un passeport pour lui, sa femme et un domestique.

3.
Elle arriva le 17 mai au château de la Preuille (près de Montaigu, en Vendée), appartenant au colonel de Nacquart.

est demeurée quelque temps *(a)* dans un château sans être reconnue de personne, excepté du curé du lieu ; le maréchal Bourmont doit la rejoindre en Vendée par une autre route.

Instruits de tout cela à Paris, il nous était facile de prévoir le résultat. L'entreprise a pour la cause royaliste un autre inconvénient; elle va découvrir la faiblesse de cette cause et dissiper des illusions. Si Madame ne fût point descendue dans la Vendée, la France aurait toujours cru qu'il y avait dans l'Ouest un camp royaliste au repos, comme je l'appelais[4]. Mais enfin il restait encore un moyen de sauver Madame et de jeter un nouveau voile sur la vérité : il fallait que la princesse partît immédiatement ; arrivée à ses risques et périls comme un brave général qui vient passer son armée en revue, tempérer son impatience et son ardeur, elle aurait déclaré être accourue pour dire à ses soldats que le moment d'agir n'était point encore favorable, qu'elle reviendrait se mettre à leur tête quand l'occasion l'appellerait. MADAME aurait du moins montré une fois un Bourbon aux Vendéens[5] : les ombres des Cathelineau, des d'Elbée, des Bonchamp, des La Rochejaquelein, des Charette, se fussent réjouies.

Notre comité s'est rassemblé : tandis que nous discourions, arrive de Nantes un capitaine qui nous apprend le lieu habité par l'héroïne. Le capitaine est un beau jeune homme, brave comme un marin, original comme un Breton. Il désapprouvait l'entreprise ; il la trouvait insensée ; mais il disait : «Si Madame ne s'en va pas, il s'agit de mourir et voilà tout ; et puis,

---

4.
Tout juste quelques années avant la révolution de 1830, l'intrépide princesse n'avait-elle pas entrepris un voyage «triomphal» en Vendée, où partout on l'avait acclamée ? Le vicomte Walsh, rédacteur de *L'Écho de la jeune France*, qui s'en était fait le chroniqueur, a relaté les scènes d'enthousiasme que suscita alors son passage. Ainsi de Saint-Florent (d'où était parti le soulèvement vendéen conduit par Bonchamp) à Nantes, «la princesse descendit la Loire sur un bateau à vapeur décoré d'orangers, de guirlandes de lys et de lauriers ; la foule se portait sur le rivage, agitant bannières et étendards ; "Vive notre princesse !" s'écriait-on ; des "rues de bateaux avec arc de triomphe" s'étaient formées au milieu de la Loire pour mieux la voir passer ; partout on arborait le drapeau blanc. La princesse, enivrée, répondait avec grâce aux "saluts de ces braves paysans"». (*Suite aux Lettres vendéennes, ou Relation du voyage de S. A. R. Madame Duchesse de Berry, dans la Touraine, l'Anjou, la Bretagne, la Vendée et le midi de la France, en 1828*, 1829).

5.
Critique faite à Louis XVIII et au comte d'Artois, qui ne donnèrent jamais de leur personne, notamment pendant les grands soulèvements de Vendée. À Quiberon, en 1795, le comte d'Artois, attendu pour diriger l'expédition et galvaniser ses troupes, resta prudemment sur le vaisseau anglais mouillant au large. La reine Hortense rapporte dans ses *Mémoires* un propos que tint le Premier Consul : «Sous l'Empire, il dit une fois devant moi : "Je ne serais pas où je suis si les Bourbons s'étaient mis à la tête des Vendéens."» (*Mémoires*, 1927, t. I, p. 102).

messieurs du conseil, faites pendre Walter Scott, car c'est lui qui est le vrai coupable[6].» Je fus d'avis d'écrire notre sentiment à la princesse. M. Berryer, se disposant à aller plaider un procès à Quimper[7]; s'est généreusement proposé pour porter la lettre et voir Madame s'il le pouvait. Quand il a fallu rédiger le billet, personne ne se souciait de l'écrire: je m'en suis chargé[8]. Notre messager est parti et nous avons attendu l'événement. J'ai bientôt reçu, par la poste, le billet suivant qui n'avait point été cacheté et qui sans doute avait passé sous les yeux de l'autorité.

«Angoulême, 7 juin.
«Monsieur le vicomte,
«J'avais reçu et transmis votre lettre[9] de vendredi dernier, lorsque, dans la journée de dimanche, le préfet de la Loire-Inférieure m'a fait inviter à quitter la ville de Nantes. J'étais en route et aux portes d'Angoulême; je viens d'être conduit devant le préfet qui m'a notifié un ordre de M. de Montalivet qui prescrit de me reconduire à Nantes sous l'escorte de la gendarmerie[10]. Depuis mon départ de Nantes, le département de la Loire-Inférieure est mis en état de siège: par ce transport tout illégal, on me soumet donc aux lois d'exception. J'écris au ministre pour lui demander de me faire appeler à Paris; il a ma lettre par ce même courrier. Le but de mon voyage à Nantes paraît être tout à fait mal interprété. Jugez dans votre prudence si vous jugeriez convenable d'en parler au ministre. Je vous demande pardon de vous faire cette demande; mais je ne peux l'adresser qu'à vous.

6.
Imbert de Saint-Amand, qui a écrit un ouvrage intitulé *La Duchesse de Berry en Vendée*, nous la montre au château d'Holy-Rood, en Écosse, échauffée par le souvenir des Stuarts, jeune, vaillante, pleine de projets et le cœur empli d'espérance, se prenant pour le prétendant Charles-Édouard. À l'instar de Marie Stuart, elle voulait en risquant sa vie lutter contre l'infortune et affronter tous les dangers; comme son aïeul le Béarnais, elle voulait avoir ses victoires d'Arques et d'Ivry. Édimbourg, patrie du grand romancier Walter Scott, son auteur favori, lui remémorait toutes les fictions dont elle avait été charmée: elle songeait aux prouesses jacobites de Diana Vernon, d'Alice Lee et de Flora Mac-Ivor.

7.
À Vannes, où le commandant Guillemot, accusé d'être un chef chouan, devait passer le 12 juin devant la Cour d'assises du Morbihan.

8.
Voici le texte de la lettre non signée mais rédigée par Chateaubriand au nom de ses collègues du conseil secret, le duc de Fitz-James et Hyde de Neuville, que Berryer remit à la duchesse dans la nuit du 22 au 23 mai, à la ferme des Mesliers, où elle avait trouvé refuge: «Les personnes en qui on a reporté une honorable confiance ne peuvent s'empêcher de témoigner leur douleur des conseils en vertu desquels on est arrivé à la crise présente. Ces conseils ont été donnés par des hommes sans doute pleins de zèle, mais qui ne connaissent ni l'état actuel des choses ni les dispositions des esprits. On se trompe quand on croit à la possibilité d'un mouvement dans Paris.

Antoine Pierre Berryer (1790-1868).

On ne trouverait pas douze cents hommes, non mêlés d'agents de police, qui pour quelques écus feraient du bruit dans la rue, et qui auraient à y combattre la garde nationale et une garnison fidèle. On se trompe sur la Vendée comme on s'est trompé sur le Midi. Cette terre de dévouement et de sacrifice est désolée par une armée nombreuse aidée par la population des villes, presque toutes anti-légitimistes. Une levée de paysans n'aboutirait désormais qu'à faire saccager les campagnes et à consolider le gouvernement actuel par un triomphe facile. On pense que si la mère de Henri V était en France, elle devrait se hâter d'en sortir, après avoir ordonné à tous ses chefs de rester tranquilles. Ainsi, au lieu d'être venue organiser la guerre civile, elle serait venue commander la paix; elle aurait eu la double gloire d'accomplir une action d'un grand courage et d'arrêter l'effusion du sang français. Les sages amis de la légitimité que l'on n'a jamais prévenus de ce que l'on voulait faire, qui n'ont jamais été consultés sur les partis hasardeux que l'on voulait prendre, et qui n'ont connu les faits que lorsqu'ils ont été accomplis, renvoient la responsabilité de ces faits à ceux qui en ont été les conseillers et les auteurs. Ils ne peuvent ni mériter l'honneur, ni encourir le blâme dans les chances de l'une ou l'autre fortune» (Hyde de Neuville, *Mémoires et souvenirs*, t. III). Il faut savoir que Chateaubriand écrivit une seconde lettre, du 1er juin, signée par lui mais envoyée au nom du conseil secret. Le texte en est le suivant: «Les fidèles amis de Mme la Duchesse de Berry n'ont point changé d'avis depuis leur première note; loin de là, ils sont plus que jamais confirmés dans leur première opinion. Non seulement ils pensent que la guerre civile est toujours une chose funeste et déplorable, mais que, de plus, elle est dans ce moment-ci impossible, qu'elle ferait inutilement couler le sang

ENTRÉE DE LA DUCHESSE DE BERRY À NANTES (1832).

français; qu'elle amènerait des proscriptions sans résultat; qu'elle éloignerait de la cause royale tous ceux qui semblaient disposés à s'en rapprocher et qu'elle donnerait de la force à l'ordre politique existant. Ils pensent que les personnes qui ont été conduites à conseiller des mouvements de cette nature ont été grossièrement trompées, ou par des traîtres, ou par des intrigants, ou par de jeunes hommes de courage, qui se sont plus abandonnés à la chaleur de leurs sentiments qu'ils n'ont consulté la réalité des faits, la disposition des esprits et la situation religieuse, politique et morale des provinces. Les vrais amis de Son Altesse Royale pensent donc que si elle était dans l'Ouest ou dans le Midi (ce qu'ils ne croient pas), il serait bon qu'elle en sortît le plus promptement possible, après avoir usé de toute son autorité pour pacifier les départements soulevés et pour ne laisser à la France en la quittant que le souvenir de son courage, de sa bienfaisance et de sa vertu. Certifié conforme à la délibération unanime. Chateaubriand» (cité *in* E. Biré, *Les Dernières Années de Chateaubriand*, pp. 125-126).

9.

Berryer lui remit non seulement la lettre du comité de Paris, mais aussi un contrordre de Bourmont (de Nantes, 22 mai).

10.

Berryer venant de Nantes fut arrêté à son arrivée à Angoulême, sur ordre personnel de Montalivet, ministre de l'Intérieur (voir M.-J. Durry, *La Vieillesse de Chateaubriand*, t. I, pp. 93-94), après avoir rencontré la duchesse de Berry qui, après des heures de discussions véhémentes, ébranlée par les arguments de l'avocat, semblait sur le point de renoncer; mais, recevant de bonnes nouvelles, elle s'était ravisée.

«Croyez, je vous prie, monsieur le vicomte, à mon vieil et sincère attachement, comme à mon profond respect,
«Votre tout dévoué serviteur,
«BERRYER fils.
«P. S. – Il n'y a pas un moment à perdre si vous voulez bien voir le ministre. Je me rends à Tours où ses nouveaux ordres me trouveront encore dans la journée de dimanche ; il peut les transmettre ou par le télégraphe ou par estafette.»

J'ai fait connaître à M. Berryer, par cette réponse, le parti que j'avais pris :

«Paris, 10 juin 1832.
«J'ai reçu, monsieur, votre lettre datée d'Angoulême le 7 de ce mois. Il était trop tard pour que je visse monsieur le ministre de l'intérieur, comme vous le désiriez ; mais je lui ai écrit immédiatement en lui faisant passer votre propre lettre incluse dans la mienne. J'espère que la méprise qui a occasionné votre arrestation sera bientôt reconnue et que vous serez rendu à la liberté et à vos amis au nombre desquels je vous prie de me compter. Mille compliments empressés et nouvelle assurance de mon entier et sincère dévouement.
«CHATEAUBRIAND.»

Voici ma lettre au ministre de l'intérieur :

«Paris, ce 9 juin 1832.
«Monsieur le ministre de l'intérieur,
«Je reçois à l'instant la lettre ci-incluse. Comme il est vraisemblable que je ne pourrais parvenir jusqu'à vous aussi promptement que le désire M. Berryer, je prends le parti de vous envoyer sa lettre. Sa réclamation me semble juste : il sera innocent à Paris comme à Nantes et à Nantes comme à Paris ; c'est ce que l'autorité reconnaîtra, et elle évitera, en faisant droit à la réclamation de M. Berryer, de donner à la loi un effet rétroactif. J'ose tout espérer, monsieur le comte, de votre impartialité.
«J'ai l'honneur d'être, etc., etc.
«CHATEAUBRIAND.»

Mon arrestation[1].

Paris, rue d'Enfer, fin juillet 1832.

Un de mes vieux amis, M. Frisell, Anglais, venait de perdre à Passy sa fille unique, âgée de dix-sept ans. J'étais allé le 19 juin[2] à l'enterrement de la pauvre Élisa[3], dont la jolie madame Delessert terminait le portrait quand la mort y mit le dernier coup de pinceau. Revenu dans ma solitude, rue d'Enfer, je m'étais couché plein de ces mélancoliques pensées qui naissent de l'association de la jeunesse, de la beauté et de la tombe. Le 20 juin[4], à quatre heures du matin, Baptiste, à mon service depuis longtemps, entre dans ma chambre, s'approche de mon lit et me dit: «Monsieur, la cour est pleine d'hommes qui se sont placés à toutes les portes, après avoir forcé Desbrosses à ouvrir la porte cochère, et voilà trois *messieurs* qui veulent vous parler.» Comme il achevait ces mots, les *messieurs* entrent, et le chef, s'approchant très-poliment de mon lit, me déclare qu'il a ordre de m'arrêter et de me mener à la préfecture de police. Je lui demandai si le soleil était levé, ce qu'exigeait la

1.
Les aveux affolés de Berryer mettant en cause le comité de Paris, l'Ouest en rumeur, les funérailles du général Lamarque, signal des insurrections républicaines, tous ces événements alarmèrent le gouvernement, qui décida le 16 juin, à 4 heures du matin, d'appréhender Chateaubriand, Fitz-James et Hyde de Neuville pour les conduire au dépôt. Pastoret et le maréchal Victor ayant quitté Paris, on n'insista pas.

2.
Erreur de date: le 15 juin, puisque Chateaubriand fut arrêté à l'aube du 16.

3.
Voir ci-dessous, note 19.

4.
Le 16 juin et non le 20 juin.

loi, et s'il était porteur d'un ordre légal : il ne me répondit rien sur le soleil, mais il m'exhiba la signification suivante :

Copie :

«PRÉFECTURE DE POLICE.
«De par le Roi ;
«Nous, conseiller d'État, préfet de police,
«Vu les renseignements à nous parvenus ;
«En vertu de l'article 10 du Code d'instruction criminelle ;
«Requérons le commissaire de police, ou autre en cas d'empêchement, de se transporter chez M. le vicomte de Chateaubriand et partout où besoin sera, prévenu de complot contre la sûreté de l'État, à l'effet d'y rechercher et saisir tous papiers, correspondances, écrits, contenant des provocations à des crimes et délits contre la paix publique ou susceptibles d'examen, ainsi que tous objets séditieux ou armes dont il serait détenteur.»

Tandis que je lisais la déclaration *du grand complot contre la sûreté de l'État*, dont moi chétif j'étais prévenu, le capitaine des mouchards dit à ses subordonnés : «Messieurs, faites votre devoir[5] !» Le devoir de ces messieurs était d'ouvrir toutes les armoires, de fouiller toutes les poches, de se saisir de tous papiers, lettres et documents, de lire iceux, si faire se pouvait, et de découvrir toutes armes, comme il appert aux termes du susdit mandat.

Après lecture prise de la pièce, m'adressant au respectable chef de ces voleurs d'hommes et de libertés : «Vous savez, monsieur, que je ne reconnais point votre gouvernement, que je proteste contre la violence que vous me faites ; mais comme je ne suis pas le plus fort et que je n'ai nulle envie de me colleter avec vous, je vais me lever et vous suivre : donnez-vous, je vous prie, la peine de vous asseoir.»

Je m'habillai et, sans rien prendre avec moi, je dis au vénérable commissaire. «Monsieur, je suis à vos ordres : allons-nous à pied ? – Non, monsieur, j'ai eu soin de vous amener un fiacre. – Vous avez bien de la bonté : monsieur, partons ; mais souffrez que j'aille dire adieu à madame de Chateaubriand. Me permettez-vous d'entrer seul dans la chambre de

5.
Une version antérieure ajoutait, sous une biffure : « M. Loyal n'était pas plus courtois. » Monsieur Loyal est l'huissier qui, dans *Tartuffe*, vient pour arrêter Orgon.

ma femme? – Monsieur, je vous accompagnerai jusqu'à la porte et je vous attendrai. – Très-bien, monsieur»; et nous descendîmes.

Partout sur mon chemin je trouvai ses sentinelles; on avait posé une vedette[6] jusque sur le boulevard à une petite porte qui s'ouvre à l'extrémité de mon jardin. Je dis au chef: «Ces précautions-là étaient très-inutiles; je n'ai pas la moindre envie de vous fuir et de m'échapper.» Les messieurs avaient bousculé mes papiers, mais n'avaient rien pris. Mon grand sabre de Mamelouk[7] fixa leur attention; ils se parlèrent tout bas et finirent par laisser l'arme sous un tas d'in-folio poudreux, au milieu desquels elle gisait avec un crucifix de bois jaune que j'avais apporté de la Terre sainte.

Cette pantomime m'aurait presque donné envie de rire, mais j'étais cruellement tourmenté pour madame de Chateaubriand. Quiconque la connaît, connaît aussi la tendresse qu'elle me porte, ses frayeurs, la vivacité de son imagination et le misérable état de sa santé: cette descente de la police et mon enlèvement pouvaient lui faire un mal affreux. Elle avait déjà entendu quelque bruit et je la trouvai assise dans son lit, écoutant tout effrayée, lorsque j'entrai dans sa chambre à une heure si extraordinaire.

«Ah! bon Dieu! s'écria-t-elle: êtes-vous malade? Ah! bon dieu, qu'est-ce qu'il y a? qu'est-ce qu'il y a?» et il lui prit un tremblement. Je l'embrassai ayant peine à retenir mes larmes; et je lui dis: «Ce n'est rien, on m'envoie chercher pour faire ma déclaration comme témoin dans une affaire relative à un procès de presse. Dans quelques heures tout sera fini et je vais revenir déjeuner avec vous.»

Le mouchard était resté à la porte ouverte; il voyait cette scène, et je lui dis en allant me remettre entre ses mains: «Vous voyez, monsieur, l'effet de votre visite un peu matinale.» Je traversai la cour avec mes recors[8]; trois d'entre eux montèrent avec moi dans le fiacre, le reste de l'escouade accompagnait à pied la capture et nous arrivâmes sans encombre dans la cour de la préfecture de police.

Le geôlier qui devait me mettre en souricière n'était pas levé, on le réveilla en frappant à son guichet, et il alla préparer mon gîte. Tandis qu'il s'occupait de son œuvre, je me promenais dans la cour de long en

---

6.

Cavalier posté en observation. De manière figurative: personne qui devance les autres, qui prépare leur action ou qui fait le guet pour elles. En vedette signifiant en sentinelle, en faction (en parlant d'un cavalier ou d'un militaire).

7.

Voir *supra*, l. XXXV, chap. 13, note 4, p. 2400.

8.

Terme ironique désignant un agent préposé à l'exécution des ordres de justice.

large avec le sieur Léotaud qui me gardait. Il causait et me disait amicalement, car il était très-honnête : «Monsieur le vicomte, j'ai bien l'honneur de vous remettre ; je vous ai présenté les armes plusieurs fois lorsque vous étiez ministre et que vous veniez chez le Roi : je servais dans les gardes du corps : mais que voulez-vous ! on a une femme, des enfants ; il faut vivre ! – Vous avez raison, M. Léotaud : combien ça vous rapporte-t-il ? – Ah ! monsieur le vicomte, c'est selon les captures... Il y a des gratifications tantôt bien, tantôt mal, comme à la guerre. »

Pendant ma promenade, je voyais rentrer les mouchards dans différents déguisements comme des masques le mercredi des Cendres à la descente de la Courtille[9] : ils venaient rendre compte des faits et gestes de la nuit. Les uns étaient habillés en marchands de salades, en crieurs des rues, en charbonniers, en forts de la halle, en marchands de vieux habits, en chiffonniers, en joueurs d'orgue ; les autres étaient coiffés de perruques sous lesquelles paraissaient des cheveux d'une autre couleur, les autres avaient barbes, moustaches et favoris postiches ; les autres traînaient les jambes comme de respectables invalides et portaient un éclatant ruban rouge à leur boutonnière. Ils s'enfonçaient dans une petite cour et bientôt revenaient sous d'autres costumes, sans moustaches, sans barbes, sans favoris, sans perruques, sans hottes, sans jambes de bois, sans bras en écharpe : tous ces oiseaux du lever de l'aurore de la police s'envolaient et disparaissaient avec le jour grandissant.

Mon logis étant prêt, le geôlier vint nous avertir, et M. Léotaud, chapeau bas, me conduisit jusqu'à la porte de l'honnête demeure et me dit en me

9.
Quartier de Paris qui faisait partie de l'ancienne commune de Belleville. Son site champêtre, ombragé par de beaux arbres et coupé de bosquets, attira les cabarets qui s'y s'installèrent au début de la Régence. Bientôt les grands seigneurs prirent goût aux plaisirs de la Courtille, où dans des «réduits charmants» se nouaient des intrigues galantes. La Courtille subsista après la Révolution et connut son heure de gloire sous la Restauration et au début de la monarchie de Juillet. Elle était célèbre pour son carnaval. Le mercredi des Cendres, après que tous les bals de Paris avaient fermé, «vers six heures du matin, commençait à descendre des hauteurs de Belleville, en suivant la rue de Paris jusqu'aux boulevards, une horde de masques avinés, pâles de fatigue et d'excès de toute sorte, en costumes fanés, souillés, déchiquetés [...] pierrots livides, débardeurs chancelants, marquis dépenaillés, laitières prises de vin, bergères titubantes, arlequins éreintés [...]. Des gens du monde, qui venaient de danser un cotillon au faubourg Saint-Germain, se faisaient conduire au faubourg du Temple pour assister au défilé des comtesses du ruisseau. La cohue était si grande que la descente [de la Courtille] ne durait pas moins de six heures [...]. De chaque côté de la rue des voitures [...] stationnaient, remplies de curieux et de masques qui lançaient à la foule des dragées, de la farine et des pièces de monnaie.» À hauteur du restaurant des *Vendanges de Bourgogne*, se réunissaient les viveurs élégants dont le roi était le fameux lord Seymour, surnommé par les Parisiens «Milord l'Arsouille». Cette bacchanale prit fin dans les années 1840. Voir le *Larousse du XIXe siècle*, et Beaumont-Vassy, *Salons de Paris sous Louis-Philippe*.

laissant aux mains du geôlier et de ses aides : «Monsieur le vicomte, j'ai bien l'honneur de vous saluer : au plaisir de vous revoir.» La porte d'entrée se referma sur moi. Précédé du geôlier qui tenait les clefs et de ses deux garçons qui me suivaient pour m'empêcher de rebrousser chemin, j'arrivai par un étroit escalier au deuxième étage. Un petit corridor noir me conduisit à une porte ; le guichetier l'ouvrit : j'entrai après lui dans ma case. Il me demanda si je n'avais besoin de rien : je lui répondis que je déjeunerais dans une heure. Il m'avertit qu'il y avait un café et un restaurateur qui fournissaient aux prisonniers tout ce qu'ils désiraient pour leur argent. Je priai mon gardien de me faire apporter du thé et, s'il le pouvait, de l'eau chaude et froide et des serviettes. Je lui donnai vingt francs d'avance : il se retira respectueusement en me promettant de revenir.

Resté seul, je fis l'inspection de mon bouge : il était un peu plus long que large, et sa hauteur pouvait être de sept à huit pieds. Les cloisons tachées et nues étaient barbouillées de la prose et des vers de mes devanciers, et surtout du griffonnage d'une femme qui disait force injures au juste-milieu. Un grabat à draps sales occupait la moitié de ma loge ; une planche, supportée par deux tasseaux, placée contre le mur à deux pieds au-dessus du grabat, servait d'armoire au linge, aux bottes et aux souliers des détenus ; une chaise et un meuble infâme composaient le reste de l'ameublement.

Mon fidèle gardien m'apporta les serviettes et les cruches d'eau que je lui avais demandées ; je le suppliai d'ôter du lit les draps sales, la couverture de laine jaunie, d'enlever le seau qui me suffoquait et de balayer mon bouge après l'avoir arrosé. Toutes les œuvres du juste-milieu étant emportées, je me fis la barbe ; je m'inondai des flots de ma cruche, je changeai de linge : madame de Chateaubriand m'avait envoyé un petit paquet ; je rangeai sur la planche au-dessus du lit toutes mes affaires comme dans la cabine d'un vaisseau. Quand cela fut fait, mon déjeuner arriva et je pris mon thé sur ma table *bien lavée* et que je recouvris d'une serviette blanche. On vint bientôt chercher les ustensiles de mon festin matinal et on me laissa seul dûment enfermé.

Ma loge n'était éclairée que par une fenêtre grillée qui s'ouvrait fort haut ; je plaçai ma table sous cette fenêtre et je montai sur cette table pour respirer et jouir de la lumière. À travers les barreaux de ma cage à voleur, je n'apercevais qu'une cour ou plutôt un passage sombre et étroit, des bâtiments noirs autour desquels tremblotaient des chauves-souris. J'entendais le cliquetis des clés et des chaînes, le bruit des sergents de ville et des espions, le pas des soldats, le mouvement des armes, les cris, les rires, les chansons dévergondées des prisonniers mes voisins, les hurlements de Benoît[10], condamné à mort comme meurtrier de sa mère et de son obscène ami. Je distinguais ces mots de Benoît entre les exclamations confuses de la peur et du repentir : «Ah ! ma mère ! ma pauvre mère !» Je voyais l'envers de la société, les plaies de l'humanité, les hideuses machines qui font mouvoir ce monde.

Je remercie les hommes de lettres, grands partisans de la liberté de la presse, qui naguère m'avaient pris pour leur chef et combattaient sous mes ordres ; sans eux j'aurais quitté la vie sans savoir ce que c'était que la prison, et cette épreuve-là m'aurait manqué. Je reconnais à cette attention délicate le génie, la bonté, la générosité, l'honneur, le courage des hommes de plume en place. Mais après tout qu'est-ce que cette courte épreuve ? Le Tasse a passé des années dans un cachot[11] et je me plaindrais ! Non ; je n'ai pas le fol orgueil de mesurer mes contradictions de quelques heures avec les sacrifices prolongés des immortelles victimes dont l'histoire a conservé les noms.

Au surplus je n'étais point du tout malheureux ; le génie de mes grandeurs passées et de ma *gloire* âgée de trente ans ne m'apparut point ; mais ma muse d'autrefois, bien pauvre, bien ignorée, vint rayonnante m'embrasser par ma fenêtre : elle était charmée de mon gîte et tout inspirée ; elle me retrouvait comme elle m'avait vu dans ma misère à Londres, lorsque les premiers songes de René flottaient dans ma tête. Qu'allions-nous faire, la solitaire du Pinde et moi ? Une chanson à l'instar de ce pauvre poète Lovelace qui, dans les geôles des Communes anglaises, chantait le roi Charles Ier, son maître ? Non ; la voix d'un prisonnier m'aurait semblé de mauvais augure pour mon petit roi Henri V : c'est du pied de l'autel qu'il faut adresser des hymnes au malheur. Je ne chantai donc point la couronne tombée d'un front innocent ; je me contentai de dire une autre couronne blanche aussi, déposée sur le cercueil d'une jeune fille ; je me souvins d'Élisa Frisell, que j'avais vu enterrer la veille dans le cimetière de Passy. Je commençai quelques vers élégiaques d'une épitaphe latine ; mais voilà que la quantité d'un mot m'embarrassa ; vite je saute en bas de la table où j'étais juché, appuyé contre les barreaux de la fenêtre, et je cours frapper de grands coups de poing dans ma porte. Les cavernes d'alentour

---

10.
Frédéric Benoît, âgé de 19 ans, fils du juge d'instruction de Vouziers, avait été condamné à la peine de mort par la Cour d'assises de la Seine, pour avoir tué sa mère et son amant, la veille même de l'arrestation de Chateaubriand, le 15 juin 1832. Il avait eu pour défenseur Crémieux, futur homme politique de la IIe République.

11.
Les cachots de Ferrare, où il passa sept ans (1579-1586) ; voir *infra*, l. XLI, chap. 2, p. 2801 *sqq.*

en retentirent[12]; le geôlier monte épouvanté, suivi de deux gendarmes; il ouvre mon guichet et je lui crie comme aurait fait Santeuil: «Un *Gradus*[13]! un *Gradus!*» Le geôlier écarquillait les yeux, les gendarmes croyaient que je révélais le nom d'un de mes complices; ils m'auraient mis volontiers les poucettes; je m'expliquai; je donnai de l'argent pour acheter le livre, et on alla demander un *Gradus* à la police étonnée.

Tandis que l'on s'occupait de ma commission, je regrimpai sur ma table, et, changeant d'idée sur ce trépied[14], je me mis à composer des strophes sur la mort d'Élisa; mais au milieu de mon inspiration, vers trois heures, voilà que des huissiers entrent dans ma cellule et m'appréhendent au corps sur les rives du Permesse[15]; ils me conduisent chez le juge d'instruction qui instrumentait dans un greffe obscur, en face de ma geôle, de l'autre côté de la cour. Le juge, jeune robin fat et gourmé, m'adresse les questions d'usage[16] sur mes nom, prénoms, âge, demeure. Je refusai de répondre et de signer quoi que ce fût, ne reconnaissant point l'autorité politique d'un gouvernement qui n'avait pour lui ni l'ancien droit héréditaire ni l'élection du peuple, puisque la France n'avait point été consultée et qu'aucun congrès national[17] n'avait été assemblé. Je fus reconduit à ma souricière.

À six heures on m'apporta mon dîner, et je continuai à tourner et retourner dans ma tête les vers de mes stances, improvisant quand et quand un air qui me semblait charmant. Madame de Chateaubriand[18] m'envoya un matelas, un traversin, des draps, une couverture de coton, des bougies et les livres que je lis la nuit. Je fis mon ménage et toujours chantonnant:

12.
Évocation, dont l'excès voulu prête à sourire, tant il y a disproportion, d'un vers de Virgile: «Les creuses cavernes retentirent en gémissant» (*Énéide*, l. II, v. 53).

13.
Gradus ad Parnassum («l'escalier du Parnasse»). Dictionnaires de prosodie, d'expressions poétiques, pour aider les écoliers à composer des vers latins.

14.
Sur le trépied des Muses, cher aux poètes.

15.
Torrent de la Béotie, dont les eaux, consacrées à Apollon et aux Muses, passaient pour inspirer les poètes.

16.
À «l'interrogatoire» dont parle Chateaubriand succéda, les jours suivants, l'instruction même du procès.

17.
Sur le projet de «congrès national», voir *Proposition relative au bannissement de Charles X et de sa famille, in Grands Écrits politiques*, t. II, p. 652 *sqq.*

18.
Mme de Chateaubriand était bouleversée et Hyde de Neuville, le vieux conspirateur royaliste, s'exclamait que «quatre-vingt-treize [était] revenu» et voyait Chateaubriand la tête sur l'échafaud, «fumant de rechef du plus noble sang de France...» (Mme de Boigne, *Mémoires*, t. IV, p. 64).

Il descend le cercueil et les roses sans taches,
ma romance de la jeune fille et de la jeune fleur se trouva faite[19] :

Il descend le cercueil et les roses sans taches
Qu'un père y déposa, tribut de sa douleur ;
Terre, tu les portas et maintenant tu caches
Jeune fille et jeune fleur.

Ah ! ne les rends jamais à ce monde profane,
À ce monde de deuil, d'angoisse et de malheur ;
Le vent brise et flétrit, le soleil brûle et fane
Jeune fille et jeune fleur.

Tu dors, pauvre Élisa, si légère d'années !
Tu ne sens plus du jour le poids et la chaleur.
Vous avez achevé vos fraîches matinées,
Jeune fille et jeune fleur.

Mais ton père, Élisa, sur la tombe s'incline ;
De ton front jusqu'au sien a monté la pâleur.
Vieux chêne !... le temps a fauché sur ta racine
Jeune fille et jeune fleur (a) !

19.
Ces stances sur la mort de la jeune Élisa, fille de John Fraser Frisell, circulèrent de main en main, furent reproduites dans de nombreux journaux et mises en musique, avec l'ornement d'une lithographie où l'on « voyait l'urne funéraire d'Élisa ornée d'une couronne de roses blanches et surmontée de l'étoile de l'immortalité que lui donnait Chateaubriand » (M.-J. Durry, *La Vieillesse de Chateaubriand*, t. I, p. 97).

Passage de ma loge de voleur au cabinet de toilette de mademoiselle Gisquet. – Achille de Harlay.

Paris, rue d'Enfer, fin de juillet 1832.

Je commençais à me déshabiller ; un bruit de voix se fit entendre ; ma porte s'ouvre, et M. le préfet de police, accompagné de M. Nay[1], se présente. Il me fit mille excuses de la prolongation de ma détention au dépôt ; il m'apprit que mes amis, le duc de Fitz-James et le baron Hyde de Neuville, avaient été arrêtés comme moi, et que dans l'encombrement de la préfecture on ne savait où placer les personnes que la justice croyait devoir interpeller. «Mais, ajouta-t-il, vous allez venir chez moi, monsieur le vicomte, et vous choisirez dans mon appartement ce qui vous conviendra le mieux.»

Je le remerciai et je le priai de me laisser dans mon trou ; j'en étais déjà tout charmé comme un moine de sa cellule. M. le préfet se refusa à mes instances et il me fallut dénicher. Je revis les salons que j'avais quittés depuis le jour où M. le préfet de police de Bonaparte m'avait fait venir pour m'inviter à m'éloigner de Paris[2]. M. Gisquet et madame Gisquet m'ouvrirent toutes leurs chambres en me priant de désigner celle que je voudrais occuper. M. Nay me proposa de me céder la sienne. J'étais confus de tant de politesse ; j'acceptai une petite pièce écartée[3] qui donnait sur le jardin, et

1. Nay allait devenir le gendre de Gisquet.

2. En septembre 1812 (voir *supra*, l. I, chap. 6, p. 122).

3. Dans ses *Mémoires*, Gisquet dit qu'il mit à la disposition de l'illustre pensionnaire «trois chambres, dépendantes de mon logement». L'un ne contredit pas l'autre.

qui, je crois, servait de cabinet de toilette à mademoiselle Gisquet ; on me permit de garder mon domestique qui coucha sur un matelas en dehors de ma porte, à l'entrée d'un étroit escalier plongeant dans le grand appartement de madame Gisquet. Un autre escalier conduisait au jardin ; mais celui-là me fut interdit, et chaque soir on plaçait une sentinelle au bas contre la grille qui sépare le jardin du quai. Madame Gisquet est la meilleure femme du monde, et mademoiselle Gisquet est très-jolie et fort bonne musicienne. Je n'ai qu'à me louer des soins de mes hôtes : ils semblaient vouloir expier les douze heures de ma première réclusion.

Le lendemain de mon installation dans le cabinet de mademoiselle Gisquet, je me levai tout content, en me souvenant de la chanson d'Anacréon sur la toilette d'une jeune Grecque[4] ; je mis la tête à la fenêtre : j'aperçus un petit jardin bien vert, un grand mur masqué par un vernis du Japon ; à droite, au fond du jardin, des bureaux où l'on entrevoyait d'agréables commis de la police, comme de belles nymphes parmi des lilas ; à gauche le quai de la Seine, la rivière et un coin du vieux Paris, dans la paroisse de Saint-André-des-Arcs. Le son du piano de mademoiselle Gisquet parvenait jusqu'à moi, avec la voix des mouchards qui demandaient quelques chefs de division pour faire leur rapport.

Comme tout change dans ce monde ! Ce petit jardin anglais romantique de la police était un lambeau déchiré et biscornu du jardin français, à charmilles taillées au ciseau, de l'hôtel du premier président de Paris. Cet ancien jardin occupait en 1580 l'emplacement de ce paquet de maisons qui borne la vue au nord et au couchant, et il s'étendait jusqu'au bord de la Seine. Ce fut là qu'après la journée des barricades le duc de Guise vint visiter Achille de Harlay : «Il trouva le premier président qui se pourmenoit dans son jardin, lequel s'estonna si peu de sa venue, qu'il ne daigna seulement pas tourner la tête ni discontinuer sa pourmenade commencée, laquelle achevée qu'elle fut, et estant au bout de son allée, il retourna, et en retournant il vit le duc de Guise qui venait à lui ; alors ce grave magistrat, haussant la voix, lui dit : *C'est grand pitié que le valet chasse le maistre ; au reste, mon âme est à Dieu, mon cœur est à mon roy, et mon corps est entre les mains des méchans ; qu'on en fasse ce qu'on voudra*[5].» L'Achille de Harlay

4.
Pièce où Anacréon dit à sa maîtresse : « Je voudrais être miroir pour que tu me regardes sans cesse », etc. *(in Anthologie grecque).*

5.
Le 12 mai 1588, journée des Barricades, Henri III fut chassé de Paris par les ligueurs que dirigeait le duc Henri de Guise (il le fera assassiner à Blois, le 23 décembre suivant). Voir *Études historiques*, *OC*, t. V ter, p. 392.

qui se *pourmène* aujourd'hui dans ce jardin est M. Vidocq, et le duc de Guise, Coco Lacour[6]; nous avons changé les grands hommes pour les grands principes. Comme nous sommes libres maintenant ! comme j'étais libre surtout à ma fenêtre, témoin ce bon gendarme en faction au bas de mon escalier et qui se préparait à me tirer au vol s'il m'eût poussé des ailes ! Il n'y avait pas de rossignol dans mon jardin, mais il y avait beaucoup de moineaux fringants, effrontés et querelleurs que l'on trouve partout, à la campagne, à la ville, dans les palais, dans les prisons, et qui se perchent tout aussi gaiement sur l'instrument de mort que sur un rosier : à qui peut s'envoler, qu'importent les souffrances de la terre !

6. Adjoint de Vidocq, auquel il avait succédé en 1827.

Juge d'instruction. – M. Desmortiers.

Rue d'Enfer, fin de juillet 1832.

Madame de Chateaubriand obtint la permission de me voir. Elle avait passé treize mois, sous la Terreur, dans les prisons de Rennes avec mes deux sœurs Lucile et Julie; son imagination, restée frappée, ne peut plus supporter l'idée d'une prison. Ma pauvre femme eut une violente attaque de nerfs[1] en entrant à la Préfecture, et ce fut une obligation de plus que j'eus au juste-milieu. Le second jour de ma détention, le juge d'instruction, le sieur Desmortiers[2], m'arriva accompagné de son greffier. M. Guizot avait fait nommer procureur-général à la cour royale de Rennes un M. Hello, écrivain, et par conséquent envieux et irritable *(a)* comme tout ce qui barbouille du papier dans un parti triomphant. Le protégé de M. Guizot, trouvant mon nom et ceux de M. le duc de Fitz-James et de M. Hyde de Neuville mêlés dans le procès que l'on poursuivait à Nantes contre M. Berryer, écrivit au ministre de la justice que, s'il était le maître, il ne manquerait pas de nous faire arrêter et de nous

---

1.
Mme de Chateaubriand avait été durement éprouvée par cette arrestation. « [...] la pauvre madame de Chateaubriand est au lit, fort souffrante, écrit Hyde de Neuville; sa santé déjà si mauvaise a reçu là une cruelle atteinte dont elle se ressentira longtemps » (4 juillet 1832, *Mémoires et souvenirs*, t. III, p. 498).

2.
Louis-Henri Desmortiers avait été conseiller à la Cour de Paris sous la Restauration, puis à partir de 1830 procureur du roi près du tribunal de première instance de la Seine, fonction qu'il conserva pendant la plus grande partie du règne de Louis-Philippe. Il n'était donc pas juge d'instruction en 1832. Le juge d'instruction chargé de l'affaire Chateaubriand Hyde de Neuville Fitz-James était M. Poultier, qui « a rempli auprès de l'*accusé* de pénibles fonctions avec autant de délicatesse que d'égards » (*ibid.*, t. III, p. 496).

joindre au procès, à la fois comme complices et comme pièces de conviction. M. de Montalivet avait cru devoir céder aux avis de M. Hello; il fut un temps où M. de Montalivet venait humblement chez moi prendre mes conseils et mes idées sur les élections et la liberté de la presse. La Restauration, qui a fait un pair de M. de Montalivet, n'a pu en faire un homme d'esprit, et voilà sans doute pourquoi elle lui fait *mal au cœur* aujourd'hui.

M. Desmortiers, le juge d'instruction, entra donc dans ma petite chambre; un air doucereux était étendu comme une couche de miel sur un visage contracté et violent.

> *Je m'appelle Loyal, natif de Normandie,*
> *Et suis huissier à verge, en dépit de l'envie*[3].

M. Desmortiers était naguère de la congrégation[4], grand communiant, grand légitimiste, grand partisan des ordonnances, et devenu forcené juste-milieu. Je priai cet animal de s'asseoir avec toute la politesse de l'ancien régime; je lui approchai un fauteuil; je mis devant son greffier une petite table, une plume et de l'encre; je m'assis en face de M. Desmortiers, et il me lut d'une voix bénigne les petites accusations qui, dûment prouvées, m'auraient tendrement fait couper le cou: après quoi il passa aux interrogations.

Je déclarai de nouveau que, ne reconnaissant point l'ordre politique existant, je n'avais rien à répondre, que je ne signerais rien, que tous ces procédés judiciaires étaient superflus; qu'on pouvait s'en épargner la peine et passer outre; que je serais du reste toujours charmé d'avoir l'honneur de recevoir M. Desmortiers *(b)*.

Je vis que cette manière d'agir mettait en fureur le saint homme, qu'ayant partagé mes opinions, ma conduite lui semblait une satire de la sienne; à ce ressentiment se mêlait l'orgueil du magistrat qui se croyait blessé dans ses fonctions. Il voulut raisonner avec moi; je ne pus jamais lui faire comprendre la différence qui existe entre l'ordre *social* et l'ordre *politique*. Je me soumettais, lui dis-je, au premier, parce qu'il est de droit naturel; j'obéissais aux lois civiles, militaires et financières, aux lois de police et d'ordre public; mais je ne devais obéissance au droit politique

---

3. Molière, *Tartuffe*, acte V, scène 4, v. 1741-1742.

4. Dans le livre de Geoffroy de Grandmaison, *La Congrégation, 1801-1830* (p. 389 *sqq.*), où se trouve la liste complète des membres, le nom de Desmortiers ne figure pas.

qu'autant que ce droit émanait de l'autorité royale consacrée par les siècles, ou dérivant de la souveraineté du peuple. Je n'étais pas assez niais ou assez faux pour croire que le peuple avait été convoqué, consulté, et que l'ordre *politique* établi était le résultat d'un arrêt national. Si l'on me faisait un procès pour vol, meurtre, incendie et autres crimes et délits sociaux, je répondrais à la justice ; mais quand on m'intentait un procès politique, je n'avais rien à répondre à une autorité qui n'avait aucun pouvoir légal, et, par conséquent, rien à me demander.

Quinze jours s'écoulèrent de la sorte. M. Desmortiers, dont j'avais appris les fureurs (fureurs qu'il tâchait de communiquer aux juges), m'abordait d'un air confit, me disant : « Vous ne voulez donc pas me dire votre illustre nom ? » Dans un des interrogatoires, il me lut une lettre de Charles X au duc de Fitz-James, et où se trouvait une phrase honorable pour moi. « Eh bien ! monsieur, lui dis-je, que signifie cette lettre ? il est notoire que je suis resté fidèle à mon vieux roi, que je n'ai pas prêté serment à Philippe. Au surplus, je suis vivement touché de la lettre de mon souverain exilé. Dans le cours de ses prospérités, il ne m'a jamais rien dit de semblable, et cette phrase me paye de tous mes services. »

Ma vie chez M. Gisquet. – Je suis mis en liberté.

Paris, rue d'Enfer, fin de juillet 1832.

Madame Récamier, à qui tant de prisonniers ont dû consolation et délivrance, se fit conduire à ma nouvelle retraite. M. de Béranger descendit de Passy[1] pour me dire en chanson, sous le règne de ses amis, ce qui se pratiquait dans les geôles au temps des miens : il ne pouvait plus me jeter au nez la Restauration. Mon gros vieux ami M. Bertin[2] vint m'administrer les sacrements ministériels ; une femme enthousiaste accourut de Beauvais afin *d'admirer* ma gloire[3] ; M. Villemain fit acte de courage ; M. Dubois, M. Ampère, M. Lenormant, mes généreux et savants jeunes amis, ne m'oublièrent pas ; l'avocat des républicains, M. Ch. Ledru, ne me quittait plus : dans l'espoir d'un procès, il grossissait l'affaire, et il eût payé de tous ses honoraires le bonheur de me défendre.

M. Gisquet m'avait offert, comme je vous l'ai dit, tous ses salons ; mais je n'abusai pas de la permission. Seulement, un soir, je descendis pour entendre, assis entre lui et sa femme, mademoiselle Gisquet jouer du piano. Son père la gronda et prétendit qu'elle avait exécuté sa sonate moins

1. Béranger venait de s'installer à Passy, après avoir quitté son appartement de la rue de la Tombe-Issoire décrit par Chateaubriand. Il rendit visite au prisonnier et ne manqua pas de lui faire remarquer que cette détention ne pouvait être en aucune manière comparée à ses propres séjours en prison sous la Restauration. À la suite de cette visite, Béranger écrivait à Hortense Allart : « Je l'ai été voir deux fois dans sa prétendue prison, il me paraît bien enfant. Bon Dieu ! qu'il a besoin de gloire et de bruit ! Du reste, il est toujours fort spirituel et fort aimable. Sa première lettre, datée de la prison, le met dans la nécessité, pour être conséquent, de sortir de France à présent que le voilà libre. Heureusement les inconséquences ne lui coûtent pas. Je voudrais bien qu'il nous restât. Il fait semblant de m'aimer,

M. de Chateaubriand à la préfecture de police.

moi je lui suis vraiment attaché, mais je ne puis prendre sur moi de le lui prouver autant que je le voudrais» (*Correspondance d'Hortense Allart*, 1864, pp. 48-50).

2.

Bertin, qui avait soutenu tous les combats politiques de Chateaubriand sous la Restauration, était passé avec armes et bagages à la monarchie de Juillet, mais, en l'occasion, se souvint de son ancienne amitié (voir ci-dessous, note 4).

3.

Quelques-unes des admiratrices de Chateaubriand, qui n'avaient pas oublié le chantre d'*Atala*, vinrent lui rendre visite. L'une d'elles, Fanny Dénoix, écrivit: «Vingt-neuf juin! tu fus le plus beau jour de ma vie, tu enchaînais ma pensée d'un lien de fleurs que nul souffle dévastateur ne saurait briser» (voir F. Dénoix des Vergnes, *Çà et là, études historiques*, 1865; M.-J. Durry, *La Vieillesse de Chateaubriand*, t. I, pp. 97-98).

bien que de coutume. Ce petit concert que mon hôte me donnait en famille, n'ayant que moi pour auditeur, était tout singulier. Pendant que cette scène pastorale se passait dans l'intimité du foyer, des sergents de ville m'amenaient du dehors des confrères à coups de crosse de fusil et de bâton ferré; quelle paix et quelle harmonie régnaient pourtant au cœur de la police!

J'eus le bonheur de faire accorder une faveur toute semblable à celle dont je jouissais, la faveur de la geôle, à M. Ch. Philipon: condamné pour son talent à quelques mois de détention, il les passait dans une maison de santé à Chaillot; appelé en témoignage à Paris dans un procès, il profita de l'occasion et ne retourna pas à son gîte; mais il s'en repentit: dans le lieu où il se tenait caché, il ne pouvait plus voir à l'aise un enfant qu'il aimait; il regrette sa prison, et, ne sachant comment y rentrer, il m'écrivit la lettre suivante pour me prier de négocier cette affaire avec mon hôte:

«Monsieur,

«Vous êtes prisonnier et vous me comprendriez, ne fussiez-vous pas Chateaubriand... Je suis prisonnier aussi, prisonnier volontaire depuis la mise en état de siège, chez un ami, chez un pauvre artiste comme moi. J'ai voulu fuir la justice des conseils de guerre dont j'étais menacé par la saisie de mon journal du 9 courant. Mais pour me cacher il a fallu me priver des embrassements d'un enfant que j'idolâtre, d'une fille adoptive âgée de cinq ans, mon bonheur et ma joie. Cette privation est un supplice que je ne pourrais supporter plus longtemps, c'est la mort! Je vais me trahir et ils me jetteront à Sainte-Pélagie où je ne verrai ma pauvre enfant que rarement, s'ils le veulent encore, et à des heures données, où je tremblerai pour sa santé et où je mourrai d'inquiétude, si je ne la vois pas tous les jours.

«Je m'adresse à vous, monsieur, à vous légitimiste, moi républicain de tout cœur, à vous homme grave et parlementaire, moi caricaturiste et partisan de la plus âcre personnalité politique, à vous de qui je ne suis nullement connu et qui êtes prisonnier comme moi, pour obtenir de M. le préfet de police qu'il me laisse rentrer dans la maison de santé où l'on m'avait transféré. Je m'engage sur l'honneur à me présenter à la justice toutes les fois que j'en serai requis et je renonce à me *soustraire à quelque tribunal que ce soit*, si l'on veut me laisser avec ma pauvre enfant.

«Vous me croirez, vous, monsieur, quand je parle d'honneur et que je jure de ne pas m'enfuir, et je suis persuadé que vous serez mon avocat, quoique les profonds politiques puissent voir là une *nouvelle* preuve d'alliance entre les légitimistes et les républicains, tous hommes dont les opinions s'accordent si bien.

«Si à un tel hôte, à un tel avocat, on refusait ce que je demande, je saurais que je n'ai plus rien à espérer, et je me verrais pour *neuf mois* séparé de ma pauvre Emma.

«Toujours, monsieur, quel que soit le résultat de votre généreuse intervention, ma reconnaissance n'en sera pas moins éternelle, car je ne douterai jamais des pressantes sollicitations que votre cœur va vous suggérer.
«Agréez, monsieur, l'expression de la plus sincère admiration et croyez-moi votre très-humble et très-dévoué serviteur,
«CH. PHILIPON,
«Propriétaire de *la Caricature* (journal), condamné à treize mois de prison.
«Paris, le 21 juin 1832.»

J'obtins la faveur que M. Philipon demandait: il me remercia par un billet qui prouve, non la grandeur du service (lequel se réduisait à faire garder à Chaillot mon client par un gendarme), mais cette joie secrète des passions, qui ne peut être bien comprise que par ceux qui l'ont véritablement sentie.

«Monsieur,
«Je pars pour Chaillot avec ma chère enfant.
«Je voudrais vous remercier, mais je sens les mots trop froids pour exprimer ce que j'éprouve de reconnaissance; j'ai eu raison de penser, monsieur, que votre cœur vous suggérerait d'éloquentes instances. Je suis sûr de ne pas me tromper en croyant qu'il vous dira que je ne suis point ingrat et qu'il vous peindra mieux que je ne le ferais le trouble de bonheur où votre bonté m'a mis.
«Agréez, je vous prie, monsieur, mes très-sincères remerciement et daignez me croire votre serviteur le plus affectionné de vos serviteurs,
«CHARLES PHILIPON.»

À cette singulière marque de mon crédit, j'ajouterai cet étrange témoignage de ma *renommée*: un jeune employé des bureaux de M. Gisquet m'adressa de très-beaux vers qui me furent remis par M. Gisquet lui-même; car enfin il faut être juste: si un gouvernement lettré m'attaquait ignoblement, les muses me défendaient noblement; M. Villemain se prononça en ma faveur avec courage, et, dans le journal même des *Débats*, mon gros ami Bertin protesta, en signant son article contre mon arrestation[4]. Voici ce que me dit le poète qui signe *J. CHOPIN, employé au cabinet*:

À MONSIEUR DE CHATEAUBRIAND,

À la Préfecture de police.
Un jour admirant ton génie,
J'osai te dédier des vers,
Et, comme un filet d'eau s'épanche au sein des mers,

Le Cachot sera désormais une vérité !

4.

Le lendemain du jour où Chateaubriand avait été arrêté, le *Journal des Débats*, sous la plume de Bertin Aîné, osa publier un article critiquant vivement l'arrestation de l'écrivain : « On annonce que MM. de Chateaubriand, Hyde de Neuville et de Fitz-James ont été arrêtés ce matin. Rien au monde ne saurait nous forcer à dissimuler notre surprise et notre douleur. L'amitié de M. de Chateaubriand a fait la gloire du *Journal des Débats*. Cette amitié, nous la proclamerons aujourd'hui plus haut que jamais. La France tout entière, nous n'en doutons pas, se joindra à nous pour réclamer la liberté de M. de Chateaubriand ; la France, qui depuis longtemps a placé M. de Chateaubriand au nombre de ses écrivains les plus illustres, la France, dont M. de Chateaubriand a défendu les droits avec une ardeur de génie et d'éloquence qu'on ne surpassera jamais. Quelles que soient les opinions de M. de Chateaubriand sur la forme actuelle du gouvernement, son amour pour la gloire et la liberté n'en est ni moins vif ni moins pur. M. de Chateaubriand est assez fort de son génie et de son éloquence ; il écrit, il ne s'abaisse pas à conspirer » (*Journal des Débats*, 18 juin 1832). À quoi Chateaubriand répondit, le 18 juin 1832, à l'en-tête de la préfecture de Police : « J'attendais là, mon cher Bertin, votre vieille amitié ; elle s'est trouvée à point

nommé à l'heure de l'infortune. Les compagnons d'exil et de prison sont comme les camarades de collège à jamais liés par le souvenir des joies et des leçons communes. Je voudrais bien aller vous voir et vous remercier; je voudrais bien aussi aller remercier tous les journaux qui m'ont témoigné tant d'intérêt [...]. Veut-on me prendre pour un ennemi? Mais alors je suis un ennemi loyal et désarmé, un *vaincu* qui supporte la nécessité d'un fait sans demander grâce. Maintenant on m'appréhende au corps, et l'on m'interroge sur un prétendu crime ou délit politique dont je me serais rendu coupable. Mais si je ne reconnais pas l'ordre *politique* établi, comment veut-on que je reconnaisse la compétence en *matière politique* d'un tribunal émané de cet ordre *politique*? [...] J'ai fondé mon refus de serment sur deux raisons: 1° la monarchie actuelle ne tire pas, selon moi, son droit par succession de l'ancienne monarchie; 2° la monarchie actuelle ne tire pas, selon moi, son droit de la souveraineté populaire, puisqu'un congrès national n'a pas été assemblé pour décider de la forme du gouvernement. Que j'aie tort ou raison, que ces théories puissent être plus ou moins hasardeuses et combattues, ce n'est pas là la question. J'ai une conviction, je la garde et j'y ferai tous les sacrifices, y compris celui de ma vie» (*in Mémoires d'outre-tombe*, éd. E. Biré, t. V, pp. 653-657).

Je portai ce tribut au dieu de l'harmonie.
Aujourd'hui l'infortune a passé sur ton front
Toujours serein dans la tempête.
Le présent fugitif, qu'est-ce pour le poète ?
Ta gloire restera… nos haines passeront.
Ennemi généreux, ta voix mâle et puissante
A prêté son charme à l'erreur,
Mais ton éloquence entraînante
Fait toujours absoudre ton cœur.
Naguère un roi frappa ta noble indépendance ;
Tu fus grand devant sa rigueur…
Il tombe : banni de la France,
Tu ne vois plus que son malheur !
Ah ! qui pourrait sonder ton dévouement fidèle
Et forcer le torrent à détourner ses eaux ?
Mais lorsqu'un seul parti s'applaudit de ton zèle,
Ta gloire est à nous tous… reprends donc tes pinceaux.

J. CHOPIN,
Employé au cabinet.

Mademoiselle Noémi (je suppose que c'est le prénom de mademoiselle Gisquet) se promenait souvent seule dans le petit jardin un livre à la main. Elle jetait à la dérobée un regard vers ma fenêtre. Qu'il eût été doux d'être délivré de mes fers, comme Cervantès, par la fille de mon maître[5] *(a)*! Tandis que je prenais un air romantique, le beau et jeune M. Nay vint dissiper mon rêve. Je l'aperçus causant avec mademoiselle Gisquet de cet air qui ne nous trompe pas, nous autres créateurs de sylphides. Je dégringolai de mes nuages, je fermai ma fenêtre et j'abandonnai l'idée de laisser pousser ma moustache blanchie par le vent de l'adversité.
Après quinze jours, une ordonnance de non-lieu me rendit la liberté le 30 de juin, au grand bonheur de madame de Chateaubriand, qui serait morte, je crois, si ma détention se fût prolongée. Elle vint me chercher dans un fiacre ; je le remplis de mon petit bagage aussi lestement que j'étais jadis sorti du ministère, et je rentrai dans la rue d'Enfer avec *ce je ne sais quoi d'achevé que le malheur donne à la vertu.*
Si M. Gisquet allait par l'histoire à la postérité, peut-être y arriverait-il

5.
Chateaubriand prête ici à Cervantès l'aventure racontée dans *La Nouvelle du captif,* que l'on trouve insérée dans la première partie de *Don Quichotte* (chap. 39-42).

en assez mauvais état; je désire que ce que je viens d'écrire de lui serve ici de contre-poids à une renommée ennemie[6]. Je n'ai eu qu'à me louer de ses attentions et de son obligeance; sans doute si j'avais été condamné, il ne m'eût pas laissé échapper, mais enfin lui et sa famille m'ont traité avec une convenance, un bon goût, un sentiment de ma position, de ce que j'étais et de ce que j'avais été, que n'ont point eus une administration lettrée et des légistes d'autant plus brutaux qu'ils agissaient contre le faible et qu'ils n'avaient pas peur.

De tous les gouvernements qui se sont élevés en France depuis quarante années, celui de Philippe est le seul qui m'ait jeté dans la loge des bandits; il a posé sur ma tête sa main *(b)*, sur ma tête respectée même d'un conquérant irrité: Napoléon leva le bras et ne frappa pas[7]. Et pourquoi cette colère[8] *(c)*? Je vais vous le dire: j'ose protester en faveur du droit contre le fait, dans un pays où j'ai demandé la liberté sous l'Empire, la gloire sous la Restauration; dans un pays où, solitaire, je compte non par frères, sœurs, enfants, joies, plaisirs, mais par tombeaux. Les derniers changements politiques m'ont séparé du reste de mes amis: ceux-ci sont allés à la fortune et passent tout engraissés de leur déshonneur auprès de ma pauvreté; ceux-là ont abandonné leurs foyers exposés aux insultes. Les générations si fort éprises de l'indépendance se sont vendues: communes dans leur conduite, intolérables dans leur orgueil, médiocres ou folles dans leurs écrits, je n'attends de ces générations que le dédain et je le leur rends; elles n'ont pas de quoi me comprendre; elles ignorent la foi à la chose jurée, l'amour des institutions généreuses, le respect de ses propres opinions, le mépris du succès et de l'or, la félicité des sacrifices, le culte de la faiblesse et du malheur[9].

6.
Sa carrière fut ternie puis brisée par des accusations de concussion.

7.
Voir *supra*, l. XVIII, chap. 5, p. 1030.

8.
Chateaubriand gardera une vive rancune contre ses persécuteurs. En témoigne cette lettre à Hortense Allart, du 14 septembre 1832: «Les truands! Ils ont osé porter sur moi leur ignoble main» (fonds Lovenjoul, cité par M. Levaillant, in *Mémoires d'outre-tombe*, éd. du centenaire, t. IV, p. 99).

9.
Guizot estime que l'arrestation de Chateaubriand, Fitz-James, Hyde de Neuville et Berryer fut une faute grave. «C'étaient là pour le gouvernement de 1830, des ennemis, non des insurgés ni des conspirateurs: ils ne voulaient pas sa durée et n'y croyaient pas; mais ils ne croyaient pas davantage à l'opportunité et à l'efficacité des complots et de la guerre civile pour le renverser; c'étaient d'autres armes qu'ils cherchaient pour lui nuire; c'était avec d'autres armes que les prisons et les procès qu'il fallait les combattre» (*Mémoires pour servir à l'histoire de mon temps*, t. II, p. 344).

Lettre à M. le ministre de la justice[1], et réponse.

Paris, fin de juillet 1832.

Après l'ordonnance de non-lieu, il me restait un devoir à remplir. Le délit dont j'avais été prévenu se liait à celui pour lequel M. Berryer était en prévention à Nantes. Je n'avais pu m'expliquer avec le juge d'instruction, puisque je ne reconnaissais pas la compétence du tribunal. Pour réparer le dommage que pouvait avoir causé à M. Berryer mon silence, j'écrivis à M. le ministre de la justice la lettre qu'on va lire, et que je rendis publique par la voie des journaux.

«Paris, ce 3 juillet 1832.
«Monsieur le ministre de la justice,
«Permettez-moi de remplir auprès de vous, dans l'intérêt d'un homme trop longtemps privé de sa liberté, un devoir de conscience et d'honneur.
«M. Berryer fils, interrogé par le juge d'instruction à Nantes le 18 du mois dernier, a répondu : *Qu'il avait vu madame la duchesse de Berry; qu'il lui avait soumis avec le respect dû à son rang, à son courage et à ses malheurs, son opinion personnelle et celle d'honorables amis sur la situation actuelle de la France, et sur les conséquences de la présence de Son Altesse Royale dans l'Ouest.*
«M. Berryer, développant avec son talent accoutumé ce vaste sujet, l'a résumé de la sorte : *Toute guerre étrangère ou civile, en la supposant couronnée de succès, ne peut ni soumettre ni rallier les opinions.*

1. Barthe, ministre de la Justice, du 13 mars 1831 au 4 avril 1834.

«Questionné sur les honorables amis dont il venait de parler, M. Berryer a dit noblement: *Que des hommes graves lui ayant manifesté sur les circonstances présentes une opinion conforme à la sienne, il avait cru devoir appuyer son avis sur l'autorité du leur; mais qu'il ne les nommait pas sans qu'ils y eussent consenti.*

«Je suis, monsieur le ministre de la justice, un de ces hommes consultés par M. Berryer. Non-seulement j'ai approuvé son opinion, mais j'ai rédigé une note dans le sens de cette opinion même. Elle devait être remise à madame la duchesse de Berry, dans le cas où cette princesse se trouvât réellement sur le sol français, ce que je ne croyais pas. Cette première note n'étant pas signée, j'en écrivis une seconde que je signai et par laquelle je suppliais encore plus instamment l'intrépide mère du petit-fils de Henri IV de quitter une patrie que tant de discordes ont déchirée.

«Telle est la déclaration que je devais à M. Berryer. Le véritable coupable, s'il y a coupable, c'est moi. Cette déclaration servira, j'espère, à la prompte délivrance du prisonnier de Nantes; elle ne laissera peser que sur ma tête l'inculpation d'un fait, très-innocent sans doute, mais dont en dernier résultat j'accepte toutes les conséquences.

«J'ai l'honneur d'être, etc.

«CHATEAUBRIAND,

«Rue d'Enfer-Saint-Michel, n° 84.

«Ayant écrit à M. le comte de Montalivet le 9 du mois dernier pour une affaire relative à M. Berryer, M. le ministre de l'intérieur ne crut pas même devoir me faire connaître qu'il avait reçu ma lettre: comme il m'importe beaucoup de savoir le sort de celle que j'ai l'honneur d'écrire aujourd'hui à M. le ministre de la justice, je lui serai infiniment obligé d'ordonner à ses bureaux de m'en accuser réception.

«CH.»

La réponse de M. le ministre de la justice ne se fit pas attendre; la voici:

«Paris, le 3 juillet.

«Monsieur le vicomte,

«La lettre que vous m'avez adressée contenant des renseignements qui peuvent éclairer la justice, je la fais parvenir immédiatement au procureur du roi près le tribunal de Nantes, afin qu'elle soit jointe aux pièces de l'instruction commencée contre M. Berryer[2].

«Je suis avec respect, etc.,

«Le garde des sceaux,

«BARTHE.»

Félix Barthe (1795-1863).

2.
Berryer, transféré à Nantes, mis au secret, privé de communications avec ses proches, ne devait sortir de prison que pour comparaître devant une commission militaire, dans la mesure où il avait été arrêté dans un département en état de siège ; mais il déclina cette juridiction, et, le 30 juin, un arrêt de la Cour de cassation rendit aux tribunaux civils les personnes étrangères à l'armée. Berryer comparut le 16 octobre 1832 devant la Cour d'assises de Blois ; il n'y eut même pas de plaidoiries contradictoires ; le ministère public abandonna l'accusation et l'acquittement fut prononcé à l'unanimité.

Par cette réponse M. Barthe se réservait gracieusement une nouvelle poursuite contre moi. Je me souviens des superbes dédains des grands hommes du juste-milieu, quand je laissais entrevoir la possibilité d'une violence exercée sur ma personne ou sur mes écrits. Eh ! bon Dieu ! pourquoi me parer d'un danger imaginaire ? Qui s'embarrassait de mon opinion ? qui songeait à toucher à un seul de mes cheveux ? Amés[3] et féaux du pot-au-feu, intrépides héros de la paix à tout prix, vous avez pourtant eu votre terreur de comptoir et de police, votre état de siège de Paris, vos mille procès de presse, vos commissions militaires pour condamner à mort l'auteur des *Cancans*[4] ; vous m'avez pourtant plongé dans vos geôles ; la peine applicable à mon *crime* n'était rien moins que la peine capitale. Avec quel plaisir je vous livrerais ma tête, si, jetée dans la balance de la justice, elle la faisait pencher du côté de l'honneur, de la gloire et de la liberté de ma patrie !

3.
Se disait pour aimés : « À nos amés et féaux conseillers ».

4.
Pamphlets hebdomadaires intitulés *Cancans parisiens, Cancans saisis, Cancans prisonniers,* rédigés par Pierre-Clément Bérard. Légitimiste de toujours, il avait accompagné Louis XVIII à Gand et, après 1830, tentait de renouer avec la veine des *Actes des Apôtres* de Rivarol et Champcenetz. Saisies et procès pleuvaient sur les *Cancans* et sur leur auteur, qui se vit à la fin condamné à 14 ans de prison et à 13 000 frs d'amende. Évadé, il se rendra à Prague auprès de Charles X, exil dont il tirera *Mon Voyage à Prague* (1833), puis à Rome, où des légitimistes venaient de fonder une banque, dont il devint un des employés. Ses *Souvenirs sur Sainte-Pélagie en 1832* paraîtront en 1886.

Offre de ma pension de pair par Charles X : ma réponse.

Paris, rue d'Enfer, fin de juillet 1832.

J'étais plus que jamais déterminé à reprendre mon exil ; madame de Chateaubriand, effrayée de mon aventure, aurait déjà voulu être bien loin ; il ne fut plus question que de chercher le lieu où nous dresserions nos tentes. La grande difficulté était de trouver quelque argent pour vivre en terre étrangère et pour payer d'abord une dette qui m'attirait des menaces de poursuites et de saisie.

La première année d'une ambassade ruine toujours l'ambassadeur : c'est ce qui m'arriva pour Rome. Je me retirai à l'avènement du ministère Polignac, et je m'en allai ajoutant à ma détresse ordinaire soixante mille francs d'emprunt *(a)*. J'avais frappé à toutes les bourses royalistes ; aucune ne s'ouvrit : on me conseilla de m'adresser à Laffitte. M. Laffitte m'avança dix mille francs que je donnai immédiatement aux créanciers les plus pressés *(b)*. Sur le produit de mes brochures, je retrouvai la somme que je lui ai rendue avec reconnaissance ; mais une trentaine de mille francs restait toujours à payer en outre de mes vieilles dettes, car j'en ai qui ont de la barbe tant elles sont âgées : malheureusement cette barbe est une barbe d'or, dont la coupe annuelle se fait sur mon menton. M. le duc de Lévis, à son retour d'un voyage en Écosse, m'avait dit de la part de Charles X que ce prince voulait continuer à me faire ma pension de pair[1] ; je crus devoir refuser cette offre. Le duc de Lévis revint à la charge quand il me vit au sortir de prison dans l'embarras le plus cruel,

1. À compter d'août 1830 ; la pension annuelle de pair de France était de 12 000 frs.

ne trouvant rien de ma maison et de mon jardin rue d'Enfer, et étant harcelé par une nuée de créanciers. J'avais déjà vendu mon argenterie. Le duc de Lévis m'apporta vingt mille francs, me disant noblement que ce n'était pas les deux années de pension de pairie que le Roi reconnaissait me devoir, et que mes dettes à Rome n'étaient qu'une dette de la couronne. Cette somme me mettait en liberté, je l'acceptai comme un prêt momentané, et j'écrivis au Roi la lettre suivante*: [* On verra dans mon premier voyage à Prague ma conversation avec Charles X au sujet de ce prêt[2]. (Note de Paris, 1834.)]

« SIRE,
«Au milieu des calamités dont il a plu à Dieu de sanctifier votre vie, vous n'avez point oublié ceux qui souffrent au pied du trône de saint Louis. Vous daignâtes me faire connaître, il y a quelques mois, votre généreux dessein de me continuer la pension de pair à laquelle je renonçai en refusant le serment au pouvoir illégitime ; je pensai que Votre Majesté avait des serviteurs plus pauvres que moi et plus dignes de ses bontés. Mais les derniers écrits que j'ai publiés m'ont causé des dommages et suscité des persécutions ; j'ai essayé inutilement de vendre le peu de chose que je possède. Je me vois forcé d'accepter, non la pension annuelle que Votre Majesté se proposait de me faire sur sa royale indigence, mais un secours provisoire pour me dégager des embarras qui m'empêchent de regagner l'asile où je pourrai vivre de mon travail. Sire, il faut que je sois bien malheureux pour me rendre à charge, même un moment, à une couronne que j'ai soutenue de tous mes efforts et que je continuerai de servir le reste de ma vie.
«Je suis, avec le plus profond respect, etc.
«CHATEAUBRIAND. »

---

2. Voir *infra*, l. XXXVIII, chap. 3, p. 2609 *sqq.*

Billet de madame la duchesse de Berry. – Lettre à Béranger. – Départ de Paris[1].

Paris, rue d'Enfer, du 1er au 8 août 1832.

Mon neveu le comte Louis de Chateaubriand m'avança de son côté une même somme de vingt mille francs. Ainsi dégagé des obstacles matériels, je fis les préparatifs de mon second départ[2]. Mais une raison d'honneur m'arrêtait : madame la duchesse de Berry était sur le sol français ; que deviendrait-elle, et ne devais-je pas rester aux lieux où ses périls pouvaient m'appeler ? Un billet de la princesse, qui m'arriva du fond de la Vendée, acheva de me rendre libre.

«J'allais vous écrire, monsieur le vicomte, touchant ce *gouvernement provisoire* que j'ai cru devoir former lorsque j'ignorais quand et même si je pouvais rentrer en France, et dont on me mande que vous aviez consenti à faire partie. Il n'a pas existé de fait, puisqu'il ne s'est jamais réuni, et quelques-uns des membres ne se sont entendus que pour me faire parvenir un avis que je n'ai pu suivre. Je ne leur en sais pas du

1. L'édition Penaud a fusionné les chapitres 10 et 11 en un seul. Nous rétablissons ici le découpage du manuscrit de 1847, et corrigeons concomitamment le titre de ce chapitre.

2. Second départ pour la Suisse. Le 8 août 1832, il se mettait en route pour Lucerne. Mme de Boigne dit assez méchamment : « Ce qui est positif, c'est que ces messieurs pour la plupart, [...] se dispersèrent. M. de Chateaubriand rêva pour lors une résidence à Lugano. Il y conserverait le feu sacré de la liberté et ferait gémir une presse tout à fait indépendante, sous les efforts de son génie. Il voulait placer dans cette petite république un levier avec lequel son talent soulèverait le monde. Cette fantaisie le fit retourner en Suisse, avec assez d'empressement, après des adieux solennels à son ingrate patrie » (Mme de Boigne, *Mémoires*, t. IV, p. 65).

tout mauvais gré. Vous avez jugé, d'après le rapport que vous ont fait de ma position et de celle du pays ceux qui avaient des raisons pour connaître mieux que moi les effets d'une *fatale influence* à laquelle je n'ai pas voulu croire, et je suis bien sûre que si M. de Ch. eût été près de moi, son cœur noble et généreux s'y fût également refusé. Je n'en compte donc pas moins sur les bons services individuels et même les conseils des personnes qui faisaient partie du gouvernement provisoire, et dont le choix m'avait été dicté par leur zèle éclairé et leur dévouement à la légitimité dans la personne de Henri V. Je vois que votre intention est de quitter encore la France, je le regretterais beaucoup si je pouvais vous approcher de moi ; mais vous avez des armes qui touchent de loin, et j'espère que vous ne cesserez pas de combattre pour Henri V.

«Croyez, monsieur le vicomte, à toute mon estime et amitié.

«M. C. R.»

Par ce billet, Madame se passait de mes services, ne se rendait point aux conseils que j'avais osé lui donner dans la note dont M. Berryer avait été le porteur ; elle en paraissait même un peu blessée, bien qu'elle reconnût qu'une *fatale influence* l'avait égarée.

Ainsi rendu à ma liberté et dégagé de tout aujourd'hui, 7 août, n'ayant plus rien à faire qu'à partir, j'ai écrit ma lettre d'adieu à M. de Béranger, qui m'avait visité dans ma prison.

«Paris, 7 août 1832.

«À M. de Béranger.

«Je voulais, monsieur, aller vous dire adieu et vous remercier de votre souvenir ; le temps m'a manqué et je suis obligé de partir sans avoir le plaisir de vous voir et de vous embrasser. J'ignore mon avenir : y a-t-il aujourd'hui un avenir clair pour personne ? Nous ne sommes pas dans un temps de révolution, mais de transformation sociale ; or les transformations s'accomplissent lentement, et les générations qui se trouvent placées dans la période de la métamorphose périssent obscures et misérables. Si l'Europe (ce qui pourrait bien être) est à l'âge de la décrépitude, c'est une autre affaire : elle ne produira rien, et s'éteindra dans une impuissante anarchie de passions, de mœurs et de doctrines. En ce cas, monsieur, vous aurez chanté sur un tombeau.

«J'ai rempli, monsieur, tous mes engagements : je suis revenu à votre voix ; j'ai défendu ce que j'étais venu défendre ; j'ai subi le choléra : je retourne à la montagne. Ne brisez pas votre lyre comme vous nous en menacez ; je lui dois un de mes plus glorieux titres au souvenir des hommes. Faites encore sourire et pleurer la France : car il arrive, par un secret de vous seul connu, que dans vos chansons populaires les paroles sont gaies et la musique plaintive.

«Je me recommande à votre amitié et à votre muse.

«CHATEAUBRIAND.»

Je dois me mettre en route demain. Madame de Chateaubriand me rejoindra à Lucerne.

Journal de Paris à Lugano. – M. Augustin Thierry.

Bâle, 12 août 1832[1].

Beaucoup d'hommes *(a)* meurent sans avoir perdu leur clocher de vue : je ne puis rencontrer le clocher qui me doit voir mourir. En quête d'un asile pour achever mes *Mémoires*, je chemine de nouveau traînant à ma suite un énorme bagage de papiers[2], correspondances diplomatiques, notes confidentielles, lettres de ministres et de rois ; c'est l'histoire portée en croupe par le roman.

J'ai vu à Vesoul M. Augustin Thierry[3], retiré chez son frère le préfet. Lorsqu'autrefois, à Paris, il m'envoya son *Histoire de la conquête des*

1.
Durant son séjour en Suisse, Chateaubriand prit des notes, en partie utilisées dans les chapitres suivants des *Mémoires*, sur un cahier par lui nommé « le livret blanc ». Il en fit don au père de Mme Ponnelle de Termes, qui elle-même le donna au duc de La Force, qui l'a publié en 1941 *(Chateaubriand au travail)*. Nous n'indiquerons, comme de coutume, que les variantes les plus significatives.

2.
« Ce gros "coffre en cuir, haut et cassé", qui contenait tant de précieux documents, précise M. Levaillant, fut laissé à la garde de Charles de Constant à Genève ; Hyacinthe Pilorge alla le rechercher dans l'été de 1836. »

3.
Villemain raconte avec détails la conversation qui eut lieu, le 8 août 1832, entre Chateaubriand et Augustin Thierry, chez le frère de celui-ci, Amédée Thierry : « Déjà frappé de cette paralysie partielle et de cette absolue cécité, qui laissaient tant de vigueur à son esprit, Augustin Thierry fut touché de la profonde tristesse de M. de Chateaubriand. Ce fut lui qui essaya de consoler. Il parlait au grand écrivain de sa gloire. [...] "Je suis las, disait M. de Chateaubriand ; je suis encore plus dégoûté. Je n'écrirais plus, si ma misère ne m'y forçait. J'ai commencé des *Mémoires*, vous le savez ; je les agrandis ; je les complète ; j'y mettrai beaucoup d'histoire générale ; et je marquerai au front les parjures et les lâchetés de notre siècle." » (*Monsieur de Chateaubriand...*, pp. 515-516).

Normands, je l'allai remercier. Je trouvai un jeune homme dans une chambre dont les volets étaient à demi fermés ; il était presque aveugle ; il essaya de se lever pour me recevoir, mais ses jambes ne le portaient plus et il tomba dans mes bras. Il rougit lorsque je lui exprimai mon admiration sincère : ce fut alors qu'il me répondit que son ouvrage était le mien, et que c'était en lisant la bataille des Francs dans *les Martyrs* qu'il avait conçu l'idée d'une nouvelle manière d'écrire l'histoire[4]. Quand je pris congé de lui, alors il s'efforça de me suivre et il se traîna jusqu'à la porte en s'appuyant contre le mur : je sortis tout ému de tant de talent et de tant de malheur.

À Vesoul, surgit, après un long bannissement, Charles X, maintenant faisant voile vers le nouvel exil qui sera pour lui le dernier[5].

J'ai passé la frontière sans accident avec mon fatras : voyons si, au revers des Alpes, je ne pourrais jouir de la liberté de la Suisse et du soleil de l'Italie, besoin de mes opinions et de mes années.

À l'entrée de Bâle, j'ai rencontré un vieux Suisse, douanier ; il m'a fait faire un *bedit garandaine d'in guart d'hire* : on a descendu mon bagage dans une cave ; on a mis en mouvement je ne sais quoi qui imitait le bruit d'un métier à bas ; il s'est élevé une fumée de vinaigre, et, purifié ainsi de la contagion de la France, le bon Suisse m'a relâché.

J'ai dit dans l'*Itinéraire*, en parlant des cigognes d'Athènes : « Du haut de leurs nids, que les révolutions ne peuvent atteindre, elles ont vu au-dessous d'elles changer la race des mortels : tandis que des générations impies se sont élevées sur les tombeaux des générations religieuses, la jeune cigogne a toujours nourri son vieux père[6]. »

Je retrouve à Bâle le nid de cigogne que j'y laissai il y a six ans[7] ; mais l'hôpital au toit duquel la cigogne de Bâle a échafaudé son nid n'est pas le Parthénon, le soleil du Rhin n'est pas le soleil du Céphise[8], le

---

4.
Voir *supra*, l. XXXV, chap. 9, note 8, p. 2380.

5.
C'était par Vesoul que le comte d'Artois était entré en France en février 1814, et il avait daté de cette ville, le 27 février, sa *Proclamation aux Français.* En cet été 1832, le roi déchu quittait Holy-Rood pour s'installer à Prague, où il arriva le 25 octobre ; mais ce ne fut que son avant-dernier séjour d'exil, avant Göritz (Göritzia, en Slovénie).

6.
Itinéraire (Pléiade, p. 867).

7.
Au printemps 1826, lors de son voyage à Lausanne (voir *supra*, l. XXVIII, chap. 10, p. 1808 *sqq.*).

8.
Nom de plusieurs rivières de Grèce, dont la plus connue est celle de l'Attique, qui baignait les murs du Pirée et se jetait dans le golfe Saronique.

concile[9] n'est pas l'aréopage[10], Érasme[11] n'est pas Périclès : pourtant c'est quelque chose que le Rhin, la forêt Noire, le Bâle romain et germanique. Louis XIV étendit la France jusqu'aux portes de cette ville, et trois monarques ennemis la traversèrent en 1813[12] pour venir dormir dans le lit de Louis le Grand, en vain défendu par Napoléon. Allons voir les *danses de la mort*[13] de Holbein ; elles nous rendront compte des vanités humaines.

La danse de la mort (si toutefois ce n'était pas même alors une véritable peinture) eut lieu à Paris, en 1424, au cimetière des Innocents : elle nous venait de l'Angleterre. La représentation du spectacle fut fixée dans des tableaux ; on les vit exposés dans les cimetières de Dresde, de Lubeck, de Minden, de La Chaise-Dieu, de Strasbourg, de Blois en France, et le pinceau de Holbein immortalisa à Bâle ces joies de la tombe.

Ces danses macabres du grand artiste ont été emportées à leur tour par la mort, qui n'épargne pas ses propres folies : il n'est resté à Bâle, du travail d'Holbein, que six pièces sciées sur les pierres du cloître et déposées à la bibliothèque de l'Université. Un dessin colorié a conservé l'ensemble de l'ouvrage.

Ces grotesques sur un fond terrible ont du génie de Shakespeare, génie mêlé de comique et de tragique. Les personnages sont d'une vive expression : pauvres et riches, jeunes et vieux, hommes et femmes, papes, cardinaux, prêtres, empereurs, rois, reines, princes, ducs, nobles, magistrats, guerriers, tous se débattent et raisonnent avec et contre la Mort ; pas un ne l'accepte de bonne grâce *(b)*.

La Mort est variée à l'infini, mais toujours bouffonne à l'instar de la vie, qui n'est qu'une sérieuse pantalonnade. Cette Mort du peintre satirique a une jambe de moins comme le mendiant à jambe de bois qu'elle

9.
Concile qui eut lieu à Bâle de 1431 à 1449, afin de poursuivre l'œuvre du concile de Constance (lutte contre l'hérésie et réforme de l'Église) et de consacrer la supériorité du concile sur la papauté. Suspendu par le pape Eugène IV dès décembre 1431, le concile, présidé par le cardinal Aleman, proclama alors la déchéance d'Eugène IV et élut Amédée VIII de Savoie, en 1439, sous le nom de Félix V, qui abdiqua en 1449, date de la dissolution du concile. Celui-ci consacrait les privilèges de l'Église de France ; ses décrets, ratifiés par Charles VII dans la Pragmatique Sanction de Bourges de 1438, deviendront la charte de l'Église gallicane.

10.
Conseil et tribunal qui siégeait sur la colline d'Athènes. Périclès lui retira ses attributions politiques mais il garda le contrôle de la Constitution et des mœurs.

11.
Il s'était fixé à Bâle en 1526, auprès de son ami l'imprimeur Froben, où il mourut en 1531.

12.
Les trois monarques coalisés contre Napoléon : le roi de Prusse, les deux empereurs de Russie et d'Autriche.

DANSE MACABRE DE BÂLE, VERS 1440.

13.

La danse des morts est un thème fréquent à la fin du Moyen Âge, qui montre des gens de tous âges et de toutes conditions entraînés dans une ronde fatale par des squelettes impitoyables. Elle se répandit au XVe siècle en France (cimetière des Innocents à Paris, dès 1424), puis en Suisse (Bâle, Berne) et en Allemagne (Lübeck, 1463). Les fresques de la *Danse macabre* furent exécutées pour la première fois en 1424, sur le mur du « Charnier des Lingères », au cimetière des Innocents, à Paris. La danse des morts de Bâle est la plus fameuse. Elle fut longtemps attribuée à Hans Holbein (1497-1543), et peut-être Chateaubriand eut-il connaissance, dès l'émigration en Angleterre, des gravures réalisées par W. Hollar « d'après Holbein », publiées à Londres en 1790, sous le titre *Le Triomphe de la Mort.* On date aujourd'hui cette Danse des morts de 1440 environ. Elle fut restaurée entre les XVIe et XVIIIe siècles, et découverte en août 1805, lors de la destruction du mur sur laquelle elle était peinte, destruction au cours de laquelle elle fut endommagée. Les fragments sauvés sont conservés au musée historique de Bâle, où Chateaubriand a pu les voir, ainsi qu'une aquarelle reconstituant la fresque, réalisée en 1806 par Johann Rudolf Feyerabend à partir d'eaux-fortes gravées en 1621 d'après l'ensemble. (Voir F. Egger, *Basler Totentanz*, qui reproduit cette magnifique fresque en couverture.)

accoste; elle joue de la mandoline derrière l'os de son dos, comme le musicien qu'elle entraîne. Elle n'est pas toujours chauve; des brins de cheveux blonds, bruns, gris, voltigent sur le cou du squelette et le rendent plus effroyable en le rendant presque vivant. Dans un des cartouches la Mort a quasi de la chair, elle est quasi jeune comme un jeune homme, et elle emmène une jeune fille qui se regarde dans un miroir. La Mort a dans son bissac des tours d'un écolier narquois: elle coupe avec des ciseaux la corde du chien qui conduit un aveugle, et l'aveugle est à deux pas d'une fosse ouverte; ailleurs, la Mort, en petit manteau, aborde une de ses victimes avec les gestes d'un Pasquin[14]. Holbein a pu prendre l'idée de cette formidable gaieté dans la nature même: entrez dans un reliquaire, toutes les têtes de mort semblent ricaner parce qu'elles découvrent les dents; c'est le rire sans les lèvres qui le bordent et qui forment le sourire. De quoi ricanent-elles? du néant ou de la vie? La cathédrale de Bâle[15] et surtout les anciens cloîtres m'ont plu. En parcourant ces derniers, remplis d'inscriptions funèbres, j'ai lu les noms de quelques réformateurs. Le protestantisme choisit mal le lieu et prend mal son temps quand il se place dans les monuments catholiques; on voit moins alors ce qu'il a réformé que ce qu'il a détruit. Ces pédants secs qui pensaient refaire un christianisme primitif dans un vieux christianisme, créateur de la société depuis quinze siècles, n'ont pu élever un seul monument[16]. À quoi ce monument eût-il répondu? Comment

---

14.
Type de valet de la comédie italienne; plat bouffon, méchant, diseur de bons mots.

15.
La cathédrale, qui s'élève sur la rive gauche du Rhin, au-dessus du pont qui relie le grand au petit Bâle, fut commencée en 1010 par l'empereur Henri II, dans le style byzantin. Consacrée en 1019, détruite en partie par le tremblement de terre de 1356 et reconstruite dans le style gothique, elle fut achevée en 1460. La cathédrale a subi, ainsi que le remarque Chateaubriand, beaucoup de modifications depuis son appropriation au culte réformé (XVIIe-XVIIIe siècle): on a supprimé le jubé qui séparait le chœur de la nef; celle-ci est bordée de nombreuses chapelles, dépouillées de leurs autels et tableaux.

16.
«C'est à Rome que les peintres, les architectes et les sculpteurs des cultes dissidents viennent aujourd'hui chercher des inspirations que la tolérance universelle leur permet de recueillir, écrit Chateaubriand dans l'*Analyse raisonnée de l'Histoire de France*. L'Europe, que dis-je? le monde est couvert de monuments de la religion catholique. On lui doit cette architecture gothique qui rivalise par les détails et qui efface par la grandeur les monuments de la Grèce. Il y a trois siècles que le protestantisme est né [...]: qu'a-t-il élevé? Il vous montrera les ruines qu'il a faites, parmi lesquelles il a planté quelques jardins, ou établi quelques manufactures. [...] Le siècle protestant dénia à sa première heure toute parenté avec le siècle de ce Léon [Léon Ier le Grand], protecteur du monde civilisé contre Attila, et avec le siècle de cet autre Léon [Léon X] qui, mettant fin au monde barbare, embellit la société lorsqu'il n'était plus nécessaire de la défendre. [...]» (*Études historiques*, fragment réédité *in Renaissance et guerres de Religion*, éd. J.-P. Clément, pp. 20-21).

aurait-il été en rapport avec les mœurs? Les hommes n'étaient point faits comme Luther et Calvin au temps de Luther et de Calvin; ils étaient faits comme Léon X avec le génie de Raphaël, ou comme saint Louis avec le génie gothique; le petit nombre ne croyait à rien, le grand nombre croyait à tout. Aussi le protestantisme n'a-t-il pour temples que des salles d'écoles, ou pour églises que les cathédrales qu'il a dévastées: il y a établi sa nudité. Jésus-Christ et ses apôtres ne ressemblaient pas sans doute aux Grecs et aux Romains de leur siècle, mais ils ne venaient pas *réformer* un ancien culte; ils venaient *établir* une religion nouvelle, remplacer les dieux par un dieu.

«Lucerne, 14 août 1832.

«Le chemin de Bâle à Lucerne par l'Argovie offre une suite de vallées dont quelques-unes ressemblent à la vallée d'Argelès, moins le ciel espagnol des Pyrénées[17]. À Lucerne, les montagnes, différemment groupées, étagées, profilées, coloriées, se terminent, en se retirant les unes derrière les autres et en s'enfonçant dans la perspective, aux neiges voisines du Saint-Gothard. Si l'on supprimait le Righi et le Pilate, et si l'on ne conservait que les collines surfacées d'herbages et de lapinières[18] qui bordent immédiatement le lac des quatre cantons, on reproduirait un lac d'Italie.

«Les arcades du cloître du cimetière dont la cathédrale est environnée sont comme les loges d'où l'on peut jouir de ce spectacle. Les monuments de ce cimetière ont pour étendard une croisette de fer portant un Christ doré. Aux rayons du soleil, ce sont autant de points de lumière qui s'échappent des tombes; de distance en distance il y a des bénitiers dans lesquels trempe un rameau, avec lequel on peut bénir des cendres regrettées. Je ne pleurais rien là en particulier, mais j'ai fait descendre la rosée lustrale sur la communauté silencieuse des chrétiens et des malheureux mes frères. Une épitaphe me dit: *Hodie mihi, cras tibi*; une autre: *Fuit homo*; une autre: *Siste, viator; abi, viator*[19]. Et j'attends demain, et j'aurai été homme; et voyageur je m'arrête; et voyageur je m'en vais. Appuyé à l'une des arcades du cloître, j'ai regardé longtemps le théâtre des aventures de Guillaume Tell et de ses compagnons:

17.
Rappel du voyage à Cauterets (juillet-août 1829).

18.
Il faut lire sapinières.

19.
«Aujourd'hui pour moi, demain pour toi.» «Ce fut un homme.» «Arrête, voyageur; va-t'en, voyageur.»

théâtre de la liberté helvétique, si bien chanté et décrit par Schiller et Jean de Müller[20]. Mes yeux cherchaient dans l'immense tableau la présence des plus illustres morts, et mes pieds foulaient les cendres les plus ignorées.
« En revoyant les Alpes il y a quatre ou cinq ans, je me demandais ce que j'y venais chercher : que dirais-je donc aujourd'hui ? que dirai-je demain, et demain encore ? Malheur à moi qui ne puis vieillir et qui vieillis toujours ! »

« Lucerne, 15 août 1832.
« Les Capucins sont allés ce matin, selon l'usage le jour de l'Assomption, bénir les montagnes. Ces moines professent la religion sous la protection de laquelle naquit l'indépendance suisse : cette indépendance dure encore. Que deviendra notre liberté moderne, toute maudite de la bénédiction des philosophes et des bourreaux ? Elle n'a pas quarante années et elle a été vendue et revendue, maquignonnée, brocantée à tous les coins de rue. Il y a plus de liberté dans le froc d'un capucin qui bénit les Alpes que dans la friperie entière des législateurs *(c)* de la République, de l'Empire, de la Restauration et de l'usurpation de Juillet.
« Le voyageur français en Suisse est touché et attristé ; notre histoire, pour le malheur des peuples de ces régions, se lie trop à leur histoire ; le sang de l'Helvétie a coulé pour nous et par nous ; nous avons porté le fer et le feu dans la chaumière de Guillaume Tell ; nous avons engagé dans nos guerres civiles le paysan guerrier qui gardait le trône de nos rois. Le génie de Thorwaldsen a fixé le souvenir du 10 août à la porte de Lucerne. Le lion helvétique[21] expire percé d'une flèche, en couvrant de sa tête affaissée et d'une de ses pattes l'écu de France dont on ne voit plus qu'une des fleurs de lis. La chapelle consacrée aux victimes, le bouquet d'arbres verts qui accompagne le bas-relief sculpté dans le roc, le soldat échappé au massacre du 10 août qui montre aux étrangers le monument, le billet de Louis XVI qui ordonne aux Suisses de mettre bas les armes, le devant d'autel offert par madame la Dauphine à la chapelle expiatoire, et sur lequel ce parfait modèle de douleur a brodé l'image de l'agneau divin immolé !... Par quel

20.
Par Schiller dans sa tragédie de *Guillaume Tell* (1804), et par Jean de Müller (1752-1809) dans son *Histoire de la Confédération helvétique* (1786-1795).
21.
« Le lion de Lucerne est un monument consacré aux 26 officiers et 760 soldats de la garde suisse des Tuileries à Paris qui furent massacrés au mois août 1792 en les défendant. Un lion, percé d'une lance brisée, expire en défendant de sa griffe un bouclier fleurdelisé. Sculpté en relief dans une grotte de 14 mètres de long sur 2 mètres 50 de haut, taillé dans le rocher, il a été exécuté d'après un modèle de Thorwaldsen, qui se voit dans le bâtiment voisin. Dans une chapelle à droite, les armoiries des officiers » (*Dictionnaire Baedeker*, 1907).

conseil la Providence, après la dernière chute du trône des Bourbons, m'envoie-t-elle chercher un asile auprès de ce monument? Du moins je puis le contempler sans rougir, je puis poser ma main faible, mais non parjure, sur l'écu de France, comme le lion l'enserre de ses ongles puissants, mais détendus par la mort.

« Eh bien, ce monument, un membre de la Diète a proposé de le détruire *(d)*! Que demande la Suisse? la liberté? elle en jouit depuis quatre siècles; l'égalité? elle l'a; la république? c'est la forme de son gouvernement; l'allégement des taxes? elle ne paye presque point d'impôts. Que veut-elle donc? elle veut changer, c'est la loi des êtres. Quand un peuple, transformé par le temps, ne peut plus rester ce qu'il a été, le premier symptôme de sa maladie, c'est la haine du passé *(e)* et des vertus de ses pères.

« Je suis revenu du monument du 10 août par le grand pont couvert, espèce de galerie de bois suspendue sur le lac. Deux cent trente-huit tableaux triangulaires, placés entre les chevrons du toit, décorent cette galerie. Ce sont des fastes populaires où le Suisse, en passant, apprenait l'histoire de sa religion et de sa liberté[22].

« J'ai vu les poules d'eau privées; j'aime mieux les poules d'eau sauvages de l'étang de Combourg.

« Dans la ville le bruit d'un chœur de voix m'a frappé; il sortait d'une chapelle de la Vierge: entré dans cette chapelle, je me suis cru transporté aux jours de mon enfance. Devant quatre autels dévotement parés, des femmes récitaient avec le prêtre le chapelet et les litanies. C'était comme la prière du soir au bord de la mer dans ma pauvre Bretagne, et j'étais au bord du lac de Lucerne! Une main renouait ainsi les deux bouts de ma vie, pour me faire mieux sentir tout ce qui s'était perdu dans la chaîne de mes années. »

« Sur le lac de Lucerne, 16 août 1832, midi.

« Alpes, abaissez vos cimes, je ne suis plus digne de vous: jeune, je serais solitaire; vieux, je ne suis qu'isolé. Je la peindrais bien encore, la nature; mais pour qui? qui se soucierait de mes tableaux? quels bras, autres que ceux du temps, presseraient en récompense mon *génie* au front dépouillé? qui répéterait mes chants? à quelle muse en inspirerais-je? Sous la voûte de

22.
Ce pont couvert, en bois, long de 200 m, le plus ancien de Lucerne (1333) et le plus célèbre de la Suisse, est orné de 112 peintures retraçant la vie de saint Maurice et de saint Léger, les patrons de la ville, et des épisodes de l'histoire de la ville. Il a été récemment détruit par un incendie.

mes années comme sous celle des monts neigeux qui m'environnent, aucun rayon de soleil ne viendra me réchauffer. Quelle pitié de traîner, à travers ces monts, des pas fatigués que personne ne voudrait suivre ! Quel malheur de ne me trouver libre d'errer de nouveau qu'à la fin de ma vie *(f)*!»

«Deux heures.

«Ma barque s'est arrêtée à la cale d'une maison sur la rive droite du lac, avant d'entrer dans le golfe d'Uri. J'ai gravi le verger de cette auberge et suis venu m'asseoir sous deux noyers qui protègent une étable. Devant moi, un peu à droite, sur le bord opposé du lac, se déploie le village de Schwitz, parmi des vergers et les plans inclinés de ces pâturages dits *Alpes* dans le pays : il est surmonté d'un roc ébréché en demi-cercle, et dont les deux pointes, le *Mythen* et le *Haken* (la mitre et la crosse), tirent leur appellation de leur forme. Ce chapiteau cornu repose sur des gazons, comme la couronne de la rude indépendance helvétique sur la tête d'un peuple de bergers. Le silence n'est interrompu autour de moi que par le tintement de la clochette de deux génisses restées dans l'étable voisine : elle semble me sonner la gloire de la pastorale liberté que Schwitz a donnée, avec son nom, à tout un peuple : un petit canton dans le voisinage de Naples, appelé *Italia*, a de même, mais avec des droits moins sacrés, communiqué son nom à la terre des Romains *(g)*.»

«Trois heures.

«Nous partons ; nous entrons dans le golfe ou le lac d'Uri. Les montagnes s'élèvent et s'assombrissent. Voilà la croupe herbue du Grüttli et les trois fontaines où Fürst, An der Halden et Stauffacher jurèrent la délivrance de leur pays[23] ; voilà, au pied de l'Achsenberg, la chapelle qui signale l'endroit où Tell, sautant de la barque de Gessler, la repoussa d'un coup de pied au milieu des vagues.

«Mais Tell et ses compagnons ont-ils jamais existé ? Ne seraient-ils que des personnages du Nord, nés des chants des Scaldes et dont on retrouve les traditions héroïques sur les rivages de la Suède[24] ? Les Suisses sont-

---

23.
Voir infra l. XXII, chap. 5, note 11, p. 1311.

24.
Dans son *Essai sur les révolutions*, Chateaubriand écrivait : «On se trompe généralement sur les auteurs de l'indépendance des Suisses. Les trois grands patriotes qui donnèrent la liberté à leur pays, furent Stauffacher, Melchtal et Furst. [...] Quant à l'anecdote de la pomme et de Guillaume Tell, elle est très douteuse. L'historien de la Suède, Grammaticus, rapporte exactement le même fait d'un paysan et d'un gouverneur suédois.» (chap. XLVII «Suite du premier âge. La Suisse pauvre et vertueuse», Pléiade, p. 187, note c).

ils aujourd'hui ce qu'ils étaient à l'époque de la conquête de leur indépendance ? Ces sentiers des ours voient rouler des calèches où Tell et ses compagnons bondissaient, l'arc à la main, d'abîme en abîme : moi-même suis-je un voyageur en harmonie avec ces lieux ?

« Un orage me vient heureusement assaillir. Nous abordons dans une crique, à quelques pas de la chapelle de Tell : c'est toujours le même Dieu qui soulève les vents, et la même confiance dans ce Dieu qui rassure les hommes. Comme autrefois, en traversant l'océan, les lacs de l'Amérique, les mers de la Grèce, de la Syrie, j'écris sur un papier inondé. Les nuages, les flots, les roulements de la foudre, s'allient mieux au souvenir de l'antique liberté des Alpes que la voix de cette nature efféminée et dégénérée que mon siècle a placée malgré moi dans mon sein *(h).* »

« Altorf.

« Débarqué à Fluelen, arrivé à Altorf, le manque de chevaux va me retenir une nuit au pied du Bannberg. Ici Guillaume Tell abattit la pomme sur la tête de son fils : le trait d'arc était de la distance qui sépare ces deux fontaines. Croyons, malgré la même histoire racontée par Saxon le grammairien, et que j'ai citée le premier dans mon *Essai sur les révolutions* ; ayons foi en la religion et la liberté, les deux seules grandes choses de l'homme : la gloire et la puissance sont éclatantes, non grandes.

« Demain, du haut du Saint-Gothard, je saluerai de nouveau cette Italie que j'ai saluée du sommet du Simplon et du Mont-Cenis. Mais à quoi bon ce dernier regard jeté sur les régions du midi et de l'aurore ! Le pin des glaciers ne peut descendre parmi les orangers qu'il voit au-dessous de lui dans les vallées fleuries *(i).* »

« Dix heures du soir.

« L'orage recommence ; les éclairs s'entortillent aux rochers ; les échos grossissent et prolongent le bruit de la foudre ; les mugissements du Schœchen et de la Reuss accueillent le barde de l'Armorique. Depuis longtemps je ne m'étais trouvé seul et libre ; rien dans la chambre où je suis enfermé : deux couches pour un voyageur qui veille et qui n'a ni amours à bercer, ni songes à faire. Ces montagnes, cet orage, cette nuit sont des trésors perdus pour moi. Que de vie, cependant, je sens au fond de mon âme ! Jamais, quand le sang le plus ardent coulait de mon cœur dans mes veines, je n'ai parlé le langage des passions avec autant d'énergie que je le pourrais faire en ce moment. Il me semble que je vois sortir des flancs du Saint-Gothard ma sylphide des bois de Combourg. Me viens-tu retrouver, charmant fantôme de ma jeunesse? as-tu pitié de moi? Tu le vois, je ne suis changé que de visage; toujours chimérique, dévoré d'un feu sans cause et sans aliment. Je sors du monde, et j'y entrais quand je te créai dans un moment d'extase et de délire. Voici l'heure où je t'invoquais dans ma tour. Je puis encore ouvrir ma fenêtre pour te laisser entrer. Si tu n'es pas contente des grâces que je t'avais prodiguées, je te ferai cent fois plus séduisante; ma palette n'est pas épuisée; j'ai vu plus de beautés et je sais mieux peindre. Viens t'asseoir sur mes genoux; n'aie pas peur de mes cheveux; caresse-les de tes doigts de fée ou d'ombre; qu'ils rebrunissent sous tes baisers. Cette tête, que ces cheveux qui tombent n'assagissent point, est tout aussi folle qu'elle l'était lorsque je te donnai l'être, fille aînée de mes illusions, doux fruit de mes mystérieuses amours avec ma première solitude! Viens, nous monterons encore ensemble sur nos nuages; nous irons avec la foudre sillonner, illuminer, embraser les précipices où je passerai demain. Viens! emporte-moi comme autrefois; mais ne me rapporte plus.

«On frappe à ma porte: ce n'est pas toi! c'est le guide! Les chevaux sont arrivés, il faut partir. De ce songe il ne reste que la pluie, le vent et moi, songe sans fin, éternel orage *(j)*.»

«17 août 1832. (Amsteg).

«D'Altorf ici, une vallée entre des montagnes rapprochées, comme on en voit partout; la Reuss bruyante au milieu. À l'auberge du Cerf, un petit étudiant allemand qui vient des glaciers du Rhône et qui me dit: «Fous fenir l'Altorf ce madin? allez fite!» Il me croyait à pied comme lui; puis, apercevant mon char à bancs: «Oh! les chefals! c'être autre chosse.» Si l'étudiant voulait *troquir* ses jeunes jambes contre mon char à bancs et mon plus mauvais char de gloire, avec quel plaisir je prendrais son bâton, sa blouse grise et sa barbe blonde! Je m'en irais aux glaciers du Rhône; je parlerais la langue de Schiller à ma maîtresse, et je rêverais creusement la liberté germanique: lui, il cheminerait vieux comme le temps, ennuyé comme un mort, détrompé par l'expérience, s'étant attaché au cou, comme une sonnette, un bruit dont il serait plus fatigué au bout d'un quart d'heure que du fracas de la Reuss. L'échange n'aura pas lieu, les bons marchés ne sont pas à mon usage. Mon écolier part; il me dit en ôtant et remettant son bonnet teuton, avec un petit coup de tête: «Permis!» Encore une ombre évanouie. L'écolier ignore mon nom; il m'aura rencontré et ne le saura jamais: je suis dans la joie de cette idée; j'aspire à l'obscurité avec plus d'ardeur que je ne souhaitais autrefois la lumière: celle-ci m'importune ou comme éclairant mes misères ou comme me montrant des objets dont je ne puis plus jouir: j'ai hâte de passer le flambeau à mon voisin.»

« Trois garçonnets tirent à l'arbalète : Guillaume Tell et Gessler sont partout. Les peuples libres conservent le souvenir des fondations de leur indépendance. Demandez à un petit pauvre de France s'il a jamais lancé la hache en mémoire du roi Hlodwigh, ou Khlodwig ou Clovis[25] *(k)* ? »

25.
Dans la préface des *Études historiques*, Chateaubriand écrivait : « Je suis le système de M. Thierry quant aux noms propres de la première et même de la seconde race. [...] Mais je n'ai pas tout à fait orthographié les noms franks comme l'auteur des *Lettres sur l'histoire de France*, je n'écris pas Hhlodowig ou Chlodowig pour Clovis ; j'écris Khlodovigh ; je blesse moins ainsi, ce me semble, les habitudes de notre œil et de notre oreille. La première syllabe de Clovis reste Khlo ; en l'écrivant Chlo, la prononciation française obligerait à dire Chelo ; j'ajoute un h au g, comme dans l'allemand, ce qui, adoucissant ou mouillant le g, fait comprendre comment le gh a pu se changer en s » (*OC*, t. IV, p. CXV).

Chemin du Saint-Gothard.

Le nouveau chemin[1] du Saint-Gothard, en sortant d'Amsteg, va et vient en zigzag pendant deux lieues, tantôt joignant la Reuss, tantôt s'en écartant quand la fissure du torrent s'élargit. Sur les reliefs perpendiculaires du paysage, des pentes rases ou bouquetées de cepées de hêtres, des pics dardant la nue, des dômes coiffés de glace, des sommets chauves ou conservant quelques rayons de neige comme des mèches de cheveux blancs ; dans la vallée, des ponts, des colonnes[2] en planches noircies, des noyers et des arbres fruitiers qui gagnent en luxe de branches et de feuilles ce qu'ils perdent en succulence de fruits. La nature alpestre force ces arbres à redevenir sauvages ; la sève se fait jour malgré la greffe : un caractère énergique brise les liens de la civilisation.

Un peu plus haut, au limbe[3] droit de la Reuss, la scène change : le fleuve coule avec cascades dans une ornière caillouteuse, sous une avenue double et triple de pins ; c'est la vallée du Pont d'Espagne à Cauterets. Aux pans de la montagne, les mélèzes végètent sur les arêtes vives du roc ; amarrés par leurs racines, ils résistent au choc des tempêtes.

---

1. Ce chemin, achevé en 1830, reliait le lac de Lucerne au lac Majeur.

2. Il faut lire « cabanes ».

3. Le limbe est le bord du disque d'un astre, mais aussi par analogie le bord gradué d'un instrument de mesure circulaire ou demi-circulaire. Chateaubriand utilise donc le mot de manière très extensive.

Le chemin, quelques carrés de pommes de terre, attestent seuls l'homme dans ce lieu : il faut qu'il mange et qu'il marche ; c'est le résumé de son histoire. Les troupeaux, relégués aux pâturages des régions supérieures, ne paraissent point ; d'oiseaux, aucun ; d'aigles, il n'en est plus question : le grand aigle est tombé dans l'océan en passant à Sainte-Hélène ; il n'y a vol si haut et si fort qui ne défaille dans l'immensité des cieux. L'aiglon royal vient de mourir[4]. On nous avait annoncé d'autres aiglons de Juillet 1830 ; apparemment qu'ils sont descendus de leur aire pour nicher avec les pigeons pattus. Ils n'enlèveront jamais de chamois dans leurs serres ; débilité à la lueur domestique, leur regard clignotant ne contemplera jamais du sommet du Saint-Gothard le libre et éclatant soleil de la gloire de la France *(a)*.

4. Le duc de Reichstadt mourut le 22 juillet 1832.

Vallée de Schœllenen. – Pont du Diable.

Après avoir franchi le pont du *Saut du prêtre*, et contourné le mamelon du village de Wasen, on reprend la rive droite de la Reuss ; à l'une et l'autre orée, des cascades blanchissent parmi des gazons tendus comme des tapisseries vertes sur le passage des voyageurs. Par un défilé on aperçoit le glacier de Ranz qui se lie aux glaciers de la Furca.

Enfin, on pénètre dans la vallée de Schœllenen, où commence la première rampe du Saint-Gothard. Cette vallée est une coche de deux mille pieds de profondeur entaillée dans un plein bloc de granit. Les parois du bloc forment des murs gigantesques surplombants. Les montagnes n'offrent plus que leurs flancs et leurs crêtes ardentes et rougies. La Reuss tonne dans son lit vertical, matelassé de pierres. Un débris de tour témoigne d'un autre temps, comme la nature accuse ici des siècles immémorés. Soutenu en l'air par des murs le long des masses graniteuses[1], le chemin, torrent immobile, circule parallèle au torrent mobile de la Reuss. Çà et là, des voûtes en maçonnerie ménagent au voyageur un abri contre l'avalanche ; on vire encore quelques pas dans une espèce d'entonnoir tortueux, et tout à coup, à l'une des volutes de la conque, on se trouve face à face du pont du Diable.

Ce pont coupe aujourd'hui l'arcade du nouveau pont plus élevé, bâti derrière et qui le domine ; le vieux pont ainsi altéré ne ressemble plus

1.
Préciosité point gratuite, car le mot est sans doute plus expressif que celui de granitique, dont il est le synonyme. Il est utilisé par Bernardin de Saint-Pierre dans les *Harmonies naturelles* et par Buffon.

qu'à un court aqueduc à double étage. Le pont nouveau, lorsqu'on vient de la Suisse, masque la cascade en retraite. Pour jouir des arcs-en-ciel et des rejaillissements de la cascade, il se faut placer sur ce pont; mais quand on a vu la cataracte du Niagara, il n'y a plus de chute d'eau. Ma mémoire oppose sans cesse mes voyages à mes voyages, montagnes à montagnes, fleuves à fleuves, forêts à forêts, et ma vie détruit ma vie. Même chose m'arrive à l'égard des sociétés et des hommes.

Les chemins modernes, que le Simplon a enseignés[2] et que le Simplon efface, n'ont pas l'effet pittoresque des anciens chemins. Ces derniers, plus hardis et plus naturels, n'évitaient aucune difficulté; ils ne s'écartaient guère du cours des torrents; ils montaient et descendaient avec le terrain, gravissaient les rochers, plongeaient dans les précipices, passaient sous les avalanches, n'ôtant rien au plaisir de l'imagination et à la joie des périls. L'ancienne route du Saint-Gothard, par exemple, était tout autrement aventureuse que la route actuelle. Le pont du Diable méritait sa renommée, lorsqu'en l'abordant on apercevait au-dessus la cascade de la Reuss, et qu'il traçait un arc obscur, ou plutôt un étroit sentier à travers la vapeur brillante de la chute. Puis, au bout du pont, le chemin montait à pic, pour atteindre la chapelle dont on voit encore la ruine. Au moins les habitants d'Uri ont eu la pieuse idée de bâtir une autre chapelle à la cascade.

Enfin ce n'étaient pas des hommes comme nous qui traversaient autrefois les Alpes, c'étaient des hordes de Barbares ou des légions romaines. C'étaient des caravanes de marchands, des chevaliers, des condottieri, des routiers, des pèlerins, des prélats, des moines. On racontait des aventures étranges : Qui avait bâti le pont du Diable? qui avait précipité dans la prairie de Wasen la roche du Diable? Çà et là s'élevaient des donjons, des croix, des oratoires, des monastères, des ermitages, gardant la mémoire d'une invasion, d'une rencontre, d'un miracle ou d'un malheur. Chaque tribu montagnarde conservait sa langue, ses vêtements, ses mœurs, ses usages. On ne trouvait point, il est vrai, dans un désert une excellente auberge; on n'y buvait point de vin de Champagne; on n'y lisait point la gazette; mais s'il y avait plus de voleurs au Saint-Gothard, il y avait moins de fripons dans la société. Que la civilisation est une belle chose! cette *perle* je la laisse au *beau premier lapidaire*[3].

2.

Napoléon fit construire de 1801 à 1807 une route de 62 km reliant Brigue (Suisse) à Domodossola (Italie).

3.

La Fontaine, *Fables*, I, 20 : *Le Coq et la perle.*

Suwaroff et ses soldats ont été les derniers voyageurs dans ce défilé, au bout duquel ils rencontrèrent Masséna[4].

4.
Masséna, commandant de l'armée d'Helvétie, battit les Russes et les Autrichiens à Zurich, les 25-26 septembre 1799, forçant Souvorov à une retraite désastreuse.

Le Saint-Gothard.

Après avoir débouché du pont du Diable et de la galerie d'Urnerloch, on gagne la prairie d'Ursern, fermée par des redans comme les sièges de pierre d'une arène. La Reuss coule paisible au milieu de la verdure; le contraste est frappant: c'est ainsi qu'après et avant les révolutions la société paraît tranquille; les hommes et les empires sommeillent à deux pas de l'abîme où ils vont tomber.

Au village d'Hospital commence la seconde rampe, laquelle atteint le sommet du Saint-Gothard, qui est envahi par des masses de granit. Ces masses roulées, enflées, brisées, festonnées à leur cime par quelques guirlandes de neige, ressemblent aux vagues fixes et écumeuses d'un *océan* de pierre sur lequel l'homme a laissé les ondulations de son chemin *(a)*.

Au pied du mont Adule, entre mille roseaux,
Le Rhin, tranquille et fier du progrès de ses eaux,
Appuyé d'une main sur son urne penchante,
Dormait au bruit flatteur de son onde naissante[1].

Très-beaux vers, mais inspirés par les fleuves de marbre de Versailles. Le Rhin ne sort point d'une couche de roseaux: il se lève d'un lit de fri-

1. Boileau, historiographe du roi, relate le passage du Rhin par les troupes de Louis XIV, en juin 1672, dans l'*Épître IV*.

mas, son urne ou plutôt ses urnes sont de glace; son origine est congénère à ces peuples du Nord dont il devint le fleuve adoptif et la ceinture guerrière. Le Rhin, né du Saint-Gothard dans les Grisons, verse ses eaux à la mer de la Hollande, de la Norwège et de l'Angleterre; le Rhône, fils aussi du Saint-Gothard, porte son tribut au Neptune de l'Espagne, de l'Italie et de la Grèce: des neiges stériles forment les réservoirs de la fécondité du monde ancien et du monde moderne.

Deux étangs, sur le plateau du Saint-Gothard, donnent naissance, l'un au Tessin, l'autre à la Reuss. La source de la Reuss est moins élevée que la source du Tessin, de sorte qu'en creusant un canal de quelques centaines de pas, on jetterait le Tessin dans la Reuss. Si l'on répétait le même ouvrage pour les principaux affluents de ces eaux, on produirait d'étranges métamorphoses dans les contrées au bas des Alpes. Un montagnard se peut donner le plaisir de supprimer un fleuve, de fertiliser ou de stériliser un pays; voilà de quoi rabattre l'orgueil de la puissance *(b)*.

C'est chose merveilleuse que de voir la Reuss et le Tessin se dire un éternel adieu et prendre leurs chemins opposés sur les deux versants du Saint-Gothard; leurs berceaux se touchent; leurs destinées sont séparées: ils vont chercher des terres différentes et divers soleils; mais leurs mères, toujours unies, ne cessent du haut de la solitude de nourrir leurs enfants désunis.

Il y avait jadis, sur le Saint-Gothard, un hospice desservi par des capucins; on n'en voit plus que les ruines; il ne reste de la religion qu'une croix de bois vermoulu avec son Christ: Dieu demeure quand les hommes se retirent *(c)*.

Sur le plateau du Saint-Gothard, désert dans le ciel, finit un monde et commence un autre monde: les noms germaniques sont remplacés par des noms italiens. Je quitte ma compagne, la Reuss qui m'avait amené, en la remontant, du lac de Lucerne, pour descendre au lac de Lugano avec mon nouveau guide, le Tessin.

Le Saint-Gothard est taillé à pic du côté de l'Italie; le chemin qui se plonge dans la Val-Tremola fait honneur à l'ingénieur forcé de le dessiner dans la gorge la plus étroite. Vu d'en haut, ce chemin ressemble à un ruban plié et replié; vu d'en bas, les murs qui soutiennent les remblais font l'effet des ouvrages d'une forteresse ou imitent ces digues qu'on élève les unes au-dessus des autres contre l'envahissement des eaux. Quelquefois aussi, à la double file des bornes plantées régulièrement sur les deux côtés de la route, on dirait d'une colonne de soldats descendant des Alpes pour envahir encore une fois la malheureuse Italie *(d)*.

« Samedi, 18 août 1832. (Lugano.)

« J'ai passé de nuit Airolo, Bellinzona et la Val-Levantine : je n'ai point vu la terre, j'ai seulement entendu les torrents. Dans le ciel, les étoiles se levaient parmi les coupoles et les aiguilles des montagnes. La lune n'était point d'abord à l'horizon, mais son aube s'épanouit par degrés devant elle, de même que ces *gloires* dont les peintres du XIVe siècle entouraient la tête de la VIERGE : elle parut enfin creusée et réduite au quart de son disque sur la cime dentelée du Furca : les pointes de son croissant ressemblaient à des ailes ; on eût dit d'une colombe blanche échappée de son nid de rocher : à sa lumière affaiblie et rendue plus mystérieuse, l'astre échancré me révéla le lac Majeur au bout de la Val-Levantine. Deux fois j'avais rencontré ce lac, une fois en me rendant au congrès de Vérone, une autre fois en allant en ambassade à Rome. Je le contemplais alors au soleil, dans le chemin des prospérités ; je l'entrevoyais à présent la nuit, du bord opposé, sur la route de l'infortune. Entre mes voyages, séparés seulement de quelques années, il y avait de moins une monarchie de quatorze siècles.

« Ce n'est pas que j'en veuille le moins du monde à ces révolutions politiques ; en me rendant à la liberté, elles m'ont rendu à ma propre nature. J'ai encore assez de sève pour reproduire la primeur de mes songes, assez de flamme pour renouer mes liaisons avec la créature imaginaire de mes désirs. Le temps et le monde que j'ai traversés n'ont été pour moi qu'une double solitude où je me suis conservé tel que le ciel m'avait formé. Pourquoi me plaindrais-je de la rapidité des jours, puisque je vivais dans une heure autant que ceux qui passent des années à vivre ? »

Description de Lugano.

Lugano est une petite ville[1] *(a)* d'un aspect italien : portiques comme à Bologne, peuple faisant son ménage dans la rue comme à Naples, architecture de la Renaissance, toits dépassant les murs sans corniches, fenêtres étroites et longues, nues ou ornées d'un chapiteau et percées jusque dans l'architrave. La ville s'adosse à un coteau de vignes que dominent deux plans superposés de montagnes, l'un de pâturages, l'autre de forêts : le lac est à ses pieds.

Il existe sur le plus haut sommet d'une montagne, à l'est de Lugano, un hameau dont les femmes grandes et blanches ont la réputation des Circassiennes[2]. La veille de mon arrivée était la fête de ce hameau ; on était allé en pèlerinage à la Beauté : cette tribu sera quelque débris d'une race des barbares du Nord conservée sans mélange au-dessus des populations de la plaine.

Je me suis fait conduire aux diverses maisons qu'on m'avait indiquées comme me pouvant convenir : j'en ai trouvé une charmante, mais d'un loyer beaucoup trop cher[3].

1.
Environ 8 000 habitants.

2.
Femmes originaires du Caucase, réputées pour leur grande beauté.

3.
Le 21 août, rentré à Lucerne, Chateaubriand écrivait à Hortense Allart : « [À Lugano], j'ai été bien tenté de louer pour un an une villa charmante qu'a habitée la princesse Belgiojoso, et de m'ensevelir là au milieu des orages » (fonds Lovenjoul, cité par M. Levaillant, *in Mémoires d'outre-tombe*, éd. du centenaire, t. IV, p. 123).

Pour mieux voir le lac, je me suis embarqué. Un de mes deux bateliers *(b)* parlait un jargon franco-italien entrelardé d'anglais. Il me nommait les montagnes et les villages sur les montagnes : San-Salvador, au sommet duquel on découvre le dôme de la cathédrale de Milan ; Castagnola, avec ses oliviers dont les étrangers mettent de petits rameaux à leur boutonnière ; Gandria, limite du canton du Tessin sur le lac ; Saint-Georges, enfaîté de son ermitage : chacun de ces lieux avait son histoire. L'Autriche, qui prend tout et ne donne rien, conserve au pied du mont Caprino un village enclavé dans le territoire du Tessin. En face, de l'autre côté, au pied du San-Salvador, elle possède encore une espèce de promontoire sur lequel il y a une chapelle, mais elle a prêté gracieusement aux Luganois ce promontoire pour exécuter les criminels et pour y élever des fourches patibulaires. Elle argumentera quelque jour de cette *haute justice*, exercée par sa permission sur son territoire, comme d'une preuve de sa suzeraineté sur Lugano. On ne fait plus subir aujourd'hui aux condamnés le supplice de la corde, on leur coupe la tête : Paris a fourni l'instrument, Vienne le théâtre du supplice : présents dignes de deux grandes monarchies.

Ces images me poursuivaient, lorsque sur la vague d'azur, au souffle de la brise, parfumé de l'ambre des pins, vinrent à passer les barques d'une confrérie qui jetait des bouquets dans le lac au son des hautbois et des cors. Des hirondelles se jouaient autour de ma voile. Parmi ces voyageuses ne reconnaîtrai-je pas celles que je rencontrai un soir en errant sur l'ancienne voie de Tibur et de la maison d'Horace ? La Lydie du poète n'était point alors avec ces hirondelles de la campagne de Tibur ; mais je savais qu'en ce moment même une autre jeune femme enlevait furtivement une rose déposée dans le jardin abandonné d'une villa du siècle de Raphaël, et ne cherchait que cette fleur sur les ruines de Rome.

Les montagnes qui entourent le lac de Lugano, ne réunissant guère leurs bases qu'au niveau du lac, ressemblent à des îles séparées par d'étroits canaux ; elles m'ont rappelé la grâce, la forme et la verdure de l'archipel des Açores. Je consommerais donc l'exil de mes derniers jours sous ces riants portiques où la princesse de Belgiojoso a laissé tomber quelques jours de l'exil de sa jeunesse ? J'achèverais donc mes *Mémoires* à l'entrée de cette terre classique et historique où Virgile et le Tasse ont chanté, où tant de révolutions se sont accomplies ? Je remémorerais ma destinée bretonne à la vue de ces montagnes ausoniennes ? Si leur rideau venait à se lever, il me découvrirait les plaines de la Lombardie ; par-delà, Rome ; par-delà, Naples, la Sicile, la Grèce, la Syrie, l'Égypte, Carthage : bords lointains que j'ai mesurés, moi qui ne possède pas l'espace de terre que je presse sous la plante de mes pieds ! mais pourtant mourir ici ? finir ici ? – n'est-ce pas ce que je veux, ce que je cherche ? Je n'en sais rien.

Les montagnes. – Courses autour de Lucerne. – Clara Wendel. – Prières des paysans.

Lucerne, 20, 21 et 22 août 1832.

J'ai quitté Lugano sans y coucher ; j'ai repassé le Saint-Gothard, j'ai revu ce que j'avais vu : je n'ai rien trouvé à rectifier à mon esquisse. À Altorf tout était changé depuis vingt-quatre heures : plus d'orage, plus d'apparition dans ma chambre solitaire. Je suis venu passer la nuit à l'auberge de Fluelen, ayant parcouru deux fois la route dont les extrémités aboutissent à deux lacs et sont tenues par deux peuples liés d'un même nœud politique, séparés sous tous les autres rapports. J'ai traversé le lac de Lucerne, il avait perdu à mes yeux une partie de son mérite : il est au lac de Lugano ce que sont les ruines de Rome aux ruines d'Athènes[1], les champs de la Sicile aux jardins d'Armide.

Au surplus j'ai beau me battre les flancs pour arriver à l'exaltation alpine des écrivains de montagne, j'y perds ma peine.

Au physique, cet air vierge et balsamique qui doit ranimer mes forces, raréfier mon sang, désenfumer ma tête fatiguée, me donner une faim insatiable, un repos sans rêves, ne produit point sur moi ces effets. Je ne respire pas mieux, mon sang ne circule pas plus vite, ma tête n'est pas moins lourde au ciel des Alpes qu'à Paris. J'ai autant d'appétit aux *Champs-Élysées* qu'au Montanvers, je dors aussi bien rue Saint-Dominique qu'au mont Saint-Gothard, et si j'ai des songes dans la délicieuse plaine de Montrouge, c'est qu'il en faut au sommeil.

---

1. Les monuments de Rome semblaient à Chateaubriand plus « barbares » depuis qu'il avait vu ceux de la Grèce (voir *supra*, l. XXX, chap. 3, p. 1973 *sqq.*).

Au moral, en vain j'escalade les rocs, mon esprit n'en devient pas plus élevé, mon âme plus pure; j'emporte les soucis de la terre et le faix des turpitudes humaines. Le calme de la région sublunaire d'une marmotte ne se communique point à mes sens éveillés. Misérable que je suis, à travers les brouillards qui roulent à mes pieds, j'aperçois toujours la figure épanouie du monde. Mille toises gravies dans l'espace ne changent rien à ma vue du ciel; Dieu ne me paraît pas plus grand du sommet de la montagne que du fond de la vallée. Si pour devenir un homme robuste, un saint, un génie supérieur, il ne s'agissait que de planer sur les nuages, pourquoi tant de malades, de mécréants et d'imbéciles ne se donnent-ils pas la peine de grimper au Simplon? Il faut certes qu'ils soient bien obstinés à leurs infirmités[2].

Le paysage n'est créé que par le soleil; c'est la lumière qui fait le paysage. Une grève de Carthage, une bruyère de la rive de Sorrente, une lisière de cannes desséchées dans la Campagne romaine, sont plus magnifiques, éclairées des feux du couchant ou de l'aurore, que toutes les Alpes de ce côté-ci des Gaules. De ces trous surnommés vallées, où l'on ne voit goutte en plein midi; de ces hauts paravents à l'ancre *(a)* appelés montagnes; de ces torrents salis qui beuglent avec les vaches de leurs bords; de ces faces violâtres, de ces cous goîtreux, de ces ventres hydropiques: foin!

Si les montagnes de nos climats peuvent justifier les éloges de leurs admirateurs, ce n'est que quand elles sont enveloppées dans la nuit dont elles épaississent le chaos *(b)*: leurs angles, leurs ressauts, leurs saillies, leurs grandes lignes, leurs immenses ombres portées, augmentent d'effet à la clarté de la lune. Les astres les découpent et les gravent dans le ciel en pyramides, en cônes, en obélisques, en architecture d'albâtre, tantôt jetant sur elles un voile de gaze, et les harmonisant par des nuances indéterminées, légèrement lavées de bleu; tantôt les sculptant une à une et les séparant par des traits d'une grande correction. Chaque vallée, chaque réduit avec ses lacs, ses rochers, ses forêts, devient un temple de silence et de solitude. En hiver, les montagnes nous présentent l'image des zones polaires; en automne, sous un ciel pluvieux, dans leurs différentes nuances de ténèbres, elles ressemblent à des lithographies grises, noires, bistrées: la tempête aussi leur va bien, de même que les vapeurs, demi-brouillards demi-nuages, qui roulent à leurs pieds ou se suspendent à leurs flancs.

2.
Reprise de l'âpre réquisitoire contre les montagnes, déjà prononcé dans le *Voyage au Mont-Blanc* et où Chateaubriand prenait le contre-pied de Jean-Jacques Rousseau (*la Nouvelle Héloïse*), de Ramond de Carbonnières (*Observations faites dans les Pyrénées*, 1789) ou de Senancour (*Rêveries*, 1788, et *Oberman*, 1804). En arrière-plan, la «dispute» prend un tour politico-religieux qui oppose la foi du *Vicaire savoyard* à la religion du catholique «romain».

Mais les montagnes ne sont-elles pas favorables aux méditations, à l'indépendance, à la poésie? De belles et profondes solitudes mêlées de mer ne reçoivent-elles rien de l'âme, n'ajoutent-elles rien à ses voluptés? Une sublime nature ne rend-elle pas plus susceptible de passion, et la passion ne fait-elle pas mieux comprendre une nature sublime? Un amour intime ne s'augmente-t-il pas de l'amour vague de toutes les beautés des sens et de l'intelligence qui l'environnent, comme des principes semblables s'attirent et se confondent? Le sentiment de l'infini, entrant par un immense spectacle dans un sentiment borné, ne l'accroît-il pas, ne l'étend-il pas jusqu'aux limites où commence une éternité de vie?

Je reconnais tout cela; mais entendons-nous bien: ce ne sont pas les montagnes qui existent telles qu'on les croit voir alors; ce sont les montagnes comme les passions, le talent et la muse en ont tracé les lignes, colorié les ciels, les neiges, les pitons, les déclivités, les cascades irisées, l'atmosphère *flou*, les ombres tendres et légères: le paysage est sur la palette de Claude le Lorrain, non sur le Campo-Vaccino. Faites-moi aimer, et vous verrez qu'un pommier isolé, battu du vent, jeté de travers au milieu des froments de la Beauce; une fleur de sagette dans un marais; un petit cours d'eau dans un chemin; une mousse, une fougère, une capillaire[3] sur le flanc d'une roche; un ciel humide, effumé; une mésange dans le jardin d'un presbytère; une hirondelle volant bas, par un jour de pluie, sous le chaume d'une grange ou le long d'un cloître; une chauve-souris même remplaçant l'hirondelle autour d'un clocher champêtre, tremblotant sur ses ailes de gaze dans les dernières lueurs du crépuscule; toutes ces petites choses, rattachées à quelques souvenirs, s'enchanteront des mystères de mon bonheur ou de la tristesse de mes regrets[4]. En définitive, c'est la jeunesse de la vie, ce sont les personnes qui font les beaux sites. Les glaces de la baie de Baffin peuvent

3.
Sagette: nom vulgaire de la sagittaire: herbe vivant dans les lieux marécageux, dont seules les feuilles en forme de flèches et les petites fleurs blanches, en grappes, dépassent de la surface de l'eau. Capillaire: variété de fougère appartenant au genre *asplenium* et montrant de longs pétioles noirs filiformes.

4.
Amour de la patrie exprimé là sous une forme sentimentale, annonçant le Barrès des *Amitiés françaises.* Dans le *Génie du Christianisme*, on lit: «Si l'on nous demandait quelles sont donc ces fortes attaches par qui nous sommes enchaînés au lieu natal, nous aurions de la peine à répondre. C'est peut-être le souris d'une mère, d'un père, d'une sœur; […] ce sont les circonstances les plus simples, si l'on veut même, les plus triviales: un chien qui aboyait la nuit dans la campagne, un rossignol qui revenait tous les ans dans le verger, le nid de l'hirondelle à la fenêtre, le clocher de l'église qu'on voyait au-dessus des arbres, l'if du cimetière, le tombeau gothique: voilà tout […].» (part. I, l. V, chap. XIV, Pléiade, p. 601).

être riantes avec une société selon le cœur, les bords de l'Ohio et du Gange lamentables en l'absence de toute affection *(c)*. Un poète a dit :

La patrie est aux lieux où l'âme est enchaînée[5].

Il en est de même de la beauté.

En voilà trop à propos de montagnes ; je les aime comme grandes solitudes ; je les aime comme cadre, bordure et lointain d'un beau tableau ; je les aime comme rempart et asile de la liberté ; je les aime comme ajoutant quelque chose de l'infini aux passions de l'âme : équitablement et raisonnablement voilà tout le bien qu'on en peut dire. Si je ne dois pas me fixer au revers des Alpes, ma course au Saint-Gothard restera un fait sans liaison, une vue d'optique[6] isolée au milieu des tableaux de mes *Mémoires :* j'éteindrai la lampe, et Lugano rentrera dans la nuit.

À peine arrivé à Lucerne, j'ai vite couru de nouveau à la cathédrale, à la *Hofkirche*, bâtie sur l'emplacement d'une chapelle dédiée à saint Nicolas, patron des mariniers : cette chapelle primitive servait aussi de phare, car pendant la nuit on la voyait éclairée d'une manière surnaturelle. Ce furent des missionnaires irlandais qui prêchèrent l'évangile dans la contrée presque déserte de Lucerne ; ils y apportèrent la liberté dont n'a pas joui leur malheureuse patrie. Lorsque je suis revenu à la cathédrale, un homme creusait une fosse ; dans l'église, on achevait un service autour d'un cercueil, et une jeune femme faisait bénir à un autel un bonnet d'enfant ; elle l'a mis, avec une expression visible de joie, dans un panier qu'elle portait à son bras, et s'en est allée chargée de son trésor. Le lendemain, j'ai trouvé la fosse du cimetière refermée, un vase d'eau bénite posé sur la terre fraîche, et du fenouil semé pour les petits

5.
Voltaire, *Mahomet*, acte I, scène 2.

6.
Inventé vers 1799 par Robert Barker, peintre d'Édimbourg, « le panorama consiste en un grand tableau exécuté sur une toile tendue circulairement, et dessiné de telle façon que le spectateur, placé au centre, aperçoive un paysage qui lui produise la même illusion que s'il se trouvait sur un lieu élevé et que son regard plongeât dans l'horizon ». En 1810, Napoléon était allé voir le panorama de Tilsitt, pensant qu'il était bon d'encourager ce genre de tableaux afin de rendre ses victoires populaires. Ce fut vers cette époque que Bouton et Daguerre inventèrent le diorama, composé d'un ensemble de tableaux et de vues peintes qui atteignait près de 22 m de longueur. Les tableaux étaient peints sur une toile de coton par laquelle se distribuait avec subtilité la lumière qui venait frapper la peinture. Le *Larousse du XIXe siècle* parle d'un « spectacle rempli de surprises et de délicieuses illusions ». On y admira, à partir de 1822, l'île de Sainte-Hélène, le Mont-Blanc, Canterbury, Saint-Pierre de Rome, etc.

oiseaux: ils étaient déjà seuls, auprès de ce mort d'une nuit. J'ai fait quelques courses autour de Lucerne parmi de magnifiques bois de pins. Les abeilles, dont les ruches sont placées au-dessus des portes des fermes, à l'abri des toits prolongés, habitent avec les paysans. J'ai vu la fameuse Clara Wendel[7] aller à la messe derrière ses compagnes de captivité, dans son uniforme de prisonnière. Elle est fort commune; je lui ai trouvé l'air de toutes ces brutes de France présentes à tant de meurtres, sans être pour cela plus distinguées qu'une bête féroce, malgré ce que veut leur prêter la théorie du crime et de l'admiration des égorgements *(d)*. Un simple chasseur, armé d'une carabine, conduit ici les galériens aux travaux de la journée et les ramène à leur prison.

J'ai poussé ce soir ma promenade le long de la Reuss, jusqu'à une chapelle bâtie sur le chemin: on y monte par un petit portique italien. De ce portique je voyais un prêtre priant seul à genoux dans l'intérieur de l'oratoire, tandis que j'apercevais au haut des montagnes les dernières lueurs du soleil couchant. En revenant à Lucerne, j'ai entendu dans les cabanes des femmes réciter le chapelet; la voix des enfants répondait à l'adoration maternelle. Je me suis arrêté, j'ai écouté au travers des entrelacs de vignes ces paroles adressées à Dieu du fond d'une chaumière. La belle, jeune et élégante fille qui me sert à l'*Aigle d'or* dit aussi très-régulièrement son *Angelus* en fermant les rideaux des croisées de ma chambre. Je lui donne en rentrant quelques fleurs que j'ai cueillies; elle me dit, en rougissant et se frappant doucement le sein avec sa main: «Per me?» Je lui réponds: «Pour vous.» Notre conversation finit là.

7.
Le 15 septembre 1816, le conseiller d'État lucernois Xavier Keller fut trouvé mort dans l'Aar. Aucune preuve n'était venue confirmer les soupçons, lorsqu'en 1825 des vagabonds, parmi lesquels se trouvait Clara Wendel, firent des révélations sur ce drame nocturne qui n'était autre qu'un crime politique dont un frère et une sœur de Clara Wendel avaient été les exécuteurs. Il en résulta un procès dont le retentissement fut européen et qui se termina par plusieurs condamnations, dont celle de Clara Wendel à la détention perpétuelle.

M. A. Dumas. – Madame de Colbert. – Lettre de M. de Béranger.

Lucerne, 26 août 1832.

Madame de Chateaubriand n'est point encore arrivée[1], je vais faire une course à Constance. Voici M. A. Dumas[2]; je l'avais déjà aperçu chez David, tandis qu'il se faisait mouler chez le grand sculpteur. Madame de Colbert, avec sa fille madame de Brancas, traversent aussi Lucerne*. [* L'une et l'autre ne sont plus. (Paris, note de 1836.)] C'est chez madame de Colbert, en Beauce[3], que j'écrivis, il y a près de vingt ans, dans ces *Mémoires*, l'histoire de ma jeunesse à Combourg. Les lieux semblent voyager avec moi, aussi mobiles, aussi fugitifs que ma vie.

Le courrier de la malle m'apporte une très-belle lettre de M. de Béranger, en réponse à celle que je lui avais écrite en partant de Paris : cette lettre a déjà été imprimée en note, avec une lettre de M. Carrel[4], dans le *Congrès de Vérone (a).*

1.
Mme de Chateaubriand quitta Paris dans les premiers jours de septembre 1832, alors que Mme Récamier, accompagnée de son amie Mme de Salvage, était en chemin depuis le 16 août, pour arriver à Constance le 20.

2.
Alexandre Dumas, acteur très bouillant de la révolution de Juillet, avait assisté aux funérailles de Lamarque, endossé à cette occasion un costume d'artilleur et distribué des armes à la porte Saint-Martin, et s'était vu conseiller de passer quelques semaines à l'étranger. À Lucerne, il apprit que Chateaubriand était à l'hôtel de l'Aigle et sollicita, tout intimidé, une entrevue : « Nous nous engageâmes sur le pont de la Cour, qui traverse un bras du lac, écrit-il : c'est le pont couvert le plus long de la Suisse, après celui de Rappersweil. Nous nous arrêtâmes aux deux tiers à peu près de son étendue, à quelque distance d'un endroit couvert de roseaux. M. de Chateaubriand tira de sa poche un morceau de pain qu'il y avait mis après le déjeuner, et commença de l'émietter dans le lac. Aussitôt, une douzaine de poules d'eau sortirent de l'espèce d'île que formaient les roseaux,

LE MONUMENT À LUCERNE.

et vinrent en hâte se disputer le repas que leur préparait à cette heure la main qui avait écrit le *Génie du Christianisme, Les Martyrs* et *Le Dernier des Abencérages*. Je regardai longtemps, sans rien dire, le singulier spectacle de cet homme penché sur le pont, les lèvres contractées par un sourire, mais les yeux tristes et graves. Peu à peu, son occupation devint machinale; sa figure prit une expression de mélancolie profonde; ses pensées passèrent sur son large front comme des nuages au ciel: il y avait parmi elles des souvenirs de patrie, de famille, d'amitiés tendres, plus sombres que les autres. Je devinai que ce moment était celui qu'il s'était réservé pour penser à la France, je respectai cette méditation tout le temps qu'elle dura. À la fin, il fit un mouvement, et poussa un soupir. Je m'approchai de lui; il se souvint que j'étais là, et me tendit la main. "Mais, si vous regrettez tant Paris, lui dis-je, pourquoi n'y pas revenir? Rien ne vous en exile, et tout vous y rappelle. – Que voulez-vous que j'y fasse? me répondit-il. J'étais à Cauterets lorsque arriva la révolution de juillet. Je revins à Paris: je vis un trône dans le sang, et l'autre dans la boue, des avocats faisant une charte, un roi donnant des poignées de main à des chiffonniers… C'est triste à en mourir, surtout quand on est plein, comme moi, des grandes traditions de la monarchie."» (*Mémoires*, t. II, p. 903).

3.

À Montboissier (voir *supra*, l. II, chap. 9, note 4, p. 176).

4.

Lettre du 4 octobre 1834.

Zurich. – Constance. – Madame Récamier.

Genève, septembre 1832.

En allant de Lucerne à Constance, on passe par Zurich et Winterthur. Rien ne m'a plu à Zurich, hors le souvenir de Lavater et de Gessner, les arbres d'une esplanade qui domine les lacs, le cours de la Limath, un vieux corbeau et un vieil orme ; j'aime mieux cela que tout le passé historique de Zurich, n'en déplaise même à la bataille de Zurich. Napoléon et ses capitaines de victoires en victoires ont amené les Russes à Paris.

Winterthur est une bourgade neuve et industrielle, ou plutôt une longue rue propre. Constance a l'air de n'appartenir à personne ; elle est ouverte à tout le monde. J'y suis entré le 27 août, sans avoir vu un douanier ou un soldat, et sans qu'on m'ait demandé mon passe-port.

Madame Récamier était arrivée depuis deux jours pour faire une visite à la reine de Hollande[1]. J'attendais madame de Chateaubriand, venant me rejoindre à Lucerne. Je me proposais d'examiner s'il ne serait pas préférable de se fixer d'abord en Souabe, sauf à descendre ensuite en Italie.

Dans la ville délabrée de Constance, notre auberge[2] était fort gaie ; on y faisait les apprêts d'une noce. Le lendemain de mon arrivée, madame Récamier voulut se mettre à l'abri de la joie de nos hôtes : nous nous embarquâmes sur le lac, et, traversant la nappe d'eau d'où

1. Mme Récamier s'était rendue le 24 août à Arenenberg, résidence de la reine Hortense, où Chateaubriand la rejoignit le 27.

2. L'hôtel de l'Aigle d'or, sur la grand-place, qui s'appelait alors Merkstadt.

sort le Rhin pour devenir fleuve, nous abordâmes à la grève d'un parc[3].

Ayant mis pied à terre, nous franchîmes une haie de saules, de l'autre côté de laquelle nous trouvâmes une allée sablée circulant parmi des bosquets d'arbustes, des groupes d'arbres et des tapis de gazon. Un pavillon s'élevait au milieu des jardins, et une élégante *villa* s'appuyait contre une futaie. Je remarquai dans l'herbe des veilleuses[4], toujours mélancoliques pour moi à cause des réminiscences de mes divers et nombreux automnes. Nous nous promenâmes au hasard, et puis nous nous assîmes sur un banc au bord de l'eau. Du pavillon des bocages, s'élevèrent des harmonies de harpe et de cor qui se turent lorsque, charmés et surpris, nous commencions à les écouter : c'était une scène d'un conte de fées. Les harmonies ne renaissant pas, je lus à madame Récamier ma description du Saint-Gothard ; elle me pria d'écrire quelque chose sur ses tablettes, déjà à demi remplies des détails de la mort de J.-J. Rousseau. Au-dessous de ces dernières paroles de l'auteur d'*Héloïse* : «Ma femme, ouvrez la fenêtre que je voie encore le soleil», je traçai ces mots au crayon : *Ce que je voulais sur le lac de Lucerne, je l'ai trouvé sur le lac de Constance, le charme et l'intelligence de la beauté. Je ne veux point mourir comme Rousseau*[5] *: je veux encore voir longtemps le soleil, si c'est près de vous que je dois achever ma vie.*

3.
Celui de l'île de Reichenau, située au milieu du lac de Constance, en face d'Arenenberg, célèbre pour son abbaye de Bénédictins et où Charles III le Gros (839-888) avait été enterré.

4.
Dans une lettre du 19 juillet 1826, Chateaubriand écrivait à Cordélia de Castellane : «Je ferai la strophe de la veilleuse chemin faisant.» Strophe ajoutée au poème *À Clarisse* (*OC*, t. XXII, pp. 339-340) : *«Pâle et dernière fleur qui survit à Pomone, / La Veilleuse en ces prés peint mon sort et ma foi : / De mes ans écoulés tu fais fleurir l'automne, / Et je veille pour toi.»*

5.
Jean-Jacques Rousseau s'était retiré chez le marquis de Girardin, à Ermenonville, où il habitait un petit pavillon séparé du château par des fossés. Le 2 juillet, après avoir herborisé dans le parc, il revint déjeuner, prit son café et, au moment où il se disposait à sortir, se plaignit d'un violent mal de tête et tomba le visage contre terre ; il expira sans prononcer une seule parole, le 3 juillet 1778. Michaud, dans sa *Biographie universelle*, rapporte que des bruits coururent dans l'opinion, propagés par un ami de Rousseau, Corancez, que l'écrivain s'était suicidé ; on parla d'empoisonnement, d'un coup de pistolet. Sa compagne, Thérèse Levasseur, rapporte qu'elle fut couverte de son sang et signala un trou très profond à la tête. Houdon, qui a moulé la figure de Rousseau après sa mort, aurait dit qu'il avait été «embarrassé pour remplir le vide». La blessure s'expliquerait en fait par la chute de Rousseau lors de sa dernière défaillance. Le docteur Lebègue de Presle, médecin de Jean-Jacques Rousseau, assure dans son rapport que la mort a été «naturelle et non provoquée». Mme de Staël crut d'abord à la thèse du suicide (voir *Biographie universelle* de Michaud, 1825, t. XXXIX, pp. 142-143).

Que mes jours expirent à vos pieds, comme ces vagues dont vous aimez le murmure. – 28 août 1832[6].

L'azur du lac veillait[7] derrière les feuillages ; à l'horizon du midi s'amoncelaient les sommets de l'Alpe des Grisons ; une brise passant et se retirant à travers les saules s'accordait avec l'aller et le venir de la vague : nous ne voyions personne ; nous ne savions où nous étions.

6. Ballanche nous a conservé une variante de cette inscription : « [...] je veux encore voir longtemps le soleil. Si c'est avec vous que je dois achever ma vie, je veux que mes jours expirent à vos pieds, comme ces vagues doucement agitées dont vous aimez le murmure. Au bord du lac de Constance, le 28 août 1832 » (*in* É. Herriot, *Madame Récamier et ses amis*, p. 469, note 6).

7. Il faut lire : « vacillait ».

Madame la duchesse de Saint-Leu[1].

En rentrant à Constance, nous avons aperçu madame la duchesse de Saint-Leu[2] et son fils Louis-Napoléon[3] : ils venaient au-devant de madame Récamier. Sous l'Empire je n'avais point connu la reine de Hollande ; je savais qu'elle s'était montrée généreuse *(a)* lors de ma démission à la mort du duc d'Enghien et quand je voulus sauver mon cousin Armand ; sous la Restauration, ambassadeur à Rome, je n'avais eu avec madame la duchesse de Saint-Leu que des rapports de politesse ; ne pouvant aller moi-même chez elle, j'avais laissé libres les secrétaires et les attachés de lui faire leur cour, et j'avais invité le cardinal Fesch à un dîner diplomatique de cardinaux. Depuis la dernière chute de la Restauration le hasard m'avait fait échanger quelques lettres avec la reine Hortense et le prince Louis. Ces lettres sont un assez singulier monument des grandeurs évanouies ; les voici :

1. M. Levaillant a publié une version antérieure des quatre chapitres qui suivent, provenant des Archives Lenormant (*Deux livres...*, t. II, p. 124 *sqq.*).

2. Voir *supra*, l. XVIII, chap. 7, note 6, p. 1045.

3. Louis-Napoléon Bonaparte, le futur Napoléon III.

MADAME DE SAINT-LEU APRÈS AVOIR LU LA DERNIÈRE LETTRE[4] DE M. DE CHATEAUBRIAND

Arenenberg, ce 15 octobre 1831.

«M. de Chateaubriand a trop de génie pour n'avoir pas compris toute l'étendue de celui de l'empereur Napoléon. Mais à son imagination si brillante il fallait plus que de l'admiration : des souvenirs de jeunesse, une illustre fortune attirèrent son cœur, il y dévoua sa personne et son talent, et, comme le poète qui prête à tout le sentiment qui l'anime, il revêtit ce qu'il aimait des traits qui devaient enflammer son enthousiasme. L'ingratitude ne le découragea pas, car le malheur était toujours là qui en appelait à lui ; cependant son esprit, sa raison, ses sentiments vraiment français en font malgré lui l'antagoniste de son parti. Il n'aime des anciens temps que l'honneur qui rend fidèle, et la religion qui rend sage, la gloire de sa patrie qui en fait la force, la liberté des consciences et des opinions qui donne un noble essor aux facultés de l'homme, l'aristocratie du mérite qui ouvre une carrière à toutes les intelligences, voilà son domaine plus qu'à tout autre. Il est donc libéral, napoléoniste et même républicain plutôt que royaliste. Aussi la nouvelle France, ses nouvelles illustrations sauraient l'apprécier, tandis qu'il ne sera jamais compris de ceux qu'il a placés dans son cœur si près de la divinité ; et s'il n'a plus qu'à chanter le malheur, fût-il le plus intéressant, les hautes infortunes sont devenues si communes dans notre siècle, que sa brillante imagination,

4. Il s'agit en fait, non pas de la dernière lettre mais de la dernière brochure de Chateaubriand, c'est-à-dire *De la proposition relative au bannissement de Charles X et de sa famille.* Dans cette brochure, Chateaubriand avait évoqué cinq hypothèses (voir *supra*, l. XXXV, chap. 11, note 3, p. 2386) qui auraient pu être envisagées après 1830 ; l'une d'entre elles, non évoquée dans le discours du 7 août, était la proclamation de Napoléon II. Il écrivait : «La République repoussée, une Race nouvelle non promue à la couronne, restait le choix entre deux espèces de légitimités : le duc de Bordeaux, héritier d'une grande race ; le duc de Reichstadt, héritier d'un grand homme. Ces deux légitimités qui à différentes distances dans les temps, avaient une source semblable, l'élection populaire, pouvaient convenir également à la France. Ce que l'antiquité conférait au duc de Bordeaux, le duc de Reichstadt le puisait dans l'illustration paternelle. Napoléon avait marché plus vite que toute une lignée : haut enjambé, dix ans lui avaient suffi pour mettre dix siècles derrière lui. Le duc de Reichstadt présentait en outre aux hommes de religion et à ceux que le préjugé du sang domine, ce qui complaisait à leurs idées : un sacre par les mains du souverain pontife ; la noblesse par une fille des Césars. [...] Mais l'éducation étrangère du duc de Reichstadt, les principes d'absolutisme qu'il a dû sucer à Vienne, élevaient une barrière entre lui et la nation ; on aurait toujours vu un Allemand sur un trône français, toujours soupçonné un cabinet autrichien au fond du cabinet des Tuileries : le fils eût moins semblé l'héritier de la gloire que du despotisme du père» (*De la proposition relative au bannissement de Charles X et de sa famille*, *in Grands Écrits politiques*, t. II, pp. 622-623).

sans but et sans mobile réel, s'éteindra faute d'aliments assez élevés pour inspirer son beau talent.
«HORTENSE.»

APRÈS AVOIR LU UNE NOTE SIGNÉE HORTENSE

«M. de Chateaubriand est extrêmement flatté et on ne peut plus reconnaissant des sentiments de bienveillance exprimés avec tant de grâce dans la première partie de la note : dans la seconde se trouve cachée une séduction de femme et de reine qui pourrait entraîner un amour-propre moins détrompé que celui de M. de Chateaubriand.
«Il y a certainement aujourd'hui de quoi choisir une occasion d'infidélité entre de si hautes et de si nombreuses infortunes ; mais, à l'âge où M. de Chateaubriand est parvenu, des revers qui ne comptent que peu d'années dédaigneraient ses hommages : force lui est de rester attaché à son vieux malheur, tout tenté qu'il pourrait être par de plus jeunes adversités.
«Paris, ce 6 novembre 1831.
«CHATEAUBRIAND.»

«Arenenberg[5], le 4 mai 1832.
«Monsieur le vicomte,
«Je viens de lire votre dernière brochure. Que les Bourbons sont heureux d'avoir pour soutien un génie tel que le vôtre ! Vous relevez une cause avec les mêmes armes qui ont servi à l'abattre ; vous trouvez des paroles qui font vibrer tous les cœurs français. Tout ce qui est national trouve de l'écho dans votre âme ; ainsi quand vous parlez du grand homme qui illustra la France pendant vingt ans, la hauteur du sujet vous inspire, votre génie l'embrasse tout entier, et votre âme alors, s'épanchant naturellement, entoure la plus grande gloire des plus grandes pensées.
«Moi aussi, monsieur le vicomte, je m'enthousiasme pour tout ce qui fait l'honneur de mon pays ; c'est pourquoi, me laissant aller à mon impulsion, j'ose vous témoigner la sympathie que j'éprouve pour celui qui montre tant de patriotisme et tant d'amour de la liberté. Mais, permettez-moi de vous le dire, vous êtes le seul défenseur

5.
Voir *infra*, l. XXXVI, chap. 20, note 1, pp. 2507-2508.

redoutable de la vieille royauté ; vous la rendriez nationale si l'on pouvait croire qu'elle pensât comme vous ; ainsi, pour la faire valoir, il ne suffit pas de vous déclarer de son parti, mais bien de prouver qu'elle est du vôtre.

«Cependant, monsieur le vicomte, si nous différons d'opinions, au moins sommes-nous d'accord dans les souhaits que nous formons pour le bonheur de la France.

«Agréez, je vous prie, etc., etc.

«LOUIS-NAPOLÉON BONAPARTE.»

«Paris, 19 mai 1832.

«Monsieur le comte,

«On est toujours mal à l'aise pour répondre à des éloges ; quand celui qui les donne avec autant d'esprit que de convenance est de plus dans une condition sociale à laquelle se rattachent des souvenirs hors de pair, l'embarras redouble. Du moins, monsieur, nous nous rencontrons dans une sympathie commune ; vous voulez avec votre jeunesse, comme moi avec mes vieux jours, l'honneur de la France. Il ne manquait plus à l'un et à l'autre, pour mourir de confusion ou de rire, que de voir le *juste-milieu* bloqué dans Ancône par les soldats du Pape. Ah ! monsieur, où est votre oncle ? À d'autres que vous je dirais : Où est le tuteur des rois et le maître de l'Europe ? En défendant la cause de la légitimité, je ne me fais aucune illusion ; mais je pense que tout homme qui tient à l'estime publique doit rester fidèle à ses serments : lord Falkland, ami de la liberté et ennemi de la cour, se fit tuer à Newbury dans l'armée de Charles Ier. Vous vivez, monsieur le comte, pour voir votre patrie libre et heureuse ; vous traverserez des ruines parmi lesquelles je resterai, puisque je fais moi-même partie de ces ruines.

«Je m'étais flatté un moment de l'espoir de mettre cet été l'hommage de mon respect aux pieds de madame la duchesse de Saint-Leu : la fortune, accoutumée à déjouer mes projets, m'a encore trompé cette fois. J'aurais été heureux de vous remercier de vive voix de votre obligeante lettre ; nous aurions parlé d'une grande gloire et de l'avenir de la France, deux choses, monsieur le comte, qui vous touchent de près.

«CHATEAUBRIAND.»

Les Bourbons m'ont-ils jamais écrit des lettres pareilles à celles que je viens de produire ? Se sont-ils jamais doutés que je m'élevais au-dessus de tel faiseur de vers ou de tel politique de feuilleton ?

Lorsque, petit garçon, j'errais compagnon des pâtres sur les bruyères de Combourg, aurais-je pu croire qu'un temps viendrait où je marcherais entre les deux plus hautes puissances de la terre, puissances abattues, donnant le bras d'un côté à la famille de saint Louis, de l'autre à celle de Napoléon ; grandeurs ennemies qui s'appuient également, dans l'infortune qui les rapproche, sur l'homme faible et fidèle, sur l'homme dédaigné de la légitimité *(b)*?

Madame Récamier alla s'établir à Wolfberg[6], château habité par M. Parquin[7], dans le voisinage d'Arenenberg, séjour de madame la duchesse de Saint-Leu ; je restai deux jours à Constance. Je vis tout ce qu'on pouvait voir : la halle où est le grenier public que l'on baptise *salle du Concile*[8], la prétendue statue de Huss, la place où Jérôme de Prague et Jean Huss furent, dit-on, brûlés ; enfin, toutes les abominations ordinaires de l'histoire et de la société.

Le Rhin, en sortant du lac, s'annonce bien comme un roi ; pourtant il n'a pu défendre Constance qui a, si je ne me trompe, été saccagée par Attila, assiégée par les Hongrois, les Suédois, et prise deux fois par les Français. Constance est le Saint-Germain de l'Allemagne ; les vieilles gens de la vieille société s'y sont retirés. Quand je frappais à une porte, m'enquérant d'un appartement pour madame de Chateaubriand, je rencontrais quelque chanoinesse, fille majeure ; quelque prince de race antique, électeur à demi-solde ; ce qui allait fort bien avec les clochers abandonnés et les couvents déserts de la ville. L'armée de Condé a combattu glo-

---

6.

Au château de Wolfberg, château du XVIe siècle, sur une hauteur dominant le village d'Ermattingen, une élégante pension de famille était tenue par les Parquin, où descendaient les fidèles de la reine.

7.

Charles Parquin, ancien officier des armées impériales, ami et confident du prince Louis depuis 1822, avait épousé Mlle Cochelet, ancienne compagne, dame d'honneur et lectrice de la reine Hortense, fille d'un membre de l'Assemblée constituante et ancienne condisciple de Mlle de Beauharnais au pensionnat de Mme Campan. Parquin prendra part activement à l'échauffourée de Strasbourg (30 octobre 1836) ; arrêté aux côtés du prince, traduit devant la Cour d'assises du Bas-Rhin, il sera acquitté après une émouvante plaidoirie de son frère Me Parquin, l'un des plus brillants avocats du barreau de Paris. Il a laissé des *Souvenirs*.

8.

Concile qui se tint dans la ville de Constance du 5 novembre 1414 au 22 avril 1418. Par suite du Grand Schisme d'Occident, la Chrétienté était alors partagée entre trois papes : Grégoire XII, Benoît XIII et Jean XXIII. Ce dernier, cédant aux pressions de l'empereur Sigismond, convoqua dans la ville libre de Constance un concile œcuménique qui le déposa ainsi que Grégoire XII. Benoît XIII, s'obstinant, fut également déposé et excommunié. Pour légitimer ces décisions, le concile proclama que les conciles œcuméniques étaient supérieurs au pape et une commission composée de cardinaux élut pape le cardinal Colonna, qui devint Martin V (11 novembre 1415). Par ailleurs, Jan Hus, cité devant le concile, fut condamné et brûlé pour hérésie.

rieusement sous les murs de Constance[9] et semble avoir déposé son ambulance dans cette ville. J'eus le malheur de retrouver un vétéran émigré ; il me faisait l'honneur de m'avoir connu autrefois ; il avait plus de jours que de cheveux ; ses paroles ne finissaient point ; il ne se pouvait retenir et laissait aller ses années.

9.
« Constance ne fut pas plutôt occupé par le corps de Condé, que les républicains l'attaquèrent. [...] on s'y battit à la baïonnette [...]. Ce fut la première et la dernière affaire de cette campagne pour Mgr le duc de Berry et pour l'armée de Condé » (*Mémoires sur le duc de Berry*, *OC*, t. III, p. 68). C'était en octobre 1799.

Arenenberg. – Retour à Genève.

Le 29 d'août j'allai dîner à Arenenberg[1]. Arenenberg est situé sur une espèce de promontoire, dans une chaîne de collines escarpées. La reine de Hollande, que l'épée avait faite et que l'épée a défaite, a bâti le château, ou, si l'on veut, le pavillon d'Arenenberg. On y jouit d'une vue étendue, mais triste. Cette vue domine le lac inférieur de Constance, qui n'est qu'une expansion du Rhin sur des prairies noyées. De l'autre côté du lac on aperçoit des bois sombres, restes de la forêt Noire, quelques oiseaux blancs voltigeant sous un ciel gris et poussés par un vent glacé. Là, après avoir été assise sur un trône, après avoir été outrageusement calomniée, la reine Hortense est venue se percher sur un rocher ; en bas est l'île du lac où l'on a, dit-on, retrouvé la tombe de Charles le Gros, et où meurent à présent des serins qui demandent en vain le soleil des Canaries. Madame la duchesse de Saint-Leu était mieux à Rome : elle n'est pas cependant descendue par rapport à sa naissance et à sa première vie ; au contraire, elle a monté ; son abaissement n'est que relatif à un accident de sa fortune ; ce ne sont pas là de ces chutes comme celle de madame la Dauphine, tombée de toute la hauteur des siècles.

---

1. La reine Hortense, sous le nom de duchesse de Saint-Leu, s'était fixée après des errances en Allemagne, en Suisse et en Italie, au château d'Arenenberg, en Thurgovie, sur les bords du lac de Constance, château acquis par elle en février 1817 et restauré par ses soins. Elle vint y habiter dans l'hiver de 1824-1825 et y mourra, le 15 mars 1837. Au moment de la visite de Chateaubriand, elle avait perdu son fils aîné Napoléon-Charles et reporté ses espoirs sur son

Visite à Arenenberg.

second fils, Louis-Napoléon, alors âgé de 24 ans, que la mort du duc de Reichstadt faisait accéder au rang de prétendant. Ce dernier fit pour Mme Récamier un dessin à la sépia du lac de Constance; la duchesse lut à ses visiteurs quelques fragments des *Mémoires* qu'elle allait publier et Chateaubriand amusa ses hôtes au jeu des «taches d'encre» (voir Mme Lenormant, *Souvenirs et correspondance... de Mme Récamier*, t. II, p. 410 *sqq.*). De la visite de Chateaubriand, Valérie Mazuyer a consigné deux notes dont voici un extrait, du 29 août 1832: «Mme Récamier amena aujourd'hui le grand homme impatiemment attendu. Il est d'ailleurs de taille peu avantageuse. Mais il est hors de doute qu'il produit une forte impression que j'ai subie moi-même. C'est quelqu'un de frappant mais non pas d'attrayant, et puis il tient trop à laisser croire qu'il ignore sa valeur. Sa tête est superbe, son corps fâcheux, son organe enchanteur. La reine et le prince semblent lui avoir plu, comme il leur a plu lui-même. [...] Le soir, la Reine chanta avec l'accent de cette sensibilité qu'elle ressent et fait ressentir aux autres. Son succès fut complet. Les bras de l'accompagnatrice que j'étais eurent un compliment du vicomte: fut-ce de leur forme ou bien de leur agilité: ceci est demeuré le mystère du noble René» (Vallée-aux-Loups, Ms 992 31 a).

Les compagnons et les compagnes de madame la duchesse de Saint-Leu étaient son fils, madame Salvage, madame***. En étrangers il y avait madame Récamier, M. Vieillard et moi[2]. Madame la duchesse de Saint-Leu se tirait fort bien de sa difficile position de reine et de demoiselle de Beauharnais.
Après le dîner, madame de Saint-Leu s'est mise à son piano avec M. Cottrau, grand jeune peintre à moustaches, à chapeau de paille, à blouse, au col de chemise rabattu, au costume bizarre. Il chassait, il peignait, il chantait, il riait, spirituel et bruyant[3] *(a)*.
Le prince Louis habite un pavillon à part, où j'ai vu des armes, des cartes topographiques et stratégiques ; industries qui faisaient, comme par hasard, penser au sang du conquérant sans le nommer : le prince Louis est un jeune homme studieux, instruit, plein d'honneur et naturellement grave.
Madame la duchesse de Saint-Leu m'a lu quelques fragments de ses mémoires : elle m'a montré un cabinet rempli de dépouilles de Napoléon. Je me suis demandé pourquoi ce vestiaire me laissait froid ; pourquoi ce petit chapeau, cette ceinture, cet uniforme porté à telle bataille me trouvaient si indifférent : j'étais bien plus troublé en racontant la mort de Napoléon à Saint-Hélène ! La raison en est que Napoléon est notre contemporain ; nous l'avons tous vu et connu : il vit dans notre souvenir ; mais le héros est encore trop près de sa gloire. Dans mille ans ce sera autre chose : il n'y a que les siècles qui aient donné le parfum de l'ambre à la sueur d'Alexandre ; attendons : d'un conquérant il ne faut montrer que l'épée *(b)*.
Retourné à Wolfberg avec madame Récamier, je partis la nuit : le temps était obscur et pluvieux ; le vent soufflait dans les arbres, et la hulotte lamentait : vraie scène de Germanie.
Madame de Chateaubriand arriva bientôt à Lucerne : l'humidité de la ville l'effraya, et, Lugano étant trop cher, nous nous décidâmes à venir à Genève[4]. Nous prîmes notre route par Sampach[5] : le lac garde la mémoire

---

2.
La petite cour de la reine était complétée ce soir-là par ses dames et demoiselles d'honneur : Élise de Périgny, Valérie Mazuyer et Mme Parquin.

3.
Concernant M. Cottreau, un mot – « il aimait » – a curieusement disparu dans l'édition Penaud : il ne se contentait pas de chasser, de peindre, de chanter, de rire ; il passait pour l'amant de la reine.

4.
M. et Mme de Chateaubriand quittèrent Constance pour Genève, où Mme Récamier vint bientôt les rejoindre et demeura avec eux jusqu'à la fin d'octobre 1832 (voir Mme Lenormant, *Souvenirs et correspondance... de Mme Récamier*, t. II, p. 418).

5.
Pour Sempach : bourg de Suisse, sur le lac de Lucerne, célèbre par la bataille qui s'y livra le 9 juillet 1386, remportée par les Suisses sur Léopold d'Autriche.

d'une bataille qui assura l'affranchissement des Suisses, à une époque où les nations de ce côté-ci des Alpes avaient perdu leurs libertés. Au delà de Sampach, nous passâmes devant l'abbaye de Saint-Urbain, tombant comme tous les monuments du christianisme. Elle est située dans un lieu triste, à l'orée d'une bruyère qui conduit à des bois: si j'eusse été libre et seul, j'aurais demandé aux moines quelque trou dans leurs murailles pour y achever mes *Mémoires* auprès d'une chouette; puis je serais allé finir mes jours sans rien faire sous le beau soleil fainéant de Naples ou de Palerme: mais les beaux pays et le printemps sont devenus des injures, des désastres et des regrets.

En arrivant à Berne, on nous apprit qu'il y avait une grande révolution[6] dans la ville: j'avais beau regarder, les rues étaient désertes, le silence régnait, la terrible révolution s'accomplissait sans parler, à la paisible fumée d'une pipe au fond de quelque estaminet.

Madame Récamier ne tarda pas à nous rejoindre à Genève[7].

6.
La révolution de 1830 eut des répercussions en Suisse, où le mouvement dit de la «Régénération», animé par des radicaux, s'attaqua aux anciennes aristocraties. Le suffrage universel, la séparation des pouvoirs et le référendum constitutionnel furent instaurés. L'antique Constitution de Berne disparut dans la tourmente. Bâle, ville moins peuplée que les communes rurales, refusa l'égalité politique. S'ensuivit une véritable guerre civile sanglante; les troupes fédérales durent intervenir et le territoire fut divisé en 1832 en deux demi-cantons.

7.
Arrivés le 11 septembre, Chateaubriand et Céleste logèrent à partir du 16 dans un appartement sous-loué pour un an, au 25 de la rue de la Cité, près des remparts de la vieille ville.

Coppet. – Tombeau de madame de Staël[1].

Genève, fin de septembre 1832[2].

J'ai commencé à me remettre sérieusement au travail[3] : j'écris le matin et je me promène le soir. Je suis allé hier visiter Coppet[4]. Le château était fermé[5] ; on m'en a ouvert les portes ; j'ai erré dans les appartements déserts. Ma compagne de pèlerinage a reconnu tous les lieux où elle croyait voir encore son amie, ou assise à son piano, ou entrant, ou sortant, ou causant sur la terrasse qui borde la galerie ; madame Récamier a revu la chambre qu'elle avait habitée ; des jours écoulés ont remonté devant elle : c'était comme une répétition de la scène que j'ai peinte dans *René :* «Je parcourus les appartements sonores où l'on n'entendait que le bruit de mes pas... Partout les salles étaient détendues, et l'araignée filait sa toile dans les couches abandonnées... Qu'ils sont doux, mais qu'ils sont rapides les moments que les frères et les sœurs passent dans leurs jeunes années, réunis sous l'aile de leurs vieux parents ! La famille de l'homme n'est que d'un jour ; le souffle de Dieu la disperse comme une fumée. À peine le fils connaît-il le père, le père le

1. Penaud ajoute : «Promenade», et réunit en un seul les chapitres 21 et 22. Nous corrigeons.

2. Il faut lire fin octobre 1832.

3. Il s'agit bien sûr des *Mémoires d'outre-tombe.*

4. Entre le 15 et le 20 octobre, d'après les lettres de Mme Récamier à son neveu Paul David.

5. La propriétaire, veuve d'Auguste de Staël, était absente.

fils, le frère la sœur, la sœur le frère! Le chêne voit germer ses glands autour de lui, il n'en est pas ainsi des enfants des hommes[6]!»

Je me rappelais aussi ce que j'ai dit dans ces *Mémoires* de ma dernière visite à Combourg, en partant pour l'Amérique. Deux mondes divers, mais liés par une secrète sympathie, nous occupaient, madame Récamier et moi. Hélas! ces mondes isolés, chacun de nous les porte en soi; car où sont les personnes qui ont vécu assez longtemps les unes près des autres pour n'avoir pas des souvenirs séparés? Du château, nous sommes entrés dans le parc; le premier automne commençait à rougir et à détacher quelques feuilles; le vent s'abattait par degrés et laissait ouïr un ruisseau qui fait tourner un moulin. Après avoir suivi les allées qu'elle avait coutume de parcourir avec madame de Staël, madame Récamier a voulu saluer ses cendres. À quelque distance du parc est un taillis mêlé d'arbres plus grands, et environné d'un mur humide et dégradé. Ce taillis ressemble à ces bouquets de bois au milieu des plaines, que les chasseurs appellent des *remises*: c'est là que la mort a poussé sa proie et renfermé ses victimes.

Un sépulcre[7] avait été bâti d'avance dans ce bois pour y recevoir M. Necker, madame Necker et madame de Staël: quand celle-ci est arrivée au rendez-vous, on a muré la porte de la crypte. L'enfant d'Auguste de Staël est resté en dehors et Auguste lui-même, mort avant son enfant, a

---

6.
Dans *René*, Chateaubriand évoque la maison paternelle, dont le frère aîné avait vendu l'héritage et que le nouveau propriétaire n'habitait pas (voir Pléiade, p. 137). Dans la citation reprise ici, Chateaubriand a supprimé par pudeur tous les passages qui pouvaient évoquer des souvenirs personnels.

7.
Construction carrée, fermée d'une simple porte, dans laquelle avait été inhumée Germaine de Staël, qui «[...] avait ordonné, dans son testament, écrit Victor de Broglie, son gendre, que son corps fût transporté à Coppet, et son cercueil déposé dans le monument élevé par madame Necker pour elle-même et pour son mari. Le corps fut embaumé; le cercueil fut transporté à petites journées sous la garde de M. de Staël accompagné de M. Schlegel. [...] On savait que les restes de M. et madame Necker, déposés dans une chambre sépulcrale, située au cœur même du monument, n'étaient point enfermés dans des cercueils. [...] Je fis percer, en ma présence, et par un seul ouvrier, la porte murée du monument; j'y entrai seul; la chambre sépulcrale était vide; au milieu la cuve de marbre noir, encore à moitié remplie d'esprit de vin. Les deux corps étaient étendus, l'un près de l'autre, et recouverts d'un manteau rouge. La tête de madame Necker s'était affaissée sous le manteau; je ne vis point son visage; le visage de M. Necker était à découvert et parfaitement conservé. [...] Les obsèques furent célébrées, avec recueillement et simplicité, le lendemain du jour où le cercueil avait franchi le seuil de Coppet; toute la ville de Genève y assista. Le cortège s'arrêta à l'entrée de l'enclos. Il ne pénétra dans le monument que mon beau-frère et moi; suivis de quatre hommes qui portaient le cercueil. Il fut déposé au pied de la cuve. Je fis murer de nouveau la porte d'entrée qui depuis n'a plus été rouverte» (*Souvenirs*, t. I, pp. 383-384). Autour du sépulcre, quelques dalles funéraires à fleur de sol. Parmi les noms, Chateaubriand a omis de citer celui du second mari de Germaine de Staël, John Rocca.

été placé sous une pierre aux pieds de ses parents. Sur la pierre sont gravées ces paroles tirées de l'Écriture : *Pourquoi cherchez-vous parmi les morts celui qui est vivant dans le ciel*[8] ? Je ne suis point entré dans le bois ; madame Récamier a seule obtenu la permission d'y pénétrer[9]. Resté assis sur un banc devant le mur d'enceinte, je tournais le dos à la France et j'avais les yeux attachés, tantôt sur la cime du Mont-Blanc, tantôt sur le lac de Genève : les nuages d'or couvraient l'horizon derrière la ligne sombre du Jura ; on eût dit d'une gloire qui s'élevait au-dessus d'un long cercueil. J'apercevais de l'autre côté du lac la maison de lord Byron[10], dont le faîte était touché d'un rayon du couchant ; Rousseau n'était plus là pour admirer ce spectacle, et Voltaire, aussi disparu, ne s'en était jamais soucié. C'était au pied du tombeau de madame de Staël que tant d'illustres absents sur le même rivage se présentaient à ma mémoire : ils semblaient venir chercher l'ombre leur égale pour s'envoler au ciel avec elle et lui faire cortège pendant la nuit. Dans ce moment, madame Récamier, pâle et en larmes, est sortie du bocage funèbre elle-même comme une ombre. Si j'ai jamais senti à la fois la vanité et la vérité de la gloire et de la vie, c'est à l'entrée du bois silencieux, obscur, inconnu, où dort celle qui eut tant d'éclat et de renom, et en voyant ce que c'est que d'être véritablement aimé.

8.
Les saintes femmes, venues au sépulcre et trouvant que la pierre en avait été ôtée, ne trouvèrent point le corps de Jésus, ce qui leur causa « une grande consternation », alors que « deux hommes parurent [...] avec des robes brillantes » qui leur dirent : « Pourquoi cherchez-vous parmi les morts celui qui est vivant ? » (Luc, XXIV, 1-5).

9.
On comprend la faveur exclusive dont jouit Mme Récamier, d'entrer sinon dans le sépulcre, du moins dans « l'enclos sacré ».

10.
Quand lord Byron quitta l'Angleterre pour la seconde et dernière fois, le 25 avril 1816, il se rendit en Suisse par la Belgique et le Rhin, et passa plus de deux ans (été 1816-1818) sur les bords du lac de Genève, dans la maison Diodati, au village de Cologny. C'est là qu'il écrivit le troisième chant du pèlerinage de *Childe-Harold*, *Le Prisonnier de Chillon*, *La Nuit infernale de l'Univers*, et qu'il commença son drame *Manfred*.

Promenade.

Genève, fin de septembre 1832.

Cette vesprée[1] même, lendemain du jour de mes dévotions aux morts de Coppet, fatigué des bords du lac, je suis allé chercher, toujours avec madame Récamier, des promenades moins fréquentées. Nous avons découvert, en aval du Rhône, une gorge resserrée où le fleuve coule bouillonnant au-dessous de plusieurs moulins, entre des falaises rocheuses coupées de prairies[2]. Une de ces prairies s'étend au pied d'une colline sur laquelle, parmi un bouquet d'arbres, est plantée une maison.

Nous avons remonté et descendu plusieurs fois en causant cette bande étroite de gazon qui sépare le fleuve bruyant du silencieux coteau : combien est-il de personnes qu'on puisse ennuyer de ce que l'on a été et mener avec soi en arrière sur la trace de ses jours *(a)*? Nous avons parlé de ces temps toujours pénibles et toujours regrettés où les passions font le bonheur et le martyre de la jeunesse. Maintenant j'écris cette page à minuit, tandis que tout repose autour de moi et qu'à travers ma fenêtre je vois briller quelques étoiles sur les Alpes.

1.
Tombée du jour; mot encore en usage au XVIe siècle, chez les poètes de la Pléiade, comme en témoigne la célèbre *Ode à Cassandre*, de Ronsard : *«Mignonne, allons voir si la rose / Qui ce matin avait déclose / Sa robe de pourpre au soleil, / À point perdu cette vesprée / Les plis de sa robe pourprée / Et son teint au vôtre pareil [...].»*

2.
Il s'agit, précise M. Levaillant, du lieu appelé «les falaises de Saint-Jean», un peu plus bas que le faubourg de Sous-Terre et la maison de Charles et Rosalie de Constant.

Madame Récamier va nous quitter[3], elle reviendra au printemps, et moi je vais passer l'hiver à évoquer mes heures évanouies, à les faire comparaître une à une au tribunal de ma raison. Je ne sais si je serai bien impartial, et si le juge n'aura pas trop d'indulgence pour le coupable. Je passerai l'été prochain dans la patrie de Jean-Jacques. Dieu veuille que je ne gagne pas la maladie du rêveur! Et puis quand l'automne sera revenu nous irons en Italie: *Italiam!* c'est mon éternel refrain[4].

3.
Mme Récamier quitta Genève pour Paris, le 25 octobre. Elle écrivit le 24 septembre à son neveu Paul David: «Je suis retournée à Coppet avec M. de Chateaubriand. Nous étions en sympathie par l'admiration qu'il a pour Mme de Staël. J'ai voulu dire un dernier adieu à ce tombeau; demain, je vais m'éloigner de M. de Chateaubriand; c'est ainsi que la vie se passe...» (citée par F. Wagener, *Madame Récamier*, p. 437).

4.
Énée rappelle à Didon quelle est la mission que lui ont confiée les dieux: «[...] mais pour lors c'est la grande Italie que l'Apollon de Grynium, c'est l'Italie que les oracles lyciens m'ont ordonné de saisir sans retard: là est mon cœur, là ma patrie» (*Énéide*, l. IV, v. 345-347).

Lettre au prince Louis-Napoléon.

Genève, octobre 1832.

Le prince Louis-Napoléon m'ayant donné sa brochure intitulée : *Rêveries politiques*, je lui ai écrit cette lettre :

«Prince,

«J'ai lu avec attention la petite brochure que vous avez bien voulu me confier. J'ai mis par écrit, comme vous l'avez désiré, quelques réflexions[1] naturellement nées des vôtres et que j'avais déjà soumises à votre jugement. Vous savez, prince, que mon jeune roi est en Écosse, que tant qu'il vivra il ne peut y avoir pour moi d'autre roi de France que lui ; mais si Dieu, dans ses impénétrables conseils, avait rejeté la race de saint Louis, si les mœurs de notre patrie ne lui rendaient pas l'état républicain possible, il n'y a pas de nom qui aille mieux à la gloire de la France que le vôtre.

«Je suis, etc., etc.,

«CHATEAUBRIAND.»

1.
«Déjà pendant son dernier séjour à Rome, M. de Chateaubriand avait été l'objet de l'admiration enthousiaste de Louis-Napoléon ; et la lettre que citent les *Mémoires d'Outre-Tombe* n'est pas la seule où ces sentiments furent exprimés. On sollicitait de l'auteur du *Génie du Christianisme* des conseils politiques, et même, si mes souvenirs ne me trompent, des directions littéraires pour un grand ouvrage d'histoire que le jeune prince méditait alors, et qui se rattachait à l'époque de Charlemagne. Je n'en dirai pas plus sur ce curieux dialogue dont il ne reste qu'un seul interlocuteur. J'y remarquerai seulement ces lignes pleines de présages. "Nous aurions parlé d'une grande gloire et de l'avenir de la France, deux choses qui vous touchent de près. – Vous traverserez des ruines parmi lesquelles je resterai." » (Marcellus, *Chateaubriand et son temps*, pp. 426-427).

Lettres au ministre de la justice, au président du conseil, à madame la duchesse de Berry. – J'écris mon Mémoire sur la captivité de la princesse. – *Circulaire aux rédacteurs en chef des journaux.*

Paris, rue d'Enfer, janvier 1833.

J'avais beaucoup rêvé de cet avenir prochain que je m'étais fait et auquel je croyais toucher. À la tombée du jour, j'allais vaguer dans les détours de l'Arve, du côté de Salève. Un soir, je vis entrer M. Berryer; il revenait de Lausanne et m'apprit l'arrestation de madame la duchesse de Berry[1]; il n'en savait pas les détails. Mes projets de repos furent encore une fois renversés. Quand la mère de Henri V avait cru à des succès, elle m'avait donné mon congé; son malheur déchirait son dernier billet et me rappelait à sa défense. Je partis sur-le-champ de Genève après avoir écrit aux ministres. Arrivé

1. La duchesse de Berry s'était réfugiée à Nantes, où le filet de police n'avait cessé de se resserrer: on fouillait systématiquement toutes les maisons des royalistes, les presbytères, les couvents. Le gouvernement avait dépêché à Nantes, en juin 1832, son meilleur limier, le commissaire Joly. Le mois suivant, Montalivet, ministre de l'Intérieur, reçut les propositions d'un agent de la duchesse de Berry, Simon Deutz, fils du grand rabbin de Paris, converti à la religion catholique; recommandé par le pape à la duchesse de Berry en 1831, il avait même consenti à se charger d'une mission auprès de don Miguel de Portugal, allié de la duchesse. Or Deutz, trahissant la confiance de la princesse, proposait au ministre de la lui livrer; il fut éconduit. Le changement de ministère, en septembre 1832, aboutit au remplacement de Montalivet par Thiers. Ce dernier vit tout de suite le parti qu'il pourrait tirer de l'arrestation de la duchesse en attachant définitivement Louis-Philippe à la cause libérale. Il accueillit les propositions de Deutz qui, se trouvant en position de force pour traiter, exigea la somme énorme pour l'époque de 500 000 frs (voir H. de Changy, *Le Soulèvement de la duchesse de Berry*, p. 210 *sqq.*). Il désigna la maison au commissaire Joly, qui l'investit tout de suite avec ses hommes. La duchesse et son entourage, le comte de Mesnard et l'avocat Guibourg, restèrent dans la nuit du 7 au 8 novembre cachés derrière une plaque de cheminée pendant qu'on fouillait la maison. Découverte enfin, la duchesse de Berry fut emmenée de Nantes à Blaye, faisant preuve dans ces circonstances de courage et de dignité.

dans ma rue d'Enfer, j'adressai aux rédacteurs en chef des journaux la circulaire suivante :

«Monsieur,
«Arrivé à Paris le 17 de ce mois, j'écrivis le 18 à M. le ministre de la justice[2] pour m'informer si la lettre que j'avais eu l'honneur de lui envoyer de Genève, le 12, pour madame la duchesse de Berry, lui était parvenue, et s'il avait eu la bonté de la faire passer à Madame[3].
«Je sollicitais en même temps de M. le garde des sceaux l'autorisation nécessaire pour me rendre à Blaye auprès de la princesse.
«M. le garde des sceaux me voulut bien répondre, le 19, qu'il avait transmis mes lettres au président du conseil et que c'était à lui qu'il me fallait adresser. J'écrivis en conséquence, le 20, à M. le ministre de la guerre[4]. Je reçois aujourd'hui, 22, sa réponse du 21 : Il regrette d'être dans la nécessité de m'annoncer que le gouvernement n'a pas jugé qu'il y ait lieu d'accéder à mes demandes. Cette décision a mis un terme à mes démarches auprès des autorités.
«Je n'ai jamais eu la prétention, monsieur, de me croire capable de défendre seul la cause du malheur et de la France. Mon dessein, si l'on m'avait permis de parvenir aux pieds de l'auguste prisonnière, était de lui proposer pour l'occurrence la formation d'un conseil d'hommes plus éclairés que moi. Outre les personnes honorables et distinguées qui se sont déjà présentées, j'aurais pris la liberté d'indiquer au choix de Madame M. le marquis de Pastoret, M. Lainé, M. de Villèle, etc., etc.
«Maintenant, monsieur, écarté officiellement, je rentre dans mon droit privé. Mes *Mémoires sur la vie et la mort de M. le duc de Berry*, enveloppés dans les cheveux de la veuve aujourd'hui captive, reposent auprès

2. Barthe.

3. À peine, le soir du 12 novembre, Chateaubriand avait-il appris l'arrestation de la duchesse qu'il lui expédia cette lettre pour lui demander d'être choisi comme l'un de ses avocats : « Madame, Vous me trouverez bien téméraire de venir vous importuner dans un pareil moment pour vous supplier de m'accorder une grâce, dernière ambition de ma vie : je désirerais ardemment être choisi par vous au nombre de vos défenseurs. Je n'ai aucun titre personnel à la haute faveur que je sollicite auprès de vos grandeurs nouvelles ; mais j'ose la demander en mémoire d'un prince dont vous daignâtes me nommer l'historien ; je l'espère encore comme le prix du sang de ma famille. Mon frère eut la gloire de mourir avec son illustre aïeul, M. de Malesherbes, défenseur de Louis XVI, le même jour, à la même heure, pour la même cause et sur le même échafaud. Je suis, etc. Chateaubriand. » Cette lettre communiquée par l'auteur parut dans les journaux.

4. Le maréchal Soult, ministre de la Guerre et président du Conseil.

du cœur que Louvel rendit plus semblable à celui d'Henri IV. Je n'ai point oublié cet insigne honneur dont le moment actuel me demande compte et me fait sentir toute la responsabilité.
«Je suis, monsieur, etc., etc.
«CHATEAUBRIAND.»

Pendant que j'écrivais cette circulaire aux journaux, j'avais trouvé le moyen de faire passer ce billet à madame la duchesse de Berry :

«Paris, ce 23 novembre 1832.
«Madame,
«J'ai eu l'honneur de vous adresser de Genève une première lettre en date du 12 de ce mois. Cette lettre, dans laquelle je vous suppliais de me faire l'honneur de me choisir pour l'un de vos défenseurs, a été imprimée dans les journaux.
«La cause de Votre Altesse Royale peut être traitée individuellement par tous ceux qui, sans y être autorisés, auraient des vérités utiles à faire connaître ; mais si Madame désire qu'on s'en occupe en son propre nom, ce n'est pas un seul homme, mais un conseil d'hommes politiques et de légistes qui doit être chargé de cette haute affaire. Dans ce cas je demanderais que Madame voulût bien m'adjoindre (avec les personnes dont elle aurait fait choix) M. le comte de Pastoret, M. Hyde de Neuville, M. de Villèle[5], M. Lainé, M. Royer-Collard, M. Pardessus, M. Mandaroux-Vertamy, M. de Vaufreland.
«J'avais aussi pensé, madame, qu'on aurait pu appeler à ce conseil quelques hommes d'un grand talent et d'une opinion contraire à la nôtre ; mais peut-être serait-ce les placer dans une fausse position, les obliger à faire un sacrifice d'honneur et de principe, dont les esprits élevés et les consciences droites ne s'arrangent pas.
«CHATEAUBRIAND.»

Vieux soldat discipliné, j'accourais donc pour m'aligner dans le rang, et marcher sous mes capitaines : réduit par la volonté du pouvoir à un

5.
On remarquera la coquetterie de Chateaubriand, qui inscrit le nom de son vieil adversaire, Villèle, parmi les personnalités qu'il voudrait voir s'adjoindre dans son « conseil d'hommes politiques et de légistes ». Le doctrinaire Royer-Collard s'était rallié sans enthousiasme à la monarchie de Juillet, car il était demeuré, en dépit des combats qu'il avait livrés contre Villèle et Polignac, foncièrement attaché au principe de légitimité. Mandaroux-Vertamy était un ami de Chateaubriand ; il allait devenir son conseiller juridique et l'un des exécuteurs testamentaires, chargé de veiller sur les *Mémoires d'outre-tombe*.

duel, je l'acceptai. Je ne m'attendais guère à venir, de la tombe du mari, combattre auprès de la prison de la veuve[6].

En supposant que je dusse rester seul, que j'eusse mal compris ce qui convient à la France, je n'en étais pas moins dans la voie de l'honneur. Or, il n'est pas inutile aux hommes qu'un homme s'immole à sa conscience ; il est bon que quelqu'un consente à se perdre, pour demeurer ferme à des principes dont il a la conviction, et qui tiennent à ce qu'il y a de noble dans notre nature : ces dupes sont les contradicteurs nécessaires du fait brutal, les victimes chargées de prononcer le *veto* de l'opprimé contre le triomphe de la force. On loue les Polonais ; leur dévouement est-il autre chose qu'un sacrifice ? il n'a rien sauvé ; il ne pouvait rien sauver : dans les idées mêmes de mes adversaires, le dévouement sera-t-il stérile pour la race humaine ?

Je préfère, dit-on, une famille à ma patrie : non, je préfère au parjure la fidélité à mes serments, le monde moral à la société matérielle ; voilà tout : pour ce qui est de la famille, je ne m'y consacre que dans la persuasion qu'elle était essentiellement utile à la France ; je confonds sa prospérité avec celle de la patrie ; et lorsque je déplore les malheurs de l'une, je déplore les désastres de l'autre : vaincu, je me suis prescrit des devoirs, comme les vainqueurs se sont imposé des intérêts. Je tâche de me retirer du monde avec ma propre estime ; dans la solitude, il faut prendre garde au choix que l'on fait de sa compagne.

6.
Bien que prisonnière, la duchesse conférait une force nouvelle aux légitimistes : Louis-Philippe emprisonnait sa nièce, qu'il avait dépossédée. Qu'elle passât aux assises, sous les yeux de ces Français versatiles, qui s'enflamment au spectacle de l'infortune, et Louis-Philippe se rendait odieux et ridicule. Chaque jour la presse républicaine et légitimiste attaquait ; partout se multipliaient pétitions, souscriptions en faveur de Madame ; innombrables étaient ceux qui se proposaient à elle pour ses défenseurs, Chateaubriand en tête mais aussi Hyde de Neuville, Hennequin, Pardessus, etc. ; La Ferronnays, l'ancien ministre de Charles X, avait demandé à servir d'otage. Chateaubriand, décidé à en découdre une nouvelle fois avec le gouvernement, brochait un pamphlet avec une telle ardeur qu'il pensa « mourir d'une fièvre de nerfs » : *Mémoire sur la captivité de Madame la duchesse de Berry*, annoncé par *La Quotidienne*, et qui paraîtra le 29 décembre 1832.

Extrait du Mémoire sur la captivité de madame la duchesse de Berry.

Paris, rue d'Enfer.

En France, pays de vanité, aussitôt qu'une occasion de faire du bruit se présente, une foule de gens la saisissent : les uns agissent par bon cœur, les autres par la conscience qu'ils ont de leur mérite. J'eus donc beaucoup de concurrents ; ils sollicitèrent, ainsi que moi, de madame la duchesse de Berry, l'honneur de la défendre. Du moins ma présomption à m'offrir pour champion à la princesse était un peu justifiée par d'anciens services : si je ne jetais pas dans la balance l'épée de Brennus, j'y mettais mon nom : tout peu important qu'il est, il avait déjà remporté quelques victoires pour la monarchie. J'ai ouvert mon *Mémoire sur la captivité de madame la duchesse de Berry* par une considération dont je suis vivement frappé ; je l'ai souvent reproduite, et il est probable que je la reproduirai encore[1].

«On ne cesse, disais-je, de s'étonner des événements ; toujours on se figure d'atteindre le dernier ; toujours la révolution recommence. Ceux qui depuis quarante années marchent pour arriver au terme gémissent : ils croyaient s'asseoir quelques heures au bord de leur tombe : vain espoir ! le temps frappe ces voyageurs pantelants et les force d'avancer. Que de fois, depuis qu'ils cheminent, la vieille monarchie est tombée à

1. La duchesse trouvait dans l'« Enchanteur » le barde légendaire, propre à émouvoir les sensibilités romantiques. N'écrivait-il pas : « Comment ! précipitée des délices de la vie dans un abîme d'infortune, elle a bivouaqué traîtreusement dans les bois, dans les marais, sur les rochers ! Tantôt villageoise, tantôt marinière, le Républicain ou le Royaliste qui l'ont reconnue lui ont gardé le secret du malheur. Elle a reçu l'hospitalité au foyer des pâtres ou aux croix plantées sur les champs de bataille en mémoire des laboureurs vendéens.

La duchesse de Berry captive.

Elle a combattu la nuit avec une poignée de Brigands dans un château en flammes, au bruit des fanfares qui s'élevaient du milieu de l'incendie. Elle a traversé les rivières à la nage, bravé les balles de l'ennemi, les pièges des espions [...]. Et cette veuve, errante sans pain auprès de ceux qu'elle avait nourris, sans vêtements auprès de ceux qu'elle avait vêtus, sans asile dans le prétendu royaume de son fils, ose par un dernier attentat terminer son aventure de mère dans une prison, à travers une tempête, en sortant d'un brasier : quelle félonie ! » (*Mémoire sur la captivité de Madame la duchesse de Berry*, 1832, pp. 71-72). Cet ouvrage, en faveur d'une nouvelle héroïne à la Walter Scott, suscita l'enthousiasme du parti légitimiste, et surtout lui donna un cri de ralliement : *« Madame, votre fils est mon Roi ! »* Le succès fut immense à Paris et en province. Barthe, ministre de l'Intérieur, fit saisir le pamphlet, le 9 janvier 1833, alors que 30 000 exemplaires avaient déjà été diffusés.

leurs pieds ! à peine échappés à ces écroulements successifs, ils sont obligés d'en traverser de nouveau les décombres et la poussière. Quel siècle verra la fin du mouvement ?

«La Providence a voulu que les générations de passage destinées à des jours immémorés fussent petites, afin que le dommage fût de peu. Aussi voyons-nous que tout avorte, que tout se dément, que personne n'est semblable à soi-même et n'embrasse toute sa destinée, qu'aucun événement ne produit ce qu'il contenait et ce qu'il devait produire. Les hommes supérieurs de l'âge qui expire s'éteignent ; auront-ils des successeurs ? Les ruines de Palmyre aboutissent à des sables.»

De cette observation générale passant aux faits particuliers, j'expose, dans mon argumentation, qu'on pouvait agir avec madame la duchesse de Berry par des mesures arbitraires en la considérant comme prisonnière de police, de guerre, d'État, ou en demandant aux chambres un bill d'*attainder*[2] ; qu'on pouvait la soumettre à la compétence des lois, en lui appliquant la loi d'exception Briqueville, ou la loi commune du code ; qu'on pouvait regarder sa personne comme inviolable et sacrée.

Les ministres soutenaient la première opinion, les hommes de Juillet la seconde, les royalistes la troisième.

Je parcours ces diverses suppositions : je prouve que si madame la duchesse de Berry était descendue en France, elle n'y avait été attirée que parce qu'elle entendait les opinions demander un autre présent, appeler un autre avenir.

Infidèle à son extraction populaire, la révolution sortie des journées de Juillet a répudié la gloire et courtisé la honte. Excepté dans quelques cœurs dignes de lui donner asile, la liberté devenue l'objet de la dérision de ceux qui en faisaient leur cri de ralliement, cette liberté *(a)* que des bateleurs se renvoient à coups de pied, cette liberté étranglée après flétrissure au tourniquet des lois d'exception, transformera, par son anéantissement, la révolution de 1830 en une cynique duperie.

Là-dessus, et pour nous délivrer tous, madame la duchesse de Berry est arrivée. La fortune l'a trahie ; un juif[3] l'a vendue ; un ministre l'a achetée[4]. Si l'on ne veut pas agir contre elle par mesure de police, il ne reste plus qu'à la traduire en cour d'assises. Je le suppose ainsi, et j'ai mis en

2.
En Angleterre, vote de mise en accusation pour haute trahison.

3.
Deutz (voir *supra*, l. XXXVI, chap. 24, note 1, p. 2517).

4.
Thiers, alors ministre de l'Intérieur.

scène le défenseur de la princesse; puis, après avoir fait parler le défenseur, je m'adresse à l'accusateur:
«Avocat, levez-vous:
«Établissez doctement que Caroline-Ferdinande de Sicile, veuve de Berry, nièce de feue Marie-Antoinette d'Autriche, veuve Capet, est coupable de réclamation envers un homme réputé oncle et tuteur d'un orphelin nommé Henri; lequel oncle et tuteur serait, selon le dire calomnieux de l'*accusée*, détenteur de la couronne d'un pupille, lequel pupille prétend impudemment avoir été roi depuis le jour de l'abdication du ci-devant Charles X, et de l'ex-dauphin, jusqu'au jour de l'élection du roi des Français.
«À l'appui de votre plaidoirie, que les juges fassent comparaître d'abord Louis-Philippe comme témoin à charge ou à décharge, si mieux n'aime se récuser comme parent. Ensuite que les juges confrontent avec l'*accusée* le descendant du grand traître; que l'Iscariote en qui Satan était entré, *intravit Satanas in Judam*[5], dise combien il a reçu de deniers pour le marché, etc., etc.
«Puis, d'après l'expertise des lieux, il sera prouvé que l'*accusée* a été six heures à la gehenne de feu[6] dans un espace trop étroit où quatre personnes pouvaient à peine respirer, ce qui a fait dire contumélieusement[7] à la torturée qu'on lui faisait la *guerre à la saint Laurent*[8]. Or, Caroline-Ferdinande, étant pressée par ses complices contre la plaque ardente, le feu aurait pris deux fois à ses vêtements, et, à chaque coup que les gendarmes portaient en dehors à l'âtre embrasé, la commotion se serait étendue au cœur de la délinquante et lui aurait fait vomir des bouillons de sang.
«Puis, en présence de l'image du Christ, on déposera comme pièce de

5.
«Alors, Satan entra en Judas» (Luc, XXVII, 3). Pour savoir si Deutz a agi par «appât du gain» ou «intérêt de patrie et d'humanité», certains historiens se sont affrontés. Les doutes sont levés lorsqu'on sait que Deutz écrivit à Louis-Philippe, fin juin 1840, une lettre où il lui demandait un emploi dans l'administration: «J'ai répandu l'argent avec trop de générosité peut-être, car aujourd'hui, il ne me reste que le souvenir de vos bienfaits. Sire, conclut-il, j'ai maintenant une femme et une enfant et Votre Majesté ne peut pas vouloir que nous périssions de faim et de misère» (Bibliothèque Nationale, département des manuscrits, na. fr., acq. 1309, lettre provenant de la succession du libraire Lefèvre).

6.
Voir *supra*, l. IV, chap. 6, note 2, p. 247.

7.
Considéré comme «vieux» dans le *Dictionnaire de Furetière* de 1690, le mot vient de contumélie: «Parole ou action atteignant une personne dans son amour-propre, sa dignité; offense très grave.» Contumélieusement signifie donc: d'une manière injurieuse, méprisante.

8.
Allusion au martyre du diacre Laurent (210-258), torturé puis étendu sur un gril rougi au feu.

conviction, sur le bureau, la robe brûlée : car il faut qu'il y ait toujours une robe jetée au sort dans ces marchés de Judas. »

Madame la duchesse de Berry a été mise en liberté par un acte arbitraire du pouvoir et lorsqu'on a cru l'avoir déshonorée. Le tableau que je traçais de la plaidoirie fit sentir à Philippe l'odieux d'un jugement public, et le détermina à une grâce à laquelle il pensait avoir attaché un supplice : les païens, sous le règne de Sévère, jetèrent aux bêtes une jeune femme chrétienne nouvellement délivrée. Ma brochure, dont il ne reste aujourd'hui que des phrases, a eu son résultat historique important.

Je m'attendris encore en copiant l'apostrophe qui termine mon écrit ; c'est, j'en conviens, une folle dépense de larmes.

« Illustre captive de Blaye, MADAME ! que votre héroïque présence sur une terre qui se connaît en héroïsme amène la France à vous répéter ce que mon indépendance politique m'a acquis le droit de vous dire : *Madame, votre fils est mon Roi*[9] ! Si la Providence m'inflige encore quelques heures, verrai-je vos triomphes, après avoir eu l'honneur d'embrasser vos adversités ? Recevrai-je ce loyer de ma foi ? Au moment où vous reviendriez heureuse, j'irais avec joie achever dans la retraite des jours commencés dans l'exil. Hélas ! je me désole de ne pouvoir rien pour vos présentes destinées ! Mes paroles se perdent inutilement autour des murs de votre prison : le bruit des vents, des flots et des hommes, au pied de la forteresse solitaire, ne laissera pas même monter jusqu'à vous ces derniers accents d'une voix fidèle[10]. »

9.
Formule reprise du cantique à la Vierge chanté par les marins et qui s'intitule *Notre-Dame de Bon-Secours*, que Chateaubriand a déjà cité (voir *supra*, l. VIII, chap. 7, p. 506) : « *[...] vous êtes mon refuge, / Votre fils est mon Roi [...].* » La formule bien frappée survenait juste au bon moment pour soutenir les royalistes, désarçonnés par l'échec de leur héroïne.

10.
La brochure triomphait même par les passages qui feraient aujourd'hui sourire : « On retirera [à Madame] ses compagnons d'infortune, mais on introduira un petit chien dans la loge de la lionne, pour qu'il y ait auprès d'elle un peu de fidélité » (*Mémoire sur la captivité de Madame la duchesse de Berry*, p. 33). Aussitôt une lithographie, dédiée à Chateaubriand, représenta la princesse prisonnière : un chien, symbole du courage et de la fidélité, entreprenait de délivrer la prisonnière et était déjà parvenu à briser l'un des barreaux. Du fond des provinces arrivèrent des épîtres de louange. Le 4 janvier 1833, 1 200 à 1 300 jeunes gens se rendirent chez Chateaubriand, rue d'Enfer, lui adressèrent une harangue et lui remirent une médaille d'or, au cri devenu rituel de *Votre fils est mon Roi !* Le 1er janvier, la brochure en était à 15 000 et le 9 à 30 000 exemplaires ; Barthe avait donné ordre de saisir l'opuscule, mais Louis-Philippe s'y était d'abord opposé, par crainte d'un verdict « d'absolution » qui aurait été une condamnation de son gouvernement. Vigny note dans son *Journal* : « Chateaubriand vient de faire une brochure plaidoirie pour la duchesse de Berry, dans laquelle il est un peu républicain. Le moindre écrivain républicain ne se croit nullement obligé d'être un peu monarchique. – Marque certaine que le mouvement des esprits est démocratique, puisque le plus ardent *monarchiste* fait le démocrate » (*Journal d'un poète*, *in OC*, Pléiade, t. II, p. 978).

Mon procès.

Paris, mars 1833.

Quelques journaux ayant répété la phrase : *Madame, votre fils est mon Roi*, ont été traduits devant les tribunaux pour délit de presse[1] ; je me suis trouvé enveloppé dans la poursuite. Cette fois je n'ai pu décliner la compétence des juges ; je devais essayer de sauver par ma présence les hommes attaqués pour moi ; il y allait de mon honneur de répondre de mes œuvres.

De plus, la veille de mon appel au tribunal, le *Moniteur* avait donné la déclaration de madame la duchesse de Berry[2] ; si je m'étais absenté, on aurait cru que le parti royaliste reculait, qu'il abandonnait *(a)* l'infortune et rougissait de la princesse dont il avait célébré l'héroïsme *(b)*[3].

1.
Après quelques jours de flottement, le gouvernement fit saisir plusieurs feuilles royalistes et tomber une pluie d'inculpations. La chambre d'accusation ordonna le 25 janvier 1833 des poursuites contre Chateaubriand. Le procès eut lieu le 27 février.

2.
À Blaye, la duchesse avait auprès d'elle Emmanuel de Brissac, son chevalier d'honneur, Mme d'Hautefort, et pour « geôlier » le général Bugeaud dans le rôle le moins glorieux de sa carrière. En janvier 1833, le gouvernement envoya des médecins examiner la duchesse malade. Ils diagnostiquèrent une grossesse, confirmée par des examens successifs. Le 22 février, Bugeaud arrachait à la duchesse de Berry une déclaration, publiée dans *Le Moniteur* du 26, qui ruina définitivement son crédit moral : « Pressée par les circonstances, et par les mesures ordonnées par le gouvernement, quoique j'eusse les motifs les plus graves pour tenir mon mariage secret, je crois devoir à moi-même, ainsi qu'à mes enfants, de déclarer m'être mariée secrètement pendant mon séjour en Italie. » Cette nouvelle était tellement énorme que bon nombre de légitimistes – tel Kergorlay – crurent que cette déclaration avait été soutirée par la force à la duchesse. Lorsque les premiers bruits d'une grossesse de Madame avaient couru en janvier, les journalistes légitimistes se portèrent garants de l'honneur de la princesse : on se battit en duel.

LA CITADELLE DE BLAYE.

À force de douter de tout, on en vint même à nier la naissance légalement constatée d'une fille, le 10 mai 1833.

3.

Chateaubriand n'accueillit pas cette nouvelle avec l'équanimité que laisseraient à penser les *Mémoires d'outre-tombe*. Furieux, bien qu'il n'ait pas songé un seul instant à ne pas paraître devant le tribunal (pensant que son influence contrebalancerait la mauvaise impression qu'avait produite l'article du *Moniteur*), il ne tenait pas à être le «Perrin Dandin» de la légitimité. Falloux ajoute: «Et il laissa échapper un autre mot de Molière, qui trahissait encore mieux son irritation» (*Mémoires d'un royaliste*, 1888, t. I, p. 56 *sqq.*). Déjà Mme de Boigne, écoutant Chateaubriand lire quelques fragments de son mémoire de la duchesse de Berry, «hymne très éloquent aux vertus maternelles de l'intrépide Marie-Caroline, lu avec émotion», avait encore dans l'oreille l'expression «danseuse de cordes d'Italie» qu'elle lui avait entendu appliquer à la duchesse de Berry (voir *Mémoires*, t. IV, pp. 178-179).

Il ne manquait pas de conseillers timides qui me disaient: «Faites défaut; vous serez trop embarrassé avec votre phrase: *Madame, votre fils est mon Roi.* – Je la crierai encore plus haut», répondis-je. Je me rendis dans la salle même où jadis était installé le tribunal révolutionnaire; où Marie-Antoinette avait comparu, où mon frère avait été condamné. La révolution de Juillet a fait enlever le crucifix dont la présence, en consolant l'innocence, faisait trembler le juge *(c)*.

Mon apparition devant les juges[4] a eu un effet heureux; elle a contrebalancé un moment l'effet de la déclaration du *Moniteur*, et maintenu la mère de Henri V au rang où sa courageuse aventure l'avait placée: on a douté, quand on a vu que le parti royaliste osait braver l'événement et ne se tenait pas pour battu.

Je n'avais point voulu d'avocat, mais M. Ledru[5], qui s'était attaché à moi lors de ma détention, a voulu parler: il s'est troublé et m'a fait beaucoup de peine. M. Berryer, qui plaidait pour *la Quotidienne*[6], a pris indirectement ma défense[7]. À la fin des débats, j'ai appelé le jury la *pairie universelle*, ce qui n'a pas peu contribué à notre acquittement à tous[8].

Rien de remarquable n'a signalé ce procès dans la terrible chambre qui avait retenti de la voix de Fouquier-Tinville et de Danton; il n'y a eu d'amusant que l'argumentation de M. Persil: voulant démontrer ma culpabilité, il citait cette phrase de ma brochure: *Il est difficile d'écraser ce qui s'aplatit sous les pieds*, et il s'écriait: «Sentez-vous, messieurs, tout ce qu'il y a de méprisant dans ce paragraphe, *il est difficile d'écraser ce qui s'aplatit sous les pieds*», et il faisait le mouvement d'un homme qui écrase sous ses pieds

---

4.
Chateaubriand fut déféré le 15 février devant la Chambre d'accusation des Assises de la Seine. Ainsi que le remarque M.-J. Durry, Chateaubriand prenait les choses avec gaieté, heureux d'être distrait de son ennui incurable. «Concevez-vous le procès fait à M. de Chateaubriand? disait Béranger, quoi! la brochure paraît et elle passe sans poursuite, et à propos de je ne sais quelle visite qu'on lui a fait [les jeunes gens et la médaille], le voilà en jugement pour cette même brochure! Je suis sûr qu'il est loin de s'en affliger. À sa place je m'en réjouirais.» Il continuait toutefois avec perspicacité: «[...] une chose m'inquiète. Selon moi, une fois sur les bancs, il sera condamné. Or la prison ne lui va pas du tout. Il lui faut la liberté matérielle; la vue d'un verrou doit lui agacer les nerfs. Comment fera-t-il pour passer trois mois entre quatre murailles? Je crains pour sa santé. Il ne tient pas assez aux témoignages d'attachement et d'intérêt pour qu'ils lui soient une compensation suffisante [...] Je voudrais qu'on pût se donner un remplaçant en prison; je serais son homme [...]. La captivité aura bien vite dissipé tout ce qu'il aura eu de plaisir à glorifier Henri V devant le tribunal» (Béranger, *Correspondance*, t. II, p. 144 *sqq.*).

5.
Charles Ledru n'était pas l'avocat de Chateaubriand, mais celui de *L'Écho français*, une des feuilles incriminées. Il n'acheva point sa plaidoirie embarrassée, note M.-J. Durry, et s'évanouit en pleine audience.

Père-Scie, Jean-Charles Persil (1785-1870).

6.

Au lendemain de la manifestation des 1 300 jeunes gens (voir *supra*, l. XXXVI, chap. 25, note 10, p. 2525), les six feuilles légitimistes qui rendaient compte de la brochure (*La Quotidienne, La Gazette de France, Le Revenant, L'Écho français, La Mode, Le Courrier de l'Europe*) furent saisies et leurs gérants mis en prévention, «premièrement de délit d'excitation à la haine et au mépris du gouvernement du roi; deuxièmement d'offenses envers sa personne; troisièmement d'attaques contre les droits qu'il tient du vœu de la nation».

7.

Il avait refusé tout avocat, voulant défendre lui-même la liberté de la presse. Mais Berryer, qui plaidait pour *La Gazette de France* et *La Quotidienne*, parla si magistralement de Chateaubriand que celui-ci se borna à quelques phrases simples.

8.

Le jury – flatteusement élevé par Chateaubriand au rang de *pairie universelle* – délibéra deux heures. Le verdict d'acquittement fut accueilli par un tonnerre d'applaudissements.

quelque chose. Il recommençait triomphant: les rires de l'auditoire recommençaient. Ce brave homme ne s'apercevait ni du contentement de l'auditoire à la malencontreuse phrase, ni du ridicule parfait dont il était en trépignant dans sa robe noire comme s'il eût dansé, en même temps que son visage était pâle d'inspiration et ses yeux hagards d'éloquence *(d)*.
Lorsque les jurés rentrèrent et prononcèrent *non coupable*, des applaudissements éclatèrent, je fus environné par des jeunes gens qui avaient pris pour entrer des robes d'avocats[9] : M. Carrel était là.
La foule grossit à ma sortie; il y eut une rixe dans la cour du Palais entre mon escorte et les sergents de ville. Enfin, je parvins à grand'peine chez moi au milieu de la foule qui suivait mon fiacre en criant: *Vive Chateaubriand!*
Dans un autre temps cet acquittement[10] eût été très-significatif; déclarer qu'il n'était pas coupable de dire à la duchesse de Berry: *Madame, votre fils est mon Roi*, c'était condamner la révolution de Juillet; mais aujourd'hui cet arrêt ne signifie rien, parce qu'il n'y a en toute chose ni opinion ni durée. En vingt-quatre heures tout est changé; je serais condamné demain pour le fait sur lequel j'ai été acquitté aujourd'hui.
Je suis allé mettre ma carte chez les jurés et notamment chez M. Chevet[11], l'un des membres de la *pairie universelle (e)*.
Il avait été plus aisé à l'honnête citoyen de trouver dans sa conscience un arrêt en ma faveur qu'il ne m'eût été facile de trouver dans ma poche l'argent nécessaire pour joindre au bonheur de l'acquittement le plaisir de faire chez mon juge un bon dîner: M. Chevet a prononcé avec plus d'équité sur la *légitimité*, l'*usurpation* et sur l'auteur du *Génie du Christianisme* que beaucoup de publicistes et de censeurs.

9.
Le légitimiste Falloux, qui avait pu pénétrer dans la salle en revêtant indûment une robe d'avocat, a conté cette scène dans ses *Mémoires*. Lorsque le tribunal eut annoncé l'acquittement de tous les prévenus, la foule se pressa autour de Berryer et de Chateaubriand. Ce dernier dut se cramponner au bras de M. de Falloux pour n'être pas renversé. «Je n'aime pas le train! répétait-il. Je n'aime pas le train! Menez-moi vite à ma voiture!» Mais sur le perron, les acclamations redoublèrent: «Vive M. de Chateaubriand! Vive la liberté de la presse!» On voulait dételer ses chevaux et s'atteler à la voiture. «N'en faites rien, suppliait-il, c'est très loin! C'est très loin! C'est impossible!» Enfin le cocher parvint à se dégager et partit au galop. Quant à Falloux, il avait le cœur et la tête si remplis de ce qu'il venait d'entendre qu'il s'en alla à travers les rues avec sa robe empruntée d'avocat, emportant sous son bras le grand portefeuille de Chateaubriand (Falloux, *Mémoires d'un royaliste*, t. I, pp. 59-60).

10.
De Chateaubriand et de tous les prévenus.

11.
Germain-Charles Chevet était traiteur et marchand de comestibles parisien, installé au Palais-Royal, célèbre sous l'Empire et fréquenté par Balzac, Rossini, Brillat-Savarin. Il fournissait foie gras, poisson, pâté, crustacés. En 1832, le commerce fut repris par les petits-fils du fondateur, les Corcellet.

Popularité.

Paris, avril 1833.

Le *Mémoire sur la captivité de madame la duchesse de Berry* m'a valu dans le parti royaliste une immense popularité. Les députations et les lettres me sont arrivées de toutes parts. J'ai reçu du Nord et du Midi de la France des adhésions couvertes de plusieurs milliers de signatures. Elles demandent toutes, en s'en référant à ma brochure, la mise en liberté de madame la duchesse de Berry. Quinze cents jeunes gens de Paris sont venus me complimenter[1], non sans un grand émoi de la police; j'ai reçu une coupe de vermeil avec cette inscription: *À Chateaubriand les Villeneuvois fidèles* (*Lot-et-Garonne*)[2]. Une ville du Midi m'a envoyé de très-bon vin pour remplir cette coupe, mais je ne bois pas. Enfin, la France légitimiste a pris pour devise ces mots: MADAME, VOTRE FILS EST MON ROI! et plusieurs journaux les ont adoptés pour épigraphe; on les a gravés sur des colliers et sur des bagues. Je serai le premier à avoir dit en face de l'usurpation une vérité que per-

1. Voir *supra*, l. XXXVI, chap. 25, note 10, p. 2525.

2. «L'auteur ne se trompe-t-il pas de sexe? J'avais cru que la coupe de vermeil que j'ai vu garnir presque seule la cheminée de M. de Chateaubriand était un hommage des *Villeneuvoises* fidèles [il s'agit des royalistes de Villeneuve-d'Agen], et j'avais pour le penser bien des raisons de famille. [...] Sans boire, M. de Chateaubriand était pourtant gourmet. Il m'avait fait venir à Londres quelques pièces de vin de Jurançon dans une intention toute patriotique, et pour essayer de supplanter le Porto, par un nectar analogue. Mais l'innovation eut peu de succès, et, pour égarer les fortes têtes des Trois-Royaumes, il fut contraint de revenir au Claret [le Bordeaux] dont j'avais abondamment pourvu sa cave diplomatique» (Marcellus, *Chateaubriand et son temps*, pp. 429-430).

sonne n'osait dire, et, chose étrange ! je crois moins au retour de Henri V que le plus misérable juste-milieu ou le plus violent républicain.

Au reste je n'entends pas le mot usurpation dans le sens étroit que lui donne le parti royaliste ; il y aurait beaucoup de choses à dire sur ce mot, comme sur celui de légitimité : mais il y a véritablement usurpation et usurpation de la pire espèce dans le tuteur qui dépouille le pupille et proscrit l'orphelin. Toutes ces grandes phrases «qu'il fallait sauver la patrie» sont des prétextes que fournit à l'ambition une politique immorale. Vraiment, ne faudrait-il pas regarder la lâcheté de votre usurpation comme un effort de votre vertu ! Seriez-vous, par hasard, Brutus sacrifiant ses fils à la grandeur de Rome !

J'ai pu comparer dans ma vie la renommée littéraire à la popularité ; la première, pendant quelques heures, m'a plu, mais cet amour de renommée a passé vite. Quant à la popularité, elle m'a trouvé indifférent, parce que dans la révolution j'ai trop vu d'hommes entourés de ces masses qui, après les avoir élevés sur le pavois, les précipitaient dans l'égout. Démocrate par nature, aristocrate par mœurs[3], je ferais très-volontiers l'abandon de ma fortune et de ma vie au peuple, pourvu que j'eusse peu de rapport avec la foule. Toutefois j'ai été extrêmement sensible au mouvement des jeunes gens de Juillet qui me portèrent en triomphe à la Chambre des pairs ; c'est qu'ils ne m'y portaient pas pour être leur chef et parce que je pensais comme eux ; ils rendaient seulement justice à un ennemi ; ils reconnaissaient en moi un homme de liberté et d'honneur ; cette générosité me touchait. Mais cette autre popularité que je viens d'acquérir dans mon propre parti ne m'a pas causé d'émotion ; entre les royalistes et moi il y a quelque chose de glacé : nous désirons le même Roi ; à cela près, la plupart de nos vœux sont opposés.

3.
Voir *supra*, l. II, chap. 5, note 4, p. 158, et l. XXXIV, chap. 7, note 4, pp. 2310-2311.

Livre XXXVII

Infirmerie de Marie-Thérèse[1].

Paris, rue d'Enfer, 9 mai 1833.

J'ai amené la série des derniers faits jusqu'à ce jour: pourrai-je enfin reprendre mon travail? Ce travail consiste dans les diverses parties de ces *Mémoires* non encore achevées. J'aurai quelque difficulté à m'y remettre *ex abrupto*, car j'ai la tête préoccupée des choses du moment; je ne suis pas dans les dispositions convenables pour recueillir mon passé dans le calme où il dort, tout agité qu'il fut quand il était à l'état de vie. J'ai pris la plume pour écrire; sur qui et à propos de quoi? je l'ignore.

En parcourant des regards le journal dans lequel depuis six mois je me rends compte de ce que je fais et de ce qui m'arrive, je vois que la plupart des pages sont datées de la rue d'Enfer.

1.
À Gand, en 1815, Mme de Chateaubriand avait fait le vœu, si les Bourbons venaient à remonter sur le trône, de fonder une institution charitable (voir N. Richard, *Le Paradis de la rue d'Enfer*, p. 37). L'œuvre commença modestement, grâce au produit de quêtes faites à la Cour et dans le monde aristocratique, et surtout au don du roi Frédéric-Guillaume de Prusse. Dans un prospectus, Céleste exposait les motifs qui l'avaient amenée à créer l'infirmerie: «Depuis la révolution, dont les effets se feront longtemps sentir, l'adversité ayant atteint les riches comme les pauvres, une nouvelle classe d'infortunés a réclamé les soins de la religion [...]. Des femmes qui, par leur éducation et les habitudes de leur vie, ne pouvaient se résoudre à se faire soigner dans les hôpitaux communs, mouraient souvent faute de secours [...]. Une maison fut fondée [... qui] prit le nom de Marie-Thérèse: elle se trouva placée sous la protection spéciale de Monseigneur l'Archevêque de Paris, déclaré supérieur et chef perpétuel de l'établissement [... elle] est particulièrement consacrée à recevoir temporairement et à tout âge, des ecclésiastiques malades; et à vie ceux qui sont infirmes [...]. Cette maison est encore destinée à recevoir (dans un local séparé) des femmes malades ou infirmes, nées dans des familles distinguées par leur éducation ou leur fortune [...]. La maison est desservie par les sœurs de l'Institut de Saint Vincent-de-Paul [...].» Le

MAISON DE M. DE CHATEAUBRIAND, RUE D'ENFER, N° 84, À PARIS.

15 octobre 1819, la fondatrice installait trois malades et trois religieuses de Saint-Vincent-de-Paul sur une petite propriété louée alors 3 000 frs, sise entre la rue et le boulevard d'Enfer-Saint-Michel. Cette propriété, qui comprenait dans un assez grand jardin de maraîchers deux petits corps de logis, fut acquise par Chateaubriand en 1820 55 000 frs, dont il parvint à payer 35 000 frs en 1823 seulement, pendant son ministère. En 1821-1822, Mme de Chateaubriand, à la place des deux logis primitifs, fit édifier un grand bâtiment et la chapelle encore subsistante; il lui en coûta 69 000 frs. L'année suivante, elle et son mari aménagèrent une ferme, une basse-cour et une fabrique de chocolat. Bien que l'archevêque de Paris fût nommé supérieur et chef perpétuel de l'établissement, Mme de Chateaubriand était maîtresse chez elle et veillait très jalousement à son indépendance. Elle déploya des talents insoupçonnés de chef d'entreprise, pressant l'un, pressant l'autre, courant les marchands et les brocanteurs, ne s'en laissant pas conter, fine connaisseuse et «fine acheteuse» (Danièlo). Quand Mlle Amey (une amie de Genève) s'exclame: «Ma mie reine que vous êtes bonne!», la vicomtesse lui tire un bout de langue: «Taisez-vous ma chère, ne voyez-vous pas là un puits d'iniquité?» Cela ne l'empêche pas de recevoir du pape Pie VII «huit indulgences plénières avec un autel privilégié»!

Le pavillon que j'habite près de la barrière pouvait monter à une soixantaine de mille francs ; mais, à l'époque de la hausse des terrains[2], je l'achetai beaucoup plus cher, et je ne l'ai pu jamais payer : il s'agissait de sauver l'Infirmerie de Marie-Thérèse fondée par les soins de madame de Chateaubriand et contiguë au pavillon ; une compagnie d'entrepreneurs se proposait d'établir un café et des *montagnes russes* dans le susdit pavillon, bruit qui ne va guère avec l'agonie.

Ne suis-je pas heureux de mes sacrifices ? sans doute ; on est toujours heureux de secourir les malheureux ; je partagerais volontiers aux nécessiteux le peu que je possède ; mais je ne sais si cette disposition bienfaisante s'élève chez moi jusqu'à la vertu. Je suis bon comme un condamné qui prodigue ce qui ne lui servira plus dans une heure *(a)*. À Londres, le patient qu'on va pendre vend sa peau pour boire : je ne vends pas la mienne, je la donne aux fossoyeurs.

Une fois ma maison achetée[3], ce que j'avais de mieux à faire était de l'habiter ; je l'ai arrangée telle qu'elle est. Des fenêtres du salon on aperçoit[4] d'abord ce que les Anglais appellent *pleasure-ground*, avant-scène formée d'un gazon et de massifs d'arbustes. Au-delà de ce pourpris[5], par-dessus un mur d'appui que surmonte une barrière blanche losangée, est un champ variant de cultures et consacré à la nourriture des bestiaux de l'*Infirmerie (b)*. Au-delà de ce champ vient un autre terrain séparé du

2.
Cinq ans après sa fondation, l'œuvre de Mme de Chateaubriand se trouva gravement menacée. De l'autre côté de l'infirmerie et contiguë à elle, s'étendait une propriété très vaste, mise en vente en 1824. Une société d'entrepreneurs se porta acquéreur avec l'intention d'y installer un cabaret et des montagnes russes. L'œuvre était en péril. Chateaubriand n'hésita pas : il acheta le terrain. Sous la Restauration, les lotissements près des barrières étaient très recherchés. La propriété en question valait environ 60 000 frs. Mais à la hausse du foncier vinrent s'ajouter les surenchères de la société de promoteurs, si bien que Chateaubriand paya le terrain 180 000 frs, somme exorbitante, trois fois sa valeur réelle. Il versa au comptant 18 100 frs. Puis, le 15 mai 1825, 100 000 frs provenant de cinq prêteurs différents. Le reliquat de l'achat, soit 61 900 frs, devait être réglé le 15 mai 1831.

3.
Dès son retour de Lausanne, le 16 juillet 1826, Mme de Chateaubriand, assistée de la sœur Reine et d'une cousine, Bonne d'Acosta, pressa les ouvriers pour que la maison fût prête dès le retour du propriétaire.

4.
L'infirmerie était séparée de la maison où les Chateaubriand s'étaient installés en 1826 par un mur qui fut abattu et remplacé par une barrière blanche losangée. Par-dessus cette barrière, Chateaubriand pouvait donc admirer de son salon la pelouse, les massifs de fleurs et les arbres.

5.
Mot ancien et poétique, que l'on trouve utilisé chez Chrétien de Troyes et repris à l'époque de Chateaubriand, par Sainte-Beuve, Maurice de Guérin, puis plus tard par Huysmans.

champ par un autre mur d'appui à claire-voie verte, entrelacée de viornes[6] et de rosiers du Bengale ; cette marche[7] de mon État consiste en un bouquet de bois, un préau et une allée de peupliers. Ce recoin est extrêmement solitaire, il ne me rit point comme le recoin d'Horace, *angulus ridet*[8]. Tout au contraire, j'y ai quelquefois pleuré. Le proverbe dit : *Il faut que jeunesse se passe.* L'arrière-saison a aussi quelque frasque à passer :

> *Les pleurs et la pitié,*
> *Sorte d'amour ayant ses charmes*[9].
> (LA FONTAINE.)

Mes arbres sont de mille sortes *(c)*. J'ai planté vingt-trois cèdres de Salomon et deux chênes de druides : ils font les cornes à leur maître de peu de durée, *brevem dominum*[10]. Un mail, double allée de marronniers, conduit du jardin supérieur au jardin inférieur ; le long du champ intermédiaire la déclivité du sol est rapide.

Ces arbres, je ne les ai pas choisis comme à la *Vallée aux Loups* en mémoire des lieux que j'ai parcourus : qui se plaît au souvenir conserve des espérances. Mais lorsqu'on n'a ni enfant *(d)*, ni jeunesse, ni patrie, quel attachement peut-on porter à des arbres dont les feuilles, les fleurs, les fruits ne sont plus les chiffres mystérieux employés au calcul des époques d'illusion ? En vain on me dit « Vous rajeunissez », croit-on me faire prendre pour ma dent de lait ma dent de sagesse ? encore celle-ci ne m'est venue que pour manger un pain amer sous la royauté du 7 août. Au reste mes arbres ne s'informent guère s'ils servent de calendrier à mes plaisirs ou d'extraits mortuaires à mes ans ; ils croissent chaque jour, du jour que je décrois :

---

6. Les viornes (du latin *viburnum*), dont le feuillage décoratif se teinte de rouge pourpre à l'automne, présentent de belles inflorescences blanches, souvent bordées d'un rang de fleurs stériles comme chez les *hydrangea.*

7. Trait d'humour : on entend par marches les frontières militaires d'un État.

8. Horace, *Odes*, II, 6, v. 13 *sqq.* « Ce coin du monde me rit plus que tous les autres ! »

9. La Fontaine, *Contes*, Ve partie de *La Matrone d'Éphèse* : *« Le garde en fut épris : les pleurs et la pitié, / Sorte d'amour ayant ses charmes, tout y fit [...]. »*

10. Horace, *Odes*, II, 14, v. 23-25 : « De ces arbres que tu soignes, aucun ne suivra son maître de courte durée. »

ils se marient à ceux de l'enclos des Enfants trouvés[11] et du boulevard d'Enfer qui m'enveloppe. Je n'aperçois pas une maison ; à deux cents lieues de Paris je serais moins séparé du monde. J'entends bêler les chèvres qui nourrissent les orphelins délaissés. Ah ! si j'avais été comme eux dans les bras de saint Vincent de Paul ! né d'une faiblesse, obscur et inconnu comme eux, je serais aujourd'hui quelque ouvrier sans nom, n'ayant rien à démêler avec les hommes, ne sachant ni pourquoi ni comment j'étais venu à la vie, ni comment ni pourquoi j'en dois sortir.

La démolition d'un mur m'a mis en communication avec l'Infirmerie de Marie-Thérèse ; je me trouve à la fois dans un monastère, dans une ferme, un verger et un parc. Le matin je m'éveille au son de l'*Angelus* ; j'entends de mon lit le chant des prêtres dans la chapelle ; je vois de ma fenêtre un calvaire qui s'élève entre un noyer et un sureau : des vaches, des poules, des pigeons et des abeilles ; des sœurs de charité en robe d'étamine noire et en cornette de basin blanc, des femmes convalescentes, de vieux ecclésiastiques vont errant parmi les lilas, les azaléas, les pompadouras[12] et les rhododendrons du jardin, parmi les rosiers, les groseilliers, les framboisiers et les légumes du potager. Quelques-uns de mes curés octogénaires étaient exilés avec moi : après avoir mêlé ma misère à la leur sur les pelouses de Kensington, j'ai offert à leurs derniers pas les gazons de mon hospice ; ils y traînent leur vieillesse religieuse comme les plis du voile du sanctuaire.

J'ai pour compagnon un gros chat[13] gris-roux à bandes noires transversales, né au Vatican dans la loge de Raphaël : Léon XII l'avait élevé dans un pan de sa robe où je l'avais vu avec envie lorsque le pontife me donnait mes audiences d'ambassadeur. Le successeur de saint Pierre étant mort, j'héritai du chat sans maître, comme je l'ai dit en racontant mon ambassade de Rome. On l'appelait *Micetto*, surnommé le *chat du Pape*. Il jouit en cette qualité d'une extrême considération auprès des âmes

---

11.
Chateaubriand fait allusion à une institution (qui se trouve actuellement 70 bis à 76 boulevard Denfert-Rochereau) qui, après avoir appartenu à l'Ordre de l'Oratoire, fut transformée en 1814 en hospice pour enfants trouvés âgés de moins de 2 ans. « Un tour fut, à cet effet, ouvert dans le mur de la rue d'Enfer grâce auquel, jusqu'en 1860, une mère pouvait remettre aux Sœurs de Saint-Vincent-de-Paul le nourrisson abandonné. Cet hospice reçut à partir de 1838 les enfants abandonnés de tous âges ; ce fut l'hospice des Enfants Trouvés et Orphelins [...] » (J. Hillairet, *Dictionnaire historique des rues de Paris*, t. I, p. 424).

12.
Voir *supra*, l. VII, chap. 4, note 11, p. 438.

13.
Voir *supra*, l. XXXI, chap. 1, note 5, p. 2070.

pieuses. Je cherche à lui faire oublier l'exil, la Chapelle Sixtine et le soleil de cette coupole de Michel-Ange sur laquelle il se promenait loin de la terre.

Ma maison, les divers bâtiments de l'*Infirmerie* avec leur chapelle[14] et la sacristie gothique, ont l'air d'une colonie ou d'un hameau. Dans les jours de cérémonie[15], la religion cachée chez moi, la vieille monarchie à mon hôpital, se mettent en marche. Des processions composées de tous nos infirmes, précédés des jeunes filles du voisinage, passent en chantant sous les arbres avec le Saint-Sacrement, la croix et la bannière. Madame de Chateaubriand les suit le chapelet à la main, fière du troupeau objet de sa sollicitude. Les merles sifflent, les fauvettes gazouillent, les rossignols luttent avec les hymnes. Je me reporte aux Rogations dont j'ai décrit la pompe champêtre[16] : de la théorie du christianisme, j'ai passé à la pratique.

Mon gîte fait face à l'occident. Le soir, la cime des arbres éclairés par derrière grave sa silhouette noire et dentelée sur l'horizon d'or. Ma jeunesse revient à cette heure ; elle ressuscite ces jours écoulés que le temps a réduits à l'insubstance des fantômes *(e)*. Quand les constellations percent leur voûte bleue, je me souviens de ce firmament splendide que j'admirais du giron des forêts américaines, ou du sein de l'océan. La nuit est plus favorable que le jour aux réminiscences du voyageur ; elle lui cache les paysages qui lui rappelleraient les lieux qu'il habite ; elle ne lui laisse voir que les astres, d'un aspect semblable, sous les différentes latitudes du même hémisphère. Alors il reconnaît ces étoiles qu'il regardait de tel pays, à telle époque ; les pensées qu'il eut, les sentiments qu'il éprouva dans les diverses parties de la terre, remontent et s'attachent au même point du ciel.

Nous n'entendons parler du monde à l'*Infirmerie* qu'aux deux quêtes publiques et un peu le dimanche : ces jours-là, notre hospice est changé en une espèce de paroisse. La sœur supérieure prétend que de belles dames viennent à la messe dans l'espérance de me voir ; économe indus-

---

14.
Le 8 décembre 1820, Mgr Cortois de Pressigny, archevêque de Besançon, vint bénir la chapelle et le bâtiment (avant la Révolution, ce prélat était l'évêque de Saint-Malo). En 1820, l'œuvre reçut sa consécration définitive. Le 18 octobre, trois jours après la Sainte-Thérèse, eut lieu une réunion solennelle honorée de la présence de la Dauphine, qui fut accueillie par le cardinal Alexandre-Angélique de Talleyrand-Périgord, archevêque de Paris (1817-1820).

15.
Le 15 octobre, fête de Sainte-Thérèse d'Avila, était pour la maison une date sacrée.

16.
Dans le *Génie du Christianisme* (part. IV, l. I, chap. VIII, Pléiade, pp. 913-915).

trieuse, elle met à contribution leur curiosité : en leur promettant de me montrer, elle les attire dans le laboratoire[17] ; une fois prises au trébuchet[18], elle leur cède bon gré mal gré, pour de l'argent, des drogues en sucre. Elle me fait servir à la vente du chocolat fabriqué au profit de ses malades[19], comme La Martinière[20] m'associait au débit de l'eau de groseilles qu'il avalait au succès de ses amours. La sainte femme[21] dérobe aussi des trognons de plume dans l'encrier de madame de Chateaubriand ; elle les négocie parmi les royalistes de pure race, affirmant que ces trognons précieux ont écrit le *superbe Mémoire sur la captivité de madame la duchesse de Berry.*
Quelques bons tableaux de l'école espagnole et italienne, une vierge de Guérin, la *sainte Thérèse*, dernier chef-d'œuvre du peintre de *Corinne*, nous font tenir aux arts[22]. Quant à l'histoire, nous aurons bientôt à l'hospice la sœur du marquis de Favras et la fille de madame Roland : la monarchie et la république m'ont chargé d'expier leur ingratitude et de nourrir leurs invalides.
C'est à qui sera reçu à *Marie-Thérèse.* Les pauvres femmes obligées d'en sortir quand elles ont recouvré la santé se logent aux environs de

---

17.
Pour accroître les ressources de la fondation, Mme de Chateaubriand avait créé dans l'enceinte même de l'infirmerie, dès 1822, une fabrique de chocolat (le bâtiment existe encore). Très vite, la vente de ces chocolats constitua une part importante du budget. Leur fabrication dura jusqu'en 1925. Si Chateaubriand était mis à contribution pour la vente de ce chocolat très réputé, son épouse ne ménageait pas moins sa peine : « [...] madame de Chateaubriand s'en occupait si fort, écrit Daniélo, elle y pensait tant, qu'au lieu de vicomtesse de Chateaubriand, on l'a vue signer dans ses lettres *vicomtesse de chocolat* » (Daniélo, « M. et Madame de Chateaubriand... », *in Mémoires d'outre-tombe*, éd. Penaud, t. XII, p. 378).
18.
Pièce à planchette basculante pour prendre des oiseaux.
19.
Victor Hugo conte avec quelque amertume dans *Choses vues* comment Mme de Chateaubriand l'obligea un jour à acheter de son chocolat : « C'était la première fois qu'elle daignait paraître s'apercevoir que j'existais. Je saluais jusqu'à terre. Elle reprit : "Je suis charmée de vous voir." Je n'en croyais pas mes oreilles. Puis elle montra du doigt une pile sur une petite table et ajouta : "Je vous ai réservé ceci. J'ai pensé que cela vous ferait plaisir. Vous savez ce que c'est ?" C'était du chocolat religieux qu'elle protégeait et dont la vente était destinée à de bonnes œuvres. Je pris et payai. Le chocolat catholique et le sourire de Mme de Chateaubriand me coûtèrent vingt francs, c'est-à-dire huit jours de nourriture. C'est le sourire de femme le plus cher qui m'ait été vendu » (*Choses vues*, p. 698).
20.
Voir *supra*, livre IV, chap. 10, p. 271.
21.
« Sainte *pipeuse* », porte le manuscrit de 1845 : qui chasse au pipeau, c'est-à-dire en imitant le cri de quelque oiseau pour attirer les autres oiseaux dans un arbre dont les branches sont garnies de glu, dans laquelle ils se prennent les pattes. Expression imagée ; l'épithète « sainte » efface le délit.

Sainte Thérèse.

22.

De ces peintures ne subsiste plus aujourd'hui, dans la chapelle de l'infirmerie Marie-Thérèse, que la *Sainte Thérèse* du baron Gérard. C'est à la demande de Juliette Récamier que le peintre fit don de cette peinture, qu'il avait spécialement réalisée pour l'infirmerie. C'est à la fin d'avril 1828 que le tableau fut placé au-dessus du maître-autel de la chapelle, après avoir été exposé au Salon. Chateaubriand considère l'œuvre comme «incomparable». Et dans *Le Globe* (5 mai 1828), le protestant Guizot admire: «[...] Thérèse [...] marchait lentement, profondément recueillie, l'esprit préoccupé, le cœur ému de ses pieuses et tendres manifestations. Tout à coup comme elle passait auprès d'une colonne, le divin objet de son ardente espérance lui a apparu, elle a levé les yeux et elle a vu le ciel s'ouvrir [...]; elle est calme et pourtant hors d'elle-même.» Cette *Sainte Thérèse* marque une étape importante dans la peinture religieuse du XIXe siècle, ainsi que le souligne B. Foucart (*Le Renouveau de la peinture religieuse en France, 1800-1860*, p. 241). Outre la *Vierge* de Guérin et la *Sainte Thérèse* de Gérard, la chapelle était ornée de plusieurs autres bonnes peintures, dont un Christ en croix, une *Apothéose de Marie-Antoinette* par Mme Vigée-Lebrun (toujours visible) et une *Sainte Catherine* de Mignard. Tous ces tableaux, hormis ceux de *Marie-Antoinette* et de *Sainte Thérèse*, disparurent de l'infirmerie au moment de la Commune de 1871.

l'*Infirmerie*, se flattant de retomber malades et d'y rentrer. Rien n'y sent l'hôpital[23] : la juive, la protestante[24], la catholique, l'étrangère, la Française y reçoivent les soins d'une délicate charité qui se déguise en affectueuse parenté ; chacune des affligées croit reconnaître sa mère. J'ai vu une Espagnole, belle comme Dorothée, *la perle de Séville*, mourir à seize ans de la poitrine, dans le dortoir commun, se félicitant de son bonheur, regardant en souriant avec de grands yeux noirs à demi éteints, une figure pâle et amaigrie, madame la Dauphine, qui lui demandait de ses nouvelles et l'assurait qu'elle serait bientôt guérie. Elle expira le soir même, loin de la mosquée de Cordoue et des bords du Guadalquivir, son fleuve natal *(f)*: « D'où es-tu ? – Espagnole. – Espagnole et ici[25] ! » (Lope de Vega.) Grand nombre de veuves de chevaliers de Saint-Louis sont nos habituées ; elles apportent avec elles la seule chose qui leur reste, les portraits de leurs maris en uniforme de capitaine d'infanterie : habit blanc, revers roses ou bleu de ciel, frisure à l'oiseau royal[26]. On les met au grenier. Je ne puis voir leur régiment sans rire : si l'ancienne monarchie eût subsisté, j'augmenterais aujourd'hui le nombre de ces portraits, je ferais dans quelque corridor abandonné la consolation de mes petits neveux. « C'est votre grand oncle François, le capitaine au régiment de Navarre : il avait bien de l'esprit ! il a fait dans le *Mercure* le logogriphe[27] qui commence par ces mots, *Retranchez*

23.
Les chambres de la maison des prêtres étaient « bien parquetées, bien closes, bien tapissées, bien aérées, fort gaies [...]. Elles sont meublées avec élégance et même presque avec richesse. » Daniélo, le secrétaire de Chateaubriand, ajoute : « Entourées de hauts et flottants remparts d'arbres, elles ont tout un horizon de verdure et sont comme plongées dans un bain de lumière et d'air aromatique. » Pour perspectives, feuillage, gazon, fruits et chalet d'abeilles. « On se croirait loin de Paris, dans les jardins d'une forêt. C'est un petit paradis entre le boulevard et la rue d'Enfer [...] » (« M. et Madame de Chateaubriand... », *in Mémoires d'outre-tombe*, éd. Penaud, t. XII, pp. 376-378).

24.
Ainsi une jeune Hollandaise, Mme Buman, à la suite d'une visite de la duchesse d'Angoulême, accompagnée du cardinal de Talleyrand-Périgord, archevêque de Paris, abjura-t-elle la foi protestante après avoir été instruite par l'abbé de Frayssinous (voir Daniélo, *ibid.*, pp. 349-354).

25.
« Dorothée (Dorotea) semble bien être l'héroïne de *La Niña de la plata* (littéralement "la fille d'argent") qui jouit d'un grand renom de beauté et d'esprit à Séville. Le dialogue, qui a l'air d'être ici une citation, ne se trouve pas dans cette comédie de Lope de Vega et paraît appartenir à Chateaubriand » (communication de M. Bataillon à M. Levaillant).

26.
Perruque relevée comme les ailes d'un oiseau, à la mode sous le règne de Louis XVI.

27.
Énigme en vers dans laquelle on compose avec les lettres d'un mot, divers autres mots qu'il faut deviner aussi bien que le mot principal. Le logogriphe, connu des Grecs et des Romains, était très en vogue au XVIIIe siècle et l'un des jeux préférés des lecteurs du *Mercure de France*.

ma tête, et dans l'*Almanach des Muses* la pièce fugitive : *le Cri du cœur (g).*»
Quand je suis las de mes jardins, la plaine de Montrouge les remplace. J'ai vu changer cette plaine : que n'ai-je pas vu changer ! Il y a vingt-cinq ans qu'en allant à Méréville, au Marais, à la Vallée aux Loups, je passais par la barrière du Maine ; on n'apercevait à droite et à gauche de la chaussée que des moulins, les roues des grues aux trouées des carrières et la pépinière de Cels, ancien ami de Rousseau *(h)*. Desnoyers bâtit ses salons de *cent couverts* pour les soldats de la garde impériale qui venaient trinquer entre chaque bataille gagnée, entre chaque royaume abattu. Quelques guinguettes s'élevèrent autour des moulins, depuis la barrière du Maine jusqu'à la barrière du Mont-Parnasse. Plus haut était le *Moulin janséniste* et la petite maison de Lauzun pour contraste[28]. Auprès des guinguettes furent plantés des acacias, ombrage des pauvres comme l'eau de Seltz[29] est le vin de Champagne des gueux. Un théâtre forain fixa la population nomade des bastringues[30] ; un village se forma avec une rue pavée, des chansonniers et des gendarmes, Amphions et Cécrops de la police[31].

Pendant que les vivants s'établissaient, les morts réclamaient leur place. On enferma, non sans opposition des ivrognes, un cimetière dans une

---

28.

Il y avait dans le secteur deux moulins à surnom : le moulin de la Charité, dit « moulin Moliniste » parce que fréquenté en promenade par les élèves du collège Louis-le-Grand, tenu par les jésuites (disciples de Molina). Il existe encore, privé de ses ailes, dans le cimetière Montparnasse. Le moulin des Trois Cornets, dit « moulin Janséniste » parce que fréquenté par les élèves du collège des Oratoriens, suspects de jansénisme (actuel hôpital Saint-Vincent-de-Paul, 70 bis avenue Denfert-Rochereau). Ce moulin se trouvait 4-6 rue Raymond-Losserand, où il fut remplacé sous Napoléon III par un pavillon de chasse démoli en 1982 (communication de G. Poisson). Armand, duc de Lauzun (puis duc de Biron), possédait à l'extérieur de la barrière de Paris (aujourd'hui 23, rue Jean-Dolent), une petite maison où il menait « Talleyrand, Narbonne, Mirabeau et consorts », avec « un escadron de filles de l'opéra qu'on tirait au sort et qu'on échangeait ensuite si le sort avait été aveugle » (J. Orieux, *Talleyrand*), et où se réunirent, après le ralliement de Lauzun à Philippe d'Orléans en 1789, des partisans de ce dernier (voir G. Poisson, *Choderlos de Laclos ou l'obstination*, p. 718 *sqq.*).

29.

Du nom d'un village de Prusse où se trouvait une source d'eau acidulée. C'est une eau naturellement gazeuse, ou artificiellement gazéifiée avec du gaz carbonique sous pression chargé dans de l'eau naturelle.

30.

Voir *supra*, l. XIII, chap. 3, note 9, p. 755.

31.

Amphion, fils de Zeus et d'Antiope, était un musicien, spécialiste de la lyre. En revanche, le rapprochement entre les gendarmes et Cécrops surprend quelque peu. Ce héros mythique de l'Attique, considéré comme l'un des fondateurs d'Athènes, changea les mœurs en supprimant les meurtres rituels et les sacrifices humains.

enceinte où fut enclos un moulin ruiné, comme la tour des *Abois*[32] : c'est là que la mort porte chaque jour le grain qu'elle a recueilli ; un simple mur la sépare des danses, de la musique, des tapages nocturnes ; les bruits d'un moment, les mariages d'une heure les séparent du silence sans terme, de la nuit sans fin et des noces éternelles[33].

Je parcours souvent ce cimetière moins vieux que moi, où les vers qui rongent les morts ne sont pas encore morts ; je lis les épitaphes : que de femmes de seize à trente ans sont devenues la proie de la tombe ! heureuses de n'avoir vécu que leur jeunesse ! La duchesse de Gèvres, dernière goutte du sang de Du Guesclin, squelette d'un autre âge, fait son somme au milieu des dormeurs plébéiens.

Dans cet exil nouveau j'ai déjà d'anciens amis : M. Lemoine[34] y repose. Secrétaire de M. de Montmorin, il m'avait été légué par madame de Beaumont. Il m'apportait presque tous les soirs, quand j'étais à Paris, la simple conversation qui me plaît tant quand elle s'unit à la bonté du cœur et à la sûreté du caractère. Mon esprit fatigué et malade se délasse avec un esprit sain et reposé. J'ai laissé les cendres de la noble patronne de M. Lemoine au bord du Tibre.

Les boulevards qui environnent l'*Infirmerie* partagent mes promenades avec le cimetière ; je n'y rêve plus : n'ayant plus d'avenir, je n'ai plus de songes. Étranger aux générations nouvelles, je leur semble un besacier[35]

32.
À la suite de l'interdiction des inhumations dans les églises et de la fermeture des cimetières intra-muros, trois grands cimetières furent ouverts hors Paris entre 1790 et 1824, à savoir ceux de l'Est (ou du Père-Lachaise), du Nord (ou de Montmartre) et du Sud (ou de Montparnasse). Créé en 1801, ce dernier ne fut ouvert qu'en 1824 pour remplacer le cimetière parisien de Vaugirard ; l'enclos possédait un moulin, le « Moulin des Frères de la Charité », que l'on surnomma lors de sa restauration, à la fin du XVIIIe siècle, le « moulin moliniste » par opposition au « moulin Janséniste » (voir ci-dessus, note 28). Cette ouverture souleva de violentes protestations de la part de la commune de Montrouge, où le nouveau cimetière était implanté, qui nuisait aux tenanciers des guinguettes de la rue de la Gaîté situées en bordure du cimetière, qui craignirent que leur commerce ne fût atteint par cette « insalubrité ».

33.
Illustration d'un des grands thèmes de Chateaubriand, repris dans la *Vie de Rancé* : « Sociétés depuis longtemps évanouies, combien d'autres vous ont succédé ! Les danses s'établissent sur la poussière des morts, et les tombeaux poussent sous les pas de la joie. Nous rions et nous chantons sur les lieux arrosés du sang de nos amis. Où sont aujourd'hui les maux d'hier ? Où seront demain les félicités d'aujourd'hui ? » (l. I, Pléiade, p. 1006).

34.
Le « ministre des Finances » de Chateaubriand.

35.
De besace : sac de mendiant. « Quel bien possédait Homère ? Une besace et un bâton », écrit Béranger dans sa *Chanson des gueux*. Quant à La Fontaine, auteur cher à Chateaubriand, il écrit dans la fable *La Besace* : « *Le fabricateur souverain / Nous créa besaciers, / Tous de même manière.* » (*Fables*, I, 7).

poudreux, bien nu ; à peine suis-je recouvert maintenant d'un lambeau de jours écourtés que le temps rogne, comme le héraut d'armes coupait la jaquette d'un chevalier sans gloire : je suis aise d'être à l'écart. Il me plaît d'habiter à une portée de fusil de la barrière, au bord d'un grand chemin et toujours prêt à partir. Du pied de la colonne milliaire, je regarde passer le courrier, mon image et celle de la vie *(i)*.

Lorsque j'étais à Rome, en 1828, j'avais formé le projet de bâtir à Paris, au bout de mon ermitage, une serre et une maison de jardinier[36] ; le tout sur mes économies de mon ambassade et les fragments d'antiquités trouvés dans mes fouilles à *Torre Vergata*. M. de Polignac arriva au ministère ; je fis aux libertés de mon pays le sacrifice d'une place qui me charmait ; retombé dans mon indigence, adieu ma serre : *fortuna vitrea est*[37].

La méchante habitude du papier et de l'encre fait qu'on ne peut s'empêcher de griffonner. J'ai pris la plume ignorant ce que j'allais écrire, et j'ai barbouillé cette description trop longue au moins d'un tiers : si j'ai le temps, je l'abrégerai.

Je dois demander pardon à mes amis de l'amertume de quelques-unes de mes pensées. Je ne sais rire que des lèvres ; j'ai le *spleen*[38] *(j)*, tristesse physique, véritable maladie ; quiconque a lu ces *Mémoires* a vu quel a été mon sort. Je n'étais pas à une nagée du sein de ma mère que déjà les tourments m'avaient assailli. J'ai erré de naufrage en naufrage ; je sens une malédiction sur ma vie, poids trop pesant pour cette cahute de roseaux. Que ceux que j'aime ne se croient donc pas reniés ; qu'ils m'excusent, qu'ils laissent passer ma fièvre : entre ces accès mon cœur est tout à eux.

36.
Les pierres provenant de la démolition du mur mitoyen entre l'infirmerie et son ermitage devaient fournir une partie des matériaux. De Rome, le 28 octobre, Chateaubriand écrivait au bon Lemoine : « Faites que nous rentrions bien vite dans notre solitude de l'Infirmerie [...] Je vous bâtirai un joli petit appartement dans la maison du jardinier, au bas du jardin » (cité par N. Richard, *Le Paradis de la rue d'Enfer*, p. 84).

37.
Fortuna vitrea est; tum cum splendet frangitur : « La fortune est de verre ; c'est quand elle brille qu'elle se brise. » Aphorisme de Publius Sirus (Ier siècle av. J.-C.). Ses sentences avaient été publiées par Orellius (Leipzig, 1822).

38.
En anglais, *spleen* désigne la rate, siège, selon l'ancienne médecine, de la mélancolie ; d'où son emploi pour désigner des manifestations excessives de l'humeur et en particulier, depuis la fin du XVIIe siècle, une morosité maladive. Sans attendre l'époque romantique qui lui fera un sort, ce mot est attesté chez des auteurs du XVIIIe siècle tels que Voltaire, Grimm ou Delille.

[Lettre de madame la duchesse de Berry, de la citadelle de Blaye.]

J'en étais là[1] de ces pages décousues, jetées pêle-mêle sur ma table et emportées par le vent que laissent entrer mes fenêtres ouvertes, lorsqu'on[2] m'a remis la lettre et la note suivantes de madame la duchesse de Berry : allons, rentrons encore une fois dans la seconde partie de ma double vie, la partie positive.

« De la citadelle de Blaye, 7 mai 1833.
« Je suis péniblement contrariée du refus du gouvernement de vous laisser venir auprès de moi après la double demande que j'en ai faite. De toutes les vexations sans nombre qu'il m'a fallu éprouver, celle-ci est sans doute la plus pénible. J'avais tant de choses à vous dire ! tant de conseils à vous réclamer ! Puisqu'il faut renoncer à vous voir, je vais du moins essayer par le seul moyen qui me reste de vous remettre la commission que je voulais vous donner et que vous accomplirez : car je compte sans réserve sur votre attachement pour moi et sur votre dévouement pour mon fils. Je vous charge donc, monsieur, spécialement d'aller à Prague[3] et

1.
L'édition Penaud enchaîne ici deux chapitres distincts. Nous rétablissons le chap. 2.
2.
Le comte Paul de Choulot, familier et agent de la duchesse de Berry.
3.
Le 25 octobre 1832, alors que la situation en Angleterre devenait alarmante en raison des agitations que provoquait le projet de réforme électorale, Charles X partit pour Prague, où il arriva au Hradschin, résidence des empereurs d'Autriche, le 25 octobre 1832. La famille royale y restera jusqu'en août 1836.

de dire à mes parents que, si je me suis refusée jusqu'au 22 février à déclarer mon mariage secret, ma pensée était de servir davantage la cause de mon fils et de prouver qu'une mère, une Bourbon, ne craignait pas d'exposer ses jours. Je comptais seulement faire connaître mon mariage à la majorité de mon fils; mais les menaces du gouvernement, les tortures morales, poussées au dernier degré, m'ont décidée à faire ma déclaration. Dans l'ignorance où je suis de l'époque à laquelle la liberté me sera rendue, après tant d'espérances déçues[4], il est temps de donner à ma famille et à l'Europe entière une explication qui puisse prévenir des suppositions injurieuses. J'aurais désiré pouvoir la donner plus tôt; mais une séquestration absolue et les difficultés insurmontables pour communiquer avec le dehors m'en avaient empêchée jusqu'ici. Vous direz à ma famille que je suis mariée en Italie au comte Hector Lucchesi-Palli[5], des princes de Campo-Franco.

«Je vous demande, ô monsieur de Chateaubriand, de porter à mes chers enfants l'expression de toute ma tendresse pour eux. Dites bien à Henri que je compte plus que jamais sur tous ses efforts pour devenir de jour en jour plus digne de l'admiration et de l'amour des Français. Dites à Louise combien je serais heureuse de l'embrasser, et que ses lettres ont été pour moi ma seule consolation. Mettez mes hommages aux pieds du Roi et offrez mes tendres amitiés à mon frère et à ma bonne sœur. Je vous demande de me rapporter partout où je serai les vœux de mes enfants et de ma famille. Renfermée dans les murs de Blaye, je trouve une consolation à avoir un interprète tel que monsieur le vicomte de Chateaubriand; il peut à tout jamais compter sur mon attachement.

«MARIE-CAROLINE.»

4.

Membre d'une famille déjà mise hors-la-loi, la duchesse ne pouvait passer devant aucune juridiction si ce n'est devant la Cour des pairs, où un acquittement était prévisible; la reconduire à la frontière provoquerait une levée de boucliers dans l'opinion libérale. Puisque la duchesse refusait d'avouer sa grossesse, on attendrait que la naissance ait lieu!

5.

Chateaubriand n'y croyait pas. Mme de Boigne non plus, qui raconte que le munitionnaire Ouvrard et l'ancienne favorite de Louis XVIII, Mme du Cayla, mêlée à toutes les intrigues légitimistes du temps, inventèrent un «mari postiche» pour sauver l'honneur de la princesse. Mme du Cayla «mit la main» sur un attaché de la légation de Naples à La Haye, et Ouvrard, «avec les arguments irrésistibles de don Basile, et cent mille écus décidèrent le comte Hector de Lucchesi-Palli, fils du prince de Campofranco *[sic]*, à mettre son nom à la merci des intrigants [...]» (Mme de Boigne, *Mémoires*, t. IV, p. 129). La duchesse de Berry prétendra que son mari était issu d'une des meilleures familles du royaume des Deux-Siciles (ce qui est sans doute vrai). Quoi qu'il en soit, pour Charles X et son conseiller Blacas, la princesse, par ce mariage, s'était définitivement «retranchée» de la famille royale.

NOTE

«J'ai éprouvé une grande satisfaction de l'accord qui règne entre vous et M. le marquis de Latour-Maubourg, y attachant un grand prix pour les intérêts de mon fils.

«Vous pouvez communiquer à madame la Dauphine[6] la lettre que je vous écris. Assurez ma sœur que dès que je serai mise en liberté je n'aurai rien de plus pressé que de lui envoyer tous les papiers relatifs aux affaires politiques. Tous mes vœux auraient été de me rendre à Prague aussitôt que je serai libre; mais les souffrances de tout genre que j'ai éprouvées ont tellement détruit ma santé que je serai obligée de m'arrêter quelque temps en Italie[7] pour me remettre un peu et ne pas trop effrayer par mon changement mes pauvres enfants. Étudiez le caractère de mon fils, ses qualités, ses penchants, ses défauts même; vous direz au Roi, à madame la Dauphine et à moi-même ce qu'il y a à corriger, à changer, à perfectionner, et vous ferez connaître à la France ce qu'elle a à espérer de son jeune Roi.

«Par mes divers rapports avec l'empereur de Russie, je sais qu'il a fort bien accueilli à diverses reprises des propositions de mariage de mon fils avec la princesse Olga[8]. M. de Choulot vous donnera les renseignements les plus précis sur les personnes qui se trouvent à Prague.

«Désirant rester Française avant tout, je vous demande d'obtenir du Roi de conserver mon titre de princesse et mon nom. La mère du roi de Sardaigne s'appelle toujours la *princesse de Carignan* malgré qu'elle ait épousé M. de Monléar, auquel elle a donné le titre de prince. Marie-Louise, duchesse de Parme, a conservé son titre d'impératrice en épousant le comte de Neipperg[9], et elle est restée tutrice de son fils: ses autres enfants s'appellent Neipperg.

6.
Le duc et la duchesse d'Angoulême étaient très hostiles à la duchesse de Berry.

7.
Dans cette note secrète, la duchesse annonçait, contrairement à ce qu'elle écrivait dans la lettre officielle à Chateaubriand, qu'elle allait être remise en liberté prochainement.

8.
Ferdinand de Bertier, fondateur des Chevaliers de la Foi et agent influent de Charles X, suggérait un mariage entre Henri V et une grande-duchesse russe, afin d'obtenir l'appui du tsar autocrate, en le convainquant que le siège de la révolution n'était pas à Varsovie, en pleine insurrection, mais à Paris! Dès février 1831, les troupes russes seraient sur le Rhin prêtes à rétablir Charles X! De telles idées scandalisaient Chateaubriand: «Le jour où les Bourbons d'Holyrood ourdiraient quelques complots contre la France ou menaceraient sa tranquillité il retournerait à Paris, et servirait contre la légitimité», laissait-il publier dans le *Journal de Genève* du 28 juillet 1831.

9.
Argument qu'avait déjà utilisé la *Gazette de France*, qui rappelait que la régence, dans son institution comme dans son exercice, était de droit public, tandis que les mariages secrets sont de droit privé.

«Je vous prie de partir le plus promptement possible pour Prague, désirant plus vivement que je ne puis vous le dire que vous arriviez à temps pour que ma famille n'apprenne tous ces détails que par vous.
«Je désire le plus possible qu'on ignore votre départ ou que du moins l'on ne sache point que vous êtes porteur d'une lettre de moi, pour ne pas faire découvrir mon seul moyen de correspondance qui est si précieux quoique fort rare. M. le comte Lucchesi mon mari est descendant d'une des quatre plus anciennes familles de Sicile, les seules qui restent des douze compagnons de Tancrède. Cette famille s'est toujours fait remarquer par le plus noble dévouement à la cause de ses rois. Le prince de Campo-Franco, père de Lucchesi, était le premier gentilhomme de la chambre de mon père. Le roi de Naples actuel[10], ayant une entière confiance en lui, l'a placé auprès de son jeune frère le vice-roi de Sicile. Je ne vous parle pas de ses sentiments; ils sont en tous points conformes aux nôtres.
«Convaincue que la seule manière d'être comprise par les Français c'est de leur parler toujours le langage de l'honneur et de leur faire envisager la gloire, j'avais eu la pensée de marquer le commencement du règne de mon fils[11] par la réunion de la Belgique à la France. Le comte Lucchesi fut chargé par moi de faire à ce sujet les premières ouvertures au roi de Hollande et au prince d'Orange; il avait puissamment contribué à les faire bien accueillir[12]. Je n'ai pas été assez heureuse pour terminer ce traité, l'objet de tous mes vœux; mais je pense qu'il y a encore des

10.
Ferdinand II, frère de la duchesse de Berry, était devenu roi des Deux-Siciles en 1830; il régnera jusqu'en 1859.

11.
Mais Henri V était-il roi? Un proche de la Cour de Prague, M. de Villeneuve, fait le point sur cette épineuse question: «Les abdications du titre royal par le Roi et par le Dauphin [...] furent-elles valides ou invalides? [...] Du roi Charles X est effectivement émané, en Angleterre, un nouvel acte où il confirme sa renonciation au trône; il l'a transmis à plusieurs cours d'Europe; mais il ne l'a point promulgué au dehors. Son fils, M. le Dauphin, n'a pas voulu y apposer sa signature. Ensuite et quand la duchesse de Berry lui communiqua le dessein de son expédition en France, il lui conféra le titre de régente, mais sous des conditions absolues et *sine qua non*. L'une, c'était le succès préalable; c'était l'occupation permanente d'une ville à cour royale, où se ferait l'homologation du droit de la régente. C'était encore la formation d'un ministère irrévocable [nommé] par le Roi. [...] Le refus du Dauphin d'adhérer pour son compte à la transmission du titre royal réservait à ce Prince tous ses droits à venir, mais en reportant l'exercice au Roi, son père, alors que ce père auguste déclarait n'en plus vouloir» (*Charles X et Louis XIX en exil, mémoires inédits du marquis de Villeneuve*, 1889, pp. 31 et 32-34).

12.
Affirmation illusoire: Guillaume Ier, roi des Pays-Bas depuis 1815, n'acceptera que contraint et forcé l'indépendance de la Belgique.

chances de succès ; avant de quitter la Vendée, j'avais donné à M. le maréchal de Bourmont des pouvoirs pour continuer cette affaire. Personne n'est plus capable que lui de la mener à bien, à cause de l'estime dont il jouit en Hollande.
« Blaye, ce 7 mai 1833.
« M. C.

« Dans l'incertitude où je suis de pouvoir écrire au marquis de Latour-Maubourg, tâchez de le voir avant votre départ. Vous pouvez lui dire tout ce que vous jugerez convenable, mais sous le secret le plus absolu. Convenez avec lui de la direction à donner aux journaux. »

Réflexions et résolution.

Je fus ému à la lecture de ces documents. La fille de tant de rois, cette femme tombée de si haut, après avoir fermé l'oreille à mes conseils, avait le noble courage de s'adresser à moi, de me pardonner d'avoir prévu le mauvais succès de son entreprise: sa confiance m'allait au cœur et m'honorait. Madame de Berry m'avait bien jugé; la nature même de cette entreprise qui lui faisait tout perdre ne m'éloignait pas. Jouer un trône, la gloire, l'avenir, une destinée, n'est pas chose vulgaire: le monde comprend qu'une princesse peut être une mère héroïque *(a)*. Mais ce qu'il faut vouer à l'exécration, ce qui n'a pas d'exemple dans l'histoire, c'est la torture impudique infligée à une faible femme, seule, privée de secours, accablée de toutes les forces d'un gouvernement conjuré contre elle, comme s'il s'agissait de vaincre une puissance formidable[1]. Des parents livrant eux-mêmes leur fille à la risée des laquais, la

1. «Blaye restera jusqu'à la fin le même enfer de tragi-comédie. Entre Bugeaud et ses prisonniers, c'est tantôt la guerre, tantôt la paix armée, tantôt, par les brusques apaisements de Madame, une détente.» (M.-J. Durry, *La Vieillesse de Chateaubriand*, t. I, pp. 127-128). Bugeaud, face aux impertinences de la princesse, cherchait toutefois à la rendre plus accommodante; il aurait préféré obtenir un autre moyen que l'accouchement public pour réduire les carlistes au silence, envers lesquels il nourrissait une méfiance sans bornes, parlant de leur «infernal machiavélisme». Bugeaud acceptait la venue de Hennequin, l'avocat de la duchesse, et de Chateaubriand; mais il se heurtait au refus du gouvernement. Il tenta alors de faire pression et d'obtenir, en échange de la visite des deux «avocats», un engagement de la princesse annonçant formellement qu'elle était mariée et enceinte. À la stupeur générale, elle fit une réponse dilatoire, «évasive et sotte», dit Bugeaud. Le gouverneur, hors de lui, craignant une supercherie, décida d'attendre l'accouchement. Mais si Madame se résignait à subir Blaye jusqu'au bout, elle craignait encore plus, la liberté recouvrée, l'accueil du pieux Charles X et de l'irréprochable duchesse d'Angoulême, ainsi que la haine de son vieil ennemi Blacas. Un seul homme à ses yeux était capable alors de mener à bien la négociation: Chateaubriand.

tenant par les quatre membres afin qu'elle accouche en public ; appelant les autorités du coin, les geôliers, les espions, les passants, pour voir sortir l'enfant des entrailles de leur prisonnière, de même qu'on avait appelé la France à voir naître son Roi ! Et quelle prisonnière ? la petite-fille de Henri IV ! Et quelle mère ? la mère de l'orphelin banni dont on occupe le trône *(b)* ! Trouverait-on dans les bagnes une famille assez mal née pour avoir la pensée de flétrir un de ses enfants d'une telle ignominie ? N'eût-il pas été plus noble de tuer madame la duchesse de Berry que de lui faire subir la plus tyrannique humiliation *(c)* ? Ce qu'il y a eu d'indulgence dans cette lâche affaire appartient au siècle, ce qu'il y a eu d'infamant appartient au gouvernement[2].

La lettre et la note de madame la duchesse de Berry sont remarquables par plus d'un endroit : la partie relative à la réunion de la Belgique et au mariage de Henri V montre une tête capable de choses sérieuses ; la partie qui concerne la famille de Prague est touchante. La princesse craint d'être obligée de s'arrêter en Italie pour *se remettre un peu et ne pas trop effrayer de son changement ses pauvres enfants.* Quoi de plus triste et de plus douloureux ! Elle ajoute : « Je vous demande, ô monsieur de Chateaubriand ! de porter à mes chers enfants l'expression de toute ma tendresse, etc. »

Ô madame la duchesse de Berry ! que puis-je pour vous, moi faible créature déjà à moitié brisée ? Mais comment refuser quelque chose à ces paroles : « Renfermée dans les murs de Blaye, je trouve une consolation à avoir un interprète tel que monsieur de Chateaubriand, il peut à jamais compter sur mon attachement. »

Oui : je partirai pour la dernière et la plus glorieuse de mes ambassades ; j'irai de la part de la prisonnière de Blaye trouver la prisonnière du Temple ; j'irai négocier un nouveau pacte de famille, porter les embrassements d'une mère captive à des enfants exilés, et présenter les lettres par lesquelles le courage et le malheur m'accréditent auprès de l'innocence et de la vertu.

2.
Au moment où Chateaubriand s'apprêtait à partir pour Prague, Madame accouchait d'une fille, dans la nuit du 9 au 10 mai 1833. Bugeaud, quelque peu machiavélique, avait apparemment respecté le protocole qui présidait à la naissance d'un enfant de France mais en lui conférant un caractère dérisoire, plaçant des espions dans la chambre voisine de celle où la duchesse accouchait. Le 14 au soir, Chateaubriand quittait Paris.

Départ de Paris. – Calèche de M. de Talleyrand. – Bâle. – Journal de Paris à Prague, du 14 au 24 mai 1833, écrit au crayon dans la voiture, à l'encre dans les auberges.

14 mai 1833[1].

Une lettre pour madame la Dauphine et un billet pour les deux enfants étaient joints à la lettre qui m'était adressée *(a)*.

Il m'était resté de mes grandeurs passées un *coupé* dans lequel je brillais jadis à la cour de George IV, et une calèche de voyage[2] autrefois construite à l'usage du prince de Talleyrand. Je fis radouber celle-ci, afin de la rendre capable de marcher contre nature : car, par son origine et ses habitudes, elle est peu disposée à courir après les rois tombés. Le 14 mai à huit heures et demie du soir, anniversaire de l'assassinat de Henri IV, je partis pour aller trouver Henri V enfant, orphelin et proscrit.

Je n'étais pas sans inquiétude relativement à mon passe-port : pris aux affaires étrangères, il était sans signalement, et il avait onze mois de date ; délivré pour la Suisse et l'Italie, il m'avait déjà servi à sortir de France et à y rentrer ; différents *visa* attestaient ces diverses circonstances. Je n'avais voulu ni le faire renouveler ni en requérir un nouveau. Toutes les polices eussent été averties, tous les télégraphes eussent joué ;

1.
Date donnée par le manuscrit de 1847 : « 14 mai 1833 ».

2.
« C'est toujours ce coupé que j'avais fait "construire" à Londres, et que je chargeai mon ami si justement regretté M. de Givré de ramener au ministre à Paris. Créé pour des jours de faveur, il était trop riche et trop lourd pour traverser longtemps l'adversité. Quant à la calèche de M. de Talleyrand, l'auteur, en me la montrant, me dit un jour : "Que ne l'ai-je laissée courir toute seule, elle m'eût mené d'elle-même à la fortune." » (Marcellus, *Chateaubriand et son temps*, p. 433).

j'aurais été fouillé à toutes les douanes dans ma vache[3], dans ma voiture, sur ma personne. Si mes papiers avaient été saisis, que de prétextes de persécution, que de visites domiciliaires, que d'arrestations ! Quelle prolongation de la captivité royale ! car il demeurait prouvé que la princesse avait des moyens secrets de correspondance au dehors. Il m'était donc impossible de signaler mon départ par la demande d'un passe-port ; je me confiai à mon étoile[4].

Évitant la route trop battue de Francfort et celle de Strasbourg qui passe sous la ligne télégraphique, je pris le chemin de Bâle avec Hyacinthe Pilorge, mon secrétaire, façonné à toutes mes fortunes, et Baptiste, *valet de chambre* lorsque j'étais Monseigneur, et redevenu *valet* tout court à la chute de ma seigneurie : nous montons et nous descendons ensemble. Mon cuisinier, le fameux Montmirel, se retira à ma sortie du ministère, me déclarant qu'il ne reviendrait *aux affaires* qu'avec moi. Il avait été sagement décidé, par l'introducteur des ambassadeurs sous la Restauration, que tout ambassadeur mort rentrait dans *la vie privée* ; Baptiste était rentré dans la domesticité.

Arrivé à Altkirch, relais de la frontière, un gendarme se présenta et me demanda mon passe-port. À la vue de mon nom, il me dit qu'il avait fait, sous les ordres de mon neveu Christian, capitaine dans les dragons de la Garde, la campagne d'Espagne en 1823. Entre Altkirch et Saint-Louis[5], je rencontrai un curé et ses paroissiens ; ils faisaient une procession contre les hannetons, vilaines bêtes fort multipliées depuis les journées de Juillet. À Saint-Louis les préposés des douanes, qui me connaissaient, me laissèrent passer. J'arrivai joyeux à la porte de Bâle où m'attendait le vieux tambour-major suisse qui m'avait infligé au mois

3.
Vaste sac recouvert de cuir, placé à l'arrière des voitures de voyage et qui avait les dimensions de l'impériale.

4.
Le gouvernement de Louis-Philippe était au courant du départ de Chateaubriand ; n'eût-il pas eu d'espions, qu'il l'aurait appris à demi-mot en lisant cet article de Chateaubriand dans *La Quotidienne* du 20 avril 1833 : « Mme la duchesse de Berry m'ayant fait l'honneur de m'appeler auprès d'elle, [...] M. le maréchal duc de Dalmatie m'a répondu que le gouvernement n'a pas jugé qu'il fût possible d'accéder à cette demande. J'ignore, Monsieur, ce que S. A. R. avait l'intention de me dire : peut-être désirait-elle confier à mon zèle quelque mission pour son auguste famille, ou déposer dans le sein de ma fidélité quelque volonté dernière. [...] Il me suffit donc à présent que Mme la duchesse de Berry sache que je suis plus que jamais prêt à obéir à ses ordres, à me dévouer à ses malheurs [...] » (*in* E. Biré, *Les Dernières Années de Chateaubriand*, pp. 172-173).

5.
C'est là que fut créée en 1767 la manufacture qui produisit le premier cristal soufflé, taillé à la roue.

d'août précédent *un bed it garandaine t'un quart d'hire*; mais il n'était plus question de *choléra* et j'allai descendre aux *Trois-Rois* au bord du Rhin ; c'était le 17 de mai, à dix heures du matin.

Le maître d'hôtel me procura un domestique de place appelé Schwartz, natif de Bâle, pour me servir d'interprète en Bohême. Il parlait allemand, comme mon bon Joseph, ferblantier milanais, parlait grec en Messénie en s'enquérant des ruines de Sparte[6].

Le même jour, 17 mai, à 6 heures du soir, je démarrai du port. En montant en calèche, je fus ébahi de revoir le gendarme d'Altkirch au milieu de la foule ; je ne savais s'il n'était point dépêché à ma suite : il avait tout simplement escorté la malle-poste de France. Je lui donnai pour boire à la santé de son ancien capitaine.

Un écolier s'approcha de moi et me jeta un papier avec cette suscription : « *Au Virgile du* XIX*e siècle* » ; on lisait écrit ce passage altéré de l'*Énéide*: *Macte animo, generose puer*[7]. Et le postillon fouetta les chevaux, et je partis tout fier de ma haute renommée à Bâle, tout étonné d'être Virgile, tout charmé d'être appelé *enfant, generose puer.*

6.

Chateaubriand raconte dans l'*Itinéraire* qu'à « Misitra », cherchant les ruines de Sparte, son cicérone grec, qui savait à peine quelques mots d'anglais et d'italien, faisait preuve du plus grand embarras. « Joseph voulait nous mettre d'accord, et il ne faisait qu'accroître la confusion [...] » (voir *Itinéraire*, Pléiade, pp. 816-817).

7.

Voir *supra*, l. II, chap. 4, note 5, p. 152.

Bords du Rhin. – Saut du Rhin. – Moskirch. – Orage.

Je franchis le pont, laissant les bourgeois et les paysans de Bâle en guerre au milieu de leur république[1], et remplissant à leur manière le rôle qu'ils sont appelés à jouer dans la transformation générale de la société. Je remontai la rive droite du Rhin et regardais avec une certaine tristesse les hautes collines du canton de Bâle. L'exil que j'étais venu chercher l'année dernière dans les Alpes me semblait une fin de vie plus heureuse, un sort plus doux que ces affaires d'empire où je m'étais réengagé. Nourrissais-je pour madame la duchesse de Berry ou son fils la plus petite espérance ? non ; j'étais en outre convaincu que, malgré mes services récents, je ne trouverais point d'amis à Prague. Tel qui a prêté serment à Louis-Philippe, et qui loue néanmoins les funestes ordonnances, doit être plus agréable à Charles X que moi qui n'ai point été parjure. C'est trop auprès d'un Roi d'avoir deux fois raison : on préfère la trahison flatteuse au dévouement sévère. J'allais donc à Prague comme le soldat sicilien pendu à Paris du temps de la Ligue allait à la corde : le confesseur des Napolitains cherchait à lui mettre le cœur au ventre et lui disait chemin faisant : « *Allegramente ! allegramente*[2] ! » Ainsi

1. Voir *supra*, l. XXXVI, chap. 20, note 6, p. 2510.

2. L'Estoile raconte l'histoire d'un soldat sicilien au service de la Ligue qui, pour avoir tué un gentilhomme français, fut condamné à la peine de mort : « Le pauvre patient était assisté du confesseur des Napolitains ; lequel voyant ce pauvre homme fort effrayé et peu résolu à la mort, le consolait en son langage ; et l'y voulant faire aller gaiement, lui répétait souvent ces mots : *Allegramente, allegramente* » (*Journal* de L'Estoile, coll. Petitot, 1re série, t. XLVI, p. 441).

voguaient mes pensées tandis que les chevaux m'emportaient; mais quand je songeais aux malheurs de la mère de Henri V, je me reprochais mes regrets.

Les bords du Rhin fuyant le long de ma voiture me faisaient une agréable distraction : lorsqu'on regarde un paysage par une fenêtre, quoiqu'on rêve à autre chose, il entre pourtant dans la pensée un reflet de l'image que l'on a sous les yeux. Nous roulions parmi des prairies peintes des fleurs de mai; la verdure était nouvelle dans les bois, les vergers et les haies. Chevaux, ânes et vaches, porcs, chiens et moutons, poules et pigeons, oies et dindons, étaient aux champs avec leurs maîtres. Le Rhin, fleuve guerrier, semblait se plaire au milieu de cette scène pastorale, comme un vieux soldat logé en passant chez des laboureurs.

Le lendemain matin, 18 mai, avant d'arriver à Schaffouse[3], je me fis conduire au saut du Rhin; je dérobai quelques moments à la chute des royaumes pour m'instruire à son image. Je me serais bien arrangé de finir mes jours dans le castel qui domine le chasme[4]. Si j'avais placé à Niagara le rêve d'Atala non encore réalisé; si j'avais rencontré à Tivoli[5] un autre songe déjà passé sur la terre, qui sait si, dans le donjon de la chute du Rhin, je n'aurais pas trouvé une vision plus belle, naguère errante à ses bords, et qui m'eût consolé de toutes les ombres que j'avais perdues!

De Schaffouse j'ai continué ma route pour Ulm. Le pays offre des bassins cultivés où des monticules couverts de bois et détachés les uns des autres plongent leurs pieds. Dans ce bois qu'on exploitait alors, on remarquait des chênes, les uns abattus, les autres debout; les premiers écorcés à terre, leurs troncs et leurs branches nus et blancs comme le squelette d'un animal bizarre; les seconds portant sur leurs rameaux

---

3.

Pour Schaffhouse (en allemand Schaffhausen) : ville de Suisse, à 84 km à l'est de Bâle. La fameuse chute du Rhin, à Schaffhouse, commence au-dessus du pont qu'avait brûlé quelques années plus tôt le général Oudinot. Les eaux du fleuve y sont arrêtées et combattues par une multitude d'écueils qui se multiplient jusqu'à la chute proprement dite. Là elles se précipitent d'une hauteur d'environ 20 m, sur une largeur de 100; et après des retombées furieuses, elles reprennent presque immédiatement leur cours tranquille. Juliette Récamier, l'année précédente, avait visité ce paysage qu'elle admira fort. Chateaubriand y passa le 18 mai : « Je viens de voir la chute du Rhin à cause de vous. Je n'ai pu que la regarder un moment, penser à vous et partir » (*Lettres à Madame Récamier*, p. 376).

4.

Néologisme transcrit du grec, signifiant abîme.

5.

Tivoli, que Chateaubriand avait visité cinq semaines avant la mort de Mme de Beaumont. Il écrit dans le *Voyage en Italie* : « [...] je suis allé me placer [...] sur le pont de la cascade : j'avais vu la cataracte de Niagara. Du pont de la cascade nous sommes descendus à la grotte de Neptune, ainsi nommée, je crois, par Vernet [...] » (Pléiade, pp. 1440-1441).

hirsutes et garnis d'une mousse noire la fraîche verdure du printemps : ils réunissaient, ce qui ne se trouve jamais chez l'homme, la double beauté de la vieillesse et de la jeunesse.

Dans les sapinières de la plaine, des déracinements laissaient des places vides ; le sol avait été converti en prairies. Ces hippodromes de gazon au milieu des forêts ardoisées ont quelque chose de sévère et de riant, et rappellent les savanes du Nouveau-Monde. Les cabanes tiennent encore du caractère suisse ; les hameaux et les auberges se distinguent par cette propreté appétissante ignorée dans notre pays.

Arrêté pour dîner entre six et sept heures du soir à Moskirch, je musais à la fenêtre de mon auberge : des troupeaux buvaient à une fontaine, une génisse sautait et folâtrait comme un chevreuil. Partout où l'on agit doucement envers les animaux, ils sont gais et se plaisent avec l'homme. En Allemagne et en Angleterre on ne frappe point les chevaux, on ne les maltraite pas de paroles ; ils se rangent d'eux-mêmes au timon ; ils partent et s'arrêtent à la moindre émission de la voix, au plus petit mouvement de la bride. De tous les peuples les Français sont les plus inhumains : voyez nos postillons atteler leurs chevaux ? ils les poussent aux brancards à coups de bottes dans le flanc, à coups de manche de fouet sur la tête, leur cassant la bouche avec le mors pour les faire reculer, accompagnant le tout de jurements, de cris et d'insultes au pauvre animal. On contraint les bêtes de somme à tirer ou à porter des fardeaux qui surpassent leurs forces, et, pour les obliger d'avancer, on leur coupe le cuir à virevoltes de lanières : la férocité du Gaulois nous est restée ; elle est seulement cachée sous la soie de nos bas et de nos cravates.

Je n'étais pas seul à béer ; les femmes en faisaient autant à toutes les fenêtres de leurs maisons. Je me suis souvent demandé en traversant des hameaux inconnus : « Voudrais-tu demeurer là ? » Je me suis toujours répondu : « Pourquoi pas ? » Qui, durant les folles heures de la jeunesse, n'a dit avec le troubadour Pierre Vidal :

Don n'ai mais d'un pauc cordo
Que Na Raymbauda me do
Quel reys Richartz ab Peitieus
Ni ad Tors ni ab Angieus.

« Je suis plus riche avec un ruban que la belle Raimbaude me donne, que le roi Richard avec Poitiers, Tours et Angers. » Matière de songes est partout ; peines et plaisirs sont de tous lieux : ces femmes de Moskirch qui regardaient le ciel ou mon chariot de poste, qui me regardaient ou ne regardaient rien, n'avaient-elles pas des joies et des chagrins, des intérêts de cœur, de fortune, de famille, comme on en a à Paris ? J'aurais été loin dans l'histoire de mes voisins, si le dîner ne s'était annoncé poétiquement au fracas d'un coup de tonnerre : c'était beaucoup de bruit pour peu de chose.

Le Danube. – Ulm.

19 mai 1833.

À dix heures du soir je remontai en voiture; je m'endormis au grignotement[1] de la pluie sur la capote de la calèche. Le son du petit cor de mon postillon me réveilla. J'entendis le murmure d'une rivière que je ne voyais pas. Nous étions arrêtés à la porte d'une ville; la porte s'ouvre; on s'enquiert de mon passe-port et de mes bagages: nous entrions dans le vaste empire de Sa Majesté wurtembergeoise[2]. Je saluai de ma mémoire la grande-duchesse Hélène[3], fleur gracieuse et délicate maintenant enfermée dans les serres du Wolga. Je n'ai conçu qu'un seul jour le prix du haut rang et de la fortune: c'est à la fête que je donnai à la jeune princesse de Russie dans les jardins de la villa de Médicis. Je sentis comment la magie du ciel, le charme des lieux, le prestige de la beauté et de la puissance,

1. Erreur de copistes pour «gringottement», du verbe gringotter, qui signifie «fredonner en parlant des petits oiseaux ou des personnes qui fredonnent mal» (*Littré*).

2. En 1803, le Wurtemberg gagna quelques possessions grâce à la France, et le duc obtint le titre d'Électeur. La paix de Presbourg (1805), qui suivit les faits d'armes d'Ulm et d'Austerlitz, ajouta encore à l'étendue de cet État. Le duc Frédéric II reçut le titre de roi, sous le nom de Frédéric Ier; il entra dans la Confédération du Rhin créée par Napoléon. Les Wurtembergeois furent les alliés de la France jusqu'à l'évacuation de l'Allemagne par les Français en 1813; puis ils se tournèrent contre elle et firent partie de l'armée qui envahit la France en 1814. Sous le règne de Guillaume Ier, qui succéda en 1816 à son frère Frédéric, le Wurtemberg reçut une «Constitution» et s'opposa à plusieurs reprises à la politique rétrograde de Metternich.

3. La grande-duchesse Hélène, que Chateaubriand reçut à l'Académie de France lorsqu'il était ambassadeur à Rome, était la fille du prince Paul de Wurtemberg; elle avait épousé en 1824 le grand-duc Michel, devenant ainsi la belle-sœur des tsars Alexandre Ier et Nicolas Ier.

pouvaient enivrer ; je me figurais être à la fois *Torquato Tasso* et *Alfonso d'Este* ; je valais mieux que le prince, moins que le poète ; Hélène était plus belle que Léonore *(a)*. Représentant de l'héritier de François Ier et de Louis XIV, j'ai eu le songe d'un roi de France.

On ne me fouilla point : je n'avais rien contre les droits des souverains, moi qui reconnaissais ceux d'un jeune monarque quand les souverains eux-mêmes ne les reconnaissaient plus. La vulgarité, la modernité de la douane et du passe-port contrastaient avec l'orage, la porte gothique, le son du cor et le bruit du torrent.

Au lieu de la châtelaine opprimée que je me préparais à délivrer, je trouvai, au sortir de la ville, un vieux bonhomme ; il me demanda *six cruches* (kreutzer), haussant de la main gauche une lanterne au niveau de sa tête grise, tendant la main droite à Schwartz assis sur le siège, ouvrant sa bouche comme la gueule d'un brochet pris à l'hameçon : Baptiste, mouillé et malade, ne s'en put tenir de rire.

Et ce torrent que je venais de franchir, qu'était-ce ? Je le demandai au postillon, qui me cria : « Donau (le Danube). » Encore un fleuve fameux traversé par moi à mon insu, comme j'étais descendu dans le lit des lauriers-roses de l'Eurotas sans le connaître[4] ! Que m'a servi de boire aux eaux du Meschacébé, de l'Éridan, du Tibre, du Céphise, de l'Hermus, du Jourdain, du Nil, du Bétis, du Tage, de l'Èbre, du Rhin, de la Sprée, de la Seine, et de cent autres fleuves obscurs ou célèbres[5] ? Ignorés, ils ne m'ont point donné leur paix ; illustres, ils ne m'ont point communiqué leur gloire : ils pourront dire seulement qu'ils m'ont vu passer comme leurs rives voient passer leurs ondes.

J'arrivai d'assez bonne heure, le dimanche 19 mai, à Ulm, après avoir parcouru le théâtre des campagnes de Moreau et de Bonaparte.

Hyacinthe, membre de la Légion d'Honneur, en portait le ruban : cette décoration nous attirait des respects incroyables. N'ayant à ma boutonnière qu'une petite fleur, selon ma coutume, je passais, avant qu'on sût mon nom, pour un être mystérieux : mes Mamelouks, au Caire, voulaient,

---

4.

Lors de son voyage en Grèce et en Orient, en 1806. « Je descendis de la citadelle [de Misitra] et je marchai pendant un quart d'heure pour arriver à l'Eurotas [fleuve qui baignait Sparte]. Je le vis à peu près tel que je l'avais passé deux lieues plus haut sans le connaître [...] » (voir *Itinéraire*, Pléiade, pp. 813-814 et 825-827).

5.

On trouve le germe de ce développement dans l'*Itinéraire*, au moment où Chateaubriand boit à Athènes l'eau du Céphise avant de rapporter de l'eau du Jourdain dans une petite fiole, qu'il offrira à la duchesse de Berry lors du baptême du duc de Bordeaux (voir Pléiade, pp. 857 et 1007).

bon gré mal gré, que je fusse un général de Napoléon déguisé en savantasse[6]; ils n'en démordaient point et s'attendaient de quart d'heure en quart d'heure à me voir mettre l'Égypte dans la ceinture de mon cafetan. C'est pourtant chez les peuples dont nous avons brûlé les villages et ravagé les moissons que ces sentiments existent. Je jouissais de cette gloire; mais si nous n'avions fait que du bien à l'Allemagne, y serions-nous tant regrettés? Inexplicable nature humaine!

Les maux de la guerre sont oubliés; nous avons laissé au sol de nos conquêtes le feu de la vie *(b)*. Cette masse inerte mise en mouvement continue de fermenter, parce que l'intelligence y commence. En voyageant aujourd'hui on s'aperçoit que les peuples veillent le sac sur le dos; prêts à partir, ils semblent nous attendre pour nous mettre à la tête de la colonne. Un Français est toujours pris pour l'aide de camp qui apporte l'ordre de marcher.

Ulm est une petite ville propre, sans caractère particulier; ses remparts détruits se sont convertis en potagers et en promenades, ce qui arrive à tous les remparts. Leur fortune a quelque chose de pareil à celle des militaires; le soldat porte les armes dans sa jeunesse; devenu invalide, il se fait jardinier.

J'allai voir la cathédrale, vaisseau gothique à flèche élevée. Les bas-côtés se partagent en deux voûtes étroites soutenues par un seul rang de piliers, de manière que l'édifice intérieur tient à la fois de la cathédrale et de la basilique.

La chaire a pour dais un élégant clocher terminé en pointe comme une mitre; l'intérieur de ce clocher se compose d'un noyau autour duquel tourne une voûte hélicoïde à filigranes de pierre. Des aiguilles symétriques perçant le dehors paraissent avoir été destinées à porter des cierges; ils illuminaient cette tiare quand le pontife prêchait les jours de fête. Au lieu de prêtres officiant, j'ai vu de petits oiseaux sautillant dans ces feuillages de granit; ils célébraient la parole qui leur donna une voix et des ailes le cinquième jour de la création.

La nef était déserte; au chevet de l'église deux troupes séparées de garçons et de filles écoutaient des instructions.

La réformation (je l'ai déjà dit) a tort de se montrer dans les monuments catholiques qu'elle a envahis; elle y est mesquine et honteuse[7]. Ces

---

6.
Terme de dénigrement: celui qui affecte de paraître savant mais qui n'a qu'un savoir confus. On le trouve utilisé aussi par La Bruyère, Saint-Simon et Mirabeau, qui traite de «savantasse», Saumaise, le controversiste de Milton, dont Chateaubriand parle longuement dans l'*Essai sur la littérature anglaise* (éd. Garnier, pp. 649-651).

7.
Voir *supra*, l. VI, chap. 7, p. 410.

hauts portiques demandent un clergé nombreux, la pompe des solennités, les chants, les tableaux, les ornements, les voiles de soie, les draperies, les dentelles, l'argent, l'or, les lampes, les fleurs et l'encens des autels. Le protestantisme aura beau dire qu'il est retourné au christianisme primitif, les églises gothiques lui répondent qu'il a renié ses pères : les chrétiens, architectes de ces merveilles, étaient autres que les enfants de Luther et de Calvin.

Bleinheim. – Louis XIV. – Forêt Hercynienne. – Les Barbares. – Sources du Danube.

19 mai 1833.

Le 19 mai à midi j'avais quitté Ulm. À Dillingen les chevaux manquèrent. Je demeurai une heure dans la grande rue, ayant pour récréation la vue d'un nid de cigogne planté sur une cheminée comme sur un minaret d'Athènes[1]; une multitude de moineaux avaient fait insolemment leurs nids dans la couche de la paisible *reine au long cou.* Au-dessous de la cigogne, une dame, logée au premier étage, regardait les passants à l'ombre d'une jalousie demi-relevée; au-dessous de la dame était un saint de bois dans une niche. Le saint sera précipité de sa niche sur le pavé, la femme de sa fenêtre dans la tombe: et la cigogne? elle s'envolera: ainsi finiront les trois étages.

Entre Dillingen et Donauwerth, on traverse le champ de bataille de Blenheim. Les pas des armées de Moreau sur le même sol n'ont point effacé ceux des armées de Louis XIV; la défaite du grand roi domine dans la contrée les succès du grand empereur[2].

Le postillon qui me conduisait était de Blenheim; arrivé à la hauteur de son village, il sonna du cor: peut-être annonçait-il son passage à la pay-

1.
Les cigognes sont prétextes à des réminiscences successives. Celles d'Allemagne évoquent son voyage en Grèce, et lorsqu'il était à Athènes, il écrivait: «Ces oiseaux furent souvent les compagnons de mes courses dans les solitudes de l'Amérique; je les vis souvent perchés sur les wigwum du Sauvage: en les retrouvant dans une autre espèce de désert, sur les ruines du Parthénon, je n'ai pu m'empêcher de parler un peu de mes anciens amis» (*Itinéraire*, Pléiade, p. 867).

2.
Voir *supra*, l. XII, chap. 5, note 13, p. 726.

sanne qu'il aimait; elle tressaillait de joie au milieu des mêmes guérets où vingt-sept bataillons et douze escadrons français furent faits prisonniers, où le régiment de Navarre, dont j'ai eu l'honneur de porter l'uniforme, enterra ses étendards au bruit lugubre des trompettes: ce sont là les lieux communs de la succession des âges. En 1793 la République enleva de l'église de Blenheim les guidons[3] arrachés à la monarchie en 1704: elle vengeait le royaume et immolait le roi; elle abattait la tête de Louis XVI, mais elle ne permettait qu'à la France de déchirer le drapeau blanc.

Rien ne fait mieux sentir la grandeur de Louis XIV que de trouver sa mémoire jusqu'au fond des ravines creusées par le torrent des victoires napoléoniennes. Les conquêtes de ce monarque ont laissé à notre pays des frontières qui nous gardent encore. L'écolier de Brienne[4], à qui la légitimité donna une épée, enferma un moment l'Europe dans son antichambre; mais elle en sortit: le petit-fils de Henri IV mit cette même Europe aux pieds de la France; elle y est restée. Cela ne signifie pas que je compare Napoléon à Louis XIV: hommes de divers destins, ils appartiennent à des siècles dissemblables, à des nations différentes; l'un a parachevé une ère, l'autre a commencé un monde. On peut dire de Napoléon ce que dit Montaigne de César: «J'excuse la victoire de ne s'être pu dépêtrer de lui[5].»

Les indignes tapisseries du château de Blenheim, que je vis avec Pelletier, représentent le maréchal de Tallart ôtant son chapeau au duc de Marlborough, lequel est en posture de Rodomont[6]. Tallart n'en demeura pas moins le favori du vieux lion: prisonnier à Londres, il vainquit, dans l'esprit de la reine Anne, Marlborough qui l'avait battu à Blenheim, et mourut membre de l'Académie française[7]: «C'était, selon Saint-Simon, un homme de taille médiocre avec des yeux un peu jaloux, plein de feu et d'esprit, mais sans cesse battu du diable par son ambition.»

Je fais de l'histoire en calèche: pourquoi pas? César en faisait bien en litière; s'il gagnait les batailles qu'il écrivait, je n'ai pas perdu celle dont je parle.

3.

Voir *supra*, l. XXXIII, chap. 9, note 1, p. 2244.

4.

Bonaparte.

5.

Montaigne, *Essais*, l. II, chap. 33.

6.

Personnage du *Roland furieux*, que l'Arioste avait emprunté à Boïardo. C'était un fanfaron, un bravache, un vantard, un homme qui s'attribue un courage et des exploits extraordinaires.

7.

Tallart n'était pas membre de l'Académie française, mais de l'Académie des sciences.

De Dillingen à Donauwerth est une riche plaine d'inégal niveau où les champs de blé s'entremêlent aux prairies : on se rapproche et on s'éloigne du Danube selon les courbures du chemin et les inflexions du fleuve. À cette hauteur les eaux du Danube sont encore jaunes comme celles du Tibre.

À peine êtes-vous sorti d'un village que vous en apercevez un autre ; ces villages sont propres et riants : souvent les murs des maisons ont des fresques. Un certain caractère italien se prononce davantage à mesure que l'on avance vers l'Autriche : l'habitant du Danube n'est plus le paysan du Danube.

Son menton nourrissait une barbe touffue :
Toute sa personne velue
Représentait un ours, mais un ours mal léché[8].

Mais le ciel d'Italie manque ici : le soleil est bas et blanc ; ces bourgs si dru semés ne sont pas ces petites villes de la Romagne qui couvent les chefs-d'œuvre des arts cachés sous elles ; on gratte la terre, et ce labourage fait pousser, comme un épi de blé, quelque merveille du ciseau antique.

À Donauwerth je regrettai d'être arrivé trop tard pour jouir d'une belle perspective du Danube. Lundi 21, même aspect du paysage ; cependant le sol devient moins bon et les paysans paraissent plus pauvres. On commence à revoir des bois de pins et des collines. La forêt Hercynienne débordait jusqu'ici ; les arbres dont Pline nous a laissé la description singulière[9] furent abattus par des générations maintenant ensevelies avec les chênes séculaires.

Lorsque Trajan jeta un pont sur le Danube, l'Italie ouït pour la première fois le nom si fatal à l'ancien monde, le nom des Goths. Le chemin s'ouvrit à des myriades de sauvages qui marchèrent au sac de Rome[10]. Les Huns et leur Attila bâtirent leurs palais de bois en regard du Colisée, au bord du fleuve rival du Rhin, et comme lui ennemi du

8.
La Fontaine, *Fables*, XI, 12 : *Le Paysan du Danube.*

9.
Voir l'*Histoire naturelle* de Pline l'Ancien, paragraphes 5 et 6 du l. XVI. Si la forêt, pour Chateaubriand, illustre la tradition et l'aristocratie, l'arbre symbolise l'indispensable équilibre entre la maturation du temps et des volontés parfois trop précipitées des hommes, entre le passé et l'avenir. Pour grandir, la liberté a besoin de son ombre tutélaire. L'arbre est au cœur du grand débat qui oppose tradition et progrès, réforme et révolution.

10.
Voir *supra*, l. XXXI, chap. 12, p. 2148 *sqq.*

Tibre. Les hordes d'Alaric franchirent le Danube en 376 pour renverser l'empire grec civilisé, au même lieu où les Russes l'ont traversé en 1828 avec le dessein de renverser l'empire barbare assis sur les débris de la Grèce *(a)*. Trajan aurait-il deviné qu'une civilisation d'une espèce nouvelle s'établirait un jour de l'autre côté des Alpes, aux confins du fleuve qu'il avait presque découvert ? Né dans la forêt Noire, le Danube va mourir dans la mer Noire. Où gît sa principale source ? dans la cour d'un baron allemand[11], lequel emploie la naïade à laver son linge. Un géographe s'étant avisé de nier le fait, le gentilhomme propriétaire lui a intenté un procès. Il a été décidé par arrêt que la source du Danube était dans la cour dudit baron et ne saurait être ailleurs. Que de siècles il a fallu pour arriver des erreurs de Ptolémée à cette importante vérité ! Tacite fait descendre le Danube du mont Abnoba, *montis Abnobae*[12]. Mais les barons hermondures, chérusques, marcomans et quades[13], qui sont les autorités sur lesquelles s'appuie l'historien romain, n'étaient pas si avisés que mon baron allemand. Eudore n'en savait pas tant, quand je le faisais voyager aux embouchures de l'Ister, où l'Euxin, selon Racine, devait porter Mithridate en *deux jours*[14]. « Ayant passé l'Ister vers son embouchure, je découvris un tombeau de pierre sur lequel croissait un laurier. J'arrachai les herbes qui couvraient quelques lettres latines, et bientôt je parvins à lire ce premier vers des élégies d'un poète infortuné :

11.

Le Danube se forme sur la pente occidentale de la Forêt Noire, dans le grand-duché de Bade, par la réunion de deux sources, la Brege et la Brigach. Ce n'est alors qu'un simple torrent. À Donaueschingen, toujours en pays de Bade, il reçoit un troisième ruisseau, qui naît dans les jardins du palais de cette ville ; et c'est là qu'il prend le nom de Danube. Ce palais princier n'était pas celui d'un modeste baron d'Empire mais appartenait à la grande famille des Fürstenberg.

12.

Tacite, *De moribus Germanorum*, chap. I.

13.

Hermondures : ancien peuple germanique habitant entre le Danube et l'Elbe. Marcomans : ancien peuple de Germanie apparenté aux Suèves. Ils furent souvent en conflit avec Rome, jusqu'à l'époque de Commode. Quades : peuple germanique établi dans l'ancienne Moravie. Après avoir eu des relations pacifiques avec les Romains (sous Tibère), ils leur firent la guerre avec les Marcomans sous Marc Aurèle et Commode. Les Chérusques étaient, de toutes celles qui viennent d'être citées, la plus puissante nation germanique, établie entre la Weser et l'Elbe. Soumise par les Romains en 12 av. J.-C., elle prit une part prépondérante à la révolte d'Arminius.

14.

« Doutez-vous que l'Euxin ne me porte en deux jours / Aux lieux où le Danube y vient finir son cours ? » (Racine, *Mithridate*, acte III, scène 1). Ister : nom grec du Danube. Euxin : pour Pont-Euxin, c'est-à-dire la mer Noire.

Mon livre, vous irez à Rome, et vous irez à Rome sans moi[15]. »
(*Martyrs.*)

Le Danube, en perdant sa solitude, a vu se reproduire sur ses bords les maux inséparables de la société : pestes, famines, incendies, saccagements de villes, guerres, et ces divisions sans cesse renaissantes des passions ou des erreurs humaines.

Déjà nous avons vu le Danube inconstant,
Qui, tantôt catholique et tantôt protestant,
Sert Rome et Luther de son onde,
Et qui, comptant après pour rien
Le Romain et le Luthérien,
Finit sa course vagabonde
Par n'être pas même chrétien[16].

15.
Passage du l. VII des *Martyrs* (Pléiade, p. 225). Ce vers, traduit par Chateaubriand, figure en tête du recueil d'élégies *Les Tristes*, d'Ovide (43 av.-18 ap. J.-C.), écrit par le poète exilé au bord de la mer Noire.

16.
Vers de Régnier-Desmarais (1632-1713), *Voyage de Münick* (t. I, p. 216), *in Poésies françaises* (1716).

Ratisbonne. – Fabrique d'empereurs. – Diminution de la vie sociale à mesure qu'on s'éloigne de la France. – Sentiments religieux des Allemands.

Après Donauwerth on trouve Burkheim et Neubourg. Au déjeuner, à Ingolstadt, on m'a servi du chevreuil : c'est grand' pitié de manger cette charmante bête. J'ai toujours lu avec horreur le récit de la fête de l'installation de George Neville, archevêque d'York, en 1466 : on y rôtit quatre cents cygnes chantant en chœur leur hymne funèbre ! Il est aussi question dans ce repas de deux cent quatre butors : je le crois bien ! *Regensburg*, que nous appelons Ratisbonne, offre, en arrivant par Donauwerth, un aspect agréable. Deux heures sonnaient, le 21, lorsque je m'arrêtai devant l'hôtel de la poste. Tandis que l'on attelait, ce qui est toujours long en Allemagne, j'entrai dans une église voisine appelée la *Vieille Chapelle*[1], blanchie et dorée tout à neuf. Huit vieux prêtres noirs, à cheveux blancs, chantaient les vêpres ; j'avais prié autrefois dans une chapelle de Tivoli pour un homme qui priait lui-même à mes côtés ; dans une des citernes de Carthage, j'avais offert des vœux à saint Louis[2], mort non loin d'Utique, plus philosophe que Caton, plus sincère qu'Annibal, plus pieux qu'Énée : dans la chapelle de Ratisbonne, j'eus la pensée de recommander au ciel le jeune Roi que je venais chercher ; mais je craignais trop la colère de Dieu pour solliciter une couronne ; je suppliai le dispensateur de toutes grâces d'accorder à l'orphelin le bonheur, et de lui donner le dédain de la puissance.

---

1. Ancienne chapelle palatine, remontant au IXe ou XIe siècle.

2. Chateaubriand n'en a pas fait mention dans l'*Itinéraire de Paris à Jérusalem*.

Je courus de la *Vieille Chapelle* à la cathédrale. Plus petite que celle d'Ulm, elle est plus religieuse et d'un plus beau style. Ses vitraux coloriés l'enténèbrent de cette obscurité propre au recueillement. La blanche chapelle convenait mieux à mes souhaits pour l'innocence de Henri; la sombre basilique me rendit tout ému pour mon vieux roi Charles.

Peu m'importait l'hôtel dans lequel on élisait jadis les empereurs[3], ce qui prouve du moins qu'il y avait des souverains électifs, même des souverains que l'on jugeait. Le dix-huitième article du testament de Charlemagne porte: «Si quelques-uns de nos petits-fils, nés ou à naître, sont accusés, ordonnons qu'on ne leur rase pas la tête, qu'on ne leur crève pas les yeux, qu'on ne leur coupe pas un membre, ou qu'on ne les condamne pas à mort sans bonne discussion et sans examen.» Je ne sais quel empereur d'Allemagne déposé réclama seulement la souveraineté d'un clos de vigne qu'il affectionnait.

À Ratisbonne, jadis fabrique de souverains, on monnayait des empereurs souvent à bas titre; ce commerce est tombé: une bataille de Bonaparte et le Prince Primat[4], plat courtisan de notre universel gendarme, n'ont pas ressuscité la cité mourante. Les Regensbourgeois, habillés et crasseux comme le peuple de Paris, n'ont aucune physionomie particulière. La ville, faute d'un assez grand nombre d'habi-

3.
Ratisbonne (aujourd'hui Regensburg), ville libre et impériale (1245) où le père Joseph, l'«éminence grise» de Richelieu, conclut la paix avec l'empereur Ferdinand II (octobre 1630), et qui devint à partir de 1663 le siège de la Diète du Saint Empire. Celle-ci comportait les trois collèges des Électeurs, des princes et des villes. Ils délibéraient séparément; les décisions étaient soumises à une assemblée générale; votées, elles étaient présentées à l'empereur, qui les ratifiait par édit. L'ensemble des décisions d'une Diète s'appelaient «recez» de l'Empire. Elles avaient trait aux lois, à la guerre ou à la paix, aux levées d'impôts et des troupes. La Diète disposait d'un Conseil d'exécution, le directoire, présidé par l'Électeur de Mayence, archichancelier d'Empire. Mais contrairement à ce que prétend Chateaubriand, la Diète n'élisait plus les empereurs. Depuis la Bulle d'or (promulguée en 1356 par l'empereur Charles IV), seuls se voyaient reconnaître la dignité de prince électeur: les archevêques de Mayence, de Cologne, de Trèves, et quatre électeurs laïques (de Bohême, du Palatinat, de Saxe et de Brandebourg). À la mort de l'empereur, l'archevêque de Mayence convoquait les grands Électeurs à Francfort. Pour être élu, le candidat devait obtenir au moins 4 voix.

4.
Après la bataille d'Eckmühl (22 avril 1809), Ratisbonne, principauté d'Empire, fut donnée à l'archevêque primat de l'Église catholique d'Allemagne, le duc Charles de Dalberg (ami de Goethe, de Schiller, de Humboldt, prince imprégné de l'esprit des Lumières, et à qui on avait enlevé Mayence), puis cédée en 1810 à la Bavière. Lorsque Chateaubriand parle de «fabrique de souverains», il évoque la période qui va de 1663 à 1806, où la ville fut le lieu où se réunirent les Diètes de l'Empire.

tants[5], est mélancolique; l'herbe et le chardon assiègent ses faubourgs: ils auront bientôt haussé leurs plumets et leurs lances sur ses donjons. Kepler, qui a fait tourner la terre de même que Copernic, repose à jamais à Ratisbonne.

Nous sommes sortis par le pont de la route de Prague, pont très-vanté et fort laid[6]. En quittant le bassin du Danube, on gravit des escarpements. Kirn, le premier relais, est perché sur une rude côte, du sommet de laquelle, à travers les nues aqueuses, j'ai découvert des collines mornes et de pâles vallées. La physionomie des paysans change; les enfants, jaunes et bouffis, ont l'air malade.

Depuis Kirn jusqu'à Waldmünchen l'indigence de la nature s'accroît: on ne voit presque plus de hameaux; des chaumières en rondins de sapin, liés avec un gâchis[7] de terre, comme sur les cols les plus maigres des Alpes.

La France est le cœur de l'Europe; à mesure qu'on s'en éloigne, la vie sociale diminue; on pourrait juger de la distance où l'on est de Paris par le plus ou moins de langueur du pays où l'on se retire. En Espagne et en Italie la diminution du mouvement et la progression de la mort sont moins sensibles: dans la première contrée un autre peuple, un autre monde, des Arabes chrétiens vous occupent; dans la seconde le charme du climat et des arts, l'enchantement des amours et des ruines, ne laissent pas le temps vous opprimer. Mais en Angleterre, malgré la perfection de la société physique, en Allemagne, malgré la moralité des habitants, on se sent expirer. En Autriche et en Prusse, le joug militaire pèse sur vos idées, comme le ciel sans lumière sur votre tête; je ne sais quoi vous avertit que vous ne pouvez ni écrire, ni parler, ni penser avec indépendance; qu'il faut retrancher de votre existence toute la partie noble, laisser oisive en vous la première des facultés de l'homme, comme un inutile don de la divinité. Les arts et la beauté de la nature ne venant pas tromper vos heures, il ne vous reste qu'à vous plonger dans une grossière débauche ou dans ces vérités spéculatives dont se contentent les Allemands. Pour un Français, du moins pour moi, cette façon d'être est impossible; sans dignité, je ne comprends pas la vie, difficile même à comprendre avec toutes les séductions de la liberté, de la gloire et de la jeunesse.

5.

Entre 7 et 8 000 habitants.

6.

Chateaubriand se montre bien injuste à l'égard de ce vénérable pont qui, construit de 1135 à 1146, unit la ville au faubourg de Stadt-am-Hof.

7.

Mortier grossier.

Cependant une chose me charme chez le peuple allemand, le sentiment religieux. Si je n'étais pas trop fatigué, je quitterais l'auberge de Nittenau où je crayonne ce journal; j'irais à la prière du soir avec ces hommes, ces femmes, ces enfants qu'appelle à l'église le son d'une cloche. Cette foule, me voyant à genoux au milieu d'elle, m'accueillerait en vertu de l'union d'une commune foi. Quand viendra le jour où des philosophes dans leur temple béniront un philosophe arrivé par la poste, offriront avec cet étranger une prière semblable à un Dieu sur lequel tous les philosophes sont en désaccord? Le chapelet du curé est plus sûr: je m'y tiens.

Arrivée à Waldmünchen. – Douane autrichienne. – L'entrée en Bohême refusée[1].

21 mai.

Waldmünchen[2], où j'arrivai le mardi matin 21 mai, est le dernier village de Bavière de ce côté de la Bohême. Je me félicitais d'être à même de remplir promptement ma mission; je n'étais plus qu'à cinquante lieues de Prague. Je me plonge dans l'eau glacée, je fais ma toilette à une fontaine, comme un ambassadeur qui se prépare à une entrée triomphale; je pars et, à une demi-lieue de Waldmünchen, j'aborde plein d'assurance la douane autrichienne[3]. Une barrière abaissée fermait le chemin; je descends avec Hyacinthe dont le ruban rouge flamboyait. Une jeune douanier, armé d'un fusil, nous conduit au rez-de-chaussée d'une maison, dans une salle voûtée. Là, était assis à son bureau, comme à un tribunal, un gros et vieux chef de douaniers allemands; cheveux roux, moustaches rousses, sourcils épais descendant en biais sur deux yeux verdâtres à moitié ouverts, l'air méchant; mélange de l'espion de police de Vienne et du contrebandier de Bohême. Il prend nos passe-ports sans dire mot; le jeune douanier m'approche

1. Penaud réunit en un seul les deux chapitres suivants. Nous corrigeons.

2. En 1983, la municipalité de Waldmünchen, avec le concours des autorités bavaroises et fédérales, a tenu à célébrer avec faste le 150e anniversaire du passage de Chateaubriand (voir *BSC*, 1983, p. 33 *sqq.*).

3. Selon les rôles des Archives d'État d'Autriche, trois fonctionnaires étaient en poste à la douane de Haselbach-lez-Waldmünchen : le titulaire Ferdinand de Lavigne, le contrôleur Karl von Pfeilsberg et le préposé Franz Karmine.

timidement une chaise, tandis que le chef, devant lequel il a l'air de trembler, examine les passe-ports. Je ne m'assieds pas et je vais regarder des pistolets accrochés au mur et une carabine placée dans l'angle de la salle ; elle me rappela le fusil avec lequel l'aga de l'isthme de Corinthe tira sur le paysan grec[4]. Après cinq minutes de silence, l'Autrichien aboie deux ou trois mots que mon Bâlois traduisit ainsi : « Vous ne passerez pas. » Comment, je ne passerai pas, et pourquoi ?
L'explication commence :
« Votre signalement n'est pas sur le passe-port. – Mon passe-port est un passe-port des affaires étrangères. – Votre passe-port est vieux. – Il n'a pas un an de date ; il est légalement valide. – Il n'est pas visé à l'ambassade d'Autriche à Paris. – Vous vous trompez, il l'est. – Il n'a pas le timbre sec. – Oubli de l'ambassade ; vous voyez d'ailleurs les *visa* des autres légations étrangères. Je viens de traverser le canton de Bâle, le grand-duché de Bade, le royaume de Wurtemberg, la Bavière entière, on ne m'a pas fait la moindre difficulté. Sur la simple déclaration de mon nom, on n'a pas même déployé mon passe-port. – Avez-vous un caractère public ? – J'ai été ministre en France, ambassadeur de Sa Majesté très-chrétienne à Berlin, à Londres et à Rome. Je suis connu personnellement de votre souverain et du prince de Metternich. – Vous ne passerez pas. – Voulez-vous que je dépose un cautionnement ? Voulez-vous me donner une garde qui répondra de moi ? – Vous ne passerez pas. – Si j'envoie une estafette au gouvernement de Bohême ? – Comme vous voudrez. »
La patience me manqua ; je commençai à envoyer le douanier *(a)* à tous les diables. Ambassadeur d'un roi sur le trône, peu m'eût importé quelques heures perdues ; mais, ambassadeur d'une princesse dans les fers, je me croyais infidèle au malheur, traître envers ma souveraine captive.
L'homme écrivait : le Bâlois ne traduisait pas mon monologue, mais il y a des mots français que nos soldats ont enseignés à l'Autriche et qu'elle n'a pas oubliés. Je dis à l'interprète : « Explique-lui que je me rends à Prague pour offrir mon dévouement au roi de France. » Le douanier, sans interrompre ses écritures, répondit : « Charles X n'est pas pour l'Autriche le roi de France. » Je répliquai : « Il l'est pour moi. » Ces mots rendus au cerbère parurent lui faire quelque effet ; il me regarda de côté et en dessous. Je crus que sa longue annotation serait en dernier résultat un visa favorable. Il barbouille encore quelque chose sur le passe-

4. Voir *Itinéraire* (Pléiade, p. 845).

port d'Hyacinthe, et rend le tout à l'interprète. Il se trouva que le *visa* était une explication des motifs qui ne lui permettaient pas de me laisser continuer ma route, de sorte que non-seulement il m'était impossible d'aller à Prague, mais que mon passe-port était frappé de faux pour les autres lieux où je me pourrais présenter. Je remontai en calèche, et je dis au postillon : « À Waldmünchen. »

Séjour à Waldmünchen. – Lettres au comte de Choteck. – Inquiétudes. – Le viatique.

Mon retour ne surprit point le maître de l'auberge. Il parlait un peu français, il me raconta que pareille chose était déjà arrivée ; des étrangers avaient été obligés de s'arrêter à Waldmünchen et d'envoyer leurs passe-ports à Munich au *visa* de la légation autrichienne. Mon hôte, très-brave homme, directeur de la poste aux lettres, se chargea de transmettre au grand bourgrave de Bohême la lettre dont suit la copie :

Waldmünchen, 21 mai 1833.
« Monsieur le gouverneur[1],
« Ayant l'honneur d'être connu personnellement de S. M. l'empereur d'Autriche et de M. le prince de Metternich, j'avais cru pouvoir voyager dans les États autrichiens avec un passe-port qui, n'ayant pas une année de date, était encore légalement valide et lequel avait été visé par l'ambassadeur d'Autriche à Paris pour la Suisse et l'Italie. En effet, monsieur le comte, j'ai traversé l'Allemagne et mon nom a suffi pour qu'on me laissât passer. Ce matin seulement, M. le chef de la douane autrichienne de Haselbach ne s'est pas cru autorisé à la même obligeance et cela par les motifs énoncés dans son *visa* sur mon passe-port ci-joint, et sur celui de M. Pilorge, mon secrétaire. Il m'a forcé, à mon grand regret, de rétrograder jusqu'à Waldmünchen où j'attends vos ordres. J'ose espérer, monsieur le comte, que vous voudrez bien lever la petite difficulté qui m'arrête, en m'envoyant, par l'estafette que j'ai

1. Le comte Choteck.

l'honneur de vous expédier, le permis nécessaire pour me rendre à Prague et de là à Vienne.

«Je suis avec une haute considération, monsieur le gouverneur, votre très-humble et très-obéissant serviteur,

«CHATEAUBRIAND.

«Pardonnez, monsieur le comte, la liberté que je prends de joindre un billet ouvert pour M. le duc de Blacas.»

Un peu d'orgueil perce dans cette lettre : j'étais blessé *(a)*; j'étais aussi humilié que Cicéron, lorsque, revenant en triomphe de son gouvernement d'Asie, ses amis lui demandèrent s'il arrivait de Baïes ou de sa maison de Tusculum[2]. Comment! mon nom, qui volait d'un pôle à l'autre, n'était pas venu aux oreilles d'un douanier dans les montagnes d'Haselbach! chose d'autant plus cruelle qu'on a vu mes succès à Bâle. En Bavière, j'avais été salué de *Monseigneur* ou d'Excellence; un officier bavarois, à Waldmünchen, disait hautement dans l'auberge que mon nom n'avait pas besoin du *visa* d'un ambassadeur d'Autriche. Ces consolations étaient grandes, j'en conviens; mais enfin une triste vérité demeurait : c'est qu'il existait sur la terre un homme qui n'avait jamais entendu parler de moi.

Qui sait pourtant si le douanier d'Haselbach ne me connaissait pas un peu! Les polices de tous les pays sont si tendrement ensemble! Un politique qui n'approuve ni n'admire les traités de Vienne, un Français qui aime l'honneur et la liberté de la France, qui reste fidèle à la puissance tombée, pourrait bien être à l'index à Vienne. Quelle noble vengeance d'en agir avec M. de Chateaubriand comme avec un de ces commis-voyageurs si suspects aux espions! Quelle douce satisfaction de traiter comme un vagabond dont les papiers ne sont pas en règle un envoyé chargé de porter traîtreusement à un enfant banni les adieux de sa mère captive!

L'estafette partit de Waldmünchen le 21, à onze heures du matin; je calculais qu'elle pourrait être de retour le surlendemain 23, de midi à quatre heures; mais mon imagination travaillait : Qu'allait devenir mon message? Si le gouverneur est un homme ferme et qui sache vivre, il m'enverra le permis; si c'est un homme timide et sans esprit, il me répondra que ma demande n'étant pas dans ses attributions, il s'est empressé d'en référer à Vienne. Ce petit incident peut plaire et déplaire

2. Voir *supra*, l. XXX, chap. 9, note 7, p. 2001.

tout à la fois au prince de Metternich. Je sais combien il craint les journaux ; je l'ai vu à Vérone quitter les affaires les plus importantes, s'enfermer tout éperdu avec M. de Gentz, pour brocher un article en réponse au *Constitutionnel* et aux *Débats.* Combien s'écoulera-t-il de jours avant la transmission des ordres du ministre impérial ?

D'un autre côté, M. de Blacas sera-t-il bien aise de me voir à Prague ? M. de Damas ne croira-t-il pas que je viens le détrôner ? M. le cardinal de Latil n'aura-t-il aucun souci ? Le triumvirat ne profitera-t-il pas de la malencontre pour me faire fermer les portes au lieu de me les faire ouvrir ? Rien de plus aisé : un mot dit à l'oreille du gouverneur, mot que j'ignorerai toute ma vie. Dans quelle inquiétude seront mes amis à Paris ? quand l'aventure s'ébruitera, que n'en feront point les gazettes ? que d'extravagances ne débiteront-elles pas ?

Et si le grand bourgrave *(b)* ne juge pas à propos de me répondre ? s'il est absent ? si personne n'ose le remplacer ? que deviendrai-je sans passe-port ! où pourrai-je me faire reconnaître ? à Munich ? à Vienne ? quel maître de poste me donnera des chevaux ? Je serai de fait prisonnier dans Waldmünchen.

Voilà les dragons[3] qui me traversaient la cervelle ; je songeais de plus à mon éloignement de ce qui m'était cher[4] : j'ai trop peu de temps à vivre pour perdre ce peu. Horace a dit : « *Carpe diem*[5], cueillez le jour. » Conseil du plaisir à vingt ans, de la raison à mon âge.

Fatigué de *ruminer tous les cas dans ma tête*[6], j'entendis le bruit d'une foule au dehors ; mon auberge était sur la place du village. Je regardais par la fenêtre un prêtre portant les derniers sacrements *(c)* à un mourant. Qu'importait à ce mourant les affaires des Rois, de leurs serviteurs et du monde ? Chacun quittait son ouvrage et se mettait à suivre le prêtre ; jeunes femmes, vieilles femmes, enfants, mères avec leurs nour-

3.
Soucis, inquiétudes, remords, chimères. Fréquemment usité dans la langue du XVIIe siècle, du moins chez Mme de Sévigné, ainsi que le précise Littré.

4.
Chateaubriand s'efforça de prévenir et de calmer l'inquiétude de ses proches en écrivant le lendemain, mercredi 22 mai, à Mme Récamier et à Mme de Chateaubriand, sans indiquer pour autant la raison vraie de sa mésaventure : « Les chevaux ont totalement manqué au relais », dit-il à Mme Récamier ; à Mme de Chateaubriand, il affirme qu'il part et sera arrivé le lendemain. Voir *Souvenirs et correspondance... de Mme Récamier*, t. II, p. 424.

5.
Horace, *Odes*, l. I, ode 11 : « *[...] dum loquimur, fugerit invita / Et Ætas ; carpe diem [...].* »

6.
La Fontaine, *Fables*, X, 1 : *L'Homme et la couleuvre.*

rissons dans leurs bras, répétaient la prière des agonisants. Arrivé à la porte du malade, le curé donna la bénédiction avec le saint viatique. Les assistants se mirent à genoux en faisant le signe de la croix et baissant la tête. Le passe-port pour l'éternité ne sera point méconnu de celui qui distribue le pain et ouvre l'hôtellerie au voyageur.

Chapelle. – Ma chambre d'auberge. – Description de Waldmünchen[1].

Quoique j'eusse été sept jours sans me coucher, je ne pus rester au logis; il n'était guère plus d'une heure: sorti du village du côté de Ratisbonne, j'avisai à droite, au milieu d'un blé, une chapelle blanche[2]; j'y dirigeai mes pas. La porte était fermée; à travers une fenêtre biaise on apercevait un autel avec une croix. La date de l'érection de ce sanctuaire, 1830, était écrite sur l'architrave: on renversait une monarchie à Paris et l'on construisait une chapelle à Waldmünchen. Les trois générations bannies devaient venir habiter un exil à cinquante lieues du nouvel asile élevé au Roi crucifié. Des millions d'événements s'accomplissent à la fois: que fait au noir endormi sous un palmier, au bord du Niger, le blanc qui tombe au même instant sous le poignard au rivage du Tibre? Que fait à celui qui pleure en Asie celui qui rit en Europe? Que faisait au maçon qui bâtissait cette chapelle, au prêtre bavarois qui exaltait ce Christ en 1830, le démolisseur de Saint-Germain-l'Auxerrois[3], l'abatteur des croix en 1830? Les événements ne

---

1. Le manuscrit de 1847 ajoute: «Habitants. Troupeaux», et donne une date de rédaction: «21 mai 1833».

2. «Cette chapelle, fraîchement badigeonnée et construite en 1830, se dressait au milieu d'un champ de blé. Il s'agit de la chapelle du Mont-des-Oliviers» (communication de L. Pollmann, «L'épisode de Waldmünchen dans les *Mémoires d'outre-tombe*», *BSC*, 1983, pp. 40-45).

3. Il avait été un moment question d'abattre l'église Saint-Germain-l'Auxerrois. Chateaubriand avait écrit aussitôt à la *Revue de Paris* une lettre adressée à Mme de ***, datée de Genève, du 11 juillet

LE FOSSOYEUR DE WALDMÜNCHEN.

1831, dont on trouvera ici quelques formules: «On va donc commencer, disent les journaux, la démolition de ce monument le 14 juillet. Noble manière d'inaugurer la monarchie élective, par la destruction d'une église, d'exécuter de sang-froid, et à tête reposée, ce que le vandalisme révolutionnaire faisait jadis dans la fièvre et les convulsions! [...] Que ne masque-t-on l'église par des arbres, en la laissant subsister en face du Louvre [...]? Saint-Germain-l'Auxerrois est un des plus vieux monuments de Paris; il est d'une époque dont il ne reste presque rien. Que sont donc devenus vos romantiques? On porte le marteau dans une église, et ils se taisent! Ô mes fils! combien vous êtes dégénérés! Faut-il que votre grand-père élève seul sa voix cassée en faveur de vos temples? [...] Détruire est facile, on l'a dit mille fois; et je ne connais pas au monde d'ouvriers qui aillent plus vite en cette besogne que les Français; mais reconstruire! Qu'ont-ils bâti depuis quarante ans? [...] Les Parisiens ne peuvent-ils s'amuser sans jeter les meubles par les fenêtres, ou sans abattre les monuments publics? [...] Il serait triste qu'on apprît l'entrée des Russes à Varsovie le jour où notre gouvernement entrerait à Saint-Germain-l'Auxerrois! Les deux belles victoires pour la monarchie populaire! ... Vous rirez de ma grande colère, vous me direz: "Qu'est-ce que cela vous fait, vous, exilé, qui ne reverrez peut-être jamais la France?" Ne le prenez pas là, je suis Français jusque dans la moelle des os [...]» (*in* E. Biré, *Les Dernières Années de Chateaubriand*, pp. 55-59).

comptent que pour ceux qui en pâtissent ou qui en profitent; ils ne sont rien pour ceux qui les ignorent, ou qu'ils n'atteignent pas. Telle race de pâtres, dans les Abruzzes, a vu passer, sans descendre de la montagne, les Carthaginois, les Romains, les Goths, les générations du Moyen Âge, et les hommes de l'âge actuel. Cette race ne s'est point mêlée aux habitants successifs du vallon, et la religion seule est montée jusqu'à elle.

Rentré à l'auberge, je me suis jeté sur deux chaises dans l'espoir de dormir, mais en vain; le mouvement de mon imagination était plus fort que ma lassitude. Je rabâchais sans cesse mon estafette: le dîner n'a rien fait à l'affaire. Je me suis couché au milieu de la rumeur des troupeaux qui rentraient des champs. À dix heures, un autre bruit; le *watchman*[4] a chanté l'heure; cinquante chiens ont aboyé, après quoi ils sont allés au chenil comme si le *watchman* leur eût donné l'ordre de se taire: j'ai reconnu la discipline allemande.

La civilisation a marché en Germanie depuis mon voyage à Berlin: les lits sont maintenant presque assez longs pour un homme de taille ordinaire; mais le drap de dessus est toujours cousu à la couverture, et le drap de dessous, trop étroit, finit par se tordre et se recoquiller de manière à vous être très-incommode; et puisque je suis dans le pays d'Auguste Lafontaine, j'imiterai son génie; je veux instruire la dernière postérité de ce qui existait de mon temps dans la chambre de mon auberge à Waldmünchen. Sachez donc, arrière-neveux, que cette chambre était une chambre à l'italienne, murs nus, badigeonnés en blanc, sans boiseries ni tapisserie aucune, large plinthe ou bandeau coloré au bas, plafond avec un cercle à trois filets, corniche peinte en rosaces bleues avec une guirlande de feuilles de laurier chocolat, et au-dessous de la corniche, sur le mur, des rinceaux à dessins rouges sur un fond vert américain. Çà et là, de petites gravures françaises et anglaises encadrées. Deux fenêtres avec rideaux de coton blanc. Entre les fenêtres un miroir. Au milieu de la chambre une table de douze couverts au moins, garnie de sa toile cirée à fond élevé *(a)*, imprimé de roses et de fleurs diverses. Six chaises avec leurs coussins recouverts d'une toile rouge à carreaux écossais. Une commode, trois couchettes autour de la chambre; dans un angle, auprès de la porte, un poète de faïence vernissée noir, et dont les faces présentent en relief les armes de Bavière; il est surmonté d'un récipient en forme de couronne gothique. La porte est munie d'une machine de fer compliquée, capable de clore les huis d'une

---

4. Voir *supra*, l. X, chap. 5, note 13, p. 622.

geôle et de déjouer les rossignols des amants et des voleurs. Je signale aux voyageurs l'excellente chambre où j'écris cet inventaire qui joute avec celui de l'Avare[5]; je la recommande aux légitimistes futurs qui pourraient être arrêtés par les héritiers du bouquetin roux de Haselbach. Cette page de mes *Mémoires* fera plaisir à l'école littéraire moderne[6].

Après avoir compté, à la lueur de ma veilleuse, les astragales[7] du plafond, regardé les gravures de la *jeune Milanaise*, de la *belle Helvétienne*, de la *jeune Française*, de la *jeune Russe*, du feu Roi de Bavière, de la feue Reine de Bavière, qui ressemble à une dame que je connais et dont il m'est impossible de me rappeler le nom, j'attrapai quelques minutes de sommeil. Délité[8] le 22 à sept heures *(b)*, un bain emporta le reste de ma fatigue, et je ne fus plus occupé que de ma bourgade, comme le capitaine Cook d'un îlot découvert par lui dans l'océan Pacifique.

Waldmünchen est bâti sur la pente d'une colline; il ressemble assez à un village délabré de l'État romain. Quelques devants de maison peints à fresque, une porte voûtée à l'entrée et à la sortie de la principale rue, point de boutiques ostensibles, une fontaine à sec sur la place *(c)*. Pavé épouvantable mêlé de grandes dalles et de petits cailloux, tels qu'on n'en voit plus que dans *les environs de Quimper-Corentin*[9].

Le peuple, dont l'apparence est rustique, n'a point de costume particulier. Les femmes vont la tête nue ou enveloppée d'un mouchoir à la guise des laitières de Paris; leurs jupons sont courts; elles marchent jambes et pieds nus de même que les enfants. Les hommes sont habillés, partie comme les gens du peuple de nos villes, partie comme nos anciens pay-

---

5.

Molière, *L'Avare*, acte II, scène 1, où La Flèche, le valet d'Harpagon, se moque plaisamment de son maître en faisant le compte de toutes les hardes et nippes que l'avare entend inclure dans les mille écus qu'il veut prêter à son fils.

6.

Chateaubriand reprochait aux écrivains «romantiques» de son temps de soutenir qu'il fallait «tout peindre», et s'exclamait: «Arrière donc cette école *animalisée* et *matérialisée* qui nous mènerait, dans l'effigie de l'objet, à préférer notre visage moulé avec tous ses défauts par une Machine à notre ressemblance produite par le pinceau de Raphaël» (voir *Essai sur la littérature anglaise*, éd. Garnier, pp. 590 et 730-733).

7.

Les moulures décoratives courant le long du plafond.

8.

Chateaubriand emploie ici le verbe déliter dans un sens qui lui est tout particulier puisqu'il signifie au sens propre: «détacher l'ardoise ou la pierre par dalle ou bloc de la masse de la carrière» *(Littré)*. Néologisme inspiré sans doute d'aliter, dont il serait le contraire.

9.

La Fontaine, *Fables*, VI, 18: *Le Charretier embourbé*. La scène se passe dans un canton de basse Bretagne, appelé Quimper-Corentin.

sans. Dieu soit loué ! ils n'ont que des chapeaux, et les infâmes bonnets de coton de nos bourgeois leur sont inconnus.

Tous les jours il y a, *ut mos*[10], spectacle à Waldmünchen, et j'y assistais à la première place. À six heures du matin, un vieux berger, grand et maigre, parcourt le village à différentes stations ; il sonne d'une trompe droite, longue de six pieds, qu'on prendrait de loin pour un porte-voix ou une houlette. Il en tire d'abord trois sons métalliques assez harmonieux, puis il fait entendre l'air précipité d'une espèce de galop ou de ranz des vaches, imitant des mugissements de bœufs et des rires de pourceaux[11]. La fanfare finit par une note soutenue et montante en fausset.

Soudain débouchent de toutes les portes des vaches, des génisses, des veaux, des taureaux ; ils envahissent en beuglant la place du village ; ils montent ou descendent de toutes les rues circonvoisines, et, s'étant formés en colonne, ils prennent le chemin accoutumé pour aller paître. Suit en caracolant l'escadron des porcs qui ressemblent à des sangliers et qui grognent. Les moutons et les agneaux placés à la queue font en bêlant la troisième partie du concert ; les oies composent la réserve : en un quart d'heure tout a disparu.

Le soir, à sept heures, on entend de nouveau la trompe ; c'est la rentrée des troupeaux. L'ordre de la troupe est changé : les porcs font l'avant-garde, toujours avec la même musique ; quelques-uns, détachés en éclaireurs, courent au hasard ou s'arrêtent à tous les coins. Les moutons défilent ; les vaches, avec leurs fils, leurs filles et leurs maris, ferment la marche ; les oies dandinent sur les flancs. Tous ces animaux regagnent leurs toits, aucun ne se trompe de porte ; mais il y a des cosaques qui vont à la maraude, des étourdis qui jouent et ne veulent pas rentrer, de jeunes taureaux qui s'obstinent à rester avec une compagne qui n'est pas de leur crèche. Alors viennent les femmes et les enfants avec leurs petites gaules ; ils obligent les traînards à rejoindre le corps, et les réfractaires à se soumettre à la règle. Je me réjouissais de ce spectacle, comme jadis Henri IV à Chauny s'amusait du vacher nommé *Tout-le-Monde* qui rassemblait ses troupeaux au son de la trompette.

10.

« Comme c'est la coutume ».

11.

Mélodie populaire que les bouviers de la Suisse (et par extension de l'Autriche) jouaient sur la cornemuse en menant paître leur troupeau sur la montagne. Le ranz des vaches commence par un adagio sentimental et plaintif, que suit un allegro. Successivement reviennent un nouvel adagio et un nouvel allegro, et enfin un adagio final. Rossini a presque reproduit dans l'acte I de *Guillaume Tell* la phrase caractéristique du ranz des vaches de Sibenthal.

Il y a bien des années qu'étant au château de Fervaques, en Normandie, chez madame de Custine[12], j'occupais la chambre de ce Henri IV; mon lit était énorme: le Béarnais y avait dormi avec quelque Florette; j'y gagnai le royalisme, car je ne l'avais pas naturellement. Des fossés remplis d'eau environnent le château. La vue de ma fenêtre s'étendait sur des prairies que borde la petite rivière de Fervaques. Dans ces prairies j'aperçus un matin une élégante truie d'une blancheur extraordinaire; elle avait l'air d'être la mère du prince Marcassin. Elle était couchée au pied d'un saule sur l'herbe fraîche, dans la rosée: un jeune verrat cueillit un peu de mousse fine et dentelée avec ses défenses d'ivoire, et la vint déposer sur la dormeuse; il renouvela cette opération tant de fois que la blanche laie finit par être entièrement cachée: on ne voyait plus que des pattes noires sortir du duvet de verdure dans lequel elle était ensevelie.

Ceci soit dit à la gloire d'une bête mal famée dont je rougirais d'avoir parlé trop longtemps, si Homère ne l'avait chantée[13]. Je m'aperçois en effet que cette partie de mes *Mémoires* n'est rien moins qu'une odyssée: Waldmünchen est Ithaque; le berger est le fidèle Eumée avec ses porcs; je suis le fils de Laërte, revenu après avoir parcouru la terre et les mers. J'aurais peut-être mieux fait de m'enivrer du nectar d'Évanthée[14], de manger la fleur de la plante moly[15], de m'alanguir au pays des Lotophages[16], de rester chez Circé ou d'obéir au chant des Sirènes qui me disaient: «Approche, viens à nous.»

22 mai 1833.

Si j'avais vingt ans, je chercherais quelques aventures dans Waldmünchen comme moyen d'abréger les heures; mais à mon âge on n'a plus d'échelle de soie qu'en souvenir, et l'on n'escalade les murs

---

12.
Voir *supra*, l. XIV, chap. 1, pp. 809-810.

13.
«[Ulysse] allait [...] retrouver ce divin porcher [Eumée] qui, de son maître, défendait mieux les biens que nul des domestiques dont Ulysse avait pu faire autrefois l'achat» (*Odyssée*, chant XIV).

14.
Évanthée ou «le bien fleuri», épithète ajoutée par Homère au nom de Bacchus (voir *Odyssée*, chant IX, v. 197).

15.
«La racine en est noire, et la fleur, blanc de lait; "moly" disent les dieux» (*Odyssée*, chant X, où Hermès remet à Ulysse «l'herbe de vie» qui dissipera le charme de la drogue donnée par l'enchanteresse Circé).

16.
«Or, sitôt que l'un d'eux goûte à ces fruits de miel [lotus que servent les Lotophages], il ne veut plus rentrer ni donner de nouvelles» (*Odyssée*, chant IX).

qu'avec les ombres. Jadis j'étais fort lié avec mon corps ; je lui conseillais de vivre sagement, afin de se montrer tout gaillard et tout ravigoté[17] dans une quarantaine d'années. Il se moquait des serments de mon âme, s'obstinait à se divertir et n'aurait pas donné deux patards pour être un jour ce qu'on appelle *un homme bien conservé*: « Au diable ! disait-il ; que gagnerais-je à lésiner sur mon printemps pour goûter les joies de la vie quand personne ne voudra plus les partager avec moi ? » Et il se donnait du bonheur par-dessus la tête.

Je suis donc obligé de le prendre tel qu'il est maintenant : je le menai promener le 22 au sud-est du village. Nous suivîmes parmi les molières[18] un petit courant d'eau qui mettait en mouvement des usines. On fabrique des toiles à Waldmünchen ; les lés de ces toiles étaient déroulés sur les prés ; de jeunes filles, chargées de les mouiller, couraient pieds nus sur les zones blanches, précédées de l'eau qui jaillissait de leur arrosoir, comme les jardiniers arroseraient une plate-bande de fleurs *(d)*. Le long du ruisseau je pensais à mes amis, je m'attendrissais à leur souvenir, puis je demandais ce qu'ils devaient dire de moi à Paris : « Est-il arrivé ? A-t-il vu la famille royale ? Reviendra-t-il bientôt ? » Et je délibérais si je n'enverrais pas Hyacinthe chercher du beurre frais et du pain bis, pour manger du cresson au bord d'une fontaine sous une cepée d'aunes[19]. Ma vie n'était pas plus ambitieuse que cela : pourquoi la fortune a-t-elle accroché à sa roue la basque de mon pourpoint avec le pan du manteau des rois ?

Rentré au village, j'ai passé près de l'église ; deux sanctuaires extérieurs accolent le mur ; l'un présente saint Pierre ès Liens[20] avec un tronc pour les prisonniers ; j'y ai mis quelques kreutzer en mémoire de la prison de Pellico et de ma loge à la Préfecture de police. L'autre sanctuaire offre la scène du jardin des Oliviers : scène si touchante et si sublime qu'elle n'est pas même détruite ici par le grotesque des personnages.

17.
Après l'évocation de l'*Odyssée* d'Homère, on appréciera ce mot familier qui signifie remettre en vigueur celui qui est faible.

18.
La molière désigne une carrière de pierres à meule ou une terre grasse et humide. C'est plutôt cette seconde acception qu'il faut retenir.

19.
C'est au bord d'une fontaine où croissait le cresson que Chateaubriand s'était trouvé mal en bivouaquant lors du siège de Thionville (voir *supra*, l. IX, chap. 10, p. 566).

20.
Il s'agit en fait du Christ aux épaules meurtries, que Chateaubriand a nommé « saint Pierre ès Liens » car ses bras sont liés et attachés par une chaîne qui le relie à une sorte de colonne renflée. Cette statue du Christ flagellé, ainsi que la scène du Mont des Oliviers, d'une facture naïve, ont été transférées en 1772-1773 à l'intérieur de l'église.

J'ai hâté mon dîner et couru à la prière du soir que j'entendais tinter. En tournant le coin de l'étroite rue de l'église, une échappée de vue s'est ouverte sur des collines éloignées : un peu de clarté respirait encore à l'horizon et cette clarté mourante venait du côté de la France. Un sentiment profond a poigné[21] mon cœur. Quand donc mon pèlerinage finira-t-il ? Je traversai les terres germaniques bien misérable lorsque je revenais de l'armée des Princes, bien triomphant lorsque, ambassadeur de Louis XVIII, je me rendais à Berlin ; après tant et de si diverses années, je pénétrais à la dérobée au fond de cette même Allemagne, pour chercher le roi de France banni de nouveau.

J'entrai à l'église : elle était toute noire ; pas même une lampe allumée. À travers la nuit, je ne reconnaissais le sanctuaire, dans un enfoncement gothique, que par sa plus épaisse obscurité. Les murs, les autels, les piliers, me semblaient chargés d'ornements et de tableaux encrêpés ; la nef était occupée de bancs serrés et parallèles.

Une vieille femme disait à haute voix en allemand les *Pater* du chapelet ; des femmes jeunes et vieilles, que je ne voyais pas, répondaient des *Ave Maria.* La vieille femme articulait bien, sa voix était nette, son accent grave et pathétique ; elle était à deux bancs de moi ; sa tête s'inclinait lentement dans l'ombre toutes les fois qu'elle prononçait le mot *Christo,* en ajoutant quelque oraison au *Pater.* Le chapelet fut suivi des litanies de la Vierge ; les *ora pro nobis,* psalmodiés en allemand par les priantes invisibles, sonnaient à mon oreille comme le mot répété *espérance, espérance, espérance* ! Nous sommes sortis pêle mêle ; je suis allé me coucher avec l'espérance ; je ne l'avais pas serrée dans mes bras depuis longtemps ; mais elle ne vieillit point, et on l'aime toujours malgré ses infidélités.

Selon Tacite, les Germains croient la nuit plus ancienne que le jour : *nox ducere diem videtur*[22]. J'ai pourtant compté de jeunes nuits et des jours sempiternels. Les poètes nous disent aussi que le Sommeil est le frère de la Mort : je ne sais, mais très-certainement la Vieillesse est sa plus proche parente.

23 mai 1833.

Le 23 au matin, le ciel mêla quelques douceurs à mes maux : Baptiste m'apprit que l'homme considérable du lieu, le brasseur de bière, avait

---

21.
Pour étreint, percé.

22.
Tacite, *Germanie*, chap. XI : « Ils ne comptent point, comme nous, par jours, mais par nuits ; [...] la nuit leur paraît amener le jour. »

trois filles, et possédait mes ouvrages rangés parmi ses cruchons. Quand je sortis, le *monsieur* et deux de *ses filles* me regardaient passer : que faisait la troisième demoiselle ? Jadis m'était tombée une lettre du Pérou écrite de la propre main d'une dame, cousine du soleil, laquelle admirait *Atala*; mais être connu à Waldmünchen, à la barbe du loup de Haselbach, c'était une chose mille fois plus glorieuse : il était vrai que ceci se passait en Bavière, à une lieue de l'Autriche, nargue[23] de ma renommée. Savez-vous ce qui me serait arrivé si mon excursion en Bohême n'eût été entreprise que de mon chef ? (Mais que serais-je allé faire pour moi seul en Bohême ?) Arrêté à la frontière, je serais retourné à Paris. Un homme avait médité un voyage à Pékin ; un de ses amis l'aperçoit sur le pont Royal à Paris : « Eh comment ! je vous croyais en Chine ? – Je suis revenu : ces Chinois m'ont fait des difficultés à Canton, je les ai plantés là. »

Comme Baptiste me racontait mes triomphes, le glas d'un enterrement me rappelle à ma fenêtre. Le curé passe, précédé de la croix ; des hommes et des femmes affluent, les hommes en manteaux, les femmes en robes et en cornettes noires *(e)*. Enlevé à trois portes de la mienne, le corps est conduit au cimetière : au bout d'une demi-heure les cortégeants reviennent moins le cortégé. Deux jeunes femmes avaient leur mouchoir sur leurs yeux, l'une des deux poussait des cris ; elles pleuraient leur père ; l'homme décédé était celui qui reçut le viatique le jour de mon arrivée[24].

Si mes *Mémoires* parviennent jusqu'à Waldmünchen quand moi-même je ne serai plus, la famille en deuil aujourd'hui y trouvera la date de sa douleur passée. Du fond de son lit, l'agonisant a peut-être ouï le bruit de ma voiture ; c'est le seul bruit qu'il aura entendu de moi sur la terre.

La foule dispersée, j'ai pris le chemin que j'avais vu prendre au convoi dans la direction du levant d'hiver. J'ai trouvé d'abord un vivier d'eau stagnante, à l'orée duquel s'écoulait rapidement un ruisseau comme la vie au bord de la tombe. Des croix au revers d'une butte m'ont indiqué le cimetière. Je gravis un chemin creux, et la brèche d'un mur m'introduisit dans le saint enclos.

23.
Le manuscrit de 1847 porte : « à une lieue de là, en Autriche ». « Nargue de... » est calqué sur « fi de... »

24.
Récit authentique : le 21 mai 1833, à minuit, mourut, à Waldmünchen, Sebastian Kaiser, bonnetier de son état. Il fut enterré le 23 (d'après une mention des Archives centrales de l'évêché de Ratisbonne ; voir *BSC*, 1983, p. 44 *sqq.*).

Des sillons d'argile représentaient les corps au-dessus du sol ; des croix s'élevaient çà et là : elles marquaient les issues par lesquelles les voyageurs étaient entrés dans le nouveau monde, ainsi que les balises indiquent à l'embouchure d'un fleuve les passes ouvertes aux vaisseaux. Un pauvre vieux creusait la tombe d'un enfant ; seul, en sueur et la tête nue, il ne chantait pas, il ne plaisantait pas à l'instar des clowns d'Hamlet. Plus loin était une autre fosse près de laquelle on voyait une escabelle, un levier et une corde pour la descente dans l'éternité[25].

Je suis allé droit à cette fosse qui semblait me dire : « Voilà une belle occasion ! » Au fond du trou gisait le récent cercueil recouvert de quelques pelletées de poussière en attendant le reste. Une pièce de toile blanchissait sur le gazon : les morts avaient soin de leur linceul.

Loin de son pays, le chrétien a toujours moyen de s'y transporter subitement : c'est de visiter autour des églises le dernier asile de l'homme : le cimetière est le champ de famille, et la religion la patrie universelle.

Il était midi quand je suis rentré ; d'après tous les calculs l'estafette ne pouvait être revenue avant trois heures ; néanmoins chaque piétinement de chevaux me faisait courir à la fenêtre : à mesure que l'heure approchait, je me persuadais que le permis n'arriverait pas.

Pour dévorer le temps, je demandai la note de ma dépense ; je me mis à supputer les poulets que j'avais mangés : plus grand que moi n'a pas dédaigné ce soin. Henri Tudor, septième du nom, en qui finirent les troubles de la *Rose blanche* et de la *Rose rouge*, comme je vais unir la cocarde blanche à la cocarde tricolore, Henri VII a paraphé une à une les pages d'un livret de comptes que j'ai vu : « À une femme pour trois pommes, 12 sous ; pour avoir découvert trois lièvres, 6 schellings 8 sous ; à maître Bernard, le poète aveugle, 100 schellings (c'était mieux qu'Homère) ; à un petit homme, *little man*, à Shaftesbury, 20 schellings. » Nous avons aujourd'hui beaucoup de petits hommes, mais ils coûtent plus de 20 schellings[26].

25.
C'est, ainsi que le fait remarquer M. Levaillant, une des scènes les plus goûtées des romantiques dans l'*Hamlet* de Shakespeare, au début de l'acte V : les « vilains » creusent la tombe d'Ophélie et plaisantent en philosophant de façon grossière et macabre.

26.
« Henri VII était fort avare. C'est moi qui avais mis, à Londres, sous les yeux de l'auteur ce registre de comptes ; il m'avait été obligeamment communiqué ; et comme M. de Chateaubriand j'en fis quelques extraits. "Je ne m'explique pas, me disait-il, comment Shakespeare, qui a mis en tragédie toute la monarchie anglaise depuis le roi Jean, a sauté par-dessus Henri VII ; peut-être ce monarque avait-il trop de sagesse pour bien figurer dans un drame, car on l'avait surnommé le Salomon de l'Angleterre." » (Marcellus, *Chateaubriand et son temps*, pp. 440-441).

À trois heures, heure à laquelle l'estafette aurait pu être de retour, j'allai avec Hyacinthe sur la route d'Haselbach. Il faisait du vent, le ciel était semé de nuages qui passaient sur le soleil en jetant leur ombre aux champs et aux sapinières. Nous étions précédés d'un troupeau du village qui élevait dans sa marche la noble poussière de l'armée du grand duc de Quirocie, combattue si vaillamment par le chevalier de la Manche[27]. Un calvaire pointait au haut d'une des montées du chemin, de là on découvrait un long ruban de la chaussée. Assis dans une ravine, j'interrogeais Hyacinthe: «Sœur Anne, ne vois-tu rien venir[28]?» Quelques carrioles de village aperçues de loin nous faisaient battre le cœur; en approchant elles se montraient vides comme tout ce qui porte des songes. Il me fallut retourner au logis et dîner bien triste. Une planche s'offrait après le naufrage: la diligence devait passer à six heures; ne pouvait-elle pas apporter la réponse du gouverneur? Six heures sonnent: point de diligence. À six heures un quart, Baptiste entre dans ma chambre: «Le courrier ordinaire de Prague vient d'arriver; il n'y a rien pour Monsieur.» Le dernier rayon d'espoir s'éteignit.

---

27. Voir *Don Quichotte*, Ire partie, chap. XVIII.

28. Voir *Barbe-Bleue*, de Perrault.

Lettre du comte de Choteck. – La paysanne. – Départ de Waldmünchen. – Douane autrichienne. – Entrée en Bohême. – Forêt de pins. – Conversation avec la lune. – Pilsen. – Grands chemins du nord. – Vue de Prague.

À peine Baptiste était-il sorti de ma chambre, que Schwartz paraît agitant en l'air une grande lettre, à grand cachet, et criant: «*Foilà le bermis.*» Je saute sur la dépêche; je déchire l'enveloppe; elle contenait, avec une lettre du gouverneur, le permis et un billet de M. de Blacas. Voici la lettre de M. le comte de Choteck:

«Prague, 23 mai 1833.

«Monsieur le vicomte,

«Je suis bien fâché qu'à votre entrée en Bohême vous ayez éprouvé des difficultés et des retards dans votre voyage. Mais vu les ordres très-sévères qui existent à nos frontières pour tous les voyageurs qui viennent de France, ordres que vous trouverez vous-même bien naturels dans les circonstances actuelles, je ne puis qu'approuver la conduite du chef de la douane de Haselbach. Malgré la célébrité tout européenne de votre nom, vous voudrez bien excuser cet employé, qui n'a pas l'honneur de vous connaître personnellement, s'il a eu des doutes sur l'identité de la personne, d'autant plus que votre passeport n'était visé que pour la Lombardie et non pour tous les États autrichiens. Quant à votre projet de voyage pour Vienne, j'en écris aujourd'hui au prince de Metternich, et je m'empresserai de vous communiquer sa réponse dès votre arrivée à Prague.

«J'ai l'honneur de vous envoyer ci-jointe la réponse de M. le duc de Blacas, et je vous prie de vouloir bien recevoir les assurances de la haute considération avec laquelle j'ai l'honneur d'être,

«Le comte de CHOTECK.»

Cette réponse était polie et convenable ; le gouverneur ne pouvait pas m'abandonner l'autorité inférieure, qui après tout avait fait son devoir. J'avais moi-même prévu à Paris les chicanes dont mon vieux passe-port pourrait devenir la cause. Quant à Vienne, j'en avais parlé dans un but politique, afin de rassurer M. le comte de Choteck et de lui montrer que je ne fuyais pas le prince de Metternich.

À huit heures du soir, le jeudi 24 mai, je montai en voiture. Qui le croirait ? ce fut avec une sorte de peine que je quittai Waldmünchen ! Je m'étais déjà habitué à mes hôtes ; mes hôtes s'étaient accoutumés à moi. Je connaissais tous les visages aux fenêtres et aux portes ; quand je me promenais, ils m'accueillaient d'un air de bienveillance. Le voisinage accourut pour voir rouler ma calèche, délabrée comme la monarchie de Hugues Capet. Les hommes ôtaient leurs chapeaux, les femmes me faisaient un petit signe de congratulation. Mon aventure était l'objet des conversations du village ; chacun prenait mon parti : les Bavarois et les Autrichiens se détestent ; les premiers étaient fiers de m'avoir laissé passer.

J'avais remarqué plusieurs fois sur le seuil de sa chaumière une jeune Waldmünchenienne à figure de vierge de la première manière de Raphaël ; son père, à prestance honnête de paysan, me saluait jusqu'à terre avec son feutre à larges bords, il me donnait en allemand un bonjour que je lui rendais cordialement en français : placée derrière lui, sa fille rougissait en me regardant par-dessus l'épaule du vieillard. Je retrouvai ma vierge, mais elle était seule. Je lui fis un adieu de la main ; elle resta immobile ; elle semblait étonnée ; je voulais croire en sa pensée à je ne sais quels vagues regrets : je la quittai comme une fleur sauvage qu'on a vue dans un fossé au bord d'un chemin et qui a parfumé votre course. Je traversai les troupeaux d'Eumée ; il découvrit sa tête devenue grise au service des moutons. Il avait achevé sa journée ; il rentrait pour sommeiller avec ses brebis, tandis qu'Ulysse allait continuer ses erreurs[1].

Je m'étais dit avant d'avoir reçu le permis : « Si je l'obtiens, j'accablerai mon persécuteur. » Arrivé à Haselbach, il m'advint, comme à Georges Dandin, que ma maudite bonté me reprit[2] ; je n'ai point de cœur pour le triomphe. En vrai poltron je me blottis dans l'angle de ma voiture et Schwartz présenta l'ordre du gouverneur ; j'aurais trop souffert de la

1. Entendu au sens d'errements, de vagabondages.

2. Chateaubriand pensait non à Georges Dandin, personnage de Molière, mais à Perrin Dandin, de Racine, qui se sent soudain pris de « compassion » (*Les Plaideurs*, acte III, scène 3).

confusion du douanier. Lui, de son côté, ne se montra pas et ne fit pas même fouiller ma vache. Paix lui soit ! qu'il me pardonne les injures que je lui ai dites, mais que par un reste de rancune je n'effacerai pas de mes *Mémoires*.

Au sortir de la Bavière, de ce côté, une noire et vaste forêt de sapins sert de portique à la Bohême. Des vapeurs erraient dans les vallées, le jour défaillait, et le ciel, à l'ouest, était couleur de fleurs de pêcher ; les horizons baissaient presque à toucher la terre. La lumière manque à cette latitude, et avec la lumière la vie ; tout est éteint, hyémal[3], blémissant ; l'hiver semble charger l'été de lui garder le givre jusqu'à son prochain retour. Un petit morceau de la lune qui entreluisait me fit plaisir ; tout n'était pas perdu, puisque je trouvais une figure de connaissance. Elle avait l'air de me dire : « Comment ! te voilà ? te souvient-il que je t'ai vu dans d'autres forêts ? te souviens-tu des tendresses que tu me disais quand tu étais jeune ? vraiment, tu ne parlais pas trop mal de moi. D'où vient maintenant ton silence ? Où vas-tu seul et si tard ? Tu ne cesses donc de recommencer ta carrière ? »

Ô lune ! vous avez raison ; mais si je parlais bien de vos charmes, vous savez les services que vous me rendiez ; vous éclairiez mes pas alors que je me promenais avec mon fantôme d'amour ; aujourd'hui ma tête est argentée à l'instar de votre visage, et vous vous étonnez de me trouver solitaire ! et vous me dédaignez ! J'ai pourtant passé des nuits entières enveloppé dans vos voiles ; osez-vous nier nos rendez-vous parmi les gazons et le long de la mer ? Que de fois vous avez regardé mes yeux passionnément attachés sur les vôtres ! Astre ingrat et moqueur, vous me demandez où je vais si tard : il est dur de me reprocher la continuation de mes voyages. Ah ! si je marche autant que vous, je ne rajeunis pas à votre exemple, vous qui rentrez chaque mois sous le cercle brillant de votre berceau ! Je ne compte pas des lunes nouvelles, mon décompte n'a d'autre terme que ma complète disparition, et, quand je m'éteindrai, je ne rallumerai pas mon flambeau comme vous rallumez le vôtre[4] !

Je cheminai toute la nuit ; je traversai Teinitz, Stankau, Staab. Le 25 au matin[5]

3.

Du latin *hyemalis* (hiver) ; voir *supra*, l. VI, chap. 5, note 15. S'y rattachent les idées de blancheur, de neige et de glace.

4.

Voir *infra*, l. I, chap. 6, variante *(a)*, p. 3006 *sqq*., et les notes prises par Sainte-Beuve en 1834, *in Mémoires d'outre-tombe*, éd. du centenaire, t. IV, pp. 708-709.

5.

Le 24 au matin, et non le 25.

je passai à Pilsen, *à la belle caserne*, style homérique[6]. La ville est empreinte de cet air de tristesse qui règne dans ce pays. À Pilsen, Wallenstein[7] espéra saisir un sceptre: j'étais aussi en quête d'une couronne, mais non pour moi. La campagne est coupée et hachée de hauteurs, dites montagnes de Bohême; mamelons dont le bout est marqué par des pins, et le galbe dessiné par la verdure des moissons.

Les villages sont rares. Quelques forteresses affamées de prisonniers se juchent sur des rocs comme de vieux vautours. De Zditz à Beraun, les monts à droite deviennent chauves. On passe un village, les chemins sont spacieux, les postes bien montées; tout annonce une monarchie qui imite l'ancienne France.

Jehan l'aveugle[8], sous Philippe de Valois les ambassadeurs de Georges[9], sous Louis XI, par quelles laies[10] forestières passèrent-ils? À quoi bon les chemins modernes de l'Allemagne? ils resteront déserts, car ni l'histoire, ni les arts, ni le climat n'appellent les étrangers sur leur chaussée solitaire. Pour le commerce, il est inutile que les voies publiques soient aussi larges et aussi coûteuses d'entretien; le plus riche trafic de la terre, celui de l'Inde et de la Perse, s'opère à dos de mulets, d'ânes et de chevaux, par d'étroits sentiers, à peine tracés à travers les chaînes de montagnes ou les zones de sable. Les grands chemins actuels, dans des pays infréquentés,

---

6.
Habitude homérique qui consiste à donner un surnom ou une épithète aux principaux héros de l'*Iliade* et de l'*Odyssée*. Là, le procédé est appliqué à une ville, Pilsen, située à 116 km au sud-ouest de Prague.

7.
Wallenstein, opposé à Gustave II Adolphe, perdit la bataille de Lützen (1632), où mourut le roi de Suède; il se retira en Silésie, où il ouvrit des négociations secrètes avec la Suède, la Saxe, le Brandebourg et même la France, dans le but de s'assurer la couronne de Bohême.

8.
Chateaubriand historien évoque Jean Ier l'Aveugle, roi de Bohême de 1310 à 1346, dans les *Études historiques*, et homme politique dans les *Réflexions politiques* (1814): «Qui l'obligeait à se battre ce vieux Roi aveugle? L'honneur: toute l'armée entendra ceci» (*in Grands Écrits politiques*, t. I, p. 168). Le vieux roi avait fait alliance avec la France et courut à son secours, malgré sa vieillesse et sa cécité, lorsque le roi d'Angleterre, Édouard III, déclara la guerre à Philippe VI. Il mourut au fort de la mêlée, à la bataille de Crécy.

9.
Allusion à Georges Podiebrad (1420-1471), élu roi de Bohême par la Diète, le 2 mars 1458. Il essaya de réformer l'Empire germanique mais ses tentatives échouèrent tant auprès des princes allemands que du duc de Bourgogne ou de Louis XI, auxquels il envoya des ambassades pour les engager à former une grande confédération indépendante du pape. Avec l'avènement du pape Paul II, le conflit devint aigu. Mathias Corvin, roi de Hongrie, soutenu par le pape, excommunia Georges Podiebrad qui, à la tête d'une armée coalisée et au terme de péripéties fort compliquées, fut battu par Mathias.

10.
Terme d'eaux et forêts: route étroite percée dans une forêt, dans une futaie.

serviront seulement à la guerre; vomitoires à l'usage de nouveaux Barbares qui, sortant du nord avec l'immense train des armes à feu, viendront inonder des régions favorisées de l'intelligence et du soleil.

À Beraun passe la petite rivière du même nom, assez méchante comme tous les roquets. En 1784 elle atteignit le niveau tracé sur les murs de l'hôtel de la poste. Après Beraun, des gorges contournent quelques collines, et s'évasent à l'entrée d'un plateau. De ce plateau le chemin plonge dans une vallée à lignes vagues dont un hameau occupe le giron. Là prend naissance une longue montée qui mène à Duschnick, station de la poste et dernier relais. Bientôt descendant vers un tertre opposé, à la cime duquel s'élève une croix, on découvre Prague aux deux bords de la Moldau. C'est dans cette ville que les fils aînés de saint Louis achèvent une vie d'exil, que l'héritier de leur race commence une vie de proscription, tandis que sa mère languit dans une forteresse sur le sol d'où il est chassé. Français! la fille de Louis XVI et de Marie-Antoinette, celle à qui vos pères ouvrirent les portes du Temple, vous l'avez envoyée à Prague; vous n'avez pas voulu garder parmi vous ce monument unique de grandeur et de vertu! Ô mon vieux Roi, vous que je me plais, parce que vous êtes tombé, à appeler mon maître! Ô jeune enfant, que j'ai le premier proclamé Roi, que vais-je vous dire? comment oserai-je me présenter devant vous, moi qui ne suis point banni, moi libre de retourner en France, libre de rendre mon dernier soupir à l'air qui enflamma ma poitrine lorsque je respirai pour la première fois, moi dont les os peuvent reposer dans ma terre natale! Captive de Blaye, je vais voir votre fils!

LIVRE XXXVIII

Château des rois de Bohême. – Première entrevue avec Charles X.

Prague, 24 mai 1833.

Entré à Prague le 24 mai, à sept heures du soir, je descendis à l'hôtel des Bains[1], dans la vieille ville bâtie sur la rive gauche de la Moldau. J'écrivis un billet à M. le duc de Blacas[2] pour l'avertir de mon arrivée ; je reçus la réponse suivante :

« Si vous n'êtes pas trop fatigué, monsieur le vicomte, le Roi sera charmé de vous recevoir dès ce soir, à neuf heures trois quarts ; mais si vous désirez vous reposer, ce serait avec grand plaisir que Sa Majesté vous verrait demain matin à onze heures et demie.
« Agréez, je vous prie, mes compliments les plus empressés.
« Ce vendredi 24 mai, à 7 heures.
« Blacas d'Aulps. »

1.
L'hôtel des Bains, dans le quartier de Malàstrana, qui était encore un vaste caravansérail en 1928 lorsque M.-J. Durry le visita, est aujourd'hui un grand bâtiment délabré, mais voisin d'édifices remarquables tels que le prieuré de Malte, le palais Bucqoy, siège de l'ambassade de France, et de petites places ornées de façades sculptées comme il s'en trouve à Venise.

2.
Si Chateaubriand écrit au duc de Blacas, celui-ci s'était déjà entretenu de la venue de l'illustre voyageur avec le comte de Choteck. Au moment où le grand burgrave envoyait son sésame à Chateaubriand, il adressait à Metternich la lettre suivante : « J'ai eu à ce propos un entretien avec le duc de Blacas. J'ai appris à l'instant que le roi Charles X n'a rien contre la venue du comte de Chateaubriand à Prague, que même, dans une certaine mesure, il a manifesté qu'il lui serait agréable de le voir auprès de lui. Dans ces conditions, j'ai cru pouvoir lui accorder sans hésitation l'autorisation de venir à Prague [...] » (citée par M.-J. Durry, *La Vieillesse de Chateaubriand*, t. I, p. 133).

Je ne crus pas pouvoir profiter de l'alternative qu'on me laissait : à neuf heures et demie du soir, je me mis en marche ; un homme de l'auberge, sachant quelques mots de français, me conduisit. Je gravis des rues silencieuses, sombres, sans réverbères, jusqu'au pied de la haute colline que couronne l'immense château des rois de Bohême[3]. L'édifice dessinait sa masse noire sur le ciel ; aucune lumière ne sortait de ses fenêtres : il y avait là quelque chose de la solitude, du site et de la grandeur du Vatican, ou du temple de Jérusalem vu de la vallée de Josaphat. On n'entendait que le retentissement de mes pas et de ceux de mon guide ; j'étais obligé de m'arrêter par intervalles sur les plates-formes des pavés échelonnés, tant la pente était rapide.

À mesure que je montais, je découvrais la ville au-dessous. Les enchaînements de l'histoire, le sort des hommes, la destruction des empires, les desseins de la Providence, se présentaient à ma mémoire en s'identifiant aux souvenirs de ma propre destinée : après avoir exploré des ruines mortes, j'étais appelé au spectacle des ruines vivantes.

Parvenu au plateau sur lequel est bâti Hradschin, nous traversâmes un poste d'infanterie dont le corps de garde avoisinait le guichet extérieur. Nous pénétrâmes par ce guichet dans une cour carrée, environnée de bâtiments uniformes et déserts. Nous enfilâmes à droite, au rez-de-chaussée, un long corridor qu'éclairaient de loin en loin des lanternes de verre accrochées aux parois du mur, comme dans une caserne ou dans un couvent. Au bout de ce corridor s'ouvrait un escalier, au pied duquel se promenaient deux sentinelles. Comme je montais le second étage, je rencontrai M. de Blacas qui descendait. J'entrai avec lui dans les appartements de Charles X ; là étaient encore deux grenadiers en faction. Cette garde étrangère, ces habits blancs à la porte du roi de France,

---

3. Le château de Hradschin, où Charles X, arrivé le 25 octobre 1832, disposait du second étage, avait été construit au XIVe siècle par Charles IV de Bohême. Endommagé au XVe siècle par les guerres hussites, restauré par les empereurs, il avait pris sa physionomie définitive à l'époque de Marie-Thérèse, qui en confia l'aménagement à l'architecte Niccolo Pacazzi (1753-1774). En dépit de ces gigantesques travaux, le château sera peu utilisé ; il accueillera Charles X, puis Ferdinand IV après son abdication en faveur de François-Joseph (1848), et les empereurs d'Autriche au moment de leur couronnement. En 1918, lorsque sera créé l'État tchécoslovaque, le château deviendra palais présidentiel, ce qu'il est encore. Le marquis de Villeneuve écrit dans ses *Mémoires* : « [...] François Ier [empereur d'Autriche] s'était réservé, pour son usage personnel, le premier étage du monument. Mais la famille impériale d'Autriche n'y venait que rarement, pendant la belle saison, de sorte que ces appartements somptueux demeuraient inhabités la majeure partie de l'année. Le deuxième étage, plus sobre de décoration, mais non moins vaste que l'étage inférieur, avait été mis à la disposition de Charles X. C'était donc là qu'étaient éparpillés, et non entassés, comme on s'est permis de le dire, les exilés de France » (*Charles X et Louis XIX en exil...*, pp. 23-27).

me faisaient une impression pénible : l'idée d'une prison plutôt que d'un palais me vint.

Nous passâmes trois salles anuitées et presque sans meubles[4] : je croyais errer encore dans le terrible monastère de l'Escurial. M. de Blacas me laissa dans la troisième salle pour aller avertir le Roi, avec la même étiquette qu'aux Tuileries. Il revint me chercher, m'introduisit dans le cabinet de Sa Majesté, et se retira[5].

Charles X *(a)* s'approcha de moi, me tendit la main avec cordialité en me disant : « Bonjour, bonjour, monsieur de Chateaubriand, je suis charmé de vous voir. Je vous attendais. Vous n'auriez pas dû venir ce soir, car vous devez être bien fatigué. Ne restez pas debout ; asseyons-nous. Comment se porte votre femme ? »

Rien ne brise le cœur comme la simplicité des paroles dans les hautes positions de la société et les grandes catastrophes de la vie. Je me mis à pleurer comme un enfant ; j'avais peine à étouffer avec mon mouchoir le bruit de mes larmes. Toutes les choses hardies que je m'étais promis de dire, toute la vaine et impitoyable philosophie dont je comptais armer mes discours, me manqua. Moi, devenir le pédagogue du malheur ! Moi, oser en remontrer à mon Roi, à mon Roi en cheveux blancs, à mon Roi proscrit, exilé, prêt à déposer sa dépouille mortelle dans la terre étrangère ! Mon vieux Prince me prit de nouveau par la main en voyant le trouble de cet *impitoyable ennemi*, de ce *dur opposant* des ordonnances

4.

Le Hradschin était pauvrement meublé lorsque Charles X et sa Cour vinrent s'y installer au cours de la deuxième quinzaine d'octobre 1832 : quelques sièges du XVIIIe siècle voisinant avec de nombreuses chaises de paille réparties dans les pièces nues. L'intendant du château de Prague, Ernest Rudolf, eût aimé améliorer cet état de chose : il lui fut répondu que François Ier n'avait donné aucun ordre à ce sujet ; les exilés n'auraient qu'à pourvoir eux-mêmes à leurs besoins. En dépit du dénuement du château, la Dauphine appréciait les proportions du Hradschin : « Tout cela est bien convenable », répétait-elle. Le roi, contrarié par la perte de la vaisselle d'argent amenée d'Angleterre, s'adaptait facilement, avec une sorte de désinvolture inégalable. Vingt grenadiers, affectés au service du château, rendaient au prince les honneurs militaires. Au guichet extérieur se trouvait en permanence un poste d'infanterie. Dès son arrivée, Charles X avait supprimé la présence des militaires dans les corridors. Au commencement de son installation, le roi n'autorisa pas son entourage à faire des promenades en ville ; encore moins à prendre part à des bals et à aller à des concerts sans permission expresse. Les messieurs étaient en civil et portaient des habits bleus à boutons dorés, de larges chapeaux, des pantalons retenus dans le bas par une chaînette au milieu d'une patte d'étoffe. Ils tenaient souvent à la main une canne espagnole ornée de corne. Les dames en général étaient vêtues de noir, et les laquais sans livrées. La suite se plaignait vivement de la cherté des vivres à Prague par rapport au prix des impôts. L'existence réglée et minutieuse s'établit au même rythme qu'en Écosse.

5.

Blacas, ancien ministre de la Maison du roi, avait cherché à rétablir au Hradschin le décorum et le protocole des Tuileries.

de Juillet. Ses yeux étaient humides; il me fit asseoir à côté d'une petite table de bois, sur laquelle il y avait deux bougies; il s'assit auprès de la même table, penchant vers moi sa bonne oreille pour mieux m'entendre, m'avertissant ainsi de ses années qui venaient mêler leurs infirmités communes aux calamités extraordinaires de sa vie.

Il m'était impossible de retrouver la voix, en regardant dans la demeure des empereurs d'Autriche le soixante-huitième roi de France courbé sous le poids de ces règnes et de soixante-seize années: de ces années, vingt-quatre s'étaient écoulées dans l'exil, cinq sur un trône chancelant; le monarque achevait ses derniers jours dans un dernier exil, avec le petit-fils dont le père avait été assassiné et de qui la mère était captive. Charles X, pour rompre ce silence, m'adressa quelques questions. Alors j'expliquai brièvement l'objet de mon voyage: je me dis porteur d'une lettre de madame la duchesse de Berry, adressée à madame la Dauphine, dans laquelle la prisonnière de Blaye confiait le soin de ses enfants à la prisonnière du Temple, comme ayant la pratique du malheur. J'ajoutai que j'avais aussi une lettre pour les enfants. Le Roi me répondit: «Ne la leur remettez pas; ils ignorent en partie ce qui est arrivé à leur mère; vous me donnerez cette lettre. Au surplus nous parlerons de tout cela demain à deux heures: allez vous coucher. Vous verrez mon fils et les enfants à onze heures et vous dînerez avec nous.» Le Roi se leva, me souhaita une bonne nuit et se retira.

Je sortis; je rejoignis M. de Blacas dans le salon d'entrée; le guide m'attendait sur l'escalier. Je retournai à mon auberge, descendant les rues sur les pavés glissants, avec autant de rapidité que j'avais mis de lenteur à les monter.

Monsieur le Dauphin. – Les Enfants de France. – Le duc et la duchesse de Guiche. – Triumvirat ; Mademoiselle.

Prague, 25 mai 1833.

Le lendemain, 25 mai, je reçus la visite de M. le comte de Cossé, logé dans mon auberge. Il me raconta les brouilleries du château relatives à l'éducation du duc de Bordeaux[1]. À dix heures et demie je montai à Hradschin ; le duc de Guiche m'introduisit chez M. le Dauphin. Je le trouvai vieilli et amaigri ; il était vêtu d'un habit bleu râpé, boutonné jusqu'au menton et qui, trop large, semblait acheté à la friperie : le pauvre prince me fit une extrême pitié.

M. le Dauphin a du courage ; son obéissance à Charles X l'a seule empêché de se montrer à Saint-Cloud et à Rambouillet tel qu'il s'était montré à Chiclana : sa sauvagerie en est augmentée. Il supporte avec peine la vue d'un nouveau visage. Il dit souvent au duc de Guiche : « Pourquoi êtes-vous ici ? je n'ai besoin de personne. Il n'y a pas de trou de souris assez petit pour me cacher. »

Il a dit encore plusieurs fois : « Qu'on ne parle pas de moi ; qu'on ne s'occupe pas de moi ; je ne suis rien ; je ne veux rien être. J'ai 20 000 francs de rente, c'est plus qu'il ne me faut. Je ne dois songer qu'à mon salut et à faire une bonne fin. » Il a dit encore : « Si mon neveu avait besoin de

---

1. La petite Cour était tiraillée entre deux partis qui se disputaient l'éducation des enfants royaux : celui des jésuites (et à leur tête le triumvirat : Blacas, Damas, le cardinal de Latil) ; celui des « libéraux » (et parmi eux Mme de Gontaut et le professeur Barrande). Pour Charles X et le triumvirat, Chateaubriand demeurait l'homme de la « défection » (on sait qu'après son renvoi du ministère, en juin 1824, Chateaubriand prit la tête de la contre-opposition royaliste, qui mena à Villèle une guerre sans répit jusqu'à la chute du ministre, en 1828).

moi, je le servirais de mon épée ; mais j'ai signé contre mon sentiment mon abdication[2] pour obéir à mon père ; je ne la renouvellerai pas ; je ne signerai plus rien ; qu'on me laisse en paix. Ma parole suffit : je ne mens jamais. »

Et c'est vrai : sa bouche n'a jamais proféré un mensonge. Il lit beaucoup ; il est assez instruit, même dans les langues ; sa correspondance avec M. de Villèle[3] pendant la guerre d'Espagne a son prix, et sa correspondance avec madame la Dauphine, interceptée et insérée dans le *Moniteur*, le fait aimer. Sa probité est incorruptible ; sa religion est profonde ; sa piété filiale s'élève jusqu'à la vertu ; mais une invincible timidité ôte au Dauphin l'emploi de ses facultés.

Pour le mettre à l'aise, j'évitai de l'entretenir de politique et ne m'enquis que de la santé de son père ; c'est un sujet sur lequel il ne tarit point. La différence du climat d'Édimbourg et de Prague, la goutte prolongée du Roi, les eaux de Tœplitz que le Roi allait prendre, le bien qu'il en éprouverait, voilà le texte de notre conversation. M. le Dauphin veille sur Charles X comme sur un enfant ; il lui baise la main quand il s'en approche, s'informe de sa nuit, ramasse son mouchoir, parle haut pour s'en faire entendre, l'empêche de manger ce qui l'incommoderait, lui fait mettre ou ôter une redingote selon le degré de froid ou de chaud, l'accompagne à la promenade et le ramène. Je n'eus garde de parler d'autre chose. Des journées de Juillet, de la chute d'un empire, de l'avenir de la monarchie, mot[4]. « Voilà onze heures, me dit-il : vous allez voir les enfants ; nous nous retrouverons à dîner. »

Conduit à l'appartement du gouverneur, les portes s'ouvrent : je vois le baron de Damas avec son élève ; madame de Gontaut avec Mademoiselle, M. de Barande, M. Lavilatte[5] et quelques autres dévoués serviteurs ; tout le monde debout. Le jeune prince, effarouché, me regardait de côté, regardait son gouverneur comme pour lui demander ce qu'il avait à faire, de quelle façon il fallait agir dans ce péril, ou comme pour obtenir la permission de me parler. Mademoiselle souriait d'un

---

2.
Voir *supra*, l. XXXIV, chap. 7, note 9, p. 2314.

3.
Voir *Mémoires et Correspondance du comte de Villèle* (1888-1890, t. III et IV), où ses lettres ont été publiées.

4.
C'est-à-dire « pas un mot » (« motus et bouche cousue »).

5.
Officier des grenadiers de la garde royale, La Villate exerça une influence modérée et bienfaisante sur le jeune duc de Bordeaux.

demi-sourire avec un air timide et indépendant ; elle semblait attentive aux faits et gestes de son frère. Madame de Gontaut se montrait fière de l'éducation qu'elle avait donnée. Après avoir salué les deux enfants, je m'avançai vers l'orphelin et je lui dis : «Henri V me veut-il permettre de déposer à ses pieds l'hommage de mon respect ? Quand il sera remonté sur son trône, il se souviendra peut-être que j'ai eu l'honneur de dire à son illustre mère : *Madame, votre fils est mon Roi.* Ainsi j'ai le premier proclamé Henri V Roi de France, et un jury français, en m'acquittant, a laissé subsister ma proclamation. Vive le Roi ! »

L'enfant, ébouriffé de s'entendre saluer Roi, de m'entendre parler de sa mère dont on ne lui parlait plus, recula jusque dans les jambes du baron de Damas, en prononçant quelques mots accentués, mais presque à voix basse. Je dis à M. de Damas :

«Monsieur le baron, mes paroles semblent étonner le Roi. Je vois qu'il ne sait rien de sa courageuse mère et qu'il ignore ce que ses serviteurs ont quelquefois le bonheur de faire pour la cause de la royauté légitime. »

Le gouverneur me répondit : «On apprend à Monseigneur ce que de fidèles sujets comme vous, monsieur le vicomte... » Il n'acheva pas sa phrase.

M. de Damas se hâta de déclarer que le moment des études était arrivé. Il m'invita à la leçon d'équitation à quatre heures[6].

J'allai faire une visite à madame la duchesse de Guiche, logée assez loin de là dans une autre partie du château ; il fallait près de dix minutes pour s'y rendre de corridor en corridor. Ambassadeur à Londres, j'avais donné une petite fête à madame de Guiche[7], alors dans tout l'éclat de sa

6.

La duchesse de Gontaut raconte : « M. de Chateaubriand désirait voir et connaître le prince dont il venait proclamer avec les jeunes gens la majorité. Arrivé à Prague, il courut à son appartement ; il ne fut point admis : “Monseigneur est à ses leçons”, lui dit-on. Un peu piqué de cette réception, il vint chez moi. “Ne vous découragez pas, lui dis-je, vous verrez le prince, et mieux qu'à ses leçons vous le jugerez. Il sait que vous êtes arrivé et brûle de voir l'auteur du *Génie du Christianisme.* Après le dîner du Roi, où vous serez, est le moment de la récréation ; alors étudiez-le, questionnez, écoutez.” Cette idée lui plut [...] » (*Mémoires*, p. 387).

7.

Voir *supra*, l. XXVII, chap. 5, p. 1740, où Chateaubriand mentionne seulement ses hôtes de Londres et indique qu'il a présenté le duc et la duchesse au roi George IV. La duchesse de Dino, nièce de Talleyrand, rapporte que la duchesse de Guiche, lors de la lecture de ce chapitre à l'Abbaye-aux-Bois, fut « médiocrement contente d'un passage où il a été question d'elle et où Chateaubriand a dit : – Mme de Guiche qui *a été* d'une grande beauté ». Chateaubriand corrigea son texte car Ferdinand Denis, rendant compte d'une soirée passée chez Mme d'Agoult, le 19 février 1841, écrit dans son *Journal* : « On a parlé de la soirée chez Mme Récamier, où Sainte-Beuve avait entendu des passages d'outre-tombe, modifiés pour la duchesse de Guiche [...] » (15 février 1841, *in Chronique de 1831 à 1862*, 1910).

jeunesse et suivie d'un peuple d'adorateurs; à Prague je la trouvai changée, mais l'expression de son visage me plaisait mieux. Sa coiffure lui seyait à ravir *(a)*: ses cheveux, nattés en petites tresses comme ceux d'une odalisque ou d'une médaille de Sabine, se festonnaient en bandeau des deux côtés de son front. La duchesse et le duc de Guiche représentaient à Prague la beauté enchaînée à l'adversité.

Madame de Guiche était instruite de ce que j'avais dit au duc de Bordeaux. Elle me raconta qu'on voulait éloigner M. de Barande; qu'il était question d'appeler des jésuites; que M. de Damas avait suspendu, mais non abandonné ses desseins.

Il existait un triumvirat[8] composé du duc de Blacas, du baron de Damas *(b)* et du cardinal Latil; ce triumvirat tendait à s'emparer du règne futur en isolant le jeune Roi, en l'élevant dans des principes et par des hommes antipathiques à la France. Le reste des habitants du château cabalait contre le triumvirat; les enfants eux-mêmes étaient à la tête de l'opposition. Cependant l'opposition avait différentes nuances; le parti Gontaut n'était pas tout à fait le parti Guiche; la marquise de Bouillé, transfuge du parti Berry, se rangeait du côté du triumvirat avec l'abbé Moligny. Madame la Dauphine, placée à la tête des impartiaux, n'était pas précisément favorable au parti de la jeune France, représenté par M. de Barande; mais comme elle gâtait le duc de Bordeaux, elle penchait souvent de son côté et le soutenait contre son gouverneur.

Madame d'Agoult, dévouée corps et âme au triumvirat, n'avait d'autre crédit auprès de la Dauphine que celui de la présence *(c)* et de l'importunité.

Après avoir fait ma cour à madame de Guiche, je me rendis chez madame de Gontaut. Elle m'attendait avec la princesse Louise.

Mademoiselle rappelle un peu son père: ses cheveux sont blonds; ses yeux bleus *(d)* ont une expression fine; petite pour son âge, elle n'est pas aussi formée que la représentent ses portraits. Toute sa personne est un mélange de l'enfant, de la jeune fille et de la princesse: elle regarde, baisse les yeux, sourit avec une coquetterie naïve mêlée d'art: on ne sait si on doit lui dire des contes de fées, lui faire une déclaration *(e)*, ou lui parler avec respect comme à une reine *(f)*. La princesse Louise joint aux talents d'agrément beaucoup d'instruction: elle parle anglais *(g)* et commence à savoir bien l'allemand; elle a même un peu d'accent étranger, et *l'exil* se marque déjà dans son langage.

8.
Triumvirat composé du cardinal de Latil, « le plus méchant et le plus faux des hommes », du baron de Damas, « dont la bêtise seule serait une excuse à tout le mal qu'il a fait à la France », et de Blacas, « l'intrigant » (Mme de Chateaubriand, *Mémoires…*, p. 154).

Madame de Gontaut me présenta à la sœur de mon petit Roi; innocents fugitifs, ils avaient l'air de deux gazelles cachées parmi des ruines. Mademoiselle Vachon, sous-gouvernante, fille excellente et distinguée, arriva. Nous nous assîmes, et madame de Gontaut me dit: «Nous pouvons parler, Mademoiselle sait tout; elle déplore avec nous ce que nous voyons.» Mademoiselle me dit aussitôt: «Oh! Henri a été bien bête ce matin: il avait peur. Grand-papa nous avait dit: Devinez qui vous verrez demain: c'est une puissance de la terre! Nous avions répondu: Eh bien! c'est l'Empereur. Non, a dit grand-papa. Nous avons cherché; nous n'avons pas pu deviner. Il a dit: C'est le vicomte de Chateaubriand. Je me suis tapé le front pour n'avoir pas deviné.» Et la princesse se frappait le front, rougissant comme une rose, souriant spirituellement avec ses beaux yeux tendres et humides; je mourais de la respectueuse envie de baiser sa petite main blanche. Elle a repris: «Vous n'avez pas entendu ce que vous a dit Henri quand vous lui avez recommandé de se souvenir de vous? Il a dit: *Oh! oui, toujours!* mais il l'a dit si bas! Il avait peur de vous et il avait peur de son gouverneur. Je lui faisais des signes, vous avez vu? Vous serez plus content ce soir; il parlera: attendez.» Cette sollicitude de la jeune princesse pour son frère était charmante; je devenais presque criminel de lèse-majesté. Mademoiselle le remarquait, ce qui lui donnait un maintien de conquête d'une grâce toute gentille. Je la tranquillisai sur l'impression que m'avait laissée Henri. «J'étais bien contente, me dit-elle, de vous entendre parler de maman devant M. de Damas. Sortira-t-elle bientôt de prison?»

On sait que j'avais une lettre de madame la duchesse de Berry pour les enfants, je ne leur en parlai point parce qu'ils ignoraient les détails postérieurs à la captivité. Le Roi m'avait demandé cette lettre; je crus qu'il ne m'était pas permis de la lui donner, et que je devais la porter à madame la Dauphine, à laquelle j'étais envoyé, et qui prenait alors les eaux de Carlsbad.

Madame de Gontaut me redit ce que m'avaient dit M. de Cossé et madame de Guiche. Mademoiselle gémissait avec un sérieux d'enfant. Sa gouvernante ayant parlé du renvoi de M. de Barande et de l'arrivée probable d'un jésuite, la princesse Louise croisa les mains et dit en soupirant: «Ça sera bien impopulaire!» Je ne pus m'empêcher de rire; Mademoiselle se prit à rire aussi, toujours en rougissant[9].

9.
De son voyage, Chateaubriand rapportera des images de lieux et de femmes: la jeune Waldmünchienne et «la petite princesse Louise, toute coquetterie naïve et mêlée d'art, à qui il a envie, à la fois, de dire des contes de fées, de faire une déclaration et d'offrir le respect dû aux reines [...]» (M.-J. Durry, *La Vieillesse de Chateaubriand*, t. I, p. 137).

Quelques instants me restaient avant l'audience du Roi. Je remontai en calèche et j'allai chercher le grand bourgrave, le comte de Choteck. Il habitait une maison de campagne à une demi-lieue hors de la ville, du côté du château. Je le trouvai chez lui et le remerciai de sa lettre. Il m'invita à dîner pour le lundi, 27 mai.

Conversation avec le Roi.

Revenu au château à deux heures, je fus introduit comme la veille auprès du Roi par M. de Blacas. Charles X me reçut avec sa bonté accoutumée et cette élégante facilité de manières que les années rendent plus sensible en lui. Il me fit asseoir de nouveau à la petite table. Voici le détail de notre conversation *(a)*: «Sire, madame la duchesse de Berry m'a ordonné de venir vous trouver et de présenter une lettre à madame la Dauphine. J'ignore ce que contient cette lettre, bien qu'elle soit ouverte; elle est écrite au citron, ainsi que la lettre pour les enfants. Mais dans mes deux lettres de créance, l'une ostensible, l'autre confidentielle, Marie-Caroline m'explique sa pensée. Elle remet, pendant sa captivité, comme je l'ai dit hier à Votre Majesté, ses enfants sous la protection particulière de madame la Dauphine. Madame la duchesse de Berry me charge en outre de lui rendre compte de l'éducation de Henri V, que l'on appelle ici le duc de Bordeaux. Enfin, madame la duchesse de Berry déclare qu'elle a contracté un mariage secret avec le comte Hector Lucchesi-Palli, d'une famille illustre. Ces mariages secrets de princesses, dont il y a plusieurs exemples, ne les privent pas de leurs droits. Madame la duchesse de Berry demande à conserver son rang de princesse française, la régence et la tutelle. Quand elle sera libre, elle se propose de venir à Prague embrasser ses enfants, et mettre ses respects aux pieds de Votre Majesté.»

Le roi me répondit sévèrement. Je tirai ma réplique, tant bien que mal, d'une récrimination.

«Que Votre Majesté me pardonne, mais il me semble qu'on lui a inspiré des préventions: M. de Blacas doit être l'ennemi de mon auguste cliente.»

Charles X m'interrompit : «Non ; mais elle l'a traité mal, parce qu'il l'empêchait de faire des sottises, de folles entreprises. – Il n'est pas donné à tout le monde, répondis-je, de faire des sottises de cette espèce : Henri IV se battait comme madame la duchesse de Berry, et comme elle il n'avait pas toujours assez de force.

«Sire, continuai-je, vous ne voulez pas que madame de Berry soit princesse de France ; elle le sera malgré vous ; le monde entier l'appellera toujours la *duchesse de Berry*, l'héroïque mère de Henri V ; son intrépidité et ses souffrances dominent tout ; vous ne pouvez pas vous mettre au rang de ses ennemis ; vous ne pouvez pas, à l'instar du duc d'Orléans, vouloir flétrir du même coup les enfants et la mère : vous est-il donc si difficile de pardonner à la gloire d'une femme ?

– Eh bien, *monsieur l'ambassadeur*, dit le Roi avec une emphase bienveillante, que madame la duchesse de Berry aille à Palerme ; qu'elle y vive maritalement avec M. Lucchesi à la vue de tout le monde, alors on dira aux enfants que leur mère est mariée ; elle viendra les embrasser.»

Je sentis que j'avais poussé assez loin l'affaire ; les points principaux étaient aux trois quarts obtenus[1], la conservation du titre et l'admission à Prague dans un temps plus ou moins éloigné : sûr d'achever mon ouvrage avec madame la Dauphine, je changeai la conversation. Les esprits entêtés regimbent contre l'insistance ; auprès d'eux on gâte tout en voulant tout emporter de haute lutte.

Je passai à l'éducation du prince dans l'intérêt de l'avenir : sur ce sujet je fus peu compris. La religion a fait de Charles X un solitaire ; ses idées sont cloîtrées. Je glissai quelques mots sur la capacité de M. de Barande et l'incapacité de M. de Damas. Le Roi me dit : «M. de Barande est un homme instruit, mais il a trop de besogne ; il avait été choisi pour enseigner les sciences exactes au duc de Bordeaux, et il enseigne tout, histoire, géographie, latin. J'avais appelé l'abbé Maccarthy, afin de partager

---

1. En fait, cette «ambassade» fut politiquement un échec pour Chateaubriand. Charles X prétendit qu'il en savait plus long que l'«ambassadeur» sur le mariage secret, que rien n'était arrangé et que l'on n'avait pas encore l'approbation du roi de Naples. Quant à l'acte de mariage, «où est-il ? aurait dit Charles X. Il a fallu de l'argent ; enfin c'est un tripotage. Personne ne croit à ce mariage». Puis, après avoir admis qu'il avait pitié des malheurs de la princesse, il fit connaître qu'elle ne saurait conserver son titre de princesse française. Et lorsque Chateaubriand, rapportant les propos de Charles X, écrit qu'«elle vit maritalement avec M. Lucchesi», cela signifie tout simplement que, pour le roi déchu, la duchesse de Berry n'est plus que Mme Lucchesi, femme d'un étranger et dès lors étrangère comme lui, et mère d'une bâtarde. Tout juste Chateaubriand arracha-t-il au monarque qu'elle pourrait rejoindre ses enfants ; «elle viendra les embrasser», dit le roi (voir J.-P. Garnier, *Charles X, le roi, le proscrit*, pp. 421-422).

les travaux de M. Barande; il est mort: j'ai jeté les yeux sur un autre instituteur[2]; il arrivera bientôt.»
Ces paroles me firent frémir, car le nouvel instituteur ne pouvait être évidemment qu'un jésuite remplaçant un jésuite. Que, dans l'état actuel de la société en France, l'idée de mettre un disciple de Loyola auprès de Henri V fût seulement entrée dans la tête de Charles X, il y avait de quoi désespérer de la race.
Quand je fus revenu de mon étonnement, je dis:
«Le Roi ne craint-il pas sur l'opinion l'effet d'un instituteur choisi dans les rangs d'une société célèbre, mais calomniée?»
Le Roi s'écria: «Bah! en sont-ils encore aux jésuites?»
Je parlai au Roi des élections et du désir qu'avaient les royalistes de connaître sa volonté. Le Roi me répondit: «Je ne puis dire à un homme: Prêtez serment contre votre conscience. Ceux qui croient devoir le prêter agissent sans doute à bonne intention. Je n'ai, mon cher ami, aucune prévention contre les hommes; peu m'importe leur vie passée, lorsqu'ils veulent sincèrement servir la France et la Légitimité. Les républicains m'ont écrit à Édimbourg; j'ai accepté, quant à leur personne, tout ce qu'ils me demandaient; mais ils ont voulu m'imposer des conditions de gouvernement, je les ai rejetées. Je ne céderai jamais sur les principes; je veux laisser à mon petit-fils un trône plus solide que n'était le mien. Les Français sont-ils aujourd'hui plus heureux et plus libres qu'ils ne l'étaient avec moi? Payent-ils moins d'impôts? quelle vache à lait que cette France! Si je m'étais permis le quart des choses que s'est permises M. le duc d'Orléans, que de cris! de malédictions! Ils conspiraient contre moi, ils l'ont avoué: j'ai voulu me défendre...»
Le Roi s'arrêta comme embarrassé dans le nombre de ses pensées, et par la crainte de dire quelque chose qui me blessât.
Tout cela était bien, mais qu'entendait Charles X par les *principes*? s'était-il rendu compte de la cause des conspirations vraies ou fausses ourdies contre son gouvernement? Il reprit après un moment de silence: «Comment se portent vos amis les Bertin? Ils n'ont pas à se plaindre de moi, vous le savez: ils sont bien rigoureux envers un homme banni qui ne leur a fait aucun mal, du moins que je sache. Mais, mon cher, je n'en veux à personne, chacun se conduit comme il l'entend.»

2.
À la fin de 1833, après la retraite de M. Barrande, deux jésuites, les R. P. Étienne Deplace et Julien Druilhet, furent appelés à Prague et attachés à l'éducation du duc de Bordeaux. Ils avaient occupé l'un et l'autre des postes importants au collège de Saint-Acheul. Ils ne restèrent que trois mois à Prague et furent remplacés par Mgr Frayssinous, qui dirigera l'éducation du prince de 1833 à 1838.

Cette douceur de tempérament, cette mansuétude chrétienne d'un Roi chassé et calomnié, me firent venir les larmes aux yeux. Je voulus dire quelques mots de Louis-Philippe. «Ah! répondit le Roi... M. le duc d'Orléans... il a jugé... que voulez-vous?... les hommes sont comme ça.» Pas un mot amer, pas un reproche, pas une plainte ne put sortir de la bouche du vieillard trois fois exilé. Et cependant des mains françaises avaient abattu la tête de son frère et percé le cœur de son fils; tant ces mains ont été pour lui remémoratrices et implacables!

Je louai le Roi de grand cœur et d'une voix émue. Je lui demandai s'il n'entrait point dans ses intentions de faire cesser toutes ces correspondances secrètes, de donner congé à tous ces commissaires qui, depuis quarante années, trompent la Légitimité. Le Roi m'assura qu'il était résolu à mettre un terme à ces impuissantes tracasseries; il avait, disait-il, déjà désigné quelques personnes graves, au nombre desquelles je me trouvais, pour composer en France une sorte de conseil propre à l'instruire de la vérité. M. de Blacas m'expliquerait tout cela. Je priai Charles X d'assembler ses serviteurs et de m'entendre; il me renvoya à M. de Blacas.

J'appelai la pensée du Roi sur l'époque de la majorité de Henri V; je lui parlai d'une déclaration à faire alors comme d'une chose utile. Le Roi, qui ne voulait point intérieurement de cette déclaration, m'invita à lui en présenter le modèle[3]. Je répondis avec respect, mais avec fermeté, que je ne formulerais jamais une déclaration au bas de laquelle mon nom ne se trouvât pas au-dessous de celui du Roi. Ma raison était que je ne voulais pas prendre sur mon compte les changements éventuels introduits dans un acte quelconque par le prince de Metternich et par M. de Blacas.

Je représentai au Roi qu'il était trop loin de la France, qu'on aurait le temps de faire deux ou trois révolutions à Paris avant qu'il en fût informé à Prague. Le Roi répliqua que l'Empereur l'avait laissé libre de choisir le lieu de sa résidence dans tous les États autrichiens, le royaume de Lombardie excepté. «Mais, ajouta Sa Majesté, les villes habitables en Autriche sont toutes à peu près à la même distance de France; à Prague je suis logé pour rien, et ma position m'oblige à ce calcul.»

Noble calcul que celui-là pour un prince qui avait joui pendant cinq ans d'une liste civile de 20 millions, sans compter les résidences royales; pour un prince qui avait laissé à la France la colonie d'Alger et l'ancien patrimoine des Bourbons, évalué de 25 à 30 millions de revenu!

3.
Cette déclaration de majorité était bien un des projets de Chateaubriand. Pour ne pas opposer à son visiteur un refus discourtois et dangereux, Charles X le pria de lui soumettre un modèle. C'était là encore un échec.

Je dis: «Sire, vos fidèles sujets ont souvent pensé que votre royale indigence pouvait avoir des besoins; ils sont prêts à se cotiser, chacun selon sa fortune, afin de vous affranchir de la dépendance de l'étranger. – Je crois, mon cher Chateaubriand, dit le Roi en riant, que vous n'êtes guère plus riche que moi. Comment avez-vous payé votre voyage? – Sire, il m'eût été impossible d'arriver jusqu'à vous, si madame la duchesse de Berry n'avait donné l'ordre à son banquier, M. Jauge, de me compter 6 000 francs. – C'est bien peu! s'écria le Roi; avez-vous besoin d'un supplément? – Non, sire; je devrais même, en m'y prenant bien, rendre quelque chose à la pauvre prisonnière; mais je ne sais guère regratter. – Vous étiez un magnifique seigneur à Rome? – J'ai toujours mangé consciencieusement ce que le Roi m'a donné; il ne m'en est pas resté deux sous. – Vous savez que je garde toujours à votre disposition votre traitement de pair: vous n'en avez pas voulu. – Non, sire, parce que vous avez des serviteurs plus malheureux que moi. Vous m'avez tiré d'affaire pour les 20 000 francs qui me restaient encore de dettes sur mon ambassade de Rome, après les 10 000 autres que j'avais empruntés à votre grand ami M. Laffitte. – Je vous les devais, dit le Roi, ce n'était pas même ce que vous aviez abandonné de vos appointements en donnant votre démission d'ambassadeur, qui, par parenthèse, m'a fait assez de mal. – Quoi qu'il en soit, sire, dû ou non, Votre Majesté, en venant à mon secours, m'a rendu dans le temps service, et moi je lui rendrai son argent quand je pourrai; mais pas à présent, car je suis gueux comme un rat; ma maison rue d'Enfer n'est pas payée. Je vis pêle-mêle avec les pauvres de madame de Chateaubriand, en attendant le logement que j'ai déjà visité, à l'occasion de Votre Majesté, chez M. Gisquet. Quand je passe par une ville, je m'informe d'abord s'il y a un hôpital; s'il y en a un, je dors sur les deux oreilles: *le vivre et le couvert, en faut-il davantage*[4]?
– Oh! ça ne finira pas comme ça. Combien, Chateaubriand, vous faudrait-il pour être riche?
– Sire, vous y perdriez votre temps; vous me donneriez quatre millions ce matin, que je n'aurais pas un patard ce soir.»
Le Roi me secoua l'épaule avec la main: «À la bonne heure! Mais à quoi diable mangez-vous votre argent?
– Ma foi, sire, je n'en sais rien, car je n'ai aucun goût et ne fais aucune dépense: c'est incompréhensible! Je suis si bête qu'en entrant aux affaires étrangères je ne voulus pas prendre les 25 000 francs de frais

4.
La Fontaine, *Fables*, VII, 3: *Le Rat qui s'est retiré du monde.*

d'établissement, et qu'en en sortant je dédaignai d'escamoter les fonds secrets ! Vous me parlez de ma fortune, pour éviter de me parler de la vôtre.
– C'est vrai, dit le Roi ; voici à mon tour ma confession : en mangeant mes capitaux par portions égales d'année en année, j'ai calculé qu'à l'âge où je suis, je pourrais vivre jusqu'à mon dernier jour sans avoir besoin de personne. Si je me trouvais dans la détresse, j'aimerais mieux avoir recours, comme vous me le proposez, à des Français qu'à des étrangers. On m'a offert d'ouvrir des emprunts, entre autres un de 30 millions qui aurait été rempli en Hollande ; mais j'ai su que cet emprunt, coté aux principales bourses en Europe, ferait baisser les fonds français ; cela m'a empêché d'adopter le projet : rien de ce qui affecterait la fortune publique en France ne pouvait me convenir. » Sentiment digne d'un roi ! Dans cette conversation on remarquera la générosité de caractère, la douceur des mœurs et le bon sens de Charles X. Pour un philosophe ç'eût été un spectacle curieux que celui du *sujet* et du *Roi* s'interrogeant sur leur fortune et se faisant confidence mutuelle de leur misère au fond d'un château emprunté aux souverains de Bohême[5] !

5.
Il l'acceptera en 1842, du comte de Chambord. « Je ne veux plus vous fatiguer de mes délicatesses, lui écrivit-il [...]. J'ai vu mon ami M. le duc de Lévis, je lui ai dit que j'étais décidé à accepter vos bienfaits, ma pension de pair à partir du jour de votre majorité. Je l'ai refusée de votre auguste aïeul ; je l'accepte de vous [...] » (cité par E. Biré, *Les Dernières Années de Chateaubriand*, pp. 335-336).

Henri V.

Prague, 25 et 26 mai 1833.

Au sortir de cette conférence j'assistai à la leçon d'équitation de Henri. Il monta deux chevaux, le premier sans étriers en trottant à la longe, le second avec étriers en exécutant des voltes[1] sans tenir la bride, une baguette passée entre son dos et ses bras. L'enfant est hardi et tout à fait élégant avec son pantalon blanc, sa jaquette, sa petite fraise et sa casquette. M. O'Hégerty le père, écuyer instructeur, criait: «Qu'est-ce que c'est que cette jambe-là! elle est comme un bâton! Laissez aller la jambe! Bien! détestable! qu'avez-vous donc aujourd'hui? etc., etc.» La leçon finie, le jeune page-roi s'arrête à cheval au milieu du manège, ôte brusquement sa casquette pour me saluer dans la tribune où j'étais avec le baron de Damas et quelques Français, saute à terre léger et gracieux comme le petit Jehan de Saintré[2].

Henri est mince, agile, bien fait; il est blond; il a les yeux bleus avec un trait dans l'œil gauche qui rappelle le regard de sa mère. Ses mouvements sont brusques; il vous aborde avec franchise; il est curieux et

---

1. Longe: morceau de cuir «coupé en long, en forme de courroie par le moyen de laquelle on mène un cheval. D'où l'expression: mener ou trotter à la longe» (*Dictionnaire de Trévoux*, 1771). Volte: mouvement que le cavalier fait exécuter à sa monture en la menant en rond.

2. *Le Petit Jehan de Saintré*, récit d'Antoine de La Salle, publié pour la première fois vers 1459, relate comment la «Dame des Belles Cousines», ayant distingué un jeune page de la cour, entend faire de lui un vrai chevalier. Ce texte, signale M. Levaillant, issu du roman courtois, fut repris en 1791 par le comte de Tressan dans son *Histoire du Petit Jehan de Saintré*. C'est en pensant à lui que Chateaubriand intitule Henri V, «le jeune page-roi».

questionneur ; il n'a rien de cette pédanterie qu'on lui donne dans les journaux ; c'est un vrai petit garçon comme tous les petits garçons de douze ans. Je lui faisais compliment sur sa bonne mine à cheval : « Vous n'avez rien vu, me dit-il, il fallait me voir sur mon cheval noir ; il est méchant comme un diable ; il rue, il me jette par terre, je remonte, nous sautons la barrière. L'autre jour il s'est cogné, il a la jambe grosse comme ça. N'est-ce pas que le dernier cheval que j'ai monté est joli ? mais je n'étais pas en train *(a)*. »

Henri déteste à présent le baron de Damas dont la mine, le caractère, les idées lui sont antipathiques. Il entre contre lui dans de fréquentes colères. À la suite de ces emportements, force est de mettre le prince en pénitence ; on le condamne quelquefois à rester au lit : bête de châtiment. Survient un abbé Moligny, qui confesse le rebelle et tâche de lui faire peur du diable. L'obstiné n'écoute rien et refuse de manger. Alors madame la Dauphine donne raison à Henri qui mange et se moque du baron. L'éducation parcourt ce cercle vicieux.

Ce qu'il faudrait à M. le duc de Bordeaux serait une main légère qui le conduisît sans lui faire sentir le frein, un gouverneur qui fût plutôt son ami que son maître[3].

Si la famille de saint Louis était, comme celle des Stuarts, une espèce de famille particulière chassée par une révolution confinée dans une île, la destinée des Bourbons serait en peu de temps étrangère aux générations nouvelles. Notre ancien pouvoir royal n'est pas cela ; il représente l'ancienne royauté : le passé politique, moral et religieux des peuples, est né de ce pouvoir et se groupe autour de lui. Le sort d'une race aussi entrelacée à l'ordre social qui fut, aussi apparentée à l'ordre social qui sera, ne peut jamais être indifférent aux hommes. Mais, toute destinée que cette race est à vivre, la condition des individus qui la forment et avec lesquels un sort ennemi n'aurait point fait trêve serait déplorable. Dans un perpétuel malheur, ces individus marcheraient oubliés sur une ligne parallèle, le long de la mémoire glorieuse de leur famille.

Rien de plus triste que l'existence des rois tombés ; leurs jours ne sont qu'un tissu *(b)* de réalités et de fictions : demeurés souverains à leur foyer, parmi leurs gens et leurs souvenirs, ils n'ont pas plutôt franchi le

3.
On sait que Chateaubriand aurait souhaité devenir le gouverneur du duc de Bordeaux, dont il avait tracé le programme d'éducation dans ses brochures de 1831. Il voulait faire du prétendant « l'homme le plus éclairé de son temps », « le roi des siècles, le passé couronné vivant au milieu de l'avenir ». Les courtisans de Prague se liguèrent contre lui, faisant fond sur l'incurable défiance du vieux roi à l'égard de l'écrivain.

seuil de leur maison, qu'ils trouvent l'ironique vérité à leur porte : Jacques II ou Édouard VII, Charles X ou Louis XIX[4], à huis clos, deviennent, à huis ouvert, Jacques ou Édouard, Charles ou Louis, sans chiffre, comme les hommes de peine leurs voisins : ils ont le double inconvénient de la vie de cour et de la vie privée ; les flatteurs, les favoris, les intrigues, les ambitions de l'une ; les affronts, la détresse, le commérage de l'autre : c'est une mascarade continuelle de valets et de ministres, changeant d'habits. L'humeur s'aigrit de cette situation, les espérances s'affaiblissent, les regrets s'augmentent ; on rappelle le passé ; on récrimine ; on s'adresse des reproches d'autant plus amers que l'expression cesse d'être renfermée dans le bon goût d'une belle naissance et les convenances d'une fortune supérieure : on devient vulgaire par les souffrances vulgaires ; les soucis d'un trône perdu dégénèrent en tracasseries de ménage : les papes Clément XIV et Pie VI ne purent jamais rétablir la paix dans la domesticité du Prétendant. Ces aubains[5] découronnés restent en surveillance au milieu du monde, repoussés des princes comme infectés d'adversité, suspects aux peuples comme atteints de puissance.

4.

Le duc d'Angoulême.

5.

Aubain : terme d'une ironie à la limite de la dérision puisqu'il désigne celui qui est fixé hors de son pays et qui, n'étant pas naturalisé dans celui qu'il habite, est soumis à un droit particulier appelé droit d'aubaine, en vertu duquel la succession d'un étranger est attribuée soit au seigneur du lieu, soit au roi.

Dîner et soirée à Hradschin.

J'allai m'habiller: on m'avait prévenu que je pouvais garder au dîner du Roi ma redingote et mes bottes; mais le malheur est d'un trop haut rang pour en approcher avec familiarité. J'arrivai au château à six heures moins un quart; le couvert était mis dans une des salles d'entrée. Je trouvai au salon le cardinal Latil. Je ne l'avais pas rencontré depuis qu'il avait été mon convive à Rome, au palais de l'ambassade, lors de la réunion du conclave, après la mort de Léon XII. Quel changement de destinée pour moi et pour le monde entre ces deux dates!

C'était toujours le prestolet[1] à ventre rondelet, à nez pointu, à face pâle, tel que je l'avais vu en colère à la Chambre des pairs, un couteau d'ivoire à la main. On assurait qu'il n'avait aucune influence et qu'on le nourrissait dans un coin, en lui donnant des bourrades; peut-être: mais il y a du crédit de différentes sortes; celui du cardinal n'en est pas moins certain, quoique caché; il le tire, ce crédit, des longues années passées auprès du Roi, et du caractère de prêtre. L'abbé de Latil a été un confident intime[2]; la remembrance de madame de Polastron s'attache au surplis du confesseur; le charme des dernières faiblesses humaines et la douceur des premiers sentiments religieux se prolongent en souvenirs dans le cœur du vieux monarque.

---

1. Le cardinal de Latil n'est pour Chateaubriand qu'un petit prêtre indigne de considération.

2. Voir l'hypothèse formulée *supra* (l. XXXI, chap. 6, note 6, p. 2115), concernant le secret du roi communiqué lors du conclave de 1829 par le cardinal Latil.

Successivement arrivèrent M. de Blacas, M. A. de Damas, frère du baron, M. O'Hégerty père, M. et madame de Cossé. À six heures précises le Roi parut, suivi de son fils ; on courut à table. Le Roi me plaça à sa gauche, il avait M. le Dauphin à sa droite ; M. de Blacas s'assit en face du Roi, entre le cardinal et madame de Cossé ; les autres convives étaient distribués au hasard. Les enfants ne dînent avec leur grand-père que le dimanche : c'est se priver du seul bonheur qui reste dans l'exil, l'intimité et la vie de famille.

Le dîner était maigre et assez mauvais. Le Roi me vanta un poisson de la Moldau, qui ne valait rien du tout. Quatre ou cinq valets de chambre en noir rôdaient comme des frères lais dans le réfectoire ; point de maître d'hôtel. Chacun prenait devant soi et offrait de son plat. Le Roi mangeait bien, demandait et servait lui-même ce qu'on lui demandait. Il était de bonne humeur ; la peur qu'il avait eue de moi était passée. La conversation roulait dans un cercle de lieux communs, sur le climat de la Bohême, sur la santé de madame la Dauphine, sur mon voyage, sur les cérémonies de la Pentecôte qui devaient avoir lieu le lendemain ; pas un mot de politique. M. le Dauphin, le nez plongé dans son assiette, sortait quelquefois de son silence *(a)*, et s'adressant au cardinal Latil : « Prince de l'Église, l'évangile de ce matin était selon saint Matthieu ? – Non, monseigneur, selon saint Marc. – Comment, saint Marc ? » Grande dispute entre saint Marc et saint Matthieu, et le cardinal était battu.

Le dîner a duré près d'une heure ; le Roi s'est levé ; nous l'avons suivi au salon. Les journaux étaient sur une table ; chacun s'est assis et l'on s'est mis à lire çà et là comme dans un café.

Les enfants sont entrés, le duc de Bordeaux conduit par son gouverneur, Mademoiselle par sa gouvernante. Ils ont couru embrasser leur grand-père, puis ils se sont précipités vers moi ; nous nous sommes nichés dans l'embrasure d'une fenêtre donnant sur la ville et ayant une vue superbe. J'ai renouvelé mes compliments sur la leçon d'équitation. Mademoiselle s'est hâtée de me redire ce que m'avait dit son frère, que je n'avais rien vu ; qu'on ne pouvait juger de rien quand le cheval noir était boiteux. Madame de Gontaut est venue s'asseoir auprès de nous, M. de Damas un peu plus loin prêtant l'oreille, dans un état amusant d'inquiétude, comme si j'allais manger son pupille, lâcher quelques phrases à la louange de la liberté de la presse, ou à la gloire de madame la duchesse de Berry. J'aurais ri des craintes que je lui donnais, si depuis M. de Polignac je pouvais rire d'un pauvre homme *(b)*. Tout d'un coup Henri me dit : « Vous avez vu des serpents devins[5] ? – Monseigneur veut parler des boas ; il n'y en a ni en Égypte, ni à Tunis, seuls points de l'Afrique où j'aie abordé ; mais j'ai vu beaucoup de serpents en

8 heures. La bénédiction et les adieux du soir, Salon de Charles X.

3.

Lorsque le jeune duc de Bordeaux parle de « serpents devins », il fait sans doute allusion à ce paragraphe du *Voyage en Amérique*, confondant « devin » et « divin » : « Les serpents en général, et surtout le serpent à sonnettes, sont en grande vénération chez les indigènes de l'Amérique, qui leur attribuent un esprit divin : ils les apprivoisent au point de les faire venir coucher l'hiver dans des boîtes placées au foyer d'une cabane. Ces singuliers pénates sortent de leurs habitacles au printemps pour retourner dans les bois » (Pléiade, p. 747). Quant au serpent de verre, qui a vivement impressionné l'imagination du jeune prince, il fait lui aussi l'objet d'un développement : « Le plus admirable de tous est le serpent appelé de *verre*, à cause de la fragilité de son corps, qui se brise au moindre contact. Ce reptile est presque transparent, et reflète les couleurs comme un prisme. Il vit d'insectes et ne fait aucun mal : sa longueur est celle d'une petite couleuvre » *(ibid.)*.

Amérique. – Oh ! oui, dit la princesse Louise, le serpent à sonnette, dans le *Génie du Christianisme.* »
Je m'inclinai pour remercier Mademoiselle. «Mais vous avez vu bien d'autres serpents ? a repris Henri. Sont-ils bien méchants ? – Quelques-uns, monseigneur, sont fort dangereux, d'autres n'ont point de venin et on les fait danser. »
Les deux enfants se sont rapprochés de moi avec joie, tenant leurs quatre beaux yeux brillants fixés sur les miens.
«Et puis il y a le serpent de verre, ai-je dit : il est superbe et point malfaisant ; il a la transparence et la fragilité du verre ; on le brise dès qu'on le touche. – Les morceaux ne peuvent pas se rejoindre ? a dit le prince. – Mais non, mon frère, a répondu pour moi Mademoiselle. – Vous êtes allé à la cataracte de Niagara ? a repris Henri. Ça fait un terrible ronflement ? peut-on la descendre en bateau ? – Monseigneur, un Américain s'est amusé à y précipiter une grande barque ; un autre Américain, dit-on, s'est jeté lui-même dans la cataracte ; il n'a pas péri la première fois ; il a recommencé et s'est tué à la seconde expérience. » Les deux enfants ont levé les mains et ont crié : «Oh ! »
Madame de Gontaut a pris la parole : «M. de Chateaubriand est allé en Égypte et à Jérusalem. » Mademoiselle a frappé des mains et s'est encore rapprochée de moi. «M. de Chateaubriand, m'a-t-elle dit, contez donc à mon frère les pyramides et le tombeau de Notre-Seigneur. »
J'ai fait du mieux que j'ai pu un récit des pyramides, du saint tombeau, du Jourdain, de la Terre sainte. L'attention des enfants était merveilleuse : Mademoiselle prenait dans ses deux mains son joli visage, les coudes presque appuyés sur mes genoux, et Henri perché sur un haut fauteuil remuait ses jambes ballantes[4].
Après cette belle conversation de serpents, de cataracte, de pyramides, de saint tombeau, Mademoiselle m'a dit : «Voulez-vous me faire une question sur l'histoire ? – Comment, sur l'histoire ? – Oui, questionnez-moi sur une année, l'année la plus obscure de toute l'histoire de France, excepté le XVIIe et le XVIIIe siècle que nous n'avons pas encore commencés. – Oh ! moi, s'écria Henri, j'aime mieux une année fameuse : demandez-moi quelque chose sur une année fameuse. » Il était moins sûr de son affaire que sa sœur.

4.
Chateaubriand fut séduit par cette visite, ainsi que le rapporte Mme de Gontaut : «Vos princes sont ravissants d'intelligence, surprenants de mémoire, d'à-propos, d'esprit, chacune de leurs remarques en est la preuve, lui dit-il. M. de Barande peut être fier, lui qui les a conduits si haut, si bien » (*Mémoires*, p. 387, note 1).

Je commençai par obéir à la princesse et je dis : «Eh bien ! Mademoiselle veut-elle me dire ce qui se passait et qui régnait en France en 1001 ?» Voilà le frère et la sœur à chercher, Henri se prenant le toupet, Mademoiselle ombrant son visage avec ses deux mains, façon qui lui est familière, comme si elle jouait à *cache-cache*, puis elle découvre subitement sa mine jeune et gaie, sa bouche souriante, ses regards limpides. Elle dit la première : «C'était Robert qui régnait, Grégoire V était pape, Basile III empereur d'Orient… – Et Othon III empereur d'Occident», cria Henri qui se hâtait pour ne pas rester derrière sa sœur, et il ajouta : «Veremond II[5] en Espagne.» Mademoiselle lui coupant la parole dit : «Éthelrède en Angleterre. – Non pas, dit son frère, c'était Edmond, *Côte-de-Fer.*» Mademoiselle avait raison ; Henri se trompait de quelques années en faveur de *Côte-de-Fer* qui l'avait charmé ; mais cela n'en était pas moins prodigieux[6].

«Et mon année fameuse ? demanda Henri d'un ton demi-fâché. – C'est juste, monseigneur : que se passa-t-il en l'an 1593 ? – Bah ! s'écria le jeune prince, c'est l'abjuration d'Henri IV.» Mademoiselle devint rouge de n'avoir pu répondre la première.

Huit heures sonnèrent : la voix du baron de Damas coupa court à notre conversation, comme quand le marteau de l'horloge, en frappant dix heures, suspendait les pas de mon père dans la grande salle de Combourg.

Aimables enfants ! le vieux croisé vous a conté les aventures de la Palestine, mais non au foyer du château de la reine Blanche ! Pour vous trouver, il est venu heurter avec son bâton de palmier et ses sandales poudreuses au seuil glacé de l'étranger. Blondel[7] a chanté en vain au pied de la tour des ducs d'Autriche ; sa voix n'a pu vous rouvrir les chemins de la patrie. Jeunes proscrits, le voyageur aux terres lointaines vous a caché une partie de son histoire ; il ne vous a pas dit que, poète et

5.
Ce n'est pas Basile III mais Basile II, qui fut empereur d'Orient de 976 à 1025. Il n'y a pas eu de Basile III. Il ne s'agit point de Veremond II en Espagne (l'Espagne était constituée de royaumes et dominée pour une grande part par des royautés ou des principautés maures), mais d'Alphonse V le Noble, roi de León et des Asturies (999-1027), auquel succéda son fils Bermude III (1027-1037).

6.
L'ultra Marcellus lui-même est conscient de l'inanité de cette pédagogie historique : «Les royaux enfants, écrit-il, à en juger par cet échantillon de leur savoir, étudiaient l'histoire de leur pays, comme de leur antique maison, dans l'*Abrégé* du président Hénault, et ils ne pouvaient mieux faire» (*Chateaubriand et son temps*, p. 443).

7.
Allusion à l'opéra de Grétry, *Richard Cœur de Lion* (voir *supra*, l. IX, chap. 10, note 2, p. 565).

prophète, il a traîné dans les forêts de la Floride et sur les montagnes de la Judée autant de désespérances, de tristesses et de passions, que vous avez d'espoir, de joie et d'innocence; ce qu'il fut une journée où, comme Julien, il jeta son sang vers le ciel[8]; sang dont le Dieu de miséricorde lui a conservé quelques gouttes pour racheter celles qu'il avait livrées au dieu de malédiction.

Le prince, emmené par son gouverneur, m'invita à sa leçon d'histoire fixée au lundi suivant, onze heures du matin; madame de Gontaut se retira avec Mademoiselle.

Alors commença une scène d'un autre genre: la royauté future, dans la personne d'un enfant, venait de me mêler à ses jeux; la royauté passée, dans la personne d'un vieillard, me fit assister aux siens. Une partie de whist, éclairée par deux bougies dans le coin d'une salle obscure, commença entre le Roi et le Dauphin, le duc de Blacas et le cardinal Latil. J'en étais le seul témoin avec l'écuyer O'Hégerty. À travers les fenêtres dont les volets n'étaient pas fermés, le crépuscule mêlait sa pâleur à celle des bougies: la monarchie s'éteignait entre ces deux lueurs expirantes. Profond silence, hors le frôlement des cartes et quelques cris du Roi qui se fâchait. Les cartes furent renouvelées des Latins afin de soulager l'adversité de Charles VI[9]: mais il n'y a plus d'Ogier et de Lahire pour donner leur nom, sous Charles X, à ces distractions du malheur.

Le jeu fini, le roi me souhaita le bonsoir. Je passai les salles désertes et sombres que j'avais traversées la veille, les mêmes escaliers, les mêmes cours, les mêmes gardes, et, descendu des talus de la colline, je regagnai mon auberge en m'égarant dans les rues et dans la nuit. Charles X restait enfermé dans les masses noires que je quittais: rien ne peut peindre la tristesse de son abandon et de ses années.

8.
Chateaubriand associe un épisode de sa vie, celui de sa tentative de suicide à Combourg (voir *supra*, l. III, chap. 14, p. 221), à la mort rencontrée par Julien l'Apostat lors d'une expédition contre les Perses. Dans les *Études historiques*, Chateaubriand rapporte cette exclamation de Julien qui, blessé à mort, «reçut son sang dans ses mains et le lança vers le ciel, en s'écriant: "Tu as vaincu, Galiléen!"» (*OC*, t. V, p. 132).

9.
Les cartes à jouer apparurent en Europe au XIVe siècle: en 1379 à Viterbe, vers 1390 en France. Dès 1397, le prévôt de Paris dut réglementer la passion du jeu. Charles VI, le roi fou, jouait aux cartes. Les noms inscrits sur celles-ci varièrent jusqu'au XVIIe siècle, où ils se fixèrent: David, Alexandre, César, Charlemagne pour les rois, personnifient les quatre plus illustres monarchies; les reines s'appelèrent Pallas (Minerve), Argine (fille d'un roi d'Argos), Rachel et Judith. Les valets reçurent les noms d'Hector (du nom de l'un des officiers de Charles VII), Ogier (Ogier le Danois), Lancelot (Lancelot du Lac) et Lahire (du nom de guerre d'Étienne de Vignolles, gentilhomme de Charles VII).

Visites.

Prague, 27 mai 1833.

J'avais grand besoin de mon lit; mais le baron Capelle, arrivé de Hollande, logeait dans une chambre voisine de la mienne, et il accourut. Quand le torrent tombe de haut, l'abîme qu'il creuse et dans lequel il s'engloutit fixe les regards et rend muet; mais je n'ai ni patience ni pitié pour les ministres dont la main débile laissa tomber dans le gouffre la couronne de saint Louis, comme si les flots devaient la rapporter! Ceux de ces ministres qui prétendent s'être opposés aux ordonnances sont les plus coupables; ceux qui se disent avoir été les plus modérés sont les moins innocents: s'ils y voyaient si clair, que ne se retiraient-ils? «Ils n'ont pas voulu abandonner le Roi; monsieur le Dauphin les a traités de poltrons.» Mauvaise défaite; ils n'ont pu s'arracher à leurs portefeuilles. Quoi qu'ils en disent, il n'y a pas autre chose au fond de cette immense catastrophe. Et quel beau sang-froid depuis l'événement! L'un écrivaille sur l'histoire d'Angleterre, après avoir si bien arrangé l'histoire de France; l'autre[1] lamente[2] la vie et la mort du duc de Reichstadt, après avoir envoyé à Prague le duc de Bordeaux *(a)*.

Je connaissais M. Capelle: il est juste de se souvenir qu'il était demeuré pauvre; ses prétentions ne dépassaient pas sa valeur; il aurait très-volontiers dit comme Lucien: «Si vous venez m'écouter dans l'espoir de respirer l'ambre et d'entendre le chant du cygne, j'atteste les dieux que je n'ai jamais parlé de moi en termes si magnifiques[3].» Par le temps

---

1. Détenteur du portefeuille de la Marine dans le cabinet Polignac, le baron d'Haussez venait de publier *La Grande-Bretagne en 1833*. Le comte de Montbel avait quant à lui fait paraître chez Le Normant, en 1832, un livre sur le duc de Reichstadt; il rejoignit la Cour de Charles X à

2 heures. La leçon d'équitation, Manège Militaire.

Prague en 1835, puis ne se sépara plus de la famille royale. «Nécrographe» attitré, il rédigera une *Notice sur l'exil, le caractère, la mort et les funérailles du comte de Marnes*, nom d'exil pris par le duc et la duchesse d'Angoulême, du nom du domaine que possédait la duchesse à Marnes-la-Coquette (Hauts-de-Seine), demeure qui appartint à Soult puis à l'impératrice Eugénie de Montijo. Après la mort de la duchesse, Montbel restera fidèle au comte de Chambord et s'installera auprès de lui à Frohsdorf, où il s'éteindra en 1861.

2.

L'emploi du verbe lamenter dans un sens transitif était assez courant; il signifie tout simplement, selon la définition du *Dictionnaire Trévoux*: «Pleurer, faire des plaintes sur quelque perte, quelque accident fâcheux.» Mais le dictionnaire signale déjà que le sens est vieux.

3.

«C'est pourquoi moi aussi aujourd'hui je suis inquiet à mon sujet; ceux d'entre vous qui viennent d'arriver et qui m'entendent pour la première fois ont peut-être l'espoir de trouver auprès de moi de l'ambre et des cygnes; je crains que bientôt ils ne s'en aillent en riant de ceux qui vous avaient promis que les trésors de ce genre abondaient en mes discours. Mais, je l'atteste, aucun de vous, ni aucun autre, ne m'a encore entendu ni ne saurait jamais m'entendre parler de moi en termes si magnifiques» (Lucien, *Traité de l'ambre et des cygnes*, éd. Dindorf, p. 601).

actuel, la modestie est une qualité rare, et le seul tort de M. Capelle est de s'être laissé nommer ministre.

Je reçus la visite de M. le baron de Damas : les vertus de ce brave officier lui avaient monté à la tête ; une congestion religieuse lui embarrassait le cerveau. Il est des associations fatales : le duc de Rivière recommanda en mourant M. de Damas pour gouverneur du duc de Bordeaux ; le prince de Polignac était membre de cette coterie. L'incapacité est une franc-maçonnerie dont les loges sont en tout pays ; cette charbonnerie a des oubliettes dont elle ouvre les soupapes, et dans lesquelles elle fait disparaître les États.

La domesticité était si naturelle à la cour, que M. de Damas, en choisissant M. de Lavilatte, n'avait jamais voulu lui octroyer d'autre titre que le titre de premier valet de chambre de monseigneur le duc de Bordeaux. À la première vue, je me pris de goût pour ce militaire à crocs gris, dogue fidèle, chargé d'aboyer autour de son mouton. Il appartenait à ces loyaux *porte-grenade* qu'estimait l'effrayant maréchal de Montluc, et dont il disait : « Il n'y a point d'arrière-boutique en eux. » M. de Lavilatte sera renvoyé pour sa sincérité, non à cause de sa brusquerie : de la brusquerie de caserne, on s'en arrange ; souvent l'adulation au camp fume la flatterie d'un air indépendant. Mais chez le vieux brave dont je parle tout était franchise ; il aurait retiré avec honneur sa moustache, s'il avait emprunté dessus 30 000 piastres comme Jean de Castro. Sa figure rébarbative n'était que l'expression de la liberté ; il avertissait seulement par son air qu'il était prêt. Avant de mettre au champ leur armée, les Florentins en prévenaient l'ennemi par le son de la cloche *Martinella*.

Messe. – Général Czernicki[1].

Prague, 27 mai 1833.

J'avais formé le projet d'entendre la messe à la cathédrale[2], dans l'enceinte des châteaux ; retenu par les visiteurs, je n'eus que le temps d'aller à la basilique des ci-devant jésuites[3]. On y chantait avec accompagnement d'orgues. Une femme, placée auprès de moi, avait une voix dont l'accent me fit tourner la tête. Au moment de la communion, elle se couvrit le visage de ses deux mains et n'alla point à la sainte table.

Hélas ! j'ai déjà exploré bien des églises dans les quatre parties de la terre, sans avoir pu dépouiller, même au tombeau du Sauveur, le rude cilice de mes pensées. J'ai peint Aben-Hamet errant dans la mosquée chrétienne de Cordoue : «Il entrevit au pied d'une colonne une figure immobile, qu'il prit d'abord pour une statue sur un tombeau[4].» L'original de ce chevalier qu'entrevoyait Aben-Hamet était un moine que j'avais rencontré dans l'église de l'Escurial, et dont j'avais envié la foi. Qui sait cependant les tempêtes au fond de cette âme si recueillie, et

1. L'édition Penaud, ainsi que le manuscrit de 1847, ajoutent : «Dîner chez le grand Bourgrave», ce qui correspond en fait au chapitre suivant.

2. La cathédrale Saint-Guy, mausolée royal et lieu de sacre, construite au XIVe siècle, remaniée aux XVIe et XIXe siècles, et achevée en 1929.

3. Il s'agit vraisemblablement de l'église Saint-Jacques (kostel svatého Jakuba), une des plus belles de Prague, dont l'histoire remonte à 1232 et la décoration, ainsi que les aménagements et ornements sculptés, au baroque tchèque du XVIIIe siècle.

Vue de Prague.

4.
Chateaubriand s'est inspiré de Cordoue pour peindre une scène qui se passe à Grenade; voici la suite de cette citation: «Il s'en approche; il distingue un jeune chevalier à genoux, le front respectueusement incliné et les deux bras croisés sur sa poitrine. Ce chevalier ne fit aucun mouvement au bruit des pas d'Aben-Hamet; aucune distraction, aucun signe extérieur de vie ne troubla sa profonde prière. [...] Aben-Hamet allait se précipiter sur le marbre, lorsqu'il aperçut, à la lueur d'une lampe, des caractères arabes et un verset du Coran, qui paraissaient sous un plâtre à demi tombé. Les remords rentrent dans son cœur, et il se hâte de quitter l'édifice où il a pensé devenir infidèle à sa religion et à sa patrie» (*Les Aventures du dernier Abencérage*, éd. P. Hazard et M.-J. Durry, p. 38).

quelle supplication montait vers *le pontife saint et innocent*? Je venais d'admirer, dans la sacristie déserte de l'Escurial, une des plus belles vierges de Murillo ; j'étais avec une femme[5] : elle me montra la première le religieux sourd au bruit des passions qui traversaient auprès de lui le formidable silence du sanctuaire.

Après la messe à Prague j'envoyai chercher une calèche ; je pris le chemin tracé dans les anciennes fortifications et par lequel les voitures montent au château. On était occupé à dessiner des jardins sur ces remparts : l'euphonie d'une forêt y remplacera le fracas de la bataille de Prague[6] ; le tout sera très-beau dans une quarantaine d'années : Dieu fasse qu'Henri V ne demeure pas assez longtemps ici pour jouir de l'ombre d'une feuille qui n'est pas encore née !

Devant dîner le lendemain chez le gouverneur, je crus qu'il était poli d'aller voir madame la comtesse de Choteck : je l'aurais trouvée aimable et belle, quand elle ne m'eût pas cité de mémoire des passages de mes écrits.

Je montai à la soirée de madame de Guiche ; j'y rencontrai le général Czernicky et sa femme. Il me fit le récit de l'insurrection de la Pologne et du combat d'Ostrolenka.

Quand je me levai pour sortir, le général me demanda la permission de presser ma *vénérable* main et d'embrasser le *patriarche de la liberté de la presse*[7] ; sa femme voulut embrasser en moi l'auteur du *Génie du Christianisme* : la monarchie reçut de grand cœur le baiser fraternel de la République. J'éprouvais une satisfaction d'honnête homme ; j'étais heureux de réveiller à différents titres de nobles sympathies dans des cœurs étrangers, d'être tour à tour pressé sur le sein du mari et de la femme par la liberté et la religion.

Lundi 27, au matin, l'*opposition* vient m'apprendre que je ne verrais point le jeune prince : M. de Damas avait fatigué son élève en le traînant

---

5.
Souvenir de Natalie de Noailles, dont la présence reviendra une dernière fois dans la *Vie de Rancé* : « Je n'ai rencontré qu'à l'Escurial une pareille [à celle de la Trappe] absence de vie : les chefs-d'œuvre de Raphaël se regardaient muets dans les obscures sacristies : à peine entendait-on la voix d'une femme étrangère qui passait » (l. III, Pléiade, pp. 1070-1071).

6.
Une des plus sanglantes batailles du XVIIIe siècle, gagnée par Frédéric II sur les Autrichiens, le 6 mai 1757. Elle dura de 9 heures du matin jusqu'à 8 heures du soir et coûta 24 000 hommes aux Autrichiens, tant tués que blessés ou prisonniers ; les Prussiens en perdirent 18 000.

7.
C'était évidemment l'un des plus beaux compliments qui puissent réchauffer le cœur de Chateaubriand, « journaliste », cofondateur du *Conservateur* et l'un des plus ardents défenseurs de la liberté de la presse sous la Restauration.

d'église en église aux stations du Jubilé[8]. Cette lassitude servait de prétexte à un congé et motivait une course à la campagne : on me voulait cacher l'enfant.
J'employai la matinée à courir la ville. À cinq heures j'allai dîner chez le comte de Choteck.

8.
Dans l'Église catholique, le premier jubilé fut décrété en 1300 par Boniface VIII. Il était prévu de le renouveler à chaque début de siècle. Clément VI le fixa tous les 50 ans (1349), et Paul II tous les 25 ans. Le commencement et la fin du jubilé sont marqués par l'ouverture et la fermeture de la *Porte sainte* des quatre basiliques majeures de Rome. Le jubilé fut ensuite étendu à l'ensemble du monde. Au cours de cette année sainte, les pèlerins bénéficient d'une indulgence plénière en visitant les sanctuaires désignés. Ici, allusion au « Grand Jubilé » séculaire de 1830-1833.

Dîner chez le comte de Choteck[1].

La maison du comte de Choteck, bâtie par son père (qui fut aussi grand bourgrave de Bohême), présente extérieurement la forme d'une chapelle gothique : rien n'est original aujourd'hui, tout est copie. Du salon on a une vue sur les jardins ; ils descendent en pente dans une vallée : toujours lumière fade, sol grisâtre comme dans ces fonds anguleux des montagnes du Nord où la nature décharnée porte la haire.

Le couvert était mis dans le *pleasure-ground*, sous des arbres *(a)*. Nous dînâmes sans chapeau : ma tête, que tant d'orages insultèrent en emportant ma chevelure, était sensible au souffle du vent. Tandis que je m'efforçais d'être présent au repas, je ne pouvais m'empêcher de regarder les oiseaux et les nuages qui volaient au-dessus du festin ; passagers embarqués sur les brises et qui ont des relations secrètes avec mes destinées ; voyageurs, objets de mon envie et dont mes yeux ne peuvent suivre la course aérienne sans une sorte d'attendrissement. J'étais plus en société avec ces parasites errants dans le ciel qu'avec les convives assis auprès de moi sur la terre : heureux anachorètes[2] qui pour *dapifer*[3] aviez un corbeau !

Je ne puis vous parler de la société de Prague, puisque je ne l'ai vue qu'à ce dîner. Il s'y trouvait une femme fort à la mode à Vienne, et fort spiri-

1.
« L'influence que la duchesse de Guiche a prise sur le comte Choteck, le grand bourgrave de Bohême, amena ce seigneur à donner un grand dîner en l'honneur de l'illustre écrivain. Celui-ci fut morose, pendant cette réunion : il n'y connaissait personne et, plus que tout autre, il a besoin d'être excité » (Montbel, *Journal*, *in Revue des Deux Mondes*, 15 avril et 1er mai 1923).

The Awfull Dream.

2.
Chateaubriand fait allusion à saint Paul, ermite, qui reçut un jour la visite de saint Antoine. « Quand l'heure du repas fut arrivée, rapporte saint Jérôme, un corbeau apporta une double ration de pain : or, comme Antoine était dans l'admiration, Paul répondit que Dieu le servait tous les jours de la sorte, mais qu'il avait doublé la pitance en faveur de son hôte » (Jacques de Voragine, *La Légende dorée*, t. I, p. 122).

3.
Voir *supra*, l. XVII, chap. 4, note 7, p. 980.

tuelle, assurait-on : elle m'a paru aigre et sotte, quoiqu'elle eût quelque chose de jeune encore, comme ces arbres qui gardent l'été les grappes séchées de la fleur qu'ils ont portée au printemps.

Je ne sais donc des mœurs de ce pays que celles du XVIe siècle, racontées par Bassompierre : il aima Anna Esther, âgée de dix-huit ans, veuve depuis six mois[4]. Il passa cinq jours et six nuits déguisé et caché dans une chambre auprès de sa maîtresse. Il joua à la paume dans Hradschin avec Wallenstein. N'étant ni Wallenstein ni Bassompierre, je ne prétendais ni à l'empire ni à l'amour : les Esther modernes veulent des Assuérus qui puissent, tout déguisés qu'ils sont, se débarrasser la nuit de leur *domino* : on ne dépose pas le masque des années.

4.

À Prague, le 22 janvier 1604, Bassompierre noua une intrigue avec Anna-Esther Percherstoris, deuxième fille du burgrave de Karlstein, « jeune dame d'excellente beauté, en l'âge de dix-huit ans, veuve depuis six mois d'un gentilhomme, [...] avec qui elle avait été un an mariée » (voir *Mémoires du maréchal de Bassompierre*, coll. Petitot, 2e série, t. XIX, p. 322 *sqq.*).

Pentecôte. – Le duc de Blacas.

Prague, 27 mai 1833.

Au sortir du dîner, à sept heures, je me rendis chez le Roi ; j'y rencontrai les personnes de la veille, excepté M. le duc de Bordeaux, qu'on disait souffrant de ses stations[1] du dimanche. Le Roi était à demi couché sur un canapé, et Mademoiselle assise sur une chaise tout contre les genoux de Charles X, qui caressait le bras *(a)* de sa petite-fille en lui faisant des histoires. La jeune princesse écoutait avec attention : quand je parus, elle me regarda avec le sourire d'une personne raisonnable qui m'aurait voulu dire : « Il faut bien que j'amuse mon grand-papa. »
« Chateaubriand, s'écria le Roi, je ne vous ai pas vu hier ? – Sire, j'ai été averti trop tard que Votre Majesté m'avait fait l'honneur de me nommer de son dîner : ensuite, c'était le dimanche de la Pentecôte, jour où il ne m'est pas permis de voir Votre Majesté. – Comment cela ? dit le Roi. – Sire, ce fut le jour de la Pentecôte, il y a neuf ans, que, me présentant pour vous faire ma cour, on me défendit votre porte. »
Charles X parut ému[2] : « On ne vous chassera pas du château de Prague. – Non, sire, car je ne vois pas ici ces bons serviteurs qui m'éconduisirent au jour de la prospérité *(b)*. » Le whist commença, et la journée finit.

1.
Chacune des 14 poses que, suivant une tradition tardive, fit Jésus sur le chemin du Calvaire. Autrefois, office liturgique comprenant une procession suivie d'une messe, présidée par le pape ou son délégué et célébrée alternativement dans diverses églises de Rome. C'est aussi une église dans laquelle était célébré l'office appelé Station, ou encore église de la Visite, à laquelle sont attachées certaines indulgences.
2.
Lors du brutal renvoi de Chateaubriand en 1824, l'attitude de Monsieur, frère du roi, avait

CHATEAUBRIAND.

été plus nuancée – c'est du moins ce que rapporte Ferdinand de Bertier, qui se rendit au pavillon de Marsan –, estimant qu'il était peut-être «nécessaire» de l'écarter mais «[...] qu'il y aurait des formes moins désobligeantes à suivre, et quelques jours de répit à donner». Il faisait observer qu'il était inopportun de laisser Chateaubriand défendre le projet de loi sur la septennalité, qui aurait rendu son renvoi encore plus difficile, et avait rétorqué qu'il était inutile de lui demander un avis puisque le parti était pris. «Toutefois je vais vous le donner, dit-il à Villèle. Vous savez que personnellement je n'aime pas beaucoup M. de Chateaubriand, cependant je crois qu'on doit des égards à sa personne et tout au moins à sa qualité de ministre du roi de France; je trouve donc tout à fait inconvenant qu'on le mette à la porte comme un laquais. Maintenant, faites ce que vous voudrez» (*Souvenirs d'un ultraroyaliste, 1815-1832*, t. II, pp. 169-171).

Après la partie, je rendis au duc de Blacas la visite qu'il m'avait faite. «Le Roi, me dit-il, m'a prévenu que nous causerions.» Je lui répondis que le Roi n'ayant pas jugé à propos de convoquer son conseil devant lequel j'aurais pu développer mes idées sur l'avenir de la France et la majorité du duc de Bordeaux, je n'avais plus rien à dire. «Sa Majesté n'a point de conseil, repartit M. de Blacas, avec un rire chevrotant et des yeux tout contents de lui, il n'a que moi, absolument que moi.»

Le grand maître de la garde-robe[3] a la plus haute idée de lui-même : maladie française. À l'entendre, il fait tout, il peut tout ; il a marié la duchesse de Berry[4] ; il dispose des rois ; il mène Metternich par le bout du nez ; il tient Nesselrode au collet ; il règne en Italie ; il a gravé son nom sur un obélisque à Rome ; il a dans sa poche les clefs des conclaves[5] ; les trois derniers papes[6] lui doivent leur exaltation ; il connaît si bien l'opinion, il mesure si bien son ambition à ses forces, qu'en accompagnant madame la duchesse de Berry[7], il s'était fait donner un diplôme qui le nommait chef du conseil de la régence, premier ministre et ministre des affaires étrangères ! Et voilà comment ces pauvres gens comprennent la France et le siècle.

Cependant M. de Blacas est le plus intelligent et le plus modéré de la bande. En conversation il est raisonnable ; il est toujours de votre avis : *«Vous pensez cela ! c'est précisément ce que je disais hier. Nous avons absolument les mêmes idées !»* Il gémit de son esclavage ; il est las des affaires, il voudrait habiter un coin de la terre ignoré, pour y mourir en paix loin du monde. Quant à son influence sur Charles X, ne lui en parlez pas ; on croit qu'il domine Charles X : erreur ! Il ne peut rien sur le Roi ! le Roi ne l'écoute pas ; le Roi refuse ce matin une chose ; ce soir il accorde cette

---

3.
Charge créée par Louis XIV en 1669, consistant à prendre soin des habits, du linge et des chaussures du roi.

4.
En 1816, il eut pour mission, en tant qu'ambassadeur extraordinaire, de négocier le mariage du duc de Berry, frère cadet du duc d'Angoulême et fils du comte d'Artois, avec Marie-Caroline, petite-fille de Ferdinand IV des Deux-Siciles, qu'il eut mission d'amener en France.

5.
Blacas, ambassadeur à Naples, prétendait que Chateaubriand n'entendait rien aux affaires romaines en 1828-1829 et que, connaissant chacun des principaux cardinaux, il était le seul capable d'obtenir un pape conforme aux vues de la cour de France.

6.
Léon XII (1823-1829), Pie VIII (31 mars 1829-30 novembre 1830), Grégoire XVI (élu le 2 février 1831-1er juin 1846).

7.
En juin 1831, lorsque la duchesse quitta Holy-Rood pour le château de Massa, propriété, depuis 1829, du duc François IV de Modène.

chose, sans qu'on sache pourquoi il a changé d'avis, etc. Lorsque M. de Blacas vous raconte ces balivernes, il est *vrai*, parce qu'il ne contrarie jamais le Roi; il n'est pas *sincère*, parce qu'il n'inspire à Charles X que des volontés d'accord avec les penchants de ce prince.

Au surplus, M. de Blacas a du courage et de l'honneur; il n'est pas sans générosité; il est dévoué et fidèle. En se frottant aux hautes aristocraties et en entrant dans la richesse, il a pris de leur allure. Il est très-bien né; il sort d'une maison pauvre, mais antique, connue dans la poésie et dans les armes. Le guindé de ses manières, son aplomb, son rigorisme d'étiquette, conservent à ses maîtres une noblesse qu'on perd trop aisément dans le malheur: du moins, dans le muséum de Prague, l'inflexibilité de l'armure tient debout un corps qui tomberait. M. de Blacas ne manque pas d'une certaine activité; il expédie rapidement les affaires communes; il est ordonné et méthodique. Connaisseur assez éclairé dans quelques branches d'archéologie[8], amateur des arts sans imagination et libertin à la glace, il ne s'émeut pas même de ses passions: son sang-froid serait une qualité de l'homme d'État, si son sang-froid n'était autre que sa confiance dans son génie, et son génie trahit sa confiance: on sent en lui le grand seigneur avorté[9], comme on le sent dans son compatriote La Valette, duc d'Épernon.

Ou il y aura, ou il n'y aura pas restauration; s'il y a restauration, M. de Blacas rentre avec les places et les honneurs; s'il n'y a pas restauration, la fortune du grand maître de la garde-robe est presque toute hors de France; Charles X et Louis XIX seront morts; il sera bien vieux, lui, M. de Blacas: ses enfants resteront les compagnons du prince exilé, d'illustres étrangers dans des cours étrangères: Dieu soit loué de tout!

Ainsi la révolution, qui a élevé et perdu Bonaparte, aura enrichi M. de Blacas: cela fait compensation. M. de Blacas, avec sa longue figure immobile et décolorée, est l'entrepreneur des pompes funèbres de la monarchie; il l'a enterrée à Hartwell, il l'a enterrée à Gand, il l'a réenterrée à Édimbourg et il la réenterrera à Prague ou ailleurs, toujours veillant à la dépouille des hauts et puissants défunts, comme ces paysans des côtes qui recueillent les objets naufragés que la mer rejette sur ses bords[10].

8.
Le duc de Blacas constitua une riche collection d'antiques, notamment de camées. Archéologue distingué, il protégea Champollion.

9.
« Grand seigneur avorté », le jugement est sévère; davantage encore lorsque Chateaubriand le rapproche du duc d'Épernon, favori d'Henri III : « D'Épernon est le seul favori qui soit jamais devenu un personnage par une imperturbable morgue de médiocrité : à force de vivre et d'insulter, ce bourgeois avait fini par faire croire qu'il était un grand seigneur » (*Analyse raisonnée de l'Histoire de France, Études historiques, in OC*, t. V bis, p. 427).

Le château du Belvédère.

10.
Si Blacas fut considéré comme le bouc-émissaire de toutes les fautes de la première Restauration, force est de reconnaître que Chateaubriand joue là quelque peu sur les mots et entretient une sorte de confusion entre l'échec des monarques et l'exil. Blacas n'est pas responsable de l'exil de Louis XVIII à Hartwell, ni de celui de Charles X à Prague. En tout cas, ce portrait est l'un des plus féroces des *Mémoires d'outre-tombe.*

INCIDENCES.

Description de Prague. – Tycho Brahé. – Perdita.

Prague, 28 et 29 mai 1833.

Le mardi, 28 mai, la leçon d'histoire à laquelle je devais assister à onze heures n'ayant pas lieu, je me trouvai libre de parcourir ou plutôt de revoir la ville que j'avais déjà vue et revue en allant et venant. Je ne sais pourquoi je m'étais figuré que Prague était niché dans un trou de montagnes qui portaient leur ombre noire sur un tapon de maisons chaudronnées : Prague est une cité riante où pyramident[1] 25 à 30 tours et clochers élégants ; son architecture rappelle une ville de la Renaissance. La longue domination des empereurs sur les pays cisalpins a rempli l'Allemagne d'artistes de ces pays ; les villages autrichiens sont des villages de la Lombardie, de la Toscane, ou de la terre ferme de Venise : on se croirait chez un paysan italien, si dans les fermes à grandes chambres nues un poêle ne remplaçait le soleil.

La vue dont on jouit des fenêtres du château est agréable : d'un côté on aperçoit les vergers d'un frais vallon, à pente verte, enclos des murs dentelés de la ville, qui descendent jusqu'à la Moldau, à peu près comme les murs de Rome descendent du Vatican au Tibre ; de l'autre côté on découvre la ville traversée par la rivière, laquelle rivière s'embellit d'une île plantée en amont, et embrasse une île en aval, en quittant le faubourg du Nord. La Moldau se jette dans l'Elbe. Un bateau qui m'aurait pris au pont de Prague m'aurait pu débarquer au pont Royal

1. Terme de beaux-arts utilisé par Diderot *(Salon de 1767)*, puis par les romantiques : « [on] *le voit* [le chêne] *tout noyé dans l'aurore / Pyramider dans le lointain* » (Lamartine, *Harmonies poétiques*, II, 9).

à Paris. Je ne suis pas l'ouvrage des siècles et des rois ; je n'ai ni le poids ni la durée de l'obélisque que le Nil envoie maintenant à la Seine[2] ; pour remorquer ma galère, la ceinture de la Vestale du Tibre suffirait.

Le pont de la Moldau[3], bâti en bois en 795 par Mnata, fut, à diverses époques, refait en pierre. Tandis que je mesurais ce pont, Charles X cheminait sur le trottoir ; il portait sous le bras un parapluie ; son fils l'accompagnait comme un *cicerone* de louage. J'avais dit dans *le Conservateur* qu'*on se mettrait à la fenêtre pour voir passer la monarchie*[4] : je la voyais passer sur le pont de Prague.

Dans les constructions qui composent Hradschin on voit des salles historiques, des musées que tapissent les portraits restaurés et les armes fourbies des ducs et des rois de Bohême. Non loin des masses informes, se détache sur le ciel un joli bâtiment vêtu d'un des élégants portiques du *cinquecento :* cette architecture a l'inconvénient d'être en désaccord avec le climat. Si l'on pouvait du moins, pendant les hivers de Bohême, mettre ces palais italiens en serre chaude avec les palmiers ? J'étais toujours préoccupé de l'idée du froid qu'ils devaient avoir la nuit.

Prague, souvent assiégé, pris et repris, nous est militairement connu par la bataille de son nom et par la retraite où se trouvait Vauvenargues[5]. Les boulevards de la ville sont démolis. Les fossés du château, du côté de la haute plaine, forment une étroite et profonde entaille maintenant plantée de peupliers. À l'époque de la guerre de Trente Ans[6], ces fossés

2.
L'obélisque de Louqsor (XIIIe siècle av. J.-C.) fut offert en 1831 par Méhémet-Ali à Louis-Philippe, qui le fit ériger le 25 octobre 1836, place de la Concorde. La mise en place fut assurée par l'ingénieur Le Bas, en présence du roi et d'une foule très nombreuse. Sur cet emplacement, Louis XVIII avait projeté un monument commémoratif de la mort de Louis XVI : dalle noire, chapelle et saule pleureur, et la seule statue de Louis XVI dont Charles X avait posé la première pierre le 3 mai 1826. Mais la révolution de 1830 changea le projet.

3.
Le pont Saint-Charles, d'abord pont de bois reliant les deux rives de la Moldau (Xe siècle), devint pont de pierre sous l'empereur Charles IV, qui lui donna son nom. Des statues baroques (aujourd'hui remplacées, pour la plupart, par des copies), sculptées à la fin du XVIIe siècle sur le modèle du pont Saint-Ange de Rome, contrastent avec l'architecture gothique du pont Saint-Charles et lui confèrent un caractère tout particulier.

4.
« De la morale des intérêts et de celle des devoirs... », *Le Conservateur*, t. I, p. 474, *in Grands Écrits politiques*, t. II, p. 542 ; voir *supra*, l. XXV, chap. 10, p. 1639 *sqq.*

5.
La retraite de Prague, ou plus exactement de Bohême (15-27 novembre 1742), fut un des épisodes les plus fameux de la guerre de Succession d'Autriche. Abandonné par ses alliés, le maréchal de Belle-Isle sortit de la ville de Prague et parvint à opérer une retraite de 40 lieues, en 18 nuits de marche forcée dans un pays accidenté et rendu plus difficile encore par le brouillard et la neige. Cette retraite ne se fit pas sans perte d'hommes mais elle permit de déjouer les entreprises ennemies et de sauver la plus grande partie de l'armée.

VOYAGE EN AUTRICHE...

6.
En 1617, l'empereur Matthias avait fait accepter pour son successeur sur le trône de Bohême l'un de ses cousins, Ferdinand de Styrie. Celui-ci était un ancien élève des jésuites, champion avéré de la Contre-Réforme, détesté par les protestants. En Bohême, gagnée par le calvinisme, les contestations se multiplièrent; en mai 1618, des nobles tchèques révoltés précipitèrent deux lieutenants impériaux du haut d'une fenêtre du château royal de Prague (Défenestration de Prague). À la mort de Matthias et à l'avènement de Ferdinand comme empereur, en août 1619, la Bohême refusa de le reconnaître et élut à sa place un prince calviniste, gendre de Jacques Ier d'Angleterre, l'Électeur Palatin Frédéric V. La guerre de Trente Ans commençait.

étaient remplis d'eau. Les protestants, ayant pénétré dans le château le 23 mai 1618, jetèrent par la fenêtre deux seigneurs catholiques avec le secrétaire d'État: les trois plongeurs se sauvèrent. Le secrétaire, en homme bien appris, demanda mille pardons à l'un des deux seigneurs d'être tombé malhonnêtement sur lui. Dans ce mois de mai 1833, on n'a plus la même politesse: je ne sais trop ce que je dirais en pareil cas, moi qui ai cependant été secrétaire d'État.

Tycho Brahé mourut à Prague: voudriez-vous pour toute sa science avoir comme lui un faux nez de cire ou d'argent[7]? Tycho se consolait en Bohême, ainsi que Charles X, en contemplant le ciel; l'astronome admirait l'ouvrage, le Roi adore l'ouvrier. L'étoile apparue en 1572 (éteinte en 1574), qui passa successivement du blanc éclatant au jaune rouge de Mars et au blanc plombé de Saturne, offrit aux observations de Tycho le spectacle de l'incendie d'un monde[8]. Qu'est-ce que la révolution dont le souffle a poussé le frère de Louis XVI à la tombe du Newton danois, auprès de la destruction d'un globe, accomplie en moins de deux années? Le général Moreau vint à Prague concerter avec l'empereur de Russie une restauration que lui, Moreau, ne devait pas voir.

Si Prague était au bord de la mer, rien ne serait plus charmant; aussi Shakespeare frappe la Bohême de sa baguette et en fait un pays maritime: «Es-tu certain, dit *Antigonus* à un matelot, dans le *Conte d'hiver*[9], que notre vaisseau a touché les déserts de Bohême?»

Antigonus descend à terre, chargé d'exposer une petite fille à laquelle il adresse ces mots:

7.
Chateaubriand reprend là les indications des biographes: «Tycho perdit la moitié du nez (à la suite d'un duel), mais il le remplaça par un nez en or, peint et modelé avec tant d'art qu'il était, dit-on, impossible de le distinguer d'un nez naturel» (*Nouvelle Biographie universelle*, 1866, t. XLV, p. 751).

8.
Le 11 novembre 1572, en sortant de son laboratoire, Tycho Brahé jeta les yeux sur la constellation de Cassiopée, et ne fut pas peu surpris d'y apercevoir une nouvelle étoile, dont l'éclat éclipsait sa voisine. Il rentra immédiatement chez lui pour en déterminer la place et la révolution. Dans une excursion qu'il fit à Copenhague au début de 1573, il parla du phénomène aux professeurs de l'université, qui ne le connaissaient pas encore; ils se récrièrent et raillèrent le gentilhomme astronome; mais il fallut se rendre à l'évidence. Comme on le pressait de publier sa découverte, il envoya le travail dont il l'avait accompagnée à un ami, qui le fit paraître sous le titre de *De nova stella* (1573). L'étoile inconnue de Cassiopée continua d'être visible, bien qu'en s'affaiblissant peu à peu, jusqu'en mars 1574.

9.
Comédie en cinq actes de Shakespeare, en prose mêlée de vers, écrite vraisemblablement en 1611.

«Fleur ! prospère ici… La tempête commence… Tu as bien l'air de devoir être rudement bercée !»
Shakespeare ne semble-t-il pas avoir raconté d'avance l'histoire de la princesse Louise, de cette jeune *fleur*, de cette nouvelle *Perdita*[10], transportée dans les déserts de la Bohême ?

10.
Fille du roi de Sicile dans le drame de Shakespeare, *Conte d'hiver* (1623), Perdita a toute la noblesse de sa royale origine, qui ne se dément pas sous l'habit de bergère qui lui est imposé après son éloignement de la cour. Elle hait tout ce qui est hypocrisie, mensonge. Dans une scène du drame (IV, 4), sa grâce éclate de façon inoubliable pendant qu'elle distribue des fleurs à ses hôtes.

SUITE DES INCIDENCES.

De la Bohême. – Littérature slave et néolatine.

Prague, 28 et 29 mai 1833.

Confusion, sang, catastrophe, c'est l'histoire de la Bohême; ses ducs et ses rois, au milieu des guerres civiles et des guerres étrangères, luttent avec leurs sujets, ou se collettent avec les ducs et les rois de Silésie, de Saxe, de Pologne, de Moravie, de Hongrie, d'Autriche et de Bavière.

Pendant le règne de Venceslas VI, qui mettait à la broche son cuisinier quand il n'avait pas bien rôti un lièvre, s'éleva Jean Hus, lequel ayant étudié à Oxford en apporta la doctrine de Wiclef. Les protestants, qui cherchaient partout des ancêtres sans en pouvoir trouver, rapportent que, du haut de son bûcher, Jean chanta, prophétisa la venue de Luther. «Le monde rempli d'aigreur, dit Bossuet, enfanta Luther et Calvin, qui cantonnent[1] la chrétienté.»

Des luttes chrétiennes et païennes, des hérésies précoces de la Bohême, des importations d'intérêts étrangers et de mœurs étrangères, résulta une confusion favorable au mensonge. La Bohême passa pour le pays des sorciers.

D'anciennes poésies découvertes en 1817 par M. Hanka, bibliothécaire du musée de Prague, dans les archives de l'église de Koniginhof, sont célèbres. Un jeune homme que je me plais à citer, fils d'un savant

1.
Cantonner: «Terme de guerre, qui se dit de troupes distribuées dans plusieurs villages, pour la commodité de leur subsistance, avant l'ouverture de la campagne, ou l'entrée en quartiers d'hiver» (*Dictionnaire de Trévoux*, 1771). Le verbe signifie aussi, dans une acception un peu différente: se retrancher, se fortifier dans quelque canton ou lieu serré et de défense. C'est dans ce sens que Chateaubriand entend ce mot, pour illustrer, en termes de «blason», le déchirement de l'Église chrétienne.

illustre, M. Ampère[2], a fait connaître l'esprit de ces chants. Célakowsky a répandu des chansons populaires dans l'idiome slave.

Les Polonais trouvent le dialecte bohême efféminé ; c'est la querelle du dorien et de l'ionique. Le Bas-Breton de Vannes traite de barbare le Bas-Breton de Tréguier. Le slave ainsi que le magyar se prête à toutes les traductions : ma pauvre *Atala* a été accoutrée d'une robe *de point de Hongrie*[3] ; elle porte aussi un doliman[4] arménien et un voile arabe.

Une autre littérature a fleuri en Bohême, la littérature moderne latine. Le prince de cette littérature, Bohuslas Hassenstein, baron de Lobkowitz[5], né en 1462, s'embarqua en 1490 à Venise, visita la Grèce, la Syrie, l'Arabie et l'Égypte. Lobkowitz m'a devancé de 326 ans à ces lieux célèbres, et comme lord Byron il a chanté son pèlerinage. Avec quelle différence d'esprit, de cœur, de pensées, de mœurs, nous avons, à plus de trois siècles d'intervalle, médité sur les mêmes ruines et sous le même soleil, Lobkowitz, Bohême ; lord Byron, Anglais ; et moi, enfant de France !

À l'époque du voyage de Lobkowitz, d'admirables monuments, depuis renversés, étaient debout. Ce devait être un spectacle étonnant que celui de la barbarie dans toute son énergie, tenant sous ses pieds la civilisation terrassée, les janissaires de Mahomet II ivres d'opium, de victoires et de femmes, le cimeterre à la main, le front festonné du turban sanglant, échelonnés pour l'assaut sur les décombres de l'Égypte et de la Grèce : et moi j'ai vu la même barbarie, parmi les mêmes ruines, se débattre sous les pieds de la civilisation.

2.

Chateaubriand fait allusion au « manuscrit » prétendument découvert par Hanka comme étant des poésies nationales exprimant l'âme traditionnelle des habitants de Bohême, dans un registre comparable aux poèmes d'Ossian, inventés par Macpherson. Dans un article du *Globe* de 1828, intitulé « Poésies nationales de la Bohême », Jean-Jacques Ampère les fit connaître et apprécier, avant que des travaux de Tomas Masaryk (1850-1937), le futur président de la République tchécoslovaque, ne démontrent qu'il ne s'agissait là que d'habiles pastiches sortis du cerveau d'Hanka.

3.

Chateaubriand joue sur les mots, pour signifier que cette traduction est mise dans un moule qui ne correspond pas tout à fait à l'original, un peu comme il existe des modes de composition de textile, en particulier pour le point de Hongrie, qui est composé de trois rayures sans intervalle. Mais peu importe le détail ; c'est l'accommodement du texte à la mode hongroise qui seul compte dans cette remarque plaisante.

4.

Voir *supra*, l. XVII, chap. 3, note 16, p. 974. Le dolman fut porté par l'armée française jusqu'au début du XXe siècle, par tous les officiers et par les militaires de certaines armées montées (hussards, chasseurs, dragons, artilleurs, cavaliers).

5.

Voir *infra*, l. XXXIX, chap. 2, pp. 2674, 2676 et note 6.

En arpentant la ville et les faubourgs de Prague, les choses que je viens de dire venaient s'appliquer sur ma mémoire, comme les tableaux d'une optique[6] sur une toile. Mais, dans quelque coin que je me trouvasse, j'apercevais Hradschin, et le Roi de France appuyé sur les fenêtres de ce château, comme un fantôme dominant toutes ces ombres.

6. Voir *supra*, l. XXXVI, chap. 16, note 6, p. 2494.

Je prends congé du Roi. – Adieux. – Lettre des enfants à leur mère. – Un juif (a). – La servante saxonne.

Prague, 29 mai 1833.

Ma revue de Prague étant faite, j'allai le 29 mai dîner au château à six heures. Charles X était fort gai. Au sortir de table, en s'asseyant sur le canapé du salon, il me dit: «Chateaubriand, savez vous que *le National*, arrivé ce matin, déclare que j'avais le droit de faire mes ordonnances? – Sire, ai-je répondu, Votre Majesté jette des pierres dans mon jardin.» Le Roi, indécis, hésitait; puis prenant son parti: «J'ai quelque chose sur le cœur: vous m'avez diablement maltraité dans la première partie de votre discours à la Chambre des pairs[1].» Et tout de suite, le Roi, ne me laissant pas le temps de répondre, s'est écrié: «Oh! la fin! la fin!... le tombeau vide à Saint-Denis... C'est admirable!... c'est très-bien! très-bien... n'en parlons plus. Je n'ai pas voulu garder cela... c'est fini... c'est fini...» Et il s'excusait d'avoir osé hasarder ce peu de mots.

J'ai baisé avec un pieux respect la main royale.

«Que je vous dise, a repris Charles X: j'ai peut-être eu tort de ne pas me défendre à Rambouillet; j'avais encore de grandes ressources[2]... mais je n'ai pas voulu que le sang coulât pour moi; je me suis retiré.»

Je n'ai point combattu cette noble excuse; j'ai répondu:

---

1. Discours du 7 août 1830 (voir *supra*, l. XXXIV, chap. 7, p. 2307 *sqq.*).

2. Ce qui est incontestable, étant donné le rapport de force entre l'armée restée fidèle à Charles X et les insurgés. Mais les commissaires délégués auprès de Charles X, leurs pressions et les faux rapports qui ne cessèrent qu'à Cherbourg, eurent raison de la résistance du roi (voir *supra*, l. XXXIV, chap. 4, note 1, pp. 2291-2292).

«Sire, Bonaparte s'est retiré deux fois comme Votre Majesté, afin de ne pas prolonger les maux de la France.» Je mettais ainsi la faiblesse de mon vieux Roi à l'abri de la gloire de Napoléon.

Les enfants arrivés, nous nous sommes approchés d'eux. Le Roi parla de l'âge de Mademoiselle: «Comment! petit chiffon, s'écria-t-il, vous avez déjà quatorze ans! - Oh! quand j'en aurai quinze! dit Mademoiselle. - Eh bien! qu'en ferez-vous?» dit le Roi. Mademoiselle resta court.

Charles X raconta quelque chose: «Je ne m'en souviens pas, dit le duc de Bordeaux. - Je le crois bien, répondit le Roi, cela se passait le jour même de votre naissance. - Oh! répliqua Henri, il y a donc bien longtemps!» Mademoiselle penchant un peu la tête sur son épaule, levant son visage vers son frère, tandis que ses regards tombaient obliquement sur moi, dit avec une petite mine ironique: «Il y a donc bien longtemps que vous êtes né?»

Les enfants se retirèrent; je saluai l'orphelin: je devais partir dans la nuit. Je lui dis adieu en français, en anglais et en allemand. Combien Henri apprendra-t-il de langues pour raconter ses errantes misères, pour demander du pain et un asile à l'étranger?

Quand la partie de whist commença, je pris les ordres de Sa Majesté. «Vous allez voir madame la Dauphine à Carlsbad, dit Charles X. Bon voyage, mon cher Chateaubriand. Nous entendrons parler de vous dans les journaux.»

J'allai de porte en porte offrir mes derniers hommages aux habitants du château. Je revis la jeune princesse chez madame de Gontaut; elle me remit pour sa mère une lettre au bas de laquelle se trouvaient quelques lignes de Henri *(b)*.

Je devais partir le 30 à cinq heures du matin; le comte de Choteck avait eu la bonté de faire commander les chevaux sur la route: un tripotage me retint jusqu'à midi.

J'étais porteur d'une lettre de crédit de 2 000 fr. payable à Prague; je m'étais présenté chez un gros et petit matou juif qui poussa des cris d'admiration en me voyant. Il appela sa femme à son secours; elle accourut, ou plutôt elle roula jusqu'à mes pieds; elle s'assit toute courte, toute grasse, toute noire, en face de moi, avec deux bras comme des ailerons, me regardant de ses yeux ronds: quand le Messie serait entré par la fenêtre, cette Rachel n'aurait pas paru plus réjouie; je me croyais menacé d'un *Alleluia*. L'agent de change m'offrit sa fortune, des lettres de crédit pour toute l'étendue de la dispersion israélite; il ajouta qu'il m'enverrait mes 2 000 fr. à mon hôtel.

La somme n'était point comptée le 29 au soir; le 30 au matin, lorsque les chevaux étaient déjà attelés, arrive un commis avec un paquet d'assignats, papier de différente origine, qui perd plus ou moins sur la place et qui n'a pas cours hors des États autrichiens. Mon compte était détaillé sur une note qui portait pour solde, *bon argent.* Je restai ébahi : «Que voulez-vous que je fasse de cela ? dis-je au commis. Comment, avec ce papier, payer la poste et la dépense des auberges ?» Le commis courut chercher des explications. Un autre commis vint et me fit des calculs sans fin. Je renvoyai le second commis ; un troisième me rapporta des écus de Brabant. Je partis, désormais en garde contre la tendresse que je pourrais inspirer aux filles de Jérusalem.

Ma calèche était entourée sous la porte des gens de l'hôtel, parmi lesquels se pressait une jolie servante saxonne qui courait à un piano toutes les fois qu'elle attrapait un moment entre deux coups de sonnette : priez Léonarde du Limousin, ou Fanchon de la Picardie, de vous jouer ou de vous chanter sur le piano *Tanti palpiti* ou la *Prière de Moïse*[3] !

3.
Tanti palpiti («par de si grands soupirs») : air célèbre de l'acte I de *Tancrède*, opéra de Rossini représenté pour la première fois à Venise en 1813 et à Paris en 1822. La *Prière de Moïse* appartient à l'opéra célèbre de Rossini, *Moïse*, créé à Paris en 1827.

Ce que je laisse à Prague.

Prague et route, 29 et 30 mai 1833.

J'étais entré à Prague avec de grandes appréhensions. Je m'étais dit: Pour nous perdre il suffit souvent à Dieu de nous remettre entre les mains nos destinées; Dieu fait des miracles en faveur des hommes, mais il leur en abandonne la conduite, sans quoi ce serait lui qui gouvernerait en personne: or les hommes font avorter les fruits de ces miracles. Le crime n'est pas toujours puni dans ce monde; les fautes le sont toujours. Le crime est de la nature infinie et générale de l'homme; le ciel seul en connaît le fond et s'en réserve quelquefois le châtiment. Les fautes d'une nature bornée et accidentelle sont de la compétence de la justice étroite de la terre: c'est pourquoi il serait possible que les dernières fautes de la monarchie fussent rigoureusement punies par les hommes.

Je m'étais dit encore: On a vu des familles royales tomber dans d'irréparables erreurs, en s'infatuant d'une fausse idée de leur nature: tantôt elles se regardent comme des familles divines et exceptionnelles; tantôt comme des familles mortelles et privées; selon l'occurrence, elles se mettent au-dessus de la loi commune ou dans les limites de cette loi. Violent-elles les constitutions politiques? elles s'écrient qu'elles en ont le droit, qu'elles sont la source de la loi, qu'elles ne peuvent être jugées par les règles ordinaires. Veulent-elles faire une faute domestique, donner par exemple une éducation dangereuse à l'héritier du trône? elles répondent aux réclamations: «Un particulier peut agir envers ses enfants comme il lui plaît, et nous ne le pourrions pas!»

Eh non, vous ne le pouvez pas: vous n'êtes ni une famille *divine*, ni une famille *privée*; vous êtes une famille *publique*; vous appartenez à la société. Les erreurs de la royauté n'attaquent pas la royauté seule ; elles sont dommageables à la nation entière : un Roi bronche et s'en va ; mais la nation s'en va-t-elle ? Ne ressent-elle aucun mal ? ceux qui sont demeurés attachés à la royauté absente, victimes de leur honneur, ne sont-ils ni interrompus dans leur carrière, ni poursuivis dans leurs proches, ni entravés dans leur liberté, ni menacés dans leur vie ? Encore une fois la royauté n'est point une propriété privée, c'est un bien commun, indivis, et des tiers sont engagés dans la fortune du trône. Je craignais que, dans les troubles inséparables du malheur, la royauté n'eût point aperçu ces vérités et n'eût rien fait pour y revenir en temps utile. D'un autre côté, tout en reconnaissant les avantages immenses de la loi salique[1], je ne me dissimulais pas que durée de race a quelques graves inconvénients pour les peuples et pour les rois : pour les peuples, parce qu'elle mêle trop leur destinée avec celle des rois ; pour les rois, parce que le pouvoir permanent les enivre ; ils perdent les notions de la terre ; tout ce qui n'est pas à leurs autels, prières prosternées, humbles vœux, abaissements profonds, est impiété. Le malheur ne leur apprend rien ; l'adversité n'est qu'une plébéienne grossière qui leur manque de respect, et les catastrophes ne sont pour eux que des insolences.

Je m'étais heureusement trompé : je n'ai point trouvé Charles X dans ces hautes erreurs qui naissent au faîte de la société ; je l'ai trouvé seulement dans les illusions communes d'un accident inattendu, et qui sont plus explicables. Tout sert à consoler l'amour-propre du frère de Louis XVIII : il voit le monde politique se détruire, et il attribue avec quelque raison cette destruction à son époque, non à sa personne : Louis XVI n'a-t-il pas péri ? la république n'est-elle pas tombée ? Bonaparte n'a-t-il pas été contraint d'abandonner deux fois le théâtre de sa gloire et n'est-il pas allé mourir captif sur un écueil ? Les trônes de l'Europe ne sont-ils pas menacés ? Que pouvait-il donc, lui, Charles X, plus que ces pouvoirs renversés ? Il a voulu se défendre contre des ennemis ; il était averti du danger par sa police et par des symptômes publics : il a pris l'initiative ; il a

1. Pour contrer les revendications d'Édouard III, Capétien par sa mère, au trône de France (1328) et favoriser les Valois, les légistes invoquèrent la loi des Francs Saliens du ve siècle, qui excluait les femmes de la succession aux biens du défunt par héritage de famille. Par le fait de la continuité du principe de masculinité des Mérovingiens aux Capétiens, la loi salique devint l'une des lois fondamentales du royaume. On prétendit même que la *lex salica*, loi successorale du royaume, « constitution royale », aurait été édictée par Pharamond, « premier roy des Francs ». L'antiquité supposée de cet édit était plus convaincante que l'origine coutumière de la succession (voir *Histoire des institutions de l'époque franque à la Révolution*, pp. 268-269).

attaqué pour n'être pas attaqué. Les héros des trois émeutes n'ont-ils pas avoué qu'ils conspiraient, qu'ils avaient joué la comédie pendant quinze ans ? Eh bien ! Charles a pensé qu'il était de son devoir de faire un effort ; il a essayé de sauver la légitimité française et avec elle la légitimité européenne : il a livré la bataille et il l'a perdue ; il s'est immolé au salut des monarchies ; voilà tout : Napoléon a eu son Waterloo, Charles X ses journées de Juillet.

Ainsi les choses se présentent au monarque infortuné ; il reste immuable accoté des événements qui calent et assujettissent son esprit. À force d'immobilité, il atteint une certaine grandeur : homme d'imagination, il vous écoute, il ne se fâche point contre vos idées, il a l'air d'y entrer et n'y entre point du tout. Il est des axiomes généraux qu'on met devant soi comme des gabions ; placé derrière ces abris, on tiraille de là sur les intelligences qui marchent.

La méprise de beaucoup est de se persuader, d'après des événements répétés dans l'histoire, que le genre humain est toujours dans sa place primitive ; ils confondent les *passions* et les *idées* : les premières sont les mêmes dans tous les siècles, les secondes changent avec la succession des âges. Si les effets matériels de quelques actions sont pareils à diverses époques, les causes qui les ont produits sont différentes.

Charles X se regarde comme un principe, et, en effet, il y a des hommes qui, à force d'avoir vécu dans des idées fixes, de générations en générations semblables, ne sont plus que des monuments. Certains individus, par le laps de temps et par leur prépondérance, deviennent des *choses transformées en personnes* ; ces individus périssent quand ces choses viennent à périr : Brutus et Caton étaient la république romaine incarnée ; ils ne lui pouvaient survivre, pas plus que le cœur ne peut battre quand le sang se retire.

Je traçai autrefois ce portrait de Charles X :

« Vous l'avez vu depuis dix ans, ce sujet fidèle, ce frère respectueux, ce père tendre, si affligé dans un de ses fils, si consolé par l'autre ! Vous le connaissez, ce Bourbon qui vint le premier après nos malheurs, digne héraut de la vieille France, se jeter entre vous et l'Europe, une branche de lis à la main ! Vos yeux s'arrêtent avec amour et complaisance sur ce prince qui, dans la maturité de l'âge, a conservé le charme et la noble élégance de la jeunesse, et qui, maintenant, orné du diadème, n'est encore qu'*un Français de plus au milieu de vous !* Vous répétez avec émotion tant de mots heureux échappés à ce nouveau monarque, qui puise dans la loyauté de son cœur la grâce de bien dire !

«Quel est celui d'entre nous qui ne lui confierait sa vie, sa fortune, son honneur ? Cet homme que nous voudrions tous avoir pour ami, nous l'avons aujourd'hui pour Roi. Ah ! tâchons de lui faire oublier les sacrifices de sa vie ! Que la couronne pèse légèrement sur la tête blanchie de ce chevalier chrétien ! Pieux comme saint Louis, affable, compatissant et justicier comme Louis XII, courtois comme François Ier, franc comme Henri IV, qu'il soit heureux de tout le bonheur qui lui a manqué pendant si longues années ! Que le trône, où tant de monarques ont rencontré des tempêtes, soit pour lui un lieu de repos[2]. »

Ailleurs j'ai célébré encore le même prince : le modèle a seulement vieilli, mais on le reconnaît dans les jeunes touches du portrait : l'âge nous flétrit en nous enlevant une certaine vérité de poésie qui fait le teint et la fleur de notre visage, et cependant on aime malgré soi le visage qui s'est fané en même temps que nos propres traits. J'ai chanté des hymnes à la race de Henri IV[3] ; je les recommencerais de grand cœur, tout en combattant de nouveau les méprises de la légitimité et en m'attirant de nouveau ses disgrâces, si elle était destinée à renaître. La raison en est que la royauté légitime constitutionnelle m'a toujours paru le chemin le plus doux et le plus sûr vers l'entière liberté. J'ai cru et je croirais encore faire l'acte d'un bon citoyen en exagérant même les avantages de cette royauté, afin de lui donner, si cela dépendait de moi, la durée nécessaire à l'accomplissement de la transformation graduelle de la société et des mœurs.

Je rends service à la mémoire de Charles X en opposant la pure et simple vérité à ce qu'on dira de lui dans l'avenir. L'inimitié des partis le représentera comme un homme infidèle à ses serments et violateur des libertés publiques : il n'est rien de tout cela. Il a été de bonne foi en attaquant la Charte ; il ne s'est pas cru, et ne devait pas se croire parjure ; il avait la ferme intention de rétablir cette Charte après l'avoir *sauvée*, à sa manière et comme il la comprenait. Charles X est tel que je l'ai peint : doux, quoique sujet à la colère, bon et tendre avec ses familiers, aimable, léger, sans fiel, ayant tout du chevalier, la dévotion, la noblesse, l'élégante courtoisie mais entremêlé de faiblesse, ce qui n'exclut pas le courage passif et la gloire de bien mourir ; incapable de suivre jusqu'au bout une bonne ou une mauvaise résolution ; pétri avec les préjugés de son siècle et de son rang ; à une époque ordinaire, Roi convenable ; à une époque extraordinaire, homme de perdition, non de malheur *(a)*.

2.
Dans sa brochure publiée à l'avènement de Charles X (septembre 1824), *Le Roi est mort, vive le Roi !* (*OC*, t. III, p. 287 *sqq.*).

3.
Dans *De Buonaparte et des Bourbons* et dans *Compiègne, 1814* (voir *supra*, l. XXII, chap. 9, 15, 21).

Le duc de Bordeaux.

Pour ce qui est du duc de Bordeaux, on voudrait en faire à Hradschin un Roi toujours à cheval, toujours donnant de grands coups d'épée. Il faut sans doute qu'il soit brave; mais c'est une erreur de se figurer qu'en ce temps-ci le droit de conquête serait reconnu, qu'il suffirait d'être Henri IV pour remonter sur le trône. Sans courage, on ne peut régner; avec le courage seul, on ne règne plus: Bonaparte a tué l'autorité de la victoire *(a)*.

Un rôle extraordinaire pourrait être conçu par Henri V: je suppose qu'il sente à vingt ans sa position et qu'il se dise: «Je ne puis pas demeurer immobile; j'ai des devoirs de mon sang à remplir envers le passé, mais suis-je donc forcé de troubler la France à cause de moi seul? Dois-je peser sur les siècles futurs de tout le poids des siècles finis? Tranchons la question; inspirons des regrets à ceux qui ont injustement proscrit mon enfance; montrons-leur ce que je pouvais être. Il ne dépend que de moi de me dévouer à mon pays en consacrant de nouveau, quelle que soit l'issue du combat, le principe des monarchies héréditaires.»

Alors le fils de saint Louis aborderait la France dans une double idée de gloire et de sacrifice; il y descendrait avec la ferme résolution d'y rester une couronne sur le front ou une balle dans le cœur: au dernier cas, son héritage irait à Philippe. La vie triomphante ou la mort sublime de Henri rétablirait la légitimité, dépouillée seulement de ce que ne comprend plus le siècle et de ce qui ne convient plus au temps. Au reste, en supposant le sacrifice de mon jeune prince, il ne le ferait pas pour moi: après Henri V mort sans enfants, je ne reconnaîtrais jamais de monarque en France!

Je me suis laissé aller à des rêves : ce que je suppose relativement au parti qu'aurait à prendre Henri n'est pas possible : en raisonnant de la sorte, je me suis placé en pensée dans un ordre de choses au-dessus de nous ; ordre qui, naturel à une époque d'élévation et de magnanimité, ne paraîtrait aujourd'hui qu'une exaltation de roman ; c'est comme si j'opinais à l'heure qu'il est d'en revenir aux Croisades ; or, nous sommes terre à terre dans la triste réalité d'une nature humaine amoindrie. Telle est la disposition des âmes, que Henri V rencontrerait dans l'apathie de la France au dedans, et dans les royautés *(b)* au dehors, des obstacles invincibles. Il faudra donc qu'il se soumette, qu'il consente à attendre les événements, à moins qu'il ne se décidât à un rôle qu'on ne manquerait pas de stigmatiser du nom d'aventurier. Il faudra qu'il rentre dans la série des faits médiocres et qu'il voie, sans toutefois s'en laisser accabler, les difficultés qui l'environnent.

Les Bourbons ont tenu après l'empire parce qu'ils succédaient à l'arbitraire[1] : se figure-t-on Henri transporté de Prague au Louvre après l'usage de la plus entière liberté ? La nation française n'aime pas au fond cette liberté ; mais elle adore l'égalité ; elle n'admet l'absolu que pour elle et par elle, et sa vanité lui commande de n'obéir qu'à ce qu'elle s'impose. La Charte a essayé vainement de faire vivre sous la même loi deux nations devenues étrangères l'une à l'autre, la France ancienne et la France moderne ; comment, quand des préjugés se sont accrus, feriez-vous se comprendre l'une et l'autre France ? Vous ne ramèneriez point les esprits en remettant sous les yeux des vérités incontestables.

À entendre la passion ou l'ignorance, les Bourbons sont les auteurs de tous nos maux ; la réinstallation de la branche aînée serait le rétablissement de la domination du château ; les Bourbons sont les fauteurs et les complices de ces traités oppresseurs dont à bon droit je n'ai jamais cessé de me plaindre : et pourtant rien de plus absurde que toutes ces accusations, où les dates sont également oubliées et les faits grossièrement altérés. La restauration n'exerça quelque influence dans les actes diplomatiques qu'à l'époque de la première invasion. Il est reconnu qu'on ne voulait point cette restauration, puisqu'on traitait avec Bonaparte à Châtillon[2] ; que, l'eût-il voulu, il demeurait empereur des Français. Sur l'entêtement de son génie et faute de mieux, on prit les Bourbons qui se

1.
C'est là l'une des idées forces de Chateaubriand, selon laquelle après la gloire de l'Empire sans la liberté, la chance des Bourbons était de réconcilier la liberté et la gloire.

2.
Voir *supra*, l. XXII, chap. 9, note 7, p. 1324.

trouvaient là. Monsieur, lieutenant général du royaume, eut alors une certaine part aux transactions du jour; on a vu, dans la vie d'Alexandre, ce que le traité de Paris de 1814 nous avait laissé.

En 1815 il ne fut plus question des Bourbons; ils n'entrèrent en rien dans les contrats spoliateurs de la seconde invasion: ces contrats furent le résultat de la rupture du ban de l'île d'Elbe. À Vienne, les alliés déclarèrent qu'ils ne se réunissaient que contre un seul homme; qu'ils ne prétendaient imposer ni aucune sorte de maître, ni aucune espèce de gouvernement à la France. Alexandre même avait demandé au congrès un roi autre que Louis XVIII[3]. Si celui-ci en venant s'asseoir aux Tuileries ne se fût hâté de voler son trône, il n'aurait jamais régné. Les traités de 1815 furent abominables, précisément parce qu'on refusa d'entendre la voix paternelle de la légitimité, et c'est pour les faire brûler, ces traités, que j'avais voulu reconstruire notre puissance en Espagne.

Le seul moment où l'on retrouve l'esprit de la Restauration est au congrès d'Aix-la-Chapelle[4]; les alliés étaient convenus de nous ravir nos provinces du nord et de l'est: M. de Richelieu intervint. Le tzar, touché de notre malheur, entraîné par son équitable penchant, remit à M. le duc de Richelieu la carte de France, sur laquelle était tracée la ligne fatale. J'ai vu de mes propres yeux cette carte du Styx entre les mains de madame de Montcalm, sœur du noble négociateur[5].

La France occupée comme elle l'était, nos places fortes ayant garnison étrangère, pouvions-nous résister? Une fois privés de nos départements militaires, combien de temps aurions-nous gémi sous la conquête? Eussions-nous eu un souverain d'une famille nouvelle, un prince d'occasion, on ne l'aurait point respecté. Parmi les alliés, les uns cédèrent à l'illusion d'une grande race, les autres crurent que, sous une puissance

---

3.
Voir *supra*, l. XXIII, chap. 11, note 2, p. 1458.

4.
C'est la première fois que Chateaubriand loue le rôle joué par le duc de Richelieu, ami du tsar Alexandre, au congrès d'Aix-la-Chapelle (30 septembre-15 novembre 1818). Moyennant des indemnités de guerre importantes, la France, libérée de l'occupation des troupes étrangères, reprit son rang dans le concert des nations.

5.
Cette «carte du Styx» fut remise par le tsar au duc de Richelieu pendant le congrès d'Aix-la-Chapelle; le démembrement, que le «trait bleu» marquait sur la carte d'une «ligne fatale», avait été envisagé à la demande des Prussiens trois ans plus tôt, lors des négociations du second traité de Paris (20 novembre 1815). Cette carte enlevait à la France une portion des départements de l'Isère, de l'Ain, du Jura, du Doubs, tout le Haut-Rhin, le Bas-Rhin, toute la Moselle, une partie de la Meuse, les Ardennes (avec Sedan, Mézières et Rocroi) et tout le département du Nord (à l'exception de Cambrai et de Douai).

usée, le royaume perdrait son énergie et cesserait d'être un objet d'inquiétude : Cobbett lui-même en convient dans sa lettre[6]. C'est donc une monstrueuse ingratitude de ne pas voir que, si nous sommes encore la vieille Gaule, nous le devons au sang que nous avons le plus maudit. Ce sang, qui depuis huit siècles circulait dans les veines mêmes de la France, ce sang qui l'avait faite ce qu'elle est, l'a sauvée encore. Pourquoi s'obstiner à nier éternellement les faits ? On a abusé contre nous de la victoire, comme nous en avions abusé contre l'Europe. Nos soldats étaient allés en Russie ; ils ont ramené sur leurs pas les soldats qui fuyaient devant eux. Après action, réaction, c'est la loi. Cela ne fait rien à la gloire de Bonaparte, gloire isolée et qui reste entière ; cela ne fait rien à notre gloire nationale, toute couverte de la poussière de l'Europe dont nos drapeaux ont balayé les tours. Il était inutile, dans un dépit d'ailleurs trop juste, d'aller chercher à nos maux une autre cause que la cause véritable. Loin d'être cette cause, les Bourbons de moins dans nos revers, nous étions partagés.

Appréciez maintenant les calomnies dont la Restauration a été l'objet ; qu'on interroge les archives des relations extérieures, on sera convaincu de l'indépendance du langage tenu aux puissances sous le règne de Louis XVIII et de Charles X. Nos souverains avaient le sentiment de la dignité nationale ; ils furent surtout rois à l'étranger, lequel ne voulut jamais avec franchise le rétablissement, et ne vit qu'à regret la résurrection de la monarchie aînée. Le langage diplomatique de la France à l'époque dont je traite est, il faut le dire, particulier à l'aristocratie[7] ; la démocratie, pleine de

---

6.
Pamphlet écrit par le journaliste radical William Cobbett sous forme d'une *Lettre à M. de Chateaubriand*, datée de Kensington, 1er mars 1823. Chateaubriand en a inséré la traduction dans le *Congrès de Vérone* (rééd. Slatkine, pp. 169-183). Dans cette lettre, Cobbett, hostile à l'intervention de la France en Espagne, rappelait que l'Angleterre était aux côtés des alliés en 1814-1815 et donc coresponsable des décisions prises à cette époque, et que le choix des Bourbons correspondait donc à un calcul politique très précis : « Je ne prétends pas que les Bourbons doivent la moindre reconnaissance, ni à ces hommes [les hommes d'État anglais de l'époque], ni à l'Angleterre : il était évident que ces hommes croyaient qu'en rétablissant les Bourbons, ils rendraient *la France faible pour des siècles.* C'était ce qu'on appelait *couper les ailes à la France* : c'était évident à tout le monde. [...] Il y avait des hommes, et qui s'appelaient même des hommes d'État, qui pensaient que quand les Bourbons seraient rétablis, la France serait *si misérablement faible que nous pourrions nous bercer dans un doux repos pendant des siècles*, en nous levant seulement de temps en temps pour parler avec importance sur notre conquête de la France » (*ibid.*, p. 181).

7.
Chateaubriand transpose ainsi en politique étrangère les principes aristocratiques qui fondent une partie de sa pensée ; pour lui, l'aristocratie, dont le principe est l'honneur, est la mieux à même de défendre les libertés à l'intérieur et l'indépendance de la France à l'extérieur.

larges et fécondes vertus, est pourtant arrogante quand elle domine : d'une munificence incomparable lorsqu'il faut d'immenses dévouements, elle échoue aux détails ; elle est rarement élevée, surtout dans les longs malheurs. Une partie de la haine des cours d'Angleterre et d'Autriche contre la légitimité vient de la fermeté du cabinet des Bourbons.

Loin de précipiter cette légitimité, mieux avisé on en eût étayé les ruines ; à l'abri dans l'intérieur, on eût élevé le nouvel édifice, comme on bâtit un vaisseau qui doit braver l'océan sous un bassin couvert taillé dans le roc : ainsi la liberté anglaise s'est formée au sein de la loi normande. Il ne fallait pas répudier le fantôme monarchique ; ce centenaire du Moyen Âge, comme Dandolo, *avoit les yeux en la tête beaux, et si, n'en véoit goutte*[8] ; vieillard qui pouvait guider les jeunes croisés et qui, paré de ses cheveux blancs, imprimait encore vigoureusement sur la neige ses pas ineffaçables.

Que, dans nos craintes prolongées, des préjugés et des hontes vaniteuses nous aveuglent, on le conçoit ; mais la distante postérité reconnaîtra que la Restauration a été, historiquement parlant, une des plus heureuses phases de notre cycle révolutionnaire. Les partis dont la chaleur n'est pas éteinte peuvent à présent s'écrier : «Nous fûmes libres sous l'Empire, esclaves sous la monarchie de la Charte !» Les générations futures, ne s'arrêtant pas à cette contre-vérité, risible si elle n'était un sophisme, diront que les Bourbons rappelés prévinrent le démembrement de la France, qu'ils fondèrent parmi nous le gouvernement représentatif, qu'ils firent prospérer les finances, acquittèrent des dettes qu'ils n'avaient pas contractées, et payèrent religieusement jusqu'à la pension de la sœur de Robespierre[9] *(c)*. Enfin, pour remplacer nos colonies perdues, ils nous laissèrent, en Afrique, une des plus riches provinces de l'empire romain.

Trois choses demeurent acquises à la légitimité restaurée : elle est entrée dans Cadix ; elle a donné à Navarin l'indépendance à la Grèce ; elle a

---

8.
Villehardouin, *Conquête de Constantinople* (coll. Petitot, t. I, chap. IV, p. 143).

9.
Marie-Charlotte de Robespierre (1750-1834). Après la mort de ses deux frères, elle fut incarcérée puis, repoussée par tous, « ne mena plus qu'une vie de souffrances et de privations ». En 1803, Bonaparte lui accorda une pension de 3 600 frs. « Cette pension fut réduite de moitié sous la Restauration. On s'attendait avec quelque raison, à la voir tout à fait supprimée, et l'on n'apprit pas sans étonnement que c'était par ordre de Louis XVIII luimême, que cette moitié avait été conservée. On ne la supprima entièrement qu'en 1823, sans que l'on sache pour quelle cause. Sous Charles X elle fut rétablie par le ministre Martignac, à qui l'on représenta la sœur de Robespierre comme une femme très pieuse, et qui avait toujours gémi sur les torts de ses frères, ce qui était faux sous tous les rapports » (*in Biographie universelle* de Michaud, supplément, 1846, t. LXXIX, pp. 249-252).

affranchi la chrétienté en s'emparant d'Alger: entreprises dans lesquelles avaient échoué Bonaparte, la Russie, Charles Quint et l'Europe. Montrez-moi un pouvoir de quelques jours (et un pouvoir si disputé), lequel ait accompli de telles choses.

Je crois, la main sur la conscience, n'avoir rien exagéré et n'avoir exposé que des faits dans ce que je viens de dire sur la légitimité. Il est certain que les Bourbons ne voudraient ni ne pourraient rétablir une monarchie de château et se cantonner dans une tribu de nobles et de prêtres; il est certain qu'ils n'ont point été ramenés par les alliés; ils ont été l'accident, non la cause de nos désastres, cause qui vient évidemment de Napoléon. Mais il est certain aussi que le retour de la troisième race a malheureusement coïncidé avec le succès des armes étrangères. Les Cosaques se sont montrés dans Paris au moment où l'on y revoyait Louis XVIII: alors pour la France humiliée, pour les intérêts particuliers, pour toutes les passions émues, la Restauration et l'invasion sont deux choses identiques; les Bourbons sont devenus la victime d'une confusion de faits, d'une calomnie changée, comme tant d'autres, en une vérité-mensonge. Hélas! il est difficile d'échapper à ces calamités que la nature et le temps produisent; on a beau les combattre, le bon droit n'entraîne pas toujours la victoire. Les Psylles, nation de l'ancienne Afrique, avaient pris les armes contre le vent du Midi; un tourbillon s'éleva et engloutit ces braves: «Les Nasamoniens, dit Hérodote, s'emparèrent de leur pays abandonné[10].»

En parlant de la dernière calamité des Bourbons, leur commencement me revient en mémoire: je ne sais quel augure de leur tombe se fit entendre à leur berceau. Henri IV ne se vit pas plutôt maître de Paris, qu'il fut saisi d'un pressentiment funeste. Les entreprises d'assassinat qui se renouvelaient, sans alarmer son courage, influaient sur sa gaieté naturelle. À la procession du Saint-Esprit, le 5 janvier 1595, il parut habillé de noir, portant à la lèvre supérieure un emplâtre sur la blessure que Jean Châtel lui avait faite à la bouche en le voulant frapper au cœur. Il avait le visage morne; madame de Balagni lui en ayant demandé la cause: «Comment, lui répondit-il, pourrais-je être content de voir un

10.
Hérodote écrit: «Les voisins des Nasamons sont les Psylles; mais ce peuple a péri, et voici comment: le vent soufflant du sud avait tari leurs citernes, et leur territoire entier, qui est au fond de la Syrte, était absolument privé d'eau; les Psylles tinrent conseil et d'un commun accord résolurent de partir en guerre contre le vent du sud (c'est du moins ce que l'on dit en Libye). Quand ils furent dans le désert, le vent du sud s'éleva et les recouvrit de sable. Depuis leur disparition, le pays appartient aux Nasamons» (*Enquête*, Pléiade, IV, paragraphe 173, p. 347). Les Psylles habitaient à l'ouest des Nasamons, sur la côte de la Tripolitaine, et à l'est de Tripoli.

peuple si ingrat, qu'encore que j'aie fait et fasse tous les jours ce que je puis pour lui, et pour le salut duquel je voudrais sacrifier mille vies, si Dieu m'en avait donné autant, me dresser tous les jours de nouveaux attentats, car depuis que je suis ici je n'oy parler d'autre chose[11] ?»
Cependant ce peuple criait: «Vive le Roi!» «Sire, dit un seigneur de la cour, voyez comme tout votre peuple se réjouit de vous voir.» Henri secouant la tête: «C'est un peuple. Si mon plus grand ennemi étoit là où je suis, et qu'il le vît passer, il lui en feroit autant qu'à moi et crieroit encore plus haut.»
Un ligueur, apercevant le Roi affaissé au fond de son carrosse, dit: «Le voilà déjà au cul de la charrette.» Ne vous semble-t-il pas que ce ligueur parlait de Louis XVI allant du Temple à l'échafaud?
Le vendredi 14 mai 1610, le Roi, revenant des Feuillants avec Bassompierre et le duc de Guise, leur dit: «Vous ne me connoissez pas maintenant, vous autres, et quand vous m'aurez perdu, vous connoîtrez lors ce que je valois et la différence qu'il y a de moi aux autres hommes. – Mon Dieu, sire, repartit Bassompierre, ne cesserez-vous jamais de nous troubler, en nous disant que vous mourrez bientôt?» Et alors le maréchal retrace à Henri sa gloire, sa prospérité, sa bonne santé qui prolongeait sa jeunesse. «Mon ami, lui répondit le Roi, il faut quitter tout cela.» Ravaillac était à la porte du Louvre. Bassompierre se retira et ne vit plus le Roi que dans son cabinet.
«Il était étendu, dit-il, sur son lit; et M. de Vic, assis sur le même lit que lui, avoit mis sa croix de l'Ordre sur sa bouche, et lui faisoit souvenir de Dieu. M. le Grand en arrivant se mit à genoux à la ruelle et lui tenoit une main qu'il baisoit, et je m'étois jeté à ses pieds que je tenois embrassés en pleurant amèrement.»
Tel est le récit de Bassompierre[12].
Poursuivi par ces tristes souvenirs, il me semblait que j'avais vu dans les longues salles de Hradschin les derniers Bourbons passer *tristes et mélancoliques*, comme le premier Bourbon dans la galerie du Louvre: j'étais venu baiser les pieds de la Royauté après sa mort. Qu'elle meure à jamais ou qu'elle ressuscite, elle aura mes derniers serments: le lendemain de sa disparition finale, la République commencera pour moi. Au cas que les Parques, qui doivent éditer mes *Mémoires*[13], ne les publient pas incessam-

11.
«Il estoit tout habillé de noir, ayant un petit emplastre sur son mal; il portoit au reste un visage fort triste et mélancolique […]» (*Journal* de L'Estoile, coll. Petitot, 1re série, t. XLVII, p. 607).
12.
Bassompierre, *Mémoires* (coll. Petitot, 2e série, t. XIX, pp. 434-435).
13.
À la date où fut rédigé ce chapitre (1833), Chateaubriand pouvait encore croire que ses éditeurs respecteraient sa volonté de ne faire paraître ses *Mémoires* que cinquante ans après sa mort.

ment, on saura, quand ils paraîtront, quand on aura tout lu, tout pesé, jusqu'à quel point je me suis trompé dans mes regrets et dans mes conjectures. – Respectant le malheur, respectant ce que j'ai servi et ce que je continuerai de servir au prix du repos de mes derniers jours, je trace mes paroles, vraies ou trompées, sur mes heures tombantes, feuilles séchées et légères que le souffle de l'éternité aura bientôt dispersées[14].

Si les hautes races approchaient de leur terme (abstraction faite des possibilités de l'avenir et des espérances vivaces qui repoussent sans cesse au fond du cœur de l'homme), ne serait-il pas mieux que, par une fin digne de leur grandeur, elles se retirassent dans la nuit du passé avec les siècles ? Prolonger ses jours au-delà d'une éclatante illustration ne vaut rien ; le monde se lasse de vous et de votre bruit ; il vous en veut d'être toujours là : Alexandre, César, Napoléon ont disparu selon les règles de la renommée. Pour mourir beau, il faut mourir jeune ; ne faites pas dire aux enfants du printemps *(d)*: « Comment ! c'est là ce génie, cette personne, cette race à qui le monde battait des mains, dont on aurait payé un cheveu, un sourire, un regard du sacrifice de la vie ! » Qu'il est triste de voir le vieux Louis XIV ne trouver auprès de lui, pour parler de son siècle, que le vieux duc de Villeroi ! Ce fut une dernière victoire du grand Condé d'avoir, au bord de sa fosse, rencontré Bossuet : l'orateur ranima les eaux muettes de Chantilly ; avec l'enfance du vieillard, il repétrit l'adolescence du jeune homme ; il rebrunit les cheveux sur le front du vainqueur de Rocroi, en disant, lui, Bossuet, un immortel adieu à ses cheveux blancs[15]. Vous qui aimez la gloire, soignez votre tombeau ; couchez-vous y bien ; tâchez d'y faire bonne figure, car vous y resterez.

14.
Réminiscence de Virgile, relative à la Sibylle de Cumes. « Tous les oracles que la Vierge a inscrits sur ces feuilles, elle les dispose en un ordre et les laisse enfermés dans son antre. Ils restent en leur place tels quels et sans se déranger. Mais qu'au tourner des gonds, le vent ténu de la porte ait ému, dispersé ces frondaisons légères, jamais ensuite elle n'a cure de rattraper au creux du rocher ces oracles voletant, d'en rétablir la suite ou les liens : on s'en va sans réponse et l'on maudit le séjour de la Sibylle » (*Énéide*, l. III, v. 443-464).

15.
Oraison funèbre du prince de Condé, que Chateaubriand admirait particulièrement : « [...] quand nous avons vu l'orateur [Bossuet] emboucher la trompette épique pendant une moitié de son récit, écrit Chateaubriand, et donner, comme en se jouant, un chant d'Homère ; [...] lorsque après avoir mis Condé au cercueil, il appelle les peuples, les princes, les prélats, les guerriers au catafalque du héros ; lorsque, enfin, s'avançant lui-même avec ses cheveux blancs, il fait entendre les accents du cygne, montre Bossuet un pied dans la tombe, et le siècle de Louis, dont il a l'air de faire les funérailles, prêt à s'abîmer dans l'éternité, à ce dernier effort de l'éloquence humaine, les larmes de l'admiration ont coulé de nos yeux, et le livre est tombé de nos mains » (*Génie du Christianisme*, part. III, l. IV, chap. IV, Pléiade, pp. 865-866).

Livre XXXIX

Madame la Dauphine.

Le chemin de Prague à Carlsbad s'allonge dans les ennuyeuses plaines qu'ensanglanta la guerre de Trente ans. En traversant la nuit ces champs de bataille, je m'humilie devant ce Dieu des armées, qui porte le ciel à son bras comme un bouclier. On aperçoit d'assez loin les monticules boisés aux pieds desquels se trouvent les eaux. Les beaux esprits[1] des médecins de Carlsbad[2] comparent la route au serpent d'Esculape[3] qui, descendant la colline, vient boire à la coupe d'Hygie[4].
Du haut de la tour de la ville, *Stadtthurm*, tour emmitrée[5] d'un clocher, des gardiens sonnent de la trompe aussitôt qu'ils aperçoivent un voyageur. Je fus salué du son joyeux comme un moribond, et chacun de se dire avec transport dans la vallée: «Voici un arthritique, voici un hypocondriaque, voici un myope!» Hélas! j'étais mieux que tout cela, j'étais un incurable.

1.
L'un de ces «beaux esprits» fut le médecin Jean de Carro (1770-1856), qui abreuva Chateaubriand d'étymologies savantes, lui expliquant notamment que le nom Bourbons avait une origine thermale et descendait de Vorvonne, la déesse des Thermes des anciens Gaulois. Un extrait des Mémoires de Jean de Carro, relatant sa rencontre avec Chateaubriand à Carlsbad, a été publié par F. Bouchardy («Un texte peu connu sur Chateaubriand», *Revue d'Histoire littéraire de la France*, avril-juin 1932, pp. 240-241).

2.
Carlsbad (aujourd'hui Karlovy Vary), située sur la rive droite de l'Eger, au confluent de la Tepel, à 118 km à l'ouest de Prague, fut célèbre pour ses sources minérales, dont les plus connues, dès le début du XVIe siècle, sont celles du Sprudel, du Mühlbrunn, d'Hygie, du Neubrunn... Leur température varie de 30° 5 à 73° 5. La réputation de cette ville date de l'empereur Charles IV, qui y bâtit un château dont il ne reste que quelques vestiges. Ce fut au XIXe siècle le rendez-vous des souverains et des princes; en 1819 s'y tint l'un des congrès de la Sainte-Alliance.

S. A. R. Madame, Duchesse d'Angoulême.

3.
Fils d'Apollon et de Coronis, fille unique du roi de Béotie. L'enfant, confié d'abord à une nourrice, passa bientôt à l'école du centaure Chiron, où il fit des progrès rapides dans la connaissance des simples et dans la composition des remèdes ; il pratiquait avec tant d'habileté et de succès l'art de guérir les blessures et les maladies qu'il fut considéré comme le dieu de la chirurgie et de la médecine.

4.
Hygie était la fille d'Esculape et était honorée comme une déesse puissante, chargée de veiller sur la santé des êtres vivants – les hommes et les animaux. D'anciens monuments la représentent couronnée de lauriers et tenant un sceptre à la main droite, comme reine de la médecine ; sur son sein est un dragon à plusieurs replis, qui avance la tête pour boire dans une coupe qu'elle tient de la main gauche.

5.
Un de ces verbes curieux qu'on pourrait rapprocher de celui de « pyramider » par exemple et qu'affectionne Chateaubriand ; l'adjectif qualifie ici une tour couverte d'une coiffe en forme de mitre d'évêque.

À sept heures du matin, le 31[6], j'étais installé à l'*Écu d'Or*, auberge tenue au bénéfice du comte de Bolzona, très-noble homme ruiné. Logeaient dans cet hôtel le comte et madame la comtesse de Cossé (ils m'avaient devancé), et mon compatriote le général de Trogoff, naguère gouverneur du château de Saint-Cloud, ci-devant né à Landivisiau dans le rayon de la lune de Landernau, et, tout trapu qu'il est, capitaine de grenadiers autrichiens à Prague, pendant la révolution. Il venait de visiter son seigneur banni, successeur de saint Clodoald, moine en son temps à Saint-Cloud. Trogoff, après son pèlerinage, s'en retournait en Basse-Bretagne. Il emportait un rossignol de Hongrie et un rossignol de Bohême qui ne laissaient dormir personne dans l'hôtel, tant ils se plaignaient de la cruauté de Térée[7]. Trogoff les bourrait de cœur de bœuf râpé, sans pouvoir venir à bout de leur douleur.

Et mœstis late loca questibus implet[8].

Nous nous embrassâmes comme deux Bretons, Trogoff et moi. Le général, court et carré comme un Celte de la Cornouaille, a de la finesse sous l'apparence de la franchise, et du comique dans la manière de conter. Il plaisait assez à madame la Dauphine, et, comme il sait l'allemand, elle se promenait avec lui. Instruite de mon arrivée par madame de Cossé, elle me fit proposer de la voir à neuf heures et demie, ou à midi : à midi j'étais chez elle.

Elle occupait une maison isolée, à l'extrémité du village, sur la rive droite de la Tèple, petite rivière qui se rue de la montagne et traverse Carlsbad dans sa longueur. En montant l'escalier de l'appartement de la princesse, j'étais troublé : j'allais voir, presque pour la première fois, ce modèle parfait des souffrances humaines, cette Antigone de la chrétienté. Je n'avais pas causé dix minutes dans ma vie avec madame la Dauphine ; à peine m'avait-elle adressé dans le cours rapide de ses prospérités deux ou trois paroles ; elle s'était toujours montrée embarrassée avec moi. Bien que je n'eusse jamais écrit et parlé d'elle qu'avec une admiration profonde, madame la Dauphine avait dû nécessairement

---

6. Chateaubriand passa 36 heures à Carlsbad, du vendredi 31 mai, à 6 heures du matin, jusqu'au samedi 1er juin, à 6 heures du soir.

7. Roi de Thrace et mari de Progné, fille du roi d'Athènes. Voir *supra*, l. XIII, chap. 6, note 15, p. 770.

8. Virgile, *Géorgiques*, l. IV, v. 515 : « Philomèle pleure ses petits enlevés par un cruel laboureur, et elle remplit au loin l'espace de ses plaintes attristées. »

nourrir à mon égard les préjugés de ce troupeau d'antichambre, au milieu duquel elle vivait : la famille royale végétait isolée dans cette citadelle de la bêtise et de l'envie, qu'assiégeaient, sans pouvoir y pénétrer, les générations nouvelles.
Un domestique m'ouvrit la porte ; j'aperçus madame la Dauphine assise au fond d'un salon sur un sofa, entre deux fenêtres, brodant à la main un morceau de tapisserie. J'entrai si ému que je ne savais pas si je pourrais arriver jusqu'à la princesse[9].
Elle releva la tête qu'elle tenait baissée tout contre son ouvrage, comme pour cacher elle-même son émotion, et, m'adressant la parole, elle me dit : « Je suis heureuse de vous voir, monsieur de Chateaubriand ; le Roi m'avait mandé votre arrivée. Vous avez passé la nuit ? vous devez être fatigué. »
Je lui présentai respectueusement les lettres de madame la duchesse de Berry ; elle les prit, les posa sur le canapé près d'elle, et me dit : « Asseyez-vous, asseyez-vous. » Puis elle recommença sa broderie avec un mouvement rapide, machinal et convulsif.
Je me taisais ; madame la Dauphine gardait le silence : on entendait le piquer de l'aiguille et le tirer de la laine que la princesse passait brusquement dans le canevas, sur lequel je vis tomber quelques pleurs. L'illustre infortunée les essuya dans ses yeux avec le dos de sa main, et, sans relever la tête, elle me dit : « Comment se porte ma sœur ? Elle est bien malheureuse, bien malheureuse. Je la plains beaucoup, je la plains beaucoup. » Ces mots brefs et répétés cherchaient en vain à nouer une conversation dont les expressions manquaient aux deux interlocuteurs. La rougeur des yeux de la Dauphine, causée par l'habitude des larmes, lui donnait une beauté qui la faisait ressembler à la Vierge du *Spasimo*[10].
« Madame, répondis-je enfin, madame la duchesse de Berry est bien malheureuse sans doute ; – elle m'a chargé de venir remettre ses enfants sous votre protection pendant sa captivité. C'est un grand soulagement à ses peines de penser que Henri V retrouve dans Votre Majesté une seconde mère. »

9.
Chateaubriand a toujours manifesté une quasi-vénération pour la duchesse d'Angoulême, qu'il exprime de manière souvent hyperbolique dans ses écrits de l'époque de la Restauration. Du côté de la princesse, la méfiance, la prévention, voire l'hostilité l'emportaient. La duchesse d'Angoulême reconnaissait « n'aimer les écrivains d'aucun genre » et se défiait particulièrement du dévouement théâtral du champion de sa belle-sœur, mais elle s'était « résignée à l'écouter tant qu'il voudrait parler » (cité par J.-P. Garnier, *Charles X, le roi, le proscrit*).
10.
Comparaison quelque peu outrée avec la *Vierge aux Spasmes*, ou la *Vierge pâmée de douleur*, attribuée alors à Raphaël et depuis à Jules Romain.

Pascal a eu raison de mêler la grandeur et la misère de l'homme: qui pourrait croire que madame la Dauphine comptât pour quelque chose ces titres de Reine, de Majesté, qui lui étaient si naturels et dont elle avait connu la vanité? Eh bien! le mot de *Majesté* fut pourtant un mot magique; il rayonna sur le front de la princesse dont il écarta un moment les nuages; ils revinrent bientôt s'y replacer comme un diadème.

«Oh! non, non, monsieur de Chateaubriand, me dit la princesse en me regardant et cessant son ouvrage, je ne suis pas Reine *(a)*. – Vous l'êtes, madame, vous l'êtes par les lois du royaume: monseigneur le Dauphin n'a pu abdiquer que parce qu'il a été Roi. La France vous regarde comme sa Reine et vous serez la mère de Henri V.»

La Dauphine ne disputa plus: cette petite faiblesse, en la rendant à la femme, voilait l'éclat de tant de grandeurs diverses, leur donnait une sorte de charme et les mettait plus en rapport avec la condition humaine.

Je lus à haute voix ma lettre de créance dans laquelle madame la duchesse de Berry m'expliquait son mariage, m'ordonnait de me rendre à Prague, demandait à conserver son titre de princesse française, et mettait ses enfants sous la garde de sa sœur.

La princesse avait repris sa broderie; elle me dit après la lecture: «Madame la duchesse de Berry a raison de compter sur moi *(b)*. C'est très-bien, monsieur de Chateaubriand; très-bien: je plains beaucoup ma belle-sœur, vous le lui direz.»

Cette insistance de madame la Dauphine à dire qu'elle plaignait madame la duchesse de Berry, sans aller plus loin, me fit voir combien, au fond, il y avait peu de sympathie entre ces deux âmes. Il me paraissait aussi qu'un mouvement involontaire *(c)* avait agité le cœur de la sainte. Rivalité de malheur! La fille de Marie-Antoinette n'avait pourtant rien à craindre dans cette lutte; la palme lui serait restée.

«Si Madame, repris-je, voulait lire la lettre que madame la duchesse de Berry lui écrit et celle qu'elle adresse à ses enfants, elle y trouverait peut-être de nouveaux éclaircissements. J'espère que Madame me remettra une lettre à porter à Blaye.»

Les lettres étaient tracées au citron. «Je n'entends rien à cela, dit la princesse, comment allons-nous faire?» Je proposai le moyen d'un réchaud avec quelques éclisses de bois blanc; Madame tira la sonnette dont le cordon descendait derrière le sofa. Un valet de chambre vint, reçut les ordres et dressa l'appareil sur le palier, à la porte du salon. Madame se leva et nous allâmes au réchaud. Nous le mîmes sur une petite table adjoignant la rampe de l'escalier. Je pris une des deux lettres et la présentai parallèlement à la flamme. Madame la Dauphine me regardait et souriait parce que je ne réussissais pas. Elle me dit: «Donnez, donnez, je vais essayer à mon tour.» Elle passa la lettre au-dessus de la flamme; la grande écriture ronde de madame la duchesse de Berry parut: même opération pour la seconde lettre. Je félicitai Madame de son succès. Étrange scène: la fille de Louis XVI déchiffrant avec moi, au haut d'un escalier à Carlsbad, les caractères mystérieux que la captive de Blaye envoyait à la captive du Temple!

Nous revînmes nous asseoir dans le salon. La Dauphine lut la lettre qui lui était adressée. Madame la duchesse de Berry remerciait sa sœur de la part qu'elle avait prise à son infortune, lui recommandait ses enfants et plaçait particulièrement son fils sous la tutelle des vertus de sa tante[11]. La lettre aux enfants était quelques mots de tendresse. La duchesse de Berry invitait Henri à se rendre digne de la France.

Madame la Dauphine me dit: «Ma sœur me rend justice. J'ai bien pris part à ses peines. Elle a dû beaucoup souffrir, beaucoup souffrir. Vous lui direz que j'aurai soin de M. le duc de Bordeaux. Je l'aime bien. Comment l'avez-vous trouvé? Sa santé est bonne, n'est-ce pas? Il est fort, quoiqu'un peu nerveux.»

Je passai deux heures en tête-à-tête avec Madame, honneur qu'on a rarement obtenu: elle paraissait contente. Ne m'ayant jamais connu que sur des récits ennemis, elle me croyait sans doute un homme violent, bouffi de mon mérite; elle me savait gré d'avoir figure humaine et d'être un bon garçon[12]. Elle me dit avec cordialité: «Je vais me promener pour le régime des eaux; nous dînerons à trois heures, vous viendrez si vous n'avez pas besoin de vous coucher. Je veux vous voir tant que cela ne vous fatiguera pas.»

Je ne sais à quoi je devais mon succès; mais certainement la glace était rompue, la prévention effacée; ces regards, qui s'étaient attachés au Temple sur les yeux de Louis XVI et de Marie-Antoinette, s'étaient reposés avec bienveillance sur un pauvre serviteur.

Toutefois, si j'étais parvenu à mettre la Dauphine à l'aise, je me sentais extrêmement contraint: la peur de dépasser certain niveau m'ôtait jus-

---

11.

Ce billet de deux pages ne contenait aucun regret ou excuses; la duchesse de Berry annonçait son désir de revoir rapidement ses enfants. Ce billet eut un fâcheux effet sur la duchesse d'Angoulême, depuis longtemps prévenue contre sa belle-sœur et blessée, ainsi que toute la famille royale, par l'inconduite et la désinvolture de la princesse. Voir le *Journal* de Montbel, «Le Mariage secret de la duchesse de Berry», *Revue des Deux Mondes*, 15 avril et 1er mai 1923.

12.

Le côté «bon garçon» de Chateaubriand lui a été reconnu par de nombreux contemporains. Voir, par exemple, Mme de Boigne, *Mémoires*..., t. I, p. 201.

qu'à cette faculté des choses communes que j'avais auprès de Charles X. Soit que je n'eusse pas le secret de tirer de l'âme de Madame ce qui s'y trouve de sublime ; soit que le respect que j'éprouvais fermât le chemin à la communication de la pensée, je sentais une stérilité désolante qui venait de moi.

À trois heures j'étais revenu chez madame la Dauphine. J'y rencontrai madame la comtesse Esterhazy[13] et sa fille, madame d'Agoult, MM. O'Hégerty fils et de Trogoff ; ils avaient l'honneur de dîner chez la princesse. La comtesse Esterhazy, jadis belle, est encore bien : elle avait été liée à Rome avec M. le duc de Blacas. On assure qu'elle se mêle de politique et qu'elle instruit M. le prince de Metternich de tout ce qu'elle apprend. Quand, au sortir du Temple, Madame fut envoyée à Vienne, elle rencontra la comtesse Esterhazy qui devint sa compagne *(d)*. Je remarquais qu'elle écoutait attentivement mes paroles ; elle eut le lendemain la naïveté de dire devant moi qu'elle avait passé la nuit à écrire. Elle se disposait à partir pour Prague, une entrevue secrète était fixée dans un lieu convenu avec M. de Blacas *(e)* ; de là elle se rendait à Vienne. Vieux attachements rajeunis par l'espionnage ! Quelles affaires, et quels plaisirs ! Mademoiselle Esterhazy n'est pas jolie, elle a l'air spirituel et méchant.

La vicomtesse d'Agoult, aujourd'hui dévote, est une personne importante comme on en trouve dans tous les cabinets des princesses. Elle a poussé sa famille tant qu'elle a pu, en s'adressant à tout le monde, particulièrement à moi : j'ai eu le bonheur de placer ses neveux ; elle en avait autant que feu l'archichancelier Cambacérès.

Le dîner fut si mauvais et si exigu que j'en sortis mourant de faim ; il était servi dans le salon même de madame la Dauphine, car elle n'avait point de salle à manger. Après le repas on enleva la table ; Madame revint s'asseoir sur le sofa, reprit son ouvrage, et nous fîmes cercle autour. Trogoff conta des histoires, Madame les aime. Elle s'occupe particulièrement des femmes. Il fut question de la duchesse de Guiche : « Ses tresses ne lui vont pas bien », dit la Dauphine, à mon grand étonnement[14] *(f)*.

13.

Maria Fransiska-Romana de Roisins, qui avait épousé le comte Nicolas Esterhazy, avait, auprès d'elle, sa fille Marianne. Elle correspondait avec Montbel, qui à son tour informait Blacas et la Cour de Vienne.

14.

« Les tresses en effet ne laissaient pas admirer dans toute leur beauté et leur abondance les cheveux de la duchesse de Guiche. En 1814, je les avais vus errer plus libres sur ses épaules adolescentes un jour où mademoiselle Ida d'Orsay assistait à une revue de la garde royale » (Marcellus, *Chateaubriand et son temps*, p. 453).

De son sofa, Madame voyait à travers la fenêtre ce qui se passait au dehors, elle nommait les promeneurs et les promeneuses. Arrivèrent deux petits chevaux, avec deux jockeys vêtus à l'écossaise; Madame cessa de travailler, regarda beaucoup et dit: «C'est madame... (j'ai oublié le nom) qui va dans la montagne avec ses enfants.» Marie-Thérèse curieuse, sachant les habitudes *(g)* du voisinage, la princesse des trônes et des échafauds descendue de la hauteur de sa vie au niveau des autres femmes, m'intéressait singulièrement; je l'observais avec une sorte d'attendrissement philosophique.

À cinq heures, la Dauphine s'alla promener en calèche; à sept j'étais revenu à la soirée. Même établissement: Madame sur le sofa, les personnes du dîner et cinq ou six jeunes et vieilles buveuses d'eau élargissant le cercle. La Dauphine faisait des efforts touchants, mais visibles, pour être gracieuse; elle adressait un mot à chacun. Elle me parla plusieurs fois, en affectant de me nommer pour me faire connaître; mais entre chaque phrase elle retombait dans une distraction. Son aiguille multipliait ses mouvements, son visage se rapprochait de sa broderie; j'apercevais la princesse de profil, et je fus frappé d'une ressemblance sinistre: Madame a pris de l'air de son père; quand je voyais sa tête baissée comme sous le glaive de la douleur, je croyais voir celle de Louis XVI attendant la chute du glaive.

À huit heures et demie la soirée finit; je me couchai accablé de sommeil et de lassitude.

Le vendredi, premier de juin, j'étais debout à cinq heures; à six je me rendis au Mühlenbad (bain du moulin): les buveurs et les buveuses se pressaient autour de la fontaine, se promenaient sous la galerie de bois à colonnes, ou dans le jardin attenant à cette galerie. Madame la Dauphine arriva, vêtue d'une mesquine robe de soie grise; elle portait sur ses épaules un châle usé et sur sa tête un vieux chapeau. Elle avait l'air d'avoir raccommodé ses vêtements, comme sa mère à la Conciergerie. M. O'Hégerty, son écuyer, lui donnait le bras. Elle se mêla à la foule et présenta sa tasse aux femmes qui puisent l'eau de la source. Personne ne faisait attention à madame la comtesse de Marne[15]. Marie-Thérèse, sa grand'mère, bâtit en 1762 la maison dite du Mühlenbad; elle octroya aussi à Carlsbad les cloches qui devaient appeler sa petite-fille au pied de la croix.

Madame étant entrée dans le jardin, je m'avançai vers elle: elle sembla surprise *(h)* de cette flatterie de courtisan. Je m'étais rarement levé si

15.
Voir *supra*, l. XXXVIII, chap. 6, note 1, pp. 2624-2625.

matin pour les personnes royales, hors peut-être le 13 février 1820[16], lorsque j'allai chercher le duc de Berry à l'Opéra. La princesse me permit de faire cinq ou six tours de jardin à ses côtés, causa avec bienveillance, me dit qu'elle me recevrait à deux heures et me donnerait une lettre. Je la quittai par discrétion; je déjeunai à la hâte, et j'employai le temps qui me restait à parcourir la vallée.

16.
« C'est sans doute le 14 février que l'auteur a voulu dire, écrit Marcellus, car, le matin du 13 février, qui se serait douté de l'attentat ? » (*Chateaubriand et son temps*, p. 454).

INCIDENCES.
Sources. – Eaux minérales. – Souvenirs historiques.

Carlsbad, 1er juin 1833.

Comme Français, je ne trouvais à Carlsbad que des souvenirs pénibles. Cette ville prend son nom de Charles IV, roi de Bohême, qui s'y vint guérir de trois blessures reçues à Crécy, en combattant auprès de son père Jean[1]. Lobkowitz prétend que Jean fut tué par un Écossais ; circonstance ignorée des historiens.

Sed cum Gallorum fines et amica tuetur
Arva, Caledonia cuspide fossus obit.

« Tandis qu'il défend les confins des Gaules et les champs amis, il meurt percé d'une lance calédonienne. »

Le poète n'aurait-il pas mis *Caledonia* pour la quantité ? En 1346, Édouard était en guerre avec Robert Bruce[2], et les Écossais étaient alliés de Philippe.

La mort de Jean de Bohême l'Aveugle, à Crécy, est une des aventures les plus héroïques et les plus touchantes de la chevalerie. Jean voulait aller au secours de son fils Charles ; il dit à ses compagnons : « Seigneurs, vous êtes mes amis : je vous requiers que vous me meniez si avant que

1. Jean de Luxembourg, roi de Bohême. Chateaubriand reprend ici en partie le récit qu'il a donné de la mort du roi dans ses *Études historiques* (*OC*, t. V ter, pp. 91-93).

2. Chateaubriand confond Robert Ier Bruce, fondateur de la dynastie, et son fils David, qui lui succéda en 1329. Il fut défait par Édouard III, roi d'Angleterre, en 1346.

je puisse férir un coup d'espée; ils répondirent que volontiers ils le feroient... Le roi de Bohême alla si avant, qu'il férit un coup de son espée, voire plus de quatre, et recombattit moult vigoureusement, et aussi firent ceux de sa compagnie; et si avant s'y boutèrent sur les Anglois, que tous y demourèrent et furent le lendemain trouvés sur la place autour de leur seigneur, et tous leurs chevaux liés ensemble.»

On ne sait guère que Jean de Bohême était enterré à Montargis, dans l'église des Dominicains, et qu'on lisait sur sa tombe ce reste d'une inscription effacée: «Il trépassa à la tête de ses gens, ensemblement les recommandant à Dieu le Père. Priez Dieu pour ce doux Roi.»

Puisse ce souvenir d'un Français expier l'ingratitude de la France, lorsqu'aux jours de nos nouvelles calamités nous épouvantâmes le ciel par nos sacrilèges et jetâmes hors de sa tombe un prince mort pour nous aux jours de nos anciens malheurs.

À Carlsbad les chroniques racontent que Charles IV, fils du roi Jean, étant à la chasse, un de ses chiens s'élançant après un cerf tomba du haut d'une colline dans un bassin d'eau bouillante. Ses hurlements firent accourir les chasseurs, et la source du *Sprudel* fut découverte. Un pourceau qui s'échauda dans les eaux de Tœplitz les indiqua à des pâtres.

Telles sont les traditions germaniques. J'ai passé à Corinthe; les débris du temple des courtisanes étaient dispersés sur les cendres de Glycère[3]; mais la fontaine Pirène[4], née des pleurs d'une nymphe, coulait encore parmi les lauriers-roses où volait, au temps des Muses, le cheval Pégase. La vague d'un port sans vaisseaux baignait des colonnes tombées dont le chapiteau trempait dans la mer, comme la tête de jeunes filles noyées étendues sur le sable; le myrte avait poussé dans leur chevelure et remplaçait la feuille d'acanthe: voilà les traditions de la Grèce.

On compte à Carlsbad huit fontaines; la plus célèbre est le *Sprudel*, découverte par le limier. Cette fontaine émerge de terre entre l'église et la Tèple avec un bruit creux et une vapeur blanche; elle saute par bonds irréguliers à six ou sept pieds de haut. Les sources de l'Islande sont seules supérieures au Sprudel, mais nul ne vient chercher la santé dans

3. Ou plus exactement Glycera. Courtisane athénienne (IVe siècle av. J.-C.), elle fut la maîtresse du trésorier général d'Alexandre, qui en Syrie lui fit élever une statue et à Tharse la logea dans son palais, la traitant en reine. Elle s'attacha au poète Ménandre.

4. La fontaine Pirène était une source qui jaillissait presque au sommet de l'Acrocorinthe. Les Corinthiens en firent une divinité, fille d'Achéloos. Pégase s'y était abreuvé.

les déserts de l'Hécla[5] où la vie expire, où le jour de l'été, sortant du jour, n'a ni couchant ni aurore; où la nuit de l'hiver, renaissant de la nuit, est sans aube et sans crépuscule.

L'eau du *Sprudel* cuit les œufs et sert à laver la vaisselle; ce beau phénomène est entré au service des ménagères de Carlsbad: image du génie qui se dégrade en prêtant sa puissance à des œuvres viles.

M. Alexandre Dumas a fait une traduction libre de l'ode latine de Lobkowitz sur le *Sprudel*[6].

Fons heliconianum, etc.
Fontaine consacrée aux hymnes du poète,
Quel est donc le foyer de ta chaleur secrète?
D'ou vient ton lit brûlant et de soufre et de chaux?
La flamme dont l'Etna n'embrase plus les nues
S'ouvre-t-elle vers toi des routes inconnues,
Ou, voisine du Styx, fait-il bouillir tes eaux?

Carlsbad est le rendez-vous ordinaire des souverains; ils devraient bien s'y guérir de la couronne pour eux et pour nous.

On publie une liste quotidienne des visiteurs du Sprudel: sur les anciens rôles on lit les noms des poètes et des hommes de lettres les plus éclairés du Nord, Gurowsky, Dunker, Weisse, Herder, Goethe; j'aurais voulu y trouver celui de Schiller, objet de ma préférence. Dans la feuille du jour, parmi la foule des arrivants obscurs, on remarque le nom de la *comtesse de Marne*; il est seulement imprimé en petites capitales.

En 1830, au moment même de la chute de la famille royale à Saint-Cloud, la veuve[7] et les filles de Christophe prenaient les eaux de Carlsbad. LL. MM. haïtiennes se sont retirées en Toscane auprès des Majestés napoléoniennes. La plus jeune fille du Roi Christophe, très-instruite et fort jolie[8], est morte à Pise: sa beauté d'ébène repose libre sous

5.
Hécla, ou Hékla: volcan d'Islande, près de la côte sud-ouest. Il culmine à 1 557 m et est généralement couvert d'un brouillard épais qui l'enveloppe comme un manteau; de là son nom d'Hécla, qui en islandais veut dire «vêtu d'un manteau». Ce volcan, encore en activité à l'époque de Chateaubriand, suscitait la frayeur. Les annales islandaises parlent avec terreur des *Grandes ténèbres* causées en 1157 par la masse de cendres et de sable qui jaillit de ses entrailles. Les premiers qui visitèrent ce volcan sont deux savants islandais, vers 1750.

6.
L'*Ode latine sur Carlsbad*, du baron de Lobkowitz, publiée en 1829 par le docteur Carro – le cicérone de Chateaubriand dans la ville thermale –, comportait 22 versions ou transpositions. La version française, qui venait en tête, était signée «Alexandre Dumas de Paris».

Œuvres de Béranger, par Garnier.

7.

En l'honneur du roi Christophe, abandonné de tous, qui s'était tué d'un coup de pistolet le 8 octobre 1820, Béranger composa *La Mort du roi Christophe, ou Note présentée par la noblesse d'Haïti aux trois grands Alliés* (décembre 1820), chanson dont voici le premier couplet : « *Christophe est mort, et du royaume / La noblesse a recours à vous. / François, Alexandre, Guillaume, / Prenez aussi pitié de nous. / Ce n'est point pays limitrophe, / Mais le mal fait tant de progrès ! / Vite un congrès ! / Deux, trois congrès ! / Quatre congrès ! / Cinq congrès ! dix congrès ! / Princes, vengez ce bon Christophe, / Roi digne de tous vos regrets* » (*in* Béranger, *Œuvres*, t. I, p. 354).

8.

Tel n'est pas l'avis de Marcellus, qui la vit en Toscane et la trouva au contraire très peu jolie : « Cette fleur obscure d'une île américaine mourut sans avoir brillé, et se cacha bientôt sous la terre rapportée de Jérusalem par les Pisans pour sanctifier leur suprême demeure. C'est encore un hommage mélancolique aux américaines compagnes d'Atala : *Le vent brise et flétrit, le soleil brûle et fane / Jeune fille et jeune fleur* » (*Chateaubriand et son temps*, p. 454).

les portiques du *Camposanto*, loin du champ des cannes et des mangliers[9] à l'ombre desquels elle était née esclave.

On a vu à Carlsbad, en 1826, une Anglaise de Calcutta passée du figuier banian à l'olivier de Bohême, du soleil du Gange à celui de la Tèple; elle s'éteignait comme un rayon du ciel indien égaré dans le froid et la nuit. Le spectacle des cimetières, dans les lieux consacrés à la santé, est mélancolique : là sommeillent de jeunes femmes étrangères les unes aux autres : sur leurs tombeaux sont gravés le nombre de leurs jours et l'indication de leur patrie : on croit parcourir une serre où l'on cultive des fleurs de tous les climats et dont les noms sont écrits sur une étiquette aux pieds de ces fleurs.

La loi indigène est venue au-devant des besoins de la mort exotique; prévoyant le décès des voyageurs loin de leur pays, elle a permis d'avance les exhumations. J'aurais donc pu dormir dans le cimetière de Saint-André une dizaine d'années, et rien n'aurait entravé les dispositions testamentaires de ces *Mémoires*. Si madame la Dauphine décédait ici, les lois françaises permettraient-elles le retour de ses cendres? Ce serait un point délicat de controverse entre les sorboniqueurs de la doctrine[10] et les casuistes de proscription.

Les eaux de Carlsbad sont, assure-t-on, bonnes pour le foie et mauvaises pour les dents. Quant au foie, je n'en sais rien, mais il y a beaucoup d'édentés à Carlsbad; les années plus que les eaux sont peut-être coupables du fait : le temps *(a)* est un insigne menteur et un grand arracheur de dents. Ne vous semble-t-il pas que je recommence *le chef-d'œuvre d'un inconnu*[11] ? un mot me mène à un autre; je m'en vais en Islande et aux Indes.

Voici les Apennins et voilà le Caucase[12].

Et pourtant je ne suis pas encore sorti de la vallée de la Tèple.

9.
Le manglier, aussi appelé myrsine, dont les fleurs sont réunies en ombelles, est un arbrisseau qui rappelle le myrte et croît au cap de Bonne-Espérance. Le figuier banian (dont il est question peu après), ou figuier de l'Inde, est répandu non seulement dans l'Inde mais dans toute l'Océanie. Ses longues branches s'étendent horizontalement. Il en sort des racines aériennes qui descendent peu à peu vers le sol, finissant par s'y implanter et par produire comme de nouveaux arbres; de telle sorte qu'un seul arbre peut, avec le temps, recouvrir une étendue considérable et simuler une petite forêt. Les Indiens lui ont donné un caractère sacré et lui rendent une vénération publique. Brahma s'est, dit-on, reposé sous son ombrage. Aussi orne-t-il les cours des pagodes et élevait-on des chapelles sous ses piliers naturels.

10.
Les doctrinaires, groupe politique important sous la Restauration, dont la plupart des membres s'étaient ralliés à la monarchie de Juillet (voir *supra*, l. XXXII, chap. 2, note 6, p. 2179). Villemain et Guizot sont ici visés sous le terme railleur de « sorboniqueurs ».

Mr Guiz.., François Guizot (1787-1874).

11.
Ouvrage de Hyacinthe Cordonnier, dit Saint Hyacinthe (1684-1746), publié en Angleterre en 1714 sous le pseudonyme de docteur Chrysostomus Mathanasius. L'auteur y moque l'érudition, en «commentant» un poème inepte et burlesque, «récemment découvert», et tenu pour bien supérieur à l'*Iliade*.

12.
La Fontaine, *Fables*, VIII, 9 : *Le Rat et l'huître.*

SUITE DES INCIDENCES.
Vallée de la Tèple. – Sa flore.

Pour voir d'un coup d'œil la vallée de la Tèple, je gravis une colline, à travers un bois de pins : les colonnes perpendiculaires de ces arbres formaient un angle aigu avec le sol incliné ; les uns avaient leurs cimes, les deux tiers, la moitié, le quart de leur tronc où les autres avaient leur pied. J'aimerai toujours les bois : la flore[1] de Carlsbad, dont le souffle avait brodé les gazons sous mes pas, me paraissait charmante ; je retrouvais la laîche digitée, la belladone vulgaire, la salicaire commune, le millepertuis[2], le muguet vivace, le saule cendré : doux sujets de mes premières anthologies[3].

1.
« L'auteur n'avait rien oublié de ses études botaniques commencées en vue de son voyage au pôle ; et depuis il y avait ajouté quelques réminiscences des poètes de l'Antiquité amis des fleurs, de Virgile surtout, médecin observateur de la nature et familier avec les simples. C'est ainsi que dans nos promenades au bord de la Tamise, au-dessus de Richmond, M. de Chateaubriand m'avait montré la plupart des plantes qu'il signale ici en les saluant d'un souvenir poétique. La laiche digitée qui cacha le fourbe Sinon ; *obscurus in ulva delitui* (*Énéide*, l. II, v. 135). [... les] fleurs [...] furent l'une des premières passions de M. de Chateaubriand » (Marcellus, *Chateaubriand et son temps*, pp. 454-456).

2.
Laiche : plante herbeuse, vivace, croissant en touffes et caractérisée par des tiges à section triangulaire (nom générique : carex). Les fleurs sont réunies en épis ; les rhizomes de la plante, traçant des stolons, colonisent les sables et contribuent à leur fixation. Belladone : plante toxique, à fleurs violacées et à baies noires, qui pousse dans les taillis ou les décombres calcaires (famille des solanacées). Les salicaires, dont on connaît des restes fossiles du début du tertiaire, renferment 25 genres et 450 espèces. Elles poussent dans les endroits humides ou directement dans l'eau. La teinte rouge violacé des fleurs explique l'origine de leur nom : lythron, qui signifie « ensanglanté ». Millepertuis : herbe ou arbuste dont les fleurs sont ordinairement jaunes, à étamines très nombreuses.

3.
Anthologie au sens étymologique de « cueillette et choix de fleurs ». Ici : herbier.

Voilà que ma jeunesse vient suspendre ses réminiscences aux tiges de ces plantes que je reconnais en passant. Vous souvenez-vous[4] de mes études botaniques chez les Siminoles, de mes œnothères, de mes nymphéas dont je parais mes Floridiennes, des guirlandes de clématite dont elles enlaçaient la tortue, de notre sommeil dans l'île au bord du lac, de la pluie de roses du magnolia qui tombait sur nos têtes ? Je n'ose calculer l'âge qu'aurait à présent ma volage *fille peinte* ; que cueillerais-je aujourd'hui sur son front ? les rides qui sont sur le mien. Elle dort sans doute à l'éternité sous les racines d'une cyprière[5] de l'Alabama ; et moi qui porte en ma mémoire ces souvenirs lointains, solitaires, ignorés, je vis ! Je suis en Bohême, non pas avec Atala et Céluta, mais auprès de madame la Dauphine qui va me donner une lettre pour madame la duchesse de Berry.

4.

Voir *supra*, l. VIII, chap. 4, pp. 475-478.

5.

Lieu planté de cyprès.

Dernière conversation avec la Dauphine. – Départ.

À une heure, j'étais aux ordres de madame la Dauphine.
« Vous voulez partir aujourd'hui, monsieur de Chateaubriand ?
– Si Votre Majesté le permet. Je tâcherai de retrouver en France madame de Berry ; autrement je serais obligé de faire le voyage de Sicile, et Son Altesse Royale serait trop longtemps privée de la réponse qu'elle attend.
– Voilà un billet pour elle. J'ai évité de prononcer votre nom pour ne pas vous compromettre en cas d'événement. Lisez. »
Je lus le billet ; il était tout entier de la main de madame la Dauphine : je l'ai copié exactement *(a)*.

« Carlsbad, ce 31 mai 1833.
« J'ai éprouvé une vraie satisfaction, ma chère sœur, à recevoir enfin directement de vos nouvelles. Je vous plains de toute mon âme. Comptez toujours sur mon intérêt constant pour vous et surtout pour vos chers enfants, qui me sont plus précieux que jamais. Mon existence, tant qu'elle durera, leur sera consacrée. Je n'ai pas encore pu faire vos commissions à notre famille, ma santé ayant exigé[1] que je vinsse ici prendre les eaux. Mais je m'en acquitterai aussitôt mon retour près d'elle, et croyez que nous n'aurons, eux et moi, jamais que les mêmes sentiments sur tout.

1. Dans le texte original écrit par la duchesse de Berry, se trouvait une petite faute d'orthographe : n'avait-elle pas écrit : « [...] ma santé ayant *exigée* [...] » ?

« Adieu, ma chère sœur, je vous plains du fond de mon cœur, et vous embrasse tendrement.
« M. T. »

Je fus frappé de la réserve de ce billet : quelques expressions vagues d'attachement couvraient mal la sécheresse du fond. J'en fis la remarque respectueuse, et plaidai de nouveau la cause de l'infortunée prisonnière. Madame me répondit que le Roi en déciderait. Elle me promit de s'intéresser à sa sœur ; mais il n'y avait rien de cordial ni dans la voix ni dans le ton de la Dauphine ; on y sentait plutôt une irritation contenue. La partie me sembla perdue quant à la personne de ma cliente. Je me rabattis sur Henri V. Je crus devoir à la princesse la sincérité dont j'avais toujours usé à mes risques et périls pour éclairer les Bourbons ; je lui parlai sans détour et sans flatterie de l'éducation de M. le duc de Bordeaux.
« Je sais que Madame a lu avec bienveillance une brochure[2] à la fin de laquelle j'exprimais quelques idées relatives à l'éducation de Henri V. Je crains que les entours de l'enfant ne nuisent à sa cause : MM. de Damas, de Blacas, et Latil ne sont pas populaires. »
Madame en convint ; elle abandonna même tout à fait M. de Damas, en disant deux ou trois mots à l'honneur de son courage, de sa probité et de sa religion.
« Au mois de septembre, Henri V sera majeur : Madame ne pense-t-elle pas qu'il serait utile de former auprès de lui un conseil dans lequel on ferait entrer des hommes que la France regarde avec moins de prévention ?
– Monsieur de Chateaubriand, en multipliant les conseillers, on multiplie les avis : et puis, qui proposeriez-vous au choix du Roi ?
– M. de Villèle. »
Madame, qui brodait, arrêta son aiguille, me regarda avec étonnement, et m'étonna à mon tour par une critique assez judicieuse du caractère et de l'esprit de M. de Villèle. Elle ne le considérait que comme un administrateur habile.
« Madame est trop sévère, lui dis-je : M. de Villèle est un homme d'ordre, de comptabilité, de modération, de sang-froid, et dont les ressources sont infinies ; s'il n'avait eu l'ambition d'occuper la première place, pour laquelle il n'est pas suffisant, c'eût été un ministre à garder éternellement dans le conseil du Roi ; on ne le remplacera jamais. Sa présence auprès de Henri V serait du meilleur effet.

2.
De la nouvelle proposition relative au bannissement de Charles X et de sa famille, in *Grands Écrits politiques*, t. II, p. 672 *sqq*. Voir *supra*, l. XXXV, chap. 11, p. 2384 *sqq*.

– Je croyais que vous n'aimiez pas M. de Villèle?
– Je me mépriserais si, après la chute du trône, je continuais de nourrir le sentiment de quelque mesquine rivalité. Nos divisions royalistes ont déjà fait trop de mal; je les abjure de grand cœur et suis prêt à demander pardon à ceux qui m'ont offensé. Je supplie Votre Majesté de croire que ce n'est là ni l'étalage d'une fausse générosité, ni une pierre posée en prévision d'une future fortune. Que pourrais-je demander à Charles X dans l'exil? Si la Restauration arrivait, ne serais-je pas au fond de ma tombe?»
Madame me regarda avec affabilité; elle eut la bonté de me louer par ces seuls mots: «C'est très-bien, monsieur de Chateaubriand[3]!» Elle semblait toujours surprise de trouver un *Chateaubriand* si différent de celui qu'on lui avait peint.
«Il est une autre personne, Madame, qu'on pourrait appeler, repris-je: mon noble ami, M. Lainé. Nous étions trois hommes en France qui ne devions jamais prêter serment à Philippe; moi, M. Lainé et M. Royer-Collard. En dehors du gouvernement et dans des positions diverses, nous aurions formé un triumvirat de quelque valeur. M. Lainé a prêté son serment par faiblesse, M. Royer-Collard par orgueil; le premier en mourra; le second en vivra, parce qu'il vit de tout ce qu'il fait, ne pouvant rien faire qui ne soit admirable.
– Vous avez été content de monsieur le duc de Bordeaux?
– Je l'ai trouvé charmant. On assure que Votre Majesté le gâte un peu.
– Oh! non, non. Sa santé, en avez-vous été content?
– Il m'a semblé se porter à merveille; il est délicat et un peu pâle.
– Il a souvent de belles couleurs; mais il est nerveux. Monsieur le Dauphin est fort estimé dans l'armée, n'est-ce pas? fort estimé? on se souvient de lui, n'est-ce pas?»
Cette brusque question, sans liaison avec ce que nous venions de dire, me dévoila une plaie secrète que les journées de Saint-Cloud et de Rambouillet avaient laissée dans le cœur de la Dauphine. Elle ramenait le nom de son mari pour se rassurer; je courus au-devant de la pensée de la princesse et de l'épouse; j'affirmai, avec raison, que l'armée se souvenait toujours de l'impartialité, des vertus, du courage de son généralissime.

3.
«On remarqua surtout – et je m'empresse de le noter avec joie –, écrit Montbel dans son *Journal* en parlant de la Cour de Prague, l'aveu qu'il [Chateaubriand] fit à plusieurs reprises que pendant la Restauration la France avait eu un seul ministre: Villèle.» Interprétation quelque peu excessive si l'on se reporte aux propos que Chateaubriand aurait tenus à la duchesse d'Angoulême.

Voyant l'heure de la promenade arriver :
« Votre Majesté n'a plus d'ordres à me donner ? je crains d'être importun.
– Dites à vos amis combien j'aime la France ; qu'ils sachent bien que je suis Française. Je vous charge particulièrement de dire cela ; vous me ferez plaisir de le dire : je regrette bien la France, je regrette beaucoup la France.
– Ah ! madame, que vous a donc fait cette France ? vous qui avez tant souffert, comment avez-vous encore le *mal du pays ?*
– Non, non, monsieur de Chateaubriand, ne l'oubliez pas ; dites-leur bien à tous que je suis Française, que je suis Française. »
Madame me quitta ; je fus obligé de m'arrêter dans l'escalier avant de sortir ; je n'aurais pas osé me montrer dans la rue ; mes pleurs mouillent encore ma paupière en retraçant cette scène.
Rentré à mon auberge, je repris mon habit de voyage. Tandis qu'on apprêtait la voiture, Trogoff bavardait ; il me redisait que madame la Dauphine était très-contente de moi, qu'elle ne s'en cachait pas, qu'elle le racontait à qui voulait l'entendre. « C'est une chose immense que votre voyage ! » criait Trogoff, tâchant de dominer la voix de ses deux rossignols. « Vous verrez les suites de cela ! » Je ne croyais à aucune suite. J'avais raison ; on attendait le soir même M. le duc de Bordeaux. Bien que tout le monde connût son arrivée, on m'en avait fait mystère. Je me donnai garde de me montrer instruit du secret.
À six heures du soir, je roulais vers Paris. Quelle que soit l'immensité de l'infortune à Prague, la petitesse de la vie de prince réduite à elle-même est désagréable à avaler ; pour en boire la dernière goutte, il faut avoir brûlé son palais et s'être enivré d'une foi ardente. – Hélas ! nouveau Symmaque, je pleure l'abandon des autels ; je lève les mains vers le Capitole ; j'invoque la majesté de Rome ! mais si le dieu était devenu de bois et que Rome ne se ranimât plus dans sa poussière ?

JOURNAL DE CARLSBAD À PARIS.
Cynthie. – Égra. – Wallenstein.

1er juin au soir, 1833.

Le chemin de Carlsbad jusqu'à Ellbogen, le long de l'Égra, est agréable. Le château de cette petite ville est du XIIe siècle et placé en sentinelle sur un rocher à l'entrée d'une gorge de vallée. Le pied du rocher, couvert d'arbres, s'enveloppe d'un pli de l'Égra : de là le nom de la ville et du château, *Ellbogen* (le coude). Le donjon rougissait du dernier rayon du soleil, lorsque je l'aperçus du grand chemin. Au-dessus des montagnes et des bois penchait la colonne torse de la fumée d'une fonderie.

Je partis à neuf heures et demie du relais de Zwoda. Je suivais la route où passa Vauvenargues dans la retraite de Prague[1] ; ce jeune homme à qui Voltaire, dans l'*Éloge funèbre des officiers morts en 1741*, adresse ces paroles : « Tu n'es plus, ô douce espérance du reste de mes jours ; je t'ai toujours vu le plus infortuné des hommes et le plus tranquille[2]. »

Du fond de ma calèche, je regardais se lever les étoiles.

N'ayez pas peur, Cynthie[3] ; ce n'est que la susurration des roseaux incli-

1. Voir *supra*, l. XXXVIII, chap. 10, note 5, p. 2640.

2. Voltaire, *Éloge funèbre des officiers qui sont morts dans la guerre de 1741* (1749), *in Œuvres*, éd. Beuchot, 1833, t. XXXIX, p. 27.

3. Cynthie fut la muse de Properce, qui lui adresse ces vers dans sa deuxième élégie du l. I : « Toi seule es pour moi une patrie, toi seule une famille ! » Ajoutant : « Je veux, Cynthie, que les forêts retentissent de ton nom, que les rochers déserts ne cessent de l'entendre. » Dans cette invocation, Cynthie représente la civilisation romaine, la romanité. Marcellus avance que cette « invocation » fut écrite à Rome, en 1828 (voir ci-dessous, note 8).

nés par notre passage dans leur forêt mobile. J'ai un poignard pour les jaloux et du sang pour toi. Que ce tombeau ne vous cause aucune épouvante; c'est celui d'une femme jadis aimée comme vous: Cecilia Metella[4] reposait ici.

Qu'elle est admirable, cette nuit, dans la campagne romaine! La lune se lève derrière la Sabine pour regarder la mer; elle fait sortir des ténèbres diaphanes les sommets cendrés de bleu d'Albano, les lignes plus lointaines et moins gravées du Soracte[5]. Le long canal des vieux aqueducs laisse échapper quelques globules de son onde à travers les mousses, les ancolies, les giroflées, et joint les montagnes aux murailles de la ville. Plantés les uns sur les autres, les portiques aériens, en découpant le ciel, promènent dans les airs le torrent des âges et le cours des ruisseaux. Législatrice du monde, Rome, assise sur la pierre de son sépulcre, avec sa robe de siècles, projette le dessin irrégulier de sa grande figure dans la solitude lactée.

Asseyons-nous: ce pin, comme le chevrier des Abruzzes, déploie son ombrelle parmi des ruines. La lune neige[6] sa lumière sur la couronne gothique de la tour du tombeau de Metella et sur les festons de marbre enchaînés aux cornes des bucranes[7]; pompe élégante *(a)* qui nous invite à jouir de la vie, sitôt écoulée.

Écoutez! la nymphe Égérie[8] chante au bord de sa fontaine; le rossignol

---

4.

«Charmant tombeau» *(dixit)* élevé sous Auguste sur la voie Appienne, et que Chateaubriand cite dans sa *Lettre à M. de Fontanes* (*in Voyage en Italie*, Pléiade, pp. 1480-1481). Caecilia Metella était la femme de Crassus le Jeune.

5.

Nom français du mont Sorate – dans l'Antiquité romaine, lieu de culte du dieu Soranus –, petit massif du Latium, sur la rive droite du Tibre, d'une altitude de près de 700 m.

6.

Habituellement dans un emploi impersonnel, le mot prend toute sa rareté lorsqu'il est utilisé non pas à l'intransitif, mais dans un emploi personnel.

7.

Du grec *bous* (bœuf) et *kranion* (crâne). Motif ornemental représentant une tête de bœuf décharnée, ornée de bandelettes et de guirlandes de fleurs, rappelant les victimes des sacrifices. Ce motif, employé dans l'Antiquité pour la décoration des frises des temples, des autels, des tombeaux, fut remis à l'honneur à la Renaissance.

8.

«L'auteur courant la poste en Allemagne rêve qu'il est à Rome à la tombée du jour, sur le coteau qui domine le vallon de la nymphe Égérie, et il chante. Il emprunte Cynthie à Properce, Délie à Tibulle, Lalagé à Horace, Lesbie à Catulle pour embellir ses songes amoureux. Puis, après la jeune "Charite, le sourire envoyé d'Orient et la violette oubliée", le dithyrambe se perd dans l'ombre et finit. Il me semble qu'une moitié au moins de cette singulière élégie fut écrite à Rome en 1828, comme le Dialogue avec l'hirondelle, qu'on va voir plus loin, date de Londres et de 1823» (Marcellus, *Chateaubriand et son temps*, pp. 457-458).

se fait entendre dans la vigne de l'hypogée des Scipions[9]; la brise alanguie de la Syrie nous apporte indolemment la senteur des tubéreuses[10] sauvages. Le palmier de la *villa* abandonnée se balance à demi noyé dans l'améthyste et l'azur des clartés phébéennes[11]. Mais toi, pâlie par les reflets de la candeur de Diane, ô Cynthie, tu es mille fois plus gracieuse que ce palmier. Les mânes de Délie, de Lalagé, de Lydie, de Lesbie[12], posés sur des corniches ébréchées, balbutient autour de toi des paroles mystérieuses. Tes regards se croisent avec ceux des étoiles et se mêlent à leurs rayons.

Mais, Cynthie, il n'y a de vrai que le bonheur dont tu peux jouir. Ces constellations si brillantes sur ta tête ne s'harmonisent à tes félicités que par l'illusion d'une perspective trompeuse. Jeune Italienne, le temps fuit[13]! sur ces tapis de fleurs tes compagnes ont déjà passé.

Une vapeur se déroule, monte et enveloppe l'œil de la nuit d'une rétine argentée; le pélican crie et retourne aux grèves; la bécasse s'abat dans les prêles[14] des sources diamantées; la cloche résonne sous la coupole de Saint-Pierre; le plain-chant nocturne, voix du Moyen Âge, attriste le monastère isolé de Sainte-Croix; le moine psalmodie à genoux les laudes[15], sur les colonnes calcinées de Saint-Paul[16]; des vestales se pros-

---

9.

Près de la via Appia; édifice à deux étages, dont l'un souterrain, comportant un hypogée creusé dans le tuf, soutenu par deux gros piliers et qui contenait autrefois des inscriptions et un sarcophage qui se trouve aujourd'hui au musée du Vatican.

10.

Cette fleur originaire du Mexique, d'un blanc pur et d'une odeur suave et pénétrante, sera à la mode chez les symbolistes et les décadents; on la trouve dans l'une des six nouvelles des *Diaboliques,* de Barbey d'Aurevilly *(Le Dessous de cartes d'une partie de whist),* et dans les poésies de Robert de Montesquiou.

11.

Sorte de néologisme tiré de Phébé et qui désignerait les clartés lunaires. Diane, comme son frère Apollon, a différents noms sur la terre: elle s'appelle Diane ou Arthémis; au ciel, la Lune ou Phébé; aux Enfers, Hécate.

12.

Voir ci-dessus, note 8.

13.

Souvenir d'Horace, *Odes,* I, 11, v. 7-8.

14.

Prêles des marais, que les Grecs appelaient «queue de cheval», ou «crin de cheval». Ce sont des plantes vivaces, aux tiges dressées et rayées, et aux articulations bien marquées. La base de chaque tige est entourée d'une gaine de feuilles écailleuses. Elles poussent sur les rives ou dans les eaux peu profondes en Europe, dans les tourbières.

15.

Autre nom des matines, première partie de l'office divin, qui se chante à la fin de la nuit.

16.

Sur Saint-Paul-hors-les-Murs «aux colonnes», alors calcinées, voir *supra,* l. XXXI, chap. 13, note 6.

ternent sur la dalle glacée qui ferme leurs cryptes ; le *pifferaro*[17] souffle sa complainte de minuit devant la Madone solitaire, à la porte condamnée d'une catacombe. Heure de la mélancolie, la religion s'éveille et l'amour s'endort !

Cynthie, ta voix s'affaiblit : il expire sur tes lèvres, le refrain que t'apprit le pêcheur napolitain dans sa barque vélivole[18], ou le rameur vénitien dans sa gondole légère. Va aux défaillances de ton repos ; je protégerai ton sommeil. La nuit dont tes paupières couvrent tes yeux dispute de suavité avec celle que l'Italie assoupie et parfumée verse sur ton front. Quand le hennissement de nos chevaux se fera entendre dans la campagne, quand l'étoile du matin annoncera l'aube, le berger de Frascati descendra avec ses chèvres, et moi je cesserai de te bercer de ma chanson à demi-voix soupirée :

« Un faisceau de jasmins et de narcisses, une Hébé[19] d'albâtre, récemment sortie de la cavée d'une fouille, ou tombée du fronton d'un temple, gît sur ce lit d'anémones : non, Muse, vous vous trompez. Le jasmin, l'Hébé d'albâtre, est une magicienne de Rome, née il y a seize mois de mai et la moitié d'un printemps, au son de la lyre, au lever de l'aurore, dans un champ de roses de Paestum[20].

« Vent des orangers de Palerme qui soufflez sur l'île de Circé ; brise qui passez au tombeau du Tasse, qui caressez les nymphes et les amours de la Farnésine[21] ; vous qui vous jouez au Vatican parmi les vierges de Raphaël, les statues des Muses, vous qui mouillez vos ailes aux cascatelles de Tivoli ; génies des arts, qui vivez de chefs-d'œuvre et voltigez avec les souvenirs, venez : à vous seuls je permets d'inspirer le sommeil de Cynthie.

« Et vous, filles majestueuses de Pythagore, Parques à la robe de lin, sœurs inévitables assises à l'essieu des sphères, tournez le fil de la destinée de

17. Joueur de fifre populaire.

18. Latinisme. Qui va à la voile *(Littré)*.

19. Voir *supra*, l. XXX, chap. 6, note 3, p. 1980.

20. Paestum, que Chateaubriand visita, se trouve à une centaine de km au sud de Naples. De la ville grecque subsistent l'agora, trois temples doriques construits vers 450 av. J.-C. Ces sanctuaires sont parmi les plus beaux de la Grande-Grèce. On a retrouvé le forum de la colonie romaine, les rues, plusieurs maisons et un temple, dit temple de la Paix, qui était probablement le Capitole.

21. Résidence construite au pied du Janicule par B. Peruzzi, de 1508 à 1511, pour le banquier Agostino Chigi, qui fit appel à Raphaël et à ses élèves pour en assurer la décoration.

Cynthie sur des fuseaux d'or; faites-le descendre de vos doigts et remonter à votre main avec une ineffable harmonie; immortelles filandières, ouvrez la porte d'ivoire à ces songes qui reposent sur un sein de femme sans l'oppresser. Je te chanterai, ô canéphore des solennités romaines, jeune Charite nourrie d'ambroisie au giron de Vénus, sourire envoyé de l'Orient pour glisser sur ma vie; violette oubliée au jardin d'Horace[22]........................

«*Mein Herr? dix kreutzer bour la parrière.*»

Peste soit de toi avec tes cruches! j'avais changé de ciel! j'étais si en train! la muse ne reviendra pas! ce maudit Égra, où nous arrivons, est la cause de mon malheur.

Les nuits sont funestes à Égra. Schiller nous montre Wallenstein trahi par ses complices[23], s'avançant vers la fenêtre d'une salle de la forteresse d'Égra: «Le ciel est orageux et troublé, dit-il, le vent agite l'étendard placé sur la tour; les nuages passent rapidement sur le croissant de la lune qui jette à travers la nuit une lumière vacillante et incertaine.»

Wallenstein, au moment d'être assassiné, s'attendrit sur la mort de Max Piccolomini, aimé de Thécla: «La fleur de ma vie a disparu; il était près de moi comme l'image de ma jeunesse. Il changeait pour moi la réalité en un beau songe.»

Wallenstein se retire au lieu de son repos: «La nuit est avancée; on n'entend plus de mouvement dans le château: allons! que l'on m'éclaire; ayez soin qu'on ne me réveille pas trop tard; je pense que je vais dormir longtemps, car les épreuves de ce jour ont été rudes.»

Le poignard des meurtriers arrache Wallenstein aux rêves de l'ambition, comme la voix du préposé à la barrière a mis fin à mon rêve d'amour[24]. Et Schiller, et Benjamin Constant (qui fit preuve d'un talent nouveau en imitant le tragique allemand[25]), sont allés rejoindre Wallenstein, tandis que je rappelle aux portes d'Égra leur triple renommée.

22.
Réminiscence toute virgilienne (voir *supra*, l. XVII, chap. 1, note 13, p. 961).

23.
Au quatrième et avant-dernier acte de *La Mort de Wallenstein*; le troisième de la trilogie *Wallenstein* (1794-1799), de Schiller.

24.
Dans *La Mort de Wallenstein*, le condottiere, abandonné de ses troupes et entouré de quelques fidèles, se retrouve à Égra. La nouvelle qui lui parvient d'une première victoire remportée par les Suédois, ajoute à son tourment: Max Piccolomini, qui a chargé les Suédois à la tête de ses cuirassés, a été tué dans la bataille. Ces coups du destin, la solitude qui se fait en lui et autour de lui, ne procurent plus à Wallenstein que douleur et lassitude. Il combattra jusqu'au bout, mais le pouvoir, la victoire et la vie ont désormais perdu pour lui tout attrait; il envie Max qui lui, au moins «en a fini». Et lorsque les assassins, gagnés aux Impériaux et demeurés auprès de leur chef pour mieux le trahir, viennent le tuer par surprise au cours de la nuit, Wallenstein

Albrecht von Wallenstein (1583-1634).

est un vaincu indifférent au monde. Le drame de Wallenstein se double du drame des siens : Thécla (citée par Chateaubriand) meurt sur la tombe de Max ; sa mère ne peut lui survivre. Ottavio Piccolomini, père de Max, qui pénètre dans Égra avec les Impériaux et n'a pu empêcher l'assassinat de Wallenstein, obtient de l'empereur le titre de prince, alors que la mort de son fils lui ôte désormais toute raison de vivre.

25.

Dans sa tragédie de *Wallstein*, tirée du drame de Schiller et publiée par lui en 1809 avec une préface, où il définit et compare avec une rare pénétration la tragédie allemande à la tragédie française : sur la scène française, « l'amour n'est qu'une passion [...] il ne peut intéresser que par sa violence et son délire. Le transport des sens, les fureurs de la jalousie, la lutte des désirs contre les remords, voilà l'amour tragique en France. Mais lorsque l'amour, au contraire, est, comme dans la poésie allemande, un rayon de la lumière divine qui vient échauffer et purifier le cœur, il y a tout à la fois quelque chose de plus calme et de plus fort ; dès qu'il paraît, on sent qu'il domine tout ce qui l'entoure [...] » (*Littérature et politique, in Œuvres*, éd. A. Roulin, pp. 878-879).

Weissenstadt. – La voyageuse. – Berneck et souvenirs. – Baireuth. – Voltaire. – Hohlfeld. – Église. – La petite fille à la hotte. – L'hôtelier et sa servante.

2 juin 1833.

Je traverse Égra, et samedi[1], 2 juin, à la pointe du jour, j'entre en Bavière : une grande fille rousse, nu-pieds, tête nue, vient m'ouvrir la barrière, comme l'Autriche en personne. Le froid continue ; l'herbe des fossés est couverte d'une gelée blanche ; des renards mouillés sortent des aveinières ; des nues grises, échancrées, à grande envergure[2], sont croisées dans le ciel, comme des ailes d'aigle.

J'arrive à Weissenstadt à neuf heures du matin, au même moment une espèce de voiturin emportait une jeune femme coiffée en cheveux ; elle avait bien l'air d'être ce que probablement elle était : joie, courte fortune d'amour, puis l'hôpital et la fosse commune. Plaisir errant, que le ciel ne soit pas trop sévère à tes tréteaux ! il y a dans ce monde tant d'acteurs plus mauvais que toi.

Avant de pénétrer dans le village, j'ai traversé des *wastes*[3] : ce mot s'est trouvé au bout de mon crayon ; il appartenait à notre ancienne langue franke : il peint mieux l'aspect d'un pays désolé que le mot *lande*, qui signifie *terre (a).*

---

1. Il faut lire : dimanche.

2. Il ne s'agit pas d'envergure, mot arrangé pour l'édition Penaud, mais d'enverjuge, mot du langage des tisserands qui désigne le croisement des fils de chaîne.

3. « Terrain nu et sans culture » (*Littré*, supplément). On pourrait traduire *waste*, qui tire son origine du mot flamand *guaste*, par gâtine.

Je sais encore la chanson qu'on chantait le soir en traversant les landes[4] :

C'est le chevalier des Landes :
Malheureux chevalier !
Quand il fut dans la lande,
A ouï les sings[5] sonner.

Après Weissenstadt vient Berneck. En sortant de Berneck, le chemin est bordé de peupliers, dont l'avenue tournoyante m'inspirait je ne sais quel sentiment mêlé de plaisir et de tristesse. En fouillant dans ma mémoire, j'ai trouvé qu'ils ressemblaient aux peupliers dont le grand chemin était aligné autrefois du côté de Paris, à l'entrée de Villeneuve-sur-Yonne. Madame de Beaumont n'est plus ; M. Joubert n'est plus[6] ; les peupliers sont abattus, et, après la quatrième chute de la monarchie, je passe au pied des peupliers de Berneck : « Donnez-moi, dit saint Augustin, un homme qui aime, et il comprendra ce que je dis[7]. »

La jeunesse se rit de ces mécomptes ; elle est charmante, heureuse *(b)* ; en vain vous lui annoncez le moment où elle en sera à de pareilles amertumes ; elle vous choque de son aile légère et s'envole aux plaisirs : elle a raison, si elle meurt avec eux.

Voici Baireuth, réminiscence d'une autre sorte. Cette ville est située au milieu d'une plaine creuse mélangée de céréales et d'herbages : les rues en sont larges, les maisons basses, la population faible. Du temps de Voltaire et de Frédéric II, la margrave de Baireuth était célèbre : sa mort[8] inspira au chantre de Ferney la seule ode où il ait montré quelque talent lyrique.

Tu ne chanteras plus, solitaire Sylvandre,
Dans ce palais des arts où les sons de ta voix
Contre les préjugés osaient se faire entendre,
Et de l'humanité faisaient parler les droits.

4.
Chateaubriand indique dans la *Défense du Génie du Christianisme* : « L'auteur [...] trouva cette histoire presque naturalisée chrétienne dans une vieille ballade de Pèlerin, que les paysans chantent encore dans plusieurs provinces » (Pléiade, p. 1103).

5.
Le mot *sings*, d'après M. Levaillant, aurait plutôt une origine flamande ou celtique ; peut-être s'agit-il d'une ballade que Chateaubriand chantait dans son enfance en Bretagne ; ballade ou complainte, elle n'a pas été identifiée.

6.
Voir les mêmes regrets *supra*, l. XXX, chap. 2, p. 1959.

7.
Saint Augustin, *Confessions* (trad. Arnauld d'Andilly).

François-Marie Arouet dit Voltaire (1694-1778).

8.

Le 6 octobre 1758, dans une lettre adressée par Frédéric II à Voltaire, le roi écrivait : « Il vous a été facile de juger ma douleur par la perte que j'ai faite. Il y a des malheurs réparables par la constance et par un peu de courage, mais il y en a d'autres contre lesquels toute la fermeté dont on veut s'armer, et tous les discours des philosophes ne sont que des secours vains et inutiles [...]. » Voltaire répondit dans une ode où la philosophie l'emporte sur l'oraison. Qu'on en juge : *« Sur la mort de son Altesse Royale Madame la margrave de Bareith. [...] Femme sans préjugés, sans vice et sans mollesse, / Tu bannis loin de toi la Superstition, / Fille de l'Imposture et de l'Ambition, / Qui tyrannise la Faiblesse. [...] Hélas ! si tes conseils avaient pu l'emporter / Sur le faux intérêt d'une aveugle vengeance, / Que de torrents de sang on eût vu s'arrêter ! / Quel bonheur t'aurait dû la France ! [...] »* (Voltaire, *Œuvres*, éd. Beuchot, t. VIII, p. 462).

Le poète se loue ici justement, si ce n'est qu'il n'y avait rien de moins solitaire au monde que Voltaire-Sylvandre. Le poète ajoute, en s'adressant à la margrave :

Des tranquilles hauteurs de la philosophie,
Ta pitié contemplait, avec des yeux sereins,
Les fantômes changeants du songe de la vie,
Tant de rêves détruits, tant de projets si vains.

Du haut d'un palais il est aisé de contempler avec des yeux sereins les pauvres diables qui passent dans la rue, mais ces vers n'en sont pas moins d'une raison puissante... Qui les sentirait mieux que moi ? J'ai vu défiler tant de fantômes à travers le songe de la vie ! Dans ce moment même, ne viens-je pas de contempler les trois larves[9] royales du château de Prague et la fille de Marie-Antoinette à Carlsbad ? En 1733, il y a juste un siècle, de quoi s'occupait-on ici ? avait-on la moindre idée de ce qui est aujourd'hui ? Lorsque Frédéric se mariait en 1733, sous la rude tutelle de son père, avait-il vu dans Matthieu Laensberg[10] M. de Tournon intendant de Baireuth, et quittant cette intendance pour la *préfecture* de Rome[11] ? En 1933, le voyageur passant en Franconie demandera à mon ombre si j'aurais pu deviner les faits dont il sera le témoin.

Tandis que je déjeunais, j'ai lu des leçons qu'une dame allemande, jeune et jolie nécessairement, écrivait sous la dictée d'un maître :

« Celui *qu'il* est content, est riche. Vous et *je* nous avons peu d'argent ; mais nous sommes *content*. Nous sommes *ainci* à mon avis plus riches que tel qui a *un* tonne d'or, et il est. »

C'est vrai, mademoiselle, *vous* et *je* avons peu d'argent ; vous êtes contente, à ce qu'il paraît, et vous vous moquez d'une tonne d'or ; mais si par hasard je n'étais pas content, moi, vous conviendrez qu'une tonne d'or pourrait m'être assez agréable.

9.
Il ne faut pas entendre le mot au sens littéral, qui serait injurieux pour Charles X et sa famille ; il désigne, par référence à l'Antiquité romaine, des fantômes inquiets, privés de leurs pénates, sans protection. Il n'en demeure pas moins que la connotation demeure quelque peu impertinente.

10.
Mathématicien et astrologue populaire, dit le Nostradamus liégeois, dont l'*Almanach de Liège* parut à partir de 1635. Le rapprochement entre le mariage de Frédéric avec Élisabeth de Brunswick (1733), et le comte de Tournon, fonctionnaire impérial sous Napoléon Ier, a quelque chose de forcé et d'artificiel.

11.
Le comte de Tournon avait été intendant de Bayreuth, puis préfet de Rome de 1809 à 1814.

Au sortir de Baireuth, on monte. De minces pins élagués me représentaient les colonnes de la mosquée du Caire, ou de la cathédrale de Cordoue[12], mais rapetissées et noircies, comme un paysage reproduit dans la chambre obscure[13]. Le chemin continue de coteaux en coteaux et de vallées en vallées; les coteaux larges avec un toupet de bois au front, les vallées étroites et vertes, mais peu arrosées. Dans le point le plus bas de ces vallées, on aperçoit un hameau indiqué par le campanile d'une petite église. Toute la civilisation chrétienne s'est formée de la sorte: le missionnaire devenu curé s'est arrêté; les Barbares se sont cantonnés autour de lui, comme les troupeaux se rassemblent autour du berger. Jadis ces réduits écartés m'auraient fait rêver de plus d'une espèce de songe; aujourd'hui je ne rêve rien et ne suis bien nulle part.

Baptiste souffrant d'un excès de fatigue m'a contraint de m'arrêter à Hohlfeld. Tandis qu'on apprêtait le souper, je suis monté au rocher qui domine une partie du village. Sur ce rocher s'allonge un beffroi carré; des martinets criaient en rasant le toit et les faces du donjon. Depuis mon enfance à Combourg, cette scène composée de quelques oiseaux et d'une vieille tour ne s'était pas reproduite; j'en eus le cœur tout serré. Je descendis à l'église sur un terrain pendant à l'ouest; elle était ceinte de son cimetière délaissé des nouveaux défunts. Les anciens morts y ont seulement tracé leurs sillons; preuve qu'ils ont labouré leur champ. Le soleil couchant, pâle et noyé à l'horizon d'une sapinière, éclairait le solitaire asile où nul autre homme que moi n'était debout. Quand serai-je couché à mon tour? Êtres de néant et de ténèbres, notre impuissance et notre puissance sont fortement caractérisées: nous ne pouvons nous procurer à volonté ni la lumière ni la vie; mais la nature, en nous donnant des paupières et une main, a mis à notre disposition la nuit et la mort[14].

Entré dans l'église dont la porte entre-bâillait, je me suis agenouillé avec l'intention de dire un *Pater* et un *Ave* pour le repos de l'âme de ma mère; servitudes d'immortalité imposées aux âmes chrétiennes dans leur

---

12.
Que Chateaubriand avait visitée à la diable (voir *Les Aventures du dernier Abencérage*, éd. M.-J. Durry et P. Hazard, préface, p. XII).

13.
Ce n'est qu'en 1839 que Niepce et Daguerre réussirent à fixer l'image, renvoyée par la chambre obscure, par la photographie. On peut regretter que Chateaubriand ne se soit pas prêté à ces premières expérimentations et que nous ne conservions ainsi aucun portrait photographié de l'auteur des *Mémoires d'outre-tombe*.

14.
Chateaubriand fut à plusieurs reprises tenté par le suicide (notamment à Niagara); voir *supra*, l. VII, chap. 8, p. 447.

mutuelle tendresse. Voilà que j'ai cru entendre le guichet d'un confessionnal s'ouvrir; je me suis figuré que la mort, au lieu d'un prêtre, allait apparaître à la grille de la pénitence. Au moment même le sonneur de cloches est venu fermer la porte de l'église, je n'ai eu que le temps de sortir.

En retournant à l'auberge, j'ai rencontré une petite hotteuse[15]: elle avait les jambes et les pieds nus; sa jupe était courte, son corset déchiré; elle marchait courbée et les bras croisés. Nous montions ensemble un chemin escarpé; elle tournait un peu de mon côté son visage hâlé: sa jolie tête échevelée se collait contre sa hotte. Ses yeux étaient noirs; sa bouche s'entr'ouvrait pour respirer: on voyait que, sous ses épaules chargées, son jeune sein n'avait encore senti que le poids de la dépouille des vergers. Elle donnait envie de lui dire des roses: Ρόδα μ' εἴ ρηχαζ[16]. (Aristophane.)

Je me mis à tirer l'horoscope de l'adolescente vendangeuse: vieillira-t-elle au pressoir, mère de famille obscure et heureuse? Sera-t-elle emmenée dans les camps par un caporal? Deviendra-t-elle la proie de quelque Don Juan? La villageoise enlevée aime son ravisseur autant d'étonnement que d'amour; il la transporte dans un palais de marbre sur le détroit de Messine, sous un palmier au bord d'une source, en face de la mer qui déploie ses flots d'azur, et de l'Etna qui jette des flammes.

J'en étais là de mon histoire, lorsque ma compagne, tournant à gauche sur une grande place, s'est dirigée vers quelques habitations isolées. Au moment de disparaître, elle s'est arrêtée; elle a jeté un dernier regard sur l'étranger; puis, inclinant la tête pour passer avec sa hotte sous une porte abaissée, elle est entrée dans une chaumière, comme un petit chat sauvage se glisse dans une grange parmi des gerbes. Allons retrouver dans sa prison Son Altesse Royale madame la duchesse de Berry.

Je la suivis, mais je pleurai
De ne pouvoir plus suivre qu'elle[17].

Mon hôte de Hohlfeld est un singulier homme: lui et sa servante sont aubergistes à leur corps défendant; ils ont horreur des voyageurs. Quand ils découvrent de loin une voiture, ils se vont cacher en maudis-

---

15.
Celle qui porte la hotte.

16.
Aristophane: «Tu me dis des roses!» (*Nuées*, v. 910).

17.
Vers qui terminent les *Stances à Mme du Châtelet*, et où le «la» (dans «je *la* suivis») désigne l'amitié par opposition à l'amour. *«Si vous voulez que j'aime encore / Rendez-moi le temps des amours [...]»* (Voltaire, *Œuvres*, éd. Beuchot, 1833, t. XII, p. 519).

sant ces vagabonds qui n'ont rien à faire et courent les grands chemins, ces fainéants qui dérangent un honnête cabaretier et l'empêchent de boire le vin qu'il est obligé de leur vendre. La vieille voit bien que son maître se ruine; mais elle attend pour lui un coup de la Providence; comme Sancho elle dira: «Monsieur, acceptez ce beau royaume de Micomicon, qui vous tombe du ciel dans la main[18].»

Une fois le premier mouvement d'humeur passé, le couple, flottant entre deux vins, fait bonne mine. La chambrière écorche un peu le français, vous bigle[19] ferme, et a l'air de vous dire: «J'ai vu d'autres godelureaux que vous dans les armées de Napoléon!» Elle sentait la pipe et l'eau-de-vie comme la gloire au bivouac; elle me jetait une œillade agaçante et maligne: qu'il est doux d'être aimé au moment même où l'on n'avait plus d'espérance de l'être! Mais, Javotte, vous venez trop tard à mes *tentations cassées et mortifiées*, comme parlait un ancien Français[20]; mon arrêt est prononcé: «Vieillard harmonieux, repose-toi», m'a dit M. Lherminier[21]. Vous le voyez, bienveillante étrangère, il m'est défendu d'entendre votre chanson:

Vivandière du régiment,
Javotte *l'on me nomme.*
Je vends, je donne et bois gaîment
Mon vin et mon rogome.
J'ai le pied leste et l'œil mutin,
Tin tin, tin tin, tin tin, tin tin,
R'lin tin tin[22].

18.
Don Quichotte, Ire partie, chap. XXX.

19.
Ce verbe populaire, voire argotique, qui signifie regarder quelqu'un avec curiosité, insistance ou envie, et qui appartient davantage au langage de Céline ou de Queneau, est l'une de ces échappées que s'autorise Chateaubriand hors du langage soutenu dans lequel sont écrits les *Mémoires d'outre-tombe*. Le contraste n'en est que plus savoureux.

20.
Montaigne, «Du repentir», *Essais*, l. III, chap. 2.

21.
Dans un article de la *Revue des Deux Mondes* (15 octobre 1832): «De l'opinion légitimiste: M. de Chateaubriand».

22.
Début de *La Vivandière* de Béranger, chanson publiée en 1817. Chateaubriand a changé le nom de la vivandière et doit ainsi omettre le dernier vers; on retrouve ici la pudeur de l'auteur: *«Vivandière du régiment, / C'est Catin qu'on me nomme. [...] J'ai le pied leste et l'œil mutin, [...] Soldats, voilà Catin!»* (*Œuvres*, t. I, pp. 239-241).

C'est encore pour cela que je me refuse à vos séductions ; vous êtes légère ; vous me trahiriez. Volez donc, dame Javotte de Bavière, comme votre devancière, madame Isabeau[23] !

23.
La régente, après la folie du roi Charles VI, prit le parti des Bourguignons et des Anglais et signa le traité de Troyes (1420) qui enlevait à son fils, Charles, la succession au trône au profit d'Henri VI d'Angleterre, qui épousait sa fille Catherine.

Bamberg. – Une bossue. – Würtzbourg : ses chanoines. – Un ivrogne. – L'hirondelle.

2 juin 1833.

Parti de Hohlfeld, il est nuit quand je traverse Bamberg. Tout dort: je n'aperçois qu'une petite lumière dont la débile clarté vient du fond d'une chambre pâlir à une fenêtre. Qui veille ici? le plaisir ou la douleur? l'amour ou la mort?

À Bamberg, en 1815, Berthier, prince de Neuchâtel, tomba d'un balcon dans la rue: son maître allait tomber de plus haut[1].

Dimanche, 2 juin.

À Dettelbach, réapparition des vignes. Quatre végétaux marquent la limite de quatre natures et de quatre climats: le bouleau, la vigne, l'olivier et le palmier, toujours en marchant vers le soleil.

Après Dettelbach, deux relais jusqu'à Würtzbourg, et une bossue assise derrière ma voiture; c'était l'Andrienne de Térence: *inopia egregia forma, aetate integra*[2]. Le postillon la veut faire descendre; je m'y oppose

1.
Le maréchal Berthier, prince de Neuchâtel et de Wagram, l'un des favoris de Napoléon, avait en 1814 abandonné l'empereur et juré fidélité à Louis XVIII, qui le nomma pair de France. Au 20 mars, il suivit d'abord le roi à Gand; mais mal vu de la petite Cour du roi, il se retira à Bamberg, en Bavière. Le désespoir semble s'être emparé de lui. Le 1er juin 1815, un régiment russe, musique en tête, passa sous ses fenêtres, se dirigeant vers la France. À cette vue, comme subitement frappé de folie, Berthier se précipita du balcon de son château sur le pavé et se tua. Voir *supra*, l. XXVIII, chap. 4, p. 1786.

2.
Citation tronquée et plaisante de Térence: «D'Andros, elle vint s'établir ici dans notre voisinage, forcée par la misère et par l'indifférence de ses proches, remarquablement belle, et dans la fleur de l'âge» (*Andrienne*, v. 70-73).

pour deux raisons : 1° parce que je craindrais que cette fée me jetât un sort ; 2° parce qu'ayant lu dans une de mes biographies[3] que je suis bossu, toutes les bossues sont mes sœurs. Qui peut s'assurer de n'être pas bossu ? qui vous dira jamais que vous l'êtes ? Si vous vous regardez au miroir, vous n'en verrez rien : se voit-on jamais tel qu'on est ? Vous trouverez à votre taille un tour qui vous sied à merveille. Tous les bossus sont fiers et heureux ; la chanson consacre les avantages de la bosse[4]. À l'ouverture d'un sentier, ma bossue, affistolée, mit pied à terre majestueusement : chargée de son fardeau, comme tous les mortels, Serpentine s'enfonça dans un champ de blé, et disparut parmi les épis plus hauts qu'elle.

À midi, 2 juin, j'étais arrivé au sommet d'une colline d'où l'on découvrait Würtzbourg. La citadelle sur une hauteur, la ville au bas avec son palais, ses cloches et ses tourelles. Le palais, quoique épais, serait beau même à Florence ; en cas de pluie, le prince pourrait mettre tous ses sujets à l'abri dans son château, sans leur céder son appartement.

L'évêque de Würtzbourg était autrefois souverain à la nomination des chanoines du chapitre. Après son élection, il passait, nu jusqu'à la ceinture, entre ses confrères rangés sur deux files ; ils le fustigeaient. On espérait que les princes, choqués de cette manière de sacrer un dos royal, renonceraient à se mettre sur les rangs. Aujourd'hui cela ne réussirait pas : il n'est pas de descendant de Charlemagne qui ne se laissât fouetter trois jours de suite pour obtenir la couronne d'Yvetot[5].

3.

Voir Scipion Marin, *Histoire de la vie et des ouvrages de M. de Chateaubriand* (1832), t. I, pp. 14-16. M. Duchemin a réuni divers témoignages de contemporains sur ce sujet (*in Chateaubriand*, pp. 436-437, note 4). Lamartine, dans sa description de l'Abbaye-aux-Bois, relève chez Chateaubriand « la disgrâce de ses épaules inégales, de sa taille courte, de ses jambes grêles » (cité par Sainte-Beuve, *Chateaubriand et son groupe littéraire*, t. II, p. 388). Ce à quoi Sainte-Beuve réplique : « Elles n'étaient pas inégales, ces épaules ; M. de Chateaubriand avait une trop forte tête, la plus belle du monde, sur un trop petit corps ; cette tête était un peu engoncée dans les épaules qui étaient trop hautes ; mais il avait une constitution saine, robuste, plus robuste que celle de M. de Lamartine lui-même » (*ibid.*, t. II, p. 389, note).

4.

Allusion à la chanson alors populaire : *« Depuis longtemps, je me suis aperçu / De l'agrément qu'on a d'être bossu [...]. »*

5.

Allusion à la chanson de Béranger, *Le Roi d'Yvetot*, monarque débonnaire dont l'absence d'éclat et de gloire contraste avec le grand fracas de Napoléon. La chanson, composée en 1823, était fort goûtée par Louis XVIII. En voici quelques extraits : *« Il était un roi d'Yvetot / Peu connu dans l'histoire, / Se levant tard, se couchant tôt, / Dormant fort bien sans gloire ; [...] Il n'agrandit point ses États, / Fut un voisin commode, / Et, modèle des potentats, / Prit le plaisir pour code. / Ce n'est que lorsqu'il expira / Que le peuple qui l'enterra / Pleura. / Oh ! oh ! oh ! oh ! ah ! ah ! ah ! ah ! / Quel bon petit roi c'était là ! / La, la »* (voir *Œuvres*, t. I, pp. 1-3).

J'ai vu le frère de l'empereur d'Autriche[6], duc de Würtzbourg ; il chantait à Fontainebleau très-agréablement, dans la galerie de François Ier, aux concerts de l'impératrice Joséphine.

On a retenu Schwartz deux heures au bureau des passe-ports. Laissé avec ma voiture dételée devant une église, j'y suis entré : j'ai prié avec la foule chrétienne, qui représente la vieille société au milieu de la nouvelle. Une procession est sortie et a fait le tour de l'église ; que ne suis-je moine sur les murs de Rome ! les temps auxquels j'appartiens s'accompliraient en moi. Quand les premières semences de la religion germèrent dans mon âme, je m'épanouissais comme une terre vierge qui, délivrée de ses ronces, porte sa première moisson. Survint une brise aride et glacée, et la terre se dessécha. Le ciel en eut pitié ; il lui rendit ses tièdes rosées ; puis la bise souffla de nouveau. Cette alternative de doute et de foi a fait longtemps de ma vie un mélange de désespoir et d'ineffables délices. Ma bonne sainte mère, priez pour moi Jésus-Christ : votre fils a besoin d'être racheté plus qu'un autre homme.

Je quitte Würtzbourg à quatre heures et prends la route de Mannheim. Entrée dans le duché de Bade ; village en goguette ; un ivrogne me donne la main en criant : *Vive l'Empereur !* Tout ce qui s'est passé, à compter de la chute de Napoléon, est en Allemagne comme non avenu. Ces hommes, qui se sont levés pour arracher leur indépendance nationale à l'ambition de Bonaparte, ne rêvent que de lui, tant il a ébranlé l'imagination des peuples, depuis les Bédouins sous leurs tentes jusqu'aux Teutons dans leurs huttes.

À mesure que j'avançais vers la France, les enfants devenaient plus bruyants dans les hameaux, les postillons allaient plus vite : la vie renaissait.

À Bischofsheim, où j'ai dîné, une jolie curieuse s'est présentée à mon grand couvert : une hirondelle, vraie Procné, à la poitrine rougeâtre, s'est venue percher à ma fenêtre ouverte, sur la barre de fer qui soutenait l'enseigne du *Soleil d'Or* ; puis elle a ramagé le plus doucement du monde, en me regardant d'un air de connaissance et sans montrer la moindre frayeur. Je ne me suis jamais plaint d'être réveillé par la fille de Pandion ; je ne l'ai jamais appelée *babillarde*, comme Anacréon[7] : j'ai

6. Il s'agit de l'archiduc Ferdinand d'Autriche (1769-1824), frère de l'empereur François Ier, grand-duc de Toscane, puis duc de Würtzbourg de 1805 à 1814, et de nouveau grand-duc de Toscane à partir de 1814.

7. Voir l'*Ode XII* d'Anacréon et, dans les *Lyriques grecs* de Bergk (t. III, p. 671), le texte de la chanson populaire dite *Chélidonisme*, du nom grec de l'hirondelle, que Chateaubriand traduit ici à sa manière (voir ci-dessous, note 8 ce qu'en dit Marcellus).

toujours au contraire salué son retour de la chanson des enfants de l'île de Rhodes : « Elle vient, elle vient l'hirondelle, ramenant le beau temps et les belles années ! ouvrez, ne dédaignez pas l'hirondelle[8]. »

« François, m'a dit ma convive de Bischofsheim, ma trisaïeule logeait à Combourg, sous les chevrons de la couverture de ta tourelle ; tu lui tenais compagnie chaque année en automne, dans les roseaux de l'étang, quand tu rêvais le soir avec ta sylphide. Elle aborda ton rocher natal le jour même que tu t'embarquais pour l'Amérique, et elle suivit quelque temps ta voile. Ma grand'mère nichait à la croisée de Charlotte[9] ; huit ans après, elle arriva à Jaffa avec toi ; tu l'as remarqué dans ton *Itinéraire*[10]. Ma mère, en gazouillant à l'aurore, tomba un jour par la cheminée dans ton cabinet aux *Affaires étrangères*[11] ; tu lui ouvris la fenêtre. Ma mère a eu plusieurs enfants ; moi qui te parle, je suis de son dernier nid ; je t'ai déjà rencontré sur l'ancienne voie de Tivoli dans la campagne de Rome : t'en souviens-tu ? Mes plumes étaient si noires et si lustrées ! tu me regardas tristement. Veux-tu que nous nous envolions ensemble ?

8.
Ce dialogue de Chateaubriand et de l'hirondelle, dont le ton rappelle les épigrammes de l'*Anthologie grecque*, date de Londres. « En 1822 par un des jours les moins nébuleux de l'été de Londres, M. de Chateaubriand me proposa de l'accompagner dans sa promenade favorite aux ombrages les moins fréquentés de Kensington-Garden : il s'arrêta longtemps aux bords de Serpentine-River, occupé à regarder les jeux des hirondelles sur la surface unie du petit lac ; puis, se trouvant dans une veine d'expansion toujours fort rare chez lui : "Connaissez-vous, me dit-il, la physionomie de l'hirondelle, s'il faut parler comme notre siècle, tracée par la main de Buffon ?" » Se souvenant de ses travaux d'écolier, Marcellus cita une traduction du *Chélidonisme*, conservée par Athénée. « M. de Chateaubriand écouta ma récitation comme l'écho d'un souvenir de son jeune âge, écrit-il ; puis, après un moment de silence : "Tout cela, c'est du style affecté, croyez-moi [...]. J'aime mieux (et en cela comme en bien d'autres choses, je prends pour mon patron Alceste le misanthrope), oui, j'aime mieux la chanson grecque toute naïve : – Voici venir l'hirondelle qui ramène les beaux jours ; blanche sous le ventre, noire sur le dos. Ouvrez, ne dédaignez pas l'hirondelle. Au reste, continua-t-il, ce matin, vers l'aube, rêvant éveillé dans mon lit, selon ma coutume, je me suis imaginé entendre une hirondelle gazouiller sur le volet de ma fenêtre ; c'était peut-être un de ces moineaux noircis de fumée qui nichent dans les cheminées de Londres, et qui, au centre de la civilisation anglaise, perdent leur couleur, comme tant d'autres animaux y laissent leur naturel, et presque leur instinct. Quoi qu'il en soit de mes illusions, je me suis mis de rêve en rêve, à converser avec l'hirondelle travestie en moineau, et je lui ai adressé des paroles que je suis allé écrire dès que le jour plus grand m'a éclairé. Les voici. Relisons-les à l'ombre au milieu des bois ; c'est le lieu véritable de la scène." Et l'ambassadeur me tendit un papier sillonné tout de travers par les grosses lignes de son écriture si familière à mes yeux, si lisible même dans son incorrection, préférée par Louis XVIII à toute autre, et que je déchiffrais journellement sur les brouillons raturés de ses dépêches. [...] Cette charmante invocation à l'hirondelle ne devait pas s'envoler avec le songe qui l'avait fait naître, et je l'ai retrouvée dans les *Mémoires d'Outre-Tombe*, autrement encadrée sans doute, mais toujours amenée par les réminiscences de la chanson grecque, qui réveillait chez M. de Chateaubriand de si doux souvenirs » (Marcellus, *Chateaubriand et son temps*, pp. 460-464).

Le Château de Combourg.

9.
À Bungay, chez les Ives (voir *supra*, l. X, chap. 9, p. 640 *sqq.*).

10.
Le manuscrit de 1847 porte : « tu l'as remarquée ». Dans l'*Itinéraire*, Chateaubriand raconte son arrivée à Jaffa, où il vit l'hirondelle et deux bergeronnettes se poser sur le vaisseau (Pléiade, pp. 959-960).

11.
Chateaubriand, dans le *Congrès de Vérone* (rééd. Slatkine, p. 468), commence ainsi le récit de son renvoi du ministère des Affaires étrangères : « Le 6 [juin 1824] au matin, nous ne dormions pas ; l'aube murmurait dans le petit jardin ; les oiseaux gazouillaient : nous entendîmes l'aurore se lever ; une hirondelle tomba par notre cheminée dans notre chambre : nous lui ouvrîmes la fenêtre : si nous avions pu nous envoler avec elle ! »

– Hélas ! ma chère hirondelle, qui sais si bien mon histoire, tu es extrêmement gentille ; mais je suis un pauvre oiseau mué, et mes plumes ne reviendront plus ; je ne puis donc m'envoler avec toi. Trop lourd de chagrins et d'années, me porter te serait impossible. Et puis où irions-nous ? le printemps et les beaux climats ne sont plus de ma saison. À toi l'air et les amours, à moi la terre et l'isolement. Tu pars ; que la rosée rafraîchisse tes ailes ! qu'une vergue hospitalière se présente à ton vol fatigué, lorsque tu traverseras la mer d'Ionie ! qu'un octobre serein te sauve du naufrage ! Salue pour moi les oliviers d'Athènes et les palmiers de Rosette. Si je ne suis plus quand les fleurs te ramèneront, je t'invite à mon banquet funèbre : viens au soleil couchant happer des moucherons sur l'herbe de ma tombe ; comme toi, j'ai aimé la liberté, et j'ai vécu de peu. »

Auberge de Wiesenbach. – Un Allemand et sa femme. – Ma vieillesse. – Heidelberg. – Pèlerins. – Ruines. – Mannheim.

3 et 4 juin 1833.

Je me mis moi-même en route par terre, quelques instants après que l'hirondelle eut appareillé. La nuit fut couverte; la lune se promenait, affaiblie et rongée, entre des nuages; mes yeux à moitié endormis se fermaient en la regardant; je me sentais comme expirer à la lumière mystérieuse qui éclaire les ombres: «J'éprouvais je ne sais quel paisible accablement, avant-coureur du dernier repos[1].» (Manzoni.)

Je m'arrête à Wiesenbach: auberge solitaire, étroit vallon cultivé entre deux collines boisées. Un Allemand de Brunswick, voyageur comme moi, ayant entendu prononcer mon nom, accourt. Il me serre la main, me parle de mes ouvrages; sa femme, me dit-il, apprend à lire le français dans le *Génie du Christianisme.* Il ne cessait de s'étonner de ma *jeunesse.* «Mais, a-t-il ajouté, c'est la faute de mon jugement; je devais vous croire, à vos derniers ouvrages, aussi jeune que vous me le paraissez.»

Ma vie a été mêlée à tant d'événements que j'ai, dans la tête de mes lecteurs, l'ancienneté de ces événements mêmes. Je parle souvent de ma tête grise: calcul de mon amour-propre, afin qu'on s'écrie en me voyant: «Ah! il n'est pas si vieux!» On est à l'aise avec des cheveux blancs: on

---

1. Manzoni, *Adelchi*, acte IV, scène 1, v. 15-16: *«[...] sento una pace / Stanca, foriera della tomba [...].»* «[...] je sens une paix lasse, avant-coureur de la tombe [...].» C'est la scène de la mort d'Hermengarde, fille du roi Didier, répudiée par Charlemagne et retirée dans un couvent, alors que son frère Adelchi combat avec intrépidité encore avec le sentiment de servir une cause perdue. La tragédie se déroule au VIIIe siècle, au moment de l'effondrement du royaume lombard attaqué par Charlemagne.

s'en peut vanter; se glorifier d'avoir les cheveux noirs serait de bien mauvais goût: grand sujet de triomphe d'être comme votre mère vous a fait! mais être comme le temps, le malheur et la sagesse vous ont mis, c'est cela qui est beau! Ma petite ruse m'a réussi quelquefois. Tout dernièrement un prêtre avait désiré me connaître; il resta muet à ma vue; recouvrant enfin la parole, il s'écria: «Ah! monsieur, vous pourrez donc encore combattre longtemps pour la foi!»

Un jour, passant par Lyon, une dame m'écrivit; elle me priait de donner une place à sa fille dans ma voiture et de la mener à Paris. La proposition me parut singulière; mais enfin, vérification faite de la signature, l'inconnue se trouve être une dame fort respectable; je répondis poliment. La mère se présenta avec sa fille, divinité de seize ans. La mère n'eut pas plutôt jeté les yeux sur moi, qu'elle devint rouge écarlate; sa confiance l'abandonna: «Pardonnez, monsieur, me dit-elle en balbutiant: je n'en suis pas moins remplie de considération… Mais vous comprendrez les convenances… Je me suis trompée… Je suis si surprise…» J'insistai en regardant ma future compagne, qui semblait rire du débat; je me confondais en protestations que je prendrais tous les soins imaginables de cette belle jeune personne; la mère s'anéantissait en excuses et en révérences. Les deux dames se retirèrent. J'étais fier de leur avoir fait tant de peur. Pendant quelques heures, je me crus rajeuni par l'Aurore. La dame s'était figuré que l'auteur du *Génie du Christianisme* était un vénérable abbé de Chateaubriand, vieux bonhomme grand et sec, prenant incessamment du tabac dans une énorme tabatière de fer blanc, et lequel pouvait très-bien se charger de conduire une innocente pensionnaire au Sacré-Cœur.

On racontait à Vienne, il y a deux ou trois lustres, que je vivais tout seul dans une certaine vallée appelée la Vallée-aux-Loups. Ma maison était bâtie dans une île: lorsqu'on voulait me voir, il fallait sonner du cor au bord opposé de la rivière. (La rivière à Châtenay[2]!) Alors, je regardais par un trou: si la compagnie me plaisait (chose qui n'arrivait guère), je venais moi-même la chercher dans un petit bateau; sinon, non. Le soir, je tirais mon canot à terre, et l'on n'entrait point dans mon île. Au fait, j'aurais dû vivre ainsi; cette histoire de Vienne m'a toujours charmé: M. de Metternich ne l'a pas sans doute inventée; il n'est pas assez mon ami pour cela.

2.
Il passe dans la propriété un petit ru, dit «ru d'Aulnay», qui, étant donné la profondeur de son lit, pouvait avoir un aspect presque torrentueux lors des grandes crues. Ce ru a malheureusement été tari lors des grands travaux d'urbanisation entrepris à Châtenay-Malabry à l'époque du Front populaire.

J'ignore ce que le voyageur allemand aura dit de moi à sa femme, et s'il se sera empressé de la détromper sur ma caducité. Je crains d'avoir les inconvénients des cheveux noirs et des cheveux blancs, et de n'être ni assez jeune ni assez sage. Au surplus, je n'étais guère en train de coquetterie à Wiesenbach; une bise triste gémissait sous les portes et dans les corridors de l'hôtellerie: quand le vent souffle, je ne suis plus amoureux que de lui.

De Wiesenbach à Heidelberg on suit le cours du Neckar, encaissé par des collines qui portent des forêts sur un banc de sable et de sulfate sanguine. Que de fleuves j'ai vu couler! Je rencontrai des pèlerins de Walthuren: ils formaient deux files parallèles des deux côtés du grand chemin; les voitures passaient au milieu. Les femmes marchaient pieds nus, un chapelet à la main, un paquet de linge sur la tête; les hommes nu-tête, le chapelet aussi à la main. Il pleuvait; dans quelques endroits, les nues aqueuses rampaient sur le flanc des collines. Des bateaux chargés de bois descendaient la rivière, d'autres la remontaient à la voile ou à la traîne. Dans les brisures des collines, étaient des hameaux parmi les champs, au milieu de riches potagers ornés de rosiers du Bengale et différents arbustes à fleurs. Pèlerins, priez pour mon pauvre petit Roi: il est exilé, il est innocent; il commence son pèlerinage quand vous accomplissez le vôtre et quand je finis le mien. S'il ne doit pas régner, ce me sera toujours quelque gloire d'avoir attaché le débris d'une si grande fortune à ma barque de sauvetage. Dieu seul donne le bon vent et ouvre le port.

En approchant de Heidelberg, le lit du Neckar, semé de rochers, s'élargit. On aperçoit le port de la ville et la ville elle-même qui fait bonne contenance. Le fond du tableau est terminé par un haut horizon terrestre: il semble barrer le fleuve.

Un arc de triomphe en pierres rouges annonce l'entrée de Heidelberg. À gauche, sur une colline, s'élèvent les ruines d'un château du Moyen Âge. À part leur effet pittoresque et quelques traditions populaires, les débris du temps gothique n'intéressent que les peuples dont ils sont l'ouvrage. Un Français s'embarrasse-t-il des Seigneurs Palatins, des Princesses Palatines, toutes grasses, toutes blanches qu'elles aient été, avec des yeux bleus? On les oublie pour sainte Geneviève de Brabant[3]. Dans ces débris modernes, rien de commun aux peuples modernes, sinon la physionomie chrétienne et le caractère féodal.

3.
Héroïne d'une légende populaire médiévale dont la première version se trouve dans *La Légende dorée.* Cette légende sera ensuite adaptée par Nivelle de La Chaussée dans une de ses comédies larmoyantes et souvent reprise par les romantiques allemands.

Il en est autrement (sans compter le soleil) des monuments de la Grèce et de l'Italie; ils appartiennent à toutes les nations; ils en commencent l'histoire; leurs inscriptions sont écrites dans des langues que tous les hommes civilisés connaissent. Les ruines mêmes de l'Italie renouvelée ont un intérêt général, parce qu'elles sont empreintes du sceau des arts, et les arts tombent dans le domaine public de la société. Une fresque du Dominiquin ou du Titien, qui s'efface; un palais de Michel-Ange ou de Palladio, qui s'écroule, mettent en deuil le génie de tous les siècles.
On montre à Heidelberg un tonneau démesuré, Colisée en ruine des ivrognes; du moins aucun chrétien n'a perdu la vie dans cet amphithéâtre des Vespasiens du Rhin; la raison, oui: ce n'est pas grande perte.
Au débouché de Heidelberg, les collines à droite et à gauche du Neckar s'écartent, et l'on entre dans une plaine. Une chaussée tortueuse, élevée de quelques pieds au-dessus du niveau des blés, se dessine entre deux rangées de cerisiers maltraités du vent et de noyers *souvent du passant insultés*[4].
À l'entrée de Mannheim, on traverse des plants de houblon dont les longs échalas secs n'étaient encore décorés qu'au tiers de leur hauteur par la liane grimpante. Julien l'Apostat a fait contre la bière une jolie épigramme[5]; l'abbé de La Bletterie l'a imitée avec assez d'élégance:

Tu n'es qu'un faux Bacchus, ...
J'en atteste le véritable.
....

Que le Gaulois, pressé d'une soif éternelle,
Au défaut de la grappe ait recours aux épis,
De Cérès qu'il vante le fils:
Vive le fils de Sémélé!

Quelques vergers, des promenades ombragées de saules, à toute venue, forment le faubourg verdoyant de Mannheim. Les maisons de la ville n'ont souvent qu'un étage au-dessus du rez-de-chaussée. La principale

---

4.
Il s'agit de la Seine: «*Tous ses bords sont couverts de saules non plantés / Et de noyers souvent du passant insultés [...]*» (Boileau, *Épître* VI, v. 12). Insulter dans le sens de faire acte d'agression ou de violence envers quelque chose; il est probable que les promeneurs «insultent» à coups de pierres les arbres pour faire tomber les noix.

5.
Anthologie grecque, l. IX, épigramme 368, *Sur le vin d'orge ou la bière*: «Qui es-tu? d'où viens-tu, nouveau Bacchus? Certes, je ne reconnais point en toi le Bacchus véritable, et je n'en sais pas d'autre que celui de Jupiter. Il a le parfum du nectar, et toi tu sens le bouc. Puisque, à défaut de raisins, les Celtes t'ont formé d'épis, il faut t'appeler le produit de Cérès et non de Bacchus.»

rue est large et plantée d'arbres au milieu : c'est encore une cité déchue. Je n'aime pas le faux or[6] : aussi n'ai-je jamais voulu d'or de Mannheim ; mais j'ai certainement de *l'or de Toulouse*[7], à en juger par les désastres de ma vie ; qui plus que moi cependant a respecté le temple d'Apollon ?

6.
À Mannheim, signale M. Levaillant, on confectionnait des bijoux en simili-or, d'où l'expression d'« or de Mannheim », qui désigne le faux or.

7.
Allusion à une vieille légende dont Aulu-Gelle a tiré un proverbe (*Nuits attiques*, III, 9, 7) pour parler d'un trésor qui porte malheur, déjà évoqué *supra*, l. XIV, chap. 2, p. 829.

Le Rhin. – Le Palatinat. – Armée aristocratique ; armée plébéienne. – Couvent et château. – Monts Tonnerre. – Auberge solitaire. – Kaiserslautern. – Sommeil. – Oiseaux. – Saarbruck.

3 et 4 juin 1833.

J'ai traversé le Rhin à deux heures de l'après-midi ; au moment où je passais, un bateau à vapeur remontait le fleuve. Qu'eût dit César s'il eût rencontré une pareille machine, lorsqu'il bâtissait son pont ?

De l'autre côté du Rhin, en face de Mannheim, on retrouve la Bavière, par une suite des odieuses coupures et des tripotages des traités de Paris, de Vienne et d'Aix-la-Chapelle. Chacun a fait sa part avec des ciseaux, sans égard à la raison, à l'humanité, à la justice, sans s'embarrasser du lopin de population qui tombait dans une gueule royale.

En roulant dans le Palatinat cis-rhénan, je songeais que ce pays formait naguère un département de la France[1], que la blanche Gaule était ceinte du Rhin, écharpe *bleue* de la Germanie. Napoléon, et la République avant lui, avaient réalisé le rêve de plusieurs de nos Rois et surtout de Louis XIV. Tant que nous n'occuperons pas nos frontières naturelles[2], il y aura guerre en Europe, parce que l'intérêt de la conservation pousse la France à saisir les limites nécessaires à son indépendance nationale. Ici nous avons planté des trophées pour réclamer en temps et lieu.

---

1. Le département de Mont-Tonnerre sous l'Empire, dont le chef-lieu était Mayence.

2. Chateaubriand était partisan de l'annexion de la rive gauche du Rhin. Mais sa conception des frontières nationales fut sujette à variations. Dans les *Réflexions politiques* (1814), il écrivait : « Grâce au Roi, au Roi seul, nous conservons tout entière la France de Louis XIV, agrandie de la Lorraine et d'une partie de la Savoie. Vauban en a posé les limites mieux qu'elles ne seraient marquées par les fleuves et les montagnes. L'étendue naturelle d'un empire n'est point fixée par des bornes géographiques, quoi qu'on en puisse dire, mais par

MAYENCE.

la conformité des mœurs et des langages : la France finit là où on ne parle plus français » (*in Grands Écrits politiques*, t. I, p. 228). La Révolution avait prétendu tout à la fois que « la liberté n'a pas de frontière » – les frontières devant être établies en fonction des vœux des populations – et dans le même temps que les frontières de la République étaient « marquées par la nature ». Chateaubriand, dans les *Réflexions politiques*, ouvrait la voie à Michelet, et plus encore à Renan, en définissant la nation comme une communauté de langues et de mœurs, enracinée dans la plus antique mémoire.

La plaine entre le Rhin et les monts Tonnerre est triste; le sol et les hommes semblent dire que leur sort n'est pas fixé, qu'ils n'appartiennent à aucun peuple; ils paraissent s'attendre à de nouvelles invasions d'armées, comme à de nouvelles inondations du fleuve. Les Germains de Tacite dévastaient de grands espaces à leurs frontières et les laissaient vides entre elles et les ennemis. Malheur à ces populations limitrophes qui cultivent les champs de bataille où les nations doivent se rencontrer!

En approchant de...[3], j'ai vu une chose mélancolique: un bois de jeunes pins de cinq à six pieds abattus et liés en fagots, une forêt coupée en herbe. J'ai parlé du cimetière de Lucerne où se pressent à part les sépultures des enfants[4]. Je n'ai jamais senti plus vivement le besoin de finir mes courses, de mourir sous la protection d'une main amie appliquée sur mon cœur pour l'interroger lorsqu'on dira: «Il ne bat plus.» Du bord de ma tombe, je voudrais pouvoir jeter en arrière un regard de satisfaction sur mes nombreuses années, comme un pontife arrivé au sanctuaire bénit la longue file de lévites qui lui servirent de cortège.

Louvois incendia le Palatinat[5]; malheureusement, la main qui tenait le flambeau était celle de Turenne. La révolution a ravagé le même pays, témoin et victime tour à tour de nos victoires aristocratiques et plébéiennes. Il suffit des noms des guerriers pour juger de la différence des temps: D'un côté Condé, Turenne, Créqui, Luxembourg, La Force, Villars; de l'autre Kellermann, Hoche, Pichegru, Moreau. Ne renions aucun de nos triomphes; les gloires militaires surtout n'ont connu que des ennemis de la France, et n'ont eu qu'une opinion: sur le champ de bataille, l'honneur et le péril nivellent les rangs. Nos pères appelaient le sang sorti d'une blessure non mortelle, *sang volage*: mot caractéristique de ce dédain de la mort, naturel aux Français dans tous les siècles. Les institutions ne peuvent rien changer à ce génie national.

3.
Le nom de la localité est resté en blanc dans le manuscrit.

4.
Chateaubriand, qui a visité le cimetière de Lucerne le 14 août 1832 (voir *supra*, l. XXXVI, chap. 11, p. 2474 *sqq.*), parle ici pour la première fois des sépultures d'enfants, à moins qu'il ne fasse allusion à un passage retranché et perdu.

5.
Le Palatinat rhénan, ravagé pendant la guerre de Trente Ans (il perdit les trois quarts de sa population), subit encore les dévastations de 1673, 1674 et 1689, infligées par l'armée française. Après les guerres de la Révolution, il fut partagé entre la France, le Bade et le Hesse-Darmstadt. Les traités de 1815 reconstituent un Palatinat bavarois, différent de l'ancien et limité à la rive gauche du Rhin, la Hesse et la Prusse se partageant le reste de son territoire.

Les soldats qui après la mort de Turenne disaient : « Qu'on lâche la Pie[6], nous camperons où elle s'arrêtera », auraient parfaitement valu les grenadiers de Napoléon.

Sur les hauteurs de Dunkeim, premier rempart des Gaules de ce côté, on découvre des assiettes de camps et des positions militaires aujourd'hui dégarnies de soldats : Burgondes, Francs, Goths, Huns, Suèves, flots du déluge des Barbares, ont tour à tour assailli ces hauteurs.

Non loin de Dunkeim, on aperçoit les éboulements d'un monastère. Les moines enclos dans cette retraite avaient vu bien des armées circuler à leurs pieds ; ils avaient donné l'hospitalité à bien des guerriers : là, quelque croisé avait fini sa vie, changé son heaume contre un froc ; là furent des passions qui appelèrent le silence et le repos avant le dernier repos et le dernier silence. Trouvèrent-elles ce qu'elles cherchaient ? ces ruines ne le diront pas.

Après les débris du sanctuaire de la paix, viennent les décombres du repaire de la guerre, les bastions, mantelets, courtines[7], tourillons démolis d'une forteresse. Les remparts s'écroulent comme les cloîtres. Le château était embusqué dans un sentier scabreux pour le fermer à l'ennemi : il n'a pas empêché le temps et la mort de passer.

De Dunkeim à Frankenstein, la route se faufile dans un vallon si resserré qu'il garde à peine la voie d'une voiture ; les arbres descendant de deux talus opposés se joignent et s'embrassent dans la ravine. Entre la Messénie et l'Arcadie, j'ai suivi des vallons semblables, au beau chemin près : Pan n'entendait rien aux ponts et chaussées. Des genêts en fleurs et un geai m'ont reporté au souvenir de la Bretagne ; je me souviens du plaisir que me fit le cri de cet oiseau dans les montagnes de Judée. Ma mémoire est un panorama ; là, viennent se peindre sur la même toile les sites et les cieux les plus divers avec leur soleil brûlant ou leur horizon brumeux.

L'auberge à Frankenstein est placée dans une prairie de montagnes, arrosée d'un courant d'eau. Le maître de la poste parle français ; sa jeune sœur, ou sa femme, ou sa fille, est charmante. Il se plaint d'être Bavarois ; il s'occupe de l'exploitation des forêts : il me représentait un planteur américain.

6. Voir *supra*, l. II, chap. 4, notes 8 et 9, p. 153.

7. Mantelet : abri mobile composé de madriers et que les soldats roulaient devant eux pour se protéger lors de l'attaque d'une place forte. Courtine : partie de rempart comprise entre deux bastions ou deux tours.

À Kaiserslautern, où j'arrivai de nuit comme à Bamberg, je traversai la région des songes : que voyaient dans leur sommeil tous ces habitants endormis ? Si j'avais le temps, je ferais l'histoire de leurs rêves ; rien ne m'aurait rappelé la terre, si deux cailles ne s'étaient répondu d'une cage à l'autre. Dans les champs en Allemagne, depuis Prague jusqu'à Mannheim, on ne rencontre que des corneilles, des moineaux et des alouettes ; mais les villes sont remplies de rossignols, de fauvettes, de grives, de cailles ; plaintifs prisonniers et prisonnières qui vous saluent aux barreaux de leur geôle quand vous passez. Les fenêtres sont parées d'œillets, de réséda, de rosiers, de jasmins. Les peuples du nord ont les goûts d'un autre ciel ; ils aiment les arts et la musique : les Germains vinrent chercher la vigne en Italie ; leurs fils renouvelleraient volontiers l'invasion pour conquérir aux mêmes lieux des oiseaux et des fleurs.

Le changement de la veste du postillon m'avertit, le mardi 4 juin, à Saarbruck, que j'entrais en Prusse. Sous la croisée de mon auberge je vis défiler un escadron de hussards ; ils avaient l'air fort animés : je l'étais autant qu'eux ; j'aurais joyeusement concouru à frotter ces messieurs, bien qu'un vif sentiment de respect m'attache à la famille royale de Prusse, bien que les emportements des Prussiens à Paris[8] n'aient été que les représailles des brutalités de Napoléon à Berlin ; mais si l'histoire a le temps d'entrer dans ces froides justices qui font dériver les conséquences des principes, l'homme témoin des faits vivants est entraîné par ces faits, sans aller chercher dans le passé les causes dont ils sont sortis et qui les excusent. Elle m'a fait bien du mal, ma patrie ; mais avec quel plaisir je lui donnerais mon sang ! Oh ! les fortes têtes, les politiques consommés, les bons Français surtout, que ces négociateurs des traités de 1815[9] !

Encore quelques heures, et ma terre natale va de nouveau tressaillir sous mes pas. Que vais-je apprendre ? Depuis trois semaines j'ignore ce qu'ont dit et fait mes amis. Trois semaines ! long espace pour l'homme qu'un moment emporte, pour les empires que trois journées renversent ! Et ma prisonnière de Blaye, qu'est-elle devenue ? Pourrai-je lui transmettre la réponse qu'elle attend ? Si la personne d'un ambassadeur doit être sacrée, c'est la mienne ; ma carrière diplomatique devint sainte auprès du chef de l'Église ; elle achève de se sanctifier auprès d'un monarque infortuné : j'ai négocié un nouveau pacte de famille entre les enfants du Béarnais ; j'en ai porté et rapporté les actes de la prison à l'exil, et de l'exil à la prison.

---

8. Voir *supra*, l. XXXII, chap. 8, note 12, p. 2206.

9. Talleyrand au premier chef.

Terre de France. – Arabesques.
– Dans ma casquette, s'il vous plaît. – *Metz.*
– *Regard sur ma famille et ma vie. – Présent des enfants exilés. – Verdun, Valmy. – Châlons.*
– *Vallée de la Marne*[1].

4 et 5 juin.

En passant la limite qui sépare le territoire de Saarbruck de celui de Forbach, la France ne s'est pas montrée à moi d'une manière brillante : d'abord un cul-de-jatte, puis un autre homme qui rampait sur les mains et sur les genoux, traînant après lui ses jambes comme deux queues torses ou deux serpents morts ; ensuite ont paru dans une charrette deux vieilles, noires, ridées, avant-garde des femmes françaises. Il y avait de quoi faire rebrousser chemin à l'armée prussienne.

Mais après j'ai trouvé un beau jeune soldat à pied avec une jeune fille ; le soldat poussait devant lui la brouette de la jeune fille, et celle-ci portait la pipe et le sabre du troupier. Plus loin une autre jeune fille tenant le manche d'une charrue, et un laboureur âgé piquant les bœufs ; plus loin un vieillard mendiant pour un enfant aveugle ; plus loin une croix. Dans un hameau, une douzaine de têtes d'enfants, à la fenêtre d'une maison non achevée, ressemblaient à un groupe d'anges dans une gloire[2]. Voici une garçonnette de cinq à six ans, assise sur le seuil de la porte d'une chaumière ; tête nue, cheveux blonds, visage barbouillé, faisant une petite mine à cause d'un vent froid ; ses deux épaules blanches sortant d'une robe de

1.
Ces titres ne figurent pas dans l'édition Penaud, pas plus que sur le manuscrit de 1847. Nous suivons ici M. Levaillant, qui a rétabli ce titre général à partir du manuscrit de 1845 (*Deux livres...*, t. I, p. 92).

2.
Par gloire, il faut entendre ici soit une auréole entourant la tête des personnages, soit un faisceau de rayons divergents, d'un triangle symbolisant la trinité ou d'un ovale contenant la colombe du Saint-Esprit.

toile déchirée, les bras croisés sur ses genoux haussés et rapprochés de sa poitrine, regardant ce qui se passait autour d'elle avec la curiosité d'un oiseau ; Raphaël l'aurait *croquée*, moi j'avais envie de la voler à sa mère.

À l'entrée de Forbach, une troupe de chiens savants se présente : les deux plus gros attelés au fourgon des costumes ; cinq ou six autres de différentes queues, museaux, tailles et pelage, suivent le bagage, chacun son morceau de pain à la gueule. Deux graves instructeurs, l'un portant un gros tambour, l'autre ne portant rien, guident la bande. Allez, mes amis, faites le tour de la terre comme moi, afin d'apprendre à connaître les peuples. Vous tenez tout aussi bien votre place dans le monde que moi ; vous valez bien les chiens de mon espèce. Présentez la patte à Diane, à Mirza, à Pax, chapeau sur l'oreille, épée au côté, la queue en trompette entre les deux basques de votre habit ; dansez pour un os ou pour un coup de pied, comme nous faisons nous autres hommes ; mais n'allez pas vous tromper en sautant pour le Roi !

Lecteurs, supportez ces arabesques[3] ; la main qui les dessina ne vous fera jamais d'autre mal ; elle est séchée. Souvenez-vous, quand vous les verrez, qu'ils ne sont que les capricieux enroulements tracés par un peintre à la voûte de son tombeau.

À la douane, un vieux cadet de commis a fait semblant de visiter ma calèche. J'avais préparé une pièce de cent sous ; il la voyait dans ma main, mais il n'osait la prendre à cause des chefs qui le surveillaient. Il a ôté sa casquette sous prétexte de mieux fouiller, l'a posée sur le coussin devant moi, me disant tout bas : « Dans ma casquette, s'il vous plaît. » Oh ! le grand mot ! il renferme l'histoire du genre humain ; que de fois la liberté, la fidélité, le dévouement, l'amitié, l'amour ont dit : « Dans ma casquette, s'il vous plaît ! » Je donnerai ce mot à Béranger pour le refrain d'une chanson.

Je fus frappé, en entrant à Metz, d'une chose que je n'avais pas remarquée en 1821[4] ; les fortifications à la moderne enveloppent les fortifications à la gothique : Guise et Vauban sont deux noms bien associés.

Nos ans et nos souvenirs sont étendus en couches régulières et parallèles, à différentes profondeurs de notre vie, déposés par les flots du temps qui passent successivement sur nous. C'est de Metz que sortit en 1792 la colonne engagée sous Thionville avec notre petit corps d'émigrés. J'arrive

3.

Arabesques qu'il faut entendre ici comme fantaisies de l'imagination et du style d'un écrivain.

4.

Quand Chateaubriand se rendait à Berlin (1821).

de mon pèlerinage à la retraite du prince banni que je servais dans son premier exil. Je lui donnai alors un peu de mon sang, je viens de pleurer auprès de lui ; à mon âge on n'a guère plus que des larmes *(a)*.

En 1821 M. de Tocqueville[5] * [* Père d'Alexis de Tocqueville.], beau-frère de mon frère, était préfet de la Moselle. Les arbres, gros comme des échalas, que M. de Tocqueville plantait en 1820 à la porte de Metz, donnent maintenant de l'ombre. Voilà une échelle à mesurer nos jours ; mais l'homme n'est pas comme le vin, il ne s'améliore pas en comptant par feuilles[6]. Les anciens faisaient infuser des roses dans le Falerne[7] ; lorsqu'on débouchait une amphore d'un consulat séculaire, elle embaumait le festin. La plus pure intelligence se mêlerait à de vieux ans, que personne ne serait tenté de s'enivrer avec elle.

Je n'avais pas été un quart d'heure dans l'auberge à Metz, que voici venir Baptiste en grande agitation : il tire mystérieusement de sa poche un papier blanc dans lequel était enveloppé un cachet ; M. le duc de Bordeaux et Mademoiselle l'avaient chargé de ce cachet, lui recommandant de ne me le donner que sur *terre de France*. Ils avaient été bien inquiets toute la nuit avant mon départ, craignant que le bijoutier n'eût pas le temps d'achever l'ouvrage.

Le cachet a trois faces : sur l'une est gravée une ancre ; sur la seconde les deux mots que Henri m'avait dits lors de notre première entrevue : « *Oui, toujours !* » sur la troisième la date de mon arrivée à Prague. Le frère et la sœur me priaient de porter le cachet *pour l'amour d'eux*. Le mystère de ce présent, l'ordre des deux enfants exilés de ne me remettre le témoignage de leur souvenir que sur *terre de France*, remplirent mes yeux de larmes. Le cachet ne me quittera jamais ; je le porterai pour l'amour *de Louise et de Henri*.

J'eusse aimé à voir à Metz la maison de Fabert, soldat devenu maréchal de France, et qui refusa le collier des ordres, sa noblesse ne remontant qu'à son épée.

5.

Le père d'Alexis de Tocqueville fut préfet du département de la Moselle du 19 février 1817 au 27 juin 1823.

6.

« On trouve dans quelques coutumes le mot de *feuilles* pour dire *années*, comme les poètes prennent les étés, les automnes et les autres saisons, les moissons et autres choses semblables qui n'arrivent qu'une fois en une année, pour l'année même » (*Dictionnaire de Trévoux*, 1771). Il faut ajouter que c'est aussi une ancienne expression de la langue des vignerons : « un vin de trois feuilles ».

7.

Vin renommé de l'Antiquité, produit en Campanie.

Les Barbares nos pères égorgèrent, à Metz, les Romains surpris au milieu des débauches d'une fête; nos soldats ont valsé au monastère d'Alcobaça avec le squelette d'Inès de Castro[8]: malheurs et plaisirs, crimes et folies, quatorze siècles vous séparent, et vous êtes aussi complètement passés les uns que les autres. L'éternité commencée tout à l'heure est aussi ancienne que l'éternité datée de la première mort, du meurtre d'Abel. Néanmoins les hommes, durant leur apparition éphémère sur ce globe, se persuadent qu'ils laissent d'eux quelque trace: eh! bon Dieu, oui, chaque mouche a son ombre.

Parti de Metz, j'ai traversé Verdun où je fus si malheureux, où demeure aujourd'hui l'amie solitaire de Carrel[9]. J'ai côtoyé les hauteurs de Valmy; je n'en veux pas plus parler que de Jemmapes: j'aurais peur d'y trouver une couronne[10].

Châlons m'a rappelé une grande faiblesse de Bonaparte; il y exila la beauté[11]. Paix à Châlons qui me dit que j'ai encore des amis.

À Château-Thierry j'ai retrouvé mon dieu, La Fontaine. C'était l'heure du salut: la femme de Jean n'y était plus, et Jean était retourné chez madame de La Sablière[12].

8.

Pendant la guerre d'Espagne, en 1808-1809. Marcellus précise que «les Français, après la prise de Lisbonne, valsèrent, il est vrai, avec leurs captives qui s'y prêtaient d'assez bonne grâce. Je pourrais citer une de ces élégantes valseuses qui s'en souvient. Mais un des officiers conquérants dont M. de Chateaubriand a loué lui-même le pinceau et la plume, le comte de Forbin, rendit hommage à la reine "couronnée après la mort", dans un tableau qu'on admire encore, et qui rappelle les beaux vers de Camoëns: [...] "Tu vivais, jolie Inez, en la retraite où tu fus mise, cueillant le doux fruit de tes années, dans ce mensonge joyeux et aveugle de l'âme que laisse durer si peu la fortune."» (*Chateaubriand et son temps*, pp. 467-468). On trouve cette atmosphère dans la sixième nouvelle des *Diaboliques* de Barbey d'Aurevilly, *Le plus bel amour de don Juan.*

9.

Lorsqu'il était sous-lieutenant dans un régiment d'infanterie, Armand Carrel était devenu l'amant de la femme d'un de ses chefs de bataillon; cette aventure lui valut de devoir quitter le service après un duel. Après la révolution de Juillet, Carrel, qui ne s'était pas encore détaché du nouveau régime, aurait accepté la préfecture du Cantal. Il s'apprêtait même à partir lorsqu'un envoyé officieux de Guizot, ministre de l'Intérieur, lui fit part de quelques observations au sujet de son «intérieur», dont le ministre avait été informé, et lui fit «comprendre qu'il devait aller seul prendre la direction administrative qui lui était confiée. Carrel éconduisit l'ambassadeur sans avoir donné réponse positive; mais après en avoir conféré avec la personne intéressée, il notifia au ministre un refus très net» (Bonnet de Malherbe, *Indiscrétions contemporaines*, cité par E. Biré).

10.

Celle de Louis-Philippe, qui fit état de ses services de prince «français» et «patriote», présent à Jemmapes, pour obtenir la couronne des députés libéraux de 1830.

11.

Mme Récamier (voir *supra*, l. XXIX, chap. 11, p. 1902 *sqq.*).

12.

La Fontaine fut pendant près de vingt ans (1673-1692) l'hôte de Mme de La Sablière, qui «pourvoyait à tous ses besoins». Selon Tallemant des Réaux, «sa femme dit qu'il rêve tellement qu'il est quelquefois trois semaines sans croire être marié» *(Historiettes).*

En rasant le mur de la cathédrale de Meaux, j'ai répété à Bossuet ses paroles: «L'homme arrive au tombeau traînant après lui la longue chaîne de ses espérances trompées.»

À Paris j'ai passé les quartiers habités par moi avec mes sœurs dans ma jeunesse[13]; ensuite le Palais de justice, remémoratif de mon jugement; ensuite la Préfecture de police, qui me servit de prison. Je suis enfin rentré dans mon hospice, en dévidant ainsi le fil de mes jours. Le fragile insecte des bergeries descend au bout d'une soie vers la terre, où le pied d'une brebis va l'écraser *(b)*.

13. À la veille de la Révolution, Chateaubriand séjourna en compagnie de ses sœurs Julie et Lucile, faubourg Saint-Denis (voir *supra*, l. IV, chap. 3, p. 237 *sqq.*).

Livre XL

Ce qu'avait fait madame la duchesse de Berry. – Conseil de Charles X en France. – Mes idées sur Henri V. – Ma lettre à madame la Dauphine.

Paris, rue d'Enfer, 6 juin 1833.

En descendant de voiture, et avant de me coucher, j'écrivis une lettre[1] à madame la duchesse de Berry pour lui rendre compte de ma mission. Mon retour avait mis la police en émoi ; le télégraphe l'annonça au préfet de Bordeaux et au commandant de la forteresse de Blaye : on eut ordre de redoubler de surveillance ; il paraît même qu'on fit embarquer *Madame* avant le jour fixé pour son départ[2]. Ma lettre manqua Son Altesse Royale de quelques heures et lui fut portée en Italie. Si Madame n'eût point fait de déclaration ; si même, après cette déclaration, elle en eût nié les suites ; bien plus, si, arrivée en Sicile, elle eût protesté contre le rôle qu'elle avait été contrainte de jouer pour échapper à ses geôliers, la France et l'Europe auraient cru son dire, tant le gouvernement de Philippe est suspect. Tous les Judas auraient subi la punition du spectacle qu'ils avaient donné au monde dans la tabagie *(a)* de Blaye. Mais Madame n'avait pas voulu conserver un caractère politique en niant son mariage *(b)*; ce qu'on gagne par le mensonge en réputation d'habileté, on le perd en considération ; l'ancienne sincérité que vous

1.
Apportée par le comte de Choulot, la lettre arriva à Blaye quelques heures après le départ de la prisonnière et lui fut remise peu de jours après le 5 juillet, date où la princesse arrivait à Palerme. Nous n'en connaissons pas le contenu.

2.
La duchesse aurait souhaité connaître le rapport de Chateaubriand sur son ambassade à Prague : cette possibilité lui fut refusée et elle fut embarquée le 8 juin 1833, sur l'*Agathe*, pour gagner Palerme le 5 juillet et y rejoindre le comte de Lucchesi, cet « époux providentiel » ironiquement surnommé « saint Joseph » par les Siciliens irrévérencieux.

avez pu professer vous défend à peine. Qu'un homme estimé du public s'avilisse, il n'est plus à l'abri dans son nom, mais derrière son nom. Madame, par son aveu, s'est échappée des ténèbres de sa prison : l'aigle femelle, comme l'aigle mâle, a besoin de liberté et de soleil.

M. le duc de Blacas, à Prague, m'avait annoncé la formation d'un conseil dont je devais être le chef, avec M. le chancelier[3] et M. le marquis de Latour-Maubourg : j'allais devenir seul (toujours selon M. le duc) le conseil de Charles X, absent pour quelques affaires. On me montra un plan : la machine était fort compliquée ; le travail de M. de Blacas conservait quelques dispositions faites par la duchesse de Berry, lorsque, de son côté, elle avait prétendu organiser l'État, en venant follement, mais bravement, se mettre à la tête de son royaume *in partibus*[4]. Les idées de cette femme aventureuse ne manquaient point de bon sens : elle avait divisé la France en quatre grands gouvernements militaires, désigné les chefs, nommé les officiers, enrégimenté les soldats, et, sans s'embarrasser si tout son monde était au drapeau, elle était elle-même accourue pour le porter ; elle ne doutait point de trouver aux champs la chape de saint Martin ou l'oriflamme, Galaor[5] ou Bayard. Coups de haches d'armes et balles de mousquetons, retraite dans les forêts, périls aux foyers de quelques amis fidèles, cavernes, châteaux, chaumières, escalades, tout cela allait et plaisait à *Madame*. Il y a dans son caractère quelque chose de bizarre, d'original et d'entraînant qui la fera vivre ; l'avenir la prendra à gré, en dépit des personnes correctes et des sages couards *(c)*.

J'aurais porté aux Bourbons, s'ils m'avaient appelé, la popularité dont je jouissais au double titre d'écrivain et d'homme d'État. Il m'était impossible de douter de cette popularité, car j'avais reçu les confidences de toutes les opinions. On ne s'en était pas tenu à des généralités ; chacun m'avait désigné ce qu'il désirait en cas d'événement ; plusieurs

---

3.
Pastoret, chancelier de France jusqu'en 1830.

4.
Expression tirée du droit ecclésiastique et employée ici de manière ironique. Cette locution désigne un ancien siège épiscopal, généralement situé en pays devenu musulman et attribué fictivement à un évêque sans diocèse : ainsi, jusqu'à la Révolution, l'évêque de Babylone résidait à Paris et l'évêque de Bethléem à Clamecy. Mgr Frayssinous, qui fut ministre sous la Restauration, était évêque *in partibus* d'Hermopolis. Dans la perspective d'une troisième Restauration, les projets de constitution s'étaient multipliés. Dans sa proclamation, la régente proposait un plan de réorganisation du royaume, de nuance plutôt libérale (voir H. de Changy, *Le Soulèvement de la duchesse de Berry*, pp. 108-109).

5.
Héros célèbre dans la plupart des romans de chevalerie qui ont précédé le *Don Quichotte* de Cervantès. Ce personnage appartient surtout à la littérature espagnole ; c'est le modèle du paladin courtois, galant, intrépide, toujours prêt à tirer l'épée pour la veuve et pour l'orphelin.

m'avaient confessé leur génie et fait toucher au doigt et à l'œil la place à laquelle ils étaient éminemment propres. Tout le monde (amis et ennemis) m'envoyait auprès du duc de Bordeaux. Par les différentes combinaisons de mes opinions et de mes diverses fortunes, par les ravages de la mort qui avait enlevé successivement les hommes de ma génération, je semblais être resté le seul au choix de la famille royale.

Je pouvais être tenté du rôle qu'on m'assignait; il y avait de quoi flatter ma vanité dans l'idée d'être, moi serviteur inconnu et rejeté des Bourbons, d'être l'appui de leur race, de tendre la main dans leurs tombeaux à Philippe Auguste, saint Louis, Charles V, Louis XII, François Ier, Henri IV, Louis XIV; de protéger de ma faible renommée le sang, la couronne et les ombres de tant de grands hommes, moi seul contre la France infidèle et l'Europe avilie.

Mais pour arriver là qu'aurait-il fallu faire? ce que l'esprit le plus commun eût fait: caresser la cour de Prague, vaincre ses antipathies, lui cacher mes idées jusqu'à ce que je fusse à même de les développer.

Et, certes, ces idées allaient loin; si j'avais été gouverneur du jeune prince, je me serais efforcé de gagner sa confiance. Que s'il eût recouvré sa couronne, je ne lui aurais conseillé de la porter que pour la déposer au temps venu. J'eusse voulu voir les Capets disparaître d'une façon digne de leur grandeur *(d)*. Quel beau, quel illustre jour que celui où, après avoir relevé la religion, perfectionné la constitution de l'État, élargi les droits des citoyens, rompu les derniers liens de la presse, émancipé les communes, détruit le monopole, balancé équitablement le salaire avec le travail, raffermi la propriété en contenant les abus, ranimé l'industrie, diminué l'impôt, rétabli notre honneur chez les peuples, et assuré, par des frontières reculées, notre indépendance contre l'étranger; quel beau jour que celui-là, où, après toutes ces choses accomplies, mon élève eût dit à la nation solennellement convoquée:

«Français, votre éducation est finie avec la mienne. Mon premier aïeul, Robert le Fort, mourut pour vous, et mon père a demandé grâce pour l'homme qui lui arracha la vie. Mes ancêtres ont élevé et formé la France à travers la barbarie; maintenant la marche des siècles, le progrès de la civilisation ne permettent plus que vous ayez un tuteur. Je descends du trône; je confirme tous les bienfaits de mes pères en vous déliant de vos serments à la monarchie.» Dites si cette fin n'aurait pas surpassé ce qu'il y a eu de plus merveilleux dans cette race? Dites si jamais temple assez magnifique aurait pu être élevé à sa mémoire? Comparez-la, cette fin, à celle que feraient les fils décrépits de Henri IV, accrochés obstinément à un trône submergé dans la démocratie, essayant de conserver le pouvoir à l'aide des mesures de police, des moyens de violence, des voies de corruption, et traînant quelques instants une existence dégradée? «Qu'on fasse mon frère Roi, disait Louis XIII enfant, après la mort de Henri IV, moi je ne veux pas être Roi.» Henri V n'a d'autre frère que son peuple: qu'il le fasse Roi.

Pour arriver à cette résolution, toute chimérique qu'elle semble être, il faudrait sentir la grandeur de sa race, non parce qu'on est descendu d'un vieux sang, mais parce qu'on est l'héritier d'hommes par qui la France fut puissante, éclairée et civilisée.

Or, je viens de le dire tout à l'heure, le moyen d'être appelé à mettre la main à ce plan eût été de cajoler les faiblesses de Prague, d'élever des pies-grièches avec l'enfant du trône à l'imitation de Luynes[6], de flatter Concini à l'instar de Richelieu[7]. J'avais bien commencé à Carlsbad; un petit bulletin de soumission et de commérage aurait avancé mes affaires. M'enterrer tout vivant à Prague, il est vrai, n'était pas facile, car non-seulement j'avais à vaincre les répugnances de la famille royale, mais encore la haine de l'étranger. Mes idées sont odieuses aux cabinets; ils savent que je déteste les traités de Vienne, que je ferais la guerre à tout prix pour donner à la France des frontières nécessaires, et pour rétablir en Europe l'équilibre des puissances.

Cependant avec des marques de repentir, en pleurant, en expiant mes péchés d'honneur national, en me frappant la poitrine, en admirant pour pénitence le génie des sots qui gouvernent le monde, peut-être aurais-je pu ramper jusqu'à la place du baron de Damas; puis, me redressant tout à coup, j'aurais jeté mes béquilles.

Mais, hélas! mon ambition, où est-elle? ma faculté de dissimuler, où est-elle? mon art de supporter la contrainte et l'ennui, où est-il? mon moyen d'attacher de l'importance à quoi que ce soit, où est-il? Je pris deux ou trois fois la plume; je commençai deux ou trois brouillons menteurs pour obéir à madame la Dauphine, qui m'avait ordonné de lui écrire. Bientôt, révolté contre moi, j'écrivis d'un trait, en suivant mon allure, la lettre qui devait me casser le cou. Je le savais très-bien; j'en pesais très-bien les résultats: peu m'importait. Aujourd'hui même que la chose est faite, je suis ravi d'avoir envoyé le tout au diable et jeté

6. Favori de Louis XIII.

7. Richelieu, jeune évêque (à 22 ans), élu aux États généraux de 1614 et chargé de haranguer le roi à la clôture des États, sut mêler d'adroites flatteries aux doléances dont il était l'interprète. Ses manières insinuantes lui gagnèrent les faveurs de la Cour. Le contrôleur général des Finances et Leonora Galigaï, épouse de Concini, le présentèrent à la reine mère et en 1616, l'évêque de Luçon devient aumônier de Marie de Médicis, puis secrétaire d'État.

mon *gouvernat* par une aussi large fenêtre. On me dira : « Ne pouviez-vous exprimer les mêmes vérités en les énonçant avec moins de crudité ? » Oui, oui, en délayant, tournoyant, emmiellant, chevrotant, tremblotant :

... Son œil pénitent ne pleure qu'eau bénite[8].

Je ne sais pas cela.

Voici la lettre (abrégée cependant de près de moitié) qui fera hérisser le poil de nos diplomates de salon. Le duc de Choiseul avait eu un peu de mon humeur ; aussi a-t-il passé la fin de sa fin à Chanteloup.

LETTRE À MADAME LA DAUPHINE

« Paris, rue d'Enfer, 30 juin 1833.

« Madame,

« Les moments les plus précieux de ma longue carrière sont ceux que madame la Dauphine m'a permis de passer auprès d'elle. C'est dans une obscure maison de Carlsbad qu'une princesse, objet de la vénération universelle, a daigné me parler avec confiance. Au fond de son âme le ciel a déposé un trésor de magnanimité et de religion que les prodigalités du malheur n'ont pu tarir. J'avais devant moi la fille de Louis XVI de nouveau exilée ; cette orpheline du Temple, que le Roi martyr avait pressée sur son cœur avant d'aller cueillir la palme ! Dieu est le seul nom que l'on puisse prononcer quand on vient à s'abîmer dans la contemplation des impénétrables conseils de sa providence.

« L'éloge est suspect quand il s'adresse à la prospérité : avec la Dauphine l'admiration est à l'aise. Je l'ai dit, madame : vos malheurs sont montés si haut, qu'ils sont devenus une des gloires de la Révolution. J'aurai donc rencontré une fois dans ma vie des destinées assez supérieures, assez à part, pour leur dire, sans crainte de les blesser ou de n'en être pas compris, ce que je pense de l'état futur de la société. On peut causer avec vous du sort des empires, vous qui verriez passer sans les regretter, aux pieds de votre vertu, tous ces royaumes de la terre dont plusieurs se sont déjà écoulés aux pieds de votre race.

8. Macette, l'entremetteuse pateline évoquée par Mathurin Régnier : *« Loin du monde elle fait sa demeure et son gîte ; / son œil tout pénitent ne pleure qu'eau bénite »* (*Satire XIII*, v. 30).

« Les catastrophes qui vous firent leur plus illustre témoin et leur plus sublime victime, toutes grandes qu'elles paraissent, ne sont néanmoins que les accidents particuliers de la transformation générale qui s'opère dans l'espèce humaine ; le règne de Napoléon, par qui le monde a été ébranlé, n'est qu'un anneau de la chaîne révolutionnaire. Il faut partir de cette vérité pour comprendre ce qu'il y a de possible dans une troisième restauration, et quel moyen cette restauration a de s'encadrer dans le plan du changement social. Si elle n'y entrait pas comme un élément homogène, elle serait inévitablement rejetée d'un ordre de choses contraire à sa nature.

« Ainsi, madame, si je vous disais que la légitimité a des chances de revenir par l'aristocratie de la noblesse et du clergé avec leurs privilèges, par la cour avec ses distinctions, par la royauté avec ses prestiges, je vous tromperais. La légitimité en France n'est plus un sentiment ; elle est un principe en tant qu'elle garantit les propriétés et les intérêts, les droits et les libertés ; mais s'il demeurait prouvé qu'elle ne veut pas défendre ou qu'elle est impuissante à protéger ces propriétés et ces intérêts, ces droits et ces libertés, elle cesserait même d'être un principe[9]. Lorsqu'on avance que la légitimité arrivera forcément, qu'on ne saurait se passer d'elle, qu'il suffit d'attendre, pour que la France à genoux vienne lui crier merci, on avance une erreur. La restauration peut ne reparaître jamais ou ne durer qu'un moment, si la légitimité cherche sa force là où elle n'est plus.

« Oui, madame, je le dis avec douleur, Henri V pourrait rester un prince étranger et banni ; jeune et nouvelle ruine d'un antique édifice déjà tombé, mais enfin une ruine. Nous autres vieux serviteurs de la légitimité, nous aurons bientôt dépensé le petit fonds d'années qui nous reste, nous reposerons incessamment dans notre tombe, endormis avec nos vieilles idées, comme les anciens chevaliers avec leurs anciennes armures que la rouille et le temps ont rongées, armures qui ne se modèlent plus sur la taille et ne s'adaptent plus aux usages des vivants.

« Tout ce qui militait en 1789 pour le maintien de l'ancien régime, religion, lois, mœurs, usages, propriétés, classes, privilèges, corporations, n'existe plus. Une fermentation générale se manifeste ; l'Europe n'est guère plus en sûreté que nous ; nulle société n'est entièrement détruite,

---

9. Chateaubriand reprend là curieusement certaines idées de Joseph Fiévée dans sa *Correspondance politique et administrative* publiée au début de la Restauration, déjà exprimées par Chateaubriand dans sa *Seconde Lettre à un pair de France* (2 décembre 1824, *in OC*, t. XXV, p. 365 *sqq.*).

nulle entièrement fondée ; tout y est usé ou neuf, ou décrépit ou sans racine ; tout y a la faiblesse de la vieillesse et de l'enfance. Les royaumes sortis des circonscriptions territoriales tracées par les derniers traités sont d'hier ; l'attachement à la patrie a perdu sa force, parce que la patrie est incertaine et fugitive pour des populations vendues à la criée, brocantées comme des meubles d'occasion, tantôt adjointes à des populations ennemies, tantôt livrées à des maîtres inconnus. Défoncé, sillonné, labouré, le sol est ainsi préparé à recevoir la semence démocratique, que les journées de Juillet ont mûrie.

« Les rois croient qu'en faisant sentinelle autour de leurs trônes, ils arrêteront les mouvements de l'intelligence ; ils s'imaginent qu'en donnant le signalement des principes ils les feront saisir aux frontières ; ils se persuadent qu'en multipliant les douanes, les gendarmes, les espions de police, les commissions militaires, ils les empêcheront de circuler. Mais ces idées ne cheminent pas à pied, elles sont dans l'air, elles volent, on les respire. Les gouvernements absolus, qui établissent des télégraphes, des chemins de fer, des bateaux à vapeur, et qui veulent en même temps retenir les esprits au niveau des dogmes politiques du XIVe siècle, sont inconséquents ; à la fois progressifs et rétrogrades, ils se perdent dans la confusion résultante d'une théorie et d'une pratique contradictoires. On ne peut séparer le principe industriel du principe de la liberté ; force est de les étouffer tous les deux ou de les admettre l'un et l'autre. Partout où la langue française est entendue, les idées arrivent avec les passeports du siècle[10].

« Vous voyez, madame, combien le point de départ est essentiel à bien choisir. L'enfant de l'espérance sous votre garde, l'innocence réfugiée sous vos vertus et vos malheurs comme sous un dais royal, je ne connais pas de plus imposant spectacle ; s'il y a une chance de succès pour la légitimité, elle est là tout entière. La France future pourra s'incliner sans descendre, devant la gloire de son passé, s'arrêter tout émue à cette grande apparition de son histoire représentée par la fille de Louis XVI, conduisant par la main le dernier des Henris. Reine protectrice du jeune prince, vous exercerez sur la nation l'influence des immenses souvenirs qui se confondent dans votre personne auguste. Qui ne sentira renaître une confiance inaccoutumée lorsque l'orpheline du Temple veillera à l'éducation de l'orphelin de saint Louis ?

10.
Est esquissée ici l'ébauche de la philosophie sociale de Chateaubriand, que l'on retrouvera sensiblement étoffée dans *L'Avenir du monde* (1834) et surtout dans les pages finales des *Mémoires*.

« Il est à désirer, madame, que cette éducation, dirigée par des hommes dont les noms soient populaires en France, devienne publique dans un certain degré. Louis XIV, qui justifie d'ailleurs l'orgueil de sa devise, a fait un grand mal à sa race en isolant les fils de France dans les barrières d'une éducation orientale.

« Le jeune prince m'a paru doué d'une vive intelligence. Il devra achever ses études par des voyages chez les peuples de l'ancien et même du nouveau continent, pour connaître la politique et ne s'effrayer ni des institutions ni des doctrines. S'il peut servir comme soldat dans quelque guerre lointaine et étrangère, on ne doit pas craindre de l'exposer. Il a l'air résolu ; il semble avoir au cœur du sang de son père et de sa mère ; mais s'il pouvait jamais éprouver autre chose que le sentiment de la gloire dans le péril, qu'il abdique : sans le courage, en France point de couronne.

« En me voyant, madame, étendre dans un long avenir la pensée de l'éducation de Henri V, vous supposerez naturellement que je ne le crois pas destiné *(e)* à remonter sitôt sur le trône. Je vais essayer de déduire avec impartialité les raisons opposées d'espérance et de crainte.

« La Restauration peut avoir lieu aujourd'hui, demain. Je ne sais quoi de si brusque, de si inconstant se fait remarquer dans le caractère français, qu'un changement est toujours probable ; il y a toujours cent contre un à parier, en France, qu'une chose quelconque ne durera pas : c'est à l'instant que le gouvernement paraît le mieux assis qu'il s'écroule. Nous avons vu la nation adorer et détester Bonaparte, l'abandonner, le reprendre, l'abandonner encore, l'oublier dans son exil, lui dresser des autels après sa mort, puis retomber de son enthousiasme. Cette nation volage, qui n'aima jamais la liberté que par boutades, mais qui est constamment affolée d'égalité ; cette nation multiforme, fut fanatique sous Henri IV, factieuse sous Louis XIII, grave sous Louis XIV, révolutionnaire sous Louis XVI, sombre sous la République, guerrière sous Bonaparte, constitutionnelle sous la Restauration : elle prostitue aujourd'hui ses libertés à la monarchie dite républicaine, variant perpétuellement de nature selon l'esprit de ses guides. Sa mobilité s'est augmentée depuis qu'elle s'est affranchie des habitudes du foyer et du joug de la religion. Ainsi donc, un hasard peut amener la chute du gouvernement du 9 août ; mais un hasard peut se faire attendre : un avorton nous est né ; mais la France est une mère robuste ; elle peut, par le lait de son sein, corriger les vices d'une paternité dépravée.

« Quoique la royauté actuelle ne semble pas viable, je crains toujours qu'elle ne vive au-delà du terme qu'on pourrait lui assigner. Depuis quarante ans, tous les gouvernements n'ont péri en France que par leur faute. Louis XVI a pu vingt fois sauver sa couronne et sa vie ; la République n'a succombé qu'à l'excès de ses fureurs *(f)* ; Bonaparte pouvait établir sa dynastie et il s'est jeté en bas du haut de sa gloire ; sans les ordonnances de Juillet, le trône légitime serait encore debout. Le chef du gouvernement actuel ne commettra aucune de ces fautes qui tuent ; son pouvoir ne sera jamais suicidé ; toute son habileté est exclusivement employée à sa conservation : il est trop intelligent pour mourir d'une sottise, et il n'a pas en lui de quoi se rendre coupable des méprises du génie, ou des faiblesses de l'honneur et de la vertu. Il a senti qu'il pourrait périr par la guerre, il ne fera pas la guerre ; que la France soit dégradée dans l'esprit des étrangers, peu lui importe : des publicistes prouveront que la honte est de l'industrie et l'ignominie du crédit.

« La quasi-légitimité veut tout ce que veut la légitimité, à la personne royale près : elle veut l'ordre ; elle peut l'obtenir par *l'arbitraire* mieux que la légitimité. Faire du despotisme avec des paroles de liberté et de prétendues institutions royalistes, c'est tout ce qu'elle veut ; chaque fait accompli enfante un droit récent qui combat un ancien droit, chaque heure commence une légitimité. Le temps a deux pouvoirs ; d'une main il renverse, de l'autre il édifie. Enfin le temps agit sur les esprits par cela seul qu'il marche ; on se sépare violemment du pouvoir, on l'attaque, on le boude ; puis la lassitude survient ; le succès réconcilie à sa cause : bientôt il ne reste plus en dehors que quelques âmes élevées dont la persévérance met mal à l'aise ceux qui ont failli.

« Madame, ce long exposé m'oblige à quelques explications devant Votre Altesse Royale.

« Si je n'avais fait entendre une voix libre au jour de la fortune, je ne me serais pas senti le courage de dire la vérité au temps du malheur. Je ne suis point allé à Prague de mon propre mouvement ; je n'aurais pas osé vous importuner de ma présence : les dangers du dévouement ne sont point auprès de votre auguste personne ; ils sont en France : c'est là que je les ai cherchés. Depuis les journées de Juillet je n'ai cessé de combattre pour la cause légitime. Le premier j'ai osé proclamer *(g)* la royauté de Henri V. Un jury français, en m'acquittant, a laissé subsister ma proclamation. Je n'aspire qu'au repos, besoin de mes années ; cependant je n'ai pas hésité à le sacrifier lorsque des décrets ont étendu et renouvelé la proscription de la famille royale. Des offres m'ont été faites pour m'attacher au gouvernement de Louis-Philippe : je n'avais pas mérité *(h)* cette bienveillance ; j'ai montré ce qu'elle avait d'incompatible avec ma nature, en réclamant ce qui pouvait me revenir des adversités de mon vieux Roi. Hélas ! ces adversités, je ne les avais pas causées et j'avais essayé de les prévenir. Je ne remémore point ces circonstances pour me donner une importance et me créer un mérite que je n'ai pas; je n'ai fait que mon devoir; je m'explique seulement, afin d'excuser l'indépendance de mon langage. Madame pardonnera à la franchise d'un homme qui accepterait avec joie un échafaud pour lui rendre un trône.

«Quand j'ai paru devant Votre Majesté à Carlsbad, je puis dire que je n'avais pas le bonheur d'en être connu. À peine m'avait-elle fait l'honneur de m'adresser quelques mots dans ma vie. Elle a pu voir, dans les conversations de la solitude, que je n'étais pas l'homme qu'on lui avait peut-être dépeint; que l'indépendance de mon esprit[11] n'ôtait rien à la modération de mon caractère, et surtout ne brisait pas les chaînes de mon admiration et de mon respect pour l'illustre fille de mes Rois.

«Je supplie encore Votre Majesté de considérer que l'ordre des vérités développées dans cette lettre, ou plutôt dans ce mémoire, est ce qui fait ma force, si j'en ai une; c'est par là que je touche à des hommes de divers partis et que je les ramène à la cause royaliste. Si j'avais répudié les opinions du siècle, je n'aurais eu aucune prise sur mon temps. Je cherche à rallier auprès du trône antique ces idées modernes qui, d'adverses qu'elles sont, deviennent amies en passant à travers ma fidélité. Les opinions libérales qui affluent n'étant plus détournées au profit de la monarchie légitime reconstruite, l'Europe monarchique périrait. Le combat est à mort entre les deux principes monarchique et républicain, s'ils restent distincts et séparés: la consécration d'un édifice unique rebâti avec les matériaux divers de deux édifices vous appartiendrait à vous, madame, qui avez été admise à la plus haute comme à la plus mystérieuse des initiations, le malheur non mérité, à vous qui êtes marquée à l'autel du sang des victimes sans tache, à vous qui, dans le recueillement d'une sainte austérité, ouvririez avec une main pure et bénie les portes du nouveau temple[12].

11.
On retrouve des sentiments semblables chez Vigny qui, bien qu'écarté des affaires, notait dans son *Journal*, le 11 mars 1833: «Que cependant, si Henri V mourait comme le duc de Reichstadt, je n'hésiterais pas à servir de tout mon pouvoir la République dont le gouvernement me semblerait infiniment plus convenable aux intérêts du pays que la *Monarchie élective actuelle*» (*in OC*, t. II, p. 981). Chateaubriand va plus loin: il propose de «mêler les deux systèmes» et de reconstruire la France sur une nouvelle base.

12.
On imagine la surprise de la duchesse d'Angoulême, aux «idées cloîtrées» tout comme celles du parti royaliste (Chateaubriand), en apprenant qu'il lui appartenait d'unir en un seul «système» les matériaux «républicains» et «monarchiques». Par cette formule courageuse et réaliste, Chateaubriand se privait à tout jamais des moyens d'exercer une quelconque influence sur les exilés de Prague et ruinait ses ambitions au préceptorat du duc de Bordeaux.

« Vos lumières, madame, et votre raison supérieure éclaireront et rectifieront ce qu'il peut y avoir de douteux et d'erroné dans mes sentiments touchant l'état présent de la France.
« Mon émotion, en terminant cette lettre, passe ce que je puis dire.
« Le palais des souverains de Bohême est donc le Louvre de Charles X et de son pieux et royal fils ! Hradschin est donc le château de Pau du jeune Henri ! Et vous, madame, quel Versailles habitez-vous ! à quoi comparer votre religion, vos grandeurs, vos souffrances, si ce n'est à celles des femmes de la maison de David, qui pleuraient au pied de la croix ? Puisse Votre Majesté voir la royauté de saint Louis sortir radieuse de la tombe ! Puissé-je m'écrier, en rappelant le siècle qui porte le nom de votre glorieux aïeul ; car, madame, rien ne vous va, rien ne vous est contemporain que le grand et le sacré :

> *... Ô jour heureux pour moi !*
> *De quelle ardeur j'irais reconnaître mon Roi*[13] !

« Je suis, avec le plus profond respect, madame, de Votre Majesté
« Le très-humble et très-obéissant serviteur.
« CHATEAUBRIAND. »

Après avoir écrit cette lettre, je rentrai dans les habitudes de ma vie[14] : je retrouvai mes vieux prêtres, le coin solitaire de mon jardin qui me parut bien plus beau que le jardin du comte de Choteck, mon boulevard d'Enfer, mon cimetière de l'Ouest, mes *Mémoires* ramenteurs[15] de mes jours passés, et surtout la petite société choisie de l'Abbaye-aux-Bois[16]. La bienveillance d'une amitié sérieuse fait abonder les pensées ; quelques instants du commerce de l'âme suffisent au besoin de ma nature ; je répare ensuite cette dépense d'intelligence par vingt-deux heures de rien-faire et de sommeil.

13.
Racine, *Athalie*, acte I, scène 1, v. 145-146.

14.
Chateaubriand était de retour à Paris le 6 juin.

15.
Terme déjà utilisé pour évoquer les contes du chevalier Dinarzade qui, par ses fantaisies sur les « fantômes », trompait les heures d'ennui du bivouac à l'époque de Thionville (voir *supra*, l. IX, chap. 13, p. 577).

16.
Le salon de l'Abbaye-aux-Bois, voué au culte de Chateaubriand, réunissait les célébrités de tous les partis, gloires naissantes, illustrations anciennes : Latouche, Sainte-Beuve, les peintres Isabey et Gérard, Ary Scheffer, Mme de Boigne et le chancelier Pasquier, le premier président

Intérieur (salon de l'Abbaye-aux-Bois).

Séguier, le duc de Noailles et les siens, Augustin Périer, Falloux; à défaut de Guizot, ses enfants; Prosper de Barante, la duchesse d'Abrantès, le vieux Forbin-Janson, Genoude; La Fayette et, quand il fut mort, sa petite-fille avec son mari; le duc de La Rochefoucauld-Doudeauville, Salvandy, le marquis de Vérac, les Bertin, Lamartine et sa femme, Augustin Thierry et sa femme, Lamennais, Montalembert, Humboldt quand il vient à Paris; mistress Trollope, Mme Salvage, Christine de Fontanes, la fille de son cher ami disparu; la princesse Belgiojoso, Sophie Gay et sa fille (bientôt Delphine de Girardin), les poétesses Élisa Mercœur, Louise Colet, Marceline Desbordes-Valmore, Mme Swetchine, Mme Tastu; Balzac pour quelques apparitions, mais surtout Victor Cousin, Delécluze, Saint-Marc Girardin, les deux Jussieu, Léonce de Lavergne, Louis de Loménie, Astolphe de Custine, Alexis de Tocqueville. Chateaubriand arrivait rue de Sèvres à 3 heures et s'enfermait avec Juliette, qui lui servait du thé. À 4 heures, les portes du salon s'ouvraient aux familiers et aux visiteurs de la maison, écrivains, poètes, critiques, historiens, politiciens. Vers 5 heures, René s'en allait, soupait tôt et se couchait invariablement à 9. Voir V. Ancelot, *Les Salons de Paris* 1858, pp. 193-194, É. Herriot, *Madame Récamier et ses amis*, pp. 313-334, et Lamartine, *Portraits et salons romantiques*, pp. 71-75, 95-96 et 105-108

Lettre de madame la duchesse de Berry.

Paris, rue d'Enfer, 25 août 1833.

Tandis que je commençais à respirer, je vis entrer un matin chez moi le voyageur[1] qui avait remis un paquet de ma part à madame la duchesse de Berry, à Palerme ; il m'apportait cette réponse de la princesse :

« Naples, 10 août 1833.
« Je vous ai écrit un mot, monsieur le vicomte, pour vous accuser la réception de votre lettre, voulant une occasion sûre pour vous parler de ma reconnaissance de ce que vous avez vu et fait à Prague. Il me paraît que l'on *vous a peu laissé voir*, mais assez cependant pour juger que, malgré les *moyens* employés, le résultat, en ce qui regarde notre cher enfant, n'est pas tel qu'on pouvait le craindre. Je suis bien aise d'en avoir de vous l'assurance ; mais on me mande de Paris que M. de Barande est éloigné. Que cela va-t-il devenir ? Combien il me tarde d'être à mon poste !
« Quant aux demandes que je vous avais prié de faire (et qui n'ont pas été parfaitement accueillies), on a prouvé par là que l'on n'était pas mieux informé que moi : car je n'avais nul besoin de ce que je demandais, n'ayant en rien perdu mes droits.
« Je vais vous demander vos conseils pour répondre aux sollicitations qui me sont faites de toutes parts. Vous ferez de ce qui suit l'usage que, dans votre sagesse, vous jugerez convenable. La France royaliste, les personnes dévouées à Henri V, attendent de sa mère, libre enfin, une proclamation.

1. Toujours le même émissaire, le comte de Choulot.

«J'ai laissé à Blaye quelques lignes qui doivent être connues aujourd'hui[2]; on espère plus de moi; on veut savoir la triste histoire de ma détention pendant sept mois dans cette impénétrable bastille. Il faut qu'elle soit connue dans ses plus grands détails; qu'on y voie la cause de tant de larmes et de chagrins qui ont brisé mon cœur. On y apprendra les tortures morales que j'ai dû souffrir. Justice doit y être rendue à qui il appartient; mais aussi il y faudra dévoiler les atroces mesures prises contre une femme sans défense, puisqu'on lui a toujours refusé un conseil, par un gouvernement à la tête duquel est son parent, pour m'arracher un secret qui, dans tous les cas, ne pouvait concerner la politique, et dont la découverte ne devait pas changer ma situation si j'étais à craindre pour le gouvernement français, qui avait le pouvoir de me garder, mais non le droit, sans un jugement que j'ai plus d'une fois réclamé.

«Mais mon parent, mari de ma tante, chef d'une famille à laquelle, en dépit d'une opinion si généralement et si justement répandue contre elle, j'avais bien voulu faire espérer la main de ma fille, Louis-Philippe enfin, me croyant enceinte et non mariée (ce qui eût décidé toute autre famille à m'ouvrir les portes de ma prison), m'a fait infliger toutes les tortures morales pour me forcer à des démarches par lesquelles il a cru pouvoir établir le déshonneur de sa nièce. Du reste, s'il faut m'expliquer d'une manière positive sur mes déclarations et ce qui les a motivées, sans entrer dans aucuns détails sur mon intérieur[3], dont je ne dois compte à personne, je dirai avec toute vérité qu'elles m'ont été arrachées par les vexations, les tortures morales et l'espoir de recouvrer ma liberté.

«Le porteur vous donnera des détails et vous parlera de l'incertitude forcée sur le moment de mon voyage et sa direction, ce qui s'est opposé au désir que j'avais de profiter de votre offre obligeante en vous engageant à me joindre avant d'arriver à Prague, ayant bien besoin de vos conseils. Aujourd'hui il serait trop tard, voulant arriver près de mes enfants le plus tôt possible. Mais, comme rien n'est sûr dans ce monde, et que je suis accoutumée aux contrariétés, si, *contre ma volonté*, mon arrivée à Prague était retardée, je compte bien sur vous à l'endroit où je serais obligée de m'arrêter, d'où je vous écrirai; si, au contraire, j'arrive près de mon fils aussitôt que je le désire, vous savez mieux que

2. Voir ci-dessous, note 5.

3. Sur ma vie personnelle.

moi si vous y devez venir. Je ne puis que vous assurer du plaisir que j'aurai à vous voir en tous temps et en tous lieux.
« MARIE-CAROLINE. »

« Naples, 18 août 1833.
« Notre ami n'ayant pu encore partir, je reçois des rapports sur ce qui se passe à Prague qui ne sont pas de nature à diminuer mon désir de m'y rendre, mais aussi me rendent plus urgent le besoin de vos conseils. Si donc vous pouvez vous rendre à Venise sans tarder, vous m'y trouverez, ou des lettres poste restante, qui vous diront où vous pouvez me rejoindre. Je ferai encore une partie du voyage avec des personnes pour lesquelles j'ai bien de l'amitié et de la reconnaissance, M. et madame de Bauffremont[4]. Nous parlons souvent de vous ; leur dévouement à moi et à notre Henri leur fait bien souhaiter de vous voir arriver. M. de Mesnard partage bien ce désir. »

Madame de Berry rappelle dans sa lettre un petit manifeste[5] publié à sa sortie de Blaye et qui ne valait pas grand'chose, parce qu'il ne disait ni oui ni non. La lettre d'ailleurs est curieuse comme document historique, en révélant les sentiments de la princesse à l'égard de ses parents geôliers, et en indiquant les souffrances endurées par elle. Les réflexions de Marie-Caroline sont justes ; elle les exprime avec animation et fierté. On aime encore à voir cette mère courageuse et dévouée, enchaînée ou libre, constamment préoccupée des intérêts de son fils. Là, du moins dans ce cœur, est de la jeunesse et de la vie. Il m'en coûtait de recommencer un long voyage ; mais j'étais trop touché de la confiance de cette pauvre princesse pour me refuser à ses vœux et la laisser sur les grands chemins. M. Jauge accourut au secours de ma misère comme la première fois.
Je me remis en campagne avec une douzaine de volumes éparpillés autour de moi[6]. Or, pendant que je pérégrinais derechef dans la calèche

---

4.
Mme de Bauffremont avait accepté de prendre la « survivance » de la comtesse de Hautefort (qui avait résigné ses fonctions en mai 1833) pour servir de dame d'honneur à la duchesse pendant le voyage envisagé de Blaye à Prague ; mais elle mit pour condition que son mari serait du voyage (voir Mme de Boigne, *Mémoires*, t. IV, pp. 134-135).

5.
Le manifeste, du 7 juin 1833, écrit à Blaye, n'eut guère d'écho.

6.
Dans *Chateaubriand et Mme Récamier* (p. 118), M. Levaillant suppose que figuraient au moins parmi ces 12 volumes les *Voyages historiques et littéraires en Italie, ou l'Indicateur italien*, par Valéry (Paris, 1830-1833, 5 vol.), et *Mes Prisons*, de Silvio Pellico, dans la première édition italienne de Paris (voir *infra*, l. XL, chap. 6, note 1, p. 2764).

du prince de Bénévent, il mangeait à Londres au râtelier de son cinquième maître[7], en expectative de l'accident qui l'enverra peut-être dormir à Westminster, parmi les saints, les rois et les sages ; sépulture justement acquise à sa religion, sa fidélité et ses vertus[8].

7.
Talleyrand, qui avait préconisé l'instauration des Orléans sur le trône de France, fut récompensé par l'ambassade de Londres (1830-1835), où il fera prévaloir une politique de non-intervention de la France dans les affaires belges, pour le plus grand soulagement de l'Angleterre… et au grand dam de Chateaubriand, qui reprochera au gouvernement des barricades de « refuser la Belgique malgré la nation ». Dans ses *Cahiers*, Mme de Chateaubriand note, à la date d'août 1830 : « M. de Talleyrand vient d'être nommé ambassadeur de Londres. Combien de fois a-t-il été traître à son Dieu et à ses rois ? Ce qu'il y a de sûr, c'est qu'en allant prendre congé de Philippe Ier, il lui dit : "Sire, je suis à mon treizième serment, je souhaite que ce soit le dernier." » (*Mémoires…*, p. 143).

8.
Alors que Chateaubriand s'apprêtait à partir, la duchesse de Berry se rendit à Rome, où elle arriva le 22 août, pour faire sanctionner son mariage par le pape. Grégoire XVI tint à lui témoigner des égards particuliers, et l'audience revêtit un éclat exceptionnel dans la ville. À Pise, elle s'entretint avec le duc de Modène, son fidèle ami, puis gagna Florence, où le grand-duc Léopold, son beau-frère, la logea au Poggio Imperiale. C'est là qu'elle reçut le comte de La Ferronnays, envoyé de Prague en éclaireur, qui lui rendit compte du résultat négatif de ses négociations.

JOURNAL DE PARIS À VENISE.

Jura. – Alpes. – Milan. – Vérone. – Appel des morts. – La Brenta.

Du 7 au 10 septembre 1833, sur la route.

Je partis de Paris le 3 septembre 1833, prenant la route du Simplon par Pontarlier.

Salins brûlé était rebâti[1]; je l'aimais mieux dans sa laideur et dans sa caducité espagnoles. L'abbé d'Olivet naquit au bord de la *Furieuse;* ce premier maître de Voltaire, qui reçut son élève à l'Académie, n'avait rien de son ruisseau paternel.

La grande tempête qui a causé tant de naufrages dans la Manche m'assaillit sur le Jura. J'arrivai de nuit aux *wastes* du relais de Lévier[2]. Le caravansérail bâti en planches, fort éclairé, rempli de voyageurs réfugiés, ne ressemblait pas mal à la tenue d'un sabbat. Je ne voulus pas m'arrêter; on amena les chevaux. Quand il fallut fermer les lanternes de la calèche, la difficulté fut grande; l'hôtesse, jeune sorcière extrêmement jolie, prêta son secours en riant. Elle avait soin de coller son lumignon, abrité dans un tube de verre, auprès de son visage, afin d'être vue.

À Pontarlier, mon ancien hôte, très-légitimiste de son vivant, était mort. Je soupai à l'auberge du *National:* bon augure pour le journal de ce nom. Armand Carrel est le chef de ces hommes *(a)* qui n'ont pas menti aux journées de Juillet.

1. Salins (Jura), ville de 9 000 habitants, avait été en grande partie détruite lors d'un terrible incendie (1825) qui compromit sa prospérité.

2. Au-dessus de Pontarlier. Pour les *wastes*, voir *supra*, l. XXXIX, chap. 6, note 3, p. 2692.

Le château de Jouy[3] défend les approches de Pontarlier; il a vu se succéder dans ses donjons deux hommes dont la révolution gardera la mémoire: Mirabeau et Toussaint-Louverture[4] *(b)*, le Napoléon noir, imité et tué par le Napoléon blanc. «Toussaint, dit madame de Staël, fut amené dans une prison de France, où il périt de la manière la plus misérable. Peut-être Bonaparte ne se souvient-il pas seulement de ce forfait, parce qu'il lui a été moins reproché que les autres[5].»

L'ouragan croissait: j'essuyai sa plus grande violence entre Pontarlier et Orbes. Il agrandissait les montagnes, faisait tinter les cloches dans les hameaux, étouffait le bruit des torrents dans celui de la foudre, et se précipitait en hurlant sur ma calèche, comme un grain noir sur la voile d'un vaisseau. Quand de bas éclairs lézardaient les bruyères, on apercevait des troupeaux de moutons immobiles, la tête cachée entre leurs pattes de devant, présentant leurs queues comprimées et leurs croupes velues aux giboulées de pluie et de grêle fouettées par le vent. La voix de l'homme, qui annonçait le temps écoulé du haut d'un beffroi montagnard, semblait le cri de la dernière heure[6].

À Lausanne tout était redevenu riant: j'avais déjà bien des fois visité cette ville *(c)*; je n'y connais plus personne.

À Bex, tandis qu'on attelait à ma voiture les chevaux qui avaient peut-être traîné le cercueil de madame de Custine, j'étais appuyé contre le mur de la maison où était morte mon hôtesse de Fervaques. Elle avait été célèbre au tribunal révolutionnaire par sa longue chevelure. J'ai vu à Rome de beaux cheveux blonds retirés d'une tombe[7].

Dans la vallée du Rhône, je rencontrai une garçonnette presque nue, qui dansait avec sa chèvre; elle demandait la charité à un riche jeune homme bien vêtu qui passait en poste, courrier galonné en avant, deux

---

3. Il s'agit de la forteresse de Joux.

4. Voir *supra*, l. XX, chap. 3, p. 1184.

5. Voir *Dix années d'exil*, IIe partie, chap. I, pp. 329-330.

6. À Domo d'Ossola, le 7 septembre, Chateaubriand écrivait à Mme Récamier: «Je veux vous saluer en mettant le pied dans la belle Italie. Après-demain matin, je serai à Venise. J'ai eu un temps affreux, et il pleut encore à verse. Je ne songe qu'à vous voir. [...] À la rapidité de ma marche, vous voyez que je n'ai pas couché. J'ai pourtant pris quelques notes, et j'ai eu dans le Jura, et ensuite sur le Simplon, un coup de vent que je ne donnerais pas pour cent écus. Je vous écrirai de Venise, de cette Venise où je me suis embarqué, il y a un siècle, pour Jérusalem [...]» (*in* E. Biré, *Les Dernières Années de Chateaubriand*, p. 190).

7. Voir *supra*, l. XIV, chap. 1, p. 809 et l. XXX, chap. 7, p. 1990.

laquais assis derrière le brillant carrosse. Et vous vous figurez qu'une telle distribution de la propriété peut exister ? Vous pensez qu'elle ne justifie pas les soulèvements populaires ?

Sion me remémore une époque de ma vie : de secrétaire d'ambassade que j'étais à Rome, le premier consul m'avait nommé ministre plénipotentiaire au Valais[8].

À Brig je laissai les jésuites s'efforçant de relever ce qui ne peut l'être ; inutilement établis aux pieds du temps, ils sont écrasés sous sa masse, comme leur monastère sous le poids des montagnes[9].

J'étais à mon dixième passage des Alpes ; je leur avais dit tout ce que j'avais à leur dire dans les différentes années et les diverses circonstances de ma vie. Toujours regretter ce qu'il a perdu, toujours s'égarer dans les souvenirs, toujours marcher vers la tombe en pleurant et s'isolant : c'est l'homme.

Les images empruntées de la nature montagneuse ont surtout des rapports sensibles avec nos fortunes ; celui-ci passe en silence comme l'épanchement d'une source ; celui-ci attache un bruit à son cours comme un torrent ; celui-là jette son existence comme une cataracte qui épouvante et disparaît.

Le Simplon a déjà l'air abandonné, de même que la vie de Napoléon ; de même que cette vie il n'a plus que sa gloire : c'est un trop grand ouvrage pour appartenir aux petits États auxquels il est dévolu[10]. Le génie n'a point de famille ; son héritage tombe par droit d'aubaine à la plèbe, qui le grignote, et plante un chou où croissait un cèdre.

La dernière fois que je traversai le Simplon, j'allais en ambassade à Rome ; je suis tombé ; les pâtres que j'avais laissés au haut de la montagne y sont encore : neiges, nuages, roches ruiniques, forêts de pins, fracas des eaux, environnent incessamment la hutte menacée de l'avalanche. La personne la plus vivante de ces chalets est la chèvre. Pourquoi mourir ? je le sais. Pourquoi naître ? je l'ignore. Toutefois, reconnaissez que les premières souffrances, les souffrances morales, les tourments de l'esprit, sont de moins chez les habitants de la région des chamois et des aigles. Lorsque je me rendais au congrès de Vérone, en

8. Voir *supra*, l. XVI, chap. 1, pp. 899, 901.

9. Encore une pointe antijésuite. Quand la bulle *Sollicitudo omnium ecclesiarum* vint, le 7 août 1814, sanctionner l'œuvre de restauration de la Compagnie de Jésus, les cantons primitifs de la Suisse s'ouvrirent. Le Valais rendit aux jésuites leur ancien collège de Brigg.

10. Voir *supra*, l. XXVIII, chap. 4, note 6, p. 1786, et l. XXXVI, chap. 13, note 2, p. 2484.

1822, la station du pic du Simplon était tenue par une Française ; au milieu d'une nuit froide, et d'une bourrasque qui m'empêchait de la voir, elle me parla de la Scala de Milan ; elle attendait des rubans de Paris : sa voix, la seule chose que je connaisse de cette femme, était fort douce à travers les ténèbres et les vents.

La descente sur Domo d'Ossola m'a paru de plus en plus merveilleuse ; un certain jeu de lumière et d'ombre en accroissait la magie. On était caressé d'un petit souffle que notre ancienne langue appelait l'*aure* ; sorte d'avant-brise du matin, baignée et parfumée dans la rosée. J'ai retrouvé le lac Majeur, où je fus si triste en 1828, et que j'aperçus de la vallée de Bellinzona en 1832. À Sesto-Calende, l'Italie s'est annoncée : un Paganini aveugle chante et joue du violon au bord du lac en passant le Tessin.

Je revis, en entrant à Milan, la magnifique allée de tulipiers[11] dont personne ne parle ; les voyageurs les prennent apparemment pour des platanes. Je réclame contre ce silence en mémoire de mes sauvages : c'est bien le moins que l'Amérique donne des ombrages à l'Italie. On pourrait aussi planter à Gênes des magnolias mêlés à des palmiers et des orangers. Mais qui songe à cela ? qui pense à embellir la terre ? on laisse ce soin à Dieu. Les gouvernements sont occupés de leur chute, et l'on préfère un arbre de carton sur un théâtre de fantoccini[12] au magnolia dont les roses parfumeraient le berceau de Christophe Colomb.

À Milan[13], la vexation pour les passe-ports est aussi stupide que brutale.

Je ne traversai pas Vérone sans émotion : c'était là qu'avait réellement commencé ma carrière politique active. Ce que le monde aurait pu devenir si cette carrière n'eût été interrompue par une misérable jalousie[14], se présentait à mon esprit.

11.

« Je suis fâché de ne pas vous avoir recommandé la belle avenue de tulipiers qui sert d'entrée à Milan par le chemin du Simplon, écrivait Chateaubriand à Cordélia de Castellane alors qu'il se rendait à Vérone (1822), et au bout de laquelle devait se trouver l'élégant arc de triomphe à moitié fini ; vous m'auriez donné des nouvelles de ces arbres qui étaient déjà très beaux [...] » (*Lettres de Chateaubriand à la comtesse de Castellane*, pp. 51-52).

12.

Mot italien signifiant marionnettes, appelées aussi *burattini*, du nom d'un célèbre acteur de la *Comedia dell' Arte*. Dans son sens particulier, le mot *fantoccini* s'appliquait surtout aux marionnettes élégantes, exhibées sur des théâtres fixes, par opposition aux *puppi* et *pupazzi* ambulants des places publiques. De *fantoccini*, on a tiré en français le mot fantoche, mais qui n'était pas encore entendu dans l'acception qu'on lui donne aujourd'hui.

13.

Occupée par les Autrichiens.

14.

Celle de Villèle.

Vérone, si animée en 1822 par la présence des souverains de l'Europe, était retournée en 1833 au silence; le congrès était aussi passé dans ses rues solitaires que la cour des Scaligeri[15] et le sénat des Romains. Les arènes, dont les gradins s'étaient offerts à mes regards chargés de cent mille spectateurs, béaient désertes; les édifices, que j'avais admirés sous l'illumination brodée à leur architecture, s'enveloppaient gris et nus dans une atmosphère de pluie.

Combien s'agitaient d'ambitions parmi les acteurs de Vérone! que de destinées de peuples examinées, discutées et pesées! Faisons l'appel de ces poursuivants de songes; ouvrons le livre du jour de colère: *Liber scriptus proferetur*[16]; monarques! princes! ministres! voici votre ambassadeur, voici votre collègue revenu à son poste: où êtes-vous? répondez[17].

L'empereur de Russie Alexandre? – Mort.

L'empereur d'Autriche François II? – Mort.

Le roi de France Louis XVIII? – Mort.

Le roi de France Charles X? – Mort.

Le roi d'Angleterre George IV? – Mort.

Le roi de Naples Ferdinand Ier? – Mort.

Le duc de Toscane? – Mort.

Le pape Pie VII? – Mort.

Le roi de Sardaigne Charles-Félix? – Mort.

Le duc de Montmorency, ministre des affaires étrangères de France? – Mort.

M. Canning, ministre des affaires étrangères d'Angleterre? – Mort.

M. de Bernstorff, ministre des affaires étrangères en Prusse? – Mort.

M. de Gentz, de la chancellerie d'Autriche? – Mort.

Le cardinal Consalvi, secrétaire d'État de Sa Sainteté? – Mort.

15.
Les Scaligeri, ou seigneurs de la Scala, étaient une grande famille de Vérone. Au chap. 2 du l. XIV, p. 826, Chateaubriand cite l'érudit Scaliger, duquel cette famille affirmait descendre.

16.
Littéralement: «Le livre plein d'inscriptions sera produit au jour»; vers tiré de la prose pour l'office des Morts: *Dies irae*, «le jour de colère».

17.
Cet «appel des morts» figure dans le *Congrès de Vérone* («Négociations, Colonies espagnoles», chap. XXVII, rééd. Slatkine, pp. 497-499), avec quelques additions compte tenu de l'avancement du temps (1833-1838): le tsar Alexandre Ier, 1825; l'empereur d'Autriche François Ier, 1835; Louis XVIII, 1824; Charles X, 1836; George IV d'Angleterre, 1830; Ferdinand Ier des Deux-Siciles, 1825; le grand-duc de Toscane Ferdinand III, 1824; le pape Pie VII, 1823; Charles-Félix de Sardaigne, 1831; Montmorency, 1826; Canning, 1827; Bernstorff, 1835; Gentz, 1832; le cardinal Consalvi, 1824; le comte de Serre, 1824; le comte d'Aspremont, 1825; le comte de Neipperg, 1829; la comtesse Tolstoï, 1828. Demeuraient encore en vie Metternich, Wellington et l'auteur.

M. de Serre, mon collègue au congrès ? – Mort.
M. d'Aspremont, mon secrétaire d'ambassade ? – Mort.
Le comte de Neipperg, mari de la veuve de Napoléon ? – Mort.
La comtesse Tolstoï ? – Morte.
Son grand et jeune fils ? – Mort.
Mon hôte du palais Lorenzi ? – Mort.
Si tant d'hommes couchés avec moi sur le registre du congrès se sont fait inscrire à l'obituaire[18] ; si des peuples et des dynasties royales ont péri ; si la Pologne a succombé ; si l'Espagne est de nouveau anéantie[19] ; si je suis allé à Prague m'enquérir des restes fugitifs de la grande race dont j'étais le représentant à Vérone, qu'est-ce donc que les choses de la terre ? Personne ne se souvient des discours que nous tenions autour de la table du prince de Metternich ; mais, ô puissance du génie ! aucun voyageur n'entendra jamais chanter l'alouette dans les champs de Vérone sans se rappeler Shakespeare. Chacun de nous, en fouillant à diverses profondeurs dans sa mémoire, retrouve une autre couche de morts, d'autres sentiments éteints, d'autres chimères qu'inutilement il allaita, comme celles d'Herculanum, à la mamelle de l'Espérance. En sortant de Vérone, je fus obligé de changer de mesure pour supputer le temps passé ; je rétrogradais de vingt-sept années, car je n'avais pas fait la route de Vérone à Venise depuis 1806. À Brescia, à Vicence, à Padoue, je traversai les murailles de Palladio, de Scamozzi, de Franceschini, de Nicolas de Pise, de frère Jean.
Les bords de la Brenta trompèrent mon attente ; ils étaient demeurés plus riants dans mon imagination : les digues élevées le long du canal enterrent trop les marais. Plusieurs *villa* ont été démolies ; mais il en reste encore quelques-unes très-élégantes. Là demeure peut-être le signor *Procurante*[20] que les grandes dames à sonnets dégoûtaient, que les deux jolies filles commençaient fort à lasser, que la musique fatiguait au bout d'un quart d'heure, qui trouvait Homère d'un mortel ennui, qui détestait le pieux Énée, le petit Ascagne, l'imbécile Roi Latinus, la bourgeoise Amate et l'insipide Lavinie[21] ; qui s'embarrassait peu d'un mauvais dîner d'Horace sur la route de Brindae[22] ; qui déclarait ne vouloir

---

18.
Registre obituaire : livre contenant la liste des défunts pour l'anniversaire desquels une communauté devait prier ou célébrer un *obit*.
19.
Voir *supra*, l. XXXIV, chap. 10, note 2, p. 2333.
20.
Non le signor *Procurante*, mais le signor *Pococurante*. Chateaubriand évoque ici *Candide* et le chapitre consacré à la visite chez ce seigneur vénitien (chap. XXV du conte).

Les pigeons de Pline d'après la mosaïque trouvée à Pompéi.

21.
Selon l'*Énéide* de Virgile, Ascagne, fils d'Énée, fut emmené par son père en Italie après la prise de Troie et lui succéda comme roi du Latium. Latinus, roi d'une peuplade de l'Italie, accueillit Énée et ses Troyens. Il lui donna en mariage sa fille Lavinia, déjà fiancée à Turnus, roi des Rutules, que le prince troyen extermina afin de dégager la parole de son futur beau-père. Amate, épouse de Latinus, se pendit de désespoir pour n'avoir pu empêcher le mariage de sa fille.

22.
Évocation de la satire d'Horace (*Satires*, l. I, 5), où l'auteur rappelle un voyage qu'il fit en 37, de Rome à Brindes, en compagnie de Mécène et de Virgile : ce voyage, qui dura 13 jours, fut fertile en événements piquants autant qu'imprévus.

jamais lire Cicéron et encore moins Milton, ce barbare, gâteur de l'enfer et du diable du Tasse. « Hélas ! disait tout bas Candide à Martin, j'ai bien peur que cet homme-ci n'ait un souverain mépris pour nos poètes allemands[23] ! »

Malgré mon demi-désappointement et beaucoup de dieux dans les petits jardins, j'étais charmé des arbres de soie[24], des orangers, des figuiers et de la douceur de l'air, moi qui, si peu de temps auparavant, cheminais dans les sapinières de la Germanie et sur les monts des Tchèques où le soleil a mauvais visage.

J'arrivai le 10 de septembre au lever du jour à Fusina, que Philippe de Comines et Montaigne appellent *Chaffousine*. À dix heures et demie j'étais débarqué à Venise. Mon premier soin fut d'envoyer au bureau de la poste : il ne s'y trouva rien ni à mon adresse directe ni à l'adresse indirecte de Paolo[25] : de madame la duchesse de Berry, aucune nouvelle. J'écrivis au comte Griffi, ministre de Naples à Florence, pour le prier de me faire connaître la marche de Son Altesse Royale.

M'étant mis en règle, je me résolus d'attendre patiemment la princesse : Satan m'envoya une tentation. Je désirai, par ses suggestions diaboliques, demeurer seul une quinzaine de jours à l'hôtel de l'Europe, au grand détriment de la monarchie légitime. Je souhaitai de mauvais chemins à l'auguste voyageuse sans songer que ma restauration du Roi Henri V pourrait être retardée d'un *demi-mois :* j'en demande, comme Danton, pardon à Dieu et aux hommes.

23.
Résumé du chap. XXV de *Candide*. Voir *supra*, l. XIX, chap. 5, note 3, p. 1096.

24.
Chateaubriand fait allusion à l'asclépias de Syrie ; ses graines donnent des poils longs et soyeux dont on fait des étoffes (voir *supra*, l. XXX, chap. 2, note 7, p. 1961).

25.
Nom de l'émissaire secret de la duchesse de Berry, le comte de Choulot.

INCIDENCES[1].

Venise.

SALVE, ITALUM REGINA...
(SANNAZAR.)
NEC TU SEMPER ERIS. / O D'ITALIA DOLENTE / ETERNO LUME... / VENEZIA [2] !
(CHIABRERA.)

Venise, hôtel de l'Europe,
10 septembre 1833.

On peut, à Venise, se croire sur le tillac d'une superbe galère à l'ancre, sur le *Bucentaure*[3], où l'on vous donne une fête et du bord duquel vous apercevez à l'entour des choses admirables. Mon auberge, l'hôtel de l'Europe[4], est placée à l'entrée du grand canal, en face de la *Douane de mer*, de la *Giudecca* et de *Saint-Georges-Majeur*. Lorsqu'on remonte le grand canal entre les deux files de ses palais, si marqués de leurs siècles, si variés d'architecture, lorsqu'on se transporte sur la *grande* et la *petite* place, que l'on contemple la basilique et ses dômes, le palais des doges, les *procurazie nuove*, la *Zecca*, la tour de l'Horloge, le beffroi de Saint-Marc, la colonne du Lion, tout cela mêlé aux voiles et aux mâts des vaisseaux, au mouvement de la foule et des gondoles, à l'azur du ciel et de la mer, les caprices d'un rêve ou les jeux d'une imagination orientale n'ont rien de plus fantastique. Quelquefois Cicéri peint et rassemble sur une toile, pour les prestiges du théâtre, des monuments de toutes les formes, de tous les temps, de tous les pays, de tous les climats : c'est encore Venise.

1.
Dans le manuscrit de 1845, un livre entier, composé de 18 chapitres, était consacré au *Séjour à Venise*. Ultérieurement, Chateaubriand a retranché de son manuscrit les 8 derniers chapitres de ce livre, et a constitué, avec les 10 premiers, les chapitres 4 à 13 de ce livre XL. On trouvera *infra*, pp. 3209-3236, en variante sur le chap. 13, les chapitres retranchés, dont M. Levaillant a reproduit et analysé le texte dans *Deux livres*..., t. I. Le texte de ces chapitres de l'édition Penaud est dans l'ensemble identique à celui du manuscrit de 1847. M. Levaillant, dans son édition de la Pléiade des *Mémoires d'outre-tombe*, a préféré, par goût, retenir sur quelques points le texte du manuscrit de 1845. Nous indiquerons ces variantes ci-dessous.

2.

Épigraphes illustrant les deux thèmes de ce chapitre : la décadence politique de Venise et la beauté pérenne de la ville. Le premier distique est de Sannazar (1458-1530), né et mort à Naples, qui fut attaché à la cour des princes d'Aragon : *Salve Italum Regina, altae pulcherrima Romae / Aemula, quae terris, quae dominaris aquis !* « Salut, reine de l'Italie, rivale si belle entre toutes de la superbe Rome, toi qui domines sur les terres et sur les eaux ! » (l. III, Élégie I), et : *Nec tu semper eris, quae septem amplecteris arces, / Nec tu, quae mediis aemula surgis aquis !* « Vous ne durerez pas toujours, ni toi (Rome) qui serres sept citadelles entre tes bras, ni toi (Venise) son émule, qui surgis du milieu des eaux ! » (l. II, Élégie I). Le second est de Gabriello Chiabrera (1552-1637), né et mort à Savone, grand admirateur des Grecs, particulièrement de Pindare et d'Anacréon : *O d'Italia dolente / Eterno lume, ed immortal sostegno / Venezia !* « Ô Venise, éternelle lumière et soutien immortel de l'Italie dans sa souffrance ! » (*Canzoni Eroïche*, 1807, t. III, pp. 8-9).

3.

Galère sculptée et dorée sur laquelle le doge s'embarquait tous les ans, le 15 août, pour renouveler son mariage symbolique avec l'Adriatique.

4.

Dans son guide *Otto giorni a Venezia* (1839), que Chateaubriand utilisa, Antonio Quadri écrit : « Grand Canal, à droite, Palais Giustiniani, architecture de style Moyen Âge, maintenant grand Hôtel de l'Europe. Cet établissement offre, outre la commodité des appartements et l'exactitude du bon service, les points de vue les plus agréables. » « Les Giustiniani, ajoute M.-J. Durry, avaient habité le palais pendant cinq siècles, les Morosini les y avaient remplacés de 1750 à la chute de la République, et le louèrent en 1817 à un Français, Arnold Marseille, qui en fit un hôtel de luxe » (*La Vieillesse de Chateaubriand*, t. II, pp. 102-103). Chateaubriand avait détesté Venise lors de son premier passage, en 1806. Pressé de partir vers la Grèce et la Terre sainte, il s'était arrêté le 23 juillet à l'hôtel du Lion blanc et n'avait accordé à la ville des Doges qu'une attention quelque peu méprisante, contrairement à son valet Julien et à Céleste de Chateaubriand, qui a laissé des souvenirs pittoresques (voir *Mémoires*..., pp. 58-59). Dans une lettre à Louis-François Bertin, datée de Trieste, 30 juillet 1806, Chateaubriand écrivait : « Cette Venise, si je ne me trompe, vous déplairait autant qu'à moi. C'est une ville contre *nature*. On n'y peut faire un pas sans être obligé de s'embarquer, ou bien on est réduit à tourner dans d'étroits passages plus semblables à des corridors qu'à des rues. [...] Ces fameuses gondoles toutes noires ont l'air de bateaux qui portent des cercueils. J'ai pris la première que j'ai vue pour un mort qu'on portait en terre. Le ciel n'est pas notre ciel de delà l'Apennin ; point d'antiquités. Rome et Naples, mon cher ami, et un peu Florence, voilà toute l'Italie. [...] » (voir *CG*, t. I, pp. 388-389). Dès que l'on connut la lettre, elle fit scandale : des brochures de protestation furent publiées : celles de la comtesse Renier Michiel, de la marquise Orintia Sacrati (intitulée *Lettera di Fiordiligi Taumanzia, pastorella d'Arcadia all'ornatissimo Signor Florenao Caldani Bolognese, professore di anatomia nella R. Università di Padova*), qui, près avoir dit que l'auteur de la publication de la lettre semblait avoir agi moins en ami qu'en ennemi, ajoutait : « Comment répondre au délire d'un homme ? Si quelqu'un disait que le soleil est un corps duquel émanent des ténèbres, qui voudrait le contredire ? De pareilles extravagances tombent d'elles-mêmes. » (voir R. Dollot, « En marge de l'*Itinéraire*, Chateaubriand à Venise et à Trieste (1806) », *Le Correspondant*, n° 1611, 10 novembre 1929, pp. 406-410). Ce sont Byron et Shelley qui mettront Venise au centre de l'univers romantique. Keats expira à 25 ans en prononçant ce nom désormais magique : « Venise » (1821). Musset donnera *Les Contes d'Espagne et d'Italie* ; Casimir Delavigne, après le poète de *Manfred*, donnera un autre *Marino Faliero*. Alors Chateaubriand, revenant en Italie, découvrira Venise.

Venise, place Saint-Marc.

Ces édifices surdorés, embellis avec profusion par Giorgion[5], Titien, Paul Véronèse, Tintoret, Jean Bellini, Paris Bordone, les deux Palma, sont remplis de bronzes, de marbres, de granits, de porphyres, d'antiques[6] précieuses, de manuscrits rares; leur magie intérieure égale leur magie extérieure; et quand, à la clarté suave qui les éclaire, on découvre les noms illustres et les nobles souvenirs attachés à leurs voûtes, on s'écrie avec Philippe de Comines: «C'est la plus triomphante cité que j'aie jamais vue[7]!»

Et pourtant ce n'est plus la Venise du ministre de Louis XI, la Venise épouse de l'Adriatique et dominatrice des mers; la Venise qui donnait des empereurs à Constantinople, des rois à Chypre, des princes à la Dalmatie, au Péloponnèse, à la Crète; la Venise qui humiliait les Césars de la Germanie, et recevait à ses foyers inviolables les papes suppliants[8]; la Venise de qui les monarques tenaient à honneur d'être citoyens, à qui Pétrarque, Pléthon, Bessarion léguaient les débris des lettres grecques et latines sauvées du naufrage de la barbarie; la Venise qui, république au milieu de l'Europe féodale, servait de bouclier à la chrétienté; la Venise, *planteuse de lions*, qui mettait sous ses pieds les remparts de Ptolémaïde, d'Ascalon, de Tyr, et abattait le croissant à Lépante[9]; la Venise dont les doges étaient des savants et les marchands des chevaliers; la Venise qui terrassait l'Orient ou lui achetait ses parfums, qui rapportait de la Grèce des turbans conquis ou des chefs-d'œuvre retrouvés; la Venise qui sortait victorieuse de la ligue

---

5.
Il faut entendre Giorgione, et non Giorgion.

6.
«Antique: pierre composée de plusieurs couches, comme le sont ordinairement les onyx, représentant un sujet quelconque exécuté par un graveur d'un talent incontestable, soit grec, soit italien, allemand, anglais ou français…» (Christen, *Art du lapidaire*, p. 289, *in Littré*, 1866).

7.
Philippe de Commines, *Mémoires*, l. VII, chap. 15.

8.
Évocation ramassée des hauts faits politiques de Venise. Dès l'an 1000, les Vénitiens avaient établi leur supériorité sur une large part de la côte dalmate. Cette réussite est comme symbolisée par le titre de *dux Dalmatinorum* conféré aux doges, et commémorée le 15 août par une cérémonie religieuse célébrée en mer, qui présage les futures «noces de la mer». Lors du Grand Schisme, Venise s'engagea, en 1159, aux côtés du pape Alexandre III, contre l'antipape Victor IV, soutenu par l'empereur Frédéric Barberousse, et accueillit cardinaux et prélats fidèles au pape. En 1167, la République soutint financièrement la Ligue lombarde, anti-impériale. Après la victoire des milices communales sur les troupes impériales, Venise sera partie prenante aux négociations entre les ennemis. C'est à Venise, en 1177, que fut signée la paix entre le pape et l'empereur, et la soumission de ce dernier, célébrée par de grandioses cérémonies, marquant la place que la ville tenait désormais en Italie et dans le monde. Lors de la quatrième croisade, Francs et Vénitiens s'empareront de Constantinople (12 avril 1204) et se partageront l'empire; le

Le Martyre de St Laurent.

9 mai, Baudouin de Flandre sera élu empereur par une assemblée de 12 membres, dont 6 représentent des Vénitiens, le doge ayant habilement refusé le titre. Dès lors les Vénitiens seront maîtres d'une large part de Constantinople, des côtes de la mer Ionienne, du Péloponnèse, des Cyclades, de Gallipoli et de la Crète. Enfin, pour reprendre l'un des exemples cités par Chateaubriand, par une paix conclue avec la Sublime Porte (1479), Venise acquit Chypre, lieu de passage entre l'Occident, l'Asie Mineure et l'Égypte, qu'elle détiendra jusqu'en 1570.

9.

Ptolémaïde, ou plus exactement Ptolémaïs : ville de Phénicie, devenue ensuite Saint-Jean-d'Acre. Ascalon, ville de Phénicie, fut successivement incorporée au royaume d'Égypte et à celui de Syrie. À l'époque des croisades, elle tomba au pouvoir des Francs et fut ensuite reprise et détruite par Saladin. En 1123, à Ascalon, les Vénitiens battirent la flotte égyptienne, mettant ainsi temporairement fin à la puissance maritime des Sarrasins en Méditerranée. Lépante : ville de Grèce, sur la côte nord, qui relie le golfe de Corinthe à la mer Ionienne. Assiégée par les Turcs, elle fut témoin d'une grande bataille navale entre les forces de la Sainte Ligue (aux ordres de Don Juan, frère de Philippe II) et celles des Turcs d'Ali Pacha (7 octobre 1571). Don Juan commandait 208 galères espagnoles, vénitiennes, génoises et pontificales, plus 60 navires légers. Cette victoire remportée par la Ligue, célébrée dans toute la Chrétienté, n'aura cependant pas de lendemain ; Chypre restera aux Ottomans, qui reconstitueront leur escadre. La bataille de Lépante a été représentée entre autres par une peinture d'Andrea Vicentino, qui se trouve au palais des Doges, et par des tableaux allégoriques du Titien et de Véronèse.

ingrate de Cambrai[10]; la Venise qui triomphait par ses fêtes, ses courtisanes et ses arts, comme par ses armes et ses grands hommes; la Venise à la fois Corinthe, Athènes et Carthage, ornant sa tête de couronnes rostrales et de diadèmes de fleurs.

Ce n'est plus même la cité que je traversai lorsque j'allais visiter les rivages témoins de sa gloire; mais, grâce à ses brises voluptueuses et à ses flots amènes, elle garde un charme; c'est surtout aux pays en décadence qu'un beau climat est nécessaire. Il y a assez de civilisation à Venise pour que l'existence y trouve ses délicatesses. La séduction du ciel empêche d'avoir besoin de plus de dignité humaine; une vertu attractive s'exhale de ces vestiges de grandeur, de ces traces des arts dont on est environné. Les débris d'une ancienne société qui produisit de telles choses, en vous donnant du dégoût pour une société nouvelle, ne vous laissent aucun désir d'avenir. Vous aimez à vous sentir mourir avec tout ce qui meurt autour de vous; vous n'avez d'autre soin que de parer les restes de votre vie à mesure qu'elle se dépouille. La nature, prompte à ramener de jeunes générations sur des ruines comme à les tapisser de fleurs, conserve aux races les plus affaiblies l'usage des passions et l'enchantement des plaisirs.

Venise ne connut point l'idolâtrie; elle grandit chrétienne dans l'île où elle fut nourrie, loin de la brutalité d'Attila. Les descendantes des Scipions, les Paule et les Eustochie, échappèrent dans la grotte de Bethléem à la violence d'Alaric[11]. À part de toutes les autres cités, fille aînée de la civilisation antique sans avoir été déshonorée par la conquête, Venise ne renferme ni décombres romains, ni monuments des Barbares. On n'y voit point non plus ce que l'on voit dans le nord et l'occident de l'Europe, au milieu des progrès de l'industrie; je veux parler de ces constructions neuves, de ces rues entières élevées à la hâte, et dont les maisons demeurent ou non achevées, ou vides. Que pourrait-

---

10.

La ligue de Cambrai (10 décembre 1508), formée par le pape Jules II contre les Vénitiens, avec l'intention secrète de la retourner contre la France lorsque ses projets seraient accomplis du côté de Venise, réunissait l'empereur Maximilien Ier, le roi de France Louis XII, le roi d'Aragon Ferdinand le Catholique, le pape et presque tous les princes d'Italie. Vaincus à Agnadel par Louis XII, les Vénitiens firent d'adroites concessions et réussirent à détacher de la ligue le pape d'abord, puis Ferdinand, puis Maximilien; et le roi de France, resté seul, se vit réduit à combattre non plus seulement les Vénitiens, mais encore ses anciens alliés.

11.

«Sainte Paule et sainte Eustochie sa fille étaient deux grandes dames romaines de la famille des Gracques et des Scipions. Elles quittèrent les délices de Rome pour venir vivre et mourir à Bethléem dans la pratique des vertus monastiques» (*Itinéraire*, Pléiade, p. 991).

on bâtir ici? de misérables bouges qui montreraient la pauvreté de conception des fils auprès de la magnificence du génie des pères; des cahutes blanchies qui n'iraient pas au talon des gigantesques demeures des Foscari et des Pesaro. Quand on avise la truelle de mortier et la poignée de plâtre qu'une réparation urgente a forcé d'appliquer contre un chapiteau de marbre, on est choqué. Mieux valent les planches vermoulues barrant les fenêtres grecques ou moresques, les guenilles mises sécher sur d'élégants balcons, que l'empreinte de la chétive main de notre siècle.

Que ne puis-je m'enfermer dans cette ville en harmonie avec ma destinée, dans cette ville des poètes, où Dante, Pétrarque, Byron *(a)*, passèrent! Que ne puis-je achever d'écrire mes *Mémoires* à la lueur du soleil qui tombe sur ces pages! L'astre brûle encore dans ce moment mes savanes floridiennes et se couche ici à l'extrémité du grand canal. Je ne le vois plus; mais, à travers une clairière de cette solitude de palais, ses rayons frappent le globe de la *Douane*, les antennes des barques, les vergues des navires et le portail du couvent de *Saint-Georges-Majeur*[12]. La tour du monastère, changée en colonne de rose, se réfléchit dans les vagues; la façade blanche de l'église est si fortement éclairée, que je distingue les plus petits détails du ciseau. Les enclôtures des magasins de la *Giudecca* sont peintes d'une lumière titienne; les gondoles du canal et du port nagent dans la même lumière. Venise est là, assise sur le rivage de la mer, comme une belle femme qui va s'éteindre avec le jour: le vent du soir soulève ses cheveux embaumés; elle meurt saluée par toutes les grâces et tous les sourires de la nature[13].

12.

Avec le thème de la décadence de Venise, Chateaubriand inaugure un thème appelé à connaître une grande fortune littéraire avec Maurice Barrès, dans *Amori et dolori sacrum* (1903), où «flotte un romantisme créé par nos pères, qui se précipite sur un visiteur prédisposé». Barrès, dans une page intitulée «La Mort de Venise», se présente «accoudé à la balustrade d'un pont [...] et [...] regarde la base d'un palais rose se dissoudre dans l'eau polluée». Évoquant les ombres de Goethe, Chateaubriand, Byron, Musset, Sand, Léopold Robert, Gautier, Taine et Wagner, il en vient à conclure que «cette ville privée de son sens historique, et qui n'agit plus que par sa régression, nous enveloppe d'une atmosphère d'irrémédiable échec» (*Amori et dolori sacrum, in Romans et Voyages*, p. 22). Après Barrès, viendra le Thomas Mann de *Mort à Venise* (1913), magistralement porté à l'écran par Luchino Visconti (1971).

13.

On comparera cette évocation «en majesté» de Venise avec les premières strophes du pèlerinage du chevalier Harold, composées, en 1817, par Byron: *«Venise n'entend plus le gondolier joyeux / Chanter les vers du Tasse aux flots silencieux, / Et, du sein des palais croulants sur le rivage, / La musique frapper les échos de la plage. / Des arts évanouis le temple est déserté; / Mais la nature encore a gardé sa beauté. / Arts, empires, tout meurt, excepté la*

VUE DE VENISE.

nature. / Elle n'a point encor de sa noble parure / Déshérité ces lieux, où tant d'attraits divers / Jadis aux voluptés conviaient l'univers, / Et faisaient de Venise en délices féconde / Le temple du plaisir, le rendez-vous du monde. / C'est là que, détrompé d'un espoir insensé, / Le jeune homme respire, oubliant le passé; / C'est là que le vieillard va chercher un asile / Contre les noirs ennuis d'un long âge inutile. / Ce besoin que notre âme éprouve en ses revers / Est peut-être la source où j'ai puisé ces vers. / Cependant, sans errer au monde imaginaire, / Dans les réalités de la terrestre sphère / N'est-il pas des objets plus beaux, plus éclatants, / Que ce monde idéal et tous ses habitants, / Que ces astres semés dans l'espace bizarre / De ce ciel fantastique où la muse s'égare?» (*Childe-Harold*, chant IV, strophes III et VI, éd. 1833, pp. 163-165).

Architecture vénitienne. – Antonio. – L'abbé Betio et M. Gamba. – Salles du palais des doges. – Prisons.

Venise, septembre 1833.

À Venise, en 1806, il y avait un jeune signor Armani, traducteur italien ou ami du traducteur du *Génie du Christianisme*[1]. Sa sœur, comme il disait, était *nonne, monaca*[2]. Il y avait aussi un juif allant à la comédie du grand Sanhédrin[3] de Napoléon et qui reluquait ma bourse ; plus M. Lagarde, chef des espions français[4], lequel me donna à dîner : mon traducteur, sa sœur, le juif du Sanhédrin, ou sont morts ou n'habitent plus Venise. À cette époque je demeurais à l'hôtel du Lion blanc, près Rialto ; cet hôtel a changé de lieu. Presque en face de mon ancienne auberge est le palais Foscari qui tombe. Arrière toutes ces vieilleries de ma vie ! j'en deviendrais fou à force de ruines : parlons du présent.

J'ai essayé de peindre l'effet général de l'architecture de Venise[5] ; afin de me rendre compte des détails, j'ai remonté, descendu et remonté, descendu et remonté le grand canal, vu et revu la place Saint-Marc.

1. Traduction dont l'auteur fut « tout glorieux » (P. de Raynal, *Les Correspondants de J. Joubert...*, p. 211). Plus tard, Armani traduisit *Les Martyrs* (1814).

2. Le manuscrit de 1845 porte : « moine ». Penaud a corrigé à tort : voir les *Cahiers de Madame de Chateaubriand*, p. 58 : « Ce fut à Venise que j'entendis pour la première fois un improvisateur, M. Armani. C'était un juif converti ; sa sœur, disait-il, était *moine* dans un couvent. »

3. Un décret du 30 mai 1806 ordonna la réunion, à Paris, d'une assemblée des principaux juifs de l'Empire afin d'étudier, de concert avec les délégués de l'empereur (Molé, Portalis et Pasquier), les moyens les plus expédients « pour rappeler parmi leurs frères l'exercice des arts et des professions utiles, afin de remplacer par une industrie honnête, les ressources honteuses auxquelles beaucoup se livrent ». Les juifs déléguèrent 111 d'entre eux

VENISE, LE CAMPANILE.

à cette assemblée (26 juillet-4 août) et adoptèrent une déclaration promettant de « se faire un devoir de se soumettre aux lois de l'État, quand bien même leur code religieux renfermerait des dispositions différentes de celles du code Napoléon ». Pour mettre ces deux codes en harmonie, Napoléon convoqua une seconde assemblée, ou Grand Sanhédrin, qui commença ses travaux le 9 février 1807, sous la présidence de Champagny. 71 délégués (dont les deux tiers étaient des rabbins) y prirent part. On rendit les décisions doctrinales sur le mariage, les rapports civils et politiques, etc., et l'assemblée clôtura ses travaux le 6 avril. Les délégués de Venise au Grand Sanhédrin furent Foa Ventura, Jacob Cracovia et Aaron Latis, que rencontra Mme de Chateaubriand en 1806.

4.

Mme de Chateaubriand est moins vive que son mari pour Lagarde, dont elle donne le titre exact : « commissaire-général de la Police », et non « chef des espions français ». Elle remarque aussi : « Son dévouement à Bonaparte ne l'empêcha pas de nous bien recevoir ; il nous fit beaucoup de politesses ; nous donna un très bon dîner (à moi) et nous fit toutes

Le Bucentaure.

sortes d'offres de service. Certes, ajoute-t-elle amère, un préfet de Charles X n'aurait pas si bien reçu des gens en disgrâce» (*Mémoires*..., p. 58).

5.

Dans les *Études historiques*, Chateaubriand livre une théorie curieuse sur l'architecture méditerranéenne: «Tandis que l'architecture néogrecque, infidèle au Parthénon abandonné, s'emparait des édifices chrétiens, elle envahissait aussi les édifices mahométans. [...] elle arriva de la mosquée du Kaire en Égypte, à celle de Cordoue en Espagne, à peu près au moment où les exarques de Ravenne l'introduisaient en Italie. Ainsi la puînée de l'Ionie parut dans l'Europe occidentale, portant d'une main l'étendard du prophète et de l'autre celui du Christ: l'Alhambrah à Grenade, et Saint-Marc à Venise, témoignent de son inconstance et des merveilles de ses caprices. Plus d'ordres distincts, plus d'architraves ou architraves brisées; au lieu de portique un portail, au lieu de fronton une façade, au lieu de frise, de corniche et d'entablement, une balustrade» (*OC*, t. V bis, pp. 433-434). Voir à ce sujet A. Poirier, *Les Idées artistiques de Chateaubriand*.

Il faudrait des volumes pour épuiser ce sujet. *Le fabbriche più cospicue di Venezia*[6] du comte Cicognara fournissent le trait des monuments; mais les expositions[7] ne sont pas nettes. Je me contenterai de noter deux ou trois des agencements les plus répétés.

Du chapiteau d'une colonne corinthienne se décrit un demi-cercle dont la pointe descend sur le chapiteau d'une autre colonne corinthienne: juste au milieu de ces styles s'en élève une troisième, même dimension et même ordre; du chapiteau de cette colonne centrale partent à droite et à gauche deux épicycles[8] dont les extrémités se vont aussi reposer sur les chapiteaux d'autres colonnes. Il résulte de ce dessin que les arcs, en se coupant, donnent naissance à des ogives au point de leur intersection* [* Il est clair à mes yeux que l'ogive dont on va chercher si loin l'origine prétendue mystérieuse est née fortuitement de l'intersection des deux cercles de plein cintre; aussi la retrouve-t-on partout. Les architectes n'ont fait dans la suite que la dégager des dessins dans lesquels elle figurait.], de sorte qu'il se forme un mélange charmant de deux architectures, du plein cintre romain et de l'ogive arabe ou gothique orientale[9]. Je suis ici l'opinion du jour, en supposant l'ogive arabe gothique ou *moyen-âgée* d'origine; mais il est certain qu'elle existe dans les monuments dits cyclopéens: je l'ai vue très-pure dans les tombeaux d'Argos*. [* Voyez la note précédente[10].]

Le palais du Doge offre des entrelacs reproduits dans quelques autres palais, particulièrement au palais Foscari: les colonnes soutiennent des cintres ogives; ces cintres laissent entre eux des vides: entre ces vides

---

6.

Le titre complet est *Le Fabbriche più cospicue di Venezia, misurate, illustrate, ed intagliate dai membri della veneta reale Academia di Belle arti, Venezia* (1835). Il s'agit, écrit M. Levaillant, de deux magnifiques in-folio parus en 1815 et 1825 avec une série de planches. Chateaubriand en possédait à Paris un exemplaire. Cet ouvrage collectif a été écrit à la gloire de Venise et de ses monuments par les membres de l'Académie des Beaux-Arts, sous la direction de leur président, le comte Leopoldo Cicognara.

7.

Exposition: «[...] manière dont un tableau est placé relativement au point d'où lui vient le jour et au point d'où il doit être vu» *(Littré).*

8.

Ce terme d'astronomie, emprunté à la conception aristotélicienne de la terre immobile, centre de l'univers, et qui désigne «un petit cercle, décrit par un astre, dont le centre traçait lui-même un cercle plus grand autour de la terre», est ici transposé dans le langage de l'architecture.

9.

Chateaubriand aime les styles d'architecture où se rencontrent et se mêlent plusieurs siècles, plusieurs goûts, plusieurs civilisations: l'alliance des styles grec et gothique, l'islam et le christianisme (palais de l'Alhambra).

10.

Chateaubriand, dans son *Itinéraire*, ne fait pas référence à cette observation.

l'architecte a placé deux rosaces. La rosace déprime l'extrémité des deux ellipses. Ces rosaces, qui se touchent par un point de leur circonférence dans la façade du bâtiment, deviennent des espèces de roues alignées sur lesquelles s'exalte le reste de l'édifice.

Dans toute construction la base est ordinairement forte; le monument diminue d'épaisseur à mesure qu'il envahit le ciel. Le palais ducal est tout juste le contraire de cette architecture naturelle: la base, percée de légers portiques que surmonte une galerie en arabesques endentées de quatre feuilles de trèfle à jour, soutient une masse carrée presque nue: on dirait d'une forteresse bâtie sur des colonnes, ou plutôt d'une édifice renversé planté sur son léger couronnement et dont l'épaisse racine serait en l'air.

Les masques et les têtes architecturales sont remarquables dans les monuments de Venise. Au palais Pesaro, l'entablement du premier étage, d'ordre dorique, est décoré de têtes de géants; l'ordre ionique du second étage est enlié[11] de têtes de chevaliers qui sortent horizontalement du mur, le visage tourné vers l'eau: les unes s'enveloppent d'une mentonnière, les autres ont la visière à demi baissée; toutes ont des casques dont les panaches se recourbent en ornements sous la corniche. Enfin, au troisième étage, à l'ordre corinthien, se montrent des têtes de statues féminines aux cheveux différemment noués.

À Saint-Marc, bosselé de dômes, incrusté de mosaïques, chargé d'incohérentes dépouilles de l'Orient, je me trouvais à la fois à Saint-Vital de Ravenne, à Sainte-Sophie de Constantinople, à Saint-Sauveur de Jérusalem, et dans ces moindres églises de la Morée, de Chio et de Malte: Saint-Marc, monument d'architecture byzantine, composite de victoire et de conquête élevé à la croix, comme Venise entière est un trophée. L'effet le plus remarquable de son architecture est son obscurité sous un ciel brillant; mais aujourd'hui, 10 septembre, la lumière du dehors, émoussée, s'harmonisait[12] avec la basilique sombre. On achevait les quarante heures[13] ordonnées pour obtenir du beau temps. La ferveur

---

11.
Du verbe enlier; terme de maçonnerie: «Joindre ensemble des pierres et des briques, dans la construction d'un mur, en posant les unes sur leur longueur et les autres sur leur largeur» *(Littré)*.

12.
Le verbe harmonier était très à la mode à l'époque; Balzac en fait fréquemment usage. C'est un néologisme un peu précieux, qui donne le sentiment d'une harmonie spontanée, qui n'a pas à se réaliser parce qu'elle s'impose naturellement.

13.
Prières devant le Saint Sacrement, ordonnées notamment pour faire cesser une calamité; elles étaient aussi prononcées au moment du jubilé.

des fidèles, priant contre la pluie, était grande : un ciel gris et aqueux semble la peste aux Vénitiens[14].

Nos vœux ont été exaucés : la soirée est devenue charmante ; la nuit, je me suis promené sur le quai. La mer s'étendait unie ; les étoiles se mêlaient aux feux épars des barques et des vaisseaux ancrés çà et là. Les cafés étaient remplis ; mais on ne voyait ni Polichinelles, ni Grecs, ni Barbaresques : tout finit. Une madone, fort éclairée au passage d'un pont, attirait la foule : de jeunes filles à genoux disaient dévotement leurs patenôtres ; de la main droite elles faisaient le signe de la croix, de la main gauche elles arrêtaient les passants. Rentré à mon auberge, je me suis couché et endormi au chant des gondoliers stationnés sous mes fenêtres.

J'ai pour guide Antonio, le plus vieux et le plus instruit des ciceroni du pays : il sait par cœur les palais, les statues et les tableaux.

Le 11 septembre, visite à l'abbé Betio et à M. Gamba, conservateurs de la bibliothèque[15] : ils m'ont reçu avec une extrême politesse, bien que je n'eusse aucune lettre de recommandation.

En parcourant les chambres du palais ducal, on marche de merveilles en merveilles. Là se déroule l'histoire entière de Venise peinte par les plus grands maîtres : leurs tableaux ont été mille fois décrits.

Parmi les antiques, j'ai, comme tout le monde, remarqué le groupe du Cygne et de Léda, et le Ganymède dit de Praxitèle. Le cygne est prodigieux d'étreinte et de volupté ; Léda est trop complaisante. L'aigle du Ganymède n'est point un aigle réel ; il a l'air de la meilleure bête du monde. Ganymède, charmé d'être enlevé, est ravissant : il parle à l'aigle qui lui parle.

Ces antiques sont posées aux deux extrémités des magnifiques salles de la bibliothèque. J'ai contemplé avec le saint respect du poète un manuscrit de Dante, et regardé avec l'avidité du voyageur la mappemonde de

14.

Le 10 septembre 1833, Chateaubriand adressait à Mme Récamier une lettre qui s'achevait ainsi : « À vous, avec toute la douceur de ce climat si différent de celui des Gaules ! Je ne suis point encore sorti de mon auberge. On faisait des prières pour la cessation de la pluie. Elle a cessé à mon arrivée : c'est de bon augure. À bientôt » (*Lettres à Madame Récamier*, p. 383).

15.

La Librairia Marciana occupe une partie du palais des Doges. Chef-d'œuvre de Sansovino, elle fut commencée en 1537. L'escalier est décoré de stuc blanc et or, et le hall par une *Allégorie de la sagesse* par Titien. Les plafonds du salon d'or ont été peints à fresque par Véronèse. Des portraits de philosophes ornent les murs, dont certains peints par le Tintoret. Riche à l'époque d'environ 120 000 volumes et de près de 10 000 manuscrits, on compte parmi les trésors de la Marciana, le bréviaire Grimani et le testament de Marco Polo.

Fra-Mauro[16] (1460). L'Afrique cependant ne m'y semble pas aussi correctement tracée qu'on le dit. Il faudrait surtout explorer à Venise les *archives*: on y trouverait des documents précieux.

Des salons peints et dorés, je suis passé aux *prisons* et aux *cachots*; le même palais offre le microcosme de la société, joie et douleur. Les prisons sont *sous les plombs*, les cachots au *niveau de l'eau* du canal, et à double étage. On fait mille histoires d'étranglements et de décapitations secrètes; en compensation, on raconte qu'un prisonnier sortit gros, gras et vermeil[17] de ces oubliettes, après dix-huit ans de captivité: il avait vécu comme un crapaud dans l'intérieur d'une pierre. Honneur à la race humaine! quelle belle chose c'est!

Force sentences philanthropiques barbouillent les voûtes et les murs des souterrains, depuis que notre révolution, si ennemie du sang, *dans cet affreux séjour, d'un coup de HACHE a fait entrer le jour*[18]. En France, on encombrait les geôles des victimes dont on se débarrassait par l'égorgement; mais on a délivré dans les prisons de Venise les ombres de ceux qui peut-être n'y avaient jamais été; les doux bourreaux qui coupaient le cou des enfants et des vieillards, les bénins spectateurs qui assistaient au guillotiner des femmes s'attendrissaient sur les progrès de l'humanité, si bien prouvés par l'ouverture des cachots vénitiens. Pour moi, j'ai le cœur sec; je n'approche point de ces héros de sensibilité. De vieilles larves sans tête ne se sont point présentées à mes yeux sous le palais des Doges; il m'a seulement semblé voir dans les cachots de l'aristocratie ce que les chrétiens virent quand on brisa les idoles, des nichées de souris s'échappant de la tête des dieux. C'est ce qui arrive à tout pouvoir éventré et exposé à la lumière; il en sort la vermine que l'on avait adorée[19].

Le pont des Soupirs joint le palais ducal aux prisons de la ville; il est divisé en deux parties dans la longueur: par un des côtés entraient les *prisonniers ordinaires;* par l'autre *les prisonniers d'État* se rendaient au

16. Chateaubriand possédait, dans sa bibliothèque de La Vallée-aux-Loups, l'ouvrage du cardinal Zurla (Venise, 1806, in-folio) qui décrivait et expliquait la mappemonde dessinée en 1460 par Fra Mauro, religieux des Camaldules de Saint-Michel de Murano (n° 261 de la *Notice de bons livres*... reproduite par M. Duchemin *in Chateaubriand*..., p. 422).

17. Allusion au *Tartuffe* de Molière: « *[...] Tartuffe? Il se porte à merveille, / Gros et gras, le teint frais et la bouche vermeille* » (acte I, scène 4).

18. Citation de deux vers de Boileau dans sa traduction du *Traité du sublime* de Longin (chap. 7), où il transcrit en vers un passage d'Homère (*Iliade*, l. XX, v. 61 *sqq.*): « *L'enfer s'émeut au bruit de Neptune en furie. / Pluton sort de son trône, il pâlit, il s'écrie; / Il a peur que ce Dieu, dans cet affreux séjour, / D'un coup de son trident ne fasse entrer le jour [...].* »

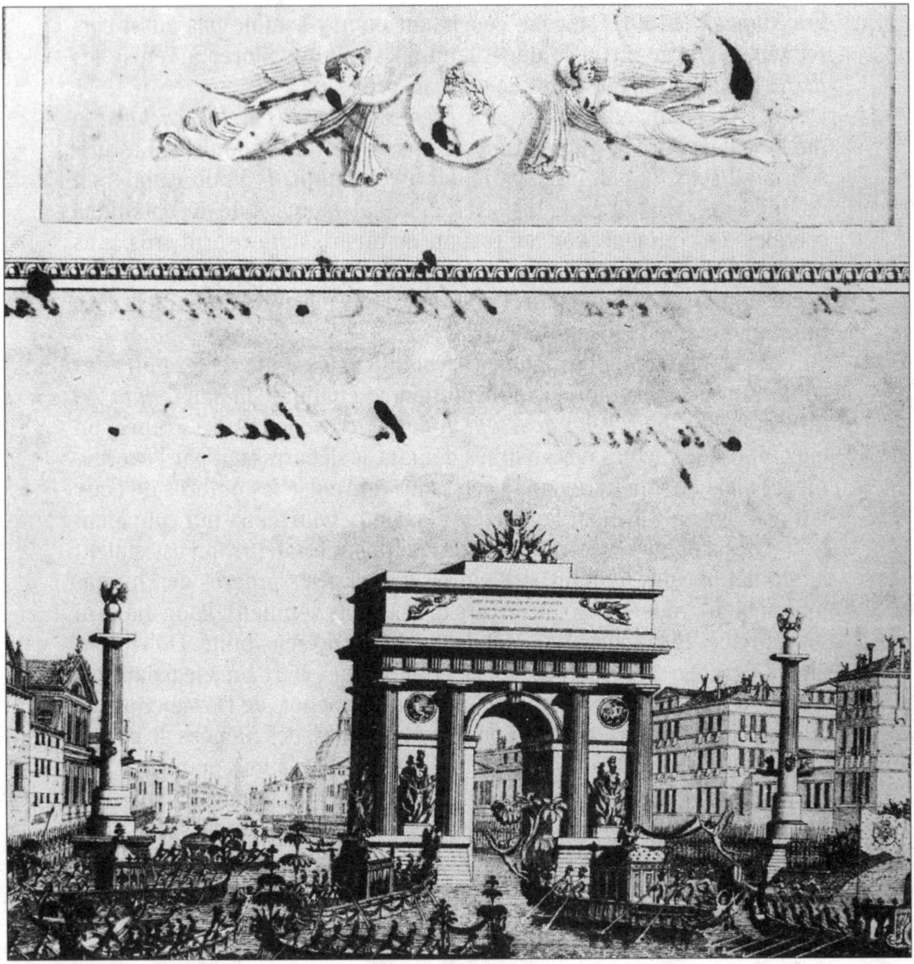

ARC DE TRIOMPHE SUR LE GRAND CANAL.

19.
Dans un passage des *Études historiques*, Chateaubriand relate le renversement du temple de Sérapis, à Alexandrie, défendu par les païens combattus par Théophile (archevêque d'Alexandrie) qui, armé des édits de Théodose et appuyé du préfet d'Égypte, remporta finalement la victoire. «L'édifice fut pillé et démoli. [...] La statue de Sérapis, frappée d'abord à la joue par la hache d'un soldat, ensuite jetée à bas et rompue vive, fut brûlée pièce à pièce, dans les rues et dans l'amphithéâtre. Une nichée de souris s'était échappée de la tête du dieu, à la grande moquerie des spectateurs» (*OC*, t. V, pp. 208-210).

tribunal des Inquisiteurs ou des Dix. Ce pont est élégant à l'extérieur, et la façade de la prison est admirée : on ne se peut passer de beauté à Venise, même pour la tyrannie et le malheur. Des pigeons font leur nid dans les fenêtres de la geôle ; de petites colombes, couvertes de duvet, agitent leurs ailes et gémissent aux grilles, en attendant leur mère. On encloîtrait autrefois d'innocentes créatures presque au sortir du berceau ; leurs parents ne les apercevaient plus qu'à travers les barreaux du parloir ou les guichets de la porte.

Prison de Silvio Pellico.

Venise, septembre 1833.

Vous pensez bien qu'à Venise je m'occupais nécessairement de Silvio Pellico[1]. M. Gamba m'avait appris que l'abbé Betio était le maître du palais, et qu'en m'adressant à lui je pourrais faire mes recherches. L'excellent bibliothécaire, auquel j'eus recours un matin, prit un gros trousseau de clefs, et me conduisit, en passant plusieurs corridors et montant divers escaliers, aux mansardes de l'auteur de *Mie Prigioni.*

M. Silvio Pellico ne s'est trompé que sur un point; il a parlé de sa geôle comme de ces fameuses prisons-cachots en l'air, désignés par leur toiture *sotto i piombi.* Ces prisons sont, ou plutôt étaient, au nombre de cinq dans la partie du palais ducal qui avoisine le pont *della Pallia* et le canal du *Pont des Soupirs.* Pellico n'habitait pas là; il était incarcéré à l'autre extrémité du palais, vers le *Pont des Chanoines,* dans un bâtiment adhérent au palais; bâtiment transformé en prison en 1820 pour les

1. Après des études à Saluces, puis à Turin, Silvio Pellico (1789-1854), romantique italien, reçut à Lyon, chez des parents, une formation jacobine et rationaliste. De retour à Milan en 1810, il remporta un grand succès grâce à une pièce, *Francesca da Rimini* (traduite par Byron), aux accents patriotiques. Chargé à Milan de l'éducation des enfants de Luigi Porro Lambertenghi (autour duquel se constitua le groupe libéral du *Conciliatore*), il rencontra «madame de Staël, Schlegel, Byron, [Davy], Hobhouse, Brougham» (*Mes Prisons,* chap. L). En 1820, il adhéra à la société des carbonari, dont il devint propagandiste. Quelques mois plus tard, le 13 octobre 1820, alors qu'il revenait de Venise, il fut arrêté à Milan et conduit à la prison Sainte-Marguerite. En février 1820, sur ordre de Vienne, il fut transféré à Venise, et enfermé sous les *plombs,* c'est-à-dire «dans la partie supérieure de l'ancien palais du doge, toute couverte en plomb» (*Mes Prisons,* chap. XXIII). Condamné à mort, sa peine fut commuée par une grâce de l'empereur François Ier en 15 années de *carcere duro* à la forteresse du Spielberg, à Brno, en

Silvio Pellico (1789-1854).

Moravie, où il demeura incarcéré jusqu'en 1830. À sa sortie de prison, il renie ses idées libérales, et publie en 1832, à l'instigation de son directeur de conscience, *Mes Prisons*, ouvrage écrit dans un esprit chrétien, et qui, quoique attaqué aussi bien par les libéraux que par ceux qui doutaient de la conversion d'un ancien carbonaro, connut un immense succès. Il fut traduit en français en 1845 par Latour, dans une version augmentée, et a été réédité en 1990. Chateaubriand a lu au début de l'année 1833 l'ouvrage de Pellico, publié en italien à Paris par Baudry, au mois de mars. De Bâle, il écrit le 17 mai à Juliette Récamier : « J'ai lu *Pellico* tout entier en courant. J'en suis ravi ; je voudrais rendre compte de cet ouvrage, dont la sainteté empêchera le succès auprès de nos révolutionnaires libres à la façon de Fouché. N'êtes-vous pas enchantée de la *Zanze sotto i piombi*? [...] Pellico avait des visions ; je crois que le diable lui a montré quelques pages de mes *Mémoires*. Au surplus, son génie est peu italien et il parle une langue différente de celle des anciens classiques de l'Italie » (*Lettres à Madame Récamier*, p. 375).

détenus politiques. Du reste, il était aussi *sous les plombs*, car une lame de ce métal formait la toiture de son ermitage[2].

La description que le prisonnier fait de sa première et de sa seconde chambre est de la dernière exactitude. Par la fenêtre de la première chambre, on domine les combles de Saint-Marc; on voit le puits dans la cour intérieure du palais, un bout de la grande place, les différents clochers de la ville, et au-delà des lagunes, à l'horizon, des montagnes dans la direction de Padoue; on reconnaît la seconde chambre à sa grande fenêtre et à son autre petite fenêtre élevée; c'est par la grande que Pellico apercevait ses compagnons d'infortune dans un corps de logis en face, et à gauche, au-dessus, les aimables enfants qui lui parlaient de la croisée de leur mère.

Aujourd'hui toutes ces chambres sont abandonnées, car les hommes ne restent nulle part, pas même dans les prisons; les grilles des fenêtres ont été enlevées, les murs et les plafonds blanchis. Le doux et savant abbé Betio, logé dans cette partie déserte du palais, en est le gardien paisible et solitaire.

Les chambres qu'immortalise la captivité de Pellico ne manquent point d'élévation, elles ont de l'air, une vue superbe; elles sont prisons de poète; il n'y aurait pas grand'chose à dire, la tyrannie et l'absurde admis: mais la sentence à mort pour opinion spéculative! mais les cachots moraves[3]! mais dix années de la vie, de la jeunesse et du talent! mais les cousins, vilaines bêtes qui me mangent moi-même à l'hôtel de l'Europe, tout endurci que je suis par le temps et les maringouins des Florides[4]. J'ai du reste été souvent plus mal logé que Pellico ne l'était

2.

Dès le 27 novembre 1833, Pellico écrivait: «On m'écrit de Paris que Chateaubriand, irrité du trop grand succès qu'a obtenu mon livre, en dit beaucoup de mal et menace d'écrire contre moi, persuadé que je suis un ennemi secret de son parti» (cité par M.-J. Durry, *La Vieillesse de Chateaubriand*, t. I, p. 145). En 1836, à Humbert Ferrand, intermédiaire sans doute de Juliette Récamier, qui lui demandait: «Que faut-il répondre à ceux qui disent que les *Piombi* n'existent plus à Venise et que, par conséquent, Silvio Pellico n'a pas été dans les prisons ainsi nommées?», il adresse une mise au point dépourvue d'ambiguïté, dont Chateaubriand prit vraisemblablement connaissance, et qui selon M.-J. Durry (*ibid.*, t. II, pp. 103-104), le conduisit à ajouter dans son texte: «Du reste, il était aussi sous les plombs, car une lame de métal formait le toit de son ermitage.»

3.

Voir ci-dessus, note 1.

4.

«La chaleur était accablante; nous naviguions au milieu des marais [...]. Il nous venait souvent des bouffées brûlantes du nord; nos coureurs de bois prédisaient un orage, parce que le rat des savanes montait et descendait incessamment le long des branches du chêne vert; les maringouins nous tourmentaient affreusement [...]» (*Voyage en Amérique*, Pléiade, pp. 731-732).

dans son belvédère du palais ducal, notamment à la préfecture des doges de la police française : j'étais aussi obligé de monter sur une table pour jouir de la lumière.

L'auteur de *Françoise de Rimini*[5] pensait à Zanze dans sa geôle ; moi je chantais dans la mienne une jeune fille que je venais de voir mourir[6]. Je tenais beaucoup à savoir ce qu'était devenue la petite gardienne de Pellico. J'ai mis des personnes à la recherche : si j'apprends quelque chose, je vous le dirai.

5. *Francesca da Rimini*; voir ci-dessus, note 1.

6. Allusion à la mort d'Élisa Frisell (voir *supra*, l. XXXVI, chap. 4, p. 2438 *sqq.*).

Les Frari. – Académie des beaux-arts. – L'Assomption du Titien. – Métopes du Parthénon. – Dessins originaux de Léonard de Vinci, de Michel-Ange et de Raphaël. – Église de Saints Jean et Paul.

Venise, septembre 1833.

Une gondole m'a débarqué aux *Frari*[1], où nous autres Français, accoutumés que nous sommes aux extérieurs grecs ou gothiques de nos églises, nous sommes peu frappés de ces dehors de basiliques de brique, ingrats et communs à l'œil; mais à l'intérieur l'accord des lignes, la disposition des masses produisent une simplicité et un calme de composition dont on est enchanté.

Les tombeaux des *Frari*, placés dans les murs latéraux, décorent l'édifice sans l'encombrer. La magnificence des marbres éclate de toute part, des rinceaux charmants attestent le fini de l'ancienne sculpture vénitienne. Sur un des carreaux du pavé de la nef on lit ces mots: « *Ici repose le Titien, émule de Zeuxis et d'Apelles.* » Cette pierre est en face d'un des chefs-d'œuvre du peintre.

Canova a son fastueux sépulcre non loin de la dalle titienne; ce sépulcre est la répétition du monument que le sculpteur avait imaginé pour le Titien lui-même, et qu'il exécuta depuis pour l'archiduchesse Marie-Christine. Les restes de l'auteur de l'*Hébé* et de la *Madeleine* ne sont pas tous réunis dans cette œuvre: ainsi Canova habite la représentation d'une tombe faite par lui, non pour lui, laquelle tombe n'est que son demi-cénotaphe[2].

1.
L'église Santa Maria Gloriosa dei Frari, appelée simplement I Frari par les Vénitiens, est un immense édifice gothique élevé au XIIIe siècle sur un terrain accordé par le doge Tiepolo et flanqué du plus haut campanile de Venise; c'est une église franciscaine qui se fait remarquer par l'austérité de sa façade. Elle abrite les monuments de plusieurs doges et familles patriciennes de Venise: les Trévisan, Pezzaro, Savelli…

Antonio Canova (1757-1822).

2.

Le cœur de Canova est dans le demi-cénotaphe des Frari, sa main à l'Académie des Beaux-Arts, le reste de sa dépouille à Possagno, dans l'église qu'il fit bâtir pour la recevoir. Le demi-cénotaphe, monument du sculpteur mort à Venise en 1822, se trouve exactement en face de celui du Titien, de l'autre côté de la nef. Sa forme pyramidale évoque les tombeaux de l'ancienne Égypte et l'impression pathétique de l'ensemble est renforcée par les personnages funèbres qui en flanquent l'entrée.

Des *Frari*, je me suis rendu à la galerie *Manfrini*. Le portrait de l'Arioste est vivant. Le Titien a peint sa mère, vieille matrone du peuple, crasseuse et laide : l'orgueil de l'artiste se fait sentir dans l'exagération des années et des misères de cette femme.

À l'*Académie des Beaux-Arts*, j'ai couru vite au tableau de l'*Assomption*, découverte du comte Cicognara[3] : dix grandes figures d'hommes au bas du tableau ; remarquez à gauche l'homme ravi en extase, regardant Marie. La Vierge, au-dessus de ce groupe, s'élève au centre d'un demi-cercle de chérubins ; multitude de faces admirables dans cette gloire : une tête de femme, à droite, à la pointe du croissant, d'une indicible beauté ; deux ou trois esprits divins jetés horizontalement dans le ciel, à la manière pittoresque et hardie du Tintoret. Je ne sais si un ange debout n'éprouve pas quelque sentiment d'un amour trop terrestre. Les proportions de la Vierge sont fortes ; elle est couverte d'une draperie rouge ; son écharpe bleue flotte à l'air ; ses yeux sont levés vers le Père Éternel, apparu au point culminant. Quatre couleurs tranchées, le brun, le vert, le rouge et le bleu, couvrent l'ouvrage : l'aspect du tout est sombre, le caractère peu idéal, mais d'une vérité et d'une vivacité de nature incomparables : je lui préfère pourtant la *Présentation de la Vierge au Temple*, du même peintre, que l'on voit dans la même salle.

En regard de l'*Assomption*, éclairée avec beaucoup d'artifice, est le *Miracle de saint Marc*, du Tintoret, drame vigoureux qui semble fouillé dans la toile plutôt avec le ciseau et le maillet qu'avec le pinceau.

Je suis passé aux plâtres des métopes[4] du Parthénon ; ces plâtres avaient pour moi un triple intérêt : j'avais vu à Athènes les vides laissés par les ravages de lord Elgin[5], et, à Londres, les marbres enlevés dont je retrouvais les moulures à Venise. La destinée errante de ces chefs-d'œuvre se liait à la mienne, et pourtant Phidias n'a pas façonné mon argile.

3.

L'*Assomption* du Titien (1518), le plus grand tableau d'autel (près de 7 m sur 3, 60 m) jamais peint dans la cité des doges – pour l'église des Frari –, œuvre révolutionnaire mais peu goûtée des franciscains, « était depuis longtemps relégué au haut d'une église, lorsque le comte Cicognara se fit hisser auprès, en lava un coin avec un peu de salive et, s'étant assuré de son auteur, offrit un tableau plus neuf au curé de l'église, enchanté de l'échange » (Valéry, *Voyages pittoresques et littéraires en Italie*, t. I, p. 414). Longtemps exposé à l'Academia, où Chateaubriand le contempla, ce tableau a depuis été restitué aux Frari.

4.

Terme d'architecture : intervalles à peu près carrés, le plus souvent décorés de reliefs, sous un bandeau horizontal.

5.

Le comte Thomas Bruce d'Elgin, comte de Kincardine (1766-1841), ambassadeur anglais à Constantinople (1799-1802), rapporta d'Athènes une admirable collection d'objets d'art

L'Assomption de la Vierge.

(fragments d'anciens monuments, statues, bas-reliefs, vases, bronzes, etc.), dont une partie de la frise et du fronton du Parthénon. Son action fut très controversée. Certains le félicitèrent d'avoir préservé ces chefs-d'œuvre d'une destruction imminente, d'autres lui reprochèrent de s'être montré plus vandale que les Turcs eux-mêmes. Clarke, dans ses *Voyages en diverses contrées de l'Europe*, appelle la manière dont lord Elgin a formé sa collection, « un sacrilège indigne commis au nom de la nation anglaise » ; Byron, dans *Childe-Harold*, renchérit : « Rougis, Calédonie, dit-il, d'avoir un tel fils ! Angleterre, réjouis-toi de ne pas le compter au nombre de tes enfants ! » Il est vrai que lord Elgin était d'origine écossaise ! Une partie des œuvres fut vendue au gouvernement anglais, au prix de 864 000 frs, et déposée au British Museum.

Je ne pouvais m'arracher aux dessins originaux de Léonard de Vinci, de Michel-Ange et de Raphaël. Rien n'est plus attachant que ces ébauches du génie livré seul à ses études et à ses caprices ; il vous admet à son intimité ; il vous initie à ses secrets ; il vous apprend par quels degrés et par quels efforts il est parvenu à la perfection : on est ravi de voir comment il s'était trompé, comment il s'est aperçu de son erreur et l'a redressée. Ces coups de crayon tracés au coin d'une table, sur un méchant morceau de papier, gardent une abondance et une naïveté de nature merveilleux. Quand on songe que la main de Raphaël s'est promenée sur ces chiffons immortels, on en veut au vitrage qui vous empêche de baiser ces saintes reliques.

Je me suis délassé de mon admiration à l'*Académie des Beaux-Arts* par une admiration d'une autre sorte à Saints Jean et Paul[6] ; ainsi l'on se rafraîchit l'esprit en changeant de lecture. Cette église, dont l'architecte inconnu a suivi les traces de *Nicolo Pisano*, est riche et vaste. Le chevet où se retire le maître-autel représente une espèce de conque debout ; deux autres sanctuaires accompagnent latéralement cette conque : ils sont hauts, étroits, à voûtes multicentres, et séparés du chevet par des refends à rainures.

Les cendres des doges Mocenigo, Morosini, Vendramin, et de plusieurs autres chefs de la République, reposent ici. Là se trouve aussi la peau d'Antoine Bragadino, défenseur de Famagouste, et à laquelle on peut appliquer l'expression de Tertullien : *une peau vivante*[7]. Ces dépouilles illustres inspirent un grand et pénible sentiment : Venise elle-même, magnifique catafalque de ses magistrats guerriers, double cercueil de leurs cendres, n'est plus qu'une peau vivante.

6.

L'église San Giovanni e Paolo, la plus grande église gothique de la ville après les Frari, est le Westminster de Venise ; c'est une sorte de nécropole : 17 doges, les Tiepolo, les Morosini, les Mocenigo, les Loredon, les Valier, les plus grands capitaines de la République, les savants les plus illustres y sont enterrés.

7.

À Famagouste (Chypre), après un siège d'un an, Bragadino, adjoint de Baglioni, se rendit aux troupes du pacha Mustapha, écrit Sismonde de Sismondi dans la notice qu'il a consacrée à Baglioni. Mais lorsque le pacha « fut maître de la place, et que Baglioni et Bragadino [...] eurent été conduits en sa présence, comme pour une audience de congé, il les fit tout à coup saisir par ses gardes ; Baglioni eut la tête tranchée avec tous les officiers de sa garnison ; Bragadino fut écorché vif, et sa peau fut portée en triomphe dans les villes de l'Asie mineure [...] » (*Biographie universelle* de Michaud, t. III, 1811, p. 214). L'expression de « peau vivante » se trouve dans les *Notes et pensées*. M. Levaillant note qu'elle « a été suggérée à Chateaubriand par une phrase du traité de Tertullien, *De Pallio* (Du manteau), chapitre III : "Le caméléon n'est qu'une peau, et cependant il vit." Chateaubriand a risqué une traduction inexacte mais superbe ».

Des vitraux coloriés et des draperies rouges, en voilant la lumière de Saints Jean et Paul, augmentent l'effet religieux. Les colonnes innombrables apportées de l'Orient et de la Grèce ont été plantées dans la basilique comme des allées d'arbres étrangers.
Un orage est survenu pendant que j'errais dans l'église : quand sonnera la trompette qui doit réveiller tous ces morts ? J'en disais autant sous Jérusalem, dans la vallée de Josaphat[8].
Après ces courses, rentré à l'hôtel de l'Europe, j'ai remercié Dieu de m'avoir transporté des pourceaux de Waldmünchen aux tableaux de Venise.

8.
Voir *Itinéraire* (Pléiade, pp. 1039-1040).

L'Arsenal. – Henri IV. – Frégate partant pour l'Amérique.

Venise, septembre 1833.

Après ma découverte des prisons où la matérielle Autriche essaye d'étouffer les intelligences italiennes, je suis allé à l'Arsenal. Aucune monarchie, quelque puissante qu'elle soit, ou qu'elle ait été, n'a offert un pareil compendium nautique.

Un espace immense, clos de murs crénelés, renferme quatre bassins pour les vaisseaux de haut bord, des chantiers pour bâtir ces vaisseaux, des établissements pour ce qui concerne la marine militaire et marchande, depuis la corderie jusqu'aux fonderies de canons, depuis l'atelier où l'on taille la rame de la gondole jusqu'à celui où l'on équarrit la quille d'un soixante-quatorze, depuis les salles consacrées aux armes antiques conquises à Constantinople, en Chypre, en Morée, à Lépante, jusqu'aux salles où sont exposées les armes modernes : le tout mêlé de galeries de colonnes, d'architectures élevées et dessinées par les premiers maîtres.

Dans les arsenaux de la marine de l'Espagne, de l'Angleterre, de la France, de la Hollande, on voit seulement ce qui a rapport aux objets de ces arsenaux ; à Venise, les arts s'unissent à l'industrie. Le monument de l'amiral Emo, par Canova, vous attend auprès de la carcasse d'un navire ; des files de canons vous apparaissent à travers de longs portiques ; les deux lions colossaux[1] du Pirée gardent la porte du bassin d'où

1. Francesco Morosini, qui avait rejoint la ligue formée par le pape, le roi de Pologne et l'empereur germanique (assiégé par les Turcs devant Vienne), débarqua dans le Péloponnèse, qu'il reprit en trois ans, entama le siège d'Athènes (au cours duquel une partie du Parthénon fut détruite) et rapporta les deux lions, en 1687. Il fut élu doge l'année suivante.

va sortir une frégate pour un monde qu'Athènes n'a point connu, et qu'a découvert le génie de la moderne Italie. Malgré ces beaux débris de Neptune, l'arsenal ne rappelle plus ces vers du Dante :

Quale nell' arzanà de' Veneziani
Bolle l'inverno la tenace pece,
A rimpalmar li legni lor non sani

Che navicar non ponno ; e'n quella vece,
Chi fa suo legno nuovo, e chi ristoppa
Le coste a quel che più viaggi fece :

Chi ribatte da proda, e chi da poppa :
Altri fa remi, ed altri volge sarte,
Che terzeruolo ed artimon rintoppa[2].

Tout ce mouvement est fini ; le vide des trois quarts et demi de l'arsenal, les fourneaux éteints, les chaudières rongées de rouille, les corderies sans rouets, les chantiers sans constructeurs, attestent la même mort qui a frappé les palais. Au lieu de la foule des charpentiers, des voiliers, des matelots, des calfats, des mousses, on aperçoit quelques galériens qui traînent leurs entraves : deux d'entre eux mangeaient sur la culasse d'un canon ; à cette table de fer ils pouvaient du moins rêver la liberté. Lorsqu'autrefois ces galériens ramaient à bord du Bucentaure, on jetait sur les épaules flétries une tunique de pourpre pour les faire ressembler à des Rois fendant les flots avec des pagaies dorées ; ils réjouissaient leur labeur du bruit de leurs chaînes, comme, au Bengale, à la fête de Dourga[3], les bayadères, vêtues de gaze d'or, accompagnent leurs danses du son des anneaux dont leurs cous, leurs bras et leurs jambes sont ornés. Les forçats vénitiens mariaient le Doge à la mer, et renouvelaient eux-mêmes avec l'esclavage leur union indissoluble.

2.
« Telle, dans l'arsenal de Venise, bout, l'hiver, la poix tenace, afin de radouber les vaisseaux qui ne peuvent naviguer ; ici l'on répare à neuf un vaisseau ; là on rapproche et l'on resserre les flancs de celui qui a fait plusieurs voyages ; l'un va de la poupe à la proue, et de la proue à la poupe ; d'autres fabriquent des rames, roulent des cordages, ou dressent l'artimon et les autres voiles » (Dante, *Enfer*, chant XXI, v. 7-15). M. Levaillant précise que ces neuf vers sont cités par Valéry, que Chateaubriand a repris dans la même traduction.

3.
Dans la mythologie hindoue, épouse du dieu Siva, dont la fête dure 9 jours en septembre-octobre.

De ces flottes nombreuses qui portaient les croisés aux rivages de la Palestine et défendaient à toute voile étrangère de se dérouler aux vents de l'Adriatique, il reste un Bucentaure en miniature, le canot de Napoléon, une pirogue de sauvages, et des dessins de vaisseaux, tracés à la craie sur la planche des écoles des gardes-marine.

Un Français arrivant de Prague et attendant à Venise la mère de Henri V devait être touché de voir dans l'arsenal de Venise l'armure de Henri IV. L'épée que le Béarnais portait à la bataille d'Ivry était jointe à cette armure : cette épée manque aujourd'hui *(a)*.

Par un décret du grand conseil de Venise, du 3 avril 1600 : *Enrico di Borbone IV, Rè di Francia e di Navarra, con li figliuoli e discendenti suoi, sia annumerato tra i nobili di questo nostro maggior consiglio*[4].

Charles X, Louis XIX et Henri V, descendants *di Enrico di Borbone*, sont donc gentilshommes de la république de Venise qui n'existe plus, comme ils sont rois de France en Bohême, comme ils sont chanoines de Saint-Jean-de-Latran à Rome, et toujours en vertu de Henri IV ; je les ai représentés en cette dernière qualité : ils ont perdu leur épitoge et leur aumusse[5], et moi j'ai perdu mon ambassade. J'étais pourtant si bien dans ma stalle de Saint-Jean-de-Latran ! quelle belle église ! quel beau ciel ! quelle admirable musique ! Ces chants-là ont plus duré que mes grandeurs et celles de mon roi-chanoine.

Ma gloire m'a fort gêné à l'arsenal ; elle rayonne sur mon front à mon insu : le feld-maréchal Pallucci, amiral et commandant général de la marine, m'a reconnu à mes cornes de feu[6]. Il est accouru, m'a montré lui-même diverses curiosités ; puis, s'excusant de ne pouvoir m'accompagner plus longtemps, à cause d'un conseil qu'il allait présider, il m'a remis entre les mains d'un officier supérieur.

Nous avons rencontré le capitaine de la frégate en partance. Celui-ci m'a abordé sans façon et m'a dit, avec cette franchise de marin que j'aime tant : « Monsieur le vicomte (comme s'il m'avait connu toute sa vie), avez-vous quelque commission pour l'Amérique ? – Non, capitaine :

4.
« Henri de Bourbon IV, roi de France et de Navarre, avec ses fils et descendants, soit compté au nombre des nobles de notre grand conseil que voici » (décret d'inscription au Livre d'or des patriciens).

5.
Épitoge : pièce de vêtement que les anciens Romains portaient par-dessus la toge. Aumusse : cape ou pèlerine de fourrure à capuchon, du Moyen Âge, adoptée par les chanoines et les chantres pour se préserver du froid durant l'office de nuit.

6.
Tel Moïse descendant du Sinaï (Exode, 24).

faites-lui bien mes compliments ; il y a longtemps que je ne l'ai vue ! » Je ne puis regarder un vaisseau sans mourir d'envie de m'en aller : si j'étais libre, le premier navire cinglant aux Indes aurait des chances de m'emporter. Combien ai-je regretté de n'avoir pu accompagner le capitaine Parry aux régions polaires ! Ma vie n'est à l'aise qu'au milieu des nuages et des mers : j'ai toujours l'espérance qu'elle disparaîtra sous une voile. Les pesantes années que nous jetons dans les flots du temps ne sont pas des ancres ; elles n'arrêtent pas notre course.

Cimetière de Saint-Christophe.

Venise, septembre 1833.

À l'arsenal, je n'étais pas loin de l'île Saint-Christophe, qui sert aujourd'hui de cimetière. Cette île renfermait un couvent de capucins; le couvent a été abattu et son emplacement n'est plus qu'un enclos de forme carrée. Les tombes n'y sont pas très-multipliées, ou du moins elles ne s'élèvent pas au-dessus du sol nivelé et couvert de gazon. Contre le mur de l'ouest se collent cinq ou six monuments en pierre; de petites croix de bois noir avec une date blanche s'éparpillent dans l'enclos: voilà comme on enterre maintenant les Vénitiens dont les aïeux reposent dans les mausolées des *Frari* et de *Saints Jean et Paul.* La société en s'élargissant s'est abaissée; la démocratie a gagné la mort.

À l'orée du cimetière, vers le levant, on voit les sépultures des Grecs schismatiques et celles des protestants; elles sont séparées entre elles par un mur, et séparées encore des inhumations catholiques par un autre mur: tristes dissentiments dont la mémoire se perpétue dans l'asile où finissent toutes querelles. Attenant au cimetière grec est un autre retranchement qui protège un trou où l'on jette aux limbes[1] les enfants mort-nés. Heureuses créatures! vous avez passé de la nuit des

1. Les limbes étaient les séjours des enfants morts sans avoir reçu le baptême; elles se trouvent sur les bords du Purgatoire. Le 15 septembre 1833, Chateaubriand écrivait à Mme Récamier: «J'ai pris Venise autrement que mes devanciers; j'ai cherché des choses que les voyageurs qui se copient les uns les autres, ne cherchent point. Personne, par exemple, ne parle du *cimetière* de Venise; personne n'a remarqué les tombes des juifs au Lido; personne n'est entré dans les habitudes des gondoliers, etc. Vous verrez tout cela» (*Lettres à Madame Récamier*, p. 386).

entrailles maternelles à l'éternelle nuit, sans avoir traversé la lumière! Auprès de ce trou gisent des ossements bêchés dans le sol comme des racines, à mesure que l'on défriche des tombes nouvelles: les uns, les plus anciens, sont blancs et secs; les autres, récemment déterrés, sont jaunes et humides. Des lézards courent parmi ces débris, se glissent entre les dents, à travers les yeux et les narines, sortent par la bouche et les oreilles des têtes, leurs demeures ou leurs nids. Trois ou quatre papillons voltigeaient sur des fleurs de mauves entrelacées aux ossements, image de l'âme sous ce ciel qui tient de celui où fut inventée l'histoire de Psyché[2]. Un crâne avait encore quelques cheveux de la couleur des miens. Pauvre vieux gondolier! as-tu du moins conduit ta barque mieux que je n'ai conduit la mienne?

Une fosse commune reste ouverte dans l'enclos; on venait d'y descendre un médecin auprès de ses anciennes pratiques. Son cercueil noir n'était chargé de terre qu'en dessus, et son flanc nu attendait le flanc d'un autre mort pour le réchauffer. Antonio avait fourré là sa femme depuis une quinzaine de jours, et c'était le médecin défunt qui l'avait expédiée: Antonio bénissait un Dieu rémunérateur et vengeur, et prenait son mal en patience. Les cercueils des particuliers sont conduits à ce lugubre bazar dans des gondoles particulières et suivis d'un prêtre dans une autre gondole. Comme les gondoles ressemblent à des bières, elles conviennent à la cérémonie. Une nacelle plus grande, *omnibus* du Cocyte, fait le service des hôpitaux. Ainsi se trouvent renouvelés les enterrements de l'Égypte, et les fables de Caron et de sa barque.

Dans le cimetière du côté de Venise, s'élève une chapelle octogone consacrée à saint Christophe. Ce saint, chargeant un enfant sur ses épaules au gué d'une rivière, le trouva lourd: or l'enfant était le fils de Marie qui tient le globe dans sa main; le tableau de l'autel représente cette belle aventure. Et moi aussi j'ai voulu porter un enfant Roi, mais je ne m'étais pas aperçu qu'il dormait dans son berceau avec dix siècles: fardeau trop pesant pour mes bras.

Je remarquai dans la chapelle un chandelier de bois (le cierge était éteint), un bénitier destiné à la bénédiction des sépultures, et un livret:

2.
Cupidon, s'étant épris d'une simple mortelle de grande beauté, Psyché, voulut devenir son époux. Vénus, sa mère, fit opposition à ce mariage et soumit Psyché à de difficiles et presque insurmontables épreuves. Cupidon alla se plaindre à Jupiter, qui se déclara pour lui. Mercure reçut l'ordre d'enlever au ciel Psyché qui, étant admise à la compagnie des dieux, but l'ambroisie et devint immortelle. La fable de Psyché (mot grec qui signifie âme) a inspiré Apulée, La Fontaine, le peintre Gérard...

Pars Ritualis romani pro usu ad exsequianda corpora defunctorum[3]; quand nous sommes déjà oubliés, la Religion, parente immortelle et jamais lassée, nous pleure et nous suit, *exsequor fugam*[4]. Une boîte renfermait un briquet; Dieu seul dispose de l'étincelle de la vie. Deux quatrains écrits sur papier commun étaient appliqués intérieurement aux panneaux de deux des trois portes de l'édifice:

Quivi dell' uom le frali spoglie ascose
Pallida morte, o passeggier, t'addita[5], etc.

Le seul tombeau un peu frappant du cimetière fut élevé d'avance par une femme qui tarda ensuite dix-huit ans à mourir: l'inscription nous apprend cette circonstance; ainsi cette femme espéra en vain pendant dix-huit ans son sépulcre. Quel chagrin nourrit en elle ce long espoir? Sur une petite croix de bois noir on lit cette autre épitaphe: *Virginia Acerbi, d'anni 72, 1824. Morta nel bacio del Signore.* Les années sont dures à une belle Vénitienne.

Antonio me disait: «Quand ce cimetière sera plein, on le laissera reposer, et on enterrera les morts dans l'île Saint-Michel de Murano[6].» L'expression était juste: la moisson faite, on laisse la terre en jachère et l'on creuse ailleurs d'autres sillons.

3.
«Partie du rituel romain employé pour les obsèques des défunts.»

4.
«Je demeure fidèle jusqu'au bout.»

5.
«C'est ici que de l'homme les frêles dépouilles se cachent; la pâle mort, ô passant, te les montre du doigt», etc.

6.
L'île de San Michele est effectivement devenue le cimetière de Venise; y sont notamment enterrés Diaghilev et Stravinski.

Saint-Michel de Murano. – Murano. – La femme et l'enfant. – Gondoliers.

Venise, septembre 1833.

Nous sommes allés voir cet autre champ qui attend le grand laboureur. Saint-Michel de Murano[1] est un riant monastère avec une église élégante, des portiques et un cloître blanc. Des fenêtres du couvent on aperçoit, par-dessus les portiques, les lagunes et Venise ; un jardin rempli de fleurs va rejoindre le gazon dont l'engrais se prépare encore sous la peau fraîche d'une jeune fille. Cette charmante retraite est abandonnée à des Franciscains ; elle conviendrait mieux à des religieuses chantant comme les petites élèves des *Scuole* de Rousseau[2] : « Heureuses celles, dit Manzoni, qui ont pris le voile saint avant d'avoir arrêté leurs yeux sur le front d'un homme[3] ! »

1.
On comparera cette page avec celle où Barrès, dans *Amori et dolori sacrum*, relatant une visite à Saint-Michel, évoque le souvenir de Chateaubriand : « Une soirée dans le silence et le vent de la mort » (*in Romans et Voyages*, p. 23).

2.
Dans les *Confessions*, Jean-Jacques Rousseau, alors qu'il est secrétaire de l'ambassadeur à Venise, écrit : « Les *Scuole* sont des maisons de charité établies pour donner l'éducation à de jeunes filles sans bien, et que la République dote ensuite [...]. Parmi les talents qu'on cultive dans ces jeunes filles la musique est au premier rang. Tous les Dimanches à l'église [...] on a durant les Vêpres des mottets à grand Chœur et en grand Orchestre, composés et dirigés par les plus grands maîtres de l'Italie, exécutés, dans des Tribunes grillées, uniquement par des filles dont la plus vieille n'a pas vingt ans. Je n'ai l'idée de rien d'aussi voluptueux, d'aussi touchant que cette musique : les richesses de l'art, le goût exquis des chants, la beauté des voix, la justesse de l'exécution, tout dans ces délicieux concerts concourt à produire une impression [...] dont je doute qu'aucun cœur d'homme soit à l'abri » (IIe partie, l. VII, Pléiade, pp. 314-315).

3.
Citation d'*Adelchi*, de Manzoni, acte IV, scène 1.

Donnez-moi là, je vous prie, une cellule pour achever mes *Mémoires.*
Fra Paolo est inhumé à l'entrée de l'église; ce chercheur de bruit doit être bien furieux du silence qui l'environne.
Pellico, condamné à mort, fut déposé à Saint-Michel avant d'être transporté à la forteresse du Spielberg. Le président du tribunal où comparut Pellico remplace le poète à Saint-Michel; il est enseveli dans le cloître; il ne sortira pas, lui, de cette prison.
Non loin de la tombe du magistrat est celle d'une femme étrangère mariée à l'âge de vingt-deux ans, au mois de janvier; elle décéda au mois de février suivant. Elle ne voulut pas aller au-delà de la lune de miel; l'épitaphe porte: *Ci revedremo*[4]. Si c'était vrai!
Arrière ce doute, arrière la pensée qu'aucune angoisse ne déchire le néant! Athée, quand la mort vous enfoncera ses ongles au cœur, qui sait si dans le dernier moment de connaissance, avant la destruction du *moi*, vous n'éprouverez pas une atrocité de douleur capable de remplir l'éternité, une immensité de souffrance dont l'être humain ne peut avoir l'idée dans les bornes circonscrites du temps? Ah! oui, *ci revedremo!*
J'étais trop près de l'île et de la ville de Murano pour ne pas visiter les manufactures d'où vinrent à Combourg les glaces de la chambre de ma mère. Je n'ai point vu ces manufactures maintenant fermées; mais on a filé devant moi, comme le temps file notre fragile vie, un mince cordon de verre: c'était de ce verre qu'était faite la perle pendante au nez de la petite Iroquoise du saut de Niagara: la main d'une Vénitienne avait arrondi l'ornement d'une sauvage.
J'ai rencontré plus beau que Mila. Une femme portait un enfant emmailloté; la finesse du teint, le charme du regard de cette Muranaise, se sont idéalisés dans mon souvenir. Elle avait l'air triste et préoccupé. Si j'eusse été lord Byron, l'occasion était favorable pour essayer la séduction sur la misère; on va loin ici avec un peu d'argent. Puis j'aurais fait le désespéré et le solitaire au bord des flots, enivré de mon succès et de mon génie[5]. L'amour me semble autre chose: j'ai perdu de vue René depuis maintes années; mais je ne sais s'il cherchait dans ses plaisirs le secret de ses ennuis *(a)*.
Chaque jour après mes courses j'envoyais à la poste, et il ne s'y trouvait rien: Le comte Griffi ne me répondait point de Florence; les

4.
«Nous nous reverrons.»

5.
L'animosité de Chateaubriand à l'égard de Byron se manifeste ici et se développera aux chapitres suivants.

papiers publics permis dans ce pays d'indépendance n'auraient pas osé dire qu'un voyageur était descendu *au Lion Blanc.* Venise, où sont nées les gazettes, est réduit à lire l'affiche qui annonce sur le même placard l'opéra du jour et l'exposition du saint sacrement. Les Aldes[6] ne sortiront point de leurs tombeaux pour embrasser dans ma personne le défenseur de la liberté de la presse. Il me fallait donc attendre. Rentré à mon auberge, je dînai en m'amusant de la société des gondoliers stationnés, comme je l'ai dit, sous ma fenêtre à l'entrée du grand canal.

La gaieté de ces fils de Nérée ne les abandonne jamais : vêtus du soleil, la mer les nourrit. Ils ne sont pas couchés et désœuvrés comme les lazzaroni à Naples : toujours en mouvement, ce sont des matelots qui manquent de vaisseaux et d'ouvrage, mais qui feraient encore le commerce du monde et gagneraient la bataille de Lépante, si le temps de la liberté et de la gloire vénitiennes n'était passé.

À six heures du matin ils arrivent à leurs gondoles attachées, la proue à terre, à des poteaux. Alors ils commencent à gratter et laver leurs *barchette* aux *Tragnetti*[7], comme des dragons étrillent, brossent et épongent leurs chevaux au piquet. La chatouilleuse cavale marine s'agite, se tourmente aux mouvements de son cavalier qui puise de l'eau dans un vase de bois, la répand sur les flancs et dans l'intérieur de la nacelle. Il renouvelle plusieurs fois l'aspersion, ayant soin d'écarter l'eau de la surface de la mer pour prendre dessous une eau plus pure. Puis il frotte les avirons, éclaircit les cuivres et les glaces du petit château noir ; il époussette les coussins, les tapis, et fourbit le fer taillant de la proue. Le tout ne se fait pas sans quelques mots d'humeur ou de tendresse, adressés, dans le joli dialecte vénitien, à la gondole quinteuse ou docile.

La toilette de la gondole achevée, le gondolier passe à la sienne : il se peigne, secoue sa veste et son bonnet bleu, rouge ou gris ; se lave le visage, les pieds et les mains. Sa femme, sa fille ou sa maîtresse lui

6. Autre nom de la famille des Manuce, imprimeurs italiens dont le premier établit à Venise, en 1489, la première imprimerie d'où sortirent les éditions princeps des chefs-d'œuvre grecs et le premier volume d'Aristote (1495). Il fonda une véritable dynastie : son fils Paul (1512-1574) publia Virgile, Cicéron, Pétrarque, et créa à Venise une académie où il enseignait les lettres anciennes et les secrets de sa profession. Ses successeurs se partageront entre Venise, Bologne et l'Imprimerie vaticane.

7. Pour *traghetti* : « trajets », « stations marquées de poteaux de couleurs, où sont rassemblées les gondoles de location ».

apporte dans une gamelle une miscellanée[8] de légumes, de pain et de viande. Le déjeuner fait, chaque gondolier attend en chantant la fortune : il l'a devant lui, un pied en l'air, présentant son écharpe au vent et servant de girouette, au haut du monument de la Douane de mer. A-t-elle donné le signal ? le gondolier favorisé, l'aviron levé, part debout à l'arrière de sa nacelle, de même qu'Achille voltigeait autrefois[9], ou qu'un écuyer de Franconi galope aujourd'hui sur la croupe d'un destrier[10]. La gondole, en forme de patin, glisse sur l'eau comme sur la glace. *Sia stati ! sta longo*[11] ! en voilà pour toute la journée. Puis vienne la nuit, et la *calle* verra mon gondolier chanter et boire avec la *zitella*[12] le demi-sequin que je lui laisse en allant, très-certainement, remettre Henri V sur le trône.

8.
Transposition audacieuse du spirituel au matériel puisque, en principe, les miscellanées sont des recueils d'ouvrages sur des sujets divers, de science et de littérature, n'ayant aucun lien entre eux.

9.
Achille n'est-il pas surnommé « Achille au pied léger » ? (*Iliade*, chant XXI, v. 252 ; chant XXIII, v. 38).

10.
Antonio Franconi, né à Udine, près de Trieste, succéda à Paris à Philippe Astley, fondateur du cirque en France, et créa le Cirque olympique, qui fut célèbre pendant tout le XIXe siècle, la tradition se transmettant de père en fils. Les spectacles étaient surtout constitués d'équitation acrobatique et d'exercices de haute école.

11.
« Arrêtez ! Au large ! »

12.
Vieille fille.

Les Bretons et les Vénitiens. – Déjeuner sur le quai des Esclavons. – Mesdames à Trieste.

Venise, septembre 1833.

Je cherchais, en me réveillant, pourquoi j'aimais tant Venise, quand tout à coup je me suis souvenu que j'étais en Bretagne : la voix du sang parlait en moi[1]. N'y avait-il pas au temps de César, en Armorique, un pays des Vénètes, *civitas Venetum, civitas Venetica* ? Strabon n'a-t-il pas *dit qu'on disait* que les Vénètes étaient descendants des Vénètes gaulois ! On a soutenu contradictoirement que les pêcheurs du Morbihan étaient une colonie des *pescatori* de Palestrine : Venise serait la mère et non la fille de Vannes. On peut arranger cela en supposant, (ce qui d'ailleurs est très-probable) que Vannes et Venise sont accouchées mutuellement l'une de l'autre. Je regarde donc les Vénitiens comme des Bretons ; les gondoliers et moi nous sommes cousins et sortis de la corne de la Gaule, *cornu Galliae.* Tout réjoui de cette pensée, je suis allé déjeuner dans un café sur le quai des Esclavons. Le pain était tendre, le thé parfumé, la crème comme en Bretagne, le beurre comme à la Prévalais[2] ; car le beurre, grâce au progrès

---

1. Que les Bretons descendissent des Vénètes gaulois est une aimable fable pour illustrer une filiation unissant le Breton Chateaubriand à la cité des Doges. Certes on remarque dans la 3ᵉ édition des *Martyrs* une citation de Strabon reprise par Chateaubriand : « D'après cet auteur, les Vénitiens seraient une colonie des Bretons de Vannes » (43ᵉ remarque sur le l. IX, Pléiade, p. 592). Les renseignements allégués viendraient, de l'avis de M. Levaillant, de l'*Abrégé de l'Histoire de la république de Venise* par A. Quadri (1831).

2. Prévalais, près de Rennes, a toujours été renommée pour son beurre. Mme de Sévigné écrivait à Mme de Grignan le 19 février 1690 : « J'aime le beurre charmant de la Prévalais, dont il nous vient toutes les semaines ; je l'aime et le mange comme si j'étais Bretonne : nous faisons des beurrées infinies [...] » (Pléiade, t. III, p. 840).

des lumières, s'est amélioré partout: j'en ai mangé d'excellent à Grenade. Le mouvement d'un port me ravit toujours: des maîtres de barque faisaient un pique-nique; des marchands de fruits et de fleurs m'offraient des cédrats, des raisins et des bouquets; des pêcheurs préparaient leurs tartanes; des élèves de la marine, descendant en chaloupe, allaient aux leçons de manœuvre à bord du vaisseau-amiral; des gondoles conduisaient des passagers au bateau à vapeur de Trieste. C'est pourtant ce Trieste qui pensa me faire sabrer sur les marches des Tuileries par Bonaparte, comme il m'en menaça, lorsque, en 1807, je m'avisai d'écrire dans le *Mercure*:
«Il nous était réservé de retrouver au fond de la mer Adriatique le tombeau de deux filles de Rois[3] dont nous avions entendu prononcer l'oraison funèbre dans un grenier à Londres. Ah! du moins la tombe qui renferme ces nobles dames aura vu une fois interrompre son silence; le bruit des pas d'un Français aura fait tressaillir deux Françaises dans leur cercueil. Les respects d'un pauvre gentilhomme, à Versailles, n'eussent été rien pour des princesses; la prière d'un chrétien, en terre étrangère, aura peut-être été agréable à des saintes[4].»
Il y a, ce me semble, quelques années que je sers les Bourbons: ils ont éclairé ma fidélité, mais ils ne la lasseront pas. Je déjeune sur le quai des Esclavons, en attendant l'exilée.

3.
Il s'agit des deux filles de Louis XV, tantes de Louis XVI: Mme Adélaïde de France, fille aînée, née à Versailles en 1732 et qui mourra à Trieste en 1800; Mme Victoire, née en 1733 et qui mourra elle aussi à Trieste, le 7 juin 1799. Leur vie avait été une odyssée dont le comte de Chastellux, chevalier d'honneur, a laissé quelques détails. Sous la Restauration, les restes des deux sœurs seront rapportés en France et déposés dans les caveaux de Saint-Denis (13 janvier 1817). Voir aussi *supra*, l. XVI, chap. 10, note 1, p. 947.
4.
Mercure de France du 4 juillet 1807 (voir *OC*, t. XXI, p. 303).

Rousseau et Byron.

Venise, septembre 1833.

De ma petite table mes yeux errent sur toutes les rades : une brise du large rafraîchit l'air ; la marée monte ; un trois-mâts entre. Le Lido d'un côté, le palais du doge de l'autre, les lagunes au milieu, voilà le tableau. C'est de ce port que sortirent tant de flottes glorieuses : le vieux Dandolo en partit dans la pompe de la chevalerie des mers, dont Villehardouin, qui commença notre langue et nos mémoires, nous a laissé la description[1].

« Et quand les nefs furent chargées d'armes, et de viandes, et de chevaliers, et de serjanz, et li escus furent portendus inviron de borz et des chaldeals (haubans) des nefs, et les banières dont il avait tant de belles. Ne oncques plus belles estoires (flottes) ne partit de nul port. »

Ma scène du matin à Venise me fait encore souvenir de l'histoire du capitaine Olivet et de Zulietta, si bien racontée :

« La gondole aborde, dit Rousseau[2], et je vois sortir une jeune personne éblouissante, fort coquettement mise et fort leste, qui dans trois sauts fut dans la chambre ; et je la vis établie à côté de moi avant que j'eusse

1. Villehardouin, *La Conquête de Constantinople*, chap. XXXVIII (coll. Petitot, t. I).

2. Mme Dupin, sa protectrice, avait procuré à Rousseau, qui vivait médiocrement de leçons de musique et composait des « opéras-tragédies », une place de secrétaire particulier de M. de Montaigu, qui venait d'être nommé ambassadeur à Venise. Il passa 18 mois dans cette ville (1743-1744), où il se montra, dit-il, grand diplomate. Toujours est-il que l'ambassadeur ne voulut pas garder à son service quelqu'un qui lui était « supérieur » et Rousseau dut rentrer à Paris.

aperçu qu'on y avait mis un couvert. Elle était aussi charmante que vive, une brunette de vingt ans au plus. Elle ne parlait qu'italien ; son accent seul eût suffi pour me tourner la tête. Tout en mangeant, tout en causant, elle me regarde, me fixe un moment, puis s'écriant : "Bonne Vierge ! Ah ! mon cher Bremond, qu'il y a longtemps que je ne t'ai vu !" se jette entre mes bras, colle sa bouche contre la mienne, et me serre à m'étouffer. Ses grands yeux noirs à l'orientale lançaient dans mon cœur des traits de feu ; et quoique la surprise fît d'abord quelque diversion, la volupté me gagna très-rapidement... Elle nous dit que je ressemblais à s'y tromper à M. de Bremond, directeur des douanes de Toscane ; qu'elle avait raffolé de ce M. de Bremond ; qu'elle en raffolait encore ; qu'elle l'avait quitté parce qu'elle était une sotte ; qu'elle me prenait à sa place ; qu'elle voulait m'aimer parce que cela lui convenait ; qu'il fallait, par la même raison, que je l'aimasse tant que cela lui conviendrait ; et que quand elle me planterait là, je prendrais patience comme avait fait son cher Bremond. Ce qui fut dit fut fait... Le soir, nous la ramenâmes chez elle. Tout en causant, je vis deux pistolets sur sa toilette. "Ah ! ah ! dis-je en prenant un, voici une boîte à mouches de nouvelle fabrique ; pourrait-on savoir quel en est l'usage ?"... Elle nous dit avec une naïveté fière qui la rendait encore plus charmante : "Quand j'ai des bontés pour des gens que je n'aime point, je leur fais payer l'ennui qu'ils me donnent ; rien n'est plus juste : mais, en endurant leurs caresses, je ne veux pas endurer leurs insultes, et je ne manquerai pas le premier qui me manquera."

« En la quittant j'avais pris son heure pour le lendemain. Je ne la fis pas attendre. Je la trouvai *in vestito di confidenza*, dans un déshabillé plus que galant, qu'on ne connaît que dans les pays méridionaux, et que je ne m'amuserai pas à décrire, quoique je me le rappelle trop bien... Je n'avais point d'idée des voluptés qui m'attendaient. J'ai parlé de madame de L... e[3], dans les transports que son souvenir me rend quelquefois encore ; mais qu'elle était vieille, et laide, et froide, auprès de ma Zulietta ! Ne tâchez d'imaginer les grâces et les charmes de cette fille enchanteresse, vous resteriez trop loin de la vérité ; les jeunes vierges des cloîtres sont moins fraîches, les beautés du sérail sont moins vives, les houris du paradis sont moins piquantes[4]. »

3.

Mme de Larnage († 1754), née Suzanne-Françoise du Saulzey (ou Sozey), avait épousé en 1716 le lieutenant général des armées du roi, dont elle se sépara en 1735. Elle était âgée de 45 ans lorsque J.-J. Rousseau fit sa connaissance, le 14 septembre 1737 (voir *Confessions*, Ire partie, l. VI, Pléiade, pp. 248-259).

4.

Rousseau, *Confessions*, IIe partie, l. VII (Pléiade, pp. 318-320).

Cette aventure finit par une bizarrerie de Rousseau et le mot de Zulietta : *Lascia le donne e studia la matematica*[5].

Lord Byron livrait aussi sa vie à des Vénus payées : il remplit le palais Mocenigo de ces beautés vénitiennes *réfugiées*, selon lui, sous les *fazzioli*[6]. Quelquefois, troublé de sa honte, il fuyait, et passait la nuit sur les eaux dans sa gondole. Il avait pour sultane favorite Margherita Cogni, surnommée, de l'état de son mari, *la Fornarina*[7] : « Brune, grande (c'est lord Byron qui parle), tête vénitienne, de très-beaux yeux noirs et vingt-deux ans. Un jour d'automne, allant au Lido... nous fûmes surpris par une bourrasque... Au retour, après une lutte terrible, je trouvai Margherita en plein air sur les marches du palais Mocenigo, au bord du grand canal ; ses yeux noirs étincelaient à travers ses larmes ; ses longs cheveux de jais détachés, trempés de pluie, couvraient ses sourcils et son sein. Exposée en plein à l'orage, le vent qui s'engouffrait sous ses habits et sa chevelure les roulait autour de sa taille élancée ; l'éclair tourbillonnait sur sa tête, et les vagues mugissaient à ses pieds ; elle avait tout l'aspect d'une Médée descendue de son char, ou d'une sibylle conjurant la tempête qui rugissait à l'entour ; seule chose vivante à portée de voix dans ce moment, excepté nous-mêmes. Me voyant sain et sauf, elle ne m'attendait pas pour me souhaiter la bienvenue ; mais vociférant de loin : "*Ah ! can della Madonna ! dunque sta il tempo per andar al Lido* ! Ah ! chien de la Vierge, est-ce là un temps pour aller au Lido ?" »

Dans ces deux récits de Rousseau et de Byron, on sent la différence de la position sociale, de l'éducation et du caractère des deux hommes. À travers le charme du style de l'auteur des *Confessions*, perce quelque chose de vulgaire, de cynique, de mauvais ton, de mauvais goût ; l'obscénité d'expression particulière à cette époque gâte encore le tableau. Zulietta est supérieure à son amant en élévation de sentiments et en élégance d'habitude ; c'est presque une grande dame éprise du secrétaire infime d'un ambassadeur mesquin. La même infériorité se retrouve quand Rousseau s'arrange pour élever à frais communs, avec son ami Carrio, une petite fille de onze ans dont ils devaient partager les faveurs ou plutôt les larmes.

5.
« Laisse les femmes, et étudie les mathématiques. »

6.
« Le *bel Sangue* ne se trouve pas parmi les dames, ou femmes de haute naissance, mais sous *i fazzioli* ou mouchoirs (sortes de voiles blancs que les femmes portent sur la tête). » (lettre de Byron dans les *Mémoires de lord Byron*, 1830).

7.
« La boulangère ».

Lord Byron est d'une autre allure : il laisse éclater les mœurs et la fatuité de l'aristocratie ; pair de la Grande-Bretagne, se jouant de la femme du peuple qu'il a séduite, il l'élève à lui par ses caresses et par la magie de son talent. Byron arriva riche et fameux à Venise, Rousseau y débarqua pauvre et inconnu ; tout le monde sait le palais qui divulgua les erreurs de l'héritier noble du célèbre commodore anglais[8] ; aucun cicerone ne pourrait vous indiquer la demeure où cacha ses plaisirs le fils plébéien de l'obscur horloger de Genève. Rousseau ne parle pas même de Venise ; il semble l'avoir habitée sans l'avoir vue : Byron l'a chantée admirablement[9]. Vous avez vu dans ces *Mémoires* ce que j'ai dit des rapports d'imagination et de destinée qui semblent avoir existé entre l'historien de *René* et le poète de *Childe-Harold.* Ici je signale encore une de ces rencontres tant flatteuses à mon orgueil. La brune Fornarina de lord Byron n'a-t-elle pas un air de famille avec la blonde Velléda des *Martyrs,* son aînée ?

« Caché parmi les rochers, j'attendis quelque temps sans voir rien paraître. Tout à coup mon oreille est frappée des sons que le vent m'apporte du milieu du lac. J'écoute et je distingue les accents d'une voix humaine ; en même temps je découvre un esquif suspendu au sommet d'une vague ; il redescend, disparaît entre deux flots, puis se montre encore sur la cime d'une lame élevée ; il approche du rivage. Une femme le conduisait ; elle chantait en luttant contre la tempête, et semblait se jouer dans les vents : on eût dit qu'ils étaient sous sa puissance, tant elle paraissait les braver. Je la voyais jeter tour à tour en sacrifice dans le lac des pièces de toile, des toisons de brebis, des pains de cire et de petites meules d'or et d'argent.

« Bientôt elle touche à la rive, s'élance à terre, attache sa nacelle au tronc d'un saule et s'enfonce dans le bois en s'appuyant sur la rame de peuplier qu'elle tenait à la main. Elle passa tout près de moi sans me voir. Sa taille était haute ; une tunique noire, courte et sans manches, servait à peine de voile à sa nudité. Elle portait une faucille d'or suspendue à

8.
Le commodore John Byron (1723-1786), grand-père du poète. Après avoir navigué au détroit de Magellan et être resté trois ans prisonnier au Chili, il fut chargé d'une expédition de découverte (1764-1766) des côtes de la Patagonie, de la Terre de Feu, des îles Falkland. Ses voyages furent publiés après sa mort et traduits en français par Suard.

9.
Le mépris professé par le gentilhomme Chateaubriand à l'égard du roturier Rousseau éclate ici, quelles que soient les dettes que l'auteur des *Mémoires d'outre-tombe* ait à l'égard de Rousseau, qu'il s'agisse de l'éveil à la nature, de l'amour du Tasse ou de sa philosophie sociale ; sans parler de l'idée des *Confessions,* bien qu'il ne faille pas en surestimer l'importance. Voir M. Fumaroli, « Chateaubriand et Rousseau », *in Chateaubriand, Le tremblement du temps,* pp. 202-203.

une ceinture d'airain, et elle était couronnée d'une branche de chêne. La blancheur de ses bras et de son teint, ses yeux bleus, ses lèvres de rose, ses longs cheveux blonds qui flottaient épars, annonçaient la fille des Gaulois, et contrastaient, par leur douceur, avec sa démarche fière et sauvage. Elle chantait d'une voix mélodieuse des paroles terribles, et son sein découvert s'abaissait et s'élevait comme l'écume des flots.»

Je rougirais de me montrer entre Byron et Jean-Jacques, sans savoir ce que je serai dans la postérité, si ces *Mémoires* devaient paraître de mon vivant *(a)*; mais quand ils viendront en lumière j'aurai passé et pour jamais, ainsi que mes illustres devanciers, sur le rivage étranger; mon ombre *(b)* sera livrée au souffle de l'opinion, vain et léger comme le peu qui restera de mes cendres.

Rousseau et Byron ont eu à Venise un trait de ressemblance: ni l'un ni l'autre n'a senti les arts. Rousseau, doué merveilleusement pour la musique, n'a pas l'air de savoir qu'il existe près de *Zulietta* des tableaux, des statues, des monuments; et pourtant avec quel charme ces chefs-d'œuvre se marient à l'amour dont ils divinisent l'objet et augmentent la flamme! Quant à lord Byron, il *abhorre l'infernal éclat* des couleurs de Rubens; il *crache* sur tous les sujets des saints dont les églises regorgent; il n'a jamais rencontré tableau ou statue approchant d'une lieue de sa pensée. Il préfère à ces arts imposteurs la beauté de quelques montagnes, de quelques mers, de quelques chevaux, d'un certain lion de Morée, et d'un tigre qu'il vit souper dans *Exeter-Change*[10]. N'y aurait-il point un peu de parti pris dans tout cela?

Que d'affectation et de forfanterie[11] *!*

---

10. *Mémoires de lord Byron*, pp. 200-202.

11. Molière, *Tartuffe*, acte III, scène 2, v. 857. Le vers est prononcé par Dorine et vise Tartuffe.

Beaux génies inspirés par Venise. – Anciennes et nouvelles courtisanes. – Rousseau et Byron nés malheureux[1].

Venise, septembre 1833.

Mais quelle est donc cette ville où les plus hautes intelligences se sont donné rendez-vous ? Les unes l'ont elles-mêmes visitée, les autres y ont envoyé leurs muses. Quelque chose aurait manqué à l'immortalité de ces talents, s'ils n'eussent suspendu des tableaux à ce temple de la volupté et de la gloire. Sans rappeler encore les grands poètes de l'Italie, les génies de l'Europe entière, y placèrent leurs créations : là respire cette *Desdemona* de Shakespeare, bien différente de la *Zulietta* de Rousseau et de la *Margherita* de Byron, cette pudique Vénitienne qui déclare sa tendresse à Othello : « Si vous avez un ami qui m'aime, apprenez-lui à raconter votre histoire, cela me pénétrera d'amour pour lui. » Là paraît cette *Belvidera* d'Otwai qui dit à Jaffier[2] :

Oh smile, as when our loves were in their spring.

....

O ! lead me to some descart wide et wild,

1. Ces deux éléments de titre ne correspondent pas au contenu du chapitre dans l'édition Penaud, mais au début de la suite, retranchée après 1845 (voir *supra*, sur le début de ce livre, note 1, p. 2747).

2. Thomas Otway, *Venise sauvée*, tragédie représentée en 1682, qui relate l'échec d'une vaste conspiration organisée contre le Sénat et le gouvernement de la République de Venise, à laquelle participe Jaffier, un honnête citoyen qui a épousé, malgré l'opposition de son père, la fille du sénateur Friuli Belvidera. La pièce fut jouée en septembre-décembre 1827 à Paris, au Théâtre-Italien, par la troupe anglaise de Kemble.

Barren as our misfortunes, where my soul
May have its vent, where Imay tell aloud
To the high heavens, and ev'ry list'ning planets,
With what a boundless stock my bosom's fraught;
Wheres I may throw my eager arms about thee,
Give loose to love, with kisses kindling joy,
And lest off all the fire that's in my heart[3].

«Oh! souris-moi comme quand nos amours étaient dans leur printemps... Conduis-moi à quelque désert vaste, sauvage, stérile comme nos malheurs, où mon âme puisse respirer, où je puisse à grands cris dire aux cieux élevés et aux astres écoutants de quelles richesses sans bornes mon sein est chargé; où je puisse jeter mes bras impatients autour de toi, donner passage à l'amour par des baisers qui rallument la joie, et laisser aller tout le feu qui est dans mon cœur.»

Goethe[4], de notre temps, a célébré Venise, et le gentil Marot, qui le premier fit entendre sa voix au réveil des Muses françaises, se réfugia aux foyers du Titien[5]. Montesquieu écrivait: «On peut avoir vu toutes les villes du monde et être surpris en arrivant à Venise[6].»

Lorsque, dans un tableau trop nu, l'auteur des *Lettres persanes* représente une musulmane abandonnée dans le paradis à deux *hommes divins*, ne semble-t-il pas avoir peint la courtisane des *Confessions* de Rousseau et celle des *Mémoires* de Byron? N'étais-je pas, entre mes deux Floridiennes, comme Anaïs entre ses deux anges? Mais les *filles peintes* et moi, nous n'étions pas immortels[7].

Madame de Staël livre Venise à l'inspiration de Corinne: celle-ci écoute le bruit du canon qui annonce l'obscur sacrifice d'une jeune fille... Avis

---

3.

Il faut lire: *«O! lead me to some* desert *[...] / [...] where* I may *tell aloud [...] / Give loose to love,* with *kisses kindling joy, / And* let *off all the fire that's in my heart.»*

4.

Goethe séjourna à Venise du 28 septembre au 14 octobre 1786 (voir son *Voyage en Italie*).

5.

Accusé de s'être converti au protestantisme, Marot s'était réfugié dans les années 1535-1536 à la Cour de Ferrare, puis à Venise (1536), rêvant à l'aimable Cour de France comme à un paradis perdu. Pour y retourner, il multiplia les démarches, dans des *Épîtres au Roy, du temps de son exil à Ferrare*, et *À Mgr le Dauphin, du temps de son dict exil*, se justifiant des accusations d'hérésie et se posant en victime de «l'ignorante Sorbonne». On lui permettra finalement de revenir à condition d'abjurer ses erreurs.

6.

Montesquieu, *Lettres persanes*, lettre 31.

7.

Voir *supra*, l. VIII, chap. 4, p. 474 *sqq.*

solennel « qu'une femme résignée donne aux femmes qui luttent encore contre le destin. »... Corinne monte au sommet de la tour de Saint-Marc, contemple la ville et les flots, tourne les yeux vers *les nuages du côté de la Grèce* : « La nuit elle ne voit que le reflet des lanternes qui éclairent les gondoles : on dirait des ombres qui glissent sur l'eau, guidées par une petite étoile. » Oswald part ; Corinne s'élance pour le rappeler.
« Une pluie terrible commençait alors ; le vent le plus violent se faisait entendre » ; Corinne descend sur le bord du canal. « La nuit était si obscure qu'il n'y avait pas une seule barque ; Corinne appelait au hasard des bateliers qui prenaient ses cris pour des cris de détresse de malheureux qui se noyaient pendant la tempête, et néanmoins personne n'osait approcher, tant les ondes agitées du grand canal étaient redoutables[8]. »
Voilà encore la *Margherita* de lord Byron.
J'éprouve un plaisir indicible à revoir les chefs-d'œuvre de ces grands maîtres dans le lieu même pour lequel ils ont été faits. Je respire à l'aise au milieu de la troupe immortelle, comme un humble voyageur admis aux foyers hospitaliers d'une riche et belle famille *(a)*.

8.
C'est à Venise que les amours de Corinne et d'Oswald prennent fin (*Corinne*, l. XV, chap. 7 *sqq.*).

LIVRE XLI

Arrivée de madame de Bauffremont à Venise. – Le Catajo. – Le duc de Modène. – Tombeau de Pétrarque à Arqua. – Terre des poètes.

De Venise à Ferrare,
du 17 au 18 septembre 1833[1].

L'intervalle était immense entre ces rêveries et les vérités dans lesquelles je rentrais en me présentant à l'hôtel de la princesse de Bauffremont; il me fallait sauter de 1806, dont le souvenir venait m'occuper, à 1833, là où je me trouvais en réalité: Marco Polo tomba de la Chine à Venise, précisément après une absence de vingt-sept ans[2].

Madame de Bauffremont porte à merveille sur son visage et dans ses manières le nom de Montmorency: elle aurait pu très-bien, comme cette Charlotte, mère du grand Condé et de la duchesse de Longueville, être aimée de Henri IV. La princesse m'apprit que madame la duchesse de Berry m'avait écrit de Pise une lettre que je n'avais pas reçue: Son Altesse Royale arrivait à Ferrare où elle m'espérait.

Il m'en coûtait d'abandonner ma retraite; une huitaine était encore nécessaire à ma revue; je regrettais surtout de ne pouvoir mettre à fin l'aventure de Zanze*; [* Voyez, page *2767* de ce volume, ce qui est dit de *Zanze*, et plus bas son *manuscrit*: M. de Chateaubriand n'a pas raconté comment il s'était mis en rapport avec ce personnage des *Prigioni* de Silvio Pellico[3]. *(Note des*

1.
On corrige ici, comme ailleurs dans ce livre, certaines dates données par Chateaubriand de mémoire.

2.
Voir la préface du *Voyage en Amérique* (Pléiade, pp. 629-630), où Chateaubriand s'émerveille des voyages de celui qu'il nomme alors Marc Paul.

3.
M.-J. Durry a fait l'hypothèse que Chateaubriand rencontra la Zanze à Venise, dans l'un des salons où sa nouvelle notoriété lui avait valu d'être invitée et reçue (voir *La Vieillesse de Chateaubriand*, t. I, pp. 149-150).

Éditeurs)] ; mais mon temps appartenait à la mère de Henri V, et toujours, quand je suis une route, vient un heurt qui me jette dans un autre chemin. Je partis laissant mes bagages à l'hôtel de l'Europe, comptant revenir avec Madame.

Je retrouvai ma calèche à Fusina : on la tira d'une vieille remise, comme un joyau du garde-meuble de la couronne. Je quittai la rive qui prend peut-être son nom de la fourche à trois dents du roi de la mer : *Fuscina.* Rendu à Padoue, je dis au postillon : « Route de Ferrare. » Elle est charmante cette route, jusqu'à Monselice : colline d'une élégance extrême, vergers de figuiers, de mûriers et de saules festonnés de vignes, prairies gaies, châteaux ruineux. Je passai devant le *Catajo*[4], tout orné de soldats : l'abbé Lenglet, fort érudit d'ailleurs, a pris ce manoir pour la Chine. Le Catajo n'appartient pas à Angélique, mais au duc de Modène. Je me suis trouvé nez à nez avec Son Altesse. Elle daignait se promener à pied sur le grand chemin. Ce duc est un rejeton de la race des princes inventés par Machiavel ; il a la fierté de ne pas reconnaître Louis-Philippe *(a).*

Le village d'Arqua montre le tombeau de Pétrarque, chanté avec son site par lord Byron :

> *Che fai, che pensi ? che pur dietro guardi*
> *Nel tempo, che tornar non pote omai,*
> *Anima sconsolata*[5] ?

« Que fais-tu, que penses-tu ? pourquoi regarder en arrière dans un temps qui ne peut jamais revenir, âme inconsolée ! »

Tout ce pays, dans un diamètre de quarante lieues, est le sol indigène des écrivains et des poètes : Tite-Live, Virgile, Catulle, Arioste, Guarini, les Strozzi, les trois Bentivoglio, Bembo, Bartoli, Bojardo, Pindemonte, Varano, Monti, une foule d'autres hommes célèbres, ont été enfantés par cette terre des muses. Le Tasse même était Bergamasque d'origine. Je n'ai vu des derniers poètes italiens qu'un des deux Pindemonte. Je n'ai connu ni Cesarotti, ni Monti ; j'aurais été heureux de rencontrer Pellico et Manzoni, rayons d'adieux de la gloire italienne. Les monts Euganéens, que je traversais, se doraient de l'or du couchant avec une

4.
« Sur la route est un grand manoir appelé le Cataïo, écrit A. Valéry (dont Chateaubriand ici encore s'est inspiré), et sur les créneaux duquel on s'attend presque à voir paraître le nain avec son cor, comme dans les romans de chevalerie » (*Voyages pittoresques et littéraires en Italie*, t. II, p. 49).
5.
Pèlerinage de Childe-Harold, chant IV, stances 30-33.

agréable variété de formes et une grande pureté de lignes : un de ces monts ressemblait à la principale pyramide de Saccarah, lorsqu'elle s'imprime au soleil tombant sur l'horizon de la Libye[6].

Je continuai mon voyage la nuit par Rovigo ; une nappe de brouillard couvrait la terre. Je ne vis le Pô qu'au passage de Lagoscuro. La voiture s'arrêta ; le postillon appela le bac avec sa trompe. Le silence était complet ; seulement, de l'autre côté du fleuve, le hurlement d'un chien et les cascades lointaines d'un triple écho répondaient à son cor ; avant-scène de l'empire élyséen du Tasse dans lequel nous allions entrer.

Un froissement sur l'eau, à travers le brouillard et l'ombre, annonça le bac ; il glissait le long de la cordelle soutenue sur des bateaux à l'ancre.

Entre les quatre et cinq heures du matin, j'arrivai le 18 à Ferrare ; je descendis à l'hôtel *des Trois Couronnes* ; Madame y était attendue.

Mercredi, 18.

Son Altesse Royale n'étant point arrivée, je visitai l'église de Saint-Paul : je n'y ai vu que des tombes ; du reste, pas une âme, hormis celles de quelques morts et la mienne qui ne vit guère. Au fond du chœur pendait un tableau du Guerchin.

La cathédrale est trompeuse : vous apercevez un front et des flancs où s'incrustent des bas-reliefs à sujets sacrés et profanes. Sur cet extérieur règnent encore d'autres ornements placés d'ordinaire à l'intérieur des édifices gothiques, comme rudentures, modillons arabes, soffites[7] à nimbe, galeries à colonnettes, à ogives, à trèfles, ménagées dans l'épaisseur des murs. Vous entrez, et vous restez ébahi à la vue d'une église neuve à voûtes sphériques, à piliers massifs. Quelque chose de ces disparates existe en France au physique et au moral : dans nos vieux châteaux on pratique des cabinets modernes, force nids à rats, alcôves et garde-robes. Pénétrez dans l'âme d'un bon nombre de ces hommes armoriés de noms historiques, qu'y trouvez-vous ? des inclinations d'antichambre.

Je fus tout penaud à l'aspect de cette cathédrale : elle semblait avoir été retournée comme une robe mise à l'envers ; bourgeoise du temps de Louis XV, masquée en châtelaine du XIIe siècle.

Ferrare, jadis tant agitée de ses femmes, de ses plaisirs et de ses poètes, est presque déshabitée : là où les rues sont larges, elles sont désertes, et les moutons y pourraient paître. Les maisons délabrées ne se ravivent

6.
Voir *Itinéraire* (Pléiade, p. 1148).

7.
De l'italien *soffito* : vue par-dessous, qui désigne ordinairement un plafond à caissons.

pas, ainsi qu'à Venise, par l'architecture, les vaisseaux, la mer et la gaieté native du lieu. À la porte de la Romagne si malheureuse, Ferrare, sous le joug d'une garnison d'Autrichiens *(b)*, a du visage d'un persécuté : elle semble porter le deuil éternel du Tasse ; prête à tomber, elle se courbe comme une vieille. Pour seul monument du jour sort à moitié de terre un tribunal criminel, avec des prisons non achevées. Qui mettra-t-on dans ces cachots récents ? la jeune Italie. Ces geôles neuves, surmontées de grues et bordées d'échafaudages, comme les palais de la ville de Didon, touchent à l'ancien cachot du chantre de la *Jérusalem*[8].

8.
« Plus ne s'élèvent les tours commencées, plus ne s'exerce aux armes la jeunesse, on ne travaille plus aux bassins du port, aux bastions avancés qui repousseraient la guerre ; les ouvrages délaissés restent suspendus, murs qui dressaient leurs puissantes menaces et tout un appareil élevé jusqu'aux cieux » (Virgile, *Énéide*, l. IV, v. 85 *sqq.*).

Le Tasse.

Ferrare, 18 septembre 1833.

S'il est une vie qui doive faire désespérer du bonheur pour les hommes de talent, c'est celle du Tasse[1]. Le beau ciel[2] que ses yeux regardaient en s'ouvrant au jour fut un ciel trompeur.

«Mes adversités, dit-il, commencèrent avec ma vie. La cruelle fortune m'arracha des bras de ma mère. Je me souviens de ses baisers mouillés de larmes, de ses prières que les vents ont emportées. Je ne devais plus presser mon visage contre son visage. D'un pas mal assuré comme Ascagne ou la jeune Camille, je suivis mon père errant et proscrit. C'est dans la pauvreté et l'exil que j'ai grandi.»

Torquato Tasso perdit à Ostille Bernardo Tasso. Torquato a tué Bernardo comme poète; il l'a fait vivre comme père.

Sorti de l'obscurité par la publication du *Rinaldo*, Tasse fut appelé à Ferrare. Il y débuta au milieu des fêtes du mariage d'Alphonse II avec

1.
Chateaubriand partageait avec Jean-Jacques Rousseau cette prédilection pour le Tasse, «le poète fou». À Venise, l'auteur des *Confessions* avait entendu les gondoliers chanter, les nuits d'été, alternativement d'une barque à l'autre, la totalité de *La Jérusalem délivrée* (voir *Confessions, in OC*, t. I, p. 1386, note 9). Le Tasse était le poète préféré de Mme Récamier et Chateaubriand considérait *La Jérusalem délivrée* comme une des grandes épopées classiques, à laquelle il rend hommage dans l'*Itinéraire*, vérifiant la vérité des descriptions du poème. Pour retracer la vie du Tasse, Chateaubriand s'est principalement inspiré de l'article de De Angélis pour la *Biographie universelle* de Michaud (t. XLV, 1826, pp. 12-33). À sa manière, il fond, remanie, emprunte une anecdote et la fait sienne par une sorte d'alchimie de langage qui, à partir d'un récit purement biographique, donne relief, vérité et couleurs.

2.
Celui de la région de Naples; Le Tasse était né en 1544 à Sorrente.

l'archiduchesse Barbe. Il y rencontra Léonore, sœur d'Alphonse : l'amour et le malheur achevèrent de donner à son génie toute sa beauté. « Je vis, raconte le poète peignant dans l'*Aminte* la première cour de Ferrare, je vis des déesses et des nymphes charmantes, sans voile, sans nuage : je me sentis inspiré d'une nouvelle vertu, d'une divinité nouvelle, et je chantai la guerre et les héros *(a)*...!»

Le Tasse lisait les stances de la *Gerusalemme*, à mesure qu'il les composait, aux sœurs d'Alphonse, Lucrèce et Léonore. On l'envoya auprès du cardinal Hippolyte d'Este, fixé à la cour de France : il mit en gage ses vêtements et ses meubles pour faire ce voyage, tandis que le cardinal qu'il honorait de sa présence faisait à Charles IX le fastueux cadeau de cent chevaux barbes avec leurs écuyers arabes superbement vêtus. Laissé d'abord dans les écuries, le Tasse fut ensuite présenté au Roi poète, ami de Ronsard. Dans une lettre qui nous est restée, il juge les Français avec dureté. Il composa quelques vers de sa *Gerusalemme* dans une abbaye d'hommes en France dont le cardinal Hippolyte était pourvu ; c'était Châlis[3], près d'Ermenonville, où devait rêver et mourir J.-J. Rousseau : Dante aussi avait passé obscurément dans Paris.

Le Tasse retourna en Italie en 1571 et ne fut point témoin de la Saint-Barthélemy. Il se rendit directement à Rome et de là revint à Ferrare. L'*Aminte* fut jouée avec un grand succès. Tout en devenant le rival d'Arioste, l'auteur de *Renaud* admirait à un tel point l'auteur de *Roland* qu'il refusait les hommages du neveu de ce poète : « Ce laurier que vous m'offrez, lui écrivait-il, le jugement des savants, celui des gens du monde et le mien même, l'ont déposé sur la tête de l'homme à qui le sang vous lie. Prosterné devant son image, je lui donne les titres les plus honorables que puissent me dicter l'affection et le respect. Je le proclamerai hautement mon père, mon seigneur et mon maître. »

Cette modestie, si inconnue de notre temps, ne désarma point la jalousie. Torquato avait vu les fêtes données par Venise à Henri III revenant de Pologne[4], lorsqu'on imprima furtivement un manuscrit de la *Jérusalem* : les minutieuses critiques des amis dont le Tasse consultait le goût le vinrent

---

3.
Pour Chaalis : abbaye cistercienne, au sud-est de Senlis, fondée en 1136 (appartient aujourd'hui à l'Institut de France).

4.
Élu au trône de Pologne, le duc d'Anjou se fatigua bien vite de la rudesse et de l'indépendance turbulente de la noblesse polonaise. Lorsqu'il apprit la nouvelle de la mort de son frère Charles IX, événement qui lui donnait la couronne de France (1574), il abandonna tout à coup Cracovie, s'enfuit secrètement, gagna Vienne, Venise, et revint en France à travers la Lombardie, s'attardant aux fêtes que lui donnèrent les princes italiens.

alarmer. Peut-être s'y montra-t-il trop sensible; mais peut-être avait-il bâti sur l'espérance de sa gloire le succès de ses amours. Il se crut environné de pièges et de trahisons; il fut obligé de défendre sa vie. Le séjour de Belriguardo, où Goethe[5] évoque son ombre, ne le put calmer: «De même que le rossignol (dit le grand poète allemand faisant parler le grand poète italien), il exhalait de son sein malade d'amour l'harmonie de ses plaintes: ses chants délicieux, sa mélancolie sacrée, captivaient l'oreille et le cœur... Qui a plus de droit à traverser mystérieusement les siècles que le secret d'un noble amour, confié au secret d'un chant sublime?... Qu'il est charmant (dit toujours Goethe interprète des sentiments de Léonore), qu'il est charmant de se contempler dans le beau génie de cet homme, de l'avoir à ses côtés dans l'éclat de cette vie, d'avancer avec lui d'un pas facile vers l'avenir! Dès lors le temps ne pourra rien sur toi, Léonore; vivante dans les chants du poète, tu seras encore jeune, encore heureuse, quand les années t'auront emportée dans leur cours.»

Le chantre d'Herminie conjure Léonore (toujours dans les vers du poète de la Germanie) de le reléguer dans une de ses *villa* les plus solitaires: «Souffrez, lui dit-il, que je sois votre esclave. Comme je soignerai vos arbres! avec quelle précaution, en automne, je couvrirai votre citronnier de plantes légères! Sous le verre des couches j'élèverai de belles fleurs.» Le récit des amours du Tasse était perdu, Goethe l'a retrouvé.

Les chagrins des Muses et les scrupules de la religion commencèrent à altérer la raison du Tasse. On lui fit subir une détention passagère. Il s'échappa presque nu: égaré dans les montagnes, il emprunta les haillons d'un berger, et, déguisé en pâtre, il arriva chez sa sœur Cornélie. Les caresses de cette sœur et l'attrait du pays natal apaisèrent un moment ses souffrances: «Je voulais, disait-il, me retirer à Sorrente comme dans un port paisible, *quasi in porto di quiete.*» Mais il ne put rester où il était né! un charme l'attirait à Ferrare: l'amour est la patrie. Reçu froidement du duc Alphonse, il se retira de nouveau; il erra dans les petites cours de Mantoue, d'Urbino, de Turin, chantant pour payer l'hospitalité. Il disait au Metauro, ruisseau natal de Raphaël: «Faible, mais glorieux enfant de l'Apennin, voyageur vagabond, je viens chercher sur tes bords la sûreté et mon repos.» Armide avait passé au berceau de Raphaël; elle devait présider aux enchantements de la Farnésine.

Surpris par un orage aux environs de Verceil, le Tasse célébra la nuit qu'il avait passée chez un gentilhomme, dans le beau dialogue du *Père*

5. Dans *Torquato Tasso* (1789).

de famille. À Turin, on lui refusa l'entrée des portes, tant il était dans un état misérable. Instruit qu'Alphonse allait contracter un nouveau mariage, il reprend le chemin de Ferrare. Un esprit divin s'attachait aux pas de ce dieu caché sous l'habit des pasteurs d'Admète ; il croyait voir cet esprit et l'entendre : un jour, étant assis près du feu et apercevant la lumière du soleil sur une fenêtre : « *Ecco l'amico spirito che cortesemente è venuto a favellarmi.* Voilà l'esprit ami qui est venu courtoisement me parler. » Et Torquato causait avec un rayon de soleil. Il rentra dans la ville fatale comme l'oiseau fasciné se jette dans la gueule du serpent ; méconnu et repoussé des courtisans, outragé par les domestiques, il se répandit en plaintes, et Alphonse le fit enfermer dans une maison de fous à l'hôpital Sainte-Anne[6].

Alors le poète écrivait à un de ses amis : « Sous le poids de mes infortunes, j'ai renoncé à toute pensée de gloire ; je m'estimerais heureux si je pouvais seulement éteindre la soif qui me dévore... L'idée d'une captivité sans terme et l'indignation des mauvais traitements que je subis augmentent mon désespoir. La saleté de ma barbe, celle de mes cheveux et de mes vêtements, me rendent un objet de dégoût pour moi-même. » Le prisonnier implorait toute la terre et jusqu'à son impitoyable persécuteur ; il tirait de sa lyre des accents qui auraient dû faire tomber les murs dont on entourait ses misères.

Piango il morir, non piango il morir solo,
Ma il modo ....

6.
Il serait inexact de voir dans Ferrare, selon une légende romantique, la prison du Tasse, qui s'y rendit pour la première fois en 1565. Encore en 1572, il était fêté et bénéficiait de la protection du duc Alphonse II. Mais dans la fin de l'année 1575, apparurent les premiers symptômes d'une sorte de délire de persécution, dont témoigne son allégorie de *la Délivrée.* Un soir de juin 1575, se croyant épié alors qu'il s'entretenait avec la princesse Lucrèce, il lança un couteau contre un serviteur et on fut obligé de l'enfermer. Il s'évada, erra de ville en ville, séjournant à Sorrente, à Rome, à Ferrare encore, puis quelques mois à Mantoue et Turin. Il retournera à Ferrare en février 1579, alors que toute la cour était occupée par les préparatifs des noces du duc, qui allait épouser en troisième mariage Margarita Gonzaga. Se voyant négligé, Le Tasse éclata le soir du 11 mars en violentes invectives contre son protecteur. On l'enchaîna et on l'enferma comme fou furieux à l'hôpital Sainte-Anne, où il passa plus de sept années, traité, il est vrai, plus en prisonnier qu'en malade. De précieux renseignements sur cette période nous sont fournis par sa correspondance, qui restitue « l'atmosphère d'angoisse ensorcelée et de fébrile mystère, d'hallucination et de magie dans laquelle vivait le poète » (G. Getto, *Dictionnaire des auteurs*). En juillet 1586, le duc permit enfin à son épouse d'emmener Le Tasse à Mantoue, où il se remit à *La Jérusalem délivrée,* avec l'intention de la recomposer. Puis, le reprit son angoissant besoin de voyager : Rome sera la dernière étape de son errance.

Mi saria di conforto aver la tomba,
Ch'altra mole innalzar credea co'carmi[7].

«Je pleure le mourir; je ne pleure pas seulement le mourir, mais la manière dont je meurs... Ce sera un secours d'avoir la tombe à celui qui croyait élever d'autres monuments par ses vers.»

Lord Byron a composé un poème des *Lamentations du Tasse;* mais il ne se peut quitter, et se substitue partout aux personnages qu'il met en scène; comme son génie manque de tendresse, ses *lamentations* ne sont que des *imprécations.*

Le Tasse adressa au Conseil des Anciens de Bergame cette supplique: «Torquato Tasso, Bergamasque non-seulement d'origine mais d'affection, ayant d'abord perdu l'héritage de son père, la dot de sa mère... et (après le servage de beaucoup d'années et les fatigues d'un temps bien long) n'ayant encore jamais perdu au milieu de tant de misères la foi qu'il a dans cette cité (Bergame), ose lui demander assistance. Qu'elle conjure le duc de Ferrare, jadis mon protecteur et mon bienfaiteur, de me rendre à ma patrie, à mes parents et à moi-même. L'infortuné Tasso supplie donc vos seigneuries (les magistrats de Bergame) d'envoyer monseigneur Licino ou quelque autre, pour traiter de ma délivrance. La mémoire de leur bienfait ne finira qu'avec ma vie. *Di VV. SS. affezionatissimo servidore, Torquato Tasso, prigione e infermo nel ospedal di Sant'Anna in Ferrara.*»

On refusait au Tasse de l'encre, des plumes, du papier. Il avait chanté le *magnanime Alphonse*, et le magnanime Alphonse plongeait au fond d'une loge d'aliéné celui qui répandit sur sa tête ingrate un éclat impérissable. Dans un sonnet plein de grâce, le prisonnier supplie une chatte de lui prêter la luisance de ses yeux pour remplacer la lumière dont on l'a privé: inoffensive raillerie qui prouve la mansuétude du poète et l'excès de sa détresse. «Comme sur l'océan qu'infeste et obscurcit la tempête... le pilote fatigué lève la tête, durant la nuit, vers les étoiles dont le pôle resplendit, ainsi fais-je, ô belle chatte, dans ma mauvaise fortune. Tes yeux me semblent deux étoiles qui brillent devant moi... Ô chatte, lampe de mes veilles, ô chatte bien-aimée! si Dieu vous garde de la bastonnade, si le ciel vous nourrit de chair et de lait, donnez-moi de la lumière pour écrire ces vers:

Fatemi luce a scriver queste carmi.»

7. Le Tasse, *Rime*, IIe partie, LII, t. III.

La nuit, le Tasse se figurait entendre des bruits étranges, des tintements de cloches funèbres ; des spectres le tourmentaient. « Je n'en puis plus, s'écriait-il, je succombe ! » Attaqué d'une grave maladie, il crut voir la Vierge le sauvant par miracle.

Egro io languiva, e d'alto sonno avvinto

....

Giacea con guancia di pallor dipinta,
Quando di luce incoronata...
Maria, pronta scendesti al mio dolore.

« Malade, je languissais vaincu du sommeil ;... je gisais, la pâleur répandue sur mes joues, quand, de lumière couronnée,... Marie, tu descendis rapidement à ma douleur. »

Montaigne visita le Tasse réduit à cet excès d'adversité, et ne lui témoigna aucune compassion. À la même époque, Camoëns terminait sa vie dans un hospice à Lisbonne[8] ; qui le consolait mourant sur un grabat ? les vers du prisonnier de Ferrare. L'auteur captif de la *Jérusalem*, admirant l'auteur mendiant des *Lusiades*, disait à Vasco de Gama : « Réjouis-toi d'être chanté par le poète qui tant déploya son vol glorieux, que tes vaisseaux rapides n'allèrent pas aussi loin. »

Tant'oltre stende il glorioso volo
Che i tuoi spalmati legni andar men lungo.

Ainsi retentissait la voix de l'Éridan[9] au bord du Tage ; ainsi, à travers les mers, se félicitaient d'un hôpital à l'autre, à la honte de l'espèce humaine, deux illustres patients de même génie et de même destinée.

Que de rois, de grands et de sots, aujourd'hui noyés dans l'oubli, se croyant vers la fin du XVIe siècle des personnages dignes de mémoire, ignoraient jusqu'aux noms du Tasse et de Camoëns ! En 1754, on lut pour la première fois « le nom de Washington dans le récit d'un obscur combat donné dans les forêts entre une troupe de Français, d'Anglais et

8.
Chateaubriand cite ici De Angélis (voir ci-dessus, note 1) : « [...] le plus grand poète de l'Italie gémissait dans une honteuse captivité, à Ferrare, dans le temps même où le Camoëns terminait dans un hôpital sa double carrière de misère et de gloire ! » (*Biographie universelle* de Michaud, t. XLV, 1826, p. 21, colonne gauche).

9.
Nom que les Grecs de la haute Antiquité, et bien antérieurement au temps d'Hérodote (456 av. J.-C.), donnaient au fleuve d'Italie que les Latins nommèrent Padus, aujourd'hui le Pô.

de sauvages : quel est le commis à Versailles, ou le pourvoyeur du *Parc-aux-Cerfs*, quel est surtout l'homme de cour ou d'académie qui aurait voulu changer son nom à cette époque contre le nom de ce planteur américain[10]* ? » [* Mes *Études historiques*.]

Ferrare, 18 septembre 1833.
L'envie s'était empressée de répandre son poison sur des plaies ouvertes. L'Académie de la Crusca avait déclaré : « Que la *Jérusalem délivrée* était une lourde et froide compilation, d'un style obscur et inégal, pleine de vers ridicules, de mots barbares, ne rachetant par aucune beauté ses innombrables défauts. » Le fanatisme pour Arioste avait dicté cet arrêt. Mais le cri de l'admiration populaire étouffa les blasphèmes académiques : il ne fut plus possible au duc Alphonse de prolonger la captivité d'un homme qui n'était coupable que de l'avoir chanté. Le Pape réclama la délivrance de l'honneur de l'Italie.
Sorti de prison, le Tasse n'en fut pas plus heureux. Léonore était morte. Il se traîna de ville en ville avec ses chagrins. À Lorette, près de mourir de faim, il fut au moment, dit un de ses biographes[11], « de tendre la main qui avait bâti le palais d'Armide ». À Naples, il éprouva quelques doux sentiments de patrie. « Voilà, disait-il, les lieux d'où je suis parti enfant... Après tant d'années, je reviens blanchi, malade à ma rive native. »

... E donde
Partii fanciullo, or dopo tanti lustri
Torno...
Canuto ed egro alle native sponde.

Il préféra à des demeures somptueuses une cellule au couvent de Montoliveto. Dans un voyage qu'il fit à Rome, la fièvre l'ayant saisi, un hôpital fut encore son refuge.
De Rome et de Florence revenu à Naples, s'en prenant de ses maux à son poème immortel, il le refit et le gâta. Il commença ses chants *delle sette giornate del mondo creato*[12], sujet traité par Du Bartas[13]. Le Tasse fait

10.
Voir *Études historiques, in OC*, t. V ter, pp. 446-447.
11.
De Angélis, dans l'article cité ci-dessus (notes 1 et 8), p. 24, colonne droite.
12.
« Des sept jours de la création du monde ».
13.
La Semaine, ou la Création en Sept Journées (1578-1584).

sortir Ève du sein d'Adam, tandis que Dieu « arrosait d'un sommeil paisible les membres de notre premier père assoupi ».

Ed irrigò di placida quiete
Tutte le membra al sonnacchioso...

Le poète amollit l'image biblique, et, dans les douces créations de sa lyre, la femme n'est plus que le premier songe de l'homme. Le chagrin de laisser inachevé un pieux travail qu'il regardait comme une hymne expiatoire détermina le Tasse mourant à condamner à la destruction ses chants profanes.

Moins respecté de la société que des voleurs, le poète reçut de Marc Sciarra, fameux chef de condottieri, l'offre d'une escorte pour le conduire à Rome. Présenté au Vatican, le pape lui adressa ces mots : « Torquato, vous honorerez cette couronne qui honora ceux qui la portèrent avant vous. » Éloge que la postérité a confirmé. Le Tasse répondait aux éloges en répétant ce vers de Sénèque :

Magnifica verba mors prope admota excutit.

« La mort va rabattre bientôt de ces paroles magnifiques. »

Attaqué d'un mal qu'il pressentait devoir guérir tous les autres, il se retira au couvent de Saint-Onuphre, le 1er d'avril 1595. Il monta à son dernier asile pendant une tempête de vent et de pluie. Les moines le reçurent à la porte où s'effacent aujourd'hui les fresques du Dominiquin. Il salua les pères : « Je viens mourir au milieu de vous. » Cloîtres hospitaliers, déserts de religion et de poésie, vous avez prêté votre solitude à Dante proscrit et au Tasse mourant[14] !

Tous les secours furent inutiles. À la septième matinée de la fièvre, le médecin du pape déclara au malade qu'il conservait peu d'espérance. Le Tasse l'embrassa et le remercia de lui avoir annoncé une aussi bonne nouvelle. Ensuite il regarda le ciel et, avec une abondante effusion du cœur, il rendit grâces au Dieu des miséricordes.

Sa faiblesse augmentant, il voulut recevoir l'eucharistie à l'église du monastère : il s'y traîna appuyé sur les religieux et revint porté dans leurs bras. Lorsqu'il fut étendu de nouveau sur sa couche, le prieur l'interrogea à propos de ses dernières volontés.

14.
Ici se plaçait, dans le manuscrit de 1845, un paragraphe que Penaud a inséré un peu plus loin (p. 2809) dans ce même chapitre : « L'auteur de *la Henriade* [...] de beauté à la mort. »

«Je me suis peu soucié des biens de la fortune durant la vie; j'y tiens encore moins à la mort. Je n'ai point de testament à faire.
- Où marquez-vous votre sépulture?
- Dans votre église, si vous daignez tant honorer ma dépouille.
- Voulez-vous dicter vous-même votre épitaphe?»
Or, se tournant vers son confesseur: «Mon père, écrivez: Je rends mon âme à Dieu qui me l'a donnée, et mon corps à la terre dont il fut tiré. Je lègue à ce monastère l'image sacrée de mon rédempteur.»
Il prit dans ses mains un crucifix qu'il avait reçu du pape et le pressa sur ses lèvres.
Sept jours s'écoulèrent encore. Le chrétien éprouvé ayant sollicité la faveur des saintes huiles, survint le cardinal Cintio, apportant la bénédiction du souverain pontife. Le moribond en montra une grande joie. «Voici, dit-il, la couronne que j'étais venu chercher à Rome: j'espère triompher demain avec elle.»
Virgile fit prier Auguste de jeter au feu l'*Énéide*; le Tasse supplia Cintio de brûler la *Jérusalem*. Ensuite, il désira rester seul à seul avec son crucifix.
Le cardinal n'avait pas gagné la porte, que ses larmes, violemment retenues, débordèrent: la cloche sonna l'agonie, et les religieux, psalmodiant les prières des morts, pleurèrent et se lamentèrent dans les cloîtres. À ce bruit, Torquato dit aux charitables solitaires (il lui semblait les voir errer autour de lui comme des ombres): «Mes amis, vous me croyez laisser; je vous précède seulement.»
Dès lors il n'eut d'entretien qu'avec son confesseur et quelques pères de grande doctrine. Près de rendre le dernier soupir, on recueillit de sa bouche cette stance, fruit de l'expérience de sa vie: «Si la mort n'était pas, il n'y aurait au monde rien de plus misérable que l'homme.» Le 25 avril 1595, vers le milieu du jour, le poète s'écria: «*In manus tuas, Domine*[15]...» Le reste du verset fut à peine entendu, comme prononcé par un voyageur qui s'éloigne.
L'auteur de *la Henriade*[16] s'éteint à l'hôtel de Villette, sur un quai de la Seine, et repousse les secours de l'Église; le chantre de la *Jérusalem* expire chrétien à Saint-Onuphre: comparez, et voyez ce que la foi ajoute de beauté à la mort[17]. Tout ce qu'on rapporte du triomphe posthume du Tasse me paraît suspect.

15.
... *commendo spiritum meum.* «Mon père, je remets mon âme entre vos mains. Et en prononçant ces mots, [Jésus] expira» (Luc, XXIII, 46).
16.
Voltaire.
17.
Saint-Onuphre, là où Chateaubriand aurait souhaité terminer ses jours.

Sa mauvaise fortune eut encore plus d'obstination qu'on ne l'a supposé. Il ne mourut point à l'heure désignée de son triomphe, il survécut vingt-cinq jours à ce triomphe projeté. Il ne mentit point à sa destinée; il ne fut jamais couronné, pas même après sa mort; on ne présenta point ses restes au Capitole en habit de sénateur au milieu du concours et des larmes du peuple; il fut enterré, ainsi qu'il l'avait ordonné, dans l'église de Saint-Onuphre. La pierre dont on le recouvrit (toujours d'après son désir) ne présentait ni date ni nom; dix ans après, Manso, marquis della Villa, dernier ami du Tasse et hôte de Milton, composa l'admirable épitaphe: «*Hic jacet Torquatus Tassus.*» Manso parvint difficilement à la faire inciser: car les moines, religieux observateurs des volontés testamentaires, s'opposaient à toute inscription; et pourtant, sans l'*hic jacet*, ou les mots *Torquati Tassi ossa*, les cendres du Tasse eussent été perdues à l'ermitage du Janicule, comme l'ont été celles du Poussin à *San Lorenzo in Lucina.*
Le cardinal Cintio forma le dessein d'ériger un mausolée au chantre du saint sépulcre; dessein avorté. Le cardinal Bevilacqua rédigea une pompeuse épitaphe destinée à la table d'un autre mausolée futur, et la chose en resta là. Deux siècles plus tard, le frère de Napoléon s'occupa d'un monument à Sorrento: Joseph troqua bientôt le berceau du Tasse pour la tombe du Cid[18]. Enfin, de nos jours, une grande décoration funèbre est commencée en mémoire de l'Homère italien, jadis pauvre et errant comme l'Homère grec: l'ouvrage s'achèvera-t-il? Pour moi, je préfère au tumulus de marbre la petite pierre de la chapelle dont j'ai parlé ainsi dans l'*Itinéraire*: «Je cherchai *(à Venise, 1806)*, dans une église déserte, le tombeau de ce dernier peintre *(le Titien)* et j'eus quelque peine à le trouver: la même chose m'était arrivée à Rome *(en 1803)* pour le tombeau du Tasse. Après tout, les cendres d'un poète religieux et infortuné ne sont pas trop mal placées dans un ermitage. Le chantre de la *Jérusalem* semble s'être réfugié dans cette sépulture ignorée, comme pour échapper aux persécutions des hommes; il remplit le monde de sa renommée et repose lui-même inconnu sous l'oranger* de saint Onuphre.» [* J'ai eu raison de dire l'oranger: c'est un oranger qui est dans les préaux intérieurs de Saint-Onuphre[19]. (Note de Paris, 1840.)]
La commission italienne chargée des travaux nécrolithes me pria de quêter en France et de distribuer les indulgences des Muses à chaque fidèle donateur de quelques deniers au monument du poète. Juillet 1830

18.
En passant du royaume de Naples à celui d'Espagne.

19.
Voir la lettre de Chateaubriand à Mme Récamier, du 21 mars 1829, *supra*, l. XXXI, chap. 5, pp. 2100-2101.

est arrivé ; ma fortune et mon crédit ont pris de la destinée des cendres du Tasse. Ces cendres semblent posséder une vertu qui rejette toute opulence, repousse tout éclat, se dérobe à tous honneurs ; il faut de grands tombeaux aux petits hommes et de petits tombeaux aux grands. Le Dieu qui rit de tous mes songes, me précipitant du Janicule avec les vieux pères conscrits, m'a ramené d'une autre manière auprès du Tasse. Ici je puis juger encore mieux du poète dont les trois filles sont nées à Ferrare : Armide, Herminie et Clorinde.

Qu'est-ce aujourd'hui que la maison d'Este ? qui pense aux Obizzo, aux Nicolas, aux Hercule ? Quel nom reste dans ces palais ? le nom de Léonore. Que cherche-t-on à Ferrare ? la demeure d'Alphonse ? non, la prison du Tasse. Où va-t-on processionnellement de siècle en siècle ? au sépulcre du persécuteur ? non, au cachot du persécuté.

Le Tasse remporte dans ces lieux une victoire plus mémorable : il fait oublier l'Arioste ; l'étranger quitte les os du chantre de Roland au Musée[20], et court chercher la loge du chantre de Renaud à Sainte-Anne. Le sérieux convient à la tombe : on abandonne l'homme qui a ri pour l'homme qui a pleuré. Pendant la vie le bonheur peut avoir son mérite ; après la mort il perd son prix : aux yeux de l'avenir il n'y a de beau que les existences malheureuses. À ces martyrs de l'intelligence, impitoyablement immolés sur la terre, les adversités sont comptées en accroissement de gloire ; ils dorment au sépulcre avec leurs immortelles souffrances, comme des rois avec leur couronne. Nous autres vulgaires infortunés, nous sommes trop peu de chose pour que nos peines deviennent dans la postérité la parure de notre vie. Dépouillé de tout en achevant ma course, ma tombe ne me sera pas un temple, mais un lieu de rafraîchissement ; je n'aurai point le sort du Tasse ; je tromperai les tendres et harmonieuses prédictions de l'amitié :

Le Tasse errant de ville en ville,
Un jour accablé de ses maux,
S'assit près du laurier fertile
Qui sur la tombe de Virgile
Étend toujours ses verts rameaux, etc.[21].

20.
Où son tombeau, qui se trouvait précédemment dans l'église Saint-Benoît de Ferrare, a été transféré en 1801.

21.
Sur ces stances de Fontanes à Chateaubriand, voir *supra*, l. XVIII, chap. 6, p. 1038.

Je me hâtai de porter mes hommages à ce fils des Muses, si bien consolé par ses frères : riche ambassadeur, j'avais souscrit pour son mausolée à Rome ; indigent pèlerin à la suite de l'exil, j'allai m'agenouiller à sa prison de Ferrare. Je sais qu'on élève des doutes assez fondés sur l'identité des lieux ; mais, comme tous les vrais croyants, je nargue l'histoire ; cette crypte, quoi qu'on en dise, est l'endroit même que le *pazzo per amore*[22] habita sept années entières ; on passait nécessairement par ces cloîtres ; on arrivait à cette geôle où le jour se glissait à travers les barreaux de fer d'un soupirail, où la voûte rampante qui glace votre tête dégoutte l'eau salpêtrée sur un sol humide qui paralyse vos pieds.

Aux murs, en dehors de la prison, et tout autour du guichet, on lit les noms des adorateurs du dieu : la statue de Memnon[23], frémissante d'harmonie sous le toucher de l'aurore, était couverte des déclarations des divers témoins du prodige. Je n'ai point charbonné mon *ex-voto* ; je me suis caché dans la foule, dont les prières secrètes doivent être, en raison de leur humilité même, plus agréables au Ciel.

Les bâtiments dans lesquels s'enclôt aujourd'hui la prison du Tasse dépendent d'un hôpital ouvert à toutes les infirmités ; on les a mises sous la protection des saints : *Sancto Torquato sacrum.* À quelque distance de la loge bénie, est une cour délabrée ; au milieu de cette cour, le concierge cultive un parterre environné d'une haie de mauves ; la palissade, d'un vert tendre, était chargée de larges et belles fleurs. J'ai cueilli une de ces roses de la couleur du deuil des rois, et qui me semblait croître au pied d'un Calvaire. Le génie est un Christ ; méconnu, persécuté, battu de verges, couronné d'épines, mis en croix pour et par les hommes, il meurt en leur laissant la lumière et ressuscite adoré.

22.

« Fou par amour ».

23.

Nom donné par les Grecs et les Romains à une colossale statue d'Aménophis III, érigée près de Thèbes et qui, aux premiers rayons du soleil, rendait un son musical considéré comme le salut de Memnon à sa mère, l'Aurore. Voir *Itinéraire* (Pléiade, p. 1148).

Arrivée de madame la duchesse de Berry.

Ferrare[1], *19 septembre 1833.*

Sorti le 19 au matin, en revenant aux *Trois-Couronnes*, j'ai trouvé la rue encombrée de peuple ; les voisins béaient aux fenêtres. Une garde de cent hommes des troupes autrichiennes et papalines occupait l'auberge[2]. Le corps des officiers de la garnison, les magistrats de la ville, les généraux, le prolégat, attendaient MADAME, dont un courrier aux armes de France avait annoncé l'arrivée. L'escalier et les salons étaient ornés de fleurs. Onques[3] ne fut plus belle réception pour une exilée.

1.
Le 8 septembre, le prince de Cassaro, à Naples, indiquait à M. de Mareuil « que le roi Charles refuserait à la Duchesse la permission de venir, aussi longtemps qu'elle ne serait pas engagée à se soumettre aux dispositions arrêtées pour l'éducation de son fils et à reconnaître la compétence en la matière, du conseil dont faisaient partie Blacas, Damas et Latil » (cité par M.-J. Durry). De son côté, l'empereur François Ier subordonnait l'autorisation pour la duchesse de se rendre en Bohême à des garanties contre tout comportement inconvenant. En dépit de ces difficultés, Marie-Caroline avait quitté Florence et gagné Bologne, passant en revue le corps des officiers des troupes suisses, à qui elle fit prêter serment de fidélité à Henri V – d'autant plus facilement qu'ils avaient pour la plupart servi en France sous Charles X. À Ferrare, le 18 septembre, même accueil : fleurs, tambours, allocutions. C'est là que la duchesse reçut Chateaubriand, qui l'avait vainement attendue à Venise depuis le 10.

2.
Ferrare fit partie des États pontificaux de 1598 à 1796. En 1805, elle fut incorporée au royaume d'Italie, puis rendue au Saint-Siège par le congrès de Vienne ; mais les Autrichiens occuperont la citadelle de 1815 à 1859. D'où la présence concomitante de troupes autrichiennes et « papalines ».

3.
Expression ancienne qui signifie jamais, à aucun moment, que l'on trouve dans le serment de Strasbourg de 842 et dont l'archaïsme permet des effets plaisants, aussi bien chez Chateaubriand que chez les Goncourt ou Anatole France dans *Barbe-Bleue.*

À l'apparition des voitures, le tambour battit aux champs, la musique des régiments éclata, les soldats présentèrent les armes. MADAME, parmi la presse, eut peine à descendre de sa calèche arrêtée à la porte de l'hôtellerie ; j'étais accouru ; elle me reconnut au milieu de la cohue. À travers les autorités constituées et les mendiants qui se jetaient sur elle, elle me tendit la main en me disant : « *Mon fils est votre roi* : aidez-moi donc à passer. » Je ne la trouvai pas trop changée, bien qu'amaigrie *(a)* ; elle avait quelque chose d'une petite fille éveillée.

Je marchais devant elle ; elle donnait le bras à M. de Lucchesi ; madame de Podenas la suivait. Nous montâmes les escaliers et entrâmes dans les appartements entre deux rangs de grenadiers, au fracas des armes, au bruit des fanfares, au *vivat* des spectateurs. On me prenait pour le majordome, on s'adressait à moi pour être présenté à la mère de Henri V. Mon nom se liait à ces noms dans l'esprit de la foule.

Il faut savoir que Madame, depuis Palerme jusqu'à Ferrare, a été reçue avec les mêmes respects, malgré les notes des envoyés de Louis-Philippe. M. de Broglie[4] ayant eu la bravoure de demander au Pape[5] le renvoi de la proscrite, le cardinal Bernetti répondit : « Rome a toujours été l'asile des grandeurs tombées. Si dans ces derniers temps la famille de Bonaparte trouva un refuge auprès du Père des fidèles, à plus forte raison la même hospitalité doit-elle être exercée envers la famille des Rois très-chrétiens. »

Je crois peu à cette dépêche[6] *(b)*, mais j'étais vivement frappé d'un contraste : en France, le gouvernement prodigue des insultes à une femme dont il a peur ; en Italie, on ne se souvient que du nom, du courage et des malheurs de madame la duchesse de Berry.

Je fus obligé d'accepter mon rôle improvisé de premier gentilhomme de la chambre. La princesse était extrêmement drôle : elle portait une robe de toile grisâtre, serrée à la taille ; sur sa tête, une espèce de petit bonnet de veuve, ou de béguin d'enfant ou de pensionnaire en pénitence. Elle allait çà et là, comme un hanneton ; elle courait à l'étourdie, d'un air assuré, au milieu des curieux, de même qu'elle se dépêchait dans les bois de la Vendée. Elle ne regardait et ne reconnaissait personne ; j'étais

4. Le gendre de Mme de Staël était alors ministre des Affaires étrangères.

5. Le pape Grégoire XVI.

6. On a vu *supra*, l. XL, chap. 2, note 8, p. 2738, que la princesse avait été fort bien accueillie par le pape Grégoire XVI, qui avait succédé à Pie VII.

obligé de l'arrêter irrespectueusement par sa robe, ou de lui barrer le chemin en lui disant: «Madame, voilà le commandant autrichien, l'officier en blanc; Madame, voilà le commandant des troupes pontificales, l'officier en bleu; Madame, voilà le prolégat, le grand jeune abbé en noir.» Elle s'arrêtait, disait quelques mots en italien ou en français, pas trop justes, mais rondement, franchement, gentiment, et qui, dans leur déplaisance, ne déplaisaient pas: c'était une espèce d'allure ne ressemblant à rien de connu. J'en sentais presque de l'embarras, et pourtant je n'éprouvais aucune inquiétude sur l'effet produit par la petite échappée des flammes et de la geôle.

Une confusion comique survenait. Je dois dire une chose avec toute la réserve de la modestie: le vain bruit de ma vie augmente à mesure que le silence réel de cette vie s'accroît. Je ne puis descendre aujourd'hui dans une auberge, en France ou à l'étranger, que je n'y sois immédiatement assiégé. Pour la vieille Italie, je suis le défenseur de la religion; pour la jeune, le défenseur de la liberté; pour les autorités, j'ai l'honneur d'être *la Sua Eccellenza* GIA *ambasciadore di Francia*[7] à Vérone et à Rome. Des dames, toutes sans doute d'une rare beauté, ont prêté la langue d'Angélique[8] et d'Aquilan le Noir à la Floridienne Atala et au Maure Aben-Hamet. Je vois donc arriver des écoliers, de vieux abbés à larges calottes, des femmes dont je remercie les traductions et les grâces; puis des *mendicanti*[9], trop bien élevés pour croire qu'un ci-devant ambassadeur est aussi gueux que leurs seigneuries.

Or mes admirateurs étaient accourus à l'hôtel des Trois-Couronnes, avec la foule attirée par madame la duchesse de Berry: ils me rencognaient dans l'angle d'une fenêtre et me commençaient une harangue qu'ils allaient achever à Marie-Caroline. Dans le trouble des esprits, les deux troupes se trompaient quelquefois de patron et de patronne: j'étais salué de *Votre Altesse Royale* et MADAME me raconta qu'on l'avait complimentée sur le *Génie du Christianisme*: nous échangions nos renommées. La princesse était charmée d'avoir fait un ouvrage en quatre volumes, et moi j'étais fier d'avoir été pris pour la fille des rois.

7.

«Son Excellence, ancien Ambassadeur de France».

8.

Une des héroïnes du *Roland furieux* de l'Arioste; elle était reine du royaume de Cathay, aux Indes, lorsque le paladin Roland, dans ses courses à travers l'Orient, s'éprit de cette princesse et l'emmena en France dans l'espoir d'y voir couronner son amour.

9.

Mendiants.

Tout à coup la princesse disparut: elle s'en alla à pied, avec le comte Lucchesi, voir la loge du Tasse; elle se connaissait en prisons *(c)*. La mère de l'orphelin banni, de l'enfant héritier de saint Louis, Marie-Caroline sortie de la forteresse de Blaye, ne cherchant dans la ville de Renée de France que le cachot d'un poète, est une chose unique dans l'histoire de la fortune et de la gloire humaine. Les vénérables[10] de Prague auraient cent fois passé à Ferrare sans qu'une idée pareille leur fût venue dans la tête; mais madame de Berry est Napolitaine, elle est compatriote du Tasse qui disait: *Ho desiderio di Napoli, come l'anime ben disposte, del paradiso:* «J'ai désir de Naples comme les âmes bien disposées ont désir du paradis.»

J'étais dans l'opposition et en disgrâce; les ordonnances se mitonnaient clandestinement au château et reposaient encore en joie et en secret au fond des cœurs: un jour la duchesse de Berry aperçut une gravure représentant le chantre de *la Jérusalem* aux barreaux de sa loge: «J'espère, dit-elle, que nous verrons bientôt comme cela Chateaubriand.» Paroles de prospérité, dont il ne faut pas plus tenir compte que d'un propos échappé dans l'ivresse. Je devais rejoindre MADAME au cachot même du Tasse, après avoir subi pour elle les prisons de la police. Quelle élévation de sentiment dans la noble princesse, quelle marque d'estime elle m'a donnée en s'adressant à moi à l'heure de son infortune après le souhait qu'elle avait formé! Si son premier vœu élevait trop haut mes talents, sa confiance s'est moins trompée sur mon caractère.

10. Sont encore visés ici derrière ce terme de «vénérables» les membres du triumvirat: Blacas, Damas et Latil.

Mademoiselle Lebeschu. – Le comte Lucchesi-Palli. – Discussion. – Dîner. – Bugeaud le geôlier. – Madame de Saint-Priest, M. de Saint-Priest. – Madame de Podenas. – Notre troupe. – Mon refus d'aller à Prague. – Je cède sur un mot.

Ferrare, 19 septembre 1833.

M. de Saint-Priest, madame de Saint-Priest et M. A. Sala arrivèrent. Celui-ci avait été officier dans la garde royale, et il a été substitué dans mes affaires de librairie à M. Delloye, major dans la même garde. Deux heures après l'arrivée de Madame, j'avais vu mademoiselle Lebeschu, ma compatriote; elle s'était empressée de me dire les espérances qu'on voulait bien fonder sur moi. Mademoiselle Lebeschu figure dans le procès du *Carlo Alberto*[1].

Revenue de sa poétique visitation, la duchesse de Berry m'a fait appeler: elle m'attendait avec M. le comte Lucchesi et madame de Podenas.

Le comte Lucchesi-Palli est grand et brun: MADAME le dit *Tancrède* par les femmes. Ses manières, avec la princesse sa femme, sont un chef-d'œuvre de convenance; ni humbles *(a)*, ni arrogantes, mélange respectueux de l'autorité du mari et de la soumission du sujet.

MADAME m'a sur-le-champ parlé d'affaires; elle m'a remercié de m'être rendu à son invitation; elle m'a dit qu'elle allait à Prague *(b)*, non-seulement pour se réunir à sa famille, mais pour obtenir l'acte de majorité de son fils: puis elle m'a déclaré qu'elle m'emmenait avec elle.

1. Du nom du bateau à vapeur nolisé par la duchesse de Berry à Massa (voir *supra*, l. XXXVI, chap. 3, note 1, p. 2431). Après le débarquement de la duchesse, à l'aube du 29 avril 1832, et l'échec du soulèvement marseillais, le *Carlo-Alberto* fut arraisonné, et les «conjurés» demeurés à bord – parmi lesquels Mathilde Lebeschu – arrêtés. La Cour d'assises de Montbrison prononça leur acquittement le 15 mars 1833.

Cette déclaration, à laquelle je ne m'étais pas attendu, me consterna: retourner à Prague! Je présentai les objections qui se présentèrent à mon esprit.

Si j'allais à Prague avec MADAME et si elle obtenait ce qu'elle désire, l'honneur de la victoire n'appartiendrait pas tout entier à la mère de Henri V, et ce serait un mal; si Charles X s'obstinait à refuser l'acte de majorité, moi présent (comme j'étais persuadé qu'il le ferait), je perdrais mon crédit *(c)*. Il me semblait donc meilleur de me garder comme une réserve, dans le cas où MADAME manquerait sa négociation.

Son Altesse Royale combattit ces raisons: elle soutint qu'elle n'aurait aucune force à Prague si je ne l'accompagnais; que je faisais peur à ses grands parents, qu'elle consentait à me laisser l'éclat de la victoire et l'honneur d'attacher mon nom à l'avènement de son fils.

M. et madame de Saint-Priest entrèrent au milieu de ce débat et insistèrent dans le sens de la princesse. Je persistai dans mon refus. On annonça le dîner. MADAME fut très-gaie. Elle me raconta ses contestes[2], à Blaye, avec le général Bugeaud, de la façon la plus amusante. Bugeaud l'attaquait sur la politique et se fâchait; MADAME se fâchait plus que lui: ils criaient comme deux aigles et elle le chassait de la chambre. Son Altesse Royale s'abstint de certains détails dont elle m'aurait peut-être fait part si j'étais resté avec elle *(d)*. Elle ne lâcha pas Bugeaud; elle l'accommodait de toutes pièces: «Vous savez, me dit-elle, que je vous ai demandé quatre fois? Bugeaud fit passer mes demandes à d'Argout. D'Argout répondit à Bugeaud qu'il était une bête, qu'il aurait dû refuser tout d'abord votre admission sur l'étiquette du sac: il est de *bon goût*, ce M. d'Argout.» MADAME appuyait sur ces deux mots pour rimer, avec son accent italien.

Cependant le bruit de mon refus s'étant répandu inquiéta nos fidèles. Mademoiselle Lebeschu vint après le dîner me chapitrer dans ma chambre; M. de Saint-Priest, homme d'esprit et de raison, me dépêcha d'abord M. Sala, puis il le remplaça et me pressa à son tour. «On avait fait partir M. de La Ferronnays à Hradschin, afin de lever les premières difficultés. M. de Montbel était arrivé; il était chargé d'aller à Rome lever le contrat de mariage rédigé en bonne et due forme, et qui était déposé entre les mains du cardinal Zurla[3].»

---

2. Débats, disputes (vieux et rare).

3. La duchesse de Berry ne reverrait ses enfants qu'à la condition qu'elle soit en état de fournir à Charles X la preuve de son mariage avec le comte Lucchesi. La Ferronnays et Montbel furent chargés de se rendre à Florence pour obtenir cette preuve de la duchesse,

Chateaubriand et la duchesse de Berry à Ferrare.

qui craignait qu'en la donnant elle ne fût dépossédée de ses droits de mère, de princesse du sang et de régente. Devant l'insistance de La Ferronnays, elle finit par consentir à ce qu'une copie de son acte de mariage fût communiquée à Charles X, qui voulait une preuve de la nouvelle union de sa belle-fille. Montbel, muni d'une lettre signée par Marie-Caroline et par le comte Lucchesi, se rendit à Rome, où le cardinal-vicaire, après avoir pris les ordres du pape « s'était empressé, non seulement de lui donner une déclaration écrite du mariage de Madame la duchesse de Berry avec le comte Lucchesi, mais lui en avait montré l'acte parfaitement en règle. M. de Montbel était décidé à voyager sans s'arrêter, convaincu du succès définitif de sa mission… » (cité *in Mémoires d'outre-tombe*, éd. E. Biré, t. VI, appendice II, pp. 527-533).

« En supposant, a continué M. de Saint-Priest, que Charles X se refuse à l'acte de majorité, ne serait-il pas bon que MADAME obtînt une déclaration de son fils ? Quelle devrait être cette déclaration ? – Une note fort courte, ai-je répondu, dans laquelle Henri protesterait contre l'usurpation de Philippe. »

M. de Saint-Priest a porté mes paroles à MADAME. Ma résistance continuait d'occuper les entours de la princesse. Madame de Saint-Priest, par la noblesse de ses sentiments, paraissait la plus vive dans ses regrets. Madame de Podenas n'avait point perdu l'habitude de ce sourire serein qui montre ses belles dents : son calme était plus sensible au milieu de notre agitation.

Nous ne ressemblions pas mal à une troupe ambulante de comédiens français jouant à Ferrare, par la permission de messieurs les magistrats de la ville, la *Princesse fugitive*, ou la *Mère persécutée*. Le théâtre présentait à droite la prison du Tasse, à gauche la maison de l'Arioste ; au fond le château où se donnèrent les fêtes de Léonore[4] et d'Alphonse. Cette royauté sans royaume *(e)*, ces émois d'une cour renfermée dans deux calèches errantes, laquelle avait le soir pour palais l'hôtel des Trois-Couronnes ; ces conseils d'État tenus dans une chambre d'auberge, tout cela complétait la diversité des scènes de ma fortune. Je quittais dans les coulisses mon heaume de chevalier et je reprenais mon chapeau de paille ; je voyageais avec la monarchie de droit roulée dans mon portemanteau, tandis que la monarchie de fait étalait ses fanfreluches aux Tuileries. Voltaire appelle toutes les royautés à passer leur carnaval à Venise avec Achmet III : Ivan, empereur de toutes les Russies, Charles-Édouard, roi d'Angleterre, les deux rois des Polacres[5], Théodore, roi de Corse, et quatre Altesses Sérénissimes. « Sire, la chaise de Votre Majesté est à Padoue et la barque est prête. – Sire, Votre Majesté partira quand elle voudra. – Ma foi, sire, on ne veut plus faire crédit à Votre Majesté, ni à moi non plus, et nous pourrions bien être coffrés cette nuit. »

Pour moi, je dirai comme Candide : « Messieurs, pourquoi êtes-vous tous rois ? Je vous avoue que ni moi ni Martin ne le sommes[6]. »

4.
Léonore représentait pour Le Tasse l'équivalent d'un « souffle divin » : « De mes yeux, s'exclame-t-il, je l'ai vue, l'image archétype de toute vertu et de toute beauté [...]. »

5.
Les deux rois de Pologne : Auguste III, roi de Saxe et roi de Pologne, chassé par Frédéric II en 1756, et Stanislas Leszczynski, qui perdit la Pologne et reçut en compensation la Lorraine ; sa fille épousa le roi Louis XV. Voltaire parle de « rois des Polacks ».

6.
Anecdote déjà rapportée par Chateaubriand, *supra*, l. XL, chap. 3.

Il était onze heures du soir ; j'espérais avoir gagné mon procès et obtenu de Madame mon *laisser-passer*. J'étais loin de compte ! Madame ne quitte pas si vite une volonté ; elle ne m'avait point interrogé sur la France, parce que, préoccupée de ma résistance à son dessein, c'était là son affaire du moment. M. de Saint-Priest, entrant dans ma chambre, m'apporta la minute d'une lettre que Son Altesse Royale se proposait d'écrire à Charles X. « Comment, m'écriai-je, Madame persiste dans sa résolution ? Elle veut que je porte cette lettre ? mais il me serait impossible, même matériellement, de traverser l'Allemagne ; mon passe-port n'est que pour la Suisse et l'Italie.

– Vous nous accompagnerez jusqu'à la frontière d'Autriche, repartit M. de Saint-Priest ; Madame vous prendra dans sa voiture ; la frontière franchie, vous rentrerez dans votre calèche et vous arriverez à Prague trente-six heures avant nous. »

Je courus chez la princesse ; je renouvelai mes instances : la mère de Henri V me dit : « Ne m'abandonnez pas. » Ce mot mit fin à la lutte ; je cédai ; Madame parut pleine de joie. Pauvre femme ! elle avait tant pleuré ! comment aurais-je pu résister au courage, à l'adversité, à la grandeur déchue, réduits à se cacher sous ma *protection* ! Une autre princesse, madame la Dauphine, m'avait aussi remercié de mes inutiles services : Carlsbad et Ferrare étaient deux exils de divers soleils, et j'y avais recueilli les plus nobles honneurs de ma vie.

Madame partit d'assez grand matin, le 19, pour Padoue, où elle me donna rendez-vous ; elle devait s'arrêter au Catajo, chez le duc de Modène. J'avais cent choses à voir à Ferrare, des palais, des tableaux, des manuscrits, il fallut me contenter de la prison du Tasse. Je me mis en route quelques heures après Son Altesse Royale. J'arrivai de nuit à Padoue. J'envoyai Hyacinthe chercher à Venise mon mince bagage d'écolier allemand, et je me couchai tristement à l'*Étoile d'or*, qui n'a jamais été la mienne.

Padoue. – Tombeaux. – Manuscrit de Zanze.

Padoue, 20 septembre 1833.

Le vendredi, 20 septembre, je passai une partie de la matinée à écrire à mes amis mon changement de destination[1]. Arrivèrent successivement les personnes de la suite de Madame.

N'ayant plus rien à faire, je sortis avec un cicerone. Nous visitâmes les deux églises de Sainte-Justine et de Saint-Antoine de Padoue. La première, ouvrage de Jérôme de Brescia, est d'une grande majesté : du bas de la nef on n'aperçoit pas une seule des fenêtres percées très-haut, de sorte que l'église est éclairée sans qu'on sache par où s'introduit la lumière. Cette église a plusieurs bons tableaux de Paul Véronèse, de Liberi, de Palma, etc. Saint-Antoine de Padoue *(il Santo*[2]) présente un monument gothique grécisé, style particulier aux anciennes églises de la Vénétie. La chapelle Saint-Antoine est de Jacques Sansovino et de François son fils : on s'en

1. Après avoir rencontré la « pauvre voyageuse », Chateaubriand avait l'intention de retourner à Venise, où l'on était « admirable » pour lui (écrivait-il à Mme de Chateaubriand). Le lendemain, jeudi 19, revirement complet : « Tout est changé, écrit-il à Mme Récamier. On veut absolument que j'aille jusqu'au terme du voyage où l'on n'ose pas arriver sans moi. Toutes mes résistances ont été inutiles. Il a fallu me résigner. Je pars donc. [...] Rien ne m'a plus coûté dans ma vie que ce dernier sacrifice, si ce n'est celui de ma démission de Rome » (*Lettres à Madame Récamier*, pp. 387-388).

2. Né à Lisbonne en 1195, le franciscain Antoine est mort à Padoue, en 1231, entouré d'une telle renommée qu'il fut canonisé un an plus tard. Son église, que la dévotion a nommée Il Santo (le Saint), est l'un des plus beaux sanctuaires d'Italie (XIIIe-XVe siècle). La chapelle Saint-Antoine est très remarquable ; y travaillèrent trois artistes célèbres : Briosco, Sansovino (1520) et Falconetto (1532).

aperçoit de prime abord ; les ornements et la forme sont dans le goût de la *loggetta* du clocher de Saint-Marc.
Une *signora* en robe verte, en chapeau de paille recouvert d'un voile, priait devant la chapelle du saint, un domestique en livrée priait également derrière elle : je supposai qu'elle faisait un vœu pour le soulagement de quelque mal moral ou physique ; je ne me trompais pas ; je la retrouvai dans la rue : femme d'une quarantaine d'années, pâle, maigre, marchant raide et d'un air souffrant, j'avais deviné son amour ou sa paralysie. Elle était sortie de l'église avec l'espérance : dans l'espace de temps qu'elle offrait au ciel sa fervente oraison, n'oubliait-elle pas sa douleur, n'était-elle pas réellement guérie ?
Il Santo abonde en mausolées ; celui de Bembo est célèbre. Au cloître on rencontre la tombe du jeune d'Orbesan, mort en 1595.

Gallus eram, putavi, morior, spes una parentum !

L'épitaphe française d'Orbesan se termine par un vers qu'un grand poète voudrait avoir fait :

Car il n'est si beau jour qui n'amène sa nuit[3].

Charles-Guy Patin est enterré à la cathédrale : son drôle de père ne le put sauver, lui qui avait *traité un jeune gentilhomme âgé de sept ans, lequel fut saigné treize fois et fut guéri dans quinze jours, comme par miracle.*
Les anciens excellaient dans l'inscription funèbre : « Ici repose Épictète, disait son cippe[4], esclave, contrefait, pauvre comme Irus, et pourtant le favori des dieux[5]. »

3.
Arminius d'Orbesan, baron de la Bastide, mort en 1595, âgé de 20 ans, dont Valéry donne l'épitaphe intégrale : « J'étais Gaulois, et je meurs à Padoue, moi, l'unique espoir de mes parents. »
4.
Petite stèle funéraire ou votive, sur laquelle les Romains gravaient une inscription.
5.
Anthologie grecque, épigramme funéraire n° 676. « On a reconnu le culte constant de l'auteur pour l'*Anthologie.* L'épitaphe qu'il rappelle est de Léonidas de Tarente. M. de Chateaubriand avait eu de tout temps un grand goût pour Épictète. Il me demanda, en 1840, d'en traduire un fragment dont il avait tiré de véritables consolations pendant son premier séjour à Londres, quand, me disait-il, il le lisait en grec ; et le souvenir lui en était resté comme un encouragement dans ses nombreuses disgrâces politiques [...] » (Marcellus, *Chateaubriand et son temps*, p. 481). Sur Irus (déjà évoqué *supra*, l. X, chap. 2, p. 601), voir l'*Odyssée*, chant XVIII : « Survint un mendiant, le gueux de la commune, qui s'en allait de porte en porte par la ville. Tout Ithaque admirait le gouffre de sa panse, où sans cesse tombaient mangeailles et boissons. Sans force ni vigueur, mais de très grande taille et de belle apparence, il s'appelait Arnée ; sa vénérable mère, au jour de sa naissance, l'avait ainsi nommé ; mais tous les jeunes gens le surnommaient Iros : il était leur Iris, porteur de tous messages. »

Camoëns, parmi les modernes, a composé la plus magnifique des épitaphes, celle de Jean III de Portugal : « Qui gît dans ce grand sépulcre ? quel est celui que désignent les illustres armoiries de ce massif écusson ? Rien ! car c'est à cela qu'arrive toute chose... Que la terre lui soit aussi légère à cette heure qu'il fut autrefois pesant au Maure. »

Mon cicerone padouan était un bavard, fort différent de mon Antonio de Venise ; il me parlait à tout propos de *ce grand tyran* Angelo[6] : le long des rues il m'annonçait chaque boutique et chaque café ; au *Santo* il me voulait absolument montrer la langue bien conservée du prédicateur de l'Adriatique. La tradition de ces sermons ne viendrait-elle pas de ces chansons que, dans le Moyen Âge, les pêcheurs (à l'exemple des anciens Grecs) chantaient aux poissons pour les charmer ? Il nous reste encore quelques-unes de ces ballades pélagiennes[7] en anglo-saxon.

De Tite-Live, point de nouvelles ; de son vivant, j'aurais volontiers, comme l'habitant de Gadès, fait exprès le voyage de Rome pour le voir ; j'aurais volontiers, comme Panormita, vendu mon champ pour acheter quelques fragments de l'*Histoire romaine*[8], ou comme Henri IV promis une province pour une *Décade*. Un mercier de Saumur n'en était pas là ; il mit tout simplement couvrir des battoirs un manuscrit de Tite-Live, à lui vendu, en guise de vieux papiers, par l'apothicaire du couvent de l'abbaye de Fontevrault[9].

Quand je rentrai à l'*Étoile d'or*, Hyacinthe était revenu de Venise. Je lui

---

6.
Angelo Malipieri, le podestat de Venise envoyé à Padoue (1549). Lorsque Chateaubriand écrivit cette page (20 septembre 1833), Victor Hugo n'avait pas encore donné son drame d'*Angelo*, qui fut représenté au Théâtre-Français le 28 avril 1835 et qui inspira des musiciens tels que Mercadante (1837), César Cui, ainsi que la très populaire *Gioconda* de Ponchielli.

7.
Terme d'histoire naturelle : qui vit dans les profondeurs de la mer.

8.
Chateaubriand a lu trop rapidement une relation latine où l'on dit du poète Antonio Beccatelli, qui vendit un champ pour acquérir une transcription de Tite-Live, qu'il est « Panormitus » (c'est-à-dire habitant de Palerme, dont le nom ancien était Panorme).

9.
C'est à la fin du XVIIe siècle que le gouverneur du marquis de Rouville, ayant acquis des batoirs pour exercer son pupille à la longue paume, s'aperçut que le parchemin portait des titres latins des huitième, dixième et onzième *Décades* de Tite-Live (né et mort à Padoue) ; renseignements pris auprès du mercier qui lui avait vendu les batoirs, il apprit que l'apothicaire de l'abbaye de Fontevrault avait convaincu l'abbesse de se départir d'une haute pile de volumes en parchemin qu'il avait vendus au mercier. Il est vraisemblable, comme l'a suggéré J. Bayet, que Chateaubriand a trouvé ces trois anecdotes dans l'édition Lemaire de Tite-Live, publiée en 1825, où l'on reproduisait la préface de Crevier, pour son édition publiée en 1817 (ouvrage que Chateaubriand possédait à La Vallée-aux-Loups).

avais recommandé de passer chez Zanze, et de lui faire mes excuses d'être parti sans la voir. Il trouva la mère et la fille dans une grande colère ; elle venait de lire *Le mie Prigioni*. La mère disait que Silvio était un *scélérat*, il s'était permis d'écrire que Brollo l'avait tiré, lui Pellico, par une jambe, lorsque lui Pellico était monté sur une table. La fille s'écriait : « Pellico est un calomniateur ; c'est de plus un ingrat. Après les services que je lui ai rendus, il cherche à me déshonorer. » Elle menaçait de faire saisir l'ouvrage et d'attaquer l'auteur devant les tribunaux ; elle avait commencé une réfutation du livre : Zanze est non-seulement une artiste, mais une femme de lettres[10].

Hyacinthe la pria de me donner la réfutation non achevée ; elle hésita, puis elle lui remit le manuscrit : elle était pâle et fatiguée de son travail. La vieille geôlière prétendait toujours vendre la broderie de sa fille et l'ouvrage en mosaïque. Si jamais je retourne à Venise, je m'acquitterai mieux envers madame Brollo que je ne l'ai fait envers Abou Gosch, chef des Arabes des montagnes de Jérusalem ; je lui avais promis, à celui-ci, une couffe de riz de Damiette, et je ne la lui ai jamais envoyée[11].

Voici le commentaire de Zanze :

« La Veneziana maravigliandosi che contro di essa vi sieno persona che abbia avutto ardire di scrivere pezze di un romanzo formatto ed empitto di impie falsità, si lagna fortemente contro l'auttore mentre potteva servirsi di altra persona onde dar sfogo al suo talento, ma non prendersi spasso di una giovine onesta di educazione e religione, e questa stimatta ed amatta e conosciutta a fondo da tutti.

« Comme Silvio può dire che nella età mia di 13 anni (che talli erano, alorquando lui dice di avermi conosciuta), comme può dire che io fossi giornarieramente statta a visitarlo nella sua abitazione ? se io giuro di essere statta

10.
Les familiers de l'Abbaye-aux-Bois, qui eurent connaissance de ce texte, se gaussèrent de Chateaubriand, qui se serait laissé monter la tête par cette petite geôlière quasi illettrée. Mais il est possible que Chateaubriand n'en fût pas dupe. Au lecteur d'en juger.

11.
Une couffe (du latin *cophinus*) est une sorte de cabas usité au Levant pour l'emballage des marchandises. On parle d'une couffe de riz, de dattes, de café, de sucre, de soie... « [... il] me pria seulement de lui envoyer deux *couffes* de riz de Damiette quand je serais en Égypte [...]. Aussitôt que nos communications avec le Levant seront rétablies, Abou-Gosh recevra certainement son riz de Damiette ; il verra qu'un Français peut manquer de mémoire, mais jamais de parole » (*Itinéraire*, Pléiade, p. 1128). « Abou-Gosch, de son côté, avait parfaitement oublié, en 1820, la couffe de riz : et, quand je le rencontrai moi-même dans les solitudes, chef-lieu de son indépendance, qui s'étend d'Arimathie à la vallée de Térébinthe, il confondait le pèlerin du *Génie du Christianisme* avec tant d'autres pèlerins dans une commune indifférence [...] » (Marcellus, *Chateaubriand et son temps*, p. 483).

se non pochissime volte, e sempre a accompagnata o dal padre, o madre, o frattello ? Comme può egli dire che io le abbia confidatto un amore, che io era sempre alle mie scuolle, e che appena cominciavo a conoscere, anzi non ancor poteva ne conosceva mondo, ma solo dedicatta alli doveri di religione, a quelli di doverosa figlia, e sempre occupatta a miei lavori, che questi erano il mio sollo piacere ? Io giuro che non ho mai parlatto con lui, ne di amore, ne di altra qual siasi cosa. Sollo se qualche volte io lo vedeva, lo guardava con ochio di pietà, poichè il mio cuore era per ogni mio simille, pieno di compazione ; anzi io odiava il luogo che per sola combinazione mio padre si ritrovava : perchè altro impiego lo aveva sempre occupatto ; ma dopo essere stato un bravo soldato, avendo bene servito la repubblica e poi il suo sovrano, fù statto ammesso contro sua volontà, non che di quella di sua famiglia, in quell'impiego. Falsissimo è che io abbia mai preso una mano del sopradetto Silvio, ne comme padre, ne comme frattello ; prima, perchè abenchè giovinetta e priva di esperienza, avevo abastanza avutta educazione onde, conoscere il mio dovere. Comme può egli dire di esser statto da me abbraciatto, che io non avrei fatto questo con un frattello nemeno ; talli erano li scrupoli che aveva il mio cuore, stante l'educazione avutta nelli conventi, ove il mio padre mi aveva sempre mantenuta.

« Bensì vero sarà che lui a fondo mi conoscha più di quello che io possa conoscer lui, mentre mi sentiva giornarieramente in compagnia di miei frattelli, in una stanza a lui vissina ; che questa era il luogo ove dormiva e studiava li miei sopradetti frattelli, e comme talli-mi era lecitto di stare con loro ? comme può egli dire che io ciarlassi con lui degli affari di mia famiglia, che sfogava il mio cuore contro il riguore di mia madre e benevolenza del padre, che io non aveva motivo alcuno di lagnarmi di essa, ma fù da me sempre ammatta ?

« E comme può egli dire di avermi sgridatta avendogli portato un cativo caffè ? Che io non so se alcuna persona posia dire di aver avutto ardire di sgridarmi : anzi di avermi per solla sua bontà tutti stimata.

« Mi formo mille maraviglie che un vomo di spirito et di tallenti abbia ardire di vantarsi di simile cose ingiuste contro una giovine onesta, onde farle perdere quella stima que tutti proffessa per essa, non che l'amore di un rispetozo consorte, la sua pace e tranquilità in mezzo il bracio di sua famiglia e figlia.

« Io mi trovo oltremodo sdegnatta contro questo auttore, per avermi esposta in questo modo in un publico libro, di più di tanto prendersi spaso del nominare ogni momento il mio nome.

« Ha pure avutto riguardo nel mettere il nome di Tremerello in cambio di quello di Mandricardo ; che tale era il nome del servo che così bene le portava ambaciatte. E questo io potrei farle certo, perchè sapeva quanto infedelle lui era ed interessatto : che pur per mangiare e bevere avrebe sàcrificatto qualunque persona; lui era un perfido contro tutti coloro che per sua disgrazia capitavano poveri e non poteva mangiarlo quanto voleva; trattava questi infelici pegio di bestie. Ma quando io vedeva, lo sgridava e lo diceva a mio padre, non potendo il mio cuore vedere simili tratti verso il suo simile. Lui ero buono solamente con chi le donava una buona mancia e bene le dava a mangiare. – Il cielo le perdoni! Ma avrà da render conto delle sue cattive opere verso suoi simili, e per l'odio che a me professava e per le coressioni che io le faceva. Per tale cativo sogetto Silvio a avutto riguardo, e per me che non meritava di essere esposta, non ha avutto il minimo riguardo.

«Ma io ben saprò ricorere, ove mi verane fatta una vera giustizia, mentre non intendo ne voglio esser, ne per bene ne malle, nominatta in publico.

«Io sono felice in bracio a un marito, che tanto mi ama, e chè veramente e virtuozamente corisposto, ben conoscendo il mio sentimento; non che vedendo il mio operare: e dovrò a cagione di un vuomo che si è presso un punto sopra di me, onde dar forza alli suoi mal fondati scritti, essendo questi posti in falso!

«Silvio perdonerà il mio furore; ma doveva lui bene asppetarselo quando al chiaro io era dal suo operatto.

«Questa è la ricompensa di quanto ha fatto la mia famiglia, avendolo trattatto con quella umanità, che merita ogni creatura cadutta in talli disgrazie, e non trattata come era li ordini!

«Io intanto faccio qualunque giuramento, che tutto quello che fù detto a mio riguardo, dà falso. Forse Silvio sarà statto malle informato di me; ma non può egli dire con verità talli cose non essendo vere, ma sollo per avere un più forte motivo onde fondare il suo romanzo.

«Vorei dire di più; ma le occupazioni di mia famiglia non mi permette di perdere di più tempo. Sollo ringraziarò intanto il signor Silvio col suo operare e di avermi senza colpa veruna posto in seno una continua inquietudine e forse una perpetua infelicità.»

TRADUCTION

«La Vénitienne va s'émerveillant que quelqu'un ait eu le courage d'écrire contre elle deux scènes d'un roman formé et rempli de faussetés impies. Elle se plaint fortement de l'auteur qui se pouvait servir d'une autre personne pour donner carrière à son talent, et non prendre pour jouer une jeune fille honnête d'éducation et de religion, estimée, aimée et connue à fond de tous.

«Comment Silvio peut-il dire qu'à mon âge de treize ans (qui étaient mes ans lorsqu'il dit m'avoir connue); comment peut-il dire que j'allais journellemement le visiter dans sa demeure, si je jure de n'y être allée que très-peu de fois, et toujours accompagnée ou de mon père, ou de ma mère, ou d'un frère ? Comment peut-il dire que je lui ai confié un amour, moi qui étais toujours à mes écoles, moi, qui à peine commençant à savoir quelque chose, ne pouvais connaître ni l'amour, ni le monde; seulement consacrée que j'étais aux devoirs de la religion, à ceux d'une obéissante fille, toujours occupée de mes travaux, mes seuls plaisirs ?

« Je jure que je ne lui ai jamais parlé (à Pellico) ni d'amour, ni de quoi que ce soit; mais si quelquefois je le voyais, je le regardais d'un œil de pitié, parce que mon cœur était pour chacun de mes semblables plein de compassion. Aussi je haïssais le lieu où mon père se trouvait par fortune : il avait toujours occupé une autre place; mais après avoir été un brave soldat, ayant bien servi la République et ensuite son souverain, il fut mis contre sa volonté et celle de sa famille dans cet emploi.

« Il est très-faux *(falsissimo)* que j'aie jamais pris une main du susdit Silvio, ni comme celle de mon père, ni comme celle de mon frère; premièrement parce que, bien que jeunette et privée d'expérience, j'avais suffisamment reçu d'éducation pour connaître mes devoirs.

« Comment peut-il dire avoir été par moi embrassé, moi qui n'aurais pas fait cela avec un frère même : tels étaient les scrupules qu'avait imprimés dans mon cœur l'éducation reçue dans les couvents où mon père m'avait toujours maintenue.

« Vraiment il arrivera que j'ai été plus connue de lui (Pellico) qu'il ne le pouvait être de moi ! Je me tenais journellement en la compagnie de mes frères dans une chambre à lui voisine (laquelle était le lieu où dormaient et étudiaient mes susdits frères); or, puisqu'il m'était loisible de demeurer avec eux, comment peut-il dire que je discourais avec lui des affaires de ma famille, que je soulageais mon cœur au sujet de la rigueur de ma mère et de la bonté de mon père ? Loin d'avoir aucun motif de me plaindre d'elle, elle fut par moi toujours aimée.

« Comment peut-il dire qu'il a crié contre moi pour lui avoir apporté de mauvais café ? Je ne sache personne qui puisse dire avoir eu l'audace de crier contre moi, m'ayant tous estimée par leur seule bonté.

« Je me fais mille étonnements de ce qu'un homme d'esprit et de talent ait eu le courage de se vanter injustement de semblables choses contre une jeune fille honnête, ce qui pourrait lui faire perdre l'estime que tous professent pour elle, et encore l'amour d'un respectable mari, lui faire perdre sa paix et sa tranquillité dans les bras de sa famille et de sa fille.

« Je me trouve indignée outre mesure contre cet auteur pour m'avoir exposée de cette manière dans un livre publié, et pour avoir pris une si

grande liberté de citer mon nom à chaque instant.
« Et pourtant il a eu l'attention d'écrire le nom de *Tremerello* au lieu de celui de *Mandricardo*, nom de celui qui si bien lui portait des messages. Et celui-là je pourrais le lui faire connaître avec certitude, parce que je savais combien il lui était infidèle et combien intéressé. Pour boire et manger il aurait sacrifié tout le monde ; il était perfide à tous ceux qui pour leur malheur lui arrivaient pauvres, et qui ne pouvaient autant l'engraisser qu'il l'aurait voulu. Il traitait ces malheureux pire que des bêtes ; mais quand je le voyais, je lui adressais des reproches et le disais à mon père, mon cœur ne pouvant supporter de pareils traitements envers mon semblable. Lui (Mandricardo) était bon seulement avec ceux qui lui donnaient la *buona mancia* et lui donnaient bien à manger ; le ciel lui pardonne ! mais il aura à rendre compte de ses mauvaises actions envers ses semblables, et de la haine qu'il me portait à cause des remontrances que je lui faisais. Pour un tel mauvais sujet Silvio a eu des délicatesses, et pour moi, qui ne méritais pas d'être exposée, il n'a pas eu le moindre égard.
« Mais moi je saurai bien recourir où il me sera fait une véritable justice ; je n'entends pas, je ne veux pas être, soit en bien, soit en mal, nommée en public.
« Je suis heureuse dans les bras d'un mari qui m'aime tant, et qui est vraiment et vertueusement payé de retour. Il connaît bien non-seulement ma conduite, mais mes sentiments. Et je devrai, à cause d'un homme qui juge à propos de m'exploiter dans l'intérêt de ses écrits mal fondés et remplis de faussetés… !
« Silvio me pardonnera ma fureur, mais il devait s'y attendre, alors que je viendrais à connaître clairement sa conduite à mon égard *(a)*.
« Voilà la récompense de tout ce qu'a fait ma famille, l'ayant traité (Pellico) avec cette humanité que mérite chaque créature tombée en une pareille disgrâce, et ne l'ayant pas traité selon les ordres.
« Et moi cependant je fais le serment que tout ce qui a été dit à mon égard est faux. Peut-être Silvio aura été mal informé à mon égard, mais il ne peut dire avec vérité des choses qui, n'étant pas vraies, lui sont seulement un motif plus fort de fonder son roman.
« Je voudrais en dire davantage ; mais les occupations de ma famille ne me permettent pas de perdre plus de temps. Seulement je rends grâce au signor Silvio de son ouvrage et de m'avoir, innocente de faute, mis dans le sein une continuelle inquiétude, et peut-être une perpétuelle infélicité[12]. »
Cette traduction littérale est loin de rendre la verve féminine, la grâce étrangère, la naïveté animée du texte ; le dialecte dont se sert Zanze exhale un parfum du sol impossible à transfuser dans une autre langue[13]. L'*Apologie* avec ses phrases incorrectes, nébuleuses, inachevées, comme

Zanze.

12.

On ajoutera à ces remarques celles de Marcellus qui, dubitatif, écrit : « [...] toujours est-il qu'il [Chateaubriand] fait cette récrimination de Zanze contre Silvio Pellico bien plus élégante et romantique que l'original, et qu'en outre elle se termine par un heureux barbarisme. Mais quel habile commentateur que M. de Chateaubriand, et comme il élève un écrit vulgaire à la hauteur d'un poème épique ! – Zanze n'est point séduite par l'idée d'être immortelle dans un ouvrage immortel. – Que de Françaises seraient plus chatouilleuses à l'endroit d'une telle publicité ! » (*Chateaubriand et son temps*, p. 484).

13.

Thèse que l'on retrouve dans l'*Essai sur la littérature anglaise*, où Chateaubriand écrit : « Nul dans une littérature vivante n'est juge compétent que des ouvrages écrits dans sa propre langue. En vain vous croyez posséder à fond un idiome étranger ; le lait de la nourrice vous manque, ainsi que les premières paroles qu'elle vous apprit à son sein et dans vos langes : certains accents ne sont que de la patrie. [...] Plus le talent est intime, individuel, national, plus ses mystères échappent à l'esprit qui n'est pas, pour ainsi dire, *compatriote* de ce talent. [...] On soutient que les beautés réelles sont de tous les temps, de tous les pays : oui, les beautés de sentiment et de pensée ; non, les beautés de style. Le style n'est pas, comme la pensée, cosmopolite ; il a une terre natale, un ciel, un soleil à lui » (éd. Garnier, pp. 731-732).

les extrémités vagues d'un groupe de l'Albane ; le manuscrit, avec son orthographe défectueuse ou vénitienne, est un monument de femme grecque, mais de ces femmes de l'époque où les évêques de Thessalie chantaient les amours de Théagène et de Chariclée[14]. Je préfère les deux pages de la petite geôlière à tous les dialogues de la grande Isotte[15], qui cependant a plaidé pour Ève contre Adam, comme Zanze plaide pour elle-même contre Pellico. Mes belles compatriotes provençales d'autrefois rappellent davantage la fille de Venise par l'idiome de ces générations intermédiaires, chez lesquelles la langue du vaincu n'est pas encore entièrement morte et la langue du vainqueur pas encore entièrement formée.

Qui de Pellico ou de Zanze a raison ? de quoi s'agit-il aux débats ? d'une simple confidence, d'un embrassement douteux, lequel, au fond, ne s'adresse peut-être pas à celui qui le reçoit. La vive épousée ne veut pas se reconnaître dans la délicieuse éphèbe[16] représentée par le captif ; mais elle conteste le fait avec tant de charme, qu'elle le prouve en le niant. Le portrait de Zanze dans le mémoire du demandeur est si ressemblant, qu'on le retrouve dans la réplique de la défenderesse : même sentiment de religion et d'humanité, même réserve, même ton de mystère, même désinvolture molle et tendre.

Zanze est pleine de puissance lorsqu'elle affirme, avec une candeur passionnée, qu'elle n'aurait pas osé embrasser son propre frère, à plus forte raison M. Pellico. La piété filiale de Zanze est extrêmement touchante, lorsqu'elle transforme Brollo en un vieux soldat de la République, réduit à l'état de geôlier *per sola combinazione.*

Zanze est toute admirable dans cette remarque : Pellico a caché le nom d'un homme pervers, et il n'a pas craint de révéler celui d'une innocente créature compatissante aux misères des prisonniers.

Zanze n'est point séduite par l'idée d'être immortelle dans un ouvrage

---

14.
L'auteur, Héliodore (IIIe siècle av. J.-C.), était évêque de Tricca, en Thessalie. On ne sait à peu près rien de certain sur sa vie. Il avait composé dans sa jeunesse un roman, *Les Éthiopiques, ou les Amours de Théagène et Chariclée*, dont le texte a été publié pour la première fois à Bâle, en 1534. Amyot en donna en 1547 une traduction française, qui venait d'être révisée en 1822 par Trognon. À la fin des *Éthiopiques*, l'auteur nous dit qu'il est le fils de Théodose et de la race du Soleil, identifié à Apollon.

15.
Isotta Nogarola. Cette femme de lettres qui vivait à Vérone au XVe siècle est l'auteur d'un ouvrage intitulé *Dialogus cuo utrum Adam vel Eva magis peccaverint, questio cloa satis nota, sed non adeo explicata continetur* : « Dialogue où l'on traite de ce problème bien connu, mais encore assez mal résolu : d'Ève ou d'Adam, qui fut le plus coupable ? » Il va sans dire qu'elle plaide pour Ève !

16.
Voir *supra*, l. XIII, chap. 6, note 18, p. 771.

immortel; cette idée ne lui vient pas même à l'esprit: elle n'est frappée que de l'indiscrétion d'un homme; cet homme, à en croire l'offensée, sacrifie la réputation d'une femme aux jeux de son talent, sans souci du mal dont il peut être la cause, ne pensant qu'à faire un roman au profit de sa renommée. Une crainte visible domine Zanze: les révélations d'un prisonnier n'éveilleront-elles pas la jalousie d'un époux?

Le mouvement qui termine l'*apologie* est pathétique et éloquent:

«Je rends grâce au signor Silvio de son ouvrage, et de m'avoir, innocente de faute, mis dans le sein une continuelle inquiétude et peut-être une perpétuelle infélicité», *una continua inquietudine e forse una perpetua infelicità.*

Sur ces dernières lignes écrites d'une main fatiguée, on voit la trace de quelques larmes.

Moi, étranger au procès, je ne veux rien perdre. Je tiens donc que la Zanze de *Mie Prigioni* est la Zanze selon les muses, et que la Zanze de l'*apologie* est la Zanze selon l'histoire. J'efface le petit défaut de taille que j'avais cru voir dans la fille du vieux soldat de la république; je me suis trompé: Angélique de la prison de Silvio est faite comme la tige d'un jonc, comme le stipe[17] d'un palmier. Je lui déclare que, dans mes *Mémoires*, aucun personnage ne me plaît autant qu'elle, sans en excepter ma sylphide. Entre Pellico et Zanze elle-même à l'aide du manuscrit dont je suis dépositaire[18] grande merveille sera si la *Veneziana* ne va pas à la postérité! Oui, Zanze, vous prendrez place parmi les ombres de femmes qui naissent autour du poète, lorsqu'il rêve au son de sa lyre. Ces ombres délicates, orphelines d'une harmonie expirée et d'un songe évanoui, restent vivantes entre la terre et le ciel, et habitent à la fois leur double patrie. «Le beau paradis n'aurait pas ses grâces complètes si tu n'y étais», dit un troubadour à sa maîtresse absente par la mort[19].

17.
Tronc des palmiers et des fougères arborescentes, dont le diamètre est parfois plus important au sommet qu'à la base. Curieux portrait physique d'Angélique!

18.
Le manuscrit de la réfutation par Zanze des affirmations de Pellico, récupéré à Venise par Pilorge, a été intégré par Chateaubriand au manuscrit des *Mémoires d'outre-tombe* (Ms 1845) (voir M.-J. Durry, *La Vieillesse de Chateaubriand*, t. I, p. 151, et t. II, pp. 105-106).

19.
Zanze mourut du choléra en 1836. Le souvenir de la visite de Chateaubriand à Venise fut conservé… et amplifié: un compilateur vénitien, Giovanni Rossi, consigna: «Le Français, qui n'était pas ami de Pellico, venu, comme nous disions, à Venise, s'éprit lui aussi de la Zanze…, à telles enseignes qu'il en eut un fils» (cité par M.-J. Durry, *ibid.*, t. I, p. 150).

Nouvelle inattendue. – Le gouverneur du royaume lombard-vénitien.

Padoue, 20 septembre 1833.

L'histoire est encore venue étrangler le roman[1]. J'achevais à peine de lire à l'*Étoile d'Or*[2] la défense de Zanze, que M. de Saint-Priest entre dans ma chambre en disant: «Voici du nouveau.» Une lettre de Son Altesse Royale nous apprenait que le gouverneur du royaume lombard-vénitien s'était présenté au Catajo et qu'il avait annoncé à la princesse l'impossibilité où il se trouvait de la laisser continuer son voyage. Madame désirait mon départ immédiat[3].

Dans ce moment un aide de camp du gouverneur frappe à ma porte et me demande s'il me convient de recevoir son général. Pour toute réponse, je me rends à l'appartement de Son Excellence, descendue comme moi à l'*Étoile d'Or*.

C'était un excellent homme que le gouverneur.

«Imaginez-vous, monsieur le vicomte, me dit-il, que mes ordres contre madame la duchesse de Berry étaient du 28 août: Son Altesse Royale m'avait fait dire qu'elle avait des passe-ports d'une date postérieure et une lettre de mon empereur. Voilà que, le 17 de ce mois de septembre, je reçois au milieu de la nuit une estafette: une dépêche, datée du 15, de

1. Expression reprise dans une lettre à Mme Récamier, du 20 septembre 1833: «J'étais assez content de ma course italienne: à Venise, imaginez-vous que j'avais retrouvé la *Zanze*, et que j'étais à la découverte du plus beau roman du monde! L'histoire est venue l'étrangler, enfin vous en verrez le premier chapitre ["l'histoire", c'est-à-dire l'obligation morale de se rendre une seconde fois à Prague]» (*Recueil*, p. 47. Autographe. Pas d'adresse. Dans *Souvenirs et Correspondance*, t. II, pp. 433-434, cité par M. Levaillant, *Lettres à Madame Récamier*, pp. 388-389).

Dessin au sépia exécuté par la duchesse de Berry.

2.
Célèbre hôtel que M.-J. Durry visita en octobre 1927 : « [...] cet *albergo* avec ses belles arcades, avec son premier étage de hautes fenêtres à corniches, sur une place amène, en face de l'inévitable statue de Garibaldi ; mais il était, ajoute-t-elle, fermé depuis un mois, et il allait être détruit pour permettre le percement d'une grande voie menant jusqu'au Teatro Verde » (*La Vieillesse de Chateaubriand*, t. I, p. 153).

3.
Sur instruction formelle de Vienne, le gouverneur du royaume lombard-vénitien interdit à Madame de dépasser Udine ou Trieste. Chateaubriand, au lieu de précéder de peu la duchesse, repartit donc le 20 septembre, à 11 heures du soir, pour Prague, seul et très sceptique quant aux chances de sa mission. « Partez, vous pouvez tout, vous seul pouvez tout », lui écrivait-elle, s'obstinant à vouloir se rendre à Prague, pour reprendre sa place au sein de sa famille, obtenir la proclamation de majorité de son fils le 29 septembre et plaider pour une éducation moderne et libérale, confiée à l'écrivain devenu sans doute le « cher Fénelon ».

Vienne, m'enjoint d'exécuter les premiers ordres du 28 août, et de ne pas laisser s'avancer madame la duchesse de Berry au-delà d'Udine ou de Trieste. Voyez, cher et illustre vicomte, quel grand malheur pour moi ! arrêter une princesse que j'admire et respecte, si elle ne se veut pas conformer au désir de mon souverain ! car la princesse ne m'a pas bien reçu ; elle m'a dit qu'elle ferait ce qui lui plairait. Cher vicomte, si vous pouviez obtenir de Son Altesse Royale qu'elle restât à Venise ou à Trieste en attendant de nouvelles instructions de ma cour ? Je viserai votre passe-port pour Prague ; vous vous y rendrez tout de suite sans éprouver le moindre empêchement, et vous arrangerez tout cela ; car certainement ma cour n'a fait que céder à des demandes. Rendez-moi, je vous en prie, ce service. »

J'étais touché de la candeur du noble militaire. En rapprochant la date du 15 septembre de celle de mon départ de Paris, 3 du même mois, je fus frappé d'une idée : mon entrevue avec Madame et la coïncidence de la majorité d'Henri V pouvaient avoir effrayé le gouvernement de Philippe. Une dépêche de M. le duc de Broglie, transmise par une note de M. le comte de Saint-Aulaire[4], avait peut-être déterminé la chancellerie de Vienne à renouveler la prohibition du 28 août *(a)*. Il est possible que j'augure mal et que le fait que je soupçonne n'ait pas eu lieu ; mais deux *gentilshommes*, tous deux pairs de France de Louis XVIII, tous deux violateurs de leur serment, étaient bien dignes, après tout, d'être contre une femme, mère de leur Roi légitime, les instruments d'une aussi généreuse politique. Faut-il s'étonner si la France d'aujourd'hui se confirme de plus en plus dans la haute opinion qu'elle a des gens de cour d'autrefois ?

Je me donnai garde de montrer le fond de ma pensée. La persécution avait changé mes dispositions au sujet du voyage de Prague ; j'étais maintenant aussi désireux de l'entreprendre seul dans les intérêts de ma souveraine, que j'avais été opposé à le faire avec elle lorsque les chemins lui étaient ouverts. Je dissimulai mes vrais sentiments, et, voulant entretenir le gouverneur dans la bonne volonté de me donner un passe-port, j'augmentai sa loyale inquiétude ; je répondis :

« Monsieur le gouverneur, vous me proposez une chose difficile. Vous connaissez madame la duchesse de Berry ; ce n'est pas une femme que l'on mène comme on veut : si elle a pris son parti, rien ne la fera changer. Qui sait ? il lui convient peut-être d'être arrêtée par l'empereur d'Autriche, son oncle, comme elle a été mise au cachot par Louis-Philippe, son oncle !

4.
En 1833, le comte de Saint-Aulaire était ambassadeur de France à Vienne.

Les rois légitimes et les rois illégitimes agiront les uns comme les autres; Louis-Philippe aura détrôné le fils de Henri IV, François II empêchera la réunion de la mère et du fils; M. le prince de Metternich relèvera M. le général Bugeaud dans son poste, c'est à merveille.»

Le gouverneur était hors de lui: «Ah! vicomte, que vous avez raison! cette propagande, elle est partout! cette jeunesse ne nous écoute plus! pas encore autant dans l'État vénitien que dans la Lombardie et le Piémont. – Et la Romagne! me suis-je écrié, et Naples! et la Sicile! et les rives du Rhin! et le monde entier! – Ah! ah! ah! criait le gouverneur, nous ne pouvons pas rester ainsi: toujours l'épée au poing, une armée sous les armes, sans nous battre. La France et l'Angleterre en exemple à nos peuples! Une jeune Italie maintenant, après les carbonari! La jeune Italie! qui a jamais entendu parler de ça?

– Monsieur, ai-je dit, je ferai tous mes efforts pour déterminer Madame à vous donner quelques jours; vous aurez la bonté de m'accorder un passe-port: cette condescendance peut seule empêcher Son Altesse Royale de suivre sa première résolution.

– Je prendrai sur moi, me dit le gouverneur rassuré, de laisser Madame traverser Venise se rendant à Trieste; si elle traîne un peu sur les chemins, elle atteindra tout juste cette dernière ville avec les ordres que vous allez chercher, et nous serons délivrés. Le délégué de Padoue vous donnera le *visa* pour Prague, en échange duquel vous laisserez une lettre annonçant la résolution de Son Altesse Royale de ne point dépasser Trieste. Quel temps! quel temps! Je me félicite d'être vieux, cher et illustre vicomte, pour ne pas voir ce qui arrivera.»

En insistant sur le passe-port, je me reprochais intérieurement d'abuser peut-être un peu de la parfaite droiture du gouverneur, car il pourrait devenir plus coupable de m'avoir laissé aller en Bohême que d'avoir cédé à la duchesse de Berry. Toute ma crainte était qu'une fine mouche de la police italienne ne mît des obstacles au *visa.* Quand le délégué de Padoue vint chez moi, je lui trouvai une mine de secrétariat, un maintien de protocole, un air de préfecture comme à un homme nourri aux administrations françaises. Cette capacité bureaucratique me fit trembler. Aussitôt qu'il m'eut assuré avoir été commissaire à l'armée des alliés dans le département des Bouches-du-Rhône, l'espérance me revint: j'attaquai mon ennemi en tirant droit à son amour-propre. Je déclarai qu'on avait remarqué la stricte discipline des troupes stationnées en Provence. Je n'en savais rien, mais le délégué me répondant par un débordement d'admiration se hâta d'expédier mon affaire: je n'eus pas plutôt obtenu mon visa, que je ne m'en souciais plus.

Lettre de Madame à Charles X et à Henri V[1]*. – M. de Montbel. – Mon billet au gouverneur. – Je pars pour Prague.*

Padoue, 20 septembre 1833.

La duchesse de Berry revint du Catajo à neuf heures du soir : elle paraissait très-animée *(a)*; quant à moi, plus j'avais été pacifique, plus je voulais qu'on acceptât le combat : on nous attaquait, force était de nous défendre. Je proposai, moitié en riant, à S. A. R. de l'emmener déguisée à Prague, et d'enlever à *nous deux* Henri V. Il ne s'agissait que de savoir où nous déposerions notre larcin. L'Italie ne convenait pas, à cause de la faiblesse de ses princes ; les grandes monarchies absolues devaient être abandonnées pour un millier de raisons. Restait la Hollande et l'Angleterre : je préférais la première parce qu'on y trouvait, avec un gouvernement constitutionnel, un roi habile[2].

Nous ajournâmes ces partis extrêmes ; nous nous arrêtâmes au plus raisonnable : il faisait tomber sur moi le poids de l'affaire. Je partirais seul

1. Le manuscrit de 1845, sous une biffure, ajoute : « Madame. Animation de notre petite cour. Je propose d'enlever Henri V. Lettre de Madame à Charles X et au roi Henri V… »

2. Curieuse remarque : c'est bien l'une des premières fois que Chateaubriand marque une préférence pour la Hollande. Surprise accrue lorsque l'on sait que le « roi habile » – et ne semble pas s'y mêler d'ironie – était Guillaume Ier, principal responsable de la révolution belge de 1830, qui, la révolte advenue, chercha à la briser en faisant appel à la solidarité des monarchies d'Ancien Régime. En mai 1831 encore, il tentait d'étouffer militairement l'indépendance belge, provoquant l'intervention française. Son intransigeance ne cédera qu'en 1839, où il reconnaîtra l'indépendance du pays. Il était également critiqué pour sa gestion des colonies, dont il était le seul responsable. Par ailleurs, il avait admis, mais contraint et forcé, l'instauration d'un régime parlementaire. Il devait abdiquer en faveur de son fils Guillaume II en 1840 et se retirer dans un pays plus cher à son cœur, Berlin.

avec une lettre de MADAME : je demanderais la déclaration de la majorité ; sur la réponse des grands parents, j'enverrais un courrier à S. A. R. qui attendrait ma dépêche à Trieste. Madame joignit à sa lettre pour le vieux roi un billet pour Henri ; je ne le devais remettre au jeune prince que selon les circonstances *(b)*. La suscription du billet était seule une protestation contre les arrière-pensées de Prague. Voici la lettre et le billet :

« Ferrare, 19 septembre 1833.

« Mon cher père, dans un moment aussi décisif que celui-ci pour l'avenir de Henri, permettez-moi de m'adresser à vous avec toute confiance. Je ne m'en suis point rapportée à mes propres lumières sur un sujet aussi important ; j'ai voulu, au contraire, consulter dans cette grave circonstance les hommes qui m'avaient montré le plus d'attachement et de dévouement. M. de Chateaubriand se trouvait tout naturellement à leur tête.

« Il m'a confirmé ce que j'avais déjà appris, c'est que tous les royalistes en France regardent comme indispensable, pour le 29 septembre, un acte qui constate les droits et la majorité de Henri. Si le loyal M*** est en ce moment auprès de vous, j'invoque son témoignage que je sais être conforme à ce que j'avance.

« M. de Chateaubriand exposera au Roi ses idées au sujet de cet acte ; il dit avec raison, ce me semble, qu'il faut simplement constater la majorité de Henri et non pas faire un manifeste : je pense que vous approuverez cette manière de voir. Enfin, mon cher père, je m'en remets à lui pour fixer votre attention et amener une décision sur ce point nécessaire. J'en suis bien plus occupée, je vous assure, que de ce qui me concerne, et l'intérêt de mon Henri, qui est celui de la France, passe avant le mien. Je lui ai prouvé, je crois, que je savais m'exposer pour lui à des dangers, et que je ne reculais devant aucun sacrifice ; il me trouvera toujours la même.

« M. de Montbel m'a remis votre lettre à son arrivée : je l'ai lue avec une bien vive reconnaissance ; vous revoir, retrouver mes enfants, sera toujours le plus cher de mes vœux. M. de Montbel vous aura écrit que j'avais fait tout ce que vous demandiez ; j'espère que vous aurez été satisfait de mon empressement à vous plaire et à vous prouver mon respect et ma tendresse. Je n'ai plus maintenant qu'un désir, c'est d'être à Prague pour le 29 septembre, et, quoique ma santé soit bien altérée, j'espère que j'arriverai. Dans tous les cas, M. de Chateaubriand me précédera. Je prie le Roi de l'accueillir avec bonté et d'écouter tout ce qu'il lui dira de ma part. Croyez, mon cher père, à tous les sentiments, etc.

« *P. S.* Padoue, le 20 septembre. – Ma lettre était écrite lorsqu'on me communique l'ordre de ne pas continuer mon voyage : ma surprise égale ma douleur. Je ne puis croire qu'un ordre semblable soit émané du cœur du Roi ; ce sont mes ennemis seuls qui ont pu le dicter. Que dira la France ? Et combien Philippe[3] va triompher ! Je ne puis que presser le départ du vicomte de Chateaubriand, et le charger de dire au Roi ce qu'il me serait trop pénible de lui écrire dans ce moment. »

Suscription : « À SA MAJESTÉ HENRI V, MON TRÈS-CHER FILS, PRAGUE. »

« Padoue, 20 septembre 1833.
« J'étais au moment d'arriver à Prague et de t'embrasser, mon cher Henri, un obstacle imprévu m'arrête dans mon voyage.
« J'envoie M. de Chateaubriand à ma place pour traiter de tes affaires et des miennes. Aie confiance, mon cher ami, dans ce qu'il te dira de ma part, et crois bien à ma tendre affection. En t'embrassant avec ta sœur, je suis
« Ton affectionnée mère et amie,
« CAROLINE. »

M. de Montbel tomba[4] *(c)* de Rome à Padoue au milieu de nos cancans. La petite cour de Padoue le bouda ; elle s'en prenait à M. de Blacas des ordres de Vienne *(d)*. M. de Montbel, homme fort modéré, n'eut d'autre ressource que de se réfugier auprès de moi, bien qu'il me craignît ; en voyant ce collègue de M. de Polignac *(e)*, je m'expliquai comment il avait écrit, sans s'en apercevoir, l'histoire du duc de Reichstadt[5], et admiré les archiducs, le tout à soixante lieues de Prague, lieu d'exil du duc de Bordeaux ; si lui, M. de Montbel, avait été propre à jeter par la fenêtre la monarchie de saint Louis et les monarchies de ce bas monde, c'est un petit accident auquel il n'avait pas pensé. Je fus gracieux envers le comte

3.
On voit que la duchesse de Berry reprend l'« idiome » de Chateaubriand pour désigner le « roi des Français ».

4.
Pour comprendre cette remarque, il faut se reporter *supra*, l. XLI, chap. 4, note 3, p. 2819. Montbel devait-il être convaincu de son succès ? Chateaubriand passe sous silence un épisode important qui se joua ce jour-là à Padoue. Montbel fit redemander à la duchesse la pièce signée du cardinal Zurla, qu'il avait obtenue à Rome avec tant de peine. Ce document, expliqua-t-il, « risquait de livrer sa cliente à la merci de M. de Blacas et de la cour de Prague ; et ils proclameraient que, devenue Mme Lucchesi, elle ne pouvait plus être rien et qu'elle n'était donc plus régente de France » (*in* E. Dejean, « La Dernière Ambassade de Chateaubriand », *Revue de Paris*, 1er juin 1913). Madame refusa de s'en dessaisir. Elle comptait au contraire, en montrant l'acte de mariage à Charles X, défendre son honneur et ses droits de princesse royale.

5.
Voir *supra*, l. XXXVIII, chap. 6, note 1, pp. 2624-2625.

de Montbel; je lui parlai du Colisée. Il retournait à Vienne se mettre à la disposition du prince de Metternich et servir d'intermédiaire à la correspondance de M. de Blacas. À onze heures, j'écrivais au gouverneur la lettre convenue: je pris soin de la dignité de MADAME, n'engageant point S. A. R. et lui réservant toute faculté d'agir.

« Padoue, ce 20 septembre 1833.
« Monsieur le gouverneur,
« S. A. R. madame la duchesse de Berry veut bien, *pour le moment*, se conformer aux ordres qui vous ont été transmis. Son projet est d'aller à Venise en se rendant à Trieste; là, d'après les renseignements que j'aurai l'honneur de lui adresser, elle prendra une dernière résolution.
« Agréez, je vous prie, mes remerciements les plus sincères, et l'assurance de la haute considération avec laquelle je suis,
« Monsieur le gouverneur,
« Votre très-humble et très-obéissant serviteur,
« CHATEAUBRIAND. »

Le délégué, en lisant cette lettre, en fut très-content. MADAME sortie de la Lombardie vénitienne, lui et le gouverneur cessaient d'être responsables; les faits et gestes de la duchesse de Berry à Trieste ne regardaient plus que les autorités de l'Istrie ou du Frioul; c'était à qui se débarrasserait de l'infortune: dans un certain jeu on se hâte de passer à son voisin un petit morceau de papier qui brûle.
À dix heures, je pris congé de la princesse, elle remettait son sort et celui de son fils entre mes mains. Elle me faisait roi d'une France de sa façon. Dans un village de Belgique, j'ai eu quatre voix pour monter au trône qu'occupe le gendre de Philippe[6]. Je dis à MADAME: « Je me soumets à la volonté de Votre Altesse Royale, mais je crains de tromper ses espé-

6. D'après une communication de J. Bartier, secrétaire de la Société d'histoire moderne de Belgique, on sait que lors de la séance du Congrès national du 20 janvier 1831, le secrétaire présenta plusieurs pétitions dont celle-ci: « M. Brabeaux, à Tegele, près de Venloo, propose [au vote du Congrès] pour chef de l'État le général Sébastiani, ou le vicomte de Chateaubriand (on rit). » Le Congrès national, à la recherche d'un roi (qui lui sera finalement imposé: Léopold de Saxe-Cobourg), avait reçu des pétitions nombreuses où figurait le nom de prétendants sérieux: le duc de Nemours, le duc de Lauchtenberg, l'archiduc Charles, le pape Grégoire XVI, Louis-Philippe, puis toute une série de princes ou d'altesses royales. Il y avait aussi des prétendants belges et quatre Français: Fabvier, Sébastiani, La Fayette et Chateaubriand. La pétition de la localité de Tegele a malheureusement disparu lors d'un incendie qui, le 6 décembre 1883, a anéanti la totalité des archives de la Chambre des représentants. Voir marquis de Granges de Surgères, « Chateaubriand et l'élection royale de 1831 en Belgique », *BSC*, 1935, p. 18 *sqq.*

rances. Je n'obtiendrai rien à Prague.» Elle me poussa vers la porte: «Partez, vous pouvez tout.»
À onze heures je montai en voiture: la nuit était pluvieuse. Il me semblait retourner à Venise, car je suivais la route de Mestre; j'avais plus envie de revoir Zanze que Charles X.

LIVRE XLII

JOURNAL DE PADOUE À PRAGUE, DU 20 AU 26 SEPTEMBRE 1833.

Conegliano. – Traduction du Dernier Abencerage. *– Udine. – La comtesse de Samoyloff. – M. de La Ferronnays. – Un prêtre. – La Carinthie. – La Drave. – Un petit paysan. – Forges. – Déjeuner au hameau de Saint-Michel.*

Je me désolai en passant à Mestre, vers la fin de la nuit, de ne pouvoir aller au rivage : peut-être un phare lointain des dernières lagunes m'aurait indiqué la plus belle des îles du monde ancien, comme une petite lumière découvrit à Christophe Colomb la première île du nouveau monde. C'était à Mestre que j'étais débarqué de Venise, lors de mon premier voyage en 1806 : *fugit aetas*[1].

Je déjeunai à Conegliano : j'y fus complimenté par les amis d'une dame, traducteur de l'*Abencerage*[2], et sans doute ressemblant à Blanca : « Il vit sortir une jeune femme, vêtue à peu près comme ces reines gothiques sculptées sur les monuments de nos anciennes abbayes ; une mantille noire était jetée sur sa tête ; elle tenait avec sa main gauche cette mantille croisée et fermée comme une guimpe au-dessous de son menton,

1. « L'âge fuit ».

2. Edvige de Battisti di San Giorgio de Scolari (1808-1867) avait écrit un poème d'environ 130 vers : *Lamento dell' ultimo Abenceraggio*, dont Chateaubriand, le 11 avril précédent, l'avait remerciée par un billet cité par H. Hauvette, *Études italiennes*, juillet-septembre 1931.

de sorte que l'on n'apercevait de tout son visage que ses grands yeux et sa bouche de rose[3].» Je paye ma dette au traducteur de mes rêveries espagnoles, en reproduisant ici son portrait.

Quand je remontai en voiture, un prêtre me harangua sur le *Génie du Christianisme.* Je traversais le théâtre des victoires qui menèrent Bonaparte à l'invasion de nos libertés.

Udine est une belle ville: j'y remarquai un portique imité du palais des doges. Je dînai à l'auberge, dans l'appartement que venait d'occuper madame la comtesse de Samoyloff; il était encore tout rempli de ses dérangements. Cette nièce de la princesse Bagration[4], *autre injure des ans*[5], est-elle encore aussi jolie qu'elle l'était à Rome en 1829, lorsqu'elle chantait si extraordinairement à mes concerts? Quelle brise roulait de nouveau cette fleur sous mes pas? quel souffle poussait ce nuage? Fille du Nord, tu jouis de la vie; hâte-toi: des harmonies qui te charmaient ont déjà cessé; tes jours n'ont pas la durée du jour polaire.

Sur le livre de l'hôtel était écrit le nom de mon noble ami, le comte de La Ferronnays[6], retournant de Prague à Naples, de même que j'allais de Padoue à Prague. Le comte de La Ferronnays, mon compatriote à double titre, puisqu'il est Breton et Malouin, a entremêlé ses destinées politiques aux miennes: il était ambassadeur à Pétersbourg quand j'étais à Paris ministre des affaires étrangères; il occupa cette dernière place, et je devins à mon tour ambassadeur sous sa direction. Envoyé à Rome, je donnai ma démission à l'avènement du ministère Polignac, et La Ferronnays hérita de mon ambassade. Beau-frère de M. de Blacas, il est aussi pauvre que celui-ci est riche; il a quitté la pairie et la carrière diplomatique lors de la révolution de Juillet; tout le monde l'estime, et personne ne le hait, parce que son caractère est pur et son esprit tempérant. Dans sa dernière négociation à Prague, il s'est laissé surprendre[7] par Charles X *(a)*, qui marche vers ses derniers lustres. Les vieilles gens

3.
Les Aventures du dernier Abencérage (Pléiade, p. 1367).

4.
La princesse Bagration était la veuve du général russe qui fut tué en 1812 à la Moskova.

5.
Philémon et Beaucis, conte de La Fontaine: *«Beaucis en égala les appuis chancelants / Du débris d'un vieux vase autre injure des ans [...]»* (v. 65-66). Il s'agit en l'espèce d'équilibrer une table boiteuse.

6.
On voit que le comte de La Ferronnays était remis de la grave indisposition qui l'avait fait abandonner le ministère Martignac en 1829.

7.
Voir *supra*, l. XLI, chap. 4, note 3, pp. 2818-2819.

se plaisent aux cachotteries, n'ayant rien à montrer qui vaille. En exceptant mon vieux roi, je voudrais qu'on noyât quiconque n'est plus jeune, moi tout le premier avec douze de mes amis.

À Udine, je pris la route de Villach ; je me rendais en Bohême par Salzbourg et Linz. Avant d'attaquer les Alpes, j'ouïs le branle des cloches et j'aperçus dans la plaine un campanile illuminé. Je fis interroger le postillon à l'aide d'un Allemand de Strasbourg, cicerone italien à Venise, qu'Hyacinthe m'avait amené pour interprète slave à Prague. La réjouissance dont je m'enquérais avait lieu à l'occasion d'un prêtre nouvellement promu aux ordres sacrés ; il devait dire le lendemain sa première messe *(b)*. Combien de fois ces cloches, qui proclament aujourd'hui l'union indissoluble d'un homme avec Dieu, appelleront-elles cet homme au sanctuaire, et à quelle heure ces mêmes cloches sonneront-elles sur son cercueil ?

22 septembre.

Je dormis presque toute la nuit, au bruit des torrents, et je me réveillai au jour, le 22, parmi les montagnes. Les vallées de la Carinthie sont agréables, mais n'ont rien de caractéristique : point de costume parmi les paysans ; quelques femmes portent des fourrures comme les Hongroises ; d'autres ont la tête couverte de coiffes blanches mises en arrière, ou de bonnets de laine bleue renflés en bourrelet sur le bord, tenant le milieu entre le turban de l'Osmanli et la calotte à bouton du Talapoin[8].

Je changeai de chevaux à Villach. En sortant de cette station, je suivis une large vallée au bord de la Drave, nouvelle connaissance pour moi : à force de passer les rivières, je trouverai enfin mon dernier rivage. Lander vient de découvrir l'embouchure du Niger ; le hardi voyageur a rendu ses jours à l'éternité au moment où il nous apprenait que le fleuve mystérieux de l'Afrique verse ses ondes à l'océan.

À l'entrée de la nuit, nous faillîmes d'être arrêtés au village de Saint-Paternion : il s'agissait de graisser la voiture ; un paysan vissa l'écrou d'une des roues à contre-sens, avec tant de force qu'il était impossible de l'ôter. Tous les habiles du village, le maréchal ferrant à leur tête, échouèrent dans leurs tentatives. Un garçon de quatorze à quinze ans quitte la troupe, revient avec une paire de tenailles, écarte les travailleurs, entoure l'écrou d'un fil d'archal[9], le tortille avec ses pinces, et, pesant de la main dans le

8.

Membre d'un ordre religieux bouddhiste qui a son centre en Birmanie. Le *Larousse du XIXe siècle* observe que le Talapoin a la tête rasée, mais ne signale point de « calotte à bouton ».

9.

Fil de laiton.

sens de la vis, enlève l'écrou sans le moindre effort : ce fut un *vivat* universel. Cet enfant ne serait-il point quelque Archimède ? La reine d'une tribu d'Esquimaux, cette femme qui traçait au capitaine Parry une carte des mers polaires, regardait attentivement des matelots soudant à la forge des bouts de fer, et devançait par son génie toute sa race.

Dans la nuit du 22 au 23, je traversai une masse épaisse de montagnes ; elles continuèrent leur brouillée[10] devant moi jusqu'à Salzbourg : et pourtant ces remparts n'ont pas défendu l'empire romain. L'auteur des *Essais*, parlant du Tyrol, dit avec sa vivacité ordinaire d'imagination : « C'étoit comme une robe que nous ne voyons que plissée, mais qui, si elle étoit espandue, seroit un fort grand pays[11]. » Les monts où je tournoyais ressemblaient à un éboulement des chaînes supérieures, lequel, en couvrant un vaste terrain, aurait formé de petites Alpes offrant les divers accidents des grandes.

Des cascades descendaient de tous côtés, bondissaient sur des lits de pierres, comme les gaves des Pyrénées. Le chemin passait dans des gorges à peine ouvertes à la voie de la calèche. Aux environs de Gemünd, des forges hydrauliques mêlaient le retentissement de leurs pilons à celui des écluses de chasse ; de leurs cheminées s'échappaient des colonnes d'étincelles parmi la nuit et les noires forêts de sapins. À chaque coup de soufflet sur l'âtre, les toits à jour de la fabrique s'illuminaient soudain, comme la coupole de Saint-Pierre de Rome un jour de fête. Dans la chaîne du Karch, on ajouta trois paires de bœufs à nos chevaux. Notre long attelage, sur les eaux torrentueuses et les ravines inondées, avait l'air d'un pont vivant : la chaîne opposée du Tauern était drapée de neige.

Le 23, à neuf heures du matin, je m'arrêtai au joli hameau de Saint-Michel, au fond d'une vallée. De belles grandes filles autrichiennes me servirent un déjeuner bien propre dans une petite chambre dont les deux fenêtres regardaient des prairies et l'église du village. Le cimetière, entourant l'église, n'était séparé de moi que par une cour rustique. Des croix de bois, inscrites dans un demi-cercle et auxquelles appendaient des bénitiers, s'élevaient sur la pelouse des vieilles tombes : cinq sépultures encore sans gazon annonçaient cinq nouveaux repos. Quelques-unes des fosses, comme des plates-bandes de potager, étaient ornées de soucis en pleine fleur dorée ; des bergeronnettes couraient après des

10.
Brouillée, et plus loin brouée : brume, brouillard peu épais.

11.
Montaigne, *Journal de voyage* (voir *supra*, l. XXX, chap. 2, note 32, p. 1970).

sauterelles dans ce jardin des morts. Une très-vieille femme boiteuse, appuyée sur une béquille, traversait le cimetière et rapportait une croix abattue : peut-être la loi lui permettait-elle de butiner cette croix pour sa tombe ; le bois mort, dans les forêts, appartient à celui qui l'a ramassé.

Là dorment ignorés des poètes sans gloire,
Des orateurs sans voix, des héros sans victoire[12].

L'enfant de Prague ne dormirait-il pas mieux ici sans couronne que dans la chambre du Louvre où le corps de son père fut exposé ?

Mon déjeuner solitaire en société des voyageurs repus, couchés sous ma fenêtre, aurait été selon mes goûts si une mort trop récente ne m'eût affligé : j'avais entendu crier la geline servie à mon festin. Pauvre poussin ! il était si heureux cinq minutes avant mon arrivée ! il se promenait parmi les herbes, les légumes et les fleurs ; il courait au milieu des troupeaux de chèvres descendues de la montagne ; ce soir il se serait couché avec le soleil, et il était encore assez petit pour dormir sous l'aile de sa mère *(c)*.

La calèche attelée, j'y suis remonté entouré des femmes, et les garçons de l'auberge m'ont accompagné ; ils avaient l'air heureux de m'avoir vu, quoiqu'ils ne me connussent pas et qu'ils ne dussent jamais me revoir : ils me donnaient tant de bénédictions ! Je ne me lasse pas de cette cordialité allemande. Vous ne rencontrez pas un paysan qui ne vous ôte son chapeau et ne vous souhaite cent bonnes choses : en France on ne salue que la mort ; l'insolence est réputée la liberté et l'égalité ; nulle sympathie d'homme à homme ; envier quiconque voyage un peu commodément, se tenir sur la hanche prêt à olinder[13] contre tout porteur d'une redingote neuve ou d'une chemise blanche, voilà le signe caractéristique de l'indépendance nationale : bien entendu que nous passons nos jours dans les antichambres à essuyer les rebuffades d'un manant parvenu. Cela ne nous ôte pas la haute intelligence et ne nous empêche pas de triompher les armes à la main ; mais on ne fait pas des mœurs *a priori* : nous avons été huit siècles une grande nation militaire ; cinquante ans n'ont pu nous changer ; nous n'avons pu prendre l'amour véritable de la

---

12.
Chateaubriand cite deux vers de son « élégie imitée de Gray » : les *Tombeaux champêtres* (*OC*, t. XXII, p. 329).

13.
Néologisme tiré par Chateaubriand de olinde, mot désignant une lame d'épée de fabrication allemande.

liberté. Aussitôt que nous avons un moment de repos sous un gouvernement transitoire, la vieille monarchie repousse sur ses souches, le vieux génie français reparaît : nous sommes courtisans et soldats, rien de plus[14].

14. Permanent reproche de Chateaubriand à l'égard des Français amoureux du « niveau », c'est-à-dire de l'égalité, dont Napoléon avait su flatter le caractère.

Col du Tauern. – Cimetière. – Atala : combien changée. – Lever du soleil. – Salzbourg. – Revue militaire. – Bonheur des paysans. – Woknabrück. – Plancouët et ma grand'mère. – Nuit. – Villes d'Allemagne et villes d'Italie. – Linz.

23 et 24 septembre 1833.

Le dernier rang de montagnes enclavant la province de Salzbourg domine la région arable. Le Tauern a des glaciers; son plateau ressemble à tous les plateaux des Alpes, mais plus particulièrement à celui du Saint-Gothard. Sur ce plateau encroûté d'une mousse roussâtre et gelée, s'élève un calvaire: consolation toujours prête, éternel refuge des infortunés. Autour de ce calvaire sont enterrées les victimes qui périssent au milieu des neiges.

Quelles étaient les espérances des voyageurs passant comme moi dans ce lieu, quand la tourmente les surprit? Qui sont-ils? Qui les a pleurés? Comment reposent-ils là, si loin de leurs parents, de leur pays, entendant chaque hiver le mugissement des tempêtes dont le souffle les enleva de la terre? Mais ils dorment au pied de la croix; le Christ, leur compagnon solitaire, leur unique ami, attaché au bois sacré, se penche vers eux, se couvre des mêmes frimas qui blanchissent leurs tombes: au séjour céleste il les présentera à son père et les réchauffera dans son sein.

La descente du Tauern est longue, mauvaise et périlleuse; j'en étais charmé: elle rappelle tantôt par ses cascades et ses ponts de bois, tantôt par le rétréci de son chasme, la vallée du *Pont-d'Espagne* à Cauterets[1], ou le versant du Simplon sur Domo d'Ossola[2]; mais elle ne mène point à Grenade et à Naples. On ne trouve point au bas des lacs brillants et des

1. Voir *supra*, l. XXXII, chap. 1, p. 2165 *sqq.*

2. Voir *supra*, l. XL, chap. 3, p. 2742.

orangers : il est inutile de se donner tant de peine pour arriver à des champs de pommes de terre.

Au relais, à moitié de la descente, je me trouvai en famille dans la chambre de l'auberge : les aventures d'Atala, en six gravures, tapissaient le mur. Ma fille ne se doutait pas que je passerais par là, et je n'avais pas espéré rencontrer un objet si cher au bord d'un torrent nommé, je crois, le *Dragon*. Elle était bien laide, bien vieillie, bien changée, la pauvre Atala ! Sur sa tête de grandes plumes et autour de ses reins un jupon écourté et collant, à l'instar de mesdames les sauvagesses du théâtre de la Gaîté[3]. La vanité fait argent de tout ; je me rengorgeais devant mes œuvres au fond de la Carinthie, comme le cardinal Mazarin devant les tableaux de sa galerie. J'avais envie de dire à mon hôte : « C'est moi qui ai fait cela ! » Il fallut me séparer de ma première-née, moins difficilement toutefois que dans l'île de l'Ohio.

Jusqu'à Werfen, rien n'attira mon attention, si ce n'est la manière dont on fait sécher les regains : on fiche en terre des perches de quinze à vingt pieds de haut ; on roule, sans trop le serrer, le foin écru autour de ces perches ; il y sèche en noircissant. À une certaine distance, ces colonnes ont tout à fait l'air de cyprès ou de trophées plantés en mémoire des fleurs fauchées dans ces vallons.

24 septembre, mardi.

L'Allemagne s'est voulu venger de ma mauvaise humeur contre elle. Dans la plaine de Salzbourg, le 24 au matin, le soleil parut à l'est des montagnes que je laissais derrière moi ; quelques pitons de rochers à l'occident s'illuminaient de ses premiers feux extrêmement doux. L'ombre flottait encore sur la plaine, moitié verte, moitié labourée, et d'où s'élevait une fumée, comme la vapeur des sueurs de l'homme. Le château de Salzbourg, accroissant le sommet du monticule qui domine la ville, incrustait dans le ciel bleu son relief blanc. Avec l'ascension du soleil, émergeaient, du sein de la fraîche exhalaison de la rosée, les avenues, les bouquets de bois, les maisons de briques rouges, les chaumières crépies d'une chaux éclatante, les tours du Moyen Âge balafrées et percées, vieux champions du temps, blessés à la tête et à la poitrine, restés seuls debout sur le champ de bataille des siècles. La lumière automnale de cette scène avait la couleur violette des veilleuses[4], qui

3. Voir *supra*, l. XIII, chap. 6, p. 768.

4. Nom commun des colchiques, déjà évoquées plus haut (l. XXXVI, chap. 18, p. 2499).

s'épanouissent dans cette saison, et dont les prés le long de la Saltz étaient semés. Des bandes de corbeaux, quittant les lierres et les trous des ruines, descendaient sur les guérets ; leurs ailes moirées se glaçaient de rose au reflet du matin[5].

Fête était de saint Rupert, patron de Salzbourg. Les paysannes allaient au marché, parées à la façon de leur village : leur chevelure blonde et leur front de neige se renfermaient sous des espèces de casques d'or, ce qui seyait bien à des Germaines. Lorsque j'eus traversé la ville, propre et belle, j'aperçus, dans une prairie, deux ou trois mille hommes d'infanterie ; un général, accompagné de son état-major, les passait en revue. Ces lignes blanches sillonnant un gazon vert, les éclairs des armes au jour levant, étaient une pompe digne de ces peuples peints ou plutôt chantés par Tacite : Mars le Teuton offrait un sacrifice à l'Aurore. Que faisaient dans ce moment mes gondoliers à Venise ? Ils se réjouissaient comme des hirondelles après la nuit à l'aube renaissante et se préparaient à raser la surface de l'eau ; ensuite viendront les joies de la nuit, les barcarolles et les amours. À chaque peuple son lot : aux uns, la force ; aux autres, les plaisirs : les Alpes font le partage.

Depuis Salzbourg jusqu'à Linz, campagne plantureuse, l'horizon à droite dentelé de montagnes. Des futaies de pins et de hêtres, oasis agrestes et pareilles, s'entourent d'une culture savante et variée. Des troupeaux de diverses sortes, des hameaux, des églises, des oratoires, des croix meublent et animent le paysage.

Après avoir dépassé le rayon de la fête de saint Rupert (les fêtes chez les hommes durent peu et ne vont pas loin), nous trouvâmes tout le monde aux champs, occupé des semailles d'automne et de la récolte des pommes de terre. Ces populations rustiques étaient mieux vêtues, plus polies, et paraissaient plus heureuses que les nôtres. Ne troublons point l'ordre, la paix, les vertus naïves dont elles jouissent, sous prétexte de leur substituer des biens politiques qui ne sont ni conçus ni sentis de la même manière par tous. L'humanité entière comprend la joie du foyer, les affections de famille, l'abondance de la vie, la simplicité du cœur et la religion.

Le Français, si amoureux des femmes, se passe très-bien d'elles dans une multitude de soins et de travaux ; l'Allemand ne peut vivre sans sa compagne ; il l'emploie et l'emmène partout avec lui, à la guerre comme au labour, au festin comme au deuil.

---

5. Reprise d'une image utilisée par Chateaubriand à propos des corneilles de l'Acropole, dont les ailes « étaient glacées de rose par les premiers reflets du jour » (*Itinéraire*, Pléiade, p. 875).

En Allemagne, les bêtes mêmes ont du caractère tempéré de leurs raisonnables maîtres. Quand on voyage, la physionomie des animaux est intéressante à observer. On peut préjuger les mœurs et les passions des habitants d'une contrée à la douceur ou à la méchanceté, à l'allure apprivoisée ou farouche, à l'air de gaieté ou de tristesse de cette partie animée de la création que Dieu a soumise à notre empire.
Un accident arrivé à la calèche m'obligea de m'arrêter à Woknabrück. En rôdant dans l'auberge, une porte de derrière me donna l'entrée d'un canal. Par-delà s'étendaient des prairies que rayaient des pièces de toile écrue. Une rivière, infléchie sous des collines boisées, servait de ceinture à ces prairies. Je ne sais quoi me rappela le village de Plancouët, où le bonheur s'était offert à moi dans mon enfance. Ombres de mes vieux parents, je ne vous attendais pas sur ces bords! Vous vous rapprochez de moi, parce que je m'approche de la tombe, votre asile; nous allons nous y retrouver. Ma bonne tante, chantez-vous encore aux rives du Léthé votre chanson de l'*Épervier* et de la *Fauvette?* Avez-vous rencontré chez les morts le volage Trémigon, comme Didon aperçut Énée dans la région des mânes?
Quand je partis de Woknabrück le jour finissait; le soleil me remit entre les mains de sa sœur: double lumière d'une teinte et d'une fluidité indéfinissables. Bientôt la lune régna seule: elle avait envie de renouer notre entretien des forêts de Haselbach[6]; mais je n'étais pas en train d'elle. Je lui préférai Vénus, qui se leva à deux heures du matin le 25; elle était belle comme parmi ces aurores où je la contemplais en l'implorant sur les mers de la Grèce.
Laissant à droite et à gauche force mystères de bosquets, de ruisseaux, de vallées, je traversai Lambach, Wells et Neüban, petites villes toutes neuves avec des maisons sans toit, à l'italienne. Dans l'une de ces maisons on faisait de la musique; de jeunes femmes étaient aux fenêtres: du temps des Maraboduus[7], cela ne se passait pas ainsi.
Aux villes d'Allemagne les rues sont larges, alignées, comme les tentes d'un camp, ou les files d'un bataillon; les marchés sont vastes, les places d'armes spacieuses: on a besoin de soleil et tout se passe en public.
Dans les villes d'Italie, les rues sont étroites et tortueuses, les marchés petits, les places d'armes resserrées: on a besoin d'ombre, et tout se passe en secret.
À Linz, mon passe-port fut visé sans difficulté.

6.
Voir *supra*, l. XXXVII, chap. XII, p. 2592-2593.

7.
Marobode, roi des Germains Marcomans (v. 18 av.-v. 37 ap. J.-C.), établit son peuple en Bohême, inquiéta l'empereur Auguste et dut se réfugier à Ravenne, après avoir été battu par un autre Barbare, Catualda.

Le Danube. – Waldmünchen. – Bois. – Combourg. – Lucile. – Voyageurs. – Prague.

24 et 25 septembre 1833.

Je passai le Danube à trois heures du matin : je lui avais dit en été ce que je ne trouvais plus à lui dire en automne ; il n'en était plus aux mêmes ondes, ni moi aux mêmes heures. Je laissai loin sur ma gauche mon bon village de Waldmünchen, avec ses troupeaux de porcs, le berger Eumée[1] et la paysanne qui me regardait par-dessus l'épaule de son père. La fosse du mort dans le cimetière aura été comblée ; le décédé est mangé par quelques milliers de vers pour avoir eu l'honneur d'être homme.

M. et madame de Bauffremont, arrivés à Linz, me devançaient de quelques heures ; ils étaient eux-mêmes précédés de plusieurs royalistes : porteurs de message de paix, ils croyaient Madame cheminant tranquille derrière eux, et moi je les suivais tous comme la Discorde, avec des nouvelles de guerre[2].

1.
Voir *supra*, l. XXXVII, chap. 11, note 13, p. 2586.

2.
D'accord avec Metternich, Charles X avait invité Marie-Caroline à venir le retrouver à Laybach. Mais cette lettre n'était pas plus tôt envoyée que le Chancelier d'Autriche, rentré de Prague à Vienne, y croisait un Montbel déconfit ; il arrivait d'Italie, « où il avait revu Mme la duchesse de Berry. Il y avait trouvé cette princesse dans des dispositions toutes différentes de celles dans lesquelles M. de La Ferronays et lui l'avaient quittée à Florence. Le vicomte de Chateaubriand l'avait rejointe entre-temps ; et elle déclara à M. de Montbel que ce ne serait plus par son entremise, mais par celle de M. de Chateaubriand, qu'elle comptait s'expliquer envers sa famille [...] ». Metternich s'emporta contre Chateaubriand : « [...] Le rôle de cet homme appartient aux plus détestables, car le principe réel en est dans une ambition qui confine à la démence. De quoi aucune preuve ne pourrait être plus frappante que celle-ci : à peine s'était-il rencontré à Padoue avec la duchesse de Berry qu'il lui posa comme condition de ses services qu'elle conférât à sa femme le titre de dame d'honneur, ce qui fut fait » (cité par M.-J. Durry, *La Vieillesse de Chateaubriand*, t. I, pp. 153-154).

La princesse de Bauffremont, née Montmorency, allait à Butschirad[3] complimenter des *Rois* de France nés *Bourbons :* rien de plus naturel *(a).*
Le 25, à la nuit tombante, j'entrai dans des bois. Des corneilles criaient en l'air ; leurs épaisses volées tournoyaient au-dessus des arbres dont elles se préparaient à couronner la cime. Voilà que je retournai à ma première jeunesse ; je revis les corneilles du mail de Combourg ; je crus reprendre ma vie de famille dans le vieux château : ô souvenirs, vous traversez le cœur comme un glaive ! ô ma Lucile, bien des années nous ont séparés ! maintenant la foule de mes jours a passé, et, en se dissipant, me laisse mieux voir ton image.
J'étais de nuit à Thabor : sa place, environnée d'arcades, me parut immense ; mais le clair de lune est menteur.
Le 26 au matin, une brume nous couvrit de sa solitude sans limite. Vers les dix heures, il me sembla que je passais entre deux lacs. Je n'étais plus qu'à quelques lieues de Prague.
La brouée se leva. Les approches par la route de Linz sont plus vivantes que par le chemin de Ratisbonne ; le paysage est moins plat. On aperçoit des villages, des châteaux avec des futaies et des étangs. Je rencontrai une femme à figure pieuse et résignée, accablée sous le poids d'une énorme hotte ; deux vieilles marchandes étalant quelques pommes au bord d'un fossé ; une jeune fille et un jeune homme assis sur la pelouse, le jeune homme fumant, la jeune fille gaie, le jour auprès de son ami, la nuit dans ses bras ; des enfants à la porte d'une chaumière jouant avec des chats ou conduisant des oies au pâtis[4] ; des dindons en cage se rendant à Prague comme moi pour la majorité de Henri V ; puis un berger sonnant de sa trompe, tandis que Hyacinthe, Baptiste, le cicérone de Venise et mon excellence, nous cahotions dans notre calèche rapiécetée[5] : voilà les destinées de la vie. Je ne donnerais pas un patard[6] de la meilleure.
Plein de ces idées j'entrai dans Prague le 26 à quatre heures du soir. Je descendis à l'hôtel des Bains. Je ne vis point la jeune servante saxonne ;

3.
Voir *infra*, l. XLII, chap. 5, p. 2863 *sqq.*

4.
Lande ou friche où l'on fait paître les bestiaux.

5.
Il faut, avec Littré, distinguer rapiécer de rapiéceter. Rapiécer, c'est mettre une ou des pièces sans modifications. Rapiéceter, c'est mettre sans cesse de nouvelles pièces, ou mettre beaucoup de petites pièces ; il marque dans ce sens la duplication. Les diverses avaries de la calèche justifient pleinement l'emploi de « rapiécetée » !

6.
Petite monnaie ancienne ; ce terme n'est effectivement utilisé que dans une expression péjorative : « cela ne vaut pas un patard ».

elle était retournée à Dresde consoler par des chants d'Italie les tableaux exilés de Raphaël.

La Bohême ne m'offrait plus rien de nouveau; mes idées étaient fixées sur Prague *(b)*.

Prague, 29 septembre 1833.

Le surlendemain de mon arrivée à Prague j'envoyai Hyacinthe porter une lettre à madame la duchesse de Berry, que selon mes calculs il devait rencontrer à Trieste *(c)*. Cette lettre disait à la princesse: «que j'avais trouvé la famille royale partant pour Leoben, que de jeunes Français étaient arrivés pour l'époque de la majorité de Henri et que le Roi leur échappait, que j'avais vu madame la Dauphine, qu'elle m'avait invité à me rendre immédiatement à Butschirad où Charles X se trouvait encore; que je n'avais point vu Mademoiselle parce qu'elle était un peu souffrante, qu'on m'avait fait entrer dans sa chambre dont les volets étaient fermés, qu'elle m'avait tendu dans l'ombre sa main brûlante en me priant de les sauver tous;

«Que je m'étais rendu à Butschirad, que j'avais vu M. de Blacas et causé avec lui sur la déclaration de la majorité de Henri V; qu'introduit dans la chambre du Roi, je l'avais trouvé endormi, et que, lui ayant ensuite présenté la lettre de madame la duchesse de Berry, il m'avait paru fort animé contre mon auguste cliente; que du reste le petit acte rédigé par moi sur la majorité avait paru lui plaire.»

La lettre se terminait par ce paragraphe:

«Maintenant, madame, je ne dois pas vous cacher qu'il y a beaucoup de mal ici. Nos ennemis pourraient rire s'ils nous voyaient nous disputer une royauté sans royaume, un sceptre qui n'est que le bâton sur lequel nous appuyons nos pas dans le pèlerinage peut-être long de notre exil. Tous les inconvénients sont dans l'éducation de votre fils, et je ne vois aucune chance pour qu'elle soit changée. Je retourne au milieu des pauvres que madame de Chateaubriand nourrit; là je serai toujours à vos ordres. Si jamais vous deveniez maîtresse absolue de Henri, si vous persistiez à croire que ce dépôt précieux puisse être remis entre mes mains, je serais aussi heureux qu'honoré de lui consacrer le reste de ma vie, mais je ne pourrais me charger d'une aussi effrayante responsabilité qu'à la condition d'être, sous vos conseils, entièrement libre dans mes choix et dans mes idées, et placé sur un sol indépendant, hors du cercle des monarchies absolues.»

Dans la lettre était renfermée cette copie de mon projet de déclaration de la majorité:

«Nous, Henri V[e] du nom, arrivé à l'âge où les lois du royaume fixent la majorité de l'héritier du trône, voulons que le premier acte de cette majorité soit une protestation solennelle contre l'usurpation de Louis-Philippe, duc d'Orléans. En conséquence, et de l'avis de notre conseil, nous avons fait le présent acte pour le maintien de nos droits et de ceux des Français. Donné le trentième jour de septembre de l'an de grâce mil huit cent trente-trois[7]. »

7.
Le duc de Bordeaux, Henri V, atteignait sa majorité le 29 septembre 1833 ; les légitimistes Jeune France et la duchesse désiraient qu'à cette occasion ses droits au trône fussent prononcés solennellement par Charles X. Mais les obstacles étaient nombreux. Tout d'abord, Charles X se considérait toujours comme roi : lui et son fils avaient abdiqué à Rambouillet et ne songeaient point à retirer cette abdication ; seulement, pour rendre plus aisés les rapports d'exilés avec les cabinets (et en particulier celui de Vienne), ils voulaient conserver sur la terre étrangère un titre qui leur semblait inséparable de celui de chefs de la famille de Bourbon. Par ailleurs, le duc de Bordeaux, ne voulant en rien peiner son grand-père qu'il adorait, était défavorable à cette déclaration. Enfin, les autorités n'appréciaient guère le remue-ménage que causait l'arrivée, à Prague, de jeunes et turbulents légitimistes venus fêter la majorité du roi. Le 9 septembre, Metternich avait avisé le comte Sedlnitzky, président de la section de police du bureau de la cour, qu'il s'opposerait à l'organisation d'une célébration officielle quelconque à cette occasion. Dès lors, il était facile de s'entendre puisque, comme l'écrira Metternich dans ses *Mémoires*, la famille royale s'avérait « décidée à ne pas se laisser enlacer dans un jeu dangereux [...] ». Quant aux écervelés « qui se sont lancés vers Prague, ils ne savent ni ce qu'ils font, ni ce qu'ils doivent et pourraient vouloir [...] ». « Ce que nous désirons avant tout, déclara le prince à l'ambassadeur de France (Saint-Aulaire), le 6 septembre, c'est que la duchesse renonce à l'aventure pour laquelle notre empire n'offre pas un port utile à choisir. » Aussi, lorsque Chateaubriand arriva à Prague, le Hradschin était-il dépeuplé : selon un plan concerté entre Metternich et Blacas, tout le monde avait fui à Butschirad, « résidence d'été » des exilés, pour éviter les ardents « henriquinquistes ».

Madame de Gontaut. – Jeunes Français. – Madame la Dauphine. – Course à Butschirad.

Prague, 30 septembre 1833.

Ma lettre à madame la duchesse de Berry indiquait les faits généraux, mais elle n'entrait pas dans les détails.

Quand je vis madame de Gontaut[1] au milieu des malles à moitié faites et des vaches[2] ouvertes, elle se jeta à mon cou et en sanglotant : « Sauvez-moi ! Sauvez-nous ! » disait-elle. « Et de quoi vous sauver, madame ? J'arrive, je ne sais rien de rien. » Hradschin était désert ; on eût dit des journées de Juillet et de l'abandon des Tuileries, comme si les révolutions s'attachaient aux pas de la race proscrite.

Des jeunes gens viennent féliciter Henri sur le jour de sa majorité ; plusieurs sont sous le coup d'un arrêt de mort : quelques-uns blessés dans

---

1. Mme de Gontaut était du parti de Chateaubriand. L'affaire de Butschirad signera son renvoi de la Cour. Elle écrit dans ses *Mémoires* : « Le jour où Mgr le duc de Bordeaux eut quatorze ans, âge où les princes sont majeurs, [...d]es provinces de France, et particulièrement de celles de l'Ouest, arrivèrent une foule de jeunes gens, appartenant aux familles fidèles, pour rendre hommage au jeune prince [...]. M. de Chateaubriand était avec eux ; son éloquence entraînante soutenait leur enthousiasme. Cette démarche fut le signal de la discorde, elle gênait le règne paisible de vieux courtisans, qui craignaient de voir partager par d'autres l'influence qu'ils auraient voulu exercer seuls sur le Roi. [...] On lui persuada que ces démarches étaient hors de saison ; il y vit un danger pour le prince [...]. On arriva facilement à faire croire au Roi qu'on voulait arracher Mgr le duc de Bordeaux à sa tutelle, et le faire proclamer Roi par la Vendée. Je ne fus pas épargnée dans ces calomnies. [...] » (*Mémoires*, pp. 386-388). Désormais tenue à l'écart par la coterie Blacas, Mme de Gontaut se résignera à quitter Prague en avril 1834. Elle ne sera pas remplacée, se pique-t-elle de dire : « [...] Mme la vicomtesse d'Agoult, et plus tard Mme de Nicolaï, furent attachées à Mademoiselle, mais simplement comme dames pour accompagner » (*ibid.*, pp. 390-391).

2. Voir *supra*, l. XXXVII, chap. 4, note 3, p. 2555.

la Vendée, presque tous pauvres, ont été obligés de se cotiser pour être à même de porter jusqu'à Prague l'expression de leur fidélité. Aussitôt un ordre *(a)* leur ferme les frontières de la Bohême. Ceux qui parviennent à Butschirad ne sont reçus qu'après les plus grands efforts ; l'étiquette leur barre le passage, comme MM. les gentilshommes de la chambre défendaient à Saint-Cloud la porte du cabinet de Charles X tandis que la révolution entrait par les fenêtres. On déclare à ces jeunes gens que le Roi s'en va, qu'il ne sera pas à Prague le 29. Les chevaux sont commandés, la famille royale plie bagage. Si les voyageurs[3] obtiennent enfin la permission de prononcer à la hâte un compliment, on les écoute avec crainte. On n'offre pas un verre d'eau à la petite troupe fidèle ; on ne la prie pas à la table de l'orphelin qu'elle est venue chercher de si loin ; elle est réduite à boire dans un cabaret à la santé de Henri. On fuit devant une poignée de Vendéens, comme on s'est dispersé devant une centaine de héros de Juillet.

Et quel est le prétexte de ce sauve-qui-peut? On va au-devant de madame la duchesse de Berry, on donne à la princesse un rendez-vous sur un grand chemin pour la montrer à la dérobée à sa fille et à son fils *(b)*. N'est-elle pas bien coupable? elle s'obstine à réclamer pour Henri un titre vain. Pour se tirer de la position la plus simple, on étale aux yeux de l'Autriche et de la France (si toutefois la France aperçoit ces néantises[4]) un spectacle qui rendrait la légitimité, déjà trop ravalée, la désolation de ses amis et l'objet de la calomnie de ses ennemis.

Madame la Dauphine sent les inconvénients de l'éducation de Henri V, et ses vertus *(c)* s'en vont en larmes, comme le ciel tombe la nuit en rosée. Le court instant d'audience qu'elle m'accorda ne lui permit pas de me parler de ma lettre de Paris du 30 juin : elle avait l'air touchée en me regardant.

Dans les rigueurs mêmes de la Providence, un moyen de salut semblait se cacher : l'expatriation sépare l'orphelin de ce qui menaçait de le perdre aux Tuileries ; à l'école de l'adversité il aurait pu être élevé sous la direction de quelques hommes du nouvel ordre social, habiles à l'instruire de la royauté nouvelle[5]. Au lieu de prendre ces maîtres du moment, loin d'améliorer l'éducation de Henri V, on la rend plus fatale

3.
« [...] il y avait parmi les visiteurs de Prague des Vendéens dont les blessures n'étaient pas fermées, et jusqu'à huit contumaces qui avaient dérobé par la fuite leurs têtes à un arrêt de mort [...] » (A. Nettement, *Henri de France, ou Histoire des Bourbons de la branche aînée pendant quinze années d'exil, 1830-1845*, 1845, t. I, pp. 322-323).

4.
Néologisme inventé par Chateaubriand, où l'on reconnaît, accouplés ingénieusement, néant et bêtise.

Le Château de Butschirad.

5.
Sous l'influence de la duchesse d'Angoulême, les pères jésuites avaient été renvoyés (août 1833), ainsi que le baron de Damas qui s'était solidarisé avec eux. Ce dernier fut remplacé par le général d'Hautpoul au poste de gouverneur et les jésuites par Mgr Frayssinous, ancien grand maître de l'Université, et par l'abbé Trébuquet. Cependant, le duc de Blacas réussit dans le même temps à écarter les éléments libéraux de la Cour, Mme de Gontaut, MM. de La Villate et d'Hardivilliers, tous responsables à des titres divers des Enfants de France. Le général d'Hautpoul ne put tenir que trois mois et quitta la place fin février 1834. On le remplaça par le général de Saint-Chamans (1834-1835), puis par le comte de Bouillé en 1836. De toute façon, Charles X n'était nullement disposé à confier l'éducation de son petit-fils à Chateaubriand. Lors du premier voyage à Prague, s'entretenant avec le marquis de Villeneuve, il lui avait dit: «N'ai-je pas vu Chateaubriand ici? Ah! celui-là a écrit contre moi bien des injures. Je lui en ai fait reproche; et il en a mis le tort sur la politique. Jolie excuse! Pour élever le petit-fils, il dénigrait le grand-père! Et pourtant il m'a tendu la main. Oui, marquis, il m'a tendu la main, et j'y ai bien mis dix mille francs, c'est-à-dire, pour être exact, deux mille francs pour son hospice et huit mille francs pour lui. Aucune idée saine n'est dans cette tête. M. de Chateaubriand a proclamé mon petit-fils: qu'a-t-il pu faire? Ses moyens sont nuls, les meilleurs esprits s'embrouillent» (*in Charles X et Louis XIX en exil*, pp. 92-93).

par l'intimité que produit la vie resserrée en famille : dans les soirées d'hiver, des vieillards, tisonnant les siècles au coin du feu, enseignent à l'enfant des jours dont rien ne ramènera le soleil ; ils lui transforment les chroniques de Saint-Denis en contes de nourrice *(d)* ; les deux premiers barons de l'âge moderne, la *Liberté* et l'*Égalité*, sauraient bien forcer Henri *sans terre* à donner une Grande Charte.

La Dauphine m'avait engagé à faire la course de Butschirad : MM. Dufougerais et Nugent me menèrent en ambassade chez Charles X le soir même de mon arrivée à Prague. À la tête de la députation des jeunes gens, ils allaient achever les négociations commencées au sujet de la présentation. Le premier, impliqué dans mon procès devant la cour d'assises, avait plaidé sa cause avec beaucoup d'esprit ; le second sortait de subir un emprisonnement de huit mois pour délit de presse royaliste. L'auteur du *Génie du Christianisme* eut donc l'honneur de se rendre auprès du Roi très-chrétien, assis dans une calèche de place, entre l'auteur de la *Mode*[6] et l'auteur du *Revenant*[7].

6. Voir *infra*, l. XLIII, chap. 9, note 1, p. 2944.

7. *Le Revenant* (1er janvier 1832-15 septembre 1833), illustré d'une vignette représentant Henri IV apparaissant à Florette et lui disant : « N'ayez pas peur, c'est un ami », était un journal légitimiste fondé par Albert de Calvimont, avec le vicomte de Nugent comme principal rédacteur. Il fut à plusieurs reprises poursuivi et condamné pour offense à la personne du roi, incitation à la haine et au mépris du gouvernement.

Butschirad. – Sommeil de Charles X. – Henri V. – Réception des jeunes gens.

Prague, 30 septembre 1833.

Butschirad[1] est une villa du grand-duc de Toscane, à environ six lieues de Prague, sur la route de Carlsbad. Les princes autrichiens ont leurs biens patrimoniaux dans leurs pays, et ne sont, au-delà des Alpes, que des possesseurs viagers : ils tiennent l'Italie à ferme. On arrive à Butschirad par une triple allée de pommiers. La villa n'a aucune apparence ; elle ressemble, avec ses communs, à une belle métairie, et domine au milieu d'une plaine nue un hameau mélangé d'arbres verts et d'une tour. L'intérieur de l'habitation est un contre-sens italien, sous le 50e degré de latitude : de grands salons sans cheminées et sans poêles. Les appartements sont tristement enrichis de la dépouille de Holy-Rood. Le château de Jacques II, que remeubla Charles X, a fourni par déménagement à Butschirad les fauteuils et les tapis.

Le Roi avait la fièvre et était couché lorsque j'arrivai à Butschirad, le 27[2], à huit heures du soir. M. de Blacas me fit entrer dans la chambre *(a)* de Charles X, comme je le disais à la duchesse de Berry. Une petite lampe brûlait sur la cheminée ; je n'entendais dans le silence des ténèbres que la respiration élevée du trente-cinquième successeur de Hugues Capet. Ô mon vieux Roi ! votre sommeil était pénible ; le temps et l'adversité,

---

1.
Butschirad se trouve à 25 km de Prague. C'est un grand palais délabré du XVIIIe siècle, qui appartient aujourd'hui à l'État. On peut y voir encore une chapelle, fort bien entretenue par le factotum qui nous la fit visiter lors d'un pèlerinage des amis de La Vallée-aux-Loups, en 1991. Les pommiers ont disparu et au loin on aperçoit les lignes électriques et de grandes bâtisses plantées au milieu des champs.

2.
Le manuscrit de 1845 portait : « le 26 ».

lourds cauchemars, étaient assis sur votre poitrine. Un jeune homme s'approcherait du lit de sa jeune épouse avec moins d'amour que je ne me sentis de respect en marchant d'un pied furtif vers votre couche solitaire. Du moins, je n'étais pas un mauvais songe comme celui qui vous réveilla pour aller voir expirer votre fils ! Je vous adressais intérieurement ces paroles que je n'aurais pu prononcer tout haut sans fondre en larmes : « Le ciel vous garde de tout mal à venir ! Dormez en paix ces nuits avoisinant votre dernier sommeil ! Assez longtemps vos vigiles ont été celles de la douleur. Que ce lit de l'exil perde sa dureté en attendant la visite de Dieu ! lui seul peut rendre légère à vos os la terre étrangère[3]. »
Oui, j'aurais donné avec joie tout mon sang pour rendre la légitimité possible à la France. Je m'étais figuré qu'il en serait de la vieille royauté ainsi que de la verge desséchée d'Aaron : enlevée du temple de Jérusalem, elle reverdit et porta les fleurs de l'amandier, symbole du renouvellement de l'alliance[4]. Je ne m'étudie point à étouffer mes regrets, à retenir les larmes dont je voudrais effacer la dernière trace des royales douleurs. Les mouvements que j'éprouve en sens divers, au sujet des mêmes personnes, témoignent de la sincérité avec laquelle ces *Mémoires* sont écrits. Dans Charles X l'homme m'attendrit, le monarque me blesse : je me laisse aller à ces deux impressions à mesure qu'elles se succèdent sans chercher à les concilier.
Le 28 septembre, après que Charles X m'eut reçu le matin au bord de son lit, Henri V me fit appeler : je n'avais pas demandé à le voir. Je lui dis quelques mots graves sur sa majorité et sur ces loyaux Français *(b)* dont l'ardeur lui avait offert des éperons d'or.
Au surplus, il est impossible d'être mieux traité que je ne le fus. Mon arrivée avait jeté l'alarme ; on craignait le rendu compte de mon voyage à Paris. Pour moi donc toutes les attentions ; le reste était négligé. Mes compagnons *(c)*, dispersés, mourants de faim et de soif, erraient dans les corridors, les escaliers, les cours du château, au milieu de l'effarade[5] des

---

3.
Ce paragraphe a été placé dans l'un des derniers chapitres du *Congrès de Vérone* (« Négociations, Colonies espagnoles », chap. XXVI, rééd. Slatkine, p. 495).

4.
Parallèle entre la victoire de Bouvines et la prise de Jérusalem par Titus, où Guillaume le Breton énumère les trophées pris par les Romains lors du sac de la ville : « L'arche d'alliance et la verge d'Aaron qui, depuis longtemps entièrement desséchée, se couvrait de nouveau de feuilles et produisit tout à coup les fleurs de l'amandier » (*Philippide*, l. XII, v. 209-210).

5.
Terme vieilli, synonyme d'effarement mais plus évocateur : l'effarement provoque un trouble visible sur le visage, alors que l'effarade laisse entendre à la fois un trouble et un mouvement de fuite.

maîtres du logis et des apprêts de leur évasion. On entendait des jurements *(d)* et des éclats de rire.

La garde autrichienne s'émerveillait de ces individus à moustaches et en habit bourgeois; elle les soupçonnait d'être des soldats français déguisés, avisant à s'emparer de la Bohême par surprise.

Durant cette tempête au dehors, Charles X me disait au dedans[6] : « Je me suis occupé de corriger l'acte de mon *gouvernement*[7] à Paris. Vous aurez pour collègue M. de Villèle, comme vous l'avez demandé, le marquis de Latour-Maubourg et le chancelier[8]. »

Je remerciai le Roi de ses bontés, en admirant les illusions de ce monde. Quand la société croule, quand les monarchies finissent, quand la face de la terre se renouvelle, Charles établit *(e)* à Prague un gouvernement en *France* de l'*avis* de son conseil *(f) entendu*. Ne nous raillons pas trop : qui de nous n'a sa chimère ? qui de nous ne donne la becquée à de naissantes espérances ? qui de nous n'a son *gouvernement in petto*, de l'*avis* de ses passions *entendues ?* La moquerie m'irait mal, à moi l'homme aux songes. Ces *Mémoires*, que je barbouille en courant, ne sont-ils pas mon *gouvernement* de l'*avis* de ma vanité *entendue ?* Ne crois-je pas très-sérieusement parler à l'avenir, aussi peu à ma disposition que la France aux ordres de Charles X ?

Le cardinal Latil *(g)*, ne se voulant pas trouver dans la bagarre, était allé passer quelques jours chez le duc de Rohan. M. de Foresta passait mystérieusement, un portefeuille sous le bras; madame de Bouillé me fai-

---

6.
Cette entrevue au bord du lit eut lieu le 27 au matin, date à laquelle Chateaubriand put remettre au roi la lettre écrite à Ferrare, le 19 septembre, par Marie-Caroline à son « cher père ». Avant d'en prendre connaissance, Charles X indiqua qu'il avait envoyé un gentilhomme de sa chambre, M. de Millanges, prévenir Marie-Caroline d'avoir à se rendre à Leoben; le projet avait été concerté avec Metternich. À Leoben, pendant quelques jours, « Mme Lucchesi » pourrait voir ses enfants. Si elle se montrait raisonnable, elle serait autorisée à résider sous surveillance non à Prague, mais dans les États autrichiens. Il n'y aurait pas non plus de déclaration retentissante relative à la majorité de Henri V. Le roi fut, paraît-il, courroucé de la lettre de la duchesse, s'exclamant avec violence : « [...] Madame Lucchesi-Palli, une femme étrangère à ma famille. Elle n'a plus aucun empire sur ses enfants; le code français ne reconnaît point de mariage secret; le code la dépossède de la tutelle comme mariée en secondes noces. » On verra ci-après que, curieusement, Chateaubriand passera sous silence la cérémonie, expédiée à la sauvette, où le vicomte Édouard Walsh salua Henri du titre de roi en lisant une vibrante adresse. Le duc de Bordeaux, vêtu d'une redingote de velours vert, portant une fraise blanche à la Henri IV, quelque peu choqué de s'entendre traité de roi sous le toit même de son grand-père, répondit par une allocution banale qu'avait préparée le duc de Blacas. Le duc fut ensuite armé chevalier, le comte de Nugent lui chaussa des éperons d'or et une épée du même métal lui fut remise par M. de Mey, ainsi qu'une aigrette, aux cris de « Vive le Roi ! » Tous ces dons provenaient des royalistes parisiens. On lui offrit également des cadeaux : une statue en

CHARLES X (1757-1836).

ivoire représentant Henri IV avec Sully à ses pieds, un exemplaire du portrait populaire du prince (édité par la presse légitimiste), une médaille d'or commémorative, etc. (voir J.-P. Garnier, *Charles X...*, pp. 427-429).

7.

Charles X créa en septembre 1833 un comité national de coordination, chargé de la correspondance avec la famille royale. Ce comité rassemblait le général de Latour-Maubourg, Villèle, Pastoret (chancelier de France et tuteur des biens des enfants du duc de Berry), le comte de Pradel et Chateaubriand. La composition de ce comité donnait satisfaction aux légitimistes, à la duchesse de Berry, mais on pouvait douter de son efficacité : Villèle ne quittait pas son Languedoc, Pastoret était un vieillard égrotant, Latour-Maubourg un invalide ; enfin l'influence du comité était minée par le duc de Blacas, qui avait ses correspondants personnels. Voir Armand d'Hautpoul, *Souvenirs.*

8.

Pastoret.

sait des révérences profondes, comme une personne de parti, avec des yeux baissés qui voulaient voir à travers leurs paupières; M. La Vilatte s'attendait à recevoir son congé; il n'était plus question de M. de Barande *(h)*, qui se flattait vainement de rentrer en grâce et séjournait dans un coin à Prague.
J'allai faire ma cour au Dauphin. Notre conversation fut brève:
« Comment Monseigneur se trouve-t-il à Butschirad ?
- Vieillottant.
- C'est comme tout le monde, Monseigneur.
- Et votre femme ?
- Monseigneur, elle a mal aux dents.
- Fluxion ?
- Non, Monseigneur : temps.
- Vous dînez chez le Roi ? nous nous reverrons. »
Et nous nous quittâmes *(i)*.

L'échelle et la paysanne. – Dîner à Butschirad. – Madame de Narbonne[1]*. – Henri V. – Partie de whist. – Charles X. – Mon incrédulité sur la déclaration de majorité. – Lecture des journaux. – Scène des jeunes gens à Prague. – Je pars pour la France. – Passage dans Butschirad la nuit.*

Prague, 28 et 29 septembre 1833.

Je me trouvai libre à trois heures: on dînait à six. Ne sachant que devenir, je me promenai dans les allées de pommiers dignes de la Normandie. La récolte du fruit de ces faux orangers s'élève dans les bonnes années à la somme de dix-huit mille francs. Les calvilles[2] s'exportent en Angleterre. On n'en fait point de cidre, le monopole de la bière en Bohême s'y oppose. Selon Tacite, les Germains avaient des mots pour signifier le printemps, l'été et l'hiver; ils n'en avaient point pour exprimer l'automne, dont ils ignoraient le nom et les présents: *nomen ac bona ignorantur*[3]. Depuis le temps de Tacite, il leur est arrivé une Pomone.

Accablé de fatigue, je m'assis sur les échelons d'une échelle appuyée contre le tronc d'un pommier. J'étais là dans l' Œil de bœuf du château de

1.
Aucun développement ne correspond plus à ce titre dans le chapitre. Il n'en demeure qu'un embryon sur le manuscrit de 1845.

2.
Variété de pommes jaune pâle ou rouges, d'une saveur très fine.

3.
Voir Tacite, *Germanie*, chap. 26.

Butschirad, ou au balustre de la chambre du conseil. En regardant le toit qui couvrait la triple génération de mes rois, je me rappelais ces plaintes du *maoual*[4] arabe: «Ici nous avons vu disparaître sous l'horizon les étoiles que nous aimons à voir se lever sous le ciel de notre patrie.»

Plein de ces tristes idées, je m'endormis. Une voix douce me réveilla. Une paysanne bohême venait cueillir des pommes; avançant la poitrine et relevant la tête, elle me faisait une salutation slave avec un sourire de reine; je pensai tomber de mon juchoir: je lui dis en français: «Vous êtes bien belle; je vous remercie!» Je vis à son air qu'elle m'avait compris: les pommes sont toujours pour quelque chose dans mes rencontres avec les *Bohémiennes*. Je descendis de mon échelle comme un de ces condamnés des temps féodaux, délivré par la présence d'une jeune femme. Pensant à la Normandie, à Dieppe, à Fervaques[5], à la mer, je repris le chemin du Trianon de la vieillesse de Charles X.

On se mit à table, à savoir: le prince et la princesse de Bauffremont, le duc et la duchesse de Narbonne[6], M. de Blacas, M. Damas, M. O'Hégerty, moi, M. le Dauphin et Henri V; j'aurais mieux aimé y voir les jeunes gens que moi. Charles X ne dîna point; il se soignait afin d'être en état de partir le lendemain. Le banquet fut bruyant, grâce au parlage du jeune prince: il ne cessa de discourir de sa promenade à cheval, de son cheval, des frasques de son cheval sur le gazon, des ébrouements de son cheval dans les terres labourées *(a)*. Cette conversation était bien naturelle, et j'en étais cependant affligé; j'aimais mieux notre ancien entretien sur les voyages et sur l'histoire.

Le Roi vint et causa avec moi. Il me complimenta derechef sur la note de majorité; elle lui plaisait parce que, laissant de côté les abdications comme chose consommée, elle n'exigeait d'autre signature que celle de Henri, et ne ravivait aucune blessure. Selon Charles X, la déclaration serait renvoyée de Vienne à M. Pastoret avant mon retour en France; je m'inclinai avec un sourire d'incrédulité. Sa Majesté, après m'avoir frappé l'épaule *(b)* selon sa coutume: «Chateaubriand, où allez-vous à présent? – Tout bêtement à Paris, sire. – Non, non, pas bêtement», reprit le Roi, cherchant avec une sorte d'inquiétude le fond de ma pensée[7].

---

4. Voir *supra*, l. XXII, chap. 5, note 5, p. 1310.

5. Ancienne propriété de Delphine de Custine.

6. Le duc et la duchesse de Narbonne-Pelet résidaient à Paris et ne faisaient alors qu'un simple séjour.

HENRI, LE DUC DE BORDEAUX EN COSTUME DE SACRE.

7.
Voir *infra*, variante *(b)* sur le chap. 3 de ce livre, p. 3240. La veille, Chateaubriand avait écrit à Mme de Chateaubriand : « J'ai rempli la mission dont elle [Madame] m'a honoré, tout en lui annonçant que je ne réussirais. Maintenant mon rôle est fini et je rentre avec joie dans notre petite solitude [...] » (cité *in Lettres à Madame Récamier*, p. 390, note 46). Rentré à Paris le 6 octobre, il écrit à Mme Récamier : « [...] Ce voyage a fixé mes incertitudes ; je ne puis rien pour ces gens-là : Prague proscrit Blaye et invoque la puissance autrichienne ; et moi, pauvre serviteur, je suis obligé d'employer ma petite autorité pour faire lever des ordres odieux. Tout est mensonge [...]. Les pauvres jeunes gens légitimistes qui ont été pour complimenter Henri ont été reçus comme des chiens et on les a fuis comme les héros de juillet, car on fuit toujours, etc. La meilleure de la race, est cette pauvre femme [la duchesse de Berry] ; elle se jette dans mes bras ; elle me donne son fils qu'on ne lui donnera jamais. Ce fils n'est déjà plus le même enfant : il se gâte et le *Bourbon* pousse de nouveau au milieu des adversités qui n'ont pu améliorer le dernier rejeton. Enfin, j'ai des milliers de choses étranges à vous dire. Demain, j'irai vous voir » (*ibid.*, pp. 390-391). On remarquera que ce jugement sévère sur le duc de Bordeaux n'est pas repris dans les *Mémoires d'outre-tombe*.

On apporta les journaux; le Dauphin s'empara des gazettes anglaises: tout d'un coup, au milieu d'un profond silence, il traduisit à haute voix ce passage du *Times:* «Il y a ici le baron de ***, haut de quatre pieds, âgé de soixante-quinze ans, et tout aussi vert qu'il était il y a cinquante ans.» Et puis monseigneur se tut.

Le Roi se retira; M. de Blacas me dit: «Vous devriez venir à Leoben avec nous[8].» La proposition n'était pas sérieuse. Je n'avais d'ailleurs aucune envie d'assister à une scène de famille; je ne voulais ni diviser des parents, ni me mêler de réconciliations dangereuses. Lorsque j'entrevis la chance de devenir le favori d'une des deux puissances, je frémis; la poste ne me semblait pas assez prompte pour m'éloigner de mes honneurs possibles. L'ombre de la fortune me fait trembler, comme l'ombre du cheval de Richard faisait trembler les Philistins[9].

Le lendemain 28, je m'enfermai à l'hôtel des Bains et j'écrivis ma dépêche à MADAME. Le soir même Hyacinthe était parti avec cette dépêche.

Le 29 j'allai voir le comte et la comtesse de Choteck; je les trouvai confondus du brouhaha de la cour de Charles X. Le grand bourgrave envoyait à force des estafettes lever les consignes qui retenaient les jeunes gens aux frontières. Au surplus, ceux que l'on apercevait dans les rues de Prague n'avaient rien perdu de leur caractère français; un légitimiste et un républicain, politique à part, sont les mêmes hommes: c'était un bruit, une moquerie, une gaieté! Les voyageurs venaient chez

8.
Chateaubriand n'assistera pas, le 13 octobre, à la rencontre de Leoben (ville de Styrie, au nord-ouest de Graz), où la duchesse de Berry arriva accompagnée de son époux, du vicomte de Saint-Priest et de la marquise de Podenas. À pied, au bras de son mari, elle se rendit à l'hôtel de l'empereur, où depuis deux heures son fils la guettait derrière sa fenêtre, pour y affronter «le Juge». Celui-ci l'attendait en haut de l'escalier. Marie-Caroline embrassa fougueusement ses enfants puis, «à peine seule avec son beau-père, écrit J.-P. Garnier, elle ne contenait plus le flot des paroles indignées et sonores, qui s'échappaient tumultueusement de ses lèvres. Épouvantée la Dauphine, restée au salon avec Hector [le marquis de Lucchesi] imperturbable, fera fermer portes et fenêtres pour que l'on n'entende pas "Madame Lucchesi jusque dans la rue". [...] En informant Chateaubriand de cette entrevue glacée, le vicomte de Saint-Priest écrira: "Nous avons trouvé une résistance invincible qui, si je ne me trompe, doit avoir pour cause occulte le refus obstiné du Dauphin de revoir sa sœur. Dans cet état de choses nous devons nous attendre à une rupture prochaine..." » (J.-P. Garnier, *Charles X...*, p. 431). Cette dérisoire scène de famille ne durera pas moins de cinq jours. Entre chaque entrevue, Montbel pour le roi, Saint-Priest pour la duchesse, préparaient l'entretien suivant, ce qui n'empêchait pas de nouvelles disputes qui scandalisaient Charles X. Finalement le pire fut évité. Ayant rayé Marie-Caroline de la Maison de France, Charles X et la Dauphine reprirent à courtes étapes la route de Prague, avec le sentiment du devoir accompli. Ils réintégreront la capitale enfin évacuée des «henriquinquistes» tapageurs.

9.
Thème dont Chateaubriand a donné une autre version dans les *Études historiques*: «Richard Cœur de Lion, dont l'ombre faisait tressaillir les chevaux sarrazins» (*OC*, t. V bis, p. 315).

moi me conter leurs aventures. M*** avait visité Francfort avec un *cicerone* allemand, très-charmé des Français ; M*** lui en demanda la cause, le cicerone lui répondit : « Les Vrançais fenir à Frankfurt ; ils pufaient le fin et faisaient l'amour avec les cholies femmes tes pourchois. Le chénéral Auchereau mettre 41 millions de taxe sur la file te Frankfurt. » Voilà les raisons pour lesquelles on aimait tant les Français à Francfort. Un grand déjeuner fut servi dans mon auberge ; les riches payèrent l'écot des pauvres. Au bord de la Moldau, on but du vin de Champagne à la santé de Henri V, qui courait les chemins avec son aïeul, dans la peur d'entendre les toasts portés à sa couronne. À huit heures, mes affaires fixées, je montai en voiture, espérant bien ne retourner en Bohême de ma vie[10].

On a dit que Charles X avait eu l'intention de se retirer à l'autel : il avait des antécédents de ce dessein dans sa famille. Richer, moine de Senones, et Geoffroy de Beaulieu, confesseur de saint Louis, rapportent que ce grand homme avait pensé à s'enfermer dans un cloître lorsque son fils serait en âge de le remplacer sur le trône. Christine de Pisan dit de Charles V : « Le sage Roi avait deliberé en soi que, si tant pouvoit vivre que son fils le dauphin fust en âge de porter couronne, il lui délairoit le royaume... et se feroit prêtre. » De pareils princes, s'ils avaient abandonné le sceptre, auraient bien manqué comme tuteurs à leurs fils ; et cependant, en restant rois, ont-ils rendu dignes d'eux leurs successeurs ? Que fut Philippe le Hardi auprès de saint Louis ? Toute la sagesse de Charles V se transforma en folie dans son héritier.

Je passe à dix heures du soir devant Butschirad, dans la campagne muette, vivement éclairée de la lune. J'aperçois la masse confuse de la villa, du hameau et de la ruine qu'habite le Dauphin : le reste de la famille royale voyage. Un si profond isolement me saisit ; cet homme (je vous l'ai déjà dit) a des vertus : modéré en politique, il nourrit peu de

10.
Mais Metternich ne considérait pas l'affaire comme « classée ». Dans une dépêche du 1er octobre, citée par E. Dejean (« La Dernière Ambassade de Chateaubriand », *Revue de Paris*, 1er juin 1913, p. 651), le chancelier écrivait : « Il est probable qu'il [Chateaubriand] ne se bornera pas à les énoncer [ses propos] de vive voix mais qu'il les lancera dans le monde dans la forme d'un manifeste. Il tombera à bras raccourcis sur nous ; de tous les méfaits ce sera celui qui nous touchera le moins. » Si les *Mémoires d'outre-tombe* ne disent mot de sa colère, l'homme privé se dédommagera de l'homme public. « M. de Chateaubriand, rapporte Hügel, dit bien du mal des hôtes de Bustierad et de ceux qui les ont accueillis ; il prétend que les premiers sont incorrigibles et que les autres n'offrent aucune chance d'en tirer parti ou de les faire dévier de leur marche à eux. Il affirme que le duc de Bordeaux ne s'occupe que de chiens et de chevaux et que son éducation est détestable » (lettre de Hügel à Metternich, 11 octobre, *Frankreich Berichte*, fasc. 410, f° 175).

préjugés ; il n'a dans les veines qu'une goutte de sang de saint Louis, mais il l'a ; sa probité est sans égale, sa parole inviolable comme celle de Dieu. Naturellement courageux, sa piété filiale l'a perdu *(c)* à Rambouillet. Brave et humain en Espagne, il a eu la gloire de rendre un royaume à son parent et n'a pu conserver le sien. Louis-Antoine, depuis les journées de Juillet, a songé à demander un asile en Andalousie : Ferdinand[11] le lui eût sans doute refusé. Le mari de la fille de Louis XVI languit dans un village de Bohême[12] ; un chien, dont j'entends la voix, est la seule garde du prince : Cerbère aboie ainsi aux ombres dans les régions de la mort, du silence et de la nuit.

Je n'ai jamais pu revoir dans ma longue vie mes foyers paternels ; je n'ai pu me fixer à Rome, où je désirais tant mourir ; les huit cents lieues que j'achève, y compris mon premier voyage en Bohême, m'auraient mené aux plus beaux sites de la Grèce, de l'Italie et de l'Espagne. J'ai dévoré ce chemin et j'ai dépensé mes derniers jours pour revenir sur cette terre froide et grise : qu'ai-je donc fait au ciel[13] ?

11.
Ferdinand VII, qu'il avait rétabli sur le trône en 1823.

12.
Antoine de Bourbon, duc d'Angoulême, mourut à Göritz, en 1844.

13.
C'est ici que l'édition Penaud a placé par erreur le paragraphe cité en note 7, chap. 3 du l. XLII, p. 2858.

Rencontre à Schlau. – Carlsbad vide. – Hollfeld[1]*. – Bamberg : le bibliothécaire et la jeune femme. – Mes Saint-François diverses. – Épreuves de religion. – La France*[2]*.*

Du 29 septembre au 6 octobre 1833.

À Schlau, à minuit, devant l'hôtel de la poste, une voiture changeait de chevaux. Entendant parler français, j'avançai la tête hors de ma calèche et je dis : « Messieurs, vous allez à Prague ? Vous n'y trouverez plus Charles X, il est parti avec Henri V. » Je me nommai. « Comment, parti ? s'écrièrent ensemble plusieurs voix. En avant, postillon ! en avant ! »

Mes huit compatriotes, arrêtés d'abord à Égra, avaient obtenu la permission de continuer leur route, mais à la garde d'un officier de police. Elle est curieuse ma rencontre, en 1833, d'un convoi de serviteurs du trône et de l'autel, dépêché par la légitimité française, sous l'escorte d'un sergent de ville ! En 1822, j'avais vu passer à Vérone des cagées de carbonari accompagnés de gendarmes. Que veulent donc les souverains ? Qui reconnaissent-ils pour amis ? Craignent-ils la trop grande foule de leurs partisans ? Au lieu d'être touchés de la fidélité, ils traitent les hommes dévoués à leur couronne comme des propagandistes et des révolutionnaires *(a)*.

Le maître de poste de Schlau venait d'inventer l'accordéon[3] : il m'en vendit un ; toute la nuit je fis jouer le soufflet dont le son emportait pour moi

---

1. Le manuscrit de 1847 porte : « Hohlfeld : plus de petite fille à la hotte ».

2. Le manuscrit de 1847 porte : « La France : elle est ma patrie » ; celui de 1845 portait : « La France : est-elle ma patrie ? »

3. Il est délicat d'attribuer au seul maître de poste de Schlau l'invention de l'accordéon ; plusieurs expérimentations furent faites au début du XIXe siècle, à Berlin, à Vienne, à Londres. Les premiers brevets datent de 1821-1822.

le souvenir du monde*. [* Je reçus de Périgueux, le 14 novembre, la lettre suivante : mon éloge à part, elle constate les faits que j'ai racontés.
[« Périgueux, 10 novembre 1833.
[« Monsieur le vicomte,
[« Je ne puis résister au désir de vous témoigner toute la peine que j'ai éprouvée lundi, 28 octobre, lorsqu'on m'annonça votre absence. Je m'étais présenté chez vous pour avoir l'honneur de vous présenter mes hommages et entretenir quelques instants l'homme à qui j'ai voué toute mon admiration. Obligé de repartir le soir même de Paris, où peut-être je ne dois plus retourner, il eût été bien doux pour moi de vous avoir vu. Lorsque, malgré la modicité de la fortune de ma famille, j'entrepris le voyage de Prague, j'avais mis au nombre de mes espérances celle d'avoir l'honneur de me faire connaître de vous. Et cependant, monsieur le vicomte, je ne puis pas dire que je ne vous ai pas vu : j'étais au nombre des huit jeunes gens que vous rencontrâtes au milieu de la nuit à Schlau, à peu de distance de Prague. Nous arrivions après avoir été cinq jours mortels victimes de l'intrigue qui depuis nous a été révélée. Cette rencontre, en ce lieu, à cette heure, a quelque chose de bizarre et ne s'effacera jamais de mon souvenir, non plus que l'image de celui à qui la France royaliste doit les services les plus utiles.
[« Agréez, je vous prie, etc.
[« P.-G.-Jules DETERMES[4]. »]
Carlsbad (je le traversai le 30 septembre) était désert ; salle d'opéra après la pièce jouée. Je retrouvai à Égra le maltôtier[5] qui me fit tomber de la lune où j'étais au mois de juin avec une dame de la campagne romaine[6].
À Hollfeld, plus de martinets ni de petite hotteuse ; j'en fus attristé. Telle est ma nature : j'idéalise les personnages réels et personnifie les songes, déplaçant la matière et l'intelligence. Une petite fille et un oiseau grossissent aujourd'hui la foule des êtres de ma création, dont mon imagination est peuplée, comme ces éphémères qui se jouent dans un rayon du soleil. Pardonnez, je parle de moi, je m'en aperçois trop tard.

4.
Jules de Termes était un érudit périgourdin, à qui Chateaubriand fit présent du « livret blanc » (voir *supra*, l. XXXVI, chap. 11, note 1).
5.
La maltôte était à l'origine un impôt levé sous Philippe le Bel pour financer la guerre contre les Anglais. Il devint vite un terme de dénigrement et on appelait maltôtier celui qui percevait un droit qui n'était pas dû.
6.
Voir *supra* l'invocation à Cynthie (l. XXXIX, chap. 5, p. 2686 *sqq.*).

Voici Bamberg. Padoue me fit souvenir de Tite-Live ; à Bamberg, le Père Horrion[7] retrouva la première partie du troisième et du trentième livre de l'historien romain. Tandis que je soupais dans la patrie de Joachim Camerarius, de Clavius, le bibliothécaire de la ville me vint saluer à propos de ma renommée, la première du monde, selon lui, ce qui réjouissait la moelle de mes os. Accourut ensuite un général bavarois. À la porte de l'auberge, la foule m'entoura lorsque je regagnai ma voiture. Une jeune femme était montée sur une borne, comme la Sainte Beuve[8] pour voir passer le duc de Guise. Elle riait : « Vous moquez-vous de moi ? lui dis-je. – Non », me répondit-elle en français, avec un accent allemand ; « c'est que je suis si contente ! »

Du 1er au 4 octobre, je revis les lieux que j'avais vus trois mois auparavant. Le 4, je touchai la frontière de France. La Saint-François m'est, tous les ans, un jour d'examen de conscience. Je tourne mes regards vers le passé ; je me demande où j'étais, ce que je faisais à chaque anniversaire précédent. Cette année 1833, soumis à mes vagabondes destinées, la Saint-François me trouve errant. J'aperçois au bord du chemin une croix ; elle s'élève dans un bouquet d'arbres qui laissent tomber en silence, sur l'Homme-Dieu crucifié, quelques feuilles mortes. Vingt-sept ans en arrière, j'ai passé la Saint-François au pied du véritable Golgotha[9].

Mon patron[10] aussi visita le saint tombeau. François d'Assise, fondateur des ordres mendiants, fit faire, en vertu de cette institution, un pas considérable à l'Évangile, et qu'on n'a point assez remarqué : il acheva d'introduire le peuple dans la religion ; en revêtant le pauvre d'une robe de moine, il força le monde à la charité, il releva le mendiant aux yeux du riche, et dans une milice chrétienne prolétaire il établit le modèle de cette fraternité des hommes que Jésus avait prêchée, fraternité qui sera

---

7.

Chateaubriand a lu trop vite sa source : le père Horrion retrouva par hasard, en collationnant des manuscrits à Bamberg, la première partie du livre *trente-troisième* de Tite-Live, qui n'était pas connue, et qu'il publia.

8.

« Ligueuse » passionnée surnommée Mme de Sainte-Veuve, et cousine du chevalier d'Aumale (voir *Journal* de L'Estoile, coll. Petitot, 1re série, t. XLV, p. 392).

9.

Le 4 octobre 1806, à 12 h 22, Chateaubriand descendait au couvent des franciscains qui célébraient la Saint-François.

10.

Pour cette page, M. Levaillant précise que Chateaubriand reprend deux *Vies* pour ainsi dire classiques de son saint patron : la *Vie de saint François* écrite par saint Bonaventure (chap. 8) : « Comment les créatures lui manifestent leur attachement » ; et la *Vie de saint François* par Thomas de Célano : « Première Partie, ou Vita prima » (chap. XXI, XXVIII et XXIX) et « Seconde Partie, ou Vita seconda » (chap. CXXVI, CXXX).

l'accomplissement de cette partie politique du christianisme non encore développée, et sans laquelle il n'y aura jamais de liberté et de justice complète sur la terre.

Mon patron étendait cette tendresse fraternelle aux animaux mêmes sur lesquels il paraîtrait avoir reconquis par son innocence l'empire que l'homme exerçait sur eux avant sa chute ; il leur parlait comme s'ils l'eussent entendu ; il leur donnait le nom de *frères* et de *sœurs*. Près de Baveno, comme il passait, une multitude d'oiseaux s'assemblèrent autour de lui ; il les salua et leur dit : « Mes frères ailés, aimez et louez Dieu, car il vous a vêtus de plumes et vous a donné le pouvoir de voler dans le ciel. » Les oiseaux du lac de Rieti le suivaient. Il était dans la joie quand il rencontrait des troupeaux de moutons ; il en avait une grande compassion : « Mes frères, leur disait-il, venez à moi. » Il rachetait quelquefois avec ses habits une brebis que l'on conduisait au boucher ; il se souvenait de l'agneau très-doux, *illius memor agni mitissimi*, immolé pour le salut des hommes[11]. Une cigale habitait une branche de figuier près de sa porte à la Portiuncule ; il l'appelait ; elle venait se reposer sur sa main et il lui disait : « Ma sœur la cigale, chante le Dieu ton créateur. » Il en usa de même avec un rossignol et fut vaincu aux concerts par l'oiseau qu'il bénit, et qui s'envola après sa victoire. Il était obligé de faire reporter au loin dans les bois les petits animaux sauvages qui accouraient à lui et cherchaient un abri dans son sein. Quand il voulait prier le matin, il ordonnait le silence aux hirondelles, et elles se taisaient. Un jeune homme allait vendre à Sienne des tourterelles ; le serviteur de Dieu le pria de les lui donner, afin qu'on ne tuât pas ces colombes qui, dans l'Écriture, sont le symbole de l'innocence et de la candeur. Le saint les emporta à son couvent de Ravacciano ; il planta son bâton à la porte du monastère ; le bâton se changea en un grand chêne vert ; le saint y laissa aller les tourterelles et leur commanda d'y bâtir leur nid, ce qu'elles firent pendant plusieurs années.

François mourant voulut sortir du monde nu comme il y était entré ; il demanda que son corps dépouillé fût enterré dans le lieu où l'on exécutait les criminels, en imitation du Christ qu'il avait pris pour modèle. Il dicta un testament tout spirituel, car il n'avait à léguer à ses frères que la pauvreté et la paix : une sainte femme le mit au tombeau.

11.
Le Christ est souvent désigné ainsi en souvenir de l'expression dont saint Jean-Baptiste le salua dès qu'il apparut au bord du Jourdain : « Voici l'Agneau de Dieu, celui qui ôte les péchés du monde » (Jean, I, 29).

J'ai reçu de mon patron la pauvreté, l'amour des petits et des humbles, la compassion pour les animaux ; mais mon bâton stérile ne se changera point en chêne vert pour les protéger.

Je devais tenir à bonheur d'avoir foulé le sol de France le jour de ma fête ; mais ai-je une patrie ? Dans cette patrie ai-je jamais goûté un moment de repos ? Le 6 octobre au matin je rentrai dans mon *Infirmerie.* Le coup de vent de la Saint-François régnait encore. Mes arbres, refuges naissants des misères recueillies par ma femme, ployaient sous la colère de mon patron. Le soir, à travers les ormes branchus de mon boulevard, j'aperçus les réverbères agités, dont la lumière demi-éteinte vacillait comme la petite lampe de ma vie *(b).*

LIVRE XLIII

Politique générale du moment. – Louis-Philippe[1].

Paris, rue d'Enfer, 1837.
Revu en juin 1847.

Si passant de la politique de la légitimité à la politique générale je relis ce que j'ai publié sur cette politique dans les années 1831, 1832 et 1833, mes prévisions ont été assez justes[2].

Louis-Philippe est un homme d'esprit dont la langue est mise en mouvement par un torrent de lieux communs. Il plaît à l'Europe, qui nous reproche de n'en pas connaître la valeur; l'Angleterre aime à voir que nous ayons, comme elle, détrôné un Roi; les autres souverains délaissent *(a)* la légitimité qu'ils n'ont pas trouvée obéissante. Philippe a dominé les hommes qui se sont approchés de lui; il s'est joué de ses ministres; les a pris, renvoyés, repris, renvoyés de nouveau après les avoir compromis, si rien aujourd'hui compromet.

La supériorité de Philippe est réelle, mais elle n'est que relative; placez-le à une époque où la société aurait encore quelque vie, et ce qu'il y a de

1. Le manuscrit de 1847 porte: «Philippe».

2. Ses quatre brochures ou pamphlets: *De la Restauration et de la monarchie élective, ou Réponse à l'interpellation de quelques journaux sur mon refus de servir le nouveau gouvernement* (Paris, Le Normant fils, 24 mars 1831, 48 pages in-8); *De la nouvelle proposition relative au bannissement de Charles X et de sa famille, ou Suite de mon dernier écrit: De la Restauration et de la monarchie élective* (Paris, Le Normant fils, octobre 1831, 155 pages in-8), suivie d'une nouvelle brochure: *Aux Lecteurs* (Paris, Le Normant fils, novembre 1831), qui sert en quelque sorte de seconde préface; *Courtes Explications sur les 12 000 francs offerts par Madame la duchesse de Berry aux indigents attaqués par la contagion* (Paris, Le Normant, avril 1832, 46 pages in-8); et *Sur la captivité de la duchesse de Berry* (Paris, Le Normant, décembre 1832, 220 pages in-8).

médiocre en lui apparaîtra. Deux passions gâtent ses qualités: son amour exclusif de ses enfants, son avidité insatiable d'accroître sa fortune[3]: sur ces deux points il aura sans cesse des éblouissements. Philippe ne sent pas l'honneur de la France comme le sentaient les aînés des Bourbons; il n'a pas besoin d'honneur: il ne craint que *(b)* les soulèvements populaires comme les craignaient les plus proches de Louis XVI. Il est à l'abri sous le crime de son père; la haine du bien ne pèse pas sur lui: c'est un complice, non une victime *(c)*.

Ayant compris la lassitude des temps et la vileté des âmes, Philippe s'est mis à l'aise. Des lois d'intimidation sont venues supprimer les libertés, ainsi que je l'avais annoncé dès l'époque de mon discours d'adieu à la Chambre des pairs, et rien n'a remué; on a usé de l'arbitraire; on a égorgé dans la rue Transnonain[4], mitraillé à Lyon[5], intenté de nombreux procès de presse; on a arrêté des citoyens, on les a retenus des mois et des années en prison par mesure préventive, et l'on a applaudi. Le pays usé, qui n'entend plus rien, a tout souffert. Il est à peine un homme qu'on ne puisse opposer à lui-même. D'années en années, de mois en mois, nous avons écrit, dit et fait tout le contraire de ce que nous avons écrit, dit et fait. À force d'avoir à rougir nous ne rougissons plus; nos contradictions échappent à notre mémoire, tant elles sont multipliées. Pour en finir, nous prenons le parti d'affirmer que nous n'avons jamais varié, ou que nous n'avons varié que par la transformation progressive de nos idées et par notre compréhension éclairée des temps. Les événements si rapides nous ont si promptement vieillis, que quand on nous rappelle

---

3.

C'était un principe de notre ancien droit public que les biens personnels des princes, à leur avènement au trône, faisaient de plein droit retour à la Couronne. Mais l'avisé Louis-Philippe avait, par une donation du 7 août 1830, transmis son patrimoine sur la tête de ses enfants, s'en réservant l'usufruit. L'un des premiers actes de Louis-Napoléon Bonaparte, après le coup d'État du 2 décembre, sera de confisquer les biens appartenant à la famille d'Orléans (décret du 23 janvier 1852): «Les considérants du décret étaient d'une subtilité toute byzantine, avec une vague saveur de brigandage» (P. de La Gorce, *Histoire du Second Empire*, 1899, t. I, p. 38 *sqq.*). «C'est le premier vol de l'aigle», s'exclamera Dupin, et le mot fera fortune.

4.

En 1834, pour briser les soulèvements populaires et abattre la propagande républicaine dans le Paris «révolutionnaire», Thiers, ministre de l'Intérieur, concentra 40 000 hommes de troupe placés sous les ordres du maréchal Mouton et fit renverser une trentaine de barricades dressées autour de Paris. La matinée du 14 avril fut marquée par le massacre de la rue Transnonain, où des soldats du 35e régiment de ligne tuèrent 12 habitants d'un immeuble pris pour cible. Le parti républicain était décapité (plus de 2 000 arrestations; 121 personnes furent renvoyées devant la Cour des pairs pour complot contre l'État).

5.

Voir *supra*, l. XVII, chap. 4, note 6, p. 979.

nos gestes d'une époque passée, il nous semble que l'on nous parle d'un autre homme que de nous : et puis avoir varié, c'est avoir fait comme tout le monde.

Philippe n'a pas cru, comme la branche restaurée, qu'il était obligé pour régner de dominer dans tous les villages *(d)*; il a jugé qu'il lui suffisait d'être maître de Paris ; or, s'il pouvait jamais rendre la capitale ville de guerre avec un roulement annuel de soixante mille prétoriens, il se croirait en sûreté. L'Europe le laisserait faire parce qu'il persuaderait aux souverains qu'il agit dans la vue d'étouffer la révolution dans son vieux berceau, déposant pour gage entre les mains des étrangers les libertés, l'indépendance et l'honneur de la France. Philippe est un sergent de ville : l'Europe peut lui cracher au visage ; il s'essuie, remercie et montre sa patente de Roi *(e)*. D'ailleurs, c'est le seul prince que les Français soient à présent capables de supporter. La dégradation du chef élu fait sa force ; nous trouvons momentanément dans sa personne ce qui suffit à nos habitudes de couronne et à notre penchant démocratique ; nous obéissons à un pouvoir que nous croyons avoir le droit d'insulter ; c'est tout ce qu'il nous faut de liberté : nation à genoux, nous souffletons notre maître, rétablissant le privilège à ses pieds, l'égalité sur sa joue. Narquois et rusé, Louis XI de l'âge philosophique, le monarque de notre choix conduit dextrement sa barque sur une boue liquide *(f)*. La branche aînée des Bourbons est séchée sauf un bouton ; la branche cadette est pourrie. Le chef inauguré à la maison de ville[6] n'a jamais songé qu'à lui ; il sacrifie les Français à ce qu'il croit être sa sûreté. Quand on raisonne sur ce qui conviendrait à la grandeur de la patrie, on oublie la nature du souverain ; il est persuadé qu'il périrait par les moyens qui sauveraient la France ; selon lui, ce qui ferait vivre la royauté tuerait le Roi *(g)*. Du reste, nul n'a le droit de le mépriser, car tout le monde est au niveau du même mépris. Mais quelles que soient les prospérités qu'il rêve en dernier résultat, ou lui, ou ses enfants ne prospéreront pas, parce qu'il délaisse les peuples dont il tient tout. D'un autre côté les rois légitimes, délaissant les rois légitimes, tomberont : on ne renie pas impunément son principe. Si des révolutions ont été un instant détournées de leur cours, elles n'en viendront pas moins grossir le torrent qui cave l'ancien édifice : personne n'a joué son rôle, personne ne sera sauvé *(h)*.

6.
Par La Fayette, lors de la fameuse journée du 31 juillet 1830 (voir *supra*, l. XXXIII, chap. 16, p. 2272).

Puisque aucun pouvoir parmi nous n'est inviolable, puisque le sceptre héréditaire est tombé quatre fois depuis trente-huit années; puisque le bandeau royal attaché par la victoire s'est dénoué deux fois de la tête de Napoléon *(i)*, puisque la souveraineté de Juillet a été incessamment assaillie, il faut en conclure que ce n'est pas la république qui est impossible *(j)*, mais la monarchie[7].

La France est sous la domination d'une idée hostile au trône: un diadème dont on reconnaît d'abord l'autorité, puis que l'on foule aux pieds, que l'on reprend ensuite pour le fouler aux pieds de nouveau, n'est qu'une inutile tentation et un symbole de désordre. On impose un maître à des hommes qui semblent l'appeler par leurs souvenirs, et qui ne le supportent plus par leurs mœurs; on l'impose à des générations qui, ayant perdu la mesure et la décence sociale, ne savent qu'insulter la personne royale ou remplacer le respect par la servilité *(k)*.

Philippe a dans sa personne de quoi ralentir la destinée; il n'a pas de quoi l'arrêter. Le parti démocratique est seul en progrès, parce qu'il marche vers le monde futur. Ceux qui ne veulent pas admettre les causes générales de destruction pour les principes monarchiques, attendent en vain l'affranchissement du joug actuel d'un mouvement des Chambres; elles ne consentiront point à la réforme[8], parce que la réforme serait leur mort. De son côté, l'opposition devenue industrielle ne portera jamais au roi de sa fabrique la botte à fond[9], comme elle l'a portée à Charles X; elle remue afin d'avoir des places, elle se plaint, elle

---

7.
Point de vue qui sera celui d'un Adolphe Thiers après 1871, qui, se rapprochant de Gambetta, s'efforcera d'instaurer une «République conservatrice».

8.
Allusion à la réforme électorale, c'est-à-dire à l'abaissement du cens et, pour les républicains les plus avancés, à l'instauration du suffrage universel. En fait, c'est moins l'éloge du suffrage universel que la dénonciation des effets pervers du cens qui mobilisa les énergies. On attendait «[...] la réponse aux grands problèmes de l'heure: suppression de la corruption, mise en place d'un gouvernement à bon marché, respect de l'intérêt général, garantie de la paix sociale. La critique du cens électoral englobe tout et explique tout: le monopole politique est appréhendé comme la source de tous les maux et de tous les dérèglements» (P. Rosanvallon, *Le Sacre du citoyen*). Chateaubriand est ici proche des thèses de Cormenin dans son *Ordre du jour sur la corruption électorale et parlementaire* (1842), et de Lamennais. En l'occurrence, les prédictions de Chateaubriand ne furent pas avérées: un peu plus d'un an après l'instauration du suffrage universel par la IIe République, une Assemblée de 450 monarchistes, composée d'orléanistes et de légitimistes, sur 750 membres, élisait à la présidence de la Chambre des députés, Dupin Aîné, incarnation de la monarchie de Juillet et qui avait présidé la Chambre des députés de 1832 à 1840.

9.
Terme d'escrime: appuyer le fleuret contre le corps de son adversaire; en d'autres termes: faire une attaque imprévue, s'en prendre à...

est hargneuse ; mais lorsqu'elle se trouve face à face de Philippe, elle recule, car si elle veut obtenir le maniement des affaires, elle ne veut pas renverser ce qu'elle a créé et ce par quoi elle vit. Deux frayeurs l'arrêtent : la frayeur du retour de la légitimité, la frayeur du règne populaire ; elle se colle à Philippe qu'elle n'aime pas, mais qu'elle considère comme un préservatif. Bourrée d'emplois et d'argent, abdiquant sa volonté, l'opposition obéit à ce qu'elle sait funeste et s'endort dans la boue ; c'est le duvet inventé par l'industrie du siècle ; il n'est pas aussi agréable que l'autre, mais il coûte moins cher.

Nonobstant toutes ces choses, une souveraineté de quelques mois, si l'on veut même de quelques années, ne changera pas l'irrévocable avenir. Il n'est presque personne qui n'avoue maintenant la légitimité préférable à l'usurpation, pour la sûreté, la liberté, la propriété, comme pour les relations avec l'étranger, car le principe de notre souveraineté actuelle est hostile au principe des souverainetés européennes. Puisqu'il lui plaisait de recevoir l'investiture du trône du bon plaisir et de la science certaine de la démocratie, Philippe a manqué son point de départ : il aurait dû monter à cheval et galoper jusqu'au Rhin, ou plutôt il aurait dû résister au mouvement qui l'emportait sans condition vers une couronne : des institutions plus durables et plus convenables fussent sorties de cette résistance.

On a dit : « M. le duc d'Orléans n'aurait pu rejeter la couronne sans nous plonger dans des troubles épouvantables » : raisonnement des poltrons, des dupes et des fripons. Sans doute des conflits seraient survenus ; mais ils eussent été suivis du retour prompt à l'ordre. Qu'a donc fait Philippe pour le pays ? Y aurait-il eu plus de sang versé par son refus du sceptre qu'il n'en a coulé pour l'acceptation de ce même sceptre à Paris, à Lyon, à Anvers, dans la Vendée[10], sans compter ces flots de sang répandus à propos de notre monarchie élective en Pologne, en Italie, en Portugal, en Espagne[11] ? En compensation de ces malheurs, Philippe nous a-t-il donné la liberté ? Nous a-t-il apporté la gloire ? Il a passé son temps à

10.
Allusion au refus du trône de roi des Belges par le duc de Nemours, fils de Louis-Philippe. Il y a quelque abus à placer la révolte des canuts de Lyon et l'occupation d'Anvers par les Français (pour forcer le roi Guillaume Ier à reconnaître l'indépendance de la Belgique) sur le même plan que la Vendée, qui resta « inactive et silencieuse » (*Proposition relative au bannissement de Charles X…*, *in Grands Écrits politiques*, t. II, p. 675) lors de la tentative de la duchesse de Berry : ce sont trois cas très différents et qui ne peuvent être assimilés les uns aux autres.

11.
Évocation de tous les mouvements d'insurrection nationaux et d'inspiration libérale qui suivirent, en Europe, la révolution de Juillet 1830.

mendier sa légitimation parmi les potentats, à dégrader la France en la faisant la suivante de l'Angleterre, en la livrant en otage ; il a cherché à faire venir le siècle à lui, à le rendre vieux avec sa race, ne voulant pas se rajeunir avec le siècle *(l)*.

Que ne mariait-il son fils aîné à quelque belle plébéienne de sa patrie[12] ? Ç'eût été épouser la France : cet hymen du peuple et de la royauté aurait fait repentir les rois ; car ces rois qui ont déjà abusé de la soumission de Philippe ne se contenteront pas de ce qu'ils ont obtenu : la puissance populaire qui transparaît à travers notre monarchie municipale les épouvante. Le potentat des barricades, pour être complètement agréable aux potentats absolus, devrait surtout détruire la liberté de la presse et abolir nos institutions constitutionnelles. Au fond de l'âme il les déteste autant qu'eux, mais il a des mesures à garder *(m)*. Toutes ces lenteurs déplaisent aux autres souverains ; on ne peut leur faire prendre patience qu'en leur sacrifiant tout à l'extérieur : pour nous accoutumer à nous faire au-dedans les hommes liges de Philippe, nous commençons par devenir les vassaux de l'Europe.

J'ai dit cent fois et je le répéterai encore, la vieille société se meurt. Pour prendre le moindre intérêt à ce qui existe, je ne suis ni assez bonhomme, ni assez charlatan, ni assez déçu par mes espérances. La France, la plus mûre des nations actuelles, s'en ira vraisemblablement la première. Il est probable que les aînés des Bourbons, auxquels je mourrai attaché, ne trouveraient même pas aujourd'hui un abri durable dans la vieille monarchie. Jamais les successeurs d'un monarque immolé n'ont porté longtemps après lui sa robe déchirée, il y a défiance de part et d'autre : le prince n'ose plus se reposer sur la nation, la nation ne croit plus que la famille rétablie lui puisse pardonner. Un échafaud *(n)* élevé entre un peuple et un roi les empêche de se voir : il y a des tombes qui ne se referment jamais. La tête de Capet était si haute que les

12.
Le mariage du fils aîné de Louis-Philippe, le duc d'Orléans, fut la conclusion d'une laborieuse campagne diplomatique. Après l'échec du mariage autrichien en juin 1836, le roi, la famille royale et les ambassadeurs de France à l'étranger firent le décompte des « princesses éligibles ». Écartant les maisons catholiques hostiles, dont l'infante d'Espagne que l'on surnommait « le monstre noir », ils s'étaient orientés du côté des princesses allemandes protestantes – sans vouloir tout de même descendre au niveau des souverainetés d'opérette. Parmi elles, on trouva la princesse Hélène de Mecklembourg-Schwerin, née le 24 janvier 1814, « de petite mais bonne maison » (Metternich). Pour le prince royal, ce n'était pas un grand mariage, mais la princesse était la nièce du roi de Prusse, Frédéric-Guillaume III. Louis-Philippe aurait voulu un grand mariage et lui conférer un caractère tout particulier ; il ne put « empêcher les avanies, ce qui a fait de ce mariage un mélange curieux de faste et de camouflet » (G. Antonetti, *Louis-Philippe*, p. 781 *sqq.*).

petits bourreaux furent obligés de l'abattre pour prendre sa couronne, comme les Caraïbes coupaient le palmier afin d'en cueillir le fruit. La tige des Bourbons s'était propagée dans les divers troncs, qui, se courbant, prenaient racine et se relevaient provins[13] superbes : cette famille, après avoir été l'orgueil des autres races royales, semble en être devenue la fatalité[14].

Mais serait-il plus raisonnable de croire que les descendants de Philippe auraient plus de chances de régner que le jeune héritier de Henri IV *(o)*? On a beau combiner diversement les idées politiques, les vérités morales restent immuables. Il est des réactions inévitables, enseignantes, magistrales, vengeresses. Le monarque qui nous initia à la liberté, Louis XVI, a été forcé d'expier dans sa personne le despotisme de Louis XIV et la corruption de Louis XV ; et l'on pourrait admettre que Louis-Philippe, lui ou sa lignée, ne payerait pas la dette de la dépravation de la régence ? Cette dette n'a-t-elle pas été contractée de nouveau par *Égalité* à l'échafaud de Louis XVI, et Philippe son fils n'a-t-il pas augmenté le contrat paternel, lorsque, tuteur infidèle, il a détrôné son pupille ? *Égalité* en perdant la vie n'a rien racheté ; les pleurs du dernier soupir ne rachètent personne : ils ne mouillent que la poitrine et ne tombent pas sur la conscience. Si la branche d'Orléans pouvait régner au droit des vices et des crimes de ses aïeux, où serait donc la Providence ? Jamais plus effroyable tentation n'aurait ébranlé l'homme de bien. Ce qui fait notre illusion, c'est que nous mesurons les desseins éternels sur l'échelle de notre courte vie. Nous passons trop promptement pour que la punition de Dieu puisse toujours se placer dans le court moment de notre existence : la punition descend à l'heure venue ; elle ne trouve plus le premier coupable, mais elle trouve sa race qui laisse l'espace pour agir.

En s'élevant dans l'ordre universel, le règne de Louis-Philippe, quelle que soit sa durée, ne sera qu'une anomalie, qu'une infraction momentanée aux lois permanentes de la justice : elles sont violées, ces lois, dans un sens borné et relatif ; elles sont suivies dans un sens illimité et général. D'une énormité en apparence consentie du ciel, il faut tirer une conséquence plus haute : il faut en déduire la preuve chrétienne de

---

13.
« Branches de vigne qu'on couche, et qu'on couvre de terre, afin qu'elles prennent racine, et qu'elles fassent de nouvelles souches » (*Dictionnaire de Trévoux*, 1771).

14.
Cette phrase terrible scelle les ultimes conclusions de Chateaubriand sur la monarchie des Bourbons ; il en vient à penser que, contrairement à ce qu'écrit le républicain Louis Blanc, le royalisme ne fleurira pas « sur le cadavre comme le gui sur un arbre mort » *(Histoire de dix ans)*. Pour lui, la monarchie française est bien morte, le 21 janvier 1793.

l'abolition même de la royauté. C'est cette abolition, non un châtiment individuel, qui deviendrait l'expiation de la mort de Louis XVI ; nul ne serait admis après ce juste à ceindre le diadème, témoin Napoléon le Grand et Charles X le Pieux. Pour achever de rendre la couronne odieuse, il aurait été permis au fils du régicide de se coucher un moment en faux roi dans le lit sanglant du martyr.

Au reste, tous ces raisonnements, si justes qu'ils soient, n'ébranleront jamais ma fidélité à mon jeune Roi ; ne dût-il lui rester que moi en France, je serai toujours fier d'avoir été le dernier sujet de celui qui devait être le dernier Roi *(p)*.

M. Thiers.

La révolution de Juillet a trouvé son Roi : a-t-elle trouvé son représentant ? J'ai peint à différentes époques les hommes qui, depuis 1789 jusqu'à ce jour, ont paru sur la scène. Ces hommes tenaient plus ou moins à l'ancienne race humaine : on avait une échelle de proportion pour les mesurer. On est arrivé à des générations qui n'appartiennent plus au passé ; étudiées au microscope, elles ne semblent pas capables de vie, et pourtant elles se combinent avec des éléments dans lesquels elles se meuvent ; elles trouvent respirable un air qu'on ne saurait respirer. L'avenir inventera peut-être des formules pour calculer les lois d'existence de ces êtres ; mais le présent n'a aucun moyen de les apprécier.

Sans donc pouvoir expliquer l'espèce changée, on remarque çà et là quelques individus que l'on peut saisir, parce que des défauts particuliers ou des qualités distinctes les font sortir de la foule. M. Thiers, par exemple, est le seul homme que la révolution de Juillet ait produit. Il a fondé l'école admirative de la Terreur, école à laquelle il appartient[1]. Si les hommes de la Terreur ces renieurs et reniés de Dieu, étaient de si grands hommes, l'autorité de leur jugement devrait peser ; mais ces hommes, en se déchirant, déclarent que le parti qu'ils égorgent est un parti de coquins. Voyez ce que madame Roland dit de Condorcet[2], ce que

1. Voir *supra*, l. XXIV, chap. 6, note 7, et *Études historiques, in OC*, t. IV, préface, pp. LXXVI-CX.

2. Dans ses *Mémoires* écrits en prison, Mme Roland dit de Condorcet : « On peut dire de son intelligence, en rapport avec sa personne, que c'est une liqueur fine imbibée dans du

Adolphe Thiers (1797-1877).

coton. On ne lui appliquera pas le mot que, dans un faible corps, il montre un grand courage ; il est aussi faible de cœur que de santé. [...] Aussi, après avoir bien déduit tel principe, démontré telle vérité, il opinait à l'Assemblée dans le sens contraire quand il s'agissait de se lever en présence des tribunes fulminantes, armées d'injures et prodigues de menaces » (*Mémoires de madame Roland, avec notice sur sa vie*, par Berville et Barrière, 2e éd., 1821, t. II, p. 12). Les *Mémoires* de Barbaroux avaient été publiés en 1822 dans la collection des *Mémoires relatifs à la Révolution*.

Barbaroux, principal acteur du 10 août, pense de Marat, ce que Camille Desmoulins écrit contre Saint-Just. Faut-il apprécier Danton d'après l'opinion de Robespierre, ou Robespierre d'après l'opinion de Danton? Lorsque les conventionnels ont une si pauvre idée les uns des autres, comment, sans manquer au respect qu'on leur doit, oser avoir une opinion différente de la leur?

Dans son esprit matériel, le jacobinisme ne s'aperçoit pas que la Terreur a failli, faute d'être capable de remplir les conditions de sa durée. Elle n'a pu arriver à son but, parce qu'elle n'a pu faire tomber assez de têtes; il lui en aurait fallu quatre ou cinq cent mille de plus: or, le temps manque à l'exécution de ces longs massacres; il ne reste que des crimes inachevés dont on ne saurait cueillir le fruit, le dernier soleil de l'orage n'ayant pas fini de le mûrir.

Le secret des contradictions des hommes du jour est dans la privation du sens moral, dans l'absence d'un principe fixe et dans le culte de la force: quiconque succombe est coupable et sans mérite, du moins sans ce mérite qui s'assimile aux événements. Derrière les phrases libérales des dévots de la Terreur, il ne faut voir que ce qui s'y cache: le succès divinisé. N'adorez la Convention que comme on adore un tyran. La Convention renversée, passez avec votre bagage de libertés au Directoire, puis à Bonaparte, et cela sans vous douter de votre métamorphose, sans que vous pensiez avoir changé. Dramatiste juré, tout en regardant les Girondins comme de pauvres diables parce qu'ils sont *vaincus*, n'en tirez pas moins de leur mort un tableau fantastique: ce sont de beaux jeunes hommes marchant couronnés de fleurs au sacrifice[3]. Les Girondins, faction lâche, qui parlèrent en faveur de Louis XVI et votèrent son exécution[4], ont fait, il est vrai, merveille à l'échafaud; mais qui ne donnait pas alors tête baissée sur la mort? Les femmes se distinguèrent par leur héroïsme; les jeunes filles de Verdun montèrent à l'autel comme Iphigénie[5]; les artisans sur qui l'on se tait prudemment, ces plébéiens dont la Convention fit une moisson si large, bravaient le fer du bourreau aussi résolument que nos grenadiers le fer de l'ennemi. Contre un prêtre et un noble, la Convention immola des milliers d'ou-

3. Allusion à l'ouvrage de Charles Nodier: *Le Dernier Banquet des Girondins*, paru en 1813 (reproduit *in Souvenirs et portraits de la Révolution et de l'Empire*, t. I, pp. 55-166).

4. Voir *supra*, l. XIV, chap. 2, note 39, p. 829.

5. Voir *supra*, l. IX, chap. 16, note 3, p. 586.

vriers dans les dernières classes du peuple: c'est ce dont on ne se veut jamais souvenir[6].

M. Thiers fait-il état de ses principes? pas le moins du monde: il a préconisé le massacre, et il prêcherait l'humanité d'une manière tout aussi édifiante; il se donnait pour fanatique des libertés, et il a opprimé Lyon, fusillé dans la rue Transnonain, et soutenu envers et contre tout les lois de septembre[7]: s'il lit jamais ceci, il le prendra pour un éloge.

Devenu président du conseil et ministre des affaires étrangères, M. Thiers s'extasie aux intrigues diplomatiques de l'école Talleyrand[8]; il s'expose à se faire prendre pour un turlupin à la suite, faute d'aplomb, de gravité et de silence. On peut faire fi du sérieux et des grandeurs de l'âme, mais il ne faut pas le dire, avant d'avoir amené le monde subjugué à s'asseoir aux orgies de Grand-Vaux[9].

Du reste, M. Thiers mêle à des mœurs inférieures un instinct élevé; tandis que les survivants féodaux, devenus cancres, se sont faits régisseurs de leurs terres[10], lui, M. Thiers, grand seigneur de renaissance, voyage en nouvel Atticus[11], achète sur les chemins des objets d'art et ressuscite la prodigalité de l'antique aristocratie: c'est une distinction; mais s'il sème avec autant de facilité qu'il recueille, il devrait être plus en garde contre la camaraderie de ses anciennes habitudes: la considération est un des ingrédients de la personne publique.

6.

Dans la préface des *Études historiques*, Chateaubriand développe cet argument, compulsant «les actes émanés de cette justice». Il s'appuie sur le témoignage du républicain Prudhomme, «qui ne haïssait pas la Révolution [...]. Deux de ces six volumes, écrit-il, sont consacrés à un dictionnaire où chaque *criminel* se trouve inscrit à sa lettre alphabétique, avec son *nom, prénoms, âge, lieu de naissance, qualité, domicile, profession, date et motif de la condamnation, jour et lieu de l'exécution*». Après avoir avancé – et détaillé en fonction de leur état – le nombre de 81 613 victimes, sans compter celles de la Vendée, il conclut: «Vous remarquerez que ce ne sont pas simplement des *nobles*, des *prêtres*, des *religieux* qui figurent ici dans le registre mortuaire; s'il ne s'agissait que de ces gens-là, la terreur serait véritablement la Vertu: *canaille sotte espèce!* Mais voilà 18 923 hommes non nobles, de divers états, et 2 231 femmes de laboureurs ou d'artisans, 2 000 enfants guillotinés, noyés et fusillés: à Bordeaux on exécutait pour crime de *négociantisme*. Des femmes! mais savez-vous que dans aucun pays, dans aucun temps, chez aucune nation de la terre, dans aucune proscription politique les femmes n'ont été livrées au bourreau, si ce n'est quelques têtes isolées à Rome sous les empereurs, en Angleterre sous Henri VIII, la reine Marie et Jacques II? La Terreur a seule donné au monde le lâche et impitoyable spectacle de l'assassinat juridique des femmes et des enfants en masse» (*Études historiques, in OC*, t. IV, pp. XCVI-XCVIII).

7.

En septembre 1835, après l'attentat sanglant de Fieschi, le duc de Broglie fit voter une série de mesures draconiennes contre la presse.

8.

Sous la Restauration, Thiers avait fréquenté de nombreux salons: Mme de La Fayette, Mme de Dino (la nièce de Talleyrand), Mme Obernon, Mme Pomaret, la maison du peintre Gérard (où il rencontre Stendhal)... Mais de ces rencontres aucune n'avait compté plus

L'ORDRE LE PLUS PARFAIT RÈGNE AUSSI DANS LYON.

pour lui que celle de Talleyrand. Non seulement celui-ci s'imposait par la place qu'il avait tenue, mais il était l'intelligence supérieure, l'habileté consommée ; le ministre que Napoléon aurait dû écouter. De son côté, Thiers lui plut par la vivacité de son esprit et par son audace à lui tenir tête quand il ne pensait pas comme lui. Talleyrand se fit le mentor du jeune Marseillais. Balzac a tiré parti de ces relations dans *Les Secrets de la princesse de Cadignan*, où il montre Rastignac (Thiers) pris en charge par Marsay (Talleyrand.)

9.

Les journaux royalistes (entre autres *La Quotidienne*) présentèrent comme une scandaleuse orgie, une fête somptueuse et trop libre donnée en 1834 par le comte Vigier, propriétaire du château de Grand-Vaux et député orléaniste, à quelques amis politiques (entre autres Thiers, qui était alors ministre). Le docteur Bonnet de Malherbe en parle en ces termes : « Un épisode surtout, la *fête de Grand-Vaux*, [...] fit alors grand bruit. M. Thiers, s'il faut en croire les chroniqueurs du temps, y joua un rôle qui dépassait de beaucoup les *gamineries* de l'écolier de Marseille, et s'y montra dans une posture qui n'est pas précisément celle dont parlait, avec quelque emphase, un autre ministre, un demi-siècle plus tard. *La Quotidienne* publia à ce propos un article très piquant et *le Charivari* n'épargna pas les caricatures » (*Notes inédites sur M. Thiers*, 1888, p. 73).

10.

Le mot « cancres » fit sauter d'horreur le légitimiste Marcellus : « On le voit bien, ici M. de Chateaubriand tire sur ses propres troupes, les propriétaires du sol, alliés naturels de la Monarchie selon la Charte. Ils se sont faits, dites-vous, régisseurs de leurs terres. Leur connaîtriez-vous de plus honnêtes occupations ? Qu'ont-ils de mieux à faire quand leur honneur et votre exemple leur commandent la retraite ? C'est là qu'ils viennent aimer et servir le peuple qui les sert et les aime aussi » (*Chateaubriand et son temps*, p. 489).

MR THIERS, « AINSI APPELÉ PARCE QU'IL NE FAIT PAS LA MOITIÉ D'UN GRAND HOMME ».

11.
Ami de Cicéron, Atticus était un riche amateur d'art et mécène. Thiers, à ses débuts, écrivit sur les arts : en 1822, il publia dans *Le Constitutionnel* un Salon où il faisait un vif éloge de Delacroix à propos de son tableau *Le Dante et Virgile aux enfers* (« je ne crois pas m'y tromper, M. Delacroix a reçu le génie... »). Thiers ne se trompait pas, contre la majorité des critiques d'alors. Baudelaire, qui cite cet article dans son *Salon de 1846*, commente : « Ces lignes enthousiastes sont véritablement stupéfiantes autant par leur précocité que par leur hardiesse. » Thiers récidivera en 1824, avec un nouveau Salon, dans *Le Constitutionnel* puis au *Globe*. Il partageait en outre avec Chateaubriand l'amour de l'Espagne et de l'Italie. En 1837, il avait entrepris un voyage en Italie (Gênes, Lucques, Florence) et loué la villa Castelli, à 4 km de la ville. Il envisageait même d'écrire une *Histoire de Florence* : « Vous n'imaginez pas combien ce sujet est riche, écrit-il à Victor Cousin, profond, varié, dramatique. Je ne forcerai pas les faits pour leur donner un relief exagéré, je serai simple et clair. Vous y verrez l'Enfer de Dante, le florin, l'agio, la soie des Florentins, et j'espère que j'y ferai la bonne histoire, celle qui convient à notre temps, sans prétention aucune, pas plus celle de M. de Barante que celle de M. Michelet » (P. Guiral, *Adolphe Thiers, ou De la nécessité en politique*, p. 147).

Agité par sa nature de vif-argent, M. Thiers a prétendu aller tuer à Madrid l'anarchie[12] que j'y avais renversée en 1823 : projet d'autant plus hardi que M. Thiers luttait avec les opinions de Louis-Philippe. Il se peut supposer un Bonaparte[13] ; il peut croire que son taille-plume n'est qu'un allongement de l'épée napoléonienne ; il peut se persuader être un grand général[14], il peut rêver la conquête de l'Europe, par la raison qu'il s'en est constitué le narrateur et qu'il fait très-inconsidérément revenir les cendres de Napoléon. J'acquiesce à toutes ces prétentions ; je dirai seulement, quant à l'Espagne, qu'au moment où M. Thiers pensait à l'envahir, ses calculs le trompaient ; il aurait perdu son roi en 1836 et je sauvai le mien en 1823. L'essentiel est donc de faire à point ce qu'on veut faire ; il existe deux forces : la force des hommes et la force des choses ; quand l'une est en opposition à l'autre, rien ne s'accomplit. À l'heure actuelle, Mirabeau ne remuerait personne, bien que sa corruption ne lui nuirait point : car présentement nul n'est décrié pour ses vices ; on n'est diffamé que par ses vertus.

12.

Bien qu'hostile à une intervention en Espagne, Louis-Philippe, conseillé par Talleyrand et Soult, mit à la disposition de la régente d'Espagne, Marie-Christine, six bataillons de légionnaires. En sous-main, Thiers, chef du gouvernement et ministre des Affaires étrangères, préparait la mise sur pied d'une nouvelle Légion étrangère, d'un effectif supérieur à 10 000 hommes. Louis-Philippe découvrit cette cachotterie et ordonna la suspension de tout à l'occasion d'un Conseil des ministres décisif, le 17 août 1836. Le 25, Thiers présentait sa démission. Son successeur Molé se garda d'engager la moindre initiative dans la péninsule Ibérique, toujours déchirée par la guerre civile et livrée aux intérêts commerciaux de la Grande-Bretagne.

13.

Une caricature de 1833 représente Thiers en Napoléon et porte comme sous-titre : « Ainsi appelé [Thiers] parce qu'il ne fait pas la moitié d'un grand homme » (voir *Caricatures politiques, 1829-1848, De l'éteignoir à la poire*, p. 129). L'*explication* donnée est la suivante : « Beaucoup de personnages se sont imaginé que la statue placée sur la colonne Vendôme est bien celle de Napoléon ; et en effet, à s'en tenir au costume, elle peut sembler telle, vue d'un peu loin. Il n'en est rien pourtant. M. Thiers a voulu profiter de la facilité que lui donne sa qualité de ministre des Beaux-Arts pour se faire hisser à la place du grand homme. On a donc modelé M. Thiers, on a coulé M. Thiers, et, pour conserver le plus de vraisemblance possible, on a revêtu M. Thiers d'attributs analogues à ceux qui caractérisent physiquement Napoléon ; mais les bottes de M. Thiers ne sont pas les bottes de Marengo, ce sont de simples bottes de gendarme ; le tricorne de M. Thiers n'est pas le petit chapeau d'Austerlitz, c'est un simple chapeau de garde municipal ; la houppelande de M. Thiers n'est pas la redingote grise de Wagram, c'est un simple surtout d'agent de police, qui n'a guère de remarquable que l'ampleur des poches ; l'épée de M. Thiers n'est pas l'épée des pyramides, c'est une simple épée de sergent de ville [...]. » Les penchants bonapartistes prêtés à Thiers sont retournés contre celui-ci, pour affirmer que son identité même n'est qu'approximative : il s'appelle Thiers parce qu'il n'atteint pas à la moitié de l'empereur.

14.

Pressentiment étonnant de la part de Chateaubriand, qui se réalisera lors de la répression de la Commune, puis le 31 août 1871, lorsque Thiers sera élu « président d'une république sans nom ». « Au vrai, Thiers penchait de plus en plus pour une république de droits, définitive, qu'il mènerait à sa manière de grand parlementaire autoritaire, dévoré de nostalgie proconsulaire » (J.-J. Chevallier, *Histoire des institutions et des régimes politiques de la France d'Ancien Régime*, p. 280).

M. Thiers a l'un de ces trois partis à prendre: se déclarer le représentant de l'avenir républicain, ou se percher *(a)* sur la monarchie contrefaite de Juillet comme un singe sur le dos d'un chameau, ou ranimer l'ordre impérial. Ce dernier parti serait du goût de M. Thiers; mais l'empire sans l'Empereur, est-ce possible *(b)*? Il est plus naturel de croire que l'auteur de l'*Histoire de la révolution*[15] se laissera absorber par une ambition vulgaire: il voudra demeurer ou rentrer au pouvoir; afin de garder ou de reprendre sa place, il chantera toutes les palinodies que le moment ou son intérêt sembleront lui demander; à se dépouiller devant le public il y a audace, mais M. Thiers est-il assez jeune pour que sa beauté lui serve de voile?

Deutz[16] et Judas mis à part, je reconnais dans M. Thiers un esprit souple, prompt, fin, malléable, peut-être héritier de l'avenir, comprenant tout, hormis la grandeur qui vient de l'ordre moral; sans jalousie, sans petitesse et sans préjugé, il se détache sur le fond terne et obscur des médiocrités du temps. Son orgueil excessif n'est pas encore odieux, parce qu'il ne consiste point à mépriser autrui. M. Thiers a des ressources, de la variété, d'heureux dons; il s'embarrasse peu des différences d'opinion, ne garde point rancune, ne craint pas de se compromettre, rend justice à un homme, non pour sa probité ou pour ce qu'il pense, mais pour ce qu'il vaut; ce qui ne l'empêcherait pas de nous faire tous étrangler le cas échéant. M. Thiers n'est pas ce qu'il peut être; les années le modifieront, à moins que l'enflure de l'amour-propre ne s'y oppose. Si sa cervelle tient bon et qu'il ne soit pas emporté par un coup de tête, les affaires révéleront en lui des supériorités inaperçues. Il doit promptement croître ou décroître; il y a des chances pour que M. Thiers devienne un grand ministre ou reste un brouillon.

M. Thiers a déjà manqué de résolution quand il tenait entre ses mains le sort du monde: s'il eût donné l'ordre d'attaquer la flotte anglaise, supérieurs en force comme nous l'étions alors dans la Méditerranée, notre succès était assuré; les flottes turques et égyptiennes, réunies dans le port d'Alexandrie, seraient venues augmenter notre flotte; un succès obtenu sur l'Angleterre eût électrisé la France[17]. On aurait trouvé à l'ins-

---

15. L'*Histoire de la Révolution*, «premier ouvrage» (après un *Éloge de Vauvenargues*) de Thiers, fut publiée de 1823 à 1827, en 10 vol.

16. Simon Deutz, le jeune juif devenu catholique, qui avait trahi la duchesse de Berry (voir *supra*, l. XXXVI, chap. 24, note 1, p. 2517).

17. En avril 1839, l'armée ottomane avait été défaite par les forces égyptiennes; la mort inopinée de Mahmoud semblait permettre tous les espoirs au sultan d'Égypte Méhémet-Ali (juin 1839).

Louis-Philippe étudiant les plans des forts détachés des environs de Paris.

L'Angleterre avait réagi immédiatement en négociant la rédaction d'une note par laquelle les cinq puissances (France comprise) plaçaient l'Empire ottoman sous la tutelle collective de l'Europe (juillet 1839). Mais lorsqu'il s'agit de régler le différend entre la Turquie et l'Égypte, le gouvernement français, qui avait jusque-là soutenu la politique anglaise, s'opposa au Foreign Office qui voulait que Méhémet-Ali, pourtant victorieux, restituât la Syrie au sultan. La situation devint grave lorsque, en mars 1840, Thiers, partisan d'une politique extérieure de fermeté, accéda au pouvoir. Mais le Premier ministre anglais, Palmerston, décidé à «donner une leçon à la France», négocia le traité du 15 juillet 1840 sans que Guizot (ambassadeur de France à Londres) en fût averti, traité par lequel l'Angleterre, la Russie, l'Autriche et la Prusse sommaient Méhémet-Ali de rendre au sultan la Syrie du Nord. C'était un indiscutable camouflet pour le gouvernement français. Sa réaction, appuyée par une opinion publique chauffée à blanc, fut particulièrement violente. La France fut exaspérée de voir se reconstituer en 1840 la coalition de 1814. L'agitation révolutionnaire, qui se développait en France au même moment, renforça encore le parti de la paix dont Louis-Philippe prit la tête, en renvoyant son «petit ministre» (Thiers), le 20 octobre 1840, et en le remplaçant par Guizot. Dès lors, la crise orientale s'achemina vers une solution conforme aux vues de Palmerston. En 1841, la France renonça à jouer un rôle actif en Méditerranée orientale. L'opinion publique se souviendra longtemps de l'humiliation que la perfide Albion fit subir à notre pays. Moins du fait de Thiers que de Louis-Philippe et de Guizot.

tant 150 000 hommes pour entrer en Bavière et pour se jeter sur quelque point de l'Italie où rien n'était préparé en prévision d'une attaque. Le monde entier pouvait encore une fois changer de face. Notre agression eût-elle été juste ? C'est une autre affaire ; mais nous aurions pu demander à l'Europe si elle avait agi loyalement envers nous dans des traités où, abusant de la victoire, la Russie et l'Allemagne s'étaient démesurément agrandies, tandis que la France avait été réduite à ses anciennes frontières rognées. Quoi qu'il en soit, M. Thiers n'a pas osé jouer sa dernière carte ; en regardant sa vie il ne s'est pas trouvé assez appuyé, et cependant c'est parce qu'il ne mettait rien au jeu qu'il aurait pu tout jouer. Nous sommes tombés sous les pieds de l'Europe : une pareille occasion de nous relever ne se présentera peut-être de longtemps *(c)*.

En dernier résultat, M. Thiers, pour sauver son système, a réduit la France à un espace de quinze lieues qu'il a fait hérisser de forteresses[18] ; nous verrons bien si l'Europe a raison de rire de cet enfantillage du grand penseur *(d)*.

Et voilà comment, entraîné par ma plume, j'ai consacré plus de pages à un homme incertain d'avenir que je n'en ai donné à des personnages dont la mémoire est assurée. C'est un malheur du trop long vivre : je suis arrivé à une époque de stérilité où la France ne voit plus courir que des générations maigres : *Lupa carca nella sua magrezza*[19]. Ces *Mémoires* diminuent d'intérêt avec les jours survenus, diminuent de ce qu'ils pouvaient emprunter de la grandeur des événements ; ils se termineront, j'en ai peur, comme les filles d'Achéloüs[20]. L'empire romain, magnifiquement annoncé par Tite-Live, se resserre et s'éteint obscur dans les récits de Cassiodore. Vous étiez plus heureux, Thucydide et Plutarque, Salluste et Tacite, quand vous racontiez les partis qui divisaient Athènes et Rome ! vous étiez certains du moins de les animer, non-seulement par votre génie, mais encore par l'éclat de la langue grecque et la gravité de la langue latine ! Que pourrions-nous raconter de notre société finissante, nous autres Welches[21], dans notre jargon

18.
Voir *supra*, l. XXIV, chap. 7, note 2, pp. 1547-1549.

19.
Dante : « Une louve chargée de désirs dans sa maigreur » (*Enfer*, chant I, v. 50).

20.
Il s'agit des sirènes, filles du fleuve Achéloüs et de la muse Calliope. On en compte ordinairement trois : Parthénope, Leucosie et Ligée.

21.
Forme corrompue de Celtes et Gaulois, utilisée par Voltaire pour désigner ironiquement les Français.

confiné à d'étroites et barbares limites ? Si ces dernières pages reproduisaient nos rabâchages de tribune, ces éternelles définitions de nos droits, nos pugilats de portefeuilles, seraient-elles, dans cinquante ans d'ici, autre chose que les inintelligibles colonnes d'une vieille gazette ? Sur mille et une conjectures, une seule se trouverait-elle vraie ? Qui prévoirait les étranges bonds et écarts de la mobilité de l'esprit français ? Qui pourrait comprendre comment ses exécrations et ses engouements, ses malédictions et ses bénédictions se transmuent sans raison apparente ? qui saurait deviner et expliquer comment il adore et déteste tour à tour, comment il dérive d'un système politique, comment, la liberté à la bouche et le servage au cœur, il croit le matin à une vérité et est persuadé le soir d'une vérité contraire ? Jetez-nous quelques grains de poussière[22] : abeilles de Virgile, nous cesserons notre mêlée pour nous envoler ailleurs *(e)*.

22.
Allusion aux combats d'abeilles décrits par Virgile, *Géorgiques* : « Il suffit de jeter quelques grains de poussière et ces combats s'apaiseront » (l. IV, v. 86-87).

M. de La Fayette.

Si par hasard il se remue encore quelque chose de grand ici-bas, notre patrie demeurera couchée. D'une société qui se décompose, les flancs sont inféconds; les crimes mêmes qu'elle engendre sont des crimes mort-nés, atteints qu'ils sont de la stérilité de leur principe. L'époque où nous entrons est le chemin de halage par lequel des générations fatalement condamnées tirent l'ancien monde vers un monde inconnu.

En cette année 1834[1], M. de La Fayette vient de mourir *(a)*. J'aurais jadis été injuste en parlant de lui; je l'aurais représenté comme une espèce de niais à double visage et à deux renommées: héros de l'autre côté de l'Atlantique, Gille[2] de ce côté-ci. Il a fallu plus de quarante années pour que l'on reconnût dans M. de La Fayette des qualités qu'on s'était obstiné à lui refuser. À la tribune, il s'exprimait facilement et du ton d'un homme de bonne compagnie[3]. Aucune souillure n'est attachée à sa vie; il était affable, obligeant et généreux *(b)*. Sous l'Empire il fut noble et vécut à part; sous la Restauration il ne garda pas autant de dignité; il s'abaissa jusqu'à se laisser nommer le *vénérable* des ventes du carbona-

1.

Le 19 mai 1834, à Paris.

2.

Rivarol l'avait autrefois épinglé sous le nom de «Gille César». Ce nom de Gille désignait en fait un personnage de foire et a donné une expression aujourd'hui bien oubliée: «faire Gille», c'est-à-dire faire le niais de la foire, qui s'enfuit quand on le menace.

3.

Ne fréquenta-t-il pas l'Abbaye-aux-Bois?

risme[4], et le chef des petites conspirations; heureux qu'il fut de se soustraire à Belfort à la justice, comme un aventurier vulgaire[5]. Dans les commencements de la Révolution, il ne se mêla point aux égorgeurs; il les combattit à main armée, et voulut sauver Louis XVI; mais tout en abhorrant les massacres, tout obligé qu'il fut de les fuir, il trouva des louanges pour des scènes où l'on portait quelques têtes au bout des piques[6].

M. de La Fayette s'est élevé parce qu'il a vécu: il y a une renommée échappée spontanément des talents, et dont la mort augmente l'éclat en arrêtant les talents dans la jeunesse; il y a une autre renommée, produit de l'âge, fille tardive du temps; non grande par elle-même, elle l'est par les révolutions au milieu desquelles le hasard l'a placée. Le porteur de cette renommée, à force d'être, se mêle à tout; son nom devient l'enseigne ou le drapeau de tout: M. de La Fayette sera éternellement la *garde nationale.* Par un effet extraordinaire, le résultat de ses actions était souvent en contradiction avec ses pensées; royaliste, il renversa en 1789 une royauté de huit siècles; républicain, il créa en 1830 la royauté des barricades: il s'en est allé donnant à Philippe la couronne qu'il avait enlevée à Louis XVI. Pétri avec les événements, quand les alluvions de nos malheurs se seront consolidées, on retrouvera son image incrustée dans la pâte révolutionnaire *(c).*

Son ovation aux États-Unis l'a singulièrement rehaussé[7]; un peuple, en se levant pour le saluer, l'a couvert de l'éclat de sa reconnaissance.

4.

La Charbonnerie française, copiée sur celle d'Italie, n'avait pas «de principes arrêtés; elle acceptait toutes les opinions, pourvu qu'elles tendissent à la chute de la famille restaurée» (L. de La Hodde, *Histoire des sociétés secrètes du parti républicain de 1830 à 1848*, p. 22). L'unité de base était la vente, particulière ou communale (voir *supra*, l. XXII, chap. 5, note 10 et l. XXXIV, chap. 9, note 4). Les membres fondateurs, qui étaient presque tous des jeunes gens sans notoriété, approchèrent les membres de l'ancien comité directeur du parti libéral et ceux-ci devinrent presque tout naturellement membres de la haute vente, au premier rang desquels La Fayette, Voyer d'Argenson, Manuel, Corcelles, Schonen, Barthe, Mauguin, Mérilhou, Kœchlin, le colonel Fabvier; on retrouvera la plupart d'entre eux ministres sous la monarchie de Juillet.

5.

L'objectif des carbonari était de s'emparer du pouvoir par la force. Des tentatives de coup d'État eurent lieu dans les années 1820-1821: «[...] l'insurrection devait éclater simultanément dans l'Ouest, avec Saumur pour centre, et en Alsace, où les garnisons de Belfort et de Neuf-Brisach s'empareraient de Colmar pour y déployer le drapeau tricolore; de là le mouvement gagnerait Lyon et Marseille. La Fayette, d'Argenson et Kœchlin devaient former en Alsace un gouvernement provisoire. [...] À Belfort, La Fayette et d'Argenson ne se trouvèrent pas sur place au moment prévu – le 30 décembre 1821; le mouvement fut ajourné de quarante-huit heures; l'afflux des conjurés et leurs manifestations imprudentes donnèrent l'éveil aux autorités qui arrêtèrent plusieurs conspirateurs; les autres prirent la fuite; La Fayette, déjà en route, fut averti et rebroussa chemin, brûlant les pièces compromettantes et l'uniforme qu'il devait revêtir» (G. de Bertier de Sauvigny, *Histoire de la Restauration*, p. 181).

LORD GUEIL [LOUIS-PHILIPPE] ET LADY VAGATION [LA FAYETTE].

6.

La Fayette se révéla inefficace dans ses interventions, mais on ne peut pas dire qu'il «trouva des louanges pour des scènes où l'on portait des têtes au bout des piques». Cependant, par des phrases bénignes, que rapporte Michaud, il justifiait les actes les plus violents: «Pour la révolution, dit-il, *il a fallu des désordres*; car l'ordre ancien n'était que servitude; et, *dans ce cas, l'insurrection est le plus saint des devoirs*; mais pour la constitution il faut que l'ordre nouveau s'affermisse, que le calme renaisse, que les lois soient respectées...» (*Biographie universelle* de Michaud, Supplément, t. LXIX, 1841, p. 364).

7.

«Vétéran de la liberté des deux mondes», La Fayette s'était fait depuis la fin de l'Empire le commentateur et exégète de la Constitution américaine, le desservant du culte de Washington, le fondé de pouvoir des intérêts américains; «ambassadeur auprès du peuple américain, il représente l'une auprès de l'autre les deux patries» (voir R. Rémond, *Les États-Unis devant l'opinion française: 1815-1852*). Depuis longtemps, il caressait l'idée d'un voyage dans un pays qu'il n'avait point revu depuis la guerre d'Indépendance. L'occasion se présenta en 1824: battu aux élections du 25 février, et ainsi réduit à une inactivité parlementaire prolongée – la Chambre retrouvée était en principe élue pour sept ans –, La Fayette entreprit un voyage «triomphal» aux États-Unis. Chateaubriand réagira au voyage de La Fayette dans un article des *Débats* du 24 octobre 1825, s'indignant que «parmi les rois de France qui ont été l'objet des éloges du président des États-Unis», on ne trouvât pas «le nom de Louis XVI, principal auteur et innocente victime de la liberté américaine» (voir *Chateaubriand politique*, p. 393 *sqq.*). Voir *Voyage du général La Fayette aux États-Unis d'Amérique en 1824-1825*, 1826; *La Fayette en Amérique en 1824 et 1825, ou Journal d'un voyage aux États-Unis*, par A. Levasseur, secrétaire du général pendant son voyage, 1829.

Everett termine par cette apostrophe le discours qu'il prononça en 1824 : «Sois le bienvenu sur nos rives, ami de nos pères ! jouis d'un triomphe tel qu'il ne fut jamais le partage d'aucun monarque ou conquérant de la terre. Hélas ! Washington, l'ami de votre jeunesse, celui qui fut plus que l'ami de son pays, gît tranquille dans le sein de la terre qu'il a rendue libre. Il repose dans la paix et dans la gloire sur les rives du Potomac. Vous reverrez les ombrages hospitaliers du Mont-Vernon ; mais celui que vous vénérâtes, vous ne le retrouverez plus sur le seuil de sa porte. À sa place et en son nom, les fils reconnaissants de l'Amérique vous saluent. Soyez trois fois le bienvenu sur nos rives ! Dans quelque direction de ce continent que vous dirigiez vos pas, tout ce qui pourra entendre le son de votre voix vous bénira.»

Dans le nouveau monde, M. de La Fayette a contribué à la formation d'une société nouvelle ; dans le monde ancien, à la destruction d'une vieille société : la liberté l'invoque à Washington, l'anarchie à Paris.

M. de La Fayette n'avait qu'une seule idée, et heureusement pour lui elle était celle du siècle ; la fixité de cette idée a fait son empire ; elle lui servait d'œillère, elle l'empêchait de regarder à droite et à gauche ; il marchait d'un pas ferme sur une seule ligne ; il s'avançait sans tomber entre les précipices, non parce qu'il les voyait, mais parce qu'il ne les voyait pas ; l'aveuglement lui tenait lieu de génie : tout ce qui est fixe est fatal, et ce qui est fatal est puissant.

Je vois encore M. de La Fayette *(d)*, à la tête de la garde nationale, passer, en 1790, sur les boulevards pour se rendre au faubourg Saint-Antoine ; le 22 mai 1834, je l'ai vu, couché dans son cercueil, suivre les mêmes boulevards. Parmi le cortège on remarquait une troupe d'Américains ayant chacun une fleur jaune à la boutonnière. M. de La Fayette avait fait venir des États-Unis une quantité de terre suffisante pour le couvrir dans sa tombe, mais son dessein n'a point été rempli.

Et vous demanderez pour la sainte relique
Quelques urnes de terre au sol de l'Amérique,
Et vous rapporterez ce sublime oreiller,
Afin qu'après la mort, sa dépouille chérie
Puisse du moins avoir six pieds dans sa patrie
De terre libre où sommeiller.

Au moment fatal, oubliant à la fois ses rêves politiques et les romans de sa vie, il a voulu reposer à Picpus auprès de sa femme vertueuse : la mort fait tout rentrer dans l'ordre[8].

À Picpus sont enterrées des victimes de cette révolution commencée par

ARMAND CARREL (1800-1836).

8.
L'enclos dépendant de l'ancien couvent des chanoinesses de Saint-Augustin, rue de Picpus, transformé en fosse commune, reçut les corps des victimes décapitées, place du Trône-Renversé (place de la Nation); près de 1 300, dont André Chénier, le gouverneur des Invalides, Sombreuil, Alexandre de Beauharnais (premier mari de Joséphine), la veuve du duc de Biron, la princesse de Chimay, le duc de Clermont-Tonnerre, le marquis de Crussol, la duchesse de Gramont, le fermier général Laborde (père de Natalie de Noailles), le prince de Rohan-Guéménée, Mme de Montmorency-Laval (dernière abbesse de Montmartre), le maréchal de Noailles, etc. Après la Révolution, Mme de Montagu, fille de la maréchale de Noailles, et Mme de La Fayette fondèrent une société ayant pour but d'acheter par souscription les terrains avoisinants, et ainsi de reconstituer l'ancien domaine des chanoinesses; Lally-Tollendal, l'ancien député à l'Assemblée constituante, rédigea l'appel aux souscripteurs et l'ancien couvent put être racheté en 1803. La société réserva une partie du jardin, un terrain de près de 3 000 m², afin de l'utiliser comme cimetière privé, destiné aux descendants des victimes; il devint ainsi l'un des cimetières les plus aristocratiques, où la noblesse de France est représentée par des tombes surchargées d'écussons et de devises, uniformément dépourvues de toute fleur: les Montmorency, les Gramont, les Nicolaï, les Rohan-Chabot, les Talleyrand, les Biron, les Coigny, les Noailles. La Fayette y repose auprès du corps de sa femme (née Marie-Adrienne-Françoise d'Ayen-Noailles) et des restes de plusieurs membres de sa famille, morts sur l'échafaud.

M. de La Fayette ; là s'élève une chapelle où l'on dit des prières perpétuelles en mémoire de ces victimes[9]. À Picpus j'ai accompagné M. le duc Matthieu de Montmorency, collègue de M. de La Fayette à l'Assemblée constituante ; au fond de la fosse la corde tourna la bière de ce chrétien sur le côté, comme s'il se fût soulevé sur le flanc pour prier encore.

J'étais dans la foule, à l'entrée de la rue Grange-Batelière, quand le convoi de M. de La Fayette défila : au haut de la montée du boulevard le corbillard s'arrêta ; je le vis, tout doré d'un rayon fugitif du soleil, briller au-dessus des casques et des armes : puis l'ombre revint et il disparut. La multitude s'écoula ; des vendeuses de *plaisirs* crièrent leurs oublies[10], des vendeurs d'amusettes portèrent çà et là des moulins de papier qui tournaient au même vent dont le souffle avait agité les plumes du char funèbre.

À la séance de la Chambre des députés du 20 mai 1834, le président[11] parla : « Le nom du général La Fayette, dit-il, demeurera célèbre dans notre histoire... En vous exprimant les sentiments de condoléance de la Chambre, j'y joins, monsieur et cher collègue (Georges La Fayette), l'assurance particulière de mon attachement. » Auprès de ces paroles, le rédacteur de la séance met entre deux parenthèses : (Hilarité).

Voilà à quoi se réduit une des vies les plus sérieuses *(e)*. Que reste-t-il de la mort des plus grands hommes ? Un manteau gris et une croix de paille, comme sur le corps du duc de Guise assassiné à Blois.

À la portée du crieur public qui vendait pour un sou, aux grilles du château des Tuileries, la nouvelle de la mort de Napoléon, j'ai entendu deux charlatans sonner la fanfare de leur orviétan ; et, dans *le*

9.
« On voit dans la chapelle des religieuses des Sacrés Cœurs de Jésus et de Marie de l'Adoration Perpétuelle du Saint-Sacrement, chapelle reconstruite en 1841, la statuette miraculeuse, en bois brun, dite de Notre-Dame de la Paix, qui ornait au XVIIe siècle l'entrée du couvent des Capucins de la rue Saint-Honoré, et deux plaques de marbre noir contenant les noms de 1 292 personnes inhumées dans le cimetière » (J. Hillairet, *Dictionnaire historique des rues de Paris*, t. II, p. 269).

10.
Les *plaisirs*, ou *oublies*, sont de petites pâtisseries faites de pâte à gaufre un peu épaisse, que des vendeurs ambulants proposaient dans les rues « pour le plaisir ». Selon certains spécialistes, le nom de l'oublie, ce petit gâteau roulé en cornet et déjà apprécié au Moyen Âge, viendrait du grec *obelios* et désignerait une pâtisserie cuite entre deux plaquettes de fer et vendues pour une obole ; une autre version la fait dériver du latin *oblata*, « offrande », qui désignait aussi une hostie non consacrée. À partir du XVIe siècle, on trouvait dans les rues de Paris des marchands d'oublies, d'échaudés et d'autres menues pâtisseries, qui étaient vendus au cri de « Voilà le plaisir, Mesdames ! », ce qui valut aux oublies le nom populaire de « plaisirs ». Les derniers marchands d'oublies ambulants ont disparu après la Première Guerre mondiale.

11.
Dupin Aîné (voir index).

Moniteur du 21 janvier 1793, j'ai lu ces paroles au-dessous du récit de l'exécution de Louis XVI :
« Deux heures après l'exécution, rien n'annonçait que celui qui naguère était le chef de la nation venait de subir le supplice des criminels. » À la suite de ces mots venait cette annonce : « *Ambroise*, opéra-comique[12]. »
Dernier acteur du drame joué depuis cinquante années, M. de La Fayette était demeuré sur la scène ; le chœur final de la tragédie grecque prononce la morale de la pièce : « Apprenez, ô aveugles mortels, à tourner les yeux sur le dernier jour de la vie. » Et moi, spectateur assis dans une salle vide, loges désertées, lumières éteintes, je reste seul de mon temps devant le rideau baissé, avec le silence et la nuit[13].

12.
C'est dans *Le Moniteur* du 22 janvier 1793, sous la note de « Paris, 21 janvier », que se trouve l'analyse d'*Ambroise*, opéra-comique, paroles de Montvel, musique de Dalayrac, représenté pour la première fois au Théâtre-Italien. « La citoyenne de Saint-Aubin y est surtout charmante, et peut-être encore plus charmante qu'à son ordinaire. »
13.
Chateaubriand transpose ici les derniers vers prononcés par le Choryphée dans *Œdipe Roi*, de Sophocle : « Ainsi faut-il, en attendant son dernier jour, ne proclamer heureux aucun être mortel avant qu'il ait franchi le terme de sa vie. »

Armand Carrel.

Armand Carrel menaçait l'avenir de Philippe comme le général La Fayette poursuivait son passé. Vous savez comment j'ai connu M. Carrel ; depuis 1832 je n'ai cessé d'avoir des rapports avec lui jusqu'au jour où je l'ai suivi au cimetière de Saint-Mandé[1].

Armand Carrel était triste ; il commençait à craindre que les Français ne fussent pas capables d'un sentiment raisonnable de liberté ; il avait je ne sais quel pressentiment de la brièveté de sa vie : comme une chose sur laquelle il ne comptait pas et à laquelle il n'attachait aucun prix, il était toujours prêt à risquer cette vie sur un coup de dés. S'il eût succombé dans son duel contre le jeune Laborie[2], à propos de Henri V, sa mort aurait eu du moins une grande cause et un grand théâtre ; vraisemblablement ses funérailles eussent été honorées de jeux sanglants ; il nous a abandonnés pour une misérable querelle qui ne valait pas un cheveu de sa tête.

1. Voir *infra*, p. 2915.

2. L'échec de la prise d'armes de 1832 et la captivité de la duchesse de Berry exaspérèrent les royalistes, d'autant que, dans les derniers jours de janvier 1833, le gouvernement envoya à Blaye les docteurs Orfila et Ovity pour examiner la princesse, et que le commentaire donné à leur voyage parut dans les feuilles républicaines. Des duels s'ensuivirent. Carrel, à la suite d'un article paru dans *Le National*, accepta une provocation personnelle et sur une liste de dix noms, choisit celui de M. Roux-Laborie fils – royaliste –, dont la personne lui était complètement inconnue. Le duel, à l'épée, eut lieu le 2 février 1833. L'adversaire de Carrel le blessa grièvement au ventre et lui-même fut atteint au bras. Chateaubriand s'inscrivit chez Carrel pour lui manifester sa sympathie.

Il se trouvait dans un de ses accès naturels de mélancolie, lorsqu'il inséra à mon sujet, dans le *National*[3], un article auquel je répondis par ce billet :

« Paris, 5 mai 1834.
« Votre article, monsieur, est plein de ce sentiment exquis des situations et des convenances qui vous met au-dessus de tous les écrivains politiques du jour. Je ne vous parle pas de votre rare talent ; vous savez qu'avant d'avoir l'honneur de vous connaître, je lui ai rendu pleine justice. Je ne vous remercie pas de vos éloges ; j'aime à les devoir à ce que je regarde à présent comme une vieille amitié. Vous vous élevez bien haut, monsieur ; vous commencez à vous isoler comme tous les hommes faits pour une grande renommée ; peu à peu la foule, qui ne peut les suivre, les abandonne, et on les voit d'autant mieux qu'ils sont à part.
« CHATEAUBRIAND. »

Je cherchai à le consoler par une autre lettre du 31 août 1834, lorsqu'il fut condamné pour délit de presse. Je reçus de lui cette réponse ; elle manifeste les opinions, les regrets et les espérances de l'homme :

À monsieur le vicomte de Chateaubriand.
« Monsieur,
« Votre lettre du 31 août ne m'a été remise qu'à mon arrivée à Paris. J'irais vous en remercier d'abord, si je n'étais forcé de consacrer à quelques préparatifs d'entrée en prison le peu de temps qui pourra m'être laissé par la police informée de mon retour. Oui, monsieur, me voici condamné à six mois de prison par la magistrature, pour un délit imaginaire et en vertu d'une législation également imaginaire, parce que le jury m'a sciemment renvoyé impuni sur l'accusation la plus fondée et après une défense qui, loin d'atténuer mon crime de vérité dite à la personne du roi Louis-Philippe, avait aggravé ce crime en l'érigeant en droit acquis pour toute la presse de l'opposition. Je suis heureux que les difficultés d'une thèse si hardie, par le temps qui court, vous aient paru à peu près surmontées par la défense que vous avez lue et dans laquelle il m'a été si avantageux de pouvoir invoquer l'autorité du livre

3.
L'article paru dans *Le National* le 4 mai 1834 précédait la reproduction du morceau sur *L'Avenir du monde*, que Chateaubriand venait de faire publier dans la *Revue des Deux Mondes*.

dans lequel vous instruisiez, il y a dix-huit ans, votre propre parti des principes de la responsabilité constitutionnelle[4].

« Je me demande souvent avec tristesse à quoi auront servi des écrits tels que les vôtres, monsieur, tels que ceux des hommes les plus éminents de l'opinion à laquelle j'appartiens moi-même, si de cet accord des plus hautes intelligences du pays dans la constante défense des droits de discussion il n'était pas résulté enfin pour la masse des esprits en France un parti désormais pris de vouloir sous tous les régimes, d'exiger de tous les systèmes victorieux quels qu'ils soient, la liberté de penser, de parler, d'écrire, comme condition première de toute autorité légitimement exercée. N'est-il pas vrai, monsieur, que lorsque vous demandiez, sous le dernier gouvernement, la plus entière liberté de discussion, ce n'était pas pour le service momentané que vos amis politiques en pouvaient tirer dans l'opposition contre des adversaires devenus maîtres du pouvoir par intrigue ? Quelques-uns se servaient ainsi de la presse, qui l'ont bien prouvé depuis ; mais vous, monsieur, vous demandiez la liberté de discussion pour le bien commun, l'arme et la protection générale de toutes les idées vieilles ou jeunes ; c'est là ce qui vous a mérité, monsieur, la reconnaissance et les respects des opinions auxquelles la révolution de Juillet a ouvert une lice nouvelle. C'est pour cela que notre œuvre se rattache à la vôtre, et que lorsque nous citons vos écrits, c'est moins comme admirateurs du talent incomparable qui les a produits que comme aspirant à continuer de loin la même tâche, jeunes soldats que nous sommes d'une cause dont vous êtes le vétéran le plus glorieux.

« Ce que vous avez voulu depuis trente ans, monsieur, ce que je voudrais, s'il m'est permis de me nommer après vous, c'est d'assurer aux intérêts qui se partagent notre belle France une loi de combat plus humaine, plus civilisée, plus fraternelle, plus concluante que la guerre civile. Quand donc réussirons-nous à mettre en présence les idées à la place des partis, et les intérêts légitimes et avouables à la place des déguisements, de l'égoïsme et de la cupidité ? quand verrons-nous s'opérer par la persuasion et par la parole ces inévitables transactions que le duel des partis et l'effusion du sang amènent aussi par épuisement, mais trop tard pour les morts des deux camps, et trop souvent sans profit pour les blessés et les survivants ? Comme vous le dites douloureusement, monsieur, il semble que bien des enseignements aient été perdus et qu'on ne sache plus en France ce qu'il en coûte de se réfugier sous un despotisme qui promet silence et repos. Il

---

4.
Il s'agit de *De la monarchie selon la Charte* (1816).

n'en faut pas moins continuer de parler, d'écrire, d'imprimer; il sort quelquefois des ressources bien imprévues de la constance. Aussi, de tant de beaux exemples que vous avez donnés, monsieur, celui que j'ai le plus constamment sous les yeux est compris dans un mot: Persévérer[5].
«Agréez, monsieur, les sentiments d'inaltérable affection avec lesquels je suis heureux de me dire
«Votre plus dévoué serviteur,
«A. CARREL[6].
«Puteaux, près Neuilly, le 4 octobre 1834.»

M. Carrel fut enfermé à Sainte-Pélagie[7]; j'allais le voir deux ou trois fois par semaine: je le trouvais debout derrière la grille de sa fenêtre. Il me rappelait son voisin, un jeune lion d'Afrique au Jardin des Plantes: immobile aux barreaux de sa cage, le fils du désert laissait errer son regard vague et triste sur les objets au dehors; on voyait qu'il ne vivrait pas. Ensuite nous descendions, M. Carrel et moi; le serviteur de Henri V se promenait avec l'ennemi des rois dans une cour humide, sombre, étroite, encerclée de hauts murs comme un puits. D'autres républicains se promenaient aussi dans cette cour: ces jeunes et ardents révolutionnaires, à moustaches, à barbes, aux cheveux longs, au bonnet teuton ou grec, au visage pâle, aux regards âpres, à l'aspect menaçant, avaient l'air de ces âmes préexistantes au Tartare avant d'être parvenues à la lumière[8]: ils se disposaient à faire irruption dans la vie. Leur costume agissait sur eux comme l'uniforme sur le soldat, comme la chemise sanglante de Nessus sur Hercule: c'était un monde vengeur caché derrière la société actuelle et qui faisait frémir.

5.
Carrel était un républicain conservateur, pour qui la République était une mystique, indépendamment de l'état social. Il se distinguait des républicains tels Louis Blanc, Godefroy Cavaignac, Pierre Leroux, qui, tous plus ou moins gagnés par les socialismes utopiques du temps, ne voyaient dans la République qu'un instrument permettant d'opérer une profonde réforme sociale de la société.

6.
Chateaubriand publia cette lettre dès 1838 dans la *Note* qui conclut le *Congrès de Vérone* (rééd. Slatkine, pp. 505-507).

7.
L'ancien couvent, situé sur l'actuelle rue Quatrefages, près du Jardin des Plantes, était devenu en 1811 une prison célèbre pour les détenus politiques, républicains et légitimistes, de Carrel au duc Sosthènes de La Rochefoucauld.

8.
Voir au l. VI de l'*Énéide* (v. 679 *sqq.*), la rencontre d'Énée avec son père aux Champs-Élysées, et les explications par Anchise des étapes de la purification des âmes qui doivent revenir sur la terre.

Le soir, ils se rassemblaient dans la chambre de leur chef Armand Carrel; ils parlaient de ce qu'il y aurait à exécuter à leur arrivée au pouvoir, et de la nécessité de répandre du sang. Il s'élevait des discussions sur les *grands citoyens de la Terreur:* les uns, partisans de Marat, étaient athées et matérialistes; les autres, admirateurs de Robespierre, adoraient ce nouveau Christ. Saint Robespierre n'avait-il pas dit, dans son discours sur l'Être suprême, que la croyance en Dieu *donnait la force de braver le malheur*, et que *l'innocence sur l'échafaud faisait pâlir le tyran sur son char de triomphe?* Jonglerie d'un bourreau qui parle avec attendrissement de Dieu, de malheur, de tyrannie, d'échafaud, afin de persuader aux hommes qu'il ne tue que des coupables, et encore par un effet de vertu; prévision des malfaiteurs, qui, sentant venir le châtiment, se posent d'avance en Socrate devant le juge, et cherchent à effrayer le glaive en le menaçant de leur innocence!

Le séjour à Sainte-Pélagie fit du mal à M. Carrel: enfermé avec des têtes ardentes, il combattait leurs idées, les gourmandait, les bravait, refusant noblement d'illuminer le 21 janvier; mais en même temps il s'irritait des souffrances, et sa raison était ébranlée par les sophismes du meurtre qui retentissaient à ses oreilles.

Les mères, les sœurs, les femmes de ces jeunes hommes, les venaient soigner le matin et faire leur ménage. Un jour, passant dans le corridor noir qui conduisait à la chambre de M. Carrel, j'entendis une voix ravissante sortir d'une cabine voisine: une belle femme sans chapeau, les cheveux déroulés, assise au bord d'un grabat, raccommodait le vêtement en lambeaux d'un prisonnier agenouillé, qui semblait moins le captif de Philippe que de la femme aux pieds de laquelle il était enchaîné.

Délivré de sa captivité, M. Carrel venait me voir à son tour. Quelques jours avant son heure fatale, il était venu m'apporter le numéro du *National* dans lequel il s'était donné la peine d'insérer un article relatif à mes *Essais sur la littérature anglaise*[9], et où il avait cité avec trop d'éloges les pages qui terminent ces *Essais*[10]. Depuis sa mort on m'a

9.
Il s'agit de l'*Essai sur la Littérature Anglaise et Considérations sur le génie des hommes, des temps et des révolutions*, par M. de Chateaubriand, Paris, Gosselin et Furne, 2 vol. (1836). Il servait d'introduction à la traduction du *Paradis perdu* de Milton, dont l'auteur retraçait la vie. Dans la deuxième partie, Chateaubriand développait certains des thèmes de *L'Avenir du monde*, paru dans la *Revue des Deux Mondes* du 15 avril 1834, qui illumineront la conclusion des *Mémoires* de clartés prophétiques.

10.
Cet article, paru dans *Le National* du 23 juin 1836, est une belle et intelligente réflexion sur l'ouvrage de Chateaubriand, empreinte de sympathie pour l'auteur. Il a été recueilli dans les *Œuvres politiques et littéraires* d'Armand Carrel (1857, t. V, p. 458 *sqq.*).

remis cet article écrit tout entier de sa main, et que je conserve comme un gage de son amitié. *Depuis sa mort!* quels mots je viens de tracer sans m'en rendre compte!

Bien que supplément obligé aux lois qui ne connaissent pas des offenses faites à l'honneur, le duel est affreux, surtout lorsqu'il détruit une vie pleine d'espérances et qu'il prive la société d'un de ces hommes rares qui ne viennent qu'après le travail d'un siècle, dans la chaîne de certaines idées et de certains événements. Carrel tomba dans le bois qui vit tomber le duc d'Enghien: l'ombre du petit-fils du grand Condé servit de témoin au plébéien illustre et l'emmena avec elle. Ce bois fatal m'a fait pleurer deux fois: du moins je ne me reproche point d'avoir dans ces deux catastrophes manqué à ce que je devais à mes sympathies et à ma douleur.

M. Carrel, qui, dans ses autres rencontres, n'avait jamais songé à la mort, y pensa avant celle-ci: il employa la nuit à écrire ses dernières volontés, comme s'il eût été averti du résultat du combat. À huit heures du matin, le 22 juillet 1835, il se rendit vif et léger sous ces ombrages où le chevreuil joue à la même heure.

Placé à la distance mesurée, il marche rapidement, tire sans s'effacer, comme c'était sa coutume; il semblait qu'il n'y eût jamais assez de péril pour lui. Blessé à mort[11] et soutenu sur les bras de ses amis, comme il passait devant son adversaire lui-même blessé, il lui dit: «Souffrez-vous beaucoup, monsieur?» Armand Carrel était aussi doux qu'intrépide.

Le 22, j'appris trop tard l'accident; le 23 au matin je me rendis à Saint-Mandé: les amis de M. Carrel étaient dans la plus extrême inquiétude. Je voulais entrer, mais le chirurgien me fit observer que ma présence pourrait causer au malade une trop vive émotion et faire évanouir la faible lueur d'espérance qu'on avait encore. Je me retirai consterné. Le lendemain 24, lorsque je me disposais à retourner à Saint-Mandé, Hyacinthe, que j'avais envoyé devant moi, vint m'apprendre que l'infortuné jeune homme avait expiré à cinq heures et demie, après avoir éprouvé des douleurs atroces: la vie dans toute sa force avait livré un combat désespéré à la mort.

11.
À la suite d'articles publiés dans leurs deux journaux, *Le National* et *La Presse*, un duel avait été décidé entre Armand Carrel et Émile de Girardin. Derrière les prétextes politiques, Carrel demandait réparation de propos outrageants qui atteignaient la femme qu'il aimait (voir *supra*, l. XXXV, chap. 9, note 3, p. 2378). Au bois de Vincennes, les deux adversaires furent placés à 40 pas, avec la faculté de marcher chacun 10 pas et de tirer à volonté. Ils tirèrent à peu près en même temps: Émile de Girardin eut la cuisse traversée et Carrel fut atteint au bas-ventre. Dans la nuit du 24 juillet 1836, il succomba en raison des graves lésions provoquées par les balles qui avaient déchiré les intestins.

Les funérailles eurent lieu le mardi 26. Le père et le frère de M. Carrel étaient arrivés de Rouen. Je les trouvai renfermés dans une petite chambre avec trois ou quatre des plus intimes compagnons de l'homme dont nous déplorions la perte. Ils m'embrassèrent, et le père de M. Carrel me dit : « Armand aurait été chrétien comme son père, sa mère, ses frères et sœurs : l'aiguille n'avait plus que quelques heures à parcourir pour arriver au même point du cadran. » Je regretterai éternellement de n'avoir pu voir Carrel sur son lit de mort : je n'aurais pas désespéré au moment suprême de faire parcourir à l'*aiguille* l'espace au-delà duquel elle se fût arrêtée sur l'heure du chrétien.

Armand Carrel n'était pas aussi antireligieux qu'on l'a supposé : il avait des doutes ; quand de la ferme incrédulité on passe à l'indécision, on est bien près d'arriver à la certitude. Peu de jours avant sa mort, il disait : « Je donnerais toute cette vie pour croire à l'autre. » En rendant compte du suicide de M. Sautelet, il avait écrit cette page énergique :

« J'ai pu conduire par la pensée ma vie jusqu'à cet instant, rapide comme l'éclair, où la vue des objets, le mouvement, la voix, le sentiment m'échapperont, et où les dernières forces de mon esprit se réuniront pour former l'idée : je meurs ; mais la minute, la seconde qui suivra immédiatement, j'ai toujours eu pour elle une indéfinissable horreur ; mon imagination s'est toujours refusée à en deviner quelque chose. Les profondeurs de l'enfer sont mille fois moins effrayantes à mesurer que cette universelle incertitude :

To die, to sleep,
To sleep ! perchance to dream[12] !

« J'ai vu chez tous les hommes, quelle que fût la force de leurs caractères ou de leurs croyances, cette même impossibilité d'aller au-delà de leur dernière impression terrestre et la tête s'y perdre, comme si en arrivant à ce terme on se trouvait suspendu au-dessus d'un précipice de dix mille pieds. On chasse cette effrayante vue pour aller se battre en duel, livrer l'assaut à une redoute ou affronter une mer orageuse ; on semble même faire fi de la vie ; on se trouve un visage assuré, content, serein ; mais c'est que l'imagination montre le succès plutôt que la mort ; c'est que l'esprit s'exerce bien moins sur les dangers que sur les moyens d'en sortir[13]. »

12.
« Mourir, dormir. Dormir ! peut-être rêver ! » (Shakespeare, *Hamlet*, acte III, tableau I, scène 1). Vers extraits du monologue fameux d'Hamlet.

13.
Article intitulé « Une mort volontaire », paru dans la *Revue de Paris* de juin 1830.

Ces paroles sont remarquables dans la bouche d'un homme qui devait mourir en duel.

En 1800, lorsque je rentrai en France, j'ignorais que sur le rivage où je débarquais il me naissait un ami[14]. J'ai vu, en 1836, descendre cet ami au tombeau sans ces consolations religieuses dont je rapportais le souvenir dans ma patrie la première année du siècle.

Je suivis le cercueil depuis la maison mortuaire jusqu'au lieu de la sépulture; je marchais auprès du père de M. Carrel et donnais le bras à M. Arago: M. Arago a mesuré le ciel que j'ai chanté.

Arrivé à la porte du petit cimetière champêtre, le convoi s'arrêta; des discours furent prononcés. L'absence de la croix m'apprenait que le signe de mon affliction devait rester renfermé au fond de mon âme.

Il y avait six ans qu'aux journées de Juillet, passant devant la colonnade du Louvre, près d'une fosse ouverte, j'y rencontrai des jeunes gens qui me rapportèrent au Luxembourg où j'allais protester en faveur d'une royauté qu'ils venaient d'abattre; après six ans, je revenais, à l'anniversaire des fêtes de Juillet, m'associer aux regrets de ces jeunes républicains, comme ils s'étaient associés à ma fidélité. Étrange destinée! Armand Carrel a rendu le dernier soupir chez un officier de la garde royale qui n'a point prêté serment à Philippe[15]; royaliste et chrétien, j'ai eu l'honneur de porter un coin du voile qui recouvre de nobles cendres, mais qui ne les cachera point.

Beaucoup de rois, de princes, de ministres, d'hommes qui se croyaient puissants, ont défilé devant moi: je n'ai pas daigné ôter mon chapeau à leur cercueil ou consacrer un mot à leur mémoire. J'ai trouvé plus à étudier et à peindre dans les rangs intermédiaires de la société que dans ceux qui font porter leur livrée; une casaque brochée d'or ne vaut pas le morceau de flanelle que la balle avait enfoncé dans le ventre de Carrel. Carrel, qui se souvient de vous? les médiocres et les poltrons que votre mort a délivrés de votre supériorité et de leur frayeur, et moi qui n'étais pas de vos doctrines. Qui pense à vous? Qui se souvient de vous? Je vous félicite d'avoir d'un seul pas achevé un voyage dont le trajet prolongé

14.

Chateaubriand avait débarqué à Calais le 8 mai 1800, jour où Armand Carrel naissait à Rouen.

15.

La gravité de la blessure de Carrel n'ayant pas permis de le transporter à son domicile, on le déposa chez un de ses anciens camarades de l'École militaire, qui passait alors l'été à Saint-Mandé avec sa mère: Adolphe Payra, officier démissionnaire de la garde royale, royaliste ardent, qui lui aussi avait eu plusieurs duels et avait conservé avec Carrel des relations amicales, bien qu'ils fussent chacun dans deux camps différents.

devient si dégoûtant et si désert, d'avoir rapproché le terme de votre marche à la portée d'un pistolet, distance qui vous a paru trop grande encore et que vous avez réduite en courant à la longueur d'une épée.
J'envie ceux qui sont partis avant moi : comme les soldats de César à Brindes[16], du haut des rochers du rivage je jette ma vue sur la haute mer et je regarde vers l'Épire si je ne vois point revenir les vaisseaux qui ont passé les premières légions pour m'enlever à mon tour *(a)*.
Après avoir relu ceci en 1839, j'ajouterai qu'ayant visité en 1837 la sépulture de M. Carrel, je la trouvai fort négligée, mais je vis une croix de bois noir qu'avait plantée auprès du mort sa sœur Nathalie. Je payai à Vaudran, le fossoyeur, dix-huit francs qui restaient dus pour des treillages ; je lui recommandai d'avoir soin de la fosse, d'y semer du gazon et d'y entretenir des fleurs. À chaque changement de saison je me rends à Saint-Mandé pour m'acquitter de ma redevance et m'assurer que mes intentions ont été fidèlement remplies*. [* *Reçu du fossoyeur.* « J'ai reçu de M. de Chateaubriand la somme de dix-huit francs qui restait due pour le treillage qui entoure la tombe de M. Armand Carrel.
[« Saint-Mandé, ce 21 juin 1838.
[« Pour acquit : VAUDRAN. »
[« Reçu de M. de Chateaubriand la somme de vingt francs pour l'entretien du tombeau de M. Carrel à Saint-Mandé.
[« Paris, ce 28 septembre 1839.
[« Pour acquit : VAUDRAN. »]

16.
En 48 av. J.-C., lors du transport des légions qui allaient combattre en Épire celles de Pompée et qui les vainquirent à Pharsale.

DE QUELQUES FEMMES
La Louisianaise.

Prêt à terminer mes recueils et faisant la revue autour de moi, j'aperçois des femmes que j'ai involontairement oubliées ; anges groupés au bas de mon tableau, elles sont appuyées sur la bordure pour regarder la fin de ma vie.

J'ai rencontré jadis des femmes différemment connues ou célèbres. Les femmes ont aujourd'hui changé de manière : valent-elles mieux, valent-elles moins ? Il est tout simple que j'incline au passé ; mais le passé est environné d'une vapeur à travers laquelle les objets prennent une teinte agréable et souvent trompeuse. Ma jeunesse, vers laquelle je ne puis retourner, me fait l'effet de ma grand'mère ; je m'en souviens à peine et je serais charmé de la revoir.

Une Louisianaise[1] m'est arrivée du *Méchascébé* : j'ai cru voir la vierge des dernières amours[2]. Célestine m'a écrit plusieurs lettres ; elles pour-

1.

C'est à M. Levaillant, dans l'édition du centenaire, que l'on doit le nom de la « Louisianaise » : Célestine Soniat. Dans une 1re édition de ses *Mémoires*, sur une feuille de papier devant servir de sommaire, Chateaubriand lui avait en effet donné ce nom, Soniat, qui disparaissait dans les rédactions suivantes. Depuis, une communication de H. Redman (« La mystérieuse "Louisianaise", Célestine Soniat », *BSC*, nouv. série, n° 5, 1961, p. 47 *sqq.*) a permis de jeter quelques lueurs sur ce personnage. Née vers 1804 sur la plantation de son père, près de Bâton-Rouge, en Louisiane, elle présentait pour Chateaubriand les atouts d'être née dans les savanes et d'être de souche bretonne, descendant d'un certain François Allain, militaire breton établi en Louisiane dès le XVIIIe siècle. Elle se maria en 1823 à Jean-Ursin Soniat et eut un fils qui ne vécut pas. Sa santé fragile empirant, les médecins conseillèrent à Mme Soniat de faire un voyage en France. Accompagnée d'une esclave attachée à son service depuis son enfance, la jeune femme s'embarqua pour la France et ne devait plus résider en Louisiane. Elle se fixa à

Chateaubriand et les deux Floridiennes.

Paris et fréquenta, par l'intermédiaire de son frère, les sociétés littéraires. Elle rencontra Chateaubriand et ainsi s'établit une correspondance intermittente, Chateaubriand appréciant la grâce et le charme de cette fille des déserts. Puis, à l'époque de la chute de *Moïse*, on devine comme un soupçon de contrainte ou d'ennui. Célestine se croit le talent d'un écrivain et Chateaubriand déteste les bas-bleus. Aussi, dans la correspondance, le tendre «Célestine» cède-t-il le pas à un «Madame» plus froid (1834), et les lettres s'espacent.

2.

Cette «vierge des dernières amours» fait référence à un passage d'*Atala*, où le héros Chactas, prisonnier des Muscogulges, attend un sort fatal: «Une nuit que les Muscogulges avaient placé leur camp sur le bord d'une forêt, j'étais assis auprès du *feu de la guerre*, avec le chasseur commis à ma garde. Tout à coup j'entendis le murmure d'un vêtement sur l'herbe, et une femme à demi voilée vint s'asseoir à mes côtés. [...] Je crus que c'était la *Vierge des dernières amours*, cette vierge qu'on envoie au prisonnier de guerre pour enchanter sa tombe. [...] La jeune fille me dit alors: "Je ne suis point la *Vierge des dernières amours*. Es-tu chrétien?" Je répondis que je n'avais point trahi les Génies de ma cabane. À ces mots, l'Indienne fit un mouvement involontaire. Elle me dit: "Je te plains de n'être qu'un méchant idolâtre. Ma mère m'a faite chrétienne; je me nomme Atala, fille de Simaghan aux bracelets d'or, et chef des guerriers de cette troupe. Nous nous rendons à Apalachucla où tu seras brûlé." En prononçant ces mots, Atala se lève et s'éloigne» (Pléiade, pp. 41-42).

raient être datées de la *Lune des fleurs*[3] ; elle m'a montré des fragments de mémoires qu'elle a composés dans les savanes de l'Alabama. Quelque temps après *(a)* Célestine m'écrivit qu'elle était occupée d'une toilette pour sa présentation à la cour de Philippe : je repris ma peau d'ours. Célestine s'est changée en crocodile du puits des Florides[4] : que le ciel lui fasse paix et amour, autant que ces choses-là durent *(b)* !

3.
Le mois de mai (voir *Atala*, Pléiade, p. 38).

4.
Le jugement est rude. Le crocodile est une référence à la « parabole » que le vieux Chactas conte à René au terme du roman *Atala* : « Ô René, c'est là que je fis, pour la première fois, des réflexions sérieuses sur la vanité de nos jours, et la plus grande vanité de nos projets ! [...] Le cœur le plus serein en apparence ressemble au puits naturel de la savane Alachua : la surface en paraît calme et pure, mais quand vous regardez au fond du bassin, vous apercevez un large crocodile, que le puits nourrit dans ses eaux » (*ibid.*, pp. 91-92).

Madame Tastu.

Il y a des personnes qui, s'interposant entre vous et le passé, empêchent vos souvenirs d'arriver jusqu'à votre mémoire; il en est d'autres qui se mêlent tout d'abord à ce que vous avez été. Madame Tastu[1] produit ce dernier effet. Sa façon de dire est naturelle; elle a laissé le jargon gaulois à ceux qui croient se rajeunir en se cachant dans les casaques de nos aïeux[2]. Favorinus disait à un Romain qui affectait le latin des douze Tables[3]: «Vous voulez converser avec la mère d'Évandre.»

Puisque je viens de toucher à l'antiquité, je dirai quelques mots des femmes de ses peuples en redescendant l'échelle jusqu'à notre temps. Les femmes grecques ont quelquefois célébré la philosophie; le plus souvent elles ont suivi une autre divinité: Sapho est demeurée l'immortelle sibylle de Gnide[4]; on ne sait plus guère ce qu'a fait Corinne après avoir vaincu Pindare; Aspasie avait enseigné Vénus à Socrate[5]:

1.
On est surpris de la place accordée à cet écrivain mineur par rapport à Élisa Mercœur, Marceline Desbordes-Valmore ou Hortense Allart. Mme Lenormant remarque: «Parmi toutes les femmes-auteurs qui furent alors reçues dans le salon de Mme Récamier [dans les années 1833 et suivantes] et qu'elle accueillait avec tant d'intérêt, de grâce et même d'indulgence, une seule est entrée dans son intimité. Mme Amable Tastu méritait cette exception par l'admirable élévation de son caractère, par la sûreté, la discrétion, l'exquise délicatesse de son commerce. M. de Chateaubriand, qui avait horreur des *bas-bleus* et qui ne pardonnait guère aux femmes de se mêler de littérature, faisait, comme son amie, un cas tout particulier de Mme Tastu; le bon sens aimable et ferme qui caractérise son talent lui plaisait fort» (Mme Lenormant, *Souvenirs et correspondance... de Mme Récamier*, t. II, pp. 492-493). Mme Tastu avait assisté aux lectures des *Mémoires* et elle en a rendu compte à sa manière dans des stances dont voici un extrait: *«Oui, si dans mes beaux jours, comme aujourd'hui, poète, / Vous m'étiez apparu; mains jointes devant*

Amable Tastu et Marceline Desbordes-Valmore.

vous, / Vous alors, à mes yeux, ange, saint ou prophète, / J'aurais courbé la tête / Et fléchi les genoux» (voir *Lectures des Mémoires de M. de Chateaubriand*, 1834, pp. 353-354).

2.

Ces archaïsmes, on l'a vu, ne déplaisaient pas à Chateaubriand, qui en use hardiment dans les *Mémoires*.

3.

Code de lois rédigé à Rome dans le courant du Ve siècle av. J.-C. et affiché sur douze tables de bronze. Il reflète un droit très primitif: les peines étaient rigoureuses et la procédure très formaliste.

4.

Pour Cnide. Ville de Carie (Asie Mineure), vouée au culte de Vénus. Son nom est ici utilisé métaphoriquement pour l'amour: Sapho, sibylle de l'Amour. Marcellus remarque avec justesse: «Il n'y avait pas de sibylle à Gnide, et Sapho n'a jamais passé pour une sibylle. La pensée de l'auteur ne se révèle que par le rapprochement d'Aspasie qui va compromettre Socrate» (*Chateaubriand et son temps*, pp. 489-490).

5.

Transposition d'un passage de l'ouvrage connu sous le titre de *Banquet des savants* ou de *Livres des deipnosophistes*. Son auteur, Athénée, est né à Naucratis en Égypte au début du IIe siècle. Le *Banquet des savants*, qui date du IIIe siècle, comporte de nombreuses citations d'œuvres par ailleurs perdues. Chateaubriand possédait dans sa bibliothèque la traduction qu'en publia Lefèvre de Villebrune (1789-1791, 5 vol.) (n° 218 de la *Notice de bons livres*... reproduite par M. Duchemin, *Chateaubriand*..., p. 419).

« Socrate, sois docile à mes leçons. Remplis-toi de l'enthousiasme poétique : c'est par son charme puissant que tu sauras attacher l'objet que tu aimes ; c'est au son de la lyre que tu l'enchaîneras, en portant jusqu'à son cœur par son oreille l'image achevée de la passion. »
Le souffle de la muse passant sur les femmes romaines sans les inspirer vint animer la nation de Clovis, encore au berceau. La langue d'*Oyl* eut Marie de France ; la langue d'*Oc* la dame de Die[6], laquelle, dans son chastel de Vaucluse, se plaignait d'un ami cruel.
« Voudrais connaître, mon gent et bel ami, pourquoi vous m'êtes tant cruel et tant sauvage. »

Per que m'etz vos tan fers, ni tan salvatge.

Le Moyen Âge transmit ces chants à la Renaissance. Louise Labé disait :

Oh ! si j'étois en ce beau sein ravie
De celui-là pour lequel vais mourant !

Clémence de Bourges[7], surnommée la Perle orientale, qui fut enterrée le visage découvert et la tête couronnée de fleurs à cause de sa beauté, les deux Marguerite et Marie Stuart, toutes trois reines, ont exprimé de naïves faiblesses dans un langage naïf.
J'ai eu une tante à peu près de cette époque de notre Parnasse, madame Claude de Chateaubriand ; mais je suis plus embarrassé avec madame Claude qu'avec mademoiselle de Boisteilleul. Madame Claude[8], se déguisant sous le nom de l'Amant, adresse ses soixante-dix sonnets à sa maîtresse. Lecteur, pardonnez aux vingt-deux années de ma tante Claude : *parcendum teneris*[9]. Si ma tante de Boisteilleul était plus discrète, elle avait quinze lustres et demi lorsqu'elle

---

6.
La comtesse de Die, poétesse du XIIe siècle dont F. Raynouard avait cité l'œuvre dans son *Choix des poésies originales des troubadours* (1816-1821, 6 vol.).
7.
Poétesse lyonnaise qui mourut jeune, en 1562, désespérée par la mort de son fiancé tué par les protestants : « [...] on la porta en terre, dit la *Biographie universelle* de Michaud (que Chateaubriand suit ici de près), le visage découvert, et la tête couronnée de fleurs, en marque de sa virginité. Duverdier la nomme *la perle des demoiselles lyonnaises de son temps*, et Rubys l'appelle une *perle vraiment orientale* » (t. V, 1812, p. 376).
8.
Madame Claude, poétesse, n'a pu être identifiée. Pour l'allusion à Mlle de Boisteilleul, voir *supra*, l. I, chap. 4, p. 100.
9.
« Il faut épargner l'âge tendre » : début d'un vers de Juvénal, *Satire XIV*, v. 215.

chantait, et le traître Trémigon ne se présentait plus à son ancienne pensée de fauvette que comme un épervier. Quoi qu'il en soit, voici quelques rimes de madame Claude, elles la placent bien parmi les anciennes poétesses :

SONNET LXVI

Oh ! qu'en l'amour je suis étrangement traité
Puisque de mes desirs le vrai je n'ose peindre,
Et que je n'ose à toi de ta rigueur me plaindre
Ni demander cela que j'ai tant souhaité !

Mon œil donc meshuy me servira de langue
Pour plus assurément exprimer ma harangue.
Oi, si tu peux, par l'œil ce que par l'œil je dy.

Gentille invention, si l'on pouvait apprendre
De dire par les yeux et par les yeux entendre
Le mot que l'on n'est pas de prononcer hardy !

Lorsque la langue fut fixée, la liberté de sentiment et de pensée se resserra. On ne se souvient guère, sous Louis XIV, que de madame Deshoulières tour à tour trop vantée et trop dépréciée. L'élégie se prolongea par le chagrin des femmes, sous le règne de Louis XV, jusqu'au règne de Louis XVI, où commencent les grandes élégies du peuple ; l'ancienne école vient mourir à madame de Bourdic, aujourd'hui peu connue, et qui pourtant a laissé sur le *Silence* une ode remarquable.
La nouvelle école a jeté ses pensées dans un autre moule : madame Tastu marche au milieu du chœur moderne des femmes poètes, en prose ou en vers, les Allart[10], les Waldor, les Valmore, les Ségalas, les Revoil, les Mercœur, etc., etc. : *Castalidum turba*[11]. Faut-il regretter qu'à l'exemple des Aonides[12], elle n'ait point célébré cette passion qui, selon l'antiquité, déride le front du Cocyte, et le fait sourire aux soupirs d'Orphée ? Aux concerts de madame Tastu, l'amour ne redit que des hymnes empruntés à des voix étrangères. Cela rappelle ce que l'on raconte de madame Malibran : lorsqu'elle voulait faire connaître un oiseau dont elle avait oublié le nom, elle en imitait le chant *(a)*.

10.
On est un peu surpris de voir Hortense Allart, qui occupa le cœur de Chateaubriand, insérée dans une cohorte de femmes de lettres. Pudeur ou désir de rabaisser quelque peu le caquet de l'infatigable bas-bleu ?

Hortense Allart (1801-1879) et sa sœur Sophie.

11.
L'habitude est de traduire par «foule des Castalides», c'est-à-dire des Muses (Castalie étant la fontaine des Muses, qui jaillit au pied du mont Parnasse). Le choix du mot latin *turba* incite à donner une nuance plus péjorative à cette énumération dont est exclue Delphine de Girardin, la poétesse choyée de l'Abbaye-aux-Bois. Il faut donc entendre une foule en désordre, une multitude d'auteurs plus ou moins obscurs. Le rapprochement entre *turba* et *castalidum* ne fait que rendre le trait plus acéré à l'endroit des ses contemporaines «bas-bleus».

12.
Muses vénérées sur les monts Aoniens, en Béotie.

Madame Sand[1].

George Sand, autrement madame Dudevant, ayant parlé de *René* dans la *Revue des Deux-Mondes*[2], je la remerciai ; elle ne me répondit point. Quelque temps après elle m'envoya *Lélia*, je ne lui répondis point ! Bientôt une courte explication eut lieu entre nous.

« J'ose espérer que vous me pardonnerez de n'avoir pas répondu à la lettre flatteuse que vous avez bien voulu m'écrire lorsque j'ai parlé de *René* à l'occasion d'*Oberman*. Je ne savais comment vous remercier de

1.
George Sand eut-elle connaissance de ce chapitre qui lui était consacré ? Rien ne l'atteste. G. Lubin a bien voulu me communiquer les renseignements suivants : « George Sand avait dans sa bibliothèque, selon le catalogue de la vente *post-mortem*, la *Vie de Rancé* mais pas les *Mémoires* ; elle a lu dans la presse une partie des *Mémoires* en 1848. Le 18 décembre, elle écrit de Nohant à Hortense Allart : "Je lis les *Mémoires d'outre-tombe* et je m'impatiente de tant de grandes poses et de draperies [...]" (*Correspondance*, t. VIII, lettre n° 4109). Cette lettre a été caviardée par Hortense Allart mais le passage qui nous intéresse paraît bien complet. C'est plus tard, le 19 juin 1849, que l'éloge (mêlé de sévérités) paraît dans la presse. George Sand en a été informée par son cousin René de Villeneuve, mais... elle se défend d'en avoir pris connaissance : "Je ne vous dirai rien de l'éloge que m'a bien voulu décerner M. de Chateaubriand, *notre défunt maître*, comme on dit *dans les Arts*. Je ne l'ai pas lu, *ne lisant pas la presse*." (lettre du 14 juillet 1849 à René de Villeneuve, *ibid.*, t. IX, lettre n° 4548). Faut-il la croire ? Elle est fort désargentée, et le couple Clésinger aussi ; elle a donc pu interrompre son abonnement au 31 décembre. Elle est retirée à Nohant, où il n'y a pas de marchand de journaux. Peut-être l'a-t-elle lu plus tard, cet extrait des *Mémoires* ? Il n'y pas là de réponse indiscutable. »

2.
Dans un article de la *Revue des Deux Mondes* (15 juin 1833), sur *Oberman*, de Senancour (ouvrage passé inaperçu lors de sa publication en 1804), George Sand rapprochait René, Werther et Oberman, et saluait en Chateaubriand « l'aigle blessé qui reprendra son vol ».

toutes les expressions bienveillantes que vous aviez employées à l'égard de mes livres.
« Je vous ai envoyé *Lélia*[3], et je désire vivement qu'elle obtienne de vous la même protection. Le plus beau privilège d'une gloire universellement acceptée comme la vôtre est d'accueillir et d'encourager à leur début les écrivains inexpérimentés pour lesquels il n'y a pas de succès durable sans votre patronage.
« Agréez l'assurance de ma haute admiration, et croyez-moi, monsieur, un de vos croyants les plus fidèles.
« GEORGE SAND[4]. »

À la fin du mois d'octobre, madame Sand me fit passer son nouveau roman, *Jacques*[5] : j'acceptai le présent.

30 octobre 1834.
« Je m'empresse, madame, de vous offrir mes remerciements sincères. Je vais lire *Jacques* dans la forêt de Fontainebleau ou au bord de la mer. Plus jeune, je serais moins brave ; mais les années me défendront contre la solitude, sans rien ôter à l'admiration passionnée que je professe pour votre talent et que je ne cache à personne. Vous avez, madame, attaché

3.
Ce roman, publié en 1833, eut un grand retentissement et plut, semble-t-il, à Chateaubriand, au grand déplaisir du prude Charles Lenormant : « M. de Chateaubriand, qui ne lisait plus depuis longtemps, était toujours prenable par les qualités du style [...]. Sur le bruit qu'on faisait de *Lélia*, il en effleura quelques chapitres, et comme George Sand est un maître dans l'art d'écrire, il parut approuver, sans beaucoup de réflexion, l'engouement d'un certain public. Cela mit l'écrivain en goût de se faire délivrer par l'auteur des *Martyrs* des bulles d'institution [...] » (*Esquisse d'un Maître, Souvenirs d'enfance et de jeunesse de Chateaubriand, Manuscrit de 1826, suivis de lettres inédites et d'une étude par Charles Lenormant*, 1874, pp. 300-301).
4.
Chateaubriand répondit (le billet a semble-t-il figuré dans une première rédaction des *Mémoires*) : « Paris, 16 août 1833. Je n'osais plus, Madame, vous importuner d'une admiration que la lecture de *Lélia* a prodigieusement accrue. Vous vivrez, Madame, et vous serez le lord Byron de la France. Pour moi, vieux forçat enchaîné aux galères de la vie, sans être flétri comme Trenmor, je n'ai point ce que votre politesse me donne : à vous, Madame, la jeunesse et la gloire ; à moi, rien [on peut lire aussi : "à moi, Dieu"] » (voir G. Lubin *in* George Sand, *Correspondance*, t. II, p. 401, note 1).
5.
Roman publié en 1834. Jacques a été trompé mais croit trouver le bonheur dans Fernande, une ingénue de 16 ans, qu'il épouse. Mais il se montre morose au sein d'un bonheur trop paisible et par maladresse va jeter Octave, l'amoureux de sa sœur, dans les bras de Fernande. C'est alors que Jacques, comprenant qu'il est lui-même la cause de ses malheurs et que désormais il n'a plus rien à espérer du cœur de Fernande, va trouver Octave et, au lieu de se venger, lui fait simplement promettre de rendre Fernande heureuse. Puis il se tue froidement. Le critique Laplanche écrivit à l'époque : « C'est comme une lampe d'albâtre qui laisse entrevoir la lumière intérieure. »

un nouveau prestige à cette ville des songes[6] d'où je partis autrefois pour la Grèce avec tout un monde d'illusions : revenu au point de départ, René a promené dernièrement au Lido ses regrets et ses souvenirs, entre Childe-Harold qui s'était retiré, et Lélia prête à paraître.
« CHATEAUBRIAND[7]. »

Madame Sand possède un talent de premier ordre ; ses descriptions ont la vérité de celles de Rousseau dans ses rêveries, et de Bernardin de Saint-Pierre dans ses *Études*. Son style franc n'est entaché d'aucun des défauts du jour. *Lélia*, pénible à lire, et qui n'offre pas quelques-unes des scènes délicieuses d'*Indiana* et de *Valentine*, est néanmoins un chef-d'œuvre dans son genre : de la nature de l'orgie, il est sans passion, et il trouble comme une passion ; l'âme en est absente, et cependant il pèse sur le cœur ; la dépravation des maximes, l'insulte à la rectitude de la vie, ne sauraient aller plus loin ; mais sur cet abîme l'auteur fait descendre son talent. Dans la vallée de Gomorrhe, la rosée tombe la nuit sur la mer Morte.
Les ouvrages de madame Sand, ces romans, poésie de la matière, sont nés de l'époque. Malgré sa supériorité, il est à craindre que l'auteur n'ait *(a)*, par le genre même de ses écrits, rétréci le cercle de ses lecteurs. George Sand n'appartiendra jamais à tous les âges. De deux hommes égaux en génie, dont l'un prêche l'ordre et l'autre le désordre, le premier attirera le plus grand nombre d'auditeurs : le genre humain refuse des applaudissements unanimes à ce qui blesse la morale, oreiller sur lequel dort le faible et le juste ; on n'associe guère à tous les souvenirs de sa vie des livres qui ont causé notre première rougeur, et dont on n'a point appris les pages par cœur en descendant du berceau ; des livres qu'on n'a lus qu'à la dérobée, qui n'ont point été nos compagnons avoués

---

6.
Venise. George Sand, revenue au printemps précédent de son voyage à Venise (où Musset l'avait accompagnée), venait de publier ses *Lettres d'un voyageur* (1834).

7.
Cette lettre fut écrite après l'échec de *Moïse* à Versailles. Chateaubriand avait résolu d'aller passer quelques jours à Fontainebleau. Comme il allait partir, George Sand lui envoya son nouveau roman *Jacques* ; il accepta le présent et le mit dans sa valise. Mais arrivé à Fontainebleau, à l'hôtel du Cadran bleu, il ne se pressa pas de lire ; il écrivait à Mme Récamier le 6 novembre : « J'étais si en train et si triste que j'aurais pu faire une seconde partie à René, un *vieux René*. Il m'a fallu me battre avec la muse pour écarter cette mauvaise pensée ; encore ne m'en suis-je tiré qu'après cinq ou six pages de folie, comme on se fait saigner quand le sang porte au cou ou à la tête. Les *Mémoires*, je n'ai pu les aborder. *Jacques*, je n'ai pu le lire ; j'avais bien assez de mes rêves. À vous seule il appartient de chasser toutes ces fées de la forêt qui se sont jetées sur moi pour m'étrangler » (E. Biré, *Les Dernières Années de Chateaubriand*, p. 224).

et chéris, qui ne se sont mêlés ni à la candeur de nos sentiments, ni à l'intégrité de notre innocence. La Providence a renfermé dans d'étroites limites les succès qui n'ont pas leur source dans le bien, et elle a donné la gloire universelle pour encouragement à la vertu.

Je raisonne ici, je le sais, en homme dont la vue bornée n'embrasse pas le vaste horizon *humanitaire*[8], en homme rétrograde, attaché à une morale qui fait rire : morale caduque du temps jadis, bonne tout au plus pour des esprits sans lumière, dans l'enfance de la société. Il va naître incessamment un Évangile nouveau fort au-dessus des lieux communs de cette sagesse de convention, laquelle arrête les progrès de l'espèce humaine et la réhabilitation de ce pauvre corps, si calomnié par l'âme. Quand les femmes courront les rues ; quand il suffira, pour se marier, d'ouvrir une fenêtre et d'appeler Dieu aux noces comme témoin, prêtre et convive : alors toute pruderie sera détruite ; il y aura des épousailles partout, et l'on s'élèvera, de même que les colombes, à la hauteur de la nature[9]. Ma critique du genre des ouvrages de madame Sand n'aurait donc quelque valeur que dans l'ordre vulgaire des choses passées ; ainsi j'espère qu'elle ne s'en offensera pas : l'admiration que je professe pour elle doit lui faire excuser des remarques qui ont leur origine dans l'infélicité de mon âge. Autrefois j'eusse été plus entraîné par les muses ; ces filles du ciel jadis étaient mes belles maîtresses ; elles ne sont plus aujourd'hui que mes vieilles amies : elles me tiennent le soir compagnie au coin du feu, mais elles me quittent vite ; car je me couche de bonne heure, et elles vont veiller au foyer de madame Sand *(b)*.

Sans doute madame Sand prouvera de la sorte son omnipotence intellectuelle, et pourtant elle plaira moins parce qu'elle sera moins originale ; elle croira augmenter sa puissance en entrant dans la profondeur de ces rêveries sous lesquelles on nous ensevelit nous autres déplorable vulgaire, et elle aura tort : car elle est fort au-dessus de ce creux, de ce vague, de cet orgueilleux galimatias. En même temps qu'il faut mettre une faculté rare,

8.
Vers 1836, sous l'influence de Michel de Bourges, George Sand s'était liée avec des démocrates et utopistes sociaux tels que Barbès et Arago, et considérait Lamennais comme le chef de la nouvelle religion de l'humanité, dont elle allait se faire bientôt l'une des prêtresses. Fille spirituelle de Rousseau, admiratrice éperdue du *Contrat social*, elle entreprit, dans des livres comme *Le Compagnon du Tour de France* (1840), de dresser un acte d'accusation de la société rendue responsable de tous les maux humains et que l'amour seul, selon elle, est capable de transfigurer en nivelant les hiérarchies, en abattant les cloisons entre les classes et en rétablissant la fraternité universelle.

9.
Allusion aux saint-simoniens et aux fouriéristes, qui prônaient l'émancipation de la femme, aussi bien dans la société que dans les relations amoureuses.

mais trop flexible, en garde contre des bêtises supérieures, il faut aussi la prévenir que les écrits de fantaisie, les peintures intimes (comme cela se jargonne), sont bornés, que leur source est dans la jeunesse, que chaque instant en tarit quelques gouttes, et qu'au bout d'un certain nombre de productions, on finit par des répétitions affaiblies.

Est-il bien sûr que madame Sand trouvera toujours le même charme à ce qu'elle compose aujourd'hui? Le mérite et l'entraînement des passions de vingt ans ne se déprécieront-ils point dans son esprit, comme les ouvrages de mes premiers jours sont baissés dans le mien? Il n'y a que les travaux de la muse antique qui ne changent point, soutenus qu'ils sont par la noblesse des mœurs, la beauté du langage, et la majesté de ces sentiments départis à l'espèce humaine entière. Le quatrième livre de l'*Énéide* reste à jamais exposé à l'admiration des hommes, parce qu'il est suspendu dans le ciel[10]. La flotte qui apporte le fondateur de l'empire romain, Didon fondatrice de Carthage se poignardant après avoir annoncé Annibal:

Exoriare aliquis nostris ex ossibus ultor[11];

l'Amour faisant jaillir de son flambeau la rivalité de Rome et de Carthage, mettant le feu avec sa torche au bûcher funèbre dont Énée fugitif aperçoit la flamme sur les vagues, c'est tout autre chose que la promenade d'un rêvasseur dans un bois, ou la disparition d'un libertin qui se noie dans une mare[12]. Madame Sand associera, je l'espère, un jour son talent à des sujets aussi durables que son génie.

Madame Sand ne peut se convertir *(c)* que par la prédication de ce missionnaire à front chauve et à barbe blanche, appelé le Temps. Une voix

---

10.

Ici reparaît le goût classique de Chateaubriand, qui lui fait écrire dans l'*Essai sur la littérature anglaise* à propos de Shakespeare: «Le génie enfante, le goût conserve. Le goût est le bon sens du génie; sans le goût, le génie n'est qu'une sublime folie. [...] dans le cours de ces âges il n'y a que certaines nations, chez ces nations qu'un certain moment où le goût se montre dans sa pureté: avant ce moment, après ce moment, tout pèche par défaut ou par excès. Voilà pourquoi les ouvrages accomplis sont si rares; car il faut qu'ils soient produits aux heureux jours de l'union du goût et du génie. Or, cette grande rencontre, comme celle de quelques astres, semble n'arriver qu'après la révolution de plusieurs siècles, et ne durer qu'un instant» (éd. Garnier, pp. 600-601).

11.

«Lève-toi, ô inconnu, né de mes os, mon vengeur [...]» (*Énéide*, l. IV, v. 625).

12.

Le rapprochement entre le «rêvasseur» *René* et le poète suicidé Sténio, héros de *Lélia*, entre la sœur de *René*, Amélie, et Lélia, se retirant l'une et l'autre au couvent, conduit à placer le roman de George Sand dans la lignée de *René*.

moins austère enchaîne maintenant l'oreille captive du poète. Or, je suis persuadé que le talent de madame Sand a quelque racine dans la corruption ; elle deviendrait commune en devenant timorée. Autre chose fût arrivé si elle était toujours demeurée au sanctuaire infréquenté des hommes ; sa puissance d'amour, contenue et cachée sous le bandeau virginal, eût tiré de son sein ces décentes mélodies qui tiennent de la femme et de l'ange. Quoi qu'il en soit, l'audace des doctrines et la volupté des mœurs sont un terrain qui n'avait point encore été défriché par une fille d'Adam, et qui, livré à une culture féminine, a produit une moisson de fleurs inconnues. Laissons madame Sand enfanter de périlleuses merveilles jusqu'à l'approche de l'hiver ; elle ne chantera plus *quand la bise sera venue*[13] ; en attendant souffrons que, moins imprévoyante que la cigale, elle fasse provision de gloire pour le temps où il y aura disette de plaisir. La mère de Musarion lui répétait : « Tu n'auras pas toujours seize ans. Chæréas se souviendra-t-il toujours de ses serments, de ses larmes et de ses baisers*? » [* Lucien, *Dialogues des Courtisanes*, VII.]

Au reste, maintes femmes ont été séduites et comme enlevées par leurs jeunes années ; vers les jours d'automne, ramenées au foyer maternel, elles ont ajouté à leur cithare la corde grave ou plaintive sur laquelle s'exprime la religion ou le malheur. La vieillesse est une voyageuse de nuit ; la terre lui est cachée, elle ne découvre plus que le ciel brillant au-dessus de sa tête *(d)*.

Je n'ai point vu madame Sand habillée en homme ou portant la blouse et le bâton ferré du montagnard ; je ne l'ai point vue boire à la coupe des bacchantes et fumer indolemment assise sur un sofa comme une sultane : singularités naturelles ou affectées qui n'ajouteraient rien pour moi à son charme ou à son génie.

Est-elle plus inspirée, lorsqu'elle fait monter de sa bouche un nuage de vapeur autour de ses cheveux ? Lélia est-elle échappée du cerveau de sa mère à travers une bouffée brûlante, comme le péché, au dire de Milton, sortit de la tête du bel archange coupable, au milieu d'un tourbillon de fumée[14] ? Je ne sais ce qui se passe aux sacrés parvis ; mais, ici-bas, Néméade, Phila, Laïs, la spirituelle Gnathène, Phryné, désespoir du pinceau d'Apelles et du ciseau de Praxitèle, Léena qui fut aimée d'Harmodius, les deux sœurs surnommées Aphyes, parce qu'elles étaient minces et qu'elles avaient de grands yeux, Dorica, de qui le ban-

13.
La Fontaine, *Fables*, I, 1 : *La Cigale et la fourmi.*
14.
Le *Paradis perdu*, l. II, vers 754-758.

deau de cheveux et la robe embaumée furent consacrés au temple de Vénus, toutes ces enchanteresses enfin ne connaissaient que les parfums de l'Arabie[15]. Madame Sand a pour elle, il est vrai, l'autorité des Odalisques et des jeunes Mexicaines qui dansent le cigare aux lèvres.

Que m'a fait la vue de madame Sand, après quelques femmes supérieures et tant de femmes charmantes que j'ai rencontrées, après ces filles de la terre qui disaient avec Sapho comme madame Sand : « Viens dans nos repas délicieux, mère de l'Amour, remplir du nectar des roses nos coupes[16] ? » En me plaçant tour à tour dans la fiction et la vérité, l'auteur de Valentine a fait sur moi deux impressions fort diverses.

Dans la fiction : je n'en parlerai pas, car je n'en dois plus comprendre la langue. Dans la réalité : homme d'un âge grave ayant les notions de l'honnêteté, attachant comme chrétien le plus haut prix aux vertus timides de la femme, je ne saurais dire à quel point j'étais malheureux de tant de qualités livrées à ces heures prodigues et infidèles qui dépensent et fuient[17].

15.

De cette revue des courtisanes, tirée de Lucien, d'Athénée et de l'*Anthologie*, on retiendra : Laïs, maîtresse d'Alcibiade. Phryné, qui inspira Praxitèle. Léena, qui ne fut pas seulement la maîtresse d'Harmodius, mais qui sut défendre la liberté grecque contre les tyrans et qui, craignant que la douleur ne la fît succomber et trahir ses amis, se coupa la langue avec les dents. Lorsque Athènes eut recouvré la liberté (ve siècle av. J.-C.), il fut élevé une statue à la courtisane ; on la représenta sous la figure d'une lionne à laquelle manquait la langue. Les sœurs Aphyes (du grec *aphuée*, « petit poisson »), surnommées ainsi car petites et frétillantes.

16.

Sapho, fragment de l'*Ode à Aphrodite*.

17.

Dans la *Vie de Rancé*, Chateaubriand reprend, à propos de Mlle de Scudéry, quelques lignes sur George Sand empruntées au présent chapitre, son parallèle s'achevant par un superbe aphorisme : « Mlle de Scudéry était la grande romancière du temps, et jouissait d'une réputation fabuleuse. Elle avait gâté et soutenu à la fois le grand style, accoutumant les esprits à passer de *Clélie* à *Andromaque*. Nous n'avons rien à regretter de cette époque. Mme Sand l'emporte sur les femmes qui commencèrent la gloire de la France : l'art vivra sous la plume de l'auteur de *Lélia*. L'insulte à la rectitude de la vie ne saurait aller plus loin, il est vrai, mais Mme Sand fait descendre sur l'abîme son talent, comme j'ai vu la rosée tomber sur la mer Morte. Laissons-la faire provision de gloire pour le temps où il y aura disette de plaisir. Les femmes sont séduites et enlevées par leurs jeunes années ; plus tard elles ajoutent à leur lyre la corde grave et plaintive sur laquelle s'expriment la religion et le malheur. La vieillesse est une voyageuse de nuit : la terre lui est cachée ; elle ne découvre plus que le ciel » (l. I, Pléiade, p. 1000).

M. de Talleyrand.

Paris, 1838.

Au printemps de cette année 1838, je me suis occupé du *Congrès de Vérone*[1], qu'aux termes de mes engagements littéraires j'étais obligé de publier : je vous en ai entretenu en son lieu dans ces *Mémoires.* Un homme s'en est allé[2] ; ce garde *(a)* de l'aristocratie escorte en arrière les puissants plébéiens déjà partis.

Quand M. de Talleyrand apparut pour la première fois dans ma carrière politique, j'ai dit quelques mots de lui. Maintenant son existence entière m'est connue par sa dernière heure, selon la belle expression d'un ancien. J'ai eu des rapports à M. de Talleyrand ; je lui ai été fidèle en homme d'honneur, ainsi qu'on l'a pu remarquer, surtout à propos de la fâcherie de Mons, alors que très-gratuitement je me perdis pour lui[3]. Trop simple, j'ai pris part à ce qui lui arrivait de désagréable, je le plaignis lorsque Maubreuil le frappa à la joue[4]. Il fut un temps qu'il me recherchait d'une manière coquette ; il m'écrivait à Gand, comme on l'a vu, que j'étais *un homme fort ;* quand j'étais logé à l'hôtel de la rue des Capucines[5], il m'en-

1.
Le *Congrès de Vérone* parut le 28 avril 1838, en 2 vol. Chateaubriand avait hélas supprimé, de mauvaise grâce il est vrai, près de 2 volumes sur 4 de son manuscrit primitif, sous la pression conjuguée de La Ferronnays et de Marcellus, « alarmés du danger public et privé de toutes les indiscrétions qu'il n'avait pu étouffer ».

2.
Talleyrand mourut à Paris, en son hôtel de la rue Saint-Florentin, le 17 mai 1838.

3.
Voir *supra* (l. XXIII, chap. 20, p. 1502 *sqq.*), l'épisode du retour de Gand, où Chateaubriand commit l'impair de s'attacher au sort du prince de Talleyrand.

Élévation de la poire. Adoremus.

4.
Voir *supra*, l. XXII, chap. 20, p. 1371. L'agression du 20 janvier 1827, de Maubreuil contre le prince de Talleyrand, suscita une grande émotion dans la société parisienne. Pasquier en parle, ainsi que Mme de Boigne (*Mémoires*, t. III, pp. 200-203).

5.
Ancien hôtel du maréchal Berthier, affecté au ministère des Affaires étrangères de 1820 à 1853, année où le ministère s'installa quai d'Orsay.

voya, avec une parfaite galanterie, un cachet des affaires étrangères, talisman gravé sans doute sous sa constellation. C'est peut-être parce que je n'abusai pas de sa générosité qu'il devint mon ennemi sans provocation de ma part, si ce n'est quelques succès que j'obtins et qui n'étaient pas son ouvrage. Ses propos couraient le monde et ne m'offensaient pas, car M. de Talleyrand ne pouvait offenser personne ; mais son intempérance de langage m'a délié, et puisqu'il s'est permis de me juger[6], il m'a rendu la liberté d'user du même droit à son égard.

La vanité de M. de Talleyrand le pipa ; il prit son rôle pour son génie ; il se crut prophète en se trompant sur tout : son autorité n'avait aucune valeur en matière d'avenir : il ne voyait point en avant, il ne voyait qu'en arrière. Dépourvu de la force du coup d'œil et de la lumière de la conscience, il ne découvrait rien comme l'intelligence supérieure, il n'appréciait rien comme la probité. Il tirait bon parti des accidents de la fortune, quand ces accidents, qu'il n'avait jamais prévus, étaient arrivés, mais uniquement pour sa personne. Il ignorait cette ampleur d'ambition, laquelle enveloppe les intérêts de la gloire publique comme le trésor le plus profitable aux intérêts privés. M. de Talleyrand n'appartient donc pas à la classe des êtres propres à devenir une de ces créations fantastiques auxquelles les opinions ou faussées ou déçues ajoutent incessamment des fantaisies. Néanmoins il est certain que plusieurs sentiments, d'accord par diverses raisons, concourent à former un Talleyrand imaginaire.

D'abord les rois, les cabinets, les anciens ministres étrangers, les ambassadeurs, dupes autrefois de cet homme, et incapables de l'avoir pénétré, tiennent à prouver qu'ils n'ont obéi qu'à une supériorité réelle : ils auraient ôté leur chapeau au marmiton de Bonaparte.

Ensuite les membres de l'ancienne aristocratie française liés à M. de Talleyrand sont fiers de compter dans leurs rangs un homme qui avait la bonté de les assurer de sa grandeur.

6.
Talleyrand ne mentionne Chateaubriand qu'une seule fois dans ses *Mémoires*, pour 1815 : « Mais à Mons, les amis du roi s'agitaient autour de moi en me représentant les dangers qu'il courait, et je ne fus pas peu étonné de trouver parmi ces amis si ardents M. de Chateaubriand qui m'avait écrit à la fin de 1814, à Vienne, pour se plaindre avec amertume de tout ce qui se faisait en France. Il se montrait alors mécontent de tout le monde et de toute chose ; regardait comme très étrange qu'on voulût l'envoyer à Stockholm en qualité de ministre du roi, et finissait par me déclarer qu'il allait demander à entrer au service de la Russie. Sa lettre doit se retrouver aux archives du ministère des affaires étrangères, parmi les papiers relatifs au congrès de Vienne » (*Mémoires complets et authentiques de Charles-Maurice de Talleyrand, prince de Bénévent*, t. III, p. 229).

Enfin, les révolutionnaires et les générations immorales, tout en déblatérant contre les noms, ont un penchant secret vers l'aristocratie : ces singuliers néophytes en recherchent volontiers le baptême *(b)*, et ils pensent apprendre avec elle les belles manières. La double apostasie du prince charme en même temps un autre côté de l'amour-propre des jeunes démocrates : car ils concluent de là que leur cause est la bonne, et qu'un noble et un prêtre sont bien méprisables.

Quoi qu'il en soit de ces empêchements à la lumière, M. de Talleyrand n'est pas de taille à créer une illusion durable ; il n'a pas en lui assez de facultés de croissance pour tourner les mensonges en rehaussements de stature. Il a été vu de trop près ; il ne vivra pas, parce que sa vie ne se rattache ni à une idée nationale restée après lui, ni à une action célèbre, ni à un talent hors de pair, ni à une découverte utile, ni à une conception faisant époque. L'existence par la vertu lui est interdite ; les périls n'ont pas même daigné honorer ses jours ; il a passé le règne de la Terreur hors de son pays, il n'y est rentré que quand le forum s'est transformé en antichambre.

Les monuments diplomatiques prouvent la médiocrité relative de Talleyrand : vous ne pourriez citer un fait de quelque estime qui lui appartienne. Sous Bonaparte, aucune négociation importante n'est de lui ; quand il a été libre d'agir seul, il a laissé échapper les occasions et gâté ce qu'il touchait. Il est bien avéré qu'il a été cause de la mort du duc d'Enghien[7] ; cette tache de sang ne peut s'effacer : loin d'avoir chargé le ministre en rendant compte de la mort du prince, je l'ai beaucoup trop ménagé.

Dans ses affirmations contraires à la vérité, M. de Talleyrand avait une effrayante effronterie. Je n'ai point parlé, dans le *Congrès de Vérone*, du discours qu'il lut à la Chambre des pairs relativement à l'adresse sur la guerre d'Espagne ; ce discours débutait par ces paroles solennelles :

« Il y a aujourd'hui seize ans qu'appelé, par celui qui gouvernait alors le monde, à lui dire mon avis sur la lutte à engager avec le peuple espagnol, j'eus le malheur de lui déplaire en lui dévoilant l'avenir, en lui révélant tous les dangers qui allaient naître en foule d'une agression non moins injuste que téméraire. La disgrâce fut le fruit de ma sincérité. Étrange destinée que celle qui me ramène, après ce long espace de temps, à renouveler auprès du souverain légitime les mêmes efforts, les mêmes conseils[8] ! »

---

7. Voir *supra*, l. XVI, chap. 2, p. 909 *sqq.*

8. Voir *Opinion de M. le prince de Talleyrand sur le projet d'adresse en réponse au Discours du Roi à l'ouverture de la Session*, prononcée le lundi 3 février 1823, *in Chambre des pairs de France, Impressions diverses, Session de 1823*, supplément, 1823.

Il y a des absences de mémoire ou des mensonges qui font peur : vous ouvrez les oreilles, vous vous frottez les yeux, ne sachant qui vous trompe ou de la veille ou du sommeil. Lorsque le débitant de ces imperturbables assertions descend de la tribune et va s'asseoir impassible à sa place, vous le suivez du regard, suspendu que vous êtes entre une espèce d'épouvante et une sorte d'admiration ; vous ne savez si cet homme n'a point reçu de la nature une autorité telle qu'il a le pouvoir de refaire ou d'anéantir la vérité.

Je ne répondis point ; il me semblait que l'ombre de Bonaparte allait demander la parole et renouveler le démenti terrible qu'il avait jadis donné à M. de Talleyrand. Des témoins de la scène étaient encore assis parmi les pairs, entre autres M. le comte de Montesquiou ; le vertueux duc de Doudeauville me l'a racontée, la tenant de la bouche du même M. de Montesquiou, son beau-frère ; M. le comte de Cessac, présent à cette scène, la répète à qui veut l'entendre ; il croyait qu'au sortir du cabinet, le grand-électeur serait arrêté. Napoléon s'écriait dans sa colère, interpellant son pâle ministre : « Il vous sied bien de crier contre la guerre d'Espagne, vous qui me l'avez conseillée, vous dont j'ai un monceau de lettres dans lesquelles vous cherchez à me prouver que cette guerre était aussi nécessaire que politique[9]. » Ces lettres ont disparu lors de l'enlèvement des archives aux Tuileries, en 1814*. [* Voyez, au *l. XVI, chap. 6*, la mention de l'enlèvement de ces lettres par M. de Talleyrand, au sujet de la mort du duc d'Enghien.]

M. de Talleyrand déclarait, dans son discours, qu'il avait eu *le malheur de déplaire* à Bonaparte en lui dévoilant l'avenir, en lui révélant tous les dangers qui allaient naître *d'une agression non moins injuste que téméraire.*

9.
Roederer, brumairien et conseiller d'État, rapporte son entretien avec l'empereur, à l'Élysée, le 6 mars 1809. La fureur contre Talleyrand était à son comble : « [...] Talleyrand ! Je l'ai couvert d'honneurs, de richesses, de diamants. Il a employé tout cela contre moi. Il m'a trahi autant qu'il le pouvait, à la première occasion qu'il a eue de le faire... Il a dit, pendant mon absence *(pendant la campagne d'Espagne)* qu'il s'était mis à mes genoux pour empêcher l'affaire d'Espagne, et il me tourmentait depuis deux ans pour l'entreprendre ! Il me soutenait qu'il ne me faudrait que vingt mille hommes : il m'a donné vingt mémoires pour le prouver. C'est la même conduite que pour l'affaire du duc d'Enghien ; moi, je ne le connaissais pas : c'est Talleyrand qui me l'a fait connaître (l'*Empereur prononce toujours Taillerand*). Je ne savais pas où il était (l'*Empereur s'arrêta devant moi*). C'est lui qui m'a fait connaître l'endroit où il était, et après m'avoir conseillé sa mort, il en a gémi avec toutes ses connaissances (l'*Empereur se remet à marcher, et, d'un ton calme, après un moment de silence*)... Je ne lui ferai aucun mal, je lui conserve ses places ; j'ai même pour lui les sentiments que j'ai eus autrefois ; mais je lui ai retiré le droit d'entrer à toute heure dans mon cabinet. Jamais il n'aura d'entretien particulier avec moi ; il ne pourra plus dire qu'il m'a conseillé ou déconseillé une chose ou une autre... » (Roederer, *Souvenirs*, cité *in Mémoires d'outre-tombe*, éd. E. Biré, t. VI, pp. 420-421).

Que M. de Talleyrand se console dans sa tombe, il n'a point eu ce malheur; il ne doit point ajouter cette calamité à toutes les afflictions de sa vie.
La faute principale de M. de Talleyrand envers la légitimité, c'est d'avoir détourné Louis XVIII du mariage à conclure entre le duc de Berry et une princesse de Russie[10]; la faute impardonnable de M. de Talleyrand envers la France, c'est d'avoir consenti aux révoltants traités de Vienne[11].
Il résulte des négociations de M. de Talleyrand que nous sommes demeurés sans frontières: une bataille perdue à Mons ou à Coblentz amènerait en huit jours la cavalerie ennemie sous les murs de Paris. Dans l'ancienne monarchie, non-seulement la France était fermée par un cercle de forteresses, mais elle était défendue sur le Rhin par les États indépendants de l'Allemagne. Il fallait envahir les Électorats ou négocier avec eux pour arriver jusqu'à nous. Sur une autre frontière, la Suisse était pays neutre et libre; il n'avait point de chemins; nul ne violait son territoire. Les Pyrénées étaient impassables, gardées par les Bourbons d'Espagne. Voilà ce que M. de Talleyrand n'a pas compris; telles sont les fautes qui le condamneront à jamais comme homme politique: fautes qui nous ont privés en un jour des travaux de Louis XIV et des victoires de Napoléon.
On a prétendu que sa politique avait été supérieure à celle de Napoléon: d'abord il faut se bien mettre dans l'esprit qu'on est purement et simplement un commis lorsqu'on tient le porte-feuille d'un conquérant, qui chaque matin y dépose le bulletin d'une victoire et change la géographie des États. Quand Napoléon se fut enivré, il fit des fautes énormes et frappantes à tous les yeux: M. de Talleyrand les aperçut vraisemblablement comme tout le monde; mais cela n'indique aucune vision de lynx. Il se compromit d'une manière étrange dans la catastrophe du duc d'Enghien; il se méprit sur la guerre d'Espagne de 1807, bien qu'il ait voulu plus tard nier ses conseils et reprendre ses paroles.

10.
En 1815, au congrès de Vienne, Talleyrand souleva de nombreuses objections contre le mariage du duc de Berry avec la grande-duchesse Anne, fille du tsar Paul, et sœur du tsar Alexandre: sa religion, à laquelle Alexandre refusait qu'elle renonçât, la santé mentale de son aïeul, Pierre III, le fait que Bonaparte songeât un instant à elle, la relative médiocrité, en regard de la couronne de France, des mariages contractés par les autres filles de Paul... (voir à ce sujet la longue lettre qu'il adressa à Louis XVIII, de Vienne, le 25 janvier 1815, reproduite dans ses *Mémoires*, t. II, pp. 32-39). C'est là un reproche fondamental pour Chateaubriand. Pour lui, la France devait fonder sa politique étrangère sur une alliance étroite avec la Russie. Il estimait que, moyennant des compensations territoriales obtenues sur l'Empire ottoman, la Russie pourrait contribuer à la révision des funestes traités de 1814.
11.
Voir *supra*, l. XXIII, chap. 11, note 6, pp. 1460-1461.

Cependant un acteur n'est pas prestigieux, s'il est tout à fait dépourvu des moyens qui fascinent le parterre : aussi la vie du prince a-t-elle été une perpétuelle déception. Sachant ce qu'il lui manquait, il se dérobait à quiconque le pouvait connaître : son étude constante était de ne pas se laisser mesurer ; il faisait retraite à propos dans le silence ; il se cachait dans les trois heures muettes qu'il donnait au whist. On s'émerveillait qu'une telle capacité pût descendre aux amusements du vulgaire : qui sait si cette capacité ne partageait pas des empires en arrangeant dans sa main les quatre valets ? Pendant ces moments d'escamotage, il rédigeait intérieurement un mot à effet, dont l'inspiration lui venait d'une brochure du matin ou d'une conversation du soir[12]. S'il vous prenait à l'écart pour vous illustrer de sa conversation, sa principale manière de séduire était de vous accabler d'éloges, de vous appeler l'espérance de l'avenir, de vous prédire des destinées éclatantes, de vous donner une lettre de change de grand homme tirée sur lui et payable à vue ; mais trouvait-il votre foi en lui un peu suspecte, s'apercevait-il que vous n'admiriez pas assez quelques phrases brèves à prétention de profondeur derrière lesquelles il n'y avait rien, il s'éloignait de peur de laisser arriver le bout de son esprit. Il aurait bien raconté, n'était que ses plaisanteries tombaient sur un subalterne ou sur un sot dont il s'amusait sans péril, ou sur une victime attachée à sa personne et plastron de ses railleries. Il ne pouvait suivre une conversation sérieuse ; à la troisième ouverture des lèvres, ses idées expiraient.

D'anciennes gravures de l'*abbé de Périgord* représentent un homme fort joli ; M. de Talleyrand, en vieillissant, avait tourné à la tête de mort : ses yeux étaient ternes, de sorte qu'on avait peine à y lire, ce qui le servait bien ; comme il avait reçu beaucoup de mépris, il s'en était imprégné, et il l'avait placé dans les deux coins pendants de sa bouche.

Un grande façon qui tenait à sa naissance, une observation rigoureuse des bienséances[13], un air froid et dédaigneux, contribuaient à nourrir l'illusion autour du prince de Bénévent. Ses manières exerçaient de

12.

« Ceux qui ont suivi, comme moi, M. de Talleyrand, ont remarqué un travail qui lui était particulier pour payer le tribut qu'il devait à sa réputation d'esprit supérieur, note Vitrolles [qui fut secrétaire général du gouvernement au début de la première Restauration]. De loin en loin, tous les quinze ou vingt jours, il cherchait une pensée, juste ou fausse, peu lui importait, pourvu qu'elle fût inattendue ; il en étudiait la rédaction, la limait, la polissait, jusqu'à ce qu'il l'eût rendue brillante. Mise ainsi en état, il ne lui était pas difficile, avec l'ascendant de sa position, de l'amener dans la conversation à tout propos et à tout venant ; et il appréciait le mérite de chacun, au degré d'approbation ou d'admiration qu'on accordait à ces impromptus mis au jour si laborieusement. Il aimait à étonner » (*Le Prince de Talleyrand*, p. 30).

Louis-Philippe, Guillaume IV d'Angleterre et Talleyrand.

13.
Allant jusqu'à l'insolence. Voici, reconstitué par A. Castelot, la façon dont Talleyrand, qui avait soin de découper lui-même son rôti, s'adressait à ses convives, selon leur importance : « "Monseigneur, me ferez-vous l'insigne honneur d'accepter un morceau de bœuf ? – Certes, mon cher ami. – Monsieur le duc, aurai-je la grande joie de vous offrir cette tranche de bœuf ? – Avec joie, mon cher prince. – Monsieur le Marquis, voulez-vous me faire le plaisir d'accepter ce morceau ? – Mille grâces, monseigneur ! – Mon cher comte, voulez-vous bien me permettre... ? – Que de bontés, monseigneur ! – Baron, vous enverrai-je du bœuf ? – Je l'accueillerai avec reconnaissance, monseigneur. – Chevalier, vous plaît-il ? – Votre Altesse Sérénissime me comble ! – Eh, là-bas, Montrond ? – Quel impérissable honneur, monseigneur ! – Durand ? Bœuf ?" Et, pour finir, celui qui se trouve tout au bout de la table n'a droit, dans sa direction, qu'à un simple et insolent mouvement de la fourchette... » (*in* F. Bonneau, *Talleyrand à table ou la cuisine des Princes*, p. 53).

l'empire sur les petites gens et sur les hommes de la société nouvelle, lesquels ignoraient la société du vieux temps. Autrefois on rencontrait à tout bout de champ des personnages dont les allures ressemblaient à celles de M. de Talleyrand, et l'on n'y prenait pas garde ; mais, presque seul en place au milieu des mœurs démocratiques, il paraissait un phénomène : pour subir le joug de ses formes, il convenait à l'amour-propre de reporter à l'esprit du ministre l'ascendant qu'exerçait son éducation. Lorsqu'en occupant une place considérable on se trouve mêlé à de prodigieuses révolutions, elles vous donnent une importance de hasard que le vulgaire prend pour votre mérite personnel ; perdu dans les rayons de Bonaparte, M. de Talleyrand a brillé sous la Restauration de l'éclat emprunté d'une fortune qui n'était pas la sienne. La position accidentelle du prince de Bénévent lui a permis de s'attribuer la puissance d'avoir renversé Napoléon, et l'honneur d'avoir rétabli Louis XVIII[14] ; moi-même, comme tous les badauds, n'ai-je pas été assez niais pour donner dans cette fable ! Mieux renseigné, j'ai connu que M. de Talleyrand n'était point un Warwick politique : la force qui abat et relève les trônes manquait à son bras.

De benêts impartiaux disent : « Nous en convenons, c'était un homme bien immoral ; mais quelle habileté ! » Hélas ! non. Il faut perdre encore cette espérance, si consolante pour ses enthousiastes, si désirée pour la mémoire du prince, l'espérance de faire de M. de Talleyrand un démon. Au-delà de certaines négociations vulgaires, au fond desquelles il avait l'habileté de placer en première ligne son intérêt personnel, il ne fallait rien demander à M. de Talleyrand.

M. de Talleyrand soignait quelques habitudes et quelques maximes à l'usage des sycophantes et des mauvais sujets de son intimité. Sa toilette en public, copiée sur celle d'un ministre de Vienne[15], était le triomphe de sa diplomatie.

14.
Formellement ce n'est pas faux : Talleyrand était vice-grand électeur et vice-président du Sénat, organe que la Constitution avait investi d'un pouvoir constituant. Le 31 mars 1814, lorsque les alliés furent à Paris, souverains et diplomates se réunirent chez Talleyrand, qui répliqua au tsar que la paix avec Napoléon n'offrait aucune garantie et qu'en cas de régence, l'empereur régnerait sous l'apparence de Marie-Louise ; il conclut en faveur des Bourbons, qui représentaient un principe. Restait l'exécution : Talleyrand y avait pourvu. Il exposa aux souverains que le Sénat prononcerait la déchéance de Napoléon si on lui promettait que jamais l'empereur ne remonterait sur le trône. Chacun donna son assentiment ; on rédigea aussitôt une déclaration dans ce sens, qui invitait en outre le Sénat à désigner un gouvernement provisoire pour préparer une nouvelle Constitution.

15.
Allusion à la coquetterie bien connue de Kaunitz, chancelier d'Autriche sous le règne de l'impératrice Marie-Thérèse.

Il se vantait de n'être jamais pressé; il disait que le temps est notre ennemi et qu'il le faut tuer: de là il faisait état de ne s'occuper que quelques instants. Mais comme, en dernier résultat, M. de Talleyrand n'a pu transformer son désœuvrement en chefs-d'œuvre, il est probable qu'il se trompait en parlant de la nécessité de se défaire du temps: on ne triomphe du temps qu'en créant des choses immortelles; par des travaux sans avenir, par des distractions frivoles, on ne le tue pas: on le dépense.

Entré dans le ministère à la recommandation de madame de Staël, qui obtint sa nomination de Chénier, M. de Talleyrand[16], alors fort dénué, recommença cinq ou six fois sa fortune[17]: par le million qu'il reçut du Portugal dans l'espoir de la signature d'une paix avec le Directoire, paix qui ne fut jamais signée; par l'achat des bons de la Belgique à la paix d'Amiens, laquelle il savait, lui, M. de Talleyrand, avant qu'elle fût connue du public; par l'érection du royaume passager d'Étrurie; par la sécularisation des propriétés ecclésiastiques en Allemagne; par le brocantage de ses opinions au Congrès de Vienne. Il n'est pas jusqu'à de vieux papiers de nos archives que le prince n'ait voulu céder à l'Autriche: dupe cette fois de M. de Metternich, celui-ci renvoya religieusement les originaux après en avoir fait prendre copie[18].

Incapable d'écrire seul une phrase[19], M. de Talleyrand faisait travailler compétemment sous lui: quand, à force de raturer et de changer, son secrétaire parvenait à rédiger les dépêches selon sa convenance, il les copiait de sa main. Je

16.
Exilé aux États-Unis, où il s'occupa de spéculation foncière et industrielle, Talleyrand dut à Mme de Staël de voir sa proscription levée. Il rentra à Paris en septembre 1796. Barras en fit, le 16 juillet 1797, un ministre des Relations extérieures, en remplacement de Delacroix. Marie-Joseph Chénier, qui avait siégé à la Convention, fut élu sous le Directoire membre du Conseil des Cinq-Cents, où il appuya le coup d'État du 18 Brumaire.

17.
Voir notamment le témoignage du baron de Vitrolles, *Le Prince de Talleyrand*, pp. 31-38.

18.
Chateaubriand est bien renseigné. Talleyrand détourna en 1814 12 liasses de lettres des archives nationales, et les vendit à Metternich en janvier-mars 1817 contre 500 000 frs.

19.
«Dans les affaires, il écrivait peu, et seulement les lettres particulières, très importantes, remarque Vitrolles; mais il choisissait bien ses faiseurs. Lorsqu'il commandait des dépêches ou notes diplomatiques, il expliquait, en peu de mots et en phrases entrecoupées, ce qu'elles devaient contenir; et, quand on lui apportait l'œuvre demandée, il la lisait avec attention. S'il n'en était pas pleinement satisfait, il repliait le papier et le remettait à l'auteur, en disant: "Ce n'est pas cela", ou: "Ce n'est pas encore cela", ou bien: "Ce n'est pas tout à fait cela", sans autre explication. Il fallait deviner jusqu'à ce qu'on obtînt le dernier triomphe: "C'est cela!" » (*Le Prince de Talleyrand*, pp. 19-20). Les écrits qu'il signait étaient rédigés par Panchaud pour les Finances, Desrenaudes pour l'Instruction publique, Hauterive ou La Besnardière pour la politique générale.

lui ai entendu lire, de ses mémoires[20] commencés, quelques détails agréables sur sa jeunesse. Comme il variait dans ses goûts, détestant le lendemain ce qu'il avait aimé la veille, si ces mémoires existent entiers, ce dont je doute, et s'il en a conservé les versions opposées, il est probable que les jugements sur le même fait et surtout sur le même homme se contrediront outrageusement. Je ne crois pas au dépôt des manuscrits en Angleterre; l'ordre prétendu donné de ne les publier que dans quarante ans d'ici me semble une jonglerie posthume.

Paresseux et sans étude, nature frivole et cœur dissipé, le prince de Bénévent se glorifiait de ce qui devait humilier son orgueil, de rester debout après la chute des empires. Les esprits du premier ordre qui produisent les révolutions disparaissent; les esprits du second ordre qui en profitent demeurent. Ces personnages de lendemain et d'industrie assistent au défilé des générations; ils sont chargés de mettre le visa aux passe-ports, d'homologuer la sentence: M. de Talleyrand était de cette espèce inférieure; il signait les événements, il ne les faisait pas.

Survivre aux gouvernements, rester quand un pouvoir s'en va, se déclarer en permanence, se vanter de n'appartenir qu'au pays, d'être l'homme des choses et non l'homme des individus, c'est la fatuité de l'égoïsme mal à l'aise, qui s'efforce de cacher son peu d'élévation sous la hauteur des paroles. On compte aujourd'hui beaucoup de caractères de cette équanimité, beaucoup de ces citoyens du sol: toutefois, pour qu'il y ait de la grandeur à vieillir comme l'ermite dans les ruines du Colisée, il les faut garder avec une croix; M. de Talleyrand avait foulé la sienne aux pieds.

Notre espèce se divise en deux parts inégales: les hommes de la mort et aimés d'elle, troupeau choisi qui renaît; les hommes de la vie et oubliés d'elle, multitude de néant qui ne renaît plus. L'existence temporaire de ces derniers consiste dans le nom, le crédit, la place, la fortune; leur bruit, leur autorité, leur puissance s'évanouissent avec leur personne: clos leur salon et leur cercueil, close est leur destinée. Ainsi en est arrivé à M. de Talleyrand; sa momie, avant de descendre dans sa crypte, a été exposée un moment à Londres, comme représentant de la royauté-cadavre[21] qui nous régit.

20.
Les *Mémoires* de Talleyrand ont paru en 1891-1892 (5 vol.), avec une préface et des notes par le duc de Broglie, et été réédités en 1957 (2 vol.). Ces *Mémoires*, qui ne révélaient rien et d'un style composite, «ont suscité une énorme déception au moment de leur parution. [...] S'agissait-il bien des mémoires rédigés par Talleyrand lui-même?» écrit J. Tulard. Des mémoires apocryphes avaient été publiés en 1838 par Lamothe-Langon (J. Tulard, *Nouvelle Bibliographie critique des mémoires sur l'époque napoléonienne*, p. 280).

21.
Après la «royauté amphibie» de Juillet, le terme de «royauté-cadavre» va encore plus loin dans la diatribe; sans doute le mot le plus violent jamais prononcé contre la monarchie de Juillet.

M. de Talleyrand a trahi tous les gouvernements, et, je le répète, il n'en a élevé ni renversé aucun. Il n'avait point de supériorité réelle, dans l'acception sincère de ces deux mots. Un fretin de prospérités banales, si communes dans la vie aristocratique, ne conduit pas à deux pieds au-delà de la fosse. Le mal qui n'opère pas avec une explosion terrible, le mal parcimonieusement employé par l'esclave au profit du maître, n'est que de la turpitude. Le vice, complaisant du crime, entre dans la domesticité. Supposez M. de Talleyrand plébéien, pauvre et obscur, n'ayant avec son immoralité que son esprit incontestable de salon, l'on n'aurait certes jamais entendu parler de lui. Ôtez de M. de Talleyrand le grand seigneur avili, le prêtre marié, l'évêque dégradé, que lui reste-t-il ? Sa réputation et ses succès ont tenu à ces trois dépravations.

La comédie par laquelle le prélat a couronné ses quatre-vingt-deux années est une chose pitoyable : d'abord, pour faire preuve de force, il est allé prononcer à l'Institut l'éloge commun d'une pauvre mâchoire allemande dont il se moquait[22]. Malgré tant de spectacles dont nos yeux ont été rassasiés, on a fait la haie pour voir sortir le grand homme ; ensuite il est venu mourir chez lui comme Dioclétien, en se montrant à l'univers. La foule a bayé, à l'heure suprême de ce prince aux trois quarts pourri, une ouverture gangréneuse au côté, la tête retombant sur sa poitrine en dépit du bandeau qui la soutenait, disputant minute à minute sa réconciliation avec le ciel, sa nièce[23] jouant autour de lui un rôle préparé de loin entre un prêtre abusé et une petite fille trompée : il a signé de guerre lasse (ou peut-être n'a-t-il pas même signé), quand sa parole allait s'éteindre, le désaveu de sa première adhésion à l'Église constitutionnelle ; mais sans donner aucun signe de repentir, sans remplir les

22.

Le terme de mâchoire, que l'on trouve chez Saint-Simon, désigne un homme d'un esprit lourd, sans intelligence, sans capacités. La « mâchoire » ici visée est le comte Reinhard, Wurtembergeois devenu chef de division au ministère des Affaires étrangères, dont Talleyrand prononça l'éloge à l'Académie des Sciences morales et politiques, le 3 mars 1838. Ce fut pour Talleyrand, selon le mot de Sainte-Beuve, « sa représentation d'*Irène* » (souvenir du triomphe de Voltaire juste avant sa mort). La salle était comble. M. Mignet, secrétaire perpétuel, alla à sa rencontre dans la pièce qui précédait celle des séances. Le prince, dans sa 85e année, n'avait pu monter à pied l'escalier ; il avait été porté par deux domestiques en livrée. Quand il fit son entrée dans la salle, appuyé sur les bras de M. Mignet et sur sa béquille, tous les assistants étaient debout. Son discours prononcé d'une voix très forte, fut fréquemment interrompu par les applaudissements. La lecture faite, l'enthousiasme n'eut plus de bornes ; « le prince, dit Sainte-Beuve, eut à passer, au retour, entre une double haie de fronts qui s'inclinaient avec un redoublement de révérence [...] » (*Nouveaux Lundis*, t. XII, p. 110).

23.

La duchesse de Dino.

derniers devoirs du chrétien, sans rétracter les immoralités et les scandales de sa vie. Jamais l'orgueil ne s'est montré si misérable, l'admiration si bête, la piété si dupe : Rome, toujours prudente, n'a pas rendu publique, et pour cause, la rétractation[24].

M. de Talleyrand, appelé de longue date au tribunal d'en haut, était contumace ; la mort le cherchait de la part de Dieu, et elle l'a enfin trouvé. Pour analyser minutieusement une vie aussi gâtée que celle de M. de La Fayette a été saine, il faudrait affronter des dégoûts que je suis incapable de surmonter. Les hommes de plaies ressemblent aux carcasses de prostituées : les ulcères les ont tellement rongés qu'ils ne peuvent servir à la dissection. La Révolution française est une vaste destruction politique, placée au milieu de l'ancien monde : craignons qu'il ne s'établisse une destruction beaucoup plus funeste, craignons une destruction morale par le côté mauvais de cette révolution. Que deviendrait l'espèce humaine, si l'on s'évertuait à réhabiliter des mœurs justement flétries, si l'on s'efforçait d'offrir à notre enthousiasme d'odieux exemples, de nous présenter les progrès du siècle, l'établissement de la liberté, la profondeur du génie dans des natures abjectes ou des actions atroces ? N'osant préconiser le mal sous son propre nom, on le sophistique : donnez-vous de garde de prendre cette brute pour un esprit de ténèbres, c'est un ange de lumière ! Toute laideur est belle, tout opprobre honorable, toute énormité sublime ; tout vice a son admiration qui l'attend. Nous sommes revenus à cette société matérielle du paganisme où chaque dépravation avait ses autels. Arrière ces éloges lâches, menteurs, criminels, qui faussent la conscience publique, qui débauchent la jeunesse, qui découragent les gens de bien, qui sont un outrage à la vertu et le crachement du soldat romain au visage du Christ[25] !

24.
Sur la « rétractation » de Talleyrand, obtenue par l'abbé Dupanloup, voir F. Lagrange, *Vie de Monseigneur Dupanloup*, t. I, chap. XIV et XV.

25.
« Les soldats du gouverneur » (Pilate) couronnèrent Jésus d'épines, et « ils crachaient sur lui » (Matthieu, XXVII, 29-30).

Mort de Charles X.

Paris, 1839.

Étant à Prague en 1833, Charles X me dit: «Ce vieux Talleyrand vit donc encore?» Et Charles X a quitté la vie deux ans avant M. de Talleyrand; la mort privée et chrétienne du monarque contraste avec la mort publique de l'évêque apostat, traîné récalcitrant aux pieds de l'incorruptibilité divine.

Le 3 octobre 1836 j'avais écrit à madame la duchesse de Berry la lettre suivante, et j'y ajoutai un post-scriptum le 15 novembre de la même année:

«Madame,

«M. Walsh[1] m'a remis la lettre dont vous avez bien voulu m'honorer. Je serais prêt à obéir au désir de Votre Altesse Royale, si les écrits pouvaient à présent quelque chose; mais l'opinion est tombée dans une telle apathie que les plus grands événements la pourraient à peine soulever. Vous m'avez permis, madame, de vous parler avec une franchise que mon dévouement pouvait seul excuser: Votre Altesse Royale le sait, j'ai été opposé à presque tout ce qui s'est fait; j'ai osé même n'être pas d'avis de son voyage à Prague. Henri V sort maintenant de l'enfance; il va bien-

1. Le vicomte Édouard Walsh était depuis le 25 septembre 1835 directeur de *La Mode*, l'une des plus spirituelles feuilles royalistes, publiée sous le patronage de la duchesse de Berry, d'octobre 1829 au 15 septembre 1854. Il était le fils du vicomte Joseph Walsh, l'auteur des *Lettres vendéennes* (1825), du *Tableau poétique des fêtes chrétiennes* (1836), des *Journées mémorables de la Révolution française* (1839-1840), de *Souvenirs de cinquante ans* (1844)... Chateaubriand l'avait déjà rencontré à plusieurs reprises, lors de son second voyage pour la «proclamation de majorité du duc de Bordeaux».

tôt entrer dans le monde avec une éducation qui ne lui a rien appris du siècle où nous vivons. Qui sera son guide, qui lui montrera les cours et les hommes ? Qui le fera connaître et comme apparaître de loin à la France ? Questions importantes qui, vraisemblablement et malheureusement, seront résolues dans le sens que l'ont été toutes les autres. Quoi qu'il en soit, le reste de ma vie appartient à mon jeune Roi et à son auguste mère. Mes prévisions de l'avenir ne me rendront jamais infidèle à mes devoirs.

« Madame de Chateaubriand demande la permission de mettre ses respects aux pieds de Madame. J'offre au Ciel tous mes vœux pour la gloire et la prospérité de la mère de Henri V et je suis avec un profond respect,

« Madame,

« De Votre Altesse Royale le très-humble et très-obéissant serviteur,

« CHATEAUBRIAND.

« *P. S.* Cette lettre attendait depuis un mois une occasion sûre pour parvenir à Madame. Aujourd'hui même j'apprends la mort de l'auguste aïeul de Henri[2]. Cette triste nouvelle apportera-t-elle quelque changement dans la destinée de Votre Altesse Royale ? Oserai-je prier Madame de me permettre d'entrer dans tous les sentiments de regret qu'elle doit éprouver, et d'offrir le tribut respectueux de ma douleur à monsieur le Dauphin et à madame la Dauphine.

« CHATEAUBRIAND. »

15 novembre.

Charles X n'est plus.

Soixante ans de malheurs ont paré la victime !

Trente années d'exil ; la mort à soixante-dix-neuf ans en terre étrangère ! Afin qu'on ne pût douter de la mission de malheur dont le Ciel avait chargé ce prince ici-bas, c'est un fléau qui l'est venu chercher.

Charles X a retrouvé à son heure suprême le calme, l'égalité d'âme qui lui manquèrent quelquefois pendant sa longue carrière. Quand il apprit le danger qui le menaçait, il se contenta de dire : « Je ne croyais pas que cette maladie tournât si court. » Quand Louis XVI partit pour l'échafaud, l'officier de service refusa de recevoir le testament du condamné parce

2. Charles X mourut, à Goritz, le 6 novembre 1836, d'une attaque de choléra, dont il avait senti les premières atteintes deux jours auparavant, le 4 novembre, jour de la Saint-Charles.

que le temps lui manquait et qu'il devait, lui officier, conduire le Roi au supplice : le Roi répondit *(a)* : « C'est juste. » Si Charles X, dans d'autres jours de péril, eût traité sa vie avec cette indifférence, qu'il se fût épargné de misères[3] ! On conçoit que les Bourbons tiennent à une religion qui les rend si nobles au dernier moment : Louis IX, attaché à sa postérité, envoie le courage du saint les attendre au bord du cercueil. Cette race sait admirablement *(b)* mourir : il y a plus de huit cents ans, il est vrai, qu'elle apprend la mort.

Charles X s'est en allé persuadé qu'il ne s'était pas trompé : s'il a espéré dans la miséricorde divine, c'est en raison du sacrifice qu'il a cru faire de sa couronne à ce qu'il pensait être le devoir de sa conscience et le bien de son peuple : les convictions sont trop rares pour n'en pas tenir compte. Charles X a pu se rendre ce témoignage que le règne de ses deux frères et le sien n'avaient été ni sans liberté ni sans gloire : sous le Roi martyr, l'affranchissement de l'Amérique et l'émancipation de la France ; sous Louis XVIII, le gouvernement représentatif donné à notre patrie, le rétablissement de la royauté opéré en Espagne ; l'indépendance de la Grèce recouvrée à Navarin sous Charles X, l'Afrique à nous laissée en compensation du territoire perdu avec les conquêtes de la République et de l'Empire : ce sont là des résultats qui demeurent acquis à nos fastes en dépit des stupides jalousies et des vaines inimitiés ; ces résultats ressortiront davantage à mesure que l'on s'enfoncera dans les abaissements de la royauté de Juillet. Mais il est à craindre que ces ornements de prix ne soient qu'au profit des jours expirés, comme la couronne de fleurs sur la tête d'Homère chassé avec grand respect de la république de Platon. La légitimité semble aujourd'hui n'avoir pas l'intention d'aller plus loin ; elle paraît adopter sa chute.

La mort de Charles X ne pourrait être un événement effectif qu'en mettant un terme à une déplorable contestation de sceptre et en donnant une direction nouvelle à l'éducation de Henri V : or, il est à craindre que la couronne absente soit toujours disputée ; que l'éducation finisse sans avoir été virtuellement changée. Peut-être, en s'épargnant la peine de prendre un parti, on s'endormira dans des habitudes chères à la faiblesse, douces à la vie de famille, commodes à la lassitude suite de longues souffrances. Le malheur qui se perpétue produit sur l'âme l'effet de la vieillesse sur le corps ; on ne peut plus remuer ; on se couche. Le malheur

---

3.
Sous la louange, le coup de griffe qui reproche au comte d'Artois de ne pas s'être montré suffisamment courageux en maintes occasions ; ainsi, de ne pas s'être porté à la tête de ses troupes lors de l'expédition de Quiberon (1795).

ressemble encore à l'exécuteur des hautes justices du ciel : il dépouille les condamnés, arrache au Roi son sceptre, au militaire son épée ; il ôte le décorum au noble, le cœur au soldat, et les renvoie dégradés dans la foule. D'un autre côté, on tire de l'extrême jeunesse des raisons d'atermoiements : quand on a beaucoup de temps à dépenser, on se persuade qu'on peut attendre ; on a des années à jouer devant les événements : « Ils viendront à nous, s'écrie-t-on, sans que nous nous en mettions en peine ; tout mûrira, le jour du trône arrivera de lui-même ; dans vingt ans les préjugés seront effacés. » Ce calcul pourrait avoir quelque justesse si les générations ne s'écoulaient pas ou ne devenaient pas indifférentes ; mais telle chose peut paraître une nécessité à une époque et n'être pas même sentie à une autre.

Hélas ! avec quelle rapidité les choses s'évanouissent ! où sont les trois frères que j'ai vus successivement régner ? Louis XVIII habite Saint-Denis avec la dépouille mutilée de Louis XVI ; Charles X vient d'être déposé à Goritz, dans une bière fermée à trois clefs[4].

Les restes de ce Roi, en tombant de haut, ont fait tressaillir ses aïeux ; ils se sont retournés dans leur sépulcre ; ils ont dit en se serrant : « Faisons place, voici le dernier d'entre nous. » Bonaparte n'a pas fait autant de bruit en entrant dans la nuit éternelle : les vieux morts ne se sont point réveillés pour l'empereur des morts nouveaux. Ils ne le connaissaient pas. La monarchie française lie le monde ancien au monde moderne. Augustule quitte le diadème en 476. Cinq ans après, en 481, la première race de nos rois, Clovis, règne sur les Gaules.

Charlemagne, en associant au trône Louis le Débonnaire, lui dit : « Fils cher à Dieu, mon âge se hâte ; ma vieillesse même m'échappe ; le temps de ma mort approche. Le pays des Francs m'a vu naître, Christ m'a accordé cet honneur. Le premier d'entre les Francs j'ai obtenu le nom de César et transporté à l'empire des Francs l'empire de la race de Romulus. » Sous Hugues, avec la troisième race, la monarchie élective devient héréditaire. L'hérédité enfante la légitimité, ou la permanence, ou la durée[5].

4.
Charles X avait été inhumé le 11 novembre dans la crypte de l'abbaye des capucins de Castagnavizza, à Göritz. En dépit de tentatives pour rapatrier les cendres de Charles X, les efforts sont restés vains et le tombeau du dernier des rois de France se trouve toujours dans cette ville.

5.
Ce principe de légitimité est au cœur même de la pensée de Chateaubriand. Pour lui, toutes les légitimités se tiennent. Dans son pamphlet de 1831, *De la nouvelle proposition relative au bannissement de Charles X et de sa famille* (éd. originale, p. 41), il pressent plus qu'il ne la démontre l'étroite solidarité entre Constitution politique et constitution sociale. La légitimité monarchique est à ses yeux l'avant-garde de toutes les légitimités.

C'est entre les fonts baptismaux de Clovis et l'échafaud de Louis XVI qu'il faut placer l'empire chrétien des Français. La même religion était debout aux deux barrières : « Doux Sicambre, incline le col, adore ce que tu as brûlé, brûle ce que tu as adoré », dit le prêtre qui administrait à Clovis le baptême d'eau. « Fils de saint Louis, montez au ciel », dit le prêtre qui assistait Louis XVI au baptême de sang.

Quand il n'y aurait dans la France que cette ancienne maison de France, bâtie par le temps et dont la majesté étonne, nous pourrions, en fait de choses illustres, en remontrer à toutes les nations. Les Capets régnaient lorsque les autres souverains de l'Europe étaient encore sujets. Les vassaux de nos Rois sont devenus Rois. Ces souverains nous ont transmis leurs noms avec des titres que la postérité a reconnus authentiques ; les uns sont appelés *auguste, saint, pieux, grand, courtois, hardi, sage, victorieux, bien-aimé ;* les autres *père du peuple, père des lettres.* « Comme il est écrit par blâme, dit un vieil historien, que tous les bons roys Serviens aisément pourroient en un anneau *(c)*, les mauvais roys de France y pourroient mieux, tant le nombre en est petit[6]. »

Sous la famille royale, les ténèbres de la barbarie se dissipent, la langue se forme, les lettres et les arts produisent leurs chefs-d'œuvre, nos villes s'embellissent, nos monuments s'élèvent, nos chemins s'ouvrent, nos ports se creusent, nos armées étonnent l'Europe et l'Asie, et nos flottes couvrent les deux mers.

Notre orgueil se met en colère à la seule exposition de ces magnifiques tapisseries du Louvre ; des ombres, même des broderies d'ombre, nous choquent. Inconnus ce matin, plus inconnus ce soir, nous ne nous en persuadons pas moins que nous effaçons ce qui nous précéda. Et toutefois, chaque minute, en fuyant, nous demande : Qui es-tu ? et nous ne savons que répondre. Charles X, lui, a répondu ; il s'est en allé avec une ère entière du monde ; la poussière de mille générations est mêlée à la sienne ; l'histoire le salue, les siècles s'agenouillent à sa tombe ; tous ont connu sa race ; elle ne leur a point failli, ce sont eux qui y ont manqué. Roi banni, les hommes ont pu vous proscrire, mais vous ne serez point chassé du temps, vous dormez votre dur somme dans un monastère, sur la dernière planche jadis destinée à quelque franciscain. Point de hérauts d'armes à vos obsèques, rien qu'une troupe de vieux temps blanchis et chenus ; point de grands pour jeter dans le caveau les marques de leur dignité, ils en ont fait hommage ailleurs. Des âges muets sont assis au coin

---

6. Voir la variante *(c)* sur ce chapitre, p. 3278, et *supra*, l. XXXIV, chap. 7, note 12, p. 2315.

de votre bière ; une longue procession de jours passés, les yeux fermés, mène en silence le deuil autour de votre cercueil.

À votre côté reposent votre cœur et vos entrailles arrachés de votre sein et de vos flancs, comme on place auprès d'une mère expirée le fruit abortif qui lui coûta la vie. À chaque anniversaire, monarque très-chrétien, cénobite après trépas, quelque frère vous récitera les prières du bout de l'an ; vous n'attirerez à votre *ci-gît* éternel que vos fils bannis avec vous : car même à Trieste le monument de Mesdames est vide ; leurs reliques sacrées ont revu leur patrie et vous avez payé à l'exil par votre exil la dette de ces nobles dames.

Eh ! pourquoi ne réunit-on pas aujourd'hui tant de débris dispersés, comme on réunit des antiques exhumées de différentes fouilles ? L'Arc de Triomphe porterait pour couronnement le sarcophage de Napoléon, ou la colonne de bronze élèverait sur des restes immortels des victoires immobiles. Et cependant la pierre taillée *(d)* par ordre de Sésostris[7] ensevelit dès aujourd'hui l'échafaud de Louis XVI sous le poids des siècles. L'heure viendra que l'obélisque du désert retrouvera, sur la place des meurtres, le silence et la solitude de Luxor.

---

7. Voir *supra*, l. XXXVIII, chap. 10, note 2.

CONCLUSION (a)
Antécédents historiques depuis la régence jusqu'en 1793.

25 septembre 1841.

J'ai commencé à écrire ces *Mémoires* à la Vallée-aux-Loups le 4 octobre 1811; j'achève de les relire en les corrigeant à Paris ce 25 septembre 1841: voilà donc trente ans, onze mois, vingt-un jours, que je tiens secrètement la plume en composant mes livres publics, au milieu de toutes les révolutions et de toutes les vicissitudes de mon existence. Ma main est lassée: puisse-t-elle ne pas avoir pesé sur mes idées, qui n'ont point fléchi et que je sens vives comme au départ de la course *(b)*! À mon travail de trente années j'avais le dessein d'ajouter une conclusion générale: je comptais dire, ainsi que je l'ai souvent mentionné, quel était le monde quand j'y entrai, quel il est quand je le quitte. Mais le sablier est devant moi, j'aperçois la main que les marins croyaient voir jadis sortir des flots à l'heure du naufrage: cette main me fait signe d'abréger; je vais donc resserrer l'échelle du tableau sans omettre rien d'essentiel.

Louis XIV mourut. Le duc d'Orléans fut régent pendant la minorité de Louis XV. Une guerre avec l'Espagne, suite de la conspiration de Cellamare[1], éclata: la paix fut rétablie par la chute d'Alberoni. Louis XV

---

1. Cette conspiration tire son nom du prince de Cellamare, diplomate espagnol d'origine italienne, ambassadeur du roi Philippe V d'Espagne auprès de la Cour de France. Sur les instructions d'Alberoni, son ministre, le prince avait excité la haine du duc et de la duchesse du Maine, enfants légitimés de Louis XIV et de Mme de Montespan, contre le Régent et préparé avec eux un coup d'État dont le but était de faire déclarer Philippe V régent de France à la place du duc d'Orléans. Mais le complot fut éventé. Le 29 décembre 1718, le prince de Cellamare fut arrêté et reconduit à la frontière; la duchesse du Maine exilée à Dijon et le duc emprisonné dans la forteresse de Doullens.

atteignit sa majorité le 15 février 1723. Le Régent succomba dix mois après. Il avait communiqué sa gangrène à la France; il avait assis Dubois dans la chaire de Fénelon, et élevé Law. Le duc de Bourbon devint premier ministre de Louis XV, et il eut pour successeur le cardinal de Fleury dont le génie consistait dans les années[2]. En 1734 éclata la guerre où mon père fut blessé devant Dantzick[3]. En 1745 se donna la bataille de Fontenoy; un des moins belliqueux de nos Rois nous a fait triompher dans la seule grande bataille rangée que nous ayons gagnée sur les Anglais, et le vainqueur du monde a ajouté à Waterloo un désastre aux désastres de Crécy, de Poitiers et d'Azincourt. L'église de Waterloo est décorée du nom des officiers anglais tombés en 1815; on ne retrouve dans l'église de Fontenoy qu'une pierre avec ces mots: «Ci-devant repose le corps de messire Philippe de Vitry, lequel, âgé de vingt-sept ans, fut tué à la bataille de Fontenoy le 11 de mai 1745.» Aucune marque n'indique le lieu de l'action; mais on retire de la terre des squelettes avec des balles aplaties dans le crâne. Les Français portent leurs victoires écrites sur leur front.

Plus tard le comte de Gisors, fils du maréchal de Belle-Isle, tomba à Crevelt. En lui s'éteignit le nom et la descendance directe de Fouquet. On était passé de mademoiselle de La Vallière à madame de Châteauroux. Il y a quelque chose de triste à voir des noms arriver à leur fin, de siècles en siècles, de beautés en beautés, de gloire en gloire.

Au mois de juin 1745, le second prétendant des Stuarts[4] avait commencé ses aventures: infortunes dont je fus bercé en attendant que Henri V remplaçât dans l'exil le prétendant anglais.

La fin de ces guerres annonça nos désastres dans nos colonies. La Bourdonnais vengea le pavillon français en Asie; ses dissensions avec Dupleix depuis la prise de Madras[5] gâtèrent tout. La paix de 1748 suspen-

2.

Fleury fut un grand ministre: il méritait mieux que cette épigramme. Mais il est vrai que pour Chateaubriand, le règne de Louis XV est l'une des périodes «les plus méprisables» de l'histoire de France. L'opprobre s'étend à l'ensemble du règne et à ses ministres, la vertu s'incarnant dans un Malesherbes opposé à l'arbitraire royal.

3.

La paix européenne fut rompue en 1733 par l'affaire de succession de Pologne. En 1725, le roi Louis XV avait épousé Marie Leszczynska, fille de Stanislas Leszczynski, ancien roi de Pologne qui avait dû abandonner son trône en 1709. Or en 1733, Stanislas fut réélu roi de Pologne. Mais son concurrent, le nouvel Électeur de Saxe, avait pour lui l'appui de l'Autriche et de la Russie. Celle-ci intervint militairement contre Stanislas, qui se trouva bientôt dans une situation désespérée et implora l'appui de la France. Malgré les réticences de Fleury, le gouvernement de Louis XV déclara la guerre à l'empereur. Stanislas Leszczynski ne put se maintenir en Pologne mais les troupes françaises conquirent le Milanais, tandis que les Espagnols (dont Louis XV avait obtenu l'alliance) entraient à Naples. Finalement, par le traité de Vienne (1738), Stanislas renonça au

CHARLES EDWARD STUART (1720-1788).

trône de Pologne; mais il reçut en compensation le duché de Lorraine et le comté de Bar, enlevés au duc François de Lorraine, mari de l'archiduchesse Marie-Thérèse et gendre de l'empereur. À la mort de Stanislas, les deux territoires devaient revenir au roi de France. Ainsi se trouvèrent renforcées et consolidées la solidité et la cohésion des marches orientales du royaume. Tout n'est donc pas négatif, encore une fois, dans le récit manichéen de Chateaubriand.

4.

Charles-Édouard, dit le Jeune Prétendant.

5.

En 1746, Dupleix, enfermé dans Pondichéry, appela La Bourdonnais à son secours. Avec cinq vaisseaux, il dispersa la flotte anglaise en trois jours (7-10 décembre 1746) et réussit à s'emparer de Madras, comptoir anglais important sur la côte de Coromandel. Mais d'anciennes instructions prescrivaient de ne garder aucun comptoir en terre ferme. Aussi La Bourdonnais, au lieu d'expulser les Anglais, leur imposa une rançon. Aussitôt Dupleix l'accusa de trahison, voulut le faire arrêter et le dénonça à Versailles. En 1748, accusé d'avoir touché un million de livres pour ne pas raser Madras, La Bourdonnais était incarcéré à la Bastille (pendant trois ans), jusqu'à ce que la Chambre de l'Arsenal le déchargeât de toute accusation et ordonnât son élargissement.

dit ces malheurs; en 1755[6] recommencèrent les hostilités; elles s'ouvrirent par le tremblement de terre de Lisbonne[7], où périt le petit-fils de Racine. Sous prétexte de quelques terrains en litige sur la frontière de l'Acadie, l'Angleterre s'empara sans déclaration de guerre de trois cents de nos vaisseaux marchands; nous perdîmes le Canada: faits immenses par leurs conséquences, sur lesquels surnage la mort de Wolf et de Montcalm[8]. Dépouillés de nos possessions en Afrique et dans l'Inde, lord Clive entama la conquête du Bengale. Or, pendant ces jours, les querelles du jansénisme avaient lieu; Damiens[9] avait frappé Louis XV; la Pologne était partagée, l'expulsion des jésuites exécutée[10], la cour descendue au Parc-aux-Cerfs[11]. L'auteur du *pacte de famille*[12] se retire à Chanteloup, tandis que la révolution intellectuelle s'achevait sous Voltaire. La cour plénière de Maupeou fut installée[13]: Louis XV laissa l'échafaud à la favorite qui l'avait dégradé[14], après avoir envoyé Garat et Sanson à Louis XVI, l'un pour lire, et l'autre pour exécuter la sentence.

Ce dernier monarque s'était marié le 16 mai 1770 à la fille de Marie-Thérèse d'Autriche: on sait ce qu'elle est devenue. Passèrent les ministres Machault[15], le vieux Maurepas, Turgot l'économiste, Malesherbes aux vertus antiques et aux opinions nouvelles, Saint-Germain qui détruisit la maison du Roi et donna une ordonnance funeste; Calonne et Necker enfin.

6.

En 1748, par la paix d'Aix-la-Chapelle, l'impératrice Marie-Thérèse était reconnue comme héritière des États des Habsbourg et laissait à Frédéric II la possession de la Silésie. Louis XV abandonnait les conquêtes réalisées sur le continent mais les Anglais restituaient à la France les territoires coloniaux qu'ils avaient occupés. «Nous nous sommes battus pour le roi de Prusse», dit-on en France, où la paix d'Aix-la-Chapelle fut mal accueillie. Elle ne fut qu'une trêve dans la rivalité maritime et coloniale qui opposait la France à l'Angleterre, et dans l'antagonisme austro-prussien. Très vite, la France se trouva entraînée à la fois dans la lutte contre l'Angleterre et dans les complications continentales. Dès juin 1755, les Anglais rouvrirent sur mer les hostilités contre la France. Quelques mois plus tard, un nouveau conflit éclatait sur le continent, qui durera jusqu'en 1763 (guerre de Sept Ans): à la différence de la guerre de Succession d'Autriche, la France ne s'y trouvait pas engagée comme alliée de la Prusse mais comme alliée de l'Autriche.

7.

Le tremblement de terre du 1er novembre 1755 ruina Lisbonne, anéantissant les monuments qui faisaient sa réputation en Europe et près de 40 000 habitants. Il inspira à Voltaire son célèbre *Poème sur le désastre de Lisbonne, ou Examen de cet axiome: «Tout est bien»* (1756).

8.

«Point de repos pour nos treize colonies tant que les Français seront au Canada», proclamait le porte-parole que les colons anglais d'Amérique avaient envoyé à Londres, le savant Benjamin Franklin. Poussé par les colons américains, le gouvernement britannique se décida à entrer en guerre avec les Français. Dès le mois de juin 1755, sans déclaration de guerre et contrairement à toutes les traditions, les Anglais s'emparèrent, dans leur port et en haute mer, de plus de 300 navires français. Ce véritable acte de piraterie, qui privait la flotte française de 6 000 marins expérimentés, allait assurer la maîtrise des mers aux Anglais et empêcher les Français d'envoyer au

Le général James Wolf (1727-1759).

Canada les renforts nécessaires. Pour la défense du Canada, les Français engagés dans les guerres continentales ne disposèrent donc que d'effectifs très insuffisants (moins de 10 000 hommes), mais furent commandés par un chef énergique et entreprenant : Montcalm. La rapidité de manœuvre de celui-ci lui permit pendant quelque temps de suppléer à la faiblesse de ses effectifs et de remporter quelques succès brillants. Mais devant l'afflux des renforts envoyés par Pitt, Montcalm fut bientôt réduit à la défensive. En septembre 1759, les troupes commandées par Wolf attaquèrent Québec : dans la bataille qui s'engagea devant la ville, Montcalm et Wolf furent tués et Québec dut capituler. Montréal, où la résistance française se prolongea encore durant un an, succomba en septembre 1760. La Nouvelle-France passait sous domination britannique. Le traité de Paris de 1763, qui mettait fin aux hostilités entre les deux pays, cédait à l'Angleterre toute la Nouvelle-France, à l'exception des îles de Saint-Pierre et Miquelon et des droits de pêche autour de Terre-Neuve. Ni l'opinion française ni l'opinion anglaise ne se rendirent compte d'ailleurs de l'importance de ces cessions territoriales. En France, on se résignait facilement à la perte de « quelques arpents de glace », comme disait Voltaire : le traité laissait à la France la quasi-totalité de ses possessions dans les « Îles » ; c'était là, pensait-on, l'essentiel.

9.

Auteur de l'attentat commis à Versailles le 5 janvier 1757 sur la personne du roi Louis XV, Damiens fut condamné le 26 mars à la mort des régicides, par le supplice de l'écartèlement.

10.

Choiseul tenta de désarmer l'hostilité du Parlement en abandonnant l'Ordre des Jésuites, détestés par toute l'opinion gallicane. Le Parlement de Paris avait profité d'un procès où était impliqué un père jésuite pour examiner les Constitutions (c'est-à-dire les règlements

Le duc de Choiseul (1719-1795).

de l'Ordre) et les déclarer contraires aux lois du royaume. La Compagnie de Jésus ayant refusé de modifier ses Constitutions, Louis XV ordonna sa dissolution (1764).

11.

Quartier de Versailles (paroisse Saint-Louis) dont les terrains, achetés par Louis XV, furent bâtis sous son règne; on prétendait que le roi y entretenait «tout un troupeau de jeunes filles, enlevées dès l'âge le plus tendre par l'entremetteur Lebel et ses agents, et réservées au libertinage du roi» (*Larousse du XIXe siècle*). La rumeur s'enfla, propagée par les mémoires du temps – plus ou moins apocryphes, tels ceux de Mme du Hausset –, faisant de Louis XV un nouveau Tibère, qui, retiré dans l'île de Capri, se livrait à toutes les débauches.

12.

Voir *supra*, l. XXXI, chap. 11, note 5, p. 2141.

13.

Devant la révolte parlementaire, Louis XV tenta de ressaisir son autorité. Choiseul, suspect de faiblesse à l'égard du Parlement, fut disgracié et le pouvoir passa entre les mains du chancelier Maupeou (décembre 1770). Celui-ci, qui procéda à une vaste réforme judiciaire (février 1771), fit substituer au Parlement de Paris, six Conseils supérieurs dont les membres étaient nommés et appointés par le roi; la vénalité des charges se trouvait ainsi partiellement abolie. La réforme fut étendue à deux autres parlements: celui de Rouen et celui de Douai. On pouvait voir en elle l'amorce d'une profonde transformation de l'administration monarchique. Louis XV semblait résolu à soutenir ses ministres, lorsqu'il mourut, en avril 1774.

14.

Mme Du Barry.

15.

Erreur: Machault d'Arnouville ne fut pas ministre de Louis XVI.

Louis XVI rappela les Parlements, abolit la corvée, abrogea la torture avant le prononcé du jugement, rendit les droits civils aux protestants, en reconnaissant leur mariage légal. La guerre d'Amérique, en 1779, impolitique[16] pour la France toujours dupe de sa générosité, fut utile à l'espèce humaine; elle rétablit dans le monde entier l'estime de nos armes et l'honneur de notre pavillon.

La révolution se leva prête à mettre au jour la génération guerrière que huit siècles d'héroïsme avaient déposée dans ses flancs. Les mérites de Louis XVI ne rachetèrent pas les fautes que ses aïeux lui avaient laissées à expier; mais c'est sur le mal que tombent les coups de la Providence, jamais sur l'homme: Dieu n'abrège les jours de la vertu sur la terre que pour les allonger dans le ciel. Sous l'astre de 1793, les sources du grand abîme furent rompues; toutes nos gloires d'autrefois se réunirent ensuite et firent leur dernière explosion dans Bonaparte: il nous les renvoie dans son cercueil.

16.
Impolitique pour la France dans le sens qu'elle creusa le déficit financier – on parla de banqueroute –, qui fut l'une des raisons pour lesquelles Louis XVI, après avoir suivi la politique de facilité de Calonne et de Necker, fit appel aux États généraux.

CONCLUSION. (*Suite.*)
Le passé. – Le vieil ordre européen expire.

J'étais né pendant l'accomplissement de ces faits. Deux nouveaux empires, la Prusse et la Russie, m'ont à peine devancé d'un demi-siècle sur la terre ; la Corse[1] est devenue française à l'instant où j'ai paru ; je suis arrivé au monde vingt jours après Bonaparte. Il m'amenait avec lui. J'allais entrer dans la marine en 1783 quand la flotte de Louis XVI surgit à Brest : elle apportait les actes de l'état civil d'une nation éclose sous les ailes de la France. Ma naissance se rattache à la naissance d'un homme et d'un peuple : pâle reflet que j'étais d'une immense lumière.

Si l'on arrête les yeux sur le monde actuel, on le voit, à la suite du mouvement imprimé par une grande révolution, s'ébranler depuis l'Orient jusqu'à la Chine qui semblait à jamais fermée ; de sorte que nos renversements passés ne seraient rien ; que le bruit de la renommée de Napoléon serait à peine entendu dans le sens dessus dessous général des peuples, de même que lui, Napoléon, a éteint tous les bruits de notre ancien globe.

L'Empereur nous a laissés dans une agitation prophétique *(a)*. Nous, l'État le plus mûr et le plus avancé, nous montrons de nombreux symptômes de décadence. Comme un malade en péril se préoccupe de ce qu'il trouvera dans sa tombe, une nation qui se sent défaillir s'inquiète de son sort futur. De là ces hérésies politiques qui se succèdent. Le vieil ordre euro-

1. L'île fut cédée par les Génois à la France en 1768. Cette soumission était toute nominale ; il restait à la réaliser : ce fut l'affaire de deux campagnes militaires menées en 1768 et en 1769 par le comte de Vaux, puis par Marbeuf, qui sera le premier gouverneur de la Corse.

péen expire; nos débats actuels paraîtront des luttes puériles aux yeux de la postérité. Il n'existe plus rien: autorité de l'expérience et de l'âge, naissance ou génie, talent ou vertu, tout est nié *(b)*; quelques individus gravissent au sommet des ruines, se proclament géants et roulent en bas pygmées. Excepté une vingtaine *(c)* d'hommes qui survivront et qui étaient destinés à tenir le flambeau à travers les steppes ténébreuses où l'on entre, excepté ce peu d'hommes, une génération qui portait en elle un esprit abondant, des connaissances acquises, des germes de succès de toutes sortes, les a étouffés dans une inquiétude aussi improductive que sa superbe est stérile. Des multitudes sans nom s'agitent sans savoir pourquoi, comme les associations populaires du Moyen Âge: troupeaux affamés qui ne reconnaissent point de berger, qui courent de la plaine à la montagne et de la montagne à la plaine, dédaignant l'expérience des pâtres durcis au vent et au soleil. Dans la vie de la cité tout est transitoire: la religion et la morale cessent d'être admises, ou chacun les interprète à sa façon. Parmi les choses d'une nature inférieure, même en puissance *(d)* de conviction et d'existence, une renommée palpite à peine une heure, un livre vieillit dans un jour, des écrivains se tuent pour attirer l'attention[2]; autre vanité: on n'entend pas même leur dernier soupir.

De cette prédisposition des esprits il résulte qu'on n'imagine d'autres moyens de toucher que des scènes d'échafaud et des mœurs souillées: on oublie que les vraies larmes sont celles que fait couler une belle poésie et dans lesquelles se mêle autant d'admiration que de douleur; mais à présent que les talents se nourrissent de la Régence et de la Terreur, qu'était-il besoin de sujets pour nos langues destinées si tôt à mourir? Il ne tombera plus du génie de l'homme quelques-unes de ces pensées qui deviennent le patrimoine de l'univers.

Voilà ce que tout le monde se dit et ce que tout le monde déplore, et cependant les illusions surabondent, et plus on est près de sa fin et plus on croit vivre. On aperçoit des monarques qui se figurent être des monarques, des ministres qui pensent être des ministres *(e)*, des députés qui prennent au sérieux leurs discours, des propriétaires qui possédant ce matin sont persuadés qu'ils posséderont ce soir. Les intérêts particuliers, les ambitions personnelles cachent au vulgaire la gravité du moment: nonobstant les oscillations des affaires du jour, elles ne

2. Plusieurs jeunes artistes avaient mis fin à leurs jours depuis 1830. Le thème du poète acculé au suicide par l'incompréhension et le matérialisme de la société sera traité avec succès par Vigny, dans *Chatterton* (1835)

sont qu'une ride à la surface de l'abîme ; elles ne diminuent pas la profondeur des flots. Auprès des mesquines loteries contingentes, le genre humain joue la grande partie ; les rois tiennent encore les cartes et ils les tiennent pour les nations : celles-ci vaudront-elles mieux que les monarques ? Question à part, qui n'altère point le fait principal. Quelle importance ont des amusettes d'enfants, des ombres glissant *(f)* sur la blancheur d'un linceul ? L'invasion des idées a succédé à l'invasion des barbares ; la civilisation actuelle décomposée se perd en elle-même ; le vase qui la contient n'a pas versé la liqueur dans un autre vase ; c'est le vase qui s'est brisé.

CONCLUSION. (Suite.)
Inégalité des fortunes. – Danger de l'expansion de la nature intelligente et de la nature matérielle.

À quelle époque la société disparaîtra-t-elle ? quels accidents en pourront suspendre les mouvements ? À Rome le règne de l'homme fut substitué au règne de la loi[1] : on passa de la république à l'empire ; notre révolution s'accomplit en sens contraire : on incline à passer de la royauté à la république, ou, pour ne spécifier aucune forme, à la démocratie ; cela ne s'effectuera pas sans difficulté.

Pour ne toucher qu'un point entre mille, la propriété, par exemple, restera-t-elle distribuée comme elle l'est ? La royauté née à Reims avait pu faire aller cette propriété en tempérant la rigueur par la diffusion des lois morales, comme elle avait changé l'humanité en charité. Un État politique où des individus ont des millions de revenu tandis que d'autres individus meurent de faim, peut-il subsister quand la religion n'est plus là avec ses espérances hors de ce monde pour expliquer le sacrifice ? Il y a des enfants que leurs mères allaitent à leurs mamelles flétries, faute d'une bouchée de pain pour sustenter leurs expirants nourrissons ; il y a des familles dont les membres sont réduits à s'entortiller ensemble pendant la nuit faute de couverture pour se réchauffer. Celui-là voit mûrir ses nombreux sillons ; celui-ci ne possédera que les six pieds de terre prêtés à sa tombe par son pays natal. Or, combien six pieds de terre peuvent-ils fournir d'épis de blé à un mort[2] ?

À mesure que l'instruction descend dans ces classes inférieures, celles-ci découvrent la plaie secrète qui ronge l'ordre social irréligieux. La trop

1. Avec l'avènement de l'Empire.

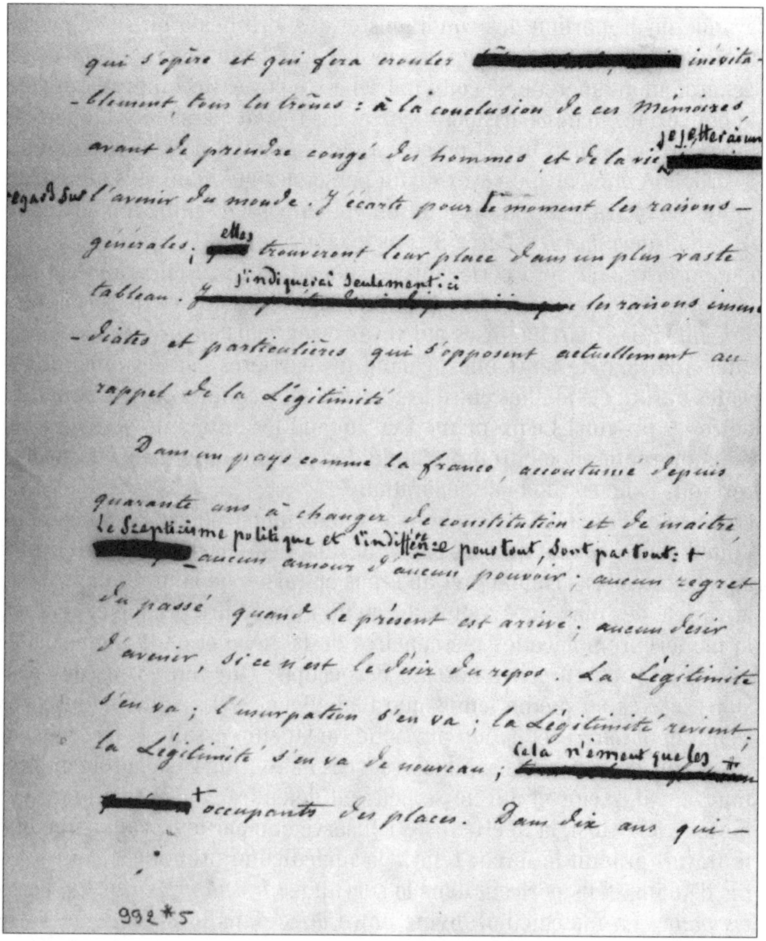

qui s'opère et qui fera crouler [redacted] inévita-
-blement tous les trônes : à la conclusion de ces Mémoires
avant de prendre congé des hommes et de la vie, je jetterai un [redacted]
regard sur l'avenir du monde. J'écarte pour le moment les raisons –
générales ; elles [redacted] trouveront leur place dans un plus vaste
tableau. J'indiquerai seulement ici les raisons immé-
-diates et particulières qui s'opposent actuellement au
rappel de la Légitimité.

Dans un pays comme la France, accoutumé depuis
quarante ans à changer de constitution et de maître,
le Scepticisme politique et l'indifférence pour tout, sont partout : +
[redacted] aucun amour d'aucun pouvoir ; aucun regret
du passé quand le présent est arrivé ; aucun désir
d'avenir, si ce n'est le désir du repos. La Légitimité
s'en va ; l'usurpation s'en va ; la Légitimité revient ;
la Légitimité s'en va de nouveau ; cela n'émeut que les
[redacted] + occupants des places. Dans dix ans qui–

992*5

Page dictée des Mémoires d'outre-tombe, avec corrections autographes.

2.
La misère des classes populaires inspire à Chateaubriand – comme à Lamennais, Eugène Sue, Michelet dans *Le Peuple*, ou Victor Hugo dans *Les Misérables* – une compassion qui semble n'avoir guère été partagée par le gouvernement de Louis-Philippe, si l'on excepte la loi de 1841 réglementant le travail des enfants dans les manufactures. Cette misère, que traduit le *Tableau de l'état physique et moral des ouvriers dans les fabriques de coton, de laine et de soie* de Villermé (1840) et qui donnera lieu à des flambées de grève (1830-1834, 1839-1840), fera naître une presse ouvrière, avec *L'Atelier*, inspiré par le socialiste chrétien Buchez, et contribuera au développement du catholicisme social incarné par M. de Villeneuve-Bargemont.

grande disproportion des conditions et des fortunes a pu se supporter tant qu'elle a été cachée; mais aussitôt que cette disproportion a été généralement aperçue, le coup mortel a été porté. Recomposez, si vous le pouvez, les fictions aristocratiques[3]; essayez de persuader au pauvre, lorsqu'il saura bien lire et ne croira plus, lorsqu'il possédera la même instruction que vous, essayez de lui persuader qu'il doit se soumettre à toutes les privations, tandis que son voisin possède mille fois le superflu: pour dernière ressource il vous le faudra tuer.

Quand la vapeur sera perfectionnée, quand, unie au télégraphe et aux chemins de fer, elle aura fait disparaître les distances, ce ne seront plus seulement les marchandises qui voyageront, mais encore les idées rendues à l'usage de leurs ailes. Quand les barrières fiscales et commerciales auront été abolies entre les divers États, comme elles le sont déjà entre les provinces d'un même État; quand les différents pays en relations journalières tendront à l'unité des peuples, comment ressusciterez-vous l'ancien mode de séparation?

La société, d'un autre côté, n'est pas moins menacée par l'expansion de l'intelligence qu'elle ne l'est par le développement de la nature brute; supposez les bras condamnés au repos en raison de la multiplicité et de la variété des machines; admettez qu'un mercenaire unique et général, la matière, remplace les mercenaires de la glèbe et de la domesticité: que ferez-vous du genre humain désoccupé? Que ferez-vous des passions oisives en même temps que l'intelligence? La vigueur du corps s'entretient par l'occupation physique; le labeur cessant, la force disparaît; nous deviendrions semblables à ces nations de l'Asie, proie du premier envahisseur, et qui ne se peuvent défendre contre une main qui porte le fer. Ainsi, la liberté ne se conserve que par le travail, parce que le travail produit la force: retirez la malédiction prononcée contre les fils d'Adam, et ils périront dans la servitude: *In sudore vultus tui, vesceris pane*[4]. La malédiction divine entre donc dans le mystère de notre sort; l'homme est moins l'esclave de ses sueurs que de ses pensées: voilà comme, après avoir fait le tour de la société, après avoir passé par les diverses civilisations, après avoir supposé des perfectionnements inconnus, on se retrouve au point de départ en présence des vérités de l'Écriture.

3.
Ce qu'avait tenté de faire Chateaubriand au début de la Restauration (voir les *Réflexions politiques* de 1814, *in Grands Écrits politiques*, t. I, pp. 135-300).

4.
« C'est à la sueur de ton front que tu te nourriras de pain » (Genèse).

CONCLUSION. (Suite.)
Chute des monarchies. – Dépérissement de la société et progrès de l'individu.

L'Europe avait eu en France, lors de notre monarchie de huit siècles, le centre de son intelligence, de sa perpétuité et de son repos; privée de cette monarchie, l'Europe a sur-le-champ incliné à la démocratie. Le genre humain, pour son bien ou pour son mal, est hors de page; les princes en ont eu la garde-noble[1]; les nations, arrivées à leur majorité, prétendent n'avoir plus besoin de tuteurs. Depuis David jusqu'à notre temps, les rois ont été appelés: la vocation des peuples commence. Les courtes et petites exceptions des républiques grecques, carthaginoise, romaine avec des esclaves, n'empêchaient pas, dans l'Antiquité, l'état monarchique d'être l'état normal sur le globe. La société entière moderne, depuis que la bannière des rois français n'existe plus, quitte la monarchie. Dieu, pour hâter la dégradation du pouvoir royal, a livré les sceptres en divers pays à des rois invalides, à des petites filles au maillot ou dans les aubes[2] de leurs noces: ce sont de pareils lions sans mâchoires, de pareilles lionnes sans ongles, de pareilles enfantelettes tétant ou fiançant[3], que doivent suivre des hommes faits dans cette ère d'incrédulité.

1.
Terme utilisé ici dans un sens figuratif; en droit, il désignait celui qui était accordé au survivant de deux époux nobles de jouir du bien des enfants venant de la succession du prédécédé jusqu'à ce qu'ils eussent atteint un certain âge, à charge de les nourrir, de les entretenir et de payer toutes leurs dettes, sans être tenu de rendre aucun compte.
2.
Du latin *in albis*; désigne ici les vêtements blancs, symbole de l'innocence.
3.
Chateaubriand fait ici allusion à Frédéric-Guillaume III, roi de Prusse depuis 1797, qui allait mourir à la fin de 1840 dans sa soixante et onzième année; à Isabelle II, devenue reine d'Espagne à 3 ans, en 1833; et à la reine Victoria d'Angleterre, montée sur le trône en 1837, à l'âge de 18 ans.

Les principes les plus hardis sont proclamés à la face des monarques qui se prétendent rassurés derrière la triple haie d'une garde suspecte. La démocratie les gagne ; ils montent d'étage en étage, du rez-de-chaussée au comble de leurs palais, d'où ils se jetteront à la nage par les lucarnes. Au milieu de cela remarquez une contradiction phénoménale : l'état matériel s'améliore, le progrès intellectuel s'accroît, et les nations au lieu de profiter s'amoindrissent : d'où vient cette contradiction[4] ?

C'est que nous avons perdu dans l'ordre moral. En tous temps il y a eu des crimes ; mais ils n'étaient point commis de sang-froid, comme ils le sont de nos jours, en raison de la perte du sentiment religieux. À cette heure ils ne révoltent plus, ils paraissent une conséquence de la marche du temps ; si on les jugeait autrefois d'une manière différente, c'est qu'on n'était pas encore, ainsi qu'on ose l'affirmer, assez avancé dans la connaissance de l'homme ; on les analyse actuellement ; on les éprouve au creuset, afin de voir ce qu'on peut en tirer d'utile, comme la chimie trouve des ingrédients dans les voiries. Les corruptions de l'esprit, bien autrement destructives que celles des sens, sont acceptées comme des résultats nécessaires ; elles n'appartiennent plus à quelques individus pervers, elles sont tombées dans le domaine public.

Tels hommes seraient humiliés qu'on leur prouvât qu'ils ont une âme, qu'au-delà de cette vie ils trouveront une autre vie ; ils croiraient manquer de fermeté et de force et de génie, s'ils ne s'élevaient au-dessus de la pusillanimité de nos pères ; ils adoptent le néant ou, si vous le voulez, le doute, comme un fait désagréable peut-être, mais comme une vérité qu'on ne saurait nier. Admirez l'hébétement de notre orgueil !

Voilà comment s'explique le dépérissement de la société et l'accroissement de l'individu. Si le sens moral se développait en raison du développement de l'intelligence, il y aurait contrepoids et l'humanité grandirait sans danger, mais il arrive tout le contraire : la perception du bien et du mal s'obscurcit à mesure que l'intelligence s'éclaire ; la conscience se rétrécit à mesure que les idées s'élargissent. Oui, la

---

4.
C'est l'un des thèmes principaux de la « philosophie sociale » de Chateaubriand, exprimée dès 1797 dans l'*Essai sur les révolutions* : « [...] nous avons perdu en mœurs ce que nous avons gagné en lumières. Celles-ci semblent tellement disposées par la nature, que les unes se corrompent toujours, en proportion de l'agrandissement des autres : comme si cette balance était destinée à prévenir la perfection parmi les hommes [...]. Si l'homme [...] est condamné à vivre avec ses désirs, il sera à jamais esclave [...]. Si le cœur ne peut se perfectionner, si la morale reste corrompue malgré les lumières : République universelle, fraternité des nations, paix générale, fantôme brillant d'un bonheur durable sur la terre, adieu ! » (Ire partie, chap. LXVIII, Pléiade, p. 257).

société périra : la liberté, qui pouvait sauver le monde, ne marchera pas, faute de s'appuyer à la religion ; l'ordre, qui pouvait maintenir la régularité, ne s'établira pas solidement, parce que l'anarchie des idées le combat. La pourpre, qui communiquait naguère la puissance, ne servira désormais de couche qu'au malheur : nul ne sera sauvé qu'il ne soit né, comme le Christ, sur la paille. Lorsque les monarques furent déterrés à Saint-Denis au moment où la trompette sonna la résurrection populaire ; lorsque, tirés de leurs tombeaux effondrés, ils attendaient la sépulture plébéienne, les chiffonniers arrivèrent à ce jugement dernier des siècles : ils regardèrent avec leurs lanternes dans la nuit éternelle ; ils fouillèrent parmi les restes échappés à la première rapine. Les rois n'y étaient déjà plus, mais la royauté y était encore : ils l'arrachèrent des entrailles du temps, et la jetèrent au panier des débris[5].

5. Voir *supra*, l. VI, chap. 7, note 16, p. 413.

CONCLUSION. (Suite.)
L'avenir. – Difficulté de le comprendre.

Voilà pour ce qui est de la vieille Europe, elle ne revivra jamais. La jeune Europe offre-t-elle plus de chances ? Le monde actuel, le monde sans autorité consacrée, semble placé entre deux impossibilités : l'impossibilité du passé, l'impossibilité de l'avenir. Et n'allez pas croire, comme quelques-uns se le figurent, que si nous sommes mal à présent, le bien renaîtra du mal ; la nature humaine dérangée à sa source ne marche pas ainsi correctement. Par exemple, les excès de la liberté mènent au despotisme ; mais les excès de la tyrannie ne mènent qu'à la tyrannie ; celle-ci en nous dégradant nous rend incapables d'indépendance : Tibère n'a pas fait remonter Rome à la République, il n'a laissé après lui que Caligula *(a)*.

Pour éviter de s'expliquer, on se contente de déclarer que les temps peuvent cacher dans leur sein une constitution politique que nous n'apercevons pas. L'Antiquité tout entière, les plus beaux génies de cette Antiquité, comprenaient-ils la société sans esclaves ? Et nous la voyons subsister. On affirme que dans cette civilisation à naître l'espèce s'agrandira, je l'ai moi-même avancé : cependant n'est-il pas à craindre que l'individu ne diminue ? Nous pourrons être de laborieuses abeilles occupées en commun de notre miel. Dans le monde *matériel* les hommes s'associent pour le travail, une multitude arrive plus vite et par différentes routes à la chose qu'elle cherche ; des masses d'individus élèveront les pyramides ; en étudiant chacun de son côté, ces individus rencontreront des découvertes dans les sciences, exploreront tous les coins de la création physique. Mais dans le monde *moral* en est-il de la sorte ? Mille cerveaux auront beau se coaliser, ils ne composeront jamais le chef-d'œuvre qui sort de la tête d'un Homère.

On a dit qu'une cité dont les membres auront une égale répartition de bien et d'éducation présentera aux regards de la Divinité un spectacle au-dessus du spectacle de la cité de nos pères *(b)*. La folie du moment est d'arriver à l'unité des peuples et de ne faire qu'un seul homme de l'espèce entière, soit ; mais en acquérant des facultés générales, toute une série de sentiments privés ne périra-t-elle pas ? Adieu les douceurs du foyer ; adieu les charmes de la famille ; parmi tous ces êtres blancs, jaunes, noirs, réputés vos compatriotes, vous ne pourriez vous jeter au cou d'un frère. N'y avait-il rien dans la vie d'autrefois, rien dans cet espace borné que vous aperceviez de votre fenêtre encadrée de lierre ? Au-delà de votre horizon vous soupçonniez des pays inconnus dont vous parlait à peine l'oiseau de passage, seul voyageur que vous aviez vu à l'automne. C'était bonheur de songer que les collines qui vous environnaient ne disparaîtraient pas à vos yeux ; qu'elles renfermeraient vos amitiés et vos amours ; que le gémissement de la nuit autour de votre asile serait le seul bruit auquel vous vous endormiriez ; que jamais la solitude de votre âme ne serait troublée, que vous y rencontreriez toujours les pensées qui vous y attendent pour reprendre avec vous leur entretien familier. Vous saviez où vous étiez né, vous saviez où était votre tombe ; en pénétrant dans la forêt vous pouviez dire :

Beaux arbres qui m'avez vu naître,
Bientôt vous me verrez mourir[1].

L'homme n'a pas besoin de voyager pour s'agrandir ; il porte avec lui l'immensité. Tel accent échappé de votre sein ne se mesure pas et trouve un écho dans des milliers d'âmes : qui n'a point en soi cette mélodie, la demandera en vain à l'univers. Asseyez-vous sur le tronc de l'arbre abattu au fond des bois : si dans l'oubli profond de vous-même, dans votre immobilité, dans votre silence vous ne trouvez pas l'infini, il est inutile de vous égarer aux rivages du Gange[2].

Quelle serait une société universelle qui n'aurait point de pays particulier, qui ne serait ni française, ni anglaise, ni allemande, ni espagnole, ni

1.
Citation de l'abbé de Chaulieu (1639-1720), poète mondain qui fit partie de la société épicurienne du grand prieur de Vendôme. Les vers donnés ici par Chateaubriand sont extraits de l'*Ode à Fontenay*.

2.
Voyageur né à Saint-Malo, Chateaubriand commença sa carrière par l'Amérique, aspirait aux mirages de l'Inde et regrettait de ne s'être jamais rendu au Pôle Nord !

portugaise, ni italienne, ni russe, ni tartare, ni turque, ni persane, ni indienne, ni chinoise, ni américaine, ou plutôt qui serait à la fois toutes ces sociétés ? Qu'en résulterait-il pour ses mœurs, ses sciences, ses arts, sa poésie *(c)* ? Comment s'exprimeraient des passions ressenties à la fois à la manière des différents peuples dans les différents climats ? Comment entrerait dans le langage cette confusion de besoins et d'images produits des divers soleils qui auraient éclairé une jeunesse, une virilité et une vieillesse communes ? Et quel serait ce langage ? De la fusion des sociétés résultera-t-il un idiome universel, ou y aura-t-il un dialecte de transaction servant à l'usage journalier, tandis que chaque nation parlerait sa propre langue, ou bien les langues diverses seraient-elles entendues de tous ? Sous quelle règle semblable, sous quelle loi unique existerait cette société *(d)* ? Comment trouver place sur une terre agrandie par la puissance d'ubiquité, et rétrécie par les petites proportions d'un globe souillé *(e)* partout ? Il ne resterait qu'à demander à la science le moyen de changer de planète *(f)*.

CONCLUSION. (Suite.)
Saint-Simoniens. – Phalanstériens. – Fouriéristes. – Owénistes. – Socialistes. – Communistes. – Unionistes. – Égalitaires.

Las *(a)* de la propriété particulière, voulez-vous faire du gouvernement un propriétaire unique, distribuant à la communauté devenue mendiante une part mesurée sur le mérite de chaque individu ? Qui jugera des mérites ? Qui aura la force et l'autorité de faire exécuter vos arrêts ? Qui tiendra et fera valoir cette banque d'immeubles vivants ?
Chercherez-vous l'association du travail ? Qu'apportera le faible, le malade *(b)*, l'inintelligent, dans la communauté restée grevée de leur inaptitude ?
Autre combinaison : on pourrait former, en remplaçant le salaire, des espèces de sociétés anonymes ou en commandite entre les fabricants et les ouvriers, entre l'intelligence et la matière, où les uns apporteraient leur capital et leur idée, les autres leur industrie et leur travail ; on partagerait en commun les bénéfices survenus. C'est très-bien, la perfection complète admise chez les hommes ; très-bien, si vous ne rencontrez ni querelle, ni avarice, ni envie : mais qu'un seul associé réclame, tout croule ; les divisions et les procès commencent. Ce moyen, un peu plus possible en théorie, est tout aussi impossible en pratique.
Chercherez-vous, par une opinion mitigée, l'édification d'une cité où chaque homme possède un toit, du feu, des vêtements, une nourriture suffisante ? Quand vous serez parvenu à doter chaque citoyen, les qualités et les défauts dérangeront votre partage ou le rendront injuste : celui-ci a besoin d'une nourriture plus considérable que celui-là ; celui-là ne peut pas travailler autant que celui-ci ; les hommes économes et laborieux deviendront des riches, les dépensiers, les paresseux, les malades, retomberont dans la misère ; car vous ne pouvez donner à tous le même tempérament : l'inégalité naturelle reparaîtra en dépit de vos efforts *(c)*.

Et ne croyez pas que nous nous laissions enlacer par les précautions légales et compliquées qu'ont exigées l'organisation de la famille, droits matrimoniaux, tutelles, reprises des hoirs et ayants-cause, etc., etc. Le mariage est notoirement une absurde oppression : nous abolissons tout cela. Si le fils tue le père, ce n'est pas le fils, comme on le prouve très-bien, qui commet un parricide, c'est le père qui en vivant immole le fils. N'allons donc pas nous troubler la cervelle des labyrinthes d'un édifice que nous mettons rez pied, rez terre ; il est inutile de s'arrêter à ces bagatelles caduques de nos grands-pères *(d)*.

Ce nonobstant, parmi les modernes sectaires, il en est qui, entrevoyant les impossibilités de leurs doctrines, y mêlent, pour les faire tolérer, les mots de morale et de religion[1] ; ils pensent qu'en attendant mieux, on pourrait nous mener d'abord à l'idéale médiocrité des Américains ; ils ferment les yeux et veulent bien oublier que les Américains sont propriétaires, et propriétaires ardents, ce qui change un peu la question.

D'autres, plus obligeants encore, et qui admettent une sorte d'élégance de civilisation, se contenteraient de nous transformer en Chinois *constitutionnels*, à peu près athées, vieillards éclairés et libres, assis en robes jaunes pour des siècles dans nos semis de fleurs, passant nos jours dans un confortable acquis à la multitude, ayant tout inventé, tout trouvé, végétant en paix au milieu de nos progrès accomplis, et nous mettant seulement sur un chemin de fer, comme un ballot, afin d'aller de Canton à la grande muraille deviser d'un marais à dessécher, d'un canal à creuser, avec un autre industriel du Céleste-Empire. Dans l'une ou l'autre supposition, Américain ou Chinois, je serai heureux d'être parti avant qu'une telle félicité me soit advenue.

Enfin il resterait une solution : il se pourrait qu'en raison d'une dégradation complète du caractère humain, les peuples s'arrangeassent de ce qu'ils ont : ils perdraient l'amour de l'indépendance, remplacé par l'amour des écus, en même temps que les Rois perdraient l'amour du pouvoir, troqué pour l'amour de la liste civile[2]. De là résulterait un compromis entre les monarques et les sujets charmés de ramper pêle-mêle dans un ordre politique bâtard ; ils étaleraient à leur aise leurs infirmités les uns devant les autres, comme dans les anciennes léproseries, ou comme dans ces boues où trempent aujourd'hui des malades pour se soulager ; on barboterait dans une fange indivise à l'état de reptile pacifique.

---

1. Tels les saint-simoniens, les fouriéristes, les owenistes, les disciples du communiste Cabet, etc.

2. Allusion à Louis-Philippe, fort attaché à l'un et à l'autre.

C'est néanmoins mal prendre son temps que de vouloir, dans l'état actuel de notre société, remplacer les plaisirs de la nature intellectuelle par les joies de la nature physique. Celles-ci, on le conçoit, pouvaient occuper la vie des anciens peuples aristocratiques ; maîtres du monde, ils possédaient des palais, des troupeaux d'esclaves ; ils englobaient dans leurs propriétés particulières des régions entières de l'Afrique. Mais sous quel portique promènerez-vous maintenant vos pauvres loisirs ? Dans quels bains vastes et ornés renfermerez-vous les parfums, les fleurs, les joueuses de flûte, les courtisanes de l'Ionie ? N'est pas Héliogabale qui veut. Où prendrez-vous les richesses indispensables à ces délices matérielles ? L'âme est économe ; mais le corps est dépensier *(e)*.

Maintenant, quelques mots plus sérieux sur l'égalité absolue : cette égalité ramènerait non-seulement la servitude des corps, mais l'esclavage des âmes ; il ne s'agirait de rien moins que de détruire l'inégalité morale et physique de l'individu. Notre volonté, mise en régie sous la surveillance de tous, verrait nos facultés tomber en désuétude. L'infini, par exemple, est de notre nature ; défendez à notre intelligence, ou même à nos passions, de songer à des biens sans terme, vous réduisez l'homme à la vie du limaçon, vous le métamorphosez en machine. Car, ne vous y trompez pas : sans la possibilité d'arriver à tout, sans l'idée de vivre éternellement, néant partout ; sans la propriété individuelle, nul n'est affranchi ; quiconque n'a pas de propriété ne peut être indépendant ; il devient prolétaire ou salarié, soit qu'il vive dans la condition actuelle des propriétés à part, ou au milieu d'une propriété commune. La propriété commune ferait ressembler la société à un de ces monastères à la porte duquel des économes distribuaient du pain. La propriété héréditaire et inviolable est notre défense personnelle *(f)*; la propriété n'est autre chose que la *liberté*. L'*égalité absolue*, qui présuppose la *soumission complète* à cette *égalité*, reproduirait la plus dure servitude ; elle ferait de l'individu humain une bête de somme soumise à l'action qui la contraindrait, et obligée de marcher sans fin dans le même sentier.

Tandis que je raisonnais ainsi, M. de Lamennais attaquait, sous les verrous de sa geôle[3], les mêmes systèmes avec sa puissance logique qui

3.
Félicité de Lamennais (1782-1854), entré tard dans les ordres, devint célèbre dès 1817 avec l'*Essai sur l'indifférence en matière de religion*. Après avoir été l'un des principaux rédacteurs du *Conservateur* (1818-1820), l'ultra Lamennais s'éloignera peu à peu de la monarchie ; l'ultramontain en viendra même à soutenir les révoltes d'Italie contre le pape. Ses écrits seront condamnés par l'encyclique *Mirari vos* (15 août 1832). Dans les *Paroles d'un croyant* (1834), il décrit une Église en crise si profonde que le christianisme ne pourra être sauvé que par les peuples et la révolution. Condamné à nouveau par l'encyclique *Singulari nos* (7 juillet 1834),

Le Peuple faisant danser les rois.

Lamennais défendit alors un spiritualisme «progressif et républicain». En raison de ses très vives attaques contre le gouvernement royal, jugé égoïstement bourgeois (*De l'esclavage moderne*, 1839 ; *Le Pays et le gouvernement*, 1840), il sera poursuivi devant la Cour d'assises de la Seine, condamné à un an de prison et à 2 000 frs d'amende (26 décembre 1840). Cet ultramontain, adversaire des gallicans, ce «Babeuf avec la parole d'Ézéchiel», dit de lui la baronne de Vaux, se rapprochera de Chateaubriand, dont il s'était longtemps méfié (voir L. Le Guillou, «Chateaubriand vu par Lammenais», *Bicentenaire de Chateaubriand*, pp. 63-70).

s'éclaire de la splendeur du poète. Un passage emprunté à sa brochure intitulée : *Du Passé et de l'Avenir du peuple*[4], complétera mes raisonnements ; écoutez-le, c'est lui maintenant qui parle :

« Pour ceux qui se proposent ce but d'égalité rigoureuse, absolue, les plus conséquents concluent, pour l'établir et pour le maintenir, à l'emploi de la force, au despotisme, à la dictature, sous une forme ou une autre forme.

« Les partisans de l'égalité absolue sont d'abord contraints d'attaquer les inégalités naturelles, afin de les atténuer, de les détruire s'il est possible. Ne pouvant rien sur les conditions premières d'organisation et de développement, leur œuvre commence à l'instant où l'homme naît, où l'enfant sort du sein de sa mère. L'État alors s'en empare : le voilà maître absolu de l'être spirituel comme de l'être organique. L'intelligence et la conscience, tout dépend de lui, tout lui est soumis. Plus de famille, plus de paternité, plus de mariage dès lors ; un mâle, une femelle, des petits que l'État manipule, dont il fait ce qu'il veut, moralement, physiquement, une servitude universelle et si profonde que rien n'y échappe, qu'elle pénètre jusqu'à l'âme même.

« En ce qui touche les choses matérielles, l'égalité ne saurait s'établir d'une manière tant soit peu durable par le simple partage. S'il s'agit de la terre seule, on conçoit qu'elle puisse être divisée en autant de portions qu'il y a d'individus ; mais le nombre des individus variant perpétuellement, il faudrait aussi perpétuellement changer cette division primitive. Toute propriété individuelle étant abolie, il n'y a de possesseur de droit que l'État. Ce mode de possession, s'il est volontaire, est celui du moine astreint par ses vœux à la pauvreté comme à l'obéissance ; s'il n'est pas volontaire, c'est celui de l'esclave, là où rien ne modifie la rigueur de sa condition. Tous les liens de l'humanité, les relations sympathiques, le dévouement mutuel, l'échange des services, le libre don de soi, tout ce

4.
Du passé et de l'avenir du peuple, par F. Lamennais (l'auteur a supprimé la particule de son nom), 1841. Pour cette longue citation, Chateaubriand utilise avec une grande liberté le texte de Lamennais, découpant des paragraphes, faisant un sort à certains fragments de notes, réunissant des phrases extraites de paragraphes différents par une ponctuation personnelle, etc., afin de lui donner une force démonstrative plus grande encore que le texte original (*op. cit.*, pp. 157-160). Dans ces pages, qui concluent le chap. XV, intitulé « Des moyens proposés pour résoudre le problème de l'avenir du peuple », Lamennais étudie les différents systèmes – socialiste et communiste – et les solutions qu'ils entendent apporter pour faire disparaître le « prolétariat », que Lamennais définit ainsi : il est libre de droit, et donc indépendant sous un rapport abstrait, mais « il se confond avec l'esclavage, en ce que la condition matérielle de la liberté ou la propriété manque presque également au propriétaire et à l'esclave » (*ibid.*, p. 149). Ainsi remanié, le texte « socialisant » devient plus libéral, Chateaubriand dénonçant davantage les effets pervers d'une « massification » de la société.

qui fait le charme de la vie et sa grandeur, tout, tout a disparu, disparu sans retour.

« Les moyens proposés jusqu'ici pour résoudre le problème pour l'avenir du peuple aboutissent à la négation de toutes les conditions indispensables de l'existence, détruisent, soit directement, soit implicitement, le devoir, le droit, la famille *(g)*, et ne produiraient, s'ils pouvaient être appliqués à la société, au lieu de la liberté dans laquelle se résume tout progrès réel, qu'une servitude à laquelle l'histoire, si haut qu'on remonte dans le passé, n'offre rien de comparable. »

Il n'y a rien à ajouter *(h)* à cette logique.

Je ne vais pas voir les prisonniers, comme Tartuffe[5], pour leur distribuer des aumônes, mais pour enrichir mon intelligence avec des hommes qui valent mieux que moi. Quand leurs opinions diffèrent des miennes, je ne crains rien : chrétien entêté, tous les beaux génies de la terre n'ébranleraient pas ma foi ; je les plains, et ma charité me défend contre la séduction. Si je pèche par excès, ils pèchent par défaut ; je comprends ce qu'ils comprennent, et ils ne comprennent pas ce que je comprends. Dans la même prison où je visitais autrefois le noble et malheureux Carrel[6], je visite aujourd'hui l'abbé de Lamennais. La révolution de Juillet a relégué aux ténèbres d'une geôle le reste des hommes supérieurs dont elle ne peut ni juger le mérite, ni soutenir l'éclat. Dans la dernière chambre en montant, sous un toit abaissé que l'on peut toucher de la main, nous imbéciles croyants de liberté, François[7] de Lamennais et François de Chateaubriand, nous causons de choses sérieuses. Il a beau se débattre, ses idées ont été jetées dans le moule religieux ; la forme est restée chrétienne, alors que le fond s'éloigne le plus du dogme : sa parole a retenu le bruit du ciel.

Fidèle professant l'hérésie, l'auteur de l'*Essai sur l'indifférence*[8] parle ma langue avec des idées qui ne sont plus mes idées. Si, après avoir embrassé l'enseignement évangélique populaire, il fût resté attaché au sacerdoce, il

---

5. Molière, *Tartuffe*, acte III, scène 2, v. 855-856 : *« Si l'on vient pour me voir, je vais aux prisonniers / Des aumônes que j'ai partager les deniers. »*

6. Voir *supra*, l. XLIII, chap. 4, p. 2910.

7. Lamennais se prénommait Robert, Félicité.

8. Dans l'*Essai sur l'indifférence*, Lamennais exprimait sa haine du philosophisme, mais aussi du gallicanisme. Et déjà se profilait cet enthousiasme ultramontain qui s'exprimera ultérieurement. Pour lui, le pouvoir ne cesse jamais d'appartenir à Dieu ; la société spirituelle est au fond la seule véritable ; sans elle, nulle autre ne peut s'établir ni subsister :

Félicité-Robert de Lamennais (1782-1854).

«Nul gouvernement, nulle police, nul ordre ne seraient possibles si les sociétés n'étaient pas antérieurement unies par des liens qui les constituent déjà en état de sociétés, c'est-à-dire par des croyances communes conçues sous la notion de devoirs.» Pour ce «premier» Lamennais, enthousiaste de Joseph de Maistre, les formes politiques n'ont qu'une importance secondaire : la vraie, la brûlante querelle est celle qui met aux prises le philosophisme du XVIIIe siècle, venu avec l'esprit de la Réforme et les Lumières, à l'esprit immuable du catholicisme intégral aux dogmes qui ne finissent pas. De sa critique contre la philosophie des Lumières découlait une conception hiératique de la monarchie. Lamennais, ce romantique, ce logicien passionné, était voué à dépasser en rigueur le logicien austère qu'était Bonald. Il voulait «une monarchie *logique*, épurée de toute prérogative parlementaire, une église *logique*, épurée de tout droit conciliaire ou épiscopal ; la Charte était pour lui une maladie à base révolutionnaire, que l'on avait inoculée à la monarchie pour la faire périr, et le gallicanisme était pour lui une constitution à base schismatique, qui menaçait l'unité du catholicisme et desséchait la vie religieuse» (J.-J. Chevallier, *Histoire de la pensée politique*, t. III, p. 146).

aurait conservé l'autorité qu'ont détruite des variations. Les curés, les membres nouveaux du clergé (et les plus distingués d'entre ces lévites), allaient à lui ; les évêques se seraient trouvés engagés dans sa cause s'il eût adhéré aux libertés gallicanes, tout en vénérant le successeur de saint Pierre et en défendant l'unité.

En France la jeunesse eût entouré le missionnaire en qui elle trouvait les idées qu'elle aime et les progrès auxquels elle aspire ; en Europe, les dissidents attentifs n'auraient point fait obstacle ; de grands peuples catholiques, les Polonais, les Irlandais, les Espagnols, auraient béni le prédicateur suscité. Rome même eût fini par s'apercevoir que le nouvel évangéliste faisait renaître la domination de l'Église et fournissait au pontife opprimé le moyen de résister à l'influence des Rois absolus. Quelle puissance de vie ! L'intelligence, la religion, la liberté représentées dans un prêtre !

Dieu ne l'a pas voulu ; la lumière a tout à coup manqué à celui qui était la lumière ; le guide en se dérobant a laissé le troupeau dans la nuit. À mon compatriote, dont la carrière publique est interrompue, restera toujours la supériorité privée et la prééminence des dons naturels. Dans l'ordre des temps il doit me survivre ; je l'ajourne à mon lit de mort pour agiter nos grands contestes à ces portes que l'on ne repasse plus. J'aimerais à voir son génie répandre sur moi l'absolution que sa main avait autrefois le droit de faire descendre sur ma tête. Nous avons été bercés en naissant par les mêmes flots ; qu'il soit permis à mon ardente foi et à mon admiration sincère d'espérer que je rencontrerai encore mon ami réconcilié sur le même rivage des choses éternelles.

CONCLUSION. (Suite.)
L'idée chrétienne est l'avenir du monde[1].

Paris, 14 avril 1846
Revu le 28 juillet 1846

En définitive, mes investigations m'amènent à conclure que l'ancienne société s'enfonce sous elle, qu'il est impossible à quiconque n'est pas chrétien de comprendre la société future poursuivant son cours et satisfaisant à la fois ou l'idée purement républicaine ou l'idée monarchique modifiée. Dans toutes les hypothèses, les améliorations que vous désirez, vous ne les pouvez tirer que de l'Évangile.

Au fond des combinaisons des sectaires actuels, c'est toujours le plagiat, la parodie de l'Évangile, toujours le principe apostolique qu'on retrouve : ce principe est tellement entré en nous, que nous en usons comme nous appartenant ; nous nous le présumons naturel, quoiqu'il ne nous le soit pas ; il nous est venu de notre ancienne foi, à prendre celle-ci à deux ou trois degrés d'ascendance au-dessus de nous. Tel esprit indépendant qui s'occupe du perfectionnement de ses semblables n'y aurait jamais pensé si le droit des peuples n'avait été posé par le Fils de l'homme[2]. Tout acte de philanthropie auquel nous nous livrons, tout système que nous rêvons

---

1.
Sur l'évolution religieuse de Chateaubriand, voir V. Giraud, *Le Christianisme de Chateaubriand* ; P. Clarac, « Le Christianisme de Chateaubriand », *in À la recherche de Chateaubriand*, pp. 15-31 ; P. Moreau, *Chateaubriand*.

2.
Si Chateaubriand se rapproche de Lamennais au point d'en citer certaines pages dans la conclusion de ses *Mémoires* pour n'en retenir que l'élément libéral, il n'en est pas moins contaminé par cette sorte d'humanitarisme qui tend à « déifier le peuple » (voir à ce sujet P. Bénichou, *Le Temps des prophètes*, pp. 105-173, et *Les Mages romantiques*, p. 47 *sqq.* et 132 *sqq.*, et A. Besançon, *La Confusion des langues*).

dans l'intérêt de l'humanité, n'est que l'idée chrétienne retournée, changée de nom et trop souvent défigurée : c'est toujours le verbe qui se fait chair[3] ! Voulez-vous que l'idée chrétienne ne soit que l'idée humaine en progression ? J'y consens ; mais ouvrez les diverses cosmogonies, vous apprendrez qu'un christianisme traditionnel a devancé sur la terre le christianisme révélé. Si le Messie *n'était pas venu* et *qu'il n'eût point parlé*, comme il le dit de lui-même[4], l'idée n'aurait pas été dégagée, les vérités seraient restées confuses, telles qu'on les entrevoit dans les écrits des anciens. C'est donc, de quelque façon que vous l'interprétiez, du révélateur ou du Christ que vous tenez tout ; c'est du Sauveur, *Salvator*, du Consolateur, *Paracletus*[5], qu'il vous faut toujours partir ; c'est de lui que vous avez reçu les germes de la civilisation et de la philosophie.

Vous voyez donc que je ne trouve de solution à l'avenir que dans le christianisme et dans le christianisme catholique ; la religion du Verbe est la manifestation de la vérité, comme la création est la visibilité de Dieu. Je ne prétends pas qu'une rénovation générale ait absolument lieu, car j'admets que des peuples entiers soient voués à la destruction ; j'admets aussi que la foi se dessèche en certains pays : mais s'il en reste un seul grain, s'il tombe sur un peu de terre, ne fût-ce que dans les débris d'un vase, ce grain lèvera, et une seconde incarnation de l'esprit catholique ranimera la société.

Le christianisme est l'appréciation la plus philosophique et la plus rationnelle de Dieu et de la création ; il renferme les trois grandes lois de l'univers, la loi divine, la loi morale, la loi politique : la loi divine, unité de Dieu en trois personnes ; la loi morale, *charité ;* la loi politique, c'est-à-dire *liberté, égalité, fraternité (a).*

Les deux premiers principes sont développés ; le troisième, la loi politique, n'a point reçu ses compléments, parce qu'il ne pouvait fleurir tandis que la croyance intelligente de l'être infini et la morale universelle n'étaient pas solidement établies. Or, le christianisme eut d'abord à déblayer les absurdités et les abominations dont l'idolâtrie et l'esclavage avaient encombré le genre humain[6].

3.

Jean, I, 14. *Et Verbum caro factum est.*

4.

Ibid., XV, 22.

5.

Paraclet : nom donné au Saint-Esprit dans les écrits de saint Jean, dans la théologie et la liturgie chrétienne.

6.

Chateaubriand reprend ici l'idée développée dans la préface des *Études historiques* (*OC*, t. IV, p. CLI).

Des personnes éclairées ne comprennent pas qu'un catholique tel que moi s'entête à s'asseoir à l'ombre de ce qu'elles appellent des ruines; selon ces personnes, c'est une gageure, un parti pris. Mais dites-le-moi, par pitié, où trouverai-je une famille et un Dieu dans la société individuelle et philosophique que vous me proposez? Dites-le-moi et je vous suis; sinon ne trouvez pas mauvais que je me couche dans la tombe du Christ, seul abri que vous m'avez laissé en m'abandonnant.

Non, je n'ai point fait une gageure avec moi-même: je suis sincère; voici ce qui m'est arrivé: de mes projets, de mes études, de mes expériences, il ne m'est resté qu'un détromper complet de toutes les choses que poursuit le monde. Ma conviction religieuse, en grandissant, a dévoré mes autres convictions; il n'est ici-bas chrétien plus croyant et homme plus incrédule que moi. Loin d'être à son terme, la religion du libérateur entre à peine dans sa troisième période, la période politique, *liberté, égalité, fraternité*. L'Évangile, sentence d'acquittement, n'a pas été lu encore à tous; nous en sommes encore aux malédictions prononcées par le Christ: «Malheur à vous qui chargez les hommes de fardeaux qu'ils ne sauraient porter et qui ne voudriez pas les avoir touchés du bout du doigt!»

Le christianisme, stable dans ses dogmes, est mobile dans ses lumières; sa transformation enveloppe la transformation universelle. Quand il aura atteint son plus haut point, les ténèbres achèveront de s'éclaircir; la liberté, crucifiée sur le Calvaire avec le Messie, en descendra avec lui; elle remettra aux nations ce nouveau testament écrit en leur faveur et jusqu'ici entravé dans ses clauses. Les gouvernements passeront *(b)*, le mal moral disparaîtra, la réhabilitation annoncera la consommation des siècles de mort et d'oppression nés de la chute.

Quand viendra ce jour désiré? Quand la société se recomposera-t-elle d'après les moyens secrets du principe générateur? Nul ne le peut dire; on ne saurait calculer les résistances des passions.

Plus d'une fois la mort engourdira des races, versera le silence sur les événements comme la neige tombée pendant la nuit fait cesser le bruit des chars. Les nations ne croissent pas aussi rapidement que les individus dont elles sont composées et ne disparaissent pas aussi vite. Que de temps ne faut-il point pour arriver à une seule chose cherchée *(c)*! L'agonie du Bas-Empire pensa ne pas finir; l'ère chrétienne, déjà si étendue, n'a pas suffi à l'abolition de la servitude[7]. Ces calculs, je le sais, ne vont pas au tempéra-

7.
En Russie notamment. Le servage, dont il demeurait quelques vestiges à Saint-Claude, dans le Jura, fut aboli en France sous le règne de Louis XVI

ment français ; dans nos révolutions nous n'avons jamais admis l'élément du temps : c'est pourquoi nous sommes toujours ébahis des résultats contraires à nos impatiences. Pleins d'un généreux courage, des jeunes gens se précipitent ; ils s'avancent tête baissée vers une haute région qu'ils entrevoient et qu'ils s'efforcent d'atteindre : rien de plus digne d'admiration ; mais ils useront leur vie dans ces efforts, et arrivés au terme, de mécompte en mécompte, ils consigneront le poids des années déçues à d'autres générations abusées qui le porteront jusqu'aux tombeaux voisins ; ainsi de suite. Le temps du désert est revenu ; le christianisme recommence dans la stérilité de la Thébaïde, au milieu d'une idolâtrie redoutable, l'idolâtrie de l'homme envers soi.

Il y a deux conséquences dans l'histoire, l'une immédiate et qui est à l'instant connue, l'autre éloignée et qu'on n'aperçoit pas d'abord. Ces conséquences souvent se contredisent ; les unes viennent de notre courte sagesse, les autres de la sagesse perdurable *(d)*. L'événement providentiel apparaît après l'événement humain *(e)*. Dieu se lève derrière les hommes. Niez tant qu'il vous plaira le suprême conseil, ne consentez pas à son action, disputez sur les mots, appelez force des choses ou raison ce que le vulgaire appelle Providence, regardez à la fin d'un fait accompli, et vous verrez qu'il a toujours produit le contraire de ce qu'on en attendait, quand il n'a point été établi d'abord sur la morale et sur la justice.

Si le Ciel n'a pas prononcé son dernier arrêt ; si un avenir doit être, un avenir puissant et libre, cet avenir est loin encore, loin au-delà de l'horizon visible ; on n'y pourra parvenir qu'à l'aide de cette espérance chrétienne dont les ailes croissent à mesure que tout semble la trahir, espérance plus longue que le temps et plus forte que le malheur.

Récapitulation de ma vie.

L'ouvrage inspiré par mes cendres et destiné à mes cendres subsistera-t-il après moi ? Il est possible que mon travail soit mauvais ; il est possible qu'en voyant le jour ces *Mémoires* s'effacent : du moins les choses que je me serai racontées auront servi à tromper l'ennui de ces dernières heures dont personne ne veut et dont on ne sait que faire. Au bout de la vie est un âge amer : rien ne plaît, parce qu'on n'est digne de rien ; bon à personne, fardeau à tous, près de son dernier gîte, on n'a qu'un pas à faire pour y atteindre : à quoi servirait de rêver sur une plage déserte ? quelles aimables ombres apercevrait-on dans l'avenir ? Fi des nuages qui volent maintenant sur ma tête !

Une idée me revient et me trouble : ma conscience n'est pas rassurée sur l'innocence de mes veilles ; je crains mon aveuglement et la complaisance de l'homme pour ses fautes. Ce que j'écris est-il bien selon la justice ? La morale et la charité sont-elles rigoureusement observées ? Ai-je eu le droit de parler des autres ? Que me servirait le repentir, si ces *Mémoires* faisaient quelque mal ? Ignorés et cachés de la terre, vous de qui la vie agréable aux autels opère des miracles, salut à vos secrètes vertus !

Ce pauvre, dépourvu de science, et dont on ne s'occupera jamais, a, par la seule doctrine de ses mœurs, exercé sur ses compagnons de souffrance l'influence divine qui émanait des vertus du Christ. Le plus beau livre de la terre ne vaut pas un acte inconnu de ces martyrs sans nom dont Hérode avait *mêlé le sang à leurs sacrifices*[1].

1. Chateaubriand fait ici référence à la persécution d'Hérode Agrippa contre les premiers chrétiens, relatée dans les Actes des Apôtres.

Vous m'avez vu naître ; vous avez vu mon enfance, l'idolâtrie de ma singulière création dans le château de Combourg[2], ma présentation à Versailles, mon assistance à Paris au premier spectacle de la Révolution. Dans le nouveau monde je rencontre Washington ; je m'enfonce dans les bois ; le naufrage me ramène sur les côtes de ma Bretagne. Arrivent mes souffrances comme soldat, ma misère comme émigré. Rentré en France, je deviens auteur du *Génie du Christianisme*. Dans une société changée, je compte et je perds des amis. Bonaparte m'arrête et se jette, avec le corps sanglant du duc d'Enghien, devant mes pas ; je m'arrête à mon tour, et je conduis le grand homme de son berceau, en Corse, à sa tombe, à Sainte-Hélène. Je participe à la Restauration et je la vois finir. Ainsi la vie publique et privée m'a été connue. Quatre fois j'ai traversé les mers ; j'ai suivi le soleil en Orient, touché les ruines de Memphis, de Carthage, de Sparte et d'Athènes ; j'ai prié au tombeau de saint Pierre et adoré sur le Golgotha. Pauvre et riche, puissant et faible, heureux et misérable, homme d'action, homme de pensée, j'ai mis ma main dans le siècle, mon intelligence au désert[3] ; l'existence effective s'est montrée à moi au milieu des illusions, de même que la terre apparaît aux matelots parmi les nuages. Si ces faits répandus sur mes songes, comme le vernis qui préserve des peintures fragiles, ne disparaissent pas, ils indiqueront le lieu par où a passé ma vie.

Dans chacune de mes trois carrières je m'étais proposé un but important : voyageur, j'ai aspiré à la découverte du monde polaire ; littérateur, j'ai essayé de rétablir le culte sur ses ruines ; homme d'État, je me suis efforcé de donner aux peuples le système de la monarchie pondérée, de replacer la France à son rang en Europe, de lui rendre la force que les traités de Vienne lui avaient fait perdre ; j'ai du moins aidé à conquérir celle de nos libertés qui les vaut toutes, la liberté de la presse. Dans l'ordre divin, religion et liberté ; dans l'ordre humain, honneur et gloire (qui sont la génération humaine de la religion et de la liberté) : voilà ce que j'ai désiré pour ma patrie.

Des auteurs français de ma date, je suis quasi le seul qui ressemble à ses ouvrages : voyageur, soldat, publiciste, ministre, c'est dans les bois que

2.
Celle de la sylphide (voir *supra*, l. III, chap. 8, p. 205 *sqq.*).

3.
Phrase reprise du *Génie du christianisme* pour qualifier Bossuet : « [...] son corps était dans le monde, et son esprit au désert [...] » (III, IV, IV, Pléiade, p. 863). Voir J.-P. Clément, « Esthétique et politique du Grand Siècle dans l'œuvre de Chateaubriand », *BSC*, nouv. série, n° 34, 1991, pp. 35-42.

j'ai chanté les bois, sur les vaisseaux que j'ai peint l'océan, dans les camps que j'ai parlé des armes, dans l'exil que j'ai appris l'exil, dans les cours, dans les affaires, dans les assemblées que j'ai étudié les princes, la politique et les lois.

Les orateurs de la Grèce et de Rome furent mêlés à la chose publique et en partagèrent le sort; dans l'Italie et l'Espagne de la fin du Moyen Âge et de la Renaissance, les premiers génies des lettres et des arts participèrent au mouvement social. Quelles orageuses et belles vies que celles de Dante, de Tasse, de Camoëns, d'Ercilla, de Cervantès! En France, anciennement, nos cantiques et nos récits nous parvenaient de nos pèlerinages et de nos combats; mais, à compter du règne de Louis XIV, nos écrivains ont trop souvent été des hommes isolés dont les talents pouvaient être l'expression de l'esprit, non des faits de leur époque.

Moi, bonheur ou fortune, après avoir campé sous la hutte de l'Iroquois et sous la tente de l'Arabe, après avoir revêtu la casaque du sauvage et le cafetan du mamelouk, je me suis assis à la table des rois pour retomber dans l'indigence. Je me suis mêlé de paix et de guerre; j'ai signé des traités et des protocoles; j'ai assisté à des sièges, des congrès et des conclaves; à la réédification et à la démolition des trônes; j'ai fait de l'histoire, et je la pouvais écrire: et ma vie solitaire et silencieuse marchait au travers du tumulte et du bruit avec les filles de mon imagination, Atala, Amélie, Blanca, Velléda, sans parler de ce que je pourrais appeler les réalités de mes jours, si elles n'avaient elles-mêmes la séduction des chimères. J'ai peur d'avoir eu une âme de l'espèce de celle qu'un philosophe ancien appelait une maladie sacrée.

Je me suis rencontré entre deux siècles, comme au confluent de deux fleuves[4]; j'ai plongé dans leurs eaux troublées, m'éloignant à regret du vieux rivage où je suis né, nageant avec espérance vers une rive inconnue.

---

4. Thème majeur qui explique l'homme, l'écrivain et le politique. La Révolution est le signe historique du partage, la ligne de crête qui divise le temps, les mœurs, la curiosité, les langages, en un avant et un après apparemment antagonistes, qu'en tant qu'historien et homme d'État, Chateaubriand sera voué à réconcilier.

Résumé des changements arrivés sur le globe pendant ma vie.

La géographie entière a changé depuis que, selon l'expression de nos vieilles coutumes, j'ai pu regarder le ciel de mon lit. Si je compare deux globes terrestres, l'un du commencement, l'autre de la fin de ma vie, je ne les reconnais plus. Une cinquième partie de la terre, l'Australie[1], a été découverte et s'est peuplée : un sixième continent vient d'être aperçu par des voiles françaises dans les glaces du pôle antarctique[2], et les Parry, les Ross, les Franklin, ont tourné, à notre pôle, les côtes qui dessinent la limite de l'Amérique au septentrion[3] ; l'Afrique a ouvert ses mystérieuses solitudes[4] ; enfin il n'y a pas un coin de notre demeure qui soit actuellement ignoré. On attaque toutes les langues de terre qui séparent le monde ; on verra sans doute bientôt des vaisseaux traverser l'isthme de Panama et peut-être l'isthme de Suez.

1.
L'Australie ne fut pas découverte du temps de Chateaubriand. Les Groenlandais la connaissaient et c'était une étape conduisant à Java (1606). Mais on n'avait alors aucune idée de l'importance de cette terre australe, dont on pensait depuis Ptolémée qu'elle allait peut-être jusqu'au Pôle Sud et qu'elle était, au nord, soudée à la Nouvelle-Guinée. En 1642, Tasman, passant très au sud des côtes méridionales, parvint jusqu'à la grande île qui lui doit son nom et démontra ainsi l'insularité de la « nouvelle Hollande » sans l'avoir aperçue et tout en croyant que la Tasmanie touchait cette dernière. La côte orientale de l'Australie ne sera reconnue qu'en 1770 par Cook, qui prend possession de la région au nom du roi d'Angleterre. L'insularité de la Tasmanie sera prouvée seulement en 1798. En 1801 et 1802, l'Anglais Flinders étudiera en détail la côte sud et y rencontrera le Français Baudin. La colonisation britannique commença en 1788 avec les *Convicts* (condamnés au bagne) du capitaine Philipp, à Port Jackson (Sydney).

CHATEAUBRIAND.

2.
Découverte, par Dumont d'Urville dans son premier voyage au Pôle Sud, de la Terre Louis-Philippe et la Terre Adélie; rentré de ce voyage en 1840, il venait de recevoir la médaille d'or de la Société de Géographie à laquelle appartenait Chateaubriand. Notons ce rapprochement étonnant: c'est Dumont d'Urville qui conduisit la plus vieille dynastie vers l'exil, celle de Charles X, et qui en même temps découvrit des zones inexplorées et nouvelles. La poésie du partage et les contrastes trouvent là encore, sans que Chateaubriand le dise clairement, une nouvelle illustration.

3.
La grande ambition que s'était fixée Chateaubriand en 1791 était ainsi désormais accomplie. Il en rend compte d'ailleurs dans sa Préface, écrite en 1826 pour son *Voyage en Amérique* (Pléiade, p.650 *sqq.*).

Cortège funèbre de Chateaubriand sur le rocher du Grand Bé, 18 juillet 1848.

4.

Les Européens connaissaient, et Chateaubriand plus qu'un autre, l'Afrique par la traite des Noirs, grâce à laquelle le père de l'auteur avait fait fortune. À partir de 1815, la France chercha nettement à tirer des ressources du Sénégal et surtout les « mystérieuses solitudes » de l'Afrique furent révélées sous la Restauration par René Caillié (1799-1838), qui séjourna chez les Maures Braknas sous prétexte de se convertir à l'islam, puis se rendit en Sierra Leone. Le grand départ pour le Soudan eut lieu en 1827. Il traversa la Guinée puis fut immobilisé par le scorbut à Tiné (août 1827) ; il atteignit le nord de la Côte-d'Ivoire en 1828, gagna la région de Sikasso, Djenné et séjourna un mois avant de descendre en pirogue le Bani, puis le Niger, pour arriver ainsi à Kabara et entrer à Tombouctou le 20 avril 1828. Après la traversée du Sahara, il parvint à Fès, Rabat, Tanger, où il embarqua le 27 septembre sur une goélette française. À Paris, il reçut la médaille d'or promise par la Société de Géographie au premier voyageur qui rapporterait le récit de sa visite à Tombouctou.

L'histoire a fait parallèlement au fond du temps des découvertes; les langues sacrées ont laissé lire leur vocabulaire perdu; jusque sur les granits de Mezraïm, Champollion a déchiffré ces hiéroglyphes qui semblaient être un sceau mis sur les lèvres du désert, et qui répondait de leur éternelle discrétion*. [* M. Ch. Lenormant, savant compagnon de voyage de Champollion, a préservé la grammaire des obélisques que M. Ampère est allé étudier aujourd'hui sur les ruines de Thèbes et de Memphis.] Que si les révolutions nouvelles ont rayé de la carte la Pologne, la Hollande, Gênes et Venise, d'autres républiques occupent une partie des rivages du grand océan et de l'Atlantique. Dans ces pays, la civilisation perfectionnée pourrait prêter des secours à une nature énergique: les bateaux à vapeur remonteraient ces fleuves destinés à devenir des communications faciles, après avoir été d'invincibles obstacles; les bords de ces fleuves se couvriraient de villes et de villages, comme nous avons vu de nouveaux États américains sortir des déserts du Kentucky. Dans ces forêts réputées impénétrables, fuiraient ces chariots sans chevaux, transportant *(a)* des poids énormes et des milliers de voyageurs. Sur ces rivières, sur ces chemins, descendraient, avec les arbres pour la construction des vaisseaux, les richesses des mines qui serviraient à les payer; et l'isthme de Panama romprait sa barrière pour donner passage à ces vaisseaux dans l'une et l'autre mer.

La marine qui emprunte du feu le mouvement ne se borne pas à la navigation des fleuves, elle franchit l'océan; les distances s'abrègent; plus de courants, de moussons, de vents contraires, de blocus, de ports fermés. Il y a loin de ces romans industriels au hameau de Plancouët: en ce temps-là, les dames jouaient aux jeux d'autrefois à leur foyer; les paysannes filaient le chanvre de leurs vêtements; la maigre bougie de résine éclairait les veillées de village; la chimie n'avait point opéré ses prodiges; les machines n'avaient pas mis en mouvement toutes les eaux et tous les fers pour tisser les laines ou broder les soies; le gaz resté aux météores ne fournissait point encore l'illumination de nos théâtres et de nos rues.

Ces transformations ne se sont pas bornées à nos séjours: par l'instinct de son immortalité, l'homme a envoyé son intelligence en haut; à chaque pas qu'il a fait dans le firmament, il a reconnu des miracles de la puissance inénarrable. Cette étoile, qui paraissait simple à nos pères, est double et triple à nos yeux; les soleils interposés devant les soleils se font ombre et manquent d'espace pour leur multitude. Au centre de l'infini, Dieu voit défiler autour de lui ces magnifiques théories, preuves ajoutées aux preuves de l'Être suprême.

Représentons-nous, selon la science agrandie, notre chétive planète nageant dans un océan à vagues de soleils, dans cette voie lactée, matière brute de lumière, métal en fusion de mondes que façonnera la main du Créateur. La distance de telles étoiles est si prodigieuse que leur éclat ne pourra parvenir à l'œil qui les regarde que quand ces étoiles seront éteintes, le foyer avant le rayon. Que l'homme est petit sur l'atome où il se meut ! Mais qu'il est grand comme intelligence ! Il sait quand le visage des astres se doit charger d'ombre, à quelle heure reviennent les comètes après des milliers d'années, lui qui ne vit qu'un instant ! Insecte microscopique inaperçu dans un pli de la robe du ciel, les globes ne lui peuvent cacher un seul de leurs pas dans la profondeur des espaces. Ces astres, nouveaux pour nous, quelles destinées éclaireront-ils ? La révélation de ces astres est-elle liée à quelque nouvelle phase de l'humanité ? Vous le saurez, races à naître ; je l'ignore et je me retire.

Grâce à l'exorbitance de mes années[5], mon monument est achevé. Ce m'est un grand soulagement ; je sentais quelqu'un qui me poussait : le patron de la barque sur laquelle ma place est retenue m'avertissait qu'il ne me restait qu'un moment pour monter à bord. Si j'avais été le maître de Rome, je dirais, comme Sylla, que je finis mes *Mémoires* la veille même de ma mort ; mais je ne conclurais pas mon récit par ces mots comme il conclut le sien : « J'ai vu en songe un de mes enfants qui me montrait Métella, sa mère, et m'exhortait à venir jouir du repos dans le sein de la félicité éternelle[6]. » Si j'eusse été Sylla, la gloire ne m'aurait jamais pu donner le repos et la félicité.

Des orages nouveaux se formeront ; on croit pressentir des calamités qui l'emporteront sur les afflictions dont nous avons été accablés ; déjà, pour retourner au champ de bataille, on songe à rebander ses vieilles blessures. Cependant, je ne pense pas que des malheurs prochains éclatent : peuples et rois sont également recrus ; des catastrophes imprévues ne fondront pas sur la France : ce qui me suivra ne sera que l'effet de la transformation générale. On touchera sans doute à des stations pénibles ; le monde ne saurait changer de face sans qu'il y ait douleur. Mais, encore un coup, ce ne seront point des révolutions à part ; ce sera la grande révolution allant à son terme. Les scènes de demain ne me

---

5.
Au moment où Chateaubriand écrit ces lignes, il a exactement 73 ans.

6.
Plutarque, *Vie de Scylla*, éd. Dacier, t. IV, p. 371 : « Deux jours avant son trépas, il acheva le vingt-deuxième livre de ses *Mémoires* [...]. Il dit que son fils lui était apparu en songe [...] et que, s'étant approché, il lui avait dit : "Mets fin à tes desseins et à tes travaux, et viens avec moi te rendre auprès de ma mère Metella, pour vivre désormais avec elle en repos et sans aucun embarras d'affaires." »

regardent plus ; elles appellent d'autres peintres : à vous, messieurs.
En traçant ces derniers mots, ce 16 novembre 1841, ma fenêtre, qui donne à l'ouest sur les jardins des Missions étrangères[7], est ouverte : il est six heures du matin ; j'aperçois la lune pâle et élargie[8] ; elle s'abaisse sur la flèche des Invalides à peine révélée par le premier rayon doré de l'Orient : on dirait que l'ancien monde finit, et que le nouveau commence. Je vois les reflets d'une aurore dont je ne verrai pas se lever le soleil. Il ne me reste qu'à m'asseoir au bord de ma fosse ; après quoi je descendrai hardiment, le crucifix à la main, dans l'éternité.

7.
En 1838, lorsque les Chateaubriand voulurent quitter leur petite maison de la rue d'Enfer, l'archevêque, étant donataire de l'infirmerie Marie-Thérèse, exigea que Mme de Chateaubriand en abandonnât la direction. Céleste en conçut une grande amertume. Le couple s'installa au 112 de la rue du Bac (actuel n° 120), dans un appartement situé au fond de la cour à gauche, au rez-de-chaussée, qu'ils avaient choisi parce qu'il y avait la jouissance d'un petit jardin, où Mme de Chateaubriand installa une volière, et parce qu'ils étaient près de l'église des Missions étrangères. Chateaubriand mourut le 4 juillet 1848, dans cet appartement, couché dans le lit de fer aux rideaux blancs (que la famille conserve depuis au château de Combourg) et soigné jusqu'à la fin par Mme Récamier, qui devait mourir l'année suivante. C'est dans la chapelle de ce couvent qu'eut lieu le service funèbre de l'auteur.

8.
Dans un article publié en février 1951 dans *L'Astronomie* (pp. 75-78), A. Danjon, en examinant les apparitions datées de la lune dans les *Mémoires d'outre-tombe*, a estimé que Chateaubriand ne pouvait à ce sujet jamais être pris en défaut, hormis pour cette page finale : « Le 16 novembre 1841 à 6 heures, la Lune était couchée à Paris, le ciel couvert, le froid vif et la terre couverte de neige. » Il a proposé à cette exception l'explication suivante : « Le copiste aurait écrit 16 pour 1r. En effet, le 1er novembre 1841, à 6 heures, la Lune, qui ne devait se coucher qu'à 9h 42m, s'abaissait vers l'horizon ; le ciel, pendant la nuit, avait été nuageux avec éclaircies, la température relativement douce » Voir aussi *BSC*, 1960, p. 46.

Variantes

Le choix de variantes présenté ci-dessous a été établi pour l'essentiel d'après les publications mentionnées au fil des extraits donnés. Lorsqu'il n'est pas précisé de source, il est implicitement fait référence à l'édition dite « du centenaire », procurée par M. Levaillant. Afin d'éviter un disparate des graphies, tenant au fait que beaucoup de ces textes ont été dictés par Chateaubriand, et afin de faciliter leur lecture, les orthographes ont été corrigées et unifiées.

SIGLES ET ABRÉVIATIONS UTILISÉS :

BSC	*Bulletin de la Société Chateaubriand*
CG	correspondance générale
Ge	manuscrit de Genève
L 1834	*Lectures de 1834*
Ms 1847	manuscrit de 1847
Ms 1848	manuscrit de 1848
Ms BN	manuscrit conservé à la Bibliothèque Nationale
RHLF	*Revue d'Histoire littéraire française*
SG	exemplaire de la Bibliothèque Sainte-Geneviève
....	la suite manque dans le manuscrit
[...]	coupures effectuées par l'éditeur

(a) p. 68. Quatre textes liminaires, écrits entre 1826 et 1846, méritent d'être rapprochés de cette Préface. Le premier est la «Préface générale» de l'édition des Œuvres complètes, *parue en 1826 dans le t. XVI de l'édition Ladvocat, pp.* XI-XXIII *(printemps 1826).*

Si j'avais été le maître de la Fortune, je n'aurais jamais publié le recueil de mes ouvrages. L'avenir (supposé que l'avenir entende parler de moi) eût fait ce qu'il aurait voulu. Plus qu'un quart de siècle passé sur mes premiers écrits sans les avoir étouffés ne m'a pas fait présumer une immortalité que j'ambitionne peut-être moins qu'on ne le pense. C'est donc contre mon penchant naturel, et aux dépens de ce repos, dernier besoin de l'homme, que je donne aujourd'hui l'édition de mes œuvres. Peu importe au public les motifs de ma détermination, il suffit qu'il sache (ce qui est la vérité) que ces motifs sont honorables.

J'ai entrepris les *Mémoires* de ma vie: cette vie a été fort agitée. J'ai traversé plusieurs fois les mers; j'ai vécu dans la hutte des sauvages et dans le palais des rois, dans les camps et dans les cités. Voyageur aux champs de la Grèce, pèlerin à Jérusalem, je me suis assis sur toutes sortes de ruines. J'ai vu passer le royaume de Louis XVI et l'empire de Bonaparte; j'ai partagé l'exil des Bourbons et j'ai annoncé leur retour. Deux poids qui semblent attachés à ma fortune la font successivement monter et descendre dans une proportion égale: on me prend, on me laisse, on me reprend; dépouillé un jour, le lendemain on me jette un manteau, pour m'en dépouiller encore. Accoutumé à ces bourrasques, dans quelque port que j'arrive, je me regarde toujours comme un navigateur qui va bientôt remonter sur son vaisseau, et je ne fais à terre aucun établissement solide. Deux heures m'ont suffi pour quitter le ministère, et pour remettre les clés de l'hôtellerie à celui qui devait l'occuper.

Qu'il faille en gémir ou s'en féliciter, mes écrits ont teint de leur couleur grand nombre des écrits de mon temps; mon nom, depuis vingt-cinq années, se trouve mêlé aux mouvements de l'ordre social: il s'attache au règne de Bonaparte, au rétablissement des autels, à celui de la monarchie légitime, à la fondation de la monarchie constitutionnelle. Les uns repoussent ma personne, mais prêchent mes doctrines, et s'emparent de ma politique en la dénaturant; les autres s'arrangeraient de ma personne, si je consentais à la séparer de mes principes. Les plus grandes affaires ont passé par mes mains. J'ai connu presque tous les rois, presque tous les hommes, ministres ou autres, qui ont joué un rôle de mon temps: présenté à Louis XVI, j'ai vu Washington au début de ma carrière, et je suis retombé à la fin sur ce que je vois aujourd'hui. Plusieurs fois Bonaparte me menaça de sa colère et de sa puissance, et cependant il était entraîné par un secret penchant vers moi, comme je ressentais une involontaire admiration de ce qu'il y avait de grand en lui. J'aurais tout été dans son gouvernement si je l'avais voulu ; mais il m'a toujours manqué pour réussir une passion et un vice : l'ambition et l'hypocrisie.

De pareilles vicissitudes, qui me travaillèrent presqu'au sortir d'une enfance malheureuse, répandront peut-être quelque intérêt dans mes *Mémoires*. Les ouvrages que je publie seront comme les preuves et les pièces justificatives de ces *Mémoires*. On y pourra lire d'avance ce que j'ai été, car ils embrassent ma vie entière. Les lecteurs qui aiment ce genre d'études rapprocheront les productions de ma jeunesse, de celles de l'âge où je suis parvenu : il y a toujours quelque chose à gagner à ces analyses de l'esprit humain.

Je crois ne me faire aucune illusion, et me juger avec impartialité : il m'a paru, en relisant mes ouvrages pour les corriger, que deux sentiments y dominaient : l'amour d'une religion charitable, et un attachement sincère aux libertés publiques. Dans l'*Essai historique* même, au milieu d'innombrables erreurs, on distingue ces deux sentiments. Si cette remarque est juste, si j'ai lutté, partout et en tout temps, en faveur de l'indépendance des hommes et des principes religieux, qu'ai-je à craindre de la postérité ? Elle pourra m'oublier, mais elle ne maudira pas ma mémoire.

Mes ouvrages, qui sont une histoire fidèle des trente prodigieuses années qui viennent de s'écouler, offrent encore auprès du passé des vues assez claires de l'avenir : j'ai beaucoup prédit, et il restera après moi des preuves irrécusables de ce que j'ai inutilement annoncé. Je n'ai point été aveugle sur les destinées futures de l'Europe ; je n'ai cessé de répéter à de vieux gouvernements qui furent bons dans leur temps et qui eurent leur renommée, que force était pour eux de s'arrêter dans des monarchies constitutionnelles ou d'aller se perdre dans la république : le despotisme militaire, qu'ils pourraient secrètement désirer, n'aurait pas même aujourd'hui une existence de quelque durée.

L'Europe, pressée entre un nouveau monde tout républicain et un ancien empire tout militaire, lequel a tressailli subitement au milieu du repos des armes, cette Europe a plus que jamais besoin de comprendre sa position pour se sauver. Qu'aux fautes politiques intérieures on mêle les fautes politiques extérieures, et la décomposition s'achèvera plus vite : le coup de canon dont on refuse quelquefois d'appuyer une cause juste, tôt ou tard on est obligé de le tirer dans une cause déplorable.

Vingt-cinq années se sont écoulées depuis le commencement du siècle. Les hommes de vingt-cinq ans qui vont prendre nos places n'ont point connu le siècle dernier, n'ont point recueilli ses traditions, n'ont point sucé ses doctrines avec le lait, n'ont point été nourris sous l'ordre politique qui l'a régi ; en un mot ne sont point sortis des entrailles de l'ancienne monarchie, et n'attachent au passé que l'intérêt que l'on prend à l'histoire d'un peuple qui n'est plus. Les premiers regards de ces générations cherchèrent en vain la légitimité sur le trône, emportée qu'elle était déjà depuis sept années par la révolution. Le géant, qui remplissait le vide immense que cette légitimité avait laissé après elle, d'une main touchait le bonnet de la liberté, de l'autre la couronne : il allait bientôt les mettre à la fois sur sa tête, et seul il était capable de porter ce double fardeau.

Ces enfants qui n'entendirent que le bruit des armes, qui ne virent que des palmes autour de leurs berceaux, échappèrent par leur âge à l'oppression de l'empire : ils n'eurent que les jeux de la victoire dont leurs pères portaient les chaînes. Race innocente et libre, ces enfants n'étaient pas nés quand la révolution commit ses forfaits ; ils n'étaient pas hommes quand la restauration multiplia ses fautes ; ils n'ont pris aucun engagement avec nos crimes ou avec nos erreurs.

Combien il eût été facile de s'emparer de l'esprit d'une jeunesse sur laquelle des malheurs, qu'elle n'a pas connus, ont néanmoins répandu une ombre et quelque chose de grave. La Restauration s'est contentée de donner à cette jeunesse sérieuse des représentations théâtrales des anciens jours, des imitations du passé qui ne sont plus le passé. Qu'a-t-on fait pour la race sur qui *[reposent]* aujourd'hui les destinées de la France ? Rien. S'est-on même aperçu qu'elle existait ? Non ; dans une lutte misérable d'ambitions vulgaires, on a laissé le monde s'arranger sans guide. Les débris du XVIIIe siècle, qui flottent épars dans le XIXe, sont au moment de s'abîmer : encore quelques années, et la société religieuse, philosophique et politique appartiendra à des fils étrangers aux mœurs de leurs aïeux. Les semences des idées nouvelles ont levé partout ; ce serait en vain qu'on les voudrait détruire : on pouvait cultiver la plante naissante, la dégager de son venin, lui faire porter un fruit salutaire ; il n'est donné à personne de l'arracher.

Une déplorable illusion est de supposer nos temps épuisés, parce qu'il ne semble plus possible qu'ils produisent encore, après avoir enfanté tant de choses. La faiblesse s'endort dans cette illusion ; la folie croit qu'elle peut surprendre le genre humain dans un moment de lassitude, et le contraindre à rétrograder. Voyez pourtant ce qui arrive.

Quand on a vu la révolution française, dites-vous, que peut-il survenir qui soit digne d'occuper les yeux ? La plus vieille monarchie du monde renversée, l'Europe tour à tour conquise et conquérante, des crimes inouïs, des malheurs affreux recouverts d'une gloire sans exemple : qu'y a-t-il après de pareils événements ? Ce qu'il y a ? Portez vos regards au-delà des mers. L'Amérique entière sort républicaine de cette révolution que vous prétendiez finie, et remplace un étonnant spectacle par un spectacle plus étonnant encore.

Et l'on croirait que le monde a pu changer ainsi, sans que rien n'ait changé dans les idées des hommes, on croirait que les trente dernières années peuvent être regardées comme non avenues, que la société peut être rétablie telle qu'elle existait autrefois ! Des souvenirs non partagés, de vains regrets, une génération expirante que le passé appelle, que le présent dévore, ne parviendront point à faire renaître ce qui est sans vie. Il y a des opinions qui périssent comme il y a des races qui s'éteignent, et les unes et les autres restent tout au plus un objet de curiosité et de recherche, dans les champs de la mort. Que, loin d'être arrivée au but, la société marche à des destinées nouvelles, c'est ce qui me paraît incontestable. Mais laissons cet avenir plus ou moins éloigné à ses jeunes héritiers : le mien est trop rapproché de moi pour étendre mes regards au-delà de l'horizon de ma tombe.

Ô France, *mon cher pays et mon premier amour !* un de vos fils, au bout de sa carrière, rassemble sous vos yeux les titres qu'il peut avoir à votre bienveillance maternelle. S'il ne peut plus rien pour vous, vous pouvez tout pour lui, en déclarant que son attachement à votre religion, à votre roi, à vos libertés, vous fut agréable. Illustre et belle patrie, je n'aurais désiré un peu de gloire que pour augmenter la tienne !

Le second est une préface publiée le 15 mars 1834 dans la Revue des Deux Mondes, *ainsi que, la même année, dans* L 1834, *pp. 5-13. Dans le premier cas, ce texte, intitulé « Préface testamentaire », est daté du « 1er août 1832 » ; dans le second du « 1er décembre 1833 » : on peut faire l'hypothèse que ces dates sont celles respectivement du commencement et de l'achèvement de sa rédaction.*

> *Sicut nubes... quasi naves... velut umbra.*
> (JOB)

Paris, 1er décembre 1833.

Comme il m'est impossible de prévoir le moment de ma fin ; comme à mon âge les jours accordés à l'homme ne sont que des jours de grâce, ou plutôt de rigueur, je vais, dans la crainte d'être surpris, m'expliquer sur un travail destiné à tromper pour moi l'ennui de ces heures dernières et délaissées, que personne ne veut, et dont on ne sait que faire.

Les *Mémoires* à la tête desquels on lira cette préface embrassent ou embrasseront le cours entier de ma vie ; ils ont été commencés dès l'année 1811, et continués jusqu'à ce jour. Je raconte dans ce qui est achevé, et raconterai dans ce qui n'est encore qu'ébauché, mon enfance, mon éducation, ma jeunesse, mon entrée au service, mon arrivée à Paris, ma présentation à Louis XVI, les premières scènes de la Révolution, mes voyages en Amérique, mon retour en Europe, mon émigration en Allemagne et en Angleterre, ma rentrée en France sous le Consulat, mes occupations et mes ouvrages sous l'Empire, ma course à Jérusalem, mes occupations sous la Restauration, enfin l'histoire complète de cette Restauration et de sa chute.

J'ai rencontré presque tous les hommes qui ont joué de mon temps un rôle grand ou petit à l'étranger et dans ma patrie, depuis Washington jusqu'à Napoléon, depuis Louis XVIII jusqu'à Alexandre, depuis Pie VII jusqu'à Grégoire XVI, depuis Fox, Burke, Pitt, Sheridan, Londonderry, Capo d'Istria, jusqu'à Malesherbes, Mirabeau, etc.; depuis Nelson, Bolivar, Méhémet, pacha d'Égypte, jusqu'à Suffren, Bougainville, La Pérouse, Moreau, etc. J'ai fait partie d'un triumvirat qui n'avait point eu d'exemple: trois poètes opposés d'intérêts et de nations se sont trouvés, presque à la fois, ministres des Affaires étrangères, moi en France, M. Canning en Angleterre, M. Martinez de la Rosa en Espagne. J'ai traversé successivement les années vides de ma jeunesse, les années si remplies de l'ère républicaine, des fastes de Bonaparte et du règne de la légitimité.

J'ai exploré les mers de l'Ancien et du Nouveau Monde, et foulé le sol des quatre parties de la terre. Après avoir campé sous la hutte de l'Iroquois et sous la tente de l'Arabe, dans les wigwuams des Hurons, dans les débris d'Athènes, de Jérusalem, de Memphis, de Carthage, de Grenade, chez le Grec, le Turc et le Maure, parmi les forêts et les ruines; après avoir revêtu la casaque de peau d'ours du sauvage et le cafetan de soie du Mamelouk, après avoir subi la pauvreté, la faim, la soif et l'exil, je me suis assis, ministre et ambassadeur, brodé d'or, bariolé d'insignes et de rubans, à la table des rois, aux fêtes des princes et des princesses, pour retomber dans l'indigence et essayer de la prison.

J'ai été en relation avec une foule de personnages célèbres dans les armes, l'Église, la politique, la magistrature, les sciences et les arts. Je possède des matériaux immenses, plus de quatre mille lettres particulières, les correspondances diplomatiques de mes différentes ambassades, celles de mon passage au ministère des Affaires étrangères, entre lesquelles se trouvent des pièces à moi particulières, uniques et inconnues. J'ai porté le mousquet du soldat, le bâton du voyageur, le bourdon du pèlerin: navigateur, mes destinées ont eu l'inconstance de ma voile; alcyon, j'ai fait mon nid sur les flots.

Je me suis mêlé de paix et de guerre; j'ai signé des traités, des protocoles et publié chemin faisant de nombreux ouvrages. J'ai été initié à des secrets de partis, de cour et d'État: j'ai vu de près les plus rares malheurs, les plus hautes fortunes, les plus grandes renommées. J'ai assisté à des sièges, à des congrès, à des conclaves, à la réédification et à la démolition des trônes. J'ai fait de l'histoire, et je pouvais l'écrire. Et ma vie solitaire, rêveuse, poétique, marchait au travers de ce monde de réalités, de catastrophes, de tumulte, de bruit, avec les fils de mes songes, Chactas, René, Eudore, Aben-Hamet; avec les filles de mes chimères, Atala, Amélie, Blanca, Velléda, Cymodocée. En dedans et à côté de mon siècle, j'exerçais peut-être sur lui, sans le vouloir et sans le chercher, une triple influence religieuse, politique et littéraire.

Je n'ai plus autour de moi que quatre ou cinq contemporains d'une longue renommée. Alfieri, Canova et Monti ont disparu; de ses jours brillants, l'Italie ne conserve que Pindemonte et Manzoni, Pellico a usé ses belles années dans les cachots du Spielberg; les talents de la patrie de Dante sont condamnés au silence, ou forcés de languir en terre étrangère: lord Byron et M. Canning sont morts jeunes; Walter Scott nous a laissés, Goethe nous a quittés rempli de gloire et d'années. La France n'a presque plus rien de son passé si riche; elle commence une autre ère: je reste pour enterrer mon siècle, comme le vieux prêtre qui, dans le sac de Béziers, devait sonner la cloche avant de tomber lui-même, lorsque le dernier citoyen aurait expiré.

Quand la mort baissera la toile entre moi et le monde, on trouvera que mon drame se divise en trois actes.

Depuis ma première jeunesse jusqu'en 1800, j'ai été soldat et voyageur; depuis 1800 jusqu'en 1814, sous le Consulat et l'Empire, ma vie a été littéraire; depuis la Restauration jusqu'aujourd'hui, ma vie a été politique.

Dans mes trois carrières successives, je me suis toujours proposé une grande tâche: voyageur, j'ai aspiré à la découverte du monde polaire; littérateur, j'ai essayé de rétablir la religion sur ses ruines; homme d'État, je me suis efforcé de donner aux peuples le vrai système monarchique représentatif avec ses diverses libertés: j'ai du moins aidé à conquérir celle qui les vaut, les remplace, et tient lieu de toute constitution, la liberté de la presse. Si j'ai souvent échoué dans mes entreprises, il y a eu chez moi faillance de destinée. Les étrangers qui ont succédé dans leurs desseins furent servis par la fortune; ils avaient derrière eux des amis puissants et une patrie tranquille: je n'ai pas eu ce bonheur.

Des auteurs modernes français de ma date, je suis quasi le seul dont la vie ressemble à ses ouvrages: voyageur, soldat, poète, publiciste, c'est dans les bois que j'ai chanté les bois, sur les vaisseaux que j'ai peint la mer, dans les camps que j'ai parlé des armes, dans l'exil que j'ai appris l'exil, dans les cours, dans les affaires, dans les assemblées, que j'ai étudié les princes, la

politique, les lois et l'histoire. Les orateurs de la Grèce et de Rome furent mêlés à la chose publique et en partagèrent le sort. Dans l'Italie et l'Espagne de la fin du Moyen Âge et de la Renaissance, les premiers génies des lettres et des arts participèrent au mouvement social. Quelles orageuses et belles vies que celles de Dante, de Tasse, de Camoëns, d'Ercilla, de Cervantès!
En France nos anciens poètes et nos anciens historiens chantaient et écrivaient au milieu des pèlerinages et des combats: Thibault, comte de Champagne, Villehardouin, Joinville, empruntent les félicités de leur style des aventures de leur carrière; Froissart va chercher l'histoire sur les grands chemins, et l'apprend des chevaliers et des abbés, qu'il rencontre, avec lesquels il chevauche. Mais à compter du règne de François Ier, nos écrivains ont été des hommes isolés dont les talents pouvaient être l'expression de l'esprit, non des faits de leur époque. Si j'étais destiné à vivre, je représenterais dans ma personne, représentée dans mes *Mémoires*, les principes, les idées, les événements, les catastrophes, l'épopée de mon temps, d'autant plus que j'ai vu finir et commencer un monde, et que les caractères opposés de cette fin et de ce commencement se trouvent mêlés dans mes opinions. Je me suis rencontré entre les deux siècles comme au confluent de deux fleuves; j'ai plongé dans leurs eaux troublées, m'éloignant à regret du vieux rivage où j'étais né, et nageant avec espérance vers la rive inconnue où vont aborder les générations nouvelles.
Les *Mémoires*, divisés en livres et parties, sont écrits à différentes dates et en différents lieux: ces sections amènent naturellement des espèces de prologues qui rappellent les accidents survenus depuis les dernières dates, et peignent les lieux où je reprends le fil de ma narration. Les événements variés et les formes changeantes de ma vie entrent ainsi les uns dans les autres: il arrive que, dans les instants de mes prospérités, j'ai à parler du temps de mes misères, et que, dans mes jours de tribulation, je retrace mes jours de bonheur. Les divers sentiments de mes âges divers, ma jeunesse pénétrant dans ma vieillesse, la gravité de mes années d'expérience attristant mes années légères; les rayons de mon soleil, depuis son aurore jusqu'à son couchant, se croisant et se confondant comme les reflets épars de mon existence, donnent une source d'unité indéfinissable à mon travail: mon berceau a de ma tombe, ma tombe a de mon berceau; mes souffrances deviennent des plaisirs, mes plaisirs des douleurs, et l'on ne sait si ces *Mémoires* sont l'ouvrage d'une tête brune ou chenue.
Je ne dis point ceci pour me louer, car je ne sais si cela est bon, je dis ce qui est, ce qui est arrivé, sans que j'y songeasse, par l'inconstance même des tempêtes déchaînées contre ma barque, et qui souvent ne m'ont laissé pour écrire tel ou tel fragment de ma vie que l'écueil de mon naufrage.
J'ai mis à composer ces *Mémoires* une prédilection toute paternelle; je

désirerais ressusciter à l'heure des fantômes pour en corriger les épreuves : *les morts vont vite.*

Les notes qui accompagnent le texte sont de trois sortes : les premières, rejetées à la fin des volumes, comprennent les *éclaircissements et pièces justificatives*; les secondes, au bas des pages, sont de l'époque même du texte; les troisièmes, pareillement au bas des pages, ont été ajoutées depuis la composition de ce texte, et portent la date du temps et du lieu où elles ont été écrites. Un an ou deux de solitude dans un coin de la terre suffiraient à l'achèvement de mes *Mémoires*; mais je n'ai eu de repos que durant les neuf mois où j'ai dormi la vie dans le sein de ma mère : il est probable que je ne retrouverai ce repos avant-naître, que dans les entrailles de notre mère commune après-mourir.

Plusieurs de mes amis m'ont pressé de publier à présent une partie de mon histoire; je n'ai pu me rendre à leur vœu. D'abord, je serais, malgré moi, moins franc et moins véridique; ensuite j'ai toujours supposé que j'écrivais assis dans mon cercueil. L'ouvrage a pris de là un certain caractère religieux que je ne lui pourrais ôter sans préjudice; il m'en coûterait d'étouffer cette voix lointaine qui sort de la tombe, et que l'on entend dans tout le cours du récit. On ne trouvera pas étrange que je garde quelques faiblesses, que je sois préoccupé de la fortune du pauvre orphelin, destiné à rester après moi sur la terre. Si j'ai assez souffert dans ce monde pour être dans l'autre une Ombre heureuse, un peu de lumière des Champs-Élysées, venant éclairer mon dernier tableau, servirait à rendre moins saillants les défauts du peintre : la vie me sied mal; la mort m'ira peut-être mieux.

L 1834 *fait suivre ce texte du petit paragraphe suivant, placé en post-scriptum.*

... Le reste de la Préface s'explique sur ce qu'il y a d'écrit des *Mémoires*, sur les manuscrits, au nombre de deux, un à madame de Chateaubriand, un à madame Récamier, etc. Ensuite vient une négociation pour une sépulture dans une île en Bretagne, et la correspondance au sujet d'un tombeau entre l'auteur et ses bienveillants compatriotes.

Des fragments de Ge, publiés par P. Clarac, À la recherche..., *pp. 291-297, donnent une version ultérieure de cette Préface.*

... Les *Mémoires*, à la tête desquels on lira cette Préface, suivent dans leurs divisions, les divisions naturelles de ma carrière : ma carrière de soldat et de voyageur, ma carrière littéraire, ma carrière politique. Chaque division est coupée en livres, chaque livre en petites sections; celles-ci ne portent point de titre : elles ne servent qu'à marquer les milles du chemin : haltes ménagées pour le délassement du lecteur, à l'instar des reposades placées dans les sentiers des Alpes. *[...]*

Aux charges et conditions stipulées dans l'acte de vente, deux manuscrits appartenant à la société des Engagistes, ont été déposés en lieu sûr; un troisième manuscrit que j'augmente sans cesse, sur lequel je travaille, corrige, ajoute, supprime, fais et refais des changements, est demeuré entre mes mains. C'est sur ce manuscrit complet, qui appartient aussi aux actionnaires, que seront imprimés mes *Mémoires*, les deux premiers manuscrits devant être détruits à la livraison de ce dernier. *[...]*

Enfin, si j'étais encore le maître de mes *Mémoires*, ou je les garderais à jamais en manuscrit, ou j'en retarderais l'apparition de cinquante années, ou si je me décidais à les mettre au jour, je ne les livrerais que tout à la fois: une publication hachée, donnée successivement par lambeaux, selon les avantages de la vente du moment, nuit à l'effet général d'un ouvrage: si cet ouvrage est de quelque longueur, telle chose que le lecteur n'aurait pas comprise dans le volume où elle se trouve, est expliquée dans le volume subséquent; or, quand on ne possède pas le livre entier, on reste sous le coup de la prévention que le passage incomplet a fait naître.

Mais comment allier l'intérêt de la réputation d'un auteur avec les intérêts étrangers, justement impatients de recueillir? Je compte, au reste, sur la loyauté des éditeurs et la surveillance des deux commissaires que mon contrat me laisse le droit de nommer à la révision des épreuves: ils s'opposeraient, s'il en était besoin à toute mutilation. Néanmoins, si on était obligé de faire quelque sacrifice au despotisme des lois politiques du jour, la place des passages forcément supprimés serait laissée en blanc; on remplirait les lacunes dans la suite, lorsque, les entraves de la presse ayant cessé, il serait permis de produire un texte sans péril de réquisitoire et de procès. *[...]*

Des amis m'ont souvent pressé de faire paraître de mon vivant, au moins quelques morceaux de ces *Mémoires*. Je m'y suis toujours refusé. J'ai préféré écrire du fond de mon cercueil. Ma narration est comme accompagnée de ces voix plaintives qui sortent de la tombe et que l'on entend à ses bords. Cet intérêt, faute de mieux, j'ai voulu le léguer au pauvre enfant destiné à rester après moi ici-bas.

Toutefois si quelque chose me pouvait tenir lieu de ma fin, ce serait l'heure expirante d'une vieillesse trop prolongée et la disparition de certains personnages: mon existence alors n'étant plus comptée et les obstacles intérieurs étant levés, mes *Mémoires*, publiés dans cette double occurrence, seraient encore d'outre-tombe. *[...]*

Je n'espère pas une telle faveur, mais je désirerais au moins ressusciter à l'heure des fantômes pour corriger mes *épreuves*; une nuit me suffirait: *les morts vont vite*. Les répétitions à faire disparaître, les traces des joints du moule à effacer ne frappent bien les yeux de l'auteur que sur la feuille imprimée. C'est l'impossibilité probable d'être prote qui m'a fait tant de fois lire et relire le manuscrit, passer et repasser la lime sur l'ouvrage.

Par un bizarre assemblage, deux hommes sont en moi, l'homme de jadis et l'homme de maintenant; il est arrivé que la langue française ancienne et la langue française moderne m'étaient naturelles; une des deux venant à me manquer, une partie du signe de mes idées me manquait: j'ai donc créé quelques mots, j'en ai rajeuni quelques autres; mais je n'ai rien affecté; et j'ai eu soin de n'employer que l'expression spontanément survenue. Au reste, à quoi bon ce que je dis ici? Quand l'Éternité m'aura de ses deux mains bouché les oreilles, dans la poudreuse famille des sourds, je n'entendrai plus les cris de l'École.

En 1844, Chateaubriand rédigea un projet de préface qui a été retrouvé dans les archives de Combourg, et publié par M.-J. Durry, En marge..., *pp. 56-57, qui l'a daté «d'entre la protestation de 1844 [contre le projet de Girardin] et le départ, à la fin de 1845 ou au début de 1846, de l'ombrageux Daniélo qui l'a écrit de sa main». Nous reproduisons la transcription établie par M.-J. Durry.*

On me force la main: depuis longtemps j'étais décidé à ne rien donner de mon vivant de mes *Mémoires*. Mais aujourd'hui cela n'est plus possible: menacé de toutes parts, on proclame qu'après ma mort on se hâtera de donner de mes *Mémoires* tout ce que l'on trouvera: on fait des spéculations sur le moment où je quitterai la vie: on annonce que l'on publiera en détail tout ce que l'on trouvera de moi, et que sans respect pour ma volonté absolue, sans déférence pour ma mémoire, on vendra mes idées en détail afin que comme une marchandise elles rapportent le plus possible aux vendeurs par la distribution en détail. J'ai beau crier que je m'oppose à ce brocantage, que je l'ai en horreur parce qu'il tue les bonnes lettres et qu'un homme, s'il est né avec quelques faveurs des Muses, se trouve tué par ces spéculations mercantiles, qu'il n'y a point de si heureux génie qui puisse résister à ce courtage de bourse; mais on n'écoute rien. On mettrait aujourd'hui les tragédies de Racine et de Corneille, les oraisons funèbres de Bossuet en papillotes afin qu'elles pussent être dévorées promptement comme les crêpes que l'on vend aux polissons dans une feuille de chou, et que les petits garçons mangent en s'enfuyant sur le Pont-Neuf. Qu'est-ce que cela fait aux vendeurs? N'ont-ils pas de gros sous au bout de la journée? Mais le pauvre auteur qui a sué sang et eau pour rendre sa pensée digne d'être lue, que devient-il? ah, il entre dans le commerce public. Il tourne au profit général de la masse. Les individus ne comptent plus pour rien: c'est l'idée qui a marché. Les dernières scènes qu'on m'a faites depuis quelques mois m'ont effrayé, mais m'ont éclairé. J'avais par des arrangements précédents, disposé de mes œuvres posthumes; elles avaient été distribuées en différents endroits: entendant les reprendre dans ces diverses cachettes lorsqu'elles seraient achevées et que je les aurais remplacées par un exemplaire demeuré entre mes mains et successivement corrigé par moi: précaution superflue, car on ne suivrait pas mes desseins et l'on donnerait des ébauches informes pour un manuscrit complet changé et conforme à mon dernier travail. Quel remède pourrais-je apporter à ce malheur? aucun. J'aurais beau déclarer ici que tout ce que l'on publiera de moi, n'est point mon manuscrit achevé tel qu'il existe aujourd'hui dans mes propres mains; y a-t-il aujourd'hui comme autrefois un public qui sache connaître les choses et distingue le tableau fini d'une ébauche commencée? Certes, je ne prétends point avoir fait des chefs-d'œuvre, mais enfin, j'ai été nourri dans une autre école et je ne voudrais point être jugé sur mes longs travaux de toute une vie et sur des esquisses à peine tracées. Que puis-je faire à cela? m'écoutera-t-on quand je dirai que je renie les ébauches que l'on pourrait publier de moi, et que je n'adopte que mes tableaux entièrement finis? Qui est juge aujourd'hui? et ne préférerait-on pas à des pièces que j'avoue des lignes tracées pour me servir de guides dans un autre temps? Dans cette perplexité, il ne me restait que le parti que je prends: c'est de publier de mon vivant quelque chose de mes *Mémoires*: je suis bien sûr du moins d'arrêter par cette publication toutes les spéculations qu'on pourrait faire et que du moins il restera une petite partie sincère de ma vie. Du reste je n'anticipe pas beaucoup sur mon avenir: je suis né le *[un blanc]* septembre en 1768 quatre mois avant *[biffé: l'année de]* Bonaparte. Cet homme qui a créé le siècle m'a laissé après lui chargé de fermer les portes et de m'assurer qu'il ne reste plus rien de ces temps immenses où je me trouvai placé auprès de lui.

L. I, CHAP. 1

(a) p. 85.
... emportait les deux tiers, 3 332 livres; restaient 1 668 livres de rente... *(Ms 1848).*

L. I, CHAP. 3

(a) p. 93. SG poursuit:
... et que devaient troubler tant de passions.

(b) p. 94. SG poursuit:
..., et l'abaissement de sa famille si dévouée à la couronne sous saint Louis, Charles V, Charles VII, Henri III et Henri IV lui faisait regarder les Rois de France comme une race dure et sans reconnaissance. Ses princes sont d'autant plus ingrats qu'ils n'ont en général ni le cœur assez vrai, ni l'esprit assez éclairé pour comprendre leur ingratitude.

L. I, CHAP. 4

(a) p. 101. Une version ancienne nous a été conservée par A. Nettement, L 1834, *p. 286.*
... J'ai vu la mort fermer une porte, et puis une autre qui ne se rouvrait plus. Il n'y a plus que moi au monde qui conserve dans ma mémoire la trace de cette société à jamais disparue. Vingt fois depuis cette époque, j'ai fait la même observation.

(b) p. 107. Un fragment du manuscrit de 1845, publié par A. Feugère, RHLF, *avril-juin 1909, pp. 329-330, complète ce texte.*
... Après la bataille de Saint-Aubin-du-Cormier, La Trémoille mit le siège devant Saint-Malo qui tenait pour le parti du duc d'Orléans : il dressa ses batteries sur la grève de Saint-Servan. La mer envahit cette grève deux fois le jour : les assiégeants couvraient leurs canons de peaux de cuirs graissés ; quand le flot s'était retiré, le feu des batteries inondées recommençait, sans que l'eau eût mouillé la poudre et avarié les pièces.
En vertu du traité de Sablé, Saint-Malo resta engagé à la Couronne, il fut réuni à la France avec le reste de la Bretagne par les mariages successifs de Charles VIII et de Louis XII avec la duchesse Anne. La Duchesse-Reine ayant eu à se plaindre de l'esprit d'indépendance des Malouins, augmenta les fortifications du château d'un bastion et de deux tours. Sur les plus grosses elle fit écrire ces mots : *quiconque en grogne, c'est mon plaisir*; de là la tour est connue sous le nom de la *Générale. [Ajouté :* Ce même fait est raconté pour un autre lieu.*]*
Pendant les guerres de la Ligue, Saint-Malo reprit sa liberté après la visite que lui fit Charles IX, le 24 mai 1570. Elle ne se déclara ni pour Henri III, ni pour Henri IV, ni pour le duc de Mercœur. En, 1590 le comte de Fontaine occupant le château au nom du Roi, les habitants de la ville conspirent ; ils gagnent deux soldats du comte qui laissent tomber pendant la nuit du haut de la *Générale* une corde attachée aux aisselles d'une couleuvrine. À l'aide de cette corde, cinquante jeunes gens armés s'introduisent dans le château, tuent le gouverneur, qui parut à une fenêtre avec une lanterne, et font la garnison prisonnière. Les Malouins

jusqu'à la dernière victoire de Henri IV restèrent leurs propres maîtres et se conduisirent, disent les chroniques du temps, *en bons républicains. [Biffé :* On montre encore la maison où se réunirent les hardis conjurés qui escaladèrent le château.*]*

(c) p. 110.
... j'ai souvent cru *(Ms 1847 et 1848).*

L. I, CHAP. 5

(a) p. 119.
... son magot *(Ms 1848).*

(b) p. 121. Dans l'introduction du Voyage en Amérique *(1827), Chateaubriand avait cité l'extrait suivant de ses « Mémoires inédits » :*
... Élevé comme le compagnon des vents et des flots, ces flots, ces vents, cette solitude, qui furent mes premiers maîtres, convenaient peut-être mieux à la nature de mon esprit et à l'indépendance de mon caractère. Peut-être dois-je à cette éducation sauvage quelque vertu que j'aurais ignorée : la vérité est qu'aucun système d'éducation n'est en soi préférable à un autre. Dieu fait bien ce qu'il fait ; c'est sa providence qui nous dirige, lorsqu'elle nous appelle à jouer un rôle sur la scène du monde *(*Voyage en Amérique, *Pléiade, p. 668). Une autre version de ce passage peut être lue dans les* Mémoires de ma vie, *pp. 51-52.*

L. I, CHAP. 6

(a) p. 126. Une première version de ces pages a été publiée, sous le titre « Le printemps en Bretagne », dans L 1834. *En voici le texte intégral :*

LE PRINTEMPS EN BRETAGNE

Le printemps en Bretagne est plus doux qu'aux environs de Paris et fleurit trois semaines plus tôt. Les cinq oiseaux qui l'annoncent, l'hirondelle, le loriot, le coucou, la caille et le rossignol, arrivent avec de tièdes brises qui hébergent dans les golfes de la péninsule armoricaine. La terre se couvre de marguerites, de pensées, de jonquilles, de narcisses, de hyacinthes, de renoncules, d'anémones, comme les espaces abandonnés qui environnent Saint-Jean-de-Latran et Sainte-Croix-de-Jérusalem, à Rome.

Des clairières se panachent d'élégantes et hautes fougères ; des champs de genêts et d'ajoncs resplendissent de fleurs qu'on prendrait pour des papillons d'or posés sur des arbustes verts et bleuâtres. Les haies, au long desquelles abondent la fraise, la framboise et la violette, sont décorées d'églantiers, d'aubépine blanche et rose, de boules-de-neige, de chèvrefeuille, de convolvulus, de buis, de lierre à baies écarlates, de ronces dont les rejets brunis et courbés portent des feuilles et des fruits magnifiques. Tout fourmille d'abeilles et d'oiseaux : les essaims et les nids arrêtent les enfants à chaque pas. Le myrte et le laurier croissent en pleine terre ; la ligne mûrit comme en Provence. Chaque pommier, avec ses roses carminées, ressemble à un gros bouquet de fiancée de village.

L'aspect du pays, entrecoupé de fossés boisés, est celui d'une continuelle forêt, et rappelle l'Angleterre. Des vallons étroits et profonds où coulent, parmi des saulaies et des chènevières, de petites rivières non navigables, présentent des perspectives riantes et solitaires. Les futaies à fond de bruyères et à cépées de houx, habitées par des sabotiers, des charbonniers, et des verriers tenant du gentilhomme, du commerçant et du sauvage ; les landes nues, les plateaux pelés, les champs rougeâtres de sarrasin qui séparent ces vallons entre eux, en font mieux sentir la fraîcheur et l'agrément. Sur les côtes se succèdent des tours à fanaux, des clochers de la Renaissance, des vigies, des ouvrages romains, des monuments druidiques, des ruines de châteaux : la mer borde le tout.

Entre la mer et la terre s'étendent des campagnes pélagiennes ; frontière indécise des deux éléments : l'alouette des champs y vole avec l'alouette marine ; la charrue et la barque à un jet de pierre l'une de l'autre, sillonnent la terre et les eaux. Des sables de diverses couleurs, des bancs variés de coquillages, des fucus, des varechs, des goémons, des franges d'une écume argentée, dessinent la lisière blonde ou verte des blés : j'ai vu dans l'île de Céos un bas-relief antique qui représentait les Néréides attachant des festons au bas de la robe de Cérès.

Dans les paysages intérieurs du continent, le plan terrestre et le plan céleste se regardent immobiles ; dans les vues maritimes, le roulant azur des flots est renfermé sous l'azur fixe du firmament. De là un contraste frappant : l'hiver, du haut des falaises, le tableau est de deux couleurs tranchées ; la neige, qui blanchit la terre, noircit la mer.

Pour jouir d'un rare spectacle il faut voir en Bretagne le soleil, et surtout la lune, se lever sur les forêts et se coucher sur l'océan.

Établie, par Dieu, gouvernante de l'abîme, la lune a ses nuages, ses vapeurs, ses longs rayons, ses ombres portées comme le soleil, mais comme lui elle ne se retire pas solitaire ; un cortège d'étoiles l'accompagne. À mesure qu'elle descend au bout du ciel, elle accroît son silence, qu'elle communique à la mer. Bientôt elle touche à l'horizon, l'intersecte, ne montre plus que la moitié de son front, qui s'assoupit, s'incline et disparaît dans la molle intumescence d'un lit de vagues. Les astres voisins de leur reine, avant de plonger à sa suite au sein de l'onde, s'arrêtent un moment suspendus sur la cime des flots et des écueils; phares éternels d'une terre inconnue. La lune n'est pas plus tôt couchée qu'un souffle venant du large, brise l'image des constellations, comme on éteint des flambeaux après une solennité.

L. I, CHAP. 7

(a) p. 132.
... à divers replis *(Ms 1848).*

(b) p. 132. Une première version de ces pages a été publiée, sous le titre «Description du château de Combourg», dans L 1834. *En voici le texte intégral:*

DESCRIPTION DU CHÂTEAU DE COMBOURG

En venant de Saint-Malo nous aperçûmes un étang, le clocher de l'église d'une bourgade; à l'extrémité occidentale de cette bourgade, les tours d'un château féodal montaient dans les arbres d'une futaie éclairée par le soleil couchant...

J'ai été obligé de m'arrêter après ces lignes; mon cœur battait à agiter ma main, et à repousser la table sur laquelle j'écris. Les souvenirs qui se réveillent dans ma mémoire m'accablent de leur force et de leur multitude; mais n'interrompons pas mon récit: à chaque souffrance son ordre et sa place.

Descendus de la colline, nous guéâmes un ruisseau; après avoir cheminé une demi-heure, nous quittâmes la grande route, et la voiture roula au bord d'un quinconce, dans une allée de charmille, dont les cimes s'entrelaçaient au-dessus de nos têtes; je me souviens encore du moment où j'entrai sous cet ombrage, et de la joie effrayée que j'éprouvai.

En sortant de l'obscurité du bois, nous franchîmes une avant-cour plantée de noyers, attenante au jardin et à la maison du régisseur; de là, nous débouchâmes, par une porte bâtie, dans une cour de gazon, appelée la *cour verte.* À droite étaient de longues écuries et un bouquet de marronniers: à gauche, un autre bouquet de marronniers. Au fond de la cour, dont le terrain s'élevait insensiblement, le château se montrait entre les deux groupes d'arbres. Sa triste et sévère façade présentait une

courtine portant une galerie à machicoulis, denticulée et couverte. Cette courtine liait ensemble deux tours inégales en âge, en matériaux, en hauteur et en grosseur, lesquelles tours se terminaient par des créneaux surmontés d'un toit pointu comme un bonnet posé sur une couronne gothique. Quelques fenêtres grillées, d'un goût mauresque, apparaissaient çà et là sur la nudité des murs. Un large perron roide et droit, de vingt-neuf marches, sans rampe, sans garde-fou, remplaçait sur les fossés comblés l'ancien pont-levis : il atteignait la porte du château, percée au milieu de la courtine : au-dessus de cette porte étaient les armes des seigneurs de Combourg, sculptées dans la pierre, et les ouvertures à travers lesquelles sortaient jadis les bras et chaînes du pont-levis.
La voiture s'arrêta au pied du perron : mon père vint au-devant de nous. La réunion de la famille dans le lieu de son choix, adoucit si fort son humeur pour le moment, qu'il nous fit la mine la plus gracieuse. Nous montâmes le perron, nous pénétrâmes dans un vestibule sonore, à voûte ogive, et de ce vestibule dans une petite cour intérieure. Cette cour était formée par le corps de logis d'entrée, par un autre corps de logis parallèle, qui réunissait également deux tours plus petites que les premières, et par deux autres courtines qui rattachaient la grande et la grosse tour aux deux petites tours. Le château entier avait la figure d'un char à quatre roues.
Dans la petite cour, on remarquait un puits d'une profondeur immense, et en face, une tourelle, cage d'un escalier de granit, en spirale.
De la cour intérieure, passant dans le bâtiment jointif des deux petites tours, nous nous trouvâmes de plain-pied dans une galerie jadis appelée la salle des gardes. Une fenêtre s'ouvrait à chacune de ses extrémités, deux autres coupaient la ligne latérale. Pour agrandir ces quatre fenêtres, il avait fallu excaver des murs de huit à dix pieds d'épaisseur. Deux corridors à plan incliné, comme le grand corridor de la grande pyramide, partaient des deux angles extérieurs de la salle, et conduisaient aux deux petites tours : un escalier serpentant dans l'une de ces tours, établissait des relations entre la salle des gardes et l'étage supérieur ; tel était ce corps de logis.
Celui de la façade de la grande et de la grosse tour, du côté de la cour verte, se composait d'une espèce de dortoir carré et sombre, servant de cuisine, du vestibule, du perron et d'une chapelle. Au-dessus de ces pièces se déployait le salon des *archives*, ou *armoiries*, ou des *chevaliers*, ainsi nommé d'un plafond semé d'écussons coloriés. Les embrasures des fenêtres étroites et tréflées étaient si profondes, qu'elles formaient des espèces de cabinets autour desquels régnait un banc de granit. Mêlez à cela, dans les diverses parties de l'édifice, des passages et des escaliers secrets, des cachots et des donjons, un labyrinthe de galeries

couvertes et découvertes, des souterrains murés, dont les ramifications étaient inconnues, et partout silence, obscurité et visage de pierre : voilà le château de Combourg.

Un repas copieux, pris dans la salle des gardes, et où je mangeai sans contrainte, termina pour moi la première journée heureuse de ma vie : le vrai bonheur coûte peu ; quand il est cher il n'est pas d'une bonne espèce.

À peine fus-je éveillé le lendemain, que j'allai visiter les dehors du château, et célébrer mon avènement à la solitude. Le perron faisait face au nord et à l'ouest ; quand on était assis sur le diazome de ce perron, on avait devant soi la cour verte, et au-delà de cette cour, un potager étendu entre deux futaies ; l'une à droite (le quinconce par lequel nous étions arrivés), s'appelait le *petit mail*, l'autre à gauche, le *grand mail* ; celle-ci était un bois de chênes, de hêtres, de sycomores, d'ormes et de châtaigniers. Madame de Sévigné vantait de son temps ces vieux ombrages. Depuis cette époque, cent quarante années avaient été ajoutées à leur beauté.

Du côté opposé, au midi et à l'est, le paysage offrait un tout autre tableau. Par les fenêtres de la grande salle, on apercevait les maisons confuses de Combourg, un étang, la chaussée de cet étang sur laquelle passait le grand chemin de Rennes, un moulin à eau, une prairie couverte de troupeaux de vaches et séparée de l'étang par la chaussée ; le long de cette prairie un hameau dépendant d'un prieuré fondé en 1149 par Rivallon, seigneur de Combourg, et où l'on voyait sa statue mortuaire, couchée sur le dos, en armure de chevalier. Depuis l'étang, le terrain s'élevant par degrés formait un amphithéâtre d'arbres, d'où sortaient des campaniles de village, et des tourelles de gentilhommières. Sur un dernier plan de l'horizon, entre le couchant et le midi, se profilaient les hauteurs de Bécherel ; une terrasse bordée de grands buis taillés circulait au pied du château, de ce côté, passait derrière les écuries, et allait, à divers replis, rejoindre le jardin des bains qui communiquait au *grand mail*.

Si, d'après cette description, un peintre prenait son crayon, produirait-il une esquisse ressemblant au vieux château ? Je ne le crois pas. Et cependant ma mémoire voit l'objet comme s'il était sous mes yeux. Telle est, dans les choses matérielles, l'impuissance de la parole et la puissance du souvenir. En commençant à parler de Combourg, je chante les premiers couplets d'une complainte qui ne charmera que moi, et dans laquelle rien ne sera oublié. Demandez au pâtre du Tyrol pourquoi il se plaît aux trois ou quatre notes qu'il répète du matin au soir à ses chèvres : le sait-il ? non. Ce sont notes de montagne jetées d'écho en écho, pour retentir d'une roche à l'autre, du bord d'un torrent au bord opposé.

L. II, CHAP. 1

(a) p. 138.
... s'il ne se souvenait plus *(Ms 1847).*

L. II, CHAP. 6

(a) p. 160.
... et toujours le fatal *non (Ms 1848).*

L. III, CHAP. 1

(a) p. 187. La comtesse de Ségur a rapporté dans ses souvenirs:
... Une fois *[à Méréville, en 1807]* il nous improvisa un conte de revenant dont le souvenir m'est resté présent. L'ombre d'un moine apparaissait à un jeune chevalier dans un château et le conduisait dans un caveau sépulcral où se trouvait un trésor. Le trait saillant de cette partie du récit qui nous donnait la petite mort, était que l'ombre, au lieu de se faire suivre par le chevalier, l'obligeait à marcher devant elle. Cela rendait, je ne sais pourquoi la chose mille fois plus effrayante pour nos jeunes imaginations (BSC, *1931, p. 20).*

Ce conte, que Chateaubriand retrancha ensuite des Mémoires, *suscita l'enthousiasme lors des lectures de 1834: Saint -Beuve parlera d'une « de ces merveilleuses histoires de revenants et de chevaliers, comme celle du sire de Beaumanoir et de Jehan de Tinténiac, dont le poète nous reproduit la légende dans une langue créée, inouïe. » M.-J. Durry en a publié un manuscrit* (En marge..., *pp. 90-93).*

Depuis le temps de Charles de Blois, le saint, et de Jeanne de Montfort, la boiteuse, la tradition d'une aventure était conservée en Bretagne de grand'mères en grand'mères. Mme de Chateaubriand la racontait de manière à faire dresser les cheveux sur le front. Elle y mêlait des *Requiem*, des *Dies irae*, des *De profundis* incroyables. *[biffé:* Voici cette histoire, moins la merveilleuse imagination de ma mère.*]*
L'an de grâce, mil trois cent cinquante, le samedi devant *Laetare Jerusalem* fut fait en Bretagne au chêne de Mivoie la bataille de XXX Anglais contre XXX Bretons.

> *De sueur et de sang la terre rosaya.*
> *À ce bon samedi Beaumanoir se jeuna;*

Grant soif eust le Baron, à boire demanda;
Messire Geoffroy de Boves tantost respondu a:
«Bois ton sang, Beaumanoir, la soif te passera.»

Or le sire de Beaumanoir et Johan de Tinténiac avaient guerroyé les Anglais dans les cinquante-deux fiefs de la terre de Combourg. On montre partout des témoins de leurs prouesses, entr'autres une roche appelée la *Roche sanglante* à l'orée de la lande de Meillac. Un jour, ayant quitté son frère d'armes, Tinténiac s'enforesta. Il arriva avec son écuyer par la chaussée d'un étang, aux murs ébréchés d'une ancienne abbaye. Il heurte de sa lance une porte crépite de lierre où se voyait encore quelques plumes d'un oiseau de proie cloué là. La porte cède au choc, et le Banneret chevauche dans une cour qu'environnaient des granges dont les lucarnes étaient bouchées avec des plâtras décollés.
Johan saute en bas de son palefroi et le tenant par la bride, va droit à *[biffé:* l'ouverture d'*]* une autre porte. Les battants de celle-ci étaient renforcés d'un semis de chevilles de fer. Le long des linteaux descendait une chaîne qui s'emboutait à un pied de biche. Tinténiac tira cette chaîne *[biffé:* rouillée*]*; elle secoua une sonnette sourde et fêlée. Quelqu'un s'avance à pas traînants de l'intérieur; *[biffé:* Johan à travers l'huis requiert la manse et l'hostellage*]*. Un cliquetis de clés se fait entendre; deux verrous tournent, la porte entrebâille avec effort. Un ermite blanchi d'âge et qui semblait tomber en poussière, se présente: «Beaux fils, soyez les bienvenus, cette vesprée de la Toussaint. Mais jeûner il vous faudra; nul qui vit ne mange céans; quant au logis, point n'en chômerez si vous savez dormir aux étoiles. Les Anglais ne laissèrent ici que les murs. Les Pères ont été massacrés; je suis resté seul pour garder les morts: c'est demain leur jour.»
La voix, les mouvements, la pâleur, les regards du moine avaient du surnaturel, comme je ne sais quoi qui a été: ses lèvres ne remuaient point lorsqu'il parlait, et son haleine glacée sentait la terre. Tinténiac et le Damoisel entrèrent dans le cloître. Le jeune écuyer attache les chevaux à un pilier, et met devant eux l'herbe rêche qu'il fauche avec son épée parmi les pierres sépulcrales. Le Religieux psalmodiant un *Miserere*, conduit sire Johan au dortoir de l'infirmerie; salle déserte hantée du vent, où le concierge des Trépassés s'était ménagé un abri dans le coin d'un foyer immense.
Le moine allume un aiguillette de résine qu'il insère dans un bois fendu, fiché à la paroi de la cheminée. L'écuyer déterre un tison assoupi sous les cendres, le couvre d'un fagot de ramées vertes et mouillées qui suaient leur sève avec bruit, et dont la grosse flamme mourait et renaissait dans une grosse fumée.

La tempête et la nuit étaient descendues; la pluie battait les débris du monastère; on entendait les vagissements lointains des décédés. L'écuyer s'endormit. Assis sur une escabelle près du feu qui brûlait petitement, le chevalier disait son chapelet, en comptant les dizaines avec son doigt sur les entaillures du pommeau de son épée. Le frère placé en face de lui, alterna d'abord les *Ave Maria*, puis il se tut. Johan lève les yeux; *[biffé:* et*]* il aperçoit au lieu du solitaire, un fantôme qui le regardait. Une tête de mort hochait dans l'enfoncement d'un froc, et deux bras décharnés sortaient des larges manches d'une robe monacale. Le squelette fait signe à Tinténiac de le suivre; l'intrépide champion se lève et le suit.
Ils franchissent sur des solives disjointes, tremblantes et demi brûlées, des bâtiments charbonnés par les flammes qui en dévorèrent les toitures, les planchers et les lambris. Ces décombres s'allaient appuyer contre une église dont la masse gothique se dessinait en noir sur une brume blafarde. Le chevalier et son guide pénétrèrent dans la basilique par la crevasse d'un mur lézardé; ils traversent un labyrinthe de colonnes qui tour à tour sortaient de l'ombre à la lueur phosphorique que le spectre passant émanait. Quelque chose gémissait sous les voûtes et tirait de temps en temps des glas de la cloche: les vitraux coloriés qui pendaient à leur plomb rompu, laissaient entrer pêle-mêle les feuilles séchées de la forêt.
Le fantôme s'arrête devant un cercueil, à l'ouverture d'un reliquaire qui conduisait au caveau funèbre creusé sous le beffroi: Il montre à Johan l'escalier; Johan pose le pied sur la marche supérieure, étend la main dans l'obscurité, tâte les murs froids, moites et rampants qui lui servent à tournoyer les degrés; le spectre descend après, et lui interdit le retour.
Le reste de l'histoire est perdu. Mme de Chateaubriand était femme à suppléer le texte et à remplir très bien la lacune; mais elle avait trop de conscience pour altérer la vérité et pour interpoler un document authentique: les œuvres des nourrices bretonnes, comme les annales de Tacite, ont leur fatal *caetera desunt.*

Ce texte est précédé d'une variation que l'on peut lire dans les Mémoires de ma vie *(pp. 114-116).* L 1834 *nous a conservé deux autres résumés de contes. L'un est donné par J. Janin (*L 1834*, p. 39):*
... Voici quelques lambeaux, voici le pâle squelette du revenant de M. de Chateaubriand. «La nuit, à minuit, un vieux moine, dans sa cellule, entend frapper à sa porte. Une voix plaintive l'appelle; le moine hésite à ouvrir. À la fin il se lève, il ouvre: c'est un pèlerin qui demande l'hospitalité. Le moine donne un lit au pèlerin et il se rejette sur le sien; mais à peine est-il endormi que tout à coup il voit le pèlerin au bord de son lit qui lui fait signe de le suivre. Ils sortent ensemble. La porte de l'église

s'ouvre et se referme derrière eux. Le prêtre à l'autel célébrait les saints mystères. Arrivé au pied de l'autel, le pèlerin ôte son capuchon, et montre au moine une tête de mort. "Tu m'as donné une place à tes côtés, dit le pèlerin; à mon tour, je te donne une place sur mon lit de cendres!" »

L'autre, plus proche du texte des Mémoires, *est dû à E. Quinet:*
... il y avait une certaine jambe de M. de Coatquen, qui, tous les ans, la veille de Noël, à minuit, sortait seule; elle montait, elle descendait, elle s'arrêtait devant les portes; elle frappait, elle ouvrait, elle fermait, elle piétinait et s'engouffrait avec le jour dans les caveaux *(*L 1834, *p. 173; voir aussi, pp. 255-256).*

L. III, chap. 9

(a) p. 208.
... Je me perdais dans ces sentiments indécis que fait naître la musique, art qui tient le milieu entre la nature matérielle et la nature intellectuelle, qui peut dépouiller l'amour de son enveloppe terrestre ou donner un corps à l'ange du ciel. Selon les dispositions de celui qui les écoute, ces mélodies sont des pensées ou des caresses. (Deux années de délire) = commencement *(Ms BN, d'après J.-C. Berchet,* in Mémoires d'outre-tombe, *t. I, p. 125.).*

L. III, chap. 14

(a) p. 220.
... s'était écroulé *(Ms 1848).*

(b) p. 222. Une première version de ces pages, annoncée comme un extrait des «Mémoires inédits», avait déjà paru dans l'introduction du Voyage en Amérique *(1827).*
... En me rendant au port je visitai la terre où s'était écoulée une partie de mon enfance: je laisse parler les *Mémoires.*
«Je n'ai revu Combourg que trois fois: à la mort de mon père toute la famille se trouva réunie au château, pour se dire adieu. Deux ans plus tard j'accompagnai ma mère à Combourg; elle voulait meubler le vieux manoir; mon frère y devait amener ma belle-sœur: mon frère ne vint point en Bretagne; et bientôt il monta sur l'échafaud avec la jeune femme pour qui ma mère avait préparé le lit nuptial. Enfin, je pris le

chemin de Combourg en me rendant au port, lorsque je me décidai à passer en Amérique. »

Après seize années d'absence, prêt à quitter de nouveau le sol natal pour les ruines de la Grèce, j'allai embrasser au milieu des landes de ma pauvre Bretagne, ce qui me restait de ma famille ; mais je n'eus pas le courage d'entreprendre le pèlerinage des champs paternels. C'est dans les bruyères de Combourg que je suis devenu le peu que je suis ; c'est là que j'ai vu se réunir et se disperser ma famille. De dix enfants que nous avons été, nous ne restons plus que trois. Ma mère est morte de douleur ; les cendres de mon père ont été jetées au vent.

Si mes ouvrages me survivaient ; si je devais laisser un nom, peut-être un jour, guidé par ces *Mémoires*, le voyageur s'arrêterait un moment aux lieux que j'ai décrits. Il pourrait reconnaître le château, mais il chercherait en vain le *grand mail* ou le grand bois ; il a été abattu : le berceau de mes songes a disparu comme ces songes. Demeuré seul debout sur son rocher, l'antique donjon semble regretter les chênes qui l'environnaient et le protégeaient contre les tempêtes. Isolé comme lui, j'ai vu comme lui tomber autour de moi la famille qui embellissait mes jours et me prêtait son abri : grâce au ciel, ma vie n'est pas bâtie sur la terre aussi solidement que les tours où j'ai passé ma jeunesse *(Pléiade, pp. 668-669).*

L. IV, CHAP. 10

(a) p. 270.
... dans ce livre quatrième *(Ms 1847).*

L. IV, CHAP. 12

(a) p. 284.
... cette manie *(Ms 1847).*

(b) p. 285. Un manuscrit BN, publié pour la première fois par V. Giraud (Études littéraires, *pp. 85-86), ajoute les lignes suivantes :*
... Lignes qui devaient terminer le chapitre des gens de lettres.

Au surplus, j'en suis toujours au repentir, quand je me laisse entraîner, comme cela vient de m'arriver, à cet esprit caustique que je méprise. Les trois quarts du temps j'imite ces Arabes de l'Hyémen qui rompent leurs flèches et allument leur feu pendant la nuit pour faire leur café. Malheureusement, je n'ai pas brûlé toutes les miennes.

L. IV, chap. 13

(a) p. 290.
... préjugés de sa naissance *(Ms 1847).*

L. V, chap. 6

(a) p. 313. M.-J. Durry a publié (En marge..., *pp. 95-96) un fragment complémentaire:*
... C'est en vain que la philosophie prétend expliquer des choses que la religion seule connaît. Qui apprendra à l'homme les mystères qui le précèdent, environnent son être et le suivent. Un moine étant couché seul dans un vieux château.
... se succèdent sans pouvoir apprendre à l'homme les mystères qui le précédèrent et le suivront, et environnent son être. J'ai lu une histoire dans le trésor des Âmes du Purgatoire
Un religieux étant couché seul dans un vieux château, entendit au milieu de la nuit frapper à sa porte. Entre un Damné, *[biffé:* grande carcasse de mort*]* le nez affilé, les yeux étincelants d'un feu bleuâtre, la langue noire. « Qui es-tu et que cherches-tu », dit *[biffé:* hardiment*]* le Moine fortifié de Dieu. « Celui qui vient après moi te le dira » répond ce premier Damné.
Entre un second Damné
« Qui es-tu et que cherches-tu ? », dit le Moine.
« Celui qui vient après moi te le dira » répond le second Damné.
Entre un troisième Damné
« Qui es-tu et que cherches-tu ? » dit le Moine.
« Celui qui vient après moi te le dira » répond le troisième Damné.
Que dit le quatrième Damné ? Il ne vint pas.

L. V, chap. 10

(a) p. 329.
... les fils *(Ms 1847).*

L. V, chap. 14

(a) p. 342.
... Grétry les compare aux graines de fleurs qu'il aimait à semer après les avoir lavées et qui trop légères surnageaient à la surface de l'eau *(Ms 1847).*

(b) p. 344.
... infinissables *(Ms 1847).*

L. V, CHAP. 15

(a) p. 350.
... La vie politique *(Ms 1847).*

(b) p. 354. Ms 1847 ajoute :
... les Espagnols.

L. VI, CHAP. 1

(a) p. 363. Ms 1847 conjugue tous les verbes au passé, et ajoute des dates. Ce dernier membre de phrase sera remplacé par :
... trois ou quatre services couvraient la table en 1822.

(b) p. 367. Ms 1847 ajoute :
... comme j'ai pu m'en assurer en 1843.

(c) p. 367. Ms 1847 *précise :*
... figure en 1822.

L. VI, CHAP. 2

(a) p. 371. Ce chapitre, augmenté des dernières lignes du chapitre précédent, a été retenu par les éditeurs de L 1834 *(pp. 203-211). Il avait, au préalable, été publié dans la* Revue de Paris, *le 26 avril 1834 et, deux jours plus tard, dans le* Journal des Débats. *En 1837,* Paris-Londres, *keepsake français, 1837, nouvelles inédites illustrées par vingt-six vignettes gravées à Londres par les meilleurs artistes, Paris, Delloye, Desmé et Cie, 1837, le reproduira à son tour (pp. 17-23). Il existe entre ces différentes versions du texte, auxquelles il est ici renvoyé, des variantes qui portent essentiellement sur le vocabulaire. Nous nous bornerons à indiquer que la transcription anglaise de la ballade se lit, en 1834 et 1837.*

*If the wind tempestuous blowing [*1834 : «,»*]*
*Still no danger they descry [*1834 : « : »*]*
*The guiltlesse heart its boon bestowing [*1834 : «,»*]*

Sooth them with its lolly boy, lolly boy, *etc. [*1834, italiques et «etc.»*]*

et que le terme Still *est alors traduit par «tranquilles». Enfin, après les derniers mots du chapitre précédent («où celui-ci était exilé»),* L 1834, *p. 203, ajoute:*
... Il s'agit d'abord de mers et de vaisseaux: ne suis-je pas bien placé à Londres pour parler de ces choses-là?

L. VI, chap. 3

(a) p. 380. Ms 1847 précise:
... un jeune Anglais.

L. VI, chap. 4

(a) p. 384.
... leur bateau *(Ms 1847).*

(b) p. 385. Le manuscrit porte «enchaînés»*, tout comme la première version de ces lignes, qui figure dans le* Génie du Christianisme*, part. I, l. V, chap.* VIII*, Pléiade, p. 575.*

L. VII, chap. 10

(a) p. 451. Ms 1847 et 1848 détachent cet élément du titre, et ajoutent au sommaire:
... Persée à Rome. – Iroquois à Paris.

L. VIII, chap. 4

(a) p. 475. Un fragment de manuscrit apporte ici un complément:
... Dans la rive du fleuve croissait un cyprès chauve dont les feuilles ressemblent à des découpures de mousse. Les racines appelées *genoux* saillaient en avant, et formaient une voûte. Je me baignai en pantalon de coton bleu à l'entrée de cette grotte, ayant sur la tête un large chapeau de paille de riz pour me garantir du soleil. Les cousines me venaient voir nager, elles se plongeaient dans l'eau *[biffé:* le lac*]*, enveloppées d'un grand linceul de la seconde écorce du mûrier. Leurs têtes brunes *[biffé:* sortaient de l'eau*] [ajouté:* étaient*]* comme deux têtes de naïades *[biffé:* tandis que des cygnes voguaient autour d'elles*]*: il y avait de quoi devenir fou. *[biffé:* Une d'elles*] [ajouté:* l'autre*]* chan-

tait! *(BN, ms. 12455, f° 2; première publication: A. Feugère, «Les Indiennes de Chateaubriand»,* Mercure de France, *16 juillet 1908, pp. 206-207, transcrit d'après J.-C. Berchet* in Mémoires d'outre-tombe, *t. I, p. 440.*

L. VIII, CHAP. 5

(a) p. 490. Un manuscrit donne une version de ce paragraphe différente de celle des Mémoires *comme de celle du* Voyage.

... remplies de chevaux et de voitures, ornées de cafés, de musées, de bibliothèques, de salles de danse et de spectacle, offrant toutes les jouissances du luxe. *[biffé:* Ajoutez une*]* administration laborieuse, cultivant chaque branche du commerce et de l'agriculture, une police attentive, améliorant les établissements de sûreté et de bienfaisance, une prospérité native donnant l'essor à l'esprit d'association, et s'agrandissant à son tour de cet esprit, une énorme accumulation de capitaux alimentant l'activité d'une marine aventureuse: voyez une dette prête à s'éteindre, un crédit qui centuplerait les ressources nationales, si l'on avait jamais besoin d'y recourir, une masse de terres concessionnables, autre trésor entre les mains du congrès; voyez ces fortifications à l'entrée des havres et des rivières qui mettent le pays à l'abri d'une invasion, ces maisons générales pour l'éducation publique, ces collèges particuliers pour les études spéciales, ces amphithéâtres, ces observatoires, ces phares de la science, aux confins des ténèbres sauvages, toutes les religions, toutes les opinions vivant de paix, travaillant de concert à rendre meilleure l'espèce humaine et à développer son intelligence: tels sont les prodiges de la liberté *(BN, fol. 15 et 16, d'après J.-C. Berchet* in Mémoires d'outre-tombe, *t. I, p. 454).*

(b) p. 490. Fin de chapitre qui est une adjonction au Voyage. *Une note de 1840 indique que Chateaubriand envisageait d'en faire la matière d'un chapitre distinct:*

LES LETTRES AUX ÉTATS-UNIS

Toutefois, il ne faut pas chercher aux États-Unis ce qui / *(sic)*

Le fond de ce chapitre et du chapitre qui le suit se trouve ébauché dans les notes primitives de ma course aux États-Unis: mais depuis 1791, c'est-à-dire 50 ans, tant de choses sont arrivées en Amérique que le tableau, tel que je l'avais vu, a considérablement changé. Afin de me mettre à jour, au moment où j'achève de repasser la lime sur ces *Mémoires*, j'ai développé mes notes primitives. Les lecteurs n'avaient pas besoin d'en être prévenus: ils s'en seraient bien aperçus par les dates sous lesquelles tombent les hommes et les choses dont je fais mention. Néanmoins, j'ai cru devoir rappeler mes remaniements pour le soulagement des esprits peu attentifs, et pour mieux constater ma complète sincérité : des *Mémoires* continués, relus, travaillés et retravaillés pendant tant d'années, doivent souvent offrir ce qui fait ici le sujet de ma remarque ; qu'on se tienne donc averti une fois pour toutes. Je n'ai pu arrêter les événements à tel jour de ma vie. Du reste ces deux chapitres ne sont pas très longs : je n'ai pas eu l'intention de placer l'histoire des États-Unis entre deux parenthèses. Si l'on veut connaître la grande république d'outre-mer, il faut lire l'ouvrage capital de la *Démocratie en Amérique*, par Alexis de Tocqueville, le travail de son ami M. Beaumont sur l'esclavage aux États-Unis, les lettres de M. Michel Chevalier, les voyages opposés de Mrs Trolopp et de Miss Martineau, etc., etc. (Paris, note de 1840.) *(première publication : V. Giraud,* Études littéraires, *pp. 86-87).*

(c) p. 494. Un manuscrit donne trois fragments vraisemblablement destinés à ce chapitre :

– Le théâtre est le théâtre anglais : il n'offre aux Yankees que le tableau des mœurs étrangères, comme la comédie et la tragédie ne présentaient aux Romains que la peinture de la société grecque. Lewis, frère de Hallam, associé de Garrick, s'embarqua en Angleterre en 1752 ; descendu à York-Town en Virginie, il obtint des magistrats la permission d'y dresser ses tréteaux. La première pièce jouée sur ce théâtre forain fut *Le Marchand de Venise.* Washington, alors inconnu, assista à la prise de possession par Shakespeare de la terre de Christophe Colomb.

– un acteur débita un prologue commençant ainsi :

To this new world from famed Britannia's shore,
Through boist'rous seas where foaming billows roar,
The Muse who Britons, charmed for many an age
Now sends her servants forth, to tread your stage.

À ce nouveau monde du rivage fameux d'Albion, / à travers les orageuses mers, où rugissent des vagues écumantes, / la Muse qui charma les Bretons pendant plus d'un siècle / envoie maintenant des serviteurs pour fouler votre scène.

– Les graves Américains ont la tête renversée aujourd'hui par une danseuse européenne : c'est toujours leur génie industriel ; il les conduit à préférer des pirouettes à des plaisirs intellectuels.

Le plus ancien poète des États-Unis est une négresse, Philis Weatley. Quelques-uns de ses vers sont un hommage au général Washington. Il y a d'autres essais de poésie africaine : des nègres de la Virginie en voulaient au chef de la police de Richmond ; ils avaient composé une ronde qu'une jeune poète blanche a traduite : « J'étais un vieux lièvre, et je naquis dans la neige, et je fus poursuivi par le cheval noir de Richmond. » *[biffé :* Une autre ronde sur la moisson...*] (BN, fol. 18 et 19, d'après J.-C. Berchet,* Mémoires d'outre-tombe, *t. I, pp. 458-459).*

L. VIII, CHAP. 7

*(a) p. 506. Penaud paraît avoir corrigé ici le terme «*ondulée*» (ondulation) employé par Chateaubriand.*

L. IX, CHAP. 1

(a) p. 512.
... déclarés traîtres *(Ms 1847).*

(b) p. 512. Une annotation de SG ajoute :
... malgré mon aversion pour le mariage.

(c) p. 516. Une annotation de SG ajoute :
... sa taille était charmante.

*(d) p. 517. V. Giraud (*Études littéraires, *p. 87) a publié un fragment de manuscrit qui se rattache étroitement à ce paragraphe.*
... battement de mon cœur, le joug dont je me sentirais accablé ? Toutes les délices que je m'étais forgées dans l'avenir allaient s'ensevelir dans le lit conjugal avec une jeune femme que je ne connaissais pas, à qui je n'apporterais pas de bonheur et dont je devais me séparer presque subitement : j'allais *[biffé :* enfin*]* m'exposer à donner la vie, moi qui regardais la vie comme le présent le plus funeste.
Les hommes de ma sorte se doivent-ils marier ? La vérité de leur nature est une vérité de chimère, de misère et d'isolement, qui n'est pas assez sainte pour les autels de la famille. L'être de cette *[biffé :* nature*] [ajouté :* espèce*]* est comme Adam créé avant la *[biffé :* création*] [ajouté :* formation*]* de la femme : « il ne trouvait point l'aide qui lui fût semblable », *vero non inveniebatur adjutor similis ejus.*

L. IX, CHAP. 2

(a) p. 523. Une première rédaction de ces lignes a été conservée par Ge; ce qui s'y rapporte à Talma y est développé de la manière suivante:
... J'ai vu Talma à son début; il est fort supérieur aujourd'hui à ce qu'il était alors, et même il paraît plus jeune. Je pourrais lui dire: «Quand vous étiez plus vieux» *(P. Clarac,* À la recherche..., *p. 300).*

L. IX, CHAP. 3

(a) p. 531. On trouve ici, dans Ms 1847, une note.
... Ne pas oublier le récit de Pétion quand il ramena le Roi et la Reine à Paris.

(b) p. 532.
... de gueux, de gitons, de filous *(Ms 1847).*

L. IX, CHAP. 4

(a) p. 538.
... le chahut des trépassés *(Ms 1847).*

(b) p. 539.
... les souterrains *(Ms 1847).*

L. IX, CHAP. 7

(a) p. 552.
... attirèrent *(Ms 1847).*

L. IX, CHAP. 8

(a) p. 556.
... Louis XI, cependant allié *(Ms 1847).*

L. IX, CHAP. 10

(a) p. 566.
... gamellée *(Ms 1847).*

L. IX, CHAP. 12

(a) p. 573.
... au descendu *(Ms 1847).*

(b) p. 573.
... qui vers l'an 1203 ou 1204 résolut *(Ms 1847).*

L. IX, CHAP. 13

(a) p. 576.
... figure dévalante *(Ms 1847).*

L. IX, CHAP. 14

(a) p. 579.
... Encore Eudore *(Ms 1847).*
Le texte du chapitre ne correspond pas exactement à son sommaire.

L. X, CHAP. 1

(a) p. 593. Cette mention ne figure pas dans Ms 1847.

(b) p. 593.
... écuellée *(Ms 1847).*

(c) p. 597.
... linteaux de leurs lyres *(Ms 1847).*

(d) p. 597. Il existe une première version de ce paragraphe dans Ge, publiée par P. Clarac in BSC, *1967, pp. 74-75.*
Je ne rencontrai pas *Sire Enguerrand venant d'Espagne*, mais quelques

pauvres traîne-malheurs, quelques petits marchands forains qui, moins chargés que moi, avaient comme moi toute leur fortune sur leur dos. Un bûcheron avec des genouillères de feutre pour grimper aux baliveaux, entrait dans le bois: il aurait pu m'abattre comme une branche morte. De fois à autre, j'entendais le son assez doux de la conque du porcher qui menait ses truies et leurs petits à la glandée: le fidèle Eumée me revenait en mémoire. Je me reposai à la hutte roulante d'un berger, où je ne trouvai pour maître qu'un chaton qui me fit mille gracieuses caresses. Le berger se tenait au loin, debout, au centre d'un parcours; ses chiens étaient assis à différentes distances autour des moutons. Le jour, ce pâtre cueillait des simples: c'était un médecin et un sorcier; la nuit, il regardait les étoiles: c'était un berger chaldéen.

Ayant repris haleine, je continuai ma route. Mes idées affaiblies flottaient dans un vague non sans charme; mes anciens fantômes, qui avaient à peine la consistance d'ombres aux trois quarts effacées, m'entouraient pour me dire adieu. Je n'avais plus la force des poignants souvenirs; je voyais dans un lointain indéterminé, et mêlées à des images fantastiques, les formes aériennes de mes parents et de mes amis. Quand je m'asseyais contre une borne du chemin, des visages me souriaient au seuil des cabanes éloignées, dans la fumée bleue qui s'échappait des toits de chaume, dans la cime des arbres, dans les rayons de la lumière; on eût dit des Muses qui venaient assister à la mort du poète. Ma tombe creusée par elles sous un chêne des Ardennes, aurait assez bien convenu au soldat et au voyageur. Quelques alouettes courant ou volant parmi des herbes parfumées étaient mes dernières compagnes. Je ne pouvais plus marcher; je me sentais extrêmement mal; la petite vérole rentrait et m'étouffait.

L. X, chap. 2

(a) p. 598. Il existe, dans Ge, une version très légèrement différente de ce paragraphe.

(b) p. 600. Il s'agit là d'une coquille pour «quignon» (Ms 1847).

(c) p. 601.
... dans les lombes *(Ms 1847).*

L. X, chap. 3

(a) p. 609.
... ne font point printaner les anciennes joies *(Ms 1847).*

(b) p. 610.
... qui donnent *(Ms 1847).*

L. X, CHAP. 5

(a) p. 616.
... Baylis *(Ms 1847).*

(b) p. 620.
... à jour failli *(Ms 1847).*

(c) p. 621.
... ces asiles *(Ms 1847).*

L. X, CHAP. 7

(a) p. 630.
... Deux vieillardeaux *(Ms 1847).*

L. X, CHAP. 9

(a) p. 641.
... félicité primeraine *(Ms 1847).*

L. X, CHAP. 11

(a) p. 647.
... 1797 *(Ms 1847).*

L. XI, CHAP. 2

(a) p. 660.
... cela va tout de go *(Ms 1847).*

(b) p. 664.
... esprit un peu sec *(Ms 1847).*

L. XI, CHAP. 3

(a) p. 670.
... au livre IV *(Ms 1847).*

(b) p. 681.
... j'en suis trop sûr *(Ms 1847).*

L. XI, CHAP. 4

(a) p. 687. Sur le texte qui suit, voir supra L. XI, chap. 4, note 5.

PREMIÈRE PARTIE - LIVRE XI
[1]
INCIDENCES
DIGRESSION PHILOSOPHIQUE

DE L'ÂME ET DE LA MATIÈRE.

J'avais beaucoup étudié les livres de philosophie et de métaphysique: tout ce qu'on peut dire pour ou contre l'existence de l'âme et l'existence de Dieu, m'était connu; tous les *[*mémoires*]* écrits et commentaires contre la partie historique, dogmatique et liturgique du Christianisme, avaient été l'objet de mes investigations. Je n'ignorais aucune des objections des esprits forts, depuis ceux qui niant le Christ, regardaient les Évangiles comme un beau mythe de l'école d'Alexandrie du IIe siècle, jusqu'à ceux qui ne voyaient dans le christianisme que le développement naturel de la civilisation, la marche obligée, le progrès invincible de la société générale.
Si mon imagination était naturellement religieuse, mon esprit était sceptique; examinateur impartial des motifs de la foi et des motifs de l'infidélité. J'avais pitié des Croyants, mais j'avais un profond dédain pour les incrédules, trouvant les raisons de croire supérieures aux raisons de ne pas croire: ma philosophie n'était pas plus sotte et plus suffisante que cela.
Le consentement universel des hommes touchant l'existence de Dieu et l'immortalité de l'âme, n'avait cessé de m'embarrasser à l'époque même de l'indépendance de mes opinions religieuses.
Qu'il y eût chez les sectes philosophiques de l'Orient, de l'Égypte, de la Grèce, des doctrines secrètes d'athéisme et de matérialisme; que les Chinois et les Juifs *[biffé:* même*]* si l'on veut (malgré leur grande école d'inspiration ou de prophétie) fussent des peuples matérialistes, cela ne m'amenait à aucune conviction.

D'abord rien de moins certain que les faits dont on argumente au sujet des écoles philosophiques; mille choses contredisent ces faits. Ensuite parmi les peuples athées et matérialistes en *masse*, l'individu est religieux; il l'est vaguement sans doute, mais on lui surprend *[biffé:* sans cesse*]* *[biffé:* à tout moment*]* des instincts d'une autre vie, ou dans son culte *[biffé:* pour*]* des morts, ou dans les prières qu'il adresse à la matière: *[biffé:* même*]*: quand il implore la pluie ou le soleil pour son champ, il suppose une *intelligence*; or c'est là ce qui constitue le consentement unanime des hommes. Jamais *la nature* ne donna à l'individu un instinct qui ne lui fût pas *naturel*, qui ne fût pas en lui un besoin, une vérité de sa propre essence. Si les hommes, pris un à un, croient, à leur su ou *[biffé:* à leur*]* insu, à une vie future, c'est qu'il y a une vie future, parce qu'il n'y a pas d'effet sans cause, parce qu'il est absurde de dire que l'homme passe ses jours *[biffé:* sur la terre*]* à craindre ou à espérer au-delà de la tombe un avenir qui n'existe pas. Bizarre animal qui aurait la connaissance de la mort, qui posséderait un sentiment dont la rapidité et l'étendue embrassent tous les siècles et tous les mondes, et qui ne serait doué de cette extension de temps et d'espace que pour s'enfermer à jamais dans un trou de six pieds de long! Les *gouvernements*, les *nations* peuvent être athées et matérialistes; les *individus* jamais.
Il me paraissait encore bien plus moquable, lors même que je n'étais plus chrétien, d'assurer avec une école moderne que le progrès de la société humaine sera d'arriver au matérialisme, à la preuve physiologique et mathématique qu'il n'y a point d'âme. Beau résultat de la science, et d'après lequel il sera facile d'établir la *conscience* ou la moralité des actions.
Que le résultat soit beau ou laid, bon ou mauvais, dit-on, ce n'est pas là la question : le matérialisme est un fait; or tout fait doit être accepté, qu'il blesse ou non nos mœurs, nos habitudes, nos désirs, nos études, nos systèmes, nos préjugés, nos préventions.
C'est précisément parce que le matérialisme n'est pas un fait *prouvé*, qu'on n'est pas obligé de l'accepter; on peut très bien ne pas accorder la majeure du syllogisme. Quand on connaîtrait tous les recoins du cerveau où la vue de l'objet va mettre en mouvement les diverses perceptions intellectuelles, resterait toujours à expliquer la cervelle elle-même *[biffé:* ou les différentes fonctions des organes cérébraux dans la théorie du docteur Gall *[biffé:* à expliquer*]*.
Si vous coupez un nerf derrière l'oreille d'un dindon; si vous attaquez certaines parties du crâne d'un quadrupède, voilà que le dindon perd la faculté de s'arrêter et qu'il court toujours; voilà que le quadrupède est dépourvu d'une des facultés de son instinct: donc l'intelligence tient à des causes physiques. Quelles belles découvertes de cette nature ne ferait-on pas en bistourisant une vingtaine de milliers d'hommes, en

fouillant dans les entrailles de quelques centaines de femmes, comme on martyrise des lapins, des chats, des chiens et des chiennes!

On peut être un très bon anatomiste et un très mauvais logicien. L'argumentation ci-dessus est une pure pétition de principe: on admet comme prouvé ce qui est à prouver. Si l'homme a une âme, cette âme a nécessairement des organes matériels à son service, tant qu'elle est unie à la matière; l'altération des organes matériels trouble nécessairement les perceptions de l'âme, mais ne la détruit pas: parce que vous interrompez le cours d'un ruisseau, est-ce à dire qu'il n'y ait plus d'eau à la source?

Si l'homme n'a pas d'âme, vos cruelles expériences ne portent alors que sur la matière, ne démontrent que les aptitudes de cette matière; mais il faut que vous me prouviez que l'homme n'a pas d'âme; or c'est ce dont je vous défie.

Enfin votre expérience ne vous tire pas d'affaire: vous m'apprenez bien que tel accident arrivé au cerveau, *suspend* telle perception: mais vous ne m'apprenez pas quelle *est* cette perception, et comment il advient qu'un peu de *matière* molle dans un coin de votre tête, produit une idée.

Il me suffirait pour croire à l'âme de voir un cadavre: il est impossible que l'esprit plein *[biffé:* de mouvement*]* d'intelligence et de feu, l'esprit capable d'aimer et de sentir, l'esprit indivisible, incorruptible, sublime, qui s'élevait jusqu'à Dieu, soit de la même nature que cette masse immobile, insensible, stupide, glacée, tombant en lambeaux; pourriture infâme, aveugle, sourde et muette que son vil poids entraîne au sein de la terre. La mort ne détruit pas l'extérieur de l'animal, comme elle défigure l'effigie de l'homme: le quadrupède garde sa fourrure, l'oiseau ses plumes, le poisson ses écailles, le reptile sa peau, l'insecte ses couleurs; au mouvement près, vous ne sauriez dire si ce lion, cet aigle, cet ichtys, ce serpent, ce papillon est vivant ou mort. L'animal appartenant à la matière est tellement proche de son élément, qu'en cessant de respirer, il ne varie qu'un mode de son être; une pendule qui marche et une pendule arrêtée conservent la même apparence. Mais notre argile s'altère *[biffé:* horriblement*]* en devenant cadavre: l'homme, la plus belle des créatures dans l'état de vie, est la plus hideuse de toutes dans l'état de mort. La bête morte est chaste et vêtue; l'homme mort est obscène et nu *[biffé:* et immonde*]*. Ce cadavre convulsif n'est pas allé paisiblement au néant, comme on retourne à son origine; *[biffé:* on voit qu'*]* il n'était pas seul; *[biffé:* que*]* quelque chose a contrarié sa dissolution; *[biffé:* qu'*]* il s'est fait une séparation violente dont la nature désespérée et stupéfaite, a gardé la terreur. Le corps mort vous donne non l'idée d'une machine démontée, mais d'une maison vide, d'une habitation ce matin debout et occupée, ce soir en ruine et abandonnée pour jamais. L'expression sévère ou sereine qui parfois demeure un instant au visage du décédé, n'est que le reflet d'une lumière lointaine, qu'une trace du passage de l'âme. Cette beauté intellectuelle du dehors, estompée sur la laideur repoussante de la chair, est une preuve de plus de la différence et du contraste des deux principes : si la pensée appartenait au cerveau matériel, elle ne pourrait être empreinte dans ce front qui ne pense plus ; l'effet cesserait avec la cause.

[biffé : à expliquer*]* De même si l'homme est d'une nature semblable aux mollusques ; *[biffé :* et*]* si les mollusques sont le premier degré et l'homme le dernier dans l'échelle des êtres animés ; ou plutôt si l'organisation n'est qu'*une* ; si le polype, la sèche, l'huître, le limaçon et l'homme ne sont qu'un même animal diversement agencé et plus ou moins développé, expliquez ces *embryons* de l'homme.

Que si l'animal se perfectionnant, passe *[biffé :* insensiblement*]* de l'huître à l'homme *[biffé :* complet*]*, par le reptile, le poisson, l'oiseau, le quadrupède, le singe et le nègre, comment se fait-il que l'opération ne s'accomplisse pas graduellement sous nos yeux ? Comment se fait-il que l'huître reste toujours huître ? La nature s'est-elle fixée, et, dans ce système, peut-elle se fixer ? ne devrait-on pas trouver des huîtres progressives, demi-poissons, des poissons demi-oiseaux, des oiseaux demi-quadrupèdes, des quadrupèdes demi-singes, des singes demi-nègres, des nègres demi-blancs ? Puis sur l'échelle descendante, l'homme retournerait à l'huître, en repassant par les degrés inférieurs jusqu'à sa coquille. *[biffé :* Oh ! que les savants, contempteurs des poètes, sont eux-mêmes de grands poètes, et souvent des poètes bien bouffons. « La philosophie, dit Montaigne, n'est qu'une poésie sophistiquée ! »*]*

[biffé : Et quand*]* On répondra que cela arriverait en effet si la matière n'était épuisée. Chaque être s'est arrêté au degré de forme auquel il était parvenu quand la nature a perdu la faculté de création progressive.

Quelle preuve m'apporterez-vous de cet épuisement de la matière ? Votre assertion ! ce que vous imaginez pour bâtir votre roman ! La plaisanterie est trop forte. Je me pourrais contenter de vous dire : « Démontrez et vous affirmerez ensuite. » Mais je ne vous demande qu'un seul mot d'explication : dites-moi comment tous ces individus, huîtres et hommes, qui ne sont plus progressifs, qui ont cessé d'être adultes dans l'œuvre générale par l'impuissance de la matière, se reproduisent néanmoins chacun dans son espèce ? ils ont la faculté de se propager imparfaits, et ils sont eunuques quand il s'agit de se régénérer en l'état plus parfait où les appelaient leur organisation et les fins de la nature. Oh ! que les savants, contempteurs des poètes, sont eux-mêmes de grands poètes, et souvent des poètes bien bouffons ! « La philosophie, dit Montaigne, n'est qu'une poésie sophistiquée. »

Les habiles changeant de terrains, ont en réserve une vérité newtonienne dont ils foudroient les pauvres croyants en Dieu ; écoutez-les :

« L'homme est matière, et comme tel soumis aux lois de la matière : un fait mathématique ne laisse aucun doute à cet égard. Augmentez ou le volume ou le poids de la terre, la puissance de l'attraction ou du centre de gravité, l'homme qui se tient debout, tombera sur le ventre et se changera en reptile, n'ayant plus la force de prendre la perpendiculaire. »

Eh ! n'est-ce pas au contraire ce merveilleux équilibre de la nature, qui décèle l'intelligence divine ? chaque chose est dans sa proportion rigoureuse, et si cette intelligence venait à se retirer tout retomberait dans la confusion du cahos. L'homme ne serait pas un reptile parce qu'il traînerait par terre, mais Dieu aurait manqué la création. Supposer que le globe fût autre qu'il est, et que l'homme eût conservé les dimensions qu'il a, équivaut à la non-existence de Dieu ; et c'est toujours cette non-existence que vous avez à prouver.

Enfin l'organisation est-elle *une* (chose qui n'est pas du tout démontrée) ? L'anatomie comparée nous apprend-elle que la charpente osseuse est la même pour tous les animaux ; que les os seulement en empiétant les uns sur les autres, forment la variabilité des structures ? Ainsi dans l'homme le crâne se serait accru aux dépens du facial amoindri, et dans le crocodile la presque disparition du crâne aurait fourni le masque d'une face exorbitante. La nature *[*serait*]* à ce compte *[*une espèce de tailleur qui*]* n'aurait qu'une même bandelette avec laquelle elle emmailloterait les êtres, mais en déchiquetant l'enveloppe de manière à distinguer les espèces, comme Fénelon donne des habits divers aux citoyens de Salente. Eh bien ! qu'est-ce que cela prouverait contre l'existence de Dieu et de la création venue de Dieu ? Dieu n'a-t-il pu créer dans un ordre simple, comme dans un ordre composé ?

Est-ce la matière qui a agi d'elle-même et d'après sa propre loi ? alors daignez m'enseigner ce que c'est que la loi de la matière : d'où vient cette loi ? qui l'a faite ? Vous me répondrez : *c'est la loi des êtres ; c'est ce qui fait qu'on est parce que l'on est ;* c'est la condition d'existence de l'objet et de sa forme. Parlons clair et ne nous cachons pas dans des mots-brouillards : dites-moi, je vous prie, *qu'est-ce qui fait que l'on est, parce que l'on est ?* Il y aurait selon vous des lois *nécessaires* produisant en vertu d'elles-mêmes ; des lois, par exemple, qui font que deux et deux font quatre, que le cercle est un rond, que le triangle a trois angles. Très bien ; *[biffé :* mais*]* il vous reste à m'apprendre comment et pourquoi deux et deux font quatre. Grands génies, il y a toujours une inconnue que vous ne pouvez dégager ; force vous est toujours de trouver qui porte la tortue, laquelle porte l'Éléphant par qui le monde est porté.

Que l'anatomie ait marché à pas immenses ; que la physiologie soit une science nouvelle, féconde en résultats ingénieux ; que la chimie reformant sa nomenclature ait pénétré les substances; que chaque jour on compose et l'on décompose des gaz; que l'électricité, le galvanisme, le magnétisme révèlent des attractions ou des répulsions de fluides, des propriétés et des rapports ignorés; que la vapeur et les machines modifient la société matérielle; que l'on reconstruise l'histoire des époques de la nature; que notre globe et les globes soient *[biffé:* continuellement*]* explorés dans leurs lumières, leurs éléments, leurs âges, leurs lois *[biffé:* mathématiques et*]* leurs cours; que la géologie devienne une étude vaste et curieuse; que le *[biffé:* famille du*]* genre humain commence à se mieux connaître par l'interprétation des monuments, par l'initiation aux langues dites primitives *[biffé:* qu'il a jadis écrites et parlées*]*: tant est que plus on avance en découvertes, moins on y voit clair. *[biffé:* Lorsqu'on*]* se croit-on sûr d'une vérité à l'aide d'une inscription, d'une figure, d'une expérience? Vient une autre inscription, une autre figure, une autre expérience qui met cette vérité au néant: on ne fait que changer de nuit.

[biffé: Deux études parallèles ont procédé dans le monde,*]*

Un complément est donné par deux feuillets non numérotés:

Je ne suis pas du tout embarrassé du progrès de la science: en me faisant voir que j'avais tort d'apporter en preuve d'une intelligence supérieure, une prétendue combinaison d'éléments qui n'était qu'une erreur de physique, qu'en résulte-t-il? que vous déplacez seulement l'objet de mon admiration. Dans le nouveau tableau que vous m'offrez, l'ordre se présente à moi comme dans l'ancien tableau. Si le télescope a fait reculer l'espace; si cette brillante étoile qui me paraissait simple est double et triple; si au lieu d'un astre j'en aperçois trois; au lieu d'un monde trois mondes avec leurs sphères dépendantes; si Dieu au centre de cet incommensurable univers, voit défiler devant lui ces magnifiques théories de soleils, je m'empare de ces grandeurs; ce sont des preuves ajoutées à mes preuves. Je consens à échanger contre ces merveilles du firmament, les deux luminaires domestiques du foyer de l'homme.

[2]

INCIDENCES

SUITE DE LA DIGRESSION PHILOSOPHIQUE

Londres, d'avril à septembre 1822.

DEUX ÉTUDES PARALLÈLES. OPINION MIXTE OU PANTHÉISME.

Deux études parallèles ont procédé dans le monde, mais non de la même vitesse; l'étude de l'esprit et celle de la matière. La première a donné naissance à l'école philosophique intellectuelle, ouverte aux vieux âges et perpétuée jusqu'à nous. Il est beau de voir de Pythagore à Leibnitz une succession d'heureux génies exclusivement occupés de l'histoire inaltérable de Dieu et de l'âme, sans être dérangés par le mouvement d'une société temporelle et fugitive. Les anciens et les nouveaux Platoniciens poursuivaient leurs recherches au fracas des victoires d'Alexandre et de l'invasion des Barbares. De nos jours, quand le bruit des mille combats de Bonaparte retentissait en Italie, des hommes de la Science déroulaient paisiblement à Naples les manuscrits d'Herculanum : au bout d'une soie, une lettre brûlée de quelque traité d'Épicure, était avec précaution enlevée par eux ; ils retenaient leur haleine de peur de disperser ce grain de cendre philosophique recueilli des laves du Vésuve, tandis que le souffle d'un conquérant balayait les Empires. Mais pour s'enquérir de Dieu et des opérations de l'esprit, les méditations solitaires de l'intelligence suffisent, l'Inde, l'Égypte, la Grèce, l'Italie eurent tôt pénétré le pénétrable en tels sujets, et se vinrent égarer dans les songes qui flottent à la limite des vérités inaccessibles. Aujourd'hui nous en sommes encore où en étaient les anciens à l'égard de la spiritualité ; nous passons et repassons à travers leurs systèmes, semblables aux singes dans le berceau de la Couronne. Depuis, Locke, Malebranche, Condillac, combien de rêvasseries contradictoires abandonnées ! Les chaires d'Édimbourg n'ont pas été plus stables ; l'Allemagne voit accravanter *[écarter, briser]* successivement ces philosophies prétendues supérieures ; Kant est allé au cercueil avec son sensualisme ressuscité, l'Éclectisme moderne croule maintenant à la façon du reste : que viendra-t-il après ? une autre subtilité, propre à remplir quelque cervelle creuse, comme le *gaz* dans un ballon vide. L'étude de l'*esprit* est épuisée ; elle a touché les bornes du possible en métaphysique : on peut la revêtir d'un nouveau langage, non l'enrichir d'une seule vérité.

L'étude de la *matière*, je l'ai dit plus haut, a cheminé moins vite ; elle ne se fonde pas sur les simples perceptions de l'âme ; elle marche le bâton de l'expérience à la main ; point ne lui chaut des jardins d'Académe, du Lycée, du Portique ; elle ne se paye pas de promenades, d'imaginations, de paroles ; elle demande des faits, résultat du travail ou du hasard. Elle n'est entrée en progression sensible, que quand le globe a été parcouru au moyen de l'aiguille aimantée, le ciel mesuré avec le secours du télescope, la société rendue nouvelle par la découverte de la poudre à canon, de l'imprimerie, de la vapeur. Cette science de la matière n'était pas douée tout d'abord de ses propres organes comme celle de l'esprit ; force a été de les composer, de pourvoir le génie de la terre du trépan, du forceps, du creuset, de l'alambic, de la lunette, de tous les instruments perfectionnés. Ce génie n'a guère été complètement armé que de nos jours. Alors agitant son bras de fer et montrant ses ongles d'acier, il s'est pré-

cipité dans la carrière où se traînait l'étude de l'esprit pantelante et lassée, il a voulu faire ce qu'elle celle-ci n'avait su; il s'est vanté avec ses machines, ses scies, ses spatules, ses ciseaux, ses hachettes, ses fourneaux, d'analyser des mystères échappés aux investigations du spiritualisme: il s'est écrié: «Je tiens l'âme! J'ai saisi la pensée avec mes tenailles dans cette bosse du cervelet! une sangsue appliquée sur cette veine frontale, a bu à la source de la poésie. Je sais comment se coordonne l'univers; j'en ai dérobé les secrets et les lois. Victoire! Victoire!»
Et voilà qu'il est arrivé à l'étude de la matière, la chose advenue à l'étude de l'esprit: certaines vérités passées, elle n'a plus rencontré que contradictions, doutes, ténèbres; elle a vu ses convictions du jour, détruites par ses observations du lendemain; les horizons se sont refermés; le mystère a recommencé.
Une autre énigme, celle de la matière, a pris la place de l'énigme de l'esprit, et le mot en est demeuré inconnu. Le Dieu s'est dérobé à de brutales sollicitations; en vain le scalpel s'est enfoncé dans le crâne humain; il n'a pu disséquer la pensée qui survit à la tête dont elle est sortie.
L'étude de l'esprit a senti renaître son courage, quand son adversaire fanfaron s'est perdu dans le cahos. Elle s'est écriée à son tour: «Tu ne tiens rien; tu ne sais rien. Tu m'oses dire qu'un principe matériel engendrerait un être immortel et intellectuel! fuis avec tes couteaux inintelligents et tes muettes anatomies!»
Entre les deux contendants *[concurrents, compétiteurs]*, s'est glissée une opinion discrète moitié esprit, moitié matière, gentil monstre biforme; née de leur union: elle leur a murmuré d'un ton filial et mielleux: «Très honorés Père et Mère, il me semble aisé de vous mettre d'accord: dans mon humble façon de voir, vos raisonnements, excellents d'ailleurs, se perfectionneraient peut-être en prenant un juste milieu. Je vous propose ce traité de paix: le cerveau mortel n'enfante point une fille immortelle; mais la pensée immortelle ne prouve pas l'existence de l'âme. Il sera reconnu par les deux parties que: la pensée *[biffé:* n'*]* est *[biffé:* qu'*]* une étincelle avolée *[venue du]* du foyer universel de l'intelligence: elle y revole et se réunit à son élément, l'*esprit*, sans conserver la connaissance de son individualité ici-bas, comme le corps, en se dissolvant, retourne à son élément, la *matière.*»
Nous voici dans le panthéisme de Virgile, renouvelé par Spinoza ou dans le dogme des deux principes divisés, ennemis et coexistants éternels, emprunté des Mages; système le plus extravagant ou système le plus inexplicable que l'on puisse imaginer. Tout est Dieu: une rose ou les ordures du grand Lama, ou bien il y a deux Dieux, l'un vivant, l'autre mort, tous deux également puissants et impuissants. Vaguez, si cela vous amuse, dans ces chimères; mais ne dites pas que vous les comprenez et qu'ils satisfont votre raison.

Si la pensée, flamme divine, remonte et se perd dégagée des sens au brasier de l'intelligence, il *[biffé:* après la dissolution de son enveloppe matérielle*]* *[biffé:*, il*]* en résulterait que l'esprit *individualisé* dans l'homme aurait sa *conscience*, son *moi* que l'esprit *universel* n'aurait pas. *[biffé:* Chose étrange*]* l'esprit ou la pensée impérissable reste dans le monde, après que le corps qui lui servait d'enclôture, est tombé; cette pensée ne vivrait que dans ce monde et pas au-delà; elle serait à la fois animée et morte: animée par les hommes où elle aurait paru, morte à son centre d'attraction où elle se serait rejointe. Épurée de la matière, la pensée ne saurait plus ni ce qu'elle est, ni ce qu'elle a été: l'inintelligence donnerait l'intelligence; l'indivisibilité, la faculté d'être en tous lieux et au même moment, recevraient leurs qualités de la divisibilité, de la substance inerte et *[biffé:* forcée*]* bornée; le corps serait la mémoire ou le *memento* de l'âme. Et d'un autre côté le corps ne sait pas qu'il existe sans la perception de l'esprit; il meurt, s'il n'est uni à l'âme. On concevrait l'âme s'éteignant partout à la fois: mais quoi, la pensée demeurera *individu* immortel sur le globe dès qu'elle y aura brillé et elle s'annulera *généralité* sans intuition d'elle-même, alors qu'elle refluera dans son principe?

Par un renversement de toutes les notions du genre humain, elle vivra sur la terre et elle ira mourir au Ciel, car c'est mourir que de défaillir, sans garder la conscience de la vie. La pensée sera double: analyse intelligente dans la région matérielle, synthèse imbécile à la source même de l'intelligence! Le corps, lui, n'a pas ces deux existences jumelles: il cesse d'être au monde quand il cesse de s'y montrer; il se dissout, et sans l'esprit, garde-note de son passage, nul ne saurait qu'il a existé. Où est le corps d'Homère? Vous savez bien où est sa pensée.

«Mais la pensée n'est-elle pas semblable au flambeau? le flambeau s'allume aux émanations d'une lumière empruntée et se volatilise avec l'aliment qui le nourrit.» La comparaison ne vaut: le flambeau se dévore lui-même en quelques heures; la pensée est une lampe perpétuelle qui brûle sans se consumer.

«Mais n'en est-il pas de la génération des idées comme de celles des corps? L'homme laisse ses pensées sur la terre, comme il y laisse ses fils.» La similitude cloche: votre fils meurt; il engendre un fils qui meurt; ainsi de suite. Votre idée peut enfanter avec les esprits divers d'autres idées et se perpétuer en lignes collatérales; mais elle ne connaît point le tombeau; elle va s'enfonçant dans l'avenir, contemporaine successive de ses filles. Cette société dont aucun individu ne disparaît, s'accroît à l'infini; les grands-parents vivent avec leurs enfants et gardent comme eux une immortelle jeunesse. Des deux postérités matérielle et spirituelle de l'homme, la première est pérenne, la seconde éternelle.

Conclusion : de toute nécessité si l'âme ne s'annihile *[biffé :* pas*]* avec le corps, elle conserve le *sensorium.* Il est inutile de recourir au subterfuge de ces philosophes lesquels sont d'avis que l'âme ne se présente pas nue à la mort : sous le rude tissu de nos organes périssables, s'étendent, assurent-ils, des organes déliés et indestructibles, les propres organes de l'âme, immatériels, immortels : elle conserve de cette sorte un véhicule, idoine à lui transmettre la connaissance des objets hors de soi.

[3]
INCIDENCES
SUITE DE LA DIGRESSION PHILOSOPHIQUE

Londres, d'avril à septembre 1822.

DIVERS SYSTÈMES SUR LA NATURE DE L'ÂME.
LE NÉANT. DIEU FORMÉ PAR LA MATIÈRE. CONSCIENCE.
J.-J. ROUSSEAU

Le panthéisme débouté de sa demande, n'empêche pas les chicaniers du néant d'intenter de nouveaux procès : sans résoudre les difficultés des systèmes qu'ils préconisent, sans s'arrêter aux objections qu'on leur oppose, ils s'écrient : « Champions de l'âme, mettez-vous au moins d'accord entre vous. L'âme est-elle une substance se mouvant d'elle-même, comme le dit Platon ? une autre nature sans repos comme le prétend Thalès ? un mouvement des sens comme l'avance Asclépiade ? Hésiode et Anaximandre la composent de terre et d'eau, Parménide de terre et de feu, Empédocle de sang. Posidonius, Cléanthe, la tiennent pour la chaleur, Hippocrate pour un esprit répandu dans tout l'être, Varron pour un souffle reçu sur les lèvres et mis en jeu par le cœur. Zénon pour la quintessence des quatre éléments, Héraclide de Pont pour la lumière. Les Égyptiens en font un nombre, *[biffé :* et*]* les Chaldéens une vertu sans forme ; Aristote la nomme Entéléchie *id est* le principe normal *[biffé :* ce qui fait mouvoir naturellement le corps*]*, la perfection abstraite. Hippocrate et Hiérophile établissent son siège au cerveau, les stoïciens au cœur, Aristote et Démocrite dans *[biffé :* l'estomac*]* le corps entier *[biffé :* Empédocles dans le sang*]*, Épicure dans l'estomac : et la preuve *[biffé :* en est*]* dit Chrysippe, c'est qu'en prononçant le mot, *ego*, moi, la mâchoire inférieure descend vers l'estomac. Enfin, les Pères *[biffé :* mêmes*]* de l'Église ont varié sur le siège et la nature de l'âme, et le dogme de son immortalité n'a été *[biffé :* bien*]* fixé par les chrétiens que vers la fin du XIIe siècle. Parmi les modernes, les plus grands génies religieux tels que Pascal, Leibnitz, Newton, Euler, n'ont pu arriver à des preuves positives. »

Voilà certes une argumentation puissante ! Parce qu'en ce monde *matériel*, nous ne pouvons parvenir à toucher du *doigt* et de *l'œil* une chose *immatérielle*, il en faut conclure que cette chose n'existe pas. Mais touchez-vous la pensée, quoique vous sachiez très bien qu'elle existe et qu'elle vous survit ? Les folies mêmes de ces inventions philosophiques ne prouvent-elles pas une conviction unanime de l'existence de l'âme dont on ignore seulement le mode et la substance ? Descendus des entrailles qui nous portèrent, avions-nous la moindre idée du temps et de son empire, lorsque nous y fûmes introduits ? Les entrailles de la terre, notre seconde mère, nous enfanteront à l'Éternité dont nous n'avons pas aujourd'hui la plus légère notion : nous y trouverons un soleil comme nous en trouvâmes un quand nous quittâmes le sein de notre première mère. La faiblesse a été placée aux deux bouts de notre carrière comme le crépuscule aux deux extrémités du jour ; à notre naissance nous n'avions ni force, ni mémoire, ni intelligence ; à notre mort, nous serons dans ce même état. Mais la Providence nous recevra dans ses bras en sortant de la vie, ainsi que notre nourrice nous y reçut en entrant. L'aveugle né ne se dépeint point la vue ; le sourd-muet n'a aucune donnée pour apprécier l'ouïe ; l'enfant est inapte à la passion la plus vive de l'homme : comment donc dans la nuit, le silence, la puérilité où nous vivons, comprendrions-nous la lumière, l'harmonie et la volupté du ciel ?

Mais vous. Néantistes, qui avez la superbe de votre RIEN, me l'expliquerez-vous ? Je l'adopte, quoiqu'il m'en coûte, si vous me la faites toucher au *doigt* et à *l'œil*. Grâces à Dieu cela n'est pas dans votre puissance ! J'ai peur qu'à l'heure du naufrage, vous n'ayez plus vous-même votre négative conviction ; vous implorerez le port de salut sans ces régions de la mort où vous *[biffé :* ne voulez*]* n'apercevez aujourd'hui qu'une côte inhospitalière et désolée. Vous jetterez pêle-mêle à la mer, pour sauver votre vaisseau, le lest aride dont vous l'avez encombré, vos systèmes : il sera trop tard. Vous vous enfoncerez dans les flots entre une foi ébranlée et non détruite et une foi naissante et non affermie, entre l'horreur du néant et l'épouvante de l'Éternité, ayant perdu l'espérance aveugle du premier, et n'étant pas arrivés à l'espérance éclairée de la dernière. *[biffé :* encombré, vos systèmes, vos passions, vos vices ; il sera trop tard*]* Si vous repoussez les preuves *[biffé :* que je vous apporte*]* de la vie, *[biffé :* je vous attaque à mon tour et*]* je vous somme de me démontrer la mort. Quelle est-elle ? Traînez-vous dans les lieux communs de l'athéisme et du matérialisme, je me charge en déduction de vous acculer à l'absurde. L'Orient a été plus loin que les autres contrées de la terre, dans ces abominables et stupides systèmes ; ses efforts ne l'ont conduit qu'à ce galimatias *[biffé :* poétique, sublime, et*]* désespéré : « La mort, dit une philosophie indienne, est sortie de son propre néant, elle devient la vie du temps dans l'espace, parce qu'elle fait sentir le temps en le mesurant. Ainsi ce que nous prenons pour la vie, n'est que la mort : l'homme qui a bien compris la mort, qui sait la mort, devient cette mort ; il est l'esprit qui est la mort. Quand la mort sera entrée dans le néant dont elle n'est qu'un mode, le temps et l'espace qui n'existent que par la mort, finiront ; et le néant sera l'Être suprême qui engendrera tout par la mort. »

[biffé : Admirons*]* L'incisive et subtile poésie de ce platonisme athée, est remarquable, mais il faudrait plaindre le cerveau assez infirme pour avoir le malheur de l'entendre. Si le Brahmane est resté assis trois ou quatre mille années, à méditer cela en se laissant manger aux mouches et livrant le peuple qu'il débilite au premier envahisseur venu, c'est employer un peu trop de temps à la composition d'un hymne à la mort.

Nous n'avons qu'une base certaine de calcul, notre pensée, pour obtenir Jéhovah, l'*Ego sum qui sum* : l'intelligence humaine est la seule raison péremptoire du fait de l'intelligence divine : l'homme est la preuve de Dieu ; chaque homme est un Messie envoyé du néant pour révéler la vie suprême. De là peut-être ce rêve extraordinaire d'un philosophe germanique.

Dieu n'a pas créé la matière ; la matière au contraire a créé Dieu par l'opération de l'homme. L'homme est un animal doué d'un organe propre à dégager l'esprit de la matière ; cet organe est le cerveau qui sépare l'idée du bloc inanimé : l'idée une fois extraite ne s'anéantit point : les idées augmentant de nombre, s'unissent en vertu de leurs affinités élémentaires et commencent l'individualité d'un être intellectuel. Cet être n'est pas encore achevé, parce que toutes les idées ne sont pas encore émises ; mais quand elles le seront, elles composeront de leurs agrégats un Dieu unique, une âme à l'amplitude de l'univers. L'espèce humaine que son long enfantement de l'idée aura fait dépérir, mourra comme une mère épuisée ; le monde matériel se trouvera changé dans un monde spirituel par cette évaporation ou transfusion insensible.

Une chose reste de toutes ces extravagances : l'accord des diverses opinions sur les hautes destinées de l'homme.

Mais n'allez pas *[biffé :* n'*]* entretenir *[biffé :* pas*]* les incrédules de ces opinions lorsqu'elles tendent à la démonstration d'une existence outre-tombe. Leur exposez-vous les théorèmes de Clarke, espèce de géométrie transcendante de notre immortalité ? *[biffé :* de l'âme*]* ? ils rient, et cependant ils ne sont pas des Clarke. Objectez-vous à leur mécréance, la voix de la conscience, invoquée par Rousseau ? ils rient, et cependant ils ne sont pas des J.-J. Qui sont-ils ? ordinairement les plus médiocres créatures de ce monde, décidées à refuser à leur âme, la vie qu'on n'accordera pas à leur mémoire.

Toi qui jusqu'au très-haut, veux porter ton délire,
T'assieds-tu près de lui dans le céleste empire?
Vis-tu le créateur dans les premiers moments
De ce vaste univers creuser les fondements,
Des vents et des saisons mesurer la richesse,
Et jusque sous les flots promener sa sagesse?
Des portes de l'abîme as-tu posé le seuil?
As -tu dit à la mer: «Brise ici ton orgueil?»
Misérable Dathan! quoi! vermisseau superbe,
Tu veux comprendre Dieu quand tu rampes sous l'herbe!
Admire et soumets-toi: le néant révolté
Peut-il dans ses desseins juger l'éternité? [Moyse en 1822,
était fait, mais il n'était pas publié (Paris, note de 1834)
Voir la scène 1 de l'acte IV]

Écoutons le vicaire savoyard:
«Rentrons en nous-mêmes, ô mon jeune ami! examinons, tout intérêt personnel à part, à quoi nos penchants nous portent. Quel spectacle nous flatte le plus, celui des tourments ou du bonheur d'autrui? Qu'est-ce qui nous est le plus doux à faire, et nous laisse une impression plus agréable après l'avoir fait, d'un acte de bienfaisance, ou d'un acte de méchanceté? Pour qui vous intéressez-vous sur vos théâtres? Est-ce aux forfaits que vous prenez plaisir? Est-ce à leurs auteurs punis que vous donnez des larmes? Tout nous est indifférent, disent-ils, hors notre intérêt: et, tout au contraire, les douceurs de l'amitié, de l'humanité, nous consolent dans nos peines; et, même dans nos plaisirs, nous serions trop seuls, trop misérables, si nous n'avions avec qui les partager. S'il n'y a rien de moral dans le cœur de l'homme, d'où lui viennent donc ces transports d'admiration pour les actions héroïques, ces ravissements d'amour pour les grandes âmes? ....
«Mais quel que soit le nombre des méchants sur la terre, il est peu de ces âmes cadavéreuses devenues insensibles, hors leur intérêt, à tout ce qui est juste et bon. L'iniquité ne plaît qu'autant qu'on en profite: dans tout le reste on veut que l'innocent soit protégé ....
«Il nous importe sûrement fort peu qu'un homme ait été méchant ou juste il y a deux mille ans; et cependant le même intérêt nous affecte dans l'histoire ancienne que si tout cela s'était passé de nos jours. Que me font à moi les crimes de Catilina? Ai-je peur d'être sa victime? Pourquoi donc ai-je de lui la même horreur que s'il était mon contemporain? Nous ne haïssons pas seulement les méchants parce qu'ils nous nuisent, mais parce qu'ils sont méchants ....

«Il est donc au fond des âmes un principe inné de justice et de vertu, sur lequel, malgré nos propres maximes, nous jugeons nos actions et celles d'autrui comme bonnes ou mauvaises; et c'est à ce principe que je donne le nom de *conscience*.

«Mais à ce mot j'entends s'élever de toutes parts la clameur des prétendus sages: Erreurs de l'enfance, préjugés de l'éducation! s'écrient-ils tous de concert. Il n'y a rien dans l'esprit humain que ce qui s'y introduit par l'expérience, et nous ne jugeons d'aucune chose que sur des idées acquises: ils font plus; cet accord évident et universel de toutes les nations, ils l'osent rejeter; et, contre l'éclatante uniformité du jugement des hommes, ils vont chercher dans les ténèbres quelque exemple obscur et connu d'eux seuls, comme si tous les penchants de la nature étaient anéantis par la dépravation d'un peuple, et que, sitôt qu'il est des monstres, l'espèce ne fut plus rien! ....

«Conscience! conscience! instinct divin, immortelle et céleste voix, guide assuré d'un être ignorant et borné, mais intelligent et libre, juge infaillible du bien et du mal, qui rends l'homme semblable à Dieu! C'est toi qui fais l'excellence de sa nature et la moralité de ses actions ....

«On a beau vouloir établir la vertu par la raison seule, quelle solide base peut-on lui donner? La vertu, disent-ils, est l'amour de l'ordre. Mais cet amour peut-il donc et doit-il l'emporter en moi sur celui de mon bien-être? qu'ils me donnent une raison claire et suffisante pour le préférer. Dans le fond leur prétendu principe est un jeu de mots; car je dis aussi, moi, que le vice est l'amour de l'ordre, pris dans un sens différent. Il y a quelque ordre moral partout où il y a sentiment et intelligence. La différence est que le bon s'ordonne par rapport au tout, et que le méchant ordonne le tout par rapport à lui. Celui-ci se fait le centre de toutes choses; l'autre mesure son rayon et se tient à la circonférence. Alors il est ordonné, par rapport au centre commun, qui est Dieu, et par rapport à tous les cercles concentriques, qui sont les créatures. Si la Divinité n'est pas, il n'y a que le méchant qui raisonne, le bon n'est qu'un insensé.»

Que de raison et d'éloquence! mais que sont l'éloquence et la raison à l'imbécillité suffisante, et au parti pris de l'orgueil? Quand ils ont dit: «Je nie la conscience parce que je ne la sens pas. Je ne crois pas parce que je ne crois pas», il leur semble planer au-dessus de chétifs mortels. *[biffé:* mais*]* La conscience ne se prouve point à ceux qui l'ont étouffée; *[biffé:* mais*]* le vice produit sur la conscience l'effet du vin sur le génie; il l'abrutit. *[biffé:* mais*]* Le chien ne croit pas non plus, et il n'était une divinité qu'à Cynopolis en Égypte. Combien d'idiots et de sots reconnus tels, m'ont assuré risiblement de leur incrédulité! Beaucoup de pauvres gens croient en Dieu, j'en conviens, mais avec leur instinct et leur sim-

plicité; *[biffé:* et*]* ils ne prétendent pas comme la bête incrédule, être arrivés à leur conviction par l'excellence de leur judiciaire.
Comment réfute-t-on les pages religieuses d'un homme qu'on admire? on dit: «Il ne croyait pas ce qu'il écrivait; il soutenait un paradoxe pour faire du bruit et donner carrière à son talent.» Ou bien: «Il a payé tribut aux préjugés de sa caste, de son éducation, de son temps; à cette époque, on n'en savait pas davantage.» Calomnie forgée, sentence rendue, nous nous redressons de deux palmes, bénissant la nature d'être de si grands hommes et d'avoir été enfantés en un siècle capable de nous admirer.
Pauvre Jean-Jacques, tu perdais tes sueurs au pied des Alpes, à prêcher ces Aigles. Que ton ombre m'en croie: contre les pédants de l'Athéisme et les Docteurs de mauvais lieux, le seul argument puissant est la négative: ils attaquent, forcez-les à la défense; poussez-les dans une impasse; réduisez-les à l'impossibilité de mettre quelque chose à la place de ce qu'ils prétendent renverser. Ainsi vous soutenez que la conscience est l'intérêt général, la nécessité de l'ordre, la loi morale: à merveille! mais qu'entendez-vous par l'intérêt général, la nécessité de l'ordre, la loi morale? Prenez garde à votre réponse: si vous vous perdez dans de nébuleux sophismes statistico-politico-moraux, vous prouvez que vous ne vous comprenez pas vous-mêmes; si votre définition de l'intérêt général, de la nécessité de l'ordre, de la loi morale est juste, il se trouvera que vous avez seulement changé les noms; vos incrédulités n'auront abouti qu'à la reproduction forcée de la conscience et de Dieu. Rejetez-vous l'une et l'autre? évitez soigneusement de prononcer les mots de morale et d'ordre; dites que l'empire est au plus fort, au plus méchant, aux chances du hasard; que la vertu est une incapacité, l'honnêteté une niaiserie, le juste et l'injuste une affaire variable et de convention et montrez-moi comment il est possible que la société marche ordonnée par la loi du désordre.

[4]
INCIDENCES
SUITE DE LA DIGRESSION PHILOSOPHIQUE

Londres, d'avril à septembre 1822.

QU'EST-CE QUE LA MATIÈRE? MATÉRIALISME ET ATHÉISME, ORGUEIL DÉGUISÉ. QUE SI L'ON EST DÉISTE, IL FAUT LOGIQUEMENT DEVENIR CHRÉTIEN, ET POURQUOI. QUE LA RELIGION DE LA CROIX LOIN D'ÊTRE À SON TERME, ENTRE À PEINE DANS SA TROISIÈME PÉRIODE.

Je parle ici d'après ma propre expérience: quand j'abandonnai les Erreurs de l'*Essai sur les révolutions* pour revenir aux principes du *Génie du Christianisme*, c'est par la preuve négative que je rentrais dans la vérité

positive. Vous me niez, disais-je, les mystères de l'esprit, moi je vous nie les mystères du corps ; je vous défie de me prouver l'existence de la matière, comme vous me défiez de vous prouver l'existence intellectuelle.
La matière est-elle *réellement* ou n'est-ce qu'une image produite dans l'esprit, comme un songe dans les visions du sommeil ?
Et qu'est-ce que la matière, si elle existe ? est-elle insensible ou animée ? Chaque atome liquide ou solide, chaque grain d'eau ou de poussière vus au microscope renferment des germes de vie. La matière, y compris le soleil et tous les mondes, serait-elle un immense animal formé de myriades et de myriades d'animaux, mourant et ressuscitant sans fin, ou plutôt n'y a-t-il point de mort, et la mort apparente n'est-elle qu'une modification de la vie ? Alors j'adopte volontiers l'opinion de l'astronome qui veut que le flux et le reflux de la mer soient la respiration de la terre.
Si la matière est animée, quelle atroce loi l'oblige à se dévorer au moyen des diverses formes d'animalité qu'elle affecte ? Les animaux se repaissent les uns des autres, une guerre d'extermination se continue jusque dans une bulle d'air, un globule de rosée, une goutte de vinaigre ou de sang. L'homme mange tout, se mange lui-même et est mangé vivant par des vers et des insectes.
Et nous à la fois mets et convives à ce festin détestable, nous ne fuirions pas au banquet des anges dans les tabernacles purs et resplendissants de la lumière incorruptible !
Vous me direz que je ne puis nier l'existence de la matière qu'en recourant à des subtilités ; je vous réponds que vous ne pouvez nier l'existence intellectuelle que par des subtilités. Or si rien n'est évident dans ce monde ; si je suis placé entre deux mystères, la matière d'un côté, l'intelligence de l'autre ; si tout est secret autour de moi ; si je ne puis me rendre compte du moindre mouvement volontaire ou involontaire de ma pensée et de mon corps ; si je ne sais comment je remue mon doigt ou mon idée ; je me décide nécessairement pour la chose dont j'ai l'instinct et qui se lie aux vérités de la morale et de la société : j'aime mieux me jeter dans un abîme de lumières que dans un abîme de ténèbres. Que me proposez-vous en échange de ma foi ? votre incrédulité ou vos doutes : mais votre incrédulité n'est pas plus forte en preuves et en raison que ma foi. Quant à vos doutes, qu'est-ce qu'un doute, sinon une chose dont on peut douter ? Si j'ai des doutes sur vos doutes, pourquoi voulez-vous que je *croie* à vos doutes ? Vous êtes sceptiques et vous voulez que, fanatique de ce que vous avouez ne pas savoir, je devienne *dogmatique* de votre *scepticisme* : la Religion de la servante du Curé est plus rationnelle que cet embrouillement.
L'athéisme et le matérialisme ne sont qu'un orgueil déguisé : on s'imagine être fort, parce qu'on ne croit pas comme le vulgaire, parce qu'on pense

avoir des qualités supérieures de compréhension, auxquelles les esprits faibles, les âmes molles, les imaginations poétiques ne peuvent arriver. Cette prétendue force est un manque de force ; l'incrédulité annonce *[biffé :* quelque chose qui manque à l'entendement*]* une impuissance à saisir les vérités de la nature intellectuelle, quelque chose qui manque à l'entendement plutôt qu'une faculté qui surabonde. Le croyant pourrait pécher par excès ; l'incrédule pèche très certainement par défaut.

Je ne pense pas qu'il y ait jamais eu un grand esprit lequel ait *toujours* été *à tous les instants*, athée ou matérialiste. Regardez-y de près et vous verrez que ceux qui parlent avec *certitude* du néant sont ou des brutes, ou des personnes d'un caractère futile, ou des paradoxistes, ou des hommes d'un génie étroit et ignorant, ou d'un génie vaste et instruit ; mais *spécial* et appliqué à un *seul* objet dans les sciences, les arts, l'érudition, ou même dans la haute poésie. S'il y a des exceptions, elles sont rares : un homme supérieur, athée et matérialiste à trente ans, doutera à quarante, croira plus tard à Dieu et à l'âme, et s'il vieillit, il a des chances de devenir Chrétien. *[biffé :* Je dis chances, je devrais dire certitude, car si cet homme est vraiment supérieur, dès qu'il sera déiste et spiritualiste, il sera chrétien. Le christianisme est la conséquence logique du déisme ; Dieu et l'âme admis, vous mettent dans l'obligation de les expliquer ; il faut bien examiner et la nature humaine et ses relations avec la nature divine, sous peine de rentrer par des difficultés morales dans l'abîme du doute.*]*

Il y a deux espèces d'esprits : les esprits religieux et les esprits incrédules ; la première espèce est d'une nature supérieure à la seconde, et elle a produit les plus grands hommes, surtout depuis la propagation du christianisme, témoins Bacon, Tycho-Brahé, Leibnitz, Newton, Euler, Pascal, Bossuet, Turenne, Bonaparte. Celui-ci donnant à Vignali, son aumônier, les détails nécessaires pour la chambre ardente dont il voulait qu'on environnât sa dépouille, *[biffé :* à St Hélène*]*, crut apercevoir sur le visage de son médecin Antomarchi un mouvement qui lui deplût : il s'en expliqua avec le docteur et lui dit : « Vous êtes au-dessus de ces faiblesses ; mais que voulez-vous, je ne suis ni philosophe, ni médecin ; je crois à Dieu, je suis de la religion de mon père : n'est pas athée qui veut... pouvez-vous ne pas croire à Dieu ? car enfin tout proclame son existence et les plus grands esprits l'ont cru... vous êtes médecin... ces gens-là ne brassent que de la matière : ils ne croiront jamais rien » *[*Mémoires du Docteur Antomarchi, ou les derniers moments de Napoléon *(tome II, p. 118). Même observation que dans la note du livre VI*[e]*, relative à Napoléon. Voy. cette note. (Note de Paris, 1832.) Cette note ne nous a pas été conservée.]*

Fortes têtes du jour, quittez votre admiration pour Napoléon ; vous n'avez rien à faire de ce pauvre homme. Ne croyait-il pas qu'une Comète était venue le chercher, comme jadis elle emporta César ? De plus il *croyait à Dieu*, il *était de la religion de son père* ; il n'était pas *philosophe* ; il n'était pas *athée* ; il n'avait pas comme vous livré de bataille à l'Éternel, bien qu'il eût vaincu bon nombre de Rois ; il trouvait que tout *proclamait l'existence* de l'Être suprême ; il déclarait que les plus grands esprits *avaient cru à cette existence* et il voulait croire comme ses pairs. Enfin, chose monstrueuse ! ce premier homme des temps modernes, cet homme de tous les siècles, était chrétien dans le XIXe siècle ! Nous avons vu au livre VIe de ces *Mémoires* qu'il avait demandé le saint Viatique, qu'il était mort un Crucifix sur la poitrine et que son testament, de même que celui de Louis XVI, commence par ces paroles : « Je meurs dans la religion apostolique et romaine dans le sein de laquelle je suis né. »

Je vous le disais donc : un homme supérieur qui croit à Dieu et à l'âme, s'il vieillit, a des chances de devenir chrétien. Le christianisme est la conséquence logique du déisme : Dieu et l'âme admis, l'obligation de les expliquer arrive ; il faut bien examiner et la nature humaine et ses relations avec la nature divine, sous peine de rentrer, par les difficultés morales, dans l'abîme du doute. C'est ce qu'un génie aussi sain, aussi ferme, aussi complet que celui de Bonaparte, aperçut aussitôt que la jeunesse, la politique, l'ambition, les passions diverses eurent cessé de l'aveugler et de troubler son regard d'Aigle.

Répliquera-t-on que le déisme n'amène pas rigoureusement le christianisme pour rendre raison du mal moral, ainsi qu'il plaît de le soutenir, */biffé :* Répliquera-t-on que la conséquence n'est pas rigoureuse*/* qu'on peut croire à Dieu, à l'existence de l'âme, au dogme des châtiments et des récompenses, sans être chrétien, et que par cette religion naturelle, le mal moral est parfaitement expliqué ?

Le mal moral sans être chrétien ? non. Les récompenses et les châtiments après la mort, ne résolvent pas le problème. Quelle nécessité y avait-il à Dieu de combler le crime de prospérités, d'accabler la vertu de misères, de faire triompher l'oppresseur, d'abandonner l'opprimé, afin de se donner la satisfaction de redresser tous ces torts dans l'autre monde ? le méchant ne serait-il pas autorisé à s'écrier du milieu des flammes */biffé :* éternelles*/* : « Vous m'avez encouragé dans mes iniquités en me surchargeant de vos bienfaits ; j'ai pu croire par vos faveurs mêmes à ma droiture, et vous me punissez ! » La religion naturelle ne rend donc pas compte du mal moral : cette religion laisse Dieu injuste ; or s'il est injuste, il n'existe plus. Vous voilà redevenu athée avec la volonté de ne l'être pas.

Quoi qu'il fasse, le déiste de bonne foi est forcé de croire à la désobéissance biblique, laquelle a introduit dans le monde intellectuel le mal moral, et dans le monde physique la dépravation matérielle; ces deux mondes s'étant altérés à la fois, et la matière même, telle que nous la voyons, devant peut-être son existence à la déviation spirituelle.

Cette opinion adoptée, peu m'importe le reste: vous appartenez à ce christianisme universel dont on trouve la tradition dans tous les cultes. La différence entre vous et moi est que vous n'allez pas jusqu'à la personne du Christ où vous arriverez un jour, si vous êtes conséquent. Le Christ est le révélateur de la vérité générale dont vous avez la réminiscence: en son sacrifice s'est trouvée l'explication du mal moral; il y a eu faute, déviation et il a fallu pour l'expier que le Juste portât la couronne d'épines.

Le Rédempteur, éclatant de toutes les lumières, de toutes les vertus, et de toutes les afflictions répandues sur la terre depuis la création, résume l'humanité entière, hors la corruption dont il était exempt par sa nativité virginale. Homme, s'il est un Dieu sympathique à ta nature, c'est le Christ en qui sont personnifiées et divinisées tes douleurs! Quoi! Le christianisme ne serait rien en principe, quand nous sommes les témoins de ses conséquences prodigieuses! Le changement de l'ancien monde, le renouvellement de la société ne commencent-ils pas à la plantation de la Croix?

«C'est trop rapetisser Dieu, disent d'autres argumentateurs, que de renfermer ses soins dans les bornes étroites de la terre; nos tribulations comme nos joies sont liées aux lois de l'univers. Parmi ces millions de globes roulant dans l'espace, un insecte de notre nature, occupe-t-il exclusivement le souverain des mondes? Sans doute nous tenons notre place dans la chaîne des créatures, comme le vermisseau que nous écrasons sous nos pas; sans doute la partie intellectuelle de notre être, aura sa route marquée à travers ces sables de soleils jusqu'au trône de Dieu: mais allons-nous évaluer à quelque chose notre vie d'une minute, notre misère d'une seconde, dans l'existence de l'Éternité et la profondeur de la Providence?»

Ces raisonnements pompeux viennent précisément de l'infirmité de notre raison: les songes les plus magnifiques sortent des cerveaux les plus malades. La plus grande justice ne se compose point de petites injustices: si Dieu était injuste envers un seul insecte; s'il ne pouvait établir l'harmonie des sphères qu'aux dépens de cet insecte, il serait inique et impuissant; il ne serait pas Dieu. On a dit que la petite morale tuait la grande *[biffé:* morale*]*; antithèse sophistique d'une mauvaise conscience, qui loin de trouver son application aux œuvres

divines, n'est pas même vraie dans les œuvres humaines. Non ; mon mal particulier n'est point nécessaire au maintien du bien général ; je ne puis trouver de cause légitime à mes accablements qu'en moi-même, par l'abus que j'ai fait de ma liberté, par l'obligation où je suis d'être éprouvé, afin de me revêtir de cette innocence originelle à laquelle était attaché mon bonheur. Tous les raisonnements ramènent ainsi au christianisme.
[biffé : « Enfin le monde dit-on ne peut-il marcher sans religion ? Qu'a-t-on besoin de prêtres, d'autels, de croyances ; ressorts usés d'une vieille machine hors de service, qui n'ont plus de place dans la nouvelle ? »*]* *[biffé :* On le peut ; mais*]* encore ne pourriez-vous *[un blanc]* ces délices orientales qu'en renonçant au christianisme, or, ne vous imaginez pas que vous conservez les notions supérieures de Justice, les idées vraies sur la nature humaine et les progrès de tous genres que le christianisme a fait faire à la société : son dogme est la garantie de sa morale ; cette morale sera bientôt étouffée par les passions non gouvernées du mors de la foi. On ne retrouve pas les hautes vertus chrétiennes, là où le christianisme a passé et s'est éteint.
Voulez-vous devenir Chinois ou redevenir Romain, radoter peuple vieillard en robe jaune, ou rétrograder vers la civilisation antique ? Dans ce dernier choix, se rétabliront nécessairement les deux bases de l'édifice païen, la servitude et la tyrannie, seulement elles changeront de forme *[un blanc]* viendront avec le temps les ornements obligés de cette société, la prostitution théâtrale, les gladiateurs, les cochers de cirque, le tout sous le bon plaisir des Prétoriens qui garderont avec l'artillerie le parcage de ces nouveaux esclaves qu'on nomme prolétaires et la maison dorée des Nérons constitutionnels.
Le christianisme est l'appréciation la plus philosophique et la plus rationnelle de Dieu et de l'homme, il renferme les trois grandes lois de l'Univers, la loi divine, le loi morale, la loi politique ; la loi divine, unité de Dieu en trois essences ; la loi morale, charité ; la loi politique, liberté. La chute de l'homme et le sacrifice du Christ, ne sont plus aujourd'hui des mystères ; la faute et l'expiation restent l'histoire la plus touchante et la plus profonde de l'humanité.

L. XI, CHAP. 6

*(a) p. 694. M. Levaillant (*Deux livres…*, p. 8) a cité un fragment de Ms 1848 qui portait à la suite de ce paragraphe la mention* « revu le 22 février 1845 », *suivi de la signature de Chateaubriand.*

L. XII, CHAP. 3

*(a) p. 710. M.-J. Durry a publié (*En Marge…, *pp. 151-159) un manuscrit retrouvé à Combourg, initialement destiné à la fin du l. XIII, puis à la Conclusion des* Mémoires, *puis abandonné, et dont on retrouve, tout comme dans l'*Essai sur la littérature anglaise, *des extraits dans ce chapitre.*

ANNÉES DE MA VIE 1802 ET 1803.
QUESTION RELATIVE AU PROGRÈS FUTUR DES LETTRES

Au-delà du mouvement imprimé aux lettres à la naissance de ce siècle, en commencera-t-il un autre? La nature humaine est-elle au bout de toute progression possible en littérature? Pourra-t-on partir de notre temps pour avancer comme nous sommes partis du temps écoulé *[ajouté:* avant nous*]* pour faire un pas? *[biffé:* On pourrait avoir des doutes en voyant où nous sommes arrivés pour avoir voulu nous porter au-delà des besoins de la raison et de l'esprit du siècle.*]*

Il y a des bornes qu'on ne peut franchir parce qu'on est arrêté par la nature même des choses: ces bornes se trouvent principalement dans la division et la caducité des langues et dans les vanités humaines telles que la société nouvelle les a faites. Les langues ne suivent le mouvement de la civilisation qu'avant l'époque où leur perfectionnement s'achève: une fois arrivées là, elles s'arrêtent quelque temps, puis elles descendent et se détériorent.

Sans doute il y aura d'autres manières de voir les objets, d'autres combinaisons d'idées produites par des changements sociaux qu'il nous est impossible de deviner et dont nous ne pouvons calculer les résultats. Mais n'est-il pas à craindre que les talents n'aient à l'avenir pour faire entendre leurs harmonies qu'un instrument discord ou fêlé.

Une langue peut, il est vrai, acquérir des expressions nouvelles à mesure que les lumières s'accroissent; mais elle ne saurait changer sa syntaxe qu'en changeant son génie. Un barbarisme heureux reste dans une langue sans la défigurer; des solécismes ne s'y établissent jamais sans la détruire. Nous aurons des Tertullien, des Stace, des Silius Italicus, des Claudien: aurons-nous désormais des Bossuet, des Corneille, des Racine, des Voltaire. *[biffé:* Dans une langue jeune, les auteurs ont des expressions et des images qui viennent comme le premier rayon du matin; dans une langue formée ils brillent par des beautés de toutes les sortes, dans une langue vieillie des naïvetés de style ne*]*

[biffé: Dans l'ancien monde civilisé deux langues dominaient, deux peuples*] [ajouté:* Deux langues dominaient dans l'ancien monde civi-

lisé, deux peuples*]* jugeaient seuls et en dernier ressort les monuments de leur génie. Victorieuse des Grecs, Rome eut pour les travaux de l'intelligence des vaincus, le même respect qu'avaient Alexandrie et Athènes. La gloire d'Homère et de Virgile nous fut religieusement transmise par les moines, les prêtres et les clercs, instituteurs des Barbares dans les écoles ecclésiastiques, les monastères, les séminaires et les universités. Une admiration héréditaire descendit de race en race jusqu'à nous, en vertu des leçons d'un professorat dont la chaire, ouverte depuis quatorze siècles, confirmait sans cesse le même arrêt.

Il n'en est plus ainsi dans le monde moderne *[biffé:* civilisé*]*: cinq langues y fleurissent; chacune de ces cinq langues a des chefs-d'œuvre qui ne sont pas *[biffé:* reconnus*] [ajouté:* regardés comme*]* tels dans les pays où se parlent les quatre autres *[biffé:* Langues : il ne s'en faut pas étonner.

Nul, dans une littérature vivante, n'est juge compétent que des ouvrages écrits dans sa propre langue. En vain vous croyez posséder à fond un idiome étranger, le lait de la nourrice vous manque, ainsi que les premières paroles qu'elles vous apprit à son sein et dans vos langes : certains accents ne sont que de la patrie. On soutient que les beautés réelles sont de tous les temps, de tous les pays, oui, les beautés de sentiment et de pensées, non les beautés de style. Le style n'est pas, comme la pensée, cosmopolite, il a une terre natale, un ciel, un soleil à lui.*]*

Faute de cette unité de langues européennes que possédèrent d'abord les Grecs et ensuite les Romains, on ne verra plus s'élever de ces colosses de gloire dont les nations et les siècles reconnaissent également la grandeur. C'est un empêchement considérable à nos progrès futurs, car on ne cherche point à obtenir ce que l'on ne peut pas atteindre. Ôtez le sentiment de l'infini à l'homme, il ne s'élèvera jamais à la hauteur où son génie l'aurait pu porter. Le temps des dominations suprêmes ne serait-il point passé ? Les aristocraties ne seraient-elles pas finies ? À l'époque où nous vivons, chaque lustre vaut un siècle; la société meurt et se renouvelle tous les dix ans. Bonaparte sera la dernière existence isolée de ce monde ancien qui s'évanouit; rien ne s'élèvera plus dans les sociétés nivelées, et la grandeur de l'Individu sera désormais remplacée par la grandeur de l'Espèce.

Enfin outre la décrépitude du français et la division des langues qui s'opposent chez les modernes *[ajouté:* à des progrès ultérieurs et*]* aux renommées universelles, une autre cause travaille à *[biffé:* détruire les réputations*] [ajouté:* nous empêcher d'avancer*]*: la liberté, l'esprit de nivellement et d'incrédulité, la haine des supériorités, l'anarchie des idées, la démocratie enfin est entrée dans la littérature ainsi que dans le reste de la société, *[une phrase barrée illisible]*.

La littérature moderne, si toutefois cela peut s'appeler littérature, consiste à prendre une idée que l'on croit profonde et que l'on donne pour un type général de la société. L'un suppose un homme *[biffé:* qu'*] [ajouté:* dont*]* une défiance perpétuelle corrompt à chaque moment le jugement et le bonheur, l'autre réduit toute la société à la sensualité et croit qu'au-delà de la matière tout est rêverie creuse; l'autre divisant le cerveau fait de la tête humaine, au moyen de certaines petites bosses divers centres de fatalités. On appelle tout cela les peintures intimes et une supériorité de génie que le progrès de la pensée et de la civilisation a fait découvrir. On ne s'aperçoit que toutes ces petites recherches sont des systèmes plus ou moins faux qui ne peignent point la nature dans sa généralité et dans son ensemble ne dureront qu'un moment et auront le sort de ce que les peintres appellent des pochades, de petites fantaisies, de ces caricatures plus ou moins spirituelles que l'on passe rapidement en revue en s'amusant à parcourir un portefeuille ou un album. Les œuvres qui vivent et qui restent sont ces grandes compositions qui sont entendues partout où l'art n'est que le peintre de la nature et qui a fixé les traits de son modèle sur la toile par le miracle de ses études et de son travail. Le style qui est entendu partout et qui est le langage commun de tous les siècles et de tous les hommes reste; les affectations de certaines pensées, le jargon d'un temps et d'une époque, les prétentions à l'originalité ne décèlent que la misère d'un temps épuisé et qui croit faire du nouveau en rajeunissant une locution ou un vieux mot ensevelis dans quelque dictionnaire archéologique. Il est dur sans doute de venir après les grands siècles et de se sentir emprisonné dans les limites que les grands écrivains ont posées; mais enfin il n'y a pas moyen de les franchir, mais si l'auteur ne sait pas être original dans une langue fixée, si son génie ne sait pas trouver des tours nouveaux et des expressions qui le font reconnaître dans la région du bon sens et des idées qui appartiennent à la communauté des hommes, qu'il ne s'en prenne qu'à lui-même et qu'il ne se croie pas supérieur aux génies qui l'ont précédé parce qu'il ne les comprend pas et qu'il pense dans sa candeur que l'esprit humain est plus avancé.

La corruption, les mauvaises mœurs, les élégances de roué sont naturelles et ne s'apprennent pas. Si les jeunes gens aujourd'hui savaient comment ils sont gauches, ignorants, et de mauvais goût en affectant l'élégance et la légèreté des mœurs du temps de Louis XV, ils se donneraient garde de tant chevaucher au bois de Boulogne et de tant aller au foyer de l'opéra. Tout au plus propres aux romans de Pigault Lebrun les liaisons dangereuses sont au-dessus de notre aristocratie bourgeoise. Nous avons été trop mal élevés et notre dépravation n'a pas poussé sur un fond habituel de bonne compagnie (;) à chaque mouvement et à chaque

parole, malgré tous nos efforts, nous trahissons notre mauvaise éducation. J'aime mieux cette cantinière qui causait l'autre jour au Champ de Mars auprès de moi : – Mon vieux canard est mort vendredi. – Ah ! bah ! a répondu son amie, il est vrai qu'il toussait beaucoup et imitait la toux du vieux canard en contrefaisant la grosse voix de l'invalide décédé.
Les crimes aujourd'hui ont un caractère particulier ; ils ne sont plus crimes naturels, mais crimes de roman ; ce sont des drames nés des feuilletons. L'auteur avant de les exécuter les compose, les combine dans sa tête et puis il les joue : il est à la fois l'auteur et l'acteur de sa pièce. On reconnaît ces crimes de mauvais aloi à *[biffé :* leur*]* la fausseté du langage et à la manière dont l'accusé se pose : lettres, actions, dialogue des acteurs tout est calculé pour le plus grand effet dramatique : public, juges, avocats tout est pris à ces scènes romantiques ; on s'enthousiasme pour l'empoisonneuse qui s'évanouit à propos ou qui vêtue de deuil jette un regard passionné et attendri sur l'audience. Le faux a beau percer de toute part, on n'y croit pas, on ne veut pas y croire. Lacenaire fait des vers, Peytel écrit dans un journal ; on veut avoir des autographes de ces pervers ; on va jusqu'à leur faire des déclarations d'amour. Le mal n'est réellement pas dans le crime de ces personnages, il est dans le goût et la corruption de ceux qui les écoutent.

L. XII, CHAP. IV

(a) p. 720.
... comme un sourire pervers du MAL *(Ms 1847).*

(b) p. 720.
... Les femmes et les jeunes gens prenant au sérieux de magnifiques paroles se sont monté la tête. Les jeunes femmes se sentaient prêtes à se laisser séduire par ce *monstre*... Il n'avait peut-être pas trouvé une femme assez belle pour rassasier ce cœur, assez profond pour l'entendre. *[*Il*]* regardait la vie comme une affreuse ironie du néant, se vengeant sur la société en l'absence de Dieu, se faisant démon pour damner. Un être immoral soulageant sa plaie en blessant tout ce qui approchait de lui, faisant souffrir et usant de la séduction comme d'une volupté... *(Ge, d'après J.-C. Berchet,* Mémoires d'outre-tombe, *t. I, p. 631).*

(c) p. 722.
... Hélas ! je l'ai précédé dans la vie, il m'a précédé dans la tombe. Il a été rappelé avant son tour... C'est Byron qui aurait dû vivre ; jeune encore il

promettait à l'avenir de nombreux ouvrages dont il ne m'a pas laissé le secret; le monde me pouvait perdre sans s'apercevoir de ma disparition et sans me regretter. *(Ge, d'après J.-C. Berchet,* Mémoires d'outre-tombe, *t. I, p. 631).*

L. XII, chap. 5

(a) p. 726.
... houzzas *(Ms 1847).*

L. XII, chap. 6

(a) p. 741.
... ce douzième livre *(Ms 1847).*

L. XIII, chap. 1

*(a) p. 745. L'adverbe a disparu d'un fragment de Ms 1848 étudié par M. Levaillant (*Deux livres..., *t. I, p. 8).*

L. XIII, chap. 3

(a) p. 753.
... au Moyen Âge *(Ms 1847).*

L. XIII, chap. 4

(a) p. 759.
... je m'enfonçai *(Ms 1847).*

(b) p. 760.
... aux ris *(Ms 1847).*

L. XIII, chap. 7

(a) p. 775.

... Nous retrouverons madame Récamier à la date de ces *Mémoires* où elle m'a permis de parler d'elle et de me délasser de mon histoire *(SG).*

(b) p. 778.
... Eh bien, Joubert, s'écria Fontanes, que dites-vous de cette métamorphose de la nue? comme ces Grecs représentaient l'âme! *(Ms 1847).*

L. XIII, CHAP. 8

(a) p. 786.
... et son caractère profond *(Ms 1847).*

L. XIII, CHAP. 9

(a) p. 789. L'Essai *donnait:*
... Au reste, la vérité du théâtre et l'exactitude du costume sont beaucoup moins nécessaires à l'art qu'on ne le suppose. Le génie de Racine n'emprunte rien de la coupe de l'habit; dans les chefs-d'œuvre de Raphaël, les fonds sont négligés et les costumes inexacts *(p. 585).*

(b) p. 789. L'Essai *donnait:*
... Cette exactitude dans la représentation de l'objet inanimé est l'esprit de la littérature et des arts de notre temps *[...] (p. 585).*

L. XIII, CHAP. 10

*(a) p. 793. Publiées par A. Feugère (*RHLF, *juillet-septembre 1909), puis par V. Giraud (*Nouvelles études..., *pp. 136-146), et enfin par J.-C. Berchet (*in Mémoires d'outre-tombe, *t. II, pp. 852-854) qui en a rétabli l'ordre, cinq pages manuscrites conservées à la BNF donnent une première version de ces lignes:*

[*GÉNIE DU CHRISTIANISME* : SUITE] - *RENÉ*

Un épisode du *Génie du Christianisme* qui fit moins de bruit alors qu'*Atala*, a déterminé un des caractères de la littérature nouvelle.
Ce qu'un critique impartial, voulant entrer dans l'esprit de mon travail, était en droit d'exiger de moi, c'est que les épisodes de l'ouvrage eussent une tendance visible à faire aimer la Religion et en démontrassent l'utilité: or, la

nécessité des cloîtres pour certains malheurs, et *[pour]* ceux-là mêmes qui sont les plus grands, la puissance d'une religion qui peut seule fermer des plaies que tous les baumes de la terre ne sauraient guérir, ne sont-elles pas invinciblement prouvées dans l'histoire de *René*? J.-J. Rousseau introduisit le premier parmi nous des rêveries désastreuses; le roman de *Werther* développa depuis ce genre de poison. Les couvents offraient autrefois des retraites à ces âmes contemplatives que la nature appelle impérieusement aux méditations. Elles y trouvaient auprès de Dieu de quoi remplir le vide qu'elles sentent en elles-mêmes, et souvent l'occasion d'exercer de rares et sublimes vertus. Mais depuis la destruction des monastères et les progrès de l'incrédulité, on doit s'attendre à voir se multiplier au milieu de la société des espèces de solitaires tout à la fois passionnés et philosophes qui, ne pouvant renoncer aux vices du siècle, ni aimer ce siècle, renonceront à tout devoir divin et humain, se nourriront à l'écart des plus vaines chimères, et se plongeront dans une misanthropie orgueilleuse qui les conduira à la folie ou à la mort. Afin d'inspirer plus d'éloignement pour ces rêveries criminelles, je pris la punition de René dans le cercle de ces malheurs qui appartiennent moins à l'individu qu'à la famille de l'homme, et que les anciens attribuaient à la Fatalité. J'aurais choisi le sujet de Phèdre s'il n'eût été traité par Racine : il ne restait que celui d'Erope et de Thyeste chez les Grecs, ou d'Ammon et de Thamar chez les Hébreux; et, bien qu'il ait été aussi transporté sur notre scène, il est toutefois moins connu que l'autre.

Au surplus, si *René* n'existait pas, je ne l'écrirais plus; s'il m'était possible de le détruire, je le détruirais : il a infesté l'esprit d'une partie de la jeunesse, effet que je n'avais pu prévoir, car j'avais au contraire voulu la corriger. Une famille de Renés poètes et de Renés prosateurs a pullulé; on n'a plus entendu bourdonner que des phrases lamentables et décousues; il n'a plus été question que de vents, d'orages, de maux inconnus livrés aux nuages et à la nuit; il n'y a pas de grimaud sortant du collège, qui n'ait rêvé être le plus malheureux des hommes, qui à seize ans n'ait épuisé la vie, qui ne se soit cru tourmenté par son génie, qui dans l'abîme de ses pensées ne se soit livré au vague de ses passions, qui n'ait frappé son front pâle et échevelé, qui n'ait étonné les hommes stupéfaits d'un malheur dont il ne savait pas le nom, ni eux non plus.

Dans *René*, j'avais exposé une infirmité de mon siècle; mais c'est une folie aux autres romanciers d'avoir voulu rendre universelles les afflictions en dehors de tout, exprimées dans *René* et depuis dans *Childe-Harold*. Les sentiments généraux qui composent le fond de l'humanité, la tendresse paternelle et maternelle, la piété filiale, l'amitié, l'amour sont inépuisables, ils fourniront toujours des inspirations nouvelles au talent capable de les développer; mais dans les manières particulières de sentir, les individualités d'esprit et de caractère ne peuvent s'étendre et se multiplier dans de grands et nombreux tableaux. Les petits coins non découverts du cœur de l'homme sont un champ étroit; il ne reste rien à recueillir dans ce champ, après la main qui l'a moissonné la première; une maladie de l'âme n'est pas un état permanent et naturel; on ne peut la reproduire, en faire une littérature, en tirer parti comme d'une passion générale incessamment modifiée au gré des artistes qui la manient et en changent la forme.

GÉNIE DU CHRISTIANISME : SUITE
INFLUENCE DE L'OUVRAGE. CE QU'IL A RECTIFIÉ DANS LES JUGEMENTS ET LES ÉTUDES DIVERSES

Si les journaux du temps n'attestaient la révolution opérée par le *Génie du Christianisme*, il serait décent de me taire; mais ne me considérant que dans mes relations avec les destinées de l'humanité, je suis obligé d'admettre des faits accomplis; s'ils peuvent être différemment jugés, leur existence n'en est pas moins avérée.
La littérature se teignit des couleurs de mes tableaux religieux comme les affaires ont gardé la phraséologie de mes écrits sur la cité: *la Monarchie selon la Charte*, par exemple, a été le rudiment de notre gouvernement représentatif et mon article du *Conservateur* sur les intérêts moraux et les intérêts matériels a laissé ces deux désignations à la politique.

L. XIV, CHAP. 4

(a) p. 836. Deux versions de cette rencontre ont été conservées dans Ge. Pour la première, voir le BSC, *1986, p. 94. Voici la transcription de la seconde, telle que l'a établie P. Clarac (*À la recherche..., *pp. 306-308).*
Bonaparte et moi, nous sommes demeurés en face l'un de l'autre, également désarmés par le temps et le malheur. Cette phrase présomptueuse m'a échappé; qu'on me pardonne l'égalité profane avec laquelle je me suis associé à un être sans égal. Cette vanité passagère vient de la persuasion où je suis, en ce moment, d'avoir pénétré plus avant dans la nature de Napoléon que ceux qui l'ont approché. Trop vulgaires ou trop vils, ils n'ont pu mesurer sa stature, puisqu'ils rampaient au bas de son génie ou à ses pieds. S'il n'eût pas tué le duc d'Enghien, s'il m'eût de plus en plus attaché à sa personne, ainsi que son penchant l'y portait, que fût-il résulté de cette union? La France y aurait gagné, j'y aurais perdu.
Le *Génie du Christianisme* eut une influence incontestable sur les résolutions de Bonaparte relatives au rétablissement du culte. Ce politique si

froid avait une imagination prodigieuse. Au moment de la publication du Concordat, il vint passer une soirée chez son frère Lucien, alors ministre de l'Intérieur. Je m'y trouvais : il m'aperçut, et aussitôt vint à moi. On fit cercle autour de nous. Il me parla de l'Égypte et des Arabes. « J'étais toujours frappé, me dit-il, quand je voyais les cheiks tomber à genoux au milieu du désert, se tourner vers l'Orient et toucher le sable de leur front. Qu'est-ce que c'était que cette chose inconnue qu'ils adoraient vers l'Orient ? » *[Singulière question, si l'on songe que Bonaparte, revenu d'Égypte, ne devait ignorer le Coran, ni le fait que c'est vers La Mecque, et non point vers l'Orient, que se tournent les fidèles].*

Bonaparte s'interrompit ; et passant sans transition à une autre idée : « Le Christianisme ? Les philosophes n'ont-ils pas voulu en faire un système d'astronomie ? Quand cela serait, croient-ils me persuader par là que le christianisme est petit ? Si le christianisme est l'allégorie du mouvement des sphères, la géométrie des astres, ils ont beau faire, malgré eux ils lui ont encore laissé assez de grandeur. »

Je ne crois pas que Napoléon ait jamais dit à personne rien de plus élevé ; et ce n'est pas de ce ton qu'il causait avec son troupeau de médiocrités et d'esclaves. Si donc, admis dans son intimité, il eût trouvé en moi un esprit plus en rapport avec son intelligence, peut-être serais-je parvenu à maintenir cette idée de liberté et de modération dans la tête du grand homme. Mais la France, comme je l'ai écrit plus haut, y aurait gagné et j'y aurais perdu : ma vie, rangée parmi celles qu'on appelle heureuses, eût été privée de ce qui en fait le caractère et l'honneur : le combat, l'isolement et l'indépendance.

L. XV, chap. 2

(a) p. 865. Ms 1847 ajoute :

… échappée seule de sa famille.

(b) p. 868. Ms 1847 comporte un membre de phrase supprimé ici.

… mon défenseur et mon ami ; tu n'as toute ta vie cherché qu'à répandre du charme sur la mienne ; jamais.

L. XV, chap. 7

(a) p. 886.

… d'infâmes *(Ms 1847).*

(b) p. 887.
... des arcades des acqueducs *(Ms 1847).*

(c) p. 889. L'édition annotée de SG ajoute:
... Ce poste, tout distingué qu'il était, ne convenait pas à l'indépendance de mon caractère.

*(d) p. 895. M.-J. Durry (*En marge...*, pp. 99-100), a publié un fragment, d'une écriture inconnue, qui constitue un état antérieur de la fin de ce livre.*
En regardant par ma fenêtre à Naples, j'aperçus dans une maison en face de moi, de l'autre côté de la rue, deux mains qui se serraient.
Trente ans après je revis dans une rue de Versailles deux mains qui se donnaient les mêmes signes d'amour ou d'amitié. À qui appartenaient-elles ces mains? *[biffé:* Je l'ignore*].* J'allai me promener du côté de la pièce du dragon; un homme s'avançait le long des fenêtres du château, il avait l'air d'écouter quelque chose, il me heurta *[biffé:* presque*]* en passant; il me fit *[biffé:* mille*] [ajouté:* des*]* excuses; *[biffé:* et*]* le soir même il vint *[ajouté:* les*]* répéter *[biffé:* chez moi ses excuses*] [ajouté:* chez moi*].* Il m'apprit qu'il descendait des comtes de Gisors. Les Fouquet avaient laissé une branche naturelle à Naples, comme Duguesclin en avait laissé une en Espagne. Je revis plusieurs fois cet étranger. Voici ce qu'il me conta un soir à l'aspect du soleil couchant qui s'abaissant à l'extrémité du grand Canal, allait disparaître sur les rivages de ma pauvre patrie:
« N'est-il pas dur, me dit-il, d'être étranger ici, où je ne devrais pas l'être; puisque vous avez vu Naples, vous avez vu cette mer au bord de laquelle le Vésuve élève son Phare, tandis que les Napolitains se promènent le long des flots. Je me rappelle qu'une jeune fille accompagnée d'une jeune homme s'abandonnait un jour aux vagues qui la berçaient *[biffé:* de rêveries et d'amour*].*
« Si tu m'aimes, lui disait-elle, je serai toujours heureuse; si tu ne m'aimes plus je mourrai: en disant cette *[biffé:* dernière*]* parole, sa vie lui manqua: le jeune homme avait cessé de l'aimer: On l'enterra *[biffé:* cette jeune fille*]* non loin du tombeau de Virgile. Les flots venaient du large. »
Dans une des belles nuits de l'été, on n'aperçoit que la mer et les contours du Vésuve. On prétend *[biffé:* que dans le murmure des vagues*]* l'on distingue encore aujourd'hui les accents d'une jeune fille, elle était allée à Dieu en laissant sur la plage sa tristesse, les parfums et l'enchantement de la nuit. *[biffé:* Mais*]* quelle était cette jeune fille? Je l'ignore. Je pourrai l'inventer en supposant *[biffé:* des prodiges de grâces et*]* les charmes d'une enfant de seize années qui passe au milieu des fleurs.
Et vous pourtant qui n'avez pas retenu le nom de cette Éphèbe, vous

vous souvenez de celui d'une foule d'hommes qui ont troublé le monde. Il ne restera rien de vous, ou plutôt il ne restera après vous que le chant d'un oiseau que vous n'aurez pas entendu, le murmure d'une brise inconnue qui passe. *[biffé:* non*]* rien de l'homme ne reste, célèbre ou inconnu, c'est *[biffé:* la*]* même chose. La célébrité seulement fera une petite tache dans sa vie.

L. XVI, CHAP. 1

(a) p. 906.
... M. de Fontanes, qui agit ensuite avec une amitié intrépide, devint presque fou *(Ms 1847).*

L. XVI, CHAP. 2

*(a) p. 913. M.-J. Durry a étudié et publié (*En marge..., *pp. 102-117) un développement que Chateaubriand retrancha des* Mémoires*:*

SUR UNE PIÈCE RETROUVÉE

Vous avez lu cette phrase dans la brochure du général Hullin: «Nous ignorons si celui qui a si cruellement précipité cette exécution funeste, avait des ordres: s'il n'en avait point, lui seul est responsable; s'il en avait, la Commission dont le dernier vœu était pour le salut du Prince, n'a pu ni en prévenir, ni en empêcher l'effet.»
Cet ordre a-t-il été découvert comme on l'assure? le produira-t-on... *[biffé:* L'ordre, affirme-t-on*]*, *[biffé:* est*] [ajouté:* serait*]* écrit de la main de Bonaparte ou du moins signé de lui. Le document *[biffé:* suppose*] [ajouté:* supposerait*]* que le duc d'Enghien a été déclaré coupable par la Commission de Vincennes, en conséquence de cette déclaration supposée et prévue, le Premier Consul prescrit la fusillade du condamné après le prononcé de l'arrêt; il commande que cet arrêt soit exécuté de suite dans le fossé de Vincennes et que la tombe soit creusée dans le même fossé: tout *[biffé:* est*] [ajouté:* était*]* minutieusement réglé par le général comme pour les éventualités d'une grande bataille.
Certes si j'étais un de ces amis de Napoléon qui l'acceptent tel qu'ils le font et coûte que coûte, possesseur d'une pareille pièce, je l'aurais immédiatement jetée au feu; *[biffé:* Jusqu'à ce que je l'ai vue, je douterai de son existence*]*, car elle infirme ce qu'a pu dire Napoléon dans tout ce qui le regarde de près.

Ceux qui publieraient cette pièce auraient-ils donc oublié les volumes écrits à Sainte-Hélène, les relations, les mémoires sans nombre, les apologies, les excuses imaginées d'après les dires, les insinuations, les aveux et les désaveux du grand homme ? Que d'impostures entassées sur des impostures pour cacher la vérité, pour échapper à la douleur de cette tunique qui se collait à la chair d'Hercule !
Ainsi disparaîtraient tous les incidents de Vincennes, les dépositions des témoins, la mission de Réal, etc., etc. ; ainsi il ne faudrait plus penser aux conjectures expiatoires de cet excellent M. de Las Cases. Était-il assez trompé par Napoléon qui lui paraissait si sincère, quand il lui expliquait les causes de la catastrophe ! Napoléon accumulait tant de motifs, tant de prétextes, tant d'excuses, en laissant planer des soupçons sur des têtes autres que la sienne, alors qu'il avait donné lui-même l'ordre du meurtre.
La pièce étant publiée détruirait les raisonnements, d'ailleurs fort justes, que je fais, relatifs à la mort du dernier des Condés : il n'y aurait qu'un seul coupable, les autres resteraient de simples *[biffé :* manouvriers, des*]* soldats à qui toute réflexion est interdite et qui sont forcés à l'obéissance passive ; les juges ne seraient plus que les greffiers d'une sentence à eux dictée, les bourreaux des machines à frapper, les fossoyeurs des ouvriers diligents.
Cet ordre expliquerait encore la clause du testament dans laquelle Bonaparte se loue de son action ; il prenait de loin ses précautions pour ne pas paraître en contradiction avec un témoignage qu'il croyait détruit, mais qui en fin de compte pouvait ne pas l'être. Ce qu'il y a de plus extraordinaire c'est l'existence même de cette authentique : telles choses peuvent être confiées verbalement à un homme ; mais on ne les écrit jamais. Du reste l'authentique, si véritablement elle existe (doute que je me plais à répéter), n'apprendrait rien de nouveau, ce ne serait qu'une redondance de fait, qu'une superfétation, curieuse puisque après tout le meurtre est avoué par Napoléon ; seulement elle démontrerait aux aveugles ce qu'il faut penser des assertions impériales *[des corrections ont substitué le conditionnel à l'indicatif dans cette phrase]* ; les hommes d'État qui font consister le mérite dans la duplicité, sauront à quel degré on descend en poussant jusqu'au bout le mensonge.
Il semblerait que les témoins auriculaires de la lecture du Testament de Sainte-Hélène, n'auraient point entendu la déclaration au sujet de la catastrophe de Vincennes. J'ai une copie exacte de ce Testament, comme tous les Ministres de mon époque : écrite d'une manière égale d'un bout à l'autre, on ne peut remarquer dans cette copie ces variétés d'encre et d'écriture qui existent dans le texte déposé aux Archives de Londres. Dans ce texte l'aveu du meurtre de la victime est intercalé et d'un carac-

tère plus fin que le reste de la pièce : Napoléon n'a pas eu le front d'insulter les vivants qui l'écoutaient, il s'est contenté de manquer à la postérité : elle lui répliquera ; mais il ne sera pas là pour l'entendre.
J'ignore ce que diront les adulateurs *[biffé :* à la publication du document Thiers*]* ; toutefois il est possible de le deviner : ils se jetteront sur les dangers que courait Bonaparte. « On l'avait mis, s'écrieront-il, dans le cas de la défense personnelle : la mort du duc d'Enghien n'était qu'une représaille derrière laquelle Napoléon a été forcé de ce réfugier : Georges et ses amis n'étaient-ils pas arrivés afin de tuer le Premier Consul ? Pichegru et Moreau excités par Holyrood n'étaient ils pas entrés dans des conjurations ? Ce n'est donc pas Bonaparte qui a attaqué les Bourbons ; il n'a fait que les repousser. Si un innocent a péri pour des coupables, c'est un accident malheureux, mais cet accident est plusieurs fois arrivé et cela n'a pas empêché le monde de marcher. »
Je n'opposerai pas la morale de nos anciens Princes à ces prétextes de servilité : on ne croit pas à la morale, et c'est parce qu'on n'y croit pas qu'on se vante d'être les hommes supérieurs du fait *[M.-J. Durry indique que Chateaubriand a souligné ces trois derniers mots].* Je ne dirai point que des propositions d'assassinat contre Napoléon furent développées à Londres devant les Bourbons, qu'ils les rejetèrent, notamment la famille des Condés : on en peut voir le récit dans mon histoire de la mort du duc de Berry. Vous venez de lire dans l'interrogatoire du duc d'Enghien cette phrase que le soldat prononça avec indignation. « Je n'ai point eu de communication avec Pichegru ; je sais qu'il a désiré me voir ; je me loue de ne l'avoir point connu d'après les vils moyens dont on dit qu'il a voulu se servir, s'ils sont vrais. » Cette déclaration magnanime sortait de la bouche du duc d'Enghien au moment où, sans le savoir, il était *[biffé :* condamné*]* *[ajouté :* sentencié*]* d'avance. Cromwell se croyant en péril s'y prit d'une autre façon que Bonaparte : son ambassadeur à La Haye déclara que si Charles II voulait jouer aux poignards, Cromwell acceptait la partie, et que si l'on pouvait payer un bras pour frapper le Protecteur, le Protecteur en avait mille pour frapper le Prétendant : cette déclaration mit fin à tout.
Il y en a qui ricanant à la vertu, admirent la précision avec laquelle le guet-apens de Vincennes fut réglé et exécuté : mon admiration remonte plus haut, elle va jusqu'au génie de Bonaparte ; je croirais l'insulter en m'extasiant sur l'adresse du fourbe ou du meurtrier. Je répondrai comme Voltaire à la naïveté de certains sentiments : « Pouah ! » On pourrait admettre que le meurtre du duc de Guise à Blois, fut conduit avec entente, en raison de la puissance du prince et de la faiblesse du Roi : mais que déjà dominateur de l'Europe, on aille saisir chez un petit Élec-

teur un pauvre jeune homme oublié, sans défenseur, sans appui, le dernier de sa race n'ayant ni prétention, ni droit au trône, ce n'est pas de l'habileté: chacun peut trouver le mot. Annibal redemandé à Prussias, dit: «Délivrons les Romains de la terreur que leur inspire un vieillard dont ils n'osent même pas attendre la mort.»
Plus ingénieux que les fanatiques de Napoléon, je leur fournirai, au sujet du duc d'Enghien, des probabilités auxquelles ils n'ont peut-être pas pensé.
Qui put aveugler Bonaparte sur sa faute? des illusions; il faut convenir qu'elles étaient grandes. Il n'eut pas plutôt tué le duc d'Enghien que *[biffé:* tous*]* les journaux de la France se remplirent d'actions de grâces. Le nom de la victime à peine prononcé une ou deux fois sans commentaires, est absorbé dans des concerts d'admiration. Des hommes d'un grand nom ou d'un haut rang scientifique, ne craignirent pas de louer le dépêchement du Prince, Fourcroy à la clôture de la session du Corps législatif, parlait des «membres de cette famille dénaturée qui auraient voulu noyer la France dans son sang pour pouvoir régner sur elle; mais, s'ils osaient souiller de leur présence notre sol, la volonté du peuple français est qu'ils y trouvent la mort!» L'archevêque de Cambrai, M. de Rohan, s'écriait de sa verve domestique: «Un chien enragé entre dans mon parc et je le tue». Le Prince Primat s'exprimait avec le même dévouement. *[biffé:* De toutes les Cours de l'Europe arrivaient des dépêches congratulatoires.*]* Napoléon ne dut-il pas être persuadé de son innocence, quand le chef même de l'Église, le vénérable Pie VII, le marqua de l'Onction royale? Mais par un prodigieux dessein de la Providence, ce fut l'ingrat Couronné qu'elle chargea de punir le Prêtre surpris: Napoléon dépouilla de ses États, et retint prisonnier le Pontife qui avait osé lui mettre à la main le sceptre de saint Louis, sur le corps palpitant du duc d'Enghien.
Enfin Napoléon peut avoir cru que sa conduite n'était pas si étrange, puisqu'*[biffé:* il pouvait la justifier*]* *[ajouté:* elle lui semblait justifiée*]* par une multitude d'exemples: le comte d'Anjou devenu Roi de Naples, argumentant de sa souveraineté émanée du Saint-Siège et de la raison d'État, fit trancher la tête à Conradin, héritier légitime de la Maison de Souabe dont lui, comte d'Anjou, usurpait la Couronne. L'histoire, surtout l'histoire de France et d'Angleterre (témoins Essex, Biron, Strafford, Montmorency, Charles Ier, Louis XVI) est remplie de ces exécutions iniques ou équitables, légales ou illégales, traitées d'assassinats ou de punitions méritées, selon les diverses opinions. La Terreur même s'est autorisée des lois; ses partisans soutiennent encore qu'elle a disposé compétemment de plusieurs milliers de vies, y compris celle de mon frère et la mienne, si j'avais été arrêté, puisque lui et moi nous avions

porté les armes contre le gouvernement français d'alors. Alexandre ne tua-t-il pas Clitus ? ne fit-il pas mettre à mort Philotas et Parmenon ? Qui grattera le tableau de la bataille d'Arbelles, pour trouver sur la toile et sous la couleur, la cage de fer de Callisthènes ?

S'il était jamais possible de capituler au sujet de l'équité ; si l'on pouvait étouffer son indignation, se séparer de ses entrailles, s'associer à la froideur des jugements prononcés hors de la présence des faits et dans l'éloignement des années, on pourrait dire qu'à la distance où nous somme placés, la mort du duc d'Enghien semble avoir changé de nature ; elle ne paraît plus qu'un de ces crimes de siècle, qu'un de ces forfaits qui dans les transformations sociales, tiennent plus aux choses qu'aux hommes, qu'un de ces tragiques épisodes du combat sans quartier que se livrent le passé et l'avenir. Dans les balancements et le contrepoids de la société générale, les abominations de la Convention étaient chargées de combattre les horreurs de la Saint-Barthélemy, la renommée d'Austerlitz d'immoler celle de Rocroi : il n'y avait que Bonaparte capable et digne de tuer la race des Condés. Mais il porta toute sa vie le poids de cette fatalité. La preuve qu'il abhorrait son action, attachée comme un boulet au pied de sa fortune, c'est qu'il en parlait [*ajouté :* et la vantait] sans cesse. Jusque dans son testament, dicté loin des passions politiques et lorsqu'il allait mourir, son orgueil gémissant s'applaudissait du meurtre qu'il se reprochait. Il voulait rendre les générations futures perplexes dans leur jugement, par l'outrecuidance d'une déclaration effroyable ; au lieu de verser le repentir sur le meurtre afin de l'effacer, le despote, fidèle à son instinct, prétendait laisser après lui son crime pour dominer et violenter l'avenir : inutiles efforts ! Le Caïn de la gloire en acceptant la tache de sang, croyait en vain la faire disparaître ; son consentement ne la rendait que plus vive, et il en restait marqué en expiation du sang qu'il avait versé.

En mentionnant, comme l'ordonne l'histoire, les vérités de fait et de raisonnement à la décharge de l'accusé, en exposant les circonstances atténuantes, donnons-nous garde de tomber dans une impassibilité machinale et d'affaiblir la haine que le mal doit toujours inspirer.

Des capacités prétendues dominantes, qui ne sont que des capacités inférieures, malfaisantes, sophistiques, matérielles et privées du sens moral, s'enthousiasment des forfaits de la Convention ; elles seraient disposées, tel cas échéant, à les reproduire ; elles ne s'aperçoivent pas que ces crimes, cessant d'être aujourd'hui des originaux diaboliques, ne seraient que d'exécrables copies sans puissance, parce que la fièvre et la passion qui les animèrent sont éteintes et ne les soutiendraient plus.

L. XVI, CHAP. 5

(a) p. 929. Une note contenue dans SG porte :
J'aurais voulu que M. de Rovigo n'eût point montré l'humanité qui lui fait dire de placer le piquet là où on ne pouvait blesser personne.
Le duc de Rovigo dans sa fidélité estimable à son maître raconte cette anecdote à propos de la conjuration de Georges Cadoudal : « Deux subordonnés de Georges déclarèrent que tous les dix ou onze jours leur maître recevait la visite d'un personnage dont ils ignoraient le nom, mais qui devait être d'une haute importance : on lui témoignait beaucoup d'égards, et lorsqu'il entrait dans l'appartement, tout le monde se levait et ne s'asseyait plus, même MM. de Polignac et de Rivière. Il s'enfermait habituellement avec Georges, et l'un et l'autre étaient toujours seuls. »
Là-dessus on chercha à deviner ce personnage, et l'appel des princes de la famille de Bourbon étant fait, on trouva que ce ne pouvait être que le duc d'Enghien. Bientôt Pichegru est arrêté, et l'on reconnaît alors qu'il est le personnage mystérieux ; mais il était trop tard, et le duc d'Enghien était fusillé.
M. Réal en apprenant ces particularités, dit M. de Rovigo, fut frappé de stupeur : il courut chez le Premier Consul pour lui en faire part. Il devint rêveur et après quelques moments de silence il sécria : « Ah ! misérable Talleyrand, que m'as-tu fait faire ? »
Voilà M. de Talleyrand positivement accusé. Bonaparte par l'exclamation qu'on lui attribue déplore la méprise dans laquelle on l'a fait tomber.
Dans la procédure imprimée de la conspiration de Georges Cadoudal, Picot, domestique de Georges, déclare devant le préfet de Police, le 15 février 1804 (je me sers du résumé de Me Macquard), que Georges et Pichegru ont débarqué en France l'un après l'autre, que Georges avait pour Pichegru tous les égards possibles. On voit d'après le récit même de M. de Rovigo que vingt jours s'étaient écoulés depuis l'arrestation de Pichegru, lorsque le duc d'Enghien fut enlevé. Comment a-t-on pu prendre le général arrêté pour le duc d'Enghien ? Cette déclaration du domestique de Georges est antérieure d'un mois à l'arrestation du prince ; il n'était donc pas trop tard pour avertir le Premier Consul que le personnage si respecté était Pichegru et non le duc d'Enghien qu'on allait enlever à Ettenheim.
La plus remarquable des choses racontées par le général Savary est la rencontre qu'il fit à la barrière du Trône le 21 mars au matin, de M. Réal en habit de conseiller d'État, se rendant à Vincennes afin d'interroger le duc d'Enghien. Dans ce cas Bonaparte ne savait pas encore que le jugement était rendu et le Prince fusillé. Méhée de La Touche dans son récit paraît douter de cette rencontre. Pourtant il n'est guère possible de croire que le général Savary ait avancé une imposture aussi flagrante ; d'autant que

l'aveu de cet entretien pèse sur lui. Il dit avoir *vu, de ses yeux vu* Réal, et lui avoir appris l'exécution. Réal non informé, ne sachant rien, allait donc à Vincennes par ordre de Bonaparte pour remplir la fonction de magistrat de police. S'il se fût trouvé, lui Réal, à l'interrogatoire et au jugement du duc d'Enghien, le sort du prince eût-il été changé ? Ce sont là des secrets qui ne sont écrits que dans le livre qui contient tout.

L. XVI, CHAP. 6

(a) p. 935.
... J'indiquai *(Ms 1847).*

(b) p. 935. Ms 1847 ajoute une phrase :
... Cette parole en regardant à une montre a été mal à propos attribuée à M. de Talleyrand.

L. XVI, CHAP. 7

(a) p. 937.
... Bonaparte seul a voulu *(Ms 1847).*

(b) p. 937.
... Le jugement de Vincennes fut une affaire de tempérament corse, un accès de froide colère, de passion précautionnée contre les descendants de Louis XIV, spectre toujours menaçant.
M. de Caulaincourt n'est coupable que d'avoir accepté le prix du sang *(Ms 1847).*

(c) p. 938.
... Quant à M. de Talleyrand, prêtre et gentilhomme, il inspira le meurtre en inquiétant ; il n'était pas en paix avec la Légitimité. Il serait possible, en recueillant ce que Napoléon a dit à Sainte-Hélène et les lettres que l'évêque d'Autun a pu écrire, de prouver que celui-ci a pris, à la mort du duc d'Enghien, une fort large part ; toutefois, il ne faut pas aller au-delà de la vérité. Que M. de Talleyrand ait décidé Bonaparte à la fatale arrestation, contre l'avis de Cambacérès, il est difficile de le nier ; mais qu'il ait prévu le résultat du conseil qu'il donnait, il est difficile de l'admettre. Comment aurait-il pu croire que, de propos délibéré, le Premier Consul eût préféré une mesure toute dommageable, à un rôle de magnanimité

tout profitable? La légèreté, le caractère, l'éducation, les habitudes du ministre l'éloignaient de la violence; la corruption lui ôtait l'énergie; il était trop peu honorable pour devenir profond criminel. S'il se permit des conseils funestes, il est clair qu'il n'en sentit pas la portée, comme il s'assit, sous la Restauration, auprès de Fouché, sans se douter qu'il se perdait par cette association. Le prince de Bénévent ne s'occupait point des difficultés qui découlaient du bien et du mal, parce qu'il ne les voyait pas: le sens moral lui manquait; aussi se trompait-il éternellement dans ses jugements sur l'avenir. La commission militaire a jugé avec douleur et repentir *(Ms 1847).*

L. XVI, CHAP. 8

(a) p. 940.
... la niaiserie lui répétait *[...] (Ms 1847).*

L. XVI, CHAP. 11

(a) p. 949.
... exilé des nations *(Ms 1847).*

L. XVII, CHAP. 2

(a) p. 964. SG fait état d'un développement complémentaire:
... Les jeunes femmes désiraient fort descendre leurs chignons; mais elles ne l'osaient. Elles s'adressèrent à Mme de Coislin comme favorisée du Roi, et plus capable de braver la colère de la Reine. Mme de Coislin prit en main le commandement qu'on lui décernait et parut avec son chignon pendant. La Reine lui fit observer doucement que cette mode lui seyait mal, et elle lui conseilla de l'abandonner. Mme de Coislin n'en tint compte et se présenta de nouveau avec ses cheveux rebelles. Alors la Reine perdit patience. Mme de Coislin répliqua par une insolence qui fit beaucoup de bruit. Ce fut ce qui la perdit.

L. XVII, CHAP. 4

(a) p. 978.
... Il faisait les cornes au martyre *(Ms 1847).*

(b) p. 978.
... la dernière exécution *(Ms 1847).*

L. XVII, CHAP. 5

(a) p. 982.
... l'avide héritier des beaux roseaux indiens de la Sicile, perfectionnés par le soleil d'Otahiti *(Ms 1847).*

L. XVII, CHAP. 6

(a) p. 991. SG comporte un développement complémentaire :
Je ne fis point d'attention alors à un mouvement que je me suis trop rappelé depuis. Lucile se pencha en avant de la rampe comme si elle eût voulu se précipiter. Elle se rejeta promptement en arrière, et rentra chez elle.

L. XVIII, CHAP. 1

(a) p. 996. À la suite de ce chapitre, au chapitre 2 tout entier, et enfin à la première partie du chapitre 3 dans l'édition Penaud (jusqu'à « comme mes fortunes de mer, tout a changé » [p. 34 du t. V]), ne correspond dans Ms 1847 qu'un court résumé, dont voici le texte, écarté par Chateaubriand après 1847.
L'*Itinéraire* contient le journal de ma vie depuis l'été de 1806, jusqu'à l'été de 1807. J'ai représenté la Grèce telle que je l'ai vue ; on aura beau faire, on ne la ressuscitera pas ; elle ne renaîtra pas dans les Écoles modernes. Je ne l'ai trouvée belle que dans ses ruines. Le jour je n'entendais dans mes longues marches que la chanson de mon guide ; la nuit je dormais à l'abri de quelque laurier-rose, au bord de l'Eurotas. Les débris de Sparte se taisaient ; la gloire même était muette.
Ma vie étant exposée heure par heure dans l'*Itinéraire*, je n'ai plus rien à dire ici.
Quand je traversai le port du Pirée, j'enviai un douanier turc qui vivait seul dans les havres déserts, promenant des regards sur des îles bleuâtres, des promontaires brillants, des mers dorées, n'entendant que le bruit des vagues et le murmure des lointains souvenirs.
J'allai à Constantinople, à Jérusalem, à Alexandrie, je foulai le sol de Carthage. Je descendis en Espagne : l'Alhambra me parut digne d'être remarqué après les temples de la Grèce. La vallée de Grenade m'a fait concevoir les

regrets des Maures. Là un mendiant s'attacha à moi ; il n'aurait pas compris la *symphonie de la Création.* Sa poitrine brunie se montrait à travers les lambeaux de sa casaque ; il aurait eu grand besoin d'écrire, comme Beethoven à Mlle Bruning : « Vénérable Éléonore, ma très chère amie, je voudrais être assez heureux pour posséder une veste de poil de lapin tricotée par vous. » Je traversai d'un bout à l'autre cette Espagne, la terre des songes ; je crois voir encore ses grandes routes solitaires, je me plaisais à entendre des chants formés pour moi. Ayant touché la France et m'étant séparé des mélodies qui m'enchantaient, je (la) visitai seul en passant par les Pyrénées. Je suivis, en me rapprochant de Paris, la route qui me conduisait à un château que j'avais pris pour début et pour terme de mes erreurs. Mais les jardins d'Armide que j'allais revoir, où étaient-ils ? Leur surabondance servit seulement à embellir mon petit jardin d'Aulnay. Que de fois j'ai cherché les flèches des églises qui s'élevaient jadis à mes yeux du fond des bois ! Dans ces bois, il n'existe plus que des tombes oubliées : comme mes fortunes de mer, tout a changé *(« publié par M.-J. Durry, Un manuscrit retrouvé des* Mémoires d'outre-tombe, Revue des Deux Mondes, *1er décembre 1931, pp. 668-669).*

L. XVIII, CHAP. 3

(a) p. 1015. À partir du paragraphe suivant, l'édition Penaud retrouve le texte de Ms 1847.

*(b) p. 1017. Le manuscrit d'une partie de ce chapitre, conservé à la BNF, a été étudié par É. Champion, en appendice à son édition de l'*Itinéraire de Paris à Jérusalem par Julien, *Paris, Honoré Champion, 1904, pp. 125-127. Il porte pour « nadirs », tout comme Ms 1847 : « nababs » (É. Champion,* Itinéraire, *p. 125, note 3).*

(c) p. 1017. Le manuscrit, indique É. Champion, Itinéraire..., *p. 127, note 2, se poursuit ainsi :*

... Par une conséquence nécessaire de l'union et de la bonne harmonie qui ont été obtenues avec une application constante, et comme il est de fait qu'elles sont maintenues entre les deux cours susdites et qu'elles rendent ainsi indispensables l'accomplissement *réciproque* de tous les égards de l'amitié et des devoirs de l'hospitalité il ne devra point être apporté d'empêchement ni d'ingestion *[sic]* contraire en aucune façon au passage et au voyage du susdit personnage *[la mention primitive était* gentilhomme*]* et des deux serviteurs qui lui servaient d'escorte pour sa sûreté.

[Suivent, précise É. Champion, les mêmes lettres au gouverneur de Damiette, au préposé des contributions de Jaffa, au gouverneur d'Alexandrie, au vizir de Mukerren siégeant à Alep. Seulement, aux mots isolés au milieu de la lettre signifiant « Très illustre pacha », Chateaubriand ajoute : « Modèle des illustres et yeux de l'empire... Dieu est grand... ».

L. XVIII, CHAP. 7

(a) p. 1042.
... par une vague *(Ms 1847).*

(b) p. 1044. Dans le catalogue de l'exposition Madame de Chateaubriand *(La Vallée-aux-Loups, 1990, p. 96), a été reproduit un fragment de manuscrit dont le texte, qui se rapporte aussi au chap. 10 du l. XXIII (voir* infra, *p. 3087), est le suivant.*
... Lorsque Armand de Chateaubriand fut arrêté sur les côtes de la Normandie et conduit *[biffé :* à*] [ajouté :* dans les prisons de*]* Paris *[biffé :* pour être fusillé*]* je demandai une audience au ministre de la police pour sauver *[biffé :* si je le pouvais*]*, *[ajouté :* s'il m'était possible*]*, la vie du malheureux Armand. « J'ai vu hier au soir ici votre cousin, me fit Fouché, sans me laisser le temps de *[biffé :* prendre la parole*] [ajouté :* m'expliquer*]*, il m'a assuré qu'il mourra bien. Et là-dessus *[biffé :* le Révolutionnaire*] [ajouté :* il*]* se jeta dans un amphigouri *[biffé :* sur le*] [ajouté :* de hasard, de*]* destins, *[biffé :* la*] [ajouté :* de nécessité*]*, *[biffé :* la fortune particulière de chaque homme,*]*mêlant à ce non-sens philosophique d'impudiques *[ajouté :* et impudentes*]* maximes en faveur du fort contre le faible, *[biffé :* des*] [ajouté :* ne se faisant faute d'*]* aveux effrontés sur la justice des succès, sur le droit de l'oppresseur *[biffé :* contre l'opprimé*]*, sur le peu de valeur d'une tête qui tombe, sur l'équité de *[biffé :* tout*]* ce qui prospère et l'iniquité de *[biffé :* tout*]* ce qui souffre, *[ajouté :* affectant de parler des plus affreux désastres avec légèreté et indifférence comme un génie au-dessus de ces niaiseries*]*. Il crut m'avoir ébloui *[biffé :* de son génie*]* et me renvoya. »

L. XVIII, CHAP. 8

(a) p. 1054.
... déchiré *(Ms 1847).*

(b) p. 1068.
... Je suis encore à comprendre comment le texte du discours corrompu, publié par les agents de l'Empire, a conservé assez correctement ce paragraphe *(Ms 1847).*
Suit la citation d'un extrait du discours, emprunté à l'édition désavouée («furtive») et qui n'offre guère de différence notable avec le texte publié ci-dessus.

(c) p. 1069.
... Tout ne fut pas fini quand on eut déclaré que je ne serais pas reçu à l'Académie et qu'on m'eut rendu mon discours. On voudrait me contraindre à en écrire un second; je déclarai que je m'en tenais au premier et que je n'en ferais pas d'autre. *(Ms 1847).*

(d) p. 1069.
... fit pourtant demander *(Ms 1847).*

L. XVIII, CHAP. 9

(a) p. 1070.
... étrange: il me veut enfermer pour le reste de mes jours à Vincennes et tout à coup *(Ms 1847).*

(b) p. 1070.
... m'invite contradictoirement *(Ms 1847).*

L. XIX, CHAP. 2

(a) p. 1087.
... est devenu *(Ms 1848).*

L. XIX, CHAP. 3

(a) p. 1090.
... par son sang *(Ms 1848).*

L. XIX, chap. 4

(a) p. 1093. Ms 1848 porte la date, erronée, mais qui justifie la suite, du 15 mai 1769.

L. XIX, chap. 5

(a) p. 1098.
... sous-lieutenant *(Ms 1848);* lieutenant *(Ms 1847).*

(b) p. 1100.
... au planton *(Ms 1848).*

(c) p. 1101. Ce dernier article défini ne figure pas dans Ms 1848.

L. XIX, chap. 6

(a) p. 1105.
... Che coglione ! *(Ms 1848).*

(b) p. 1105.
... Vous savez que le 20 juin 1792, j'étais bien près de Bonaparte : je me promenais *[...] (Ms 1848).*

L. XIX, chap. 8

(a) p. 1109. Il s'agit sans doute d'une coquille ; Ms 1848 porte :
... sous la signature.

L. XIX, chap. 9

(a) p. 1114. Ge donne une autre version de ce paragraphe.
... Ce sont là d'épouvantables choses. Il en coûte, après avoir levé les yeux si haut, d'abaisser les regards si bas. Mais on *[ou : On]* ignorerait le génie de la révolution et les mystères de la nature humaine si l'on ne reconnaissait pas qu'une partie de la puissance de Bonaparte sur l'opinion commune vient de cette extraction terroriste. La France se sent plus à l'aise pour ser-

vir et admirer ceux qui ont trempé dans ses crimes. Une origine pure est un reproche et un obstacle. On la hait, parce qu'elle a le droit de mépriser. Pourquoi a-t-on le fils d'Égalité? C'est en vertu de cette confraternité sanglante qui remplace la loi salique *(H. Guillemin,* L'Homme des Mémoires..., *p. 308, complété par B. Gagnebin,* in BSC, *1964, p. 77).*

(b) p. 1115.
... que Bonaparte... *(Ms 1848).*

(c) p. 1117. Ms 1847 ajoute :
... Mme Tallien prit soin des vêtements de l'homme qui se devait revêtir du monde.

L. XIX, CHAP. 11

(a) p. 1123.
... Ces fiers Trabans *(Ms 1848) [Trabans : hallebardiers suisses].*

(b) p. 1124.
... Malgré son triomphe, Bonaparte n'espérait pas une prompte réussite, car il écrivait à Bourrienne *(Ms 1848).*

L. XIX, CHAP. 12

(a) p. 1128.
... que Napoléon jaloux appelait une *retraite de sergent.* Bonaparte se préparait *(Ms 1848).*

L. XIX, CHAP. 13

(a) p. 1135.
... n'eurent point de Pavie *(Ms 1848).*

(b) p. 1135.
... ce despotisme *(Ms 1848).*

L. XIX, CHAP. 16

(a) p. 1157. Cette précision ne figure pas dans Ms 1848.

(b) p. 1159. Ms 1847 ajoute ici :
... J'ai rencontré au Caire un médecin français qui n'osait rentrer dans sa patrie attendu qu'au défaut de Desgenettes, il avait, assurait-on, distribué le somnifère aux malades.

L. XX, CHAP. 2

(a) p. 1178.
– Consulat. Nouvelle invasion de l'Italie. – Campagne de *[ou : « des » (éd. du centenaire)]* trente jours. *(Ms 1848).*

L. XX, CHAP. 5

(a) p. 1193.
... la possession de l'Inde *(Ms 1848).*

L. XX, CHAP. 6

(a) p. 1196.
– Quatrième coalition. – La Prusse disparaît. – Décret de Berlin. – Guerre continuée en Pologne contre la Russie. *(Ms 1848).*

(b) p. 1197.
... énorme victoire de Lubeck *(Ms 1848).*

(c) p. 1200.
... Elle habitait esseulée une petite maison *(Ms 1848).*

L. XX, CHAP. 7

(a) p. 1203.
... un principion d'Italie *(Ms 1848).*

(b) p. 1204. Penaud a corrigé Ms 1848, pourtant conforme au Mémorial.
... Elle a détruit.

(c) p. 1205. C'était déjà la date donnée par Ms 1847 ; elle a été maintenue dans l'édition, alors que Ms 1848 donne :
... Le 27 septembre.

(d) p. 1205.
... nous occuper ailleurs *(Ms 1848).*

L. XX, chap. 8

(a) p. 1209.
... qui l'agitait en Espagne vassale *(Ms 1848).*

L. XX, chap. 10

(a) p. 1223.
... des autres peuples *(Ms 1848).*

(b) p. 1225. Ms 1848 ajoute ici :
... sur les campagnes de Frédéric II.

L. XXI, chap. 1

(a) p. 1246.
... Au lever du jour *(Ms 1848).*

L. XXI, chap. 4

(a) p. 1264.
... se fondent *(Ms 1848).*

L. XXI, CHAP. 5

(a) p. 1272.
... un éboulis *(Ms 1848).*

L. XXI, CHAP. 7

(a) p. 1287.
... À sa disparution *(Ms 1848).*

Chateaubriand avait déjà utilisé ce terme, qu'il réemploie au chap.11 du l. XXII, dans la Digression philosophique *:*

Ainsi dans l'homme le crâne se serait accru aux dépens du facial amoindri, et dans le crocodile la presque disparution du crâne aurait fourni le masque d'une face exorbitante *(voir* supra, *l. XI, chap. 4, variante (a), pp. 3026-3045).*
Selon M. Levaillant, disparution est une «forme archaïque donnée par le dictionnaire de Cotegraves (1611) et employée par Saint-Simon, à qui sans doute Chateaubriand l'aura reprise».

L. XXII, CHAP. 3

(a) p. 1303. Erreur de composition pour: «Ce mensonge» *(Ms 1847).*

L. XXII, CHAP. 9

(a) p. 1325. Un fragment de Ge, conservé à la Bibliothèque universitaire de Genève, complété par un autre fragment, publié partiellement dans le BSC, *1982, p. 73, offre la première version suivante de ce texte:*
Le 20 mars une action meurtrière eut lieu près d'Arcis-sur-Aube. La bataille devait recommencer le lendemain, mais Bonaparte par un trait de génie qui lui fut néanmoins funeste se retira en plein jour pour se placer en arrière des armées alliées, les séparer de leurs magasins, de leurs parcs de réserve et grossir son armée des garnisons des places frontières. Les alliés étonnés furent au moment de se retirer lorsque l'empereur Alexandre prit la résolution désespérée de marcher sur Paris dont le chemin devenait libre. Bonaparte s'applaudit de sa résolution, il croyait entraî-

ner toutes les armées ennemies sur ses pas et il n'était suivi que de dix mille hommes de cavalerie qui lui dérobaient le mouvement réel des Russes et des Prussiens. Il battit et dispersa ces dix mille chevaux à Saint-Dizier et Vitry. Le rideau étant alors déchiré, il s'aperçut que la grande armée n'était pas derrière. Il apprit qu'elle était aux portes de Paris.
Cette armée marchant sur la capitale n'avait devant elle que les maréchaux Marmont et Mortier avec environ douze mille hommes *(transcription P. Riberette,* Fragments, *p. 458).*

L. XXII, CHAP. 10

(a) p. 1327. H. Guillemin a publié le fragment suivant, extrait de Ge:
... La brochure sur les Bourbons, commencée à la Vallée-aux-Loups, fut achevée à Paris. Je logeais à l'Hôtel de Rivoli, dans la rue de Rivoli. La nuit, je mettais mon manuscrit sous mon oreiller et deux pistolets sur la table de nuit pour tuer du premier coup l'agent de police qui se présenterait et me brûler la cervelle du second coup. Je couchais ainsi entre ces deux Muses inspiratrices de mes veilles. Mon manuscrit passait le jour à la garde de Mme de Chateaubriand. Elle le portait sur son estomac, attaché avec une ceinture: mais comme à cette époque, elle avait de violentes attaques de nerfs et qu'elle se trouvait souvent mal dans la rue, nous *[la suite manque]* (L'Homme des Mémoires, *p. 327).*

L. XXII, CHAP. 11

(a) p. 1329. Un fragment de Ge, dont le début a déjà été cité en variantes sur le chapitre 11, ci-dessus, ajoute:
... Bonaparte ... s'avança jusqu'à Villejuif, il jeta un regard sur Paris capitulé... il avait manqué sa destinée de quelques heures *(cité d'après* BSC, *1982, p. 73).*

(b) p. 1331.
... disparution *(Ms 1847); [cf.* supra, *variante (a), l. XXI, chap. 7, p. 3072].*

L. XXII, CHAP. 13

(a) p. 1335. Même texte dans Ms 1848.
... le nom de Français *(Ms 1847).*

L. XXII, CHAP. 20

(a) p. 1368.
... par ses torts envers nous *(Ms 1847).*

(b) p. 1371.
... Il paraissait trop évidemment *(Ms 1847).*

(c) p. 1371.
... avec complaisance *(Ms 1847).*

(d) p. 1372.
... afin de se mieux cacher *(Ms 1847).*

L. XXII, CHAP. 22

(a) p. 1383.
... un exercice de domesticité *(Ms 1847).*

L. XXII, CHAP. 23

(a) p. 1387.
... il ne l'était pas que vous, créatures de cet usurpateur, dépassassiez en exagération les sentiments des royalistes *(Ms 1847).*

L. XXII, CHAP. 24

(a) p. 1391.
... Le Roi était toujours *(Ms 1847).*

L. XXII, CHAP. 25

(a) p. 1397.
... Maintenant je présume *(Ms 1847).*

(b) p. 1398.
... on en fait souvent perpétuer l'exemple *(Ms 1847).*

L. XXII, CHAP. 26

(a) p. 1403.
... à se défaire *(Ms 1847).*

(b) p. 1406. 22 feuilles de Ge, conservées à Madison, dans le Wisconsin, fournissent des états antérieurs de la fin de ce livre ainsi que des trois premiers chapitres du livre suivant. Abondamment corrigées, ces pages offrent ainsi plusieurs versions du texte. Dans l'ensemble, sauf mention explicite du contraire, on privilégie ci-dessous le dernier état du texte.
Pour les trois premiers chapitres du l. XXIII, les [...] indiquent des mots illisibles.
Cependant la catastrophe approchait; la conspiration de Drouet et de Lefebvre-Desnouettes venait d'éclater. Quelques jours avant la levée de boucliers de ces deux généraux, je dînais chez M. le maréchal Soult, nommé ministre de la Guerre le 3 décembre 1814. Un niais racontait tout ce qui se passait à Hartwell pendant l'exil de Louis XVIII; le maréchal écoutait; et à chaque circonstance rappelée, il répondait avec un accent qui n'est qu'à lui par ces deux mots d'admiration: «C'est historique.» – On apportait les pantoufles de Sa Majesté. – «C'est historique!» – M. de Blacas roulait le fauteuil de S. M. dans la fenêtre. – «C'est historique!» – Le Roi avalait les jours maigres trois œufs frais avant de commencer son dîner. - «C'est historique!» – Cette réponse me frappa; il y avait sur les lèvres du maréchal une certaine ironie, sous laquelle on apercevait un espoir prochain et secret. Quand un gouvernement n'est pas solidement établi, tout homme dont la conscience ne compte pas devient, selon le plus ou moins d'énergie de son caractère, un quart, une moitié, un trois quarts de conspirateur; il attend la décision de la fortune; les événements font plus de traîtres que les opinions. Ainsi marcha graduellement le Bonapartisme; il passa du simple désir à l'action à mesure que ses espérances grandirent et qu'il eut mieux connu le caractère faible des Bourbons. Quand la partie fut nouée au-dehors avec Murat elle se noua au-dedans et la conspiration devint flagrante. Sous l'habile administration de M. Férand, c'était M. de Lavalette qui faisait la correspondance et les courriers de la monarchie portaient les dépêches de l'Empire; la police était pareillement entre les mains des agents de Bonaparte. On ne se cachait plus; les caricatures annonçaient au château des Tuileries d'où sortait par les portes une troupe de dindons. *Le Nain vert* parlait de *plumes de cannes* et tout à coup le télégraphe annonça le débarquement de l'homme: Monsieur court à Lyon avec le duc d'Orléans et le maréchal MacDonald; il en revient tout effrayé: comme le courrier grec il n'avait plus vu Olynthes. Entre Napoléon et Charles d'Artois la lutte était-elle possible? *[une phrase illisible].* Qu'est-ce

qu'un roseau dans le torrent qui se précipite du sommet des Alpes? Le maréchal Soult, dénoncé à la Chambre des députés, céda sa place le 11 mars au duc de Feltre. Bonaparte rencontra devant lui, en 1815, pour ministre de la guerre de Louis XVIII, le général qui avait été son dernier ministre de la guerre en 1814.

La hardiesse de l'entreprise était inouïe; mais sous le point de vue politique, on pourrait regarder cette entreprise comme le crime irrémissible et la faute capitale de Napoléon. Il savait à l'île d'Elbe que les princes encore réunis en congrès, que l'Europe encore sous les armes ne souffriraient pas son rétablissement; sa *[...]* raison devait l'avertir qu'un succès, s'il l'obtenait, ne pouvait être que d'un jour: il immolait à sa passion de reparaître un moment sur la scène du monde le repos d'un peuple qui lui avait prodigué son sang et ses trésors; il exposait au démembrement la patrie dont il tenait tout ce qu'il avait été dans le passé et tout ce qu'il sera dans l'avenir. Il y eut dans cette conception fantastique un dur et cruel égoïsme, un défaut effroyable de reconnaissance et de générosité envers la France. *[...]*

Une nuit, au sortir d'un bal dont la princesse Borghèse faisait les honneurs, il s'évade avec la victoire, sa complice et sa compagne *[...]*; il franchit une mer couverte de nos flottes, rencontre deux frégates, un vaisseau de 74 et le brick de guerre le *Zéphyr* qui l'accoste et l'interroge; *[...]* la mer et les flots le saluent, et il poursuit sa course. Il dicte au milieu des vents trois proclamations à l'armée et à la France; quelques bateaux chargés de ses compagnons d'aventure, portent pavillon blanc semé d'étoiles. Le 1er mars, il aborde à Cannes; il descend, parcourt la rive, cueille des violettes et bivouaque dans une plantation d'oliviers. Les populations stupéfaites se retirent. Il travers Sernon, Barrême, Digne et Gap. À Sisteron, vingt hommes peuvent l'arrêter, et il ne trouve personne. Il s'avance paisiblement à travers ces populations qui, quelques mois auparavant, avaient voulu l'égorger. Dans le vide qui se forme autour de son ombre gigantesque, s'il entre quelques soldats, ils sont invinciblement entraînés par l'attraction de ses aigles. Ses ennemis fascinés le cherchent et ne le voient pas; il se cache sous sa gloire, comme le lion du Sahara se cache dans les rayons du soleil pour se dérober aux regards des chasseurs éblouis. Enveloppés dans une trombe ardente, les fantômes sanglants d'Arcole, de Marengo, d'Austerlitz, d'Iéna, de Friedland, d'Eylau, de la Moskowa, de Lützen, de Bautzen, lui font cortège avec un million de morts. Du sein de cette colonne de feu et de nuée, sortent à l'entrée des villes quelques coups de trompette mêlés aux signaux du labarum tricolore: et les portes des villes tombent. Lorsque Napoléon passa le Niémen à la tête de cinq cent mille hommes pour

aller à Moscou, il fut moins étonnant que lorsque, rompant son ban, jetant ses fers au visage des rois, il vint seul, de Cannes à Paris, coucher paisiblement aux Tuileries.
Auprès de ce prodige, il en faut placer un autre aussi grand et l'effet même du premier : la légitimité tomba en défaillance ; la pâmoison du cœur de l'État gagna les membres et rendit la France immobile. Pendant vingt jours, Bonaparte marche par étapes ; ses aigles volent de clocher en clocher, et sur une route de deux cents lieues, loin de sa présence, maître de tout, disposant de l'argent et des bras, on ne trouve ni le temps ni le moyen de couper un pont, d'abattre un arbre, pour retarder au moins d'une heure la marche d'un homme auquel les populations ne s'opposaient pas, mais qu'elles ne suivaient pas non plus. On eût dit que le petit caporal comme on l'appelait avait signifié cette ordonnance au roi très chrétien : « Je vous laisse jusqu'au 19 pour vous retirer ; mais il faudra déloger le 20 au matin, parce que j'arriverai le 20 au soir. Vous vous donnerez garde de faire aucune résistance ni de brûler une amorce. Il y a 33 millions au trésor, je vous défends de les emporter ou de les laisser au peuple. Vous sortirez de France, vous et les vôtres, dans le délai de trois jours, vous prendrez la route de la frontière opposée à celle par laquelle je suis entré. À ceci, mon cousin, ne faites faute, car tel est notre bon plaisir. NAPOLÉON. »
Cette torpeur du gouvernement semblait d'autant plus déplorable que l'opinion publique était au contraire fort animée en sens contraire : elle se fût prêtée à tout malgré la défection du maréchal Ney. On en peut juger par cet article de Benjamin Constant imprimé dans les gazettes : *[un manque, ici].*
Louis XVIII se présenta à la Chambre des députés : scène la plus dramatique peut-être qu'offre l'histoire ; il s'agissait du destin de la France et du monde. Quand le Roi entra, les députés et les spectateurs dans les tribunes se découvrirent, se levèrent, et une acclamation ébranla les voûtes de la salle. Le Roi monte lentement à son trône, les maréchaux et les capitaines des gardes se rangent aux côtés du Roi. Les cris cessent ; tout se tait ; dans cet intervalle de silence, on croyait entendre les pas lointains de Napoléon. Le Roi assis sur son trône regarde un moment l'assemblée et prononce ce discours d'une voix assurée : *[le manuscrit comporte ici une phrase illisible. Un autre fragment de Ge prolonge la citation du discours de Louis XVIII faite au chap. 2 du l. XXIII]*
Le Roi parlait encore quand un nuage répandit l'obscurité dans la salle ; les regards se portèrent simultanément vers la voûte pour chercher la cause de cette augurale et soudaine nuit. Lorsque le monarque législateur cessa de parler, les cris de Vive le Roi recommencèrent au milieu

des larmes. « L'Assemblée entière, dit avec vérité le *Moniteur*, électrisée par les sublimes paroles du Roi, était debout, les mains étendues vers le trône. On n'entendait que ces mots : Vive le Roi ! Vive le Roi ! mourir pour le Roi ! le Roi à la vie et la mort ! répétés avec un transport que tous les cœurs français partageront à ce faible récit de la scène la plus touchante et la plus honorable pour le caractère national. »
L'émotion était sincère, le spectacle pathétique : un vieux roi infirme, qui, pour prix du massacre de sa famille et de vingt-trois années d'exil, avait apporté à la France, la liberté, l'oubli de tous les outrages et de tous les malheurs ; ce patriarche des souverains venant déclarer aux députés de la nation qu'à son âge il ne pouvait pas errer de nouveau sur la terre, loin du foyer et du tombeau paternel, et qu'il n'avait rien de mieux à faire que de mourir pour la défense de son peuple ! Les princes jurèrent fidélité à la Charte ; ces serments tardifs furent clos par celui du vieux prince de Condé en enfance comme le grand Condé et par l'adhésion du père du duc d'Enghien. Cette héroïque race prête à s'éteindre, cette race d'épée patricienne, cherchant derrière la liberté un bouclier contre une épée plébéienne plus jeune, plus longue et plus cruelle, offrait en raison d'une multitude de souvenirs, quelque chose d'extrêmement triste.
Le discours de Louis XVIII fut connu au-dehors et excita des transports inexprimables. Paris était tout royaliste et demeura tel pendant les Cent-Jours. Les femmes surtout étaient bourbonistes : jamais elles n'avaient été bonapartistes ; elles détestaient Bonaparte comme mères à cause de la conscription ; elles ne l'aimaient pas comme femmes parce qu'elles n'en étaient pas aimées. Sans délicatesse il les insultait, ou ne les recherchait que pour une heure de plaisir. Ce que ce soldat grossier savait leur dire de plus tendre était : « Je veux avoir un enfant de vous. » Il a inspiré quelque passion d'imagination, mais après sa chute : en ce temps-ci, et pour un cœur de femme, la poésie de la fortune est moins séduisante que celle du malheur.

La jeunesse aujourd'hui adore le souvenir de Bonaparte parce qu'elle est blessée du rôle humiliant que le gouvernement actuel fait jouer à la France en Europe ; la jeunesse, en 1814, saluait la Restauration, parce qu'elle abattait le despotisme et relevait la liberté. Dans les rangs des volontaires royaux on comptait M. Dubois de la Loire-Inférieure, M. Odilon Barrot, large *[ou :* bon*]* nombre d'élève de l'École de médecine, et l'École de droit en entier : celle-ci adressa la pétition suivante, le 13 mars à la Chambre des députés *[La fin du chapitre 3 manque dans le manuscrit]*.

Le discours du Roi m'avait rempli d'espérance. Des conférences se tenaient chez le président de la Chambre des députés, M. Lainé. J'y rencontrai M. de

La Fayette; je ne l'avais jamais vu que de loin à une autre époque, sur son vénérable cheval blanc. Les avis étaient divers; la plupart faibles comme il advient dans le péril… *[Ici, un nouveau manque dans le manuscrit].*
Nous borderons de canons les quais et la terrasse de l'eau: que Bonaparte vienne nous attaquer dans cette position; qu'il emporte une à une nos barricades; qu'on bombarde Paris s'il le veut et s'il a des mortiers; qu'il se rende odieux à la population entière, et nous verrons le résultat de son entreprise! Résistons seulement trois jours, et la victoire est à nous. Le Roi se défendant dans son château causera un enthousiasme universel. Mais je soutiens que l'attaque même n'est pas possible. Arrivé aux barrières de Paris, Bonaparte reculera devant les dispositions hostiles de la capitale; de la capitale: il retournera à Fontainebleau, lieu fatal qui verra bientôt sa seconde fuite! Enfin si le Roi doit mourir sur sa chaise curule, qu'il meure digne du sang de saint Louis, de Louis XIV et de Henri IV; que le dernier exploit du grand Napoléon soit l'égorgement d'un vieillard. Louis XVIII, en sacrifiant sa vie, gagnera la seule bataille qu'il aura livrée; il la gagnera au profit de la liberté du genre humain. En même temps, il sauvera sa race: ainsi relevée dans l'opinion de la France et de l'Europe la légitimité ne périra point.
Cette résolution qui semblait désespérée, était au fond la plus raisonnable de toutes et n'avait pas le moindre danger. Je suis et serai toujours persuadé que Bonaparte, trouvant Paris ennemi et le Roi présent, n'aurait pas tenté de forcer le passage. Il était sans artillerie, sans vivres, sans argent; il avait peu de troupes; quelques heures de retard, quelques obstacles à surmonter le perdaient irrémédiablement. Il ne fallait avoir qu'un peu de cœur. Une partie de l'armée même serait restée fidèle: la Ligne n'avait pas la passion de la Garde. Le maréchal Gouvion Saint-Cyr ne fit-il pas reprendre la cocarde blanche à la garnison d'Orléans deux jours après l'entrée de Bonaparte dans Paris? À Bordeaux les troupes hésitaient: elles seraient restées à Madame la duchesse d'Angoulême, si l'on avait appris que le Roi était aux Tuileries et que Paris se défendait. Toutes les villes de province selon leur coutume eussent imité Paris. Un régiment se battit très bien au pont de la Drôme sous le duc d'Angoulême; Masséna flottait incertain; à Lille, la garnison répondit à la vive proclamation du maréchal Mortier. Si toutes ces preuves d'une fidélité possible eurent lieu malgré une fuite, que n'auraient-elles point été dans le cas d'une résistance?
Mon plan adopté, les étrangers n'auraient point de nouveau ravagé la France; Paris n'aurait point vu une seconde invasion; nous n'aurions point perdu des places et quelques portions de nos anciennes frontières; une contribution d'un milliard et demi n'aurait point été levée sur notre pays; nous eussions conservé les chefs-d'œuvre des arts; la légitimité ne serait

point revenue avec les armées ennemies; des réactions inévitables ne nous auraient pas désolés; sauvée par elle-même, la légitimité fût demeurée au milieu de nous chérie, honorée, respectée. Une seule chose eût été à craindre après le succès: la trop grande confiance de la royauté dans ses forces, et par conséquent, des entreprises sur l'indépendance nationale. Pourquoi suis-je venu au monde à une époque où j'étais si mal placé! Pourquoi ai-je été royaliste contre mon instinct dans un temps où une misérable race de cour ne pouvait ni m'entendre ni me comprendre? Pourquoi ai-je été jeté dans cette troupe de médiocrités poltronnes et imbéciles qui me prenaient pour un écervelé quand je parlais liberté?

[Une autre version de ce paragraphe, legs de Jean Pozzi à la Bibliothèque publique et universitaire de Genève, nous a conservé le texte suivant, pour ce paragraphe]
Pourquoi suis-je venu au monde à une époque où j'étais si mal placé! Pourquoi ai-je été royaliste contre ma nature et mon instinct dans un temps où des princes dégénérés et une misérable race de château ne pouvaient ni m'entendre ni me comprendre? Pourquoi ai-je été jeté dans cette tourbe de médiocrités poltronnes et imbéciles qui me prenaient pour un écervelé quand je parlais courage, ou un révolutionnaire quand je parlais liberté?
Il s'agissait bien au château de la défense que je proposais. Hors le Roi qui n'avait pas peur et à qui mon plan plaisait assez comme ....
Il s'agissait bien de défense au château! Le Roi n'avait aucune frayeur, et mon plan lui plaisait assez par une certaine grandeur louis-quatorzienne; mais la pâleur était sur bien des fronts, beaucoup de figures étaient allongées et des mâchoires claquaient. Si Dante avait vu les garderobes affligées, il en aurait fait le cercle de l'Enfer des peureux. Tel serviteur de la Chambre mettait d'une main tremblante ses petits pistolets dans sa poche, en en détournant les yeux de peur que ces inhumaines petites machines vinssent à partir au repos. Le Roi avait déclaré qu'il n'avait rien de mieux à faire qu'à mourir et il le pensait: mais d'autres voulaient vivre et préparaient secrètement sa fuite. On emballait les diamants de la couronne achetés jadis des deniers particuliers des souverains, en laissant trente-trois millions (écus) au trésor, et quarante-deux millions en effets, somme plus que nécessaire pour acheter tous les ennemis. Bonaparte en pareille circonstance aurait-il manqué de vider le trésor et même de spolier la Banque?
Une double procession montait et descendait les escaliers du pavillon de Flore comme l'échelle de Jacob; on s'enquérait de ce qu'on avait à faire: point de réponse. On s'adressait au capitaine des gardes; on interrogeait les chapelains, les chantres, les aumôniers: rien. De vaines causeries, de

vains débits de nouvelles. Parvenir jusqu'au Roi, impossible à cause de l'étiquette. J'ai vu des jeunes gens pleurer de rage en demandant inutilement des ordres et des armes; j'ai vu des femmes…
[Ici s'interrompt le manuscrit cité d'après P. Riberette, Fragments, *pp. 460-467.]*

[Un autre fragment, publié par H. Guillemin, L'Homme des Mémoires, *p. 293, donne la rédaction suivante de la fin du paragraphe]*
J'ai vu des femmes se trouver mal de colère et de mépris. Ce que je dis de ce palais ne doit cependant s'entendre qu'en général; tels officiers de la domesticité, malgré leurs habits brodés, se seraient battus à merveille s'ils avaient eu des chefs; mais où les chefs manquent, que peuvent la fidélité et le courage? Parvenir *[…]*

L. XXIII, CHAP. 3

(a) p. 1423. Ms 1847 ajoute:
… Napoléon au moment où il parlait de nouveau d'immoler un fils de France, était-il autre chose que le double usurpateur de la nouvelle royauté des Bourbons et des libertés populaires? Quoi! le sang du duc d'Enghien ne lui avait point suffi?

(b) p. 1423.
… avait obtenu *(Ms 1847).*

(c) p. 1423.
… Caroline, qui régnait encore à Naples, n'eut son royaume vendu par M. de Talleyrand que pendant le congrès de Vienne *(Ms 1847).*

L. XXIII, CHAP. 4

(a) p. 1426. Un fragment de Ge, publié par H. Guillemin, L'Homme des Mémoires, *p. 294, et complété dans la revue des autographes* BSC, *1971, pp. 91-92, nous fait connaître deux états antérieurs de cette phrase.*
1) Ah, mes vieux camarades noirs, nous nous ressemblions davantage quand jadis dans notre jeunesse… nous nous rencontrions dans les landes, déjeunions de baies d'églantines dans nos halliers de Bretagne.
2) Ah, mes vieux camarades noirs, nous nous ressemblions davantage quand jadis, au lever du jour, nous déjeunions des framboises de la ronce dans nos halliers de Bretagne.

(b) p. 1429. Un fragment de Ge, publié pour la première fois par H. Guillemin, L'Homme des Mémoires *p. 294, et rectifié par B. Gagnebin (*BSC, *1964, p. 75), donne:*
... Il me parla des princes de la manière la plus brutale les appelant des Jean-Foutre, il me dit, en fumant sa pipe, qu'il s'en allait en Russie et ne voulait plus entendre parler de ces gens-là.

(c) p. 1430. Un fragment de Ge, publié par H. Guillemin, L'Homme des Mémoires, *p. 294, ajoute:*
... Bientôt nous y fûmes rejoints par Mme la duchesse de Duras et Mme la duchesse de Levi, par Bertin l'aîné et par quelques autres.

L. XXIII, CHAP. 5

(a) p. 1433. Cette dame était l'épouse du physicien Charles, et fut l'Elvire de Lamartine. Un fragment de Ge, publié, reproduit et commenté par P. Clarac dans BSC, *1965-1966, pp. 70-72, et planche* VI *(en regard de la p. 74), ajoutait le commentaire suivant:*
... Non, Ariane C... ne mourut point de sa première blessure dans la patrie de Rubens; elle tomba percée d'une seconde flèche au tombeau de Virgile. La poésie avait hérité de l'éloquence; l'une et l'autre ont pleuré la compagne du savant professeur de Physique. Celui*[-ci]*, de son côté, a fait des expériences sur ses larmes au tombeau de sa fidèle épouse, si toutefois il n'est pas mort avant elle. *[Puis, ces deux dernières phrases furent rayées, pour être remplacées par les suivantes :]*
Qui décocha le trait fatal? La Poésie héritière de l'éloquence. Tous les dictames du mont Ida n'auraient pu guérir la pauvre biche de la Seine, puisqu'elle ne fut point sauvée par ses vers.

(b) p. 1435. Un fragment de Ge, transcrit partiellement dans la revue des autographes BSC, *1979, p. 74, porte deux variantes: «cette amie si généreuse», pour «cette personne si généreuse», et, pour la fin du paragraphe:*
... je ne cesse... chaque jour... de me reprocher les inégalités dont j'ai pu affliger un cœur qui m'était si... *[sic]* dévoué.

(c) p. 1436. Un fragment de Ge, publié par H. Guillemin, L'Homme des Mémoires, *p. 294, complété par P. Clarac (*BSC, *1964, p. 66, note 2), porte:*
... À Gand, la race de cour disait que le maréchal Victor avait beaucoup perdu à la révolution, ayant changé son nom de Beausoleil en celui de Bellune. À Paris, en 1823, M. le Dauphin fut abominable et d'une dureté de crocheteur pour cet honnête soldat. Il était bien bon, ce duc de

Bellune de payer par une fidélité si modeste une ingratitude si *[biffé :* jactancieuse*]* bête. Le maréchal me racontait la mort de sa femme : il lui reste du langage des camps, et c'est bien naturel ; mais il prononce des mots scabreux et il les change avec tant de pudicité qu'on peut même les écrire. Il me disait donc : « Ma pauvre femme, elle a demandé les sacrements, *feute, feute, feute, feute...* On l'a soutenue à genoux dans son lit, *feute* ; elle ne pouvait plus parler ; elle me tendait la main sans me voir, *feute, feute...* Elle a communié, *feute...* ; elle est morte, *feute...* comme un ange, pardieu, *feute, feute, feute...* » Et le galant homme sanglotait.

(d) p. 1437. Un fragment de Ge, publié par H. Guillemin, L'Homme des Mémoires, *p. 295, ajoute :*
... ministre, grand lamantin.

(e) p. 1437. Un fragment de Ge, publié par H. Guillemin, L'Homme des Mémoires, *p. 295, porte :*
... était venu seulement suivre son portefeuille des Finances jusqu'à Gand et attendre le retour du prince de Bénévent.

(f) p. 1439. Un fragment de Ge, publié par H. Guillemin, L'Homme des Mémoires, *p. 295, ajoute :*
... aigre et colère. L'abbé Louis était un mulet ; l'abbé de Montesquiou une perruche.

(g) p. 1440. Un fragment de Ge, publié par H. Guillemin, L'Homme des Mémoires, *pp. 295-296, rectifié par P. Clarac et B. Gagnebin (*BSC, *1964, pp. 66 et 76), porte :*
... Nous allions en parties fines, moi, Bertin et *tutti quanti*, manger de ce poisson dans une guinguette, en attendant les batailles et la fin des empires. M. Guizot, exilé volontaire, était souvent de ces parties. Il faisait *[le manuscrit s'interrompt ici et se poursuit :]* : guinguette. M. Laborie ne manquait pas au rendez-vous. Quand il s'agit de festins, il resterait ferme même à celui de Balthazar *[...]*. D'un esprit plein de ressource, né éloquent, et écrivain quand il ne se perd pas dans des labyrinthes de phrases et des circonvolutions d'idées, M. Laborie entend bien les affaires *[biffé :* et tous les genres d'affaires*]*. Infatigable au travail, multipliant ses courses inutiles et crottées autant que les logogryphes dans ses billets, *[biffé :* indéchiffrables par l'écriture et énigmatiques par le sens*]* d'une obligeance que rien ne lasse, aimant à rendre des services comme d'autres aiment à les recevoir, fréquentant les hommes des opinions les plus diverses, se levant et se recouchant à des heures irrégulières dans la même nuit, ayant dans Paris

vingt *[en correction de:* cinquante*]* bouges d'où il observe et où il griffonne, faisant porter ses notes par les Savoyards du coin; besogneux et délabré, à force de savoir tout, de se mêler de tout, de frapper à toutes les portes, d'attendre chez tous les concierges, d'entrer dans toutes les maisons, se rendant très injustement suspect à tous, personne n'est plus calomnié que lui et ne le mérite moins, Je ne l'ai jamais surpris parlant mal de qui que ce soit, pas même de ses ennemis. Loin de chercher à brouiller les gens, il ne cherche qu'à les mettre bien ensemble; on ne le quitte point sans être plus content de soi et des autres; il a toujours entendu dire mille choses agréables de vous.

H. Guillemin, L'Homme des Mémoires, *pp. 296-297, en publiant le fragment suivant, a fait l'hypothèse qu'il se rattachait au chapitre 5 du l. XXIII; il est en tout cas certain qu'il se rattachait aux Cent-Jours:*
Un notaire d'Armentières, M. Bayart, nous apporta 500 000 francs recueillis de village en village. Il s'était adressé à un fermier qui lui donna 40 000 francs en or. M. Bayart se retirait lorsque le fermier, le suivant d'un air confus, lui dit: «Auriez-vous la bonté de me prêter quelque chose? Je n'ai rien gardé et j'ai pensé à présent que je serai un peu embarrassé.» On est attendri en découvrant ces débris des anciennes mœurs, comme en déterrant des antiques dans la campagne romaine.
M. Bayart portait bien son nom. La loyauté qui avait quitté la cour s'était réfugiée chez la bourgeoisie.
[...] La légitimité revenue ne s'est souvenue que de ceux qui mangeaient à Gand les asperges blanches payées par l'argent de M. Bayart. J'ai vu ce brave et digne homme acheter à Paris, pour ses enfants, des joujoux qu'il faisait passer pour un présent de la cour, afin qu'on ne dît pas à Lille qu'il n'avait reçu aucune marque de souvenir.
Mme la duchesse de Berry, dont l'instinct la servait mieux, choisit Mme Bayart pour nourrice de Mgr le duc de Bordeaux, mais des intrigues de femmes de chambre firent bientôt renvoyer Mme Bayart. Elle a cru même qu'elle avait été empoisonnée, ou du moins qu'on lui avait donné des drogues pour altérer son lait. Elle a fait, depuis, un voyage à Holyrood et on ne lui a pas offert un verre d'eau.
Rester fidèle à des choses que l'on sent par conviction et par honneur, je le conçois à merveille; mais je ne puis comprendre qu'on se croie obligé de soutenir les sottises et de supporter les insolences des magots qui représentent ces choses.
[...] J'eus une dispute violente avec M. de Villèle, à l'occasion d'une place de garde-magasin de tabac que je lui arrachai pour M. Bayart *[...]*. On rendit au fermier ses 40 000 francs sans lui dire grand merci. Il désirait

la croix d'honneur. On lui envoya cette cochonnerie de croix des lys que l'on pouvait acheter pour deux sous à toutes les foires de village.

L. XXIII, CHAP. 6

(a) p. 1441. Ms 1847 ajoute:
… et tout pays.

(b) p. 1443. Un fragment de Ge, publié par H. Guillemin, L'Homme des Mémoires, *p. 297, porte:*
… Je ne sais où Bonaparte, à Sainte-Hélène, a pris que *j'avais rendu à Gand des services essentiels.* Mais s'il jugeait trop favorablement mon rôle, du moins il y avait dans son opinion un sentiment de ma valeur que les Bourbons et leurs gens n'ont jamais eu. C'était à Paris que le Roi aurait dû m'écouter.

L. XXIII, CHAP. 7

(a) p. 1445. Un fragment de Ge, publié par H. Guillemin, L'Homme des Mémoires, *p. 297, et rectifié par P. Clarac (*BSC, *1964, p. 66), ajoute ici:*
… J'ai pu souvent abuser de la candeur avec laquelle on s'est adressé à moi. Plusieurs fois, on m'a offert tout ce qu'on peut offrir à un homme. Mais j'ai en dédain la fortune; et si, lorsque j'étais sans attachement, *[biffé:* j'avais pu abuser*]* il m'eût été facile d'abuser des effets d'une illusion passagère, l'idée d'une volupté advenue par les voies chastes de la religion révoltait *[biffé:* en moi ce qu'il y avait d'honnête et de sincère*]* ma nature sincère. Que j'eusse inspiré un sentiment par un tout autre ouvrage, oh, je ne sais, moi, fragile, ce qu'il en serait arrivé. Mais aimé à travers le *Génie du Christianisme,* aimé pour l'Extrême-onction, *[biffé:* ou*]* pour la fête des Morts! non: je n'aurais jamais été ce honteux Tartuffe.

(b) p. 1445. Un fragment de Ge, publié par H. Guillemin, L'Homme des Mémoires, *p. 298, et rectifié par P. Clarac (*BSC, *1964, p. 66), ajoute ici:*
… Nous passons des aliments les plus pesants aux plus légers, des viandes aux fruits, parfums du banquet. Cet enchaînement de mets est logique. Dans nos pique-niques politiques, nous ne gardons pas le même ordre. Nos constitutions sont des dîners de Gand: seulement elles durent un peu moins.

(c) p. 1445. Un fragment de Ge, publié par H. Guillemin, L'Homme des Mémoires, *p. 298, ajoute :*

... J'étais ministre du roi sans royaume dont j'avais été le soldat sans patrie.

(d) p. 1446. Un fragment de Ge, publié par H. Guillemin, L'Homme des Mémoires, *p. 298, et rectifié par P. Clarac (*BSC, *1964, p. 66, note), porte :*

... Un coup de vent lui causa une frayeur horrible. Elle s'était persuadée, et elle avait persuadé Mlle Florette, sa femme de chambre, que jamais personne n'avait traversé l'Escaut sans se noyer. À Anvers elle vit, dans un cimetière, des âmes du Purgatoire en plâtre toutes barbouillées de noir et de feu. Elle y croyait et elle riait pourtant. À Louvain...

L. XXIII, chap. 8

(a) p. 1447. Un fragment de Ge, publié par H. Guillemin, L'Homme des Mémoires, *p. 298, et rectifié par P. Clarac (*BSC, *1964, p. 66, note), porte :*

... le duc de Lévis allait faire sa cour avec une paire de bas de soie noire que je lui avais prêtés et de vieilles savates qui lui sortaient des pieds, comme de coutume, parce que, fort brave et nouvel Achille, il avait été blessé au talon. Il avait beaucoup d'esprit et tenait du singe. Outre sa famille légitime, on lui connaissait une famille nombreuse dont les mâles étaient tous, sans exception, marchands de parapluie.

(b) p. 1447. Un fragment de Ge, publié par H. Guillemin, L'Homme des Mémoires, *p. 298, et rectifié par P. Clarac (*BSC, *1964, p. 66, note), ajoute :*

... Le cœur me saignait lorsque j'apercevais Monsieur perdu dans le cortège des aides-de-camps du général anglais et suivant à pied la Fortune. Le duc ne daignait même pas se retourner et regarder le petit-fils d'Henri IV. S'il me fallait acheter l'empire du monde à ce prix, j'aimerais mieux être le dernier mousse de l'équipage du plus pauvre baleinier de l'Islande. Mais Louis XVIII revanchait son frère. Il sortait...

(c) p. 1448. Un fragment de Ge, publié par H. Guillemin, L'Homme des Mémoires, *p. 299, ajoute :*

... Le roi des Pays-Bas rendit à Gand une visite à son royal hôte. Comme il était à cheval, il descendit à la retraite du Banni, en bottes, et le fouet à la main. Louis XVIII le trouva fort mauvais et donna ordre qu'à l'avenir on ne laissât plus entrer Sa Majesté hollando-belge.

L. XXIII, CHAP. 9

(a) p. 1450. Un fragment de Ge, cité par P. Clarac (BSC, *1964, p. 66, note), ajoute :*

... L'illustre défenseur du roi martyr ne cachait rien, pas même sa vertu.

(b) p. 1451. H. Guillemin, L'Homme des Mémoires, *p. 299 et note, a donné deux rédactions différentes d'une suite à cette phrase :*

1) *[...]* assassiné par un duelliste. Les cartels de ces poltrons, qui font du meurtre un jeu d'adresse, ne devraient être acceptés qu'à bout portant.
2) *[...]* tué en duel. On ne devrait accepter qu'à bout portant le cartel de ces poltrons qui font de l'assassinat un jeu d'adresse.

L. XXIII, CHAP. 10

(a) p. 1452. Un fragment de Ge, publié par H. Guillemin, L'Homme des Mémoires, *p. 300, donne la version suivante de ce paragraphe :*

Chaque jour, les hommes de la cour de Monsieur me venaient faire de longs sermons sur la nécessité d'être de l'avis de leur maître. À Gand comme à Paris, le pavillon Marsan allait son train. Chaque jour apportait de France à Monsieur des nouvelles qu'enfantait l'intérêt ou l'imagination. M. de Vitrolles, prisonnier en France, était au fond de ces menées. Un personnage trop fameux *[Fouché]* se servait du baron pour se préparer, à tout hasard, une ressource.

(b) p. 1452. Un fragment de Ge, publié par H. Guillemin, L'Homme des Mémoires, *p. 300, et rectifié par P. Clarac* (BSC, *1964, p. 66), ajoute :*

... Ne partageant aucune des opinions du pavillon Marsan de Gand et de Paris, j'étais regardé comme un incorrigible, comme un Jacobin, bien pire que cela, comme un constitutionnel. J'étais, disait-on, un honnête homme, mais j'avais un « dada » dont il se fallait défier.

L. XXIII, CHAP. 11

(a) p. 1456.

... par les provinces du sud-ouest et pourquoi *(Ms 1847).*

L. XXIII, CHAP. 12

*(a) p. 1464. H. Guillemin (*L'Homme des Mémoires, *p. 299) a publié partiellement un fragment de Ge qui a été ultérieurement reproduit dans* BSC *(1963, planche III), et qui est une première rédaction des lignes qui précèdent.*

... Lorsque le matin, j'allais soumettre au Roi quelques notes, je trouvais les féaux exilés en liesse. On n'était point comme feu Thémistocle, assis sur la cendre et implorant l'hospitalité. Le vieux duc de Grammont courait après les servantes qui s'enfuyaient décoiffées, en riant, le plumeau et le balai à la main, et les officiers de la bouche montaient les paniers de vin, les corbeilles d'œufs et les bourriches de poulardes. Je vous fais voir l'envers et la doublure des événements que l'histoire ne montre jamais. L'histoire n'étale que le beau côté et les broderies de l'étoffe. Les *Mémoires* ont l'avantage de présenter l'un et l'autre côté du tissu. Sous ce rapport ils peignent mieux la complète humanité, en exposant comme les tragédies de Shakespeare les scènes variées, basses et hautes de la vie. Gand n'était qu'un vestiaire derrière les coulisses du théâtre ouvert à Paris. De grands personnages restaient encore en Europe...

(b) p. 1464. Ge ajoute :

... où il veut et que je n'ai jamais été à ma place *(P. Clarac,* À la recherche..., *p. 322).*

(c) p. 1465. Ge ajoute cette phrase biffée :

... Or, il n'était plus qu'un prisonnier évadé, et le désordre n'existait point en France *(P. Clarac,* À la recherche..., *p. 323).*

(d) p. 1467. La première version de ces lignes était, dans Ge :

... Dans cette effrayante partie trois joueurs tenaient les cartes, la liberté, le peuple, le despotisme, tous trois cherchant à se tromper et à gagner une partie qui était perdue pour tous les trois *(P. Clarac,* À la recherche..., *p. 331).*

H. Guillemin, L'Homme des Mémoires, *p. 301, en a publié la suite :*

... Les gens habiles dont Bonaparte était environné devinaient ses secrètes convoitises, mais comment le prévenir ? D'un côté, ils ne veulent plus de tyran pour maître ; de l'autre, ils en ont encore besoin pour général. Ils redoutent ses triomphes et ses triomphes leur sont nécessaires ; il faut qu'ils se défendent contre l'Europe et Bonaparte seul peut les défendre. Dans cette position, contraints de marcher avec lui par la volonté suprême des événements, ils se flattent de l'enchaîner de manière qu'il serait hors d'état de leur nuire quand la guerre aurait remis du sang dans ses veines. Ils trébuchent ainsi dans l'erreur où ils étaient tombés au commencement du Consulat; ils croyaient dominer Bonaparte par l'ascendant d'une République quoiqu'ils dussent être détrompés par l'expérience. Pleins de cette pensée, ils ne sévissaient point...

(e) p. 1468. Ge ajoute:
... Le Champ-de-Mai ne devenait plus qu'une mystification où les citoyens, au lieu de proclamer un gouvernement de leur fabrication, seraient réduits à assister au dépouillement du scrutin d'une constitution déjà faite. L'Acte additionnel *[...] (H. Guillemin,* L'Homme des Mémoires, *p. 302).*

L. XXIII, CHAP. 13

(a) p. 1472. Ms 1847 ajoute:
... despotisme: la tyrannie conservait l'instinct du mal et n'en avait plus la puissance.

(b) p. 1472. Ge ajoute, dans ce paragraphe:
... Jérôme auquel il avait remis une division de son armée était un pauvre capitaine *(P. Clarac,* À la recherche..., *p. 323).*

(c) p. 1473. Un fragment de Ge étudié lors d'une communication faite à la Société Chateaubriand en 1967, reprise dans P. Clarac, À la recherche..., *p. 309, a conservé deux rédactions successives de ces lignes:*
1) Quel fond l'empereur pouvait-il faire à présent sur ses partisans et prétendus amis? Tous l'avaient trahi au moment de son *[un mot illisible]*. Ce vieux *[lecture conjecturale]* Sénat réfugié dans la pairie avait décrété sa déchéance. Les maréchaux qu'il employait, Soult, Ney, Conegli(ano) et les autres avaient juré fidélité à Louis XVIII. Les hommes n'ont...
2) Quel fond l'empereur pouvait-il faire à présent sur ses partisans et prétendus amis qui l'avaient indignement abandonné au moment de sa chute? Cet ignoble Sénat, tout chargé de ses dons, tout rampant à ses pieds, maintenant réfugié dans la pairie, avait décrété sa déchéance. Les maréchaux auxquels il était contraint de donner le commandement de ses armées, Ney, Soult et leurs semblables, avaient prêté serment à Louis XVIII, avaient promis de le livrer au Roi dans une cage de fer.

H. Guillemin en a publié une troisième, qui relie ce paragraphe au paragraphe suivant du texte définitif:
3) Ce vil Sénat qui rampait à ses pieds, maintenant blotti dans la pairie,

n'avait-il pas décrété sa déchéance ? Le ministre de la police impériale ne correspondait-il pas avec Gand ? Les maréchaux auxquels Bonaparte était contraint de donner le commandement de ses soldats n'avaient-ils pas prêté serment à Louis XVIII ? N'avaient-ils pas promis à ce monarque de lui ramener l'usurpateur dans une cage de fer ? Depuis ce moment, il est vrai, convolant à une seconde perfidie, ils avaient épousé la cause de leur sultan ; mais s'il eût été arrêté à Grenoble, ne l'auraient-ils pas fusillé ? Suffit-il *[...] (*L'Homme des Mémoires, *p. 302).*

Les nombreuses corrections dont a fait l'objet ce paragraphe ont été étudiées par P. Clarac. Voici le texte de ce qui en constituait le premier jet :
... Encore quelques jours, et ces jureurs du Champ-de-Mai rapporteront leur dévouement dans la salle des Maréchaux de Louis XVIII. Ils s'approcheront de la Sainte Table du Dieu de paix pour rentrer au ministère de la Guerre. Hérauts d'armes et porteurs des insignes royaux au sacre de Bonaparte, ils rempliront les mêmes fonctions au sacre de Charles X. Ensuite commissaires d'un autre pouvoir, ils mèneront ce roi s'embarquer à Cherbourg, trouvant à peine d'espace suffisant dans leur conscience pour accrocher leur nouveau serment. Il est dur de naître à ces époques où l'on se sent abandonné par la probité et l'honneur et où les hommes en causant ensemble sont obligés de retrancher plusieurs mots de la langue, de peur de se faire rougir mutuellement *(Voir P. Clarac,* À la recherche..., *pp. 319-321).*

(d) p. 1474. Un fragment de Ge, conservé à la Bibliothèque publique et universitaire de Genève, donne le texte suivant pour le début de ce paragraphe :
... Le ministre de la police de Bonaparte correspondait avec Gand.
Si tous ces ingrats n'avaient pu s'attacher à Napoléon par la gloire, par les richesses et les honneurs dont il les avait gorgés, comment croire qu'ils se sacrifieront actuellement aux espérances de l'échappé de l'île d'Elbe ? S'enchaîneront-ils à une fortune précaire et recommençante, ceux qui s'étaient dérobés à une fortune consolidée par des succès inouïs et par une possession de 16 années de victoire ? Tant de hideuses chrysalides qui entre deux printemps avaient dépouillé et revêtu, quitté et repris la peau du légitimiste et du révolutionnaire, du napoléonien et du royaliste, tant de serments prêtés et faussés en toutes mains, tant de baisers donnés par des bandes de Judas ; tant de croix passées de la poitrine du chevalier à la queue du cheval et de la queue du cheval à la poitrine du chevalier ; tant de nobles dames tour à tour suivantes de Marie-Louise et de Mme la Dauphine, ne devaient laisser au fond... *(transcription P. Riberette,* Fragments, *pp. 479-480).*

L. XXIII, CHAP. 14

(a) p. 1475. Ge donne une version antérieure de ces lignes :
... Il a recours aux fantasmagories jacobines ; il convoque au champ de Mai ; il a la faiblesse de croire que de pareilles scènes se peuvent jouer deux fois dans un quart de siècle.
Cependant, au milieu de cette remise au théâtre d'une révolution passée, Napoléon songeait encore à deux choses : à essayer le sort des armes, et à détruire, après le premier triomphe, l'échafaudage semi-libéral, semi-gothique qu'il venait d'élever en planches et en carton. Mais il se *préparait* comme à regret à la *guerre.* Il avait l'air de sentir que Dieu attendait le conquérant aux Champs Catalauniques et qu'une dernière bataille était assignée pour clore le *règne des batailles. (H. Guillemin,* L'Homme des Mémoires, *p. 302).*

(b) p. 1476. Ge a conservé une rédaction antérieure :
... On avait, dit-on, découvert (anecdote dont je doute) dans le cabinet de Louis XVIII un projet de triple Alliance entre l'Autriche, la France et l'Angleterre. M. de Caulaincourt envoya ce projet à l'Empereur de Russie. Ce souverain s'en émut d'abord, mais sa magnanimité naturelle le fit demeurer ferme dans l'alliance qu'il avait surnommée Sainte. Alexandre apprit à Vienne le 3 mars à 2 heures de l'après-midi le débarquement de Napoléon ; le même jour à 5 heures une estafette porte à Pétersbourg l'ordre de faire partir la garde *(P. Clarac,* BSC, *1970, p. 45 ; voir aussi, dans le* Congrès de Vérone, *chap. XXXI, rééd. Slatkine, p. 101).*

L. XXIII, CHAP. 15

(a) p. 1478. Ge a conservé deux rédactions antérieures de ce passage.
1) La légitimité était là comme un fourgon brisé, au dépôt, comme un vieux bât qui n'allait aux épaules d'aucune monture. Les inquiétudes étaient partout grandes dans notre cour foraine. 2) La légitimité gisait là au dépôt comme un fourgon brisé. Cet oubli néanmoins ne nous rassurait guère *(P. Clarac,* BSC, *1970, p. 47 ;* À la recherche..., *pp. 327-28).*

(b) p. 1479. Ge porte :
... M. de Blacas était devenu sérieux et triste ; moi, pauvre homme, je solaciais le favori. Il avait été attaqué dans les journaux anglais et j'avais fait passer à Londres un article en son honneur et gloire. À Vienne on ne lui était pas favorable ; M. de Talleyrand s'en moquait ; les royalistes l'accu-

saient d'être la cause du retour de Bonaparte. Ainsi, dans l'une ou l'autre chance, plus d'exil honoré pour lui en Angleterre, plus de premières places possibles en France : j'étais son unique appui. Je le rencontrais assez souvent au Marché aux chevaux où il trottait seul comme une haquenée efflanquée ; m'attelant avec commisération à son côté, je me conformais à sa triste pensée. Cet homme que j'ai défendu à Gand et en Angleterre, que je défendis en France après les Cent-Jours, et jusque dans la préface de *la Monarchie selon la Charte*, cet homme m'a toujours été contraire ; cela ne serait rien, s'il n'avait été le fléau de la monarchie...
Le 18 juin, vers midi, après avoir causé une demi-heure dans le Marché avec M. de Blacas, entendu ses doléances et ses petits sujets d'affliction, je sortis de Gand par la porte de Bruxelles... *(H. Guillemin,* L'Homme des Mémoires, *p. 300 et P. Clarac,* BSC, *1970, pp. 47-48 et* À la recherche..., *pp. 328-329). Cette dernière phrase correspond à la première du chapitre suivant.*

L. XXIII, chap. 16

(a) p. 1481. Ge a conservé trois rédactions successives de cette phrase. La plus ancienne est :
... Le monde était-il joué là sur un coup de dés *(P. Clarac,* BSC, *1970, pp. 46-47 et* À la recherche..., *p. 326).*

(b) p. 1482. Ge a conservé une première version de ces lignes :
... Il m'apprit que le cantonnement était sous les armes ; il me dit que Bonaparte était entré la veille dans Bruxelles après un combat sanglant, que la bataille avait dû recommencer aujourd'hui et qu'elle déciderait du sort de la campagne, que l'on croyait à la défaite entière des Alliés et que l'ordre de la retraite était déjà donné. Le courrier continua sa route pour Gand. Je le suivis en marchant le plus vite qu'il m'était possible *(P. Clarac,* BSC, *1970, p. 50 et* À la recherche..., *p. 333).*

L. XXIII, chap. 17

(a) p. 1483. Ge ajoute :
... MM. les gentilshommes de la Chambre avaient mis leurs petits pistolets dans leurs poches, comme à Paris, pour aller en guerre. Le vulgaire disait que le roi se rendait à Haarlem ; mais les gens mieux informés soutenaient qu'il prendrait d'abord cette route afin de tromper l'ennemi par ce stratagème et que, changeant de direction à une certaine hauteur,

il tomberait sur Ostende comme la foudre, et s'embarquerait. Le fourgon des diamants *[...] (H. Guillemin,* L'Homme des Mémoires, *p. 301).*

(b) p. 1485.
... quarante mille morts *(*Congrès de Vérone, *rééd. Slatkine, p. 103 ; Ms 1847).*

(c) p. 1485. Ge ajoute :
... appuyés sur leur mousquet sans charge, comme un bataillon au repos des armes, après la victoire. C'est là qu'une main invisible les touche et qu'une voix émue par l'admiration leur dit ce mot qu'ils n'avaient jamais entendu « Prisonniers ! » *(H. Guillemin,* L'Homme des Mémoires, *p. 303).*

(d) p. 1485.
... s'étant égaré *(Ms 1847).*

(e) p. 1486. Ge ajoute :
... Son heure était venue. Sa vision dernière, une vision de Dieu, le troubla, lui serra la gorge et le força de vomir tout le sang qu'il avait *(H. Guillemin,* L'Homme des Mémoires, *p. 303).*

L. XXIII, chap. 18

(a) p. 1492. Ge résumait ce qui suit de la façon suivante :
... La discussion fut plus vive à la Chambre des pairs où le maréchal Ney fit un récit effrayant du désastre de Waterloo dont on l'accusait d'être la principale cause et qu'il rejetait sur Bonaparte avec insulte et mépris. La Bédoyère répliqua vivement. Il traita d'infâmes les hommes qui voulaient encore trahir Napoléon *(H. Guillemin,* L'Homme de Mémoires, *p. 305).*

(b) p. 1494. Ge nomme Ney et La Bédoyère.
... Et que se passait-il à Paris ? Les deux *[biffé :* hommes*]* soldats dont la désertion à Bonaparte livra la France à une seconde invasion *[biffé :* désastreuse*]* et causa la ruine finale de leur maître, ces deux soldats tour à tour accusés et accusateurs luttaient contre leur destinée par eux-mêmes prédite, reniés de celui pour lequel ils avaient tout fait, et abandonnés des lâches compagnons de leur erreur. La Bédoyère et Ney déjà à moitié plongés dans les ténèbres se débattaient sur le seuil du palais d'où l'Empereur sortait et où le Roi était attendu.
(H. Guillemin, L'Homme des Mémoires, *p. 306, complété par B. Gagnebin,* BSC, *1964, p. 77).*

(c) p. 1494. Le fragment de Ge cité ci-dessus porte:
... maudite *(H. Guillemin,* L'Homme des Mémoires, *p. 306).*

L. XXIII, CHAP. 20

(a) p. 1502.
... Je m'oppose seul *(Ms 1847).*

(b) p. 1505.
... sa servante, qui n'était pas saint Rieul, patron de la ville, nous reçut comme des chiens; quant au chanoine, il ne voulut seulement pas nous regarder *(Ms 1847).*

(c) p. 1506.
... mon ami *(Ms 1847).*

(d) p. 1511. Ge donne une première version de ces lignes fameuses.
... J'étais là. Le long des murs de la vieille abbaye de Dagobert, à quelques pas du squelette décapité nouvellement rendu aux caveaux solitaires, je vis, un soir, passer dans l'ombre le Vice appuyé sur le bras du Crime: Talleyrand accroché à Fouché menait celui-ci jurer foi et hommage à son seigneur. Le féal régicide à genoux mit les mains qui avaient fait tomber la tête de Louis XVI entre les mains du frère du roi martyr; l'évêque apostat et félon fut caution du serment *(P. Clarac,* BSC, *1970, p. 51 et* À la recherche..., *p. 334).*

(e) p. 1513.
... des cancans de leur noblesse *(Ms 1847).*

L. XXIV, CHAP. 1

(a) p. 1521. Des fragments de Ge, publiés par H. Guillemin, L'Homme des Mémoires, *pp. 303-304, et complétés par P. Clarac,* À la recherche..., *pp. 310-311, donnent la version suivante du début de ce chapitre:*
... Cette habitation était vide. Joséphine la bien-aimée, qui trahissait publiquement Bonaparte pendant qu'il était en Égypte, est représentée comme un parangon de sacrifice et de fidélité. Cette impératrice gracieuse, à bonté oublieuse et fugitive comme celle des femmes de sa nature, cette tendre, affligée et constante épouse, était morte, en 1814,

des suites d'un divertissement qu'elle y avait offert aux souverains alliés tandis que son mari, par ordre de ces souverains, s'en allait aux galères de l'Europe.

L'empereur était là en présence de tous ses souvenirs. Là il avait commencé sa fortune; là il avait été heureux: là il s'était enivré des hommages du monde; là, du sein des plaisirs, ses ordres étaient portés à toute la terre. Dans les allées, dont les pas de la foule avaient naguère râtelé le sable, l'herbe et les ronces verdissaient, comme je m'en étais assuré en m'y promenant. Déjà mouraient, faute de soins, les arbres étrangers; sur les canaux ne voguaient plus les cygnes noirs de l'Océanie; la cage n'emprisonnait plus les oiseaux du tropique. Ceux-ci semblaient s'être envolés pour aller attendre Napoléon dans leur patrie et lui rendre, à son tour captif, l'hospitalité qu'ils en avaient reçue.

Bonaparte aurait pu cependant trouver un moyen de consolation philosophique en portant ses regards plus haut. Les rois tombés s'affligent surtout parce qu'ils n'aperçoivent en amont de leur chute que des grandeurs et les pompes de leur berceau. Que voyait Napoléon en arrière de ses prospérités? La crèche de sa naissance dans un village de Corse. Mais l'homme ne se replace point à son origine quand elle fut humble. Il regarde comme un outrage de la fortune d'avoir perdu tout ce qu'il avait gagné. *[...]* À l'aspect de ces jardins solitaires, de ces salles fanées par les fêtes absentes, Napoléon pouvait repasser sa vie, se demander si, avec un peu de modération, il n'aurait pas pu conserver, la première fois, toute sa fortune, si, au lieu d'aller à Moscou, il n'aurait pas pu faire la paix avec la Russie qui la lui demandait à genoux, s'il n'eût pas bien fait d'accepter le traité de Châtillon qui lui laissait un si beau royaume, pourquoi, enfin, il avait cédé à la fatale tentation de sortir de l'île d'Elbe? Quel reproche ne devait-il pas se faire lorsque, déjà sur le chemin de l'exil, il entendait le canon d'une seconde invasion jusque dans les bois de Saint-Germain? Ah! ce n'était plus, cette fois, des ennemis qui le bannissaient. Il ne s'en allait plus, nouvel Annibal, quasi-vainqueur, laissant une immense idée de son génie militaire dans l'héroïque et savante campagne de 1814. Il se retirait battu à Waterloo et c'était des Français qui exigeaient son abdication immédiate *[...]*

À cette leçon si claire se joignait une ignominie. Les patrouilles prussiennes rôdaient presque dans le voisinage de la Malmaison. Blücher aviné de rogome et de succès, ordonna balbutiant et en trébuchant de saisir et de prendre le conquérant qui avait mis *le pied sur le cou des rois.*

(b) p. 1522. Deux fragments de Ge donnent une version différente.

Les amis de l'empereur tombé n'approchèrent de lui que pour tourmen-

ter cette grande victime. Ils l'accablent de demandes, tous réclamant de l'argent de sa misère, en prétendant s'être ruinés à son service.
Bonaparte avait un fils naturel en pension à Paris et qui ignorait sa naissance. Il le fit venir à la Malmaison pour l'embrasser. Il trouva qu'il ressemblait au roi de Rome. «– Léon, lui dit-il, que pensent vos camarades des affaires actuelles?» L'enfant répondit: «– Nous sommes partagés: les uns sont pour les Bourbons, les autres pour l'empereur. – Et pour qui êtes-vous? – Pour les Bourbons.»
La créole Joséphine s'était consolée au concert et au bal et l'impératrice Marie-Louise était déjà liée avec le comte de Neipperg. *[...]*
Il ne fut jamais plus complet abandon de la famille, des amis, de la terre et du ciel. Bonaparte y avait donné lieu. Sans sympathie, indifférent et glacé, il força les cours à se fermer pour lui. Comme tous les despotes, il était bon avec sa domesticité. Il avait à l'usage des siens et du public des phrases de sensiblerie et d'affectation: au fond il ne tenait à rien. Il n'aima personne. Personne ne l'aima. S'il fut aimé *[...]* quelque temps après sa catastrophe, ce ne fut qu'en vertu de cette adversité dont il avait toujours nié la puissance. Homme à part et solitaire, il se suffisait *[...]*
(H. Guillemin, L'Homme des Mémoires, *pp. 304-305).*

L. XXIV, chap. 2

*(a) p. 1524. Deux fragments de Ge, publiés par H. Guillemin (*L'Homme des mémoires, *p. 306), se rattachent à ce paragraphe.*
... Napoléon eut un moment l'idée de passer en Corse, puis il dit: «Non, je ne veux pas seul trouver le port dans le naufrage du peuple français.» Sentence théâtrale et calculée, affectation de profondeur de sentiment et de pensée auxquelles il était sujet. Il osait convenir que le peuple français avait fait naufrage. Pilote, n'était-ce pas vous qui l'aviez brisé sur l'écueil? Il avait dit mieux lorsque, résistant à des propositions qui tendaient à le relancer à la tête de l'armée de la Loire, il répondait: «Non, les Français manquent de nationalité.» Remarque profonde *[...]* De plus, il ne convenait pas à Napoléon d'être chef d'une Vendée militaire.

L. XXIV, chap. 3

(a) p. 1525. Ge ajoute:
... Si Bonaparte, n'avait, pendant vingt ans, accablé d'outrage le peuple anglais, son gouvernement, son roi et l'héritier de ce roi, s'il n'avait, cent

et cent fois, menacé de vengeance cette «nation de boutiquiers», ce monarque «fou», ce prince «débauché», on aurait pu trouver quelque convenance de ton dans cette lettre, mais on est encore forcé de voir ici le comédien changeant de langage en changeant de rôle.
Deux mots exposant les faits auraient mieux valu que cette érudition de collège, cette dignité classique et l'exemple banal de Thémistocle *(H. Guillemin,* L'Homme des Mémoires, *pp. 306-307).*

L. XXIV, CHAP. 4

(a) p. 1528. Ms 1847 ajoute ici :
... Le droit public et le droit des gens furent violés dans la personne du duc d'Enghien ; le sang héroïque des Condé n'a jamais réclamé une goutte de sang de l'immortel soldat abattu. La lettre de M. Dupin nous a fait connaître la magnanimité de l'infortuné duc de Bourbon à propos des cendres de son fils *[suit une note*: Voyez le *[*seizième*]* livre de ces *Mémoires].*
À ce paragraphe retranché se rattache dans le manuscrit un développement dont nous ont été conservées trois versions, publiées par H. Guillemin, L'Homme des Mémoires, *p. 309.*

1) *[...]* le sang héroïque des Condé n'a jamais réclamé une goutte de sang de l'immortel soldat abattu.
Ce que je viens de vous dire des paroles et des notes de Bonaparte me mène à vous faire observer que l'âme de cette créature phénoménale était aussi étroite que son génie était vaste. De là les contradictions de sa vie. Le même Bonaparte qui écrasa les rois se tapit et se roule en chien au fond d'une voiture, sous les pieds des recors royaux qui le menaient à l'île d'Elbe. Les mêmes épaules que couvrait majestueusement la pourpre se cachent sous la veste d'un postillon. Au temps de son pouvoir, qu'avait besoin Napoléon d'exagérer sa stature, de pérorer du haut d'un cabriolet de bateleur lorsque le dieu des armées l'avait mis en possession de ce char dont les roues sont vivantes ? Ses traits étaient assez prononcés, assez tragiques, pour n'avoir pas besoin d'être agrandis du carton d'un masque *[*ou : des cartilages d'un masque*]*. 2) Son âme n'avait pas l'étendue de son génie. Il n'aurait jamais dû disputer quelque chose à ses geôliers. C'était pitié de le voir s'abaisser à des conflits de parole... Bonaparte n'avait besoin d'être que Bonaparte : un soldat. 3) L'âme de Napoléon était aussi étroite que son génie était vaste. Cela explique les contradictions de sa vie et pourquoi l'on passe constamment de l'admiration au dégoût et du dégoût à l'admiration en s'occupant de cet homme sans égal. Le même

Bonaparte qui écrasa les rois se tapit et se roule sous les pieds des agents de ces rois qui le menaient à l'île d'Elbe. Ces même épaules que couvrit la pourpre se cachent sous la veste d'un postillon.
Pas un mot de toute sa carrière qui aille à l'âme. Sa tête gigantesque était portée sur un cœur de nain.

L. XXIV, CHAP. 5

(a) p. 1532. Ms 1847 ajoute ici :
... Je vous prie d'avoir en mémoire ce que je vous ai fait remarquer de l'homme, quand j'en ai parlé à la mort du duc d'Enghien, quand je vous l'ai montré agissant en Europe avant, pendant et après la campagne de Russie ; quand j'ai rendu compte de ma brochure « *De Bonaparte et des Bourbons* ». Le parallèle de Washington dans le *[*sixième*]* livre de ces *Mémoires* jette encore quelque lumière sur le caractère de Napoléon.

*(b) p. 1534. Un fragment de Ge, publié par H. Guillemin (*L'Homme des Mémoires, *p. 310), donne la version suivante du début de ce paragraphe :*
... On a voulu faire de Bonaparte un être complet, un modèle de sentiment, de morale, de justice, un écrivain comme César ou Xénophon ; un orateur politique comme Tacite et Thucydide et l'on n'a pas craint de moquer ainsi le bon sens et l'évidence.
Dans ses lettres privées à Joséphine, Bonaparte est un sous-lieutenant de mauvais ton, de mauvais goût, qui parle à sa femme-maîtresse de son joli petit ventre. Dans ses discours à effets, Bonaparte est un charlatan qui débite sans conviction des sentences prétentieuses, des lieux communs que ne rajeunit point la nouveauté de l'expression. *[H. Guillemin ajoute que sur une autre copie de cette page suivent les mots :* « Il recouvrait son or massif d'un plaqué sans valeur »*].*
Il tranchait du destin dans des phrases de quartier général et de Conseil d'État qui faisaient crier au sublime : « La maison de Bragance a régné » ; « La Russie est livrée à sa fatalité » ; phrases d'autant plus pitoyables que la maison de Bragance règne encore et que la fatalité n'a point entraîné la Russie tandis que l'Isaïe du glaive a disparu. »

(c) p. 1536. Des fragments de Ge, dont H. Guillemin, L'Homme des Mémoires, *a publié les extraits suivants, donnent un état antérieur de ces lignes :*
Les compilations que l'on a données sous son nom, récit des campagnes d'Italie, *Mémoires de Sainte-Hélène*, ne sont pas de lui. Il suffit d'avoir la moindre idée de ce qu'on appelle le style et la construction de la phrase

pour s'apercevoir que ces écrits sont rédigés par des hommes du métier *[...].* Bonaparte savait fort mal le français, ignorait les premières règles de la langue, commettait les fautes les plus grossières, conservait l'accent de son pays. Trivial dans ses locutions, Bonaparte parlait comme l'homme de la rue. Il avait du peuple et c'était là sa vraie grandeur. Mais vouloir en faire un écrivain, c'est une bouffonnerie.
Quant aux Bulletins que l'on veut nous donner pour des modèles, il ne les a jamais écrits. La victoire les a signés. Ils étaient composés au bivouac par des secrétaires, des officiers d'ordonnance, des auditeurs ambulants. Il y jetait tout à travers quelques phrases décousues, incohérentes, détachées du fond et que l'on reconnaît tout d'abord.
Il descendit jusqu'à mêler au récit de la chute des empires des insultes à des femmes, à des reines malheureuses : au milieu d'une ville embrasée, il accouplait des décrets jongleurs qui établissaient des baladins, aux grands arrêts qui supprimaient des monarques.
[...] quel rapport des pages ampoulées, souvent ignobles, remplies d'incongruités et de barbarisme, ont-elles avec les *Commentaires* de César où l'écrivain domine le sujet, où la simplicité du style ferait croire à la facilité de la conquête, où la pureté de la langue, le goût exquis de l'urbanité latine décèlent une éducation savante et choisie ?

L. XXIV, CHAP. 6

(a) p. 1542. Des fragments de Ge, publiés par H. Guillemin, L'Homme des Mémoires, *pp. 311-312, développent ce paragraphe :*
... fausseté dans les faits. Bonaparte n'a point passé le Saint-Bernard au milieu des tourbillons de neige, sur un cheval fougueux, au milieu des avalanches et des précipices. Il faisait le plus beau temps du monde. Les canons étaient traînés paisiblement par des bœufs. La victoire de Marengo aurait-elle été moins éclatante sans ce prélude romanesque ?
Bonaparte, à Jaffa, n'a point touché les pestiférés. Les malades, que l'empereur ne guérit point comme saint Louis en leur imposant les mains, furent charitablement délivrés des maux de la vie à grandes doses d'opium ou autre panacée.
Eh bien, cela n'empêchera pas les historiens de répéter tous ces mensonges, les peintres de fixer ces blagueries sur la toile. Et la postérité y croira, et quiconque voudra la détromper passera pour un aristocrate, un envieux, un aveugle, un imbécile, un esprit dénigrant, sectaire, prévenu, passionné, fanatique, rétrograde, incapable de comprendre un si vaste génie, un calomniateur.

Bien fou qui croit à l'histoire. Plus insensé celui qui attache quelque prix à la renommée. Cette renommée n'est qu'une tromperie. Elle demeure telle qu'un grand écrivain la façonne. Quand on trouverait aujourd'hui des mémoires démontrant jusqu'à l'évidence que Tacite n'a débité que des impostures en racontant les vertus d'Agricola et les vices de Tibère, Auguste et Tibère resteraient ce que Tacite les a faits. *[Autre version :]* Et quiconque voudra la détromper passera pour un envieux ou pour un calomniateur. je connais tel homme qui ne dépasse pas les capacités les plus communes, à qui la sottise humaine délivrera un brevet de génie pour l'avenir et je connais tel fumier que nos neveux trouveront pur. Bien fou *[etc.]...* à la renommée. Cette renommée n'est que ce qu'une opinion vaine la fait. Elle demeure telle qu'un grand écrivain s'amuse à la façonner. Quand on trouverait *[etc.] [Autre version : ...* et la postérité adopte ces fantômes créés par le temps.*]*

*Comme l'a indiqué H. Guillemin, Chateaubriand a utilisé ces développements dans l'*Essai sur la littérature anglaise, *à propos de Byron, où ils prennent la forme suivante :*

... Tout personnage qui doit vivre ne va point aux générations futures tel qu'il était en réalité ; à quelque distance de lui, son épopée commence : on idéalise ce personnage, on le transfigure ; on lui attribue une puissance, des vices et des vertus qu'il n'eut jamais ; on arrange les hasards de sa vie, on les violente, on les coordonne à un système. Les biographes répètent ces mensonges ; les peintres fixent sur la toile ces inventions, et la postérité adopte le fantôme. Bien fou qui croit à l'histoire ! L'histoire est une pure tromperie : elle demeure telle qu'un grand écrivain la farde et la façonne. Quand on trouverait des mémoires qui démontreraient jusqu'à l'évidence que Tacite *[...]* ce que Tacite les a faits *(*Essai sur la littérature anglaise, *éd. Garnier, p. 784).*

(b) p. 1542.

... que l'arbitraire *(Ms 1847).*

(c) p. 1544. Ge porte :

... Sous ces deux rapports, Napoléon avait sa source dans le cœur de la nation. Il en était la grosse artère. Sorti du peuple, il lui est cher parce qu'il a satisfait la passion du siècle : l'égalité *(H. Guillemin,* L'Homme des Mémoires, *p. 312).*

(d) p. 1545. Ge porte :

... Contemporain de Bonaparte, je ne puis acquiescer à des mensonges, renoncer à ma raison, tomber en admiration devant ce qui me fait pitié.

J'aurai encore beaucoup à parler de Napoléon. Il restera, je pense (si toutefois je reste moi-même), l'homme le plus extraordinaire, *[autre version:* la plus grande figure*]*, de l'histoire, mais je le peindrai en conscience sans lui ôter ce qu'il a, sans lui donner ce qu'il n'a pas. Peut-être parviendrai-je à fixer sa ressemblance. Déjà vingt fois j'ai vu les esprits varier sur le compte de Bonaparte. Tous les cinq ou six ans, les mêmes hommes portent sur lui des jugements opposés, aujourd'hui, c'est un tyran; demain, le père de toutes les libertés. Peut-être ferai-je comprendre à ceux qui, tour à tour, le ravalent et l'exaltent, la cause de ces jugements contradictoires en leur montrant qu'il y avait véritablement deux hommes dans cet homme, l'un le plus petit, l'autre le plus grand de la terre. Une tête de colosse; un cœur de nain *(H. Guillemin,* L'Homme des Mémoires, *p. 312-313).*

L. XXIV, CHAP. 7

(a) p. 1550.
... elle seule donne du prix à la vie *(Ms 1847).*

L. XXIV, CHAP. 8

(a) p. 1552. Ms 1847 ajoute:
... Mais pourtant un peuple entier peut-il être plongé dans l'erreur? N'est-il point de vérité d'où sont venus les mensonges? Il est temps *[...]*

L. XXIV, CHAP. 9

(a) p. 1554. Ge ajoute:
... Les gommiers croissaient jusque dans les fentes des laves et des scories qui surplombaient les vagues *(H. Guillemin,* L'Homme des Mémoires, *p. 307).*

(b) p. 1556. Un fragment de Ge donne une version légèrement différente, pour autant qu'on en puisse juger compte tenu de la coupure qui y a été pratiquée:
... Il y a loin de ces douleurs fictives aux tourments réels de Napoléon dans ces mers d'où le génie français n'a pas rapporté des trésors, mais où il a trouvé Éléonore et Virginie. Mais que faisaient à Bonaparte ces *[...]* lorsqu'il traversait l'océan pour se rendre à sa Thébaïde insulaire *(H. Guillemin,* L'Homme des Mémoires, *p. 307).*

L. XXIV, CHAP. 10

(a) p. 1559. Un fragment de Ge, publié par H. Guillemin, L'Homme des Mémoires, *p. 328 et par P. Clarac,* BSC, *1967, p. 80, fait vraisemblablement allusion aux relations de Napoléon avec Mme de Montholon.*
... On croit que Bonaparte eut intérêt à Longwood, mais c'était un de ces attachements qui traînent après tous les autres dans une âme flétrie, non une de ces passions jeunes et vierges qui remplissent la solitude et font oublier tous les trônes de l'univers.

(b) p. 1561.
... qui l'a trahie *(Ms 1847).*

L. XXIV, CHAP. 11

(a) p. 1563. Un fragment de Ge, très corrigé, fournit une première version de ces lignes :
... Oh ! combien de fois, au silencieux mourir d'un jour *[biffé :* oisif sans action*] [biffé deux fois avant d'être retenu :* inactif*] [biffé :* il s'assit*] [biffé :* ses yeux*]* ses regards foudroyants baissés, ses bras croisés sur la poitrine *[biffé :* il se tint debout*]*, tandis que... Des jours qui furent, le souvenir le consumait *(H. Guillemin,* L'Homme des Mémoires, *p. 307, corrigé par P. Clarac,* BSC, *1967, p. 81).*

(b) p. 1566. Ge a conservé une première ébauche d'une grande partie de ce chapitre. Nous en reproduisons le texte tel que l'a établi P. Clarac, BSC, *1967, p. 81-82, moins les variantes qu'il a données en notes :*
... Il croyait assez à la fidélité et *[à]* l'attachement de ses compagnons d'exil pour croire qu'ils consentiraient à s'étouffer avec lui à la vapeur du charbon. M. de Las Cases s'étant permis d'écrire une lettre à Lucien Bonaparte sur un morceau de soie blanche en contradiction avec les ordres, fut renvoyé de Sainte-Hélène, et son absence forma un nouveau vide dans l'exil de Longwood. Lord Holland dans la Chambre des Lords fit, le 18 mai 1817, une proposition d'humanité relative aux plaintes transmises en Angleterre par le général Montholon. Il dit que la Postérité n'examinerait pas si Bonaparte avait été justement puni de ses crimes, mais *[*si*]* l'Angleterre avait montré la générosité qui convenait à une grande nation. La motion de Lord Holland, combattue par Lord Bathurst, ne fut pas appuyée.
O'Meara, qui avait été le double espion de Sir Hudson Lowe et de Bonaparte, fut renvoyé. L'humeur agitée du grand exilé se figura qu'en

le privant de ce secours on en voulait à sa vie. Bonaparte ne voulant pas accepter un autre médecin anglais, le cardinal Fesch lui envoya d'Italie le docteur *Antomarchi.* Bonaparte témoigna le désir d'avoir un prêtre catholique : le Père Bonavita et l'abbé Vignali arrivèrent à Sainte-Hélène avec le docteur Antomarchi. La Princesse Borghèse voulait rejoindre son frère. « Non, dit Napoléon. Je ne voudrais pas qu'elle fût témoin de mon humiliation et des insultes auxquelles je suis exposé. » Cette charmante créature ne traversa pas les mers. Elle devait aussi mourir.
Les projets d'enlèvement recommencèrent. Un colonel Latapie à la tête d'aventuriers américains se proposa de le tirer de force de Sainte-Hélène. Johnstone, hardi contrebandier, prétendait l'enlever au moyen d'un bateau sous-marin. Le bateau que l'on commençait à construire dans la Tamise, fut saisi. Beaucoup de jeunes lords anglais entraient dans ces projets de délivrance. Prestige de la Renommée ! Eût-on fait tant d'affaires pour sauver un homme qui eût apporté la liberté et la vertu au genre humain ? Le Christ fut crucifié.
Mais le maître de la terre s'affaiblissait de plus en plus, et ceux qui voulaient le délivrer pour le rendre à sa puissance, ne voyaient pas que cette puissance s'évanouissait. Il ne s'occupait plus du monde. Il s'amusait à creuser dans son jardin solitaire un petit bassin où il mit quelques poissons. Le mastic du bassin étant à base de cuivre, les poissons furent saisis de vertige et moururent l'un après l'autre. Bonaparte en fut profondément affecté ; *[il]* dit : « Tout ce que j'aime, tout ce qui m'attache est aussitôt frappé. Le Ciel et les hommes se réunissent pour me poursuivre. »
Dès le mois de février 1821, Napoléon fut obligé de rester au lit. « Combien, disait-il, je suis déchu ! Je remuais le monde, et je ne puis soulever mes paupières. J'étais Napoléon. Je ne suis plus rien. » Napoléon ne croyait pas à la médecine et s'opposait à une consultation qu'Antomarchi voulait faire avec quelques médecins anglais. Il admit pourtant le docteur Arnold. Du 15 au 26 avril il s'occupa de son testament. Le 28, Napoléon recommanda son autopsie : il voulait que son cœur fût porté à Marie-Louise, qui en eût sans doute confié la garde au comte Neipperg. Il défendit qu'aucun médecin ou chirurgien anglais portât la main sur lui. Il croyait mourir de la maladie de son père et voulait que le procès-verbal de l'examen de sa *[un mot illisible]* fût envoyé à son fils. Le fils a rejoint Napoléon et les sollicitudes paternelles ne l'ont pas sauvé.

(c) p. 1568. Ge donne la version suivante :
... L'astre qui la dessinait avait de la peine à s'éteindre. Le 4, une tempête s'éleva, comme le jour de la mort de Cromwell. Un saule sous lequel Bonaparte aimait à prendre le frais fut déraciné ainsi que

presque tous les arbres de Longwood. Le 5, à six heures moins onze minutes du soir, au milieu des vents, de la pluie et du fracas des flots qui battaient l'île comme pour l'emporter, Bonaparte rendit son âme à Dieu *(H. Guillemin,* L'Homme des Mémoires, *pp. 307-308).*

L. XXIV, chap. 12

(a) p. 1571. Ge porte :

... Une pierre énorme fut abaissée sur ses cendres comme pour les empêcher de *[la phrase est restée en suspens]*

Un coup de canon partait, de minute en minute, du bord du vaisseau amiral. Bonaparte avait ouï le dernier coup de canon de Waterloo. Il n'entendit point celui que l'Angleterre tirait sur sa tombe *(H. Guillemin,* L'Homme des Mémoires, *p. 308).*

(b) p. 1572. Ms 1847 ajoute ici un paragraphe :

Quand Napoléon quitta la France on prétendit qu'il aurait dû s'ensevelir sous les ruines de sa dernière bataille ; lord Byron disait dans son Ode satirique déjà citée :

To die a prince or live a slave
Thy choice is most ignobly brave.

Mourir prince ou vivre esclave,
Ton choix est très ignoblement brave.

C'était mal juger la force de l'espérance dans une âme irréméable qui gardait tout, et d'où rien ne pouvait revenir : lord Byron crut *[...].*

L. XXIV, chap. 16

(a) p. 1582. Un fragment de Ge, publié par H. Guillemin, L'Homme des Mémoires, p. 316, montre que Chateaubriand songea dans un premier temps à donner à ce chapitre la forme d'un Post-Scriptum.

Post-scriptum
Paris 1840.
Excusez-moi, je vis encore. Mais ce que je vais vous dire n'est que le retentissement d'une tombe sur laquelle le temps a frappé.

Je me suis retiré à l'entrée de ma fosse. Cette entrée ne ressemble pas mal à ces tours de couvent qui servent à faire passer dans les sanctuaires religieux les choses du monde, et c'est par là que le temps nous envoie à l'éternité.
Voici qu'il m'arrive de la terre des nouvelles.
[Autre version: Mais tandis que j'écrivais ceci, le temps marchait. Les nouvelles seraient grandes si les événements... »*]*

*(b) p. 1582. M. Levaillant a publié (*Deux livres des Mémoires d'outre-tombe*, pp. 28-29) une lettre du dernier secrétaire de Chateaubriand, Maujard, qui s'inquiétait auprès de Charles Lenormant, le 12 septembre 1849, de la prise en compte de corrections ultimes faites par Chateaubriand sur ce chapitre: il s'agissait à la fois de passages retranchés, et d'additions:*
Monsieur, En attendant mieux, je vous envoie sous bandes deux feuilles des *Mémoires* (12 et 13); la feuille 12 réclame des corrections. Je dois vous faire connaître, Monsieur, que ces corrections sont tracées de la main même de Chateaubriand dans l'année 1847; je me les rappelle parfaitement.
Un matin, je trouvai M. de Chateaubriand lisant, la plume en main, un cahier de son manuscrit, mais c'était un de ces cahiers isolés et jetés à l'écart: le hasard l'avait placé sous sa main. Sur l'observation que je lui fis que ce n'était pas là le manuscrit sur lequel il corrigeait d'habitude, il me répondit: « C'est aussi bon, vous arrangerez cela. » J'ai mis de côté ces quelques feuilles qu'il avait corrigées, me proposant de les remettre au net dans un autre moment. Mais les feuilles et les corrections sont restées dans l'oubli.
En se reportant sur tout ce qui a été dit et redit par l'auteur sur la vie de Napoléon, on conçoit toute l'intelligence de ces corrections. Je les considère comme étant un ordre d'Outre-tombe; c'est une lettre de change tirée par l'auteur et qui n'a point été acquittée.
Vous apprécierez, Monsieur, le degré de valeur de mon observation en même temps que mon attachement à la mémoire de l'auteur.
J'ai figuré les ratures et j'ai souligné les additions dans la note ci-jointe.
Mille respects empressés. Maujard. *[...]*

La « note » annoncée, indique M. Levaillant, remplit la troisième page de la lettre. La voici:
Chapitre intitulé: *Exhumation de Bonaparte*, feuille 12, passages retranchés.
Page 184, ... elle nous fera tant que nous voudrons de ces présents *de mort.*
Page 184, ... elles auraient pu subir le droit de visite (*l'empereur vivant n'était pas si aisé à visiter*), mais l'étranger s'est montré facile, etc.

Page 185, ... tout défendu qu'il est par Louis XIV, Vauban et Turenne, (*Gare ces...*), etc... Tout le reste de la phrase est raturé par l'auteur (deux mots et neuf lignes).
Page 188, ... était arrivé tout juste à ces trois dents que les balles avaient laissées à la mâchoire du duc d'Enghien: *le temps tire même sur la gloire.*
Page 190, ... il a fait la guerre trop grande (*c'est peut-être le seul bien qui restera de lui*) pour qu'elle revienne de manière à intéresser l'espèce humaine etc.

Additions:
Page 189, ... des obélisques de sapin remémoratifs de la vie *indestructible* du vainqueur.
Page 189, ... Rien n'était beau hormis le bateau de deuil qui *sous la garde d'un prince ennemi des Anglais* avait porté en silence sur la Seine, Napoléon et un crucifix.
«Les mots soulignés sont ajoutés de la main même de M. de Chateaubriand, la dernière addition difficile à lire, il est vrai, pour les personnes qui n'en ont pas l'habitude.»
On verra dans le texte, supra, l. XXIV, chap. 12, que l'édition Penaud a tenu compte de cette requête, sauf en ce qui concerne la troisième suppression et la deuxième addition demandées.

L. XXIV, CHAP. 17

(a) p. 1588. M.-J. Durry a publié (En marge..., *pp. 79-83) un fragment continu de manuscrit dont le début se rattache au chapitre 14, ci-dessus, et dont la fin fournit une première rédaction de la visite à Cannes:*
Un registre reçoit les noms des voyageurs qui croient devoir lui inscrire leur obscurité. Le vieux Longwood à deux cents pas du nouveau est abandonné. On arrive à travers un enclos rempli de fumier *[*qui*]* précède le mur d'une écurie. C'était la chambre à coucher de Bonaparte. Un nègre vous montre une espèce de couloir occupé par un moulin et vous dit: *«-Here he died;* ici il est mort.» La chambre où Napoléon vint à la vie n'était vraisemblablement pas plus riche. Au nouveau Longwood on voit le portrait du duc de Wellington et le tableau des batailles du général anglais. Dans une armoire vitrée est un morceau de l'arbre près duquel se trouvait Wellington à Waterloo, cette relique est placée entre une branche arrachée au jardin des Olives, et des ornements de sauvages de la mer du Sud. La proclamation de Saint-Denis écrase tout cela.

Il suffit qu'on retrouve à cette sépulture la solitude, l'océan et Napoléon : il n'y manque que le temps. Il arrivera à son tour et ne s'en ira plus et remplacera Napoléon, l'océan et la solitude. Un endroit sur lequel fut *[un mot rayé illisible]* la gloire de Napoléon. Moi-même, j'ai été chercher le lieu d'une de ses apparitions sur la terre.

En Europe, j'ai moi-même été visiter le lieu où Napoléon a fait son avant-dernier pas dans la vie, pas qui s'est cruellement enfoncé dans la terre, et qui ne s'effacera jamais.

J'arrive l'année dernière à Cannes et je descends à une auberge sur le port au moment où l'on tirait le canon au coucher du soleil pour célébrer le 29 juillet, un des résultats de la descente de Bonaparte que sans doute il n'avait pas prévu. Parti à nuit close pour le golfe Juan, j'arrive à une maison isolée au bord du grand chemin. Jacquemin, potier et aubergiste, propriétaire de cette maison, me conduisit à la mer. Nous prîmes un étroit chemin creux entre des oliviers sous lesquels Bonaparte avait bivouaqué en descendant de son esquif : c'était Jacquemin lui-même qui l'avait reçu à terre et qui me conduisait à son tour. À gauche du sentier traversier se voit une maison où l'envahisseur fit mettre en dépôt les effets de son débarquement.

Arrivé sur la grève, je ne vis qu'une mer calme que ne ridait pas même le plus petit souffle : la vague mourait sur le sablon sans bruit et sans écume ; un ciel émerveillable tout brillant de constellations, s'étendait sur ma tête. Le croissant de la lune s'abaissa derrière une montagne à l'Occident. Une barque et deux petits bateaux étaient à l'ancre ; on voyait à gauche le phare d'Antibes, à droite les îles de l'étranger et Rome, où Bonaparte m'avait d'abord envoyé.

Les îles de Lérins avaient reçu autrefois quelques chrétiens fuyant devant les Barbares. Là naquit dans l'Occident la vie monastique et la civilisation nouvelle sauvée des ruines de la civilisation antique. Quatorze cents *[ans]* après Théodoret, Bonaparte vint clore et finir cette civilisation nouvelle là où Théodoret l'avait commencée. De ce silence du Golfe Juan qui régnait dans les îles des anciens solitaires et sur la plage où Napoléon aborda, sortit ce grand bruit de Waterloo qui devait expirer à Sainte-Hélène. À cette époque de l'histoire de l'univers, entre deux civilisations, au souvenir d'un monde passé et d'un monde qui passe, la nuit, seul, sur cette plage qui voit tout changer et ne change jamais, ce que l'on pense ne saurait se dire.

(b) p. 1590. Différents fragments de Ge fournissent des versions antérieures de la fin de ce chapitre, voire du premier chapitre du livre suivant. Ils ont été publiés par H. Guillemin, L'Homme des Mémoires, *pp. 314-316, et par B. Gagnebin,*

BSC, *1964, pp. 78-79, ainsi que par P. Riberette (*Fragments, *pp. 492-493), que nous suivons ici (on peut en rapprocher certains passages du chapitre 13 de ce même livre) :*

... Pourquoi continuerais-je ces *Mémoires*? Le vent de la mort de Bonaparte me décourage.

La mort que je viens de rappeler me décourage. Qu'ai-je à voir et à dire encore ? Je voudrais terminer ici mes *Mémoires*, avec le monde auquel j'ai appartenu, et dont Bonaparte est la fin.

Qu'ai-je à dire à présent ? Ce qui est vaut-il la peine de m'occuper ? Quand on a vu comme moi Washington et Bonaparte, et à un degré au-dessous, l'empereur Alexandre, à leur niveau, dans un autre ordre de puissance, Pitt et Mirabeau, parmi les révolutionnaires Robespierre et Danton, parmi les marins La Pérouse et Nelson, parmi les savants Monge, Humboldt, Cuvier, Laplace, que reste-t-il à regarder ? Pourquoi continuerais-je ces *Mémoires*? Ce qui est vaut-il la peine de m'occuper ? Le vent de la mort me décourage et pourquoi n'attendrais-je pas la mienne ?

Le monde qu'il a créé s'évanouit, la lumière qu'il fut n'était qu'un météore : il ne demeure et ne demeurera de Napoléon que sa mémoire ; ses principes périssent, ses institutions défaillent, sa race même disparaît *[Autre version :* Le monde qu'il a créé est attiré par lui dans la fosse. Les institutions de l'exterminateur périssent. Sa race disparaît. Sa main, qui semble s'élever au-dessus des vagues comme cette main mourante que les récits des premiers navigateurs font sortir de l'océan, saisit tour à tour un débris de la dynastie impériale et la plonge dans le gouffre.*]* Sa main de mort qu'il semble élever au-dessus des vagues comme cette main sinistre que les récits des premiers navigateurs font sortir de l'océan saisit l'un après l'autre les débris de la dynastie impériale et les plonge dans le gouffre.

Quand on a vu comme moi Washington et Bonaparte, à leur niveau, dans un autre ordre de puissance, Pitt et Mirabeau, parmi les hauts criminels, Danton et Robespierre, que reste-t-il à regarder derrière la grande tombe de Sainte-Hélène ? Il y aura un avenir et un avenir puissant, libre dans toute la plénitude du mot, mais il est loin au-delà de tout horizon. On n'y arrivera, de race en race, que par cette espérance infatigable, incorruptible au malheur, dont les ailes croissent et grandissent à mesure que tout semble la tromper, par cette espérance plus forte, plus longue que le temps et que le chrétien seul possède. Mais avant d'atteindre le but, il faudra passer à travers la décomposition sociale. Elle commence et n'est pas près de produire, de ses germes à peine fécondés, le monde nouveau.

Jetez les yeux sur l'Europe : qu'apercevez-vous aujourd'hui ? Des rois chétifs, pitoyables, des générations consomptives et racornies, nées d'une mère épuisée et qui portent dans leurs jeunes traits les rides de

leurs vieux parents, une société sans passion, sans conviction, sans caractère, frénétique par accès, apathique par impuissance hermaphrodite, une société qui, toujours se vantant, s'admirant, s'annonçant comme une merveille, n'est là que pour rattacher à l'avenir vers lequel elle rampe l'anneau de la vie.
Jetez les yeux sur l'Europe : qu'apercevez-vous aujourd'hui ? Des rois chétifs, nichés et huttés dans les ruines du Colisée napoléonien, des générations corrompues et racornies, des hommes-singes contrefaisant les lois, les idées, les modes de tous les pays, de tous les siècles, n'offrant eux-mêmes qu'un type brouillé et effacé *[...]* une société vantarde et commune, bravache et poltronne, qui ricane de l'honneur.

L. XXV, CHAP. 1

(a) p. 1594. Ms BN donne un développement complémentaire, retranché en 1845 :
... moins ignorées. Et les millions de Mémoires inédits et contradictoires qui vous menacent (car chaque individu fait maintenant son journal privé), ces Mémoires qui par leur nombre étoufferont l'histoire et écraseront l'historien, ne nous rebattront-ils pas les oreilles des caquets de la rue, et des faits et gestes de quiconque a paru dans nos armées ou dans nos assemblées politiques ? L'Estoile, Arnauld, Jeannin, Pontchartrain, Brienne, Montpensier, Conrart, Laporte, etc., vous parlent-ils d'autre chose que de leurs contemporains, aujourd'hui très morts et fort oubliés ? Vous, lecteur, avez-vous plus d'importance que les hommes et les femmes dont je vous entretiens ici ? Eh bien, mes *Mémoires* sont les vôtres ; ce sont votre agenda.
En m'exprimant sur notre peu de valeur *[...]*.

L. XXV, CHAP. 2

(a) p. 1603. SG ajoute :
Je proposais de supplier Sa Majesté d'ouvrir, de concert avec les cours de l'Europe, des négociations générales pour forcer les puissances barbaresques à mettre un frein à l'esclavage des chrétiens.
Ainsi ma première année parlementaire ne fut pas trop mal employée : renouvellement intégral, réclamation en faveur de nos libertés, indignation contre le joug étranger, proposition contre les puissances barbaresques. Ne semblait-il pas que je sonnais déjà la trompette de l'expédition d'Alger ?

L. XXV, CHAP. 5

(a) p. 1619. SG ajoute:
... de même qu'il fit jouer le télégraphe pour la catastrophe sanglante de Grenoble.

L. XXV, CHAP. 6

(a) p. 1621. À la fin du chapitre 4, au chapitre 5 et aux premières lignes de ce chapitre 6 correspondant dans Ms 1847 le texte suivant:

[LE DUC DECAZES]

Quand le favori est par hasard un grand homme, les nations, tout en le détestant, profitent de sa gloire, elles ne font que changer un misérable roi de droit par un illustre souverain de fait. M. Decazes était commun mais il se formait en sa faveur une coalition formidable de bêtises. Louis XVIII était sans préjugés: fait pour être roi constitutionnel, il soutenait ses ministres tant qu'ils avaient la majorité; il les renvoyait aussitôt que cette majorité était ébranlé. Il voulait le repos à tout prix; c'est pourquoi, bien qu'il fût extrêmement courageux, il ne balançait pas à se retirer dès que, pour obtenir la victoire, il fallait faire un pas en avant. Sa grandeur était de la patience, il n'allait pas aux événements, les événements venaient à lui.
Comme je terminais mon ouvrage *la Monarchie selon la Charte*, parut l'ordonnance du 5 septembre 1816. J'écrivis contre cette ordonnance un *post-scriptum* qui produisit un orage; mon ouvrage fut saisi parce que j'y défendais les droits des citoyens français: M. Baude m'a imité en 1830. Je me trouvais engagé dans une correspondance assez longue avec M. le chancelier Dambray. Mon ouvrage cependant finit par m'être rendu. Le Roi avait surtout été mécontent de mon attaque conte M. le duc Decazes. Il est vrai que M. le duc Decazes servait alors très bien la royauté; ce fut lui qui déterra en Auvergne le maréchal Ney qui s'était caché dans ces montagnes. Ce favori qui nous était venu de la mère de Napoléon était familier, obligeant et bavard; il me voulait du bien, je ne sais pourquoi je ne m'en souciai pas. Ce fut le commencement de mes disgrâces. Cela devait m'apprendre qu'il ne faut jamais manquer de respect à un favori. Le Roi le maria dans la suite, à une fille très bien née de M. de Saint-Aulaire.
Cependant le père de M. Decazes que je vis dans la salle du trône, en habit habillé, l'épée de côté et chapeau sous le bras, n'avait aucun succès aux Tuileries.

Madame Princeteau, sœur de M. Decazes, était une agréable modeste et excellente personne : le Roi s'en était amouraché en perspective. Enfin la mort du duc de Berry accrut les inimitiés de part et d'autre. J'ai dit en parlant de M. Decazes que *les pieds lui glissèrent dans le sang*, ce qui ne signifie pas, à Dieu ne plaise ! qu'il fut coupable du meurtre, mais qu'il tomba dans la mare rougie qui se forma sous le poignard de Louvel.
Peu de temps après, une ordonnance contre-signée Richelieu, etc. (voir la suite au *chap. 6).*

(b) p. 1622. SG ajoute :
... En me frappant on n'a frappé qu'un dévoué serviteur. L'ingratitude est à l'aise avec la fidélité ; cependant il peut y avoir tel homme moins soumis, telle circonstance dont il ne serait pas bon d'abuser ; l'histoire le prouve. Je crains de n'avoir pas eu moi-même un esprit assez ferme, des passions assez apaisées quand le dernier coup descendit sur ma tête. Pour me punir de m'être laissé aller à mon ressentiment, trop vif peut-être, il ne m'a resté qu'à m'immoler.
Mais qu'importe qu'on se brûle sur le bûcher funèbre, quand il n'y a plus que de royales cendres ?

(c) p. 1622.
... du haut de mon fiacre je dominai le train des rois *(Ms 1847).*

(d) p. 1622. SG ajoute :
... ils ouvrent largement leurs cœurs, mais très peu leurs bourses.

(e) p. 1623. Cette phrase ne figure pas dans Ms 1847.

L. XXV, CHAP. 8

(a) p. 1628. Ms 1847 ajoute :
... On ramponait *[critiquait avec aigreur, querellait]* de toutes parts.

(b) p. 1629. Ms BN porte :
... Réunion Piet. La métaphore *[Chateaubriand avait d'abord écrit : « L'allégorie »]* continue en cet endroit : « Dans le cours de quatre années, il y eut des tentatives dont les royalistes firent grand bruit. Nisus et Euryale (Villèle et Corbière) virent en cachette les chefs du parti ministériel qui leur proposèrent de les faire entrer en partage de la puissance. » Une entrevue à minuit dans un endroit écarté, une femme qui se mêle d'un minis-

tère à renverser ou à faire, des paroles promises et non tenues, c'est l'A.B.C. de la politique. *M. Levaillant, qui a rapproché ce fragment du chapitre 13 de ce même livre, a fait l'hypothèse qu'il s'agissait là du début d'un article.*

L. XXV, CHAP. 9

*(a) p. 1630. V. Giraud (*Études...*, p. 88), a publié l'extrait dicté suivant, conservé dans Ms BN:*

... Son influence fut telle que son nom a survécu à son existence : les Tories ont pris le nom de conservateurs : nom qui n'est pas dans la langue anglaise ; l'anglais dit : *Préserver.* Je savais que la démocratie triompherait à la longue ; mais pensant que la légitimité était encore nécessaire à la France et que l'aristocratie était plus analogue à la légitimité, je voulais d'abord faire exercer la liberté par l'aristocratie. J'avais raison pour sauver à la fois le trône, la Chambre des Pairs et la propriété. Les passions et l'intelligence *[Giraud propose de lire :* l'inintelligence*]* firent avorter mon projet.

Cela tenait du prodige et ne se reverra jamais. À ces noms des maréchaux de la foi et des connétables, j'associais ceux des hommes les plus éclatants dans le parti royaliste et dans les lettres : M. de Villèle, de Corbière, M. de Castelbajac et M. de Vitrolles, M. l'abbé de Lamennais, M. de Bonald, et j'écrivais quelquefois sous mon nom ; le plus souvent, je signais : le Conservateur.

(b) p. 1634. Ms 1847 fait débuter ce paragraphe par :

... Je parlais immédiatement après les Cent-Jours ; je fixais alors l'éducation constitutionnelle des royalistes.

L. XXV, CHAP. 11

(a) p. 1645. SG ajoute :

... je ne pouvais pas plus lui dissimuler mon mépris qu'il ne pouvait me dérober sa joie.

(b) p. 1646. Ms 1847 ajoute :

... La monarchie de saint Louis dans un lieu frappé des foudres de l'Église, parmi les débauches du carnaval, expirait sous le masque, *et SG complète :* ce n'était plus qu'un damné.

L. XXV, CHAP. 12

(a) p. 1652. SG ajoute :
... J'ai payé de mes deniers les frais de voyage de ces dames, et toutes leurs dépenses à Paris. Quand la légitimité aura de l'argent, j'espère qu'elle voudra bien, sans intérêts toutefois, acquitter cette dette hypothéquée sur le berceau de mon jeune roi. Ce n'est pas ma faute si Henri n'a pas conservé sa couronne.

État des Dépenses de Mmes Rivaille, Aniche et Dasté, remboursées à ces Dames par M. le vicomte de Chateaubriand.

Transport du berceau de l'Hôtel des États-Unis chez M. de Chateaubriand, et déballage dudit berceau	10
Payé aux divers gardiens des monuments visités par ces Dames, château et jardin de Versailles	6,25
Au Grand Trianon	2
Au Petit Trianon	1
Petits gâteaux pour ces Dames	0,90
Montant des mémoires des frais à l'hôtel Taranne depuis le 16 septembre jusqu'au 23 inclusivement	144,65
Mémoire du traiteur.	38,75
Mémoire du loueur de carrosses. 7 journées à 21 francs	147
Gratification au cocher pour 7 jours	7
Somme déboursée par ces Dames depuis le départ de Bordeaux jusqu'à l'arrivée à Paris	477
Payé pour le prix du retour à Bordeaux.	246,60
Total	1081,15

L. XXVI, CHAP. 1

(a) p. 1665.
... de même que M. de Humboldt était *[...] (Ms 1847).*

(b) p. 1666. Une annotation de SG poursuit ici :
... On va lire d'abord un billet de compliment, qui expliquera la confiance avec laquelle l'auteur de ce billet me parle ensuite.

« Berlin, 17 février.
« Je vous félicite de tout mon cœur, Monsieur, des bonnes nouvelles que

vous avez reçues. Je partage votre joie comme j'ai partagé vos peines. *Non ignara mali.* Le climat de Berlin par sa rigueur répond mal aux vœux des Berlinois, qui voudraient que sous tous les rapports vous fussiez content de votre séjour dans une ville et dans un pays où l'on est à la fois si fier et si heureux de vous posséder. Le Roi, la cour et la ville vous désireront et vous regretteront tant que votre indisposition ne vous permettra pas de paraître; mais je vous prie de croire que personne ne vous désirera et ne vous regrettera plus que je ne fais. À cet égard mes prétentions égalent mes titres, et il n'y a que la crainte de vous devenir importun qui puisse m'empêcher d'aller vous chercher, quand je n'ai pas le bonheur de vous voir et de vous rencontrer.

« Agréez l'assurance de tous mes sentiments distingués,

« ANCILLON. »

(c) p. 1669. Ms 1847 ajoute:

... j'ai plus d'un siècle, en outre, je suis mort: pardonnez *[...].*

L. XXVI, CHAP. 4

(a) p. 1678. SG ajoute:

... Cette société philharmonique avait ses chefs. Je fus prié à un banquet musical. Les convives étaient assis à de petites tables séparées; auprès de leur couvert on voyait la copie du solo qu'ils devaient chanter, ou de la partie qu'ils devaient exécuter dans l'ensemble. Un des textes était une ode d'Horace. La musique me cause un plaisir mêlé de souffrance; si je l'entendais à certaines heures dans de certaines conditions de solitude et de disposition d'âme, je deviendrais fou.

L. XXVI, CHAP. 5

(a) p. 1679. SG ajoute:

... Mes dépêches n'ont-elles pas été citées comme des modèles? Nous sommes indubitablement des modèles de notre vivant; mais après notre mort?

L. XXVI, CHAP. 6

(a) p. 1686. SG ajoute:

... Je vous avais prié d'aller voir le monument à Charlottenbourg. Aujourd'hui nous en sommes éloignés l'un et l'autre, et j'ai presque perdu l'espoir que vous y retournerez un jour...

(b) p. 1687.
... où suis-je ? où est mon Roi ? Grâce à Dieu *(Ms 1847).*

L. XXVI, CHAP. 7

*(a) p. 1689. Cette note est en fait du 9 février (*CG*, t. IV, pp. 65-66). Sa transcription comporte deux divergences d'avec le texte de la* Correspondance *:*
... que l'on m'épargne *au lieu de* que l'on m'évite, *et* que d'assister à des bals *au lieu de* qu'à assister à des bals.

(b) p. 1690. Le texte retenu dans CG *(t. IV, p. 84) porte :*
... Il faut affranchir Naples de l'indépendance démocratique, y établir la liberté monarchique, après y avoir puni la rébellion, y briser des fers et non pas y porter des chaînes.

L. XXVI, CHAP. 9

(a) p. 1696. Ms 1847 a conservé un paragraphe supplémentaire :
... Chaque lieu possède ou a possédé des monuments appropriés à ce lieu ; au cap Matapan un groupe d'airain représentait autrefois Arion avec sa lyre, sauvé du naufrage par un dauphin. Quand je passai à ce promontoire, le temps avait détruit les emblèmes de la Fable ; mais il restait les rayons dont le Taygète était éclairé. *Ce paragraphe, ainsi que le premier de ce chapitre dans l'édition Penaud forment dans Ms 1847 la fin du chap. 7.*

(b) p. 1697. SG comporte le développement suivant :
... mais j'étais persuadé qu'on me renverrait de suite à Berlin. Je faisais les projets d'un voyage au cap Nord. Je regrettais de n'avoir point vu une terre et un ciel où le soleil au mois de juin ne se lève ni se couche. Il m'a manqué une lumière : j'ai cherché d'après les navigateurs à la deviner du mieux que j'ai pu. Les steppes de Berlin me donnaient quelque idée de la stérilité des sites du Pôle. De ma pérégrination nouvelle il serait résulté que j'aurais traversé perpendiculairement l'Europe depuis le cap Nord jusqu'au cap de Matapan.

(c) p. 1697.
... l'exterminateur *(Ms 1847).*

L. XXVI, CHAP. 10

(a) p. 1699. Ms 1847 poursuit la phrase:
... du roi de Rome, quoique ce dernier berceau fût attaché au fer d'une pique afin d'être lancé jusqu'à l'autre bord du fleuve où nous tomberons tous. Dans un temps différent *[...].*

(b) p. 1701. SG ajoute:
... Il paraît que le ministère le sent, et qu'afin de neutraliser les impressions fâcheuses que doit avoir données à tous les royalistes la retraite de MM. de Villèle et de Corbière, il a fait choix d'hommes recommandables pour présider les collèges électoraux. Si les royalistes irrités de voir leurs espérances déçues, désespèrent de la chose publique, et désertent les assemblées électorales, le champ restera libre aux libéraux, et les élections seront détestables. Il faut espérer que les royalistes connaîtront mieux leurs devoirs, et qu'en se rendant aux élections, ils les décideront en leur faveur. Alors plus forts que jamais dans la Chambre, repoussant avec une égale vigueur toutes les exaspérations, restant fixés sur la ligne d'une modération active et énergique, prêts à soutenir toutes les propositions monarchiques, et à foudroyer les maximes et les artifices révolutionnaires, ils prêteront du courage aux gens timides, ils inspireront de l'effroi à leurs ennemis, ils régleront la marche de leurs amis, et en portant à la chose publique le sacrifice de leurs animosités, ils forceront le gouvernement à une alliance solide et durable avec eux ; et en respectant également le trône et la Charte leur donneront par des institutions monarchiques l'ensemble et l'harmonie qui leur manquait.
Je vous permets, Monsieur, de sourire en voyant que je hasarde de balbutier sur ces objets importants devant celui qui sait les juger et les traiter en maître. Ne prenez mes réflexions que pour des vœux qui me sont dictés par l'intérêt que je prends à la France et à l'Europe, et vous les prendrez pour ce qu'elles sont et les accueillerez avec indulgence. Avec les cruelles expériences que vous avez faites, et des institutions susceptibles d'un développement graduel et indéfini, avec leurs lumières, leur esprit, leur don d'écrire et de parler, il ne dépend que des Français de devenir les bienfaiteurs de l'Europe après en avoir été les fléaux, de lui donner des leçons de vraie liberté, après l'avoir enivrée de licence, et d'apprendre à tous les peuples à éviter dorénavant des écueils marqués par tant de naufrages. La France réunit aujourd'hui toutes les conditions du bonheur, de la gloire, de la puis-

sance; il ne lui reste rien à désirer que la sagesse nécessaire pour sentir les immenses avantages dont elle jouit, et pour en profiter. Elle a inoculé à tous les peuples, et surtout à ceux du Midi, un poison actif qui les menace de marasme, ou les fera passer de convulsions en convulsions; ces peuples, égarés par ses doctrines, sans être corrigés par ses malheurs, se débattent au milieu des rires de la fièvre révolutionnaire; ils prennent des principes de dissolution et de mort pour les sources de la vie, et se vantent, avec un aveuglement qui serait ridicule s'il n'était pas effrayant, de ce qui devrait les couvrir de confusion et de douleur. La France ne doit-elle pas frémir et rougir du funeste héritage qu'elle leur a légué? Et aujourd'hui que grâce à la force de son tempérament, aux bienfaits des circonstances et aux vertus des Bourbons, elle est sortie convalescente de sa longue maladie, ne doit-elle pas à ceux qu'elle a infectés de leur administrer le remède de la voir revenir aux principes et aux maximes qui peuvent seuls sauver l'espèce humaine? Quand je vois la liste de tous les panégyriques et de toutes les apothéoses que la mort de Napoléon a fait éclore en son honneur, je crois le moment de la Palingénésie de la France encore bien éloigné. Je ne me console de cette prostitution de l'éloge qu'en pensant que les forcenés parlent et que la masse du peuple paye du silence d'un juste mépris ces impuissantes attaques contre la légitimité.

Les révolutionnaires peuvent admirer en lui le héros de l'usurpation, les militaires peuvent regretter le conquérant qui les gorgeait d'or et de batailles; mais il est impossible que la France dans le secret de sa conscience ne fasse pas justice d'un homme dont la prétendue grandeur a pour piédestal des millions de cadavres, et les débris nombreux de ses créations éphémères qui ont passé sans laisser après elles un seul résultat durable.

L. XXVII, CHAP. 5

*(a) p. 1742. Voici le texte retranché, correspondant à l'intitulé du chapitre; le manuscrit en est conservé à la BNF, et a été publié par A. Feugère (*RHLF*, 1909, p. 582).*

Dîner à Royal Lodge.

Londres, d'avril à septembre 1822.

Le *post-scriptum* d'une dépêche adressée par moi à M. le vicomte de Montmorency sous la date du 7 juin, porte ce qui suit:

J'arrive de Royal-Lodge. Le Roi m'a comblé de bonté; il ne m'a point envoyé coucher à une maison de campagne voisine, comme le reste de ses hôtes; il a voulu me garder chez lui. Au dessert, quand les femmes se sont

retirées, il m'a fait asseoir à ses côtés et, pendant deux heures, il m'a conté l'histoire de la Restauration, me parlant sans cesse du Roi avec l'amitié la plus vraie. Il n'a pas voulu me retenir à cause de mon courrier, mais il m'a fait lui promettre de *revenir le voir*; ce sont ses obligeantes paroles.
Royal-Lodge n'est point le château de Windsor; c'est un véritable cottage placé dans un coin du parc à l'entrée de la forêt.

The forest, Windsor! and thy green retreates,
At once the monarch's and the muse's seat.
(POPE.)

«Tes forêts, Windsor! et tes verdoyantes retraite / sont à la fois le siège du monarque et des muses.»

Je suis arrivé demi-heure avant le dîner. J'ai trouvé une compagnie choisie: les lords de service, le duc Wellington, le marquis de Londonderry, lord Harrowby et ses filles, lord Bathurst et ses filles, lady Gwidir, les jeunes ladies Conyngham avec leur mère, enfin lord Clamwilliam, l'homme le plus à la mode du jour et réputé mal à propos fils du duc de Richelieu mort il n'y a pas encore un mois. Nous nous sommes promenés dans le jardin: le Roi n'a paru qu'au dîner servi à sept heures.
George IV n'est plus le prince de ses belles gravures, mais il est encore d'une grande élégance: quoiqu'il soit un peu gros et qu'il marche avec difficulté à cause de la goutte, j'ai été frappé de son air de bonté et presque de jeunesse; il parle français avec un léger accent fort agréable; il dit *je cré* pour *je crois, si fait* pour *oui*, dans toute la négligence affectée de l'ancienne prononciation de cour. Il se pique d'avoir les manières d'autrefois et de conserver la tradition de la meilleure compagnie. Après la conversation politique obligée, il m'a conté l'histoire de la haute société de France, la généalogie des familles, les faiblesses de toutes les aïeules, mères et filles. Il m'a fait le portrait du duc d'Orléans (Égalité) et du duc de Lauzun. Il niait quelques-unes des aventures de ce dernier; il en confirmait quelques autres. En tout, il voulait paraître le gentilhomme français par excellence, descendre en ligne droite du comte de Gramont.

… Ne chanson ne balade
Onc ne rima sans hannap de bon vin.

S'il avait pu lire dans ma pensée, il aurait vu que je l'étudiais, non comme un modèle de bon goût du dernier siècle, mais comme un type de rois qui sera brisé dans sa personne.

« Je ne vous ai point rencontré, m'a-t-il dit, pendant votre émigration en Angleterre ; j'ai été plus heureux avec vos nobles amis. – Sire, ai-je répondu, je n'étais pas de la riche émigration de l'*ouest*, j'étais un pauvre émigré de l'*est* cheminant à pied dans les prairies d'Hamsteadt ou le long de la Tamise vers Chelsea. Moi, sire, j'ai souvent vu le prince de Galles, lorsque, brillant héritier d'une des plus puissantes monarchies du monde, il passait chargé de couronnes, en attendant celle que vous portez. Comment m'eussiez-vous aperçu dans la foule ? Vous êtes devenu roi, je suis devenu ambassadeur ; je voudrais occuper ma place aussi bien que Votre Majesté remplit la sienne. »
George IV (nous étions à table) a gracieusement porté ma santé avec un verre de vin de Malaga qu'il tenait à la main. Je me suis donné garde de lui dire qu'un jour, devant moi, on l'avait sifflé outrageusement, lorsque la princesse de Galles montrait au peuple la petite princesse Charlotte : ce qui n'empêche pas le prince de Galles si honni d'être un roi d'Angleterre fort populaire.
« J'ai bien peur, Sire, ai-je ajouté d'être plus étranger à mes grandeurs que vous ne l'êtes aux vôtres. Quand Votre Majesté m'a honoré de son souvenir, j'étais occupé du commencement de ma carrière diplomatique, du déchiffrement des dépêches d'une ambassade volontaire chez un prince Huron, votre fidèle sujet au Canada, lequel prince vit peut-être encore ; jugez si j'étais préparé à me présenter à votre cour. »
Les dames sont rentrées, les jeunes ladies ont valsé au piano devant le Roi ; j'ai causé avec la marquise de Conyngham, excellente femme, *forty fatty* (de la quarantaine et grasse). George IV n'a pas les goûts qui justifient le proverbe : *à vieux bœuf sonnette neuve.* Dans sa place, j'aurais préféré miss Conyngham à sa mère, et sans contredit, puisque je suis en train de proverbes, *c'était la plus belle rose de son chapeau.* La marquise de Conyngham, en m'exhibant les raretés de son hôtel à Londres, me montrait une toilette de porcelaine de Sèvres, laquelle me disait-elle naïvement, provenait de la vente des meubles de madame du Barry.
Le Roi s'est retiré à minuit. Je n'ai vu ni valets, ni huissiers, ni gardes, ni gentilshommes de la chambre, ni officiers de la garde-robe et de la bouche. Une servante, *Maid*, m'a conduit dans une petite chambre où il y avait pour tout meuble un lit, une table, un pot à l'eau, des serviettes blanches et deux bougies éteintes sur la cheminée. La servante en a rallumé une en entrant. Cette simplicité chez le roi d'Angleterre m'a rappelé celle que j'avais remarquée chez le président des États-Unis, et pourtant George IV n'est pas Washington.
Édouard III, voulant donner des fêtes à Alix de Salisbury, répara le château de Windsor « *que le roi Arthur,* dit Froissard, *fit jadis faire et fonder*

là où premièrement fut commencée la noble table ronde dont tant de vaillants hommes et chevaliers sortirent et travaillèrent en armes et en prouesses par tout le monde». Édouard ajouta au château une chapelle dédiée à saint Georges à l'occasion de l'ordre de la Jarretière, « *qui parut aux chevaliers une chose moult honorable où tout amour se nourrirait*». Il y a aussi loin de cette Angleterre à celle d'aujourd'hui, que de mes années chez les sauvages à mes années de Royal-Lodge.
Au lever du jour, j'ai quitté Windsor: rentré à Londres, j'expédie mon courrier à Paris et je retourne au Canada. Quel merveilleux char pour courir d'un bout du monde à l'autre que celui de la pensée!

L. XXVIII CHAP. 5

(a) p. 1787. SG ajoute:
... Je faisais des rois, moi qui n'en voulais guère.

L. XXVIII CHAP. 7

(a) p. 1797. SG ajoute:
... Hélas! ma victoire coûta cher à la France.

L. XXVIII CHAP. 9

(a) p. 1804.
... un schall *(Ms 1847).*

L. XXVIII CHAP. 14

(a) p. 1826.
... de presque tous les autres *(Ms 1847).*

L. XXVIII CHAP. 16

(a) p. 1837. SG ajoute:
... naturellement et vertueusement faux. J'étais toujours émerveillé quand celui-ci se faisant apporter des ordonnances pendant les séances

de la Chambre des pairs, les signait avec une rare attention, entourant son vieux nom féodal d'un paraphe compliqué, comme un marchand.

*(b) p. 88. V. Giraud a publié (*Études...*, p. 89) un fragment de Ms BN qu'il rattachait au début du livre XXX, ci-dessous, mais que M. Levaillant, que nous suivons ici, a proposé de rattacher à la fin de ce chapitre :*

DÉPART POUR LA DERNIÈRE AMBASSADE DE ROME

Qu'importent les pays où rien ne vous attend ? où rien ne vous désire ? où vous ne sauriez inspirer de passions ? où celles que vous ressentiriez seraient ridicules ? où vous ne pouvez rencontrer la gloire si vous ne l'avez pas ni l'augmenter si vous l'avez ? Bon à personne, fardeau à tous ; près de votre dernier gîte, vous n'avez qu'un pas à marcher pour l'atteindre, et cet espace est trop court pour y placer les joies du voyageur. En regardant les cartes de l'Italie, je me disais autrefois : « J'irai m'asseoir sur ces promontoires d'Otrante et contempler encore les mers de la Grèce. » Je me demande aujourd'hui ce que j'entendais par là.

Il me serait impossible aujourd'hui de réaliser mon projet. Peut-être le réaliserai-je, peut-être serai-je assez fou pour me prendre à rêver au bord de ces plages. Mais quels seront mes songes ? je pleurerai les riants fantômes de ma jeunesse, et je ne verrai aucune ombre aimable dans le temps à venir. Fi des nuages qui passent maintenant sur ma tête blanchie !... »

L. XXVIII CHAP. 17

*(a) p. 1841. M.-J. Durry (*En marge...*, pp. 149-150) a publié une première version de ce paragraphe ; le manuscrit figure parmi les « morceaux sur moi qui pourront servir dans la conclusion générale de mes mémoires, si je la fais » :*

... Une chose aurait pu cependant éclairer M. de Villèle sur mon compte : la cour m'est odieuse. Je pousse si loin cette aversion puérile, que durant mon ministère, lorsque j'avais une dépêche à montrer, je disais au Président du Conseil : « Vous allez aux Tuileries ? faites-moi le plaisir de donner cette dépêche à Sa Majesté, vous m'éviterez la peine du voyage. » Or savez-vous pourquoi j'étais si heureux de ne pas me donner la joie *[en substitution de :* le plaisir*]* ineffable d'envisager l'auguste régnant ? c'est que je n'étais pas obligé de m'habiller, de me mettre une brette au côté et un chapeau sous le bras, de sortir de mon cabinet ou de manquer une promenade dans la rue de *Saint-Julien-le-Vieux* pour voir une chapelle ! J'aurais cent fois sacrifié fortune et monarchie au bonheur de ne pas endosser trois ou quatre fois par jour un hoqueton brodé. Je savais que je commettais une faute d'ambition en chargeant M. de Villèle de porter mes dépêches : que j'augmentais sa faveur et laissais échapper l'occasion de faire ma cour : je n'en pouvais mais ; j'obéissais à mon instinct. Si j'eusse été M. de Villèle, avec un collègue tel que moi, j'aurais dormi sur les deux oreilles ; un pareil *Apoco* n'était bon qu'à faire des affaires et à jouer au corbillon dans l'intervalle. C'est bien niais, n'est-ce pas ? bien pauvre, n'est-ce pas ? bien stupide, n'est-ce pas ? mais c'était aussi bien rassurant pour M. le Président des ministres, eût-il mieux jugé mon enfance ou la hauteur de mon dédain »

(b) p. 1846.
... le salut de la nouvelle monarchie *(Ms 1847).*

L. XXIX CHAP. 1

(a) p. 1857. En 1840, Chateaubriand réduisit à quatre chapitres l'important livre qu'il avait consacré à Mme Récamier, et dont le texte nous a été conservé dans un manuscrit datant de 1839, que M. Levaillant a publié en l'accompagnant d'un important appareil critique.
Ce ne sont pourtant pas ces quatre chapitres, objet de la révision ultime opérée par Chateaubriand, qui ont été publiés par l'édition Penaud. Juliette Récamier avait communiqué à Louise Colet une copie du « manuscrit de 1839 » : celle-ci le vendit à Émile de Girardin, qui voulut en 1849 le reproduire dans La Presse. *M. et Mme Lenormant s'y opposèrent. La publication des* Mémoires *en feuilleton fut ainsi suspendue durant de longs mois, pendant lesquels les Lenormant et Girardin parvinrent à un arrangement : il fut décidé que le texte de 1839 serait publié, sauf des coupures faites par la nièce de Mme Récamier et son mari.*
On trouvera donc ci-dessous un livre XXIX des Mémoires, *dans le texte établi pour l'édition Penaud, augmenté des principales différences avec le manuscrit de 1839, qui sont données en variantes.*
Mais on trouvera aussi, dans son entier, le texte des quatre chapitres auxquels Chateaubriand avait résumé ce livre, et qu'il envisageait de faire figurer à la fin du livre vingt-huitième. Comme certaines pages sont communes aux différentes versions, cela entraînera nécessairement des redites. Mais on pourra lire de la sorte, pour la première fois donné intégralement, le dernier texte arrêté par Chateaubriand.

MME DE STAËL. - SON PREMIER VOYAGE EN ALLEMAGNE. MME DE *[sic ; erreur du copiste]* RÉCAMIER À PARIS.

Revenons encore sur des temps écoulés.

Une lettre publiée dans le *Mercure* avait frappé Mme de Staël. Je vous ai dit que Mme Bacciochi, à la prière de M. de Fontanes, avait sollicité et obtenu ma radiation de la liste des émigrés dont Mme de Staël s'était occupée. J'allai remercier Mme de Staël, et ce fut chez elle que je vis la première fois Mme Récamier, si haut placée par sa renommée et sa beauté. Mme Récamier avait contracté avec cette femme illustre, une amitié qui devint de jour en jour plus intime: «Cette amitié se fortifia, dit Benjamin Constant, d'un sentiment profond qu'elles éprouvaient toutes deux: l'amour filial.»

Mme de Staël, menacée de l'exil, tenta de s'établir à Maffliers, campagne à dix lieues de Paris. Elle accepta la proposition que lui fit Mme Récamier, revenue d'Angleterre, de passer quelques jours à Saint-Brice avec elle, ensuite elle retourna dans son premier asile. Elle rend compte de ce qui lui arriva alors, dans les *Dix années d'exil.*

Mme de Staël, qui avait fait le projet de retourner à Coppet, fut contrainte de partir pour son premier voyage en Allemagne. Ce fut alors qu'elle m'écrivit sur la mort de Mme de Beaumont, la lettre que j'ai citée dans mon premier voyage de Rome.

Mme Récamier réunissait chez elle à Paris tout ce qu'il y avait de plus distingué dans les partis opprimés. Bonaparte ne pouvait souffrir aucun succès, même celui d'une femme. Il disait: «Depuis quand le conseil se tient-il chez Mme Récamier?» Bernadotte, devenu depuis prince royal de Suède, était très séduisant, dit Benjamin Constant «à la première vue, mais ce qui met un obstacle à toute combinaison de plan avec lui, c'est une habitude de haranguer qui lui reste de son éducation révolutionnaire».

On ne pouvait opposer à Napoléon qu'un seul nom, c'était celui de Moreau, mais Moreau avait lui-même ses propres vertus.

Lorsque Moreau se trouva impliqué dans le procès de Pichegru et de Georges Cadoudal, Mme Récamier demeura persuadée qu'il n'était pas plus entré dans le complot des généraux qui eut lieu alors contre Napoléon, qu'il n'avait voulu entrer dans les projets de Bernadotte. La nuit qui précéda la sentence rendue dans ce procès, tout Paris était sur pied. Des flots de peuple se portaient au Palais de Justice. Georges ne voulut point de grâce. Il répondit à ceux qui voulaient la demander: «Me promettez-vous une plus belle occasion de mourir?»

Moreau condamné à la déportation se mit en route pour Cadix d'où il devait passer en Amérique. Mme Moreau l'alla rejoindre. Mme Récamier était auprès d'elle au moment de son départ. Elle la vit embrasser son fils dans son berceau, et la vit revenir sur ses pas pour l'embrasser encore: elle la conduisit à sa voiture et reçut son dernier adieu.

Le général Moreau écrivit de Cadix cette lettre à sa généreuse amie:
«Chiclane (près Cadix), le 12 octobre 1804.
«Madame, vous apprendrez sans doute avec quelque plaisir des nouvelles de deux fugitifs auxquels vous avez témoigné tant d'intérêt. Après avoir essuyé des fatigues de tous genres, sur terre et sur mer, nous espérions nous reposer à Cadix, quand la fièvre jaune, qu'on peut en quelque sorte comparer aux maux que nous venions d'éprouver, est venue nous assiéger dans cette ville.
«Quoique les couches de mon épouse nous aient forcés d'y rester plus d'un mois pendant la maladie, nous avons été assez heureux pour nous préserver de la contagion: un seul de nos gens en a été atteint.
«Enfin nous sommes à Chiclane, très joli village à quelques lieues de Cadix, jouissant d'une bonne santé, et mon épouse en pleine convalescence après m'avoir donné une fille très bien portante.
«Persuadé que vous prendrez autant d'intérêt à cet événement qu'à tout ce qui nous est arrivé, elle me charge de vous en faire part et de la rappeler à votre souvenir.
«Je ne vous parle pas du genre de vie que nous menons, il est excessivement ennuyeux et monotone; mais au moins nous respirons en liberté, quoique dans le pays de l'Inquisition.
«Je vous prie, Madame, de recevoir l'assurance de mon respectueux attachement et de me croire pour toujours
«Votre très humble et très obéissant serviteur,
«Vr. Moreau.»

Cette lettre est datée de Chiclane, lieu qui sembla promettre avec de la gloire, un règne assuré à Monseigneur le duc d'Angoulême: et pourtant il n'a fait que paraître sur ce bord aussi facilement *[*«facilement» *est selon M. Levaillant une faute du copiste pour* «fatalement»*]* que Moreau, qu'on a cru dévoué aux Bourbons: Moreau, au fond de l'âme, était dévoué à la liberté. Lorsqu'il eut le malheur de se joindre à la coalition, il s'agissait uniquement à ses yeux de combattre le despotisme de Bonaparte. Louis XVIII disait à M. de Montmorency qui déplorait la mort de Moreau comme une grande perte pour la couronne: «Pas si grande: Moreau était républicain.» Ce général ne repassa en Europe que pour être frappé du boulet sur lequel son nom avait été gravé par le doigt de Dieu.
Moreau me rappelle un autre illustre capitaine, Masséna: celui-ci allait à l'armée d'Italie; il demanda à Mme Récamier un ruban blanc de sa parure. Un jour elle reçut ce billet de la main de Masséna:
«Le charmant ruban donné par Mme Récamier a été porté par le général Masséna aux batailles et au blocus de Gênes: il n'a jamais quitté le général, et lui a constamment favorisé la victoire.»

Les antiques mœurs percent à travers les mœurs nouvelles dont elles font la base. La galanterie du chevalier noble se retrouvait dans le soldat plébéien ; le souvenir des Tournois et des Croisades était caché dans ces faits d'armes par qui la France moderne à couronné ses vieilles victoires.

RETOUR DE MADAME DE STAËL. - MADAME RÉCAMIER À COPPET. LE PRINCE AUGUSTE DE PRUSSE.

En ce temps-là, une faillite dans la fortune de M. Récamier entraîna celle de sa femme. Mme de Staël en fut bientôt instruite à Coppet ; elle écrivit sur-le-champ à Mme Récamier une lettre toute admirable et souvent citée. Ses amis lui restèrent « et cette fois, à dit M. Ballanche, la fortune se retira seule ».

Mme de Staël attira son amie à Coppet. Le prince de Prusse, fait prisonnier à la bataille d'Eylau, se rendant en Italie passa par Genève : il devint éperdument amoureux de Mme Récamier. La vie intime et particulière appartenant à chaque homme, continuait son cours sous la vie générale, l'ensanglantement des batailles et la transformation des Empires : le riche à son réveil aperçoit ses lambris dorés, le pauvre ses solives enfumées ; pour les éclairer il n'y a qu'un même rayon de soleil.

Le prince Auguste, croyant que Mme Récamier pourrait consentir au divorce, lui proposa de l'épouser.

Il reste un monument de cette passion dans le tableau de *Corinne* que le prince obtint de Gérard ; il en fit présent à Mme Récamier comme un immortel souvenir du sentiment qu'elle lui avait inspiré et de la glorieuse amitié qui unissait *Corinne* et *Juliette*. L'été se passa en fêtes : le monde était bouleversé, mais il arrive que le retentissement des catastrophes publiques en se mêlant aux joies de la jeunesse, en redouble le charme : on se livre d'autant plus vivement aux plaisirs, qu'on se sent près de les perdre.

Mme de Genlis a fait un roman sur cet attachement du Prince Auguste. Je la trouvai un jour dans l'ardeur de la composition. Elle demeurait à l'Arsenal au milieu de livres poudreux, dans un appartement obscur. Elle n'attendait personne ; elle était vêtue d'une robe noire ; ses cheveux blancs offusquaient son visage ; elle tenait une harpe entre ses genoux et sa tête était abattue sur sa poitrine. Appendue aux cordes de l'instrument, elle promenait deux mains pâles et amaigries sur l'un et l'autre côté du réseau sonore dont elle tirait des sons affaiblis, semblables aux voix lointaines et indéfinissables de la mort. Que chantait l'antique Sibylle ? Elle chantait Mme Récamier.

Elle l'avait d'abord haïe; mais, dans la suite elle avait été vaincue par la beauté et le malheur.

Mme de Staël, dans la force de sa vie, aimait Mme Récamier. Mme de Genlis dans sa décrépitude retrouvait pour elle les accents de la jeunesse. Je vivais alors inconnu moi qui depuis ai perdu tout, moi dont les amis ont disparu, moi qui n'entends plus que les vagissements de quelques âmes sur l'autre rive; j'irai bientôt retrouver ces prédécesseurs qui m'appellent. Les choses qui me sont échappées me tueraient si je ne touchais à ma tombe; mais si près de l'oubli éternel, vérités et songes sont également vains: au bout de la vie tout est jours perdus.

SECOND VOYAGE DE MADAME DE STAËL EN ALLEMAGNE.
LETTRE DE MADAME DE STAËL À BONAPARTE.
CHÂTEAU DE CHAUMONT.

Mme de Staël partit une seconde fois pour l'Allemagne. Les lettres qu'elle écrivit à Mme Récamier sont charmantes; il n'y a rien dans les ouvrages imprimés de Mme de Staël qui approche du naturel, de l'éloquence de ces lettres où l'imagination prête son expression aux sentiments. La vertu de l'amitié de Mme Récamier devait être grande, puisqu'elle sut faire produire à une femme de génie, ce qu'il y avait de caché et de non révélé encore dans son talent. On devine au surplus dans l'accent triste de Mme de Staël un déplaisir secret dont la beauté devait être naturellement la confidente; elle qui ne pouvait jamais recevoir de pareilles blessures.
Mme de Staël rentrée en France vint au printemps de 1804 (*sic*) habiter le château de Chaumont sur les bords de la Loire, à quarante lieues de Paris, distance déterminée pour le rayon de son bannissement.
Mme Récamier rejoignit Mme de Staël à Chaumont. Celle-ci surveillait l'impression de son ouvrage sur l'Allemagne; lorsqu'il fut près de paraître, elle l'envoya à Bonaparte, avec cette lettre: «Sire, je prends la liberté de présenter à Votre Majesté mon ouvrage sur l'Allemagne. Si elle daigne le lire il me semble qu'elle y trouvera la preuve d'un esprit capable de quelques réflexions et que le temps a mûri. Sire, il y a douze ans que je n'ai vu Votre Majesté et que je suis exilée. Douze ans de malheurs modifient tous les caractères, et le destin enseigne la résignation à ceux qui souffrent. Prête à m'embarquer, je supplie Votre Majesté de m'accorder une demi-heure d'entretien. Je crois avoir des choses à lui dire qui pourront l'intéresser, et c'est à ce titre que je la supplie de m'accorder la faveur de lui parler avant mon départ. Je me permettrai une seule chose dans cette lettre: c'est l'explication

des motifs qui me forcent à quitter le continent, si je n'obtiens pas de Votre Majesté la permission de vivre dans une campagne assez près de Paris, pour que mes enfants y puissent demeurer. La disgrâce de Votre Majesté jette dans les personnes qui en sont l'objet une telle défaveur en Europe que je ne puis faire un pas sans en rencontrer les effets. Les uns craignent de se compromettre en me voyant, les autres se croient des Romains en triomphant de cette crainte. Les plus simples rapports de la société deviennent des services qu'une âme fière ne peut supporter. Parmi mes amis, il en est qui se sont associés à mon sort avec une admirable générosité ; mais j'ai vu les sentiments les plus intimes se briser contre la nécessité de vivre avec moi dans la solitude, et j'ai passé ma vie depuis huit ans entre la crainte de ne pas obtenir des sacrifices et la douleur d'en être l'objet. Il est peut-être ridicule d'entrer ainsi dans le détail de ses impressions avec le souverain du monde ; mais ce qui vous a donné le monde, Sire, c'est un souverain génie. Et en fait d'observation sur le cœur humain, Votre Majesté comprend depuis les plus vastes ressorts jusqu'aux plus délicats. Mes fils n'ont point de carrière, ma fille a treize ans ; dans peu d'années il faudra l'établir : il y aurait de l'égoïsme à la forcer de vivre dans les insipides séjours où je suis condamnée. Il faudrait donc aussi me séparer d'elle ! Cette vie n'est pas tolérable et je n'y sais aucun remède sur le continent. Quelle ville puis-je choisir où la disgrâce de Votre Majesté ne mette pas un obstacle invincible à l'établissement de mes enfants, comme à mon repos personnel ? Votre Majesté ne sait peut-être pas elle-même la peur que les exilés font à la plupart des autorités de tous les pays et j'aurais dans ce genre des choses à lui raconter qui dépassent sûrement ce qu'elle aurait ordonné. On a dit à Votre Majesté que je regrettais Paris à cause du Musée et de Talma : c'est une agréable plaisanterie sur l'exil, c'est-à-dire sur le malheur que Cicéron et Bolingbroke ont déclaré le plus insupportable de tous ; mais quand j'aimerais les chefs-d'œuvre des arts que la France doit aux conquêtes de Votre Majesté, quand j'aimerais ces belles tragédies, images de l'héroïsme, serait-ce à vous, Sire, à m'en blâmer ? Le bonheur de chaque individu ne se compose-t-il pas de la nature de ses facultés, et si le ciel m'a donné du talent, n'ai-je pas l'imagination qui rend les jouissances des arts et de l'esprit nécessaires ? Tant de gens demandent à Votre Majesté des avantages réels de toute espèce ! pourquoi rougirais-je de lui demander l'amitié, la poésie, la musique, les tableaux, toute cette existence idéale dont je puis jouir sans m'écarter de la soumission que je dois au Monarque de la France ? »

Cette lettre inconnue méritait d'être conservée. Mme de Staël ne fut pas plus écoutée que moi lorsque je me vis obligé de m'adresser aussi à Bonaparte pour lui demander la vie de mon cousin Armand. Alexandre et César auraient été touchés de cette lettre d'un ton si élevé, écrite par une femme si renommée; mais la confiance du mérite qui se juge et s'égalise à la domination suprême, cette sorte de familiarité de l'intelligence qui se place au niveau du maître de l'Europe, pour traiter avec lui de couronne à couronne, ne parurent à Bonaparte que l'arrogance de l'amour-propre: il se croyait bravé par tout ce qui avait quelque grandeur indépendante; la bassesse lui semblait fidélité, la fierté révolte: il ignorait que le vrai talent ne reconnaît des Napoléons que dans leur génie, qu'il a ses entrées dans les palais comme dans les temples parce qu'il est immortel.

MADAME DE *[sic]* RÉCAMIER ET M. DE MONTMORENCY SONT EXILÉS. MADAME DE RÉCAMIER À CHÂLONS.

Mme de Staël fut renvoyée à Coppet; Mme Récamier s'empressa de nouveau de se rendre auprès d'elle; M. Matthieu de Montmorency lui resta également dévoué; l'un et l'autre en furent punis; on leur infligea la peine même qu'ils étaient allés consoler. Les quarante lieues de distance de Paris furent maintenues. Mme Récamier se retira à Châlons-sur-Marne, décidée dans son choix par le voisinage de Montmirail qu'habitaient MM. de La Rochefoucauld-Doudeauville. Mille détails de l'oppression de Bonaparte se sont perdus dans la tyrannie générale: les persécutés redoutaient la visite de leurs amis, crainte de les compromettre; leurs amis n'osaient les chercher, crainte de leur attirer quelque accroissement de rigueur. Le malheureux devenu un pestiféré séquestré du genre humain, demeurait en quarantaine dans la haine du despote. Bien reçu tant qu'on ignorait votre indépendance d'opinion, sitôt qu'elle était connue, tout se retirait; il ne restait autour de vous que des autorités épiant vos liaisons, vos sentiments, vos correspondances, vos démarches. Tels étaient ces temps de liberté et de bonheur.

Mme de Staël écrivait à Mme Récamier qu'elle ne désirait pas la voir à Coppet dans l'appréhension du mal qu'elle pourrait lui apporter; mais elle ne disait pas tout: elle était mariée secrètement à M. Rocca, d'où résultait une complication d'embarras dont la police impériale profitait. Mme Récamier s'étonnait à bon droit de l'obstination que mettait Mme de Staël à lui interdire l'entrée de Coppet. Blessée de la résistance de son amie pour laquelle elle s'était déjà sacrifiée, elle n'en persistait pas moins dans sa résolution de partager les dangers de Coppet.

Une année entière s'écoula dans cette anxiété. Les lettres de Mme de Staël révèlent les souffrances de cette époque, où les talents étaient menacés à chaque instant d'être jetés dans un cachot, où l'on aspirait à la fuite comme à la délivrance: quand la liberté a disparu, il reste un pays, mais il n'y a plus de patrie.

(b) p. 1857. Les Notes et pensées *de Chateaubriand (*BSC, *1934) nous ont conservé un paragraphe qui devait introduire ce livre sur Juliette Récamier, que Chateaubriand songea un moment introduire après le récit de son voyage de 1832 à Coppet:*

... Pour bien comprendre tout ce que cette course eut de douloureux pour Mme Récamier et de pénible pour moi, il est nécessaire de revenir sur des temps écoulés. Dans cette terre étrangère, entre la France, mes regrets et mon berceau, et l'Italie, mes délices et ma tombe en espérance, peintre-voyageur je m'arrête un moment: j'essayerai à la clarté de mon soleil couchant de dessiner un ange sur le ciel pur de ces montagnes (Notes et Pensées, *pp. 58-60).*

(c) p. 1858. Ms 1839 ajoute:

... placée si loin de moi par sa renommée et sa beauté.

(d) p. 1858:

... Je me demandais si je voyais un portrait de la candeur ou de la volupté. Je n'avais jamais inventé rien de pareil et plus que jamais je fus découragé; mon amoureuse admiration se changea en humeur contre ma personne. Je crois que je priai le ciel de vieillir cet ange, de lui retirer un peu de sa divinité, pour mettre entre nous moins de distance. Quand je rêvais ma Sylphide, je me donnais toutes les perfections pour lui plaire; quand je pensais à Madame Récamier je lui ôtais des *charmes* pour la rapprocher de moi: il était clair que j'aimais la réalité plus que le songe. *(Ms 1839). Pour «vieillir cet ange», SG donne: «vieillir Juliette».*

(e) p. 1859. Ms 1839 poursuit:

... et de l'oubli, tel que je l'étais encore, quand je vis pour la première fois Madame Récamier.

(f) p. 1860. Ms 1839 poursuit:

... jeunesse: de plus on est sans crainte, puisqu'on a pour soi l'expérience; par les qualités que l'on a découvertes, on sait qu'un attachement commencé dans la saison printanière, n'aurait fait aucun usage de ses ailes et ne se serait pas flétri dès son matin.

L. XXIX, CHAP. 3

(a) p. 1863. Ms 1839 ajoute:

... le peintre était amoureux.

(b) p. 1868. Ms 1839 poursuit:
... quoique vous puissiez le lire aux personnes que vous jugerez dignes de vous entendre lire des vers.

(c) p. 1869. Ms 1839 ajoute:
... et presque amoureuse.

(d) p. 1870. Ms 1839 poursuit:
... ma tête était remplie de réflexions profondes ; j'arrivai triste et rêveur dans ces jardins de *Bedmar* où nous étions attendus.

(e) p. 1870. Ms 1839 ajoute:
... Le hasard ou l'amour me plaça près de vous ; j'entendis votre voix ...
... vos regards, vous sourires fixèrent mon âme attentive ; je fus subjugué ! Je ne pouvais assez admirer vos traits, vos accents, votre silence, vos gestes et cette gracieuse physionomie qu'embellit une douce indifférence... Car vous savez donner des charmes à l'indifférence.

(f) p. 1872. Ms 1839 ajoute:
... Je suis parti dans la nuit.

(g) p. 1872. Cette précision ne figure pas dans Ms 1839. SG poursuit:
... Lucien contribua puissamment au succès de cette journée qui tiendra toujours une si grande place dans l'histoire. Président du Conseil des Cinq-Cents à Saint-Cloud, il résiste aux forcenés qui lui demandent la mise hors la loi de son frère ; il lutte au milieu d'un tumulte épouvantable. Il doit la vie aux grenadiers de Bonaparte, qui l'enlèvent de la tribune. Tout plein encore du danger qu'il vient de courir, il en fait le récit à Mme Récamier. Mêlant toujours le roman à l'histoire, il se représente menacé par les assassins qui lui demandent la tête de son frère : « Dans ce moment suprême, s'écrie-t-il, *[*votre image m'est apparue !...*]* Vous auriez eu ma dernière pensée. »

L. XXIX, CHAP. 4

(a) p. 1876. Ms 1839 ajoute:
... En parlant de vos adorateurs je ne parlais pas de Monsieur de Narbonne ; il me semble qu'il s'est rangé parmi les amis. S'il n'en était pas ainsi je n'aurais pu dire que je lui préférais personne. Au milieu *[...]*.

L. XXIX, CHAP. 5

(a) p. 1880. Le paragraphe, dans Ms 1839, s'achève ainsi :
... de Mozart, qui lui était dédié. Les feuilles anglaises furent remplies des détails de cette soirée. Elles remarquèrent l'enthousiasme si gracieux et si animé du Prince de Galles, et son empressement sans partage auprès de la belle étrangère.

L. XXIX, CHAP. 7

(a) p. 1887. Ms 1839 ajoute :
... excepté Moreau.

L. XXIX, CHAP. 8

(a) p. 1890. Ms 1839 ajoute :
... Madame de Genlis.

(b) p. 1892.
... il devint éperdument amoureux *(Ms 1839).*

(c) p. 1892. Ms 1839 ajoute :
... Bonaparte qui avait connu cette circonstance par des rapports de police, s'en est souvenu à Sainte-Hélène.
On lit dans le *Mémorial* :
« Dans les causeries du jour, l'Empereur est revenu encore à Madame de Staël, sur laquelle il n'a rien dit de neuf, seulement il a parlé de lettres vues par la police, et dont Madame Récamier et un Prince de Prusse faisaient tous les frais. ... Le Prince, malgré les obstacles que lui opposait son rang, avait conçu la pensée d'épouser l'amie de Madame de Staël... Bien que le jeune Prince fût rappelé à Berlin, l'absence n'altéra point ses sentiments ; il n'en poursuivit pas moins avec ardeur son projet favori ; mais soit préjugé catholique contre le divorce, soit générosité naturelle, Madame Récamier se refusa constamment à cette élévation inattendue. » (*Mémorial de Sainte-Hélène, t. VII ; éd. du centenaire, t. III, p. 337).*

(d) p. 1896.
... des lettres qui me rappellent des jours heureux où je n'étais pour rien *(Ms 1839).*

(e) p. 1896.
... Il fut du bonheur sans moi, des enchantements étrangers à mon existence aux rivages de Coppet, que je ne vois pas sans un injuste et secret sentiment d'envie. *(Ms 1839).*

L. XXIX, chap. 9

(a) p. 1897. Ms 1839 ajoute:
..., dont il ne m'est permis de citer que des fragments:

«2 décembre, Lausanne.
«Chère Juliette, j'étais mille fois plus triste après votre départ qu'en vous disant adieu. Après cinq mois si doux, il semble que l'on a de la peine à être malheureux, et qu'il vous reste encore quelque chaleur comme à ceux qui ont voyagé dans les pays chauds; mais par degré cette chaleur s'en va et l'absence s'empare de moi. Je vais quitter Benjamin et Auguste. Tous mes liens avec la vie se déchirent Après votre départ je suis restée à consoler Middleton qui pleurait à sanglots. Je ne serais point du tout étonnée qu'il vous arrivât un de ces jours. Réfléchissez avec bonheur et fierté à cette puissance de plaire que vous possédez si souverainement; c'est un don plus précieux que l'empire du monde. Il faut un jour l'abdiquer, mais c'est un trésor que vous pourrez placer sur la tête de celui que vous en croirez digne. Racontez-moi votre arrivée, le voyage et votre impression en arrivant à Paris. Quant à moi je n'ai rien à vous dire qu'une peine toujours croissante qui m'oppresse à présent tout à fait le cœur ....
«Vous savez notre marché: deux lettres de moi pour une de vous. Je ne me soumets qu'à vous aimer deux fois plus. Adieu, cher ange; je vous serre contre mon cœur.»

«Munich, 20 décembre.
«Chère Juliette, je m'affligeais de n'avoir point de vos nouvelles. Il semble que vos sentiments pour moi me font l'effet d'un beau jour; bien qu'ils recommencent je crains toujours qu'ils ne finissent. J'ai passé cinq jours ici et je pars pour Vienne dans une heure. Encore trente lieues de plus loin de vous, loin de tout ce qui m'est cher...
«La cour d'ici était en Italie; mais toute la société m'a reçue à ravir et m'a parlé de ma belle amie avec admiration. Vous avez une réputation aérienne que rien de vulgaire ne peut atteindre. Le bracelet que vous m'avez donné m'a fait baiser la main un peu plus souvent et je vous renvoie tous les hommages qu'il obtient.»

«30 avril, Vienne.
«Chère amie, que cette robe m'a touchée! Je cherchais l'empreinte de votre beauté, de tous les succès de votre prospérité, qui vous rendait moins touchante que votre noble courage. Je la porterai mardi, cette robe, en prenant congé de la Cour. Je dirai à tout le monde que je la tiens de vous, et je verrai tous les hommes soupirer de ce que ce n'est pas vous qui la portez ....
«Le Prince Paul Esterhazy m'a dit qu'il était chez vous tous les soirs pendant son séjour à Paris. Ce prince ma confié qu'il était fort amoureux de vous et qu'il vous trouvait la plus aimable personne du monde. N'êtes-vous donc pas heureuse de pouvoir à votre gré inspirer un dévouement absolu à qui vous a vue seulement quelques jours! Je vous l'ai dit souvent, je ne connais rien sur cette terre qui doive autant plaire à l'imagination et même à la sensibilité, car on est toujours sûr ainsi d'être aimé de ce qu'on aime ....
«Il faut qu'il se passe en vous quelque chose d'extraordinaire pour émouvoir à ce point. Je ne voudrais pas que vous devinssiez comme Matthieu (de Montmorency) un ange, mais un ange triste, languissant sur la terre.»

Madame de Staël avait déjà écrit à son amie:

«Mon Dieu que ce château (Coppet) m'a paru triste depuis votre départ ....
«Vous êtes dans ma vie au premier rang ....
«Je voudrais me promener encore avec vous; vous protéger contre ces animaux qui vous effrayaient; vous parler encore de la nature et du ciel; mais je suis seule avec ces sentiments rêveurs qu'on a tant besoin de communiquer. Parlerai-je encore du fond de l'âme, ou faudra-t-il que je vive et meure seule? Adieu, ma Juliette; que le ciel vous bénisse. Continuez à ne plus vivre que par le cœur. Les moissons du succès sont cueillies; mais aimer est divin.»
(éd. du centenaire, t. III, pp. 340-342).

L. XXIX, CHAP. 10

(a) p. 1901.
... il ignorait que le vrai talent ne reconnaît de Napoléons que dans leur génie, nullement dans leur autorité; qu'il n'admet point de supérieur; qu'il a ses entrées *[...] (Ms 1839).*

L. XXIX, CHAP. 11

(a) p. 1902. M. Levaillant (éd. du centenaire, t. III, pp. 730-731) a publié une transition rédigée par Chateaubriand à un moment où il songea diviser ce livre en deux parties :

... À présent, les guides historiques me vont manquer pour la suite de cette histoire, jusqu'au retour de Mme Récamier à Paris. Il est difficile de reproduire ces heures de femme que l'on voudrait fixer sur le cadran et non les compter. Il me faudrait posséder le secret nouvellement découvert d'employer la lumière comme dessinateur chaste et fidèle, ou retrouver le soleil de ma jeunesse, afin de mieux graver l'ombre. Mais quand la clarté pâlit, tout se décolore et s'efface.

Je fais ici une pause, à la façon des orateurs qui parlent au sanctuaire.

(b) p. 1902. Cette explicitation est un ajout de l'édition Penaud. Ms 1839 poursuit ainsi :

... allés consoler. Monsieur de Montmorency avait précédé Madame Récamier de quelques jours.

Au retour du courrier qui annonçait son arrivée chez moi, dit Madame de Staël, il reçut sa lettre d'exil. – Je poussai des cris de douleur, en apprenant l'infortune que j'avais attirée sur la tête de mon généreux ami. – Dans cet état il m'arrive une lettre de Madame Récamier, de cette belle personne qui a reçu les hommages de l'Europe entière, et qui n'a jamais délaissé un ami malheureux. Elle m'annonçait qu'elle arrivait à Coppet. Je frémis que le sort de Monsieur de Montmorency ne l'atteignît, et j'envoyai un courrier au-devant d'elle, pour la supplier de ne pas venir. Il fallait la savoir à quelques lieues, elle qui m'avait constamment consolée par les soins les plus aimables ; il fallait la savoir là, si près de ma demeure, et qu'il ne me fût pas permis de la voir encore, peut-être pour la dernière fois ! Elle ne voulut pas céder à ma prière. Et ce fut avec des convulsions de larmes que je la vis entrer dans ce château où son arrivée était toujours une fête. Elle partit le lendemain, et se rendit à l'instant chez une de ses parentes à cinquante lieues de la Suisse. Ce fut en vain ; le funeste exil la frappa. Les revers de fortune qu'elle avait éprouvés lui rendirent très pénible la destruction de son établissement naturel. Séparée de ses amis, livrée à tout ce que la solitude peut avoir de plus monotone et de plus triste : voilà le sort que j'ai valu à la personne la plus brillante de son temps *(éd. du centenaire, t. III, p. 345).*

(c) p. 1904. Ces deux paragraphes, qui ne respectent pas l'ordre du texte donné par Ms 1839, remplacent dans l'édition Penaud le long passage suivant :

Pour comprendre les lettres suivantes de Mme de Staël, une courte explication est nécessaire : en écrivant à son amie qu'elle ne désirait pas la voir dans l'appréhension du mal qu'elle lui pourrait apporter, Mme de Staël ne disait pas tout : elle était mariée secrètement avec M. Rocca, d'où résultait une complication d'embarras dont la police impériale, à dessein mal instruite, profitait avec une ignoble joie. Mme Récamier à qui Mme de Staël croyait devoir taire ces nouveaux soucis, s'étonnait à bon droit de l'obstination qu'elle mettait à lui interdire l'entrée de son château de Coppet. Blessée de la résistance de Mme de Staël pour laquelle elle s'était déjà sacrifiée, elle n'en persistait pas moins dans la résolution de partager les dangers de Coppet. Une année entière s'écoula dans cette anxiété. Les lettres de Mme de Staël révèlent les souffrances de cette époque où les talents étaient menacés à chaque instant d'être jetés dans un cachot, où l'on ne s'occupait que des moyens de s'échapper, où l'on aspirait à la fuite comme à la délivrance, à la terre étrangère comme au sol natal : quand la liberté a disparu, il reste un pays, mais il n'y a plus de patrie.

« Coppet.
« Chère Juliette, je suis si profondément accablée que je crains d'ajouter à votre peine par la mienne. Je ne supporte pas la pensée de votre situation à Châlons. Elle me brise le cœur jour et nuit. J'ai reçu hier une lettre du Prince Auguste, datée de Schaffouse. Il dit que son *fol amour* l'amène... Je lui ai écrit votre situation et la mienne ....

« Donnez-moi des détails sur votre vie, s'il y en a une à l'auberge de Châlons. Je vous écrirai ce que je saurai du Prince. Je vis si seule, à présent, que je ne sais rien que par lettres. Ce grand château de Coppet à tout a fait l'air d'une prison. »

« Coppet.
« ... J'ai reçu une lettre de Prosper *[M. de Barante]*, pleine de grâce et presque de sensibilité. Sa sœur m'a écrit ce mariage où elle a paru en robe traînante avec un voile couronné de fleurs. Il était là celui qui devait être une fois le compagnon de ma vie. On dit qu'il était sérieux : a-t-il alors pensé à moi ? Ah ! je n'avais plus droit à la couronne blanche. Mais vous qui pourriez encore la porter, vous qui pourriez être heureuse, que de choses j'aurais à vous dire, si vous vouliez me croire, et quitter tout à fait le pays qui vous retient... »

« Genève.
« Me voici arrivée dans cette ville où je me suis tant ennuyée, depuis dix années. Fasse le ciel que vous n'éprouviez pas ces tristes retours des

mêmes ennuis, qui sonnent si douloureusement le temps. Je lis un ouvrage que je vous conseille comme distraction. Il me semble que ces sortes d'écrits animent la solitude. Ce sont les lettres de Mme du Deffant à Horace Walpole. Ce sont les souvenirs de la société qui a précédé celle que nous avons connue. Mon père et ma mère y sont souvent nommés. Quel temps paisible ! Et cependant la nature savait y faire entrer le malheur. Cette femme est devenue aveugle, et cet exil est encore plus affreux que les nôtres. Ah ! chère Juliette, où est le temps où je ne vous parlais que du mien où vous étiez heureuse et brillante à Paris, où vous m'y faisiez vivre en me parlant de tout ce que vous jugiez avec tant d'esprit, de vérité et de finesse. Chaque année m'a apporté un nouveau malheur, mais celle-ci, je ne sais ce qu'on pourrait y ajouter. J'ai reçu d'une de nos consœurs d'exil Mme d'Escars, une lettre pleine de noblesse. Vous a-t-on dit qu'on a refusé à Mme de la Trémouille d'aller dans la ville voisine de sa terre soigner la santé de son mari ?... Passé le printemps prochain, profitez de la puissance de voyager, et n'usez pas la vie dans l'attente. J'ai fait ainsi et je m'en repens. Adieu, mon ange, adieu. Je croirai renaître à la lumière quand je vous reverrai, si je vous revois jamais. »

« Coppet.
« Je m'étais promis un grand plaisir, chère Juliette, de vous parler en liberté ; et je me demande à présent ce que je puis vous écrire dans l'incertitude cruelle qui plane sur ma vie. Je suis toujours souffrante, depuis la terrible époque du mois d'août. J'ai pourtant toujours les mêmes projets, car je sens que je mourrais ici si je m'y laissais enfermer. Mais il me faut encore quelque temps pour admettre un projet quelconque, et je vous supplie à genoux de dire à tout le monde que je n'en ai plus. Je vous conjure aussi de tout faire pour revenir à Paris, et, par conséquent, de ne pas approcher de Genève, ni de Coppet. D'abord on ne nous y laisserait pas huit jours ensemble, et ces huit jours, non seulement vous rendraient le retour impossible, mais finiraient le genre d'intérêt que vos amis prennent à vous, parce qu'ils y verraient du dédain pour eux. Si ce malheureux exil était irrévocable, ce serait alors en Allemagne que l'on pourrait se revoir ; et peut-être sentiriez-vous comme moi que le sentiment du Prince Auguste n'est pas à dédaigner. Chère Juliette, je suis abîmée de tristesse. Au nom de Dieu, ne dites rien, n'écrivez rien sur moi, sinon que je suis malade et résignée. Je vous indiquerai par ces mots *je pars* le moment de la grande décision. Tant que cela n'est pas dans ma lettre, je suis immobile. Chère amie, puisque vous avez commencé cette vie de sacrifices, continuez-la encore, en ne sortant pas de France, en faisant dire : c'est la seule femme qui ait su

supporter l'exil. Au reste, vous savez mieux que moi ce qu'il faut faire ; mais je suis tellement agitée sur votre situation, que j'ai toujours la pensée que mon esprit doit me fournir quelque ressource ; mais rien, le ciel est d'airain, et je n'ai jamais été plus abattue. »

« Coppet.
« Auguste et moi, chère Juliette, nous n'avons pu résister à l'inquiétude que vos dernières lettres ont excitée dans notre âme. Il part pour vous voir, et pour revenir dès qu'il vous aura vue. Il vous porte cette lettre. Il vous parlera, il vous dira mes projets, je n'aime pas à les écrire. Ne nommez jamais que Genève en m'écrivant. Chère Juliette, je me crois obligée à partir. Je m'y crois obligée pour vous, pour Matthieu, pour mes enfants et pour moi. Si, dans un pays étranger, je pouvais vivre avec vous, ce serait un bonheur plus vif, plus idéal que tous ceux que l'amitié peut donner. Mais j'ai une horreur de ma situation actuelle, du mal que j'ai fait, de celui que je peux faire à ce que j'aime, de ma dépendance, de ma soumission forcée, qui me fait braver ce que je considère comme des dangers, mais comme des dangers qui, Dieu merci, ne regardent que moi. Je suis bien sûre qu'il n'y a pas dans ce que j'éprouve à cet égard, dans ce que j'avais résolu, une nuance qui vînt de vous moins aimer.... Mais s'il faut que vous viviez dans cette France, je dois m'éloigner de vous, car je vous perdrais, et voilà tout. Ah ! chère Juliette, que je sens la tristesse, l'horreur de votre situation ; mais ne soyez pas injuste envers ceux qui vous sont attachés comme par les liens du sang. Regardez-la bien cette situation, voyez si elle peut aller quand je serai loin ; et si elle ne peut pas aller, alors faisons tout pour nous réunir, mais jamais, jamais sur un sol qui peut s'entr'ouvrir à chaque instant sous nos pas. Auguste vous aime passionnément. Il a changé d'humeur au moment où sa course à Châlons a été décidée. Il se faisait un bonheur de voyager avec moi ; il le redoute à présent, de toute son âme. Enfin pour notre bonheur à tous, il vaudrait mieux que cet élément d'amour ne fût point entre nous. Mais sans que nous nous soyons expliqués sur ce sujet, je le crois incapable d'abandonner sa famille et la route que son père lui tracerait, et je suis encore plus certaine que vous ne le souffririez pas s'il le voulait. Chère Juliette, puisque le sort nous sépare tous, portez-le vous-même à ce qu'il doit faire, car il n'a cessé de parler de l'empire de votre présence sur son âme. Ah ! vous avez encore tous vos charmes, vous êtes encore toute-puissante ; moi, je commence à mourir. Cela peut très bien durer vingt-cinq ans, mais l'œuvre est commencée, et suivra dans le même sens. Enfin pourquoi vouloir dépasser son temps ? le mien est accompli. Au moins ne croyez pas qu'il soit entré dans mon âme un mouvement qui ne fût tendresse pour vous. Mais nous sommes bien malheureuses l'une et l'autre. Quant à moi, je n'aurai pas un

jour de repos, tant que je ne saurai pas votre exil fini, ou que nous ne nous serons pas réunies, car ce qu'on supporte ensemble s'adoucit. Expliquez-vous bien avec Auguste; et donnez-lui quelques mots qui me donnent du courage, au moment d'une grande décision. Je vous serre contre mon cœur. Que Dieu nous bénisse toutes deux.

« Je reviens à ma lettre, cher ange, parce que je crains mortellement que l'absence ne fasse que nous ne nous entendions pas. Mon Dieu ! si vous doutiez du profond sentiment, de l'attrait, du goût si puissant en moi, qui m'attache à vous, vous me navreriez de douleur. Je vous aime comme une amie chérie, comme une jeune sœur de mon choix ; et partout où je pourrais être en sécurité avec vous, je m'y trouverais heureuse. Mais les malheurs de cette année, les menaces de prison, m'ont donné une soif de sécurité, que je n'avais pas auparavant. Je n'ai pas de courage contre l'idée d'être arrêtée. Je ne sais pas me porter moi-même, et je ne sais pas mourir. Croyez-moi, j'étais bien disposée par caractère, à ne prendre aucun parti décisif, et si je m'y résous cette fois, il faut me plaindre. D'ailleurs, que faire d'Albertine *[Madame de Broglie]* dans ma situation actuelle ? Enfin jugez-moi : je m'en remets à vous et je vous serre sur mon cœur » *(éd. du centenaire, t. III, pp. 346-351).*

(d) p. 1905. Ms 1839 ajoute :

... Auguste subit le sort commun, en errant avec sa mère dans diverses retraites auprès de Mme Récamier. Cette absence augmenta l'attrait d'un sentiment qui se plaît aux choses romanesques et se nourrit de ce qui fait périr les autres passions. Détaché, sinon guéri, d'un amour sans espérance, il tomba dans une autre passion ; puis la religion le saisit et le précipita dans le mariage dont il eut un fils *(éd. du centenaire, t. III, p. 352).*

L. XXIX, CHAP. 12

(a) p. 1907. Ms 1839 ajoute :

... Quand elle leur apparaissait en robe blanche, et les mains chargées de bienfaits, dans l'obscurité de leur geôle, ils la prenaient pour une vision *(éd. du centenaire, t. III, p. 353).*

(b) p. 1907. Ms 1839 poursuit :

... Les circonstances politiques mettant chaque jour de nouveaux obstacles aux correspondances, Mme Récamier attendit longtemps dans une cruelle anxiété, des nouvelles de Mme de Staël ; elle en reçut enfin la lettre suivante :

« Waderis. [Wadowice]
« Vous ne pouvez vous faire une idée, cher ange de ma vie, de l'émotion que votre lettre m'a causée. C'est au fond de la Moravie, près de la forteresse d'Olmütz que ces paroles célestes me sont arrivées. J'ai pleuré des larmes de la douleur et de la tendresse en entendant cette voix qui m'arrivait dans le désert comme l'ange d'Agar. Mon Dieu ! mon Dieu ! si l'on ne m'avait pas séparée de vous, je ne serais pas ici. Schlegel est resté à Vienne pour m'apporter de là l'argent du Nord qui m'est nécessaire. Je suis donc seule avec ma fille et mon fils, dans le pays le plus triste de la terre, et où l'allemand me semble ma langue maternelle, tant le polonais m'est étranger. J'ai rencontré sur le chemin de longues processions de gens du peuple qui allaient implorer Dieu dans leurs misères en n'espérant rien des hommes, en voulant s'adresser plus haut. Déjà l'on commence à sentir que l'on a quitté l'Europe civilisée. Quelques chants mélancoliques annoncent de temps en temps la plainte des êtres souffrants qui, lors même qu'ils chantent, soupirent encore. J'ai bien de la peine à défendre mon imagination de l'effet qu'elle reçoit par ce pays. Enfin il faut aller puisque j'ai commencé. Faites que, de temps en temps, un mot de vous m'arrive, qui soit pour le passé ce que la prière est pour l'avenir, un éclair d'un autre monde. Parlez de moi tendrement à Camille Jordan. Je vous recommande Auguste. Ah ! chère Juliette, que de sentiments douloureux il faut réprimer pour agir ! » *(éd. du centenaire, t. III, pp. 354-355).*

L. XXIX, CHAP. 14

(a) p. 1913. Ms 1839 poursuit :
... des ruines romaines ; je lui écrivais la lettre suivante :

« Rome, jeudi 5 février 1829.
« *Torre Vergata* est un bien de moines, situé à une lieue à peu près du *Tombeau de Néron*, sur la gauche en venant à Rome, dans l'endroit le plus beau et le plus désert. Là est une immense quantité de ruines à fleur de terre recouvertes d'herbes et de chardons. J'y ai commencé une fouille avant-hier, mardi, en cessant de vous écrire. J'étais accompagné seulement d'Hyacinthe et de Visconti qui dirige la fouille. Il faisait le plus beau temps du monde. Cette douzaine d'hommes armés de bêches et de pioches qui déterraient des tombeaux et des décombres de maisons et de palais dans une profonde solitude, offrait un spectacle digne de vous. Je faisais un seul vœu ; c'était que vous fussiez là. Je consentirais volontiers à vivre avec vous sous une tente, au milieu de ces débris.

« J'ai mis moi-même la main à l'œuvre, j'ai découvert des fragments de marbre. Les indices sont excellents et j'espère trouver quelque chose qui me dédommagera de l'argent perdu à cette loterie des morts. J'ai déjà un bloc de marbre grec assez considérable pour faire le buste du Poussin. Cette fouille va devenir le but de mes promenades ; je vais aller m'asseoir tous les jours au milieu de ces débris. À quels siècles, à quels hommes appartiennent-ils ? Nous remuons peut-être la poussière la plus illustre sans le savoir. Une inscription viendra peut-être éclairer quelque fait historique, détruire quelque erreur, établir quelque vérité. Et puis, quand je serai parti avec mes douze paysans demi-nus, tout retombera dans l'oubli et le silence. Vous représentez-vous toutes les passions, tous les intérêts qui s'agitaient autrefois dans ces lieux abandonnés ? Il y avait des esclaves et des maîtres, des heureux et des malheureux, de belles personnes qu'on aimait, des ambitieux qui voulaient être ministres. Il y reste quelques oiseaux et moi, encore pour un temps fort court ; nous nous envolerons bientôt. Dites-moi, croyez-vous que cela vaille la peine d'être membre du conseil d'un petit roi des Gaules, moi, barbare de l'Armorique, voyageur chez des sauvages d'un monde inconnu des Romains, et ambassadeur auprès d'un de ces prêtres qu'on jetait aux lions ? Quand j'appelai Léonidas à Lacédémone, il ne répondit pas : le bruit de mes pas à *Torre Vergata* n'aura réveillé personne. Et quand je serai à mon tour dans mon tombeau, je n'entendrai pas même le son de votre voix. Il faut donc que je me hâte de me rapprocher de vous et de mettre fin à toutes ces chimères de la vie des hommes. Il n'y a de bon que la retraite, et de vrai qu'un attachement comme le vôtre » *(éd. du centenaire, t. III, pp. 478-479). Sur cette lettre, voir les variantes sur le chapitre 16 du livre XXX.*

L. XXIX, chap. 15

(a) p. 1914. Ms 1839 poursuit :

... La première pensée qui vint la saisir en arrivant, fut, dit M. Ballanche, d'aller chercher les traces de Mme de Staël. Elle se donne à peine le temps de descendre dans une auberge ; elle fait approcher une barque, et demande à être conduite au Cap Misène. Elle resta plusieurs heures à contempler ce site admirable, tout animé pour elle des accents de Corinne. Maintenant, loin du beau ciel de l'Italie, c'est dans les brumes du Nord que Mme de Staël attend l'issue de la lutte redoutable qui va décider du sort de l'Europe. Mme Récamier était ainsi ramenée à la douloureuse impression du présent. Elle aurait voulu ne trouver à Naples que son ciel merveilleux, son golfe enchanté, ses campagnes poétiques, et jouir au moins de l'exil. Mais à peine fut-elle rentrée à l'auberge *[...] (éd. du centenaire, t. III, p. 361).*

(b) p. 1917.
... Italie : heureux s'ils lui avaient toujours appartenu ! heureux si j'avais pu... *(Ms 1839, éd. du centenaire, t. III, p. 364).*

(c) p. 1917.
... ses aspérités blessent. Puissent du moins mes derniers moments être doux à celle qui les consola ! Puissent mes heures expirantes *[...] (Ms 1839, éd. du centenaire, t. III, p. 364).*

L. XXIX, CHAP. 16

(a) p. 1918. Ms 1839 ajoute :
... Il chantait la Préface à faire pleurer : *Il n'allait point* comme un saint Paul, *avec une parole rude : mais avec* une parole emmiellée et cet abaissement adorable qui consacrait un Chabot à Dieu, tout de même qu'un simple desservant de paroisse. Guérin faisant le portrait de l'abbé duc, lui adressait un jour des compliments sur sa figure ; l'humble confesseur lui répondit : « Si vous m'aviez vu priant ! » *(éd. du centenaire, t. III, p. 365).*

(b) p. 1920.
... à Mme de Montmorency *(Ms 1839) ; dans une version antérieure, Chateaubriand avait écrit :* « à Mme de Mortemart » *(M. Levaillant,* Deux livres..., *t. II, p. 109).*

(c) p. 1920. Un fragment antérieur (M. Levaillant, Deux livres..., *t. II, p. 110) ajoute ici un développement :*
... mais l'humanité n'est pas ainsi d'une pièce ; les frivolités s'y mêlent aux choses graves : souvent un guerrier, un politique, est plus agité d'une faiblesse secrète que du destin public de l'Empire dont il semble au dehors exclusivement occupé : l'affaire légère est au fond de son âme l'affaire sérieuse. Si l'on voyait les babioles, les puérilités, les misères qui traversent la cervelle du plus grand génie au moment où il conçoit sa plus grande pensée, accomplit sa plus grande action, on serait saisi d'étonnement : on aurait tort ; en fin de compte, et en pure vérité, rien n'a d'importance réelle ; un royaume ne pèse ni ne vaut plus qu'un plaisir.

L. XXIX, CHAP. 17

(a) p. 1921. Ms 1839 ajoute:
... l'expédition d'Égypte, renouvela au Mont-Thabor les faits d'armes de Richard Cœur de Lion et se signala *(éd. du centenaire, t. III, p. 366).*

(b) p. 1925. Ms 1839 poursuit:
... Souvent, montée au faîte de ce palais avec Mme Récamier, elle lui avait dit en promenant au loin ses regards ravis: «Je suis Reine de Naples» *(éd. du centenaire, t. III, p. 369).*

(c) p. 1927.
... La *Balancelle*, patache qui faisait le service *(Ms 1839, éd. du centenaire, t. III, p. 372).*

(d) p. 1929.
... de leur histoire *(Ms 1839, éd. du centenaire, t. III, p. 374).*

L. XXIX, CHAP. 18

(a) p. 1930.
... La beauté exilée en Italie, revenait de Naples à Paris. Elle ne s'arrêta qu'à Rome, pour assister à l'entrée du Pape reprenant possession de ses états *(Ms 1839, éd. du centenaire, t. III, p. 374).*

(b) p. 1931. Un autre état du texte ajoute:
... Il semblait écouter la vie tombant dans l'Éternité *(M. Levaillant,* Deux livres, *t. II, p. 114).*

(c) p. 1931. Ms 1839 ajoute:
... voyez les paroles de Carnot, livre vingt-deuxième *[pour: vingt-troisième] de ces* Mémoires.

L. XXIX, CHAP. 19

(a) p. 1934. Une longue coupure ici, par rapport à Ms 1839, qui donne de larges extraits de trois lettres écrites par Benjamin Constant à Juliette Récamier. Nous les reproduisons ici, telles qu'elles ont été retranscrites dans l'édition dite du centenaire des Mémoires d'outre-tombe. *Mais nous les*

complétons, en indiquant entre crochets et en italique les passages omis, rétablis à partir de l'édition d'É. Harpaz, Benjamin Constant et Juliette Récamier, Lettres, 1807-1830, *Paris, Champion, 1992, où la première lettre est datée du 1er septembre 1814 (p. 50), la seconde de la nuit du 19 au 20 janvier 1815 (pp. 119-122) et la troisième du 23 janvier 1815 (pp. 125-127).*

Mardi.
Voici le Mémoire ; ne me le renvoyez pas, il pourrait se perdre parce que je suis obligé de sortir. J'irai le prendre à l'heure que vous voudrez et nous le lirons ensemble. Savez-vous que je n'ai rien vu durant cette vie, déjà si longue, et que vous troublez, rien au monde de pareil à vous ? J'ai porté votre image chez M. de Talleyrand, chez Beugnot, chez moi, partout. J'en suis triste et presque étonné. Certes je ne plaisante pas car je souffre. Je me retiens sur une pente rapide. Il vous est si égal de faire souffrir dans ce genre. Les anges aussi ont leur cruauté. Enfin pour l'amour du roi Joachim, remettez-moi le Mémoire vous-même. Il ne serait pas prudent de me l'envoyer. Partez-vous ce soir ? Allez-vous à Angervilliers dimanche, ou quand vous voudrez ? Que me font mes autres engagements ? Revenez-vous demain ? Votre absence m'importune. Savez-vous que vous avez mis quelque volonté à me rendre fou ? Que ferez-vous si je le suis ? Enfin le Mémoire en main propre aujourd'hui. C'est un devoir à vous de ne pas le risquer. C'est un devoir de diplomatie *(éd. du centenaire, t. III, p. 379).*

Samedi.
Je suis rentré chez moi inquiet et troublé de votre conversation de ce soir ; non que je me plaigne de vous et de votre adorable bonté qui est si nécessaire à ma vie ; mais gêné que j'étais par la présence de M. Ballanche, je n'ai pas assez bien plaidé ma cause. Occupé trop uniquement de vous, je n'ai pas assez senti que mon sort était dans ses mains, que vous le consulteriez, et qu'il pourrait, sans vouloir me nuire, mais faute de me connaître, vous donner des impressions funestes. J'étais sur le point avant de sortir, de me jeter à ses genoux pour le supplier de ne pas me faire de mal. Mais tout ce qui me paraît théâtral me répugne, même quand c'est vrai. Je prends donc le seul parti qui me reste, je vous écris avant de me coucher et de chercher un peu de repos, si j'en puis trouver. *[J'ai tâché de vous parler devant lui avec bien du calme, et de n'exprimer que le sentiment dont personne ne peut me blâmer ; et en effet, je vous le jure, je ne sais pas si j'ai plus d'amour pour vous que d'affection pure, profonde et désintéressée. Pourquoi donc vous effrayer de ce sentiment, qui sans gêner du tout votre vie peut faire le bonheur, le seul bonheur*

de la mienne ? Je respecte toutes vos volontés, je me soumets à tous vos ordres. Pourquoi craindriez-vous de me permettre d'être votre premier ami ? L'ami le plus dévoué, sans autre prétention, sans autre titre que mon sentiment, à un peu de préférence d'amitié ? Je ne sais ce qui peut vous inquiéter, vous me connaissez si bien, vous savez tellement quel est votre empire. Vous savez comment un seul de vos regards m'arrête et me subjugue. Que craignez-vous donc ? De me faire souffrir ? Un mot de vous, un léger signe d'affection, une attention bienveillante quand vous m'avez fait de la peine changeront cette peine en plaisir.] Je ne vous ai dit ce soir aucune des choses que j'aurais dû vous dire. Vous avez demandé si souvent ce que vous deviez faire et ce qui résulterait de ma passion pour vous : je vais vous le dire, ange du ciel, ce que vous devez faire et ce qui en résultera. Cette passion n'est pas une passion ordinaire. Elle en a toute l'ardeur, elle n'en a pas les bornes. Elle met à votre disposition un homme spirituel, dévoué, courageux, désintéressé, sensible, dont jusqu'à ce jour les qualités ont été inutiles, parce qu'il lui manque la raison nécessaire pour les diriger. Eh bien ! soyez cette raison supérieure ; guidez-moi tandis que mes forces sont entières et que le temps s'ouvre devant moi, pour que je fasse quelque chose de beau et de bon. Vous savez comme ma vie a été dévastée par des orages venus de moi et des autres, et malgré cela, malgré tant de jours, de mois, d'années prodigués, j'ai acquis un peu de réputation. Né loin de Paris j'étais parvenu à y occuper une place importante. Aujourd'hui même, je ne puis me le cacher, les yeux sont tournés vers moi quand on a besoin d'une voix qui rappelle les idées généreuses. Je n'ai su tirer aucun parti de mes facultés qu'on reconnaît plus que je ne les sens moi-même, parce que je n'ai aucune raison. Emparez-vous de mes facultés, profitez de mon dévouement pour votre pays et pour ma gloire. Vous dites que votre vie est inutile, et la Providence remet entre vos mains un instrument qui a quelque puissance, si vous daignez vous en servir. Laissons de côté ces luttes sur des mots qui ne changent rien aux choses. Soyez mon ange tutélaire, mon bon génie, le Dieu qui ordonnera le chaos dans ma tête et dans mon cœur. Qui sait ce que l'avenir réserve à la France ? Et si je puis y faire triompher de nobles idées, et si c'est par vous que j'en reçois la force, si mes facultés, qu'on dit supérieures, servent à mon pays et à une sage liberté, direz-vous encore que votre vie n'a servi à rien ? Cette moralité dont vous m'accusez de manquer, rendez-la-moi. La fatigue d'une exagération perpétuelle, plus pénible parce que les actions ne s'accordent pas aux paroles, cette fatigue m'a rendu sec, ironique, m'a ôté, dites-vous, le sens du bien et du mal. Je suis dans votre main comme un enfant : rendez-moi les vertus que j'étais fait pour avoir, usez de votre puissance, ne

brisez pas l'instrument que le ciel vous confie. Votre carrière ne sera pas inutile si, dans un temps de dégradation et d'égoïsme, vous avez formé un noble caractère, donné à tout ce qui est bon un courageux défenseur, versé du bonheur dans une âme souffrante, de la gloire sur une vie que le découragement opprimait. Vous pouvez tout cela. Vous le pouvez par votre seule affection, mais ce que vous ne pouvez pas, c'est de me détacher de vous. Et vous ne pouvez pas non plus, avec votre nature angélique, supporter l'affreuse douleur que vous m'infligeriez. Vous me feriez du mal inutilement. Car en me voyant au désespoir, mourant dans les convulsions à votre porte *[ou: dans votre rue]*, vous reviendriez sur vos résolutions, et il n'y aurait eu que de la souffrance sans résultat, tandis qu'il peut y avoir du bonheur, de la gloire et de la morale.
Faites-moi, si vous voulez être bonne, dire un seul mot que je puisse interpréter comme un léger signe d'amitié. N'est-ce pas, vous n'êtes pas de ces femmes qui sont d'autant plus indifférentes, qu'elles sont plus sûres d'être aimées ? Non, vous êtes en figure, en esprit, en pureté, en délicatesse, l'être idéal que l'imagination concevrait à peine si vous n'existiez pas. *[*Ce paragraphe ne figure pas dans la transcription donnée par É. Harpaz, p. 122*]*
Remettez cette lettre à M. Ballanche. Je voudrais qu'il me jugeât bien, qu'il ne travaillât pas contre moi, qu'il ne m'empêchât pas de devenir par vous, ce que la nature veut que je sois, ce que la Providence m'a rendu la possibilité d'être, en faisant descendre sur la terre un de ses anges pour me diriger.
Il est trois heures. – Voici mon livre : oh ! lisez-le. Je crois que vous y verrez pourtant que j'ai le sens du bien et du mal. *(éd. du centenaire, t. III, pp. 379-381, entre crochets et en italique, É. Harpaz p. 120, p. 122).*

Mercredi.
Je suis rentré chez moi dans la plus violente colère que j'aie éprouvée. Mon malheureux cocher à qui j'avais dit de rentrer chez lui avait compris qu'il devait entrer, et s'était niché dans la cour puis dans l'écurie. J'ai tremblé *[qu'en sortant]* que je n'ébranlasse la maison, au milieu du silence qui régnait, et que vous ne m'en sussiez mauvais gré. En écrivant, j'ai grondé, payé, chassé homme, cheval et voiture. Mais l'inquiétude me reste, et au lieu de me coucher, je vous écris.
Puisque j'ai commencé, je continue. Cela m'arrive si rarement que je vous supplie de me lire. Je n'ai rien à dire, il est vrai, que vous ne sachiez ; mais vous le répéter est un besoin continuel auquel je ne résiste que parce que vous m'avez inspiré presque autant de crainte que

de passion. Certes vous me devez au moins cette justice que jamais sentiment si violent ne fut moins importun. Je vous aime comme le premier jour où vous m'avez vu fondre en larmes à vos pieds. Je souffre autant à la moindre preuve d'indifférence et elles sont nombreuses. Ma vie est une inquiétude de chaque minute. Je n'ai qu'une pensée. Vous tenez tout mon être dans votre main comme Dieu tient sa créature. Un regard, un mot, un geste changent toute mon existence. Et pourtant je me soumets à tout parce que je ne pourrais vivre sans vous voir *[Un regard, un mot, un geste changent toute mon existence; et cependant je me soumets à tout, je ne me plains jamais. Je reçois la douleur, quand vous me l'infligez, comme une condition de ma vie, parce que je ne pourrai vivre sans vous voir [...]]* ; et souvent, le cœur tout meurtri des coups que vous me portez, sans vous en douter, je me force à la gaîté pour obtenir de vous un sourire. *[M. de F[orbin] vous fait des scènes. L'idée de voir un nuage sur votre front pour un mot que j'aurais dit me frappe de terreur.]* Ne voyez-vous pas combien votre empire est absolu, combien il force mon sentiment même à se maîtriser? Quand je vous contemple, quand mes regards vous dévorent, quand chacun de vos mouvements porte le délire dans mes sens, un geste de vous me repousse et me fait trembler. Oh! que je donnerais volontiers ma vie pour une heure! *[Que je voudrais à ce prix m'élancer sur une épée nue et sentir tout mon sang couler pour vous!]* Mais aussi n'êtes-vous pas un ange du ciel! N'êtes-vous pas ce que la nature a créé de plus beau, de plus séduisant, de plus enchanteur, dans chaque regard, dans chaque mot que vous dites? Y a-t-il une femme qui réunisse à tant de charmes cet esprit si fin, cette gaîté si naïve et si piquante, cet instinct admirable de tout ce qui est noble et pur? Vous planez au milieu de tout ce qui vous entoure, modèle de grâce et de délicatesse et d'une raison qui étonne par sa justesse et qui captive par la bonté qui l'adoucit. Pourquoi cette bonté se dément-elle quelquefois, et pour moi seul? Jamais je n'ai aimé, jamais personne n'a aimé comme je vous aime. Je vous l'ai dit ce soir, quand vous aurez à m'affliger, consolez-moi en m'indiquant un dévouement, un danger, une peine à supporter pour vous. Il est trop vrai, je ne suis plus moi, je ne puis plus répondre de moi. Crime, vertu, héroïsme, lâcheté, *[délire, désespoir, activité,]* anéantissement, tout dépend de vous. *[Dieu m'a remis entre vos mains. Tout le bien que je puis faire vous sera compté.]* Tout ce que je n'aurai pas fait vous en rendrez compte. Prenez-moi donc tout entier; prenez-moi sans vous donner; mais dites-vous bien que je suis avec vous comme un instrument aveugle, comme un être que vous seule animez, qui ne peut plus avoir d'âme que la vôtre. Ô mon Dieu! si vous m'aimiez! *[si nous étions unis!]* Enfin vous le voyez, vous m'avez à peu de frais. Faites de moi ce que vous voudrez. Quand vous ne voudrez pas me voir seule, je vous suivrai de mes regards dans le monde. Si votre porte m'était fermée, je me coucherais dans la rue à votre porte. Et pourtant quand je vous verrai, je ne vous dirai rien de tout cela parce que vous ne voulez pas l'entendre. Mais au moins vous pouvez le lire, cela ne vous engage à rien. Comparez ce sentiment avec d'autres, et au fond de votre cœur rendez-moi justice.

Adieu, vous me pardonnez, n'est-ce pas, de vous avoir écrit? J'ai vingt lettres commencées depuis dix jours et que l'idée qu'elles vous importunent m'a empêché de vous envoyer. Soyez bonne pour moi, ou bien soyez ce que vous voudrez. Rien ne m'empêchera de vous être dévoué jusqu'à la mort. Rien n'interrompra ce culte d'amour, cette admiration enthousiaste qui est tout ce qui peut remplir mon cœur et le seul sentiment qui me fasse vivre. *[Faites-moi, si vous voulez être bonne, dire un seul mot que je puisse interpréter comme un léger signe d'amitié. N'est-ce pas? Vous n'êtes pas de ces femmes qui sont d'autant plus indifférentes qu'elles sont plus sûres d'être aimées? Non, vous êtes en figure, en esprit, en noblesse, en pureté, en délicatesse, l'être idéal que l'imagination concevrait à peine, si vous n'existiez pas.]*

Il est cinq heures: à sept ou huit je me lèverai pour faire le bulletin. Je ferai un article, quand vous le voudrez, pour *Antigone*. J'achèverai mon livre. *[Je travaillerai pour vous.]*

Donnez-moi donc plus de choses et des choses plus difficiles à faire. Demandez-moi la moitié de ma fortune pour les pauvres, la moitié de mon sang pour une cause qui vous intéresse; servez-vous de moi de quelque manière, et, quand je vous aurai bien servie, pour me récompenser de mon zèle, servez-vous encore de moi.

Voilà tout ce que pouvait faire d'une passion un esprit ironique et romanesque *[...] (éd. du centenaire, t. III, p. 281, entre crochets et en italique É. Harpaz, pp. 125-126).*

L. XXIX, CHAP. 20

(a) p. 1935. Penaud suit ici Ms 1839. La lettre, datée du 19 mars 1815, poursuit cependant:

... Cela ne peut pas vous compromettre, car dans trois ou quatre jours tout sera fini. Alors ou j'entrerai dans une carrière qui me forcera à y donner tout mon temps, ou je partirai. Quant à vos autres amis, j'ai plus de droit qu'eux à votre bonté dans ce moment, parce qu'il y a plus de danger pour moi. M. de Nad*[aillac]* et M. de F*[orbin]*, si Bonaparte est vainqueur feront leur paix, et reprendront du service sous le nouveau gouvernement. Moi seul je périrai, si je tombe en ses mains. Ainsi donc soyez bonne. Ne préparez pas des remords à votre âme, quoique votre cœur soit insensible. Je dîne avec vous, mais accordez-moi aussi un entretien ce soir *(Benjamin Constant,* Portraits, mémoires, souvenirs, *éd. É. Harpaz, p. 185).*

(b) p. 1936.
... des mots profanés *(Ms 1839).*

L. XXIX, CHAP. 21

(a) p. 1937. Ms 1839 ajoute :
... C'est elle qui fit donner à l'*Alliance* des Rois de l'Europe le nom de *Sainte.*

L. XXIX, CHAP. 22

(a) p. 1943. M. Levaillant a reconstitué un passage gratté sur le manuscrit, qui ajoutait :
... et je vis mon ange gardien à ma droite.

L. XXIX, CHAP. 23

(a) p. 1947.
... une femme *(Ms 1839).*

(b) p. 1947. Une première rédaction ajoutait un paragraphe complémentaire du texte de Mme d'Abrantès.
... Et ce frère, le voyez-vous, pâle, tremblant, désespéré, arriver à minuit chez Mme Récamier, là, dans cette petite chambre d'où vient de sortir Matthieu de Montmorency, qui tous les soirs vient y chercher, auprès d'une amie fidèle et parfaite, le courage qui lui est si nécessaire depuis qu'il tient le gouvernail d'un vaisseau dont l'équipage mutin s'oppose sans cesse à sa paisible navigation. Mme Récamier connaît le cœur d'un Montmorency ; elle sait ses vouloirs de bonté ; aussi rassure-t-elle le frère du pauvre condamné. Le lendemain matin, à peine est-il jour, qu'elle est au ministère ; elle parle à son ami, elle intéresse l'homme, elle attaque le ministre. Mais c'est alors qu'elle trouve de la résistance ; M. de

Montmorency est honnête homme, et comme magistrat il doit respecter la loi. Mme Récamier n'insista plus; elle vit que son ami, tout en souffrant de lui refuser une demande, croyait de son devoir d'agir ainsi. Mais moi, dit-elle, mon devoir n'est pas d'interroger la loi. Et Couder *[...]* *(M. Levaillant,* Deux livres..., *t. II, p. 119).*

(c) p. 1948. Une première rédaction poursuivait :
... Le doux sourire, la suave parole de la maîtresse de ce petit espace donnait le ton de la réplique à tout ce qui l'entourait *(M. Levaillant,* Deux livres..., *t. II, p. 119).*

(d) p. 1952.
... Je les prie, je prie Monsieur Ampère, qui veut bien me remplacer quand j'aurai disparu et qui lira ceci en revoyant mes épreuves, je leur demande à tous *[...] (Ms 1839).*

(e) p. 1952.
... En m'approchant de ma fin, il me semble que tout ce que j'ai aimé, je l'ai aimé dans Mme Récamier. *(Ms 1839).*

(f) p. 1953. Une autre version (1841-1845) porte :
... elle règle et domine mes sentiments, comme Mme de Chateaubriand a mis l'ordre et la paix dans mes devoirs.

L. XXX, CHAP. 1

(a) p. 1957. Une version antérieure portait :
... de Bernadotte, de Mme de Krüdner, de Murat *(M. Levaillant,* Deux livres..., *t. II, p. 220, note).*

(b) p. 1957. Ms 1847 réduit le début de ce chapitre aux lignes suivantes :
... Ce que je viens d'écrire en 1839 de Mme de Staël et de Mme Récamier rejoint le livre de mon ambassade écrit en 1828 et 1829, il y a dix ans. J'ai introduit le lecteur dans un *petit canton détourné* de l'empire, tandis que cet empire accomplissait son mouvement universel ; je me trouve maintenant conduit à mon ambassade de Rome. Pour ce livre, les matériaux ont abondé : *[...]*

(c) p. 1958.
... ma vie politique *(Ms 1847).*

L. XXX, CHAP. 2

(a) p. 1962.
... du rapetissé de la société *(Ms 1847).*

(b) p. 1962. SG ajoute:
... Voilà maintenant les compagnons qui m'attendent. Heureux les morts quand ils sont saints! Ils ont retrouvé leur matin dans le ciel!

(c) p. 1963. Ms 1847 ajoute:
... patrie de Rossini.

(d) p. 1967. SG ajoute:
... Ces ombres, y compris l'ombre guerrière du Dante, errent dans la Pineta.

(e) p. 1967. SG ajoute:
... J'ai roulé parmi des lagunes nivelées qui rappelaient ces obscurs marais de Dol où j'ai passé dans mon enfance en allant de la mer à Combourg.

(f) p. 1970.
... qui est aujourd'hui, je crois, entre les mains du cardinal Fesch *(Ms 1847).*

L. XXX, CHAP. 4

(a) p. 1975. A. Feugère a publié, dans la RHLF, *1909, p. 584, un fragment de Ms BN, qui se rattache à une première version de ce chapitre.*
... Rome. je vais saluer Léon XII. Après avoir traversé la magnifique place de Saint-Pierre je monte avec une émotion toujours nouvelle le grand escalier désert du Vatican, foulé par tant de pas effacés et d'où descendirent tant de fois les destinées du monde.

(b) p. 1976. SG ajoute:
... et s'affilient aux Jésuites.

L. XXX, CHAP. 6

(a) p. 1983. Un fragment de manuscrit, publié par A. Feugère, RHLF, *p. 585, poursuit:*

J'aurai volontiers suivi Nicolas Poussin dans ses doctes promenades qui rappelaient celles des philosophes aux jardins... « À l'âge qu'il avait, dit Bonaventure d'Argonne, je l'ai rencontré parmi les débris de l'ancienne Rome, ou dessinant sur les bords du Tibre. » « Je voyais aussi souvent le célèbre peintre M. Poussin, dit Antoine Arnauld, qu'on ne pouvait se lasser d'entendre sur son art dont on peut dire qu'il l'avait à la perfection. »
Poussin termina sa carrière par son tableau du *Déluge*. On y croit reconnaître l'âge triste et la main tremblante du vieillard. Admirable défaut du temps ! Souvent les hommes de génie ont annoncé leur fin par des chefs-d'œuvre. Dans les hautes collines de Carrare, on montre un château sur la principale tour duquel brille un flambeau lorsque quelqu'un de la famille du seigneur de cette tour va mourir.

L. XXX, CHAP. 9

(a) p. 2002. A. Feugère (in RHLF, *p. 584) a publié un fragment de manuscrit que nous retranscrivons ici, corrigé par M. Levaillant :*
CARRIÈRE POLITIQUE TROISIÈME PARTIE. Les lieux et les paysages. La vive imagination de l'abbé de Lamennais, quoiqu'alors préoccupée, peint merveilleusement ces routes de la capitale du monde, les palais superbes, abandonnés et déserts qui les bordent, les colombes qui nichent sur les corniches d'une salle peinte par Raphaël, les câpriers sauvages enfonçant leurs racines entre les marbres disjoints, alors que trois obscurs chrétiens s'en allaient vers la cité si longtemps dominatrice et reine, vrais représentants d'un autre âge par la simplicité naïve de leur foi. *Voir* Vie de Rancé, *Pléiade, p. 1054.*

L. XXXI, CHAP. 1

(a) p. 2069. Ms 1847 poursuit, en reprenant, avec des modifications, une lettre à Mme Récamier dont l'édition Penaud va citer une transcription elle aussi remaniée :
... Les obsèques seront terminées dimanche 22 de ce mois, et le conclave ouvrira lundi soir 23, après avoir assisté le matin à la messe du Saint-Esprit : on meuble déjà les cellules au palais Quirinal. Hommes du passé cherchant à se transmettre une royauté élective qui expire tous les quatre ou cinq ans, les papes n'ont l'air d'être frappés que de la puissance de la mort.

J'ai vu le dernier pape exposé, le visage découvert, sur un chétif lit de parade dans la chapelle Sixtine, au milieu des chefs-d'œuvre de Michel-Ange. Qui succédera à Léon XII ? J'ai assisté à la première cérémonie funèbre pour Sa Sainteté dans l'église de Saint-Pierre. Des coups de marteaux qui clouaient le cercueil d'un pape, quelques chants interrompus, quelques vieux cardinaux commissaires qui, ne pouvant plus voir, regardaient avec leurs doigts tremblants, si le cercueil était bien soudé ; le mélange de la lumière des flambeaux et *[de]* la clarté de la lune ; le cercueil enfin enlevé par une poulie et suspendu dans les ombres afin de le déposer au-dessus d'une porte dans le sarcophage de Pie VII dont les cendres faisaient place à celles de Léon XII.

La lettre à Mme Récamier du 17 février 1829 ajoute *:*

... vous figurez-vous tout cela et les idées que cette scène faisait naître ? *(*Lettres à Madame Récamier, *p. 279).*

L. XXXI, CHAP. 2

(a) p. 2076. Ms 1847 ajoute :

... la plus ancienne du monde.

(b) p. 2076. Ms 1847 ajoute :

... l'inégalité sociale de l'homme et de la femme.

(c) p. 2077.

... de la société générale *(Ms 1847).*

(d) p. 2080.

... les souvenirs de Vanozza et de Lucrèce. *(Ms 1847). Rosa Vanozza fut longtemps la maîtresse du futur pape Alexandre VI. Elle eut cinq enfants, dont Lucrèce et César Borgia.*

(e) p. 2083. Il faut lire :

... pour pendre.

L. XXXI, CHAP. 7

(a) p. 2127. Ms 1847 porte, plus correctement :

... la *sartarella.*

L. XXXI, CHAP. 8

(a) p. 2132. Un paragraphe complémentaire figure dans Ms 1847, après cette lettre:

... Il y a à Rome une fille de la princesse Élisa Bacciochi qui se promène au *Pincio* et à la villa *Borghèse* d'un air sombre; elle porte un poignard à sa ceinture et tire quelquefois des coups de pistolet à sa femme de chambre. Quand madame Bacciochi quitta Lucques, la plèbe la suivait avec des cris injurieux; la princesse mettant la tête à la portière de la voiture, disait à cette foule en la menaçant du doigt: «Je reviendrai, canailles.» Madame Bacciochi n'est point revenue et la canaille est restée. Les membres d'une famille qui a produit un homme extraordinaire deviennent un peu fous par imitation: ils s'habillent comme lui, affectent ses paroles, ses manières, ses habitudes; s'il fut guerrier, on dirait qu'ils vont conquérir le monde; s'il fut poète, qu'ils vont faire *Athalie.* Mais il n'en est pas des grands individus comme des grandes races; on transmet son sang, on ne transmet pas son génie.

L. XXXI, CHAP. 13

(a) p. 2155. A. Feugère, RHLF, *1909, p. 585, a publié un fragment de Ms BN qui peut être cité ici.*

... J'ai regagné Rome, le Tibre coulait pâle dans ses rives. On n'entendait qu'un bruit de roue dans un chemin éloigné; quand une nue traversait la lune, une brise descendait du ciel; cette haleine de nuages agitait mes cheveux sur mes tempes et faisait murmurer les roseaux.

On dirait que personne n'a osé habiter ces campagnes depuis les temps antiques, et qu'elles sont restées vacantes pour servir de Champs-Élysées aux ombres des vieux Romains.

L. XXXII, CHAP. 1

(a) p. 2165. SG poursuit:

... À l'Abbaye-aux-Bois nous arrangions la vie que nous allions achever sous le beau ciel de l'Italie.

(b) p. 2166. Pour le début de ce paragraphe, SG donne:

... J'allai faire ma cour au Roi à Saint-Cloud: il m'accueillit sèchement et me demanda quand je retournais à Rome: «Sire, le plus tôt possible», lui répondis-je. Je ne revenais guère à Charles X ; de mon côté, je n'avais pas plus de plaisir à le voir qu'il n'en avait à me rencontrer. Toujours prêt à le servir, jamais empressé à lui plaire, je savais qu'il ne pouvait me comprendre ; il était persuadé que j'avais un bon cœur et une mauvaise tête ; phrase banale, à l'usage des esprits courts qui ne peuvent apprécier un homme que d'après les notions vulgaires : ils se tirent par un lieu commun de l'impossibilité où ils sont de porter un jugement.

(c) p. 2166.
... il trouvait plus de complaisance dans M. Barthe le carbonaro et dans M. Portalis le fédéré qui portait sur son visage sa cupidité et son ignobilité chafouine *(Ms 1847).*

(d) p. 2167.
... une capacité incapable *(Ms 1847).*

(e) p. 2168. SG poursuit :
... Eudoxe priait les dieux de lui laisser voir le soleil de près, dût-il en être consumé. Mme Récamier, des personnes de ma famille, plusieurs de mes nouveaux jeunes amis, se préparaient au *grand Jubilé* que nous allions faire à Rome.

(f) p. 2168. Pour le début de ce paragraphe, SG donne :
... Ayant pris congé du Roi et de son auguste famille, à ma grande satisfaction, et espérant le débarrasser pour toujours de moi, je montai en calèche le cœur tout palpitant.

L. XXXII, CHAP. 3

(a) p. 2181. SG poursuit :
... car elle n'a jamais pu souffrir les Bourbons.

(b) p. 2181. SG poursuit :
... Je ne lui dis pourtant pas combien le parti que je prenais m'était personnellement pénible : j'aurais craint d'accroître son chagrin. Ce ne fut qu'à Mme Récamier que je révélai le fond de mon cœur. Elle était plus capable d'entrer dans des regrets dont l'espoir que j'avais de l'emmener à Rome avec ses amis augmentait beaucoup l'amertume. Je ne lui cachai pas l'irritation que m'avaient causée les conseils des hommes qui faisaient si bon marché de moi, de ces hommes auxquels après tout je ne

devais rien, et qui m'avaient offensé en ayant pu me croire capable de demeurer sous un ministère qui menaçait les libertés de la France. Certes, ils ne se seraient pas avisés de me demander la permission de rester avec M. de Polignac, s'ils y avaient trouvé le moindre intérêt.

(c) p. 2181. SG poursuit :
... Je jetai de colère mon chapeau à terre, et je tombai moi-même sur un sofa dans une violence étouffée que Mme Récamier ne m'avait jamais vue. Je lui en demandai bientôt mille excuses.

L. XXXII, CHAP. 4

*(a) p. 2189. À partir d'un manuscrit antérieur, M.-J. Durry (*Œn marge...,* pp. 71-72) a publié un passage complémentaire de cette lettre :*
... ouvrages ! Pardonnez, Monsieur le vicomte, cet exorde *ab irato*. Les lignes infâmes que je viens de lire dans la gazette ne pouvaient me causer une indignation médiocre. L'âme de M. de La Bourdonnaye s'y peint tout entière. C'est une vieille haine qui s'exhale. Il y a longtemps que sans le connaître je savais à quel point elle était gravée dans son cœur ; elle transpirait dans tous ses alentours. Il y a des hommes qui dans les premiers moments d'un pouvoir difficile s'étudient soit à dompter, soit à déguiser leurs mauvaises passions, il paraît que cet effort n'est pas possible chez l'homme des supplices : votre démission et la formation...

(b) p. 2189. Le fragment publié par M.-J. Durry (voir ci-dessus) ajoute une remarque de Chateaubriand :
... J'ignore l'article dont la bile de M. de Lacretelle était généreusement émue : mais je crois qu'il se trompait sur M. de La Bourdonnaye : la *Gazette de France* ne tire ses imprécations que de deux hommes tout lettrés et écrivains de mérite.

L. XXXII, CHAP. 7

(a) p. 2198.
... Elle donne, il est vrai, à certains hommes, un pressentiment des futuritions *(Ms 1847)*.

(b) p. 2201.
... Ils croyaient que la légitimité, ayant de profondes racines, pourrait

résister au vent: ils soufflaient pour dégager la tige royale des chenilles qui la rongeaient; mais ils avaient oublié... *(SG).*

L. XXXII, CHAP. 8

(a) p. 2203. SG ajoute:
... Aurait-on pu penser que Charles X atteint d'une sorte de folie, las tout à coup de porter le sceptre, le briserait de ses propres mains? Le malheureux monarque avait vécu...

(b) p. 2205. SG ajoute:
... à refuser l'impôt, à m'exposer enfin à l'animadversion d'un parti de cour triomphant, violent dans le succès en raison même de sa faiblesse. Puis, je me demandais quel était, ou quels étaient l'auteur ou les auteurs réels des ordonnances. Je voyais bien que la victoire d'Alger avait eu pour conséquence immédiate d'inspirer au pouvoir une confiance sans borne et sans raison; mais enfin, qui avait donné un corps à l'idée fixe nourrie depuis longtemps au château d'étouffer les libertés publiques par un coup d'État?
Charles X détestait intérieurement la Charte, et rien n'était plus naturel; toutefois, il l'avait jurée; et il ne pouvait avoir violé son serment prononcé à son sacre, sans qu'on eût trouvé un moyen quelconque de détruire ses scrupules. La confidence particulière que le cardinal Latil demandait à faire au Conclave, pour laquelle il fut envoyé devant le grand Pénitencier, était-elle relative à cet objet? Charles X par la bouche de son ancien confesseur s'accusa-t-il d'avoir prêté serment à une Charte qui reconnaissait la liberté des cultes, et fut-il relevé de ce serment?
D'un autre côté, les étrangers se mêlèrent-ils des ordonnances? Le Nonce y prit une part active: il offrait le Saint-Sacrifice de la messe pour ou contre telle loi, et il alla si loin que le Conclave fut obligé de le morigéner. Quant aux autres membres du corps diplomatique...

L. XXXIII, CHAP. 2

(a) p. 2218. SG poursuit:
De vieux tacticiens de révolution se rappelaient encore les chemins de l'Hôtel de Ville, et d'anciens émeutiers instruisaient les jeunes insurgés. On jouait au whist à Saint-Cloud.

L. XXXIII, CHAP. 6

(a) p. 2236. Ms 1847, conformément au titre qu'il donne à ce chapitre (voir note 1 sur ce chapitre), ajoute ici :
Un épisode de cette journée du 29 avait été la première dévastation de l'Archevêché. La religion survit à ces fureurs. « Le privilège des choses éternelles, dit Sénèque, est de ne pouvoir être offensées. » *Après* « dévastation de l'Archevêché », *SG poursuit :*
« La Seine charriait les livres, les chasubles, les rideaux précipités du Palais Épiscopal. »

L. XXXIII, CHAP. 9

*(a) p. 2247. Un fragment de manuscrit publié par V. Giraud (*Études littéraires, *p. 85) poursuit :*
... Je conserve à l'occasion de mon triomphe à la Chambre des Pairs, où des jeunes gens me portèrent, un petit trait qui peint bien la nature humaine. Benjamin Constant en fut jaloux (il prétendait aux honneurs publics). Dans son humeur, il ne voyait pas qu'il y avait plusieurs chemins pour y arriver : « Que nous restera-t-il donc à nous autres ? » – J'avais été plus longtemps et plus constamment que lui le défenseur de la première des libertés publiques : la presse. *(texte presque identique dans SG, où l'on a transcrit « honneurs populaires » au lieu de « honneurs publics »).*

L. XXXIII, CHAP. 11

(a) p. 2250.
– Autre convocation des pairs *(Ms 1847).*

L. XXXIII, CHAP. 15

(a) p. 2268.
... Il était suivi de M. Laffitte dans une chaise à porteurs *(Ms 1847).*

(b) p. 2269. Ms 1847 ajoute :
... pour cette divinité ennemie qui se rit des vieillards, se mit *[...]* » ; « *[...]* de l'assemblée, poussé par cette divinité ennemie qui se rit des vieillards *[...] (SG).*

(c) p. 2269.
... la litière de M. Laffitte *(Ms 1847).*

L. XXXIII, CHAP. 16

(a) p. 2272. SG ajoute:
... Quel parti un Lucien moderne tirerait du dialogue de Louis-Philippe et M. Cavaignac ! Les deux interlocuteurs sont également fils de décolleteurs de rois. L'un, noble et riche, va monter sur le trône ; l'autre, pauvre et plébéien, rester au pied de ce trône, mais doublement armé du vote et des ordres sanguinaires de son père. Telle est la différence entre les destinées des hommes, et telle est la société que l'on trouve toute naturelle aujourd'hui. Quand les régicides ont été fort nombreux comme en France, ils ont des enfants ; ces enfants ont des enfants ; cela forme dans l'État une caste qui non seulement ne renie pas ses pères, mais qui se fait gloire d'en être descendue.

(b) p. 2273. SG poursuit:
... Quoi qu'on dise ou qu'on fasse, le temps des rois est passé ; on a beau leur chanter des hymnes et leur offrir de l'encens, ce ne sont que des morts sur des lits de parade.

L. XXXIV, CHAP. 2

(a) p. 2284.
... étendard en passant à l'ennemi *(Ms 1847).*

L. XXXIV, CHAP. 3

(a) p. 2288. Ms 1847 ajoute une note:
... Me suis-je trompé ? (Note de Paris, 1840).

L. XXXIV, CHAP. 4

(a) p. 2291. SG ajoute:
... Et cet homme, loin d'être frappé de ces mots d'*honneur* et de *soldat*, trompe son bienfaiteur et va l'embarquer à Cherbourg.

L. XXXIV, CHAP. 5

(a) p. 2301.
... au-dessus de ma tête *(Ms 1847).*

L. XXXIV, CHAP. 7

(a) p. 2312. Ms 1847 ajoute:
... De ces hommes fantastiques, il y en a cinq ou six dans l'histoire».
La transcription de ce discours dans le Journal des Débats *du 8 août porte:*
hommes fastiques.

(b) p. 2312.
... est peut-être *(Ms 1847 et les* Débats, *8 août.).*

(c) p. 2314.
... celui de son peuple *(Ms 1847).*

(d) p. 2315.
... le berceau de saint Louis *(Ms 1847 et les* Débats, *8 août).*

(e) p. 2320. Ms 1847 ajoute:
... je la baisai.

L. XXXIV, CHAP. 9

(a) p. 2327.
... modération des mœurs plébéiennes *(Ms 1847).*

(b) p. 2327.
... mort! Quatorze années de la Restauration sous un régime libre avaient fait naître parmi nous cet esprit d'humanité, de légalité et de justice, que trente-cinq années de l'esprit révolutionnaire et guerrier nous avaient fait perdre. Le droit *[...](Ms 1847).*

(c) p. 2327. Ms BN ajoute:
... Qui donc a failli dans les journées de Juillet? Les deux royautés. La légitimité qui se montrait d'une caducité lamentable, et l'usurpation d'une bassesse inouïe. *La bâtarde d'une nuit sanglante,* comme je l'ai

appelée dans mon discours, ne donna pas plus d'espérance que n'en laissait sa sœur, la légitimité.

(d) p. 2327.
... mémorables. Ces journées ont détrôné tous les rois qui ne pourront régner aujourd'hui que par la violence des armes *(Ms 1847).*

(e) p. 2330.
... enchaînée; pourvu qu'il ait le temps de subir des transformations qui sont la loi des êtres; alors il pourra vivre, débarrassé de sa couronne, dans une atmosphère appropriée à sa nature, parce qu'il ne sera plus réellement ce qu'il est à présent. L'erreur *[...] (Ms 1847).*

D'autre part, Ms BN introduit ici un paragraphe supplémentaire, que l'on retrouve dans De la Restauration et de la monarchie élective *:*
... Les raisons générales qui m'ont empêché de reconnaître la monarchie élective se déduisent des choses plus haut relatées. Quant aux motifs personnels de ma conduite, ils sont encore plus faciles à comprendre. Je n'ai pas voulu me mettre en contradiction avec moi-même, armer mon long passé contre mon court avenir, rougir à chaque mot qui sortirait de ma bouche, ne pouvoir me relire sans baisser la tête de honte. Les journées de Juillet m'enlevaient tout, hors l'estime publique; j'ai voulu la garder.

(f) p. 2330. Ms 1847 ajoute:
... bien finir; aucune gloire ne pourrait égaler ce malheur.
*Un fragment de manuscrit, qui figure dans les collections de la Maison de Chateaubriand (ms 992*5), peut être cité ici:*
... qui s'opère et qui fera crouler inévitablement tous les trônes: à la conclusion de ces *Mémoires,* avant de prendre congé des hommes et de la vie, je jetterai un regard sur l'avenir du monde. J'écarte pour le moment les raisons générales; elles trouveront leur place dans un plus vaste tableau. J'indiquerai seulement ici les raisons immédiates et particulières qui s'opposent actuellement au rappel de la Légitimité.
Dans un pays comme la France, accoutumé depuis quarante ans à changer de constitution et de maître, le scepticisme politique et l'indifférence pour tout, sont partout: aucun amour d'aucun pouvoir; aucun regret du passé quand le présent est arrivé; aucun désir d'avenir, si ce n'est le désir du repos. La Légitimité s'en va; l'usurpation s'en va; la Légitimité revient; la Légitimité s'en va de nouveau; cela n'émeut que les occupants des places. *[...]*

L. XXXV, CHAP. 1

(a) p. 2339. Une version antérieure ajoutait, sous une biffure :
... par un orage.

(b) p. 2339. Une transcription antérieure ajoutait :
... De moi, quand il plaira à Dieu de m'appeler, comme il nous faut tous aller après le feu Roi, je ne dois regretter ma vie, sinon pour l'y avoir tant offensé comme je l'ai fait, car il me l'a donnée plus longue que je n'avais jamais pensé... Ce sera donc un grand bien qu'il me fera malgré que j'en aie, quand il lui plaira m'en envoyer la signification...

L. XXXV, CHAP. 4

(a) p. 2358. Une version antérieure ajoutait, sous une biffure :
... Je ne puis suspendre une publication dont je ne suis pas le maître ; il faut donc couronner par un dernier sacrifice tous mes sacrifices. Aucun auteur...

L. XXXV, CHAP. 7

(a) p. 2370. Une version antérieure ajoute, sous une biffure :
... la blanchisseuse.

(b) p. 2372. Une version antérieure portait, sous une biffure :
... l'écrivain de génie.

L. XXXV, CHAP. 9

(a) p. 2378. Une version antérieure portait, sous une biffure :
... opinions dangereuses.

(b) p. 2379. Le titre, « M. de Béranger », ne figure pas dans Ms 1847 qui donne, pour ce paragraphe :
... M. de Béranger est un tout autre homme que M. Carrel ; il ne cache point ses amours ; il les chante sur les toits, ou plutôt sous les toits, et ces amours qui ne vivraient pas un moment dans la foule obscure où il les cherche, il les renferme dans un couplet, et voilà *Lisette* immortelle.

(c) p. 2379. Ms 1847 porte, pour le début de ce paragraphe:
... Au haut de la rue des Martyrs, sous Montmartre, dans la rue de Latour d'Auvergne, rue courte et neuve à moitié bâtie, à demi pavée, dans une petite maison retirée derrière un petit jardin et calculée sur la modicité des fortunes actuelles, vous trouvez le chansonnier: une tête chauve, un air rustique, fin et voluptueux annoncent le poète.

(d) p. 2379.
... que moi impie, j'ai commencé *(Ms 1847).*

(e) p. 2380. Une version antérieure ajoutait, sous une biffure:
... s'ils ont quitté la Religion et la Monarchie, à qui la faute?

(f) p. 2380.
... Béranger n'a manqué qu'à une seule condition imposée par Voltaire: le critique veut des chansons délicates et faciles qu'on retient sans rougir. Or notre chansonnier effarouche souvent la mémoire. Je déteste deux choses en lui: l'impiété et le cynisme; le reste me ravit: il a plusieurs muses, toutes charmantes; ce sont toutes des femmes et il les aime toutes. Lorsqu'il les trahit ou qu'il en est trompé, il ne tourne point à l'élégie; et pourtant un sentiment de tristesse est au fond de sa gaîté, de même qu'un sentiment de religion est au fond de son incroyance: c'est une figure sérieuse qui sourit; c'est l'incrédulité qui prie. – Mon penchant pour Béranger *[...] (Ms 1847).*

L. XXXV, CHAP. 12

(a) p. 2391. Ms 1845 portait, sous une biffure:
... se sont vendus.

(b) p. 2393. Une version antérieure ajoutait, sous une biffure:
... donné par l'homicide à l'orphelin.

L. XXXV, CHAP. 13

(a) p. 2397. M. Levaillant a reconstitué, sous une biffure, cette première rédaction:
... Au milieu de cette agitation et de ces conspirations extravagantes arrive un homme envoyé par le maréchal *[de]* Bourmont. *[La]* Princesse

avait emprunté tout ce qu'elle avait pu et l'agent secret apportait la rançon du trône de saint Louis. Il débarqua...

(b) p. 2406.
... il aurait pu doter la France de la frontière qui lui manque sans brûler une seule amorce, tant était vif l'assentiment des peuples, grande la stupéfaction des rois *(Ms 1847).*

L. XXXVI, CHAP. 1

(a) p. 2421. Une version antérieure ajoutait, sous une biffure:
... la somme n'était point sans doute proportionnée aux besoins; mais c'était le denier de la veuve.

(b) p. 2422. Une version antérieure porte:
... M. de Bondy est un pauvre homme *[première rédaction:* est un sot*]* et la population de Paris prendra toujours l'argent de tout le monde. Il n'est d'ailleurs au pouvoir de personne d'interdire la bienfaisance à la race à qui la France doit ses lois, ses libertés, sa civilisation, ses arts, ses monuments, ses maisons d'éducation et surtout ses hôpitaux et ses hospices. La France serait-elle devenue si haineuse et si sauvage?

(c) p. 2423.
... le héros *(Ms 1847).*

L. XXXVI, CHAP. 2

(a) p. 2429. Une version antérieure ajoutait, sous une biffure:
... Charles X a mis aussi Paris en état de siège: que peut dire contre l'arbitraire de ce monarque mal conseillé, l'autorité qui semble marcher sur ses traces, qui fait fusiller...

L. XXXVI, CHAP. 3

(a) p. 2433. Une version antérieure ajoutait, sous une biffure:
... Partie sans linge et sans vêtements, on lui avait prêté des robes trop grandes pour elle; elle est demeurée quelque temps...

L. XXXVI, CHAP. 4

(a) p. 2445. Le manuscrit autographe de ce poème, conservé à la Maison de Chateaubriand sous la cote ms 991 66, offre, outre une variante de ponctuation sur le 2e vers, le texte suivant pour les deux dernières strophes :

Tu dors pauvre Élisa, si légère d'années !
Tu ne crains plus du jour le poids et la chaleur.
Elles ont achevé leurs fraîches matinées
Jeune fille et jeune fleur.

Mais ton père Élisa, sur ta cendre s'incline ;
Aux rides de son front a monté ta pâleur.
Vieux chêne, le temps a fauché sur ta racine
Jeune fille et jeune fleur !
Fait à la Préfecture de Police, ce 17 juin 1832.

Par ailleurs, Ms 1845 ajoute :
... Je me préparai à me coucher avec le soleil.

L. XXXVI, CHAP. 6

(a) p. 2449. Une version antérieure portait, sous une biffure :
... et par conséquent jaloux, envieux, plat et irritable.

(b) p. 2450. Ms 1847 ajoute ici une note :
... J'ai donné le premier l'exemple de ce refus de reconnaissance de juges que quelques républicains ont suivi depuis (Note de 1840, Paris).

L. XXXVI, CHAP. 7

(a) p. 2458. Une version antérieure porte :
... comme Cervantès par la fille de son Corsaire d'Alger et de m'enfuir avec la puînée de M. le Préfet de Police !

(b) p. 2459.
... sa lâche main *(Ms 1845).*

(c) p. 2459. Ms 1845 porte, sous une biffure :
... cette vile colère.

L. XXXVI, CHAP. 9

(a) p. 2464. Une version antérieure ajoutait, sous une biffure :
... hypothéqués sur ma misère à venir.

(b) p. 2464. Une version antérieure porte :
... M. Laffitte m'avança gracieusement dix mille francs que je jetai dans la gueule des créanciers les plus affamés.

L. XXXVI, CHAP. 11

(a) p. 2469. La première version de ce début de paragraphe était la suivante :
... Me voilà arrivé en Suisse, cherchant un asile pour achever d'écrire mes *Mémoires (duc de La Force,* Chateaubriand au travail, *p. 37, note).*
Une seconde version porte :
... Beaucoup d'hommes meurent sans avoir perdu de vue leur clocher ; moi, je ne puis rencontrer le clocher qui doit me voir mourir. Me voilà en Suisse, en quête d'un asile pour achever mes *Mémoires*, traînant à ma suite *[première rédaction :* portant en croupe*]* un immense bagage de papiers : des dépêches diplomatiques, des notes confidentielles *[première rédaction :* lettres confidentielles et secrètes*]*, des lettres de ministres et de souverains, c'est l'histoire portée en croupe par le roman *[première rédaction :* enfin tous les matériaux de l'histoire pour écrire ma vie*]*. Je poursuis : j'ai passé la frontière sans accident, avec mon gros et ennuyeux trésor, quelle bonne fortune pour la police française et pour les cabinets de l'Europe, s'ils avaient pu me dévaliser ! Combien d'hommes importants se seraient applaudis d'avoir retrouvé leurs lettres ! Et cependant, que me font ces hommes et toutes les médiocrités semblables qui conduisent aujourd'hui le monde plat et sot ? *[première rédaction :* Combien le prince Metternich se serait applaudi d'avoir retrouvé ses lettres ! Et que me fait pourtant cet homme et toutes les médiocrités, ses pareils, qui conduisent aujourd'hui le monde ?*]* Allons, cherchons une retraite. Voyons si, au revers des Alpes, je ne pourrai pas trouver *[première rédaction :* retrouver*]* la liberté de la Suisse et le soleil de l'Italie *[Une phrase biffée :* Terre de l'Helvétie, si tu dois cacher ma présence, je te bénirai. Six heures du soir. L'orage s'élève.*]*, besoin de mes opinions et de mes années *[première rédaction :* La première convient à ma nature, la seconde à mes années*] (duc de La Force,* Chateaubriand au travail, *pp. 37-39).*

(b) p. 2471. Une version antérieure ajoutait, sous une biffure :
... Les Chevaliers surtout supplient et succombent misérablement ; ils se croyaient sûrs de tuer et de n'être pas tués dans leur armure.

(c) p. 2475. Une version antérieure portait, avant correction :
... la friperie entière des comédiens législateurs de la République, de l'Empire, de la Restauration et de l'usurpation de Juillet.

(d) p. 2476. Une version antérieure ajoutait, sous une biffure :
... je ne doute point qu'avant peu il n'ait tombé dans le torrent *[lecture hypothétique]* révolutionnaire.

(e) p. 2476. Une version antérieure ajoutait, sous une biffure :
... haine furieuse du passé.

(f) p. 2477. Le « livret blanc » a conservé deux versions initiales de ce paragraphe :
Première version :
Sur le lac de Lucerne.
Quel dommage de traverser le lac, de s'enfoncer dans cette solitude d'eaux et de montagnes, *sans attendre rien* et sans jeunesse, sans avenir, sans personne avec qui parler de ce grand spectacle et l'animer des feux de l'amour ou du génie ! *Qu'importent* les flots, *et* les rochers, et les bois, et les torrents, *et les vallées, et les sauvages versants de la vieille Helvétie* pour soi seul, avec une vie épuisée d'espérance ? Mais donnez à l'âme une compagne, *que la grâce et le sourire d'une femme se répandent sur les monts, sur les eaux, la vie*, tout va devenir *charmant* et ravissant. Le voyage du jour, le repos plus doux de la fin de la journée, le passer *[première rédaction :* passage*]* sur les flots, le dormir dans *les lieux solitaires [première rédaction :* dans la solitude*]*, *le bonheur espéré et varié à chaque instant du jour et de la nuit* donnent au cœur *toutes ses facultés de sentir*, à l'esprit toute intelligence. Mais, *sans passion*, que faire *de toute* cette nature, qu'importent la fraîche haleine *des* eaux algides, la brise parfumée qui *sort* de ces bois de pins ou *le vent de l'orage*, s'ils n'ont pas reçu *la passion du souffle* d'une femme aimée ? Abaissez-vous, *Alpes de Zell, je ne suis plus digne que de la plaine. Du moins elle est* sincère, ne me promet rien ; elle est aussi ennuyeuse que moi, *elle ne me donne pas le regret de promener mes pas au milieu* d'une *sublime* nature *qui me fait sentir mon impuissance à en jouir.* Jeune et *aimé*, je serais solitaire ; vieux et *délaissé*, je ne suis *plus* qu'isolé. Je vous peindrai bien encore, *adorable* nature, mais pour qui ? qui se soucierait de mes *paroles de feu* ?

quels bras, autres que ceux du temps, caresseraient en récompense mon génie au front dépouillé? qui s'intéresserait à mes chants *et* à quelle muse en inspirerais-je? Sous la voûte épaisse de mes années, je me sens déjà dans mon tombeau et aucun soleil ne viendra m'y réchauffer. Quelle pitié de traîner mes pas fatigués, que personne ne voudrait suivre *dans les montagnes désertes*, et quel malheur de ne me trouver libre d'*errer* qu'à la fin de ma vie!

Seconde version:
Sur le lac de Lucerne.
Quel dommage de traverser ce lac, de s'enfoncer dans cette solitude d'eaux et de montagnes, *sans jeunesse*, sans avenir, sans avoir personne avec qui parler de ce grand spectacle et l'animer des feux de l'amour ou du génie! *Les flots, les rochers et les bois, les torrents* pour soi seul, avec une vie épuisée d'espérance! Mais donnez à l'âme *une compagne, tout va devenir ravissant.* Le voyage du jour, le repos plus doux de la fin de la journée, le passer sur les flots, le dormir *dans les lieux variés et déserts* donnent au cœur *toute sa tendresse*, à l'esprit *toute* intelligence. *Mais que faire à présent de cette nature*, qu'importent la fraîche haleine de *ces* eaux algides, la brise *parfumée de ces bois de pins*, s'ils n'ont pas reçu la passion du *sourire* ou du souffle d'une femme aimée? *Alpes, abaissez vos cimes, je ne suis plus digne de vous. Jeune, je serais* solitaire; *vieux, je ne suis* qu'isolé. Je vous peindrai bien encore, *sublime* nature, mais pour qui? qui se soucierait de mes *tableaux*? quels bras, autres que ceux du temps, caresseraient en récompense mon génie au front dépouillé? qui répéterait mes *chants*? à quelle muse en inspirerais-je? Sous la voûte *épaisse* de mes années, *comme sous les monts neigeux qui m'écrasent*, aucun *rayon* de soleil ne viendra *me* réchauffer. Quelle pitié de traîner, *à travers ces monts*, mes pas fatigués, que personne ne voudrait suivre! Quel malheur de ne me trouver libre d'errer *de nouveau* qu'à la fin de ma vie!» *(*ibid., *pp. 41-45).*

(g) p. 2477. Le «livret blanc» a conservé une première version de ce paragraphe:
Ma barque est *venue s'arrêter* à une maison isolée, sur la rive droite du lac, avant d'entrer dans le golfe d'Uri. J'ai gravi le verger de cette auberge et suis venu m'asseoir sous un des deux noyers *[première rédaction:* sous l'ombre de deux noyers*]* qui ombragent une étable. Le lac est perpendiculairement à mes pieds, et devant moi, un peu à droite, sur la rive opposée, se déploie le beau village de Schwytz. Il repose parmi les arbres fruitiers, sur les pâturages en pente qu'on appelle Alpes: il est surmonté d'un *énorme* rocher de granit, *largement* ébréché au milieu, et

dont les deux pointes, *le Mythen* et *le Haken* (la mitre et le crochet), *empruntent* leur nom de leur forme, *masse nue* qui repose sur des gazons, comme la couronne de la rude indépendance helvétique sur la tête d'un peuple de bergers. Le silence n'est interrompu autour de moi que par le tintement de la sonnette de deux génisses, restées dans l'étable voisine. *Ne semble-t-elle pas me* sonner la gloire de la pastorale de la liberté que le petit village de Schwytz a donnée avec son nom à tout un *pays*? Un petit canton dans le voisinage de Naples, appelé Italie, a jadis communiqué son nom à une contrée célèbre. Mais ici, combien l'origine du nom de Suisse est plus sacrée! *[seconde rédaction:* (...) a jadis communiqué son nom à la terre des Romains. Faut-il de si divers souvenirs? *(*ibid., *pp. 46-47)]*

(h) p. 2478. Le «livret blanc» a conservé deux rédactions antérieures de ce paragraphe:

Première version:

Nous partons, nous entrons dans le golfe ou le lac d'Uri. Les montagnes s'élèvent et deviennent *sauvages et sublimes*, comme les faits historiques dont elles *sont* le théâtre. Voilà sur la rive droite la croupe herbue du Grütli et les deux fontaines sacrées où Furst, *Andechelden* et Stauffacher *ont juré* la délivrance de leur pays.

Sur la rive gauche, *voilà la petite chapelle* helvétique *ornée d'un autel, d'un christ peint où l'histoire de la religion et l'histoire réunissent leurs fastes, chapelle qui marque l'endroit où Tell sauta du bateau. Que reste-t-il de tout cela*?

Après ce passage, indique le duc de La Force, quelques lignes illisibles, puis les notes suivantes, tracées au crayon comme le passage et barrées à l'encre:

Bel effet de voir les plans superposés. Le plus prochain est sous la nuée de l'orage. Le premier est d'un noir foncé, le second bruni, le troisième grisâtre et noyé dans la pluie. Les plans opposés sur la rive gauche ont encore la verdure claire et foncée de leurs prairies en pente et de leurs bois de pins.

Seconde version:

Nous partons, nous entrons dans le lac d'Uri. Les montagnes *s'élèvent comme* les faits historiques dont elles *furent* le théâtre. Voilà, sur la rive droite, la croupe herbue du Grütli et les trois fontaines sacrées où Furst, Arnold de Melchtal et Stauffacher jurent l'indépendance de leur pays.

Sur la rive gauche, au pied de l'Achsenberg, la petite chapelle qui marque l'endroit où Tell sauta de *la barque* de Gessler et la *repoussa d'un coup*

de pied au milieu des vagues. Des peintures à fresques représentent ces événements, et l'histoire de la religion, l'histoire de la liberté mêlent leurs fastes. Mais *Tell et ses compagnons ont-ils jamais existé? Ne seraient-ils que des personnages du Nord, nés des chants des Scaldes et dont on retrouve les actions sur les rivages de la Suède? Alors ces personnages, fantastiques poètes, ne doivent-ils pas sourire des notes que je crayonne [premières rédactions:* consacre, *puis* donne*]* à leur honneur *[première rédaction:* mémoire*] dans ce livret blanc, tandis que ma barque passe au pied des monuments dédiés à leur courage? Les Suisses sont-ils aujourd'hui ce qu'ils étaient à l'époque de la conquête de leur indépendance? Ces sombres [première rédaction:* terribles*] montagnes de cinq à six mille pieds d'élévation perpendiculaire sur le lac au rocher des Gémissements, Hackenmesser, voient rouler d'élégantes* calèches où Tell et ses compagnons bondissaient d'abîme en abîme, *l'arc à la main, et moi-même, qui suis-je, moi qui remorque avec peine mon ennui sur ces flots et qui vais partout baillant ma vie.*
Heureusement qu'un orage vient m'assaillir [biffé: presque*] au lieu même où il assaillit Gessler. Nous abordons sous ce rocher, à quelques pas de la chapelle de Tell. Des paysans et des paysannes se réfugient avec une autre barque auprès de nous* en chantant des cantiques *[première rédaction:* ... des paysans et des paysannes qui passent arrivent avec une autre barque auprès de nous*]*. C'est toujours le même Dieu qui soulève les flots et la même religion qui rassure les hommes. J'écris, comme autrefois en traversant l'océan, les lacs de l'Amérique et les mers de la Syrie, sur un papier inondé! Les nuages, les flots soulevés, les roulements de la foudre s'allient mieux au souvenir de l'antique liberté des Alpes que la voix de cette nature efféminée que mon siècle a placée, malgré moi, dans mon sein *(*ibid., *pp. 49-52).*

(i) p. 2478. Le «livret blanc» a conservé deux rédactions antérieures de ce paragraphe:
Première version:
Le manque de chevaux *me retient* ici une nuit à Altorf, au pied du Saint-Gothard. C'est ici que Guillaume Tell abattit la pomme de la tête de son fils. Le trait d'arc était de la *longue* distance qui sépare ces deux fontaines. Il faut croire la même histoire racontée par la Suède et que j'ai citée le premier dans *mon Essai sur les Révolutions. Croyons* toujours à la religion et à la liberté, les seules grandes choses de l'homme. La gloire et la puissance sont éclatantes, mais elles n'ont point de droit.
Demain, du haut du Saint-Gothard, *j'appellerai* encore une fois cette Italie, que j'ai *vue du Simplon* et du Mont-Cenis, mais à quoi bon ce der-

nier regard dans les régions du midi et de l'aurore ? Le vieux pin des glaciers peut-il descendre parmi les orangers qu'il voit au-dessous de lui dans les vallées fleuries ?

Seconde version :
Je suis débarqué à Fluelen *et* arrivé à Altorf. Le manque de chevaux va me retenir une nuit au pied du Bannesvald. C'est ici que Guillaume Tell abattit la pomme sur la tête de son fils. Le trait d'arc était de la distance *considérable* qui sépare ces deux fontaines. Il faut croire, malgré la même histoire racontée par Saxon le Grammairien et que j'ai été le premier à citer dans mon *Essai sur les Révolutions. Ayons toujours foi* à la religion et à la liberté, les deux seules grandes choses de l'homme. La gloire et la puissance sont éclatantes, mais non grandes.
Demain, du haut du Saint-Gothard, je saluerai encore une fois cette Italie que j'ai *saluée au temps jadis* du sommet du Simplon et du Mont-Cenis, mais à quoi bon ce dernier regard jeté sur les régions du Midi et de l'aurore ? Le *vieux* pin des glaciers peut-il descendre parmi les orangers qu'il voit au-dessous de lui dans les vallées fleuries ? » (*ibid.*, pp. 54-56).

(j) p. 2479. Le « livret blanc » a conservé deux versions antérieures de ce paragraphe :
Première version :
L'orage recommence. Les éclairs s'entortillent aux rochers *affreux qui s'élèvent de toute part, comme des serpents de feu.* Tous les échos du Saint-Gothard *répètent* et prolongent le bruit de la foudre *dans ma chambre solitaire.* Les mugissements de la Schœchen et de la Reuss accueillent le vieux barde de l'Armorique au pied de ces hautes montagnes, *temple en ruines où il va entrer.* Depuis longtemps, je ne m'étais plus trouvé *ainsi* seul *et* libre. Rien dans cette chambre où je suis enfermé ; deux couches solitaires pour moi, qui *n'ai* ni amours à bercer, ni songes à faire. Les montagnes, l'orage, la solitude sont des trésors perdus pour moi et pourtant que de vie je sens au fond de mon âme. Jamais *je n'avais, dans ma plus vive jeunesse,* parlé le langage des passions avec autant d'énergie que je pourrais le faire en ce moment ; il me semble que je vois sortir des forêts du Saint-Gothard ma Sylphide des bois de Combourg. Viens-tu me retrouver, charmant fantôme de ma jeunesse ? As-tu pitié de *ton vieil ami ? Tu le vois, il n'est pas changé* : toujours chimérique, triste et passionné, hélas ! aussi toujours délaissé *[première rédaction :* solitaire, triste et *malheureux]* à la fin comme au commencement de sa vie. *[Une phrase biffée :* Viens t'asseoir sur mes genoux, viens caresser mes cheveux blancs.*]* Voici l'heure où je t'invoquai dans ma tour *gothique [Primitivement :* Tu m'emporteras comme

autrefois, mais ne me rapporte plus*]*. Je puis encore ouvrir ma fenêtre *sur les montagnes* pour *te laisser entrer*: si tu n'es pas contente des traits et des grâces que je t'avais donnés, je puis te faire aujourd'hui cent fois plus belle, ma palette n'est pas épuisée, j'ai vu plus de beautés et je sais mieux peindre. Viens dans ta gloire, viens t'asseoir sur mes genoux, n'aie pas peur de mes cheveux blancs. Caresse-les de tes doigts délicats, fais-les rembrunir sous tes baisers. Cette tête qu'en vain ils assagissent, est tout aussi folle qu'elle l'était *jadis*, lorsqu'elle t'enfanta. Viens, nous monterons ensuite sur nos nuages. J'ai le temps, partons, rien ne m'attend sur la terre. Nous irons avec la foudre sillonner, embraser les précipices où je passerai demain; viens, emporte-moi comme autrefois, mais ne me rapporte plus.
On *vient* frapper à ma porte : ce n'est pas toi, c'est le guide. Les chevaux sont arrivés : il faut partir. *C'est tomber de haut. Il reste du moins* la pluie *[une première rédaction ajoute :* le torrent», *biffé]*, le vent et moi *que tant d'années d'orages n'ont pu […].*

Seconde version :
L'orage recommence. Les éclairs s'entortillent aux rochers. Tous les échos du Saint-Gothard grossissent et prolongent le bruit de la foudre. Les mugissements de la Schœchen accueillent le *barde de l'Armorique*. Depuis longtemps, je ne m'étais trouvé *seul, libre*. Rien dans cette chambre où je suis enfermé : deux couches solitaires pour moi qui veille et qui n'ai ni amours à bercer, ni songes à faire. *Ces* montagnes, *cet* orage, *cette* nuit, *cette* solitude sont des trésors perdus pour moi et, pourtant que de vie je sens au fond de mon âme. Jamais, *dans ma plus intime existence*, je *n'ai* parlé le langage des passions avec autant d'énergie que je pourrais le faire en ce moment. Il me semble que je vois sortir des *flancs* du Saint-Gothard ma Sylphide des bois de Combourg. Viens-tu me retrouver, charmant fantôme de ma jeunesse? As-tu pitié *de moi*? Je ne suis *changé que de visage :* toujours chimérique, triste et passionné, hélas? aussi toujours délaissé, à la fin comme au commencement de la vie. Voici l'heure où je t'invoquai dans *ma tour*. Je puis encore ouvrir ma *fenêtre pour te recevoir*. Si tu n'es pas contente des traits et des grâces que je t'avais donnés, je puis te faire aujourd'hui cent fois plus belle, ma palette n'est pas épuisée, j'ai vu plus de beautés et je sais mieux peindre. Viens dans ta gloire, viens t'asseoir sur mes genoux, n'aie pas peur de mes cheveux blancs, caresse-les de tes doigts délicats, fais-les rembrunir sous des baisers. Cette tête qu'en vain ils assagissent, est tout aussi folle qu'elle *l'était*, lorsqu'*elle t'enfanta*. Viens, nous monterons ensuite sur nos nuages. J'ai le temps, partons, rien ne m'attend sur la terre. Nous irons, avec la foudre, sillonner, embraser les précipices où je passerai demain. Viens, emporte-moi comme autrefois, mais ne me rapporte plus.

On *frappe* à ma porte : ce n'est pas toi : c'est le guide. Les chevaux sont arrivés, il faut partir. *De ce songe, il ne reste que la pluie, le vent et moi, éternel jouet des orages [biffé :* frappé de la foudre, comme les rocs dépouillés qui m'environnent*]* (ibid., *pp. 57-62).*

(k) p. 2480. Le « livret blanc » a conservé la version suivante :
D'Altorf ici, une vallée entre des montagnes rapprochées, comme on en voit partout, et la Reuss, bruyante et sale, au milieu. À l'*Auberge du Cerf,* un petit étudiant allemand, qui vient à pied des glaciers du Rhône et qui me dit : *« Fous fenir* d'Altorf ce *madin ?* aller *fite. »* Il me croyait à pied comme lui. Puis apercevant mon char à bancs : « Oh ! les *chefal !* c'est autre *chosse. »* S'il voulait *troquir* ses jeunes jambes *[première rédaction :* sa jeunesse*]* contre mon méchant char à bancs et mon plus mauvais char de gloire, avec quel plaisir je prendrais son bâton, sa veste grise et sa barbe blonde ! J'irais à pied aux glaciers du Rhône et je parlerais la langue de Schiller *[première rédaction :* allemand*]* à ma maîtresse, et je rêverais creusement la liberté germanique, et lui, il s'en irait, vieux comme le temps, ennuyé comme un mort, détrompé *comme* l'expérience ; s'étant attaché au cou, comme une sonnette, un vain bruit double, et serait plus fatigué au bout d'un quart d'heure que du fracas de la Reuss. Le changement n'aura pas lieu, les bons marchés ne sont pas pour moi. Mon écolier part ; il me dit, en ôtant et remettant son bonnet avec un petit coup de tête : « Permis » *[une première rédaction ajoute, puis biffe :* Pas très permis !*]*
Et nous ne nous reverrons plus : encore une ombre évanouie, l'ombre d'Amsteg. L'écolier ne sait pas mon nom, il m'aura rencontré et il ne le saura jamais. Jc suis dans la joie de cette idée. J'appelle l'obscurité, avec plus d'ardeur que j'appelais autrefois la lumière *[première rédaction :* comme jadis j'appelais la lumière*]* ; celle-ci m'importune, ou comme éclairant mes pensées, ou comme me montrant des objets dont je ne puis plus jouir ; j'ai hâte de passer le flambeau à mon voisin.
Trois petits pauvres tirent à l'arbalète. Guillaume Tell et Gessler sont partout. Les peuples libres conservent naturellement le souvenir des *fondateurs* de leur liberté *[première rédaction :* indépendance*]* Demandez à un petit pauvre de France *[*première rédaction : « Français »*]* s'il a jamais lancé une hache *[première rédaction :* si jamais une hache lui a rappelé*]* en mémoire *[première rédaction :* souvenir*]* du roi Hlowigh ou Khlowig ou Clovis *[première rédaction :* de Clovis*]* (*ibid.*, pp. 65-67).

L. XXXVI, CHAP. 12

(a) p. 2482. Le « livret blanc » a conservé une première version :
Le nouveau chemin du Saint-Gothard, en sortant de l'Amsteg, est une belle rampe dont le Simplon a donné le secret. Cette rampe va et revient pendant deux lieues, tantôt au bord de la Reuss, tantôt s'en écartant quand la vallée s'élargit, le paysage ressemblant à tous les paysages ordinaires de montagnes : des pentes alpestres, rapides, revêtues de pins ; quelques sommets gardant quelques rayons de neige ; des ponts pour passer d'une rive à l'autre ; dans la vallée des noyers qui gagnent en hauteur, beauté de branches et de feuilles, ce qu'ils perdent en *bonté* de fruits ; la vigoureuse nature les force à redevenir sauvages. La sève se fait jour malgré la greffe, comme un caractère énergique brise les liens de la civilisation.
La race des humains a changé, les femmes sont plus petites, moins blanches, mais plus délicates : la dernière vague du sang italien est arrivée jusqu'ici.
Passé sur la rive droite de la Reuss, il y a plus de grandeur : le torrent roule avec cascade et fracas sous une double, triple avenue de pins superbes. Je crois voir la vallée du Pont d'Espagne à Cauterets. Le chemin et quelques carrés de pommes de terre attestent seuls, dans ce lieu, la présence de l'homme ; point de petits oiseaux, encore moins d'aigles. Les vieux sont tombés dans l'océan en passant à Sainte-Hélène. Il n'y a vol si haut et si fort qui ne défaille dans l'immensité des cieux. Quant aux aiglons, s'il y a aiglons, ils sont descendus de leur aire pour nicher avec les pigeons de bourgeois de Paris ; ils n'enlèveront jamais de chamois dans leurs serres ; ils vivent des débris de la table de Philippe et, leur timide regard, débilité à la lueur *[première rédaction :* accoutumé à la lumière*]* domestique, ne contemplera jamais, du haut du Simplon ou du Saint-Bernard, le libre et éclatant *[première rédaction : l'éclatant]* soleil de la gloire de la France (*ibid.*, pp. 69-71).

L. XXXVI, CHAP. 14

(a) p. 2486. Une variante relevée par M. Levaillant ajoute :
... comme les traces du sillage d'un vaisseau.

(b) p. 2487. Une version antérieure ajoutait, sous une biffure :
... Détournez le torrent à sa source, étouffez le conquérant dans son berceau si vous voulez éviter leurs orages.

(c) p. 2487. Deux rédactions antérieures portaient:
Dieu demeure où les hommes se retirent *et* demeure au désert d'où les hommes se retirent
Une phrase biffée poursuivait:
Si j'avais à passer la nuit sur la montagne, c'est au pied de cette croix que j'irais m'asseoir: je me sentirais en sûreté à ce rendez-vous des pèlerins qui n'ont point d'asile.

(d) p. 2487. Le «livret blanc» a conservé la version suivante:
Après avoir passé le pont du Saut-du Prêtre, on contourne, par une belle rampe, le long du torrent..., la vallée de... Cette rampe ou nouveau chemin, remplace l'ancienne route presque à pic, où l'on passait à cheval. On rentre dans la vallée de la Reuss, on repasse sur la rive droite par un pont léger et l'on voit, des deux côtés de la route, des cascades qui blanchissent sur des gazons verts, tendus comme des tapis sur le passage des voyageurs. Par une ouverture à droite, dans un défilé de montagne, on aperçoit le glacier de Ranz, qui se lie aux glaciers de la Fourche. On entre bientôt dans la vallée de Schœllenen, dont les parois forment des murs de deux mille pieds de hauteur. La Reuss tonne dans son lit incliné, comme matelassé de rochers. Un débris du vieux chemin et d'un vieux pont, à peine de quelques pieds de large, témoigne d'un autre temps et d'un autre peuple. Le nouveau chemin est très beau. Mon guide m'affirme qu'il a conduit M. Canning et lord Byron dans cette vallée, que le premier la dessina et que le second était avec lady Byron. Cette lady Byron était peut-être la Sylphide réalisée, mais certainement ce n'était pas lady Byron. Lord Byron changeait souvent d'enchanteresse et prenait partout des femmes; il enlevait sur sa route celles qui lui donnaient l'hospitalité et il les abandonnait aux limites de leur patrie. Sa fidélité ne durait que le temps de sa chanson nordique; il fallait à son génie un sérail et, pourtant, il n'avait qu'une même chanson.
La vallée est devenue réellement effrayante et la verdure disparaît; presque partout les pins. La région des pins est passée. Le chemin, soutenu par de petits murs, avance au pied des masses immobiles de granit, parmi les pierres roulantes. Le chemin, lui-même comme un torrent immobile, parallèlement au torrent mobile de la Reuss. Çà et là sont bâties des voûtes pour se mettre à l'abri des avalanches.
Le défilé aboutit au vieux pont du Diable. Ce pont, qui n'a rien de remarquable, pas même sa hardiesse, coupe aujourd'hui l'arcade du nouveau pont *[première rédaction: beaucoup plus beau, biffé]* qui le domine. Le nouveau pont, par trois chevalets, masque la cascade en arrivant du côté de la Suisse. Il faut se placer sur le nouveau pont pour voir la chute de

la Reuss, ses arcs-en-ciel et son écume. Mais quand on a vu la cataracte du Niagara, il n'y a plus de cascades. Ma mémoire *[première rédaction :* Voilà comment toujours ma vie*]* oppose sans cesse mes voyages passés à mes voyages présents, montagnes à montagnes, fleuves à fleuves, forêts à forêts et ma vie détruit ma vie. Au surplus, les nouveaux *[première rédaction :* et beaux*]* chemins que le Simplon a enseignés et que le Simplon efface n'ont plus *[première rédaction :* détruisent*]* l'effet pittoresque des anciens chemins. Ceux-ci, plus hardis et plus naturels, n'évitaient aucune difficulté ; ils ne s'écartaient guère du cours des torrents, ils montaient et descendaient avec le terrain, gravissaient les rochers, plongeaient dans les précipices *[première rédaction :* au fond des précipices*]*, passaient sous les avalanches, n'ôtant rien aux plaisirs *[première rédaction :* à l'intérêt*]* de l'imagination et à la joie des périls. L'ancienne route du Saint-Gothard, par exemple, était bien plus aventureuse *[première rédaction :* et plus colorée de*]* que la route moderne *[première rédaction, biffée :* au-dessus de la cascade de*]*. Le pont du Diable méritait sa renommée. Lorsqu'on l'abordait, on voyait au-dessus la cascade de la Reuss *[première rédaction :* Quand on voyait au-dessus, en l'abordant, la cascade de la Reuss et qu'il était enveloppé dans la va...*]* et qu'il traçait un arc obscur ou plutôt un étroit sentier à travers la vapeur brillante de la chute. Après, au bout du pont, le chemin montait à pic *[première rédaction :* se relevait brusquement*]* pour atteindre la chapelle *[première rédaction :* pour atteindre sur le roc la chapelle*]*, dont on voit encore la ruine. Au moins, les habitants d'Uri ont eu la pieuse idée de bâtir une autre chapelle à la cascade *[première rédaction :* Au moins les pieux habitants d'Uri ont eu l'heureuse idée de bâtir une autre chapelle au-dessus de la cascade.*]* Elle (est) commencée et je suis allé sur les échafauds, parmi les maçons, regarder la chute.

Enfin, ce n'étaient pas les hommes de notre temps qui traversaient autrefois les Alpes, c'étaient des marchands hardis, des pèlerins, des chevaliers pleins de foi, des moines pleins de ferveur *[première rédaction :* Enfin ce n'étaient pas des philosophes qui parcouraient autrefois les Alpes. C'étaient des marchands aventureux, de pieux pèlerins, des moines. La foi était partout*]*. On racontait des aventures étranges. Qui avait bâti le pont du Diable ? Qui avait précipité par-dessus *[première rédaction : précipité dans la vallée]* la roche du Diable ? Partout s'élevaient des tours, des croix, des chapelles, des oratoires, des monastères, des ermitages qui gardaient la mémoire d'une invasion, d'un combat ou d'un malheur. Chaque tribu de la montagne conservait sa langue, ses vêtements, ses mœurs, ses croyances *[première rédaction :* et ses coutumes*]*. On ne trouvait point, il est vrai, dans un désert, une excellente auberge, mais une abbaye hospitalière. Il n'y a plus de voleurs sur le Saint-Gothard et c'est pourquoi il y a tant de voleurs dans la société : la civilisation est une belle chose *[première rédaction :* L'on ne trouvait point dans ce lieu des auberges et le chamois bondissant là où les calèches promènent le spleen d'un habitant de Londres ou la frivolité d'un habitant de Paris*]*. Cette *perle*, je la laisse au *beau premier lapidaire*, le moindre grain de Moyen Âge ferait bien mieux mon affaire.

Après avoir franchi le pont du Diable et la galerie d'Urnerloch, on se trouve subitement dans la prairie d'Ursern, fermée de toutes parts par les montagnes comme un cirque. La Reuss coule paisiblement au milieu de la verdure ; le contraste est frappant. Ainsi, au-dessus des révolutions, la société paraît tranquille : les hommes et les empires sommeillent à deux pas de l'abîme *[première rédaction :* Quand on a franchi le pont du Diable et la galerie attenante d'Urnerloch, on entre de la terrible vallée dans les montagnes et la prairie où la Reuss coule paisiblement dans la verdure ; le contraste est frappant. C'est ainsi qu'au-dessus des révolutions, la société est tranquille : les hommes et les empires dorment paisiblement à deux pas de l'abîme*]* Des femmes et des hommes défrichent une petite langue *[première rédaction :* un petit champ*]* de terre au milieu de cette prairie *[biffé :* animée d'une croix*]* ; le *[biffé :* blanc et*]* village d'Andermatt montre son église blanche, que protège, sur la pente orientale de la montagne, un *lucus* ou bois sacré, reste d'une forêt de pins et réputée inviolable avant l'invasion des Français *[première rédaction :* surmontée sur la pente de la montagne d'un *lucus* ou bois de pins de forme triangulaire*]*. Une vieille femme *[biffé :* auprès du pont du Diable*]* vient à moi en criant et en frappant des mains. Je lui ai dit ce que nous disions autrefois aux paysannes, lorsque, soldats, nous les rencontrions en Allemagne sur notre chemin : « *Mein lieber Schatz* » (mon cher trésor). Des jeunes filles qui accompagnaient la vieille se sont mises à rire. Je doute que lord Byron eût ravi cette nymphe des Alpes, même avec le désir de la troquer à Venise contre la Sigurda.

Au village de l'Hospital *[première rédaction :* Après avoir traversé le village*]*, commence *[première rédaction :* on monte*]* la seconde rampe, qui atteint *[première rédaction :* pour atteindre*]* le sommet du Saint-Gothard. Le chemin est tracé avec intelligence, bien qu'il n'y ait pas eu à vaincre les difficultés qu'offrait le Simplon *[première rédaction :* Le chemin est beau, tracé avec intelligence ; il n'a rien de très remarquable, il n'y a pas eu de grandes difficultés à vaincre, point de grandes masses de murs à élever pour soutenir des rapports de terre, point d'effrayantes corniches suspendues dans l'air. Néanmoins on ne peut trop s'étonner*]*. On ne peut trop s'étonner que deux petits cantons comme Uri et le Tessin aient pu venir à bout d'un si grand ouvrage : toutefois, il est à craindre qu'ils ne perdent le fruit de leur labeur, s'ils n'élargissent pas la voie et ne réparent les dégradations *[la première rédaction ajoute :* Les grandes voitures ne pourront pas prendre cette route qui précédait*]*. Le passage du lac des Quatre-Cantons fera toujours obstacle à la foule des voyageurs.

Arrivé au haut du Saint-Gothard, je trouve un plateau où les granits soulevés, brisés, sillonnés, ressemblent aux vagues fixes d'un océan de pierres. Le chemin serpente à travers comme le sillage d'un vaisseau. Là sont quelques flaques de neige et de petits lacs noirs sans poissons. Ici, la vie expire et la religion *[première rédaction :* La vie expire ici et la religion*]*, qui jadis anima ce désert dans le ciel, a disparu avec l'hospice charitable des anciens religieux ; ici aussi finit un monde et commence un autre monde. Les noms germaniques sont remplacés par les noms italiens. Je quitte ma compagne, la Reuss, pour descendre au lac de Lugano avec un nouveau compagnon, le Tessin. Le Saint-Gothard envoie le Tessin à l'Adriatique, le Rhône à la Méditerranée, le Rhin à l'océan du Nord. Ce sont des neiges stériles accumulées par les siècles qui sont les réservoirs de la fécondité de l'ancienne et de la nouvelle civilisation de la France, de l'Allemagne et de l'Italie. Quels changements n'ont point vus parmi les hommes ces fleuves, dont la source n'a point changé ! Que de sueur et de sang ont répandus les Annibal, les César, les Napoléon pour traverser dans leurs cours les fleuves qu'on traverse *[première rédaction :* passe*]* d'un pas à leur source.

Et moi j'ai traversé le petit courant de ma vie, tantôt d'un côté, tantôt de l'autre de ces montagnes, ne sachant trop où était placée ma source, capricieux dans mes erreurs, mais jamais malfaisant et préférant les vallons pauvres et ignorés aux riches et fertiles plaines, m'arrêtant aux fleurs plus qu'aux palais.

Je n'ai trouvé sur ce plateau qu'une croix de bois vermoulu avec son christ. Le Christ demeure partout où les hommes se retirent, devant la solitude et la désolation. Si j'avais à passer la nuit, n'est-ce pas au pied de cette croix que j'irais m'asseoir et ne m'y sentirais-je pas à l'abri ?

La source du Tessin est un peu plus élevée que celle de la Reuss, de sorte qu'en creusant un canal de cinquante pas on jetterait le Tessin dans la Reuss et l'on grossirait le Rhin aux dépens du Pô. Ainsi, il dépend de la volonté d'un montagnard de supprimer *[première rédaction :* de noyer*]* un fleuve d'*inonder* ou de stériliser un pays. Voilà de quoi rabattre l'orgueil de la puissance. *Détournez le torrent à sa source et étouffez le conquérant au berceau, si vous voulez éviter leurs ravages.* *(*ibid., *pp. 73-84).*

L. XXXVI, chap. 15

(a) p. 2489. Le « livret blanc » s'achève de la façon suivante :
Ayant fait tout ce que j'avais à faire pour le moment à Lugano, j'ai repassé le Saint-Gothard pour revenir à Lucerne. J'ai revu la Val-Levantine, la Val-Tremola, le sommet de la montagne, la plaine, l'Hospital, le pont du Diable et la suite. Je n'ai rien trouvé à rectifier à mon journal crayonné ; mais je n'étais déjà plus ignoré, mon malheureux renom m'avait suivi : à l'auberge de l'Hospital, les curieux se sont assemblés ; au pont du Diable, un jeune homme et une jeune femme dans une calèche m'ont salué d'un air de connaissance. Si je ne dois point me fixer à Lugano, cette connaissance sera vue d'optique dans mes *Mémoires.* J'écris à la maison où je voyais le tableau, on ne le reverra plus.

Castagnola.
Gandria.
Saint-Georges (ermitage).
Caprino (village autrichien)
Le rocher de la potence au bas de San-Salvador.

Mais on ne pend plus les condamnés, me disait toujours mon batelier, on leur coupe la tête, et toujours au bord du lac, – car il me montrait une grève contre la ville, et le village de Castagnola, – et les débris de la boucherie sont ensuite portés tout sanglants à l'église du Gibet. Théories dignes de la grâce autrichienne, fêtes de cette nouvelle Délos. Et pourtant, voilà des barques remplies de femmes charmantes et des hirondelles se jouent autour de la scène. Peut-être, parmi ces voyageuses, se trouve celle qui arriva le même jour que moi en Palestine ou celle que je rencontrai un jour que j'errais seul sur l'ancienne voie romaine qui conduit à Tivoli : Lydie n'était point avec elles, mais une autre jeune femme cherchait furtivement une rose déposée dans le jardin abandonné d'une villa du temps de Raphaël et ne cherchait que cela sur les ruines de Rome.
Il y a, au couvent des Capucins, une belle fresque, *Dépose et crucifiement,* de Luini et, dans le cloître, une *Via dolorosa* qui mériteraient d'être plus connus. *Saint Antoine de Padoue pêchant les poissons* n'est pas aussi bien. Les poissons qui mettent le nez hors de l'eau ont quelque chose du chien et de la grenouille. Mais, enfin, un cloître me tente toujours et je ne serais pas étonné de finir dans un froc à Rome. *(*ibid.*, pp. 94-96)]*

(b) p. 2490. Le « livret blanc » comporte une anecdote que n'ont pas reprise les Mémoires *:*
Mon batelier avait d'abord conduit un fameux médecin, à travers le lac et les montagnes, de Frizo à l'ermitage de Saint-Georges.

Mais cet excellent médecin s'est tué pour une *chère amie.* On ne sait pas si la *chère amie* était infidèle, mais elle était de mauvaise humeur, grognonne, *peevish* comme disent les Anglais. Ce médecin lui dit un jour en dînant: «Cessez, chère amie, cessez d'être comme cela ou je me tuerai. - Vous! vous tuer, dit-elle en le narguant, oh! oui! *Siete troppo coglione per questa!»* Et le médecin se leva de table, passa dans son cabinet et se brûla la cervelle.
Vous verrez que, si le pauvre méd... Médecin guéris-toi toi même (ibid., *p. 93).*

L. XXXVI, CHAP. 16

(a) p. 2492.
... l'encre *(Ms 1845).*

(b) p. 2492.
... Si les montagnes de nos climats peuvent justifier les éloges de leurs admirateurs, ce n'est point quand elles sont effleurées des rayons d'un jour impuissant à travers un air opaque qui s'interpose entre l'œil et l'objet, mais quand elles sont enveloppées dans la nuit dont elles épaississent le chaos *(Ms 1845).*

(c) p. 2494. Une version antérieure ajoutait, sous une biffure
... ou en compagnie de gens insipides.

(d) p. 2495. Une version antérieure précisait, sous une biffure:
... théorie romantique du crime et l'admiration des assassinats.

L. XXXVI, CHAP. 17

(a) p. 2496. Ms 1845 poursuit:
... Je la reproduis, car ou mes actionnaires n'inséreront pas le *Congrès de Vérone* dans ces *mémoires,* ou ils l'inséreront tel que je l'ai arrangé pour entrer dans ce grand travail posthume, sans la lettre de M. de Béranger: elle tombera mieux à sa date, dans l'ordre de ma narration.
En voici le texte, suivi de celui de la réponse faite par Chateaubriand:
M. de Béranger à M. de Chateaubriand:

«Passy, 19 août 1832.
«Monsieur,

« Huit jours passés dans une campagne à quelques lieues de Paris, m'ont privé du plaisir de recevoir votre lettre à sa date et d'y répondre sur-le-champ.

« Quoi ! vous partez sans me donner l'espoir de vous revoir bientôt ! c'est accroître le regret que j'ai éprouvé, Monsieur, de ne vous avoir pas trouvé chez vous, lorsque les journaux m'ont appris que vous alliez faire une nouvelle absence. Je ne considérais ce voyage que comme un besoin de santé et de repos moral, après des jours d'ennuis et de tracasseries. Mais vous ne me parlez pas de retour, et je m'en afflige vivement. Faut-il que le sort nous ait fait naître dans des camps opposés ! Sans cela, peut-être vous aurais-je été bon à quelque chose. Oui, j'aurais pu vous être utile. Ne cherchez pas dans ces paroles une prétention ridicule. Elles me sont inspirées par une vive et franche affection, déjà bien ancienne. J'ai en moi quelque chose qui vaut mieux qu'on ne saurait croire : c'est un instinct assez juste du caractère et des sentiments des autres, ce qui, en rendant ma raison fort tolérante, la met à leur service, et cela presque à leur insu.

« Lié plus intimement, Monsieur, j'ose croire que j'aurais pu verser quelques consolations dans votre âme de grand poète, et vous aider à voir dans l'avenir autre chose que ce que vous semblez y démêler. Cet avenir, vous y aurez une si belle place, qu'il y a ingratitude à vous à douter de sa grandeur. Oui, Monsieur, la société subit une transformation ; oui, elle accomplit la grande pensée chrétienne de l'égalité. Cette pensée chrétienne, que vous avez remise en honneur parmi nous, en l'ornant de toutes les richesses du génie, s'empare du monde, élaborée comme elle l'est, depuis près d'un siècle, par notre chère et belle France. Beaucoup d'hommes des anciens jours le nient, parce qu'elle s'est dépouillée d'une partie de ses voiles religieux. Mais elle est claire et distincte pour ceux qui, comme moi, n'ont jamais vu dans le christianisme qu'une grande forme sociale qui, à sa naissance, a eu besoin de la sanction divine. Mon Dieu est bien au-dessus de ces changements humains : mais il n'en est pas moins présent au grand drame où nous avons tous une part plus ou moins active, et c'est sa présence qui me donne de la résignation. Mon rôle de comparse ou de niais s'est agrandi. Vous, Monsieur, à qui ce Dieu a donné à remplir un rôle principal n'y puisiez-vous pas de la force pour le conduire jusqu'au bout ? Vous avez conservé bien plus de jeunesse qu'on en a ordinairement à notre âge. Votre esprit est si plein de verdeur qu'il semble que vous n'ayez reçu ce privilège que pour nous éclairer dans les routes nouvelles où voilà le monde lancé. On chante toujours sur des tombeaux, grâce à ce temps maudit qui va fauchant sans fin et partout ; mais on n'a pas souvent l'avantage de chanter auprès d'un berceau qui contienne des destinées futures aussi grandes, ni peut-être aussi prochaines. Toutefois, il y a longtemps que je me dis comme vous, que ceux qui naissent aux époques de transition sont bousculés, renversés, écrasés dans la lutte des générations qui s'entrechoquent. C'est sur nos cadavres que doivent passer les combattants qui nous suivent. Nous comblerons le fossé qu'il leur faudra franchir pour prendre d'assaut la place où tous nos efforts n'auront pu que faire brèche. Mais espérons qu'une fois *ville gagnée*, les vainqueurs viendront relever les morts pour leur faire un bel enterrement, enseignes déployées et à grand bruit de fanfares. Et qui sait enfin si Dieu lui-même ne distribue pas des croix d'honneur aux braves restés sur le champ de bataille ? Ah ! pour celles-là, Messieurs de la Police n'en tâteront pas.

« Peut-être me direz-vous, Monsieur : mais, dans un tel conflit, qui peut être sûr d'avoir été utile ? Je vous répondrai que j'ai peine à croire qu'un homme de génie, même méconnu, n'ait pas toujours un peu la conscience de sa valeur. Avec bien plus de raison doit-il avoir cette certitude, celui que les nations ont placé si haut dans leur estime et dans leur admiration. Chaque homme de talent se fait son effigie, en marbre ou en bronze ; seulement les plus timides se contentent d'un buste, les autres vont à la statue. Tout revenu que vous êtes des vanités de ce monde, la voix de vos contemporains vous aura forcé de faire la vôtre colossale. Eh bien ! quand au milieu de la foule, dont la marche paraît souvent inexplicable et étourdissante, vous éprouvez des moments de dégoût et d'abattement, convenez-en, Monsieur, vous jetez un regard sur cette glorieuse figure, et, vous appuyant sur elle, vous laissez avec plus de résignation le temps et la multitude passer au milieu du bruit et de la poussière.

« Quand je vous sais des motifs d'affliction, je me plais à vous voir ainsi, et, par un retour sur moi-même, je suis tout fier alors de penser que vous m'avez permis d'écrire, à la pointe du couteau, mon nom sur le piédestal de cette statue.

« À propos de cela, savez-vous, Monsieur, que j'ai une véritable crainte ? Je vais, comme je vous l'ai dit, publier dans quelques mois mon dernier recueil de chansons. Vous pensez bien que celle dont votre nom a fait le succès y figurera. Mais j'ai peur que vous ne vous y trouviez en bien mauvaise compagnie. Le goût que j'ai pour la poésie populaire me souffle aussi d'étranges choses. Mon antipathie pour le solennel affecté, si opposé au génie de notre langue, fait toujours, dans mes chants, suivre les tons graves de quelques notes burlesquement accentuées. Quoique, habituellement, ces disparates ne soient pas sans but, je conçois que vous autres gens d'en haut y trouviez à redire. Que faire à cela ? J'ai voulu essayer de transporter la poésie dans les carrefours, et j'ai été conduit à la chercher jusque dans le ruisseau : qui dit chansonnier, dit chiffonnier. Doit-on être surpris que ma pauvre muse n'ait pas toujours une tunique bien propre? Le moraliste des rues doit attraper plus d'une éclaboussure. Au reste, si vous me lisez, pensez un peu à Aristophane, mais n'y pensez pas trop.

«C'est le cas de répéter ce que je disais plus haut, mais dans un autre sens: lié plus intimement avec vous, Monsieur, je me serais sans doute amendé, et de plus nobles inspirations me seraient venues auprès de votre Muse héroïque et pieuse, et nous voilà encore une fois loin l'un de l'autre! Ah! pour Dieu, revenez dans votre patrie, vous ne pouvez vivre heureux loin d'elle. Goutte de sang français où allez-vous vous extravaser? Quoi, vous pourriez longtemps rester loin de Paris; loin de ce cœur si chaud, dont les rapides pulsations donnent tant à penser et à sentir? Non, vous nous reviendrez bientôt, j'en ai l'espérance, pour vivre encore ici de littérature et de gloire, entouré de nombreux amis, car vous devez en avoir beaucoup qui, comme moi sans doute, se plaignent de votre nouvelle absence.

«En attendant votre retour, Monsieur, et sans redouter des réponses aussi longues que celle-ci, ayez la bonté de me donner de vos nouvelles. Les journaux m'en apprendront sans doute; mais vous devez juger du prix que j'attache à vos lettres. Quand vous me donnez une marque de souvenir, il me semble que j'entends la postérité prononcer mon nom.

«Recevez, Monsieur, la nouvelle assurance de mon entier dévouement et de ma respectueuse amitié.

«Votre très humble serviteur,

«Béranger.»

«Genève, fin de septembre 1832.

«Votre lettre du 19 août, Monsieur, me parvint à Lucerne, il y a une dizaine de jours; on avait négligé de me l'envoyer sur-le-champ. Je courais alors les montagnes; j'étais allé voir si à Lugano, à Constance, à Zurich, je trouverais l'exil propre à l'achèvement de mes *Mémoires*. Il me faut de la liberté et du soleil, deux choses qui vont rarement ensemble. Quand les murs et la charpente de mon édifice seront élevés, que je ne serai plus obligé de traîner après moi les immenses matériaux de mon travail, alors j'irai peindre mes intérieurs en Italie où j'attendrai la mort que j'ai toujours singulièrement aimée. Je pense comme vous, Monsieur, que la dernière transformation du christianisme s'accomplit avec la transformation de la société; mais j'ai peur que la France ne prenne la vanité pour l'égalité, l'amour-propre pour l'amour social, et que par cette raison elle n'immole sans cesse la liberté à l'envie. Son génie militaire lui fera préférer aussi le niveau d'un seul au niveau de tous; et le despotisme à la démocratie. Elle s'enivre de sang comme de vin, et sa tête n'est pas aussi forte que son cœur est grand. Son intelligence est supérieure ; mais ses passions sont petites, et peut-être trouvera-t-elle la décadence dans le perfectionnement de sa civilisation.

« Mais que vous dis-je là, Monsieur ? Que me fait tout cela à moi qui ne suis plus Français que de nom, et homme que d'une vie qui touche à son terme ? Je suis toujours désolé d'être né, et vous sentez que les choses que votre politesse me promet après moi font peu d'impression sur un esprit ainsi disposé. Ce qui redouble mon supplice de vivre, c'est de me sentir plus jeune que jamais au moment où j'ai un pied dans la tombe. Vous, Monsieur, chantez sur des tombeaux, comme vous le dites avec tant d'éloquence dans votre lettre, et sur un berceau qui contient de si grandes destinées. Si je me trouve dans un de vos refrains, il faudra bien que bon gré mal gré je vive avec vous. Si vous vous étiez un peu moqué de moi, mes chances d'immortalité s'accroîtraient encore ; mais n'allez pas me prendre au mot, je me contente de vos éloges, et surtout de votre amitié. Vraiment, Monsieur, je ne sache pas deux hommes qui aient suivi deux routes plus opposées et qui étaient mieux faits pour voyager ensemble. Passez-moi cette bouffée d'amour-propre.

« J'attends vos dernières chansons avec la plus vive impatience et quelquefois une lettre de vous pour me consoler dans mes montagnes. Puisque vous êtes chrétien, faites œuvre de charité.

« J'ai loué ici un appartement pour un an. J'espère que l'année prochaine mes *Mémoires* seront assez avancés pour lever mes tentes et aller chercher le tombeau de Virgile. Croyez, Monsieur, à mon admiration la plus sincère et à un attachement qui égale mon admiration.

« Chateaubriand. »

(cité d'après M. Levaillant, Mémoires d'outre-tombe, *éd. du centenaire, t. IV, pp. 727-728, appendice* VII.

L. XXXVI, CHAP. 19

(a) p. 2501. Une première rédaction de Ms 1845, lisible sous une rature, porte :
... qu'elle s'était montrée bonne pour moi, ainsi que sa mère *(M. Levaillant,* Deux livres..., *p. 130).*

(b) p. 2505. La « copie Lenormant » (voir livre XXXVI, chapitre 19, note 1) et Ms 1847 portent :
... sur l'homme faible et fidèle, naguère haï de l'usurpation et dédaigné de la légitimité.

(a) p. 2509. Ms 1847, dont le texte est presque identique à celui de la «copie Lenormant», porte:

... Après le dîner, elle s'est mise à son piano avec M. Cottrau, beau grand jeune peintre à moustaches, à chapeau de paille, à blouse, au col de chemise rabattu, au costume bizarre tenant des mignons d'Henri III et des bergers de la Calabre, aux manières sans façon, à ce mauvais ton d'atelier entre le familier, le drôle, l'original, l'affecté. Il chassait, il peignait, il chantait, il aimait, il riait, spirituel et bruyant.

(b) p. 2509. Ms 1847, dont le texte est presque identique à celui de la «copie Lenormant», porte:

... Madame la duchesse de Saint-Leu m'a lu quelques fragments de ses mémoires; elle m'a montré un cabinet rempli des dépouilles de Bonaparte. Je me suis demandé pourquoi ce vestiaire me laissait froid; pourquoi ce petit chapeau qui fait le bonheur des bourgeois de Paris, pourquoi cette ceinture, cet uniforme porté à telle bataille me trouvaient si indifférent; je n'étais pas plus ému qu'à l'aspect de ces habits de généraux pendillant aux boutiques des revendeurs dans la rue du Bac; j'étais bien plus troublé en racontant la mort de Napoléon à Saint-Hélène. La raison en est que Napoléon est notre contemporain; nous l'avons tous vu et connu: l'homme dans notre souvenir travaille contre le héros encore trop près de sa gloire. Dans deux mille ans ce sera autre chose. La force même et la matière de ces reliques nuisent à leur effet: nous verrions avec un respect curieux la cuirasse du Macédonien sur le dessin de laquelle fut tracé le plan d'Alexandrie, mais que faire d'un frac râpé? J'aimerais mieux la jaquette de montagnard corse que Napoléon a dû porter dans son enfance: sans qu'on s'en doute, le sentiment des arts exerce un grand empire sur nos idées.
Que Madame de Saint-Leu s'enthousiasme de cette friperie, c'est tout simple; mais les autres spectateurs ont besoin de se rappeler les manteaux royaux déchirés par les ongles napoléoniens. Il n'y a que les siècles qui aient donné le parfum de l'ambre à la sueur d'Alexandre. Attendons: d'un conquérant, il ne faut montrer que l'épée.
La famille de Bonaparte ne se peut persuader qu'elle n'est rien. Aux Bonapartes il manque une race; aux Bourbons un homme: il y aurait beaucoup plus de chance de restauration pour les derniers, car un homme peut tout à coup survenir et l'on ne crée par une race. Tout est mort pour la famille de Napoléon avec Napoléon: il n'a pour héritier que sa renommée. La dynastie de saint Louis est si puissante par son vaste passé, qu'en tombant elle a arraché avec ses racines une partie du sol de la société.

Je ne saurais dire à quel point ce monde impérial me paraît caduc de manières, de physionomie, de ton, de mœurs ; mais d'une vieillesse différente du monde légitimiste : celui-ci jouit d'une décrépitude arrivée avec le temps ; il est aveugle et sourd, il est débile, laid et grognon, mais il a son air naturel et les béquilles vont bien à son âge. Les impérialistes au contraire ont une fausse apparence de jeunesse ; ils veulent être ingambes, et ils sont aux Invalides ; ils ne sont pas antiques comme les légitimistes, ils ne sont que vieillis comme une mode passée : ils ont l'air de divinités de l'Opéra descendues de leur char de carton doré ; de fournisseurs en banqueroute par suite d'une mauvaise spéculation ou d'une bataille perdue ; de joueurs ruinés qui conservent encore un reste de magnificence d'emprunt, des breloques, des chaînes, des cachets, des bagues, des velours flétris, des satins fanés et du point d'Angleterre rentrait *[du verbe : rentraire].*

Ms 1845 ajoute une note, sur «fânés» :

Mme de Saint-Leu est morte ; Arenenberg va être vendu : Louis Bonaparte est prisonnier à Ham ; les cendres de Napoléon ont quitté leur grand mausolée des mers pour s'ensevelir parmi les ossements des Invalides et les tombereaux de boue de Paris (Paris, décembre 1840).

L. XXXVI, CHAP. 22

*(a) p. 2514. Une version antérieure de ce chapitre, publiée par M. Levaillant (*Deux livres…, *t. II, p. 142), poursuit ainsi le texte :*

… Une des grandes séductions de Mme Récamier, c'est de s'associer à votre existence, d'entrer dans vos idées, de s'intéresser à ce qui vous touche. Nous avons donc parlé de ces temps toujours pénibles et toujours regrettés où les passions font le bonheur et le martyre de la jeunesse : quelquefois le galérien dans ses songes croit baiser les lèvres de sa maîtresse et se sentir entouré de ses bras, et, à son réveil, il se trouve la bouche collée contre ses fers et le cou pressé par des chaînes. Maintenant, en écrivant cette page à minuit, tandis que tout repose autour de moi, et qu'à travers ma fenêtre je vois briller quelques étoiles sur les Alpes, il me semble que tout ce que j'ai aimé, je l'ai aimé dans Juliette ; qu'elle était la source cachée de toutes mes tendresses, qu'amours véritables ou folies, ce n'était qu'elle que j'aimais. Mes souvenirs de divers âges, ceux de mes songes comme ceux des réalités de ma vie, se sont pétris, mêlés, confondus, pour faire un composé de charmes et de douces souffrances dont elle est devenue la forme visible ; elle règle et domine mes sentiments, comme Mme de Chateaubriand a mis l'ordre et la paix dans mes devoirs.

Mme Récamier va me quitter; elle reviendra nous retrouver au printemps, et moi je vais passer l'hiver à achever mes *Mémoires*, à évoquer mes heures évanouies, à les faire comparaître une à une au tribunal de ma raison: je ne sais si je serai bien impartial et si le juge n'aura pas trop d'indulgence pour le coupable. Nous passerons l'été prochain dans la patrie de Jean-Jacques. Dieu veuille que je ne gagne pas la maladie du Rêveur!
Et puis, quand l'automne sera revenu (l'automne ne manque jamais de revenir, mais le printemps?) nous irons en Italie: *Italiam! Italiam!* c'est mon éternel refrain.
Une autre version de ce chapitre, assez peu différente, provenant des archives La Force, a été reproduite par M. Levaillant en appendice IX *à la quatrième partie des* Mémoires d'outre-tombe, *dans l'édition dite du centenaire; voir aussi M.-J. Durry,* La vieillesse de Chateaubriand, *t. II, p. 80, note 104.*

L. XXXVI, CHAP. 25

(a) p. 2523. Une version antérieure porte, sous une biffure:
... cette liberté vendue, prostituée, brocantée, maquignonnée à tous les coins de rue, cette liberté que les bateleurs...

L. XXXVI, CHAP. 26

(a) p. 2526. Une version antérieure porte, sous une biffure:
... abandonnait lâchement.

(b) p. 2526. Une version antérieure porte, sous une biffure:
... célébré l'héroïsme avec tant de fracas.

(c) p. 2528. Une version antérieure porte:
... faisait trembler le coupable.

(d) p. 2530. Une note du manuscrit ajoute:
... M. Persil, après avoir servi le gouvernement, est tombé par impatience ambitieuse, dans les libertés pour lesquelles il m'accusait. Moins heureux que moi, il a perdu son procès, car il a perdu sa place. Quand on n'est pas sûr de ce qu'on pense, il faut être moins prompt à condamner ce qu'on doit un jour approuver (Paris, note de 1839).

(e) p. 2530. Une version antérieure ajoute, sous une biffure :
... Je lui aurais acheté avec plaisir un immense saumon étendu sur le (marbre : lecture hypothétique) de son éventaire, mais je n'avais point d'argent.

L. XXXVII, CHAP. 1

(a) p. 2537. Ge a conservé une première rédaction de ces pages :
Paris, mai 1833.
Quand on remonte la rue d'Enfer, on trouve, à droite, avant d'arriver à la sortie de Paris, un double rang de marronniers défendus par des poteaux et des traverses. Galanterie que me fit autrefois M. de Chabrol, préfet de la Seine. Il décora le dehors de mon humble asile de quelques arbres, comme on plantait, à la porte des châteaux, l'arbre que les Coutumes appellent *l'arbre pour se mettre à l'ombre* ou *l'arbre de l'arbri* ou *abri*, ce mot *abri* venant d'arbre.
Une porte cochère, placée au milieu des marronniers, donne entrée dans une cour pavée encadrée par deux quinconces de tilleuls. Au fond de la cour se montre une maison de lattes et de terre à un seul étage, à ravalement en couleur de briques réticulées, petit pavillon assez propret, mais qui ne vaut pas deux sous. Le plafond de ma chambre est tellement effondré et lézardé, le plancher tellement incliné et si décadent, qu'il y a péril en la demeure. Une nuit le grenier tombera dans mon lit, ou mon lit tombera dans la cave. Cette pensée me vient réjouir tous les soirs quand on me jette sur les planches où il est si insipide de s'habiller et de se déshabiller soir et matin comme une poupée. Si je pouvais enfin ne plus me relever, quand je me couche ! Est-ce vivre que d'être né de sorte à n'avoir pu passer un seul jour heureux ou malheureux, sans que l'idée du suicide ou de la mort ne se soit présentée à mon esprit, pour en finir de ma joie ou de la souffrance ?
Durozoy se cacha dans ce pavillon de la rue d'Enfer avant d'aller à l'échafaud. Il devait avoir pour successeur un royaliste. La veuve d'un président au Parlement de Paris était la propriétaire dudit lieu quand je l'achetai. Il pouvait valoir, avec les dépendances, une soixantaine de mille francs, mais à l'époque de la cherté des terrains, je l'achetai beaucoup plus cher et je ne l'ai jamais pu payer : il s'agissait de sauver l'Infirmerie de Marie-Thérèse fondée par Mme de Chateaubriand et contiguë au pavillon : une compagnie d'entrepreneurs se proposait d'établir un café et des *Montagnes Russes* dans le susdit pavillon, bruit qui ne va guère avec le dernier soupir et l'agonie. Je passai le contrat des

180 000 francs. Cette somme, que je n'ai pu payer est restée hypothéquée sur l'immeuble et m'épuise par le service des intérêts. J'ai aussi employé ce qui me rentrait des banqueroutes de mon libraire à la prospérité de l'Infirmerie, parce que cela faisait plaisir à Mme de Chateaubriand. Mais *ne suis-je pas heureux* moi-même de *mes sacrifices*? *Sans doute*; il est convenu qu'on est *toujours heureux de secourir l'infortune*, mais, comme je ne crois pas que des fondations religieuses puissent maintenant se soutenir, comme je pense que le christianisme se transformera avec la société et prendra une autre route, je sais que ce que je fais est perdu. Très volontiers je donnerais aux nécessiteux ce que je possède sans m'en réserver une obole. Cela ne veut pas dire que cette disposition à me séparer de ma chemise m'inonde des délices de la vertu. Je n'ai plaisir à rien, pas même aux bienfaits. Il m'est impossible de voir souffrir, mais il m'est impossible d'aimer et d'estimer la race humaine. Idiot, je ne comprends pas le prix de l'argent, voilà tout. On ne me doit savoir aucun gré de ma prétendue bonté. Toujours ennuyé et prêt à jeter bas l'existence, je suis bon comme un condamné qui prodigue ce qui ne lui servira plus dans une heure *(H. Guillemin,* L'Homme des Mémoires, *pp. 329-330, corrigé par P. Clarac,* BSC, *1964, pp. 67-68).*

(b) p. 2537. Ms 1845 ajoutait, sous une biffure:
... vaches, ânesses, chevaux.

(c) p. 2538. Ms 1845 ajoutait, sous une biffure:
... catalpas, tulipiers, liquidambars, hêtres pourpres, lauriers, etc.

(d) p. 2538. Ge a conservé une première rédaction de ces lignes:
... Lorsqu'on n'a ni enfants, ni amis, ni jeunesse, ni patrie, qu'on est tous les jours à la veille d'entrer à l'Hôtel-Dieu, quel attachement peut-on avoir à des arbres dont les feuilles, les fruits, les fleurs ne sont plus les chiffres mystérieux employés aux calculs des époques d'illusion et d'ivresse? On me dit: «Vous êtes étonnant! Vous rajeunissez!» Est-ce que cette dent de sagesse qui pousse lorsque toutes les autres sont tombées me serait venue? Au reste mes arbres ne s'informent guère s'ils servent de calendrier à mes plaisirs ou d'extrait mortuaire à mes ans; ils croissent et me font chaque jour plus vieux et plus laid en s'embellissant. *(H. Guillemin,* L'Homme des Mémoires, *p. 330, corrigé par P. Clarac,* BSC, *1964, pp. 67-68).*

(e) p. 2540. Ge a conservé une première rédaction de ces lignes:
... Quand les constellations percent leur voûte bleue, je me rappelle ces heures où, couché, la nuit, sur le tillac d'un vaisseau, mes regards

enchantés contemplaient les étoiles au-dessus de ma tête. La voile enflée me renvoyait la fraîcheur de la brise qui me berçait sous le dôme céleste : à demi assoupi et poussé par le vent, je changeais de ciel en changeant de rêves *(H. Guillemin,* L'Homme des Mémoires, *p. 330, corrigé par P. Clarac,* BSC, *1964, pp. 67-68).*

(f) p. 2543. Ge a conservé le développement suivant :
... son fleuve natal. Au printemps, les malades convalescentes s'assemblent au pied d'un cèdre du Liban. Elles reprennent de la vie avec les nichées d'oiseaux. En automne, on les rencontre encore sous le même cèdre battu du vent qui fut toujours orageux pour elle. Des curés octogénaires promènent leur dernière et paisible enfance dans mon allée de peupliers, marmottant leur bréviaire qu'ils ne comprennent plus et se donnant des bénédictions mutuelles. Leur histoire est celle de leur presbytère pendant la prospérité et celle des pontons de Rochefort au temps du martyre. Quelques-uns étaient émigrés avec moi en Angleterre : après avoir mêlé ma misère à la leur sur les pelouses de Kensington, j'ai offert à leurs derniers pas les gazons de mon hospice ; ils y traînent leur vieillesse religieuse comme les plis du voile du sanctuaire. Ces saintes gens, après avoir été les confidents des fragilités de leurs frères, s'en vont sans en avoir trahi le secret et sans avoir eux-mêmes aucune faiblesse à confesser aux hommes.
Il arriva dernièrement qu'un d'eux, âgé de quatre-vingt-quatre ans, chut dans le puits du bas du jardin, et s'y noya. Autant finir là qu'ailleurs *(H. Guillemin,* L'Homme des Mémoires, *p. 331, corrigé par P. Clarac,* BSC, *1964, pp. 67-68).*

(g) p. 2544. Ge a conservé une première rédaction de ce paragraphe :
... Grand nombre de veuves de chevaliers de Saint-Louis sont mes habituées ; elles apportent avec elles la seule chose qui leur reste, les portraits de leurs maris en uniforme de capitaines d'infanterie : habit blanc, revers roses ou bleu de ciel, frisure poudrée à l'oiseau royal, tous d'honnête figure et se ressemblant comme s'ils étaient frères, bien qu'ils viennent des quatre coins de la France. On les met tous au grenier où ils forment un régiment de mil sept-cent-septante-seize *[mots illisibles]* et prêt à rétablir la légitimité. Ils ne sortent de leur embuscade qu'un à un pour être vendus à des regrattières au profit de l'Infirmerie quand une des veuves va rejoindre le défunt. Je ne puis voir cette précieuse collection sans rire. *(H. Guillemin,* L'Homme des Mémoires, *p. 331, corrigé par P. Clarac,* BSC, *1964, pp. 67-68).*

(h) p. 2544. Ge a conservé un déchiffrement complémentaire :
... tout était encore barbouillé des inscriptions républicaines, les murs des jardins, les façades des édifices publics, le fronton des églises, les parois des loges des portiers dans les maisons particulières : « ici on se tutoye et on fume », « ici on s'honore du titre de citoyen », « Ferme la porte s'il vous plaît », « Unité, indivisibilité de la République, Fraternité, Liberté, Égalité, ou la mort ». L'octroi de Montrouge avait sa bonne part de ces inscriptions qui disparurent peu à peu *(H. Guillemin,* L'Homme des Mémoires, *p. 331, corrigé par P. Clarac,* BSC, *1964, pp. 67-68).*

(i) p. 2546. Ms 1847 ajoute :
... *tanquam nuntius percurrens* (toutes choses ont passé, comme un messager qui se hâte dans sa course », Livre de la Sagesse, V, 9).
Un paragraphe supplémentaire commençait ici sur Ms 1845. Nous en reproduisons le texte établi par M. Levaillant :
... Mes boulevards solitaires ne m'offrent pas beaucoup d'aventures. Quelquefois j'y rencontre un jeune homme et une jeune femme qui se tiennent enchaînés par le bras. Que n'aurais-je pas donné autrefois pour une heure de cette folie, pour être serré contre le sein d'une femme avec cette plénitude d'abandon, ces doubles nœuds, cette ardeur de passion, cet oubli de l'univers qui nous font souhaiter de fuir de ces délices dans l'éternité ou le néant ! Un jour le jeune homme appuyé avec la jeune femme contre le tronc d'un orme au pendant d'une ondée, semblait respirer la vie de sa maîtresse : s'ils étaient morts à l'instant, ces deux êtres, sans doute très communs et jouissant d'un bonheur que Dieu a départi à la foule, seraient retournés enchantés à la terre : les atomes de leur ivresse, de leur beauté et de leur jeunesse, se seraient changés en lumière, en rosée, en fleurs. Et peut-être qu'un admirable génie sans compagne, sans félicité, sans caresses pendant son passage ici-bas, a vu sa dépouille transformée dans un brin d'herbe méprisé : on n'est rien que par le bonheur.

(j) p. 2546. Ge nous a conservé une première rédaction de ces lignes :
... Je ne puis rire sans un mélange de désespoir. J'ai le spleen, tristesse physique, véritable maladie dont l'attachement le plus noble devrait pourtant me guérir. Mais quiconque a lu ces *Mémoires [...] (H. Guillemin,* L'Homme des Mémoires, *p. 332).*

L. XXXVII, CHAP. 3

(a) p. 2552. Un fragment de Ge, publié par H. Guillemin, L'Homme des Mémoires, *p. 317, a conservé une première version de ces lignes :*
... la nature même de la faute qui lui faisait tout perdre, ne m'éloignait pas. Jouer la gloire, l'avenir, un trône, toute une destinée pour une nuit n'est pas chose vulgaire. Les femmes perdues, les hommes de mauvais lieu, les prudes qui ont des bâtards et les libertins qui vont à la messe sont pleins de rigueur pour la Magdeleine au diadème. Mais le peuple, d'accord avec le Christ sorti de ses rangs, ne se mêle pas à la ricanerie des ennemis et à la sévérité des amis. Il comprend qu'une veuve, libre de disposer d'elle, a pu aimer sans cesser d'être mère héroïque.
Ms 1845 poursuit ici :
... Et ceci soit dit pour l'opinion de ceux qui affectent de ne pas croire au mariage. Le mariage admis, mariage très réel, tout prend une autre couleur.

(b) p. 2553. Ge poursuit :
... La politique de Louis-Philippe ne semble-t-elle pas née de la régence ? Est-ce une prostituée vieillie dans la maison de la Saint-Clair parmi les petits roués dégénérés des Lovelace et les avortons débauchés éclos du fumier de Mirabeau ? *H. Guillemin,* L'Homme des Mémoires, *p. 317, qui fait suivre ce fragment d'un autre extrait :*
... Oui, la révolution tient à des enfantements. Il n'y a pas une mère, aujourd'hui, qui ne mette au monde un destructeur de la société présente. Mais, accoucheurs de Mme la duchesse de Berry, ce n'est pas comme cela que vous entendez la chose. Sachez pourtant que vos forceps n'ont mis au monde que votre honte. Vous n'aurez pas d'autre rejeton de votre race.

(c) p. 2553.
... Trouveriez-vous dans les bagnes une famille assez mal née pour essayer de flétrir un de ses enfants d'une telle ignominie ? À une autre époque, dit-on, on eût tué madame la duchesse de Berry : peut-être, et c'eût été plus noble que de la déshonorer, mais aujourd'hui l'esprit général s'oppose aux exécutions *(Ms 1847).*

L. XXXVII, CHAP. 4

(a) p. 2554. Ms 1845 poursuivait (phrase en partie biffée) :
... Je reçus le 9 au matin le message de Blaye : le lendemain, 10, parut dans

le *Moniteur* la dépêche annonçant les couches de Madame. Je ne pouvais donc plus devancer à Prague la nouvelle ; j'attendis trois jours dans l'incertitude d'un contre-ordre : rien ne m'étant parvenu, je mis en route.

L. XXXVII, chap. 6

(a) p. 2562. Ms 1845 poursuivait, sous une biffure :
... et les ruines de Rome ajoutaient à l'éclat de ma fête ce que les souvenirs de la mort ajoutent aux joies d'un festin.

(b) p. 2563. Ms 1845 ajoutait, sous une biffure :
... et l'étincelle des Révolutions.

L. XXXVII, chap. 7

(a) p. 2568. Ms 1847 ajoute :
... Ce qui ne passera point, c'est cette croix de bois vermoulue que j'aperçois dans une chènevière.

L. XXXVII, chap. 9

(a) p. 2575.
... le douanier et son gouvernement *(Ms 1847)* ; grossier gouvernement *(Ms 1845)*.

L. XXXVII, chap. 10

(a) p. 2578. Ms 1845 ajoute, sous une biffure :
... Je réfléchissais sur la vanité de la gloire.

(b) p. 2579. Ms 1847 porte, pour les lignes qui précèdent :
... Dans quelle inquiétude seront mes amis à Paris ? quand l'aventure s'ébruitera, que n'en feront point les gazettes ? que d'extravagances ne débiteront-elles pas ? D'un autre côté, M. de Blacas sera-t-il bien aise de me voir à Prague ? M. de Damas ne croira-t-il pas que je viens le détrôner ? M. le cardinal de Latil n'aura-t-il aucun souci ? Le triumvirat ne profitera-t-il pas de la malencontre pour me faire fermer les portes au

lieu de me les faire ouvrir? Rien de plus aisé: un mot dit à l'oreille du gouverneur, mot que j'ignorerai toute ma vie.
Et si l'estafette ne rapporte rien? Si le paquet a été perdu? si le grand bourgrave.

(c) p. 2579.
... portant le bon Dieu *(Ms 1847).*

L. XXXVII, CHAP. 11

(a) p. 2583.
... à fond olive *(Ms 1845).*

(b) p. 2584. Ms 1845 ajoute, sous une biffure:
... et descendu dans la cour, la douche admirable du robinet de la fontaine inonda ma tête, mon visage et mes épaules; un bain...

(c) p. 2584. Ms 1845 ajoute, sous une biffure:
... une fontaine sur la place. Cette place est ornée d'une statue du Christ avec deux anges orants; plus une colonne d'ordre corinthien, plantée au milieu d'un bassin octogone, à sec et portant en équilibre un globe.

(d) p. 2587.
... de lys *(Ms 1847).*

(e) p. 2589.
... de la croix; les femmes en robes et en cornets (*sic pour* corsets) noirs *(Ms 1847);* corsets *(Ms 1845).*

L. XXXVIII, CHAP. 1

(a) p. 2601. Ms 1845 portait, sous une biffure:
... J'étais muet de saisissement. Charles X...

L. XXXVIII, CHAP. 2

(a) p. 2606. Ms 1845 portait, sous une biffure:
... me plaisait mieux; elle avait l'air d'être devenue capable de sentir les passions qu'elle avait inspirées. Sa coiffure singulière lui seyait à ravir...

(b) p. 2606. Ge a conservé deux rédactions d'un jugement sur le baron de Damas:
... Je ne fais point un reproche à M. de Damas de son exil et de son courage, je dis seulement que ces accidents même honorables de sa vie devaient être des obstacles invincibles à la place qu'il occupe auprès d'Henri V. *Puis:* Je ne fais point un reproche à M. de Damas de son exil et de son courage, je dis seulement que les accidents même honorables de sa vie devaient être des obstacles invincibles à la place qu'il occupe près d'Henri V.» Ayant perdu son père à Quiberon, il fut élevé enfant à l'École des cadets de Saint-Pétersbourg: plus étranger que français, il pouvait être regardé comme naturalisé moscovite. Mais sa qualité même de brave soldat russe, était ce qui devait l'exclure à jamais de l'éducation du jeune prince, si l'on ne voulait blesser toutes les sympathies nationales.
Le cosaque en robe de jésuite *[la suite manque] (H. Guillemin,* L'Homme des Mémoires, *p. 319; P. Clarac,* À la recherche..., *pp. 360-361]*

(c) p. 2606. Ms 1845 ajoutait, sous une biffure:
... de l'ennui.

(d) p. 2606. Ms 1845 ajoutait, sous une biffure:
... à fleur de tête.

(e) p. 2606. Ms 1845 ajoutait, sous une biffure:
...d'amour.

(f) p. 2606. Ms 1845 ajoutait, sous une biffure:
... Mme de Gontaut, qui fut légère, a élevé supérieurement sa royale pupille.

(g) p. 2606. Ms 1845 ajoutait, sous une biffure:
... comme une Anglaise.

L. XXXVIII, CHAP. 3

(a) p. 2609. SG, confirmé par Ms 1845, a conservé une version sensiblement différente de ce chapitre:
... Voici le détail de notre longue conversation:
«Sire, Mme la duchesse de Berry m'a ordonné de venir vous trouver et de présenter une lettre à Madame la Dauphine. J'ignore ce que contient

cette lettre, bien qu'elle soit ouverte ; elle est écrite au citron, ainsi que la lettre pour les enfants. Mais dans mes deux lettres de créance, l'une ostensible, l'autre confidentielle, Marie-Caroline m'explique sa pensée. Elle remet, pendant sa captivité, comme je l'ai dit hier à Votre Majesté, ses enfants sous la protection particulière de Madame la Dauphine. Mme la Duchesse de Berry me charge en outre de lui rendre compte de l'éducation de Henri V, que l'on appelle ici le Duc de Bordeaux. Enfin, Mme la Duchesse de Berry déclare qu'elle a contracté un mariage secret avec le comte Hector Lucchesi Palli, d'une famille illustre. Ces mariages secrets de Princesses, dont il y a plusieurs exemples, ne les privent pas de leurs droits. Mme la Duchesse de Berry demande à conserver son rang de Princesse française, la Régence et la tutelle. Quand elle sera libre, elle se propose de venir à Prague embrasser ses enfants, et mettre ses respects aux pieds de Votre Majesté. »

Le Roi me répondit sévèrement :

« M. de Chateaubriand, Madame la Duchesse de Berry m'a profondément blessé ; elle a fait son équipée malgré moi ; je sais que vous vous y êtes opposé. Pour se dire Régente du Royaume, elle s'est autorisée d'un acte que M. de Blacas lui avait porté, M. de Blacas devant rester avec elle ; mais cet acte n'était valide qu'autant qu'une partie de la France émancipée eût proclamé mon petit-fils. Vous voyez ce qui est arrivé ; on n'a point écouté mes conseils. Si vous saviez de quelles espèces de gens Madame la Duchesse de Berry était environnée, et ce qui se passait autour d'elle en Angleterre et en Italie ! J'en sais plus long que vous sur le mariage secret. Rien n'est arrangé. On n'a pas encore l'approbation du Roi de Naples ; Lucchesi est à Florence sollicitant le consentement de son propre père. L'acte où est-il ? Il a fallu de l'argent. Enfin, c'est un tripotage. Personne ne croit à ce mariage. Je rends justice au courage de Mme la Duchesse de Berry et j'ai pitié de ses malheurs ; mais si elle est mariée, elle ne saurait conserver son titre de Princesse française. Qu'elle soit la Comtesse Lucchesi-Palli, Princesse des Deux-Siciles, mais elle ne peut ni comme tutrice, ni comme Régente, signer des actes qui pour être valides exigeraient le contreseing de M. Lucchesi. Le code ne reconnaît pas de mariage secret : ou Marie-Caroline est Mme Lucchesi, femme d'un étranger, et dès lors étrangère comme lui ; ou elle est Mme la Duchesse de Berry, mère d'une bâtarde. Et comment voulez-vous qu'elle vienne ici ? /Mon cher Chateaubriand, il m'irait mal d'être sévère pour ces sortes de fautes ; j'en ai trop commis dans ma jeunesse pour n'avoir pas appris à les excuser ; mais je suis vieux, je suis roi, je suis tuteur, je dois veiller aux exemples qui peuvent frapper une fille de quatorze ans, placée sous la protection de mes cheveux blancs. Madame la Duchesse de Berry arrivant à Prague, portant dans ses bras une sœur de Mademoiselle? Ça ne se peut pas. Qu'elle aille en Sicile, qu'elle y reste, il faut laisser grandir les enfants.»

Je ne m'étais pas attendu à être repoussé si vivement. Je reconnus dans cette opinion du Roi le travail d'une inimitié et d'une jalousie. L'inimitié me semblait venir de MM. de Blacas et de Damas; la jalousie de Madame la Dauphine. Marie-Caroline avait renvoyé son mentor, le Duc; elle n'approuvait pas l'éducation continuée par le Baron. Ces deux Messieurs tremblaient donc de la crainte de son retour. Quant au Dauphin et à la Dauphine, ils s'étaient troublés du rôle joué par leur belle-sœur. Point de vertu si haute qui n'ait ses abaissements. Pendant quelques jours, il n'avait été question en Europe que de l'illustre veuve; la citadelle de Blaye avait mis dans l'ombre la tour du Temple. L'héroïsme d'une femme dans la Vendée contrastait avec la fuite d'un homme à Rambouillet. La femme et l'homme semblaient avoir changé de vêtements. Enfin la nature de la faute de la fille de Ferdinand Ier choquait à la fois la sévérité des mœurs de la fille de Louis XVI, et l'orgueil de son sang.

Embarrassé dans ma réplique, je la tirai, tant bien que mal, d'une récrimination:

«Que Votre Majesté me pardonne, lui dis-je mais il me semble qu'on lui a inspiré des préventions contre une princesse dont le malheur suffirait pour faire oublier ses fragilités. M. de Blacas doit être l'ennemi de mon auguste cliente.»

Charles X m'interrompit et me dit: «Non; mais elle l'a traité mal, parce qu'il l'empêchait de faire des sottises.»

«Il n'est pas donné à tout le monde, m'écriai-je, de faire des sottises de cette espèce: Henri IV se battait comme Mme la Duchesse de Berry, et comme elle, il n'avait pas toujours assez de force: heureusement pour sa mémoire il était homme, et ce n'est pas lui qui portait les marques de ses légèretés.»

Charles X rit.

«Sire, continuai-je, il n'y a pas de quoi rire. Vous ne voulez pas que Mme la Duchesse de Berry soit princesse de France; elle le sera malgré vous; le monde entier l'appellera toujours la *Duchesse de Berry*, l'héroïque mère de Henri V. [Elle a beaucoup moins perdu dans l'opinion que Votre Majesté ne le croit.] Son intrépidité et ses souffrances dominent tout: il n'y a pas aujourd'hui assez de sainteté dans les mœurs pour que le siècle prenne trop au sérieux une déclaration dont l'aveu a été arraché par des tortures morales. Que gagneriez-vous à une chicane de famille qui d'ailleurs serait inconnue du public? Vous ne voulez pas que Mme la Duchesse de Berry vienne à Prague: Sire, elle doit y venir, non seulement pour elle, mais pour son fils. Vous ne pouvez pas en la repoussant vous mettre au rang de ses ennemis et donner du poids à la calomnie; vous ne pouvez pas, à l'instar du duc d'Orléans, vouloir flétrir du même coup les enfants et la mère; vous ne pouvez pas vous placer entre l'amour filial et l'amour maternel et forcer l'un à rougir de l'autre. Ce n'est pas la honte que vous devez faire descendre sur la tête d'une pécheresse, si pécheresse il y a, c'est votre bénédiction paternelle. C'est, si vous voulez, l'absolution de la charité chrétienne. Vous est-il donc si difficile de pardonner à la gloire et à la faiblesse d'une femme ?»

«Eh bien, *Monsieur l'Ambassadeur*, dit le Roi avec une emphase bienveillante, que Mme la Duchesse de Berry aille à Palerme; qu'elle s'y fasse oublier, qu'elle y vive maritalement avec M. Lucchesi à la vue de tout le monde, alors on pourra dire aux enfants que leur mère est mariée; elle viendra les embrasser. Je ne lui ferai aucun reproche : mais il faudra qu'elle se contente d'une réunion passagère; elle ne peut pas prétendre demeurer auprès de sa fille et de son fils.»

Je sentis que j'avais poussé assez loin l'affaire; les points principaux étaient aux trois quarts obtenus; la conservation du titre et l'admission à Prague dans un temps plus ou moins éloigné: sûr d'achever mon ouvrage avec Madame la Dauphine, je changeai la conversation. Les esprits entêtés regimbent contre l'insistance; auprès d'eux on gâte tout en voulant tout emporter de haute lutte.

Je passai donc à l'éducation du Prince dans l'intérêt de l'avenir: sur ce sujet, je fus peu compris. Je ne trouvai qu'un sourd, l'Empereur de la Chine, un vieux mort enseveli à Saint-Denis; la religion a fait de Charles X un solitaire; ses idées sont cloîtrées. Je glissai quelques mots sur la capacité de M. Barrande et l'incapacité de M. de Damas. Le Roi dit : «M. Barrande est un homme instruit; mais il a trop de besogne; il avait été choisi pour enseigner les sciences exactes au Duc de Bordeaux, et il enseigne tout, histoire, géographie, latin. J'avais appelé l'abbé MacCarthy, afin de partager les travaux de M. Barrande; il est mort; j'ai jeté les yeux sur un autre instituteur; il arrivera bientôt.»

Ces paroles me firent frémir, car le nouvel instituteur ne pouvait être évidemment qu'un Jésuite remplaçant un Jésuite. Que dans l'état actuel de la société en France, l'idée de mettre un disciple de Loyola auprès de Henri V fût seulement entrée dans la tête de Charles X, il y avait de quoi désespérer de la race.

Quand je fus revenu de mon étonnement, je dis :

«Le Roi ne craint-il pas sur l'opinion l'effet d'un instituteur choisi parmi les rangs d'une société célèbre, mais calomniée ?»

Le roi s'écria : «Bah ! en sont-ils encore aux Jésuites !»

Je parlai au Roi des élections et du désir qu'avaient les royalistes de connaître sa volonté. Le Roi me répondit: «Je ne puis dire à un homme: prêtez serment contre votre conscience. Ceux qui croient devoir le prêter agissent sans doute à bonne intention. Je n'ai, mon cher ami, aucune prévention contre les hommes; peu m'importe leur vie passée, lorsqu'ils veulent sincèrement servir la France et la Légitimité. Les Républicains m'ont écrit à Édimbourg; j'ai accepté quant à leur personne, tout ce qu'ils me demandaient; mais ils ont voulu m'imposer des conditions de gouvernement, je les ai rejetées. Je ne céderai jamais sur les principes; je veux laisser à mon petit-fils un trône plus solide que n'était le mien. Les Français sont-ils aujourd'hui plus heureux et plus libres qu'ils ne l'étaient avec moi? Payent-ils moins d'impôts? quelle vache à lait que cette France! Si je m'étais permis le quart des choses que s'est permises M. le duc d'Orléans, que de cris de malédiction! Ils conspiraient contre moi, ils l'ont avoué: j'ai voulu me défendre...»
Le roi s'arrêta comme embarrassé dans le nombre de ses pensées, et par la crainte de dire quelque chose qui me blessât.
Tout cela était bien, mais qu'entendait Charles X par les *principes*? s'était-il rendu compte de la cause des conspirations vraies ou fausses ourdies contre son gouvernement? Il reprit après un moment de silence: «Comment se portent vos amis les Bertin? Ils n'ont pas à se plaindre de moi, vous le savez: ils sont bien rigoureux envers un homme banni qui ne leur a fait aucun mal, du moins que je sache. Mais, mon cher, je n'en veux à personne, chacun se conduit comme il l'entend.»
Cette douceur de tempérament, cette mansuétude chrétienne d'un Roi chassé et calomnié, me firent venir les larmes aux yeux. Je voulus dire quelques mots de Louis-Philippe. «Ah! répondit le Roi... M. le Duc d'Orléans... Il a jugé... que voulez-vous?... les hommes sont comme ça.» Pas un mot amer, pas un reproche, pas une plainte ne put sortir de la bouche du vieillard trois fois exilé. Et cependant des mains françaises avaient abattu la tête de son frère, percé le cœur de son fils; tant ces mains ont été pour lui remémoratrices et implacables!
Je louai le Roi de grand cœur et d'une voix émue. Je lui demandai s'il n'entrait point dans ses intentions de faire cesser toutes ces correspondances secrètes, de donner congé à tous ces commissaires qui depuis quarante années trompent la Légitimité. Le Roi m'assura qu'il était résolu à mettre un terme à ces impuissantes tracasseries; il avait, disait-il, déjà désigné quelques personnes graves, au nombre desquelles je me trouvais, pour composer en France une sorte de conseil propre à l'instruire de la vérité: M. de Blacas m'expliquerait tout cela. Je priai Charles X d'assembler ses serviteurs et de m'entendre; il me renvoya à M. de Blacas.

J'appelai la pensée du Roi sur l'époque de la majorité de Henri V; je lui parlai d'une déclaration à faire alors comme d'une chose utile. Le Roi qui ne voulait point intérieurement de cette déclaration, m'invita à lui en présenter le modèle. Je répondis avec respect, mais avec fermeté, que je ne formulerais jamais une déclaration au bas de laquelle mon nom ne se trouvât pas au-dessous de celui du Roi. Ma raison était que je ne voulais pas prendre sur mon compte les changements éventuels, introduits dans un acte quelconque par le Prince de Metternich et par M. de Blacas. Je représentai au Roi qu'il était trop loin de la France, qu'on aurait le temps de faire deux ou trois révolutions à Paris, avant qu'il en fût informé à Prague. Le Roi répliqua que l'Empereur l'avait laissé libre de choisir le lieu de sa résidence dans tous les États autrichiens, le royaume de Lombardie excepté; «mais, ajouta Sa Majesté, les villes habitables en Autriche sont toutes à peu près à la même distance de France; à Prague je suis logé pour rien et ma position m'oblige à ce calcul.»
Noble calcul que celui-là, pour un Prince qui avait joui pendant cinq ans d'une liste civile de 20 millions, sans compter les résidences royales, pour un Prince qui avait laissé à la France la colonie d'Alger et l'ancien patrimoine des Bourbons évalué de 25 à 30 millions de revenu! Je dis: «Sire, vos fidèles sujets ont souvent pensé que votre royale indigence pouvait avoir des besoins; ils sont prêts à se cotiser, chacun selon leur fortune, afin de vous affranchir de la dépendance de l'étranger. – Je crois, mon cher Chateaubriand, dit le Roi en riant que vous n'êtes guère plus riche que moi. Comment avez-vous payé votre voyage? – Sire, il m'eût été impossible d'arriver jusqu'à vous, si Mme la Duchesse de Berry n'avait donné l'ordre à son banquier, M. Jauge, de me compter 6 000 francs. – C'est bien peu, s'écria le Roi! avez-vous besoin d'un supplément? – Non, Sire, je devrais même, en m'y prenant bien, rendre quelque chose à la pauvre prisonnière; mais je ne sais guère regratter. – Vous étiez un magnifique seigneur à Rome? – J'ai toujours mangé consciencieusement ce que le Roi m'a donné; il en m'en est pas resté deux sous. – Vous savez que je garde toujours à votre disposition votre traitement de Pair: vous n'en avez pas voulu. – Non, Sire, parce que vous avez des serviteurs plus malheureux que moi. Vous m'avez tiré d'affaire pour les 20 000 francs qui me restaient encore de dettes sur mon Ambassade de Rome, après les 10 000 autres que j'avais empruntés à votre grand ami M. Laffitte. – Je vous les devais, dit le Roi, ce n'était pas même ce que vous aviez abandonné de vos appointements en donnant votre démission d'Ambassadeur, qui, par parenthèse, m'a fait assez de mal. – Quoi qu'il en soit, Sire, dû ou non, Votre Majesté en venant à mon secours m'a rendu dans le temps service, et moi je lui rendrai son argent

quand je pourrai; mais pas à présent, car je suis gueux comme un rat; ma raison rue d'Enfer n'est pas payée. Je vis pêle-mêle avec les pauvres de Mme de Chateaubriand, en attendant le logement que j'ai déjà visité à l'occasion de Votre Majesté, chez M. Gisquet. Quand je passe par une ville je m'informe d'abord s'il y a un hôpital; s'il y en a un, je dors sur les deux oreilles; *le vivre et le couvert, en faut-il davantage*? « – Oh! ça ne finira pas comme ça. Combien, Chateaubriand vous faudrait-il pour être riche? – Sire, vous y perdriez votre temps: vous me donneriez quatre millions ce matin, que je n'aurais pas patard ce soir. »
Le Roi me secoua l'épaule avec la main: « À la bonne heure! Mais à quoi diable mangez-vous votre argent? – Ma foi, Sire, je n'en sais rien, car je n'ai aucun goût et ne fais aucune dépense: c'est incompréhensible. Je suis si bête qu'en entrant aux Affaires Étrangères, je ne voulus pas prendre les 25 000 francs de frais d'établissement et qu'en en sortant je dédaignai d'escamoter les fonds secrets. Mais, Sire, avez-vous mieux profité de votre liste civile? Vous me parlez de ma fortune pour éviter de me parler de la vôtre. – C'est vrai, dit le Roi; voici à mon tour ma confession; en mangeant mes capitaux par portions égales d'année en année, j'ai calculé qu'à l'âge où je suis, je pourrais vivre jusqu'à mon dernier jour, sans avoir besoin de personne. Si je me trouvais dans la détresse, j'aimerais mieux avoir recours, comme vous me le proposez, à des Français qu'à des étrangers. On m'a offert d'ouvrir des emprunts, entre autres un de 30 millions qui aurait été rempli en Hollande; mais j'ai su que cet emprunt coté aux principales bourses en Europe, ferait baisser les fonds français; cela m'a empêché d'adopter le projet: rien de ce qui affecterait la fortune publique en France, ne pouvait me convenir. »
Sentiment digne d'un roi.

Pour un philosophe, c'eût été un spectacle curieux que celui du *sujet* et du *Roi* s'interrogeant sur leur fortune et se faisant confidence mutuelle de leur misère au fond d'un château emprunté aux souverains de la Bohême.
Dans cette conversation, on remarquera la générosité de caractère, la douceur des mœurs, le bon sens de Charles X, en tout ce qui est d'un ordre commun; mais aussi absence de vues politiques, ignorance des causes qui ont renversé la Monarchie et des moyens par lesquels on la pourrait rétablir. Pour Charles X la couronne est tombée parce que Dieu l'a voulu, nullement parce que la Royauté n'a rien fait pour se rajeunir, et se mettre d'accord avec le siècle: les Pyramides savent-elles autre chose que le passé?

L. XXXVIII, CHAP. 4

(a) p. 2616. Une phrase incomplète débute ici sur Ms 1845 par ces mots :
... Arrivé à Prague avec des préventions contre le duc de Bordeaux.

(b) p. 2616. Ms 1845 ajoutait, sous une biffure :
... un méchant tissu.

L. XXXVIII, CHAP. 5

(a) p. 2619. Une rédaction antérieure, incomplète et biffée, porte :
... M. le Dauphin glouton avait le nez plongé dans son assiette ; quelquefois il sortait du profond silence, ou plutôt du bruit.

(b) p. 2619. Ms 1845 ajoutait, sous une biffure :
... ces gens-là vous jettent une monarchie par la fenêtre, plus vite que ne le ferait un génie.

L. XXXVIII, CHAP. 6

(a) p. 2624.
Qu'est-ce qu'un M. d'Haussez écrivaillant sur l'histoire d'Angleterre après avoir si bien arrangé l'histoire de France ? Qu'est-ce qu'un M. de Montbel lamentant la vie et la mort du duc de Reichstadt après avoir envoyé à Prague le duc de Bordeaux ? *(Ms 1845).*

L. XXXVIII, CHAP. 8

(a) p. 2631. Ms 1845 ajoutait, sous une biffure :
... La bise soufflait.

L. XXXVIII, CHAP. 9

(a) p. 2634. Ms 1845 ajoutait, sous une biffure :
... la main et le bras.

(b) p. 2634. Ms 1845 ajoutait, sous une biffure :

... Est-ce que vous nous quitterez bientôt? – Si Votre Majesté me le permet, je partirai demain dans la nuit afin de présenter mes lettres de créance à Madame la Dauphine.

L. XXXVIII, CHAP. 12

(a) p. 2647. Ms 1845 ajoutait, sous une biffure:
... Un honnête juif.

(b) p. 2648. Ms 1845 ajoutait, sous une biffure:
... pour cette lettre au bas de laquelle se trouvent quelques lignes de Henry.
Ma chère Maman,
J'espère qu'enfin cette lettre pourra vous parvenir. Nous vous *(un remaniement du manuscrit a fait disparaître la suite de la citation).*

L. XXXVIII, CHAP. 13

(a) p. 2653. Ge a conservé le texte suivant:
... J'ai souffert d'être aussi rude même ici secrètement sur le compte de mon vieux Prince, mais je n'écris pas une petite relation sentimentale d'un voyage à Prague *[Première version:* je n'ai pas été chercher à Prague des anodins pour une petite relation doucereuse*; puis Chateaubriand a remplacé* doucereuse *par* lénitive*]*, j'écris l'histoire. Je crois même rendre un service à Charles X en opposant ici la pure et simple vérité à ce qu'on dira de lui dans l'avenir. L'exagération des partis le représentera comme un homme stupide et sanguinaire, violateur de ses serments, mitrailleur du peuple, étouffeur des libertés: il n'est rien de tout cela, il est tel que je l'ai peint: doux, généreux, léger, sans fiel comme... *[puis Chateaubriand a rayé ce début de texte, et repris:]* doux, quoique sujet à la colère, bon et tendre avec ses familiers bien qu'incapable de véritable attachement, obstiné jusqu'à la borne de la peur, aimable, léger, sans fiel comme sans énergie, ayant plus d'imagination que d'esprit, incorporé et pétri avec les préjugés de son siècle et de son rang; à une époque ordinaire, roi bastant, mais rien de plus; à une époque extraordinaire, homme de perdition, mais non de malheur *(H. Guillemin,* L'Homme des Mémoires, *p. 318, complété par Clarac,* À la recherche..., *pp. 361-362).*

L. XXXVIII, CHAP. 14

(a) p. 2654. Ge a conservé une première rédaction de ces lignes :
... le spectacle d'un gouvernement despotique et militaire où la *Schlagen* est la Charte, et le *Spielberg* la Chambre des députés. Il vit au milieu d'une société de Nobles-Bohêmes, image de celle de la vieille France, d'une société qui nous refait un roi tel que la jeune France n'en veut plus, d'une société qui nous le renverrait avec une armée de sacristains et de pandours, goupillons levés, lances baissées. Sont-ce là des moyens sûrs de restauration et des motifs plausibles d'espérance ?
On voudrait faire du fils de Marie-Caroline un vaillant soldat, un chevalier sans peur, un roi toujours à cheval, toujours donnant de grands coups d'épée. Il faut sans doute qu'il soit brave, mais c'est une complète erreur de croire qu'en ce temps-ci le droit de conquête fût reconnu *[première rédaction :* qu'on peut aujourd'hui régner par droit de conquête*]* et qu'il suffirait d'être Henri IV *[biffé :* si on pouvait*]* pour remonter sur le trône. Sans courage on ne peut régner, mais avec le courage seul on ne règne plus. Bonaparte a tué l'autorité de la victoire *[première rédaction :* a tué toutes les victoires*] (H. Guillemin,* L'Homme des Mémoires, *p. 320; Clarac,* BSC, *p. 363).*

(b) p. 2655. Ms 1845 ajoutait, sous une biffure :
... royautés continentales.

(c) p. 2658. Ge a conservé une rédaction antérieure :
... *[*La bourgeoisie*]* ne veut porter que ses propres chaînes ; sa monstrueuse vanité ne lui permet d'obéir qu'à ce qu'elle s'impose. Elle ne mitraillerait pas les républicains sous le roi légitime ; elle craindrait que le triomphe tournât au profit d'une famille dont elle n'a pas fabriqué la couronne, et à celui des castes nobiliaires et religieuses attachées à cette famille.
Et voilà la plaie profonde, la plaie incurable. Ici se trouve l'obstacle invincible à une nouvelle Restauration. Les Français ont une idée fixe, et vous ne parviendrez pas à l'arracher de leur cerveau : pour eux la réinstallation de la branche aînée est le rétablissement de la puissance du château, des nobles et des prêtres. Cela n'est pas vrai ; cela n'a pas été ; cela ne pourrait pas être. N'importe : l'opinion publique le croit. L'indomptable esprit d'égalité et d'irréligion se révolte à la seule pensée d'un pareil rétablissement. Cet esprit a grandi de tout ce que la révolution de juillet lui a accordé. Une aristocratie bourgeoise s'est emparée du palais ; plutôt que de se voir humiliée par le retour de l'ancienne aris-

tocratie, elle mettrait le feu aux quatre coins de la France : un homme du peuple, un soldat souffrira un Montmorency ; un marchand de parapluies, jamais. Une erreur née des troubles populaires acquiert souvent la force de la vérité : vous n'empêcherez point la foule de regarder comme chose prouvée et avérée les imputations calomnieuses faites à la Restauration. Cherchez dans toute l'histoire une époque où l'on ait joui d'autant de prospérité et de liberté que pendant les quinze années de cette Restauration, et vous ne la trouverez pas. Eh bien ! on nie le fait sans rougir aujourd'hui. Selon les partis, bêtes et menteurs quand leur chaleur n'est pas éteinte, nous étions tous libres sous l'Empire, tous esclaves sous la Monarchie de la Charte. On répète sur tous les tons cette impudente absurdité. Et cependant les générations futures, dépouillées de ces grossières et ineptes injustices, diront que les Bourbons rappelés empêchèrent le démembrement de la France, qu'ils fondèrent parmi nous le gouvernement représentatif, qu'ils firent prospérer les finances, acquittèrent les dettes qu'ils n'avaient pas contractées, qu'ils payèrent religieusement les traitements des régicides, et jusqu'à la pension de la sœur de Robespierre. La légitimité *[la suite manque] (H. Guillemin,* L'Homme des Mémoires, *p. 320, complété par Clarac,* BSC, *pp. 364-365).*

(d) p. 2661. Ge a conservé deux rédactions antérieures de la fin de ce chapitre :
... Respectant le malheur ; respectant ce que j'ai servi et ce que je servirai le reste de ma vie, je craindrais d'énoncer aujourd'hui un seul mot qui pût blesser des infortunes et détruire même des illusions. Mais quand je ne serai plus, quand Charles X ne sera plus, mes longs sacrifices donneront à ma tombe le droit de dire la vérité entière : mes devoirs seront changés. L'intérêt de mon pays l'emportera sur celui d'une famille : une race peut périr ; la France ne périra point.
Ores que ces hautes races
Le fragment s'arrête là. Bibliothèque publique et universitaire de Genève,
H. Guillemin, L'Homme des Mémoires, *p. 326.*
Si la mort qui doit être mon éditeur, ne publie pas incessamment ces *Mémoires*, on saura, quand ils paraîtront, jusqu'à quel point je me suis trompé dans mes conjectures. Henri V sera-t-il sur le trône, et pour longtemps, donnant un démenti formel à mes prédictions néfastes ? Je le souhaite ; mais s'il est vivant à l'heure de la publication de mes *Mémoires*, je crains qu'il soit, non à Rome, comme les Stuart au milieu de la consolation des arts, des femmes et des ruines, mais en Crimée, mari de quelque cadette de Russie et colonel au service des czars.
Ores que ces hautes races approchent de leur terme, mieux serait, par une fin digne de leur grandeur, qu'elles s'évanouissent subitement.

Prolonger sa vie au-delà *[...]* selon les règles de la gloire. Le cinquième acte d'une tragédie ne doit pas finir par le mariage et le pot-au-feu du héros, avec bonnet de nuit, pantoufles, grand'mère et petits-enfants. Pour mourir beau, il faut mourir jeune. La mort est si laide que c'est honte de lui porter encore un visage gâté. Ne faites pas dire aux générations nouvelles : *[...] (H. Guillemin,* L'Homme des Mémoires, *p. 326).*

L. XXXIX, CHAP. 1

(a) p. 2669. Ms 1845 portait, sous une biffure
... Je ne suis rien, je ne suis pas Reine.

(b) p. 2669. Ms 1845 ajoutait, sous une biffure
... Mais monsieur de Chateaubriand, la main sur la conscience, la croyez-vous mariée ? – Madame, répondis-je, je dois le croire, puisque Mme la Duchesse de Berry me l'écrit : cette lettre est mon acte de foi.

(c) p. 2669. Ms 1845 portait, sous une biffure :
... mouvement involontaire de jalousie s'était glissé au cœur de la sainte : jalousie et rivalité de malheur !

(d) p. 2671. Ms 1845 ajoutait, sous une biffure :
... : elle conserva une influence mauvaise sur la Dauphine servant *[lecture hypothétique]* les intrigues de M. de Blacas.

(e) p. 2671. Ms 1845 portait, sous une biffure :
... avec le favori.

(f) p. 2671. Ms 1845 poursuivait, sous une biffure :
... On parla de M. Lafont, le virtuose qui était à Vienne : – Mme Lafont est-elle avec lui ? demanda aussitôt la fille des Empereurs et des Rois.

(g) p. 2672.
... sachant les cancans *(Ms 1847).*

(h) p. 2672. Ms 1845 portait, sous une biffure :
... surprise et reconnaissante.

L. XXXIX, CHAP. 2

(a) p. 2678. Ms 1845 portait, sous une biffure:
... le temps qui nous promet ce qu'il nous vole.

L. XXXIX, CHAP. 4

(a) p. 2682. Ms 1845 ajoutait, sous une biffure:
... exactement avec la petite faute; les lettres assez grandes sont ce qu'on appelait autrefois lettres bâtardes. La légitimité a gardé jusqu'à la tradition de l'écriture de Louis XIV.

L. XXXIX, CHAP. 5

(a) p. 2687. Chateaubriand avait poursuivi, pour le biffer ensuite:
... pompe élégante qui sera le dais de notre sommeil.

L. XXXIX, CHAP. 6

(a) p. 2692. Ms 1845 ajoutait, sous une biffure:
... Pauvre enfant de la Bretagne les *wastes* de Weissenstadt me plaisaient: les bruyères sont mon nid et mes moissons; leur fleur d'indigence et de solitude, est la seule qui ne soit pas fanée à la boutonnière de mon habit.

(b) p. 2693. Ms 1845 ajoutait, sous une biffure:
... elle aime, elle est aimée.

L. XXXIX, CHAP. 10

(a) p. 2718. Ms 45 ajoute, de la main de Pilorge:
... Je ne sais si le corps de Louis le Débonnaire est encore à Metz, mais les *Annales* n'y sont plus.

(b) p. 2720. Ge a conservé une autre rédaction de ces lignes:
... Je rentrai avec une douce joie dans les habitudes de ma vie. À mon âge, on n'a plus que des habitudes et des attachements sérieux. Je

retrouvai mes vieux prêtres, le coin solitaire de mon jardin qui me parut bien plus beau que le jardin du comte de Choteck, mon boulevard d'Enfer, mon cimetière, mes chers *Mémoires*, *Alter Ego*, ramenteurs de mes jours passés, et surtout la petite société choisie, les deux heures quotidiennes à l'Abbaye-aux-Bois sans lesquelles il n'y aurait rien pour moi dans la vie. L'esprit ne se développe à l'aise que sous la protection du cœur : la bienveillance gracieuse et la haute supériorité d'une amitié sûre font abonder les pensées et leur donnent toute leur valeur ; quelques instants de ce commerce de l'âme suffisent au besoin de ma nature, et je répare cette dépense d'intelligence par vingt-deux bonnes heures de bêtise et de sommeil *(H. Guillemin,* L'Homme des Mémoires, *p. 328 ; P. Clarac,* À la recherche..., *p. 367).*

L. XL, CHAP. 1

(a) p. 2723. Ms 1845 portait, sous une biffure :
... Tous ces Judas auraient subi la punition de l'abominable spectacle qu'ils avaient donné au monde dans la caverneuse tabagie.

(b) p. 2723. Ms 1845 ajoutait, sous une biffure :
... et elle a bien fait.

(c) p. 2724. Un fragment de Ge, publié par H. Guillemin, L'Homme des Mémoires, *pp. 317-318, complété par P. Clarac,* À la recherche..., *p. 367, porte :*
... Il y a dans son caractère quelque chose de bizarre, d'original et d'entraînant qui la fera vivre ; l'avenir la prendra à gré, en dépit des personnes correctes, des sages couards et des vertugadins rougissants. Dans toute la famille des Bourbons il ne s'est rencontré qu'une femme : elle a eu les faiblesses de sa robe et le courage de son sang. Fils du Béarnais, que ne vous battiez-vous ? elle eût été mieux cachée derrière votre panache, sans l'être plus glorieusement que sous les murs de Blaye.

(d) p. 2725. Ms 1845 ajoutait, sous une biffure :
... en remettant au peuple le pouvoir qu'ils avaient reçu de lui.

(e) p. 2730. Ms 1845 portait, sous une biffure :
... disposé.

(f) p. 2731. Ms 1845 portait, sous une biffure:
... à l'excès de ses crimes.

(g) p. 2731. Ms 1845 ajoutait, sous une biffure:
... au pied du trône usurpé.

(h) p. 2731. Ms 1845 portait, sous une biffure:
... mérité le déshonneur.

L. XL, CHAP. 3

(a) p. 2739. Ms 1845 portait, en partie biffé:
... Armand Carrel est le chef plein de talent et de cœur, du très petit nombre de ces hommes.

(b) p. 2740.
... il a vu se succéder dans ses donjons trois hommes dont la Révolution gardera la mémoire: Mirabeau, Bourmont et Toussaint-Louverture *(Ms 1845).*

(c) p. 2740. Ms 1845 ajoutait, sous une biffure:
... qui rappelle un peu Grenade.

L. XL, CHAP. 4

(a) p. 2753. Ms 1845 portait l'énumération suivante:
... Dante, Pétrarque, Arioste, Tasse, Rousseau et Byron.

L. XL, CHAP. 8

(a) p. 2776. Ms 1845 ajoutait, sous une biffure:
... la Restauration ne l'a pas retrouvée.

L. XL, CHAP. 10

(a) p. 2782.
... de son ennui *(Ms 1845).*

L. XL, CHAP. 12

(a) p. 2791. Ms 1845 ajoutait, sous une biffure :
... ou devant mes cendres encore palpitantes de vie.

(b) p. 2791. Ms 1845 ajoutait, sous une biffure :
... en mon arrière-vieillesse inconnue, oubliée, séparée de la terre, sera livrée au vent de l'opinion...

L. XL, CHAP. 13

*(a) p. 2794. Ici intervient le retranchement fait par Chateaubriand. Voici le texte de la fin de ce chapitre et des chapitres suivants (chapitres 10 à 17) dans Ms 1845, tel que l'a publié M. Levaillant (*Deux Livres, *t. I, pp. 148-177) :*
... Lord Byron comptait vraisemblablement *la Fornarina* parmi les femmes dont la beauté ressemblait à celle du Tigre soupant : qu'est-ce donc si lui et Rousseau avaient vu les anciennes courtisanes de Venise, et non leur race dégénérée ? Montaigne qui ne cache jamais rien, raconte que cela lui sembla autant « admirable que nulle autre chose, d'en voir un tel nombre, comme de cent cinquante ou environ, faisant une dépense en meubles et vêtements de princesse, n'ayant d'autre fonds à se maintenir que de cette traficque ».
Quand les Français s'emparèrent de Venise ils défendirent aux courtisanes de placer à leurs fenêtres le petit phare des Héro, qui servait à guider les Léandre. Les Autrichiens ont supprimé, comme corporations, les *Benemerite meretrici* du sénat vénitien. Aujourd'hui elles ne ressemblent plus qu'aux créatures vagabondes des rues de nos villes.
À quelques pas de mon auberge, est une maison à la porte de laquelle se balancent, pour enseigne, trois ou quatre malheureuses assez belles et demi-nues. Un caporal *schlagen* collé le long de la muraille, les bras allongés, la paume des deux mains appliquée au fémur, la poitrine effacée, le cou roide, la tête fixe, ne la tournant ni à droite, ni à gauche, est en faction devant ces Demoiselles qui se moquent de lui, et cherchent à lui faire violer sa consigne. Il voit entrer et sortir les *Pourchois*, avertissant par sa présence que tout se doit passer sans scandale et sans bruit : on ne s'est pas encore avisé en France de mettre l'obéissance de nos conscrits, à cette épreuve.
Plaignons Rousseau et Byron d'avoir encensé des autels peu dignes de leurs sacrifices. Peut-être avares d'un temps dont chaque minute appartenait au monde, n'ont-ils voulu que le plaisir, chargeant leur talent de

le transformer en passion et en gloire. À leurs lyres la mélancolie, la jalousie, les douleurs de l'amour; à eux sa volupté et son sommeil sous des mains légères. Ils cherchaient de la rêverie, du malheur, des larmes, du désespoir dans la solitude, les vents, les ténèbres, les tempêtes, les forêts, les mers, et venaient en composer pour leurs lecteurs, les tourments de Childe-Harold et de Saint-Preux sur le sein de Zulietta et Marguerite. *[Ce paragraphe et le suivant sont repris de l'*Essai sur la littérature anglaise, *éd. Garnier, p. 785, où l'on lit:* sur le sein *de la Padoana*, et *del Can de la Madona.]*

Quoi qu'il en soit, dans le moment de leur ivresse, l'illusion de l'amour était complète pour eux. Du reste ils savaient bien qu'ils tenaient l'infidélité même dans leurs bras, qu'elle allait s'envoler avec l'aurore: elle ne les trompait pas par un faux semblant de constance; elle ne se condamnait pas à les suivre, lassée de leur tendresse ou de la sienne. Somme toute, Jean-Jacques et Lord Byron ont été des hommes infortunés; c'était la condition de leur génie: le premier s'est empoisonné, le second fatigué de ses excès et sentant le besoin d'estime, est retourné aux rives de cette Grèce où sa Muse et la Mort l'ont tour à tour bien servi *[L'Essai porte:* tour à tour si bien servi*]*.

Glory and Greece around us see!

....

The land of honorable death
Is here – up to the field, and give
Away thy breath!

« Voyez la gloire et la Grèce autour de nous... La place d'une honorable mort est ici. – Au champ! et abandonne ta vie. »

[11]
Venise, du 10 au 17 septembre 1833.

ZANZE

Comme je prenais au crayon les notes de tout ceci, en déjeunant longuement à ma petite table, un sbire rôdait autour de moi: il me connaissait sans doute, et n'osait rien me dire. Détesté des Rois dont j'ai l'honneur d'être le très humble mais très peu obéissant serviteur, je leur représente la liberté de la presse incarnée.

Hyacinthe me vint rejoindre au café et m'apprendre le succès des recherches relatives à Zanze. Le père de celle-ci Brollo, le geôlier, était mort depuis quelques années; la mère de Zanze logeait derrière l'Académie des Beaux-Arts, au palais Cicognara qu'elle louait du propriétaire et dans lequel elle sous-louait des chambres à des artistes, des commis et des officiers de la garnison. La veuve de Brollo avait deux fils: l'un, Angelo, travaillait chez un fabricant de mosaïques, l'autre, Antonio, tenait le comptoir d'un marchand de fromage; Zanze était mariée; elle demeurait chez sa mère avec son mari, employé à *la Centrale*: elle s'occupait de mosaïques et de broderies.

Les choses arrivées à ce point, je me résolus de faire une visite à Mme Brollo. J'allai prendre Antonio à l'auberge, et nous partîmes en gondole. La geôlière me vint recevoir à sa porte sur la *calle*. Nous montâmes un escalier: Mme Brollo marchait devant, comme si elle m'eût conduit en prison, me demandant pardon de m'introduire d'abord dans une cuisine. Zanze était à l'Académie avec un élève et elle avait emporté la clé de sa chambre; mais Mme Brollo avisant une double clé pendue à un clou, s'empressa de m'ouvrir l'appartement de sa fille.

La chambre était grande, éclairée par deux fenêtres. Un large lit de six pieds sans rideaux, une table et quelques chaises, complétaient l'ameublement.

L'auguste veuve détacha du mur un portrait de François II, en petites perles de verre; ouvrage de la Zanze: je me présentais comme un amateur de mosaïques. Antonio fut dépêché en courrier à la brodeuse du portrait.

Resté seul avec Mme Antonia Brollo, nous commençâmes une conversation fort animée. Mme Antonia a été mariée deux fois; son premier mari, Jean Olagnon, était un Picard, mort à l'armée d'Égypte. Mme Antonia sait le français, et le prononce même assez bien, mais elle a de la peine à trouver les mots: elle se servait donc presque toujours de la langue italienne mêlée de patois vénitien. Voici le portrait de la *Carceriere* par Pellico. « La moglie era quella che piu manteneva il contegno ed il carattere di carceriere. Era una donna di viso asciutto, asciutto, verso i quarant' anni, di parole asciutte, asciutte, non dante il minimo segno d'essere capace di qualche benevolenza ad altri che a suoi figli. » « La femme était celle qui maintenait plus la contenance et le caractère du geôlier. C'était une femme de visage sec (ou aigre), d'environ quarante années, de paroles sèches, ne donnant pas le moindre signe d'être capable de quelque bénévolence à autre qu'à ses enfants. »

Mme Antonia a dû changer depuis dix ans. Voici son nouveau signalement: Petite femme d'un air fort commun; figure ronde; teint coloré; n'ayant rien sur la tête que ses cheveux grisonnants; paraissant fort avide et fort occupée des moyens de faire vivre sa famille.

Quand nous avons été assis l'un près de l'autre, elle s'est emparée de ma main qu'elle a serrée et qu'elle a voulu baiser: j'ai retiré ma main par modestie, et j'ai dit:
«Madame Antonia, vous avez connu M. Silvio Pellico?
– Signor, si; un carbonaro; tutti carbonari!
– Vous lui portiez son café dans la journée, et souvent votre fille vous remplaçait?
– Vero, la sua Eccellenza.
– Avez-vous deux filles?
– No, monsieur; une seule.
– Et qui s'appelle Zanze?
– Signor, si, et due garçons.
– C'est ça même. Et votre fille servait très bien M. Silvio Pellico?
– Signor, si: tutti dottori, canonici, nobili. Quand ils furent condamnés, *o Dio!* je présentai un cierge, gros comme ça, à *Nostra Dama di Piétà.*»
Ici Mme Antonia me raconta qu'après le jugement on l'avait mise elle, son mari et toute sa famille *nella strada*, avec vingt sous dans sa poche; qu'elle réclama, demanda une pension, menaça d'écrire à l'Empereur, et qu'enfin elle obtint cent écus à l'aide desquels elle a élevé ses enfants.
Antonio est arrivé avec Zanze.
J'ai vu apparaître une femme plus petite encore que sa mère, enceinte de sept ou huit mois, cheveux noirs nattés, chaîne d'or au cou, épaules nues et très belles, yeux longs de couleur grise et *di pietosi sguardi*, nez fin, physionomie fine, visage effilé, sourire élégant, mais les dents moins perlées que celles des autres femmes de Venise, le teint pâle plutôt que blanc, la peau sans transparence, mais aussi sans rousseurs.
Antonio est devenu le truchement de la conversation générale.
J'ai dit à Zanze qu'admirateur de M. Pellico, j'avais voulu voir une femme qui fut si bonne pour un pauvre prisonnier.
Zanze m'avait saisi la main comme sa mère, et je ne sais pourquoi je n'ai pas retiré ma main. Zanze paraissait chercher dans sa mémoire le nom que je venais de prononcer; puis: «Oui! oui! M. Pellico; je m'en souviens; un *Carbonaro.*
«Savez-vous qu'il a écrit un ouvrage sur *ses prisons* et qu'il y parle de vous?
– Non, je ne sais pas.
Le vieil Antonio qui savait tout, prenant moins de précaution, et avec un sourire très drôle, a dit:
– Mais, Zanze, vous lui avez conté que vous étiez en amour.»

SIORA ZANZE

Comment ! inamorata ! invaghita ! Eh ! j'allais à l'école ; j'étais une toute petite fille ! Je n'avais pas douze ans.

ANTONIO

Corpo di Christo ! à douze ans, on est très bien en amour à Venise.

SIORA ANTONIA

Tu avais quatorze ans, Zanze ; tu étais en amour : c'est vrai.

SIORA ZANZE

Ça n'est pas vrai ; je n'ai été en amour qu'après avoir été envoyée à la campagne, parce que j'étais malade. J'ai été en amour alors avec mon cousin.
– Et vous avez épousé votre cousin, ai-je dit ?
– No, Eccellenza ; je n'ai pas épousé mon cousin.
J'ai ri. Mme Antonia a raconté que Brollo ayant appris la condamnation probable des prisonniers, avait fait partir ses enfants pour la campagne.
J'ai repris : – Il y avait peut-être dans la prison une autre Zanze ? vous n'êtes peut-être pas la Zanze qui portait le café à M. Silvio Pellico ?
– Oui, oui, il n'y avait dans la prison d'autre Zanze que moi. La fille du *secondino* s'appelait... (j'oublie le nom) : c'était déjà une vieille fille.
Zanze reprenant ma main dans les deux siennes, s'est mise à me détailler l'histoire de ses études de mosaïques. Elle s'embellissait à mesure qu'elle parlait. Pellico a très bien peint le charme de ce qu'il appelle la laideur de la petite geôlière, *bruttina : grazioze, adulazioncelle, venezianina adolescente sbirra.* Zanze au compte même de sa mère, a vingt-quatre ans ; elle en avait quatorze lorsqu'elle confiait les peines de cet âge à l'auteur de *Françoise de Rimini.* Elle n'avait pas alors eu trois enfants et n'était pas enceinte d'un quatrième. Zanze m'a dit que deux de ses enfants étaient morts et qu'elle n'en avait plus qu'un. Et où est donc le quatrième, ai-je demandé ? Zanze a ri, et regardant sa grosse ceinture, elle a dit : *stimo costui.*
Antonio m'adressant la parole en français : « Elle ne conviendra pas de ses aveux à Pellico ; mais c'est bien sûr. »
« Je ne cherche point, ai-je répondu, le secret de Zanze, et si vous ne lui aviez pas parlé de ses amours, je ne lui en aurais pas dit un mot.

Demandez maintenant à Zanze si elle veut que je lui envoie *le mie Prigioni*; elle les lira et me dira si elle se rappelle des circonstances qu'elle peut avoir oubliées.» – Zanze a accepté la proposition; mais elle a recommandé de n'apporter le livre qu'après l'heure où son mari se rend à son bureau. – «Mon mari, a-t-elle ajouté, est plus jeune que moi d'un an.»
Voilà où nous en sommes: je dois revenir acheter quelques petits ouvrages de Zanze. Elle m'a reconduit avec sa mère jusqu'à la porte de la *calle*. La vieille ne perdait pas de vue son affaire et m'invitait fort à *ritornare*. Zanze était plus réservée.
Telle est la puissance du talent: Pellico a prêté à sa consolatrice *bruttina* qui chassait si bien les mouches avec son éventail, un charme qu'elle n'a peut-être pas. La Siora Zanze est un ange d'amour quand après avoir baisé un verset de la Bible, elle dit au prisonnier: «Toutes les fois que vous relirez ce passage, je voudrais que vous vous souvinssiez que j'y ai imprimé un baiser.» Elle est d'une séduction irrésistible lorsque Pellico s'enchaînant de ses *chers* bras, d'*alle sue care braccia*, sans la serrer contre lui, sans lui donner un baiser lui dit balbutiant: *Vi prego, Zanze, non m'abbraciate mai; ciò non va bene.*

[12]
Venise, du 10 au 17 septembre 1833.

MADAME MOCENIGO. – LE COMTE CICOGNARA.
BUSTE DE MME RÉCAMIER.

J'avais rencontré de fortune à Paris, sous l'Empire, Mme Mocenigo dont les ancêtres furent sept fois honorés du Dogat. Bonaparte pour régénérer l'Italie, forçait les grandes familles transalpines à lui livrer leurs enfants. Mme Mocenigo, enveloppée dans la mesure commune, préparait ses deux petits Doges sur la montagne Sainte-Geneviève, au service du soldat impérialisé. Le temps n'était plus où Venise contraignait un empereur à s'humilier devant elle, pour obtenir la liberté d'un fils.
Mme Mocenigo ayant appris mon passage dans sa ville natale, eut l'obligeance de désirer me revoir. Je me rendis chez la grande Dame en sortant de mon rendez-vous avec la petite *Siora*.
Le moderne poète d'Albion a consacré par sa présence l'un des trois palais Mocenigo. Un poteau planté dans le grand canal, indique au passant l'ancienne demeure de Byron. On est moins touché de découvrir sur ce poteau les armoiries demi effacées du noble Lord, qu'on ne serait attendri d'y voir suspendue sa lyre brisée.

Mme Mocenigo vit retranchée dans un tout petit coin de son Louvre dont la vastitude la submerge, et dont le désert gagne chaque jour sur la partie habitée. Je l'ai trouvée assise en face du tableau original de la *Gloire du Paradis*, de Tintoret. Son portrait (le portrait de Mme Mocenigo) peint dans sa jeunesse (titre primordial et authentique de sa beauté) était attaché au mur devant elle : quelquefois une *Vue de Venise* dans son premier éclat, par Canaletto, fait pendant d'une *Vue de Venise* défaillante par Bonington.

Toutefois Mme Mocenigo est encore belle, mais comme on l'est à l'ombre des années. Je l'ai accablée de compliments qu'elle m'a rendus ; nous mentions tous deux, et nous le savions bien : « Madame, vous êtes plus jeune que jamais. – Monsieur, vous ne vieillissez point. » Nous nous sommes pris à nous lamenter sur les ruines de Venise, pour éviter de parler des nôtres ; nous mettions au compte de la République toutes les plaintes que nous faisions du temps, tous nos regrets des jours écoulés. J'ai baisé respectueusement en me retirant la main de la fille des Doges ; mais je regardais de côté cette autre belle main du portrait qui semblait se dessécher sous mes lèvres : quand la jeune main de la plébéienne Zanze, avait pressé la mienne, je ne m'étais aperçu d'aucune transformation.

M. Gamba, mon savant patron, m'attendait chez le comte Cicognara. Le comte est un homme de grande taille et de belle mine ; mais réduit par la phtisie, à un état de maigreur effrayant. Il s'est levé avec peine de son fauteuil pour me recevoir et m'a dit : « Je vous aurai donc vu avant de mourir ! – Monsieur, lui ai-je répondu, vous me prévenez ; j'allais précisément vous dire ce que vous venez de me dire : il est probable que je m'en irai le premier. Je suis heureux de contempler l'homme qui a rendu la vie à Venise, autant qu'on peut ranimer des cendres illustres. »

Mme Cicognara était là, et voulait empêcher son mari de parler ; les efforts de sa tendresse ont été inutiles. Pour la première fois depuis que j'étais au-delà des Alpes, j'ai causé de politique ; nous avons gémi sur l'Italie. La conversation est ensuite tombée sur les arts ; j'ai félicité M. Cicognara de la découverte de l'*Assomption* du Titien : le curé qui avait abandonné ce tableau sans en connaître le mérite, a voulu depuis intenter un procès à l'ingénieux amateur : l'affaire s'est arrangée.

Je savais l'admiration exclusive de M. Cicognara pour Canova : j'ai cru devoir lui citer l'urne qui renferme, à l'Académie, la main du statuaire, bien que cette charcuterie, ce dépècement d'un corps humain, cette adoration matérielle de la griffe d'un squelette, me soient abominables. On trouve le buste de Canova dans les auberges et jusque dans les chaumières des paysans de la Lombardie-Vénitienne. Nous sommes loin de ce goût des arts, et de cet orgueil national. Si nous possédons

quelques talents, nous nous empressons de les déprécier : il semble qu'on nous vole ce qu'on admire. Nous ne pouvons souffrir aucune réputation ; nos vanités prennent ombrage de tout ; chacun se réjouit intérieurement quand un homme de mérite vient à mourir : c'est un rival de moins ; son bruit importun empêchait d'entendre celui des sots, et le concert croassant des médiocrités. On se hâte d'empaqueter l'illustre défunt dans trois ou quatre articles de journal ; puis on cesse d'en parler ; on n'ouvre plus ses ouvrages ; on plombe sa renommée dans ses livres, comme on scelle son cadavre dans son cercueil, expédiant le tout à l'Éternité, par l'entremise de la mort et du temps
*[Ces lignes, depuis « Nous ne pouvons souffrir », reprennent, avec des variantes, une première rédaction parue dans l'*Essai sur la littérature anglaise, *éd. Garnier, p. 734].*
J'indiquerai à mes survivants mon article nécrologique fait d'avance, comme je me souviens de l'avoir lu dans le journal de Pierre de L'Estoile : « Ce jeudi... fut mis en terre le bonhomme Dufour... il avait fait le voyage de Jérusalem, et pour cela n'en était pas plus habile. »
J'avais vu chez Mme Albrizzi la *Léda* de Canova ; j'ai admiré chez le comte Cicognara la Béatrix du Praxitèle de l'Italie. M. Artaud dans sa traduction du Dante, et mon excellent ami M. Ballanche, dans ses *Essais de Palingénésie*, racontent comment le statuaire fut inspiré :
« Un artiste entouré d'une grande renommée, dit le philosophe chrétien, un statuaire qui naguère jetait tant d'éclat sur la patrie illustre du Dante, et dont les chefs-d'œuvre de l'Antiquité avaient si souvent exalté la gracieuse imagination, un jour, pour la première fois, vit une femme qui fut, pour lui, comme une vive apparition de Béatrix. Plein de cette émotion religieuse que donne le génie, aussitôt il demande au marbre toujours docile sous son ciseau, d'exprimer la soudaine inspiration de ce moment, et la Béatrix du Dante passa du vague domaine de la poésie dans le domaine réalisé des arts. Le sentiment qui réside dans cette physionomie harmonieuse, maintenant, est devenu un type nouveau de beauté pure et virginale, qui, à son tour, inspire les artistes et les poètes. »
Canova sculpta trois bustes de son admirable Béatrix faite à l'image de Mme Récamier : celui qu'il destina à son modèle comme un portrait d'après nature, ceint une couronne d'olivier. Le grand artiste, reconnaissant à la fois envers la femme et le poète, écrivit de sa main ces vers du Dante, dans le billet d'envoi à Mme Récamier :

Sovra candido velo cinta d'oliva
donna m'apparve...

J'étais vivement ému de ces hommages du génie à celle dont la protectrice amitié survivra à ces *Mémoires.* Si elle apparut à Canova *sovra candido velo,* elle m'apparut à moi qui continue la citation :

> *... dentro una nuvola di fiori*
> *Che dalle mani angeliche saliva.*

Je trace à mon tour ce peu de mots sur le socle du buste, regrettant de n'avoir reçu du ciel ni le ciseau de Canova, ni la lyre du Dante.

[13]

Venise, du 10 au 17 septembre 1833.

SOIRÉE CHEZ MME ALBRIZZI.
LORD BYRON SELON MME ALBRIZZI.

Après le dîner je me suis habillé pour aller passer la soirée chez Mme Teotochi Albrizzi, le spirituel auteur des *Rittrati* qui a si vivement loué M. Denon à une époque de voyageurs où mon nom était connu à peine. M. Gamba avait résolu de me présenter à la célèbre *Signora.* J'enrageais : sortir à neuf heures du soir, à l'heure où je me couche quand je me couche tard ! Mais que ne fait-on pas pour Venise ?

Mme Albrizzi est une vieille dame aimable, à visage d'imagination. Je trouvai dans son salon une multitude d'hommes presque tous savants et professeurs. Parmi les femmes, il y avait une nouvelle mariée assez belle ; mais trop grande, une Vénitienne d'une ancienne famille, figure pâle, yeux noirs, l'air un peu moqueur ou boudeur, en tout fort piquante ; mais elle manquait de la plus séduisante des grâces, elle ne souriait point. Une autre femme à physionomie douce, m'a fait moins peur ; j'ai osé causer avec elle. Elle a voyagé en Suisse, elle est allée à Florence ; elle est honteuse de n'avoir pas vu Rome. « Mais vous savez que nous autres Italiennes, nous restons où nous sommes. » On pourrait très bien rester avec elle.

Mme Albrizzi m'a conté tout Lord Byron ; elle en est d'autant plus engouée, que Lord Byron venait à ses soirées. Sa Seigneurie ne parlait ni aux Anglais, ni aux Français, mais il échangeait quelques mots avec les Vénitiens et surtout avec les Vénitiennes. Jamais on n'a vu Mylord se promener sur la place Saint-Marc, tant il était malheureux de sa jambe. Mme Albrizzi prétend que quand il entrait dans son salon, il se donnait en marchant un certain tour, au moyen duquel il dissimulait sa claudication. Décidément il était grand nageur. Il a octroyé son portrait à Mme

Albrizzi. Childe Harold dans cette miniature, est charmant, tout jeune, ou tout rajeuni; il a un caractère de naïveté et d'enfance. La nature l'avait peut-être fait ainsi; puis un système, né de quelque disgrâce, en s'emparant de son esprit, aura produit le Byron de sa renommée. Mme Albrizzi affirme que dans l'intimité, on retrouvait en lui l'homme de ses ouvrages. Il se croyait dédaigné de sa patrie et par cette raison, il la détestait: dans le public de Venise, il était sans considération, à cause de ses désordres.

Canova a donné à Mme Albrizzi, Grecque de naissance, un buste d'Hélène: on me l'a montré au flambeau.

Mme Albrizzi m'avait, disait-elle, vu dans l'amphithéâtre de Vérone et prétendait m'avoir distingué au milieu des Rois. De ce compliment si beau, j'ai été si abasourdi, que je me suis retiré à onze heures au grand ébahissement des Vénitiens. Il était temps; le sommeil me gagnait et j'étais au bout de mon esprit: il ne faut jamais jouer sa dernière idée, ni son dernier écu. À propos d'écus, Law est mort et enterré à Venise: j'ai envie d'aller lui demander quelques-uns de ses bons billets pour soutenir la Légitimité, et une concession pour moi aux Natchez.

[14]

Venise, du 10 au 17 septembre 1833.

SOIRÉE CHEZ MME BENZONI.
LORD BYRON SELON MME BENZONI.

Si l'on savait ce que je souffre dans un salon, les âmes charitables ne me feraient jamais l'honneur de m'inviter à quoi que ce soit. Un des plus cruels supplices de mes grandeurs passées, était de recevoir et de rendre des visites, d'aller à la cour, de donner des bals, des fêtes, de parler, de sourire en crevant d'ennui, d'être poli et amusé à la sueur de mon front: c'étaient là les vrais, les seuls soucis de mon ambition. Toutes les fois que je suis tombé du sommet de ma fortune, j'ai ressenti une joie inexprimable à rentrer dans ma pauvreté et ma solitude, à jeter bas mes broderies, mes plaques, mes cordons, à reprendre ma vieille redingote, à recommencer les promenades du poète par le vent et la pluie, le long de la Seine vers Charenton ou Saint-Cloud. Ayant passé une soirée chez Mme Albrizzi, je ne pus éviter une autre soirée chez la comtesse Benzoni. À dix heures je descendis dans ma gondole, comme un mort que l'on porte à Saint-Christophe.

Mme Benzoni a mérité sa réputation de beauté; ses mains ont servi de modèle à Canova; elle est l'héroïne de la *Biondina, in gondoletta.* Elle

m'a fait mettre à ses côtés sur un sofa. Sont arrivées successivement des femmes : une multitude d'hommes se pressait debout.
Les personnes qui me connaissent, sauront si j'étais à l'aise, exposé comme un Saint-Sacrement au milieu des regards fixés sur mes rayons. Je n'ai rien d'une divinité, et n'ai ni droit à l'adoration, ni amour de l'encens. Je suppliais Mme Benzoni, malgré tout le bonheur que j'avais d'être auprès d'elle, de me permettre de rendre la place que j'occupais si mal, à quelque femme : elle ne l'a jamais voulu. Elle est allée me quêter deux ou trois hommes d'esprit : ils ont eu la bonté de venir échanger quelques paroles avec ma glorieuse captivité enchaînée sur mes coussins de soie, comme un forçat sur son banc.
Un grand monsieur que j'avais entrevu chez Mme Albrizzi m'a dit : « Ah ! vous faites le vieux ! Nous ne serons plus attrapés à ce que vous écrivez de vous.
– Monsieur, ai-je répondu, vous me traitez mal ; il faut être vieux à Venise pour la gloire. Sur vos cent vingt doges, plus de cinquante sont devenus illustres à l'âge où les autres hommes perdent leur renommée : Dandolo, aveugle, avait quatre-vingt-quinze ans lorsqu'il conquit Constantinople, Zeno quatre-vingts quand il délivra Chypre ; Titien et Sansovino presque centenaires, sont morts dans toute la force de leur talent. En m'accusant de jeunesse, vous faites la critique de mes ouvrages. »
On a apporté du café ; j'en ai pris par contenance. Mme Benzoni m'a complimenté de mes mœurs à la *Vénitienne*, et elle s'est remise en course pour me trouver des partners féminins.
Pendant ce temps je suis resté seul au milieu de ma malheureuse ottomane, fasciné et tremblant sous les regards d'une dame noire, aux yeux de serpent à demi endormi ; elle semblait m'entraîner : je crois qu'il y a des femmes aimantées qui vous attirent.
Une blondine dans son *aprilée*, se levait légère, en faisant le bruit d'une fleur ; elle avançait et penchait vers moi son visage d'une fraîcheur éblouissante ; elle était toute curiosité, tout mystère : on eût dit d'une rose inclinée sous le poids de ses parfums et de ses secrets.
On vend à Venise des secrets de cette sorte pour se faire aimer ; j'aurais bien voulu en acheter un, mais une histoire dont je gardais la mémoire, m'effrayait : un Napolitain s'était épris d'une Française laquelle avait une chèvre ; ne pouvant toucher le cœur de sa dame, il eut recours à un philtre : malheureusement il se trompa dans le mélange des ingrédients et des paroles, et voici accourir la chèvre cabriolante et bondissante qui lui saute au cou, et lui fait un million de caresses. Le charme était tombé sur la pauvre bique affolée.
Mme Benzoni est revenue ; elle s'était adressée aux diverses beautés du salon ; elle les avait invitées à s'asseoir auprès de l'étranger ; toutes

avaient répondu : « Nous n'osons pas. » Si elles avaient su que j'étais plus effrayé qu'elles, elles auraient osé.
« Vous vous défendrez inutilement, me dit ma gracieuse hôtesse, nous forcerons *Eudore* d'aimer une Vénitienne ; nous voulons vaincre vos belles Romaines. – C'est en effet chez vous, Madame, ai-je répondu, que l'on devient amoureux. (Lord Byron y avait rencontré Mme Guiccioli). Quant à mes belles Romaines, comme il vous plaît de les appeler, je ne suis qu'un ambassadeur déchu. Il est très facile sans doute d'être séduit par vos charmantes compatriotes ; mais j'ai passé l'âge des séductions. On ne doit faire de serments que quand on a le temps de les tenir. »
La dame noire prêtait l'oreille à notre conversation ; la dame rose écoutait avec ses yeux.
La comtesse Benzoni m'a parlé de Lord Byron d'une toute autre façon que Mme Albrizzi. Elle s'exprimait sur son compte avec rancune : « Il se mettait dans un coin parce qu'il avait une jambe torse. Il avait un assez beau visage ; mais le reste de sa personne n'y répondait guère. C'était un acteur, ne faisant rien comme les autres afin qu'on le regardât, ne se perdant jamais de vue, posant incessamment devant lui, toujours à l'effet, à l'extraordinaire, toujours en attitude, toujours en scène, même en mangeant *Zucca Arrostita* (du potiron rôti). » Le côté moral de l'homme était encore plus mal traité. J'ai pris la défense de Childe Harold : « Je vois, Madame, qu'il est bon d'être votre ami ; vous êtes, ce me semble, un peu sévère dans vos jugements. L'affectation de bizarrerie, de singularité, d'originalité, tient au caractère anglais en général. Lord Byron peut avoir aussi expié son génie par quelques faiblesses ; mais l'avenir s'embarrassera peu de ces misères, ou plutôt les ignorera. Le poète cachera l'homme ; il interposera son talent entre lui et les races futures, et à travers ce voile divin, la postérité n'apercevra que le dieu. »
Mme Benzoni s'est vantée d'avoir causé le matin avec un Français qui me connaissait *beaucoup* et qui lui a conté toute mon histoire ; elle ne me l'a pas voulu nommer. Vivant seul, ne confiant rien de mon existence à personne je ne sais pas comment on me connaît *beaucoup*. Par les biographies ? les unes obligeantes fourmillent d'erreurs ; les autres malveillantes sont remplies d'anecdotes absurdes. Il paraît du reste que le Français de Mme Benzoni, n'est pas un ennemi.
À minuit je me suis retiré malgré l'insistance de la maîtresse du lieu, et l'air suppliant de la dame noire aux yeux de serpent. Ma gondole silencieuse et solitaire, m'a reconduit, le long du grand canal, à l'hôtel de l'Europe : aucune lumière ne brillait aux fenêtres des palais dont Mme Benzoni avait clos les enchantements, dans sa jeunesse : les premières aventures de la *Biondina*, furent les dernières de ces palais dépéris*. [* Mmes Albrizzi et

Benzoni ne sont plus ; ainsi j'ai vu mourir les deux dernières Vénitiennes. Qu'est devenu Lord Byron lui-même ? On voyait l'endroit où il se baignait : on avait placé son nom au milieu du grand canal. Aujourd'hui on ne sait pas même ce nom. Venise est muette. Les armes du noble Lord ont disparu du lieu où on les avait exposées. L'Autriche a étendu son silence : elle a battu l'eau et tout s'est tu. (Note de Paris, 1841.)*]*

[15]
Venise, du 10 au 17 septembre 1833.

COURSE EN GONDOLE. POÉSIE. – CATÉCHISME À SAINT-PIERRE. UN AQUEDUC. – DIALOGUE AVEC *UNA PESCATRICE*. LA GIUDECCA. FEMMES JUIVES.

Dimanche 15, le Patriarche promu au Cardinalat, prit le chapeau avec les cérémonies d'usage. Les cloches sonnaient, la ville s'éjouissait ; les femmes en grande toilette étaient assises sous les arcades de la Place aux cafés Florian, Quadri, Leoni, Suttil ; M. Gamba m'assurait qu'elles étaient rassemblées en si grand nombre dans l'espérance de me voir ; qu'elles avaient monté sur les bancs et sur les bases des colonnes de Saint-Marc, lorsque le bruit s'était répandu de mon entrée dans la Basilique ; que je rencontrerais la Vénitienne dont la beauté dédaigneuse m'avait charmé chez Mme Albrizzi.

Je croyais peu à ces pantalonnades de la flatterie italienne, de qui pourtant ma vanité se rengorgeait ; mais mon humble instinct l'emportait sur ma grandhomie : M. du Corbeau au lieu de chanter, fut saisi de frayeur ; je me hâtai de fuir par timidité, défiance de moi, horreur des scènes, goût d'obscurité et de silence : je me jetai dans une gondole, et m'en allai avec Hyacinthe et Antonio, parcourir le labyrinthe des canaux les plus infréquentés.

On n'entendait que le bruit de nos rames au pied des palais sonores, d'autant plus retentissants qu'ils sont vides. Tel d'entre eux, fermé depuis quarante ans, n'a vu entrer personne : là sont suspendus des portraits oubliés qui se regardent en silence à travers la nuit : si j'avais frappé ils seraient venus m'ouvrir la porte, me demander ce que je voulais et pourquoi je troublais leur repos.

Rempli du souvenir des poètes, la tête montée sur les amours de jadis, Saint-Marc de Venise et Saint-Antoine de Padoue savent les superbes histoires que je rêvais, en passant au milieu des rats qui sortaient des marbres. Au pont de Bianca Capello, je fis un roman romantique sans pareil. Oh ! que j'étais jeune ! beau ! favorisé ! mais aussi que de périls !

Une famille hautaine et jalouse, des inquisiteurs d'État, le pont des Soupirs où l'on entend des cris lamentables! «Que la chiourme soit prête: avirons légers, fendez les flots; emportez-nous au rivage de Chypre. Prisonnière des palais, la gondole attend ta beauté à la porte secrète sur la mer. Descends, fille adorée! toi dont les yeux bleus dominent le lys de ton sein et la rose de tes lèvres, comme l'azur du ciel sourit à l'émail du printemps.»

Tout cela m'a mené à Saint-Pierre, l'ancienne cathédrale de Venise. De petits garçons répétaient le catéchisme, en s'interrogeant les uns les autres sous la direction d'un prêtre. Leurs mères et sœurs, la tête enveloppée d'un mouchoir, les écoutaient débout. Je les regardais; je regardais le tableau d'Alexandre Lazarini, qui représente saint Laurent Giustiniani distribuant son bien aux pauvres. Puisqu'il était en train, il aurait bien dû étendre ses bienfaits jusqu'à nous, troupe de gueux encombrés dans son église.

Quand j'aurai dépensé l'argent de mon voyage, que me restera-t-il? Et ces adolescentes déguenillées continueront-elles à vendre aux Levantins deux baisers pour un *baïoque*?

De l'extrémité orientale de Venise, je me fis conduire à l'extrémité opposée, *girando* à travers les lagunes du nord. Nous côtoyâmes la nouvelle île formée par les Autrichiens, avec des gravois et des masses de vase; c'est sur ce sol émergeant qu'on exerce les soldats étrangers oppresseurs de la liberté de Venise: Cybèle cachée dans le sein de son fils, Neptune, n'en sort que pour le trahir. Je ne suis pas impunément de l'Académie, et je sais mon style classique.

Il a existé un projet de joindre Venise à la terre ferme par une chaussée. Je m'étonne que la République au temps de sa puissance n'ait pas songé à conduire des sources à la ville, au moyen d'un aqueduc. Le canal aérien courant au-dessus de la mer dans les divers accidents de la nuit et du jour, du calme et de la tempête, voyant passer les vaisseaux sous ses portiques, aurait augmenté la merveille de la cité des merveilles.

La pointe occidentale de Venise est habitée par les pêcheurs des lagunes; le bout du quai des Esclavons, est le refuge des pêcheurs de haute mer; les premiers sont les plus pauvres: leurs cahutes, comme celle d'Olpis et d'Asphalion, dans Théocrite, n'ont d'autre voisine que la mer dont elles sont baignées: Ηροσέναχε Θάλασσα.

Là j'aurais pu nouer quelque intrigue avec *Checca*, ou *Orsetta*, de la comédie des *Baruffe Chiozzotte*: nous hélâmes à terre *una ragazza* qui côtoyait la rive. Antonio intervenait dans les endroits difficiles du dialogue.

– Carina, voulez-vous passer à la *Giudecca*? Nous vous prendrons dans notre gondole.

– Sior, no : vo a granzi. Non, monsieur ; je vais aux crabes.
– Nous vous donnerons un meilleur souper.
– Col dona Mare ? avec Madame ma mère ?
– Si vous voulez.
– Ma mère est dans la tartane avec missier Pare.
– Avez-vous des sœurs ?
– No.
– Des frères ?
– Uno : Tonino.

Tonino, âgé de dix à douze ans, parut, coiffé d'une calotte grecque rouge, vêtu d'une seule chemise serrée aux flancs ; ses cuisses, ses jambes et ses pieds nus, étaient bronzés par le soleil : il portait à deux mains une navette remplie d'huile ; il avait l'air d'un petit Triton. Il posa son vase à terre, et vint écouter notre conversation auprès de sa sœur.

Bientôt arriva une porteuse d'eau, que j'avais déjà rencontrée à la citerne du palais Ducal : elle était brune, vive, gaie ; elle avait sur sa tête un chapeau d'homme, mis en arrière et sous ce chapeau un bouquet de fleurs qui tombait sur son front avec ses cheveux. Sa main droite s'appuyait à l'épaule d'un grand jeune homme avec lequel elle riait ; elle semblait lui dire à la face de Dieu et à la barbe du genre humain : « Je t'aime à la folie. »

Nous continuâmes à échanger des propos avec le joli groupe. Nous parlâmes de mariages, d'amours, de fêtes, de danses, de la messe de Noël, célébrée autrefois par le Patriarche et servie par le Doge ; nous devisâmes du Carnaval ; nous raisonnâmes de mouchoirs, de rubans, de pêcheries, de filets, de tartanes, de fortune de mer, de joies de Venise, bien qu'excepté Antonio, aucun de nous n'eût vu, ni connu la République ; tant le passé était déjà loin. Cela ne nous empêcha pas de dire avec Goldoni : *Semo donne da ben, e semo donne onorate ; ma semo aliegre, e volemo stare aliegre, e volemo balare, e volemo saltare. E viva li Chiozzotti, e viva le Chiozzotte !* « Nous sommes des femmes de bien, et nous sommes des femmes d'honneur ; mais nous sommes gaies, et nous voulons rester gaies, et nous voulons danser, et nous voulons sauter…, et vive les Chiozzotto ! et vive les Chiozzotte ! »

En 1802 je dînai à la Râpée avec Mme de Staël et Benjamin Constant ; les bateliers de Bercy ne nous firent pas tableau : il faut à Léopold Robert les pêcheurs des Lagunes et le soleil de la Brenta. « Connais-tu cette terre où les citronniers fleurissent ? chante Mignon, l'Italienne expatriée » (Goethe).

La Giudecca où nous touchâmes en revenant, conserve à peine quelques pauvres familles juives : on les reconnaît à leurs traits. Dans cette race les femmes sont beaucoup plus belles que les hommes ; elles semblent avoir échappé à la malédiction dont leurs pères, leurs maris et leurs fils ont été frappés. On ne trouve aucune Juive mêlée dans la foule des Prêtres et du peuple qui insulta le Fils de l'homme, le flagella, le couronna d'épines, lui fit subir les ignominies et les douleurs de la croix. Les femmes de la Judée crurent au Sauveur, l'aimèrent, le suivirent, l'assistèrent de leur bien, le soulagèrent dans ses afflictions. Une femme à Béthanie, versa sur sa tête le nard précieux qu'elle portait dans un vase d'albâtre; la pécheresse répandit une huile de parfum sur ses pieds et les essuya avec ses cheveux. Le Christ à son tour étendit sa miséricorde et sa grâce sur les Juives: il ressuscita le fils de la veuve de Naïm et le frère de Marthe; il guérit la belle-mère de Simon et la femme qui toucha le bas de son vêtement; pour la Samaritaine il fut une source d'eau vive, un juge compatissant pour la femme adultère. Les filles de Jérusalem pleurèrent sur lui; les saintes femmes l'accompagnèrent au Calvaire, achetèrent du baume et des aromates et le cherchèrent au sépulcre en pleurant: *mulier quid ploras?* Sa première apparition après sa résurrection glorieuse, fut à Magdeleine; elle ne le reconnaissait pas, mais il lui dit: «Marie.» Au son de cette voix les yeux de Magdeleine s'ouvrirent et elle répondit: «Mon maître.» Le reflet de quelque beau rayon sera resté sur le front des Juives *(Une première rédaction de ce paragraphe a paru dans l'*Essai sur la littérature anglaise, *éd. Garnier, p. 766).*

[16]

Venise, du 10 au 17 septembre 1833.

NEUF SIÈCLES DE VENISE VUS DE LA PIAZZETTA.
CHUTE ET FIN DE VENISE.

Le dimanche n'était pas fini et je craignais toujours d'aborder la grande place aux trois cents belles femmes. Henri IV disait des filles d'honneur de Catherine de Médicis: «Je n'ai point vu d'escadron plus périlleux.» Après mon dîner je hasardai un débarquement à l'escalier de la Piazzetta. Le temps était équivoque; il pleuvait par intervalles; la brise autorisait une augmentation de vêtement. Ma gloire, enveloppée dans un manteau, opéra sa descente heureusement sans être reconnue. Le ciel gris semblait en deuil: je fus plus frappé que jamais de l'esclavage de Venise, en me promenant devant les canons autrichiens, au pied du palais Ducal.

M. Gamba m'avait recommandé, si je voulais apercevoir d'un coup d'œil, neuf siècles de l'histoire vénitienne, de m'arrêter près des deux grandes colonnes, dans l'endroit où le café de la Piazzetta confine à la lagune. Je lus en effet autour de moi ces chroniques de pierre, écrites par le temps et les arts.

Onzième siècle.

Il Campanile, ou le clocher de Saint-Marc, commencé par Nicolas Barattieri, architecte lombard.

Douzième siècle.

La façade d'un côté de la Basilique de Saint-Marc ; architectes inconnus.

Treizième siècle.

Le palais Ducal, de Philippe Calendario, vénitien.

Quatorzième siècle.

La tour de l'Horloge, élevée par Pierre Lombardi.

Quinzième siècle.

Les *Procuratie Vecchie*, de Bartholomée Bono de Bergame.

Seizième siècle.

La Bibliothèque (à présent le palais Royal) et la *Zecca* ou l'hôtel de la Monnaie, de Sansovino, florentin.

Dix-septième siècle.

L'Église de *S. Maria della salute* sur la rive opposée du grand canal : ouvrage de Balthazard Longhena.

Dix-huitième siècle.

La Douane de mer, de Joseph Benoni.

Dix-neuvième siècle.

Le Café, ou Pavillon, dans le jardin du palais Royal sur la Lagune ; architecte vivant, le Professeur Santi.

Venise commence à un clocher et finit à un café : à travers la succession des âges et des chefs-d'œuvre, elle va de la Basilique de Saint-Marc à une guinguette. Rien ne témoigne mieux du génie du temps passé et de l'esprit du temps présent, du caractère de l'ancienne société et des mœurs de la société moderne, que ces deux monuments ; ils respirent leurs siècles.

Les trois Venise, la *Venetia* des Romains, la *Venetia* des Lagunes créée par les populations échappées au fléau de Dieu, Attila, la *Venetia* ou la Venise concentrée qui fit oublier les deux autres ; cette dernière Venise que Pétrarque surnomma *Aurea* et dont les pierres étaient dorées et peintes, au dire de Philippe de Comines ; la Venise qui posséda trois Royaumes, la Venise dont les cités en terre ferme ont suffi pour donner des noms illustres aux Capitaines de Bonaparte ; cette République enfin n'a point péri comme tant d'autres États par un fait d'armes de la France : attaquée de simples menaces, elle succomba sans essayer même de se relever.

Aux XIIIe et XIVe siècles, Venise fut toute-puissante sur mer, au XVe sur terre ; elle se soutint dans le XVIe, déclina au XVIIe et dégénéra durant ce XVIIIe siècle dans lequel fut rongé et dissous l'ancien ordre européen. Les nobles du grand canal, devinrent des croupiers de pharaon, et les négociants, d'oisifs campagnards de la Brenta. Venise ne vivait plus que par son carnaval, ses polichinelles, ses courtisanes et ses espions : son Doge, Géronte impuissant, renouvelait en vain ses noces avec l'Adriatique adultère. Et toutefois les forces matérielles ne manquaient point encore à la République.

Lorsqu'en 1797 elle eut laissé envahir son territoire continental, il lui restait pour la défense de ses possessions insulaires 205 bâtiments armés de 750 pièces d'artillerie et montés par 2 516 hommes ; sept batteries et forts ; 11 000 soldats Dalmates et 3 500 Italiens ; une population de 150 000 âmes ; 800 bouches à feu autour des lagunes. Hors de la portée effective du canon et de la bombe, Venise était d'autant plus imprenable, qu'elle manquait de sol pour y débarquer : les assiégeants n'y pouvant aborder que dans des barques, auraient été exposés sur des canaux étroits aux projectiles des assiégés retranchés dans les maisons, les églises, les édifices riverains. Maître de la place Saint-Marc, du palais du Doge, de l'arsenal, on ne serait encore maître de rien. Si Venise se défendait on la pourrait brûler, non la prendre ; les habitants auraient de plus une retraite assurée sur leurs vaisseaux. Dans de pareils moments le souvenir de la gloire nationale est une vraie puissance : certes les ombres des Barbarigo, des Pesaro, des Zeno, des Morosini, des Loredano, venant repeupler leurs foyers en péril et combattant aux fenêtres de leurs palais, ne seraient pas des ombres vaines.

Venise en 1797, outre les forces que je viens d'énumérer, avait de l'argent pour les accroître et un crédit supérieur à son trésor. L'Angleterre en guerre avec nous, se serait empressée de lui envoyer ses soldats et ses flottes ; l'Autriche qui sollicitait son alliance, pouvait descendre au quai des Esclavons 10 000 grenadiers hongrois pris au port de Fiume ou de Trieste. Le Directoire incapable de se saisir d'un écueil gardé par une poignée de marins anglais sur les côtes de Normandie, aurait-il pu s'emparer de Venise complètement armée et couverte de ses vaisseaux ? Les Français n'avaient à Malghera que 300 hommes et une seule pièce de canon de petit calibre ; ils manquaient même de barques.

Venise n'avait pas tous ces moyens de défense, lorsqu'en 1700 Addison la trouvait déjà imprenable : *it has neither rocks nor fortifications near it, and yet is, perhaps, the most impregnable town in Europe :* « elle n'a ni rochers, ni fortifications autour d'elle, et cependant elle est peut-être la ville la plus imprenable de l'Europe ». Il remarque que du côté de la terre ferme on n'y pourrait pas arriver sur la glace comme en Hollande, que du côté de l'Adriatique l'entrée du port est étroite, les canaux navigables difficiles à connaître ; qu'on se hâterait à l'approche des flottes ennemies de couper les balises qui dessinent ces canaux. Si l'on suppose un blocus rigoureux de terre et de mer, dit toujours Addison, les Vénitiens se défendraient encore contre tout, excepté contre la famine ; celle-ci même serait fort mitigée par la quantité de poisson dont ces mers abondent et que les habitants de la ville insulaire pêchent au milieu de leurs rues même : *in the midst of their very streets.*

Eh bien ! quelques lignes méprisantes de la main de Bonaparte, suffirent pour renverser la Cité antique où dominait une de ces *magistratures terribles* qui, selon Montesquieu, *ramènent violemment l'État à la Liberté.* Ces magistrats jadis si fermes obtempérèrent en tremblant aux injonctions d'un billet écrit sur un tambour. Le Sénat ne fut point convoqué ; la *signoria* pleura, trahie et consternée ; Louis Manin, le CXX[e] et dernier Doge, au milieu de ses sanglots et de ses larmes, offrit d'une voix chevrotante son abdication ; les Dalmates furent congédiés, les vaisseaux retirés. Le 12 de mai, 1797, le grand Conseil adopta le *système de gouvernement représentatif provisoire*, afin de se conformer au désir de Bonaparte, *s'empreché con questo, s'incontrino i desiderii del generale medesimo.* L'esclavage de la République victorieuse des siècles, de l'immortelle patrie de Dandolo, se négociait, non sur un champ de bataille, ou dans le sein d'une nouvelle ligue de Cambrai, mais à Venise même, par un obscur secrétaire de légation, mort depuis dans la maison des fous à Charenton.

Quatre jours après la décision du Conseil, le 16 mai, nos soldats embarqués paisiblement en gondoles, l'arme au bras et sans brûler une amorce, prirent possession de la colonie vierge de l'ancien monde. Qui la livra au joug d'une manière en apparence si inexplicable, si extraordinaire ? Le temps et une destinée accomplie. Les contorsions du grand fantôme révolutionnaire français, les gestes de cet étrange masque arrivé au bord de la plage, effrayèrent Venise affaiblie par les années : elle tomba de peur et se cacha sous les langes de son berceau. Ce ne fut pas notre armée qui traversa réellement la mer, ce fut le siècle ; il enjamba la lagune et vint s'installer dans le fauteuil des Doges, avec Napoléon pour commissaire. Le Conseil ne parla pas de donner la question aux deux voyageurs et de les enfermer sous les *plombs* ; il leur remit le Lion de Saint-Marc, les clés du Palais et le bonnet ducal; le *Pont des Soupirs* n'entendit plus passer personne.

Depuis cette époque Venise décrépite, avec sa chevelure de clochers, son front de marbre, ses rides d'or, a été vendue et revendue, ainsi qu'un ballot de ses anciennes marchandises: elle est restée au plus offrant et dernier enchérisseur, l'Autriche. Elle languit maintenant enchaînée au pied des Alpes du Frioul, comme jadis la Reine de Palmyre au pied des montagnes de la Sabine.

[17]

Venise, du 10 au 17 septembre 1833.

Le Lido. Fêtes vénitiennes.
Lagunes quand je quittai Venise pour la première fois.
Nouvelles de Madame la duchesse de Berry.
Cimetière des Juifs.

Tous les lundis du mois de septembre, le peuple de Venise va boire et danser au Lido. Comme il avait plu les deux lundis précédents, on s'attendait le lundi 16, à une grande presse, si le temps était favorable. J'étais curieux de ce spectacle.

J'avais une autre raison d'aller au Lido, à savoir mon envie de dire un mot de tendresse à la mer, ma mignonne, ma maîtresse, mes amours. Les hommes à patries méditerranées, ne les rencontrent plus quand ils les ont quittées. Nous autres, nés que nous sommes dans les vagues, avons une chance plus heureuse: notre patrie, la mer, embrasse le globe; nous la retrouvons partout; elle semble nous suivre et s'exiler avec nous. Son visage et sa voix sont les mêmes en tout climat; elle n'a point d'arbres et de vallons qui changent de forme et d'aspect; seulement elle nous paraît plus triste, comme nous le sommes nous-mêmes, à des bords lointains et sous un autre soleil: à ces bords elle a l'air de nous dire: «Suspends tes pas ainsi que je vais retirer mes flots, pour te reporter à notre rivage.»

Le Lido, île longue et étroite, s'étend du Nord-Est au Sud-Ouest, en face de Venise et sépare les lagunes de l'Adriatique. À son extrémité orientale est le fort *San Nicolo* sous lequel tourne la passe des petits bâtiments; son extrémité occidentale est défendue par le fort *degli Alberoni* où s'embouche le chenal des grands navires. Le fort *San Nicolo* est en face du château de *Saint-André*, le fort *degli Alberoni* regarde le port de Malamocco et le littoral de Palestrine.

Sur le Lido même, en dedans des lagunes, on aperçoit le village de

Sainte-Marie-Élisabeth et un hameau composé de trois ou quatre cabanes : celles-ci servaient d'écurie aux chevaux de Lord Byron.
Le contraste que présentent les deux bords du Lido est bien peint par M. Nodier : « Du côté seulement où il a vue sur Venise, le Lido est couvert de jardins, de jolis vergers, de petites maisons simples, mais pittoresques... De là Venise se développe aux yeux dans toute sa magnificence ; le canal couvert de gondoles, présente dans sa vaste étendue, l'image d'un fleuve immense qui baigne le pied du palais Ducal et les degrés de Saint-Marc. »
Il faut seulement aujourd'hui retrancher de cette description les *jolis vergers, les petites maisons simples, mais pittoresques*, et mettre en leur place quelques baraques, des plates-bandes de légumes et des taillis de roseaux croissant dans des eaux saumâtres.
Malheureusement étant parti assez tard de Venise, je fus pris de la pluie en débarquant au Lido, à l'orée du fort San Nicolo, et je n'eus pas le temps de traverser l'île pour aller à la mer.
Dans l'intérieur des terrains du fort, ont lieu les danses sous des mûriers, des saules, des noyers et des cerisiers ; mais ces ombrages étaient presque déserts. À des tables mangeaient avidement quelques *ragazze* et quelques mariniers ; on criait et l'on portait çà et là la *Zucca arrostita* ; on buvait à même des bouteilles aux longs et minces goulots. Deux ou trois groupes dépêchaient en tumulte une farandole au son d'un méchant violon ; scènes inférieures en tout à la *saltarella* dans les jardins de la villa Borghèse.
Un génie moqueur semblait s'être amusé à déjouer les idées que je m'étais formées des *fêtes vénitiennes*, d'après Mme Renier Michielli. Au Lido se célébrait, à l'Ascension, le mariage de la mer et du Doge. Le Bucentaure (ainsi nommé d'une galère d'Énée) couronné de fleurs comme un nouvel époux, s'avançait au milieu des flots, au fracas du canon, au son de la musique, aux strophes de l'épithalame en vieux vénitien que l'on ne comprenait plus.
La fête *delle Marie* (des Maries) rappelait les fiançailles, l'enlèvement et la recousse de douze jeunes filles, lorsqu'en 944 elles furent ravies par des pirates de Trieste, et délivrées par leurs parents de Venise. Chacune d'elles au moment de l'enlèvement portait une cuirasse d'or brodée en perles : dans la fête commémorative la cuirasse était changée en chapeau de paille dorée, en oranges de Malte et en vin de Malvoisie.
Au mois de juillet, à la Sainte-Marthe, des gondoles illuminées promenaient des banquets errants sur les canaux, au milieu des palais déshabités : la fête dure encore chez le peuple ; elle est passée chez les grands.
Le monastère de Saint-Zacharie fournissait l'occasion et le but d'une

solennité pompeuse: les chefs de la République s'y rendaient sur des barques dorées en souvenir du *Corno Ducale* dont les religieuses et l'abbesse du couvent, avaient jadis fait présent au Doge. Ce *Corno Ducale* était d'or, festonné de vingt-quatre grosses perles, surmonté d'un diamant à huit facettes, d'un énorme rubis et d'une croix d'opales et d'émeraudes.

Je m'attendais à quelque chose de ces fiancées, de ces pommes et fleurs d'oranger, de ces joyaux transformés en riantes parures, de ces repas mêlés de chants et de Malvoisie, et je vis de lourds soldats autrichiens, en sarrau et en souliers gras, valser ensemble, pipe contre pipe, moustache contre moustache: saisi d'horreur je me jetai dans ma gondole pour regagner Venise.

La lagune était terne; la marée descendante découvrait des bancs de vase. M. Ampère avait vu ce que je voyais, lorsqu'il écrivait ces vers frappants de vérité:

Cette onde qui sans borne autour de moi s'étend,
D'où l'on distingue à peine une lande mouillée,
Sans habitant, sans arbre et d'herbe dépouillée,
D'où, quand la mer descend, sortent quelques îlots,
Comme une éponge molle imprégnée par les eaux.

Je suis heureux de croiser encore la route de ce même jeune homme qui, poète français en Italie, littérateur slave en Bohême, marche vers l'avenir, quand je retourne au passé. Ce m'est une consolation de rencontrer à la fin de mon voyage, ces enfants de l'aurore qui m'accompagnent à mon dernier soleil. Tout n'est donc pas épuisé? Allons! ces soldats de la jeune Garde rendront au vétéran, le reste du chemin plus court et les bivouacs moins rudes.

Philippe de Comines a décrit les lagunes de son temps: «Environ la dite Cité de Venise, y a bien septante monastères, à moins de demi-lieue française, à le prendre en rondeur, et est chose estrange de voir si belles et si grandes églises fondées en la mer ... tant de clochers, et si grand maisonnement tout en l'eau et le peuple n'avoir autre forme d'aller qu'en ces petites barques (gondoles) dont je crois qu'il s'en finerait trente mille.»

Je fouillais avec mes yeux dans les îles pour retrouver ces couvents: quelques-uns ont été abattus, d'autres convertis en établissements civils ou militaires. Je me promettais de visiter les savants moines orientaux. Mon neveu, Christian de Chateaubriand, a écrit son nom sur leur livre; on l'a pris pour le mien. Ces religieux étrangers ignorent même ce qui se passe à Venise; à peine ont-ils entendu parler de la vie de Lord Byron qui faisait semblant d'étudier l'arménien chez eux. Ils donnent des éditions de saint Chrysostome ; loin de leur patrie, habitant le passé, ils vivent dans la triple solitude, de leur petite île, de leurs études et de leur cloître.

Comines parle de trente mille gondoles : la rareté de ces nacelles aujourd'hui atteste la grandeur du naufrage. « Je prenais la gondole, dit Goethe, pour un berceau doucement balancé, et la caisse noire qu'elle porte, me semblait un cercueil vide. Eh bien ! entre le berceau et le cercueil, insouciants, allons là-bas, flottant et chancelant, le long du grand Canal, à travers la vie. » Ma gondole au retour du Lido suivait celle d'une troupe de femmes qui chantaient des vers du Tasse ; mais au lieu de rentrer à Venise, elles remontèrent vers Palestrine comme si elles eussent voulu gagner la haute mer : leur voix se perdait dans l'unisonance des flots. Au vent mes concerts et mes songes !

Tout change à tout moment et à toujours : je tourne la tête en arrière, et j'aperçois comme d'autres lagunes, ces lagunes que je traversai en 1806 allant à Trieste : j'en emprunte la vue à l'*Itinéraire.*

« Je quittai Venise le 28 (juillet) et je m'embarquai à dix heures du soir pour me rendre en terre ferme. Le vent de Sud-Est soufflait assez pour enfler la voile, pas assez pour troubler la mer. À mesure que la barque s'éloignait, je voyais s'enfoncer sous l'horizon les lumières de Venise, et je distinguais, comme des taches sur les flots, les différentes ombres des îles dont la plage est semée. Ces îles au lieu d'être couvertes de forts et de bastions, sont occupées par des églises et des monastères. Les cloches des hospices et des lazarets se faisaient entendre, et ne rappelaient que des idées de calme et de secours au milieu de l'empire des tempêtes et des dangers. Nous nous approchâmes assez d'une de ces retraites, pour entrevoir des moines qui regardaient passer notre gondole ; ils avaient l'air de vieux nautoniers rentrés au port après de longues traverses ; peut-être bénissaient-ils le voyageur, car ils se souvenaient d'avoir été comme lui étrangers dans la terre d'Égypte : *fuistis enim et vos advenæ in terra Aegypti.* »

Le voyageur est revenu : a-t-il été béni ? il a repris ses courses ; sans cesse errant, il ne fait plus que repasser sur ses traces : « Revoir ce qu'on a vu, dit Marc Aurèle, c'est recommencer à vivre. » Moi je dis : c'est recommencer à mourir.

Enfin des nouvelles de Mme la duchesse de Berry m'attendaient à l'hôtel de l'Europe. La princesse de Bauffremont arrivée à Venise, et descendue au Lion Blanc, désire me parler demain, mardi 17 à onze heures. Dans ma course au Lido, vous l'avez vu, je n'ai pu atteindre la mer ; or je ne suis pas homme à capituler sur ce point. De crainte qu'un accident ne m'empêche de revenir à Venise une fois que je l'aurai quittée, je me

lèverai demain avant le jour, et j'irai saluer l'Adriatique.
Mardi 17.
J'ai accompli mon dessein.
Débarqué à l'aube en dehors de San Nicolo, j'ai pris mon chemin en laissant le fort à gauche. Je trébuchais parmi des pierres sépulcrales : j'étais dans un cimetière sans clôture où jadis on avait jeté les enfants de Judas. Les pierres portaient des inscriptions en hébreu ; une des dates est de l'an 1435 et ce n'est pas la plus ancienne. La défunte Juive s'appelait Violante ; elle m'attendait depuis 398 ans, pour lire son nom et le révéler. À l'époque de son décès, le Doge Foscari commençait la série des tragiques aventures de sa famille : heureuse la Juive inconnue dont la tombe voit passer l'oiseau marin, si elle n'a pas eu de fils*. [* Madame Sand a placé une scène de *Leone-Leoni* dans ce cimetière juif du Lido. (Note de 1838.)]
Au même lieu un retranchement fait avec des voliges de vieilles barques, protège un nouveau cimetière ; naufrage remparé des débris de naufrages. À travers les trous des chevilles qui cousirent ces planches à la carcasse des bateaux, j'épiais la mort autour de deux urnes cinéraires ; le petit jour les éclairait : le lever du soleil sur le champ où les hommes ne se lèvent plus, est plus triste que son coucher. Depuis que les Rois sont devenus les chambellans de Salomon baron de Rothschild, les Juifs ont à Venise des tombes de marbre. Ils ne sont pas si richement enterrés à Jérusalem ; j'ai visité leurs sépultures au pied du Temple : lorsque je songe la nuit, que je suis revenu de la vallée de Josaphat, je me fais peur. À Tunis au lieu de cendriers d'albâtre dans le cimetière des Hébreux, on aperçoit au clair de la lune des filles de Sion voilées, assises comme des ombres sur les fosses : la croix et le turban viennent quelquefois les consoler. Chose étrange pourtant que ce mépris et cette haine de tous les peuples pour les immolateurs du Christ ! Le genre humain a mis la race juive au Lazareth, et sa quarantaine proclamée du haut du Calvaire, ne finira qu'avec le monde.
Je continuais de marcher en m'avançant vers l'Adriatique ; je ne la voyais pas, quoique j'en fusse tout près. Le Lido est une zone de dunes irrégulières assez approchantes des buttes aréneuses du désert de Sabbah, qui confinent à la Mer Morte. Les dunes sont recouvertes d'herbes coriaces ; ces herbes sont quelquefois successives ; quelquefois séparées en touffes elles sortent du sable chauve, comme une mèche de cheveux restée au crâne d'un mort. Le rampant du terrain vers la mer, est parsemé de fenouils, de sauges, de chardons à feuilles gladiées et bleuâtres ; les flots semblent les avoir peintes de leur couleur : ces chardons épineux, glauques et épais rappellent les nopals, et font la transi-

tion des végétaux du nord à ceux du midi. Un vent faible rasant le sol, sifflait dans ces plantes rigides : on aurait cru que la terre se plaignait. Des eaux pluviales stagnantes formaient des flaques dans des tourbières. Çà et là quelques chardonnerets voletaient avec de petits cris, sur des buissons de joncs marins. Un troupeau de vaches parfumées de leur lait, et dont le taureau mêlait son sourd mugissement à celui de Neptune, me suivait comme si j'eusse été son berger.

Ma joie et ma tristesse furent grandes quand je découvris la mer et ses froncis grisâtres, à la lueur du crépuscule. Je laisse ici sous le nom de *Rêverie* un crayon imparfait de ce que je vis, sentis, et pensai dans ces moments confus de méditations et d'images.

[18]

Venise, 17 septembre 1833.

RÊVERIE AU LIDO.

Il n'est sorti de la mer qu'une aurore ébauchée et sans sourire. La transformation des ténèbres en lumière, avec ses changeantes merveilles, son aphonie et sa mélodie, ses étoiles éteintes tour à tour dans l'or et les roses du matin, ne s'est point opérée. Quatre ou cinq barques serraient le vent à la côte ; un grand vaisseau disparaissait à l'horizon. Des mouettes posées, marquetaient en troupe la plage mouillée ; quelques-unes volaient pesamment au-dessus de la houle du large. Le reflux avait laissé le dessin de ses arceaux concentriques sur la grève. Le sable guirlandé de fucus, était ridé par chaque flot, comme un front sur lequel le temps a passé. La lame déroulante enchaînait ses festons blancs à la rive abandonnée.

J'adressai des paroles d'amour aux vagues, mes compagnes : ainsi que de jeunes filles se tenant par la main dans une ronde, elles m'avaient entouré à ma naissance. Je caressai ces berceuses de ma couche ; je plongeai mes mains dans la mer ; je portai à ma bouche son eau sacrée, sans en sentir l'amertume : puis je me promenai au limbe des flots, écoutant leur bruit dolent, familier et doux à mon oreille. Je remplissais mes poches de coquillages dont les Vénitiennes se font des colliers. Souvent je m'arrêtais pour contempler l'immensité pélagienne avec des yeux attendris. Un mât, un nuage, c'était assez pour réveiller mes souvenirs.

Sur cette mer j'avais passé il y a longues années ; en face du Lido une tempête m'assaillit. Je me disais au milieu de cette tempête « que j'en avais affronté d'autres, mais qu'à l'époque de ma traversée de l'océan j'étais jeune, et qu'alors les dangers m'étaient des plaisirs »* *[* Itinéraire].*

Je me regardais donc comme bien vieux lorsque je voguais vers la Grèce

et la Syrie? Sous quel amas de jours suis-je donc enseveli?
Que fais-je maintenant au steppe de l'Adriatique? des folies de l'âge voisin du berceau: j'ai écrit un nom tout près du réseau d'écume, où la dernière onde vient mourir; les lames successives ont attaqué lentement le nom consolateur; ce n'est qu'au seizième déroulement qu'elles l'ont emporté lettre à lettre et comme à regret: je sentais qu'elles effaçaient ma vie.
Lord Byron chevauchait le long de cette mer solitaire: quels étaient ses pensers et ses chants, ses abattements et ses espérances? Élevait-il la voix pour confier à la tourmente les inspirations de son génie? Est-ce au murmure de cette vague qu'il emprunta ces accents?

... If my fame should be, as my fortunes are,
Of hasty growth and blight, and dull oblivion bar
My name from out the temple where the dead
Are honoured by the nations, - – let it be.

«Si ma renommée doit être comme le sont mes fortunes, d'une croissance hâtive et frêle; si l'obscur oubli doit rayer mon nom du temple où les morts sont honorés par les nations: – soit.»
Byron sentait que ses *fortunes* étaient d'une *croissance frêle* et hâtive; dans ses moments de doute sur sa gloire, puisqu'il ne croyait pas à une autre immortalité, il ne lui restait de joie que le néant. Ses dégoûts eussent été moins amers, sa fuite ici-bas moins stérile, s'il eût changé de voie: au bout de ses passions épuisées, quelque généreux effort l'aurait fait parvenir à une existence nouvelle. On est incrédule parce qu'on s'arrête à la surface de la matière: creusez la terre, vous trouverez le ciel. Voici la borne au pied de laquelle Byron marqua sa tombe: était-ce pour rappeler Homère enseveli sur le rivage de l'île d'Ios? Dieu avait mesuré ailleurs la fosse du poète que je précédai dans la vie. Déjà j'étais revenu des forêts américaines lorsqu'auprès de Londres, sous l'orme de Childe Harold enfant, je rêvai les ennuis de René et le vague de sa tristesse* [* Voyez livre XII, 1re partie.]. J'ai vu la trace des premiers pas de Byron dans les sentiers de la colline d'Harrow; je rencontre les vestiges de ses derniers pas à l'une des stations de son pèlerinage: non; je les cherche en vain ces vestiges: soulevé par l'ouragan, le sable a couvert l'empreinte des fers du coursier demeuré sans maître: «Pêcheur de Malamocco, as-tu entendu parler de Lord Byron? – Il chevauchait presque tous les jours ici. – Sais-tu où il est allé?» Le pêcheur a regardé la mer. Et la mer s'est souvenue de l'ordre que lui donna le Christ: *tace; obmutesce*, «tais-toi; sois muette.» Virgile avant Byron, avait franchi le golfe redouté du poète de Tibur: qui ramènera d'Athènes, Byron et Virgile? À ces mêmes plages Venise pleure ses

pompes : le Bucentaure n'y baigne plus ses flancs d'or à l'ombre de sa tente de pourpre ; quelques tartanes se cachent derrière les caps déserts, comme au temps primitif de la République.
Un jour fut d'orage : prêt à périr entre Malte et les Sirtes, j'enfermai dans une bouteille vide ce billet : *F. A. de Chateaubriand, naufragé sur l'île de Lampedouse le 26 décembre 1806 en revenant de la Terre sainte* [* Itinéraire]*.* Un verre fragile, quelques lignes ballottées sur un abîme, est tout ce qui convenait à ma mémoire. Les courants auraient poussé mon épitaphe vagabonde au Lido, comme aujourd'hui le flot des ans a rejeté à ce bord ma vie errante. Dinelli, capitaine en second de ma polaque d'Alexandrie, était vénitien : il passait de nuit avec moi trois ou quatre heures du sablier, appuyé contre le mât et chantant aux coups des rafales,

Si tanto mi piace
Si rara Bella,
Io perdero la pace
Quando se destera.

Dinelli s'est-il reposé *sul'margine d'un rio* auprès de sa maîtresse endormie ? S'est-elle réveillée ? Mon vaisseau existe-t-il encore ? A-t-il sombré ? A-t-il été radoubé ? Son passager n'a pu faire rajuster sa vie ! Peut-être ce bâtiment dont j'aperçois la vergue lointaine, est le même qui fut chargé de mon ancienne destinée ? Peut-être la carène démembrée de mon esquif a-t-elle fourni les palissades du cimetière israélite ?
Mais ai-je tout dit dans l'*Itinéraire* sur ce voyage commencé au port de Desdémone et fini au pays de Chimène ? Allais-je au tombeau du Christ dans les dispositions du repentir ? Une seule pensée remplissait mon âme ; je dévorais les moments : sous ma voile impatiente, les regards attachés à l'étoile du soir, je lui demandais l'aquilon pour cingler plus vite. Comme le cœur me battait en abordant les côtes d'Espagne ! Que de malheurs ont suivi ce mystère ! Le soleil les éclaire encore ; la raison que je conserve me les rappelle.

Cet extrait, révélé par Sainte-Beuve, fut longtemps contesté, jusqu'à son attestation dans le manuscrit publié par M. Levaillant. Ge en porte la version suivante :
… repentir ? Une seule pensée m'absorbait ; je comptais avec impatience les moments. Du bord de mon navire, les regards attachés sur l'étoile du soir, je lui demandais des vents pour cingler plus vite, de la gloire pour me faire aimer : j'espérais en trouver à Sparte, à Sion, à Memphis, à Carthage, et l'apporter à l'Alhambra. Comme le cœur me battait en abor-

dant les côtes d'Espagne ? Aurait-on gardé mon souvenir, ainsi que *[première rédaction :* comme*]* j'avais traversé mes épreuves ? Que de malheurs ont suivi ce mystère ! Le soleil les éclaire encore ; la raison que je conserve me les rappelle. Si je cueille à la dérobée un instant de bonheur *[première rédaction :* Si j'ai un jour de bonheur*]*, il est troublé par la mémoire de ces jours de séduction, d'enchantement et de délire.

Venise, quand je vous vis, un quart de siècle écoulé, vous étiez sous l'empire du grand homme, votre oppresseur et le mien ; une île attendait sa tombe ; une île est la vôtre : vous dormez l'un et l'autre immortels dans vos Sainte-Hélène. Venise ! nos destins ont été pareils ! mes songes s'évanouissent, à mesure que vos palais s'écroulent ; les heures de mon printemps se sont noircies, comme les arabesques dont le faîte de vos monuments est orné. Mais vous périssez à votre insu ; moi, je sais mes ruines ; votre ciel voluptueux, la vénusté des flots qui vous lavent, me trouvent aussi sensible que je le fus jamais. Inutilement je vieillis ; je rêve encore mille chimères. L'énergie de ma nature s'est resserrée au fond de mon cœur ; les ans au lieu de m'assagir, n'ont réussi qu'à chasser ma jeunesse extérieure, à la faire rentrer dans mon sein. Quelles caresses l'attireront maintenant au dehors, pour l'empêcher de m'étouffer ? Quelle rosée descendra sur moi ? quelle brise émanée des fleurs, me pénétrera de sa tiède haleine ? le vent qui souffle sur une tête à demi dépouillée, ne vient d'aucun rivage heureux ! *(Ce chapitre a été publié une première fois dans le* Keepsake français, Paris-Londres, *Paris, Delloye, 1838, pp. 101-108, puis dans l'*Essai sur la littérature anglaise, *« Lord Byron au Lido », éd. Garnier, pp. 785-788]*

L. XLI, chap. 1

(a) p. 2798. Ms 1845 portait, sous biffures :
... elle daignait se promener sur le grand chemin, précédée d'une calèche vide attelée de six chevaux. Ce duc est un rejeton de la race affaiblie des Princes inventés par Machiavel : mais il a la fierté de ne pas reconnaître Louis-Philippe. Je suis bien aise de l'avoir vu par la lucarne de la calèche de M. de Talleyrand.

(b) p. 2800. Ms 1845 ajoutait, sous une biffure :
... Ferrare sous le joug d'une garnison de Papalins, d'Autrichiens et de vieux abbés.

L. XLI, CHAP. 2

(a) p. 2802. Ms 1845 ajoutait, sous une biffure:
... Aimons! La vie humaine n'a point de trêve avec les années. Aimons! Le soleil meurt et renaît; sa lumière rapide se cache pour nous et le sommeil conduit à la nuit éternelle: «*e'l sonno eterna notte audace*».

L. XLI, CHAP. 3

(a) p. 2814. Ms 1845 ajoutait:
... un peu laide si l'on veut, mais agréable.

(b) p. 2814.
Poète, je crois à cette dépêche; diplomate, je n'y crois pas. *(Ms 1845).*

(c) p. 2816. Ms 1845 ajoutait, sous une biffure:
... Jamais honneurs plus extraordinaires n'ont peut-être été rendus à une lyre brisée.

L. XLI, CHAP. 4

(a) p. 2817.
... Le Comte Lucchesi Palli est grand et brun: favoris noirs et épais, dents blanches, l'air noble ou commun, à volonté. Madame le dit *Tancrède,* apparemment par les femmes. Ses manières avec la Princesse sa femme sont un chef-d'œuvre de convenance: italiennes, ni humbles *(Ms 1845).*

(b) p. 2817. Ms 1845 ajoutait, sous une biffure:
... revoir cette cour stupide.

(c) p. 2818. Ms 1845 ajoutait, sous une biffure:
... auprès du parti royaliste, et ce serait un inconvénient.

(d) p. 2818. Ms 1845 ajoutait, sous une biffure, la note suivante:
... Je suis heureux de pouvoir suppléer à ce qui manque ici à ma narration par des renseignements précieux que je dois à la bonté de la compagne de prison de S.A.R. Mme d'Hautefort a vu de près les divers malheurs de la Princesse et déjà elle avait bien voulu me communiquer des notes qui m'ont été du plus grand secours dans mon *Histoire de la*

vie et de la mort de Mgr le Duc de Berry. Voyez la note à la fin du volume *[Il s'agit d'un «Extrait du Journal inédit du comte de Hautefort», publié seulement dans la réédition de l'*Histoire *(*OC, *Ladvocat, t. III, 1827, pp. 273-283).*

(e) p. 2820. Ms 1845 ajoutait, sous une biffure:
... ces querelles de succession et de famille à propos d'un trône imaginaire.

L. XLI, CHAP. 5

(a) p. 2829. Le texte de Ms 1845, pour les quatre paragraphes précédents, est le suivant:
Et pourtant il a eu l'attention d'écrire le nom de *Tremerello* au lieu de celui de *Mandricardo*, nom de celui qui si bien lui portait des messages. Et celui-là je pourrais le faire connaître avec certitude, parce que je savais combien il lui était infidèle et combien intéressé. Pour boire et manger, il aurait sacrifié tout le monde; il était perfide à tous ceux qui par sa méchanceté devenaient pauvres, et ne pouvaient plus l'engraisser lorsqu'il le voulait. Il traitait ces malheureux pire que des bêtes; mais quand je le voyais, je criais et le disais à mon père; mon cœur ne pouvant supporter de pareils traitements envers mon semblable. Lui, (Mandricardo), était bon seulement avec ceux qui lui donnaient la *buona mancia* et lui donnaient bien à manger. Le ciel me le pardonne! mais j'avais à rendre compte de ses mauvaises actions envers ses semblables, et de la haine qu'il me portait à cause des remontrances que je lui faisais. Pour un tel mauvais sujet, Silvio a eu des délicatesses, et pour moi, qui ne méritais pas d'être exposée, il n'a pas eu le moindre égard.
Mais moi je saurai bien recourir où il me sera fait une véritable justice; je n'entends pas, je ne veux pas être soit en bien soit en mal nommée au public. Je suis heureuse dans les bras d'un mari qui m'aime tant, et qui est vraiment et vertueusement payé de retour. Il connaît bien mes sentiments, quoiqu'il ne voie pas dans ce moment mon ouvrage. Je dois le faire à cause d'un homme qui traite un point qui me touche de si près et qui pourrait donner force à ses écrits mal fondés, reposant sur une fausseté. Silvio me pardonnera ma fureur; mais il devait s'y attendre, alors que je viendrais à connaître clairement son ouvrage.

L. XLI, CHAP. 6

(a) p. 2835. Ms 1845 portait, sous une biffure:
... Une noble dépêche... transmise par une noble note la noble chancellerie...

L. XLI, CHAP. 7

(a) p. 2837. Ge a conservé deux rédactions antérieures de ces lignes:
La duchesse de Berry revint du Cataïo à neuf heures du soir. Elle avait fort mal accueilli le gouverneur et traité d'infâme l'ordre qu'il avait eu l'audace de lui signifier. Le cher homme s'était pris à fondre en larmes. Mme paraissait très animée, et sa petite cour autant qu'elle.
Mme de Saint-Priest était aux anges; elle n'aurait pas donné sa part de ce train pour un royaume. Quant à moi *[*etc.*] (H. Guillemin,* L'Homme des Mémoires, *pp. 327-328)*; Elle avait fort mal accueilli le gouverneur et traité d'infâme l'ordre qu'il avait eu l'audace de lui signifier: le cher homme s'était pris à fondre en larmes. Le duc de Modène avait offert à Madame la duchesse de Berry un asile, assurant qu'il la garderait et la défendrait tant qu'il aurait à lui un pouce de terrain. Madame n'avait voulu ni s'arrêter ni rétrograder: elle paraissait très animée, et sa petite Cour était aux anges; elle n'aurait pas donné sa part et ce train pour un royaume. Quant à moi, autant j'avais été pacifique d'abord, autant j'étais pour soutenir le combat puisqu'on nous attaquait *(P. Clarac,* À la recherche..., *pp. 369-370)]*

(b) p. 2838. Ms 1845 ajoutait, sous une biffure:
... selon les circonstances et dans le cas où je le trouverais bien disposé pour sa mère; la suscription...

(c) p. 2839.
... M. de Montbel comme Christophe Colomb, était allé à la découverte d'un Nouveau Monde, c'est-à-dire à la recherche du contrat qui transformait Mme de Berry en Mme Lucchesi Palli: il tomba *(Ms 1845).*

(d) p. 2839. Ms 1845 ajoutait, sous une biffure:
... et traitait celui-ci de Coquin et de Traître.

(e) p. 2839. Ms 1845 ajoutait, sous une biffure:
... à physionomie timide et pauvre.

L. XLII, CHAP. 1

(a) p. 2846. Ge porte:
... Dans sa dernière négociation à Prague, il s'est laissé tromper par Charles X, faux trois fois comme faible, léger et vieux: les vieilles gens cachottent naturellement, n'ayant rien à montrer qui vaille d'être vu. Je

voudrais qu'on noyât quiconque a passé cinquante ans, excepté mes amis. *(H. Guillemin,* L'Homme des Mémoires, *p. 318 et P. Clarac,* À la recherche..., *p. 372)]*

(b) p. 2847. Ge a conservé la rédaction suivante :
... Il devait dire le lendemain sa première messe. Je bénis l'antique Foi, ici encore honorée. J'enviais la destinée de ce lévite, lequel, coupant court aux passions du monde, les allait immoler avec la victime sans tache, dans une riante Chaldée, au pied des autels. La prière qu'il devait prononcer sur l'hostie sainte semblait déjà, en montant vers le ciel, illuminer le dôme du temple. Combien de fois *[...](H. Guillemin,* L'Homme des Mémoires, *p. 328). Ms 1845 a conservé une version presque identique de ces lignes.*

(c) p. 2849. Ms 1845 portait, sous une biffure :
... il courait au milieu des troupeaux de chèvres descendues de la montagne ; il dîmait dans les javelles laissées aux champs ; il picorait autour des granges et sur l'aire ; ce soir il se serait couché avec le soleil, ce qui est un grand bonheur, et il était encore assez petit pour dormir sous l'aile de sa mère. Pourquoi faut-il qu'un Gaulois soit tombé du haut des monts pour avaler cette douce et innocente vie ?

L. XLII, CHAP. 3

(a) p. 2856. Ms 1845, sous une biffure, poursuit :

« *J'aperçus l'ombre d'une brosse*
Qui frottait l'ombre d'un carrosse [Scarron, *L'Énéide travestie* ;

la Bohême est terre de magie.

(b) p. 2857. Une version antérieure poursuivait ici :
... je maudissais le sort dont les caprices me jetèrent dans les tracasseries des rois ; moi qui ne crois pas même à la durée des Monarchies qui sont (?), je sentais le ridicule des divisions d'une famille infortunée.

(c) p. 2857. SG a conservé le texte entier de cette lettre, dont voici la transcription :
Prague, 28 septembre 1833.
Madame,
J'étais ici jeudi 26 à quatre heures du soir ; la Princesse de Bauffremont ne m'avait précédé que de deux heures ; j'appris avec un profond étonnement que la famille royale partait le lendemain même, 27, sous le pré-

texte d'aller au-devant de vous jusqu'à Leoben, mais dans le dessein, disait-on, de vous empêcher de venir à Prague. Madame la Dauphine, Mademoiselle et Mme de Gontaut étaient déjà arrivées de Butschirad à Hradschin. Ceci se compliquait de l'apparition de jeunes Français accourus pour l'époque de la majorité. On prétendait que le Roi refusait de les recevoir, parce qu'il ne voulait pas de déclaration de majorité et qu'il fuyait Prague tout exprès pour ne pas s'y trouver le 29.

Je m'empressai de monter au château ; je vis Madame la Dauphine ; je lui dis que j'étais envoyé par vous avec une lettre pour le Roi ; je lui racontai ce qui vous était arrivé avec le gouvernement de Venise ; je lui témoignai ma surprise de la résolution où l'on était de conduire à Madame ses enfants pour qu'elle les embrassât un moment, dans une auberge, et qu'elle en fût ensuite séparée à jamais. Madame la Dauphine parut émue, et quand je lui demandai s'il n'y avait pas quelque moyen d'empêcher cet incroyable voyage, elle me conseilla, si je n'étais pas trop fatigué, d'aller à l'instant à Butschirad ; elle me parla de Votre Altesse Royale avec affection, et elle ajouta : « Il me faut un contre-ordre ; si le Roi ne me fait rien dire ce soir, il faut que je parte demain. » Mademoiselle et Mme de Gontaut partaient avec elle. Le Roi devait emmener Henri V accompagné de son gouverneur, M. de Damas. M. de Blacas est du voyage. Je passai à l'appartement de Mme de Gontaut. Je la trouvai au milieu de ses préparatifs de départ, et toute bouleversée ; elle s'écria qu'on les conduisait elle ne savait où, et qu'elle me suppliait *de les sauver*.

Mademoiselle était un peu souffrante, elle était au lit ; Mme de Gontaut me fit entrer dans sa chambre ; les fenêtres étaient fermées. Je ne vis point la jeune Princesse, mais elle me tendit dans l'ombre sa petite main qui était brûlante, me priant aussitôt *de les sauver tous.*

À neuf heures du soir, j'atteignis Butschirad. Introduit dans le salon, je n'y trouvai près d'une table de jeu préparée que le duc de Blacas et M. O'Hégerty. Le premier m'apprit que le Roi avait un accès de fièvre avec tremblement et qu'il était couché. Un peu incrédule, j'insistai pour qu'on allât dire à Sa Majesté le désir que j'avais de lui remettre les lettres dont j'étais porteur. On entrait du salon dans la chambre de Sa Majesté. M. de Blacas ouvrit la porte avec précaution, s'approcha du lit et revint me dire que le Roi était dans l'impossibilité de me voir. Il s'aperçut de mes doutes, et m'invita à entrer moi-même dans la chambre. J'entrai, je n'entendis que la respiration élevée du Roi, comme celle d'un homme qui dort d'un sommeil profond ou pénible.

Revenu au salon, je dis à M. de Blacas devant M. O'Hégerty le but de mon voyage : obtenir une déclaration de majorité, faire lever l'ordre qui retenait

Votre Altesse Royale à Trieste. M. de Blacas s'étonna de cet ordre, disant que le 15 de ce mois, l'Empereur et le prince de Metternich n'étaient pas à Vienne. Quant à la déclaration de la majorité, il l'approuvait fort, mais il n'y pouvait rien, je traiterai cela avec le Roi. Une déclaration lui semblait difficile à faire en terre étrangère. Je réfutai les objections que l'on continue d'élever à ce sujet. Il me semblait facile de rédiger une déclaration de manière à ne blesser aucune susceptibilité, et pourtant à contenter le parti légitimiste qui voulait savoir s'il avait affaire à Charles X, à Louis XIX, ou à Henri V. Je m'étendis sur ce que le voyage à Leoben avait de déplorable: «Personne, Monsieur le Duc, lui dis-je, ne sera la dupe de cet hommage dérisoire rendu à Madame la Duchesse de Berry: s'empresser d'aller au-devant d'elle est tout simplement refuser de la recevoir publiquement; c'est avouer qu'on rougit de son courage et de ses adversités. Cette entrevue secrète passera pour une insulte et non pour un honneur.» J'ajoutai que si l'on avait laissé Votre Altesse Royale venir à Prague, que si l'on eût en même temps passé en famille un acte de majorité, toutes les divisions auraient cessé entre les Royalistes. Dans le cas où Votre Altesse Royale n'aurait pu, pendant l'hiver, supporter le climat de Prague, elle serait retournée en Italie dans la noble position qui lui convient.

M. de Blacas tomba d'accord de tout cela, trouva que je parlais à merveille, et tout comme lui, que le Roi étant malade ne pourrait pas vraisemblablement partir le lendemain, et que je m'entendrais avec lui. Je retournai à Prague, une fièvre violente de fatigue me saisit, ce qui ne m'empêcha pas d'être le 27 à onze heures du matin à Butschirad.

Le prétexte pour aller au-devant de vous, Madame, était le mauvais état de votre santé; on voulait vous épargner un si long chemin. J'assurais que vous vous portiez à merveille; le Prince et la Princesse de Bauffremont en disaient autant; s'obstiner au voyage devant ces témoins oculaires, c'était convenir qu'il y avait une raison cachée qu'on n'osait expliquer.

Le Roi était encore couché quand j'arrivai le 27 à Butschirad; il me fit entrer et asseoir au bord de son lit avec toute sorte de bonté. Avant qu'il ouvrît votre lettre, je lui parlai des deux motifs de mon voyage. Le Roi ne dissimula pas qu'il avait été pour quelque chose dans le premier ordre qui vous retenait en Italie; mais il affirma qu'il ne comprenait rien au renouvellement de cet ordre; qu'au surplus, vous deviez être en ce moment en pleine liberté, et qu'il vous avait dépêché M. de Milanges pour vous dire de vous rendre à Leoben. Je fis au Roi les mêmes objections que j'avais faites à M. de Blacas; je lui laissai entendre qu'il serait possible que vous ne vinssiez pas à Leoben, le Roi s'écria en colère: «Comment sont mes ordres? – Mais, Sire, répliquai-je, si Madame la Duchesse de Berry ne voit dans ces ordres que l'inspiration de ses enne-

mis, dont Votre Majesté est entourée ? Si vous arrivez à Leoben, et si Son Altesse Royale n'y était pas ? » Le Roi parut frappé de cette idée ; et puis il reprit : « Elle y viendra. »
J'insistai sur la nécessité de votre arrivée en Bohême : « Jamais, s'écria le Roi, jamais ! » On prétend, Madame, que le mot de cet énigme est une résolution prise par Monsieur le Dauphin de quitter Prague si vous y veniez.
Le Roi fut plus modéré relativement à l'acte de déclaration de majorité. Je lui représentai les avantages d'une pareille déclaration. « Eh bien, dit le Roi, vous en parlez d'une manière assez *séduisante*. Faites-moi un brouillon de l'acte ; causez avec Blacas et puis nous verrons. »
Alors il ouvrit votre lettre, il la lut avec attention, puis il la jeta sur son lit et s'écria : « De quel droit Madame la Duchesse de Berry prétend-elle me dicter ce que j'ai à faire ? Quelle autorité a-t-elle pour parler ? Elle n'est plus rien ; elle n'est plus que Madame Lucchesi-Palli, une femme étrangère à ma famille. Elle n'a plus aucun empire sur ses enfants ; le code français ne reconnaît point de mariage secret ; le code la dépossède de la tutelle comme mariée en secondes noces. »
Je crus devoir faire observer au Roi qu'il vous restait les droits de vos sacrifices, et des périls auxquels vous vous étiez exposée pour la couronne de votre fils ; que la jeune France Royaliste serait toujours de votre côté ; qu'en Italie vous aviez été reçue avec autant de respect que d'admiration ; que si vous protestiez contre ce qu'on a fait à Prague, à l'instant, malgré le Code et les gens de loi, tous les organes de la presse seraient pour vous ; qu'il ne s'agissait pas d'un fait légal, mais d'une opinion, et que l'opinion n'avait de juge que le public.
Notre première conversation en demeura là. Les jeunes gens avaient été reçus à midi, ils avaient salué le duc de Bordeaux du titre de Roi. Tout cela n'était pas trop mal en apparence ; mais les discours n'avaient pas été prononcés le 29, et beaucoup d'autres jeunes gens avaient été arrêtés aux frontières de la Bohême, faute (selon les autorités autrichiennes) d'une autorisation signée *Blacas*. Le Roi me fit l'honneur de me garder la journée entière et de me retenir à dîner. Je rédigeai le petit acte pour la majorité à peu près dans les termes que j'avais communiqués à M. le comte de Saint-Priest. M. de Blacas le porta au Roi. Il revint me dire que Sa Majesté le trouvait très bien, mais qu'il fallait l'envoyer à Vienne, parce qu'on avait malheureusement pris l'engagement avec François II de ne rien faire à la majorité de Henri V.
Le soir, après dîner, le Roi me répéta la même chose, ajoutant qu'il était sûr de l'assentiment de M. de Metternich. Je demandai au Roi la permission d'en douter. Du reste, il fut convenu que l'acte serait fait double, et que l'un des deux originaux serait remis entre mes mains.

Parmi tant de choses qui m'ont affligé, j'aurai du moins, Madame, obtenu ce que vous désiriez sur un point essentiel. Je me réjouirai pour vous de cette victoire, si du moins il y a victoire.

Ci-joint la minute de l'acte. Il était impossible de l'étendre davantage; autrement il n'eût été adopté ni par le Roi, ni par le prince de Metternich. Le fait matériel s'y trouve avec la signature *Henri*; cela suffit. Il est dur, Madame, d'avoir à parler de l'Autriche, quand il s'agit de la France. Nos ennemis pourraient rire s'ils nous voyaient disputer une Royauté sans Royaume, et un sceptre qui n'est aujourd'hui qu'un bâton sur lequel nous appuyons nos pas dans le pèlerinage peut-être long de notre exil.

Maintenant, Madame, je ne dois pas vous cacher que j'ai trouvé beaucoup de mal ici: la dissimulation est partout; je crains même que le jeune Henri ne se ressente bientôt des leçons qu'on lui donne. J'ai été moins content de lui que je ne l'avais été au mois de mai. M. de Latour-Maubourg n'est point arrivé, et le Roi m'a dit qu'il avait refusé la place de gouverneur. M. de Damas conserve tout son crédit: le père Deplace n'est point parti. Tout le mal est dans l'éducation de votre fils, et je ne vois aucune chance pour que cette éducation soit changée.

Je termine, Madame, cette trop longue lettre; elle vous est portée par mon secrétaire qui pourra vous déchiffrer mon écriture. Je désire qu'il vous arrive avant l'entrevue de Leoben. J'ignore quel parti vous prendrez: si vous croirez devoir vous refuser aux ordres du Roi, ou s'il résultera de cette rencontre avec lui une rupture complète. Si j'osais hasarder quelques conseils, je vous supplierais de vous entendre avec Madame la Dauphine, princesse dont le grand nom augmenterait encore la force du vôtre. On m'a traité ici avec une bonté remarquée de tout le monde; j'y suis très sensible, et j'en suis très fort reconnaissant; mais croyez, Madame, à un dévouement que vous pouvez mettre à l'épreuve. Je retourne au milieu des pauvres que Mme de Chateaubriand nourrit de sa charité. Là vous me trouverez toujours; si jamais vous deveniez maîtresse absolue du sort de votre fils, si vous persistiez à croire que ce dépôt précieux pût être remis entre mes mains fidèles, je serais aussi heureux qu'honoré de lui consacrer le reste de ma vie. Mais je ne pourrais me charger d'une aussi effrayante responsabilité qu'à la condition d'être, sous vos conseils, entièrement libre dans mes choix et dans mes idées, et placé sur un sol indépendant, hors du cercle des monarchies absolues.

Je suis, Madame, etc.

CHATEAUBRIAND.

P.-S. - Je n'ai pu remettre à votre fils le billet de V. A. R. Mme de Gontaut n'a pas voulu s'en charger, et je n'ai pas vu seul le jeune Roi.
Dans cette lettre était renfermée une copie de mon projet de la déclaration de la majorité :
Nous Henri V[e] du nom : arrivé à l'âge où des lois du Royaume fixent la majorité de l'héritier du trône ; voulons que le premier acte de cette majorité soit une protestation solennelle contre l'usurpation de Louis-Philippe, Duc d'Orléans. En conséquence et de l'avis de notre conseil, nous avons fait le présent acte pour le maintien de nos droits et de ceux des Français. Donné le trentième jour de septembre de l'an de grâce mil huit cent trente-trois *(éd. du centenaire, t. IV, pp. 466-471).*

L. XLII, CHAP. 4

(a) p. 2860. Ms 1845 ajoutait, sous une biffure :
... émané de Blacas.

(b) p. 2860. Ms 1845 ajoutait, sous une biffure :
... comme une mère dont ils doivent rougir.

(c) p. 2860. Ms 1845 portait, sous une biffure :
... de l'éducation de Henri V et des mesures de confusion adoptées par M. de Blacas ; mais ses vertus.

(d) p. 2862. Ms 1845 ajoutait, sous une biffure :
... ils s'évertuent à en faire un roi du Moyen Âge.

L. XLII, CHAP. 5

(a) p. 2863. Ge porte :
... M. de Blacas m'avait fait entrer dans la chambre pour écouter dormir Sa Majesté. Malheureusement, la porte criait. J'avais l'air d'un amant qui, se glissant la nuit dans l'appartement *[le fragment s'interrompt ici] (H. Guillemin,* L'Homme des Mémoires, *p. 318).*

(b) p. 2864. Ms 1845 portait, sous une biffure :
... quelques mots assez graves sur sa majorité et assez vifs sur ces loyaux Français.

(c) p. 2864. Ms 1845 portait, sous une biffure :
... était négligé. La Princesse de Bauffremont put à peine obtenir une tasse de thé, mes autres compagnons.

(d) p. 2865. Ms 1845 ajoutait, sous une biffure :
... contre Blacas.

(e) p. 2865. Ms 1845 portait, sous une biffure :
... Charles X, âgé de 76 ans, établit.

(f) p. 2865. Ms 1845 portait, sous une biffure :
... de son conseil, MM. de Blacas, de Damas et de Latil entendus.

(g) p. 2865. Ms 1845 ajoutait, sous une biffure :
... homme circonspect et véritable prêtre.

(h) p. 2867. Un fragment de Ge, conservé à la Bibliothèque publique et universitaire de Genève, et publié par H. Guillemin, L'Homme des Mémoires, *pp. 319-320, revu par P. Riberette,* Fragments, *pp. 496-497, témoigne d'une rédaction complémentaire, plus tard retranchée :*
... évanouissement nerveux, ne pourra se rendre à son poste. L'abbé Frayssinous a eu plusieurs attaques et la faiblesse de son caractère, ne lui permettra pas de lutter contre la cour intrigailleuse de Hradschin. M. d'Hautpoul est un homme de bon sens mais commun pour qui une place de sous-gouverneur est une fortune. M. de Cauchy, de l'Académie des sciences et habile mathématicien, marmotte son chapelet dans les rues : établi à Turin, il avait quitté Paris précipitamment, parce que le feu du ciel devait descendre sur cette Sodome, l'an de Notre Seigneur J.-C. 1832.
Ce M. Cauchy est fils cadet de M. Cauchy son père, secrétaire archiviste de la chambre dite haute. Celui-ci très obligeant, très poli, fort de mes amis, et maintenant vieux comme Hérode ou comme le marquis de Sémonville, a, ou avait, la voix claire, l'air supérieur et la lèvre autrichienne ; il a toujours lu en conscience les opinions prononcées la veille par MM. les Sénateurs, par MM. les Pairs de 1814, par MM. les Pairs des Cent-Jours, par MM. les Pairs héréditaires après les Cent-Jours, par MM. les Pairs non héréditaires de la Royauté citoyenne ; ce qui fait qu'on avait le plaisir d'entendre deux fois de suite des discours fort éloquents. Le père Cauchy disait toujours religieusement et discrètement : un *membre* a pris la parole, un *membre* a fait observer, un *membre* a répondu, etc. ; Cauchy l'ancien debout après chaque révolution, mettant

au tombeau les *membres* et les corps, se délassait de la rédaction de son procès-verbal par un travail sur la quantité latine, très utile à ceux des *membres* de Leurs Seigneuries qui ne savent pas le français. Cauchy l'aîné, fils de l'ancien, assez insolent, et investi de la survivance à l'échoppe politique de son père, avait au collet de son habit de grosses fleurs de lys en soie jaune, toutes rebondies de fidélité et ressemblant à des hannetons. Cauchy, le puîné, en arrivant auprès du duc de Blacas, postérité des Troubadours, a cru devoir apprendre à l'univers ce que lui Cauchy cadet pense de l'éducation d'un prince.

Adieu aux trois Cauchy, et surtout au bonhomme. Je ne sais s'ils seront contents ou mécontents d'être nommés ici : je ne l'ai pas fait exprès ; le Diable m'a poussé.

Henri a montré de l'humeur au renvoi de M. Barrande et de l'installation de ses nouveaux maîtres, mais il s'y fera. Il est volage ; on l'amadouera en le laissant faire ses volontés. Les jésuites, qui restent provisoirement en attendant *[la suite manque].*

(i) p. 2867. Ge ajoute :
... pleins de ces pensées monarchiques *(H. Guillemin,* L'Homme des Mémoires, *p. 319).*

L. XLII, CHAP. 6

(a) p. 2869. Ms 1845 ajoutait, sous une biffure :
... On écoutait saisi de respect et d'admiration.

(b) p. 2869. Ms 1845 portait, sous une biffure :
... après m'avoir frappé sur l'épaule d'un petit coup amical.

(c) p. 2873. Ms 1845 portait, sous une biffure :
... sa piété filiale et son incapacité l'ont perdu.

L. XLII, CHAP. 7

(a) p. 2874. Ms 1845 ajoutait, sous une biffure :
... et les Monarques prétendent se sauver par de pareilles lâchetés ! Non : ils acceptent leur destinée ; ils se déclarent hors des temps. *[La rédaction initiale se continuait ainsi :* Les vertiges et la honte de la royauté démontreront aux *(le reste est perdu)].*

*(b) p. 2878. Mme Lenormant (*Souvenirs et Correspondance tirés des papiers de Madame Récamier*) a publié un fragment des* Mémoires d'outre-tombe, *daté par Chateaubriand du château de Maintenon, en septembre 1836. Nous en reproduisons ci-dessous le texte, corrigé par M. Levaillant sur le manuscrit de 1845. Chateaubriand se rendit à Maintenon à deux reprises : en 1835 et en 1836. Le propriétaire, le duc Paul de Noailles, s'était introduit dans le petit cercle de l'Abbaye-aux-Bois au printemps de 1832 et fut reçu, écrit Mme Lenormant sans sourire, « sans subir l'épreuve du temps, le droit de bourgeoisie dans le cercle d'élite où la bienveillance était générale, mais dans l'intimité duquel un bien petit nombre a pénétré » (*Souvenirs et Correspondance, *t. II, p. 439).*
De ce duc gourmé, aux allures compassées, dont le titre de gloire principal était, sinon d'avoir écrit une Histoire de Maintenon, *du moins d'avoir reçu Charles X sur le chemin de l'exil, les intentions sont semble-t-il assez claires : il souhaitait que Chateaubriand se rendît dans son domaine et y rapportât la matière d'un chapitre qui immortaliserait son château dans les* Mémoires d'outre-tombe. *Il avait sans doute aussi d'autres arrière-pensées, que Hugo, déchaîné contre le noble duc, a percées non sans vérité : le duc de Noailles, vraisemblablement, aspirait à l'Académie française et se voyait déjà le survivancier de Chateaubriand. Hugo écrit : « M. de Noailles est un personnage considérable. Un grand nom, de hautes manières, une immense fortune, un certain poids en politique sous Louis-Philippe, accepté des conservateurs quoique ou parce que légitimiste, lisant des discours qu'on écoutait, il avait une grande place dans la Chambre des pairs ; ce qui prouve que la Chambre des pairs avait une petite place dans notre pays. »*
Pour obtenir celle visite à Maintenon, le duc agit avec persuasion sur Mme Récamier. Mais Chateaubriand ne se laissa pas gagner aussi facilement : ce n'est que le 10 août 1835 qu'il rejoignit à Maintenon Mme Récamier, Ampère, Ballanche, le duc de Laval. « L'hospitalité fut royale et pleine de grâces », écrivait Ampère. Mais dès le 13 août, Chateaubriand était reparti. « Inflexible, écrit malicieusement Maurice Levaillant, sur la stricte observance des fêtes carillonnées, il entendait être à l'infirmerie Marie-Thérèse pour la messe chantée de l'Assomption. »
L'année suivante, nouvelle promesse de voyage, nouvelle recommandation de Mme Récamier, seconde et dernière visite de Chateaubriand. Une journée : le temps de faire deux lectures des Mémoires *et de dire à ses hôtes qu'il revenait « charmé ». Il ajoutait : « J'ai pris mes vues du château ; M. de Noailles en sera content, du moins je ferai de mon mieux. » Rassuré sans plus, le duc de Noailles de nouveau pressait Mme Récamier, le 28 octobre : « J'espère que M. de Chateaubriand ne nous a point oubliés, et que* mon affaire est faite. *Il ne manquera plus aucune illustration à ce vieux manoir lorsqu'il aura*

obtenu une place dans les Mémoires de M. de Chateaubriand.» Chateaubriand tint cependant sa promesse, quitte à laisser paraître un peu trop d'efforts, au point que Sainte-Beuve a vu dans les pages de Maintenon «un certificat de décadence» (Causeries du lundi, *t. XIV, p. 313). Le duc de Noailles fut-il content de «sa tête de chapitre»? Chateaubriand n'avait guère fait d'efforts pour réhabiliter Mme de Maintenon, pour laquelle il n'entretenait pas une admiration éperdue, et s'était contenté de se reporter à son habituel biographe Michaud; et au lieu de réhabiliter la veuve Scarron, c'est la beauté de sa rivale, la coupable Montespan, que, sous prétexte de rendre hommage à l'actuelle duchesse, il dressait au-dessus du château de Maintenon. On se souvient d'ailleurs de ce passage de mauvaise humeur rapponé par Marie-Jeanne Durry, dans une lettre de Chateaubriand du 2 août 1842; la Belle des Belles s'apprêtait à partir pour Maintenon, Chateaubriand n'avait aucune envie de l'y rejoindre: «Je vous avoue que je suis désolé de passer chez la femme de Louis XIV: plus mon isolement en politique augmente, plus j'en suis fier et plus ma répugnance augmente pour les hommes du jour. M. de N[oailles] est allé à Neuilly en qualité de parent: c'est apparemment pour cela qu'il signe César, mais en lisant avec plus d'attention on trouve le duc...» (Archives Lenormant,* Lettres de M. de Chateaubriand, *t. II, p 160). Et un autre fragment de cette lettre est cité par Édouard Herriot,* Madame Récamier et ses amis, *t. II, p. 353. Le duc de Noailles, dont le mérite littéraire était fort mince avait publié* Saint-Cyr, Histoire de la Maison Royale de saint Louis établie à Saint-Cyr *(1843, 1 vol.);* Histoire de Mme de Maintenon et des principaux événements du règne de Louis XIV *(Paris, 1848). Il sera élu en 1849 au fauteuil de Chateaubriand. Puis nous le retrouverons ambassadeur en Russie de mars à juillet 1811 au beau temps de la «république des ducs» pour reprendre l'expression de Daniel Halévy.*

Chateaubriand retournera à Maintenon en août 1842 au retour de Néris toujours grognant (il y resta quelques heures) et une dernière fois en 1845. Tout avait été prévu pour flatter les goûts les plus difficiles de Chateaubriand: il déjeunerait dans sa chambre, aurait tous les jours une petite voiture basse à sa porte avec laquelle il irait se promener où il voudrait etc. Béranger écrivait à ce propos à Louise Colet (Quarante-cinq lettres, *p. 73 lettre non datée mais qui est certainement de 1845): «Vous m'apprenez le séjour de Chateaubriand à Maintenon: s'il y passe quinze jours il s'y ennuiera quinze jours. La pauvre Mme Récamier doit être sur les dents à chercher des amusements pour son Louis XIV.»*

[À MAINTENON]
Maintenon, septembre 1836.

INCIDENCES. – JARDINS.

Je reprends la plume au château de Maintenon dont je parcours les jardins à la lumière de l'automne; *pereginae gentis amaenum hospitium.* En passant devant les côtes de la Grèce, je me demandais autrefois ce qu'étaient devenus les quatre arpents du jardin d'Alcinoüs, ombragés de grenadiers, de pommiers, de figuiers et ornés de deux fontaines? Le potager du bonhomme Laërte à Ithaque n'avait plus ses vingt-deux poiriers, lorsque je naviguai devant cette île, et l'on ne me sut dire si Zante était toujours la patrie de la fleur d'hyacinthe. L'enclos d'Académus, à Athènes, m'offrit quelques souches d'oliviers, comme le jardin des douleurs à Jérusalem. Je n'ai point erré dans les jardins de Babylone, mais Plutarque nous apprend qu'ils existaient encore du temps d'Alexandre. Carthage m'a présenté l'aspect d'un parc semé des vestiges des palais de Didon. À Grenade, au travers des portiques de l'Alhambra, mes regards ne se pouvaient détacher des bocages où la romance espagnole a placé les amours des Zégris. Du haut de la tour de David à Jérusalem, le roi prophète aperçut Bethsabée se baignant dans les jardins d'Urie; moi, je n'y ai vu passer qu'une fille d'Ève: pauvre Abigaïl, qui n'inspirera jamais les magnifiques psaumes de la pénitence.
Pendant le conclave de 1828, je me promenais dans les jardins du Vatican. Un aigle, déplumé et prisonnier dans une loge, offrait l'emblème de Rome païenne abattue; un lapin étique était livré en proie à l'oiseau du Capitole, qui avait dévoré le monde. Des moines m'ont montré à Tusculum et à Tibur les vergers en friche de Cicéron et d'Horace. Je suis allé à la chasse aux canards sauvages dans le Laurentinum de Pline; les vagues y venaient mourir au pied du mur de la salle à manger, où, par trois fenêtres on découvrait comme trois mers, *quasi tria maria.*
À Rome même, couché parmi les anémones sauvages de *Bel Respiro*, entre les pins qui formaient une voûte sur ma tête, se déroulait au loin la chaîne de la Sabine; Albe enchantait mes yeux de sa montagne d'azur, dont les hautes dentelures étaient frangées de l'or des derniers rayons du soleil: spectacle plus admirable encore, lorsque je venais à songer que Virgile l'avait contemplé comme moi, et que je le revoyais, du milieu des débris de la cité des Césars, par-dessus le pampre du tombeau des Scipions.

Beaux parcs et beaux jardins, qui dans votre clôture
Avez toujours des fleurs et des ombrages verts,

Non sans quelque démon qui défend aux hivers
D'en effacer jamais l'agréable peinture.

CHÂTEAU ET PARC DE MAINTENON. – LES AQUEDUCS.
RACINE. – MME DE MAINTENON. – LOUIS XIV. – CHARLES X.

Si de ces Hespérides de la poésie et de l'histoire je descends aux jardins de nos jours, quelle multitude en ai-je vue naître et mourir ? Sans parler des bois de Sceaux, de Marly, de Choisy, rasés au niveau des blés, sans parler des bosquets de Versailles que l'on prétend rendre à leurs fêtes ! J'ai aussi planté des jardins ; ma petite rigole, passage des pluies d'hiver, était à mes yeux les étangs du *Praedium rusticum*.

Vu du côté du parc, le château de Maintenon, entouré de fossés remplis des eaux de l'Eure, présente à gauche une tour carrée de pierres bleuâtres, à droite une tour ronde de briques rouges. La tour carrée se réunit, par un corps de logis, à la voûte surbaissée qui donne entrée de la cour extérieure dans la cour intérieure du château. Sur cette voûte, s'élève un amas de tourillons ; de ceux-ci part un bâtiment qui va se rattacher transversalement à un autre corps de logis venant de la tour ronde. Ces trois lignes d'architecture renferment un espace clos de trois côtés et ouvert seulement sur le parc.

Les sept ou huit tours de différentes grosseur, hauteur et forme, sont coiffées de bonnets de prêtre, qui se mêlent à la flèche d'une église, placée en dehors, du côté du village.

La façade du château du côté du village est du temps de la Renaissance. Les fantaisies de cette architecture donnent au château de Maintenon un caractère particulier. On dirait d'une petite ville d'autrefois, ou d'une abbaye fortifiée, avec ses flèches, ses clochers, groupés à l'aventure.

Pour achever le pêle-mêle des époques, on aperçoit un grand aqueduc, ouvrage de Louis XIV ; on le croirait un travail des Césars. On descend du salon du château dans le jardin par un pont nouvellement établi qui tient de la structure du *Rialto*. Ainsi l'ancienne Rome, Venise, le *cinque cento* de l'Italie, se trouvent associés au XVIe siècle de la France. Les souvenirs de Bianca Capello et de Médicis, de la duchesse d'Étampes et de François Ier s'élèvent à travers les souvenirs de Louis XII et de Mme de Maintenon, tout cela dominé et complété par la catastrophe récente de Charles X.

Ce château a été rebâti par Jean Cottereau, argentier de Louis XII. Marot, dans son *Cimetière*, prétend que Cottereau avait été trop honnête homme pour un financier. Une des filles de Cottereau porta la terre de Maintenon dans la maison d'Angennes. En 1675, cette terre fut achetée par Françoise d'Aubigné, qui devint Mme de Maintenon. Maintenon est tombé en 1698, dans la famille de Noailles, par le mariage d'une nièce de la femme de Louis XIV avec Adrien Maurice, duc de Noailles.

Le parc a quelque chose du sérieux et du calme du grand roi. Vers le milieu, le premier rang des arcades de l'aqueduc traverse le lit de l'Eure et réunit les deux collines opposées de la vallée, de sorte qu'à Maintenon une branche de l'Eure eût coulé dans les airs au-dessus de l'Eure. *Dans les airs* est le mot : car les premières arcades, telles qu'elles existent, ont quatre-vingt-quatre pieds de hauteur et elles devaient être surmontées de deux autres rangs d'arcades.

Les aqueducs romains ne sont rien auprès des aqueducs de Maintenon ; ils défileraient tous sous un de ses portiques. Je ne connais que l'aqueduc de Ségovie, en Espagne, qui rappelle la masse et la solidité de celui-ci ; mais il est plus court et plus bas. Si l'on se figure une trentaine d'arcs de triomphe enchaînés latéralement les uns aux autres, et à peu près semblables par la hauteur et l'ouverture à l'arc de triomphe de l'Étoile, on aura une idée de l'aqueduc de Maintenon ; mais encore faudra-t-il se souvenir qu'on ne voit là qu'un tiers de la perpendiculaire et de la découpure que devait former la triple galerie, destinée au chemin des eaux.

Les fragments tombés de cet aqueduc sont des blocs compacts de rocher ; ils sont couverts d'arbres autour desquels des corneilles de la grosseur d'une colombe voltigent : elles passent et repassent sous les cintres de l'aqueduc, comme de petites fées noires, exécutant des danses fatidiques sous des guirlandes.

À l'aspect de ce monument, on est frappé du caractère imposant qu'imprimait Louis XIV à ses ouvrages. Il est à jamais regrettable que ce conduit gigantesque n'ait pas été achevé : l'Eure transportée à Versailles en eût alimenté les fontaines et eût créé une autre merveille, en rendant les eaux jaillissantes perpétuelles ; de là on aurait pu l'amener dans les faubourgs de Paris. Il est fâcheux, sans doute, que le camp formé pour les travaux à Maintenon en 1686 ait vu périr un grand nombre de soldats ; il est fâcheux que beaucoup de millions aient été dépensés pour une entreprise inachevée. Mais certes, il est encore plus fâcheux que Louis XIV, pressé par la nécessité, étonné par ces cris d'économie avec lesquels on renverse les plus hauts desseins, ait manqué de patience, le plus grand monument de la terre appartiendrait aujourd'hui à la France. Quoi qu'on en dise, la renommée d'un peuple accroît la puissance de ce peuple, et n'est pas une chose vaine. Quant aux millions, leur valeur fût restée représentée à gros intérêts dans un édifice aussi utile qu'admirable ; quant aux soldats, ils seraient tombés comme tombaient les légions romaines en bâtissant leurs fameuses *voies*, autre espèce de champ de bataille, non moins glorieux pour la patrie.

C'est dans cette allée de vieux tilleuls, où je me promenais tout à l'heure, que Racine, après le triomphe de la *Phèdre* de Pradon, soupira ses derniers cantiques :

Pour trouver un bien facile
Qui nous vient d'être arraché,
Par quel chemin difficile
Hélas ! nous avons marché !
Dans une route insensée
Notre âme en vain s'est lassée,
Sans se reposer jamais,
Fermant l'œil à la lumière
Qui nous montrait la carrière
De la bienheureuse paix !

Mme de Maintenon, parvenue au faîte des grandeurs, écrivait à son frère : « Je n'en puis plus, je voudrais être morte. » Elle écrivait à Mme de La Maisonfort : « Ne voyez-vous pas que je meurs de tristesse… j'ai été jeune et jolie ; j'ai goûté des plaisirs… et je vous proteste que tous les états laissent un vide affreux. » Mme de Maintenon s'écriait : « Quel supplice d'avoir à amuser un homme qui n'est plus amusable ! » On a fait un crime à la fille d'un simple gentilhomme, à la veuve de Scarron, de parler ainsi de Louis XIV, qui l'avait élevée jusqu'à son lit ; moi, j'y trouve l'accent d'une nature supérieure, au-dessus de la haute fortune à laquelle elle était parvenue. J'aurais seulement préféré que Mme de Maintenon n'eût pas quitté Louis XIV mourant, surtout après avoir entendu ces tendres et graves paroles : « Je ne regrette que vous ; je ne vous ai pas rendue heureuse, mais tous les sentiments d'estime et d'amitié que vous méritez, je les ai toujours eus pour vous ; l'unique chose que me fâche, c'est de vous quitter*. » /* Le reproche que M. de Chateaubriand, après tant d'autres, adresse ici à Mme de Maintenon, a cessé de peser sur la mémoire de cette femme illustre, depuis qu'on a publié la *Relation de la dernière maladie de Louis XIV* par le marquis de Dangeau (Note de Mme Lenormant)*/*.
Les dernières années de ce monarque furent une expiation offerte aux premières. Dépouillé de sa prospérité et de sa famille, c'est de cette fenêtre qu'il promenait ses yeux sur ce jardin. Il les fixait sans doute sur ce conducteur des eaux déjà abandonné depuis vingt ans ; grandes ruines, images des ruines du grand roi, elles semblaient lui prédire le tarissement de sa race et attendre son arrière-petit-fils. Le temps où Le Nôtre dessinait pour Mme de La Vallière les jardins de Versailles n'était plus ; ils étaient aussi passés, plus d'un siècle auparavant, les jours d'Olivier de Serres, lequel disait à Henri IV, projetant des jardins pour

Gabrielle: «On peut cultiver les cannes du sucre, afin qu'accouplées avec l'oranger et ses compagnons, le jardin soit parfaitement anobli et rendu tout magnifique.»

Dans l'absorption de ces rêves qui donnent quelquefois la *seconde vue*, Louis XIV aurait pu découvrir son successeur immédiat hâtant la chute des portiques de la vallée de l'Eure, pour y prendre les matériaux des mesquins pavillons de ses ignobles maîtresses. Après Louis XV, il aurait pu voir encore une autre ombre s'agenouiller, incliner sa tête et la poser en silence sur le fronton de l'aqueduc, comme sur un échafaud élevé dans le ciel. Enfin, qui sait si, par ces pressentiments attachés aux races royales, Louis XIV n'aurait pas une nuit, dans ce château de Maintenon, entendu frapper à sa porte: «Qui va là? – Charles X, votre petit-fils.»

Louis XIV ne se réveilla pas pour voir le cadavre de Mme de Maintenon traîné la corde au cou autour de Saint-Cyr.

MANUSCRIT. – PASSAGE DE CHARLES X À MAINTENON.

Maintenon, septembre 1836.

Mon hôte m'a raconté la demi-nuit que Charles X, banni, passa au château de Maintenon. La monarchie des Capets finissait par une scène de château du Moyen Âge; les rois du passé avaient remonté dans leurs siècles pour mourir. *Les dieux,* comme au temps de César, *nous promettent une grande mutation et grand changement de l'état des choses qui sont à présent, en un autre tout contraire* (PLUTARQUE).

Le manuscrit d'une des nièces de M. le duc de Noailles /l'auteur en est M. de Noailles/, et qu'il a bien voulu me communiquer, retrace les faits dont cette jeune femme avait été le témoin. Il m'a permis d'en extraire ces passages:

«Mon oncle, prévoyant que le roi allait venir (à Maintenon) lui demander asile, donna des ordres pour qu'on préparât le château... Nous nous levâmes pour recevoir le roi, et, en attendant son arrivée, j'allai me placer à une fenêtre de la tourelle qui précède le billard, pour observer ce qui se passait dans la cour. La nuit était calme et pure, la lune à demi voilée éclairait d'une lueur pâle et triste tous les objets, et le silence n'était encore troublé que par le pas des chevaux de deux régiments de cavalerie qui défilaient sur le pont; après eux défila sur le même pont l'artillerie de la garde, mèche allumée. Le bruit sourd des pièces de canon, l'aspect des noirs caissons, la vue des torches au milieu des ombres de la nuit, serraient horriblement le cœur et présentaient l'image, hélas! trop vraie, du convoi de la monarchie.

Bientôt les chevaux et les premières voitures arrivèrent; ensuite M. le Dauphin et Mme la Dauphine, Mme la duchesse de Berry, M. le duc de Bordeaux et Mademoiselle, enfin le roi et toute sa suite. En descendant de voiture, le roi paraissait extrêmement accablé; sa tête était tombée sur sa poitrine, ses traits étaient tirés et son visage était décomposé par la douleur. Cette marche presque sépulcrale de quatre heures, au petit pas et au milieu des ténèbres, avait contribué aussi à appesantir ses esprits, et dans ce moment d'ailleurs la couronne ne pesait-elle pas assez sur son front? Il eut quelque peine à monter l'escalier. Mon oncle le conduisit dans son appartement qui était celui de Mme de Maintenon; il y resta quelques moments seul avec sa famille, puis chacun des princes se retira dans le sien. Mon oncle et ma tante entrèrent alors chez le roi. Il leur parla avec sa bonté ordinaire leur dit combien il était malheureux de n'avoir pu faire le bonheur de la France, que ç'avait toujours été son vœu le plus cher. «Tout mon désespoir, ajouta-t-il, est de voir dans quel état je la laisse; que va-t-il arriver? le duc d'Orléans lui-même n'est pas sûr d'avoir dans quinze jours sa tête sur ses épaules. Tout Paris est là sur la route marchant contre moi: ces commissaires me l'ont assuré. Je ne m'en suis cependant pas entièrement fié à leur rapport; j'ai appelé Maison quand ils ont été sortis et je lui ai dit: – Je vous demande sur l'honneur de me dire, foi de soldat, si ce qu'ils m'ont dit est vrai? – Il m'a répondu: ils ne vous ont dit que la moitié de la vérité.»

Après la retraite du roi, chacun se retira successivement dans sa chambre. Je ne voulus pas me coucher, et je me mis de nouveau à la fenêtre à contempler le spectacle que j'avais sous les yeux. Un garde à pied était en faction à la petite porte du grand escalier, un garde du corps était placé sur le balcon extérieur qui communique de la tour carrée à l'appartement où couchait le roi. Aux premiers rayons de l'aurore, cette figure guerrière se dessinait d'une manière pittoresque sur ces murs brunis par le temps, et ses pas retentissaient sur ces pierres antiques, comme autrefois peut-être ceux des preux bardés de fer qui les avaient foulées…

À sept heures et demie, j'allai faire ma toilette chez ma tante, et à neuf heures je descendis avec Mme de Rivera chez M. le duc de Bordeaux où Mademoiselle vint peu après. M. le duc de Bordeaux s'amusait, avec les enfants de ma tante, à jeter du pain aux poissons, et se roulait avec eux sur des matelas étendus dans la chambre. Rien ne déchirait le cœur comme la vue de ces enfants, riant ainsi aux malheurs qui les frappaient. À dix heures, le roi se rendit à la messe dans la chapelle du château. Ce fut dans cette petite chapelle que l'infortuné monarque fit son sacrifice à Dieu et déposa à ses pieds cette couronne brillante qui lui était si douloureusement arrachée, avec cette admirable, mais inutile

vertu de résignation, héroïsme héréditaire dans sa malheureuse famille. En effet, ce fut à Maintenon que Charles X cessa véritablement de régner; ce fut là qu'il licencia la garde royale et les Cent Suisses, ne gardant pour son escorte que les gardes du corps. De ce moment il ne donna plus d'ordre et se constitua en quelque sorte prisonnier; les commissaires réglèrent sa route jusqu'à Cherbourg.
Après la messe, le roi remonta un instant dans sa chambre puis le sinistre cortège se remit en route à dix heures et demie. Le départ fut déchirant: tous les malheurs et la plus noble résignation se peignaient sur le visage de Mme la Dauphine si habituée à la douleur. Elle m'adressa quelques mots, puis s'avançant vers les gardes qui étaient rangés dans la cour, elle leur présenta sa main sur laquelle ils se précipitèrent en versant des larmes; ses propres yeux en étaient remplis, et elle répétait ces paroles d'une voix émue: «Ce n'est pas ma faute, mes amis, ce n'est pas ma faute.»
M. le Dauphin embrassa M. de Diesbach qui commandait la compagnie des gardes, et monta à cheval. M. le duc de Bordeaux et Mademoiselle montèrent chacun dans une voiture séparée. Le roi partit le dernier; il parla quelque temps à mon oncle d'une manière pleine de bonté, et le remercia de l'hospitalité qu'il avait trouvée chez lui; puis il s'avança vers les troupes et leur fit ses adieux avec cet accent du cœur qui lui appartient. «J'espère, leur dit-il, que nous nous reverrons bientôt.» Un gendarme des chasses se jeta à ses pieds et lui baisa la main en sanglotant, il la donna à plusieurs autres, et se tournant vers le garde à pied qui était de faction, et qui lui présentait les armes: «Allons, dit-il, je vous remercie, vous avez fait votre devoir. Je suis content; mais vous devez être bien fatigué! – Ah! sire, répondit le vieux soldat en laissant couler de grosses larmes sur sa moustache blanchie, la fatigue n'est rien: encore si nous avions pu sauver Votre Majesté.» Un grenadier perça la foule et vint dans ce moment se placer devant le roi: «Que voulez-vous?» lui dit Sa Majesté. «Sire», répondit le soldat en portant la main à son bonnet, «je voulais vous voir encore une fois».
Le roi profondément attendri, se jeta dans sa voiture, et toute cette scène disparut.»

L'AUTEUR DU MANUSCRIT. – MES HÔTES.

Maintenon, septembre 1836.
Les calamités accroissent leur effet du sort de celui qui les raconte: ce récit est l'ouvrage de Mme de Chalais-Périgord, née Beauvillier-Saint-

Aignan. Le duc de Beauvillier fut, sous Louis XIV, gouverneur du prince, tige de la race aujourd'hui proscrite. La dernière fille de l'ami de Fénelon s'est rencontrée sur le chemin du duc de Bordeaux, et elle s'est hâtée d'aller dire à son père qu'elle avait vu passer le dernier héritier du duc de Bourgogne. La jeune princesse réunissait beauté, nom et fortune ; elle avait d'abord envoyé ses pensées dans le monde à la recherche des plaisirs ; son espérance, comme la colombe après le déluge trouvant la terre souillée, est rentrée dans l'arche de Dieu.
Lorsqu'en 1816, je passai par ici pour aller écrire à Montboissier le troisième livre de la première partie de ces *Mémoires*, le château de Maintenon était délaissé ; Mme de Chalais n'était pas encore née : depuis elle a étendu et compté sa vie entière sur vingt-six années de la mienne. Les lambeaux de mon existence ont ainsi composé les printemps d'une multitude de femmes tombées après leurs mois de mai. Montboissier est à présent désert, et Maintenon est habité : ses nouveaux maîtres sont mes hôtes.
M. le duc de Noailles, qui, si rien ne l'arrête, remplira une brillante carrière, n'avait pas voix délibérative lorsque j'étais à la Chambre des pairs : je ne l'ai point entendu prononcer ces discours où il a plaidé, avec l'autorité de la raison et la puissance de la parole, la cause de la France et celle des royales infortunes. Son rôle a commencé quand le mien a fini : il a prêté serment au malheur d'une manière plus utile que moi.
Mme la duchesse de Noailles est nièce de M. le marquis de Mortemart, mon ancien colonel au régiment de Navarre ; elle a une triste et douce ressemblance avec ma sœur Julie.
La Fontaine disait à Mme de Montespan :

Paroles et regards, tout est charme dans vous,
Olympe ; c'est assez qu'à mon dernier ouvrage
Votre nom serve un jour de rempart et d'abri.
Protégez désormais le livre favori
Par qui j'ose espérer une seconde vie.

Dans le mariage de M. le duc de Noailles et de Mlle de Mortemart, sont venues se perdre les rivalités de Mme de Maintenon et de Mme de Montespan. À la présente heure, qui se trouble la cervelle à propos du cœur d'un souverain ? Ce cœur est glacé depuis cent vingt ans, et, dans le décri et l'abaissement des monarchies, les attachements d'un roi, fût-il Louis XIV, sont-ils des événements ? Sur l'échelle énorme des révolutions modernes, que peut-on mesurer qui ne se contracte en un point imperceptible ? Les générations nouvelles s'embarrassent-elles des intrigues de Versailles, qui n'est plus qu'une crypte ? Que fait à la société transformée la fin des inimitiés du sang de quelques femmes, jadis destinées, sous des berceaux ou dans des palais, à la couche de duvet ou de fleurs ?

Cependant, autour des intérêts généraux de l'histoire, ne serait-il pas des curiosités historiques ? Si quelque Aulu-Gelle, quelque Macrobe, quelque Strobée, quelque Suidas, quelque Athénée du Vᵉ et VIᵉ siècle, après m'avoir peint le sac de Rome par Alaric, m'apprenait, par hasard, ce que devint Bérénice quand Titus l'eut renvoyée ; s'il me montrait Antiochus rentré dans cette Césarée, *lieux charmants où son cœur... avait adoré* celle qui en aimait un autre ; s'il me menait dans un château du Liban, habité par une descendante de la reine de Palestine, en dépit de la destruction de la ville éternelle et de l'invasion des barbares, il me plairait encore de rencontrer dans *l'Orient désert* le souvenir de Bérénice.

[En 1841, un chapitre supplémentaire reproduisait une correspondance échangée entre la duchesse de Berry et Chateaubriand. En voici le texte, établi d'après M. Levaillant, (éd. du centenaire, t. IV, pp. 499-514) qui intègre la leçon de SG :]

LETTRES DE MADAME LA DUCHESSE DE BERRY ET RÉPONSES

Rue d'Enfer, fin de septembre 1836.

Soit sécheresse d'âme ou préoccupation d'honneur, je n'ai pu, en la racontant à sa date, m'attendrir sur la catastrophe de Rambouillet dont Mme de Chalais a peint la prolongation à Maintenon. Les voyageurs qui traversèrent ce château en 1830, ont fait bien du chemin, puisque je les ai retrouvés au fond de la Bohême ; jadis dans mes courses je rejoignais ainsi des tribus du ciel que j'avais laissées sur une autre rive :

> *Exilioque domos et dulcia limina mutant [Virgile,* Géorgiques, *II, 511 : « Ils changent pour l'exil la douceur de leurs demeures et de leurs seuils »].*

Les fugitifs de France reverront-ils le jour

> par qui tant d'exilés....
> Sous le toit paternel seront tous rappelés ?

Hyacinthe ayant porté à Mme la duchesse de Berry la lettre par laquelle je lui rendais compte de ma seconde ambassade auprès de Charles X, il me reste à vous faire connaître la suite de mes relations avec la mère de

Henri V. Mme la duchesse de Berry me répondit plusieurs fois. La correspondance que je publie ici /contient l'histoire de mes rapports avec/ la famille royale jusqu'à ce jour.

M. DE CHATEAUBRIAND À MADAME LA DUCHESSE DE BERRY

«Paris, ce 10 novembre 1833.

«Les lettres de Trieste et de Leoben me sont parvenues. Je désire vivement que les promesses faites s'accomplissent. J'ai le malheur d'être incrédule. J'ai peur qu'on ne traîne Votre Altesse Royale de délai en délai. Si l'on espère quelques changements insignifiants, on n'obtiendra rien de décisif sur la déclaration de majorité et l'éducation de Henri V, car peu importe pour la France que celle-ci passe de M. de Damas à M. de Frayssinous. Peut-être, Madame, avez-vous vu ou verrez-vous l'Empereur; peut-être irez-vous jusqu'à Prague, mais on ne vous permettra pas d'y rester. Par toutes ces marches et contre-marches, ces demi-raccommodements, ces entrevues sans résultat positif, on répandra la confusion dans l'opinion royaliste: les uns croiront que Votre Altesse Royale trouve bon ce que l'on fait en Bohême, les autres soutiendront qu'elle le désapprouve.

«Madame a paru désirer qu'un commissaire se rendît à Prague afin de veiller à l'accomplissement des promesses de Leoben. Elle ne m'en parle cependant pas dans sa lettre. Dans tous les cas la chose était impossible à exécuter; personne n'a assez d'autorité pour se charger d'une telle mission; d'autant plus que rien n'étant écrit, tout est niable. Qui pourrait dire à Charles X qu'il ne remplit pas ses engagements, et qui oserait en appeler contre lui au témoignage de Madame la Dauphine?

«Maintenant, Madame, laissant là le passé, si vous ne pouvez demeurer auprès du jeune prince, votre séjour prolongé en Autriche me semblerait une calamité. Doublement prisonnière de Schœnbrunn et de Hradschin, Votre Altesse Royale deviendrait un otage entre les mains des ennemis des Bourbons et de la France. Environnée d'espions et gardée à vue, vos amis, Madame, ne pourraient plus pénétrer jusqu'à vous. Bientôt oubliée dans la nouvelle geôle d'un nouveau Bugeaud, votre rôle politique serait fini. Au contraire, si vous vous fixiez en Italie, à Rome, par exemple, il ne tiendrait qu'à Votre Altesse Royale de s'environner d'hommes en rapport avec les idées et les sentiments de la France. Votre petite cour servirait de contrepoids dans l'opinion, à la cour impopulaire du Baron et du Duc de Prague. Henri, s'il échappait jamais à ceux qui le perdent, trouverait un asile tout préparé auprès de son illustre mère.

« Pour moi, Madame, qu'on ne trompe jamais deux fois, et qui suis trop peu de chose pour compter dans le destin des empires, j'attendrai encore quelques jours *la déclaration qui* (m'avait-on *juré*) *devait arriver en France avant moi.* Si je ne la reçois pas dans le courant de ce mois de novembre, je m'ensevelirai avec les malades de ma femme dans mon hospice ; je resterai fidèle, car je ne puis cesser de l'être, mais je ne servirai plus. Vous seule, Madame, me pourriez déterminer à m'occuper encore d'un avenir qui, malheureusement, a peu de chances, et que l'on gâte à plaisir par un incroyable mélange de folie et de stupidité. Je veux bien appartenir à une opinion vaincue, mais non pas à une coterie imbécile et caduque, qui prétend rentrer en France précédée d'*Oremus* et suivie d'armées étrangères, entre des Chantres et des Cosaques.
« CHATEAUBRIAND. »

« 19 novembre.
« La difficulté de trouver parmi les serviteurs de Votre Altesse Royale une personne assez riche pour voyager à ses frais a retardé le départ de cette lettre. Les journaux ont appris successivement qu'un juste-milieu s'est établi à Prague. M. de Damas et le Révérend père sont partis, dit-on. Mais M. de Barrande ne rentre pas, et M. de Villatte est renvoyé. On ajoute que Madame va passer l'hiver à Vienne. Je ne puis que répéter ce que j'ai pris la liberté de dire dans cette lettre. En Autriche et surtout à Vienne, Votre Altesse Royale se livre à la police de Prague et aux mains de ses ennemis. Il se peut, au surplus, que toutes ces nouvelles ne soient que des bruits de gazette.
« CHATEAUBRIAND. »

M. DE CHATEAUBRIAND À MADAME LA DUCHESSE DE BERRY

« Paris, 17 décembre 1833.
« Madame,
« J'ai eu l'honneur d'écrire à Votre Altesse Royale, et de lui dire dans une lettre qu'elle aura, j'espère, reçue, ce que je pensais de sa situation. Mon opinion n'est pas changée. Je crois toujours que Madame doit sortir le plus tôt qu'elle pourra des États autrichiens, soit qu'elle aille ou n'aille pas à Prague ; qu'elle doit se placer en dehors des polices, des intrigues, des mensonges et des inimitiés, dans une position indépendante. Votre Altesse Royale entourée de ses amis à Rome ou en Hollande sera toute-puissante, et conservera son influence politique ; à Gratz ou à Prague, elle disparaîtra, essuiera mille dégoûts, et ne sera pas même utile à l'éducation de son fils.

Toujours aux ordres de Madame, mon dévouement ne finira qu'avec ma vie.
« Je suis avec le plus profond respect,
« de Votre Altesse Royale,
« le très humble et très obéissant serviteur,
« CHATEAUBRIAND. »

M. DE CHATEAUBRIAND À MADAME LA DUCHESSE DE BERRY

« Paris, 20 mars 1834.
« Madame,
« Je partage les inquiétudes dont Votre Altesse Royale a bien voulu m'entretenir dans sa dernière lettre. Je ne crois plus à Prague, et mon opinion est toujours qu'il eût mieux valu se refuser à l'entrevue de Leoben. Madame n'obtiendra pas ce qu'elle va chercher ; on veut rester maître, à Hradschin, de ce qu'on a ; les eaux qu'on va prendre ne sont qu'un prétexte pour éviter Votre Altesse Royale. Que fera-t-elle à Prague ou dans les environs ? Pourra-t-elle y tenir ? Il résultera de ce voyage un autre mal : il fera naître une illusion en France ; on croira, Madame, que vous êtes d'accord de tout ce qui se passe, au grand dommage de l'avenir, que vous approuvez l'éducation, que vous entrez dans l'opinion de vos vieux parents ; l'impopularité qui s'attache, à tort ou à raison, à leur personne, retombera sur vous. C'est déjà trop que la famille royale soit en Autriche pour que la mère de Henri V aille encore se placer dans cette espèce de succursale de Blaye. J'ai poussé à la réunion tant que je l'ai crue possible : rien n'eût été mieux sans doute que Marie-Caroline surveillant avec Madame la Dauphine une éducation agréable à la France. Mais cela ne pouvant être, il vous importe, Madame, de prouver aux Français que vous n'adoptez aucune des idées, aucun des préjugés dont malheureusement Hradschin est imbu.
« Votre Altesse Royale croit qu'ayant fait tous ses efforts pour éclairer ses parents, elle sera dans une meilleure position pour se séparer d'une communauté de principes qui lui serait funeste. Mais pourra-t-elle rompre avec l'éclat nécessaire à l'instruction du public ? Ne sera-t-elle pas arrêtée par cet éclat même ? Si elle se retire sans protester, on dira qu'elle a tout approuvé ; déjà les misérables feuilles le font entendre : "Si Madame reste en gémissant dans quelque coin de la Bohême, la vérité ne sera connue que de ceux à qui elle aura confié ses secrètes douleurs." Peut-être que par un grand sacrifice, Votre Altesse Royale prévoyant l'avenir veut se trouver dans le voisinage de son fils au moment décisif. Combien faudra-t-il attendre d'années ? Et quand au bout de ces années Henri V serait

privé de son auguste aïeul, n'aurait-il pas achevé son éducation dans les voies où elle est engagée ? Henri presque arrivé à l'âge de l'indépendance et déjà formé, écouterait-il son héroïque mère, contre laquelle les plus coupables des hommes ne cessent de lui inspirer des préventions ? Madame, j'ai toujours pensé que vous deviez vous hâter de sortir des États de l'Empereur ; toutes les politesses de votre oncle ne feront pas disparaître les inconvénients que le système autrichien attache à votre position vis-à-vis de la France. Je voudrais que vous n'eussiez pas sollicité un asile à Rome. La puissance tombée et malheureuse ne doit jamais demander d'avance l'hospitalité, parce qu'elle est sûre d'être refusée. Partout où Mme la Duchesse de Berry surgira, inattendue, elle est à peu près certaine d'y rester ; trop d'opprobre s'attacherait aux rigueurs exercées envers elle ; mais si elle écrit : "Puis-je arriver ?" on lui répondra : "Non !" Madame, dans sa générosité, ne peut se faire une idée de la lâcheté des princes.

« Si Votre Altesse Royale persiste dans sa résolution d'aller à Prague, qu'elle déclare à sa famille qu'elle ne vient point pour y rester, mais seulement pour demander une dernière fois l'acte de majorité et le changement d'éducation. Si on lui refuse ces deux points, comme on les lui refusera, qu'elle remonte aussitôt en voiture, et qu'elle s'éloigne ! Elle ne doit point pleurer, demander grâce, s'amoindrir ; elle doit prendre l'initiative : elle doit se retirer avant qu'on la chasse ; partout où elle fixera sa demeure, elle sera environnée de ses amis. La responsabilité des folies du nouveau Coblentz restera désormais tout entière à ceux qui les font. Mon dessein avait été, Madame, après que l'on m'eut si déloyalement manqué de parole, de remettre les pouvoirs dont on m'avait honoré, mais pour ne rien faire d'intempestif, pour ne rien brouiller, pour ne pas contrarier vos projets, j'ai suspendu l'envoi de ma démission. J'attends le résultat de la dernière expérience que va tenter un dévouement maternel que ne lassent ni les obstacles ni les périls.

« Vos ordres, Madame, seront toujours reçus par moi avec autant d'obéissance que de respect,

« CHATEAUBRIAND. »

MADAME LA DUCHESSE DE BERRY À M. DE CHATEAUBRIAND

« Gratz, 14 avril 1834.

« J'ai reçu par Germont votre lettre du 20 mars dernier, et je veux y répondre avant mon départ. Je ne me fais pas d'illusion, Monsieur, sur les difficultés qui m'attendent dans ma famille. J'y vais, parce que mes amis s'accordent en général à le désirer. J'y vais enfin parce que je veux pouvoir me dire que j'ai tout tenté, tout essayé dans l'intérêt de mon fils. J'y vais, surtout, parce que c'est un devoir autant qu'un besoin pour moi de me rapprocher de mes enfants. Si je ne réussis point, j'aurai au moins un titre de plus pour renvoyer à d'autres la responsabilité tout entière du mal qui continuerait à se faire. L'opinion de mes amis, je l'espère, me tiendra compte de mes efforts, parce que tout se sait en France, et elle se montrera d'autant plus disposée à me soutenir dans le parti, quel qu'il soit, auquel je me verrai forcée de recourir plus tard. Soyez bien convaincu, Monsieur, que je suis résolue à demander avec toute la fermeté convenable l'acte de la majorité et le changement d'éducation, but si essentiel de mon voyage que je me sentirais au besoin la force de lui sacrifier même tout le contentement que ma tendresse maternelle en attend. Mais si pour atteindre ce but, je me vois dans la nécessité d'user de persévérance et de quelque tempérament, je ne cesserai pas, je l'espère, d'être comprise de la France dans cette situation difficile. Je crois avoir assez fait pour lui prouver que je ne suis étrangère à rien de ce qu'elle aime, et de ce qu'elle désire. Mais cette nouvelle épreuve à laquelle j'ai dû me résigner, n'en est pas moins rude et amère. J'ai besoin de me sentir soutenue par mes amis ; vos conseils surtout continueront à m'être d'un grand prix, et j'ai vu avec bien du plaisir qu'en suspendant l'envoi de votre démission vous vous êtes réservé un moyen de plus d'être utile aux intérêts de mon fils.

« J'ai reçu hier des nouvelles affligeantes de la santé de votre femme ; je n'ai pas besoin de vous dire avec quelle anxiété je vais en attendre de meilleures. Croyez bien, Monsieur, à tout l'intérêt que je ne cesserai de prendre à tout ce qui vous touche ; vous en avez la garantie dans les sentiments bien sincères que je vous ai voués.

« MARIE-CAROLINE. »

« P.-S. – C'est le 23 de ce mois que je pars ; je compte m'arrêter le 27 et le 28 chez mon oncle et être rendue dans ma famille le 2 mai. Donnez-moi quelquefois de vos nouvelles. »

MADAME LA DUCHESSE DE BERRY À M. DE CHATEAUBRIAND

« Brandeïs, le 5 août 1834.

« Je n'ai pas de vos nouvelles depuis longtemps, Monsieur le Vicomte, mais je connais trop bien vos sentiments pour m'affliger de votre silence, et vous m'auriez suivie, je n'en doute pas, avec votre sollicitude accoutumée dans la situation que j'ai cru devoir accepter pour me rapprocher de mes enfants et de ma famille.

«J'étais sans illusions, vous le savez, sur la nature des difficultés qui m'attendaient ici et sur les effets d'un aveuglement de plus en plus incurable. Mais je devais à moi-même et au vœu bien prononcé de la plupart de mes amis de me rapprocher le plus possible de mes enfants, et de rétablir mes rapports de famille avant de m'engager avec les parents de mon fils dans une discussion sur les questions qui me touchent le plus vivement, celles de ses droits et de son éducation. On me demandait même avec instance de laisser traiter ces deux questions par des tiers afin d'éviter toute collision personnelle, d'autant plus que l'action des meilleurs et des plus notables amis de mon fils devait, disait-on, suppléer à la mienne. Vous avez sans doute connu toutes les démarches qui ont été faites en conséquence et leur peu de succès; soit qu'elles aient manqué de force et d'à-propos, soit plutôt qu'elles aient rencontré ici des dispositions contre lesquelles les voies de la persuasion ne peuvent rien. Le temps a marché cependant; et, voyant arriver la mauvaise saison pendant laquelle ma santé exigera probablement un climat moins rigoureux que celui de la Bohême, et bien décidée également à ne jamais m'éloigner de mon fils tant que je ne le verrai pas mieux entouré, j'ai cru devoir alors prendre l'initiative auprès du Roi Charles X et me prononcer énergiquement dans une lettre qui vous sera communiquée sur les garanties qui ne pouvaient être plus longtemps refusées quant à la manifestation de ses droits et à son éducation surtout.

«Cette première démarche, à laquelle je ne compte pas me borner, et dont j'ai dû prévoir et accepter toutes les conséquences, vient à l'appui des dernières tentatives faites par mes amis de l'intérieur. Les trois mois qui viennent de s'écouler dans l'attente et une sorte d'inaction de ma part auront servi au moins à mettre de plus en plus en évidence des dispositions sur lesquelles plusieurs d'entre eux aimaient encore à s'abuser. La responsabilité ira donc à qui de droit désormais; c'est beaucoup, et sous ce rapport je me confirme de plus en plus dans le parti que j'ai pris. D'ailleurs, en jetant les yeux autour de moi, en voyant ce qui se passe, je demeure convaincue que les circonstances n'en comportaient pas d'autres. Mais me voici cependant ramenée par la force des choses dans une sphère d'action et dans des voies où les avis et l'assistance de mes amis me seront plus que jamais nécessaires. J'aurais même lieu de désirer très probablement que la presse intérieure intervienne avec à-propos dans des questions qu'elle s'est interdites jusqu'à présent. Donnez-moi vos conseils à cet égard, Monsieur le Vicomte, comme sur tout ce que je viens de vous confier, et croyez à la haute estime comme à l'inaltérable attachement de

«MARIE-CAROLINE.

«Mes tendres souvenirs à votre femme.»

M. DE CHATEAUBRIAND À MADAME LA DUCHESSE DE BERRY

«Paris, ce 28 août 1834.

«Madame,

«La lettre dont vous avez daigné m'honorer ne m'est parvenue que le dix-septième jour après celui de sa date. Je n'avais pas osé importuner de nouveau Votre Altesse Royale; ayant déjà pris la respectueuse liberté de lui dire ce que je pensais du voyage de Prague, qu'aurais-je ajouté? J'ai toujours été persuadé qu'on n'obtiendrait rien du Hradschin; que plus on prierait, plus on se montrerait soumis, moins on l'amènerait aux deux grandes mesures relatives à la majorité et à l'éducation. Aujourd'hui, Madame a pu se convaincre de cette triste vérité par sa propre expérience. Mais les doléances et les retours sur le passé sont inutiles, il s'agit du présent.

«Je ne conseillerai jamais un demi-parti à personne, encore moins à Votre Altesse Royale. À présent qu'elle a mis de son côté tous les procédés, veut-elle sortir d'une position qui la compromettrait avec la France, qui lui enlèverait toute influence politique car on la supposerait tombée dans les idées du vieux Roi et contribuant à la perte de son fils? Il n'y a qu'un moyen pour cela, c'est de se séparer de Prague, de chercher un coin de terre indépendante pour y vivre. Là, comme je crois l'avoir déjà dit à Madame, elle pourra s'entourer de ses amis, elle expliquera sa conduite, elle racontera ce qu'elle a fait et ce qu'elle voulait faire; elle renverra la responsabilité de l'éducation du jeune prince à qui de droit; elle montrera aux Français qu'il y a une autre cour que celle de Bohême; que dans cette cour se trouvent des espérances raisonnables, des intérêts semblables aux intérêts de la nation.

«Il faut que Madame sache bien que désormais on ne peut plus parler au pays si elle ne lui parle la première, que la presse est usée et timide, que toutes les voix sont impuissantes si elles ne sont ranimées par celle de la mère de Henri. Tout marche vite à l'oubli en France. Quatre ans se sont écoulés; une élection nouvelle promet une majorité ennemie pour cinq autres années; un mouvement en Europe n'est guère présumable, et précéderait mal une restauration. Après un demi-siècle de révolution, la lassitude est partout; l'égoïsme, l'indifférence, la corruption vont augmentant; les générations monarchiques meurent; les générations républicaines arrivent avec la haine et le mépris du passé. Il est temps, plus que temps, de s'arrêter à un parti, de prendre position pour l'avenir. Cet avenir peut être prochain, parce qu'il y a toujours de l'imprévu et de la soudaineté en France; il peut être éloigné; il peut enfin n'être jamais à nous: mais du moins, Madame, vous aurez tout fait pour le conquérir, et vous mettrez la gloire à votre côté si vous n'y mettez pas la fortune.

«Dans la résolution à laquelle vous vous fixerez, vous me trouverez toujours prêt à vous sacrifier ce qui me reste de force et de jours; alors je m'expliquerai plus en détail sur ce qu'on aurait à dire et à faire. Votre Altesse Royale paraît devoir passer l'hiver à Göritz; il deviendra moins difficile de communiquer avec elle.
«CHATEAUBRIAND.»

MADAME LA DUCHESSE DE BERRY À M. DE CHATEAUBRIAND

«Brandeïs, 9 octobre 1834.
«Votre lettre du 28 août m'a trouvée, mon cher Fénelon, dans des perplexités dont je n'entrevois pas encore le terme.
«Je comptais, en effet, aller à Göritz, mais dans le cas seulement où ces grands intérêts pour lesquels je lutte depuis six mois auraient enfin été réglés par l'aïeul de mon fils.
«Me retirer et céder la place sans avoir obtenu aucune de ces garanties offre de bien graves inconvénients; me retirer, surtout quand il peut s'agir d'un éloignement qui me serait presque imposé, et que ma famille *qui l'exige* me fait *conseiller* par Vienne, serait peu conforme aux intérêts de ma dignité personnelle. Il est donc probable que je ne fléchirai pas devant de pareilles exigences, *volontairement du moins*, tout en ne perdant pas de vue le troisième parti que vous me conseillez. Il me rendrait sans doute une plus grande liberté d'attitude. Mais que de difficultés j'entrevois encore dans les moyens d'exécution, à commencer par le choix d'un petit coin de terre hospitalière, d'où la mère de Henri V pourrait parler haut et librement!
«Quoi qu'il en soit, ne pourrait-on dès à présent, réveiller l'engourdissement du parti royaliste par le tableau de ce qui se passe ici, exposer hautement par la voix de la presse la situation du jeune Roi, placé, peu s'en faut, entre deux usurpations de famille, et tous les griefs, toutes les alarmes d'une grande opinion qui se voit attaquée ainsi dans ses dernières espérances?
«Mme d'Hautefort, qui vous remettra cette lettre, vous donnera tous les détails de cette triste situation, et M. de Suleau y ajoutera bientôt d'autres renseignements sur ce qu'il a vu et sur le parti que j'aurai pris. Croyez partout et toujours, mon cher Fénelon, à mes sentiments invariables d'admiration et d'affection sincères pour votre caractère et pour votre personne.
«Je suis heureuse de savoir Mme de Chateaubriand mieux dans ce moment: j'ai partagé bien vivement les craintes qu'elle vous a données cet été; dites-le-lui bien en me rappelant à son souvenir.
«MARIE-CAROLINE.»

MADAME LA DUCHESSE DE BERRY À M. DE CHATEAUBRIAND

«Brandeïs, 1er février 1835.

«Vous aviez de bien justes prévisions, mon cher Fénelon, lorsqu'à votre dernier voyage vous m'annonciez qu'il n'y avait aucun espoir d'arriver au bien par les moyens de la persuasion. Les hommes de Hradschin sont sourds à la raison, et s'ils ont paru vouloir entrer dans les voies de la conciliation, ce n'était que pour me tromper plus sûrement. J'ai épuisé les ressources de la patience et de la douceur. Il fallait tout l'amour que renferme le cœur d'une mère, pour me soutenir dans de longues épreuves, qui sont devenues plus cruelles que jamais, puisque j'ai pu mourir sans espérer que mes enfants viendraient me fermer les yeux.

«Quels sentiments de pudeur pourraient désormais arrêter ceux qui repoussent les plus fidèles serviteurs parce qu'ils ont osé parler de moi à [mes] enfants? Il ne reste maintenant personne qui ose révéler à Henri V qu'il est Roi et lui rappeler qu'il a une mère qui saurait combattre encore pour conquérir son trône.

«Devant lui, on tait mon nom, et on lui apprend à méconnaître les noms de ses plus fidèles amis; on l'élève dans l'aversion des nobles devoirs que la Providence lui a imposés, et on le nourrit dans une sorte d'antipathie contre le temps et le pays où il est destiné à vivre. Ses sentiments de piété filiale sont perfidement préparés à servir de justification à la spoliation qu'on ne craint plus d'avouer à la face de l'Europe.

«Jugez comme mon cœur doit se briser quand je sens arracher une à une les espérances que j'avais conçues pour notre France et pour moi; mais il me reste tout mon courage, et je me sens forte de l'appui de mes amis. Je ne veux point laisser achever cette œuvre de ténèbres sans élever ma voix. Je sais combien la vôtre a de puissance; vous ne refuserez pas, j'espère, de la prêter à une mère pour défendre les droits d'un Roi orphelin. C'est vous qui avez donné aux amis de mon fils leur mot de ralliement; ils se presseront autour de vous quand vous le répéterez, et vous saurez encore créer pour Henri V un avenir. Lorsque mon fils sera rendu à mes vœux, je lui apprendrai quels périls l'entouraient et d'où le salut lui sera venu.

«Je vous prie de dire de ma part mille amitiés à votre femme; et vous, croyez bien à celle de

«MARIE-CAROLINE.»

MADAME LA DUCHESSE DE BERRY À M. DE CHATEAUBRIAND

« Brandeïs, 29 mars 1835.

« J'ai reçu par M. Hun le duplicata de votre lettre du 28 août 1834, mon cher Vicomte, et ce que vous y avez ajouté dans le même sens à l'époque où vous m'écriviez ainsi après tout ce qui s'était passé, sous l'impression des circonstances qui ne laissaient rien espérer pour un avenir prochain. Vos conseils me paraissaient profondément fondés ; j'étais déjà prête à les suivre. Presque décidée à m'éloigner de Prague, je n'hésitais plus que sur le choix du lieu où je pourrais le plus facilement m'entourer de mes amis, et l'espoir de vous voir près de moi n'eût pas manqué d'exercer une influence sur ma détermination. Mais au moment où je m'y attendais le moins, de nouvelles relations se sont établies entre mes enfants et moi. J'ai trouvé dans mon fils des dispositions de confiance et d'amitié si grandes, si inattendues, que j'ai dû modifier mes intentions. Cultiver en lui ces heureuses dispositions, les mettre à profit pour faire une sorte de contrepoids à l'éducation qu'il m'était impossible de changer, était un devoir pour moi, et je trouvais un puissant attrait à le remplir. Mes relations continuelles avec Henri V depuis deux mois n'ont fait que me confirmer dans l'opinion que je puis exercer une influence favorable sur lui. C'est par moi seule qu'il communique avec le monde réel, et qu'il apprend à se défier d'impressions funestes auxquelles il aurait pu, sans ce préservatif, se livrer en toute sécurité. Pour lui, systématiquement isolé du contact de tous les hommes qui pourraient ou qui devraient lui dire la vérité, ma voix ne peut être sans effet. Je dois donc rester à portée de la lui faire entendre.

« Les preuves que je viens de recevoir de la bienveillance particulière du nouvel Empereur, de l'Impératrice et de toute la famille impériale me donnent l'assurance qu'aucune volonté ne pourra désormais s'interposer entre mes enfants et moi ; j'aurai la liberté de remplir mes devoirs de mère et mes enfants pourront, par l'expression de leur tendresse, reconnaître le prix de mes soins. Je ne puis encore juger quelle marche adoptera la personne que Charles X vient d'appeler près de mon fils. Elle m'a priée de suspendre mon jugement jusqu'à ce qu'elle ait accompli sa tâche. Si elle doit exercer une forte et heureuse influence sur Henri V, je pourrai bientôt en acquérir la preuve, et je serai la première à applaudir au choix du nouveau venu, comme je rends justice à l'honorable caractère qu'il a montré dans les circonstances antérieures.

« Ma position actuelle me fait ajourner l'exécution de la résolution que j'avais prise d'élever la voix, suivant les conseils de mes amis. À mon retour de Vienne, je pourrai vous instruire plus en détail des dispositions

du nouveau souverain, qui s'annoncent de la manière la plus favorable pour la cause de mon fils et pour moi.
« Continuez à soutenir le courage de mes amis et à les rallier autour d'un même centre. Vous savez quelle confiance j'ai en vos efforts ; vous ne devez pas en avoir une moindre dans ma reconnaissance.
« Je vous prie de dire mille choses aimables de ma part à votre femme. J'espère que sa santé est meilleure. Croyez bien à toute mon estime et amitié. Le comte Lucchesi me prie de le rappeler à votre souvenir.
« MARIE-CAROLINE. »

Cette correspondance fait voir que malgré mon peu de foi dans la Légitimité, je lui ai été aussi fidèle en conseil qu'en action : j'ai osé tout lui dire. Il y a dans l'âme de Mme la Duchesse de Berry une véritable grandeur pour qu'elle ait pu entendre sans me prendre en haine des vérités aussi peu déguisées. L'affabilité de ses lettres est toute charmante. J'ai indiqué à la mère de Henri V ce qui me semblait le mieux fait pour la mettre en harmonie avec le temps et les événements. Si Mme la Duchesse de Berry m'eût écouté, les dispositions de sa famille étant connues, elle se fût mise à l'écart ; elle n'eût pas gaspillé ses jours dans des tracasseries, lesquelles ont fini par l'éteindre. Je lui ai proposé une vie de combat et de malheur ; je me serais dévoué à sa fortune ; je l'aurais suivie, l'eût-il fallu, au-delà des mers ; mais cette femme brave comme un soldat, n'a pas le courage patient du chef ; elle ne sait rien attendre ; elle ne sait point préparer les chemins aux événements, pour descendre vers elle dans le casuel de l'avenir. Elle a préféré une existence princière à la suite, avec des cousins et des cousines rois et reines, à des jours de sacrifices qui, en dernier résultat, pouvaient être utiles à son fils. Épouse et mère avant tout, elle a trouvé le bonheur près des Lares d'un paisible foyer : eh bien ! n'aurait-elle pas choisi le bon lot ? Par le temps qui court, ne vaut-il pas mieux être l'heureuse comtesse de Lucchesi, que la mère infortunée d'Henri V ?
Au surplus ces dissidences sans résultat* *[* En 1845, Chateaubriand a résumé ce chapitre dans les quelques lignes suivantes :* « Hyacinthe porta à Mme la duchesse de Berry la lettre par laquelle je lui rendais compte du résultat de ma seconde ambassade auprès de Charles X. Mme la duchesse de Berry me répondit plusieurs fois. Notre correspondance fait voir que malgré mon peu de foi dans la légitimité, je lui ai été aussi fidèle en conseil qu'en action : j'ai osé tout lui dire : il y a dans l'âme de Mme la duchesse de Berry une véritable grandeur pour qu'elle ait pu entendre des vérités aussi peu déguisées. J'ai indiqué à la mère de Henri V ce qui me semblait le mieux fait pour la mettre en harmonie avec le temps et les événements. Je

lui ai proposé une vie de combat et de malheur ; je me serais dévoué à sa fortune ; je l'aurais suivie, l'eût-il fallu, au-delà des mers : mais cette femme brave comme un soldat, n'a pas le courage de l'attente ; elle ne sait point préparer les chemins aux événements, elle a préféré une existence princière avec des cousins et des cousines rois et reines. Eh bien, n'a-t-elle pas choisi le bon lot ? par le temps qui court, ne vaut-il pas mieux être l'heureuse comtesse de Lucchesi que la mère infortunée de Henri V ? Au surplus, ces agitations sans résultat, ces projets d'une cour bannie» *(éd. du centenaire, t. IV, p. 696)*, ces agitations sans importance, ces projets d'une cour bannie, si je les reproduisais ici, ne seraient maintenant que les tédieuses *[du latin taedium : «ennuyeuses jusqu'à inspirer le dégoût», propose M. Levaillant]* tracasseries d'un petit ménage. Les esprits graves n'y retrouveraient avec douleur que les misères et les illusions qui suivent éternellement les hommes. Jacques second ne raconte-t-il pas avec orgueil qu'il refusa le royaume britannique pour ses successeurs ? Il ne voulut aucun accommodement ; il restait inébranlable dans ses convictions : il se croyait sûr de triompher de l'usurpation, et cette usurpation sans s'embarrasser des prétentions jacobites, marchait à ce haut point de puissance où elle est arrivée. Ainsi tout passe : l'homme au bord de l'abîme est réduit à compter les minutes qui tombent goutte à goutte dans l'Éternité.

L. XLIII, chap. 1

(a) p. 2881
... détestent *(Ms 1847)*.

(b) p. 2882. Ms 1847 porte le même texte, mais Ms 1845 donne :
... il ne craint pas.

(c) p. 2882. Ms 1845 ajoutait, sous une biffure :
... il a secoué le poids de notre gloire et il méprise notre inimitié.

(d) p. 2883. Ms 1845 ajoutait, sous une biffure :
... il a retranché 33 millions d'hommes de son royaume qui du reste ne lui auraient fait aucune opposition.

(e) p. 2883. Ms 1845 portait, sous une biffure :
... l'honneur et la prépondérance de la France. Ils le nommeraient avec joie grand sergent de ville de la royauté ; et lui se glorifierait d'avoir muselé ses frères naturels les bâtards insolents d'Égalité. Philippe n'est

pas un vrai Roi, c'est le Prévôt ou le grand sergent de ville de la Royauté à qui l'Europe crache au visage : le délateur patenté s'essuie et remercie, pourvu qu'on le maintienne dans sa place.

(f) p. 2883. Ms 1845 ajoutait, sous une biffure :
... dont le déversoir est à l'égout.

(g) p. 2883. Ms 1845 ajoutait, sous une biffure :
... Loin de s'éclairer Philippe s'applaudira de plus en plus de sa conduite : son affaiblissement graduel lui paraîtra chaque jour le perfectionnement de son habileté.

(h) p. 2883. Ms 1845 portait, sous une biffure, pour la fin de ce paragraphe :
... Du reste, nul n'a le droit de le mépriser, car tout le monde est au niveau du même mépris ; le monarque et le peuple se contrepèsent : mettez une vertu dans l'un ou l'autre bassin, et l'équilibre est rompu. Néanmoins si des abjections sous lesquelles on se courbe vous permettent de ramper à travers des abaissements où ne passerait point une tête élevée, ces abjections finissent par s'écrouler sur vous et elles vous écrasent.
Ce sont donc nos aptitudes de caudataires qui ont encouragé les espérances de Louis-Philippe dans l'avenir et fait ses succès dans le présent. Mais quelles que soient les prospérités qu'il touche et qu'il rêve, en dernier résultat, ou lui, ou ses enfants ne prospéreront pas, parce qu'il délaisse les peuples dont il tenait tout. D'un autre côté les rois légitimes délaissant les rois légitimes, tomberont : on ne renie pas impunément son principe. Si des révolutions ont été un instant détournées de leur cours, elles n'en viendront pas moins grossir le torrent qui cave l'ancien édifice social. Personne n'a joué son rôle, et personne ne sera sauvé. Que Philippe ait échappé aux insurrections, aux assassinats, à l'entreprise du prince Louis, cela ne prouve qu'un bonheur à part et dans lequel son bonheur personnel a masqué sa couardise nationale. De l'entreprise du Prétendant napoléonien ressort cette vérité, à savoir que depuis les trois journées le trône est un siège vacant ; on court la couronne, comme autrefois on courait la bague ; le plus adroit ou le plus chanceux l'enlève.

(i) p. 2884. Ms 1845 ajoutait, sous une biffure :
... que le Duc de Reichstadt l'a réclamé en vain, et qu'il a été arraché du front du Prince Louis.

(j) p. 2884. Ms 1845 ajoutait, sous une biffure :
... impossible aujourd'hui.

(k) p. 2884. Ms 1845 ajoutait, sous une biffure:
... Un Président aujourd'hui remplirait donc parfaitement les fonctions d'un Roi.

(l) p. 2886. Ms 1845 ajoutait, sous une biffure:
... Les Souverains ont repoussé le quêteur d'alliances.

(m) p. 2886. Ms 1845 ajoutait, sous une biffure:
... il faut qu'il prépare ses moyens d'exécution; c'est pourquoi il courtise aujourd'hui les soldats après avoir courtisé le peuple: toutes ces lenteurs...

(n) p. 2886. On peut citer ici deux fragments de Ge consacrés à Henri V:
... l'ancienne France dans sa chute. Jamais les successeurs légaux d'un roi décapité n'ont porté longtemps après lui sa robe déchirée. Un échafaud élevé entre un peuple et un roi les empêche à jamais de se voir et de se reconnaître. Un crime d'État est non seulement un crime, mais c'est une révolution; la plaie faite par ce crime ne se referme point. La tête de Capet était si haute que les petits bourreaux furent obligés de l'abattre pour prendre sa couronne, comme les Caraïbes coupaient le palmier afin de cueillir son fruit. Le tronc flétri de l'antique monarchie gît à terre; il ne fleurira plus. Cherchez, en effet, quelque moyen virtuel de monarchie, de restauration: Henri, dit-on, a contre lui *le connu*, mais il a dans ses chances *l'inconnu*, l'accident. Accordons cela. Il est certain que la mobilité de la nation donne le droit de tout supposer: elle déjoue tous les calculs et déconcerte tous les raisonnements. Maintenant figurez-vous Henri transporté au Louvre par un de ces coups de vent politiques si fréquents dans notre patrie. Figurez-vous ce jeune prince *[*la suite manque*] (P. Clarac,* À la recherche...., *pp. 365-366).* J'avais encore quelque jeunesse quand Napoléon sortit de l'île d'Elbe. Je m'irritais, n'étant occupé que de la société du moment; j'avais raison de trouver qu'on la conduisait très mal. Mais, à force de voir se répéter les mêmes erreurs, je compris enfin que j'existais dans un temps de transformation et non de conservation. Alors le mot de l'énigme m'a été donné: tout s'accomplit pour la création d'une société nouvelle, plus ou moins éloignée, plus ou moins bonne, plus ou moins mauvaise, que j'ignore. Cela posé, je sais pourquoi rien n'a réussi quand il s'est agi de maintenir, pourquoi tout a succédé quand il a été question de détruire. Je sais pourquoi Louis XVI, malgré ses vertus, et à cause de ses vertus, a marché à l'échafaud.
Un échafaud élevé entre un peuple et un roi les empêche à jamais de se voir et de se reconnaître. Un crime d'État est non seulement un crime, mais c'est une révolution. La plaie faite par ce crime ne se refermera point. La

tête de Capet était si haute, que les petits bourreaux furent obligés de l'abattre pour prendre sa couronne, comme les Caraïbes coupent le palmier afin de cueillir son fruit. Le tronc flétri de l'ancienne monarchie gît à terre. Il ne fleurira plus *(H. Guillemin,* L'Homme des Mémoires, *p. 321).*

(o) p. 2887.
... le jeune héritier de saint Louis *(Ms 1847 et 1845).*

(p) p. 2888. Plusieurs fragments de Ge peuvent être rapprochés de ces lignes :
... Les nations marchent à leur destinée. Comme certaines ombres du Dante, il leur est impossible de s'arrêter, même dans le bonheur. La France a renvoyé les Bourbons parce que, froids, infirmes et fatigués, ils étaient incapables de conduire le peuple plus loin *(H. Guillemin,* L'Homme des Mémoires, *p. 321)*; Dans dix ans, qui aura connu Henri V ? Qui s'en souviendra ? Qui voudra hasarder une révolution pour le remettre sur le trône, sans savoir s'il y resterait ? La légitimité n'est plus ni un sentiment ni un dogme. C'est un accident, heureux selon les uns, malheureux selon les autres, qui peut arriver, ou n'arriver pas *(*ibid., *p. 320);* Je serais d'autant plus malheureux dans cette auguste vieillardière que, ne croyant ni à la Restauration, ni même au maintien de la monarchie en Europe, je serais là sans les élans de l'espérance et sans les consolations de la foi.
Je suis pour la légitimité ce qu'était Libanius pour le paganisme. Je gémis sur la destruction des temples, je lève les mains vers Jupiter. J'invoque la majesté de Rome. Mais je sais bien que le dieu du Capitole est de bois et que Rome ne se relèvera plus de sa poussière *(Bibliothèque publique et universitaire de Genève, H. Guillemin,* L'Homme des mémoires, *p. 321);* « Les princes, surtout à cette époque du monde, trop longtemps arrachés du sol natal, n'y peuvent plus reprendre racine. Leurs goûts, leurs mœurs, leurs habitudes ne sont plus de leurs pays et ils languissent sous le soleil de la patrie *(*ibid., *p. 322).*

L. XLIII, CHAP. 2

(a) p. 2896. Ms 1845 portait, sous une biffure :
... rester en domptant Philippe, perché.

(b) p. 2896.
... mais l'empire sans l'Empereur, l'empire accouplé à la démocratie, est-ce possible ? *(Ms 1847).*

(c) p. 2898. Ms 1845 portait, sous une biffure:
... Mais était-il bon de mettre de nouveau le feu au monde? Grande question sans doute: mais pour le mettre ce feu, il ne fallait pas dire aux Puissances: «Je vais vous acheter vos chevaux pour remonter ma cavalerie, ensuite vous me donnerez jusqu'au mois de mai et vous verrez comme je vous arrangerai.» Toutefois, les fautes diplomatiques de M. le Président du Conseil s'étant trouvées liées avec une sympathie nationale se sont anoblies.

(d) p. 2898. Ms 1845 ajoutait, sous une biffure:
... Toutefois c'est quelque chose pour un homme d'avoir osé bâtir autant de forteresses que Napoléon a gagné de victoires.

(e) p. 2899. Ms 1845 ajoutait, sous une biffure:
... En quittant un ministre, si ministre il y a, je lui ferai part d'un de mes vœux: ma prévention en sa faveur me fait souhaiter qu'il se fût changé en Jean-Baptiste Thiers, curé de Champrond: il nous est resté du Docteur en théologie plusieurs ouvrages pleins d'une vaste érudition et d'un excellent comique. Le curé de Champrond dans son *Histoire des Perruques* et dans son Traité de la *Sauce-Robert justifiée*, était aussi savant, aussi joyeux, aussi spirituel que le curé de Meudon, *abstracteur de la vie inestimable du grand Gargantua*. Mon choix serait bientôt fait, à moi, si l'on me proposait d'être Rabelais ou Roi de France.

L. XLIII, CHAP. 3

(a) p. 2900.
... En 1834 est mort un homme d'un tout autre poids que M. Thiers *(Ms 1845)*.

(b) p. 2900.
... Aucune souillure n'est attachée à sa vie; obligeant et généreux, il ne négligea pas ses affaires néanmoins, également enrichi par la donation du Congrès en Amérique et par la loi de l'indemnité en France *(Ms 1845 et 1847)*.

(c) p. 2901. Ms 1845 ajoutait, sous une biffure:
... homme fossile, on ne pourra le détacher du bloc.

(d) p. 2903. Ms 1845 ajoutait, sous une biffure:
... sur son cheval blanc.

(e) p. 2905.
... les plus sérieuses : *hilarité*! *(Ms 1845 et 1847).*

L. XLIII, CHAP. 4

(a) p. 2915.
... Quelques jours après les funérailles, j'allai chez M. Carrel : l'appartement était fermé : lorsqu'on ouvrit les volets, le jour qui ne pouvait plus rentrer dans les yeux du maître absent, entra dans sa chambre déserte. J'avais le cœur serré en contemplant ces livres, cette table, que j'ai achetée, cette plume, ces mots insignifiants écrits au hasard sur quelques chiffons de papier ; partout les traces de la vie, et la mort partout.
Une personne chère à M. Carrel n'avait pas prononcé un mot ; elle s'assit sur un canapé, je m'assis près d'elle. Une petite chienne vint nous caresser. Alors la jeune femme fondit en pleurs. Écartant les cheveux de son front et cherchant à rappeler ses idées, elle me dit : « Vous allez voir M. Carrel. »
Elle se leva, prit un tableau sur lequel était jeté un voile, ôta le voile et découvrit le portrait de l'infortuné fait quelques heures après sa mort par M. Scheffer. « Quand je l'ai vu mort, me dit cette femme, il était défiguré par l'agonie ; son visage se remit après, et M. Scheffer m'a dit qu'il souriait comme cela. » Le portrait, en effet, d'une ressemblance frappante, a quelque chose de martyrisé, de sombre et d'énergique, mais la bouche sourit doucement comme si le mort eût souri d'être délivré de la vie.
Celle qui devait un jour épouser Carrel, recouvrit le portrait et ajouta : « Vous voudrez bien me donner une lettre pour que je puisse la montrer à mes parents : ils seront contents si vous m'estimez : je me défendrai avec cela. »
Pour essayer de la distraire, je lui parlai des papiers que M. Carrel avait laissés. « Les voilà », me dit-elle, « il avait beaucoup de penchant pour vous, monsieur, il n'estimait presque personne et ne conservait que peu de lettres, en voilà seulement quelques-unes, il y a des billets de vous, et puis une lettre de sa mère qu'il a gardée à cause de la dureté de cette lettre. »
Je sortis de cette maison de malheur : vainement je m'étais cru incapable de partager désormais les peines de la jeunesse, car les années m'assiègent et me glacent ; je me fraye à peine un passage à travers elles, ainsi qu'en hiver l'habitant d'une cabane est obligé de s'ouvrir un sentier dans la neige tombée à sa porte, pour aller chercher un rayon de soleil *(Ms 1845 et 1847).*

L. XLIII, CHAP. 5

(a) p. 2918. Ms 1845 portait, sous une biffure:
... Une Louisianaise m'est arrivée du *Meschacébé*: j'ai cru voir l'ombre d'Atala, *la vierge des dernières amours, cette vierge qu'on envoie au prisonnier de guerre pour enchanter sa tombe.* Célestine m'a écrit plusieurs lettres; elles pourraient être datées de *la Lune des fleurs*; elle m'a montré des fragments de Mémoires qu'elle a composés dans les savanes de l'Alabama. Après une de ces lectures je la remerciai par ce billet:
« Ce que vous avez bien voulu me faire connaître de vos inspirations, me donne un vif désir d'entendre le reste. Le fleuve que j'ai chanté m'envoie sa Muse et si je pouvais rêver encore la fille du désert, je la peindrais mieux aujourd'hui. »
La fille du désert est en effet charmante. Je lui aurais fait volontiers une couronne de mauves bleues, surtout si dans les solitudes de Jore, à la vue du soleil couchant, elle eût chanté la patrie absente: « Heureux ceux qui n'ont point vu la fumée des fêtes de l'étranger et qui ne se sont assis qu'au festin de leurs pères! Quelque temps après. »

(b) p. 2918. Ms 1845 ajoutait, sous une biffure:
... Vous avez vu ce que j'ai dit ailleurs de Mme Gay, des talents et de la beauté de sa fille.

L. XLIII, CHAP. 6

(a) p. 2922. Ms 1847 poursuit:
... Il s'exhale des vers de plusieurs Méonides je ne sais quel regret de femmes qui sentant venir leurs heures veulent suspendre leur harpe en *ex-voto*: on les voudrait débarrasser des premières, et retenir la seconde dans leurs mains! Il sort de notre vie un gémissement indéfinissable: les années sont une complainte longue, triste et à même refrain.
*Un fragment de manuscrit, publié par V. Giraud (*Études littéraires...*, t. I, p. 83), ajoute:*
... Dans nos jours de clartés fausses, la femme dont je parle en ce moment ressemble sur l'horizon à la blancheur de l'aube. La mélodie qui s'éteint peu à peu, la colombe prête à mettre sa tête sous l'aile pour s'endormir, le rosier qui s'effeuille m'attirent. Mme Tastu a traversé sans se ternir des temps nébuleux, comme l'oiseau des vagues plane sur une mer sombre avec un plumage de neige. Grâce, honnêteté, modestie composent l'existence de cette Muse, laquelle a donné aux choses dignes

d'estime l'attrait des choses qui séduisent : j'adresse ces derniers chants à des femmes inconnues : elles ne les entendront qu'au-delà de ma tombe quand j'aurai réuni ma vie au faisceau des lyres brisées.
*(M. Giraud précise que depuis «*j'adresse ces derniers chants*», Chateaubriand a biffé cette phrase, que l'on retrouvera* infra *dans la* Confession délirante*).*
M. Levaillant ajoute que, au bas de Ms 1845, on peut lire :
... Il me coûte d'ajouter que Mme Tastu est maintenant attachée *[?]* au roi Philippe.

L. XLIII, CHAP. 7

(a) p. 2926.
... sur la mer Morte.
Peut-être les ouvrages de madame Sand doivent-ils une partie de leur effet à ce qu'ils sont d'une femme ; supposez-les le travail d'un homme, l'attrait de curiosité disparaît.
Ces romans, poésie de la matière, sont nés de l'époque. Malgré sa supériorité, il est à craindre que madame Sand n'ait *[...] (Ms 1847).*

*(b) p. 2927.Un fragment du manuscrit «L'Agneau», publié pour la première fois par V. Giraud (*Étude littéraires*, pp. 83-84), et transcrit ici après correction par M. Levaillant, ajoute :*
... Le talent de l'auteur de *Lélia* reflète les objets qui l'environnent et s'imbibe de couleurs empruntées en les rendant plus vives. Serait-il possible que Mme Sand dénaturât son propre talent par cette opulente aptitude à recueillir les idées des autres ? Mme Sand n'est ni Mme Roland ni Mlle Grouvelle : comme la première, elle ne s'enthousiasmerait point, du moins je le pense, du supplice de Marie-Antoinette ; comme la seconde, elle ne croirait pas qu'on doit en finir par un *grand coup de balai.* Les Fouriéristes, les Phalanstériens, les Saint-Simoniens ne peuvent guère convenir à une imagination si raisonnable, quoique si brillante. Selon son affection du moment, Mme Sand peut pénétrer tout, faire sortir d'une profession industrielle, d'un chiffre positif ou d'une farandole mystique, des beautés inattendues, avoir des communications avec Malthus, Barême ou Faust *[...].*

(c) p. 2928. Un passage biffé après 1845 ajoute avant ce paragraphe :
... Je n'ai rencontré qu'une fois Mme Sand ; c'était chez M. le vicomte de La Rochefoucauld : il avait la louable intention de la faire entrer dans une meilleure voie, et il me voulut donner une part dans cette œuvre pie. Je n'eus pas plus tôt jeté les yeux sur la Pécheresse, que le cœur me

manqua ; je fus saisi de la crainte du ridicule dont un sermon mal écouté, m'allait couvrir ; je ne voulus point rendre une rebelle, non encore touchée de la grâce, victime d'un guet-apens religieux. N'étant point chargé de la pureté de Mme Sand, je dis tout le contraire de ce que je devais dire ; inspiré par le malin Esprit dont la coupable m'avait sans doute communiqué le souffle, je l'invitai effrontément à persister dans son système. Voici mes raisons qui peut-être ne sont pas bonnes.

(d) p. 2929. Ms 1845 et 1847 ajoutent ici un paragraphe :
... Mme Sand parla peu à ce tribunal de la pénitence où elle m'avait rendu apostat, tandis que M. le vicomte Sosthène la foudroyait de son éloquence. Madeleine écoutait avec humilité penchée en avant, les coudes appuyés sur ses genoux, les deux mains jointes et allongées pour mettre en valeur l'élégance de ses doigts.

L. XLIII, CHAP. 8

(a) p. 2931. Ms 1845 portait, sous une biffure :
... ce garde d'honneur.

(b) p. 2934. Ms 1845 portait, sous une biffure :
... baptême de la noblesse.

L. XLIII, CHAP. 9

(a) p. 2946. Ms 1845 ajoutait, sous une biffure :
... doucement.

(b) p. 2946. Ms 1845 portait, sous une biffure :
... Cette race qui n'a pas toujours su bien vivre, sait admirablement...

(c) p. 2948.
... que tous les bons roys seraient aisément pourtraits *(Ms 1847).*

(d) p. 2949. Ms 1845 portait, sous une biffure :
... Mais pourquoi ne réunirait-on pas aujourd'hui tant de débris dispersés, comme on réunit des antiques exhumées de différentes fouilles ? Je regretterais pour la gloire de Bonaparte que le cercueil impérial quittât le rocher de Sainte-Hélène ; mais enfin si le grand rappel de la mort devait

battre, la dépouille de Charles X rejoindrait celle de son fils et de son frère dans l'abbaye de Dagobert, l'Arc de Triomphe porterait pour couronnement le sarcophage de Napoléon, ou la colonne de bronze élèverait sur des restes immortels, des victoires immobiles. Et cependant la pierre hiéroglyphique taillée.

L. XLIII, CHAP. 10

(a) p. 2950. En 1834, Chateaubriand autorisa Sainte-Beuve à publier, sous le titre Avenir du monde, *une partie importante de la* Conclusion générale *des* Mémoires. *Elle fut reprise la même année dans les* Lectures des Mémoires, *pp. 147-157, où l'éditeur introduisit la note suivante:*

... Ce morceau, dans l'original, est beaucoup plus long. À la conclusion de ses *Mémoires*, l'auteur jette un regard sur le chemin qu'il a parcouru et repasse sa vie entière. Il examine quel était l'état religieux, moral et politique de la société lorsqu'il entra dans le monde, et quel est l'état actuel de cette même société. Il fixe le point où sont parvenus les sciences et les arts, et indique ce qui reste encore à faire et à découvrir. Conduit ainsi à s'enquérir des destinées futures de l'humanité, il pèse les probabilités de différents avenirs chez les peuples, selon le caractère de ces peuples et le degré de leur civilisation, etc., etc. On ne voit donc ici qu'une très petite partie d'un tout, qu'une des perspectives, ou qu'un des horizons d'un immense tableau.

Le texte lui-même était précédé de ces lignes:

L'auteur des *Mémoires*, après avoir examiné la position sociale du moment, les fautes de tous les partis, etc., jette ainsi un regard sur la destinée du monde.

AVENIR DU MONDE

L'Europe court à la démocratie. La France est-elle autre chose qu'une république entravée d'un directeur? Les peuples grandis sont hors de page: les princes en ont eu la garde-noble; aujourd'hui les nations, arrivées à leur majorité, prétendent n'avoir plus besoin de tuteurs. Depuis David jusqu'à notre temps, les rois ont été appelés; les nations semblent l'être à leur tour. Les courtes et petites exceptions des républiques grecque, carthaginoise, romaine, n'altèrent pas le fait politique général de l'Antiquité, à savoir l'état monarchique normal de la société entière sur le globe. Maintenant la société quitte la monarchie, du moins la monarchie telle qu'on l'a connue jusqu'ici.

Les symptômes de la transformation sociale abondent. En vain on s'efforce de reconstituer un parti pour le gouvernement absolu d'un seul : les principes élémentaires de ce gouvernement ne se retrouvent point ; les hommes sont aussi changés que les principes. Bien que les faits aient quelquefois l'air de se combattre, ils n'en concourent pas moins au même résultat, comme, dans une machine, des roues qui tournent en sens opposé, produisent une action commune.

Les souverains se soumettant graduellement à des libertés nécessaires, descendant sans violence et sans secousse de leur piédestal, pouvaient transmettre à leurs fils, dans une période plus ou moins étendue, leur sceptre héréditaire réduit à des proportions mesurées par la loi. La France eût mieux agi pour son bonheur et son indépendance, en gardant un enfant qui n'aurait pu faire des journées de Juillet une honteuse déception ; mais personne n'a compris l'événement. Les rois s'entêtent à garder ce qu'ils ne sauraient retenir ; au lieu de glisser doucement sur le plan incliné, ils s'exposent à tomber dans le gouffre ; au lieu de mourir de sa belle mort, pleine d'honneurs et de jours, la monarchie court le risque d'être écorchée vive : un tragique mausolée ne renferme à Venise que la peau d'un illustre chef.

Les pays les moins préparés aux institutions libérales, tels que le Portugal et l'Espagne, sont poussés à des mouvements constitutionnels. Dans ces pays, les idées dépassent les hommes. La France et l'Angleterre, comme deux énormes béliers, frappent à coups redoublés les remparts croulants de l'ancienne société. Les doctrines les plus hardies sur la propriété, l'égalité, la liberté, sont proclamées soir et matin à la face des monarques qui tremblent derrière une triple haie de soldats suspects. Le déluge de la démocratie les gagne ; ils montent d'étage en étage, du rez-de-chaussée au comble de leurs palais, d'où ils se jetteront à la nage dans le flot qui les engloutira.

La découverte de l'imprimerie a changé les conditions sociales : la presse, machine qu'on ne peut plus briser, continuera à détruire l'ancien monde, jusqu'à ce qu'elle en ait formé un nouveau : c'est une voix calculée pour le forum général des peuples. L'imprimerie n'est que la Parole écrite, première de toutes les puissances : la Parole a créé l'univers ; malheureusement le Verbe dans l'homme participe de l'infirmité humaine ; il mêlera le mal au bien, tant que notre nature déchue n'aura pas recouvré sa pureté originelle.

Ainsi, la transformation, amenée par l'âge du monde, aura lieu. Tout est calculé dans ce dessein ; rien n'est possible maintenant hors la mort naturelle de la société, d'où sortira la renaissance. C'est impiété de lutter contre l'ange de Dieu, de croire que nous arrêterons la Providence. Aperçue de cette hauteur, la révolution française n'est plus qu'un point de la révolution générale; toutes les impatiences cessent, tous les axiomes de l'ancienne politique deviennent inapplicables.

Louis-Philippe a mûri d'un demi-siècle le fruit démocratique. La couche bourgeoise où s'est implanté le philippisme, moins labourée par la révolution que la couche militaire et la couche populaire, fournit encore quelque suc à la végétation du gouvernement du 7 août, mais elle sera tôt épuisée.

Il y a des hommes religieux qui se révoltent à la seule supposition de la durée quelconque de l'ordre de choses actuel. « Il est, disent-ils, des réactions inévitables, des réactions morales, enseignantes, magistrales, vengeresses. Si le monarque qui nous initia à la liberté, a payé dans ses qualités le despotisme de Louis XIV et la corruption de Louis XV, peut-on croire que la dette contractée par *Égalité* à l'échafaud du roi innocent, ne sera pas acquittée ? *Égalité*, en perdant la vie, n'a rien expié : le pleur du dernier moment ne rachète personne ; larmes de la peur qui ne mouillent que la poitrine, et ne tombent pas sur la conscience. Quoi ! la race d'Orléans pourrait régner au droit des crimes et des vices de ses aïeux ? Où serait donc la Providence ? Jamais plus effroyable tentation n'aurait ébranlé la vertu, accusé la justice éternelle, insulté l'existence de Dieu ! »

J'ai entendu faire ces raisonnements, mais faut-il en conclure que le sceptre du 9 août va tout à l'heure se briser ? En s'élevant dans l'ordre universel, le règne de Louis-Philippe n'est qu'une apparente anomalie, qu'une infraction non réelle aux lois de la morale et de l'équité : elles sont violées ces lois, dans un sens borné et relatif ; elles sont observées dans un sens illimité et général. D'une énormité consentie de Dieu, je tirerais une conséquence plus haute, j'en déduirais la preuve *chrétienne* de l'abolition de la royauté en France ; c'est cette abolition même et non un châtiment individuel, qui serait l'expiation de la mort de Louis XVI. Nul ne serait admis, après ce juste, à ceindre solidement le diadème : Napoléon l'a vu tomber de son front malgré ses victoires, Charles X malgré sa piété ! Pour achever de discréditer la couronne aux yeux des peuples, il aurait été permis au fils du régicide de se coucher un moment en faux roi dans le lit sanglant du martyr.

Une raison prise dans la catégorie des choses humaines peut encore faire durer quelques instants de plus le gouvernement sophisme, jailli du choc des pavés.

Depuis quarante ans, tous les gouvernements n'ont péri en France que par leur faute : Louis XVI a pu vingt fois sauver sa couronne et sa vie ; la

République n'a succombé qu'à l'excès de ses crimes ; Bonaparte pouvait établir sa dynastie, et il s'est jeté en bas du haut de sa gloire ; sans les ordonnances de Juillet, le trône légitime serait encore debout. Mais le gouvernement actuel ne paraît pas devoir commettre la faute qui tue ; son pouvoir ne sera jamais suicide ; toute son habileté est exclusivement employée à sa conservation ; il est trop intelligent pour mourir d'une sottise, et il n'a pas en lui de quoi se rendre coupable des méprises du génie ou des faiblesses de la vertu.

Mais après tout il faudra s'en aller : qu'est-ce que trois, quatre, six, dix, vingt années dans la vie d'un peuple ? L'ancienne société périt avec la politique chrétienne, dont elle est sortie ; à Rome, le règne de l'homme fut substitué à celui de la loi par César ; on passa de la République à l'Empire. La révolution se résume aujourd'hui en sens contraire ; la loi détrône l'homme ; on passe de la royauté à la République. L'ère des peuples est revenue ; reste à savoir comment elle sera remplie.

Il faudra d'abord que l'Europe se nivelle dans un même système ; on ne peut supposer un gouvernement représentatif en France et des monarchies absolues autour de ce gouvernement. Pour arriver là, il est probable qu'on subira des guerres étrangères, et qu'on traversera à l'intérieur une double anarchie morale et physique.

Quand il ne s'agirait que de la seule propriété, n'y touchera-t-on point ? Restera-t-elle distribuée comme elle l'est ? Une société où des individus ont deux millions de revenu, tandis que d'autres sont réduits à remplir leurs bouges de monceaux de pourriture pour y ramasser des vers (vers qui, vendus aux pêcheurs, sont le seul moyen d'existence de ces familles elles-mêmes autochtones du fumier), une telle société peut-elle demeurer stationnaire sur de tels fondements au milieu du progrès des idées ? Mais si l'on touche à la propriété, il en résultera des bouleversements immenses qui ne s'accompliront pas sans effusion de sang ; la loi du sang et du sacrifice est partout : Dieu a livré son fils aux clous de la croix, pour renouveler l'ordre de l'univers. Avant qu'un nouveau droit soit sorti de ce chaos, les astres se seront souvent levés et couchés. Dix-huit cents ans depuis l'ère chrétienne n'ont pas suffi à l'abolition de l'esclavage ; il n'y a encore qu'une très petite partie accomplie de la mission évangélique.

Ces calculs ne vont point à l'impatience des Français : jamais, dans les révolutions qu'ils ont faites, ils n'ont admis l'élément du temps, c'est pourquoi ils sont toujours ébahis des résultats contraires à leurs espérances. Tandis qu'ils bouleversent, le temps arrange ; il met de l'ordre dans le désordre, rejette le fruit vert, détache le fruit mûr, sasse et crible les hommes, les mœurs et les idées.

Quelle sera la société nouvelle? Je l'ignore. Ses lois me sont inconnues; je ne la comprends pas plus que les Anciens ne comprenaient la société sans esclaves produite par le christianisme. Comment les fortunes se nivelleront-elles, comment le salaire se balancera-t-il avec le travail, comment la femme parviendra-t-elle à l'émancipation légale? Je n'en sais rien. Jusqu'à présent la société a procédé par *agrégation* et par *famille*; quel aspect offrira-t-elle lorsqu'elle ne sera plus qu'*individuelle*, ainsi qu'elle tend à le devenir, ainsi qu'on la voit déjà se former aux États-Unis? Vraisemblablement *l'espèce humaine* s'agrandira, mais il est à craindre que *l'homme* ne diminue, que quelques facultés éminentes du génie ne se perdent, que l'imagination, la poésie, les arts, ne meurent dans les trous d'une société-ruche où chaque individu ne sera plus qu'une abeille, une roue dans une machine, un atome dans la matière organisée. Si la religion chrétienne s'éteignait, on arriverait par la liberté à la pétrification sociale où la Chine est arrivée par l'esclavage.
La société moderne a mis dix siècles à se composer; maintenant elle se décompose. Les générations du Moyen Âge étaient vigoureuses, parce qu'elles étaient dans la progression ascendante; nous, nous sommes débiles, parce que nous sommes dans la progression descendante. Ce monde décroissant ne reprendra de force que quand il aura atteint le dernier degré; alors il commencera à remonter vers une nouvelle vie. Je vois bien une population qui s'agite, qui proclame sa puissance, qui s'écrie: «Je veux! je serai! à moi l'avenir! je découvre l'univers! On n'avait rien vu avant moi; le monde m'attendait; je suis incomparable. Mes pères étaient des enfants et des idiots.»
Les faits ont-ils répondu à ces magnifiques paroles? Que d'espérances n'ont point été déçues en talents et en caractères! Si vous en exceptez une trentaine d'hommes d'un mérite réel, quel troupeau de générations libertines, avortées, sans convictions, sans foi politique et religieuse, se précipitant sur l'argent et les places comme des pauvres sur une distribution gratuite; troupeau qui ne reconnaît point de berger, qui court de la plaine à la montagne et de la montagne à la plaine, dédaignant l'expérience des vieux pâtres durcis au vent et au soleil! Nous ne sommes que des générations de passage, intermédiaires, obscures, vouées à l'oubli, formant la chaîne pour atteindre les mains qui cueilleront l'avenir *[coupure de l'éditeur,* L. 1834, *p. 156]*
Respectant le malheur et me respectant moi-même; respectant ce que j'ai servi, et ce que je continuerai de servir au prix du repos de mes vieux jours, je craindrais de prononcer vivant un mot qui pût blesser des infortunes ou même détruire des chimères. Mais quand je ne serai plus, mes sacrifices donneront à ma tombe le droit de dire la vérité. Mes

devoirs seront changés ; l'intérêt de ma patrie l'emportera sur les engagements de l'honneur dont je serai délié. Aux Bourbons appartient ma vie ; à mon pays appartient ma mort. Prophète, en quittant le monde, je trace mes prédictions sur mes heures tombantes ; feuilles séchées et légères que le souffle de l'éternité aura bientôt emportées.

S'il était vrai que les hautes races des rois refusant de s'éclairer, approchassent du terme de leur puissance, ne serait-il pas mieux dans leur intérêt historique, que par une fin digne de leur grandeur elles se retirassent dans la sainte nuit du passé avec les siècles ? Prolonger sa vie au-delà d'une éclatante illustration ne vaut rien ; le monde se lasse de vous et de votre bruit ; il vous en veut d'être toujours là pour l'entendre. Alexandre, César, Napoléon, ont disparu selon les règles de la gloire. Pour mourir beau, il faut mourir jeune ; ne faites pas dire aux enfants du printemps : « Comment ! c'est là cette renommée, cette personne, cette race, à qui le monde battait des mains, dont on aurait payé un cheveu, un sourire, un regard, du sacrifice de la vie ! » Qu'il est triste de voir le vieux Louis XIV, étranger aux générations nouvelles, ne trouver plus auprès de lui, pour parler de son siècle, que le vieux duc de Villeroi ! Ce fut une dernière victoire du grand Condé en radotage, d'avoir, au bord de sa fosse, rencontré Bossuet : l'orateur ranima les eaux muettes de Chantilly ; avec l'enfance du vieillard, il repétrit son adolescence ; il rebrunit les cheveux sur le front du vainqueur de Rocroi, en disant, lui Bossuet, un immortel adieu à ses cheveux blancs. Hommes qui aimez la gloire, soignez votre tombeau ; couchez-vous-y bien ; tâchez d'y faire bonne figure, car vous y resterez *[*Voir fin du L. XXXVIII*]*.

Des fragments de Ge, publiés par H. Guillemin, L'Homme des Mémoires, *pp. 322-326, et rectifiés par P. Clarac,* BSC, *1964, p. 67, fournissent un état antérieur de ces pages :*

Au surplus, toutes ces choses, d'un certain intérêt au moment où j'écris, ne seront que d'ennuyeuses vieilleries à l'époque de la publication de mes *Mémoires.* Il sera bien question de Prague, de l'écolier royal, des frères ignorantins, ses maîtres, des misérables intrigues et discordes d'une petite cour exilée, disparue de la terre !

J'ai proclamé l'avenir républicain du monde. L'Europe court à la démocratie. La France est-elle autre chose qu'une république entravée d'un directeur ? Les peuples grandis sont hors de page : les princes en ont eu la garde-noble ; aujourd'hui les nations, arrivées à leur majorité, n'ont plus besoin de tuteurs, et cette majorité n'est pas fictive comme celle de Henri V. Depuis David ....

... un tragique mausolée ne renferme, à Venise, que la peau d'un général rachetée à prix d'argent d'un pacha de Chypre.

Tout s'arrange pour la chute des trônes. Les peuples les moins préparés aux institutions libérales, tels que le Portugal et l'Espagne, sont poussés à des mouvements constitutionnels. Dieu a livré les sceptres à de vieux hères de Rois rappelés des Invalides, à de petits garçons chassés ou abandonnés, à de petites filles au maillot ou dans les aubes de leurs noces. Et ce sont de pareils chefs, de pareils lions sans mâchoire ou *[un mot illisible]* sans ongle, de pareils poupards têtant ou fiançant que doivent suivre, en 1833, les hommes intelligents et raisonnables de tous les pays ! Il n'y a qu'un seul prince qui ait du cœur en Europe, et les autres le renient. J'ai envie de rire quand j'entends parler d'un Congrès prochain, formé du Roi de Prusse, de l'Empereur de Russie et de l'Empereur d'Autriche. Voilà de fières têtes pour juger de l'état du monde où nous sommes ! Que deviseront ensemble ces trois augustes niais, dans un village de Bohême ou de Silésie tandis que la France et l'Angleterre, comme deux énormes béliers, frappent à coups redoublés les remparts croulants de l'ancienne société. Les doctrines les plus hardies sur la propriété, l'égalité, la liberté, sont proclamées soir et matin au nez des monarques, qui ne savent que trembler sur leurs genoux flageolants ....

d'où ils se jetteront à la nage par les lucarnes. Quand l'heure des monarchies a sonné, il est rare qu'on voie surgir des tyrans. On n'aperçoit plus que des rois. Les tyrans punissent les empires ; les rois les perdent.

Une seule chance restait aux princes pour refouler la colonne avançante des nations. Si un Attila s'était trouvé, monté à cru sur le cheval sauvage des czars, il aurait pu ameuter les Tartares, verser de nouveau l'Asie sur l'Europe, exterminer à ses risques et périls les trois quarts de la population de la France, rendre l'autre quart esclave, éteindre les lumières, briser les presses, brûler les livres, raser les monuments, anéantir les arts et, s'emparant de la propriété du sol conquis, recommencer la barbarie. François Ier eut un moment l'idée d'anéantir l'imprimerie : la presse est une machine qui continuera à détruire l'ancien monde jusqu'à ce qu'elle en ait formé un nouveau : la parole n'est que la parole écrite. La parole a créé l'univers. Mais ce grand crime de lèse-civilisation, la rétrogradation violente de la société vers la barbarie, ne s'accomplira pas ; il n'y a qu'un trône d'où l'on pût tenter de l'exécuter et il faudrait qu'un souverain se rencontrât de pair avec le génie de ce trône ; *[...]* En outre, que d'autres obstacles ! Les chefs de l'armée supposée conquérante sont eux-mêmes civilisés et quasi-révolutionnaires. La civilisation, étant répandue dans les quatre parties de la terre, serait importée de force sur toutes les côtes de la Barbarie accidentelle *[sic]*.

Ainsi la transformation amenée par les années du monde, aura lieu. Tout est calculé dans ce dessein, rien n'est possible maintenant hors la mort naturelle de la société d'où doit sortir la renaissance. C'est impiété que de lutter contre l'ange de Dieu, de croire que nous arrêterons la Providence dans ses voies. Aperçue de cette hauteur la révolution française n'est plus qu'un point de la révolution générale ; toutes les impatiences cessent, tous les petits intérêts de dynastie disparaissent, tous les axiomes de l'ancienne politique deviennent inapplicables.

Persuadons-nous bien que le pur vin de la royauté est écoulé, que le tonneau épuisé est descendu au niveau de la lie, qu'il ne dégoutte plus par la canette que Louis-Philippe, Léopold, Don Pedro et Don Miguel.

La branche d'Orléans périra, comme la branche d'Artois. Si l'on a pu dire à Charles X : Votre Légèreté, on peut dire à Louis-Philippe : Votre Ignominie *[phrase biffée]*. Cependant Philippe, par cela seul que son origine est révolutionnaire, est encore le plus habile, le plus analogue au temps, comme le plus ignoble des rois ses confrères. Narquois et rusé, ce tyran domestique, Louis XI de l'ère philosophique, conduit assez bien sa barque sur sa boue liquide, dont le courant mène à l'égout. Il sort des petits défilés avec adresse. Lorsqu'il a passé à travers une fente en s'aplatissant et qu'il se trouve de l'autre côté, il dresse fièrement les cornes, comme s'il avait franchi les portes caucasiennes.

Louis-Philippe a mûri d'un demi-siècle le fruit démocratique. Bonapartisme, philippisme, légitimisme sont trois choses mortes. Elles appartiennent à la monarchie et à l'aristocratie qui sont mortes. Le parti démocratique est le seul en progrès parce qu'il marche vers le monde futur. La couche bourgeoise où s'est implanté le philippisme, moins labourée par la révolution que la couche militaire et la couche populaire, fournit encore quelque suc à la végétation du gouvernement du 7 août, mais elle sera tôt épuisée. La couronne sanglante de Louis XVI, ramassée dans le ruisseau, et essuyée dans la boutique d'un marchand de fromage, ne peut rester sur aucune tête.

La vie de cet avorton de monarchie ne pourrait être prolongée que par l'atroce folie du faux parti républicain qui croit allécher la France en présentant à son admiration les mâchoires baveuses de Couthon, Marat et Robespierre. Couthon le tigre, Marat le scorpion et Robespierre la mort. La progression naturelle, tout accident à part, serait Louis-Philippe expirant dans son lit, son fils lui succédant, et, après lui, la Présidence. Mais la chose ira-t-elle si loin ? N'est-il pas des réactions morales inévitables, enseignantes, magistrales, vengeresses ? Si le monarque qui nous initia à la liberté a payé dans ses qualités le despotisme de Louis XIV *[la suite manque]* ....

de ces familles, elles-mêmes autochtones du fumier. Une telle société porte sur une base maudite de Dieu. Mais ce dérangement inévitable de la propriété, ancien fondement du monde, entraînera des bouleversements aussi longs qu'immenses. Avant qu'un nouveau droit soit sorti de ce chaos ....
Je vois bien une jeunesse qui s'agite et qui dit: «À moi l'avenir!» Mais où sont ses talents? Quelle énergie a-t-elle montrée? Que d'espérances n'a-t-elle pas déjà déçues? Si vous en exceptez cinq ou six jeunes gens de mérite réel, quel troupeau de générations libertines, avortées, sans convictions, sans foi politique et religieuse, se précipitant sur l'argent et sur les places comme des pauvres sur une distribution gratuite; troupeau qui ne reconnaît point de berger, qui court de la plaine à la montagne et de la montagne à la plaine, dédaignant l'expérience des vieux pâtres durcis au vent et au soleil. Il est vrai que ces générations infimes ne sont que de passage. Elles forment la chaîne pour atteindre les mains qui cueilleront l'avenir *(P. Riberette,* Fragments, *pp. 513-517).*

(b) p. 2950. Ms 1845 ajoutait, sous une biffure:
... car j'ai descendu l'oubli sans rien oublier.

L. XLIII, CHAP. 11

(a) p. 2957. Ms 1845 portait, sous une biffure:
... dans une agitation, prophétique d'une rénovation de la terre.

(b) p. 2958. Ms 1845 ajoutait, sous une biffure:
... contesté, méprisé.

(c) p. 2958: Excepté une vingtaine. Une rédaction antérieure portait:
... une centaine.

(d) p. 2958. Même erreur dans Ms 1847.
... même impuissance *(Ms 1845).*

(e) p. 2958. Ms 1845 ajoutait, sous une biffure:
... des ambassadeurs qui se regardent comme des ambassadeurs.

(f) p. 2959. Ms 1845 ajoutait, sous une biffure:
... dans une chambre sans lumière.

(a) p. 2966. Ms 1845 poursuit:
... Claude, Néron, et cette suite de monstres rarement interrompue, par qui la ruine de la ville éternelle fut consommée. Admettre qu'une action est toujours suivie d'une réaction contraire en principe, c'est aller au-delà de l'expérience: les faits ne sont complètement logiques que pour Dieu dont la justice a pour agir l'Éternité.

*(b) p. 2967. V. Giraud (*Études, *p. 90) a publié un fragment qui devait initialement faire suite à cette phrase:*
... C'est surtout M. Alexis de Tocqueville qui a dit cela avec une raison élevée et une pressante éloquence. Je suis toujours prêt à me rendre à l'autorité du talent quand la noblesse du caractère le soutient, mais me serait-il permis de présenter quelques doutes au jeune et déjà illustre neveu de mon frère? En admettant qu'il y ait au ciel un maître qui nous voit, n'est-ce pas d'abord faire une concession que l'esprit philosophique du siècle repousse? n'est-ce pas caresser *[correction de M. Levaillant]* un peu nos *anciennes faiblesses*? et puis, cette concession étant faite, j'oserais demander encore si Dieu juge à la façon des hommes? N'a-t-il pas lieu de s'admirer dans l'intelligence concentrée en quelques esprits immenses autant que dans les petits lots de cette intelligence distribuée également entre tous? Un type humain supérieur offert sans cesse à la vue n'est-il pas un sujet permanent d'orgueil et d'admiration? La synthèse de la société est aussi merveilleuse que l'analyse de cette société. Qu'il n'y ait plus de grandes existences individuelles, je m'en réjouis pour la grandeur générale de l'espèce; cependant, je l'avoue à ma confusion, j'aimerais autant passer ma vie avec Aristote et Alexandre qu'avec le citoyen des États-Unis le plus satisfait.

(c) p. 2968. Ms 1845 ajoutait, sous une biffure:
... Vous dînerez à Paris, et vous souperez à Pékin, grâce à la rapidité des communications; à merveilles; et puis?

(d) p. 2968. Ms 1845 ajoutait, sous une biffure:
... société panthéiste *[première rédaction:* cosmopolite*]*? Quelle foi ou quelle incrédulité serait adoptée par les Chrétiens de toutes les sectes, par les Juifs, les Mahométans d'opinions variées, par les Bouddhistes, les adorateurs de Foe et les idolâtres?

(e) p. 2968. Coquille d'impression pour:
... globe fouillé.

(f) p. 2968. Ms 1845 ajoutait, sous une biffure:

In which of all these shinings orbs hath man
His fixed seat, or fixed seat hath none
But all these shinings orbs his choice to dwell?

Dans laquelle de toutes ces brillantes sphères l'homme a-t-il sa demeure fixe, ou n'a-t-il aucune demeure fixe, et peut-il toutes ces brillantes sphères, à son choix habiter?

L. XLIII, CHAP. 15

(a) p. 2969. Un paragraphe supplémentaire, plus tard biffé, a été conservé par Ms 1845:

... Peut-être faut-il espérer notre avenir du système des Saint-Simoniens, des Fouriéristes, des Owénistes, des Socialistes, des Communistes, des Unionistes, des Égalitaires, etc., tous dérivés des Babouvistes, ou dérivés encore, en remontant plus haut, des hérésies chrétiennes, plus haut encore des inventions philosophiques de Pythagore, de Thalès, de Platon, des néo-platoniciens, de Plotin à qui Gallien permit de bâtir une ville dans la Campanie pour y essayer de la République de l'Académie? Relisez à propos de tout cela mon long chapitre sur le *Génie du Christianisme* au premier livre de ma *carrière littéraire* dans ces *Mémoires.*

(b) p. 2969. Ms 1847 ajoute:

... le paresseux.

(c) p. 2969. Ms 1845 ajoutait, sous une biffure:

... Un peuple plus sérieux et qui mettrait plus de longanimité dans ses sentiments que les Français, espérerait la division de la propriété de l'abrogation du droit d'aînesse; mais par cette route le résultat nous semble trop éloigné. La propriété est si naturelle à l'homme qu'elle se reforme à mesure que la loi tend à la détruire: les alliances, les héritages, les profits du commerce font renaître les grandes fortunes. Nous ne sommes pas gens à attendre; nous voulons aller de l'avant.

(d) p. 2970. Ms 1845 ajoutait, sous une biffure:

... Au fond de ces divers systèmes repose un remède héroïque avoué ou sous-entendu: on n'hésite que sur le moment de l'application: ce remède est de tuer. Il est simple, se comprend à merveilles et se rattache à cette sublime Terreur, laquelle d'affranchissement en affranchissement, nous a traqués dans les fortifications de Paris. Massacrez sans faiblesse tout ce qui empêche le genre humain d'avancer. «La guérison de nos maux, dit l'homme, c'est la mort.» Mais la mort laisse vivre le mal et ne tue que le méchant; le ciel avait dit: «C'est la patience». La patience tue le mal et laisse mourir le méchant.

(e) p. 2971. Ms 1845 ajoutait, sous une biffure:
... Dans un ménage bourgeois, les enivrements du pot-au-feu ne vont pas loin et les voluptés indigentes courent risque de soulever le cœur...

(f) p. 2971.
... notre unique défense *(Ms 1847).*

(g) p. 2974.
... le droit, le mariage, la famille *(Ms 1847).*

(h) p. 2974.
... rien à répliquer à cette logique de mon compatriote captif *(Ms 1845).*

L. XLIII, CHAP. 16

(a) p. 2978.
... la loi divine, unité de Dieu en trois essences; la loi morale, *charité*; la loi politique, c'est-à-dire *la liberté, l'égalité, la fraternité (Ms 1845 et 1847).*

(b) p. 2979. Ms 1845 ajoutait, sous une biffure:
... les dernières inégalités s'effaceront.

(c) p. 2979. Ms 1845 ajoutait, sous une biffure:
... Depuis cinquante ans nous ne nous occupons que d'indépendance: et partout, en Europe comme en Amérique, sauf peut-être aux États-Unis, nous sommes arrivés, à quoi? à l'esclavage, à un gouvernement militaire plus ou moins oppresseur!

(d) p. 2980. Ms 1845 portait, sous une biffure:
... providentielle, *et poursuivait:*
... Ainsi quand nous commençâmes notre révolution, ce fut au nom de la liberté, et nous nous plongeâmes dans tous les crimes: cinquante ans sont bientôt écoulés, et nous voyons que les fanatiques de cette liberté qui l'achetèrent au prix de tant de malheurs et de sang, sont les premiers

à la livrer au despotisme. Sous l'Empire, Bonaparte crut avoir conquis le monde : il se précipita dans les excès de la force et ces excès ont aujourd'hui pour résultat la faiblesse de la France et au lieu de conquérir nous sommes conquis.

(e) p. 2980. Une note figurant dans Ms BN ajoute :
... Révolution : résultats de la Providence. – J'ai dans ces *Mémoires* remarqué en écrivant les résultats de notre *Révolution* au point de vue de l'humanité ; ici, à la Trappe, les résultats providentiels m'apparaissent et viennent selon l'usage terminer le tout. Bonaparte, ne pensant qu'à sa grandeur et à sa gloire personnelle, après avoir été le maître de l'Europe, n'a laissé après lui que la France conquise et diminuée. Une plaie cachée au fond de sa poitrine l'a rongé pendant sept années dans son île déserte, mais il lui était resté pour consoler sa mémoire un immense tombeau au milieu des mers. Dieu l'a privé de cette dernière gloire : il s'est éteint comme une dernière fois dans un hôpital de vieux soldats dont à peine quelques-uns avaient parcouru avec lui la glorieuse carrière (Note écrite à la Trappe, le 7 août 1843).

L. XLIII, CHAP. 18

(a) p. 2987. Ms 1845 portait, sous une biffure :
... fuiraient, sur des chemins de fer, ces chariots sans chevaux, transportant, avec une vitesse extraordinaire, des poids.

APPENDICE

AMOUR ET VIEILLESSE

En 1862, au milieu d'un article sur Le Poème des champs *de Calemard de Lafayette (*in Nouveaux Lundis, *t. II, pp. 247-290), Sainte-Beuve citait un poème de Mickiewicz,* Le Secret, *qui s'achève par ces vers :*

Ta place est au soleil ; moi, la mienne est dans l'ombre.
Fleuris dans ta lumière, âme aux espoirs si beaux !
J'appartiens au passé : laisse le cyprès sombre
Ombrager de son deuil la pierre des tombeaux !

Puis il continuait :

... Un hasard heureux me met à même de faire ici un rapprochement assez inattendu. Dans une page déchirée des *Mémoires d'Outre-Tombe* que le vent m'apporte par ma fenêtre entr'ouverte, je trouve un aveu, un refus presque pareil, bien que sur un tout autre ton, une confession où se peint, une fois de plus, cette passionnée et délirante nature de René; j'y supprime seulement, çà et là, quelques traits, quelques notes trop ardentes et qui ne seraient à leur place que dans *le Cantique des Cantiques.*

Il citait ensuite un extrait de cette « page déchirée » (pp. 259-260), et concluait : «

L'effusion n'en finit pas là : elle se prolonge en mille suppositions, mais la note est donnée ; je m'arrête. De tels accents, certes, ne font pas tort à la vieillesse ni à la mémoire de Chateaubriand ; le René patriarche ne reste pas au-dessous du René des *Natchez.* Quelle ivresse jusque dans la réflexion ! que de flamme ! L'opposition avec Mickiewicz est-elle assez marquée ? le changement de gamme poétique et morale est-il assez sensible ? Le refus de l'un est grave, digne et chaste, un peu froid : celui de Chateaubriand est ardent, passionné, voluptueux. Même en éloignant et en repoussant son hommage, il ne serait pas fâché d'occuper, d'agiter ce jeune cœur, de lui laisser un trouble, un long regret, un levain immortel, une goutte du philtre qui, s'il ne sait plus donner, sait du moins corrompre et empoisonner à jamais le bonheur.

En note, Sainte-Beuve ajoutait :

Et que des censeurs légers, inintelligents ou hypocrites, viennent dire, après cela, que j'attaque, et que je diminue Chateaubriand ! Je le restitue.

Cette « confession délirante » provenait des pages vendues le 20 janvier 1845 par L'Agneau à Bricon. Ce dernier proposa d'intituler l'ensemble du fragment Amour et vieillesse. *C'est sous ce titre que V. Giraud le publia en 1922 chez Champion, « avec une reproduction en phototypie du manuscrit autographe », précédé d'une page empruntée à une copie qu'avait fait réaliser Bricon ; en janvier 1946, J. Pommier (revue La* Table ronde*) en donna une nouvelle version. En voici le texte, revu par M. Levaillant :*

AMOUR ET VIEILLESSE

1

[« chants de tristesse » à une inconnue]

Il y a dans une femme une émanation de fleur et d'amour.

Elle n'avait pas l'air d'être mise en mouvement par les sons, mais elle avait l'air de la mélodie elle-même rendue visible et accomplissant ses propres lois.

Non, je ne souffrirai jamais que tu entres dans ma chaumière. C'est bien assez d'y reproduire ton image, d'y veiller comme un insensé en pensant à toi. Que serait-ce si tu t'étais assise sur la natte qui me sert de couche, si tu avais respiré l'air que je respire la nuit, si je te voyais à mon foyer compagne de ma solitude, chantant de cette voix qui me rend fou et qui me fait mal…

Comment croirais-je que cette vie sauvage pourrait longtemps te suffire? Deux beaux jeunes gens peuvent s'enchanter des soins qu'ils se rendent; mais un vieil esclave, qu'en ferais-tu? du soir au matin *[*et du matin*]* au soir supporter la solitude avec moi, les fureurs de ma jalousie prévue, mes longs silences, mes tristesses sans cause et tous les caprices d'une nature malheureuse qui se déplaît et croit déplaire aux autres?

Et le monde, en supporterais-tu les jugements et les railleries? Si j'étais riche, il dirait que je t'achète et que tu te vends, ne pouvant admettre que tu pusses m'aimer. Si j'étais pauvre, on se moquerait de ton amour, on en rendrait l'objet ridicule à tes propres yeux, on te rendrait honteuse de ton choix. Et moi, on me ferait un crime d'avoir abusé de ta simplicité, de ta jeunesse, de t'avoir acceptée ou d'avoir abusé de l'état de délire où tombe *[…]*

Si tu te laissais aller aux caprices où tombe quelquefois l'imagination d'une jeune femme, le jour viendrait où le regard d'un jeune homme *[*t'arracherait*]* à ta fatale erreur, car même les changements et les dégoûts arrivent entre les amants du même âge. Alors *[*de*]* quel œil me verrais-tu? quand je viendrais à t'apparaître dans ma forme naturelle. Toi tu irais te purifier dans des jeunes bras d'avoir été pressée dans les miens, mais moi que deviendrais-je? Tu me promettrais ta vénération, ton amitié, ton respect, et chacun de ces mots me percerait le cœur. Réduit à cacher ma douleur ridicule, à dévorer des larmes qui feraient rire ceux qui les apercevraient dans mes yeux, à renfermer dans mon sein mes plaintes, à mourir de jalousie, je me représenterais tes plaisirs. Je me dirais: à présent, à cette heure où elle meurt de volupté dans les bras d'un autre, elle lui redit ces mots tendres qu'elle m'a dits, avec bien plus de vérité et avec cette ardeur de la passion qu'elle n'a pu jamais sentir avec moi! Alors tous les tourments de l'enfer entreraient dans mon âme et je ne pourrais les apaiser que par des crimes.

Et pourtant quoi de plus injuste? Si tu m'avais donné quelques moments de bonheur, me les devais-tu? étais-tu obligée de me donner toute ta jeunesse? N'était-il pas tout simple que tu cherches les harmonies de ton âge et ces rapports d'âge et de beauté qui appartiennent à ta nature? Te devrais-je autre chose que la plus vive reconnaissance pour t'être un moment arrêtée auprès du vieux voyageur? Tout cela est juste, vrai, mais ne compte pas sur ma vertu. Si tu étais à moi, pour te quitter il me

faudrait ta mort ou la mienne. Je te pardonnerais ton bonheur avec un ange. Avec un homme, jamais.
N'espère pas me tromper. L'amitié a bien plus d'illusions que l'amour et elles sont bien plus durables. L'amitié se fait des idoles et les voit toujours telles qu'elle les a créées. Elle vit du cœur et de l'âme ; la fidélité lui est naturelle, elle s'accroît avec les années et découvre chaque jour de nouveaux charmes dans l'objet de sa préférence.
L'amour s'enivre, mais l'ivresse passe. Il ne vit pas de poésie, il ne se nourrit pas de gloire, découvrant tous les jours que l'idole qu'il a créée perd quelque chose à ses yeux. Il voit bientôt les défauts et le temps seul le rend infidèle en dépouillant l'objet qu'il aima de ses grâces. Les talents ne rendent point ce que le temps efface. La gloire ne rajeunit que notre nom.

Vois-tu, quand je me laisserais aller à une folie, je ne suis pas sûr de t'aimer demain. Je ne crois pas à moi. Je m'ignore. La passion me dévore et je suis prêt à me poignarder ou à rire. Je t'adore, mais dans un moment j'aimerai plus que toi le bruit du vent dans ces roches, un nuage qui vole, une feuille qui tombe. Puis je prierai Dieu avec larmes, puis j'invoquerai le Néant. Veux-tu me combler de délices ? Fais une chose. Sois à moi, puis laisse-moi te percer le cœur et boire tout /ton/ sang. Eh bien ! oseras-tu maintenant te hasarder avec moi dans cette thébaïde ?
Si tu me dis que tu m'aimeras comme un père tu me feras horreur ; si tu prétends m'aimer comme une amante je ne te croirai pas. Dans chaque jeune homme je verrai un rival préféré. Tes respects me feront sentir mes années ; tes caresses me livreront à la jalousie la plus insensée. Sais-tu qu'il y a tel sourire de toi qui me montrerait la profondeur de mes maux comme le rayon de soleil qui éclaire un abîme ?
Objet charmant, je t'adore, mais je ne t'accepte pas. Va chercher le jeune homme dont les bras peuvent s'entrelacer aux tiens avec grâce ; mais ne me le dis pas.
Oh ! non, non, ne viens plus me tenter. Songe que tu dois me survivre, que tu seras encore longtemps jeune quand je ne serai plus. Hier, lorsque tu étais assise avec moi sur la pierre, que le vent dans la cime des pins nous faisait entendre le bruit de la mer, prêt à succomber d'amour et de mélancolie, je me disais : Ma main est-elle assez légère pour caresser cette blonde chevelure ? Que peut-elle aimer en moi ? une chimère que la réalité va détruire. Et pourtant, quand tu penchas ta tête charmante sur mon épaule, quand des paroles enivrantes sortirent de ta bouche, quand je te vis prête à m'entourer de tes charmes comme d'une guirlande de fleurs, il me fallut tout l'orgueil de mes années pour

vaincre la tentation de volupté dont tu me vis rougir. Souviens-toi seulement des accents passionnés que je te fis entendre, et quand tu aimeras un jour un beau jeune homme, demande-toi s'il te parle comme je te parlais et si sa plus grand'amour approchait jamais de la mienne. Ah! Qu'importe! Tu dormiras dans ses bras, tes lèvres sur les siennes, ton sein contre son sein, et vous vous réveillerez enivrés de *[délices]*: que t'importeront les paroles sur la bruyère!
Non, je ne veux pas que tu dises jamais en me voyant après l'heure de ta folie: Quoi! c'est là l'homme à qui j'ai pu livrer ma jeunesse! Écoute, prions le Ciel, il fera peut-être un miracle. Il va me donner jeunesse et beauté. Viens, ma bien-aimée, montons sur ce nuage; que le vent nous porte dans le ciel. Alors je veux bien être à toi. Tu te rappelleras mes baisers, mes ardentes étreintes, je serai charmant dans ton souvenir et tu seras bien malheureuse, car certainement je ne t'aimerai plus. Oui, c'est ma nature. Et tu voudrais être peut-être abandonnée par un vieux homme! Oh! non, jeune grâce, va à *[ta]* destinée.
Va chercher un amant digne de toi. Je pleure des larmes de fiel de te perdre. Je voudrais dévorer celui qui possédera ce trésor. Mais fuis environnée de mes désirs, de ma jalousie, de *[lacune]*, et laisse-moi me débattre avec l'horreur de mes années et le chaos de ma nature où le ciel et l'enfer, la haine et l'amour, l'indifférence et la passion se mêlent dans une confusion effroyable.

[Que] durerait-il s'il était vrai? le temps de te serrer dans mes bras. La jeunesse embellit tout jusqu'au malheur. Elle charme alors qu'elle peut avec les boucles d'une chevelure brune, enlever les pleurs à mesure qu'ils passent sur ses joues. Mais la vieillesse enlaidit jusqu'au bonheur; dans l'infortune c'est pis encore: quelques rares cheveux blancs sur la tête chauve d'un homme ne descendent point assez bas pour essuyer les larmes qui tombent de ses yeux.
Tu m'as jugé d'une façon vulgaire; tu as pensé en voyant le trouble où tu me jettes que je me laisserais aller à te faire subir mes caresses. À quoi as-tu réussi? à me persuader que je pourrais être aimé? Non, mais à réveiller le génie qui m'a tourmenté dans ma jeunesse, à renouveler mes anciennes souffrances *[...]*
[...] vieilli sur la terre sans avoir rien perdu de ses rêves, de ses folies, de ses vagues tristesses, cherchant toujours ce qu'il ne peut trouver et joignant à ses anciens maux les désenchantements de l'expérience, la solitude des désirs, l'ennui du cœur et la disgrâce des années. Dis, n'aurai-je pas fourni aux démons dans ma personne, l'idée d'un supplice qu'ils n'avaient pas encore inventé dans la région des douleurs éternelles?

Fleur charmante que je ne veux point cueillir, je t'adresse ces derniers chants de tristesse ; tu ne les entendras qu'après ma mort, quand j'aurai réuni ma vie au faisceau des lyres brisées.

2
[«un vieux René»*]*

Avant d'entrer dans la société j'errais autour d'elle. Maintenant que j'en suis sorti, je suis également à l'écart ; vieux voyageur sans asile, je vois le soir chacun rentrer chez soi, fermer la porte ; je vois le jeune homme amoureux se glisser dans les ténèbres : et moi, assis sur la borne, je compte les étoiles, ne me fie à aucune, et j'attends l'aurore qui n'a rien à me conter de nouveau et dont la jeunesse est une insulte à mes cheveux. Quand je m'éveille avant l'aurore, je me rappelle ces temps où je me levais pour écrire à la femme que j'avais quittée quelques heures auparavant. À peine y voyais-je assez pour tracer mes lettres à la lueur de l'aube. Je disais à la personne aimée toutes les délices que j'avais goûtées, toutes celles que j'espérais encore ; je lui traçais le plan de notre journée, le lieu où je devais la retrouver sur quelque promenade déserte, etc.

Maintenant, quand je vois paraître le crépuscule et que, de la natte de ma couche, je promène mes regards sur les arbres de la forêt à travers ma fenêtre rustique, je me demande pourquoi le jour se lève pour moi, ce que j'ai à faire, quelle joie m'est possible, et je me vois errant seul de nouveau comme la journée précédente, gravissant les rochers sans but, sans plaisir, sans former un projet, sans avoir une seule pensée, ou bien assis dans une bruyère, regardant paître quelques moutons ou s'abattre quelques corbeaux sur une terre labourée. La nuit revient sans m'amener une compagne ; je m'endors avec des rêves pesants ou je veille avec d'importuns souvenirs pour dire encore au jour renaissant : Soleil, pourquoi te lèves-tu ?

[...] Il faut remonter haut pour trouver l'origine de mon supplice, il faut retourner à cette aurore de ma jeunesse *[où]* je me créai un fantôme de femme pour l'adorer. Je m'épuisai avec cette créature imaginaire, puis vinrent les amours réels avec qui *[je]* n'atteignis jamais à cette félicité imaginaire dont la pensée était dans mon âme. J'ai su ce que c'était que de vivre pour une seule idée et avec une seule idée, de s'isoler dans un sentiment, de perdre vue de l'univers et de mettre son existence entière dans un sourire, dans un mot, dans *[un]* regard. Mais alors même une inquiétude insurmontable troublait mes délices. Je me disais : m'aimera-t-elle demain comme aujourd'hui ? Un mot qui n'était pas prononcé avec autant d'ardeur que la veille, un regard distrait, un sourire

adressé à un autre que moi me faisait à l'instant désespérer de mon bonheur. J'en voyais la fin et m'en prenant à moi-même de mon ennui, je n'ai jamais eu l'envie de tuer mon rival ou la femme dont je voyais s'éteindre l'amour, mais toujours de me tuer moi-même, et je me croyais coupable, parce que je n'étais plus aimé.

Repoussé dans le désert de ma vie, j'y rentrais avec toute la poésie de mon désespoir. Je cherchais pourquoi Dieu m'avait mis sur la terre et je ne pouvais le comprendre. Quelle petite place j'occupais ici-bas ! Quand tout mon sang se serait écoulé dans les solitudes où je m'enfonçais, combien aurait-il rougi de brins de bruyère ? Et mon âme, qu'était-elle ? une petite douleur évanouie en se mêlant dans les vents. Et pourquoi tous ces mondes autour d'une si chétive créature, pourquoi voir tant de choses.

J'errai sur le globe, changeant de place sans changer d'être, cherchant toujours et ne trouvant rien. Je vis passer devant moi de nouvelles enchanteresses ; les unes étaient trop belles pour moi et je n'aurais osé leur parler, les autres ne m'aimaient pas. Et pourtant mes jours s'écoulaient, et j'étais effrayé de leur vitesse, et je me disais : Dépêche-toi donc d'être heureux ! Encore un jour, et tu ne pourras plus être aimé. Le spectacle du bonheur des générations nouvelles qui s'élevaient autour de moi m'inspirait les transports de la plus noire jalousie ; si j'avais pu les anéantir, je l'aurais fait avec le plaisir de la vengeance et du désespoir.

Bibliographie

Œuvres de Chateaubriand

Œuvres complètes et recueils

Œuvres complètes, Paris, Ladvocat, 1826-1831, 31 vol.
t. I et II, *Essai sur les révolutions*, 1826.
t. III, *Mélanges historiques*, 1827.
t. IV, V, V bis, V ter, *Études ou discours historiques*, 1831.
t. VI et VII, *Voyages en Amérique et en Italie*, 1827.
t. VIII, IX et X, *Itinéraire de Paris à Jérusalem*, 1826.
t. XI (1826), XII, XIII, XIV, XV, *Génie du Christianisme*, 1827.
t. XVI, *Atala, René, Les Aventures du dernier Abencérage*, 1826.
t. XVII, XVIII, XVIII bis (1827), *Les Martyrs*, 1826.
t. XIX et XX, *Les Natchez*, 1826.
t. XXI, *Mélanges littéraires*, 1826.
t. XXII, *Mélanges et poésies*, 1828, avec pour appendice en 1831 : *Moïse.*
t. XXIII, *Discours et opinions*, 1826.
t. XXIV et XXV, *Mélanges politiques*, 1828 et 1827.
t. XXVI, *Polémique*, 1827.
t. XXVII, *De la liberté de la presse*, 1828.
t. XXVIII, *Tables*, 1831.

Œuvres complètes, nouv. éd., précédée d'une étude littéraire sur Chateaubriand par Sainte-Beuve, Paris, Garnier, [1861], 12 vol.

Œuvres romanesques et voyages, éd. Maurice Regard, Paris, Gallimard, Bibliothèque de la Pléiade, 1969, 2 vol.
- t. I : *Atala ; René ; Les Natchez ; Voyage en Amérique ; Vie de Rancé.*
- t. II : *Les Martyrs ; Itinéraire de Paris à Jérusalem et de Jérusalem à Paris ; Les Aventures du dernier Abencérage ; Voyage en Italie.*

Essai sur les révolutions ; Génie du Christianisme ; Défense du Génie du Christianisme, éd. Maurice Regard, Paris, Gallimard, Bibliothèque de la Pléiade, 1978.

Grands Écrits politiques, éd. Jean-Paul Clément, Imprimerie nationale, 1993, 2 vol.
- t. I : *De Buonaparte, des Bourbons, et de la nécessité de se rallier à nos princes légitimes, pour le bonheur de la France et celui de l'Europe*, 30 mars 1814 ; *Réflexions politiques sur quelques écrits du jour et sur les intérêts de tous les Français*, 27 novembre 1814.
- t. II : *De la monarchie selon la Charte*, septembre 1816 ; *De la morale des intérêts et de celle des devoirs, ou Du système ministériel considéré dans ses effets moraux*, 5 décembre 1818 ; *De la Restauration et de la monarchie élective, ou Réponse à l'interpellation de quelques journaux sur mon refus de servir le nouveau gouvernement*, 24 mars 1831 ; *De la nouvelle proposition relative au bannissement de Charles X et de sa famille, ou Suite de mon dernier écrit : De la Restauration et de la monarchie élective*, 31 octobre 1831 ; *Lettre à MM. les rédacteurs de la Revue européenne*, 15 décembre 1831.

Autres œuvres et éditions séparées

Atala, éd. Gilbert Chinard, Paris, F. Roche, « Textes français », 1930.

Atala, éd. Armand Weil, Paris, José Corti, 1950.

Atala, René, Les Natchez, éd. Jean-Claude Berchet, Paris, Livre de Poche, 1989.

Itinéraire de Paris à Jérusalem, éd. Émile Malakis, Paris, Les Belles Lettres, 1946, 2 vol.

Compiègne, avril 1814, Paris, Le Normant, 1814.

Incidences : Digression philosophique, éd. M. et Mme Georges Moulinier, rev. par le Dr Le Savoureux et Armand Weil, Paris, Gallimard, « Cahiers Chateaubriand », 1947.

Rapport au Roi portant règlement des retenues à faire sur les traitements dépendant du ministère des Affaires étrangères, et des pensions à assigner à ses agents et employés sur ce fonds de retenue, daté du 19 novembre 1823, paru dans *Le Moniteur universel* du 26 novembre 1823.

Les Aventures du dernier Abencérage, éd. Paul Hazard et Marie-Jeanne Durry, Paris, Honoré Champion, 1926.

Les Natchez, éd. G. Chinard, Paris, E. Droz, 1932.

Voyage en Italie, éd. J.-M. Gautier, Genève, Droz, 1961.

Voyage en Amérique, éd. Switzer, Paris, Nizet, 1964.

Voyage à Clermont, éd. Jean-Maurice Gautier, Clermont-Ferrand, Éd. de Bussac, 1976.

Courtes Explications sur les 12 000 francs offerts par Mme la duchesse de Berry aux indigents attaqués de la contagion, Paris, Le Normant, avril 1832.

Mémoire sur la captivité de Madame la duchesse de Berry, Paris, Le Normant, 29 décembre 1832.

L'Avenir du monde et autres extraits, *in Lectures des Mémoires de M. de Chateaubriand, ou Recueil d'articles publiés sur ces Mémoires, avec des fragments originaux*, Paris, Lefèvre, 1834.

Essai sur la littérature anglaise et Considérations sur le génie des hommes, des temps et des révolutions, Paris, Gosselin et Furne, 1836, 2 vol., repr. *in OC*, éd. Garnier, t. XI.

Le Paradis perdu, de Milton, trad., Paris, Lefèvre, 1836, repr. *in OC*, éd. Garnier, t. XI.

Congrès de Vérone, Guerre d'Espagne. Négociations : colonies espagnoles, Paris, Delloye, 1838, réédité partiellement en 1979, avec une présentation de G. de Bertier de Sauvigny, Genève, Slatkine Reprint.

Notes et pensées, publiées par Mme de Durfort dans le *Bulletin de la Société Chateaubriand*, 1934.

Amour et vieillesse, éd. Victor Giraud, Paris, Honoré Champion, 1922.

Vie de Rancé, éd. Fernand Letessier, Paris, Marcel Didier, 1955, 2 vol.

Mémoires

Souvenirs d'enfance et de jeunesse de Chateaubriand (manuscrit de 1826), suivi de lettres inédites...., éd. Amélie Lenormant, Paris, Michel Lévy, 1874.

Mémoires de ma vie (Manuscrit de 1826), éd. J.-M. Gautier, Genève, Droz, 1976.

Mémoires d'outre-tombe, Paris, Penaud, 1849-1850, 12 vol.

Mémoires d'outre-tombe, éd. Edmond Biré, Paris, Garnier, [1899-1900], 6 vol.

Mémoires d'outre-tombe, éd. Maurice Levaillant, Paris, Flammarion, 1948 (édition dite « du Centenaire »), 4 vol.

Mémoires d'outre-tombe, éd. Maurice Levaillant et Georges Moulinier, Paris, Gallimard, Bibliothèque de la Pléiade, 1951, 2 vol.

Mémoires d'outre-tombe, éd. Maurice Levaillant, édition dite « du Centenaire » augmentée par P. Riberette de *Fragments inédits*, préface de Jean d'Ormesson, Paris, Tallandier, 1984, 8 vol.

Mémoires d'outre-tombe, éd. Jean-Claude Berchet, Paris, Bordas, Classiques Garnier, 1989-1992, 2 vol. parus à ce jour.

Correspondance

Correspondance générale [1789-1824], éd. Louis Thomas, Paris, Champion, 1912-1924, 5 vol.

Correspondance générale [1789-1822], éd. Pierre Riberette, Paris, Gallimard, 1977-1986, 5 vol. parus à ce jour.

Lettres à Madame Récamier [1821-1847], éd. Maurice Levaillant et Emmanuel Beau de Loménie, Paris, Flammarion, 1951.

Lettres de Chateaubriand à la comtesse Cordélia de Castellane, éd. comtesse Jean de Castellane, Paris, Plon, 1927.

Lettres de Chateaubriand à Madame Récamier pendant son ambassade à Rome, éd. Emmanuel Beau de Loménie, Paris, Plon, 1929.

Les Dernières Années de Chateaubriand (1830-1848), éd. Edmond Biré, Paris, Garnier, 1902.

Principaux ouvrages sur la vie, l'œuvre et la carrière politique de Chateaubriand

Album Chateaubriand, Paris, Gallimard, 1988, Bibliothèque de la Pléiade, iconographie choisie et présentée par Jean d'Ormesson.

ANDLAU, Béatrix d'
Chateaubriand et « Les Martyrs », Naissance d'une épopée, Paris, José Corti, 1952.

AUBRÉE, Étienne
Lucile et René de Chateaubriand chez leurs sœurs à Fougères, Paris, Honoré Champion, 1929.

BEAU DE LOMÉNIE, Emmanuel
– *La Carrière politique de Chateaubriand de 1814 à 1830*, Paris, Plon, 1929, 2 vol.
– *Les Demeures de Chateaubriand*, Paris, éd. des Portiques, 1930.

Bicentenaire de Chateaubriand (commémorations à Combourg et à la Vallée-aux-Loups, septembre-octobre 1968), ouvrage collectif, Paris, Minard, 1971.

BOUCHARDY, François
Monsieur et madame de Chateaubriand et les Genevois, avec des documents inédits, Genève, A. Jullien, 1931.

CASSAGNE, Albert
La Vie politique de François de Chateaubriand, Paris, Plon, 1911.

CHAMPION, Édouard
Chateaubriand et les Dames de la Halle, Paris, Champion, 1917.

Chateaubriand et le tremblement du temps, Colloque de Cerisy, Toulouse, Presses universitaires du Mirail, 1994.

Chateaubriand, Le Livre du centenaire, ouvrage collectif, Paris, Flammarion, 1949.

CHINARD, Gilbert
L'Exotisme américain dans l'œuvre de Chateaubriand, Paris, Hachette, 1918.

CHRISTOPHOROV, Pierre
Sur les pas de Chateaubriand en exil, Paris, éd. de Minuit, 1960.

CLARAC, Pierre
À la recherche de Chateaubriand, Paris, Nizet, 1975, préface de Maurice Schumann.

CLÉMENT, Jean-Paul
– *Chateaubriand politique*, Paris, Hachette, Pluriel, 1987.
– *Chateaubriand et La Vallée-aux-Loups*, 1996.

COLLAS, Georges
– *Un drame d'amour au XVIe siècle, Brien de Chateaubriand et Jacquemine de Boisrioult*, Rennes, Plihon, et Paris, A. Picard, 1934.
– *René-Auguste de Chateaubriand, comte de Combourg (1718-1786), d'après des documents inédits sur la vie maritime, féodale et familiale en Bretagne au XVIIIe siècle*, Paris, Nizet, 1949.
– *La Vieillesse douloureuse de Mme de Chateaubriand, d'après des documents inédits*, Paris, Minard, 1960-1961, 2 vol.

DANIÉLO, Julien
« M. et Mme de Chateaubriand... », *in Mémoires d'outre-tombe*, Paris, Penaud, 1850, t. XII.

DUCHEMIN, Marcel
Chateaubriand : essais de critique et d'histoire littéraire, Paris, J. Vrin, 1938.

DURRY, Marie-Jeanne
– *L'Ambassade romaine de Chateaubriand*, Paris, Champion, 1927.
– *La Vieillesse de Chateaubriand, 1830-1848*, Paris, Le Divan, 1933, 2 vol.
– *En marge des Mémoires d'outre-tombe, Fragments inédits*, Paris, Le Divan, 1933.

FAURE, Gabriel
Chateaubriand, Dubois et Le Globe, Grenoble et Paris, Arthaud, 1944.

FRANCE, Anatole
Lucile de Chateaubriand, ses contes, ses poèmes, ses lettres, Paris, Charavay, 1879.

GASTARD, Joseph
La Jeunesse de René en Bretagne,
Rennes, Larcher,
1933.

GIRAUD, Victor
– *Chateaubriand, Études littéraires*,
Paris, Hachette,
1904.
– *Nouvelles Études sur Chateaubriand*,
Paris, Hachette,
1920.
– *Le Christianisme de Chateaubriand*,
Paris, Hachette,
1925-1928, 2 vol.

Grand-Bey (Le), Hommage de la Bretagne à M. le vicomte de Chateaubriand par vingt-quatre écrivains bretons,
ouvrage collectif, Saint-Malo,
1850.

GUILLEMIN, Henri
L'Homme des Mémoires d'outre-tombe. Avec des fragments inédits des Mémoires,
Paris, Gallimard,
1965.

HERRIOT, Édouard
Madame Récamier et ses amis,
Paris, Plon,
1904, 2 vol.

LA FORCE, duc de
Chateaubriand au travail,
Avignon, Aubanel,
1941.

LEBÈGUE, Raymond
Aspects de Chateaubriand Vie, Voyage en Amérique, Œuvres,
Paris, Nizet,
1979.

LEVAILLANT, Maurice
– *Chateaubriand, Madame Récamier et les Mémoires d'outre-tombe, d'après des documents inédits*,
Paris, Delagrave,
1936.
– *Deux livres des Mémoires d'outre-tombe, édition critique d'après des manuscrits inédits*,
Paris, Delagrave,
1936, 2 vol.
– *Splendeurs, misères et chimères de Monsieur de Chateaubriand, d'après des documents inédits*,
Paris, Albin Michel,
1948.

MARIN, Scipion
Histoire de la vie et des ouvrages de M. de Chateaubriand,
Paris, Vimont,
1832, 2 vol.

MAUROIS, André
René ou la vie de Chateaubriand,
nouv. éd., Paris, Grasset,
1985.

Mémorial malouin du bicentenaire (1968),
« Chateaubriand et Saint-Malo, Chateaubriand parmi nous »,
édition de la ville de Saint-Malo et du Comité malouin du bicentenaire de la naissance de François-René de Chateaubriand,
1969.

MOREAU, Pierre
Chateaubriand, Paris, Desclée de Brouwer,
coll. « Les Écrivains devant Dieu »,
1965.

ORMESSON, Jean d'
Mon dernier rêve sera pour vous : une biographie sentimentale de Chateaubriand,
Paris, Lattès, 1982, rééd. Livre de Poche,
1983 et Lattès, 1993.

PAILHÈS, abbé Gabriel
– *Chateaubriand, sa femme et ses amis*,
Bordeaux, Féret, et Paris, Libraires associés,
1896.
– *La Duchesse de Duras et Chateaubriand, d'après des documents inédits*, Paris, Perrin,
1910.

PAILLERON, Marie-Louise
La Vicomtesse de Chateaubriand,
Paris, éd. des Portiques,
1934.

PAINTER, George D.
Chateaubriand, Une biographie, Les orages désirés, Paris, Gallimard,
1979.

POIRIER, Alice
Les Idées artistiques de Chateaubriand,
Paris, Presses universitaires de France,
1930.

REBOUL, Pierre
Chateaubriand et Le Conservateur,
Lille, Presses universitaires de Lille,
1973.

RICHARD, Noël
Le Paradis de la rue d'Enfer,
Toulouse,
1985.

RICHARD, Jean-Pierre
Paysage de Chateaubriand,
Paris, Seuil,
1967.

SAINTE-BEUVE, Charles-Augustin
Chateaubriand et son groupe littéraire sous l'Empire, éd. Maurice Allem,
Paris, Classiques Garnier,
1961, 2 vol.

Souvenirs, correspondances et témoignages contemporains

ABRANTÈS, duchesse d'
– *Histoire des Salons de Paris, Tableaux et portraits du grand monde sous Louis XVI, le Directoire, le Consulat et l'Empire, la Restauration et le règne de Louis-Philippe Ier*,
Paris, Ladvocat, 1836-1838, 6 vol.
– *Mémoires, ou Souvenirs historiques sur Napoléon, la Révolution, le Directoire, le Consulat, l'Empire et la Restauration*,
Paris, Ladvocat, 1831-1835, 18 vol.,
rééd. Garnier, 1893, 10 vol.

AGOULT, Mme d'
Chronique de 1831 à 1862,
éd. A. Radziwill, Paris, Plon,
1910, 4 vol.

ALFIERI, Vittorio
Mémoires de ma vie,
1804, rééd. Paris, Lebovici,
1989.

ALLART, Hortense
– *Lettres choisies à Béranger*,
Paris, Tous les Libraires,
1864.
– *Les Enchantements de Mme Prudence de Saman l'Esbatx*,
Sceaux, Dépée,
1872.

ANCELOT, Virginie
Un salon de Paris de 1824 à 1864,
Paris, Dentu,
1866.

ANDRIEUX, François-Guillaume
Œuvres, Paris, Nepveu,
1818-1823, 4 vol.

APPONYI, Rodolphe, comte
Vingt-cinq ans à Paris, 1826-1850, Journal,
éd. Ernest Daudet, 3e éd., Paris, Plon,
1913-1926, 4 vol.

ARTAUD DE MONTOR
– *Histoire du pape Pie VII*,
Paris, Le Clere,
1836.
– *Histoire de la vie et des travaux du comte d'Hauterive*,
Paris, Le Clere,
1839.

BARANTE, Amable-Prosper, baron de
Souvenirs,
Paris, Calmann Lévy,
1890-1901, 8 vol.

BARBAROUX, Charles
Mémoires,
Paris, coll. «Mémoires relatifs à la Révolution», 1822.

BARBEY D'AUREVILLY, Jules
– *Les Prophètes du passé*,
Paris, Palmé,
1880.
– *Du dandysme*, nouv. éd.,
Paris, Balland,
1986.

BAUSSET, cardinal de
Histoire de Fénelon,
Paris, Giguet et Michaud,
1809, 3 vol.

BEAUCHAMP, Alphonse de
Histoire des Malheurs de la Captivité de Pie VII sous le règne de Napoléon Bonaparte, Paris, Le Prieur, 1816.

BÉRANGER, Pierre-Jean
– *Œuvres* [*Chansons*], Paris, Garnier, 1845, 5 vol.
– *Correspondance*, éd. Paul Boiteau, Paris, Perrotin, 1860, 4 vol.

BÉRARD, Pierre-Clément
Mon Voyage à Prague, Paris, [s. n.], 1833.

BERNARDIN DE SAINT-PIERRE
Œuvres complètes, éd. L. Aimé-Martin, Paris, Méquignon-Marvis, 1818, 12 vol.

BERTIER DE SAUVIGNY, Ferdinand de
Souvenirs d'un ultra-royaliste 1815-1832, présentés et annotés par Guillaume de Bertier de Sauvigny, Paris, Tallandier, 1993, 2 vol.

BEUGNOT, Jacques-Claude
Mémoires, Paris, Dentu, 1889.

BLANC, Louis
Histoire de dix ans, 1830-1840, Paris, Pagnerre, 1841-1844, 5 vol.

BOIGNE, comtesse de
Mémoires [Récits d'une tante], 8e éd., éd. Charles Nicoullaud, Paris, Plon, 1907-1908, 4 vol., rééd. J.-C. Berchet, Mercure de France, coll. «Le Temps retrouvé» 1986, 2 vol.

BONAPARTE, Jacques
Sac de Rome, écrit en 1527 par Jacques Bonaparte, témoin oculaire, traduit de l'italien par N.-L. B. (Napoléon-Louis Bonaparte), Florence, Imprimerie grand-ducale, 1830.

BONAPARTE, Lucien
Mémoires [apocryphes], Paris, Delaunay, 1816, 2 vol., rééd. Gosselin, 1836, 1 vol. paru.

BONNET DE MALHERBE, Paul
Indiscrétions contemporaines, souvenirs intimes, Paris, E. Rouveyre et G. Blond, 1883.

BONSTETTEN, Charles-Victor de
Voyage sur la scène des six derniers livres de l'Énéide, suivi de quelques observations sur le Latium moderne, Paris, Paschoud, 1804.

BOST, Amy
Mémoires pouvant servir à l'histoire du réveil religieux des Églises protestantes de la Suisse et de la France…, Paris, C. Meyrueis, 1854-1855, 3 vol.

BOURRIENNE, Louis-Antoine Fauvelet de
Mémoires sur Napoléon, le Directoire, le Consulat, l'Empire et la Restauration, Paris, Ladvocat, 1829, 10 vol.

BRIQUEVILLE, Armand de
Lettre à M. de Chateaubriand, en réponse à sa brochure intitulée: De la nouvelle proposition relative au bannissement de Charles X et de sa famille…, Paris, Ladvocat, 1831.

BROGLIE, Achille-Léonce-Victor de
Souvenirs, 1785-1870, Paris, Lévy, 1886, 4 vol.

BYRON, lord
– *Mémoires*, éd. Thomas Moore, trad. Louise Belloc, Paris, Mesnier, 1 830, 5 vol.
– *Childe-Harold*, trad. F. Ragon, Paris, Hachette, 1833.

CARNOT
Mémoires sur Carnot par son fils, Paris, Pagnerre, 1861-1863, 2 vol.

CARREL, Armand
Œuvres politiques et littéraires, Paris, Chaumerot, 1857, 5 vol., préface d'Émile Littré.

CAULAINCOURT, Armand de
Mémoires, Paris, Plon,
1933, 3 vol.

CHAMBRAY, Georges, marquis de
Histoire de l'expédition de Russie en 1812,
Paris, 1833, 3 vol.

CHAMFORT, Nicolas-Sébastien Roch, dit
Caractères et anecdotes, éd. P.-R. Auguis,
Paris, 1824-1825, rééd. *in Œuvres complètes*,
Genève, Slatkine,
1968, 5 vol.

CHAMISSO, Adelbert de
Voyage autour du monde, 1815-1818,
Paris, José Corti, 1991.

CHASLES, Philareste
Mémoires, Paris, Charpentier, 1876-1877,
2 vol., rééd. Genève, Slatkine,
1973.

CHASTENAY, Victorine de
Mémoires, 1771-1815,
éd. Alphonse Roserot,
Paris, Plon, 1896-1897, 2 vol.,
rééd. Perrin, 1987.

CHATEAUBRIAND, Céleste de
Mémoires, cahier rouge et cahier vert,
éd. Jean-Paul Clément,
Paris, Perrin, 1990.

CHATEAUBRIAND, Lucile de
Œuvres, éd. Louis Thomas,
Paris, Société des Trente, Albert Messein,
1912.

CHÉNIER, André
Œuvres complètes, éd. Henri de Latouche,
Paris, Foulon, Baudouin, 1819,
rééd. Gérard Walter, Gallimard,
Bibliothèque de la Pléiade,
1958.

CHÉNIER, Marie-Joseph
Œuvres [anciennes...], Paris, Guillaume,
1824-1826, 5 vol.

CHOISEUL-GOUFFIER, comte de
Voyage pittoresque de la Grèce,
Paris, Tilliard, 1782-1820,
et Blaise aîné, 1824, 2 vol.

CLAUSEL DE COUSSERGUES, Jean-Claude
Du sacre des rois de France,
Paris, Egron, mai 1825.

[ANONYME], *Conspiration dite de la rue des Prouvaires, 2 février 1832*,
Paris, Le Dentu,
1832.

CONSTANT, Benjamin
– *Journaux intimes*, éd. intégrale Alfred Roulin et Charles Roth,
Paris, Gallimard,
1952.
– *Œuvres*, éd. Alfred Roulin, Paris,
Gallimard, Bibliothèque de la Pléiade,
1957.
– *Mémoires sur les Cent-Jours*, éd. Olivier Pozzo di Borgo, Paris, Pauvert,
1961.
– *De l'Esprit de Conquête et de l'Usurpation, dans leur rapport avec la civilisation européenne, par Benjamin Constant de Rebecque, membre du Tribunat éliminé en 1802, correspondant de la Société Royale des Sciences de Goettingue*, 1814,
rééd. R.-J. Dupuis, Paris,
Imprimerie nationale,
1992.
– *Portraits, mémoires, souvenirs*,
éd. Éphraïm Harpaz, Paris, Champion,
1992.

CONSTANT, Benjamin et RÉCAMIER, Juliette
Lettres, 1807-1830,
éd. Éphraïm Harpaz, Paris, Champion,
1992.

CORMENIN, Louis-Marie de La Haye, vicomte de
Ordre du jour sur la corruption électorale et parlementaire,
Paris, 1842.

COURIER, Paul-Louis
Œuvres,
Paris, Gallimard,
Bibliothèque de la Pléiade,
1940.

CUSSY, chevalier de
Souvenirs, éd. Marc de Germiny,
Paris, Plon, 1909, 2 vol.

DELÉCLUZE, Étienne-Jean
Impressions romaines,
éd. R. Baschet, Paris, Furne,
1942.

DELILLE, abbé Jacques
Œuvres,
éd. Pierre-François Tissot,
Paris, Furne,
1832-1833, 10 vol.

DENON, Dominique Vivant
Voyage dans la Haute et la Basse Égypte, pendant les campagnes de Bonaparte,
Paris, Didot,
1802.

DINO, Dorothée, duchesse de
Chronique de 1831 à 1862,
éd. A. Radziwill, 6e éd., Paris, Plon,
1910, 4 vol.

DUMAS, Alexandre
– *Mes Mémoires*,
Paris, Robert Laffont, coll. « Bouquins »,
1989, 2 vol.
– *La San Felice*,
rééd. Paris, Gallimard, coll. « Quarto »,
1996.

DUPIN AÎNÉ
– *Pièces judiciaires et historiques relatives au procès du duc d'Enghien, avec le Journal de ce prince depuis l'instant de son arrestation ; précédées de la Discussion des actes de la commission militaire instituée en l'an XII, par le gouvernement consulaire, pour juger le duc d'Enghien, par l'auteur de l'opuscule intitulé : « De la libre défense des accusés »*,
Paris, Baudouin frères,
1823.
– *Mémoires*, Paris, Plon,
1855-1861, 4 vol.

FAIN, baron
Manuscrit de 1812, contenant le précis des événements de cette année pour servir à l'histoire de Napoléon,
Paris, 1827.

FALLOUX, Alfred-F.-P., comte de
Mémoires d'un royaliste,
Paris, Perrin,
1888, 2 vol.

FIÉVÉE, Joseph
– *Correspondance politique et administrative…*,
Paris, Le Normant,
1815, 3 vol.
– *Histoire de la session de 1815, de 1816, de 1817*,
Paris, Le Normant, 1816, 1817, 1818.

FLAUBERT, Gustave et DU CAMP, Maxime
Par les champs et par les grèves,
éd. Adrianne J. Tooke, Genève, Droz,
1987.

FOISSY, M.
La Famille Bonaparte, depuis 1264 jusqu'à nos jours, Paris, Librairie Vergne, 1830.

FONTANES, Louis de
Œuvres, recueillies pour la première fois et complétées d'après les manuscrits originaux, précédées d'une lettre de M. de Chateaubriand, éd. orig.,
Paris, Hachette,
1839, 2 vol.

FORNERON, Henri
Histoire générale des émigrés pendant la Révolution française, 2e éd.,
Paris, Plon, 1884.

FRÉNILLY, François-Auguste Fauveau, baron de
Souvenirs, 1768-1828, éd. Arthur Chuquet,
Paris, Plon,
1909.

GENLIS, Mme de
– *Mémoires inédits sur le XVIIIe siècle et la Révolution française, depuis 1756 jusqu'à nos jours*,
Paris, Ladvocat,
1825, 10 vol.
– *Paris en Province*,
Paris, Ladvocat,
1831.
– *Athénaïs, ou le château de Coppet en 1807…*,
Paris, J. Didot l'Aîné,
1832.

GIBBON, Edward
Autobiography,
1796, rééd. Londres,
Oxford University Press, « The World's Classics », 1978.

GOETHE
Voyage en Italie, Paris, Club des Libraires,
1962, rééd. et trad. Maurice Mutterer,
Genève, Slatkine, 1990.

GONTAUT, duchesse de
Mémoires de la gouvernante des Enfants de France,
Paris, Plon, 1909.

GUERNON-RANVILLE, Martial, comte de
Journal d'un ministre,
Caen, F. Le Blanc-Hardel,
1873.

GUIZOT, François
– *Mémoires pour servir à l'histoire de mon temps*,
Paris, Michel Lévy, 1858-1867, 8 vol.
– *Du gouvernement représentatif et de l'état actuel de la France*, 1816, repr. *in Mélanges politiques et historiques*,
Paris, Michel Lévy, 1869.
– *Lettres de François Guizot et de la princesse de Lieven*,
Paris, Mercure de France, 1963,
préface de Jean Schlumberger.
– *Histoire de la civilisation en Europe depuis la chute de l'Empire romain jusqu'à la Révolution française*,
Paris, Didier, 1846,
4 vol., rééd. P. Rosanvallon,
Hachette, 1985.

HAUSSEZ, Charles, baron d'
Mémoires,
Paris, Calmann-Lévy,
1897, 2 vol.

HAUSSONVILLE, Othenin, comte d'
Ma Jeunesse, 1814-1830, Souvenirs,
5e éd., Paris, Calmann-Lévy,
1886.

HAUTPOUL, Armand d'
Souvenirs,
Paris, Plon, 1902.

HEINE, Henri
De la France, présentation d'Éphraïm Harpaz, Genève, Ressources,
1980.

HERSANT, Yves
Italie, Anthologie des voyageurs français aux XVIIIe et XIXe siècles, Paris,
Robert Laffont, coll. « Bouquins »,
1988.

HIS DE BUTENVAL, Charles
*Parallèle entre M. de Chateaubriand et M. de Chénier, Lettre à M. le comte de B*** pendant son séjour aux eaux d'Aix-la-Chapelle*,
Paris, Dentu, 1812.

HORTENSE, reine
Mémoires, éd. prince Napoléon,
préface et notes de Jean Hanoteau,
Paris, Plon, 1927, 3 vol.

HUGO, Victor
– *Œuvres complètes*, dir. Jean Massin,
Paris, Club Français du Livre,
1967-1968, 18 vol.
– *Choses vues, in Œuvres – Politique*,
Paris, Robert Laffont, coll. « Bouquins »,
1985.

HULIN, comte
Explications offertes aux hommes impartiaux par M. le comte Hulin, au sujet de la commission militaire instituée en l'an XII pour juger le duc d'Enghien,
Paris, Baudouin frères,
1823.

HYDE DE NEUVILLE, Jean-Guillaume
Mémoires et souvenirs,
Paris, Plon, 1894, 3 vol.

IMBERT DE SAINT-AMAND
La Duchesse de Berry en Vendée, à Nantes et à Blaye,
Paris, E. Dentu, 1893.

JOUBERT, Joseph
– *Correspondance, précédée d'une notice sur sa vie, son caractère et ses travaux*, Paris,
Perrin, 1914.

– *Pensées*, éd. Victor Giraud, Paris, Société des médecins bibliophiles, 1930, rééd. José Corti, 1994.

KRÜDENER, Mme de
Valérie, Paris, Klincksieck, 1974.

LABORDE, Alexandre de
Voyage pittoresque et historique de l'Espagne, Paris, Didot, 1807-1811, 4 vol.

LA FAYETTE, marquis de
Mémoires, correspondance et manuscrits du général La Fayette, publiés par sa famille, éd. F. de Corcelle, Paris, H. Fournier, 1837-1838, 6 vol.

LA HARPE, Jean-François
– *Le Triomphe de la religion chrétienne, ou le Roi martyr* (publication posthume), Paris, Veuve Migneret, 1814.
– *Lycée, ou Cours de littérature ancienne et moderne*, Paris, Deterville, 1818, 14 vol., repr. *in Œuvres*, Genève, Slatkine, 1969, 16 vol.

LA HODDE, Lucien de
Histoire des sociétés secrètes et du parti républicain de 1830 à 1848, Paris, Julien et Lanier, 1850.

LAMARTINE, Alphonse de
– *Histoire de la Restauration*, Paris, Furne, 1851.
– *Cours familier de littérature*, Paris, chez l'auteur, impr. Firmin-Didot, 1856-1869, 28 vol.
– *Souvenirs et portraits*, Paris, Hachette, 1871-1872, 3 vol.
– *Portraits et salons romantiques*, Paris, Le Goupy, 1927.
– *La Politique et l'histoire*, éd. Renée David, Paris, Imprimerie nationale, 1993.

LAMENNAIS, Félicité de
Correspondance générale, éd. L. Le Guillou, Paris, Armand Colin, 1971, 9 vol.

LAQUIANTE, A.
Un hiver à Paris sous le Consulat, 1802-1803, d'après les lettres de J.-F. Reichardt, Paris, Plon, 1896.

LARREY, baron
Relation historique et chirurgicale de l'expédition d'Orient, Paris, Demonville, 1803.

LAS CASES, comte de
Mémorial de Sainte-Hélène, éd. Marcel Dunan, Paris, Flammarion, 1951, 2 vol.

LEMONTEY, Pierre-Édouard
Histoire de la Régence et de la minorité de Louis XV jusqu'au ministère du cardinal Fleury, Paris, 1832, 2 vol.

LESAGE, Alain-René
Œuvres, Paris, Renouard, 1821, 12 vol.

LEVASSEUR, A.
La Fayette en Amérique en 1824 et 1825, ou Journal d'un voyage aux États-Unis, Paris, Baudouin, 1829, 2 vol.

LÉVIS, Gaston, duc de
Souvenirs-portraits (1813 et 1815), rééd. Jacques Dupâquier (suivi de *Lettres intimes de Monsieur, comte de Provence, au duc de Lévis*), Paris, Mercure de France, coll. « Le Temps retrouvé », 1993.

LIGNE, Charles, prince de
Lettres et pensées du prince de Ligne, rééd. Raymond Trousson, Paris, Tallandier, 1989, préface de Mme de Staël.

Livre des Cent et un, Paris, Ladvocat, A. Pichot, 1831-1835, 15 vol.

LOUIS-PHILIPPE D'ORLÉANS
Mon Journal, Événements de 1815, Paris, Michel Lévy, 1849, 2 vol.

MACAULAY, Thomas Babington, baron
Histoire d'Angleterre,
Paris, Robert Laffont,
coll. « Bouquins », 1989, 2 vol.

MAISTRE, Joseph de
Œuvres complètes,
éd. Rodolphe de Maistre,
Lyon, Vitte, 1884-1886, 14 vol.

MARCELLUS, comte de
– *Épisodes littéraires en Orient*,
Paris, Jacques Lecoffre,
1851.
– *La Politique de la Restauration en 1822-1823*,
Paris, Jacques Lecoffre,
1853.
– *Souvenirs diplomatiques*,
Paris, Lévy, 1858.
– *Chateaubriand et son temps*,
Paris, Lévy, 1859.

MÉNEVAL, baron de
Mémoires pour servir à l'histoire de Napoléon Ier depuis 1802 jusqu'à 1815,
Paris, Dentu, 1893-1894, 3 vol.

MERCIER, Louis Sébastien
Tableau de Paris, éd. J.-C. Bonnet (dir.),
Paris, Mercure de France,
1989, 2 vol.

MICKIEWICZ, Adam
Livre des pèlerins polonais, trad. Charles de Montalembert, suivi d'un *Hymne à la Pologne* par Félicité de Lamennais,
Paris, Renduel, 1833.

MOLÉ, Mathieu
Souvenirs de jeunesse (1793-1803),
éd. J.-C. Berchet, Paris, Mercure de France,
coll. « Le Temps retrouvé »,
1991.

MONTALEMBERT, Charles Forbes, comte de
Journal intime inédit (1822-1833),
éd. Louis Le Guillou et Nicole Roger-Taillade, Paris, Éd. du CNRS,
1990, 2 vol.

MONTBEL, comte de
Le Duc de Reichstadt,
Paris, Le Normant, 1832.

MONTLOSIER
Souvenirs d'un émigré (1791-1818),
éd. Larouzière-Montlosier et d'Hauterive,
Paris, Hachette, 1951.

MORELLET, abbé
Observations critiques sur le roman intitulé: Atala, Paris, Denné, an IX [mai 1801].

MÜLLER, Jean de
Histoire de la Confédération helvétique,
Paris, Ballimore et Cherbuliez,
1837, 18 vol.

Napoléon à Sainte-Hélène. Textes préfacés, choisis et commentés par Jean Tulard,
Paris, Robert Laffont, coll. « Bouquins »,
1981.

NETTEMENT, Alfred
Henri de France ou Histoire des Bourbons de la branche aînée pendant quinze années d'exil, 1830-1845,
Paris, De Signy et Dubey,
1845-1846, 2 vol.

NODIER, Charles
Le Dernier Banquet des Girondins, 1813,
in Souvenirs et portraits de la Révolution et de l'Empire, éd. Jean d'Hendecourt,
préface Jean-Luc Steinmetz,
Paris, Tallandier,
1988, 2 vol.

NORVINS, Jacques de
Mémorial,
éd. L. de Lanzac de Laborie,
Paris, Plon, 1896-1897, 3 vol.

PACCA, Bartolomeo, cardinal
Mémoires pour servir à l'histoire ecclésiastique du XIXe siècle,
trad. française, Lyon, M.-P. Rusand,
1832-1833, 2 vol.

PELLICO, Silvio
Mes Prisons, 1832, trad. Latour, 1845,
rééd. Alain Vuyet, Paris,
éd. de Septembre, 1990.

PONS DE L'HÉRAULT, André
Souvenirs et anecdotes de l'île d'Elbe,
Paris, Plon,
1897.

POUGENS, Marie-Charles-Joseph
Archéologie française, ou Vocabulaire des mots anciens ou tombés en désuétude, Paris, [s. n.], 1821-1825, 2 vol.

RADET, Étienne
Mémoires du général Radet d'après ses papiers personnels et les archives de l'État, éd. A. Combier, Saint-Cloud, Belin, 1892.

RAYNOUARD, François-Juste-Marie
Choix des poésies originales des troubadours, Paris, 1816-1821, 6 vol., rééd. Genève, Slatkine, 1982, 6 vol.

RÉCAMIER, Mme
Souvenirs et correspondance tirés des papiers de Mme Récamier, éd. Mme Lenormant, 5e éd., Paris, Calmann-Lévy, 1876, 2 vol.

RÉMUSAT, Charles de
Mémoires de ma vie, éd. Charles-Henri Pouthas, Paris, Plon, 1958-1967, 5 vol.

RÉMUSAT, Mme de
Mémoires, 1802-1808, éd. Paul de Rémusat, Paris, Calmann-Lévy, 1881, 3 vol.

ROEDERER, Pierre-Louis
– *Œuvres* établies par son fils, Paris, Firmin-Didot, 1853-1859, 8 vol.
– *Mémoires sur la Révolution, le Consulat et l'Empire*, éd. Octave Aubry, Paris, Plon, 1942.

ROLAND, Mme
Mémoires de madame Roland, avec notice sur sa vie, éd. Berville et Barrière, 2e éd., Paris, Baudouin, 1821, 2 vol.

Romans de femmes du XVIIIe siècle, éd. Raymond Trousson, Paris, Robert Laffont, coll. « Bouquins », 1996.

SAINTE-BEUVE, Charles-Augustin
– *Portraits de femmes*, Paris, Garnier, 1845.
– *Causeries du lundi*, 3e éd., Paris, Garnier, [s. d.], 16 vol.
– *Nouveaux Lundis*, Paris, Michel Lévy, 1878-1881, 13 vol.

SAINT-MARTIN, Louis-Claude de
Mon Portrait historique et philosophique (1789-1803), 1807, *in Œuvres posthumes*, rééd. Paris, Julliard, 1961.

SAND, George
– *Lettres d'un voyageur*, Paris, Félix Bonnaire, 1837, repr. *in Œuvres complètes*, Genève, Slatkine, 1978, 32 vol.
– *Correspondance*, éd. Georges Lubin, Paris, Garnier, 1991, 25 vol.

SCOTT, Walter
La Vie de Napoléon, Paris, Gosselin, 1827.

SÉGUR, Louis-Philippe, comte de
– *Histoire de Napoléon et de la Grande Armée pendant l'année 1812*, Paris, Baudouin, 1824.
– *Mémoires, ou Souvenirs et anecdotes*, Paris, Alexis Eymery, 1827, 3 vol.

SISMONDI, Jean-Charles-Léonard Simonde de
– *De la littérature du midi de l'Europe*, Paris, Treuttel et Würtz, 1813, 4 vol.
– *Histoire des républiques italiennes du Moyen Âge*, Paris, Treuttel, 1826, 16 vol.
– *Recherches sur les constitutions des peuples libres*, Genève, Droz, 1965.
– *Études sur l'économie politique*, Genève, Slatkine, 1980.

STAËL, Germaine de
– *De l'Allemagne* (1813), nouv. éd. comtesse Jean de Pange et Simone Balayé, Paris, Hachette, 1958-1960, 5 vol.
– *Corinne ou l'Italie* (1807), rééd. Paris, Éd. des Femmes, 1979, 3 vol.

– *Dix années d'exil* (1821), précédé d'une notice sur la vie et les ouvrages de madame de Staël par madame Necker de Saussure, éd. Désiré Lacroix, Paris, Garnier [s. d.], rééd. présentée et annotée par Simone Balayé, Fayard, 1996.

STERN, Daniel [Mme d'Agoult]
Mes Souvenirs, 1806-1833,
Paris, Calmann-Lévy,
1877.

TALLEYRAND, Charles-Maurice de
– *Correspondance inédite*,
éd. G. Pallain, Paris, Plon,
1884.
– *Mémoires complets et authentiques de Charles-Maurice de Talleyrand, prince de Bénévent*, Paris, Jean de Bonnot, 1967, 5 vol.

TAYLOR, Nodier et Cailleux
Voyages pittoresques et romantiques dans l'ancienne France, Bretagne,
Paris, Firmin-Didot,
1846, 2 vol.

THIBAUDEAU, Antoine-Clair
– *Mémoires sur la Convention et le Directoire*, Paris, Ponthieu, 1827, 3 vol.
– *Mémoires sur le Consulat : 1799-1804*, Paris, Ponthieu, 1827.

THIÉBAULT, Dieudonné-Paul-Charles-Henri
Mémoires du général baron Thiébault, publiés sous les auspices de sa fille, Mlle Claire Thiébault, d'après le manuscrit original, éd. F. Calmettes, Paris, Plon, 1893-1895, 5 vol.

THIERRY, Augustin
– *Lettres sur l'histoire de France pour servir d'introduction à l'étude de cette histoire*, Paris, Sautelet et Ponthieu, impr. Le Normant, 1827.
– *Augustin Thierry d'après sa correspondance et ses papiers de famille*, Paris, 1922.

THIERS, Adolphe
– *La Monarchie de 1830*, Paris, Mesnier, 1831.
– *Histoire de la Révolution française*, Paris, Lecointe, 1834, 10 vol.
– *Histoire du Consulat et de l'Empire*, Paris, Paulin, Lheureux et Cie, 1845-1862, 20 vol.

TOCQUEVILLE, Alexis de
De la démocratie en Amérique, rééd. Paris, Robert Laffont, coll. « Bouquins », 1986.

VALÉRY, Antoine
Voyages pittoresques et littéraires en Italie, ou l'Indicateur italien,
Paris, Lenormant, 1830-1833, 5 vol.

VAUDONCOURT, Frédéric-Guillaume, général de
– *Mémoires pour servir à l'histoire de la guerre entre la France et la Russie en 1812*, Londres, Deboffe, Egerton, Dulau, 1815.
– *Histoire de la guerre soutenue par les Français en Allemagne en 1813*, Paris, Barrois l'aîné, 1819.

VIGÉE-LE BRUN, Mme
Souvenirs, éd. Pierre de Nolhac, Paris, Fayard [s. d.], rééd. Claudine Hermann, Éd. des Femmes, 1984.

VIGNY, Alfred de
Journal d'un poète, éd. Baldensperger, Londres, 1928, repr. *in Œuvres complètes*, Paris, Gallimard, Bibliothèque de la Pléiade, 1986, 2 vol.

VILLÈLE, Joseph, comte de
Mémoires et Correspondance du comte de Villèle, Paris, Perrin 1888-1890, 5 vol.

VILLEMAIN, Abel-François
– *Souvenirs contemporains d'histoire et de littérature*, Paris, Didier, 1855.
– *M. de Chateaubriand, sa vie, ses écrits, son influence littéraire et politique sur son temps*, Paris, Michel Lévy, 1858.

VILLENEUVE, A., marquis de
Charles X et Louis XIX en exil, mémoires inédits du marquis de Villeneuve, Paris, Plon, 1889.

VILLENEUVE, Léontine de
Mémoires de l'Occitanienne,
éd. comtesse de Saint-Roman,
Paris, Plon, 1927,
préface de P.-B. Gheusi.

VITROLLES, baron de
Mémoires et relations politiques,
éd. E. Forgues, Paris, Charpentier,
1884, 3 vol.,
rééd. Gallimard, 1950, 2 vol.
– *Le Prince de Talleyrand*,
éd. Jean-Paul Clément, Versailles,
Mémoire en marge, 1993.

VOLNEY, comte de
*Tableau du climat et du sol
des États-Unis, in Œuvres complètes*,
Paris, Bossange frères,
1821, 8 vol.

*Voyage (Le) de William Bartram (1773-1776),
découverte du paysage et invention de
l'exotisme américain*, traduction
et présentation de Yvon Chatelin,
Paris, Karthala-Ormsom,
1991.

WALSH, vicomte
*Suite aux Lettres vendéennes,
ou Relation du voyage de S.A.R.
Madame la Duchesse de Berry,
dans la Touraine, l'Anjou,
la Bretagne, la Vendée
et le midi de la France, en 1828*,
Paris, L.-F. Hivert,
1829.

WARDEN, William
Lettres de Sainte-Hélène, Londres, 1816,
trad. fr., Bruxelles, Parkin, 1817.

WARENS, Mme de
Mémoires [apocryphes par le général
Doppet], Chambéry, 1785.

WILSON, Sir Robert
Histoire de l'expédition anglaise en Égypte,
Londres, 1802, 2 vol.

YOUNG, Arthur
Voyages en France en 1787, 1788 et 1789,
éd. H. Sée, Paris, Armand Colin,
1931, 3 vol.

Ouvrages sur les contemporains

ANTONETTI, Guy
Louis-Philippe, Paris, Fayard,
1994.

ARNAUD, Claude
Chamfort, Paris, Robert Laffont,
1988.

BABONNEIX, Léon
*Julie Bouchaud des Hérettes
à Gand pendant les Cent-Jours*,
Paris, Maloine, 1923.

BARDOUX, Agénor
– *La Comtesse Pauline de Beaumont*,
Paris, Calmann-Lévy,
1898.
– *La Duchesse de Duras*,
Paris, Calmann-Lévy,
1898.

BARTHES, Roland
Michelet, Paris, Le Seuil,
1954.

BASTID, Paul
Benjamin Constant et sa doctrine,
Paris, Armand Colin,
1966, 2 vol.

BERTIER DE SAUVIGNY, Guillaume de
*Le Comte Ferdinand de Bertier
et l'énigme de la Congrégation (1782-1864)*,
Paris, Presses Continentales,
1948.

BITTARD DES PORTES, René
*Histoire de l'armée de Condé pendant
la Révolution française (1791-1801)*,
Paris, Plon,
1905.

BLUCHE, Frédéric
Septembre 1792, logique d'un massacre,
Paris, Robert Laffont,
1986.

BONNEAU, François
*Talleyrand à table
ou la cuisine des princes*,
1988.

BROMBERT, Beth Archer
La Princesse Belgiojoso ou l'engagement romantique, Paris, Albin Michel, 1989.

BROSSE, Jacques
Les Tours du monde des explorateurs, les grands voyages maritimes (1764-1843), Paris, Bordas, 1983, préface de Fernand Braudel.

CHANGY, Hugues de
Le Soulèvement de la duchesse de Berry, Paris, Albatros, 1986.

CHINARD, Gilbert
Souvenirs d'Édouard de Mondésir, Baltimore, John Hopkins Press, 1942.

COURVILLE, Xavier de
Jomini, ou le devin de Napoléon, Paris, 1935.

DAUDET, Ernest
– *Louis XVIII et le duc Decazes, 1815-1820, d'après des documents inédits*, Paris, Plon, 1899.
– *L'Ambassade du duc Decazes en Angleterre (1820-1821)*, Paris, Plon-Nourrit, 1910.
– *La Police politique, chronique du temps de la Restauration, d'après les rapports des agents secrets et les papiers du Cabinet noir, 1815-1820*, Paris, Plon, 1912.

DEGOUT, Bernard
Le Sablier retourné, Victor Hugo (1816-1824) et le débat sur le «romantisme», Paris, Honoré Champion, à paraître.

DEROGY, Jacques et CARMEL, Hesi
Bonaparte en Terre sainte, Paris, Fayard, 1992.

DESCHODT, Éric
Malesherbes [château de], Maury, 1990.

ENGEL, C.-E.
Byron et Shelley en Suisse et en Savoie, Chambéry, Dardel, 1930.

FELKAY, Nicole
Balzac et ses éditeurs, 1822-1837, essai sur la librairie romantique, Paris, Promodis,1987.

FOUCART, Bruno
Le Renouveau de la peinture religieuse en France, 1800-1860, Paris, Athéna, 1987.

GARNIER, J.-P.
Charles X, le roi, le proscrit, Paris, Fayard, 1967.

GOBLOT, Jean-Jacques
– *Le Globe, 1824-1830*, Paris, Champion, 1993.
– *La Jeune France libérale, Le Globe, et son groupe littéraire, 1824-1830*, Paris, Plon, 1995.

GOURDIN, Jean-Luc
L'Ange gardien de Bonaparte : le colonel Muiron, Paris, Pygmalion, 1996.

GRANDMAISON, Geoffroy de
La Congrégation, 1801-1830, Paris, Plon, 1889.

GUIRAL, Pierre
Adolphe Thiers, ou De la nécessité en politique, Paris, Fayard, 1986.

HALÉVY, Élie
Histoire du peuple anglais au XIXe *siècle*, Paris, Hachette, 1923, 5 vol.

HÖHN, Gerhard
Henri Heine, un intellectuel moderne, Paris, Presses universitaires de France, 1994.

HOUSSAYE, Henry
1815, Paris, Perrin, 1914, 2 vol.

JOUVENEL, Bertrand de
Napoléon et l'économie dirigée : le blocus continental, Paris, éd. de la Toison d'Or, 1942.

JULLIAN, Camille
Extraits des historiens français du XIXe *siècle*, Paris, Hachette, 1951.

LANZAC DE LABORIE
Paris sous Napoléon, Paris, Plon, 1905-1913, 8 vol.

LEVAILLANT, Maurice
Une amitié amoureuse : Mme de Staël et Mme Récamier, Paris, Hachette, 1956.

LEY, Francis
Madame de Krüdener, 1764-1824, romantisme et Sainte-Alliance, Paris, Champion, 1994.

MADELIN, Louis
Fouché, 1759-1820, Paris, Plon, 1903.

MARTINEAU, Gilbert
Le Retour des cendres, Paris, Tallandier, 1990.

MASSIN, Jean et Brigitte
Beethoven, Paris, Fayard, 1967.

MASSON, Frédéric et BIAGI, G.
Napoléon inconnu, Paris, 1895, 2 vol.

ORIEUX, Jean
Talleyrand ou le sphinx incompris, Paris, Flammarion, 1970.

PETIET, Claude
Ces Messieurs de la religion, ou l'ordre de Malte au XVIIIe siècle, Paris, France Empire, 1992.

PILLE, René-Marc
Adelbert von Chamisso vu de France (1805-1840), Genèse et réception d'une image, Paris, Éd. du CNRS, 1993.

POISSON, Georges
Choderlos de Laclos ou l'obstination, Paris, Grasset, 1985.

POUTHAS, Charles-Henri
Guizot pendant la Restauration : préparation de l'homme d'État (1814-1830), Paris, Plon, 1923.

RÉMOND, René
Les États-Unis devant l'opinion française : 1815-1852, Paris, Armand Colin, 1962, 2 vol.

ROMBERG, Édouard et MALET, Albert
Louis XVIII et les Cent-Jours à Gand, Paris, Picard, 1898, 2 vol.

ROSANVALLON, Pierre
Le Moment Guizot, Paris, Gallimard, 1985.

SCIOUT, Ludovic
Le Directoire, Paris, 1895-1897, 4 vol.

THIBAUDET, Albert
Histoire de la littérature française de 1789 à nos jours, Paris, Stock, 1936.

THOMAS, Louis
Journal d'un conclave, Éd. Messein, Société des Trente, 1913.

TOUCHARD, Jean
La Gloire de Béranger, Paris, Armand Colin, 1968, 2 vol.

TULARD, Jean
– *L'anti-Napoléon. La légende noire de l'Empereur*, Paris, Julliard, coll. « Archives », 1965.
– *Napoléon ou le mythe du sauveur*, Paris, Fayard, 1987.

WAGENER, Françoise
Madame Récamier 1777-1849, Paris, J.-C. Lattès, 1986.

WELSCHINGER, Henri
Le Duc d'Enghien, l'enlèvement d'Ettenheim et l'exécution de Vincennes, nouv. éd. rev. et corr., Paris, Plon, 1913.

ZURICH, Pierre, comte de
Mme de La Briche, Paris, Boccard,
1934.

Ouvrages d'histoire générale

BARBEY, Jean *et alii*
Histoire des institutions de l'époque franque à la Révolution,
Paris, PUF,
1987.

BASTID, Paul
Les Institutions politiques de la monarchie parlementaire française, 1814-1848,
Paris, Sirey,
1954.

BERTIER DE SAUVIGNY, Guillaume de
La Restauration, Paris, Flammarion,
1955, rééd. coll. « Champs »,
1990.

BLUCHE, Frédéric
Le Bonapartisme, aux origines de la droite autoritaire,
Paris, Nouvelles Éditions Latines,
1980.

BOURQUIN, Maurice
Histoire de la Sainte-Alliance,
Genève, Georg et Cie,
1954.

CHEVALLIER, Jean-Jacques
– *Histoire des institutions et des régimes politiques de la France d'Ancien Régime*,
6e éd., Paris, Dalloz,
1981.
– *Histoire de la pensée politique*,
Paris, Payot, 1984, 3 vol.

DUINE, abbé
Histoire civile et poétique de Dol,
Paris, Champion,
1911.

DUPOUY, Auguste
Histoire de Bretagne,
Quimper, Calligrammes,
1983.

DUVERGIER DE HAURANNE, Prosper
Histoire du gouvernement parlementaire en France, 1814-1848, 2e éd., Michel Lévy,
1870-1871, 10 vol.

FURET, François
La Révolution, 1770-1880,
t. IV de l'*Histoire de France*,
Paris, Hachette,
1988.

LA GORCE, Pierre de
Histoire du Second Empire,
Paris, Plon, 1899, 5 vol.

MICHELET, Jules
Histoire de la Révolution française,
Paris, Robert Laffont, coll. « Bouquins »,
1979.

MIGNET, François
Histoire de la Révolution française depuis 1789 jusqu'en 1814, 15e éd.,
Paris, Perrin, 1884, 2 vol.

NETTEMENT, Alfred
Histoire de la Restauration,
Paris, J. Lecoffre, 1860-1872, 8 vol.

POUTHAS, Charles-Henri
Le Mouvement des nationalités en Europe dans la première moitié du XIXe siècle,
Paris, CDU [s. d.].

ROBERT, Hervé
La Monarchie de Juillet,
Paris, Presses universitaires de France,
coll. « Que sais-je ? »,
1995.

ROSANVALLON, Pierre
La Monarchie impossible,
Les Chartes de 1814 et de 1830,
Paris, Fayard,
1994.

THUREAU-DANGIN, Paul
Histoire de la monarchie de Juillet,
Paris, Plon, 1914, 7 vol.

TULARD, Jean
Nouvelle Bibliographie critique des mémoires sur l'époque napoléonienne,
Genève, Droz, 1991.

VAULABELLE, Achille de
Histoire des deux Restaurations,
7e éd., Paris, Garnier [1857], 8 vol.

VIEL-CASTEL, Horace de
Histoire de la Restauration,
Paris, Calmann-Lévy,
1876-1877, 10 vol.

Autres ouvrages

BALDENSPERGER, Fernand
Études d'histoire littéraire,
Paris, Hachette,
1907-1910, 2 vol.

BARRÈS, Maurice
– *Scènes et doctrines du nationalisme*,
Paris, Juven, s.d. [1902],
rééd. Éd. du Trident,
1987.
– *Les Déracinés*,
Paris, Robert Laffont,
coll. «Bouquins», 1994.
– *Romans et voyages*,
Paris, Robert Laffont,
coll. «Bouquins», 1994.

BÉDIER, Joseph
Études critiques,
Paris, Armand Colin, 1903.

BÉNICHOU, Paul
– *Le Temps des prophètes*,
Paris, Gallimard, 1977.
– *Les Mages romantiques*,
Paris, Gallimard, 1988.

BESANÇON, Alain
La Confusion des langues,
Paris, Calmann-Lévy,
1980.

CAILLOIS, Roger
Instincts et société,
Paris, Denoël, coll. «Médiations»,
1964.

CELLIER, Léon
«Missions et démarches de la critique»,
Mélanges [...] Vier,
Paris, Klincksieck,
1973.

CHAMPIGNEULLE, B.
Promenades aux châteaux de la Loire,
Paris, Club des Libraires de France,
1963.

CHASTEL, André
Le Sac de Rome,
Paris, Gallimard,
1984.

CLERGET, Marcel
Le Caire; étude de géographie urbaine et d'histoire économique,
Le Caire, 1934.

EGGER, Franz
Basler Totentanz,
Bâle, Musée historique,
1990.

FOLZ, Robert
Le Souvenir et la légende de Charlemagne dans l'Empire germanique médiéval,
Paris-Strasbourg, 1950-1951,
rééd. Genève, Slatkine,
1973.

HAZARD, Paul
La Crise de la conscience européenne,
Paris, Fayard,
1961.

Inventaire Voltaire, Jean Goulemot,
André Magnan, Didier Masseau dir.,
Paris, Gallimard, coll. «Quarto»,
1995.

POMEAU, René
D'Arouet à Voltaire, Oxford, Voltaire
Foundation, 1988.

PROUST, Marcel
Essais et articles,
Paris, Gallimard,
Bibliothèque de la Pléiade,
1971.

ROSANVALLON, Pierre
Le Sacre du citoyen,
Paris, Gallimard, 1992.

ROUCHE, Michel
Clovis, Paris, Fayard, 1996.

THUILLIER, Jacques
Nicolas Poussin, Paris, Fayard, 1988.

Textes anciens et classiques

Anthologie grecque, Paris, Les Belles Lettres, 928-1980.

Anthologie palatine, Épigrammes funéraires, éd. F. R. Jacobes, Paris, Les Belles Lettres, 1960.

AUGUSTIN, saint
Confessions, trad. Arnaud d'Andilly, éd. Philippe Sellier et Odette Barenne, Paris, Gallimard, coll. « Folio », 1993.

BASILE, saint
Lettres, Paris, coll. Guillaume Budé, 1957.

La Bible, trad. Lemaître de Sacy, Paris, Robert Laffont, coll. « Bouquins », 1990.

BOILEAU
Œuvres complètes, Paris, Gallimard, Bibliothèque de la Pléiade, 1966.

BOSSUET
Oraisons funèbres, Paris, Garnier, 1988.

BROSSES, Charles, comte de
– *Lettres d'Italie*, Paris, Mercure de France, coll. « Le temps retrouvé », 1986, 2 vol.
– *Lettres familières d'Italie*, éd. Hubert Juin, Paris, Éd. Complexe, coll. « Le regard littéraire », 1995.

CERVANTÈS
Don Quichotte, Paris, Gallimard, Bibliothèque de la Pléiade, 1934.

CHARLEVOIX, François-Xavier de
Histoire et description générale de la nouvelle France, avec le Journal historique d'un voyage fait par ordre du Roi dans l'Amérique Septentrionale, Paris, Rollin, 1744, 3 vol. in-4°, et 6 vol. in-12.

CLÉMENT D'ALEXANDRIE, saint
Œuvres, Paris, André Pralard, 1696.

COMMINES, Philippe de
Mémoires : Louis XI et Charles le Téméraire, Paris, Belfond, 1978.

CYRANO DE BERGERAC, Savinien
Mort d'Agrippine, éd. Dominique Moncond'huy, Paris, La Table Ronde, 1995.

DANTE
Œuvres complètes, éd. André Pézard, Paris, Gallimard, Bibliothèque de la Pléiade, 1965.

FÉNELON
Les Aventures de Télémaque, Paris, Classiques Garnier, 1987.

HÉRODOTE
L'Enquête, *in* Hérodote, Thucydide, *Œuvres complètes*, Paris, Gallimard, Bibliothèque de la Pléiade, 1964.

HOMÈRE
Iliade, trad. Robert Flacelière ; suivi de l'*Odyssée*, trad. Victor Bérard, éd. Jean Bérard, Paris, Gallimard, Bibliothèque de la Pléiade, 1955.

HORACE
Odes, épodes, chant séculaire, satires, épîtres et art poétique, éd. Adhémar Geerebaert, Bruxelles, H. Dessain, 1970.

LAFFITEAU, R. P.
Mœurs des sauvages américains, comparées aux mœurs des anciens temps, Paris, 1724, 2 vol.

LA FONTAINE, Jean de
Fables et contes, Paris, Gallimard, Bibliothèque de la Pléiade, 1954.

LA HONTAN, baron de
Nouveau Voyage de M. le baron de La Hontan, dans l'Amérique septentrionale, La Haye, 1703, 2 vol.
Lettres édifiantes et curieuses, écrites des Missions étrangères, éd. Qerbeuf, Paris, 1782-1783, 26 vol. in-12.

MILTON
Paradis perdu, trad. Chateaubriand, rééd. Gallimard, « Poésie », 1995.

MOLIÈRE
Œuvres complètes, Paris, Gallimard, Bibliothèque de la Pléiade, 1971, 2 vol.

MONTAIGNE
– *Œuvres complètes*, Paris, Gallimard, Bibliothèque de la Pléiade, 1962, rééd. Pierre Villey, Paris, Le Seuil, 1967.
– *Journal de voyages*, Paris, Gallimard, coll. « Folio », 1983.

MOUSKET, Philippe
Chronique rimée, éd. F. de Reiffenberg, Bruxelles, 1836.

PASCAL
Pensées, texte établi par Léon Brunschvicg, éd. Dominique Descotes, Paris, Flammarion, coll. « GF », 1976.

PETITOT, Claude-Bernard
Mémoires relatifs à l'histoire de France, Paris, Foucault, 1819-1829, 131 vol. (1e et 2e séries).

PIGANIOL DE LA FORCE
Nouvelle Description géographique et historique de la France, Paris, 1752-1753, 15 vol.

PLINE L'ANCIEN
Histoire naturelle, nouv. éd., Paris, Belles-Lettres, « Classique en poche », en cours.

PLUTARQUE
Vies des hommes illustres, Paris, Gallimard, Bibliothèque de la Pléiade, 1951.

RABELAIS
Œuvres complètes, éd. Jean Platard, 1929, rééd. Mireille Huchon et François Moreau, Paris, Gallimard, Bibliothèque de la Pléiade, 1994.

RACINE, Jean
Œuvres complètes, Paris, Gallimard, Bibliothèque de la Pléiade, 1982-1983, 2 vol.

RETZ, cardinal de
Mémoires, in Œuvres, Paris, Gallimard, Bibliothèque de la Pléiade, 1983.

ROUSSEAU, Jean-Jacques
– *Lettres à M. Buttafuoco sur la législation de la Corse et Projet de Constitution pour les Corses, in Œuvres et Correspondances inédites de Jean-Jacques Rousseau*, éd. Streckeisen-Moultou, 1861.
– *Émile, in Œuvres complètes*, Paris, Gallimard, Bibliothèque de la Pléiade, 1969.

SÉVIGNÉ, Mme de
Correspondance, Paris, Gallimard, Bibliothèque de la Pléiade, 1973-1978, 3 vol.

SHAKESPEARE, William
Œuvres complètes, Paris, Gallimard, Bibliothèque de la Pléiade, 1959, 2 vol.

STENDHAL
Voyages en Italie, Paris, Gallimard, Bibliothèque de la Pléiade, 1973.

TACITE
Germanie, éd. Jacques-Marc Perret, Paris, LesBelles Lettres, 1950.

VIRGILE
– *Bucoliques*, trad. et éd. Maurice Rat, Paris, Flammarion, coll. « GF », 1967.
Géorgiques, trad. Maurice Chappaz et Éric Genevay, éd. Jacques Perret, Paris, Gallimard, coll. « Poésie », 1987.
– *Énéide*, éd. Jacques Perret, Paris, Gallimard, coll. « Folio », 1991.

VOLTAIRE
– *Œuvres*, éd. Beuchot, Paris, Lefèvre et Didot, 1828-1834, 70 vol.
– *Candide ou l'Optimisme*, *in Romans et contes*, Paris, Garnier, 1960.

VORAGINE, Jacques de
La Légende dorée, trad. J.-B. M. Roze, Paris, Flammarion, 1967, 2 vol.

Encyclopédies et dictionnaires

BÉLY, Lucien, dir.
Dictionnaire de l'Ancien Régime, Paris, Presses universitaires de France, 1996.

BLUCHE, François, dir.
Dictionnaire du Grand Siècle, Paris, Fayard, 1990.

COURTINE, Robert
Larousse gastronomique, Paris, Larousse, 1984.

Dictionnaire des œuvres, des auteurs et des personnages de tous les temps et tous les pays, rééd. Paris, Robert Laffont, coll. « Bouquins », 1990, 12 vol.

FIERRO, Alfred ; PALLUEL-GUILLARD, André ; TULARD, Jean
Histoire et dictionnaire du Consulat et de l'Empire, Paris, Robert Laffont, coll. « Bouquins », 1995.

GÉRARD, André-Marie, assisté de Andrée Nord-Gérard et du P. Tollu *p. s. s.*
Dictionnaire de la Bible, Paris, Robert Laffont, coll. « Bouquins », 1989.

HATIN, Eugène
Bibliographie historique et critique de la presse française, Georg Olms Verlagsbuchhandlung, 1965.

HILLAIRET, Jacques
Dictionnaire historique des rues de Paris, Paris, éd. de Minuit, 1978, 2 vol.

HOEFER, Ferdinand, dir.
Nouvelle Biographie générale, Paris, Firmin-Didot, 1855-1866, 46 vol.

LAROUSSE, Pierre
Grand dictionnaire universel du XIXe siècle, rééd. Nîmes, Lacour, 1991, 24 vol.

MICHAUD, Louis-Gabriel, dir.
Biographie universelle ancienne et moderne…, Paris, Michaud frères, puis Beck, 1811-1862, 85 vol.

MOISY, H.
Dictionnaire de patois normand, Caen, 1885.

MORÉRI, Louis
Le Grand Dictionnaire historique…, 1673, nouv. éd. Drouet, 1759, 10 vol.

[TRÉVOUX]
Dictionnaire universel français et latin vulgairement appelé Dictionnaire de Trévoux, nouv. éd., Paris, Libraires associés, 1751, 8 vol.

TULARD, Jean; FAYARD, Jean-François; FIERRO, Alfred
Histoire et dictionnaire de la Révolution française (1789-1799), Paris, Robert Laffont, coll. «Bouquins», 1987.

TULARD, Jean, dir.
Dictionnaire Napoléon, Paris, Fayard, 1989.

VIGUERIE, Jean de
Histoire et dictionnaire du temps des Lumières, Paris, Robert Laffont, coll. «Bouquins», 1995.

Catalogues d'expositions de la Maison de Chateaubriand

Chateaubriand et la Révolution française, 1989.

Madame de Chateaubriand (1774-1847), automne 1990.

Chateaubriand et le sentiment de la nature, 1991.

Il y a cent quatre-vingt-cinq ans, Chateaubriand s'installait à la Vallée-aux-Loups – Châteaux et salons sous le Consulat et l'Empire, automne 1992.

La Maison de Chateaubriand s'expose à la Vallée-aux-Loups, automne 1993.

Caricatures politiques (1829-1848) – De l'éteignoir à la poire, automne 1994.
France-Angleterre – L'album d'aquarelles de Mme d'Osmond (1834), automne 1996.

Périodiques

Bulletin de la Société Chateaubriand, Ancienne série, 1930-1937; Petit Bulletin, 1948-1954; Nouvelle série, 1955-1996.

Annales de Bretagne

Annales de la Société historique et archéologique de l'arrondissement de Saint-Malo

Annuaire-Bulletin de la Société de l'histoire de France

Le Correspondant

Europe

Gazettes médicales

Journal des Débats

La Géographie

Mercure de France

Revue de Genève

Revue de littérature comparée

Revue de Paris

Revue d'Histoire de l'Église de France

Revue d'Histoire littéraire de la France

Revue des Deux Mondes

Revue des Études historiques

Sunday Times.

Index

Cet index est conçu comme un complément aux notes et éclaircissements. Il est composé des notices de tous les personnages et des principaux lieux cités dans les Mémoires, *hormis ceux qui font l'objet de notes particulières.*
Pour le patronyme CHATEAUBRIAND, *une présentation spécifique a été retenue, rappelant sommairement la généalogie de l'auteur, et intégrant des personnes qui ne sont mentionnées par Chateaubriand que dans le* Supplément à [s] es Mémoires, *notice biographique à destination de ses neveux, qui n'a pas été reproduite ici. Les travaux de MM. Georges Collas, Maurice Levaillant et Georges D. Painter ont été mis à contribution pour les informations concernant l'enfance bretonne de Chateaubriand et sa famille.*

A

B

des aides. Garde des Sceaux de France en 1789, il ouvrit la séance des États généraux. Accusé d'avoir voulu rassembler autour de Paris une armée dans le but de réprimer les « patriotes », il fut traduit devant le tribunal du Châtelet qui l'acquitta. Il émigra et ne revint en France qu'après Brumaire. La Restauration le nomma chancelier honoraire. Son gendre était le chancelier Dambray. *626.*

Barillon d'Amoncourt, Paul de, v. 1630-1691
Diplomate français. Ambassadeur à Londres en 1677, il avait pour mission de maintenir l'alliance de Louis XIV et de Charles II. *2139.*

Barnage
Avocat rémois qui publia une brochure à l'occasion du sacre de Charles X (1825). *1793.*

Barras, Paul-François-Jean-Nicolas, vicomte de, 1755-1829
Conventionnel régicide, il participa au siège de Toulon, se lia avec Bonaparte et le fit nommer capitaine. Après avoir joué un rôle décisif dans la journée du 9 Thermidor, il fut chargé par la Convention d'écraser l'insurrection royaliste avec l'appui de Bonaparte, le 13 vendémiaire an III (5 octobre 1794). Il dominera en tant que Directeur les cinq années du Directoire. Mais après avoir fait croire à Louis XVIII qu'il pourrait être le restaurateur de la monarchie, il décapita le mouvement royaliste par le coup d'État du 18 fructidor an V (4 septembre 1797). Il laissera faire le coup d'État du 18 Brumaire, se laissant arracher sa démission. *1110*, *1112*, *1121*, *1123-1125*, *1169.*

Barrère, pour **Barère de Vieuzac**, Bertrand, 1755-1841
Conventionnel, membre du Comité de salut public, proche de Robespierre qu'il abandonnera le 9 Thermidor, se dévouant toujours pour le plus fort, il se fit remarquer par le style fleuri, gracieux, dont il ornait les mesures de proscription. D'où l'étrange surnom qu'on lui donna d'*Anacréon de la guillotine.* En 1795, il fut condamné sans jugement à la déportation et emprisonné. Il sera proscrit comme régicide sous la Restauration. *301*, *548*, *638*, *1105*, *1119.*

Barrois, colonel
Juge du duc d'Enghien. *915.*

Barrot, Odilon, 1791-1873
Royaliste en 1815, il se jeta bientôt dans l'opposition libérale. Préfet de la Seine d'août 1830 à février 1831, député de la gauche « dynastique » de 1830 à 1848, représentant du peuple de 1848 au 2 décembre 1851, il fut ministre et président du Conseil du prince-président Louis-Napoléon Bonaparte du 20 décembre 1848 au 30 octobre 1849 ; président du Conseil d'État du 27 juillet 1872 à sa mort. Ses *Mémoires* (4 vol.) ont paru en 1875. *1418*, *2214*, *2236*, *2254*, *2290.*

Barthe, Félix, 1795-1863
Avocat proche des carbonari, il plaida sous la Restauration pour plusieurs accusés des complots militaires (« les quatre sergents de La Rochelle »). Il prit une part active à la révolution de 1830, devint ministre de l'Intérieur dans les cabinets Laffitte et Casimir Périer (1830-1834). Pair de France, premier président de la Cour des comptes, sénateur sous Napoléon III. *2214*, *2460-2463*, *2518.*

Barthélemy, Jean-Jacques, abbé, 1716-1795
Écrivain protégé des Choiseul, auteur du célèbre *Voyage du jeune Anacharsis en Grèce* (1779), il exerça une grande influence sur tous les voyageurs qui se rendirent en Grèce, y compris Chateaubriand. *521.*

Barthélemy, Auguste-Marseille, 1796-1867
Cet « écrivain de talent », mais vénal, qui s'était « acquis une certaine autorité » en lançant d'insolents pamphlets contre les ministres de Charles X – la *Villéliade*

rallia à ses adversaires et se trouva mêlé au coup d'État de Thermidor. Amnistié par la Convention, il fit partie de l'administration des hôpitaux militaires après Brumaire. *1120.*

Bourmont, Louis-Auguste-Victor, comte de Ghaines de, général puis maréchal, 1773-1846
Émigré en 1791, soldat à l'armée de Condé, il passa en Vendée en 1795 mais la pacification l'obligea à fuir en Suisse. Mêlé à la conspiration de Pichegru, il reprit le combat en 1799 à Saumur et accepta peu de temps après la paix du Premier Consul. De nouveau compromis dans l'enlèvement du sénateur Clément de Ris, il fut incarcéré de 1801 à 1804. Réfugié au Portugal, il proposa ses services à Junot, en 1807, et participera à l'expédition de Russie. Ce soldat malchanceux traînait derrière lui une réputation détestable ; on lui reprochait entre autres d'être passé à l'ennemi avec son état-major en 1815, peu de temps avant Waterloo. Sous la Restauration, il participera à la guerre d'Espagne ; pair de France (1823) et ministre de la Guerre en 1830, il sera l'homme de l'expédition d'Alger (opération que Chateaubriand avait appelée de ses vœux dans sa *Note sur la Grèce* de 1825). Il était à Alger au moment du « coup d'État ». Avait-il voulu prendre la tête de l'expédition pour éviter d'être présent à Paris et se soustraire à ses responsabilités ? Chateaubriand s'interroge, tout en lui sachant gré d'avoir apporté « la liberté aux rives de Numidie [l'Algérie] ». *2192, 2194, 2213, 2431, 2433, 2551.*

Bournonville, pour **Beurnonville**, Pierre Riel, comte puis marquis de, 1752-1821
Ministre de la Guerre en 1793, commandant en chef de l'armée de Sambre et Meuse ; ambassadeur sous le Consulat, sénateur et comte d'Empire, fait par Louis XVIII ministre d'État et pair de France en 1814 ; maréchal de France en 1816, marquis en 1817. *1356.*

Bourqueney, François-Adolphe, comte de, 1800-1869
Il débuta dans la carrière diplomatique aux États-Unis et à Londres sous la direction de Hyde de Neuville et de Chateaubriand (qu'il suivit dans sa chute), collaborant avec eux au *Journal des Débats.* La Ferronnays le nomma ensuite premier secrétaire d'ambassade. En 1834 et 1840, il fut envoyé à Londres, d'abord comme chargé d'affaires puis comme ministre plénipotentiaire pour consacrer la séparation de la Belgique de la Hollande. Nommé en 1843 ambassadeur à Constantinople, il donna sa démission en 1848 et vécut dans une retraite absolue jusqu'en 1853, où il reprit du service comme ministre plénipotentiaire puis ambassadeur à Vienne. En 1856, il signa comme second plénipotentiaire l'acte du congrès de Paris. En 1857, il fut élevé au rang de sénateur. *362.*

Bourrienne, Louis-Antoine Fauvelet de, 1769-1834
Condisciple et ami le plus intime de Bonaparte à Brienne, qu'il retrouva à Leoben en 1797, devenant alors son secrétaire particulier. Nommé ministre plénipotentiaire à Hambourg, Bourrienne se livra à la contrebande de produits anglais de façon si effrontée qu'on dut le destituer en 1813. Brouillé avec l'empereur, il se rallia aux Bourbons. Conseiller puis ministre d'État, député de l'Yonne à la Chambre introuvable, il fut réélu en 1821 et en 1824. Après des spéculations douteuses, il se réfugia en Belgique, où il fournit des notes à Villemarest pour la rédaction de ses *Mémoires* (1829, 10 vol.), qui soulevèrent de vives protestations des bonapartistes tant ils étaient inspirés par une haine tenace de Napoléon. « Peut-on croire aux *Mémoires* de Bourrienne ? Non, mais il faut les lire, et, en les lisant avec précaution, on y trouvera quelquefois à prendre et à apprendre » (A. Chuquet). Après de nouveaux problèmes

transformé en succursale de l'École militaire sous Louis XVI. Napoléon y fut élève de 1779 à 1784 ; en janvier 1814 il y remporta une bataille contre Blücher. *1089, 1097, 1099, 1240, 1323, 1561.*

BRIGNON DE CHATEAUBRIAND, Marie-Jeanne-Thérèse
Voir CHATEAUBRIAND (n° 26).

BRILLANTAIS, LA,
pour *LA BRIANTAIS*, château de Manoir sur la Rance, en Saint-Servan, qui appartenait en 1778 aux Picot de Prémesnil. *310.*

BRILLAT-SAVARIN, Jean-Anthelme, 1755-1826
Gastronome, musicien, juriste, philosophe, né à Belley. Député du tiers aux États généraux, il revint à Belley et fut élu suppléant au tribunal de cassation, maire de Belley, où il s'efforça d'apaiser les passions ; en 1793, convaincu d'être un Girondin fédéraliste, il préféra passer en Suisse. Il gagna ensuite Rotterdam, puis New York. Rayé de la liste des émigrés en 1796, il revint à Paris et fut nommé juge au tribunal de cassation (février 1797), siège qu'il perdit après le coup d'État du 18 Fructidor mais retrouva en 1804. Auteur de *La Physiologie du goût, ou Méditations de gastronomie transcendante par un professeur*, il avait un lien de cousinage avec Juliette Récamier, ainsi qu'avec les parents de M. Récamier, établis dans le Bugey. *1886.*

BRINDAE, BRINDES,
Brundusium, Brindisi.
Italie, Pouilles
Port sur l'Adriatique (canal d'Otrante). *2744, 2915.*

BRINVILLIERS, Marie-Madeleine d'Aubray, marquise de, 1630-1676
Célèbre empoisonneuse qui, après avoir tué son père et ses deux frères, fut démasquée, s'enfuit à Londres puis à Liège, où elle fut arrêtée. Convaincue de multiples empoisonnements par une confession écrite de sa main, elle fut condamnée à mort par le Parlement et exécutée le 17 juillet 1676. Son procès est à l'origine de l'affaire des poisons. *767.*

BRIOT, Pierre-Joseph, 1771-1827
Ancien député au Conseil des Cinq-Cents, il fut l'un des opposants au 18 Brumaire et conserva ses convictions républicaines sous l'Empire et la Restauration. Il est considéré comme un des introducteurs du carbonarisme en France. C'était un familier de la comtesse de Clermont-Tonnerre, chez qui Chateaubriand a pu faire sa connaissance. *855.*

BRIQUEVILLE, Armand, comte de, 1785-1844
Fils d'un gentilhomme normand fusillé par les républicains en 1796, élevé dans les idées libérales par sa mère, il servit comme officier sous l'Empire et prit sa retraite après Waterloo comme colonel. Cet homme de gauche, auteur de la proposition de loi sur le bannissement de Charles X, s'accordait au moins avec Chateaubriand sur un point : il voyait dans la quasi-légitimité « l'accouplement monstrueux de la souveraineté populaire et du droit divin, image de ce tyran de Virgile qui attachait tout vif un homme à un cadavre ». *2381, 2384, 2390, 2523.*

BRISSAC, Charles II de Cossé, comte de, v. 1550-1621
Il fut l'un des cinq colonels, nommés par le duc de Guise, qui se mirent à la tête du peuple à la journée des barricades. Député de Normandie et président de la noblesse aux États de Blois (1588), il fut appelé à Paris par la Ligue, qui le nomma maréchal de France et gouverneur de la ville (janvier 1594), dont il ouvrit les portes à Henri IV, le 22 mars. *1359.*

BRISSON, président, 1531-1591
Président du Parlement de Paris, pendu par ordre des Seize pendant les luttes de la Ligue. *539.*

BRISSOT, Jean-Pierre, 1754-1793
Homme politique et pamphlétaire, il avait

C

d'Orléans. Il fut l'un des premiers à s'associer à la protestation des journalistes parisiens contre les ordonnances de 1830, mais conserva ses distances avec la monarchie de Juillet, au point d'être à nouveau jugé en Cour d'assises en 1835. Il abandonna le journalisme en 1839 et fut nommé chef de section aux Archives du royaume. *2252.*

CAUD, Jacques-Louis-René de, 1727-1797
Chevalier, né à Rennes. Admis en 1755 dans les gardes du corps du roi, compagnie de Villeroy, il se signala au combat de Saint-Cast (1758) et fut l'un des 6 Bretons pensionnés par les états pour ce fait. Le roi lui accorda la croix de Saint-Louis. En 1766, il devint capitaine des gardes à Rennes et partit en 1779 pour commander « les ville et château de Fougères », jusqu'en 1784, où il rentra à Rennes. En 1791, il fut mis à la retraite avec le grade de maréchal de camp et 2 970 livres de pension. Le 3 août 1796, il épousa, à Rennes, Lucile de Chateaubriand qu'il avait sans doute vue chez ses sœurs à Fougères. De ce mystérieux mariage, on ignore tout. Le chevalier mourut à Rennes, le 15 mars 1797, après 7 mois et demi de mariage. Il est probable que sa femme vivait avec lui, quoi qu'on en ait dit, puisqu'elle fut gardienne des scellés et héritière (M. Levaillant) (voir É. Aubrée, *Le Chevalier de Caud, époux de Lucile de Chateaubriand*, Perrin, 1937). *740, 785.*

CAUD, Lucile-Angélique de Chateaubriand, Mme de, 1764-1804
Épouse du précédent et sœur de l'auteur. Voir CHATEAUBRIAND (n° 31).

CAULAINCOURT, Armand-Louis-Augustin, marquis de, duc de Vicence, 1773-1827
Général de brigade, aide de camp du Premier Consul puis grand écuyer, il fut ambassadeur à Saint-Pétersbourg de 1807 à 1811, ministre des Relations extérieures en 1813, et représenta la France au congrès de Châtillon (janvier 1814). En 1804, il avait été chargé, avec Ordener, d'enlever le duc d'Enghien à Ettenheim, son rôle s'aggravant de la circonstance qu'il avait été page du prince de Condé, et comme tel élevé pendant quelque temps auprès du duc d'Enghien. *928, 935, 937, 1235-1236, 1241, 1247, 1274-1275, 1287, 1290, 1362, 1387, 1457, 1475, 1490, 1492.*

CAULAINCOURT, Auguste-Jean-Gabriel, comte de, 1777-1812. Frère cadet du précédent. Général tué à la bataille de Borodino. *1256.*

CAUMONT, Marie-Constance de Lamoignon, marquise de La Force, 1774-1823
Gouvernante du duc de Bordeaux. *669.*

CAUSANS DE MAULÉON, Jacques-Vincent, marquis de, 1751-1826
Colonel du régiment de Conti, député aux États généraux, maître de camp en 1790, émigré, lieutenant général en 1814, député ultra du Vaucluse de 1815 à sa mort. *144-146.*

CAUTERETS.
Hautes-Pyrénées
Chateaubriand y séjourna de la fin de juillet au 19 août 1829. *2168, 2171, 2174, 2474, 2481, 2851.*

CAUX, Louis-Victor de Blacquetot, vicomte de, 1775-1845
Lieutenant général, député du Nord, ministre de la Guerre (1828) ; pair de France après 1830. *1837, 2246.*

CAUX, Roger, comte de
Premier secrétaire de la légation à Berlin, il fut ensuite chargé d'affaires à Madrid et ministre de France à Hanovre. *229.*

CAVAIGNAC, Godefroy, 1801-1845
Frère aîné du général Eugène Cavaignac, adversaire redoutable de la monarchie de Juillet. Lors des émeutes d'avril 1834, il fut emprisonné et s'évada en Angleterre. De retour à Paris en 1841, il collabora à *La Réforme* et, en 1843, devint président de la Société des Droits de l'homme. *2271.*

17. CHATEAUBRIAND DE LA GUÉRANDE, Alexis de
Fils du précédent. Ses propres petits-fils, Alexis-Urbain († 1784) et Jean-Gilles-Joseph († 1818), morts sans postérité, sont les derniers de la lignée des Chateaubriand de La Guérande. *84.*

18. CHATEAUBRIAND, René-Amaury de, seigneur de la Villendré, ou Ville-André
Oncle du précédent et bisaïeul paternel de l'auteur. Il est le petit-fils de Christophe II et le second fils de Jean de Chateaubriand. Né en 1653, il épousa en 1677 Marie-Jeanne du Rocher, demoiselle du Quengo, sa cousine. *79, 84.*

LES AÏEUX ET LA FAMILLE DE CHATEAUBRIAND

LES GRANDS-PARENTS PATERNELS ET LES PARENTS DE CHATEAUBRIAND

19. CHATEAUBRIAND DE LA VILLENEUVE, Jacques-François, seigneur des Touches
3e fils du précédent, grand-père paternel de l'auteur, né au Quengo, en Brusvilly, le 22 février 1683. Il exerçait une charge de sénéchal. Après son mariage avec Perronnelle Lamour de Lanjégu (27 août 1713), il s'installa dans le manoir des Touches, en Guitté, et non dans celui de la Villeneuve, en Médréac. En quatorze ans, sa femme lui donna 12 enfants, 8 filles (dont on ne sait rien) et 4 garçons : François-Henry, né le 31 octobre 1717 (n° 23) ; René-Auguste, né le 23 septembre 1718 (n° 21) ; Pierre-Anne-Marie, né le 23 janvier 1727 (n° 25) ; Joseph-Urbain, né le 22 mars 1728 (n° 24). Il est mort le 28 mars 1729. *85.*

20. CHATEAUBRIAND, Pétronille ou Perronnelle-Claude Lamour de Lanjégu, dame de
Femme du précédent et grand-mère paternelle de l'auteur. Née le 25 février 1692 de Mathurin Lamour de Lanjégu et de Mélanie de La Porte. Veuve dès 1729, elle vécut aux Touches jusqu'en 1775, ensuite chez son fils Pierre, d'abord à Saint-Malo pendant deux ans, puis au château du Val-Guildo en Saint-Potan, où elle mourut le 22 octobre 1781. *85-87.*

21. CHATEAUBRIAND, René-Auguste, comte de Combourg, 1718-1786
Deuxième fils des précédents, père de l'auteur. Après avoir participé à des campagnes de pêche à Terre-Neuve pendant de nombreuses années, il fit en 1745, en qualité de lieutenant, sa première campagne dans les îles d'Amérique. Corsaire durant la guerre de Succession d'Autriche, il passa en 1747, à son retour en France après quelques mois de captivité, l'examen de capitaine et commanda, pour des armateurs de Saint-Malo et de Nantes, des navires faisant le commerce avec les Antilles. Il épousa en 1753 Apolline-Jeanne-Suzanne de Bedée, et eut d'elle 10 enfants, dont 4 moururent en bas âge. Enrichi, il put en 1757 s'établir à son compte, et acheter un navire, *La Villegénie*, qu'il exploita avec ses deux frères, Pierre comme capitaine et Joseph comme second. Il put aussi réaliser sa grande ambition en rachetant au duc de Duras la seigneurie de Combourg, où il s'installa en 1777, et où il s'attacha au rétablissement des droits et usages anciens. Il mourut le 6 septembre 1786, un an après avoir renoncé à toute activité. Son corps, inhumé dans l'église paroissiale de Combourg, fut déterré et brûlé par les Combourgeois pendant la Révolution. *75, 81-83, 85-91, 94-98, 112, 119-121, 124, 130, 135, 139-141, 144-146, 153-155, 158, 163, 173, 183-187, 189-190, 216, 219, 221-224, 244-249, 656, 715, 786, 2158.*

22. CHATEAUBRIAND, Apolline-Jeanne-Suzanne de Bedée, dame de
Femme du précédent, mère de l'auteur. Née à la Bouëtardais en 1726, elle était la 3e fille d'Ange-Annibal de Bedée et de Bénigne-Jeanne-Marie de Ravenel de Boisteilleul. Elle épousa René-Auguste le 3 juillet 1753. Le 22 février 1794, jour de l'exécution de

épousa en 1796, « pour avoir du pain », le chevalier de Caud, âgé de 69 ans, qui mourut peu après. Sa santé et sa raison s'altérèrent au cours des années. Après avoir trouvé refuge auprès de sa sœur Julie, elle vint retrouver son « protecteur », François-René, à Paris, à l'automne 1804. Mais rien ne parvenait à la consoler ou à la distraire. Le 9 novembre 1804, elle mourut à Paris pendant un séjour de son frère chez Joubert à Villeneuve-sur-Yonne. Elle était devenue presque folle. Il n'est pas exclu qu'elle se soit suicidée. Elle « aspirait à l'ange », écrit Chateaubriand. Après avoir adoré sa belle-sœur Céleste, elle s'était mise à la haïr, peut-être tout simplement parce que René l'avait épousée pour obéir à ses injonctions. *76, 86, 96, 111, 113, 116, 127, 166, 173, 178-179, 183-185, 186-188, 191-194, 197-203, 216, 221-223, 234-237, 244, 250-253, 268, 271-272, 286, 290, 314, 321, 326, 356, 511, 516-517, 519, 521, 549, 584, 606, 635, 638, 740, 784-786, 862-864, 867-868, 879, 967, 984-992, 2449, 2856.*

32. Chateaubriand, Jean-Baptiste-Auguste de, 1759-1794
Comte de Combourg. Conseiller au parlement de Rennes (1779), puis maître des requêtes (1786), il épousa en 1787 Aline Le Pelletier de Rosanbo, petite-fille de Malesherbes ; ses opinions contre-révolutionnaires l'avaient fait surnommer l'*enragé* Chateaubriand. Il émigra à Bruxelles. Rentré en France, pour sauver les biens de sa famille, il fut emprisonné avec Malesherbes, et guillotiné ainsi que ses beaux-parents et sa femme, le 22 avril 1794. *81, 86, 90-92, 94-96, 146-147, 158, 178-179, 199-200, 219-223, 234-235, 239-240, 250-255, 261-264, 272, 286, 290, 307, 333, 351, 354, 356, 511, 543, 548-554, 556, 581-582, 601, 606-607, 609-610, 632, 634-637, 692, 740, 849, 872, 957-958, 1065, 1068, 1427, 1429, 1709, 2156.*

CHATEAUBRIAND ET SON ÉPOUSE

33. Chateaubriand, François-René, chevalier, puis vicomte de
L'auteur est né le 4 septembre 1768 à Saint-Malo et mort à Paris le 4 juillet 1848. *Passim.*

34. Chateaubriand, Céleste Buisson de La Vigne, vicomtesse de, 1774-1847
Épouse de l'auteur. *279, 516-521, 545, 549, 584, 606, 635, 637-638, 740, 785-786, 830, 838, 874, 895, 899, 904, 964-965, 967, 970, 972, 977, 981-983, 990-992, 996, 1326-1327, 1388, 1425-1427, 1431, 1437, 1443, 1445-1446, 1450, 1483, 1502, 1504-1505, 1652, 1706, 1709, 1785, 1787, 1808, 1958, 1962, 1972, 2034, 2039, 2168, 2181, 2207, 2369, 2375, 2383, 2417, 2439-2440, 2442, 2444, 2449, 2458, 2464, 2468, 2496, 2498, 2505, 2509, 2537, 2540-2541, 2613, 2857, 2867, 2878, 2945.*

LES COUSINES ET COUSINS

35. Chateaubriand de La Guérande, abbé de, pour Chateaubriand, Charles-Hilaire de, 1708-1782
Il est, semble-t-il, l'impétueux abbé qui rendit visite à Chateaubriand au collège de Dol. Il appartient, contrairement à ce qu'a écrit Chateaubriand, au rameau de Bellestre, détaché de celui de Beaufort par le frère cadet de Christophe II (n° 15). Il fut d'abord recteur de Saint-Germain-de-la-Mer, en Matignon, puis, en 1748, de Saint-Étienne de Rennes. Des démêlés avec le chapitre l'éloignèrent de Rennes, où il revint en 1770, comme recteur de Toussaints. Il est mort au Val-des-Bretons, en Pleine-Fougères, où il s'était retiré en 1776. *156, 158.*

36. Chateaubriand du Plessis, Marie-Anne de, 1761-1832
Bénédictine sous le nom de « Mère des Séraphins », elle prit le voile au couvent de la Victoire en 1780. Emprisonnée sous la Terreur avec ses deux sœurs, elle fut libérée en 1794. En 1804, elle rejoignit une communauté de trappistines qui s'était secrètement reformée à Valenton, en région parisienne. Quand

BELLE-SŒUR, NEVEUX ET COUSINES PAR ALLIANCE

avec le futur orateur légitimiste Berryer. En 1814, Christian entra comme chevau-léger dans la garde du roi, qu'il accompagna à Gand pendant les Cent-Jours. Lieutenant en second le 10 octobre 1815, puis lieutenant de Dragons, capitaine en 1818, il prit une part active à l'expédition d'Espagne, où il fut attaché à la garde personnelle et à l'état-major du duc d'Angoulême. Très religieux, il sentait croître en lui sa vocation et encouragea le jeune abbé duc de Rohan (que Chateaubriand a dépeint de manière si ironique dans les *Mémoires*). Le 5 mars 1824, il donna sa démission d'officier de la garde et partit pour Rome, où il entra, le 30 avril, au collège des jésuites. Il mourut à Chieri, près de Turin, le 27 mai 1843. Chateaubriand rouvrit le manuscrit des *Mémoires* pour y inscrire cette mort. « Vieux et malade, écrivit-il, je le devais devancer mais ses vertus l'appelaient au ciel avant moi, qui ai encore bien des fautes à pleurer. » Et dans la *Vie de Rancé*, à laquelle il travaillait alors : « Avant de quitter ce monde ne verrai-je point cette pieuse sincérité de l'affection fraternelle, moi qui viens d'apprendre la mort de mon jeune neveu, petit-fils de M. de Malesherbes, et mort jésuite au pied des Alpes de Savoie, après avoir été brave officier ? Je tarde tant à m'en aller que j'ai envoyé devant moi tous ceux que je devais précéder. » (Pléiade, p. 1075). M. Levaillant fait remarquer que l'admirable neveu n'avait pas toujours marqué une parfaite révérence envers son oncle. Dans une lettre adressée le 4 janvier 1823 à M. Lesueur, « homme de loi » (lettre publiée dans l'édition du centenaire), Christian de Chateaubriand écrit : « Voilà le grand oncle arrivé en haut de l'échelle ; il ne nous reste plus qu'à attendre la dégringolade. » *81, 545, 958, 1430, 2156-2159, 2555.*

43. CHATEAUBRIAND, Geoffroy-Louis, comte de, 1790-1873
Il épousa en 1812 Henriette-Félicité-Zélie d'Orglandes. Entré dans l'armée en 1814, il fit comme lieutenant-colonel, et bientôt colonel, la campagne d'Espagne de 1823. Il prit sa retraite en 1830, non sans avoir auparavant accompagné Charles X jusqu'à Cherbourg. Il avait été institué, le 23 décembre 1823, héritier présomptif de la pairie de son oncle. C'est lui qui ramena à Saint-Malo, le 18 juillet 1848, les restes de Chateaubriand. Il mourut au château de Malesherbes, le 14 octobre 1873. *81, 636, 958, 1430, 2157-2158, 2293, 2466.*

44. CHATEAUBRIAND, Zélie d'Orglandes, comtesse de
Femme du précédent et nièce par alliance de l'auteur. Elle était fille de Nicolas-François-Dominique, comte d'Orglandes, pair de France en 1823, et d'Anne-Catherine d'Andlau. Chateaubriand composa des vers aimables lors de son mariage. Il lui écrivit ensuite : « Vous êtes belle comme cette haute dame qui charma le cœur de François Ier ; vous serez sage comme la femme du chevalier de Palestine [...]. Songez que je suis le plus proche parent de Louis : il n'a point de père ; je n'ai point d'enfant ; vous ne pouvez éviter d'être ma fille. » (*CG*, t. II, pp. 129-130). *81, 545, 958.*

45. CHATEAUBRIAND, Marie-Christian-Camille-Geoffroy, comte de
Fils des précédents et petit-neveu de l'auteur. Né en 1828, il mourut à Combourg en 1889. Marié deux fois, il laissa deux filles : 1° de Joséphine-Marie-Mélanie Rogniat, Marie-Louise-Mélanie, née en 1858, qui devint comtesse de La Tour du Pin ; 2° de Françoise-Marie-Antoinette Bernon de Rochetaillée, Georgette-Marie-Sybille, née en 1876, qui devint comtesse de Durfort. *81.*

CHÂTEAU-D'ASSIE, pour ASSY ou ASSIS, Michel-Charles Locquet de
Né à Saint-Malo en 1748,

s'éprit de la belle Delphine (et peut-être fut-il récompensé) et mit tout en œuvre pour la sauver de la guillotine. Ayant recouvré la liberté après Thermidor, elle vendit après Brumaire ses propriétés de Lorraine, et acquit en 1803 le domaine de Fervacques, près de Lisieux. Voluptueuse, volage, Delphine eut de nombreux amants. On cite le général de Beauharnais, le général Miranda, Fouché, Boissy d'Anglas, Koreff... et Chateaubriand. Son fils Astolphe détestait les amants de sa mère. Dans un roman autobiographique, *Aloys*, il rappelle ses souvenirs d'une enfance tourmentée, perspicace et négligée. Il reproche à Chateaubriand, reconnaissable sous les traits du comte de T..., d'avoir stérilisé sa jeunesse. Leurs amours semblent avoir commencé en 1802 et cessé en 1805 pour se muer en une amitié solide. Fortement éprouvée par le décès prématuré de sa belle-fille, Léontine de Saint-Simon Courtomer (1823), et de son petit-fils, Enguerrand (1826), Delphine tomba malade; elle conserva assez de forces pour se rendre en Suisse, revoir une dernière fois son cher Chateaubriand qui s'y trouvait alors. C'est au retour de cet ultime voyage, à Bex, aux portes du Valais, que Delphine expira, le 13 juillet 1826. *809-812, 1453, 1810, 1882, 1959, 2586, 2740.*

CUSTINE, Astolphe-Louis-Léonor, marquis de, 1790-1857
Fils de la précédente, il se fit connaître en 1827 par un roman, *Aloys ou le Religieux du mont Saint-Bernard*; il publia en 1838 *L'Espagne sous Ferdinand VII*, et en 1843 son célèbre ouvrage *La Russie en 1839*. Il fut aussi l'un des introducteurs du romantisme allemand en France. Après avoir épousé Mme de Courtomer, qui mourra à 21 ans après lui avoir donné un fils, Astolphe de Custine fut éclaboussé par le scandale de 1824, où ses mœurs particulières furent rendues publiques. Tenu délibérément à l'écart de la « société », mais jouissant d'une grande fortune, il sera à Saint-Gratien l'Amphitryon de la société romantique. *809, 1740, 1810.*

CYPRIEN, saint, † 258
Évêque de Carthage en 249, mêlé à toutes les controverses du temps, il sera victime des persécutions de Gallus et de Valérien. Exilé d'abord dans une petite ville du nord de l'Afrique, il sera décapité en 258. Il a laissé de nombreux ouvrages, dont *De lapsis de exhortatione martyrii*. *980.*

CYRANO DE BERGERAC, Savinien de, 1619-1655
Écrivain, essayiste, auteur de comédies et surtout de l'*Histoire comique des États et Empires de la lune* (1657). *2169.*

CYRUS II le Grand, VIe siècle av. J.-C.
Fondateur de l'Empire perse achéménide. Héros du roman de Mlle de Scudéry (1653). *89, 1114.*

CYTHÉRON
La montagne des Muses, qui limite l'Attique et ferme l'horizon d'Athènes au nord vers la Béotie. Du Parthénon, Chateaubriand en aperçut la cime, par-dessus le mont Icare (*Itinéraire*, Pléiade, pp. 874-875). *481.*

CZERNICKY, pour SKRYNECKY, Jean-Sigismond, 1787-1860
Ancien officier des armées de Napoléon, commandant des armées insurrectionnelles polonaises du 26 février au 19 août 1831, il fut surpris à Ostrolenka par les Russes et dut se retirer sur Varsovie. Le maréchal Paskiewitsch put ainsi, sans être inquiété, jeter des ponts et passer la Vistule. Accusé d'incapacité, Skrynecky dut se démettre. S'étant réfugié en Galicie, puis en Bohême, il habita Prague jusqu'au jour où le roi Léopold Ier l'appela au commandement de l'armée belge; mais en 1839, les protestations de la Russie, de l'Autriche et de la Prusse obligèrent Léopold à le mettre en disponibilité. Après avoir vécu pendant vingt ans à Bruxelles, Skrynecky obtint en 1859 la permission de s'établir à Cracovie, où il mourut l'année suivante. *2629.*

D

DENON, Dominique-Vivant, baron, 1747-1825
Après avoir été graveur de Louis XV, il était entré dans la diplomatie, envoyé à Saint-Pétersbourg, en Suisse, puis à Naples. Il rapporta de son séjour en Italie une partie des illustrations dont il a orné le *Voyage pittoresque et description du royaume de Naples et de Sicile*, de l'abbé de Saint-Non. Sauvé de l'échafaud par David, il accompagna Bonaparte en Égypte et en rapporta sa célèbre *Description de l'Égypte*. Directeur général des Musées (1802), il fut le premier organisateur du Louvre. Il a laissé un chef-d'œuvre du conte libertin, *Point de lendemain*. *1033, 1163.*

DEPAGNE, Mathurin
Compagnon d'Armand de Chateaubriand, né à Saint-Potan, âgé de 26 ans en 1809. *1043.*

DESAIX, Louis-Charles-Antoine des Aix, dit, 1768-1800
Célèbre général tué à Marengo. *1090, 1138, 1162-1163, 1165, 1178-1179.*

DESBASSYNS, pour **DES BASSYNS DE RICHEMONT**, Philippe, 1774-1840
Né à l'île de la Réunion, il fut chargé en 1811 par Napoléon Ier de négocier la mise en liberté des Français détenus sur les pontons anglais. Nommé en 1814 administrateur des colonies de l'Inde, puis en 1815 intendant à la Réunion. De retour en France, il devint membre du Conseil de l'amirauté et député de la Meurthe. Il avait épousé en 1798 la sœur de Mme de Villèle. *1159.*

DESBORDES-VALMORE, Marceline-Josèphe-Félicité Desbordes, dite, 1786-1859
Elle avait débuté non sans succès à l'Opéra-Comique, qu'elle quitta au moment de son mariage avec l'acteur Valmore. Poétesse passionnée, mélancolique, elle a réussi surtout dans l'idylle, la romance, l'élégie. On retiendra de ses nombreux recueils *Élégies et romances* (1818), *Élégies et poésies nouvelles* (1824), *Les Pleurs* (1833), *Pauvres Fleurs* (1839), *Bouquets et prières* (1843). (Voir Francis Ambrière, *Le Siècle des Valmore*, Paris, Seuil, 1987, 2 vol.) Elle fit partie avec Élisa Mercœur, Louise Colet, Sophie Gay, Mme Swetchine et Mme Tastu, des familiers de l'Abbaye-aux-Bois. *2922.*

DÉSERTE, abbaye de la
À Lyon, abbaye royale fondée en 1269. Mme Récamier y fut placée en 1784 ou 1785, avant de rejoindre son père à Paris. *1861.*

DESÈZE.
Voir **SÈZE**.

DESGARCINS, Mlle
Elle avait débuté au Théâtre-Français en 1788 dans *Zaïre*. Fontanes lui adressa des vers publiés pour la première fois dans le *Journal de Paris* du 15 juin 1788 : « *Un seul amant inspire à ta jeunesse / Ce que ta voix enchanteresse / Fera sentir à tous les cœurs.* » *275, 670.*

DESGENETTES, René-Nicolas Dufriche, baron, 1762-1837
Médecin militaire dans l'armée d'Italie, puis médecin principal dans l'armée d'Égypte. Il publia en 1812 une *Histoire médicale de l'armée d'Orient*, à laquelle se réfère Chateaubriand. *1158, 1273.*

DESGRANGES
Attaché d'ambassade à Rome en 1829. *2136.*

DESHAYES, Louis, baron de Courmenin, † 1632
Ambassadeur de France à Constantinople. Chateaubriand a inséré en entier sa description du Saint-Sépulcre dans l'*Itinéraire* (Pléiade, pp. 1017-1027). *1988.*

DESHOULIÈRES, Antoinette de Ligier de La Garde, 1637-1694
Femme de lettres et poétesse, elle fut en butte aux « allusions vengeresses du satirique peu galant » Boileau, dit Sainte-Beuve (*Portraits de femmes*, pp. 364-381). Pourtant elle a laissé quelques beaux vers injustement oubliés. Dans presque toutes ses œuvres, « une plainte est au fond », ajoute le critique : « *Que l'homme connaît peu la mort qu'il appréhende, / Quand il dit qu'elle le surprend ! / Elle naît avec lui, sans cesse lui demande / Un tribut dont en vain son orgueil se*

(Grenoble). C'est lui qui eut à réprimer l'insurrection de 500 ou 600 paysans conduits par Didier en 1816. Le but réel de la conspiration était fort équivoque : on prenait les armes pour l'empereur, pour le roi de Rome ou pour un membre de la famille que les nouvelles recrues ne connaissaient point (on a parlé du duc d'Orléans). Créé vicomte par ordonnance du 12 mai, Donnadieu fut victime des parents des conjurés qui arguèrent du fait que le général avait outrepassé les ordres donnés par le roi. Quelque temps après, Donnadieu ayant eu, au sujet de cette affaire avec le duc de Richelieu, président du Conseil, une vive altercation, il fut incarcéré à la prison de l'Abbaye par mesure disciplinaire. Il sera élu à la fin de l'année 1820 membre de la Chambre des députés, où il siégera jusqu'en 1827 sur les bancs de l'extrême droite. En 1822, il recevra de nouveaux commandements et fera partie de l'armée de Catalogne lors de la guerre d'Espagne. Mis en disponibilité après 1830, il publia *De la vieille Europe, des rois et des peuples de notre époque*, qui lui valut des poursuites judiciaires puis un arrêt le condamnant, pour offense envers le roi, à deux ans de prison. *1450.*

DORAT, Claude-Joseph, 1734-1780
Poète lyrique et libertin, auteur des *Baisers*, du *Mois de mai* (1770), etc. *672.*

DORIA, Lamba
Amiral des Génois dans leur seconde guerre contre les Vénitiens en 1298. « Lamba Doria, écrit Sismondi avait conduit dans l'Adriatique une flotte de quatre-vingt-cinq galères, avec laquelle il ravageait les côtes de Dalmatie, lorsqu'il rencontra, le 8 septembre 1298, devant l'île de Corzola [...], André Dandolo, amiral vénitien, qui commandait 87 galères. Dans le premier choc de ces deux flottes, dix galères génoises furent coulées à fond. Cependant Lamba Doria ranima ses matelots, et il attaqua les Vénitiens avec tant d'habileté et de courage, qu'à la fin de la journée il leur avait pris 85 galères. [...] Lamba Doria avait acheté cette victoire par la perte de son fils, tué presque à la fin du combat. "Qu'on le jette à la mer, répondit-il sans montrer de trouble à ceux qui lui annonçaient cette nouvelle, c'est une noble sépulture pour celui qui meurt vainqueur en combattant pour sa patrie." » (*Biographie universelle* de Michaud, 1814, t. XI, pp. 578-579). *610.*

DORIA, Giovanni-Panfili. Né en 1751
Cardinal qui se rendit à Paris pour donner des apaisements au gouvernement français après l'assassinat, à Rome, du général Duphot (1797). *1300.*

DORLÉANS, Louis, 1542-1629
L'un des plus violents ligueurs, avocat général au Parlement de Paris pendant l'administration du duc de Mayenne ; banni en 1594, gracié en 1603 par Henri IV, son pamphlet *Banquet et après-dînée du comte d'Arête, où il est traité de la dissimulation du roi de Navarre et de ses partisans*, parut en 1594. *279.*

DORSET, comte
Voir **ORSAY**.

DOUDEAUVILLE
Voir **LA ROCHEFOUCAULD**.

DOUGLAS, marquis de
Voir **HAMILTON**.

DOUVRES
Port anglais où Chateaubriand émigré s'embarqua le 6 mai 1800 pour Calais. Ambassadeur à Londres en 1822, il y débarqua le 4 avril au soir. En 1843, il rentra de même par Douvres et Calais. *361, 740-741, 752, 1766.*

DROUET, Jean-Baptiste, comte d'Erlon, 1765-1844
Rallié aux Bourbons en 1814, il complota contre eux pendant la première Restauration et se rangea aux côtés de Napoléon en 1815. Condamné à mort par contumace, il fut gracié par Charles X en 1825. Gouverneur général

DU CANGE, Charles du Fresne, seigneur, 1610-1688
Historien, philologue. Magistrat au Parlement de Paris, il se retira dans son pays natal (Amiens) pour se plonger dans les études les plus variées sur l'histoire, la géographie, la législation, la philosophie, la numismatique, la paléographie, l'épigraphie, l'archéologie... Il est l'auteur d'une *Histoire de Saint-Louis par le sire de Joinville* (1668). Il s'intéressa aux antiquités nationales et fut chargé par Colbert de préparer un projet pour la collection des historiens de la France. Il a aussi à son actif un *Glossaire de la basse-latinité* de près de 140 000 mots, des travaux et recherches sur des écrivains byzantins et une *Histoire de Constantinople... 141, 1426.*

DUCHATELET, pour Mme DU CHÂTELET
Veuve du duc du Châtelet, guillotiné le 13 décembre 1793. Elle fut exécutée le même jour que Jean-Baptiste de Chateaubriand (22 avril 1794). *637.*

DUCHESNOIS, Catherine-Joséphine Rafin, dite mademoiselle, 1777-1835
Tragédienne, célèbre dans les rôles d'Athalie et de Clytemnestre. *787.*

DUCIS, Jean-François, 1733-1816
Membre de l'Académie (1778), adaptateur des œuvres de Shakespeare, il refusa les faveurs de Napoléon pour vivre dans la retraite, à Versailles. *1057, 1345, 1351, 1951.*

DUCLOS, Charles Pineau, 1704-1772
Né à Dinan. Auteur de *Considérations sur les mœurs* et de *Mémoires secrets sur le règne de Louis XIV, la Régence et le règne de Louis XV*. Historiographe de France, où il prit la succession de Voltaire, il fut secrétaire perpétuel de l'Académie française. Après une algarade avec Calonne, il entreprit un voyage en Italie, d'où il rapportera des *Considérations* publiées pour la première fois en 1791 et que lira Chateaubriand. *179, 1058, 1993.*

DUCLUZEAU, pour DESCLOZEAUX
Royaliste, propriétaire du cimetière de la Madeleine, où furent ensevelis les corps de Louis XVI et de Marie-Antoinette ; sur son emplacement fut érigée, aux frais de Louis XVIII et de la duchesse d'Angoulême, la chapelle expiatoire (1816-1826). *1398.*

DUFOUGERAIS, Alfred-Xavier, baron, 1804-1874
Avocat royaliste, il devint en 1828 l'un des propriétaires et rédacteurs de *La Quotidienne*, à laquelle il ajouta *La Mode*, dont il fit une arme de guerre contre la monarchie de Juillet. Remarquable homme de presse, doué d'un talent oratoire, il apparut dans le procès de Chateaubriand (1832), où il défendait le gérant de *La Mode*. En 1849, il sera élu par le département de la Vendée député légitimiste. Il ne rentrera dans la vie privée qu'après le coup d'État du 2 Décembre. *2862.*

DUFRAISSE, vraisemblablement pour DUFRESSE, Simon-Camille, 1762-1833
Général, il fut d'abord comédien. *1124.*

DUGAZON, Jacques-Henri Gourgaud, dit, 1746-1809
Comédien du Théâtre-Français. *275.*

DUGAZON, Louise-Rosalie Lefèvre, Mme, 1755-1821
Femme du précédent. Cantatrice et actrice française, elle commença dans le corps de ballet de la comédie italienne à 12 ans puis chanta dans *Lucile*, de Grétry (1769). Elle créa son rôle le plus célèbre dans *Nina, ou la Folle par amour* de Dalayrac, en 1786, puis troqua les emplois d'amoureuse et de soubrette contre ceux de mère, léguant son nom à ce dernier emploi de comédie dans l'Opéra-Comique traditionnel. Elle se retira de la scène en 1806. *342.*

DUGUA, Charles-François-Joseph, 1740-1802
Général de brigade en 1793, au siège de Toulon, il avait décidé de la déroute des Mamelouks aux Pyramides. Il mourut d'une blessure lors de l'expédition de Saint-Domingue. *1164.*

G

H

I

K

N

S

poésies fiévreuses et pathétiques où elle exalte la beauté, la nature et l'amour, ainsi que d'épithalames et de chants nuptiaux puisés dans le trésor populaire de son île natale. *2919, 2930.*

SARRAZIN, 1770-1840
Général. Condamné à mort par contumace en 1809 pour intelligence avec les Anglais, il combattit contre la France. Remis en possession de son grade à la Restauration, fut condamné en 1818, pour «trigamie», à dix ans de travaux forcés; gracié en 1821, il s'exila au Portugal. *1177.*

SAÜL,
v. 1030-v. 1010 av. J.-C.
Premier roi des Hébreux. *1187.*

SAUMAISE, Claude de, 1588-1653
Protestant, il se fixa en Hollande où il enseigna à l'université de Leyde. Il suscita une vive controverse en publiant, à la demande de Charles II, une apologie de Charles Ier. Dans l'*Essai sur la littérature anglaise*, Chateaubriand retrace, à grand renfort de citations, les péripéties mouvementées de cette affaire, qui mirent aux prises Milton et Saumaise: «Saumaise se vantait d'avoir fait perdre la vue à Milton, et Milton d'avoir fait mourir Saumaise» (éd. Garnier, p. 651). Voltaire commente, sarcastique: «Jamais cause ne fut plus belle et ne fut si mal plaidée de part et d'autre» *(Essai sur la poésie épique). 588.*

SAURET
Officier de l'armée d'Italie (1795). *1131.*

SAUTELET, Philibert-Auguste, 1800-1830
Élève de Victor Cousin, ami de Stendhal et de Mérimée, membre du «petit cénacle» de Delécluze, il avait acheté en 1825 le brevet de libraire; mais il connut bientôt des difficultés analogues à celles de Ladvocat, l'éditeur de Chateaubriand. Il se tua d'un coup de pistolet à l'aube du 13 mai 1830. Armand Carrel lui consacra dans la *Revue de Paris* un article ému, intitulé: «Une mort volontaire». *2193, 2913.*

SAUVO, François, 1772-1859
Attaché depuis 1795 à la rédaction du *Moniteur universel*, puis directeur de 1800 à 1840, il avait été averti dans la soirée du 25 juillet 1830, qu'il recevrait des articles fort étendus, qui ne seraient terminés qu'au milieu de la nuit et devraient être insérés dans le numéro du lendemain. Vers 11 heures du soir, il fut mandé par M. de Chantelauze, qui lui remit le rapport et les ordonnances. Sauvo parcourut les pièces. «Qu'en pensez-vous?» lui demanda M. de Montbel, qui était présent. «Dieu sauve le roi et la France!» répondit le rédacteur du *Moniteur*. Et il ajouta en se retirant: «Messieurs, j'ai cinquante-sept ans, j'ai vu toutes les journées de la Révolution et je me retire avec une profonde terreur.» *2242.*

SAVARY, Jean-Marie-René, duc de Rovigo, 1774-1833
Chargé de la police particulière au moment de la mort du duc d'Enghien, puis ministre de la Police en 1812, lorsque eut lieu la tentative de coup d'État du général Malet. Cette affaire justifie les attaques de Chateaubriand, dans *De la monarchie selon la Charte*, contre la police politique: «Quelle conspiration importante a-t-elle jamais découverte, même sous Bonaparte? Elle laissa faire le 3 nivôse, elle laissa Mallet conduire MM. Pasquier et Savary, c'est-à-dire la police même, à la Force.» (chap. XXXIV, in *Grands écrits politiques*, t. II, p. 361). Les *Mémoires pour servir à l'Histoire de France*, de Savary (8 vol. in-8), parurent en 1828. *913, 915, 917, 923, 927-931, 933-934, 936-937, 1069, 1316, 1523.*

SAVIGNY-SUR-ORGE
Essonne. En mai 1801, Pauline de Beaumont y loua une maison à l'entrée de ce qui était alors un village près d'un chemin appelé par les habitants, *le chemin d'Henri IV*. Adossée à un

T

fréquenta les cercles cultivés des Scipions et des Æmilii. Créateur d'un répertoire théâtral classique, il pose dans chacune de ses comédies un problème moral; ainsi celui de l'éducation dans *Les Adelphes*, dont s'inspirera Molière pour *L'École des femmes*. *2145, 2700.*

TERMES, marquis de
Neveu de Mme de Montespan, que Madame de Sévigné rencontra lors d'une cure à Vichy (1675). *967.*

TERNAUX, Louis-Guillaume, baron, 1763-1833
Député libéral (1818-1821 et 1827-1831), industriel célèbre. Ayant acclimaté en France les chèvres du Tibet, il fabriquait avec leur laine les «cachemires français» qui portaient son nom et connurent une grande vogue auprès des élégantes. On lui doit aussi l'invention des silos pour conserver les grains. *1802, 1804.*

TERNI
Ville d'Ombrie, célèbre pour ses cascades artificielles. Près de trois siècles avant J.-C., on détourna le cours du Vellinus au moyen d'un canal creusé dans le rocher calcaire pour le faire tomber par-dessus un rocher d'une hauteur de 370 m. Chateaubriand passa à Terni avec Pauline de Beaumont en octobre 1803. *446, 866, 1972-1973.*

TERTULLIEN, 155-222
L'un des premiers écrivains chrétiens de langue latine. Son œuvre est à la fois une critique du paganisme et une défense du christianisme *(Apologétique). 2078, 2272.*

TESTE, Charles-Antoine
Frère puîné de Jean-Baptiste Teste (1780-1857), qui fut ministre sous la monarchie de Juillet, puis accusé de concussion en 1847. Charles Teste, payeur aux armées sous l'Empire, fut de 1824 à 1830 associé gérant d'une maison de librairie que la police nommait *La Petite Jacobinière*. Il participa au lancement, en 1829, de la *Tribune des départements*, feuille républicaine. Ami de Buonarroti et de Voyer d'Argenson, il se retira de la vie politique après 1835. *2252.*

THARIN, Claude-Marie-Paul, Mgr, 1787-1843
Évêque de Strasbourg (1823), précepteur du duc de Bordeaux (1826). À la suite de dissentiments avec le gouverneur de ce dernier, le duc de Rivière, il quitta la cour et vécut dans une profonde retraite jusqu'à sa mort. *1839.*

THÉBAÏDE
Géographie ancienne: partie méridionale de l'ancienne Égypte qui avait Thèbes pour capitale. C'est dans les déserts situés à l'est et à l'ouest de la ville que se réfugièrent nombre des premiers chrétiens qui voulaient fuir la persécution de Dèce et se livrer à la vie ascétique (IIIe siècle). *975, 1026, 1163, 1287, 1444.*

THÈBES
Ville de Haute-Égypte fondée au XXVe siècle av. J.-C. Envahie par les Perses, abandonnée par Ptolémée, elle fut enfin conquise par les Romains et devint le chef-lieu de la province de la Thébaïde. On trouve sur ce grand territoire les ruines de Karnak et Louxor. *446, 1163, 1248, 2987.*

THÉMISTOCLE, v. 528-462 av. J.-C.
Homme politique athénien, vainqueur à Salamine contre les Perses (480 av. J.-C.). *437, 998, 1525-1526.*

THÉODEBERT II
Roi d'Austrasie (capitale, Metz) de 596 à 612. *586.*

THÉODORE, baron de Neuhoff, 1690-1756
«Aventurier de la basse Allemagne [...], pauvre baron de Westphalie», il réussit à se faire nommer roi par les Corses en 1736 et régna huit mois sous le nom de Théodore Ier: «On le prit pour un des plus grands princes de la terre: il fut élu roi; on frappa quelques monnaies de cuivre à son coin; il eut une Cour et des secrétaires d'État.» (Voltaire, *Précis du règne de Louis XV*, chap. 40.) Parti pour rechercher

W

X

Y

Z

Table des illustrations

Les documents dont la provenance n'est pas explicitement indiquée appartiennent aux collections de la Maison de Chateaubriand. Les clichés ont été réalisés à La Vallée-aux-Loups par Dominique Jochaud pour Gallimard.

66-67
Le rocher du Grand-Bé au clair de lune, gouache et pastel, attribué à Isabey fils, 1803-1806. D. R.

72-73
La Vallée-aux-Loups, gravure de C. Bourgeois, in *A. de Laborde,* Description des nouveaux jardins de la France et de ses anciens châteaux, *1808.* D. R.

80
Armes des Chateaubriand. D. R.

105
Saint-Malo , huile sur toile de Louis Garneray, début XIXe siècle. D. R.

108
René Duguay-Trouin (1673-1736), lith. de Petit, in *Chateaubriand,* Œuvres complètes, *éd. Ladvocat.* D.R.

123
Chateaubriand vers 1787, pastel attribué à C.-J. de La Celle de Chateaubourg. Musée de Saint-Malo. © Lauros-Giraudon.

129
Le Château de Combourg, lith. de Cicéri, in Voyages pittoresques et romantiques dans l'ancienne France, *par J. Taylor, C. Nodier et A. de Cailleux, 1846.* D.R.

140
Fête villageoise, fin XVIIIe siècle. Coll. part. D.R.

154
Menhir au Champ Dolent, près de Dol de Bretagne, lith. de Cicéri, in Voyages pittoresques..., op. cit. D.R.

157
Dieppe, lith. des frères Rouargue, in *Mme A. Tastu,* Voyage en France, *Mame, 1852.* D.R.

164
Rennes, le lycée. Ancienne cour des jeux du collège des Jésuites (détail), eau-forte de T. Busnel, 1883. © Musée de Bretagne, Rennes.

175
Rêverie, lith. de Reville, in *Chateaubriand,* Mémoires d'outre-tombe, *éd. E. Biré.* D.R.

195
Lucile de Chateaubriand, dame de Caud (1764-1804), miniature sur ivoire. Coll. comtesse de Chateaubourg. © comte François de Chateaubourg.

198
Une soirée d'hiver au château de Combourg (détail), lith. de Mauduison fils, in *Chateaubriand,* Mémoires d'outre-tombe, *éd. E. Biré.* D.R.

202
Manuscrit de Chateaubriand, Mémoires de ma vie, *livre II, pages 144-145. Fragment du plus ancien manuscrit des Mémoires. Bibliothèque municipale de Fougères.* © Atelier-photo/J.-L. Barbelette.

215
Menhir et dolmen de l'ile Melon, lith. de Cicéri, in Voyages pittoresques..., op. cit. D.R.

D'APRÈS LES DESSINS DE MM. A. ET T. JOHANNOT, PARIS, FURNE, 1833. D.R.

803
ALLÉGORIE DE LA PAGE DE GARDE DU GÉNIE DU CHRISTIANISME, *LITH. DE VILLEREY,* IN *CHATEAUBRIAND,* OP. CIT., *ÉD. LADVOCAT.* D.R.

808
MATHIEU MOLÉ (1781-1855), DESSIN AU CRAYON DE FR. D'HOUDETOT, 1807. D.R.

816
PIERRE SIMON BALLANCHE (1776-1847), LITH. DE LEROUX, IN *CHATEAUBRIAND,* OP. CIT., *ÉD. LADVOCAT.* D.R.

819
BERTRAND DU GUESCLIN (1320-1380), LITH. DE ALEX. MASSARD, IN *CHATEAUBRIAND,* OP. CIT., *ÉD. LADVOCAT.* D.R.

832
FRÉDÉRIC DE LA HARPE (1754-1838), LITH. DE LEFÈVRE AÎNÉ, IN *CHATEAUBRIAND,* OP. CIT., *ÉD. LADVOCAT.* D.R.

839
CHARLES MAURICE DE TALLEYRAND-PÉRIGORD (1754-1838), LITH. DE FAUCHERY, IN *CHATEAUBRIAND,* OP. CIT., *ÉD. LADVOCAT.* D.R.

842
ROME, LITH. DE J. SCHROEDER, IN *CHATEAUBRIAND,* OP. CIT., *ÉD. LADVOCAT.* D.R.

845
CIME DES ALPES, LITH. DE E. FINDEN, IN *CHATEAUBRIAND,* OP. CIT., *ÉD. LADVOCAT.* D.R.

848
LA CATHÉDRALE DE MILAN LITH. DE J. CARTER, IN *CHATEAUBRIAND,* OP. CIT., *ÉD. LADVOCAT.* D.R.

854
LE CARDINAL JOSEPH FESCH (1763-1839), LITH. DE POURVOYEUR, IN *CHATEAUBRIAND,* OP. CIT., *ÉD. LADVOCAT.* D.R.

877
MADAME DE BEAUMONT AU COLISÉE LITH. DE LEGUAY, IN CHATEAUBRIAND, MÉMOIRES D'OUTRE-TOMBE, *ÉD. E. BIRÉ.* D.R.

880
CHARLES LIOULT DE CHÊNEDOLLÉ (1769-1833) ET JOSEPH JOUBERT (1754-1824), LITH. DE C. DEVRITS. D.R.

883
JACQUES NECKER (1732-1804), LITH. DE SAINT-AUBIN, IN *CHATEAUBRIAND,* OP. CIT., *ÉD. LADVOCAT.* D.R.

890
ÉLISA, GRANDE-DUCHESSE DE TOSCANE, LITH. DE GERVAIS. D.R.

891
PORTRAIT DE FONTANES EN TENUE DE GRAND MAÎTRE DE L'UNIVERSITÉ (DÉTAIL), HUILE SUR TOILE ANONYME. MUSÉE DE NIORT. © D.R.

894
LA BAIE DE NAPLES, GOUACHE NAPOLITAINE ANONYME, DÉBUT DU XIXe SIÈCLE. D.R.

900
GEORGES CADOUDAL (1771-1804), LITH. DE COUCHÉ FILS, IN *CHATEAUBRIAND,* OP. CIT., *ÉD. LADVOCAT.* D.R.

902
BONAPARTE, LITH. DE JOUBERT, IN *CHATEAUBRIAND,* OP. CIT., *ÉD. LADVOCAT.* D.R.

905
JEAN-CLAUDE CLAUSEL DE COUSSERGUES (1759-1846), GRAVURE PAR MAURAISSE. D.R.

914
LOUIS ANTOINE HENRI DE BOURBON-CONDÉ DUC D'ENGHIEN (1772-1804), HUILE SUR TOILE ANONYME DATANT DE LA RESTAURATION. D.R.

1156
Bonaparte et les pestiférés de Jaffa, lith. de Lefèvre, in *Chateaubriand,* op. cit., *éd. Ladvocat.* D.R.

1170
Coup d'État du 18 Brumaire (9-10 novembre 1799), lith. de J. Duplessis-Bertaux. D.R.

1181
La Cour royale de l'Hôtel des Invalides, lith. de W. Taylor in Chateaubriand, op. cit., éd. Ladvocat. D.R.

1182
Cygnes noirs du détroit de Bass, par Léon de Wailly, 1806. Coll. Muséum national d'Histoire naturelle, Bibliothèque centrale. © D.R.

1190
Louise de Prusse, lith. de Ruotte in *Chateaubriand,* op. cit., *éd. Ladvocat.* D.R.

1199
Bataille d'Eylau, 8 février 1807, par Siméon Fort, musée de Versailles. © Roger-Viollet.

1202
L'Escurial vu du côté de Madrid, lith. de Dequevauviller in *Alexandre de Laborde,* Description des nouveaux jardins de la France et de ses anciens châteaux, *1808.* D.R.

1211
Pie VII, souverain pontife « dessiné d'après nature dans l'Église de Saint-Étienne du Mont, le jeudi 10 janvier 1805 », lith. de Ribault. D.R.

1224
Charles-Louis archiduc d'Autriche (1771-1847), lith. de Velyn, in *Chateaubriand,* op. cit., *éd. Ladvocat.* D.R

1296
Épisode de la guerre de Russie lith. de Weill, in *Chateaubriand,* Mémoires d'outre-tombe, *éd. E. Biré.* D.R.

1299
Pie VII avec les cardinaux Consalvi et Pacca, lith., in Histoire du pape Pie VII, *par M. le chevalier Artaud, 1837.* D.R.

1308
Friedrich von Schiller (1759-1805), lith. de É. Giroux, in *Chateaubriand,* op. cit., *éd. Ladvocat.* D.R.

1324
Napoléon à Brienne, lith. de Legenisel, in *Chateaubriand,* Mémoires d'outre-tombe, *éd. E. Biré.* D.R.

1330
Alexandre Ier, empereur de Russie (1777-1825), lith. de Ch. Heath, in *Chateaubriand,* op. cit., *éd. Ladvocat.* D.R.

1336
La Russe ou les Alliés à Tivoli, lith. coloriée. D.R.

1342
Page de titre de De Buonaparte et des Bourbons, *éd. originale, Paris, Mame frères, 1814.* D.R.

1350
Le départ de Fontainebleau le 20 avril 1814, gravure de F.-P. Reinhold. © D.R.

1357
Talleyrand-Périgord (1754-1838) : L'homme aux six têtes, dédié à MM. les chevaliers de la girouette, eau-forte coloriée, Le Nain jaune, *15 avril 1815.* D.R.

1363
Rentrée solennelle de Louis XVIII dans sa bonne ville de Paris, le 3 may 1814. D.R.

La peste trouverait encore des flatteurs et des serviteurs..., *frontispice au* Dictionnaire des girouettes, ou Nos contemporains peints d'après eux-mêmes, *Paris, 1815.* D.R.

1512
*Abbaye de St. Denis lith. de Couché fils, Frontispice à J. A.*****, Les Tombeaux de Saint-Denis, ou Description historique de cette Abbaye célèbre, des Monuments qui y sont renfermés, et de son riche Trésor..., *1825.* D.R.

1515
Le Retour du roi à Paris, lith. de Alix. © D.R.

1530
Embarquement de Bonaparte à bord du Bellérophon, *lith.* © D.R.

1540-1541
La Tombe de Napoléon à Sainte-Hélène, gravure populaire, 1830. © D.R.

1548-1549
Bataille d'Eylau, 8 février 1807, Lith. de Victor Jean Adam Musée de Versailles. © collection Viollet.

1565
Napoléon à Sainte-Hélène, lith. de Follet, in *Chateaubriand,* Mémoires d'outre-tombe, *éd. E. Biré.* D.R.

1576
Napoléon Bonaparte aux Champs-Élysées, lith. D.R.

1579
Le Visconte di Chateaubriand, lith. de Todeschini. D.R.

1583
Marche funèbre dans les Champs-Élysées le 16 décembre 1840, assiette en porcelaine illustrant la translation des cendres de Napoléon. D.R.

1595
L'Apothéose de Napoléon. © Musée Carnavalet, Paris.

1598
Les Votes, gravure gouachée, vers 1830. D.R.

1599
Ordonnance du roi nommant Chateaubriand membre de la Chambre des pairs, Moniteur universel, *19 août 1815.* D.R.

1602
Saint Louis aborde en Afrique (sixième et dernière croisade, 1270), lith. anonyme, in *Chateaubriand,* op. cit., *éd. Ladvocat.* D.R.

1604
Lalli ci-devant comte de Tolendal, député aux Etats généraux de 1789 [Gérard, marquis de Lally-Tollendal (1751-1830)], lith. de Levachez. D.R.

1607
Page de titre de De la Monarchie selon la Charte, *Paris, Imprimerie des Amis du roi, 1816.* D.R.

1608
Louis XVIII et la Charte, gravure de F. A. David, 1815. D.R.

1609
Le duc Élie Decazes (1780-1860), lith. D.R.

1611
Le duc de Richelieu (1766-1822), lith. de F. Lignon, 1824. D.R.

1612
«M'y voilà», gravure satirique contre le duc de Richelieu © D.R.

1615
Louis XVIII aux Tuileries (1814), lith. de J. M. Fontaine. D.R.

1620
La Vallée-aux-Loups côté du parc en 1817, aquarelle de James Forbes, 28 juillet 1817. D.R.

OU L'ART DE LA CUISINE FRANÇAISE
AU XIXe SIÈCLE...,
2e *ÉD., 1828, ILLUSTRATION DU CHAPITRE :*
«OBSERVATIONS SUR LES SUÉDOISES DE POMMES». D.R.

1741
PAGE DE TITRE DES
LETTRES SUR L'ANGLETERRE
PAR A. DE STAËL-HOLSTEIN, TREUTTEL ET WÜRTZ, 1825.
D.R.

1750
CLAIRE DE KERSANT DUCHESSE DE DURAS (1777-1828),
LITH. D'APRÈS MLLE JASER.
D.R.

1758
KLÉMENS-WENCESLAS
PRINCE DE METTERNICH (1773-1859),
LITH. DE MAUDUISON. D.R.

1760
LE BARON HYDE DE NEUVILLE (1776-1857),
HÉLIOGRAVURE DE DUJARDIN
IN MÉMOIRES ET SOUVENIRS
DU BARON HYDE DE NEUVILLE, PLON, 1893.
D.R
.

1770
VÉRONE,
LITH. DE S. FISCHER, IN *CHATEAUBRIAND,*
OP. CIT., *ÉD. LADVOCAT.* D.R.

1777
LA PRISE DU TROCADÉRO, 31 AOÛT 1823
LITH. DE A. LEFÈVRE. D.R.

1778
LOUIS XVIII, FERDINAND VII, ROI D'ESPAGNE
ET MGR LE DUC D'ANGOULÊME
(«ESPANA Y FRANCIA UNIDAS PARA SIEMPRE»),
ESTAMPE COLORIÉE. D.R.

1788
SACRE DE CHARLES X, LE 29 MAI 1825,
PAR JOSEPH-MARIE VIEN FILS (1761-1848),
DATÉ DU 4 NOVEMBRE 1825. D.R.

1799
ORDONNANCE DU ROI CHARGEANT VILLÈLE
DU PORTEFEUILLE DES AFFAIRES ÉTRANGÈRES
PAR INTÉRIM, EN REMPLACEMENT DE
CHATEAUBRIAND, LE MONITEUR
UNIVERSEL, *7 JUIN 1824.* D.R.

1803
ASSIETTE EN FAÏENCE
REPRÉSENTANT LE COMITÉ GREC
PRÉSIDÉ PAR MR DE CHATEAUBRIAND,
VERS 1825. D.R.

1809
DELPHINE DE CUSTINE (1770-1826),
AUTOPORTRAIT. COLL. PART. © Lauros-Giraudon.

1823
LE GÉNÉRAL MAXIMILIEN FOY
(1775-1825), IN *CHATEAUBRIAND,*
MÉMOIRES D'OUTRE-TOMBE, *ÉD. E. BIRÉ.* D.R.

1824
JEAN-CHARLES DE LACRETELLE (1766-1855)
LITH. DE FRILLEY, 1831, IN *CHATEAUBRIAND,*
OP. CIT., *ÉD. LADVOCAT.* D.R.

1834
REVUE DE LA GARDE NATIONALE
AU CHAMP DE MARS PAR LE ROI CHARLES X
(1825), LITH. DE MAUDUIT. D.R.

1836
LE VICOMTE DE MARTIGNAC (1771-1832),
LITH. DE LEMERCIER (VERS 1830). D.R.

1864
JULIE BERNARD, MADAME RÉCAMIER (1777-1849), BUSTE EN TERRE CUITE DE J. CHINARD, FIN XVIIIE SIÈCLE. D.R.

1874
ANNE-LOUISE-GERMAINE NECKER BARONNE DE STAËL-HOLSTEIN (1766-1817), HUILE SUR TOILE D'APRÈS CORINNE AU CAP MISÈNE *DU BARON GÉRARD.* D.R.

1879
MADAME RÉCAMIER, LITH. DE BUCKHORN. D.R.

1893
MADAME DE GENLIS À 80 ANS, LITH. DE COUPÉ, IN *CHATEAUBRIAND,* OP. CIT., *ÉD. LADVOCAT.* D.R.

1895
AUGUSTE DE PRUSSE PAR FRANZ KRÜGER (VERS 1817), STAATLISCHE MUSEUN PREUSSSICHER KULTURBESITZ, NATIONALGALERIE, BERLIN. © Jörg P. Anders.

1899
NAPOLÉON DEVANT LE TOMBEAU DE FRÉDÉRIC II, À POTSDAM, LE 25 OCTOBRE 1806, DE M.-N. CAMUS. MUSÉE HISTORIQUE DE *VERSAILLES.* © D.R.

1903
LE DUC DE LA ROCHEFOUCAULD-DOUDEAUVILLE (1765-1827), LITH. DE VILLAIN. D.R.

1919
CHÂTEAU RUINÉ À CASTELL'AMARE (NAPLES), LITH. DE LEMAITRE D'APRÈS TURPIN DE CRISSÉ SOUVENIRS DU GOLFE DE NAPLES RECUEILLIS EN 1808, 1818 ET 1824, DÉDIÉS À SON ALTESSE ROYALE, MADAME, DUCHESSEDE BERRY, *1828.* D.R.

1938
JULIANA DE VIETINGHOFF BARONNE DE KRÜDENER (1764-1824), LITH. DE NARGEOT. D.R.

1940
ARTHUR WELLESLEY, DUC DE WELLINGTON (1769-1852) LITH. DE BALLIN. D.R.

1946
L'ABBAYE-AUX-BOIS, LITH. DE CHAMPIN. D.R.

1960
LE COL DU SIMPLON, LITH. DE W. MILLER, IN *CHATEAUBRIAND,* OP. CIT., *ÉD. LADVOCAT.* D.R.

1966
RAVENNE, LE MAUSOLÉE DE THÉODORIC, DESSIN DE LANCELOT. © Collection Viollet.

1986
TRIOMPHE ROMAIN, LITH. DE OORTMAN (1814), IN *CHATEAUBRIAND,* OP. CIT., *ÉD. LADVOCAT.* D.R.

1995
TIVOLI, LITH. DE JAMES B. ALLEN, IN *CHATEAUBRIAND,* OP. CIT., *ÉD. LADVOCAT.* D.R.

2005
FRANÇOIS VILLEMAIN (1773-1854), LITH. DE A. TARDIEU, IN *CHATEAUBRIAND,* OP. CIT., *ÉD. LADVOCAT.* D.R.

2013
LE COMTE DE LA FERRONNAYS (1777-1842), LITH. D.R.

2017
CONSTANTINOPLE, LITH. DE J. SCHROEDER, IN *CHATEAUBRIAND,* OP. CIT., *ÉD. LADVOCAT.* D.R.

2035
PORTRAIT DE MADAME RÉCAMIER PAR A. CLAUDE, D'APRÈS JACQUES LOUIS DAVID, PEINTURE SUR PORCELAINE. D.R.

2037
Monument funéraire de Nicolas Poussin à Rome, érigé par le vicomte de Chateaubriand à San Lorenzo in *Lucina. Stèle funéraire par Léon Vaudoyer.* D.R.

2042
Clovis à cheval à la bataille de Tolbiac (496), par Ary Scheffer. Versailles, Galerie des batailles. © Collection Viollet.

2048
Léon XII, lith. « d'après nature, à Rome, le jour de son sacre », in *Chateaubriand,* op. cit., *éd. Ladvocat.* D.R.

2053
Gloire de Moïse, lith. de Marillier, in *Chateaubriand,* op. cit., *éd. Ladvocat.* D.R.

2055
Rome, lith. de Schroeder. D.R.

2057
Les fouilles de Torre Vergata, lith. de Weill, in *Chateaubriand,* Mémoires d'outre-tombe, *éd. E. Biré.* D.R.

2082
Le Vatican, lith. de Chaillot. D.R.

2087
Le comte Portalis, détail d'une lith. d'après H. Daumier, Les Juges des accusés d'Avril. D.R.

2089
Soldats de l'expédition du Péloponnèse (1828), huile sur toile de Noël-Dieudonné Finart. Musée Benaki, Athènes. © D.R.

2092
Le cardinal Latil, esquisse de Gérard pour le sacre de Charles X. © B.N.F., Paris.

2102
Le duc de Laval-Montmorency (1767-1837), lith. anonyme. D.R.

2105
Le duc de Blacas d'Aulps (1771-1839), lith. de Coulon. © B.N.F., Paris.

2107
Pie VIII, lith. de Laurens, in *Chateaubriand,* op. cit., *éd. Ladvocat.* D.R.

2114
Élévation du pape Pie VIII, lith. de Prudhomme. D.R.

2125
La Villa Médicis, aquarelle de Uchard, 18 décembre 1840. D.R.

2126
Chateaubriand recevant la grande duchesse Hélène de Russie dans les jardins de la villa Médicis, le 29 avril 1829. Peinture par Louis Dupré et Sébastien-Louis Norblin, huile sur toile, 1830. Villa Médicis, Rome. © B.N.F., Paris.

2140
Maximilien de Béthune, duc de Sully (1560-1641), lith. de Marcenay de Ghuy, in *Chateaubriand,* op. cit., *éd. Ladvocat.* D.R.

2146
Hugo De Groot dit Grotius (1583-1645), lith., in *Chateaubriand,* op. cit., *éd. Ladvocat.* D.R.

2170
Chateaubriand vers 1830, lith. de Delpech. D.R.

2173
Page manuscrite du poème Les Pyrénées. D.R.

2177
Jules de Polignac (1780-1847), lith. de Delpech, vers 1825. D.R.

lith. coloriée de Delaporte,
La Caricature, *22 décembre 1831.* D.R.

2349
Château de Lulworth (Angleterre),
lith. d'après E. Grandsire. D.R.

2355
Chateaubriand, lith. anonyme,
in *Chateaubriand,* op. cit., *éd. Ladvocat.*
D.R.

2356
Clovis, lith. de Desrochers,
in *Chateaubriand,* op. cit., *éd. Ladvocat.*
D.R.

2362
Hôtel des Étrangers aux Pâquis,
lith. de Ch. Gruaz, in *Guillaume Fatio,*
Les Séjours de Chateaubriand à Genève, 1805, 1831, 1832, *Genève, Albert Kundig, 1939.* D.R.

Fête de la Navigation,
lith. de P. Escuyer, in *Guillaume Fatio,*
op. cit. D.R.

2374
Monsieur et Mme de Chateaubriand,
lith. de F. Delannoy, in *Chateaubriand,*
Mémoires d'outre-tombe, *éd. Penaud.* D.R.

2382
Pierre-Jean de Béranger (1780-1857),
buste en plâtre de David d'Angers,
vers 1835. D.R.

2385
Vue du palais d'Holy-Rood, en Écosse. D.R.

2396
Le Cauchemar de La Fayette,
lith. de Delaporte, La Caricature,
23 février 1832. D.R.

2399
La Police tenait le fil du complot,
lith. anonyme (attribuée à Desperet),
La Caricature, *16 août 1832.* D.R.

2404
Très humbles, très soumis, très obéissants et surtout très voraces sujets,
lith. de Delaporte, La Caricature,
9 février 1832. D.R.

2432
Notre-Dame-de-la-Garde,
lith. anonyme. D.R.

2435
Antoine Pierre Berryer (1790-1868),
lith de Delpech. D.R.

2436
Entrée de la duchesse de Berry
à Nantes (1832), lith. de J. Roxe. D.R.

2453
M. de Chateaubriand
à la préfecture de police,
lith. de Legénisel, in *Chateaubriand,*
Mémoires d'outre-tombe, *éd. E. Biré.* D.R.

2456-2457
Le Cachot sera désormais une vérité !,
lith. de Delaporte, La Caricature,
1er mars 1832. D.R.

2462
Félix Barthe (1795-1863),
lith. de Becquet, d'après H. Daumier,
La Caricature, *18 juillet 1833.* D.R.

2472
Danse macabre, Baseler Totentanz
(vers 1440), copie de Johann Rudolf
Feyerabend, aquarelle de 1806. © A.K.G.

2497
Le Monument à Lucerne,
lith. de A. Cuvillier. D.R.

2508
Visite à Arenenberg,
lith. de Wolff, in *Chateaubriand,*
Mémoires d'outre-tombe, *éd. E. Biré.*
D.R.

2522
La duchesse de Berry captive,
Dédié à Mr de Chateaubriand,
lith. de Carrière, 1833. D.R.

2527
La Citadelle de Blaye,
lith. anonyme. D.R.

D'APRÈS LES DESSINS DE MM. ALFRED ET TONY JOHANNOT, 1833. D.R.

2751
LE MARTYRE DE SAINT LAURENT PAR LE TITIEN, LITH. DE OORTMAN, IN *CHATEAUBRIAND,* OP. CIT., *ÉD. LADVOCAT.* D.R.

2754
VUE DE VENISE, GOUACHE DE TH. CH. NAUDET, 1805. D.R.

2756
VENISE, LE CAMPANILE, LITH. DE J. LEWIS, IN *CHATEAUBRIAND,* OP. CIT., *ÉD. LADVOCAT.* D.R.

2757
LE BUCENTAURE, GRAVURE, XVIIIe SIÈCLE. © B.N.F., Paris.

2762
ARC DE TRIOMPHE SUR LE GRAND CANAL CONSTRUIT POUR L'ENTRÉE DE NAPOLÉON I,[er] À VENISE, LE 29 NOVEMBRE 1807, LITH. © B.N.F., Paris.

2765
SILVIO PELLICO (1789-1854), LITH., IN *CHATEAUBRIAND,* MÉMOIRES D'OUTRE-TOMBE, *ÉD. E. BIRÉ.* D.R.

2769
ANTONIO CANOVA (1757-1822), LITH. DE RICHOMME, D'APRÈS CANOVA, IN *QUATREMÈRE DE QUINCY,* CANOVA ET SES OUVRAGES, OU MÉMOIRES HISTORIQUES SUR LA VIE ET LES TRAVAUX DE CE CÉLÈBRE ARTISTE, *1834.* D.R.

2771
L'ASSOMPTION DE LA VIERGE, LE TITIEN, VENISE, ÉGLISE SANTA MARIA DEI FRARI. © A.K.G.

2819
CHATEAUBRIAND ET LA DUCHESSE DE BERRY À FERRARE, LITH. DE F. DELANNOY, IN *CHATEAUBRIAND,* MÉMOIRES D'OUTRE-TOMBE, *ÉD. PENAUD.* D.R.

2830
ZANZE, LITH. DE TOUSSAINT, IN *SILVIO PELLICO,* MES PRISONS, *1887.* D.R.

2834
DESSIN AU SÉPIA EXÉCUTÉ PAR LA DUCHESSE DE BERRY. D.R.

2861
LE CHÂTEAU DE BUTSCHIRAD, LITH. DE COURTIN. D.R.

2866
CHARLES X, DESSIN DE R. LEFÈVRE. D.R.

2870
HENRI, LE DUC DE BORDEAUX EN COSTUME DE SACRE, LITH. ANONYME. D.R.

2890
ADOLPHE THIERS (1797-1877), AQUARELLE DE ROBERTSON, 16 MAI 1838. D.R.

2893
L'ORDRE LE PLUS PARFAIT RÈGNE AUSSI DANS LYON, LITH. DE DELAPORTE, LA CARICATURE, *5 JANVIER 1832.* D.R.

2894
MR THIERS, « AINSI APPELÉ PARCE QU'IL NE FAIT PAS LA MOITIÉ D'UN GRAND HOMME », LITH. COLORIÉE, LA CARICATURE, *8 AOÛT 1833.* D.R.

2896
LOUIS-PHILIPPE ÉTUDIANT LES PLANS DES FORTS DÉTACHÉS DES ENVIRONS DE PARIS, LITH. DE BECQUET, LA CARICATURE, *N° 147.* D.R.

2902
LORD GUEIL [L'ORGUEIL: LOUIS-PHILIPPE] ET LADY VAGATION [LES DIVAGATIONS: LA FAYETTE], LITH. ANONYME. D.R.

2904
ARMAND CARREL (1800-1836) LITH. EN COULEURS DE JULIEN. D.R.

2917
CHATEAUBRIAND ET LES DEUX FLORIDIENNES, LITH. F. DELANNOY, IN CHATEAUBRIAND, MÉMOIRES D'OUTRE-TOMBE, *ÉD. PENAUD.* D.R.

Table des matières

Volume 1

LIVRE II

Livre III

LIVRE IV

LIVRE V

LIVRE VI

LIVRE VII

Livre VIII

Livre IX

LIVRE XI

Livre XII

LIVRE XIII

Livre XIV

LIVRE XV

LIVRE XVI

Livre XVII

LIVRE XVIII

Livre XIX

LIVRE XXI

LIVRE XXII

Livre XXIII

LIVRE XXIV

LIVRE XXV

LIVRE XXVI

LIVRE XXVII

Volume 2

Livre XXIX

LIVRE XXX

LIVRE XXXI

LIVRE XXXII

Livre XXXIII

Livre XXXIV

LIVRE XXXV

LIVRE XXXVI

Livre XXXVII

LIVRE XXXVIII

LIVRE XXXIX

Livre XL

LIVRE XLI

Livre XLII

Livre XLIII

Documents de couverture

Volume 1
Jean-Baptiste Guérin, *Chateaubriand*, vers 1806
Coll. particulière. Cliché Y. Aillet. D.R.

Marquis de Custine, *Château de Combourg*, 1820.
Coll. particulière. D.R.

L'Almanach des muses, 1790.
D.R.

Volume 2
Paul-Louis Laval, *Chateaubriand en pair de France*, 1828.
© Lauros-Giraudon, Paris.

Rapport sur l'état de la France… par le vicomte de Chateaubriand, Gand, 1815.
D.R.

Document de dos de couverture

Louis Girodet, *Chateaubriand*, 1810.
Musée de Saint-Malo.
© Lauros-Giraudon.

Direction artistique
Bernard Père
et Guénola de Metz

Laboratoire artistique
et photographique
Dominique Jochaud
© Éditions Gallimard

Document Logo Quarto
Jacques Sassier

Édition
Françoise Cibiel
Antoine Jaccottet
Jean-Louis Panné
Brigitte de la Broise

Achevé d'imprimer
par Maury-Eurolivres S.A.,
45300 Manchecourt
le 3 novembre 1997.
Dépôt légal : novembre 1997.
Numéro d'imprimeur : 60293.
ISBN 2-07-075062-0 / Imprimé en France.

83280